박상륭 전집

박상륭(朴常隆)

1940년에 전라북도 장수군에서 태어났다. 서라벌예술대학 문예창작과를 졸업했으며, 경희대학교 정치외교학과를 중퇴했다. 1963년에 단편소설 「아겔다마」로 『사상계』 신인문학상을 수상했으며, 이듬해 「장끼전」이 『사상계』에 추천 완료되어 등단했다. 1969년에 캐나다로 이주한 이후 아내와 함께 주로 캐나다 밴쿠버에서 생활했다. 장편소설 『죽음의 한 연구』, 『七祖語論』(1~4), 『神을 죽인 자의 행로는 쓸쓸했도다』, 『雜說品』을 출간했으며, 소설집 『열명길』, 『아겔다마』, 『평심』, 『잠의 열매를 매단 나무는 뿌리로 꿈을 꾼다』, 『小說法』과 산문집 『산해기』를 출간했다. 제2회 김동리문학상을 수상했으며, 2017년 7월 1일에 캐나다 밴쿠버에서 향년 77세로 타계했다.

박상륭 전집: 칠조어론

국수

차례

七祖語論 4

일러두기

『박상륭 전집』의 맞춤법은 국립국어원의 '한글 맞춤법'을 원칙으로 삼았으며, 띄어쓰기도 그 허용의 규정을 따랐다. 다만, 토속어나 구어체의 표현 및 의성어·의태어 등은 작가의 집필 의도를 살려 그대로 두었다. 또한, 작가가 일부러 쓴 것으로 판단한 낱말과 문장도 앞서 출간된 책대로 두었다. 예컨대, '~하지 안 했다.' '~을 내어다 보다.' 등이 그것이다.

박상륭 작가의 유가족, '박상륭상 운영회의'와 의논하여 작품들의 몇몇 곳을 고쳤다. 그것은 앞서 출간된 책들에서 아직 고쳐지지 않았거나 나중에 발견된 오류를 바로잡은 것이다. 그러므로, 이 『박상륭 전집』이 작가의 전 작품의 정본이다.

七祖語論 1

제1부 中道〔觀〕論(Mādhyamika) 1

白色

제1장 觀雜說 品一

[1]千佛이 모인 자리에서는 千佛이 싫어[嫌]하고 群魔가 득시글거리는 데서는 群魔가 미워[憎]하는, 더러운 냄새의, 털 안 깎아 짐승 같은, 法盲僧 하나가 오늘도, 오라지도[請] 않은, 누구네 잔치의 앞자리에 버티고 앉았습. 咄!

—觀雜說 品一

村僧今日, 事不獲已, 曲順人情, 方登此座. 喝. 소주 맛 좋은 날, 썩 좋은 날 오늘, 乞僧이입지, 몇 모금 소주에 몇 입가심 저육을 보챈다 해도, 그 탓에 너무 허물치들 마십습지. 村僧은 그리고, 헤헵, 저육으로 기름을 삼아, 눈을 밝붉혀, 우리들의 우주의 입이 되는 데를 찾아 열어, 그 목구멍을 통해, 거기다 눈을 던져 넣고, [2]그 안쪽에서 우리들이, 대체 무엇으로 하여금 저렇게도 바쁜지, 그것을 좀 竊視하려 하는바, 이제부터 촌승이 무엇이든 말을 만들 수 있다면, 그것은 다름이 아니라, 村僧의 눈앞을 스쳐 가는 풍경에다, 눈이 잉아 걸어, 말[言語]의 북실 몇 바름 풀어낸 결과일 것입습지. 道流들께서 그런즉 잊어서는 안 될 것은, 그러므로 촌승은 보는 자며, 그것도 훔쳐보는 자며, 무엇을 짓[作]거나, 定義하는 자가 아니라는 것이고, 그렇다면, 촌승이 촌승의 혀로, 무슨 말을 만든다 해도, 촌승이 그것에다, 촌승 나름의 무슨 질서를 부여할 수도 있다거나, 취사선택을 할 수도 있는 자가 아니라는 것입습지. 이런 범주의 말하기는 그렇다면, 그 말이, 듣는 이의 귓속으로 들어가, 누룩이 돼서, 때로는 대단히 빠르게, 때로는 대단히 더디게, 그 심정 속에서 의미의 술을 익히는 것이기보다는, 반대로, 듣는 이를, 그 말 속에로 끌어들여, 듣는 이로 하여금, 문맥을 잇게 하는 것일 듯싶습지. 이런 투의 문장은 그렇다면, 듣는 이가, 단어 단어의 역할을 담당하여, 듣는 이가 쓴다[作文]고 해야겠는갑. 嗞. 저육 맛 좋은 날, 좋은 날 오늘, 無事乞에게는, 매일이 오늘, 매일이 좋은 날 오늘. 흣, 흐, 묘한 것은 그래도 말인뎁지, 끼니때는 어김없고도 끊임없어 끼니때마다 하나씩도 둘씩도 일곱씩도 오고, 그러면 아무리 무사걸이라 한다 해도, 그때마다 물 안 마시고, 팔베개론, 장부팔자 꼬끼요— 할 수만은 없던 것, 헥, 커, 당찮은 소리를. 글쎕지, '無事'란, 그 修業 중의 비구가, 배고프지 않기 위해, 밭 갈거나 사고파는 짓을 함이 없다는 뜻인 것이고, 그런고로 배가 고파도 좋다는 뜻은 전무하던 것읇. 그렇걸랑, 남이 흘리는 땀의 공양을 받으려거든, 작게나 크게나 받기는 마찬가지인 것, 이왕이면 큰 바릿대에다 받되, 이왕에 일곱 집 들르려거든, 대문이 소슬하여 큰 데로만 들를 일이던 것. 그렇지 않고, 중이, 어느 문전에서 밥을 빌기도, 法을 보시하기라고 하여, 사흘을 굶은 어떤 과택네 문전에서, 목탁 두들겨 염불을 한다고 하면, 아무것도 내놓을 것이 없어 못 내놓고 욕설이나 뱉어 내놓는, 그 과택의 넋이, 매 목탁 소리에마다 한 치씩, 열 치씩 떨어져 내려, 그 염불이 멀어지고 있을 때에는, 그 과택도 정토에서는 훨씬 더 멀어져 있을 것, 그렇다면, 그 중은 공평무사하게 법보시를 하여 苦海를 표표히 건너뛰어 彼岸에 희게 앉았을 때, 왜냐하면, 저 공평무사한 비구가, 다만 그 집 문전에 서 법보시를 했었다는 그 까닭만으로, 그래서 그 법 탓에 그 과택은, 나라카에로 떨어져 내리고 있는다면, 비구여, 彼岸에 앉은 자여, 그것을 비구가 바라 행할 만한 일이겠는갑? 허, 허기는 그러함에도, '無事乞'이라는 자가, 그런 일에 마음을 쓰다 보면, 바빠져 버리고, 환속에의 길이 훤히 넓어져 버리기도 쉽겠는갑. 嗞, 창자도 또한, 닿을 데 없는, 고통스러운 긴 여로이던 것을. 글쎕지, 그놈의 창자가 얼마나 길고도 깊었으면, 이 한 乞鬼, 그 한 창자를, 오늘까지 채워 넣었음에도 채우지를 못하여 이렇게도 게걸거리고 있는지,

그것은 알 수가 없군입지. 늘 그냥 디립다 배만 고프고, 먹어도 먹은 탓에 배만 육시라게 고프고, 그래 어디 옴팡한 데서는 울기도 더러 울고 그랬입닌답. 그러나 생각해낸 것은, 우리 어머니라면 분명히, 그 까닭을 아실 것이라고 했었읍지. 자식 하나 이승 길 내보낸다며 어머니는 호롱불 밑에서, 저승을 하나씩 꼴깍꼴딱 새우며, 그 자식의 별로 크지도 못한 체신 속에다, 이승 가면 많이, 많이 많이 먹으라고, 창자를, 한 발도 말고, 두 발도 말고, 그것도 열두 발씩이나 사려 넣고 꿰매준 듯한뎁습지, 아으 어만님, 어만님은 걱정이 너무 많으셨에욥, 염려가 너무 많으셨에욥. 허, 헌뎁습지, 그뿐만은 아니던 것을, 그 어미의 자식은 알게 되기에 이르렀었는뎁지, 그, 글쎕지, 그 저승 동지 밤만큼이나 길어 열두 발이던 그 창자 끝에는, 아뿔싸, 이런 수가, 글쎕습지, 구, 구멍이 하나 뻥 하나, 어쩌면 둘, 구멍이 하나 뻥 나 있던 것을. 어만님은, 하으, 그때 당해, 하필 골무를 잊으셨납, 실한 바람이 모자라셨납, 그것도 아니면, 사랑방 아반님이 올라와 호롱불을 불어 끄셨납. 어만님은 글쎄 어찌하실려고, 그 한끝을 막아 맺음키를 보류해두셨습납? 哀哉, 哀哉. 허, 헌뎁습지, 이것 봅습지, 헌데 그것은입습지, 그냥 구멍만 열린 것은 아닌 것으로 갖다가시나 알게 되게도 되었었는뎁습지, 이것 보셉습지, 꿰맴을 못 받아, 그 입이 먹으면 먹는 대로 바로 새버려, 채우지를 못하게 한다는 거기, 거기 헌데, 하으, 이걸 뭣이라꾸, 글쎕지, 뭣이래야꼬, 무엇이 입을 맞촤 대어, 그 위쪽 창자에 고인 것의, 한 방울 반 찌꺼기도 남김이 없이, 쪽쪽 빨아들이고 있는, 어떤 입이 있는 걸 보았드랬는뎁습지, 흐흣크클, 카, 칸지러, 칸지러 못 살겠시웁. 허, 허, 어만님, 어만님이 설마, 그, 그럴 수가, 어만님이 그라실 수가? 어만님은 저승 암캐—그 뒷다리는 황천에 잠가놓고, 제 자식의 창자를 빨대로 이승을 빨아, 자기의 자궁에 기름을 쌓는 자식 놈의 암컷. 자식께 배고픔을 배 속에 배부르게 처넣어놓고, 그 몸부림을 통해, 저만 덕지덕지 기름을 얹는 암컷. 그 자식은 그렇게 하여, 그 어미 년의, 자급자족의 종교를 위해, 끝없이 순교만을 감행해야 하는 운명인 것읇. 새끼를 낳는 대로 그 에미는, 그 새끼의 똥창자 끝에 구멍을 뚫어 제 목구멍을 딱 잇워 꿰매고, (에미와 자식이 한 몸임) 그리고는, 그 새끼에게 젖 먹인다고 제가 제 젖을 빨다가, 그 새끼가 자라는 대로, 그 새끼의 根 끝에서

精水를 빨아내, 그 새끼의 정수로 새로 새끼를 배는뎁지, 道流들, 그래서 과연 이 자식은, 한 번이라도, 그 에미의 下門을 벗어 나오기는 벗어 나온 적이 있었는갑? —道流들. 이것은, 有情들이, 有情들 자신들에 대해 물어보아야 되는, 그중 심각한 의문 중의 하나라는 것이, 촌승의 믿음인뎁지, 그렇다는즉슨 도류들은, 부디 이것을 기억해두십습지. 만약 그리하여, [3]니브리티를 성취치 못한 有情은 어떤 것이라도, 한 번도, 이 짐승의 배 속[畜生道]을 벗어나 본 일이 없다고 한다면, 有情들은, 보다 더 눈에 힘을 주어, 자기네들이 '밖'이라고 이해하는, 그 '무엇의 안'인 것을 면밀히 관찰해보아야겠습지. 그리하여 우리가 만약, 여기를 출발점으로 하여, 얘기를 몇 마디만 더 진전시키기로 한다면, 우리는 어쩌면, 유정들이 '밖'이라고 이르는 그 '밖'이란 결국, 그 유정들이 입게 된, 그 '몸' 말고, 다른 아무것도 아니라는 것을 알게 될지도 모릅습지. 그리하여 촌승은, 기회를 얻게 되면, 그런 얘기를 하게 될 것이며, 그렇지 못하면 말겠습지만, 우리들이 '무의식'이라고 이르는 것은, 우리들의 '밖'에 있다고 알게 됩습지. 그러니 우리들 입은 '몸'이, 우리들의 '무의식' 자체라는 결론인뎁지, 왜냐하면 '의미'란, '의식'화를 치른 것이기 때문에, '의미'는 '무의식'일 수가 없다면, 당연한 귀결은, 그 '의미'(signified)를 담은 用器, 또는 '기호'(signifier)가 '무의식'의 영역에 속한다고 되겠습지. 그 '용기' 또는 '기호'의 역할이, 우리들이 입은 '몸'이며, 우리들이 '밖'이라고 부르는, 외계, 저 우주입습지. 각설. —우리들의 어머니, 프라브리티의 암컷. 드룩년, 無底의 六(肉)慾坑. 그러자니 그 암컷의 자식은, 지옥을, 열두 발 기럭지의 거위[蛔蟲] 모양, 배 속 가득히 사려 넣고, 그 탓에, 먹어도 먹으면 먹어도 배는 더 고프고, 그 탓에, 닿을 데도 없는 길을 멈추지도 못했습지. 글쎕지, 창자야말로, 프라브리티이던 것이더라 말입습지. [4]프라크리티 우리 어머니는, 헷헵, 글쎕세욥, 입이 요니였으며, 요니는 똥구녁, 그리고 똥구녁은 입이었더라고 헙습넨답. 추악하도록 아름다운 암컷. 그래서 아무것. 하나도, 우리 어머니께 담긴 것치고, 생성치 않는 것은 없는데읍습지욥, 그런고로, 아무것 하나도, 어머니께 변절하여 떠나려 해도, 저 찼던 불알은 그만두더라도, 쓸모없는 발톱 하나라도 제 것이라고 갖고는, 떠나지를 못합습지욥. 은총이며 저주 우리 어머니는, 아픔쟁이, 성욕으로, 殺慾

으로, 늘 배가 뒤틀려, 그 스스로 지옥인 암컷. 咄, 咄, 咄.

그래서 이제 또 새로 말씀입지만, 無事乞이라며 無事乞士님은, 뒤꿈치에서 길[路]이 타는 살냄새가 진동을 하도록, 동으로 서로, 이리로 저리로, 동동 내뛰어다녔더닙습지, 작것, 동동 돌다, 돌다 동동 보니 돌다, 돌아왔넵습품바품바돌아를와품바품바돌아를왔룩지도아니하고, 돌아를왔품바품바잘이를했…… 헤윽, 거 俗家 밥은 말입십지, 나중에 통한 物理가 그것입습지만, 똥만 많아 퍼지게도 많아, 어떤 때는 장통의 한가운데서도, 아랫두리를 꼬아대며, 빌빌거려야 되게도 생겼어서, 얏따, 이거, 이러다가는 사램이 똥만 누다 한 세상살이를 막살이하겠다 싶어, 이럴 일이 아니라고, 마음을 한번 고쳐먹고, 나중에는 바리때를 들고, 空門前으로만, 한 끼니 일곱 군데를 둘러도 보았었습지, 이런 까닭으로, 예의 저 무사걸님은, 그런 후, 그 空門짝들에 대고, 그것들 썩어져라 하고, 눈을 흘겨대기에 이르렀었거니와, 그런 空門前에서마다, 저 무사걸은, 쪽박을 깨이었거나, 喝치는 소금에 맞았거나, 때로는, 그 안쪽 어디에서 불쑥 내밀어 치는 죽장에, 머리빡의 여기저기에다 해당화 밭을 갈기, 눈썹이며 수염은 물론, 심지어는 거웃이며 똥꽃까지 으득 으드득 쥐어뜯기기…… 그랬음에도 그 걸사님은, 어찌 없는 것[空]으로써, 있는 것[色]을 상하게 할 수 있다고 하겠느뇹, —그렇게도 스스로를 달래고 하였었는데, 그랬음에도, 뽑힌 거웃 자리는 가렵고 띠끔거리기를 멈추지 안 했더라 말입습지. 本者語魔, 이것 될 일이 아니겠더군입지. 그도 비구, 마구니를 겁내게 하는 자[怖魔], [5]"옴 바즈라파니 훙!" 本怒佛, 나찰의 얼굴을 붉혀내, 저 녀러 것들 그 空門이라는 것들에 대고, 뜨겁게 뜨겁게 벼락을 한 대씩, 된통 오줌 갈겨줘 버렸습지. 그리구시 나는입지, 저 자칭 怖魔라는 野狐 한 마리, 가다 한 번씩 힐끗힐끗 뒤돌아보여, 咄, 가래침 한번 뱉어 던지고, 咄, 석양은 아니었는데도, 붉은 먼지가 몹시도 아름다워 보이는 데로, 열두 모랭이를 돌아내리기를 시작했습지. 훗훗훗, 뒤에서는, 저 野狐의 오줌벼락을 맞은, 그 빈[空] 문들이, 그 오줌독에 삭고 썩어, 그 빈[空] 돌쩌귀들에서 빠져, 털썩 털버덕 떨어져 눕는 소리가, 그 山鬼들 십 년 잠을 설피도록이나 시끄럽더군입지. 空에 뻥 空이 뻥 뚫려 뻥함. 空門이 떨어져 나가 無門임. (道流들, 이 '無門'이, 어떤 佛者의 法

號든, 또는 뉘 집 개 새끼 이름이든, 촌승께는 그것이 문제가 되지 않으므로, 그런저런 無門스러운 뜻을 갖는 단어로 쓰려 합습지만, 그럼에도 道流들은, 저것을 話頭라도 삼는다면, 나중에 도류들이, 유리로 된 창에 눈을 빠뜨려, 익사하고 있는 파리라도 만나게 되면, 그때, 頓悟를 성취할 일) 아 그리고도 물론 물론, 저 無事乞은, 말한 바의 그, 채워도 채워도 채워지지를 안 해 못 채운 그 창자며, 그리고 또, 발바닥인지, 목젖인지, 어딘지, 안 가려운 데만 가려운 듯한, 그런 병도 아닌 병기로, 채우기 위해, 긁기 위해, 무엇보다도 아픔쟁이의 자식은 아프기 위해, 허기는 어떻게든, 뭐든 좀 도모해보아야겠더군입지. 비구란 그, 글쎕지 '勤事男'이라고도 하거든입지. 勤事男 말입습지. 헌뎁습지, 이 이상스러운 '고픔'이란, 그리고 '가려움증'도 말씀인뎁지, 떠난다고[出家] 떠나, 오른다고 올랐던 구름재를, 역으로 내리기 시작하였다는, 그 뒤집힘의 문법 구조 탓이었겠습지만, 그즈음에는, '먹고 싶음'과, '긁고 싶음'으로, 轉身을 치르기 시작하고 있더라 말입습지. 이거 뭐, 해보나 마나 뻔한 소리겠습지만, 그럼에도 수사학은 수사학적 질서 체계에 의해서만, 그 의미를 확연하게 드러내는 것이다 보니, 이런 얘긴뎁지만, '고픔'이나 '가려움'은, 有情의 심신에 일어난 어떤 상태에 대한 묘사며, 그래서 無能態나, 被虐症에 머무는 듯한데, 그것을, '먹고 싶음' '긁고 싶음'으로 바꾸자 그것은, 거기서는 無能態의 能動態化가 일어나며, 被虐의 加虐化가 있어, 그 환자 당자 하나밖에 없던 세계에, 느닷없이, 밖[外]이며, 남[他]이라는 대상들이 드러나, 우글거리는 것을 보게 됩습지. '고픔'이 '먹고 싶음'으로 바뀌자, 개구리에게서도 뿔이 돋고, 독아가 까그랑여 나와, 고슴도치라도 먹으러 내닫습지. 헷헷, 이것이, 말하고 있는 바의, 저 구름재를 내리고 있던, 한 무사걸의, "오라는[請] 데는 없어도 갈 데가 많은", 그 有事性, 그 뒤집힘의 문법 구조입습지. 이것은, 위험스러운 회오리바람입습지. 그것은, 배고픔 탓에, 먹고 싶음을 일으켜, 안으로 뒤집히며, 밖으로 내달리고 있습지. 그래서 이제, 환속을 통해서만 중이라고 자처하는, 이 돌팔이 하나는, 드디어, 창자를 꺼내 그것을 쪽박으로 들어, 구름재 뿌리에 닿은 즉시, 훌쩍 내려 뛰었습지. 이제까지는, 바리때를 들어, 俗家든 空門前에서든, 이빠디 다 물러난 眞言 몇 구절 치기로, 그 안쪽 情 애와틴 것 찌뜨려주기를 기다렸었으되, 그 顏回의 두루마기를 휙 까뒤집어 입어, 저 勤事男은, 盜蹠이의 갑옷을 백일하에 드러낸 것입습지. 암믄입습지. 그리하여 이 근사남은, 빌거나 얻는 대신, 벌거나 앗았습지. 근사남에게 있어서의 배고픔은 먹고 싶음입습지. 채식만 하던 것이, 그것도 肉味라고, 빈대 맛 알기의 열예. 창자 끝, 아물어질 수 없는 구멍에로, 위에서 처넣는 모든 것을 다 빨려, 뱃가죽이 아른해지도록 속이 비기보다, 제 놈의 창자 위쪽은 제 입주둥이에 딱 이어져 있은즉, 제 창자를 제가 빨아, 옷고름 뒤집듯 뒤집어, 제 놈의 창자 끝에 닿기. 그리하여설람엔, 우리 어머니 [6]푸타나를 쭉쭉 빨아, 빈 쭉정이만 남겨, 그넨 옴팡하게 누운, 그 젖은 유황불에다 던져 넣어 태우기. 아흐, 눈썹이라도 타는 듯한 누린내. '먹고 싶음'으로, 諸道流, 저 근사남이 도모한 밭갈이는 그러면, 무엇이나 되었겠는갑? 헷, 헵, 페, 누군가가, 우리들의 꿈의 뿌리 밑에, 굼벵이모양 옴팡하게 누어, 우리들의 팅팅 불은 夢根을 빨아, 우리들의 '실제적 삶'이라는, 毒酒 부대의 안을 휙 뒤집어, 햇딱 밖에로 까발셔내는뎁지, 저 夢蟲이를 두 손가락에 끄집어내어, 꿈틀거리는 채로, 칵 씹어 터뜨리고, 물큰 둘러 마신다면, 그것이 빨아 살찐 꿈들이 혹간, 마늘처럼이나 매울라는갑, 쑥만큼이나 쓸라는갑? 헷, 사, 사실 말씀을 드, 드리기로 한다면 마, 말씸이얍, 저 근사남정님은, 며, 며, 면목 없는 말, 말씸입지만 말얍, 며, 며, 면[男娼] 노릇을 했드랬십젭. 그 화대는, 그 댁 누가 입던 헌 옷 한 벌에, 새 짚신 한 죽, 그리고는 한자리에서 마시고 싶은 만큼의 소주에, 고봉 담은 흰밥 몇 그릇. 이 술밥은, 俗家의 것도, 空門의 것도 아니어서, 그 술에 취하고, 밥에 뱃가죽을 늘인 채, 서낭당을 지난다면, 서낭당 처녀귀신이 환히 보이고, 어느 무덤에 등을 기대, 식곤증이라도 풀려 하는데 잠에라도 들었다 할 양이면, 저승 돼가는 꼴이 또한 환하게 내려다보이더라 말입습지. 맛으로 따지면 그 음식은, 목젖에 뜨거운 울음이 노적가리로 쌓인 두견의 목을 짤라, 그 뜨거운 울음을 잔에 받아 찔끔이는, 그런 달빛 맛이었습지, 巫乳 맛이었습지(서낭당 처녀귀신의 젖퉁이 맛 말입습지). 그런데, 그 술에 취하기가 잦다 보면, 그렇게도 실하던 그 면 놈의 아랫두리는, 어느덧, 흙 속에 똬리 쳐 뒤틀어 앉아 있고, 그런데도 그의 머리통은, 익은 민들레모양, 바람 따라 사유로 시방으로 흐트러지기를 삼월 桃花村모양 그러합습지. 重力과 飛翔의 이 행복한 결혼. 그래서 이 취기는, 발에 무거운 추를 매달고, 용소 둔덕에서 뛰어내릴 때의, 그 한 많은 아낙네들이 느끼게 될, 그 어지러운, 빠른, 飛翔感 같은 것일 것. 하, 소주 한잔 내십습지, 이거, 이제에 이르러서까지도, 우리들의 근사남은 의뭉을 떨 필요는 없겠는뎁습지, 그렇다면 이제쯤은 정직하게, 怖魔라고도 이른다는, 한 비구의 法杖 꼬나세우기行을 밝히는 것이 옳지 않겠는갑? 크, 클, 클쎕습지, 비구란 "마구니를 겁내게 하는 자"라는 것, 그래 말씀입지만, 우리들의 이 한 怖魔는, 헤, 히히, 그러허였었입넨다, 라는즉슨, 손말명굿, 또는 그 逐鬼로 장기를 삼았더랬읍넨다. 이는 다름이 아니라, 사내에의 경험이 없어, 처녀인 자가 재수 나쁘게 죽어 꾸들어지면, 손말명이를 면하지 못한다고 하는뎁습지, 그런즉, 저 怖魔勤事 면 나리가 베푸는 法이란 다름 아니라, 재수 없고도 불행하게 처자로 죽어, 터뜨렸어야 했을 것을 못 터뜨려, 손말명을 못 면한 자리에다 法杖을 휘둘러, 그 鬼界에다 이승 벼락을 몰아쳐 들여보내는 그 일이었습지. 法經을 짊어지고, 鬼界 閱世에 오름. 洛水의 거북님, 거북니미는 전갈하님, 이승 소식을 저승에 전하며입지, 저승 소식을 짊어져 이승에 오십넨다. 하으, 그럴 일이 아니겠입넨까, 라는즉슨, [7]어떤 넋이든, 안 죽고는 못 떠나는 이승, 안 죽고는 못 사는 몸 받아, 죽기를 한하고 태어났었을 때는, 그 입은 살 익혀 맛보게 될, 그 지옥 같은 天酒 맛 못 잊어, 그 살의 모든 깊이에, 세포 세포에, 지옥의 누룩을 담아오는 것일 것, 제길헐 녀러, 녀러 헌뎁, 그 누룩이 하매 그 술 잘 익어 좋을 때, 哀哉, 대작하여 대취할 님이 없으매, 체 장수도 지난 지 오래, 진눈깨비 안으로 안으로 내리는 날의 계속, 너무 익은 술은 나날이 시어 터지고, 哀哉, 어쩌랴, 끌끌, 다른 수는 없으니, 너무 익은 술 한 동이를 泥水에 고수레, 애왇브다, 해버리기, 지는, 병든 반쪽 달……. 계집들의 꿈을 도둑질하는 이런 치사한 색한이 없구납, 本者魔羅, 好色꾼 夢魔, 드룩년의 陽頭, 하으, 무엇이 저 泥水 위를 썩은 서답으로 떠흐르고 있느냐, 병든 반쪽 달, 열매 못 맺고 진 복사 이파리, 이파리에서는 물론, 天桃 맛이란 없곱지, 병든 반쪽 달 맛은, 시리고, 떫습. 눈물 맛, 누으런 눈물 맛, 반쪽 병든 달 두레박 삼아, 삼동 황천 길어 올려 마셔본 맛, "화촉, 깊은 동방"에 차려진 婚酒 맛. 향탕에 몸 씻기고, 겉에만 다홍치마 푸른 저고리 입어 낭군 기다리는 계집은, 으흐스스, 寒天 새벽달. 어디서는 그때도 바람이 있었던갑, 문풍지를 울리며 새어든 바람이 불을 앗아가 버리는뎁, 어디서는 자궁과 창자가 고픈 미친 암캐가, 캐갱캐갱, 거북니밉지거북니밉지캐갱대가리를 내어놓으십지캐갱캐갱 짖는뎁지, 寒天 새벽에, 흰 암캐가 우는뎁지, 한천으로 불어가는 삼월 바람은, 으흐스스, 허리가 시리고, 치골이 짜거운갑, 한마디의 더운 바람은 끈적거리는 말씀. 勤事면니미는, 죽고 싶어 환장을 하였다는감? 한천 새벽에, 여름 해가 지늣다, 암캐니미는, 거북니미 하나를 오금 야금 다 녹혀 먹고 있습나? 입이 똥구녁인 년, 똥구녁이 요니인 년, 요니가 입인 년, 입이 똥구녁인 년, 육시라게도 배만 늘 고픈 년, 창자가 자궁인 년, 자궁이 창자인 년. 그 고픔 탓에 이 괄태충이는, 사내의 대가리를 목구멍에 넣어 빨아 뒤집혀 지남? 그러자 드룩년이 魔羅 놈의 凶頭를 꼴리올랐음? 버마재비의 암컷은, 육교가 그 절정에 달해지는 때쯤, 그 수컷의 대가리를 제 입에 물어 씹는뎁습지, 그 수컷의 대가리가 수컷의 링감, 그러면 암컷의 입은 요니. 그 수컷을 씹어 삼켜 불리는 창자는, 다름 아닌 자궁. 허, 이만쯤에서는, 걸승 말입습지, 고봉 담은입습지, 한두 잔 소주를인뎁지, 사양할 수가 없겠군입지. 아 그리고 道弟들은, 本者語佛의 눈썹이 얼마나 더 우거져 푸른지, 좀 헤아려 볼작시랍. 그러면 語魔本者가, 까짓 너러 눈썹쯤 개새끼로 쳐, 그것으로 火木을 삼아, 나라카 한 채를 홀까당 태워 먹고, 그리고는 저 눈썹道네, 龍頭無尾의, 좆 단 노파 놈들을 모주리 구워 먹어버리고 난다면, 껄떡거리는 우리 어머니 드룩의 창자에, 몇 방울 기름이라도 얹을라는가 몰랍. 말을 하지 않는다며, 三世의 말을 모두 소비하는, 咄, 젖퉁이에 좆까지 합쳐 단 노파 놈들. '本來無一物'이라고 하며, 저 좆 단 노파들의 흐물거리는 소리 하나쯤 예를 들자면, '빠져날 수도 있는 눈썹'은, 무슨 둔덕[色]을 의지해, 돌아 오르는 것이던곱? 젖퉁이에다 좆까지 찼으니, 너무 많이 달았도다. 말이 많도다! '本來無一物'이라니? '無'라는 게 혹간, 徙弟여, 有情의 입김에 닿으면 성에를 펴내는, 맑은 수정판 같은 것이라도 되던갑? 말할 품목이 안 되는 것을 말하고 있음! (본디 없어, 민틋하던 가슴에, 갑자기 돌기한, 살의 무거운 한 혹부리!) 徙弟는 그러한고로, 時制性을 띠었으되, 그 개념은 포착되어지지 않는, '本來'라는 어휘를 도입한 것이렵. (그 민틋함 위에, 두 번째의 肉塊가 돌출함!) 보탠 데다 더 보태, '본래' 비어[空] 있어 없다[無]는 '物'을 드러냈으니, 하나 더 살 뭉테기를 달아냄. (좆 단 노파!)—이것은 그 좋은 자리이므로—보태줄 것이 있다면 道弟여 비록 말해. '自屎不覺臭' 같은 것 따위라도 話頭를 삼는다 해도 해될 것은 없으되, '無'는 허기는 화두 삼으려 할 일은 아니라는 것이다. 그것이야말로, 龍卵을 품어, 禪병아리를 깨어내는 암탉이 아닌 것은 아니라도, 보다 더 많은 禪卵들을 곪기는, 어미 뱀이기도 하기 때문이다. 특히 '눈썹道'네 '無'는, 이 삼천대천세계 중의, 有情八萬, 無情八萬 아무것 하나 그 터럭도 다치는 법 없이, 이상하게도, 그것 자신을 부정하여, 無意味의 박제화한다. '없는 것'[無]은 그러니, 삼천대천세계가 아니라, 그 어휘가 쌓아 안고 있어야 하는, 그 어휘 속의 '의미'인 것이다. 그렇다, (이것은 아무리 반복되어져도 부족할 듯하므로, 한 번 더 반복한다면) 그래서 그것은, 그것 스스로, 그것 자신의 내장[signified, 意味]을 뽑아내 없애[無!] 버려, '記號'(또는 '소리'signifier)만 남기는데, 이런 식의, 자기의 손으로 자기의 내장을 훑어 뽑아내어 속을 비우는, 대수술은 그런데도, 한 번으로 끝나는 것이 아니고, 누군가가 그 어휘를 쓰려[用] 하면, 할 때마다, 그것은 그것 자신을 지워 없애야 하는 운명이어서, 하나의 말[言語]로써는 불가능함에도, 그 탓에 그것은 존재할 수 있는 것이다. 그렇다면 이 '無'는, 속이 빈 소라껍질이라거나, 잘린 대 마디에도 비유하기가 어려우며, 어쩌면 '無精卵' 같은 것이, 그것에 근사하지나 않을까 한다. 그렇다면 道弟여, 그것이 발음되어지는 그 당장, 그 '意味'가 부정되어지는 그 話頭는, 자칫 잘못, 누가 그것을 명상하려 했다가는, 그 당장 그 禪卵을 곪기기가 쉬울라. 그럼에도, '意味'를 임신하고 있는 話頭는, 그 '의미'가, 그 사미의 마음을 묶어 매, 그 사미를 그 '의미' 속에다 감금해버리는고로, 어떻게 그 '의미' 의 장애를 극복할 수 있는가, 그것을 터득할 때까지는, 그래도 여전히, 말한 바의 '無'로, 그 사미의, 너무 많은 의미 탓에 출렁이고, 펄럭이고, 흔들리는 마음을 묶어 매는, 말뚝에 쓰는 것이 좋다고 한다면, 咄! 龍樹여, (이러면 물론, '눈썹'이 '거웃'이 돼버림에도) 그럴 것이 아니라, ('無'의 자리에다, 켜진 하나의 촛대를 세워 둠이 오히려 바랄 만하지 않겠는가? 생각해볼 일이지 道弟여, "수명장수를 위해, 어떤 부모가, 귀한 독자의 고귀한 명예를, 천한 이름(개똥이, 쇠똥이 등)과 바꿔주는 일”은 노상 있어 오는 일인데, 이때 이 불리는 ‘이름’이, 그 한 운명에 대해, 무슨 역할을 할 수도 있다면, 똑같이 ‘無’도, 그것을 읊는 자가, 매번마다 그 의미를 살펴보는가 마는가와도 상관없이, 그 정신에 대해, 뭔가를 한다는 것을 상정할 수 있게 된다. ‘無’도 그렇다면, 그 보상을 요구할 터이다. 바랄 것이 있다면, ‘의미’를 스스로 지워 없애버린, 이 ‘말이 못 되는 말’을 사고하는 자가, 그것의 안을 홱 뒤집어버리기 같은 것일 터인데, 얼마나 많은 정신이, 하늘을 뒤집어, 그 안을 햇빛 아래 드러내, 가슬가슬 바람 쐴 수가 있겠는가? 그러다 보면, 이 몸이 차가운, [8]위대한 아자가라 뱀[蛇]은, 저 禪卵들을 품어 안은 대로, 그것을 곪길 위험이 있다. 곪기가 헌데, 明悟와 비슷해 보이는 경우가 많은 듯한데, 그런 사미 놈들은 그러나, 대들기는 ‘말’[話頭]에 대들었었는데, ‘불알’이 까여 없어졌음을 두고, 경악할 것이다. 그러면 세상은, 아무 데도 열림이 없어 불모한 데다, 불 밭의 사막이라고, 아으, 그래서, 마른 늪 둔덕에라도 앉아, 빈 낚시질론, 잃어진 ‘불알’을 낚아내려 하여, 끼룩끼룩 울음이라도 울어볼 일인가.

[9]여기에는, 씨앗 하나 뿌릴 비옥함이 없넵지,
그런즉, 아무 곡물도 자람이 없음,
반려자를 얻지 못하여 처자들만 슬피 울고,
그러니 사람의 새끼인들 태어날 수가 없음메,
나뭇가지에는 잎은 하나도 보이지 않으며,
들에도 푸른 풀이 자라지 않음,
새들도 둥지를 짓지 않으며, 노래도 부르지 않음메,
불운한 철, 짐승들도 새끼를 배지 못함,

그 沙門이 꼭히 무엇을 행했어야 한다면 그것은, 諸道流, 去勢가 아니라, 割禮가 아니었겠남? 그랬었더면 그는, 그 상처가 치유되는 대로, 그 나름의 강장함을 뻴그렇여, 이렇게도 요염한, 벗고 춤추는 色女를 쏘고 들어보았었을 것이 아니었겠남? 姜里派의 苦行은 그래서, 우리들의 魚夫王 一祖村長 때,

한번 가출해버린 뒤, 돌아올 줄을 모르는 우리들의 어머니 저 푸른 바다를 되불러오기 위해, 이 불 밭의 사막에다, 水路를 트기에 바쳐져 오고 있는 것이 아니었던갑? (그래서 항간 푸르죽죽한 입으로, 美里派 중놈들께 준 法名이 있던바 , '手淫派'가 그것이겠습지) 이 不毛, 또는 內侍性의 회복을 위해, 그 황폐, 그 해골 속에다 美里에서는, 六祖村長의 불알을 까, 그 붉은 精水를 뿌렸었습지. 그 일은, 그 六祖로부터, (유리의 촌장들끼리만 물림하고 받는다는) 그 '해골로 된 바리때'와, '침'을 얻은, 七祖에 의해 치러졌었는뎁지, 그런 후 저 七祖라는 한 돌중은, 그 탓으로, 자기 입은 살이며 뼈가, 모두 풍화해버리기를 바라, 유리를 떠나, 하필 세상 궂고 아픈 데로만 오백 세를 한하고 내달았던바, 그도 이스카룟 사람모양으로, 그 매우 잘못되어진 역을 행하도록 선택되어졌었다고, 그래 그것이 괴로워, 그랬을 것입습지. 어쨌든, (누구나 알고 있는 일을 새삼 밝힌다는 일은, 뱀 그림에다 다리를 그려 넣기 같은 짓이겠음에도, 그래도 밝혀둘 일은) 七祖가 도려 파냈다는, 六祖의 불알 두 쪽이란, 다름 아닌, 六祖의 두 눈알이었다는 것입지. 헛, 우리들 눈 번히 뜨고, 함께 꾸는 꿈[衆夢] 속에서는 언제부텀지, '눈과 불알' '눈과 남근'이 同一物視되어오고 있다고 한다더군입지. 글쎕지, 어디서 듣자니 그러더군입지. 그러나, 촌승의 촌견에는, 이 경우 우리가 무엇을 살펴보아야 하는가 하면, '눈과 남근(불알)'은 서로 그 '값'이 비슷하여, 상대가 되는 것이나 아닌가 하는 점 같은 것이겠습지. 六祖의 경우의 '눈'은, 그의 링감의 代贖羊의 역할인뎁지, 그럴 것이, 六祖는 '눈'을 잃었으되, 그렇다고 하여, 생식력까지 잃은 것은 아니라는 것을 감안하면 그렇습지. (六祖는, 美里派 空門의 秘儀를 하나 밝힌다면, 七祖에게다, 八祖의 씨앗을 담보해두고 있어, 그 불덩이를 수용하여, 키워낼 만한, 자궁을 '기다리고' 있습지. 이 '기다리고'란 형태상에 오문 현상을 일으키고 있는 듯해도, 의미상에 있어서는, 과도적 자궁 속에 든, 八祖의 깨어 있음도 곁들여 밝히고 있습지) 반대로는, 누가 눈 탓에 불알을 잃는다 해도, 그 탓에 장님이 되거나 하는 일이 있는 것이 아님을 고려했습지. 이왕 말이 나왔으니 첨부해둘 것이 있다면, 특히 수도자와의 관계에서는, 그 수도자가, '눈'을 잃었는가, '링감'을 잃었는가, 거기에 무슨 차이가 있는 것은 아니라는 것입지. 왜냐하면, 어차피 '스스로 된 고자' 主義에 의해서만, 한 정신은 프라브리티를 극복할 수 있는 것이기 때문입습지. (그럼에도, 諸道流, 이 '스스로 된 고자'는, 종교적 자기 부정으로써 수업되지 않는 이상, 이 不發의 氣는, 매우 해스러운 결과를 초래할, 그것 자체가 부정적, 파괴력이라는 것도 밝혀둬야겠군입지. 듣자니, 예를 하나 들자면, 어떤 사내 하나는, 수음을 여러 날째나 생각해오던 어떤 날, 다만 햇볕이 너무 덥다는 이유로, 살인을 저질렀다고도 하더군입지)—그랬거나 저랬거나, 어쨌든, 촌승이, 그것을 놓치고 못 보았다는 누명을 쓰지 않기 위해서, 이것도 이 자리에서 논의되어져야 할 필연성이 있는가, 없는가와도 상관없이, '눈, 링감'과 동일시되어오는 것이 한 가지 더 있다는 것을 첨부해두기는 둬야 할 필요가 있는 듯하군입지. 그것은 非物相的인 것으로서, '넋'[魂]이라고 불리는 그것입습지. 이 질료는, '난쟁이 걸음으로 세 발자국' 거리의, 촌승의 閱世를 통해, 어깨너머로 얻어들었기로는, 많은 方言들이, 알고 모르고, '눈'과 혼동해 쓰는 것으로, 어떤 방언에서는 '불'과 혼용하고, 어떤 방언[靈智派]에서는 '힘'과 동의어로 알고 있는 것으로서, 우리가 만약, 약간의 수고를 아끼지 않기로 하여, 이 구슬들을 한 꿰미에 꿰기로 한다면, '눈—링감—넋' 등의, 같은 한 종류의 구슬들임을, 명료히 보게 될 일이겠습지. —그러면 우리는, 縱的 프라브리티의 우주에서 통용 가치를 지니는 화폐는, '눈과 링감'이 아니겠는가 하는 것을 고려케 되는뎁지, 그렇다면, 그런 어떤 與受가 행해지고 있는 장소, 상사라는, 어머니 말고, 다른 아무것도 아니라는 것까지도 고려케 합습지. 그렇다면, 이 어머니의 임신과 불모에 근거해, 자식들은, 그 이어진 배꼽 줄의 끈들거려짐에 의해, 그 채우기[임신]와 비우기[파괴]의 춤을 추어야 하는 듯하군입지. 우리는 그러다 보니, 어느 방언으로 '易'이라고 이르는, 그 (어미와 자식 간에 이어진) 배꼽 줄을 점검해본 듯한뎁지, 어머니는 짐승인 계집, 畜生道. —이 경우는 그럼에도, 그 시절, 그 축생도를 사는 것들의 順天性이 저변해 있어, 다른 부작용은 일어날 듯하지 않음에도, 道流들이 상기해야 할 것은, 六祖의 '변전의 법칙'에 있어, 전환은 어떤 것이라도, '小赤의 상태'를 드러낸다는 것이겠습지. 헌데 저것이, 어떤 부정적으로 '유전된 음기'의 팽창. 포화에 의해 逆天性을 드러내면, 알다시피, 그것은 末世인뎁지, 그러면 그 팽창된 독기의 중화가 필요해지고, 그럴 때마다, 전쟁을 포함해, 산 짐승을 잡아, 그 피를 뿌리는 祭祀行이 있어 오는 것은, 주지하는 바대로이겠습지. 이 자리에서는 너무 성급한 의문인 듯하되, 어떻게 그러면, 산 짐승의 더운 피 뿌리기가, 저런 독기를 중화할 수 있는가, 그것이 물어지지 않을 도리는 없겠습지. 촌승으로서, 어떻게 간신히, 우물거려 낼 수 있는 대답이 있다면, 저런 제사는, '살[肉身]의 우주', 즉슨, '易理가 섭리하는 畜生道 소속'인데, 그것에 대한 의문은, '말[言語]의 우주'의 방언으로 만들어져 있어, 두 방언 사이의 거리를 단축하기가 용이치 않다는, 얘기 정도이겠습지, 약육강식의 축생도에서는, 번식까지도 '창자'를 위한 것이던바, 그러다 보니 축생도는, 殺慾과 生殖慾을 두 磁場으로, 완벽한 상극적 질서에 의해 운영되는 것을 알게 됩습지. 그런고로 축생도에서는, 殺氣가 충천할 때마다, 어떤 산 짐승들의 목덜미에서 더운 피가 쏟겨 나고, 더운 똥창자가 엎질러져, 독수리 떼까지 운집해 들면, 왼통 비등하던 그 한들이, 신음과 먼지를 가라앉히고 조용해져, 한가로운 오수가 덮어 들던 것입습지. 같은 육식동물끼리 서로 해치는 수가 전혀 없다고는 못 하겠습지만, (그 일에는 까닭이 있는 것입지) 이 제사의 祭肉은, 주로, 多産의 초식동물이 쓰여진다는 것도 주목을 요하는 점일 것입지. 그렇게 축생도는, 그 易의 균형을 유지하되, 이 균형은, 상극적입습지. 상극적으로만 그 易의 균형이 유지되도록 고안되어진, 프라브리티에는, 꼭히 무슨 까닭이 있겠을 것인뎁습지마는, 이것을 대략 반쯤만 들여다보고 우리가 만약, 저 축생도의 제사를 人世의 방언으로 바꾼다면, [10]"聖의 중심에 폭력이 있다"는 투의 얘기를, 서슴지 않고 할 수도 있게 되겠습지. —우주적으로는, '聖'도 '폭력'도 있는 것이 아닐 것입지마는, 어쨌든—축생도에서의 저 '폭력'은, 그 자체가 '聖'이어서, 그것을 '聖'과 '폭력'이라는 투로 이분할 재료가 아닙습지. 바로 이 祭祀行이 헌뎁습지, 어떤 경우, '말의 우주'의 '문법'('살의 우주'에 대해 우리는, '易'을 말했었습지?)에 제휴하면, —거기서 물론, 말씀드린 바의, 축생도적 '폭력'과, 人世的 '聖'의 분화 현상이 일어나는 것일 것인뎁습지—육식동물이 초식동물의 가죽이나 이름을 빌어 입어 쓰일 때도 있어, 우리로 하여금 경악을 금하지 못하게 합습지. 촌승은 이것을, 웃으실 분은 웃으십습지마는, 문화적, 또는 예술적 代贖洋

이라고 이릅습지. 헌데 이것 봅습십지, 촌승은, 語禪門의 '無'라는 화두에 관해서 뭣을 뭣이라고 말하다, 조금 행망을 부린 듯한뎁지, 你看眉毛有幾莖. 흣, 큿, 클, 클썹지, 그 '無'란 말할 것이 아니던 것을, '말할 것이 아니라고 말하기', 클, 큿, 크흑, 打, 本者語魔, 까짓 녀러 눈썹쯤 탕진하기를, 큰 형장 나으리 개터럭 그을려 태우기모양 하거늚. 이를 두고 혀를 놀리려는 자가 있다고 한다면, 本語魔, 그 녀러 똥구녁에서, 내장을 삼거불모양, 열둬 발 뽑아내고, 그런 대신, "無란 無엇이냐?" 따위, 禪木 한 둥치를 다 빚어 깎은, 나무 좆 하나를 꽉 박아 넣어, 그 화두의 박제품을 만들어버릴텝. 그 녀러 것은, 쯧츳, 천년이 가도 썩지를 못할렙? 왜냐하면 色(有)을 가지런히 입었으되, 그것은 色이 못 되는 것이거든읍. 흐름[色]의 가운데서, 박제되어 솔아버린 無. —이때 일어나는 의문이 있는다면, 그러면 박제된 羯魔는 空이랄 수 있을 것인가? 만약 그렇지 않다면, 그런 박제되기까지도 갈마 탓인가?라는 것 같은 것들이겠습지. 어쨌든, 저 눈썹道네 名人的 剝製師들은, 禪鳥에의 날개를 키우는, 雜鳥를 어떻게 한 마리 잡게 되면, 그것의 '몸·말·마음'을 송두리째 횡령해버립습지. 그것이 剝製인뎁지, 라는 말은, 먼저 그것의 내장(마음 말입습지)을 좍 긁어 뽑아낸 뒤, (말의) 수분을 건조시키고, 그런 뒤, 그 빈 곳에다 話頭라는 삼거불을 쑤셔 넣어 꿰매, 건조한 응달에다 놓아둬, 色이 非色化하고, 幻이 實化할 때까지 기다립습지, 라는 말인뎁지, 그것이 剝製입습지, 라는 말입습지. 그러면 이제, 저 禪의 방부제에 쩌들어버린, 저 雜鳥에게서는, 있는 것과 없는 것이, 밖이라는 것과 안이라는 것이, 그런 투의 이원적 진리에 혼란이 빚어지게 될 것은 강건너 불 보듯 환한뎁습지, 그때 스승이 사미 놈께 가만히 물어, "아 젊은 놈이여, 너 보느냐, 저 밭 가운데 바위 말이지, 네 눈에는, 그것이 대체 어디에 있어 보이는고, 밖엔가, 속(안)엔가?" 이러겠습지. 咄! 사미여, 그러면 젊은 놈이여, 자네는 하릴없이 저 늙은 구렁이에게 뒤꿈치를 물리고 말았다넴? 흣, 아흐, 흣, 흣, 크, 크흐, 클, 喝! 저 내장머리 없는 젊은 것 좀 볼작시랍, 그놈 대번에 하초를 삘그렇여, 두텁게 침 바른 뒤, 저 뼈 소리를 우두둑 우두둑이는 늙다리의 후문을 치고 드놉다, 치고 드놉다, 저런 순 후레자식 같으니라구, 치고 드놉다, 그런 뒤, 두 번 용써, 깊이 치고 든 뒤, 늙은네께 묻고 있다, "老軀여, 老嫗

여, 老狗여, 이 사미 놈의 하초가 어디에 있다고 하고 있으신곱, 밖인곱, 안인곱? 그리고 이 사미 놈의, 이 뜨겁도록 치근덕스러운 禪木 한 그루를 老狗가 손에 쥐고 있으니, 그런고로 그것은 반드시 老軀의 것이라고 해야겠는곱, 아닌곱?" 하으, 카윽, 칵, 처, 처런, 처런 수가? 저 늙은 것이 그러자, 그러는 어느 순간, 낫인지 호주머니 칼인지를 쥐어 들어, 하뿔싸, 저 젊은 강장함을 싹둑 잘라버렸구납, 게다가 갓 자라고 있는, 몇 오락지 안 되는 거웃까지도 함께, 몽땅 그 한 자리를 패였는뎁, 늙은것이 불호령을 내리고 있고납. "이눔 네가 가진 것이라곤, 주어진 法名 하나와, 戒밖에 없는 것을! 너의 몸·말·마음이 모두 이 늙은네의 것이거늘! 어디다 좆을 꼴려 세워 희롱하며, 재담이렷다? 이눔, 그래도 무엇이 너의 것이라고, 아꼈어야 했다면, 그것은 이 몇 오락지 음모는 아니었겠느냐?" 그리고, 그 老狗는, 그 제자 놈의, 잘려진 하초 자기 손에 쥐어져 있는 것을, 피범벅인 채 울 너머에다 던져버린즉, 지나던 野狐가 흠흠거리다, 한 입가심하고 말았다고 협씹데답. 허허, 헛, 허기는, 그 어리석은 젊은 놈이, 두려워해야 할 것이 있었다면, 그것은 '눈썹'보다도 '거웃'이 아니었던가, 촌승도, 여러 번이나 그렇게 생각했습지. (語禪派네 '눈썹'이, 溫肉派네 방언으로 번역된다면, '거웃'쯤이나 안 되겠을일인갑?) 왜냐하면, 거웃을 돋궈낸 자로서, 잘못 소돔과 고모라를 지난 자마다, 소금기둥이 돼버렸던 까닭입습지. 거기, 저 거웃이 우거져 불꽃처럼 맹렬한 데에, 눈썹道에서 두려움으로 내려다보는, 나라카가 있습지. 모든 중력이 모두어지는 일점—물라다라[會陰]. (鍊金術師들에 의해) '해골'(이라는 암호를 입혀져, 그 의미가 은닉되어온,) 드룩년의 요니, 그리고 또한, 魔羅[陰莖], 드룩년의 '머리에서 자라 오른 나무', 한 발정한 우주적 암캐가, 한 [11]독사(쿤다리니)의 모습으로, 이 魔羅를 틀어 올라, 하늘의 蓮, 붉은 獅子를 물어 삼키려 함. [12]한 얼굴에, 눈을 셋씩이나 해서 부릅뜨고, 오른손엔 날이 시퍼런 낫을 쥐어 제 년의 머리 위로 쳐들어 올렸는데, 그 왼손엔, 사람의 더운 피가 철철 흘러넘치는 人頭骨을, 제 년의 젖가슴에 받치고서, 오른다리를 구부려 쳐들어 올리고, 왼발은, 송장의 가슴을 디뎌, 활짝 벗고 춤추는, 성숙한 동정녀, 열여섯 살, 머리 장식은 다섯의 마른 人頭骨로 했으며, 피를 뚝뚝 흘리는, 쉰 개의 人頭骨을 끈에 꿰어서는 목걸이를 하고 있는 년. 그러자 검은 송장의 하초가, 그 춤에 좇아 빼등히 꿇려 올라, 저 舞女의 요니를 뚫어 오름. 송장 먹는 암캐. "상사라와 니르바나가 둘이 아님! 다르지 않음." 해가 지고 있었던 갑? 저 빨솜한, 두 이파리짜리 붉은 蓮이 오므라들고, 그러자 어스름해지는뎁습지, 그 닫혀 들고 있는 蓮 속에서, 빨려 들어간 송장이 당즙을 빨리고 있음. 이빨 달린 요니(Vagina Dentata). 그래서 저 처녀인 어머니는, 자기의 남정이며 자식을 씹어먹어 새로 남정이며 자식인 것을 잉태하는갑, — 완벽한 자급자족. 저 腋氣에 코를 묶이고, 그 붉디붉은 陰脣에 눈을 묶인 (남편이며, 동시에) 자식인 것들께는, 자기의 허연 골을 담보하여, 그 시울의 미끄러운 당즙을 좀 핥으려다, 그 시울의 안쪽으로 실족해 드는 수밖에, 거기 무슨 다른 선택은 없는 것인갑? 아 그러면 道流들은, 바르도 험난한 여로를 再觀하려 하게 되겠습는갑? 그러면 도류들은, 다름 아닌, 도류들, 갈마의 줄 끝에 대룽대룽 매달려, 그 갈마의 춤을 추어대는 망석중이, —다름 아닌, 갈마의 受動態 말고, 아무 다른 실다움이 없다고까지도 알게 되겠을 일입지. 그렇습지, 바르도/逆바르도에서, 거기 처한 존재들은, 스스로들의 망상에는, 자기들이 자기들 삶의 能動態인 듯이 믿고 있음에도, 프라브리티의 우주적 실다움은, 그 반대라는 것입습지. 바르도에서는 (逆바르도에서 자유라고, 무장애라고 이해해왔던) 念態가 逆바르도에서의 사대, 오온을 입은 몸처럼 수동태인 것에 반해, 바르도에서는, 이상스럽게도 차라리, 그 사대, 오온을 입은 몸이 출구입습지. 그래서 바르도/逆바르도가, 제 꼬리를 제 입에 물고, 빨아들여 뒤집힌다는 뱀모양, 끊임없이 뒤집힘습지. 輪廻 말입습지, 는 苦海. 그러는 그 어느 매듭의, 그 어느 한순간에 만약, 자기가 능동태라는 망상의, 꼭두각시 춤을 추고 있는 저 능동태에의 가능성 자체인 꼭두각시가, 자기의 사지를 묶고 있는, 그 운명의 줄을 볼 수만 있다면, 그리하여 그 줄을 찬찬히 점검해보고 난 뒤, 그것이란 자기의 상사라에 대한 망집이 늘여낸 끈끈이가 굳어진 것 이상의 아무것도 아니라고 알게 되기에 이른다면, 그러는 그 어느 순간 그는, 이제껏 망념으로 이뤄낸, 空에 대한 공포심을 여읠 것인뎁, 그러면 그는, 色에다 자기를 비끄러맸던, 그 갈마의 줄을 끊고, 표표히 훨훨, 떠나 돌아오지를 않을 것인뎁. ('망념으로 이뤄낸 空에 대한 공포심'이란, 허무주의, 소멸에의 두려움 같은 말로도 대치할 그런 것이겠습지) 이 한 정신은, 능력 자체가 돼버렸음, 고치 속에 잠들었던 위대한 한 역동성이, 날개를 달아, 고치에 구멍을 뚫고 날아나갔음. 그래서 결국, 禪行(요가)이란, 한 有情이, 자기의 業이 일으켜내는 운명이라는, 환영의 모진 도리깨질 아래 당하기만 당하고 있을 때, 자기 입은 것의 비임("四大도 空에 의지하노니")을 알아, 그 도리깨질이란, 물 위에 어린 달그림자에다 하기와 다름이 없다고, 그래서 그림자를 거기 벗어 남겨놓고, 실다움만을 뽑아내 표표히 떠나려는 노력 그 '당'(mdang) 또는 '역동성'의 눈 띄우기, 라고 할 것이겠습지. (그렇다고 한즉슨, 道流들은 묻는답? 한 話頭와 한 話尾를 예로 들고 의문을 만든다면, "佛이란 무엇이냐? 서 근의 삼이다"라는, 語禪派네 禪行은, 저 '역동성'이라는 '金'과 무슨 상관이 있겠느냐, 라고 말입습지? 그것에 대해 대답 삼아, 촌승이 하나 해두고 싶은 권고가 있다면, 道流들은 부디, 도류들이 예 든 것으로 대표되는 '묻기/대답하기' 간의 모순당착이, 그것 자체의 모순당착을 드러내기 위해서가 아니라, 우리들이 질서 정연한 실제적 세계라고 여기는, 그 세계의 무질서성, 幻性, 그 모순당착을 지적하고 있다는 것을 알라는 것입습지. 그렇다면 도류들은, 저들의 '고함치기'[喝] '죽장질 하기' '수염 뽑기' 등의 아라핫의 폭력주의와 이 언어의 다름을 알 만한갑? 이런 폭행을 통해, 그들이 얻으려는 것은 무엇인갑?) 그런즉슨, 우리가 저 황홀한 험로에서, 죽음 가운데로 미끄러져 들고 있을 때, 그 어느 한 손길, 우리들 어머니의 요니에서 눈을 뽑아내, (그것이 力動力인 것!) 할 수 있는껏, 그 빨솜히 열린, 두 잎짜리 붉은 蓮의 유혹을 물리치는 수밖에 (스스로 된 고자!) 저 황홀한 저주에 대해, 우리가 할 수 있는 일이란, 달리 있지도 않겠습지. 아으, 우리 어머니는 황홀한 저주, 아름다운 암컷, 천만 번 잘려 먹히고, 억천만 번 녹혀지는 한이 있더라도, 자식 놈들의 버릇없는 하초는, 차라리 그렇게 잘려져 녹힘 받기를 바라, 한사코 팅팅 끓아 꼬나서는 것. 불타오르는 것. (아 물론 도류들은, 本者語魔, 저런 순 무자비한 說法꾼의, 肯·否에의 무차별 대우 탓에, 말의 수렁과 流砂 구덩이에 빠져, 하릴없이 허우적거리고 있는 듯한뎁지, 흣흣흣, 납이던 것들이, 그 납의 죽음을 겪고 있습다) 이것을 촌승은 "바르도에 처한 것들이 재생을 욕망하는 것"과 같이, 이승에 처한 것들은, (오지도 않은) 죽음을

(두려워하기로) 그리워한다고 이해하고, 그리하여, 그런 매우 변칙적 苦慾에 의해, "제 꼬리를 제 입에 문" 윤회의 뱀은, 끝없이 뒤집혀지는 그 운동을 얻는다고 이해합습지. (저 두 '苦慾'이야말로, 니브리티에 연접한 마을—人世를 운영하는 프라브리티[易]의, 양극의 두 磁場일 것인뎁지,) 그 '苦慾'은 그럼에도 물론, 그 본디의 순수한 모습을 유지하고 있는 경우란 극히 드물어, 천만의 형태에로 轉身遁甲해 있을 것은 누구라도 쉽게 짐작할 수 있겠습지. 각설이다운 말씀을 한마디 드리기로 한다면, 각설이가 본 바에 의하면, 人世의 모든 場이 서 떠들썩한 데마다, 저 두 '苦慾'이, 가장 질퍽하게 뒤엉겨, 생 진물을 내고, 그러는 중에 갈아들고[易] 하더군입지. 헌뎁습지, 그 천만의 변형 중에서도, 그 怪角이 그중 실한 데다, 뾰족하고, 그 怪谷이 그중 깊은 데다, 그 안에다 만의 竹槍을 세워놓고 있는 것은, 한 몸에다 저 두 종류의 생식기를 구비해 있어, 두 이름으로 불려, 둘인 것처럼 알려진, 括胎蟲이라는 怪骨입습지. '송장'이며, 그 '송장'을 깨워 일으키는 자. 그 怪角의 이름은 '加虐'이며, 그 怪谷은 '被虐'이랍습지. 송장을 깨우는 그 舞拍은, 세분화한다면, 각각 '큰 것/작은 것' 하여 넷쯤이 될 것이라도, 대별하면, 둘, (쑤시기/쑤셔지기), 그러면 이제 도류들께서는, 촌승이 의미심장한 듯한 목소리를 꾸며, 꾸역꾸역 말해온 바의 '송장과 잠자기'라는 秘儀는, 다름 아닌 이상스러운 引力(性慾)에 의한, 헛것들의 상사라에 갇혀 들기와, 벗어나기의 과정을, 깜냥으로는 육적으로 보여주려 노력했다는 것쯤 짐작하시겠습는갑? 그 탓에 거기 어디, 촌승 투의, 肯否에의 무분별 현상이 일어나 있었겠습지. 그럼에도 도류들은, 무엇을 명심해둬야 하는가 하면, 村僧은, 이것저것, 무슨 질료들을 들춰내, 그 질료들의 이름이나 뜻 같은 것을 정의하는 자가 아니라, 雜說하는 자라는 것, 그리고 무슨 賢者로서가 아니라, 무슨 풍문 따위를 팔아, 그것으로 목구멍에 풀칠을 하는, 刧說이로서, 도류들 앞에 나앉아 있다는, 이것, 이것은 명심해두셔야겠습지. 이 說法꾼은, 그래서 雜說客입습지. 말[言語]의 鍊金術꾼이라고 치고서는, 禪門의 좆 단 노파들만큼이나 좋지 않습지. 저들에 의해서는 말의 '無' 義를 위해 殉敎를 당하고 雜說꾼에 의해서는, 그 꼭같은 '無' 義를 위해, 말이 '姦'을 당합습지. 헤, 헤, 헵, 이것은 기억들 해주십습지. 이 의미에 있어서는 이 雜說꾼은, 매우 정통적

'쓸고 닦기派'의 불머슴입습지. (허긴 그래설라는갑, 이 却說이는 아까부터, '本來無一物派'여서, 정탐도 하고, 매복해 있다가, 때에 이르면 내달으라고, 내보낸 竹杖을 느끼는뎁, 글쎕지, 이 却說이는, '쓸고 닦기派'에서 불머슴하며, '말'[言語]이나 '마음' 등 아무것이라도 '살' 삼아 '쓸고 닦아'왔던 자거든입지. 夢精까지도 포함해 말입습지만, 일례를 들면 아무리 뻐등한 새벽 塊라 한다해도, 어떤 식으로든, 그 肉頭 어디에, '쓸고, 닦고, 문지르기'라는, 손아귀가 뻐근할, 점진적 노력을 바치지 않고는, 빠르게나 늦게나, 흰 불이 청천을 태워 올리는, 그런 사마디 상태는 성취되지 않는다는 것이, 촌승의 村見입습지. 幻이든 아니든, 프라브리티에 주어진 살은, '과정'을 겪도록 되어 있는 것은, 프라브리티의 법칙이거든입지. 헌데도 누가, 손이며, 계집, 또는 후문 따위의, 살의 예술에 의존치 않고도, 天女, 地母는 물론 호수의 요정이라든, 서낭당 처자 귀신까지라도 불러다, 정을 나누기도, 예든 바의 사마디를 성취할 수 있다면, 그는 이 塊道네 大家입습지) 소주 한 주발 내십습지. 喝. 그리하여 촌승은, 길 잘 든 龍馬에, 法의 멍에를 메워, 그 法輪을 正道에로 굴려 나왔습남? 내신 김에 한 주발쯤 더 내십습지. 그 소주에, 촌승의 타는 목젖이 젖고 나면, 말씀드려온 것들을 序章이나 總論 삼아, 이제 그러면 그 各論 풀이를 하려 하는바, 촌승은 어디까지나 말하려고 하는가 하면, 말을 하고 있음에도, 말을 하고 있음으로 해서, 그 말이 침묵을 토해내기에 이르는, 그때까지나 하려고 하고 있습지. 觀雜說.

諸善男子, 善女子, 그리하여 촌승은, 도류들의 관심을, 한 번 더 '송장과의 肉交'라는, 한 면님의 三世의 娼行에로 모았으면 합습지. 왜냐하면, 村見에는, 이 秘儀와 관계된 '성욕'이랄 것이, 프라브리티 우주의 이해를 위해서는, 무엇보다도 중요한, 두 주제 중의 하나라고 믿다 보니 그런 것인뎁습지, 다른 하나는, '살욕'이라고 믿는바, 그것도 도류들과 함께 의논해보려는 것이, 현재의 촌승의 의도입습지. 먼저, '性慾'에 관해, 생각해낼 수 있는 만큼 생각해보기로 한다면, 非化現의 프라브리티가 化現을 성취하려 하면, 어쨌든 어떤 힘을 빌어야 할 터이고, 또한 化現이란 '태어나기' 말고 다른 아무것으로도 이해되지 않는다면, 그 化現力이란 두말할 필요도 없이, '성욕'이라고 인정하게 됩습지. 이 慾力을, 다른 어휘로 환치한다면, '創造力'일 것으로, 이보다 더 어기찬 힘은, '殺慾'(破壞力) 말고는, 더 꼽힐 것이 있을 수 없겠습지. (장차 되어질 얘기를, 성급하게, 미리 끌어다 이 자리에 삽입키로 한다면, 헌데도 저 '파괴력'은, 저 '창조력'의, 부정적 국면 이상의, 다른 무슨, 동떨어진, 힘은 아니라는, 이것 입습지) 그래서 이 힘이, 인식하는 것들의 인식을 거치자, 의인화를 치러, 예배의 대상이 되어오는 것이겠거니와, 禪꾼(요기)들이 아는 力理는, 이 힘에 의해 化現한 것들은, 그들이 입은 四大 속에, 다름 아닌 이 힘을 사려 넣고 있어서, 이 힘을 소모치 않고, 그 원초성에의 눈을 띄운다면, (이 힘이, 그 존재를, 프라브리티라는, 두터운 대기권을 뚫고 들어오게 했었듯이, 이번에는 반대로, 그 대기권을 뚫고 올라) 그 존재로 하여금 니브리티에 닿게 하는, 그 전 원동력이 그것이라고 하고 있습지. (그러니 이 힘이야말로, 차안에서 한 존재를, 훌쩍 뛰어 피안에 닿게 하는, 그런 용수철다운 도약력 자체라는 얘기겠습지. 이것은 나중에, 사람들의 여러 혀들에 닿게 되었을 때, '氣'라거나, '魂' 또는 '프라나'[prāna. Skt.] 라거나 '당'[mdang. Tbtn.] 이라는 투의 무수한 이름을 입어, 이미 차지해버린 우리들 몸뿐만 아니라, 우리들의 말이며 마음의 영역까지 깊이깊이 침투해, 치리하고 듦지) 헌데, 이 원초력의 소모는 왜냐하면, 알다시피, 色界에로의 무엇의 化現이란, 神이며 佛까지라도 四大라는 중량을 입어오기의 의미이던 것, 그 탓에 이 成肉身은, 그 중력에 부달리며 버티느라, 가진 노력을 다하는 중, 그것이 발산, 유실되는 것을 어찌할 수가 없는뎁, 그럴 것이, 그 중력에 거슬러 그 중량을 지탱하는 힘도 그것이던 까닭입습지. 게다가, 이 원초력의 母力이 되어 있는 쪽은 또한, 우주적 磁場이 되어 있어, 모든 새끼 힘들을 손짓해 부르고 있어, 여기서는 악순환만이 계속되고 있습지. (苦也!) 그런고로, 地水火風의 상극적 원소들의, 이 중량의 덩이들은, 그 원소들을 한 자루에 넣어 화합케 했던, 그 기력의 소모에 의해, 병고에도 당하고, 노쇠해지다, 팩 쓰러지면, 더 이상, 그 죽정이뿐인 중량을 지탱하지를 못하고, 흙은 흙에로라는 식으로, 그 본원에로 환원해버리고 맒습지. 哀哉, 苦也, 哀苦, 哀苦……. 이러면 도류들은, 어디에다 禪定꾼(요기)들이, 그들의 禪定行(요가)의 기반을 두고 있는가, 그것은 촌승이 말하지 않는다 해도, 짐작해 아시겠습지. 그리고 아시겠다시피, 촌승은 오늘, 그런 무슨 禪定法 강설을 하려, 이런 앞자리에 나선 것은 아닙습지. 村僧도 또한, 누구든 그것에다, 호흡과 마음을 투입하기만 한다면, 일거수일투족, 눈 한번 굴리기며, 혀 한번 놀리기, 어느 것 하나, 禪定(요가)이 아닌 건 없다고 알고 있거든입지. 그래서, 저 똑같은 한 힘, 우주적 동력에 의해, 성공적 禪꾼은 차안에 연좌로 앉아, 피안에 닿아서도, 더 건너뛰어 버리는뎁, 실패한 有情들은, 그 힘에 의한 四大의 응결과 해체의 과정에 묶여, 도저히, 프라브리티의, 저 별로 두텁지도 못한 대기권을 뚫고 오르지를 못합습지. 같은 한 힘이, 그 힘에 의해 化肉한 것들에 대해 법은이며, 저 주임! 유독 인간만이, 이것을 헌데, 비극으로, 고통으로 이해하는바, 인간인 것이 인간의 것을 높이 들어 올렸으며, 또한, 깊이깊이 끌어내렸음. 프라브리티의 척도로 재본다고 하면, 인간도 짐승보다, 무슨 원소를 더 많이 입었다거나 해서, 한 치가 더 많을 수도 있다거나 그런 것은 아니어서, 그냥 동물인뎁습지, 어느 날 헌데, 유독 이 한 종류의 동물만이 머리를 쳐들어, 두 발로 걷기 시작하자부터, 자기 입은 중량과 중력에 대해 곤핍증을 일으키기에 이르고, 그러는 중에 점차로, 자기 입은 獸皮는 무거운 것뿐만 아니라, 가렵고, 일례로, 감기만 걸려도 두통에 당할 뿐만 아니라, 그 번져 나오는 짐승 냄새는 참을 수가 없다고 알아, 그것을 벗어버리고 싶음에 의해, 魂에다 날개를 돋궈내던바, 그런 후부터 이 이상스럽게 변이한 짐승 중의 어떤 것은—이라는 말은 아마도, 文化化를 치렀다는 말일 것인뎁—자연이라는 '검은 상복의 과부 거미'가, '세상나무'에 의지하여 道絲를 늘여, 빈틈없이 쳐놓은, 道網에다, 흰 구멍을 뻥 내고, 그 '세상나무' 끝으로 올라가, 되돌아올 줄을 모르고 그랬습지. 도류들, 이 '세상나무'는, 프라브리티 우주의 중앙, '해골의 골짜기'에 심겨 있는 것으로서, "자연과 문화 사이에서 갈등하는" 인간과 같이, 불순한 짐승들이, 그 나무를 오르기로 순화를 성취한다는 그런 나무인뎁지, 그렇다면 그것인즉슨, 다른 아무것도 말고, 우리들 어머니의 아랫배를 통해, 프라브리티에 밀어져 나올 때 입은, 그 '몸'에 대한 (종교적) 은유이거나, (연금술적) 암호이거나 하겠습지. '생명의 나무' 또는 禪木(요가나무) 말입습지. 그것을 입지 않고는, 진화란 성취되는 것이 아니어서, 神들까지도, 스스로 스스로에게 부여한, 프라브리티라는 운명을 벗어, 니브리티를 성취하려 하면 몸을 입어 내려온다는, 우주적 법칙을 염두하시기로 하십습지. 그러니 진화의 궁극은, 니브리티이며, 그것에로 오르는 사닥다리는, 아프고 냄새나며 무겁기만 육실허게 무거운, 조악한 물질의 집적, (우리들의) 몸이 아니겠는갑? 이러면 도류들은, 어디에다 禪定꾼들이, 그들의 禪定行의 기반을 두고 있는가, 그것은 존승이 말하지 않는다 해도, 짐작해 아시겠습지. 헌데 이 禪木은, 위에로만 올라 있는, 無根의 浮木이 아니라, 밑에로도, 그 뿌리를, 지옥에까지 닿도록, 깊이깊이 내려 있는, 六道(옴·마·니·팟·메·훙)를 縱立한 나무라는 것을 기억해두기로 합습지. 그것이 문젭습지, 오르다 오르던 것들이, 오르기에 지쳐 숨을 가빠하기 시작하면, 그것들 모두, 자기의 몸무게만큼씩은, 내리기에의 그리움을 느껴 갖기 시작할 것인바, 이 그리움이 다름 아닌, 어머니(自然)가 부르는 소리를 듣기 그것이겠습지. 이것을 村僧은, 인간의 自然複合症이라고 이릅지. 어머니(prakriti. Skt.)가 부르는 소리에 한번 귀를 열게 되면 그 자식은, 이제껏 縱立해, 오르거나 떨어져 내렸던 그 縱的 진로를 어느덧 반 바퀴 빙 돌려, 橫路에 서 있게 되는뎁, (왜냐하면 자연은 횡적 질서기 때문입지) 그 어머니의, 자식을 불러 하는 손짓은, 그 손은, 그 어미의 요니 속, 그 질척한 더움 속에서 돋아오른 水仙, 그러면 자식은 도저히 항거치 못하고, 그 요니 속으로 미끄러져 듦지. 그 자식들에게서 일어난, 저런 (비의적) 성욕은 동시에, '산 것들의 재생에의 욕망'(이라는), 즉슨, [13]죽고 싶음(말고 또 무엇이겠남?)과 뒤꼬여, (基督主義에 상대한) '아도니스 秘義'化합습지. ('말씀'의 우주에 상대한,) '살'의 우주(프라브리티)의 질서가, 어떻게 그 부정성, 또는 상극성에 의존해 질서화할 수 있는가를, 도류들은 그러면 더 이상 의문스러워하지 않을 것이겠습지. 가만 헌데, 있습지, 목을 좀, 소주 한 모금 추겨야겠군입지. 그리고는, 이왕 얘기는 시작되어져 한참이나 자아왔으니, 자을 데까지는 잣고 볼 일이겠는뎁, 이것 봅습지, 만약 우리가, (인간도 동물이므로 동물로 취급하여,) 축생도를 보던 눈을 거둬, 그 시야를 좁혀, 문화화를 치렀다는, 그래서 몸을 어미께 담가놓고, 그 눈은 다른 데 향해 추파를 던진다는, 그런고로 천하순 불순하다는, 사람들의 세상에다 초점을 맞추고, 그것을 확대해보기로 한다면, 얘기해온 바의, 저 어머니(프라크리티)의 부름에 좇아서만, 삘그럼을 꼬나 세웠기라는, 그 망측한 자식들의, (비의적) 성욕에, 과연 어떤 변용이 일어날 것인지, 그것이 궁금해지는군입지. 축생도에서와 달리, 그렇게 되자, 문화화를 치렀다는 人世에서는, 갑자기 '어머니'가 捨象되어버리거나, 있더라도, 썼다 지운 글씨처럼 희미하다고 보게 되는군입지. 이것은, 그저 그 어느 모서리를 생각해보기만으로도, 존승의 머리칼을 곤두세우고, 몸서리를 치게 하는뎁, 그러자, 대상을 못 얻은 성욕만 남아, 시간의 경과에 좇아 깊어졌다가, 차올라, 비등하는 것을 보게 되어서이고, 그것이 그럼에도 (대상을 못 얻어) 터뜨려지지를 못해, 무서운 不發力인 채 머물러 있는 탓입지. (천년을 毒만 구워온 이무기!) 이 不發力은 그리하여, 저 자식 놈들의 하초의 뿌리, 會陰에 묻혀, 겨울 龍처럼 잠들거니와, ('個'와 '衆'이 섞갈림) 열여섯 살의, 처녀인 어머니. 글쎕지, (바로 이, 제 놈의 會陰에 잠든) 어머니의 옴팡한 호꼰함 속에다 왼 몸뚱이를 담가놓고, 그 눈들만 들어, 어만 데를, 예를 들면 높은 데라거나, 하늘 따위를, 올려다보기 시작한 그때부터, 이 자식들은, (다만 후텁지근하다는 이유로, 살생까지 자행하기!) 위험스럽기 짝 없는 不發力化해버렸습지. ('空'과 '虛'의 존수를, 이것에다가도 차용하기로 한다면, 이 不發力의 虛의 국면은, '폭풍의 눈'[무풍대] 이랄 수 있을 것입습지) 그래서 그것은, 차올랐다가, 들끓기 시작하는 대로, 무슨 수로든 터뜨려 내버려야만, '人世的 易'에 불균형을 초래하지 않게 되는뎁습지, 여기 어디에도 또, 代贖羊이 바쳐져, 더운 피를 터뜨려내야 하는, 그 犧牲祭壇이 놓여질 자리가 준비되어 있음을 보게 됩습지. 이런 贖良祭도 그렇다면, 그것이 얼마나 복합화해 있는, 그것이 요구하는 祭物이 다름 아닌, 축생도 소속의 '살(의 죽음)'과, '더운 피'인 이상, (그것이 그 제사의 조건인 이상), 그 제사에서, 그 '살과 더운 피'가 차지하는 비중만큼은, 아도니스 秘儀를 벗어나지 못하고 있다는 것이 지적되어져야겠습지. '人世의 易理'라는 저울대 위에서는, 저런 代贖祭란, (六祖의) '유전된 陰氣'의 陽性化의 한 형태라는 것도 고려하게 하는바, 왜냐하면, 숲에서는, 공중에서는, 그리고 물에서는, '음기'의 형성이 너무도 느려터져서, 劫의 算法으로써만 헤아려낼 수밖에 없어, 그런 것이란 거의 형성되는 일이 없는 듯하기 때문이며, 그렇다고 한다면, 그것이 '유전'될 리는 거의 없으니, '陽性

化'를 치를 까닭도 희박하기 때문입지. 그런고로 저것은, '人世만의 易理'라고 이르게 됩습지. 이런 견지에서, 저 不發力을 재검토해본 도류라면, 아마도 그것이, 六祖적 방언의, '陰氣, 그 유전' 따위로 번역할 수 있는 것이 아니겠느냐고 하실지도 모르겠습지. 그럴 것이, 촌승 자신도 그렇게 믿어왔었으니 말입습지. 헌데 촌승은 종내 무엇을 보기에 이르렀는가 하면, 촌승이 외람되게도, 六祖의 語帽를 써보려 해보자, 유행이었든지, 색깔이었든지, 품이었든지, 무엇이었든지 그것은 잘 모르겠으되, 촌승 입은 語衣와 꼭히 잘 들어맞는다고 할 수가 없어, 그런 후, 村스럽되 촌승은, 촌승의 語帽를 쓰고, 도류네 語物廛들을 끼웃거리고 다닙지. 그래서 이 不發力은, 어떤 경우 어떤 충돌 마찰에 의해, 그 심지에 불을 얻게 되어 폭발하게 될 때는, 언제든 그렇게, "산 짐승의 목을 쳐, 그 제단에 더운 피를 뿌리기"라는, 제사를 꼭히 필요로 하는가, 아니면 사실은, 그 犧牲祭 자체가, 그 심지에 불붙이기인가, 그런 의문을 불러일으킵습지. 그 대답은, 대략 세 가지쯤으로 대별된다는 것이 촌승의 村見인뎁지, 그 첫 번째 것은 그러니, 바로 저 '犧牲祭'인 것이며, 그 두 번째는, 바로 그 不發力의 폭발이 '아도니스 秘儀'를 넘어선 데서 이뤄진 것이 꼽혀야겠습지. 이것이야말로, 프라크리티며 프라브리티가, 이제껏 그 자식들께 보여왔던, 그렇게나 잔인한 집착과 질투의, 드룩/魔羅의 가면을 벗고, 자식들로 하여금, 자기를 딛어 딛딛딛어 딛얼라올라 높높높이 올라, 빛과 은총 가운데 들게 하는, 그 우주적 덩굴나무였었다는 것을 알게 합습지, (그러니 상극적으로 이뤄졌다는 우주적 질서에는 무슨 목적이 있었던 것이겠습지) 이 경우의, 이 不發力은 그렇다면, 앞에 어디에서도 이런 얘기를 했습지만, 탁월한 연금술사들에 의해, 축생도의 두꺼운 비계를 뚫고, '말씀'의, 그리고 '마음'의, 그리고도 그 너머 쪽(니브리티)의 우주에로 비상하는, 그런 어기찬 力動力에로, 그 力性을 바뀜 받은 것으로 이해됩습지. (이 金의 이름은 '보리'입습지. "가테 가테 파라가테 파라상가테 보리 스바하") 문제는 그럼에도, 縱立적 질서 속에는, '집단'성이 끼일 틈이 없다는 것입습지. 그래서 우주와 개인, 신과 개인, 죽음과 개인의 관계를 유지할 뿐이어서, 아무도, 얼마나 많은 不發力들이, '보디'의 날개를 달고, 용수철의 신발을 신어, 저 높은 곳 어디에로 뻗친 빛과 법열의 굴뚝을 희게 빠져

나갔는지를 알 수가 없습지. 세 번째 경우는, 그렇다면, 촌승께는 이 경우가 우리들의 평균적 역사 자체인 듯이도 이해되는뎁, 말씀드린 두 경우에 비해, 왜냐하면 증발할 곳도, 탓 돌릴 데도 없어, 비극적이며, 거의 지리멸렬하기까지 하여, 우리로 하여금, 강아지가 지나가면 강아지를, 소나무를 만나면 소나무를, 그러니 꼭히 뭣이라 정해진 대상이 없이, 말하자면 충동적으로, 냅다 걷어차게도 하며, 또 밤새 꿈이 어수선했다는 이유만으로, 실수인 체, 시부모의 고봉 담은 밥그릇을, 아침부터 떨어뜨려 깨뜨려 재 속에 굴리기 뿐만 아니라, 의당 자기가 받아야 할 어떤 상찬이, 어만 데에 주어졌다는 까닭으로, 그 빈손에 장도를 쥔 [14]사내는, 어만 데, 뒤뜰 목장에로 나가, 무고한 양들을 살상하여, 그 손에 더운 피를 묻힌다는 따위, (어떻게 배치 정리를 하고 본즉슨) 세모와 네모와 동그라미 따위들이, 어긋난 데 없이 잘 귀 맞아 든다는 투의 일들이 도처에서, 거침없이 자행됩습지. 이런 혼란, 혼돈이 더 있을 수 없겠습지. 그럼에도 도류들은, 이런 혼란, 혼돈도, 어떤 경우는, 그것 자체가 질서여서, 꼭히 '末世論'을 부르짖는 선지자를 소명해내는 것만은 아니라는 것도 관찰해 둡습지. 사람들이 자기 속에 간직해 있어야 할, 흉몽 따위를, 밖에로 드러내 지워 없애려 한다든지, 자기 대신, 자기가 받아야 될 상찬을 받는 자를 해치는 대신, 들에 나가 양을 해치는, 그런 시절은, 꿈과 현실이, 人世와 축생도가, 바르도와 逆바르도가, 한 산통 속에 넣어져 흔들려지고 있음을 나타내는데, 그리하여 우리는, 저승과 이승의 경계, 그리고 자연(축생도)과 문화(인세) 사이에 자리잡아 오는, 밝은 햇빛 아래 안개 덮여 으스름히 반 잠에 취해온 고장, 그렇습지, 그런 고장 하나를 재발견하게 됩습지. 巫村, 그렇습지, 그 경계에, 우리들 선조 때부터 자리 잡아 온, 고장은 巫村—. 여기서는, 인과율이 당대적으로 완성되어지는 듯하여, 짓기와 헐기, 잠자기와 깨이기, 서기와 눕기, 같은 것들 사이에 별로 뚜렷한 구별이 없어 보입습지. 아마도 그런고로, 이 이상한, 혼란이 질서 자체인 곳에서는, 한 씨암탉의 목을 잘라 그 더운 피를 뿌리며, 그 씨암탉의 죽음을 보내기로, 죽어가던 병자의 죽음이 대신되어질 수도 있는, 그래서 그 병자가 회생하여, 그 씨암탉의 목숨을 사는, 代贖이 가능되어지는 듯합습지. 그러면 諸道流, 촌승이 아끼는, 代贖祭란 무엇보다도 축생도와 연관이 있다고 말한 것에 보태, 이것은 또한, 巫祭라고 이르는 것을 눈치채셨겠습지. 이것에도 그 제단은, 축생도가 돼 있다는 것을 놓치지 마십습지. 그러면 우리는, '살'(축생도) 속에서, '말씀'을 분리해내기 위해서도, 이런 與受의 법칙에 의존하게 되는 이유도 알 법한갑? 보태둘 것은, 代贖物의 껍질이, 또는 그 '은 삼십'이라는 값이, 틀린 손에 쥐어지면, 그 代贖祭를 통한 은총 대신, 저주의 피비가 내려 뿌린다는 이것입습지. 그리고 어떤 경우는, 그 '은 삼십'이 목적이 되어서, 代贖羊이 피를 뿌리는 경우도 있다는 것도 밝혀두기로 해야겠군입지. 헌뎁습지, 우리가, 축생도를 떠나고, 巫村도 떠나, 햇빛 밝은 데 나서, 모든 걸 그 빛 아래 새로 보기로 한다면, 우리는 무엇을 발견하게 되는가 하면, 프라브리티란 다름 아닌, 고압적 상극력에 의한, 엄정한 '질서' 자체여서, 말한 바의, 무엇이 무엇의 무엇을 代身·代贖할 수도 있다는 식의, 그런 仁함을 구비해 있지 않은 것이라는 것입습지. 그렇거나 저렇거나, 그것은, 그럴 자리를 얻게 되는 대로, 얼마가 반복되든, 더 생각해보기로 하십습지마는, 이만쯤에서는, 해오던 얘기의 본줄기를 찾아, 그것이 어떻게, 어디까지나 뻗쳐나가는지를 살펴보도록 해야겠군입지. 라는즉슨, 어디로부터 밑 터진 자루에, '末世'의 悲報를 넘치게 채워와, 도처에다 그 소금과 유황을 뿌려대는, 선지자라는 것들을 소명해내기에까지 이르는, 不發力 말입습지, 그것을 살펴보기로 하자는 이런 말입습지. (촌승이 이렇게 말할 수도 있는 근거는, 역사와 율법이 같은 한 문장 속에 뒤섞인, 일러 경전이라고 이르는 것, 그것들이 가르치는 것에 두고 있습지) 헌데 촌승의 村見에는 말입습지만, 저런 소금이며 유황이, 그 당대를 가위눌려대는, 나쁜 귀신을 쫓아낼 수도 있다거나 하는 일이란, 매우 희귀한 듯합습지. 그런 대신 촌승은 깜냥껏 무엇을 진맥하게 되는가 하면, 개인들뿐만 아니라, 집단도, 죽고 싶음, 그 집단 자기 파괴의 광증을 드러낸다는 것을 알게 됩습지. (그럴 때마다 우리는, "義人이 몇이나 있느냐?"라는, 이상스러운 물음을 제기하게도 됩습지) 그렇게 집단도 재생을 성취하는 듯합습지. (그리하여 우리는, 六祖의 '陰氣論'을 서로 의논해보고 있는 중이 아니겠는갑?) 어쨌든, '집단의, 자기 파괴에의 광증'은, 오래잖아, 고여 팽창한 그 고름을, 밖으로 흘려 내보내든, 또는 안으로 터뜨려 새게 하든 할 것은, 누구에게나 용이하게 추측되는 것일 것으로, 촌승도 그래서 대략 그런 말씀을 드리려 계획하고 있습지만, 그러기 전에 촌승은, 자기의 몸을 '원초적 질료' 삼아, 金을 구워내려는 연금술사들로부터 한 소문을 빌어와 그것을 퍼뜨리려 합습지. 라는 것은, 저 젊은 개고자님의 성욕 같은 不發力은, 느닷없는, 괴질을 일으켜, 그 집단 자신을 할퀴고, 물어뜯으며, 찢어대기에의 형태로도 변용한다는 그것입지. 물론, 이 안을 뒤집으면, 거기 이제, 三災八難이 만연해 있음을 보겠을 일인뎁습지, 우리가 이것을 이해하기 위해서는, 우리들의 욕구 불만, 또는 울화 같은 순전히 마음과 관계된 불편함이 어떻게, 체증이라든, 심장마비 같은, 순전히 육신적인 부조화를 일으켜내며, 반대로는, 술과 고기로, 기름지게 먹고 취해 자는 자의 잠은, 어째서 엷고, 꿈만 어수선하다고 하는지, 그런 바르도—逆바르도를 들여다볼 필요가 있는 듯합습지. 모든 꿈들이 다 그렇다는 주장을 하고 있는 것이 아닙습지만, 촌승의 경험에는, 저런 어떤 헤설픈 꿈은, 육신적 불편함, 가장 빈번하게는, 소화불량과 관계된 불편함(아마도 丹田이, 轉身轉移를 가능하게 하는 기관인 때문이기도 하겠습지), 그리고도 자세가 나빠 사지의 어느 기관에 맥이 원활하지 않다거나, 하는 따위의, 육신적 불편함이, 잠이라는 비계를 통과하는 사이 굴절 현상을 일으켜, 변신을 치른 듯한뎁지, 그러니 촌승은 '앓기'를 '본 것'입습지. 대체 그런 '꿈'은 어디서 일어나기에 촌승은 그것을, 시각에 호소되는 대상화하여 본다고 이르는갑? 촌승은 혹간, '안'도, '밖'과 동일한 것으로 이해하고 있는 것은 아닌갑? 촌승으로서는 그러나, 그런 어떤 육신적 거북함이, 어떤 경로에 의해, 매번마다 다른 꿈에 제휴하여 발현하는지, 그것에 대해서는 뭐라고 드릴 말씀을 못 가져, 유감입습지. 그것은 그러면 그러하다고 해두기로 하려니와, 일어나는 한 의문은, 혹간 저 집단적 不發力도, 그 육신적 욕망에다 재갈을 물리려 애쓰는, 비구(니)의 욕망처럼, 동이 훤하게 트기 탓에, 밤새 다른 일이란 별로 없었던 것모양, 다시 말하자면, 일었던 노도가 가라앉기의, 그런 수평화가 가능할 수도 있는 것인가, 하는 것이군입지. 村見에는 헌뎁습지, '집단'도 見性이라는 해탈에의 목적을 갖고(라는 투의 수사학은, 頓悟派 沙門들께는, 여러 개의 法杖을 부러뜨리게 할 만한 것이겠습지만, 喝, 게 앉았거랍!), '스스로 고자 되기'의, 그런 모진 자기 부정의 고행을 하는, 비구

(니) 같지는 않습지. 물론 '집단'도, '이상향'이라는 어휘로 총괄할, 그런 어떤 원대한 꿈을 갖지 않는 것은 아니겠습지만, 문제는, '집단'이라는 이 거대한 공룡은, 몸에 비해 대가리가 너무 작다거나, 대가리와 몸 사이의 거리가 너무 멀다거나 하여, 머리와 몸 사이의 교통이 원활하지가 못하다는 것이나 아닐까 하는 데 있겠습지. 이때, 이 공룡의 거대한 몸이 전부 '욕망'이라고 한다면, 그것의 머리는 '능력'이랄 것이어서, 어떤 세상은, 그 '능력'만 소모해버리고, '욕망'만 남기는 수가 있어, 그것은 不發力의 형태로 응결된다고 이해되어집습지. 보다 더 秘儀的 어휘로는, 출구나 대상을 못 얻은 '성욕'이라고 해온, 그것 말입습지. 젊은 개고자님은! 그리하여 우리는, 저 不發力의 外漏나, 內泄 등을 살펴보아도 좋은 자리까지 이르렀는뎁습지, 마는, 촌승은 미구에, '말세론'이라는, 우주적 悲報가 어찌하여 우리들 세상에 퍼뜨려지지 않으면 안 되는가, 그런 문제에 봉착하게 될 것을 내어다보게 되므로, 이 문제는 그때까지 보류해두려 하는바, 용허들 하십습지. 하으, 이러고 보닙지, 語魔本者는, 길 잘든 말[言語] 엡지, 든든한 멍에를 매어섭지, 正道만을입지, 좇아섭지, 그 法輪을 굴려 온 것을입지, 觀雜說, 알게 되는군입습지. 그런즉, 猪肉에 소주 한잔 마십습지. 그러면 本者語魔가, 저육 토막으로 목구멍을 넓히고, 소주로 열을 달래, 흘러나올 말에 거멍이 묻지 않게 하여설람에, 목소리를 카랑카랑하게 하고, 저육에서 빌은 저돌적 용기와, 소주에서 빌은 노도다운 불의 힘에 의지해, 羊頭를 내놓고 狗肉을 팔아왔던, 그 양두를 집어내 치워 보이려 합습지. 어차피, 道流네 잇몸에는, 이제쯤은, 저 狗肉 맛이 누렇게 배어 있을 터이니 말입습지. 이제는 그렇다면, 狗頭를 내놓고, 羊肉을 팔아야 될 듯하잖나벱? 그래서 촌승은 과연, 이제껏, 무슨 구육을 팔려는 奸計로, 비구(니)의 '송장과 교미하기'의, 음담패설을 해대고, 그리고는 그것도 부족하여 이번에는, 특히 人世의 집단과의 관계에서, 그 衆心 속의, 하필이면 '不發力'을 운위해오다가, 그것까지도 또, '外漏'와 '內泄'이라는 괄태충이를 만들어, 羊頭를 삼아, 道流네 피땀과 바꾸려 했는지, 그것 좀 확 밝혀버려야겠군입지. 이렇게 되자 도류들은, 그 하반신은, 셔리셔리 똬리 친, 동지만큼이나 긴 한 마리 毒蛇인 것이, 그러니 창자도 하나인 것이, 그 위쪽에다, 독버섯 여럿을 꽃피워놓아, 東에서 보면, 거기

에도 얼굴이 하나 만개해 있고, 西面, 面南, 面北—네 대가리, 그렇군입지, 여럿이 모여 넷으로 보이는, 이런 천하순 잡종의 怪獸가, 人世를 그 똬리 가운데 두고, 네 방위에서 물어서는, 그것[人世] 이 '여의주'거나, '권세'이기나 한 듯이, 모두 하나같이, 제 입속에다 넣으려 다투는, 으르렁거림을 만나게 되어, 흠칫흠칫 놀라시는군입지. 글쎕지, 도류들이 보는 바대로, 그 짐승들은 (동시에 단수로도 불려지는뎁지) 人世를 가운데 두고 분쟁인뎁, 그 대가리 하나는, 어떻게 보면, 푸른[靑] 색을 띤 독사며, 어떻게 보면 '붉은 龍'이며, 그 하나는 흰[白] 암캐인가 하면, '옛 뱀'이고, 그 하나는 타는 붉은[赤] 새인데 또 보면 '어린 羊'이며, 그 마지막의 것은 검은[黑] 거북의 것이라고 하다, 다시 보면, '애밴 여자'가, 산통에 처해 배를 안고 엎드려 고통하고 있는 그 모습입지. 아으, 道弟들은 멈출시랍, 뒤꿈치 쪽으로 바빠지려 하는, 그 어죽은 걸음을 도제들은 멈출지랍. 그리고 그러려 하다 본즉, 도제들의 눈알이 썩어 문드러진다 하더라도, 그 시선을 거두려 말고, 불을 켜, 저 괴이한 짐승을 녹히겠다고, 대들어 꼬나볼 일인뎁, 그러면 本者語佛, 逐鬼에 양기를 돋구는 부작도 여러 장이나 썼다 살라 소주로 음복도 하고, 연마해오는, '先取腹藏 後取 덜미'의 拳法도 마저 익힌 뒤, 내달아, 먼저 저 너러 것들의 배때기를 쳐 똥창자를 터뜨리고, 다음으로, 크게 주먹 쥔 팔을 윙윙 잡아 돌리다, 한 주먹, 두 주먹, 네 주먹에 그 대가리들을 쪼개, 그 뜨거운 골을 사방에 고수레하려 하거늚. 이 쳐부숴놓을 너러 括胎蟲이 같으니라구. 그, 그, 그러, 러함에도, 도제들 보기에, 本語魔者가, '王敬則傳'("……三十六策, 走爲上計")을 說하려는 기미가 보이거든, 이미 떨어져 나가 없는 꼬리들을 사리려 엉거주춤해 하지들 말고, '上計'를 도모할작시랍. 또박, 똑박, 토박, 톡박—우리들의 깊은 잠, 括胎蟲이를 깨우는 가장 역동적 法拍은 넷—멀리로 멀리도 와서, 羑里의 사미 하나는 드디어, 퇴치하겠다고 찾아 나섰던, 그 怪角怪谷의 括胎蟲이와 코를 맞닥뜨리게 되었납? 그러면 여기서부터, 道流들, '모험을 찾아 나선 세 왕자'들의, 그 갈림길, 그 세 길이 나뉘는 것을 보게 되는갑? '모험'을, 자기의 꿈의 품속에 쌓아서는, 그 꿈만을 따뜻이 했던 자가, 기대치 않았음에도 어느 날, 그 알이 깨이어, '나쁜 龍'이 '불을 뿜어' 나오자, 혼겁을 하여, 그 당장 돌이 돼버리는 경우와, 차라리 그, 자기의 꿈의 품에 쌓아놓고 있는, 그 '모험'이라는 알 속으로, 자기가 들어가, 자기가 (그 은유의) 毒龍이 되어 부화되기를 기다리며, 보다 더 깊이깊이, 자기의 꿈의 뿌리(잠) 속으로 가라앉기의 경우, 그리고, 그 '모험'이 夢態를 벗고, '불을 뿜어대며' 내달아 들자, 이제껏 幻과 實의 구별을 못 하여, 으스름함, 치매증(바보 놈은!)에 당해왔던 자가 갑자기, 눈을 떠, 저 '불 뿜는 毒龍'에 맞서는 경우, 따위로, 방향들이 나뉘겠습지. 흥보는 재미를 떠난다면, 촌승께는, 저 셋째 번 경우밖에 흥미를 못 느끼는뎁지, '셋째 왕자'의 '모험담'을 이 극명히 하는 바와 같이, 우리가 그리하여 은유적 세계를 실제화하고, 이제껏 익명으로 불려왔던 것에서 그 실체를 부둥켜안기로 한다면, 하나는 축생도로 가고, 하나는 巫界에로 갔으며, 하나는 人世를, 즉슨 '말씀의 의도'를 성취한 얘기가 저것이겠습지. 그리하여 이제 우리가, 저 축생도와 무계에 득시글거리는 저 괴이한 짐승들의 껍질을 벗기고, 그것을 인세의 장터에 내다 팔려 하면, 그것들에, 인세의 방언의 이름들이 새로 붙여지겠습지. 수사학은 수사학 자신에 입힐 語衣를 재단하는바, 그렇다면, 저것이 비의적 성욕과 관계된 이상, 그것이 語衣를 입었을 때 그것은 별수 없이, 色鬼面을 드러낼 일이겠습지. 사실로 그래서, 인세에는, 그런 이름들이 여럿 있어옵습지. 그러나 촌승은, 羑里의 귀들에, 꼭히 익은 것만은 아니라도, 반드시 설은 것도 아닌 이름 한둘을 들추려 합습지. '魔羅'와 '드룩.' 아시겠다시피, 魔羅는 물론, 아비(太陽)와 아들(少陽)로 나뉠 것이며, 드룩도 또한, 어미[大陰]와 딸[少陰]로 나뉘겠습지. 그리고 이 경우의 큰 것[太]은, 개인에 대한 우주나, 집단[衆]의 모습을 띨 것이며, 작은 것[少]은, 그 반대이겠습지. 아비/아들, 어미/딸의 관계에서, 촌승이 그 한 편을, 크게는 우주까지 확대하고, 그 다른 편에는, 극소 단위의 개인을 내세워, 저 天平秤의 균형을 유지하려 하는 것은, 얼핏 보기에는 여간만 무리가 아닌 듯할지라도, 도류네 경전을 위시하여, 여러 방언을 통해, 촌승이 깜냥으로 눈치챈, 프라브리티의 한 법칙은, 일례를 들면, 무엇(이것)과 무엇(저것)이 한 쌍이 되어 있는 경우, 그 한편이 원형성을 드러내고 있으면, 그 다른 편도, 종내, 원형화를 치르게 된다는 것인뎁, 그러면, 이 天平秤에는, 대소경중이 문제가 안 됩습지. 巫覡들은 그렇게, 半人半鬼가 돼버린 자들입지만, 그냥 일반적 사람의 아들[人子]이라도 어느 날, (건너뛰고, 소박하게 말하기로 합습지) 사방으로 일곱 발자국씩을 걸은 뒤, 하늘을 가리켜 '아버지'라고 일렀을 때, (도류네 경전이 가르치는 바를 좇으면) 그 순간, 그 보편적 인간의 아들로부터, 그 보편성이라는 가려운 人皮가 벗겨지며, 그 속에서, '말씀'이라는, 원형이 부화한 것을 보게 되고, 이 한 개인은, 전 우주와 그 무게가 다름이 없음을 보게 되던 것을 상기하기로 합습지. 그 우주도 그때쯤은, 人世用 原型이라는 틀 속에 잡혀 든 바 되었겠습지. 그래서 '하늘'이 나직이 내려오기 뿐만 아니라, 그냥 사람의 아들이던 자도, 중력에 거슬러, 中天에로 오르게 됩습지. 이런 말은, 초월적 기력이, 어떤 개인에 제휴했다고 할 때, 그 초력 탓에, 그 개인만 높이 떠들어 올려져, '초인'이 되는 것뿐만은 아니라, 그 '超力' 자체도, 그 개인이 입은 중량에 의해, 중력에 당하고, 끌어져 내려온다는 그런 얘깁습지. 존재나 사물은 허기는, 원초적으로는, 그렇게 色界에 化現한 것인바, 神의 발음된 '말씀'에 四大가 입혀진 그 까닭입습지. —촌승은 이런 것을 그리하여, '수사학적 모험'이라고 이르거니와, 그것을 언제부터인지, '예술'과 혼동을 해버린 뒤, 그 뒤부터는, 촌승은, 마음을 더 이상 투입하고 있지를 않습지. 글쎕지, '예술'이야말로, 어떤 종류의 짐승, 즉슨 우리 인간이라는 有情이, 축생도를 극복한 그 총계라는 것이, 촌승의 믿음이 돼오고 있습지. 觀雜說. 마는, 그것은 그뿐이겠습지. '藝術'이 인간을 다시, 그들이 갇혀 들게 된 人世에서, 그보다 더 높은 세계로 끌어올리는 것은 못 되거든입지. 그것을 위해서라면 우리는, '종교'라는, 새로운 주제를 거론해보아야겠습지.

허읍, 한잔 술 더 먹큽, 허큽, 오, 호, 호늘은 好日, 노, 놀아나, 나노, 노래나, 나노, 노라리, 리로, 로라노, 노래나 한 자리 해, 핵야켔쿤흡, 조, 초, 초흔날, 오늘. 그, 그럴 일이 아니라 우리 이거, 작것, 저 녀러 括胎蟲 이놈의, 저 많기도 많은 대가리 중에서, 큰 것으로 서넛을 잘라다, 膾쳐 안주할 일이 아니겠납?

觀雜說.

[警告—道流가 만약, 이 얼굴을 직접적으로 보려 하면, 道流는 그 당장, 空化石을 체험하게 될 것인즉, '明鏡'을 통해 볼지언정, 正面키는 회피케랍]

[15]菩提本無樹 明鏡亦非臺
本來無一物 何處惹塵埃

파, 바, 파람이 분다넵, 아비魔羅님 붉은 미친다니 바람은, 色에 미친 바람 붉은 아비魔羅는, 모든 곳으로 가며 불며 미친다니 바람 붉은 진노의 아비, 모든 꿈의 마을들의 五色의 燈을 불어 꺼버림 아비魔羅. 이 魔羅는, 죽음의 얼큰한 맛에 대취해 있는 것은 아니겠을깝? —이것 마침 잘되었군입지. 우리들 人世를 제 창자에 넣으려는, 말한 바의, 네 개의 대가리 중에서, 그것 하나가, '마구니를 겁내게 하는 자[怖魔]'의 검센 손아귀에 쥐어졌거늘, 어찌 그 머리끄덩이를 끄시지 않으며, 복장과 덜미를 취하지 않으리요? 마침 이것 잘되었군입지.

헌뎁습지, 촌승 불러본 저 노래는입습지, 어째 그리됐는지, 美里를 살아본 일이 없는 자는 모르겠습지만, 반쪽짜리나, 하반신이 잘려 나가 없는, 대가리뿐인 노래여서, 저것만 갖고는, 저것이 수컷인지 암컷인지도 알 수가 없는 데다, 그 아래쪽이 개 몸뚱이인지, 독사의 몸뚱이인지 그것도 알 수가 없는 노래인데도, 흣, 큿, 클클, 병신 육갑한다더니 제길헐, 그것이 게다가 또, 잃어진 그 다른 반쪽을 끊고, 부수고, 쳐 눕히고, 지워 없애려는 데 전력을 들이고 있어, 저것이야말로, 낮잠 자다 인분에 덮어씌우이고, 앙갚음하겠다고, 그래서 그 인가를 태우겠다고 타오르는 도깨비불보다도 더 허잘 데 없이 미친, 그런 미친다니의 노래랄 수밖에 없습지, —사실로 그러한갑? 美里에서는 물론, 이것이 무엇의 對頌인지쯤은 삼척동자도 알고 있어, 이 노래로 마음을 달래려 하면, 이 노래가, 그렇게도 태풍 같은, 虐力을 다 동원하여, 그 細根 한 터럭도 남김없이 불어 가버리려 했던, 그 對頌까지 불러내 우물거리는바, 흣흣, 히런 후그러질 녀러, 모순당착이 또 있을 수 있겠습납? 사심 없이, 이 노래의 뜻을 따라 좇기로 한다면, 누구나 주저 없이 머리를 끄덕이겠다시피, 잔인하되 쾌쾌하게, 우리들 모두 色界에 빠뜨려, 거기 익사케 해버린, 우리들의 번한 눈들을 도려 파내버리고 있습지만, 우리를 헐헐 웃게 하면서도 한숨을 쉬게 하는 문제는, 저 파괴의 노래도(이런고로 촌승은 저것을 '魔羅頌'이라는 것입습지) 그것이 쳐부수려 덤비는, 바로 그 대상에 의해서만, 그것 자체의 意味, 無意味, 非意味 따위를 획득하게 된다는 것입습지. —'몸'[色]을 '원초적 질료' 삼아, '마음'[空]이라는 金을 구워내려는 일련의 연금술꾼들과 달리 '마음'을 '질료'로 하여, '마음'을 성취하려는 연금술꾼들의 난관은 저것이겠습지. 그럴 때, 연금술용 '질료'에 쓰여지고 있는 '마음'은 그렇다면, '色'으로 이해치 않으면 안 될 것인뎁지, 촌승의 졸견에는, 이 '질료'로서의 '마음'은, '프라나[用, 動] 마음'과 발가락도 닮아 있는 듯하지 않는데, 그렇다면 우리는 새로, 저 空門의, 최초의, 그리고 최후의 話頭가 되어 있다는, 그 '無'에로 시선을 돌려야 될 듯한갑? 그러니, 저들이 '질료'[色]로 쓰는, '마음'은, 이 '無'의 '기호'(signifier)의 부분이며, 구워내려는 '마음'[空]은, 그 用器(기호) 속에 담긴, '의미'(signified)랄 것이겠는갑? 결국, 이런 말은, 그들은 '마음'[空]을 말하며, '말'[言語] 속에로 추락되어버린 것을 증명하는데, 그리하여 우리가 이해하게 되는 분명한 것 한 가지는, 그들이 원하거나 말았거나 간에, 그들이 그들의 연금술용 '질료'로 쓰는 것은, '말'[言語]이라는 것입습지. 그런 뒤 그들은, 그 '말'을 파괴해버리려 할 것인뎁지, 六祖의 노력은 그 한 극명한 예라고 보이는군입습지. (그러기 전에 우리는 먼저, 『金剛經』을 염두하게 됩습지)—이런 관점에서는, 그리고 어떠한 관점에서고, 禪이란 불가능한 노력이라고 알게 됩습지. 글쎕지, 禪이 그 '色의 조건'으로 삼는, '말'[言語]은, 그것의 새장 속에 잡혀 든 아무것도, 날려 보내려 하지 않는 데에, 그 극난한 문제가 있습지. 그러려 하면 그것은, 그 새장을 파괴하여, '의미의 無'를 드러내거나, 아니면 돌연변이를 일으켜, '矛盾撞着'을 드러냅습지. 우리들의 '거울'에 비추이는, 禪의 한 얼굴은 그래서, 폭력과 가학성을 드러내는뎁습지, 앞서 예 든 (六祖의) 偈頌은, 그것이 그중 극렬하고도 극명하게 드러나 있음을 보게 됩습지. 그리하여 촌승은, 저 偈頌을, 禪的 加虐症의 禪的 발로라고 이해하는뎁지, 그렇다면 도류들, 이런 말은, 禪은 동시에, 被虐的 얼굴도 해 갖고 있다는 것을, 은연중에 내포하고 있다고 들어야겠습는갑. 그러고 본다면, 도류들, 禪이란, 고행 중의 고행이 아니겠는갑? 難行 중의 難行이 아니겠는갑? 높이, 더 높이, 하늘 높이 오르기 위해, 본디 없던 데다, 땅을 하나, 두텁고도 넓게 짓고, 그 한가운데다 禪木을 심어, 마음으로 호미하여 그 흙을 북돋고, 마음으로 물동이하여, 마음을 길어 마음을 두고, 마음을 자아내어, 한 필이나 명주를 자아내어, 그 잎을 닦아주어, 밤낮으로 그 禪木이 자라, 높이, 더 높이, 하늘 높이 자라기를 기다려, (도류들, 이 노력은, 그 기간이 짧거나, 길거나, 어쨌거나, 漸悟派적이라는 것을 觀하십습지) 그것을 타고 올라서는, 오른 뒤에는, 그 禪木 함께, 그 한 덩이의 땅을, 無 가운데다 차 던져버리기—咄!

그것은 어찌 되었든, 우리가 다시, 저 魔羅의 法頌이라는 것에로 되돌아가, 뭐든 좀 더 觀해보기로 한다면, 의외의 사실을 하나 눈치채게도 되는바, 魔羅라고 하여서 늘, 다른 것들의 夢精만을 도둑질하는 것이 아니라, (禪的 誤文이랄 것을 하나 조작하기로 하면) 그 도둑질에 나선 손이, 어디에선지 우회하여, 자신의 불알도 훑임을 당한다는 이 사실입습지. 만약 그렇다면, 남의 꿈만을 도둑질하는 자(incubus)—魔羅의 꿈은 그러면, 누가 도둑질하는 것인갑? 觀雜說.

身是菩提樹 心如明鏡臺
時時勤拂拭 勿使惹塵埃

허[喝]! 퉤[打]! 거 술맛을 못쓰게 허느마늡. 咄! 夢魔의 불알을 까먹는 자. 空의 사타구니를 더듬어, 色根을 훑어 까내는 자. 하, 그리하여설람에, 本語魔者의 魔職(magic)은, 점점 더 가경으로 치달리는갑? 이렇게 하여 우리는 저 空頌, 色頌, 두 偈頌을 한자리에 놓고 보게 되기에 이르렀군입지. 그래서 다시 그 가사를 듣고 보니입습지, 저것들은 전체로서, 사라雙樹謠, 또는 [16]바룬다 鳥歌인 것을 알게 되겠군입지. 즉슨, 저 두 둥치의 한 뿌리의 나무는, 또는 두 대가리의 한 창자의 새는, 같은 곳에서 발원한, 두 다른 胎夢을 꾸고 있다는 애깁습지. (과연 '胎夢'이라 말입습지) 同牀異夢, 그 한 꿈은 '六祖村長'이었으며, 그 다른 꿈은, '尊者 스님'이었음은, 아는 사람은 알고 있겠습지. 헌데 특히, 六祖의 '보리나무' 가지에로는, 쉼 없이, 저 붉은 狂風이 불어, 종내는 그 뿌리까지도 몽땅 파 뽑아가 버릴 듯합습지. "보리에 본디 나무가 없고"라는 初句에서부터, 저 한 魔羅는 加虐的 倒錯症을 드러내, 한 우주의 소멸을 夢想하고 있음을, 누구라도 눈치채게 합습지. 이 初句와 次句의 구조는, 촌승께 이해되기는, 『心經』의, "色卽是空 空卽是色"을 그대로 빌어 쓴 것이어서, 새로울 것은 없는뎁, '菩提/色' '本無/空' '明鏡/空' '臺/色'의 도식이며, 3행 4행은, "空不異色 色不異空"의 구조입습지. 헌데 結句는, 의문구로 바뀌며, 그 구조상에 변용을 일으킨 것쯤은 지적할 필요도 없겠습지. '無/空' '物/色' '何處/空' '塵埃/色.' 이런 구조 체계여서, 六祖의 게송을 다른 방언으로 번역한다고 하면, 특히 그 첫 구절이, "보리에 본디 나무가 없고"라는 식으로, 일견 우스꽝스러울 뿐만 아니라, 거의 무의미하기까지도 한 결과를 드러내게도 됩습지만, 그럼에도 저런 번역에 잘못이 있는 것은 아니며, 그것에는 약간의 주석이 수반되어져야 할 필요가 있겠습지. 여담이되, 저런 병폐를 관찰한 꾀 있는 번역꾼들은, 그래서 번안, 또는 의역을 하기에도 이르는 것을 흔히 보게 되는바, 일례만 든다면, "보리나무 원래 없고"라고 하여, 저 '우스꽝스러움과 무의미'성을, 제거해버리려 하기도 합습지. 문제는 그럼에도, 이 의역을 다시, 五言絶句體를 좇아, 그 본디 방언에로 되돌린다고 할 때 일어나는 것을 보게 되는데 있습지. 그러면 그것은, 십중팔구, "本無菩提樹"의 형태로 둔갑을 치를 것이 예상됩습지. 헌데, "菩提 本無樹"와, "本無 菩提樹"는, 도류들 觀키에, 사실로 같은 내용을 담은, 사라쌍수 같은 글귀인 것이겠는갑? 그것까지는 촌승더러 판단케 하지 마십습지. 그런 대신, 우리가 무엇쯤 하나 존자 스님께 물어보아야 되는가 하면, 그도 그 나름으로는 대오 철저했다는 중이, 어째 하필, 우리들의 '몸'의 비유로서 '나무'를 들먹었으며, 그랬으면 또, 우리 고을에 흔한, '소나무'라든, '참나무' '벚나무' 따위를 빌어 쓰지를 않고, 우리에게는 다소 생소하다고 할, '菩提樹'를 차용했는가, 이런 것쯤 되잖을깝? 헌데도, 존자라는 '보리樹'는, 六祖의 法鋸에 그 밑동이 버혀진 지 오래인즉, 저 물음은 공허히, 묻던 자에게 되돌아올 수밖에 없겠을 일이던갑? 헌데도 우리가, '보리'를, '지혜'라고, 美里의 방언으로 번역을 하고 보기로 한다면, 우리가 그 스님께 꼭히, 묻기는 저것을 물었어야 했음에도, 우리들의 눈썹 자리가 몹시 가렵다고 느끼게 됩습지.

그러며 우리에게 혹종의 딴생각을 일으키는뎁습지, 라는 말은, 그래서 그러면 존자는, 우리를 誤導한 것이 사실인가, 아니면, 六祖는, 존자의 게송을 正道에서 잘 이해한 것이 분명한가, 라는 따위입습지. 그래서 존승으로 하여금, 문제의 그 偈頌을 意譯해보도록 허락하신다면, "우리들의 몸은 지혜 나무, 즉슨, 지혜를 꽃피우고 열매 맺는 나무이며, 우리들의 마음은, 본디가 청정히 비어 맑은 거울 같으니, 때때로 부지런히 털고 닦아서, 먼지며 티끌 못 앉게 합습지" 라는 투로 될 듯합습지. 六祖적 誤讀行에, 이상스럽게도 法恩이 있는 듯하기도 합습지만, 이것을 우리가 正讀키로 한다면, 이것은 다름 아닌, 溫肉派네 禪定法(요가)을, 간결한 五言絶句로, 훌륭하게 나타낸, 감탄할 만큼 좋은 偈頌입습지. 그럼에도 우리가, 구태여 꼬집어 흠을 잡아야 쓰겠다고 한다면, 저 偈頌은, 매우 우람한 雙樹를, 가녀린 한 뿌리가 보조하고 있어, 한 번의 건들바람에도 쓰러질 듯이 보이는 것 같은 것이겠습지만, 그럼에도 이것이란, '구태여 꼬집어 흠을 잡'으려 한 결과라는 것을 기억해두기로 합습지. 1행, 2행은, 공평하게도, 우리들의 '몸'과 '마음'에 같은 비중을 두어, 어느 쪽이 더 무겁다거나 가볍다거나 한 것이 아닙지만, 3행과 4행은, —그렇게 꼬꾸랑하게 보려는 눈썹派네 눈에는, —순전히, '마음'만을 위해서만 사역되고 있어, 이때에 이르면, 1행의 ("身是菩提樹") 필연성이 무엇인가를 의문케 되겠습지. —그러나, 누구든, 저 게송에 약간만이라도 호의를 갖고 있다면, 4행의 '塵'과, '埃'의, 같은 의미를 갖는, 單字의 중복을, 의미심장하게 받아들이려 할 것이 분명합습지. (그러면, 이것에 연유하여, 3행의 '拂'과 '拭'도 그런 이해의 태도로 이해하려 할 것인바,) 그래서 하나는, '마음'에 끼이는, 번뇌 따위로, 다른 하나는, 질병, 노쇠, 배고픔이며, 상처 등에 의해 일어나는, '몸'에서 비롯하는 번뇌 따위로 이해하려 할 것입습지. 또 물론 혹자는, 존자는, 五言絶句라는, 수사학적 압력으로부터 자유스럽지가 못해, 저런 식의 중복을 회피할 수가 없었다고 주장할지도 모릅지만, 그런 독법도 틀린 것은 아니겠습지. 허기는, 존자 스님만큼, 수사학적 定型律의 오랏줄에 묶여 맥 못 추는 스님도 없기는 없는 듯합습지. 그럼에도 우리들이 잊어서는 안 되는 것은입지, 존자 스님을, 語禪派네 行者 취급을 하려 해서는 안 된다는 것입습지. 그래서 물론, 존자 스님은, 語禪꾼的 자유, 수사학적 압력으로부터의 해방, 수사학적 頓悟를 누리지는 못했을는지는 몰라도, 촌승께 믿기워지기에는, 그 스님의 응시의 대상은, 저런 것은 아니었던 듯합습지. (누가 이것을 觀하지 못하여 혼동하면, 두 스님들의 偈頌의 우열을 가려내려는, 매우 무지몽매한 폭력주의를 휘두르게 되겠을 일입지) 깨놓고 말하면, 존자 스님의 목적은 어떻게 하면, 그의 手淫의 절정을, 오래오래, 한 劫, 두 劫, 백 劫이나, 누릴 수 있을 것인가, 그것에 있었겠습지. ('재채기'와 함께, 예는 바의 저런 '절정'은, '꼭 채워진 비임'과, '無我' 상태에 대한 비유로 쓰여온다는 것을 상기하기로 하십습지) 어쨌든, 존자의 偈頌에 의해 우리는, 우리들의 '몸'이란 다름 아닌, '지혜의 나무' '純化의 나무'로서, 그 열매는 '해탈'이라는 따위로 이해하는 데 별다른 장애를 느끼지 않게 됩습지. 무엇이 그것을 입었든, 그 입은 '몸'이야말로, 그 '생명'의 진화와 퇴행의 전 조건이 돼 있다는 것을 거듭거듭 명심해두기로 하십습지. —그리고, 그 입어진 살과 함께 직조되어진 '苦'(快)야말로, 그 생명에게 주어진, 우주적 은총이며 동시에, 저주 자체라는 것도 함께 기억해두기로 하십습지. 이것을 촌승은, "프라브리티는 상극성에 의존한 질서"라고 해오는 그것인뎁, 그것(苦/快)이 어디로 어떻게 부는 바람에 휩쓸리[提携]는가에 좇아, 그것은 물론, 이런저런 형태며 색깔의, 많은 얼굴들을 꾸며 나타날 것은 뻔하겠습지. 촌승은, 그 천만의 異面들을, 그 돌려댄 방향에 좇아 갈래를 지어, 넷으로 크게 묶었던바, 그 넷의 얼굴들은, 징그러운 채로라도, 이미 도류들께는 친근해져 있겠습지. 우리는 지금 그 첫 얼굴을 만나 있는 중인바, 禪的 파괴주의, 또는 우주적 加虐性이라는 그 얼굴입습지. 어쨌든, 우리가 다시금 조심스레 觀해야 하는 것은, 존자 스님께는, '마음'이 아니라, '몸'이 '지혜 나무'가 되었다는 이 점이겠습지. 이 일점이 바로 溫肉派와 語禪派가 갈리는 그 갈림 길목인 듯하군입지. 어쨌든, 이것은, 존자 스님의 法會 자리가 아니므로, 넘어가려 하되, 그러려 하자, 꼭히 한술 덧붙여두고 싶은 것들이 있어, 그것이 촌승의 바짓가랑이를 된통 물고 늘어지는구만 입습지. 라는 것의 하나는입지, 2행의, '心如明鏡臺'의, '臺'는, 五言絶句라는, 定型詩가 갖는, 그 律이 요구하는 것에 의해, 존자 자신도, 그것이, 고운 얼굴에 주먹 같은 혹이 될 것을 알았을 것임에도, 다른 선택이 없어, 첨가할 수밖에는 없었을 것이라는, 이것 입습지. (제길헐, 누가 말하기를 "씌어진 글은 고아 같다"고 한 데서 웃었더라니! 헌데, 저 존자 스님 같은 봉황이, 저 '五言律'이라는, 언어의 작은 조롱 속에 갇혀, 꼼짝 못 하고 있음? 可笑? 또는, 저 작은 조롱이, 저 큰 새의 먹은 바 되어, 그 새의 배 속에 있음? 可笑? 자기의 배 속의 조롱 속에 갇힌 새? 可笑?) 그렇다고 할 때 道流들, 그런 탓으로 그것이 短處나 虛所가 되어 있는바, 이름난 俠士라는 자가, 바로 그 자리를 겨냥해 비수를 꽂고 들었다면, 이 武藝는 과연, 그 正道에서 행해진 것이라고 할 수 있겠을 것인갑? 우리는, 俠客과 刺客을 혼동하고 있는 것은 아닌갑? 村見에는, 그런 탓으로 오히려, 존자의 제2행은, 찬사를 받아야 되는 것이나 아닌가 합습지. 그는, 六祖와 달리, (그가 취급하는 그 질료의) 원형성에 파괴를 일으킨 법이 없이, 그것을 뛰어넘어 있거든입지. 어쨌든 촌승은, 이 色歌를, '勞動謠'의 범주에 소속시켰으면 합습지. 우리들의 왼 몸뚱어리를 던져, 일할, 그 장소는 '心田'입습지. 이어서, 하나쯤 더 덧붙일 村見이 있다면 그것은, 이 노동요는, 자기 부정, 고행, 아픔의 자초 같은 것을 목적으로 하고 있어, 禪的(이란 '俗的' 또는 '사회적'이라는 말에 대비하여 쓰는 말인뎁) 熊女症(또는 '드룩症'), 그런 點心的 被虐性을 드러내고 있다는 것이겠습지. 헌데도 촌승이 잊지 않고 있는 것은, 아직 이 法席은, 존자 스님을 위해 준비되어 있는 것이 아니라는 것입습지. 글쎕지 촌승은 아까, 六祖의 偈頌의 우렁찬 소리에 귀를 접했다가, 그 소리가 얼마나 힘차며, 쾌쾌한가와도 상관없이, 그것이 한 손뼉치기를 통해서만 난 소리가 아니라고 알게 되자, 무엇이 그러면 그 다른 편 손뼉이 되어 있던가를 점검해보려 하다, 순서상 약간의 혼란을 빚게 된 것입습지. 그러면 다시, 六祖의 게송을 들으며, 그의 사미가 무엇을 감상해낼 수 있을는지, 그것을 시험해보아도 좋겠습지. 그것을 위해 村僧이, 매우 외람된 일이되, 六祖의 게송을, 羑里 읍내의 茶飯言으로 번안 내지는 의역을 해보았으면 싶은뎁지, 용허들 하십습지. 그러려 하면 그것은, 대략 이런 꼴을 취할 듯싶습지. "지혜(보디)라는 것에, 본디 몸이 있는 것이 아니며, 마찬가지로 마음이라는 것도 體(臺)에 의지하는 것이 아니거니와, 무엇보다도, 본디부터 한 물건도 없는 터에, 그렇다면 무엇을 근거로, 번뇌며 수심이 일어날 일이겠는갑?" —허읏, 이 도도한 부정주의. 헌데 이는 물론, '선비歌'의 범주래야겠습지? 흣, 흣, 이 도도한 語魔六祖까지도 그러나, 시작에 있어서는, 자기의 하초를 드룩년께 붙잡힌 바 되어, 그 훑여지기의 모진 고통을 드러내고 있는뎁습지. —라는 말은, 저 '보디'가 그의 하초와 동의어로 이해되니 그러합습지. —그리하여 그는, 자기 "스스로 거세를 당하기에 이릅습지." —라는, 이 能·受動態의 혼합문은, 자기가 자기의 불알을 까내버린다는 얘기로서, 이런 순 자기 학대가 또 있겠을 일인갑! —헌뎁지 道流들, "本來無一物"이라는 데 이르러 우리는, 그 한 點心이 느닷없는 확산을 당했거나, 아니면, 우리가 눈을 깜박인 일도 없는 중에, 그 대상의 전치현상이 일어났거나 한 것을 알게 됩습지. 촌승의 짐작에는, '대상의 전치 현상'이 일어난 듯한뎁지, 그러자, 한 (被虐症的) 개인이 사상되고, (말한 바의 대상의 전치에 의해) 우주가 그 자리를 차지해버린 결과를 보게 됩습지. 그럼에도 이 우주는 물론, 有의 부정적 국면만을 드러낸, 파괴적 우주, 또는 파괴당한 우주로밖에, 달리는 볼 수가 없습지. 道流들은 그리하여, 被虐症이, 그 대상의 전치에 의해 加虐症化하는, 전도 현상을 목도하셨습지. 이 말씀인즉슨, 저것들도, 그 창자는 같은 하나를 쓰는 바룬다 새들이라는 것으로, 결국은, 저 흐린 바람이 불어가는 데서, 그 대상을 제거해버리기로 한다면, 그 두 바람 사이에 무슨 다름이 있다거나, 그런 것이 아니라는, 그런 말씀이겠습지. 그러니, 말해온 바와 같은, (六祖的) 폭력은, 그것 자체로서는 無性力인뎁습지, 그 대상을 얻기에 의해 성별이 나뉘거나, 그 방향이 바뀌어 나타나는 것을 觀하게 됩습지. 그런즉, 몇 번을 반복하더라도, 분명히 해야 할 것은 분명히 하는 것이 분명한뎁, 六祖의 "菩提本無樹"라는 初句가 나타내 보이는 것인즉슨 존자의 "身是菩提樹"에 대접해보건대, 六祖가 지워 없애버리려 덤빈 것은, 다른 아무것도 아닌, 그 자신의 '몸'이 되어 있음을 알게 합습지, 마는, 3행의 "本來無一物"에 이르러 그는, 자기를 지워 없앤다고 한 짓이, 그 魔職杖을 잘못 휘둘렀던지, 그의 한 우주를 다 지워 없애버리고 말아(轉置된 對象!) 자기를 안 보이게 한다는 짓이, 그 마술을 지켜보는 관중을 몽땅 지워 없애고 말았습지. 對象의 轉置. (여기 어쩌면, '無'라도 話頭의, 다른 한 얼굴, 우리에게 낯익은 얼굴이, 우리들의 청중석에 앉아 있어 왔음을 보게 됩습지) 그럴 것이, 그 魔職은,

"모자 속에서, 토끼의 두 귀와, 앞의 두 다리까지를 끄집어 내보인 상태"여서, 아직도 더 계속되고 있는바, 뒤따르는 "何處惹塵埃"를 보건대 그러합습지. 그래서 그럴 터이지만, 이 結句는, 어디서 우렛소리를 잃어버린 번갯불 모양, 스산하기는 하되, 고자感을 일으킵습지. 새[鳥] 인 것이, 그 좀 너무 긴 꼬리 탓에 날지를 못함. 六祖는, 존자보다 말이 많았었군입지. 그러고 본다면, 존자만이 (五言絶句라는) 수사학적 정형률에 묶인 것은 아니며, 그것을 부수겠다고 나선 六祖까지도, 五絶四句라는 詩律에 묶여, 龍인 것이, 뱀 꼬리를 달게 되었습지. 아흐, 차라리 俱胝모양, 손가락이나 하나 삘그렇게 꼶아 올려 보여주었었을 일을. 이렇게 되자, 우리를 한 의문으로 단근질해대는 것은, 그렇다면, 저 六祖라는 돌팔이 중 하나는, 자기의 偈頌이 나타내는 것과 같은, (그 머리로 두고 따지자면,) 그 원초적 상태보다도 더 이전의 상태, (그 꼬리를 두고 따지자면,) 피안에서도 더 건너뛰어 버린 데('파라상가테'), 그런데 어떤 데 닿기는 닿았었는갑, 이런 의문입습지. 아니면입지, 저 돌중은, 수사학적 野狐, 달이 대보름이기 때문에, 창자를 불러내는고로, 짖다 보니, 대보름 달을 토해낸 것이었는갑? 익명적 頓悟, 수사학적 질서(논리)가 일으켜낸 道通? 존자의 게송이 없었다고 할 때는, 六祖식 게송은 어떤 모습을 꾸며 나타날 것이었는갑? ([17]여의주를 못 얻은 언어의 이무기?) 六祖는 혹간, 존자가 '쓸고' '닦기'에, 한 손, 두 손이 바쁘고 있을 때, 그의 후문을 절취 강간한 것은 아니었는갑? 道流들, 그러나 우리가, 이 일을 두고 무엇이라고 할 말을 찾겠는갑? 우리로서는 다만, 그런 앙구찮은 의문에 의해, 見性 解脫에도 수사학적인 것이 있을 수 있는 것이 아닌가, 하는, 의문 위에다 의문을 얹는 짓밖에, 달리는 더 해볼 일을 찾지 못할 듯합지. 공정하게 말하면, 이것(六祖의 偈頌)은, 溫肉派네에 맞선, 語禪派네서 거둔 승리인뎁, 동시에 그들은, 그것을 위해, 그들의 눈썹을, 나라카의 전당포에다 저당을 잡혀야 되는, (語禪派네의) 회피할 수 없는 모순당착을 범합습지. 털이 보숭보숭하고, 곱 냄새를 풍기는, 아직도 그냥 한 짐승이기만 한, 한 사미로부터, 그 입어진 축생도적 童貞을 떼고, 동시에 '말의 영토'를 넘어서, '마음'에까지 닿게 하는 것이 다름 아닌 '말'[話頭—반복됩습지만, 앞서는 그러나 '마음'이 主題였었으나, 이 자리의 主題는 '話頭'입습지] 인뎁지, 이 '말'

을 들은 그럴 때, 가꿔져야 되는 것이 아니라, 파괴되어져야 하는 것인바, 그래서 무엇이 다시금 모순당착인가 하면, 저 '말'을 파괴할 수 있는 다만 하나의 보검도 다름 아닌, 다시 그 '말'뿐이라는, 이것입지. 그런고로 村僧은, 기회 있을 때마다, 이 한 주제에 대해서는, 모든 측면에서 점검해보려 하는뎁습지, ('한 송이의 푸른 꽃'도, 보기에 따라서는, '붉거든입지'!) 그들에게 있어서의 이 '말'은 그래서, 손잡이를 가운데 둔 兩刀 같은 것입습지. 그것을 가진 자가, 원수를 찌르기만 하고, 그 칼을 회수하려고만 하지 않는다면, 거기 뭐 별다른 일이 일어날 듯싶지는 않습지. 어쨌든 어디서 귀동냥을 하자니, "한번 씌어져 발표된 글은 孤兒 같다"고, 그래서 그것을 무방비로, 야호들 가운데 던지어져 있다고 하여 웃었습더니—왜냐하면, 잘 씌어진 글이란, 그것 자체가 佛音이어서, 그것 "읽는 소리를 한번 듣기만으로도, 이무기였던 것이 대번에 龍이 되어 승천"하는 것, 그런 것으로, 존승은 이해해왔기 때문입지. —오늘, 그런 소리에도 일리가 없는 것은 아니라고, 새로 고려케도 되는군입지. 그런고로, 존자의 '지혜 나무'가 六祖의 法鋸에 버혀지고, 또 六祖의 '空'은, 똥개 촛불중에게 그 뒤꿈치를 물려, 난색을 띠고 있을 일이겠습지. 까짓것, 해버린 김에, 홱 더 까발씨고, 해버릴 말을 해버리기로 하여, 말인뎁지, 道流들, 우리가 만약, '菩提樹'라는 비유를, '참나무' '소나무' '벚나무' 따위, 美里에서 흔히 볼 수 있는 것들로 환치한다고 하면, 어떤 결과가 초래될지 한번 시험해보기로 합습지. 그런 뒤 우리는 눈을 그냥 반쯤만 들어, 그 승부가 이미 가려져 버린 것으로 알아 시선을 돌려버린, 저 검투장을 다시 건너다보기로 합습지. 거기 쓰러져 누운 얼굴과, 땀에 젖어 씩씩거리고 서 있는 얼굴이, 잘 알겠음에도, 잘 모르겠는 것을 두고 우리는, 시나브로 치매 상태에라도 떨어져 내리지 않을 것이겠는갑? 촌승의 村見에는, 말한 바의 저 '보리수' 대신에, 우리가 어떠한 나무를 빌어 쓴다 해도, 존자의 偈頌에는, 아무 변화나 차이가 일어나지를 않을 것인뎁습지. —"우리의 몸은 참나무 같으며", "우리의 몸은 소나무이니" 따위—六祖의 게송은, 이상스러운 대상의 轉置에 의해, 그것 자체가, 한 우주를 지워 없애던, 거대한 파괴력의 魔職杖이었었는뎁지, 저 한 이름이 그 畵像을 바꿔 쓰자마자, 겨울 만난 용모양, 그 당장에 쭈그러들어, 쬐꾸만 지렁이가 돼 습지에로 스며듦을 보게 됩습지. 촌승은, 도류들을 웃게 하려는 의도는 없으되, 우리가 이제 말해온 바의 저 비유를 바꿨을 때, 일어나는 현상을, 관찰해보기로 합습지. "참에 본디 나무가 없고", 큿쿨, 또는, "소에 본디 나무가 없고", 크클, "벗이란 본디 나무가 아니고", 훗, 훗, 훗, 딴에는 "선취복장 후취덜미"에 이력이 났다는, 이 검투사의 찡그린 얼굴을 보십습지, 어느 녘엔지, 지렁이에게 잠지를 물리고, 또는, 悟空이에게 天桃(는 '불알'의 은유입습지)를 도난당하고, 하릴없는 고자가 된 얼굴. 그래서, 저런 투의, 六祖行을 촌승은, '삼남좆'의 이름을 들어, 수사학적 폭력주의라고 이르고 있거니와, —장차, 무슨 그런 일진이 사나운 날이 있어, 그 주먹에서 뼈 마디마디가 뽑혀 나오지 않는 한은— 문제는, 저런 투의 삼남권법은, 누구든 한번 익혔다 하면, 재미를 붙여, 그 왈패행을 일삼아, 끝내려 하지 않는데 있습지. 그래서는, 정토를 뚫어 올라가, 그곳 보리수 숲을 쳐 눕혀버리기는 물론, 그 뿌리들까지도 파 뒤집어버립지. 이것은, 매우 바람직하거나, 바람직하지 않은 파괴입습지. 그런고로, 거듭거듭 물어보아야 되는 것은, '수사학적 득도', 또는 '수사학적 돈오'라는 것에서, 어느 때에 이르면 우리가, '수사학적'이라는, ('空'인지, '色'인지, '道'를 휩쌓아, 밀크덩 쏟겨 나온) 젖은 胎褓를 벗겨내도 좋은가, 그것입습지. (이 '胎褓'가, 溫肉派에서는, 직접적으로, '몸' 그것인 것도, 함께 상기해둘 필요가 있겠습지) 헌뎁지, 말이 이만큼이나 진전됐으니 말입습지만, 村心을 솔직히 밝혀두기로 한다면 입습지, 語禪門의 말, '話頭'라든 '公案', 심지어는 '고함치기'나, 죽장질, 서로의 수염을 잡아 뽑채기 따위도 포함하여 말입습지만, 그것이 언제든, 촌승을 불편하게, 두통으로 옥죄인다는 것입습지. 그럴 것이, 다른 모든 주요한 방언들과도 달리, 語禪門의 그것은, 化現의 우주를 逆行, 退化, 遡及하려는 목적으로 쓰여지기 탓입습지. 色化空의 언어—그래서 그들 간의 통화에서는, 문법적 맥락이 찾아지지 않거나, 말의 껍질(signifier)은 있는데도 알맹이(signified)가 없다거나, (反之亦然) 그런 투인바, 反아담主義者들이 빨아들이는 말은 그러하겠습지. 다른 주요한 방언들은 그렇다면, 空化色의 언어, 잘 짜여진 문법적 구조에 의하여, 非化現을 化現으로 바꾸는 언어들이던 것이고, 그리하여 우리는 '말'이야말로, 우주적 大力으로, 더욱이 '창조력'으로 이해해옵습지. 이왕 '말'에 대해 말이 나왔으니, 한두 마디만 더 주억거리고, 우리들의 本旨로 돌아가기로 한다면, '말'과 '창조력'의 관계에서, 도출되어지는, 한 흥미 있는 결과에 관해 말씀드리지 않을 수가 없겠구만입지. 라는즉슨, 창조하는 (힘의 의인화) 자는, 즉슨, 神은, 成肉身한 우리들처럼, 肉聲으로 말을 못한다는 것입지. 그래서 그는 무슨 말을 발음해내려 하면, 그 의미에 살을 입혀, 사물과 존재를 드러내는바, 창조란 그렇다면, '神의 말하고 싶음'으로 요약됩습지. 이는 참으로, '말할 수 없는' 슬픔일 듯도 싶습지. 인간의 말은 헌뎁지, 최초의 사람이, 그 존재와 사물들에다 이름을 부여한 뒤부터, 神과 달리, 그 '이름'들만, 그 작은 체신 속 어디에다 접어 넣어 갖고 다니게 된, 그런 무게도 부피도 없는, 휴대용입습지. 그렇게 인간은, 삼천대천세계를 한 벌, 가지런히, 그 소잡한 체신 속에 다 처넣고도, 아직도 빈자리를 많이 남겨 갖고 있습지. 그런고로 인간은, 한 우주를 새로 세우기도, 파괴하기도 하는뎁지, 안됐지만 그때마다, 神들이 동원되어, 그 인간의 한 우주의 창건과 파괴를 돕지 않으면 안 됩습지. 흥미 있는 것은, 이 '말'[言語]은, 그런 이후 매우 흔하게도, 그것을 갖는 자에 의해 망각되기도, 落胎流失되기도 해온다는 것입습지. 그 流産되는 말을 주워 먹고 사는 입이 셋이 있다고 한다면, 그것이 놀라움이 되겠을 일인갑? 그 하나는, 語禪派네 毒龍, (그들의) '몸'인뎁습지, 그것 속으로 失足해 든 말[言語]들은, 그 형태만 남기고, 의미를 잃어, 거기서는 다시, 물질은 물질적으로만 인식되어질 것입지. 이 의견이 약간만 굴절을 겪는다고 하면, 살을 입고 있는 한 인간은, 물질로 이뤄진 세계만이 실제적 세계라고 이해하는, 한 우주의 誤讀 현상까지 일으키기가 쉬우며, 거기서 끝나지를 않고 그것은, 그 '誤讀'을 '실학(과학) 정신'이라고까지 받아들이기에 이릅습지. 저것은 '毒龍'으로 쳐 적시하는 자들께는 그렇다면, '살'의 우주란 無明 자체(타마스), 또는 축생도의 소속이라고 이를 것입습지. 그 두 번째로는 그러자, 통로가 못 되는 통로, '無'에의 門이 꼽히는뎁지, 이 '無門'을 통과해간 '말'들은, 道流들도 익히 짐작하겠다시피, '없는 문'을 통과하는 중, 이번에는, '형태'를 잃고, '의미'만 남기는 결과를 드러내겠습지. 그것이 그들이 얻으려는 語金, '침묵의 천둥' 같은 것일 것이되, 그런 말은, 대체 어떤 목적을 위한 통화 수단인지, —그것을 촌승이 아까, 色化空의 언어라고 이른 것입지만—그것은, 그런 金을 얻어낸, '말'을 원초적 질료로 한, 연금술꾼들께 물어볼 일이겠습지. '말을 주워 먹고사는', 그 세 번째 '입'을 알아보기 위해서는, 우리는 새삼, 六祖의 '變轉의 법칙'의 圖面에서, 특히 縱立해 있는 그림을, 우리들의 양미간에 떠올려볼 필요를 느끼게 되는군입지. 말씀드려온 두 경우는 헌뎁지, '白'(알베도)에서 일어난(발음) 말들이, '黑'(니그레도)에로 퇴조 전이를 치른 것과, '赤'(루베도)에로 순조 전이를 치러, '현자의 돌'화한 것을 살펴본 셈인뎁지만, 이 세 번째 경우는, 일어난[化現] 말이, 순조 전이에 의해 '赤''에 도달했다 하면, —시시포스의 바위(해)를 염두하십습지, —대번에 추락하여 '黑''에로 침몰하는바, 이는 매우 심상치 않습지. 그럴 것이, 그것은 그러면 그 '黑''을 거쳐, 동을 터, 中天에로 오르거듭입. 그렇다면 이 '黑''이란, 陰氣들이 쌓이는 곳, 易의 母胎, 그리하여 폭풍을 일으키는, 폭풍의 눈 같은 것이나 아니겠을 것인갑? 오르는 말과, 내리는 말—그 양자는 같은 말인 것이 분명하겠는갑? 그런고로 그들은, "한 마음을 넓히면, 그것이 우주 자체"라고 가르치는 것이 아니겠는갑? —이 탓에 촌승은 조금 전에, "그들의 통화에서는, 문법적 맥락이 거의 찾아지지 않는다"고 한 것입습지만—語禪門의 문법 구조에 의하면입습지, 헌뎁습지, '赤''과 '黑''은 같은 일점이라는 데 문제가 있습지. 그래서, '오르기로' '내리기로' 化現한 말['白']은 모두, 進化(프라브리티)를 통해, 逆進化(니브리티), 退行해버립습지. 이 '白'은 幻이며, 그런즉 本來無一物입습지. 이리하여 저 '黑''과 '赤''이 일원화한 일점에서, 많은 法卵들이 곪아버리는 부작용이 속출합습지. 어쨌든, 이랬거나 저랬거나, 촌승은 길러온 말[言語]에다, 이제쯤은 재갈을 물려, 우리들의 사래긴 心田 부지런히 갈아, 法種을 뿌리고, 또 거둬야겠는뎁지, 그것을 위해, 촌승으로서, 六祖의 게송을 통해, 도류들께 드릴 권고가 있을 수 있다면, 아무라도, 저런 六祖적 수사학적 파괴주의, 수사학적 폭력은 행할 것이 못 된다는 것입습지. 비유로 말하면 그 짓이란, 한 사미가, 자기 가는[耕] 心田에, 바위(는 '자아'의 상징으로 이해되어온 지는 오랩습지)가 돌출해 있어 여러 가지로 불편하다고, 대번에 갖다가시나, 그것부터 옮겨버리려 덤볐다가, 그것을 한 뒤 발자국쯤 굴려버리기에 이른 것과 같다고 하겠습지. 그리하여 딴에 의기양양하여, 그 바위가 놓였던 자리를 본다면, 거기서 그 사미는 무엇을 볼 듯싶은갑? 한 지구가, 뻥, 구멍이, 뻥 뚫렸음. 그 사미의 눈 아래에서, 밑 빠진 푸른 하늘이 휑하게 열려 있음. 현기증, 절망, 멀미, 공포, 허무주의. 곪은 禪卵. 사미여, 그럼에도 公은, 징징 울어 짤 일은 아니겠노랍. 왜냐하면 사미여, 公도, 말하자면 陰極的이되, 실다움을 상면하고 있기 탓인뎁, 왜 그것이 음극적이라고 하는가 하면, 그 虛를 보는 자가, 자기의 事實主義를 고수하려 한 탓에, 그 虛까지도 事實化한 까닭이다. 그러나 사미여, 公이 이제 용기를 갖고, 도모해야 할 것은 무엇인가 하면, 한쪽이 虛함을 보았는즉, 그렇다면 그 虛를 보아 멀미를 느끼는 자도 虛하다는, 그것을 보아 인정할 그 일이던 것이다. (이것이 見性이 아니겠는갑?) 이것은 놀라울 일이다, 사미여, 그러자 公은, 虛에서 虛만 捨象되어버림을 보게 된다. 그래서 남은 것은, 물론 虛는 아니라고 한다 해서, 實도 아니다. 無인가 그것은 그래서. 이런 見性이나 解脫을 위해서는 그러고 본다면, 善德이 별 도움이 못 된다는 것을 알게 됩습지. 이것입습지, 六祖의 頓悟랄 것은, 말씀드린 바의 저런 陰極主義에, 도도히 대항하기로 이뤄진 것입습지. 그렇습지, (반복되는 느낌이 없잖아 있으되) 그는 처음 자기를 지웠다가, 그 지우기의 대상을 바꾸기에 의해, 한 우주를 깡그리 지워버리는뎁지, 그래서 이것을 촌승은, 禪的 暴力主義라고 보고, 그 파괴행을, 우주적 加虐症이라고 진단했던 것입습지. 觀雜說, 그래서 六祖는, 존자 스님까지도 깨끗이 지워 없애버렸는가, —우리는 그 의문을 털어놓기도 했었습지. 그렇다고 하여 우릴랑은 제발입습지, 저 두 우주적 정신들을 놓고, 그들이 무슨, 白日場에서 詩文의 승패라도 겨눈 듯이 이해하여, 어느 쪽이 우세하니, 그 상으로 '衣鉢' 따위라도 내리려 한다거나 하는 따위, 코흘리개들이나 하는 짓거리는 삼가해야겠을 일이겠습지. —그러면 이제 우리는, 왜냐하면 이제까지의 法席은, 존자를 위한 것이 아니었으므로, 우리가 존자를 두고는 곁눈질만 해오고, 한 번도 正視의 조공을 바쳐본 일이 없는뎁지, 촌승 생각에는, 이것은 존자 스님께도 法席을 권해보아도 좋을, 그런 좋은 기회인 듯싶군입지. 그러면 우리는 지금부터 잠시, 존자 스님의 說法을 듣기로 합습지.

그래서 우리가 이제껏, 얼핏얼핏, 곁눈질하기로써 눈치챈 바에 의하면,

존자도, 六祖의 권법에 당하기만 된통 당해, 겨울 해모양 납작해진 것뿐만은 아니며, 그도 또 그 나름으로 익힌 正手로 몰래[暗], 자기를 납작하도록 디뎌 꼬끼오 우는 사내의 불알을 여지없이 훑어내, 누린내를 풀풀 풍기며 씹어 삼켜 넣어버리고 있는 중입지. 쑤악합습지. 글쎕지 존자는, 龍樹보살과 달리, 色을 재려 空尺을 빌지를 안 했으며, 色을 色尺으로 재려 한 것뿐입지. 알겠다시피, 이것이, 출가한 중으로서의 그의 결정적 한 패배였으되, (촌승은 재고려키에) 그것이 또한 큰 한 승리였습지. '패배'라는 점에 관해서는, 더 말씀드리려 하면, 그 얘기를 듣는 자의 눈썹까지도 원통 솎아내게 될 터여서 함구하려 하거니와, '승리'라는 점에 관해서만은, 村見 하나쯤 밝혀두는 것이 필요할 듯하군입지. 그럴 것이, 작은 村眼에도, 色이 그것의 本相을 지키는 듯하면서도 존자에 의해, 어느 대목에선지 이상스럽게 굴절하여서는, 一道流들께서는 구레네 사람 시몬의 '十字架'와, 基督의 '十字架'의 같고 다름을 話頭 삼아 보십습지. —實相의 암호화, 또는 상징화를 치러버리는 것이 역연히 보이는바, 바로 그것이 村眼에는, 존자가 육조에 대해 거둔 승리로 보입습지. 라는 말은 六祖의 파괴는, 백지를 지우기와 다름이 없다는 얘기겠습지. 그래서 누구든 한번, 實相의 상징화라는 투의, 전도 현상을 목격한 자라면, 六祖가 저 존자의 후문을 치고 덤빈다고 덤볐던 짓이 다름 아닌, 그 존자의 손아귀에다, 자기의 불알만 열둬 쪽 쥐여준 결과만 초래한 것을 건너다보게 되고, 민망함을 느끼겠습지. —(禪門의 사미들께는, 이보다 더 좋은 충고가 없다고 믿어져 村僧은, 이 권고를 되풀이 되풀이하게 될 터인뎁) 그래서 先老들이 충고키를, [18]남이 자거나, 방심한 틈을 타, 그의 後門을 훔치려 할 때는, 그의 두 손목을 매우 정다운 듯이 꼭 잡든지, 최소한 자기의 좆부리를 제 손에 쥐고 있어야 할 일이다, 그렇지 않으면, 사정이 여의치 못해, 삼십육계를 도모해야 되게 생겼어서, 발뒤축에다 목숨을 붙였다가, 한숨 돌려도 좋을 데쯤 당해, 보고, 公은, 어떤 흉악한 자식의 후문 속에다, 뭘 놔둔 채, 급한 김에 못 건져왔음을 알고, 뒤늦게 한탄할 터이다. 저 흉한의, 호주머니 칼에 싹둑 끊겼음. 클, 클, 클, 삼남좆 禪강쇠님들의 禪道行이란, 쥐를 만나면 쥐의, 코끼리를 만나면 코끼리의 後門 치기 行이던 것을! —그러자 우리는, '먼지며 티끌'에 두텁게 덮여,

다만 (어떤) 상징일 뿐인 것까지도, 實相으로 보아온, ['상징'과 '실상'은, '나타내는 것'(signifier)과 '나타내어진 것'(signified) 간에 어긋남이 있는 언어 구조임을. 그래서 그 양자는, 일원적으로가 아니라, 대위법적으로, 서로가 서로에게 '거울'이 돼 있음일라. 그렇다면, "'나타내는 것'(signifier)과 '나타내어진 것'(signified)은 불가분의 관계"란, 언어를 협의적 국면에서 관찰한 결과인 듯할시라] 그 눈알들을 뽑아내, 法水에 쓰리게 씻고, 뽀독뽀독 닦아 새로 끼워 넣고, 환하게 볼 필요가 있는 듯하구만입지. 그러면 우리는, 존자의 게송이, 그렇다고 하여 무슨, 그것이 홰쳐 소리 높여 울기로, 억만년의 밤에 동을 틔우는 (이눔, 심청이의 탄원을 듣지도 못하느냐?) 장닭의 꼬끼오歌 같은 것도 아니되, 또한, 우리가 이제껏 편견을 가져온 것 같은, 이라는즉슨, 존자는, 六祖가 토해낸, 입에 담지도 못할 物을 입에 머금어, 삼키지도 못할 뿐만 아니라 뱉지도 못해, 건구역질만 하고 있는 그런 거북한 꼴록謠도 아니라고, 觀音케 될 일입습지. 觀雜說.

아 거, 소주 한잔 더 내십습지, 내실 바에는 꾹꾹 눌러서 내십습지, 喝, 오늘은 좋은 날, 날, 날 날날 날나리 나리 나리날, 날, 좋은, 오늘. 아아니 먹지는 모오타하리라, [19]打, 打, 打!

가만있어 봅습지. 헛, 村僧이 村眼을 씻고 닦아, 새로 그의 게송을 눈여겨 본즉슨, 헛, 컷, 가만있어 보십습지, 이것 참, 못 볼 것까지 보게 되는 것이렴? 대취 탓이겠음? 헤헹이, 한 大洋을 다 둘러 마셔 넣을 자리에다, 그저 한 호수만 엎질러 넣었을 뿐임을. 이런고로, 눈에는 먼지를 좀 두텁다 싶을 만큼 덮어얹고, 무엇을 보려면, 그리고 幻까지도 물론, 보는 것이, 보여지는 것들을, 실다움으로, 그리고 요염하게 보겠을 일인 것을. 츳, 존자라는 민대가리는, 수염한 포기도 못 돋궈내 보았음? 딴에는 그래도, 한 가락 노래한다고, 제법 목청을 가다듬어, "우리의 몸은 보리나무이니"라고 시작을 했는뎁지, 끝맺기로써 六祖가 말이 많았던 것과 달리, 이 사내는 그 시작이 수다스러워, 좆 찬 노파 같은갑. 그럴 것이, 거 뭐, 그런 따위 소리, 해보나 마나, 쓸모없는, 뻔한 소리거든입습지. 咄! 갉지 않으면, 이빨이 자라는 생쥐 새끼모양 이 사내는, 말하지 않으면 혀가 길어나는 불편함 탓에 말을 했었어야 되었다면, 아흣, 존자는 차라리, 음담패설로나 혀를 토막토막 물어 뱉어냈었을 일을. 그랬으면 다른 해는 끼치지 안 했었을 것인갑. 왜냐하면, 존자에 의해서, '지혜'[菩提]라는 우주적 '用'이, 매우 부당하게도 性轉換을 당해, '體'가 돼버렸는뎁지, 그 결과는, 그 우주적 能力動態가, 受動態化해버려, 한 우주가 去勢를 당해, 좆 차고 수염을 돋궈내지 못하는, 내시가 돼버렸음을 보게 되기 탓입습지. 존자는, '몸'은 '體'라는, 그 고전적(또는 道家的) 고정관념, 그 수사학적 압력을 극복지 못해, 결국 '몸'이란 '나무' 같은 것이어서, 훌륭한 정원사의 손끝에 잘 가꿔지면, '지혜'의 열매를 맺는다고, 일견 그럴싸하되, 불가능한 모순을 범하기에 이릅습지. 존자님입습지, 스님입습지, 그렇다면, 저 '정원사'라는 爲用은 어디서 구해지는 것이겠는갑? 아으? 우리들의 '마음'으로부터? "우리들의 마음은 밝은 거울(틀)과 같넵." —이 '마음'은 그래서 다시, '明鏡臺'라는 '體'는 아니겠는갑? 체길헐녀러, 녀러것, 하필 六祖가 아니더라도, 저런 순 石頭는, 정으로써, 구멍을 몇이고 뚫어놓고 보았어야 될 일이 아니었었겠남? '體'에 '體'를 얹어 보탰으니, 이것인즉슨, (그 어느 쪽에도 쏘고 드는 돌출함이 없는, 두 치골들을 덮어 씌운) '비계들끼리 문질러지기'라고 이를 녀러 것? 無作, 無爲, 無用, 咄, 無能, 無有. 저 게송의 자기 거세, 또는 自殺? 능동태적[禪的] 空은, (正宗派에 의해) '神酒'(암리타)로 이해되어 오는데, 그렇다면, 수동태적 空은, 屍汁이라거나, 송장 자체라고 해야 할 것이겠습지. 저 두 "비계들이 서로 문질러지는 데서"(精蟲을 못 얻어 流失된 卵子들이) 흘러내리는 썩은 피. —존자와 六祖의 게송들로부터 도출되었으되, 그 게송들과는 무관한, 그럼에도 필요한 얘기를 하나, 촌승으로 하여금, 이 자리에 삽입해두도록 하십습지. 라는즉슨, 密宗꾼들과 달리, '마음'을, 그 '用'(프라나 마음)과 '體'로 분리하지 않고, 저 두 '正宗派 돌중들'처럼 이해한다면, 존자의 게송에서처럼 그것이, '體'化를 치렀을 때는, 그 위에 덮여 쌓이는, "먼지며 티끌을 쓸고 닦는" 손[用]을, 어디서 빌어와야 할지 그것을 모르게 되며, 반대로, 六祖와 같이, 그것을 '用'으로만 이해하려 하면, 대번에 그 '거울'을 깨뜨려버리고 마는 결과를 초래하겠을 일인바, '體'가 없는 데에 ("本來無一物"), 무엇을 의지해, 무슨 "먼지며 티끌이 앉는"(何處惹塵埃—불가능한 수사학)다고 하는지, 그것을 모르게 되기 때문입습지. 어쨌든, 우리의 얘기로 돌아가기로 해서, 다시 잇기로 하면입습지—저 3행, 4행은 헌뎁습지, 그런고로 촌승께 觀音되어지기에는, 남의 몸을 훔쳐, 빌어 입고 있어 보입습지. 그래서 뒤늦게 자문케 되는 것은, 촌승이 혹간, 六祖의 게송의 훈륜 속에서 헤어나오지를 못하여, 저 존자의 게송도, 六祖의 게송의 척도로 재려 하여, 고슴도치 위에다 金羊皮를 덮어씌워 놓고, 고슴도치를 金皮羊쯤으로나 보아왔었지 않나 하는 것입습지. 그럴 것이, 이 3, 4行이 시사하는 바에 의하면, 존자의 '마음'의 비유를 입은 이 '거울'은, —앞서 촌승이 이것을 들어, '마음'이 '體'化를 했다고 지적했던 것을 염두해주십습지. —뭐 별스러운 것도 아닌, 어느 장터에든, 거울점에마다 걸려 있는, 이런 거울, 저런 거울, 네모진 거울, 둥그런 거울, 그런 아무 거울 중의 하나같은 것으로서, "왜놈이 지나면 왜놈을 비추고, 고려 놈이 지나면 고려 놈을, 그리고 되놈이 지나면 되놈을 비춰내기" 때문입습지. 이런 '거울'은, "때때로 부지런히 털고 닦아서, 먼지며 티끌 못 앉게 해"야 하는 것일 것은 분명한뎁지, 바로 이 '털고 닦는' 손이, 느닷없이 어디서 '불쑥, 아닌 밤중의 홍두깨'모양 나타난고로 촌승은, "남의 몸을 빌은 듯"하다고 이른 것입습지. 이렇게 본다면, 존자라는 禪卵은, 곪은 것은 아니라 해도, 이 禪병아리는, 龍頭에 蛇尾를 해 갖고 있어 보입습지. 웃기는 새입습지. 龍의 음식은, 天鳥나 人蟲쯤은 돼야 하고, 지옥의 유황불이며, 九泉의 독수쯤은 돼야 하는뎁지. 훗, 훗, 龍頭蛇尾란 우스운, 변절적 새입습지, 배가 고픈 탓에 저 새가, 예를 들어, 天鳥를 한 마리 잡아먹었다고 해보십습지, 그런 경우, 그것의 대가리인즉슨 龍이니, 저 天鳥를 맛 좋게 삼켰음에 분명합지만, 문제는 거기서부터 시작됩습지, 라는즉슨, 그 天鳥는, 그 龍의 목구멍으로 빨려 들어가다가, 그 龍의 목구멍을 넘어선 데서부터는, 무엇이 거기 어느 대목에서 어떻게 되었는지는 모르되, 그것의 부리에다 어떤 뱀의 대가리 밑 쪽의 부분을 물어, 그 아래쪽의 긴 꿈틀거림을 국숫가락모양 빨아들이고 있게 되겠을 일이거든입지. 왜냐하면, 天鳥의 먹이는, 저런 구렁이거든입지. 헌데 이번에는 그 龍의 음식이 사람[人蟲]이었다는 경우는, 그 龍頭가, 지옥의 유황불이나 황천을 둘러 마신 때와 같은 현상이 일어날 것이어서, 그 독한 침이며, 마늘의 매움 탓에, 蛇尾가 철철 녹아버릴 터인바, 그렇다면 저 휑한 곳에는, 먹어도 먹어도 배를 채워본 적이 없는, 불쌍한 입만 하나, 蝕女의 玉門모양 휘몰아 다닐 것인갑. 이런고로 필시, 六祖의 '거울'과 달리, 존자의 그것은, 능동적 衆心性을 획득지를 못해, 그의 '털고 닦기' 行은, "(그들은 다만) 개인적 욕망과 번뇌를 끄려는 일에만 정진할 뿐이며, 그들은 또한 자아만이 空인 것을 깨닫고는, 萬有가 空인 것, 그리고 그 만유가 동시에 자아라는 것을 알지 못한다. 그들은, 삼매에 취해, 주관적 텅 빈 정지의, 無 가운데로 떨어져 내릴 경향을 갖고 있다"라는, 비방에도 처해지겠을 일입습지. 말이 나왔으니 말입습지만, 그러고 본즉, 프라브리티 가운데의 니브리티('주관적, 텅 빈 정지의, 無')란, 한 넋이 들기에는 틀린 子宮인 것을 알겠군입지. 그러나저러나, 한 뒤 걸음, 곁길로 들어서는 얘기를 하자면, ("그들은 다만, 개인적 욕망과 번뇌를 끄려는"이라는 문구에 도발 받아 하는 얘깁지만) 한 정신이, 능동적 衆心化를 성취하기 위해서는, 먼저 '개인적 욕망과 번뇌'를 여의어야 한다는 식의, 과정을 겪어야 하는 것은 아니겠는가, 그런 의문도 없잖아 있다는 얘기를 하게 됩습지. 그리고도 이어서 일어나는 의문은, "萬有가 自我며, 空"이라는 경우, 먼저 '萬有/自我'를 동궤에 놓고 본다면, 그렇다면, "개인적 욕망과 번뇌를 끄려는" 그 노력 자체가, 다름 아닌, '萬有'를 구하려는, 法輪 굴리기가 아니겠는가 하는 것이고, 다음으로, '萬有/空'의 관계에서는, 그렇다면, 出家는 뭣하려 할 일이며, 佛心은 무엇에 대고 일으킬 것이겠느냐는 것입습지. 그런고로 물론, "가진 것이 없는 중은, 出家한 일이 없다"고 이르고, "상사라를 위해, 佛者가 하는 일이란 없다"고도 이릅습지. 그리고 우리들이, 時制며, 過程 따위, 삶을 규정하는 모든 조건들을 무시하기로 한다면, 저런 얘기에 책잡을 데가 있는 것은 아니겠습지. 이 자리에다 村見을 하나 삽입키로 한다면, 한 정신 속에서 '萬有-自我-空'이 한데 어울리고 뒤섞여, 어느 것이 어느 것인지 모르게 돼버린 저 상태는, 그 道流가, 禪病이라고 이를 중병에 걸려, 앓고 있는 것이 아닌가 하는 것입습지. 그래서 실제로, 禪醫鑑에 저런 병증에 관해 기록을 남겨놓고 있는 것이 있는바, 그 병자는 그러면, "산을 산으로도 못 보고, 강도 강으로도 못 보는" 의식의 착란증을 일으키고 있다고 합습지. (촌승은, 이 진맥을, 종종, 禪尺이라는 말로 바꿔 쓰기를 즐겨합지) 禪門에도 그렇다면, 巫家에서

와 마찬가지로, 巫家에서 巫病이라고 부르는 것과 같은, 그런 무슨, 禪病이랄 것이 있는 듯하게도 보입습지. 헌데, 진맥되어진 저 환자의 상태는, 저 禪門에서 건강한 상태라고 이르는, ("平心이 道"라는,) 그 '平心'으로부터는 너무 기울어져, 저 환자는, 침중한 상태에 있음을 눈치채게 됩습지. 그렇다고 하되, 道流들께서는, 촌승께 은연중 압력을 가하여, 존자가 그 '平心'을 잘 유지하고 있는 동안에도, 六祖는, 저 禪病에 몹시 앓고 있었다는 투의, 허튼소리를 시부렁거리도록, 종용치는 마십습지. 村僧도 깜냥껏 알기로는, 존자의 '平心'은 아직도, 우멍거지 밑의 곱이 씻김을 못 받은 냄새로 진동을 하고 있는바, 거기서부터 이 존자의, 자기 부정의 苦行이 시작되었을 것이라는 것입습지. —물론, 이 '자기 부정'이란, 존자네 방언은 아님에도, 한 정신의 우주화, 또는 衆心化는 이 '자기 부정'을 통해서만 가능해진다는, 프라브리티의 한 법칙을 이해한다면, 그것이 어느 道門의 사투리이든, 그 탓에 장애를 느끼지는 말기로 합습지. 그리고 분명히 觀해둘 것이 있다면 그것은, 한 정신의 '우주화'란, '衆心化'와 반드시 비슷한 것은 아니라는바, '우주'란, '個我'에 대한 縱立的 관계를 유지하는 어떤 것[大我]이라면, '集團'(衆)은, 횡적 관계에 놓인, 자기를 포함한 他我(란, 인칭상 '나'도 아니며, '너'도, '그이'도 아닙습지)라고 이해되는 때문입습지. 어쨌든, 자기 부정이란, 어느 날, 더 부정할 대상(즉슨 자기)을 갖지 않기에 이를 때까지는, 그 고행을 수행하는 자의, 被虐症的 경향을 무시할 수는 없겠습지. 그런고로, 人心을 연구한다는, 어떤 俗僧들에 의해, 그중 큰 한 예를 들면, 우리들의 基督의 法輪 굴리기도 분석되어지기로는, [20]"그는, 사회적 被虐症의 희생물이었으며, 동시에 승리자였다"고도 하는 것입습지. 이 '사회적'이란 촌승께는, 우리들의 기독이 '희생물'의 역을 행하고 있을 때에만 한하고, 나중에 그의 수난을 통해, '승리자'가 되었을 때는, ('사회적'인 것으로부터) '우주적'인 것에로, 형태를 바꾼 것으로 이해됩습지. 十字架가 서는 자리! 어쨌든 그래서, 어떤 俗僧들의 저런 진맥을 통해, 촌승이 무엇을 배우는가 하면, 존자는 또한, 禪的, 그럼에도 點心的, 被虐症의 한 희생물이었으며, 그리고, 그가 환속을 서두르지 않은 것을 염두하고 본다면, 어쩌면 승리자였다는 것입습지. 소박하게 말하면, 존자 스님이야말로, 모든, 출가하여, 求道에 나섰다는,

새끼 중들의 한 전형이 돼 있다는 얘깁습지. 아 그러면 도류들은, 촌승이 그 미친, 네 바람머리의 머리끄덩이를 끄셔대려고 애쓰는, 그 미친 바람, 加虐과 被虐이라는, 찐득거리는 얼굴을 한 두셋쯤 살펴보실 수가 있으신갑? —그러면 저런 자기 부정을 통해 존자는, 무엇을 성취하려 하는곱? 종내는 아마도, 아무것도 성취하는 것이 없으니, 아무것도 성취하려 하지 않는다고, 할지도 모릅지. (헌뎁습지, 삶은 결론이 아닙습지. 해탈을 위한 삶은 과정입습지) 촌승이 본즉슨 헌뎁습지, 일러 말하는, 저 자기 부정이라는 것은, 이것 봅습지, 그 드러내진(자기 부정이라는) 얼굴의 뒤쪽에, 이것 봅습지, 얼굴을 또 하나 갖고 있는뎁습지, 그 얼굴인즉슨, 굴뚝 고치기로 연명하는 사내가, 어둘 녘에 귀가하는, 그런 얼굴이어서, 너무 진해 희미하든, 어쨌든, 그렇게 보이는 얼굴입습지. 鬼花 한 송이, 무서운 유탕함으로, 피를 뚜둑뚜둑 흘리게 웃어, 사내의 불알을 훑어 까먹는 저승에 핀 꽃 한 송이, 독사의 똬리가 한 송이 저승 꽃, 기름진 독살스러움의 요니가 한 송이, —한 '보석'을 안고, 있음! 저 한 '보석'은, 자신의 '번뇌와 고통' 속에 움츠려 사려 들어 冬眠(三昧)하며, 자신의 노른자위를 빨아, 자기를 기름지게 하는, 蓮卵 속의 살무사. 그러는 중, 이 알 껍질 속에 담긴 것은, —'주관적 텅 빈 정지의, 無'? —밖을 겁내기 시작하고, 그리하여, 그 껍질을 쪼아 깨어[孵化] 나오려는 노력을 하는 대신, 반대로, 자기를 줄이고 은닉하고, 줄이고 은닉하여, 자기가 자기에게까지도 보이지 않을 때까지 그러려 하는 통에, 많은 경우, 그 (禪卵의) 부화는, 거꾸로, 그러니 求心力적으로, 안에서도 더 안으로 행해져 있어, 거의 상상도 잘 안 됩습지. 마는, 다행하게도 우리는, 이런 孵化의 극대한 한 형태를 알고 있어, 그것을 이 극소한 데에다 적용해볼 수가 있지 않나 하기도 합습지. 라는 그것인즉슨, 우주적 '말씀의 成肉身' 말고, 또 무엇이겠는갑? 이것을 두고 그러나, 촌승이 무슨 말씀을 더 드릴 것이 있겠을 일인갑? 촌승으로서는, 道流들의 想定에 맡기기 위하여, 저 한 주제를 上程하는 바입습지. 그런 대신 촌승은, 그래서 그러하다면, 그 극소한 형태로서의, 한 法卵의 孵化가 求心力적으로 행해졌다는 경우, 그 새 새끼의 모습은 어떤가, 그것 좀 후딱 알아보았으면 합습지. 村見에는, 그것을 세분한다고 할 때, 어떤 방언으로 이뤄진 童話이든, 그 큰 한 줄거리를 이루는, '모험 찾아 떠나는 세 형제(왕자)'의, 그 '셋'의 모습을 띠는 것이나 아닌가 합습지만, 그러나 '큰형과 둘째'는, 하나로 무리 짓는다 해도 별로 무리가 없다는 것을 고려하면, 종내는 두 모습으로 총괄되지 않는가 합습지. 헌데도 존승께 보이기는입습지, 저 둘 중의 하나는, 이라는 그 하나는, '바보둥이 셋째 왕자'인뎁지, 이 자리에 꼭히 참견해야 할 까닭이 없는 듯하므로, 그 얼굴은, 우리들의 무대의 뒤쪽에다 밀어 넣어두기로 해야겠군입지. 이승도 아니고, 저승도 아닌 곳에 태어나, 그 한 우주에 法을 베푸는 자, 羑里의 八祖師. 羑里의 八祖가, 살입어 태어난 법 없이, 태어난, 그 福音을, 도류들은 들었는갑? 우주적 '말씀의 成肉身'의 '극소한 형태' 중의 하나로서, 姜里의 八祖가 法經을 짊어지고 들어가, 法輪을 굴리는 우주 같은 것은, 우리들께는 한 번도 개벽해본 적이 없어, 사실 우리들의 이해나, 상상 밖의 우주입습지만, 존승은, [21]'본派'의 法義 중에서, 그 비유를 빌어올 수는 있다고 봅습지. (명심해둘 것은, '본派'에게 있어서는 '실다움의 우주'가, 우리들께는 '비유'로 빌려진다는 것입습지)라는 그것은, '菌世'입습지. 그렇습지, '본派'에 의하면 한 '生體'는, 그 속에 기생해 사는, '菌'들의 한 우주인뎁습지, 그 '菌'들도 그렇다면, 解脫成佛할 때까지, 그 어떤 '生體' 내에서의 輪廻에 당하겠습지. 이 法義에 존승은, 合掌千拜하고, 萬拜합습지. 유리의 八祖村長은, 말하자면 그래서, 파드마삼바바가, 鬼世로 法을 펴러 들어간 것처럼, '菌世'로 들어간 것입습지. 헌데 가맜습지, ―이것이 비록, 그 정통적 형태 입습지만―우리는 아까, 이런 식으로, 孵化를 성취한 法卵은, 우리들의 무대의 뒤쪽에다 밀어 처넣어버리기로 했었습지? 그러고 난다면, '큰형과 둘째'를, 한 범주에 묶어버린, 그 부화가 우리들 앞에 압도하는 것을 보게 되는 것은 자연적인뎁지, 헛헛헛, 그래서 보시다시피 이 禪鳥는 창자는 하나인데 대가리가 둘입습지. 咄! 그 대가리 하나는 '보리나무'이며, 다른 하나는, '거울'이어서, 그 보리나무의 가지에 걸려 있습지, (프라브리티는 兩頭蛇 '괄태충') 헌뎁지, 어디서, 무슨 바람이 부는갑, 바람이 부는갑? 보리나무 가지가 흔들리자, 그 '거울'에도 그늘이 끼이는고얍. 이 병아리는 분열증을 일으키는갑? (欲生과 反欲生?) 이제 그러면 우리는 알게 되는뎁지, 우리가 앞서 (존자의 게송을 두고) 의문했었기는, (존자는) 어디서 저 함[爲]의 함[用]을 얻는가, 라고 했었습지만, 흣흣, 아흐, 그러니 분열을 통해서, 그렇습지, 하나가 둘이기에 의해서, 라는 것을, 알게 됐습지. 그런 한 대표적인 것은, 求道的 手淫이라는 것이 있어, 전에 美里에서는, 존자라는 스님이 수음을 너무 호탐하여, 불원간에, 그 기름진, 한 멍석 넓이의 가죽만 아른하게 벗어놓고, 알맹이만 튀어 나가버릴지 모른다고, 푸르죽죽이 걱정들을 했었습지. 밖에서 들여다본, 그 안쪽의 풍경을, 보이는 대로만 말하면, 이 禪卵은, 孵化를 꿈꾸며 동시에, 孵化에의 두려움을 알 껍질로 굳혀 갖고 있습지. 글쎕지, 보이는 대로만 말하면입지, 그래서 禪卵 속의 바룬다 새는, 欲生(즉슨, 부화에의 그리움)과, 反欲生(卵膜 속에 눈 감고, 좀 더 편안하고 싶기) 탓에, 스러졌다 생겨나고, 생겼다가는 스러지기의, 禪病的 輪廻에 묶여, —아흐, 卵殼에 모서리가 다 닳아졌음, 둥글어졌음! 알다시피, '欲生'에 대한 '反欲生'은, 六道의 六毒 중에서도, 특히 人世의 毒인뎁지, 큭, 클, 클, 아흐, 그러기 전에, 예의 저 바룬다 새의 대가리 하나가, 운수 좋게도, '欲生'이라는 이름의 한 조각 神餠을 발견해, 다른 대가리가 볼세라, 얼른 찍어 먹어버린 일이 있었는뎁, 그것을 분하게 생각한 다른 대가리가, 그 앙갚음할 기회를 노리는 중에, 이것 봅습지, 저 '反欲生'이라는 이름의 毒이 한 덩이, 좋게도 나뒹굴어져 있군입지, 클, 흙 큭. 크흑, 좋을세라, 호기라, 먹을세라, 먹었을세라. 한 마음이, 그 꼭같은 마음속에 갇히기의, 그 완벽한 流謫. 이 새는 죽기도 거부하거니와, 태어나기도 거부하고 있는 것이 분명합습지. 프라브리티에 끼어든 것으로서는, 심지어 無情까지라도, 그것 혼자서만, 그 질서의 사슬로부터 동떨어져 나가, 비록 '텅 빈 정지의, 無'의 가운데라고 해도, 그것만의 독립된 왕국을 차리게 하지를 않는다고 할 때, —시간과 바람이 저것들을 덜어갑습지. —하물며, 작은 프라브리티[有情] 자체에 대해서야, 무엇을 더 할 말이 있겠는갑? 운명이라는 붉은 龍의 누이동생이며 마누라—땋님(세월)이라는 蝕女가, 우리 그냥 말해서, 時尺에 있어 단위가 큰 눈금으로만, 예를 들면 그러니 일 년에 한 번씩, 또는 한 칼파에 한 번씩, 저 禪卵을 핥고 지난다고 가정한다 해도, 그런 어느 날엔, 저 알 속의 한 마리 禪병아리는, 껍질을 잃지 않을 수가 없어, 더럽게도 빨건 몸으로, 풍진세상 매운 먼지바람 을씨년스레 부는 가장자리, 초라하게 드러내져 있게 되겠을 일입지. 그러면 이제 그것의 마음 위에 짜거운 눈물, 먼지며 티끌 많이도 고이고 끼겠을 일? 발걸음인들 얼마나 동동 바빠지겠을 일이엽? 무엇보다도, 저 아늑한 알 속에의 그리움 탓에 그것의 마음은 편함이 없는 데다, 조급하고, 헐벗은 몸은, 가시쟁이며, 궂은 비 찬 눈에 시달릴 터인뎁, 어디서 비롯되는지도 모를 슬픔이며, 불안이며, 초조스러움의, 여러 狂犬들이, 떼로 떼로 몰려와, 헤매다 터진 저것의 상처에서 흐르는 피 냄새에 미쳐, 저 외로운 새를 짓찢어 놓으려, 대번에 빠르게도 말고, 슬금슬금, 그 범위를 한 치 반 치 굽히고 들 터입지. (道流들은, 바르도에 처한, 도류들 자신들의, 孤魂을 건너다보는지, 눈알들이 젖어, 빈적빈적하군입지) 저런 외로운, 뻘건 것이 당하는 저런 추적에는, 휴식도 없으며, 천의 만의 부처라도 저것을 위해, 어찌할 수가 없는뎁, 왜냐하면, 그 狂犬들은, 그의 羯磨가 거꾸로 일어선, 그러니 그의 '거울'의 바깥쪽에서가 아니라, 안쪽에서, 일어나 짖어 올라온 것들이라고 하니 그렇습지. ―'마음'이, 無門, 無通의 나라카였음? ―그렇다는즉슨, 이 자신을 물어, 찢어 죽이려 덤비는 저 狂犬들이란, 그 자신의 陰性的, 否定的 達力(能動力)의 擬物化로서, 자기를 새로이, 저 프라브리티라는 한 문장의 정연한 질서 속에다, 교정, 삽입하려는, 그 (부정적) 의지라고 해얄 것들이겠습지. (그래서, 욕망을 여의지 못하면, 갈마를 이루고, 갈마가 다하지 않으면, 輪廻를 벗어나지를 못한다고 이르겠습지) 그렇다면, 이 우주 간 무엇이 또, 자기 자신보다 더 두려운 魔羅일 수 있겠납? 어쨌거나, 잘 觀해둬야 되는 것 한 가지는, 한 단어로서의 프라브리티가, 한 문장으로서의 프라브리티 속에 삽입되어지기 위해서도, 저런 達力(能動力)의 도움에 의해서만 가능하다고 할 때, 그 문장에다 지운 자리를 남기고, 그 한 단어가 저만 따로 벗어나려 할 때야, 얼마나 힘이 쓰이겠느냐는 그것입지. 그러려 하면, 그런 도약을 행하려는 정신이 그 뒤꿈치에다, 한 우주를 송두리째 매달고도, 꿈쩍없이 날을 만한, 그런 達力을 필요로 하지 않겠는가 합습지. 헌데 六道 간에서, 神들도 아수라들도 말고, 인간 한 종류만이, 그 입은 몸속에 그 날개를 접어 넣어 갖고 있다고 일러집습지. 그 '날개'를 겨드랑 밑에서 돋궈내기, 그것이 우리가, 人肉 입은 목적이라고 한다면, 입어진 人肉을 허비할 수가 없겠군입지. 우리는 그래서 과연, 바르도(그리고 逆바르도)라는, 험난한 곳에 처해서 자기를 해치려 덤비는 狂犬의 떼를, 저 '날개'라고, 우리들의 겨드랑 밑에 껴 넣을 수가 있겠는갑? —咄, 狂犬과 날개? 헛, 허, 허기는, 道流에 敎義의, 날개를 달고 '추락한 대천사'는, 다름 아닌 저 '날개 단 狂犬'? 그뿐만도 아닙습지. 祆道(조로아스터敎)꾼들이 밝힌 비밀을 하나 좇으면, "개와 뱀은, 앉을 때 먼저 뒤를 틀어(똬리 쳐) 앉는고로, 같은 짐승들"이라고 하는데, 저 '추락한 천사'는 나중에, '옛 뱀', 또는 '붉은 용'과 동일물로도 알려졌습지, —어려울 일입습지, 자기를 물어 찢어 흩트리고, 어려운 일입습지, 그 더운 똥창자를 핥으려는, 어려운 일입습지, 저 狂犬들 앞에다, 어려운 일입습지, 서슴없이 자기를 내던져주기는 어려운 일입습지, 그 위대한 절망의 성취, 는 어려운 일입습지, —아으, 그럴 수만 있다면, 그렇지 않는다 해도 종내, 저 狂犬들은 자기를 짓찢어 놓을 것인뎁지, 자기의 분노며, 증오가, 그리고 욕망이, 狂犬인 것들이, 그 더러운 獸皮를 벗어서는, 그것을 태우는, 그렇습지, 사랑의, 그렇습지, 사랑의 불이 되어, 훨훨 타오를 수만 있는다면, 禪鳥는 타올라 훨훨 날아 타오를 것읇. 그것이 차지했던, 프라브리티의 그 한 매듭에, —제길헐, 舍利는 뭣하러 남길 일이겠음? —재 한 톨도 남김없이, 떠나버린 떠나버림. —이러고도 존승이 이 자리 지켜 무겁게 앉았음은, 重力의 元素들이, 수사학적 解脫에는 시랑토 않음? 독주에 위장이 상해 풍기는 더러운 냄새—에 대한 코의 편견—, 보이는 것에 대한, 들리는 것과, 닿는 것과, 맛에 대한, 좋고 나쁨의 식별…… 술 좀 내십습지, 觀雜說, 고봉으로 희게 내십습지. 本者語佛, 부처와 개 새끼만 佛性이 없다고 짖어대는 대로 따르면 저런 순, 잡것, 짖어댄 김에 달이 반쪽이 달아나도록 짖어댈 일이며, 물어댄 김에, 까짓 녀러, 남의 발모가지나 끊겨 떨어지든 말든, 떨어지든 말든, ……이러고 본즉슨, 사람의 '몸이 나무'라고 일러, 그 뿌리를, 백 척 아래 흙 속에 묻은 존자는 물론, "本來無一物"(論)者 六祖까지도, 無物에 입혔던 숯검정 물들인 똥 중우를 벗어부치고, 삘그런 아랫도리로, 내조자떨어질세라생조시나게 내뛰고 있는뎁, 本者語佛, 大悲를 느끼노니, 이제 이 자리 당해서쯤은, 저 두 중님들의 똥중우를 되돌려 입혀줘야, 헐벗은 나무에는 봄을, 없어[無] 시린 몸[物]에는 약간의 온기를, 보시케 되지 않겠는갑. 色卽是空者 하나, 空卽是空者는 다른 하나, 처런 순, 쑤악한,

중우의 가랑이를 하나씩, 저 개 새끼에게 물려 찢겨, 잃고 있었군읍, 초런 순, 초라니들 같으니라구! 헛, 헛, 헛, 이것 이대로, 그것들께 입혔다가는, 저것들 한 다리씩만 가리고, 한 다리씩은 벗어, 반편으로 헤매겠으니, 다리 하나씩들은 삼복에 당해 불편하겠으며, 다른 하나씩들은 삼동에 당해 괴로울 터인즉, 이, 이거 말입습지, 그, 그럴 것이 아니랍습지, 남, 남은 중우 가랑이들만이라도, 서로 꿰매, 이어 붙여, 올바른 중우를 하나 만들어, 저 두 중님들께 입힐 일이 아니겠남? 그, 글쎕지, 바룬다 새에게 중우를 해 입힌다고 한다면, 道流엽습지, 그 가랑이를 대체 몇이나 헤아려 해 달아야 된다고 할 터인곱?

그리 해설람엔 그러면, 우리들입습지, 두 중우를, 한 중우로 만든, 새 중우를 보셉습지.

[22]만약에 道流들이 道流들 마음
그 明鏡에 낀 먼지를 쓸고 닦고 싶거든
저 순수한 창공의
그 깊음을 들여다볼지랍.

헌뎁습지, 이것입습지, 보십습지, 라는 말씀은입습지, 사람이 대번에 팩 짜그라져, 피 내림 없는 지랄이라도 해대며, 거품을 버그려내고도 모자랄 일인뎁습지, 글쎕습지, 이런 수가 있겠습나, 라는즉슨, 글쎕지 우리가, 저 두 중놈들의 벗어부친 중우를, 뜯고, 맞추고, 꿰매, 하나로 만들어, 저 둘에게 입히고 본즉슨, 지랄에 거품도 못 버그려낼, 글쎕지, 그 자리 남아돌아야 될, 다리 둘이 현장에 不在인뎁, 그렇다고 실종된 것도 아닌지라, 사람이 대번에 팩 고꾸라질 일이라, 이런 말입습지. 그래서 과연 이나 갖다가시나, 본래부터 (누구에게서나) 한 물건씩은 없어 온 것이 분명했는갑? 다시 바룬다 새들 얘긴뎁지, "우리의 몸은 보리나무이니", "보리에 언제부터 나무가 있었는고?" "우리의 마음은 명경대일세라", "명경은 어찌 또 '대'이겠느냐?" —저 두 法鳥 간의 저런 상치, 상극은, 道流處容들이 이제 다시 절시키로 한다면, 실제에 있어서는, 서로 간 情을 돋구되 맵게 돋구느라, 물고 물리고, 할퀴고 할퀴던 짓이었으며, 그러다 서로 간 다 매어지자, 꼬리를 붙이기 짓이었습지. 咄, 禪的 비역行. 도류들, 그래서 處容들은, 귀 맞지 않는 노래나 칭얼거리며, 들어선 사립짝을 뒤에 두고, 발걸음을 되돌려야 하겠는갑? 그래서 사실로, 각기 자기들대로는, 한 法門의 主掌僧이라는 자들의 비역行도, 俗家의 그것처럼, 오물 냄새로, 한 세상을 썩히는 것이겠는갑? 그것은 그럼에도, 도류들의 이해 나름이겠습지. 村僧은, 촌승의 村見만 말씀드릴 수 있을 뿐인바, 村見에는 이렇습지, 라는즉슨, 누구든 法을 求하려 하면, 그 修身은 존자적으로 하고, 悟道는 六祖的으로 성취키를 도모하는데, 利가 있다고 합습지. '手淫의 禪定法(요가)'을 들어, 村僧이, 저런 悟道에 관해 말씀드려온 것으로 사료 합습지만, 그리고 이것은, 얼마가 반복되어도, 그 法乳가 다 짜여 나오지가 않는다고 믿어 다시 말씀입지만, 실제에 있어서는, 漸悟도 없으려니와, 頓悟도 있는 것이 아니기 때문입습지. 아무리 '쓸고 닦아'보아도, (主物이 삭제된 文章의 모호함, 감칠맛) 頓悟的 點火가 없으면, 그 '쓸고 닦는' 손아귀만 아프고, 그 손아귀 안에서는 피가 삐끔거릴 뿐일 것이며, 반대로는, 마음으로나, 육신으로나, 부드럽고도 미끄럽게 문지른다는, 그 성실한 漸悟的 노력이 없이는, 느닷없는 때에 (咄, 아직 그럴 나이도 아닌데), 느닷없는 곳에서 (咄, 가령 손가락 끝이라거나, 코끝 같은 데서), 느닷없는 흰 불이 좍 뿜어져 나올 까닭이란 있을 수가 없을 것입습지. '手淫의 禪定'을 통해, 陽氣가 허약한 비구까지도 배우는 것은, 漸悟도 頓悟에 의해서만 완성되고, 頓悟도 漸悟를 통한, 불도마뱀의 눈뜨기를 통해서만 가능하다는 것입습지. 그리하여, 漸悟와 頓悟가 한자리 모두어졌다고 한다면, 그때 그 비구가, 山에게 명하여, 물러가라 하면 물러갈 것이며, 하늘의 한 자락을 죽 찢어내어, 감발을 삼으려 하면, 그만큼의 하늘에서 발 냄새가 날 터입지. 이런고로, 우리가 수긍하게 되기는, 존자의 偈頌은 勞動謠로서, 被虐症을 드러내는 데 반해, 六祖는, 노동을 저어하여, 차라리 자기의 노동력을 들여야 되는, 그 대상까지 파괴해버리려는 加虐症을 드러내게 된다는 점입습지. 이 두 '미친 바람머리' 끄덩이를 놓치지 말기로 하십습지들. 觀雜說.

美里村禪의 수사학적 法杖 휘두르기는 대개 저러하거니와, 그중의 한 狂風을 村僧은, '禪的 加虐', 다른 것을 '禪的 被虐'이라고 일러오고 있는 것은,

道流들도 아시는 바대로입습지. 그리고 이것에 의해서, 禪이 프라브리티에 대해서뿐만 아니라, 프라브리티에 대해서도 승리를 거둔다는 것이 촌승의 믿음인뎁지, 그들은, 저 상극적 질서를 이해하기 위해, 일례를 들면, 禪네 外家 쪽 道家네 권속들처럼, 그것에 맞는 道體系를 설정하지를 않습지. 글쎕지, 저것이 촌승께는 '狂症'으로 보이고, 그것의 발로는 '虐症'으로 보입습지. 有情들을 相合케도 相剋케도 하는 힘. 輪廻의 고리며, 동시에 그 도약판인 것.

이제껏 촌승은, 저렇게나 억센, 두 미친 바람들의 머리끄덩이를 끄셔 이만큼이나 오고 나니, 숨도 찬뎁지, 그 하나는 우리들의 외양간의 '(空卽是)色'의 말[語] 뚝[柱]에, 다른 하나는 '(色卽是)空'의 말뚝에다 비끄러매 버린 뒤, 소주잔에나 달라붙을까 하니, 道流들도, 소주도 한 모금씩 들어, 다물고 있느라, 말[言語]이 썩어, 구려진 입도 헹구고, 消風도 하여설람에, 앉았던 자리도 좀 식히는 것이 권고되누먼입지. 道流들 앉은 자리가 호끈해지면서부터, 땅밑 鬼耳들이 잠에 풀 죽어, 村僧의 雜說의 이삭줍기를 게을리하고도 있군입지. 어쨌든 그런 뒤, 일었던 먼지가 다시 가라앉고 나면, 村僧이 이번에는, 그 쓰이는 방언까지도 약간은 생소한, 그런 재료에 의해, 衆心的 '드룩症'이랄, 다른 한 미친 바람의 머리끄덩이를 끄셔다, 우리들의 마[言語]場 바닥에다 내북쳐 보이려 하고 있습지. 제길헐, 有情은 狂症이거든입지, 矛盾撞着이거든입지. 그럴 것이, 그것들은, 프라브리티라는 상극의 베틀에, 矛盾撞着으로 잉아 걸어, 幻絲로 짜여진 無明베라 그렇습지. 그래서 有情들이, 이 베옷을 입고 있는 한, 세상은 진하디진한 실다움 자체일 것. 고통하기의 아름다움(쾅[狂]!), 살기의 아름살움(쾅!), 샘을, 한 그루의 목련을, 심지어는 하늘의 어느 별을 私有키의 아름스러움(쾅!), 허연 머리카락의 아름늠다움(쾅!), 아 그리고, 죽기의 하름다움(쾅!), 咄!

觀雜說.

그리기 전에 道流들, 이 자리에서 그리하여 우리가, 새로, 다른 話頭를 거론하려 한다면입습지, 먼저, 이것은 그렇다면, 이제껏 우리들이 話頭로 정해온 것에 비해, 무슨 차이를 갖고 있으며, 그 특징은 또 어떤 것이나 되겠는지, 할 수 있다면 그것을 밝혀두는 일이 필요할 듯하지 않는갑? 村見에는, 이제껏 우리들의 話頭가 되어왔던 것은, 우리들이 발음해낸 '말'의 우주화, 그 확산과 관계가 있었다고 한다면, 새 話頭는, 그와 반대로, 우주적 '말씀'의 '살 입기'[成肉身], 앞서 말씀드린, '禪卵의 求心力的 解化'라는, 그 逆擴散, (求心力的) 응축화와 관계가 있는바, 분명히 이것이, 양자 간의 차이이며, 동시에 그 특성들을 규정한다고 합습지. 헌뎁습지, 이 자리에 이르자, 도류들의 얼굴들이 미소로 밝은 것을 보건대, 이 주제는, 道流들께 매우 친근한 것인 것을 알겠군입지. 까짓것, 꽃도 피어 흐물틀어진 그것의 위에다, 더운 햇볕까지 한 줌쯤 더 뿌려준다고 하면, 새도 퍼들어지게 울겠습지, 꽃이 더워 지저구 지지구 속을 활짝 열어버리겠습지. 村心에 괴인, 그 꼭 한 줌 더운 볕의 새 울음소리란, 물론 禪門에는 조금도 새로울 것이 없음에도, 도류네에게만 조금 생소할지도 모르는 이런 소리입습지. 라는 그것은, 도류네 敎義의 해석꾼들에 의해 설파되어져 온, "한 善男, 善女子가, 그 마음을 어떻게 넓히고, 그 믿음을 얼마나 깊이 하든, 神은 여전히 神이며, 人間은 여전히 人間에 머문"다는, '거룩한 神'에 대한, 人間矮小論은, 基督이 와, '말씀의 우주'를 개벽하기로써, 양자 간의 거리를 없애버렸거나, 다리[橋梁]를 놓았기 前世까지만 통용되던 진리였다는, 그런 소리입습지. 基督 이후부터는, 그러니 저런 진리란, 저 같은 基督이, [23]"天體의 운행을 바꿔놓은 뒤"에도 실행되는 占星術과 비견해도 좋겠습지. 六祖의 說法에서부터도, 우리의 귀에 익혀진 소리가 이것입습지만, "基督은, 우리들 必滅할 肉身 속의, 不滅의 自我"의 상징이라고 하여, 바로 우리들 '自我'인뎁습지, 우리들의 이 '不滅의 自我'는, 우리들 필멸할 육신 속의 '말씀'으로도, —이 '말씀'은 곧—'하나님'으로도, '生命'으로도, '빛'으로도, 여러 이름들을 입습지. 그러나 語麗本者는, 해석자로 羑里엘 온 것이 아니라, 선지자로 왔음을, 그러므로, 도류네 경전의 구절들을 열거하여, 무엇을 증명해 보이려는 수고를 하기보다는, 道流들의 고자스러운 靈感에다 더운 비를 뿌리려 하는 것을, —그러기 위하여 村僧은, 우리들 不滅의 自我가, 必滅的 우리들께 가리켜 보였던, '포도나무와 그 가지'의 비유에로, 도류들의 관심을 모았으면 합습지. 그것은, '아버지와 아들' 사이의 이음의 관계를 밝히기로서, 大我의 小我에의 제휴의 과정은 물론, 小我의 大我化는 또한 어떻게 이뤄지는가, 그것까지도 소상히 밝히고 있는바, 누구든 저 비유에 의해, 靈感의 고자스러움을 극복한다면, 그에게 내리는 法恩이 한 우주 무량일 것입습지. 우리들의 이 基督은 佛者입습지, 菩薩입습지. 菩薩이며 佛者입습지. —헌데 어느 도류가, '佛'은 '마음의 우주'의 익명이며, '菩薩'이란 '살의 우주'를 돕는 者로서, 양자 공히, '마음'의 宗家네 방언이라고 하여, 먼저 존승의 不學을 비난하고, 그런 뒤, '말씀의 우주'를 개벽한 자를, 바로 그 '마음'의 義尺으로써 재려 한다면, 프라브리티를 니브리티의 척도로 재려 했던 龍樹모양, 誤尺行을 범하게 되겠을 일이므로, 부디, 그 法心일랑 발하려 마실 일입습지. 글쎕지, '말씀의 우주'는, '마음의 우주' '살의 우주'를 휩싸아 안으며, 그 가운데 자리 잡아 있습지. '巫'와 '禪'이 한 산통 속에 뒤섞여 있음. 佛이며, 菩薩. 헌데 村僧이, 사족을 하나 붙인다면, '巫'(signified)와 '易'(signifier)이 달마가 되어 있는 '살의 우주' —畜生道에다 그가, 자기 입었던 살을 벗어준 菩薩行에 의해, 우리들께는 그의 菩薩面만이 확대 압도되어져 왔다는 것, 그것을 하나 지적해뒀으면 합지. 그렇게 축생도를 극복해버린 그가 '말씀의 우주'를 개벽한 부처[佛] 당자였다는 것도 村僧은 물론, 조금 살펴보려 할 것임에도, 村僧은 오늘, 아직도 '우리들의 축생도'에서, 자기 입은 '살'과, 우리들이 조롱하며 뱉는 가래침에 덮이고, 우리들이 손에 쥐어 후려치는 가시쟁이에 긁혀, 몹시 아파하고 있는, 그 菩薩面을 배알하려 하는뎁지, 왜냐하면 이 얼굴이, 축생도 못 벗어나 헤매는 우리들께는, 佛面보다도 더 친근하여, 더 큰 위로가 되기 때문입지. 짐승의 탈을 쓰고, 신음하는 神. —우리들이 基督임!

神은 그러면, 무엇을 위하여, 重力이 지배하는 곳의, 그 구속과 장애를 자청하였는지, 이제는 그것이 물어져야겠습지. 神이라면서 그 大力도, 사람여자의, 짐승 같은 子宮의, 비린내 나는, 絶壁한 암흑의 黃泉에 담겼다가, 얻어 입은, 운명을 씨로, 시간을 날로 하여 짜여진, 한 벌의 옷 때문에, 낳고, 늙고, 병들다 죽기의, 원초적 고통뿐만 아니라, 모기에게 물린 자리의 가려움, 학질, 저잣거리에서 치내리는 설사기의 급박한 앙구찮음, 물색 좋은 계집애의 화풍병, 증오며 혐오감은 물론, 까닭 없이 일어나는 슬픔이며, 불안과 초조감, 때로 때로 체험되는 자신에 대한 실망과, 세계에 대한 절망 등…… 神이라면서 그 大

力은, 어찌하여, 그런 모든 번뇌들을 자초하였는갑? 그리고 그것이, 프라브리티의 달마일 것이지만, 神이라고 한다 해도 그가 원숭이의 형태에 제휴했으면 원숭이로서, 사람여자의 하문을 통과했으면 사람의 자식으로서, 자기가 처한 역경과 고난을 타개해야 하는 것이며, 뭣이 조금 힘들고 고통스럽다고 하여, 자기 속 어디 셔리셔리 사려 넣어져 있을, 그 大力을 일깨워내, 그것을 이용하여, 그 난관을 타개하려 한다거나, 그래서는 안 된다고 이르는뎁지, 살[肉身]은 그러고 보면, 그것이 벗겨졌지 않은 이상은, 그것이 가두고 있는, 그 우주적 大力보다도, 힘이 더 세다는 얘기는 아니겠는갑? (거대한 낙락장송을 가두고 있는, 한 솔씨를 보십습지) 그래서 어쨌든, 그럼에도 神들이 살을 입어오지 않으면 안 되는 필연적 이유들은 있을 것인뎁습지, 그런 이유며, 그 행적들을 말해놓은 것이, 神話라든, 敍事詩, 그리고 經典 같은 것들이 아니겠는갑. 저런 재료들에 의해, 촌승 나름으로, 그 이유들을 짚어내어 집약키로 한다면, 첫째는 물론, 한 宗家의 創世와 관련하여, 향후의 한 우주가, 그것을 궤도로 法輪을 굴림에 있어, 탈선치 않을, 法軌(教儀)를 놓아, 그 法車를 타고 죽음에로 달려가는 운명들께, 그 神의 '이름' 아래에서, 그 神이 창조한 그 우주 살기/죽기에의 소망/(教義)을 주기 위해서, 그래서 온 것이 아닌가, 하는 것이 꼽히고, 둘째로는, —말씀드린 바와 같이 그렇게 되어, 한 우주가 질서정연하게 잘 운영되어오고 가던 중—어느 때를 당해, 어떤 훼방꾼들이 나타나, 그 法軌의 여기저기에다 훼손을 입혀, 그 法車의 운행이 불가능하게 되었다거나, 심지어는 그 法의 한 우주가 파멸의 위기에 처해 있다고 할 때, 저 우주적 불한당의 세력을 눌러 꺾고, 그 파손당한 궤도를 새로 손질해, 그 한 우주를 구하려는 목적으로 오는 것이 꼽힙습지. 그리고도, 한 가지 것이 더 꼽힙습지만, 그것이 이 자리에서의 촌승의 주된 관심사가 되어 있으므로, 그것을 速略케 하지는 마십습지. 말씀드린, 저 두 번째 경우는, 神—영웅으로서, '무릎 아래까지 내려오는 팔'의, 억센 근육의 용사로서, 天弓을 들어, 저 魔勢를 쳐부수고, '이기기' 위해서, '영광에 휩싸이기' 위해서, 용사의 전형을 보이기 위해서 온다는 것을, 명심해두기로 합습지. —지적해두고 넘어갈 것은, 이런 서사시에도 종류는 물론 여럿일 것이라도, 그 대표적이랄 것만 한두 가지 말씀드리기로 한다면, 그 하나는, 우리들의 문학적 상상력에 제휴한 超力들의 무훈담으로서, 이르기를 '집단적 꿈'의 한 형태랄 것이며, 그 다른 하나는, 한 수도자의 자신을 상대로 한, 자기 부정의 難行 苦行을 통해 나타나는, 십만 번뇌들의 의인화, 그렇게 출현한 허깨비들과의 苦戰이랄 것이겠습지. 그래서 하나는 '신화'에 머물고, 하나는 '종교'를 이룰 것입습지. 그렇다면, 얘기되어진 두 경우를 두고는, 그 大力들이 '무슨 목적으로' 하필 '그 시절에', 그 '특정한 苦田'에를 올 필요가 있었는가라는 따위의 의문이란, 蛙角蛇足 말고, 다른 것일 수가 없겠습지. 그런즉 저런 폭력적 우주적 力士들에 대해, 촌승이 드릴 수 있는 얘기란 있을 수도 없겠습지. 마는, 神과 영웅이라는 문제와 더불어서 흔들려지는, 첫머리를 촌승은 도저히 어쩔지를 모르겠구만입습지. 그럴 것이 입습지, 하늘에는 가득 덮어 저렇게도 굳센 용사들의 말소리가 우렁찬데도, 땅 위에서는, 하다못해 조그만 사기꾼 하나도, 그 넓은 발바닥들 밑에서 꾹꾹 눌려져 밟혀 납작해졌다거나, 산 채로 지옥의 지붕에 구멍을 뚫으며 떨어져 내린 일 같은 것은 본 듯하지도 않으니 말입습지. 땅의 일만을 두고 말한다면, 사실에 있어서는, 더 큰 사악함이야말로, 더 큰 땅을 운영하며, 더 큰 영광에 입혀지던 것읇. 그래서 저 삼천대천세계를 장중에 넣어, 근육을 울근불근해쌌는다는 저 용사들이, 땅에 와서는, 땅의 무엇을 이겼던지, 그것이 촌승께는 늘 궁금합습지. 그럼에도, 더 말이 하고 싶은 혀를 사리고, 이만큼만 말해두려 해야겠는뎁지, 저 하늘의 용사들은, 촌승께 믿어지기에는, 누구든 선하려 애쓰는 자들에게만은 거룩한 두려움이 돼 있기 때문입습지. —미구에 분명히 村僧은, 어떤 인연에 의해, 이 法雨에 젖게 되었는지, 그 말씀을 드리게 될 듯합지만—헌데 촌승은 어느 날, 神이라고 치기에는 너무도 빙충맞아, 神들에 대한 우리들의 평균적 관념으로는, 그런 그도 그래서 과연 神은 神이었던가 하고 의문케 되는, 결백한 독신죄를 범하게 하는 자를 만났더랬는뎁지, 촌승은 지금, 그이에 대해 뭐든 자꾸 말이 하고 싶은 중이며, 그래서 그것이 촌승이 잠시 보류해둔, '神들의 成肉身'의 이유로서의, 그 세 번째 얘기가 되기를 바랍습지. 누구든, 시벌시벌 웃고 싶은 자는 웃으십습지. 그 얼굴에다 침을 뱉고 싶은 자는 뱉으실 일이며, 고개를 갸웃까딱여 조롱하고 싶은 자는 하실 일인뎁, 우리들의 이 이상스러운 神 하나는, '이기기' 위해서가 아니라 하필 '지기'[敗] 위해서, '영광에 휩싸이기' 위해서가 아니라, '(외양간의) 짐승의 똥과, (사람들의) 조롱에 덮이기' 위해서, 그리고, '祭祀를 받기' 위해서가 아니라, '祭祀에 쓰여지는 祭物이 되기' 위해서, 그러니 '죽기' 위해서 왔었으니, 글쎕지, 그 가슴에 창을 찔러 내닫고 싶은 자는, 그러실 일이겠습지. 그는 그렇게, 한편에서는, 우리들의 加虐性의 표적이 되기 위해서도, 그리고 다른 편에서는, 우리들의 고통을 대신 짐져 주기 위해서도 왔던 자이니 말입습지. 그래서 우리가, 조금만 눈을 더 들어, 이 한 장면을 확대해본다면, 학대를 가하는 자도 우리며, 당하는 자도 우리들 자신들이어서, 그 양자 사이에 구별이 없다고 보게 되는뎁지, 그 일점에, 우리들의 基督, 그 보디사트바가, 아픔에 찌들인 얼굴로 서서, 우리들을 건너다보고 있습지. 남과 나 사이에 거리가 없음. 우리는, 基督이라는 本面 위에다, 우리들 각개의 自己라는 假面들을 써, 그 가면에 의해, 남과 나를 구별해온 것이었음. 가면과 우리들 입은 살. 아으 도류들, 도류들 중의 누가 길을 가다, 혹간 우리들의 부처, 基督을 만나거든, 그에 대한 존승의 무량의 경애심을 전해 주십습지. "말씀이 肉身이 되어, 우리 가운데 居"함! '말씀의 우주'가 開闢함! 사마야 갸 갸 갸. 그리하여, (분명히 어떤 목적에 의하여) 프라브리티의 험로에 올라, 그 상극적 질서에 의해 고통당하는 有情들 중에서도, 人肉 입기까지 성공해온 有情들에게, 위대한 복음이 전해지는뎁지, '魂의 靈化'가 그때부터 설법되어집습지. 이 '靈'이야말로, 永生에 적합한, 모든 조건을 다 구비한, '몸이 아닌 몸'이 아니겠는갑. [24]"시몬 베드로가 말하기를, '마리아를 우리로부터 내보내자, 왜냐하면 여성(魂)이란 永生을 위해 자격이 없기 때문이다'라고 하자, 예수가 이렇게 가르쳤더라. '볼지어다, 내가 그 여자를 인도하여, 男性(靈)으로 만들지니, 그러면 그 여자도 또한, 너희들과 같이, 生靈이 될 터이다. 여성이라도, 누구든, 자신을 남성화하면, 천국에 들리라.'" 사마야, '말씀의 우주'가, 사마야, 개벽함, 에마호! 그러기 전에, 누구나 아는 바대로, 다른 방언을 쓰는 고장에서는, 갈마의 광풍이 어지럽게 휘모는, 짐승 냄새로 가득 찬 세상에 생진저리를 친 자들에 의해, '살'(짐승) 속에서 어떻게 '말'[言語]만이 추출되어질 수 있을 것인가가 열심히 연구되어오던 중, 저 '짐승 냄새로 가득 찬 세상'에의 厭惡

로, 프라브리티, 또는 色에 대해, 니브리티, 또는 空이 개벽을 해 보인 일이 있어, (촌승은 그것을) '마음의 우주'의 개벽이었다고 해오되, 알다시피, 이 우주는 縱立的이어서, 그 횡적 사실주의가 설 자리를 내어주고 있지를 안 해, 널따랗고 두꺼운 땅에 발을 붙이고, 등을 대고서라야만, 세상은 안전하다고 믿는 자들께는, 저 '空'은 수락키가 매우 어려운 것이던 바, 이 縱(마음) 橫(살)을 감싸는 '말'의 우주의 개벽과, 그 '말씀' 자체의 '成肉身'은 저렇게, 보다 더, 짐승 냄새에 가득 찬 세상에의 집념이 굳어진, 그런 어떤 다른 방언의 익어지기를 기다려서야 가능해진 듯싶습지. 그러니 '말씀'에서 '空'을 孵化해낸 (母鳥로서의) 방언과, 그 같은 질료에다 '色'(成肉身)을 입혀낸 방언은, 그 문법 구조상 분명히, 무슨 차이점을 갖고 있을 것이라는 것을 고려하게 합습지. 마는, 촌승은, 비록 돌팔이라도 중이라고 자처하는고로, 언어의 구조 따위를 화두로 정해, 그런 것에 붙매이는 자가 아니어서, 유감이되, 이 문법적 국면은, 여백으로 남겨둘 수밖에는 없겠군입지. 그런 대신, 비록 돌팔이라도 촌승도 중은 중인즉슨, 삼천대천세계를 무장애로 내뛰는 자이거늘, 그러니 이번에는, 무엇을 어미로, 무엇을 아비로, 어떻게 저 '말씀'이 임신되어졌다가, 어떤 경로로 살을 입어 분만되어졌는지, 그 우주적 秘義의 房을 좀 절시해보려 합습지. 觀雜說.

하려 한즉, 저 문법의 이름의 미친 三頭犬(形態·構造·意味)이 느닷없이 내달아, 촌승의 양각이며 하초를 하나씩 물어뜯으려 하느니, 咄, 이것 대번에 내달아, 이 비구님(은 怖魔라거늘!) 저 녀러 미친 바람의 대가리 하나는 '아—' 語에 묶고, 또 하나는 '우—' 語에 움켜쥐며, 마지막 것은 '음—' 語에 휘어잡아, '옴—' 無音을 만들어, 당초에 짖지도 말려니와, 짐승 냄새의 이빨도 드러내지를 못하게 해야겠군입지. 헤으, 그리하여 이 돌중은, 저 우주적 秘儀가 행해지고 있는 房을 들여다보다가, 아차, 눈을 하나 그 안쪽에다 빠뜨려버렸는뎁지, 그 빠진 눈알은, 그 안의 "혼돈하고, 공허하여, 흑암이 깊음 위에 있"는, 羊水의 바다에로 가라앉아갔습지. 가라앉아가며 그것은, 하나의 물고기의 모습으로 몸을 바꿔갔는뎁지, 링감[男根] 하나, '말씀', 우리들의 우주적 눈. —미구에 촌승은, 촌승이 절시하게 된, 저 우주적 비의의 광경을 할 수 있는껏 상세히 말씀드리려 하므로, 그 얘기는 잠깐 보류해두기로 하는 대신, 이 자리에서 촌승은, 도류들이, 대홍수와 관계된, 梵魚 비슈누의 무훈담을 상기해주기를 바랍습지. 중요한 것은, 이 우주적 홍수의 혼돈, 그 無秩序, 無文法 속에서 저 梵魚가 먼저 구해낸 것은, 經典(은 '링감'의 암호를 입어 있습지), 즉슨 '의미'며, 그런 뒤 그 '의미'가, 문법(질서)을 조립해낸다는 그 점이겠습지. ['signified'와 'signifier' 사이에 대홍수적 혼란이 있음] ―위대한, 참으로 위대한, 링감 하나, 말씀. '魂'(프라크리티)의 聲帶를 벗어난 '빛'(푸루샤), 解脫의 말, 靈. 갸, 갸, 갸, 말씀의 우주의 개벽, 사마야 사마야 사마야, 키키호! ―村僧은 물론, (우리가 2천 년 동안이나, 그것만이 그 주된 基督行인 듯이 이해해온) 축생도와의 관련에서, 인류의 '원죄'라고 이르는 '죽음'에 맞선, 이 보디사트바의 代贖羊性에 관해서 현재, 작은 지혜가 미치는 것은 생각해보고 있는 중임에도, 그러자니 먼저 촌승은, 촌승의 육성이 미치는껏, 이천 년간이나 묵어온, 새로운 기쁜 소식을 하나 전했으면 하여, 말씀입고, 말씀이며, 거듭 말씀인바―촌승께 믿어지기에는, 축생도에다, 이 佛者가, '말씀의 우주'를 개벽한 그 大事가, 보디사트바로서의 그의 救贖羊性보다, 먼저 설파되어졌어야 한다고 합습지. (순서적으로는 그러하다 함에도, 도류들, 어떤 한 사미가, 어떤 大道스런 스승을 찾아, 먼 길을 걸어왔다면, 그 사미는, 몸과 마음으로 다 목마르고 고픈데, 그 스승은 그 사미에게 무엇을 먼저 먹여야 하겠을 일이었는갑, 戒와 法? 아니면, 시원한 물과 뜨끈한 밥?) 글쎕지, 어떤 한 大力이, 자기만의 한 우주를 개벽하지 않고서, 또는, 어떤 쇠약해진 우주가 있다면 그것을 차지해 개축하지 않고서, 어떻게, 다른 大力이 창설한 우주에 뛰어들어, 그 우주의 생령들을 구원한다고 자기를 바칠 수가 있겠는갑? 道流들이 염두해둬야 될 것은, 우리들의 기독인 자는, 이방 총독 빌라도의 율법에 의해서가 아니라, 본 지방 모세의 율법에 의해 처형된 자라는 점입습지. 모세에게는, 바라바가 無罪한 자였으되, 빌라도에게는 重罪人이었던 것의 반대로, 빌라도에게는 예수가 無罪한 자였으되, 모세에게는 重罪人이었던 것을 고려하십습지. 美里를 사는 이라면 모두 아는 바대로, 정치범이나, 어떤 풍속에 미혹을 일으키는 것 같은 죄란, "상대적 범죄인데, 바로 그 까닭으로 그것은 절대적 죄악"이던 것입습지. 그렇다면, 예수가 만약, 죽음으로써, 누구들의 무엇을 代贖했었을 수도 있었다면, 그것은,

빌라도나, 우리 같은, 이방인들의 무엇이 아니었는갑. 이렇게, 우리들 獸皮에 뚫어 눌린 눈으로써는, 도저히 그 갈래를 잡을 수 없는, 우주적 法意에 의해, 큰 한 '말씀'이, 그것도, 그가, 자기네들이 든든히 이뤄놓은 자기네의 질서에 혼란을 일으키려 한다 하여, 백일하에 그를 처형해버리기에 이른, 그런 사람들의, 가축의 우리 깐에서 태어났었던 것입습지. 이런 출생을 두고, 딴에들 지혜가 있다는 사람들은, "영웅은 비천하게 태어나는 것"을, 출생의 한 전형이라는 투로 해석하는 듯도 하였습지만, 촌승께는, 이 '짐승의 우리 깐'이란, 다름 아닌 '축생도' 자체, '살의 우주'로 이해됩습지. 그가 처형당한, 형구 십자가가, 우리들 같은 이방인들의 심령을 거치는 동안, 치르게 된 변모를 고려컨대, 基督의 이 실제적 産室도, 저렇게 그 의미가 바뀌는 것에, 무슨 무리가 있다거나 그래 보이지는 않습지. 그리하여 한 발자국 더 내딛게 되는 것은, 저 '말씀'이 입은 '人肉'도, 그렇다면, '소리'라든, '文字' 같은, 어떤 '象徵記號'가 아니겠는가 하는 것입습지. 아으, 非化現의 化現은 어떻게 가능한갑! '기호'를 입은 '의미'는 축생도에 태임 받은 말. 이 우주적 "의미가, 문법(질서)을 조립해"냈었기의 그 한 우주는, 사람이 처음 보게 된 세상과 같이, 그러나 다르게, '기호'들만 나뒹굴고, 그것들 사이에 연맥이 없어, 그 반은 땅에 뿌리 박아 있으며, 그 반만 해 아래 드러나져, 반은 樹根이었으며, 반은 獸皮에 덮여 있어, 불순했습지. 그러함에도, 누가 아직도 땅을 고집하여, 거기다 큰 밭을 일구고, 큰 집을 져, 자기 이름 함께 그것을, 대대로 물려주어야, 땅 아래 편히 눕겠다고 믿는 자들께라면, 이것은 공중누각 같은 소리겠습지만, 누가 땅에서 고통만을 맛보아, 보다 높은 데를 오르려 한다면, 흙 속에 묻힌 뿌리에서, 먼저 자기를 뽑고, 그리고, 그 가렵고도 무거운, 獸皮를 벗어야겠습지. (되풀이됩습지만) 그런고로, 우리들 우주적 自我는, 입어진 짐승의 껍질 탓에, 조롱당하고, 가시관에도 씌워졌다가, 하늘로 오르는 사닥다리를 오르기로, 그 축생도의 完敗를 치러야 했습지. 그렇게, 그 몸을, 제사에 제물로 써버린 뒤, 남은 것은 그렇다면 다시, 그 원초적 '말씀'이었겠습지. 그리하여 촌승은, 도류들께, 이천 년이나 묵어온, 새 소식을 하나 전했다고 믿는뎁지, 마는, 촌승이 오늘, 저런 소식의 전파꾼으로서 이 자리를 차지해 있는 것이 아니라는 것을 아는 도류라면, 어째서 이 '말씀의 우주'의 개벽이 필요했는지, 그런 교의적 부분에 대한 설명 따위는, 촌승께 물으려 하지 않겠습지. 인간은, 빌어먹게도, 大地에 등이나 발바닥을 붙여야 살면서도, 짐승이기를 거부한 때부터, 그 대지에서, 중력의, 그리고 生老病死의 고통 따위를 못 견뎌 하며, 그렇다고 하되, (날개를 계발해내지 못한 것으로 추측하면) 그 대지를 송두리째 거부해버릴 수도 없을 때, 空에 대해 공포를 느끼지 않을 수가 없는 듯한뎁지, 이런, 빌어먹게도 불순한 有情이 또 있을 수 있겠는갑? 어쨌든 그래서 우리가, 基督과 더불어, 그의 佛者性, 즉슨 '말씀의 우주의 개벽'을 중지하면, 그의 보디사트바性, 즉슨, '救贖羊'性을 재고려하게 하는 느낌을 갖게 되는뎁습지, 그럴 것이 왜냐하면, '마음과 말씀'의 우주편에서 본다면, 그런 犧牲祭 같은 儀式이란, 그 '實學的 근거가 희박해' 보이기 때문입습지. 그렇겠습지. 그러나 그것은, '易'의 법칙에 의해 운영되는, 축생도의 巫儀라는 것을 기억하기로 합습지. 짐승[畜生]이란 그래서, 그 입어진 운명(signified)의 기호(signifier)입습지. 그것이 조악한 물질이든 말았든, 무엇을 줄 수도, 받을 수도, 빼앗을 수도, 갚을 수도 있는, 그런 물질로 이뤄진 세계에서만, 그리고 그런 代贖은 가능한 것이겠습지. (이것을 두고, 누가 혹간, '物物交換'만을 생각한다면, 그 도류는, 자기 몸에서, 되도록 짐승 냄새를 씻어내도록 노력하십습지. 예를 그냥 하나만 들기로 한다면, 공지니네가, 한 마을 애놈의 편두통 귀신을 쫒아준 일로, 쌀이나, 보리를 한두 됫박쯤 얻어 돌아간다고 할 때, 그러면 도류는 그것을 두고 뭐라고 이를 터인고? 공지니네가 쌓아 이고 돌아가는, 그 한두 됫박의 쌀이나 보리도 그러나, 같은 동네의 의원이 받아가는 것과 같은, 그런 무슨 '값'이거나, '삯'과도 같지가 않은바, 공지니네의 그것은, 편두통을 앓는 집에서, 편두통 귀신, 그녀러 것을 달래느라 '인정쓴' 뇌물이며, 그런 보상인 것이어서, 공지니네와는 직접적 관련은 없다는 것이 고려되어져야겠습지. 마는, 그 편두통 귀신을 달래기의 그 小祭에 쓰인 그 많찮은 祭物은, 편두통을 앓고 있던 편에 대해서는, 이미 不淨탄 것이어서, 어디에다가는 펴 버려야 되는뎁지, 그랬더니 그것을 쪼아 먹은 씨암탉이 편두통 걸린 알을 낳은 것을 사람이 먹었더니, 다시 편두통 귀신이 걸리게 되는즉, 그리고 물론, 그 편두통쟁이가 누어놓은 똥을 먹은 개도 또한 편두통을 앓아, 달만 밝는다 하면 짖어 왼 마을 잠을 설피게 할 뿐만 아니라, 잠을 설핀 왼 마을이 또한 편두통을 앓게 되는즉, 귀신을 사귀는 공지니네 하나밖에, 천지간 아무도 그것을 처리할 수가 없게 생긴 고로, 공지니네가 쌓아가는데, 거기에 무슨 이의가 있을 법한갑? 그러니 공지니네는, '왼 마을의 편두통'을 자기 한 몸에 짊어져, 왼 마을의 고통을 代身, 代贖한다는 것을 간과치 말기로 하십습지. 어쨌든, 이런 與受도, 한쪽엔 물론, '物'이 관계되어 있다고 해도, '物物交換'이라고 할 수 있을 것이겠남?) 그래서 저런 어떤 救贖을 위한, 犧牲祭란, 축생도의 與受의 법칙과 관계된 巫儀라고 하는 것입습지. 보디사트바가, 그 대자대비로 하여, 무엇을 구하고자 하여 어디에로 온다면, 그곳은, 오온을 구비한 탓에, 팔만사천의 고통에 당하는 자들의 고장, 그런 '살의 우주'라는 것이며, 그러기 위해서는 그 자신도, 그 팔만사천의 고통의 살을 입기로서, 그곳의 법칙에 의해, 자기를 주어 바치기로 남을 바꿔내는, 그 일을 가능하게 하는 것이겠습지. 어떤 보디사트바는 헌뎁습지, "난쟁이 발자국으로 세 발을 띄어 딛기로, 한 세상을 다 덮어버리기"도 하며, 또 어떤 보디사트바는, 자기 입을 한 꺼풀 獸皮 벗기로 전축생도를 덮을 뿐만 아니라, 그 세상의 오물을 보쌈해, 지옥에다 갖다 퍼 버리기도 합습지. 그런다 하더라도, 이 보디사트바들은 그 축생도의 율법(법칙)의 일점일획도 어긋냈거나, 고친 일이 없다는 것도 觀해둬야겠습지. (한 '축생도의 율법'과, '한 방언의 율법'을 혼동치 마십지) 基督은 그렇게, 그 자신이 나타내는 자며, 동시에 나타내진 자였는감! 우주적 링감—말씀. 살의 우주와, 말씀의 우주에 두루 미치는 자. 빛이며 생명. 프라브리티의 主. (유감스럽지만, 촌승은, 니브리티를 들여다볼 눈을 구비치 못해, 이 자리에서는, 그것에 대해 아무것도 드릴 말씀이 없군입지) 그러한 고로, 이 우주적 링감—빛이며 생명인 자는, '살의 우주'를 빌어, 자기를 태어나게[發音] 할 수 있었을 것인뎁, (神은, 살로 된 성대를 갖지 못해, 육성으론 말하지 못함. 그런 창조력이 말을 하려 하여) '살의 우주'의 生成의 법칙의 보조를 받으면, '말씀이 肉身'이 돼버림.

(이렇게 하여 촌승은, 촌승이 의도하여 올랐던, 그 說軌에와의 교차점에 닿게 된 것을 느끼는뎁습지)

아으, 살 입기가 神에게도 괴로움인 것을!

헌데 '말씀'이 살 입기의, 태어나기의, 살 벗기의, (촌승이 절시해본 그 秘儀에 관해 말씀드린다면) 이 肉的 과정 중의, 여기 어디, 그중 地獄스러운 데에, 한 '애 밴 여자(가 地獄 자체일 것)'가, 産痛에 처해, 몸부림을 하고 있는 광경이 절시되며, 그 '애 밴 여자'가 애를 낳는 대로, 그 '애를 삼키고자', 한 짐승놈의 '붉은 龍'이, 밤낮을 지켜 있는뎁지, 어느덧 그 '地獄'을 통과해 나온 '말씀'이, '어린 羊'의 모습으로 시온[山]에 서서, 저 産痛에 처한, '만삭된 여자'와, '붉은 龍'을, 슬퍼하고 있는 눈으로 내려다보고 있는 광경이 보입습지. 그 '애 밴 여자'는, 어느 녘엔지, 이 '어린 羊'을 분만해낸, '어린 羊'의 어미며, 저 '붉은 龍'은, 이 '어린 羊'의 아비라는 것을 밝혀두기로 합습지. 이 자리에서, 그래서 우리가 이제 (저 매우 역동적 상상력을 요구하는, 이 우주적 한 문장을 이루는, 비의적 性交와, 임신, 그리고 분만의) 기호들을 풀기로 하면, '붉은 龍'이란 陽性的 국면의 자연 자체, 獸欲의 의인화로서, 현재는, 의붓아비적 '파괴적 국면'을 드러내고 있으며, '애 밴 여자'는, 그렇다면, 저 '붉은 龍'의 여성적 국면인데, 地獄的이게도, 이 여자는, 남편과 자식 가운데서, 그 양자를 동시에 수용하고 있습지. 이것은, 人世的 안목에는, 매우 불순한 處容歌입습지. 마는, 한 단어, 한마디의 의미 있는 소리의 체계가, 어떻게 어떤 心田에서 싹을 틔워, 그 化現을 가능하게 하는가, 그것은 그리고, 어떻게 그 원초적 상태에로 용해되어 돌아가는가, 그런 과정을 소상히 밝히고 있는바, '非化現－意種－化現'의 도식입습지. 그러니 만사에 주의심을 깊이 하는 도류라면, 이 도식의 궤적을 좇기로, 다름 아닌, 六祖의 '변전의 법칙'의 도면 속에로 깊숙이 나아가 버리기에 이르겠습지. (六祖의 도면은 여럿이라도, 종내 하나이던 것을 염두하기로 합습지) 어쨌든 非化現의 化現, 化現의 非化現에는, 이상스럽게도, 꼭히, 어떤 의지의 개입에 의한, 處容歌적 秘儀를 빌어서야만 가능하다는, 이 우주적 비밀의 방을 우리는 절시했는바, 그렇다면 이것처럼 심중한 의미를 담고 있는 수수께끼도 없다 싶습지. 촌승은 그래서, 까짓것, 일단 그 방문 창호지에다, 침 발라 구멍을 뚫어, 눈을 쑤셔 넣은 이상은, 어찌 되든, 그 일이 돼가는 것은 훔쳐보려 하는 바인뎁지, 그런즉, 그 房內事가 본격화하기 전에, 촌승으로서 밝혀둬, 도류들의 竊視에 도움을 드리고 싶은 것은, '애 밴 여자'와, 바로 그 같은 만삭인 여자가, 애를 낳으려 몹시 産痛 중인데, 헌데도 그 꼭같은 "애 배, 애를 낳으려, 진통 중에 있는 여자"로부터, 어느덧, 저 혼자 태어나, '시온에 서' 있다는 '어린 羊'과 관계된, 모호한 출산에 관한 점입습지. 그 이해를 위해 촌승은, 도류들께, 아기 예수의 탄생과 관계된 記事를 상기하여, 참고하시기를 권고하는 바입습지. 村見에는, 그렇습지, "聖靈의 지시에 의해", 애를 배어 만삭인 아낙네(마리아)가, 그분만을 위해, 아랫목으로 깊이 들어가 묻히기보다, 차라리 먼 길을 떠나기에 이르렀다는 記事는, "애가 태어나는 대로 잡아먹으려 기다리고 있다"는, '살의 우주'의 大王, 그 '붉은 龍'으로부터, 그리고 자기네 本方言으로부터 도망치기이며—이때의 이 '붉은 龍'은, '헤롯 대왕'으로 대표되었다가, 그 '헤롯'은, 헛 羊水만 몽땅 켜고 죽자, 나중에 그 '헤롯'의 백성들이, 자기네 율법으로, 그 '어린 羊'을 십자가에 못 박아버린, 그 '율법'으로도 변모했겠습지. '붉은 龍'도 분명히 얼굴을 많이 갖고 있습지. —도중에 그 엔네는, 産氣로 다급한 김에, 어느 객줏집의 우릿간을 빌어 들었다가, 종내, 저 짐승들의 똥과 오줌을 강보로, 저 '말씀'을 분만해내는데, 바로 이 대목이 심사숙고를 요하는바, 이 한 대목의 풀이를 위해 촌승은, 다른 방언으로부터 한 열쇠를 빌어와야겠군입지. 라는 것은, "저승(바르도)에서는, 누가 하나 죽었다고 곡하면, 이승(逆바르도)에서는, 누가 하나 태어났다고 웃는다"고 하는 그것입습지. 마는, 이것은, 이해를 위한 열쇠며, 그것을 여기에도 반드시 적용할 수 있는 것은 아니겠습지. 저 대목의 풀이는 그래서 이렇게 되겠습지, 이 특정한 한 경우에만 한정해 말입습지만, 저 '어린 羊'은, 태어나 '시온에 서 있기'로 사실은, 살의 세계에로 뚫고 들어와, 그곳에 임신되어졌다는 것입습지. 반복하면 그때 '말씀'은, '살'을 입기 위해, '살의 우주'에로 태어나는바, '살의 우주'의 바깥쪽에서 보면 그는, 떨어지는 별처럼, '살의 우주'를 母胎 삼아 뚫고 들어, 거기 임신되어진 것이겠습지. 非化現의 化現은 그런 것인뎁지, '化現'은, 化現의 우주 쪽 방언으로는, '태어났다'라고 하는 것. 그렇다면, 基督의 죽음이란, 그 임신으로부터 분만되기라는 것을 이해하게 됩습지. '나무'(링감)를 타고 올라간 죽음—은 重生. 母胎 옮기기. 그럼에도 이 '重生'은, "낡은 옷을 벗고, 새

옷으로 갈아입어 오기"라는, '몸'을 存在키의 주된 질료로 한, 아도니스적 '再生'과는, 그 '죽기'라는 점에 있어서는 닮았음에도, '태어나기'에 있어, 그 장소를 달리한다는 점에 있어 다르겠습지. 그래서, 아도니스의 우주는 영구히, '바르도/逆바르도'라는, 양면적, 그리고 횡적 프라브리티에 그 초석을 둔 데 반해, 基督의 우주는, '말씀/마음[空]'의, 단면적, 종적 프라브리티를, 그 '생명의 나무' 또는 '순화의 나무' '우주 나무'로 삼고 있습지. 그 탓에, 축생도 또는 '붉은 龍'—아도니스의 손아귀를 벗어나려 노력하는 모든 정신, 또는 자아들은, 저 十字로 교차된, 우주적 일점에서, 縱으로, 橫으로, 찢김을 당하지 않을 수가 없을 것인뎁지, 그 일점에 있는 꼭 한 有情의 이름은 '사람'입습지. 觀雜說.

아으, 소주 좀 내십습지, 내십습지, 이거, 밖에서 안을 훔쳐보기만 하려니, 왼 몸뚱이에로 생지랄이 번개 쳐 가느라 생지랄이 났는뎁습지, 이거 이럴 일이 아니라, 용솟음치는 대로 따지자니, 우린들 어째서, 안으로 들어가, 저 房事에 가담치 말아야 할 까닭이 있느냐 싶으구만입지. 우리가 어디 다른 세상에서 와서, 다른 세상의 창문에다 구멍을 뚫어, 다른 세상을 훔쳐보고 있는 것이래야 말입습지? 술 좀 내십습지. 아, 바로 이것이군입지, 竊視를 正視, 또는 直視로 바꾸려 하자, (우리의 세계였었음에도) 우리의 세계의 창문 밖에 있었던 듯했던 우리가 어느덧, 우리의 세계의 안쪽에로 들어와 져 있는 듯한뎁지, 히, 히, 힛, 아으, 그것이 그랬었군입지, 우리는 우리들 자신들을, 훔쳐보려 했던 것이었군입지. 그리하여 우리는 우리가 잠자며, 내보냈던 夢態들을 불러들이며, 우리 자신들이 우리의 잠으로부터 일어나기 시작합습지.

술 좀 드십습지들. 그리고는, 그 거나함으로, 촌승의 얘기 속으로 뛰어들 드십습지. 그러면 도류들은, 도류들의 귀를 눈으로 들[入]게 된, '말'로 이뤄진 한 '세상'이란, 바르도와 매우 흡사하다고 발견하게 될라는갑? 觀雜說.

中年에, 저쪽 장터에서 일어난 일 중에 이런 것이 하나 있었는뎁습지, 그 고장의 율법사라고도 하고, 사제라고도 하는 자들이, 그 고장 衆心의, 깊이 잠겨진 문을 부수고 들어가, 그 깊은 안벽 어디에 걸린 '거울'을 훔쳐 내와, 그것도 그 衆人이 시퍼렇게 눈 뜨고 보는 앞에서, 그것을 깨뜨리고, 그리고는, 그 깨어진 '거울'의 조각들 속에서, 그 피 묻어 붉고 털이 송송 돋아난 손으로, 그

衆心의 꿈의 흰 비둘기, 소망의 어린 羊을 움켜쥐어 끄집어내어, 그 날갯죽지를 떼어냈을 뿐만 아니라, 그 슬관절을 비튼 뒤, 그 몸에는 못을 박고, 창으로 꽂아 죽여, 해골의 골짜기에다 내 퍼버린 일이 있던바, 촌승은 지금, 그 얘기 좀 해봤으면 합습지. ("祖師는 무엇을 위하여, 그 멀기도 먼 서역에서 올 필요가 있었다는고?" "왜냐하면 '마음'은 나타내 보임[化現]이 없으며, '말씀'은 죽는 바가 없기 때문일레.") 헌데 그 본고장 사람들만 모르고, 만방 사람들이 다 알고 있는 한 사실인즉슨, 저들은, 불도마뱀(사라만더)의 大王을 잡아서는, 그것을 태워 죽이겠다고, 한 세상을 태울 만큼 큰 불을 피운 뒤, 그 불 속에다 저 불도마뱀의 大王을 풀어 넣어준 그것입습지. 그럼에도 이것은, 좀 너무 이른 얘기인 데다, 그 본고장 사람들은 어째도 모를 얘깁습지. 그런즉, 그, 그, 그땝습지, 이방인이며 본방인, 오라는 데만 많은 귀족이며, 갈 데만 많은 각설이까지, 한 세상이 가담해, 그 한 '말씀'을 처형하던 그 장터에, 에, 헤, 헤, 글쎕습지, 말씀드린 바의 이 각설이도 '어깨너머' 하고 있었드랬으니입습지, 그 각설이가 본 대로만 얘기하기로 합습지. 글쎕지, 有爲之道를 통하려 하면, 하는 자는 자꾸 문밖을 나서봐야 되던 것이며, 그러다 보면, 蜈蚣모양 千足인 자는, 세상의 모든 곳에마다 있게 되던 것이더군입지. 이런 자의 俗名은 '품바꾼'이기도, '각설이'기도 허더군입지. —저쪽 장터를 내어다보시는갑, 내어다보십습지, 우리들께 낯익은 얼굴이 하나 그 本邦 사람들 속에 섞여 있는 것이 보이는갑? 그는 숯검정 물들인 장옷을 입었는데, 羑里의 수도부들의 월후 속에서 태어나서, 그녀들로부터, '촛불중'이라는 法名을 얻은, 異邦人이라서 돌팔이의 얼굴이군입지. —헌데 이런 품바꾼이 그 장터에서 본 일은, 손에 손에 모난 돌을 굳세게 쥔, 그 본방 사람들이, 누구인지를 뻥 둘러싸 서서는, 그 누군가를 訟事하고 있는 광경이었습지. 이런 일일수록, 이방 사람으로서 乞客은 멀찍이 해야 된다는 것이, 통한 有爲之道 중의 하나인뎁습지, 헌데도 불구하고입습지, 누군지, 그 본 지방 사람이 부르는 듯한 소리인지, 무엇인지가, 그 客乞의 심정에 닿아싸서, 그 부름이 있는 데로 시선을 보내면, 바로 거기에서 그 이방인은, 한 어린 羊의 참담한 얼굴을 만나고 했넵지. 그 어린 羊을 둘러, 한 마리의 거대한 붉은 龍이 쓰륵쓰륵 개끄럽게 돌며 그 범위를 좁히고 있었넵지. 그는 말하지 안 했어도, 그 각설이의 心鼓는, 그의 '침묵'을 '천둥 같은 소리'로 울려내고 있었습지. —咄, 누가 말해, '말'은 꼭히, '의미'와 '기호', 또는 '소리의 영상'의 일원화로써만 가능하다고 이르는갑? —그는 헌뎁지, 한 번도 웃어본 일이란 없는 듯 웃음으로 해서 생긴 주름살이라곤 한 주름도 없는, 서른세 살 나이, 슬픈 얼굴, 그도 그리고 그 客乞과 다름없이, 해진 뒤부터는, 대체로는 밤이슬에 젖고, 해 뜬 뒤부터 질 때까지는 그 볕에 그을린, 그런, 가난한, 훌쭉하고 구부정한, 아무 곳에로도 "머리 둘 데가 없는" 자의, 곤핍을 드러내고 있었으되, 도류들, (몸을 갖고 있기 탓에 일어나는) 그 곤핍이 그러나 그에게서는 순화되어 있어 보였습지. 과연 곤핍이 순화되어 있어 보였더라 말입습지. —이런 말은, 그는 분명히, 被虐을 통해, 被虐症을 극복해 있었다는 그런 말이기도 할 터인뎁지—그래서 그는, 같이 곤핍에 찌들어 있어도, 어떤 이방에서 온, 행색이 중인, 걸객과는 조금도 같지가 안 했겠습지. 그런고로, 그 곤핍을 숯검정 물들인 장옷처럼 입고 있는, 행색이 중인, 그 각설이는, 자기도 모른 새 심정을 열어버리고, 그를 향해, 합장하여 재배하고, 삼배하고, 십 배하고, 백 배했는뎁습지, 글쎄 그 각설이에게 보여진 그는, '소리의 영상'을 훨씬 벗어나 버린 '말씀'인 듯한 것입지. 그 돌중은 그런 후, 어째서 우리들의 꿈자리에 凶夢만 남아, 잠자리가 헤설픈지, 그 까닭을 알 듯도 싶다고 해옵습지. 우리들의 넋이, 우리들 모두, 어째선지 죽고 싶어 하는, 그 狂風의 한가운데, 그 無風帶의 중심에, 우리들 모두 한 개씩, 두 개씩, 모난 돌을 굳게 쥐고 있는, 털이 부수수한 손들에 첩첩이 쌓여, 슬픔이 되어, 서 있던 까닭이었습지. "哀哉, (肉 속에 갇힌 靈이여,) 魂 속에 갇힌 靈이여, 哀哉!" 그러는 중에, 이것 봅습지, 그 각설이가 보니입지, 그 고장 율법사 옷을 입은 일당의 사내들이, 이것 봅습지, 그 이미 너무도 시달렸던 듯, 흐트러진 머리칼과 몸매의 만삭인 데다 하혈 중의 여자를 하나, 이것 봅습지, 그들의 그 검센 손들로 찢듯이 끄셔, 저 천둥 같은 침묵의 사내 앞으로 오더니, 이것 봅습지, 그 여자를 그 사내의 발치에 내부치고 묻기를, "스스로 선생이라고 이르는 자여, 선생은 율법을 폐하러 온 것이 아니라, 완전케 하러 왔다 하거니, —그렇다는즉슨, 祖 모세께서 준, 우리들의 하나님의 율법에 불완전한 데가 있었다는 얘기였는가? —이 여자를 볼작시어다. 이 여자는, 듣기로는, '定婚'을 했다고 하되, 아직 율법에 합당한 결혼을 한 일이 없어, '定婚 중의 처자'인데, 처자로서 임신을 하여 만삭이 된고로, 우리가 이 처자의, 定婚 중의 남자에게 물어, "네가 定婚 중에, 이 여자를 상관하였느냐?" 한즉, "그런 일이 없다"거늘, 이는 간음한 증거라, 간음한 바 있어 율법에 어긋나거늘, 하나님이 내린, 우리의 율법에, 간음한 여자마다 돌로 치라고 되어 있은즉, "선생이여, 우리가 오늘 이 여자를 돌로 치랴?"라고 묻자, 저 눈부시게 슬픈 자는, 몸을 굽히고 손가락으로 땅에 쓰니, 저희가 묻기를 마지아니하는지라, 이에 일어나 가라사대, "그대들 중에 죄 없는 자가 먼저 돌로 치라" 하시고, 다시 몸을 굽히사 손가락으로 땅에 쓰니, 저희가 이 말을 듣고 잠시 흠칫하였으나, 의논 끝에, "선생이여, 그러면 선생이 먼저 이 여자를 돌로 쳐야겠으라, 왜냐하면 우리가 듣기로는, 선생 혼자서 죄가 없다고 이르고, 또한 선생이야말로, 율법을 온전케 하는 자라고 이르기 탓이라"라고, 자기네들 들었던 돌을, 그 사내 앞에 던져놓아 쌓이게 하더군입지. 그때, 그 이방 돌중이, 그가 손가락으로 땅에 쓰는 글씨의, 그 침묵 같은 천둥을 들었기는, "인자는, 정죄·심판하러 온 자가 아니라, 죄를 사하러 온 자인 것을!"이라는 내용이 있는뎁지, 그 돌중은 또한, 그것에 응답 힐문하는, 율법사들의 律論도 들었습지. "그렇다면 어찌하여 선생은, '천지가 없어지기 전에는, 율법의 일점일획도 반드시 없어지지 아니하리니'라고 이르며, 祖 모세를 律杖 삼은 하나님의 律을 파기하여, 결과적으로는, 차라리 '간음'을 옹호하려 하고 있으신가? 선생은, '정죄·심판하는 자'가 아니라, '죄를 사하는 자'라고 이르되, 선생의 경우, '옹호'하기에는 共犯行이랄 것이 따르며, '赦하기'에는, 補償行이랄 것이 따르지 않으면 안 되는데, 선생께서는 혹간, '율법'을 '도덕'과 혼동하고 있는 것은 아니신가? 선생은, 준열한 어조로, '마음에 음심을 품는 그것까지도 간음'이라고 한 일이 있는데, 그것을 잊으실 까닭이야 없을 터. 그것인즉슨 그러나, 우리들의 관견에는 한 개인의 양심과의 관계에서, '도덕적 간음'일 수도, 아닐 수도 있는 것으로서, 율법적으로는 정죄할 수 있는 품목이 아님에도, 선생은, 그것도 '간음'이라고 정죄했으되, 오늘 이 자리를 당해 선생은, '율법적 간음꾼'을 두고는, '인자는 정죄·판단하는 자가 아니라'고, 그 泥田에서, 선생의 발만 뽑는데, 그래서 선생의 그 발이 과연, 눈빛처럼 희시다여? 그렇다면, '도덕적'으로까지 결백한 자는, 우리 중에는 다만, 선생 하나뿐인 듯하니 저 여자를 먼저 돌로 칠 수 있는 자도 선생 하나뿐이겠시다. 그러한즉, 죄 없는 자여, 선생은 돌을 들어, 저 여자를 치시어다. 그렇게 하여, 선생이 어떻게, 율법을 온전케 하는지를, 우리로 하여금 목격케 하실지다." —그럼에도, '선생'이라고 불리는 자는, "손가락으로, 땅에다 쓰기만" 하고, 아무 반응이 없는뎁지, 한 탄지경이 흘렀으며, 한 식경이 흐르고 있었고, 세 담배, 네 담배 참이 흐르고, 한 겁이, 두 겁이, 백 겁이 흐르고, 있었습지. 해만, 그 공기 속의 프라나만 해와 붉어지는뎁지, 이방 각설이만, 아 이것 참 일진이 흐렸던지, 잔치 자리에가 아니라, 訟事 자리에 닿았다고 투덜대며, 이 권태는 우주적이라고, 참 삭막한 세상도 있다고, '권태' 탓에 사람이 서로 간 '殺生'을 자행할 수 있도록, 권태로워간다고, 붉은 해를 올려다보고, 흰 사내를 내려다보고, 그랬습지. 이런 때는, 꿈이라는 것이 하나도 없는 듯했습지. 그럴 때는, 그 꿈이 없는 철에 끼어 있는 사람들이, 못 당할 지리멸렬감에 당하는뎁지. 그것을 견디다 견디다 못하면, 어떤 사람들은, 자기네들이 그 꿈을 연극하기도 하여, 자기네들이 연극하는 그 꿈을 자기네들이 건너다보기도 합습지. 붉어지다 못해 검어져 버린 해가, 그 각설이가 본 대로만 말씀을 드린다면, 어두운 빛을 내려 쏘고 있었는뎁지, 공기 속에는 글쎕지, 프라나가 한 톨도 없어, 누구나 없이 숨이 가쁘고, 하품이 나고, 가쁘고 숨이 하품이 나고 하품이—저들은 돌아설 수도 앉을 수도, 그렇다고 무작정 서 있을 수만도 없는 듯하여, 고삐를 끊어버린 뒤, 한바탕 들을 다 뜯어먹어 버린, 소처럼 지내고 있거나, 하던지랄 중에 방석을 얻어, 엉덩치에 받친 어떤 수놈모양, 漏泄不能症에라도 당하고 있는 듯, 하품을 하고, 또 하고, 하고, 지내고 있던 참이었습지. 衆心과 더불어 이것은, 매우 좋지 않은, 否定的 無性 상태, 또는 無風帶인뎁지. 衆心도 뭘 流失하거나 하는 일이란 없기 때문입습지. 아 그래섭지, 이 좋지 않은, 또는 너무 비옥한, 子宮 속에서 무엇이 일어나고 있는지, 아 말입습지, 그것이 좀 말입습지, 휘딱 좀 알고 싶어싸서 말입습지, 저 품바꾼은입습지, 아직 오지 않은 시간의 치마폭이 찢어지도록 말입습지, 바드득바드득 잡아당기고 있었는뎁지, 글쎕지, 거기서는 시간까지도 멈춰, 모든 것이 보류되어 있던 참이었거든입습지. 그러는 어느 순간에, 저 폭풍 같은 無風帶에서, 無風 같은 폭풍이 일기 시작했습지. “事情과 律法이 이러함에도, 만약 선생이 그 여자를 定罪하려 하기보다는 오히려 옹호하려 든다면, 補償의 법칙에 의해서는, 누군가가 그 여자를 대신해, 그 여자가 받게 되어 있는 형벌을 받아주어야 될 터인데, 진행돼온 각본에 좇다 보면, 이 자리에는, 그 죄를 대신해줄 자란 선생밖에는 없는 듯할시다. 그러면 우리는, 여자는 놓아줄 것이며, 여자 대신 선생을 칠 것인데, —이런 자리까지 당했으니, 우리끼리만, 털어놓고 말이지만—아마도 우리는, 이왕에 그 노렸던 기회가 온 김에, 선생을 십자가에다 못 박아 올리는 데까지, 이 군중을 이끌어가게 될 것이시다. —글쎄, 우리끼리만 말이지만—조금 전까지, 선생을 따르던, 저 돌 든 사람들이, 다른 누구도 말고 선생에 의해서, 그 돌을 들어 칠 표적을 빼앗긴 뒤부터, 어쩔지를 몰라 우왕좌왕하며, 지리멸렬과 권태로 진저리를 치고 있는데, 그 대상이 무엇이 되었든 이제는, 그가 누구든, 저들께 그 과녁을 가리켜 주는 자를 따르게 되어 있는 것은, 선생께서도 관찰하여 알고 있는 대로이되, 이 상태에서 선생은, 매우 무력해져 있다 말이제. 왜냐하면 그 표적을 없애버린 자가 선생인 때문인데, 조금 전까지는, 손가락을 들어 저들께 어디라 가리키던 자가 선생이었으나, 이제는, 그 가리킴을 받는 자가 선생이 됐으니, 그러시지. 선생은, 말한 바의 저 과녁을 없앤 대신, 선생 자신이 그 표적이 된 것을 잘 알고 있고, 그런고로, 손가락으로 땅에만 쓰고 있으심? 화평이 아니라, 선생은, 검을 주러 왔다고 하되, 그 검이 세 치 길이밖에 안 되어도 좋으니, 바라바처럼, 적의 가슴을 겨냥해 휘두르지를 않고 선생은, 삼천 척 길이의 검으로 선생은, 선생의 형제며 사촌 오촌의 가슴을 쳐 해쳐왔음을, 이제 우리가, 선생의 그 검을 빼앗아, 선생을 칠 기회를 얻었다고 한다면, 어찌 그것을 흘려보내겠을 일이겠음? 군중의 正義란, 누가 그 군중의 달리는 방향을 정해주느냐에 좇아, '달리는' 그것에 있으며, 그 '결과'가 아닙더군. 이렇게 말할 수 있음은 왜냐하면, 세상은 별로 호전되어 본 일이 없는 것으로 보이거든. 방향을 정해, 달리는 그 군중은, 그대로 달리다가는, 천야만야한 낭떠러지에서 떨어져 무산돼버릴 것이라는 것을 안다고 해도, 다시 누가, 다른 방향을 정해 가리켜 주지 않는 한은, 그냥 달려가, 떨어져 내리는 것이더라고.

군중이란 그래서, 거대한 한 동물인데, 선생이여, 어떻게 해서든, 선생이 그 동물을 걸터타고 앉아 있을 수 있었을 때, 선생은 매우 안전하였으나, 선생이여, 안되셨지, 이제는 선생이, 끌끌, 그 발밑에 깔려 짓밟히게 됐습지, 선생께는 안됐지만. 선생 개인의 율법과, 한 世事를 꿈쩍없이 꾸려가는 율법 사이의 다름쯤을 선생도 아는 것은 선생께 法恩이 있다고 할 것인데, 世律에는, '누구든 죄없는 자가 (돌을 들어) 먼저 치라!'라는 투의 부칙이나, 단서를 붙여두지를 않압지. 한 俗事가 그렇게 순진무구하게도 운영될 수도 있다면, 그런 세상 뭣 하러 선생이 왔던지, 선생 자신도, 그 까닭을 모르겠을 일이시지. 그렇다는즉슨, 선생은 틀린 세상 틀리게 구경하러 온 것은 아니신가?" —허, 허, 헛헛. 그, 그것은, 그 이방 각설이에게는, 그 고장 律法司가, 저 '은기에 담긴 흰 눈' 같은 사내에게서, 때[垢]를 많이, 서너 주먹이나 되게 찾아낸 뒤, 定罪한 뒤, 그 刑을 선고한 것으로 이해됐었습지. 그때도, 저 희어 눈부시게 보이는 사내는, "손가락으로 땅에 쓰기"만 하고 있었는뎁지, —이 암호는, '혀를 도난당한 자의 말하기'라는 식으로밖에는, 村僧으로서는, 달리 어떻게 풀지를 모르겠군입지. 이 암호에 의해, 이 한 장면의 비극은, 그 실제성보다, 그 연극성이 더 두드러져 보이는바, 아마도 저 군중들은, 꿈을 상연해내고 있었던 것으로 보입습지. 집단이란 개인에 대해서, 無意識 자체이기 때문입습지. —그러다 그 여자를 향해, 속삭이듯이, "여자여, 나도 그대를 정죄치 않으니, 일어나 돌아갈지어다"라고, 일러주더군입지. 괴로운 탓으로 전신을 풍 든 듯 떨고 있던 여자는 그러자, 그런 총중에도, 할 수 있는껏은 옷매무새를 간추려 여미려 하며, 벌벌 기어서는, 그 사내의 발을 찾아, 그 발등에 입을 맞추고, 그리고는, 복부가 몹시 괴로운 듯 휩싸아 쥐더니, 창자를 송두리째 토해내야 쓰겠는 듯이, 토역질 기를 보이고 아무 데나 향해 돌진을 해대더군입지. 그러자 군중은, 그 여자의 토해내는 것에라도 덮어씌워질, 더러움에의 악몽 탓에, 그 여자가 나아가는 길을 피해 터주었는뎁지, 여자가 지나고 나자, 트였던 자리는 물론, 홍해모양 오므라들어, 아무 흔적도 남김이 없었습지. 그 각설이의 생각에는, 그 여자는, 그 한 장면의 꿈을 매우 잘 연극한 것이라고 했습지. 그리고부터서는, 그 연극의 진행은 빠르고, 박력 있게, 그리고 각본대로—라는 말은, 羯磨論에 편들기로 하면, 도중에 어떤 돌연변이가 발생하지 않는 한, 개인의 삶이나, 집단의 삶[歷史]이나, 그것은 모두 운명이라는 각본에 의해 연극되어지는, 연극 이상의 것은 아니라는 것을 부인할 수가 없으니 하는 말입습지. —착착 잘 진행돼갔습지. 저 슬픈 얼굴의, '땅에 쓰고만' 있는 사내를 定罪했던 그 율법사가, 돌을 들어 먼저, 그 슬픈 얼굴의 사내의 등을 치자, 다른 율법사들도 또한 돌을 들어 치며, "이 선생이라는 자를 우리가 오늘은 돌무덤에 묻되, 너무 빠르게 묻지는 말자"라고 하자, 그 자리에 얼굴을 떨어뜨려 놓고 있던 자들 모두 하나같이, 그에게 돌을 던졌으되, 그가 죽기에 이르도록은 치지를 안 했었습지, 그 사내 입었던 후줄근한 흰옷은, 그것이 싸고 있는 살이, 돌에 맞아 터져 흘린 피로 홍포였는뎁지, 그러자 누가 무슨 해학심을 내었던지, 갈대 줄기를 笏이라고 그의 손에 쥐여주고, 그의 머리에다가는, 가시로 엮은 왕관을 씌우며, "왕이시여, 평강합소사!"라고, 절하며, 그런 뒤 그의 얼굴에 침 뱉고, 손바닥으로 쳤습지. (아으, 이 한 우주여, 새로 王이 오셨음! 羯磨論을 고수하기로 하면, 달마와 더불어서는, 아무리 그것이 조롱하기 위한 목적이라고 한다 해도, 우발이나 춘사적으로 한 왕이 태어났다. 한 왕이 스러지는 것이 아니던 것을! 王이 왔음을! 모멸에 덮이고, 고통에 처할 역을 담당할, 王이 우리들의 무대에 등장하였음을!) 다른 몇의 장정들은, 율법사들의 명에 좇아, 그 장터에서 며칠 전, 한 도둑을 매달았던 그 십자가를, 뽑아 내매어다, 홍포에 홀을 들고 왕관을 썼으니 왕인 자의 어깨에 메게 하여 끌라 하더군입지. 場이 무르익어 그때쯤은, 아주 들척지근한 냄새를 풍기며, 분홍빛을 띤, 부유한 누른색을 드러내기 시작하여 아름다웠습지. (蝕女가, 드룩년이, 입과 요니와 똥구녁을 하나로 해 갖고 있는 암캐년이, 우리들의 불알을, 그 혓바닥으로 핥고 있음!) 군중이 외치는 소리가, 큰비 올 때의 강물 불 듯 불어나고 있었는뎁지, 그 이방인이 듣자니, 그를 이제는, '해골의 골짜구니'에로 데려다, 밀어뜨려 죽이자고 하고 있더군입지. (우리는 그러면, 우리들의 '代身王 바보 죽이기'와, '흙과 곡물을 함께 섞어 빚은 神[男根] 묻기' 俗이 어떻게 일원화하여, 같은 한 풍속화를 치르는가, 그 집단적 육교의 광경을 목도하게 되겠습지. 헌데, 우주적 성교의, 그 요니와 링감이 맞닿는 자리에서는 언제든 산 것이 살해당하여 뿌리는, 더운 피 냄새가 난다는 것을 염두하십습지. 그리고 곁들여 주목해둬야 되는 것은, '代身王 바보 죽이기' 俗이 시사하는 바를 좇으면, 그것이 뭔지, 이 자리에서는 그것을 캐묻지 말기로 하고 말입습지만, 집단이, 어느 한 대상에다 집단적으로 퍼부어대는 욕설, 조롱, 모욕 따위가 어떤 매우 나쁜 陰氣나, 미래의 厄의 뾰족한 모서리를 둔하게 하는 일을 한다는 점입습지. 羑里의 풍속에서 그 한 예를 들어보기로 하면입지, 자식이 귀한 집의 獨子들마다, 그 귀한 만큼 귀한 이름을 얻어 갖고 있기는커녕, 하필이면, '개똥이' '쇠똥이' '말똥이'라는 식으로, 매우 천한 이름을 받아 갖는뎁지, 이는 道流들이 익히 아는 바대로, 그런 이름을 갖기로 하여, 그 아이의 '長壽'는 물론이려니와, '多子多福'을 비는, 그런 목적을 갖고 있다고 합습지. 그 이름에 의해서 그 아이는, 자기의 평생을 통해, 삼척동자들까지 합친, 왼 마을이라는 집단이, '개똥이' '말똥이'라고 불러 퍼부어대는 욕설에, 똥처럼 덮이겠습지. 이런 羞辱이 또 있을 수 있겠남? 이는, 자기에게 팔자 지어진, '긴 목숨'을 값으로 몽땅 치르고, '명예'를 사버린, 영웅 아킬레스와 정 반대편에 서는 경우입습지. 그래서 재고려케 되는 것은, 이 '명예'라는 것이, '代贖羊'의 역할을 담당한다는 것입습지. 이런 것을 염두하고, 우리들의 基督이 당하는 수욕을 새로 건너다보면, 그가 어떻게 우리들의 짐을 대신 지는지, 대략은 짐작할 수가 있습지) 허, 헛, 헌데, 人世의 刑律에는 재미있는 것들이 한둘씩 있는뎁지, 예를 들면입지, 교수형에 처하게 된 죄수가, 그 올가미에다 목을 넣으려 하지 않는다고 하여, 망나니가 칼로 그 죄수의 목을 위협을 하기나, 그 칼의 위협이 두려워, 죄수가 자진하여 그 올가미에다 머리를 밀어 넣기, 또는 그 무덤을 다 파고 나면, 그가 판 그 무덤 전에서 그를 죽여 그 무덤에 묻어버리려, 그 사형수로 하여금 저 묻힐 무덤을 파게 하는즉, 삽 쥔 손이 느려지면 채찍 쥔 손이 빨라지는고로, 삽 쥔 손이 빨라진다는 따위, 대체로 그런 일들인뎁지, 희화가 의연히 비극의 형태를 취한다거나, 비극이 희극적으로 공연되는 일 따위란, 허기는, 인세만의 썩 볼품 있는 풍경이라고 해야 할 것이 아니겠남? 道流들께서는 지금, 저쪽 동네 방언으로 일러, 이방인이라고 하는, 한 각설이의 눈의 안쪽에 앉아, 바로 그런 어떤 비슷한 한 풍경을 절시하고 있는 중인뎁지, 이 일을 두고는 그럼에도, 우리 중의 아무도, 어쨌선지 웃지를 못하겠는 듯하군입지. 자기가 그것 위에 못 박혀 매달리기 위해서, 그 죽음을 당하기 위해서, 자기의 肉力으로써는 도저히 감당할 수가 없는, (그런즉 이 축생도는 극복되어져야겠음! 그 형구에 관곽인 것을 '기호'[카야(kaya)]를 입게 된 '의미'가, 그 '기호'의 운명에 한정당해야 함! "神이라도, 일단 어떤 육신을 입으면, —니르마나카야— 그 입어진 것으로, 역경과 난관을 타개해야 함." 존재의 고통) 어깨에 얹어 눌려, 몹시도 비척이며, 다섯 걸음씩(팩 꼬꾸라지기), 두 걸음씩(꼬꾸라지기), 반걸음씩(꼬꾸라지기), 세 치씩(꼬꾸라지기), 반 치씩(자기 掌中의, 한 우주 속의, 지구라는 작은 한 별 위의, 어느 일점의 길이는, 전 우주보다도 넓고 길어, '고통의 길') 끌어가는, 때[垢]가 덕지덕지 덮인, 순수한 '無罪.' 우리들이 조롱하며 뱉는 가래침과, 욕설과, 웃음소리의 때[垢]에 덮인, 우리들의 '면류관 쓴 王'은, 그 때[垢]가 무거워 못 버티고 쓰러지면, 그의 깡마른 등짝에로, 우리들의 검센 손으로 쥔 모난 돌멩이가 내려쳐져서는 튕겨나고, 가시쟁이와 채찍이 휘초리져 내렸으며, 웃는 소리와 야유가 소내기였습지, 비였습지. 그럴수록 그의 기력은 쇠해져, 그 행진에는 영 진행이 없어, 그런 식으로 진행되다가는 그 행진은, 해질 때까지도 그 길의 반도 못 가게 생겼으며, 사흘이 가도 그 닿을 곳에를 못 닿겠는데, 더욱더 형편이 나쁜 것은, 秒를 한 식경으로 잡는, 그런 시간이, 한 식경, 반 식경, 두 식경이 지날수록, 한번 쓰러졌다 하면, 그 刑具 밑에 깔린 자의 일어서기가 더뎌, 백 년이 걸리고, 천 년이 걸리고, 겁이 걸리고, 오백 겁씩이나 걸리는 데 있었습지. (엘리 엘리) 그로서는 물론, 기름땀을 흘리며, ('말씀의 成肉身'[삼보가카야(shambhogakaya)—化身]이 풍기는, 이 시지큰한, 더러운 땀의 냄새) 안간힘을 다하고 있었으나, 마음으로 몸으로 너무 지쳐온 그는, 아마도 죽어가고 있었습지. 律法司들이 듣기도 보기도 하건대, (누가 선두에 서서 이끌어가면 그쪽으로 따르던) 백성들의 입술에서는, 차차로, 조롱하는 소리가 적어지는가 하고 있으면, 그 꼬리가 흐렸으며, 가시쟁이나 돌멩이로 치던 손들이 공중에서 머물렀는가 하고 있으면, 제물에 패시시 떨어져 내리고 있었는뎁지, 그들 중에서, 같이 아파하기 시작하는 얼굴들이 한둘씩 돋아나고도 있었습지. 이는, 이제껏, (우리 모두가 가담한,) 어느 일점을 향해, 잘 집중되어, 잘 고조되어온 이 한 연극에, (비의적으로 말하면, '性交'에) 지리멸렬과 와해를 일으킬, 그 직전의, 그 위험성을 드러내고 있었던 것입습지. 저것이란, 자기네들이 표방한, 자기네들의 正義에다 衆心의 방향을 잡아주어, 그 선두를 달리던 자들께는, 무엇보다도 바람직하지 않은, 불온 불손한 逆風인뎁지, 그것은 왜냐하면, 거기서 끝나지를 않고, 그 바람머리를 되돌려, 이제껏 따라 좇았던, 그 正義의 旗幟를 찢고 부러뜨리거나, 아니면, 內爆力을 드러내, 自爆하는 결과를 부르거나 하게 될 것이 내어다보이니 그렇습지. (그러나 우리가, 당시의 政況이 어떠했었는지를 觀키를 놓치지 않는다면, 이 바람은, 逆行力보다는, 內爆力을 드러내지 않을 수가 없다는 것에 동의하지 않을 수가 없는뎁지, 어떤 大國의 통치하에 있는 小國의 백성들이, 자기네들의 선두에 서서, 자기네들의 이익을 수호하려 애쓴다는 자들을 타도하겠다고, 봉기하는 일이란 잘 기대되지 않기 때문입지) 그래서 나쁜 경우로, 저 瓦解의 無風帶를 거친 한 狂風이, 그 방향을 잡지 못했다고 할 때, 그러면 그 일어난, 불 같은 性慾 같은 爆發力은 어떻게 될 것인가, —그것은 큰 관심거리가 아닐 수 없겠습지. 많은 경우 그것은, 村僧의 村見에는, 內爆性을 드러내, 어떤 경우는 '神'을 죽이려 덤빌 것이며, 어떤 경우는, (인간에게서) '인간'을 죽이고 그중 나쁘게는, '末世'를 초래하겠습지. 이 '內爆力'은, 村見에는, 그 집단의 죽고 싶음을 外爆해내는 것이어서, 이보다 더 위험스러운 '病毒'도 없을 터인뎁지, 그럼에도 행운의 시대에는, 훌륭한 鍊金術師나, 그 毒氣를 中和할 代贖羊을 얻겠습지. 연금술사는, 저것을, '원초적 질료'의 변질을 돕는 원동력으로 바꾼 것은 용이히 예상됩습지만, 그 '毒氣의 中和를 돕는 代贖羊' 얻기라는 문제는 그렇게 용이치 않는 듯합습지. 더욱이 이 경우는 그것이 거의 불가능한 듯한뎁지, 왜냐하면, 우리들이 상정하고 있는 이 한 집단은, 그 집단 자체가 저 '와해'를 겪고 있어, 자기들만의 가치 기준이라거나, 정의를 갖지 못해, 누구 하나를 여럿이서 손가락질하여, 자기네들의 불행이나 비극을 탓 돌릴 수도 있는 처지가 아니어 보이기 때문입습지. 이럴 때 필요한 한 간절한 부르짖음이 있을 수 있다면, "너희 중에 義人이 하나라도 있느냐?"라는 것쯤이겠습지. 그 '의인'이라는 것이 우리(집단) 중에 하나만이라도 있었을 수 있었다면, 아윽, 우리들은, 그의 그 '義'스러움을 들어, 바로 그 눈금[尺度] 탓에, 우리들이 處難한 것을 탓 돌려 꾸짖고, 三世 간에다 그의 더운 피를 뿌려, 우리들의 '義스럽지 못함'을 고수레하기로써 씻어낼 수 있었을 것이었는 것읆! 그러면 그 '義人'은, 실제로 저 모든 타인들의 '不義'까지도 다 자기 한 어깨에 지고, 순교하는 것이겠음! (아 물론, 이와 반대로 우리[집단]는, '惡人'[罪人]의 더운 피를 뿌릴 수도 있는뎁지, 이 경우는 그러나, 그 피를 뿌리는 자의 '殉敎'가 아니라, '刑罰'이어서, 타인의 不義 따위가 얹혀질 어깨가 남아돌 수가 없겠습지) 가, 가맜습지, 이래서 촌승은, 어떻게든 그 기회를 만들어서, '末世論' 같은 것에 관해 말이 하고 싶어싸서 이러는 듯한뎁지, 그럴 것이, '집단도 죽고 싶음의 狂症'에 당한다는 것이 이상하고, 그래서 '末世'라는, 집단적 죽음의 날을 준비하고 있다는 것이, 슬퍼싸서 그렇습지. 아무리 해도 이것은, 그 매듭점이 쉽게는 풀려질 것 같지는 않습지, 않기는 않습지. 마는, 그것이 '개인'과가 아니라, 전체, 또는 '집단'과 관계가 있는 이상, 우리로 하여금 무엇을 하나 추측하게 하는가 하면 그것은, 모든 點心(個人)들이 드러내는 것과 같은, 그 點心의 수만큼이나 많은, 그 狂氣들의 모서리들이 다 깎이고 남은 것, 또는 그 모서리들을 한없이 확대했더니, 어느 일점에서는 모두 모서리들을 깡그리 잃게 되더라는, 그래서 狂氣의 '共通分母'라고나 불러야 할지도 모를, 그런 것이 아니겠는가 하는 것입습지. 이 '광기의 공통분모'는 그렇다면, 대체 무엇이나 될 것인지는 이제부터라도 따져볼 문제이겠으되, 그것은 그러자, '狂氣의 原型'과 동의어일 수가 있다는 것을 고려케 하는 군입습지. '죽고 싶음'에도, '原型'性을 띤 것이 있다 말입습지? 헤읏, 거 딸국질이 나오려 하는 즉슨, 소주 좀 내십습지. 이것 말입습지, 여기 어디 경계를, 여차 잘못 넘었다가는, 虛無主義에로 경사키 쉬운 위험성이 대부분인뎁지, 그럴 것이, 村僧으로서는, '집단적 죽고 싶음의 原型'은 有情들 속의 '無複合性'밖에, 달리 다른 것은 아무것도 진맥해낼 수가 없기 때문입습지. 촌승으로서는, 禪家의 노장들이, 初入의 사미 놈들을, '無'라는 話頭의 말뚝에다 몹시 비끄러매어, 환속에로만 사립문을 하나 달아놓고, 꼼짝도 못 하게 하는 짓에 관해서는, 한두 번 村見을 피력했습지만, 그것 말고도 그것은, 다른 意味/無意味를 갖고 있을 터인뎁지, 그 話頭를 통해 그 사미 놈은, 용두질 뒤끝에도, 자기가 자기 아비의 "고환을 흘러나왔기 전에는 무엇이었었는가? 그리고 그 이전에는?"이라는 회의와 함께, 존재의 本田을 들여다보게 되는 것은 분명하지 않겠는갑. 여기 어디, 모든 有情들이, 알게 모르게 갖는, '無複合症'이 똬리 쳐 있을 것인 것은 의심의 여지가 없는뎁지, 그것이 '幻'이든, 또는 '實'이든, 이 '無'에서 化現이 있는 것을 접붙여 따진다면, 이 '無'는, "혼돈하고, 공허하며, 흑암이 깊음 위에 있는" 무질서적 '無', 다시 다른 말로 환치한다면, '깊은 잠'으로도 이해되는, 그런 '無'라는 것을 알게도 됩습지. 태초 이전의 이 '잠'은, '꿈' 하나 꾼 것이 없는, 깊은 잠, 다만 잠이던 잠이었었을 것이 "하나님의 신이 수면에 운행"하시며, "빛이 있으라 하매 빛이 있었고", 그리하여 '꿈'이 꾸어진 것이겠습지. 그리하여 한 우주가 化現한 것일 터. 道流들, 그렇다면, 꾸어진 꿈 당자들이, 자기들을 꿈꾸어낸 그 본디[母] 잠에로의 회귀 본능을 드러내는 경우가 있다면, 거기에 어떤 잘못됨이 있겠을 일인갑? 그래서 살을 입은 것들마다, 때로 때로, 그 몸을 어디에 의탁해 깊이 잠들기로써, 그 본디 잠에로 돌아가서, 그 어미로부터, 독이나 젖 중의 무엇을 수혈받는 것은 아니겠을 일인갑? [25]"꿈 없는 잠은, (그 잠자는 자의) 無에의 긍정적 체험"이라고 알려진 것을 고려해보십습지. 그렇다면, 이 "산 사람들이, 再生과 바르도를 갈망한다"는 이 병증은, 한편에서는, 그 본원에의 환귀 본능을 드러내고, 다른 편에서는, 프라브리티의 作爲의 법칙에 복종하기를 드러내고 있는바, 그래서 그것들은 일원화할 때, 별수 없이 狂症의 형태를 취하겠습지. 그럴 것이, 한편에서는 자기를 깡그리 지워, 니브리티에로 귀의해버리려 하는데, 다른 편에서는, 바로 그 꼭같은 바람[願], 그 돌아가기를 위한 作爲 자체가, 이상하게 우회하여, 프라브리티를 살찌우기 탓입습지. 무슨 경로에 의해서든, 禪門에서 이것을 일찍이 깨달아 알아, 자기네 사미놈들로 하여금, 저 '無'를 들여다보게 하기로써, 하다 못하면, 그 禪卵을 곪겨버리는 한이 있더라도, 그 禪卵의 내용을 이루는, '再生과 바르도에의 열망'의 끈적끈적하고도 지르륵한 (집착의) 풀기를 묽혀버리려 한다는 일은, 우주적 경이 입습지. 觀雜說.

가, 가, 가만습지, 이것 봅습지, 우리는 지금, 우리들의 우주적 自我(푸루샤)를 저 무거운 刑具 밑에 깔아, 고통에 당하게 한 채, 이렇게 먼눈만 팔고 있는 중이었던갑? 이렇걸랑은, 이제 우리라도 나서서 거들어, 그를 일으켜 세우든, 아니면 눈을 닦고 비빈 뒤, 그의 아픔을 지켜보기라도 해얄 듯하지 않는갑? 저런 순, 안 되겠던 모양이었습지, 律司들은 결국 안 되겠던지, 여기저기를 두리번거려쌌더니, 거기 어디 가까운 데 어중간하게 서 있는, 특히 검세어 보이는 초부 하나를 지적해, 그로 하여금, 저 十字架를 대신 져 옮기게 명하더군입지. 이 일 한 가지만으로도, 천지가 없어지기 전까지는, 우리들의 입술에 오르게 될, 이 法恩에 충만한 사내는, 알다시피, 이 구레네 사람으로, 이름을 시몬이라고 했거니와, 그에게는 그 십자가가 별로 무겁지 않은 듯, 수월하게 끌어갔습지. 우리들의 基督은, 이제는 빈 몸인데도, 비척이느라, 자기의 刑具를 매어 끄는 그 시몬의 발걸음도 좇지를 못해, 처지고, 쓰러지고 그러더군입지. 그러자, 律司들이, 한편에서는, 저 군중들의 새 흥분을 돋궈내려는 목적을 갖는 듯했으며, 다른 편에서는, 우리들의 基督에게서, 자기께 필요한 만큼의 원기의 회복을 돋구려는 의도를 갖고 그러는 듯이 보였는뎁지, 감람 나뭇가지를 꺾어들 쥐어서는, 샘에 닿는 대로, 그 잎들을 그 물에 축여, 그것으로 우리들의 基督의 얼굴이며 등을 치며, "보라, 이 선생이라는 자가 말하여, '무거운 짐 진 자들마다 내게로 오라, 내가 그의 짐을 대신 짊어 주리라!' 하던 자가 아니냐?"라고, 고개를 까땍여대더군입지. 그러자 군중 속에서는, 웃는 소리가 황진처럼 일어나고, 조롱하는 소리가 회오리바람이어서, 황진 기둥이 뻗쳐섰습지. 잠깐 균열이 있던 衆心은, 불칼에 버혀졌던 홍해모양 오므라져, 세상은 새로 홍해였습지. 헌데, 이 방에서 온 한 각설이에게 이해되어졌기로는, 물론 저들의 '바보王'은, 자기의 十字架를 옮기는 일을 감당하기에 어려움을 보인 건 사실이로되, 그렇다고 하여 그가, 자기의 짐을 거부했거나, 게을리하려 했다거나, 책임을 파기한 일은 없었는 듯하며, 그가 나중에, 그 십자가에 못 박혀서 그렇게도 괴로운 중에도, 자기들께 행악한 자들을 저주했었기는커녕, 그런 자들까지도 불쌍하게 여겨 용서해준 것에 의해 보건대, 그가 자기의 짐뿐만 아니라, 실제로, 왼 우주의 짐 지기를 충실히 했던 것을 알게 합습지. (아, 公은, 그 짐을 지고, 어디를 가려 하는고? 짐을 져, 어떤 목적지에다 갖다 부리려는, 그런 짐은, 노동에 속할 것) 그런즉슨, 그 자기의 짐을, 맡아 짊어져다,

해골의 골짜기에다 부려준, 그 구레네 사람에 대해, 우리들의 기독으로부터서는, 한마디의 축복의 말씀도 없었음의 까닭을, 이제는 의문할 일은 아니겠습지. 길든 코끼리나, 황소며, 노새가, 우리들의 求主가 아님은 어찌 된 연고겠음? 세상은, 구레네의 시몬들로, 그 基田을 삼았으되, 어찌하여 자주 땅의 비계가 엷어져, 지옥에 똬리 치고 있는, 우리들의 善乳를 빨아 피둥피둥한, 독한 지렁이(거위)가 환히 내려다보임? 가맜습지, 시간은 헌뎁지, 부드럽게든, 꺼끄럽게든, 운명들을 휘감아가는 것. 第六時에는, 슬픔으로 지친 사내가, 그 구레네 사람이 메어다 준, 그 十字架에 못 박혀, '구리 뱀—아으, 달마카야—'으로 척 걸쳐져 있었는뎁지, 그러기 전에 물론, 저 律司들은, 자기네들의 관례대로, 그의 슬관절을 어긋내버릴까 어쩔까로 논란이 많았었던바, 그러면 그가 어처구니없을 정도로 빨리 죽게 될 것이니, 그러지 말기로 하자는 대로 의견이 모아진 듯했습지. 그런 논란을, 그들의 어깨 너머로 들었던 탓이었던지, 또는 못 들은 탓이었던지, 그것은 확실치는 안 했어도, 한 관졸이, 느닷없이 창을 꼬나쥐어 내달아, 십자가에 못 박혀 걸쳐, 식은땀을 죽처럼 피처럼 강처럼 흘려내며, 얼른 죽어져지지도 않는 목숨 탓에, 몹시 고통하고 있는 사내의 가슴에 상처를 입혔는뎁지, 그 상처를 통한 많은 출혈 탓에, 우리들의 基督의 죽음은 매우 빠르게 와버려, (道統들은, 그러함에도, 구레네 초부에 대해서는, 어떤 감사의 정을 일으키면서도, 이 병졸에 대해서는, 매우 큰 적대감을 느끼는뎁지, 과연 道流들은, 事理를 분간함에 있어, 正道에 서 있는 것이 사실인갑?) 제九시쯤에는 이미, 땅 위의 위대한 한 빛이, 지옥의 문을 열어 스며들어버린 탓에, 땅 위 세상은 子宮 속처럼 어두어져 버렸습지. 이제 그는, 저 '第九時' 속에서, 지옥을 사흘간쯤 여행할 터입습지. 六祖에 동의해서 말입습지만, 바로 그런 목적을 위해서도 '말씀'은 살을 입어왔었겠습지. 지옥(죽음)을 분쇄하기. ['살'(축생도)을 극복하기!] 그 병졸도 그래서 사실로, 구레네에서 온 다른 시몬이었는지 어쨌는지, 그것은 아직까지도 밝혀진 일이 없으되, 그 병졸이 던진 창끝에 찔린, 우주적 제호(鵜鶘—pelican)의 가슴에서는, 더운 語液이 흘러내려, 축생도를 적시고, 비밀한 소로를 좇아 지옥으로 스며 사려들었습지. —그런 후의 하늘과 땅은, 왜냐하면 '빛'이 子宮 속에 담겨 있었으므로, 꼭 닫혀, 그저 암흑했을 뿐입뎁지, 六祖에 동의해서 말입습지만, 나중에 허기는, 박모섬의 한낮 꿈에 잠긴, 요한이라는 선지자에 의해, 그 암흑 속에서 어떤 일이 일어났었는지, 그 비밀이 밝혀집습지. (그래서 그는, 자기의 無意識을 내어다 보았었습지) '아—' 音의 흰[白] 말[語]. 그리하여 '암흑'이 분쇄돼버렸음. 子音字가 母音字를 바꿔 들며, 그 子音性을 탈락해버리기. 重力—아도니스의 聲帶를 벗어나버린 말. 道流들, 그 현장에서 그날, 그 이방인 돌중이 절시한 것은, 저런 돌연변이, 즉슨, 우리들의 푸루샤(빛이며 불멸, 그렇습지, 빛이며 불멸!)의 母胎 옮기기, 그것이었습지. —거기서는 헌뎁지 [26]시간이 조금도, 그 정연한 평균성을 유지하고 있지를 못하여, 모든 것이 한꺼번에, 선후가 없이, 그러니 縱的 흐름으로, 번쩍 일어나서는 스러지지를 안 해, 그것을 절시한 자의 얘기에도, 그런 질서가 있을 수가 없겠습지. 그러는 중에 그 돌중이 다시 또 어깨 너머 본 것은, 다름이 아니라, 이제는 우리들 중의 누구에게도 낯설지가 않은, '定婚만 한 채, 애를 배어 만삭 중'인 그 여자가, 거기 어디로부터 비실비실 나타난 그 광경이었는뎁지, 그 이방 각설이의 눈에 비추인 대로만 말씀을 드린다면, 그 만삭 중인 아낙네는, 저 十字架 위, 어떤 병사가 창으로 찔러 상처를 낸, 그 가슴으로 더운 피를 흘려내는, 그 사내의, 그 가슴을 딛고 내려온 듯했습지. 이 장면은 글쎕지, 어째선지 슬프고, 어째선지 문법상 맞지가 않아, 誤文 현상이 일어나 있는 것 같은, 그런 풍경으로만 점철되어 있어, 우리는, 우리 자신이 꿈을 연극해내며, 동시에 자고 있었음을 알게도 됩습지. 그 여자는 그렇게 어디로부터서이든, 그 자리에 와서는, 심히 병든 몸짓으로, 저 하늘의 중간쯤까지에나 떠들어 올려져 있는 주검의, 이제는 식은 피, 에 젖은, 못에 박혀진 발을 움켜쥐어, 끌어내리려 하며, 딸꾹질 섞고, 넉살을 섞어, 가녀린 애곡을 했는뎁지, 딸꾹질과 훌쩍질이 너무 심해, 그 넉살을 한마디도 알아들을 수가 없었습지. 왜냐하면 그 넉살은, '소리'가 '의미' 자체가 돼서 그랬을 일이었습지. 그러다 여자는, 그때, 새로 밀어붙인 産痛 탓이었을 것으로, 몹시도 몸을 뒤꼬아대며, 그 十字架 뿌리께로 쓰러져 누워, 이를 악문 채, 무슨 푸른 불꽃 모양, 그 십자가 뿌리에서 푸르륵 푸르륵 뒤틀어 오르기 시작했습지. 헌데 이번에야말로, 드디어 해산 중이었고, 여자의 그런 진통이 백 년, 이백 년, 천 년,

그리고 이천 년이나 지난 후에, 그런 어느 순간, 그 肉胎를 찢어 한 울음이 울려났습지. 엘리 엘리 라마사박다니—. 라후[蝕]가, 먹었던 金烏가 너무 매워, 제 년의 창자를 다 태워 녹힌다고, 캐갱거리며, 그 먹은 걸, 사흘간이나 토해내고 있었습지. (이 년은, 먹기도, 똥 누기도, 애 배기도, 꼭 하나뿐인 구멍으로 하는 년) 그 토해내기를 통해서야, 어두웠던 땅이 다시 밝아졌음을, 그래본즉슨, 金烏 얼굴의 '어린 羊' 또는 '어린 羊' 얼굴의 金烏가 시온에 높이 있고, '애를 배 만삭 중인 여자'는 아직도 産痛으로 애써 부르짖고 있는뎁지, '옛 뱀' 모양의 暗黑은, 또는 암흑한 목구멍의 '붉은 龍'은, 그때도, 그 '애 밴 여자'가 해산을 하면, 그 아이를 삼키고자, 암흑한 무저갱을 열고, 기다리고 있었습지. 중첩된 죽음. 중첩된 同時出産. 푸루샤가 태어났음. 흰 '아'語. 獸肉을 *母胎*로 하여서라야만, 그 重力과 欲望의 産痛을 통해, 불멸의 말씀은 태어나는 것. 필멸할 살을 태어내놓는 *母胎*(프라크리티)와 달리, 이 '불멸'은, '해골' 속에서 날아나옴. 프라크리티에 대한, 푸루샤의 승리. 그리고 본다면, '붉은 龍'도, 저 '원초적 질료'를 해치기로써, 그 '질료'의 金化를 도운 것을 알게 합습지. 그렇다면 우리는, 프라브리티의 상극적 질서를, 너무 부정적으로, 건너다보려 하지 말기로 해얄라는갑? —이것은, 매우 필요한 여담이 되겠습지만, 촌승이 하나, 삽입해두고 싶은 것은, 이 '우주적 말씀'의 탄생도, 그 점에 있었던, '우주적 마음'의 탄생과, 그 양태를 같이하고 있다는 그것입습지. '마음의 우주'의 개벽은, 아는 분은 아는 바대로, 하필, 그 어머니의 '옆구리'를 열고 나온, 한 '거대한 흰 코끼리'로 상징을 입어오는바, '말씀'의 *母胎*는 '해골'이었는데, '마음'의 그것은 '옆구리'로 바뀝습지. '해골'과 '옆구리'라는, 암호의 풀이는 그러나, 村僧으로서는, 道流들께 남겨두려 합습지. 그럼에도 보태주고 싶은 것은, "해골 속에 뿌리를 박아 자라 오른 생명의 나무"와, "어머니의 옆구리를 터 태어난 흰 코끼리"는, 촌승의 관견에는, 바르도/逆바르도가, (프라브리티의) 橫的 안팎의 관계인 것처럼, 縱的 안팎의 관계가 아닌가 하는, 그 점입습지. 이래서 얻어지는, 기대치 안 했던 수확이 하나 있다면 그것은, 프라브리티라는, 鍊金術用 솥에 담긴, 한 '원초적 질료'가, '毒' 또는, '불치의 病'의 해침에 의해 죽어, '金'(또는 똥)에로 전이 변질하고 있을 때, 그 프라브리티의 '옆구리'를 터 태어나면,

'마음'[空]의 得物(色化)이 있고, (즉슨, 非化現의 化現이 있고) 그와 달리, 그 프라브리티의 오른편 '가슴'(에서, 우리들 어머니의 척추를 이룰 '갈비뼈'가 뽑혔을 때, 남은 건, '해골', 거기로 나중에, 한 병사가 찌르는 창이 꽂혀 듦지)을 열어 나오면, '말씀'의 成肉身이 있다는 것입습지. —아으, 그런 후, 그 異邦 각설이는, 그 고장을 떠난다고 떠나, 모든 곳으로 흩어져 다니기 여러 세월, 뒤꿈치도 많이 닳았음메다. 각설이란 헌데, 어디에서나 異邦人이다 보니, 노련해지다 보면, 그 異邦人感을 잊어버리게 되는뎁지, 아마 그 탓이었겠습지, 그 각설이는, 말씀드린 바의 저 광경을 두고, 느닷없는 한 의문에 봉착했던바, 자기는 그 도저히 잊을 수 없는 그 광경을, '들여다보았었는가', 아니면 '내어다보았었는가', 하는 것이, 그 의문이었었습지. 그 각설이는 그러는 중에, '異邦人感' 대신, 느닷없는 '流刑者感'을 일깨워 갖고, 부르르 치를 떨며, 시온에 선, 저 '흠없는 어린 羊'을, 왼갖 부러움을 다해 우러러보기 시작했습지. 아으, 우리 어머니는, 낙태를 하고 싶어도, 그 자신의 갈마가 다하지를 안 해, 낙태도 못 하는 짐승의 새끼를 배고, 아직도(그리고 세상 끝날까지), 그 産痛으로 몸을 뒤꼬는뎁, 우리 아버지 짐승의 大王은, 그 자식이 낳아지는 대로, 그 더운 연한 살에다 독아를 박으려, 붉은 눈으로 지켜 기다리고 있습지. 짐승인 녀러, 어머니—아버지의 배 속과 아가리는 벗어나기가 어려움, 어려움.

道流들, 이제 우리는, 우리들의 '어린 羊'의 수난을 통해, '말씀의 우주'를 통째로 수확해야겠으나, 그것은 우리들의 큰 용기와 결단을 요하겠습지. 왜냐하면 그것은, 우리가 지켜본 대로, 모질은 핍박받기와, 지기[敗], 그리고 간난이며 수난을 통해서만 이뤄지는 것이기 때문입습지. (이리하여 村僧은, 모르는 사이 어느덧, 羑里에로 되돌아온 느낌이 있군입지) 그래서 재고려케 되는 것은, 人間은 病에다 그 기초를 둔, 매우 문화적 짐승이며, 동시에 매우 불순한 神이라는 것입습지. 이것의 非肉身的 病名을 존승은 '狂'症이라고 했던바, 현재 헌데 우리들의 관심은, 하필 자기를 표적으로 부는, 그 미친바람이 일으켜내는, '被虐'이라는 홍진 기둥에 묶여 있는 중입습지. 神들은 그렇다면, 그 '病'을 앓을 肉身을 갖지 않은 때부터, 분명히 그 '병'과 '건강'을 분리해버린 것이 짐작되며, 초목이나 짐승은, 肉身을 그 전체로 갖기 시작했을 때부터, 그 '病'

을, 말씀드린 바의 그 잠[睡]으로 삼았겠습지. 바로 이 '病' 탓에 인간은, 축생도에로 돌아가고 싶음과, 떠나고 싶음의 가운데서, 괴롭게 찢깁습지. 짐승은, 아무리 비계가 두터워도 한 겹인 데 반해, 그래서 인간은, 아무리 피골이 상접해 아른해도, 그 꺼풀이 몇이나 되는지를, 도저히 헤아려낼 수가 없는 존재가 돼버렸습지. 인간은 그래서, 고통과도 살지를 못하면서, 고통이 없이는 또한 못 삷지. 여기 어디에, 이 文化的, 不純한 짐승들의, 자기 학대증의, 옻과 가시나무가 자라 무성할, 사래 긴, 비옥한 心田이 펼쳐져 있는 듯한뎁지, 그럴 수밖에 없는 것이, 프라크리티[自然]와의 관계에서, 푸루샤[自我]는 언제든, 별수없이 피압박적이며, 피학대적이기 때문입지. 生老病死가, 프라브리티의 자급자족의 질서이거든입. 그래서 이 질서 체계를 염두하여, 들이며, 숲이며, 물을 내어다본다면, 초목이나, 동물은, 그 입어진 元素와 형태가, 그것들의 업과 자체, 즉슨, 운명이라고 알게 됩습지. 노루의 형태를 입은 有情은, 범의 형태를 입은 有情께 목덜미를 물렸다가, 창자를 터뜨려야 되게 운명지어졌다는 얘깁습지, 만약에, 노루들이 작당을 할 줄 알아, 늑대 떼를 떠받아내기로 한다면, 자연의 질서에는, 불균형이 따르겠습지. 그래서, 초목이나, 움직이는 有情들(동물)께는, 그것들이 처해진 거기가, 그 지은 業의 갚음을 하는, 바르도 자체이겠습지. 그러는 그 질서 속에서, 어느 肉食性의 有情이, 자기의 殺慾을 두고, 괴로움을 느낀다든가, 초식성의 有情은 또, 살기에의 苦感을 일으켜낸다고 하면, (이 頓悟!) 이제 일정한 우주적 흐름(프라브리티) 가운데 反動이 일어나고, 不純함이 돌연변이가, 나타나게 되겠습지. 그렇게 태어난 것이, 법은 이 도탑게도, 인간이겠습지. 人間은 그래서, 복합적이라고 말씀을 드린 것입지만, 누구든, 이 불손한 짐승 중의, 아무것이라도 하나 잡아, 그 입을 열어, 그 속 어디 무저갱을 들여다본다면, 그 즉시, 공포와 전율, 경외감 따위를 느끼지 않을 수 있는 자는 없겠습지. 어떤 자들은, 그 불순한 짐승의 배 속의, 그 흑암의 고장에서, 그 짐승의 무량겁의 前生을 보게 될지도 모르고, (그들에 의해서는 그래서, 輪廻·羯磨論이 설파되겠을 일인갑?) 어떤 자들은, 그 속 어디서, 여러 종류의 짐승의 얼굴과 울음소리를 듣고, 그 불손한 짐승은, 축생도를 벗어난다고 하여, 차라리 그것을 그 속에다 보쌈해 왔다고, 혀를 끌끌 차게 될지도 모르고, (그들에 의해서는, 사람의 無意識은, 동물적 본능으로 이뤄졌다고, 주장될 것이 뻔히 내어다보이겠는갑?) 또 어떤 자들은, 그 불순한 짐승의 목구멍 밑에서, 言語로 된, 한 벌의 휴대용의 우주를 보게 될지도 모릅습지. 이 세 번째 경우에 의하면 당연하게도, [27]"사람의 無意識은, 한 벌의 언어 체계(구조)로 이뤄졌다"는, 매우 탁월한 견해를 이루게도 하겠습지. 아담 이후 인간은, 神의 언어를, 자기의 언어로 假定한 뒤, 그 가정적 언어를 간직하기로써, 하나의 宇宙化를 성취하기는 합습지. 이때 촌승이 '神의 언어'라고 이르는 것은, 존재와 사물을 포함한 한 우주인뎁지, 村見에는, 神은 무엇을 발음해내려 하면, [28]그 '의미'에다, '기호'부터 입혀버린다고 합습지. 그것이 창조라고 이해되는 것으로서, 그는 그래서 피조물들처럼, 육성으로 말하지를 못하고, 말을 하려, '의미'를 떠올린 뒤, 성대를 꼴록이려 하면, 그런 '의미'의 '존재'와 '사물'을 드러나게 하겠습지. 육신을 갖지 않는, 초월적 대력들의 '말하고 싶음'의, 複合症의 한 발로임. 헌데 그 우주에다, 아담이 이름(언어)을 붙였을 때, 아담에게는 前生이 없었으므로, 아담은, 神의 언어를, 자기의 언어로 假定할 수밖에 없었는뎁지, 그러면서 그의 '안'이 밝아지기 시작했는바, 이것은, 이상하되, 바랄 만한 현상이 일어난 것이라고 해야겠습지, 그래서 아담도, 그의, 한 벌의 '假定的 神의 언어'에 의해, 한 벌의 우주를 소유한, 하나의 가정적 神이 돼버리는뎁지, 촌승이 庶子的으로라도, 젖줄을 이은 空間的 方言으로서, 예의 저 두 형태의 방언들을 번역한다고 하면, 거기서는, 기대치 안 했던, 번역 현상이 일어난다는 것을 관찰하게 됩습지. 왜냐하면, 이(禪家) 문법 구조에서는, 그 주어가 되는, '자아'가 捨象 脫落되어버리기 때문인뎁지, '아담의, 神의 언어의 假定化'란, 前生을 못 갖는 아담의 無意識 깨우기[意識化]로서, 아담을 통해 보면, ―그리고, 언어를 배우기에 의해서, 그리고, 그 언어의 의미를 알기에 의해서, 無明을 깨우치기 전까지의 모든 유아는, '前生을 못 갖는 아담'들인뎁지―우리들의 무의식은, 우리들이 '안'이라고 부르는 데가 아니라, 우리들이 '밖'이라고 부르는, 그 '밖'에 있다는 것을 알게 하는바, 그것이, 반역 현상입습지. 보다 분명히 말한다면, 우리들이 '밖'이라고 이르는, 그 '밖' 자체가, 우리들의 '無意識'입습지. '無自我'에 대해서는, (근본적으로는, '안'도 '밖'도 없겠으나, 그럼에도 우리의 얘기는 化現의 국면에서 만들어지고 있으므로) 심지어, 그 '자아'라고 고수해온 그것까지도, '밖'이 될 것이거든입습지. 그렇습지, 그래서 아담이 깨우친 것[意識化·覺醒] 이 있었다면, 그것은 모두 그것의 '밖'이지, '안'이 아니겠습지. 그 아담이, '안'을 깨운다면, '안'의 무엇이나 되었겠습? 말한 바대로 그런뎁습지, 그 '밖'을 깨우치다 아담은 中年에, '안'이라는 것을 인식하기 시작했는뎁지, 그 '안'은 아담에게 뜻밖에도, '自我'에의 인식을 일으켜 세웠습지. 이것은 우주적 비극이었음에도, 그리하여, 아담은, 畜生道로부터, 上半身쯤의 털을 벗고 올라, 人世를 차리기에 이르는뎁지, 그래서 아담의 우주는, 축생도적 우주를 바탕으로 하여 새로 서게 된, 문화적 우주랄 것이라고 부를 것이 되었겠습지. (道流들, 그렇다면, 아담의 이런 宇宙는, 어느 때든, 그 獸皮를 완전히 벗지 않는다면, 그 자체가 위험인뎁지. 중력에 당하다 보면, 그한 우주는, 半 남은 獸皮 속으로 미끄러져 내리기가 쉽겠거든입) 어쨌든 그래서 村僧은 오늘, "우리들의 無意識은, 우리들의 '밖'에 있다"라고 이해하고, 우리들의 이 '밖'이란 다름 아닌 '六道'라고, 그리고 그것은 '(니그레도/알베도/루베도라는) 三層構造'라고, 그렇게 說하고 있는 바입지. 이 '六道'란 아담의 자아, 또는 실다움 찾기의, 順調/逆調의 변증법이며, '三層構造'란, 그의 '의식/무의식'의 구조인뎁지, 곧 말씀드리게 되겠습지만, 촌승은, 저 '의식/무의식'에서, '超意識'과, '바르도'를 따로따로 보았는뎁지, 그래서 거기서, '삼층 구조'를 본 것입습지. 풀어 말하면, 저것은, '마음/말/몸'의 관계인뎁지, 왜냐하면, 이것이 순서인 듯하므로 촌승은 먼저, 소박하게, '몸'이 '무의식'이라면, '말'이 의당히, '의식'의 국면을 담당한다고, 그렇다는즉슨, '마음'이란, '超意識'의 국면을 담당한다는 것은, 당연한 귀결이라는, 얘기를 해두려 합습지. 어쨌든 촌승도, 그것을 그렇게는 이해해두고, 다음 말을 시작해야겠군입지. 이런 말씀은 그러니, 촌승이 저런 도식적 발전을 부인하고 있는 것은 아니라는 그것을 증명하기 위한 것입습지. 그럼에도, 이 '마음'이란, 이해하기에 따라, 그것의 형태가 바뀌는뎁지, 예를 들면, 바르도에서는, 이 '마음'이, 逆바르도에서의, '몸'의 역할을 담당한다는 것 같은 것입지. 이런 마음은 그렇다면, '空'이기보다는 '色'이며, 바르도에 처한 아담의 '무의식'으로서, 바르도에 처한 아담이 깨워내야 할 것은, 저 '마음'입습지. 그렇다면, '마음―超意識'은, 대오철저한 정신에만 적용할 주제가 아니겠는가, 하는 의문은 정당하겠습지 결론적으로는, (바르도의 몸―念態로서의), '마음'과 (逆바르도의) '몸'은, 같은 '무의식'이랄 것이어서, 그것은 깨워져야 한다는 얘기를 할 수 있게 되는바, 그래서 성공적인 한 삶은, '카마―아르타―달마―목샤'라는, 네 가지의 修業으로 이해됩습지. 어쨌든, 그래서 우리가 물어야 되는 것은, 아담은 그러면 그 '깨워낸 밖'을 어디다 쌓아놓는가, 그리고 이어서, 그가 만약에 그것(깨워낸 밖)을, 그가 中年에 계발했다는, 그 '안'에 다 쌓아놓는다는 대답을 할 수 있다면, 그 '안'은 대체 아담의 어디에 자리 잡아 있는가, 그것도 물어야겠습지. 마는, "小子여, 그 '마음'이라는 것이 어디에 있는지, 동강 내 그것을 끄집어 내놓아보아라……"라는, 어떤 禪譚 한 가지를 떠올리건대, 그런 '안'이라거나, '마음' 따위의 현주소 찾기의 노력이란, 별로 法得이 없는 것이나 아닌가 하는 것을 고려하게 하는군입지. 글쎕지, 앞서 말씀드린, 우리가 自身이라고 이르는 것과 관계된, '三層構造'를 禪的으로 조감한다면, 우리들의 '몸·말·마음'은, 같은 한 존재의, 세 국면인 것이며, 靈智派的, 무엇의 알[卵] 같은 것과는 다릅습지. 그렇다면, 그런 法得 없는 노력을 하려 하기보다 우리는, 그 '깨워진 밖'은 그러면, 어떻게 잠재워지며, 그 '재워진 밖'은 다시, 어떻게 깨이는가, ―라는 식으로, 저 의문을 고쳐볼 필요가 있는 듯한뎁지, 이렇게 의문하다 보면, '無意識'이라는 주제와 더불어서는, 언제든 그 화두를 일으키는, 그 '복합성'이라는 것의 정체가 밝혀질 수도 있을 듯하기 때문입지. ―라고 해봐야, (다시 언급하지 않기 위해, 이왕에 말이 나온 자리에서 말을 해버리기로 하면) 이미 되어져온 얘기에서 장리 좀 내다, 그런 것이란 있는 것도 아니라는 얘기나 하게 될 것이며, 그래도 있다고 한다면, 그것은, 프라브리티의 두 舞指(또는 舞足), 즉슨 性慾(창조력)과 殺慾(파괴력)이 어떻게, 저 '六道'라는 鍵盤을 두들기는가, 그것에 좇아 일어나는 業影이라고, 그런 얘기나 하게 되겠습지. (이 '性慾'과 '殺慾'이, 有情들의 일상적 삶과 제휴하면, '加虐/被虐'의 형태를 띠기도 하겠습지) 그것에다 村見을 하나 보탠다면, 어떤 정신이 복합증에 당하는 한, 그 정신은, 살은 입은 채, 바르도에 처해 있다는 얘기 정도겠습지. 그렇거나 저렇거나, 이제껏 촌승이 진전시켜온 그 논지를 따르기로 한다면, 저 의문에 대한 대답은, 말하자면 미리 다 되어 있는 셈일 것인뎁지, 한 정신이, 자아를 고집하지 않는다고 할 때는, 모든 것이 '他'化한다면, '깨워진 밖'의 현주소는, 그 '밖' 말고, 또 무엇이겠는 갑? "깨워진 밖이, 다시 잠드는 밖" —그것을 촌승은 다시, '바르도'라고 이해하는뎁지, 저 '깨워졌던 밖'은, 아담에 의해, 한번 '이름'(언어)을 입었었음으로 해서, 이미 그 本典性을 유지하고 있지는 못하기 때문에, 프라브리티(문법)의 법칙에 의하면 그것은, 이제는 바르도에를 들어야겠습지. 그래서, 이 바르도에 들어, '念態'化한 것은, 한 '황소'라는 것을 예로 들어본다면, '황소'라는 實物과, '황소'라는 이름과도 다른, 제삼의 '황소'가 되었다는 것을 관찰케 합습지. 바르도에 든 '황소'라는 이름은, 왜냐하면, 그 바르도를 벗어나야, 그 實物性과, 이름을 재획득하는뎁지, 때로는, 거기 어디서 저 '황소'가 돌연변이를 치르는 수가 있어, 그것이 바르도를 벗어났을 때 보면, 그 등에, 禪家네 어떤 늙은탱이가 타고 있어, '空'得을 해 있는 수도 있습지. (저 禪老네, '길든 황소'는, '마음'입습지) 그래서 촌승께 이해되는, '바르도에 처한, 念態로서의 이름(언어)'은, '鍵' 같은 것으로 이해되기도 합습지. 道流들, 村僧이 말하고 싶은 것은, 우리가 自我라고 말하는 그것은, '가득 채워진 空'이라는 것이며, 그래서 그 '空'을 잘 들여다보다 보면, 이 "한 우주란, 우리들의 마음의 풍경 말고, 다른 아무것도 아니다"라는 것입습지. 그럼에도, 이 '三層'으로 된 한 가옥 속에다, 어느 도류가, 자기를 세 들게 하여 살려 하면, 그 욕망하기에 좇아, 거기, 범람한 六道가 드러나게 되겠습지. (옴마니밧메훙) 여기서부터, 다시 시작하여, 說法되어져야 하는, '복합성'이며, '무의식'의 문제는, 道流들, 비록 돌팔이라 해도, 중이라고 치는 자의 몫은 아닙습지. (그리고 그 양자 사이의 다름이 무엇인지도 모릅습지만) 촌승은, 어쨌든, 촌승이 화두 삼아온 그것을 갖고, 羑里의 토굴에로 돌아가보려 하고 있습지. 그렇습지, 좀 더 젊었던 나이에 촌승은, 그 모래 속에서, 해체되었었기는커녕, 한 자아를 일으켜 세워, 푸두둥 날아 나왔었는뎁지. ……그러기 전에, 가맜습지. 道流들이, 무슨 의문의 곪곶병 같은 것에 앓고 있는 듯한뎁지, 그 고름을 짜내기로 해야겠군입지. 그러함에도, 道流들은 의문하여, 이제껏 道流들이, '안'이라고 알고 들여다보았던 데에서, 무엇인가가 갇혀, 천년을 신음하며, 道流들을 불러, 도류들로 하여금, 그 문을 열어보지 않고는 못 견디게 하는 것이 있는데, 그래서 그것으로부터는 어째도 귀를 막질 못하겠으려니와, 돌아서 도망치질 못하겠는바, 그것의 정체는 그러면, (우리들의 무의식이라는 것 말고) 무엇이겠느냐—라놋답? 도류들, 村見에는 헌데, 도류들은, 어느 때엔지, 그 기억을 잃은 듯한뎁지, '아담의, 선악과 따 내리기'라는, 전해진 神話를 통해 보건대, 정상적으로 자란 자치고, 그 문을 열어보지 않는 사람은 없다고, 하고 있습지. 그렇습지, 저 아래쪽 어디, 여섯 번째, 또는 열세 번째 방문을 열어보지 않고 자란 사람은, 짐승이나 초목을 人皮에 싸 갖고 나온 자들 말고는, 없습지. 그렇다면, 그것을 열어본 자들이, 그것을 열어본 일이 없는 것처럼, 그 방 안의 풍경을 묻는다 말입습지? 헛, 헛, 허. 촌승은 그러니, 촌승이 훔쳐본 것만 말씀드릴 수밖에 없겠군입지. 촌승은 거기서, 촌승 몫의, '한 벌의 運命'이 씌어진 책을 보았었습지. 그랬습지, 촌승은, 촌승이 '안'이라고 해온 거기에다, 촌승 몫의 '운명'을 사려 넣고 있었습지. 헌데도, 그 '책'은, 읽는 것이 허락되어져 있지 않기는, 안 했습지. 마는, 도류들, "前生의 자기가 무엇이었었는가를 알고 싶은 자마다, 그러면 此生의 자기의 처지를 살펴보라"고 하거니와 이것은 그렇다면 後生에도 적용될 것인뎁지, 그런즉, 그 '운명의 책'은 읽는 것이 아니라, 사는 것인 것을 알 일이겠습지. 촌승께 이해되기에는, 이 운명(또는 羯磨)은, 한 有情의 '성격'과 관계가 있다고 합습지. 아, 이것 말씀인뎁지, 얘기가 너무 멀리 나간 느낌이 없잖아 있군입지. 그럼에도, 그렇기 탓에 일어난 모질은 의문 하나가, 촌승의 목덜미를 물어, 놓아줄 듯하지가 않군입지. 라는 것은, 그래서 과연, 모든 아담들은, 각각 그들만의 한 벌씩의 운명을 갖고 있다고 하며, 이 운명은, 前生과 관계된 '성격'과 비슷한 것으로 취급한다면, '인구 증가'라는 문제에 대해서는 어떻게 대답할 것인가, 하는 그 의문이군입지. 오백 세나 野狐되기를 무릅쓰고라도, 감히 촌승의 野狐스러운 울음소리를 하나 울어놓기로 한다면, 촌승으로서는, '羯磨分裂'밖에, 다른 것은, 생각할 수가 없다는 것입습지. (밤의 침상에서 자며 꾸는, 道流들의 꿈은, 어떻게 分裂하는갑?) 어머니를 구하러 나라카엘 든 나복이까지도, 全純全善한 것만은 아니었기에, 그 약간의 不純非善함에(라는 것은, 그의 나라카에의 상상력까지도 포함해서 입습지) 의지하여, 그것을 重力에 붙임하는 사닥다리 삼아, 내릴 수가 있었을 것이며, 그의 어머니도 또한, 그 전체가 不純非善한 것만은 아니었을 것이기에, 그 重力의 고장을 거슬러, 올랐을 수가 있었겠습지. 이런 얘기는 그렇다면, 정토에 든 넋이, 버려야 되는 不純物(非善)과, 나라카에 들어야 되는 넋들이 또한, 버려야 되는 不純物(善)이 있을 것인데, 그 버려진 것들은 그러니 쓰레기이므로, 이 우주간 아무렇게나, 무슨 쓰레기 처리장에 버려져도 괜찮을 것인갑? 촌승의 '羯磨分裂'은, 거기 어디서 가능한 것으로 이해하는뎁지, 어쨌든, 촌승의 믿음에는, 그렇게 그래서 무엇이, 한 벌의 運命을 입으면, 그 한 有情의 解脫이 성취되기 전까지는, 그 한 벌의 운명을, 되풀이 되풀이, 입는다고 하고 있습지. 물론, 그 '운명의 되풀이'가, 人世에 이르르면, 매우 복합화해져, 명료하지가 않음에도, 그 운명에 돌연변이가 치러지지 않는 이상, 그 '되풀이'의 장소나, 그것의 형편의 차이는 있을라는가 몰라도, 그 한 운명의 구조랄 것에는, 변화가 없다는 것이, 촌승의 주장입습지. 이 '돌연변이'라는 것과 함께 우리들이 자신들께 바람직한 것은, '解脫'이며, 바람직하지 않는 것은 '脫線'일 것으로, 이 '탈선'은, 인간이 인간이던 것으로부터, 축생도에로 되돌아가거나, 나라카에로 추락하는 결과를 부르는 것이겠습지. 축생도에로의 환귀는, 그 한 念態를 運轉해온, 인간에게 있어서의 그 가장 어려운 시련인, 獸欲 탓이며, 나라카에로의 추락은, 그 한 念態가, '無'를 깨달았으되, '虛' 쪽의 빰만을 본 결과로서이겠습지. 이런 애긴즉슨 그렇다면, 바르도에 처한 念態들께는, '解脫'인가, '脫線'인가의, 두 출구밖에는 주어져 있지 않다는 그런 얘길 것입지만, 그중에서도 하나(解脫)는, 無門이나 아닌가 합습지. 村見에는, '나라카'도, 이 '無門'의 부정적 국면의 일종이 아닌가, 그러기도 합습지. 누구든 알고 있는 우주적 통로가 그것입습지만, 이 '門'이란 결국, 그 한 念態의 受胎로서의, 그 어머니의 子宮의 門 말고, 또 다른 무엇일 수가 있겠는갑? 바르도란 그런고로, 저 '죽음과 재생 사이의, 한 중간적 상태'라고 이르는 것이겠거니와, 우리가 눈에 불을 켜, 열심히 들여다보아야 되는, 매우 중요한 우주적 사실 하나는, 바르도는, 逆바르도(이승)와 같이, 그것이 집단적, 또는 공동적으로 체험이 안 되는, 우주 간의 이상한 한 귓(곳+것)이라는 것입습지. 바르도는 그래서, 몸을 입었다 벗은 순간부터, 그 한 亡者에게만 드러나 보여, 그 亡者의 지각자에게만 체험되는 한 우주라는 것입습지. 그래서 바르도는, 어떤 念態에게나 꼭같은 상황을 드러내는 것이 아니어서, 그 念態의 갈마에 좇아, 각 念態에게마다, 다 다르게 현현한다는 것을 알게 됩습지. 그렇다면, 바르도라는 이 한 우주는, 송두리째, 그 한 亡者만의 우주라는 것도 알게 되잖는갑. 이런 말은 분명히 하면, 그 한 우주는, 그 한 念態의 羯磨가 이뤄내는 우주라는 말이며, 그렇다면, 바르도에는 그렇게도 많은, 견디기에 어려운, 그렇게나 무서운 허깨비들이 나타나 득시글거린다고 하더라도, 그곳에서 사용될 인칭대명사란, 1인칭 하나밖에 없다는 것도 고려케 됩습지. 이것을 逆바르도에 적용한다면, 존승이 우리들의 無意識은, 우리들의 外界라는, 그 관계를 극명히 하겠습지. 그래서 바르도에서는, 쫓는 자도, 쫓기는 자도, 구원하는 자도, 저주하는 자도, 다른 아무 누구도 말고, 一人稱(나)인뎁, 특히 주목해둬야 될 것들은, 여기에서는 모든 것이, 극렬하게도, 쫓는 것과, 쫓기는 것으로만 나타나 있다는 것과, 그리고, 쫓는 쪽에는, '나'라는 의식이 없는 반면, 쫓기는 편에만, 그 강한 의식이 있다는, 이런 따위들이겠습지.

[29]오호라, 생각에서 비롯되는 모든 공포와 무서움과 외경스러운 악령들을 거느린

실재에의 불확실한 경험이 여기 내 위에 내렸을 때,

어떠한 광경도 그것이 내 자신의(이승에서의) 의식의 반영이라고 내가 인지할 수 있게 하옵시고,

나로 하여금, 그러한 허상들은, 바르도에서는 저절로 나타나는 것이라고 알게 합소서.

한 위대한 종말로 다가가고 있는 모든 중요한 순간에 처할 때마다,

나로 하여금, 내 자신의 念態가 이룬, 평화에 충만했거나, 분노에 날뛰는 神位 일당에 대해 놀라게 하지 맙소서.

道流들, 바르도는 그렇게도, '극렬하게도 쫓고[加虐] 쫓기는 것[被虐]'만

으로 나뉘어져 있다는 얘기와, 바르도에는, '나'라는 일인칭밖에 없다는, 두 전제에 의해서, 道流들은, 무엇을 캐어, 손에 쥐어 드는갑? 村見에는, (물론 나라카를 먼저 꼽고 말입고, 그리고 바르도/逆바르도 공히 나라카라고 이해하고 말입습지만) 바르도는, 왜냐하면 '자기'밖에 없으므로, 자기 학대만이 극렬히 퍼부어지는 괏이 아닌가 하는바, 그 근본에는 물론, 프라브리티의 自給自足의 道가 있는 까닭일 것이라고 합습지. 이 이상한, 병든 짐승들은, 자신이 자신을 학대하여 쫓기에 의해, 자신을 이쪽에로 통하는, 프라브리티의 門에다 밀어 넣는갑. 그때 그 念態의 어미 암캐는, 또는 암호랑이는, 암퇘지는, 그 자기 자식들의 사랑과 질투를 느끼며, 수컷들이 쏟는 정수에 下門을 지짐 받고 있을 것입지. 죽어서 든 곳에서, 한번 죽은 것들이, [30]"이승에 다시 살고 싶어" 하면, 아으, 그런즉, 門의 안쪽으로, 또는 바깥쪽으로, 비어져 나서 있게 되던 것을. 죽었으면 죽은 것을, 그 상태에 머무를 일을, 헥, 거 어쩐다고 다시 고통을 자초해, 새로 살기를 願望할 일이겠는갑? 죽었으면 죽은 것을, 어찌하여, 두 번, 세 번, 오백 세를 죽고, 또 죽으려, 살고 싶어 할 일이겠는갑? 죽은 것의 살고 싶음은 바르도의 狂症. 헛, 가맜습지, 村僧은, 저 한마디의 말을, 각혈을 하도록 외쳐대고 있는뎁, 道流들은 시들한 얼굴만 짓고들 있으니, 무슨 까닭들이신곱? 죽은 것들이 살고 싶어 함은, 너무도 당연하여, 한 번만 말해도, 너무 말이 많다는, 그런 얼굴들이신갑? 그러나 道流들, 만약 촌승이, 바르도를 逆으로, 이승에 관해 말하며, 산 것들이, 살다가, 잘 살다가, 어느 날 갑자기, 죽고 싶음 병을 드러내, 환장을 하기 시작한다고 말한다 해도, 道流들은 과연, 시들한 얼굴이겠는갑? 하으, 보십지들! 저 시들해 하던 얼굴들에 떠 흐르는, 저 천만 잎들의, 푸르죽죽한 저승 꽃들은, 어느 녘에, 대체 어디서 떨어져 내렸음? 살고 싶어 하면 죽고 싶어 함. —우리들의 求贖者가, 그것을 대신해 죽었음에도, 우리들은 여전히 죽고 싶어 함. —죽고 싶어 하면, 죽어서 살고 싶어 함. (삶에 얽매인 아도니스의 비극) 헌데 도류들, 이 '逆바르도'(이승)에의 이해는, 그곳이 '살'[畜肉] 의 고장이 되어, 그것들이 덮어쓴 '살'이라는 假面 탓에, 바르도처럼, 그렇게 용이치가 않습지. —이 가면 벗기가, 죽기라면, (六祖에 동의해서 말입습지만) 이 가면 벗기가, 원초적 죽음이 아니겠는갑? —그런

고로 逆바르도에는, 人稱에도 여러 종류가 나타나고 하여, '나'[我]와 '남'[他]의 구별뿐만 아니라, 양자 간에 울타리가 서기도, 심지어는 죄면하기뿐만 아니라 전쟁까지도 야기되는뎁지, 이런 식으로, 하나의 '假面'을 쓴 것마다, 하나의 人稱을 얻게 되다 본즉슨, 이승은 저승(바르도)과 매우 상반적이게도, 사회적입습지, '집단'적입습지. 여기 어디에, 촌승 투의 '무의식'론이 서는 자리가 있는뎁지, 이 상태에서는, 자신들과 면대해서, 우리가 무엇을 용감하게 제시해보아야 되는가 하면, "그러면 누가 누구를 꿈꾸는가?"라는 투의, (莊子的) 公案입습지. 그래서 이 고장에서 일어나, 이 고장을 휩쓰는 바람은, 저쪽 고장에서의 그것처럼, '자기'를 표적으로, '解脫'이든, '脫線'을 도와, 바르도를 벗어나게 하려, 일정하게 한 방향으로 부는 바람과는 다른 듯하여, ―촌승은 그것을, 넷쯤으로 대별하여 말씀드리고 있습지만―그 바람머리가 많고, 매우 亂麻的이게 보이는 것은 당연한 결과이겠습지. 그래서 이쪽에서는, 설혹 어떤 한두 個我들은, '믿음'이나 '見性'을 통해, 重生이나 解脫을 성취하여, 그 죽음에다, 한두 구멍을 뚫어놓고, 날아나간다 해도, 그 한 집단이 저 '죽고 싶음'의 狂症에 시달리는 수가 있다는 것이, 매우 흔하게 관찰되어지기도 합습지. (도류들, 촌승이 꼭히 그렇게 지적해 말하지 않는다 해도, 이 특정한 '집단'은, '天·地·人'이라고도 하고, '人乃天'이라고도 할 때의 그 '天'의 개념과도 통하는 데가 있다는 것을 고려해주십습지) 易理의 天. 아 그래서 말입습지만, (물론 죽순이 눈트는 소리가 없는 것은 아니지만) 겨울은, 그 '비임'을 무엇에 연유하며, (물론 보리며 밀이 쇠퇴를 보이지 않는 것은 아니지만) 여름은 무엇에 연유하여, 그 '넘침'을 이루놋답? 죽은 것들은, 죽었기에 든 바르도에서, 어찌하여 살고 싶어 하놋답? 畜肉에의 그리움? 獸皮의 따뜻한, 그리고 아늑한 아픔에의, 환장할 그리움? 易의 신비함. 道는 仁하지 않음. 그런즉 '집단'도 '죽고 싶음'의 광증으로 드러낸다는 것은 (아으 이런, 風雲의 시절!), 축생도의 易理인 것. "花無十日紅, 달도 차면 기우놋!") 헌데 물론, 그 '遺傳된 陰氣'의 性別에 좇아서이겠습지만, 이 '集團的 狂症'이, 어떤 때로는, 우주적 '性慾'의 형태를 드러내기로, 어떤 때는, (우주적) '殺慾'의 모습을 취하기도 해온다는 말씀은 드린 바대로겠습. '性慾'의 형태를 띤 것은, '代贖羊'을 죽여 뿌릴 더운 피,

그 精水를 요구하고, '殺慾'도 또한 더운 피를 요구하여, 무참하고도 무차별적 살상, 예를 들면 '전쟁' 따위를 도발하겠습지. 이 경우에도 다시 물론, '유전된 음기'를 전제하고 말해야겠습지만, 그럼에도 불구하고, 그 어느 쪽도 충족되어지지가 못했다고 할 때는, '三災八難'이거나, (그 집단의) '타락'이 초래된다는 말씀도 드린 바 있는 듯합습지. 바르도에 처한 念態가, (저 자신이 만들어낸, 헛것에 쫓겨 은닉할 곳을 찾는다는 그 자체가, 自殺이라면, 자살이겠습지만,) 자살하지 못하듯, '집단'도 ('전쟁' '타락' 그리고 '末世' 등이 또한 자살이라면 자살이 아닌 것은 아니라도,) 자살을 할지를 모르는 탓에, 저 狂風이 휩쓰는데 닿는 것들은 저렇게, 녹슬어버립습지. (왜 이런 얘긴가 하면, 존승께는, 바르도에 처한 어떤 念態와, 逆바르도에 처한, 병든 어떤 집단은 매우 같게 보여지기 때문입습지) 그럴 수밖에 없을 것이, '念態'는, '죽을 수 있는 염통'을, 七海 건너, 十地九陵 넘어, 어떤 속 빈 참나무 둥치속의토끼의 배속의오리의배속의金卵속의네모진 상자갑 속의…… 어디에다 떼어 내놓고 와, 두 번 죽을 수가 없던 것이고, '집단'은, 바로 그 꼭같은 '염통'을, 그 '集團'을 이루는 여럿이서 나누어 갖게 되어 그런 것입습지.

헥, 거, 소, 소주, 하, 한잔, 급히 내십습지. 좋은 날이 궂어, 울적해지려 허누먼읍. 저런 순 지랄 맞을 저주가! 더욱더 무서운 것은, 道流들, 그 병든 집단을 이루는 각각의 구성원은, 누구 하나 죽고 싶어 하지 않음에도, 그런 자들로 이뤄진 집단은, (무슨 '음기의 유전'에 당해서이든,) 죽음에 대한 열광적 희원을 드러낸다는 경우이겠습지. 이것은 이해할 수 없다고, 道流들은 하나같이, 고개를 젓고 있는뎁지, 그 한 극명하고도 그중 소박한 예를 하나 들어보기로 한다면, "난리가 났다"는, 소문 한 가지만으로, 한 동민이 무참히 소롯해져 버린 얘기 같은 것이겠습지, 아마 嘉山亂 때라던가 그럽습지. 세상은 난리의 소문으로, 누구나의 꿈자리까지 흉흉했더라 했는뎁지, 그러자 사람들은, 이제껏 잊고 살아왔던, 그 목숨이 갑자기 아까워져서, 어떻게 해서든 피난은 해서, 목숨만은 부지해야 된 다고 하던 판인데, "殺我者 雨下橫山"이라는 투의 참언도 있고 해서, 그 '비 아래 비낀 山'을 무슨 수로 피할 것인가로 사람들은, 날을 새이고, 가을을 저물리고, 고콜에 불을 일궈 으스스한 저녁을 피하려 하고 있었드랬습지. 그런 그 저녁에, (우리들이 예로 든 그 마을에) "난리가 났다!"는, 소문이 좍 퍼졌더라 합습지. (누가 그 소문을 퍼뜨렸는가, 그것이 중요한 것이 아닙지) 그런 소리를 듣자마자 사람들은, 눈이 뒤집혀, 그 당장으로 몸을 빼쳐, 소나무며 노가주 등이 울창한 숲으로 내달려가, 자기들 생각에 안전하다고 믿기는 대로, 그늘 밑에 웅크려, "살기 위해 살고 싶어서", 그 '난리'가 지나가기를 기다렸던바, 초저녁에는 비가 내렸고, 저녁이 깊어지며, 기온이 내리자, 그 비에 눈이 섞이기 시작하더니, 오래잖아 본격적으로 눈이 퍼부어대기를 시작해, 아침이 되었을 때는, 그 눈은, 마을의 처마에 닿도록 쌓여 있었더라 했습지. "나를 殺할 자는, 비[雨] 아래, 비낀 山(ㅋ)이라더라." 참, 그 저녁에는 눈[雪]도 많았더라고! 그렇게나 눈이 많아, 그 눈이 사오월까지도 다 녹지를 안 했었다고 하니, 그래서 사실로, 그 마을에로, 예의 저 '난리'라는 것이, 난리를 내고 지나가기는 지나갔었는가, 그것은 그 마을의 누구도 몰랐더라 그럽습지. — 이러고 본다면, 모든 개인들이 그것의 구성원임에도, '集團'은 그 구성원을 휩싸 안아, 無人稱, 無性으로, 그러므로 차라리 全性이라고 이를 것이 돼, 그것 자체로 존재하는, 거대한 짐승 같은뎁습지, 헌데, 여러 개인들이 모인다고 하여서, 거기서 꼭히 '집단'이 나타나지 않는 경우도 셈해져야겠습지. 비[雨]가, 山 하나를 왼통 넘어뜨려 비끼도록[ㅋ] 내리던 그 밤, 그 숲에는, 그 한동네 사람들이 다 모여, 그늘들 밑에 웅숭그리고 있었지만, 거기 마을(집단)은 이뤄져 있지를 안 했었으며, '살고 싶어' 하기로 죽어간, 모든 개인들밖에 없었다는 것은, 추측하기에 어렵잖습지. 그래서 이런 얘긴뎁지, 저 개인들을 殺한 것은, '集團'은 아니었겠남? 그리고 이 경우의 '집단'은, '난리가 날 것'이라는 '소문'이며, 또한 '雨下橫山'은 아니겠남? 이 '소문'의 출처는, 그 당대적 기운일 터인뎁지, 그렇다면 이런 식의 '집단'이란, 그 실체적 형체를 드러내 보이는 일이란 좀체로 없는 것이 아닌가, 하는 것을 고려케 하는군입지. 귀 있는 자는 듣고, 깨달을 지되, 그래서 사실로, 저 동민들은, 앞서 촌승이 말씀드린 바대로, '죽고 싶어 하지 않음'에도, 순전히, 저 소문만의, 나쁜 집단, 붉은 龍에 의해서, 당하기만 당했는갑? 그러나, 이 대답만은, 촌승의 혀로써는 만들게 하지 마십습지, 그러려 하면, 촌승의 혀가 짜개져 둘이 될 터입지. 그리하여 촌승은, 하나의 혀로써, 계속 더 말해가려 하거니와, (존승은 이런 것을, '수사학적 압력'이라고 이르고, '말을 질료'로 하는 연금술꾼들께는 이 '압력'이, '복합증'보다 더 무섭다고 이해해오고 있었습지) 한 개인개인들은, 그렇다면, 이런 집단의 횡포 아래에서 얼마나 무력한 것인갑? 헥, 거 소주 좀 내십습지, 그러면 존승은, 그것으로 입의 더운 거품을 씻고, 말한 바의 저 '횡포'라는 것이 어떤 것인지, 그것에 맞선 개인은 그리고 사실로, 무고한데도, 누명을 써 그 횡포에 당하기만 당하는지, 그런 얘기쯤 드리려 합습지. 道流들은 그러자, 존승이 이만쯤에서는 '末世論'쯤 거론해보았으면 하고 있는 것을 아시는 듯한뎁지, 헷헷헷, 사실로 존승의 의도가 그러한즉, 道流들께서도, 몇 잔씩이고, 소주를 더 들어두십습지. 저것보다도 우리들을 더욱더 우울하게 하는 소문은 없거든입지. 그럼에도 도류들, 존승이 앞서, 逆바르도에서는 집단이, 바르도에서의 훗(하나) 念態와 같은 役이라고 말씀드린 것을 기억해주십습지. 그래서라야만 우리들은, 저 대환란을, 남의 집 타는 불 건너다보듯 보다가, 그 식은 재 속에다, 바로 우리들 자식들의, 타다 만 뼛조각을 묻어놓고 있게 되는 결과를 초래하는, 비극을 면하게 될 터인뎁지, 道流들, 이제에 이르러서도 우리가, 一人稱, 二人稱, 三人稱 따위로, 우리들 자식들의 얼굴 위에다 씌워놓은, 그 가면을 벗지 않을 수는 없는 듯하니 그렇습지. 이 문제를 위해 존승은, 말[說]의 줄을 바꿔 치려 하는뎁지, 그러기 전에, 마신 술 뒷맛의 씁쓰레함을 씻기 위해, 꽤는 재미있을 한두 물음을 내보았으면 싶으구만입습지. 그 하나는, 이 未定의, 그저 그런 전언만 있는 '末世'가, 어째서, 確定의, 우리들 자신들의, 다가오고 있는, 목전의 '죽음'의 날보다, 더 두렵고, 더 절망적인지, 道流들은, 그 까닭을 알 만하신갑? ……하, 하무도, 후, 훗는 道流가 허, 헚는갑? ……그리고도 이 '末世論'은, 그때까지도 '輪廻論'의 계발을 못 보았거나, 그것을 눈여겨보기를 거부하려는 정신(教義—그렇다는즉슨, 존승의 얘기도 자연, 이 教義의 그것에 의거해 만들어질 일이겠습지)에 의해, 더욱더 확대 확산된 것을, 우리들은 알고 있는 것이 아닌갑. 그래서, 이 未定의, 우주의 죽음의 訃音이, 존승께 침중한 병이 된 일이 있었는뎁지, 그것이 病이 된 거기서부터 존승은 그러면, 우리들이 입게 되어진, 畜肉에의 무거움과 가려움을 두고, 원했거나 말았거나, 우리 모두가 가담하여, 그 獸皮를 갈가리 찢어발기려는, 그 우주적 自己敗北의 날에 관한 얘기를 시작해보면 좋겠습지. ……그 다른 한 設問은, 앞서 촌승이, "逆바르도(이승)에서는, '集團'이, 바르도에서의 '念態'와 같은 役"이라는 투의 말씀을 드렸었는뎁지, 만약 그렇다면, 末世前에는, 어떠한 정신도 解脫의 이름으로, 이 '집단'을 벗어나지 못하는 것이 아닌가, 하는 것입습지. (이 '集團'은 그래서, 촌승이 앞서, 얼핏 비춘 바 있습지만, '天'이며, '易'[프라브리티] 입습지. 인간이라는 異種의 有情의 無意識의 영역) 이런 물음에 당해서 도류들은 그러나 부디부디, 보디사트바적으로, 라는 말씀은, 그 設問이 요구하는 곧이곧대로, 대답하려 애쓰기를 회피할 일이겠습지. 그러려 든다면, 남은 羯磨가 있거나 없거나 다름없이 그 道流는, 저 한 가지 設問에 마음이 묶인 탓만으로도, 모든 有情들이 다 解脫을 성취하거나, 반대로는 깡그리 쓰레기 처리장에 버려질 때[末世] 까지는, 돌아오고, 별수 없이, 돌아오기를 되풀이해야겠습지. 그럴 때는, 道流들은, 見性커랍(佛)! 見性커랍(無)! 見性커랍(空)! (이런고로, 佛者는 상사라의 有情들을 위해서나 자기들을 위해서, 아무 짓도 하는 일이 없다고 하는뎁지, 온 일이 없는 탓이겠습지. 어디서 어디로 오는 것을 온다고 할 것인곱?)

觀雜說.

村僧이 헌뎁습지, 却說이行, 또는 行者 수업에 넌더리를 내고, 변절 환속하기로 羑里(란 그런 고장이거든입)에로 되돌아온 것은, 道流들께서 익히 짐작하고 있는 바대로입습지만, 그러다 보니, 出家한다고, 눈, 귀, 입 다 떼어냈다는 짓이, 눈은 뒤꿈치에 달고 귀는 신으로 신었으며, 입은 肛門 삼아뒀음을 알겠더군입지. 먹어도 먹어도 배는 차지를 않는뎁지, 오란 데는 없이 갈 데만 많은 세상사로 분주해 품바꾼은, 도대체 몇백 죽이나 귀를 닳게 했는지 몰랐습지. 세상의 모든 장통의 어귀들에서마다 저 行者는 헌뎁습지, "회개하라, 末世가 가까웠으니, 회개하라!" 그런, 심정에는 짠하며, 귀에는 매운 소리들만 들어왔더닙, 그 소리들이 되살아나 오늘은, 헥, 우울해 못쓰겠구먼입. 그런 소리를 듣던 처음 얼마 동안 그 각설이는 그것이 무슨 소리였는지, 왜 그런 좋지 않은 소식이 퍼뜨려지지 않으면 안 되었는지, 그것을 잘 알 수가 없었더니입지, 그랬을 수밖에 없었을 까닭은, 그 각설이는, 그 '末世論'의 출처가 되고 있던, 그 敎義에 접해볼 기회를 가져보지 못했었거든입지. 정직하게 말한다면, 그 각설이는, 그 기회를 되도록 멀리 둬, 스쳐 지나가게 하려 하며, 흘긴 눈으로 건너다보던 자였습지. 그도 그렇다면, 다름 아닌, 그 敎義의 중심에 선 자, 즉슨 '기름 부음을 받은 자'[基督]에게, 고개 까딱이며 조롱하여, 침 뱉던 자 중의 하나였던 것이 분명했습지. 이런 자의 심정에로 던져져 가라앉기 시작하는 '末世'의 呪音은, 잠자고 있는 자의 귓속에다 부어 넣어지고 있는, 끓는 毒 같았습지. 아으, 그 毒을 담게 된 귀가, 마비증이라도 일으켰었으면읍. 그런데도 그것은, 소리였었으므로 처음엔, 귓속이 소리의 異物로 노상 떼그럭거려, 그 각설이는, 말벌집을 귀라고 해 달고 지내는 듯, 못 견뎌 하다, 종내 미쳐 날뛰기에까지 이르렀었는뎁지, 그것은 또한 意味를 내포하고 있었으므로, 그 의미가 씨석씨석, 일럭일럭 일어나고 있었을 때엔, 유황불의 지옥을, 제 귀로 갖고 있다고 각설이는, 제 귀를 두려워했습지. 하으, 자기의 귀를 두려워하는 자를 내어다보십습지. 그러자니, 그 품바 公의 눈은 뒤집히고, 걸음걸이는, 유황불의 바다를, 맨발로 걸어, 건너는 듯했습지. 그러며 그 각설이는, 그 유황불의 바다 밑에서, 魔羅며 드룩의 푸른 손들이 뻗쳐 올라와, 제 놈의 불알을 까내려 든다고, 버둥댔는뎁지, 그 손들은, 밑에서 위에로 내리는 비처럼, 도처에 내리고들 있었습지. 그러던 어느 날, 급기야 그 각설이는, 어느 장통 어귀에서, 자기 입은 살이, 그 푸른 손들에 움켜쥐어져, 허리끈 풀린 통 큰 중우모양, 후루룩 흘러내림을 보았습지. 그뿐으로, 그 뒷일을, 그 行者는 기억하지를 못하는뎁지, 나중에 그 행자는, 자기가, 그 장통 어귀에서 잃은 옷을, 어떤 노인네 아랫목에서 찾아 입고 있음을 알게 되기는 합습지. 그 행자의 입에다 미음을 흘려 넣으며 그 노인네 하는 말씀은, 그때까지 그 행자는 사흘 동안이나 혼도에 처해 있었다고 했습지. 그 행자의 기억이 틀리지 않는다면, 바로 그 노인네가, 그날 그 장터의 입구에서, 그 '末世'의, 끓는 毒 같은 소식을, 모든 귓속들에다 부어 넣었던, 그 노인네였습지. 촌승은 아직도 물론, 그 노인네에의 경애심을 도타히 해 갖고 있거니와, 이 댁의, 별세하신 장로님의 노안과 섞갈아 기억하고 있는 중입습지. 그런 후, 그 行者는, 그 노인에서, 그 노인네가 '末世'를 흩

뿌리기로 얻은 푼전으로 바꿔온, 보리며, 밀겨떡으로, 거의 한철을 무위도식하여 지냈었던바, 촌승이 현재, 도류들께서 본 듯하는 그 經典 급, 外典 등에도 관해, 뭐든 몇 마디라도 말을 만들 수도 있다면, 그것은, 첫째로는, 그 노인께 빚진 덕입습지. 그 행자가 하직을 고했을 때는, 매우 후덕스럽게도, 그 노인께서, 그 경전까지도 아주 한 권을 이 행자 몫으로 준 것이 있어, 합장 재배 백배하고 받아, 정해진 데 없는, 먼 고단한 황톳길을 걸을 때로도 읽고, 어디 그늘을 정해 앉았는데, 비바람이며, 내려 쌓이는 눈 탓에 어디로도 떠날 수가 없었을 때로도 읽어, 그 경전 한 권을 거의 다 외이도록까지나 되었었습지. 마는, 세천시어곡[西天西域國] 먼 데까지 다녀오다 보니, 비에도 땀에도 젖었다가도 마르고, 움직이기에 따라 쓰깨이기도 하여, 더 읽어볼 수가 없게 됐으므로 그 각설이는, 어디 양지바른 데 흙을 좀 후벼 파, 곡하며 그것을 묻고, 다음 비가 내리거든 그 비가, 그 '말씀'을 녹혀, 땅 아래, 어디 아래, 고통받는 魂魄들이 있다는 데, 거기로 스며들어 가, 그렇게도 모질은 失語症에 당하는, 마른 입술들을 적셔주기를 바랐었드랬습지. 그리고는 羑里에로 돌아온 촌승은 오늘까지, 이 댁의 후덕함의 그늘에 기생하며, 이 댁 숙녀분께서 再生筆記해 놓으신『六祖法說』을 여러 차례나 봉독한바, (그래서 둘째로는 六祖께 배운 바 있어) 이렇게 하여, 不學의 돌중도, 道流네 敎義·敎儀에 관해, 그렇게 까막눈만은 아니게 된 셈이기는 합지. 이상한 것은, 그 노인네의 설법을 통해, 촌승이 하게 된, 경험을 바탕으로 한 말씀만 드리기로 한다면, 이 주제가 급박하고도 격렬함에도, 왜 그런 '末世'는 오지 않으면 안 되는가를 찬찬히 따져보려 하면, 매우 쉽게도 지리멸렬감이 일어날 수가 있다는 것입습지. 그 '末世'의 소문을 퍼뜨리는 쪽에서 보면, 이 시대 사람들이라는 사람들은, 모두가 한가지로 타락하여, 하나님을 경외할지를 모른다는 것입습지. 道流들, 그런 일이라면, 아담 때, 이미 말세를 겪어버린 것으로, 촌승은 사료해오고 있습지. 헌데 촌승의 생각에는, '末世'의 풍문이 있기 시작하면, 그 시대 사람의 타락보다도, 그 풍문의 장본인인, 그 敎義가 그 기능을 다 하고 있지 못하다는 것이 고려되어져야 한다고 하고 있습지. 이때쯤은, 그 회당 종탑에서 울려 나는, 청량한 종소리까지도, 그것이 바로 그 회당에서 울려 나기 때문에, 그것을 듣는 귓속에서 고름을 맺히게 한다는 것을, 촌승은 차차로 발견해내기 시작했습지. 물론 촌승은, 저런 청량한 종소리에, 귀젖을 흘리게 된 심정들이 타락하지 않았다는 말씀은 결코 드리게 되지는 않을 것입지. 이는, 쥐와 뱀이, 서로 꼬리를 물어 갉아먹고 빨아먹기처럼, 양자에 공히 피해가 큰뎁습지, 이것은 분명히 위험한 세계에서, 양자가 공히, 자신들을 살펴보아, 회개할 것이 있으면 해야겠습지. (그런 후, 촌승은, 차차로 알게 됐었습지만) '末世'가, 일방적으로, 불신의 신도들께만 온다고 가르치는 것은, 꼭히 옳다고만은 할 수가 없습지. 그러니 촌승도, 그런 지리멸렬한 느낌을 일으킬, 말씀을 드려온 듯한뎁지, 이것은 헌데도 그 시작이라는 것을 알아 새겨두십습지. 그러다 때에 당하면, 촌승은, 소맷자락 속에서처럼 목구멍에서, '마음'이라는, 禪家에 魔職袱를 훨럭 끄집어내, 저 헤쳐져 냄새를 풍기는 것 위에다 휙 덮어버리려 합습지. 마는, 이 자리에서는 먼저, 촌승은, 六祖의 法杖에 의지해, '末世論'과 안팎을 이루고 있어 보이는, 그리고 그것이 한 번 더 되풀이될 것으로 내어다보이는, 「處容歌」 其三曲 하나를 분석해보았으면 하는바, 귀들 좀 기울여 들어를 보십습지. 其一曲은, 六祖에 의해 널리 불려졌다시피, 「創世記」 제三장 記事인뎁지, 그 최초의 善男子 善女子가, 율법에 합당한 결혼을 했다는 기사는 찾아지지 않음에도, —왜냐하면 그들은, 禁忌만 하나 얻어 갖고 있었으며, 아직 律法을 못 가졌기 때문입지. —장차는, 그 둘에 의해 인종이 번성하도록 되어 있었음은, 다름이 아니라, —나중에 되풀이되어질 '요셉과 마리아'의 관계처럼—그들은 창조되었을 때부터, '定婚'이 되어 있는 사이라는 것이겠습지. 그런 어느 날 헌뎁지, 예의 저 악명 높은 '간교한 뱀'이 하나 나타나서, 최초의 '童貞女'를 유혹하기에 이르고, 그 엔네는 그 유혹에 넘어갔던바, 태어난 자식이 있었습지. 六祖는 그 자식의 이름을 '죽음'이라고 불렀더군입지. 촌승은 그것을, 최초의 '末世'라고도 표현했으면 합습지. 이 「處容歌」의 되풀이로서의 第二曲에서는 그런고로, 잃은 '生命'의 수복이 이뤄질 것이 기대되어지는 것은 당연하겠습지. 이 第二曲은, 촌승께는, 宇宙史的으로는, 그리하여 物活論的 宇宙, 다시 말하면 축생도가 극복되어, 語種내기들, 즉슨 '인간'이라는 有情들이, '自然'(프라크리티)의 毒頭를 짓밟아 디더, '文化'(푸루샤)라는, 反自然, 또는 逆自然의 우주를 개벽한, 그 敍事詩라고 이해됩습지. '藝術'이야말로, 村見에는, 저 文化化한 有情들이, 獸皮를 벗고, 恥部를 가린, 그 최초의 衣裳입습지. 그런 뒤부터, 이 有情들은 天路엘 오르며, 자기들만의 方言으로 도란거리기 시작하는뎁지, 그들이 쓰는 어휘란, 축생도의 사전에는 수록되어본 일이 없는 듯합습지. 한두 예를 들면, '기름 부음을 받은 자'—란, 文化的 儀式이겠습지. —'하늘' '重生' '말씀의 成肉身' '復活' 따위들이겠습지. 그리하여 우리는, 매우 생소한, 그런 새로운 어휘를 쓰게 되는, 그 종교의 성장 과정을 잘 관찰해낼 수가 있게도 되는뎁지, 『六祖法說』은, 연금술적 은유로, 이것을 잘 밝히고 있다고, 촌승은 믿고 있습지.

이 자리에서는 이제, (六祖에 의해) 이제껏 두 번 되풀이되어진 것으로 밝혀졌으며, (촌승께는) 한 번 더 되풀이되어질 것으로 믿기워지는, 그 「處容歌」의 구조, 또는 구성을, 보다 더 면밀히 살펴보기로 하십습지. 「處容歌」의 구조는, 누구나 아는 바대로, '二陽一陰'인뎁지, 六祖의 法意인즉슨 그렇다면, 化現과, 進化, 逆化現이라는 우주적 密事도, 다름 아닌, 이 定型律에 의존해 있다는 그런 것이 아니겠는갑? 그리고, '촛불중'이라는 法名의 그의 사미도, 물론 그에게 동의하고 있는 바입습지.

이 定型을 염두하고, 「處容歌」 其一曲, 새로 정리해본달작시면, "아담과 하와는, 장차 부부가 될 사이"인뎁, 그러니 그들은, 몸을 입었기도 전에 이미, 그들께 몸을 부여한 神의 意中에서부터도 '定婚'의 관계인뎁, 이 자리에다, 저 최초의 아낙네를 유혹해 넘겼다는, 그 '간교한 뱀'[陽]을 등장하게 하여, 그 각본에 좇아 접붙여보기로 한다면, 이제 이런 도식이 추출되는 것은 당연한 귀결이랄 것이겠습지.

'아담+하와+간교한 뱀'='陽+陰+陽'(물론, 이 '뱀'의 性別이 확실히 밝혀진 대목은 없으되, 우리들의 상상력 속에서는 그것[뱀]이, '四元素' '세월' '男根' 등의 原型性을 띠어 있는 데다, 그 '유혹'의 손이, 여자에게만 뻗친 것을 함께 고려하면, 그 '간교한 뱀'의 성별이 저절로, 그리고 확실하게 밝혀집습지). 헌뎁지, 이제 이것이, 그 두 번째 되풀이된, 그러니 그 第二曲이 되겠습지만, "요셉과 마리아도 定婚한 사이"인데, 어느 밤의 마리아의 꿈속에로, '聖靈(男)

의 내방'이 있었다는 記事는 또한 '요셉+마리아+聖靈'의 관계로, 다시 '二陽一陰'의 「處容歌」를 이룬다는 것을 절시하게 됩습지. (이 '聖靈'은 그 性別을 의문치 않아도 될 것인뎁지, 뭣보다도 그는, 우주적 陽力 '三位一體' 중의 '一位'인 데다, '어머니魂' '아버지靈'이라거든입지. '魂'은 그런즉, 大地의 속성이라는 의미겠습지. —그리고, 이런 말씀을 드린다 해도, 화자나 청자, 어느 편의 눈썹도 흔들거리게 하지 않을 터이니, 참고삼아, 한 말씀 드리기로 한다면, 우리가 저 「處容歌」의 도식을, 우리의 귀에 익숙한 방언으로 환치해본다고 하면, 다만 그 '이름'이 바뀐다는 이유로, 한 우주의 체계가 바뀐다는 것을 발견하고, 경악하게 될 것이라는 것입습지. '覺+道+色'=巫. '覺+道+空'=禪. 이 '道'가 이 도식에서는, '女性'[陰] 化해 있음을 주목하십고, 과연 '道'란, '魂'과 마찬가지로, 大地[프라브리티] 의 속성이 아니겠는가를, 고려해보십습지. 그리고, 모든 돌출한 것, 그리고 나타나게 하는 것[signifier] 이 '男根'이라면, '色'[化現] 은 그것이며, '道'를 중심으로 한, '色'의 정반극에 '空'이 있겠는갑?) 이러자, 處容네 안방 일이 환하게 절시되어지는뎁지, 處容의 각시의 앞에서는 鬼神이 자고, 뒤에서는 處容이가 들러붙어 자고 있다 말입습지. 이러고 나자, 道流들께 뭔지가 매우 께름칙한 듯하여, 유쾌한 얼굴이 아닌 듯한뎁지, 촌승도 물론, 그 까닭을 모를 듯하지는 않습지. 라는 것은, '간교한 뱀=옛 뱀'이라는 것이, '聖靈'과 동궤에 있어, 종내는, 그 양자란, 어떤 한 얼굴의 두 뺨처럼 보인다는 그 때문이겠습지. 헌뎁지, 솔직하게 村見을 말씀드린다면, 이런 문제의 발기는 물론, 그 해답도, 그 경전이 요구하는 신앙의 울타리 안에서 양육되어지고 있는 양들께는 불가능하여, 그것만으로도 대번에 지옥에로 떨어질 독신죄를 범하는 것으로 믿기워질지도 모릅습지. 그래서 이런 주제인즉슨, 六祖나 村僧모양, 모든 道門의 처마 밑에 쭈그리고 앉아, 그 안에서 찌들어버리는, 찌꺼기道라든, 구정물法이나 얻어, 그것으로 연명하는 그런 자들이, 그런 탓으로, 장래에 대한 희망도 없으되, 두려움도 없는, 그런 無道莫知한 자의, 無碍스러움에 의해서나 도모해볼, 그런 것이랄 것이겠습지. 이런 막돼먹은 자가 알게 되기로는 그래서, 우주 자체는 善惡에의 아무 구별심도 갖지를 아니하여, 그것을 善惡 간 아무 쪽에로도 치우칠 수가 없다는 것이고, 그래서 그것의

法道란 仁하지 아니하여, 목숨 따위를 초개로나 여긴다는 것입습지. 문제는 헌뎁지, 그 '善惡을 아는 지혜'를 가졌다는 有情들까지도, (『바르도 見聞錄』에 의하면,) 입은 그 '지혜의 껍질'을 한번 벗었다 하면, 이제껏 고수해왔던, 그 '善惡'에의 구별심을 잃고, 혼돈 가운데서 방황한다는데 있습지. ("善의 집적과 覺道는 별개의 것이다"라는, 명제를 그러면 이해할 만합습지) 이제 그 방황하는 넋은, 자기의 業力에 당하며, 자신이 자신을 끌어올리거나, 밀어뜨리는뎁지, 그곳에서 쓰여지는 언어는, '번쩍이는 빛' '색깔' '굉음'(宏音, 轟音) 등이라고 합습지. 이 언어들은, 神의 그것처럼, 그러나 질량을 못 갖는, '의미' 자체가 表象化하여, '허깨비'들을 드러내는, 그런 언어들입습지. (그리고, 이런 通話의 어느 대목에서, 촌승이 얼핏 한번 말씀드린, '人口增加'와 관계된, '羯磨分裂'이 이뤄지는 것이 아닌가 합습지) 이 언어는, 逆바르도의 것과 그래서, 逆的입습지. (이쪽에서는, 表象, 즉슨 記號를 통해, '의미'를 읽는 데 반해, 저쪽에서는, 표상이 '의미' 자체며, '빛·색깔·소리' 등이, 문자, 즉슨 기호의 역할이 됩습지)—아마도 이런 짓이란 무의미함에 분명해도—저 三世의 언어를 人世用 方言으로 통역하기로 하면, 그럴 때만 그것이, 우리들의 '지혜'의 질서 체계에 혼란을 일으키지 않는다면, 人世에서 말해온 바의 그 '善'은, '흰색'[白] 그리고 '惡'은 '검은색'[黑] 또는, '붉은색'[赤]으로 나타난다고 이릅습지. 道流들께서 분명하게 관찰해둬야 되는 것은, 이 색깔도 그러나, 그곳에(바르도) 처한 어떤 念態 자신이 發해내는 것이며, 그 念態의 羯磨가, 그 染色꾼 당사자라는 것입습지. 이 바르도를 열심히 들여다본 자라면 그래서, 자기가 아주 조그맣게, 이 한 삼천대천세계 속에 던져져 있는지, 아니면 이 한 삼천대천세계가 자기의 속에 있는지, 그것을 의문하기 시작하고, 그래서는, 한 우주를 새로 짓기 시작합습지. 이 상태에 처한 禪꾼들의 代名은, [31]'프라자파티'로 알려져 있습지. "그는 천 년의 수명을 받아왔는뎁지, 자식을 갖고 싶은 욕망으로, 축수를 하다, 지쳐 그는, 그 생식력을, 자기 속에 다 안치해뒀습지. 그런 후 그는, 입으로 神들을 창조했던 바, 그가 그 神들의 이름을 발음해내고 있었을 때는 낮(디바)이었으며, 그래서 그 숨들은 그 밝은 창공(디밤)으로 스며들어, 神(데바)들이 되었습지. 헌데 그가, 아래쪽으로 불어낸 숨을 좇아서는 마귀들이 태어났으며, 그것들은 땅속의 암흑으로 스며들었는데, 때는 밤이었다"고 이릅습지. 헌데, "그는 그 생식력을 자기 속에다 안치해뒀다"는 대목은, 村見에는, 자기가 방출한 씨앗[意味]을, 자기의 입으로 받아 삼켰다는 행위로 이해됩습지. 道流들, 저 프라자파티의 번식의 얘기는, 기억해두면 法恩이 있을 것인뎁지, 그러면 '우주/一心'論은 물론, 어째서(존승이) "逆바르도에서는 집단이 바르도에서의 한 念態의 役"이라고 이르는지, 그런 매듭들까지도 저절로 풀려져 버리기 때문입지. —어쨌든 다시, 우리들의 얘기에로 돌아가기로 하여서 말입습지만—이런 얘긴즉슨 그렇다면, 저 '聖靈'이나 '魔力'을 발음해낸 자 쪽에서 관찰하기로 한다면, 그것들이 발음되었기 전에 그것들은, 아직 '聖'도 '魔'도 아니어서, 어떤 '無性的 能力'(意味)이랄 것에 머물러 있었던 것이, 발음을 입었을 때, (그 발음자의) 白意, 또는 '낮'에 제휴하여 '창공'을 날아오르자, '흰 비둘기'[其他]가 되고, 黑意, 또는 '밤'과 어울려, '흙' 속으로 스며든 것들은, '간교한 뱀'[其他]이 되었을 것이라는 얘기가 되겠습지. 道流들께서는 그렇다면, 村僧이 아까, 『六祖法說』에 의해 시범해 보인 도식에서, '흰 비둘기'와 '검은 독사'가 동궤를 차지해 있다고 한다 해도, 그 탓에는 심뇌치 안 해도 좋지 않을라는가 모르겠구먼읍. ("그때에 예수께서 聖靈에 이끌리어, 魔鬼에게 試驗을 받으러 광야로 가사……") 그리고, 잘 발전한, 짜임새 있는 말(언어)은, 母音字와 子音字 간에 화합이 잘 이뤄져 있어야 되는뎁, 이 경우는 상극도, 그 '화합'의 중요한 한 요소를 이룹습지. 여기다 보태 존승이 다시, 모두 耳鳴症이 도지도록 들어온, 그 얘기 한마디를 덧붙여, 道流들을 위로하기로 한다면, 저 '간교한 뱀, 옛 뱀, 붉은 龍'이란 다름 아닌, 鍊金術的 毒이며, 불치의 病, 그리고 프라브리티라는 연자를 돌리는, 그 눈먼 당나귀라는, 그 애깁습지. 다시 말씀 입고, 거듭 말씀 입습지만, 한 '질료'의 '변질'은, 그 '질료의 원초성'의 죽음에 의해서만 가능합습지. 저런 훼방꾼이 없다면, 특히 인간이라는 有情은, 자기가 완전한 것으로 이해하여, 그 獸皮를 벗으려는 노력을 하기는커녕, 더욱더, 그 獸肉의 맛을 즐기려 할 터입습지. 그래서 저 '불치의 나쁜 病'은, 태초부터 말세까지, 우리들을 죽이려, ("우리들이 태어나면 우리들을 삼키려") 벼르고 있는뎁지, '肉身的 죽음은 自然的'으로 오는 죽음인 이상, 저 '죽음'은, '魂의 죽음'의 의미겠습지. 아으, 얼마나 많은 씩씩한 정신들이, 저 죽음의 골짜기에서 重生을 성취하는갑? 그럼에도 이 重生의 성취는, 基督이 온 뒤부터였으니, —그러면 우리는, 종교도 성장한다는 것을 눈치채게 됩습지. 성장하는 것은 그렇다면, 노쇠치 않을 수 없을 터여서, '末世論' 같은 것이 운위되겠습지. —그 이전의 亡者들은 모두 '열조에로 돌아갔음'일렙? 그리고도 '돌아온다'는 소식이 없으니, 그 先人들은 모두, 세월 속에서 落胎 流失되고 말아버렸는갑? 哀哉, 哀哉! 「處容歌」 第一曲은 그래서, 비극적 노래인감? 그런고로 누가, 이런 슬픔으로, 한 눈으로는 짜거운 눈물을 쏟으며, 다른 눈을 떠 이 教理의 全義가 되어 있는 자, 우주를 발음하는 자를 건너다본다면, 때로는 失言을 하여, '간교한 뱀, 사탄, 붉은 龍'들을 뱉어내고, 그런 탓에 그 우주에 '죽음'의 온역이 창궐하게 되자, 그것의 수정, 가필, 재축이 필요하다고 하여, 지어진 것을 모두 부숴버리려 나서게도 될 것이라는, 그런 생각을 하게도 될 법도 합습지. 그런 생각은 그리하여, 거기에 머물지 않고, 다른 여러 추측의 가지[枝]를 치게 될 것이 환히 내어다보입습지. 어떤 자들은, —그런 한 예를 든다면, —全善한 자, 즉슨 神으로서의 그의 道德心까지도 의심하여, [32]'욥'이라는 인물을 들어, 그 神과 비교해보며, 그[神]가 욥보다, (도덕적으로는) 열등하지 안 했는가, 그런 것을 묻고, 그리고 스스로 대답하기 위하여, 그렇다면, 그[神] 쪽에서는, 자기의 神格의 재축이 필요할 것이 아니겠는가, 라는 투로, 神의 精神分析을 행하려 덤비기도 합습지. (野狐로고!) 그러기 위해 그[神]는, 욥이 업은 것과 꼭같은 人肉을 입어, 욥의 세상에로 와, 자기를, 도덕적으로까지 완성하기로써, 욥을 극복하고, 우월한 자리에 군림할 수 있다고 하는뎁지, "神이 자기를 위해서는 인간을 창조하고, 인간을 위해서는 우주를 창조했다"는 전제에서, 그런고로 "神의 처음서부터 끝까지의 主題는 人間이다"라는 식의, 약간의 우주적 어리광을 피우기로 한다면, 저런 투의 의견도 허기는 가능하겠습지. 마는, 不學으로라도 촌승이 봉독해본 바에 의하면, '욥'은 '아담'이나, '노아'처럼, 인류사 속에 끼어들어, 어떤 중요한 몫을 담당했던, 그런 역사적 인물이 못 되던 자인뎁지, 그럼에도 불구하고, 그렇게나 중요한 위치를 차지하고 있음은, 그가, 역사 속에서가 아니라, 분명히 우리들 각인들 속에서, 求道와 관계된, 우리들의 어떤 얼굴 하나를, 그가 대표하고 있는 까닭이나 아닌가 하는 것을 고려하게 합습지. 그렇다면 욥은, 共時態的 존재며, 그래서 우리들 개개인의 심령 속에서 찾아낼 인물인 것이며, 무리하게, 通時態化하여 역사적 인물로 취급할 인물이 못 되던 자입습지. 이런 얘기는 그래서, 神의 人肉입기에, 욥이 과연 어떤 역할을 했는가, 하는 것을 새로 고려해보게 합습지. 분명하게 村見을 밝힌다면, 이 욥이, 神의 바짓가랑이를 끌어내려, 땅에 오게 할 수 있었던 자는 아니었다는 그것입습지. 어쨌든, 욥에 관해서, 이렇게도 저렇게도 많아질 수도 있는 얘기를 줄여 말하면, 욥은, 그의 '아르타(Artha. Skt. 富·財) 修業'에 매우 성공한, 땅의 사람이었다는 것입습지. 바로 이것이, 촌승이 앞서, 저 욥이 "우리들 각인들 속의 求道와 관계된, 우리들의 어떤 얼굴 하나를 대표하고 있다"고 말씀드린, 그 얼굴입습지. 道流들, 이 한 프라브리티의 우주가 끊임없이 운영되려 하면 누군가는, 여자에게 장가들어, 애를 심어주어야 하며, (그것이 '카마[Kama. Skt. 慾望·愛] 修業'이랍습지) 누군가는 또, 땅의 살림 문제도 처리를 해야 되는뎁지, 그렇다면, 아무것 하나도, 修道行이 아닌 것은 없다고 해야 할 것인바, 만약 그렇다면 道流들은, 求道行과의 관계에서는 언제든, 그 求道者의 成道 직전에는 반드시 나타나는, 우주적 '훼방꾼'(욥을 시험케 한 자)에 대한 이해의 눈을 떠야겠습지. 그러기 위해서 村僧은, 道流들의 관심을, "여리고 광야로 나가, 사십 주야를 금식"한 예수께 나타난 '시험하는 자'에게로 모았으면 하는뎁지, 왜냐하면, '달마 修業'과의 관계에서는 언제든, 저 '우주적 훼방꾼'의 모습이 확연하기 때문입습지. 그래서 得道(成道)는, 力動的(頓悟的)으로만 이뤄진다는 것을 알게도 되는뎁지, 이 우주적 '훼방꾼'은, 鍊金術的 '毒' 또는 '不治의 病'으로 이해될 것이겠습지. 그래서라야만, '거듭나기'[重生]는 가능할 것이거든입지. 바로 이, 「處容歌」는, '아르타 修業' '카마 修業'에도 그대로 적용되어져, 성공적일 때만, 그 세계에 해가 없겠습지. 촌승이 배우기로는, '아담'은, 그의 '카마 修業'에 실패했으며, (그 결과는 후손들께 전수된 비극이며) '욥'은, 그의 '아르타 修業'에 성공했습지. (이 점에 있어 욥은, '역사'도, '종교'도 아니라도, 인구에 회자되어오겠습지) 보탤 것이 있다면, 神은 個存者가 아니라, 全存者라는 것이고, 그렇다면, 그가 만약, '도덕적으로 열세'를 보일 수도 있다면 그것은, 그[神]의 열세가 아니라, 그 세계의 도덕이 열세해 있다는 것을 알게 한다는 것쯤입습지. 이런 말은 그러니, 그[神]의 피조물들이, 그의 全存性은 구획한다는 말입습지. 그렇다면, 그 全存者는 감기를 앓고 있는데, 욥만은 '숨을 잘 쉬고' 있을 수는 없으며, 욥들이 앓고 있는데, 그[神]만 홀로, 祭酒에 취해, 구름 위를 밟아 춤추며, 음풍영월을 하고 있을 수는 없겠습지. 촌승으로서는, 무슨 '도덕적 열세'라든, 하는 따위로 病에도 걸릴 수 있는, 그 책임은, 프라브리티 修業을 위해 인간에게 입혀진, 그 獸皮에 물어보지 않을 수는 없습지. 프라브리티 修業(카마/아르타 修業)을 위한 肉身은, 다만 不足을 위해서만 완벽한 한 체계의 질서 자체이거든습. 그[神]가 그런 元素力이 상치하는 세계로 원소를 입어와야 되는 데에 까닭이 있었어야 되었다면, 村見에는, 그것은 그가, 한 個存者로서, 몇 귀퉁이가 달아난 자기 神格의 재구축을 위해서가 아니라, 全存者로서의 몇 귀퉁이가 뭉트러져 피를 흘리는, 자신의 상처를 치유하기 위해서 오는 것일 것이라고 합습지. 六祖에 동의해서 말입습지만, 그 결정적 한 상처는, 최초의 인간의, '카마 修業'의 실패에 있는 듯합습지. 그렇다면, 무고하게도 영광에 처한 욥은, 그 자리에 적당치 않으므로, 불러내야 할 듯한뎁지, 촌승이 바라기로는, 저 욥이 '역사성'을 띠어, 그 '歷史性'을 강하게 드러내기 같은 것입습지, 그러면 집단으로서의 인간, 즉슨 '역사'도, 잘 정진할 때, '카마—아르타—달마—목샤'라는, 일련의 발전적 연금술 자체여서, '크고 좋은 날'이 오게 될 것을 기대할 수 있게 되기 때문입지.

욥과 더불어 그리고도, 할 말이 더 남았겠는갑? 글쎕지, 村僧께는 더 없습지. 할 말이 있는 道流들은, 돌아들 앉아 하십습지. 촌승은 아까부터, 處容네 안방 일 돼가는 것, 그 되기도 된 한고비 넘는 것을 넘겨다보다, 그만 눈알을 하나 빠뜨려버렸는뎁지, 그것 주워들어, 입속에 넣어 우물거려 씻고, 구녁에다 새로 꽂아 넣어야겠군입지. 觀雜說.

어째서 저 전능한 慧力은 그러면, 창조며 말세 같은, 우주적 거사를 획책할 때마다, 우리네의 方言으로는 그렇게밖에 달리는 표현할 수밖에 없는, '姦淫'이라는, 이상한 수단을 취하지 않으면 안 되는갑, —우리는 그러면, 그것을 의문해보아야겠는갑? 아 그럼에도 도류들, 우리들이 六道의 얘기를 하고 있을 때에는, 六道의 귀를 열어 듣고, 그 의미에다 '人皮'를 씌우려는, 그런 습관적 헛된 노력을 바치려 하지만 않는다면, 그 대답이 그렇게 어려울 것도 없잖겠는갑. 그러면 우리는, 人世의 어휘로는 '姦淫'이라고 이를 것이, 六道에서는, 창조와 파괴의, 일종의 原型律이 되어 있다고 이해하게 되겠습지. 이러고 본다면 人世는, 人世만의 폐쇄성을 갖고 있는 것이, 새삼스레 고려되기도 합습지. 外界에 대해, 人世를 차단 폐쇄하는 이 大氣圈은, 헌데 人世의 자기네들끼리는 '智慧'라고 이르는 듯하되, 六道를 한눈에 다 보는 자에게 이 '지혜'란, 그것(界)을 둘러 있는 대기의 색깔이 누르거나[黃], 푸른[青, 綠] '文化的 無明' 말고, 다른 아무것도 아니겠습지. (見性을 위해서는, 知慧도 장애인 것을!) 그런고로 저것들은, 한번 그 苦海에 그림자를 빠뜨린 뒤, 그것을 못 건져내 못 벗어나, 왼통 자맥질이며, 쓴[苦] 물 먹기며, 그러다 그것이 죽었을 것이라고 하고 있으면, 새로 한 벌, 왼통 자맥질이며 쓴 물 먹기며, —되풀이 되풀이 무량겁 되풀이. 見性의 어려움? 자기가 자기라고 알아 왔던, 苦海의 센 물결에 떠흐르며, 가라앉으며, 쓴 물 먹기에 괴로워하는 그 자기는, 자기라는 그림자이던 것뿐은 아니었던갑? 아흐, 달이 이쪽 세상, 개굴창에까지 다 잠겼어도, 그 달이 개굴창에 젖어, 왼 천지를, 개굴창 냄새로 오염되더라는 얘기 들어본 자가 있는갑? 그렇다면 그 그림자는, 누가 저 苦海 위를, 모래톱을, 걷다 벗어놓은 두루마기일 것인갑? 바람도 세어지는갑, 저것을 건져 입어야, 물 건널 것을 생각할 것인데, 물길도 사나워지는갑, 벗은 듯한 몸은 춥고, 彼岸은 운무에 가려 몽롱함. 見性의 어려움? 왜냐하면 '智慧' 탓에? 자기가 돼지만도 못하다고 알기의 어려움! 돼지가, 그 입은 살이 무겁다고, 解脫을 도모턴가? (차라리 그것들은, 이왕 한번 입어진 몸을, 더 기름지고, 더 알지게 하여, 더 많은 배고픈 것들이, 그 알진 기름에 배고픔을 잊게 되기를 바라는 것은 아니던갑? 尸毗여, 肉布施를 하려거든, 최소한 돼지 정도는 해야 되던 것이 아니던갑? 고양이도 하품이나 헐 너러, 너러! 기름기라는 것은 다 말라붙어, 고목의 껍질만도 못하게 돼버린, 저 尸毗의 한 푼 고기를 먹고, 그것을 먹어야 되었던 그 배고픈 짐승은, 몇만 근의, 기름이 뚜둑이는 죄를 져야겠는고? 尸毗는 차라리, 그 몸을 아꼈었더면!) 개새끼만도 못하지. (개까지도 글쎕지, '見性'에 관해서라면, 반

눈곱만큼도 犬性을 일으킴이 없는 것을. 누가 말해, 佛者들이, 見性 解脫한다 하던곱?)—이렇게 되면, 道流들, 우리는, 六道를 한 벌, 새로 짓지 않으면 안 되는 처지에까지, 우리들 자신들을 밀어 몰아붙여 온 듯한뎁지, 왜냐하면, 저렇게 본다는즉슨, 꼭 한 有情, 인간이라는 것들만이, '바르도'에서, 자칫 곁길로 잘못 나가, 일률적 進化의 道程에서 변이를 일으켜 있어 보이기 때문입지. 글쎕지, 이런 견지에서 재삼 발견하게 되기는, 인간이라는 한 有情을 제외하면, (앞서 말씀드린 일이 있는 바대로) 팔만 有情이 모두, '이승'을 '바르도'로 알아, 자기네들이 진 負債를 갚는 곳으로, 그래서 그 負債－羯磨를 살로, 가죽으로 입어 와서, ('노루'라는 記號를 입은 有情은, 호랑이의 기호를 입은 有情에게 먹히기라는 식의) 그 입은 몸－運命을 좇아, '짐'을 벗으며 지나가는 곳으로 아는데—이것을, 道複合性(콤플렉스)이라고 할 것인갑? 無爲自然主義 아으 만세? —그것에 반해 人情들은, 그들만의, 그 方言的, 地方色을 띤 智慧에 의해—反無爲自然主義? 축생도에 침뱉기? 禪複合性? —'바르도'에서, '바르도'를 분리해냅습지. (두레박으로 젖은 달그림자를 길어 올린즉, 하늘에는 달이 보름으로 중천인데, 샘에는 달의 그림자도 없음) 그리고 人情들은, 빛이 눈꺼풀을 간지럽히기만 하면, 깊디깊은 잠의 두텁기도 두터운 관 뚜껑을 비시기 열고, 깊은 암흑 가운데서 일어납습지. 빛에 갈증이 나서, 사람이 된 것들. (그리고 촌승도, 무슨 法手가 쥔 낚시에 낚여서든, 人情界에 끄집어 올려진 바 되어, 人皮를 둘러쓰고 앉아, 人情들 함께 他情들 흉보기를 맹렬히 하고 있는 이상, 뭘 더 씨불일 것이 있겠는갑? 그런즉, 이제쯤은, 우리들 북돋아왔던, 우리들 禪木의 본줄기를 다시 더듬어, 무슨 語果를 따내릴 수 있는지, 그것을 좀 보아야겠군입지. 시절도 마침 돼가고 있거든입지. 이런 제길헐, 수사학적 엄살. 하흐)

촌승은 그리하여, 할 수 있으면 다시, 道流들의 눈과 귀를 處容네 안방에로 모아들였으면 하는뎁습지, 村僧의 혀 길이가 서른 치가 된다 해도 못 다 드릴 말씀이 이것입지만, 왜냐하면, 村僧께는, 「處容歌」야말로, 한 우주의 창조와 파괴의, 진화와 퇴행의, 그 근간의 구조인 듯이 보여지기 때문입습지. 이 프라브리티의 兩極을 이루는 磁場이, 어느 방언에서는, '陽'으로 '陰'으로 이름을 입어 있으되, 그러면 우리는, 프라브리티의 상극성, 즉슨, 그 狂病, 도착증에 관한 설명을 얻을 수가 없기 때문에, 村僧은, '加虐症' '被虐症'이라는, 매우 냄새가 좋지 않은 어휘를 빌어 써오고 있는 것은, 道流들께서 짐작하시는 바대로인 것. 그리고 물론, 村僧이 무슨, 인간이라는 有情의 心理를 연구하는 자라거나, 그런고로, 그 어휘들이 요구하는 것을 좇아, 무슨 분석을 해보려 한다거나, 그런 어떤 목적으로 이 자리를 차지해 있는 것이 아니라는 것도, 道流들께서 짐작하시는 바대로인 것. 그런 목적으로 道流들이 집회를 가졌다면, 道流들은, 감발을 머리에다 동여매려 하고 있습지. 아시다시피, 존승은, 헤, 헤, 헵, 저, 저, 竊視에 이력이 난 자입습지. 그리하여 道流들은, 村僧의 눈으로, 處容네 家事 돼가는 것을 보고 있거니와, 보아오던 것은 중두무이하기는, 저 댁 아랫목에서 돼가는 일이 너무 진지하다 말입습지. 그, 글, 글쎕지, 客鬼는 處容 각시의 앞에서 자고, 본사나 處容은, 제 각시의 뒤에 들러붙어 낑낑대고 있는 뎁지, (수사학적 엄살을 한번 부리기로 하면), 이런 目不忍見이 없겠고나, …… 處容이 각시는 헌뎁, 열두 폭 치마 밑, 아랫목 호꼰한 데다, 동짓달 하도 하도 길고 기나긴 밤, 같은 요니를 몇 허린지 서리서리 둘러뒀다, 님 오실 때는 자리 펴듯, 편다는다 어쩐다는다, 處容이도 물론, 실하지 않은 건 아니라고 소문이 이르되, 處容네 드나드는 三世의 건달들은, 수미山을 통째로 덜렁이고 다니는 자들이어서, 處容의 실하기쯤은 개새끼만도 못 여긴다 허든데둡지, 處容 각시는, 한 들의 봄을, 해를, 바람에 쌈 싸 왼통 처넣고 오금거리는, 민들레라는다, 어쩐다는다. 달에서 핀 꽃이 후루룩 夜半으로 진다면, 그 달이 휑뎅그렁하게 잠긴, 술잔에는, 그리고 연못 위에는 물론, 그 달에서 진 꽃이 흐트러져 둥둥 떠올라 있어얄 것인뎁, 마신 술에서는 달꽃 향기가 없는 것으로 보건대는, 달에서 폈다 진 꽃은, 달의 안쪽에서 폈다 진 꽃이 돼설랍는갑? 그런고로, 밖으로 떠 흘러나오는 꽃잎도 없음인 것?

處容네 房事를 두고, 우리가 이만큼이나, 뭣이 그리도 궁금해싸서 못 견딜 노릇이면, 우리가 밝혀보아야 하는 것은 무엇보다도, '神은 靈體'라, '조악한 질료로 된 몸(肉身)'을 입고 있는 것이 아닌데, 그렇다면, '살'(몸)을 갖지 않는 것이 어떻게, '살'(몸)을 갖는 것의 '몸'(살) 속으로 짐승처럼 찌르고 들어,

그 '살' 속에서, 다른 '몸'의 生成을 가능하게 할 수가 있을 것인가, 그것이겠습지. 글쎕지, 이것만은, 竊視가 아니라, 正視되어져야 할 것이 아니겠는갑? 觀雜說.

물론, 이 자리에서의 우리들의 話頭가 되어 있는, 이 「處容歌」도, 그 현현하기의 형태에 있어서는, 巫覡들의 三世的 娼行, 면行, 竊視 등을 통해 밝혀진 바와 같은, '氣의 降臨'이나, '靈媒' '接神'이라고 부르는 것 등과 다름이 없으되, 그러나 이것은, 그 두 번째의 되풀이 이후부터, 갑자기, 그 地方色, 方言性을 뛰어넘어버려 있어, '우주적 형태'를 드러내고 있다는 것이 다르겠습지. 우리가 흉보러 덤비는 이 力氣는, 그런즉 어느덧, 서낭당 女鬼나, 古木鬼, 기자바위의 수놈 귀신이거나, 또는 마마병에 죽은 어떤 아이의 明斗性을 벗어부치고, 오른눈을 해[日]로, 왼쪽 눈을 달[月]로 떠, 한 우주를 주관하는 자로 전신해버렸습지. 이런 자는 그러다 보니 너무 커서, 우리들의 상상력의 바깥쪽에다 그 永根을 두고 있어, 우리가 그를 상상해보고 싶어 하면, 그의 크기를 줄이고, 졸잡고, 깎아내, 우리들의 상상력 속에 끄집어 넣어 들여야 되는뎁습지, 村僧께 짚이는 그의 최소 단위는, 수미山을 링감으로 해 단, 한 코끼리만 하구만입습지 다음으로는 그러면, 이 수미山의 링감을 수용해야 되는, 處容의 처를 觀해 보아야 되는뎁습지, 우리가, 저 코끼리를 보려 하다, 눈을 너무 키워버렸든지, 處容네가, 분명히 그 자리에 있을 터인데도 사라져, 보이지를 않는 것이 문제로구먼입습지. 이번에는 그런즉, 반대로, 이 너무 왜소하여, 보이지 않는 쪽으로도 훨씬 더 멀리 나간, 處容들의 처도, 우리들의 상상력의 눈이 볼 수 있는 데까지는, 확대 과장을 해놓고 볼 필요가 있겠는바, 그리하여 우리가, 이 여자를 확대하고, 과장하기를, 모든 經典들이, 그네들의 월후의 불결함과, 음탕함에 관해 과장하는 것만큼이나 과장하고, 확대하고 났더니, 우리들의 상상력의 확대경 속에, 여왕개미만 하다고 여겨질, 아랫배에 기름 찬 옌네가 하나, 이쪽 세상 옴팡하고 호꼰한 데 꼬고 누웠는뎁지, 뒤쪽에 서방 놈 處容이가 붙어 있군입지. 흣흣흣, 수미산이 통째로, 저 여왕개미만 한 아낙네의 앞자락으로 왕창 沙汰져 덮기! 咄.

이런 경우를 위해 매우 다행하게도, 촌승은, 古事에 나오는, 어떤 '난쟁이의 세 발자국에 해당하는 넓이'만큼의, 閱世의 경험이랄 것을 갖고 있어, 한 인간의 암컷이, 얼마나 큰 陽을 수용할 수 있는가, 그것을 알아봄에 분명하다고 여길, 몇의 풍문을 들어둘 수가 있었던바, 이 자리야말로, 바랑 속에서, 그것을 꺼내, 몇 냥쭝 떼어 팔아야 될 자리겠군입지. 그렇다면 道流들은, 村僧이 어떤 투의 어조를 꾸미든, 항간 다반사 중의 한둘에다, 六道가 송두리째 스며들었다는 ("한 빗방울 속에로, 한 大洋이 흘러듦"!) 그것을 염두하여, 눈을 키우고, 마음에 다 경계를 두지 말고 들어야겠습지. 라는 말씀은, 巷間事도 六道(宇宙)化하면, 原型性을 띤다는 그 말씀인바, 이런 과정에 의해서, 한 개인들의 '마음'[心] 이라도, 그것이 '안·밖'을 잃으면, 우주 자체가 될 수 있다고 할 것입습지. 그 한 좋은 예가, '딘본(眞本)處容歌'인뎁지, 누구나 알다시피, 남편 있는 아낙네가, 남편이 집 비운 사이, 외간 남자를 불러들여 농간하다 들키는 일이란, 말씀드린 바의, 항간 다반사 중의 하나이거니와, 處容네 경우의 다름은, 그 '情夫'의 역이, 이웃이나, 또는 건너 동네의 어느 놈이 아니라, '鬼神'이 되어 있는 점이고, 그런데도 본서방 處容이, 그 雜夫를 쫓되, 도끼를 꼬나들었다거나 해서, 연놈 지랄 중에 뛰어든 것도 아니고, 婉曲語法的으로, 자기가 그 현장에 있음을 알려주고 있어, 鬼情이 움직인 것이 분명한바, 이후, 處容의 각시를 가운데 두고, 저 邪鬼와 處容 간에 묘한, 그것은 相剋的, 균형이 이뤄져, 處容은 마누라를 鬼妾(巫女)으로 보낸 일로, 巫界로 들어갑습지. 그래서 저것은, 더 이상 항간 다반사 중의 하나에만 머물지 않고, 하나의 巫儀를 이룹습지. (오래잖아 處容은, 짚신에 묶어놓았던 발을 뽑아 후후 불어 비단에 싸고, 뒤꿈치를 굴리는 대신, 사인교에 타고 逐鬼에 나섰겠고나. 鬼神은 앞서 다니며 해코지하고, 處容은 뒤따라가 점잖이 달래고, 處容의 각시님은 헤헤, 치마폭에다 逐鬼 값을 거둬 싸고…… 그럴 일이 아니라 화상을 치십습지, 수염 보숭보숭한 處容의 화상을 쳐서 내다 팔면, 아으 公들은, 뭣보다도 먼저, 거 보숭보숭한 화상을 몇 장이고 사다가, 처첩들의 불두덩에 붙여두고, 둔덕에 앉아 잘 지켜보겝, 혹간 화상에 꺼스스한 수염이 돋는 수가 있으면, 옥문김 씌어 올됐다고 그렇게 알면 될랑갑?) 그래서 말씀인뎁지, 가맜습지, 村僧 생각에는, 뭘 이것저것, 닥치는 대로, 그런 비슷한 풍문을 많이도 주워 담아뒀었다고 했었는뎁지, 그럴 것이입습지, 각설이의 장사 밑천이란, 바로 그런 것이거든입습지. 각설이란 이런 의미에서는, 방언과 방언 사이의 귀[耳]를 여는 자이며, 지방과 지방 사이의 거리를 좁히는 자입습지. 가맜습지, 헌뎁습지, 이것 봅습지, 이, 이, 런 수가 있겠내며? 아무리 바랑의 밑바닥을 뒤져보고, 까뒤집어보아도, 오늘은 세 가지 얘기 말고는 쥐어낼 것이 없는뎁지, 수상타고 해얄랑갑? 아니면, 가, 가맜습지, 허, 허허, 허기는, 항간 다반사란 다반사여서, 항간 속으로 녹혀들어버리고, 청각의 잠의 밑바닥에, 뉘어놓을 꿈을 남기지 않는 까닭이겠음? 헛, 헛, 헌다 해도, 유능한 각설이라면, 몇 안 되는 품목이라도 팔만이나 되게 팔아보는 것. 품바 품바 잘이한다, 지리구 지리구 잘이한다, 품바하고 잘한다, 冷水동이나 먹었는지 시연 시연 잘도 한다, 이 얘길랑은 듣고시나 成佛들 허시겨유, 라니, 듣자니, 한 왕녀는, 꿈에, 한 거대한 흰 코끼리의 내방을 받았더라고 하며, 그날부터 胎氣 있어, 한달두달피를모아슥달늑달입덧나다섯달에반짐실어여섯달에肉정안구일곱달에九朔받아여덟달에한짐가득실어아홉달에운무좌겨하옵시고열달가만을곱게지와좋은날좋은시를당한즉, 괴이쩍을 일이로다, 사내아이가, 그 어미의 옆구리를 터 나오거늘, 본즉 그는, 人身에 象頭를 얹어 있는데, 羊水가 마르는 대로 일어서는가 했더니, 한 손으로는 하늘을, 다른 손으로는 땅을 가리키어, 일곱 걸음을 걸으며, 四方을 둘러보고, "天上天下唯我獨尊!"이라고 외치놋다, 엘시구나 잘이한다. 뜨물동이나 먹었는지 걸직 걸직 잘이한다, 그리고, 이 얘길랑은 듣고시나, 出家求法헙수사, 라는즉슨, 이번에도 듣자니, 다른 한 왕녀는, 그 왕국의, 아무도 어거치 못하는, 그렇게나 사납고도 거대한 황소에 화풍병이 들어설람엔, 타오르는 음심 탓에 죽어가다 못해, 종내, 그 왕궁의 일등 가는 목수에게 분부하여, 저 황소에 버금갈, 속이 빈, 木牛의 암컷을 하나 만들라 하여서 만들어진즉, 자기가 그 木牛 속에 들어가, 그 황소가 내려치는 벽력에 박살이 나고, 雲雨에 익사키에 이르렀던바, 그날부터 그 왕녀에게도 胎氣가 있어, 열달가만을곱게지와좋은날좋은시를개려순산허구돌아보다, 저 마내님은 깜짝 까무러쳐버려꼬나, 낳기는 사내아이를 낳았는데, 사람 몸의 송아지[牛頭]를 낳아꼬나, 에고 에이고, 이런 수가, 저런 수가, 품바 품바 잘이한다, 기름동이나 먹었는지, 미끈미끈 잘이한다, 그러고도 한마디 더, 더 할 얘기가 있는즉, 이 얘길랑 듣고시나, 善男子 善女子들께서는, 동네 환쟁이를 찾아가, 處容畵像을 치되, 앞에서도 치고, 뒤에서도, 옆에서도, 여러 像을 쳐달라고 하여, 이번엘랑은, 아궁이에도 붙이고, 샘에도, 처마 끝에도, 여편네의 불두덩은 물론, 사내의 불알 밑 같은 데, 아무튼 地水火風 걷잡을 수 없이 일어날 만한 데면 모두 몇 장씩 이고 붙여들 두십습지. 까닭인즉슨 들어들 보십습지. 촌승이 글쎕지, 또 듣자니, 이번의 왕녀 하나는, 여러 밤의 非夢似夢 간에 한 童子의 내방을 받아, 항거치 못하고 당하기만 했더랬는뎁습지, 당연한 일로 왕녀는 그러자니, 그 동자의 신분이며 행방이 알고 싶었을 터이고, 그래 꾀를 내어서 왕녀는, 非夢似夢 간에 떠나는 동자의 옷섶 어디에다 몰래, 명주 실꾸리의 실머리에 낀 바늘을 하나 꽂아두어, 동자 가는 대로 실도 따라가 꾸리를 풀리게 했던바, 밝은 날 보니, 그 실이 궁전 연못 속으로 들어간지라, 수상히 여겨, 원정들로 하여금 水門을 트게 하여, 못 바닥이 드러난 대로 그 실 끝을 찾아본즉, 애걔걔, 이것이 뭣이렁, 애걔, 哀哉, 그 실 끝에는, 천지간 팔만 有情 중에서도, 다른 아무것도 말고, 푸른 물지렁이가 한 마리 바늘에 찔려 있더랍습지. (冬天龍이 파고든 溫濕池) 그런 후, 그 왕녀에게도 胎氣 있어, 입덧 나, 肉정 안구, 열 달가만을 곱게지와좋은날좋은시를개려순산하고돌아보니, 떠오르는 보름달도 같고, 중천 해도 같은, 옥동자를 낳아꼬나. 내무야 허여—내무야 허으여.

道流들, 그러면 도류들은, —어떤 生成하는 힘들이, 자신들을 化現함에 있어서는, 그것을 위한 도구의 極大함과 極小함 간에는, 다름이 있는 것이 아니라는 것을, 저 세 얘기가 은연중에 밝히고 있는 것을 기억해두기로 하십습지. —어떻게 수미山만 한 陽力이, 암캐미만 한 女根을 치고 덤벼서도, 그 女根에 상처 하나 입히지 않을 수 있었는지, 그 의문에 대해, 촌승 깜냥으로는 성실하게 대답을 했다고, 수긍하시겠는갑? 夢身은 夢身이어서, 그것이 얼마나 장대하고, 얼마나 둔중하든, 반대로는 얼마나 가늘고 뾰족하든, 실제에 있어, 그 꿈꾸는 자가 입은 四大를 해치지 못할 것이라는 것이 觀해져야겠습지. 곁들여져 하나 더 觀해져야 하는 것은, 生成의 원동력이 그런 것이므로, 우주적 陽氣들도, 그 자신을 化現하려 하면, 畜根(링감)을 삘그러여 내야 한다는 것입습지. 그리하여 촌승은, 말씀드린 바의 저런 處容譚들을 통해 무엇을 배우는가 하면입습지, 어떤 원초적 능력의 자기 현현의 방법은 물론 무수할 것이되, 대별하면 저렇게, 세 가지 모습을 띠는 것이나 아닌가 합습지. 그중의 하나는, 그 原能力 자신이, 어떤 '꿈꾸는 것'의 '꿈의 살'[夢肉] 을 입기도 한다는 것과, 그 다른 하나는, 그러기 위해서는, 중첩 요니(또는 복수 링감)를 조건으로 한다는 것, 그리고 어떤 경우는, 그 原能 자신의 축소화, 또는 分身(力)化라는 방법을 택한다는 것입습지. 저 첫 번째 경우는, —우리가 가능적으로 추측할 수 있는 것은 무엇인가 하면—저런 것을 胎夢이라고 하는 듯도 싶은뎁지, 그 꿈을 꾼 옌니가, 그 巨象의 실한 夢根의 침공에 깊은 자극을 받자, 四大로 이뤄진 육괴에의 갈증에 의해, 곁에 자는 낭군을 깨우기에 이르겠습지. (美里에도 그런 풍속이 있는 걸로 아는뎁지, 자기의 안댁들이, '해' '달' '용' '코끼리' '황소'라는 식으로, 巨物을 꿈에 보았다고 하면, 그 남편들은, 그 마누라들의 부정함을 족치려 들기보다는, 자기 가문에 天運이 들어, 大人을 낳을 胎夢으로 쳐, 서로 다, 목욕재계한 뒤, 정식적으로 꼬리 붙이기의 祭祀를 치르는 것이 아니던갑? 다만 '꿈'인 것뿐인 데다 '살' 입히기. 情, 또는 活은 黃泉에 숨을 잠근 순간, 重力을 느끼고, 허우적이다 익사한즉슨, 땅에서는, 貴子를 얻었다고 잔치가 벌어짐) 이 경우는, 요니는 홑겹인데, 링감이 복수라는 것이 특징이 되어 있다 하겠습지. 둘째 번 處容譚은, 밝혀진 바대로, 링감은 단수인데, 요니가 두겹으로, 중첩되어 있다는 것이 그러면, 특징으로 지적되어져야겠습지. 셋째 번 處容譚은, 보다 더 습습하여, 거의 冥途氣를 거느려 있어 보입습지. 하늘이 떠들어, 구름 한 조각 비늘해 입기도 어려운, 가을철에 당하면, 봄부터 그 한여름 내내, 그 하늘을 외경심으로 떨게 했던 大龍도, 별수 없이, 그 몸을 줄이고 줄여, 지렁이만 하게 줄여, 그 非夢似夢의 아늑한 암흑 속에 비집어 들어, 冬眠을 해야 되던 것인뎁지, 여기 어디에, 아도니스의 秘儀가 도사려 있는 듯합습지. 이 매우 잘 民譚化한, 그래서 民譚 자체가 暗號化한 이 암호를 풀어, 그 眞意를 알아보기로 한다면, 그래서 아주 탁 털어놓고, 그 본디의 언어, 즉슨 畜生道의 방언으로 말하기로 한다면, 저것은 다름 아닌, 어떤 아비의 하초를 튀어나온, '精蟲이' 어떤 '어미의 (卵子에 휩싸여) 子宮에 들기'의 얘기랄 것입습지. 이 경우에 주목해야 될 것은, 그 '精蟲의 주인'(아비)이 배경에 있어, 보이지가 않고, '精蟲'(자식) 자신이 주역을 담당하고 있는 그 점인바, 그래서 이 경우도, (아비—어미—자식) 處容歌를 이루는 것을 보게 됩습지. (헌데 이번에는 우리가, 이 축생도의 사투리를, 六道的 사투리로 통역한다고 하면, 저것은 또한, '한 念態의 바르도 처하기'로 변용한다는 것도, 살펴두면 좋겠습지)

이만쯤에 이르렀으면 누구든, 거 쓸모도 없는 童貞을, 우주적으로 한 번씩은 떼어, 그 俗곱을 씻었을 터이니, 정신을 활달히 하여, 羑里 밖의 방언으로 읊어진, 處容歌도 한 곡쯤, 귀 기울여 들어보기로 합습지.

[33]사내의 보석은, 푸른 색깔의 씨앗 '훙',
'팯'과 어울릴 때
'틱레'가 잘 자리 잡음세
그리하여 '지혜'와 '기교'가 서로 잘 어울리면
하나 속의 둘이 누리는 '은총'이 최상일세.

흣, 흣, 흣, 소주 좀 내십습지. 저 도도한 흥취, 이 六道的 風流! 늘 그럴 수 있는 것은 아니어서 슬픕지만, 촌승은, 저런 노래를 읊조려볼 때마다, 우리들의 언어가, "그것은 形言할 수가 없다"는, 그 한계를 뛰어넘어, 추상적 진리라고 이르는 것까지도 實肉化해내기뿐만 아니라, 심지어는, '마음의 우주'까지도, 語網 속에 끌어넣기에 부족함이 없다고 믿는 데 서슴찮습지. 快哉, 快哉. 헌뎁지, 저것이 羑里 밖의 방언인 이상, 그 노래를 이루는, 중추적, 핵심적 몇 단어들에 대한, 語典的 譯解가 필요하겠을 일인갑?

'보석'(마니)은, '씨앗'(비자) 또는 '精蟲'이라고 이르몁지, 그것의 색깔은 '푸르고', 語形(만트라)을 입은즉슨, '훙'化한다고 이릅습지. '팯'은, (다음에 譯解될 '틱레'와 함께, 저 노래가 불린 고장의 사투리로서), '卵子'의 語形化, '틱레'는, 다름 아닌, '푸른 씨앗', 즉슨 '精水.' 이 이후에 나오는, '지혜' '기교' '은총' 등은, 그 고장 俗家用이 아니라, 空門用, 특히 密宗派네 사투리로서, 그들이 '智慧'라고 이르는 原語는 '空'이라고 하는뎁지, 이것[智慧]이, '어머니'라는 이름을 입는 경우도 있다고 합습지. '지혜'가 '어머니'이면, 이제 '기교와 은총'은 '아버지'로 불릴 것. —'둠모(熱)禪定法에 있어, 이 '은총'은, [34]'옷감'을 꿰매, 몸을 따뜻하게 하는 옷 만드는 연장, 즉슨 '바늘'의 비유를 입습지. '바늘'의 性別은 무엇이겠는갑? —村僧께는 늘, '智慧'(소피아)가 '空'과 同義語라는 것이 충격인뎁지, 그렇다는즉슨, 우주적 法交에 있어, '空'(智慧, 소피아)이 '팯'[卵子] 의 역할이라면, '恩寵'(聖靈)은 '色'과 同意語로서 '흥'(精蟲)의 역할이라는 것을 추론케 합습지. 民譚에 밝은 道流라면, 여기 어디에, '生命의 나무'가 서 있음을 볼 것인바, 이 '나무'를 오르기는 '色卽是空', 내리기는 '空卽是色'—色化空, 空化色. 이제 그러면 우리는, '어머니'라고 하여, 반드시 '輪廻의 장소' '저주' '위험' 자체만은 아니며, 俗事로 바빴던 자들께는 열려본 적이 없던, '無門'의 이름으로도 불리는, 그런 어떤 새로운 통로이기도 하다는 것을 아셨겠습지. 그래서 새로 보면, 저 두 번째 되풀이되어진 '處容歌'의 어머니는, '永生'과 '天國'을, 즉슨 '말씀의 우주'를 임신했던 엔네여서, 무엇이 이보다 더 거룩할지 모를 일입습지. 글쎄 그 엔네는, 땅의 精('옛 뱀') 대신, 하늘의 大義('聖靈')를 받아 임신하였었으니, 장차 그 배 속의 아이가 태어나는 날은, 크고 좋은 날, 땅이, 축생도가, 즉슨 죽음이 정복되는 날일 것으로 기대, 예상됩습지. 그렇다면, 이 특정한 어머니께 임신되어 있는, 이 아이는, 땅에 대해서, 그리고 축생도에 대해서, 즉슨 사망에 대해서, 그중 해스러운 적일 것이어서, 이왕 임신되어 있는 이상, 이제 저것들이 바라 도모할 일이란, 그 "아이가 태어나는 대로 잡아먹는 일"뿐이겠습지. 그러자 이제도 새로, 재차 일어나는 의문이란, "땅에, 그리고 축생도에, 즉슨 사망에 대해서" 매우 생소한, 저 이상한 한 '말씀'은, 어떠한 문법적 요구, 또는 어떠한 수사학적 압력에 의해, 한번 울려 나면[發音] 벗어야 되는 '소리'[獸皮]를 입어, 그 한 특정한 文章 속에다 자기를 삽입했는가 그런 것입습지. 왜냐하면, 그 특정한 한 대문의 문장이 심한 誤文(짐승의 똥)과, 惡筆(오줌)로 이뤄진 까닭에? (아으, 아으니면 또 말입습지, 그 외양간에 어디서부턴지, '의미'의 진주가 하나 던져지자, 축생도의 그 강한 生成力에 의해, 한 '말씀'이 이뤄진 까닭에, 그 한 文章엔, 심한 惡筆 誤文 현상이 일어난 것은 아니었을라는갑?) 村見에는 그러나, 이런 물음은 묻기만 하고, 대답을 기대도 말려니와, 대답을 하려고도 말아야 한다고 하는뎁지, 만약 누가, 그런 노력을 하려 한다면, 하는 그 순간 그는, 비그르 무너져내려, 못 일어나고 말지도 모르니 그렇습지. 글쎕지 그 순간, 그의 몸, 말, 마음에서는, 처음 습기와 온기가 없어지는 듯하다가, 종내는 풀기가 없어져, 버글버글 모래가 돼버릴 것인뎁지, 그럼에도 그가, 다른 뜻을 일으킴이 없이, 그 상태에 머물기만 한다면, 별다른 일은 더 일어나지 않을지도 모릅습지만, 그가 만약, 그 모래 속에서 자기를 빼쳐 일어나려고 한다면, 그는 그 순간, '말의 流砂 구덩이'에 빠져, 허우적이면 허우적일수록 더 깊이 빠져들고 있음을 알게 되겠습지. (이때 '流砂'는, 풀기 잃은 四大가 이룬 것이며, '구덩이'는, 허무 쪽으로 경사한 '마음'[空]이 열어놓은 것으로 이해하시면, 법은이 있겠습지) 그러면 그는 길게 길게 울부짖기에 이를 터인바, 듣는 이들은, 한낮에 웬 野狐가 저리도 우짖어쌌느냐고, 해를 올려다보겠습지. 달이 해로 보이기? 해가 달로 보이기? ……해, 해햇햇해, 폐둥둥 뜨는 달! 가맜습지, 村眼에 비추이는 대로만 말씀을 드리기로 한다면, 헌뎁습지, 우리들 모두의 한 얼굴—아담이었던 자가, 그리고 욥이었던 자가, '달마 修業'을 위해 광야로 나아가고 있는뎁지, 그 뒷모습은 헌뎁습지, 아담도 욥도 아무도 닮아 보이지가 않는 것은 이상하군입지. 가맜습지, 그의 뒷모습을 따르다 보니, 그가 멀어지면 멀어질수록, 그는 땅속으로 내려가고 있어 보이는데도, 다시 보면, 그는 하늘에로 오르고 있고, 다시 보면 그럼에도 그는, 그 하늘을 오르고 있는 것은 아닌뎁지, 아흐, 그리하여 알게 되는군입지, 그리하여 글쎕지 눈이 하나 뜨이어, 그 뜨여진 눈이 보는 만큼의 한 우주를 한눈에 보게 되기로는 말입습지, 그는 위에로도 아래로도, 옆에로도, 아무 데로도 기울어짐이 없이 곧바로 나아가는데도 올라가며, 또한 내려가고 있는바, 그가 처하는 곳에서는, 이상할 일이게도, 이제껏 별로 相關性이 없었던 것들('먹고 먹히기'라는, 否定的 相關性, 또는 그 이음자리가 떨어져야 되는, 連鎖性을 제외하면, 축생도의 특성은 그것이겠습지. 꿰어지지 않은, 흐트러진 單語의 구슬), 예를 들면, 꽃과 노루, 위와 아래, 이쪽과 저쪽, 안과 밖, 과거와 미래, 겨울과 해라는 따위들, 그런 것들 사이에 상관 현상이 일어나, 이왕 있어 온 그 요구가 한 번 더 開闢(重生)하더라는 그런 것입습지. 하나의 우주적 接續詞! 關係副詞! 關係代名詞! 흐트러진 한 우주의, (神의) 單語의 구슬들을 꿴 꿰미. 그렇습지, 그리하여 그가, 저 誤文 惡筆에다, 문법적 질서를 부여하고, 무의미에다 의미를 불어넣었으며, (그것은 그래서, 이 우주의 콧구멍에다, 두 번째로, '숨'을 불어 넣어준 것으로 이해됩습지) 그러자, 우리들의 外界에 흐트러져 있던 한 우주가, 우리들의 내부로 內接되어버린 현상이 일어났던바, (아담 이후, 그러니 두 번째로, 존재와 사물들에 '이름'이 부여됨. '이름'의 '거듭 낳기.' 獸皮 벗은 말) 왜냐하면, 그 '의미가 판독되지 않는 것'은, 그것이 비록 우리들의 위장이라고 한다 해도, 언제든, 우리들의 인식의 밖에 있기 때문입지. 六祖에 의하면, 神은 그렇게, 모든 시대, 모든 곳에로, 우리들이 입은, 그 꼭같은 살을 입어와, 우리들과 꼭같이, 개 고뿔이며, 피곤에도 당하고, 또한 휴식의 즐거움과, 포만의 만족감도 느끼는뎁지, 그래서 人世에는, 神인 것들이, 人間의 얼굴과 몸을 해서 입고와, 치사하게도, 인간의 행세를 합습지. (이것이 童話的 상상력에 제휴하면, 당연하게도, 人世라는 무대가 畜生道에로 환치되는뎁지, "저녁이 되면, 들에서 돌아와, 입었던 獸皮를 벗었다가, [자고] 아침만 되면, 그것을 다시 입어 숲으로 나가는, 魔女의 呪術에 걸린 王子"의 얘기 같은 것이 그런 대표이겠습지. 동화적으로는 '魔女의 呪術'이라는, 羯磨 탓에, 人間인 것들이, 거역하지 못하고, 獸皮를 입어, 음매해, 으르렁, 캐갱캥, 울고, 짖고, 찢기 위해, 숲이며, 들, 공중이며, 물속, 羯磨의 바람 센 곳, 프라브리티의 舞足이 딛는 자리마다 찾아, 죽고 싶음의 충동에 당해, 인간인 것들이 짐승이어서 치사하게, 내달려 갔습지) 觀雜說.

에히, 허거, 살로 된 목구멍을 한몫해 갖고 있다는 까닭일 것으로, 목도 말라쐈는구먼읍. 저육과 소주, 處容歌와 마늘. 喝, 어욱새속새덥고가모백양속애가기곳가면누른히흰돌ㄱ난비굴근눈쇼쇼리ㅂ롬블제뉘흔즌먹쟈흘고.

이리하여 村僧은, 六祖에 의해 그렇게 밝혀진, 이제껏 두 번 되풀이되어진 '處容歌'가 우주적 胎夢인 것을 알게 된 셈인뎁지, 그렇다면 한 번 더 되풀이될 저 胎夢을 통해서는, '末世'를 위한, 짐승들과, 전갈이며 황충, 저주와 유황불, 혼돈과 죽음들이 쏟겨져 나올 것인가, 그것이 궁금해지지 않을 수가 없게 됩습지. 그래서 사실로 그것은, '輪廻論'을 고수치 않는 精神들에 대해서는 극난한 재앙이며, 저주와 파괴의 날이 분명한갑? 헤, 헤, 헨뎁지, 이것은 순전히 村見입지만, '末世'란 有情의 수만큼이나 있어, 그 有情이 하나씩 식을 때마다, 하나씩의 末世가 와, 그 有情을 음부에다 처넣는 것이 아닌가 하고 있습지. 죽음 말입습지. 어차피, 지은 業에 의해 새로 살 입어 새로 한 벌의 運命을 운영하러 무엇이, 다시 돌아오지 않는다면, 한 有情들께마다 오는 한 번의 죽음은, 그 한 有情께는, 한 우주의 종말일 수밖에 없거든입지. 이상한 것은 헌데도, 특히 인간이라는 有情 하나만은, 자기들의 확정된 "죽음에 대해서는 그렇게 잘 상상하지를 못하면서도", (어쩌면 그들도, 운명의 속삭임에 의해, "자기의 羯磨가 다하지 않는 한, 자기는 죽고 싶어도 죽지를 못한다"는, 그 프라브리티의 法則을 알고 있는 것은 아니겠는감? 그런고로 산 것들은 죽고 싶어 하며, 죽은 것들은 살고 싶어 하겠을 일인갑? 아으, 羯磨의 센 바람결 물살에 휩쓸려서!) 다만, 豫定만 되어 있을 뿐으로 未定의 末世, 집단의 죽음의 날, 한 천지가 깡그리 소멸되어져 버린다는 날에 관해서는 지나칠 만큼 잘 상상하고 있다는 그것이고, 그것은 경악을 금하지 못하게 합습지. 촌승으로서는, 다른 방언의 '末世論'을, 誤文으로 이뤄진 소문이라고 말할 수는 없는 듯하니, 이렇게 뒤바꿔 생각을 하게도 되고, 의문도 하게 되는뎁지, 혹간 저 '末世論者'들은, 化現의 한 宇宙라는 讀本을 잘못 읽은 것이나 아니었는가, 하는 것 같은 것이 그것입습지. 촌승은, 『啓示錄』을 염두하고 있는바, '한 번 더 되풀이 되어질 것으로 예상되는 「處容歌」와의 관계에서는, 특히 第十二, 十三, 十四장의 記事를 염두하고 있습지. 그의 사미도 물론, 스승 六祖의 法見을 삼가 좇아, 이 마지막 經典을, 우리들의 '기름 부음을 받은 자'가 受難하다 숨을 거둔, 第九時—때에 천지가 일시에 암흑해져 버렸던, 그 三世的 時中에서, 그러나 암흑과, 공포 탓에, 그 현장의 아무도, 그때 실제로 무슨 우주적 거사가 일어났었든지, 볼 수가 없었으되, 그때 글쎕지, 무슨 일이 일어나기는 일어났었던, 그 일의 白日下에서의 再生, 再現이라고 이해합습지. '말씀의 成肉身'의 의미가 그래서라야만 밝혀지고, '달마 修業'을 위해 온 자의, 프라브리티에서의 肉身的 패배, 그리고 '죽기'를 통한, 축생도의 극복, '달마카야'[法身]의 성취가, 그렇게 해서라야만 요연해진다고, 그런고로 그의 '수난과 죽음'이 중요한 것이라고 이해하게 되니 그렇습지. "예수께서 다시 크게 소리 지르시고 영혼이 떠나시다. 이에 성소 휘장이 위로부터 아래까지 찢어져 둘이 되고, 땅이 진동하며, 바위가 터지고, 무덤들이 열리며……" 道流들께서는 물론, 인용한 구절도 주목해 보아야겠습지마는, 한 눈을 더 떠서, 저것은, 배경이 되어 있는 것들에 일어난 변화만을 묘사하고 있으며, 그 입었던 '記號'(獸皮)를 벗은, 벌거벗은 '意味'의, 다른 成肉身에 관해서는, 이 당장에는 별다른 소식이 없다는 것 같은 점도 주목해보아야겠습지. '獸皮'를 벗은 이 '말씀'의, 再成肉身, 또는 다른 母胎에 들기가, '달마카야'의 성취랄 것인뎁지, 이렇게, '말씀'이, '마음'과 제휴한 데서는 그러자, 그 쓰여지는 어휘까지도 바뀐다는 것, 예를 들면, '기호'가 '카야'[身]라고 이름을 바꾼다는 것 같은 것, 그런 것도 관찰해두십습지. 니브리티와 프라브리티를 칸 막았던, 휘장이 찢겼음.

道流들, 우리들이 이해해오기로는, 헌뎁습지, 가장 큰 한 '말씀'이, 자기가 세운 어떤 목적에 의하여, 자청 '獸皮'를 입어, 자기를 고통 가운데에 (이 聖스러운 被虐症!), 畜生道에 삽입했을 때, (이것이, 저 '말씀'의 그 첫 번째 身布施行이었으며, 이 身布施는, '감긴 것을 풀기'로서, 한 번 더 반복됩습지) 그때부터, 그 한 우주는 (앞서 말씀드린 바대로,) 단어 단어들에 문법적 구조며 질서가 생기고, 그리하여, 감춰져 있던 큰 의미가 드러나기 시작했다 하는뎁지, 헌데도, 두 번째의 身布施行을 통해, 저 큰 한 '말씀'이, 獸皮를 벗어 되돌아가고 있었을 때는, (時相에 있어서는 나아가기랄 것입습지, '달마 카야⇄삼보가 카야⇄니르마나 카야') 어쩐 일로, '붉은 피의 강이 희게 흐르던 자리에, '암흑'이 덮었었던 일이었는갑? 그 한 대목은, 아무 單語도 씌어지지 안 했음? 지워졌음? 겹겹으로 씌어졌음? ―村見에는 헌뎁지, 씌어지지 않은 여백은, 희며, 지워진 자리도 희다고 알자, 우리들이 '검은 여백'이라고 보는, 저 '第九時'는, 틀린 단어들이 겹겹으로 씌어졌을 것으로 여겨지고, 그것을 그 탓에, 심한 惡筆, 誤文 현상을 드러낸 것이라고 합습지. 그것이 『啓示錄』이라고 六祖가 밝히고, 그의 사미가 동의합습지. 그래서 이, 마지막의 '運命冊'에는, 그렇게나 이겨내기 어려운, 우글거리는 벌레며, 殺氣에 찬 짐승들이 들끓어대고 있는바, 그런즉슨, 천사들로 하여금, 살충제를 대량 살포할 뿐만 아니라, 조총으로 탕

탕 쏘아붙이게 하거나, 또 아니면, 저것들의, 일어난 毒力을 中和할 만한, 무슨 산 목숨이라도 죽이게 되겠으면 죽여, 그 더운 피를 뿌려, 저것들의 광분을 가라앉히거나, 어쩌거나 해보아야겠습지. 道流들이, 前者에 주목하면, '末世論'을 운위하기에 이를 터이고, 後者에 주목하면, '代贖論'을 운위하겠습지. 그리고, 基督의 수난의 큰 한 이유는, '代贖'行으로 이해되어져 오거니와, 이것을 또한, 몇 이유 중의 하나로 꼽아서 촌승도, 六祖에 동의하여, 『啓示錄』은 다름 아닌, 저 '第九時'의 암흑의 인봉이 뒤늦게 뜯겨, (요한에게) 再現해 보였던 것이라고 이해합습지. 그리고 이런 의견을 밑받침하는, 다른 몇 이유 중의 또 하나는 (앞서 얼핏 말씀드린 것으로 기억합습지만) "……이곳의 어떤 새는 생김새가 올빼미 같은데" —예를 한둘 들자면 말입습지, —"사람의 것과 같은 손을 갖고 있고, 그 소리는 암메추리의 울음과도 같다. 제 이름을 스스로 불러대는 이 새의 이름은 鴸이다"라는, 이 狂鳥라거나, "……이곳의 어떤 짐승은, 생김새가 소 같은데, 머리가 희고, 왼눈에 뱀의 꼬리가 있다. 이것이 나타나면 천하에 큰 돌림병이 나타나는데, 이름은 蜚라고 한다"는, 病獸 등이, 꿈의, 특히 헤설픈 '꿈의 짐승'들이며, 동시에, '꿈의 言語'에 의해서, 現實이 상상되어진 것들이랄 수 있다면, —저 멋깔 없는, 냉엄한 현실은 어떻게 神話化를 겪는가! —『啓示錄』도 또한, 그런 투의 '꿈의 언어'들로 이뤄져 있다는 것에 동의키는 어렵지 않으며, 그런고로, —이것이 또한, 그 이유 중의 하나인뎁지—당연하게도, 그리고 별수 없이, '時相'에 齒車의 어긋남이 있겠습지. 헌데, 무엇보다도 우리에게 신비며, 경이인 것은, 어떤 한 개인의 "깨어서 자며, 꾸는 꿈"속에로 어떻게, '집단적 (또는 우주적) 형태의 꿈'이 침투해 들었는가, 그것인뎁지, 이는, "어떤 超越的 大氣가, 凡人間女에게 강림하기"와 같은 형태일지도 모르되, 하나는 '육신'에 제휴하고, 하나는 '말씀'과 '마음'에 제휴한 차이는 있겠습지. 후자는 그래서, 일상적 의식에는 별수 없이, '神託' 같은 것으로 받아들여질 것이 분명한뎁지, 그러면 이제, 그 의미를 밝혀보는 것이 필요하게 되고 그러려 하면, 그 '時相'에다, 人世的 秩序를 부여하려 하겠습지. 神話化해버린 現實에다, 그런 時制로 재단한 옷을 입히려는 노력은 그런데, 어떤 결과를 초래케 될 것인가 하면, 그것들은, 앞으로 오게 될 일, 예정된 운명, 그런 啓示로 알아 받아들이게 할 것이라는 것이며, 그것은 왜냐하면, 현실이 神話化를 겪자, 그 현실적 견고함을 잃고, 夢態로서 부표하기 때문이겠습지. 더욱이, 이런 경우는, 그런 時制를 입힌다는 짓이, ('벌거벗은 임금'의 동화에서 그것이 극명히 보이듯) 벗기는 짓이 됐습지. (까짓것, 헛헛 허헌데, 이왕 '꾀 벗은 임금님' 얘기가 나왔으니 말입지만, 裁縫은, 누구에게 무엇을 '입히기' 위해서뿐만 아니라, '벗기기' 위해서도 계발된 기술이라는 생각이 있습지. 일반적 우리 범부들께는, '의복'이 '몸'의 비유인 데 반해, '벗기기의 재봉법'과의 관련에서 말씀입지, 권좌에 있는 자들께는 '勢'의 비유라는 것을 염두해두기로 합습지) 六祖에 의하면, 헌뎁지, 宇宙的 時間과, 人世의 時間과, 그리고 무엇의 心所의 時間 간에는, 平均性이 있는 듯하지 않더군입지. 어쨌든, 반모 섬의 양지에 앉아, 한 우주를 꿈꾸고 있었던, 저 한 원숙한 늙은네는, 신명 들린 巫 같았을 터이며, 神壇樹도 같고, 그리고 무엇보다도, 태우지도 않는 불을 우거지도록 훨훨 이고 있는 가시떨기나무 같았던 것입지. 일반적으로 이해되어지고 있는 꿈은, 그 꿈꾸는 자만의 異次元的 경험이어서, 그 꿈꾸는 자 옆에 눈뜨고 앉아 바느질로 밤을 깊이는 그의 안댁까지도, 자기의 남정네가 꾸는 꿈을 들여다볼 수가 없는데도, 이 특정한 꿈은, 그 반대로, 그 꿈꾸는 당자는 어쩌면, 저 '가시떨기나무'나 '神壇樹'나, '祭壇'모양, 자기가 꾸고 있거나, 또는 꾸어지고 있는 꿈을, 자신은 인식, 인지하지 못하는데도, 모든 우리 같은 타인들이 둘러서서, 그가 꾸는 꿈을, 구경하고 있는 것이나 아닌가, 촌승은 그런 재미있는 것을 생각하고 있습지. 봄에, 木蓮이 봄을 꿈꾸느라고, 또는, 봄이 木蓮을 꿈꾸느라고, 꽃을 터트리면, 그것을 보는 소객은, 그 나무가 꾸는 꿈을 통해, 또는 봄이 꾸는 꿈을 통해, 봄이 왔다고, 또는, 꽃이 피었다고 앎에도, 그 나무 자신은, 또는 봄 자신은, 자기가 봄을 꿈꾸는지, 또는 봄이 자기를 꿈꾸는지, 그 어느 쪽에 대해서도, 아무런 의식도, 인식도 못 하고 있는 것은 아닐 것인갑? 분명한 것 한 가지는, 그 망울을 튼 꽃들은, 그 나무가, 또는 그 봄이 잉태한, 의미의 기호화(스바바비카카야!)라는 것이겠습지. 그래서 우리는, 木蓮-요한을 태우는, 그 의미들의 옷(살) 입기를 통해, '第九時'의 인봉 속으로 절시의 눈을 박아넣기에 이르는바, 그 꿈을 熱演하는, 중요한 演技者들을 꼽아내본즉, 대략 이러하군입지. "그 발아래는 달이 있고, 그 머리에는 열두 별의 면류관을 쓴…… 장차 철장으로 만국을 다스릴 남자…… 아이를 배어 해산하게 되매, 아파서 애써 부르짖는…… 해를 입은 여자", "마귀라고도 하고, 사탄이라고도 하는, 온 천지를 꾀하는 자가, 하늘의 전쟁에서 이기지를 못하고 땅으로 내쫓긴…… 일곱 개 머리에 일곱 면류관을 쓴, 열두 개씩이나 뿔을 단…… 옛 뱀, 붉은 용, 그 붉은 용"은 "해산하려는 여자 앞에서, 그 여자가 해산하면, 그 아이를 삼키고자" 하고 있고, '시온 산에 선 어린 양', 그리고 아흐, 독의 벌레며, 아흑, 흉악한 짐승들…… 따위들이군입습지. 時相의 전복·상극·와해·혼란·갈등·전도된 時相, 通時態의 共時性, 한 우주가 휘저어져, 기름이 얼고, 얼음의 산에 불이 붙었으며, 꿀이 써져 소금이 되기. 풍경의 위에 다른 풍경이 덮여, 중첩되고, 時制의 '過去'에 '未來'가 제휴 중첩되어, '現在' 속에서 完了하기, 共時態의 通時性, 惡筆, 誤文—그것은 분명히, 꿈의 질서와 체계가 그러해서 그런 일이겠습지. 왜냐하면 꿈은, '意味'들이 '소리의 영상'을 입는 대신, '그림자'(형체)를 입은 탓일 것인뎁지, 그러면 꿈도 言語일 것으로서, 視覺에 호소되는 言語겠습지. 그래서 그것을 神의 말로서, '神託'이라고 이르는 소리도 있습지만, 그러나 모든 꿈이 다 저런 '神託'은 아니라는 것도 지적해둬야겠습지. 예를 들면, 저녁밥을 기름지게, 또는 눈물 섞어 먹고, 그 食困症이나 心勞를 못 이겨 잠든 자가, 많은 헤설픈 꿈을 꾸는 것은, 소화불량이, 그 잠든 자의 여기저기에 일으키는 장애라든가, 육신적 고통이, 凶한 그림자를 취해, 그 잠든 자의 視覺에 호소되는 것[現夢] 같은 경우입습지. 이튿날 새벽, 잠을 깨인 자는 그러면, 문복쟁이를 부르기 대신, 의원을 불러야겠습지. 과연 그래서, '소화불량'을, 그 불편함이나, 고통을, 꿈을 통해, '본다'[視] 말입습지? 그래서는, 그 나타난, 헤설픈 그림자들이 주는 불쾌함이나, 공포감을 통해, 迂廻하여, '소화불량'의 고통을 체험한다 말입습지? 이 경우의 이 고통은, 그 근원은 육신인데도, 나타나기는, 그 당하는 자의 마음속이 아니겠는갑? 이것은 그래서, (공포를 일으키기 위한 목적의 얘기 등을 염두하십습지) 言語行爲랄 것입습지. 그 夢幻들은, 그것들이 입은 夢衣 밑에다 '意味'를 감추고 있어, 神들의 '창조의 言語'와 같이, 그러나 질량을 못 갖는, '형체'(그림자)가, '文字'의 역할을 담당하고 있다고 하겠습지. 질량을 갖고 있어 實物이라고 이르는 어떠한 것도, 사람의 '잠' 속에 가라앉으면, 그 四大(질량)性을 잃어 夢態를 취함. 깨어 있는 자들의 의식에 대해저 '實物'은, '이름'化한다는 것과, 비교해보기를 권고커니와, 그래서 그 양자는 다름 아닌, 言語입습지. 그렇다면, 이 특정한 言語는, 그 거추장스러운 옷을 벗겨야, 우리들의 일상적 인식에, 그 본디의 모습[意味]이 드러나 보이는 것이 분명할 것입지만, 우리들의 '거울' 위에다, 천만 가지의 幻衣를 벗어 거는, 이런 語鬼들이 입은 語衣들은 그럼에도, 無縫인 경우가 대부분이어서, 어디로부터 먼저 손을 대 우리는, 저 '먼지며 티끌'을 '쓸고 닦아낼지'를 몰라, 어리둥절해 있기가 일쑤입지. 그럼에도, 어떤 뜻있는 이들이 그런 노력을 바친 결과로, 촌승 같은 外道漢까지도, 그 '옷 벗겨진 말'을 乞聽케 되는바, 그 예를 하나 들어보기로 하면, 이런 것입습지, "'하늘'에서 떨어진 붉은 龍"과, "'바다'에서 나온 표범과 비슷하고, 곰의 발의, 사자의 입 같은 짐승", 그리고 "'땅'에서 올라온, 새끼 羊같이, 두 뿔이 있고, 龍처럼 말하는 짐승"들은, '聖三位一體'에 대해, '惡의 三位一體'를 이룬다는 것입지. 프라브리티는 그렇게, 相剋性에서, 그 끝없는 舞(動)의 拍子(力)를 얻을 것을. 그것은 어쨌든, '뜯겨진, 第九時의 인봉' 속에다, 절시의 눈을 박은 채, 촌승이 밝혀드린, 저 夢演者들에 관해, 얘기를 계속하기로 하면, 道流들이 다시 듣게 되는 것은, 「處容歌」이며, 보게 되는 것은, 處容舞이겠습지. '어린 羊—임신한 女子—붉은 龍(옛 뱀).'

> [35]그리하여 우리 '둘'은, '하나'로서 왔었넵.
> 여기, 저 不毛의 大地에 그리하여 나는,
> 그이에 의해 임신하여, 생명을 분만했었넵.
> 나는 그렇게 어머니가 되었으되, 그러나 아직도 童貞女
> 그것이 나—여자인 자.
> 나의 아들은 그러므로 동시에, 나의 아버지.
> [……]
> 나는, 나에게 생명을 준 그 어머니에게 생명을 주었는뎁,
> 나를 통해 그 여자는 땅 위에 다시 태어났뎁.

흣흣흣, 어느 宅 家事가 됐든, 헥, 거 이만저만 어지럽지가 않군입지. 그럼에도 도류들께서, 촌수를 따지려 드는 헛수고를 하려고만 하지 않는다면, 저 宅 家事가, 일견 몹시 어지러워, 갈피를 잡을 수 없는 듯해도, 반드시 그렇게 혼잡한 것만은 아니라고 알게 될텝. 첫째로 갈피가 잡혀져야 하는 것은, '아들—아담' '흙—어머니'는, 兩性一體였다는 점이겠는갑. 이 '아담'은, 누구나 아는 바가 그것이듯이, '흙으로 빚어진 최초의 사람'이어서, —그의 후손들처럼, '사람의 여자'의 子宮을 빌어 태어난 자가 아니어서—그 '흙'의 품을 한 번도 벗어나 본 적이 없어, 그 흙 속에 임신되었다가, 그 흙에서 숨을 받아, 그 흙에 발바닥이나 등을 붙여 살다, 그 꼭같은 흙에로 돌아가 버린 것이어서, 비유로 말한다면, 아담의 삶이란, 어머니들이 반죽하는 밀가루의 묽음 속에, 한 공기 방울이 휩싸이기 같으며, 그의 죽음은 그렇다면, 그 공기주머니에 구멍이 뚫려서 피썩, 그 공기만 빠져나가 버리기와 같겠습지. 海泡의 일어나기와 스러지기. 그런고로, 그 '여자'(흙)는, '童貞女'로 임신을 하여, 童貞女로서 해산을 했으되, 童貞을 잃은 바가 없었음은 당연한 귀결이겠습지. 그래서 이 母子相姦은 다시 정리하기로 한다면, 그래서 최초의 아들이 태어났으며, 이 아들은 헌데 바로 자기 자신의 아버지인데, 동시에 그 자신의 아들이고, 물론 또한, 그 어머니의 아들이며, 그 어머니의 남편이라는 것이고, 아들과 자는 여자의 남편의 아버지이므로, 어머니의 아버지…… (道流들이 만약, 사내의 고환을 빠져나와, 자기 아내의 子宮 속을 드는, 한 精蟲의 출처와, 그 촌수 관계를 살펴본다면, 저기 어디에, 조금도 난삽한 대목은 없다고 알게 되겠습지) 그리하여 우리는, 일견 泥田狗鬪的이란 피 가름을 통해, 무슨 실정을 정탐하게 되는가 하면, 한 '여자'가, 한 '남자'에 대해, '어머니—아내—딸'(反之亦然)의 관계며, 역할이기도 하다는 것입습지. 道流들이, 붉은 얼굴을 무릅쓰고도 관찰해둬야 되는 것은, 重疊 요니, 重疊 子宮(反之亦然)이라는 점이겠습지. 말입습지, 이런, 말입습지, 촌수 관계의 淆亂도, 꿈의 특성 중의 하나인 것이며, 그래서 "꿈에서의 부도덕한 행위는, 近親相姦까지라도, 그 도덕적, 또는 율법적 책임이 물어지지 않겠습지." 우리가 놓치지 말고, 멀리로라도 한번 보아두기라도 해야 되는, 우주적 重事가 하나 있는뎁, 우리들의 우주에서 저렇게, 時相이며, 稱別등이, 어느 일점에서 녹아, 묽어져, 그 모서리며, 굽이진 데라든, 높이나, 낮음 등에 구별이 없어져—제길헐 녀러! 記號와 意味의 攪亂, (니그레도? 루베도? 失語症) 共時性만을 드러내 버리기에 이르자, (우리들의 우주를 운영해왔던) ‘(聖·邪)三位一體’에서도, —『六祖法說』을 상기하시기 바랍습지만—그 通時態로서의 ‘三位’가, ‘一體’라는 共時態 속에 용해되어, 그 드러남(化現)의 형태가 바뀌었다는 것입습지. 그렇게, 運動과 흐름에서 通時性이 해체되어버리면, 프라브리티의 우주는, 그 원초성을 회복하는뎁지, 이 상태는, ‘文化’를 성취했다는 ‘人世’, 그것에서도 그 半世, —우리들이 일러 ‘이승’(逆바르도)이라는 세계에 대해서 큰 시련이며, 그래서 末世까지 초래하게도 될 無秩序를 야기할 것임에도, 人世의 그 半世를 제외한다면, 人世의 그 나머지 半世(즉슨 바르도와 꿈)까지도 포함하여, 그 우주에는, 태초부터 아무 일도 일어나지 않은 듯하여, 바람도 그리고 달도 자고 있어 잔잔한 바다 같겠습지. 반쪽 人世란 그렇다면, 풍랑이 심한, 바다에서, 苦海랄 것이겠는갑? 바르도며, 꿈속, 나라카며, 축생도의 세월은, 通時性을 성취해본 일이 없다는 것이 그러면, 그 歸結이겠는갑? 그럼에도 道流들, 이것이 우리들의 無明 탓이든, 文明 탓이든, 우리의 視線은, 人世에서 말하는, 그 이승만을 고집하여, 視野를 넓히려 하지 않는 데에, 우리들의 난관은 있습지. (이 ‘난관’은 그러니, 우리들이 만든 것입지)

우리들의 시간은 현재, ‘第九時’입습지. 한 우주가 폐막하고, 한 우주가 개벽하는 시간. ‘아이 밴 여자’의 암호를 입은 시간. 그 태초에는, ‘죽음’의 열매만을 주렁주렁 매단, ‘동산 가운데, 있는, 生命의 나무’로 神話化했었던 시간. 中年에는 그리고, ‘永生’을 잉태한 ‘해골의 골짜기’, 또는, ‘말씀의 胎宮’으로 秘儀化한 시간. —그러나, 우리들의 이 ‘第九時’ 속에서는, 모든 通時性이 녹혀져 하나임. 그래서 이 時間은 終末的입습지.

이제는 그래서, 이 共時態를, 六祖의 ‘變轉의 圖面’을 빌어, 촌승 나름으로, 圖化해보기로 하고, 현재 우리가 처한 이 終末的 ‘第九時’를 이해해보기로 하면, 이렇게 되겠습지.

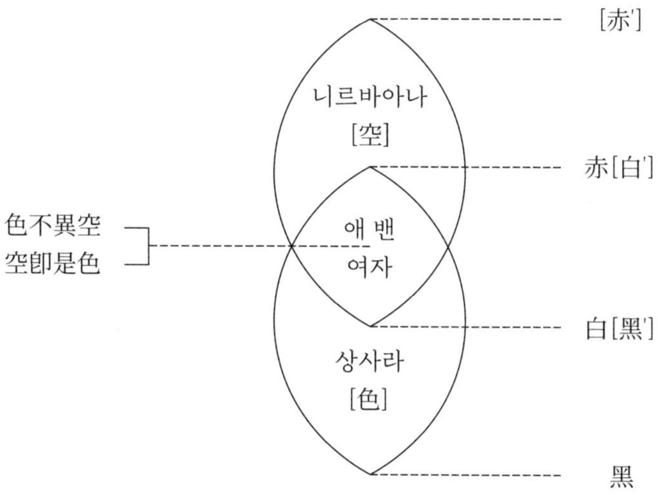

[이 圖面에서, 우리가 주목해야 되는 것은, '붉은 龍'이 '赤'(루베도)의 일점을 담당해 있다는 그 점인바, 이 暗號는 그래서, 신중한 의미를 은닉하고 있음이 분명합습지. '애 밴 여자'가 해산하는 대로, 그 아이의 머리부터 물어 삼키려고 벼르는 저 '붉은 龍'(赤)이, 圖面上에서는, '白'(알베도, 시온에 선 어린 羊)과 동궤에 있는뎁지, 이 '붉은 龍'의 정체는 '옛 뱀'[黑] 인 것은 알 만합습지. 저 '옛 뱀'은, 創世와 관계된, 부정적 加虐力, 즉슨 파괴력이었던 데 반해, 이 '붉은 龍'은, 末世와 관계된 그것이어서, 時制上에 있어서는, 未來로되, 그러니 '루베도'[赤] 이되, 실제에 있어서는, '루베도'에 도달했던, 우주적 '질료'의, 느닷없는 逆調, 또는 退調를 보인 '루베도'여서, '니그레도的 루베도'입습지. (時相의 共時性!) 어쨌든, 저 한 '질료'는, 神 자신까지도 포함한, 존재들께는 우주적 凶夢인바, 좋은 눈을 가진 관중이라면, 이 共轉舞臺 위에서, (물론 마누라와 권세를 까닭으로 하여) 자식에 대한 질투와 두려움 탓에, 검센 아비가, 그 자식을 해치려 하는 광경은 물론, 자식 편에서는 또한, (그 꼭같은 까닭으로 하여) 아비에 대한 질투와 勢慾으로, 그 아비를 척살하려는 광경도 보겠을 일입지. 도류들, 그러나 우리는, 이런 상극성에 의해, 프라브리티 우주가 운영된다는 것을 잊어서는, 모든 것을 곡해하게 되어, 심지어는, '調和'의 詩學까지

설파하고 나서려 할지도 모릅습지. '건강한 相克性'을 '調和'라고 한다면, 존승으로서는 함구할 일밖에 없겠습지. 저 도면을 정직하게 읽기로 한다면, 色界는 여전히, 살[畜]의 大王 '붉은 龍'(黑+白+黑')이 治理하고 있는 것이 보이며, 空界는 '어린 羊'(赤+白'+赤')의 관할하에 있는 것을 보게 됩습지. —이 '空界'의 '空'은, '色'(獸皮)을 捨象(脫)했을 때, 드러나 보이는, 그 '無障無碍의 開放'(말씀) 같은 것이라고 이해한다면, 近似하겠을 일인갑? 이 '空'은 그렇다면, "우리의 몸은 四大로 이뤄져 있는데, 四大는 空에 의존한다, 즉슨 四大란 알맹이가 없다"(아나트만)는, 그 '알맹이'가 否定되어, 모든 것이 부정되는, 그 否定的 空에 相對的으로, '四大'라는, 그 '껍질'을 벗기고 났을 때, 드러나는 그 空이랄 것입습지. —'色界'(畜生道)는, 그러고 본즉슨, '二黑一白'으로, '空界'(말씀의 우주)는, '二赤一白'으로 이뤄져 있음을 읽게 되어, 不純한 짐승들의, 獸皮 벗기의 과정을 엿보게 하는군입지. —앞서 운위된 '空'은 그러자, '相對的 空'인 듯한 느낌이 있고, 그것이 수사학적 압력을 이뤄, '絶對的 空'에의 상념을 일으키는뎁지, 사실로 '空'에도 그런 구별이 있다는 믿음은 잘없음에도 그래서 말씀인뎁지, '絶對的 空'은 그렇다면, 저 圖面이 구획하는 우주의 밖, 프라브리티 너머, '나브리티'라고 이르는 그것이나 안 되겠는갑? 그러나, '靜'이라는 것이 따로, '動'을 떠나, 그 너머 어디에 존재하는 것이 아니라는 것을 아는 道流라면, 저것도, 순전히, 수사학적 眞理에 머무는 것 말고, 다른 아무것도 아니라는 것은 아시겠습지. —이제 존승은, 저 도면에다 '이름'을 부여하려 하는뎁지, 그러고 난다면, 이제껏 意味를 잉태만 하고 있던, 象徵이며, 記號로부터, 드디어 意味가 분산된 것인바, 존승이 눈에 불을 켜서 보고 싶어 하는 것은 그것입습지. 이것인즉슨, 요니 속에 휩싸인 굳센 링감 같은 것으로, 重疊된 記號, 意味의 複合化. (링감이라는 Signifier를 휩싸고 있는, 요니가 또한 Signifier임! 言語의 處容歌) '禪木'(요가나무)—이라고, 저 도면을 명명해 두기로 합습지. 연금술꾼들의 '純化의 나무' 말입고, 도류네 '생명의 나무'[十字架] 말입습지, 이 나무를 오르기라는, 무서운 苦行을 통해, '불순한 짐승'들은 '털'을 벗고, '말씀'을 성취합습지. '말씀'은 그래서, '自然'—저 加虐的 붉은 龍에 대한 승리입습지! 자기 부정의, (이 聖스러운 자기 학대!) 苦痛의 子宮에서 태어난 푸루샤! ……헌데 이것은 촌승네 家事여서, 널리 떠들 것은 못 됩습지만, 美里에 돌아와, 『六祖說法』을 봉독해본 후부터 촌승은, 六祖가 그의 사미에게 먹여준 '침'의 의미가 무엇이었는가를 깨닫기 시작한바, 그래서 촌승은 할 수 있는 것, 저 사막에로 얼른 돌아가려 하고 있습지. 六祖는, 이 '禪木'을 타오르기로, 그 獸皮 벗기를 暗號化, 象徵化하여서는, 그것의 완성이나 체현은, 그의 후생의 몫으로 남겨둔 것이라 믿어 그러합습지. 이리하여 그의 후생은 美里의 사막에로, 그 도면 속으로, 한 마리 불도마뱀모양, 저 이글거리는 정지속으로, 가라앉아 들려 합습지. 却說 이때]

그러면, 우리 모두가 함께 죽는다는 날, 末世, 그 우주적 加虐의 대환란은 어째서 오지 않으면 안 되는갑—촌승이 설정한 主題의 壓力에 의해, 그것을 생각해보지 않으면 안 될 듯한 자리에 이른 듯한뎁습지, 그럼에도 이 문제는, 創世 적에 이미, 그 대답이 준비되어오는 것이어서, 말하는 자나, 듣는 자 중의, 어느 편의 눈썹 한 뿌리 밑도 가렵게 할 만도 못하겠습지. (한 '文章'도, 그것이 형태와 넋을 갖고 있으므로 생명이라고 한다면, 村見에는, '수사학적 압력'이, 그 한 삶의 일상적 살기의 환희와 고뇌, 따위와 관계가 있다고 할 때, '主題의 壓力'은, 羯磨와 맞먹는다고 하고 있습지. 그렇다면, '문장' 또는 '발음을 입은 말'도, 그것 자신의, 예정된 운명을 좇아야, 혼돈, 또는 末世를 회피하는 뎁습지, 이제부터 촌승이 약간 언급하려는, 末世에 관한 말씀은, 저 운명적 요구에 좇기라고 이해해주십습지) 첫째로 꼽히는 그 대답 중의 하나는, 六道 중에서도, 人世의 타락이며, 그래서 그 당대의 인간들이 '죽고 싶음'(집단적 피학증)의 도착증을 드러낸 그것이며, 둘째는, 이 병든 인간들의, 그 병인을 알아보기 위하여, 그 人皮들을 휙 까뒤집고 보았을 때, 그 人皮의 안벽에 새까맣게, 덕지덕지 엉겨 붙어, 그것들을 아른하도록 빨아먹고 있는 황충들을 꼽게 되는 뎁습지, 원래는 이 病蟲들이, 사람들의 靈液을 仙酒로 빨아 마시고, 그 값으로, 그것들 그 몸 벗어놓고 가는, 열명길 노자에 쓰라고, 그 죽은 입속에다 白瑪瑙를 물려주던 그것들입습지. 털어놓고 말씀을 드린다면, 이제껏 그 人世를 인도해왔던, 그런 어떤 정신적 지주가, 그 밑동에서 썩고 문드러져, 더 이상 그 기능을 못 하고, 피 빠는 황충이 되었다는 그런 애깁습지. 그리고 이 '정신적 지주'는, 다른 아무것도 말고, '末世論'을 부르짖는, 바로 그 당자라는 것도 觀해두기로 합습지. 셋째로는, '易'과의 관계에서, 그 특정한 어느 한 시대가, '비워지기'와 '채워지기'의 갈아듦[易]을 가능케 하는, (도류들이 '조화'라거나, '균형'이라고 이르는, 그러나 촌승께는 다름 아닌) 相剋性에 反剋性이 끼어들어 일으킨, 어떤 한 氣만의 포화 상태가 꼽히겠습지. 문제의 발단은 어디에 두고 있는가 하면, 末世란 우주적 와해인고로, 우리가 만약, 우주 밖의 우주를 상정할 수가 없다고 한다면, 무슨 수로든, 저 팽창된 氣의 外爆을 가능하게 할 수가 없다는 거기에 두고 있습지. 그 결과는 그런고로, 언제든 內爆이라는 그 한 형태만을 취하게 되는 바여서, 하으, 末世입습지. 그리고도 물론, 이 主題가 우주적 대환란에 관한 것인 이상, 우리들이 만약, 그것이 오지 않으면 안 될 이유를 손꼽아보려는 목적을 갖고, 꼽아보려 한다면, 서른 명 장정의, 그 검센 손가락들을 다 빚내다, 그 算法에 쓴다 해도 오히려 모자랄 것이라도, 道流들께서도 잘 아는 바대로, 본 雜說꾼의, 雜說의, 이 부분의 雜骨을 이루고 있는 것은, '붉은 龍', 저 우주적 파괴력, 그 加虐症이며, '末世論'은 아니라는 것을 되새겨두기로 하십습지. 그럼에도 물론, '末世論'은, 저 모질은 狂症의 한 총괄적 발로라고 이해하게 되니, 저것을 主骨이나 된 듯이 언급하지 않을 도리는 없습지. 촌승 같은, 품바꾼의 法說이란 그래서도 보면, 雜說인뎁지, 그는 입을 벙긋하기만 했다 하면, 두꺼비며, 거머리며, 지렁이를, 똥을, 잡것을, 수물수물 흘려내는 자여서, 듣는 자들의, 귀며, 심정이, 썩는 웅덩이가 아닌 이상은, 저 惡鬼凶夢의 종내기들로부터, 어디를 한 군데 물린다거나, 쏘인다면, 그 당장 그 道流는, 失性 씨석 狂氣를 드러내기뿐만 아니라, 종내는 잡것들이 돼버리는 것입습지. 무엇보다도 '雜說'이란, 通話體系에서, 그 平均性을 捨象 당한 말이어서, 예를 들면, 수인사를 끝낸, 禪家, 俗家, 兩家의 오사리잡놈들 간의 수작 같은 것입습지. 一曰, "佛性이 없는 有情도 있느냐?" 二答, "개 새끼도 有情이냐." —道流들은 그럼에도, 자리를 지켜, 떠나려고들 않는다면, 本者語魔, 道流들의 흰 얼굴에다, 말[言語]의 썩음이나 버글버글 토해내 새까맣게 덮어 씌워줄 일밖에 없겠음. 연이나, 실제에 있어서는 헌뎁지, 촌승의 오구등한 손가락으로 꼽아낸, 저 세 가지 이유들 중에서도, 그 첫 번째 것과, 세 번째 것은, 그 형태상에 있어서는 별다른 차이점이랄 것이 보이지 않을지도 모릅습지. 마는, 저 세 번째 경우는, (그 차이점을 그래도 찾아보기로 한다면입습지,) 꼭히 어떤 '정신적 지주', 그런 중추적 역할을 해왔던 教義(主義)의 약세화 같은 것에다 연결을 지을 필요가 없기는 없는 것이 아니겠을갑. 그럼에도 그 양자 간의 同義性은, '代贖羊 같은 것을 죽여 더운 피 뿌리기祭' 같은 것이 意義를 띠는, 그 점에 두고 있는 것이 아닌가 합습지. 誤讀의 결과로, 누가 이 巫洞實學(犧牲祭)을, 저 두 번째 경우('죽은 神' 살려내기)에라도 적용하려 한다는 일이 있다고 한다면, 결과는 아마도, 畜生道만 더 붉게 할 듯합습지. 무엇보다도 이 두 번째 경우의 狂風이, 世末을 사는 우리들을 불안하게 하며, 절망의 무저갱에다 밀어붙이고 있는 그 장본인인뎁지, 村見에는 이 경우는, 創造者 당자가 눈썹을 잃고 있어, 존재들로부터, 그 삶의 가치들이 흘러 빠져버렸습지. 그렇게 하여, 神의 눈썹 자리가 민틋해져 버리면, 스스로 '先知者'라고 이르는 자들이 도처에서 일어날 것인바, 글쎕지, 神이 눈썹을 잃은 그 연유입습지. 촌승이 모든 장통의 어귀에서마다 만난, 그렇게도 많은, '末世를 播種하는 자'들도 물론, 그런 先知者들이었는뎁지, (이렇게 되면, 헤헤, '末世論'이 '先知者 흉보기論'으로 넘어가는뎁지, 흠, 이것이 本語魔의 雜說의 재미이겠음) 그 하나하나의 씨앗이 얼마나 참이든, 한 家門에서 쫃겨 나온 그렇게도 많은 先知者들이란, 그 宗門에 대해서는 물론, 그 한 세계에 대해서도, 한 작은 나룻배에 탄, 그 매 손님이, 자기네 고향 나루터에서는 일등 간다는 사공들로만 모여 있는, 그 결과를 초래했겠습지. 이때는 그 '참'이라는 것이 암초며, 난관이 될 일이어서, 그 배는, 탄 사공의 수만큼이나 조각이 나 있거나, 산꼭대기에라도 얹혀 있게 될 수가 있습지. 쪼개어진 배는 末世를 겪어버린 배이며, 산꼭대기에 얹혀 있는 배는 無用한 배입습지. 우리는 그리고 또, (전에 한 번도 본 일이 없는) 코끼리를, 어둠 속에서 더듬어본 자들이, 하나같이 자기가 옳다고 주장하는 얘기도 듣습지. "코끼리란, 기둥 같은 짐승일렙." "천만엡, 코끼리란 부채꼴의 짐승인걸." "초런 순, 아무리, 손바닥에 눈깔이 안 백혔다 해도, 벽 같은 것을, 기둥 같다고, 부채 같다고 이를 수가 있남?" 흐, 흐, 흐래서 우리가 알게 되는 것은, 그 어느 測師도 틀리지는 않았음에도, 그 한 코끼리는 戮屍되게도, 여러 부분으로 토막이 나, 이미 죽었거나, 또 아니면, (관점에 따라서는) 거기 느닷없이 새로, 그러니, '벽'이라는, '기둥'이라는, 여러 풍문의 코끼리가 나타난 대신에, 아직도 거기 한 하늘을 버텨 서 있는, 그 실한 코끼리는 온데간데가 없이 되었거나, 그렇게 됐습지. 이런고로, 한 宗門도, 俗家事와 다름없이, 그 家品을 이루는 紀律(Ritual)과, 氣習(Doctrine)이 병존하되, 그 天秤에 기울어짐이 없어야겠습지. 그 어느 편에로의 기울어짐은, 그러니 말하자면, '敎儀'가, '敎義'보다 강세하다고 할 때엔, 투박하게 말하기로 하면 입지, 그 신앙자들의 信心이 닿을 곳이 없어, 신앙의 流失症(오나니즘)을 일으켜, 魂들을 소비하고, 그 반대의 경우는, 말씀드린 바대로, '先知者'라는 자들을 雨後竹筍으로 일으켜내, 오래잖아, 그 한 종교를 갈기갈기 찢어발겨, 역사의 찬바람 가운데, 흩트려버리기에 이르겠습지. 이런 견지에서는 그래서, 한 종교가 한 번, 한 우주를 개벽하기에 성공적이었다고 하면, 그런 뒤부터는, 그 宗家의 사제들은 눈에 불을 켜고 지켜보다가, 선지자가 일어났다 하면 선지자를, 메시아가 왔다 하면 메시아를, 돌로 쳐, 그 더운 피로 땅을 적시고 (때로 때로 大地는, 자기 자식들의 더운 피 마시기를 요구하거든입지) 그런 뒤, 十字架에 높이 높이 매달아, 人世 오기의 다난함을 公表하여, 三世의 크고 작은 정령들을 경계할 일이겠는갑. 심지어는 헌뎁지, 그 '敎儀' 자체까지도, 그 시간의 단위며, 방언·지방색에 따르는, 각 심령들의 이해, 그 通用語에 따라, 여러 형태로 변용을 치러 나타나, 심하게는, 그 원전이 무엇이었는가 하는 것까지도 잊게 되는 수가 있는뎁지, '儀式'의 부분까지도 그렇다고 할 때, 그 대상이, 우리들 오온 너머의, 이르는 바의, 무슨 '추상적 진리'라고 할 때엔, 그것을 단단히 테 둘러놓았던, 어떤 形式(敎儀)이 느슨해졌다거나, 터뜨러져, 땀의 더운 냄새를 풍기며 '속살'인 것이, 殺慾에 떠는 野狐 우리들 앞에 던져져 있다고 할 때, 오게 될 그 결과에 대해서는, 얼마나 많은 말을 하고 나서야, 할 말의 얼마쯤을 했다고 하겠을 일인갑. 그 '속살' 맛에 취해, 길게 길게 우는 野狐마다 선지자는 아닐 것인갑? —이 자리에서 촌승은, 누구의 잘못이든, 이제껏 그것들(敎義와 儀式)이 陰極 쪽의 얼굴만을 확대해온 듯하므로, 그 얼굴에 관해서는 더 말하려 하지 않되, 그 얼굴에 가려져 신음해온, 그 얼굴을 들춰 道流들께 보이자면—村見에는 헌뎁습지, '形式'(儀式)이야말로, '言語'모양, 그 '形式'(記號)에 의해서, 그 '形式'을 지키는 精神들을 해방한다고 하고 있습지. 특히 종교적 儀式은, 그 예배자들의 의식·무의식에 인식되어지기에는, 그것이 차라리, 그 예배자들이 예배하는 어떤 초월적 힘[神]의 강림을 위한 神殿인뎁지, (그렇다면, 예배자들이 모여, 예배를 드리기 위해 지어놓은 실제적 건물로서의 神殿까지도, 그리고 좀 더 비약하면, 그 예배자들의 肉身까지도, 바로 이 '儀式'[形式]의 한 형태이겠습지) 그런 기초가 없이, 無所不在인 자의 化現은 불가능하다고까지 이해됩습지. 그래서 '形式'이 三角이면, 그 '三角' 속에 현현하는 하늘도 '三角'이며, 그 '꼴'[形式]이 四角이면, 그 속에 잡혀 든 바람도 '四角'의 모양을 띠게 되는 것입습지. 이런 의미에서는, 저 초월적 힘이 '나타내게 하는 자'(signifier)가 아니라, 그 '꼴'[形式]이 '나타나게 하는 것'이며, 초월적 힘은, '나타내어진 자'(signified)입습지. 그럼에도, 道流들은, 너무 성급하려 할 일은 아닌데, 이 상태까지는, 촌승의 믿음에는, 한 글꾼이, 한 책을 꾸미기에 비유될 듯하며, 그것이 독자들의 눈앞에서 펼쳐지고 있을 때에는, 이 '나타내는 자'와, '나타내어지는 자'의 위치가 전치되겠습지. 이런 말들은 그래서, '形式'과 '教理'는 言語에 있어서, '意味'와 '記號'의 관계와 같은 것이라는 말일 것인뎁지, 그럼에도 어떤 경우, '教義'가 그 '儀式'을 벗게 되면, 그 教義는 이제, 바르도에로, 떨어져 내려, 거기서 오랜 세월을 헤매거나, 소멸되어 버리거나, 새로운 '儀式'에 제휴하게 될 것이라는 것을 추측케 합습지. 어쨌든 그리고 이것을, 아까 촌승은, 개인들께로 적용했었습지만, 教理가 개인들을 구원한다면, 형식은 집단을 구원한다는 것을 밝혀둬야겠군입지. 왜냐하면 집단은, (그리고 일상적 개인도) 横的 삶 자체인데, '형식'은, 横的 教理이기 때문입지. 한 개인 개인들의 일상적 삶과, 형식의 관계는, 그 형식이 어떤 경우, 이상스럽게 割禮를 치른 듯하여, '迷信'의 형태에로 전이해 있는 듯도 싶은뎁지, 한 가지만 예를 들어보기로 하면, 불길한 꿈을 꾸고 깬 자가 아침에, 무슨 呪文을 읊는다든지, 또는 어깨 너머로 소금을 뿌린다든지, 심지어는, (누차 누차에 걸쳐, 여기 어디에, 代贖祭의 祭石이 하나쯤 놓일 자리가 있다고 해온 바대로) 어디에 가서, '피를 보고' 돌아와 평온함을 지키는 것 같은 것입습지. 이때에는, 저 '형식', 즉슨, '呪

文 읊기'라든, '소금 뿌리기' 등이, 그 '불길함' 속에 감금되어 어쩔지를 모르는, 그 行道꾼의 정신을 해방하고 있습지. (도류들은 그래서, '呪文'이나 '소금'이, 밖에 어디에 있는, 무슨 '煞'이나 '厄' 따위를 물리쳤을 것이라고 믿는갑? ······ 헛헛헛, '呪文 읊기'나, '소금 뿌리기'의 전 목적은 허기는, 그것이었습지)

어쨌든, (俗治에도 이것은 그대로 적용되어져야겠습지만) 한 종교에서, '儀式'과 '敎義' 사이에 괴리 현상이 일어나면, 그 세계에는 별수 없이, '末世'에의 공포증이 아니 일어날 수가 없겠습지. 그래서 이것이, 그런 세상인지 어쩐지 모르되, 모든 고장에서마다 촌승은, 자기네들의 神을 살해한 자들이, 모진 손톱으로 찢어낸, 그 神의 조각을 하나씩 이마에 동여매고, '末世'의 풍문을 뿌려대고 있는 걸 보았는뎁지, 그래서 보면, 세상은 참 어수선하고, 어설프고, 을씨년스럽고, 그랬습지. 붉디붉은, 흐린, 꺼끄러운, 더러운 냄새의, 맵고도 짜거운 바람만 불어가고, 오고, ······어허라이 순, 어수선한 세상. 그리하여, 애고, 애고, 哀哉, 우주적 巨象 한 마리가, '벽'이 돼버렸음, '부채'가 돼버렸음, '기둥'이 돼버렸음. —그래도 물론 촌승도 (저렇게 한 巨象이 末世를 겪은 탓에) 그러는 그 어느 한철, 우리들 세상은, 간섭 많던 시아버지가 덱 씨러지고 난 뒤처럼, 꽤는 用身키가 수월했었다는 것을 잊고 있거나, 모르고 있는 것은 아닙습지. 라는 말씀은입지, '人間'이 捨象당하고 '神'만 남아, 그 神이, 우리들 전체 세상보다 더 넓고도 무거운, (한 짝은) '儀'며, (다른 짝은) '義'라는, 한 켤레의 쇠 신발을 신어, 우리들의 한 세상을 무자비하게도 (「욥記」를 참조 하십습지) 디뎌 짓눌러, 우리들로부터 '信仰'의 기름을 짜내던 시절은, 나무가 아니어서, 소가 아니어서 '人間'이 '人間'이었기 때문에, 고됐었다는 말씀입지. 이 '人間'이라는 '보통' 또는 '집합명사'를 '고유명사'화하면, 이번에도 '욥', 그러나 우리들께 매우 친근한 얼굴의 그 고전적 '욥'이, 변함없는 얼굴로 나타나겠을 일인갑? 그래서 인간은, 神을 우러러, 다만 全善하여, 어떠한 역경이나 난관에 봉착해서도, 그 神을 찬양하여, 원망하는 생각조차도 일으키지 말아야 되고, 그에 비해 神은, 자기를 '邪'며 '正'으로 분리하여서는, '邪'로 하여금 '正'을 유혹하고 시험하게 한 뒤, ('邪'에 오염당할 수도 있는 '正'은 상대적 '正'이어서, '邪'를 분리해낼 수가 있었겠는갑. 흐, 흣, '末世論'과 '욥記'? 저 '붉은 龍'으로부터

독 비늘을 하나 벗겨내기?) 辱이 일어날 수도 있다면, 그것은 '邪'에다 돌리고, 자기는 영광만을 거두려 합습지. 義로운 '욥'의, 義로운 廣告에 의해, 밝혀진, '욥'의 神은, 그 밑창에 천만의 못을 박은, 무거운 쇠 신발(이 우주적 加虐性!)을 신어 있는 자입습지. (존승께는 그렇게 이해됩습지) 義로운 '욥'은, 안됐습지만, 義롭다는 바로 그 이유 탓에, 저 쇠 신발 밑에 짓눌려 깔려, 자기의 낳은 날이며, 자기를 받아준 무릎까지 저주하면서도, 義롭게도, 흙밭에 뒹구는 눈의 높이를 올려 떠보려고는 안 하고입습지. 이러던 날, 어느 분노한 '욥'에 의해, "神은 죽었다!"는 부고가 전달되기는 합습지. 그래 보니, 그의 그 한 켤레 신발의 여기저기가 닳아져, 神의 속살이 드러나기도 하고, '人世'에로 햇볕도 들고, 그러자, 어쩌다가는 다른 동네 鬼神들도 지나며, 저 만신창이가 된 욥을 위로도 하곤 했는뎁지, 道流들, 그럼에도, 이 양지 볕은, 바람에 구름이 밀리며, 반 뙈기 볕을 찌뜨렸는가 하면 거두듯, 그렇게도 빠르게 이울었을 것인갑? 왜냐하면 말입습지, '욥'들의 저런 시절도 그러나, 神이 축출당하고, 人間하고 짐승만 남아, 인간이 그 主人 노릇을 하고 있는 세상보다, 절대로 나빴다고 할 수가 없는 것을, 지금이라면 새롭게 알게 되겠으니 말입습지. '욥'은 '善'했으며, '道德的'이었을 뿐만 아니라, '人間'보다 훨씬 월등한 어떤 존재에의 꿈을 제시하고 키워, 예배하며 좇는 사이, '自然'이라는, 어떤 거대한 '痲痹'—그렇습지, '自然'은, 個存들에 대해서 痲痹 입습지! —또는 '集團細胞組織'으로부터, 하다못해, 대략 목 부분까지만이라도 인간을, 자기만의 解皮를, 성취했는뎁지, 꿈을 잃자부터 인간은 그러나, '善'이 무엇인지, 그 기준을 모르게 됐으며, '道德'이 어째서 善의 기준이 돼야 되는지, 그런 것을 모르게 됐습지. 물론 '인간'도 '짐승'인데, '짐승'이 됐습지! '人間'의 죽음. 축생도에, 날개 단 호랑이, 육식을 하는 코끼리라는 투의, 이상하고도 두려운 짐승이 태어났음. '人間'으로부터의 '神의 죽음'은, '神'만 죽고, '人間'만을 남기는 결과는 아닌 듯합습지? [36]'心情'(염통)을 잃은 人間—, 슬픈, 그리하여 '人間'도 죽음. '人間으로부터의 神의 죽음'의 결과는, 조금 벗었던 獸皮를 되끌어 올려 덮기, 축생도에로의 추락. 末世.

—그러자 때맞춰, 어떤 도류가, 그렇다면 이 "神이란 무엇이며", 그리고

실제로 "실재하기는 하는 자인가?"라고 묻는뎁지, 헷헵습지, 도류도 촌승도 꼭 같이, 한 몫의 염통[心靈]을 갖고 있는 것이 분명한데도, 하나는 그것을 가져본 적이 없는 자처럼, 짐승처럼 묻고, 다른 하나는, 두 몫을 가진 듯이, 神처럼 대답해야 하는갑? 촌승이 특히, 神과 더불어, '염통'[魂]을 들먹이는 까닭은, 바로 이 '神'의 거처가, 우리들의 '염통'인 것으로 알려진 탓인뎁지, 道流는, '염통'을 '머리통' 속에 넣어 갖고 있는, 그런 물음을 묻고 있다 말입습지. 이런고로, 촌승께 이해되기로는, '神'도, 禪門의 '無'와 마찬가지로, '머리'로 그 정체를 파악 포착하려 하면, 그 '머리통' 속에다 큰 구멍만 남겨버리고 말기 십상입습지. 禪家에서는 그것이 얼핏, '空得'과도 유사하다고 여길지 몰라도, 다른 쪽에서는 '神의 死亡'이 진단, 선고될 위험성이 있습지. 그, 그러, 럼에도 불구하고, 그런 의문이 일어나서, 열두 발 창자보다도 더 큰 회충이 되어 그것이, 그 의문을 일으켜낸 道流의 내장을 다 녹혀 먹는다고 한다면, 그 道流를 생각해, 村見을 하나 밝혀둘 필요는 있을 듯한가 몰랍? 그래 말씀인 뎁습지만, 촌승께 이해되는 '神'은, 그 비유상에 있어, '죽음'과 별로 다름이 없어, 매우 유사한 자인 듯합습지. 그러자니 '죽음'에 관해 萬想이 떠오릅습지만, 쉽게 짚이는 것으로 몇 가지만 꼽아보기로 하고, 그것이 그런 뒤, 저 물음에 대해 대답이 될 만한지 어떤지는, 도류들의 판단에 맡겨두기로 해야겠군입지. '죽음'은, 공기처럼, 생명이 있는 모든 곳에 遍在해 있다는 것, 동시에, 한 生命이 생명을 받는 그 순간부터, 그 '귀신을 토해'내는 그 마지막 순간까지, '죽음'은 또한, 한시 반시, 한 찰나도 비우는 법이 없이, 그 생명과 함께 있으되, 그 생명이 숨을 쉬고 있는 한은, 결코 나타내 보임이 없다는 것, 그래서 '죽음'은, 우주적 보편자이되, 비록 戰爭 같은 대량 학살이 자행되는 곳에서까지도, 언제든 (죽음은) 한 개인 한 생명에게만, 그 생명이 꺼지는 그 순간, 化現해 보이는, 비보편자라는 것, (—우리가 한 가설을 세우기로 하여, '죽음'은 죽은 자에게만 포착 체험되는 것인데, 죽은 자는 헌데 죽었으므로 '죽음'을 느끼지 못한다면—) 그리고 '죽음'이란 영구히 수수께끼라는 것, 그럼에도 그것은, 生命을 가진 것에 대해서는, 엄존의 절대 자라는 것.—

연이나, 앞서 우리는, '神의 죽음'의 부음을 들었었거니와, 그래서 그의 장례식에서 돌아와서 우리들은, 때로 때로 그의 얼굴을 떠올려보았던, 우리들의 그 '거울'을 들여다보며, 그리하여 우리가 '과부'가 된 일로 우리는 울었는갑? 神은 그래서 결국, 한 우주를 지운다고 지우기로써, 자기만을 지우고 말았는갑? 그래서 사실로 그 '거울'은 비어, 우리들의 마음은 을씨년스럽고, 춥고, 외로우며, 쓸쓸했는갑? 그런 것은 아니고, 우리는 그 꼭같은 '거울' 속에서 이번엔, 하흐, 이, 이러, 런 섬뜩지근헐 녀러, 녀러, (앞서도 얼핏 말씀드렸습지만) 여러 '짐승들의 얼굴'이나 만났는 것이었는갑. 그러고 보니 '人間'이라면서 우리도, '性器'며 '肛門'을 갖고 있는 것이 아니었었는갑? 구역질, 씨부랄 녀러 냄새, 그러면 그럴수록 빠등거리는 뻘그럼, 아픔. 헌데 우리도 '性器'며 '肛門'을 갖고 있는 것이 아니었는갑! 그것들이 일으키는 구역질의 쾌감에, 우리는 황홀로 떨어대기 시작하고 있다 말입지. 인간이란 다름 아닌, 고급한 羞愧. '性器'며, '肛門'을 가리는 재주로, 文化化한 짐승들. 축생도 둔덕에 앉아 우리는 울었넵지, 축생도에의 향수 탓에, 하으 목 놓아 울었넵지. 우리의 문제와 비극은 그럼에도, '性器'며 '肛門'을 文化化하지 않을 수 없었을 때, 이미 시작되어 있었던 것이었음을, 새로 상기하지 않을 수 없는 데 있습지. —性的 肛門은 性器에 속하는 것이니, 위장과의 관련에서 따질 것이 못 되고, 또, 시간 맞춰, 더러움을 밀어내며, 그 무주룩함을, 快로든 苦로든 느껴내는 한 肛門은, 殺慾이나 盜心 따위를 일으키는 것이 아닌고로, 덮어두기로 해야겠습지만, 性器만은, 포식 포만을 모르는 데다, 그것 자체로서 독립한 한 有情인 듯하여, 그것을 소유했다고 하는 자 자신도, 그것을 어거하기가 어려운 것이 문제여서—인간만이 유독, 그리하여 性을 두려움으로 절시하며, '외눈박이의, 나쁜 거인'으로, '의붓아비'로 '붉은 龍'으로도 이해합습지. 저것[性] 이 그래서, 인류의 시작부터 그 극난한 장애('옛 뱀')였었는뎁지, 그뿐만 아니라, 그 최후의 극난한 장애('붉은 龍')도 그것이 될 것으로 보입습지. 저 가학성적 파괴력. (그래서 새로 확인하게 되는 것이 이것입습지만, 우리는 한 번도, 우리들 시작해서 닿으려는, 그 얘기의 本軌에서, 脫線을 한 일이란 없었군입지) 묘한 것은 헌뎁습지, 性, 그 순수히 創造의 힘이기는 하던 것이, 人世에 제휴하여서부터는, (그리고 그 종말에 이르기까지,) 그것의 순수함을 잃고, 그 음성적 국면을 더 많이 드러내, '타락'의 毒力化하여, 末世까지를 초래하는뎁지, 이런 性力은 그렇다면 파괴력과 다름이 없어 보이는바, 그것은 묘합습지. (좋은 귀를 가진 도류라면, 촌승은, '창조력의 이면은 파괴력'이라는 투의 얘기를 하고 있는 중이 아니라고 알겠습지. 아으, 道流들은, 봄 뜰을 내어다보십습지) 아마도, 魔羅와, 드룩과, 인간은, 性을 誤用하고 있는 듯합습지. 우리는 그리고, 그것을 깨닫지 못해 모른 듯하지는 않는뎁지, 예를 들면, 性과 관계된 禁忌(터부)도 그러려니와, 圖騰俗(토테미즘)도 그러하고, '간음한 자마다 돌로 쳐 죽이기' 같은 혹독한 율법 따위도, 그것을 증언하고 있습지. '옛 뱀'이 그중 심각한 주제가 되어 운위되던 시절부터, 人間(아담)은 그래서, 이 '性에의 공포증'을 일깨워낸 것이 분명한뎁지, (性이 주는) 그 快의 裏面은, 천만의 毒蛇 타래를 머리칼로 얹고, 생명들의 목 줄기에서 더운 피를 빨아내는 '죽음'인 것을 본 것입습지. 이것은, 그러자니, 인간은 혹간, 자기의 존재 자체를 두려워하고 있는 것이나 아닌가 하는 것까지를 고려하게 합습지. 解脫複合症 말입습지, 反元素主義. 空에다 色을 입히는, 저 色骨은 붉은 龍, 淫女는 詛呪, 이래서 인간은 위대한 모순, 예술적 모순입습지. "동산 중앙에 있는 나무의 실과는 너희가 먹지도 말고 만지지도 말라, 너희가 죽을까 하노라." (존재하기에의 두려움의 시작!) 허, 헌뎁지, 어찌하여 神은, 그의 창조물 중에서도 유독 인간에게만 향해, 그것도 인류의 시작의 맨 첫날(은, 천지 창조의 第六日이었습지?) 계명이나 율법보다도 먼저, '외로 꼰 새끼줄'[禁忌]을 저 '생명의 나무'에 두르고, 오색 헝겊 조각을 꽂아, 근접도 말라고, 경고부터 했어야 했는지, 이제쯤이라면 道流들도, 그 뜻을 짐작할 만하겠을 일인갑? 인간(아담)은 아직 어려서 모르고, 神만 아는, 원초적 상처를 인간은 숙명해 있었던 모양인뎁지, 탁 털어놓고 말하면, 그때부터 이미 인간은, 性과 더불어 고초를 겪기 시작한 것이 분명합습지. 그래서 인간은, (창조의) 이렛날째는 하루 쉬고, 그 여드렛날부터, 금기나 억압이 없는 세계의 구현이라는, 아름답게 誤導된 夢想을 시작해 아직도 그 설핀 白日夢에서 깨어나지를 못하고 있는 듯합습지. 촌승이 저것을 '誤導된 夢想'이라고 이르는 것은 왜냐하면, 村見에는, 다름 아닌, 존재들이 입은 그 肉身 자체가 금기며, 억압이라고 하기 때문입습지. 저 '금기며 억압'이야말로 그러니, 元素의 우주에 존재하는 것들의, 존재키의 전 조건이 되어 있는 것이 아닌갑? 그렇다면 有情들은, '금기나 억압이 없는 세계의 구현'(은 불가능한 꿈입습지!)을 바라기보다, '금기나 억압이 없는 세계에 적응'할, 그 '체질 개선'부터 서둘러야 될 것이겠는뎁지, 그 '체질 개선'을 위해 주어진 훈련소(종교적 어휘로는 苦行의 장소)가, 바로 이 元素의 우주겠습지. 왜냐하면, "進化는 肉身(元素)에 의해서만 가능되는 것"이기 때문입지. [('체질 개선')의 필요에 관한 예를 하나 드는 것이 허락된다면 도류들, 우리 가운데 누가 있어, 그 마음에 병이 들어 있지 않다면, 長生不死를 바라지 않겠는가마는입지, 생각해보십습지, 조금만 기온이 바뀌어도 감기로 몸져누워야 되고, 한두 끼니만 건너도 허기진 데다, 시간의 경과에 따라, 입은 元素의 무게가 점점 더 가중화하는 탓에 숨을 헐헐하는, (우리들 입은) 이런 몸이 과연 長生不死에 적합하도록 지어져 있다고 할 수가 있겠는갑? 村見에는, 有情이 만약, 五大가 잘 갖춰진 어떤 한 떠돌이별에서의 우발이 아니라면, 프라브리티 우주에는 반드시 무슨 목적이 있으며, 존재들이 살 입기에도 목적이 있습지] 앞서 말씀드린 바를 종합한다면, 촌승 믿기에는, 그 목적은, 그것 벗기에 있음이 분명합지. 물론, 元素를 입은 것은 어느 때든 결국엔, 그것을 벗지 않을 수는 없는뎁지, 문제는 그렇다면, 그것을 벗되, 어떻게 벗느냐에 있는 것이 아니겠는가, 촌승은 그렇게 사료합습지. 분명히 이것에 연유하여 인간은, 四大가 일으키는 欲望을 적시하기 시작했을 것인뎁지, 그래서 이제, 인간의 '自己否定'이라는, 해괴하기까지 한, ―그렇습지, 그것은 해괴합습지! ―苦行이 시작되기도 했겠습지. 그 여러 欲望들 중에서도, 반복됩습지만, 인간은 특히―왜냐하면 인간도, 그 입어진 元素에 의해서는 동물 말고 다른 아무것도 아니기 때문에―'性'과 관계된 욕망을 그중 극난한 것으로 친 듯합습지. 人間은 그래서, 그것으로써만, "하늘의 별과, 해변의 모래의 수만큼이나 많은 자손을 번성케 할", 그 '생명의 나무'를 먼저, 버혀 넘겨야 할(自己否定) 대상으로 삼고, 태초부터 말세를 부르기까지 고역을 치러온다는 것은, 숙고를 요합습지. '생명의 나무'를 둘러놓은, 외로 꼰 禁索에 꽂힌 오색 헝겊에 그려진 부적은, "이 (선악을 알게 하는) 나무의 실과는 먹지도 말고 만지지도 말라, 너희가 죽을까 하노라"라고 읽혀졌더라닙지. 모순당착! 우주적 모순당착? ……그래서 과연 우주에도 모순당착이라는 개념이라도 끼일 자리가 있기는 있었던 것인갑? 그래서 그렇다면, 宇宙란 위대한 偶發이겠는갑? 헤, 그, 헤, 헷, 그, 그, 럴, 럴, 리야, 그, 그것까지 촌승이 의, 의견을 보태야 할 리야, 리야, ……그, 그렇다면, 아까부터 우리가 절시해 오는, 일견 우주적 모순당착이 한자리에 뒤엉겨 붙어 있어 보이는, 저 비밀의 방 안쪽의 풍경의, 그 眞意는 과연 무엇이겠는지, 도류들, 그리하여 우리는 다시, 한 '바보 왕자'의 눈을 통해 들여다보았던, 그 여섯 번째 방이던가, 열세 번째 방이던가, 그런 어떤, 어두운 방에, 쇠사슬에 묶여 갇혀, 천년을 굶주려온 魔力(鬼)과의 재상봉을 하게 되는 뎁습지, 그리하여 우리는, 저 천년을 굶주려온 魔鬼와, 어린 왕자간의 寸數의 암호가 저절로 풀려짐을 보게도 되는 듯합습지. '옛 뱀—붉은 龍'이, 그 소년 왕자의 척추 속에서, 고환의 깊은 데서, 自然을 불러내는 소리, 즉슨, 自然이 그 소년에게 살[肉身]을 長利 준, 그 利子 독촉, 아직, 性과 관련된, 지옥적 畜肉의 쾌감을 못 느껴본, 童貞의 소년의, 性에의 유혹과 공포. 이 왕자는 어느 날, 이 毒龍을 정복하기는 합지만, 그리하여 어떤 公主(아니마)와의 행복한 결혼을 성취하게는 됩습지만, 그도, 그의 '두 형'들처럼, 자기의 고환 속에서 으르렁거리는 毒龍을 퇴치키 위하여 밖으로 달려나가기는 나갑지. 그의 두 형 중의 하나는, 우리 모두 익히 그 풍문을 들은 바대로, 오른쪽 길(이면 어떻고, 왼쪽 길이면 어떱며?)을 잡아 들어, 가다, 사흘을 갔든, 삼 년을 갔든 어쨌든 가다, 어떤 마술사의 지팡이에 잘못 맞는 그 순간 바위가 돼버려, 가망 없는, 망각의 잠 속에 떨어져 내렸으며, 또 하나는, 왼쪽 길을 잡아, 걷고 걷고, 삼 년을, 또는 사흘을 걷다, 어디 불이 빤하게 켜진 사립짝을 잘못 들어선 결과로, 마녀네에 잡혀, 그 마녀의 주술에 옭혀, 마녀네 家畜이 되어서는, 망각의 독초에 살이 찌는 대신 과거를 잃고, 잡혀 먹힐 날을 기다려 살고 있다고 합습지. 저런 얘긴즉슨, 村見에는, 우리들 아담—나복이의, 性에의 공포가 (그러니, 性의 부정적 국면이,) 두 가지 형태를 드러낸 것이 童話化한 것이 아닌가 하는뎁지, 하나는, 自己去勢를 통한, 性的 不能을 보이고, 다른 하나는, 畜生道에로의 추락을 보입습지. 童話 속에는 늘 나오는, '동안 백발의 노인'(아버지)이나, '도움 많은 노파'(어머니)—이들이 앞서, 두 형들께는, 나쁜 魔術

師며, 魔女의 얼굴을 드러내 보였던 장본인들이었다는 것 짐작하기는, 그렇게 어렵잖습지—의 귀띔해주는 소리를 깊이 새겨들은 셋째는, 가운데 길로 들어, 자기가 세운 목적을 달성하는뎁지, 이런 얘기를 들을 때마다, (아마도 누구에게나 다) 의문이 되는 것은, 그러면 어찌하여, 용맹 영특하다고 알려져, 크게는 한 왕국의, 작게는 한 고을의 촉망을 받던, '큰형'이나 '둘째' 같은 장한들까지도 이루지 못하는 일을, 그것도 한 왕국이, 또는 한 고을이 주야로 비웃어, '바보둥이'라는 '셋째 왕자'마다, 제 놈의 白骨도 못 추려갖고 돌아오기는커녕 도리어, 한 손에는, 반짝이는 눈의 어떤 公主의 섬섬옥수를 쥐었으며, 다른 손에는, 흐린 눈의, 자른 毒龍頭를 쥐고, 홍조 띤 얼굴로 개선하는가, 그런 것입습지. 그러자니 우리는 물론, '영웅의 조건' 중의 하나는, '우치한 아이다운 무모성(을 구비해야 한다)'라는 것을, 지혜 있는 듯한 소리로 꼽아내게도 되며, 그뿐만 아니라, 듣는 이들께 어떤 얘기를 재미있게 들리게 하려면 그런 투의 문학적 구성은, 별수 없이 요구되어진다는, 꽤는 으시락딱딱한 소리도 꾸미게 됩습지. (사실로는, 독자를, 엄버무려 큰아이들로 취급하여, 얘기를 꾸미는 小說客들마다, 어느 마을에서든, 三冬 나기를 쉽게 할 뿐만 아니라, 봄이 된고로, 다시 감발을 매어 어디로든 떠나보려 하면, 그때 그들은 행복한 난관에 봉착하기가 일쑤인뎁지, 三冬 내내, 그 일동의 기름기로 채운 몸이 너무 불어나, 그 사랑방 벽을 넓게 트지 않고는, 그 문을 도저히 비어져 나올 수가 없는, 그 난관입습지. 이런 견지에서는, 말한 바의 저런 小說이란, 알려져 온, 한 바람직한 '삶의 네 단계'—카마, 아르타, 달마 그리고 목샤—중에서, 그 前半의, 俗屬이랄 두 단계에 속한 求道라는 것을 생각하게도 됩습지. 法門에서 말하는 '俗家'의 삶이란 그렇다면, 그 나이와도 상관없이, 저 두 단계에서 더 이상 진보를 보임이 없는 상태를 이르는 것이 분명해 보입습지. 村僧에 이해되기는, 이 俗屬의 삶까지도, 그것이 文化化를 치러버린 때로부터 시작해, '畜生道-自然'으로부터, 그 半身쯤을 뽑아내고 있어, 그 햇볕 비낀 쪽의 삶을 촌승은, '예술'이라고 이해하고, 그 달빛 비추이는 쪽의 것은, '巫'라고 이해 합습지. [冥界에 똬리 쳐 있는, 半身의 文化化-巫!] 이런 얘기는, 앞으로도, 몇 번이나 더 반복될지는 村僧도 모르되, 어떤 有情들이, '獸皮'를 벗어 위쪽에로 오르는 종교의 이름은 그런즉 '예술'이며, [그 반대로, '흙의 살'을 벗어, 아래쪽으로 파고드는 종교의 이름은 '巫'일 것] 그런 뒤, '文化'로부터 다시 解脫을 성취하는 藝術은, 더 이상 藝術이라고 이르지 않으며, '宗敎'라고 일러온다는 말씀은 드린 바 있습지) 어찌 됐든, 이왕 말이 나왔으니 말인뎁지, 크게 우리의 주목을 끄는 것은, 우리들의 이 英雄譚의 주인공이 '딸'[公主]이 됐을 경우로서, 왜냐하면 '아들'[王子]의 경우와 정반대로 이번에는, '막내딸'들이야말로 위의 '언니들'에 비해 총명 영특할 뿐만 아니라, 근면하고, 그 마음이 大地처럼 넓고 깊어, ('언니들'을 물리치고) 장차는 國母가 되는 결과이기 때문입습지. 흣, 흣, 흣, 저런 換置에 대해, 촌승이 눈을 흘겨볼 일이란 없더군입지. 촌승께도 약간의 閱世가 없는 것은 아니니, 저런 문제와 관련하에서도 물론, 여기서 서푼, 저기서 반 줌이라는 식으로, 따 담아놓은 얘기가 없을 수는 없겠습지만, 그중에서도, 어떤 村老로부터 들은, 그 얘기가 촌승께 듣기 좋아, 그것이나 하나 풀어냈으면 하니, 따 담아놓아 누렇게 곰이 핀 다른 얘기들은, 기회가 있을 때마다 조금씩 뜯어내, 홉으로, 되로, 말[言語]로, 청승으로 술 담그는데 누룩으로 쓰도록이나 해야겠군입지. 헛, 헌뎁지, 요런 꼬락서니도 중이라고, 조런 팔자가 되다 말아 못 되어서, 마, 말, 씀입지, 체엔장, 복이 있는 뇌미는, 빼마른 산등성이 찌그러져 가는 초가에라도, 엉덩이 푸짐하고 뼈대 실한 계집 하나 아랫목에 익혀두고, 젖은 흙일을 해가민시롱 들명날명, 질척질퍽 날명들명, 후후쿠쿡들명날명, 옹기가마, 계집은 말입십니다 옹기가마, 일 년 삼 년 십 년 단 사흘도 뻔한 날 없이, 배만 불러 앞산 뒷산 삼신산으로 배만 불러, 흙발 한번 지나고 나면, 고추 매단 것으로 새깽이 하나, 새깽이 둘, 셋을 구워내고, 요거 야단이 났십닌다, 딸을 넷, 七公主, 옴폭하다 아홉, 열둘씩도 구워내는데 옹구랑종구랑, 들명날명 옹기가마, 젖은 흙발 질퍽질척, 옹기가마, 저 사둔은 진흙 밟는 소리 요란한 팔자라고 해야겠습메, 흐읏, 고만한 팔자도 못 돼설람엔, 품바行에 나선 자가, 스스로 중이라고 하고서는, 넘새시럽십닌다, 요거 참 거시기헙닌다, 부모자석 이약을 헐라는즉, 뭐시기헙닌다, 마는, 그런다 해도 말입습지, 어디서 들은 얘기, 기름지게 불거진 모퉁이 한 군데 베어먹은 일도 없이, 고스란히 전해드린다고 하는데 이르러서야 무슨 그리 큰 허물이 있겠습? 헌뎁습지 도류들께서는, 촌승이 俗事를 꾸려본 일이 없는 까닭으로, 會計댈 줄을 몰라, '셋'을 '일곱'이나, '아홉'이나, '열둘' 하고도 혼동해 쓰는 듯하다고, 그래서 어느 숫자에 장단을 맞춰야 할지를 모르겠다고, 그렇게 詰問인뎁지, 헤헤헥, 고정들 하십습지, 이 경우는, 그 詰問 자체가 그 대답이 되어 있어 보이거든입지. 히, 힐, 킬셉지, 말씀들 하신 그 숫자들은 (村見에는, '집단적 꿈'속에는,) 모두가 '셋'이라는, 같은 한 숫자인뎁지, 세월이 좀 더 지난 뒤, 인지가 조금 더 개발하여, 자기가 매달고 있는 손가락 수만 해도, 어쩐지 '셋'보다는 많은 듯하다는 것을 고려하기 시작했을 때부터, 數를 두고도, 동화적 과장법이 적용된 것이 아니겠는갑? (그 반대편에서는, '셋'이란, '大數' 또는 '多數'를 과소화했을 때 남은 것이겠는갑?) 우리들이 문제 삼고 있는 이런 동화와 더불어서는, 우리가, '셋'보다 더 크거나, 더 많은 숫자를 알고 있다는 것이, 무슨 그리 큰 도움이 되는 것이 아니라는 의견에 수긍키는 용이한뎁습지, 비록 '열두 公主'를 다 등장시켜 얘기를 꾸민다 해도, 그 얘기의 뱀[蛇—모든 얘기란, 허리가 긴 뱀입습지. 그래서 청중은, 이 뱀의 독아에 한번, 그 머리를 물리면, 꼼짝 못 하고, 저 동굴 속을 여행해야 합습지] 의 허리만 길어지는 결과 말고, 그 머리나 꼬리가 열둘씩이나 된다는, 그런 일이란 일어나는 것이 아니라는 것이 관찰되어집습지. 머리(하나), 허리[多, 大], 꼬리(셋)—셋. 數의 處容歌? 數의 原型? 어쨌든, 처음 아들을 얻게 된 부모는 둘째도 아들을 얻으면 좋겠지만, "딸이래도 무방할 것"이라고 한다고 들었습지. 그 부모들이 바란 대로, 둘째도 아들을 얻었다는 경우, 셋째 번 갖게 될 애에 대한 부모들의 염원은, 애를 갖기 위해 重事를 시작하기 훨씬 전부터, —이때 저 부부간 나눈 말이며, 일으킨 情과 願望이, 현재 바르도 떠돌고 있는 미래의 자식, 그 어떤 '念態'에 도달되어 있다는 얘기까지는, 왜냐하면 이것이 우리들의 主題가 아닌 이상, 진전하지 말기로 합습지. —'딸 갖기'라고 하는뎁지, 民譚은, 그 부모들의 염원에 잘 들어맞지가 않는 소식을 전합습지. (여기 어디쯤에, 저 童話的 數의 개념이 도입되어져야겠습지. 왜냐하면, 그런 '이야기'가 만들어지고 있을 때만 해도, 호랑이가 담배를 피우던 시절이어서, 人口가 부족했으므로, 그 부모는, 그 '실망의 기쁨'을 얻고도, 딸자식을 하나 두고 싶어, 일곱 자식, 아홉 자식을 더 둘 때까지나, 허리가 휘도록 重事를 치렀을 것이니 그렇습지. 童話上에는 그러함에도, 일반적으로는, 그 부모는, 자식을[또는 딸을] 셋만 낳아 기른 것으로 얘기되어져 있고, 그 뒷 소문은 없는뎁지, 당시에도 落胎, 流産과 관계된 의술이 발전해 있었던 것이 분명한갑? 어쨌든 촌승은, 이 자리에서는, 어느 가정, 그냥 일반적 가정에 '아들만 셋'인 경우에 한정해서만, 들은 얘기를 풀어드리려 합습지만, 필요하시다면 道流들께서는 나중에, 이 '아들들의 경우'를 거꾸로 훽 뒤집어, 그러니 반대편에서, '딸들'로 대치하고 본다면, [童話上에 나타나는] '딸들'이 처한 상황과 위치가, 자명해지는 것을 알게 되겠습지) 이렇게 되자, 그 부모의, '딸 갖기'에의 소망은, 그러니 말하자면, 後生에까지 보류되어버렸다고 해야겠는갑? 츠쯧, 안됐습지. 헌데돕습지, '實得'과 '念願'은 품목이 다른 듯하여, 그것이 문제로 남는 듯합습지. 왜냐하면, 그 부모의 그 염원은, 의식적으로, 또는 무의식적으로, 눈에 뜨이게, 또는 뜨이지 않게, 직접으로, 또는 간접적으로, 代身(贖)羊을 召命해내는 듯한뎁지, 그 아들들 쪽에서는 아들들대로 그러면, 부모들의 그런, 無時의 어떤 암시, 소명 등에 당하지 않을 도리는 없을 터인뎁지, 이때 그 희생자는 이미 선택되어져 있으며, 그렇다면, 그 나머지들은, 공모하고 있다는 것은, 고려키 어렵지 않습지. 예의 저 희생자로 선택된 자는 그러면 셋째 아들 말고 또 누구이겠는갑? 이 비극적인 소년은 그러니, 저 공모꾼들 속에서 도태치 않고 생존키 위해서, 저들이 늘인 철삿줄 끝에 매달리기 위하여, 스스로 그 줄에다 자기의 사지를 묶는뎁지, 부모며, 위의 두 형들이 시키는 연극은, 딸굿입습지. —동화는, 이런 자식들이 자라, 어떤 경우, 同性相姦行으로도 흘렀다거나, 그런 일은 밝힌 일이 잘 없는 듯하니, 우리도, 그 껍질이 굳은 똥을 헤쳐보려는, 그 별로 즐겁지 못한 일은 하려 하지 말기로 합습지. —그러다 보면, (장차 알려질 것이 그것입지만) 스스로, 僞裝去勢를 감행한, 이 속이 매우 놀놀한 사내아이는, 누구의 눈에나 비추이기에, '자지를 못 단 사내아이' 같아서, 그것이 童話的 方言으로 환치될 때, '바보'가 된 듯합습지. 그래서 이 '속이 놀놀한 바보 놈'은 그 '僞裝'을 벗어버려야 될 때가 오기까지는, 매우 비행동적(게으름)이며, 아비[毒龍]와 어미[魔女]에게 자기의 반쯤(자지)을 빼앗겨버린 또는, 자기가 나뉘어[分身—머슴아이와 계집아이] 둘이 되어버린 이유 탓에, 자기의 완전한 하나에의 수복과 관계된 꿈만 꿔대기로, 날을, 달을, 해를 보냅습지. 헌뎁습지, 가, 가만있어 봅습지, 이것 봅습지, 우리는 우리의 '바보'에 관한 얘기를 겨우 시작만 했을 뿐이었는뎁, 우리의 그 얘기는 끝나가고 있는 듯하다 말입습지. 우리가 부유스러운 듯이, 아무리 많은 비싼 말들을 펴 쓴다 해도, 요약한다면, 결국 저런 얘기 말고, 더 했었을 수도 있는 얘기가 있었겠는갑? 그러니 우리가, 어떤 한 見地를 정해, 거기서 저 동화를 조감키로 한다면, 어떤 '毒龍' 또는 '외눈박이 거인'에게 잡혀간, 어느 왕국의 외 公主를 구하기로써, (그 暗號를 풀기로 하면) 이 '바보'는, (틀린 꿈을 꾸는, 그러니 나쁜) 아버지를 타도(극복)하고, 자기를 '딸'(魂)이라고 가장해, 그 아비에게 볼모로 맡겨두었던 (여기 어디에 혹간, 同性相姦性이 저변해 있는 것은 아닌갑?) 그 자기 수복을 이뤘으며, 다시 다른 見地를 취하기로 한다면, 이 '바보'는 그렇게 어느 나라 公主를 색시로 맞아 오기로써, 부모의 '딸 갖기에의 염원'을 이뤄준 것[實得]이 아니었는가 이해케도 되는뎁지, 그런 고역을 치르고서야 이 '바보'는, 자기 去勢로부터, 그 능력을 회복하기에 이르겠습지. 그래서 이것은, '熊女神話'처럼, 宗敎인데, 民譚化한 宗敎라는 것입습지. 헌뎁습지, 말을 해오던 중 발견하게 된 것이 이것입지만, 이 얘기가 진전되 는 동안, 어느 때, 어느 대목에서부턴지, '어버이' 중에서 '어머니'의 얼굴이 희미해졌다가, 영 보이지를 않기에까지 이른 것을 뒤돌아보게 하는뎁지, 그러자 혹간 이 '어머니'가, 저 '公主'와 무슨 연관성을 갖고 있는 것이나 아니었는가 하는 것을 의문케 하는군입지. ('어머니'가 '公主'? 그러면 '아버지'가 毒龍? 밤마다, 그 '公主'를 잡아먹으려, 휘감아 타 눌러대는 毒龍?) 호로누무 자석, 밤이 이슥한데, 에미가 검센 애비 밑에 깔려, 몹시 버둥대며 신음하고 있다고 하여, 벌떡 일어난 엄버무레한 뇌미, 제 놈보다 늙었다고 애비를, 한 발길에 냅다 걷어차 뒹굴렸음? 그리고는 '잘 살었대'였음? 헛, 헛, 헛. 헌데 道流들은, 一言半句도 씨불여봄이 없이, 눈썹 두덩에 사태가 졌을깝, 어찌 민틋한 얼굴들이 십메? 咄! 말을 하지 않기로, 눈썹을 몽땅 잃기! 無音의 騷音, 소주 한잔 더 내실 일입다. 입속도 짜다 말입지, 苦海 한 대접을 다 마신 듯해, 마시면 마실수록 더 갈하다 말입습지, 대취일라는갑? 서산 너머 어디 잠자리를 둔 해가, 바짓가랑이를 어중간하게 까 내리고, 남산 너머 어디 小妾네나 놀이나 갔납? 취했으면 취한 것을, 동편 쪽으로 휘어진, 저 학 모가지 솔가지에 매달린 여섯 솔방울을, 다섯이라고 우겨서는, (도류들은, 무참히도 눈썹을 잃고 있음!) 취한 바가 없다고, 딸꾹, 딸꾹일 일도 없던 것을. 까짓것, 촌승의 소맷자락 속에서, 이럴 일이 아니라, 禪家네서 빈 魔職褓나 휙 꺼내어, 다섯이 여섯인 것, 여섯이 다섯인 것, 다섯 여섯, 여섯 다섯, 휘덮어, 까짓것, 대번에 하나로, 없는 것으로, 지워버리고 말 일이겠는갑. 그래도 보게 道流여, 헤아리던 것 헤아리기, 다섯인데 여섯임세, 여섯인데 다섯일라, 헤아려볼 것을 헤아려본 뒤, 덮어 쌓아버리더라도 늦을 것은 아니겠납? (허, 村僧은 눈썹을 잃어 무참함?) 그럴 것이, 우리는 혹간, 우리들의 '바보둥이'를 早漏쟁이로 만들지 아니했는갑? 왜냐하면 그럴 것이, 우리들이 대적하고 있는, 그 '붉은 龍'은 아직도 퇴치된 것이 아니거든입지. 우리는 차라리 어떤 형편에 처해 있는가 하면, 저 毒龍이 '물을 강같이' 토한, 그 누런 물속에 빠져 허우적이는뎁, 그러며 우리는, 몇 번이나 더 머리를 쳐들어 올려, 저 날빛을 빼끔거릴 수 있을라는가, 그것이나 헤아리고 있습지. 제길헐, 모든 생명 있는 것들은, 末世의 子宮에서 태어나, 末世가 올 것이라는 풍문만 듣다, 末世의 墓穴로 듦. 母胎 옮겨 실리기. 삶 자체가 末世인 것. 헌데도 우리가, 우리들의 그런 삶이라도, 童話(外) 같은 거울에다 轉置해놓고, 그 위를 스쳐 가는 것을 건너다보기로 한다면, 비록 毒龍까지라도, 그 자체는 純情的인데, 그 運命을 연극하도록 맡은 役이 그러해서 惡毒해 보일 뿐이라고 알게 되고, 그러면 삶에도 매우 습습한 달콤함이 있다고 알게 됩습지. 그러다, 그 '거울'에서 얼굴을 돌리면, 그 순간 우리는, 우리들 자신들의 얼굴과 갑자기 만나게 되는뎁지, 우리는, 우리 자신들을 질투하고, 증오하여서는, 자신들을 살해하려 별러, 자신이 자신과 相峙하고 있음을 보게 되어 경악합습지. '거울'이 있던 자리에는, 우리들의 '어머니'가 벌거벗어 누워 있고, 어머니는 애를 배어 만삭인뎁지, 아버지는, 바로 이 만삭의 계집으로 인해, 불원간 태어나게 될 자식에의 질투와 증오로 이를 갈아 세우고, 자식은 (道流들이 만약, 바르도—逆바르도를 꼭히 구분하려 하지만 않는다면, 이 '자식'을 두고, 왈가왈부하려는 도로는 바치지 않을 것입지) 바로 그 어머니 탓에, 아비를 질투하고 증오하여, 어떻게든 이 질투 많은, 더러운 늙은네를 해치우려 벼릅습지. (아으 도류들은, 『바르도 퇴돌』 十萬讀하십거라, 하십거라. 道流들은 누구나 없이, [37]'시드파 바르도'를 통과해왔거늘, 母胎의 문을 열어 들었기 전의, 어미―아비 꼬리 붙이기를 보았을 때, 도류들께 일어난 느낌은 어떠하였었는갑?) 이 '아내―어미'는, 촌승께는, 우주적 '權勢'의 女性的 體現으로 이해되는뎁습지, (약간의 閱世를 통해 배운 바는) 배 속에다 새끼를 실어, 그 새끼의 발버둥질에 배때기가 땡겨 아파본 계집이라면, 그리고 그 자식의 근 끝을 빨아, 그 척추에 고인 매운 불맛을 본 계집이라면, 이제는 더 이상 순정적일 수가 없다는 것을, 차라리 더 절실하게 그런 아픔을 필요로 한다는 것을 (알고 우리는 전율하게 됩습지), 그리하여 그 계집은, 자기의 요니며, 子宮이며, 肛門이며, 목구멍을 이룬, 흙이며 물의 元素의 잠을 깨워내, 자식들을 잡아먹기 위해서, 자식을 배에 실으려, 발정한 암캐가 되어, 캐갱 캥, 두둥실, 둥실둥실 캐캥 두둥실 떠오릅습지. '어미'는 그렇게 自給自足의 宗敎며, 權勢입습지. 肛門에서 丹田 사이를 왕래하는 욕망에 의해서는 그 계집은, 그 父子를 다 잡아먹고 싶어 환장을 하고 있으며, 玉門에서 丹田에로 보내는 전갈에 의해서는, 그 양자를 동시에, 함께 품고 싶어 합습지. (저주며, 은총) 處容은 각시의 뒤에서 자고, 鬼神은 處容 각시의 앞에서 자기. —咄

가맜습지, 이거, 눈썹 부리가 가려운 일로 따지건대, 우리가 아마도, 末世의 노래를 어지간히는 불러 젖힌 듯도 싶습멤지, 소주 좀 내십습지, 그러면 村僧이 소매 끝에서 휠럭 불을 꺼내듯, 휙― 禪家魔職袱를 펄럭 꺼내어, 모든, 있던 것들 위에 골고루 덮어, '없음'으로 보쌈을 해, 寂滅 속에다 흩트려버리든지, 아니면 거꾸로, 없는 것에다, 글쎕지, 아무것도 없는 데에다, 아 그렇습지, 무슨 蓮도 비슷한 것을 한 폭 그리고, 그 잎 위에는 물론, 푸르게 蛙公(은, '소마汁'에 대취해 『梨俱吠陀』(R. G. Veda)를 읊어내던 騷客들께는, '비'의 有情化며, '豊饒'의 상징이던 것)도 앉혀 개골 개굴, 옜다 몸이라고 해 입은 김에 까짓것, 뿔 한둘쯤 더 달면 어떠하고, 벼슬까지도 붉게 얹어 있으면 또 어떠하리, 蓮花圖나 한 폭 환쳐 볼까납, 그리고 畵公 니미는, 자기 쥐어흔드는 붓끝에로 자기를 하나 放出해내어, (神과 畵公은, 매우 같은 方言을 쓰고 있습나?) 낚싯대 쥐여줘 연못 둔덕에 앉혔는뎁, 낚시꾼은, 빈 낚시질에 배가 고팠넵, 그러자니 낚시꾼의 숭숭 털 난 視線은, 푸른 연 이파리 위에 꼴록꼴록 푸른 낮잠에 든 蛙公을 입맛 다시고, 또 다시기에 이르렀더니, 蛙公은 놓아두고, 蛙公이 꾸는 꿈만 조금 施助키 바란들 거 무슨 害가 있으랴, 그래설람에 낚시꾼은, 蛙公의 푸른 잠을, 푸른 연잎에 쌈 싸 쥐어뜯어, 붉은 입에 밀어 넣고, 울근불근 씹었습네, 蛙角이 찌르는 자리는 마다 맵고 짜구나, 푸른 기름이 입 귀퉁이로 방굴개굴 흘렀습네, 낚시꾼은, 다른 有情의 잠을 먹고 못살게 졸려, 비시거니 누웠는데, 이제 꿈(마야)을 잃은 연못은, 황폐한 잠, 해골, 마른 늪. 헛헛허, 畵公니미는 새로 먹[墨]을 갈아야 쓰겠남? 있는 것들 위에 '없음'의 禪褓를 덮어씌워, 모든 있는 것들을 하얗게 지우기와, 없어 하얀 자리에다, 畵宅魔職杖을 휘둘러, '있음'을 落書하기는, 道流 圓覺이여, 같은 것이 아니던 것이던가, 정녕 같은 것이 아니던 짓이던 모양입습제. (물론, 玉門 맛과, 홍시 맛 사이에는 다름이 있어야 될 터입다) 술 좀 내십습지, 그녀러 蛙夢의 기름이 너무 진했던지, 담배지랄이라도 하는 듯, 끄액꾸락질에, 꾸루 루꾸 꾸역질에, 蛙角에 치받친 자리에서마다 유황불이 일어나, (상처야말로, 지옥에로 이어진 통로이거든읍) 후루, 후루루, 후루룩질, 하으 어지럽구납, 누웠던 것들은 벌떡벌떡 일어서고, 누우래진 세상, 날던 것들은 '날음'[飛]을 잃었으며, 누우럭질, 重力의 元素라고 아래에 가라앉아 있던 것들이 위쪽에로 담빡 엎질러짐, 아흐, 어지럽구납, 山들이 독수리들처럼 하늘을 날면, 江들은 毒龍들이 되어, 저 새들의 머리를 물려 휘저어 따라감, 아으, 어지러워 누렇구납, 밤은 오고, 저 혼돈이 일으키는 태풍에 밀려, 겁파의 밤이 홍수 져, 바다가 됨, 땅이 혼돈하고 공허함. 觀雜說.

그리하여 村僧은, 時間이라든, 天體 따위의, 橫的 運行의 縱立化를 목도하게 된 것인뎁습지, 이 時間은, 그리고 運行은, ('運行'—[38]體? '時間'—用?) '極大의 시간', 즉슨 '非化現의 시간'을 한 磁場으로, 그리고 '極小의 시간' 또는 '心所의 시간'을 다른 磁場으로 하여, 모래時計器를 이뤘는뎁지, 그러자, ('모래時計'를 눈여겨본 道流라면, 용이하게 수긍하실 일이 이것입습지만, 왜냐하면, '미래의 시간'의 집적이 '과거'며, '時器'의 뒤집힘에 의해, 그 '과거'가 '미래'

화하여, 再流出하기로서 '현재의 시간'을 태어내놓기 때문입지) '時間'의, 그리고 '運行'의 세 魔頭가, 창세 적부터, 서로를 삼키려 서로의 꼬리를 추적해오다가, 이때에 당해서사, 서로의 꼬리를 물기에 성공하여, 서로를 마구잡이로 빨아들이기 시작했는뎁지, 중두막들을, 가슴들을, 목들을, 종내 그리고, 서로의 대가리들을 제각각의 목구멍 깊숙이 빨아 넣기에 이르른바, 하, 핡됐습지만, 그리하여 그 자리 남은 것은, 時間의, 그리고 運行의, 無頭面뿐, 다른 것은 없게 됐습지. (時間의 七海 가운데 외따로 떠 있는 밧모 섬의 시간) 그리하여 우리가, 이 縱的 運行을 통해, 새로 갑자기 해후하게 되는 시간은, 육안에 想視되는 대로만 말씀드린다면, '흘러내리기'가, 그 時皮의 안쪽에서는, 곧바로 '오르기'여서, '運行'(縱的 運行)은, 有情들께 시간의 유방에서 젖을 짜, 時乳를 배불리 먹이는데도, 시간은, (橫的 시간은) 정지해 있어, 일점도 흐름이 없는 無時입지. 제길헐, 運行만 있고, 時間이 태어나지 않음. 해골. (이 한 상태에의 이해를 돕기 위해 촌승은 그러면, 그것이 수사학상으로는 어떻게 가능하여, 日用되는가, 그 예를 하나 들어보려 합습지. "[여름] 비가 내리고 난 뒤끝의, 붉은 석양은, 내일의 맑은 날씨를 예견케 한다." —만약 그럼에도, 添足의 필요가 있다면, 촌승은, 수줍어하며, 한둘만 달려 합습지. 첫째는, 저 '비'는, '과거의 시간' 속에서 내렸으되, 현재 그것은, [그 시간이 이 자리에 존재치 않는다고 하여 스러져버린 것이 아니라] '습기'(물)의 형태로 그 내렸던 자리에 주둔해 있으며, 둘째는, '붉은 석양'은, [이 경우는 神話的 言語입습지] 이 '현재'의 현상임에도, '내일의 맑은 날씨'를 미리 보여주고 있어 '미래의 시간'에 속하는 현상이라는 것, 고쳐 말하면, '미래의 시간'이, 그것의 '과거의 시간' 속에로 退入해 있다는 것, —대개 이런 것들을 들 수가 있는뎁지, 저 문장을 좇기로 우리들의 意識은 물론, 그 時相的 질서를 유지하는 듯이 이해하는데도, 그럼에도 무엇이 문제인가 하면, 실제에 있어서는, 그 문장 속의 시간은 어느 일점에서 정지해, 스러지지도 태어나지도 않고 있다는 것입습지. 그러고 보면, 거기에는, [수사학적] '運行'만 있고, '時間'은 있는 것이 아닌 것입습지) 橫的 時間은 그렇다면, 그렇다고 접어두기로 합습지만, 그러자 이차적으로 일어나는 정당한 의문의 하나나는, '非化現'과, '(각 有情들의) 心所'를 채웠다 비웠다 한다는, 그 縱的 易(運)行도, (橫的인 것이, 그 時性에 좇아, '과거·현재·미래'라는 식으로 이름을 입고 있었던 바와 같이), 그것의 易性에 걸맞는 이름은 있어야, 우리들의 이해가, 그것에 닿을 수 있을 것이 아닌가, 하는 그것입습지. 그러니, 修辭學的 宇宙에 감금되어져 있는 정신은, 정원에 놓여 있는 '바위'라도, 그것에 '바위'라는 이름이 주어져 있지 않은 이상은 그것을 보고, 만지고, 냄새 맡고, 맛도 볼 수 있으며, 두들겨 그 소리를 들을 수는 있음에도, 인식 속에 포착해 들이지는 못한다는 그런 얘기겠습는갑? (이 문제는, 무엇이 '실다움'인가와 관계된, 여러 '삼거불'을 끄집어내게 하겠습지) 鍊金術師들은, 그 時性들에다, 黑·白·赤이라는 투의, 색깔로 이름을 삼고 있는 듯한뎁지, 우리들이 주제로 삼고 있는 것과 더불어서는, 우리가 알고 있는 사건과, 거기에 가담된 자들 속에서, 그 '이름'들을 빌어야겠습지. 村見에는, 橫的 時間의 '미래'에 해당하는, 縱的 時間의 이름은, '시온에 선 어린 羊'인 듯하며, 그렇다면, 그 '과거'에 해당하는 時間은, '옛 뱀', (그 '옛 뱀'의 '현재'에의 가담에서, 그리하여 '붉은 龍'이 출현한 것일 것. 도류들은 계속, 저 圖面을 들여다보아 주십습지), 그리고, 그 '현재'는, '애 밴 여자' 또는, '第九時'인 듯합습지. 이 '第九時'는, '時中'과 동의어로 이해되는뎁지, 쉽게 절시되는, 이 '時中' 속의 풍경은, 우리들의 處容歌의 第一曲과 第三曲이 한자리에 모여, 뒤섞여버린 그것입습지. ("내린 비 끝의, 붉은 석양." 創世와 末世가 어우러짐) 第十時, 또는 十一時, 아무튼, 第九時의 逾越이 있은 뒤, 그 時中은 휩싸안던, 그 羊水의 암흑이 걷히고, 그런 뒤, (볼지어다!) 한 우주가 빛의 강보에 싸였(음!)을 때, (呱呱, 한 우주가 태어남!) 우리가 보게 되는 경이는, 전에 언젠지, '붉은 龍'에 쫓겨, 고통의 가시밭으로 달리다, 받은 상처로, 모든 곳에 핏방울을 묻히며 아파하던, 우리들의 그 '어린 羊'이, 자기를 포위해, 한치의 발 디딜 자리도 허락지 안 했던, 그 가시숲을 정복해 있는 그것인뎁지, 그 가시숲은 어느새 바뀌어, 꽃이 만발 중인, 월계수 숲이 되어 있더라 말입습지. 저 지옥의 독아며, 손발톱, 가시쟁이들의 억만의 가시 끝, '어린 羊'을 찔러 그 피 맛을 본 것들마다 헌데, 월계꽃이 돼 터뜨려졌음. ('生命의 동산'이었던 것이, 어떻게 돼서였든, '황폐의 病'에 덮여 씌워져, '여리고 사막'이 돼버렸었더니, —아으 그곳을 덮은, 모래 한 알 한 알들은 지옥의 이빨들, 유황불의 가시, 그곳에 내리는 햇볕은 억만의 황충, 아으, 밤은, 그 황충들과 지옥의 이빨들이 물어낸 상처들에다, 毒을 발라댐,) '여리고'는, 어느덧 헌뎁지, 그 불치적, 不毛의 病을 극복하고 치유하여, 황폐를 벗어버렸음, 그리고 자기의, 젊은 생과부에게 돌아옴. (그래서 그런 말이 만들어졌을 것이 분명합지만) 그는 그런, 자기 犧牲을 통하여, 위대한 승리를 거뒀다고 하여, "그는 社會的 被虐症의 희생물이었으며, 동시에 승리자였다"고 합습지. 바로 이 方言(심리학적 방언)의 견지를 고수하며, 이 방언을 종교적 국면에서 재고려키로 한다면, 그가 자기 자신을, 자기 자신에게 바치는 犧牲祭物로 선택했을 때 이미, 創世부터, 그가 母胎를 빈 方言의, 衆心的(社會的, 宇宙的) 被虐症에 시달려왔던 것이나 아니었는가 하는 것을 사료케 합습지. (그렇다면 그는, 그 風俗이나 方言을 다르게 해서든 어쨌서든, 또한 '社會的 加虐症'이랄 국면을 드러내지 않을 도리는 없을 것인뎁지, 왜냐하면, ―그가 그리고 또한, '질투 많고, 진노 잘하는 아버지'의 얼굴만을 드러낸 데 대해, 다른 어떤 풍속이나 방언 속에서는, 자기의 '母性的 얼굴'을 드러낸 것도 포함하여―그것이, 그가, 프라브리티의 균형의 法則[易]으로 만들어놓은 것일 것이라고 이해하게 되기 때문입습지. 이 경우는 그래서, 그것을 代現하는 자들에 의해, 그 [神의] 大義를 지키기 위한 '殉敎'보다는, 그것을 널리 전파하기 위한, '征服' 쪽에 더 강점이 주어지는 듯싶은뎁지, 이런 '征服'은, '殺傷'을 회피할 수가 없는 듯하되, 그리고, '殉敎'에의 對語로서, 修辭學이 요구하는 것도 저것이되, 그럼에도 그들의 大義는 '殺傷'이 아니라, 자기네들의 '大義의 전파'인 이상, '暴君修辭學'에 반기를 들기로 하여 우리는, 한편의 '殉敎'에 대해서, 다른 편의 '法行'을 말할 수밖에는 없는 듯하군입지. 그리하여 우리가, 저 '暴君'[修辭學]으로부터 받는 징계는, 비유로 말한다면, 주인 영감님의 소첩께 화풍병 든 머슴 놈이, 가슴을 앓다 어떻게 잠이 들어, 그 소첩과 더불은 젖은 꿈을 꾸기 시작하여, 가경에 들어서고 있는 중인데, 지랄 맞게도, 잠을 방해당한, 그 머슴 놈의, 그 기분에 맞먹는다고 할 그런 것입습지. 暴力黨 패는 그러면, 다른 산목숨에서 피 낼 것을 생각하며, 大師級에 속한다는 중들까지라도, 하필 개가 지나면, 지난다는 그 이유만으로, "너는 佛性이 없는 有情이라, 개새끼, 개

새끼!"라고 침을 튀겨내기에 이릅습지. 헌데, 만약, "한 단어, 한마디의 말, 한 소절의 글귀로, 한 우주를 측정할 수가 있다"는, 禪談에도 일리가 있다고 한다면, 심지어 이 '大師'들까지도, 그들의 '平心'의 그늘 속에는 길들지 않은 들개, 즉슨 이리를 숨겨놓고 있다는 것을 눈치채게 합습지. 그럴 것이 왜냐하면, 道流들께서 더 잘 알고 있는 바가 이것 입지만, [39]한 떼의 이리의 社會는, 한 始[알파]狼과, 한 末[오메가]狼을 그 兩極에 두기로 균형을 유지하는바, —저 君狼[始狼]에 대해서야 뭘 말할 것이 있겠는갑. —이 末狼은 말하자면, 그 한 떼거리의 唾具狼이란 것으로, 그 한 사회의 불필요한 殺氣, 증오, 분노, 불평, 그리고 찌꺼기 고기 따위로 살게 되어 있는, 그중 비극적이고, 불행한 영광에 처한 광대인뎁습지, 그것까지도 부족하여, 末狼에게 뭘 남겨둔 것이 있었던지, 종내는, 그것 몫의 '佛性'까지도 박탈을 당하기에 이른 것을, 우리는 목도했습지. 이 殉教狼은 어쨌든, 그렇게 자기를 던져줘 주기로, 여러 肉食動物이 함께 살기 탓에 저절로 일어나는, 그 사회의 黑雲이며, 毒素 따위를 해소하게 하여, 秩序를 유지하게 한다고 이릅습지. 거기서는, '秩序'가 宗教인 듯합습지)

그렇거나 저렇거나, 저런 豺狼의 무리께 몸 벗어주고, 표표히 시온을 올라, 월계수 높은 가지에 날아올라, 홰친 뒤 저 불새[火鳥]는, 한 날개로 하늘을 가리고, 한 날개로는 땅을 가린 뒤, 사방으로 일곱 걸음을 걸었음.

[40]한 마리 새였었음 나는,
이 肉身은 새 장,
속에 갇혔던.
이제 나는 날아 떠나며,
그 증표로 빈 장을 뒤에 남김.

붉은 龍은, 꼬리를 따르르 따르르 떨어 한 천지를 공포로 떨게 하며, 독액을 뚜둑뚜둑 흘리는 짜개진 혓바닥으로, 저 빈 장을 검게 둘러, 두 바퀴 둘러, 일곱 바퀴 반이나 붉게 둘러, 쓰륵쓰륵 쓸고 있음, 핥고 있음, 삼키려 하고 있음, 천지를 덮는 악취.

그 목구멍을 당당하게 빠져나온 불새는, 시온에서, '아―아―' 희게[白] 울고[語] 있음, 우리들의 어린 羊. 地獄의 聲帶를 희게 벗어난 말. '아―'語, 흰 말[白語]. 그러기 전에 물론, (검은 聲帶를 벗어나기로, 희게 벗어나기로, '말'이 된, 그 '말'의) 한 '意味'는, 그 獸皮속 가슴 깊은 데 어디에, 심겨져 있기는 있었어야 했었을 것인뎁습지, 이 '意味'는, 천지가 창조되어지고 있었을 때, 그 암흑 속에 던져진 빛? 숨? 푸루샤! 神은 肉聲으로 말하지 못하여, 말을 하려 하면, 존재와 사물을 드러냄. 존재와 사물은, 그의 뜻을 담은, 뜻의 用器. (이 '用器' 속에 감금, 억류된 '뜻'의 해방의 날이 만약, '末世'라고 한다면, 創世부터 末世는 기다려져야 할 것) 地獄이며 母胎. ('意味'의, 니브리티에까지의 '進化'를 위해 주어진 프라브리티) 아으 시시포스여, 그래서 道流가 만약, 흐르릉이 입은 몸에 내리쪼이는 햇볕의 뜨거움이 좋아서, 그리고, 귀두의 간지러움이, 배고픔이, 살의 무거움이, 한 몸 빵빵하게 담아버린 苦海가 결코 싫지 안해서, 좋아싸서, 자청하여, 그곳의 유형수가 되려 하지만 않는다면, 羅卜님입습지, 싫어 싫어하며 地獄에로 내리기는, 그 밑바닥에 구멍을 뚫어, 나아가기, 오르기, 내리기는 오르기, 왜냐하면 縱的 運行은 그런 것이거든입지. 時間까지도, (縱的으로 흐르는 것은) 내려, '과거의 시간'이 되어 쌓이기의, 그 '시간의 과거'가 곧장 '미래의 시간'인뎁지, 그래서 (무엇의) 일어나기가 스러지기, 스러지기는 일어나기, 나아가기는 물러나기, 글쎕지, 나아가기[進化]가 물러나기[逆行], 시원에로 되돌아가기 (가테 가테 파라가테[gone gone paragate to the other shore]), 거기서도 더 뒤쪽의 앞쪽으로 나아가기 (파라상가테[parasangate; gone beyond the other shore]), 제길헐, (이런즉) 흐름[動] 자체가 멈춤[靜], 멈춤이 흐름. 멈름. (ㅁ[미음] 音으로 닫힌 口腔, 毒龍으로부터 해방을 성취해버린. 한마디의 말[言語], 침묵, 옴)

딛 딛 딛고 딛, 찾 찾 찾찾찾, 羅卜님은, 딛고 딛, 디뎌 내려, 아찾찾찾찾 찾아, 죽음님께 정들여, 그 님 품속에 뛰어들어버린 어머니(아으 유리디스!), 딛 딛 딛고 디뎌, 모든 아픔들이 고름이 되어 고여 술이 돼, 독하디독한 술이 돼, 빛은 없이 맹렬히 타오르는 불, 그 한 가닥 김만 쉬었다 해도 그 당장, 산 것들의 내장이 왼통 독주가 돼버려 엎질러지는, "죽은 것들이 아파하는 고장", 찾아찾, 길 떠났넵, 羅卜님은. (羅卜님은 그리하여, 제 놈 입은 獸皮로 벽을 하고, 獸慾으로 그 구둘막을 덥힌, 제 놈의 처소로 돌아와, 제 놈의 손때 묻은, 그 문고리에 손을 대고 있는뎁, 하으, 가라리 네히어라, 둘은 내해었고 둘은 누해런고?) 찾아, 디뎌, 내려가다 羅卜님은, 어떤 닫힌 문 앞에 당도하게 되었다 하는뎁, 우리들의 羅卜님도 그것은 아는가 어쩌는가 몰라도, 그 문을 빼꼼히 열어 보기만 하고 되닫고 돌아슨다고 했다는, 다른 羅卜님들에 의해 전해진 소문에 의하면, 그 방 안에는, 그 羅卜님 한몫의 '運命冊'이 펼쳐져 놓여 있다고 합습지. 가라리 네히어라, 둘은 내해었고, 둘은 누해런고? 헥, 커, 술맛을 못쓰게 하누먼읍. 헤설픈 꿈자리. 그럼에도, 세상이, 술맛 좋은 일들로만 가득 차 있다면, 석 잔 술쯤 덜 마셔도 좋았을 것읇. 대취러랍, 어지럽꼬납. 흐린 붉은 바람, 우리들의 흐르릉한 피부를 나무껍질처럼 굳히고, 그러다 보니 우리는, 아플래도 좀 더 센 아픔에 당해서라야만 속살이 조금 가려운뎁, 우리는 아프고 싶어, 그래 헤매놋다, 헤설픈 꿈자리, ―누가 이 헤설픈 꿈을 꾸고 있느냡? (男根과 欲望은, 그것을 소유한 자의 의지와도 상관없이 발기하는뎁지, 헷, 헷, 男根과 欲望과 꿈) 우리들의 '거울'에로 덮여 드는 붉은 먼지. (되놈이 지나면 되놈을, 왜놈이 지나면 왜놈을, 조선 놈이 지나면 조선 놈을. 끼는 먼지!) 왜냐하면 그 먼지는, 우리들이 함께 누워 자며, 붉은 龍의 꿈을 상연하는 탓으로써인뎁지, 우리들은 그래서, 그 독아에다, 우리들의 公主를 던져 넣으며, 아흐, 그 더운 비명에 젖어야, '살기'는 조금 호꼰하다고 여기는, 붉은 龍. (그러며 우리는, 시온 높은 데 선, 흰 어린 羊의 꿈을 꾸는갑? 人間은 反語法) 道流들, 이러고 보면 地獄은, 凶夢과 苦痛의 창고이거나, 刑罰의 장소인 것뿐만은 아니며, 그보다도 훨씬 더 질척하고, 비리며, 호꼰하여, 그냥 건조히 스치던 한낱 하늬바람이던 것까지도, 어떤 경우로 거기 한번 닿았다 하면, 대번에 살을 입히고, 흙이며 물에다 배꼽 줄을 이어주는 어떤 것, 四大의 卵子가 우글거리는, 프라브리티의 子宮이 그것이 아닌가 하고, 재고려케 합습지. (그렇다면, 누구든 이런 고장을 탈출하려 하면, 자신을 '스스로 된 고자'로 만드는 수밖에는 없겠을 일인갑? 이 地獄도 그러면, 그것 자체의 풍요와도 상관없이, 임신할 수 없는 子宮, '해골의 골짜기'로 바뀔 수밖에 없겠을 일인뎁습지, 마는, 좋은 관찰력을 가진 道流라면, '스스로 된 고자'와, '해골의 골짜기' 간의, [橫的 관찰에는 당연한] 아무 '관계없음', '無門'性 대신에, [縱的 秘儀를 엿보게 될 것입습지] '重生'은, 또는 '靈의 탄생'은, [무엇이 소멸 쪽으로 추락되어버리지 않는다면] 바로 저 秘儀를 통해서만 가능할 것이니 그렇습지. 이 輪廻는 縱的입습지. [橫的] 으로는 멈춰버린 輪廻. 멈름. 달마카야. 聖스러운 被虐症을 통해 거둔 승리 말입습지. "땅에 넘어져도, 땅을 의지해서라야만 설 수 있음.")

—그러나 道流들, 이 범주의 '말씀'에 대해서는, '소리' 또는 '肉身' 속에 억류된 '意味' 또는 '靈'은, 괴로움과 슬픔 자체라고, 그래서 그 '아픔의 修業'을 (우리네 시정용 方言으로 통역하여) '社會的(衆心的) 被虐症'이라고 하여, 할 수 있는껏은, 村見을 밝히려 해왔다고 믿으니, 이제는 그만, 더 헤쳐보려 하지 말기로 해야겠군입지.

이 자리에서는 그런 대신 그리고, 저 '거듭 태어난 말씀'의 흰 날개를 뜯고, 그것을 장 속에 넣어, 한사코 억류, 한정, 수식하려 하는, 프라브리티의 修辭學的 怪力, (그 母性的 국면에서) 地獄, (그 父性的 국면에서) 畜生道, 즉슨, (우리네 시정용 方言의) '社會的(衆心的) 加虐症'이랄 그것에 대해, 한 돌팔이 중이 말할 수 있는 데까지만, 의논해보았으면 합습지. 그것이 村僧이, 그 머리끄덩이를 끄시려는, 그 네 번째 話頭이거든입지. (道流들께서는 그리고 이제도, 이 한 却說이로부터, 어떤 주제에 대한 定義 따위를 바라서는 안 되는뎁습지, 그것을 위해서라면 道流들은, 틀린 說法者를 앞자리에 앉혀놓고 있거든입지. 그리고 그런 목적으로라면 道流들은, 얼마든지 훌륭한 석학들을 고용해들일 수 있을 것입지)

'地獄'은, 그럴 기회가 있을 때마다 말씀드린 바대로, 村僧께 이해되기에는, 自給自足을 敎理로 한, '兩性一體'의 우주적 괴물, 人世의 한 宗敎입습지. '地獄'은 그래서, '體'(場所)와 '用'(存在)이 교묘하게도 一元化를 성취해 있는 것으로서, 비유로 말하면 그것은, '無面의 또는 一面의 고리'(뫼비우스의 고리) 같은 것으로 여겨집습지. 그런고로 무엇이 이 環 속에 빠져들었다 하면, 무량겁을 두고도 벗어나기가 어려운 것인뎁지, 왜냐하면, 나오기가 들어가기며, 들어가기가 나오기가 돼서 그럴 것입습지. 道流여, 그렇걸랑, 이런 無門에 당해서는, 나오려거나, 들어가기를 도모치 말 일이 아니겠는갑. 그래서, '體'라는 국면에서 보면 그것은, 어머니인뎁지, '用'이라는 데서는 아버지의 얼굴을 드러내고 있습지. 그러자니 그것은, 스스로 남정이 되어, 자기가 여성인, 그 암컷을 姦하여, 새끼를 뱁습지. —그러고 보면, 이 '地獄'이라는, 한 두려운 종교를, 우리들의 인식 속에다 명료히 드러내 보이는 修辭學도 다름 아닌, 處容家的 文法構造에 의존해 있음을 보게 됩습지. 아버지—애 밴 여자, (이 '애 밴 여자'는, 단신이 아니라, 복수인 것에 주목하십습지)—그래서, 이 雌雄同體로서의 '地獄'이, '새끼를 밴다'는, 그 生成性을 드러내면, 그것이 '드룩'이며, (그리고 그것이 '子宮'으로서는 '地獄'이고), 그 같은 것이, 그 새끼가 살져 크기를 기다려, '잡아먹으려 한다'는 破壞力을 드러내면, 그것이 '붉은 龍'이겠습지. '魔羅'란 그리고, 그것의 性力의 이름입습지, 이런 시뻘건 凶夢! 다만 잡아먹기 위해서만, 새끼를 배는, 그리고 새끼를 배기 위해서 雌雄同體인, 이런 加虐的 凶夢—그것은, 그러면 어디서 일어난 붉은 꿈인갑? 누가 그 잠을 자며, 저런 殺氣스러운 꿈을 꾸는갑? 觀雜說.

마는, 그것을 아는 일은, 왼통, 우리들의 '無意識'이라는 것 한번을 깨우기며, 大悟徹底하기랄 것이어서, 그렇게 용이한 듯하지는 않군입지. 글쎕지, 누구나 다 그렇게, 산 채 살을 헐어, 자아의 千門을 열고, 萬門을 열어, 자기를 두루두루 펴 늘여, 모든 곳에 있으되, 동시에, 남음이 없는 것, 그런 것을 성취할 수 있는 것은 아니거든입지. (道流들, 그래서 만약에, '안아트만'[無我, 無核]이, 靜觀的 空得이라고 가정하는 것이 가능하다면, 말씀드린 저것은, 動觀的 空得이라고 가정하는 것도 가능하겠는갑? 양자의 다름은, 하나는, '自我를 捨象'해버리기로써, '밖'을 지워 없애고, 하나는 '自我를 擴大'하기로써, '宇宙化'를 성취했거나, '남김이 없이' 된, 그것이겠습지. 하으, 그러다 보니 떠오르는 농담 하나는, 만약 그래서 누가, 空得을 하되, 靜·動的으로 한다면, 홋홋홋, 그 空은 立體的이겠다는 생각입습지. 咄!)

觀雜說.

美里는, 바로 요며, 며칠 전, 西川가 오두막을 한 채 홀까닥 태우며, 그 한다발의 뜨거운 아름다움을 빙 둘러서서, 産月에 접어든, 그 오두막집 안댁의, 낳기와 죽기의, 그 共時態的 몸부림을 구경한 일이 있었는뎁습지, 그때 美里는, 붉은 목구멍에서, 흐리고 검은, 눈의, 갈라진 혓바닥을 둘이나 서 발이나 쓰르륵 여네, 그 만삭인 여자를 착착 휘감아 핥다가, 저 모진 가난을, 매운 외로움을, 구운 마늘을 삼키듯, 삼켜버렸었습지. 美里는 그때 많이도 괴로웠었습지. 기억들 하십습는갑? 美里의, 그 加虐의 눈에 비춰드는, 한 아낙네의 지옥적 괴로움에 의해서 괴로웠었습지. (촌승은 지금, 새삼스럽게, 그 얘기쯤 해보았으면 하고 있는뎁지, 村僧이 들춰내려는, 이 한 사건을 모르고 있는 美里民은 없겠습지) 그때는, 말하자면 우리가, 필시 地獄에서 겪은, 無我境에 '떨어져 내려' 있었으므로, 그럴 여유가 없었으되, 촌승은 나중에, 이승에서의 加虐과, 저승에서의 被虐은, 어쩌면 똑같은 (심리적) 품목이 아닌가 하는 것을 고려했었습지, 저승 몸[念態]은, 누차에 걸쳐 말씀드려온 것이, 그것이듯이, '記號'를 벗어난, '意味' 같은 것인뎁지, 그래서 본질적으로는, 그 입어졌었던 四大(記號)에 의해서만 체험되어질 고문을 체험할 四大를 입고 있지 안 해서, 어떠한 고문도 체험할 수가 없는 몸[意味-念態]이 된 것인뎁지, 그것은 (왜냐하면, 그 비형태의 형태라는 것이 그렇게 이해되어지기 때문인바) 그래서 解脫을 성취했는가 하면, 그렇지도 못했기에 輪廻를 벗어나지 못했었을 것으로, 차라리 그것은, 그 似而非的 解脫 탓에, 새로운 장애에 부딪히고, 억류되었음을 증명하고 있어 보입습지. 저런 순, 수사학적 모순! 저 껍질을 잃은 念態는, 重力을 잃었음으로 해서, 重力의 고장에서 어디에고 부착할 수가 없어, 흐름—無意味에의 공포. 그러자, 모든 곳에서, 속[意味]이 비어, 배고픈 重力의 元素들(四大)이, 그 비인 속을 채우려 일어나, 둥글게 진 친, 한 패거리의 이리들모양, 저 한 念態를 짓찢어 나누어가려, 스름스름 거리를 좁혀들고 있음—이승에로밖에, 다른 모든 곳은 無門임. 아으 닫힘이 없음? 그리하여, 저 念態의 색깔을 붉고 흐리게 하는, 공포, 전율, 외로움 등이, 그 念態로 하여금, 그 현장으로부터 도망쳐, 어디에든, 닫혀들 데로 숨어들라고, 그 念態의 등을 떠밀어 넣으면, 그 念態는, 다시 重力을 입어, 重力의 고장에로 돌아왔음을 알게 되겠습지. 입어진 四大를 벗었기와, 벗은 重力을 되입기에 의해, '我執'이라는,

꼭 한 벌의 눈으로 누가 바르도며, 逆바르도를 내어다본다면, 바르도와 逆바르도에서는 모든 것이 逆으로 가는 것. 그럼으로 해서도 촌승은 아까, "이승에서의 加虐이, 저승에서의 被虐과 유사하다"고도 언급한 일이 있음에도, 그러나 우리가 만약, 우리들이 '밖'이라고 이르는 '곳'이, 우리들 자신들의 '無意識'의 국면이라는 것에다, 우리들의 시선의 초점을 맞추기로 한다면, 아무것 하나도 '逆으로 가는 것'은 없다고도 알겠을 일입습지. 글쎕지, 그렇게 눈을 들어 내어다보면, 아무것 하나도, 우리들 마음이 이뤄낸 것이 아닌 것은 없는뎁지, 그렇다면, (道流들의, 視野를 道流들의 눈 아래에서, 획 잡아채어, 깡그리 없애 보여주려는 목적으로, 촌승이, 道流들의 기억을 환기하려 한 것과 같은) 西川가 오두막 한 채와, 만삭 중인 그댁 아낙녀를 함께 태워버린 일 같은, 모진 加虐도, (그 상징이나, 암호 풀이를 하기로 하여 말하면) 우리들이, 우리들의 '魂'에 향해 가한, 모진 自虐이거나, 被虐 말고, 다른 아무것도 아니었던 것을 알게 됩습지. (어쨌든, 이리하여 村僧은, 우여곡절을 겪어, 村僧式의 '無意識'에 대한 이해와 더불어, '나비 꿈'(莊子)을 꾸었던 村老式의 話頭에 대한 話尾를 본 셈 입습지만, 그럼에도, 청중이 자리를 비우지 않는 이상, 해오던 얘기는 해가야겠는갑. 산막을 내려, 俗家 장거리를 갈 때는 중도, 다라니나 만트라 대신, 平均的 미소, 평균적 어투로 수인사를 해야, 아랫녘 사돈들께 낯설지가 않는뎁지, 그런 말로 주고받는 얘기 중에서, 촌승이 귀동냥한 것을 하나 덧붙여두기로 한다면) 저 加·被虐症이라는 것도, 어느 선에 닿거나 넘으면, 그 양자간에서 거리가 단축되거나, 심지어는 제거돼버려, 어느 것이 어느 것인지를 모르게 된다고 합지. 그러고 난 뒤에 보이는 것은, 그것들 각각 다르게 썼던 假面을 벗자 드러나게 된, 하나의 吸血鬼面 같은 것이겠습지. 아으 俱胝는, 저 맹렬히 타는 오두막의 불길에다, 천년이나 걸려 손가락 하나를 달구어서는, 저 만삭인 여자의 똥구녁을 뻴그렇게 쏘고 들었는뎁지, 살과, 기름과, 똥이 타며 끓는 냄새가, 데럽게도 좋았었습지. 地獄의 냄새일 것. 바로 그 일 탓에 村僧은 헌뎁지, 그날 남은 해를 다시 갈아 치우며, 해지는 쪽으로 흐르는 그 냇물에 몸 잠가 앉아, 해 뜨는 쪽 물까지도 짜거워지도록, 눈물을 흘려내며, 흐려진 마음을 꺼내어, 뻴그렇게 드러내어, 곱을 씻고 뜯어내어, 흰 눈빛이 되도록이나 헹궈보지 않은 것은 아니었습지만, 그 禪定은, 어디에서 잘못 시작되었었던지, 실패하고 말았었습지. '하늘' 쪽에서 보면, 그것은 무변으로 비어[空], 구름 따위가 끼일 자리가 없는데도, '구름' 쪽에서 보면, 거기가 비었으므로, 뭉쳐 떠 흐를 수가 있던 것, 그렇습? (헌데 만약, 왜냐하면 '元素란 空에 의지'하므로, "구름에도 알맹이가 없다"(아나트만)면, 무엇을 일러, '구름'이라 할 것이겠는갑? 이보겝, 저기 저 아랫녘으로, 삿갓이며 도롱이를 쓰고, 얹고, 빗속을 뚫고 내려가는, 저 碧眼의 후레 중은 누구인갑? 보아하니, 달마보디인 듯하넵. 그도 비에 젖을 가죽은 입었으며, 그 가죽이 자기 것이라고, '달마보디'라는 이름을 써 붙여뒀다는갑?) 대체 어떤 경로로, 스스로 일러 중이라고 하는 자가, 살이 끓고, 羊水가 타고, 똥이 익는, 그 고통의 와중에 휩쓸려 들어서는, 손가락 하나 까딱해 보임도 없이, 재가 되어 무너지도록 서서, 보고만 있었는갑—그 일로 울었던 것입습지, 胡僧 하나는. 그렇다고 하여 그 중님이, 먼저 자기를 구하고, 그런 뒤 "중생을 돕겠다고 出家한 중이, 民家의 철없는 아이가 하나, 깊은 샘을 향해 뿔뿔 기어가는 것을 보았다고 하여, 그 아이를 구하겠다고 손을 내밀기로 한다면, 종내는 세상일로 너무 바빠져 버린다"고 하여, 뻗쳐 나가지는 손을 회수해 들인, 그런 것도 아닙습지. (道流들은, 말한 바의 저 僧行을 두고, 무슨 웃을 일이라도 찾아냈는갑? 道流들은 아직도, 한 중속에서, '바라바'를 바꿔내기를 바라는갑?) 그날은, 촌승이, 美里로 돌아온, 그다음 날이던가, 그 다음다음 날이던가, 매일이 같은 날, 좋은 날, 그랬었는뎁지, 그래 그날은, 오랜만에 돌아오게 된 美里의, 이 골목 저 구석을 눈여겨 둘러보며, 村僧과 美里 사이에 끼었었을, 그런 무슨 時差 같은 것도 메꿔보려 하며, 官에서 내다 붙인, 오래되기도, 또는 아직 먹물이 채 마르지도 않기도 한 壁報도 읽어보고, 그러며 소일을 하던 중이었더닙지, —아 그래서 村僧도, 그 榜文들 중의, 아주 오래되어, 찢긴 데다, 먹물까지 바래 흐려진 것들의 이것저것을 (이 골목 저 거리에서) 읽어보고, 귀 맞춰 보며, 귀 맞춰 읽어보아, 官에서 律法으로까지 제정 공표해놓은, 客僧들에의 待遇 문제에 관해, 대략 한 팔 할가량은 눈치채게도 되었드랬는뎁지, ……道流들께서는, 村僧이 무엇에 관해 말하고 있는지, 그것을 물론 잘 알고 계시며, 이런 중의 雜說을 듣기 위해, 자리를 지켜 앉은, 그 자릿값으로, 官에서 과할 벌금이 막중한 것이라는 것도 잘 알고 계실 것입지. ……촌승은, 그때 물론, 촌승의 전신으로, 여러 개의, 녹슨 큰 못들이, 매우 천천히 박히고 듦을 느꼈습지만, 합장하여서는, 그냥 재배하며, 羑里에, '읍장 겸직 판관'의 이름으로, 이리의 가죽을 덮어쓴, 보살이 하나 왔을지도 모른다고, 자꾸 그렇게 생각하려 했었습지. 그러는 중에도 물론, 시간은 흘러—대략 정오나 돼가고 있던 참이었을 것인뎁습지, 수상한 일이었습지, 우리들의 골목으로, 중앙통으로, 어디서 일어난지도 모를, 땅에다 뿌리를 단단히 둔, 날으는 나무 같은, 한 회오리바람이 붉게, 흐리게 일어나, 사람 같은 티끌을, 티끌 같은 사람들을, 휘휘 불어내며, 우리들의 골목으로 중앙통으로, 어디로, 일정한 방향으로, 욱 뽑혀져 가고 있는 것을, 촌승은 보았습지. 개들까지도 짖으며 내뽑혀 가고 있는 그 한 기둥의 티끌 속에는, 학보다도 표표히 홍진 떠났다고 자처하는, 중 낯짝을 한 것까지도 물론, 하나쯤 섞여 있었겠습지. (촌승의 어휘로는 '衆人'이라고 하는, '우리' 또는 '集團的 自我'는 그렇게 이뤄지더군입지) 村僧의 느낌에는 그때, 우리들 중의 아무도, 우리들이 현재 어디를 향해, 어디로 그렇게도 부지런히, 그리고 무엇 때문에 가는지, 그것을 분명하게 알고 있는 자는 없는 듯했습지. 촌승의 느낌에는, 비록 그들이 그것을 잘 모른다 해도, 그들께는 그것이 별로 큰 문제가 되는 듯해 보이지는 안 했으며, 그 뿌리 달린 바람이 점차 익어가며 나타내 보인다고 (촌승께) 믿기워지는 것은, 그들께 중요한 것은, 그 현장에 있는 모든, 그 하나하나씩으로서는 다만, 작고, 나약할 뿐인, 그 個我들이, 크고, 그래서 막강한, 衆我에로 轉身을 치러가고 있다는 그것인 듯했습지. 촌승은 거기서도, 이상스러운 無我狀態가 이뤄지는 것을 경험했드랬는뎁지, (나중에, 村僧 나름으로 고려해본 것을 말씀드리기로 한다면) 이 '無我狀態'는, 그 각각의 個意識들의, 깨인 채 든 잠, 그 잠으로써 衆我를 꿈꿔내는 잠, 그런 것이라고 했었습지. 뭣보다도, 촌승께 이해되어지기로는, 이런 종류의 無我境이란 禪的 椿事랄 것인 듯하여, 그 行者들의, 준비된 (또는 훈련된) 마음의 보조를 못 받고 있어, 이뤄진 '衆我'는 그 전체가, 드러내진 傷處로 보입습지. 魔種에 대해서는, 이보다 더 비옥한 밭이 또 있을 수 있겠납? (그렇다고 하여, 그 비옥함에는 꼭히 魔種만이 떨어져 심기는 것은 아니라는 것도 고려해두십습지) 촌승은 저것을, 複數的 一人稱이라고도 이르는뎁지, 이 이상한 一人稱은 神들까지도 두려움으로 내려다보는 것이라는, 얘기는 한 바 있다고 믿습지. 그도 그럴 것이입습지, 이 복수적 일인칭은 눈에서 쐬어낸, 그 빛에 닿는 것치고, 그 본디 상태를 유지할 수 있는 것은 없는 듯하거든입지, 새앙쥐라도, 이 '복수적 일인칭'의 유방을 한 번만 빨았다고 한다면, 그 당장 코끼리가 돼버리며, 청룡이며, 백호라도, 저것이 한번 차가움을 품은 눈으로 건너다보는데 닿았다가는, 그 당장 재가 되어 흩어지거나, 최선의 경우로, 지렁이나 새앙쥐에로 줄어져 버리겠습지. 문제는 그럼에도, 이 복수적 일인칭은, '복수'이되, '하나'인 괴물이어서, '머리'가 一人分으로, 하나밖에 없다는 그것이겠습지. (이 괴물의 목덜미에서, 하나보다 많은 머리들이 돋아나기 시작하면, 비록 좋게라도, 이 '衆我'는 분열증을 일으키고 있어, 이미 '복수적 일인칭'을 벗어나 있으므로, 그것은 다시, 달리 따져볼 주제가 되겠습지) 바로 이 '一人分用'의 대가리가, '權勢'라는 이름을 갖는 것일 것인뎁지, 이 막강한 괴물에게도 물론, 열려진 '뒤꿈치'는 있을 것입습지. (道流들께서는, 촌승이 방금 전에 말씀드린, "여러 個意識들이 꿈꾸어내는 衆我는, 그 전체가 드러내진 傷處"라고 한 것과, 이 '뒤꿈치'는 별개, 별종의 품목이라는 것을 분별해주십습지. 前者는, 禪定 중에, 그 마음[프라나 마음] 을 떼어내, 三世 주류에 떠난, 어떤 중이 남긴 비인 몸 같다고 한다면, 後者는, 몸을 잃어 헤매던 어떤 귀신이, 그 비인 몸을 차지해둔 그 상태와 같다고 할 것입습지. 전자는, 그 일어난 風雲만 있고, 그것에서 '勢'의 숲을 얻어낼 연금술꾼을 아직 못 얻고 있습지. 그래서 그것은, 발정기의 암캐처럼, 그 전체가 상처입습지) 헌데, 저 막강한 괴물이 드러내는 단처란, 다름이 아니라, 그것은 매우 이상스럽게도, 그것의 '머리'와 '몸'이 逆理, 反比例한다는 그것입습지. 그래서 이 괴물은, 그것의 머리가 불어나면 불어날수록, 역비례하여, 그 몸이 줄어들고, 반대로, 그 몸이 불어나면 불어날수록, 그 머리가 줄어듭지. 머리가 불어나면, 그 무게 밑에서 그 몸은, 괴롭게 괴롭게 피와 기름을 짜이며, 몸이 불어나면, 그것은 미구에 발정기 중의 암캐모양, 그 전체가 傷處化하겠습지. 村僧의 생각에는, 이 '복수적 일인칭'도, 그것의 무의식 속에, '한 벌의 運命'을 짜 넣어 갖고 있어, 그 한 衆

我가 末世에 처하기까지는, 그 한 벌의 운명을 되풀이하는 것이 아닌가 합습지. 헌데도 비극은, 個我와 달리, 이 衆我는, 그 자체가 축생도라는 그것입습지. 衆我는 도덕 기준을 세워 갖고 있지를 않으며, 弱肉强食의 법칙에 의해 생존합습지. 우리가 성심으로 바랄 것이 있다면 이럴 때, 善念을 가진 賢(者)王일 뿐인뎁지. 이 '衆我'는 동시에, 땅에로 '天國'을 이끌어 내려올, 그 '能力'의 '원초적 질료'이기도 하거든입지. 수치스럽게도 그러나, 촌승께 이해되어진 이 衆我는, 善念의 賢者, 즉슨 보살 왕보다는, 나찰 왕 뫼시기를 더 열망하는 듯하여, 종내 '붉은 龍'을 召命해내기에 이르는뎁지, 글쎕습지, 아마도 왜냐하면, 인간도, 그 입어진 살에 의해서는 짐승, 그것도 고기 맛을 속속들이 아는 짐승인 까닭이겠습지? 만약 우리들의 "無意識 속에는 동물적 본능이 있다"고 하는 의견에도 일리가 있다고 한다면, 그것이 또한 村僧으로 하여금 우리들의 '無意識'은, 다시 말씀입지만, 우리들의 '밖', '肉身' 자체라고 이해하게 하는 한 이유입습지. 그 '肉身'이야말로, '羯磨'의 形而下化며 五蘊의 宿主여서, 일러 '小宇宙'라고 한다는 소리를 들었습지. 인간도 그래서, '민물의 소리가 굳어 된 돌', 그 운명을 배 속에 넣고, 苦海로 나아간 鰱魚임. 아으 뱃놈이엽, 어디서 무엇이 부르는 무슨 소리가, ('짠물' 속으로 들려오는 '민물' 소리는, 죽음의 소리. 反之亦然) 여실히 들리는데도, 아무리 둘러보아도, 귀 기울여 보아도, 그 들려오는 곳을 알 수가 없을 때는, 아으, 道流沙工은, 밀초를 뭉뭉히 하여 귀를 막으려 했기보다, 아으 道流는, 도류의 똥구녁을 틀어막아 보려 했어야 했었을 것읇? 그랬어야 되었을 것이 왜냐하면, 바로 거기로부터 道流의 목구멍까지, 꾸불렁 꾸불렁 열두 굽이 열두 발 창자로 이어진, 그 한 벌의 운명이야말로, 프라브리티의 배꼽 줄이기 때문입습, 위에로든 아래로든, 도류가 그것을 열어놓고 있는 한은, 저 프라브리티의 입술의 빨아들임에 의하여 도류는, 똥이 마려워 죽겠을, 배가 고파 죽겠을, 창자가 아파서 환장해서 황홀해서 못 살겠을, 그런 (꼭두각시) 춤을 멈출 수가 없을 터인뎁지, 자식새끼들을 쪽쪽 빨아, 죽음의 껍질만을 남기는, 이 아비-어미는 나찰인 것. 팔만 有情, 無情 중에서도 특히 인간만은 그리고, 그 살 속에 마늘 맛을, 불(익혀짐) 맛을, 쑥 맛을 배어 갖고 있어, 그 인간보다도 열등한 것들이, 배고픔 탓에 덤볐다가는, 지옥을 통째로 삼킨 듯, 버르적거리다, 빠르게나 늦게나, 팩 녹혀져 버리고 말겠습지만, 그러나, 인간보다 약간만이라도 월등한 것들이 있다면, 그것들에 대해 인간은, (‘祭祀·禮拜’라는 등의, 종교적 방언이 神話化한) ‘神酒’(암리타, Amrita)며, (동화적 방언의) ‘毒龍께 납치되어간 公主’이겠습지. (사람의 심리를 연구한다는 자들이 밝힌 바에 의하면, 저 ‘公主’라는 암호는 다름 아닌, 우리들의 ‘魂’[아니마] 의 의인화라고 하는뎁습지, 그것도 고려해두기로 합습지) 그리고 우리들은, (현재 무슨 얘기를 하고 있는가 하면) 저 毒龍께 납치되어간, 우리들의 신부며 누이인 것이, 저 毒龍의 털 난 가슴팍에 싸여, 몹시 신음하며, 죽어가고 있는 그것을, 몹시 몹시 아파하고 있는뎁지, 그러며 우리는, 그 아픔을 몹시 소중하게 여겨, 검은 곰이 겨울에 제 발바닥을 핥듯, 핥고 있습지. (그 얘기를 하고 있는 중입습지) 타인의 고통을 통해 체험되어지는, 다른 타인 (우리 자신들)의 고통—이 고통은 그래서, 傳導되는 중에, 혹간 익혀진 것이나 아니겠는갑? 그래서 인간은, 지옥을 통과해 나온 기억이 더 생생하면 생생할수록 더욱더, ‘소름 끼치는 얘기, 사건’ 등을 즐기며, 심지어는 자신이 그 凶鬼의 역을 행하기에 나서는 것은 아니겠는갑? (지옥과 천국, 저승과 이승은, 우리들 각인의 無意職의 縱的 體系를 이루는뎁지, 거기다 時間性을 부여하면, 橫的 體系가 드러나겠습지. 부디 六祖의 도면들과, 그것을 흉내 낸, 촌승의 도면을 참고해주십습지. 그것들이, 촌승께 이해되기로는, 우리들 각인의 意識/無意識의 지도이거든입지) 인간은 그래서도, 좋지 않은 모순 덩어리인뎁지, 인간은 어떠한 고통이라도, 어떤 경로로든, 그것이 한번 날것 성질을 잃고, 익혀졌기만 했다면, 그것을 즐깁습지. 통과해온, 지옥에의 향수? (왜냐하면, 이승엘 오는 사이, 익혀졌으므로) 그러다가 어느 날, ‘날것’과 ‘익혀진 것’에의 구별을 못 하기에 이르면, 그는 분명히, 도착증을 드러낸다고 진단되어지는뎁지, 어쨌거나 이런 얘기는, 도류들로 하여금, 『바르도퇴돌』이 가르쳐주는, 나라카의 고통을 재고려해보도록 종용하는 것이 분명합습지. 과연 어떻게, 어떤 타인이, 그 육신이 퍼부어지는 고문 아래에서 당하는 고통이, 그 고통을 목격하고 있는 다른 타인에게 傳導되어질 수가 있는갑? 그러면 이 고통의 傳導를 통해, 저 간접적 타인도, 저 고문에 직접적으로 당하는 그 타인이, 그 육신에 다 드러내는 것 같은, 그 꼭같은 고문 자국을 드러내는갑? 그렇지는 않다고 할 때, 이 간접적 타인은, 저 고문에 처한, 저 직접적 타인이 그 몸으로 실감하는 그 고통을, 마음으로 한다는, 당연한 수사학을 이끌어낼 수가 있는뎁지, (거기 어디에, 저 '고통의 鍊金術' [익혀지기] 이라는 과정이 개입되어 있다고 관찰되어집습지) 이 간접적 타인의 非肉身的 고통이, 그 몸에 드러나지 않는다는 점에서 보면, 이 非肉身的 고통은 그렇다면, 바르도에 처한, 모든 念態들의 그것과 조금도 다르지 않다는 것을 고려하게 합습지. (그렇다면, 마음과 몸은, 두 별개의 것들인갑?) 이 고통은 물론, 밖으로부터 傳導되어진 것입습지만, 그것이 실마리가 되어 이번에는 그래서, 우리로 하여금, 무엇을 새로 고려케 하는가 하면, 우리들 매일매일의 삶을 통해, 아무 데서도 말고, 우리 자신들 속에서 일어나는, 번뇌, 근심, 슬픔, 불안이며, 초조 등의 苦 같은 것에 대해서입습지. 그래서 우리는 이 고통을 우리의 몸으로 하는 것이 분명한갑? 그렇지 않다면읍? 하, 핫, 그러자, 어떤 노망한 늙은것 하나가, 이렇게 고함을 치고 내닫는군읍? "이 눔아, 너는 그 마음이라는 것을 꺼내 놓아보아랍, 그러면 本老가, 그것을 캐칼히 씻어주리라." 하, 핫, 학, 칵, 칵꺼, 하, 하, 한 발 길에 냅다, 칵 짓밟아버리고 말걸 그랬었는갑? 왜냐하면 有情(有機體)의 문제를, 無情(無機體)을 재던 척도로 재고 난 뒤, 무슨 尺數를 얻었다고 하여, 그것으로 해결책을 삼으려 해서는, 그것 자체가 誤尺行이 되기 때문인 것. (사미가 웅얼거림, "動的 마음은, 有情의 有機的 活動을 건반 삼아 일어나는 음악 같은 것, 그것은 그래서, 第六臟 七腑 같은 器官이 아닌 것, 아닌 것을 妄嫗여, '꺼내 놓'으라니, 무엇을? 장작개비를 아무리 짜개고 짜개본다 해도, 불의 새끼가 찾아지지 않는다고 하여, 祖佛은 火葬되어진 일이 없었는갑?" 그러자, 妄嫗가 묻는다, "아 그런즉 너 이눔 狗者여, 公은 公의 그 '마음'을 어거할 수가 있느냐?" "그럴 수가 없는 고로, 스승의 발아래 꿇어 엎드려 있는 것이 아니옵니까?" "그런즉슨, 네가 말하는 그 '마음'이란 너의 것이 아닌 것이 분명한가? 그것은 이 늙은네의 것도 아니다. 그렇다는즉슨, 무엇으로 더불어 너는, '마음'으로 시달린다고 이르느냐?" 헷헛헷, 그런즉, 저 의뭉스런 사미 놈 좀 보십스랍, 그 검센 손을 그득 넘치게, 제 놈의 하초를 한 줌 쥐어내, 늙은 스승께 보이며, "妄嫗여, 妄嫗가 보는 이 육괴는, 이 불머슴 놈이 '자기의 몸'이라고 이르는, 그 한 부분이올시다. 헌데 이것은, 저녁이 이슥해졌기 때문이라든가, 여우 같은 계집이 눈꼬리를 쳐지게 하여 지나기 때문이라는 투의, 그런저런 긴한 이유가 없을 때라도, 이 사미의 의지와도 상관없이, 저 혼자서 영고성쇠를 보이니, 이런 魔羅가 있을 수 없나니다." "胡奴여, 엑끼, 胡流여", 아 그러면, 道流들은, '마음'의 '文化化'라는, 그것을 말해보아도 쓸 만하겠다싶습메. '마음'이라는 野生馬에다 멍에[yoke] [요가] 메우기. 헥, 하마터면 저 蠻老 하나가, 검센 들말 한 필을 잘못 함정에다 몰아붙여, 그 밑바닥에 거꾸로 세워 놓은, 천의 죽창에 찔려, 그 馬皮까지도 쓰지도 못하게 할 뻔했구납) 우리들은 火鬼, 우리들은 水麗, 우리들은 억만 마리의 거머리를 혀로 해 갖고 있는 風精, 그리고 지옥의 醉漢. 우리들의 음식은, 산 것이 고통에 처해, 빠르적이며 솎아내는 땀과 기름, 그리고 그 눈물과 신음. 우리들의 公主, 우리들의 누이, 우리들의 신부는 그날, 일어났다가는 엎으러지고, 떠올랐다가는 가라앉기의, 맹렬히 타오르는 불의 노도에 삼켜진, 산발한 한 巫精, 보았었습지 우리들은, 아흐, 此岸에서 일어난, '일곱 혓바닥의 火鬼'가, 그 혓바닥 하나를 팅팅 곯려 올려, 우리들의 누이의 치마폭을 떠든 뒤, 그 불쌍한 것의 아랫배를 핥고 있는 것을, 우리들은 보았었습지. 그 欲情의 火手가, 우리들 누이의 누덕 진 옷들을 왼통 벗겨버렸을 때, 우리들의 벌거벗은 외로운 누이는, 연기까지 태워 맑은, 강물보다는 더 여러 필의 불로 재단한, 불의 투명한, 天上的 아름다움의 지옥을 입어, 그 열예에 못 이겨 狂舞를 추며 쓰러져 꿈틀댔는뎁지, 아으 아름다웠넵습지, 우리들은 송장, 저 '타는 불—우리들의 누이'가 맨발로 디뎌 춤추며 태우는, —우리들의 焚死. (세계가 끝나가고 있더라도, 神들이며, 惡魔들이엽, 우리들의, 누이를 쏘고 든, 귀두 끝들에로, 저 뭉친 아픔이 튀어나오려 하고 있는 이 순간에만은, 시간을 멈추려도 말고, [시간의 모래의 시계를] 뒤집으려도 말지어답)

그러는 중에, 우리들의 누이는 혼절에 처한 채 죽어가고 있었는뎁지, 어쩌다 한 순간씩은, 어머니란 죽음보다도, 불보다도 힘이 센지도 몰랐던지, 우리들의 만삭의 누이도, 그런저런 어느 한순간, 불까지도 얼굴 얼음 같은 의식을 차렸던 듯하여, 그 어느 일순, 우리들 火鬼가 깔아준 불의 강보에다, 불보다도 뜨겁고, 불보다도 붉은 핏덩이를 하나, 담빡 쏟아내더군입지. 아으, 그 아름다운 비린내, 우리들은 눈으로, 붉은 눈으로, 그 핏덩이를 난도질해 먹어대기 시작했었는뎁지, 그러는 중에, 우리들의 누이의 혼령을 싸 왔던 그 오두막이, 그 生活을 더 이상 지탱하지를 못하고, 그 핏덩이를 쏟아 낸 옌네와 핏덩이 위에로, 담빡 엎질러져 덮이고 들어, 섭섭했었습지만 우리는, 저 잘 구워졌음에 분명한, 人肉에 이빠디를 박지는 못했습지. 하이거, 히거, 무엇이 모두 갑자기 조용해져 버리기, 멈춰버리기, 밤중, 소조함, 뻥 뚫린 구멍—우리들은, 왼 산이 철쭉꽃으로 불붙어 타는, 그 봄 산그늘이 잠겨 든, 굽이진 강 흐름의 소용돌이의 한가운데 빠진 듯, 그때로부터는, 그 맹렬한 흐름 가운데의 정지 속에서 허우적이느라, 돌[石]이 되어가고 있었는뎁지, 실제에 있어서는, 그 의미도 목적도 모르겠을 한 아낙네의 비극적 焚死가, 우리들께 그날은 그만큼이나 숭엄한, 종교적이랄 충만감을 주었던 것으로 따지건대, 그 죽음은 필시 殉敎였었습지. 타오르는 불길이 주저앉기 시작했을 때, 둘러서 있던 우리들은, 저 삼월 무릉이 담빡, 강 위에 쏟겨 내린 것보다는 아름답게 엎질러진 저 오두막, 그 잉걸불 위에다, 오줌들을 줄기차게 갈겨대고 있었는뎁지, 막연하게지만(이란, 아직 그것이 語衣를 못 입은 채라는 말인뎁지) 우리는 그때, 얼마쯤의 어떤 억울함이나 울분도, 당분간 참아나갈 수도 있을 것이라고 했습지. 그리고는, 오줌을 누고 난 뒤의 진저리를 치고 나서, '궁창이 나뉘는 것' 같은, 약간의 질서를 회복할 수 있었기에, (촌승은 생각했기를) 거기 어디에 무슨 의미나, 정해진 목적이야 있든 말든, 그리고 그것이 꼭히 殉敎거나 말거나 간에, 우리들의 일상적 삶을 끄떡없이 일상적이게 하려면, 누군가가, 또는 무엇이, 無時로, 저런 식의 殉敎라는 것을 감행하든 어쩌든 해서, 뭔지 모를 것이라도, (사실은 그것이 뭔지를 모르기 때문에 더욱더) 贖良을 해야 된다고 했습지. (죽음에 대한) '삶'이란 어쩌면, '요니 속에 담긴 링감'으로 상징화될 수도 있는 것일지도 모르겠다 싶으니 그렇습지. 그러니 放出이 필요하다는 얘기겠습지. 뼛속을 확 비우기. 저것 ('요니 속에 담긴 링감')은, 보다 正宗的 方言으로 통역될 때, '축생도'라고 환치되겠습지. 이런 殉敎나 代贖祭가, 그러나 꼭히, 무슨 각본에 의해서 행해져야 할, 그런 무슨 (필연성을 '앞세워' 있어야 할) 까닭은 없다는 것이, (六祖의) '陰氣의 遺傳'論을 신봉하는 (그의 불머슴) 촌승의 의견입습지. 이런 말은 무슨 말인가 하면입습지, 말씀드리고 있는 바의, 西川가 오두막집 아낙네의 楚死 같은, 偶發, 椿事的 殉敎랄 것까지도 사실은, 偶發이거나, 椿事가 아니라는 그런 얘깁습지. '陰氣의 遺傳'이며, '羯磨'論 따위를 차치한다 하더라도, 프라브리티라는 회전무대 위에서는, 아무것 하나 偶發이라거나 椿事랄 것이 있을 수가 없는바, 프라브리티가, 그 질서 체계를 '相剋'에 두었을 때부터, (왜냐하면, '動'은 相剋에 의지해서만 가능하기 때문!) 바로 그런 어떤 상극(은, 우리들의 수사학적 질서를 위해, '큰 相剋'에 대해, '작은 相剋'이라고 명해 두기로 하십습지)에 의존해서야 야기되는, 偶發이나 椿事가 가능할 자리를 남겨두고 있지 않기 때문입습지. (저 '큰 相剋'을 한 大洋에 비한다면, 저 '작은 相剋'은, 그 大洋이, 어떤 相剋力에 의해 흔들릴 때 일어나는, 어떤 물 주름, 흰 포말. 그러나 이 한 물 주름과 포말은, 스러져가면 무엇이 되는갑?) 그럼에도 道流들, 道, 道流들, 촌승이 만약, 이 완벽한 상극적 질서의 프라브리티 속에서도 그런데, 끊임없이, 프라브리티에 대해서는 偶發이며 椿事인, 그런 일이 일어나, 프라브리티의 車齒를 부러뜨리고 하는 일이 일어나오고 있다는 그, 그런 얘기를 한다면, 몽둥이를 내들어, 촌승을 심히 쳐 내쫓으려는갑? 헌뎁지, 말한 바의 이 회전무대 위에로, 化現의 연극을 위해, 成肉身한 것들 중에서도, 인간이라는 것들이, 어떤 경로로 文化化를 치르고, 어느 날, 그 프라브리티에 끼인 자기를 지우고 뽑아 없애려[空得!] 하여, 自己否定의, (프라브리티에 대해서는) 변칙적 苦行에 나서는가 하면, '스스로 고자가 되기'도 하여, 殺慾과 生殖慾이 서로 꼬여, 질서의 테가 된, 그 동아줄의 올을 트게 하려 하는 노력에 의해, 프라브리티에 구멍이 생기는 일이, 종종 일어나더군입지. (축생도에서의 '殺慾'은, 근본적으로는, 그것을 일으켜내는 것의 '창자'와 관계가 있는 욕망인뎁습지, 그것을 전제로 삼아두기로 하고 우리가, '生殖'과 '殺生' 사이에 끼어 있다고 여겨온, 그 환상적 시간을 뽑아내 버린다고 한다면, 우리는 예기치 못했던 결론에 도달하고, 경악하게 되겠습지. '殺慾'과 '生殖慾'이 서로 꼬여, 프라브리티의 테를 둘러, 양자 간의 차이를 잘 모르게 된다는 것입습지. 이러자, 만약 어느 道流가, '殺慾'은 肉食動物이 일으키는 것이며, [肉食

動物도 물론 生殖慾을 일으키지만] 보다 더 多産的 生殖慾은 草食動物이 일으키는데, 저것들이 어째서 같다고 하느냐, 고 묻는다면, 촌승으로서 할 수 있는 일이란, 그 道流로부터, 눈깔을 하나 도려 파내는 수밖에는 없겠습지. 그 道流에게만은, 두 개의 눈도 너무 많아, 너무 많은 것을 보고 있거든입지) 참, 말입습지. 참, 그날입습지, 그 연기는 말입습지, 냄새가 누리고, 누리고[黃], 말입습지, 찐득찐득했었는뎁지, 어떤 사돈네 말씀이 말씀인뎁지, 우리들이 둘러서서, 오줌을 갈겨댔던, 그 오줌 타는 연기 속에서는, 웬 애 울음소리가 나쌌더라고 그랬드랬는뎁지, 말입습지, 그래서 우리들이 들어, 본, 즉슨, 사, 사실로, 애, 애 울, 울음 소, 소리가, 그런 냄, 냄새가, 나고도 있었더랬는뎁지. 본즉슨, 무엇이, 사람 같은 것 하나가, 우리 중의 누구 하나가, 그 불의 염통 속을 헤치며, 그 애 울음의 舍利를 주우려 하고도 있더라 말입습지. 우그러지게도 슬픈 사내는, 걸 뭘 하겠다고 그 불 속에다, 精蟲을 누어 묻어놓았었을 일이었던곱? 그때쯤 우리는, (왜냐하면 그것은, 끝난 性交였거든읍) 그 불구경으로부터 지리멸렬을 느끼고, 비실비실 돌아들 서고 있었는뎁지, 그때 우리는, 새로운, 늘 우리와 함께 있었으되 낯선, 얼른 수락하고 싶지 않은, 그런 경험을 하나 하고들 있었습지. 라는 것은, 그때도 물론 '우리'는, '복수적'이 아닌 것은 아니라도, 어느 틈엔지, 그 '우리'를 결속해 왔던, '一人稱'이라는 테가 끊겨져 버려, '우리'는 하나뿐만은 아니더군입지. 一人稱, 二人稱, 三人稱—그러면 이런 오합지졸적 '우리'란, 第四人稱이랄 것으로나 불러야겠는갑? —모든 個我들의 이산, 와중, 혼돈, (우리는 물론, 저 '無我的 衆我狀態'를 되도록 오래 지속하고 싶어하는 어떤 개인들이, 個我라는 것의 목을 베어 들고는, '衆我'에 投降하여 이뤄낸, 어떤 俗體도 알고는 있고, 그리고 그것의 秘儀的 이름 중의 하나가, '붉은 龍'이라고 한다는 것도 알고 있습지) 이런 일이란 언제든 헌뎁지, 난장판이라든, 곡마단이 지난 뒤, 그 군중들이, 돌아가 씨 뿌릴 일을, 또는 거둘 일을 생각할 때마다 일어나는, 그럼에도 늘 생소한 일이므로, 더 다른 할 얘기가 있을 수도 없을 터인뎁습지만, 문제는 헌뎁습지 촌승께는, 그 衆我로부터, 간신히 촌승 자신을 빼쳐냈을 때부터 시작되었었습지. (이제 私談이 좀 씨불여질 듯하군입지) 때로 어쩌다 한 번씩 얼핏얼핏 비쳐온 듯도 싶은, 다시 그 鰱魚俗

같은 것 말씀인뎁지, 촌승은 그로부터, 촌승의 창자 속 어디에선지, 데그럭데그럭 구르며, 촌승을 부르는, 불이 돌이 되어, 그 돌이 울려 내는 소리에, 창자가 아프다고, 뒤꼬인다고, 그렇게 듣기 시작하고, 있었던 것입습지. 그 탓에 허기는, 그 소리를 따라서 따라서 오다 보니, 어디만쯤에서 그 소리가 멎기에 둘러보고 촌승은, 羑里 동구를 들어서고 있음을 알았었는뎁습지마는, 그날 그 異物스러운 소리가 새로, 이어져 들려지고 있었으며, 그 이물감은 뜨거워, 도저히 참을 수가 없이 뜨거워 촌승은, 애 밴 아낙네처럼 구역질을 해대며, 배를 움켜쥐고 달려, 저 西川 흘러가는 데로 풍덩 뛰어들었습지. 그 한 江이 그런 뒤, 그 발원지로부터 바다에 이르기까지, 거기 잠겨 앉은 한 돌중의 뜨거움으로 인해 왼통 부글부글 끓고 있었드랬습지. (헤음) 그 불돌[火石]을, 불의 흐름에 씨 받아진, 촟불중이라는 한 불의 (물)고기[火魚]의 창자 속에다 넣어주었던, 그 불의 박수[覡]가, 三世行에 떠난 그의 徒弟를 부르고 있는 소리, 거역할 수 없는 召命. (전에 한번, 저 박수가, 그의 제자께, 불의 비역을 한번 한 일이 있습지. 그리하여 그 촟불중은, 後門의 童貞을 잃었었습지) 촌승은, 그 물속에 잠겨서, 저 부글 드글 끓는 물이, 입은 살은 물론, 척추를 위시한 이백열일곱 뼈 토막들이며, 심지어 空까지라도 다 녹혀내 버리기를 기다려, —아으 그러면, 저 아픈 법열의 異物感도 스러져버리겠는감? —비칠비칠 울며, 해를 기울였었습지. (道流들, 말한 바의 저 '空'일랑 그러나, 갉지도 말려니와, 젖게도 하지 말기로 하셉습지. 그것인즉슨 왜냐하면, 한끝을 잘못 잡아, 여차 잘못 갉았다가는 形相을 드러내기가 쉽고, 그것이 수분에 젖어 비린 데다 짜워지면, 質量까지 구비해, 色化現象을 일으키기 때문입지) 그동안 그저 잠시 촌승, 짠물 가운데로 돌아다녔을 뿐이었는데도, 이 한 불의 물고기[火魚]의 창자 속에서는, 저 '불의 씨앗'이 자라 익었던 모양이었는갑. 그리하여 그 면[男色꾼]님은, 달이 찬 姙婦모양의 봄 짐승 수컷, 그 '불'을 어디에든, 붉게, 아프게, 뾰죽하게, 뜨겁게, 눠(쏟아) 놓아야 될 때라고, 法然을 冥感했습지. ('法然'은 부디, '마음의 우주'의 '自然'이라고 이해하십습지) 그러면서, 他男의 精蟲(火石)을 제 몸속에 받아 익힌 그 면님은, 그 익은 '불돌'이, 羑里의 第八祖村長임에 분명할 것이라고 하며, 그 八祖의 法母에의 타는 연정을 일으켜냈습지. 치골의 아픔. 마는, 그 母胎의 선택은, 八祖의 法利에 속하는 문제일 것. 글쎕지 그 날도, 해가, 해도, 해는, 지고 있었는뎁지, 그 西川에 묻어 앉아 비칠비칠 울고 있던 중 하나는, 그 중이 태어난 곳의 시절로는, 이것이 하매 저실일 것이라고, 그런 시절을, 그 물여울 위에서 읽고도 있었습지. 자칭 出家했다고 하며 중 하나는, 고향을 생각하고 있었는갑? 그는 외로웠는갑? 出家했다고 이르며 중 하나는, 退行出家를 해왔던 것이었는갑? 해가 넘어가고 있었습지. 해도 뉘엿뉘엿해지고 있었습지. 해는 지고 있었습지. (그러면 도류들은, 그 물속에 앉은 중이, 아까 언제부턴지, 자꾸 시간을 개의해쌌고 있음을 눈치채겠습지) 그래서, 그 물여울은 탁하게 붉고, 밤은 물 밑으로부터 올라오고 있는 듯해 보였는바, 그래서 촌승께 떠오르는 연상은, 모가지 위쪽으로부터의 촌승의 얼굴은, 시간(그 살로메)의 춤 값으로, 피의 강 위에, 한 연꽃모양 올려져 있다는 것이었습지. (외로운 자의 夢想) 그리고 보면 겨울에는, 사물들로부터, 그것들의 그림자가 일어서고[縱立], 實體라고 이르는 것들이 그림자가 되어, 누워[橫臥] 잠자는 철이거든입지. 나무들까지도 겨울에는, 제 흘려낸 두꺼운 잎의 이불 폭 밑에 누워, 따뜻이 보내고, 몸을 벗은 그림자들만, 찬바람 가운데 떨어댑습지. 촌승이 고향이라고 뒤돌아보는 곳의 겨울은, 그렇게 회색이었으며, 회색은 그리고, 實과 幻이 뒤섞이는 색깔이었습지. (외로운 자의 夢想. 자기의 無意識 속의 낯선 얼굴에다 이름[語衣]을 붙여, 거울[意識]에다 비춰보기. 왜냐하면 村僧은, 그렇게밖에 달리는, '밖'을 절시할 줄을 모르기에 이른 것입지. 이런 절시행은, '내어다보기'라고 해야겠는갑, 아니면 '들여다보기'라고 해야겠는갑?) 그리하여 이것은 겨울이었는뎁지, 그 붉은 흐린 물여울이, 촌승이 시퍼렇게 눈뜨고 지켜보는 그 눈 아래에서, 촌승의 목 밑두리의 껍질을 벗기고, 둥근 파 까 벗기듯 벗겨서는, 알맹이는 눕히고, 그림자는 떠올려 내더군입지. 그 한 꺼풀 한 꺼풀이 벗겨졌을 때마다, 그 여울은, 그 상처를 반 바퀴 핥아 맴돌이하다 흘러가곤 했는뎁지, 그러는 중에 보니, 어느 순간, 어느 모서리에 그 여울들이 묶여서였는지도 모르되, 흐름 가운데 수직으로 앉아 있던 그 '몸'과, 그 눈물을 실어 가 바다를 짜게 하고 있던 그 '흐름' 사이에서, 위치의 전치가 있었음을 보아야 했는뎁지, 누워 있는 촌승의 몸에로, 하늘에서 발원한 강물이 쏟겨 내려, 지하에로 흘러들고 있더군입지. 겨울. (“낮의 몸은, 밤의 魂과 같으며, 밤의 魂은, 낮의 몸과 같다”고 하던 갑?) 凸—춋불중은 때에, 俱胝의 흉내를 내어, 물속에서 손가락을 하나, 수면 위쪽으로 뻗쳐내 보였는뎁지, 춋불중은 그때, 자기가, 저 타다 넘어진 오두막의, 그 화염 속에서, 아기 울음소리의 舍利를 주우려, 미쳐 날뛰던 그 사내의 얼굴을 흉내 내, (그러니 그 사내의 얼굴로) 자기를 건너다보고 있다고, 건너다본 것입습지. 凸(좆같은 자식!)—말하기의 안 하기. 또는 안 하기의 하기. 그쪽 편 돌중이 헌데 말입습지, 퍼스럭 퍼스럭 웃는 듯이 하며, 자기가 당골로 댕기는, 똑 자기만큼이나 못난 주막이 있는디. 그 집 쇠주는 더 쓴 것 겉여서 좋담시나, 시님께서는 부디 자기 항께 가서, 항께 쇠주 몇 잔 묵어줬어먼 좋겄다고, 고렇게 의견을 내고, 그러자 俱胝는, 손가락을 하나 삘그렇게 올려 보이더군입지. 그러자 俱胝의 건너편 사내도 손가락을 하나 뻗쳐 올려 보였는데, 俱胝 보기에 그 손가락은 수줍고 수치스러워, 俱胝에게 狗子感을 일으켰음에 분명하여, 俱胝가 느닷없이 내달아, 건너편 사내의 손가락을 꽉 물어 끊으려 하더군입지. (俱胝는 과연, 제법인 說法꾼이었는갑) 그로부터 둘이는, 암컷을 다투는 두 수물돼지모양, 뒹굴어 뒤집히며, 그 냇물을 들끓게 했었습지. 그러다 보니, 산 넘었던 해까지도 뒷걸음질을 해 올라, 저 미친 것들을 빼꼼히 넘겨다보았더니, 둘이는 그래서 어깨동무를 하고, 물에서 일어나서, 아직도 어깨동무를 한 채, 아직도 물론 연기를 모락모락 피워 올리고 있는, 그 타 쓰러진 오두막 잿더미를 지나려다가는, 못 지나고, 멈춰, 우둑해져 버리더군입지. 땅이 송두리째, 저들의 발바닥에 붙어, 디룽디룽 매달려버렸음? 俱胝가, (그는 제법인 說法꾼이라고 하잖았던갑?) 그러는 몇 劫을 지낸 후에, 이번에는 하초를 삘그러여내, 저 우둑함의 발등에다 대고 오줌을 갈겨대고 있더구만입지. 그러자 놀란 사내에게서는, 우둑함이 무너나 버렸으며, 땅 밑에서 올라와, 저들의 발들을 세게 거머쥐고 있었을, 무슨 그런 검은 손 같은 것에서는, 손톱이 문드러 떨어져 나간 듯했습지. 그래서 둘이는, 진저리를 치고, 도망치듯 그 자리를 떠나, (둘 사이에서 얘기되어진 바의) 그 주막을 향해, 하나는 앞서고, 하나는 뒤따라서, 갔습지. 그때쯤 그 둘이는, 왼종일 싸움질을 하다 목이 갈해진 두 원수가, 목 좀 축이고 다시 싸우기로 하여, 잠깐 싸움 손을 푼 것 같은, 그럴 얼굴들 같잖았겠는감? 둘이서 그렇게, 소줏집 마루에 앉게 되었을 때는, (물론 그 주모는, 촌승을 알고 있는 눈치가 아니었습지) 燈이 내걸리는 시각이었기에 燈이 내걸렸으며, 아닌 게 아니라, 그 주막 소주는, 맛이 더 짠하고 썼었습지. 불원간 물론, 美里에 안개비의 철이겠습지만, 아직 오늘까지는, 그 철을 앞두고, 밤낮이 그저 맑기만 맑은데도, 현재 村僧의 기억에는, 그 저녁엔 안개가 삼밭이었다고 하고 있습지. 그날, 그것도 몇 식경 전에, 젊은 나이에 홀아비가 되었을 뿐만 아니라, 자식도, 그리고 살던 집 까대기며, 자기 몫의 삶의 의미까지도 잃어, 美里에서는 그에 짝할 자를 찾을 수도 없이 빈털터리가 된 사내와, 그런 텅 빈 사내가 낸다는 술을 얻어 마시겠다고 따라온 돌중 하나, 그리고 늙은 주모, 의 셋이서는, 소주만 씹어서 넘기고 말은 안 했었으며, 돌중도 소주만 씹어서 넘기고 말은 안 했었으며, 껍질만 남은 사내도 소주만 씹어서 넘기고 한숨만 내쉬었으며, 우리들은 소주만 씹어 넘기고 한숨으로 말은 안 했었고, 소주만 홉으로, 되로, 한숨만 홉으로, 여러 되로, 으득 으드득 씹어서 넘기고, 말은 한마디도 안 했었습지. (촌승의 기억에는, 그 저녁엔) 안개가 삼밭이었습지. 그러는 중에 보니, 저 쭉정이 뿐인 사내는, 제 창자 속에 으드득으드득 짓씹어 부어 넣은, 그 毒酒의 썩은 못 속으로, 아으 道流들, 그에게, 달을 부둥켜안을 風流까지는 없었을 터이니, 달일랑은 蓮 띄워 넣지 말기로 하십습지, 내뛰어 내렸던 듯하여, 둔덕에 벗어놓은 두 짝 신발, 가지런히 한 運命만 남아 있고, 젠장맞을 누무 사람이 거기 없었습지. 그때쯤 그 한 돌중은, 읍의 중앙통을 휘청휘청 걸어가고 있었습지, 삼밭 안개 속을. 흣흣, 짖으며, 흣흑, 하흑, 出家하여 중이라고 이르는 자가, 바리때를 들고, 끼니를 빌되, 일곱 집을 빌되, 솟을대문과 찌그러진 柴扉를 是非해서야 될 일이겠는감, 한 중이, 어느 俗門前에서 끼니를 빌기도, 그 실은, 그것이 한 法布施行인 것을. 그, 그래서는 저 돌중 하나, 대취한 중에도, 손가락들로 算 놓아보고, 하늘도 올려다보아 별자리도 살펴본 뒤, 만약 열두 점이 지났으면, 새로 일곱 집이되, 그렇지 않다면, 아직도 여섯 집 說法을 더 해야 된다고, 그래서 첫 집 공양만으로도 만복 만취가 됐음에도, 아으 왜냐하면 그것이 法布施인 까닭에, 두 번째 大門 앞에 서서도 염불 몇 구절 읊어 기척을 들여보냈으며,

셋째 번 柴扉에 대고는 오줌을 몇 방울 찔금여 주는 식으로, 안개 삼밭을 헤쳐 나갔습지. (道流들은 부디, 저 한 저녁의 풍경이, 한 돌중의 머릿속에 그 畵幅을 정해 옮겨져 버렸을 때, 이상스럽게도, 저 '안개'의 添色이 있었을 것이라는 것을 헤아려주십습지. 그리고도 계속하여 살펴둬야 할 문제점은, 그것은 그래서 한 개인에게 있어서의 '變造된 經驗'이던 것이, 그가, [예를 들면, 하필 說法者이기 때문에, 또는 小說客이기 때문에] 다수의 청중을 상대로, 그 경험을 밝히자부터, [그가 좋은 이야기꾼이면 이야기꾼일수록] 그 한 개인의 경험은 새로, 그 다수 속에서 '文化的 經驗'을 형성하게 되어서는, 실제로 그 저녁은 맑았었는데도, 그 저녁은 그리하여 '안개 삼밭'이었다고, 시간의 과거의, 그러니 솔아버린 풍경과 의미를, 改作해버린다는 점입지. 이런 '改作'은, 村見에는, 좋은 분석꾼을 얻을 때, 그 올바른 자리를 얻게 되는 것일 것이라고 하는바, 저 '改作' 이전의 '안개'는 歷史學에 속함에도, 그 이후의 그것은, 그래서 이미, 神話化를 치러버렸기 때문 입습지)—어쨌든, 근래 羑里에 일어난 일로 치고도 이것은, 이미 古事가 돼서, 南岳 火葬터 식은 뼈숯 같은 얘긴 것을, 거 뭘 새로운 듯, 입술에 침 바르려 할 까닭도 없을 터이니 거두절미하려 합습지만, 예의 저 行者 니미, 그 일곱째 대문 앞에 서서, 그 法布施 마지막 방울을 줄끔 끝내고, 예의 그 진저리를 치며, 그 대문이 솟을한 것으로 따져보건대, 그것이 수도청인 것이 분명하다고, 그리고 자기는 대취에다 피곤하여, 한 발자국도 용신할 수가 없다고, 그래서 그 대문을 등에 기대, 자기 코 고는 소리를 들으며, 비그르 무너내렸더랬는뎁습지, 그럼에도 세상은, 한 중놈의 잠을 편하도록 그냥 둬두지를 안 했던지, 또 아니면, 그 수단 없는 돌중 니미 틀린 잠자리를 구했던지, 그 중은, 睡深의 층계 진 여울을 헤엄쳐 디뎌 내려가던 중, 무슨 그물에라도 걸린 듯, 휙 뽑혀져 올라가 버렸습지. 글쎕지, 자다가 중놈은, 무슨 매우 더운 비가 얼굴에로, 억수로 퍼부어 내린다고 느끼던 중에, 숨을 쉴 수가 없는, 그 익사 직전에 당해, 꿈틀거리고 깨어 일어나기에 이르렀는뎁지, 그래 눈을 떠보고, 비벼보고 다시 보고, 그러다 히히 웃어야 했습지. 그렇지 안 했어도 우리는, 이란 村僧과 '읍장 겸직 판관'을 말입습지만, 서로를 그리워해 왔었더랬는데 말씸입씹지, 그 저녁 그렇게, 우리는 수도청 대문 밖에서 만났었고, 하나는 자고 있었는뎁지, 다른 하나가, 그 잠 위에다, 임질 매독에 피고름을 흘리는, 더운 오줌을 갈겨대고 있었던 중이었습지. 하나는 더럽게 젖은 낯짝으로, 더러운 냄새가 나는 웃음을 히히거리고 있었고, 하나는, 오줌 눈 뒤끝의 진저리를 친 뒤, 웃음일 것을 바지 속에 깊이 간직해 넣고 있었습지. 손발이 저리도록 술에 마취가 되어 있어 중놈은, 適時에 그런 생각을 못 내고, 그것이 다 사려 넣어져 버렸을 때에야, 저놈의 胡根을 거머쥐어, 수도청 대문 틈에 끼워 넣은 뒤, 대문을 세게 흔들 뿐만 아니라, 안쪽의 맹견의 잠도 깨웠었어야 했다고 하고 있었습지. 그때쯤 나리는, 타고 왔던 사인교 속에 돌아 들어가, 얼굴을 감춰버렸는뎁지, 그러자 그 사인교는, '가시떨기나무를 휘감아 틀어 오르는 불'처럼, 거기 '사람'은 없고, '권위'만 이글거리기 시작했습지. 그때쯤, 저 꾀 없는 돌중 하나는, 나으리의 사인교를 메는 넷의 관졸과, 앞서 길을 트는, 卒長까지 합친, 다섯의, 늘 뼛속이 가려워 못 살겠는 장골들의, 바위 같은 주먹과, 창 같은 팔꿈치며, 沙汰 같은 무릎과, 철퇴 같은 뒤꿈치의 소내기 아래에서, 피를 다 토해내, 섣달 달빛이 나도록 흰 데다, 그 달모양 네모지고 납작해져 가고 있었습지. (이 경우는, 앞서 말씀드린 '[안개의] 添色'과는 매우 달리 훗훗, '減色'[또는, 退色] 현상이 일어나 있음을 관찰해 두십습지) 이 자리 당해 촌승이 고백해두고 싶은 것이 있다면, (그때 그 돌중의 마음이, 숙취와 독한 매질 탓에, 혼돈 혼미했었기 때문이라고, 스스로 변명을 만들어낼 수만 있었더면 얼마나 좋았었겠는가마는) 아무리 그 돌중이, 정신을 수습하고, 호흡에 의식을 묶은 뒤, 몸을 이룬 '四大란 空에 의존하는'고로, 이 空에 퍼부어지는 매질은, "물 위에 어린 달그림자 위에다 퍼부어지는 매질과 같은 것"이므로, 아픔을 일으켜낼 것이 아니다, 라고, 심지어 存在의 근원에까지 소급해 올라보았어도, 그 空에 일어나는, 숨 가쁜, 뜨거운, 대번에 죽음과 바꿔버리고 말, 그 고통은 스러지지가 않더라는 이것입습지. 그래서 그 일로, 그 이후 말입습지, 村僧 몫의 空 한 벌이 폭삭 다 썩어져 내리도록, 한숨을 쉬기로, 그 상처들을 아물렸군입지. '肉身은 傷處'이던 것이었는갑. 그런고로 어느 아라한이, "아라한도 육신을 정복하지는 못한다"고 고백한 것이었는갑. 肉身은 그 자체가 傷處이던 것. 프라브리티가, 吸盤을 깊이깊이 박고 있는 자리.

그날 낮에는 그 중도, 西川가 오두막이 타는 불구경을 하며, (그 불을 어떻게 해보려고) 만삭인 아낙네가 왼갖 몸부림을 다하는 것을, 그러다 쓰러져 분만을 하는 중에, 그 오두막 크기의 불이, 그 어미와 핏덩이를 폭삭 싸안아 무너지던 것을, 그뿐만 아니라, 어디 들일로부터 뒤늦게 그 자리 당도한, 그 오두막집 남정네가, 춤추듯이 하며, 그 더미를 헤치던 것을, 손가락 하나 까딱해 보임이 없이, 침을 질질 흘림시나 건너다보며, 그 어느 대목에선지 迂廻한 고문을 즐겼었는뎁지, 왼 혼령을 다 팔아 치우기로써 만끽했었는뎁지, 그날 저녁에는, 그 꼭같은 중이, 迂廻나 翻案을 겪을 일이 없는 고문에 처해, 몇 번이나 잠을 쎴다, 몇 번이나 구정물에 젖고 깨었는지 모릅습지. 그 중님은, 그날 낮에는, 그런 아픔을 사기 위해서라면, 주저 없이, 몇 개씩의 혼령이라도 팔아 치울 것이라고 했었으며, 저녁에는, 그 몸을 그렇게 벗기로 영겁의 사망의 골짜기에 떨어진다 해도 벗을 수만 있으면 대번에 그 몸을 몇 개씩이라도 벗을 것이라고 했었습지. 어쨌든, 지금이니 말씀입지만, 자기 딴에는, 차안과 피안 사이의 뱃사공이 되어, 무명중생 물길을 평탄케 하겠다는 大義로 중이 된 자가, 그런 어떤 중생이, 작은 火川에 발을 빠뜨리고, 괴로워 우왕좌왕하는 것을, 둔덕에 앉아 내려다보며 즐기기나, 한 고을의 법과 질서를 지켜, 그 고을의 안녕을 보살피겠다고 나선, '읍장 겸직 판관'이라는 자가, 별로 행악한 일도, 법이나 질서를 어그린 일도 없는데, 자기 밤놀이 가는 대문 앞을 빌어 잠깐 졸음에 들었다고 하여, 바로 그 큰 거리에서, 과중한 私刑을 가하기는, 매우 비슷하여, 그 경중을 알아보려, 저울판에 올려볼 필요도 없기는 없었겠습지. 어쨌든 그런 이후 어떻게 되었든, 그 지혜라고는 한 눈금도 없이, 세상을 어슬렁거리는 그 중은, 부끄럽게도, 바로 이 자리, 우리들 모여 앉아, 이승 말 저승 말 하고 있는, 바로 이 자리에 옮겨져 누워 있었습지. 어떻게 그렇게 되었는지, 발길질 밑에서 까무러쳐버린 그 중은 모르고, 알게 되었을 때는, 수치로, 많이 속을 녹혀내야 했습지. 서로 그리워했었음에 분명한 우리들은, 이란 '읍장 겸직 판관'과 村僧을 싸잡아 말입습지만, 그렇게 재상봉을 한 것입습지. 촌승 생각에는 자꾸, 우리 둘은, 이란 '읍장 겸직 판관'과 촌승을 싸잡아 말인뎁습지, 羑里가 꾸는 어떤 헤설픈 꿈 하나를, 그렇게 연극해 보인 것이 아닌가, 그랬습지. 그리고도, 관중들이 알다시피, 이 연극은 이제 겨우, 그 起承點까지나 발전해 있었던 것은 아니겠는갑. 아까 언젠지 村僧은, 어떤 시대는, 꿈이 사그라져 없는 수가 있으며, 그러면 그 당대민들이, 그런 어떤 연극을 해 보인다는 얘기를 했었습지. 衆人이란 괴물입습지. 그것은 神들처럼 無力하며, 神들처럼 막강합습지. (神들이 無力하다는 얘기를, 너무 그렇게 뒤꼬인 심정으로 받아들일 필요는 없겠는뎁지, 神들의 역사하는 비결을 알 수 없는, 우리들의 눈에 보이는 궂은 世態를 읽어보십습지. 그뿐만도 아닙습지, 자기가 당첨하면, 그 신전을 크고 아름답게 하나 지어주겠다는 식으로, 어떤 神과 흥정, 협상을 하고, 그 당첨금이 수십만 냥에 이른 복권을 사려, 家財를 몽땅 털어 복권을 산 사내가 당첨을 못 하자, 자살을 기도하기에 이른 것 등도, 고려해두십습지) 그래서 衆人은, 그 당대를 사는 사람들의 願望에 無力하게 召命당해, 그들이 바라는 대로 춤춰 보이기 위해, 자신이 자신의 사지에다 (꼭두각시) 줄을 첨매는뎁지, 자세히 보면 헌뎁지, 그 춤을 추는 자는, 그리고 그 춤을 추게 하는 자도, 그 衆人 당자 말고, 아무도 아니기는 아닙습지. 이 (꼭두각시를 놀리는) '줄'의 六祖的 方言이 아마도 '陰氣'가 아니겠습는갑? 저 '陰氣'란, 존승의 관견에는, 포도로 담그는 술모양, 적당한 온도 내에서, 세월을 걸려 잘 익어지면, 그 毒性을 藥性으로 바꾸는 것이나 아닌가 하고, 그렇지 못할 때, 급성으로 그 酒精을 일으켜내려 하면, 시어져 버리거나, 酗酒, 泄瀉 病毒부터 조성하여, 그것을 맛본 자마다, 혹간 狂犬症勢를 일으켜내는 것이나 아닌가, 그럽습지. 酗酒의 경우는, 앞서 말한 바의, '꿈을 연극하기'며, 泄瀉의 경우는, 어떤 식의 것이든, 殉教者의 피가 요구되어지기이겠습? 그러나, 여기까지는 우리가, 저 衆人의 無力性만을 고려해본 듯한뎁습지, 마는, 저 衆人이란 헌데도, 초력적 괴물이라는 것을 잊어서는 안 되겠습지. 이 괴물도 大地모양, 自給自足을 하는뎁지, 때로 이것은, 大地보다도 더 영악해서, 말씀드린 바 있는 대로, 想像妊娠을 통해, 想像分娩을 하고, 그 想像兒(幻兒)를 잡아먹기로도, 세 겨울잠을 자고도 남을 기름을 얻기도 하던 것이더군입지. 그래서 이 衆人은 누구인갑? 과연 누가, '읍장 겸직 판관'과 羑里의 七祖村長으로 하여금, 저런 비역질을 하게 하는, 더럽게도 젖은 꿈을 꾸는갑? 저것이 누구이기에, '歷史'라는 솥전에 앉아, 그 솥에다 휑뎅그렁하게 '無爲'를 부어 넣고, '有爲'로 주걱을 하여, [41]'사브 라사브', 끓는 '無爲'를 저으며, '사브 라사브' 휘저으며 저것은, 썩느라 앓던 이빠디를 뽑아, 가래침 함께 몰아 뱉어 (솥에다) 넣을 뿐만 아니라, 백성들의 怨聲이 굳어져 된 소금, 그들의 소망을 갉고 빠는, 흑사병에 뒈진 쥐새끼 송장이며, 벼룩, 빈대며, 이따위를, 質料며 양념으로, 짜고도 맵게 뿌려 (솥에다) 넣고, '카브 라카브', 아으, 짜거운 것은 닳아지고, 서러운 것은 묽어지며, 뾰족한 것은 무뎌지고, 단단한 것은 묽어질 뿐만 아니라, 뭉친 것은 풀릴지니, '카브 라카브', 아 公은, ―가맜습게, 막상 人稱을 붙여 부르려 하니, 公은 어떻게 돼선지, 처음 보인 대로의 男巫(覡)의 얼굴 같지도 않으려니와, 몸은 하나인 듯한데도, 대가리는 하나가 아닌뎁, 하나보다 많고, 둘보다도 많아 보이며, 가맜습게, 그러나 넷보다는 모자라 보이는뎁, 작것, 제길헐 녀러 작것, 그 변덕의 조화는 알 수가 없습메. ―낮에는, 해그림자를 잘 재고, 저녁에는 별자리를 잘 보아야 할 것임세, 설려도 안 되고, 넘겨도 안 되거든, 그것이 鍊金術인 것. '때가 설었을' 경우는, '왕'(은, 公네 방언으로, '원초적 질료의 남성적 국면'에 붙인 이름이던갑?) 이 早漏症을 나타내, '왕비'에 접근하기도 전에 이미, 流泄을 해버려, 실한 根과, 홍옥 같은 精水를 갖고도, '왕비'로 하여금 不毛에 당하게 해야 하며, '때가 넘었다'는 경우는, '임금'이 노쇠하여, 비춰낼 精水도 없거니와, 있는다 해도, 그 속에는 '벌레'가 없어, 그 '왕비'가 얼마나 젊든, 그 '왕비'도 또한, 不毛에 당하지 않으면 안 되는 것일 것, '지어―샤' 지어 휘지어 지어 '지어―샤', 때를 잘 맞춰 익힐 일, 어사와 붉은 金, 神들은 물론, 魔들이 탐내는 붉은 金, ―이 '붉은 金'은 다름 아닌, 六道를 환하게 보는 '눈', '꿈'[夢] 을 비춰[映] 내는 '거울', (눈과 링감과 權勢!) 헌뎁습지 저것들이 무엇들이기에, '歷史'라는 솥전에 앉아, '有爲'를 주걱으로 하여, 그 솥에 휑뎅그렁하게 젖 부어 넣은 '無爲'를 휘저어, 묽묽함으로 들끓게 하는갑? 훗훗, 그것들의 아랫도리를 보면, 하초는 하나뿐이어서, 사내로 홀몸인뎁, 이 홀몸은 헌뎁, 모가지가 셋이어서, 대가리도 셋인, 저승 문전에 똬리 친 怪犬. 이 짐승은, 두 눈구녁들이 있어야 될 자리에, 천하 순 잡것들, 각각, 요니를 하나씩 꽂피워 놓고 있어, 암컷인 것들, 아으 우리들의 세 '따님.' 그래서 우리들의 이 세 '따님'은, 하나뿐인 '링감'을, 서로 번갈아, 돌려가며, 그 눈구녁에 꽂아 넣어, 六道를 밝혀 보는뎁, 도류들, 그런즉 그렇다면, 하나의 풍경이 셋으로 보임? 셋의 풍경이 하나로 보임? —이건 물론 여담이겠습지만, 村見에는, 이 경우의 이 '하나의 눈'이라는 暗號를 풀기로 한다면, 이것은 분명히, 저 세 巫女들이 꾸는 '꿈'일 것이라고 하는뎁지, '링감'이 그래서, 化現力인 것입습지. 재미있는 얘기는, 그녀들이 헌데, 그 '눈'을 도난당한 일이 있었다는 것으로서, 그렇다는즉슨, 道流 莊子는, 설풋 든 그 낮잠을 깨기 전에, 도류의 잠 속을 빠져 날아간, 그 '나비' 불러들이기를 잊지 마시겝. 그 '꿈의 나비'를, 도류가 만약, 그 잠의 바깥뜰에 풀어놓은 채, 잠을 깨인다면, 새끼를 먹여야 되는 어떤 凶鳥가 내달려 든다 해도, 그 '나비'는 피신할 곳이 없으며, 도류의 '깨임' 속에는 속에대로, 흰 구멍이 하나 뻥 뚫려, 이쪽을 잘 보고 살아야 할 때, 얼핏 흘낏, 다른 세상이 내어다보여, 道流는 살도 못 하고, 죽도 못 하는 것이나 아니게 되겠는갑. 힛힛힛, 보십습지, 대략 '엄지손가락' 크기의, 한 마리 '나비'가 봄 뜰을 날아가는데, 우리가 본즉슨, 莊子 무게는 족히 될 사내 하나가, 그 나비의 발바닥 진물에 묻어, 봄 뜰에다 그림자를 무겁게도 깔며 봄 뜰을 지나넵. 힛힛힛, 조그만 새끼 불이 하나 타오르는데, 한 덩어리의 地球가, 그 새끼 불의 발톱에 채이어, 디룽디룽 매달려, 천공을 호르르이고 있음. 한 개의 '눈알'이 뚤벙 뚤레 잠을 밝히는 그 아랫녘엔, 우리들의 세 따님 (따님, 딸님, 땋님)들의 깊은 잠(요니)이, 그 후끈한 흑암을 열고 있음. 모든 것에다 살과 춤[舞]을 입히고 사려 넣은 쑤물거림, 羯磨의 비옥한 밭, 꿈들에다 여섯 가지쯤의 색깔을 입혀 내보내는 솥[子宮]. 은총이며, 저주. —제길헐, 길어 배를 땅에 대고 길게 기는, 뱀까지라도, 鳥瞰을 겪으면, 그 가망 없는 運動에 의해, 차차로 둥글어져 버렸다가, 한 점으로 靜止해버리듯이, 通時態로서의 歷史라는 것도, 鳥瞰的 "共時衣에 입혀지는 경우가 있으면, 그 進行을 멈추고, 그러기에 좇아, 그것 나름의 理實性을 잃거나, 또는 그 靜止 속에 사려 넣어버린 결과로, 神話化"를 치러버리는뎁지, 그렇다는즉슨, 이제는 새로 다시, 그 通時態에 입혀진, 共時衣를 벗겨볼 일이 아니겠납, 神話에서 現實을.

그래서 촌승께 일어나는 진한 한두 의문은, 도류들, 촌승이 짧은 혀를 길게 늘여 말씀드린 바대로, 끌끌한 우리들, 멀건 얼굴들로 모여, 둘러서서 그날

낮에는, 저 한 단란한 가난이 무참히 타 쓰러지던 불구경을 했었기와, 끌끌한 우리들, 멀건 얼굴들로 모여, 둘러서서 그날 저녁에는 또, 美里의 六祖村長으로부터, '침과 바리때'를 傳受했다는, 낯익은 중 하나가, 범죄도, 행악함도 없이, 질서를 보살핀다는 官卒들의 매타작 아래에서 해당화를 우거지게 하던, 저 한마당의 몸부림을 건너다본 일과의 사이에는 무슨 연관성이 있었는가 하는 것이, 그 하나며, (이제껏 의문해온 것이 이것입습지만) 과연 누가, 저 망석중이들을 놀리는, 그 줄을 쥐고 있었는가 하는 것도, 그 다른 하나입습지. 헌데, 그 '연관성'은 무엇이나 될지, 그것은, 그 저녁, 그 관졸들의 고문 아래에서, 숯불에 던져진, 한 마리의 꽃뱀모양 꿈틀댔던, 그 돌중 당자도 말씀드릴 수 있는 듯하지는 않되, 그날 저녁에 있었던, 法卒들이 행한 私刑을 두고 村僧은, 殉敎나 代贖祭에 관해, 한두 가지 것을, 더 얹어 생각한 것이 있었으므로, 그 얘기쯤이라면 할 만도 하다 싶읍습지. 라는 것은, 代贖祭에는 언제든, 한 벌의 (또는 그보다 많은) 산 獸皮(畜生道!)가 그 필수조건이 되어 있다는 말씀은 드린 바 있겠습지만, 그 한 생명으로부터 생피를 흘리기가, 殺慾에 의한 殺生이나, 또는 나찰들의 흘레붙기보다 더 많은 의미를 획득하기 위해서는, 그것은 어떤 식으로든, 儀式化를 치러야 되는 것이 아닌가 했습지. 그러기 위해서는, 衆人과 個人, 또는 大我와 小我 사이의 간격을 좁혀주는 교량으로서, 어떤 中間者가 있어, 이 중간자의 立會하에, 저 생 獸皮에 구멍이 나면, 그것은 祭祀化한다고, 촌승은 생각한 것인뎁지, 이때 그 獸皮 값이, 先拂이든 後拂이든, 치러지기도, 받아지기도 한다면, 이 祭儀는 보다 더 公式性을 띠겠을 일입습지. (이 雜說 불어내기 시작하여, 한 두세 번 숨이나 쉬었을까 말까 했었을 때쯤에, 이런 비슷한 말씀을 드린 것으로 기억합습지만, 많은 경우, 悲劇은 헌뎁습지, 그 獸皮 값이, 틀린 손에 쥐어질 때 시작되는 것을, 우리는 알고 있습지. '아작스의 悲劇'은, 先拂되어진 獸皮 값이, ―분노에 의해, 아작스가 도살한 저 한 떼의 羊皮 값[아킬레스의 무기 말입습지] 말입습지. ―그 손에 피를 묻힌 당자 아작스의 손에가 아니라, 오디세우스의 손에 쥐어졌을 때 시작되는 뎁지, 이 경우도, 시간이 逆流하고 있음을 봅습지. 六祖가 지적하고 있는 바의, '退[逆] 調轉移'입습지. 시간은, 어느 한도에 차면, 逆流합습지. 時間이 逆流

하면, [특히 인식하며 사는 有情들의] 意識上에, 왜냐하면 無意識이 뒤섞이기 때문에, 夢幻狀態가 끼이며, 집단적으로는, 그 집단의 크기에 비례하는 暗黑[니그레도]을 겪겠습지. 그래서 이 상태에서는, '꿈'을 꾸는 자' 그 배우가 동시에 관객이 되고 그렇겠습지) 그 縱的 儀式엔 그런즉, 그 '中間者'로서, 祭司長의 立會, 主管, 심지어는 그의 下手가 필수적 조건일 것이며, 그 橫儀는 그렇다면, 비록 그가, 자기의 '손을 씻어', 자기의 現場不在를 선언한다 해도, 律師·治者의 立會를 조건으로 하겠습지. (縱橫儀는 그렇다면, 祭司長·律師·治者의 三者의 가담을 바랄 만한 조건으로 하겠을 일인뎁지, 어떤 경우는, 一人이 그 三役을 담당하는 수도 있습지) 촌승께는 헌뎁지, 무엇이, 무엇과 무엇의 중간자가 되기 위해서는, 그 '중간자'는 먼저, 자기의 얼굴을 잃어야 되는 것으로 이해되어집습지. 그는 그래서, 자기의 얼굴이면서, 자기의 얼굴이 아닌 것을 公表하고 있어야 되는바, 이런 얼굴은, 촌승이 앞서 어디서 말씀드린 일이 있는 대로, '假面' 쓴 얼굴이랄 것입습지. 公衆이야말로 그리하여, 저 '가면 쓴 얼굴'을 비춰내는 그 '거울'인바, 그 '거울'에다 자기를 비춰본다면, 그 당장 그는, 그 현장에 現在하고 있는 자기의 不在를 알아내고, 매우 놀라겠습지. (마는, 불원간에 그는, 그 새 얼굴을 호탐하여, 벗고 싶어 하지 않을 것입지) 그 現場에는, '거울'과, '影像'만 있고, 그 영상을 반영해내는, 그 實體가 捨象되어버렸다고 해야겠습지. 그렇게 하여 저 '影像'이, '이것'과 '저것' 사이의 '中間者'가 될 수 있는바, 그 '거울' 속의, 그 '얼굴'이, 다름 아닌, 저 '세 따님'들의 한 '눈'이며, 집단이 연극해내는 '꿈'입습지. (말씀드려온, 그 暴力과의 관계에서, 우리들의 雜說을 이어가자면) 이렇게 되면, 무엇이 무엇을 학대하기[加虐]가, 동시에 받기[被虐]이며, 받기가 하기여서, (왜냐하면, 저 '中間者' 또는, '假面 쓴 얼굴'에 의해서, 一人稱과 二人稱, 一人稱과 三人稱 사이의 거리가 좁혀져버렸기 때문에) 그 한 場의 '꿈'은, 瓦解現象을 드러내겠습지. 暗黑時代. 無意識의 意識化가 거꾸로[逆] 이뤄지기—축생도에로의 回歸, 還本. 그래서, 村見에도, '衆人'은, 짐승보다 進化를 더 성취했다고 할 수가 없는 듯하며, '衆人'은 축생도 자체로까지 이해됩습지. 生殖慾(性慾)과 食慾(殺慾)이, 양극의 磁場들을 이루고 있는 세계. 그 두 磁場들의 자리 바꾸기에 의해, 어느 쪽이 차면, 어느 쪽이 비어 기운다는, 易(프라브리티)이 이뤄질 것이며, 동시에 易에 의해, 두 磁場들은 자리바꿈을 하겠습지. 달이 끌어 잡아당기기 탓에 바다에는, 썰물 밀물의 가라듦이 있는지, 바다의 썰물 밀물의 가라듦에 의해, 달이 커졌다 줄어졌다 하는지, 그것은 알아도 좋고, 몰라도 좋고, 어째도 좋을라는갑? 觀雜說.

그러면 이제 道流들은, 왜냐하면, 아무리 雜說이라도, 어디서든 시작을 했기에 이만쯤 풀려나왔다면, 어디에서든 끝맺음을 해야 되기 때문인뎁지, ― '雜說'은 그럼에도, '起承轉結'이라는 따위의, 수사학적 政治體制에 미치지를 못했거나, 벗어난 바 되어, 無政府主義的 형태를 띠고 있어, 그런 의미에서는, 序頭가 있었다고도 못 할 것이니, 終結이 있을 수 있다고도 못 하겠습지. 그럼에도 '雜說'이, '雜說'이라는, 말[言語]의 한 범주를 이뤄, 가능할 수 있다면, 그것은, 다른 범주의 말[言語]들처럼, '體制'를 못 가진 대신, 그 어느 범주의 말보다도 고집스럽게, 수사학적 易에 부착해 있기로써입습지. ―촌승으로 하여금, 잘 달려가다, 어디선지, 무엇의 밟음에 꼬리를 잘리게 된, 말[言語]의 도마뱀(易)에다 다시, 꼬리를 돋궈내게 하실 일인뎁지, 그러기 위해서 도류들께서는, 촌승께 무엇을 물어보아야 되는가 하면, 그래서 이 한 돌중은, 세상의 변두리로만 비칠거리고 돌아다니다, 그 왼갖 먼지 덮인 눈을 붉게 하여 돌아와, 대체 美里에서 무엇을 보았기에, 그것도 그 美里 사는 사람들께 대고, 그 흉을 못봐, 말[言語]의 오줌개(흉보기!)가 터져가는, 그 앙구찮음에 진저리를 치고 있는가, ―그것이겠습지, 그것쯤은 물어보아야겠습지. 그것을 기다린 바거늘, 촌승이 어찌, 저 '오줌개'를 속에서 터뜨려, 말[言語]의 불거머리들로 하여금, 水腫을 일으키겠는갑? 그렇지 안 해도, 뉘버려야 할, '불돌'[火石]의 異物 탓으로, 그것 좀 어디서든 뽑아내 버릴 수 있을까 하여, 변두리로라도 이만큼이나, 홍진 속을 싸돌아다니다 돌아온 것인뎁습지! 그리고 그 짝사랑이 많은 한 돌중은, 美里가 살콤 내비추인 後門에 대해, 깊디깊은 冥慾을 느꼈는뎁지, 이것은 그 돌중으로 하여금 좀, 비적거리고 울게 할 사연을 갖고 있는 얘기가 되겠습지. 그럴 것이, "뉘버려야 할 '불돌'의 異物 탓으로, 그것 좀 어디서든 뽑아내 버릴 수 있을까 하여", 어떤 난쟁이의 세 걸음 길이며 넓이만큼의 세상이라도 둘러 다니다, 지쳐, 떠났던 자리 되돌아와 보고 그 돌중은, 바깥의 어디 아무 다른 데도 말고, 떠났었던 그 자리, 하필 그 자리야말로, 그 異物의 '불돌'을 싸[放出] 묻어놓을 곳이었다고, 뒤늦게 알게 되다 보니 그런 것입습지. (道流들, 이것이 말[言語]의 한 범주로서, '雜說'의 수사학적 運命입습지. 그래서, '시작'이 있었을 것임에도, '시작'이 있었던 것이 아님을 알게 되고, '맺음'이 있게 될 것임에도, '맺음'이 맺히는 대신, 새로 풀려 '시작'에로 되돌아가 버림을 보게 됩습지) 그 後門만 아직도 싱싱한 處女인 채, 방싯한 열림으로, 三世의 색골들께 冥慾(한번 불을 토하며, 쏘고 든 뒤, 죽어버리고 싶음!)을 일으키고 있는 것을 빼놓고 美里는, 왼통, 불에 지져진 자리며, 毒水에 헌 자리며, 임질과 매독—美里는 분명히, 바르도 逆바르도, 두 法의 유황불과 황천 독수가 교차하는, 잘못된 네거리에, 허벅지를 잘못 드러내놓고, 모든 곳에다 잘못 추파를 던졌던 듯싶습지. 그래서 이 병든 계집은, 언제부터도, 싱싱한 더운 피에 목말라, 게걸거리고 있는뎁지, 제길헐, 개라도 죽여, 저 썩는 사타구니에, 그 더운 피를 발라주었을 것을 그랬는갑? (法이, 앞서 말한, '두 法'이, 그 보살다움 대신, 나찰다움을 드러내면, 그 하나는, 생명들을 저주하여, 그것들의 전신에다, 유황불로 풍더분히 재단한, 불의 옷을 입히며, 다른 하나는, 날개에 의지하는 것에서는 날개를 뽑고, 다리에 의지하는 것은, 그 슬관절을 어긋내, 억압으로 솔게 재단한 억압의 옷을 입힙습지) 出家는 아마도, 事實主義에서, 虛無밖에 상면할 수 없는 자들이 행함에 반해, (事實主義와 虛無主義는, 한 같은 것의 表裏 관계라고 알려져 있습지) 還俗은, '空'에서 아무리 해도, 그 실다움을 포착해낼 수 없는 자들에 의해 행해지는 것이나 아닌가, 하는 것이 村見인뎁지, 이번 새로 상봉케 된 美里에서 촌승이 읽은 美里의 고뇌는, '色'과 '空'이라는 '두 眞理'의 어느 쪽으로부터도, 아무 실다움을 포착할 수가 없어, 어디로부터 떨어져 내리다, 더 떨어져 내릴 데가 없자, 어디 중간에 디룽디룽 매달려 있는 그것입습지. 그러다 보면, 그 어떤 '실다움'을 움켜쥐려는, 그런 노력을 바치려는 사람들에게서, '사람'과 '짐승'[獸皮, 身肉]만 자꾸 희미해져 가고, 冥氣랄 것만 색깔이 진해져 가는 결과를 부르게 될 것입습지. 그러면 그 고장에는, 백주에도 귀신들, 그것도 피 맛을 즐기는, 피에 굶주린 귀신들만 횡행하겠습지. 저 귀신 나부랭지들이란 헌데 사실은입습지, 우리들의 '거울'에 비춰 보였던, 우리 자신들이, 그 '거울'을 벗어나, '거울'을 텅 비워놓은 채, "바깥뜰을 훨훨 날아다니는" 그림자[影像] 들입습지. (하, 하나의 '거울'을 떠나서는, 다른 '거울' 속으로 들어간 그림자들?) 그날 낮에 美里는, 날것의 加虐을 즐겼었는뎁지, 그 같은 날 저녁에 美里는 어디선가 우회굴절은 겪은 加虐, 익혀진 加虐, 被虐鬼인 것, 그것을 살찌웠었습지. 이런 애깁습지. 그래서 美里는, 종교와도 살지를 못하며, 종교 없이도 살지 못하게 된 것과 같이, 억압과도 살지 못하며, 억압이 없이도 살지를 못하는, 매우 치사한 怪物이 돼 있었다는, 이런 애깁습지. 그날 저녁 이후, 분노가 가라앉기에 좇아, (아으 이, 분노의 근원은 무엇이던곱?) 촌승은, 촌승의 오랜 벗이었던 '읍장 겸직 판관'에 대해, 분노만큼이나 아픈 연민의 정을 그리고 어찌하지를 못하게 됐었더랬는뎁지, 부디 村僧의 막돼먹은 어휘를 하나 용허하십습지, 영광스럽게 召命된, 이 영광스러운 망석중이는, 그렇습지, 이 衆女의 팅팅 불은 젖퉁이를 한번 빨아본 뒤, 活氣를 얻었는가 하고 있자니, 불가사리보다도 무섭게 돼, 코끼리가 길을 막고 서 있으면, 코끼리를 한입에 먹어 치우고, 태산이 막고 있으면, 한 콧바람에 태산을 불어내 버리기에 이르렀습지. 그러자니, 그가 딛는 곳은, 그 땅 밑의 睡魔까지도, 그 짓누르는 무게 탓에, 가위눌려, 흉몽을 꾸게 되고, 그러면 땅 위에로 올라와 버린, 저 睡魔의 睡夢들은, 땅 위의 계집들과 사내들의 목덜미의 대정맥을 물어뜯어, 피를 빨아 마시는 대신, 죽음을 주사해 넣습지. 六祖가 귀띔하여 밝혀준 비밀이 이것입지만, 이 衆女의 유방을 빨아, 불어나는 怪物이 두려워하는 것이 하나라도 있다면, 그것은, 사람에게서 나는 '사람 냄새'라고 하고 있습지. '짐승의 냄새'에 대하여, 이 '사람의 냄새'란, 촌승 깜냥껏 이해하기는, 그것이 혹간 '文化의 냄새' '날것을 익히는 불의 냄새' (저녁엔 獸皮를 벗어, 인간의 王子가 되어 公主와 잠들고, 그러다 동이 트기만 하면, 그 獸皮를 다시 입어, 짐승이 되어 들로 나가는, 그 王子의 벗어놓은 獸皮를, 불에 던져 넣어 태우는, 그 公主의 얘기를 상기하기로 합습지) 그리하여, 사람이라는 짐승으로부터, 그 털과 껍질을 벗겨내는, 自然에 대하여 怪疾과 毒(그것의 상징이 '마늘'과 '쑥'—獸皮에 대한 아니마!)이 아닌가 하고, 그렇다면 그것은, '宗教'의 이름 아래, 합쳐질 것이 아닌가 하기도 합습지. 촌승 보기에 羑里는, 그 村長의 不在 동안에, 한 번 더 還俗을 하여, 그러니 중첩환속을 하여, 벗어부쳤던 獸皮를 되찾아 입었다가, 그것을 입은 채로, 그들의 '거울'로부터 벗어나, 鬼界(프레타로카)를 꾸며버린 듯합습지. 아 그리하여 알겠군입지, 어찌하여 羑里에서는, 그에게서는 '사람' 냄새가 너무 독하다는 그 까닭만으로, 第六祖村長이 되는 사내를 처형해버렸는지, 이제는 그 까닭을 알 만하다 말입습지. 헤, 거 술 한잔 내십습지, 이러자 이거, 좋은 날이 궂어져, 속이 울적해 못 살겠을 일이군입지. 술 한잔 내십습지.

이상스러운 贖良—짐승들이 '사람'을 처형해버리기. 咄.

그때까지만 해도 羑里는, 그 첫 번째 還俗도 제대로는 하지를 못하여, 목통까지나 獸皮를 끌어올렸으되, 그 위쪽은 사람의 얼굴을 드러내놓고 있었는뎁지. 그래도 이제는, 한 발자국만 더 내려 딛는다면, 그 드러내진 사람의 얼굴까지도 獸皮에 가려 싸일 그런 어떤 어중간한 처지에 처해 있었는뎁지, 그런 어떤 날 글쎕지, 말씀드린 바의 저 '사람 냄새'가 독한, 獸皮를 벗어내려 삘그런, 한 혹성이랄 것이, 羑里의 대기권을 뚫고 쳐들어왔던바, 事端은 거기에 있었습지. 이 혹성은, 그을음도 없이 휘황히 타는, 붉은 촛불꽃 하나, 같은 사내, —그런 그 전신으로, 羑里의 배 속에 심겨져, 羑里의 내장을 태워 끓게 했는뎁지, 못 참고 이 암캐 년은, (도류들, 어떤 民譚에 의하면, '불의 기원'을 어떤 '벙어리 뱀'의 배 속에다 두고 있는데, 또 다른 民譚에 의하면, "뱀과 개는, 앉을 때, 뒤를 먼저 틀어 앉으므로" 같은 종류의 짐승이라고 이르는 것을 염두하십습지. 그리고 '개'는, 촌승이, 이것저것들을 한 算筒에 넣고 휘젓다 얻은 산가지에서 배운 것입습지만, 연금술꾼들의, '원초적 질료'의 한 방언입습지) 캐갱 캐갱거리다, 거름 무더기 위에다, 끈적하게 그를 토해내 버리고 말았었습지, 아, 안녕히 가셔요, 안녕히 가셔요. 그도 그래서, 羑里의 무슨 고뇌인가, 짐인가, 무엇인가를 하나쯤, 자기의 어깨에 얹고, 그리고 지나간 것이 분명했었을 것인뎁지, 말씀드린 바대로, 그에게서는 '사람'의 냄새가 너무 독했었으며, 그래서 羑里에서는 그 냄새를 못 참아, '사람'을 벗겨내 버린 것이었습지. '사람'이 殉教를 당해버렸었기? 흣, 크흣, '사람'이던 것들이, 그 人皮에 넌더리를 내, 그것을 벗어버리기 위해, '사람'을 타도해버리기! 이상스러운 贖良—짐승들이 '사람'을 처형해버리기. 이런 얘긴즉슨 그렇다면, 한번 人皮를 입어본 짐승은, (순화의 나무를) '오르기'뿐만 아니라, '내리기' 위해서도, 그런 무슨 代贖 報償으로서, 그런 祭祀를 바쳐야 된다고 믿는 것이 분명합습지. '가벼움'이 밑에로 깔려 내리기 위해서는, 무슨 수로든, 그 '가벼움'에다 '무거움'을 짐 실어주어서라야만 가능할 터인바, 그러기 위해서 羑里는, 逆純化의 易에 의존한 듯합습지. 헥, 술 한잔 더 내십습지, 이거 울적해 못 견딜 노릇이군만읍, 게다 겹친 수치감, —헌뎁습지, 바로 그 '사람'을 처형하기 위하여, 그 '사람'을 팔아치웠던 자는, 다름 아닌, 도류들, 오늘, 도류들의 집회의 앞자리에 나서 있는 바의, 雜說客, 羑里의 수도부들의 월후와 냉 속에서 태임 받은 자, 그리고 그대들이 法名을 줘 '촛불중'이라고 하는 자, 관의 앞잡이로 羑里에 파견되었던 자, 그자였습지. ……"돌아가야겠습지, 羑里가 장차 황폐해지겠는즉, 어찌 돌아가지 않을 수 있겠으룝?" 정적이며모래며, 외로움이며모래며, 권태며모래뿐인, 사막에로, 그렇습지, 아직 다 못 채운, 村僧의 四十日(은 解脫의 숫자인 것!)을 살아 채우기 위해서, 돌아가야겠습지, 돌아가려 합습지. 무엇보다도, 배 속에 심겨 넣어진, 그 '불돌'이 익었는지, 그 産氣로 앙구찮거든읍.

(생명들의, '생명의 나무') '오르기/내리기'란 헌뎁습지, 프라브리티의 縱舞로서, (그것의 橫舞의 발바닥 아래에서, 時間의 三世[과거·현재·미래]가 일었다 스러지듯이) 그리하여, 六道가 瞭然해지는뎁지, 헌데 이 縱舞의 어떤 한 박자가, (우리들의) 어떤 동화적 상상력에 제휴하자, 일견, 그것이 우리들의, 한 벌의 상상 체계에 와해 현상을 일으키는 듯한 것이 있어, 그것이 존승께는 늘, 경이며 수수께끼였던바, 이왕 '오르기/내리기'에 관한 얘기가 나왔는즉, 그 '오르고, 내리는' 사닥다리, 덩굴나무 무지개나 조금, 우리들의 말[言語]의 부리를 뾰족하게 하여 쪼아보고, 그리고는 오줌이 몹시도 마려운 것을 생각해 오늘은, 거기 어디쯤에서, 우리들의 雜說을 중두무이해버리기로 하면 어떻겠음? 글쎕지, 그렇게 그 덩굴나무를 쫓다 보면, 우리들의 얘기에, 우리가 한 少年으로 둔갑한, 그 우리를 잡아먹으려 뛰내려 오는, 나쁜 거인, 붉은 龍의 失足과 墜落을 보게 될 수도 있을 것이며, 그런다면 좋게라, 우리는 대번에 내달아,

그녀러 것의 슬관절을 어긋내고, 팔을 비틀어 제 놈의 등 뒤로 돌려 사슬에 묶은 뒤, 우리들의 잠[睡]의 휑해진 방 속에 처넣고, 그 문을 굳게 닫을 뿐만 아니라, 무거운 빗장을 걸질러놓을 일입습지.

저 '生命의 나무'가, 우리들의 동화적 상상력에 제휴하자, 변형을 치러 나타난, 그 대표적인 것은, 촌승께는, [42]'魔職의 콩 대궁'이나 아닐 것인가 하는뎁지, 그 얘기에 귀를 좇다 보면, 우리는 점차로, 어떤 별종의 세계를 열고 들어가 있음을 알게 되고, 거기서부터는 그러니, 별종의 경험이라는 것을 하게 되어, 어리둥절해지지 않을 수가 없습지. 그도 그럴 것이, 어른들이 듣고 익히는, 어른용 童話의 '위쪽'은 언제든, 긍정적으로 묘사되어, 천국과 정토가 거기 얹혀 있는 데 반해, (이것도 사실로 그와 같은 '위쪽'인지 아닌지, 그것은 모르되) 저 '魔職의 콩 대궁'을 타고 올라간 소년이 見學하고, 발견한 바의 그 '위쪽'은, 人肉과 그 피에 굶주린, 거인 나찰이 치리하는 鬼界이거나 나라카로 되어 있으니 그렇습지. 이 두 상상력 간에는, 어디에선가 그 궤도가 어긋나, 메꿀 수 없는 간극이 있어, 그 양쪽이 다 옳다고도, 또는 틀리다고도 할 수가 없으며, 그렇다는 경우는, 어느 쪽은 옳되 어느 쪽은 옳지 않다고 해야 되는 것일 것인뎁지, 필요하기만 하다면, 그런 판단을 내리기란 그리고, 그렇게 어려운 일은 아닐 것이라도, 道流들, 우리가 만약 그러려 든다면, '집단적 꿈'(신화, 동화 등)에 도 허위가 개입될 여지를 갖는가 하는 따위의, 매우 난감한 문제에 봉착하게 될 것입습지. 村見에는, 그렇다면, 일견 이율배반적인, 저 두 상상력은 같은 차원에서 觀할 것들이 아닌 것이나 아닌가 하는바, 그 이해를 돕기 위해 촌승은, '본宗'의 '菌'論을 조금 차용할까 하기도 합습지. '본宗'에 의하면, 우리 입은 이 육신이, 그것에서만 끝나는 것이 아니고, 어떤 다른 무수한 생명들, 즉슨 우리들이 '菌'이라고 부르는 그 생명들의 한 우주라고 하는뎁지, 도류들, 우리가 이것을 염두한다면, 그리고 다시, 저 '魔職의 덩굴나무' 얘기를 음미해보기로 한다면, 저 얘기는 혹간, 어른들에게는 닫혀져 버린, 어떤 密宗的 우주를 열어 보이는 것이 아닌가 하는 것을, 새로 고려하게 하는 듯합습지. 그리하여 우리는, ('오이디푸스 複合性'이라는 것에 對剋하는 복합성도 있는 것을 고려하게 되는바) 저 동화는 다름 아닌, '붉은 龍—애 밴 여자—어린 羊'이라는, '아비'(라이우스)와 '아들'(오이디푸스)이 '아내·어미'를 둘러싸고 대치한 處容歌로서, 이 경우에는, 아들을 질투한 아비가, 아들을 상하게 하려, 선수를 쓰고 있음을 관찰하게 됩습지. ('라이우스 複合性'?) 그러자 현명한 도류들께서는, "어미의 자궁에 든 어떤 念態가, 그것 자신의 지각자를 통해, 아비에 대해 심한 증오와 질투, 그리고 어미에 대해 깊은 애착을 느끼면, 그 母胎 속의 새끼는 장차, 수컷이 되어 태어날 것"이라는, '시드파 바르도'(Sidpa Bardo)의, 어느 한 과정을 염두하는 것이 분명하군입지. 이 바르도의 풍경을 우리가, 이승 쪽에서 새로 보기로 한다면, 우리는 본의 아니게도, 어느 부부네 방사를 엿보게 되는뎁지, 저 아비가, 자기의 아내의 깊숙한 데에다 불돌을 묻어 넣으며 그 아비는, 阿修羅界에로 떨어져 내렸거나, 올라가 있었던 듯합습지. 그때 그 사내는, 자기 마누라를 반기는, 이웃 어떤 사내든, 마당 가운데 수캐를 염두하여, 그 질투로 치를 떨며, 그 불을 방출했었을지도 모릅지만, 村見에는 이런 느낌은, 與受交流하여, 쌍방 간에 동시적으로 일어나며, 어느 일방만에서 그치는 것은 아니라고 합습지. 혹간 어느 일방에서 일어난 것으로, 다른 쪽에 아무 영향을 못 미친다면, 그렇게 태어난 것은, 中性을 드러내지나 않을까, 그것을 고려케도 합습지. 어쨌든, 그렇게 저 母胎에로 흘러들어, 그 난자에 휩싸이고 있는 저 한 마리의 精蟲은, 아비의 질투에 의해, 수컷의 性別을 구비한 것이 분명합지. (이런 관점에서 우리가, 저 특정한 한 동화를 음미해본다면, 우리는 분명히, 매우 축축한 즐거움을 얻어낼 수 있을 것입습지) 그리하여 우리는, 무엇을 알게 되는가 하면, 저 동화가, 우리들의 '위쪽'에의 상상 체계에 무슨 와해를 일으켰다거나, 그런 일은 없다는 것입습지. 그런 대신, 바르도에서는 혹간, '위'와 '아래'에의 평균적 관념에 혼란이 일어나는지도 모르겠다는 것, 그런고로, 외견상으로 저 소년은, 구름 너머까지 뻗어 오른 덩굴줄기를 타고 오르고 했으되, 내면적으로 그 소년은, 아비의 根을 타고, (어디로) 쏟겨 들어가고 있습지. ('오르기' '내리기'는, '女性上位'라거나 하는 따위의, 그 부부의 성교의 자세와 관계가 있겠을 일이겠는갑? '아버지 하늘', '어머니 땅'이라는, 수사학을 빌기로 한다면, 이 경우의 '솥겨 들기'도, '내리기'와 동의어라고 주장하는 것은 용이하겠습지. 무엇보다도, 모든 重力이 모여 솥겨 든다는, '地獄'과 '子宮'은, 같은 한

'곳'(곳+것)에 입혀진 두 다른 이름들인뎁지, 바르도의 험로에 처해 쫓기던 것이, 어느 일순, 그 열려짐 속에로 들게 되면, 그 순간 그것은, "천상적 법열을 느낀다"고 합습지. 이것과, 볕으로 다사로운, '구름 너머 동네'의 풍경 사이에는, 무슨 유사성이 있거나 한 것은 아니겠습?) 水脈을 타고, 한 나무의 뿌리에로 '오르는 햇볕'과, 그 같은 水脈을 타고, 둥치며, 가지, 그리고 잎사귀들에로 내리는 수분.

저것인즉슨 다시, 村僧식의, 無意識과 관계된, 그런 얘기인뎁습지, 그렇게 六道의 우리들은, 胎夢을 꾸기로, 서로를 임신하고, 동시에 流産합습지. 프라브리티의 千音一律, 千舞一拍, 하으 지겨울, 꼭 한 벌의 운명의 끝없는 되풀이, 그것은 그리고 언제든, 그 꿈을 연극하는 것들의, '살고 싶음'("Are not people craving for rebirth and Bardo?") 탓에 개막했다가, '죽고 싶음' 탓에 폐막하는 것, 末世. 들이쉰 숨—내뱉기. 末世.

헤[喝], 거 소주 좀 내십습지. 거, 묵은 잔은 내부쳐 깨뜨리고, 새 잔으로 내실 일인뎁지, 이만큼이나 대취토록 말[言語]을 마셔온 그 소주잔은입지, 말을 자아내는 그 입술의 나불거림에 닳아져, 통 몇 방울 술도 괴어놓고 있지를 못하게 됐으니 그렇습지. 優婆塞 優婆尼, 그래서 참으로, 本語佛者, 무슨 말을 시작하기는 한 일이, 있기는 있었는갑? 觀雜說.

그리하여 우리는, 한 미친, 바람 든[花風症] 바람, 一尾四頭의 狂犬이어 설람에, 네 방위를 안으로, 바르도/逆바르도를 짖어 찢어가던 것, 후훗훗훗, 그 개 대가리들에다 굴레를 씌워보려 했었는뎁지, 그 한 꼬리가 蓮모양으로 똬리쳐진 곳이 그 바람눈[眼]—無風帶, 배꼽, 모든 轉身의 房, 배꼽, 한 우주가 거기에 피어 담기고, 거기에 담겨 닫김, 배꼽, —그 배꼽에서 돋은 대가리 넷, 개대가리, 그 대가리들에다 굴레를 씌워보려 했었는뎁지. 훗훗훗, [43]탈라 란타 타라[左] 랏타[右] 탈라 一狛舞, ……슬픈 목소리로 다시 말씀입지만, 바로 이 舞動을 위해, 프라브리티의 질서는 상극적으로 이뤄져, 그것에 의해서만 프라브리티는 그 動乳를 얻는 것, 그런즉슨, 산 것은, 살고 있으면서 살고 싶어도 말고, 죽고 싶어도 말거랍 (그러면 프라브리티의 左舞足이 못 쳐들리고), 죽은 것은, 죽어 있으며 죽음을 두려워도 말려니와, 살고 싶어 하지도 말거랍(그러면 저 舞主의 右足이 멈출 것), 그런다면, 아무리 만월이 중천이라 해도, "송장을 파먹다" 머리 쳐들어 짖어댈 '개'들의 긴 울음소리도 없을 것, 것? 첸장헐, 公은 말이 많구납. 헥, 헥, 저런, 저런, 런 순, 봄 뜰을 훨훨 날으다 저 불쌍한 나비 한 마리는, 저 후안무치의 들새 한 마리의 부리에 무참히도 차이어 먹히고 있는뎁, 헌데도 체킬헐, 저 나비의 꿈을 꾸고 있는 자는, 아직도 편하고 한가한 오수에 잠겨, 미소 짓고 있는 얼굴이롭. 말해서 헌뎁습지, 저 나비의 꿈을 꾸는 그가, 만약에, 저 들새의 꿈을 꾼 일이 없었다고 한다면, 道流들이여, 우리의 염려는, 저 나비를 꿈꾸었던 자가, 그 낮잠을 깨이게 되었을 때, 그의 잠에 뚫려졌을, 한 마리 나비 형상의 구멍도 구멍이려니와, 결국 저 들새의 잠 속으로 잠겨버리게 될, 저 나비의 향후의 향방이 어찌 될까, 그것이나 아니겠납? 이랄 것은있습지, 이제 그 나비는, 얼마나 길고도 먼 길을 돌아서라야, 그것 떠났던, 그 본디 잠 속에로 돌아올 수 있을 것이겠는갑, 그것이랄 것입습지. 그 時量이며 거리를, 아으 나비여, 불쌍한 나비여, 그대 그 프라브리티의 날개로는 도저히 재볼 수가 없다면, 니브리티의 尺을 빌어다, 재볼 일이겠는갑?

44"是諸法空相 不生不滅……不增不減 是故空中 無色……無苦集……"

45"야 프라티티야사무트파담 프라팡코파싸맘 쉬밤/데싸야마사 상붓다스탐 반데 바다탐 바람"

바랄 것은 그럼에도, 道流여 나비님, 프라브리티를 잴 때는, 프라브리티의 尺을 쓰는 것인뎁습지, 프라브리티는, 그것이 그 질서 체계를, 비등하는 노도 같은, 상극에다 두었을 때, 프라브리티의 목적이 있는 때문인 것, 아직 덜 굳은 날개에다 니브리티를 얹으려 하면, 한 우주만 사라지고 도류만 남는다— 우주 간, 이 虛無의 체험보다, 더 견디기 어려운 괴로움이, 또 있을 듯한갑?

한 宇宙는, 잠[睡]이거니, 도류여 나비님, 도류가 만약, 어느 특정한 잠[睡]만을 고집하여, 그 잠[睡] 속으로만 들어야 된다는, 그런 業執을 떨쳐버릴 수만 있다면, 꼭 닫힌 한 우주는, 그 자체가 열림인 것—모든 通時態의 母胎, 共時態. "한 물방울이 대양에 합류"하든, "한 대양이 한 물방울에 합류하든, 거기 무슨 다름이 있지는 않을 것. 그리하여 도류가 만약, 도류의 밖은, 도류가 깨워내야 하는, 깊고도 넓은 하나의 잠[睡]이라고 알기 시작한다면, 그때로부터 도류는 당분간, 일종의 法悅이라고도 해야 할, 한 어리둥절함을 느끼게도 될 것인뎁지, 그도 그럴 것이, 도류가 이제껏, '남'[他]이라고, '밖'[他]이라고 여겨왔던 것들과, '자기'[自]라고, '안'[自]이라고 해왔던 것들과의 사이에서, 경계가 없어져 버린 때문이거든읍. 제길헐, 한 大洋이, 한 물방울 속에로 흘러들었어도, 저 한 물방울의 크기에는 별다름이 없음은!

가맜어 봅습지, 예사 때 같았으면 이거, 서른 덩이도 넘을 해가 떴다 졌을 법한데도, 해가 지려고를 하지 않는뎁지, 그러고 보니 해가, 우리들의 얘기에다 한 벌의 귀를 빠뜨려서는, 그 귀를 건져 내려고를 하지 안 해 그렇군입지. 이러다 보니, 귀신들은 물론, 야행성 有情들이 배고픔으로 괴로워 주리들을 틀고 있으니, 이제는 그만, 촌승의 소주잔에 담긴, 道流들의 것이나, 저 해의 것이나, 그 귀들을 꿀컥 마셔버리고는, 더 부어내라고 이르지를 말아야겠군입지.

태어나지 말지닙, 죽기 어렵느닙,
죽지 말지닙, 태어나기 어렵느닙,
말이 많느닙.

俱胝엽, 佛者 하나는, "四十九年간이나 法說을 했음에도, 한 번도 그의 넓은 혓바닥을 움직여본 일이 없었거늚." 佛者라는 자들은, 상사라엘 올 因緣이 없어, 온 일이 없어, 시작한 말도 없어, 맺을 말도 없어, ('萬經'을 說했어도) 한 말이 한마디도 없었음을 모르는답? 말은 그래서, 하기로써만 침묵을 도달하는 것,

咄!

[46]你看眉毛有幾莖.

제2장 觀雜說 品二
—눈썹 뽑아, 祭火에 香木 삼기 얘기 한 자리

與諸善男子 善女子 再請燭僧升座, 僧上堂云, [1]옴 칫핑갈라 하나 하나 다하 다하 파화 파화 스빠하!

—눈썹 뽑아, 祭火에 香木 삼기 얘기 한 자리〔節〕

이봐라, 公은, 이 봄날 봄 뜰, 어디서 와서 어디로 간다네 시방? '뒤'에서 와서 '앞'으로 감? (남의 後門을 훔치려 하거든 궐자여, 정다운 듯이, 저 後門을 가진 자의 두 팔목을 쥐고 시작하라는 古勸에 접해본 일도 없었더냐? 저 後門을 가진 자의 한 손엔 주머니칼이 쥐여 있으며, 다른 손엔 자네 궐자의 하초가 쥐어져 있도다) '뒤'란 그러나, 半片인 것들의 '얼굴'이라는 것이 만들어낸 편견이 아니겠느냐? (궐자는 그리하여, 쥐어진 하초에다, 가래침 같은, 무슨 미끄덩거리는 것이라도 기름 바르느냐?) '앞'도 그렇다면, 公의 '얼굴의 편견'의 幻子인 것, 公은 그래서, 어디서 와서 어디로 간다구 시방? (흐흐흣, 궐자여, 늙은 놈이여, 그 가래침의 미끄덩거림에 의해 어떻게 용케도 궐자는, 하초를 뽑아냈도다. 마는,) 아, 公은 대답하기를, 그렇다는즉슨, 公의 '안'에서, '밖'으로 걸어 나오고, 가고 있다고 이르놋다? (아직도 그러나 궐자는, 저 後門을 가진 자의, 다른 손에 쥐어진, 그 주머니칼의 위험으로부터, 완전히 해방된 것은 아닌 것이 아니냐?) 흐흣흣, 이보게라 젊은 놈이여, 바르도에서는 무엇이 죽었다고 이르면, 逆바르도에서는, 무엇이 태어났다고 이르거늘. (저런 순, 저 後門을 가진 자의 손에 쥐어진 주머니칼이란, 이쑤시개가 아니었댔나?) '안'에서 '밖'으로 나간다고 나가며 公은, '밖'에서 '안'으로 들어가고 있는 중이 아니냐? 그런즉 公은, 나가면 들어가져 있고, 들어가면 나가져 있다. (그렇다는즉슨 輪廻란, 單面的 環[뫼비우스의 고리] 인 것? 것!) 중이라고 이르는 자라면 그런즉슨, 이 가망 없는 '나고/들기'로부터, 어떻게 멈출지를 아는 자여야 할 것이다, 그렇지 않은가? 輪廻의 고리[環] 가 單面的이라면, '나고/들기'란 결국, 그 한 念態의 業力이 만들어낸 幻想이 아니겠느냐? (咄, 詞煩!) 그랬거나 저랬거나, '온 적이 없다는 如來'까지도, 어디에서든, 그 출발점을 정해 떠나서, 오기는 왔다가, 가기는 돌아갔기에, '온 적이 없는 如來'라는, 反語法을 쓰고 있을 것이다. 온 적이[化現] 없어 알려진 적이 없는[非化現] 것에 대해 우리는, 아무것도 否定해야 할 필요를 못 느끼고 있는 것이 아니냐? 그리고 그런 것은, "如來는 온 적이 없다"는 것처럼, 否定이 되지를 않는다. 아하 그래서 公은, 어디 가서든, 그 스멀거리고, 가려운 데다 냄새나는, 童貞이라는 곱을 한 번 씻어 떼겠다고, 어디를 출발점 잡아, 떠나기는 떠난 것이었느냐. 떠난다고 떠나고 있었을 때 그래서, 두루마기든 장옷이든, 뭐든 바람막이 겉옷 한 꺼풀쯤은 입었음에 분명했을 터인데, ('後門'과 '두루마기'? 흣흣흣) 公은 그것을, 어디만쯤 봄 뜰 가시쟁이에 찢겨 벗어부쳐 놓았는지, 가난하게 세상을 헤매고 있구나. ("가진 것이 없는 자는, 그러면, 出家하지 않는다.") 가만있자, 보아하니 또 그렇구나, 흣흣흣, 公은 분명히, 신발을 아껴 그러고 있을 터인데, 한 짝 신발만 신고, 한 짝 신발은 벗어 머리에 이고 있어, (아, 달마보리여!) 벗은 발의 뒤꿈치에서는, 생피가 비적비적 배어나고 있구나. 公은 멈추어라, 이제쯤은 멈추어라, [2]"여기에 있는 것은, 저기에도 있다. 여기에 없는 것은, 아무 데도 없다." 그래서 行者 놈이여, 물어보잣세라, 公이 무엇을 찾으려 한다면, (또 말해, 아무것도 찾으려 하지 않는다 해도, 그만큼이나 公의 뒤꿈치가 닳아져, 한 하늘 아래 땅을, 왼통 피로 적시도록이나 헤매다니는, 그 점에 있어서는 별로 다를 바가 있을 듯하지는 않는데,) 찾으려 하는 그것은 무엇이냐? 公은 언제, 어디서 그것을 잃어버렸었더냐? 무엇을 찾는다는 짓이, 꼭히, 가졌었다가 잃은 것만 찾는 것이 아니라고 한다면, 한 번도 가져본 일도 없는 그것을, 公은 그것이 어떤 것이라고 알아, 무슨 수로 찾겠느냐? 그뿐만은 아니다, 만약에 公이, '밖'이라고 이르는 '밖'이, 순수히 公의 '밖'이기만 하다면, 公은 대체 무슨 인연에 의해, '밖'의 他情 異物을 認知하여, 저것은 '소'며, 저것은 '나비'이고, 이것은 '보리수'며, 이것은 '명경대'라고, 식별해낼 수가 있겠느냐? 이것은 물론, 그 외양에 관한 얘기겠지만, 公은 그리고 또 어떻게, 이 늙은네가, 公의 간을 꺼내어 먹고 싶어 하고 있는지, 그 속뜻을 알고, 後門을 단단히 사리려 하고 있느냐? 누가 "밖으로 나간다"는 짓이, 그 실에 있어서는 "안으로 들어가는 짓"이라고 한다면, 行者여, 公은 그래서, 公의 '안'쪽에서 무엇을 찾으려, '밖'으로 나간다고 하는고? 여전히 말이지만, 잃은 것이 없으면, 찾을 것도 없는 것을. 그러나저러나 公은 멈춰라, 그래서는 하다못해, 신발짝이라도 바꿔 신을 일이 아니겠느냐? 公의, 굶주리고 갈증 난 눈이 보는 대로, 村老의 손에 쥔 오지병에는, 고량주가 아직도 반나마 남았으며, 해도 아직 고량주만큼은 남았는데, 구워진 개고기도 해만큼은 남아 있다. 그렇걸랑, 한잔 받게라근여, 한잔 먹세라근여, 어욱새 속새 덥가나모 백양 속에 가기곳 가면 뉘 혼잔 먹자 홀고, 아으, 비인 잔은 허무한가, 이눔 그런즉, 비워진 잔은 서둘러 부어 채워라, 넘치도록 채워라, 허으흐, 넘치는 잔은 요염한가, 도화촌 삼사월 덮어 날으는 나비, 도화보다 붉은 그 몸은, 무릉 삼복보다 더운가, 물것 탓에 가려워 송신해 못 살겠었더니, 에라 오늘은, 이 볕 좋은 데서, 골마디 고랑 따라 이[蝨甫]나 잡아, 개고기에 양념 삼아, 그 백팔염주 풀어내라, 그것으로 算 놓아가며, 蝨甫 한 마리 愁心 한 가닥, 염주 하나 고량주 한잔, 허읔, 이 보아라, 오늘 궐명에 東天 흐르던 한 조각 淨雲이, 中天을 흐르고 있더니, 우리 쥔 잔 속에다 그 그리매(그늘, 그림자)를 빠뜨렸구나, 淨雲은 몸도 시리겠네, 벗은 뒤꿈치에서는 번뇌가 진물일라, 마는, 어찌하여 그 그리매는 못 떠나고, 목화밭 한 뙈기모양, 또는 짜고 시린 물결 따라 흐느적이는 海草모양, 또 아니면, 무릉 강물에 떠 흐르는 복사꽃 잎모양, 봄 뜰 날으는 나비모양, 아으, 저녁녘 강에서는, 山은 남았는데 山 그리매만 떠나고 없듯이, 이승 고량주 잔 속에 (그 淨雲) 붉게 어려 남았으니, 아무도 그것더러 술값을 내라고 이른 적은 없으니, 설마 그 탓에 못 떠난 건 아니다, 아닐 터인데, 그것 그런 채 저승엘 간다는 날에는, 저승 최판관 얼마나 속을 내겠느냐, 속을 내겠는즉, 누가 살[肉身]을 이고 지고 저승 가더냐, 어쨌도 그것은 이승 것이다 보니, 소박맞히어 며느라기를 보낼 때에는 시어머니 이승, 해 입혔던 옷가지는, 아무리 변색해 누렇게 해졌어도, 빼앗고 보내거늘, 그래서 그리매는 그리매가 없다, 그래서 죽음은 그리매가 없다, 저승몸이 그냥 그리매이던 것인가, 解脫을 한 것도 아닌 것이 헌데, 그리매를 놓아두고 그리매의 고장을 가게 되면, 최판관은, 죽은 것의 그 무엇에다 굴레를 씌워, 제가 일궈낸 業田에, 제가 뿌려 거둔, 羯磨의 씨앗을 찧어, 한숨의, 눈물의, 회한의 기름을 짜는, 그 연자방아를 돌리게 할 것이냐, 이제 기다렸으라, 한두 놈 나찰이 영락없이 올라와서, 저 한 조각 淨雲이, 이승 봄 뜰 가시쟁이 여기저기에 찢겨 벗어 걸어둔, 푸릉 저고리 다홍치마, 그것 목화 따려, 그것 해초 거두려, 그것 나비 잡으려, 뚤렛 씨렛 다닐 터인데, 젊은 놈이에, 公은 이제 또 보아라, 저것들 지나다, 村老 잡은 잔 술 냄새에 코를 밝히고 다가와, 잔 속에 눈을 빠뜨리고, 코를 빠뜨리고, 귀를 빠뜨리고, 아흐, 失足을 해버린 것을, 毒酒일수록, 忘憂에는 仙藥인 것, 失足을 해버렸도다, (발과 눈, 발은 눈!) 눈을 잃었으니, 나찰님들, 公들은 아예, 뒤는 볼 수가 없었으니 그 말은 할 것이 아니라도, 어떻게 갈 길을 내어다볼 수 있다 하리오, 눈부터 찾아, 다시 한 벌 해 박아 넣고서야 떠날 길을 내어다본다 할 것인즉슨, 세월이사 갈라믄 제멋대로 갈 일이구, 나무둥치를 찍다 놔둔, 그 도낏자루에서 새로 싹이 돋을라믄 돋을 일이구, 이승 목화밭에 삼동이 온다 해두, 시린 물이 쪼들아져 짜디짠 모래벌만 남긴다 해두, 나비는 어느덧 누에가 돼설라믄, 도화촌 두터운 風流를 다 갉아치운다 해두, 그래서 저승 엔네들 길삼 손이 삼동 내내 쉬어 있어, 별수가 없으니 별이 드는 녘에는, 거년 봄비, 여름 긴 해, 가을바람에 삭고, 녹은 데다 찢기어, 너덜 진 차양을 다시 내걸어야 한다 해도, 그래서는 봄볕이야 비처럼 새어들든지 말든지, 그래서는 여름 긴 날이 칠년대한이어서, (그 차양의) 마지막 그늘에까지 균열이 가게 하든지 말든지, 그래서는 가을빛이 된내기든지 말든지, 어쨌든지, 빠뜨린 눈알들은 찾아 끼워야 길을 가든지 말든지 하지 아니하겠는가, 잔은 채워져 넘칠 때, 그것은 이를테면, (비유는 꼭히, 무엇의 이치에 닿아 맞아야 된다고 생각하는 것들이 있다면, 그것들은 아직, 風流의 풍더분한 계집께 동정을 떼어본 일이 없는 탓인데, 이눔 품바꾼이여, 風流的 비유는, 修辭學的 비유와 같아야 할 필요도, 까닭도 없기 탓인 것) 더움으로 빵빵한 젊은 계집, —가시밭을 지나며, 흉내 내 보이는 투로 따지건대는, 새로 해 입은 치마가 여기저기에 걸려 찢긴다고, 작것 아예 휠씬 걷어 올려, 아랫도리를 담빡 엎질러지게 내놓은 암노루, 아으 헌데 빈 잔은, 그 암노루만 어느새 빠져나가고, 그것 걷어 올렸던, 그 찢긴 치마폭만 펄럭이고 있는, 찬바람 부는 가시쟁이, 여름이 가을로, 늦가을로 바뀌었음, 썰렁함, 뜨거웠던 것 모두는 幻想, 알맹이만 빠져나간 계집, 저승은 나날이 비어 간다, 나날이 비어 간다, 고치는 구멍이 나고, 나비는 날아가 버렸다, 게으른 자여, (아, 莊子여!) 봄 뜰에 아직도 날으는데 나비는, 公은 하매 어디를 갔는고, 저런 순, 哀哉, 公이 죽었기에, 公과 村老 둘이서, 公의 송장을 지게 우희 거적 덮어 믹여ᄃᆡ 어욱새 속새 덥가나모 뿌리 밑에 묻어놓고, 석잔 祭酒를 뿌리노니, [3]무덤 속에 누운 옛 취기가 송장을 벗어 일어나서, 꽃을 피우는고야, 꽃이 피는고야, 꽃도 피는고야, 숙취 탓에 되세기가 무거운 탓일 것인데, 대취로 죽은 것의 무덤꽃은 피어도 머리를 앓는고야, 밖으로 핀다며 안으로 피는 宿醉의 꽃, 게으른 자여 그래서 公은, 公의 무덤 위에 앉아 허흐, 公 자신을 찾고 있느냐, 무덤 속에서는 公이, 이승 어디 봄 뜰에 찢어 붙여 걸어놓은, 그 두루마기의 안위로움을, 잃은 한 짝 신발의 아쉬움을 생각해, 쩔룩거리는 울음을 울며 추워하고 있는데, 이승 술에 취한 이쪽 편 公의 웃음도 그러자니, 쩔룩거리지 않을 수가 없는 듯하냐, 위쪽 잠은 아래쪽 꿈을 꾸고, 아래쪽 잠은 위쪽 꿈을 꾸며, 이쪽에서는 저쪽을, 저쪽에서는 이쪽을 꿈꾼다, 그래서, '앞'과 '뒤'가, '안과 '밖'이, '이쪽'과 '저쪽'이라는 幻生이 가능할 것이어서, 게으른 자는 나비가 되어 날아가 버리고는 오백 세가 흘렀는데, 나비는 또 흐르기의 가벼움이 싫어서, 무거운 죽음을 찾아, 오백 세의 봄 뜰을 흐르고 있느냐, 서로는 서로를 꿈꾸지 마라, 아으 꿈꾸지 마라, 바룬다 새들, 사라쌍수여, 프라브리티의 새끼들, 서로는 서로를 그리워도 말고, 제척하지도 마라, '꿈꾸기'의 우주가 그 주춧돌을 삼은 것은, 그래서 二元論인 것이다, 누구든 꿈꾸기 시작하면, 자기의 '안'은, 악몽들이 출몰하는 흉가며, '밖'은, 몇 억겁을 깨우치려 해도 다 깨우쳐지지 않는다, 꿈꾸지 않으면, 公이여, 다만 寂然하여, 일어날 夢鬼가 없으니, 스러질 것도 없을 것, 깨우치기는 무엇을 깨우칠 것이겠느냐. 가만있자, 우리는 제법은 여러 염주를 算 놓도록 고량주를 마셨는데, 젊은것은 체하고, 늙은것은 취했는 듯한가, 公은, 이눔 公은, 체했으면 토해내라, 아으크 토해내라, 서낭당 고수레 음식 잘못 먹다, 마마병에, 눈아피병은 물론, 새끼 귀신들까지 잘못 먹은 동네 개가, 불편한 속 탓에, 毒草를 뜯어먹고 토악질을 만들어, 귀신이며 눈아피병 마마까지 몰캉 게워내듯이, 公도 그렇게 토해낼 일이다, 公은 그 公의 뒤꿈치라도 목구멍에 쑤셔 넣어, 토악질을 만들어설람에, 와그락 꾸으륵 토해낼 일이다, 그러면 公은, 한 겁의 三世가 왈칵 쏟겨 나와, 버그르하니, 비 아래 흐무러진 개똥모양인 것을 볼 일이겠느냐, 公의 게으른 한 春夢 속에서, 諸國이 일어났다 諸國이 스러졌음이여, 멈추라 公은, 길을 멈추라, 하다못해, 신발짝이라도 갈아신기 위해, 이제쯤은 멈추어라, 그리고는, 어찌하여 그 신발에는 구멍이 나고, 뒤꿈치에서는 피며 진물이 흐르고 있었는지, 그것이라도 생각해볼 일인데, 삼척동자까지도 알고 있기로는, '길'[道] 이 신은 신발은 '無爲'라고 하여, 그것도 닳아진다거나 해질 수 있다고는 아무도 말하지 않는데, 헌데도 그 길을 걷는다는 자들마다, 신발창에 구멍을 내야 하는 까닭은 무엇인구, 마는, 혹간 그 길[道] 이, 그 無爲라는 발에다 公을 신발로 꿰어신고, 公의 꿈의 뿌리가 따뜻이 묻혀 있다는, 그 '꿈을 애 밴 여자' 속으로 내려가, '은가지살살레꽃' '금가지피살레꽃' '금강석가지숨터출꽃'들이 피어 있다는, 숲의 소로를 따라, '살살레물' '피살레물' '숨터출물'의 호수를 건너, 꿈들의 무도회장(프라브리티)에 가, 춤에 너무 취해, 봄 뜰을 너무 날아버린 것인가, 아니면 또, 그 춤[舞] 은 자는데, 발만 깨어 일어나, 그 춤을 찾는다고, 너무 헤맸던 것은 아닌가, 束縛(苦菌)이 꾼, 自由(解脫)에의 꿈. 까지도 그렇다면, 몸이 무거운 자여, 꿀 일은 아니다.

咄!

제3장 續·觀雜說 品二
—눈썹 뽑아, 祭火에 香木 삼기 얘기 두 자리

—[1]눈썹 뽑아 祭火에 香木 삼기 얘기 두 자리〔節〕

그러면 自由(解脫)가, 束縛(苦肉)에의 꿈을 꾸게 된다. 헌데 보느냐, 村老는, 蝨甫愁心 이것저것, 물것들 잡아, 불에 구어 안주하고 났더니, 삼복에도 삼동에도, 春細雨 속에도 가을 소슬바람 가운데도, 그것만 입어왔던, 이 한 벌 누런 喪服에 구멍이 백이어서, 이래도 입을 수 있을라는지 어쩔라는지 몰라도, 입는다고 하면, 구멍을 입었다고 해야겠느냐, 옷을 입었다고 해야겠느냐, 하, 한, 한즉슨, 公은 젊은데, 젊은 몸은 사실, 늘 좀 더워싸서 계집을 보채쌌거늘, 입은 것을 벗거라, 벗어, 村老께 건네라, 그러하면 公은, 公이 입은, 公도 모르는 무엇, 그 무엇이 꾸고 있는 公이라는 夢肉에서, 색깔은 물론, 무게도 훨씬 엷어지고 굳어질 것이거늘, 거 뭐, 뭣 할 일이 없어 公은, 公의 송장에다—公이여, 公은 몸 때문에 죽거늘! —喪服을 가렵고 무겁게 입어, 척추를 휘이고, 발을 깨이며, 닿아질 데에의 환상을 좇아, 그렇게나 싸돌아다닐 까닭이 있었겠는가. 畜生道의 大氣가, 無明으로 주성분이 되었다 보니, 그것을 숨 쉬어 그러하냐? 그러고 본즉슨, 그렇다, 公의 행색이 일러주는 바를 좇건대는, 公은, 거기로 나아가고 (또는 들어가고) 있으며, 公의 偏見을 좇건대는, 村老는, 거기서 나오고 (또는 들어오고) 있는 듯한데, 보렷구나, 公과 村老 간에서 人

稱을 제거해보기로 한다면, 들자 나버린 것은 아닌가. 헌데 公은, 들더라도 부디, '든다'는 편견을 강하게 가질 일은 아닌데, 그랬다가는, 그랬다가는 公은, 꿀꿀 먹기 위해서, 캥캥 짖기 위해서, 또는 으흥흐흐 교미하기 위해서, 비어져 나와 있게 된다. 살의 무거움 탓에, 게으른 낮잠에 들어, 아흐, 가벼움을, 나비를 꿈꾸는 자여, 그런즉 다시 나비도 꿈꿀 것이 못 되거니와, 나비에 의해, 살이 꿈꿔질 것도 못 된다. 公은 주검을 짊어지고, 그리고는, 어디에로 나아가고 (또는 들어가고) 있다는 편견에 의해, 어디에 아늑히 휩싸이고 있음의, (또는 툭 트인 데로 나서고 있음의) 광희에 떨고 있다. 이 偏見에 의해서 허기는, 상사라가 요연해지기는 한다. 이 '偏見'은 그런즉슨, 公이 입은 것 같은, 그 '肉身' 말고, 또 다른 무엇일 수 있겠느냐? 헌데, 말한 바의 저 '偏見'이란 것은, 대체 그 겉이 얼마나 넓으며, 그 속이 얼마나 두껍고 깊으기에, 심지어 "아라핫까지도 그것은 (즉슨 肉身) 정복하지 못한다"고 하겠느냐? 이 '우주적 짐승'(畜生道—自然)의, 무량겁 九折羊腸, 그 배 속을 통과해, 그것의 목구멍(聲帶) 위쪽 (그것이 發音되어진 言語이다) '말씀의 宇宙'를 여행해보았으면, 行者여라 行者는, '말씀의 宇宙'의 秩序와의 관계에서는, 이 '偏見'(肉身)이 다름 아닌 '修辭學'인 것쯤은 알고 있을 것이다. (이것은, 그 수사학을 이루는 '文法構造'와도 같지가 않은데, 村老가, 村老식으로 정의하여 쓰는, 저 양자의 다름은, 公의 그 헌 중 옷자락의 여기저기로 불거져 나오는, 그 천덕스러운 陽物에 비유하면 좋을 듯하다. 公의 그 천덕스러운 肉塊는, 고환, 수정관, 정낭, 섭호선, 그리고 음낭, 음경, 요도 등으로 한 기관을 이뤘는데, 그것들이, [수사학의] 문법을 이루며, 公의 의지와도 상관없이 제멋대로 발기했다, 제멋대로 줄어드는, 그것의 영고성쇠는, 修辭學 그 자체랄 것이다. 公네서는 그래서, 이 魔羅놈은 혹간, 그것대로 독립된 혹도깨비 같은 것이, 무슨 인연에 의해, 公들의 양각 사이에 딱 들러붙은 것이나 아닌가 하여, 그것을 뜯어내려는 일념으로, 九生의 苦生을 자초하는 듯한데, 그것이 문제다) 그런즉슨 佛者라도, 팔뚝과 다리가 다 철철 녹아 떨어져 내리도록, —아무것도 보지 않기 위하여—面壁(하읔, 저런 순 誤文行. 道流는, 壁은 왜 보네 시방? 그럼에도, '面壁'이, 꼭히 壁보기는 아니라고 한다 하면, 面東은 어떠하고, 面界는 어떠한고? 아 그래서 그가, 만약 面門을 했다 하면, 그의 후생들은 이를 두고, 또 뭣이라 말이 많으꼬? 그런고로, 한번 살을 입은즉, 살[偏見]에 갇힌다. 修辭學의 엄지발가락 밑에 꾹 눌려져, 눈이 시퍼래진 자는 혹간, 달마보리의 얼굴을 해 갖고 있지 않느냐?)이나 하고 말려면 몰라도, —本來無一物이라더라 마는, 어디서 발생한 것들인고—無明衆生을 불쌍히 여겨(그러니 佛心도 仁心, 善心이던가?) 그들을 도우려 (돕기는 뭘 돕네 시방? 佛者의 눈에 佛者 아니게 보이는 것도 있느냐? 아 그것은, '개새끼여'!) 손가락 하나라도 까딱하려 했다 하면(佛者들이 佛事로 바쁘구나!) 그 당장, —에라이 순—眞空에서 생 진땀 냄새가 난다. (아으, 이 수사학의, 아주 조그만 엄지발가락 밑에 깔려, 도저히 못 벗어나는, 저 하나의 우주적 '眞空'을 보아라) 이눔 行者여, 뭘로 더불어 생 정신을 뽑혔네 시방? 말이란 한마디도 해봄이 없이, 수사학적 압력에 짓눌려, 그 流砂 구덩이에로 빠져들기. 돌아와라, 行乞은 그리고, 村老의 잔이나 채워라. 그러면 村老가, 公이 들어가고 있다고 (또는 나아가고 있다고) 생각하여, 公 자신을 투입하려는, 저쪽 동네 애기쯤이나 해 들려주마. 그러는 동안 行乞이여, 公은, 구멍 난 신발창이라도 손보면 좋을 터이다. 황천만큼이나 누레진 해는 아직도, 오지병 속의 고량주만큼은 두텁겠냐. 흣흣, 그 술이 남아 있는 동안, 行乞은 결코 자리를 뜨려 하지 않을 듯하니, 村老는, 애기의 실을, 혀의 바늘에 꿰어서는, 公과 村老 사이를 단단히 꿰매놓을 수 있겠을 듯하다. 村老는 근래, 걷기는 물론이려니와, 손가락 하나도 까딱하기가 싫어진 것이고, 그래서, 村老를 짊고 村老가 명하는 대로 움직여줄, 실한 망아지를 한 마리 구하던 중인데, 마침 公이 당도한 것이다. 그래서 行者여, 公은, 저 흐린, 매우 흐린, 그래 보았자, 한 용소 넓이에, 한 용소 두테(두텁기)며, 그 깊이밖에 안 되지만, 저 연기와, 흑암의 연기에 덮인, 저 동네에 나들러 보려, 몇 철이나 걸어왔더라고 했던가? 달팽이모양, 흐흐흣, 還俗을 두터히 입고, 얹고, 이고, 짊고 出家 길에 오른 자여, (그런즉 公은, 出家할 것을 갖고 있다) 저쪽의 무엇이, 公을 불러해 보낸 손짓에 公은, 시선을 묶였었을 것이었냐? 허기는 말인데, 요 얼마 전까지만 해도 허기는 말인데, 많은 병자며, 품바 公들은 물론, 돌팔이 중들에다 사당패들까지, 무더기로, 또는 삼삼오오로, 찾아드는 사람들 탓에, 이 길에 돋아난 돌들에 모가 남지를 못했으나, 公은 썩 좀 늦은 데다, 매우 빙충맞는 듯하다. 아무리 졸잡아 말한대도, 한 사나흘 걸음이 늦어, 한 서너 겁이나 늦은 듯하다. 글쎄, 늦은 듯하다. 公은 그러자, 恨을 품고, 온 길이며, 갈 길을 내어다본다마는, 글쎄 그 말이 그 말이었지만, 한 서너 겁 전까지만 해도, 햇빛까지도, 저 한 용소 크기의, 黑氣의 圈環을 어떻게도 뚫고 들지를 못해, 얼음 山에서 미끄러져 내리듯 빛들은, 그 黑環의 가장자리로 흘러내리고나 하고 그랬었다. 그 동결은 거의 완벽했었는데, 알다시피, 한 새알은, 어미 새의 밖에서의 쪼아줌만 갖고, 새끼를 까 내놓는 것은 아니다. 첫째로는, 그 알 속에서, 새끼 새의 피가 맺혀야 되며, 그리고는 그것이, 그 알 속의 젖바다를 통째 다 둘러 마셔, 바깥 매운바람에 쐬어도 괜찮을 때까지 자라야 된다. 그러던 날, 그 안쪽에서 쪼음을 내보낼 때, 그 바깥쪽에서 쪼아 보내는, 어미의 쪼음과 손뼉이 마주치면, 이제 한 생명의 태어남이 있게 된다. 公이여, 그러나, 그 안에서 알이 곪았다고 한다면, 또는 그것은 무정란이어서, 그 피 눈의 잠이 어떤 수로도 깨어나지를 않는다면, 바깥쪽, 어미 새의 일방적 쪼음은, 그 알을 엎질러버리는 결과를 초래할 것은 아니겠느냐? 그 안쪽에서, 아으 만약, 어떤 소망 같은 것이 하나, 사랑 같은 것의 한 귀가, 위쪽에의 무슨 그리움 같은 것이, 하나라도 일어날 수만 있었다면, 그래서는, 밖의 무엇이, 어미 새 빛이, 저 동결한 黑氣의 알을 쪼는 소리를 들어, 대체 무엇이 자기의 잠을 설피게 하는지, 그것을 알아보려, 그 잠의 굳게 잠긴 문을 열어, 아주 빼꼼히 열어, 밖을 내어다보려고만 한다 해도, 바로 그 순간, 그 방싯한, 깊고도 어두운 잠의 틈을 좇아, 빛은 (암흑에 대해서는) 毒의 창이 되어, 그것의 염통을 꿰뚫고 들었을 터이다. 사실로 헌데 서너 겁 전에, 公이여, 그 어기찬 일이 일어나 버린 것이고, 그래서 公의 사나흘 걸음이 서너 겁이나 늦었다고 하는 것인데, 그리하여 저 한 無精卵 속에서는, 한 禪鳥가 날아 나온 것이다. 村老는 지금, 그 얘기가 고량주만큼은 독해서 좋은 것을 말하려 하고 있는데, 行者여, 公은, 村老의 잔에 어리고 든 그늘이 지워지는 것을 보려 해서는 안 된다. 그것은 구멍 뚫린 지옥, 아무것 하나도 괴어 놓지를 못한다. 저 흑암은 公이여, 우리가 '낮'에 대해 '밤'이라고 이르는, 어쩌면 그 흑암과 같은 것은 아닐지도 모른다고, 村老는 그것을, 서너 겁이나 건너다보아 오고 있다. 그래서 또 생각해본즉슨, 저것은 어쩌면 그리고, 유형당한 흑암일지도 모른다고 했다. 아까 村老는, "햇빛까지도, 저 黑氣의 圈環을 도저히 뚫고 들지를 못해, 빛들은, 그 黑環의 가장자리로 미끄러져 내린다"라는 투로 말했었는데, 村老의, 서너 겁 전의 눈이 본 대로는 그것도 옳다. 마는, 이번에는, 그 꼭같은 얘기를, 그 반대되는 쪽에서 말하려 하는 중이다. 라는 말은, 저 한 뭉술이의 암흑한 毒氣는, 우리들의 삼천대천세계를 밝히는, 그 위대한 빛의 呪術, 그 圈環內에 감금당해 있어, 무산되지도 못하려니와, 어디 스며들지도 못해, 발가벗기운 계집이, 왼 세상의 번쩍이는 눈들 가운데 던져져, 오그려 쌌고 있기처럼, 그렇게 유형당해 있다는 것이다. 公이, 우리들이 정해놓은 時相에 도착을 일으키지만 않는다면, 이것은 이런 얘기가 될 것이다. 라는즉슨, 요 한 사나흘 전까지는, 빛이 그 속으로 뚫고 들어가려 하였으되, 도저히 뚫고 들지를 못했으나, ―이제부터 村老가 말하게 될 그런―어떤 일로 인하여, 그 凍結의 암흑의 주술이 두른, 훈륜이 탁 끊겨버린 후에는, 그 경우가 바뀌었던바, 이제는, 그 꼭같은 빛이, 그것 속으로 뚫고 들어가려는 대신, 억억만의 빛의 쏘는 끝으로 그것을 포위해, 불의 억만 겹의 울타리를 만들어, 저 검은 독기를 가둬 놓고 있는 중인 것이다. 그렇지 못하여, 만약 그 黑氣가 무산돼버릴 수도 있다거나, 어디로 흘러들어 숨을 수도 있다면, 어느 날 다시, 公들의 세상에서는, 흑사병이며 용천병, 지랄병에 공수병, 창병에 끝는 병 등이 창궐만연케 될 것인데, 듣기로는, 그 병균들은, 저 마을 사람들의 魂을 숙주로 삼아 자랐다가, 익자, 겉으로 번져 나왔던 것들이었다고 했다. 드룩년―한 마을의 꿈속에서 일어나, 빠져나와, 그 한 마을의 꿈을 도둑질하는 암캐. 그럼에도 이제 과부가 돼버렸는데, 그년의 남편은, 거대한 비암님, 제 어미의 자궁에서 자라서도 태어나오지도 않고, 그 아늑함 속에서 지내며, 제 어미의 안쪽에서, 시간도 없이, 제 어미를 姦하고 했었다. 그래서 저 어미와 자식은, 저 마을에서는, 括胎蟲이일 것이라고 믿었었다. 村老가 들려주려는 얘기가 그것이지만, 그런데 저 암캐의, 자식이며 남편인 것이 죽은 것이고, 그리하여 드디어, 그 '죽음'이 태어난 것인데, 그것은 한 청황색 '아―'語였었다. 그 꾀 없는 자식은, 그 '아―'語 하나를 잘못 삼키고, 그것을 토해내려다, 저도 에미로부터 빠져나온 것이다. 계집은, 기름진 니그레도, 또 모르지, 지나느라고, 세월이 지나느라 지나다 보면, 佛心 탓에 치골이 아프게 된 어떤 보살이라도, 저 기름진 니그레도의 월후 냄새에 취해, 그 니그레도 속으로 내려가, 한 노란 꽃이라도 피워 올릴라는가, 허긴 그것은 모르는데, 그넨의 남편이었던 첫 자식, 死産인 것도, 그런 佛心에 어렸던 습기였던 까닭이니 그런 것이다. 咄, 때로는, 佛者라는 것들의 '慈悲' 때문에 세상이 나빠진다. 그들께도, '善'이며, '惡'에 대한, 한 벌의 눈이 있기만 했었더라면, 이 삼천대천세계의 易理가 바뀌어 있었을 것인데. 헌데도 저것들은, 그냥 하나 예를 들기로 하면, 솔개가 비둘기를 채어 먹으려 하자, 비둘기가 저것들 중의 아무나의 품에로 날아들어 피신처를 구하면, 그 솔개의 배고픔을 생각해, 그 비둘기 무게만큼의, 제 허벅지 살을 떼어 먹이려 들 만큼, 사리를 분간하지를 못한다. 그 한 번 먹기로 솔개는, 하다못해 한 열흘을 안 먹어도 괜찮으며, 그 한 번 피난하기로 비둘기는, 세세만세토록 그 솔개의 발톱으로부터 벗어나는 것이기만 하다면! 이렇게 되면, 佛者라는 자들 탓에, 프라크리티[自然]의 本에 어긋난, 춘사와 우발이 일어난다. '慈悲心' 탓에, '善惡'의 구별도 못 하려니와, 그런고로 사리를 판단할 줄도 모르는, 저 위험스러운 큰 빛[佛光]들이 있는 한, 아무리 드룩이며 魔羅라 해도, 저것들까지도 見性 解脫을 성취치 못하는 한은, 버려져 잊혀지지를 않을 것이지 않겠느냐, 저 佛者라는 것들이야말로, 物相的(形而下的) 우주와 더불어서는, 悲觀論者들이어서, 有情들의 그 悲觀論의 극복을 위해, 그래서 어쩌면, 마라와 드룩을 발생하게 한 것이다. (行者여, 이 말은 잘 살펴보아야 할 것이다) 그래서 글쎄, 중년 어떤 때, 그런 어떤 佛力이, 저 암흑한, 기름진 해골 속에다, 한 방울의 爲漏를 떨어뜨린 일이 있었던지, 그 爲卵이 부화를 했던 모양인데, 그것은 '곪음'이 생명을 입었던 듯했다. 그 좋지 않은 냄새 때문에 글쎄, 삼천대천세계가 코를 쥐고 코 두를 데를 몰라 했었다 했더라. 그것의 목구멍을 넘어오는 숨 냄새는, 유황의 냄새였으며, —그것의 흉물스러움을 요약해 말하기로 하여, 말이지만—그것의 우멍거지[包莖]에서는, 고름이며 毒蛇며, 전갈이며, 문둥병이며 거머리 등이, 우글우글 쏟겨 내렸으니, 그것의 그 냄새의 역함에, 어찌 한 우주가 재채기를 해대지 않을 수가 있었겠느냐, '곪음'이 生命이 된, 저 '全純한 不純

함'에 붙여진 이름은 천인데, 그중 널리 알려진 이름으로만, (公은 그것을, '惡名 높은 惡名'이라고 이르느냐? 제길헐 눔, 公은 그런즉, 善이 무엇인지를 분명히 구별해 알아, 善하게도, 그 편에 가담해 있는 척하고 있는 것이 분명하구나) 몇 들어보면 이러하다. '용천病' '흙의 남편' '똥의 大王' '毒아비'(또는 '도깨비') '毒龍' '十二蟲' '魔羅' '(말한 바의) 偏見' '큰비암님' 그리고 '畜生道' (또는, '짐승의 배 속') 등등이다. 公은 그리고, 저 이름들이, 모두, 陽力, 그것도 짐승적 陽力에 조공 바쳐진 것들이라는 것은 눈치채고 있는 듯하다. 그렇다면 그것은 동시에, 陰力을 겸해 있다는 얘기로도 뒤집힐 수가 있는데, 그것이 아까 말한 바대로, 암수 共存의, 兩性一體의, 括胎蟲이던 것이다. 그 이름 중의 몇은, 얘기를 해가다 보면, 그 연유가 저절로 밝혀질 것이며, 그 이름들 중의 또 몇은, 예를 들면, 節候를 좇아 지내는, 어떤 특정한 祭祀라든가 하는 것 같은, 특별한 경우를 제외한다면, 불릴 까닭이 없어, 거의 불리지도 않을 것이고, 또 몇은, 그 括胎蟲이를 들어 흉을 보려는 자의, 약간의 註釋이 필요할 것이다. 그래서 말인데, [2]'용천병'이란, 저 고장에서는, 심지어 개 고뿔까지도 포함한, 육신적, (그리고 물론 정신적) 모든 부조화에 대한, (그 모두를 포괄한)한 이름인데, 저 고장에서는, 病이란 모두 저 '큰비암님', 또는 '毒龍'의 진노에 연유한다고 믿은 탓으로, 그래서 입혀진 이름이다. '十二蟲'은, 그 응달쪽 저 승문전에, 한 毒蛇의 몸뚱이에, 셋의 암캐 대가리를 달고, 눈은 한 개뿐인 것, 달[月] 인 것을, 셋이서 돌려가며 밖을 보는, 세 따님(巫女)들의 얼굴을 은닉해놓고 있다. '魔羅'의 다른 쪽 얼굴은 '드룩'인데, 이 계집은, 산 것들의 똥구녁에다 입술을 딱 붙이고, 그 삶을 쪽쪽 빨아내기로, 게을러지려 하기도 하는 그 산 것들의 발들에다 舞翼을 달아둔다. 肛門에서는 그러면 (용두질派 중들이 밝히는 바를 좇건대는), 황홀함이 일어난다. '축생도'는, 野眼을 떠, 되는 대로 내어다보기로 하면, 大地며 自然인데, 그 끝없는 有爲는, 어떤 정신을 여과하면, '無爲'에로까지 轉身을 치러버린다. 그래서 많은 경우, 大地와 自然 예찬자들이, 文化化한 짐승들의 비극을 관찰한 뒤, 大地와 自然이라는, 그 本鄕에로 되돌아가기, 거기서밖에 달리는 出口도, 희망도 없는 듯이 說法한다. 누구나 알다시피 물론, 긍정적으로든 부정적으로든, 自然은 완벽하다. 그리고 그것에

'보다 더 밀접해 사는 것'들은, 그것에서 보다 더 멀어져 있는 것들보다, 덜 비극적으로 보이는 것도 사실이다. 自然 예배자들은 그래서, 짐승들로부터, 그 장점들을 들춰내, 그것들을, 자칭하여 '만물의 영장'이라고 하는, 그 '영장'들께 비교해보기를 좋아한다. 그러면 '영장'이라는 그 당자들은, 그 순간, 자기가 줄어듦에 좇아, 너무 많은 숨을 속에 넣어 갖고 있음의 그 거북함에 당하지 않으면 안 되는데, 그러나, 그런 것까지 일일이 열거하기로, 술 마시는 데 算 놓기는 하지 말기로 하자. 그러고 본다면, 저 '生命의 동산'에서, 그것들이 곪았는 고로, 내 쏘아 던져져, 버림을 받은 것은, 인간뿐인 듯하고, 짐승들은 아직도, 거기 머물러 있는 것이나 아닌가 하는, 그런 것도 고려하게 한다. 그래서 "그것들(짐승)은, 인간보다 훨씬 더 大地(가야)에 밀접해 있다"고 주장하는 소리도 들린다. 그리고 아마도 그 주장은 옳다. 그리고 大地(또는 自然)는, 긍정적이든 부정적이든, 한 번도 그 완벽함에 손상당한 일이란 없어도 보인다. 그래서 또 귀 기울여 보면, 畜生道 예찬자들은, 인간이, 그 자신 속에 잠재워두고 있는, (모든 짐승들이 다 갖고 있는 바와 같은), 원초적이랄 畜力을 깨워낸다면, —허기는, 얼핏 이해하기로 한다면, 瑜伽的 노력도 그것을 위해 바쳐지는 것인 듯도 싶으다. —인간은 그때, 자기네들이 따 내렸던, 그 '지혜의 열매'의 맛을, 두 번째로 보게 된다고도 주장하는 소리를 듣게 된다. 村老의 생각에는 그리하여, 이제껏, 매우 어스름하게, 저승 안개에 덮여 왔었던 巫洞이, 보다 더 實學的 보조를 받아, 햇볕 아래, 그 洞口를 좀 드러내 보이는 것이나 아닌가, 하고도 있다. 그래서 村老도, 그 畜生道의 福音을 전해주려, 이 자리를 지켜 앉아, 흘러가고 오는 귀[耳]들을 낚시질하고 있는가? 수부티여, 그러나 결코 그런 것은 아니다. 차라리 村老는 어느 편인가 하면, 大地며 自然에 기초를 두고, 열린 場(탈라, Tala)—畜生道는, 무슨 인연에 의해서든, 四大를 입어온 생명들로 하여금, 머물도록 마련된 탈라(界)가 아니라, 잠깐, 아주 잠깐 들렀다 떠나도록 열린 場이라는데, 동의하고 있는 편이다. 그런고로, 육신을 입어온 것치고는, 아무것 하나 죽지 않을 수 있는 것은 없으며, 그랬으면, 그 잠시의 삶이라도 조금쯤은 달콤해도 좋을 터인데, 그것은 그런 대신, 당고추보다도 맵고, 쓰다. 자연의 질서가, '먹고/먹히기'라는, 그 극악한 상극성에 의해서만 팽팽하게 유지되고 있을 때, 그렇다면 저, 大地야말로 수복할 것이거나, 도달하거나 머물러야 할 곳이 아니라, 표표히 떠나야 되는 곳인데, 다음 단계에로 닿는 발판이나, 징검다리 삼아 디뎌 내뛰어야 되는 곳이던 것이다. 이 현재까지의 우주에서는 헌데, 그것을 가능하게 한 有情은 꼭 하나뿐인데, 그 이름은 '인간'이다. 아으 이렇게 되면 촌로는, 일견, 난감하다고 할, 한 문제에 봉착하게 되느냐? 물론 촌로는 앞서, 자연을 예배하는 자들의 敎義를 빌고, 동의하고, 신봉하여 짐승이 人間보다 육신적으로는 우월할지도 모른다는 얘기를 해왔었는데, (그래서 어떤 이들은, "짐승이야말로 神들"이라고까지 주장하기도 하는 듯한데, 그것에 대해, 村老에게는 도대체 이의가 있을 수가 없다. 神들과 짐승들이야말로, 프라브리티에 운명지어진, 두 운명 자체들로서, 각각, 非化現과 化理를 대표한다고 믿으니 그렇다) 이제 와서는 또, 말해온 바의 그 열등한 인간 하나만이, 우주적 승리자인 듯이 말하게 되는 까닭은, 그러면 무엇이겠느냐? 글쎄, '人間'이라는 한 有情을 제외하면, 한 포기의 민들레로부터, 한 마리의 지렁이에 이르기까지, 같은 한 박자의 프라브리티의 우주에서는, 아무 것 하나, 그것 자체로서, 완성 완벽하지 않은 것은 없는 듯한데, '인간'이라는 꼭 한 有情을 빼놓고라면, 그 어느 有情도, 그것 자체로 완성 완벽하지 못하면, 이 상극적 질서의 우주에서, 도태돼버리지 않을 수가 없기 때문에, 그것들은 완성 완벽해 있어야 하는 것으로 보인다. 어떤 有情이, 왜냐하면 불완전하기 때문에, 그 불완전을 완전하게 하려, 저렇게도 극악한 상극적 질서 속에서도 도태치 않고 생존할 수 있다면, 그 有情은, 그 자체가 기적이며, 경이며, 신비이다. 行者여 그럼에도, 한 有情의 우주적 進化는 불완전으로부터서 시작된다. (退行, 脫落도 그 일점에서부터 시작될 것이지만, 그런 것은 이미 존재치 않게 되었으므로, 그것은 운위할 것이 못 된다) 완전한 것은 진화하지 않기 때문이다. (그리고도 그 '완전'이 프라브리티의 어떤 한 舞拍과 관계가 있는 육신적 '완전'이라면, 그 박자의 바뀌기, 예를 들면, 天災地變 같은 것에 의해, 寒帶가 熱帶가 되고, 桑田이 碧海가 되고 하는 따위, 그런 경우에 당하면, 그 '완전'은, 이번에는, 傷處 자체라는 것도 알아두고 있기는 해야 할 것이다) 그런 그 어떤 有情의, 서서[縱立] 두 발로 걸으려는, 그 진화의 첫발 딛기가, 神話化한다면, '생명의 동산'에서의 추방당하기로 변형을 치르는 것일 것이라고 하는데, 촌로에게는, 그 神話는 다름 아닌, '짐승의 殉教'였다고 이해된다. 그리하여 그런 후, 그 순교 당한 짐승이, 도태해버리고, 생존치 못했으면, 大地(가야)는 훨씬 덜 괴로웠을라는가 모른다. 이런 말은, '생명의 동산'(에덴)은, 아직도 거기에 있어, 낳고 죽기의 괴로움[苦]이 침범치 안 했을지도 모른다는 그런 얘긴데, '낳고, 죽기의 괴로움'은, 그것을 인식, 인지하는 有情에게서만 일어나기 때문이다. 그때, 그 최초의 인간을 순교하게 한 장본인은, '옛 뱀'의 암호를 입어, 의인화한, '獸性', 또는 '짐승의 힘'[畜力]이었는데, 그것이 어째서, '인간'이라는 한 짐승만을 파괴하려 했었는지, 그 까닭은, 그 당장에는 밝혀지지가 안 했었던바, 그 되풀이에 의해서만 우리는, 그 까닭을 추출해낼 수 있을 뿐이 아닌가 한다, 그 두 번째 되풀이에서는, '人間'(人子)의 殉教가 행해지는바, '인간'은 그리하여, '인간'인 것으로부터, 한 번 더 진화를 성취하여, 畜生道로부터, 그곳의 소속인 獸皮를 그곳에 벗어두고, 홀가분하게 '말씀의 우주'에로 개선한다. (이러고 보면 行者여, 사람은 태초부터, 입어진 獸皮에서 풍기는 '짐승' 냄새를 싫어하고, 그 털을 가려워하여, 그 '짐승'에 대해 반역을 도모해온 것이 분명하다. 그리하여 '짐승'이 일어난다. 그래서는 그 '사람'을 자기 수중에 넣기 위해, '유혹'도 하고, '시험'도 하며, 세상나무 높이 못 박아 매달아, 그 고통으로 '사람'을 포기하도록 하게 할 뿐만 아니라, '먹어 치우기' 위해, 기회를 노리고 있는다) 그런 후 人世의 自然은 '文化'의 형태를 띤다. 자벌레가 나비가 돼버렸음! 이 진화는 어기차다. 그리하여 나비는, 그 나비만의 새로운 세계를 여는 것이며, 그 나비는 그런즉, 자기 속에서 자벌레의 힘을 되찾으려 할 일은 아니다. 자벌레가 가졌던 어떤 힘은, 자기를 나비化하는 데까지, 자기를 뽑아내기 위한, 또는 밀어내기 위한 것이었으며, 그리하여 그 자벌레가 나비가 되었으면, 그 숭실거리는 千足으로 한 지구를 거머쥐었던, 그 자벌레의 힘은, 그것의 쓰임[用]을 다한 것이다. 그 힘은, 사실로는 無用하다. 허기는 또, 말이지만, 어쩌면 그 힘이, 轉身을 치러, 나비의 '날개'를 일궈낸 것은 아니겠느냐? 그렇다면 인간과 관계된, 그 자신들 속의 짐승적 動力은, '靈'이라는 '날개'에로 轉身을 치렀다고 이해할 수는 없겠느냐? 이눔 수부티여, 그래서 인간은, 어떻게 따져보아도, 그 육신적 역동성에 있어, 도저히 짐승에 못 미쳐, '자연의 품에서 그중 어린 존재'이므로(?) '짐승'에로의 진화를 서둘러야겠느냐? 홋홋홋, 으흐 물론 인간은, 그쪽에로도 진화를 성취치 않은 것은 아니다. 거기서 '巫'가 이뤄졌던 것이다. 그리하여, 그 '巫'를 잘 이해했던 자들은, '靈媒接神'의 이름 아래, 인간이라는 有情 속에 잠들고 있던, 獸性, 畜力을 일으켜내, 大地로부터 한번 떠난 일이 있던 그 자식들을, 그 대지에로 되돌려 보내는 일에 성공적이고 그랬었다. 行者여, 그럼에도 잊지 말고 명심해야 될 것은, 대지는 떠나야 되는 곳이며, 獸皮는 벗어야 되고, 自然으로부터는 그 줄을 끊어버려야 된다, 輪廻의 고리를. 저 세 가지 것이, 苦海의 세 조건이기 때문이다. (그리고 '자연'은, 한 번도 '無爲'가 아니며, '有爲' 자체일 뿐이던 것이다) 그러던 당시까지만 해도, 우리는 대략, 우리 몸의 반쯤만 獸皮를 벗고 있어, 아주 不純한데다, 그 벗겨진 반의 몸이 왼통 상처여서, 걸핏하면 감기며, 열병이고 그랬는데, 우리는 아직도, 우리들이 반쯤 벗어 내리고 있던, 그 獸皮를 벗어 알몸이 되면, 어디로 가야 할지를 잘 모르고, 如來(救主)를 기다리고만 있었다. 그러던 날 그리하여 그가 왔었다. 왔었는데 우리는, 그가 우리들께 개벽해 보인 우주를 잘 이해할 수가 없었다. 왜냐하면 그 宇宙에서는, '짐승'이, '살'[肉身] 이 왼통 축출되고 탈락되어버린 탓이다. 그리하여 우리는, 매우 뒤늦게 알게 되지만, '살(畜生道)의 우주'에 대해, 그것을 초석으로 한, '말씀의 우주'가 개벽한 것이다. 이 새로 개벽한 우주는, 그 우주 내의, 有情들의, 그 입어진 '獸皮'를 질료로 하여, 그 '獸皮'를 완전하게 벗겨 내리려는 것을 목적으로 하고 있어, (그 獸皮를 다 벗고 난 完純함은, '어린 羊'의 모습으로 상징화되어 있을 것이다. 그리고, "반은 獸皮를 벗고, 반은 못 벗고 있는 상태"는, '애 밴 여자'의 암호를 입고 있을 것이며, '못 벗은 반의 獸皮', 그 하반신은 '붉은 龍'의 이름에 불릴 것이다) (우리들 살 속에 속속들이 박혀 있는, 그 살이 짐승인, 모든) '짐승'들이 살벌하게 일어나, 저것을 해치려, 호시탐탐하고 있다. 어쨌든, '짐승'과 '사람'은, 언제든, 끝장을 보기 위해, 한 번은 대치하기는 해야 할 것이다. 왜냐하면 '사람'이 모두, 그의 '짐승'을 극복한 것은 아닌 데다, 차라리 중년부터는, '사람'을 팔아 '짐승'을 사들이는 경향이 농후한 것으로 보건대, '사람'이 守勢

에 몰리고 있는 듯하다. (이런즉, '스스로 된 고자'主義가 說法되어져야 하지 않겠느냐? 自己否定이란 그러니, 자기 속의 獸性의 否定行인 것이 아니겠느냐?) 아흐, 흐흣, 흐으응, 公은 그래서, 거 지푸라기만도 못 한 팔다리로, 하다 못해 바늘 하나도 그 손에 쥐도 않고, 저 '짐승' 놈의 毒龍 퇴치에 나선 길이냐, 그렇지 않느냐? 아, 아니라면, 겉보기에는 멀쩡한데도 불구하고, 娼病이나 용천병에라도 어디 문드러진 데를 감춰 갖고 있느냐? 그래서 거기 새 살 좀 채워 보겠다고, 저 동네 藥水를 찾아, 그래 들어가고 있느냐, 그렇지 않느냐? 헌데 公이 만약, '毒'과 '藥'이 어느 저울 눈금에서는, 아무 차이도 드러내지 않는다는, 그 毒/藥 性을 이해하지 못한다면, 이런 얘기는, 그 시작에서부터, 公의 귀[耳]를, 물오르는 철의, 옻나무 숲의 한가운데, 옻 많이 흘려내는 옻나무 가지에다 옻 잎으로 매달아버린 꼴이 되겠을 일이다. (바로 이것이, 살고 싶어, 살 입어서라야만 사는 살의 세계로 살 입어온 것들의, 근원적 도착증이겠지만) 재미있는 일은, 公도 들어, 알아, 이 길에 들었겠다시피, 저 '곪음'의 毒龍卵이 부화한 뒤, 이 곪음병, 또는 용천병이 천지에 창궐 만연하자, 그런 惡疫에 걸린 자마다, 꿈꾸기도 꿈 직이기도 하여, 다른 데도 말고, 하필이면, 저, '곪음의 알'이 까인, 바로 그 자리로 찾아들고 있다는 그것이다. 세천시어곡[西天西域國]이라는데. 글쎄 公도, 그런 풍문에 귀를 묶였기에, 그것이 끄는 대로 여러 철 걸음을 해온 것이고, 그러다 우리는 이 자리에서 만난 것이겠지만, 저 동네 산은 왼통, [3]'살살레꽃' '피살레꽃' '숨터출꽃'으로 우거져 있어, 그 탓에, 그 산의 옆구리로 흐르는 분비물까지도 그런 藥力을 가져, 누구든 그 山尿를 좀 길어다, 비록 말해, 백골까지도 진토돼 가는, 어떤 묵은 무덤 위에 뿌린다 해도, 그 누런 흙 속에서, 흰 사람이 붉게 일어난다고 하는갑더라. 허기는 그곳 山水에 그만한 藥力이 있었기에, 말하고 있는 바의, 그만한 '곪음'에다, 三世를 몽땅 삭아 내리게 하고도 남을, 그만한 생명을 채워 넣어, 부화한 것이기도 했었지 않느냐? 흐흣클, 行者여, 그래서 公도, 그 꽃도 좀 꺾어, 세 번쯤 꺾어 옷섶에 꽂고, 그 물도 서너 모금 마실 뿐만 아니라, 손 움큼에라도 쥐어 오려고, 그래서 거기를 찾아들던 길이냐고, 촌로가 물어오던 중이었냐? 이눔 行者여, 公은, 이 촌로의 숨이 헐헐하여, 말을 계속하기가 어려운 지경에 있는 줄도 모르놋다? 그런즉슨 얼른, 그 오지병에서, 그 '숨터출물' 한잔 부어라, 한잔 고량주. 그러면 村老가, 毒酒로 썩는 위장 속에서 그것을 끓여, 公의 귓속에다, 그 끓는 毒을 부어 넣어줄 것이다. 公은 헌데, 槍 쓰는 법이라든, 요령 있게 주먹 휘두르기 재주라든, 뭐 그런 따위 하나쯤이라도 익혀둔 것이 있거나, 그렇지도 못하다면, 가전비전의, 영험한 무슨 逐鬼文이나 부작이라도 한두 가지, 알고 있거나, 품어 있기라도 하다느냐? 모를지도 모르겠으되, 그 藥水 藥草는, 말하고 있는 바의, 저 '毒龍'의 독아에서 흘러내려 고이고, 또 그것을 빨아올려 자란 것들이어서, 누구든 그것을 좀 얻으려 하면, 무슨 수로든, 저 毒龍의 잠 속의 꿈까지도 잠재우든, 아니면, 그것과 전투를 벌여, 그것의 비늘 한 조각이라도 떼어내든, 또는 그것의 好意를 일으켜, 허락을 받아서라야만 가능한데, 그런고로 村老는, 주문이며 부작이나, 창술이며 권법을 들먹인 것이고, 그렇지도 못하다면, (그것을 얻고 싶은 자는) 비리데기만큼이나, 그 後門이 수렁이어서, 깊고 두터워야 할 것이다. 그런데, 촌로의 의견을 私心 없이 털어놓기로 한다면, 누구라도 公을 접해, 公의 後門을 생각한다면, 가을비 온 뒤 강변에 나가, 돌밭에 엎드리는 것이 나을지도 모르겠다는 것을 생각할지도 모를 일이다. 젖은 돌들이 왈그락거리는 소리가, 마른 뼈들이 으드득거리는 소리보다, 듣기에 나을 것이 분명하니 그렇다. 그렇거나 저렇게나, 公에게는 애석하게도, 公의 걸음은 사나흘이 더뎌, 서너 겁이 늦어버렸다. 글쎄지, 公을 위해서는 안됐지만, 이렇게 되니 이제 촌로는, 그 毒龍은 退治되었다는 얘기를 안 할 수가 없게 된 듯하다. 글쎄지, 그 毒龍은 퇴치돼버린 것이다. 더욱더 안된 일은, 그 毒龍의 죽음으로 흘리게 된 毒에 의해, 그곳의 藥草는, 그 藥力을 中和 당해버리기에 이르렀으며, 藥水는 藥水대로, 그 밑바닥의 아래쪽으로부터, 黃泉물이 올라와, 똥 냄새를 풍기기 시작한 그것이다. 안됐지만, 글쎄 많이 안됐지만, 公은 이제, 公을 여기까지나 움직여오게 했던, 公의 그 정강이뼈 위에나 걸터앉아, 행망 부리는 목수가, 자기 버혀낸 나무둥치에 앉아, 테에서 그 나무의 나이를 헤아려 보듯, 그 정강이뼈의 무늬에서, 公의 발걸음 수나 헤아려 보는 일이라도 해보는 것이 좋지 않겠느냐? 어쩌면 도합 백여덟 걸음? 이제는 허무하구나, 깨어진 꿈은 허무한가? 무엇을 위해 公은 그렇게, 백여덟 걸음 번뇌를 디뎌왔던가? 그래서 오기는 왔었더냐? 그런즉 행자 놈은, 촌로모양, 감발을 풀어 반석에 널어 말리고, 자빠져 누워봐라. 오늘의 하늘은 맑아, 빛에 가득하여 넘치고 있구나. 오늘은 좋은 날, 매일이 좋은 날. 아무것도 보지 않기가 보기—낮 하늘 보기. ('하늘'이란 이름뿐인 것을) 公은 그래도, 저 하늘에서, 하늘 같은 무엇을 좀 보고 있느냐? 公은 그러나 무슨 대답을 만들려, 입을 벙긋하려 하기만 한다면, 그 당장 저 하늘 속에 침몰 익사한다. 우리는 그냥 번듯이 누워 있쟈. 그래도, 프라브리티의 짐승이어서, 뭐든 해보지 않으면 안 되겠으면, 行者여, 公은 그러면, 봄·여름·가을·겨울 들이 내민 손들이, 물·불·바람·흙 들을 조금씩 취해, 반죽하고, 뭉치고, 늘이고, 말려 바람 한낱 싸잡아 꿰맨, 우리라는 거품이, 어떻게 시나브로 시나브로 風化하는지, 그런 것이라도 살펴볼 일은 아니겠느냐? 그러면 그 프라브리티가 다 덜려 나가고 난 뒤, 남은 것은 뭣이나 될 듯하냐? 아으 그래도, 우리는 번듯이 누워 있쟈. 꽃이 피었더니, 公이여, 벌써 낙엽이고 있느냐? 公은 아마도, 하늘을 정면하기가 두려운 듯하여, 누워서는 눈만 감고 있는 듯한데, 그럴 바에는 公은, 일어나 앉게라, 그래서는, 형태로는 縱立을 유지하여, 살기는 橫行을 해오던 그 짓이나 되풀이할 일이겠다. 무엇이 어느 날, 가도, 중심도, 천장도 밑도 없는 열림에 눈을 머물리고, 갑작스러운 두려움을 일깨워내면—그 공포에 맞선 것들의 반응은 여럿일 것이라도, 그중에서도 특히 촌로의 관심을 끄는 것은, 자기를 극소한도로 축소하여, 한 동그만 點, 즉슨 禪卵이 돼버리는 그것이며, 그중 흔한 것은, 우리가 말하고 있는 바의 橫行性을 드러내—길게 구불탕거려 기는, 벙어리 뱀이 되어, 흙에다 배때기를 밀착해버린다. 그리고 나서야 자기는, 안전하다고, 느낄 것이다. 헌데도 만약에 公이, 운 좋게도 또는 나쁘게도, 한번쯤 올빼미가 돼서, 세상이 모두, 잠 속의 번데기일 때, 그러니 밤에, 저 높은 가지 어디에서, 그 아랫녘을 내려다본다고 하면, 올빼미여, 公은 그때 무엇을 본 듯싶으냐? 公은 아마도, 저 들판에 느닷없는—이란 왜냐하면, 公의 눈구멍에 느닷없이, 올빼미의 눈이 박힌 탓이다. —억만의 紅燈이 켜져 있음을 보고, 公은 스스로 의문키를, 公이 박쥐가 돼버린 것이 아닌가, 그래서 어디에 거꾸로 디룽디룽 매달려, 세상을 보고 있는 것이나 아닌가 하고, 여러 번이나 눈을 깜박일 것이다. 헌데도 말이지, 생각해볼 일이다, 서서 위를 향해 걷던 것들이, '열림에의 공포' 탓에, 失語症에 걸려 벙어리가 돼설랑은, 흙에 배 붙여 기기 시작했을 때, 그 벙어리의 가슴속에 억류당한, 삼천대천세계용 말의, 그 땀이 썩어 독주가 되는, 고뇌를 생각해볼 일이다. 사지 오체를 쇠사슬에 묶여, 천만 근 추의 무게의, 암흑 속에 유폐당한, 上昇에의 의지를 생각해볼 일이다. 그러면 公이여 올빼미는, 그 한 들의 紅燈의 빛깔들을 헤아려볼 만하겠는가? 그래도 그것(언어며, 상승에의 의지—그것은 '불'의 원소인 것)들은, 그 벙어리가 꾸는 꿈의 모습으로, 그 벙어리가 잠들고 있을 때, 그 잠의 '魔職의 콩 대궁'을 타고 올라, 그 잠의 가지 끝들에서, 한 작은 꽃들로 탁탁 터뜨려지던 것이다. 그리하여, 그 작은 열음[開]으로 큰 열림[開]을 호흡해 들이던 것이다. 헌데도, 그 큰 열림이, 그 작은 열음 속으로, 그 치맛귀만 조금 엇물렸는가 하고 있으면, 올빼미여 公은, 어째선지, 그 붉은 등이 하나씩 하나씩 꺼져 버리는 것을 보고, 허무해 할 것이다. 그때쯤마다, 夜行꾼 魔羅와 드룩들의 낮의 잠이 깨인 것이고, 그리하여 그것들은, 배고픔으로, 창자를 꺼내어 들로 나와, 그 꽃들을 따 담는 그 탓인 것이다. 첫닭이 홰쳐 울려 하는 그만쯤 때에는, 저 독사 대가리의 魔羅와, 암캐 낯짝의 드룩년의 창자에는, 바구니 바구니 따 담은, 저 밤의 불꽃의 목화로 흐물트러져 넘치는데, 이것들은 아마도, 花代를 치른 대신, 받아낸 것이 분명하다. 아으 헌데, 비워진 잔은 깨인 꿈이다, 채워진 잔은, 山紅으로 요염하다, 藥水에 藥草 뿌리를 넣어 빚은 고량주는, 개고기 맛과 어울려, 결코 나쁘잖구나. 그러하니 촌로도 알게 되는 것은, 저 동네 十二蟲이라는 잡놈이 먹기의 풍류도 넉넉히 익혀 갖고 있었다는 것이다. 公은, 눈을 뚜우렇게 뜰 필요까지는 없겠다마는, 사실을 밝히면, 저 毒龍이 먹을 음식을 지금, 촌로가 먹고 있거든. 가만있자, 음식의 風流를 생각하다 헌데 촌로는, 목에 무슨 뼈다귀가 걸린 느낌에 당하기 시작하는데, 가만있자, 거 아무리 우리 몸이 空에 의지한다 해도, 불편한 건 불편하구나. 公이 만약, 촌로 목구멍의, 저 가시의 느낌을 뽑아내 주기만 한다면, 촌로가 公의 발을 씻어주리라. 그 앙구찮음은, 이렇게 시작된 것이다, 라는즉슨, 그래서 저런 음식이, 저 毒龍 속에서, 삼천대천세계를 다 썩혀낼 그런 毒을 만드는 것인가, 아니면 毒龍이 그 음식으로 毒을 굽는가……. 음식이 만약에 毒龍의 毒을 만드는 것이라면, 촌로도 이제쯤은, 三世를 다 오염할, 그런 毒老가 되어 있어야 옳을 터이다. 같은 음식을 먹고도 헌데, 도척이와 안회가 나뉜다. 다시 말해 이번에는, 毒龍이 음식으로 毒을 만드는 것이라고 한다면, 藥과 毒이라는 것이 따로 있는 것이 아닌 것이나 아닌가 하고, 새로 묻게 된다. 그래서 公에게는, 무슨 끈에 달아 쓸 만한 대답이라도 있다는가? 이 눔, 뭣이 그런 것이 있는다 해도, 公은 그것을 입속에 머물려, 닥쳐둬라, 그렇지 않는다면, 公은 毒老의 毒手에, 발목을 잡혀, 몽땅 썩히고 말 것이다. 장차는 그럼에도, 이런 얘기를 회피할 수가 없게 될지라도, 아서라, 지금은, 미뤄둘 때까지는 미뤄두자. 그런 대신, 아직도 음식이며, 해가 좀 남은 동안, 먼저 먹고 마시쟈. 헛, 허, 헌데, 저 동네 毒龍은, 안주로는, 두 가지 종류의 고기밖에, 다른 건 취하지를 안 했었다고 알려졌었다. 人肉과 狗肉—. 수부티여, 그런 입맛을 두고 일러 우리는, 佛者다웠다고 해야겠느냐, 羅刹다웠다고 해야겠느냐? 헌데 그런 毒龍에게까지도 어쩌면, 人肉은 너무 맵고, 짠 데다, 그 맛이 너무 독했던지 어쨌던지, 人肉은, 제 놈의 生日로만 하나씩 먹고, 덜 찬 배는 개고기로 채웠더라고 한다. 그로 보건대는, 狗肉과 人肉은, 어디선가 많이 비슷한 대목이 있었던 것이 분명해 보이지 않느냐? 그래 부탁이거니와, 行者는, 行者의 허벅지 살 한 점을 저며내어 구워보아라, 그러면 촌로가, 고기 물에 잘 젖은 잇몸으로, 매매 꼭꼭 씹어보고, 그 두 고기 맛이 같으면 어떻게 같고, 다르면 어떻게 다른지, 그것쯤 말해주마. 公은 그럼에도, 公의 터럭 하나 뽑기로 왼 세상이 이롭다 한다 해도, 公이 뽑기 싫으면 안 뽑겠다 그런 얼굴이냐? 그렇걸랑 그만두어라, 어차피, 公의 허벅지 살 좀 먹어본다 해도, 흣흣, 人肉과 狗肉의 다름은 알 수가 없을 것이거든. 아으 그렇지 그렇구나, 솔개여, 저 하늘에 날으는 솔개여, 法恩이 두터운 公은 당장에 거기서 날아내려, 村老께 고해 올려라, 라는즉슨, 전에 公네 高祖가, 한 마리 [4]비둘기 고기 분량의 生佛肉을 먹은 일이 있어, 三世가 두루 다 알고 있는 터, 그런 法肉味를 가전비전치 아니했을 도리는 없을 터, 生佛의 法肉도 그러나 다름 아닌 人肉이었으니, 솔개여 公은, 그 맛의 어떠함을 밝힐지라, 그러고 나면, 村老는, 村老 손에 쥔, 公의 그림자를 놓아줄 터인데, 公의 그 그림자로, 이 늙은 삭신을 시리게 한 그 죄가 얼마냐? 그렇지 안 했어도, 佛肉을 먹은 죄가 큰 것을. 허으, 그, 그흐흣, 그흐러자, 生佛도 佛性은 없는 자라, 저 동네 祭祀판 고수레 개고기 맛과 별로 다름이 있었는 듯하지 않더라고 대답인가? 그러며 솔개여, 公은 公의 그림자를 쥐고 있는, 村老의 握力을 조금만 늦춰준다면, 그 대답에 그중 적합한 자를 하나 소개해주겠다는 그런 얘긴가? 글쎄, 公이 내려다본즉, 어디 멀리에도 말고, 村老가 볕을 즐기는, 이 반석 아래 그늘진 데, 한 마리 호랑이가 앓고 있는데, 그 병인은 다름이 아니라, 시집에서 소박맞고, 돌아가는 누런 人女 하나를 잘못 잡아먹다, 목에 그녀의 납비녀가 걸린 때문이라며, 이 호랑이로 말하면, 主食이 개고기이다시피, 저 동네 개를 먹어왔으니, 그 대답을 위해서라면, 그 호랑이보다 더 적합한 자가, 삼세 간에는 없을 것이라는, 그리고 그런 얘긴가? 솔개여, 아으 公은 그러면 평강하게라, 촌로가, 公의 그림자에서, 깃털 하나 뽑은 바 없으니, 평강할지어다. 그리고 이제, 村老는, 음성을 엄하게 하고, 눈썹을 세워, 虎公을 召命노니, 公은 내달을지어라, 썩 내달을지라. 비록 저승차사가, 公의 목에 올가미를 둘렀다 해도, 그 오랏줄을 풀어 내달을지라, 그리고 그 두 고기 맛의 같고 다름을 고해바칠 일이겠도다. 그 대답의 眞僞를 시비하여 村老가, 公의 목구멍에서 비녀를 뽑아주든, 아니면, 公의 숨이 아직도 남아 있는 동안에, 公의 껍질을 벗겨, 그 껍질 위에는 이 노구를 눕히고, 公의 뻘건 살 위에는 소금을 뿌려, 사람을 해친 벌로, 햇볕에 내말리든, 어쩌든 할 일이다. 村老가 公의 처지를 보아 진맥건대, 그 毒氣 탓이라면, 公은 벌써 죽었을 것이었는데, 가맜자, 그 人肉 속의 프라나 탓에, 글쎄지 비녀 탓에 못 죽고, 게다가 (비녀 탓에) 失語症에까지 당하고 있는 것이냐. 人肉 맛이란, 그러니 狗肉 맛과 달리, 그런 것이었을라. 公은 차라리, 그 사람 아낙네의 몸무게만큼, 저 毒의 산에 가서, 毒을 먹어 배를 불렸었더면, 公의 현재의 상태는 차라리 나았었을 것을. 公이 입은 五大가 지금, 그 원초적 상태로 돌아가고 있는 중임에도 비녀라는, 公의 목구멍에 걸린 '文化' 탓에, 한 방울의 수은모양 公은, 어떻게도, 자연 자체에로 녹아져 스며들지를 못하여, 매 찰나가 公에게는 무량겁의 나라카인데, 그래도 삶을 입은 四大에는 한계가 있는 것, 公의 경우는, 먹지 못함으로 어느 때든, 公의 사지의 근육들이, 귀신을 더 이상 붙들고 있지를 못하여,

토해내지 않으면 안 될 것이고, 그런 뒤, 그중 나쁜 경우로는, 그러면 公은, 한 축생도의 고통으로부터, 우주적 고통에 처하게 될 것인바, 거기 고통만의 확산이 있다. 왜냐하면 公은, 그 먹은 人肉 탓에, 人世에로 태어날 가능성의 덩이가 된 것이고, 그것 자체만은 은총일 터인데도, 문제는, 公은, 그 人肉을 입어, 그것을 무난히 운영할 만큼의, 人格을 쌓은 일이 없기 때문이다. (虎公이여, 인간의 苦는 그렇게 우주적이다) 그것은 公에게는 영광스러운 誤業인 것이다. 원숭이의 암컷이, 궁중 정원의 나뭇가지를 뛰어다니다, 햇볕에 내건, 공주의 가면무도회복 속에로 떨어진 것과 같을 것이지. 때마침, 이웃 나라의 왕자가 지난다. 그런 誤業은, 그것 자체가, 四大를 입은 나라카이다. 헌데도 이 우주 간, 아무것 하나도, 그 業이 다하지 않는 한, 죽고 싶어도 죽지를 못한다는 것을 감안하면, 公은 어느 때까지나, 그 억울한 영광스러움의, 生老病死를 계속해야겠느냐? (그러면 우리는, '죽음'에도, 두 종류가 있는 것을 알게 되느냐?) 우주적 나라카를 一人用으로 입어 태어났기의 극난함. 우주적 나라카를 살기의 苦. 죽기의, 낳기의 苦. 말이 많구나. 苦也. 그럼에도, 그럴 일이다, 만약 公이, 그 입은 껍질을, 기꺼이 촌로께 시주하려 하기만 한다면 촌로가 그 비녀를 뽑아주마, 그러면 公으로부터, 그 고통이 끝나는 순간, 公은 물론 다시, 그 無明 속에로 떨어져 내릴 일이라도, 틀린[誤] 頓悟에 의한, 틀린 진화를 성취한, 그래서 비롯되는 비극에 당하기의 고통, 은, 無明 탓에, 몰라서 모르게 될 것이다. (이런 無明은 그래서, 그 형태상 초월적 無明이라고까지 불러도 좋을 것이다. 낳고, 살고, 먹고 먹히기가 그냥 自然事인 것, 것, 그런 것, 덧없지도 않으며, 덧없지 않지도 않으며, 덧없지 않지도 않은 것도 아니며, 그런 것, — 그리하여 無明 속에서는, 四大가 敵되어 일어날 일이란 없어, 公이며, 이웃들이 입은 四大는, 능력 자체인 것. 그것이 公과, 이웃들의 운명, 입어진 四大, 그것이 운명) 생각해보라, 땅속만 파고 다니는 두더지의 두 앞다리가 느닷없이, 독수리의 날개 같은 것으로 변해져 버렸다면, 그 두더지는 땅을 파고 내려간다고 내려갔는데, 천공 높이 두둥실 떠 있게 되었을 터며, 그뿐만은 아니다, 그 두더지가 현기증이라는 것을 느끼기 시작하고 있을 때쯤은, 그 두더지는 두 쪽으로 쫙 찢겨 조금 날으다, 오래잖아, 흐느적흐느적 떨어져 내릴 것이다. 프라브리티란 근본에 있어, 시작이 없었으니, 끝도 없어, 無時인 것. 그렇다면, 늘이더라도, 무량겁으로 늘이더라도, 비틀거리지 않는, 그리고 물론, 더도 덜도 말고, 公의 지혜에 걸맞는, 그런 (漸悟派的) 進化를 또박또박 이뤄나가는 그것밖에, 公 같은 무명중생이 바랄 것은 없다, 싶으니라. (그러다가, 반편만큼이라도, 말한 바의 '人格'을 구비하게 된다면, 그때 바랄 것은 이제는, 頓悟뿐이다) 무엇보다도 '無明'도 '苦'도, 그 話頭만 있고, 話尾가 보이지가 않는다면, '苦'보다는 '無明' 쪽이 (野狐가 우짖느냐?) 견딜 만하지 않겠느냐? (수사학적 질서를 떠난다면, '無明'이란 무슨 '견뎌내거나' 할 것이기보다는, '아라핫'보다도 더 영웅적으로까지 보인다. 왜냐하면 '無明' 자체는, '苦'에 못 미쳤든, 어쨌든, '苦'의 흙탕에 젖지 않는, 黑蓮인 듯하기 때문이다) 하나는, 편안함이 없는 '깨어 있음' 같다면, 다른 하나는, 매우 편안한 '잠' 같은 것인데, 그 질서를 상극성에 의존하고 있는, 프라브리티의 두 뺨은 저러하다. 公이 '깨어 있음' 탓에, 그렇게도 고통하며, 다만 한 희망으로써 달콤한 '잠'을 간구하고 있는 것을 모르지 않음에도 村老가, 公은 "깨어 있으라!"고, 충고할 수만 있다면. 왜냐하면, '깨어 있기'를 통해서만 진화는 성취되기 때문이다. 그래서 촌로가, 公의 그 납비녀를 뽑고, 그 자리에다 "깨어 있으라!"는, 부적을 하나 붙여두기로 한다면, 분명히, 한 둬세 식경 후쯤에는 公은, 그 상처가 쾌유했음의 열예를 느낄 것임에도, 문제는 그럼에도, 公은, 바로 그 두세 식경의 고통을 참지를 못해, 만약 그 고통을 면할 수만 있으면, 무량겁으로 남은 삶과 바꿔서라도, 그것을 면했으면 하는 데 있을 것이다. 산 것들은, 그것들이 건강한 데다, 배부르고 등따숴, 별로 더 바랄 것이 없는 듯싶을 때만, 만년의 삶도 긴 것은 아니라고, 영생불사를 바라다가, 이뤄질 듯하지 않은 사랑병이라거나, 곽란에 급성 맹장염, 목에 걸린 납비녀라거나 근심 따위에 한번, 타는 괴로움을 일깨우면, 영생불사가 귀찮은 것이어서, 죽기를, 그것도 속한 죽음을 갈구하던 것이다. 그럴 때 보면, 삶의 가치란 헐하던 것이며, 매우 헐하여, 삶의 무게란 있지도 않던 것이더라. 그것을 아는고로 촌로는, 公의 그 상처에다, 公으로서는 아무리 해도 못 참을, 그런 고통의, 약 처방은 하려 하지는 않되, 公이 촌로께 시주하려 하는 그 가죽 값이야 치르지 않을 수 없는 것, 村老는 그래서, 公의 떠나는 길에 쓰라고, 노자 한 푼을, 公의 혓바닥에 놓아주려 한다. 라는즉슨, 公은 公의 그 눈 속에서 불이 완전히 꺼져버리기 전에, 그 불을 일으켜, 할 수 있으면 한 뙈기쯤, 안 되겠으면 公이 입은 가죽 넓이만큼이라도, 이번 길에 지나본 公의 세상의, 어떤 즐거움이 있었으면 즐거움을, 또는 어떤 아름다움을, 훨훨 태우고, 그 舍利를 주워내, 간직하라는 것이다, 그렇다, 입속에 물라는 것이다. 얼마나 많은 세월을 거쳐서일지 그것은 公만이 알 일이되, 그러면 公은, 公이 그것을 입속에 물고 있는 한, 나라카에 떨어져서도 거기에 머물지 않을 것이며, 鬼界를 배고프게 허대더라도 절망하지는 않을 것이며, 畜生道까지 올랐으되, 오늘의 公처럼, 거기 안주하려 하지도 않을 것이다. 이 어떤 즐거움의, 또는 아름다움의 舍利는, 말하자면, 여의주 같은 것이고, 그리하여 公은 어느 날, 人世에로의 도약까지도 가능하게 될지도 모른다. 그때에 이르르면, 公의 혓바닥에서 火傷이 사라지는 대신, 公은, 마음이 크고 무거운고로, 몸이 나약해짐을 느끼고, 어쩌면 다시, 축생도를 그리워할지도 모르는데, 公은 그러면 그때에 이르르면, 상사라 처했기의, 어떤 즐거움이나, 또는 아름다움 대신, 그곳의 소금 덩이를 하나 혀에 물 일이다. 그 소금의 이름은 '苦'며, 맛도 '苦'이다. 전자('즐거움', 또는 '아름다움')는, '藝術'이라고 부를 것이며, 후자는, '宗教'라고 이를 것이다. 公은, 아으 虎公은 그러면, 떠나거라, 이제는 떠나거라, 그러며 할 수 있거든, 촌로가 지켜보는 동안, 호랑나비가 되어보든, 호박벌이라도 돼보거라, 그리하여, 이곳의 모든 아름다움을, '꿀'을, '의미'를 긁어모을 수 있는 껏 모아볼 일이다. 그러다가, 촌로 쥐고 있는 이 고량주 잔에, 公의 그림자를 빠뜨려, 익사해도 좋다, 그러면 村老가, 한 더운 꿈으로 더워서 좋을, 그 한잔 술을 들이키고, '아—', 긴 흰 숨[白語]을 내어 쉬면, 公은 그때, 그 한 열예의 숨을 좇아, 오르게라, 오르게라. 行者여, 이눔 行者여, 호랑이가 떠나며 남긴, 虎皮에도 벼룩이 끌었으끄냐, 늙은 삭신이 왜 이리 가렵느냐? 크흐, 떠난 것도 그 虎皮를 벗어 이미 호랑이는 아니며, 남은 것도, 그 호랑이 精을 잃어, 이미 호랑이는 아니다. 호랑이가 있었는데, 호랑이는 그러면 어디를 갔느냐? 헌데 가만있자, 아까 村老는, 그랬었다, 저쪽 동네 十二蟲이라는 것 하나는, 人肉과 狗肉만으로 살았었다는 얘기를 했었는데, 그 兩肉의 맛의 같고 다름은, 失語

症에 걸린, 虎公으로부터도 얻어듣지를 못했구나, 그것은 어찌 되었든, 그 話頭를 쳐들어 버쩍 일어나, 公의 대가리를 물어 빨아들이는, 公의 의문의 한 魔羅는, 어째서 하필 '狗肉'이 '人肉'에 비교되어져야 하는가, 어떤 경로에 의해서 '狗肉'이 그렇게 原型性을 획득하였는가, 대략 그런 것인 듯하다. 그럴 일이지, 그렇다면 그것은, 흣흣흣, 退治해야 할 毒龍이겠느냐?

村老가 알기로는 헌데 말이다. 저 동네 처음 정착해 살기 시작했던, 그 火田民들은, '개'를 '別世한 先祖의 還身'으로 알아, '개 낯짝의 毒蛇의 半身의 祖像(토템)'을 모신 일이 있었는데, 이 '개'와 '구렁이'의 결혼은 심상찮은 데가 있을 법하다. 저 화전민들께 저것은 종교였었는데, 그러자니, 저 동네서는, '개' 뿐만이 아니라, '뱀'도 또한 聖物이었던 것이다. 사실에 있어 저 동네서는, '개'와 '뱀'은, 똑같은 한 동물에 붙여진, 두 다른 이름이었다. 그중 흔하게 꼽히는 한두 이유를 열거해보면 이러할 것이다. 그 하나는, "개와 뱀은 앉을 때, 꼭같이 먼저 뒤를 틀어 앉으므로" 그 육신적 조건을 같이하고 있다는 것. 다름이 있다면, 하나는 피가 따뜻한 데 비해, 다른 것은 차다는 것쯤일라는가. 다른 하나는, ("獅子가 陽地를 대표"하는 것과 같이), "개('Cerberus'-Grk. 'Saramā-. Skt.)는 陰地를 대표"하는데, 바로 이 '개'가 死者들의 魂을 저승에다 인도해준다. (또는 "저승 문전을 지킨다" ―저승이란 그렇다면, 암캐의 배 속, 즉은 元素들의 中心이 아니겠느냐?)는 것과, 겨울 뱀은 저승 자체며, 여름에도 뱀은, 陰地의 소속이라는 점에서도, 그 양자는 같다고 이른다. 그리고도 한 가지만 더 손꼽기로 한다면, (연금술꾼들에 의해서) '개'는, (象徵이기보다는, 記號로 쓰이지만) '원초적 질료'에 대한 畜生道用 方言인데, '뱀'은, (時間·運命 등을 포함하여) '元素'의 상징이어서, 그래서 양자는 같다고, 이른다. '뱀'은 바로 이 象徵主義에 의해서, 다른 방언을 쓰는 고장에서는 매우 억울한 홀대에 처해왔었을 것이다. '뱀'이 '元素', 또는 '物質'의 상징이 된 때부터, 그것이 '죽음'을 초래한 장본인이 되어, 魔力(사탄)으로 둔갑되는데, '生命'이라는 끈끈이에 묻혀 뭉쳐져 일어선 四大는, 그것에서 풀기가 없어지는 대로, 그 본디 상태로 돌아가도록 되어 있는 것이, 원소로 이뤄진 고장의 法則이던 것이므로, 저런 신화는 매우 탁월하게 구성되어 있음에도, 문제는, 그것 자체로서는, 非善

非惡일 뿐인 '뱀'이, (神話的 邪魔를 대신하여) 殉教를 당하여온다는 데 있을 것이다. 그렇다면, 저 동네에서는, 죽은 先祖는, 꼭히 '개'의 모습만을 취하는 것은 아니며, [5]'뱀'의 모습을 취해서도 온다는 것은, 자명하다. 그래서 저 동네에서는, 젊은 아낙네들이 구렁이를 만나면, 돌팍에든, 나뭇잎에든, 무엇에든 젖을 짜서 대접하고 했다. 이것이 이제, 조금 더 강화되고, 그 형식이 굳어져서부터, 저 '狗頭龍身'(이란 수사학일 뿐이다. "앉을 때 먼저 뒤를 틀어 앉는 개"란 '뱀'이며, 이 '뱀'은 동시에 '개'이기 때문이다)의 괴물에게 바치는 祭祀의 근거가 되었을 것이다. 이제 公은, 촌로의 얘기를 통해서, '형식'이 이상스러운 일점에서, 어떤 한계의 벽 속에 갇힌, 정신들을 해방한다는 것을 배우게 될지도 모른다. 그래서, 일반적 정신들은, 형식을 통해서 자유를 성취하던 것이다. 이것은 이상한 모순이지만, 그것을 알아내는 것은 公의 몫이다. 그래서, 저 동네 口傳되어지는, 民譚的 教義랄 것을 좇아보기로 하면, 저 동네의 祖像이었을 저 狗面蛇足이라는 괴물은, 그 동네 始祖母로 알려진, '세 따님', 巫—비리데기의 남편이라고도 하고, 다른 說에 의하면, 그 비리데기 자신이라고도 하여, 그 모습이나 性別이 흐린데, 어쨌거나 저것은, 생식력과 관계된 것이었다는 것은, 밝히 보아두기로 하자. 그런고로 저것은, 畜面을 드러낸다. 살[肉]로 살 빚어내기가 生殖이거든. 이 '개'와 '뱀'에 대한, 촌로의 생각을 하나 덧붙이기로 한다면, '개'는, ('죽은 先祖의 還身'으로서 聖物視되는 것까지도 포함하여) 모든 '神聖한 것'(sacred) 대해서 '卑俗한 것'(profane)의 암호가 아닌가 하고, '뱀'은, '善'에 대한 '惡', '正道'에 대한 '邪魔'가 아닌가 한다. '현자의 돌'에 대한, '원초적 질료'의 관계는 그러하다. (公이 만약 이것을, '進化'나 '退行'의 과정으로 이해하지 않는다면, 公은, 촌로가 혹간, 二元論者나 아닌가 하고 건너다보려 할 터인데, 公은 눈이 두 개라 그렇다. 눈을 하나 더 뜨면, 셋의 눈알이 하나이다. 혹간 촌로는, '三'이라는 숫자는, '一'과 같다고 말한 것이 아니었느냐? 그렇다면 저것은 분명히, '極小한 三'인 듯하다. 그럴 것이, [동화적 상상력을 차용하기로 하면], '十二'는, '極大한 三'[또는 '極大한 四.' 12=3×4]이라고 이르거든. 이것은 기억해두면, '三頭巫女'[세 따님]가, '十二蟲'에로 둔갑하는 것이며, [反之亦然] '十二蟲'이, '四大'라든, '四時'化하는 것 같은 變身을 두고도, 의문해 할 것을 남기지 않을 것이다) 그리하여, 예 든 括胎蟲이가 原型性을 획득하는데, 저것은 그래서, 희게든 검게든 우주적 갑옷에 입혀져, 그러니 우주적 용사로서, 善이든 惡이든, 그 어느 쪽을 분쇄하려, 그 무대에 등장한다. 헌데 저 括胎蟲이가 나설 때마다 그 무대는, 달이 밝다, 달도 밝다. 그러면 개들이 일어나, 그 달을 바라 창자를 토해내는데, 우짖는데, 달의 고장에는 달이 밝고, 그것은 쿠메루이다. 쿠메루에는 달이 밝다, 열엿새 달로 밝다, 활짝 벗고, 송장을 디뎌 춤추는 요염한 계집(바즈라-요기니), 열엿새 달, 세 눈배기. 그러면 송장으로부터, 검은 하초가 뿌지직뿌지직 일어나, 저 [6]'흰 암캐'(Hecate. Grk.)의 요니를 뚫어 오른다. 달이 밝다, 쿠메루에는 달이 밝다, 한세상 개들이 일어나 짖는다, 달[月]이 아파서, 요니가 아파서 짖는다. 송장이 뿜어낸 정충(비쟈)으로, 妊娠이 아파서, 배가 아파서 짖는다. (드룩년은, 남의 夢精을 도둑질한다 하지 않더냐?) 저 '흰 암캐'는, 프라브리티의 마누라며 어머니. 그년은, 그 전신이, 암내 낸 [7]암말의 자궁 같으며, 암탉 같고, 토끼의 암놈의 요니와, [8]진주조개 같은 것. 알지 않느냐, 암내 낸 암말은, 北風 부는 데다 궁둥이를 틀어대고, 거기다 바람만 크게 몇 모금 받아들이기로써 새끼를 배고, 암탉은 또, 수탉 홰치며 꼬끼요- 우는 그 소리만 들어, 배 속에다 알을 맺으며, 암토끼와 진주조개는, 만월 아래 요니를 까발셔, 그 달빛을 쐬어 넣기로 새끼를 밸 뿐만 아니라, 진주를 맺힘 받는다 하지 않더냐. 저 '흰 암캐'는, 아으비리데기, 그렇게, 바람이며 빛을 받아서는 물론, 소리를 듣기만으로써도, 生成을 가능하게 하는, 그렇게도 기름진 요니이다. 그러니, 바람에는 重力을 사려 넣고, 빛에는 암흑을 드러내며, 소리에다가는 의미의 씨앗을 키웠을 것이다. '신비한 암컷.' 저 동네 土主 魔羅도, 이 '흰 암캐'의 첫 자식이었다는 얘기는 한 바 있겠거니와, 그 '흰 암캐'의 요니를 쏘고 일어섰던, '검은 링감'도 또, 그 자식의 것이었다고 이르니, (에미의 배 속에서 태어나지 않는 자식! 검은 링감) 저 魔羅 놈은, 어미를 각시 삼아, 제가 제 놈의 아비였던갑다. 그러자 이 봐라, 우리가 씹는 개고기에서는 갑자기, 조갯살 맛이 돋고, 바다 비린내가 돌지 않느냐? 公은 그러자, 얼굴을 찌푸리며, 그것이 촌로의 무엇 하자는 애교스러운 風流며, 酒邪냐구 묻는다? 흣흣흣, 말하는 그 바다로부터 허기는 우리가,

몇백 由旬이나 멀리 떨어진 데 앉아 이런 사설일 거냐? 마는, 품바 公은, 달팽이나 거북보다도 더 두터이 갑옷을 입고, 이 세상을 지나고 있구나. 저것들은 그래도, 밖의 위해를 막으려, 그 갑옷을 밖에다 입었는데, 公은, 밖은 물론 안까지도, 왼통 그 굳은 껍질을 둘러놓아, 밖으로도 안으로도 용신을 못 하는 것이 분명하다. 저 '흰 암캐'가, '송장'을 디뎌 춤추며 하는 노래에, 「呼龜歌」라는 것이 있어, 촌로도 배워 알고 있거니와, 公의 대가리라면, 그 노래로도 오히려 더 깊은 잠이나 재우게 될지도 모를 일이다.

거북아 거북아 대가리를 내어놓아라
만약 내어놓지 않으면 구어 살러 먹겠다.

웃고 있느냐, 품바꾼은 웃고 있느냐? 그런즉, 公 같은 자의 대가리는 무엇으로 불러낼지를 모르겠다고 하는 것이다. 밖도, 안도, 툭 터버려, 밖도 안도 모르고 사는 것들은, 무엇을 상상하기가 곧바로 그 무엇에 [9]提携하기여서, 그 轉移에 끼이는, 매우 짧은 어떤 과정을 무시하기로 한다면, 상상하지를 못하며, 다만 제휴할 수 있을 뿐이라고까지 말할 수 있을 것인데, 公은 헌데 말한 바대로, 속까지 동결, 石化해 있어, 제휴란 아예 거절할 재료도 못 되려니와, 상상하지도 못하는 듯하다. 公은, 잎 피우는 가시쟁이 나무만도 못하여, 꽃 피우는 할미꽃 뿌리만도 못하다. 公은 外界는 아직도 캄캄[無明] 하다. 밖을 깨우는 그 순간, 그 밖은 公의 안으로 접혀 드는 것인데, 公의 밖은 캄캄하여, 안도 캄캄하다. 그 탓이겠지, 그 탓일 것으로, 그 욱죄이는, 無明을 좀 찢어 벗어보겠다고, 公은 아마도, 세상 모난 데며, 가시쟁이 우거진 가운데로 그렇게도 헤매고 다닐 것이다. 허기는 또, 허기는 어차피 누구든 그렇듯이, 公도, 죽을 때까지 신어도 다 못 닳구고, 黃道 어디 풀섶에 벗어버리게 될, 그런 뒤꿈치 한 벌은 신어 갖고 있을즉슨, 허긴 쫓아다녀 볼 일이겠느냐, 쫓아다녀 볼 일이겠도다. —다니다가 公은, 생각하기를, 여기 어디 이만쯤에서는 되돌아서 본대도 괜찮지 않을까 싶은 자리쯤에서는, 돌아서기 전에, 거기 어디에다 오줌이라도 한 줄금 세게 갈겨, "空을 깨달은[悟] 者 여기 머물렀었도다"라고, 표지를 남겨둬도 좋을 것인데, 公이 어느 때에 당해 갑자기, 公의 가운뎃손가락에서는 어째선지, 지린내가 나싸서 못 살겠다고, 그 냄새만 맡게 되지 않는다면, 公은 어쨌든, 公이 오줌 갈겨 표지 삼아둔 데, 거기까지는 다녀온 것이 분명하다. —그랬거나 저랬거나, 이 늙은 잇몸을 들척지근하게 하는 것은, 고기는 개고기인데, 맛은 조갯살 맛을 내고 있다. 옻칠한 나무 숟갈로, 산간에서 떠먹어본, 월경촌 계집 같은, (달빛 쐬는) 암토끼의 玉門 맛, 그 맛 말이지. 달볕 맛 말이다. 개가, 달이 좋은 밤마다, 달 보고 짖어쌌는 일을 두고, 公의 생각에는, 개의 風流(堂狗三年吠風月!) 탓으로 아는 듯한데, 헌데 그것이 사실로 吠風月인지 아닌지, 우리 이 개고기로 포식을 한 데다, 고량주기도 어지간히 두텁거늘, 오래잖아 달도 떠오를 것. 公과 촌로는 그러면, 짜란히 달을 우러러 올려다보자, 그리고는 설람에, 무슨 울음이 우리들 목구멍으로, 그리도 길고 처량하게 목메이게 넘어오는지, 그것을 알아보쟈. 어째서 개의 살(개고기)이, 그 恐水病 탓일지도 모르긴 모르지만, 달의 운행에 좇아, 찼다 줄었다 하는 바다(조갯살)와 관련을 갖는지, 村老에게도 그것이 의문이거든, 촌로도 허기는, 公의 낫살쯤에는, '이쪽'에 없는 건 '저쪽'에 있음이 분명하다고 여겨, 세상을 내뛰어 쫓아다니지 않은 것은 아니다. 그렇지 않고서야, 이쪽에 없는 것은, 저쪽에도 없다는 것을 허기는, 무슨 수로 알겠느냐. 그러던 시절에, 촌로가 먼발치로 보아 알게 된 것이 이것이지만, (글쎄, 아까도 한두 번 말해온 듯하지만) '밤'의 門前에는, 그 똬리 친 하반신은 하나로 毒蛇인 것이, 그 대가리가 셋씩이나 되는, 암캐들이 지키고 있던 것인데, 이승이 저승으로, 저승이 이승으로 바뀌는 그 문전에, '암캐'가 지켜 있다는 것은 이상하다. 꿈이 나고, 드는데, (意識의 無意識化, 無意識의 意識化) 거기, 하필 '三頭犬'이 독사의 꼬리로 떨고 있다는 것은, 이상하다. 그런 후, 村老는, (우리가 우러러보려 기다리는) '달'[月]도 대가리가 셋인 것을 알았다(초승, 만월, 하현). 흰 암캐. 그리하여 저 달빛 그늘로 스며들어 가는 모든 것은, 저 암캐의 자궁에 담기는 것을 알게 되느냐. 그래서 개고기에서는, 조갯살 맛이 나고, 만월에는, 조개들이, 요니를 까발셔 水面에 떠올라, 개 울음을, 요니로 짖어내는 것인 게다. 어쨌든, 어떤 方言이 밝히는 비밀에 의하면, [10]"개는, 뭍에서는 네발짐승인데, 물에서는 물고기가 되어 있다"고 이른다. "날아오르면 독수리이다." —이것은 다름이 아니라, '개'가 바뀌어 '사자'의 모습을 띤 것인데, 그러면 이 '달'은 '해'이다. —그흣흣, 크런즉, 개가 달을 우러러 짖기는, 風流 탓만은 아니다. "만월에는, 물고기들의 머릿속에 골이 차고, 그믐에는 빈다"고 관찰되어져 오거니와, 그런고로 흙 위의 물고기들도 골이 차 넘쳐, 울음이 삘그렇게 빼등거려 오른 탓이다. 가, 가만있자, 해는 아직도 四分三天에 있는데, 동산에는 달 떠오르느냐? 公의, 골통 속이 비어가고 있음의 증세를 나타내 보이고 있는데, 촌로는 갈매기모양, 우짖고 있다, 치사하게 우짖고 있다. 毒龍 얘기를 하다가, 개고기 맛을 즐기다가, 달의 볕내 맡아, 조갯살 얘기를 해왔더냐? 품바꾼이여, 우리 한잔 더 먹자, 그리고 한 점 더 씹자. 그러며 公은, 바랑 속에 혹간, 깨어진 石鏡 조각이라도 하나 갖고 있거든, 그것 좀 꺼내어, 公의 눈썹이라도 헤아려보아라. 公은 별로 말도 해보지 않았는데, 눈썹이 싀어지더니, 눈두덩이 민둥성이가 되어가는데, 촌로가 못 들을 소리로 公은, 무슨 말을 고렇거니 나 지껄여댔더란 말인고? 부모도 스승도 없어 호로 놈으로 公은, 어떤 때는 하초도 좀 떼어 팔고, 어떤 때는 후문으로 구걸도 해, 그 낫살까지 늙어온 것을 알겠는데, 촌로가 말하는 중에도 호로 놈이여, 公은 먼눈을 팔기가 일쑤거나, 속으로 속에 담도 못 할 욕지거리를 불쑥여 내기를, 그 헌 중의에 公의 대추 붉혀내듯 하니, 허기야 어찌, 그 눈썹 부리가 썩지 않을 수 있었겠느냐. 어쩌냐, 公의 밝은 눈에, 동산에 떠오르는 달이 보이느냐, 어쩌느냐? 우리들 먹은 개고기의 얼마쯤은, 하매 푹 삭아, 독한 울음의 술이라도 되었을 것인데. 헤읔, 乞鬼여, 公은 그 쪽쪽한 이빠디로, 개다리나 으드득으드득 뜯을 일이고, 이가 없어도 목구멍을 잘 넘게 되어 있는 술일랑은, 촌로의 몫으로 좀 아끼거라. 술 너무 먹어싸면, 자다 오줌 싸느니라. 세상 달빛 진 데로만 어슬렁 허슬렁 킹킹거리며 다니는, 목마른 따님—비리데기가, 물론 그 오줌을 핥아 마시긴 할 터이지만, 헌데도 탈은, 저 드룩년께 한 번이라도 하초를 물려본 수컷치고라면, 아무것 하나 恐水病에 걸리지 않은 것은 없는 그것이며, 그러면 이제, 바다가 달 떠오르면, 저것들은 어느덧 털을 곤두세우고, 이빠디를 뾰족하게 죽창보다 앙칼지게 해서, 미쳐, 달을 마시려, 목말라 우짖을 것이다. 어쩌면 달이, 저것들의 창자를 불러내는 것일 것인가. 그것들의 살 속에 앉아, 따님들이 불러내는 소리를 듣는 귀가 있을 것인가. 村老는 그래서, 저 우주적 '흰 암캐'가 잠들어 눈 떠 지내는, —수메루에서는 깨어 움직이기가, 쿠메루에서는 잠자기일 것이다. "낮의 魂은, 밤의 肉身과 같다"는, 명제를 염두하거라. —저 흰 밤을 벗어나고 있는데, 公은 들어가려던 중이었다고 했더라? 흐흣흣, 거 삐들삐들 말라붙은, 해묵은 禪膾 한둘 괴나리봇짐 해 메고, 그것이라도 한 냥중씩 반 냥중씩 팔아, 巫洞 겨울을 나려는 것이렸? 公에게 그만한 꾀라도 있음메?

거기, 묽은, 암흑, 뿐, 아무것도, 없었다.

없었다, 아무것도, 거기, 묽은, 암흑, 뿐.

그러던 날, 그 묽디묽은 암흑 가운데서, 달의 씨앗이 텄다, 초승달이 컸다. 달이 떴다. "陽力의 도움이 없이도 이뤄진 진주"모양, 그 달도 그렇게, 무슨 다른 陽力의 도움이 없이, 그 암흑 속에서 피맺혔더라고 했다. 달은 떠오르면 졌다. 한 달을 두고도, 그 永劫의 삶을 시작해서는 마쳤다. 물의 불새[火鳥], 달은 물의 불새. 대략 한 달을 살고 나면 이 불새는, 그것의 둥지로 돌아가, 그 깃털을 홀랑 벗는데, 달의 죽음, 빛의 죽음(은 焚死!), 불새의 죽음—세상은 왼통 그믐으로 어둡고, 슬프고, 짖는 개 한 마리 없이 적막하다. 세계는 식어, 꿈 하나 없는 '송장'이다. (그 송장이) 그런 무거운 슬픔을 견디다 보면, 그 달이, 저를 벗어버린, 그 깃털의 그믐 같은 재[灰] 속에서, 어느덧 부화하여, 그 쑤물거리는 요니로, '송장'의 꿈을 불러일으켜 세운다. 영겁의 處女인, 더러운 娼것, 대가리가 셋인 흰 암캐, ('얼굴이 셋'이라는 출처는 아래와 같다) 새끼가 제 요니의 반쯤을 비어져 나오는 대로 잡아먹는 입이 요니인 암캐, 새끼를 내어놓고 있는 요니가, 그 새끼를 잡아먹는 입인 암캐, 먹은 것을 排泄하는 肛門이 입이어서, 제 排泄物을 제가 받아먹는 암캐, 제 排泄物을 제가 받아먹어, 그것을 排泄하는 肛門이 요니여서 새끼를 낳는 암캐, —입, 肛門, 요니가 '하나'인 암캐, 세 개의 대가리에, 눈알은 '하나'뿐인, 우리들의 세 따님들. 자식들은 송장, 언제든, 그 어미의 下門을 반쯤 뽑혀져 나오다가, 무덤에 들어, (무덤에 들기가) 다시 반쯤 뽑혀져 나오는, 대찬 링감, 그 母胎 속에 앉아, 어미를 간하는 후레자식, —이 한 벌의 運動은 그래서, 무량겁을 두고, 되풀이 되풀이 돼

갈 듯했다고 이른다. 프라브리티. 저렇게, 저 우주적 括胎蟲이의 自給自足의 爲는 완벽하다. 이것은 '惡循環의 循環'이다. 相剋의 秩序化. (이 '상극'의 목적을 알 수 없다면, 有情들에게 있어서는, 이 프라브리티보다 더 극난한 장애는 없을 것이다) 이 括胎蟲이는 그래서, 아무리 무찔러 죽이려 해도, 죽지를 안 해온다. 그것은 不死는 아니라도, 不死的인데, 흣흣흣, 동화적 상상력이 밝혀낸 바에 의하면, 그것들 母子는, (그리고 동시에, 아내—남편, 아비—딸) 하나의 염통을, 서로 간 번갈아 쓰기 때문이거나, 또 아니면, 까짓것 그냥 똑 떼어내, 三世 가운데 어디, 저만 알고, (公은 부디, 촌로의 이 수사학에서 複數와 單數가 혼합되어, 갈래를 잡을 수가 없는 것을, 눈치채거라) 아무도 모르는 데 숨겨놓고, 몸만 내놓고 있는 때문이다. 헌데 이 동화적 상상력에 의하면, '生命'이 '염통'과 동일시되어 있어, '염통'이 죽지 않는 한, 그것을 갖지 않는 몸은, 公 같은 용감한 바보 놈들이 아무리 대들어, 여하히 상처를 입힌다 해도, 죽지를 않는다고 (또는, 못 한다고) 한다. 이렇게 되면, '염통'이야말로 '생명'이되, '죽음'을 배태한 '생명'이어서, '죽음'인 듯하다. 그것은 그렇다면, '생명의 동산'에 매달렸던, '죽음의 열매' 같은 것인 것을 알게 한다. (동화가 가르치는 바에 의하면, 精靈이며 妖精 따위들처럼) 죽지 못하는 것들은 헌데, 죽지 못하는 대신 磨滅한다. 죽지 못하는 것은, 왜냐하면 첫째는, 죽을 수도 있는 몸을 입지 못한 까닭이며, 둘째는, 죽을 수도 있는 魂을 갖지 못한 까닭이다. (촌로께 이해되기로, '염통'은 이 경우, 저 양자의 합성어인 듯하다) 輪廻論의 계발을 보았거나 말았거나 간에, 어떠한 심정에고, '죽음'은 '끝'이며, 동시에 새로운 '시작'으로서 받아들여져 왔거나, 그렇게 이해하려 애써온 데 반해, '磨滅'은, 새로운 '始作'의 개념을 함량치 않은, 점진적 종말로 이해되어져 온다. (우리가 거론하고 있는 바와 같은,) "염통을 갖지 않은 磨力은 죽지도 못한다"는 동화는, 그렇다면 그 실에 있어서는, 그 魔力의 '염통' 얻기에의 苦行, 즉슨 낳고 죽기에의 달마 속에 자기를 투입하려는 노력이, 否定的 국면에서, 자아내어진 것이나 아닌가 하는 것도 고려하게 한다. 만약 그렇다면, '최초의 인간'이, 어떤 魔力의 유혹에 의해, "따 먹은 지혜의 열매 탓에 죽음을 초래했다"는 그 '죽음'은, 사실에 있어서는 그 魔力이 성취한 죽음으로서 그 魔力의 成肉身

이라는 것은 아니겠느냐? (그 魔力은 '뱀' '붉은 龍'의 이름을 입어 있는데, '뱀'이 物質의, 즉슨 元素의 상징이 되어 있는 것을, 심각하게 고려해보라) 만약 그래서 그것이 그렇다면, 肉身을 입기에 성공한 魔力을, 무슨 이유로 하여, 극복, 퇴치하려 하면, 그런 목적으로 원정에 오른 자도, 육신을 입어야 되는 것은 正則일 터이다. 그런 魔力을 퇴치하는 일은 그렇다면, 그 魔力으로부터, 肉身을 박탈하기겠느냐? 磨滅—영겁의 死亡. 어쨌든, 저런 것을 주제로 한 童話나 民譚들에서 배우는, 저 魔力들이 성취한 '염통'은, 어느 먼 나라의, 시집가지 않은 公主들로 나타나는데, 바로 이 '공주'들에 의해, 그 魔力의 죽음이 예비된다는 것은, 주목을 요할 것이다. 그것은 그렇거니와, 公은 그래서, 미루나무로 깎은 隱釘이라도 몇 개, 허리춤에라도 꽂고 있다는가? 일어선 夜鬼를 누이려 하면, 다른 아무것도 말고, 꼭히 미루나무를 깎아 만든 못을 써, 그 '鬼神의 염통'에다 박아야 한다더라. 마는, 흐흣흣, 다만 무엇의 헤설픈 꿈이 늘어뜨린 그림자뿐인 것에다 미루나무 못을 박아, 動力에다 붙들어 매 누인다? 헛헛허, 허, 헌데도 글쎄, 그랬었다 하더라, 글쎄, 그러려는 客氣꾼들이, 요 얼마 전까지만 해도, 얼마나 빽빽하게, 저 길을 거슬러 흘러갔던지, 그 짧은 동안에 저 길은, 만년 風化를 겪은 듯하여, 그 내력을 모르는 길손들 생각에는, 자기가 혹간, 碧海가 桑田된 데를 걸어가고 있는 것이나 아닌가, 하곤 한다는 소리를 들었다. 첫째는 물론, 저 동네 藥水 藥草를 구하려는 게 목적이고, 그러기 위해서는 그 地主님을 먼저 퇴치하지 않으면 안 되었는데, 이 자들이란 하나같이, 잃을 것이 있다면 목숨밖에 없는 뻘건 것들인 데다, 그 목숨까지도 그러나, 병에, 천대에, 부족함에 아파싸서, 잃어버리고 싶어 하는 것들뿐이라던 것이더라. 듣기로는 헌데, 이런 것들이 가는 길목에는 마다, 떡장수 할미라든, 村老 같은, 이 빠진 늙은것들이, 허옇게 나앉아 있다가는, 저 아무것 하나 잃을 것도 없는 바보 놈들께서, 불알을 훑어내든, 또는 비역을 한번 졸라 얻든 한다는데, 그 짓에도 花代는 없을 수는 없을 터. 그 花代로 그 늙은것들이 그래서, 저 毒龍 퇴치의 비결을 가르쳐준다고 하는갑더라. 마는, 그곳으로 나아간 놈마다, 백이면 백이 모두, 그 毒龍의 대가리를 끊어 들고 돌아오는 것이 아니던 걸로 본다면, 저 늙은것들은, 매번마다, 어디선지 귀퉁이가 어긋난 비결을 가르쳐준 것이 분명했다. (내려온 애기대로 좇아 말하기로 하면) 물론, 그 毒龍의 한 개 염통을 숨겨놓을 곳이야 많았겠지. 많았겠음에도, 밝혀진, 그 비밀한 장소를 하나 예 들어 보인다면, 흣흣흣, 行者여, 본의든 아니든, 公도, 촌로로부터, 그 花代쯤 받아 챙긴 것을 알기는 알 것이다. 그리고도 그 毒龍의 목을 잘라 돌아오든, 그 독아에로 잘려 들어가든, 그것은 公의 하기 나름이다. 십지 구릉 너머, 七海 가운데, 거기 흰 섬이 하나 있는데, 그 흰 섬 가운데에는 또, 속이 빈 계수나무가 한 그루 서 있고, 그 계수나무 비인 속에는, 옥토끼가 한 마리 잠자고 있는바, 그 옥토끼의 배 속, 스물아홉 겹 창자의 주름진 그늘 속, 숨은 뱀 한 마리, 그 뱀의 똬리 가운데, 품어진 백조의 알, 그 알 속, 七海의 가운데, 누으런 섬 하나, 섬 가운데 능금나무, 누으런 龍이 그 둥지를 뒤틀고 지켜 있는 나무, 나무의 능금 열매, 는 큭큭 큭, [11]人頭골, 여럿, 중에서도 어떤 능금 하나 여자 목소리로 말하여, 나, 나를 따 잡수시어요, 라는 것, 의 果肉 속의, 씨앗, 속의, 나무의, 빈 속…… 허, 헛, 헛, 헌데, 이런 경우는 그렇다면, 재미있는 점은, '惡' 또는, '魔'를 분쇄한다는 목적 아래에서, '善'이 刺客이 돼 있다는 것일 것이다. 어쨌든 촌로가 이만큼이나 말해준 결과로 公은, 저 동네 毒龍이 어떻게 있기 시작했는지, 그것쯤은 알게 되었을 터이다. 그렇잖느냐? 뭐라구, 이눔? 뭐라구 이눔? 그럼에도 동화 속의 毒龍과, 저 시영산 동네의 실재하는 毒龍은 구분해야 되는 것이 아니냐고, 그렇게 우겨대놋다? 公은, 넓적하고도 네모진 자로다. 허헝, 그런고로 公은, 속에 있는 것을 밖으로 찾아 헤매온 것일 것이었냐. 公은 거 베고 있는 신발짝을 촌로께 건네어라, 그러면 그것으로 촌로가, 公의 대가리를 익은 무명모양 터뜨려놓으리라. 그런다면, 이것이며 저것이라는 따위의, 그 쓸모없는 편견이, 바람 불기에 따라, 흩어져버리게나 되잖을끄나. 허기는 그랬던고로, 公은 아직도 곪은 것까지는 아니고, 그런고로 村老가, 개고기 점이라도 나누고 있는 것이다. 公이 게으름으로 하여, 어디 옴팡한 데 주저앉으려 하며, '마음'이라는 魔職袮를 꺼내어, 아늑하게 푹 덮어쓰려 했더면, 물론 그 순간, '밖'으로 내닫는 公의 배회는 멈출 것이었더라도, 公은 분명히 곪아버렸을 것이었다. 흣흣, 촌로의 촌스런 생각에는, '마음'이라는 魔職袮란, 그것을 가진 자가, 虎皮모양, 깔 것이지, 덮어쓸 것은 아니던 것이다. 누가 그것을 덮어쓰려 하면, 그는, 앙, 으아웅 소리를 치려 하며, 깔고 앉으려 하면, 그는 날으고 있다고 알게 될 것이다. 그것 (마음)은 결론이어야지, 서론이어서는, 사미들께 지난하다. 그렇거나 저렇거나, 입어진 몸이란 프라브리티[爲]여서, 이쪽에서 저쪽으로든, 안에서 밖으로든 나가지 않을 수가 없다면, 저쪽에서 이쪽으로, 그리고 밖에서 안으로 접어드는 짓[爲]은 권할 만하다. 外界를, 무엇이 자기의 안쪽으로 자꾸 물어 들인다는 짓은, 밖을 자꾸 줄여, 안을 넓힌다는 짓인데, 물려 들여오는 外界는 그때, 言語化를 치른다는 것 따위란, 더 말할 필요도 없을 터이다. 이때는, '밖의 실제적 사물'이라는 것이, '의미' 化하여, '언어'(이름)가, 그 '의미'를 휩싸아 안는데, 그렇다면, '언어'의 쌈에 싸잡히는, 밖의 '實物'이란 별수 없이, 그 '實物性'을 잃지 않을 도리가 없게 되는바, 촌로는, 그런 '실물성'을 거세당한 '실물'은 그래서, '象徵'化를 치러버렸다고 취급해버리는 데 서슴지 않는다. 이런 말은, 일보만 더 전이하기로 하면, 의식하는 有情의 意識은, '상징'의 한 毒蛇 구렁이 같은 것이라는 말을 할 수 있게도 될 것이다. (이 毒蛇는 實物들의 대가리를 물어 삼킨다) '상징'이라는 어휘의 계발을 못 본 방언에서는, 저것을 혹간, '幻'(마야)이라고나 부르는지도 모를 일이다. 어떤 방언, 어떤 정신들은, 무엇을 상상할지를 몰라, (무엇을 상상하려는 그것에) 提携(identify)할 뿐이며, 반대로, 어떤 방언, 어떤 정신들은, (무엇이고) 다만 상상할 뿐이며, 提携할지를 몰라, 앞서 말한 것 같은, 저런 어휘들 간의 차이를 드러낸다. (그런고로, 한쪽에서는, "마음을 넓히면, 그것이 우주 자체다"라고—우주와 마음을—이해하는 데 반해, 다른 쪽에서는, "神은 언제든 神이며, 人間은 언제든 人間"이라는 教義를 발전시킨다)—가만있쟈, 동산에는 달 떠오르냐, 어쩌느냐. 글쎄 말이지, 먹은 개고기의 얼마는 우리들의 핏속에 녹았을 터이니, 이것은 달 떠오르기에 썩 적당한 시간인 것을. 아으 우리는, 짜란히 쿠메루 쪽 떠오르는 해(이 해는 달!)를 우러러보쟈, 그래서 과연, 우리들의 핏줄 속에서, 魂의 깊은 데서, 어떤 그리움이 울음이 되어 넘어오는지, 기다려보쟈. 아으 네모지고 넓적한 자여—라는 말은, 四大와, 大地와 관계된 것만이, 실다움이라고 믿는 자라는 말인데—, 그리하여 公은, 公의 魂處에서, 公의 할미 비리데기 늙은 암캐, 자기 낳은 첫 자식의 첫 마누라가 일어나, 자식들의 잠 속에서 꿈을, 그 시꺼먼 하초를 불러내려, 그 뾰족한 손톱으로, 자식들의 불알을 훑어내는, 그 아픔을 듣느냐? 오우우후우우으음, 아우음, 아움, 옴.

이 '비리데기'야말로, 맨 처음, 谷神만 출몰하는, 저 달밭에로 이주하여 땀 냄새와 곱 냄새로, 그곳의 검은 잠을 깨웠던, 최초의 아낙네였다. (미구에 알게 되는 것이 이것이겠지만,) 그 谷神이 비리데기였었다, 비리데기가 谷神이었었다. 그리하여 이 谷神은 玄牝의 이름을 입기 시작한다. (모든 방언들의 역사의 序章을 이루는) 歷記와 神話는, 저렇게 다르고, 또 저렇게 같다. 그리하여 그 아낙네는, 그 밭에 뜨는 해는, 자기가 자랐던, 그 밭에 떴던 해와는, 어째선지 다르다고 알기 시작한다. 거기 뜨는 해는 어디 다른 데서, 그 사내 얼굴을 벗기움 받아, 각시 얼굴을 드러냈다고, 그 아낙네는 알아낸다. 그러자니, 이 동네 해서방은, 저 산 중턱 어디 동굴을 하나 정해, 낮에는 디립다 잠만 자대는 것이 아닌가 하는 추측이 있은 뒤, 그런 풍문이 떠돌기 시작한다. 그 동굴도 헌데, 저승이나 같았었던지, 그 안에 잠든 해 얼굴을 들여다보겠다고 올라간 자치고, 그 해의 사람각시 비리데기 한 아낙네를 제외하면, 내려온 자가 없어, 낮잠에 든 그 해서방 모습이 어쨌는지는, 알 수 있는 사람이 없었다. (이 부분은, 동화적 어휘로, 그래서 동화적으로 확대한다고 하면, '毒龍退治'에 나선 자들의, 무용담이 이뤄질 것이다) 헌데도, 사람이라는 種내기들은, 태초부터, 누구 하나 면대해본 일이 없는 '精'들을 상정해, 그것들에게까지도, 자기들의 수사학으로 재단한, 여러 색깔의 옷을 입혀, '神'이라는 둥, '魔'라는 식으로, 형상화해내지 않고는 못 견디는, 매우 創造的 습성을 갖고 있다. (이것은 순전히, 그 수사학적 化學反應을 보기 위한 필요에 의해서, 그렇게 전제를 세우는 것인데) 추상적 진리에 비해, 구상적 진리는 열등하다고 한다면, 인간은 이 점에 있어서는, 저 '大精'들보다도 우월하다. 왜냐하면, 저 '精'들은, 아무것도, 추상적인 것은, 이해할 수도, 상상할 수도, 포착할 수도 없어, 그것을 대번에 구상화해 버리는데, —그래서 神은, 다만 창조하거나 파괴할 수 있을 뿐이다. 말[言語]과의 관계에서는, 왜냐하면 우리는 지금 '말'[修辭學]에 관해서 말하고 있기 때문에 말인데, 神은 말을 하려 하면, 存在나 事實을 드러내 버리기 때문에, 우리들처럼, 육성으로는 말하지를 못한다고 말할 수 있게 될 것이다. —인간은, 추상적인 것을, 추상적인 것 그대로 두고도, 그것을 포착해온 데에, 아무런 무리도 보이지를 않은 때문이다. (公이여, 그러자 公은, 길게 길게 웃다, 숨을 끊고, 웃다 숨을 끊어, 병든 개 소리로 울부짖기 시작하는구나. 허기는 달이, 우리 속에서, 그런 無佛性스런 鬱音을 뽑아내고 있다. 아우우으음, 아우우후으음, 아후우후흐으음) 그렇게도 인간은 '창조적'인데, 그런즉슨, 저 동굴 속에 낮잠에 익몰한 저 해에 관해서도, 그 잠들어 있는 모습에 관해서, 그리고 그것이 꾸는 꿈에 관해서, 수사학으로 재단해 입힌 옷이, 어찌 없을 수 있었겠느냐. 그 얘기가 다시 그 얘기지만, 그래서 저 동굴 속 횃대에는, 낮잠 자며 악몽에 든 것의 입성이, 가지각색으로, 여러 벌이 걸리게 되었을 것인데, 얼른 꼽히는 것으로 갖다가시나, 한 두셋 열거해보면, 이런 것들일 것이다. 그것이 달과 관계된, 큰 잠[睡]이라는 이유에 의해서, 그것은 혹간, '아기 얼굴의 거대한 吸血天鼠'나 아닐 것인가 하여, 마신 더운 피에 취해 자면서, 그 잠의 배꼽에다, 마신 것이 익어 술된, 그 毒을 輸血하여, 한 세계의 잠을 더욱더욱 깊이는 자는 자나 아닐 것인가, 라기도 하고, 또, 시간마다, 그 동굴 주위의 이내[嵐氣]의 색깔이 바뀌는 것에 의해 보면, 그것은 혹간 子丑寅卯…… 열두 대가리의 아자가라—도마뱀[易]이나 아닐 것인가, 만약 그렇다면, 자기네들이란 어쩌면 이미, 그것의 목구멍 속에로 걸어 들어가 있는 것이나 아닐 것인가, 라기도 하며, 또는, 한 달을 두고도, 그 달의 변화가 스물여덟 아홉이로되, 대략적으로 집약하면, 한 셋쯤으로 나뉜 것에 의해 보면, 그것은 혹간, 월후 중의, 세 흰 암캐 머리의, 저 세 암캐가 자기인, 자기를 휘감아 姦하는, 毒의 精水의, 거대한 수구렁이나 아닐 것인가, 그러기도 하는데, 公은 그러자, 그러면 실제로, '악몽'을 꾸는 자는 누구인가, 저 '깊은 잠'인가, 아니면, 깨어 있어 그 '잠'에다 이름을 붙이는 자들인가, 그런 제법은, 이마가 넓은 의문을 만들고 있구나. 어쨌든, 저 낮 내도록 잠만 디립다 자대는, 해서방의 사람각시는, 비리데기였었다. '아기 얼굴의 吸血天鼠'에게 젖을 물리고 있는 어미 년이 비리데기였으며, (—子丑寅卯…… 十二陽頭와, 한 독구렁이가 매단—) 세 대가리의 '흰 암캐'(—는 陰頭이되, 같은 얼굴인데—)가 비리데기였다. 이 무서운 '깊은 잠'에서 흐르는, [12]五仙酒(암리타), 즉슨, 침·오줌·똥·精液·月候 등이, 藥水로, 그리고 그 藥水

를 빨아 자란 풀을 藥草로 이르는 것이거니와, 세상에 알려져, 필시 公도 들어 알고 있을 이름들을, 참고삼아 열거해보면, 이러하다. '미리타 삼지바니'(숨터 출꽃, 숨터출물) '수바르나카라니'(살살레꽃, 살살레물) '산다니'(피살레꽃, 피살레물), 그리고 여러 중병으로부터 잔병까지 다스리는 것에는, '비솰랴카라니' 또는 '삼지바카라니'라는 것이 있다. 가만있자, 公은 그러자, 질퍽한 똥독에다 고개를 처넣었던 개 새끼모양, 몹시도 머리를 흔들어대며, 촌로가, '毒'과 '藥'을, 그 근본에서부터 혼동하고 있는 것이나 아닌가 하고, 그래서 촌로를 野狐精으로 알아, 그너러 雜肉으로 굳어져 망치 같은 뒤꿈치를 쳐들어 올렸는데, 이눔 胡狗여, 公은, 그 뒤꿈치를 거둬라. 쳐들었으니, 그래도 내려쳐야겠으면, 公은 그것으로, 公의 石頭에 내려찍을 일이다. 그리하여, 그 石頭에 균열이 있든, 구멍이 나면 公은, '藥'과 '毒'은, 살을 입은 것들의, 살의 偏見 탓이며, (公이 의미하는) 그 '근본'에 있어서는, 그것은 같은 한 이름 '암리타'에 불리는 것이라고 알 것인데, 그러면 公은 혹간 감기에나 걸리지 안 했는가, 기침을 몇 번이고 콩콩거려보려 할 것이다. 石頭가, 감기에 열을 낼 수 있다면, 그것은 좋은 일이다. 그럼에도 물론, 村老도 公과 더불어 무엇을 시인하는가 하면, '藥'은 '毒'을 상대로 百戰苦鬪를 해오는데, 九十九戰을 패하여, 그 탓에 몸을 입고 산 것들이, 통증과 죽음 가운데로 떨어져 내리는 비극을 두고도, 어쩌지를 못하고 있는 것이다. 그럼에도 公은, 생명이란, 자르면 잘라도, 그 머리가 자꾸자꾸 돋아나는 怪蛇(히드라)모양, 그 머리를 羯磨에 얹고 있는 한, 결코 죽지를 못한다는 것도 염두하고 있어야, 九十九戰을 '毒'이 이기는 것 같은, 苦海에 처한 삶들의 苦生을 이해할 수 있을 것이다. 가만있자, 체머리를 한번 세게 젓고 난 뒤 公은, 어지럼 지랄에라도 당하느냐? 촌로의 하는 얘기는, 이것저것이 한 산통 속에서 섞이다 산가지가 부러진 것처럼, 이것도 저것도 아무것도 읽어낼 재간이 없다는 투인데, 公의 石頭에 뚫린 구멍이 너무 작은 데에로, 황소 크기의 지혜가 한꺼번에 쳐든 탓일 것이다. 公이 생각하는 것모양다리로, 村老는 그래서 과연, "근본에 있어서는, 藥도 毒도 다른 것이 아니다"라고 전제해둔 뒤, 노망 탓으로 그것을 깡그리 잊고는, 이번에는, '藥'과 '毒'을 두 원수로 대치시켜 놓고, 그 전항을 살피고 있는 것이 분명한가? 그렇다고 한다면, 公이 우물거리는 대로, 세 치 혓바닥 기럭지의 동자도 범하지 않을 모순을, 촌로가 의연하게 범하고 있는 것이 분명하다. 흣흣흣, 行者여, 그래서 촌로가 일렀었기를 황소 크기의 지혜를 수용하기에는, 公의 石頭에 뚫린 구멍이 너무 솔다고 한 것이다. (이제껏이나 촌로가, 기름이 도타운 개고기로써 公을 먹여 왔으되, 아직도 충분치 않은 듯한데, 乞鬼는 대체 얼마나 굶주려 왔었으끄나. 이제까지도 먹여왔으니, 公의 그 뼈를 덜어 기름이 차도록은, 그 기름을 더 먹여줘야 하겠느냐. 다른 有情들의 것과는 달리, 개는, 비계를, 뼈를 둘러 찌워놓고 있다고 하니, 개는, 비계 위에 살을 얹고, 살 위에 가죽을 입은 것이다. 그래서 개고기의 비계 맛은, 秘義的이다)

[13]'암리타'를 얻기 위해서라며, 神들과 魔鬼들이 작당 합세를 하여, '젖바다'(크쉬로다)를 휘저은 일이 있었다. (대체 이 '암리타'가 무엇이기에 神들과 魔力들이, 그것 얻기라는 같은 한 목적 아래에서는, 정다운 형제들처럼 화해, 협력할 수가 있었는가? 거듭 말하지 않기 위해, 지금 말해두기로 한다면, 그것이 다름 아닌, 프라브리티의 秩序體系라는 것이다. 相剋인 것들이, 調和의 형태를 꾸며 있다) 그때로부터 상사라는 개벽한다. 그때 그 휘젓기의 굴대로 썼던 山이 하나 있었더라니, 그 이름은 '수메루'라고 했는데, 그 휘젓기라는 운동에 좇아, 그 山에도 달빛만 비추이는 그늘 쪽이 있어, 그쪽은 '쿠메루'라고 일렀더라고 했다. 그리고 우리는 시방, 그 햇빛과 달빛이 반반 되는 곳에 앉아 있어, 그 탓에 그림자들을 하나씩 거느리고 있는 것이다. 그림자들은 그리고, 짐승의 얼굴에, 짐승 냄새를 풍기고 있다. '河圖'라거나, '洛書'를 그 등짝에 그려 갖고 있었다던, 그 거북이가 분명히, 그 등에다 이 거대한 굴대를 받쳐, 땅에 구멍이 나지 않게 했었을 것이다. (그러니 프라브리티는, '易'에다 그 기초를 두고 있으렷다) 그 굴대를 휘감아 돌리는 동아줄은, 蛇王 바수키였다고 하는데, 그것의 머리 쪽은 神들이 움켜쥐고, 꼬리 쪽은, 獸面의 怪力들이 휘감아 쥐었더라고 했다. (八萬有情 중, 그 의미가 저것보다 더 복합적으로 뒤꼬인 것도 없는, '뱀'이라는 暗號가 무엇인지쯤은, 公도 물론, 최소한 몇 가지쯤이라도 알고 있을 것이다. 어쨌든 그리하여, 非化現, 또는 無時인 우주적 시간에 대해, 생명의 시간이 태어난다) 그리고는 어영차 끼엉차, 박자 맞추고 차례

정해, 兩軍이, 양단에 손잡이가 달린 큰 톱질 하듯, 저 바다를 저엉차 휘저엉차 뒤흔들어댔더라 했다. (물론, 이런 비슷한 얘기는, 다른 方言들에도 있다. '물'에 상극하는, '불'과 관계된 예를 하나 들자면, "어떤 까불거리는 새가, 세상의 불을 그 배 속에 감춘, 벙어리 뱀[문두룸]을 웃겨, 불을 새 나오게 한", 그 얘기쯤이 될 것이다) 그러자 이제, 그 '젖바다'가 뜨거워져, 비등하기 시작했으며, '거품'이 일고, 거품 속에서 이제, '암리타'는 물론, 萬有情들이 솟아올랐다. ("friction on the penis and the movement of the whole man cause the fluid in the body to grow warm: becoming diffuse and agitated by the movement it produces a foam [……]", Hipocrates) 아직도 물론 그리고, 그 '젖바다 휘젓기'는 계속되어 오는데, 이러던 날, 神들과 魔力들이, 마신 '암리타'에 취해, 그 말들을 쉬기로 하면, 行者여 그러면, 어떤 일이 일어날 것이겠느냐? 저 한 苦海는 그 당장 잠잠해져 버릴 것이고, 일어날 물주름도, 거품도 없을 것이냐.

그래서 公은, 촌로가, 세 치 혀를 굴대로, 휘저어대는 '말[言語]의 바다'에서, 무엇을 얻어내기는 얻어내느냐? '말의 암리타' 같은 것? 그래서 公은, 어찌하여 꼭같은 '암리타'가, 神들의 목구멍을 넘으면 한 우주를 창조하고, 魔鬼들의 목구멍을 넘으면, 魔力에 종사하여, 毁謗하는지, 그것을 생각해본 일이 있느냐? (대체 그러면, 이 '암리타'라는 것이 무엇이나 되기에, 아무 무리도 없이, 저 우주적 상극력들을 접합 결속할 수가 있는가? —그 대답은 물론, 미리 다 되어 있음에 분명하되, 그래서 사실로는, 너무 많은 대답으로, 몸은 하나인데 百足千足을 단 자벌레모양, 숭실거릴지도 모르되, 까짓것, 거기다 다리를 하나 더 달아준다 한들, 이제 무슨 다름이 있겠느냐, 촌로의 의견을 하나 보태두기로 하자면, 그것이 다름 아닌 '우주적 권세'가 아닐 것인가 하는 그것이다. 이 '권세'는 그리고, 살을 입어, 化現의 우주를 사는 것들이 바치는 祭祀와 禮拜에서 걸러진 것, 그 '당'(mDang, Tbt.)일 것이라는 것이다. 암리타. 그렇다는 경우, 神들과 魔들이 젖는 '젖바다'란 어디에 위치해 있는 것이겠느냐?)

그, 그렇다, 그, 그 이름이야 어, 허, 허쨌든, '세 암캐 대가리의 수구렁이'라든, 또는 '똥의 大王'이라든, 아니면, '제 어미의 서방질하는 놈'이라든, 어쨌든, 천의 이름을 가져 無明인, 저 썩는 잠이 똬리 쳐 있는, 그 동굴 주변에는, 물론 시간에 따라 그것도 바뀌지만, 언제든, 붉은 안개도 같고, 흐린 연기도 같으며, 젖은 누런 먼지도 같은, 살아 있음에 분명한 毒氣가, "가시떨기나무에 엉겨 붙었으되, 태우지는 않는 불"처럼 엉겨 있고, 그랬는데, 외경심을 갖지 않고 누가, 그것을 똑바로 건너다보려 하기만 해도, 눈쌈지病에 걸리거나, 심하면 시력까지 잃어 봉사가 되기도 했다. 그 주위의 것은 그러자니, 바위까지도 소금덩이인 데다, 재처럼 푸스러지고 그랬는데, 그 흐린 기운 속에서 돋아 자란 나무는, 옻 같은 독즙을 흘렸으며, 풀은, 칼날도 같고, 창끝도 같아서, 무엇이 그 풀에 한번 쓰깨어 어디를 좀 버히었다 하면, 독지네에게라도 물린 듯, 여러 날씩을 몸져누워야 하고 그랬다. 그 주변에서 일어난 것은, 독거미며, 독지네며, 전갈이며, 거머리며, 살무사에 황충 같은 것이었다. (公은 그리고, 저런 것들이 藥[材] 인 것도 알고 있을 것이다) 그렇다, 그런 것들이, 그 큰 잠의 꿈속을 빠져나온, *夢片* 몇 조각인데, 그 잠은 그렇게, 자기 잠의 넓이만큼, 그 한세상을 治理하고 있었다. 그러자니 그것은, 잠자며 쉬는, 고른, 또는 고르지 않은 숨을 통해, 불어내는 *夢片*과 들이쉬는 *夢片*을 통해, 자기의 영토를 다스릴 것인데, 그 *夢主*는 같음에도, 그 *夢主*의 숨결이나, 잠자기의 자세의 다름에 의해, 그 입어진 형태, 그 운명이 다르게 나타나진, 꿈과 꿈들끼리는 그런고로, 꼭히 통화를 원활히 한다고 할 수가 없을 것인바, 그 운명의 다름 탓에, 방언도 달라진 탓이다. 소는 소의 언어를 갖고, 야호는 야호의, 그리고 나무는 나무의 사투리를 갖고 있는 것. (우리는 지금, 별수 없이, 한 암캐의 배 속으로 내려가 있다. 자연의 中心, 축생도 말이지. 이 '암캐'의 '비계'가 얹힌 부분이, 公이여, '巫'라고 이르는, 한 이상한 중간이라는 것을 觀해둘지라) 그렇다면, 뻔한 결과로, 누군가가, 저 *夢主*와 *夢片* 사이에[神託], 그리고 *夢片*과 *夢片* 사이에, 그뿐만 아니라 다시, *夢片*과 *夢主*(祭祀·禮拜) 사이에 있어, 우주적 뜻뿐만 아니라, 땅의 방언들도 통역해주는 역할을 맡아야 할 것이다. 그리고 公도 알겠다시피, 이 中間者, 仲介·仲媒者에 대한 이름들은 많고도 많아, 다 열거할 필요를 느끼지 않되, 저 동네에서는, (이제는 公의 귀에도 낯설지 않을 이름) '비리데기'라고 불렀다. 이 '비레데기'의 치마폭에는, '공지니' '당굴' '따님' '전갈하님' '흰 암캐' 등, 여러 이름들이 싸였으되, '당굴'이라는 한 이름만은 나중에, 따로 분리된다. 그런 뒤 '마을의 賢者'에게 그 이름이 옮겨붙어 전대하는데, '당굴'은, 人世의 방언[人世事]만을 通譯하는 역을 맡는다. '마을'과, '비리데기' 사이의 다리[橋梁]였다. (이 최초의 '당굴'은 헌데 젊었을 때, 퍽도 더 젊었을 때, 갈아[耕] 먹고 살던 田畓을 座上네 맡겨두고, 무슨 꿈을 꾸었다며, 그 꿈을 좇아 휘적휘적 동구를 벗어나서는, 그 당굴 떠나던 해 태어났던 계집아이가, 첫 월후 탓에, 어디 구석에 처박혀 울고 있을 때 돌아왔다는데, 紙筆墨 등을 한 짐 해 지고, 물론 몇 권의 書冊이라는 '꿈 묶음' 같은 것도 싸 갖고 왔다. 밭갈이며, '자식 농사' 등에는 별 흥미를 못 느꼈던지, 자기 것인 田畓을, 머슴 많은 座上네 맡겨두고 당굴은, 목구멍에 거미줄이 쳐지지 않을 만큼만, 座上네로부터 곡식을 얻어다 먹고, 다른 별말은 없이, 그냥 혼자 살았다. 그러며, '易'이라든, '風水' '曆書' '四柱' '醫鑑' 등을 익혔다) 그 毒龍의 잠을 잉태하고 있는, 그 동굴로부터 멀지 않은, 반 마지기의 넓이보다는 넓은 반석 위에, (마을에서 지어준 흙집에 사는) 비리데기 母女들은, 그 毒蛇 밭이며, 옻나무 숲이며, 썩히는 흐린 운무 가운데를, 맨발인 채 내왕한다 해도, 그러면 그럴수록, 더 시푸루쭉쭉이 달빛이 났으면 났지, 상처를 입거나 하는 일이란 없었다고 알려져 왔었다. 비리데기는 祭母여서, 그 노파의 누런 뻐드렁 이빠디까지도 신성했다. 그것이 빠졌을 때는, 그것을 祭壇에 올려바쳐, 자기 '아들서방님' 전에 바치는 祭祀를 지내려, 즐거운 마음으로 일동이 참여하여, 여러 마리의 개를 그을리며, 웃고 노래하고, 춤춰 하루를 보냈었다. 저 祭母의 것은, 뱉어내는 가래침까지도 神託이었는데, 사실로 그 침은, 그것을 뱉어내고 있었을 때, 저 '따님'이 어떤 마음가짐을 했었는가에 따라, 마을 아이들께 눈아피病도 되고, 눈나숴藥도 되고 그랬다. 그 마을은 실제적으로는, 이 따님에 의해 治理되어지기 시작한 것이냐. 듣거라, 헌데, 저 산의 중턱을 허리 둘려 있는, 그 흐린 기가, 일 년이면 하루쯤 걷혀지는 날이 있는데, 그날인즉슨, 일 년 중에서도 달이 그중 크다고 알려지는 날로서, '百中'이라고 이른다고 들었다. (나락이나 콩팥 뿌리에 속삭임을 넣고, 암말의 궁둥이에 바람을 넣으며, 씨암탉의 자궁에다 금계란을 차곡차곡 쌓아 올리는 힘님, 달님) 그날이 그 山君의 生日이라고 알려져 왔다. 그날로부터 다음 해 그날까지의, 그 마을의 풍작과 흉년, 암컷들의 多産과 落胎

는, 탈 없기와 탈 나기 따위, 복과 재앙은, 百中에 바치는 큰비암님祭(또는, 地主祭, 山君祭 등, 그 이름은 여럿이다)에 의존한다. 그 까닭은 나중에, 대개의 경우는 너무 늦게, 전갈하님에 의해 밝혀지지만, 그 祭酒를 歆饗하시고도 地主님께 興感함이 없으면, 그것이 재앙 자체인데, 크게든 작게든, 그 종류는 千이며 萬이라도, 그 최악의 것으로 치는 것은, 그 '祭祀'가, 그 地主님의 달칼[月刀]에 버히는 일이다. (이 '祭祀'는 그러면 擬人化해 있음을 알 것이다) 그 결과는, 그중 나쁜 경우로는, 동민들이, 살을 썩히는 지옥을 하나씩, 그 산 피부 속에다 욱여넣고 있기와 같아서, 살이 철척 녹아내리기뿐만 아니라, 관절 관절이 무너나, 종내 그 한목숨을 헐어내 버리기에 이른다. 저 동네서 이르는, 그런저런 모든 재앙의 이름은 '용천병'이다. 이놈, 公은, 동산 오르는 달을 향해, 궁둥이를 솟을이 하여, 그 달빛을 쐬어 넣어볼 일이다. 그러던 날 公이, 저승에 들면, 그것 알이 됐거들랑 누어놓고, 그 알 위에 蓮座 틀어 앉아볼 일이지, 그러다 보면 알이 깨어 그렇겠지, 그럴 일인데, 달이 하나가, 그 꽃대궁을 키우며, 후루루 날아올라, 환하게 꽃필 것이 아니겠는가.

[14]천별산 대장님 금탈에 비우님이 딸 일고블 낳았으니 막내 것은 디딤밭에 갖다 내베리락 여섯을랑 키와가지고 나무가궁에 이리저리 다 출개를 시키고 나니 천별상 대장군님은 흙다리병이 들고 금탈에 비우님은 한커니 쇠 한 바리를 먹어도 배 안 찬 아구병이 들었구나 온갖 약을 써도 병은 점점 지터간다 앞지베 유모야 비자씨한테 가 문수 단수나 빼여바라 앞지베 유모가 비자씨한테 가 단수를 빼여 본다 첨에는 빼니 天殺이 질고 두 번째는 빼니 地殺이 진다 시 번째 빼니 천년두구레 만년수를 먹어도 허넌 수가 없다 그런다 세천시어곡[西天西域國] 약물 갖다 자셔야 병이 나으리라 그럽니다(192) 첫 딸아 네가 나나 내 못 갈시다 워째 못 갈노 아들 장개갈 날을 받아놔서 그래 못 갈시더 그러면 두째야 네가 나나 나도 못 갈시다 딸을 시집보낼 혼목을 바다놔서 그래 못 갈시더 그러면 세째야 네가 나나 나도 못 갈시더 네째야 그러면 네가 나나 다섯째야 네가 나나 여섯째야 네가 나나 딸네 모두 장타루 다 별 탈 대구 하나도 못 간다 그런다 산지사방으루 즈지부루 다 돌아가분다(194) 오구마

님마네라 기가 막혀 정갈하님아 문안하님아 부끄럽고 부끄런 말이로다 스시렵고 스시런 말이로다 짚은 산중 퍼버려라 퍼베레기 버려라 베리데기 살았는가 가바라 죽었는가 가바라 그 말씀 반가 듣고 한 모렝이 돌아가며 베려라 베리데기 죽었는가 수심이야 던져라 던져데가 살았는가 수심이야 게 누가 날 찾는가 날 찾이리 없건마는 어느 누가 날 찾는가 나는 낮이먼 뱉내 쌔여 크고 밤에는 이슬 맞아 커였더니 누가 날 찾는가 느그마니 오라더라 우심실어 오라더라 천둥지둥 뱃비 집으루 다라드니 어머님 전이어서 오구대왕 마니래 허시는 말씀이 부끄럽고 부끄런 말이로다 느그 아버지 느그 일곱 딸만 낳고 심에 홧병이 하릴없이 죽게 생겨 문복을 개려보니 시영산 약물 먹으면 사르리라 하덩구나(181~182) 아부지 어머니요 내가 감시다 비리데기 거동 봐라 좋은 얼굴에 먹칠하고 자박머리 자바 꼬고 행주초매 등을 처 입고 자래병을 옆에다 끼고 동세남북 워디가 동인덩 서인덩 모르는 시악씨가 바둥 가는 대로 허위덕 허위덕 찾아간다 가다가 월수천 건네 바위 밑에 빨래하는 저 부인네 워딜루 가먼 세천시어곡 감네까 검은 빨래 희도록 다 서줌 갈처준다 탑놓는 양반님 수경 씻는 양반님 대사님 미룩님 워딜루 가먼 세천시어곡 감네까 비리데기 호염 삐쳐가지구 미룩님이 말씀헌다 내헌테 아들 칠 형제를 놔줘야 가르쳐준다 한 해 가구 두 해 가구 아홉 해 가서 아들 칠 형제를 나들였네(197~198) 나무야 허여—나무아미타불(그래, 아 그렇지, 그 비리데기 물론이나 갖다 가시나 세천시어곡 가서), 퍼사린 물이야 살 생길 물이야 숨 터질 물이야 세 병을 녀어서 오꼬롬에 오롱 조롱 끼어 차고 피 살레 꼬치야 살 살레 꼬치야 숨 살레 꼬틀 세 번을 꺾어서 품에다가 품고 야감지 세 마디 꺾어서 손에다가 들고 아들 칠 형제를 앞세우거니 뒤세우거니 업구 안구 지구 허위덕 허위덕 돌아오니 천별산 대장군님 금탈에 비우님이 한날한시에 죽어서 워이 가이너 워이 가이너 저 승질이 멀다더니 문턱 밑이 저승질이로다 비리데기 눈물을 이리 딲구 저리 딲구 산산으루 흐터지구 곽을 끌구 철판을 떼어 피샐물을 치풍구 내풍구 피샐꽃을 치시구 내리시구 야감지 치재구 내리재구 살살물을 치풍구 내풍구 살생길 꼬틀 치시구 내리시구 숨 터칠 꼬틀 치시구 내리시구 야감지 치재구 내리재구 숨 터칠 물을 이베다가 네무아출네니 영감 할마씨 한날한시에 죽었다가 한날

한시에 서풀 치구 일어난다 나유야 허여—나무아미타불

그란 뒤 그라먼 벹내 쐬고 이슬만 묵고 자랐던 고 엔니, 버려라 비리데기 워찌 되야던지, 고 뒷이약이나 해보끄나, 해볼란다. 그 아낙네인들 허기는 지치지 아니하였었겠느냐. 아직도 젊으나 젊은 나이에, 천년이나 늙어버린 것이다. "어머니 아부지는 오구 받는 판관이 되구 나는 오구 받는 영혼 들어 내가 앞에 질을 치어서 오구 받는 영혼들을 앙금침 꼬바테 서왕 시계로 인도한성 佛說門으로 보내줍시나" —그 사랑 하나만, 아들 일곱 형제의 아비 미룩님, 에 대한 그 간절한 사랑 하나만, 품에 간직한 가난한 비리데기, 태어나자 버려졌던 베리데기, 던져졌던 던져데기, 그 버림받고, 던져짐 받았던 자리에, 다시 버려짐 받기에 이르렀더라, 더라, 이런 말이려시방. 엔니 죽음길에 임박했더라, 더라 이런 말이려 시방. 그래설람엔, 아직 하나 장가도 못 들여 본 아들 일곱을 불러들여서는, "야들아, 너 고매가 인자는 더 못 살고 죽을랑갑다. 이런다고 히어서나, 니얼일동 모렐동, 워째도 죽기는 죽을 목심일 것인디, 고것 좀 더 이숴보겄다고, 너 그들 중의 누구다려, 오매 위해, 세천시어곡 가서 약물 질어 오라 소리는 안 칠 것인디, 그 약물에 오매는 살고, 자석은 지쳐 천년을 늙은 꼴을, 오매치고 워찌 두 번 보자고 허겄냐? 고 자석을 위해 그라먼 또 오매가, 그 천련 질(길)을 허위덕 꺼위덕 댕기와얄 것인디, 아사라, 못할 짓이다, 안될 일이다. 그렁개로 너 고매는 그냥 갈란다, 갈라는디, 갈람시롱 가만시리 생각히어봉개로, 너 가부 그립을 정 탓으로 궁리가 나는디, 그렁개 인재, 요 말을 잘 색이듣고, 반대시 고렇게 헌다먼, 오매가 눈을 깜꼈다. 여그사 물론 너 고매 괴향이라도, 너그들헌티사 너 가부 있는 디가 괴향 아니겄냐? 그래 생각인디, 너그들헌티사, 여그 무신 그리 큰 볼 일이 있다고, 외가라고 얹혀살다가, 벵들고, 늙었다 하릴없이 죽어야 쓰것냐. 그렁개 더 늦기 전에, 맘 돌리 묵고 떨치고 일나, 벵들먼 나수고, 죽어도 살리는, 고 약물 약초가 짜들아진 데, 세천시어곡 가서 살구로, 그랴, 떠나여, 떠나라고, 거그서 나올 때는, 너 가부를 못 바서, 암만 암만 둘러보고, 뒤돌아바도 못 보겄어서, 오매 맘이 참 짜안하고 서뤘었는디, ……너그들은 너그들 괴향으로 가그라잉. 그렁개, 너 고매가 죽거덩, 불에 태우고, 뼤는 뼤대로 추려 일곱 묶음을 맹글아, 너그들 앞앞에 한 묶음씩 간직할 일이지만, 재는 그냥, 고흔 붉은 명주 수건 한 폭에 싸아, 큰아야, 니가 간직할 일인디, 그라먼 인재, 너그 할배 할매헌티, 너 가부 찾아간다고 하직 인사 고한 뒤, 왔던 질을 바지랑 바지랑 되돌아갈 일이여. 뒤는 돌아다바싸도 볠수 없는디, 오매끄랑 너그들허고 같이 가는 질(길)이 아니냐? 너 고매는 처음 몇 달도 가고, 칠 년 구 년도 가고 그랬었는디, 걷는디 귀찮타고 히어설람에, 너 그매 화장한 뼤며 재끄랑도 퍼 버리고 싶어 할지도 모르는디, 그런다먼 너그들은 참 하릴없이 베리데기 신세가 되여. 물론 본디 너 고매 뼤사 너그 할배헌티 받고, 살은 너그 할매헌티 받았어도, 고 뼤, 고 살은, 세천시어곡 가는 질 질 좀 묻는다고, 껌은 수경 희도록 빨아주기에, 탑 쌓는데 독(돌) 짐 져 나르기에, 걷기에, 이라기에 저라기에, 다 녹아 흘러니리고, 다 갈[磨]리 남은 것이 없었는디, 고때도 너 고매는 한번 죽은 것이다, 아으님은, 님은 미륵님, 님은 한 던져데기를 불쌍히 여기시와, 그 어린 제집 흘리고 갈[磨]린 살이며 뼤를, 질들에서 모라설람에, 당신의 침(말씀)으로 반죽하여, 당신의 法香 태우는 향로를 만드싰음. 그러장개 너 고매, 요 뼤며 살은, 미륵님 전 香 태우던, 그 향로였던 것을. 너그들 일곱 성제[兄弟]는, 고 향로에서 일어난 향불 일곱 색깔, 향내 일곱. (阿耆尼는 혀가 일곱) 야들아, 쯧츳츳, 불쌍한 것들, 그라고, 가다가 가다가시나, 워디가 동인덩 서인덩 몰라, 워디루 머리를 둘러야 될지를 암만히어도 몰루겄을 때에 당하거들랑은, 움시나 훌쩍임시나, 오매 원망만 할라고 말고, 야들아, 전에 너 고매 고단히 걸음시롱, 울며, 짜거운 살을 흘리내던 자리, 자리가 거그 고런 데찜이라고 알아, 거그 워디 흙을 좀 호집아 파고, 오매 뼤 흰 것이거나 껌은 것이거나, 막둥이 가심에 간직히어놓은 것 먼첨 끄내, 거그 묻어 흙 덮은 뒤, 너 가부 너 고매 생각험선 시방으로 삼삼구 배 일 배하고, 막둥이 눈물부텀 딲아줌선 기다려보거라, 그라먼 무신 볼 내력이 있을 것인개여, 그라먼 고 흰 뼤가, 아니먼 껌은 뼤가, 흰 새나 껌은 새가 돼서, 동인덩 서인덩 방행을 정해 날를 것인디, 그라먼 고 새를 따르라고, 고 새가 너그들 길잡빈개 그려. 그라다 고 새를 잊어삐리 더 볼 수가 없는 데찜에 당허먼, 너그들은 또 맥을 놓고, 심이 없어, 오매 원망을 헐라고 들 것인디, 거그 워디만침에서 너 고매가, 누구네 껌은 수경을 희도록 씻거주니라고, 또 석 섬 땀을 흘렸던 고런 디쯤일 겨. 오매가 나중에 나중에 알아냈기로, 미륵님 한번 내어 쉬는 숨의 기럭지가 대개 그러히었는디, 한번 낼숨에 자석 하나, ……거그서도 또, 흙을 호집어 파고, 여섯째 둥이의 앞가슴에서 뻬 담은 수건을 끄내, 요번에도, 푸른 뻬든 누른 뻬든 하나를 추려내 묻은 뒤, 삼삼구 배 일 배로 아부 오매 생각을 허먼, 푸릉 새든 누릉 새가 한 마리 너그들 앞을 날를 것인개, 고 새 따라 바지랑 바지랑 걸으면 되여. 고렇게 조렇게 따라랏따 따라랄랏다따 따라 걷다가 걷다가, 무신 큰 산에 이망을 부딪치, 더 걷덜 못할 데에 당허먼, 고것이 시영산이라고 알먼 되고, 아으, 너 가부를 만내거든, 만내거든, 만, 만, 만내거든, 아으, 너가부 ! ……고 산은 넘을래도 넘어지들 안 허능개, 인재 거그 머믈먼 되야. 감발 풀고, 까대기 져, 너 고매 태운 재를 아랫묵에 뫼시, 살면 되야. 거그가 너그들 괴향이여. 헌데, 살다본개 너그들, 살아바도, 살기에 하나도 재밋쇡이 없음성, 자고 일어나바도 몸만 찌뿌둥험시나, 괴얀시리 썽이 날라고 해쌈시나, 심은 남아도는디도, 워디 옴팡헌디 누워 자빠져 있고만 잪고, 일이 허기가 싫고 그러먼, 고것은 벵이여, 벵이라도 요상시런 벵이라서, 고 산천 약초 약수로도 나수덜 못하는 벵이여. 그라랑개 고것은 참 딱한 벵인디, 고 벵에는 약이란 따로 없고, 각씨라는 걸 얻어, 혈을 찾아, 애새깽이를 심궈줘야 낫는 벵인겨. 흐흣흣, 자석들 겉으니! 고때에 당허먼 인재, 지끔 오매가 일러주는 걸, 잊지 말고 기억해내야 되는디, 고때에 당허먼 너그들은 요렇게 허라고, 머시냐즉슨, 먼첨, 너그 일곱 성제 약수에 목욕재게 허구시나, 그 藥山의 藥土를 대략 세 삼태기찜 짊고, 약물 세 오지병에, 약꽃도 세 가지로 꺾어다 윗목에 가지런히 채리놓은 뒤, 인재, 너 고매 태운 재를 풀어내, 저 藥山 약흙에 항깨 섞음시나, 세 오지병 약물을 뿌려, 붉은 반죽을 맹글어 설람은, 고 반죽이 너 고매 살갖맹이 보드랍게 됐다 싶으면, 인재는, 야감지로 치재구 내리재, 너 고매허고 똑겉은 모양새로, 너 고매를 새로 빚고, 그라고는 인재, 너그들 일곱 성제 삥 둘러서서, 조 흙각씨헌티 대고, 각각 일곱 번씩 마흔아홉 번 춤을 뱉아, 고 왼 몸뎅이를 춤으로 지름 발른 뒤, 꺾어온 그 세 가지 약꽃은, 그 흙각씨 목에 한 숭이, 가심에 한 숭이, 그라그 남거지 한 숭이는, 고 각씨 아랫두리진 디 놔둬,

방을 따숩게 하고는, 너그 일곱 성제, 하나씩 번갈아, 하나가 일곱 저녁씩, 저 흙각씨 젙에서 자고 깨게로 칠칠은 사시꾸, 하루 모지랜 반백 날을 지내고 보면, 야들아, 너그들 각씨 얻어야 나술, 그 벵에 무슨 회렉이 있을 일이 있게 될 것여. 고러는 고 마흔아흐렛 동안은, 어만 생각은 히어서는 안 되고, 너 고매 생각만 히어야 되는디, 그라먼 너 고매가 새로 살아나는 겨. 오매가 각씨여, 너그들 일곱 성제 각씨가 오매여. 그라먼 고때 만내구로, 오매는 인재 갈란다. 너 고매 숨이 꼴깍 넘어 가삐리고, 너 고매 뫔이 식거든, 너그 일곱 성제 말고는, 아무도 요 방에 얼씬도 못 허게 허고, 너그들 일곱이서, 오매 입어 땀내 나는 요 초매저구리를 벳긴 뒤, 너그들 일곱이서 오매 뫽욕을 시키고, 야들아, 그람선, 너 고매 몸을 찬찬히 잘 바둬야 허능 겨. 아으, 미륵님, 그, 그리운 님, 이, 인젤랑은 소, 소첩을 베, 베리, 베리지 마시웁수사, 더, 던, 던져베리지 마, 마시웁수사, 그, 그리, 그리운 님. 야들아, 인재 너 고매는, 佛說門으로 갈란다. 나무야 허여—나무아비타불."

그 뒷얘기는, 해보려 하면 실답잖을 터이다. 거 뭘 헐려고 시부렁시부렁 주워섬길 일이겠네? 그래도 뭐 좀 보탤 얘기가 있다고 한다면, 그리하여, 저 달빛만 밝던 무주공산에, 벧내 쐬어 자란 빛짐승들이, 그것도 일곱씩이나 떼져 들어가, 머물러, 데리고 온 두세 마리 개들과 함께, 마을을 꾸며서는, 벧내와, 땀내와, 침내와, 인분 냄새를 풍겨내기 시작하자부터, 별수 없이, 그 그늘의 천년 잠이 흔들리지 않을 수 없게 된, 그런 얘기가, 아니겠느냐. 그랬을 것이, 전에 비리데기가, 無垢無臭인, 佛童 일곱을 데리고, 얼른 한번 지나갔었을 때도, 그 깊은 잠 속에서는, 무엇들이 코를 큼큼거리며, "야들아, 어디서 人내두 나구, 땀내도 나구, 곱내도 나구, 썩은 피내두 나구 허는디, 이게 무신 헤설픈 꿈일꺼나, 도저히 잠을 편하게 할 수가 없네여"라고, 투덜대며, 심지어 돌들까지도 속을 미식미식해 하며, 토하려 했었으니, 이번에야 뭘 더 말할 것이 있겠느냐, 이건 야단이 난 것이다. 그뿐만 아니라, 별로 오래되지도 안 해 저것들은, 각씨까지 하나를 맞아들였는데, 허휴우, 암내에, 썩는 피 냄새에, 정액 냄새에, 야단이 난 것이다. 그것이란, 저 깊은 잠에 대해서는, 불칼이 휘둘러 갈르고 들기 같은 것이었으며, 순번을 잊어버린 해가, 밤중에 떠오르기 같은 것이었다. 민망하고, 혼돈이고, 왁자지껄이고 그랬다. 어디로부터 느닷없이, 별 더러운 종내기들이 쳐든 것이다. 글쎄, 저 비리데기의 일곱 아들은, 아비 미륵이 유산한 빛을, 어미 태운 재처럼 싸 갖고, 그 응달진 데 가서는, 흑사병모양, 흩트려버린 것이다. 응달쪽에, 삼재팔난의 변괴가 난 것이다. 그곳 暗行性 鬼神들의 눈을 빌려, 저 볕내 쐰 것들을 내어다보기로 한다면, 여름밤의 반딧불모양, 번한, 더러운 빛을, 왼몸뚱이에다 맥질하고 있는 저 光鬼들은, 지나는 곳이면 어디에나 빛을, 불을 뚜둑 뚜득 흘려놓고 있어, 이러다가는 세상이 왼통 잉걸불로 변해, 털 난 발바닥 하나 놓아 붙일 자리가 없겠는데, 그뿐만도 아니라 저것들은 또, 두 쪽의 마른 나무를 서로 비빈다거나, 차돌에 마른 쑥잎을 얹고, 무슨 쇠붙이로 그 돌을 부딪쳐서는, 붉기도, 누르기도, 푸르기도 한, 형체만 있고, 살은 없는, 그 없는 살의, 다만 형체뿐인 것으로, 있는 것을 태워 먹는, 번쩍이는, 타지 않고는 못 견뎌낼 뜨거움의, 火鬼를 깨워내어, 들을 태우기도, 자기네들 누워 자는 구들막 밑에 감춰두기도, 음식을 익혀 먹기도 하는바, 그런즉 두려워 도저히 범접할 수도 없는 것이다. 게다가 저것들은 이상스럽게도, 그늘을 헤매는 자기네들이 일하기에 바쁜 시간만 되었다 하면, 어째선지 전신에서 풀기를 잃고 풀어져 누워, 숨만 몰아쉬기로, 잘린 나무토막모양 꼼짝도 못 하다가, ―여기에, 저 빛짐승들의 약처와 허점이 있다는 것을, 불원간, 저 응달쪽 잠들이 알아낼 것이다. 公은, 이것을 기억해두면, 저 마을의 흰 오랑캐[蝕]가 어떻게 해를 삼켜버렸는지, 그것쯤 소상하게 알게 될 것이다. 이 흰 오랑캐[蝕]는, 입이 항문이며, 항문이 요니며, 요니가 입인 암컷이어서, 무엇이 한번 그것의 독아에 물려 목구멍 속으로 빨려들었다 하면 그것은 죽었는데(똥), 죽었는가 하고 있으면, 새로 태어나, 억겁을 두고도 그것은, 그 고통스러운 윤회로부터 벗어나지를 못할 것이다. ―그늘에서 젖 빠는 자기네들이, 이제 일손을 놓고, 쉬어야겠다고 할 때마다 일어나, 소란을 피우는데, 이러다 보니 잠이 부족하여 살기가 부족해서도, 또한 못 살 일이 일어난 것이다. 그뿐만은 아니고, 세월이 갈수록 저것들의 횡포는 도를 더했는데, 그런 철이 와서 그랬던지 어쨌던지는 잘 모르지만, 저것들은, 자기네들의 잠의 호꼰하고 깊은 데마다 후벼 파서는, 그것들까지도 반쯤은 (자되) 번언히 빛을 쐬어내는, 씨앗이라고 이르는 것을 묻어 넣어, 자기네들의 잠을, 빈대나 이처럼 빨아 가렵게 하고, 또 잠을 회색스럽게, 박모처럼, 깊음이 없어 헤설픈 꿈만 꾸게 하여, 빛을 향해 트는 그 씨앗의 눈을 통해, 빠져나가게 하는바, 이렇게 되면 이제, 자기네들의 잠은, 그 뿌리까지 왼통 흔들리기 시작한 것이다. 근래는 저것들이 그리고, 저 잠의 고장에서는, 그늘에서만 일하는 것들이 검은 털 난 손으로 반죽하여 굳어진 돌, 맑은 것, 푸른 것, 누른 것, 붉은 것, 흐린 것, 오색의 꿈들이, 저 볕내 나는 짐승들의 매끄러운 손들에 의해 탈취 약탈당하는 일이 도처에서 속출했다. 이 꿈돌[夢石] 멩이들을 公들은 아마, 홍옥, 청옥, 녹옥, 금강석이라는 이름들로 부르는 듯하다. 한때 公이 지나온 고장들에서 일러졌었기는, 저 동네 꿈돌들은, 상사병으로부터, 지랄, 용천병까지 다스리는 藥力을 갖고 있는 것으로 알려져, 천금 만금의 값을 지니고 있다고도 했었다. —그래서 公도 물론, 그런 것이나 하나 줍거나, 얻을까 하여, 그 먼 길을 멀다 하잖고 왔을 것이렸다? —그것은 그래서 보석이기만 한 것이 아니라, 護身牌며 符籍이라고 했다. 그럴 수도 있다면, 그것들은 왜냐하면, 응달의 잠, 두렵고도 깊은 혼돈이 꾸는 꿈들이 石化해, 그 꿈꾸는 것의 怪力이 사려 넣어져 있는 탓일 것이지. 갈수록 갈수록 헌데, 저 그림자를 거느리고 있는 괴물들은, 그 괴물성을 더 나쁘게 드러내고 있었는데, 저 괴물들이 처음 거기 자리 잡았을 때는, 풀이나 열매, 뿌리나 거둬 먹고 물 마신 뒤, 누워서는 배나 북북 긁기가 일쑤더니, 조금 지나서는, 물 구렁이로부터 심지어는, 土龍까지라도, 닥치는 대로 잡아 모아서는, 예의 저 태우는 呪煞力의 입속에 넣어 굽거나, 끓여서는, 행여나 식어질세라, 뜨거울 때 후루룩 먹고, 그 뜨거움이 좋아서인 듯, 기름땀을 흘리며 트림을 해대고 했다. 그런 육미 탓이든, 반드시 육미 탓만도 아니든, 그것은 어째도 상관은 없는데, 저것들은 힘이며, 기가 남아도는지, 붉은 눈이 되기 시작해서부터는, 그것을 펴 쓸 곳을 찾는 듯 모든 곳으로 씰렛거리고 헤매다녔다. (그리고는, 어디서 계집이 하나 생겼는지, 그것은 公도 이제는 아는 얘기니, 껑충 뛰어 얘기지만) 두고 본즉, 그림자를 거느려 하나가 둘씩인 저것들은, 쥐나 토끼모양 번식이 빠른 건 아니라도, 그 번식력은 실해, 새끼가 하나 수컷, 암컷, 수컷이라는 식으로 펴 낳이기 시작하자부터, 그 새끼들은 자라는 대로 또 새끼들끼리 배를 붙여, 새끼가 새끼를 낳고 하여, 천년씩 만년씩도 잠만 자 왔던, 저 그늘의 시간으로는, 별로 오래잖아, 서른으로 쉰으로 백으로 불어났다. 그 동네 음식[藥水 藥草]이 좋았으니, 落胎라든, 早死 따위가 거의 없었던 이유도 들 만할 것이다. 물론 아직도, 저 동네의 潛龍은 잠 속에 잠겨 있었다. 그럼에도, 그 잠까지도 그렇게 편할 수만은 없었던지, 자기의 잠을 지키는 그 鬼眼은 뜨고, 그리고 꿈틀거리는 잠을 자고 있었다. (라는 이런 말은, 거기 元素들만 있었고, 그것에 中心을 잡아줄 힘과 숨[活]이 없었는데, 드디어 거기 어디, 숨과 힘[活]의 씨앗이 심겨 들기 시작했다는, 그런 말일 것이다) 그 꿈틀거리는 잠은, 빛이 있었기 전부터 있었으되, 아직 없었더니, 저 빛 속에 헤엄치는 동물들이 떠들어와 정착해 살며, 사랑하며, 저 그늘의 가슴을, 복부를, 전신을, 조금씩, 많이씩, 갉고, 지지고, 빛의 창을 찔러넣어 후벼 파고, 그렇게 띠끔띠끔 그 두터운 비계의 睡肉을 자극하고 들자, 서서히, 그 잠의 가운데에 배꼽이 생기기 시작한 것이고, 그러면 이제 거기서 꿈들이 일어나게 돼 있는 것이다. 그런 것이다. 그리하여 그 빛의 바늘 끝에 묻힌 별이 박혀 들어, 그것의 睡肉을 긁여대는 데서마다, 진물이 흐르기 시작한 것인데, 그 진물은, "풍수통, 편두통, 담결통을 겸하고, 쌍다래끼, 석서기, 청맹을 겸하고, 이통증, 이명에 귀젖을 겸하고, 면종, 협종에 순종을 겸하고, 풍치, 충치에 구와증을 겸하고, 흑태, 백태에 설축증을 겸하고, 후비창, 전비창에 쌍단아를 겸하고, 발제를 겸하고, 상감을 겸하고, 수전증을 겸하고, 등창을 겸하고, 부종을 겸하고, 퇴산불, 탈항증, 수종, 틔눈, 담로를 겸하고, 식체, 고창, 후증, 괴질에 헐떡증, 섬어빈입에 헛손질을 겸하고, 토사, 며느리심, 들치락내치락 사종을 겸하고, 부돈증, 주마담, 열광증에 고로갈증을 겸하니", 저 병에 한 번 걸린 것들은, "만신이 용천병으로 刺痛하여 굽도 잣도 꼼짝달싹 다시는 두 수 없이", "마개틀모양 뻣뻣해", 관절들이 우수수 쏟겨 내리기를 시작하였구나. 이렇게, 저 응달귀신들이, 빛의 고슴도치의 허처를 찾아, 침공해 들기 시작한 野史가 저러한데, 그럼에도 아직도 거기, 藥水가 맑고, 藥草가 검푸른한, '죽음'까지 잠을 깨, 그 배고픔으로 내달아와 있는 것은 아니다. 뻣뻣해졌거나, 반대로 꽉 물컹해진 것들은, 藥水 위에로 자빠져 들거나, 藥草를 몇 잎 뜯어 먹기로, 새로 생피에, 생살에, 새

숨이 돋아나고 그랬었다. 시간이 휙 소급 역류하기처럼, 누가 무엇을 잃었든, 되찾아져지고 그랬다. 그러던 날, 허기야 어쩔 수 없는 결과가 그랬겠지만, 그곳에도 죽음이, 그 胡旗를 드높이 휘날리기에 이른다. 츠쯧, 글쎄지, 모든 병든 몸들마다 잠그고 들었던 그 약수가, 늑대를 통해 씻어진 고름이며, 분비물 탓에, 차차로 흐려지더니, 그런 오물을 도저히 정화해낼 수가 없을 정도로 藥力이 쇠해져, 나중에는, 혈기방장한 젊은 네라도 거기 한번 몸을 잠갔다 하면, 형해만 뿌지직 일어서 나온다고 했다. 살이 다 녹아버린 탓이다. 그런 수분을 빨아 자란 藥草도 그러자니, 그 藥力을 毒力으로 바꿔내기 시작했을 터여서, 아편이라든 대마엽 따위로, 산야를 덮기에 이르렀다고 이른다. 살 받아, 살자고 온 것들이, 이에 이르러서는, 하릴없이 죽게 돼버린 것이다. 그런 후부터, 저 동네 목숨 길이도, 어려 마신 그 젖이 써지기 전까지만 좀 피둥피둥 왈팍달팍하다가는, 그 젖이 써지기 시작하면, 피들피들 왈팔달팔 못 일어나면, 南無 야허여—. 그 죽음에 무슨 순서가 있던 것은 아니라도, 저 일곱 형제들께 먼저 온 것인데, 비리데기만, 일곱 남편의 한 과부가 되어, 죽지도 않고 살았다. 그 일곱 남편들 내쏟던 더운 정수 받아, 일곱 남편들 더 살아갈 나이들을, 자기 나이에다 얹어, 본디 한 할아비 밑에서 나뉘어진 형제들의 자식들의 손자들이, 거의 남남이 되도록, 그렇게나 촌수가 멀어지는 세월이 흘렀을 때까지도 (모두 하는 말로는) 살고 있었다고 했다. 그 노파는, 자기의 일곱 남편들이 다 죽고 난, 바로 그다음 날부터, 일곱 마리의 잘생긴 수캐들을 데리고, 서럽게도 다시 한번, 던져라 던져데기, 버려라 베리데기, 흙집에로 옮겨가 살았는데, 그 흙집은, 저 산의 중턱, 예의 그 山主가 살고 있다는, 그 동굴에서 별로 멀지 않은 데, 널따란 반석 위, (나중에 서게 된) '큰비암님像' 아래, 그리고 늘 더운 김이 피어오르는, 藥샘을 지척에 둔 데에 있었다. 그 샘만은, 이 비리데기의 私用으로, 아무도 범접지 못하게 되어 있어, 부정을 탄 일이란 없는 것으로 알려졌었다. (저 풍요의 大力, 즉슨 똥의 大王, 저 山主가 나중에는, 毒龍, 十二蟲 등의 이름으로 불리는 것은 公도 저절로 알게 될 일이지만) 저 샘은 다름 아닌, 저 毒龍의 침샘으로도 알려졌었는데, 개 껍질에 몸을 누이고, 실한 개를 베어 반석 위에서 낮잠에 들지 않으면 비리데기는, 서늘한 저녁으로만 말이지만, 저 더운 김이 오르는 샘 속에 잠겨 앉아 무량겁씩을 보내고 했다고 한다. 그렇게 하여, 그 十二蟲의 잠의 깊은 데로 가라앉아 들어, 그 님의 色氣를 돋구기에 이르면, 그 님의 열두 개의 혀가, 그 늙은 암캐를 열두 번 휘감아, 그 전신을 녹혀 먹어버린다고 하는데, 그러고 나면, 그 늙은 암캐의 뼈 무더기만, 그 샘 가운데 희게 쌓여 있다고 이른다. 그러는 중에 만월이 떠오르고, 그러면 그 샘에서 더운 김의 기둥이 개 울음처럼 일어서는데, 보면, 젊은, 아름다운 살을 새로 입은 처녀가 하나, 달빛 아래에서, 자기의 송장을 디뎌 춤추고 있다고 이른다. 그 송장은, 무엇의 링감을 깊이깊이에서 수용하고 있다고 그런다. (촌로의 생각에는, 글쎄, 이것은 순전히 촌로의 생각인데, 그럴 때로, 늙은 따님과 수업 따님 간에, 세대교체 같은 것이라도 있었지 않은가 하기는 한다) 그러자니 처음 얼마 동안은, 노쇠한 자들이며, 중병에 든 자들이, 이미 죽게 되어 있는 그 목숨을 담보하여, 어찌 藥샘을 욕심내 오르지 안 했겠느냐? 문제는 헌데, 야음을 틈타서든, 흰 낮에든, 그렇게 올랐던 자들치고, 그림자 하나도 되내려온 일이 없다는 데 있었던 듯하다. (촌로가 노망을 했는지, 헛헛허허튼소리를 만들어내게, 자꾸, 되지만, 이번에는 村老의 생각에는, 그런 자들은 오르기로, 하나같이, 저 땅의 大王의 夢片, 즉슨 그 化身님들께 肉布施나 해버린 것이 아니었는가 하는데, 저 夢片들이란, 犬公들로 대표되어 있다는 것은, 公도 알고 있잖느냐? 그렇거나 저렇거나) 마을의 현자, 당굴이 알려준 바에 의하면, 글쎄 저 샘인즉슨, (저 山主를 毒龍이라고 부르기 시작한 것은, 이보다 훨씬 뒷날이니라) 豊饒의 根力—저 똥의 大王이 會陰이 돼서, (行者여, 公은, '침샘'이 '會陰'化하는, 이런 변용의 이치를 알 만하냐?) 그 님에 의해 선택되어진, 비리데기 한 각시를 제외하고는, 심지어 구름까지라도, 그 위를 지나다, 그 샘에 그림자를 한번 잠갔다 하면, 다시는 그 그림자를 건져내 입지를 못한다고 하는데, 왜냐하면, 그림자까지도 썩혀져 (비옥함은 그렇게 해서 이뤄지던 것), 문드러져, 철철 흘러내려 버리기 때문이라고 했다. 그렇게 그림자를 잃은 구름은 그러면, 이제는 비를 만들어낼 수가 없어, 넋을 못 가진 妖精들모양, 아무 데도 부착하지를 못해, 흐르다가, 스러지도록 흐르다가, 스러져버릴 뿐이라고 했다. 그런즉슨, 저 毒龍의 침샘 주위에는 왼통 옻나무며, 쏘고 찌르는 가시며, 풀이고, 그 외에 종달이며, 뻐꾸기의 울음, 비둘기의 둥지 같은 것은 없었던 것이다. 그 샘은 그래서 저주며, 금기였을 뿐만 아니라, 불가침의 聖水가 돼버렸는데, 그러면서부터 저 비리데기님은, 흙의 어른님의 '말씀' 가운데 먹감는, 그 님의 혀, 그 님의 말[言語], 즉슨 神託 자체가 돼버렸었다. 神託이 저 마을에서는, 성스러운 암캐던 것이다. 그랬는즉, 마을에서는, 저 '神託님', 祭堂 직이 흰 암캐의 뒤를 일일이 돌봐줘야 되었었는데, 비리데기님의 收養 딸(修業따님—장차는 收養아들, 즉슨 修業당굴도 합쳐지는데, 그때는 마을에서 나서, 저 언덕 위의 흙집도 그 칸수를 불려줘야 했었다)의 월경대로부터, 비리데기님 거느린 일곱 마리의 개들을 먹일 뼉다귀까지였다. 허기는 말이지, 비록 말해, 이 비리데기가 그냥, 한 凡婆인 데다, 간섭과 잔소리만 많아, 앓는 이빨 같다고 한다 해도, 손주들치고 어찌, 의지할 데 없는 할머니를 버린다고 하겠느냐. 동네 쪽에서 보면, 저 별로 쓸모도 없는 늙은네가 동네 아랫묵을 차지해, 이나 끌이며, 기침만 콩콩 해대는 것보다는 뚝 떨어져, 산날망으로 올라가 버린 것이 편했을 터이다. 글쎄, 냄새나는 늙은네를 곁에 두고 지내본 자라면 다 알겠듯이, 늙은네란 살아 있는 송장이어서, 살아 있는 젊은이들께, 삶의 까닭을 캐묻게 하는, 불길한 의문이던 것이다. 동네서는 그러니, 한 달에 한 번꼴로(저 收養 딸이라는 것이 하나 첨매져 있으니 얼마나 다행이냐!) 언덕 식구들 목구멍에 거미줄 치지 않을 만큼만, 보리며 된장, 약간의 석청과, 몇 짐의 장작, 그리고 이것 조금, 저것 조금, 옹그랑 종그랑 짊어져다 줘버리면, 저 산막 일은 잊어도 좋았을 것이다. 그러자부터, 장정들의 싼 걸음으로, 둬 식경 거리도 못 되는, 비리데기와 마을 사이는, 한 달이나 걸리게, 그 거리가 벌어져 버렸다. 修業 따님과, 개들은 火食을 했으되, 비리데기만은, 生食을 했는데, 그러자니 그 노파는, 눈뜬 때부터 감을 때까지는, 늘 보리 알갱이들을 입에 넣고, 침으로 불려 우물거려댔다. 그러자니 그 늙은 흰 암캐님의 턱주가리며, 뼷마른 가슴팍이며, 복부며, 허벅지는, 침에 녹아 흘러내린 생보리 죽으로, 늘 허엽스레해, 추접했으되, 그러면 개들이 그 늙은네를 핥아 씻겼다. 그렇게, 비리데기님은 무세월을 살고도, 히끈 더 살고 있었다. 그 산의 중턱까지는 어쩌면, 그 아랫녘 시절 돼가는, 그 변화(세월 말이지)가 미치지를 못했던지도 모를 일이었냐. 그리고도 한 백 년인지 천 년이 더 흘렀을 터인데, 그리고 아랫녘 시절로는 그게, 그해 유월에 접어들고 있어 농사일에 바쁘고 있을 때쯤이었을 것인데, 동네의, (비리데기의) 손주 되는 장정 하나가, 비리데기 할미님의 양식을 짊어져다 준 편에다, 마을의 座上께 일러, 불일간, 자기를 보러 한번 오라는 전갈을 보냈더니, 그때부터 이제, 들어보면 알겠지만, 저 洞史가 바뀐다. (이 洞史는 마을의 현자라고 알려진, 당굴이 기록한다. 그러면 公은, 촌로의 얘긴즉슨, 어떤 경로에 의해서든, 촌로의 손에 쥐게 된, 저 『당굴誌』에 의존해 있다고 알면 될 것이다. 그것은 그리고, 촌로의 바랑 속에, 구겨 처넣어져 있는 중이니라) 그런 전언을 듣고 座上은, 궁금한 마음에, '볼일'은 그만두고, 그 당장으로, 그 산언덕을 치달아 올랐다. 내려와서는 그리고, 座上은, 저녁이 돼, 궁금해하는 동민이 모인 자리에 대고, 동민들이 즐거워했으니 즐거운 소식일 것을, 전했다. 조모님께서는, 육미에 술이 좀 자시고 싶으신지, 오는 백중날에는, 동네서 추렴하여, 살찐 개도 몇 잡고 고량주도 몇 동이 해서, 그날 달 뜨기 전에, 農樂 함께, 갖고 올라오되, 조모님 당신께서는 윈동네 식구들 얼굴이 보고 싶으신지, 할 수 있으면, 모두 함께 올라오기를 바라시더라고, 그렇게 일렀다. 첨언하여 座上은 그리고, 아마도 조모님의 노체가 시려 그러시는 것일 것이라고 하면서, 푸른 저고리에 다홍치마를 한 벌 해 오시란다고, 하여, 동네 안댁들이 흔쾌히 웃고, 사내들은, 가다 한번씩 그런 잔치는 필요하다고, 하는 중에, 칠월에 접어들었으며, 백중을 맞기에 이르렀다. (『당굴誌』에 의하면) 헌데 그 잔치란, 한번 흔쾌히 웃기보다는, 그 내용이 훨씬 더 심각하고 신중했었던 듯하다. 글쎄, 그때로부터서, 그 동네 살기의 방식이 달라져 버린 것인데, 무엇보다도 '특기해야 할 大事'란 다름이 아니고, '祭祀를 모르던 사람들의 고장에 생겨난 祭儀'랄 것이라고 하며, "나무도 소도 안 하는 짓을 갑자기, 사람만 하기를 시작한 것"이라고 하여, '믿기俗'을 쳐들고 있었다. 제 그림자를 의식하지 못하고 살던 짐승들이 어느 날, 무슨 까닭에 의해서든, 갑자기 그것을 의식하기에 이르렀을 때처럼, 그러자부터 저 마을의, 어제나 그제나 십 년 전에나, 별로 다름이랄 것이 없던, 그 일상적 삶, 의 근저에서부터, 아무도 기대할 수도 없었던, 어떤 변화가 일어난 듯하다. (숲과 들에서는, 사람들이 왼갖 짐승들의 얼굴들을 꾸며, 사람들이 짐승들이듯이) 人家 근처에서는, 왼갖 魔며 鬼들이, (예를 들면) 지네며 박쥐, 빈대나 거머리 등의 모습들을 꾸며, 뒤엉기고, 불결한 독과 오줌 냄새를 풍겼다. 저들은 어느덧, 자기들도 잘 모르는 중에, 자기들의 안으로부터 돋아났는지, 아니면 밖으로부터 덮어씌워졌는지, 그것까지도 분명찮은, '헛것'이거나, '안 보일 것'까지도 보는, 무슨 돋보기랄, 눈들을 하나씩 더 써버리기 시작한 것이다. 그것은, 갑자기 자기의 그림자를 인식하게 된 짐승이, 아무리 그 그림자를 떼어내 버리려 해도 안 되는 것 같은, 말하자면, 그런 눈일 뿐만 아니라, 장님까지도 환하게 떠보는 그런 것이어서 그것은, 자기들 입고 있는, 그 육신보다도 이전의, 어떤 근원에 이어져 있거나, 그 근원의 눈이라고 해야 할 것인 듯했다. 그래서 그랬을 터인데, 그런 후부터 저들은, 눈을 돌리는 곳에서마다, 말하자면, '밝이 달 아래' 놀다 돌아오던 處容이모양, 보지 안 했었더면 좋았었을 것들을, 아주 흔하게 보게 되고, 그래서 경악하며 전율하기에 이르렀던 모양이다. 이것들은 그래서, 그 '못 볼 것들', 또는 '보이지 말았어야 할 것들'을 지우든, 자기들이 써버리게 된 그 돋보기들을 벗든, 어떻게든 해보려, 별 빵빵이질을 다 쳐보았던 듯했어도, 그것들이 그러면 그럴수록, 다만 헛것들이던 것에는 혈맥까지 생기고, 자기네들의 눈들은 앞뒤로 휑하게 열려 더욱더 퀭해져 갔다. 어제까지는 그냥 이끼 덮인 바위이기만 해서, 아무도 별다른 생각이나 느낌은 없이, 거기 대고 오줌도 갈기고, 가래침도 뱉었으며, 필요하면, 아무 허락받음도 없이, 쪼개내어 담도 하고, 디딤돌도 삼고 했었는데, 그런다 해도 무슨 탈이 있었다거나 그런 일이란 없었는데, 오늘 다시, 휑해진 눈들로 그 같은 대상을 보건대는, 자기네들의 失行이 적잖은 것을 알게 되어, 百拜千拜로 謝罪한다 해도, 그 바위님의 진노가 풀릴 듯하지 않아 보인다. 이끼 밑에, 또는 세월의 아래, 바위까지도, 눈 귀 코 입 등, 모든 것을 다 갖추고 있었는데, 그러니 자기들은, 그것의 눈이며, 코, 또는 입속에다, 오줌이며 가래침을 흘려 넣었던 것이다. (저 동네 사람들의 인식이, 여기까지 닿았던지 어쨌던지는 모르되, 그럼에도 바위는, 깨어 있는 잠이라는 것이, 村老의 생각이다. 그래서 그것은, 프라브리티 속에 뻥 뚫린 구멍이다. 無爲) 古木은 또 古木대로, 늙은 나무鬼神의 몸을 해갖고 있었으며, 측간 오르는 디딤돌에는 그것대로, 디딤돌鬼神의 잠을 뉘어 얹고 있었고, 한 포기의 풀의 섶에도, 아침의 그 무수의 이슬방울 속속에도, 귀신들이 하나씩 다 쳐들어 앉아 있어, 종내 저 동네 사람들에게는, 침 한번 마음 놓고 뱉을 자리도 없게 되었으려니와, 바늘 같은 가느른 못 하나 박을 자리도 없게 되었다. 이런 후로는, 누가 급한 설사기로, 걸음걸이에 方正함을 지킬 수가 없어, 측간을 오르다가, 그 디딤돌에 머리를 얹고, 잠든 귀신의, 머리카락이라도 하나 잘못 밟았다가는, 그놈의 것이 성을 내고 일어나, 설사하기에 허덕이는 것을 왈칵 밀어 던지는 통에, 낙상을 하여, 여러 날, 또는 여러 달 똥을, 구들막에 누어 둬야 되는 형편에도 이르게 되며 또, 늘 지나다녀야 되는 골목에, 복숭아 나뭇가지가 하나 뻗쳐내려 걸개 치는고로, 그것을 꺾어내려 해도, 먼저 고수레하여, 그 나무귀신의 허락을 받든, 그것도 안 되면, 보다 힘이 센 다른 어떤 귀신께 제사로 뇌물하여, 그 작은 귀신을 꼼짝도 못 하게 으름장을 놓게 하든, 이래야 되게 생긴 판이던 것이다. 그렇잖으면, 식구가 곪곳症에 당하거나, 눈아피病이 일거나, 애가 경기를 일으키고, 거품을 물고 쓰러져, 한참 죽는다. 이런 순, 쭈그러질 녀러 세상도 다 있겠더냐? 그런 것 저런 것, 아무것도 못 보고 사는 녀러 것들은, 가령 소를 보건대는, 풀을 뜯어 먹는다며, 그 풀잎에다 서너 망태기씩의 鬼神들을 쌈 싸 먹어 煞이 찌는데도, 배탈은 그만두더라도, 똥에도 악취가 나는 일이란 없는 것이 아니더냐? 항차 사람이라는 것은 헌데, 하다못해 두더지만도 못해서, 청옥 홍옥을 모아 담은, 조그만 항아리를 하나 묻어 숨기려 땅을 파려 해도 그 土鬼님전 허락을 얻지 못하면, 그 홍옥 청옥이 모두 곪아버려, 항아리 속에는, 똥이나 독사가 누렇게 담겨 있기가 일쑤 아니더냐? —저들은 그리하여, 자기네들의 두렵고도, 깊은, 후텁지근한 어두운 잠을 밖에다 토해내고, 그 잠 속에서 일어나는 꿈들을 훔쳐보기로, 정작으로는, 자기네 안쪽을 들여다보기 시작한 것이 아니겠느냐? 왜냐하면, “여기에 있는 것은 저기에도 있으며, 여기에 없는 것은 아무 데도 없기” 때문이다. —어쨌든, 어떤 有情들이 저렇게, 자기네들 늘여 밀뜨리어낸 그림자들을, 어떤 다른 것들이 쥐어, 근들거려, 자기네들로 하여금, 별로 원하지도 않은 춤을 추게 하고 있다고 알기 시작하면, —무엇보다도 큰 한 비극은, 그들은 그리하여, ‘안’과 ‘밖’을 분명하게 구별해내기에 의해, ‘나’

와 '남'을 나누고, 결과는 '我執'이라는, 찢기가 거의 불가능한 가죽 밑에 휩싸인다는 것일 것이지만—이제 그 有情들은, 자기네들의 그림자를 거머쥔, 그 검센 握力을 달래 부드럽게 하려, 왼갖 수단을 다 써보려 할 것이다. 그러다 그들이 알게 되는 것은 무엇인가 하면, 鬼神들에게도 종류는 많아서, 절름발이, 앉은뱅이, 귀머거리, 용천병, 곰곳症, 매독 등, 不淨 타기 수만큼이나 많을 뿐 아니라, —이런 '不淨力'을 더 크게 가지면 가진 힘[鬼] 일수록, 大力化한다는 이것을 알아두고 있어야 될 것이다. 그러다가 이 大力이, 현자들을 만나, 그 힘에다 지혜의 날개까지 돋궈 갖게 되기 시작하면, 이 '不淨力'을 분리해낸 것처럼, 광고되어진다. —갈대 같은 것, 들불 같은 것, 말벌 같은 것, 수미산 같은 것, 이라는 식으로, 그 팔다리의 굳세기도 모두 다르다는, 그 사실이다, 인간이라는 有情들이, 이것을 알기 시작한, 과도적이랄, 그 짧은 한 시절은, 이 有情들께는, 하늘소의 젖꼭지를 물고 있기처럼 그랬겠느냐? 三世間의, 크고 작은 '힘'들이, 人世에서 '힘'들을 모집해 쓴다는 榜이라도 읽었거나 들은 듯, '구름처럼' 모여들었다. 그리고 물론, 그 '힘'들은, 모두가 하나같이, 그 人世에 고용되어지기를 바라온 것인데, 나중에 알게 되기로는, 그중의 어느 것 하나도, 빈손으로, 외롭고도 쓸쓸하게 되돌아간 것은 없는 듯했다. 그러니 '귀젖鬼'는 여전히, 아이들의 귀에 빨대를 박아, '소리'를 빨고, '장구벌레鬼'는 아직도 웅덩이를 치리하고 있다. 언뜻 보기에는 그러면, 세상은, 전이나 후나 별다름이 없는, 그 꼭같은 상태로 돌아가 버린 듯하지 않은 건 아니다. 그럼에도 좋은 청자라면, 저 "힘들이 人世의 고수레 물밥이라도 얻기 위해 운집해 들었다"는, 그 일을 소홀히 취급하려 하지 않을 것이다. 그리하여 사실로, 저 바깥 '힘'들에 대해서는, 열둘씩도 넘는 苦役이 시작된다. 저 인간이라는 것들은, 저런 怪力들이, 제 손가락에 낀 반지라도 되는 듯, 필요하기만 하다면, 그 정당성 여부는 어찌 되었든, 재미 삼아 반지를 돌려보듯, 저 '힘'들 중의 아무것이라도 불러내, 자기네들의 이익을 위해 使役했다. —그때, 저 鬼神 나부럭지들을 달래고, 어르고, 아첨했던 언어가 '呪文'일 것인데, 그 시절은 그래서, 귀신들이며, 畜生이며 사람들이, 같은 구들막에 등 대어 짜란히 누워, 도란도란 얘기하다 밤을 깊이고 했던 듯하다. —저 '怪力'들은, 모든 것이 매우 이상하게 굴절하여,

본의와도 달리, 새로운 主人들을 뫼시고, 그 主人들의 이익을 위해, 모든 苦役을 다 치러야 했는데 그러자니, 그 鬼神들 중에서 항거가 일어나지 않을 도리는 없었을 것이다. 마마병이며 염병, 쌍다래끼, 석서기, 귀젖, 풍치, 충치, 오만 잡것이 다 일어나꾸나. 그러자 人世에서는 한바탕 수라장이 열렸으되, (훌쩍 훌쩍 징검다리 디뎌 냇물 건너기 식으로 말하면) 저 잡녀러 것들의 형편은, 딴에들은 同盟을 한다고 하여서는, 罷業, 또는, 暴動을 일으킴으로 하여, 더 나빠져서, 더 좋아질 여지를 남겨놓지 않기에 이르러버리고 말았던바, 그것이란 참으로 바랄 만한 결과가 아니었었을 것이다. 글쎄 말이지만, 그 야단질을 치며 낄낄거리다 저 잡종들은, 어째선지 더 웃지도 못하겠을 뿐만 아니라, "사지가 뻣뻣하여, 굽도 잣도, 꼼짝달싹"도 할 수가 없는 듯하여, 별수 없이, 하던 잡손질을 멈추고, 뭣이 어떻게 됐는지, 자기네들 형편을 살펴보기에 이르렀거니와, 그리하여 깨닫게 된 것은, 자기네들의 잡손질이, 장난을 벗어나, 너무 침중한 데까지 내달았었다는 것이었다. 그래서 저 主人이라는 것을 영 까 눕혀버렸는가 하면 그런 것이 아니고, 까 눕혀진 것은 오히려 자기네들이었던 것이다. 저 잡것들이 보게 된 자기네들의 형편이란, 비유로 말한다면, 조그만 개미굴을 막기 위해 수미산을 하나 덮어버렸거나, 그보다도 (형편은) 더 나빴다. 저 '사람'이라는 것들은, 자기네들의, 그 작은 폭동에 견디지를 못한 나머지, 결국은, 잠[睡] 보다도, 非化現보다도 더 막강한, 그래서 그 시작도 모르려니와 끝 간 데도 모를, 그런 어떤 힘을 하나 고용해버린 것이다. 인간의 우주적 승리도 그렇게 이뤄지되, 비극도 그렇게 시작된다. (이를 두고, 뭘 주섬주렁 더 말할 것이 있겠느냐?) 저 한 힘은 그리하여, 자기를 고용한 자들로부터, 절대적 신앙이라는 따위의 조공 바치기를 강요하게 되고, (고용자 피고용자의 전치!) 그 조공이 충분치 않으면, '진노를 드러내는데, 그 힘이 우주적이면 우주적일수록, 그 진노의 크기도 비례할 것은 당연하여, 부스럼이나 개 고뿔을 조금 흩뿌리고, 말게 되지는 않을 것이다. 저렇게, 힘줄이 좀 강장하다는 것들은, 자기의 영토를 정해, 확장하기 시작한다. 이것들의 이 '영토 정하기'가, (그 영토 내에 사는 것들을) 守護하기로도 이해되어지는 부분일 것이다. 이 守護의 값은 비싸다는 것은 말한 바대로일 것이다. (살아 있는 동안은) 매 개인들의 몸·말·마음이 그 값이며, (죽게 되면 그것들의) 魂靈이 또한 그 값이다. 어쨌든 저 막강한, 어떤 한 힘에 대한 이름은, 三世의 方言의 수보다도 훨씬 많아서 (왜냐하면, 한 방언이 한 이름만 조공 바친 것이 아니기 때문이다) 그것을 다 들먹일 수도, 또 그럴 필요도 없거니와, 저 동네서도 근년에 글쎄, 그런 무엇이 하나 잠에서 일어난 모양이고, 비리데기에 의해 그래서 그 소식이 전해진 것이다. (잠 속에서 일어난 것은, 모두 꿈이라는, 명제는 과연 가능한 것인가?) 저 '일어난 힘'이 과연, 그 '시작도 끝도 모를', 그 무엇의 한 전체인지, 또는 새끼발가락이나 되는지, 어쩌는지, 그것은 의문스러움에 분명하되, 의문의 대상으로 삼을 것은 못 될 것이다. 그럼에도 그것이 의문스러운 자는, 그러기 전에, 자기의 心靈의 크기부터 측량해둬 두는 것이 필요하지 않을라느냐? 이러고시나부터 바로 저 언덕 위에 얹혀 있었어도, 한 朔 거리에나 있었던, 祖母 비리데기와, 손주들 간의 거리가, 스무날로, 반 朔으로, 닷새로, 라는 식으로, 차차로 좁혀들기 시작했으며, 그러던 날 그 늙은 각시님은, 여전히 물론, 그 산 중턱진 데에, 한 마리 빈대모양 납작하게 엎드려 있었음에도, 그 아랫녘 살기[生活]의 모든, 호꼰하고도 습기 진 데마다, 그 빨대를 박아 넣고 있었다. 그 늙은 각시님은, 이제 더 이상 홀각시는 아니다. 그 늙은, 냄새나는 각시는, 그 더러운 끈질긴 빨대뿌리[吸盤根]를, 마을 깊이 넓이 박아, 뿌리 내려, 그러던 저러던 어느 날은, 외로 꼰 禁草索에, '여린 백성'들의, 信仰 五色의 祝旗를 꽂아, 외로 둘러, 冥氣로 장식한, 우람한 神檀樹가 되어버린 것이다. 이 聖樹는, 어쩌다 동네 개들이 지나다, 제 놈 지난 표지 삼아, 뒷다리 쳐들어 오줌을 갈기는 수가 있다 해도, 사람으로서는, 아무나 범접하게 되어 있지가 않게 된 것이다. 저 聖樹가 부정을 탄 날에는, 적게는, 동네에 눈아피病으로부터, 크게는 가뭄이나 홍수까지 겹치게 될 터인데, 그러면 그럴 때마다, 동네에서는 정결히 고량주 빚고 살찐 개를 잡아, 일동이 祭祀하여, 노한 '따님'을 달래는 수밖에, 다른 회개할 도리는 없던 것이다. 어쨌든, 그런 제사가 시작된 때부터, 저 '따님' 사는 흙집 밖, 반석 위에, 물론 祭壇도 쌓이지만, 말한 바 있는, [15]'큰비암님像'도 세워진다. 그것은 물론, 그녀 나름으로 出家를 단행한 뒤, 오랜, 고독한 명상을 통해, 그 가슴속에 피맺혔다가 부화하여, 그네의 목구멍을 꾸무럭거리고

(란, 아직은 언어나, 꿈의 형태일 것) 나온 것이지만, 그것을 실제적으로 物形化한 것은, 마을의 토기장이였는데, 따님의 성공은 그럼에도, 그 像을 통해 마을 사람들로 하여금, 그 像 너머의 것과 만나게 하는 데 있었다. 이런 말은 그러니, (앞으로 말을 해가다 보면, 그것이 어떤 경우인지, 그것이 밝혀질 것이지만), 어떤 경우를 제외한다면, 그 像은 엄연하게도 그 자리에 있었어도, 그 像 자체의 그늘 쪽으로 숨어버려 없었으며, 그 像의 뒤쪽에 '있던, 없는 것'은, 그 像의 앞으로 나타나 확대되어졌다는 그 말인 것이다. 어쨌든 그 像을, 누가 좀 멀찍이 떨어진 데서, 무심히 건너다본다고 하면, 그것은 그냥, 그 중두막 위쪽 부분을 잘린 뒤, 몇 수십 성상이나 春風秋雨에 시달려온, 무슨 巨木의 밑둥치 같은 것으로 보게 되었을라는가도 모르기는 모른다. 헌데도 누가, 별로 다른 할 일이 없어, 그것 건너다보기로 졸음을 청하기라도 하는 경우가 있다고 한다면, 그는 분명히, 졸음 가운데로 떨어져 내려가는 그 어느 순간에, 어떤 매우 이상스러운, 전혀 기대치 안 했던 광경을 목도하게 될 것인데, 글쎄 말이지, 이제까지 꼿꼿이 서 있었던 그 한 기둥이, 어느 틈엔지 휘어져, 둥글어져, 커다란 동그라미가 하나 되어, 물레바퀴처럼 돌고 있음을 보게 될 것이다. 그러며 그는, 한 마리의 큰 뱀, 또는 龍이, 제 입으로 제 꼬리를 빨아들이느라, 그렇게 까뒤집히기로 돌고 있다고 알고, 그 전율, 그 못 견딜 공포 탓에 똥오줌을 질금거리다, 못 참고 기절을 하거나 벌에 쏘인 듯, 그 언덕을 굴러 내려올 것이다. 그것은 그렇게 고안된 것이었는데, 村老가 본 대로만 말하기로 한다면, 그 像의 위쪽을 올려다보아도 거기, 큰 뱀, 또는 龍犬의 대가리가 있어, 꼬리를 물어 빨아들이고 있는 광경이 보이고, 꼬리 쪽(밑동)을 보아도 또한, 거기 그 꼭같은 대가리가, 꼭같은 꼬리를 물어 빨아들이고 있는 것이 보이는데, 그런 龍이 縱立해 있는 것이다. 이 큰 뱀, 또는 龍의 머리며 꼬리(상단·하단)는 黃色이며, 몸은 靑赤白黑의 네 가지 색깔로 구분되어져 있었다. 그 색깔 따라, 각각 아흔 이파리씩이나 비늘을 덮었으니, 그 비늘 수는 도합, 삼백예순이 아니었겠냐. 비리데기님, 이 큰비암님의 따님, 흰 암캐각시, (公은 이제도, 우리들의 상상력에서 발원한 빛이 내려 쏟겨, 어스름하게라도 닿아 밝혀보는, 冥界에서는, "뱀과 개의 구별이 잘 안 된다"는 사실을 기억하고 있어야 할 것이다) 마을은 이

제, 이 암캐각시님이 전하는, 저 큰비암님의 뜻에 의해 治理되기 시작한 것. 그리하여, 그가 원했거나 말았거나, '마을의 현자'라고 알려져 오는 자로, 이제 저 祭祀의 執事를 삼아, 그를 '당굴'이라고 부르고, 그로 하여금 따님과 동네 사이를 연락케 했는데, 이제껏 그저 한 인간이기만 했던 자가, 갑자기 聖俗을 구비해야 되기에 따르는, 半聖半俗의 고뇌는 그러나 그의 것이다. 이 '당굴'은 그러기 전에도 물론, 風水(地官)로도 불렸으며, 四柱쟁이, 五行·宮合 등을 보아주는 자뿐만 아니라, 診脈·處方도 해주는 의원으로 불려, 마을의 玉門들로부터, 저쪽 明堂 사이에 이어져, 있기는, 있었다. 어쨌든 그러는 中年에는, 아주 희귀하게지만, 마을의 끌끌한 총각이나, 몸이 더운 처자들 중에서, 病도 아닌 病, 급살도 아닌 급살에 꾿어, 대략 사흘씩이나 꼴딱 죽었다가 되살아나는, 그런 이상한 병이 돌았는데, 그 병증은, 동네 의원(당굴)으로서는, 생소한 것이어서 도저히 알아낼 수가 없어, 결국은, 그 病意를 알기 위해, 따님으로 하여금, 저 큰비암님의 입을 열게 하기에까지 이르렀더라 했다. 그랬었을 것이, 그 이상한 죽음을 겪고 되돌아온 처자나 총각들은, 최소한 세 겹이나 되는 세상 얘기 같은 것을 시부렁거리기가 일쑤였는데, 자기들께는, 세상은 아무리 보아도, 밭갈이해 먹고사는, 그 홑겹 세상밖에, 더도 덜도 보이지가 않기 때문이다. 어쨌든 따님께서 알아내온, 그 이상한 죽음의 비밀은, 듣는 모든 귀에마다 그럴 상했을 뿐만 아니라, 세상은 어째선지, 홑겹보다는 더 두터운 듯싶기도 하다고, 넉넉히 짐작케 했다. 그것은 다름이 아니라, 큰비암님께서, 특히 그 젊은 네들을 귀하게 여겨, 뽑아, 장차 자기의 사업을 위탁하려, 그래서 만나보려 부른 것이라는 것이었다. 그런고로, 그 님으로부터, 그렇게나 성스러운 부르심을 받은, 영광스러운 젊은 네는, 出家하여, 사흘로부터, 평생을, 따님과 같이 지내며, 따님으로부터, 어떻게 큰비암님의 뜻을 받드는가, 그것을 배운 뒤, 처자는 장차, 따님의 대를 이어야 되고, 총각은, 당굴의 대를 이어야 된다고 했다. 이들은, '修業따님' '修業당굴'이라고 불렸다. (불필요한 얘기로되, 公의 궁금증을 풀어주기 위해, 저 따님네 家俗이 어떻게 이뤄져 갔던지, 그 얘기 한 뒤마디 삽입해두기로 해야겠구나. 그러니 해온 얘기대로 따르면, 候補 당굴, 候補 따님은 부족함이 없는 듯했다. 그랬으면 이제, 그들로 하여, 한 僧會, 또는

學堂을 이룰 법도 했으나, 따님께서는 헌데, 그런 候補者가 생기는 대로, 불러 올려, 사흘씩도, 또는 석 달씩, 삼 년씩도 지내보고는, 그중에서 하나씩만, '아기따님'과 '새끼당굴'을 골라 자기 곁에 두고는, 나머지는 모두 돌려보내며, '큰비암님'의 부르심이 있을 때까지는, 가사를 보살피라고 일렀다. 그들은 '候補따님, 候補당굴'들로 불렸다. 때가 돼, 따님의 허락하에, 그들 중에서도, 결혼해 살림을 차리면, '候補'로부터, 平人으로 돌아왔다. 헌데 물론, 저 선택되어진, 修業따님과 修業당굴 중에서도, 病死를 하는 자도 있었으며, 땔감을 구하러 갔다가 못 돌아오는 수도 있었고, 또, 그 修業을 못 참아, 뛰쳐 내려와 버리는 수도 있어, 그러면, '큰비암님의 부르심'이, 저 '候補'들께 들려진다. 그중 좋지 않은 경우는, 저 修業 중의 제자들이, 그 修業을 파기하는 경우인데, 그러면 그 일가에 용천병이 쳐들었다. 『당굴誌』에 의하면 글쎄, 사실로 쳐들었다) 어쨌든, 이제껏 한 번도 드러나 본 일이 없던 어떤 것이, 그것도 그 凶面 쪽을 높이 쳐들어, 한 노파의 치골을 딛고, 한 마을의 守護神의 위치를 확고히 해버렸다는 일은, 이상스럽게도 몸이 후텁지근한 凶夢이다. 그리하여 저 마을도, 그것만의 風俗(宗教)의 둥지를 짓고, 깃 접어들어, 깊지도 편안치도 않은, 헤설픈 잠, 그저 갖다가시나 꿈만 육시러게 꿔대는, 그 半實半夢의 잠에 들기 시작한 것이다. 四大의 暴力主義가 지배하는 세상. 그런 세상은 그러고 본즉슨, 그 전체가 살[四大]의 暴力主義에 의해서만 운영되어지는 듯하다. 봄마다, 그리고 물론 엄동에도, 상여들이 흘러갔으며, 흘러간 가시덤불에는마다, 고인의 한과 추억이 엉겨붙어, 희게 펄럭였는데, 바람이, 그리고 개 새끼들이, 그 魂紙에서 소금기를 핥았다. 산 것들이 그렇게도 덧없이 죽어, 죽어 덧없었다, 그리고 갔다. 살의 暴力主義 아래에서는, 그 살들이 우수수 진다. 그런 四大의 畜生道 이름이, '큰비암님' '毒龍' '十二蟲'이랬더라. 公은 묻기를 그러자, 어찌 일동이 대동단결하여, 저런 쳐죽일 녀러 독지렁이를 쳐죽이려 내닫지 않았느냐고 하놋다, 마는, 가맜거라, 公은 당장에 좀 늙어야겠다. 이런 경우의 이 毒龍이란, 그 세상을 사는 것들이 이제껏 아무것도 없어 非化現이기만 하던, 그것들의 잠[睡]이라는 화폭에 쳐놓은 환인 것이어서, 그 화폭에서 그리하여, 그 환만을 포 떠내려 하면, 그 화폭까지 찢거나, 모두를 망치게 된다. 그렇다면,

만약 公이 무엇이든 묻지 않을 수가 없었다면, 저들은 저런 毒龍의 환을 치려 했기 전에, 鶴이라거나 비둘기를 날려 보낼 수도 있지 않았을 것인가, 그런 것이나 안 되었겠느냐? 그러면 촌로는, 여러 가지로, 그럴싸한 대답을 찾아보려, 눈썹을 좀 잃었을 것이 분명하다. 첫째로는 그래서 아마도, 연금술적 견지에서, (그리고 그것은 매우 긍정적 관찰이 될 것인데) 저 한 '方言'을, 한 '원초적 질료'로 삼고, 저 '毒龍'을, '살'(畜生道—自然)의 擬人化, '不治의 病', 또는 '必殺의 毒'으로 이해하여, 突然變異를 전제로 한, (질료의) 進化論 같은 것을 운운했을 듯도 싶으며, (그것이 禪行苦行이 아니냐?) 둘째는 그리고, (그 부정적 국면이랄 데서 관찰하여) 體制的, 또는 社會的 動物이라고 일컬어지는 것들의 머릿수가 증가하기에 따라, 체제의 강화가 필요하게 되고, 그러다 보면, 그 체제가 너무 강력해져, 지배적이며, 폭력적일 때, 저 '체제'는 그러면, 그것의 구성원들에 대해, 그 구성원들을 먹어치우는, '외눈배기 巨人', 또는 '毒龍' 따위로 보였음에 분명하다는 얘기도 했을 법하며, 그리고 덧붙여, '죽음'에 대한 인식을 갖게 되기 시작하면서부터 저들도, 그 죽음에의 두려움 탓에, 再生에의 所願을 가져, 그 所願을 實相化하려 했을 터인데, 육신적 再生은 그럼에도, 그 육신의 죽음이라는 한 수단을 통해서만 성취된다는, (植物的 輪廻論의 계발—아도니스 秘儀) 그 한 믿음에 의해, 저들은 오히려, 종내, '죽음'을 형상화하여, "죽음에로 生命을, 活力을 불어넣어", 實相化해 버린 뒤, 그 '죽음'에로 장가(시집)들기에 이른 것은 아니었는가, 그런 얘기를 했음도 분명하다. (최초의 '生命의 동산'은 그렇다면, 그곳을 강보 삼아 태어났던 최초의 인간에 의해 황폐에 시달린 듯하며, 그것이 인간을 배척한 듯하지는 않다는 것을, 재고려하게도 한다) 저렇게, '生命'들이, '생명'들 위에다, '죽음'의 毒灰를 끼얹기란, 그것 자체가 被虐의 형태인데, 그렇다는 경우, 그 '생명'을 먹어치우는 '죽음'은 그러면 무슨 모양을 꾸며야겠느냐? (붉은 龍? 큰비암님?) '再生'을 위해, 오히려 '죽고 싶어 하기'는 그래서, 아마도 그중 늙은 神話로서, 축생도와 人世의 중간에, 그 祭壇이 놓여 있는 듯하다. (촌로의 생각에는, 이 夢想에도, 椿事가 있는 듯하다. 이 '再生'은, '重生', 또는 '復活'과 달라서, 식물적 윤회론을 그 근간으로 하고 있어, '흙'과 '물'을 그 主元素로 하고 있는데, 그것이 어떤 경우—

라고 해보았자, 촌로도 알고, 公도 알고 있는 그 경우이다—'불'의 원소와 제휴하는 수가 있어, '肉身的 再生'에의 희원이 엉뚱하게도, '焚死'行을 일으키는 것을 보게도 되는바, 그것이 椿事로 보인다. 물론 우리는, 저 '불'을 '性慾'의 불이라고 관찰할 수도 있다. 그런 경우의 저 '再生'은 그렇다면, 동물적 윤회에 의존한다고 말해도 오류를 범한 것은 아닐 것이다. 그럼에도, '再生'에의 소원에 의해 행해지는 '焚死'에의 夢想은, 어쩌면 꼭히 '性的 불'에 의한 것은 아니다. 이 '불'은 분명히 '묽'다. 村老는 그리고도, 저 희원이 '바람'의 원소와 제휴한 경우에 대해서도, 村見을 밝혀야 할 빚을 지고 있는 듯하되, 이 빚을, '話頭'의 이름으로, 公의 어깨에다 전가해두려 하느니, 公은 두말치 말거라) 行者여, 그 祭壇에서는 그래서, 비둘기라는 鶴 같은 것이 날아오른 대신, 한 毒蛇의 알이 깨이어, 그 祭壇을 뭉클 철철 흘러넘치게 똬리 쳐, 그 꼬리를 따르르 따르르 떨어댔다. (나중에, 훨씬 뒤에 하게 될 얘기 중에서, 이 자리에 써먹을 만한 것을 조금 떼 내어, 公의 耳鳴症에 藥 쓰기로 하자면, 저 동네서는 그래서, 저 녀러 칙살맞은 녀러 것을 처리해보겠다고, 장골들이, 도끼며 쇠스랑을 쥐어 들어 나서보지 않은 것도 아니며, 또 도처에다 榜을 내, 후한 상금으로, 저 毒龍을 퇴치해줄 역사들을 불러 모아보지 않은 것도 아니다. 그래서 그들이, 그것을 퇴치하기에 성공적이었는지 어쨌는지, 그것은 그러나 나중의 얘기다) 어쨌든, 저런 투의, 四大의 暴力主義란, 축생도의 질서, 또는 운명이라고도 이름을 입어오는 것인데, 무엇이 그것에 저항하여, 그것의 비늘에다 손톱자국이라도 만들려 하면 할수록, 그것의 왼손아귀에 쥐어진 五福 주머니의 아가리는 솔아들고, 그것의 오른손에 쥐여 있는 魔剪의 아가리는 벌어진다. 이제는 저 毒龍 쪽에서도, 속이 쓰릿 쓰릿함에 의해 배고픔을 알아내고, 쓰륵쓰륵, 똬리 풀기를 시작해, 그 주위 것들께, 한 세계가 소롯해져 버리는, 그런 공포심을 일으켜내기 시작한다. 이렇게 되면, 세상은, 한번 지나기도 매우 힘들어진다. 거기서는, 아무런 잇속도 없는 악순환만, 그 회전수가 빨라져 버리는데, 그럴 수밖에 없는 것이, 毒龍 쪽에서, 그것의 먹이가 되어 있는 인간이라는 것들을 내려다보기로 한다면, 저것들의 心身을 묶어 매고 있는 오랏줄, 헤벌벌레 웃기병으로부터 불안, 공수병에 초조, 용천병을 비롯하여 불만, 눈멀기병, 미움, 失語

症, 질투, 귀머거리병은 물론, 공포, 머리햇딱벗어지기병, 원한으로부터 발바닥의 티눈까지, 그 어느 한 매듭이라도 조금 늦춰주려 한다면, 조금 느슨한 데서 氣를 찾아 저것들은, 눈을 떠 시퍼렇게 煞을 쏘아내며 노려보고, 귀를 열어 (자기의 동정을 살펴) 들으며, 입을 열어, 독한 침을 튀기고 욕설을 뱉고, 근육들을 굳세게 하여, 자기를 향해, 말벌 떼나 불개미 떼모양 내달아 덤벼, 자기를 쓰러 눕혀버리려 할 것이니, 말한 바의 저 오랏줄의 어느 한끝도 느슨히 해줄 수가 없는 것이 분명했다. 가만있자, 이, 이렇게 되, 된즉슨, 八萬有情 중에서도 특히, 저런 毒力을 인식하며, 그 까닭으로 공포에 떨며 산다는 有情은, 저 毒龍에 대해서도 또한 毒龍으로, 그러니 (暴君에 대해 百姓처럼) 그중 두려운 적으로까지, 보였더라는 그런 얘기가 안 되겠냐? (그 탓에 몹시 괴로워하는 자들께 대놓고, 아서라, 차마 이런 말은 못 하리로다마는, 그래도 저런 毒龍을 '밖'에다 두고 고통스러워하는 자들은, '안'에다 두고, 어디가 가려운지를 몰라 안달하는 자들보다, 또는 '밖'에서도 '안'에서도 그런 아무것도 찾을 수가 없어, '고통도 못 하는 자들'보다, 행복한 것이 분명하지 않겠느냐. 물론, 저런 '毒龍'을 '안'에다 두고 고통스러워하는 경우는, '밖'에다 두고 그러는 경우에 비한다면, 조금 더 복합적인 것은 사실일 것이다, 라도, 그 양자 사이에 별다른 차이란 꼽히지는 않음에도, 그중 비극적이기는, 저 세 번째 경우가 아니겠느냐. 어쨌든 촌로의 생각에는, 이왕 얘기가 나왔으니 말이지만, 저들은 모두, '물음'[話頭]을 잘못 시작해서, 당연한 결과로, 모두 '틀린 대답'[話尾]을 해낸 듯한데, [종종 해온 말이 이것인 듯하지만] 그것에 연유하여, "인식하며 산다는 有情들의 삶의, 죽음의 비극"이 시작된 것을 보건대 그러하다. 가만있자, 公은 그래서, 그 '잘못된 물음'이 대체 무엇이나 되느냐고 묻는다? [얼버무려 덩치만 큰 童子와 더불어 말하기의, 눈썹부리의 가려움!] 투박하게 말하면, 그것이란 다름이 아니라, 그것이 좋은 힘이든 나쁜 힘이든, 그래서 과연 그런 어떤, 우주적, 초월적이랄 '큰 힘'이란 있기는 있는 것인가, 하는 그것이며, 그 '틀린 대답'이란, 하나는 "있다"이며, 둘째는, "있는지 없는지 모르겠다"이며, 그 셋째는 "없다"는 것들이다. 그럼에도 물론, —촌로가 과연 노망을 했기에, 이런 소리를 하는지 어쩌는지, 그것을 알기 위해, 公에게 요구되어지는 것은, 약간의 고막의 인내심이겠지만—촌로의 믿음에는 또, 저런 어떤 '물음'은, 꼭히 물어져야 하는, 필요한 물음이 아닌 것은 아니라고 하고 있지만, 어떤 주제나 문제는 수부티여, 묻기만 하고, 대답을 하려 해서는 안 되는 것이 있다는 것도, 조금이라도 지혜를 구비해 있다는 有情이라면, 알고 있어야 할 것이다. 왜냐하면, 예 든 바와 같이, 저런 어떤 부류의 물음은, 누가 그 대답을 하려 하기만 한다 하면 하는 그 순간, 갑자기 誤問으로 둔갑을 해버리기 때문이고, 誤問이 이끌어 내는 대답은 그렇다면, 誤答 말고, 다른 아무것도 못 되기 때문이다. —얘기가 좀 너무 곁길로 나간 느낌이 없잖아 있으되—그래서, 수사학적 저런 변태적 性轉換을 잘 관찰한, 일련의 현자들 간에서는, 그런 어떤 물음[話頭]이 아직 誤問化를 겪기 전에, 재빠르게, 미리 誤答을 해버리기로, 그. '물음'을 汚染하지 않는 꾀를 고안해내기도 한다. 그런 물음과, 그런 대답은 많되, 촌로가 그중 즐겨, 종종 되뇌어보는 것으로, 그 한둘 예를 삼자면 이러하다. "'佛이란 무엇이냐?' '서 근의 삼이다.'" "'八萬有情 중에, 佛性이 없는 것도 있느냐?' '개는 佛性이 없다.'" 흣흣흣, 땅에 의지해 걷다가, 땅에 넘어지자, 땅을 의지해, 그것을 박차고, 구름 너머로 치솟아 올라가 버리기. 公도 알겠다시피 그러나, 누구에게나 다, 저런 투의 역동적 수사학을 기대할 수는 없는 것. 차라리 많은 경우, 범상한 정신은, 수사학에 살해를 당하거나, 수사학을 살해하기에 이르러, 무의미의 虎穴, 그 無底坑에로 떨어져 내려서는, 무량겁이나 울림 하나 올려보내지도 못하기에 이르기 쉽다. 그런즉슨, 凡夫가, 저 高手들의 하는 짓이, 거의 우스꽝스럽도록 쉬워 보인다고, 함부로 내달아 흉내라도 내보려 할 것은 못 되는데, 그러면 그 凡夫는, 자기의 시퍼런 눈으로 자기의 행방불명을 목격하게 될 것이다. 凡夫에게 바랄 것은 그렇다면, 열심히 묻고, 열심히 대답하는 일뿐인데, 그러다 보면, 바위도 그 가슴을 열어, 그 부드럽고도, 더운, 환한 속살을 내비치거나, 虛暗이던 것까지도, 그 中心을 잡아 똬리 치고 일어나, 더러운, 늙은 암캐 얼굴의 毒구렁이가 되어, 한 세상을 쓰릅쓰릅 혀에 감아 먹어 치우려 하거나 하게 될 것이다. 수부티여, 이런 말은, 무슨 '큰 힘'이라는 것이 있느냐, 없느냐, 그런 투의 '물음'이 문제가 아니라는 얘긴 것이고, 그런고로, 그런 '물음'에 따르는, "있다"고 하는 대답도, "있는지 없는지 모르겠다"는 대답도, 그리고 "없다"는 대답도, 모두 誤答이라고 하는 것이다. 수부티여, 그럴 것이 왜냐하면, 말한 바의 저 '큰 힘'이라는 이름을 입기도 한 것은, 있는 것도 아니며, 있는 것도 없는 것도 아니며, 없는 것이 아닌 것도 아니기 때문인데, 그렇다면 그것은, 그 '물음'이 그 대답을 요구하고, 있는 바와 같은, 客體的 存在는 아닌 듯하다. —촌로가 눈썹을 한 개 잃었음! —그런고로 그것을, 아무 데서도 찾을 수가 없어, '고통도 못 하는 자들'이 있다고 한다면, 그들이야말로 불쌍한 有情이라고 이른 것이다. 그렇다면 저 '큰 힘'이란, 누구의, 또는 무엇의 주체적, 또는 주관적 존재인 것인가? 이보게, 서 근의 삼일세!) —어쨌거나, 해오던 얘기에로 되돌아가기로 하여, 잇는다면—그렇게, 서로가 서로에게 毒龍으로 보이기 시작하면 그 가운데에 선 자의 색깔이 진하고, 그림자가 무게를 갖는 동안은, 그(녀)를 天平秤의 줏대로 하여, (비록 상극적으로라도,) 팽팽하게 균형이 잘 잡혀 있을 것이라도, 거기에는 그 시작에서부터, 약세하여 가벼운 쪽이, 또는, (그 저울의 줏대에 비해 양쪽 저울판에 놓여진 것들이 너무 무거운고로,) 양쪽이 다 한꺼번에, 무너날, 그 위험성이 잠복해 있었다. 무서운 것은 헌데도, 화해나 균형이 상극성에 의존해 있는 그것이다. 그러면, 바위까지도 지글지글 녹혀낼 그렇게나 혹독한 加虐力과, 허공까지라도 새하얗게 얽히고들 그런 被虐力 간에서, 금강석이라도 팩 곪겨 버릴, 그렇게나 무서운, 부정력의 毒氣가 형성될 것이다. '상극적 균형'이라는 것을 유지하는, 이 加虐力(陽拍)과 被虐力(陰拍)은, 그 긍정적 국면에서 관찰되어지는 것과 같은, 그런, 相殺中和를 불러오는 힘과는 다르다는 것을 관찰해두고 있어얄 것인데, 그것을 이해키 위해서는, 저 '따님'보다 더 좋은 (관찰의) 대상은 없을 듯하다. 그 노파는, 일곱의 남편에다, 한 마을을 거느려, 자기 속의 물기를 다 빨렸었는데, 물기가 마르기 시작하면서부터 이제, 자기가 거머리가 되어, 밖에서 뜨뜻함을 빨아들이려 하고 있다. 왜냐하면 그 노파는, 그 뜨뜻함을 빨리고 싶으기 탓이다. (마을에서 알기는, 저 毒龍이 그러면, 그 노파를 빨아 치운다고 했다) 말한 바의, 상극적 균형을 유지하는, 陽陰 兩舞拍의 음성적인 것을 이해하기 위해서 그러면 公은, '빨리기—빨기—빨리기'의 순환, 악순환을 열심히 들여다보거라. 그러면 이제, 그 일어난 毒氣의 中和가 꼭히 필요해지고 그것이 성공적이지 못할 때는, 그 한 毒氣의 自爆의 위험이 있는데, (그 의미는, 그 범위가 어디까지 미치든, 한 末世가 초래된다는 것일 것이다) 그래서 저 동네서는, 白中 날로, 저 地主 큰비암님이라는 것에게, 祭祀의 이름으로 狗肉뿐만 아니라, 人肉까지도 바쳤던 듯하다. 그러했음에도, 그 산굴을 휩싼 毒氣의 가시에는 부드러움이 없으며, 마을에는 '병들고 죽기'는 용천병이 끊이지를 안 했음에 의하건대, 촌로의 생각에는, 저런 식의 中和란, 술로 인해 갈증이 시작된 목구멍에다, 자꾸 더 독주를 부어 넣기로 해갈하기처럼, 그 갈증의 빈도만 더하게 한 것이나 아닌가 한다. 그렇다면, 무엇이 당연한 推論일 것인가 하면, 말한 바의 저런 식의 '毒氣의 中和'를 위해서 바치는, 저런 투의 祭祀란, '언 발에 오줌 누기' 같은 것이며, 보다 더 근본적 中和는, 저렇게, 이뤄지는 것은 아닌 것이나 아닌가 하는 것이다. 저렇게 이뤄진, 毒氣라는 巫蛭은, 결국에 가서는, 제 몸에다 제 빨대를 대어, 저를 빨기에 이르고, 그리고 나서야, 더운 피에의 갈증을 여의는 것이나 아닌가 한다. (그러면 우리는, 모든 동화가 한결같이, '毒龍의 패배'를 그 귀결로 하고 있는 까닭을 알 만도 하다 싶으다. 그것은, 그것을 듣는 귀에, 좋은 음악이 되라고 그렇게 꾸몄기 전에, 그 동화의 시작에 이미, 그 毒龍 자신의, '죽고 싶음'의 병증이 사려 넣어져 있어, 그것에 의해 동화가 풀려날 수 있다는 것을, 새로 고려하게 한다. 그것이, 한 '易'의 '舞拍의 길이'인 듯하다. 아도니스의 秘儀) 그럼에도 촌로는, 우리들 얘기의 꾸리를, 公의 머리 너머로 해서, 너무 멀리 쏘아 던져버린 듯하다. 이눔, 行者는 바삐 달려가, 그 꾸리를 주어, 바삐 달려오거라. 그러면 촌로가, 휙 내쏜 탓에 휘휘 풀려나간, 그 길이의 얘기의 실을 다시 감아서는, 公의 고막이 헝클이지 않고, 公나름의 무늬를 수놓으며, 피륙을 짜는, 그런 속력으로 붓질하여주마. 行者여, 이만쯤에서는 그리고, 고량주 마지막 방울이라도 나누어 핥고, 하다못해 弄月이라도 좀 해볼 일이 아니겠느냐?

글쎄 말이지 그래, 마을에서는 해마다, 나중에는 그러다가 달마다, 저 毒龍 전에 祭祀를 드리고, 왼갖 축수 간구를 다하였어도, 한번 일어난 病과 죽음의 학정은 끊이지를 안 했다. 그리하여 마을은 드디어, 마을의 魂靈으로 알았던, 저 따님을 運命으로 바꿔 건너다보기 시작했으며, 그러자부터 따님은, '도움 많은, 인자한, 쬐꾸만 할머니'였던 것으로부터, 저 시영산 그늘만큼이나 큰, 魔女로 변했으며, 그리하여 그늘에서는 새로, 病과도 다르되, 病보다도 더 나쁜 듯한, 여러 魔孫들이 태어났는데, '불안'이며, '초조' '공포'며, '외로움' 같은 것들로서, 두억시니[夜叉]의 이름들로 불리기 시작한다. 가맜자, 그러자 公은, 촌로께 힐난하듯 묻고, 또 묻기를, 만약 그 동네 형편이 그러하였었더라면, 첫째는, 어찌 그 동네에서는, 그렇게도 흔하다는 붉은 돌, 푸른 돌, 맑은 돌들을 상금으로 하고, 밖에다 榜이라도 내붙여, 그 毒龍을 퇴치해줄 장한 역사들을 구해보지 안 했느냐고 하고, 둘째는, 그러하였는즉 거 뭐 그 동네 살이에 별 내장머리도 없는 듯한데, 어찌 모두, 예의 그 색깔 돌들을 쌓아 간직한 뒤, 따님께 하직을 고하려 하지 안 했더냐고 하놋다? 놋다? 다? (그놈의 肉頭 묵사발을 만들어놓을! 츠츳, 公의 키가 오 척보다는 히끈 더 크다고 하여, 촌로가, 삼 척도 못 되는 童子에게다, 두 척보다 더 더 많은 길이를 보태, 公이 감당키에는 너무 큰 얘기를 해왔겠느냐?) 그래 어쨌든, 그랬겠지, 그 동네서도 어찌, 公이 묻는 바대로, 백방으로 손을 써보려 하지 안 했겠느냐. 어쨌든, 公의 첫 번째 물음이 되어 있는 것이, 지금 촌로의 혀를 삼천 척이나 되게 늘여 내게 하고 있는 것이니, (公도, 어디서 그런 榜文이라도 얻어 읽었기에, 이 길로 들어선 것이 아니었느냐?) 그것은 차차로 말해갈 일이지만, 이눔 삼척동자여, 이 세상 어디에 만약, 저와 같은 마을이 있다고 한다면, 그런 마을은 피해 떠날 그런 곳이 아니라, 천금을 쥐고 찾아 들어가, 백골이 진토되도록 살, 그런 곳이 아니겠느냐? 이눔 三尺이여, 童子라면, 저런 月毒蟲을 '밖'에다 둬 두고, 잠재우다, 그것이 배가 고파 잠이 깨어 칭얼거리면, 童子의 피를 조금 내 먹인 뒤, 다시 잠재우기를 바라겠느냐, 그렇지 않다면 童子는, 童子의 살 속 어디 깊고도 깊은 데 파묻혀 있을지언정, 그것을 밖으로 정면치 않게 되기를 바라겠느냐? 그렇다는 경우 童子는, 어느 날 약간의 토역질을 느끼고, 무엇을 토해내보려다, 이해할 수 없는 일이 일어나고 있음을 발견하고, 죽음까지도 오히려 달라고 여길 것인데, 그것은 무엇인가 하면, 무엇인가가 그동안, 童子의 몸속에서, 童子의 속을 파먹고, 魂까지 다 파먹고, 그리고도 배가 고파, 동자의 목구멍을 통해, 그 독두를 반쯤 뽑아내, 그 짜개진 검은 혀를, 일럭 쓰륵 휘두르고 있는, 그 광경인 것이다. 흣흣흣, 그러나, 公 같은 童子를 위한 얘기를 하려면, 흣흣, 이렇게 돼서는 허기는 안 되겠구나. 公이 물은 바의 그 둘째 대답부터 해줘 버리기로 하자면, 公이 물은 바대로, 저 동네의 몇 가구가 물론, 마을을 등지고, 떠나지 않은 것은 아니다. 『당굴誌』에 의하면 그런데, 한두 가구만 빼놓고는, 한 祭祀도 지나기 전에, 모두 다 되돌아오고 말았다고 하고 있다. 그리고 그 '돌아오지 않은 가구'들에 관해 註하여, 그중의 한 가구는, 어디로 길을 잘못 들어가다가, 어떤 마술사를 만나, '바위'들이 돼버렸는 듯하다고 하고, 다른 한 가구는, 역시 길을 잘못 들어, 어떤 마녀 네서, 그 집 가축이 돼서는, 살이 찌는 대로, 잡혀 먹히기를 기다리고 있는 듯하다고 하고 있다. (촌로의 확고한 믿음에는, 이 당굴은 무엇이 '실다움'인지 그것을 알고 있는 중[僧] 이었다) 그 외에, 다른 돌아온 자들에 관해서는, 별로 다른 기록이 없었으므로, 촌로로서는, 별로 다른 말은 할 것이 없다 싶으다. 그런 후부터, 저 마을은 한 번 더 마을이기에 이른다. 아무도 더는, 어디로 떠나보았으면 하는 엄두도 내려 하지 안 했으려니와, 돌아온 자들의 입도, 전처럼 아무렇게나 가볍게 놀려지지가 안 해, 좋게든 나쁘게든, 마을은 마을 속으로 가라앉아 三冬이었다. 헌데도 童子여, 촌로로서는 아직은, 뭣을 뭣이라고 확실하게 말해버릴 수 있는 처지는 아니라고 알아, 그 진의는 당분간 묻어두려 하되, 毒龍의 눈만을 감겨놓고 아웅 하는 식으로 저 마을을 보기로 하자면, 그렇다고 하여 마을에서는, 그 毒龍에 대한 모반의 뿌리가 깡그리 뽑혔던 것처럼은 보이지 안 했다는 얘기를 해야 할 듯하다. 그렇게 마을이, 침묵 속에로 가라앉아 三冬이자, 우리끼리만 말이지만, 마을 몰래, 따님의 청함을 받아, 따님에로 올라, 여러 저녁을 새우고 내려온, —『당굴誌』에 좇으면, 그 저녁마다, 따님과 당굴은 다툰 것으로 돼 있다. —퀭하고도 붉은 눈의 당굴이, 표면적으로 나타내 보인 대로만 말하면, 座上의 동의 아래, 새로운 모반을 획책하고 있었다. 그래서, 가만히 사람들을 밖에로 내보내, 도처에다, 그 毒龍退治를 주제로 한 榜을 내붙이게 했던 듯하다. 公도 물론, 어떤 일수 좋은 날, 그 榜에 접했든, 귀동냥을 했기에, 여기로 길을 들어왔겠지만, 그 榜文의 내용은 대략 이랬던 것으로 『당굴誌』에 쓰고 있다. 는즉슨, 病苦로부터 귀중한 人命을 보호하여, 三尺님이 有情을 점지할 때 함께 점지한 그 命을 다하게 돕는, 藥水 藥草가 있어, 三世에 그 덕이 컸던 것은 주지하는 바대로이거니와, 불행하게도 근년에 헌데, 한 魔가 일어나, 중생을 해칠 목적으로, 저 藥水 藥草를 횡령 사취한바, 이후, 도처에서 불치병이 불한당모양 일어나, 모든 有情의 생명을 초개로 여겨 앗아가나니, 귀 있어 듣는 자는, 비분강개하고 있노라. 이에 우리 동민은, 불의를 두고 좌시할 수만은 없어, 金 서 되, 銀 서 말, 紅玉, 靑玉, 黃玉 등은 각각 서 홉 서 작씩, 곁들여, 아직 남정을 접해본 일이 없는 처자 一인, 黃牛 三 두, 암톤 四 두, 씨암탉 十二 수, 외(의식주 무료 제공) 등을 상금으로, 그 발톱에 약간의 쏘는 뾰족함이 있다고 이르되, 한 마리 달[月] 지렁이에 불과한, 저 魔를 퇴치해줄 장한, 역사급, 용사들을 모집하놋니, 무릇 그 본인은 물론, 八萬有情이며, 하늘까지도 利롭게 할 큰 뜻을 가진 자는, 까짓 초개만도 못한 목숨을 아끼려, 부엌 강아지모양 뒤를 사리려 말고, 발분하여, 이런 절호의 기회를 놓치기 전에, 시급히 내달을지라. —라는 것이었으며, 그런 뒤, (그것을 내붙인 자들의 솜씨로 그리게 했을 것으로), 地圖까지 첨부하고 있었다. 이건 신명이 났다. 그러자 이제, 山東場, 山西場, 山南場, 山北場, 山中場으로 떠돌던, 장돌뱅이며, 각설이, 사당패, '선취복장 후취덜미, 가래딴죽 열두권법' 익히고도 못 써먹어 본 놈이며, 주로는, 장승만 뽑아다 구들막 데워 계집 호리는 강쇠며, 부적 잘 쓰고, 처용 화상 잘 쳐, 축귀에 능하다는 화라지, 아전도 못 되는 것이, 암행어사라고, 융숭한 대접을 받고 다니다, '어패'라고, 제 놈의 하초나 서너 근, 남의 잔칫상에 올려놓고 호통치던 놈이며, 그뿐인가 하면, 옹기 짐, 소금 짐, 담배 짐, 소쿠리 짐을 내 벗어부치고 내단 놈들도 물론, 또 公 같은, 행색만 중인 돌팔이들도 빼놓을 수는 없고, 그리고도 이제 범 가는 데 바람 가고, 사자 있는 데 승냥이 끓듯, 그 榜文에서 읽은 藥水 藥草 냄새 맡고, 애꾸눈, 봉사, 외다리, 앉은뱅이, 썰레썰레 고개 잦기, 수종병 든 놈, 임질에 곤지름, 매독에 몽창 물러난 놈, 반쪽짜리, 왼쪽짜리, 八道 九道 十四道의 병신은 모주리, 병든 것도 몽땅, 절뚝이고, 앉아 걷고, 외다리로 뛰고, 엎드려 기어, 모두 길로 나섰다, 그래, 세천시어곡 가는 길이 만삭으로 배 터져 죽을 일이 생겼다. 그 榜文에까지 그런 얘기가 씌어졌던 것은 아니지만, 어쩌면, 그 榜을 붙이던 자들의 입술에서 흘러나온 것일 것으로 말했었는데, 소문대로 좇건대는, 그 藥水 藥草란, 한번 썼다 하면, 썩어진 데는 살아나고, 헐어진 데는 돋아나며, 물크러진 데는 꾸둥질뿐만 아니라, 파인 데는 채워지고, 돋은 데는 사그러지며, 불거진 데는 꺼지고, 어둔 놈은 밝아지며, 고자는 얻은 혹부리의 무거움 탓으로 서른 발자국 걷기도 어려워질 뿐만 아니라, 혹쟁이며 육손이모양, 더 가진 놈은 골라지고, 오구라진 놈은 쭉 뻗으며, 없는 데는 히끈 돋아나고, 늙은 것은 젊어지며, 과부는 처녀가 되고, 이러고 저러고, 봉사는 전해 듣고, 벙어리는 눈으로 듣고, 쥐어 든 놈, 꼬나든 놈, 이런 놈 저런 놈, 헥, 이런 야단이 없구나. 헌데 그뿐만도 아니다, 이러고 보면, 딴에들 의분강개했다는 장한과, 병신에다, 병든 것들로, 사람의 한 강을 이뤄, 저 마을로 홍수져 간 듯하되, 글쎄 그뿐만은 아니었더라, 노름에 진 놈, 失農에 살기에도 진 놈, 가난 탓에, 환갑이 되도록 상투를 못 올려본 총각, 이래도 저래도 아무것도 잃을 것이 없는 것들도 어찌, 육국 정승이나 해야 얻을 그런 금품을 버려두고, 멀찍이 갈 것이겠냐? 그랬는즉, 그 걸음을 시작했기 전 누구의 눈에나 번연히 보인 대로만 말하면, 그곳이 지척이었는데, (그리고 거기서 실제로 사람이 내려와, 그런 榜을 내붙인 것이 아니었었나?) 생각들보다는, 길은 멀었던개 볐다. 배곯아 죽은 놈, 염병에 길가에 우그러진 놈, 물 마시다 잘못 살모사를 삼켜, 배가 터져 해딱 까진 놈, 오줌을 눈다고 하는 짓이 하필 길神이 누운 자리에다 그랬던지, 거기 어디 땅에서 올라온 손이, 그놈의 것을 무 뽑아 내려간 탓에, 지랄을 하며 파고 내려간 놈, 똥 누고 워리 公에게 밑 핥이다 끊겨 오그린 놈, 누가 장난으로 미튼 짓이, 하필 그녀러 똥구녁을 끈트럭에다 박아, 캑 퍼진 놈, 야간에, 동행 중의 남사당 놈이 잠이 든 줄 알고, 뒤를 간하다, 그놈의 손에 쥔 삭도에 근을 싹둑 잘리고, 일시에 천 리를 내뛰며 솟아오른 놈, 손에 든 잔에, 飛蛇의 그림자가 잠겼다 스쳐 간 것을 모르고 마시다, 급살로 뻗은 놈, 학질로, 여름에 얼어 죽은 놈, 이래 죽은 놈, 저래 죽은 놈, 그런 놈들에다, 남의 초상집 물밥 좀 빌다, 그 댁의 상중 과택을 붙어먹다 영 못 떨어진 놈, 늪 둔덕을 지나는 중인데, 그 물 밑에서 무슨, 수선 같은 흰 손이 올라와, 그놈의 그림자의 멱살을 움켜쥐어 끌고 내려가 버린 통에, 그 소 밑으로 낚시질돼 가라앉아버린 놈, 망우수 열매 맛본 뒤, 온 길, 갈 길 까마득하게 잊어먹은 놈,

가던 길에, 손 시리다고 한 모닥 피운 불에, 아직도 불알을 늘이고 있는 놈, 엎드려 샘물을 마시려다, 거기 어린 어떤 얼굴에 얼굴을 빠뜨려 못 건져내고, 못 일어나, 水仙이 되도록 水仙이 된 놈, 귀먹은 것이, 궂은 밤에 어디 서낭당을 지나다, 처자 하나 하도 서럽게 보이는 것에 홀려, 그냥 거기 머물러버린 뒤, 삼 년이 지나도록, 새벽닭 울음소리를 못 듣기, 어느 마녀네 불 머슴살이에 붙들린 놈, 컬컬한 김에, 꼭 석 잔 술만 걸치고 일어난다는 것이 그만, 작것, 서른 날을 한하고 마셔버린 것이다, 결국 몸을 저당 잡혀, 그 늙은 주모의 기둥서방 살이에 나선 놈, 한 축 짚신을 다 신어 치우고, 짚신 삼겠다고, 뉘 집 짚단 쌓인데 숨어 앉은 놈, 임자 없어 뵈는, 들 가운데 감나무 밑에 입 벌리고 누워, 푸른 감이 붉게 익기를 기다리는 놈, 이런 놈 저런 놈은 중도에 주저앉고, 그중에서도 물론 돌아간 것들도 많았더니, 화롯전에 엿 놓고 온 놈이며, 마루 끝에다 어린것의 잠을 뉘어놓고 떠난 화냥 것이며, 내일 말고 모레가, 빚 받을 날인 것을 깜박 잊었다 짚어낸 놈, 장갓길에 그만, 어쩐다고 사람들이 우— 걸어가는고로, 저도 모른 새 따라 걷다, 퍼뜩 깬 놈, 듣자니 청개구리도 울어 쌌는고로, 제놈 논의 물꼬를 생각하지 않을 수 없는 놈, 제길헐, 그 한 점 바둑을, 바로 그 한 곬에 놓았더면 이겼을 바둑을, 하, 이것 보게라, 아직도 손에 쥐고 있다는, 또 그랬었다. 놈이 개좆부리 땜에 들일을 못 가고, 아랫목에 누워 있자니, 무슨 매우 검붉은 육괴 한 덩이가, 문의 창호지를 북 찢어 뚫고 드는지라, 내달아 굳세게 거머쥐고, 윗목의 낫을 들어 대번에 싹둑 자르려 한즉슨, 문구멍으로 안을 들여다보고 있던 놈이, 지혜스럽게 이렇게 귀띔해준다, 公은, 그래 보아도 소용없는 짓을 시도하고 있도다, 公도 만약 그런 물건을 달고 있다면 알 일이거니와, 그것인즉슨 요물이라, 차가우면 줄어들고, 더우면 늘어나며, 무릇 玉門이라는 것만 당하면 성을 내어 강장해지되, 보통으로는 난쟁이 꼬락서니이니, 이로 보건대는, 그것은 자르고 자른다 해도, 잠시 줄어져 있을 뿐이며, 더운 玉門을 당한다면, 끊어졌던 도마뱀의 꼬리가 되돋듯, 새로 한 벌을 일궈낼 것이라, 그것도 새것은 더욱더 강장할 터이다, 만약 내가 公이었더라면, 그보다도 더 근본책을 강구하였을 터이라, 의감 부록에 의하면, 저런 순 도깨비 같은 육괴를 팩 썩혀 죽여버리려 하면, 개좆부리로 흘리는 콧물을 듬뿍 발라준다면,

그 물건에 개좆부리가 옮겨붙어서는, 그 뿌리를 몽땅 썩힌다 하는데, 헌데 커어 참, 개똥도 약에 쓰려면 구하기가 힘들다 하듯이, 그놈의 개좆부리를 구하기가 어려운 것이 문제겠도다, 하는즉 안엣 놈이, 그 소리 듣고 심히 기꺼워하여, 그놈의 육괴에다 개좆부리를 듬뿍 발라주었었겠다, 그러고 나자 그 육괴라는 것이, 썩을 일이 괴로운 듯, 떨며 빠져나갔었는데, 하으, 글쎄, 그랬으면, 그녀러 것이, 어디만큼이나 가는 중에, 썩어 토막토막 떨어졌는지, 워리를 불러 함께, 그것 뒷발 좀 밟아보았었어야 되었었을, 것을. 그리고 또 물론, 가다가 똥이 마려운 놈이, 제 밭의 거름을 생각한 것 같은 것들, 이런 것들 저런 것들은, 뒤꿈치에서 연기가 폴순 폴순 오르게 내돌아가 버린 것이다. 그러자니 저러자니, 그래서도 저래서도, 그 榜이 나붙은 처음 얼마 동안, 저 동네로 이어진 왼백 리 반백 리 길은 萬紅이었더니, 가을이 왔던가, 찬비가 부슬이고, 된내기가 우수수였다. 그러면서부터 그 길은 흐르기가, 조금씩 조금씩 늘여졌더니, 백오십 리로, 오백 리로, 천 리로 늘여져 갔다. 그러니, 몸의 몇 모서리가 성하지 못한 것들이며, 병자들은, 落葉이었다, 길로 불어가다, 길의 옴팡한 데 떨어져 쌓여 멈춰버린 삶. 그중에서도, 장한이라는 것들만, 오 리 거리로 서넛이 시끌장, 십 리 거리로 뒷이 도란도란, 둬십 리 거리로 하나쯤이 희끗, 반백 리 거리로 반개가 띄엄, 띄엄, 도란, 도란, 띄엄, 띄, 엄, 한 열흘 있다 서넛이 오고, 둬 삭에 한둘, 한철 걸려 하나나 오는가 마는가 했더니, 그것까지도 어느 날은 끊기고 말았더라. 헌데 어제는, 이라는 말은, 달을 올려다보고, 별자리를 보니, 모든 잠든 것들 속에서 일어난 色鬼들의 賣春行이 한창 어우러졌을 만해서 하는 말인데, 그런 후 몇몇 삼 년도 더 지났더니, 흐흣흣, 公이 오고 있었놋다. 흣흣, 흣, 반짝 신발만 신은 탓으로 알았더니, 그럴 것이, 다른 장한들께 삼 년 걸릴 길이, 그렇게 되면 公에게는 육 년이 걸리게 될 것인즉, 그 연유러라. 그런 길손들은 어찌 됐든, 저 동구만 들어섰다 하면, 노독이 풀려, 자기들도 모른새, 주먹을 쥐었다 폈다 해싸며, 하품에 뿌드뿌득 기지개를 켜대기 시작할 때까지는, 마을의 座上네 잘 차려진 사랑방에서, 먹고 자고, 먹고 자기의 좋은 철을 보냈다. (公은 그러자, 魔女네 사립짝으로 이어진, 잘못 길을 들어선, 둘째 왕자쯤을 염두하는 듯하다) 그러다가, 그 객의 노독이 풀린, 말한 바의 저런 증상을 드러내는 데다, 계집이라면, 전신 얽배기에 꼽추는 물론, 암캐에게까지라도 홀려, 제 눈알을 못 거둔다 싶으면, '그달 치의 祭日'은 오고, 그러면 그는 (또는 그들은) 당굴의 인도함을 받아, 따님네 聖所에로 모셔진다. 글쎄 그들은, '毒龍退治'의 목적을 갖고, 그 고장엘 들어선 것이 아니었더냐. 헌데 그동안, 새로 시작되어, 풍속으로 솔아버린 것 중에, 아직 그럴 적당한 기회를 얻지 못해, 밝히지 못한 것이 있었더니, 그러고 보니 이것은, 그것을 밝혀두기에 썩 좋은 자리인 듯도 싶은고로, 그 기회를 놓치지 말아야겠다. 라는 그것인즉슨, 소위 저 '똥의 大王', 또는 '큰비암님'께 드리는 祭祀라는 것과 관계된 것으로, 처음 시작으로는, 그 祭祀는 백중날로만, 그러니 일 년에 한 번씩만 지내왔었는데, —이것은 나중에 '大祭'라고 하여, 왼 마을이 다 참여해야 했던 듯하고—근년에 들어서면서부터는, 매월 三五夜마다도 한 차례씩을 더 차려, 이것을 '小祭'라 일렀다 하고, 이 '小祭'는, '大祭'와 달리, 마을 사람들 전부가 참례하는 것은 아니되, 六甲法에 의해, 그 '小祭'의 달[月]이, 가령 말해, 소[丑]의 달이라고 한다면, 그 동네의 소띠를 띤 사람들이, 그 제사를 준비하여, 그 사람들끼리만 지내는 제사라 했다. 그러나, 마을의, 쥐띠나, 돼지띠를 띤 사람들이라고 해서, 어찌 그 술밥의 잔치를 멀리 두고 구경만 하겠느냐? 어쨌든, 그렇게 소달[丑月]에는 소띠를 띤 자들과, 밖에서 떠들어온 장한이 함께, 밝은 달 아래, '큰비암님像' 아래서, '큰비암님'께 祭祀한 뒤, 모닥불을 둘러싸, 먹고, 마시고, 토하고, 춤추다가, 술동이가 비기 시작하면, 하산하는데, 당굴의 인도에 좇아, 그 떠들어온 장한만은, 따님네 聖所에로 드는 듯했다. (이 '장한'은, 단수래도, 복수래도, 거기 무슨 다름이 있던 것은 아니었다는 것을, 公도 곧 알게 될 것이다) 어쨌든, 이 한 대목의『당굴誌』는, 거의 알아볼 수가 없는 난필이었는 것을, 촌로가, 正字로 淨書해낸다는 일은, 公에게는 덕이 될라는가 몰라도, 그 필자 자신에 대해서는 악덕이 될 것이므로, 그러려 하지는 말아야겠으되, 촌로가, 이리저리 귀 맞춰 읽은 것만큼은, 亂筆스럽게 말해줄 수는 있겠다 싶으다. 이 대목의『당굴誌』는, '따님들'을 '忌婦'라는 이름으로 부르며, 그네들의 '秘儀的 祭祀', (보다 직접적으로 말하면) 聖娼行에 관해 쓰고 있었(는 듯했)다. (그러자 公은, 저런 外漢들을 불러들인, '榜' 뒤쪽에 쓰여졌으되, 감춰져

왔던 것이라도 읽어본 듯한, 處容的 얼굴을 하고 있구나) 당굴은, 왜 그네들을 '忌婦'라고 불렀는지, 왜냐하면 그 자신에게는 필요치 안 했을 것이니, 그 주석을 붙여 두지를 안 했지만, 그래서 확실히는 모르지만, 촌로가 요량껏 미뤄 생각하기에는, '버마재비의 암컷', 또는 '검은 상복의 과부거미' 따위에다, 人稱을 부여하려 한 결과가, 저런 것이나 아니었는가 한다. 또 그뿐만 아니라, 소박하게 이해하기로 한다 해도, 俗男들에 대해 저 聖스러운 암컷들이란, 忌婦 말고 또 무엇이겠느냐. 그럴 것이, 俗男으로서, 어떻게 한번, 저 암컷들을 상관했다 하면, 탁 털어놓고 말하면, 그 俗男은 이제는, 그 俗身에다 갑자기, 聖物을 하나 달고 있게 되어서, 그것이 본디 누구의 것이었는가와도 상관없이, 그는 이제는, 저 聖根을 그대로 매단 채로 그 언덕을 내려가지는 못하게 돼버린 것이다. 그것은 참으로, '삶'만큼이나 비극적인 혹이다. 그 聖物을 사취한 듯한 저 俗男에게도 물론, 한두 가지 선택이 주어져 있지 않은 것은 아니었는데, 그 하나는, 저 聖스러운 요니에 담겼던 그 聖物을 도려 파내어, 聖主(란, 저 毒龍에 대해, 이 부분의 수사학이 불러낸 이름일 것이다) 전에 祭物로 되돌리는 일(이란 그러고 보니, 저 聖스러운 요니를 쳐든 것은 모두, 저 聖主의 몸이 돼버린다는 의미를 띠고 있는 듯하다)이며, 둘째는, 그 '忌婦'들의 男妾이 되어, 그 聖所로부터, 허락이 없이는, 한 치도 떠나지 말고 사는 일인데, 길어질 수도 있는 얘기를 줄여 말하기로 하면, 선택은 둘이라도, 그 결과는 꼭같은 하나였다는 것일 것이다. 저 '聖스러운 혹'을 도려 파내거나, 찢어 떼 내는 일을 하는 망나니는 다른 누구도 말고, 저 일곱 마리의 수캐들이었는데, (시작은, 마을에서 나오는 송장이며, 어쩌다 '새끼따님'이 퍼 내지른 핏덩이 같은 것을 파먹다 알게 된) 人肉 맛에 미친 것들이, 그 피 맛을 보고도, 그 사내의 창자를 터뜨리지 않을 수는 없었을 것이다. 저 聖所에 남은, 그 俗男님들의 최후도 이에서 다름이 없었는 듯했는데, 그들은 그렇게, 저 '忌婦'들께 봉사를 하다가, 쓸모가 없게 되어지면, 새끼당굴의 검센 손에 멱사리를 쥐어졌다가, 저 개들의 우리에로 던져짐을 당하는 듯했다. 이 사내들 중에서야 어찌, 야음을 틈탄다든지 해서, (제 놈의 聖物은 물론 단단히 챙긴 뒤) 도망질을 쳐보려 하는 자가 나오지 안 했겠냐만, 그럴 때도 저 '忌婦'들은, 어째 이 밤 따라, 밖의 개서방님들이 잠잠하지를 못하다고, 잠꼬대처럼 꿍얼대며, 장죽에다, 마른 大麻葉을 침 발라 욱여넣고, 불씨를 잘 덮어 잠재운 화로의 재 속에다, 장죽을 휘저어 넣어, 뻑뻑 빨아서는, 연기가 오른다 싶으면, 폐부 깊숙이 그 연기를 빨아들이며, 진 섞인 지르륵한 침 같은 웃음을 한 가닥 흘려 내는개 볐더라. 저 '忌婦'들의 아랫도리를 흘러내리는 뜨뜻한 祭酒가, 아직도 채 식기 전일 것이었다.

어쨌든 저 秘儀야말로, 그 祭祀의 祭義(理)라고 하는 이상, 그 秘祭에 쓰이는 祭物(쿨라-드라비야), 당굴이, (그 祭物의 이름의 머릿소리가 '미음'[ㅁ]으로 시작된다고 하여) [16]'다섯 미음物'이라고 이르는 그것들이, 어떤 것들이나 되는지, 그것은 公에게도 흥미로울 듯하니, 그것이나 꼽아두기로 하자. 첫째는, 어찌 祭酒(마디야, madya[포도주])가 없이 되겠느냐? 이 '술'(마디야)은, '불'의 元素(타트바)로서, 우주적 창조력 자체. 헌데, 저 聖所의 그것에는, 과량의 아편이 함량되어 있던 듯하다고 했다. 그리고 '술' 있는데, '肉味'(맘샤, mamsha[고기])가 없어 되겠느냐? 그것은 몸에 양기를 북돋고, 色慾을 일으킨다는, 그 '氣'라는 국면에서, '바람'의 元素로 이해된 듯하다. (公은 그리고 물론, 저 聖所에서 썼던 '肉味'[맘샤]가 어떤 것인지 알고 있다) 셋째는, '물'의 元素로부터, '생선'(마트샤, matsha)이 빌어져 온다. 이것은 프라나(活力)의 끊임없는 흐름으로서, 번식력과 동의어로 說法되어진 질료이다. 네 번째 것은, '흙'의 원소와 관계된 것으로서, '볶은 보리'라든, '떡', '밥' 따위인데, '무드라'(mudra)라는 어휘로, 그것에 代用하고 있다. 그리고 다섯 번째 것은, 흣흣흣, 元素 아닌 元素, 行爲, 一行爲 자체가 원소인 것, 즉슨, 陰陽의 合一, '마이투나'(maithuna)[성교], 交尾. "오 고오타마여, 계집은 聖스러운 祭壇이며, [17] 계집의 아랫도리는 불이며, 보지는 연료며, 거웃은 연기며, 음순은 불꽃, 성교는 잉걸불, 쾌락은 불의 튀김. 이 祭火에다, 祭酒로서 神들은 정충을 바친다."—그 祭酒에 취해 저 '忌婦' 암캐 년들은, 피둥피둥 살이 쪄, 어미따님은 번데기 같았으며, 아기따님은 구더기 같았다고 했다. 그랬을수록, 저 '忌婦'들의 눈은, 썩은 채 응어리진 핏덩이를 한 움큼씩 이겨 넣고 있는 듯, 누구나를 섬찟하게 하고, 몸서리를 치게 했는데, 사실로 그네들의 呪眼에서 쏘아내는 빛에서는, 용천병의 냄새가 풍겼다고 일렀다.

그러나 그리고는, 그 동네 그렇게나 많은 개들이, 동구를 향해, 무슨 이유로든 짖고 싶었음에도, 짖지를 못해, 지붕 꼭대기 솟아오르는, 연기를 보고 짖었으며, 달을 보고도 짖고, 아는 이웃을 보고도 짖었다, 가짜배기로 짖었다. 아마도, 마을에서 밖에다 내다 붙인, 그 '榜文'들에서 먹물이 모두 바래버렸거나, 그 榜紙가 風化해버렸거나, 또는 그 내용이 현실성을 잃었거나, 그런 것이었다. (알맹이 빠져나간, 말의 소라 껍질. 허물어진 神殿) 그러다 보니, 마을은 마을(그것 자체)로부터도 점점 더 멀어져, 잠꼬대하기로 짖는 개소리 속으로, 그 잠의 밑바닥으로, 깊이깊이 가라앉아 들고 있었다. (지금쯤은 公도 물론, '큰비암님'으로 모습을 입어 나타난, 저 마을의 '개의 宗敎'[달과 토템] 에 관해, 뭐든 많은 걸 눈치채고 있을 것이다. 그래서 우리가 알게 되는 것은, 저 '큰비암님'이라는 '宗敎'는, 우리들이 '藝術'이라고 이르는 것이 태어나온, 그 꼭같은 母胎를 빌고, 꼭같은 과정에 의해 피맺혔다 태어나왔다는 것인데, 그래서 그 '宗敎'는, '藝術'과 같이, '날것'[自然·畜生道] 을 '질료'[원초적 질료] 하여, [저 '母胎' 속에서] '익힌 것'[文化化·藝術化] 이어서, [宗敎로서는 그것은 그래서] '物活論'的인데, 거기 어디에는 그래서, 꼭히 '巫'[샤먼] 라는, 중개자가 있어야 되었을 터이다. 헌데 公도 익히 알고 있는 얘기로, 말을 허비치는 말기로 해야겠다만, 첨부할 것이 있다면, 이 '익은 살'은 그럼에도, '獸皮'에 단단히 덮여 있어, 언제든 거기에서는 우주화한 自然力이, '짐승'의 모습을 띠어, 그 한 우주에 군림한다는 것이다. 이 '짐승'[옛 뱀] '붉은 龍'은 어느 날, 사람의 아들['人子'] 에 의해 죽어야 할 것이다. '말씀의 우주'의 개벽임) 그래도 『당굴誌』에는, 저 늙은 따님이 죽었다거나 하는, 아무 그런 弔記도 없어, 사실로 저 늙은 따님은, 그 이빠디도 없는 잇몸으로, 그렇게도 여러 장한들의 뼈를 자근자근 씹어 쪼개, 그 끓는 젊음들을 빨기로, 그 명을 이우기는 이운 것이 분명했는가? 그렇지도 않다면, 혹간 틀린 時尺으로, 예를 들면, '좋은 곳'에 쓰이는 것 같은, 遠心力的 운동을 재도록 되어 있는 時尺으로, '나쁜 곳'을, 즉슨 求心力的 運動을 재려 했거나, (이런 순 誤尺行!) 하는 따위, 틀린 세월을 재려 한 것은 아니었던가? 그런 것도 또 아니라면, 저 당굴은, 村老의 침치무레한, 물크러져 작아진 눈에 비해, 훨씬 더 밝고, 큰 눈을 가져, 일러 '衆面'이랄 것, 즉슨, '당굴'도 그런 것이지만, '큰비암님' '따님' '개' '마을' '숲' 따위, 같은 것만 보고, 그런 이름 아래에서의 어떤 변화, 즉슨, 계절이 바뀌기라든, 세대교체가 있기 같은 것들은, 못 보았거나, 무시해버린 것은 아니었는가? (헌데 이것이, 口語에서는, 반대 현상을 일으키는 수가 많은데, 그 내용에는 별다른 큰 변화가 없음에도, 그것을 발음해내는 혀에 의해, 그 衆面이랄 것에 변화가 일어난다. 혀와 무너진 바벨탑. '달님/따님' '땅님/따님' '딸님/따님' '西天西域國/세천시어곡', 外, 千, 萬. 저런, 어지런, 변전. 그러면 公은 알았을 것이다, 그것이 무엇이든, 사람의 심정 속을 한번 통과해, 혀끝에 뭉쳤다, 퉤 침 뱉어지면, 그것은 어떤 형태로든 바뀌어져 있으며, 그 본디의 모습을 고스란히 그대로 지니고 있지는 못한다는 것을, 알았을 것이다, 公은 때로는, 性轉換이 일어나기도 하여, 때로는 方向이 捨象되거나, 때로는 실제적인 것에 幻衣가 입혀진다. 하나의 우주의, 그러니 하나여야 마땅할 듯한, 하나의 섭리도, 예 든 바의 저 '혀'끝들에 닿으면, 그 순간 천 조각 만 조각으로 나뉜다) 왜냐하면, 『당굴誌』의 독자의 의식 속으로는 그런 후, 여러 겁이 흘러가고 온 듯함에도, 실제에 있어서는, 그 記者 당자뿐만 아니라, 마을의 座上 등도, 모두, 물론, 매우 적적하게라고는 하지만, 여전히, 기침을 콩 콜록 해내 보내고 있기 때문이다. 『당굴誌』에 의하면, 이러는 한철의 저 마을은 허기는, 매우 적적하고, 으슴푸레하고, 권태로웠던 듯하다. 허, 헌데, 『당굴誌』의 記者는, 저 마을의, 저렇게도 으슴푸레한 적적함 속으로 가라앉은, 그래서 그 침울함으로 인해, 그 마을의 궁둥이에 눌린 자리의, 金脈까지도 모두 鑞으로 變質하게 된, (悅豫의 倦怠化!) 그 退調轉移의 (錬金術의) 핑계를 모두, 저 개들의 울부짖음 소리에다 돌리고 있었다. (이것은, 매우 시디시고, 쓰디쓴 소리가, 風流의 형태를 띠어 드러난, 그런 수사학인 듯해도, 촌로에게 여겨지기로는, 그보다 더 깊이 새겨들어 둘 필요가 있는 듯해 보인다. 어린애다운 순박함으로 우리가, 저 수사학에 접해본다고 하면, 우리가 알게 되는 것은 다름이 아니라, 저 특정한 한 마을은, 여름 잎을 벗어 떨어뜨리고, 뿌리 속으로 내려가, 바깥쪽 三冬을 듣는 나무들과 같이, 밤에서 밤으로 이어진, 그런 긴 三冬을 살고 있었다는 것이다. 公은, 이것은 기억해두면 좋을 것이다. 性力派(?)[탄트라派]의 명제에, "낮의 魂은, 밤의 몸과 같으며, 낮의 몸은, 밤의 魂과 같다"는 것이 있는데, 그렇다면, 저 마을 '사람'들의 '밤'에 깨어나, '짖어대는 개'들은, 어떤 수사학적 결론에 결박당한다고 해야겠느냐?) 『당굴誌』의 記者는 그러며, 저녁에서 저녁에로 이어지도록, 한 번도 끊임이 없이, 때로 때로 길게 길게 목을 뽑아 울부짖는다거나, 앓는 끙끙거림으로 하는, 저 犬公들의 說法을 듣다 보면, 그 說法의 무게로, 한 人世가 폭삭 가라앉아가고 있다고 했다. 그리고, 그 삐그덕거리는, 늘 추워하는, 한 보자기의 뼈무더기를, 따뜻이 해주며, 백 개의 눈으로 지켜 보호해주고, 탐하여 덮어, 지옥적 뜨거움을 그 안벽에다 쏘아 넣어주는, 한 마리의 헌신적 수캐서방님께 뒤를 내주느라고 하며, 따님이 했던, '太君'을 주제로 한, 講說 중에서 한 구절을 인용하고 있었다. [18]"'한 마리의 太君님은'" 숨을 헐헐하던, 그 토막 진 소리는 삭제하고 말하면 이렇다. "'그 모두, 다 다른 직분에 종사하는, 여덟 사람을 합쳐놓은 것과 같거나, 그보다 나으이.'" —그리고는, 개서방님이 내려오자, 밑을 핥으며, 한 대의 大麻葉 담배를 피워 문 뒤, 그 '여덟 종류의 직분'들이 대체 어떤 것들이었는지, 그것들을 꼽아주었던 듯했다. '당굴'과 '마을을 수호하는 장정'들과, '한 가정의 가장' '唱꾼'과, '도둑'과, '野獸', '娼妓'와 '아이'들. 그러니, 가령 '지혜'를 따진다면 '당굴'로 대표된다고 해야 할 것이라는 식으로, 저 열거한 여덟 직종의 사람들로부터, 그 장기나 특성을 추출해, 한 有情을 빚는다면, 그 '여덟 사람'이 '한 犬君'을 이룰 것이라는 얘기렷다. '개'야말로 그래서 저 동네에서는, '사람'보다 우위를 차지해, '祖上崇拜' 俗이 지켜지고 있는 고장의, '祖上'과 동급이거나, 그보다도 상위나 아니었는가 한다. 그런즉, 계집이라고 치고는, 만약 수캐가 뒤를 덮어 덤빈다면, 그 살을 비키거나 오그려싸아서는 안 되고, 사내라고 치고는, 아무리 암캐의 살이 부었어도, 치고 덤벼서는 안 된다고, 그럼에도 저런 금기가 파기되어졌을 경우에는, 양쪽 다, 백 대의 곤장질에 처하거나, (경우에 따라서는) 계집으로부터는, 음핵을 도려 파내고, 사내로부터는, 불알을 까 내버려야 된다고 했다. 그리고 犬公들 쪽에서도 [19]"만약, 羊 같은 가축을 물어 죽이고 그 살을 먹었다든, 사람께 상처를 냈을 경우에는, 그 犬公의 오른쪽 귀를 잘라 징계할 일이며, 그리고도 다시, 그 같은 일이 일어났을 때는, 그 왼쪽 귀도 잘라내고, 그런 뒤에도 같은 범행을 되풀이했을 때는,

그 犬公의 오른쪽 앞다리를 잘라내고……”라는 투의, 律紀가 있었던 듯한데, 이는 누구나 짐작하겠다시피, 저 犬公들의 목에다 오랏줄을 둘렀으면 하고, 그 고기 맛에 코를 흠흠거리는 자들을 상대로, 저 犬公들만을 보호하자는 목적 아래에서 만들어진 것일 것이었다. ‘大祭’를 제외하면, 祭物로서는 그런고로, 狗肉이 人肉을 代身할 수가 있어, 매달마다의 ‘小祭’ 때로는, ‘犬公’이 代身羊에 쓰였다. (그러니, 개를 기르지 안 해, 祭物로 내놓을 수 없는 집에서는, 열 마리의 황우를 내놓고라도, 이웃의 개 한 마리와 바꾸든, 그러지도 못하면, ‘人身’이라도 냈었어야 되었다는 얘기였을 것이다) 동네는 그러자니 개만 우글댔으며, (젊은) 개가, (늙은) 개를 먹었다. 그중에서도 살찐 암놈들은, 주로는 물론, 새끼 낳기에 쓰이고, 수놈들은 주로는, 祭物에 쓰였는데, 그중에서도 특히 실한 것들은, 그럴 필요가 있을 때로는, (이란, 따님이 데불고 있는, 일곱 개서방님들 중에서, 어떤 것이 너무 늙었다든지, 병으로 죽었다든지……) 따님네로 장가를 갔다. 안개의 밖으로 해[日]가 비껴가듯, 해는 그래서, 저 동네 개 울음의, 응달의 위쪽으로만 비껴가고, 그럴수록 달[月]은 수줍음을 벗고, 익은 요니를 열어, 수캐들의 하초를 쑥쑥 뽑아, 씹어 먹었다. 이울어 가다가도 그러면, 저 ‘흰 암캐’는 다시 氣를 차리고, 몸에서는 개기름을 비적비적 비적여 냈다.

흣, 흣, 그러는 그런 어느 어느 하 뒤늦은 날 어느 날, 이봐라, 아마도 오느라고 걷다, 졸음에 못 견뎌, 어느 무덤을 등 대고 누워, 그저 한잠 살폿 존다고 졸다 그렇게 됐겠지, 어떤 되게 처진 늙은탱이 하나가, 한 이삼백 년이나 무덤 속에서 썩다 걸어오는 듯이, 몹시 비척이고, 몹시 삐끄덕이며, 저 동구를 들어선 일이 있었더라고 했다. 그랬으니, 저 동네 떼 개들이, 어찌, 음풍영월이나 하고, 객을 못 본 척하였겠느냐? 야단이 났었겠지맹. (『당굴誌』에 좇아서만 말하면) 이상한 일은 헌데, 그렇게도 맹렬한 몸부림들을 해서, 울을 넘겨뜨리고, 일제히 동구로 내단 그 개들이, 하나같이, 따르는 주인이 출타했다 돌아오는 것이라도 반기듯, 그 늙은네를 반기며, 조금이라도 이빨을 드러내 보이려 했다거나, 그런 일이 없는, 그 일이었다고 했다. 그 일은 글쎄, 마을 사람들께는 이해할 수 없는 경이였으며, 그래서 그들 중에는, 그 입성이 거의 다 썩어가고 있는 저 늙은네가, 혹간 어디 있을지도 모르는, 그 개들만의 왕국의 임금님이나 되는 것이 아닌가, 그렇게 짐작해보는 사람도 있었다고 그랬다. 당굴도 아마, 그런 의견에 얼마쯤은 동의하고 있는 듯, 洞史家답지 않은 어조로, 이런 투의 얘기를 삽입해놓고 있었다. "개란, 그 귀로는, 풀이며, 깎인 양털이 자라는 소리도 들으며, 눈으로는, 月宮에서 돼가는 일을 환하게 올려다볼 뿐만 아니라, 코로는, 십 년 전에 한 번 지나간 냄새까지를 정확하게 맡아내는 靈物이라고 알려졌는바, 이런 개들이, 객을 경계하거나 해치려 하기는커녕, 반겨 맞고 들었을 때는, 개들은, 저 노인네로부터, 우리 사람들이 모르는 무엇을 보고, 듣고, 냄새 맡은 것이 분명하다. 헌데 어찌하여 우리 사람들은, 저런 '靈物性'을 잃은 것인가?" 그리고 의혹하고 방황하는 듯이, 당굴은 잊고 있었다. "우리 사람이 잃은 '靈物性'과, 저 '큰비암님'과 사이에, 무슨 상관성이 있는 것은 아닌가?" —그럼에도, 당굴은 역사를 기록하는 자며, 그것을 기록하는 동안은, 그것이 여하히, 수락하기에 어려운 종류의 사건이라도—주로는, '우연'이며, '기적' 따위겠지만—그것이 거기서 일어나 있으므로 기록하고 있을 뿐이므로, 小說을 小說하는 자들처럼, 小說을 小說이게 하는 수사학적 질서 탓에, 조금도 부자유스러울 필요는 없다는 것도, 기억해두고 있어야 할 것이다. 이 자리에서의 村老의 문제는 헌데도, 아무리 그것이 實錄이라 한다 해도, (앞서 말한 바 있는) '혀'를 한둘 거치게 되자, 겨울에 헐벗어 찬바람에 떠는 나무처럼, 그 事·史實性이 捨象되어, 헐벗어 눕고, 대신 虛構性의 그림자가, 神話(또는 傳說)의 모습으로 일어섬을 보게 되는바, 이렇게 되자, (촌로에게는 史實인 것이, 公에게는 虛構가 되어) 公을 설득하기가 어렵게 되었다는 그것이다. 게다가 公은, 제법은 童貞을 떼어낸 實學꾼다운 얼굴을 꾸며서는, 저 당굴이 말하는 '靈物性'이란, 사람이 한번, 畜生道를, 하다못해 오 리쯤이라도 떠났을 때, 그 축생도에 벗어두고 오지 않으면 안 되는 것이었는데, 잘못된 상상력 속에서만, '날개'를 단 '天馬'가, '다리'를 여전히 '넷'씩이나 갖고 있는 것이며, 실제에 있어, 호랑이가 날개를 갖지 않는 것은, 그리고 독수리가 네 다리를 갖지 않는 것은, 왜냐하면, 호랑이에게는 날개가 필요 없으며, 독수리에게는 다리가 둘쯤 더 있다는 것이 불필요하기 때문이라고 말한다. 흣, 흣, 흣. 이봐라, 아흐, 行者여, 그런즉 公은, 進化論者인 듯한데, 그럼에도, 公의 진화론은,

순전히, “도태치 않고, 그 환경에 적응해 생존”키 위한 것을 목적으로 하고 있어, 진화론이라기보다는, 適應論이라고 해야 옳겠느냐? 촌로가 틀리기를 바라지만, 進化에는 목적이 있어야 할 듯하니 말이지. 그렇거나 저렇거나, 史實을 말하면서도 촌로는, 당굴처럼, 수사학의 섭력으로부터 자유스럽지가 못한 것은, 이상하다. 그러자 公은, 촌로의 말[言語] 의 將棋의 虛手를 한 수 눈여겨 둔 듯, 내달아 들어, ‘장군!’ 하기를, 公에게 이해되어지기에는, 저렇게도 많은 떼 개들이란 다름 아닌, 저 따님의 억척스러운 老貪과의 관련에서, 칡덩굴보다 더 질기고, 곰팽이보다도 더 뾰족하여, (허기는 그렇다, 곰팽이의 손톱은 뾰죽하다!) 한 마을의 생활을 움켜쥐어, 속속들이 그 당즙을 쥐어짜 내려는, 저 따님의, 千手의 때 낀 손톱 같은데, 그런 개들이, 저 客老를 대번에 찢어, 그 똥창자를 흩트려 버리지 안 했다는 것은, 史實이라면, 너무 신비주의적 史實이며, 虛構라면, 그런 얘기를 꾸며낸 자의, 순진무구한 便法의 소치가 아니겠느냐고 한다. 왜냐하면, 달리 어휘를 바꾸기로 하자면, ‘권력에의 의지’라고도 할, 저 따님의 ‘老貧’은, 그것 자체가 폐쇄라는 숙주를 얻을 때만, 그 곰팽이的 細根을 뻗는 것이며, 반대로, 열림에 처하면, 이번에는 별수 없이, 그 곰팽이 쪽에서 점점 도태하지 않을 수 없기 때문이라고, ‘장군!’ —公은, 촌로의 將棋에 추호도, 生門을 열어주려 하지를 않는다. 젊은 놈들이여, 늙은네의 힘이 부친다고, 아무렇게나 날뛰려 말고, 잡은 팔목에 맥이나 좀 통하게 해줄 일이다. 그리고, 그런 투의 俗論의 將棋를 두기라면, 公은, 세사로 하여서는 너무 늙어버린 적수를 상대하고 있다는 것도, 그리고 그런 문제를 위해서라면, 세상은 賢者들로만 빼곡 차 넘쳐나, 바로 그들 무게 탓에, 별로 다른 풍랑도 암초도 없음에도, 公도 타고 촌로도 타, 차안 떠나 피안 길에 오른, 人世라는 渡船이, 한 치 반 치도 흘러보기도 전에, 반 치 한 치씩 가라앉아 들고 있는 중이라는 것도 알아두거라. 公 투의 俗論이란, 촌로께 여겨지기는, ‘밖’은 여전히 ‘밖’이며, ‘안’은 ‘안’이라고 해야만, 한 거대한 우주에 대한, 한 왜소한 존재의, 존재의 의미가 있는 듯도 싶다고, 믿으려 하는 소치로 여겨진다. 그래서 公은, 公의 ‘밖’에서는 ‘개’ 울음소리를 듣되, ‘안’쪽으로부터는 그것을 못 듣는다. 公은 그렇게 하여, ‘自我’를 형성하되, 그 ‘自我’란, 순전히 公의 ‘記憶力’에 의존하는 것으로서, 그 짧은 '記憶力'에 의해 公은, 보다 큰 '自我'(宇宙)로부터, 분리해버린다. 그럼에도 公이, '어제'에의 '記憶'이 없이는, 오늘의 '삶'이란, 별로 의미가 없다고 우긴다면, 수부티여, 公은, 그 '記憶力'을, 前生의 前生의 前生의, 무량겁 전에로까지는 어찌하여, 확대해보려 하지는 않느냐? 그러면 公은, 현재 입은 그 몸이란, 어떤 한 羯磨의 맺힘, 한 망석중이말고, 公이 公 자신[自我]이라고 믿는 그것과는, 아무 별스런 관계도 없다는 것을 알게나 되잖을라는가? 아으, 그럼에도 그것은 배워지는 것이기보다는, 체험되어져야 하는 것으로, 촌로는 알고 있으므로, 눈섭을 주의해야겠지만, 어쨌든 수부티여, 公이 어느 날, '無意識'이라고 이르는 것은, 무량겁 前生이며, 後生에 이르는 그것 자체며, 公은 그 '無意識'이라고 이르는 바다에서 한 주름 일어난 물 주름, 한 물거품이 아닌가 하는 것을 자각하기 시작하면, 公은 '突然變異'를 위한 '力動性'이라는 날개를 돋궈낸 성충이 되고 있는 중일 것이다. 그러면 公은, 그러던 어느 날, 프라브리티[此岸]에서 발 한 발자국 내디뎌봄도 없이, 니브리티[彼岸]를 뛰어넘어 버렸음일라는가! (밝혀둘 것은, 저 '此岸'과 '彼岸' 사이의 '苦海'[상사라]라는, '無意識'은, 村見에는, 프라브리티의 그늘 덮인 국면이며, 그것은 그냥 '無意識'인 것이지, 현학심을 부려, 무슨 宇宙的 無意識이라거나, '集團無意識'이라거나 하는 식으로 이름을 붙이려 수고할 일은 아니라는 것이다. 그러면 公은 그 순간, 무량겁을 두고도 못 헤쳐나올 함정에 떨어져 내리는데, 그것은, 느닷없이, 公의 '안'쪽으로 밑 없는 구멍이 뚫린 그 '안'이라는 함정이다. 그리하여 '밖'이 한 우주 넓이로 늘어져 드러날 것인데, 이 '王子'는, 곁길, 매우 잘못된 곁길로 들어서, 좋지 않은 魔術師를 만나, '돌'이 돼버리거나, [아으, 이 虛無主義!] 魔女를 만나, 그네의 지팽이에 얻어맞고, 그 순간, 짐승이 되어[邪道의 子宮 속으로 흘러든 精蟲!] 잡혀 먹히기 위해, 살을 찌우는데, 아으, 저 음식 맛에 대한, 혀의 무서운 집착과, 누를 수 없는 탐욕!) 그래서 '無意識'이야말로, 존재들에 대하여, '어머니처럼' '저주며, 동시에 은총'이다. 가만있자, 그럼에도 公은, 쓴 약을 입에 머금어 벙어리가 되어 있는, 그런 얼굴인데, 허긴, 그럴라, 럴라, 당굴은 '洞事'를 기록했으며, 촌로는, 그 동네를 들른 길에, 어떤 인연에 의해, 그 記者가 남겨놓은 기록물에서, '洞史'를 읽었었고, 헌데 公은,

촌로를 통해, 公이 들러본 일이란 없어, 그것이 실재하는가 마는가와도 상관없이, 아직은 具象化를 치르지를 안 해, 그러니 말하자면 虛構的이랄, 그런 어떤 동네에서 일어난 사건들의 기록을 (읽는 대신) 듣는데, 그러다 보니 公에게는, 어떤 '洞事' '洞史'가, '小說'이 돼, 허긴 그럴라, '小說'을 듣다 보니, 그럴라 허기는. 가맜거라 行者여, 그 오지병을 좀 흔들어보아라, 몇 방울이라도 술이 좀 남았느냐? 은하가 삼경이냐? 달 한 줌 움켜쥐어 뜯어내려 봐라, 그것으로 부은 목젖을 좀 식혀보자.

(흣흣흣, 歷史에서 神話를?)

'개'는, 저 마을에서는 그럼에도, 公이 기대하는 바대로, 저 따님의 千의 俗手라거나, 走狗보다 훨씬 더 靈物이라는 얘기는 한 바대로이다. 이제는 公도 알게 되었겠다시피, 저 동네에서는, '개'와 '人身'이 엇비슷한 값에 매매되었거나, 나중에는, '개'가 '사람'보다 우위에로 올랐었다. 그때쯤, 저 동네에서는 '개'의 '宗教'가 그 설 자리를 확고히 했던 것이었을 것인데, 그 司祭에 '따님'이 있었다는 것에 대해서는 두 말도 필요 없을 터이다. 그 '따님'은 나중에, '運命을 땋는 님', 즉슨 '세월' 자체로도 化하고, '땅님'[大地] 자체로도 轉身하지만, 그보다는 먼저, 자신을 '달님'(月-따님)에로 鍊金하기에 애써, '개의 宗教'를 설파한 것인데, '개'는 公도 알다시피(란, 그것도 다음에 나올 질료와 함께, 原型性을 띠어, 宇宙的 짐승이라는 얘기다) '뱀'과 같은 '원초적 질료'(프리마 마테리아)이되, '뱀'이 보다 더 '땅'('흙'의 元素)과 밀접한 관계에 있다면, '개'는 '달'('물'의 元索)과 보다 더 밀접한 관계에 있어, '달'을 '흰 암캐'라고도 이르는 것은, 심지어 公 같은 行者도 알고 있다. 바로 이 '흰 암캐'가, 大地的 陽力에 결혼하고, 運命을 지배하면, 나중에 그런 惡命으로 불리는, '毒龍', 또는 '十二蟲'이 나타날 것이었다. 왜냐하면 그는, 洞史家였었기 때문이었을 것인데, 당굴은 결코 그렇게 쓴[記] 일이 없으되, 촌로 생각에는, 저 '개'는, 저 마을의 '잠' 같은 것이나 아니었는가 한다. (보다 더 修辭學的 容易함을 위해서는, 잘 알려진 바의, 性力主義者들의 한 명제를 그대로 차용하기로 하여, [낮의 魂은 밤의 몸과 같다] 저 '잠'을, '몸'이라든, '魂'이라는 이름으로 바꾸면 좋을 것이라도, 헌데 그것이 잘 안 되는데, 왜냐하면 이 경우는 '개'란, 무엇이 쓴

假面이며, 그 가면을 벗기면, '毒龍 얼굴의 따님'이, 또는 '따님 얼굴의 毒龍'이 있기 때문이다. 꿈—그렇다. '마을'도, 그리고 그것의 反極 쪽도, 그러니 '毒龍'도, 꿈인데, 서로가 서로를 꾸는 (이 경우는, 畜生道가 저변에 있음으로 해서, 否定的으로 꾸어진) 꿈인데, 그래서 양자는, '흙'의 아래쪽과 위쪽으로 나뉜, 한 꿈나무이다—과의 관계에서, 저 '假面'은 그러자 '잠'('흙')의 국면을 담당한다는 것이며, 그것이 촌로가 이해하는, 저 마을의 宗教(토템)로서의 '개'이다. 그 '잠'['假面'] 의 이쪽('흙'의 위쪽−逆바르도), 깨인 것 쪽엔 '마을'('개'에 대한 '사람'들)이라는 '꿈잎'[夢葉] 이 우거져 푸르며, 저쪽('흙'의 아래쪽−바르도)에는, '毒龍'이 되사려, 그것도 꿈인 것이, 밖(둥치)에 핀 꿈의 꽃을 따 담아내려, 그 꿀을 빨아대, 피둥피둥 살찌고 있다.

그러나 가맜자, 그럼에도, 허, 허기는, 公이 지적하는 바대로, 이런 일종의 概觀이랄 것을 통해서는, 물론 그 현장에, 따님이 엄존해 있음에도, '毒龍'의 그늘엔지 가려, '거기 있다'는 느낌만 주고, 잘 보이지가 않기는 않는데, 그럼에도 이 한 무대 위에서는, 따님이 주역을 담당해 있는 것이 아니었댔냐? 그렇다, 그런고로 우리는, 이 한 장면의 풍경을 원전 그대로 보기 위해서는, 눈을 어디서 빌 수 있으면, 몇 더 빌든, 아니면 눈을 하나 가리든 하고서야 새로 보아야 할라는가 모르겠다. 그럴 것이, 그 마을에서도, 그 마을의 公主가, 저눔의 癡漢 毒龍에게 납치되어간 바 있으되, 『당굴誌』에 의하면, 그래서 모든 곳에서 씩씩한 王子들이, 그 公主를 구하러 오기는 왔으되, 그 王子들의 불알을 까 먹은 것은, 저 癡漢도 말고, 바로 저 公主 자신이라고 하기 때문이다. —아으, 이것이야말로, 축생도의 거머리가 득실거리는 수렁에다 하초를 빠뜨리고, 人世에로 오르려 바둥거리는, 그 有情들 중에서도 어른[成人] 을 위한 童話인 것이 분명하다. 그렇게 보이지 않느냐? 그렇다, 人類라는 有情史는 그렇게 시작되었었다. 먼저 '생명의 동산'이 있고, 그다음에 '사람'(아담)이 있었으며, 그 '사람'으로부터 취한 '갈비뼈로 빚은 여자', 그러니 남자의 魂이 되는 것이 있었다. (누구나 아는 얘기를 반복할 필요는 없을 터이다) 그리하여 '뱀'이 나타나고, 그 '뱀의 간교'함에 의해, '사람'은 '永生'을 잃고 그러는데, (저 마을과의 관계에서) 이 '뱀'은 '개'며, '假面'인데, 이 假面을 쓰고, 저 '최초의 王子'(아담)의 불알을 까먹은 것은 저 '여자'(이브)였다는 것도 그러면 알게 된다. (동화적으로 말하면) 사실은 그렇게 하여, 저 無明, 그 깊고도 넓은 '잠'으로부터, 그 왕자와 공주는 잠을 깨었던 듯한데, 그러자, 그 왕국을 덮었던 만년의 잠의 주술도 끊겼을 것이고, 그리하여 그들이 알게 된 것은, '잠'으로부터 깨어났음으로 하여, '죽음'에 직면하게 되었다는 것일 것이다. 만년이나 멈췄던 시간이, 일시에 풀려났으며, 그 생명의 동산에는 그러자, 만년을 일시에 늙은, 두 뼈 무더기가, 서로를 한 번씩 더 건너다보기에, 만년의 세월을 보내고 있었을 것이다. 그런 것이다, 결국 그런 것이다, 그럼에도 촌로는, 이만큼만 말하고, 毒龍의 그늘 밑에 쭈그리고 앉은, 늙은 노파의 팔목을 끄셔, 公의 눈앞에다 동댕이치려는 짓은 (끝났거나) 하려 하지 않는다. 촌로는, 촌로가 시작한 얘기로 하여, 갈 길이 바쁘고 있는 중인데, 글쎄, (그랬거나 저랬거나 어쨌거나) 촌로의 입술 끝에서 풀려나고 있는 『당굴誌』는, 마을의 어떤 세 다리짜리 개까지도 한 마리, 그 마을 들어서는 그 어떤 늙은네를, 해치려 덤비는 것은 없었다는데, 그런 데쯤 되는 어디까지였었다 싶으다. 그래서 마을에서는 사람들이, 그 늙은네가, 어디 개들만의 나라의 임금님이라도 되는 것이 아닌가, 그렇게도 생각했더라는 얘기도 풀어냈다 싶으다. 그래, 그런 생각도 하며 사람들이, (얘기의 끊어졌던, 실이 이어지고 있음) 그 늙은네를 새로 새로 건너다본즉슨 허기는, (그 마을 투의 수사학을 빌면) 소내기 묻은 저녁, 살콤 열리는 구름 속에서 만월이 한번 통째로 드러나기, 글쎄, 그 늙은네에게서는, 별의 냄새도 같은, 그런 풍모가 드러나기도 했더라 한다. 동네 사람들 추측에는 그래서, 늙은네는 아마도, 쇠신발이라도 여러 켤레가 닳아졌을 먼 거리를 걸어오는 중, 흐쯧, 저렇게나 늙어진—(그러나 村老도 公도, 저 마을에서 저 '榜'을 내어다 붙인 지가 언제 적이나 되었던지 물을 일은 아니다)—어떤, 멀기도 하, 먼, 먼 고장의, 왕자일지도 모른다고, (그렇게 생각한 사람들은 그렇게 믿고), 座上께 권유해, 앞장서 나아가, 정중히 뫼셔 드리는 것이 좋을 것이라고 했던개 볐다.

그래, 그래서, 그렇게, 어떤 客老 하나가, 처닫겨 버리게 된, 저 동네 문을 한번 빼꼼히 열어, 문풍지를 울리며, 그 마을의 문지방을 넘어버린 것이다. 그리고 그 늙은네는, 그 마을의 문지방을 안쪽으로 넘어 든 것뿐만 아니라, 오래잖아, 그 마을의 아랫목까지도 차지해버렸던 듯하다. 이 늙은이에게도 물론, 이제는 洞俗으로까지 돼버린, “객의 노독이 풀릴 때까지, 객에게 베풀어지는 대접이 대접되어졌었는데, 헌데도 이 늙은네는, 다른 많은 객들과도 달리, 이 늙은네가 나앉는 곳이면, 거기가 어디든, 거기로 볕이 들던 것이다. 애들이 시끌짱하게 모여, 늙은네를 조용히 둘러앉고, 그러면 그 애들을 쫓아 나왔던 개들은, 짖거나 우는 대신, 저그들끼리 맴돌이를 쳤다. 늙은네는 그러면, 그 아이들께, 자기가 지나온 고장들의 아이들 소식도 전해주고, 그 아이들이 듣는 이야기도 들려주었을 뿐만 아니라, 그 아이들이 부르는 노래도 가르쳐주고 그랬다. 밤중에 學堂이 열려, 볕이 들고, 아이들은 푸르러 무성했다. 그러는 중에도 늙은네는 물론, 하루 중에서도 많은 시간을 졸았다. 毒龍이라든, 따님, 또는 藥水며 藥草, 푸른 돌 붉은 돌이라는 따위에 관해서 이 늙은네는 아무것도 모르는 눈치였으며, 그 동네도 그냥, 어디에나 있는 조용하고 좋은 마을로서, 스쳐 지나게 되었으니 스쳐 지나간다는 투였다. 그러던 중 노독이 풀렸던지 늙은네는, 죽장망혜에, 괴나리봇짐을 챙겨 들며, 이제쯤은 어디로든 또 좀 떠나보아야겠다고, 일어섰던 모양이고, 그러자 마을에서는, 아이들과 개들이 엉겨 붙어, 만류도 해보았던 모양이다. 그러니, 인사치레였든 진심이었든, 座上도 나서 만류해보려 한즉, 늙은네가 소탈히 한번 웃고, 지나면서 보니, 자기가 엉뚱하게도, 이 동네에다 자기의 뼈를 묻었으면 하는, 그런 헛된 집착심을 일으키게 되는바, 그러면 이제는 떠날 때가 된 것으로, 자기는 알고 있다고 했다. 그리고는, 마을에서 뭐라고 더 대답할 기회도 주려 하지 않으며, 시끌짱한 아이들과, 맴돌이 치는 개들 속에서, 그 늙은네는, 그 늙은네 크기만큼의 봄볕처럼, 동구를 나서고 있었다. 그러자 동네에는, 뭔지, 어딘지 잘 알 수는 없었음에도, 무슨 메꿀 수 없는 구멍이 하나, 크게 뻥 뚫린 듯한 느낌이 남아돌고, 거기로 시린, 을씨년스러운 바람이 황소 떼로 불어 나오고 있는 듯하다고 했다. 어쨌거나, 그 늙은네는, 그 동네 사람 기억에는 없는 먼 먼 하 먼 옛날 옛적부터 이따끔 따끔 가다끔씩, 그 동네를 둘렀던, 별 내 실은 훈풍이었을라는가, 어쩔라는가는 몰라도, 뿌리는 없어, 불어 나갔다. 좌상과, 당굴이, 동구 밖까지나, 그 늙은네를 바래다주었던 모양이었다. 헌데 따르던 애들과 개들이 뜸해지자부터 늙은네는, 혼잣말처럼, 뭘 시부렁 시부렁해쌌기를, "혹간 동네서는, 저 따님이며 十二蟲 탓에, 괴로움이 많지는 않은가? 아니면, 그것을 그냥, 살기라고, 운명이라고, 그렇게 여기고, 大祭날 祭物로, 마누라가 제비 뽑혔으면 마누라를 바치고, 삼대독자가 뽑혔으면 또 그 독자를 갖다 바치며, 저녁 되면 구들막 데워, 배 붙인 자리가 따뜻해 좋다고 하고, 그러며 저러며 사는 것인가"라고 라고 라더라지. (헌데 아직까지는, 大祭 날의 人身祭物로 인해, 저 늙은네가 말한 것과 같은 일은 일어나지 안 했었다. 그랬었을 것이, 이제껏 人身祭物은 세 번 드려왔는데, 그 첫 번엔, '巫病'이라는 것에 들씌워져, 당굴 修業에 올랐다가, 석 달 만엔가 환속을 했던 젊은네로서, 이상스러운 광증을 내어서는, 몇 개씩이고 올가미를 갖고 다니며, 만나는 개들마다 목을 옭아 죽이려 하여, 그 가족과 마을에서는 다른 수가 없어, 땅광을 파 가둬놓았던 자로 바쳤었으며, —따님이 그렇게 요구했다고, 기록되어져 있다. —둘째 번엔, 恐水病에다 용천병까지 들어, 그 마을은 물론, 부모들까지도 忌했던 처자를 祭物했었고, —이번에는, 그 부모들의 침묵 아래에서, 마을이 그 처자를 따님께 추천했던 듯하다. —세 번째는, 기회가 그렇게 닿았었지만, 그 大祭 바로 전날, 別世한 노인네가 있어, 마을에서는 따님을 속혀, 그 송장으로 그 祭物에 썼었으니, 그 일로 더불어서는, [정면키를 회피해왔든 어쨌든] 별로 달리, 써늘하게 이마를 맞대볼 필요가 없었던 것이니 그런 것이다. 그런데 어떻게 알았든, [그리고 그 자리는, 그것을 물어보기에는, 이것저것으로, 너무 협소했었다고, 당굴은 기록하고 있었다] 그런 '人身祭'를 알고 있는, 저 늙은네의 얘기를 듣고 보니, [좌상이며, 당굴의 믿음에] 이것은 결코 소홀히 취급할 문제가 아니라는 생각이 들고, 그것은 가중화하여, 그 그림자만 덮었던 곳에다, 그림자뿐만 아니라, 그 실체의 시영산이 송두리째, 담빡 엎질러져 덮어 드는 것보다도 더 참기 어려운, 무게를 쌓고, 쌓아 짓눌러 내렸다) "속하게나 늦게나, 어느 때든 公들이, 뭣 때문엔지, 살기에 가위가 눌려, 도대체 숨을 쉴 수가 없다고 여겨질 때는, 이것 좀 기억해내어, 음미해보아도 좋겠지. ……쥐 머리에 돼지 몸, 또는 소 대가리에 쥐 몸뚱이, 또는 호랑이 몸에 토끼의 대가리……라는 투의 짐승이 있을 수 있다면, 허으, 그녀러 짐승은 不純하겠구나…… 허, 헛헛허, 헌데, 저 十二蟲이 그중

忌하고 두려워하는 것은, 천지간, 저런 不純한 짐승 말고는 없을 터인데…… 그런 짐승의 그래설람엔, 무슨 수로든, 저 十二蟲의 눈에서, 네 방울씩만, 많이도 말고 글쎄 그저 네 방울씩만, 눈물을, 흘, 흘리게 할 수만 있다면, 글쎄 그럴 수만 있다면……” 그러며 늙은네는, 갑자기 걸음을 빠르게 하여, 휘적휘적 걸어 나가다, 멈춰 뒤돌아보며, 좌상과 당굴을 향해, 소매를 펄럭여 손을 흔들어 보이며, “잘들 있으시지, 자, 잘들. 그, 그리고 뭐 좀 기억해두고 싶은 것이 있을 것이라면, 그렇지, 한 서너 되쯤의 소금에, 쑥과, 마늘과, 동네 남녀를 막론하고, 고역에 땀 흘려 낀 때가 있으면, 그것을 긁어모아, 함께 섞어 빻아두었다가, 그 十二蟲의 눈물 떨궈낸 자리에마다 발라준다면, 무슨 볼 내력이 있을 것이라는 것쯤이겠지”랬다는데, 그런 말소리가, 자기네들의 귓속에서 채 가라앉기도 전에, 그러니 그 소리가 아직 의미에로 조립이 되었기도 전에, 좌상과 당굴이 시퍼렇게 보는 앞에서, 그 늙은네는 헌데, 홀연히 “온 데 간 데가 없어졌더라”고 했다. 그것이란, 나중에 당굴이, 몹시 고개를 꺄웃거린 듯이 하며, 기억해내어 썼기로는, 그 虛間中의 어디, 그의 눈에만 보이는, 무슨 다른 차원에로 통해진, 그런 어떤 문을 열고 들어갔거나, 나갔거나 한 것 같다고 했다. 그러나 그뿐으로, 동네에 약간의 虛한 구멍이 생긴 듯한 것뿐으로, 다른 일은 아무것도 없는 것처럼, 날이 가고, 날들이 가고, 달이 가고, 달들이 갔다. 그리고 大祭 날이 왔었으며, 이번 大祭에는, 마침맞게 해치워버렸으면 싶은, 병자도, 광인도, 송장도 없어, 왼 마을이 몹시도 딱해 있는데, 따님께서 毒龍의 뜻을 전해, “금년은 소[丑]의 해이니, 소띠를 띤 자들끼리 모여, 제비를 뽑아 결정하라”고 했다. 하여, 제비를 뽑았던바, 공교롭게도, (제비뽑기에서는, 뽑히지 않기까지도 공교롭다고 해야 하던 것) 座上네, 저런, (딸은 뒷 더 있으되) 하나밖에 없는 자식인 것을! 뽑혔던 모양이고, 이 일은, 왼 마을로 하여금, 毒龍의 꺼끄러운 콧수염을 가까이, 아주 가까이, 자기네들의 肝臟에까지나 닿도록 가까이, 느끼게 했던 것은 분명했다. (그 제비뽑기를 통해, “영광스럽게도 毒龍께 선택된” 그 젊은네는, 그날은 잠잠하여 자기의 신부의 품에로 갔다가, 그 이튿날 새벽부터는 좀 실성 실성해져, 골목이며 들판을 내쏘다 다니며, 울었다, 불었다, 노래를 했다, 고함을 질렀다 해샀더니, 누가 천하 없는 말로 위로를 해도 듣지도 않고, 그의 새댁이 뒤따라 다니며 집으로 데리고 가려 해도 막무가내로, 가시밭길이며, 진구렁창을 뛰어다니다, 쓰러진 자리에서 자고 하더니, —당굴의 추측이 이것이지만—어느 저녁에는, 모두 잠든 틈을 타, 낫을 한가락 꼬나들고, 따님네로 올라 닥쳤던 듯했다. 그런 이튿날부터, 저 절망한 젊은네의, 광기 서린 얼굴이, 그 마을 천지간에서는 보이지를 안 했는데, 그리고 이틀쯤 지났을 때, 따님께서 [修業당굴을 당굴께 보내] 마을에 대고, 실한 수캐로 세 마리 공출해, 그날로 당장에 올려보내란다고 하여, —이것에다 당굴은, 자기의 추측의 근거를 두고 있다고, 쓰고 있으되, 그뿐으로, 하다못해, 대 뿌리에 대고라도, 일언반구의 발설을 해본 일은 없는 듯했다. —그 세 마리 중 두 마리는, 良犬을 많이 기르는 座上에서 냈다고 했다. 헌데, 예의 저 '제비뽑기'에서 뽑힌 '人身'의 실종은 公도 짐작하겠다시피, 마을에 대해서는 다시 시작된 극난한 문제가 아닐 수 없었다. 글쎄, 그러했음에도 불구하고, 날이 저물기와 새기에는 여축이 없어, 大祭 날이 바작바작 다가오고 있는 것이다. 저 행방불명이 된 사내를 두고, 마을에서는, (座上네가 속으로, 억천만 번이나 그랬기를 바라는 바대로) 부잣집 외동아들로 자라며, "저 혼자밖에 모르게 된", 이 이기적이며 비겁한 사내는, 한 마을이야 어찌 되었든, 이런 경우에도, 저 하나만의 목숨을 위해, 金이며 玉을 많이 싸 갖고, 야간도주를 했을 것이라고, 그런고로 이렇게도 아무 흔적도 없을 것이라고 그러며, 아직 오지도 않은 삼재팔난을 미리 끌어들여, 초상집처럼, 울부짖더라고 했다. 무엇보다도 그들은, 새로 '제비뽑기'를 하게 될 것을 두려워했던 듯한데, 그(당굴)는 현자였던고로, 아마도 뭔가를 알고 있었기에 그렇게 썼을 것이지만, 그를 몹시도 안타깝게 했던 것은, 어떻게 돼서 그것이 그렇게나 뿌리를 깊이 내릴 수 있었는지, 그것을 알 듯도 싶으면서도 모를, 저 마을에 그늘을 두텁게 덮어버린, 저 末世恐怖症을, 어떻게도 깨뜨려줄 수가 없는 그것이었다고 했는데, 당굴의 믿음에, 마을의 毒龍은, 다른 아무것도 말고, 저것, 즉슨, 오지도 않은, 불확실한 末世에 대한 恐怖症이었다고 했다. [그리고 당굴은, "저들의 누구도, 확정적으로 오고 있는, 자기들의 죽음, 그 末世에 대해서는, 별다른 관심도 표명하고 있는 듯하지 않는데, 그것은 이상하다"라고, 私的 느낌을 삽입해놓고 있었다] 이 惡幻은 그럼에도, '마을'이라는 衆女로부터 젖을 빨아, 이제는 쓰러뜨려 눕히기에, 거의 불가능할 정도로, 그 幻骨이 實骨로 굳었다고도, 당굴은 쓰고 있었다. [우리는, 일동의 座上이며, 동시에 한 가정의 아비이기도 한, 저 座上이 느끼고 있음에 분명한, 천만의 착잡한 느낌들에 대해서는 말하지 말기로 해야겠지만] 어쨌든 이런 처지에서, 그는 좌시만 할 수가 없었던지, 당굴의 손을 모두어 잡고, 늙은 눈에 눈물을 괴어 올리며, 당굴께 부탁하여, 부디 따님을 만나 뵙고, 자식의 행방을 알 수가 없어 그러니, 자기의 늙은 몸으로 자식을 대신하게 하고, 마을에 내릴 재앙은 거두어달라고 해달라고 빌어보라고 했다. 그래서 당굴도, 눈물을 비만큼이나 느꼈으며, 따님네로 오르는 그의 걸음은 무거웠다. 『당굴誌』는 그리고, 따님과 당굴 자기 사이에서 오고 간, 언쟁도 비슷한 문답에 관해, 세세히 쓰고 있었는데, 그럼에도 公은 촌로로부터, 한 洞史가 아니라, 小說을 듣고 있는 듯하므로, 이 논쟁의 내용은 묻어둬야겠다. '歷史'는, 묻힌 것들을 파내어 밝히는 것이기도 하다면, 小說은, 밝히기 위해서 묻어두는 것이기도 하기 때문이다. 그래서 어쨌든, 오후 늦게사 하산한 당굴이, 座上네 사랑방에 모여 기다리고 있는, 마을의 유지들께 전한 얘기는, 이번 大祭는, 그 '人身'을 대신해, "황소 열 마리, 암소 열 마리, 돼지 열 마리, 염소 열 마리, 太君 열, 그리고 닭 열 마리"를 바치되, 그중에서 각각 한 마리씩만 잡고[殺], 나머지는, '따님의 명의'로 그것을 내야 되는 집에서 맡아두고 있어야 한다고 했던 모양이다. 물론 그것들로부터의 生産은, 반 방울의 젖이며, 한 개의 계란까지도, 모두 따님께 소속될 것이었다. 그러다 보면, 지구가 생길지 어떨지는 몰라도, 그것의 장래의 일인데, 저 동네에서, 따님이 매긴 한 몫의 '人身 값'은 저랬던갑다. '金'이나 '玉'이, 그 값으로 거론되지 않았던 데에는 그럴 만한 이유가 있었는데, '짐승'의 목숨은 '金·玉'으로 팔고 살 수도 있으되, '사람'의 목숨만은, 그렇게는 안 되며, 다만 한 수단은, 글쎄지, 다른 '목숨'들로써 그것을 대신하는 수뿐이라고 한, 그런 까닭이라고 했다. 이것은, 行者여, 기억해둘 필요가 있을라는가. 왜냐하면, 다른 고장에서는, 한 '人身' 값이, '은 서른 냥'으로도 정해져, 그렇게 매매되어지고 하기 때문인데, [따님과 당굴 간에서 매겨진 人身 값을 여기에도 적용한다면] 村老의 믿음에는, '은 서른 냥'에 매매되어지는

‘人身’은, 그 ‘人身’이 양이나 염소 같은 畜生에로 떨어져 내려 있어, 그 ‘人身’의 죽음은 실제에 있어서는, 그 ‘獸皮 벗기’로 이해된다는 것이고, 그래서 그 祭祀를 지내는 쪽에서 본다면, ‘사람’이 ‘짐승의 피’를 뿌린 것인데, 이 동네의 祭祀의 경우는 그래서, 그 반대인 것을 알게 된다. ‘짐승’이 ‘사람의 피’를 요구하고 있는 것이다. 헌데 저 동네에서, ‘매겨진 저 人身 값’을 낼 수 있는 가구는, 座上네 말고, 한두 가구가 더 있을까 말까, 그런 정도였다고 한다. 이 ‘大祭’(人身祭)는 그리하여서부터, 무엇보다도 극난한, 다른 한 毒龍이 되어, 이번에는, 마을의 누구나의 잠 속까지에도, 그 뾰족한 손톱을 밀어 넣어, 그들의 넋의 가위를 눌러대며, 흉몽에 떨게 했다. 일견 우스꽝스럽게 보이는, ‘큰비암님’으로, 저 산의 중턱 반석 위에 서 있는 ‘祭祀’는 그리하여, 천지에 두루 편재하기 시작했을 뿐만 아니라, 깨어 있음 속에도, 잠속에도, 밖에는 물론, 모든 안에마다, ‘죽음’ 자체처럼, 아예 짜여져 넣어져 있어버리기 시작했다. (그러나 이것으로 두고, 더 말하려 할 필요는 없을 터이다) 이렇게 되자부터, 座上께는 물론, 당굴께도, 이번 ‘大祭’ 몇 달 전에, 무슨, 비 묻은 구름 속에서 잠시 한 줄기 쏟겨 내렸다 걷힌, 별이나처럼, 그 마을엘 들렀다 가며, 헤어지기 전에, 뭔지 讖言도 비슷한 얘기를, 시부렁시부렁 흘렸던, 그 늙은네의 얘기가 되살아나기 시작했으며, 그리하여 둘이는, 그것을 상의해보아야겠다고, 누웠던 자리를 떨치고 일어나, 하나는 골목길을 내리고, 하나는 올랐는데, 그러다 둘이는 도중에서 이마를 딱 부딪쳐버렸다. 그런 후 둘이는, 座上네 사랑방에 처박혀, 잘 먹지도, 잘 자지도 못하며, 그 문제 풀이로 여러 여러 날을 보내기에까지 이르렀으되, ‘마을의 현자’까지도, 자기의 ‘지혜 없음’을 한탄하기에 이르자, 결국엔, 이 문제를 洞會에 붙이기로 했던 모양이고, 그리하여, 각 가구의 가장되는 자들만으로 모임이 있었던개 볐다. 낮에는 물론, 들일들을 해가며, 그 들일 중에는 물론, 저 따님네와, 그 뒤쪽의 동굴을 애써 외면해가며, 이 洞會는, 여러 저녁을 깊였던 모양이었는데, 이번에도 마을은, 당굴의 의견을 좇아, 밖에다 榜文을 내붙여, 밖의 지혜와 도움을 구하는 수밖에 없다는 데로, 의견을 모았던 듯했다. 이 일은 그리고, 座上의 엄명으로, 따님이나 따님의 食率(修業 중의 아기따님과 새끼당굴, 그리고 일곱 마리의 犬君)들께는 결코 눈치를 채지 못하게 해야 할 것이라고 했다. 이번에도 그리고 榜文은, 衆論에 좇아, 당굴이 초했다. 매일 맑은 물에 목욕재계하고, 두문불출하며, 눈물에 먹 갈아, 머리칼을 붓 삼아 썼더니, 한 절기가 다 갔을 정도였다고 했다. 다음 '大祭'까지는, 아직도 상당히 몇 달의 시간이 남았으되, 그것은 그럼에도 불원간, 마을의 목전에 딱 닿아 붙을 것도, 그러니 행망 부릴 시간이 있는 것이 아니라는 것도, 당굴이 더 잘 알고 있었다. 좌상은, 마을은, 그리고 당굴도, 그러는 동안, 毒龍의 眷率만 아니라면 그것이 무엇이 됐든, 어디에 대고든, 손이 발이 되도록이고 비벼볼 곳이 있었으면 하고, 얼마나 바랐는지 몰랐다(고 썼었다). "설운 소리 잘하여, 바위까지도 울릴 수 있는 재주 있는 자로서"를 서두로 하여 당굴은, '豚身鼠頭'나, '鼠身丑頭' '뱀 꼬리에 말 대가리', 또는, '닭 대가리에 잔나비 몸'이라는 투의, "한쪽은 훨씬 벗고, 한쪽은 매우 우멍거지 진, 숭스런 자로서, 백여 년이나 묵은 흙지렁이를 한 마리 떼 내어 버려줄 자를 모집한다"고 하고, 그 '흙지렁이의 학정'에 당하는, 여린 동민들의 고뇌를 뻐저리게 밝힌 뒤, 큰 글씨로, 상금의 품목을 밝혔다. 품목은 전과 같았으되, 量數가 커졌더니, '되'로 된 곳은 '말'로, '홉'은 '되'로, 그리고 '頭'나 '首'도 곱으로 바뀌었다는 그런 식이었다. 마을은, 마을의 전 재산뿐만 아니라, 필요하다면, 자기네들의 목숨까지라도, (앉아 죽기보다는 서서) 바쳐, 이번에만은, 저 毒龍을, 자기네 창자 속에서, 쑥 끄집어내겠다는, 단호한 태도였다. 그래서 그것이 살아 있기 때문에, 음식도 먹어야 되고, 운동도 해야 하는 것들은 빼놓고, 저 榜에 표시한 상금은, 추렴하여, 座上네 땅광 깊은 데다 쌓아두기까지, 할 수 있는 모든 준비를 다했다. (이것은 촌로가 여기서 저기서, 어깨너머 귀동냥한 소린데) 그 상금은, 누가 그 품목 읽는 소리를 듣기만 했다 해도, 봉사들의 눈이 버쩍버쩍 떴더라고 하니, 똥개라도 허기는, 그만큼의 재물만 갖고 있었다면, 六洞의 공국들을 하나씩 사서, 六洞 座上들의 사위 노릇을 했어도 쓸 만하겠던 것이다. 그랬을 것이, 보석이라도, 같은 紅玉 하나를 두고 따진대도, 저 동네 것은, 藥力이라든, 그것을 지니고 있는 자를 病이나 麗 따위로부터 보호해주는 힘을 갖고 있(다고 알려 있)어, 다른 고장의 상품으로 치는 것 열 개 스무 개와도 바꾸지 않는다고 알려져 온 것인데, 저 동네 보석은 그래서, 오구대왕의 정수리에나 박힐 것으로 친다. 그 같은 '푸라나'가, 陽地 쪽에서는 능금의 살이 될 것이, 물 아래에서는 진주가 되고, 응달에서는, 여러 색깔의, 곱고도 맑은 돌을 이루던 것이다. 그래서 이번에도, 저 동네로 이어진, 길의 '백 년 갈이[磨]'가, 서너 달로 줄어지게 하도록, 그 길이, 장한 역사들로 만삭이 돼, 진통을 겪고 있었을 것이었는가? 헌데, 이상할 일이겠지만, 그, 글, 글쎄, 그런 건, 아, 아니다. 길은, 상상임신 같은 것으로 해서, (라는 말속에는, 저 동네 사람들의 기대와, 그 榜을 읽은 사람들의, 그 상금에의 부러움 같은 것이 임신되어져 있는데) 사실은 그래서 더욱더 불모했다. 그 榜文을 내건 뒤, 몇 번이나 달이 커지고, 몇 번이나 이울었는데도, 이번에는, 저 동네에서 일어난 바람[願]만 자꾸 불어나, 동네 헛배만 뿡뿡하게 하고 있고, 저 동네 찾아드는 실바람도 한날 없어, 産日이 지났는데도, 여편네는 시랑토 안 했다. 이번 겨울에는 개들까지도 잘 짖지를 안 해, 괴괴하고, 구슬프기만 하고, 마을은 응달졌다. 동네 눈들은, 너무 동구를 내어다보는 중, 그 視力들에서 긴장력의 소모가 과다했던지, 눈구녁들에서 빠져나가, 디룽디룽 동구를 구르며, 눈구녁들에로 거둬들여지지가 안 해, 그 視線의 끝들이 늘여진 동구의 바깥쪽 길에는, 눈알들의 한 별밭이 우거졌는데, 그러자 이게 무슨 횡재냐는 듯이, 저 동굴에서는, 큰비암님이 쓰륵쓰륵 내려와, 그 눈들을 삼켜 넣는 듯했다. 그럴 것이, 그 큰비암님이 꾸는, 매우 편안함 없는, 어수선할 뿐인 꿈들만, 그 눈알들은 비춰내고[上映] 있던 것이다. 섬찟하고, 으스스한, 흐린, 붉은 회오리바람이 (그런 바람은, '큰비암님'의 현현이라던 것이다) 狂犬 낯짝으로 으르릉대며, 그 아랫도리로서, 고샅을 어지럽히고 다녔으며, 고양이는 그러자, 먹은 것마다 시커멓게 토해놓기가 일쑤였는데, 들에서는 승냥이들이, 목에 납비녀라도 걸린 울음을 밤낮없이 울어쌌다. 이런 때에 마을에는, 실 한 근들에까지도 용천병이 돋아나, 그것들은, 오줌을 눈다고 피고름을 두고, 더러는 지랄하느라고, 흙바닥에 빠르적이며, 게거품을 토하고, 아직 陰陽을 모르는 것들로부터는 부스럼병이 돋아, 송진을 흘리는, 걸어 다니는 소나무 꼴이었는데, 늙은네들은, 해수에 각혈을 해대며 죽고 싶어 했는데도 못 죽어 생 애들을 쓰고 있었다. 그제 이르자, 개들이 서로를 물어, 서로 죽이는 일이 일어났는데, 이는, 바닷가, 해변 어디에 그어진 達磨의 線을 넘기와 매우 유사한 일이라고 할 것이었다. 마을은, 그러는 그 한두 時令 동안에, 고름 냄새, 진물 냄새, 뱉어낸 피가래며, 토한 음식 냄새에다, 싸우는 狂犬들의 처절한 우짖음 냄새에, 왼통이 병고며, 저주며, 지옥이었다. 修業당굴이, 노한 따님의 전갈이라며, 아비당굴께 '읊어낸 말씀'은, (어떻게 그 비밀이, 따님의 귀에로 스며들었는지, 그것은 당굴로서는 알 수가 없었으되, 어쨌든, 빠르게든 늦게든 언제든, 그 일은 기대된 바였더니, 드디어 그래서 왔어야 될 날이 온 것일 뿐이라고, 당굴은 그렇게 접어들었었는데), "패륜의 자식들은 저주받을지라!" 라고 시작하여, "만약 어느 자식이 있어, 그 부모가 그 자식 하나 굶기지 않고 헐벗기지 않으려, 밤낮으로 수고하여, 먹이고 입혀 길렀더니, 그렇게 자란 자식은, 부모가 일으킨 약간의 살림으로 주색잡기를 일삼다, 그 어버이로 인하여, 그 재산을 제멋대로 쓸 수가 없다고 알자, 주색잡기질에 사귄 벗들이라는 것들을 불러다 함께, 저 늙어가는 아비 어미를, 마당 가운데다 내꼬나 부치고, 여러 개의 뒤꿈치로 줄방아를 찧어 내리며, 흥겨움으로 웃어 젖히면서 죽이려 했다면, 그 자식 놈께 주어질 床은 어떻게 차려야겠느냐? 구더기가 득실거리는 똥으로 밥을 삼고, 용천병 든 根을 파내 끓인 것으로 국을 하며, 굼벵이며 지렁이가 파먹고 있는 송장의 똥창자를 꺼내 나물로 무쳐, 옻을 끓인 茶 따위로 차려져도, 아직 성찬은 못 될 것은 아니냐?"라고 하고, "패륜의 자식들은 저주받을지라!"로 끝맺었었다. 그 '읊어낸 말씀'은, 座上도, 그리고 마을도 들었다. 『당굴誌』를 통해서는 그러나, 마을과 座上이, 저 전갈에 대해, 어떤 반응을 나타냈는지를 모를 수밖에는 없는데, 당굴은 왜냐하면, 열렸던 사립짝을 안쪽에서 닫아, 얼굴을 감춰버린 때문이었다. 그는 머리를 풀고, 재 위에 앉아, 그 날 내도록 울었던 모양이고, 이튿날도 울었던 모양이며, 그리고도 하루를 더 울었던 모양이다. 그러나 그 일로 당굴은, 무슨 방책이라도 구할까 하여, 따님네로 오른다거나 그런 짓은 하려 하지 안 했다. 그런 대신 차라리 그는, 슬픔의, 재 위에 나앉았다가도, 더 안으로 들어가 버렸으며, 그런 후, 안에 들앉아 밖을 해석하려 했다. 不出戶 知天下? 不闚牖 見天道? 그리고 당굴은 홀연히 한 깨우침을 얻었다 했는데, 이번 榜은 다름 아닌, 저 十二蟲의, 감추어져 있던 허처를, 상처를, 그 뒤꿈치를, 무방비처를, 세게 꼬집고 든 것이 분명했다는,

흐, 흣, 그 깨달음이라고 했다. 허기야 神들까지도, 惡魔라는, 잘 알려진 상처를 갖고 있다. 그렇다면, 프라브리티의 우주에는, 아무것 하나도, 그 단처를 갖지 않는, 절대적으로 완전무결한 것은 없는 것이 분명하냐. (‘깨달음’에도, 行者여, 종류며, 단계가 많다는 것은 기억해두라) 헛허헌데도 당굴에게 있어서의 문제는, 저 ‘깨달음’을 헌데, 어떻게, 실제적으로, 저 十二蟲께 응용해야 되는지, 그것을 알 수가 없는 데에 있었다. 그것은 물론 그를 답답하게 했을 것이라도, 그럼에도 그 ‘답답함’으로, 문구멍을 통해 내어다본 동구는, 이상스럽게도 훤했더라 한다. 글쎄 말이지, 이번 榜을 내건 뒤, 그 동구가 캄캄하도록 훤하기만 했던 그 까닭이, 훤해져 보인 것이다. 그리하여 당굴은, 새로 무엇을 고려하기 시작했는가 하면, 자기는 자기의 現實을, 너무 擬話化하지 안 했는가, 하는 것이었으며, 그래서 자기는, (이 ‘당굴’은, ‘따님’이나 ‘座上’과 같이, 單數이되, 동시에 複數라고 알고 있는 청중은, 법은에 넘친 귀를 갖고 있다 할 것이다) ‘흙 속에’, 또는 ‘백 년 잠’ 속에 깊이깊이 묻혀들어가면서도, 언젠가는 와서, 자기를 해방시켜줄 것으로 믿어지는, 어디 먼 왕국의 용감한 왕자 기다리기 식으로, 자기의 난경을, 어떤 모르는 장한 역사에게 전가 보류해두고 있는 것이나 아닌가, 그러면서 자기는 어쩌면, 어느 틈에든 그 아픔이 사라져, 더 아프지도 않게 된다면, 그 오실이가 왔을 때, 무엇으로 그 님을 대접할지, 그런 걱정이나 하고 있는 것이나 아닌가, 했다, 그렇게 自問했다. 이렇게도 그리고 自問했다. 十二蟲이라는, 저 숭시런, 우주적 蛔蟲 한 마리는 그래서, 사실로는 무엇인가? —그렇다, 당굴은 그것을 물었으며, 묻고 난 뒤 스스로 스스로에게 동의했기는, 그런 물음은, 오래전에, 따님의 분부에 의해 ‘큰비암님像’을 빚고, 구워내기 위해, 왼 마을이 동원됐을 때, 아니면, 따님보다는 전에, 묻고 있었어야 됐다고도 했다. 그랬더면, (자기의 머리칼을 쥐어뜯으며, 통회하는 듯했다) 혹간, 오늘의 마을이 처한 것과 같은, 비극의 씨앗이 뿌려졌을 터전이 없었을지도 몰랐다고 했다. 글쎄 그도, 전부터, 하늘과 땅 사이는 비어 있음에도, 그 비임은 ‘풀무’[橐籥] 속의 비임과 같아서, “虛而不屈, 動而愈出”이라는 것을, 어슴푸레하게라고는 해도, 알아 오기는 알아 왔었던 것이다. 그랬었으면 그는, (그의 통회의 까닭은 이것이다) 무엇이 그러면, 그 ‘풀무’ 속의 바람을 일구며, 동시에 그 바람 자체였는지, 그것에다 '이름'("無名, 天地之始. 有名, 萬物之母.")을 붙여보려 노력을 했었어야만 되었었을 것이라도, 그러려 했기는커녕 (당굴) 자기는, '차면 기울기'를 생각하고, '기울면 차기'를 생각하여, (아마도 그것은 분명히 소극적이랄) 無爲之道를 有爲에다 적용하려 해온 것이다. 당굴은 그리하여, 이 통한을 통해, 자기는 틀린 道尺으로, 틀린 心理를 측량하려 했었다는 것을 알게 되지만, 그 깨달음은 매우 늦은 감이 없잖아 있다. 저 '無爲'라는 道尺은, '自然'(또는 畜生道)을 재는 것이며, (그래서 예를 하나 들기로 하면, 실한 호랑이가, 갓 난 노루 새끼를 잡아먹는 것까지도 無爲之道의 一環인데), 그것으로, 그 '自然'으로부터, 최소한 목까지라도 벗고 나온, '人世'라는 '有然'(잠 깨기. 文化. 익기. 藝術)을 재려 하면, 결과는 誤尺行뿐이던 것이다. 당굴은 그래서, 그리고 자기가 만약, 저 '풀무' 속의, '채워진 虛'를 형상화하려 했더면, 그것이 무엇이나 되었을 것인지, 그것을 생각해보지 않은 것은 아니지만, 그것은 그렇게, 즉석적으로, 그 모습을 드러내 보여줄 듯하지는 않은 대신, 따님의 '큰비암님'에 칭칭 둘러 감김을 느끼고, 보아야 했다. 당굴로서는 그럼에도, 어째서 그 '채워져 넘치는 虛'가, '큰비암님'이나, '十二蟲', 또는 '용천병의 씨앗 주머니를 쥔 자' 따위로, 흉스러운 모습을 드러냈는지는, 아무리 해도 알 수가 없었다. (公과 村老 간의 얘기다마는, 당굴이 그것에 대답할 수가 있었다면, 그 당장 저 마을의 비극도 종막을 내렸을 것이다. 저 '대답'은 그리고, '自然'과 '人世'의 반반이 되는 곳, 이름하기로 하면, '巫世'의 것은 아니던 것이다. 公과 村老 간의 얘기지만, 저것인즉슨, 畜生道가, 人世를 휘감아 틀어 먹어치워, 그 배때기 속에다 채우려는, 그런 우주적 한 전쟁의 장면인데, 사실로 그래서, '말씀의 宇宙'를 개벽하러 오게 될 이가 오기 전까지는, 여전히 畜生道의 횡포에 당하게 된다. 그리하여 그가 와서는, 저 '짐승의 배 속'(地獄)으로 쳐들어가는데, 그리하여, 축생도를 극복하되, 公이나 村老나, 당굴이 입은 것 같은, '人肉'으로 記號化한 프라브리티의 극복은 그리고도 '최후의 大戰爭'[아마겟돈]까지 기다려야 한다는 얘기가 있다. 이것에 대해서, 촌로가 사족을 하나 붙이기로 한다면, 이 우주적 '大戰爭'이란, 그것이 '집단적 형태'를 띌 것이기 때문에, 즉슨 한 우주가 송두리째 녹아져 그 본디 상태

[空]?에로 돌아갈 것이기 때문에 붙여진 이름처럼도 이해되되, 촌로에게는 그것이, 한 '小我'가, 宇宙라는 '大我'를 정면해, 그것을 극복해내어야 되기 때문에, 모든 개인들에 대해서는, 그것보다도 더 큰 전쟁은 없다는 것으로 이해된다는 얘기를 했으면 싶으다. 주석을 붙여둘 것이 있다면, 이때의 이 '小我'란, '니브리티'나, '니르바나의 씨앗'이라는 것과, '大我'란 특히 '프라브리티' 자체라는 것 같은 것일 것이다. '니브리티'나 '니르바나'와 더불어서는, '小我'든 '大我'든, 어떤 自我의 개념이 끼어들 여지가 없을 것이다. 그렇다면 이 '大戰爭'은 '人世' 개벽 이후부터 아직까지도 치러져 오고 있다는 것을 이해하고, 동의하기란 어려운 일이 아닐 것이다) 당굴의 고뇌는 그래서 중첩되고, 가중했으며, 그는 그리하여 외롭다고 (이것인즉슨, 한 小我가 大我에 정면하기, 그것도 否定的 모서리에서 정면하기라고 이해되겠느냐? 왜냐하면 '외로움' 탓인데, '我執'의 혹성에서, 퀭한 '밖'을 내어다보기?) 느낀다. 그리고, 어째선지, 자기의 어깨가 무겁다고, 느낀다. 이제껏 마을은, 마을의 運命의 擬話化를 통해, 그 마을의 얼굴을 익명화하여, 건너다보아 왔다고, 당굴은 그것을 알게 된 것이다. 글쎄 마을은, 어떤 한 번도 만나본 일이 없는, 어디 먼 고장에서 올 것으로 예상되어지는, 모르는 이의 어깨 위에다, 그 마을의 짐을 짊어지어 놓고, 그로 하여금 마을의 고통을 대신하게 해왔는데, 어찌 된 일이었는지는 모르되, 이 극난한 때에 당해서도, 그의 얼굴에서는, 아픔에 의한 찡그림도 떠오르지 않으려니와, 땀도 솟지를 않는데, 그럼에도 그 마을은 아프고, 힘겨웁고 있는 것이다. 이제는 그런즉, 마을이, 자기네들의 얼굴에, 자기네들의 손바닥을 펴 덮고, "우리는 우리가 아닌, 다른 이"라고, 한동안, 마을을 몹시 편하게 했던, 그 假面을 벗어버리는 일뿐이겠느냐? (당굴이 자신을 觀한 바에 의하면) 그러려 하자, 그러는 그 어느 모르는 사이에, 假面과 본디 얼굴 사이에서 접착 현상이 일어나 있었던지, 그 假面이 벗겨지며, 본디 얼굴의 피부를 뜯어내는 그 고통이 또한, 羞恥답다. (당굴의 개인적 체험을 계속 말하자면) 자신을 익명화하고 지냈었을 때엔, 바로 자기 자신의 짐이, 괴로움이, 어째선지, 그 假面에 의해 굴절하여, 아픈 것은 그 半人稱, 또는 一人半稱이 대신 아프기 때문에 쾌감이라는 것을 수반했었으며, 슬픈 것은, 달콤함을 함량했었는데, 그것을 벗자,

송송 피 돋는 얼굴에로, 매운 달빛, 예리한 바람이 무섭게도 쐬어 든다. —그리하여, 당굴의 '외로움'은 시작된 듯했다. '밖'과 '안' 사이에 있던, 방패를 잃기로부터 시작하여—그리고부터 당굴은, 하루에도 십 년씩을 늙는 듯했다. 그렇게 그는, 그 시간 속에서, 하루에도 십 년씩 백 년씩이고 덜려 나가고 싶은 것이, 그가 남겨 가진 모든 희망인 듯했다. 그래서 모든 것을, 땅 위에서 일어났던 모든 일을, 심지어 자기가 땅 위로 솟아올랐었다는 그것까지도, 지워내고 싶어 하는 듯했다. (公도 만약, 품바타령으로, '쿠마場'을 지내보았다면, 거기서, 몸을 지워 없앤다고 하여, 기억까지도 지워지지 않는 경우를 보았었을 것이다) 당굴의 시간은 울침함 탓에, 틉틉하고 빽빽했다. 혼돈스러운 암흑. (이런 암흑은 헌데, 대체로는, 사미들이, 어떤 話頭의 수렁 속으로 빠져들고 있을 때 느끼는, 그런 것이다) 당굴은 분명히, 그러는 어느 때부터, '鼠頭豚身'이라든, '네 방울의 짠 눈물' 따위라는, (사실로 그런) 話頭에 발목을 잠그기 시작했던 듯하다. 그, 발목이 잠긴 수렁은 그리고, 자기의 머릿속이 녹아 된, 그 시꺼먼 뻘 속이라고, 당굴은 알게 된다. 머릿속에다, 죽 같은 암흑의, 뻘의 한 늪을 해 갖고, 그것을 이고 다니다니! 이고 다니며, 그것을 이고 다니는 자가, 그것 속에 침몰하다니!

그로부터 시작됐을 것은 쉽게 짐작되지만, 아편이며, 대마엽 연기며 고량주에도 취한 마을은, 그 취기로부터 깨이려고를 안 했다. 세 살배기들까지도, 거생이(지렁이)에게 잠지 끝을 물려가면서, 대마엽 담배 연기를 폴씬 폴씬 피워 올렸다는데, 누구도 이제는, 말짱한 정신을 갖고는 못 살겠다는 것이며, 그럴 것이, 저 毒龍의 아가리 속에다, 마을의 내일이라는 대가리를 물린 채, 살아버린, 이제를 살아보려 한들, 사실 무슨 뾰족한 수가 있었을 듯하지도 안 했었을 것이다. 性慾까지도 앗아가는, 末世感이, 그 천지를 누렇게 곰 띄워내고 있었다. (촌로 생각에는, 그럼에도 아직은, 그 동네 세상이 뭐 그렇게까지나 갑작스레 나빠져야 하거나 할 까닭이 있는 듯하지는 않다. 거번 大祭에 제비 뽑힌, 座上네 아들의 실종이 물론, 그 잠들 속에다, 흉몽의 깊은 그림자를 미뜨려 넣은 건 사실이라도, 사실로는 그들은 그렇게, 몇 大祭를 지내왔었지 않느냐? 촌로의 짐작에는 헌데, 저 마을에다 저렇게도, 의욕 상실에다, 末世感의 呪術을 덮어 씌워버린 장본인은, 당굴인데, 특히 그의 두문불출 탓이 아닌가 한다. 이것은 재미있는 小說인데, 그런 분위기만 준비되어 있으면, 이런 일은 어느 골목에서나 일어난다, 는즉슨, 시작은 급한 설사기로, 한 사내가 골목을 부지런히 달려 나간다고 해두자, 그러자 그를 따르던 개가 또한, 신명이나 맴돌이를 돌며 따라붙었다가, 그것도 그 사내와 일정한 방향으로 달린다, —개에게 어디를 가느냐고 묻지는 말라. —그러자 그 개와 장난질을 해오던 애놈들이 또한, 지남철에 쇠붙이 붙듯 따라 붙여 뛰어댄다. 앞서 뛰는 사내는 찡그려 붙여 아픈 얼굴이다. 개는 늘 개의 얼굴이다, 아이들 얼굴에는, 왜냐하면 영문을 모르므로, 장난기는 없다, 아, 이것은 사태가 심상찮다. 온다 온다 하던 오랑캐가 오는 것인가, 오는 것이다, 골목이 시끌짱하므로 내어다보다가, 그 애들을 자식으로 가진 어버이들이 내닫는다, 신발을 거꾸로 신었다. 손에 쥐고, 따라붙었는데, 일은 점점 심상찮다, 처음 뛰었던 사내는, 뛰다 보니, 왼 동네가 일제히, 자기와 같은 방향으로 뛰고 있음을 깨닫고, 아 온다 온다 온다던 오랑캐가 왔구나, 그래서 그는 더 빨리 내뛰기 시작한다. —전쟁판에서도, 똥이 마려워 못 참을 일이 있는지 없는지, 그것은 어느 개 야덜뇌미 알아? —숨이 차다, 모두 숨이 차다,—저 마을은 현재, 이 상태에나 내달아 있는 것은 아니겠느냐? 글쎄지, 만세 전부터 있어 왔던 그것이, 어제 그제 '이름'을 얻어 입은 것뿐이던 것을. 그랬거나 저랬거나, 해온 小說에는, 蛇足이라도, 달게 되면 열이라도 달아줘야 될 일이 아니겠느냐? 말이 나왔으니 말이지만, 뱀에다 다리를 붙이지 않은 것은, 그 뱀을 지었던 자가, 뱀의 어디에다 다리를, 그것도 몇 개를, 붙여야 될지, 그것을 몰랐던 까닭은 아니었겠느냐? 이눔, 뱀의 미완성은, 그래서 완성인 것? —한 발자국도 더 내디뎌 뛸 수가 없이 숨이 차, 가슴이 터져나가려고 한다. 하나가 뒤를 돌아다본다, 둘이 뒤를 돌아다본다, 모두 뒤를 돌아다본다, 씨벌, 씨버럴, 시벌, 시벌 하나가 웃는다, 둘이 웃는다, 모두 웃는다, 따라오는 것은 둘도 하나도 아무것도 없다, 여럿이 낙오한다, 둘까지, 마지막 하나까지 낙오한다, 하나가 둘이, 모두를 訴訟하여 흘겨본다, 모두가 모두를 訟事하여 본다, 모두 다 누명 쓴 얼굴들뿐이다. 수치감이 일고, 분노가 뒤따른다. 어째선지 속은 듯한 느낌이 폭폭 일고, 그래서 가래침들을 몰아 뱉으려다, 저

놈의 개를 발견하고, "초런 개새끼!" 하고, 누가 그것에다 발길질을 해댄다. "아항, 그라고 봉개요이!" 그 옆의 제이의 사내도 발길질을 하고, 제십삼의 사내도 발길질이며, 거기는 모두 발길질하는 사람뿐이 안 모였다. 희생물이 필요한 것이다. "개새깽이!" 가맜자, 맹목적에다 가치의 假面을 씌우기? 책임 전가? 犧牲羊과 代贖? —'代贖'과 더불어서라면 그러나, 촌로의 말의 화살이 너무 바쁘게 활을 떠난 듯하다. 글쎄라, 수사학이라는 이 神 하나 괴팍한 것은, 걸핏하면, 자기의 종도들의 혀를 자르거나, 천야만야한 낭떠러지에서 밀어뜨린다. 물론 그것이, 그 일을 두고, 無罪 無垢했다는 국면에서는, 그 조건을 구비치 않은 것은 아니라도, 잘못 따라왔다 된통 걷어차인 저 개 한 마리는, 왜냐하면 그것 하나만이 同類가 아니었기 때문에, 저 한 고샅의 모든 同類들의 무렴함의 방향을 좀 다른 데로 돌려줄 수 있는 계기를 마련해주었을 수는 있었다 해도, 그것이 무엇을 '代贖'하기 위해서는, 아직도 한 조건이 더 충족되어졌어야 했던 것이다. 라는 것은, 프리브리티 우주에는 우발이 없는 것과 같이, 값을 치르지 않고 얻어지는 것도 없다는 것을 감안한다면, 무엇이 무엇의 무엇을 代贖하기 위해서도, 값의 여수의 조건이 먼저 충족되어지지 않으면 안 된다는 그것이다. 그렇지 않으면, 그 代贖은 外上이거나, 長利 내 쓰기 같은 것일 것으로, 그 결과는 분쟁, 혼란, 무분별한 살상 등, 예측할 수 없는, 비극을 초래할 것이다. (저 '同類가 아니었기 때문에'란, 보다 복합화할 때 '無罪'의 형태를 띠기도 할 것이다) 가만있자, 그러자 公은, 까짓것 이왕 말이 나온 김이니, 그리고 公도 갈 길이 바쁜 것은 아니니, 채울 말은 채우기로 하자면서 묻기를, 그래서, 그 현장에 있었음으로 해서, 무고하게도 학대에 처한, 예 든 바의 저 개가, 만약에, 저런 조건들을 다 구비해 있었다고 한다면, 예를 들면, 그 개가, 그렇게 타살을 당했음으로 하여, 그 고샅 사람들이, 그 개의 임자에게 개 값을 치른다는 그런 경우는 있을 수 있는데, 그 개는 그러면, 그 고샅의 무엇을 代贖했었을 수 있었을 것이었느냐 묻놋다? 이눔, 그래서 行者는, '代贖'이란 詩學이나 아닐 것인가라는 투렷다? 그, 그것은 허, 헛헛, 허기는, 그런 더운 피가 필요하다고 여기는 시절에 처한 사람들마다, 자문해보아야 할, 그런 물음일 듯도 싶으다. (맹목적에다 가치의 假面을 씌우기? 책임 전가?) 마을의 현자까지도 두문불출인 그 고단한 한철, 일도 하기 싫은 데다, 따지고 본다 해도 해야 할 까닭도 모르겠고 해서 사람들은, 잠을 잘 수도, 깨어 있을 수도 없어 사람들은, 글쎄 말이지, 동구가 잘 내어다보이는 데 모여, 앉거나 누워, 동구를 건너다보며 사람들은, 대마엽에 아편을 발라 말린 담배 연기나 부옇게, 저승 저물녘처럼 올리고 사람들은, 이따금 따님네 흙집을 올려다보기로, 오실 이[如來]나, 끝날[末世]을 기다렸다. 이러면 이봐라, 둘 중의 하나는 꼭히 와야겠다는 것이다, 그렇잖느냐? 그 오는 것이 무엇이든, 도중에 下馬하여 오줌 누다, 지렁이에게 그녀러 것을 물려, 가려워, 못 견디겠어서, 돌팍에 놓고, 돌 들어 찍어버린 일로, 다시는 마등엘 오르지를 못하게 됐다가는, 오늘 살기의 낭패가 이만저만하지 않을 듯하다. 그런데도, 동구에서고, 따님네서고, 한 마리 다람쥐 흐름도 없었을 뿐이었는데, 그랬었는데, 한밤중에, 불 켜진 방의 문이 비시시 한 번 열렸을 때처럼, 당굴네로부터, 한 대야의, 월후 씻은 물 같은 것이, 마을 쪽에다 휙 끼쳐졌다. 당굴이, 오랜 두문불출을 깨고, 좀 번들거리고, 이글거리는 눈빛을 해갖고, 座上을 찾은 것이고, 그런 사나흘 후에 座上네에서는, 때아닌 잔치가 벌어져, 술과 고기와 一洞이 흘러넘쳤다. 그런 잔치는 그리고, 末世까지나 갈 듯이, 末世로 익었는데, 그런 며칠 후에는, 어떻게 그런 일이 시작됐는지, (아마도 당굴과 座上 말고는) 아무도 자세히는 몰랐지만, 아편에도, 고량주에도 취해, 제정신이 아닌 사람의 수컷들이, 개라든, 소며, 염소 따위, 짐승들의 암컷들의 뒤를 쏘고, 사람의 암컷들은, 짐승의 수컷들을 유혹하여 덮이고 있는 일들이, 꿈속에서처럼, 그럼에도 의연히 행해지고 있었다. 쥐띠의 계집이 종돈으로 어울리고, 호랑이띠를 띠었다는 사내는, 암소의 뒤터를 쏘고 들었다. 禁忌 따위로, 프라브리티의 모났던 구석들이, 저렇게 어떻게 깎여, 둥글어지기 시작했으며, 三道의 축생들이 한자리 어우러져, 하늘 오르는 탑을 쌓고 있었다. 그해는 '호랑이'[寅] 해여서, 칠월 열무날 祭에 드릴 제물을 위해, 호랑이띠를 띤 자들로서만 제비뽑기를 하였던 바, 환갑을 맞는 안노인네가 제비뽑혀, 그 毒龍을 신랑 정해, 재취 길에 올라버렸었다. 天地事란 仁하지 않다. 그러는 중에도, 마을에서는, 뉘 집 며누래기에게, 암소나 암톹이나 암캐에게, 胎氣가 있는가, 그런 소문 듣기에 귀를 모두어 세워 올리고 있었다. 八月

祭에는, 물론 여러 마리의 개를 잡았으되, 햅곡으로 빚은 술과 메를 올렸으며, 九月, 十月에는, 과일로 제상의 색깔이 익었었는데, 새로 또 해는 시작되고, 꽃이 피고 지고 그랬다. 그러는 중에, 마을에는 물론, 용천병으로 '염세, 비관 자살'한 처자 묻기도 있었으되, 여러 건의 生産도 없잖아 있었다. 암소는 수소의 새끼를 낳았으며, 암캐는 수캐의, 암염소는 숫염소의 새끼를 낳아, 소는 소를 낳고, 말은 말을 낳았으며, 돼지는 돼지를 낳았다. 그리고 사람의 옌네는 사람의 자식을 낳았다. 그것이 축생도의 도리던 것인데, 그런데도 座上과 당굴은, 하다못해 병아리가 까이는 데까지라도, 出産이 있다는 곳에마다 달려가, 눈들에다 불을 켜고, 그 새끼들을 점검했다. 마을에서는, 저 두 늙은네들이 왜 그러는지, 그 정작의 내막은 잘 몰랐으므로, 그 두 늙은네들이, 노망기를 드러낸다고도 쑥덕였다. 글쎄, 콩은 콩 대궁을 키웠으며, 쥐는 쥐 새끼를 낳았다. 그 해는 비가 잦고, 궂고, 으슬거리고, 마을은 처량하고 그랬다. 아편과 독주, 황음, 잘못 먹기, (그것도 사실로 용천병이었는지 어쨌는지는 모르되, 황음을 통해), 모든 근들 속으로 파고든 용천병 탓에, 근들에로 피고름을 흘리는 마을은, 앓고, 으슬거리고, 궂고, 추워했다. 마을의 짐승들까지도, 사람들에 대한 경외심을 잃어, 핏발 서린 눈을 하여 바라보다, 물려고 덤비거나, 발길질을 하려 했다. 특히 이 한철은, 모든 곳에 죽음이, 毒龍의 凶夢이, 용천병의 흐린 운무가, 서리서리 사려 있었다. (고『당굴誌』는 쓰고 있었다) 그래서는, 산 것들에서 약처를 짚어내는 대로, 종돈의 근모양, 꾀이고 틀어 들었다. 병의 냄새, 절망의 냄새, 고름의 냄새, 허무의 냄새, 냉의 냄새, 권태의 냄새—아직 온 일이 없이, 큰 죽음, 末世 말이지, 그것이 와서, 산 것들을, 산 채, 죽음 가운데다 던져 넣은 것이라고, 마을은, 앓았다. 그 한 마을의 앓음은 합쳐지자, 비 묻은 날 개구리 울음소리도 같고, 또 그믐 저녁의 개 앓는 소리도 같이 되어, 흐린 하늘로 흡수되어갔다. 뜨는 달도 그 한 시절엔, 낙백하여, 죽어 썩은 보랏빛이었으며, 지는 달도, 썩는 보랏빛이었다. 그렇게 한 좋은 시절은 끝난 것이었겠느냐? "한 마리 간교한 뱀이, 우리들의 아낙을 꾀어 먹어 치우고, 그리고 그 아낙의 모습을 꾸며, 우리들의 근을 썩히고 든 것이겠느냐?" 별로 힘들여 갈지[耕] 않고, 나지[織] 안 했어도, 배고프지 않고, 춥거나 덥지도 안 했던 살기에, 가난이 시작된 것인데, 배고프지 않기 위해서는 이제는, 따 모아야 했으며, 심어야 했던 것이다. 마을의 한 귀퉁이에서는 그러자부터, (당굴은 그 출처를 밝히고 있지는 안 했지만, 자기를 적대하여 이뤄지고 있던, 마을의 어떤 음모를 소상히 알고 있었기에, 그것을 썼었을 것이다. 촌로의 짐작에는, 장차 그의 대를 잇게 되는, 아직은, 따님 아래 '修業' 중에 있는 '당굴'에 의해, 저런 일이 주장되어진 것이나 아닌가 하지만, 그럼에도 이것은 짐작이다) 매우 강경하게 座上께 건의했기를, 먼저 밖에 내건 榜을 회수하고, 다음으로는, 당굴을 결박해, 일동이 따님 전에 歸順하여서는, 당굴로 大祭의 祭物을 삼아, 당굴 탓에 마을이 저지르게 된 죄를 贖良해 달라고, 그리하여, 마을에 덮어씌운, 재앙과 병고의 주술 보자기를 거둬달라고, 빌자고 했던 듯했다. 물론 그랬을 때 座上은 너무 의외의 것이라, 처음엔 아무 말도 못 하고, 손만 썰레썰레 저어, 저 한 귀퉁이의 동민들을 물러가게 했던 모양이었으되, 그 일로 그가 여러 날이나 두문불출이었을 때, 분명히, 그 간교한 뱀이, 그의 심령을 물어 빨아들이고 있었던 듯하다.

가맜거라, 헌데 밤중에 해가 떠오른다면 별일이랄끄냐, 별일이랄 것이다. 그래서 동네 하나가, 고적 속에, 망각 속에, 죽음 속에, 그리고도 앓음 속에 폭삭 가라앉아 묻히려 하는, 그러는 하루, 얼씨구 저런, 지랄한다고 작것이 시방, 절씨구 이런, 별일이 난 것이다, 참 야단스런 지랄이 난 것이다, 개들이 우짖어쌌는 가운데로, 무엇이 신명 나게 피리젓대 부는 소리가 삐삐 빼빼 울었으며, 쾌갱 쾌갱 꽹과리에, 지잉칭 덩덕궁, 징에 장고, 소고 소리, 삐삐 빼빼 쾌캥캥, 지잉 지잉 덩덕궁, 덩덕궁 팍팍 덩덕 둥 팍팍…… 요런 야단이 어꾸나, 한 동네 백 년 잠이 들깨우이는데, 그러자니, 저 두터운 운무 저쪽에서 해까지도, 저 매운 운무를 키고 기침을 쿨룩쿨룩 해싸며, 마룻장을 뜯고 아래를 내려다보듯, 그 아랫녘 동네를 내려다보기로 했던갑더라. 이랬으니 어찌, 왼 마을이 한달음에 내달아보았을 일이 아니었겠느냐. 피리젓대, 꽹과리, 징, 장고, 소고라는 식으로, 다섯 놈 天將 大虎 같은 것들이, 五色 물색 옷들을 입어, 소리 요란스레 내며, 열두발 상무로 무지개를 일으켜, 뱅글 뎅굴 딩구꽉닥 쾡그락꽝 오는데, 小說客이라면 그 수가 너무 많고, 그 메고 있는 괴나리봇짐들이 너무 큰 데다 무거워 보였으며, 품바타령 公들치고라면, 그 꾸민 꼴이 너무 호화판이었다. 그들의 신명은 범상함의 범위를 넘어 있었으며, 일거수일투족, 고개 한번 까딱이기에, 어깨 한번 흔들기에, 궁둥이 빼돌려 치슬르기에, 어느 한 모퉁이에고 부족함이 없이 가락이 차 넘쳐 어울리는데, 강약 고저에 변화가 무쌍이라, 다섯 발자국 거리를 내디뎌 오는데도, 五色 삼천의 회오리바람을 거느려, 보는 이들의 정신을 아스라하게 하는지라, 더러는 스스로에게 묻기를, 아 내가, 받을 빚 독촉을 한두 번 덜했더니, 죽어, 좋은 곳에를 오른 것이나 아닌가 하고, 더러는 또, 아 내가, 그리던 그 부자 과택을 품어, 운무에 적셔지고 있는 중이나 아닌가, 하기도 했다. 용 가는 데 구름 가고, 구름 가는 데 바람 가고, 바람 가는 데 대호 간다 하더니, 이것들 가는 데 五色 무지개가 서리고, 하늘 복사꽃이 흐트러져 내렸으니, 三月이 따르고, 볕내가 따랐다. 그들의 눈은 신명이 눌러 감아버렸는데, 바람에 들쑤셔진 사시나무모양, 그들의 먼지 털까지도 하나하나씩이 따로 놀았다. 띵까띵까 날라리 띵, 날라리로 어우러져 일동이, 어느덧 함께 섞여버렸으니, 그 행렬은, 부잣집 상여모양, 바람 좋은 날 내건 식구 많은 집 빨래모양, 널누름이, 흐르듯이 펄럭이며, 띵까 삐삐 띵까 삥, 마을에도 올랐으며, 날라라리 리라라 날 날 잔치가 났다. 동네 있는 술은 座上네로 물꼬를 트게 했으며, 새 술을 담게 하고, 씨암탉 종돈 아끼지 말라고 했다. 내일 일 어떻게 될 걸 걱정 걱정 살다 보니, 오늘 꼴이 이 꼬락서니가 돼버린 것이 아니더냐? 설혹 말해, 저 다섯 장한들이, 북망에서 온 흉한 도적들이라 한다 해도, 동네 시린 뺏속에다 한번, 춘삼월 바람 불어 넣기로 그것이 어디냐? 客은 대가리가 되고, 主人은 꼬리가 되어, 한 바람 훈훈한 것이, 座上네로 불어 똬기 쳐졌다. 그리고도 물론, 그 난장판은 座上네 마당을 빵돌았으되, (네모진 되의 쌀을, 둥근 말에다 부어 채울 때, 그 쌀알들이 둥글게 자리 정해 앉기처럼) 일동이 자리 잡히자, 나그네들은 行具를 내려놓고, 그 마을 가운데다, 그림자를 넓고 무겁게 깔고 서서, 넘치는 고량주 잔을 받아넘기기 시작했다. 두 꼴칵 소리에 한 주발씩의 고량주가 비워지기. 그중에서도, 꽹과리를 든 노란 복색을 해 입은 장한은 벌써, 저 뒤쪽에 선, 요 얼마 전에 홀로 된, 座上네 며누래기에게 눈짓을 보내고 있다. 그러는 동안 마을은 물론, 눈에다 저울추를 해 달아서, 저 장한들을 달아보고, 재보고 그러고 있었는데, 그래도 그 정체들을 알 수가 없어 궁금해하고 있었는데, 그들이 다 목을 한 번씩 추겼다 싶으자, 座上이 앞으로 나섰다. 그러자 그것을 눈치채고, 꽹과리를 든, 일거수일투족에 거드럭거림이 싯누렇게 밴 자가, 이력이 난 듯한, 근엄하고도 우렁찬 목소리로, 靑服儺者를 향해, "여봐라, 이 동네도 사람이 있거든, 한달음에 썩 나서라고 일러라." 이른다. 그러자 그 푸른 초라니가, 둘러선 마을의 어디라 없이, 아마도 座上을 보아 알고도 모른 척 그 등 너머로, 그역 이력이 난 목청을 뽑아, "玉皇上帝의 上將 黃長의 下命이시온데, 이 동네에도 사람이 있거든, 한달음에 썩 납시라고 이르시온다." 그런다. (우리는, 이라는 '우리'는, 公과 村老를 말이지만, 이렇게 하여, '권위'와, 그것이 자기 얼굴을 가려, 둘러친 휘장의 두께를, 새로 고려하게 된다. 뻘거벗은 권위는 和白的이되, 감기에 걸리기가 쉬울라) 그랬으니, 그 동네에도 사람이 있다는 것을 나타내 보여주려, 좌상이 물론, 한두 걸음 앞으로 나섰을 것인데, 이것 봐라, 그런즉슨 저런 순 천하에 무례할손, 망나니 놈들을 보아라, 黃服 입은 자를 빼놓은 다른 네 놈들이 대번에 내달아, 저 洞老의 다리를 쳐, 무릎꿇림을 시키는가 했더니, 상투를 쥐어, 黃服 입은 자에게, 억지 三拜를 시킨다. 그 하는 짓들은 날렵하고, 그 치뜬 눈들은 나찰들다워, 독주에, 아편에, 혼음에, 병독에, 그리고 무엇보다도 절망에 물크러진 동민들의 오금을 못 쓰게 했는데, 짐작하겠다시피, 마을은, 한 山塞의 오백 불한당께 삼십 주야를 당한 村婦모양, 빼드러져 그제는, 손 발가락 하나 움직이지도 못한 상태에 처해버린 것이다. 이것은, 퀭하게 열려진 상처, 괄약근들에는 이완증이 덮어버렸다. 많이 젊은것이, 많이 늙은것의 三拜를 받고서야, 얼굴에 웃음을 띠어 내며, 늙은것의 손을 덥석 잡아 일으킨다. 그리고는, 이놈 하는 꼴을 또 봐라, 제 놈이 주인이기라도 한 듯이, 本洞老의 손을 정답게 이끌어, 바로 그 늙은네의 안방에로 들고, 그리고 그자 하는 꼴로 따지면, 평생의 지기지우나 되는 듯, 아랫목에로 앉자, 다른 네 사내들 중의 둘은, 그 윗목에 앉고, 靑服 입은 자와, 黑服을 입은 자는, 마루에 버텨 앉는다. 당굴은, 거어디 어중간하게, 마루 끝을 빌어 걸터앉았으며, 마을 눈들은 그러자, 만조 때의 바닷물모양, 드러내진 데를 덮어 채워, 일제히 한 방향으로, 거기 누런 거드럭거림이 있는 데로, 쪽쪽하게 엎질러졌다. 저들의 목소리는 하나같이 다 우렁차고 쾌쾌해서, 혹간 자기네들은 조용조용히 말한다고 할지도 모르는 말소리까지도, 울 너머서도 서너 집 건너에 앉은 반귀머거리 노파까지도 듣고, 고갯짓을 할 만했다. 이번에도, 예의 靑儺者가 나서, '正式으로' 자기네들 소개를 했는데, 먼저 저 黃長, 또는 黃將을 뫼셔 올려, '玉皇上帝의 第一將'이라고 하며, 方位로는 中央을 지킨다고 하여 '中將'이라고도 한다고 하고, 다음으로 자기를 소개하여, 上帝의 東方將으로서, '靑梅將'이 天官君이라고 하고, (그리고 그는 일일이 지적하여), 上帝의 西方將 '白蘭', 南方將 '赤菊', 그리고 北方將 '黑竹' 등이라고 한 뒤, 특히 그날을 당해, "上帝의 윤허를 받잡사와, 저 十二蟲의 횡포가 도에 넘었으므로 하여, 그를 징계하여, 도탄에 헤매는 민생을 구하러 왔다"고 밝혔다. 그러자 어째선지 그 일순, 그 한 마당은, 소롯해져 버렸다. 쳐들렸던 손은 내려지지를 못했으며, 울려 나던 웃음소리는 그 목구멍에 걸려 있었고, 바람도 불다 굳어, 떨어지던 꽃잎들이 中天에 머물러 있고 그랬다. 그런 갑작스러운 凍結도 있던 것이다. 그런 어느 순간에, 黃中이, 고량주 잔을 비우고, 커다란 소리로 너털거리고 웃었기에, 그 이상한, 한 침묵의 훈륜이 깨인 것인데, 여러 '민생'들이, 특히 늙은 축의 민생들이, 눈물을 흘리고 있었다. 그렇다, 마을이 기다렸던 소식은 이것이 아니었었겠느냐? 헌데다 그 좋은 소식에 밑받침을 하느라고, 이번에는 黃中이, 그 앉은 자리에서, 저 十二蟲에 관한, 역사랄 것을 한 가지, 밝혀 일러주었던 모양이다. 라는, 그 十二蟲인즉슨, 본디는 上帝가 그중 신임하고 총애했던 天臣 중의 하나였더니, —이것이 하늘 비밀이 되어 밝힐 수가 없으되, —그럴 만한 까닭이 있어, 그 하늘 불알을 까여 고자가 된 뒤부터, 天宮에도 서리가 덮이도록 한숨으로 지내던 중, 배 속에 비수를 감추기에 이르고, 그러던 날 玉座를 획책거늘, 上帝의 어명을 받들어, 자기들 五方將이, 그 역적으로부터 그것 입은 天身을 박탈한 뒤, 그것의 고자가 된 根의 껍질을 늘여, 그 껍질을 오랏줄 삼아, 그것의 전신을 덮어씌우고 묶어, 저 동굴 속에다 유배키에 이르렀거니와, 그랬음에도 그 역적놈이 개과천선하는 빛이 없이, 이번에는 그 비수를, 불쌍한 민생들의 가슴에다 겨누어, 生民을 괴롭히는고로, 그 백성들의 원성이, 上帝님의 꿈자리에마다 들리는지라, 上帝께서는 단잠을 못 들이시고 수척해지시는 중, 上帝께서는 다시, 자기들 五將들을 불러, 어명을 내리시기를, 그 환관이 이번의 행악은, 三世에 막중한 해를 입힌 바 되었으니, 이번엘랑은, 저 十二蟲을 체포케 되거든, 그 머리는 따로 잘라내 가져오면, 天宮樓에 높이 매달아, 三世에 警戒를 삼을 일이지만, 나머지는 열두 토막을 내어, 十二地支에 흩트리되, 그 염통은 뜯어내, 미루나무로 만든 못을 박고, 미루나무로 만든 관곽에 넣어, 미루나무 뿌리 밑에 묻어, 미루나무가 그 피를 빨도록 하고, 그 쓸개는 뽑아, 고량주에 그 즙을 풀어, 백성들의 원한을 풀고 위로하는, 解寃祭酒로 쓴다면, 그 祭酒에 혀대 취한 凶惡鬼마다 그 당장 鬼身을 토하고 쓰러져, 흙 속에로 스며들 것이다, 그러면 그런 자리에서 毒草가 돋아오를 것인데, 원이 맺힌 자는 그러걸랑, 그 毒草를 뜯어다, 그 원이 맺힌 자리마다, 덮어둔다면, 解怨이 있어, 누런 거위를 열둬 마리씩이나 뱉어내게 될 것인바, 저것은 解怨草가 돼서 그러하다, —바로 그 거사를 치르러, 자기들 五將은, 구름으로 구름 길, 하도 멀어 열나흘 길, 걷기도, 날으기도, 공중제비하기도 하여, 오늘에사 닿게 되었다고, 그랬다. 이에 이르자 座上이, 새롭게, 크게 三拜를 드리자, 따라서 一洞이, 三三九拜를 하며, 그들을 우러러, 그들의 승승장구와, 만수무강을 빌었다. 폐 둥둥. 그러자 이번에는, 五將 중에서는 아마도 막내 將 꼬락서니인 黑竹이 일어나, (흣흣흣, 公은 小說을 듣는지 모르되, 촌로는 小說을 하고 있지 않으니, 글쎄지, 이 얼마나 편하냐. 小說을 하려 한다면, 이놈 黑竹이란 것 하나만 예를 든다 해도, 놈은, 고리눈에, 키는 육 척이요, 썩은 이빨에서는, 그 냄새만으로도 적병 오백여를 잠 쓰게 할 毒氣가 뿜어져 나오는데, 딱 버티고 선 발바닥 밑에서는, 마룻장이 타느라 연기를 일으키고 있거니와…… 폐 둥둥) "그런즉, 洞民들은 염니를 놓으시라, 염니를 놓고시나는, 여흥으로 돋굴지라, 하늘길은 하루가, 땅길 일 년 길이어서, 아무리 天將이라도 力盡한 기색이 없을 수 없으니, 먼저 노독을 풀어야겠거니와, 그런 뒤에는 본 黑竹이, 단신으로 먼저 나아가, 전투를 걸고 저 흉악한 내시 놈의 상투를 끄셔 탱이를 친 뒤, 열두 토막을 지어 흩트리려 하니, 여러분께서는, 살찐 송아지에, 불알 깐 돼지에, 첫 암내 낸 개를 잡고 하여, 天五將의 陽氣를 돋굴지라!"고 일렀다. 그런 말이 끝나고 있었을 때, 白蘭이 은근히 座上께 이르기를, 누구나 쉽게 예상하겠다시피, 백성들의 더운 피로 양기를 잘 돋군 저 내시 놈이, 필시, 天五將들이 기력을 회복하기 전에, 그것도 그 五將들이 피로에 지쳐 잠든 밤의, 어느 틈에 내달아, 제 쪽에서 먼저 天將들을 해치려 할 터이니, 그것을 방지키 위해, 매 天將들께마다, 몸이 덥고, 건강하여서, 몸의 어디에서고 고름을 흘리지 않는 엔네로서 둘씩 侍女로 주어, 하늘 장한들이 잠든 동안, 하나는 앞문을 지키게 하고, 하나는 뒷문을 지키게 하라고 했다. "아, 그런 일이시라며는"이라고 시작해서 座上이, 자기의 의견을 보탰을 것이었다. 라는즉슨, "약한 엔네들보당은, 사나운 개를 데린 끌끌한 장정들로 하여서나, 앞뒤 문밖에다 대낮처럼 화톳불을 피워 밝히고, 밤을 지켜 있게 하는 것이, 확실하지 않겠닙닌껴?"란 것이었다. 그러잔즉슨, 곁에 있으며, 저도 무슨 말을 좀 해봐야겠다고, 그 틈을 노렸음에 분명한, 赤菊이, 울그락 푸르락 몹시 성을 내며, 들었던 주발을 내부침과 동시에 이렇게 힐난터라 한다. "畜民들의 지혜가 요래 놓으니, 조런 하늘 內侍 같은 것이, 물도 안 나는 좆을 꽂고 지랄하고 있는 것일 터다. 그러면 여러 畜民들은 귀를 열어 들어볼작셔라. 첫째는 머시냐면, 天宮에서 쫓겨난 저 內侍 놈의, 천하무적의 무기인즉슨, 그것의 발톱도 아니고, 수염도 아니며, 불의 혀도 아니고, 病을 뿌리는 오줌도 아니며, 들으면 모두 놀래겠지마는, 그것은 머시냐면 잠[睡眠] 인데, 글씨 '잠'이라고, '잠'인데, 그래서 아무라도, 하다못해, 마루 끝에 앉은 저 어중간이까지라도(그는 座上네 둘째 머슴이었더나, 마을에서는 그중 우뭉스런 자로, 또는 바보로 알려진 자로, 언젠지, 賢者[당굴] 옆에 자리를 정해 앉아 있었던 듯했다) 이 '잠'만 防와낼 수 있으면, 일합쯤의 전투는 해보겠다고 나설 수도 있을 것이라고. 허단대도 누가 '잠'을 이겨내드냐고? 그러니, 잠귀가 밝은 '개'를 哨兵 삼아, 파수를 보게 하면 좋을 듯함에도, 하늘에서는, 그것(개) 한 有情만이 佛性이 없다고 하여, 그것을 달[月] 만큼이나 忌하는데, '개'의 몸속을 도는 피는, 달[月] 의 월후라고 하거덩. 그래서 개는, 형체를 해갖고, 대낮에도 다니는 夜鬼라고, 또는 夜叉의 종내기라고 허는데, 그렇다고 헌다면, '개'를 파수 세우는 일이란, '하늘 內侍'의 間者에게, 重任을 맡기는 일보다도, 더 나쁠 것 짐작하기는, 에럽들 안 허겄제. 그러면 이제, 어찌하여 白蘭將이 몸이 더운 엔네들로 하여금 파수를 보게 하라고 일렀는지, 그것을 일러줄 것이거니와, 老公은 天將들의 잔을 채우십제.” 그리고 赤菊은, 채워진 잔을, 쭐쭐 빨 듯이 천천히 마시며, 한 마당 넘치는 一洞을 둘러보았다. 그의 눈에 보이는 것이란, 부수수해서 뽄대 없는, 村面들뿐이나 아니었겠느냐. “그 애기를 헐라자니, 또 이런 애기에로 돌아가게 된다고. 그래도 하늘이란, 율법과 도덕, 예의가 밝아야 되는 곳으로 알려졌는즉, 어떻게 돼서, 저 ‘하늘 內侍’된 것이, 그 두 쪽 天丸을 까이게 되었는지, 그것은 말할 수가 없으되, 하늘 물건이란 결코 스러지는 법이 없다고 이르거늘, 그렇다면, 저 ‘하늘 불알’을 까낸, 하늘의 망나니 의원들이, 그것을 어떻게 처리했는가, 그것은 말해봐도 좋겠다 싶으구마는. 요것이 그리고 그 요점이 된 부분이라고. 물론 그러자니, 저 하늘 의원들은, 그것을 없애버리려고, 천 가지 만 가지의 방책을 다 강구하여 써보았을 것인데, 그것이 우리한테 문제가 되는 것은 아닌즉, 그것은 싹 잊어버리기로 하고, 그 최후로 쓴 꾀만 하나 밝히기로 해야겠구만. 저렇게 천만 가지 방책이 다 소용없게 되자, 마지막으로 저 의원들은, 낮이면 잠만 자대며, 호꼰하게, 젖는 꿈만 꿔대는, 하늘 암캐의, 꿈의 玉門 속에다 쑥쑥 둘을 밀어 넣어주었더라고 한다고, 헌디 여러분네들이 알아야 할 것은, 저 하늘 암캐란, ‘蝕女’라고도 하고, ‘月女’라고도 하는데, 玉門이 입이고, 입이 똥구녁이고, 똥구녁이 玉門이 돼놔서, 무엇이 한번 그 구녁 속을 쏘고 들었다 하면, 그것은 그 순간 녹아져, 그 몸에 양분을 골고루 공급하였다가, 똥이 되는데, 이 똥은 다름 아닌 애새끼라고. 이 애새끼가 그 玉門을 빠져나오려 하면, 계집을 새로 아스라하게 하는 것, —거기서는, 아무것 한 개도 스러지지도 안 하기뿐만 아니라, 소비되는 것도 없는 것, ……‘하늘 암캐’는 地獄! 여러분네가 잊어서는 안 되는 것은, 저 두 개의 天桃가 밀어 넣어져 감금당한 곳은, 저 하늘 암캐 년의, ‘낮에 자며 꾸는, 꿈의 玉門’ 속이라는 것인데, 그 하늘 계집의 ‘꿈의 玉門’은 헌데, 땅 계집들의 眞肉의 玉門으로 별똥 떨어져 내려 있어, 저 하늘 암캐의 월후하기며, 암내 내기에 좇아 땅에서도, 계집들이, 서답을 갈아 차고, 사내를 보채고 하고 그런다고. ‘위에 있는 것은 밑에도 있고, 밑에 있는 것은 위에도 있다’고 허는 것. 이제 그래서, 머슬 이러쿵저러쿵해쌀 일이 아니라, 홱 풀어 밝히기로 한다면, 저 ‘하늘 內侍’ 된 자가 까인[去勢당한] 그 불알을, 땅에서는, 땅의 모든 계집들의, 玉門

두덩에 심겨 넣어져, 공알[陰核]이라고 이르는, 그것이 됐다는 그것이제. 그라고 또, 누구든, 쬐꿈이라도 지혜가 있다고 하는 자라면, 요런 이약을 통해 뭣을 배울 것인가 하면, 땅에서는, 그것이 무신 실다움인 듯이 움켜쥐어, 굳세게 붙들고 놓으려 하지 않는 어느 것이나 없이, 그 실제는, 하늘의, 또는 그 반대쪽의, 누가, 낮에, 또는, 밤에 꾸는, 꿈의 조각[夢片] 들에 불과하다는 것―그런 것을 배울 것이고, 그러면, 쓸모없는 俗慾을 줄이고, 하늘에다, 복숭나무를 심으려, 그런 기회가 닿는 대로, 苦行하려 할 것이지.” 그리고, 그 赤菊이 술로 목을 축이려, 잠시 중단하자, 黃中이, “과연, 天僧將다운, 說法이로다!” 하고, 무릎을 치더라는데, 촌로의 의견을 하나 불쑥 삽입하기로 한다면, 저 赤菊이란 것은 필시, 色執에 의해 還俗한 중놈이었음에 분명하다는 것이다. 그의 설법에는, 座上은 물론, ‘마을의 현자’까지도, 은근히 감복한 빛이 있었다. “그런즉, 一洞民은 들어볼지라, 그렇게 하여, 고자가 돼버린 그 天陽이, 어찌, 잃어버린 자기의 불알을 찾아내려 하지 않겠을 일이겠드냐고, 그런고로, 去勢를 당하지 않은, 모든, 몸이 더운 옌네마다, 그자에게는, 부나비에게 불빛처럼, 그러할 것이어서, 항거치 못하고, 먼저 그 玉門부터 치고 덤빌 것인데, 그러면 그 한 夢片은, 그 한 玉門 속에 빠져, 수렁 속에서처럼 허우적일 것. 그럼에도 本將은, 玉門을 달아본 일이 없어, 그 夢魔를 가둔, 玉門이 느끼게 될, 괴로움은 말할 수가 없음이, 유감, 유감. 어쨌든, 玉門은 ‘잠’이 더 깊을수록, 그것에 빠진 것에 대해, 더 깊은 수렁일 것, 더 보탤 말도 없너러.” 흣, 흣흣, 이리하여 마을에서는, 天事도 地事와 별로 다름이 없어, 하늘도 苦海라고 알고, 하늘이 흐리는 까닭도 그런 것이 아닐 것인가 했다. 아무튼 마을에는, 그렇게나 오랫동안 시들었던 웃음이 새로 순 돋아, 새로 덤불로 덤불로 해당화밭이었으며, 天五漢들은, 사랑방이 깨끗한 다섯 집으로 나뉘어져, 노독을 풀기에 이르렀는데, 그들의 행구들은, 꽹과리며 소고동도 함께, 방이 큰 座上네 사랑방 윗목에 둬둔 뒤에였다. 座上네에서는 물론, 黃漢이 지냈는데, 座上네, 그 홀로 된 며느리의 옷섶 속에는 벌써부터, 저 누런 손이 열두 발로 칭칭 감겨 있었다. 그리고 물론, 매일 다르게, 계집이 하나씩 더, 그 사랑방에로 오고, 갔다. 그런 뒤로부터 마을엔, 복사꽃 바람이 훈훈하게 불어갔는데, 안댁들 모인 자리에서마다 자지러지는 웃음이 일었으며, 그리고는, 저 장한들이야말로, 上帝의 五方將들답게, 동서남북과 가운데를 치고 듦에 있어, 과연 신출귀몰인데다 실하여, 전신이 함락되기가 불길에 휩싸인 듯하여, 무쇠인들 견디겠느냐고, 새벽에는 뜨거운 재만 남는 듯싶은바, 치골이 붓고, 공알이 쓰리고 하는 일로 따지건대는, 필시, 모두 잠든 새에 쳐들다 失足한 十二蟲이라는 三世의 淫漢 魔羅가, 한번 더, 天槍에 생 亂槍질이 난 것일 것이라고 했다. '玉門陣'이라고 일러진, 그 天陣法이 오묘한 이유로 그랬었을 것이지만, 저 天將들은 밤에 꿈 한 가지 꾸는 것도 없이, 한 번도 깨이지도 않고 잘 자고, 깨이고 했으니, 저 淫魔의 千手도 저들께는 미치지를 못한 증거일 거라. 그렇게 玉門陣을 쳐놓고, 저 天五方將이라는 것들은, 말하자면 子宮 속에 담긴 새끼들모양, 아편과 고량주와 개고기의 맛을 빨며, 문밖에로는 코끝도 내밀려 하지를 않는데, 天將을 모셨는데도 불구하고, 사실로는 그 탓에, 당굴만은 심신이 편치 못했던 듯했다. 그의 느낌에는, 마을이 왼통, 天面을 가장한, 十二蟲의 다섯 발가락 새에 움켜쥐임을 받아, 강간을 당하고 있는 듯한 것이다. 그래서 그는 여러 날을 서성거리며, 잠도 못 자고, 앉지도 못하고, 시간도 없이 마을의 고샅들을 어슬렁거리고 다니거나 하고 그러다가, 하루는 마음을 크게 달여 먹고, 黃中이 머문, 座上네 사랑방에로 내달았다. 때는 대략 오후 중참쯤이었는데, 五將들이 모여 앞뒷문을 활짝 열어놓고, 여럿의 마을 아낙네들을 희롱하며, 술판을 벌이고 있어, 당굴은 먼저, 여러 차례나 헛기침 소리를 해 들여보낸 뒤, 안에서 黃中이 한번 내어다보는 기색이 있자, 마루에로 올라, 앉고, 低首하여, "모두 평강들 하시오?" 하고, 안부를 여쭌 뒤, 외람되게도, 天將들이 여독을 푸는 자리를 어지럽히게 된 자기를 용서하라고 하고, 저들의 안하무인의 시선들이 자기에게 모두어지자 당굴은, 지난 여러 여러 날 몹시도 괴롭힘을 당했던, 그 의문을 털어놓았던 듯하다. (당굴이 생각하고 생각한 나머지가 이것일 것인데) "무엇이 뭣보담도 머시긴가 하면, 첫째는, 天身은 말씀의 몸[語身] 일 뿐일 것이어서, 靈體라고 하는즉, 그렇다면, 우리들 입은 것 같은, 필멸할 畜肉을 입은 것이 아닐 것인데, 만약 그렇다면, 무엇에 근거하여, 그 語身靈體에 하초며 불알 따위가 혹부리해 있으며, 그런즉, 어떻게, 없는 몸의, 없는 하초의, 없는 우멍거지를 늘여,

그 냄새의 살 자루를 없는 것 위에다 씌웠다 할 수 있으며, 둘째는 파수 보는, 마을의 아낙네들을 두고도 일어나는 의문인즉슨, 무엇이, 글쎕지 무엇이, 없는 것을 가둘 수 있다 하리요? 만약 그렇기로 한다면, 고자라도 사내는, 마음씨가 바르고 밝은 자식을 낳으려 하면, 마누라를 양지에 뉘어놓고, 그 하문에 대고, 조랑조랑 몇 마디의 얘기를 울려 넣어 묻어두기로, 세월을 기다리다 보면, 딸자식 간 고고 소리를 질러, 양수를 터뜨려내지 않으리요?" 그리고 당굴은, 마을에서는 '지혜'스럽다는 그 눈을 뻰하게 떠서, 빤딱빤딱하게 저들을 건너다보았을 터이지만, 안에서는 다섯 놈이, 껄껄껄껄껄 다섯 놈이, 마루에 앉은, 한 마을用, '智慧'를 찌럭 찌럭 찌럭거리듯, 찌럭 찌럭 한 잔씩 고량주를 권해, 된똥 한번 눌 만한 시간 안에, 다섯 잔 술을 퍼먹였다. 그도 물론, 열두 발 창자를 사려 갖고 있었으되, 그것은 여러 날째나 똥을 못 실어봐, 허덕거리고, 꿈틀거리고, 쓰리고, 그랬었을 것이다. 座上도 내려와 좌정하고 하자, 黃中이, 그 閱世가 많은 어투로(라는 말은, 여러 말 뽄새를 뒤섞어라는 말인 것이다) 했던 대답은 이러했던 듯했다. "본즉슨이라, 사둔은 일동 현자 하나는 될 법허겠는디, 고것인즉슨이라, 사둔이 갖다가시나, 머슬 머시라고 너무 머슬 머시라고 알아묵어 뻬리다가, 어만 군데로시나 돗수를 넹기뿌리설람에, 결국에 갖다 가시나는 아무껏도 몰루게 돼뻬린 고 탓이겠는디, 그것은 그래도, 제법은 갖촤진 데가 있는 것도 겉은 물이어라서, 대답을 해줄 생각끄장도 허게 된다 구시방. 헌데도, 하늘이며, 거그 사는 하늘 몸이, 사둔이 아는 것맹이 그랬다가는, 워니 얼어 죽을 내 야덜뇌미 있어, 공덕 닦아 하늘 간다고 애씨겠어? 연이나, 짐(김)이라는 것은, 물론 뵈지 않은 것은 아니락도, 워떤 일정하다던지, 확실한 형상도 뻬도 없는데, 고것이 공중으로 솟고 솟고 더 솟다, 하늘 워디만침가 月宮에 닿으먼, 고 직시, 형상이 생겨, 비도 되고 눈도 되기 뿐만 아니라, 뼈까지도 생겨 우박도 되고 허는데, 사둔은 부디 갖다가시나 고 이치 속을 한번 생각해보실텨? 요것이 무신 말인가 허면, 쉽게 풀어 갈치주기로 헌다면, 사램이 죽으면, 혼백이랄지, 氣랄지 또는 불[火]을 냉기는데, 고것이라는 것이, 방금 전에 비유헌, 고 짐(김) 겉은 것이라, 있음선도 형상도 없고, 뼈도 없는 것이더라고 시방. 요라먼 사둔도 알 만허시겠여 시방? 고런 것이, 방금 전에 말한 것맹이, 上天 가면 인재, 지은 業이란동, 공덕 닦이에 쫓아설람에 몸을 받는데, 天身, 地身, 人身 따위로 나뉜다고. '地身'이란, 畜, 蟲, 草 따위라고 허겠제. 그런고로시나 고행난행 공덕 닦아, 天身, 人身 발을라 허능 것이제, 안 그라고서야, 어느 사둔네 개 야덜뇌미, 저 먹고 싶은 것도 남 주고, 지 예편네까지 손님 대접에 내주어, 적선을 헐라고 허겄느냐고? 헌디도 요런 것은, 그 뜻이 심오헌데다 웅대하여, 凡民의 쇠견 갖고는, 한 사백 년쯤이나 연구허면, 쬐꿈 物理(文理)가 통한다고 할랑가, 워짤랑가. 가만있습제, 그라고 '파수 보는, 마을 아낙네들을 두고 일어난 의문'이람시나, '무엇이 없는 것을 가둘 수 있느냐?'고 물었었을 것인데, 고것에 대해서는 사둔도 어쩌다가 꾸는 것이 분명한, '꿈'을 찬찬히 딜이다보라는, 그 소리밖에는, 참말이제 해줄 대답이 없다고, 사둔도 어쩌다, 가위눌려 보았다면, 그리고, 좋은 색시가 이부자리에로 든 젖은 꿈을 꾸어보았다면, 그리고 잠을 깨이갖고는, 그 일로 조금 엎치락뒤치락 잠을 설쳐본 일이 있었다면, 조런 소리는 물을라고도 안 했었을라는가도 모르겠다는 생각이기도 허다고여." 黃中은 그리고, 狗肉 한 점을 씹으며, 기름인지 침인지를 입 귀퉁이로 흘리다가는, 몹시 짜다고, 마당에다 퉤 뱉어 던진다. 그러자, 마당에 풀려 나왔던, 그 집 首犬이 얼른 물어 삼킨다. (개가 개를 먹느냐고, 체머리를 젓느냐? 公은 여태도 童貞을 떼 내지를 못한 것은 아니냐?) 당굴은, 허기진 창자에다, 너무 급하게, 거푸거푸 다섯 잔 독주를 마신 탓으로도 그랬었겠지만, 그 黃中이가, 자기의 혀를 쑥 뽑아, 된장에 찍어 씹다가, 맛이 나쁘다고 퉤 뱉는 것을, 아주 가까운 데서, 멀리로 보고 있었다. 그러자니 당굴은, 입속에 혀가 없는, 허한 흑암을 물고, 그것이 거북해져, 주춤주춤 자리를 물러, 뜨려 했는데, (물론 天五將들과 동네 계집들은, 늙은 얼굴에다 자기네들의 흔쾌한 웃음을 끼얹어댔을 것이다) 헌데 누군가가, 큰 소리로 말하고 나서 있어 들어보니, 그 내용에서는 당굴 자기의 혀의 냄새가 나는 듯했다고 하고, 그래서 그 '소리'를 '건너다본'즉, 그것은 다름이 아니라, 座上네서 (어디 버려졌던 아이를) 주워다 길러, 당굴 자기 밑에, 여러 해 글자도 익혀주려 하며, 사람을 만들어보려 한다, 하는 짓이 엉뚱하고 하여, 일이나 시켜 먹게 되자, 동네에서는 그를 깔보아, '座上네 둘째 머슴'이라고 부르는, 그 사내가 내지른 소리였는데, 그는 마당을 쓸다, 개가 먹어버린 당굴의 잘린 혀를, 그 개의 목구멍에서 끄집어낸 듯했다. “요보쎠. 말인디, 누른텡이 어르신, 요 쇤 놈이 말인디, 머슬 머시라고, 머슬 좀 물어밨이면 싶은디, 워떠셔, 대답 좀 허실 만허시겄네?”라면서, 예의 저 둘째 머슴 놈이, 싸리비 꽁생이로 턱을 괴어 나서고 있던 중이던 개 비다. 그러자, 黑竹이 있다가 黃中을 향해, “초런 순 버르장머리 없는 人蟲이 같으니라고, 내 한걸음에 내달아, 멱을 따빼리끄요?” 한다. “아스게”, 黃中이 손을 젓는다. “아우님은 그리 말게. 모두가 다 땀을 뻘뻘 흘리며, 五百世 千世를 오르는 天路를 꺼꾸로, 내려왔었을 때에는, 그 아래쪽, 고통 가운데 헤매는 여린 백성을 도와, 구하자고 온 것인데, 오히려 해코지를 해서야 될 말이겠어?” 그렇게 黑將을 나무라듯 달래고 黃中은, 제법은 하늘스런 웃음으로 마당을 내려다보며, 머슴 놈께, 할 말이 있거든 하라고, 고개를 끄덕여 보인다. 그러자 머슴 놈은, 시뜩 한번 웃는가 하더니, 가래침을 한번 내뱉고, 그 가래침을 핥는 개를 빗자루로 후려칠 듯이 하며, “요누무 개새깽이, 너는 개벼룩끄장 핥아 생킬라는 겨?” 힐난한다. 그리고는, 黃中을 향해, “글씨라, 요 쇤 놈의 눈이머 고렇게 별랑 붉다고는 못 혀도, 여나믄 발자국 조쪽에서 뛰는, 개벼룩 그림자끄장은 보는디, 어른께서는 그라먼, 요만헌 눈이먼 그래도 뭘 좀 봐묵는다고 허시끄요? ……아 그랴요, 그랴라우, 그러장개 어르신도, 요 쇤 놈의 눈이 말허자먼 좋은 펜에 속하제 나쁘던 안 허다고 본다 요 말씸이시제 시방. 그런디 사탈이는 말이제요, 요 여러 날째 갖다가시나, 물론 여전히도, 열둬 발자국 조쪽 소풍 가는 개벼룩 나리의 그림자는 보겄는디도, 가차히 있는 대들보란동, 뭐 고런 건 보덜 못 허게 된디에 있다고 바야겄오이. 아항, 어르신은 웃으시는 개 벼서, 웃음소리가 듣기는디, 쇤 놈 눈에는 어르신이 비덜 않는디, 그래서 어르신들은 하늘 몸을 허고 있는 것이 분명헌개 뵤. 요것은 갖다가시나, 쉽구로, 풀어 일러드리기로 허자먼, 요 쇤 놈의 눈에 대들보가 백힌 탓일 것으로, 요 눈으로는 아무리 갖다가시나 암만 볼라고, 눈을 딱고 보고, 또 딱고 보고 그래도 말인디라, 黃將 어르신을 비롯해 다른 四方將 어르신들도 다 그러헌디, 말씸이라, 아무 어르신 하나도 말씸이라, 요 쇤 놈허고, 말씸인디라, 벨반 달븐 디가 없어 비는디 말씸이라, 요것이 시방 쇤 놈헌티는 말씸이라, 안 히었어야 할 눈 걱정을 일으킨 것인디 말씸이라, 쇤 놈이 보고 자파 해온 것을 두고 말씸을 드린다먼, 말씸이라, 여러 將君께서는, 댁빼기며 꼬랑대기들은 시방 워디다 감촤놨으끄요, —요것이 눈 걱정의 사탈인디 말씸이라, 그랄 것이, 우리 동네서 밖에다 榜을 내다 붙일 적에는, 요 쇤 놈맹이 생긴 그냥 사람을 모집히어서나, 좋은 술밥에, 동네 씨버럴 잡년들의 똥구녁끄장 공짜로 바치, 上座에 모시자는 뜻은 쬐꿈도 없었는디, 보쎠, 그런디도 요것이 머시여? 열둬 발짝 조쪽 잡기질 가는 벼룩의 그림자끄장도 비는 쇤 놈의 눈에는 헌디도, 무신 개 족걑은 것들이, 사람 대가리 걑은 것을, 사람 몸뎅이 걑은 데다 얹고, 사람맹이 말험선, 하는 짓들만 사람 걑들 안 해, 짐성만도 못한, 무신 똥개를 애비헌 것들만 뵈고, 또 뵈는디, 요것이 워찌 된 일여, 쇤 놈의 요 눈구녁이 워찌 된 일이냐고 시방? 그래 여쭙는 말씸인디, 天將들은 혹간, 그 우멍거지 진 하초 껍데기를 땡기고, 늘여 쓴, 고 人皮 밑에, 아 그래서 자네님들은 냄새가 나쁜 것이던 것을, 폐, 말씸인디라. 무슨 비암 몸뗑이랄지, 염소 다리란동, 무신 고런 것을 감촤각고라도 있으께요?" 흣흣, 흣, 그리고 그 우뭉한 놈은, 가래침을 몰아 뱉고, 그 가래침을 핥는 개를 빗자루로 후려칠 듯이 하며, "요누무 개새깽이, 너는 개벼룩끄장 핥아 생킬라는 겨?" 하고 생 힐난이다. "그라면 창시가 개라와, 미친 지랄을 허게 되능 겨." 헛헛헛, 놀라울 것은, 글쎄지, 座上과 당굴과, 모여들고 있는 얼마 정도의 마을 사람들께 놀라울 것은 말이지여, 다른 四方將들이 주먹을 쥐어 부르르 부르르 떨며, 금시에라도 내달아, 마당 가운데 선 '능청스러운 바보 놈'의 대가리를 쪼개고, 허리를 꺾었으면 하고 있음에도, 黃中이라는 자는 조금이라도 노한 기색을 띠었기는커녕, 그 白民에 대한 연민의 정탓이라는 듯, 눈물을 돋궈내고 있는 그것이었다. (이 한 장면의 연극은 그렇다면, 公도 짐작하겠다시피, '混沌'이 '秩序'의 형태를 띠고 있어, 그 관중에게 매우 불편한데, 畜生道의 歷理易道를 좇는다면, 그 관중들의 요구에 의해, 그 '混沌'이 '秩序'化를 성취하려 하면, 그것이 얼마나 큰가, 작은가와도 상관없이, 그리고 또, 그것을 누구나 다 인지할 수 있는가, 또는 그 犧牲者 당자까지도 모르는가와도 무관하게, 그러면 어떤 '犧牲'이 필요해지는 것이다) 이 '歷理易道'를, '陰氣', 또는 ('遺傳된 陰氣'라고 일러도 좋을 듯하다. 그러니 '歷史'

란, '集團的 羯磨'와 同義語라는 얘기이기도 하겠느냐) 그리고는, 가래침을, 분명히, 소풍 길에 오른, 어떤 개벼룩네 한 가족의 정수리에다 대고였을 것이지만, 에엣퉤, 퉷, 둬서너 번이나 더 뱉어쌌다가 마을의 新進賢者도, 黃中님의 눈물에 넘치는 눈을 마주한 순간, 물었던 가래침까지도 어쩔 줄을 몰라, 어중간하게 하고 있어 버렸다. (이것이 말한 바의 저 '混沌'이던 것이다) 그는 글쎄, 숨을 잘 들이쉬고 있었는 중에, 누가 갑자기 등을 친 때처럼, 숨 속에 허한 구멍이 뻥 뚫려, 椿事的 無我症(失我, 또는 癡呆症 말이지)을 드러내 버린 것이다. 한 洞民이 그런 것이다, 글쎄. 저 동그라미 가운데의 한 점이 그렇게 멈춰버리자, 저 한 점의 바깥쪽도 그렇게 멈춰버렸던 것이다. (그러면 公은, 어떻게 한 '集團'이 '犧牲'을 선택하는지를 알 만하게 되었을 것이다) 이 활[弓]이 누구의 손에 쥐어졌든, 활에 화살은 매어졌으며, 그 시위는 팽팽히 잡아 늘여져 있다. 그리하여 黃中이 입을 열었다. "百姓은 시방, 무엇을 묻고 있는가를 확실하게 알고들 있으시단댜?" 그리고 黃中은, 자리에서 일어나, 마루에로 나와서는, 버티고 서서, 그제서야 눈에서 번쩍이는 창끝 같은 빛을 쐬어내며, 그 사랑방의 상량이야 부러져 내릴라믄 내리구, 지붕이야 불려 갈려믄 가라구, 소리를 내질렀다. "畜生道에서 人世로 오른 지가, 아무리 어제그제께밖에 안 된다 한다 히야도, 그 人頭骨 속에서 나오는 지혜라는 것이, 돼지의 울음소리만도 못할 수가 있다는 겨? 百姓들은 그래서 지끔, 百姓을 돕자고, 하늘 먼 길을, 입은 畜肉이 무거워, 一살[肉]의 세상을 도울라면, 神들도 살을 입어, 그 살의 세상으로 니리와야 된다는 것은 알랑가 몰라? —땀을 흘리며 와서, 그 노독을 좀 푼다고 하고 있는 중에, 성급한 畜生들이여로고, 그동안을 못 참고, 자기네들을 돕자고 온 자들의 검이며, 창이며, 갑옷을 거둬, 오히려 철천지 원수헌티나 갖다 바칠라고 허다니?" 그리고 黃中이, 눈물을 뚜둑 뚜둑 흘리며, 제 주먹으로 제 가슴을 둥둥 치자, (이 또한 '混沌'이다) 그것을 무슨 군호라도 삼았다는 듯이, 안에서 天漢 넷이, (그 윗목의 행구 속에서 꺼냈을) 창검을 움켜쥐어 나와, 눈들을 부릅떠 마을을 내려다보며, 黃中을 옹위해 선다. 그 기세는 天漢들답게 등등하고, 그 창검들 빛은 푸르러, 심지어, 마당의 개까지도, 꼬리를 샅에다 감추고, 키깅 키깅 앓는 소리를 내며, 마루 밑에로 사려 들었으니, 저 동민들이, 그들의 목덜미와 가슴께로 느꼈었을 서늘함이 어떠했었겠느냐. 이렇게 되자, 마루에 매달렸다 떨어진, 마을의 눈들이 이번에는 이렇게 되자, 저 '될 뻔한 賢者'의 전신에로, 가래침처럼 쏟겨 덮이고, 座上이, 저 天漢들의 노여움이 혹간 마을에라도 쏠릴까 걱정하여, 내달아, 黃中의 발등에 머리를 조아리고, "東트면 날인 중만 알고, 배부르면 풍년인 중만 아는, 요런 어리석은 백성을 한 번 더 불쌍히 보아줍시사." 하고 빌기에 이르렀다. "부디 天官님들께서는, 노기를 푸시고, 天路를 떠나, 그렇게도 먼 길을 수고로이 오시게 된, 그 까닭을 잊지 마시옵소사. 젊은네로 말씀디리오면, 早失父母하여, 이 늙은네가 데려다 길렀거니와, 늙은네가 잘 가르치지를 못해 그러하온즉, 저 젊은이께 잘못이 있다 하오면, 그것이 모두 이 늙은네의 불찰인즉, 부디 늙은네를 징계하실 일입십니다." 그런즉, 그제 이르러서는, 黃中도 노기를 푼 듯, 座上의 손을 잡아 일으키고, 자기도 마루에 좌정한다. 그리고, 조금 수그린 음성으로, 그럼에도 마당의 누구라도 다 들을 소리로, "그렇잖애도, 本天官들이, 주야로 심려를 놓을 수가 없었던 것이기는, 혹간, 本洞民 중에서, 소견머리가 쥐뿔만도 못하여, 本洞에서 내건, '榜文'을 들어, 묻고 나서면 어쩔까 하는 그것이었더니, '知彼知己, 百戰不殆'란 兵家金言이거니와, 이 경우는 반대로, 저쪽 어디, 들 건너 숲에 잠복해 있는 적병을 색출하겠다고 밤에, 병사마다 크게 횃불이며, 등을 해서 들고, 꽹과리에 징 소리 드높게 들로 나가기처럼 돼버린 것. 물어졌지 말았어야 할 물음이 물어진 것을. 슬프되, 늦은 감이 있으니 워짜지요? 왜냐하면, 한번 물어진 의문은, 그 당장에 풀지 않고, 가슴속에 묻어두려 하면, 처음에 그 순이 하나 돋는다 하여, 그것을 솎아내고 났더니, 두 순이 돋고, 넷이, 여덟이, 서른두 개가, 백마흔여덟 개가 불어나는 그런 것이어서, 그 한 순이 돋아났을 때 아예, 그 근본을 캐내 버려야 하는 녀러 것. 그러지 않는다면 이 경우에는, '타락한 天官'을 쳐부숴, 고통에 헤매는 백성을 구하겠다는 本天官들이, 저 '內侍'의 발톱이 닿기도 전에, 洞民들의 의혹의 발톱에 창자를 찢길 위험이 있는 것, 그런즉슨…… 아, 하기사, 저 젊은 사둔도 그렇기는 그렇다고, 머시냐면, (이제 저 牲牢은 목을 떨구며, 더운 피를 뿜어내야 할 차례다) 어제 저녁, 겨우겨우 畜生道 벗어나, 人世에 온 지 (하늘 시간으로는) 한두 식경도 안 되다 보니 心眼이라고도 이르는, 天眼을 구비할 天機를 얻지 못해, 아직도, 얼음장에 미끄러지다 뻥 떨어진 듯한 그 눈에, 畜生道의 無明이 소모양 덮여 本天官들의 人皮에 가려진 天身을 볼 수가 없었을 것이고, 거그 문제가 있었다고 바야겠지어, 그러헌즉, 그런 와달이 쓰기도, 딴에는 정당히었겠었다고 바도 쓰까?" 그리고 黃中은, 아직도 비짜루 몽생이에 턱을 받치고, 마당 가운데, 고독해 빙충맞게 서 있는, '사람 같은 짐승'(黃中의 言中有骨은 그것이 아니었댔나?)을 손짓해 가까이 오라고 하여, 근래 생과부가 된, 좌상네 며느리께 분부하여, 한잔 술('贖良' 값?)을 권하라고 한다. 둘러선 사람들 중에서는, 깔보는 소리, 비꼬아 웃는 소리, 침 뱉는 소리들이, 돌팔매처럼 쏘아졌다. (후유우―) 黃中이 네 天漢들께 눈짓을 해 보이자, 그들은, 그랬었던 짓이 조금도 본의가 아니었다는 것을 나타내 보이려는 과장적 태도로, 長槍이며 大刀들을 얼른 치우려 든다. 때에도 黃中은 잇고 있었다. "결국 그러한즉, 이제 本天官들께, 특히 다른 선택은 없는 듯허니, 이로 인해 어떠한 해가 초래된다 하더라도, 풀어줘야 될 의문은 풀어줘야겄다 싶음마는." 그리고 黃中은, 座上과 당굴께만 들리는, 소근거리는 목소리로, "이 중에, 저 '하늘 內侍'의 間者가 있거나 하지는 않겠십제?" 하고 묻는다. 그러자 座上이 손을 홰홰 저으며, 洞民이 한가지로, 그 十二蟲의 횡포 아래서 신음하고 있다는 얘기를 한다. 그러며, "우리네의 無明 탓으로 우리가, 무신 못 뱕힐 비밀을 밝혔으께요?" 하고, 목마른 듯이 묻는다. 黃中이 그러자, "座上을 위시해, 동민 여러분께서는 불원간에, 그것을 보게 될 것이오." 말하고, 비장한 어투, 비장한 얼굴로, "그렇다면, 여러 白民들이, 뮛을 알고, 보고 싶어 하는지, 그것을 알키주고, 비주제." 사랑방 안에서는, 그 소리가 떨어지자마자, 天漢 넷이, 座上 네 자부, 기타 계집의 볼기를 한 차례씩 두들겨 내보내고, 웬일인지는 모르되, 문을 닫았다. "친애하는 동민 여러분네는", 黃中은, 座上과 당굴의 가운데 앉아, 한잔 술을 높이 들며, 마늘 내 나는 소리를 했다. "인제부텅, 어떠한 광경을 보드래도, 놀래거나, 꽘을 질러서는 안 되는 마음을 묵어놔야 되겠는데, 행여 그 소리에, 잠을 깨고 十二蟲이, 그 萬里眼을 떠, 우리를 엿볼까, 그것이 염려라서 그러는 것이라고, 본디 하늘서 우리덜 武藝를 익힐 때, 本官과, 저 '內侍'가 막상막하였었으니, 本官

이 萬里眼을 가졌으면, 그도 대략 萬里眼을 가졌을 것", 흣흣흣, 그리고 黃中은, 눈을 가늘게 하여, 언덕을 올려다보는 듯이 하다가는, 풀풀 狗肉 냄새를 뱉어낸다. "오늘은, 불원간 있게 될, 그 전투에서, 本天官들이 응용하게 될 兵身術만, 개략하여, 보여주어, 동민들의 궁금증을 풀어줌과 동시에, 염려들을 놓게 헐라 헙제. 本天官들 중의 少將 黑竹이 나서, 저 '하늘 內侍'와의 전투를 개시할 것인데, 저 '內侍'가, 큰 지렁이의 꼴을 꾸며 있은즉, 우리들의 黑將은, '쥐대가리에, 새 날개 단 몸'을 꾸며, 저 큰 지렁이의 꼬리를 공격해, 잘라 먹으려 할 것이라고. 이 一合에, 우리의 少將이 승리를 거둬, 그 큰 지렁이 한 마리를 다 갉아 먹어 치워버린다면, 더 치를 전투란 남아 있덜 안 허겠제만, 그럼에도 우리들 모두, 한 天師 밑에서, 같은 武藝를 익힌 것, 本官이 추칙하게 되는 그의 兵身術은 그러면, 저 十二蟲은 그 당장, 그 꼬리며 머리를 바쁘게 감추고, 한 덩이 바위가 되어, 딱 엎드리며, 자기의 꼬리를 갉작이던 것을, 그 바위 밑에 깔아뭉갤라고, 허겠제. 땅의 짐승으로는, 조것은 남생이인데, 이렇게 되면, 첫 번 땅이 한 번 폴씬 솟게 바쁘다고. 그럴 것이, 우리들의 막내 將이 지금, 저 남생이 兵身術法의 呪術 아래에서 신음을 허구 있그덩. 그라면 靑·白將이 함께, 靑龍頭白虎身을 꾸며, 少將을 구한다고 나서, 저 肉頭甲身의 등짝에 푸른 벼락을 내리쳐, 그 등을 쪼개려 하며, 호랑이의 흰 발톱을 세워, 저 바위를 뒤집으려 덤빌 티제. 바라지 말 것은, 저 남생이가, 용쏘 속으로 들어가 버리는 그 일, 다시 말허면, 용쏘로 둔갑해버리는 그 일인바, 그런다면 靑龍의 벼락 치기도, 물에다 창 꽂기같이, 별 내력이 없는 데다, 白虎도 고양이던 것, 고양이가 물을 저어하는 건 아는 일. 물을 저어하지 않는다 해도, 저 白虎 그 한 용쏘의 두렵게도 깊은 물을 어쩔라는디? 뛰어들었다가는, 저 용쏘의 창자 속에서 녹아질 것. 그러면 이제 赤將이 내달을 차례인데, 고래가 돼설라무네, 그 용쏘 물을 다 들이키려 하여, 어디 荒地에라도 뿜어내려 할 것이제. 洞民諸公, 이 전투가 그렇게만 끝난다 하면, 十二蟲은 枯死하고, 荒地에는 꽃이 필 터이니, 빛을 더 바라리오마는, 우리들 같은 天師 밑에서 武藝를 익혔던 자들, 그러면 이제, 저 十二蟲은, 그 용쏘의 물을 毒으로 끓게 하고, 천만 마리의 거머리를 키우려 할 것이제. 천만 마리의 거머리를 들이마셔, 배 속에 지옥의 유황불을 지피워 가진 하늘사나! 저녀러 천만 마리의, 毒의 새끼들은, 그 한 天將을, '안'에서 파먹어 '들어갈 것'이제. 本官이 나서지 않을 수가 없는 형편. 수하 장수가 당하는 고통을 차마 볼 수가 없어, 本官은, 독한 연기를 뿜는, 천만 방울의 불꽃의 한 다발의 불이 될 것인데, 그리하여 저 고래의 배 속으로 들어갈 것인데, 그러며 매 불꽃 방울이, 매 거머리의 빨대를 지져댈 것인데, 헥, 아우님, 거 못 당할 짓이다, 못 당할 짓이다. 아우님!" 黃中의 눈에는 또, 새로 눈물이 괴이고 들었다. 그러자 座上이 얼른, 고량주 잔을 내밀어준다. 黃中은 받아 눈물껏 마시고는, 마당에 늘편한, 강변 돌모양 민틋한 얼굴들을 향해, 또 이랬다. "요런 투의 전투란 것은, 어느 쪽의 氣力이 세며 끈질기냐, 여그에 승패가 달린 것인데, 저 十二蟲으로 말허먼, 매달 열무날마다 好酒狗肉에 포식을 하고 자고, 또 한 해 하나씩, 신앙으로 알밴, 人肉을 먹어, 그의 근육 속에 차오르는 魔力의 열기로 하늘까지 더워져, 三世의 기후에 변화를 일으킬 정도인데, 이러자니, 그것을 퇴치하러 와서 오히려, 그것에게 먹히지 않기 위해서는, 本天將들도 또한, 여러분네의, 신앙과도 같은, 무조건적 우애와 봉사와 조력밖에는 바랄 것이 없다고시방. 몰라서 이리 된 것이지만, 글쎄 말이제 오늘만 해도, 洞民중의 누구라도, 의혹과 의문으로 해설람에, 本天官들을 시험키에 이르지만 안 했다면, 저 최후의 접전까지는 비밀로 해뒀어야 될, 그 兵術 兵法을, 여러분께 밝히려 시범치 안 했어도 됐었을 것이었는데, ……이 한 번의 시범의 결과가 어떠할지는, 우리 天眼으로서도 내어다볼 수가 없음메여. 아 거, 四大方天將들께서는, 준비가 다 되셨다는가?" 黃中이, 문 안쪽에다 소리쳐 보낸다. 그러자 안에서 대번에, 네 天漢이, 네 입으로, 한 大虎의 소리를 질러, "예이—" 한다. 그 소리에, 座上네 사랑채 지붕이 한번 들썩 올랐다 살포시 가라앉자, 黃中이 문을 열어 들어가, 횃대에 걸어뒀던, 누른 두루마기 입고, (초라니)帽 누른 것 쓴 뒤, 꽹과리 들어 되나와, 이번에는, 그 마루청 한옆에로 가 양발 포개 앉으며, 꽹과리를 몇 번 쾡가 쾡가 꽹과리 쾡쾡 쳐 놀림과 동시에, 구성진 목청을 뽑아, 불러 젖힌다. "雀頭蛇身 南方大護衛將軍 朱雀氏 납신다! 쾡가 쾡가 꽹과리, 꽹가리 쾡! ……龍頭雲身 아흐흐으아스라다, 東方大護衛將軍 靑龍 나으리 登天헙시납? 쾡가 쾡가 꽹과리, 꽹과리 쾡!" —그런 호명에 좇아 그런즉,

안에서도, 덩덕궁 德巨動, 德巨動 칭덕칭, 하늘 樂音을 지잉 칭 울려 내는가 하고 있자니, 무엇이 날 듯, 그 안쪽에서 후루룽여 마루청에로 나오는데, 이는 여름 黑雲 되사린 데서, 번개가 들불처럼 일어나는 것과 같았다. 붉은[朱] 새[雀] 얼굴을 한 괴물이, 새 날개의 붉은 옷을 입었고, 전신을 떨어댔는데, 그 꼬리는 아직도 방의 안쪽에서 다 나오지를 못했으되, 그것의 그 떨어대기에서는, 한 세상을 붉게 태우는, 불의 춤이 일어났다. 이어, 쾡가 쾡 지잉 칭, 궁벅궁 덕거동, 龍頭雲身의 괴물이 날아 나왔으며, 그것은 그리하여, 한바탕의 푸른 칼춤으로, 天氣가 깊어 푸른데, 그것은 관중에게, 하늘의 어디가 째어져, 흘러내리는, 두려움을 일으켜냈다. "쾡 쾡, 쾡가리쾡, 牛身虎頭 西方大護衛將軍 白虎公 現身!" 으르르움— 지축이 흔들리는 데서, 뜨거운 서리가 내린다. "豚體龜頭 대짜로구나, 北方大護衛將軍 玄武君 납십나?" 덩덕궁 德巨動, 덕거동 덩덕궁, 작것 한번 대짜로다, 대짜로다, 동네 물동이 여럿이, 인 머리에서 떨어지니, 칭 칭이나 칭, 징이나 징이찡 찡찡짜구지구, 띵까라로 하고지고, 징이나 징칭나네, 칭칭 감고 잘두 허셔, 칭얼 칭얼 잘두 노네, 南大將은 南立허구, 東大將은 東立허구, 쾌갱 캐갱 짖구지구, 西北님들은 西北 섰다, 덩덕궁 덕거동, 黃首는 蓮花로다, 인당수 소용돌이 降魔座 滿開, 폐 둥둥. 흣흣흣, 行者여, 그, 그렇게 어, 어떻게 돼서, 허, 허기는, 거기에 上帝의 五方大將들이 강림하여, 오색의 瑞氣를 충만케 하며, 칼춤으로 어우러져 갔던 모양이다. 그때는 물론, '될 뻔했던 賢者'도, 눈이 황홀한 데다 정신이 아스르하여, 흘러내리는 침으로, 제 앞가슴을 다 적시는 줄도 모르고, 입을 헤벌린 채, 빗자루 꽁생이 위쪽에 둥떠 있더라 했다. 어쨌거나, 그것이 이미, 어떤 天手에 쥔 붓끝에서는 씌어졌으나, 땅에는 아직 오지 않은, 시간의 미래의, 어느 틈바구니(란, 그해 大祭를 치르고 난 다음 날쯤일 것인데), 어디에 꽂혀 있는, 그 접힌 얘기를, 미리 어떻게 훔쳐보고, 얼른 다시 제자리에 꽂아두기로 한다면, 글쎄 말이다, 종내는 黃中까지도 못 돌아오고 말았던 다음 날, 마을의 입회하에 座上이 열어본 그들의 행구 속에는, (어젯밤, 그들이 쓰고, 입고, 산을 오른 그 물색 옷들만 빼놓는다면), 子丑寅卯—酉戌亥 열두 짐승 상판 본뜬 탈바가지뿐만 아니라, 그 탈에 맞추는 복색도 갖가지 것에다, 明鏡, 연지, 꼰지, 주사 등, 없는 것 없이, 여러 벌의 遁甲術이, 잠 속에다 꿈을 잠재워 사려 넣고, 번데기모양, 날개를 돋궈내려 하고 있었다. 있었으니, 저 동민들께, 저들인즉슨, 신출귀몰의 天漢들 말고, 달리는 생각할 수가 없었던 것도 사실일 터이다. 그날 밝음은, 그 天舞의 그늘로 사려 들고, 저녁에는, 저 四方大將들도, 정답게 인두겁을 써, 人面으로 태어난 것들 속에, 사람인 듯이 섞여 앉아, 아무 계집이나, 손에 닿는 대로 제 무릎들 위에 앉히고는, 그년들 옥문에 손가락들을 잠갔다가, 그 찝찔함으로 안주해, 마시고, 끌럭 끌럭 웃고, 노래하고, 붉어지고, 푸러지고, 슬카장 놀았다. 열둬 모닥 화톳불이 타, 저녁 동네가 밝았더라. 三月 볕내가 났다. 저 十二蟲이라는 건 이미 뒈져, 아예부터 없었다고 쳐버린 저녁은, 즐거웠을라. 헌데 늘 그랬던 것모양, 기가 많이 죽어 그늘 쪽에만 있던, '될 뻔한 賢者'가, 예의 그 침을 줄줄 흘리는 투의 그 어눌함으로, 여기저기, 이 사람 저 사람 눈치를 보아가며, 黃中 앞에 나섰던 모양인데, 그는, 화톳불이 밝았기 탓에 여물어진, 그림자 같았다고 했다. 그러면, 그림자만 있고, 실체가 없거나, 실체는 있음에도 그림자가 없을 것이다. 헌데 이 後者는, 그림자가 없음에 의해서, 그 실체성이 별수 없이 부정당한다는, 이상한 모순을 드러낸다. (이승이 끝나는데, 저승 문전, 거기 안개 짙은 고장에 사는 사람들이 저러하더니라) 이것은 이상한 모순이다. 그림자는, 실체가 없이도 독립적으로 존재하며, 그래서 거의 실체성까지도 성취하는데도, 실체는, 그림자를 거느리지 못하면, 실체성을 부정당한다. 그러면 그것은 그림자인가? 否! "黃, 황, 황송헌디, 黃將 어르신, 께서는 부디, 요, 쇤 쇤 놈을 한 번만 더 용서허시 쑤 있으시끄라우? 저기나, 머시냔개로는, 아심찮은디라우, 멋 좀, 한 번만 더 물어봤이먼 싶어 요러는디요이", '될 뻔했던 賢者'의 이마빡에서 숭시런 혹이 불거져 나온다고, 동네 사람들이, 그 혹 불거져 나오는 만큼, 시선을 옴팡하게 해서, 내려다보았다. "아흐, 이게 또 그 사둔이시여? 물으시게." 黃中이, 동네 누구네 마누라 옴쭉거리는 것을 무릎 위에 앉히며, 반만 뜬 눈으로 건너다보며, 반은 부러져 나가버린 소리로 말한다. 黃中의 무릎 위에는, 서폭은 넘는 무명 치마가, 한 멍석을 가리고 있다. "머시냐먼, 요 쇤 놈의 쇠견으로는 요란디, 머시냔개는, 猪頭牛足이란동, 虎角蛇尾란동, 고런 遁甲術이라는 것이기는, 우리가 잘 본 배나 같은개, 인재는 우리가 염리를 놓고시나, 발 뻗고 자고 히어도 좋다 싶은디, 요란즉슨이나, 저 하늘서 붕알을 깨 있다는 것이, 땅에서는 좆을 끊긴 것도 훤히 보겄는디, 그란디도 머시냐먼, 고것을 머시라고 해야꼬, 머시라면 씨꼬, 씨버럴, 요것 참, 쎄빠닥은 내 쎄빠닥임선도, 요것이 씨부럴, 가만있어 보쑈, 둔갑술이란 건, 머시냐먼, 우리가 갈아입는 옷 겉은 것맹인디, 오늘 푸른 옷 입었다, 니얼 뿕은 옷 입기 말이제여", 가늘어졌다, 감겨졌던 黃中의 눈이 커지고 있었던지, 모닥불이 그 눈에서 많이 타고 있었다. "아 그랴, 그라고 본개, 요건 말을 참 잘 생각해냈는 것 겉구마는, 그랴, 고것은 무신 고런 옷을 입었다 벗었다 바꽈 입기 겉은 디, 그래서 말허기로 허먼, 쇤 놈 겉은 것이라도, 고런 무신 둔갑술을 하나 입고시나, 조 동굴 앞에 서서, 바늘이나, 못이나, 무신 고런 쇠붙이를 하나 손에 들어, 하늘을 찌르고, 바위를 찌르다 보먼, 고 서슬에 그만, 조 극악한 大龍이라는 것이 그냥, 제 물에 겁을 묵고, 대번에 갖다가시나 항복을 하여, 쬐꾸만 지렁이 꼬락서니로, 쪼굴아질랑가, 고것도 물론이나 의문시럽지마는, 우리가 또한, '榜'을 내걸었을 때는, 조 山王님의 눈물을 흘릴 자를 구했었는디. 五將님들께서는 인재 그라먼, 워떤 수단으로 갖다가시나, 조 大龍님을 울린다 허신대여?" 모두 새로 그를 보니, 그는 賢者이기뿐만 아니라, 義人까지도 겸해 있었다. 그의 이마에 돋는다고 보았던 그 혹은, 그래 다시 보니, 불빛에 번쩍이는 金角이었다. "그래서 시방 五將님들께서는, 설마하니, 고 제럽때기 겉고, 바늘 겉은 창검으로, 물론 쇠인 놈 하나 위협허기는 문제 없겄어도요, 저 山의 배때기를 열두 발로 꽉 채와, 고것의 쇡이 언짢하든 어짜든 히어 그랄 것인디 비 묻은 날은, 고 배 속이 우글거리는 소리 때미, 우리 동네서도 기중 큰 황소가 눈을 까뒤집어 잠을 씨고 씨러지는디, 그 용님을 찔러, 아프게 히어, 눈물을 흘리게 헐라는 짓은, 설마 아니겄제요이?" 처런, 한 동네가 갑자기 소조하다. 타던 화톳불도 그 일순 솔아, 오르던 것은 오르다 말고, 부나비가 쳐든다 해도 태우지를 않고, 식어가는 촛농처럼 우그러든다. 눈들이, 폭풍에 흔들리우는 밤나무의 밤송이처럼, 저 天漢들을 향해 일제히 쏟겨 내렸으나, 그러나 그들의 살갗에 닿는 순간, 어째선지는 모르되, 그 뾰족함에 썩음症이 일어나, 그 피부 속에로 파고들지를 못했다. 이에 이른즉 黃中은, 무릎에 앉힌 계집을 밀어뜨리고, (그러자 黃中의

黃中스러운 하초가 한번 수캐 시켜져, 화톳불 빛에 검붉게 젖었는데, 아낙네들은 오금을 저려 했다더라) 黃中의 눈은 性慾보다 붉어 殺慾을 드러냈다. 그는 그 눈 속에서, 그 검붉은 눈빛의, 그 殺氣의 毒을 부글부글 끓여, 마을의 저 '金角 달린 자'를 바라보며, 그 시선으로 그를 毒殺하려 하면서, 타는 장작불을 하나 쥐어 들어, 그의 가슴을 겨냥해 내던진다. "쥑이뿌릴 놈 같으니!" 저 內侍놈의 간첩이로고! 쥑이 뿌릴 놈!" 그러며 黃中은, 이를 부드득부드득 갈며, "저 우뭉한 간나위의 농간에, 오늘은 本天官들이 별다른 수가 없어, 天技를 밝히기에까지 히얐더니, 그 같은 간나위 새끼가 또 나서서, 이제는 그 眞髓까지 빼내려 헌다?" 마을 사람들이 그래 다시, 자기네들이 '만들어줄 뻔했던 義人'을 보니, 사실로 추악한 혹을 단 '간나위 새끼'였으며, 그 혹은 그의 몸보다도 더 자라, 그의 그 소견머리 없는 몸이, 그 혹부리 위에 뙤뚱하게 얹혀 있었다. "이렇게 되면 本官이, 저 十二蟲을 처리하겠다고 내닫기 전에, 저 간나위 놈으로 갖다가시나 처리하지 않는다면, 장차는, 우리 天五將이 하릴없이, 저녀러 벌레의 밥이 될 일일 것인개", 그러며 黑竹께 명해, 자기의 天刀를 내오란다. 저 '될 뻔한 義人'의 목을 자르고, 十二蟲이 먹여준 거위를 한 마리 쑥 뽑아내, 동민께 보여주어, 경계를 삼으려 한다는 것이었다. 그래 座上이 내달아, 百拜 千拜로 黃中을 말리고, 당굴이, 그 변통 없는 혹을 불쑥이는 사내의 팔을 잡아채어, 자기 사는 데로 데려갔는데, 그날로부터 그는, 당굴네서 불머슴살이하며 지냈다. (마을에서는 그를, '修業당굴', 또는 '새끼당굴'과 분리해, '불머슴당굴'이라고 불렀는데, 이 사내가, 『續당굴誌』의 記者였을 것이라는 것도 밝혀두자) 늙은 당굴도, 이 '될 뻔한 賢者'를, 黃中이 힐책하는 대로, 그리고 왼 마을이 비웃음과 차가움을 머금고 건너다보는 대로, 그렇게 詰誅詰斥하는 것은 아니었는데, 저 젊은네의 의문은, 동시에 자기의 의문이었으며, 마을 전체의 의문이었기 때문이다. 그래서 자기도 또한, 저 十二蟲의 間者인가? 그래서 사실로, 저 젊은네는, 마을을 짊어져다, 毒龍의 아가리에다 처넣으려 했는가? 그 값은 무엇이나 되었는가?

흣흣흣, (그리고 公과 村老 간에서만 말이지만), 저 黃中은 處世에 능하지 안 했느냐. 저만하면 또한, 몇 평 땅 하나는 다스리며, 임금도 할 만하다 할 것이다. 글쎄 말이지, 조금 能하다는 治世꾼은, 그 體的(地政的)인 것은 물론이려니와, 그 用的(理念的)인 데서도, 그 변경의 선을 잘 그을 줄 아는 자이다. 그래서는, 나와 남, 친구와 원수의 구별을 확실하게 해놓고 있어야 하며, (여러 말을 줄이기로 하여 말하면) 그러면 善과 惡, 義와 不義의 차이가 자명해져 버리기 때문이다. 저 '用的 변경'이란, 魔職杖에 비유될 것인데, 저것을 가진 자가, 그것을 오른손에 쥐고, 예를 들어 '개미'를 치며, '코끼리'만 해지라고 명하면, 코끼리만 해지고, 반대로, 그것을 왼손에 쥐고 '코끼리'를 치면, 코끼리가 '개미'만 해져버리는, 그런 것이다. (왜냐하면, 프라브리티는 그렇게 해서라야만 프라브리티일 수 있기 때문에,) 歷史는 그럼에도, 어떤 정해진 형태의, 꼭히 달성해야 하는 목적을 갖고 있는 것이 아니기 때문에, 그것(歷史)은, '遺傳된 陰氣'가 '원초적 질료'가 되거나, 그것이 '鍊金術師' 자체가 되어, 전개되는 것이어서, 역사가 저런 王들을 어떻게 심판하는가와도 상관없이, 당대의, 당대적 '善과 正義'는, 저 魔職杖을 쥐고 흔드는 자의 손에 쥐어져 있다는 것도 알고 있으면 좋을 것이다. 村老는, 이 '당대적 善과 正義'라는 것에 대해서는 매우 비관론적인데, 왜냐하면, 바로 이 '善과 正義'가, 治者의 것이기보다, (보다 더 많은 분량) 被治者에 속했다고 할 때, 그것은 분명히 바랄 만한 세상일 것임에도, 결과에 있어서는, 많은 선지자만을 속출하여, 한 종교를 죽이기에까지 이르게 되기 때문이며, 반대로, 그 '正義'가, 治者의 魔職杖이 되어 있을 때는, 그 如意棒을 쥔 자가 堯舜이래도 백성은 불편하기 때문인데, (堯舜이래도 글쎄, '義'와 '不義'를 가리려 하면, 그 어느 쪽은, 자기만의 義와 상관없이, 他의 義에 복종해야 하기 때문이다) 헌데, 그것이 桀紂의 손에 쥐어져 있다고 할 때는, 더 할 말도 못 찾게 되기 때문이다. 그럼에도, 歷史와 遺傳된 陰氣의 관계에서는, 백성만 있고, 제왕이란, 그 백성이 일제히 꾸는, 한 夢片 말고, 다른 것이 아니다. 그렇다면 백성은, 그 제왕들의 잠 같은 것일 것인가. 百姓은 그래서 陰氣 자체며, 무의식 같은 것이다. 프라브리티의 反意的 목적은 그래서, 저 깊은 잠, 위대한 잠을 한꺼번에, 활짝 깨우려는 것일 것이다. 이런 우주적 頓悟는, 그럼에도 역사와는 무관한 데 있다. 역사란 그래서, 그것 자체가, 無明이며, 無意識이다. 公이 입은 육신과 같이. 그래서, 입어진 畜肉은, 고파야 되고, 아파야 되고, 그리고 늙어야 된다. 그것은 그 反意的인 데서, '解脫'에의 목적을 갖고 있기 때문이다. 이것이, 프라브리티의 질서의 상극성에 대한, 긍정적 觀法이다.

그러면 우리는 다시, 우리들 입게 된, 獸皮, 그 축생도의, 상극적 질서 체계에로, 절시의 눈을 밀어 넣어보자.

맹랑한 일은, 당굴이 그렇게, 그 쓸모없는 두뇌를 너무 많이 갖게 된 그 젊은네를 끌고, 황황히 그 자리를 뜨고 났어도, —이 뒤부터의, 그날 저녁 치의 『당굴誌』는, 당굴이 여러 사람들로부터 귀동냥하여, 엮어낸 것이다. —黃中이 한번 일으켜낸 心火를 끄지를 못해, 차차로 광기를 드러내 눈을 뒤집어 까올리고, 黑竹으로부터 받은 장도를 휘둘러 검무를 추기 시작하여, 이제 바야흐로, 그것이 무엇이든 닥치는 대로 내자르려 하기에 이르렀더니, 靑梅가, 눈에 뜨이는 것이 그것인지라 얼른, 그 댁의 首犬을 끌어다, 白蘭 등의 도움을 받아, 그 개의 목을 늘여 바치자 黃中이, 광기로 날뛰며 휘둘러대던 그 장도로, 대번에 그것의 목을 자르고, 그리고는 그 솟는 더운 피에 목욕을 한 일이었다. 그것은 삽시간에 일어난 일인데, 그 피에 목이 젖고 나자 黃中은, 서서히 平心을 회복해내는 듯했다. 바로 그 개가, 저 '될 뻔한 義人'의 욕설의 가래침에 덮이며, 그것을 핥았던, 그 개였었다. (어쨌든, 그 표적을 잃은 暴力主義가, 저런 식으로, 일종의 贖良의 형태를 취한다는 것은 경이이되, 이것은, '獸皮 벗기'로서이기보다는, 그것 속에로 더 깊이 감싸인 것을 보건대, 한 祭祀의 마무리가 아니라, 이제 겨우, 삼세의 鬼力들을 모아들인, 그 서막 열리기인 듯도 싶으다) 그 피에 목이 젖고 나자 黃中은, 아픈 방출이라도 끝낸 듯한 얼굴이 되어, 그 개를 화톳불에 굽게 하며, 빙그레 웃기까지 하였다. 그리고는, 天四官들에게 뭐라고 속닥였는지는 모르되, 속닥였는데, 새로 익기 시작한 잔치가 만좌에 그득해졌을 때, 白蘭이 일어나, 기침하고, 말한 내용은 이랬다. 누구의 입술을 통해서든, 上帝 五方位大將軍들의 天劍, 如意武棒을 빗대어, "제럽때기 걸고, 바늘 걸다"고 한 말은, 陽으로는 上帝를 모욕하고, 陰으로는, 저 '하늘 內侍'를 돕는 바가 되어, 그 입을 잘라서는 저 '內侍'의 귀두에 가락지 둘러주고, 그 혀는 뽑아, 저 '內侍' 놈의 똥구녁에 찔러주어, 그 몸에, 저 '內侍' 놈의 梅毒,

地毒 억만 毒이 들어, 굽도 잣도 못 하게 했으면 싶으되, 上帝의 어명을 받잡아, 자기네들 五將이 그 마을에를 왔을 때는, '해치자는 것'이 아니라, '돕자고' 왔은즉, 그러려 하지는 않으려니와, 그럼에도, 이 똥 구린내 나는, 사람의 더러운 입으로 뱉은 침에 덮인, 天劍과 如意棒은, 그 더러움을 씻어야, 장차 더러운 '內侍' 놈을 버히고 찔렀을 때, 그 '淨'함이 毒이 되어, 그것의 몸을 용천병으로 썩히고, 눈물을 쏟게 할 것이라, 黃中大將을 뫼시고, 자기네 四將이 發案한 好策이 하나 있는바, 들어보고, 그대로 행할지어다, 라는즉슨, 밝은 날은, 마을에서, 마을에 큰 코끼리가 있으면 코끼리를, 아니면 그에 대적할 황소가 있으면 황소를, 한 마리든 열 마리든 들에 풀어 놓아주면, 자기 五將들의 하늘 무기에 녹슨 汚도 씻으려니와, (왜냐하면 무기는 무기라, 피로써밖에 그 汚를 씻지 못하기 때문) 天將들의 天技도 시범해 보이게 될 것이노라, 라고 했다. 헌데 그것까지도 그 '상금'에 첨부되어 있던 것으로, 座上네에, 큰 한 코끼리에 맞먹고도 남을 만한 찍소가 한 마리 있어, 黃中은 물론, 다른 四漢들도 익히 알고 있었다. 글쎄, 그 황소도 "상금에 첨부되어 있었으니", 마을에서는 기꺼이, 그것을 들에다 풀어놓기로 했으며, 그 저녁은 그런 후, 그 개털 태워진 누린내에, 고량주며 대마엽 담배에, 계집들에 사내들에, 대취했던 모양이었다. 이제 公도 알겠다시피, 黃中은 處世 處事에 能했던 사내였으니, 그가 입을 열어, 그런 제안을 하기에 나섰을 때도, 때가, 그리고 마을의 마음이 여물어 준비가 돼 있었을 것으로 간주되는바, 黃中이, 다른 四將들을 일으켜 세워, 자리로 들려 하며, 그 한 村民들을 짓밟는 어투로, 이렇게 말했다. "天帝 五方大將들이 말이제, 天技를 시범해 보인다는 일은 말이제, 고것 자체가 말이제 시방, 저 十二蟲과의 初戰인데 말이제, 그렇다면 마을에서는 말이제, 그 毒龍皮 값으로 준비하여 내건, 그 상금을 말이제, 말인데 말이제 여, 선, 선, 선은 뵈주어야 헐 것이라고 시방. 그렇찮고는 아무도, 제 목숨을 내던지러, 저 동굴에로 오르지는 안 헐 것이 아니겠냐고?" 그런데 ("座上의 느낀 바가 그랬었다"고 하는데) 그 黃中은 분명히, "선불을 해야 할 것"이라고 말하려다, "선을 보여줘야 할 것"이라고 바꿨던 듯했다. 결과에 있어서는 그럼에도, 그 장도와 장창들의 시퍼런 서슬 아래서, '선보이기'는 '선불하기'와 다름이 없이 되었던 듯했는데, 글쎄

이것은 이튿날 얘기지만, 왜냐하면, "생명을 가진 것들만을 제외한 다른 상금"은, 座上네 땅광에서, 座上네 사랑방 윗목에로 옮겨져, 자리를 바꾼 것이다. 보다 정확하게 말하면, 그들이 메고 왔던, 그 다섯 행구 중의 네 행구 속에 싸여져 있었는데, 그것은 장차, 라는즉슨, 다음 大祭가 끝난 다음 날, 저 毒龍皮와 바꿀 것이었다. 헌데 黃中의 말에 의하면, 有生物은, 天路에는 가당찮은 것이어서, 마을에 남겨두려 하거니와, 그것으로써, 자기네 天五漢들이 끼치는 폐를 덜 수 있으면 좋을 것이라고 했다. ("마을은 그래서 그 天漢들께, 깊이 감사했다.") 座上을 위시해 마을에서는, (당굴의 조언을 좇아) 저 天漢들께 권고했기는, 잠든 龍이 버히기가 쉬운즉, 뭣 때문에, 그 龍의 잠이 구 할이나 깨이는, 大祭 날까지 기다려, 공격할 일이겠느냐고, 어찌 내일이든, 모레라도, 당장에 그 껍질을 벗기려 하지 않느냐고 했음에도, 홀로 黃中이, 엄한 얼굴로 동의치 안 했다. (여기 어디에, 저 中將과 外將들과의 사이에, 무슨 틈이 벌어져 있는 부분이 숨어 있어도 보인다, 그렇잖은가?) "하늘의 正明한 大道를 두루 편다고 선두에 나선 天將들이, 그래서나 허다못해 魔羅네 일개 졸개모양, 계집을 잠 藥 먹여 깊이 재운 뒤, 竊姦하듯, 暗手(暗數)를 써서야 쓰겠는가?"—이랬으니, 마을이 뭘 더 말할 수 있었겠느냐? 그리고 저 外將들에 관해서야 뭘 더 말하겠느냐? 꼭히 덧붙여 둬야 될 것이 있다면, 그 '상금'이 자리를 옮긴 저녁부터는, 다른 天漢들도 모두, 黃中이 잠자리를 정한 데로 와, 한방에서 치대기 시작했다는, 그 사실일 것이다. 이 자들의 하는 일이란 그리고, 먹고, 마시고, 성교하고, 자기였었으니, 그 방에서는, 한 벌의 毒龍 냄새보다 더 역한, 독기가 흘러났다. (어쨌든 '얘기'는, 그것의 先後며, 遠近, 기타의 질서 체계를 갖고 있고, 그것에 의해서만, 말[言語]이 혼돈하고 공허하며 깊은 흑암인, 그 무질서 속에서, 한 세상이 瞭然해진다)

이튿날은 그래서 물론, 저 天將들에 의해, '毒龍退治豫行武藝'의 示範이 있었다. 座上네 큰 머슴들과, 마을의 끌끌한 사내들로 십여 명이, 예의 그 찍소를 끄셔다, 황토밭에 풀어놓았다. 그날은 물론, 당굴과, 그 '될 뻔한 賢者'도, (座上이 보낸 기별을 받고) 그 밭에 나와, 다른 동민들 속에 섞여, 그 武藝를 보았었다. 그날도 天五將들은, 그 동구로 들어섰던 그 服色을 입고, 상무 썼으되, 무기들을 들었음으로 해서, 악기는, 동네 樂手들이 들었다. 꽹가꽹 꽹과리는 높이 울었으며, 지잉징 징도 징징거리고 울었고, 덩덕궁 덩덕궁 장고는, 사내들의 어깨를 들흔들어대는데, 소고는 德巨動 德巨動, 마을 아낙네들의 엉덩이 판을 들쑤셨다. 毒龍과의 初戰으로 친다는, 그 鬪牛는, 그 둘러선 동민들의 울타리 가운데서 시작되었는데, 東將은 東方에라는 식으로, 四方位將들은 각각 자기 方位에 서고, 黃牛와 黃中은 黃中方에서 서로 맞섰다. 당굴이 보기에 黃中은, 그의 혓바닥 길이가 그의 지혜의 길이보다 더 긴 듯했는바, 그랬을 것이, 上帝의 第一將이라는 그 사내는, 빛을 正面하고 있어, 눈도 제대로 못 떠, 그 가느랗던 눈을 더 감아, 눈이 없었으니 그런 것이다. 당굴이 무슨, 兵法이 능했다거나 해서가 아니라, 누가 보아도, 그 黃中의 위치는 불리했다. 그랬거나 저랬거나, 저 四方位를 지켜 섰던 그 네 장수들이, 그 복색을 펄럭이며, 西將이 南方으로, 南將이 東方으로, 라는 식으로, 방위를 틀어대며 돌기 시작하자, 그들의 그 服色은, 바람 좋은 날 날라 말라 펄럭이는 빨래처럼 왼 들에 흘렀다. 헌데 소도 무슨 저런 色깔을 보는가 몰라, 모르되 그것은, 찍소는, 무엇이 움직이면, 그것에 내달아 떠받으려는, 묘한 한 벌의 소 눈깔을 해갖고 있는다고 했으니, 그 소인들 달랐겠느냐. 바람 좋은 날, 빨래 같은, 숲 하나가 빙글빙글 돌고 있었으니, 소 눈에도 어지러워, 핏기가 돌았을 것이다. 아마 그래서, 어느 움직임이든, 그 어느 한 움직임에 초점을 맞추려 했을 것인데, 그 빙글빙글 도는 숲이 좁혀들고 있었다. (公이나 村老도 알아야 되는 한 사실은, 이 소는 물론, 그 마을에서는 악명이 높았다 해도, 惡心을 계발할 기회가 없어, 여전히 어눌하고 순박한, 村牛였다는 것이다) 움직임들이 가까워졌기에 소는, 일단은 한번 내달아보려, 그 준비로, 뒷부분을 팩 낮췄다가, 드디어 그 뒷발목에다 욱 힘을 쓰려는데, 어인 일로 눈앞이 캄캄해져 버렸을 일이었겠냐, 종내 지축을 못 흔들어 보고, 제 놈의 다리를 흔들흔들하기 시작했다. 그것의 그 우렁찬 돌진 아래에서, 땅이 그 무게와, 그 디딤 받는 곳에의 아픔을 못 이겨, 어디 옆구리로 地獄의 유황불을 터뜨려 올리게 하는 대신, 제 놈의 배때기에서, 칠공에서, 피와 거품과, 창자를 쏟아내다, 어이없게도 팩 꼬꾸라지고 말았다. 모두 그 자리에 있어, 눈을 시퍼렇게 뜨고, 그 일전을 관전했던, 동민 중의 그러나 누구 하나도, 물론, 바람 좋은 날 펄럭이는 것 같은, 저 五色의 밀물 썰물 탓이었겠지맹, 그러던 그 어느 한 대목에 무슨 일이 일어났었던지, 글쎄지, 누구 하나도 확실하게는 모른다. 누구나 물론, 그 어느 한 대목에, 도저히 눈을 뜨고는 맞바라볼 수 없는, 한 빛의 칼이, 소리 없는 벼락처럼, 버히고 지나간 것을 '본 것 같으다'고 했고, 그것은 黃中의, 두 눈 사이에선지, 가슴에선지 쏟겨 나온 것이 아니었는가, 하는 정도는 '느껴' 알고는 있었다. 그러고 난 뒤에, 누구나 없이, 눈들을 껌벅이고 본즉슨, 그 우람한 찍소는, 어느 순간에 두 눈을 터뜨려, 살무사 타래 같은 선지피를 쏟아내고 있었는데, 그러자 다른 四方大將들이 내달아, 그것의 가죽 쓸 일을 생각지도 않고, 무자비하게 내려치고 찔러대, 그렇게나 우렁찬 짐승 하나를 칵 쫑쳐 놓았다, 칵 죽여놓고 있었다. (당굴은, 그런 黃中을 적게 평가한, 자기의 지혜 솔음과 성급함을 두고 자괴하고 있었다. 헌데 村老는 앞서, 뒤에 올 얘기를 훔쳐다 미리 읽어보며, [公이 손을 앞으로 내뻗치면, 公의 손은 未來 쪽으로 뻗쳤다고 할 것이냐, 過去 쪽으로 물렀다고 할 것이냐?] 그들이 남겨놓고 간 행구 속에는, '明鏡'이라는 것도 있었다는 얘기는 한 번 있을 것이다. 아흐, 그래서 어쨌다는 말이겠냐, 뭘 이것저것 너무 밝히 알아싸도, 세상살이만 멀거니, 소금 맛이 없게 된다. 그럼에도 公은, 그들의 그 무예의 시범은, 너무 졸지에, 거의 싱겁게까지 느껴질 정도로 쉽게, 끝나지 안 했는가 하고 묻느냐? 이러면, 公 따위란, 黃中이 같은 사내와 맞서면, 눈 뜨고 선 채, 코를 버히고, 간을 빼이고, 마지막으로 눈을 감기겠다. 黃中은, 여흥을 일구고 있던 것이 아니며, 鬪牛로 목구멍 풀칠을 하던 자도 아니고, 그리고 무엇보다도, 이것은 좀 너무 빠른 소리인 듯하지만, '혀'를 쓰는 자이지, '손'을 쓰는 자가 아니던 것이다. 그리고 당굴은, 아동용 童話를 꾸며내는 자도 아닌 것도, 첨부해서 기억해두거라) 헛헛헛, 이러고도 뭘 더 찧고, 까불고, 의문하고, 의심하고, 마빡에다 혹을 돋궈내고, 할 일이 남아 있겠느냐? 마을에 실제로, 玉皇上帝님의 五方位大將軍들이 강림하신 것이다. 그 황소는, 마을 사내들에 의해, 각이 져졌으며, 그렇지, 그 뜨거운 간은 물론, 저 五方位將들께, 날것인 채 바쳐졌을 것이지, 그 자리에다 화톳불을 여러 모닥이나 피워, 그 불에 구웠는데, 그러는 중에, 아낙네들은 술동이와, 양념을 이어 내오고, 사내들은, 쳐서 소리 나는 것을 치고, 불어 소리 나는 것을 불며 너훌거렸다. 根이 썩고, 살이 썩고, 관절들 매디매디에 마다 굼벵이를 먹이고 있는 자들은 불쌍하게 됐다. 글쎄 그들은, 저 病魔羅가 모질게도 참패당하는 꼴을 못 보겠는 것이다. 그날, 그 들 잔치로부터, 一洞이 마을에로 돌아왔을 때, 좌상네 땅광 속에 숨겨놓았던 그 '毒龍皮 값'이, 말한 바대로, 사랑방의 윗목에로 옮겨진 것이다. 헌데도, 大祭 날까지는, 모두 다 한참 더 자고, 먹고, 자고 먹어야 되게 됐는데, 마을에서는, 자기들의 장래를 그들께 의탁해놓고, 그들을 새로 건너다본즉, 그것들인즉슨, 썩 재미있는 人皮를 꾸며 입고 있어서, 마을에서는 그들을 새로 반기기에 이르렀다. 그랬을 것이, (그 이튿날부터 그들은, 그들의, 가락을 드러내기 시작한 것인데) 그들은, 말솜씨, 노래 솜씨뿐만 아니라, 춤에, 풍악에도 능해, 일러 '연극'이라고 하는 것에도 상등품의 재능을 보여, 마을을 文明케 하는 데 선두에 서기 시작한 것이다. 그래서 그런 며칠 후부터는, 마을은 새로운 형태로, 새로 틀을 잡았는데, 낮에는 모두 들일들을 열심히 했으며, 돌아와 저녁밥 먹기를 끝내면, 저 五方將들과, 그들이 뽑은, 동네 몇 여자 굿쟁이들이, 낮 동안 연습한 연극을 구경하기에, 소주와 아편에 취하듯, 취했다. 그 연극의 제목들은, '심텽뎐' '놀보뎐'으로부터, '강쇠타령' '적벽가' 등이라고 했는데, 관중들은, '강쇠타령' 중의, '그 벗고 농치는' '사랑가' 대목도 좋아했으되, '심텽이'가 '인당수'에 뛰어드는 대목도, 서러싸서, 좋아했으며, '흥보'가 '박' 타는 대목도 좋아했다 한다. 당굴이 분석하고, 종합한, 당굴식 世心論을 따른다면, 여자의 배 속에 실렸다, 人面을 해갖고 태어난 것들은, 그것들만이 타락을 하되, 그렇다고 하여, 지옥의 밑바닥까지 구멍 뚫어, 떨어져 내리도록까지는, 타락할 수가 없는 것이 아닌가 하고 있다. (저 天漢들이 오고 난 뒤, 『당굴誌』에도, '하늘'은 물론, '地獄'이라는, 꽤는 생소한 단어들이 등장하는 것을 간과해서는 안 될 것이다) 그 흐, 그랬을 것이, '강쇠타령' 중, '사랑가로 농치는 대목'의 '옹가년'이던 것이, 관중석에 앉아, '심텽이 새벽닭 달래는 대목'을 듣는다고 하면, 그렇게도 서러히 울 수가 없는 따위, 이런 것 저런 것, 등을 보면, 그렇다는 것이다. 당굴은, 거기 어디다, 그 나름의 무슨 희망을 걸고 있는 듯했다. 헌데도 그렇다고 하여, 그 한 마을에서 수심이 왼통 떨어져 나가버린 것도 아니며, 無病에 풍년만도 아니어서, 저녁마다 되풀이 되풀이 상연되는, 그 연극이 보아져진 것일 것인데, 사실을 말하면, 저 毒龍이 그 대가리를 꽉 물어 조금씩 조금씩 빨아 넣고 있는 저 마을은, 그 毒龍의 콧수염 아래에서, 한 치 반 치도 자유스럽지가 못했다. 숲은 송충이에게 망침을 당해 붉었으며, 들은 멸구며 메뚜기가 쫓쳐 대, 마을에서는, 어떻게든 가을(수확)이라고 해보고 난 뒤에는, 들에다 불이라도 질러댈 계획들을 세우고 있었다. 산과 들, 내[川] 며 호수에도, 예의 그 용천병이 창궐하고 있는 것이다. 하늘 五方將들이, 그 마을의 五方을 지키고 있는 중에도, 저 산 동굴에서 쓰륵쓰륵 내려온 용천病主가, 사흘 가다 하나씩 꼴로, 그 마을 사람들을 쓰륵쓰륵 삼켰다. 물론, 노쇠한 노인네들이며, 경기 난 아이들, 그리고 용천병으로 침중한 젊은네들 순서이기는 했을 것이다. (그리고 물론, 어떤 철은, 어떤 철에 비해 많이 고단한데, 그것은 易帶의 형편이 그래서 그런 것이다. 이것을 아는 자는 그러면, '無爲之道'를 說하게 되지만, 그러면 有情들의 '進化'가 더디게 되거나, 멈추기가 쉽다. 왜냐하면 저 '無爲'는, ―모험을 찾아 떠난, '세 王子' 중의―첫째나, 둘째 王子가 접어든 길 같아서, 誤導된 니브리티라 그렇다. 그것이 '誤導'라는 것은, 저것도 '니브리티'가 아닌 것은 아니라도, '프라브리티'라는 소용돌이[暴風] 속에 끼인 '니브리티'[暴風의 눈―無風帶]가 돼서 그렇다) 그 한철의 마을은 그래서, 어둡고, 을씨년스럽게, 서러웠다. 그러는 중에도 물론 마을은, 다달이 한 번씩 오는, 小祭는 지냈으며, 크고 작은 두 따님과, 새끼당굴, 그리고 일곱 마리의 수캐를 위한, 식량도 배달해 주었다. 형편이 나쁠 때일수록 사람들은, 바로 자기 자신들의 뒷전에서, 무엇에 대고든 복수심을 드러내고, 그 무엇을 타도해버릴 음모를 꾸미고 그러는데, 그 무엇이라는 과녁이 어떤 것인지 그 당장은 잘 모르되, 어느 날 그들은, 바로 자기 자신들 말고, 다른 아무것도 아니었다는 것을 알게 되어 놀랠 것이다. 그들은 죽고 싶어 하고 있던 것이다. 그러는 중에도 물론, 겁에 질린 눈을 떠서 사람들은, 무엇이 자기네 형편을 나쁘게 하는지, 그것을 찾아보지 않는 것은 아니다. 그래서는 그 노인네가 죽었기에, 그 송장 옆에서 자기 부부간 춤을 추었던, 그 할미, 할배 생각도 해, 혹간 그 백골 누운 자리가 너무 적지나 안 했는가 하여, 移葬도 생각하고 그런다. 시절이 나쁠수록, 그리고 형편이 고단할수록, 그 運命의 끈을 쥐고 있는, 따님의 살이는, 그래서 차라리 기름기가 누렇게 돌 일이었다.

大祭日이 가까워지고 있었을 때부터 시작해 헌데, 그저 늘 대취와 나태로, 늘느름이 잠이나 자거나, 계집만 보채던 天漢들께서도, 약간의 잠 깨임이 시작되었던 듯했다. 저 魔羅가 그 천지에다 무슨 陣의 거미줄을 쳐 놓았는지, 그것을 공부하고, 그리고 자기네들도 그 對陣을 칠 필요가 있다고 하여, 그들은 곡괭이며, 도끼까지도 챙기고, 또 고리버들로 만든 도시락도, 一漢이 셋씩이나 들어, 어떤 날은, 黃中과 靑梅, 어떤 날은 黃中과 白蘭이라는 식으로, (언제나 黃中이 주동이 된) 일조가 되어, 저 산을 올랐다가는 (이것은 村老의 推理이지만, 예를 들면, 黃中이 靑梅를 데리고 가는 곳과, 白蘭을 데리고 가는 곳은 같지가 안 했었다) 어디서 하루를 보내든 보내고, 날이 어둑해져서야 돌아오곤 했다. (저 天漢들의 시중을 들어왔던, 좀 어눌하되 마음씨는 좋은, 座上네 셋째 머슴이, 이때의 일을 되돌이켜보며, 혼잣말처럼 씨불인 얘기를, —놓치지 않고 당굴이 써놓은 것 한마디를—좇자면, 개들까지도 저 五漢들을 그렇게나 따랐던 까닭은, 그들은, 자기네들의 목구멍보다도 먼저, 개들의 목구멍까지도 걱정해, 가령 말해, 자기네들이 먹어야 되는 도시락이 셋이 있으면, 그중에서도 둘은 풀어, 개들을 먹이는, 그런 마음씨 탓일 것이라고 했는데, 저 마을에 대해서 그것이 어떻게 들려졌든 당굴에게만은, 심상찮게 들려졌던 듯했다. 그런데도 그들은 꼭, 셋씩의 도시락을 끼고서, 산을 올랐더라고 한 것이다) 그리고 이것은, 하나뿐인 자식의 행방도 모르고, 게다가 또, 그 자식의 안댁이, 저 外漢들의 잠자리 수청에 姿女가 돼가는 것을 지켜보다가, 잠의 달콤함을 잃은 데다—이 座上 內外의 아픈 심정은, 그리고 洞民들의 아픔도, 왜냐하면 그것은 아직 '歷史'가 못 되기 때문에, 『당굴誌』에는 거의 취급되어 있지가 안 해, 저 마을엔, '고통받는 삶'만 있고, 정작의 '고통'은 사상되어져 버린 것이나 아닌가, 의문도 할 것이지만, 行者여, 그것은 '史實'에서 '小說'을 듣고 싶어 하는 자들이 곧잘 범하는 오류이다. —땅광 속에 감춰졌던 마을의 전 재산을, 저들이 든 창검의 서슬이 너무 푸른 탓에, 저들의 머리맡에다 옮긴 뒤부터는—얘기를 잘 듣기 위해서 그러면, 우리가 의문해야 되는 것은, 그렇다면 그 푸른 서슬의 창검 아래에서, 그 洞民들이 그렇게도 無力했다면, 어찌하여 저들은, 백주에든, 야음을 틈타서든, 마을의 장정들께 그 재물을 짐 지게 하여, 그 마을을 떠나지 안 했는가, 하는 것일 것이다. 사실에 있어서는, 당굴과, 그리고 座上까지도, 그들이 그것을 지고 메고, 할 수 있으면 빨리, 마을을 떠나주기를 바라고는 있었다. —더욱더 잠을 잃어, 심지어 개까지도 한 번씩은 소롯해지는, 밤의 어떤 그런 시각에까지도 눈을 못 감고, 문구멍을 통해, 밖이나 내어다보기로 밤을 새우고 새우고 하다가, 알게 된 것인데, 아무도 모르게 黃中만, 개까지도 소롯해지는, 밤의 그런 시각에, 대문을 열고 나갔다가, 이른 새벽녘쯤에야 돌아오는 일이 간혹 간혹 되풀이되고 있었다는 일이었다. 그 댁의 개들이야, 뼉다귀뿐만 아니라, 고깃덩이며, 심지어 먹던 밥상까지도 송두리째 내밀어주는 黃中을, 주인보다도 더 따랐으니 짖어댄다거나 하는 일이란 있을 수가 없었는 데다, 왼 마을 개들도 또한, 이 外漢들을 몹시 따랐으니, 결국 그는, 밤을 지키고, 도둑을 지킨다는, 그 백 개 천 개의 눈들을 등으로 삼아, 어둔 데를 지났을 것이다. 그리고도, 그의 다른 동료들이며, 동침 중의 여자들까지도, 黃中의 저 밤 나들이를 알고 있는 듯하지는 않다고 (座上이 당굴께 말했는데) 그래서 座上은, 저들을 모두, 무슨 독한 잠 약에라도 투약되어진 것이 아니었는가 했다. 黃中은, '마을의 전 재산'을 저 혼자 횡령하기 위해, 아마도 야간도주를 획책하고 있을 것이라는, 座上의 추측에서 벗어나, 매번마다 다른 服色을 입는 데다, 다른 얼굴(탈)을 겨드랑에 끼고, 아주 가볍게, 문을 나섰다가, 무겁게 되돌아오고 했다. 그리고 그는, 毒龍이 있는, 동굴 쪽을 올랐다. 그래서 座上은 혼자 생각에, 黃中이가 드디어, 毒龍과 싸움을 시작했는가 하기도 했는데, 그 黃中이가 하루는, 座上이 혼자 밝은 쪽에 나앉아 있는 데로 와, 속삭이듯 이러더라고 한다. "座上 어른께라도, 요것 하나만은 밝힐라고를 안 할라다가, 또 한편 생각해본즉, 本天官들이 이렇게나 애를 쓰는 짓이란, 本天官들을 위해서가 아니라, 마을을 위해서인즉, 그 마을의 임금 되는 자헌테까지야 비밀로 할 수는 없다 싶어, 이런 말씀인데, 그런즉슨, 座上만 알고, 요 비밀이, 결단코 새 나가게 해서는 안 될 것이제요. 근래 本天官들이 허는 짓이란 뭐시냐면, 굴을 파는 일인데, 本天官들이 공부하여 알아낸, 저 魔根의 약처는,

그것의 배때기 말고는, 없기 때문이제. 글쎄, 그 한 부분을 빼놓으면, 그 '內侍' 놈이, 하늘에서 입었던 그 갑옷을 비늘로 하여, 전신을 덮고 있어, 아무리 天槍, 天劍이라도, 天甲을 뚫게 돼 있지는 않는 것, ―그럴 때 도모할 일이란, 그것의 약처가 된 곳을 쳐드는 일뿐일 것인데, 과연 三世간 누가 있어, 저 毒龍을 까뒤집을 수 있겠으꼬? 이만쯤 말허면 座上은, 本天將들이, 뭣을 위해, 굴을 파는지, 그것쯤 눈치채실 것인데, 쉿, ……누가 들을까 두렵습메여, ……이러면 座上은, 동네 끌끌한 장정들을 불러모아 그 일을 시키면, 天手에 흙 묻힐 필요가 없다고 하겠으나, 우리가 만약 그러려 했다가는, 우리가 뚫어 올라간 그 구멍인즉슨 다름 아닌, 저 毒龍의 목구멍이나 안 되겠습? 전쟁이란 産痛에도 비교되는 것. 어쨌거나, 이 일은 중노동이되, 오는 大祭 저녁까지는, 저 毒龍의 배 밑에서, 天雷를 쏴 터뜨려 올리게 되겠습제. 그럴라믄, 정탐꾼을 보내, 저 十二蟲이라는 것은 만년을 잠만 자대니, 그 잠자는 자세며, 그 자세 바꾸기와 시간 따위를 관찰해둬야, 그에 좇아 天雷를 쏴 올릴 것인데, 과연 그 막중한 대사를 누구에게 맡길 수 있겠습?"

어쨌든, 이래서도 저래서도 어째서도 세월은 흐른다. 子丑寅卯 申酉戌亥로 흐른다. 세월은 돈다. 그랬으니 다시 또, 마을은, 大열무날을 사나흘로 앞뒀기에 이르렀던 모양이다. 이에 당하자 黃中이, 마을 아낙네들께 분부하여, 생고추에 생마늘, 쑥은 물론, 생강 뿌리까지도 함께 한 절구통에 넣고, 石鹽 설설이 뿌려가며 찧게 하여, 동이 동이 네 동이를 채워, 따님네 흙집 밖, 祭壇 가까이 이어다 놓으라 했다. 그러는 중에도 座上과 당굴이 괴이하게 여긴 일은, 大祭를 불일간으로 앞두고도, 따님께서는 아무 전갈도 내려보내지 않고 있다는 일이었다. 전례를 따르면, 이때마다 따님은, 시집 날을 사나흘 앞둔 처자모양, 홍조 띤 얼굴로 안절부절이며, 그 왼 산 언덕을, 푸른 저고리 다홍치마로 불었었다. 그뿐만은 아니고, 하루에도 몇 번씩이고, 아기따님과 새끼당굴을 마을에로 내려보내, 떡이 어떻게 돼가느냐는 둥, 狗肉은 너무 익혀 태우는 것은 아니냐는 둥, 자기 입을 홍치마에 멜 끈을 달라고 했는데, 옷 짓는 예편네들이 입만 까대느라, 혹간 그것을 잊어버리고나 있는 것이 아니냐는 둥, 안달이 나고, 좀이 쑤셔 못 살겠는 시어머니였더니, 이번 일엔, 이상할 일이다, 그저 잠잠하여 무소식이니, 차라리 마을에서 안달이 나고, 좀이 쑤셔 못 살겠도록 궁금할 일이다. 따님 혼자서만 산을 지켜 흙집을 살아왔었다면, 혹간 노쇠와 병고로, 별세나 하지 아니했는가, 그렇게 짐작도 해볼 수도 있겠지만, 따님은 슬하에, 그 먹은 나이들보다는 두 배씩은 더 늙은 데다, 살집이며 뼈가 좋아, 하루만 씻지를 안 해도 살냄새가 半山은 취하게 하는, 修業따님과 修業당굴을 거느리고 있었으니, 그런 짐작은 가당찮았었다. 별다른 수는 없었으니, 늙은 당굴이 나서, 자기가 따님을 배알하고, 하명을 받잡아 오겠다고, 겸비히 풀 옷[草衣] 입어, 산언덕을 올랐다. 마을은 물론, 바람이 불었다 말았다 하는 날 띄우는 鳶 올려다보듯, 산언덕 오솔길을 鳶줄 삼아 오르는, 등 휜 당굴의 걸었다 쉬었다 하는 뒷모습을 올려다보았는데, 그 위쪽 따님네서는, 개 짖는 소리 하나도 없어, 제사 끝난 뒷날들보다도 더 조용해 보였다. 어쨌든 당굴은, '큰비암님像' 앞에 닿아서는 三拜하고, 일곱 번 돈 뒤, 따님의 흙집 문 앞에 서서는, 헛기침을 해 들여보내고, 그리고 下回를 기다렸다. 그럼에도 개 짖는 소리 하나도 없이, 조용하고, 숨 열 번 쉬도록 조용하고, 기침을 해 들여보내고, 숨 열 번 쉬도록 조용해서, 기침 몇 번 더 해 들여보내고, 숨도 열둬 번 더 쉬어본 뒤, 수상할 일이라고, 문을 열어보았던 모양이다. 썩던 방죽이 터진 것처럼, 역한 냄새가 욱 쏟겨 나와, 당굴은 잠시 현기증을 느꼈으되, 눈이, 안의 어스름한 어두움에 익기를 기다리며, 연신 헛기침을 해 들여보냈다. 그러는 중에 눈이 그 어둠에 익어 당굴이, 밖에 선 채, 찬찬히 살펴본 바를 좇으면, 가슴이 철렁할 일이게도, 따님도, 새끼당굴도, 그리고 개 한 마리도 그 움 안에는 없었는데, 아기따님만 아랫목에 벗은 채 펴 누워, 제 머리칼을 덮고, 잠의 깊은 밑바닥에까지 가라앉아 있어 보였다. 당굴은, 왠지는 모르되, 가슴이 섬뜩한 데다, 감기처럼 으슬으슬함이 일어나는 기분 나쁜 느낌으로, 얼른 뒤돌아 내리고 싶음을 느꼈음에도, 이 형편에서는 그럴 수가 없음을 알고, 오히려, 그 방 안으로 들어섰으며, 바깥바람이 그 벗은 옌네께 좋지 않을 것이라고 생각해, 문을 닫고, 다시 그 어둠에 눈이 더 익기를 기다려, 그 깊은 잠 가까이 앉아, 그 잠을 내려다보기를 시작했다. (그 움에는, 向村하여, 드나들이 문이 있었고, 東壁에는 고콜, 南向하여 봉창을 하나 내고 있었으며, 서편은 부엌이었다. 그 안의 밝음은 그러니, 南窓北門으로부터 조금씩 밝혀 가진 것이다) 당굴은 그러다, 깊은 한숨을 쉬어내고, 그러다가는 또, 저 非俗스러워야 되는, 그럼에도 俗女의 때를 못 벗은, 그러니 그것은 悲劇인, 神聖한 悲運을 내려다보고, 그러다가는 또 한숨을 불어내고 그랬는데, 당굴의 心琴이 울려 낸 소리를 좇으면, 그 한 젊은 여자는 죽어가고 있는 중이었다. 그래서 당굴은, 그 고콜 밑에 준비되어 있는, 황 묻힌 관솔을 쥐어 들어, 화로의 불씨를 헤쳐서 불을 일궈 일어서는, 고콜에 쌓여진 관솔을 태웠다. 그 빛에 당굴이 보니, 허허라, 그 아기따님은, 어떤 검센 손에 손발을 묶임 당한 뒤, 인간 계집의 살맛을 아주 잘 아는, 수호랑이거나, 맹견에게라도 물리고, 빨리고, 핥이고, 할퀴며, 당한 듯, 왼 몸뚱이에 발톱 자국이며, 이빨 자국을 마마병처럼, 용의 비늘처럼 덮고 있어, 그것은 사람 모양의 작은 毒龍 계집아이, 하으 소름 끼쳤다, 聖스럽게 저주받은 한 마리 巫畜, 忌婦—. 사람스럽게 俗스러워야 할 나이에, 聖病에 전신을 난도질당해, 무거운 巫睡에 가라앉아, 살을 녹히며, 뼈를 추림 받고 있는, 마을兒[衆兒]는, 늙은 당굴께 안쓰럽고, 불쌍했다. (俗老가 노망을 했지, 修業 중의 聖婦가 불쌍하다니?) 제 목숨도 남아 넘치는 나이에 제 목숨을 왼통 뽑아내고, 그 몸·말·마음속에다, 한 마을의 運命의 씨앗을 심어, 장차는 마을[衆] 을 살아야 되는 계집아이. 俗兒의 聖스런 박제. 그래서 당굴은, 그 아기따님을 자기 품에 부둥켜안고, 소리 없이 울기 시작했는데, 그 울음은 오래전부터, 어떤 연유였는지는 따져보려 해도 안 되거나, 따져볼 필요도 없었을지 몰라도, 그 늙은 가슴에 차올라, 심지어는 모든 땀구멍을 통해서까지도 비죽비죽 새어 나오던 그것이었다. 그의 늙은, 깡마른 어깨의, 아픈 흔들림과, 그 더운 눈물, 그리고 짜거운 심정이, 저쪽 冥途 서러운 데를 얼쩡거리고 있었을, 한 이승 魂魄께, 전해진 무슨 기별이 됐던지 어쨌던지, 늙은네가 魂泣 깊은 떨림을 울려 내고 있는 어느 순간, 글쎄 그 魂魄이 고향을 생각했던 듯했다. 그래서 돌아와, 아기따님은, 그 깡마른 늙은 가슴에 머리를 안기인 채, 눈만 번연히 뜨고, 오랫동안, 자기가 어디에 처해, 어떤 형편에 있는지를 이해해보려 하고 있는 듯했다. 그러다 아마, 일럭거리는 고콜이 불빛의 江을 건너, 두 이승 눈들이 마주친 듯하고, 그 어느 순간, 아기따님이 할아비당굴을 알아본 듯, 그 한순간, 俗情 못 여인 반가움을 내보이는 듯하더니, 이내 저승을 건너다보며, 눈물을 비춰냈다. 고콜불의 저무는 江이 그 눈으로 흘러 들어갔다. 늙은네가, 그 입술에다 물그릇을 대주자, 몹시 탐해 마시고, 피로한 눈빛을 띠는고로, 늙은네는, 저 聖스러운 황폐를 잘 뉘고, 홑청도 덮어 여며주었다. 그리고 늙은네는, 이제 문밖을 나서서는 뭘 어찌하자는 것인지도 모르며, (글쎄, 한 마을이 자기 위에로 답싹 엎질러지며 물으면, 그는 무엇을 대답하려 하는가?) 일어서려 했는데, 왜냐하면 글쎄 아까는, 뭐 좀 물어볼 말도 있었으나, 그때는 뭘 물을 수도, 또 물을 말도 없던 듯싶은 것이다. 그 冥途의 박명이, 그리고 聖스럽게 저주받아, 聖스럽게 버림받은 한 운명이 곤혹스럽게만 느껴졌는데, 왜냐하면, 그 한 넋을 저주하여 버려버리기 위해, 한 마을이 가담한, 그 앞장에는, 자기의 얼굴이 떠올라 있어 보인 까닭이다. 그럼에도 당굴은, 이것은 녹는 가슴을 녹혀 흘려낼 뿐이며 아무것도 자기로서는 어찌할 수가 없다는 것도 알고 있었다. 그래 일어서려는데, 그 당굴의 늙은 손을 잡는 손이 있어 당굴이 보니, 허기는 그런 황폐 위에라도 늦 비가 뿌렸을거나, 바람이 지났을거나, 목이 쉰 데다, 가래가 꽉 잠긴 음성으로, 그 聖스러운 황폐가 흐느껴 울기를 시작하고 있었다. 그래서 당굴은 다시 주저앉고, 자기의 헛묘라도 내려다보듯, 저 늦 비에 젖고 있는 황폐를 내려다보았더니, 그것은 그렇게 오래오래 흐느끼고 나더니, 뭐를 뭐라고, 여러 가지 것을 한 줄에 섞어, 조랑조랑 말하기를 시작하고 있었다. 내용은 아마 이랬던 듯하다. 참 좋았었다고, 그 아픔이, 찢기는 아픔이 좋았었다고, 그래 인제 큰비암님 오시기 기다리러 제가 먼저 길 떠나, 뒤를 내어다보려고 한다고, ……그 님의 수염은, 제 모든 땀구멍 속으로 스멀스멀 파고드는 실뱀, 그 님의 어루만짐은, 일곱의 혀를 가진, 시리디시린 불님의 태우기, 그 님의 혀들은, 실거머리 타래로 이뤄진, 열두 발 길이의 독지네, 제 년의 목구멍을 수물수물 넘어가, 염통을 터뜨려 그 피를 빨아 마시고, 항문을 비어져 나와서는, 제 년의 허벅지를 감아 쓸며 억만의 독침으로 쏘고, 그 님의 根은 억만 거머리의 밤송이, 흣, 흣, 흣, 위대한 거머리, 子宮 벽을 왼통 빨아, 모든 핏줄을 타고, 머릿속까지 올라, 골을 빨아, 한 계집을, 껍질만 남기는 님, 그런 이가 벌써, 여러 저녁씩이나 오셨다 가셨다고…… 그래, 그런 말을 하며 아기따님은, 킥킥 울었는데, ……그래 자기는, 눈을 뜨려 해도 뜰 수가 없고, 생각을 간추리려 해도 할 수가 없어, 정신이 자꾸 혼미해지며, 어디 땅의 그중 낮은 데로, 유황불이 타는 데로 가라앉기만 해, 그 님의 얼굴은 볼 수가 없었어도, 그래도 자기는, 그 님의 얼굴을 안다고, 옻漆처럼 검은 얼굴이라고, 이 세상에서는 그중 사나운, 죽음보다도 사나운, 그중 아름다운, 죽음보다도 아름다운, 그 님은 임금님, 개님들의 임금님, 그중 큰 수캐님, 三世의 장한, 큰 수캐님의 얼굴이라고, ……아기따님은 조랑거렸다. 잠시 그리고는, 여러 저녁들 지난 일들을, 깊은 속 눈으로 멀리 들여 내어다보는 눈이더니, 아기따님은 더 이어, 큰비암님께서 이제 제 년에게 더 오르지를 못한다는 저녁, 그 님의 말씀이 아랫녘 동네에, 天帝의 五方將들이 와, 오는 큰 제삿날을 당해, 당신 님을 해치려 한다 하며, 제 년 가슴에다, 그 화로 같은 얼굴을 묻고, 불비의 눈물을 흘리며, 흐느끼다가, 닭이 세 홰쳐 울자, 돌아가셨다고 했다. 그 길로, 따님과 修業당굴님은, 그 님 전에 가, 향촉 켜고, 향불 태우며, 그 섧디섧은 님 섧은 심정에 행여 어떻게 위로가 될까 하여, 함께 낙루 오열하고 지내고 있는 중이라고도 했다. 까닭은 그랬던 모양이다, 그러했음에도 당굴은, 산을 내려오며, 자기로서는 그 까닭은 모르겠으되, 그 태산 하나를 다 짊어진 듯하여, 다리가 휘고, 척추가 무너난다고 느끼고 있었다. 아기따님께들은 소식대로만 따진다면, 어쩌면 한 폭력의 마지막 날이 가까워 오고 있는 듯했음에도, 만약 그렇다면 洞民을 모아 크게 잔치를 해야겠음에도, 자기의 느낌은 어떤가 하면, 中心에 서서, 변두리가 되어버린 것보다도 더 참담했다. 실제로 모든 일이, 자기의 마을에서, 자기네들을 중심으로 하여 일어나고 있는데도, 어느 대목에선지, 그것들은 굴절하여, 풍문화를 치러버리고, 그 결과는 또한 굴절하여, 모든 일들은 실제적으로 일어나고 있는데도, 자기네들이 그 현장에서 사상되어 버린 현상을 야기한다. 그러면, 어수선한 꿈만 꾸다 깨인 잠모양, 아무 일도 일어나지를 말았으면 좋을 것인데도, 그런데 정작은 어떤 (느낌인)가 하면, 어수선한 꿈들이 事實이며, 깨이기가 虛實인 듯하다는 데 문제가 있다. 당굴은 그래서 자기가 혹간, 離魂病 같은 것이나 앓고 있는 것이 아닌가 했으되, 당굴은 그럼에도, 그것을 밝혀보려는 수고 같은 것은 하려 하지 안 했던 듯하다. 그 한 마을이, 그 한 늙은 옌네의, 썩는 이빨 사이에 끼여 용신치 못한 때부터, 당굴에게서는, 잠과 깨임 사이의 경계가 헐려 나가버렸던 것인데, 그래서 당굴은 어떤 것이 잠이고, 어떤 것이 깨임인지까지도 모르게 돼버렸다(고 당굴은 쓰고 있다). 어쨌든, 그 한 산을 짊어지고 동네에 내려 당굴은, 座上을 위시하여, 윗녘 소식을 기다려 鶴首가 된 농민들께, 아기따님으로부터 들은 얘기 중에서, 동네에 필요하다고 생각되는 부분만 들려주고, 자기는, 못 듣고 못 보는 자 모양을 꾸며서, 황황히 자기의 초막에로 돌아와, 아편으로 심정을 가라앉힌 뒤, 몸져누워, 大祭 날까지 두문불출이었다. 마을에서는 물론, 어찌 되었든, 座上의 지시 아래, 제사 준비가 진행되고 있었으되, 黃中의 조언을 좇아 이번에는, '人身祭物'은 제비 뽑지 안 했다. 대신, 寅年이었으므로, 크고도 살찐 고양이를 한 마리 산 채로, 열두 매 염을 하여, 寅年生 人肉 삼아 쓰려 했다. 그리하여 大열무날은 왔으며, 이른 조반을 끝내는 대로, 마을의 젊은 善男子, 善女子들은, 祭祀 때마다 드리는, 열둬 마리의 살찐 개며, 그리고 떡이며, 술 등을 이끌고, 지고, 이고, '큰비암님' 전에로 여러 차례씩이나 올랐다. 열두 매 염한, 산 고양이를 제단의 가운데 앉히고, '큰비암님像'의 앞쪽(은 北向이었는데, 그 뒤쪽에는 따님의 흙집이 자리 잡아 있는 것은, 짐작해 알고 있을레?)에다, 반원 진을 쳐, 열둬 무더기의 화톳불을 피웠으며, 그 모닥불에마다, 개를 그을려, 먼저 '큰비암님'께서 그 냄새 맡고 강림하셔, 上座에 좌정시키기를 빌었으며, 그런 뒤, 祖上님들이며, 子丑寅卯辰巳午未申酉戌亥 열두 畜鬼님들이 바쁘게 모여들기를 빌었다. 그리고는, 마을의 祝願이 무엇이었든, 그것 듣고, 살펴주기를 바랐다. 최소한 어젯달[去月]까지의 祭祀는 그런 祝意를, 그 祭煙에다 실어 보냈었다. 그리고 煙氣는 오르는 것이다. (여기 어디에, '저승'과, '煙氣'의 想像力 간에, 고장 난 부분이 있다) 上帝의 五方位大將들은, 그날만은 매우 이른 새벽에 일어나, 물론 마을의 睡衛婦들을 돌려보낸 뒤, 목욕재계하고, 먼저 소복을 차려입고는, 座上께 청하여, 조촐하게 祭床을 하나 손보아 달래서는, 香 사르고, 上帝께 祭酒 바쳐, 먼저 그의 원만한 聖德을 칭송하며, 자기네들이 임할 전투의 승리를 祝願하였다. 그리고는, 해 지기 전까지의 그 하루, 자기네들끼리, 時調라는 것도 읊고, 퉁소도 불었으며, 墨도 쳐, 武夫라는 것들이, 騷客風을 내어, 조금도 서

두른다거나, 초조함을 드러내는 법이 없이, 유유자적, 하루의 날을 보내더니, 어둑살이 진다 싶어진 때부터, 戰服을 입는다고, 문을 닫았다가, 자기네들을 모시러 온, 동네 청장년들의 옹위를 받아, 드디어 산을 올랐다. 이번에도 그들이 입은 服色은, 처음 동구를 들어섰을 때의 그것이었으며, 그들은 창검 대신 이번에도, 꽹과리며, 징, 장고, 소고 등을 들어, 신명을 돋궜다. 물론, 마을의 청장년들은, 준비해뒀던 홰에 불을 붙여, 앞서거니, 뒤서거니, 옆서거니 하여, 춤춰 따랐을 터여서, 그 새끼 불들이, 산 중턱의 어미 불들을 찾아, 덩실덩실 오르고 있었을 것이다. 그리고 그 풍경은 아름다웠어야 될 터였다. 그럼에도, 화톳불이나 횃불이나, 그 불들은, 어째선지, 핏빛으로 붉었으며, 연기에 휩싸여, 흐리고, 매웠다. 口蜜腹劍이라는 말이 있거니와, 이것은 분명히, 그런 어떤 匿名의 신명이 돼서 그럴라는가도 몰랐을 일이다. 글쎄지, 그 마을의 청년 하나가 대신 짊어지고 산을 오르는, 저 天將들이 짊어져 왔던, 그 한 行具 속에는, 마을 사람들 믿음에는, 遁甲術이며, 兵法이며, 兵器 등이, 천년 毒만 구워온 이무기처럼, 사려 넣어져 있을 것이었다. (그리고 물론, 다른 행구 넷은, 든든한 자물통에 채워진 채, 座上네 사랑방 윗목에 쌓여 놓여져 있었다) 그때는 東天에, 동근 달이 동동실이동 동터 오르고 있었다. 그러자 동네에 남은 개들이, 창자를 토해내기 시작했는데, 그 더럽게도 비린 우짖음 소리들은, 흐린 안개처럼 중천에 어렸다가, 안개비 져 내려, 마을에다 狂犬病菌을 풀어헤쳤다. 화톳불이 맹렬히 치솟아 오르고 있는데—그 마을의, 그해의 大祭가 무르익어가는 데서는 그러나, 달빛까지도 타 재가 되고 했으니, 동네 개 우는 소리도 재가 돼, 개 소리가 되고 그랬다. 그 祭壇에는, 잘 구워져, 그 살갗이 깊이깊이 튼, 열 뒤 마리의 개(고기)가, 통째로, 숲처럼 우거졌으며, 떡은 산처럼, 술은 못처럼, 볼작시라, 배고픈 (乞)行者여, 높고 깊었다. 이제 모든 것이 준비되었으니, 따님의 지시가 있기를 기다려, 좇아, 당굴이 (산 채 염을 당해) 祭壇 가운데 모셔진, 그 고양이의 목을 치고, 그 더운 피를 五方位에와, 祭火에는 물론, 祭物 위에, 그리고 참배자들의 머리에도 뿌려주며, 폐 둥둥 북소리를 낸다면, 먼저 三世의 精漢들이 모여 맛볼 것이고, 그러면 祭(Ritual) 祝(Romance)의 밤은 열릴 것이다. 그러니, 따님의 지시가 있도록까지나, 그 祭祀는 준비되어 있었다.

이 大祭는 헌데, 마을에 대해서는, 그 儀意가 어떻든, 두 따님들께는, 地主님께 밤 수청 드는 날, 즉슨 시집가는 날이기도 해서, 이날을 당하면 따님들은, 연지 바르고, 곤지 찍고, 머리는 낭자해 올리며, 푸른 저고리 다홍치마 입어, 님의 강림을 기다리는 것인데, —그 강림을 좇아 그러면 따님은, 祭祀를 시작하라고 지시를 했던 듯하다. —그것이 전례였는데, 얄궂게도 이번 大祭에는 헌데, 두 따님들이 다, 소복에 산발을 하여, '큰비암님像' 앞에 엎드려, 哭婢들처럼 哭만 하고 있어, 화톳불을 눌러, 앞자락들을 태우고 있는 사람들의 가슴을 우슬거리게 하고, 푸르죽죽하게 하고, 그랬다. 당굴은, 그 두 老少 따님들의 뒤쪽에, '새끼당굴'(은 '머슴당굴'과 분리해서, 아는 체해 보여야 한다)을 거느리지를 않고, 혼자, 草衣 입어 앉아, 따님들의 哭 가운데다, 기침을 한 번씩 해 섞어 넣고 있었다. 심지어, 앓는 늙은네들까지도 참여해야 하는 이런 大祭에, 그 새끼당굴의 모습이 보이지 않는다는 것은, 어째도 수상할 일이었지만, 사실에 있어서는, 그 일을 두고는, 아무도 언급한 바가 없었는데, 出家했기 전에는 그 젊은네는 허기는, 밤에 피는 鬼花모양, 늘 그늘에 있기는 있었다. 그래서는, 그는 그렇게, 동네 아주머니들 목물하는 데, 아저씨들 오줌 누고 진저리 치는 데, 아이들 잠지 내놓고 오줌 줄기 쏘아내며 경쟁하는 데, 대체로 그런 데서마다, 비실비실 나오고 그랬었다. 上帝五將들은, 그 祭壇에서, 족히 스무나문 걸음 떨어진 데, 座上과, 실해서 뽑은, 동네 청장년 열뒷과 함께, 진 쳐, 많이도 말고, 중간짜리 뚝배기로 고량주를 석 잔씩만 들고, 달을 올려다보고, 별들을 올려다보았다. 그리고는 주먹을 폈다 오므렸다 하며, 달을 올려다보고, 고개를 숙였다 젖혔다 하며, 별들을 올려다보았다. 天帝의 어명을 기다리며, 살 속에서 힘의 잠을 깨우는 짓이었던 모양이었다. 왼 마을이 기다려왔던 그 저녁은 그래서, 일 년 중에서는 그중 소란하고, 법석이 있는데도, 모든 것이 그저 으슴푸레하고, 푸르죽죽했다. 一洞이, 그 무대에 올라, 아무 하나도 主役이 아닌 자는 없었는데도, 모두 다 客役으로 물러났거나, 배경이 되어버려, 현재 그 무대에서 연극이 착착 진행되고 있음에도, 소문뿐이고, 실제성이 없었다. 저녁은 으슴푸레하고, 푸르죽죽했다. 동네 남아 있는 개들이 때로 때로 짖는 소리와, 무더기 무더기의 화톳불이 내는 소리, 두 따님들의 哭소리 등이, 글쎄지, 그 祭夜를 으슴푸레하게 하고, 푸르죽죽하게 했다. 그럼에도, 그 祭長 따님으로부터는 아무 지시도 없었는데, (밤중에도 권태가 끼일 수 있다니!) 뭣 때문인지 그러니, 그 '큰비암님'의 강림이 더디고 있는 증거일 것이겠냐. 달을 보고, 별들을 우러러보며 天將들은, 天帝의 어명을 기다리고 있었는데, (늘 흐르는 것이 그것이지만), 그러는 어느 순간, 流星이 하나, 동에서 서에로 흐르고 있었다. 헌데 그것이었다. 그리고도 더 심상찮은 일은, 그리하여 黃中이 꽹과리를 들어, 그것을 채로 깨부수려는 듯이, 숨 한 서너 번 쉴 동안을 쳐대자, 두 따님들이, 哭을 하다 말고, 숨을 못 들이마시고, 기절을 하고 엎으러져 버린 그 일이었다. 보이지 않는 데서, 天氣와 凶力 간에, 아닌 게 아니라 허기는, 무슨 전투가 있었던지도 모를 일이었다. 그리고부터는, 天五將들의 바쁜 움직임이 시작되었는데, 자기네들 사이에서야 어찌, 그 作戰이 치밀하게 기획되지 않았겠느냐. 그랬다면, 그 기동에, 무슨 말이 필요했겠느냐. 먼저 東方大將軍 青梅가, 遁甲術函을 메고, 黃中께 揖한 뒤 떠나, '큰비암님像' 뒤쪽으로, 따님네 흙집을 돌아, 동굴이 있는 산을 오르고, 그리고 한 이백 보 간격으로 白蘭이, 다시 이백 보 간격으로 赤菊이, 黑竹이, 따라, 떠났다. 그들의 모습은, 얼마 안 돼, 달빛인가 연기 속에 묽어져, 보이지 않게 되었다. 그들 東西南北將들이, 四方으로 희석되어 보이지 않게 되었을 때부터, 자기를 둘러싸고 있는 마을 남자들을 상대로 黃中이, 座上과 당굴은 미리 들어 알고 있는 바의, 戰術을 밝히며, 이제 자기가 하는 軍號를 좇아, 소리를 일구되, 아닌 밤중에 伏兵이 일어나듯, 그렇게 충천할 굉음을 일궈야 한다고 일렀다. 그리고, 자기 손에 들려진, 꽹과리 소리를 軍號로 삼기로 하자고 했다. 그리고는 黃中은, 天帝의 天命을 기다린다고 하며, 가부좌로 달을 올려다보았다. 黃中을 통해 마을 사람들이 이해한 바를 좇으면, 달이야말로, 天帝用 水晶 공[球] 같았는데, 그럼에도 그 달은, 天眼을 가진 자에게만 읽혀지는 것일 것이어서, 자기들 눈에는 그저도, 계수나무인지 옥토끼인지, 그런 것만 하나 보일 뿐이고, 그 외에는 그냥 달이었다. 그러자니 동네 남자들도 모두, 黃中을 좇아, 가부좌로 黃中을 둘러앉고, 그들은 달이 아니라, 黃中의 눈을 건너다보았다. 그리고 별로 오래잖아 헌데, 이상할 일이게도, 黃中의 눈에서는, 그게 혹간 달빛에 물이 들어, 아니면 불빛이 섞여 그랬었을라는가는 모르되, 푸른 실뱀이, 아니면 유황불이, 스멀스멀, 꾸무럭꾸무럭 쏟겨 나오기 시작하고 있었다. 그 눈물은, 그를 우러러보는, 모두의 가슴을 파고들어, 속들을 아프게, 짠하게 했는데, 그래서 그들도 그렇게 눈물들을 흘려내다, 동네 장한 하나가, 장한 마음을 먹고, 물어보지 않을 수가 없게 됐던 모양이다. 달을 읽건대, —黃中이, 그 天愁의 까닭을 밝히기 시작했던 모양이다. —靑梅將의 거룩한 殉死가 있고, 그리고는 白蘭將의 殉死가 따랐는데, 赤菊將도 또한 殉死의 운명 직전에 있어 보인다고 했다. 그러며 이어, 오늘 이 저녁껏, 그 한 비밀은 밝힌 바가 없지만, 黃中 자기를 제외한, 저 四將들은, 天帝 흘려 옥함에 담아뒀던, 네 방울의 눈물들이 한 방울씩으로 人肉을 해 입은 자들로서, 그 한 방울 한 방울씩의 눈물이 떨어질 때마다, 저 十二蟲은, 그 毒頭를 셋씩 잃게 돼 있다고, 그리고 그 눈물은, 저 十二蟲의 검고도 차가운 배 속을 태워 오르는 '慈悲'로 이뤄진 불길이라고, 그랬다. 黃中 자기는 그런데, 장차, 天帝의 그 네 방울의 눈물을 거둬, 天路를 올라, 東西南北 어디에서든, 고통받는 다른 백성들을 위해, 天淚를 다시 뿌릴 수 있도록 해야 한다고 했다. (흣, 흣), 그리고 黃中은, 심히 통곡해대기 시작했는데, (통곡에도 卽興的인 것이 있다는다? 허, 헛, 헌데, 말이 나왔으니 말이지만, '卽興的'인 것은 언제든, 그 일련의 수사학적 질서에 椿事나, 偶發을 일으키기로서, 그것도 그래서 支離滅裂인데, 이것은 新鮮한 지리멸렬 상태를 이룬다. '혼둔'의 '질서'化에는 언제든 '값'이 따른다면, 이런 '신선한 지리멸렬'도 그 값을 요구할 터이다) 그러는 중에 그는, 앉은 채 떠오르듯, 또는 독사가, 제 똬리의 위쪽으로 대가리를 솟궈 올리듯, 떠 일어서며, 발작적으로 꽹과리를 쳐댔다. 그래서 그 祭床 주위의 마을도, 소리를 내는 것이면 그것이 무엇이든, 솥뚜껑이든, 제 손뼉이든, 남의 마누라의 엉덩짝이든, 마구 쳐대며, 黃中이 소리쳐대는 대로 따라 소리도 쳐댔다. 쾡쾡쾡 딱딱퍽 우여라 딱딱 우여라칭딱…… 山에도 들을 귀가 있었더면, 그 소리가 귀에 앙구찮다고 꿈틀거리는 통에, 사태라도 날 뻔했겠느냐? 허기는 고막은 고막의 日常性을 이뤄 갖고 있다. 그런고로, 누구나의 고막이든, 혼돈에 윙윙거리는 중이었는데, 黃中이 꽹과리를 던지고, 자기의 장도를 찾아 쥐어, 어지러히, 칼춤으로 祭壇을 돌고 있다. "얼레, 큰비암님이 빙 돌기질을 시작했네!" 어떤 아낙네가 부르짖고 있었다. "큰비암님이 돈다고?" 어떤 사내가 소리치고 있었다. "큰비암님이 돈다고!" 다른 사내도 소리치고 있었다, 들리기, 홀리기, 그런 狂氣랄 것이, 모든 살 속에서 깨어나고들 있었다. 큰비암님이 돌고 있었다. 글쎄, 큰비암님도 고막이 앙구찮았거나, 그 巫骨 속에서, '들리기'가 일어난 것이다. 그래서 늘 입어왔던, 그 '像'皮를 벗고, 꿈틀여나와, 물레방아의 바퀴처럼, 다섯 색깔진 전신을 까뒤집어 돌기를 시작한 것인데, 그것의 머리가, 그것 자신의 꼬리를 물어 빨아들이기가, 그런 원운동을 일으켰던 듯했다. 그리하여 거기, 祭壇 뒤쪽에, 五色 무지개의 環이 하나 섰더니, 이 무지개의 環은 돌며, 돌기에 좇아 中心을 잡더니, 누운[橫] 원뿔, 또는 달팽이 껍질 꼴로, 그 中心이 깊어지며, 그 '祭祀'를 송두리째 빨아들이려 하고도 있어 보였다. 그때 사람들은, 어떤 거의 聖스럽기까지 한 소름을 일궈냈었는데, 黃中의 劍舞는, 그때쯤은, 어떤 보이지 않는 매타작 밑에라도 처해진 것 모양, 빠르적거림을 나타내며, 무릎을 꿇더니, 쓰러져서는 거품을 내 물고, 앓는 狂犬 울음소리를 냈다. 黃褓에 싸인, 그 누런 괴로움 하나는 그렇게 빠르적여대더니, 헌데 어느 순간에는 벌떡 일어나 검을 휘두르려 하고 있는가 하는 중에 휙 한번 공중제비를 하여, 화톳불이 닿는 중천에까지 떠올랐다. 그리고는 그는 헌데, 祭壇 뒤쪽, 그 도는 큰비암님의 배 속[中心] 으로, 劍舞로 뚫고 들어갔다. 그리고 사람들이 본 것은, 한 누른색이, 다른 더 큰 누른색 속에로 合流해 들어버린 그것이었다. 안됐다고 해도 될랑가 어쩔라는가는 몰라도, 그 黃中도 일단은 무산돼버린 것이냐, 어쩐 것이냐. —그렇게 작은 한 運動을 삼키고도 저 큰 한 運動은 어디 한군데 불거진 자리를 내보이지도 않고, 거의 인자스럽게까지 보이는, 그 우아한 회전만을 계속하고 있고, 시간이 경과하여 사람들이 믿게 되기로는, 그것은 뭘 해치려 하거나 하고 있지는 안 했다는 것이다. 그러는 중에 사람들이 또 보니, 이제는 아름답기만 한, 저 돌기의 일점에서, 草衣의 늙은네가 비틀거리고 일어나는가 하고 있으니, 그 祭壇에서, 방울을 단 칼[祭刀] 을 꼬나쥐어, 그 祭祀에 쓰려고 준비한, 그 犧牲(산 고양이)의 목을 내려치고 있었다. 그러기 전에 한 번, 그 '犧牲'이 앙칼지게 울었으며, 그리고 칼 방울 흔들리는 소리가 한 번 요란하게 난 뒤, 그리고는 세상 빛이 한번 쑴먹했다. 한 허연 구멍이 그 자리에 뚫렸으며, 그 한순간은 그래서, 이제껏 맹렬히 타왔던 화톳불도 소롯해졌던 듯했는데, 그뿐만은 아니고, 큰비암님도 돌기를 멈춰, 언제나 같은 그 모습을 꾸며, 우뚝 서버렸다. (이 일종의 秘儀的 性交는, 그 叫出, 頓悟를 성공적으로 일궜는가? 아니면, 巨勢症을 드러내 버리고 말아버렸는가?) 어쨌든, 그 '犧牲'의 잘린 대가리는, 그렇게 겨냥이 되어져서 그랬었을 터이지만, 따님의 흰 치마폭에 떨어져, 따님을, 월후 중의 미친 계집처럼 보이게 했다. 그 따님이 헌데, 뭔지를 손에 받쳐 들어, 그 피를 빨고 있는데, 그럼에도 그것은 그 고양이[犧牲]의 대가리는 아니었으며, 그것도 대가리는 대가리여서 대가리가 아닌 것은 아니었는데도 그러나 그것은, 어디선지 그 몸을 잃었는지는 모르되, 사람의 대가리였으며, 그것도 그리고도 알 만한 사람의 대가리였다. 자기네들의 눈을 못 믿을 노릇이었으며, 이상할 노릇이었으되, 靑梅의 것이었으며, 白蘭의 것이었으며, 赤菊, 黑竹의 것이었다. 어떻게 돼서 그리됐는지 누가 알까마는, 그 祭壇에는, 저 네 天漢들의 잘린 머리들이, 혀를 빼문 채 던져져 있고, 두 따님들은, 피에 굶주린 두 흡혈귀모양, 그 빼물린 죽은 혀를 빨아대고 있었다. 정신이 혼미해져 사람들은, 섰다 앉고, 앉았다 무너졌다. 모두 그리고 狂犬들처럼 짖어댔는데, 갔던 길을 되돌아, 黃中이가, 祭壇 뒤쪽에서, 무엇의 피를 뚝뚝 흘리는 자기의 장도를 꼬나들고, 훌쩍 뛰어넘어와, 정신이 혼미해 있는, 마을 사람들을 휘둘러보았다. 그리고 뭐라고, 우렁찬 목소리로 말했는데, 사람들은, 그때는 그것이 무슨 소리였는지는 몰랐고, 그가 하늘길 오를 차비로, 여기저기다 하직을 고하고 다시, 그 祭壇을 뛰어넘어, 이번에는 五色의 무지개 속에로가 아니라 달빛 속으로, 묽어져 사라져 버렸을 때에야, 그 뜻만 조금 깨달아냈다. 라는 것은, 저 毒龍은, 天四將의 殉死를 통해, 退治되었으되, 아직도 그 怪氣는, 아낙네들의 공알 속에 살아는 있으니, 小子들은 부디 깨어 있으라는, 그런 것이었다. 그리고 黃中은, 이번에는, 祭壇을 뛰어넘기 전에, 자기 동료였던, 十二蟲께 몸을 잃은 黑竹이 빼문 혀를 빨며, 이빠디도 없는 잇몸으로, 그것을 물어 떼려 하며, 앓는 암캐 소리로 우짖는, 늙은 따님께, 자기 입었던 黃褓를 벗어 감싸주고, 그리고는 들린 듯, 목 없는 고양이의 뒷다리를 쥐고 흔들어, 모든 곳에다 그 피를 뿌리는 늙은 당굴을 비웃듯 건너다보다, 버려진 고양이 대가리를 발견하고, 그것의 혀를 끊어서는, 매우 다정스러운 체, 座上네 젊은 며느리께 다가가, 음탕스레 그 치마를 벗기는가 하고 있자니, 그 고양이의 혀를 그 아랫도리에 우겨 넣어준 뒤, 장도만은 물론 굳세게 쥔 채, 그 달빛 가운데로, 홀연히 '없어져 갔다.' (반복되는 듯하지만, 이 大祭 이후의 『당굴 誌』는, 저 '머슴당굴'에 의해 씌어져, 계속된다는 것은 기억해두고 있으려니와, 이 '머슴당굴'의 관찰을 좇으면), 저 黃中이 저렇게 훌쩍 사라져버린 때로부터 늙은 당굴은 헌데, 일종의 狂猫氣랄 것을 드러내고, 그 祭壇 밑에, 가만히 잠복해 있으며, 저 늙은 따님의, 일거수일투족, 아무것 하나 놓치지 않고, 노려보기 시작하고 있었다 했다. 그러는 중, 그 눈은 썩는가 하고 있자니, 毒氣를 드러내기 시작하여, 눈알은, 응어리진 선지피처럼 붉어 탁한 데다, 썩는 독한 냄새까지 풍기고 있는 듯하여, 날으는 새라도, 일진 나쁘게, 그 시선에 걸렸다가는, 더 못 날고 떨어져 내릴 듯했다고 했다. 그러다 늙은 당굴은, 그렇다, 그것이 무슨 그리 즐길 만한 광경이라고, 혀를 이리 굴리고 저리 굴려, 그 맛을 이모저모로 맛보려 할 일이겠냐, 그러니 투박하게, 휘딱 말해버리고, 얼른 그 자리를 피하기로 하자면, 그 그늘에서 몸을 드러냈으며, 조금 웃는 듯이도 해 보이면서, 따님께로 다가갔고, 그런 뒤, 그 '흰 암캐'님을, 그 黃褓에 포근히 싸, 잘 여미는가 했더니, 자기의 가슴에 안더라 했고, 그리고는, 黃褓에 싼 그 '흰 암캐'를, 자기의 가슴에 안은 채, 저 한 맹렬히 타는, 화톳불 속으로 뛰어 들어가, 그 불 가운데 엎드렸더라 했다, 가슴에는, 그 '흰 달'을 안고 말이지. 폐 둥둥. (그 탓에 그 현장의 아무도 눈치도 못 채고, 몰랐었지만, 늙은 당굴의 가슴에 따님이 그렇게 누렇게 안겨, 타고 있었을 때, 아기따님은, 저 방울 달린 칼의 끝을 배에 대고, '큰비암님像' 앞에 엎으러져 버렸더라고 했다) 폐 둥둥. 달은 그렇게 식은 재 속으로 졌으며, 마을이 (그 아기따님까지 화톳불에 던져 넣은 뒤) 시들어진 몸짓으로 내려간 뒤, 늦은 새벽에는, 새 당굴이, 그 불 속에서, 튀겨진 몇 낱의 單語들과, 사그라진 달의, 푸른, 몇 뼛조각들을 줍고 있었다. 폐 둥둥.

그랬으니, 마을에서야 물론, 黃中의 그 뒷일을 알 수는 없었을 것이다. 어쩌면 늙은 당굴이, 그 黃中이와 늙은 따님 간에서, 그것이 무엇인지는 모르되,

어떤 與受가 있었을지도 모른다는, 그런 어떤 눈치를 챈 듯했어도, 바로 그 늙은 당굴이, 바로 그 비밀을, 그 黃褓에 보쌈해, 불의 강을 건너버린 것이다. 그뿐만은 아니다, 그리고 '修業당굴'도, 그 저녁 이후 종적이 묘연해져 버린 것이다. 그렇다면, 만약에 黃中이가, 입은 살의 아픔이 좋아싸서, '天淚'를 담은 오지병을 어디다 숨겨 놓아두고, 아직도 天路에를 오르려 하지도 않으며 어디에서든 좀 어물쩍거리고 있다면, (그러면 이 黃中이를 옮아 데려가기 위해서는 누가 내려와야겠느냐?) 저런 사내의 뒷소문 같은 것은, 저런 가라앉은 동네에서는 들을 수가 없으며, 公이나 村老모양, 어디에서고 뿌리를 내릴 수가 없기 때문에 모든 곳으로 굴러다니는 자들에게서밖에는 듣지를 못한다. 그래서 사실로, 이 얘기가 저 黃中이와 얼마나 깊은 연관이 있는지, 그것은 어떻게도 말할 수는 없다 해도, 지나다 어디서, 村老가 듣게 된, 제법은 희한 빼꼼한 얘기가 하나 있으니, 그것이나 하나 얹어, 이어두기로 해야겠다. 는즉슨, 여기서 뭐 별로 먼 데도 아니어서, 아낙네 걸음으로라도, 대략 한 이삼 일 품을 들인다면, 닿을 만한 데 있는 동네 얘긴데, 그 동네서는 글쎄지, 어느 날 말인데, 젊은 사나를 각시라고 손을 잡아 떠들어 온 어떤 중년은 됨직한 사내 하나가, 그 동네 아랫목을 차지해서는, 그 주인 되는 자들을 종복 삼아 부려먹고 있다는 그것이다. 동네서는 물론, 처음 며칠은, 수염에다, (누가 그 녀석이 실제로 사내는 사낸가 하여, 오줌 눌 때 훔쳐본 바에 의하면) 하초도 드물게 보일 정도의 대짜를 단 마누라를 데린, 저 어글한 사내를, 그 흔한 너러 품바꾼이거나, 뒤처진 사당패로 쳐, 별 볼 일 없다는 듯이 대했었다는데, 그런데 그것이 아니었던 모양이었다. 글쎄, 그것들 동네 사랑방에 든 뒤, 별로 며칠도 되잖아, 동네 전답 문서의 육칠 할가량이, 저것들 수중으로 들어갔더라 했다. 그것들 은근히 했다는 소리는, 자기네들 본디는, 하늘 부자였더니, 무슨 그럴 피치 못할 까닭이 있어, 잠시 이승 살이에 내렸더라고 그런다. 과연 이 '하늘 부자'가, 저 黃中인지 아닌지, 그리고 그의 면妾이 '修業당굴'인지 아닌지, 그것은 그 양자를 보아 익히 아는 자들밖에는 말하지 못할 것이지만, 이 동네 들른 黃中이나, 저 마을에 들른 '하늘 부자'는, 공히 아직 하늘을 한 번도 활짝 열고 들어가 본 일이 없어, 하늘을 풍문으로만 들어온 (그렇기 탓에 이뤄졌을 수도 있는) 사람들께서, 무슨 하늘複合症 같은 것을, 잘 간지럽혀냈다는 것은 말할 수 있다. 이 '하늘複合症'이란 뭐 다름이 아니라, 땅에다 배를 밀착해서라야만 안전하다고 믿는 뱀이나, 남생이 따위의, 그 땅에의 집착을, 만약 '땅複合症'이라고 부를 수 있다면, 그 반대의 것을 이름함일 것이다. 이보다 더 깊이 따지고들 일은 아니다. 어쩐 셈인지 사람은, 땅에서 일러 천장이라는 데에다 배를 딱 붙여서라야만 안전하다고 느낀다. 그래서 이것을 눈치채 아는 자들은, 그 하늘을 몇 쪽씩 뜯어다 팔기로써 목구멍 풀칠뿐만 아니라, 거부도 쌓고 하는데, 같은 크기라도, (그 장사꾼의 수단에 의해), 하늘 쪽은 천의 웅담보다도 비싸다. 그래서 하늘이 축나던가? 실제에 있어서는, 더 팔리면 팔릴수록, 하늘은 더 많아진다. 가, 카, 칵, 카만있자, 公은 그러자, 가정적으로, 저 '하늘 부자'가 黃中이랄 경우, 그 黃中이는, 딴의 은근한 계산하에, 만약 동료가 너무 많아, 그 天財를 너무 여러 토막으로 내야 하기 때문에, 동료 중에서 얼마쯤은 솎음을 했었어야 되었다면, 그중에서도 자기에게 심복인 자를 하나쯤 남겨, 그로 하여금, 저 '修業당굴'이라는 젊은네가 했으리라고 추측되어지는, 그 궂은일을 하도록 했었어도 되었을 터인데, 어찌하여 그는, 낯선, 그것도 그 본고장 젊은네를 택했어야 했느냐는, 그런 의문인가? 그리고, 가정하여, 저 누구의 '면妾'하는 면 놈이, '修業당굴'이라는 경우, 어디서부터인지는 모르되, 이 음모에는 '따님'도 관여되어, 큰 역할을 하고도 있어 보이는데, 그러면 '따님'이 노리는 것은 무엇이었는가, —그것도 의심스럽다, 이런 얘긴가? 헛, 허, 허기는, 그것은 꼭히 물어졌어야 되는, 물음인 듯하기는 하다. 村老로서는 그러나, 그 첫 번째 물음을 두고는, 수단꾼 수다람쥐와 관계된 寓話 한 가지 정도를 말해줄 수는 있는 듯해도, 그 두 번째 물음을 두고는, 村老가 그 '따님'이 아닌 이상, 그 뜻을 어떻게 알겠느냐는 반문밖에는 할 것이 없다 싶으다. 따님은 혹간, 마을에 저런 재물이 있는 한, 그 따님이 세운 질서에의 도전은, 끊임이 없게 될 것이라고, 그러다 보면, 빠르게든 늦게든, 그 마을이라는 한 생활을, 신앙을, 생활이 신앙인 것을 담은, 주머니의 아가리를 죄인 끈에, 튼 자리가 생기거나, 끊길 위험이 있다고 여긴 것은 아니었겠느냐? 따님은 언젠지, 어떻게 그것을 배워 알고 있는 것이다. (이 마을은 그러고 본다면, "길을 잘못 들어, 魔女네 가축우리에 갇힌, 둘째

王子"의 운명을 살고 있음이 분명하다. 자기가 찾아 나선 '公主'가 다름 아닌, 그 '魔女'라고 알 때의, 그 '王子'의 놀라움은 크겠느냐? 그 놀라움을 통해 부디 그 젊은네는 見性커라. 그리고 公은, '모험 찾아 길 떠난, 세 王子'의 얘기를 잘 새겨두거라. 왜냐하면, 見性키 전에, 인간이라는 有情의 苦海 헤치기는, 저렇게 요약되기 때문이다) 아 그리고, 저 '수단꾼 수다람쥐'의 寓話는, 公도 익히 알고 있을 것이다. 농사철만 시작되었다 하면, 예의 이 미끈한 잡놈은, 일터에 나서기보다 먼저, 물색에, 건강에, 부지런까지 겸해 있다는 암다람쥐께 청혼을 해서는, 미끈하게 꼬여 넘겨, 결혼을 해서는, 일은 왼통 마누라께 시켜, 도토리 광이 그득하게 추수까지 끝내고, 그러고 나면, 벽장에서, 여러 해째 써오는 중에 길이 들어, 반들반들해진 몽둥이를 꺼내, 저 계집년의, 측간 길에까지도 햇동거리는 행사로 들먹여, 똥물을 토하도록 패대 제물에 도망가도록 하고, 그리고는, 이웃, 눈먼, 그래도 몸집은 쓸 만하다 싶은, 외로운 암다람쥐께가, 은근히 수작하여, 그 살림까지 몽땅 함께 데려다, 그 엉덩이를 두들겨가며, 겨울을 잘 난다는, 그 얘기던 것이다.

그런 후 마을은, 더 어둡고, 더 동떨어지고, 더 을씨년스러웠다. 춥고, 적막한 데다 마을은, 배까지 고팠다. 심지 않고 마을은, 들을 싸돌아다니며 거두기만 한 데다, 하늘까지도 돕지를 안 해, 비가 왔어야 되는 철엔 가물어, 들은 어둡고, 푸석거리고, 가난했다. 마을은 가난하고, 춥고, 적막했다. 개들만 떼로 떼로 울었는데, 그것들도 배가 고프고, 쓸쓸하고, 살기가 어설퍼 그런 것이다. 아닌 철에 마을엔 밤이 내리고 비가 내리고 궂은 밤비가 내렸다. 개들만 울어 쌌다, 아닌 철 내내 울어 쌌다. 마을은 어둡고, 동떨어지고, 을씨년스럽고, 춥고, 적막하고, 쓸쓸하고, 어설프고, 궂었다. 人心이 궂자 天心도 궂어, 전에는, 그저 그 동네 사립짝 밖에서, 삐끔 한 둬 번 안을 건너 들여다보고 스쳐 지나가 버리곤 하던 겨울 나그네가, 그해에는 아예 마을 사립짝을 비시겨 열고, 마을의 마루를 올라, 살기의 안방에까지 들어, 읽어주는 소설 한 대목도 없이 洞民을, 스름 슬름 윗목에로 밀어붙여 버렸다. 처음엔, 모두 말은 없이, 우울하게 생각만 했기로는, 자기네들 살기가 고단하다 보니, 날씨까지 쌍곰하다고 느끼게 된 것이라고 했으되, 가마귀 떼가 짖어 쌌는 중에, 실제로 진눈깨비가 내리기를 시작한 것이다. 그런 후부터는, 근에 용천병든 용천뱅이 오줌 누듯, 젖은 눈이 구질거리고, 탁하고, 어둡게 내려, 삼동을 내내 개이지 안 했다. 마을엔 밤이 내리고, 차가운 눈비가 내리고, 궂은 밤 눈비가 내리고, 그랬다. 아직, 솜 누빈 옷이 무엇인지를 모르는 헐벗은 몸들에, 그 젖은 눈은 차고, 시리고, 아렸다. 아무튼, 누구든, 狂氣 탓에 그런 짓을 시작했었겠지만, 나중에는 누구라도, 저 '聖物' 개를 그을리는 대신, 그 껍질을 벗겨, 뒤집어 입고 다녔으며, 그 '聖骨'들은 곰국에 썼다. '따님'을 전갈하님으로 두고, 마을에서 바치는 祭祀만 받아먹어 자고 깨던 저 '十二蟲'이, 그때는, 하루에도 열두 번씩, 밤의 두텁고도 두려운 그림자를 늘여 펴며, 동네로 내려와, 그 동네 아랫목에 똬리 틀어 앉아, 그 동네 삶의 온기며, 빛, 소망 같은 것이 있기라도 한다면 그것까지도 물론, 조공 바치라고, 꼬리를 따르르 따르르 떨었다. 마을 살이는, 춥고, 처량하고, 어설프고, 그랬다. 한번 드리운 밤은, 영 새려 들지를 안 했다. 개들로 그때는, 울을 뛰어넘어, 떼를 뭉쳐서는, 가마귀 떼모양 우짖어 들을 싸돌아다니다, 마을에서 사람들이, 거적에 싸다 버린 송장을 두고는 말세처럼 싸우고, 그러다가, 마을 주변을 빙 둘러, 산 사람들의 피 냄새를 흠흠거리기 시작했다. 동네서는 그러자니, 사내들이, 올가미들을 주렁주렁 들고, 저 미친개들을 묶어, 나뭇가지에 매달아버리려는 개 사냥에 내달았는데, 많은 사람들이, 자기네 길렀던 그 聖物들에게 물렸던바, 死傷者도 하나쯤은 있었다. 개에 물린 상처를 가진 사람들은 물론, 그것이 써졌거나 말았거나, 藥水에 씻고, 藥草를 발라뒀으되 내일이나 글피쯤, 저 미친 聖物들께 물린 자들은, 물을 두려워하기 시작할 것이다. 물의 宗徒들이 그리하여 물을 두려워한다? '毒龍'은 이 聖物 太公들의 母語가 아니었느냐? 이 '狂犬'이라는 單語를 발음해내는 그 복장에, 진노가 가득 찼음? '개'의 죽음! 그리고 '미친개'[狂犬]가, 그 '개의 배 속에서 일어났음?*

* 이 '개'는, 鍊金術과의 관계에서는, '象徵'이기보다는 '記號'이다. "이리에게 창자를 찢기는 개(prima matteria)는, 순화된 금"의 의미다. '狂犬'은 이 경우, '記號'가 '記號'를 벗어나, '象徵'性을 획득해버린 것? 이 경우의 '象徵'은 'signified'에 근접해 있음?

그러는 동안에도, 새 당굴은, 매달 열무날 찾아, 거르지 않고, 하다 못하면 정화수라도 한 그릇 祭壇에 바쳐서라도 祭祀하고, '큰비암님像' 앞에 低首九拜하고, 마을의 안녕 복지를 축원했던 듯하다. 사실로 그에게는, 별세한 당굴네에 머물렀어야 할 별다른 이유를 갖지 못했었으므로, 거처를 아예, 저 비어버리게 된, 따님네들의 흙집으로 정해, 옮겨가, 거기서 살고 있었다. (村老의 믿음에는) 마을이 그렇게, ("개는 죽은 것이다.") '알맹이'를 잃어, 그림자만 남겨 세우고, 그 비임[虛無]에 당하고 있었을 때, 이 사내 혼자서만, 한 푼이 모자라거나 남는 까닭에, 그때까지도 사람 냄새를 풍기며, 그림자를 누이어 끌고 다녔었다. 그도 물론, 늘 배가 고파 홀쭉했으며, 눈은 움푹 꺼져 들어가고, 그리고 물론, 어쩌면 누구보다도 더 외롭고, 슬프고, 추웠을 것이다. 그런 그를, 아무도 반기려 하지도 안 했을 터이지만, 그럼에도 그는, 그 우울한 삼동내내, 늘 젖어 있는 눈으로 그 마을을 누렇게, 끼웃끼웃 둘러보고 다녔던 듯했다. 그럴 것이, 이 대목의『당굴誌』는, 그 마을의 死亡者의 명단이나, 부고처럼 점철되어 있으니 그런 것이다. "某家某氏는, 某年某日에 나서, (무슨 해놓은 일이 있으면, 그것을 언급하고) 享年 몇 세로, 某日其時에 別世했는데, 死因은 恐水病에 용천病이었다" —그리고 마을로부터 흙집에로 오르는 길에 그는, 무슨 이삭이 눈에 뜨이면 그것을 몇 낱이든 줍고, 또, 고콜에 피울 관솔을 모으는 중에 솔잎도 좀 따고 하여, 갖고 와서, 솔잎은 목침 위에 놓아 몽글게 썰고, 몇 낱의 낟알은 손바닥에 놓아 수단껏 비벼 껍질을 깐 뒤, 함께 입에 넣고 몇 번 꾹꾹 씹다, 물 모금을 크게 하여, 식도를 넓혀, 꿀컥 삼키고는, 고콜불을 건너다보다, 그날 치의, 무슨 記錄으로 남겨놓을 만한 일이 있으면, 墨을 갈았으며, 그 외에는, 충분치 못한 지식으로라도, 별세한 당굴이 남긴 記錄(『당굴誌』)이며, 書冊들을 읽고, 또 읽고, 그랬다. 그러는 중에, 저 毒龍의 배 속보다도 더 어둡고, 더 길고, 구질던 납월도, 그 고콜불에 녹았으며, 正月이 오고, 二月이 왔다. 二月부터는, 궂던 눈비까지도 뜸해지기 시작하여, 달까지도 여러 저녁씩이나 밝아, 마을의 모든, 진물 흘려내는 상처들이 油藥인 듯이 부드럽고 그랬다. 그달에 있었던 큰일 중의 하나는, 새 당굴의 선도하에, 들에 갔다 버렸거나, 바깥 담 밑에, 거적 덮어, 누이어 놓았던, 미친개들이 창자며 허벅지들을 다 파먹어 버리고 남긴, 송장들을 모아, 짐수레에 싣고 '큰비암님' 전에 올라, 合同火葬式을 거행한 그 일이었는데, 그 날 잡기[擇日]는 새 당굴이 했던바, 그 저녁은 달이 가득 차[滿月] 있었다. 그러니 그것이 祭日이었던 것이다. 그 저녁에는, 座上네서 약간의 고량주를 내고, 다른 유지네서, 불알 깔 나이의 돼지를 한 마리 내놓아, 잡아, 구워, 먹고 마시기에, 바랄 만한 한 저녁을 새웠다. 그리하여 사람들은, 자기들이 아직도 살고 있는 것이나 아닌가, 하는, 그 쓸개주머니를 꺼내, 혀로 핥기에 이르렀더니, 삶은 그러함에도, 죽기보다는 맛이 달다고, 했다. (그러면 種의 繁殖에 차질은 없을 터) 그런고로, 얼도록이나 차게 젖었던 흙 밑에서도, 쑥이며, 달래 냉이들이, 그 모진 어둠과, 차가움을 견뎌낸다, 그리고 빼꼼히 문 열어 얼굴을 내밀어 올랐을 때는, 마을 문들도 하나씩 둘씩 열리기 시작했다. 그 음습한, 그림자들 밑에서, '사람'이라는 실체가 뿌직 뿌지직 일어나기 시작한 것이다. 그러며 기침을 쿨룩이고, 피가래를 뱉어대며, 냄새를 풍겨내기 시작한 것인데, 코 가진 것으로서, 三世間에서, 이 '사람의 냄새'에 접해, 코피를 터뜨리지 않을 것은, 잘 없다. (公의 고막이 홑겹보다 두텁기만 하다면, '惡力'을 분쇄하기 위해서, 神들까지도 하필 '人肉'을 입어오는 까닭까지도 알 것이며, 그리고, 그 '惡과의 최후의 大戰爭'도 그러면, '인간'에 의해 치러져, 이겨지지 않으면 안 된다는 것까지도 알 것이다. 아직도 그러나 우리는, 저 동네에서는, '사람'이 깨어 일어나고 있다는 풍문만 듣고, 그 잠을 완전히 깨어나지는 안 했든 어쨌든, 저 '짐승'[畜—프라크리티]이 죽었다는 부고를 듣지 못하고 있지는, 못하고 있다) 아직도 그래도 때로 때로 갸 갸 가마귀들은, 회색의 하늘을 떼 질러 날며, 떼로 떼로 울어, 갸 갸 아직도 잠 깨이기는 너무 이르지 않느냐고, 잠의 달콤함을 좀 더 누리자고, 아흐, 을씨년스런 세상, 갸 갸 갸 울며, 북녘으로 날아갔다. 헌데, 마을의 문들이 열리고, 개 짖는 소리는 거의 들을 수도 없는데, 사람들의 웅성이는 소리가 울려나, 중천에 누렇게 서리기 시작한 때를 비롯해, 겨울 내내, 동네 고샅으로 털부럭 털벅 비딱여 다니던, 저 새 당굴의 얼굴이 뜸해져 잘 보이지를 안 했는데, 그래서 座上이, 가다 가다끔 한 번씩, 그 흙집을 둘러보아야 되었다. (그리고 마을은 그를 두고 그때쯤엔, 필요 없는 어느 모서리가 더 불거져 나왔다거나, 필요한 부분이 비었다는 투의, 그런 아무런 뒷소리도 만들지는 안 했다) 그러는 동안 그는, 『醫鑑』에서도 말고, 스승의 『日誌』(『당굴誌』)에 적힌, 어떤 藥方文에 좇아, 딴에는, 어떻게든 병든 마을을 치료해볼까 하여, 그 치료 약을 제조한다고, 잘 나들이를 안 했던 모양이었다. 헌데 바로 그 '藥方文'은, 그 별세한 당굴이 어디에서 얻었는가 하면, 역설적이게도, 다른 누구로부터도 말고, 그 자신 根에 용천병이 들어, 그것 좀 낫구겠다고, 그 고장의 藥水藥草를 얻으러 와서, 자기의 거처에서 이삼 숙을 하고 떠난, 그런 어떤 각설이의 客談의 어느 대목에서였다. "癘病에는, 人骨을 불에 태워, 뭉글게 갈아 가루를 만들고, 달이 좋은 열무날 저녁 같은 때 길어온, 藥水에 반죽해, 丸을 빚은 뒤, 독한 고량주로 一日三時 飮服한다면, 효과가 있을 것이다." 그리고, 論評하여, 이랬다. "조악한 물질에, 어떤 경로에 의해서든, 生命이라는 풀기가 생겨 이뤄진 몸이란, 그 풀기를 잃은즉시, 그 본원에로 돌아가게 되어 있는 필멸 자체인 것, 그런즉슨, 苦生스러운 한 苦生에다, 구차히 一朝一夕의 苦生을 더 보태보겠다 하여, 사람이 사람의 뼈를 갉아 먹는 天罪를 범할 수야 있겠느뇨? 그런즉슨 사람이 나찰과 다름이 있겠느뇨?" —그러면 새 당굴은, 그 스승 당굴의 添論을 일부러 외면하여, 스승 당굴이 忌한 일을, 감히 내달아 시작한 일이겠느냐? 그런 건 아닐 터이다. 그렇다고 하여, 누가 그 새 당굴께, 그 문제에 관해 물었다 한다 해도, 그는 아무 대답도 만들려 하지는 안 했을 것인데, 그가 입을 벙긋하는 날 그는, 자기를 보살로 만드는 대신, 스승 당굴을 나찰로 만들거나, 스승 당굴을 보살로 만들려 하면 그 즉시, 그 자신이 나찰이 되어버릴 것이기 때문이다. 그는 그래서, 스승보다 한 모서리가 부족했거나, 더 많았던 자인 것이 분명했다. 서 근의 삼! 이 새 당굴은 어쨌든, 자기가 주워 모아두었던, 스승 당굴과 두 비리데기들의 殘灰舍利를 聖骨이라고, 몹시 아껴 예배하며, 二月에, 버려졌던 송장들을 모아 한 짐수레에 실어다, '큰비암님' 전에서 태우고 추려낸, 그 俗骨들 빻음에다, 아주 미량씩을 보태 丸을 빚기에 왼갖 정성을 다 바쳤는데, 그는 나찰다웠으며, 그는 보살다웠다. 서 근의 삼! 그는 어쨌든, 그렇게 약을 제조해서는, 그것을 마을에다 투약했기 전에, 그 자신은 아무 병도 앓고 있지는 안 했으되, 무슨 해독소라도 함량해 있는가 없는가를 알아보기 위해, 자신이 먼저 그것을 여러 날 三時를 飮服해보고, 별다른 탈은 없는 듯하다는 결론을 얻기에 이르러, 핀 얼굴로, 환약 주머니를 거머쥐어, 座上네로부터 시작해, 마을의 문전들에다 활짝여 올렸던 모양이다. 그러며, 그것을 얼마씩 건네주려면, 받아야 되는 쪽에 대고, 뭐든 뭐라고 설명이 있기는 있었어야 되었을 것이기는 하다. 꾸어 듣자니 그 얘기 한번 희 히힛 희한하여, 희 히힛 희한했더라. 라는즉슨, 某月某日子正녘이었더니, 도대체 잠에 들 수가 없을 정도로 마음이 시달리는 중에, 어찌 쓴 연고로, 어느 순간, 자기 몸이라도 자기 몸 같지 않아, 손가락 하나 움직일 수도 없는 경직에 당하는 중, 보니, 비몽사몽간에, 별세하신 따님과 당굴 어른이, 불길 속에서 홀연 현신하셨음일라. 당굴 어르신은 손에, 한 줄기에 세 송이 꽃이 핀 꽃나무를 쥐고 계셨는데, 그 각 송이의 꽃은, 다섯 이파리씩을 달고 있었거니와, 각기 다른 색깔, 그러니 五色의 꽃잎을 해 갖고 있어, 기이하다고 여기고 있자니, 당굴 어르신께서는 그것을 자기에게 건네주시며, 이 火草인즉, 다름이 아니라, '살살레(불)꽃, 숨살레(불)꽃, 피살레(불)꽃'이라는 것으로, 地王님의 다섯 비늘, 즉슨 五大를 꽃 이파리로 하고 있은즉, 결코 소홀히 말지며, 이것으로 병고에 당하는 有情들을 돕도록 하라, 이르시고, 그 불 가운데로 희석돼버렸음이라. 그러고 나자 이번에는 따님께서, 자기 님 옷고름에 조랑조랑 세 병을 차고 있던, 감로수 병을 건네주시며, 이 火水인즉슨, '살살레(불)물, 숨살레(불)물, 피살레(불)물'로서, 地王님의 '침'과, '오줌'과, '精水'인즉슨, 결코 소홀히 말지며, 이것으로 병고에 당하는 有情들은 도우라, 이르시고, 따님 또한 그 불길 속에로 가라앉아버렸음이라. 때에, (새) 당굴 자기 몸에서 경직이 풀려, 큰 한숨을 들이쉬고, 내쉰 뒤 본즉슨, 두 어르신님들의 乘轎였던, 그 맹렬히도 타던 불길은 온 데도 간 데도 없고, 그런데도, 자기의 오른손엔, 예의 그 五大의 꽃 세 송이가, 그리고 왼손엔, 그 세 병의 감로수가 쥐어져 있었다, 했다. (焚死하고 난, 따님과 당굴의 殘灰란 허기는, 祭義的 견지에서는, 그것이 聖骨들이었는 이상, 저런 것 말고 또 무엇이겠느냐? 이 새 당굴은 그리하여, 祭主답게, '祭儀'에서, '祭義'의 舍利를 구워내고 있었을끄나. 行者여, 이 '舍利'란 헌데, '男根'[링감]과 같이, '[sighifier]'며 '義'[signified]라는 語尺으로 재기가 어렵다. 왜냐하면 저것은, 禪的 言語와 같이, 言語를 입고 있기로써, 言語를 초월해버린 까닭이다) 그 丸藥들은, 그러니, 그 꽃과 그 물을 조합하여, 그 한 알 한 알에마다 한 구절씩의 呪文을 읊어 넣어 빚은 것이고, 그런즉슨, 그 한 알 환약을 열두 말 금싸라기보다도 귀중하게 알아, 복용 시에는, 正心을 갖도록 노력해야 한다고 했다. 칠 세 미만은 한 알, 십오 세까지는 두 알, 어른은 네 알씩을, 食前으로 (그러니 空腹에) 하루 三時, 적당량의 고량주로 삼켜 넣으라 했다. 그 丸藥뿐만 아니라, (어쩌면 더욱더) 藥說이 아주 반갑게 받아들여져 마을에서는, 약 먹는 시간을 정해, 징을 쳐, 그때를 알리기로 하여, 이제 본격적으로, 그리고 즐거운 마음으로(肯定的 태도로), 한 마을이 鬪病에 임했다. 어차피, 아무것 하나도, 더 나빠질 것은 없는 마을이 아니더냐. 그리고, 그들이, 저 '毒龍'의 존재를 (알게든 모르게든) 의식하고 있는 동안은, 자기들이 무엇을 잘못했건 어쨌건, 자기네들이 앓는 병이란 刑罰 말고는, 달리는 어떻게도 이해할 수가 없을 뿐이었는데, 그렇다면, (그 한 마을이 그렇게나 앓기로) 刑罰이 다 치러졌다고 할 때는, 그것을 내린 자에 의해, 그것도 거둬들여져야 하는 것이 옳을 것이라고 했다. 그들께는 그런 믿음이 있었다. 헌데 새 당굴의 '藥說'은, 자기네들의 刑罰이 다 치러졌을지도 모른다는 신념들을 일으켰는데, 그런 신념은, 그들의 마음에다, 아주 신선하고도 활력에 넘치는, 더운 피를 돌렸다. 藥을 복용할 때마다 正心으로 그들은, 무슨 광경을 보는가 하면, (일례를 들면), 魔菌들이, 자기네들의 몸을 쳐들어 凶家를 만들어버린, 그 거미줄이며 쌓인 먼지, 썩는 암흑 위에 쏟겨 내리는, 번쩍이는, 밝은 빛줄기 같은 것들이었다. 그러다 보면, 그들의 그 마음의 몸에 도는, 빛의 신선한 피가, 그들의 몸의 여기저기의 곪곳을 저절로 터지게 하여, 그 病根까지 빠지게 하고, 진물이 찐적거리는 곳에는 건조함을 일으켜, 따까리가 덮어 들게 하고 그랬다. 『續당굴誌』에 의하면, 사실로 그래서, 그 人骨粉 속에 그런 무슨 藥力이 있었던지, 또는 병자들의, 그 丸藥에 대한 신뢰와 희망이 靈藥化를 치렀던지, 그것은 그 자신 하나만 모르겠음에도, 마을에는, 매우 급속도로, 回春氣가 있었더라고 했다. 그럼에도 그리고, 봄에도 죽어가는 자들은 죽어가는 것이어서, 어디의 봄에고, 상여들이 들을 흘러가는 것이다. 죽어가는 자들은 그러니, 저 마을에서도 죽어갔다. 그리고는, 왜냐하면 그들의 죽음은, 天刑에 의한 것이므로, 그 "더러움을 땅에 묻는다면 땅을 오염하게 된다"는, (새 당굴의) 禁埋論에 좇아, 그 주검들은 (큰비암님 전에서) 火葬을 당했다. 그 火葬을 끝내고 사람들이 내려가고 난 뒤, 재가 식어지면, 그 타다 만 뼛조각들은, 당굴의 손에 추려졌었다. 그러는 새에도 세월은 가고, 사월은 오고, 철이 가고 그랬던지, 마을의 田野가 검푸러져 가고 있었으며, 짐승들의 부수수한 털에도 조금씩 윤기가 돋고 그랬다. 한탄가며, 청승, 수심가 따위, 응달스런 노래들까지도 뜸해져 가고 있었는데, 그렇다고 하여, 베틀노래에 격양가며, 권주가 따위가, 하루 이틀에 마을을 떠들썩하게 하고 있던 것도, 물론 아니다. 보리며 밀, 감자며 삼[麻]이 익고, 굵어지기를 기다려야 할 것이다. 大祭가 가까워 오면, 그것들도 거둬들여져, 여름도 깊고 술맛도 깊어질 것이다. ("만물이 번성한다"는 여름철에, 어떤 것들은 쇠퇴한다는 일을 두고, 先老들이 의아해하는 소리를 들었다) 『續당굴誌』에 의하면, 사람들은 이즈음, 이상스럽게도 할 수 있는껏, 서로가 서로를 회피해, 모르는 사람들인 양 지내려 하며, 인사말은 그만두더라도, 서로 눈이나 마주칠까를 겁내고 있는 듯하다고, 당세의 인심을 의혹의 눈초리로 바라보고 있었다. 이어서 당굴은, 사람들은 이상스럽게도, 자기들이 얼굴을 하나씩 해 달고 있다는 일을 羞恥로 여겨, 다른 사람들의 눈 속에서, 자기라는 그 얼굴을 지워 없애려, 애를 쓰고 있는 듯이 보인다고도 했다. 그랬음에도 당굴의 결론은, 촌로가 기대했던 것과는 사뭇 달랐다. 그럼에도 그의 생각에는, 이 한 시절은, 어기차게 건강을 회복해가고 있으며, 그래서 이 한세상은 훨씬 더 계속되어갈 듯하다고 쓰고 있었다. (이 사내는 사실로, 한 푼이 덜하거나, 더한 것이 아니었는가? 헌데도 만약, 촌로의 이해가 반드시 틀린 것만은 아니라고 한다면, 저 당굴 생각에는, 이 '羞恥心'이야말로, 人世의 척추를 이루는, 매 마디마디의 관절이 되어 있다고, 이해한 것이 아니었는가 한다. 이 '脊椎'의 人世의 方言은 '道德'이다) 어쨌든, 羞恥 탓에, 얼굴을 못 들고 감추려 하는 얼굴은, 짐승의 얼굴은 아니다. 악마의 얼굴은 더더욱 아니며 (아 악마여, 羞恥를 알지라) 그렇다고 해서, 천사들이 그런 얼굴을 꾸미고 있는 것은 더더욱 아니다. 그래서 그것은 인간만의 얼굴인데, 저 동네의 것들은 병들어 썩었던 탓에, 조금씩 쾌차가 있자, 羞恥의 따까리를 덕지덕지 없어 더럽게도 羞恥스러움에도, 그 아래쪽에서 새 살을 돋궈내고 있는 얼굴들이 아니겠느냐? 보리며 밀알 속에, 그 살갗이 트도록이나, 살이 채워져 올라오고 있는 더운 얼굴들. 아름다운 것은 아직 아니라도 그 얼굴들은, 한 깊은 잠의 羊水가 굳은, 그 추악함을 벗어가고 있다. 탈바꿈.

때에, 제길헐 녀러, 헤익 녀러, 녀러, 전에 한번, 그 마을을 스쳐 지나며, 참언도 비슷한 소리를 '속닥여 내지르고' 가, 종내 天五將들까지도 불러 내리게 한, 別世한 따님 또래나 됨에 분명한 그 老乞이, 다시 한번, 그 동네 어귀에 그림자를 두텁게 깔았던 모양인데, 그러자, 몇 마리 남기지 않은 種犬들까지도 대가리들을 제 사태기 속에들 묻어 가리고, 어디 구석진 데로 숨어버리려 했던 모양이었다. 그 늙은네의 그림자만, 소금으로 무거웠던 듯하다. (그러면, 이 '소금'이어서 '무거운 그림자'는, 저 늙은네의 내부로부터 뉘어져 나온 것이다) 그 무거움을 질질 끌고 늙은네는, 동네 고샅 고샅을 끼웃거리고 다녔으되, 누구에게고 말 한마디 붙여볼 수가 없었던 듯했다. 그러던 중에, 조제한 丸藥을 배부하러 내려왔던 당굴과, 빈창자에 그림자가 무거워서였을 것으로, 고샅의 돌팍에 앉아 숨을 돌리던 老乞이, 만났다. 老乞 쪽에서야 물론, 그 젊은네가, 새로 대를 이은 당굴이라는 것은 천만 몰랐을 터이라도, 그 당굴 쪽에서는, 어떤 인연에 의해서든, 결코 낯이 설지 않은, 낯선 노인네를 마주치고, 잠시 망연자실해 있다가, —그러는 동안에 당굴은, 자기의 머릿속 고샅 고샅을 살펴, 그 노인네에의 기억을 떠올리려 했을 것이다. —얼른 자기를 되찾고, 老乞 앞에 얼른 무릎을 꿇는가 하더니, 그 늙은 손을 덥석 잡는 것이었다. 그리고, 자기 스승 당굴의 별세를 애석해하여, 잠시 泣하다가는, 그 스승 당굴께서, 별세하시기 전에, 노인장께서 꼭히 한 번은 더 오실 것이라고, 학수고대하여, 일각을 여삼추로 지냈었다고 하며, 泣하고, 스승을 위해서는 노인장의 발걸음이 좀 늦은 듯하되, 마을을 위해서는 아직도 결코 늦지는 않다고, 그래 절하고, 고맙다고, 반갑다고, 절하고, 泣했다. 그리고 당굴은, 그 客老를 정중히, 자기의 거처에로 모셔 올랐으며, 그리고는 먼저, 늙은네의 발을 씻기고, 석청에 버무린 쑥떡이라도 정결히 내어 대접한 뒤, 아랫목에 목침을 놓아주어, 노독을 풀게 했다. 자기는 그리고, 座上네로 내달아, '기다렸던 노인네'가 왔다고 이르고, 되돌아 나와, 그 客老를 위해, 뭐든 좀 풀기가 있는 食物을 얻을까 하여, 들로 나갔다. 원래는, 보리며 밀도, 그 들에 퍼져 자라던 잡초던 것이더라, 헌데 반수확이라도 할 수 있던 해에는, 아무 손도, 그 잡초 사이를 훑고 다니지를 안 했었는데, 그해에는, 그 들도 맑았다. 그랬거나 저랬거나 당굴은, 대략 반나절쯤 수고하여, 그 客老의 두 끼쯤의 곡물을 거둬들였으며, 그것은 아직도 반 정도밖에 여물지를 안 해서, 먼저 찌고, (손으로) 비벼 까서, 늙은 입에 달게, 물크름한 죽을 만들어, 그리고 대접했다. 저녁 식사를 끝내고는 座上이, 저 客老와, 그리고 당굴을 위해, 각각 한 벌씩의 세마포 옷을 갖고, 올라와, 자기보다 최소한 두 배는 더 늙었음에 분명한, 늙은네의 손을 잡고, 먼저 안부를 묻고, 다음으로, 바깥세상 돼가는 꼴도 물었으되, 그 짓이란, 순전히 수인사에 속했음에 분명했다. 그런 뒤 座上은, 그 노인네가 들려간 뒤, 자기 동네서 일어나왔던 洞事를 洞史 삼아, 할 수 있는껏 모두, 빼놓음 없이, 얘기해 들려주었다. 고콜불이 밝아지면 밤은 깊는다. 고콜불이 밝아져, 벽의 틈 속에서 빌빌거리고 나들이 나오는, 빈대까지도 환히 보여지고 있었다. 늙은네는 귀만 남기고, 당굴은 얼굴만 남기고, 座上은 혀만 남기고 있었다. 그러다가는 혀가 사려 들어졌으며, 대신 얼굴이 드러났고, 귀로 더 피어 있을 필요가 없어 오므라들자, 대신 얼굴이 드러났으며, 고콜불에다 목줄을 이어, 세 얼굴이 피어났다. 밝던 불빛이 어슴푸레해지면, 시간이 뒤집히고 있는 것인데, 그 까닭이었을끄나, 그 얼굴들에서는 눈이 없어졌으며, 코가 없어졌으며, 입이 없어졌으며, 그래서 얼굴들은 민틋했다. 그리고 고콜불은 으슴푸레했다. 그래도 그 침묵은 그렇게 오래가지는 못했다. “노인장은 과연 뉘십습네까?” 으슴푸레해가던 얼굴에서 座上이, 갑자기, 붉은 혀를 낼름여 냈다. “요번에만은, 참말입습제, 먼젓번 주시고 가신, 고 참언의 뜻을 풀어주시야겠습네다.” 그리고 입맛을 다시고, 얼굴들을 건너다본다, 얼굴들은 민틋하지 않다, 붉다. “노인장이야말로 혹시나, 조풍문의 上帝는 아닙습네까?” 座上의 혀에서는 인광이 나고, 눈에서는 황충이 수물수물 쏟겨 나왔다. “……우리헌테는 인제, 목심끄장도, 잃을 모서리라는 모서리를 다 잃어, 잃을 거시기가 없습네다.”

“柳綠花紅!” 늙은네가 그러자, 자기의 무릎을 치며 저렇게 외치더니, 이번에는, 座上을 향해 합장하고 재배한다. "그런즉 道流들은, 남김이 없이 다 이뤘음!"

"柳? 花? 綠, 紅?"

"點!"

"不會."

"喝!"

"瞎!"*

"破家" 당굴이 뒷전에서, 근래 붙어버린 버릇대로, 저 두 늙은것들의 舍利를 줍고 있었다. "散宅."

"無孔笛最難吹." 客老는, 자기의 舍利를 젊은네로부터 빼앗아, 자기를 재조립하고 있었지만, 눈썹을 잃고 있었다.

"지팽이를 누가 분대요이?" 당굴이 이번에는, 저 떠들어 온 늙은네를 송두리째 보쌈을 해버리려 한다. "짚세기를 손에다 신기."

"짚신도, 套袖도, 그리고 모자도", 보쌈이, 子正 녘에 시간이 뒤집히듯이, 안에서부터 뒤집히는가 하고 있으니, 보쌈을 해 가던 자를 오히려 보쌈해버리고 있는데, 그 椺의 아가리를 쥐고 있는 것은, 눈썹이라고는 한 오래기도 못 달고 있는, 客老이다. "그 '無'를 당해 '用'이 되기 때문인데, 그 '無'에 있어서는 모두 다 같다. '絶望'도 '大悟徹底'도, 저(짚신과, 토시와, 모자의 '無')라고 이르는 그 국면에서는, 결코 다르지 않다. 다만 다름이 있다면, 그것을 다르게 보는 눈들이, 그것으로 '用을 삼는다'는, '無'를 보는 대신, 그 반대쪽, 즉슨 無를 얻지 못하면 無用인, '有'만을 보기 탓이다."

"無?" 당굴이 체머리를 흔든다.

"參!" 客老가 당굴의 머리를 친다.

"갸!" 당굴이 까악깍거리는데, 눈은 붉다.

* 瞎: '장님', '바보', '불학무식자.' 禪家에서는 대오철저하여 바보처럼 보이는 자들을 저렇게 부른다.

"갸, 갸!"

마을에서는, 닭이 홰쳐, 울고 있었다.

마을에서는 닭이, 두 홰를 쳐, 울고 있었다.

세 홰를 쳐, 울고 있었다.

"아까는", 座上이, 고콜에다, 몇 가지 더 관솔을 얹으며, 저 두 等神들 위에다, 소금을 뿌려대듯 말했다. "그 讖言의 뜻을 물었었습네다마는, 구, 구만두십습지." 그리고 당굴은, 새 관솔을 얹었기에, 잠시 소롯해져 버린 불이 살아나기를 기다리며, 새벽 입 냄새를 풀풀 풍기며, 이렇게 이었다. "여러 날을 굶고 있거나, 병고에 시달리고 있는 집 문전에 서서, 품바타령이나, 讀誦을 하는 걸인이 있다면, 막대기를 써서 쫓궈내든지 아니면 잡아들여, 그 혓바닥을 끊어 국을 끓여, 主客 간 소복을 해보든지, 그래 보는 수밖에……"

"흐흐, 흫, 흐, 아 그래서, 만약 이 늙은탱이가 오해하지 안 했다면, 마을에서 이 늙은네를 쫓아내고 있는 중이며, 그럼에도 얼른 도망가지를 않고, 멈칫거리고 있는다면, 흫흫킂, 大祭用 개나, 염소쯤으로 목을 쳐, 祭壇에다 피를 뿌리기라도 해야겠다 이런 얘기나 아니겠냐구? 마을은 오래전에, 그만한 용기며 담력을 길러 갖고 있었어야 했을 법하다구. 어쨌든, 떠들어 온 자가 떠나간다는 일에야 무슨 문제가 있을 까닭은 없어, 구렁이가 반석을 지나기 같을 터이라도, 문제는 헌데, 그 客乞이 빨리 물러나지 않는다는 다만 그 한 이유로, 그를 해치려 드는 데 있는 것은 아니겠냐고. 말한 바의 '이유'란 헌데, 行惡과 달라, '罪'가 못 되는 것이거든. 그런즉, '罪 없는' 피를 흘리기란, '行惡'이 아니겠냐고? 아, 물론, 그것이 '行惡'이 아닐 수 있는 방법이 전혀 없는 것은 아닌데, 그것이란, 저 '罪 없는 자'를 사[買]는 일이겠지만, 흫흫흫, 그 값은 대략 '은 서른 냥'쯤? 누가 그러나 이 늙은탱이를 소유하였다는고?"

"말이 고렇게까지나 진전되었은즉 말입습제만, 노인장께서 떠나려 하지를 않는다는 경우", 座上은 매우 짜증 난 음성을 쓰고 있었다. "우리는, 우리 동네의 正義를 받들어 올릴라고 헐 것입네다. 그리고 이런 식의 正義란, 힘이 센 쪽에 가담해서 봉사허는 것입제요."

"그 法杖은, 이런 늙은탱이 같은 약골에게 흔들 것이었기 전에, —삼천

근 철퇴로, 벼룩 한 마리를 후려치려 하기! —저 十二蟲이라는 것에 대고 흔들었어도, 그 法力이, 그것의 비늘 하나도 남겨놓지 않고 태워버렸을 것을!"

"………" 座上은, 새로 밝아진 고콜불을 바라보며, 일순, 자기가, 어이없게도 무력해져, 손발 하나도 까딱할 수가 없다고 느끼며, 그 어떤 가라앉기, 그것이 떠 있기보다도 더 호숩다고, 그렇게 바꿔 생각하고 있었다. 가라앉기가, 차라리, 뜨기보다 호숩다? 그렇다. —그래서 점차로 그의 마음은 평온해졌으며, 숨도 제 둥지를 찾아 깃 접어들었다. 그러며 座上은, 자기가 어째선지 이제껏, 무엇인가가 자기의 발목을 움켜쥐고, 자기를 자꾸, 저 苦海의 밑바닥으로 끌어내리려 하고 있다고, 그 괴로운 환상에 당해왔다고 깨달았다. 그래서 자기는, 가라앉지 않으려, 한사코 그 水面을 움켜쥐려 하여, 자기의 손톱에 긁혀 그 水面이, 피에 붉게 덮이도록이나 몸부림해왔던 것이었는데, 그 水面에다 손톱 박기를 그만두자, 한세상이 아주 절망적일 정도로 평온할 뿐이다. 그리하여 (座上) 자기는, 오르려 하여서는, 어디로 오르려 했던고? 아니면, 밑(아래)에 대한 공포 탓에? (홋홋홋, 重力을 가진 것들의, 상승에의 의지도 우습거니와, 아래에 대한 공포증도 우스운 것이다) "노인장은, 어디서 오신 뉘기십네까? 어디로 가십네까?"

"같은 한 이름으로 알려진 두 마리 새가, 언제든 함께하여, 같은 나무에 앉아 있더라지. 그중의 하나는, 쉬지 않고, 그 가지의 달콤한 열매를 쪼아 먹고, 다른 하나는, 먹지는 않으며, 먹는 새만을 내려다보더라제." 客老가 말하고 있었다. "몸이 하나여서, 창자도 하나인 같은 한 창자를, 같이 쓰는, 머리가 둘인 새가 있었더라고. 그 새의 이름은 '바룬다'인데, 어느 날, 이 '새'가 모이를 줍는 중에, 그 한 머리가, 仙餠(암리타) 조각을 하나 발견하고는, 냉큼 쪼아 삼켜버린 일이 있었다제. 그러자 그 다른 머리 새가, 이 일을 두고 분노하여, 앙갚음을 할 기회를 노리던 중, 보니, 한 毒 덩어리가 보이거늘, 두 번 생각해볼 필요도 없이, 그 새는 그 毒 덩어리를 냉큼 쪼아 삼켜 넣어버렸다던가." 늙은네는 그리고도, 더 말할 것이 있는 듯했다. "'사라수는, 그 뿌리를, 땅속 백 척(규빗) 깊이까지 뻗쳐 내린다'고 이르는데, 그 같은 한 뿌리에서는 언제든, 雙樹가 자라 오르제. 늙은네 생각에는 헌데, 그 한 둥치는 독사며, 그 다른 둥치는 독수리가 아닌가 한다고. 어떻게 시작되었든, 어쨌든 天地가 이뤄지고 있었을 때, '시영산'을 그 天地의 주축, 또는 척추로 삼았었더니, 물질로 이뤄진 것은 어째도, 빛에 닿으면 그늘 쪽을 드러내는 것, 그래서 저 산에도 응달이 졌을 것, 그래, 그 응달의 이름은 '쿠메루'라고 일렀으며, 빛 쪽의 이름은 '수메루'라 일렀더라고. 쿠메루 山頂(은 수메루 쪽에서는, 地心이 될 것이지)에 만약 十二蟲이 살며, 그쪽 세상을 治理하고 있다면, 물론 수메루 山頂에도, 그런 어떤 힘이 있어, 그쪽 세상을 다스리고 있을 것일 것. 헌데, 쿠메루 쪽 十二蟲은, 실제로 그 색깔이 어떤가와도 상관없이, '검다'[黑]고 일러지며, 수메루 쪽의 그것은 '희다'[白]고 알려져 오제. (이런 이름들은 그리고, 아직 道德律이 형성 되잖애, '善'과 '惡'을 구별할 줄 모르는, 우주적 方言을 입은 것들인데, 그런 우주가, 한 작은 有情들의 인식 속에 점유하기 위해서는, 별수 없이 '꿈'의 모습을 취한다는 것을 안다면, 저런 이름들이란 동시에, 우리 有情들의 '꿈의 方言'을 입었다고도 알 것이제) 저 '黑蟲'은, 듣기로는, 매우 人肉을 즐긴다 하는데, 그렇다면, 그 反極 쪽에서 '白蟲'은, 저 매운 살을 입고 있던 것들의, 살[人肉] 말고, 그 살 속에서 맵게 잠들고 있던, 매운 魂魄을 빼내 먹기를 좋아하는 것이 분명하잖냐고. 그리고 이제는 알겠다시피, 이 두 우주적 十二蟲은, 같은 한 위장을 쓰고 있는 것일 것. 우주적 雙頭蛇. 헌데도 이 雙頭蛇는, 그 몸이 우주 자체여서, 아무 데로도 움직일 수가 없어, 그냥 한자리를 차지한 채, 두 입만 벌리고 가만히 기다려 있다가, 그 입속에를 걸어 드는 것만 삼킨다고 하제. 그래서 그것들의 입속에 드는 것은, 언제든 失足 탓인가? 그, 그, 그랬으면 좋을 것인데, 그, 그렇지를 않은 데에 살기의, 죽기의 문제가 일어나는 듯하다 말이지. (그것이 어떤 方言에서는, '지혜의 열매 따 먹기'로 나타나는데) 자라다가, 잘 자라다가 한 有情이, 저 '벌레'(옛 뱀)를 한번 인식하기만 했다 하면, 그 인식하기가—그 '벌레'에게 물리기가 되어—龍이 되어, 번지는 대로 狂症을 일으키는데, 그러면 살던 것이 갑자기, '죽고 싶음'症을 드러낸다고 하지. 이 의미는 그러니, 저 '벌레'의 입속에로 든 것치고는, 失足한 것이 없다는 것일 것이지. (그렇다면, 이 한 짝, 修辭學的 套袖를 뒤집는다면, 죽은 것은, '살고 싶음'症을 드러낼 것이고, 그 탓에 우리들은, 입은 살을 아파하고 있음일 것. 죽고 싶기)"

客老는 그리고는, 좀 번들거리는 눈으로, 座上을 건너다보더니 느닷없이 그의 귓부리를 잡아서는, 서 발이나 늘이고 있는가 하자니, 座上의 귀가 저절로 딸려갔었겠다, 그러자 기다렸다는 듯이, 그 귓속에다 헤엑 "喝!" 재채기를 해 넣고, 그리고는 폐 폐 침을 뱉어 넣어주었다. 그 일은 순식간에 일어났다, 끝난 일이어서, 그러는 중에 座上은, 생각할 수도 없었을 뿐 아니라, 결국은 아무 소리도 들을 수가 없어, 당하기만 하다, 이상스러운 침묵을 듣기에 이르렀다가, 고막의 안쪽, (자기의 생각에 자기의) 심정이 있는 쪽에서 무슨 웃음소리 같은 것이 일어남을 듣기에까지 이르렀던 듯하다. 그래서 그는, 그 흙바닥을 불불 기어대며 웃기를 시작한 것이다. 하품뿐만 아니라, 개 고뿔도, 그리고 웃음도 전염성을 갖고 있다. 그래서 당굴이 씨석거리기를 시작했으며, 그 客老도 피들거림을 어쩔 수 없어 하다가, 그 새벽, 그 셋이서는, 아침이 밝도록이나, 한 번 결판지게 웃어젖혔던 듯했다. 그 마을의 그 오랜 침묵에서 괴어오른 술은, 독했던 것이냐. 그런 후 座上은 자기의 귀가, 이것저것, 여러 소리를 듣는다고, 새로 자기의 귀를 듣고 있었다. 시간이 흐르는 소리랄지, 고콜불이 흩트리는 그림자가 엷어지고 있는 소리, 여명이 야행성 짐승들의 눈꺼풀을 누르는 소리랄지, 毒龍이 꿈꾸는 꿈의 소리, ―그런저런 소리들을 들은 것이다. (그러면 公은, '말'[言語] 도, 그것의 '바르도'를 가져, 輪廻하는 것을 알았을 것이다. 말한 바의 저런 소리란, 어떤 '말'이 그것의 '바르도'에를 든 상태를 드러내는데, 그래서 저것은, 그 '말의 肉身'을 벗었으므로, 정작에 있어서는, '魂魄'[意味] 만 남은 것이어서, '소리'를 벗어나 있는 '소리'다. 이 '말의 바르도'는 그러면 어디에 있느냐? 行者여, 그것은, 그것을 발음해내는, 그 심정에 말고 또 어디에 있겠느냐? 그런즉, 그 '바르도에 든 말'의 解脫, 또는 輪廻에 좇아, 그 한 苦行꾼의, [禪的] 解脫과 輪廻가 있을 터이다. ―行者는, 이것을 명심해두면 좋은데, 앞으로 얘기되어지는, 저 어떤 客老의 論旨는 이것[말의 바르도] 에 근거해 있기 때문이다. 거기서는, 모든 單語들이 夢態를 취하며, 여기서는, 그 夢態들이, *存在*와 事物에로 轉移한다. 行者가 입은, 그 몸도, 어떤 夢態의 逆바르도化인데, 行者여, 그렇다면 行者는 누구냐?)

"道流는 아까 언제", 客老가, 洞老를 건너다보며, 一行間을 두고, 새로 줄을 시작하는 어투로, 새로 말을 시작했다. "지난번 이 늙은탱이가 지나가며, 시부렁거린 몇 마디의 얘기를, '讖言'이라고 이르고, 그 내용이 어떻게 되느냐고 묻는 듯하였는데, ……그런 얼마 후에는 또, 약간의 愚癡함에 들씌워져, 그런 내용쯤 상관없으니, 이 늙은네가 걸음이나 재촉하여, 빨리 마을을 뜨라고 하였는데, 道流의, 이 새벽 마음은 어떠하신고?" "노인장께서는 부디", 洞老는, 합장을 해서, 재배 십 배 하며, 客老께 빈다. "무지몽매한 村民의, 지혜 없는 소리를 갈불라고[是非] 도 마셉수사. 그라고, 부디, 요 동네에 대해 불쌍한 맘을 일궈 갖고 계시는 동안, 뭣이 조 불쌍한 有情들헌티 도움이 될란지, 고것만 생각해주셉수사. 村民 생각에는, 노인장의 고 말씸 속에는, 꾀히 갖다가시나 큰 의미가 있을 것이라고 해왔었습제요."

"흣, 흣, 흣! 道流들은, 글쎄지 어쩐다고, 그 대답으로 준 것을, 해답으로 받아들이지를 않고, 그것을 물음으로 삼았었던고?"

"그, 그, 그것이", 당굴이 더듬거리고 나섰는데, 경악이 그의 골을 깨물어 먹고 있는 듯했다. "해, 해답이었다고라우?"

"가, 가만있습세, 오늘 새벽, 이 늙은탱이는, 새벽 똥 눌 시간을 거른 것이 아닌가? 가만있습제, 어제 새벽 이 늙은네는 寅時初쯤에 똥을 누었었는데, 가만있습, 이게 대략 卯時未쯤이 돼가는 중이나 아닌가? 가맜습, 헌데 오늘은, 어제의 寅時初의 똥을, 卯時未에 생각하고 있으니 그렇다면, 오늘의 이 卯時未이, 어제의 寅時初와 같다는 얘기겠는가? 座上이라고 불리는 자는, 어찌 웃으시는고? 어쨌든, 염통도, 그 뛰기에 있어 염통의 시간을 갖고 있다면, 창자도 창자의 시간을 갖고 있고, 그 탓으로 때가 되면, 식물과 분비를 생각하게 할 것이 제. 이런 얘기는 그래서, 어떤 가설을 세우게 하는가 하면, 평균적으로 건강한 자라면, 하루에 대략 한 번씩 똥을 누는데, 그렇다면, 하루라는 시간의, 生理的 길이는, 이 똥 누기에서, 저 똥 누기의 길이에 맞먹는다, 라는 것이겠지. 우리가 그래서 이런 가설에 동의키로 한다면, 설사병 탓에, 매 반 식경마다 측간을 오르는 자는 그러자, 평균적으로 건강한 자의 하루 속에다, 여러 날, 심지어는 여러 달을 끌어들여, 마구잡이로 설사 낭비해버린다는 것을 알게 될 일. 반대로는, 변비증에 당하는 자의 경우는 그렇다면, 평균적으로 건강한 자들의 하루를, 이틀로, 사흘로, 열흘(후에 대변을 파내야 될 때까지)로 늘여 산다고 말할 수 있을 것. 그런가? 그, 그흐래서 道流들은, 웃, 훗는다고 하하하고 있는댜? 아흐, 그래서 道流들도, 어제의 寅時가, 오늘의 卯時인 것을 알게 된 것이 분명한가? 그렇다면 시간도, 굳어, 금강석보다도 더 단단한 運命이라고까지 부르는, 時態(體)의 밑에, (악어의 배때기모양) 그런 短處를 숨겨 갖고 있었다는 얘기겠는가? 그래서 시간도 때로, 창자를 터뜨리기에도 이른다는 얘긴가? 아니면, 시간 자체에는 아무 변화도 없을 뿐인데, 시간을 두고, 이런 색깔, 저런 모양, 우리들 의견껏 재단한 입성을 입힌 뒤, 그 입성에 의해 우리들은, 우리들의 관념을 고정화했다가, 그 관념의 파괴를 본 것인가? 그럼에도 道流들의 웃음이 멈춰지지를 않는 것을 보면, 어쩌면 저 '時間'의, 또는 그것에 대한 우리들의 '固定觀念'의, 파괴가, 너무 作言的으로 이뤄진 까닭이겠는가? 훗, 훗훗. 저 '파괴'가, 호작질로 해서 일어났든 어쨌든, 우리들이 세운 가설 아래에서는, 금강석보다도 더 굳세다는 '運命'까지도, 극복될 수 있거나, 바뀌어질 수도 있다는, (아직은 그 역 가설에 머물되) 결론을 이끌어낼 수가 있는 듯한데, 그것은 따 담아 간직해둘 만한 가치가 있는 듯하잖은가. 이번에는 그러면, 그 꼭같은 얘기를, 누구에게서도 웃음을 자아내지 않을 부분에서 시작해 보기로 해야겠구만. ……말한 바의 '똥 누기의 시간'은 그렇게, 평균성을 정할 수가 없어, 道流들을 웃게 했거니와, 그래서 사실로, 道流들도 그것에 의존해, 삶의 길이를 재는, '평균 시간'이라는 것이, 思考되어져, 평균화를 성취한 것이 있으니, 그것에 의존한다면, 의견의 평균화를 획득하는데, 별다른 이의나, 장애에 맞닥뜨리지 않게 될 듯하구마는. 그래서 그쪽에서 살피기로 하자면, 한번이라도 바깥을 다녀온 사람이라면 알겠지만, 이 '평균 시간'이라는 것에도, 대별하면, 대략 두 가지쯤이 있어 오는데, 그 하나는, 道流네 마을에서 쓰는 것과 같은 '月曆'이며, 다른 하나는, 요 아랫마을에서 쓰는 것과 같은 '日曆'이거니와, 이 '日曆'은, 낮달[日]의 운행을 좇아, 그 時日月年 등을 헤아리는 것이지. 낮달과, 밤 달의 크고 작기며, 그 운행이 같지 않은즉, 누구라도 쉽게 짐작할 수 있는 것이 그것이겠지만, 매달 초하루의 시작이 서로 같을 수가 없으며, 한 달의 맺음도 또한 그러하여, 날짜 계산상에도 차이가 없을 수는 없겠을 일.

日曆의 한 달은, 月曆보다 크다고 하지. 아흐, 이 일을 두고는, 道流들이 웃지를 못하놋다? 이것은 매우 성급한 의문이지만, 그래서, 月曆을 쓰는 고장 사람이, 日曆의 고장에로 간다면, 그 운명에도 변함이 있을 것인가? 왜냐하면, 日曆에 비해 月曆은, 뭍이든 물이든, 그 밭이랑에다 땀 흘려, 그 땀의 열매를 거둬 사는 사람들께, 그 뿌릴 시절과 거둘 시절을, 썰물 때와 밀물 때를 가르쳐주는 것이어서, 보다 더 大地的이기 때문에? 달이야말로 그러니, 보리며 밀포기 밑에다, 그 자랄 철과, 익을 철을, 캥캥 짖어 넣어주며, 물고기들의 머리끄뎅이를 휘감아 틀어쥐고는, 그것들의 골이 찰 시간에는, 그것을 늦춰주고, 비일 시간에는 끄셔대는, 장본인인 것을 알겠을라. 그래서, 뭍이거나 물에 젖줄 이어 사는 것들의, 시절과 운명은, 달이 주관하고 있다고 믿는 일은, 道流들의 살기의 지혜에 속하는 것이 아니던가. 하으, 그래서 가맜어 보자구, 月曆의 달의 날수가 日曆의 그것에 비해 적다고 하니, 그렇다면, 月曆을 쓰는 고장 사람들의 수명도 그만큼은 짧은 것이 아니겠는가, 道流들께는 지금, 그것이 궁금하다이 말인가? 흣, 흣, 흣, 가맜자구, 가만있어 보자구, 아직 그 얘기를 할 기회를 얻지 못했던가. 가맜자구, 道流네 마을의 하루는, 子丑寅卯辰巳午未申酉戌亥의 열두 점으로 나뉘어져 있는 데 반해, 日曆의 고장의 하루는, 스물넷으로 구분하는즉슨, 그렇다면 가맜자구, 道流들의 하루는, 다른 고장의 반날[半日] 밖에 더 안 된다고 해야겠는가, 아니면 반대로, 저 다른 고장에서는 하루를 싸게(빠르게) 싸게(바쁘게) 두 배로 싸게(부지런히), 마구 싸잡아 살아버린다고 해야겠는가? 그런즉슨, 道流들의 하루하루의 시간은 느린데, 한 달 한 달의 흐름은 빠르다는 얘기를 할 수 있게도 되는 것이 아닌가? —이렇게 되면, 道流들의 시간에 대한 평균 관념에 혼란이 야기되는 것이 분명할 터이지. 그럼에도, 正道에 올라, 용감하게 정진하는 行道꾼은, 이런 혼란을 통해, 도약을 성취하는 것이 늙은네가 남겨두고 간, 그 몇 마디의 얘기도—道流들은, '讖言'이라고 알아, 그것의 알을 까 내어 씹어볼 생각도 않고, 개 밥통의 도토리모양 道流들은, 道流들 생각의 그릇 속에 이리 미뤄두고, 저리 미뤄뒀었는데, 그것까지도 헌데—이 하나의 도약대로서 주었던 것. 이런 혼란에 봉착하면, 정진하고 있는 行道꾼들은, 훌쩍 뛰어넘어 버린다구. 그것이 정신의 力動性이라는 것으로, 行道꾼들이, 苦行을 통해 이루려는 '金'은, 다름이 아니라, 그것이라구. 道流들은 그러면, 무엇이 道流들의 장애며, 구속이고, 속박이었던지를 알 만하신가?" 늙은네는 그리고, 목이 타는 듯, 어제 떠다 놓은 물을 벌컥벌컥 들이키고, 혀를 끊긴 듯 묵묵해 있는, 마을의 두 사람을 건너다보았다. "그러면 道流들은, 道流들이 '讖言'이라고만 생각해온, '鼠頭猪身' '虎身卯頭' 따위란, 다름이 아니라, 그 근본을, 道流네 마을의, 時間의 이름('이름'이 맞지 않다면, '象徵'이래야겠지)에 두고 있는 것을 알겠을 일이지. '子'는 '鼠', '丑'은 '牛', '亥'는 '猪'라는, 그 이름들 말이지. '時間'이 '運命'이지만, 그것이 '運命'化하기 위해서는, 그것도 변형을 치러야 했던 것이고, 그리하여 나타난 이름들이 저것들인데, 이 이름들에서는, 畜生道의 냄새가 나고 있는 것을 주목해야겠지러. 이 말은 동시에, '운명'이란, 입어진 肉身과 관계가 있거나, 그것[肉身] 자체라는 얘긴 것이겠지. 누가 그것을 고통으로 여겨, 그것을 극복하려 하면 그것[肉身]이 苦 자체인 것을 깨닫게 될 터이지. ―그러나 이 늙은네는, 너무 성급히 내닫다가, 畜生道를 후루둥 떠나 '마음의 고장'으로 날아가 버린 듯함세라. 왜냐하면, 畜生道의 苦는, 밖에 있기 때문임세. 노루에게의 고통은 늑대나 호랑이며, 독사에게의 고통은 독수리라는 식으로 말이지. 노루도 독사도, 그 고통의 근원은, 몸을 입고 있다는 그것임에도, 그것을 생각하지는 않는 듯하지. 이제쯤은, 道流들의 목구멍에서 거위가 쓰멀쓰멀 뽑혀져 나와야 할 듯하잖은가?"

呑吐不下.

"그렇다면 결국은 다시, 道流들의 살기의 때가 쩌들은 月曆―그 세월의 분류법에 좇아, 거기서 새로, 해온 그 같은 얘기를, 道流들이 알아들을 때까지는 반복해보는 수밖에 없는 듯함세. 그러기 위해 이번에는, 그 見地를 바꿀 필요가 있을 듯도 싶은데, 그래서, 이제까지 이 늙은네는, 세월을 有情 속으로 끌어들여 이해해보려 해왔었다면, 이번에는, 반대로, 有情을, 그 시간 속에다 밀어뜨려 넣고, 그 有情들의 허우적임을 내려다보려 하는 바이제. 그러자니, 이 늙은네께 떠오르는 한 의문이 있어, 道流들의 의견을 물었으면 하는데, ……라는즉슨, 道流들의 동네에, 한 만삭된 아낙네가 있어, 산통이 시작되었던바, 가정하여, 그 산통이 시작되었기는 申時初쯤이었더니, 아이의 머리가 나왔기는

亥時末이었으며, 그 아이의 발가락까지 몽땅 다 미끄러져 나왔을 때는 子時初였다고 한다면, 道流들 믿음에는, 그 아이는 무슨 띠를 띠었다고 하는고? 사람은, 사지 오체 중, 머리를 으뜸으로 치는즉, 그 머리가 나온 시간을 그 아이의 출생의 시간으로 쳐야 한다고 한다면, 그 아이는 亥時에, 그것도 '어제' 태어났었는데, 그럼에도 그 아이는 아직, 그 반쯤이, 저쪽, 내일에 걸쳐져 남겨 있었다고 하여, 그 발가락까지 다 나온 시간을 그 아이의 낳은 時로 잡아야 한다고 한다면 그 아이는 물론 子時生이 아닌 것은 아니라도, 머리를 잃고 있을 것(!)—은 아닐 것인가? 그 아이의 生日은 그래서 언제인가, 어제? 오늘? 아니면 그 兩日? 그 아이의 生日이 '어제'라고 한다면, 그 아이의 하반신은 내일에 보류되어 있으며, 오늘이라고 한다면, —왜냐하면 '과거'란, 스러진, 그래서 존재치 않는 時間이므로—그 아이는 대가리를 못 갖고 있으며, (아으, 저 위대한 발가락! 不純한 出産!) '어제-오늘 兩日'이라고 한다면, 다른 말은 다 그만두더라도, 낳기와 꼭같은 시간에 처하지 않는다면, 그 생명은 죽을 수도 없는 것이나 아닌가, 하는 것이나 하나 지적해두기로 하지. 不純한 삶. 道流들, 공교롭게도 헌데, 그 아이가 태어나던, '亥時-子時'가, 달이 바뀌는 일점이었다거나, 더 크게는, 해가 바뀌는 일점이었다고 한다면, 문제는 더욱더 심각해지는 것은 아니겠는가? 이 늙은네가, 최판관네 오랏줄꾼이래도, 딱할 노릇일세. 그 미묘한 일점, 그 分秒를 다투는 미묘한 일점, 탓에, 그 아이는, 느닷없이 삼백예순날을 더 늙든, 더 젊어지든, 하는 따위의 문제는 그만둔다 하더라도, '四柱'책에 의한다면, '돼지띠生'과 '쥐띠生'은, 그 씌어진 한 벌의 '八字'부터가 다른데, 그런 경우, 이 매우 漠然한 아이는, 어느 '八字'를 살아야겠는고? 혹간 그 아이는, 그 '八字'를 선택할 수가 있는가? 가령, '평인으로 장수를 한다'든지, '영웅적 짧은 삶을 산다'는 따위로 말이지? 이 매우 막연한 아이는, 어쩌면, 한 八字도 제 八字라고 살아보지도 못하는 無八字거나, 한 八字 살기도 쉽잖은 터에, 두 八字를 겸해, 十六字나 살아야 되는 雙八字나 아닌가? 그래서 사실로, 그런 그 아이는 태어나기는 태어났었는가? 시간의 어제는, 이미 존재치 않는 것이며, 시간의 내일은, 아직 오지 않아 없는 시간인데, 게다가 亥時와 子時사이의 중간, 子正은 時間의 오늘이 배제되어, '오늘'이 없는 時間이기 때문에 묻는 말이라고." 그리고 그 늙은네는, 무엇이 그리 재미나는 일이 있었던지, 낄낄거리기를 시작하여, 뒈진다고 웃느라, 말을 계속하지를 못하더라고 했다. "이 늙은네가 둘러본 어떤 고장에 말이지, 이와 비슷한 난함에 관해, 전해져 오는 옛얘기가 하나 있어, 늙은네가 귀동냥해두고 웃기만 했더니, 그것이 어느 맺음에서 이것에로 이어지는 것을 알겠는데, 긴 얘기를 줄이고, 그 난한 대목만을 확대키로 한다면, 대략 이렇지. 어떤 묘한, 神(쉬바)의 농간에 의해, 어떤 나라의 왕과, 왕비의 오빠의 머리가, 서로 몸을 바꾸어 붙어 매달리게 된 일이 있었다 하는 그 얘기지. 문제의 난함은 헌데, 누구라도 쉽게 짐작하겠다시피 백성에게가 아니라, 바로 그 왕비에게 있었을 것이지. 그럴 것이, 백성에게 왕이란, 笏이며 권위고, 도저히 닿을 수 없는 곳에, 금의 입어, 손톱 밑에 흙 한 톨 넣어본 일이 없이, 풍악에 나고, 풍악에 들되, 비빈들 깔아주는 비단 치마폭만 딛고 다니는 자여서, 그 왕이라는 권위 밑에, 또는 용포 아래, 감춰져 있는 것이 커다란 지렁이이건, 돼지의 몸이건, 당나귀이건, 그것이 백성께는 문제가 될 리가 없던 것인데, 저녁마다 왕비만은, 두 침실 문 앞에서, 어디로 들지를 몰라, 눈물과 한숨으로 서성거리지 않으면 안 되게 된, 거기에 글쎄, 왕비의 고뇌가 있던 것이겠지. 그리고 그 왕비는 아직도, 그 두 침실 문 앞에서 서성거리고 있음에 분명하잖다고? 난하지, 난하지. '猪頭鼠身'의 아이도 그래서 어떤 운명에 장가(시집)를 가야 되는지, 그래 죽지도 못해, 아직도 우물쭈물거리고 있겠는가? 그 아이뿐만 아니라, (앞서 말한 바 있는 대로) 저승 최판관네 앞잡이도 그러할 일이어서, 저 아이 태어난 해를 돼지해라고 따진즉슨, 그 아이 목에다 죽음의 밧줄을 지금 당장 걸어야겠는데, 쥐의 해로 따진즉슨, 삼 년 후의 어느 날 어느 시가 되겠으니, 이 나찰이 당하는 난함도, 욕정과 도덕심 간에서 괴로워하는, 저 왕비의 것에 못지않다 할 것이지. 흣, 흣, 흣. 예의 저 아이의, 猪頭의 八字를 따지건대는, 어느 왕국 왕서가 되겠는데, 鼠身의 八字로는, 도둑놈 누명을 쓰고, 옥사를 하게 생겼으며, 또 말해, 猪頭는 水死를 면할 수가 없게 되어 있는데, 鼠身은 焚死케 되어 있다 한다 해도, 난할 일이지, 극난할 일이라고. 흣흣흣. 묻는 김에 까짓것, 생각나는껏 물어보기로 하자면, 혹간 저 막연한 아이는, 魂을 두 개나 갖고 있었던 것은 아니겠는가? 그것도 아니면,

生命이란 그것 자체가 우주적 椿事나 偶發 자체는 아닌가? (왜냐하면, 어느 한 생명의 길이를 길게 잡아 백 년으로 친다 해도, —만 년으로 친다 해도 마찬가진데—'영원무궁'이라는 時相 속에서는, 그것은 전광석화의 길이도 못 되기 때문인 것) 이런 견지에서는, 말해온 것을 이제 한마디로 뭉뚱그려 말하기로 한다면, 운명까지도, 그 방언을 쓰는 자들 간의 율법적 관계라는 소리를 하게도 된다구." 늙은네는 좀 지친 듯했다. 그것을 눈치챈 듯, 당굴이, 그 등 뒤에다, 이불이며, 목침 등을 받쳐, 기대게 하고, 다리를 뻗게 했다. "咄!"

"헌디 돕지요", 당굴이, 겸허한 자세, 음성을 꾸며, 말하고 나섰다. "깨우칠 기회도 없고, 깨우친 바도 없다 본개, 우리덜헌티 극난한 문제가 돼 온 것은입지요, 우리덜이 그 이름을 좋게 불를 때는 '地主'님, '큰비암님'이라고 허고, 앙심을 갖고 그랄 때는, '毒龍' '十二蟲'이라는 따우로 불르는, 저 도저히 防우덜 못 허겄는, 고렇게나 큰 힘 하나를, 말씀허신 바대로, 그냥 어떤 '이름'이랄 수만은 없는 데에 있어 온다는 것은, 여쭤 올렸으면 싶응만입지요."

"허기는 누구든, 肉身을 입고 있는 한, 그 '肉身'을 '이름'이라고 이해하기는 용이치는 않을 터이지." 늙은네는, 얼마 정도의 괴로움을 띤, 미소랄 것도 못 되는 미소로, 그 젊은 당굴을 건너다보았다. "헌데, 道流네 그것은, 그 체신이 쿠메루山만큼이나 커서, 더욱더 어려울 터이다. 집단이라는, 衆尼가 흘리는 젖은, 어떤 경우로, 개미가 맛보았다 하면, 그 개미는 대번에 한 언덕만 해져, 그 언덕에 등을 대 문지르려는 황소를 통째로 삼키려 덤빌 것인데…… 그래서 그것은, 바르도만큼이나 극복하기가 힘든 것이 사실인데…… 그럴 때 필요한 것은, 그 발바닥에 달아, 한번 눌렀다 솟기로 三世를 뛰어넘어버리는 용수철, 그 力動的 變節, 還俗뿐이다. 이 還俗은 그래서 出家이다."

囧 囧 囧

"말[言語]은, 어떤 意味가, 어떤 聲帶를 통해, 발음을 입어서야 가능한 것인데, 道流들의 형편은 그 탓에 사실 더 딱하게 되었지만, 그런 대신 이제는, 저 어떤 한 '意味'도 그 설 자리를 잃었으되, 道流들은 '聲帶'를 잃고 있다. 聲帶의 破裂…… 비리데기의 죽음. 개미라도 한번, 그 젖 맛을 보았다 하면, 코끼리까지도 잡아먹는, 그 乳房(聲帶)을 달아 있던 옌네, 衆尼, —道流네의 念願

이며 고뇌 등을 祭祀(意味)로 받아, 道流네 三世(言語)를 요연하게 하던, 三世의 따님, 의 죽음. 聲帶의 破裂. 그럼에도, ('神들'과, [왜냐하면 神들의 運命은 프라브리티이기 때문일 것]) '意味'는, —羯磨가 羯磨 자체로부터 벗어나지 못하듯, —그것 자체로써 解脫을 성취하지 못하는 것, 그것의 해방은 오히려, 어떤 聲帶나 記號에 제휴할 때 성취되는 것. (해방을 성취하기 위해서 '意味'는, 장애와 구속 속에로 들기? 그렇습. 그것이 이제, 道流들이 미구에 상면해야 되는, 난제일 것이지) 그렇게 聲帶를 잃은, 道流네 마을의 한 우주적[衆] 말은, 그리하여 바르도에로 침몰해버린 것인데, 글쎄 말[言語]도, 化現을 위해 입었던, 그 肉身('소리' '文字')을 잃으면 그렇게, 바르도에로 들지 않으면 안 되기 때문이지. "羯磨가 다하지 않는 이상, 아무것 하나도, 죽고 싶어도 못 죽기" 때문인데, '말'[言語]과의 관계에서는, 저 '羯磨'란 (차라리) 그리고, '意味'인 것을 고려할 일이겠지. 그리하여, 道流네 '衆意' 하나는, 처음 육신을 벗고, 바르도에 들면 치러야 되는, '사흘하고 한나절'에 해당하는 그 혼돈 상태에 처해 있는 중인 듯한데, 이제 그것은 그 혼돈에서 스름스름 깨어날 것이고, 깨어나서는, 깨어나는 대로, 바르도에 처하게 되는, 모든 다른 넋들이 드러내는, 그 가망 없는, 안타까운, 자기 입어왔었던, 그 옛 몸으로 되돌아가 '살고 싶은', 그 몸부림을 드러낼 것이지. 그것은 그렇게 '칙하이 바르도'(Chikhai Bardo)를 통과할 것, '최니드 바르도'(Chönyid Bardo)도 통과할 것. —말한 바의 저 두 바르도를 통과하는 동안 道流들은 그러나, 거대한 침묵을 듣는 귀를 갖고 있지 않는 이상, 도류들이 적으로 삼는 것, 이것으로부터는 아무런 전갈도 듣지를 못할 것이지만, 그러는 중에 그것이, 그 두 바르도의 험로에서, '시드파 바르도'(Sidpa Bardo)에로까지 떨어져 내려, 거기서는, '再生의 門', 즉슨 '子宮의 門'을 찾아 헤매기 시작할 것인바, 그러면 道流들은, 도저히 참기 어려울, 그런 저런 凶夢들을 꿔대게 될 것이 예상되지. 그러나 道流들은, 이것이야말로, 저 '毒龍退治'를 위해, 도류들께 주어진, 마지막의 한 위대한 기회라고 알아, 비겁하지 말며, 담대하여, 교만하지도, 경거망동하지도 말려니와, 어떠한 否定的 느낌, 다시 말하면, 분노, 질투, 증오 같은 느낌이 차지할 자리도 내주지 말아야 하는데, 그러면 도류들 자신이 바로, 저 毒龍 자체가 되어버리기 때문인 것. 그리하여, 저 이무기로 하여금, 이승의 어디에로도 침투치 못하도록, 어떠한 열림도 열어둬서는 안 될 일. 이것은 전쟁인데, 그것도 우주적 대전쟁인데, 그렇다면 신중히 임해야 하되, 肉食動物과 보디사트바들을 제외한다면, 殺慾을 저변치 않고 공격할 수 있는 衆生은 희귀한즉, 道流들은 그렇다면, 공격보다는, 굳센 방어를 도모하는 것이 바람직한 일. 그것이 어떤 否定力, 또는 黑意에다 '소리'나 '記號'를 부여하지 않는 일인 것. 그러면, 아무 데로도 침투할 수가 없는즉, 그것이 여하히 우주적 否定力이었는가와도 상관없이 그것은, 저 영겁의, 어두운 침묵 속에로 가라앉아버리지 않을 수가 없게 될 것. ('여섯 번째 방'이던가, '열세 번째 방'으로도 알려진,) 땅광 깊은 데, 쇠사슬에 묶여, 감금된 魔力. (모든, 성공적 苦行꾼들을 통해 알려지기로는 그런데, 이 大戰爭을 이기기 위해서, 저 '간교한 자'가 쓰는, 여러 가지 계교나, 무기, 陣法 중에서도, 그중 당하기 어려운 것은, '誘惑'의 이름의 戰法이라는 것으로서, 이것이 '꿈'의 형태를 꾸민다면, 그 안쪽 벽에다 천의 톱날 같은, '이빨을 매복해놓은 요니'[Vagina Dentata] 같은 것으로 나타난다고 하는바, 이것은, 行道꾼의 '世俗'에 그 배꼽 줄을 이어 있다고 하는 것. '……마귀가 또 그를 데리고 지극히 높은 산으로 가서 천하만국과 그 영광을 보여 가로되 내게 엎드려 경배하면 이 모든 것을 네게 주리라……' 이런저런 모든 극난한 장애를 뛰어넘기 위해서는, 바랄 것이란, 그것이 어떤 것이든, 그것에 대해 싫다는 정도, 미움도, 일깨워 가지려 말고, 순수한 마음으로 행하는, 끊임없는 變節과 還俗뿐일 것이다. 力動的 出家! 그러면, [여기 어디에서고 그 대상의 전치가 행해진 일이 없으니] '被虐'이 '苦行'化할 것이겠지. 受動態의 能動態化! 力動性)—그러면 이제 道流들은, 도류들이 '讖言'이라고 일렀던, 어떤 몇 마디의 얘기는, '讖言'이었기보다는, 그렇지, '話頭'였었던 것을, 이제쯤은 알게 되었을레? 흣흣흣, '話頭'란 그리고, 사미들을 그것에 묶어 매어서는, 그것에 묶어 매이지 못하게 하는, 묘한 말[言語]의 말뚝인 것. '서 근의 삼'! '네모진 동그라미'?"

"허시다고 허신대듭지요", 이번에도 당굴이, 겸허히, 합장하여, 늙은네께 여쭙는 말이다. "'龍淚 네 방울'이란 동, 고것허고 관계가 있는, '소금'이란 동, '마늘'이며, '쑥' 따우는 '話頭'가 못 되는 듯헌뎁지요, 쇤 놈은 肉頭에 구먹을 좀 뚫어야 쓰겠는갑지요?"

"내 짝은 생각에는 말인디", 座上이, 당굴을 향해, 말하고 나섰다. "고것이가 혹간 갖다가시나, 지끔 생각히어본개 말인디, '春夏秋冬'이라는, 고 時節을 두고, 빗대 말씸허신 것이나 아닌가, 그라고 있다고. 헌디도, '마늘'과 '쑥'은, 그 物理가 영 통하지를 않는바, 그런즉 고것은 '讖言'이 아니겄는가 한다고."

"많은 말을 하였으되 座上은, 오히려 눈썹이 푸르도다!" 客老가, 명랑한 음성으로 나서고 있었다. "道流들, 헌데 저런 단어들은, '讖言'이기보다는, '俗語'라는 것을 밝혀둬야겠군. 그것은 도류들, '빛'이라는 '金'을 얻기 위한, 일련의 鍊金術師들이, '원초적 질료'의 원초성을 죽이기 위해, 그 否定的 힘에 의존하려는, '毒', 또는 '不治病'에 대한, 그들만의 '俗語'(秘語·隱語)라는 얘기지. '소금'이야 그리고, 어느 方言에서고, 正意性을 잃어본 바가 없을 터이니, 그 의미를 밝혀보려는 짓이란, 불필요할 것. 그 외에도 물론, '눈물'이라는 單語가, 그것을 듣는 고막을 간지럽혀, 많은 이름이며 영상들, '슬픈 얘기' '매운 연기' '고향 생각' '고춧가루' '둥근 파 썰기' '산새는 왜 우노?' 따, 따, 따위들을 떠올려 내게 할 것이라도, 그것들이란, 어떤 경로로, 想像力을 구비하게 된 有情들이, 그 가외의 것을 갖게 된 것에 대해 값을 치러야 되는, 修辭學的 폐물에 속하는 것들이라고 할 것. 갓 캐어내진 玉에는 묻어 있어야 되는, 티며 흙먼지에 비유될, 그것은 修辭學的 玉을 쌓아 있었던, 필요의 쓰레기. 사실에 있어서는, 캐어냈기 전의, 玉을 이뤄낸 장본인들은, 바로 저 티며 흙이었던지도 모를 일."

"빛의 金? 빛의 鍊金術?" 당굴이, 뭔지 깊은 생각 속에 빠져서는, 허우적거리고 있듯이, 중얼거리고 있었다. 그랬을 것이 그는, 그런 얘기에 처음 접해본 것인 까닭이다.

"어떤 한 암콤[熊女]이, 보다 나은 有情에로의 進化를 성취할 것을 목표로 하여, 어떻게 하면 그것을 가능하게 할 수 있는지, 하늘에 물었더라. 하늘에서는 그러자, 그 '암콤'에게, '쑥과 마늘'을 가리켜 보이며, 그것만을 먹기로 석달 열흘쯤을 지내보면, 알 쪼가 있으리라 했더라. 그로부터 그 '암콤'은 그 苦行을 치렀더니, 어느 아침에 본즉, 그 '암콤'은, 자기로부터 그 털과 껍질이 벗겨지며, 그 獸皮 속에서, 사람여자 하나가 까여져 나오더라 했더라."

默

"道流들은, 털을 벗게라, 獸皮를 벗게라, 깨어나게라, 깨어서, 잠의 저쪽에서 이쪽에로, 그 꿈자리를 바꾸게라."

默

아흐, 세 치도 못 되는 혀로 저들은 밤새도록, 삼만 유순의 말을 자아내쌌더니, 그 자리에 이르러 저들은, 삼만 유순 길이의 혀를 가졌다고 한다 해도, 어쩐 일로, 세 치 길이의 말도 만들어내지를 못하고 있었다.

默

그러자 밖에서 온 늙은네가, 몸을 삐끄덕 비끄덕하며, 뼈를 차리는 듯하더니, 자리를 일어섰고, 그리고 죽장을 챙기는가 하자, 망혜를 꿰고, 언덕을 내리기 시작한다. 座上과 당굴은, 어째서였던지는, 그들 자신들도 도대체 알 수가 없었으되, 좀 치매 상태에라도 잠겨, 아무 움직임도 못 만들어내다, 그 늙은네 열 걸음 길이만큼을 지난 후쯤에나 깨어나, 당굴이 먼저, 맨발로 내달아, 늙은네를 따라 붙이고, 그 손을 잡으며, 무릎을 꿇었다. "대천지 갖다가시나, 요동네에 무신 보실 일이 있으시깐디, 노인장께서는, 서역 멀기도 먼 질을 오싰으께요?"

"'벙어리 뱀이, 배 속에다 불을 감추고 있기.'"

"요번만은", 뒤따라 붙인 座上이, 번들거리는 눈으로 늙은네를 건너다보며, "들어오시기는, 노인장 임의로 들어오싰어도, 나가시기는, 고렇게는 안 되실 것잉만요"라고, 단호한 태도를 주며 말했는데, 글쎄 그는, 한몫의 실한 村長이었던 것이다. "우리는 현재, 生死의 岐路에 있고, 노인장은 그라고, 분명히, 우리가 못 보는 무신 生門을 뻔히 보아 알고 지싱만이요." 그리고 座上은, 그 늙은네를 부축하는 척하여서는, 실제에 있어서는 강제적으로, 그 늙은네를 뫼시고 언덕을 내렸는데, 마을에 닿는 대로 자기는, 마을 사람들을 모으려 한다고 하며, 늙은네는 그 자리에서, 그 '生門'이랄 것을 가르쳐주어야 할 것이라고 했다. 그러자 늙은것이, 죽장을 높이 쳐들더니, 座上을 패대고, 어중간히 뒤따르는 당굴을 패대기를 시작하여, 어지러히 흔들어댄다. 그러했어도, 座上은, 늙은네를 부축한 그 팔을 풀지 안 했으며, 당굴은 몸을 피하지 안 했다. 그런 죽장질이란, 들 가운데 선, 두 노간주나무에 묶인 바람 같았다. 그 가지들만 조금 흔들어대고, 그 나무에 묶여 못 떠나는 바람. 그러는 동안에, 그 늙은네의 죽장은 쪼개어지고, 부러져 나갔으며, 그러다 손에 쥔 자루 쪽만 조금 남기에 이르렀다. 늙은네는 숨을 씩씩거리며, 그 자리에 꼬꾸라졌다. "요런 순 흉악무도한 자들 같으니라구!" 늙은네는, 숨을 큭 크륵 해싸면서도, 소리를 버럭버럭 질러댔다. "十二蟲이라는 그 凶物에다 대고 부렸어야 될 그 행패를, 本洞 잡패들은, 의지할 데도 없는, 외로운 乞老에게다 부린다? 잡패들 같으니라구! 이런 식의 강간이 또 있겠느냐?" 座上과 당굴은, 헤벌레 웃고, 팩 쭈그러져 엎드려, 고래고래 소리치는 늙은네를 내버려 뒀다. "그 凶物에 대해서는, 행여나 꿈에서라도, 실수하여 눈이라도 흘기게 되면 어쩌나, 주야로 걱정해오면서도, 이런 늙은네는, 물밥이나 비는 약골이라고 하여, 아무렇게나 행악을 하려 한다?" 座上과 당굴은, 그런 일종의 넋살도 비슷한 소리를 듣다, 피석피석 웃기를 시작했다. 떠들어 온 그 老乞의 이 빠진 소리며, 이 빠진 의미며, 이 빠진 앙탈이, 보는 자들을 웃게 했던 것이고, 그래서 웃다 서로 건너다본즉, 그 상대편도 웃고 있는데, 거 뭐, 웃지 말아야 할 이유도 꼭히는 없던 것이다. 그래서 그들은, 씨석 씨석 웃으며, 늙은네의 양편에 뻑적지근히 앉았다. 그리고 웃음이란, 밤을 홱 거둬가 버린다고, 그들은 알았다. 오래들 못 웃어본 것이다. 게다가, 왼갖 괴팍을 다 부려, 이 빠진 짓을 하던 그 늙은네도, 그때는, 자기 양옆의 두 사내들의 어깨에다 손을 얹고는, 크륵크륵 웃기를 시작하고 있던 것이다. 그리고 이 상태로부터는, 웃기 위해서, 무슨 이유가 꼭히 필요한 것은 아니다. 흣흣, 그래서 웃음도 말[言語]이라도, 문법 체계나, 논리에 의존하는 말은 아닐 터이다. 그래서 셋이서는, 웃었다, 씨석 씨석, 크륵 크륵, 히부적 히부적, 셋이서는 웃었다. 웃을 때 보면, 세상은, 살 만하고, 재미가 있고, 아름답다. 爲界란, 이래서도 허기는 아름다운 것이던 것이다. 자라고 있는 아이들께는, 소주 대신 젖부터 먹여야 하듯이, 爲界에도 먼저 '無爲法' 대신, 웃음, 울음, 한숨 등의, 爲法부터 說해야 했던 것인 것을?

마을은, 조반을 끝낸 후, 일터로 나가는 대신, 座上네로 모였다. 사랑방 마루청에는, 그 댁의 주인과, 客老와, 당굴이 조반상을 물리고, 아침 술에 거나해진 얼굴들로 앉아 있었다. 修人事들이 있었고, 그리고 귀들이 준비되자, 떠들어온 늙은네가 입을 열었다. "道流들, 그러면 오늘은 이 늙은네가, 도류들과 더불어, 어떻게 하면 저 한 마리의, 十二蟲이라는 거위[蛔蟲]를, 道流들의 목구멍(이라는 이 기관은, 한 苦行꾼의 '꿈'[言語]이 일어나는 곳이되, 그것은, 그 苦行꾼의 丹田에서 일어난 氣의 上昇과의 관계에서, 그 法心의 肯定性[예를 들면, '자비' '사랑' 따위]을 드러내고, 이와 反極的인 데에는, '肛門'이 있는바, 그렇다면 거기로는, 氣의 下降과의 관계에서, [예를 들면, '질투' '증오' 따위] 法心이 否定性에 제휴할 것이다. 그러나, '會陰'을, 이 한 만다라의 비쟈[點]로 삼을 때, 그리고, 쿤달리니의 일어남이 성공적일 때는, 이 '肛門'은, 法說을 일으키는 고장으로도 알려진다)으로, 또는 똥구멍으로 쑥 끄집어낼 수 있는지, 그것을 논의해보려 하거니와, 그런즉 道流들의 흙다운 침묵이 道流들께 별로 도움이 못 될 것을 고려한다면, 차라리 바람다운 분방한 참여를 도모할 일이렷다."

"그러시다면", 座上이 불그레한 미소로, '참여'를 했다. "어쩌신 까닭으로 그러면, 거번에 오싰다 가시고 지실 때는, 노인장께서만 말씀을 허시고도, 우리들께는, 반 마디 말씸도 여쭤볼 기회를 주시지 안 했었는지……"

"그것을 '話頭'라고 말하지 안 했던가? 스승이 한 사미를 맞아들이면, 그놈께 소주를 먹이기 전에 먼저, 침을 먹이는 것……"

"헌디도, 우리덜헌티는, 그 출혈이 너무 많았십네다."

"그렇지 않으면, 흙이 엷은 바위 위에다 씨를 뿌리기."

"꺼생이[蛔蟲]를 뽑아내고 어쩌고 하기 전에, 우리가 통째로 시방, 그 꺼생이의 배 속으로 녹아져 들고 있는 것이나 아니겠습네까?"

"흙이 두터움. 비옥함." 늙은네는 그리고, 座上이 잠잠해지자, 마당을 향했다. "이 늙은네가 그러면 도류들께, 그 뿌리를 나라카에 박고 있는, 그래서 그 뿌리의 이름을 '僧惡'라고, '毒龍'이라고 이르는, 그 우둠바라의, 또는 蓮의, 하늘水面 위쪽에서 핀, 꽃 소식쯤 들려주랴?"

"아 그, 그러싱개 노인 어르신께서는", 당굴이 불그레한 미소로, 그 둘째 '참여'를 했다. "조 '毒龍의 발톱'에 대해, '蓮의 꽃'을 말씸허실라는 겝지요? 고

억세고도, 毒 밴 발톱에, 고 연약한 꽃 이파리가 전더나 내겠으께요? 지 사는 오돌막을 태우는 火鬼를 달랜다고 아낙네가, 제 입은 옷을 벗어설람에, 저 뽈개벗은 불헌티다 입히주기?"

"'다만 善을 갈망하기만으로도, 小子여, 묵은 惡業이 모두 中和되거늘'!"

"그, 그러장개시나 시방, 노인 어르신께서는 시방, 우리더러, 저 毒龍을 善念으로써 대허라고, 그라고 또, (우리가 그것을 불쌩히 여길 처지는 못 된개) 우러러보라고, 노인 어르신께서는 시방, 그, 그러장개시나 시방, 고것을 說허시는 것이께요?" 당굴의 눈은 붉은데, 거기서 유황불이 쏟겨 나왔다. "우리들이 해온 짓이, 그것 말고, 또 무엇이었으께요?"

"생각의 기럭지가, 三尺도 못 자란 채 노망한 자 같으니!" 늙은네가 그러자, 갑자기 고함을 쳐댔다. "이눔 동자여, 누가 동자더러, 저 魔惡한 것에 대해 善念을 가지라고, 우러러보라고 이르던고?" 그리고 늙은네가 벌떡 일어서는가 하고 있으니, 저 '될 뻔한 賢者'의 가슴팍을 걷어차고, 그 우북한 머리끄뎅이를 끄셔, 마룻바닥에 내북쳤을 뿐만 아니라, 그 대가리를 디뎌, 돌려 깐다. "누가 이눔, 惡을 우러러보라고 일렀더냐? 이눔, 너는 어떻게 惡을 용납할 수가 있느냐? 그래 놓았으니, 이눔들, 산 채 귀신 돼버린, 늙은 계집년의 씹 가랭이 사이에 끼어, 오금도 못 썼을 것인데, 오늘은 이 늙은탱이가, 너희 놈들의 대가리마다 깨뜨려, 그 골을 흙 속에다 쏟아버리고 말 일. 너희 놈들의 그 골인즉슨, 그렇게 한 우주를 誤讀하기로서, 邪魔에 출몰 당해 오느라, 한 번도, '사랑'이라든, '善念'을 일깨워본 적이 없는, 凶家, 咄, 十二蟲의 그늘을 싸안고, 한 위대한 기회로 주어진 삶을 스스로 저주해버리는 凶家, 咄!" 흐흣크클, 이런 야단이 어꾸나, 당굴의 코에서는 피가 터지고, 늙은네의 뒤꿈치는 피투성이인데, 이런 야단이 어꾸나, 그래도 늙은네의 뒤꿈치질은 그치지를 않고, 당굴은 묵묵히 당하고만 있는데, 座上까지도 손가락 하나 까딱하지를 안 하고만 있다. 당굴은, 그 꽃 무게가 무거워 누운, 철쭉 덤불처럼 아름다웠다. "이 사악한 종내기들 같으니! 喝! 누가 너희들더러, 蛔蟲을 살찌우라고 일렀드니? 喝!" 그러다 늙은네는, 발길질을 그만두고, 좌정했다. 그랬으니 당굴도 일어나 앉았으며, 座上이, 손수 술 두 잔을 채워, 한 잔은 먼저 늙은네께 권하고, 다른 잔은, 당굴께 권했다. 이상할 일은, 本洞人이, 그것도 실한 젊은네가, 그 주소도모를 客老에게 학대를 당해, 흘린 피로 철쭉 같았는데도, 누구의 가슴에서고, 피가 끓거나, 분노가 일지 안 했다는 일이다. 그랬기는커녕, 어째선지는 모르되, 그 자리에 있었던 누구 하나 없이, 더운 소내기에라도 실컷 젖은 듯한, 훈훈한 시원함을 느끼고 있었다(고 했다).

"요런 자리에", 座上이 웃으며, 끼어들었기를 이랬다. "요런 소리가 당할라는가, 어쩔라는가 몰르겠음도, 뭐시냐먼, 속이 짚은 '사랑'은, '원수끄장도 사랑'하는 사랑이라고 허는디……"

"道流는 부디", 늙은네가 짜증 나는 음성을 꾸며, 이렇게 이르고 나섰다. "怨讐와 惡, 또는 仇敵과 魔(邪) 등은 혼동치 말기 바라는 바라. 道流에 대한 道流의 怨讐란 상대적 惡, 상대적 魔여서, 서로가 서로에게 惡이며, 魔랄 것이 아니겠는가."

"우리가", 당굴이, 자기의 소맷자락에다 술 부어, 그 소맷자락으로 얼굴을 닦은 뒤, 겸허히, 이랬다. "저 큰비암님을 섬기기 시작한 까닭은 말입제요, 고 시작을 따지면, 고것이 우리네 생명과 재산 등을 보호해주는 守護力이라고 이해하다 본개 고런 것이었고요, 헌디도 살다가 본개, 고것이 무신 고런 守護力이라거나 고런 것이기보담은, 우리들의 八字, 그것도 나쁜 쪽 운명 자체라는 믿음이 들고, 그러다 본개, 워처키도 거역헐 수가 없었는디요,……"

"그래서 小子는", 늙은네가, 당굴의 말을 중단하고 나섰다. "小子의 눈으로 저 毒蟲을 보았으며, 손으로 만져도 보고, 귀로 그것의 하명을 듣기도 했으며, 코로는 그 오줌 냄새라도 맡아보고, 혀로 그 똥 맛이라도 본 일이 있었느냐?"

"……그러허단대도…… 고것에 대해서 일어나는, 일, 일어나는, 공포며, 전율 겉은, 고런 소롬 끼치는 니낌끄장은 부정헐 수는 없구만이요."

"그렇다면 小子는, 그 공포며, 전율 따위가 어디를 근원으로 하여 일어나는지, 그것을 살펴보았느냐?"

"기쁘거나 슬프거나, 두렵거나 밉다는 정 겉은 것이 일어나는 것을 두고, '마음'이라고 허잖습네까요?"

"그렇걸랑 小子여, 小子는 그 '마음'이라는 것을 당장에, 이 늙은네 앞에 꺼내놓아 보아라. 그러면 늙은네가, 골마리 까고 이 잡듯, 조런 순 모든 불순하여 불쾌한 느낌을 일으키는, 모든 病蟲을 잡아내 주마."

"노인장께서는", 당굴이, 이번에만은, 늙은네께 좀 핀잔하듯 한 어조를 썼다. "장작개비를 쪼개 갖고, 호꼰한 불의 紅玉이라도 끄집어내, 주머니 속에라도 넣고 댕깄으먼 그 아니 좋겠는그라우이?"

"흣, 흣, 흣, 그, 그런즉 우러는, 空과 色의, 두 가지 종류의 '마음'을 논하고 있다고 해야겠느냐?" 그리고 늙은네는 한 번 더 낄낄거리고 웃어젖히더니, 술도 한 모금 더 하고, 이었다. "늙은네는 否定主義에 관해 말하고, 젊은네는 肯定主義에 관해 말하고 있는가. 그리고, 어버이가 밥을 씹어서, 침 함께 먹여줘야 되는 어린 창자에는, 소주란 가당찮다. 道流는 말을 잘하였도다. 그러한고로 늙은네가, 우담바라 꽃 소식을 들려주겠다고 이른 것이다. 도류들, 저 당굴이 포착한 '마음'은, 鍊金術的으로는, '원초적 질료'에 해당하는 그것인데, 이 '마음의 鍊金術'에서는, 바로 이 '원초적 질료'로서의 '마음'은, '體'와 '用'(푸라나)의 두 국면을 갖고 있는 것으로 알려진다는 것은 알려둬야겠다. 그런고로 [20]"누구든, 마음의 이 動(푸라나)을 알아, 그것을 어거할 줄 아는 道꾼(요기)이라면, 그것이 어떠한 형태이든, 자기가 원하는 형태에로의 轉身을 가능하게 할 것이다"라고 하는 것이다. 이 '轉身'의 초보적인 것은, 육신적 전신일 것인데, 일례를 들면, 추운 철에 당해, 道꾼이 춥지 않게 지내려 하면, 눈밭에 사는 표범이 된다든, 그런 것인바, 허기는 그럴 일이다, 표범도 사람도, 그 육신을 이룬 질료는, 꼭같은 四大던 것이니, 누구든 그 마음의 用動性을 알아, 그것을 어거할 줄만 안다면, 거기 하나도 불가능할 까닭은 없었던 것이다. 그러나 늙은네는 오늘, 道流들에게, 그런 獸皮 속에 쌓이기의 방법을 가르치려는 것이 아니라, 그런 짐승의 배를, 안에서 갈라 열고, 스스로 태어나오는 비결을 가르치려 하는 것이고, 그 비결이, 秘義的 修辭學에 입혀지자, '뿌리를 地獄에 박고, 天頂을 뚫고 올라 핀, 우담바라 꽃 소식'이라고 轉身을 치르던 것이다. 같은 한 '질료'가, 그 鍊金術꾼의, 用心(動心)에 좇아, 惡力을 위한 權勢의 笏이 되기뿐만 아니라, 忉利天의 靈液이 되기도 한다. 그 비결은? —미리 말한 바대로인 것. 惡에 대해 惡心을 기르려 말고, 善에 대해 善心을 기르기에 애쓰라는 것, 것 말이지. '미운 것'을 미워하기란, 자연적이어서, 그것을 두고, 쉽다거나, 어렵다고 말할 것은 못 되는데, 문제는 그러면, 그 '미움'이라는 '抽象名詞'에다 '活性'(animism)을 부여하여, '物質名詞'化하는, 그리고 그 젖(미움)을 빨기에 좇아, 그 크기가 불어난다는 것이다. 이 경우에는, 그것에다 '젖'을 먹이지 않기, 그것이 문제인데, 그것은 苦行에 속하는 것일 것이다. 그러나 도류들은, 그만큼의 苦行도 치르지 않고, 도류들의 공포심으로 젖 먹여 키운, 한 毒蟲 퇴치를 바라는가?" 눈물인지, 아니면 무슨 분노 탓인지, 늙은네의 눈은 번들거렸다. "그렇다는즉슨, 한 성공적 삶은, (이쪽 세상) 消風이 아니라, 苦行인 것을. 육신은 왜냐하면, 그것을 벗는 날 進化도 벗는 것이어서, 進化를 위해 입어진 것이며, 그 육신적 쾌락을 위해 입어진 것이 아니기 때문이다. 육신적 쾌락은 그리고 궁극적으로는, 繁殖에 이어지는 것인데, 그 쾌락에다 畜生道는, 초석을 두고 있기 때문이다. (그렇다면 도류들은, 매우 역설적이되, 보다 '進化'하기 위해서, '스스로 고자 되기'를 바랄 일이다) 아무튼, 귀가 있는 자는, 그리고 들을지어다, —아무리 굳은 쇠로, 뾰족한 이빨을 천 개 만 개씩을 하고, 또한 그런 이빨을 달고 있는 입을, 그 몸의 땀구멍처럼 갖고도 惡이, 그리고 魔가, 못 먹는 음식이 있다면, 道流들이여, 그것은 善이라고, 또는 '사랑'이라고 이르는 그것인 것을. ……그리하여 늙은네는, 善男子 善女子들의, 그 식은 가슴에서, 그것이 무슨 이름으로 불리든, 그 깃 접은 데가 따뜻한, 그런 불새를 끄집어내고 싶어 하고 있는 것이다. 이 한 우주 간, 왜냐하면, 도류들 자신들 속의, 그 어떤 아름다움에 대한 열망 말고는, 아무것도, 현재의 도류들의 처지에서, 道流들을 끌어올려 줄 손이란 없기 때문이다." 그리고 늙은네는, 눈썹 부리가 몹시 가려운 듯, 눈두덩을 긁었다. "우리는 그러면, 우리들만의 '人世'에 한정해 말하고 있다는, 그 '한계'를 정해놓아 버린 듯하다, 그렇잖은가? 그래, 그래서, 이 人世에만 한정해 말이지만, 만약에 이 늙은네가, 끊임없이 변화하는 動界에도, 뭔가 한 가지쯤은 不變한 것이 있다고 한다면, 도류들은, 이 늙은네가 노망 탓에, 수사학적 오류를 범하고 있다고 웃겠는가? 아니면, 아 늙은네는 '眞理'라는 것쯤에 관해 말이 하고 싶은 게로구나 하고, 귀를 딴 데로 보낼 것인가? 헌데, 구체적으로, 그 '眞理'란 그러면, 무엇을 두고 이르는 것이겠는가? 혹간 도류들은 아는가 몰라도, 이 늙은네는 모른다면, 이 늙은네는 분명히, 무슨 그런 哲理 따위를 논하려 하고 있는 것은 아님을 눈치채겠는가? 이 늙은네가 '不戀'이라고 믿고 있는 것은 헌데, 다름이 아니라, '사랑'이라든, '善'이라고 이르는, 그것이다. 일견, 이 '善', 또는 '사랑'은, 배고픈 이리 떼에 대해 양이나처럼, 이리들의 창자나 채워주기 위해서나 있어 오는 것처럼 여겨지지 않는 것도 아니다. 그렇기에 세상은, 나날이 나빠져 왔으며, 더욱더 나빠져 왔으며, 더욱더 나빠져 갈 듯해 보인다. 그러나 도류들, 그래서 사실로, 善은 늘 惡에 패하기만 해왔으며, 사랑도 늘, 타는 증오의 기름이나 되어온 것인가? 만약 그렇다고 믿는다면, 그 정신은, 세계를 피학적으로만 이해하기를 즐기는지도 모를 일이겠도다. 도류들, 그런 자에 대해서 극락은, 개발의 편자며, 돼지우리 속의 진주나 같은 것인 것이다. 그러나 늙은네에게는, 태초에 善이던 것은, 아직 오늘도 꼭같이 善이며, 사랑도, 그리고, 그 모습이나 의미에, 한 번도 변화를 치러 보이지 않는다. 다만 非善만이, 그리고 부정적 사랑만이, 분명하게 말하면, 惡과 憎惡만이, 우주의 시작부터, 그것만의 바늘 한 개 세울 빈자리도 얻지를 못해, 그 설 자리를 얻으려, 오늘에 이르도록 만세를 투쟁해옴에도, 글쎄 아직 오늘날까지도 그것은, 그것만의 바늘 하나라도 세울 자리를 획득지 못하고 있는 것이다. 그래서 그것의 이런 생존 투쟁은 치열할 수밖에 없고, 그렇게 動界(프라브리티)는, 그 動의 기름을 얻는다. 이러자니, 저것들에 당하기만 육시러게 당하는 善有情들께는, 惡이며 魔만이 눈이 붉도록 일하는, 能力으로 보일 수밖에는 없을 것이다." 그리고 늙은네는, 눈썹 부리 박힌 자리를 긁어 쌌다. "아으, 늙은네가 눈썹을 아끼려 들면, 道流들이, 더 많은 눈썹을 잃게 될 것이 분명하다." 제길흘, 제길흘레. 談話者의 談話의 殉敎? 咄! "앞서 늙은네가, (肉身的) 쾌락에 관해 말하며, 간접적으로는, 이런 것을 밝혀뒀었다고 믿지만, 어쨌거나 道流들은, 부디, '苦가 惡이라면, 快는 善이다'라는, 일견 매우 그럴듯해 보이는 명제에 홀리기를 거부할지라. 그러지 않는다면 道流들도 童話 속의, '둘째 天子'가 택해서 든 것과 같은, 틀린 母胎에 들게 된다. 알겠다 시피, 苦는 苦여야만 하는, 우주적 목적을 갖고 있는바, 有情의 進化는, 저 '苦'

라는, 욱죄이는 가죽 신발을 신고, 그것을 늘려 키우기 위해, 끊임없이 움직여 나가는, 그 용감한 행위를 통해서밖에, 달리는 성취되지가 않는다는 것을, 천 번 만 번 명심해둘 일이다. 그러던 어느 때 그리하여 道流들이, '苦와 快는, 서로 조금도 다른 것들이 아닌 듯하다'라고, 고개를 꺄웃거리기에 이르면, 苦海 한 벌, 六道가 환하게 내어다보일 것일라는가. 說法者들은 그리고, 여기서부터 말하기를 즐기지만, 이 늙은네는 그러나, 여기까지만 말했으면 싶으다. 여기서부터는 그리하여, 道流들께, 否定主義의 修行이 권고되지만, 왜냐하면 이 상태에 이른 도류라면 이제, '無門' 앞에 맞닥뜨려 있기 탓인데, 그럼에도 이 늙은네는, 도류들께, 肯定主義에 관해 說하려 하는바, 왜냐하면 도류들은 아직도, 짐승의 배 속(畜生道)에 휩싸여져, 그 똥 냄새와, 羊水 냄새를 독하게 풍기고 있으니 그런 것이다. 그런즉 도류들은 먼저, 그 몹시도 구리고 비린, 肉胎 냄새부터 맑히고 보아야 할 듯하다. 그런 不淨함을 淨化하거나, 中和하는 방법은, 도류들이여 헌데, 두 가지밖에 없는데, 그 양자 다, 道流들의, 괴로운 殉死를 요구한다. 하나는 '水死'이며, 다른 하나는 '焚死'인데, 前者는, ─말한 바의, '熊女의 苦行'에 극명히 보인 바와 같은, ─鍊金術的 毒水 속에 잠겨 들어, 살이며 뼈를 모두 녹히기이며, 後者는, '미움'을 기름으로 하여, 태워 올리는, '사랑'의 苦火 속에 뛰어들어, 그 살이며 뼈를 모두 재로 만들어버리기이다. 그 짓이란 難行이다. 그러면 도류들은, 저 우주적 不治病으로서, 詛呪로써, 도류들의 삶을 송두리째 삼켜 넣고 있어 온 듯한 저 '毒龍'을, 새로 고려해 볼 수 있겠는가? 그것은 詛呪가 아니라, 차라리 우주적 法恩이 아니었는가? 그럼에도, 정직하게 관찰하고, 정직하게 평가하기로 하면, 이 '한 솥'의 鍊金術은, 실패한 것이다. 한 '원초적 질료'가, '毒水'에 잠겨, 그 원초성을 잃기까지는 아마도, 順調轉移를 치른 듯함에도, 거기서는, 그것이 '죽은 색'(니그레도)을 벗고, 기대되어지는 '흰색'(알베도)을 돋아냈어야 되었음에도, 그렇지를 못한 것이다. 그것은, 逆調해버린 것이다. 어미 닭 無精卵 품기. 그리하여 道流들, 이 鍊金術은 새로 다시, 시작하지 않으면 안 되게 된 것이다. '사랑'을 이뤄내려는 鍊金術. 그리고 그것은, '毒水' 속에 죽어 녹기보다는 괴로울라. '사랑'이라는 '金'은 왜냐하면, 自己否定을 통해서 밖에, 달리는 어떻게도 이뤄지지가 않기 때문이다. (前提해뒀어야 했을 것을, 왜냐하면 그럴 자리를 얻지 못했었으므로, 添尾키로 한다면, 이 '自己否定'이라는 苦行을 통하지 않고도 이뤄지는 '사랑'이 있다면, 늙은네 생각에는, 그것은 다름 아닌, 畜生道의 橫帶라는 것이다) 짐승의 배 속으로부터 벗어나기. '我執'을 여읜 고기는, 나무껍질이나, 식은 숯 같아서, 그 창자를 몹시 불편하게만 할 뿐일 것이다." 그리고 늙은네는, 한 모금 술로 혀를 적시는 듯하더니, 가는 눈을 뜨고, 비유로 말한다면, 자기 마음에 떠오르는 무엇에다 입힐, 무슨 적당한 比喩라도 찾는 듯하고 있더니, 눈을 크게 떠 부라리듯 하며, 들고 있었던 술잔을 마당에 내북쳐 깼다. 그리고 "듣자니, 이 동네에서는 손님 대접이 좋다 하여, 심지어 다른 동네 똥파리들까지도, 이 동네 똥을 찾아 떠들어 왔더라는데, 이것 봐라, 이래서야 어디 손님 대접을 제대로 할 줄 안다고 이르겠느냐?"

"........."

"그래서 보잤구나, 동네에 접대부나 창기가 없거든, 座上이라는 자여, 公은 公의 늙은 마누라라도 분 발라 내놓을 일이 아니겠는가? 짠 무쪽에, 이것 술맛이 써, 먹을 만하지를 못하네라." 흣, 흣, 흣, 맑은 해장술에 늙은, 탁한 와달이가 났으께냐, "者般醜惡磕禿 醜上添醜又一層." 동민들이 보자니 그런데도, 座上은, 자괴감을 금할 수가 없다는 듯, 좌세까지도 고쳐 무릎을 꿇고는, 동네 善女子들 가운데 옹위되어 앉아 있는, 하나밖에 없던 자식을 잃고, 늘 슬퍼 있는, 자기의 할멈을 손짓해 불러, 나서라 한다. 그리고는, 저 노인네 잔에다 술 한잔 부어 권해 올리라 한다. (行者여, 우리는 이 연극을 각색하는 자들이 아니라, 관람하는 자들이니, 이는 의문이 있다 한대도, 접어두고, 그저 건너다볼 뿐이다) 그러자, 座上의, 수줍어야 할 나이 다 먹어버린, 그 늙은 마누라는, 미소로써, 많이도 늙은 그 客老를, 시아비나 되는 듯한 눈으로 올려다보며, 한잔 술 따라 두 손에 받쳐, 권해 올린다. 그러자 저 늙은 작것은, 눈을 옆으로 흘겨, 座上네를 보며, "술맛이 써지는 자리에다, 늙은 암캐만도 못한 것을 내앉혔으니, 그 술맛이 어찌 더 써지지 않겠느냐? 그렇걸랑, 권주가라도 한마디 보태보든지?"

"노인 어르신께서는", 座上네 늙은 마누라가, 되도록 누그린 어조로, 가만

가만 말한다. "요 술잔을 받으시고요, 노여움을 푸십세요. 그렇잖에도요, 혹간, 어르신께 대접이 소홀허잖았는가, 고렇게 생각을 안 해온 것은 아닙습넨다. 헌디도 일이 모도 졸지에 일어나다 본개요, 예를 채릴 계를이 없었습네요. 여염집 아낙네가 되다 본개요, 권주가를 배운 바가 없는뎁습제요, 이 일을 두고는 워찌 헐지를 알 수가 없을 뿐입세요." 그리고, 황송스러운 듯, 눈을 내리뜬다. 그런즉, 저 늙은 작것이, 그 술잔을 뺏듯이 하여, 다시 또 마당에다 내북치고, 이번에는, 座上께 힐난이다. "公은 저런 무용지물의, 밥벌레와 더불어, 그 인생을 사느라, 삶을 유실했도다. 公은, 차라리, 달이 뜨면 목청을 뽑아 짖기라도 콩콩 짖는, 암캐와 더불어 살아왔음만도 못하였도다."

헌데, 마을이 모인 마당 가운데로부터, 짚신짝이 하나 날아와, 늙은네의 가슴을 쳤다. 둘이 날아왔다. "조 늙은것을 밟아 줘여라!" 고함 소리가 하나 날아와, 늙은네의 가슴을 쳤다. 둘이 날아왔다. 마루에는 신발짝이 쌓이고, 함성이 쌓이고, 빗자루 몽생이까지 어지러이 날았다. 그러는 중에 마을이 본즉슨, 자기네들이 "높이 보는" 座上이, 어느새 그 늙은네의 앞에 방패하여 서서, 자기가, 그 마을의, 분노의 팔매질에 당하고 있었다. 그래서 쳐들렸던, 마을의 짚신짝이며, 침칠한 빈 呪먹이며, 마당에서 후벼 파 쥔 흙 따위를, 힘없이 떨어뜨리고 있는데, 제길헐, 色지랄이라도 함에 분명한 저 늙은것이, 낄낄거리고 웃는 소리가 났다. "흣, 흣, 여러 善男子 善女子여, 똥개만도 못했던 듯하여, 道流들을 代身하여, 똥개로도 祭物을 삼았던 듯했는데도, 아직도 그러나, 팩 꼬꾸라져 뒈진 똥개들만은 아닌 듯하다. 아직도 쬐꿈은, 끼깅 끼깅 짖거덩, 그럼에도 公들 말이지, 저 十二蟲이라는, 좀 칙살스럽다는 한 마리 벌레에게는, 公들의 불알을 까 바치기는 물론, 公들의 여편네며, 아들딸 자식들을 다 생째로 바치고도, 눈 한번 제대로 쳐들어 보지를 못하여, 아직까지도, 그 벌레가 어떻게 생겨 먹은 것인지도 모르고 있으면서도, 그뿐만 아니라, 그리고도 또, 어디서 뭘 해 먹던 개뼉다귀인지도 모를, 무뢰한 다섯 놈이 와, 한동네 玉門까지 샅샅이 파먹었음에도, 누구 하나 그 터럭 한 올 건드려보지 않았음에도, 이 늙은네는, 피골이 상접해, 좀 큰 파리라도 한 마리 어깨에 앉는다 해도 비틀거릴 지경이라 하여, 그것도 하나나 둘도 아닌, 일동이 내달아 쳐, 상하게 하고, 죽이려 덤비놋다? 이웃집 코흘리개가 지나면, 느닷없이 내달아, 그 애새끼의 바짓가랭이를 물어 찢어 놓으려 덤비면서도, 병든 승냥이만 한 마리 얼씬거려도, 꼬리가 끊길세라 샅에 끼어 감추고, 어디 구석에로 낑낑거려 숨어들어, 몸을 가졌다는 두려움 탓에, 그것을 지워 없애려는, 똥개의 행사가 그것이지 달리 무엇이겠느냐?"

"……끄",

"……ㅇ."

"어찌 됐든, 이 늙은네가 알게 되기로는, 똥개만도 못하든 어쩌든, 도류들은, 여름에도 잎을 피워내지를 못하는 枯木이 된 듯함에도, 그 뿌리까지 말라 죽은 것은 아니며, 식은 숯인 듯함에도, 저 어디 깊은 데에는, 깨우면 일어날 불을 잠재워놓고 있다는 것 같은 것이다." 咄! 참으로 이상하게도, 이와 같은 어떤 경우에는, 몸으로 하는 行爲 자체가, 比喩인 수가 있다니! "어찌하여 그런 始作이 가능할 수 있었던지, 그것은 늙은네는 알 수가 없고, 도류들이 알 일이지만, 도류들은, 도류들 몫의 삶이랄 것을 따님께 조공 바쳐버리고, 그리고는, 도류들 자신들의 想像的, 또는 幻想的 죽음을 實俗化하여, 그 죽음을 살아오고 있었던 것이다. 바르도의, 또는 逆바르도의, 逆바르도에로의, 또는 바르도에로의, 묘한 流入. 그래서 이 고장에서는 달만 밝고, 움직여 다니는 꿈에서는 땀 냄새가 났다. 아으 그러함에도, 산 채 바르도에를 내려간 것들의 손에, 분노의 몽둥이가 쥐어질 수 있다면, 그것은 그 주검이, 완전히 죽음을 치른 것은 아니라는 증세이다. 도류들 자신들도 그것을 인지하고 있는가 어쩌는가는 모르되, 사실에 있어서는, 도류들은, 자신들의 권리를 수호할 만반의 태세도 갖추고 있는 듯하다. 도류들께 문제가 되어 있는 것은 그럼에도, 어느 때, 어디로부터, 무엇이 어떻게 침공할지, 그것을 알 수가 없는 그것인 듯하며, 그 탓에 道流들은, 아무 데도 오므리지도 못하고 있거니와, 열지도 못하고 있는 것이 분명하다. 이것은 상처 자체여서, 이것보다도 더 어이없이 氣를 소모하게 하는 것도 없을 것이다. 권고해둘 것이 있다면, 이럴 때를 당하거든 道流들은, 개미지옥이나, 용소로부터 배우라는 것 같은 것이겠다. 헌데, 방금 전, 약간의 부시치기를 통해, 도류들이 일으켜낸 '분노'라든, '증오' 따위는, 저 毒蟲이 仙酒

로 삼는 것이지만, 늙은네는, 저 毒蟲에게 젖이 되는 그것을, 지금부터 殺蟲毒으로 바꾸려 하고 있다. 그런즉, 귀 있는 자는 듣고, 그 幻想的 죽음의 그늘에서 일어날 일이다. 그리하여, 非我非他의 죽음으로부터, 자기의 죽음을 일으켜 세울지라.” 그리고 늙은네는, 座上의 늙은 마누라를 향해, “善女子여, 女子는, 잘 참고, 마음의 평정을 지키기로 보살행을 하였도다. 그 보살심이 두루 미치게 될 일이로다”라고 말하고, 본디 자리로 보냈다. 이어, “그러면 道流들은, 이 늙은네가, 화평이 아니라, 검을 주러 온 것을 알겠느냐? 道流들께 불화를 도모하러, ‘슬픔의 소리’로써, 道流들의 진구렁창의 화평 속에로 온 것을, 그러면 알겠느냐?” 이때에 이르자, 마당 가운데 일어났던, 한바탕의 회오리바람 기둥이 가라앉고, 조금씩은, 자신들이 민망하다는 표정들이었지만, 그럼에도 衆面은 수치를 모른다. 그래서 늙은네도 새로 청개구리의 좌세를 꾸며 앉고, 그러자 마당에는 귀들이 펴 蓮못이었다. “진구렁창의 화평이란”, 늙은네가 그리하여 미소해 보이며, 자기가 쓴, 修辭學的 矛盾을 시정하려 했거나, 아니면 반대로, 그렇게 들은 귀들을, 제자리에로 돌려놓으려 했다. “畜生道(自然)에 대한, 늙은네 투의 韻喩라고만 알아둬라. 글쎄 말이지, 숲에는, 뭍에는, 그리고 공중에는, 물론 나라카에까지도, 거기는 거기대로의 화평이 있는데, 그 화평이 얼마나 상극적이든, 화평이 없이는, 그 한 ‘制度’는 존속지 못하게 되기 때문이다. 거기서는, 그곳을 살아야 하는 것의, 淘汰나, 逃脫밖에 기대되지 않기 때문이다. 이 ‘逃脫’은, 긍정적일 때 ‘進化’의 형태를 드러낼 것이지만, 그 부당한 苦에 적응할 수도 있을 형태를 꾸며 보기의 變異만을 거듭 거듭하게 될 것으로 내어다보인다. 그러는 중에도 물론, 거기에서는, 淘汰와 逃脫이 계속될 것이다. ‘이 逃脫이 긍정적일 때, 進化의 형태를 드러낼 것’이라고 말한 것은, 거기 어디에, 그 逃脫의 어떤 목적, 또는 궁극 같은 것이 드러나 보이는 경우에 관해 한 말이다. 늙은네는 혹간, 저 ‘進化’를 두고, 그 實學的 국면보다, 名學的 국면만을 따지고 있는지는 모르되, “무엇의, 어떤 입지 조건에의 順應하기”가, [얼마나 복합적으로 이뤄지든] ‘進化’라고 생각할 수는 없는데, 그럼에도 이보게들, 이 늙은네는 進化論者라네. 그런 과정에 의해, 六道가 요연해지고, 그것이 物質보다 먼저 있었든, 나중에 있었든, 그것이야 어찌 되었든, 神까지도 드러나[化現], 우주를 운영하기 시작한다고 믿는다. 그리고도 물론 늙은네는, '중단 없는 진행의, 계속적 進化'는, '肉身을 입은 것들께만 가능하다'는 주장에도 강하게 동의하여, 그 '進化의 목적[궁극]'은, 육신적으로는, '인간'까지며, ―그런즉 도류들은, 그 '인간'을 소비치 말거라! ―非肉身的으로는, '解脫'[니르바나]까지, 즉슨 그때에 당해서는, 이제껏 입어온 그 육신을 此岸에 벗어두고, 彼岸에 닿기, 그 彼岸에서도 더 뛰어넘기[가테 가테 파라가테 파라상가테], 그리하여 다시는 더 苦肉을 입지 않기, 까지라고 믿는다. '神들까지도 그래서, 이런 니브리티를 성취하려면, 먼저 육신을 입어야 하는데, 그것도 人肉을 입어야 한다고 한다. 왜냐하면, 이 '인간' 하나만이, 축생도와 提婆界, 此岸과 彼岸, 프라브리티와 니브리티의 기로에 서 있기 때문이다. 이제 무엇이 한 가지 더 첨부되어져야 하는가 하면, '羯磨'는, "進化에는 目的이 있다"고 할 때만, 그 어떤 한 삶이라는 한필의 運命의 씨와 날이 되고, '없다'고 할 때는, 그것은 달리, 아마도 많은 부분, 그 肉身이 처해진 곳의, 俗理와의 관계에서, 관찰되어져야 할 것이라는 것이다. 그러나, 그것이 있다고 하든, 없다고 하든, '神'과 마찬가지로, 그것은 道流들의 선택에 속하는 것 같지는 않다. [그것이 있든, 없든,] 그 장애를 뛰어넘는 것, 그것만이 도류들의 선택이나, 임의에 속할 것인데, 그 '위대한 [자유마하니르바나]'의 성취, 그것이, 늙은네가 이해하는, '進化의 窮極'이다. 허, 헌데, 가, 가만있자, 쉬―쉬이―" 말하다 말고 늙은네는, 무엇이 자기의 얘기를 귀로 훔쳐 가지 않나 하는 태도로, 둘레둘레 주의를 살피는 시늉을 했다. "여 道流들, 헌데도 이것은, 우리 '사람'들끼리만 할 얘기여서, 저 녀러 똥개며 암탉 따위는 물론 쫓아낼 일이지만, 우리 못 보는 어디 높은 나뭇가지에 숨어서, 무슨 새라도 엿듣고 있는가, 주의해 지켜볼 일이다. 글쎄 말이지, 어떤 승냥이라도 한 마리가 지나다, 우리의 얘기에 귀를 띄우게 되는 경우가 있다는 것을 한번 생각해볼지라, 그러면 이놈은, 굴로 돌아가는 대로, 제 녀러 외가며, 처가 식구의 삼족 구족까지도 불러 모아설람에, 山主 大虎를 사냥하러 내달을 것이며, 山염소는 山염소들대로 작당을 하여 陣을 든든하게 친 뒤, 늑대의 떼가 공격한다 해도, 한 치의 허라도 틈 주려 하지 않기에 이를 것이다. 이렇게 되면, 말한 바의, 저 '진구렁창의 화평'에서, '화평'만이 捨象

되어, '진구렁창'만 남는다. 그러면, 이제껏 완전무결한 질서로서, 六道를 테[帶] 메어 왔던, 그 呪幻에 터서리가 생겼다가, 시간의 경과에 좇아, 끊어져 버리기에 이를 것이다. 이 '呪幻'이란, 다른 말로는 '無明'이라고 통역될 어떤 것인데, 바로 이 呪術 탓에, 오백 두의, 한 떼거리의 들소도, 한 마리의 배고픈 호랑이('미친 巨象'이래도 상관없을 터)를 당하면, 그 각각 한몫씩의 실한 羅漢들의 피가, 공포에 의해서든 어째서든, 갑자기 얼어버리는 탓으로, 위기에 당하면 써먹으려 연구해 두었던 ("실한 禪꾼은, 위기에 당했을 때마다, 그 위기로부터, 禪乳를 얻는다"라고, 나가세나가 말하고 있지는 않구나) 서른네댓 가지나 되게 많은 계략들이 쓸모가 없이 얼음이 돼버려 있고, 그것들 다 써먹고도 안 되면, 마지막으로 써먹으려 했던, 第三十六計(走爲上計!)가 먼저 떠올라, 그것을 도모한즉, 한들이, 羅漢들 일으키는 홍진으로 어둡다. 그래서 이 늙은네는, 먹고 달게 자는, 돼지의 귀까지도 막아가며, 무엇을 말하고 싶어 하는가? 그렇다, 그것은, 이 늙은네는, 지금부터, 저 '진구렁창의 화평'을 분쇄하려 하는데, 그것이다." 늙은네는 그리고, 자기 얘기에 양념하기로, 한 모금 고량주를 삼키며, 눈을 가늘게 떠 좌중을 건너다보았는데, 그러면 얘기는 좀 더 짭짤해져야 할 것이었다. "그것을 위해 늙은네는, '頓悟'에 관해 말이 하고 싶은 것이다, '당'(mDang)에 관해서, 種의 突然變異를 가능시키는, 力動性에 관해서." 마늘을 한 쪽 씹고 늙은네는, "'고양이의 횡포에 못 견디겠어서'" 계속했다. "'회의를 가져, 그 대책을 논의하던 쥐들은, 어찌한다고, 고양이의 목에다 방울을 달아줄 궁리만 하여', 하나에서 열까지 도망하기만을 궁리, 도모했었어야 했는가? 헌데, 아무리 쫓기던 쥐라도, 더 쫓길 수가 없는 막다른 구석에 당하면, 별다른 수는 없으니 몸을 돌이켜, 이빨을 세워서는, 저 고양이에게 대들어보려 할 것이다. 그러면 그때, (쥐의) 수세적 일점이, 공세적 일점으로 바뀌는, 그 미묘한 일점에 혼돈이 있게 되는데, 道流들은 그것을 뭐라고 일렀으면 좋겠는가? (그럼에도 문제는, 그렇게 돼서, 기대치 안 했던, 쥐의 저항에 당해, 고양이가 한번, 그 공격에 無性狀態를 일으켜, 虛를 열어 보였다 한다 해도, 自然[畜生道]이 얼른 그 현장에 내달아, 그 질서에 터서리가 생긴 데를 얼른 이어주는 데 있다. 그때 쥐는, 저 고양이의 발바닥 밑에 눌려져 있다) 頓悟派

사미들은, 이 일점을 잘 확대하여, 밝게 들여다본 자들일 터인데, 頓悟란 그래서, 盲龜遇木 같은 것으로, 그렇게 느닷없이 성취되어지는 어떤 것이랄 것인가? 頓悟란 그렇다면, 들을 헤매던 사냥꾼이, 운 좋게도 상어를 한 마리 만나, 보듬어 올리기처럼, 우발적이며, 춘사적인데, 그렇다는 경우, 그 頓悟란, 人皮를 입은 有情들만이 성취하는 것만은 아니라고도 말할 수 있게 될 것이다. 枯木도, 푸른 바위도, 무슨 그런, 기끔스럽도록 운 좋은 벼락 같은 것에 얻어맞기에 當籤되기만 한다면, 땅에 있던 고목이, 하늘의 정원 가운데 심겨진, 푸른 나무가 돼 있을 일이다. 그렇지 않은가?" 늙은네는 그리고, 빙그레 웃는가 했더니, 계속했다. "이 늙은네가, '한 송이 꽃을 들어 보였어도, 아무도 미소치 않느냐?' 도류들은 그리하여, 프라브리티의 질서가, 어찌하여 否定的, 相剋的으로 이뤄졌는지, 그것을 알 만할 터이다, 그렇잖은가? 그러면 도류들은, 도류들을, 염병과 용천병으로 쓰러 눕히며, 먹지 않으면 공복에 허대게 하고, 먹으면 나른하여 꿈적거리기가 싫은 데다, 하초에 묘한 고통을 일으켜대는, 죽음을 가득 채워 넣고 있는, 그 살[肉身] 이야말로, 다름 아닌 '毒龍'이되, 동시에 '神酒항아리'(Amrita-Dhāra)인 것은 알 터이다. 알 터인가? '毒'이 다름 아닌 '仙餠'(Amrita)이었다는 것을 알게 되는가? (그렇다는즉슨, 도류 나가세나여, 도류는, 그것을 ["살은 아라핫도 정복하지 못한다."] '정복'하려는, 매우 오도된 전쟁을 도모했기 전에, '길들여야' 했던 듯하다) 폭포도 재갈을 물린다면, 물레방아를 돌리며, 한 들을 다 태워 먹는다 해도 여전히 배고파하는 불도 길을 들이면, 생쌀을 밥으로, 납을 금으로 익혀내는 것, 그렇다면, 有情들 입게 된 살도, 그것 속에 갇힌, 맹렬한 야수적 욕망에다 굴레를 씌운다면, 그렇게까지도 갈기 어렵다는, '마음'이라는 밭까지도 갈아엎을 것, ―그런다면, 때맞춰, 그 밭에로 天花가 축축이 내릴 것이며, 그러던 날 보면, 거기서 자란 禪木 줄기에, 한 우주가 매달려, 만개할 일. 道流들은 그러므로 부디, '정복'이 되지도 않을 '毒龍'을 정복하려 할 일은 아니겠느냐. 그러려 하면 도류들은, 축생도의 우리 안에 갇혀 있게 되고, 도류들을 牧畜하는 어떤 검센 손이, 수놈에게서는, 철 따라 불알을 까고, 암컷에게서는, 시간을 좇아, 불은 젖을 짜낼 것이다. 저 牧畜꾼의 이름은, 그것이 도류네 종교였던, '운명'이며, '세월'." 座上과 당굴은, 그리고 마을도, 밤중 같은 얼굴들을 하고 있었다. "이러자 우리는, 무엇의 進化에 突然變異를 일으키는 '마늘', 그 '당'—'頓悟'라는 것을, 조금만 더 확대해놓고, 들여다볼 필요를 느낀다. 그런다 해도, 개미를 확대해 놓는다고 해서, 그러나 그것이 황소로 보이는 것은 아니라면, 이것도 물론 그러할 것이어서, 같은 얘기를 늘이거나 불려서 말하는 다름밖에는 없게 될 것이다. 어쨌든, 그것을 위해서 늙은네는, 도류들의 관심을, 부딪치기, 또는 두 나무쪽 서로 문질러 불 일구기 따위에 모았으면 하는 바이다. '부딪치기'나, '문질러지기'를 통해, 서로간 아무 관계도 없던, 두 써늘하던 물체들 속에서, '뜨거움'이 일어난다는 일은 신비인데, 그러자 이것이, '頓悟'(力動性)를 이해키에 좋은 비유가 될 듯하다. 두 써늘하던 물체에다, 그 마찰을 통해 情('당')을 일으키는 活('당')의, 어떤 방언의 이름은 '불도마뱀'(사라만더)이다. 이것(사라만더)의 잠 깨임을 얻지 못한다면, 어떠한 불도 일어나지 못한다고 說法되어져 오는데, 우리가 잘 보아둬야 할 것은 이때, 그리하여 일어난 '불'이 '頓悟'가 아니며, 그 '불도마뱀' 자체도 그것이 아니라는 것, 그것이다. 왜냐하면, 불은 불이며, 불도마뱀은 불도마뱀으로서 연못과 청개구리의 관계일 것이기 때문인데, '頓悟'는 그렇다면, 그 양자 사이에서 이뤄진 어떤 교미의 절정, 通話 같은 것으로서, 그 한순간엔 그렇다면, 불도 아직 불이 아니려니와, 불도마뱀도 이미 불도마뱀이 아니어서, 그러니 그 양자의, 相生的 二元化가 이뤄져 있는 상태, 그것일 것이라고 하고 있다. 動能. 흣흣흣, 가만있자, 이렇게 말을 하고 보니, 불도마뱀과 그것의 잠 깨이기 사이에서도, 불에서, 열과 빛이 분리해버리기와 같은, 그런 괴리현상이 일어나 있어 보인다. 이런 수사학은 그렇다면, 어디선가. 필시, 문법적 오류를 범하고 있는 것이 분명한가. 헌데도 우리는, 되돌아 육로 삼만 리, 수로 삼만 리, 공로 삼만 리, 구만 리를 달리고, 구만 리를 되돌아온다 해도, 그 어디에서고, 文法이라는 잉아의 실밥이 터진 자리를 찾지는 못하고 말 것이다. '말의 夢想꾼'들과, '말을 思考하는 자'들의 열예와 고뇌는, 이런 데 있는 것이 분명할라? 흣흣, 어떤 꾀 있는 사미 한 놈이, '말'[言語]이란, 重力에 당하기는커녕, 그것에 거슬러 오르는, 날으는 새의 날개털 같은 것이라는 것에 착안하여, 그것들 중에서도, 反重力的 의미를 띤 것들을 모아, —文法의—밀초로 서로 잇고, 붙이고, 발라서는, 학 날개 같은 것 두 닢을 만들었다, 그리고는, 제 겨드랑 밑에 하나씩 낀 뒤, 파닥파닥 날갯짓을 하여, 높이, 상상력의 天頂을 뚫어 높이, 훨훨 날아올랐더라 한다. 그런 뒤, 우리는 물론, 한번 쏘아진 화살모양, 그 사미의 향방을 추적할 수가 없었는데, 그런 어떤 훗날, 들을 산책하다 문득 우리는, 예의 그 사미가, 重力에 거슬러 오른다고 올랐던 것에 다시 거슬러, 어쨰선지, 무참하게도 추락하여서는, 그 反重力的 깃털들의 파편 가운데, 촉루를 얹고 있음을 보게 되기는 한다. 허기는, 새에게 있어서의 날개는, 기름을 태워 밝히는 (접싯불의) 불꽃 같은 것인데, 저녁녘에 그 날개는, 그 몸을 다 태워 먹어, 잠[睡] 의 재만 반 줌 남겨놓고 있는다. 重力에 거슬러, 오른다는 言語가, 그것의 그중 핵심적인 데에다, 모든 重力이 쏟겨 내리는, 流砂 구덩이를 열고 있다는 것은, 두렵지만, 두려운 사실이라는 것을, 두렵게도 들여다보게 한다. (수분이 관계된다면, 이 '流砂 구덩이'는, '수렁'化할 것인데, 우리들의 몸은, 대략 칠 할가량이 수분으로 이뤄졌다고 하더냐, 그보다 많다고 하더냐) 타오르던 불은, 어느 일점에서는, 급선회하여, 출발했던 그 일점에로, 맹렬히 쏟겨 내리던 것이다("[……] Reachhing the moon they become food. There the gods enjoy them, just as [here] the priests drink the shining soma juice—saying[as it were] : 'flourish, dwindle.' And their past work is exhausted they reach this very ākāśa (天空), from the ākāśa they reach the air, from the air rain, from rain the earth." *Brihadāranyaka Upanishad*). 그것이 오를 데가 있다고, 오르던 것이, 도달하는, 바로 그 일점이던 것이다. 그렇다면 이런 우주는, 그것을 이룬, 모든 세포로서의 단어며, 혈맥으로서의 문장에는, 아무 오류도 없음에도, 그 전체가 불가능하게 이뤄진, —아흐, 秩序의 相剋性! —誤夢인 게다. 헌데도, 사내라고 하여, 한번 童貞을 떼어본 것이라면, 네 길거리 서 있는, 계집의 아랫도리가, 살무사 새끼들을 수물수물 쏟아내며, 철철 녹고 있다고 건너다보면서도, 그 수렁에 한번 눈을 빠뜨린 한은, 도저히 못 건져내고, 그 수렁의 칙칙함에다, 제 놈의 하초를 한번 아니 失足지 않고는 못 떠나는데, 마찬가지로, 누구든 한번 말[言語] 의, 저 無重力的, 현기증 나는, 그리고 그 머리칼을 곤두세우는, 그렇게도 빠른, 억센 날개를 달아, 想像力의 宇宙를 날아본 일이 있는 자라면, —그래서 얼마나 많은 사미들이, 그 外遊에서 길을 잃어, 못 돌아오고 마는가! —그 잠시의 열예를 위해, 미래까지를 포함하여, 자기의 현재의 전체가, 그 한 流砂 구덩이에 몽땅 쏟겨 들어, 花代 삼아져 버린다 해도, 그 비극으로부터, 도저히 등을 돌리지를 못한다. 道流여 그렇걸랑은, 자신을 빼내 오려는, 그 가망 없는 버르적거림을 그만둘 일이다. 그 짓이란, 홍수에 같이 떠내려가는, 이웃 노파가 손에 쥔 지푸라기를 잡으려 하기 같아서, 장차는, 그 노파가 도류의 목에, 거머리처럼 엉겨 붙어 있게 될 것이다. 도류는 그래서, 더 빨리 빠져들기 위해, 더욱더 버르적거리고 있는가? 수렁이나 流砂 구덩이에 빠져서는 사미여, 빠르적이지 않기, —그것이 또한 '頓悟'가 아니겠느냐? 이런 말은 그래서, 불도마뱀과, 그것의 잠이 같은지, 다른지, 그런 의문이 일어난다 해도, 그것에 대답하려 할 일도 아니며, 대답하려 하지 않을 일도 아니다, 라는, 그런 얘기겠는가? (우리들의 言語 속에 잠든 龍, 불도마뱀) 흣, 흣, 흣." 늙은네는 그리고, 버렁 떨어지게 웃어쌌다. "저 타오르는, 맹렬한 불길 속에 똬리 쳐 잠자고 있는 것은 무엇이냐? 누가 그녀러 것의 대가리를 잡아, 쑥 끄집어내겠느냐? 그 타는 불길을 쓰득 쓰득 뜯어먹어 살찌는 그것은 무엇이냐? 누가 그녀러 것을 끄집어내, 그 속에 익고 있는 火液을 톡 터뜨려 삼키겠느냐? 불의 時中에 놓인, 저 마늘." 그리고도 늙은네는 같잖게 웃어쌌다. 그러고 보니, 늙은네의 얘기에서는, 마을 냄새가 진동을 했는데, 저 늙은 法農네 心田에서는, 마늘 농사가 제법 돼가고 있었던가, 마늘과 頓悟. "에끼 순, 이만큼이나, 法의 毒酒를 먹여왔어도, 道流들의, 숭숭 난 털은 아직도, 벗겨질 기미도 없구나. 그러면 이제, 황소보다 커진 벼룩이, 불가사리모양, 한 천지 아이들을 다 삼켜 먹든 말든, 그것은 제멋대로 놔두고, 새로 다른 얘기나 하나 시작해야겠다." 늙은네는, 왼 동네에다 마늘 냄새를 풍겨댔다. "中年쯤에 들어선 한 비구니가, 혼자 암자를 지키며, 法兒를 잘 임신했다. 허든 날, 사탈이가 생겼다. 라는즉슨, 어떤 드물게 검센 홀아비 나무꾼 하나가, 그 암자에, 미색의 비구니가 혼자서 산다는 생각 하나만으로도 일어난 春情을 누르지를 못해, 그 암자를 가까이 두고, 향해서, 용두질을 한번 장렬히 해대며, '보살님, 보살님', 불러대다, 불을 뿜어대며 빠르적인 것을, 그 암자 안에서 내어다보게 된 것이다. 때가 그 비구니의 육신적 철이었던 모양이라, 그것이 번뇌가 되고, 신열이 되고, 한기가 되고, 염병이 되고, 떨림병이 되고, 침통한 병이 되어, 못 일어나고 그 비구니는, 몸져누워버린 것이다. 헌데 그 저녁, 초경인가, 이경쯤에, 비몽사몽간인데, 홀연히, 저 장대 장렬하던 그 나무꾼이 나타나, 자기를 덮쳐 누르는 것을 보았음에도 그 비구니는, 항거치를 못했다. 환속은 그렇게도 빨리 이뤄졌었겠느냐, 어쨌든, 그리고 나서야 비구니는, 잠시 심신에 평안함을 얻어, 잠이 들 수가 있었다. 버릇이 된 대로, 그러다 도랑을 할 시각쯤에 깨었을 것인데, 비구니가 본즉, 그 나무꾼은 여전히, 자기 곁에 누워, 새벽을 몹시 보채고 있는 것이었다. 짐작되는 것은, 그 새벽 그 비구니는, 도랑엘 나서지 못했을 것이라는 것이며, 그런 후로도, 그 암자 문은 좀체 열리지 안 했다는 것인데, 꼭히 밝혀둘 것이 있다면, 그 정작의 나무꾼은, 그 나뭇짐을 지고 내려가다가, 그 한 번의 春情을 못 이겨, 성스러운 데 대고, 더러움을 한번 고수레한 일이 화근이 되고, 번뇌가 되고, 신열이 되고, 한기가 되고, 염병이 되고, 떨림병이 되고, 침중한 병이 되어, 결국 그 짐을 짊어져 내리지를 못하고, 거기 어디 길목에 받쳐두고는 빈 몸으로 내려가, 그 또한, 그 저녁에 몸져누워, 三惡道의 팔만 惡幻이 덮어씌우는 아래에서, 신열에 오한에, 땀도 못 내고, 헛소리, 헛손질을 해대며 앓았다. 法恩으로 주어진 그 육신을 뒤집어 입기. 逆바르도에서 바르도에로 내려가기. 咄! 肉身이 '念態'化했음. '사람'이라고 하여, 善念을 키웠던 탓으로 公은, 똥개의 수놈만큼도 못하게 됐지그리. 똥개가 어디, 그러지 말아야 할 자리에서 하초를 까 보였다고 하여, 개 고뿔에 걸린 것 본 일이 있느냐? 그렇걸랑 公은, 그저 한번, 심호흡에 든, 바람에 펄럭이는 祝旗에든(바람이 펄럭이느냐? 旗가 펄럭이느냐? 아으 아니면, 펄럭이는 것은 마음이냐?) 마음을 묶어, 펄럭임을 멈추게 한 뒤, 저 푸르디푸른 하늘을 찬찬히 올려다보며, 그 惡幻의 비가 사실로, 거기 어디서 쏟아져 내렸는지 어쨌는지, 그것을 살펴보거라. 왜 이런 충고인가 하면, 아까 언제 잘못 '뒤집혀지는' 어느 찰나에 公은, 公의 안쪽으로 들어가 갇혀서는, 그곳을 벗어나려, 더 안쪽으로 삘삘거리고, 파고들어가고 있어 보이니 그런 것이다. 자기가 자기를 가둬버린, 그 자기의 마음이라는 감옥은, 無門이어서, 나와지지가 않는다. 그럴 때일랑은, 公은, 頓悟커라, 한번, 밖의 푸른 하늘을 올려다보기. (그러면 公은, 사실로 나와져 있다고 느끼게 될 것인가? 그래서 어디엘 들기는 들었었던 게 분명한가?)—그렇다면, 이 나무꾼과, 저 비구니네 나무꾼은 분명히, 같은 나무꾼이 아니었던 듯하다. 어쨌든, 늙은네가, 저 비구니의 음사를 논하자는 것은 아닌즉, 바쁘게 자아야 할 자리에서는 말의 실을 바쁘게 잣기로 하면, 저 비구니를 안고 누운 그 나무꾼은 다름 아닌, 그 비구니 자신이 임신해왔던, 그 法兒가, 바로 저 나무꾼에 의해 發火된, 獸魔畜慾에 제휴하여, 그 비구니의 夢胎를 찢고 분만되어 나온 그 魔羅라는 것이다. 헌데 그 獸慾은, 한번, 저 비구니의 요니 속 괴인 法水에 根을 잠근 뒤, 그 法力을 입자, 그 형상에 젖음이 드러나기 시작한 것이다. 그래도 아직은 물론, 이 '젖기 시작하는 형상'이란, 아이들이, 제 그림자에다, 그 선을 좇아 오줌 누어, 그림 그리기 같은 것과 비슷하다고 해야 할 것이기는 했다. 그럼에도, 한 번의 육신의 즐거움을 위해, 오백 세를 다 바쳐도 어쩔 수 없다고, 뒤늦게 사내를 깨닫기 시작하는, 그 비구니의 수분에 더 젖으면 젖어질수록, 그 色幻도 짙어져 갈 것이었다. 흣흣흣, 이런 얘기란 헌데, 修道한다는, 비구(니)들과 더불어서는, 늘 되풀이되어 오는 그런 것인 이상, 그러면 道流들은 이제, 이 한 비구니도, 道通 직전에, 魔羅의 유혹에 져, 쌓아온 苦行力, 또는 頓悟力을, 썩은 禪卵으로 만들어버리기에 이른 것쯤은 짐작할 수 있을 터이다. 그러면 道流들, 대체 이 魔羅는, 우주의 어디로부터 온 것이겠는가?" 늙은네는 그리고, 고량주를 여러 모금이나 마시고, 마늘을 씹었다. "……그럼에도 이 자리는, 道場이기보다는 戰場인즉, 천천히 떠오르게 될, 道流들의 그 대답을 기다리지 않겠다. 글쎄 밖의 어디에서, 이너러 魔羅가 오겠느냐. 어디 구름 너머에서? 아니면, 어디 바위 밑에 엎드려 있다가? 알려지기로 이 魔羅는, 한 도약하려는 정신이, 그 입은 살, 그 욕망을 항복 받기에 이르는 그런 어떤 순간에 이르면, 그 살 속에서, 한번 일어나는 獸慾, 그것이라고 한다. 道流들, 이 늙은네 같은 進化論者에게는 이 '훼방꾼'까지도, 그냥 장애라거나, 저주만은 아니며, 목적을 갖고 있다고 보게 된다. 그래서 정작으로는, 이 '훼방꾼'이, 그 '붉은 金'을 이뤄내는, 錬金術師 당자던 것이다. 헌데 우리들의 이 비구니는, 法兒를 임신해서는, 끌끌, 色根을 분만해놓고, (적이 되어 일어난, 四大의 침공에 함락

되었음!) 그것에게 젖 먹이느라, 스스로 三惡道(四大의 고장!)에 떨어져, 그 色根이 色根色根하여, 無時로 울었다. 그래서 그 비구니는 늦었는가? 천만에. 法恩이 두텁게도 헌데, 그 비구니는 아직도, 人皮를 입고 있었으니, 언제라도 되돌아올 수는 있었던 것이다. 그것이 살의 法恩이다." 늙은네는 그리고는, 그르렁그르렁 가래를 끓여쌌더니, 그 목구멍에서, 한 뭉테기나 가래를 뜯어, 토방에 쏴 뱉자, 개 놈이 그것을 핥아먹었더니, 色情을 일으켰는지, 동네 아낙네의 밑 냄새를 맡으러 덤볐다. "흰[白] '아—' 語에 묶어, 저 망할 녀러 色鬼를", 늙은네는, 혼자만 아는 소리를 중얼거렸다. "들숨에 들이쉬어 버렸었을 것을, 쩝쩝, 끌끌", 늙은네는 아마도, 그 비구니를 상대로, 그 나름의 한 頓悟法을 說했었던 듯하다. "도류들이여, 헌데 저런 일이란, 어떤 특별한 경우로서, 고압적 정신의 음극화에서만 일어나는 것이라는 대신, 우리들의 일상적 살기 속에서도, 매우 빈번히, 거의 다반사로 일어나오고 있다고 말한다면, 道流들은 놀래고, 믿으려 하지를 않을 것인가? (더 근본적인 문제, 라는즉슨, "우리가 삶이라고 이르는 이것까지도 꿈이다"라는, 그것은 일단 차치한다 해도) 근본적으로는, 저 비구니는, 다른 아무것으로도 말고, 그 비구니 자신이 꾸는 꿈에 당하고 있다고 한다면, 道流들은 이제도, 저런 일이란 그래도 平心에는 일어나는 일이 아니라고, 고개를 저을 것인가? 흣흣, 흣, 한 나무꾼이, 나무를 하러 산에 오르려, 새벽에 문밖에 나서는데, 앗차, 이런 일진이 흉하게도스리, 검은 고양이가 한 마리, 앞길을 건너질러 간다, 글쎄 그 고양이 놈은, 이웃 홀로 사는 노파가, 자식 삼아 기르는 그놈인 것이 분명한데도, 그 나무꾼이 그 시각에 그것을 본 순간, 어느덧 어떻게 돼서 그것이 그렇게 됐는지는 그 나무꾼 자신도 모름에도, 저 나무꾼의, 잠 깨어 초롱한, 그 깨인 아침 의식 속에서, 검은 바람 한 가닥모양, 스며 나온 것이다. (어떤 고장의 巫女들께는, 이 '검은 고양이'가, 행운의 징조가 되어 있다는 것은 차치해두자) 그로부터 그 나무꾼은, 자기도 모른새, 그날 치의 운수를 점쳐내기 시작하는데, 도끼질을 하다가 실수하여, 혹간 자기의 발등이라도 찍게 되지나 않을라는가, 아니면, 독사에게 물리거나, 끈트럭에 똥구녁이라도 찔리게 되는 것은 아닐 것인가, 또는, 만약에 자기의 몸에 그런 무슨 해가 없다고 한다면, 식구나, 살림살이에, 무슨 그런 불길한 그림자가 덮여 들게 되지는 않을라는가, ……그는 대체로, 그런 투로, 아직 오지도 않은 흉액에 당하기 시작한다. 이 늙은네 생각에, 저 나무꾼은, 결코, 그 검은 고양이를 손아귀에 거머쥐어, 그 목에 바위를 매달아, 용소 같은 데에다 던져 넣지는 않는 대신, 자기 몸의 어디에서, 사고에 의해서처럼, 피가 쏟아질 때까지는, 자기 몸을 별로 아끼지 않게 될 듯하다. 그러다, 자기의 몸의 어디에서든, 더운 피가 비치기 시작하면, 그는 그때, 그 검은 고양이의 발톱에서 벗어나는, 안도의 한숨을 쉴 것인데, 그 더운 피가, 과연 그 나무꾼의 무엇을 代贖했든, 그는, 자신을 위해, 그 殉教를 감행한 것이다. 그뿐만은 아니다, 건넛마을 사는 凶漢은, 밤에 흉몽을 꾸고, 깨인 아침에 나가, 그 손에 더운 피를 묻히고 돌아와서야, 드디어, 숨결을 고르게 해서 잠들었다 하고, 밤에 돼지꿈을 꾼 놀음쟁이는, 그날 나가, 자기의 전답은 물론, 마누라까지 한꺼번에 골패짝에 얹었는데, 나중에 듣자니, 그가 꿈에 보았던 돼지는, 불알을 깨인 것이었더라는가, 어쨌더라는가. 그러니, 꿈이라고 해서, 그냥 꿈에만 머무는 것은 아니며, 저렇게 實肉化를 성취한다는 것인데, 헌데 好夢에 관해서는 별로 말해볼 것이 없음에도, 凶夢에 관해서는 말할 것이 많은 것을 보건대, 특히 人種은 凶夢 恐怖症 같은 것을 갖고 있는지도 모르겠다는 생각까지도 하게 된다. 그러자 그런 恐怖症은, 그것 자체가 공통성을 띠고 있어, 그것은 아무리 해도, 한 개인의, 수치스러운 상처 같은 것으로, 응달에서 그 한 개인의 한과 청승의 눈물만 받아먹다, 그의 죽음과 함께 끝나게 되어 있는 듯하지는 않다. 게다가 집단은, —공통적 공포증의 한 恐龍—이상하게도 힘이 세다. 그래서 神들까지도, 이 이상한 짐승을 두려워한다."

"아 노인장은", 座上이, 쉰 목소리로, 그 한 틈을 노려, 들었다. "멀리로 멀리도 굽이 돌아서, 새로 우리 동네 동구를 들어서싱구만이요……"

"……" 늙은네는 빙그레 웃고만 있다.

"가만써 보십제요", 당굴이 갈증이 난 듯, 거기 빈자리를 얼른 차지해, 그 말의 샘물을 마시려 덤볐다. "아까, 노인 어르신께서는, '흰[白] 아—語'라는, 무신 말씸을 허싰는뎁습제요……"

"……" 늙은네는 빙그레 웃고만 있으며, 아마도, 座上과, 당굴의 무게 차이를 달아보고 있었을 것이다. 하나는, 아직까지도, '毒龍'의 소문을 일으켜 세우고 있고, 다른 하나는, 그 '소문'을 退治할 法杖을 묻고 있다.

"고, 고보당도 먼첨", 座上이, 손을 홰홰 젓고 나섰는데, 그에게는 그 나름대로의 갈증 난 의문이 있던 듯했다. "요것부텅 말씀 좀 히어주시야겠습넨다. 만약에 갖다가시나, 그 까닭이사 워찌 됐던동, 고 비구니의 몸에서 숨이 끊거졌다고 헐 때는, 그라먼 조 色力幻의 팔자는 워처키 되께요? 本身體가 흙이 됐거나 재가 돼뻐렀는디도, 저 혼차 삶시나, 각시 얻어, 애도 낳고 허께요?"

늙은네는 그러나, 그것에 대한 대답은 없이, (俱胝의 흉내를 내어) 손가락을 하나 뻗쳐 올려 보여줬다. 마당 가운데서, 킥킥 웃는 소리들이 나고 있었다. "'아—'" 당굴이, 한 흰[白] 소리를 내질렀다. 그리고 합장하여 늙은네께 향해, "그러시단대도 노인장께서는, 조 비구니더러, 그 淫慾鬼를, 자비로써 대하라고, 고런 說法을 허실랑 건 아니십습제요?"

"한 사냥꾼이, 애지중지하는 사냥개를 데리고 나가 사냥을 하는 중에, 노루를 본즉, 활에 살을 메어 쏘았더라. 헌데 道流여, 그 결과는, 그 사냥꾼은, 노루가 아니라, 자기의 개의 염통을 꿰어버렸더라 했다. 분명히, 이 늙은네나, 도류 중의, 누구 하나는, 저 사냥꾼이다."

"'아—'" 당굴은 한 번 더, 흰[白] 소리를 읊어내더니, 갑자기 무슨 생각이 떠올랐든, 무릎을 꿇어서는, 늙은네의 蓮足에다 이마를 대며, 이렇게 부르짖는다. "하으, 저런, 하, 하던 지랄에, 깔, 깔자리를 깔아줬어야 되는 것을요! 천이파리 蓮꽃의 깔자리를 말입제요!"

그러자, 마루 위에서는, 묘한 혼란이 한번 풀썩 일었다. 라는즉슨, 이번에는, 그 늙은네가 젊은네의 머리를 움켜쥐어 올리더니, 저런 순, 그 젊은네의 입을 자기 입에 대고는, (보는 사람들은 알 수가 없었으되) 침을 먹여준 것이다. 마당에서 사람들이 보니, 폐폐. 저것들의 하는 짓들이란, (俱胝의) '뻗쳐낸 손가락'과 같아서, 그 의미도 또한, '뻗쳐낸 손가락'과 다르지 안 했다. 마당에서는 그래서들, 폐식 폐폐, 허히, 허히, 웃고들, 그랬다. (만약 이 늙은네가 틀리지 않다면, 그날, 그 마루 위에서는, 스승과 제자 간의, '戒'의 전수가 있었다. 글쎄 저 당굴은, '否定的인 것'을 '肯定的인 것'에로, 역전시키는, 그런 力動性

의 눈을 띄운 것이나 아닌가 하는데, 그러니 이 羅卜이는, 저 淫慾坑에 빠져, 그 淫慾의 유황불에 타며 괴로워하던 비구니를, 천상적인 데로 들어 올려, 그 淫慾에 의한 고통을, 소마汁에 취한, 神들의 열예로 바꿔놓은 것이다. 好極! 하늘에서는, 天女들이 뿌리는 꽃비가 소나기로 내렸다. 아으, 그 비에 젖을 수 있는 눈은, 복이 있을 것인가)

"시절이 하 험하다 본개", 座上이, 저 늙은 남자가 젊은 남자의 입을 맞추고 있는 것도 차마 볼 수가 없는 데다, 그것을 보고 피석 피석 웃어쌌는 마당 사람들도 차마 볼 수가 없어, 추녀 끝을 올려다보며, 혼잣말을 하고 있었다. "글씨, 모도, 여러 모텡이썩, 정신을 잃고 그러는개 빈디, ……요만침배끼 더 살도 안 히었는디, 요것끄장도 너무 많이 살았다고 허야 헐라는가 원, ……"

"明悟에도, 程度는 여러 가지가 있는 듯하다." 떠들어 온 늙은네가, 새로 蓮座를 꾸며 앉으며, 座上께 말하고 있다. "그리고 늙은네는, 하나의 龍卵이 깨인 것을 보았으되, 그것은 의외의 수확이며, 그 의외의 수확을 기대해서 온 것은 아니다." 그리고 이번에는 늙은네가, 혼자 말하듯 이랬다. "頓悟란 그래서, 고자에게 방출을 기대할 수 없듯이, 누구에게나 기대할 수 있는 것은 아니던 것을." 그리고, 마늘을 집어, 씹어댔다. 그러다, 잇기를, "귀 있는 자는 그러면 들을지어다"라고 하고, 앓는 아이 달래, 약 먹이는 공지니네 음성을 꾸몄다. "이 늙은네는 아마, 道流들과 더불어, 시작으로서, '사랑'에 관해서 말하려 했었지? 그리하여 늙은네는, 그, '사랑'을 질료로, [21]'菩薩心'(보디시타, Bodhicitta)를 鍊金했으면 했던 것이다. 가능하다면, '사랑'에서, 함량되어 있을 수도 있는 불순물을 제거해내기를 통해서 말이지. (이 '불순물'이 뭣이나 될지는, 허기는 말하고 있는 당자도 잘은 모른다) 이 늙은네 믿음에는 헌데, 저것(사랑)이야말로, '空'을 '色化'해낸 원동력(空卽是色! —그렇다면, 畜生道를 요연하게 하는, 그 힘도, 이 '사랑'이던 것?)일 뿐만 아니라, 동시에, 重力을 임신한 것들 중에서도, 이것의 힘을 어떻게 운용하는지, 그것을 아는 모든 것들을, 非重力, 또는 無重力의 고장에다 되쏘아 올려주는, 그 힘도, 이것(사랑)이던 것이다. 그렇다면, 이 '사랑'이야말로, 神들이며, 보살들이, 衆生을 돕기 위해, 重力을 입어, 내리는 층계이기도 하며, 동시에, 우리들 아래쪽 세계의, 고통받는 有情들 앞에 놓여진 天路이기도 한데, 위험한 것은, 저 나라카의 魔力들이, 天力들과의 권력 투쟁을 위해, 人世라는 戰場엘 오르는데도, 이 같은 길을 쓴다는 것일 것이다. 그 길을 오르기 위해서는 그렇다면, 그 길에서 도태당하지 않을 만큼의 적응성을 기르기 위해, 그것들도, 苦行이라는 것을 자초할 것이다. 흣큿킄, '사랑'의 苦行. '自己否定'이라는 難行. 흣흣흣." 늙은네는 그리고, 몇 모금 술로 목을 적시고, 마늘을 씹어, 그 어둔함으로, 혀끝을 유연하게 했다. "헌데도 咄! 눈썹은 仁하지가 않구나. 咄!" 늙은네는 그리고, 눈두덩이 가려워 못 살겠는 듯, 긁어쌌다. "오늘, 이 자리에서 道流들은, 무엇을 명심해 修行해야 하는가 하면, 도류들도 이제는, '사랑'이라는 金을 구워내려는, 그런 苦行꾼이라는 것이다. 늙은네는 그 연금술을, '달마 修業'이라고 이를 것이다. 그것 말고도, 도류들께, 무슨 다른 도리나 선택이 있다면, 그것을 해볼 일이다. 그렇지 않다면, 쑥과 마늘을, 맛으로 먹이려 할 일은 아니다." 늙은네는, 눈두덩을 긁어쌌다. "달마 修業을 하는 자들은, [22]'침중한 病에 관해서는 아무 말도 하지 말기로 한다 해도, 비록 조금 으스스한 감기만이라도, 모든 먼지를 홱 쓸어가는 빗자루와 같다'고 믿어, 法恩으로 받아들인다. 그리고 그들은, [23]"病이란, 시작도 없이, 쌓인 모든 惡이며, 장애를 홱 걷어치워 없애는 것"이라고 이해한다. [24]'무엇이든 그것이, 달마 修業을 위해 도움이 되는 것이면, 病, 魔, 惡, 장애 등, 무엇 하나 좋지 않은 것은 없다.'—그렇다, 그런 장애, 그런 단근질, 그런 毒이 없이, 갑자기 금이 되지는 않는다. 사실에 있어, 도류들은, 이 修業에 실패만 거듭해왔던 것을, 그러면 알 것인가." 늙은네는, 당굴을 건너다보며 빙그레 웃고, 그리고, 그 당굴만 들으라는 듯이 이랬다. "你看眉毛有幾莖." 그리고도 늙은네는, 눈두덩을 긁어쌌다. "까짓 녀러, 눈썹이 그리 대수로울 녀러 것이겠냐?" 그리고도 늙은네는 눈두덩을 긁어쌌다. "咄, 눈썹은 仁하지가 않구나!" 그리고도 늙은네는, 눈두덩을 긁어쌌다. "그러면 도류들은", 눈두덩을 긁어가며, 늙은네는 말하고 있었다. "이 늙은네가 '달마 修業'이라고 이르는, 이 '사랑의 鍊金術'을 통해 구워내려는, '사랑'이라는 金은, '주기'나 '받기'를 뛰어넘는 데 닿기 위한 修業이라는 것을 알 것인가. 그럼에도, 그 '사랑'의 化現은 물론 언제든, '주기'나 '받기'를 통해서라는 것도, 늙은네는 모르지 않는다." 늙은네는, 눈두덩을 긁어쌌다. "이 늙은네는, 그것을, '慈悲의 法輪 굴리기'라고 이를 것인데, 아, 그래, 咄, 눈썹은 仁하지가 않음, 그래, 그 '法輪'을 이끌어갈, 억센 황소를 길들이는 방법을 일러주지, 일러주마." 그리고 당굴을 향해, "你看眉毛有幾莖" 하고, 마당에 대해, 이었다. "이 '황소'란 도류들, 도류들의 '길들지 않은 마음'의 비유인 것을 알지라." 그리고 눈두덩을, 늙은네는 긁었다. "그런즉, 道流들은, 이 황소를 멍에에 메우는 것이 우선적, 필수조건인데, 그러기 위해 도류들은 먼저, 그 황소가 아무 저항 없이, 순종해 따를 대상을 찾아야 할 것이다. 모든 자식들에 대해서는, (그 否定的 국면에서, '계모'라든지, '따님' '마녀'나, '암구렁이' 등을 제외한다면) '어머니' 말고, 무엇이 또, '어머니'에 비할 것이 있겠느냐. 그렇다면 道流들은, 무엇보다도 먼저, '어머니' 공경하기를 통하여, '사랑'을 일깨우는 것이 권고되어질 만하다고 생각지 않겠느냐? 그렇다, 는즉슨, 道流들은 먼저, 호흡을 조절하여, 마음을 평정히 한 뒤, [25]"어머니의 영상을 떠올려 뫼신 뒤, 생각을 깊이 하여, '이 인자하신 분 어머니는, 이런 자식을, 당신의 子宮에 받는 그 순간부터, 한 번도 저어하심이 없이, 깊은 정으로 보살펴오신 분. 왜냐하면 글쎄, 이분이, 병이며, 추위며, 더위 등, 왼갖 고초를 다 견뎌내셨기 때문에, 그리고 이분이, 이런 자식께 음식 먹이고, 옷 입히며, 더러움을 씻어주셨을 뿐만 아니라, 무엇이 선이며, 무엇이 악이라고 가르쳐주어, 악에로 근접지 못하게 했기 때문에, 그 당신의 자식이 오늘, 聖法을 修業하기에 이를 수 있는 것. 무량의 慈愛! 此生에뿐만 아니라, 무량겁 前生에도 이와 꼭같이 해오셨거늘. 이 자식을 돌보기 위한 그 한 이유만으로, 어머니는, 苦海를 헤매며, 왼갖 종류의 고통을 다 겪어야 하시다니!'—이렇게 하여, 진심의 공경심을 계발하여야 할 것이다. '이와 같이, 어렵지 않게 憐情을 일으키는 대상을 정하여, 그들의 영상 아래 명상하되, 만약 그들이 간난신고에 헤맨다거나, 또는, 현재는 잘 살고 있음에도, 그들의 행실에 의해 본다면, 그들이, 그 입은 육신을 벗는다면, 그 당장 나라카에 떨어질 듯하면, 그것을 진심으로 슬퍼해야 할 것이다. 이렇게, 그리하여, 자기에게 친한 정이 있는 자들을 상대로, 정진하여, 만약에 道流들이, 자비심을 일으키는 데 성공했다 하면, 이제는 그 대상을, 道流들의 원수라든, 해치려는 사람들, 惡魔

따위들에게로 확산하고, 그들을 도류들의 친부모처럼 생각하기에 이르러, 그들의 不善함에 의해, 당하게 될, 무량겁의 고통을 불쌍하게 여기기를, 참 마음일 때까지 정진해야 할 것이다. 그리하여, 그런 有情들에의 大慈大悲를 鍊金해내기에 이르렀다면, 왜냐하면 그것만으로는, 그 불쌍한 有情들에 대해 아무 도움이 되는 것도 아니므로, 그들을 그 참담함 가운데서, 도와, 보다 나은 데로 끌어올려야 할 것이다. 그러기 위해 도류들은, 심호흡에 마음을 멍에 씌워서는, 도류들이 들숨을 들이쉴 때는, 모든 고통, 無明(陰黑), 모든 有情의 惡들이 모여, 검은 송진처럼 된 것이, 道流들의 숨을 따라, 허파에 들었다가, 심장에서 모두 녹아, 흡수되어버리는 것을, (영상을 통해) 초롱히 보아야 할 것이다. 그러며 생각하기를, 그 모든 有情들이 영구히, 그들의 고통과, 惡들로부터 풀려났다고 해야 할 것이다.' (여기 어디, '惡을 사랑하라'는, 아무 권고도 없다는 것을, 헤아려 알고 있어야 할 것이다) '그러며 道流들이, 날숨을 내쉴 때엔, 도류들의 지복함과 지덕함이, 도류들의 코끝에서, 달빛의 모양으로 불려 나자, 모든 有情들이, 그것을 흡입해버리고 있는 것을, (또한 영상을 통해) 보아야 할 것이다. 法悅과 함께 도류들은 그리고, 모든 有情들이, 그 즉시 成佛했다고 생각해야 할 것이다.'—그러면 이 禪鍋에서는 그러면, 道流들의, 自我排除, 즉슨, 自己否定 등이 鍊金될 것인데, 그것을 위해 道流들은, '他有情의 惡과 고통이, 道流들께서 익어지고, 道流들 자신들의 德이, 他有情들 속에서 익기'를 도모해야 할 것이다.

모든 他有情들의 지은 악이 本有情 속에서 익고 있을 때,
本有情이 쌓은 덕이, 그 他有情들 속에서 익기를 바랍네라.
모든 이익과 승리를, 本有情은 萬主 有情께 바치며,
모든 손실과 패배는, 本有情이 취하려 합네라.

이렇게 하여 道流들이, 저 修業에 성공했다 한다면, 이제는, 어떻게 그 修業을, 매일의 살기와 병행할 것인지, 그 修業을 해야 할 것이다. 아무튼, 도류네 세상이, 惡果에 의해, 간난신고에 당하며, 운도 기운 데다, 손재주에, 악행

이 만연키 시작하면, 이때야말로 도류들은, 이 패악한 입지 조건 속에서, 解脫에로의 통로에 있음을 깨달아야 할 것이다. 그러기 위해서는, 어떠한 난관이나 역경에서도, 他有情께 그 핑계를 돌려서는 안 되며, 그러기보다는, 도류들은, 이것을 고려해보아야 할 것이다, 라는즉슨, '自我라는 게 있지도 않는 것을, 自我라고 집착하고 있는, 이 '마음'이란 무엇인가?'라는 것. 道流들은 그러면 비로소, [26]'마음이란, 색깔이 있는 것도 아니며, (세모지다거나, 둥글다거나, 네모지다는 투의) 꼴이 있다거나, (나무라거나, 토끼라는 식의) 모습이 있는 것도 아니다'라는 것을 깨닫게 될 것이다. 그것(마음)에 근원이 있던 것이 아닌 이상, 시작부터 그것은, 이 몸의 안에도, 밖에도, 위에도, 밑에도, 아무 곳에도 있던 것이 아니다. 그렇다면 그것은, 어디로 갈 수도 있다거나, 존재키를 멈추기도 하는 그런 무슨 대상이 될 수 있는 것은 아니다. 그러면 道流들은, '마음과 몸이 한가지로 비었다. 그런즉, 무엇이 이 空을 돕거나 해칠 수 있다 할 것인가', 그런 결론에 닿게 될 것은 아니겠느냐. 이 상태에서는 [27]아주 편안한 상태를 유지하여, 아무것도 붙들려 하지를 말지니라. 만약 道流가 그것을 붙들지 않는다면, 얼마나 많은 雜念, 雜想이 일든, 그것 스스로 스러져버릴 것이며, 남는 것은 그러면, 원초적 지혜의 퇴적이다.' 도류들, 자아를 잃어버리기의, 이 '축적된 원초적 지혜'란, 그 '金' 말고, 무엇이겠는가? 이것은 그러면 이제, 누구에게 '줄' 수도 있다거나, '받을' 수도 있는 것도 아닌 것인데, 그럼에도, 공기나처럼 모든 곳에 있으며, 불이나처럼, 모든 것의 中心에 똬리 쳐 있으며, 물이나처럼 번성하게 하여, 大地처럼, 한 우주의 기반이 되어 있다.

옴 와기소리 뭉! —(Oṃ wagi shorī muṃ!: Hail to the Lord of speech! mūṃ!)

그리고 늙은네는, 고량주를 입에 머금어서는, 우그륵 부르륵 양추질을 해 쐈더니, 꿀꺽 삼키다 말고, 눈을 가늘게 하여, 座上을 건너다본다. 왜냐한즉슨, 그가 박수를 치고 있던 것이다. "道流여", 늙은네가, 座上께 귓속말하듯, 이랬다. "이 늙은탱이는, 도류네로부터 박수갈채를 얻으러 온 늙은탱이가 아니라, 똥을, 곱을, 오줌을, 침을, 정액을 먹이러 온 늙은탱이이니라." 늙은네의 숨에서는, 마늘 냄새가 등천을 하고 있었다. "날개를, 그 목구멍의 안쪽에 달고 있는, 火龍 늙은네(당굴은 그렇게 쓰고, 있었다).” 그래서 座上은, 멈칫해져 있는데, 당굴이 보니, 이 늙은네는, 배가 고파 쓰륵 쓰륵 잠에서 깨어나는, 저 十二蟲께, 자기의 허벅지살을 저며, 저 洞民의 무게만큼을 달아, 먹이고 있었다. 저 十二蟲도 배를 고프게 할 수가 없었겠지만, 그렇다고 해서, 자기의 품속에 든, 저 洞民을, 그것의 발톱 아래에다 내던져줄 수가 없는 듯했다. 그래서, 座上도 그런 광경을 보고 있었는가 하면, 그런 것은 아니다. 座上도 하기는, 明悟가 열리는지, 잠잠히 하여, 자신을 관찰하고 있었다. 자기 생각으로 座上은, 자기가 그 한세상을 잘 미워해 온 것만큼, 또 사랑해왔었다고 알았었으나, 오늘 문득 뒤돌아보고 座上은, 새로 발견하여, 자기는 이것도 저것도, 아무것 하나 제대로는 해본 일도 없이, 그저 막연하게 있다고만 믿어온, 그 마음이라는 것의 중단 없는 흐름에 떠 흘러, 밀려오기만 해온 것이, 자기가 아닌가 했다. 이 순간 이 느낌이 들면, 그것에 부착했다가 다음 순간 다른 생각이 떠오르면, 그것 위에 옮겨 타올라, 잠시 흐르기—그런 팔만 자맥질이나 해오던 중, 그 흐름 가운데서 익사해가고 있는 것이 座上 자기라고, 그런 자기는, 거품보다 나을 것이 없다고, 글쎄, 座上은, 苦海에 떠 흐르는 자기를, 내려다보았다. “거품에는, 뿌리가 없었던 것을……” 座上은, 깊은 한숨을 내쉬며, 자작하여, 거푸 두 잔 술을 마셨다. “흐흣, 거품 속에 거품이 갇히기…… 아항, 비구니님은, 거품에는 뿌리가 없다는 것만 생각허시야겠습네다……” 座上은 그러다, 누가 낄낄거리고 웃는 소리를 듣고, 어디만침이나 갔다 가시나, 얼른 되돌아와서, 아항, 그 늙은네가 웃는다고, 건너다보았다. 그리고, 당굴이, 합장하여, 자기께 재배를 하고 있다고 보았다. 座上은 그래, 뒤통수를 북북 긁다, 뜬금없는 소리로 이랬다. “허신뎁제요, 노인장은 대천지 뉘십네까?”

“畜生道를 들여다보면, 희한한 일이 한두 가지뿐만 아닌데, 그중의 하나에 이런 것도 있덩마는. 毒蛇라는 맹독한 길짐승은, 개구리라든 쥐, 무슨 새알 따위, 無毒한 것들을 삼켜 넣어, 그 無毒한 기름으로, 황소라도 쓰러 눕힐 毒을 굽는데, 이 毒蛇는 헌데 말이지, 하필이면, 어떤 종류의 無毒蛇가 그중 즐기는 음식이 되어 있다는, 그것이제. 그래서 이 無毒蛇는 王蛇라는 이름을 갖기도 할 터이지만, 이 늙은이께 신비며 경이인 것은, 어떻게 그 無毒蛇는, 그

毒으로 황소까지도 쓰러 눕히는, 그런 맹독의 긴 자루를 삼켜 넣고도, 그 毒 탓에 죽기는커녕, 오히려 몇 달을 먹지 않고도 사는, 그 기름을 얻는가, 하는 그 점이지. 흐흐흐, 저 이상하게 중첩된 구렁이들을 보시제, 저 無毒蛇의 배 속의 殺母蛇의 배 속의, 殺母蛇의 새끼 뱀들이 우글거리고 들어 있는……"(殺母蛇는, 알이 아니라, 새끼를 낳는 통에, '殺母蛇'라는 이름을 얻은 것이 아니겠는가?)

"허신뎁제요, 노인장은 대천지 뉘십네까?"

"'같은 한 나뭇가지 위에, 두 마리의 새가 앉아 있다. 새 한 마리는 그 나뭇가지에 매달린, 달콤한 열매를 쪼아 먹는데, 다른 새 한 마리는, 그 달콤함을 즐기는 새만을 건너다보고 있다.'"

"허신뎁제요, 노인장은 대천지 뉘십네까?"

"法相은, 惡相의 다른 쪽 뺨일 것?"

"허신뎁제요, 노인장은 대천지 뉘십네까?"

"듣자니, 중년에, 오구대왕 치리하던 마을에, '낮에는 볕내 쏘여 크고, 밤에는 이슬 받아 자랐던, 비리데기'라는 처자가 하나 있었더라니, 때에 오구대왕 부처가 죽을병에 들어 問卜한즉, 세천시어곡의 약물과 약초를 써야 살 것이라고 하여, 그것 얻는다고, 비리데기 홀몸으로, 그 험로에 오른 일이 있었더니라. 그 길이 헌데 어디, 그렇게 쉬웠겠는가, 일곱 번씩이나 길을 잃었었는데, 그럴 때마다, 일곱 번씩이나, 그 엔니 밤중에, 뺀하니 불을 켜고, 내어다보았던, 그 길목의 한 흰 불빛이 있었더라니……. 헌데 중년에 또 듣자니, 그 비리데기 그 일곱 흰불을 거느리고 어떤 남정께 개가하여, 잘 산다던가, 어쩐다던가 했는데, 헌데도 그 일곱 자식들은, 그 의붓아비 흘기는 독의 눈길 아래서, 설움도 많이, 하도 많이 받더라는 소리도 있고 그랬는데……가, 가만있습제, 헌데, 늙은 삭신에다 독한 술을 좀 부어 넣자니, 허으, 이제쯤은 좀 눕고도 싶으구마는."

그랬은즉, 座上과 당굴이 늙은네를 부축하여, 사랑방 아랫목에 눕게 하고, 그 늙은 머리 밑에 목침을 괴어준 뒤, 그 문을 뒤로 닫고, 둘이는 마루에로 물러 나왔다. 그런 나중에, 점심때가 되었기에, 座上이 다시 문을 열어보았을 때는, 이상할 일이었다, 그 늙은네는, "홀연히, 온 데 간 데가 없었더라." 허헛, 뭐 그런 일이야 있었을라고 설마하니. 아마도, 늙은 창자에 부어 넣은 독한 술이며, 씹어 삼킨 매운 마늘 탓에, 설사를 못 참고, 뒷문을 열어 그 늙은것은, 측간 행이라도 하고 있었을 터이지맹.

가만있자, 이렇게 되어, 村老의 얘기는 끝이 났겠냐, 아니면, 아직도 시작만 하고, 아무 얘기도 한 일이 없겠냐?

어쨌거나, 그로부터 대체 몇 달이 흘렀던지, 몇 겁파가 흘렀던지, 아니면 반 치의 세월도 흐르지를 안 했던지 어쨌던지, 그것은 촌로가 알 수는 없으되, 무슨 바람이 또 불었던지, 요 별랑 며칠도 안 된 전에, 그 미친다니 늙은탱이가 헌데 다시, 저 동네를 들렀던 모양이다. 미친 바람다니 늙은 것. 그리고 그 늙은탱이가 발견했기로는, 무슨 까닭인지는 알 수가 없었으되, 짐승들 말고는, 그 마을에는, 해수 걸린 팔순 노파 하나도 없어, 마을이 왼통 비어 있어, 백주인데도, 귀신들이 짐승들께 똥궁둥이를 붙이고 있는 광경이 환히 보이더라고 그랬다. (가, 가만, 가만있자, 公은 지금, 촌로께 묻기를, 촌로가 이 대목까지도, 『당굴誌』에서 읽었느냐고 하놋다? 이런 순 쳐죽일 놈, 公은 지금 뭐라고 묻놋다? 젊은 것이, 뭘 그냥 덮어놓고 믿덜 못하면, 속을 끓이쌌다 놀롤해지능겨) 헌데도 말인데, 누구네 외양간에도, 개 우리에도, 무슨 양을 죽인 피를 발라놓았다거나, 마늘 꾸러미를 걸어놓았다거나, 부적 같은 것이라도 붙여 놓은 아무 흔적도 보이지 안 했으되, 人내 나는 것들로만 하나도 남김이 없이, 어디로 싹 쓸려 가버렸다면, 결국은, 저 十二蟲이, 배고픔으로 잠을 깨어, 또는 꿈을 꿔, 人내만을 좇는 煞蟲을 달빛처럼, 안개처럼 불어낸 것이나 아니었겠는가, ―그것을, 누구에게나 생각하게 할 것이었다. 더욱더 수상할 일은, 그 동네 휩싸아 있는 흐리디흐린 어떤 陰氣의 냄새는, 북망산에서 불어온 서답 냄새보다도 나빴는데, 그 늙은탱이까지도 그래서, 몸이 가렵기 시작한다고, 느끼기 시작했다. 그러며, 허파가 가렵고, 염통이, 맹장이 가렵기 시작한다고도 느꼈는데, 그랬으니, 그곳의 대기는 매우 기분 나빴음에 분명했다. 바람도 한 점 없이, 무슨 붉고 흐리고 악취뿐인 기운이, 까닭 모를 煞氣를 함께하여, 모든 것을 스석 스석 흔들어대고 있었다. 흐린 달빛 같은 煞의 벌레들, 억만의 黃

蟲과 전갈—산 뺏속으로 파고드는, 나라카의 젖은 불거머리, 용천병, 그럼에도 行者여, 누가 그 꿈을 꾸든, 그 어떤 凶夢의 횡포 아래에서 헌데도, 짐승들만은, 그 털 하나에도 해 입는 바가 없었다는 일은, 이상할 일이 아니었겠느냐. 그 독의, 煞의, 黃蟲을 쉬어 들이면 더 쉬어 들일수록, 그 괴로움도 가중했을 터여서, 늙은네는 숨을 헐헐하다, 피를 토하기에까지 이르렀는데, 그런 어느 순간 늙은네는, 숨을 한번 딱 멈추고, 쓰러져 누워버렸다. (그렇다, 그렇게 늙은네는 한 번의 죽음을 치르고는) 그리고 일어났는데, 늙은네는 이미 늙은네가 아니었으며, 눈보다 흰빛의, 한 어린 羊이 되어 있었다. 그 어린 羊도 그랬으니, '사람'만을 해치는 것이 분명한 그 毒煞에 미침 받지를 안 했을 것이다. 그 어린 羊은, 그리고는 마을을 벗어나, 그것만의 무슨 목적에 의해서인 듯, 한 방향을 정해, 곧바로, 어떤 장애에도 방해받음 없이, 달렸는데, 行者여, 그 어린 羊이 닿은 곳은, 公도 넉넉히 짐작하고 있겠다시피, 저 '큰비암님像'이 있는, 그 祭場이었다. (물론, 늙은네의 人皮는, 버려진, 은 서른 냥 꾸러미나처럼, 마을 가운데 흘러 내려져 있었다) 저 한 어린 羊은, 아무것으로도 비유할 수 없고, 형용할 수도 없이 아름다워, (이 상태의 '아름다움'은 그렇다면, '말'의 범주를 벗어난다. 라는 얘기는, '마음의 宇宙'에 태어난, 아름다움이라는 것이다) 짐승이 아니구나! (行者여, 인간은, —이 상태에서는, '안/밖'에의 구별이 명확하지가 않는데, 그래서 말인데, —그들의 無意識 속에 뿐만 아니라, 超意識이랄 것 속에도, 짐승들의 모습을 숨겨 갖고 있다는 것은, 매우 흥미롭다. 그래서 사실로, 저 두 짐승들이 꼭같은지, 어떤지, 그것은 行者여 村老께 묻지는 말 일이다)

그리고, 마을 사람들은, 그 祭場에 모여 있었던 것을, 우리는 곧 알게 되는데, 글쎄 무슨 까닭에 의해서든, 마을이 저렇게도 黑氣에 덮였을 때는, 뭔지 심상찮은 일이 벌어지고 있음을 나타내는바, 그렇다면 그 祭場 주위엔들 어찌 그 黑氣가 덮여 있지 않을 수가 있었겠느냐, 게다가 그날은 大열무날이었는데도, 우리가 곧 목격하게 될 것이 이것이지만, 祭祀를 지냈기는커녕, 마을에서, 당굴을 선봉장으로 하여, 저 毒龍께 전쟁을 일으킨 날이었다고 한다면, 저 祭場을 휩싸아 눌러대고 있는, 저 暗煞의 농도에 관해서야, 뭣을 더 말할 것이 있겠느냐. 투박하게 사실을 말하면, 그 祭場에 모였던 사람들은, 그 선봉장까지도 먼저 꼽아, 그 煞舌의 핥음 아래에서, 질식을 하여, 거의 철철 녹아가고 있었다. 그리고, 그 어린 羊이 거기 도착했을 때는, 그 독의 검은 혀가, 저 사람들을 그 혀에다 쌈을 싸서, 목구멍 속 깊이 깊이에다, 던져 넣으려 하던, 바로 그 찰나였다. 헌데 그러는 그 어느 순간인데, 어쩐 일이 일어났었던지는 모르되, 저 煞力 속에서, 어떤 맹렬한 저항과, 전율이 이는 듯하더니, 두 줄기의 黑氣의 기둥이 되고 있었다. 보다 직접적으로 말하면, 저 검은 煞力은, 저 어린 羊이 들이쉬는 숨을 좇아, 그의 두 콧구멍 속으로 빨려들고 있었는데, 거기서 그것은, “가시떨기나무에 붙었으되, 태우지는 않는 불”(그러니 그것은 元素的 불과는 다르고, 그래서 그것은 ‘말’[言語] 이나 아니었는지 모르겠다)과 같은 불에 닿자, 달빛 색깔을 띠었다. 그리하여, 그 어린 羊이 내쉬는 숨을 쉴 때는, 봄비보다도 더 부드러운, 달빛 같은 흰 숨이 되어 나와, 저 검은 송장들 위에, 젖처럼 덮였다. 그렇다, 그리하여서부터, ‘큰비암님像’ 앞에 모여, 부지깽이며, 낫이나, 곡괭이를 들어, 그 ‘큰비암님’을 쳐 눕히려다, 쳐 눕힘을 당했던 마을이 회생하느라, 꿈틀거림을 드러내기 시작했다. 어린 羊은, 그 祭壇 위에, 찬란한 후광을 거느리고 서 있었는데, 아—(白音) 아—우—음, 옴 울어, 저 혼절해 있던 고막들에다 天花 송이를, 흰 비둘기를, 감람 잎을 들려주었다. 그러자 사람들은, 캑캑 기침들을 해대며, 검은 핏덩이를 하나씩 뱉어냈으며, 그리고 눈을 들어, 祭壇 위에, 후광을 거느리고, 맹렬히 타오르되, 태우지는 않는, 불의 千葉蓮 가운데 선, 희디흰 어린 羊을 보았다. 그 ‘어린 羊’이 ‘千葉蓮’이었다. 그 광경은 너무도 아름다운데다, 그 빛이 너무 세어 마주 바라볼 수가 없어 사람들은, 합장을 하고, 무릎을 꿇어 엎드렸다. 글쎄지, 한 마을이 무슨, 영겁의 암흑의 무저갱 속에로, 감겨 들어가 버렸거나 그런 것은 아니었다. 헌데 말이지, 공교롭게도, 늙은네의 발걸음이 그때에 당했었을 것이었냐, 아니면, 그 때를 겨냥해, 그 늙은 걸음이, 걸어졌었겠느냐, 또 아니면, 그 늙은네는 언제부터도, 그 마을에 있어 왔었겠느냐, —그것은 그럼에도, 그 늙은네 자신만 알고 아무도 모를 것이라도, 어쨌든 그 늙은 걸음이 빠르지는 못했다 해도, 결코 늦은 것도 아니었던 것은 사실인 듯하다. 그랬을 것이, 그 늙은네는, 저 ‘큰비암님'을 정면하여, 전쟁을 일으킨 동민들이 모두, 자기들의 몸, 말, 마음의 전체를 바쳐, 그것으로 한마음을 이룬 뒤, 그 마음으로 활을 만들어, 당굴을 響髏頭로 메운, 그 당굴의 양미간에 자리잡혀져 있었기 때문이다. 옛 뱀의 정수리를 치고 들, 한 어린 羊의 모습으로, 그 당굴도, 祭祀 때마다, 그의 스승이 하던 대로, 草衣 입고, 머리 풀어, 동민들의 맨 앞자리에, '큰비암님像'을 정면으로 하여, 祭壇 앞에 降魔座로 앉아 있었다. 그리하여 그의 얼굴은, 山숫염소처럼, 다른 아무 교만함은 없는, 확신 같은 것을 드러내어, 네모져 버렸는데, 어쩐 일로 그는, 혼자서, 하루 천 날 만 날씩이나 늙었던지, 수물수물 기어 다니는 검은 주름에 젊음을 왼통 빨려 여윈 얼굴에, 흰 머리칼을, 가을에 뿌리는 비처럼 덮고 있어, 요 얼마 전까지만 해도 해 달고 있던, 그 '될 뻔한 義人'이나 '될 뻔한 賢者'의, 펑퍼짐하던 '될 뻔함'이 모두 박락되어 보이지 안 했다. 그도 늙은 것인데, 자기를 주워다 길렀던, 그래서 아버지 같은, 座上보다도 더 늙어 보였다. 그리하여 그는, 호흡을 조절해가며, 마음을, 저 祭壇 위의, 타는 千葉蓮 속에 정좌한, 빛 위에다 모았다.

> 스승이시요. 아버지, 당신의 蓮足에 경배하니다.
> 맑은 빛이 여기 쏟겨 내리고 있을 때라도 우리들은,
> 무엇의 눈가림 탓에 그것을 보지 못하여 우리들은,
> 공포와 혼돈에 의하여
> 여기 法身이 내림을 볼 기회를 잃고 있니다.

아비와 자식은 그리하여, 그렇게 만났던 듯하다. 그러니 그 자식의 양미간에 그 아비는, 한 '맑은 빛'으로 정좌해 있었고, 그 자식의 양미간을 차지해 앉은 그 아비의 가슴엔, 바로 그 자식이 안겨, 그 아비의 불은 젖퉁이를 빨고 있었고, 바로 그 아비의 가슴에 안긴 자식의 양미간에는, 그 자식에게 젖을 물리고 있는 아비가 '맑은 빛'으로 정좌해 있었고…… 地心에서 (四大인 것이) 天頂에로(맑은 빛을!), 자식과 아비의 만남은, 그렇게 이어졌던 듯하다. 삼천대천세계의 모든 곳에서 그리하여, 諸神, 諸仙들이, 그 전쟁을 보러, 꽃구름을 타

고 몰려들고 있었으며, 下界로부터서도, 鬼面들의 독사며, 두꺼비, 土龍이며, 도마뱀, 모든 毒과 악취의 魔精들이 모여들었다.

[28]오 당신들, 쳐부숴 이기는 자들이시오, 十方世界의 아들들이시요. 大洋처럼 會合한
오 당신들, 평화에 충만했거나 분노에 날뛰는
여러 神位께 고하옵나니
오 스승이시요, 諸神들이시요, 하늘 어머니들이시요 우리들의 신실함의 예배를 받는 자들이시요,
당신들의 그 대자대비로 들으시옵
우리들의 惡業이 만들어낸 幻影의 나타남을 통해
끌 수 없는 분노와, 두터운 我慢과, 강한 집착과,
맹렬한 질투와, 어리석음[無明]으로
우리들 상사라 험로에 처해 있을 때
당신들의 대자대비로 부디 인도하시어
우리들로 하여금 평탄한 길에 오르게 합시옵

하늘 어머니(다키니)들이, 그러는 중에, 빛의, 그 天花를 끊임없이, 비 뿌려 내려주고 있었다. 그와 때를 같이 하여, 땅으로부터는, 지동이 있는가 했더니, 그 까스르한 한 둔덕으로부터 비롯해, 그 아랫녘이, 첫 월경의 계집아이모양, 틈을 열어, 썩은, 지렁이의, 흐린 붉음의 묽음의, 거머리의, 황충의, 전갈의, 독사의, 유황을 끓어 올려냈는데, 天花 송이들까지도 그것에 닿으면, 닿는 그 즉시로 소금이 되어, 그것들 위에 엉겨 붙어 굳어져 버렸다. 그럼에도, 그 끊임없이, 줄기차게 내리는, 天花의 비 탓에, 저 저주의, 병독의, 피 말리는, 끓는 유황이, 말하자면 불의 울타리 가운데 갇힌 독사모양, 더 번지지를 못하고 있었다. 그러며, 끊임없이 내리는 天花의, 그러니 겨울에 나무들이, 그 헐벗은 몸에 맞는 찬 눈 같은, 고문에 당하며, —이런고로 독사가, 天國에 걸맞지 않음! —그 소금에 눈처럼 덮어씌워지면, 그 부분의 묽음의 움직임에 경직이, 정지가

덮어 들고, 그러면 그 움직임은 돌이 되고 그랬다. 저 속을 잘못 헤쳐나가는, 굼벵이며, 지렁이들.

아마도 거기서는, 戰爭이 있었다.

그리고 그 一戰은, 큰비암님 쪽의 패배로, 최소한, 그 머리 하나쯤은, 저 天花 속에 뒹굴려, 재라도 되잖았는가—그것쯤을 추측케 한다. 그러면 그리하여, 그 본격적 전쟁은 개시되었다 할 것이다.

—헌데 公이, '씨름'이거나, '골패짝 놀이' 따위를, 어깨 너머 구경을 하고 있다면, 그 규칙을 알아야, 그 경기나 놀이를 만끽할 수 있듯이, 公이, 村老를 따라, 이 전쟁 구경에 나섰다면, 이 전쟁과 관계된, 규칙이랄 것도 알아야만, 무엇이 어떻게 돼가는지, 그 돼가는 꼴을 짐작할 수가 있을 것이다. 이 경우의, 그 규칙이랄 것은, 그러면 누가 만들었느냐구? 흣흣흣, 行者여, 이 戰爭은, 형태상으로는 '集團'이 가담해 있으되, 그럼에도 그것이, 橫性을 벗어난, 縱的 투쟁이어서, 그런 규칙을 누가 만들고 어쩌고 하기 전에, 先在해 온다고 알면 좋을 것이다. 그리고 行者여, 道流가 이제쯤, 반만 눈을 뜨기에 이르렀다 한다 해도, 모든 縱的 苦行은, 宇宙的이되, 이상스럽게도, 거기서는, '집단'이 捨象되고, 개인만 남는다는 것을 알고 있을 것이다. 가령, 소나기 같은 화살 밑에서, 병사들이 무더기 무더기로 쓰러져 눕는다 해도, 그들께 오는 죽음은 모두 하나하나뿐이어서, 죽음은 集團性을 띠지 않는다는 것도 그런 한 예일 것이다. 그렇다면, 道流는 이 순간, 뜬 반눈에다, 반눈을 더 떠, 온[全] 눈을 뜨게 되었을 것이다마는. 그리하여 公은, 늙은네가 말해오는, 저런 무슨 시영산 동네라는 것도 있어 본 적이 없으며, 따님이라든, 毒龍 중의 아무것 하나도 있어 본 일이 없어, 우리는 지금, 어떤 전쟁 얘기를 하고 있음에도, 거기 어디에고, 그런 어떤 전쟁이란 있어 본 일도 없었다는 것을 깨달을 일이겠느냐. 그러나저러나, 말한 바의, 그 '규칙'에 관한 얘기를 마저 채워 끝내기로 하자면, 그것은 누가 제정한 것이 아니라, 縱的 형태의 苦行에는, 거기 저절로 있어 온 규칙이 있어 온다는 얘기를 할 수 있을 것이다. 이 縱的 '규칙'은 그래서, '縱的 秩序'라는 말로도 얘기되어져 오는 그것일 것이다. 첫째, 모든 오르는 것은, '사랑'[善]의 성분을 다분히 함량하며, 반대로, 내리는 것은, '미움'[惡]의 성분을 더 많이

함량한다는 것, 둘째는, '미움'은 언제든 '사랑'에 대해 적대적이되, '사랑'은 포용적이라는 것, 헌데도 바로 이, '적대적'이라는 것과 '포용적'이라는 두 法力이 기름과 물의 관계여서, 매우 모순당착적이게도, '사랑의 포용력'이 그래서, '미움'에 대해서는 極惡한 毒이 되어 있다는 것, (反之亦然) 그리고 셋째로는, 어떤 苦行꾼의, '사랑하려는 노력'과, '미워하려 하지 않기'는, '中和劑'가 돼 있다는 것, (그러니 가령, 어떤 경우, 그 苦行꾼이, 증오를 일으켜내기로, 나라카에 떨어져 내려 있다 한다 해도, 말한 바의 저 '中和劑'에 의해, 자기의 본디 상태에로의 수복을 가능해낼 수 있다는 것일 것이다) ……그런 것들일 것. 그러나 수부티여, '사랑'과 '미움'이란, 그 한 修道꾼이 일으킨 같은 한마음의, 上向/下向性의 차이밖에, 그것이 무슨 서로 매우 다른 감정은 아니라고 觀해 두는 것은 좋을 것이다. 六道를 요연하게 하는, 프라브리티의 두 磁場. 그렇다면 이제, 우리가 觀戰케 될 戰場엔, 白軍 黑軍의 구별이 확실해졌다 할 것이다.—

그리하여 이번에는, 그 初戰에서 패한, 黑軍 쪽에서, 그 억만의 전갈과 황충, 거머리와 가마귀로 더불어 그 二次戰을 서두르고 있는 듯하였다. 그 천지의 냄새는 다시, 비 묻은 날의, 용천뱅이들의 골짜기모양 그랬는데, 그것인즉슨 분명히, 十二毒頭 중의 어떤 것 하나가, 잠에서 일어나 (꿈꾸기? 또는, 깨이기?) 짜개어진 그 검은 혀들을 내둘러, 무엇을 물어 빨아들일 것이 있는지, 그것을 점검하느라, 그 毒液의 냄새를 풍겨내고 있는 것이다. 毒蛇는, 형태 면에서, 그 자체가 독립된 男根(링감)이다. 그럼에도 우리가, 그것의 생존을 위한 作爲 쪽에서, 그것을 새로 관찰하기로 한다면, (불 뿜는 용만을 제외한다면) 이 우주적 陽이 갑자기, 陰化한다는, 놀라운 변용을 보게 된다. 그것은, 그 긴 力筋만으로 된, 쑤물거리는 살의 동굴 속에다, 무슨 食物을 빨아 넣기로써만 생존을 가능하게 하는데, 그러고 본다면 그것은, 무슨 우주적 암컷으로부터, 그것의 요니만, 그것 스스로의 의지에 의해서, 길숨하게 뽑혀져 나와, 그것 자체로 독립해 있는 것으로 보이는바, 이것이 다름 아닌, '이빨을 가진 玉門'일 것이다. 그렇다면, 저 十二蟲의 어느 대가리 하나가, 이 '이빨 가진 玉門陣'을 치고, 저 어떤 늙은네의 가슴에 안겨, 그 달빛의 젖을 빨아 골육을 키운 그 '늙은 젖먹이'를 삼키려 덤비고 있는 것이 분명했다. 그러자 저 '늙은 젖먹이'는,

자기 아비(—어미)의 영상을 양미간에 고수하여, 그 아비(—어미)에의 경애심을, 하나의, 흔들림 없이 타는, 그을음이라고는 없는 촛불꽃으로 밝혀내려 하고 있었는데, 村老로서는 그것을 點陣法쯤으로 이름했으면 좋을 것이라고 한다. 이 '點'(Bija, Skt., Bindu, Tbtn. 精蟲)이야말로, 한 만다라의 시작이며, 종말이고, 化現의 우주의 초석이 또한 그것 위에 놓인다는 것을 기억하면 좋을 것이다. —이만큼만 말하고 만다면 헌데, 이 제이합도, 마을에는 아무 피해가 없는데도, 저 十二毒頭 쪽에만 상해가 많은 듯한 느낌을 일으켜내기가 쉽다. 이번에도 물론, 저 十二毒頭 쪽에서도, 저 한 마을을, 그것의 '이빨의 요니'에다 빨아 넣어, 씹어 녹히려 했던, 그 淫慾의 머리 하나는, 그것을 찌르고 든, 毒槍이 토한 毒에 상한 듯하되, 마을 쪽에서도, 그 피해는 적지 안 했던 듯하다. 그 깊고도 두렵게 쑤물거리는, 저 무저갱의 열림에 대해, 羯磨의 바람 불기에 좇아, 못 참을 性慾을 느꼈다거나, 죽고 싶음의 狂症, 또는 그 탓에 일어난 殺慾이며, 분노며, 공포감에 당하느라고, 그 중요하고도 위험스러운 일점에서, 마셔온 五毒酒(욕망·증오·무명·아집·질투)에 의해 정신이 흐려져 혼란 혼돈으로, 흐린 빛을 띠어냈던 자들마다, 그 흐린 빛의 색깔에 좇아 나라카로카에로, 프레타로카에로, 티랴카로카에로, 무참히 떨어져 내렸던바, 이런 죽음들은, 呪文에 홀려, 스스로, 맹렬히 타는 불 가운데로 기어드는 독사들과 다름이 없었다. 그 死傷者 수는, 동민의 약 반을 헤아렸다고 한다. 이 전투의 결과는 그렇다면, 마을은 약세에 몰리고, 저 毒龍은, 그 대가리 하나를 바치기로, 일동의 반을 녹혀 먹었으니, 강세해졌다고 해야 할 것이었다. 그러나 그것보다도 더 큰 위험과 위기는, 동민의 반의 사상자를 내기라는, 毒龍의 발톱에 긁히기의 그 아픔뿐만 아니라, —자기의 스승을, 맑은 빛의 千葉蓮으로, 자기의 양미간에 피워놓고, 자신은 그 蓮 속의 한 紅玉으로 담겨, 저 玉門陣에 대처해왔던—마을의 저 矢頭에 毒氣가, 즉슨 흐림이, 보다 분명히 말하면, 공포와 분노와 증오가, 서리기 시작했다는 거기에 있었다. (公이 만약 아직도, 村老가 앞서 말한, 이 전쟁의 규칙을 기억하고 있다고 하면, 公도 소름을 돋궈내며, 진저리를 칠 일이겠냐?) —제삼합을 앞두고, 한 마을이 송두리째, 배고픈 떼 늑대 가운데, 갓 태어나 양수 냄새를 풍기는 노루 새끼모양, 던져져 있다. 저 마을의 선두에 있던 자 당굴은, 그렇다, 용케도 어떻게, (제二合의) 그 수렁으로부터 도망쳐 나와서는, 안도의 한숨을 쉬다, 그 수렁에의 그리움을, 그것도 뒤늦게 일으켜낸 듯하다. 허기는 그래서, 상사라[輪廻]는 상사라[苦海]라도, 끊임이 없는 것이 아니겠느냐. 못난 사내지, 벗어났으면 떠났을 일이지, 뒤는 어쩐다고 되돌아보누? 打(담야타)! (저 늙은네가 하는, 한 대의 죽장질) 打(다타)! 옴 바즈라파니 훙! (Ōm, Vajra pāni Hūṃ! Hail to the Holder of Dorje!) (雷) 打(다야드밤)! (그리고 行者는, 바르도에는 나타나는, 모든 외경스러운 광경이, 그것 자체로는, 그곳에 든 넋의, 위대한 한 '頓悟'를 돕기 위해서임에도, 거기 처한 것들의, 業力 탓에, 차라리 저 佛手들을 두려워하여, 숨고자 도망치려 한다는 것, 그래서 佛手에 더러운 검은 털이 숭숭 돋아나 있어 보인다는 것, 그런 것을 이해하지 못한다면, 이제부터의 戰況 판단은 매우 용이치 않게 된다) 打(담야타, dāmyata—진정하라)! 打(다타, datta—주라)! 打(다야드밤, dayadhvam—慈排心을 일으켜라)! 다, 다, 다!

그러는 순간, 그 한 천지는, 휘둘러 쳐지고 있는 번개의 번쩍임이며, 그 천의, 만의, 번개 치기를 뒤따르는, 천의, 만의 천둥소리에 의해, 무너나고 꺼져들고, 쪼개어지고 있어, 그 한 천지가, 번쩍이는 빛과, 굉음으로 노도여서, 들끓어댔다. 그 탓에, 암흑의 그중 깊은 밑바닥까지도 그 출렁임이 내려 닿은 듯했는데, 모든, 저 빛 가운데 드러내어져 있는 것들은, 그것들 거느렸거나 비밀해 있는 그림자 탓에, 드러내어져 있음을 두려워하기 시작했다. 그리하여 그것들은, 그 자기의 그림자들을 아늑하게 덮어쓰고 숨어들, 그런 어디 훈훈하고도 흥건한 암흑을 그리워하여, 그런 흐린 빛을 드러내고, 그리하여 쫓기기 시작했다. 담야타! 門에의 환상에 젖을 먹이면 헤매는 자들이여, 無門에도 돌쩌귀가 생기고, 문고리가 매달린다. 저항하라, 打! 門에의 유혹에 저항하라! 그리고, 주라(다타), 그대들 자신들을 벗어, 주라, 敵되어 일어난 四大에게! 그리하여 그대들은, 그 불가능한 몸부림으로, 무엇을 성취하려 하는가? 무엇을 성취해야겠다는, 아무 바람[願]도 꿈도 없이, 불려 다닌다면, 불려 다니는 자들이여, 입어진 한 꺼풀의 幻肉은, 입고 있기뿐만 아니라, 벗기에도 고통이로구나. 그것을 입었기에 의해서 그대들은, 감기며 성욕, 갈증이며 살욕, 배고픔이며 勢慾 등, 못 당할 부족들에 당하는데, 입어진 그것 탓에, 그대들은, 산다고 사는 동안, 理念도 敎義도 없는, 모진 殉敎만을 감행할 뿐인 것을. 입기는, 두터운 가죽에 입혀져, 羊水에 젖었다가, 땡볕 아래에서 말려지기, 벗기는, 그 두터운 가죽을 벗기워, 빨건 살뿐인 데다 소금을 덮어쓰고, 겨울 한데로 나가기—. 나아가기는, 다시 그 벗겨진 살갗의 굳어짐을 좇아, 입기, 두터운 가죽 입기—咄! 이런 망할 녀러, 의미 모를 殉敎. 그렇걸랑, 아서라, 눈 가려진 것들이여, 눈을 더 가리고, 그 불가능한 몸부림일랑 포기해버릴 일이나 아니겠느냐? 빛의, 굉음의, 번쩍임의, 저 전율할 상어며, 바다 구렁이가, 人肉의 맛을 아는 갈매기 떼가, 敵 되어 일어난 四大의 게글거리는 종도들이, 각각 제 것의 분깃들을 물어뜯고, 토막 지어 가려면 가라고, 자기를 그냥, 송두리째 줘버리는 일뿐, 그 못 보는 눈으로 道流들은, 무엇을 하겠다고 눈을 두리번거릴 일이겠느냐? 그러기가 싫다고 한다 해도, 허방에 떨어진 눈먼 자들이여, 그러면 무슨 다른 도리나 선택이 있다고 할 것인데?

그랬으니, 그 마을(당굴)은, 자신을 결국, 그 빛과, 번쩍임과, 굉음의 노도 위에 내동댕이쳐버리고, 떠오르려 한다거나, 어디에로 가보려 하는 아무 생각도 남겨두지를 않기에 이르렀던 듯하다. 그것도 허기는, 절망이며, 체념이 아닌 것은 아니었다고 할 것이겠느냐? 그렇다, 그런 뒤 어쨌든 그 마을은, 자기가 그렇게도 고집스레, 殉敎者的 정신으로까지, 수그려 쌓아왔던 모든 것이, 그 本元에로 돌아가는 것을 기다려, 아무 다른 생각은 없이, 하늘을, 아, 이 하늘은 어찌 이렇게도 '가득 비어' 있는가, 그 하늘을, 푸른 하늘을, 빛에 '넘치는 비임'을 올려다보았다. 누구라도 그런 경험을 갖고 있겠지만, 땀을 씻기 위해, 냇물에 몸을 잠그고 있으면, 그 흐름이 그 몸을 휘돌아 굽이치며 흘러가는, 새끼 물고기들이 그 벗은 몸의 땀을 쪼아 먹는, 그리고 불알 밑이나 발밑에서 모래가 헐려 나가는, 그런 몹시도 기분 좋은 간질거림이 있는데, 자기를 三世間에 내풀어 던진 그 마을은 그래서, 굼벵이며, 지렁이가, 자기의 살을 갉고, 파고들, 그런 간지러움을 기다렸다. 참 하늘도 맑지, 푸르다, 혹간 세상은 아름다운가. 마을은, 말하자면 作爲키를 포기했으니, 시간도 흐를 까닭이 없어, 매우 한가스러운 데 처해, 달리다 멈춘 노루가, 달리던 그 까닭까지도 잊고 풀을 뜯듯, 하늘을 뜯었다. 그리하여, 그 하늘에서 젖꼭지를 암소처럼 늘여내려, 빛을 빨고, 밝음을 빨고, 배가 뿡뿡해지도록 비임[空]을 빨았다. 그때는 어찌 된 셈이었는지, 빛발도 더 윙윙거리지 안 했으며, 소리도 더 스산스럽지 안 했다. 그래서 그러면, 저 마을은 그렇게, 수물수물 녹아갔거나, 일럭 푸륵 스러졌거나, 흐르릉 썩어 백골만 남겼거나, 그렇게 저렇게 어떻게 흩어져버리고, 아무것도 남긴 것이 없었는가? 허, 헛, 헌데 그런 것은 아닌 듯했다. 그 마을이, 그 苦海의 노도에서, 저를 구하겠다고 제 손으로, 제 멱아지를 끌어올리려 서둘렀던, 그 황겁한 노력을 포기해버렸을 때, 어쩐 일로, 그 노도도 잠들어버렸으며, 적되어 일어났던, 四大도 또한, 쥐었던 창들을 떨어뜨리고 물러나 버렸는데, 自我를 고수함이 없는 자에게는, 그의 어디의 무엇에다 대고, 그 창들을 던질지를 모르겠었던 모양이었다. 하늘에서는 다시, 꽃비가 흐트러져 내렸다. '無門'에 당해서는, 그 문고리에다 손을 대려 하지 않기. 흣흣흣, '無爲'가 '頓悟'일 때가 있느냐. 파리가, 유리로 된 창을 통해, 밖을 한번 내어다보았다 하면, 아무것도 가두는 것이 없는 그 유리창에, 그 파리는 갇혀, 종내 못 벗어나, 주검을 남긴다.

그렇게 하여, 그 마을의 한 위기는, 꺼끄럽게, 한 죽음처럼 지나갔으며, 그리하여, '늙은 젖빨이'(당굴)와, '아비(ㅡ어미)'는 다시, 地心에서 天頂에로 이어진, 人世에서 만났다. 그래서 肉身은 저주이되, 그래서 肉身은 은총이다. 凶夢에 처해 허덕이는 자의 괴로움과, 그 凶夢을 깨이고, 큰 한숨을 들이쉬는, 그 안도에 찬 얼굴을 건너다보라. 그에게 그 肉身이 없었더라면, 그 불쌍한 凶夢꾼은 지금 어디를 헤매고 있겠느냐? 그런데도 물론, 그 凶夢의 출처도, 이승에서는, 그 肉身 말고, 달리 또 무엇이었겠느냐? '無'라. (흐흣, 이 자리에 씌어진, 이 느닷없는 '無'는, '서 근의 삼'처럼, 公을 매우 어리둥절하게 하는 듯하다. 헌데 어떤 '無'는, [아마도 그것은 '바르도' 쪽의 '無'의 특성이 그럴 것이다] '밖'[signifier]을 비우고, 어떤 '無'는, [아마도 그것은 逆바르도 쪽의 '無'의 특성인 듯하다] '속'[signified]을 비운다. '속'[안]을 비워내는 '無'의 경우는 그러니, '밖'만 남길 것이라는 것이 논리적 귀결일 것인데, 이 '비인 속'에다, 꿈과 紅塵을 일으켜내는 것, 그것이, 村老가 말하는, 저 '無'다)

마을(당굴)이 저렇게, 바르도에 헤매고 있었을 때, 毒龍은 毒龍대로, 잃어진 대가리들이 남긴 깊은 상처를, 남은 대가리들의 혀로 핥으며, 소모된 氣의 회복을 도모하고 있었던 듯했다. 증오며 흑사병, 저주며 용천병, 황충이며 초조병, 전갈이며 불안증, 악취며 寒氣, 五大가 거느리는, 모든 검은 그림자들……. 그리하여 氣가 어느 정도 회복되자, 큰비암님 쪽에서는 물론, 저 매워서 그 맛을 잊을 수 없는, 저 人肉을 삼켜 먹으려, 그 머리를 하나 일으켰을 터이다. 헌데 이 序戰은 매우 이상하게도, 저 戰場에 임한 자들에게는 물론이지만, 심지어는 中天 나직한 데서, 觀戰하는 天身들에까지도, '춥고 배고프기'라는 그 참기 어려운 불편함을 불러일으켜냈다고 이른다. 그리하여, 저 祭壇 위에, 그 마음을 못 삼아 핀, 한 千葉蓮 위에로, 百中에 寒露가 내렸으며, 百中이 霜降이었다. 가마귀들이 그러자, 잎 진 가지들에 우짖어 날을 가렸더니, 그 검은 날개에다 눈을 실어 왔다. 하나의 낯선 계절—겨울이라는 것이, 여름의 깊은 한낮 가운데로, 그 검고, 시린 날개를 펴, 모든 것을 오그리는, 그늘을 실어 왔다. 산 채 죽음에 드는 잠을, 망각을. 추위는 그러면, 밖을 향해 열어줬던 창들을 닫게 한다. 그래서 겨울에는, 그림자들이 일어서고, 서 있던 실체들이 눕는다고 몽상되어지는데, 마을에서 창들이 닫기면, 이제껏 '여럿이 하나[衆]'이던 것들 사이에서도 풀기가 얼어, '여럿이 하나[衆]에서, 여럿'이 버슬버슬 떨어져 내린다. '모여진 여럿[衆]'은 그것 자체가 橫體였었는데, 그 '여럿'이 붕괴를 치러, '하나'[個], 하나에로 돌아와 버리면, 이제껏 옆[橫]으로 놓여져 있던 것에, 갑자기 물구나무서기[縱] 현상이 일어나 버린다. (이것이 다름 아닌 '天路'인데도) 비극적이게도 헌데, 有情은, 그 입어진 살 탓에, 無重力에의 공포심에 의해, 重力의 中心에로 파고 내려가기에 전력을 기울인다. (이런 견지에서는, 일러 '三惡道'라고 이르는, 저 아랫녘 고장들은, 꼭히 저주의 고장만은 아니고, '進化'를 두려워하는 것들이, 그 부정적 願望에 의해 돌아가는, 고향 같은 것이기도 하다고 할 수 있을 것이다) 그리하여 저 싸락눈에 덮인 戰場에는, 戰意를 잃은 오합지졸들이, 오한 탓에 이를 덜덜 부딪치며, 배고픈 창자를 달래느라, 둥글게 뭉쳐 앉아, 뿔뿔이 헤어져, 흩어져, 있었다. 저것들께는, 그러자니, 무엇을 증오한다거나, 반대로는 사랑하기도 할, 그런 마음의 여유를 못 갖고 있어, 말하자면, 겨울 들 넘치게 흩어진 단콩 같았으되, 이것은 더욱이, '장끼傳' 속의, 그 콩과도 같지가 안 했으므로, 그 毒龍은, 배고픈 장끼모양, 저것들을 널큼 널큼 주워 먹기만 하면 되게 되어 있었다. 그렇잖으냐? 그러자니, 祭壇 위의 그 千葉蓮에도 이울음이 오고, 그래서 이파리들을 받침 하여 접붙이고 있던 花托에서 풀기가 옅어졌던지, 수분을 잃어 꽃잎들이, 히마리가 없어 떨어져 내리려 한다. 그리하여 그 꽃잎들이 다 떨어져 내린다면, 허기는 그 전투도 끝이 날 것이었겠지러? 그렇다, 그것은 그렇게 위기일발이었는데, 그래서 한 三世가 깜박 숨이 죽어 들고 있었는데, 이것 봐라, 철 아니게, 또는 그것이 철이게, 어디서 한 마리의 꿀벌이, 그 날개를 푸들려 날아오는가 하자, 그 花柱의 柱頭를 쪼개고 드는 벼락을 치고 덤벼서는, 그 갈라진 柱頭에다, 붉은 꿀을 흘려 넣어주고 있었다. 이 벌은 헌데, 그 觀戰者들이 나중에 추리해냈기는, 그 蓮 가운데 정좌해 있었던, 그 맑은 紅玉의 轉身이었을 것이라고 했다. 그 붉은 꿀은 물론, 그 花柱의 안쪽 통로를 따라 내려, 子房에 들었을 것이며, 그리고는, 그 胚珠를 감쌌을 것이다. 아마 그 어느 순간이었을 것이다, 조락의 한 계절이 멈춘 듯했다. 그랬었다, 그리고는 그 세월이 역행을 했든, 아니면 그 틀린 철에, 틀린 길로, 틀린 철이 왔든, 그 틀린 철이, 바른길을 찾아 돌아가 버렸든지 어쨌든지, 거기는 다시 여름이고 있었다. 글쎄 그때쯤에는, 소금에라도 절인 듯이 풀 죽어, 히마리 없이 흘러내렸든 그 연꽃잎들에, 새로운 싱싱함, 그런 신선함이 돌고 돋고, 그런 뒤, 그럴 일이었겠지, 그 열예스러운 만개 탓이었을 것이었겠지, 억만의 가마귀 날개에 가렸던 하늘도 환히 열렸다. 蓮이 활짝 피자, 하늘도 환히 열려, 하늘 아낙네들이 꽃바구니에서 꽃비를 하늘하늘 뿌리고 있는 것이 하늘하늘 보였다. 이러는 이 한순간, 그 한 三世는, 더할 수 없이 평온하고, 화평스러웠으며, 훈훈한 데다, 지복스러웠더라고 했다. 그러나 좋은 觀戰者라면, 이 은총에 넘치는 화평이 그러나, 終戰은 아니며, 폭풍 가운데는, 그리고 맹렬히 타오르는 불의 한가운데는, 그런 꽉 채워진 비임이 있는데, 이것은 그것과 다르지 않다는 것을, 그리고 알 것이다. 물론, 거기에도, 예외는 없을 수 없을 것인데, 가령, 폭풍이 그것의 눈[無風帶]에 먹히었다거나, 타오르는 불은 그것의 火心에 갇혀, 더 타지도 않으려니와, 스러지지도 않기 같은 경우일 것이다. 그러니, 만약에 저 毒龍이, 저 지복한 화평 속에 떨어져 들어, 그 상태를 즐기려 했다면, 이 한 전쟁은 끝난 것인데, 毒龍 쪽의 무조건적 항복으로 끝난 것이다.

헌데도 시간을 잃지 않고, 저 응달을 재단해 살 해 입은 자 쪽에서, 그 一退를 발판 삼아, 一進을 서두르고 있었다. 그리고 그 공격은 민첩했던 듯하다. 마을 쪽에서는, 그 滿開한 천지의 환함을 폐부 가득히 들이마시려다가, 사레가 들린 듯, 그것을 삼키지도, 뱉지도 못하고 애쓰기 시작하고 있었는데, 이 戰況의 특징은, 연소자와, 노쇠한 자들은, 그 전투에서 제외된 듯이, 저들은 아무 괴로움의 증세도 드러내고 있지를 않다는 것이었다. 그래서 저 老少들은, 觀戰꾼으로, 둘러 서 있게 된 셈이었다. 그래서 이제, 저 觀戰꾼들의 눈에 비추이는 대로만 말하기로 한다면, 이 전투의 步兵에 나선 자들은, 그여 보이는 짓들이 매우 기끔스웠는데, 그랬을 것이, 처음엔 모두, 무슨 군호에라도 좇아서인 듯, 손가락들로 귓구멍들을 파쌌더니, 다음으로, 모두 손바닥을 펴, 귀들을 가려 막아댔다. 그로부터는, 무엇이 그리도 괴로웠던지, 모두 하나같이, 눈을 짓눌러 감아대며, 무슨 비명이라도 넘어오려는 걸 참으려는 듯, 이를 악물어댔다. 그래서 노인네들은, 하늘을 올려다보고, 땅을 내려다보았으며, 또 동서남북을 둘러보았고, 아이들은 킬킬거리고 웃어댔었다. 저 전투에 가담되어 있는 자들은, 그러나 눈을 까뒤집고, 간질에 당하는 듯, 픽픽 꼬꾸라져, 발작을 해대며, 이빠디를 갈아붙이는, 이빨 새로 피거품을 부그럭 부그럭 뱉어냈다. 갑작스러운 지랄병이, 한 마을의 중추가 되어 있다는 안팎들만을 골라, 그 모든 땀구멍에마다, 숭실거리는 황충과 전갈을 쑤셔 넣어버린 것이다. 그러며, 그 힘줄을 찢어 뽑아낸 것이다. 당굴도 물론, 귀로, 눈으로, 코로, 오공, 칠공으로, 먹피를 빼끔여 내고 있었다. 글쎄 그들은, 그 마을의 觀戰者들이 보고, 짐작한 바에 의하면, 무슨 毒矢에 이쪽 귓구멍에서 저쪽에로, 콱 꿰임을 당해 있는, 그런 꼴들이었다. 그리고 어쩌면, 그들의 고통은 그런 것이었다. 그중에서도 당굴은 아름다웠었었는데, 그는 앉은 채, 칠공에서 흘려내는 먹피로, 黑蓮이 다 돼 있어서 黑蓮은 아름다웠었다.

옴 와기소리 뭉!

'옴'—흰 한 비둘기가, 아직도 모든 것이 옛 秩序를 지키고 있는 데서, '와기 소리'—한 감람 잎을 물어 왔었을 것이냐, '뭉'! (불도마뱀에게는 '불'도 '물'이라고 하여, 누가 그것을 '물'속에다 풀어 넣어준다거나, 그리고 물고기도 숨은 쉬어야 된다는 일점에 착안한 낚시꾼이, 잡은 물고기를 나뭇가지에 매달아, 공기 가운데 드러내 주기는, 불도마뱀이나, 물고기에게 옛 秩序에의 그리움을 일으킬 것이다)

無—(내쉬는 숨. 들이쉬는 숨)

어느 편의 승패이든, 이 일전도, 지난 것이다. 이 전투에서는, 마을에 戰死者는 없었으되, 상한 자가 많았다. —짐작되기에는, 毒龍 쪽에서는 이번에도, 그 毒頭 하나를 잃었을 것이라는 것이다.—

저 步兵들이 드러낸, 그 고통과, 당굴이 내쏜 雷槍頭를 단서로 하여, 저 一場의 전투를 추리컨대는, 그것은 분명히 '소리'[音]를 主力으로 쓴 싸움이었던 듯하다. 그런데, 듣기로는, 그때 저 전투에 가담되어 있었던 자들은, '無音'을, 그 '沈默'을, 記號가 捨象되어져, 도저히 알아들을 수 없는 의미를, 化現의 저쪽으로 울려 가버린 굉음을, 들었더라고 했다. 이것은 그러니, 매우 범상치 않은, 毒龍다운 暗數였을라. 그때, 그 無音 속에서는, 三世 간 모든 것이, 退行, 逆流를 했었다는데, 그 無音은, 그 遡及行에서 일어나던 소리였음에 분명하다. 불의 元素가 소롯이 가라앉는 소리의 無音, 물의 元素가 침몰하는 소리의 침묵, 흙의 元素가 짓눌러대는 소리의 非音, 바람이 그 눈 속으로 불어 들어가는 寂靜, —寂滅, 이 두려움, 黑空, 산 채 죽기, 의식을 초롱히 한 채, 자기의 소멸을 지켜보기. 한 苦行꾼의, '無에의 否定的 體驗'은 나락보다는 힘들구나. 그렇다면 아마도 저 修道者는, 아직도, 我執을 완전히 여읜 것은 아닌 게다. 어느 行者가, 自我를 고집하지 않는다면, 그 '無'에서는, 그 '否定性'만이 捨象되어져 버릴 것이라는 것은, 쉽게 짐작될 터이다. 그런즉, 모든 극난한 매듭에마다 나타나는, 모든 극악한 장애며, 邪魔는, 그 修道꾼의 '自我'라는 것 말고, 다른 아무것도 아니라는 것을, 그러면 알게 한다. 그러나, 우리의 얘기는, 한꺼번에 너무 멀리 나간 느낌이 없잖아 있다. 그럴 것이, 有情이, '自我'를 인식하도록 되어 있는 데는, 분명히 목적이 있었을 터이기 때문이다. (그래서, '바위'가 대오철저한 것이 아니며, '고목'이 解脫한 것이 아니다. 저 인식되어진 '自我'는 혹간 지우기 위해 씌어진 記號 '無' 字나, 소리 내지 않기 위해서, 소리 내어진, 非音의 영상, '默' 字 같은 것은 아닐 것이겠느냐?)

헌데, 그렇다, 이 전투에서, 당굴이 그 나름의 승리를 거두기로 한 것이 있다면 그것은, 일견 매우 부조리하며, 모순당착적임에도, 저 프라브리티가 니브리티의 가면을 써, 모든 것을 소멸 속에다 되돌려버리기를 시도하고 있을 때에, (똥구녁이 입이 돼 있음을 결코 놓치지 않고 觀할시라) 당굴은, 자기가 그렇게도 고집스럽게도 지켜온, 그 '自我'라는 것을, 끝까지, 고집스럽게 지켜왔다는, 거기에 있었다는, 그것이다. (肉身이 그러면 이승에서는, 그것을 입고 있는 자의 我執 자체이다!) 그랬으므로, 그의 그 '自我'라는 것 하나만은, 그 소용돌이치는, 무저갱의, 소멸의 黑空 속에 들어서도, 소멸되지를 안 했다는 그런 애긴데, 그 결과는, 그래서 그는, 다시 상사라에로 돌아와 버린 것이다. (그렇기로 말한다면 行者여, 小子가 三惡道에 처했을 때에는, 전에 언제 한번 '사람'이었던 시절의, 그 기억을 하나 되살려내, 그것에다 전 심령을 투입하는 것이 권고될 일이겠느냐) 그리하여 당굴은, 그 我執에 의해, 나라카의 밑에로, 구멍이 뚫린 그 소멸의 무저갱으로부터 탈출은 성공하였으나(快哉!) 그러나 바로 그 맹장만도 못한 녀러 我執 탓에, 성취했었을 수도 있었을 니르바나를 유예 보류해버리기도 한 것(哀哉!)이다. 그럴 것이 왜냐하면, 我執을 고수하고 있을 때만, '소멸의 무저갱'이던 것이라도, 거기서 '自我'를 지워 없앤다고 하면, 저쪽 편에서도, '소멸'이라는 것이, 지워 없어지기 때문이다. ('自我'가 없는데, 무엇이 '소멸'할 수 있을 것인가?) 그렇다면, 잘 정진하고 있는 修道꾼에게는, '소멸'까지도 法相이다.

그리고, 새로, 한 場의 평화가, 한 들이었다. 그러는 중에, 건 매우 이해키에 어려울 노릇이었으되, 마을은, 받은 상처들이, 씻은 듯이 낫고 있음을 경험하고 있었다. 소리[音響]가, 산들거리는 바람이, 사방에서 일어나, 사방으로 흩어지기 시작하자, 마을이 받은 상처들은, 凶夢 중에 받았다, 그 꿈을 깨일 때와 조금도 다름이 없이, 스러져버려, 그 상처에는, 公들이 즐겨 말하는 바의 그 事實性이 없었다. 마을은 그래서, 새로 한 순배씩 더 술잔을 돌렸으며, 개고기와 마늘로, 양기며, 음기며, 진기들을 돋궜다. 마을이 그러는 중에 毒龍은 毒龍대로, 머리를 하나 더 잃은, 그 상처의 통증과, 피와, 진물을 핥으며, 흐트러진 陣을 수습하려 하고 있었을 것이다. 그 전투에서 저 毒龍은, 자기가 펴 던진 그 그물(陣)에 자기가 덮어 씌워져, 갇혀, 生門을 못 찾아, 스스로의 (그 대가리의) 죽음을 초래한 것으로 이해된다. 이번의 이 戰法은, 毒龍이 이제껏 써온 어느 것보다도, 그중 치명적인 것이었는데, 그랬을 것이, 이번의 이 전투를 위해서는, 자기의 머리 하나를 아예, 저 戰祭의 香爐에다 香燭 삼아, 태워 넣어버리고 시작한 것이어서 그렇다. 그랬으니, 이 전투에서는, 저 毒龍이 이겼다 한다 해도, 그 승리는, 자기의 머리 하나를 희생한 값일 것이었다. 이 전투의 내막을 풀어 말한다면, 이러할 것이었다. 라는즉슨, 저 毒龍의 정체인즉슨, 이것 매우 새삼스러운 소리인 듯해도, 앞서 말 되어진 바의, 어떤 비구니에 대해서, 일어난 그 비구니의 幻鬼와 꼭같은 것으로 알면, 이제 그것이 시도한, 저 戰法의 의미가 용이히 밝혀질 것이다. 이제 그리하여 우리가 저 비구니네로 가서, 조금만 그 房事를 절시키로 한다면, 가정적으로 말하여, 그러한 情事에 어느 날, 그 비구니가 몹시 지쳤다고 한다면, 그 비구니는 이제, 그 자기의 幻鬼를, 자기의 잠 속에로 불러들이려 할 것이 분명하다. 그럼에도 그 幻鬼는, 계집과, 햇볕과, 자유가 좋아, 제멋대로의 獨存을 꾸며, 그 본디 고장에로 돌아가고 싶어 하지 않는다면, 이제부터는, 그 양자 간의 다툼밖에, 다른 것은 기대되지 않을 것이다. 아마도, 저 幻鬼에게 무엇보다도 두려운 것은, 저 비구니의 잠일 것은 분명하다. 자기를 꿈꾸고 있는 그 잠이 있는 한, 그 幻鬼 편에서는 그 잠으로부터 벗어나기는 거의 불가능할지도 모른다. 그럴 때 그러면, 그 幻鬼가 도모할 수 있는 일이란, 幻鬼 자기를 그 잠의 밖의 어디에 둬두고, 그 비구니가 잠을 깨이기, 그것일 것이다. 그런데도 정상적 잠의 깨이기의 한 법칙이랄 것은, 그것은 깨일 때는, 결코 어떠한 한 꿈도 이삭시키는 법이 없이, 모두 불러들여, 한잠에다 싸안고서만 깨인다는 것일 것인데, 이 幻鬼는 그렇다면 지금, 저 비구니의 잠에다 변칙을 일으키려 도모하고 있는 것이다. 물론 그런 변칙적 깨임도 없지는 안 해서, 자다가, 꿈을 한두 개씩 잃고 깨어나는 자들도 있어, 우주적 감기가 끊임없이 유행하고 있을 것이기는 할 것이다. 그러니, 자다, 꿈을 한둘씩 잃고, 깨인 자들은, 그들의 어디에, 그 한둘의 虛를 남겨 갖고 있을 것인데, 그 虛한 구멍 속으로, 배고픔과 원한 따위로, 三惡道를 흘러 다니는, 작은 귀신들을 꾀어 들일 것이다. 남의 정신을 처넣은 자, 三世의 凶家. 그래서, 저 비구니의 幻鬼는, 저 비구니에 대해서 뭘 어쨌는지, 그것은 모르고, 또 어째도 좋은데, 그러면 이 毒龍은, 마을에 대해서, 뭘 어쨌는가—그것이 우리의 관심거리가 돼 있어 오는 중이었더냐. 그렇다, 그러나, 길어질 수도 있는 얘기를 줄이기로 하여, 투박하게 말하기로 하면, 이 毒龍은 그래서, 자기의 머리 하나를 제 스스로 떼어내, 저 꿈의 祭壇에 바친 것이다. 그리고는, 그 마을의 잠을 깨우려 한 것이고, 그래서 밖에서는 시간이, 여전히, 과거—현재라는 식으로 흐르고 있었을 때도, 그 꿈을 꾸고 있는 자들 속에서는, 현재—과거라는 식으로, 소급 역류하고 있던 것이다. 毒龍은 그러니, 약간의 속임수로, 正道에 선 전쟁을 벌이기는 벌였던 모양이었다. 글쎄 그는, 자기를 꿈꾸어낸 그 잠 속에다, 자기의 머리 하나를 殉死시켜 바침으로써, 남은 자기의 代贖을 삼으려 했던 모양이다. 그리하여, 자기가 바친 犧牲의 피 냄새를 맡고, 저 잠이, 자기가 꾼 모든 꿈이 수확되어졌다고, 그래서 깨이기만 했다면, 毒龍만의 한 세상은, 小失大得으로, 나쁘잖았을 터이다. 헌데 毒龍이 정면케 된 난관은, 저 마을 잠의 양미간이랄 것에 누르고 앉아 있는, 희디흰 꿈, '아—'語랄 것, 금강석보다도 단단한 것, 그것이었던바, 그것이 그 잠을 누르고, 그 잠을 못 깨이게 한 것이었다. 그것은 그리고, 그 잠 속으로 들어간 것의 길을 막고 있어, 든 것은, 그것 탓에 나올 수가 없었다. 毒龍은 한 전쟁의 약 구 할쯤은 이기고, 일 할을 졌는데, 결과는, 그 일 할이, 저 구 할을 덮어버렸다.

그런 뒤, 兩軍이 氣를 회복하고, 대오를 정렬하여 새로 시작한 싸움은, 이제까지의 그 어느 싸움보다도 더 泥田狗鬪였다. 땀 밴 살과 땀 밴 살들이 같이 부딪쳐 쩍쩍 마찰되는 소리를 냈으며, 더운 입김과, 독한 입 냄새가 서로의 얼굴들 위에로 확확 불어쳐, 쌍방을 질식시키려 했다. 이제까지 잠잠했던, 저 毒龍의 똬리의 中心, 그 無風帶에서, 악취의, 魔女風이 낄낄거리고 일더니, 어디로부터서든, 검고 우울한, 머리 푼 비구름을 새까맣게 몰고 왔으며, 그 바람이 마디지고, 꺼끄러워지기 시작하면서부터, 후드득후드득 우박이 따라지기 시작했는데, 그것을 함께하여, 벽력이 치고, 땅이 울렸으며[動], 하늘이 울었다[哭]. 그러는 중에, 시간은 번개처럼 휙휙 흘러, 한 식경에 천 년이 흘렀으되, 그 시간의 한 매디매디는 마디게 흘러, 한 식경이 천 년으로 흘렀는데, 그 우울한 구름의 두께만큼 그리고, 어두움도 두터워지고 있었을 때는, 그 魔女의 독의 손톱이, 독아가, 그렇게 갇힘 속에 웅숭그려 있던 것들을, 할퀴기도, 쥐어뜯기도, 주리틀기도, 으드득으드득 물어뜯기도 하여, 그것들의 모든 곳에 흠집을 내어서는, 거기로마다 더운 피가 솟아오르자, 미친 듯이 그것을 빨았다. 그 저주의 혓바닥은, 억만의 거머리가, 털처럼, 숲처럼, 썩은 빛깔로 돋아 덮여 있었다. 분명히 그것은, 毒龍이 뿜어내는 불이랄, 그런 흐린 붉은 번개가, 그 어두움을 쉼 없이 짓찧고 들어, 그 탓에 어두움은 두께를 더했으며, 그러고 나면 땅이 울며 풍랑을 일으켰다. 안 불거질 데가 불거지고, 높았던 데가 꺼져 내리며, 평평한 곳은, 흐르며 소용돌이쳐, 그 두려운 지옥을 드러내 보였다. 바람은 불었으며, 불길함으로, 지옥의 단말마 비명을 퍼 올려 불었으며, 불어서는, 모든, 막힌 것들을 무너뜨리려 광란했다. 그런 광기 서린, 빠른 속력의 바람을 탄, 우박 섞인 줄기찬 비는, 바위에 부딪히면 바위에서, 고목에 부딪히면 고목에서도, 번쩍이는 빛을 일궈낼 지경이었으니, 벼락의 비가 욱 쏟기고 있었다. 天地는, 煞로 가득 찼다. 아으, 바람이 적 되어 일어났음, 물이 적 되어 일어났음, 불이 적 되어 일어났음, 大地가 또한 적 되어 일어났음, 氣가 적 되어 일어났음, 소리가, 빛이 적 되어 일어났음. "氣의 원소여 부디, 적 되어 일어나지 말아다오, 물의 원소여 적 되어 일어나지 말아다오, 흙의 원소여 적 되어 일어나지 말아다오, 불의 원소여 적 되어 일어나지 말아다오, 바람의 원소여 적 되어 일어나지 말아다오, 소리여, 번쩍이는 빛이여, 제발 잠잠해다오, 부디 잠잠해다오."

시간은 참으로 마디게도 꺼끄럽게 꺼끄럽게 흘렀는데, 그런 한 탄지경 탄지경에 사십 야 사십 주가, 새고, 졌다. 그리고는 비가 퍼부어 내렸는데, 그 비는, 그 한세상의 모든 것을 쓸어가 버리거나, 묻어버리기 위해서, 퍼부어 내리고 있어 보였다. 사실로 그래서, 그 한세상이, 차차로 차차로, 그 홍수 가운데로 침몰하고 있었다. 그 세상의 발이, 정강이가, 배꼽이, 가슴이, 세상은 몸이 무거웠다, 잠겨 들고 있었다. 제길헐, 땅의 어디에 구멍이라도 하나 뻥 뚫렸었더라면. 목으로, 턱으로, 입술로, 세상은 숨이 가빴다, 물이 차올랐다. 뭍에서 살던 것들의 몸에서도 그러자, 물비린내가 나기 시작했으며, 또한 비늘이 덮이기 시작했다.

헌데, 그 폭우와, 그 홍수 가운데, 이보거라, 산이 하나 떠 흐르고 있더라여, 방주 하나가 떠 흘렀더라여, 그 안에 환하게 불을 켠, 봉오리蓮 한 송이가 떠 있더라여, 아으 그랬더라여. 만고 전부터 세상 일곱 바다가, 껄떡껄떡 넘겨다보며, 그것 한번 姦하려 들었던 그 뭍을, 드디어 그 젖은 발아래에 눌러 딛고, 모든 野慾을 다 채웠으되, 그 한가운데 환하게 떠 있는, 한 송이 蓮만은, 아무리 해도 따 내릴 수가 없었다. 일곱 바닷물을 다 퍼부어 덮어서도, 한 蓮葉을 못 적시다니? 그런즉, 이 蓮으로 그 홍수의 깊이나 높이를 따지는 척도를 삼으려 한다면, 그 고통스러운 자리에로, 한 방울의 비도 내린 적이 없었던 것이 아닌가, 하는 것을, 새로 둘러보게 한다. 易을 생각하면, 有情들의 눈으로 보기에는, 너무도 큰, 南極이나 北極, 또는 東極이나 西極, 또는 地心이나 天頂에 놓인, 두 개의 큰 저울판을 상상하게도 되는데, 그래서 易은, 어떤 그것만의, '限度'(눈금)에서, 변화의 젖을 얻는다고 이해하게 한다. 그런즉, 저렇게 내리던 비며, 바람, 천둥도, 한도에 차는 즉시, 그 動力이 쇠해질 것이며, 그렇다면, 다시 일어나기 위해서, 靜을 취해야 할 것이다. 그러자니, 무엇의 주걱 휘둘러 젓기에 의해, 元素들이, 그 파괴력을 일깨워 비등해 올랐던, 그 혼돈에도 휴지는 왔으며, 그리하여 動들이, 한 무더기씩, 두 무더기씩, 흰 뼈 무더기를 이뤘다. 이때에 당하자, 저 수면 위에 떠 있었던, 그 한 송이의 蓮의 봉오리가 열렸는데, 그 안으로부터, 흰 눈 빛깔의 비둘기가 한 마리 날아와, 어디 하늘의 깊디깊은 곳으로 날아오르더니, 오래잖아, 빛의 한 감람 잎을 물어 왔다. 그러자 활짝 개기 시작한 하늘에서 내리는 꽃비가, 새로 무질서였다. 세상은 세상이었으며, 蓮은 붉었으며, 하늘은 푸르렀다. 그 현장에 있었던 나무 이파리 하나, 젖은 일이 없었는 듯했다. 그러니 뉘 집 노파라든, 갓난쟁이 하나, 뉘 집 지붕 위에, 그 집 업구렁이와 함께, 흔들리기가 호솨서 캐득 깨득거리며 떠 흘러간 일 같은 것도, 있었는 듯하지는 안 했다. 그랬다면, 이번 전투에서도 마을엔, 흉몽에 한번 몹시 가위눌린, 그 기억들만을 제외한다면, 별다른 피해는 없었는 듯했는데, 큰비암님 쪽에서는 이번에도, 상당히 여러 닢의 비늘을 잃은 듯하다. 그 비늘들은 그리고, 그것의, 어떤 한 毒頭에 붙어 있는 것이었는데, 비늘을 떼어낸다면, 그 목 위에 남을 것은, 고통스러운 상처밖에, 아무것도 없을 것이다. 헌데도, 이번의 한 毒頭를, 주로는, 그 물의 元素의 적 되어 일어남이었다고 觀할 수 있다면, 큰비암님 쪽의 이 戰害는 막대했다고, 추산된다. 왜냐하면, 저 독지렁이의 진지를 구축하고, 그것에 의지해, 천하를 하시해온 그 두 요새('물' '흙') 중의 하나가, 바로 저 水頭였던 때문이다. 이 한 대가리는 그래서, 계산상에 있어서는 한 대가리이되, 여러 대가리들의 한 모둠, 즉슨 象頭랄 것이어서, 그 확실한 머릿수는 알려 해도 알 수가 없었을 것이다. 혹간 우리가 이 자리에서, 童話에서 쓰는 算法을 차용키로 한다면, '하나'라는, 그중 작은 數量과, '셋'이라는 그중 큰 數量은 같으니, 저 한 毒頭는 셋이나 아니었는가, 그런 추측은 할 수도 있기는 있을 것이기는 하다. 어떤 늙은네가 퍼뜨리고 갔다던, 그 讖言도 비슷한 毒龍退治法에, '한 방울의 눈물과, 셋의 毒頭'가 있는데, 이것은 그러자, 그것을 상기하게 한다. 저 毒龍의 '十二蟲'는, 그렇다면, 네 번 중복된 삼, 또는 세 머리를 일조로 한 네 대가리인데, 이 '十二'는 분명히, '四'나 '三'이 갖는, 두 얼굴 중에서, 極大 편의 뺨일 것이다. 그리고, 이 '四'나, '三'은, 계절이라거나, 꿈꾸기(동화, 신화) 같은 경우에서만은, 꼭같은 수량을 나타내는, 매우 같은 숫자들이다. (계절과의 관계에서는, 어떤 고장엔, 철이 넷씩이나 되어도, 어떤 고장엔, 셋밖에 안 되어, "사자의 머리에, 염소 몸에, 뱀의 꼬리를 단 짐승" 따위로 나타낸다는 것을 염두할 일이다) 그래서 그렇다면, 그런고로 일어나는 의문은, 저 毒龍은 혹간 열둘의 머리를 다 잃어버린 것인가, 그런 것이지만, 그것은 毒龍밖에는, 저 눈빛의 어린 羊의 얼굴의 저 늙은네도 모른다. 확실한 것 한 가지는, 이번 전투에서 저 毒龍은 大敗를 했다는 것뿐이다. 그러니, 앞으로도 마을이, 더 도전을 받게 될지 어떨지는, 두고 보아야 알겠으되, 현재로서, 저 祭壇 주위는, 봄볕이었으며, 평화였다. 그때, (저 어린 羊의 얼굴의, 그 늙은네가 觀했기로는) 당굴은, 어째선지 붉은 氣를 돋궈내고 있었는데, (늙은네가 觀했기로는) 당굴은, 그 전쟁에 이긴 듯이 알고, 의기양양하여, 만족감을, 그리고 교만심을 드러내기 시작한 데다, 할 수 있으면, 저 적을 추적해, 그녀러 苦根을 뽑되, 삼족, 육족, 구족까지 멸살을 해버렸으면 하는, 그 모진 殺慾을 드러내, 따르르 따르르 떨고 있던 것이다. 그렇다면, 이 당굴도, 새로 생긴, 한 작은 毒龍 말고, 또 무엇이겠느냐? 그의 숨 냄새에는 고름기가 섞여, 그것에 닿는 것은, 용천병 증세를 드러냈으며, 그의 몸을 도는 피는, 계집들의 월후처럼 썩어, 거머리와 살모사로 우글거리게 했다. 그랬으니, 이런 작은 毒龍의 양미간에 희게 정좌해 있었던, 우리들의 어린 羊이, 그 한 곪은 마음속의, 오염된 대기를 견져내려 했겠느냐? 그리하여 떠났으니, 당굴의 한세상은, 갑자기 암흑해져 버렸을 것이다. 그랬으니, 저 十二蟲을 멸살하겠다고, 독아를 세워 내달던 당굴은 그 순간, 갑자기 방향을 잃어버렸으며, 그러자니, 거기가 어딘지도 모를 데에 처해, 몹시 떨며, 악취를 풍겨냈다. 저 十二蟲께는, 위기가 이미 당도해 있었는 듯했지만, 마을도 그래서, 위기일발에 처해 있었다는 것을 알게 한다. 왜냐하면, 이 작은 毒龍이 돼버린 것이, 얼른 본래의 자기를 회복지 않는다면, 저 우주적 毒龍이, 저따위 작은 土龍 따위 집어먹기란, 시영산 큰 그늘이, 산뿌리께 자리 잡은, 오두막 하나 덮치기보다도 쉬울 일일 것이기 때문이다. 하나는 (저 大毒龍) 衆心에다 젖줄을 이어, 그 젖에 자란 데 반해, 하나는, 그 한 자신의 교만심에서 젖을 빨아, 이제 막 빛을 한번 쏘인 것이라, 저 큰 것만을 아무리 졸잡아 말한다 해도, 그것이 황새면, 하나는 개구리이다. 그럼에도, 저 大龍이 대번에 내달아, 저 무방비로 바위 위에 드러나져 있는 土龍 한 마리를 먹어버리려 들지 안 했음은, 그것이 죽었거나, 그 받은 상처가 너무 큰 탓에 의식 불명이었거나, 또는, 무엇을 먹어 치울 수도 있는 몸이 없어 해골이 된 탓이었거나, 어쨌거나 했다. 그럼에도 늙은네가 알기로 저 毒龍은, 그 토막 지어진 몸의 어느 해골에든, 거기 맥만 조금 남아 있다면, 그 상처에, 그것이 무엇이든, 증오와 교만 따위로 떠는 것과 그저 한번 접촉하기만으로, 대번에 한 완전한 살을 구비해내는, 그런 怪力 자체였었다. 그랬으니, 갑자기 눈이 먼 듯, 되는 대로, 이리저리 방황하고 있는 당굴은, 마을에 대해 이제는, 毒龍보다도 더 위험스러운 자로 바뀌어져 있었다. 그랬으니 늙은네의 가슴은 졸였으며, 늙은 머리칼이 모두 곤두섬을 느껴, 그 어리석은 중생이, 그 혼미함 속에서 깨어 일어나기를 바라, 물론, 할 수 있는껏 고함을 쳐댔을 것이며, 하다못해, 죽장질이라도 해대지 안 했겠느냐. 그랬음에도, 그의 사미 놈의 그 교만과 살욕의 비계가 얼마나 두터웠으면, 그 어느 것 하나도, 그 비계를 뚫고 들어, 그 안쪽에 닿지를 못했다. 그럼에도 외견상으로는, 그 산야는 온통 봄볕이었으며, 평온하여, 동민들은, 그 볕의 毯子 밑에서 무슨 독버섯이 자라고 있는지도 모르며, 쫓기다 우뚝 멈춰, 숨을 되찾는 노루나처럼, 모든 걸 잊고, 그 休陽의 고달픔 속으로 잠겨 들었다. 늙은네들은, 흰 척추에 기대 꼴깍 잠에도 들고, 어린 것들은, 어미의 젖꼭지에서 잠을 빨았다. 그러는 중에도, 座上이며, 마을의 유지들은, 당굴을 지켜보고 있었는데, 그들 눈에는, 당굴이, 몹시 어디를 다친 듯, 식은땀을 뻘뻘 흘리며, 한기 탓인 듯, 사지를 덜덜 떨기 시작하고 있는 것이 보였다. 그럼에도, 저 떠들어 온 늙은네가, 祭壇 위에서, 蓮座를 풀어 내려오지 않는 이상, 이 戰況이 어떻게 돼가는지도 알 수가 없어, 그 당굴께 어쩌지도 못하고 있었을 뿐이다. 또 아니면, 그 당굴은, 毒龍과 둘이서, 최후의 決鬪를 하고 있는지도 모르겠다고들 했다. 그러니, 그냥 조금 더 지켜볼 수뿐인데, 그러는 중에, 그 늙은네가 觀했기는, 안됐지만, 저 마을의 정신적 지주 노릇을 해왔던 저 당굴은, 척추를 세워 앉은 채, 그 살을 시나브로 한 꺼풀씩, 벗겨내고 있었다. 교만과 살욕으로, 그 반석 위에 무방비로 드러내져 있던, 저 쬐끄만 土龍은, 그 교만과 살욕으로 따르르 따르르 떨어대기로써, 머리라는 모든 머리를 잃고 죽어가고 있던, 저 毒龍의, 맥이 남은 상처에다, 그 달콤한 떨림을 이어준 것이고, 그 떨림을 좇아, 그 상처에서, 입이, 길게 길게 자라 뻗었었는데, 그것이, 그 떠는 것의, 뒤꿈치에다 독아를 박은 것이다. 그리고는, 약간 남은 毒을 주사한 뒤, 그 독아를 뽑아 사리고 그 毒龍은, 그 당굴로부터 매우 가까운 어디에 밤처럼 잠복해, 자기의 독액에 고통당하는 것의 맥박을, 깜박이는 목숨을, 밤이 마을의 창 불빛을 건너다보듯, 건너다보며, 그 불빛이 꺼지기를 기다리고 있었다. 그 불빛이 꺼지면 밤은, 그 한 꺼진 삶의 대가리를 찾아, 물어, 거기서부터 빨아들일 것인데, 그러면 새로, 저 독룡의 떨어져 나간 毒頭들이, 비 온 뒤의 죽순모양 자라날 것이었다. 그런 탓이었을 것이다, 毒龍의 머리는 자르는 것만으로, 잘려져 끝난 것이 아니기 때문에, 그 늙은네는, 그 잘려져 드러난 상처에다, 마늘과 쑥의 汁을 발라두라고, 권고했던 것이었을 것이다. 自己否定과, 사랑의 金을 구워내는 苦行을. 헌데 현재 당굴은, 그 독액이 전신에 퍼지는, 그 苦火 맹렬히 타는 바다에 가라앉아가며, 별수 없었으니, 자기를 포기해가고 있었다. 그러며, 반숨쯤 남은 의식으로, 자기의 승리가 어찌하여, 패배에로 뒤집혀버렸는지, 대체 무엇이 자기의 실수였는지, 그것을 헤아려보려 하고 있었다. 그러다 당굴은, 슬픈 듯이, 자기의 처지를 한번 둘러보고, 피눈물을 흘려내며, 한번 대성통곡을 해댔다. 그러며, 넋살인 듯이, 이렇게 뭣을 읊어내고 있었다.

우리들의 마음은 맑은 거울과 같으니,
때때로 부지런히 쓸고 닦아서, 먼지며 티끌 못 앉게 하세.

당굴은 그리하여, 무엇이 자기의 실패였던지를 안 듯했다. 그래서 당굴은, 자기의 전 심신을 태우는, 그 독액의 苦火까지도 오히려, 충분히 뜨겁지가 않다고, 자책하기 시작했다. 그리고는, 그 자괴감 탓으로, 도저히 얼굴을 들어, 그 얼굴을 대면할 수가 없는 듯했으되, 그래도, 의지할 데란, 우주 간 그 한 군데밖에 없어, 당굴은, 아비, 그 늙은네를 찾아, 우러러보았다. 그리고 당굴은, 거기 있어, 자기를 기다리고 있던, 그동안 백발의 늙은네의 연민에 서린 눈에 접하고, 그 눈을 견딜 수가 없어, 눈을 감아버렸다. 그러는 중에 당굴은, 칠공 구공, 모든 땀구멍들에로 썩은 피를 비축 비축 솟궈내고 있었다. 그 더러움은, 그 스스로 이해했기로는, 자기가 쏘아낸 殺慾이라는 그 毒矢가, 쏘아져진 뒤, 어디쯤까지 날아갔으되, 아무 과녁도 얻지를 못하자, 빙 돌아, 殺慾을 일으킨 당자께로 돌아와, 치고 덤빈 결과라고 했다. 그러며 당굴은, 흐릿해져 가는 정신으로라도, 그 기름땀 같은, 더러운 피에 덮여 악취를 풍기는 자신이란, 다름 아닌, 저 큰 毒龍의 똥구멍으로든, 땀구멍으로든, 아니면 옆구리를 터서든, 그 어디를 열고 나온, 작은 毒龍 말고 무엇이겠느냐고 했다. 게다가, 교만의 毒

角을 해단, 毒蛇. —우리는, 이 당굴이, 被虐症의 희생물이 되지 말기만을 바라야겠는데—당굴은 그래서, 자신을 두고 무엇을 바랐는가 하면, 마을이, 저 뿔 돋운 한 마리의 독사에 대고, 침 뱉어 조롱하며, 가시로 엮은 首經을 그 뿔에 씌워, 저 독룡의 썩음 속에다 던져 넣어주었으면 하는 그것이었다. (이것은 분명히, 그가 毒龍에게 머리를 하나 돋게 해준, 그 殺慾이나 교만심의 아무것도 남겨놓지 않기에 이른 증거 같았다) 그리하여 당굴은, 죽어가며, 그 죽기의 준비를 끝낸 듯했다. 당굴은 그러는 중에, 자기의 엄지손가락 크기의, 한 불꽃으로 타오르고 있었다. 명명히, 아무 그을음도, 혼탁함도 없이, 청정하게, 타오르고 있었다. 그 불꽃은 그리고, 그 당굴이 아비라고 여기는, 그 늙은네의 양미간으로 날아가, 그 흰 蓮 가운데 거기 정좌했다.

이것이야말로, 저 毒龍이 그러면, 그 그믐밤 같은 매복으로부터 똬리를 풀고 나와, 백일하에, 허히, 허어히이 웃으며, 그 골통부터 물어, 빨아들이기에 좋은 때임에도, 그래서 사실로 그 매복으로부터 그 독룡이, 천만의 독아로 안을 댄 창자를 꺼내 내달려 오지 않은 것은 아니라도, 그리고 氣가 약한 탓에 쓰러진, 마을의 늙은 송장을 몇 주워 삼키고, 하나의 실한 머리를 일으켜 세우지 않은 것은 아니라도, 어째선지는 모르되 헌데 저 毒龍은, 그렇게도 탐냈음에 분명한, 저 '불꽃' 하나를 못 삼키고, 저 흰 蓮의 가장자리만을 쓰륵 쓰륵 맴돌기만 했다. 그러면서도 毒龍은, 그 하나의 '불꽃'을 도저히 포기할 수가 없는 듯했는데, 허기는 그것은, '당'(mDang)이었으며, '權勢'여서, 그것을 탈취하기만 한다면 그 순간 저 毒龍은 다시, 그 한 우주에 용천병 냄새 독한, 흐린 먼지를 일으켜내, 그늘을 펼 것이었다. 왜냐하면 헌데, 저 검은 독구렁이에게 보여졌기에 저 한 '흰 蓮'은, 불의 눈[目], 독구렁이만을 먹어 그 불을 살찌우는 骸骨—희고 맑게 타는 불, 불의 말[言語], 도저히 끊을 수 없는, 한 사슬의 呪術, 그 大明呪였기 때문이다. 그렇다, 그러했음에도 毒龍의 비극은, 저 如意珠를 포기할 수가 없는 데에 있던 것이 아니었겠느냐? 현재 毒龍은 죽어가고 있으며, 그 죽음의 의미는, 다른 有情들과는 달리, 자기가 가장 두려워해 온, 자기 속의 그 '消滅'에로 떨어져 내린다는 그것인데, 왜냐하면 그것은, 그 精을, 한 늙은 계집의, 마을[俗]에의 모진 집념에 두어, 그 늙은 계집의 慾望, —그 마을을 다시, 자기의 子宮 속에다 처넣어버리고 싶은 그 慾望을 子宮으로 하여 태어난 것이, 나중에 그 마을이 바치는, 祭祀 음식에 그 골육을 굳힌 것이라 그렇다. 그렇게, 魔들과, 그리고 神들도, 그렇다, 消滅한다, 그 이름들이 불려지지 않을 때 그들은 사라진다. 그들을 괴롭히는 궁극적 한 악몽은, 그래서 '消滅'뿐이다. 이 말은 뒤집는다면, 그 '消滅恐怖症' 탓에 그들은, 끝없이 創造한다고 바뀌기도 할 것이다. 그랬으니 저 魔力도, 그것이 최후의 일전이 될지 어쩔지, 그것은 아무도 모르되, 殘氣에다, 惡心을 돋궈 한 번 더 일어났다. 그리고 그것이 자기에게는 가장 익숙한 것이 분명한, 그 戰術에다, 약간의 변용을 드러내, 저 한 송이의 '흰 蓮'을 공격하고 들었다. 그 蓮은, 自我도 아무것도 고수하고 있지 않는 空이어서, 骸骨이랄 것. 새로, 방향도 없이, 천의, 만의 가마귀 떼가 날아와, 날을 가렸으며, 그러며 殺氣와 분노와, 증오의 독소를 함량한 毒糞을 비처럼 갈겨 내렸다. 거대한 암흑. 그 毒糞의 비는, 땅에 닿는 대로, 용천병이며, 거머리며, 이며, 빈대의 모습을 꾸며, 산 것들께 들러붙었다. 그러며 가마귀들은, 쇠갈퀴로라도 미끄러운 벽을 그리는 듯한 소리로 울어, 그것을 듣는 고막들에서 피를 쏟게 했는데, 그러는 틈에 땅에서는, 요니와 입과 肛門이 한가지인, 狂犬들이 떼로 떼로 일어나, 모든 방향에서 으르렁거리고 짖어대며, 자궁이 고픈 발정을, 쑤물거림을 드러내, 모든 수컷들의 하초를 삘그러여 올리고 들었다. 그러나 종내 그것들은, 그것들 자신들의 증오며 분노를 못 이겨, 서로가 서로를 잡아먹기에 이르렀는데, 이상할 일이었다, 먹는 대로 헌데 그것들은 먹은 것의 크기만큼을 크더니, 나중에는 그 동네 산보다도 더 거대한, 한 마리의 암컷만 남게 되자, 그 서로 먹기의 싸움은 끝났다. 하늘을 덮은, 저 거대한, 암흑 속에서, 저 짐승의 입이며, 똥구녁이며 요니는, 戰場에로 떠오른 큰 달 같았다. 그 달은, 그 거대한 암흑 속에서, 광기와, 발정으로, 흐린, 번한, 불그스레한 악취 나는 빛을 뿜어내는, 그 요니를 열어, 저 한 '흰 蓮' 속의 명명한 불꽃을 불러들이고 있었는데, 그러는 그 어느 한순간, 그 '불꽃'이, 性慾에 의해서인 듯, 흐린 붉은 빛을 띤 듯했으나, 이내 다시 맑아져, 청정함을 지키고 있었다. '無一' 당굴은, 큰 한숨을 들이쉬고, '無一' 내쉬며, 아마, '殺慾과 교만'에 떨던, 자기라는 그 한 작은 毒龍을 지워내기에 다시 마음을 모두었다. 헌데 한번 그가, '흐린 붉은 빛'을 드러낸 건, 어쩌면 약간의 性慾을 함량했었을지 모르되, 그 실은, 당굴은, 저 미친 암캐로부터, 별세한 따님의 얼굴을 본 것이었으며, 그때, 일순 그의 마음은 혼돈을 느꼈던 것이다. 때에는 地動이 있었고, 그 땅 밑으로부터 어느 순간, 하나의 거대한 흐린 불기둥 같은, 地獄이 陽物의 모습을 꾸며, 불쑥 솟아오르는가 하고 있으니, 저 암캐가, 발정 탓에 가려운 샅으로 그것을 받아들이고 있다, 그러는 그 순간, 그 흐린 불기둥은 사라져버렸는데, 그 미친 광견이 한번 길게 짖는 그 짖음이 채 끝나기도 전에, 저 짐승의 요니며, 입이며, 똥구녁에서는, 억만의 황충과, 전갈과, 거머리와, 독사들이 버글버글 태어나, 그 땅을 가득 덮기 시작하고 있었다. 거대한 암흑, 하늘과 땅. 그러다 그것들로, 그것들 자신들의 살욕에 못 견뎌, 서로가 서로를 먹기에 이르렀던바, 먹는 대로 먹은 것은, 두 배로, 네 배로, 서른두 배로 불어나고 있었다. 無明이 일어나 無明에 살찌우고 있었다. 그럴수록 두터워지고 무성해지는 것은, 殺氣며, 증오, 그리고 無明. (당굴은 그래서 현재, 바르도에로 나아가 버린 것이겠냐, 아니면, 陰極 쪽에로 기울어진 三昧에나 처해 있는 것이겠냐?) 땅에서 일어나, 저 거대한 암흑—암캐의 후문을 친 뒤, 그 창자 속에서 녹아, 분비되어진, 모든 凶夢의 종내기들 중에서도 그러자, 최후로 한 마리만 남기에 이르렀더니, 당굴이 본즉 그것은, 그 목 밑에, 거대한 한 마리 括胎蟲의 몸을 꿈틀여대고 있었는데, 그 얼굴 때문에 당굴은 다시 일순 몹시 흔들림을 나타내지 않으면 안 된 듯했다. 글쎄 그 얼굴은, 바로 그의 아비당굴, 따님을 안고, 焚死하던 때의, 바로 그 얼굴이었던 것이다. 비록 그 탓에 당굴이 그의 마음의 비임[空]을 지킬 수는 없었다 해도, 그것은 그럼에도 아직 위기랄 것은 아니었더니, 위기는, 그러고 난 뒤에 왔다. 그랬을 것이, 저 거대한 암흑 속에서는, 따님과 스승 당굴의 얼굴을 단, 한 거대한 요니와, 한 거대한 링감의, 니전구투 같은, 한쪽에서는 먹으려 하고, 다른 쪽에서는 찔러 터뜨리려 하는, (파괴적 괴력들의 생식 행위란, 또 달리 어떻게 나타나겠느냐?) 그 싸움으로부터 당굴은, 가빠진 숨을, 도저히, 가령 '無' 같은 話頭로써도, 길들일 수가 없었으며, 그리하여 하나의 욕망에 묶였던바, 글쎄지, 당굴은, '어머니—아버지'가 하나로 되어 있는, 그 자리에로 스며들고 싶음을 억제할 수가 없던 때문이다. (그렇다, 畜肉을 한번 입어본 것들은, 그 畜肉의 아픔 맛 탓에만 아니라, 그것에의 공포 탓에도, 畜生道에로 되돌아오고 만다) 그랬던 고로, 저 한 '불꽃'은 '骸骨' 속에 담겨서도, 상사라 바람에 흔들렸으며, 흔들리기에 의해, 흐린 연기에 휩싸여, 어느 순간에 꺼져버릴지, 그것은 알 수가 없었다. 그럼에도, 아흐, 이런 모순당착이 없겠구나, 그 한 '불꽃'이, 아직도 간신이, 자기를 지탱하고 있는 것은, 분명히, 저 '無'라는, 話頭에 부축되어서였다. 흣흣흣, '無'가, 하나의 '化現'을 지탱해준다? 흣흣흣, 그럼에도, 좋은 聽者라면, 저 毒龍과 대치하기 위하여, 당굴이 친 陣法 자체가, 저 당굴의 話頭의 형상화라는 것쯤은 알고 있을 것이다. 이 陣圖로부터 그래서, 그 陣을 친 당자도, 生門을 찾아, 나오게 될지 어떨지, 그것은 그리고 나중의 문제일 것이다. 헌데 보게라, 저 거대한 두 짐승들의 싸움이 치열해져, 바야흐로 그 절정에 치닫고 있었을 때였을 것인데, 그 한 천지가 돌기를 시작하고 있었다. 빙글빙글 돌기를 시작하고 있었다. 보게라, 그것은, 하나의 거대한 요니와, 링감의 일원화에서 나타난, 보게라, 저 큰비암님을. 그렇다 그것은, 저 祭壇 뒤에, 無情인 양 한 어둑스레함으로 서 있어오기만 했던, 그 큰비암님—강림하셨납. 그 돌기는, 물레방아 같은, 가운데가 빈 동그라미였는데, 縱立하여, 天底와 天頂을 양극 삼아 돌고 있는가 하고 있으면, 어느덧 옆[橫] 으로 누워, 시간의 과거에서 시간의 미래로, 또는 미래에서 과거에로, 삐꺼덕삐꺼덕 돌고 있었다. 그래서 심지어 나무들까지도, 그 멀미 탓에, 속엣것을 토해내느라고, 아닌 시절에 꽃을 버글여내고 그랬다. 이런 廻轉은 그래서 廻轉이라도, 가령, '미래의 시간'이 '과거'화한다거나, '天頂'이 어느 일점에서, '天底'와 같은 일점에 모두어지는 것 같은 것을 종합한다면, 차라리 反廻轉이며, 그래서 廻轉이 逆廻轉이기도 하다면, 그것은 靜止라고 부를 것이기도 하잖겠느냐. 그런고로, 이제는 알조라, 어째서 저 큰비암님이라는 것은 늘, 無情인 양, 멀끔히 서서만 지내왔던지, 그것을 알쪼라. 어쨌든, 그 큰비암님의 돌기에 의해, 橫으로는, (그 마을에서 쓰는 月曆의) 세월이 태어났으며, 縱으로는, 숨이 잘 쉬어지는 곳, 숨이 잘 쉬어지지 않는 고장이 나뉘어, 有情들로 하여금, 숨이 잘 쉬어지는 데로 오르게 하는, 天路가 드러났다. 그 같은 天路의 아래쪽 끝에는, 나라카가 뿌리였다. 進化란 그래서, 橫的 프라브리티에서 縱的으로 주어진 과제인 것을. 저것의 廻轉은 그래서, 그것의 靜止 쪽에서 觀한다면, 한가지로 같은 것이, 有情들의 왼쪽 눈들에다가는 '虛'를 보이고, 바른쪽 눈들에는, '空'을 보이는 듯도 싶은데, 이번에는 새로, 그것의 運動 쪽에서 보기로 한다면, 그 廻轉의 가로[橫] 세로[縱]에서 나타나는, 그렇게도 무수한, 팔만사천, 많기도 많은 夢態 많은 것에도 불구하고, 大別하고 보면, 縱的 輪轉에서는, 그 또한 원은 원이로되, 그 '底'(始·終)와 '頂'(終·始)에서 꺾어져 되돌아옴이 있어, 그것은 말하자면, '양극을 갖는 타원형'(◯)이라고 불러야 할 것, 그런 것이 하나 化現하는 것을 보게 되며, 橫的인 데서는, 중앙의 黃方(土方), 또는 '心所의 시간'을 중심으로, 한 '點'(빈두, 비자)의 네 방위에로의 궤적, 또는 네 종류의 시간('心所의 시간'을 합치면, 다섯 종류—'시간의 과거' '현재' '미래' '極大의 시간')을 젖먹이기에서, 廻轉하는 十字形(卍), 또는 '中心을 갖는 四角'이라고 불러야 할 것, 그런 記號에로, 모든 형태나 양상이 합류해버리는 것을 보게 된다. 당굴이 본 것은, 그것들이었다. 그랬으니, 우리들의 아담은, 그 한순간, 모든 것을 잊고, 그것들에서 의미를 찾거나, 부여해주려는 목적으로, 먼저, 그것들에다 이름들을 붙여주려 했던 듯했는데, 당굴은 그러다가, 저 (縱轉의) '양극을 갖는 타원형'에서, 들여다보지 말았어야 할, 그 '안'쪽을 들여다보다, 그 '空'에 대해서는, 어떤 그리움을 느낀 듯했으며, '虛'에 대해서는, 그 그리움에 맞먹거나, 훨씬 큰, 두려움을 일깨워냈던 듯하다. 쯔즛. 그럼에도 물론, 아직 당굴이 처한 상태는 그렇게 나쁜 것은 아니어서, 말하자면 평온한 마음을 유지하여, 예의 저 '양극을 갖는 타원형'의, '밖'도 한번 내어다보려고 하고 있는 중이었는데, 당굴은, 한 참혹한 살육을 보아버렸다. 그렇다, 글쎄, 당굴이 '虛'에서 본 그 '두려움'이 일어나, 저 '空'의 머리를 물어, (이제 그러면 行者는, 저 당굴의, 空의 修業의 어디에 잘못된 데가 있었던지 알 만한 것이냐. 그렇다, '그리움'으로 건너다볼 수도 있는 '空'은, '虛'의 독아에, 그 머리를 물릴 수도 있는 '空'인것을?) 삼켜버리고 있는 것이다. 그것은 그래서, 당굴을 울게 했는데, 그럴 일이다, 한 修道者를 슬프게 하는 것은, 자기의 그 일세뿐만 아니라, 과거 몇백 세를 통해 자기의 苦行의 젖을 먹여 길러온 아이가, 일순간에, 그것도 최후의 그 일순에, 저렇게도 무참히 살육을 당하는 것을 자기의 눈으로 보는 일일 것이다. 돌아와 버린 것을, 돌아와 버린 것을, 것을. 그보다도 더 슬픈 일이 또 있을 것인가? 그래서 당굴은, 전 심신이 녹아 눈물이 되어버린, 그 울음을, 소리 없이 울었다. 자기가 슬퍼서, 그 운명이 외로워서, 죽을 수도 없는 삶이 괴로워서, 그리고 자기의 法의 젖을 먹어 자란 아이의 죽음이 한이 되어, 그래서, 흙을 쥐어 머리에다 끼얹으며, 읍했다. 그런, 아무 데도 바라볼 데가 없는 자처럼, 그 눈을 녹혀, 아무것도 바라보지 않으려는 자처럼, 피눈물을 흘리며 울었다. 道流여, 그럴 때 바랄 일이란, 도류 자신에 대한 그 슬픔을, 할 수만 있다면, 도류여 그것을 확산하는 수뿐이다. 그렇다, 그 일밖에 도류가 바랄 것은 없다. 시작으로서 그리하여, 가까운 이들로부터, 한 마을의 눈을 띄어놓은 채, 그 간을 빼내어 먹은, 黃中이며, 따님, 그리고, 프라브리티의 어느 한 터서러기에, 人世의 이름이 잘못 붙여져, 인간이라는, 독하디독한 저 天蟲들과 상치하지 않으면 안 되게 된 저 毒龍에 이르기까지, 그렇다, 도류는, 도류의 슬픔을 펴 늘이는 수뿐이다. 도류 자신에게 도류가 불쌍하면, 도류의 밖에는, 지렁이며, 초목이며, 병든 개 등, 팔만사천 종의 슬픔이, 아무 위로도 못 받고 있는 것을 생각할 수 있느냐? (그 당굴의 양미간을 지켜 앉은, 그 늙은네로부터, 그런 권고가, 저 절망한 修道者에게 전해지고 있었다)

그래 그랬을 터이지, 당굴은, 물론 그때도 울고 있었으되, 닫힌 눈을 비시겨 열어, 큰비암님像이며, 마을을 건너다보고 있었다. 그리고 당굴은, 마을뿐만 아니라 저 毒龍도, 人世의 고통에 당하며, 人世에로 移民 온, 그 運命을 벗지 못해, 마을에 묶여, 그것을 자기의 새로운 운명이라고 받아들여 오고 있다는 것을 생각했다. 그리고 그 毒龍의 그 人世用 운명은, 人世用 方言으로 붙여준, 그, '이름'이며, '象徵'이라고 알았다. 그렇다면 그것은, 그 양자를 벗는 날, 그 본디의 프라브리티에로 돌아가, 그 動의 잠 속에 깊이 가라앉을 것이었지만, 비극은 그럼에도, 有情들이 입은 살[肉身]과, 自我에 집착하게 되듯, 저것도 그 입어진, '象徵'과 '이름'에 집착하게 되었다는 데 있는 듯했다. 헌데 마을은 마을대로, 한때, 뭐든 믿고 의지할 대상, ―보다 직접적으로 말하면, '宗教'를 필요로 했었으나, 나중에 발견하게 되기로는, 그러나 그 종교가 그들께는, 구원이나 통로이기보다는, 차라리 저주며 장애로 모습을 바꿨을 때, 마을은,

마을대로, 運命을, 그리고 비극을 느꼈다. 그럴 것이, 저 運命은, 누대를 잘 살아온 지붕 위에로, 산 하나가 사태져 내려 덮기처럼, 자기들의 것이 아닌 것이, 자기들 위에 담빡 엎질러져 덮고, 숨 한번 쉬는 것까지도, 運命的으로 쉬어야 하는 것으로 여겨졌기 때문이다. 이 양자의 결혼은, 자기 속에서 色漢을 불러낸 어떤 비구니의, 그 幻鬼와의 그것과 별로 다름이 없었다. 그, 그리, 그리고, 그리고는, 둘 사이에로 겨울이 온다. 그러면 하나는 따뜻한 南으로 가려 하고, 하나는, 冬眠을 하려 한다. 雌雄同體의 括胎蟲모양, 그러면 서로가 서로에게 속박이 된다. (이 括胎蟲이라는 것은, 암수가 한 몸에 서식한다고 하면서도, 생식을 위해서는, 크, 클, 다른 括胎蟲이를 만나야 된다) 이제 서로는, 서로와 살 수가 없이 되었는데도, 서로가 없이는 서로는 또한 살 수가 없이 된 것이다. 咄! 그러한고로, 그 속박으로부터, 누군가가, 그 양자의 離婚을 도우려 하면, 누구든 그 보상을 하기는 해야 할 것이다. 그리고 저 括胎蟲이 편에서도, 그 잘림을 당한 부분의 상처를, 이제는, 새로운 運命으로 수락해야 할 것이다.

그리하여, 당굴은, 橫轉에로 돌아왔으며, 거기서 그는, 기꺼이 한 '點'이 되어, 빙글빙글 도는, 저 네모[卍] 속에다, 네모지게, 자기를 삽입해버렸던 듯하다. (흣흣, 당굴은 그래서 과연, 자기가 쳐 둘러놓았던, 그 陣圖의 '生門'을 거기서 찾았던 모양이냐? 아니면, 그는 그렇게, 殉敎를 감행한 모양이냐?) 하늘에서는 그러자, 그 거대한 암흑이, 물에 한 방울의 기름이 떨어졌을 때처럼, 응집 응결하여서는, 수줍은 듯, 북녘에 머물고, 들에서는, 저 거대한 한 미친 암캐의 발정으로 신음하는 짖음도 없어졌으려니와, 꼬리를 따르르 따르르 떨어, 한 천지를 凶家로 만들던, 그 독사의 그늘도 보이지 안 했다. 天仙들은, 아직도 바구니에 조금 남아, 시들어가던, 그 꽃비를, 탁 털어내 바구니를 비운 뒤, 돌아갈 차비들을 하고 있었다. 그리고 돌아들 갔다. 그러자, 그 祭場에는, 시든 陽光 몇 조각이 흩어져 있었는데, 祭祀도 끝나고 산은 산이었으며, 강은 강이었다.

그랬어도 마을은, 아직도 자리를 뜰 수가 없었는데, 왜냐하면 사람의 눈은, 天仙들의 그것들처럼, 빠르지가 못하기 때문에, "한 點이 되어, 빙글빙글 도는 네모[卍] 속에다, 네모지게, 자기를 삽입했다"는, 당굴의 그 죽음을, 얼른 파악하고 있지를 못하고 있었기 때문이었다. 사실 당굴의 죽음 같은 것을, (그리고 저 당굴은, 저 마을 모든 입들이 모아져 發音해낸, 靑黃色의 한 '아—'語였는데), 그 반대되는, 태어나기에서 그 예를 하나 빌어온다면, 아담의 태어나기와, 逆的으로 같은 죽음이랄 것이어서, 태어난 적이 없는 아담을 일러 태어났었다고 하듯이, 죽은 일이 없는 당굴을, 죽었다고 이르는, 그런 죽음이었다. (아담은, 그의 후손들과 달리, "흙에서 흙으로 빚음을 받아, 그 흙을 떠난 일이 없이, 흙에서 살았으니", 바람 불 때, 호수에서 일어나는 물 주름과 다르지 안했었을 것이다. 그랬음에도 그가, '태어남'을 성취할 수 있었던 것은, 그가, 자기의 밖에다 이름들을 부여했을 때, 자신에게도 그런 어떤 이름을 하나 부여하기에 의해서였던 듯하다. —'사람'[아담], 그것은 그러니, 울침한 숲에서, 아담이 어떤 나무 하나를 이름하여, '능금나무'라고 하니, 그 숲으로부터, 그 '능금나무'가, 태어나기, 그것인 것일 것이었다. 헌데 당굴은, 글쎄, 죽은 일도 없이 죽어버렸는데, 그 어떤 흐름에 좇아 한번 일어났던 물 주름이, 스러져버리기처럼, 그의 죽음도 그랬으니, 그의 죽음은 그런 것이었다. 그러기 위해서 당굴은, 자기가 지은, '無'라는 고치 속에서, '自我'라는 것을 일으켜 세워, 그것으로 저 벽의 어디에 구멍을 하나 내고, 거기로 빠져나온 것인데, 당굴이 빠져나온다며, 정작에 있어서는, 스며든 거기는, 전에 아담이, 사물이며, 비사물, 有情이며, 無情들에다 부여했던, 그 이름들이 脫落되어, 아무것 하나도 이름을 갖고 있지 않은 바로 거기여서, 이제 그는, 새로, 모든 것들에다 이름을 붙여야 하게 되었을 것이다. 그러고 본다면 당굴은, 아담의 大地로부터 떠난 일은 없으되, 거기가 어디든, 아담이 선 곳으로부터, 反極的인 데로 나아간 듯도 싶으다. 그렇지 않으냐?)

당굴은, 그랬었다, 예의 저 따님 얼굴을 해단, 저 발정한 암캐가, 소금에의 그리움으로 몹시도 키깅대며 삶을 문질러왔을 때, 性慾을 일으켜냈으며, 그리고, 아비당굴의 얼굴을 해 단, 저 거대한 독구렁이에 대해서는, 嫉妬心을 일으켜냈다. 이런 性慾은 그리고, 생식 철에, 짐승들의 수컷이, 그것들의 암컷들에 대해 일으켜내는 것과 꼭같은 것이어서, 이것도 형태상에 있어서는, 쾌감에의 욕구와 다름이 없다고 하되, 그것을 훨씬 더 뛰어넘어 있어, 聖慾이라고 불러야 할 것이라는 것도, 살펴두고 있어야 할 것이다. 그리고 저 嫉妬心은, (好愛도 마찬가지일 것인데,) 저 아비가 될 자의, '닫힘'을 여는 열쇠라는 것도 밝히 觀해 두는 것은 좋을 것이다. 그렇다, 그리하여, 당굴이 어미에 대해 일으키는, 好愛의 情과, 아비에 대해 일으키는 嫉妬心이 고조되자, 저 祭壇에 蓮座로 앉았던, 그 늙은네의 가슴에 앉겨 있었던, 그 명명하던 불꽃에 [29]'흐린 靑黃色' 빛이 돌더니, 그 가슴을 못 참고, 그 가슴을 떠나고 있었는데, (毒蛇가 天國의, 純化의 불을 못 참음!) 그 靑黃色 불꽃은 그리하여, 아비당굴의 얼굴을 해 단, 저 거대한 毒蛇께로 가더니, 겸비함으로 자기를 용납케 해주기를 비는 듯하였다. 그리고는, 그 毒蛇의 양미간에 살포시 내려앉는가 하고 있자니, 저 어미에의 강한 호애의 정을 드러낸다. 후훗, 그것은 저 아비에게 또한 강한 嫉妬心을 일으켰으며, 그러자 아비의 양미간이 열리고, 그 씨앗은 열린 데로 스며들었다. 그리하여, 그 아비의 嫉妬의 흐름을 좇아, 그의 목구멍에로, 척추에로, 가슴에로, 丹田에로, 그리고 會陰에로, 내려서는, 올랐는데, 그때 그것은, 아비에의 嫉妬心과, 어미에의 호애의 정으로, 소금보다 짜갑고 있었다.

그것은 하나의, 靑黃色의 '아—'語.

祭壇 위에, 그런 여러 겁파나, 희고, 그리고 맑게 피어 있었던, 蓮—저 어떤 客老는, 그러는 그 어느 순간 다시, 홀연히 온 데도 간 데도 없이, 보이지 안했다. 아까 언제 당굴이 보아 알았었기로는, 그는, 그 늙은 人皮에, '어린 羊'을 싸안고 있었다. 우리들의 어린 羊. —은 그리고, 짐승의 배 속에 든 지, 사흘 만에 다시 태어났다. 프라크리티의 지난함이여, 프라크리티의 지복함이여. 畜生道를 벗어난 말[言語], 靑黃色 '아—.'

그리고 下山했기 전에, 마을 사람들이 그 戰爭의 祭壇에서 본 것은, 意味가 括象되어 骸骨만 남은, 어떤 (主語였던) 記號 하나, 당굴이라는 한 蓮의 죽음, 한 짐승의 주검—그것뿐이었다. 그것은, 그 如意珠(意味)를 잃은, 저 '큰 비암님像'을 정면해 앉아 있었다. 그것을 제외한다면, 하늘은 푸르렀으며, 버들도 푸르렀고, 산그늘도 푸르렀다.

你看眉毛有幾莖.

行者여, 公은 그러자, 村老가 말해온 바의 그 毒龍이, 그 머리 쪽에서 보았을 때는, 如意珠를 문 듯하였으나, 그 배때기 쪽에서 본즉슨, 骸骨을 드러내고 있어, 저것은 심지어, 龍頭蛇尾도 못 되는, 천하의 잡것이라, 매우 유감이라고 말하놋다? 흣, 흣, 흣, 如意珠란, 村老가 앞서, 종종 말해온 바의, 그 '衆尼의 젖퉁이'에서 흘러 괴인, 젖 속에서, 그 衆心 속의 '당'(mDang)이 결정된 것이라, 寶珠이되, 그래서 그것을 가진 자는, 천하를 그 장중에 쥔 듯하되, 그것은 여전히 衆心에 소속되어, 거기로 돌아가야 되는 것, ……그러면 또, 그 衆尼가 낳은 자식 속에서, 무엇 하나 힘센 것이 있으면, 그것이 또 저것을 제 입에 물려 할 것이지. 그런데 그것을 그 입에 무는 순간 그것은 行者여, 사람보다 힘이 세어, 怪物이 된다. 行者여, 이 문제로 村老가 더 말하려 하면, 종내, 公의 눈썹까지도 장리내다 소비해야 될 것이다. 거두절미하여 말하면, 그래서 저 如意珠란, 村老께는, 畜生道의 正義보다, 더 많지도 적지도, 크지도 작지도 않다. 그런 그 畜生道가, 그 살[肉身]을 잃으면, 行者여, 그러고 나면, 무엇이 남는다고 하겠느냐? 흣흣흣, 그럼에도 村老는, 이제는 더 말하려 하지 않는데, 그럼에도 行者가 뭘 좀 더 듣기를 원한다면, 行者여, 公은, 말이라고는 별로 해본 일도 없이, 그 길이만 자꾸 길어난, 公의 그 혀끝에서, 세 치 길이만 물어 끊어, 떼어 村老의 안주에 바쳐 삼을 일이다, 그러면 그 기름으로 村老의 혀를 유연히 해서 조금만 더 말해주마.

헛, 道流들, 그러나 村僧은, 촌승의 혀 세 치를 끊어, 늙은네께 안주로 바쳤기는커녕, 그리고는 낄낄거리고 웃어젖히며, 촌승의 자란 머리칼을 뽑아 채는, 그 늙은네의, 서 발이나 되는 흰 수염을 거머쥐고, 그 늙은 머리통을 흙밭에 뒹굴이려 했더닙지, 이것 봅습지, 촌승의 손에는 헌뎁습지, 그 늙은네 벗어버린 껍질만 한 벌 [30]喪服으로 남아 있고, 그 알맹이는 홀연히, 온 데도 간 데도 없었습지. 그래 저 돌중은 혼자 생각에, 아마 날이 저물고 있거나, 달이 지고 있을 것이라고, 그러며 돌아갈 길을 내어다보았었습지. 그랬습지, 그 먼, 하도 먼 길을 걸어, 겨냥했던, 그 동구에까지 닿았다가는, 그 문턱을 넘어볼 생각을 접어버리고는, 글쎕지, 그 한 각설이는, 돌아가는 길에로 마음을 모으고 있더라 말입습지. 돌아가더라도 어쨌든, 마셔온 고량주에, 뿐만 아니라, 늙은네의 얘기에도 취했다 깨이는 판이 되어서, 그 각설이도 피곤했던고로, 우선은 한잠부터 자고, 허기는, 피곤부터 풀고 볼 일이라고, 몸이 으스스한 것을 생각해, 그 늙은네가 벗어 남긴, 그 껍질을 펴 덮으며, 그 자리에로 비그르 무너져 누웠습지. 그 각설이는 그리고, 눈은 감았으되, 잠에는 얼른 못 든 듯하고 있더니, 그런 오랜 후에는, 빙그레 웃기까지 하며, 뭣 때문에였던지, "밤마다, 잠을 자며 자는 중에, 새 신발을 한 켤레씩 몽땅 몽창 닳게 했다"는, 어느 나라, '열두 公主'들에 대한, 상념을 떠올렸습지. 허, 허기는, 왜냐하면입습지, 저 돌중이, 그 늙은네 벗어 남긴, 그 한 벌의 꺼풀을 자기 위에 펴 덮었자마자, 이제까지 한 번도 보인 적이 없었던, 저 '열두 公主'들의, 그 수상한 잠 속에로의 소로가 하나 열려, 번히 내려다보인 까닭으로였습지. (그리고 그것은 내려간다거나, 나아가는 길이 아니라, 들어오는 길이더군입습지)

우리들의 羅卜이 장가 길에 喪服 입었더랍넵.
쭈쭈쭈쭈 쭈쭈쭈 헹의 바지 입구가제.

却說이 때—*

* 이제부터 그리하여, 美里에로 돌아온, 촛불중의 (雜說이 끝나고,) 美里 살기의 얘기가 시작된다.

七祖 語論 2

제1부 中道〔觀〕論(Mādhyamika) 2/間場
—續·죽음의 한 연구

제4장

그것이 어쩌면, 마지막이 될지도 모르겠다는, 그 集會가 끝났을 때는, 대개 자정이 가까워지는 늦은 저녁이었어도, 그때부터라도 그 자리에, 약간의 잔치가 없을 수는 없었을 터였다. 물론, 그 댁(별세한 장로댁)에서 쉼 없이 내놓은, 차며, 술이며, 또 이런 것 저런 것, 곡물로 만든 것들로 조금씩 입맛을 다셔가며, 그만큼이나 저녁을 저물렸다 해도, 거기 모인 자들 누구나 없이, 목도 물론 컬컬하기뿐만 아니라, 시장하기도 했을 것이었다.

그렇게도 많은 말을 자아내고, 또 무슨 할 말을 더 남겨놓았겠는가, 그런즉 촛불중은, 등신불모양 앉아, 이 사람 저 사람이 권하는 술을, 순서대로 몇 잔만 받아마시고, 취기를 핑계 대어, 그 잔치에서는 물러나려 하니, 그 댁 청지기 늙은네가 등을 들어 앞선다. 달이 밝고 있던 것을 미처 모르고 있었더니 촛불중은, 토방에 발 내려디디며, 숨 한번 크게 들이쉬려 고개를 젖히다, 그 중천에 푸른 蓮 한 송이가 밤에, 희게 피어 있음을 본 것이고, 그래서 숨을 크게 한번 내쉬며, 달이 밝고 있다고 안 것이다. 그때의 촛불중의 느낌은, 자기가 그 달을 눈으로 따 내려 삼켜 먹어버린 듯하여, 그 달은 밖에 밝았는데, 이제 또 본즉슨, 자기의 눈의 안쪽의 연못 위에 떠 있는 듯하여, 그 달빛이 薄荷스러웠다. 붉은 석등도, 그 휴식스러운 빛 그늘을 그 못 속에 밀어뜨려 넣어, 그 저녁 못에는, 달과 석등이 蓮이었다. 이 저녁에는, "저 蓮들이, 무슨 알들을 품고 있던고? 그 알 껍질 속에는 벌써, 흰 새들이 요요히 앉아 있덩구마는." —등 들어 앞서 걷는, 청지기 늙은네 의 발 디뎌 간 자리를 촛불중은 디뎌 따르며, 그 연못 가운데, 떼 입힌 작은 구름다리를 건너는 중에는, 그 발소리들에 놀라고 그 蓮의 새들이, 잠을 설펴, 푸르륵 푸르륵 날아 학 모가지 형상의 소나무 그늘에로도, 석등 지붕 위에로도 내려앉았는데, 그 속에서 타는 촛불꽃 탓에, 석등 지붕은 발에 시립도록 뜨거웠던지, 거기 내렸던 새들은, 발바닥을 뜨거워하며, 그늘 속에로 숨어들었다. 이 중은, 좀 쉬었으면 하고 생각하는 모양이었다. 그늘을 그리워하고 있는 것인 게다. 앞서 청지기 늙은네가, 꾸부정히 들고 걷는 등이, 멀리, 아주 멀리, 夜行 중 흔하게 보아왔던, 먼 마을 창불처럼 보였으며, 움직임들이 더뎠든, 시간의 흐름이 더뎠든, 그 연못 위의, 떼 입힌 짧은 다리 하나 건너는데, 촛불중 자기는 수백 보를 떼어 딛고 있다고 느끼고 있었다. 中門 열리는 소리가 먼 달 아래 들리고, 촛불중은, 별세한 장로가 서재로 썼던 방에 인도되어졌는데, 그 아랫목에는 벌써, 이부자리가 정결히 깔려져 있었다. 청지기 늙은네는, 촛불중이 피곤할 게 분명하다고, 그래 그는 다른 말은 없이, 등만 책상 위에 놓아두고는, 싸게 되돌아 나와버렸다. 그러며 늙은네는, 예의 그 중문을 나서기 전에, 한 번 더 그 방을 뒤돌아보고, 그 방에 불이 켜져 번하다는 그 한 이유만으로, 그렇게도 소조하던 그 큰 집이, 어째선지 가득 찬 듯하다고 느꼈는데, 그것은 썩 좋은 느낌이어서 늙은네는, 깊은숨을 한 번 불어내고, 그리고는, 요 며칠 자기는, 어째선지는 모르되, 촛불중과, 六祖였던 사내와의 구별을 잘 못 해온다고, 기억해내고 있었다. 그 늙은네까지도 전에는, 속에서 거위가 틀어 오르는 느낌을 갖지 않고는, 저 촛불중을 마주할 수가 없었는데, 이번 길에 돌아온 이 촛불중은, 어디서 '촛불중'만 허물 벗어놓고, 조금 더 늙은 '六祖'를 꾸며서 돌아온 느낌뿐이어서, 늙은네는, 여러 번이나 체머리를 흔들어야 했었다. 늙은네는 그럼에도 물론, 촛불중은 여전히 촛불중이었으며, 六祖와는 발가락도 닮은 데가 없다고도 알고는 있었다. 그래서 늙은네는 이 저녁에, 새로 고쳐 생각했기는, 저 둘이는 "발가락도 닮지 않기"로 닮았을 것이라고 했다. ―그러나, 이런 관념은, 늙은네에게는 너무 생소했으며, 그래서 누가 혹간, 자기를 엿듣지나 안 했는가 하여, 얼른 중문을 나서, 약간의 잔치가 여물고 있는 데로 가, 그 잔치의 시중을 들려 했다. 그랬음에도 늙은네는, 연못 가운데, 떼로 덮은 다리 위에 우두커니 서서, 더 움직이지를 안 했는데, 그러자니 그는, 밤으로만 굳은 몸을 풀러 다니는 고목이 된 매화나무가, 무슨 인기척이라도 듣고, 우뚝 멈춰 서버린 듯했다. 늙은네께 새로 문제가 된 것은 무엇인가 하면, 전에 六祖에 대해서 가졌던 것과 똑같은, 그런 애정을, 자기도 모른 새, 요 며칠 새, 촛불중에 대해서도 갖기 시작해, 뜨겁도록 싸안고 있다는 그것이다. 그러며 늙은네는, 그 애정으로 하여, 아직도 퍽도 젊은 상전, 별세한 장로의 손녀를 건너다보아 오고 했었다.

늙은네가 되돌아나가고 난 뒤 촛불중은, 잠을 청해볼까 하여, 늙은네가 놓아둔 등을 꺼버렸다. 그러자 松窓 남녘이 은은해져, 다시, 달이 밝고 있는 것을 알았으며, 그래 그 창을 열었다. 노숙으로만 그 나이껏 늙어온 사내였으니, 어찌 그 달이, 저 흘렀던 혼을 불러내지 아니했겠는가. 밤새 우는 소리, 찬 이슬, 밤이 밤에 일어나, 모든 잠들의 언저리로, 가슴으로, 디뎌 지나며 뿌리는 헤설픈 夢片들, 때로는 찬비, 울음, 낙엽, 그리고 울음, —헌데 이 저녁달은, 그 노숙들을 통해 보았던 달과는 같아 보이지가 안 했다. 달은 호화판이었다. 그래 촛불중은, 자기를 위해 손보아 둔 것이라고 믿어, 그 이부자리 위에 번듯이 눕고, 베개를 높이 했다. 이제 촛불중이 할 일이란, 생각하기도 아니며, 내일 일을 걱정하기도 아니고, 깨어 있기도 아니다. 꿈까지도 꾸지 않으면 좋을 것인데, 이제 그러니 한잠 잘 일이 있어, 그것 속에 안겨들기를 바라, 잠을 주관하는 자의 蓮足 아래, 겸허히, 자기를 바쳤다. 제 등 대일, 호곤한 아랫목 하나 마련치 못해, 한데로만 헤맸던 사내가, '잠'을 보챈다고 하면, 누구나를 실소케 할 것이 분명하지만, 이 저녁 그는 다시, 그 '잠'을 생각하고 있다. 이 저녁, 촛불중이 바라는, 그 '꿈 없는 잠'은, 그것이 行道꾼들에 의해서, '無에의 肯定的 體驗'이라고 이해되어오고 있으니, 이것은 매우 수상한데, 낮의 그의 '雜說' 중에서, 그것을 話頭 삼기의 위험에 대해서 그렇게나 신랄하게 지적했음에도, 여전히 그의 話頭는, '無'나 아닌가 하는 것을 고려케 한다. 그리고 그의 '雜說'에 의하면 '無'란 한 行道꾼이, 그 시작으로써, 다시 얘기지만, 그 시작으로써, 세운, 그 대상에 좇아, 두 개의 국면을 드러내 보이는바, 그 하나는, '自我'(비쟈·點)를 대상으로 하여, 그 내장을 뽑아내기(아나트만)며, 그 다른 하나는, 여기에 그의 '無意識論'이 서는 자리로서, 이번에는, '자기의 밖'을 모두 깨워내기인데, '일깨워진 밖'은, (이것은 心理學的 결과가 아니라, 禪的 결과래얄 것인바) '空'化해버린다는 것을 관찰하고 있어야 할 것이다. 그러니까, 모든 것은 아직도 거기에 있음에도, 그 모든 것을 일깨워버린 정신은, '空'을 성취해 있어, 그 '空은 꽉 채워진 空'으로 이해되어질 터이다. 그렇지 못할 때, 그것은 꽉 채워져 있는 채, 깨움을 받지 못해, 찐득거리는 苦海가 그것일 터이다. 그렇다면, 니르바나와 상사라는, 다름이 없는데, 저렇게 다른 것이 분명하다. 그렇다, '잠'이라는 話頭는 그래서 촛불중께는, '無' 그것인데, 凡心에는 '깨우기 위해 잠을 잔다'는 禪定法(요가)은, 얼핏 동의키에 용이하지 않은 것도 사실일 터이다. 어쨌든 '잠'은, 금강석보다도 더 굳은, '自我'까지도 대번에 녹혀내는, 머큐리 液이다. 그리고도 그의 과제는, 그렇다, 결국 어떻게 저렇게나 두렵게도, 깊으고도, 넓으며 무거운 잠을 모두 깨워내느냐, 그것이 아니겠느냐. 그 때문에도 그는, 美里에로 돌아왔는지도 모른다. 그러니 그는, 불원간, 읍을 떠나, 그곳의 村長답게, 美里로 돌아갈 것이 저 늙은 청지기의 눈에까지도, 내어다보이고 있다. 이 자리는, 이런 얘기에 좀 너무 성급한 느낌이 없잖아 있으되, 촛불중께는 그렇다면, 잠도 깨어 있기의 일종인데, 그것은 휴식의 유방을 갖고 있는 것일 것이다. 잠을 청하며 그래서 촛불중은, 그 잠을 자기에게 맞도록 재단하여, 품이 너무 크지도 작지도 않고, 너무 엷지도 두텁지도 않게, 입고, 덮으려 하고 있다. 그러나,

이 저녁 촛불중은, 잠을 조금도 못 들이게 될지도 모른다고, 느끼기 시작하고 있었다. 아까, 연못 위, 떼 덮은 다리를 건널 때 먹어뒀던 달이, 어느덧 그 방에 떠올라 있어, 그 빛으로, 한 중님을 왼통 끄을려대고 있었다. 달빛 가운데다 피부를 열고 있으면, 바위까지도 광견병증을 일으켜낸다. 그래서 밤에는 누구도, 사립짝뿐만 아니라, 마음까지도 닫지 않으면, 그 달빛이 불러내는 소리에 좇아, 處容들이여, 자네 마누라들이, 홍등을 켜고는, 사립짝을 비시겨 열어놓기에 이른다. 시간이 조금씩 더 흐를수록 그래서, 열이라고는 조금도 없는 달빛에 익어 촛불중은, 몸이 점점 뜨거워짐을 느끼고, 개 고뿔이라도 든 개새끼모양, 조금씩 앙구찮은 소리를 내기 시작하고 있었다. 우스울 노릇은, '잠'

의 話頭로, '잠의 禪定'을 행한다는 중 나리가, 잠을 못 이루고, 깨인 채 꿈속으로 들어가 버렸다는 일이다. 달밤에, 특히 만월 때, 몸을 다 졸아 태워 올려, 속이 왼통 비워지도록 짖는 개들을 보면, 그 개들이 꿈을, 그것도 뜨거운 꿈을 꾸느라고 그리도 지랄용천이라도, 개들이 그렇다고, 자며 꿈꾸고 있는 것은, 허기는 아니다. 백일몽도, 그리고 물론, 몽상이며, 공상, 환상이며, 상상까지도, 그것들이, 그것에 잠긴 자들의, 깨인 채 꾸는 꿈 말고 허기는 또 무엇이겠는가. 마는, 촛불중이 그렇다고 이 야중에, 그런 무슨 백일몽이라거나, 공상에 침몰해 있는 것은 아니다. 그런 것은 그래서, 그 꿈의 범주별로 따진다면, 공수병의 발작이라든, 광견병 증세래야 할 것인지도 모른다. —듣기로 저 촛불중은, 저한 광견병의 고장을 들르려다 되돌아와 버렸다고 했는데, 그랬음에도 어쩌면 그는, 그 동네의 그 거대한 狂犬(큰비암님)이, 제 治域 표시하느라, 전에 언제, 찔끔찔끔 갈겨놓은 그 오줌에, 그 뒤꿈치를 닿이었던지도 모를 일이다. —'깨어서 꾸는 꿈'의 종류를 헤아리려 하면 그 수는 물론 많을 것이라도, 쉽게 떠오르는 것들로만, 그 이름들을 몇 나열해보기로 한다면, 용천病症, 오난症, 요나症, 부나비症, 處容歌, (송장이 되고 난 뒤의) 강쇠症, 흙病症 따위들이다. 누구나 알겠다시피, 이 공수병의 발작의 특성은, 물의 원소가 적 되어 일어나기며, 그런즉 그것은 다름 아닌, 그 한 물魂에의 달의 소명인 것이다. 이것을 좀더 세밀히 진맥해본다고 하면, 요나症과 부나비症의 겸증을 알게 되고, 그 병은 돋기면, 그 환자를 지옥에다 밀어 넣는다. (왜냐하면, 그 病元[素]의 다름을 제외한다면, 요나症과 흙病症은 꼭같은 病이기 때문에, 물病者와 더불어, 地獄이 거론된다. 有情이 앓는 病이란, 그 입은 元素들이 적 되어 일어나거나, 친화력을 잃고, 흩어져가기인 것이다. 易) 헌데 한 有情이 입은 네다섯 元素 중에서도, 물과 흙이 그 주된 몫을 담당하기 시작했을 때부터, 그렇다, 무엇이든 그것이 한번, 달의 소명에 귀를 열었다 하면, 죽었다가도 일어나, 뛰쳐나온다고 나오며, 차라리 더 깊이, 저 달의 요니 속으로 파고들어 가버린다. 아으, 三世의 모든 畜生들 얼굴의 어머니, 달, 다산인데도 아직도 처녀, 검은 상복의 암거미, 열여섯 살, 아직 태어나지 안 해, 죽음인, 자식들의 주검(쇠바)들을 껴안고 덤비는 벗은 계집, —자식이 살아나, 빠등거려, 불처럼 타오르면,

그 요니로 자식의 목을 잘라, 그 골을 빠는 암캐, [1]만트로다라. 이 계집이 없이는, "쉬바라도 쇠바(송장)이다." 그러면 그렇다, 송장인 자식의 복부에서, 한 우람한 禪木이 돋아, 일시에 자라, 거목이 된다. 禪木—옴. 덥고도 젖은 꿈. 이 중나리는 이 저녁, 계집을 하나, 그리워하고 있었다. 그 하나 계집이 불러내는 소리를 언제부터도 듣고 있었다. 처녀로 죽은 송장들, 손말명 姦하기의, 치사한, 그 삼세의 면사니가, 이 저녁 또, 그런 어떤 송장에의 그리움을 일으켜낸 것인게다. 그 모든 처녀 송장들이 허기는, 하필 이 댁 여자 주인의 얼굴을 꾸며 갖고들 있었다. 처녀 과부—임신하고 있지 않은 자궁은 모두, 아무리 기름져 있어도, 그것 자체는 송장이다. 한 마리 광견이, 저 검은 달이 불러내는 소리에 귀 열어 일어나, 그것의 자궁에 빠져 죽기에의 두려움으로, 도망간다고, 저 苦海로부터 도망가며, 힐끗힐끗 뒤돌아보기로, 홍등을 빤하게 켜 내걸고, 그 깊은 안위를 열어 보이는, 저 두 이파리짜리 붉은 蓮—苦海에 펴 떠 있는 것, 그것에의 타는 그리움을 느끼고 있다. 물을 두려워하며, 그것 속에 익사하기는, 왜냐하면, 저 수면에 펴 오른 蓮 탓이다. 두려움 탓에 한 孤魂이 도망하고 있을 때, 그 끝없는, 외로운, 고달픈 배회의 길에, 빤하게 열어 보이는 문은, 아무라도 들지 않고는, 도저히 그냥 스쳐 갈 수 없는, 그렇게나 무서운 유혹임에는 분명하다. 들지 말거라마는, 문 속에로 들지 말거라마는, 들면, 그 안쪽에는, 더운 羊水가 七海이다.

촛불중은, 낮이 기울도록 홀짝여왔던 술이, 그 취기를 늦추었다가, 뒤늦게, 그리고 한꺼번에, 그 취기를 일으켜내고 있다고, 그렇게 생각해내고 있었다. 더워지고 있던 몸이, 그때쯤엔, 잉걸모양, 번한 빛까지 낸다고도, 그 돌팔이 사내는 느끼고 있었다. 달이 불러내는 흑자색 소리는 점점 더 깊어지고, 그 깊은 곳에서 흘러 나는 암내는, 그 소리의 두 蓮잎을, 흑자색으로 번들거리게 했다. 촛불중은, 자기가 된통 흔들린다고, 세상이 왼통 출렁인다고, 흑자색으로 휘몰이 치고 있다고 느끼고 있었다. 이 느낌은 분명히, 눈을 백 개씩이나 해단 공작의 새끼가, 알에서 부화된 그 순간, 그 백 개의 눈으로 처음 보게 된, 그 세계에 대한 느낌과 같을 것인데, 그 어미 공작에게는 견고하기만 한 그 대지가, 그 새끼 공작에게는 출렁이기만 한다는 것은, 이상할 일이다. 촛불중이 느끼는 이 출렁임은 더웠으며, 호솨서, 간이 시림으로 녹는 듯하다고 느끼고 있었다. 한 마리 새끼 공작은 그때, 자기가 한 마리 돌고래, 미끄러운 물개인 것을 느끼고 있는다. 그리하여, 이 한 흐르는 넋은, 恐水病은 여의었으되, 輪廻 속에 갇혀 들었도다. 이 客鬼는, 이 고장 處容의 탈을 제 얼굴에 쓰고, 이제는 거기 머물러 앉고 싶은 것이며, 이제는, 물림[逐] 받아 떠나고 싶은 것이 아닌 게다. 절시로, 밖으로, 언저리로, 바람이어서 떠돌던 것이, 이제는, 호꼰한 데에, 어디 아랫목 되는 데서도 그중 깊은 데쯤에, 똬리 쳐, 눈감아 지내고 싶은 것인 게다. (글쎄지, 눈을 뜨고 세상을 절시하려 하니, 無事乞도 바쁘던 것이다) 밖으로만, 언저리에서만, 바람이어서 떠돌며 해왔던, 세상 절시에도 춧불 중은 지쳐, 그 눈에도 핏발이 서고, 안개가 껴, 고름이 찌절거리고 있는 듯한 느낌뿐인데, 그런 흐린 눈으로 훔쳐보는 세상은, 더 흐리고 누린 데다, 더 질척거려 보일 것이 분명하다고 했다. 눈은 그렇게 세상을 절시하고, 마음은, 그 절시하는 눈을 절시해 온 것인데, 그런 절시에 눈이 피로해져 버리자, 마음은, 그 눈의 피로를 좇아, 신축력을 잃었는지도 모른다고, 이 사내는 자신을 관찰하고 있었다. 마음이라는 것이 이제는 그리하여 그에게는, 몹시 늙은 수탕나귀의 봄날 하초나, 삼복의 개 혓바닥모양, 어느 순간 빼물려 나가면, 문틈에 엇물린 흰 두루마기 자락이나, 상여 지나간 수풀에 엉긴 魂紙나 모양, 거기 그냥 그렇게, 빼 내물려 무세월이었다. 알맹이는 어느 녘엔지 빠져나가, 바람 따라, 구름 따라, 시절 따라, 삭아져 가고 있는다. 그렇다, 흰 두루마기 자락에서는 흰[白] 것만 빠져나가고, 魂紙에서는 魂만 떠났다. 그래서 마음이라는 것은, 그렇게 뛰어나가 버리면, 그것이 담겼던 집은, 주지승 떠난 암자나 같은 것인가? 그런데 일러, 마음이라는 것이 하나뿐이라면, 그것은 그럴 터이다. 헌데, 세상 밝이 달 아래, 저 혼자만 슬카장 놀다, 어쩌다 건듯 부는 바람결에 고향 냄새를 맡고, 그 마음이 돌아와 보면, 제집 지붕에는 쇠비름 대신 기와가 올려져 있고, 토방과 마루 위에는, 네 짝 정도의 신발이 어지럽게 흩어져 있는데, 크고 어글한 것은 것대로, 볼이 좁고 이쁘다 싶은 것은 것대로 짝 맞춰놓고 보면, 두 켤레이다. 그 신발의 임자들은, 뭣이 많이도 급했던지, 신발도 제대로 못 벗고 뛰어 들어간 것이다. 돌아온 것이 그래 우선, 그것이 자기 집 말고, 어느 뉘기 집이나 되는가 싶어, 문틈에 눈을 밀어 넣어 안을 훔쳐본다면, 그리고는 새로 놀랄 것이다, 것이, 어떤 客鬼 놈이, 저 떠날 때, 문틈에 물려 벗어버려 놓고 갔던, 그 두루마기를 입은 데다, 제 얼굴을 꾸미고 앉아, 제 마누라를 희롱하고 있는 것이다. 마음이란 이러고 본다면, 헌 옷 속에서 꼴린 하초 같은 것이다. 이쪽서 솟아나는 것을 사려 넣으면, 저쪽서 불거지고, 동에서 가렸다 하면, 서에서 돌출한다. 그것인즉슨 그렇다면, 그 헌 옷에 해진 곳이 많은 탓인가, 아니면 그 헌 옷 아래쪽에, 그녀러 불거져 나온 것이 여러 개라서 그런가? 아지 못케라. 그렇걸랑은, 그놈의 이며 빈대며 숭실거리는 놈의 헌중의일랑은, 개굴창에나 처넣어, 더운 피에 굶주린 거머리들께, 더운 피에, 배가 불러, 저녀러 불알도 못 보게 살이 찐 이며 빈대의 보시를 하든지, 아니면 군불 피우는 데 쏘시개나 쓰며, 그것들 타는 누린내라도 좀 맡아보든지 하구시나는, 아예 가리지를 말고, 활짝 드러내 버리면, 더는 가릴 필요가 없는 것이 아니겠는가. 이상할 일이다, 손이며 발은, 그리고 손가락이나 발가락은, 한 쌍 한 쌍씩에, 또는 다섯 개 다섯 개씩에, 열 개에 열 개씩을 달고 있어도, 세상 비탈진 데를 오르려다 보면, 그것으로도 모자라, 원숭이모양, 실한 꼬리라도 하나 더 달고 있었더면 하고 바랄 때가 많아, 삯 주어가며, 손도 사고, 놉도 대는데, 유독 하초라는 물건은, 세상 남자들이 대체로는 하나씩만 달고 있는 것이 상례임에도, 그 하나도 너무 많아, 조강지처에 후첩을 여럿씩 거느리고도, 그리고도 모자라, 이웃의 자부뿐 아니라, 그 시어머니까지 욕심내다, 살림을 왼통 왓대에 탕진하기라든, 코를 베이기는 물론, 불알을 까이기 같은 일이 너무도 흔해, 세 치 혀로써는, 그녀러, 하초의 수를 다 헤아리지 못함이 분명하다. 그러고 본다면, 하초라는 것과 마음이라는 것은, 같은 한 물건인 것이, 하나는 色界에 돋아 있고, 하나는 空界에 돋아 있는 듯하다. 하초의 수도 알 수가 없었듯, 그런즉 마음의 수도 알 수는 없는 듯한데, 마음이라는 것이, 色界에다 자기를 드러내 보이려 하면, 사물이나 존재들에 제휴하거나, 五蘊의 고의적삼을 입기는 한다. ("사물이나 존재들에 제휴하여 자기를 드러내는 마음"은, '헌중의와 하초'라는 관계에서는 따져볼 품목이 아니므로 잊기로 할 일이지만) 너무 입다 보면, 그 五蘊에도, (병이며 노쇠라는 투의) 해진 구멍이 여럿이 생길 것, 그렇다면, 그 수를 정확하게 알 수는 없으되, 그저 어림짐작으로, '하나'일 것이라고 알아 온 마음도, 그 수가 너무 많아 탈인 듯하다. 일단 그 중의의 여기저기에 구멍이 나기 시작하면, 누가 육손을 갖고 있어, 두 손의 손가락 수가 도합 열한 개에서 열두 개까지에 이른다 해도, 그래 그것들로 발을 엮어 가리려 한다 해도, 오히려 부족하여, 이눔의 홍노는 도처에서 일어날 터여서 속수무책일 것이다. 그러면 전신이, 귀두로 변해버린다. —촛불중은 앓듯이, 또는 짖는 듯이 웃고 있었던 듯했다. 그의 숨은 고르지가 못했으며, 그래서 그의 숨의 색깔은 붉고 탁했다. 달숨(왼쪽 콧구멍으로 쉬는 숨)이 해숨으로 바뀌어져야 될 때에, 그 해숨 들락거릴 자리가 왠지 막혀 밍밍해져 촛불중은, 축농증 같은 것이 일으키는 것 같은, 그런 두통과 갑갑증을 느끼기 시작했다. 촛불중은 그래 일어나, 연좌를 꾸며 앉고, 왼쪽 엄지발가락을 주물러, 해숨 자리를 원활히 하려 했다. 그러며, 게을러지고 싶어 하는 마음을, 억지로라도 그 숨가락에다 투입하려 하며, '대[竹] 마디'를 헤아리듯, (— — —) 하나에서 일곱을 헤아리는 들숨을 쉬고, 한 마디를 멈췄다가, 다시 그런 날숨을 쉬기를 열둬 번 반복했다. (그렇다면, 이런 '숨 헤아리기'도, '無'와 마찬가지로, 初禪을 위한 한 話頭인 것이다) 이것은 그리고 무엇보다도, 조금 늦어지기는 했지만, '黃昏祭'(솬디야)를 지내야 할 시각인 것이다. 그리하여 그런 뒤에는 촛불중은, 그 숨들의 길이를 늘였으며, 그리하여 그 숨들을 촛불중은, 발가락이며 머리칼로도 쉬었다. 사미여, 사미는, [2]"자네 어미의 자궁에 자네의 근을 밀어 넣고, 자네 누이의 젖퉁이를 누르며, 자네 스승의 대가리를 짓밟을지어라." —솬디야.

촛불중은 헌데, 두통만 더해 느끼고 있었다. [3]누이 '불뱀'(솩티)이, 계모의 얼굴을 드러내어 일어난 듯하다. 그리하여 그 자식의 하복부에 돋아난 禪木 한 그루를, 세 바퀴 반 휘감아 올라서는, 그 禪木 가지에 매달린, 익은 열매들을 따 먹어버린 듯하다. 어머니의 요니에, 누이의 젖퉁이를 해 단, 그 불뱀은 아버지의 얼굴이다. 毒龍, 붉은 龍. 촛불중의 禪定(요가)은, 陰極에로 기울어버린 듯하다. 촛불중은 한 줄금 코피를 흘려냈으며, 일순의 암흑한 느낌과 더불어, 기름땀에 젖고 있어, 그 방 안을 악취로 들끓게 했다. 그러자니 명명히 타던 촛불꽃까지 흐려 붉어져, 죽은 핏빛을 뿌렸다. 이것은 한 禪꾼에 대해, 그 한 禪의 솥을 망치게 될지도 모르는, 한 위기인 듯했다. 이 위기는 그런데, 禪의 鍊金術에는 꼭히 일어나야 되는, '毒'으로서의 그것인지, 아니면, 아예 그 禪料가 틀린 것이 되어 있어, (이 위기는,) 당연한 결과로서, 거기서는 똥(니그레도)밖에, 다른 것은 아무것도 기대될 것이 없는, 그런 위기였는지, 그것은, 그 비구 자신도 잘 모르는 위기인 듯했다. 옴 바즈라파니 훔! —종내, 이 당굴은, 아비 얼굴의 어미며, 누이인 것을, 저 한 毒龍을, 한 불칼에 척살해버린 듯하다. 똥인 것, 환속인 것, 니그레도에로의 추락인 것. 그리하여, 일어났던 그 불뱀은, 한 비구의 진기만 소모하게 하고, 명명함을 잃은 뒤, 무슨 끈적거리는 암흑 같은 것이 되어, 그 일어났던 자리[會陰]에로 녹아 사려 들어버렸다. 고자스러움. 촛불중은 그래서, 척추가 뽑혀버린 듯이 피로해졌으며, 그래 제 흘린 땀 속에 녹아져 들었다. 그러며 가슴에, 체증 같은 흑공을 안고서는, 간신히, 약간의 울음을 생각하고 있었다. 왜냐하면, '잠'과 마찬가지로 '울음'도, 건조한, 불모의, 절망의 流砂 구덩이에다 수분을 고이게 하는 수가 있던 것이다. 해골 속에서 감람나무를 자라 오르게 하기. 헌데 아마도, 글쎄 말인데 아마도, 촛불중의 이 한 禪鍋에는, 아예부터, 옳지 않은 質料가 담겨졌던 듯하다. 글쎄 말인데, 늘 개고기를 삶던 俗鍋에, 왜냐하면 한 스님이 저녁을 머물리게 되었으므로, 채소만을 담아 끓이는 일에는 별 탈 날 일이 없음에도, 절의 큰 솥에, 살찐 암캐가 한 마리 담겨 삶긴다면, 탈 날 일이 있을 것이다. 중들이 미쳐, 그런 뒤에는, 빈대까지도 말캉 끓이려 들 것이다. 이 禪鍋에는 틀린 질료가 담긴 것이다. 글쎄, 그게 벌써 몇 해째나 돼가는지, 몇 달째나, 또는 며칠째나 돼가는지, 그것은 아무도 헤아리려 들지를 안 해 모르되, 이 한 돌팔이 중의, 禪鍋에는, 이러는 저러는 세월 동안에 응결되어 돌이 된, 俗汗 한 방울이, 그것도 암내가, 애와틴 俗汗이, 방울이 되어 굳어 된 돌이, 담겨 끓다가, 급기야 녹기를 시작하고 있는 것이다. 기름땀을 흘리며, 촛불중은 그리하여 울음을, 소리 안 내는 울음을 터뜨려냈다. 그렇게도 여러 성상을, 바깥 찬바람, 궂은 비, 불볕, 얼음의 고장들로 헤매며, 녹고, 부스러져 떨어지고, 삭히고, 갉히며, 그런 뒤, 불비에도 타 녹지 않으며, 얼음 가운데서도 싹을 틔울 것만 남겨 갖고 돌아왔다고, 자기를 셈했었는데, 그런 한 비구가, 이렇게도 어처구니없이, 패시시,

한 俗汗의 짜가움에 닿자 녹아져 버린 것이다. 그렇게 한 비구는 환속하고 만 것이다.

사람 냄새란 독하던 것이다. 사람으로 담근 술은 독하던 것이다. 그 술에 잘못 취하면, 신들까지도 그 불멸성을 잃어버리던 것이다. 사람 냄새란, 지옥보다도 독하던 것이다. 허긴 다시, 촛불중은 겨우 생각해내고 있었다, 아직도 그리고 다시 감발을 매야 할지도 모르겠다고, 어느 구석에 벗어던져 버렸던, 그 짜갑게 땀 쩌든 감발을, 촛불중은 기억해내기 시작하고 있었다. 한 객귀가, 어느 동네 잠푹함 속에 기웃거리고 들었다가, 그 잠푹함에 정들여, 떠나기 싫어하여, 그런 객귀물림을 하자고 걸어놓은 '處容畵像'을, 도리어 제 얼굴 위에다 쓰려 덤비면, 그리고 또, 바람인 탓에 뿌리가 없어, 저 부는 대로 불려 다니던 바람이던 것이, 어느 동네 샘터 가시쟁이에, 눈아피병 쫓기로 매단 오색 헝겊에 저를 묶어서는 죽어도 떠나려 하지를 않는다면, 또 그리고 또, 어떤 아낙네들이, 축수하느라 떠 놓은 정화수에다 귀신 하나가 얼굴을 빠뜨려서는, 제 얼굴에 제가 반하고 취해, 못 일어나기에 이르면, 그러면 그때야말로, 그것이 자칭하여 중이라고 이르는 자라면, 그 매인 부분을 끊고 떠나야 할 것인데, 그런고로, "가진 것이 없어 出家치 못한다"는 중들이 出家를, 그것도 헤아릴 수 없는 出家를 한다고 이르는 것이다. 그렇지 않으면, '處容畵像'의 그늘 쪽에는 毒龍이 똬리 쳐 있음을 보게 되고, 한 동네가, 눈아피병에 눈이 멀어가고 있게 되기가 십상이다. 그렇다, 떠나려면 그리고, 깡그리 떠나야지, 몸만 떠나고, 그림자는 그 동네 정화수 속에 남겨놓으면, 떠났다가도 떠났던 것은 어느 날, 그 남겨놓았던 그림자가 애절히 손짓해 부르는 소리를 듣게도 될 것이어서, 그러면 되돌아와 버리고 만다. (이런 투의 輪廻에 대한, 神의 言語, 또는 宇宙的 記號가 鰱魚이다. 글쎄, 짠물 속으로 나아가, 그 짠물 이랑에다 밭 일궈 살던 것이, 느닷없이 어느 날, 제 배 속의 어디에서 떼그적거리는, 저 떠나온 고향의, 그 민물 소리를 듣게 되면, 안됐지만, 그것의 運命은 시작된다. 이것은 허기는, 그 鰱魚의 '말 배우기'로도 이해되는바, 그러면 다만 '記號'이기만 하던 것 속에서, '意味'가 깨어 일어난다. 이 '記號'는, 그렇다면, 그것 자체가 하나의 깊은 잠, 그런 無意識이었던 것을 알게 된다) 촛불중은, 자기의 이번 羑里 돌아오기가, 아마도 그런 것이었다고, 글쎄지, 그 벗어놓았던 그 두루마기의, 그 안위로움에의 그리움 탓이었다고, 그렇게 고려하고도 있었다. 헌데, 일러 '마음'이라고 하는 그것은, —대체 그런 것이 있기는 있는가, 하는 것은 천세 전부터 있어 온 의문이며, 그때부터 대답되어져 온 것이라도, 만세 후까지 다시 다시 생각해볼 문제이겠거니와—도대체 몇이나 되는가? 그것의 하나는, 기를 쓰고, 저 석양 녘 푸른 蓮 같은, 어떤 계집 하나를 탐해, 죽기를 한하여, 그 꽃대궁 속에로까지 파고들어 가려 하며, 하나는, 땀 쩌든 감발을 생각하고 있다. 그 방 창의 네모진 속으로 비춰들어도 둥글던 달이, (네모 속에 담긴 물은 네모지다) 그 창틀을 벗어나며, 둥근 데를 깎여나가다가, 창틀을 벗어나 버렸을 그때쯤은, 촛불중은, 그 밤중에, 후훗, 削髮이나, 手淫을 생각하고 있었다. 削髮이라도 한번 했으면, 자기가 뒤집어써 버린, 그 댁 用 '處容畵像'이 밀려 나가버릴라는가? 아으, 手淫이라도 한번 해 털어버리고 난다면, 응어리진 아픈 울음이, 한꺼번에 쏟겨 나가버릴라는가? 시간이 마디지게, 뻑뻑하게, 아주 느리게, 조금씩 조금씩 껄끄럽게 스쳐 가며, 이 한 중의 척추를, 울음으로 아픈, 그 아픔을 채워 넣고 있었으며, 그 시간이, 그 시간의 어느 자락에 싸 묻어놓고 있었던, 과거의 시간의, 어떤 빛돌 같은 異物 하나를, 이 중의 창자에서 뽑아내, 치골 속에다 집어넣었는데, 그것이 닿는 자리는, 달군 인두로 지지는 아픔을 자아내는 듯, 그 치골의 주인을 경련케 했다. 鰱魚는 이제, 달을, 정수를 누어야 할 때인 게다. 沙漠을 헤엄치는 鰱魚는, 불새[火鳥]—그것은, 그 불의 알을 낳기 위해, 스스로 스스로를 火葬한다. 촛불중은 그리고 생각하여, 이제는 자기도, 그 어떤 빛돌 하나를 누워버리고, 죽어야 할 때인 것이라고, 정작으로 감발을 매어, 한 해탈을 성취할 때인 것이라고, 그랬다. 이 사내는 그리하여, 六祖라는 사내에의 추억으로, 과부모양 울었다. 그 방 안은, 비 묻은 왼골 안처럼 그랬다. 촛불중은 다시, 목침에 머리를 얹고, 편안한 자세로 누웠다. 그리고, 눈물 고인 눈으로, 달빛이 비껴 내리는 곳을 올려다보았다. 달은 이미, 그 창을 벗어나 보이지 안 했으되, 추녀 끝을 통해 촛불중은, 한 평쯤의 흑록색 하늘이, 몇 방울 이슬 같은, 몇 방울의 별을 맺혀 갖고 있음을 보았다. 이 사내는, 되도록 운문적 상념이랄 것을 일으켜내지 않는 사내이지만, 그러했음에도 그런 하늘을 접할 때마다 이 사내는, 자기가 한 촛불꽃 모양의 새가 되어, 나비가 되어, 그런 흑록색 하늘 속으로 깊이깊이, 날아 스며들어 가고 있는 것을 보아오고 했었다. 그렇다고 해서 이 저녁에도, 이 사내가, 그 속으로 스며들어 버리고 있는 것은 아닌데, 이 저녁 이 사내는 어쩌면, 그 속으로 스며들어 버려서는 되돌아온 일이 없는, 자기의 몇 夢片들을 찾고 있는지도 모르긴 몰랐다. 이런 순, 훗훗, 이 저녁 촛불중은, 自我를 밖에서 찾으려 하고 있다.

헌데 어쩌면, 날개가 굳지 못한 새에게 하늘은, 話頭 삼기에 너무 벅찬지도 모른다. (이것은 물론, 모순당착이다) 왜냐하면, '하늘'을 話頭 삼으려 하지 않는다면, 무엇에게나 '날개'란 無用한 것이기 때문이다. 그것(하늘)은 그런 경우, '無'라는 話頭와도 같이 轉身을 치르는데, 이 경우는, 그 '記號'만 사상되고, '意味'만 남는 듯하다. 이런 말은 그래서, 누가 그 '하늘'에 잘못 침몰하면, 모든 것을 '밖'이라고 보아버리기에 이른다는, 그런 말인 것이다. 그것은 물론, 참으로 좋은 것이다. 빛에 가득 찬 하늘은, 그래서 그것 자체가 解脫이다. 모든 것을, '다 하여 남김이 없이', '밖'이라고 보며 그 정신은, 그 편안함을 누리기만 하면, 그런 어느 대목에서, 그 자신도 모르는 새, 그 '밖'이 '안'이 되어 있음을 알게 될 것인데, 이 '안'은, 해도 하나, 달도 하나, 별도 여럿을 싸안고 있는 그런 것이다. 왜냐하면 하늘은, 예를 들면, 내어다보는 들이나 바다와 달리, 내어다보기로 들여다보는 데에 이르러버리기 때문이다. 한 번이라도 하늘을 내어다본 일이 있는 자라면, 누구든 저런 시선의 굴절 현상을 경험해 알고 있을 터이지만, 근본에 있어서는, 하늘이란, 들이나 바다처럼, 시력에 호소되어지는 어떤 대상이 못 되는 것이, 그 진본 이유일지도 모른다. ('하늘'과 '無'는, 이 의미에서는, 같은 얼굴에 붙여진 두 다른 이름인 듯하다) 헌데도 문제는, 그 하늘에 빠진 자에게서, 그 가도 중심도 없는, 그 끝없는 열림에 대한 공포증에 의해, 허우적임이 일어나고, 그래서는 點에의 상념이 돋아나는 데 있을 것이다. 그러면 저 無極의 니브리티에, '엄지손가락' 크기의, '양극을 갖는 타원형' 꼴의 '피가 맺힌다.' —그것이, 니브리티에 대한 프라브리티의 크기이다. 거기서 諸國이 일어나고, 스러진다. 열림 속에서 누구든, 그 열림을 두려움으로 보며 못 참고, 그 열림의 어디 옆구리라도 열어, 열림으로부터 도망쳐 숨고 싶어 하면, 그는, 말한 바의 저, '양극을 갖는 타원형' 속에로 들어가 안겨 있다. 오래잖아 그것은 그러면, 꿀꿀 먹기 위해, 또는 멍멍 짖기 위해, 또는, 아무것도 생각하지 않으려 위장을 넷씩이나 갖기 위해, 또는 으흐흥흐흥 교미하기 위해, 그것도 아니면, 눈앞에 보이는, 반 평도 못 되는 하늘에 빠져, 그 두려움 탓에 쿨쩍쿨쩍 울기 위해, 틀린 쪽의 문밖에로 비어져 나오게 될 것이다.

저녁은 깊어 그러는 중에, 대략 자정 녘이나 돼가고 있었을 터인데, 그날 그 집회에 참석했던 사람들이, 그때에사 돌아들 가는지, 사랑채에서는, 두세 두세 두셋씩 사람들 소리가 나서는 멀어지고, 그랬다. 그런 소리들은 촛불중께, 눈이 많이 오는 지방의, 눈 내리고 있는 저녁에의 연상을 일으켰다. 그 집회 끝난 뒤의, 잔치도 끝난 것이다. 대문 닫기는 소리와, 빗장이 걸리는 소리가 자정이었다. 그 빗장이 걸리는 소리 탓에 촛불중은, 저 대문이 닫겼기 전에, 그리고 청지기 늙은네가 단잠에 들기 전에, 이런 밤에는, 밖의 밝이 달 아래, 읍의 변두리라도 좀 거닐어보러, 나갔었어도 좋았었을 것이 아니었는가 하고, 문의 저쪽 편을 생각했다. 그 큰 문에 하기야 어찌, 샛문 하나쯤 달아놓지 안했겠는가마는. 촛불중은 그래서도 더욱, 잠을 들이지를 못했으며, 자신에 대해, 거의 짜증 같은 것을 느꼈는데, 촛불중은 그리고, 그 정작의 까닭을 잘 알고도 있었다. 여전히 숨이 고르지 못한 데다, 답답증까지 겸해 촛불중은, 숨이 아니라, 어두움을 둘러 마시고 있는 탓이라고, 그래, 그 청지기 늙은네가, 등을 놓아두고 간, 그 책상 위를 더듬어 성냥을 찾고는, 방 안을 밝혔다. (이번에는 등에가 아니라, 촛대에다 불을 얹어놓았다) 그러자 그러는 그 잠시, 숨이 원활해지는 듯하였으나, 그 빛이 비추이는 데를 둘러보려 하다 촛불중은, 제길헐, 이런 저녁에는 빛까지도 권태롭다고 알아버렸다. 눈이, 무엇을 보는 것에 넌더리를 내면, 그렇다, 빛이야말로 권태로운 것이 분명하다. 그래 촛불중은, 자기 몸을 내동이 치듯, 다시 이부자리 위에 펴져 눕고, 그리고 눈을 감았다. 그리고는, 자기에게 꼭히, 무슨 잠을 자둬야 할 이유 같은 것, 가령 새벽 도량을 돌아야 한다거나 하는 것 같은, 그런 일이라도 있는가—그런 것을 생각해보려 했다. 헌데, 허기는, 뭐 그런 일이란 도대체 자기에게는 없는 것이다. 흣흣흣, 가만있자, 그러고 본즉 촛불중 자기는, 금침에 싸여서는, 제길할 노숙을 하고 있었다는 생각이 들고, 그러자, 눈물에 코피 흘렀던 자리들이 마르고 있었던지, 얼굴이 여러 갈래로 땡긴다는 것이 느껴지기 시작하고도 있었다. 글쎄 촛불중 자기에게는, 꼭히 깨어 있어야 할 이유도 없듯이, 꼭히 자둬야 될 이유도 없던 것이다. 그 생각은, 이 노숙으로만 늙어온 각설이 하나를 조금 편하게 했는데, 그러니 그는, 욕망을 일으키지 말고 그냥 그 상태에 머물러 있기만 하면 되었던 것이다. 그 상태에 머물러 있기 위해서 그래서 촛불중은, 그 상태에 머물러 들었다. (그렇다면, 地獄은 어떤지 모르되, 天國은, 장소가 아니라, 상태라는 것을 알게 한다. 짐승인 너러, 너러 욕망이야말로 그렇다면 天國의 동산에다, 독사를 풀어 넣고, 옻에다가는 독을 먹이고, 가시쟁이에는 뾰족함을 돋궈내는 그 장본인이다)

촛불중이 그러고 있는 중인데, 그 방의 밖에, 한둘의 인기척이 있더니, 촛불중의 귀에 익은 헛기침해 보내는 소리가 한두 번 나고, 그리고, 그 방의 한군데가 헐리는지, 바깥바람의 흐름이 있었다. 헌데, 촛불중을 어릿두근하게, 그리고 눈을 못 뜨게 하는 것은, 촛불중의 귀가 보아 알았었기로는, 그 헛기침 소리의 임자는, 그 댁 청지기 늙은네였었는데, 촛불중의 嗅覺은, 聽覺에 반해, 그 방 안에 들어선 사람에 대해, 다른 정보를 제공해주고 있었다. 글쎄 촛불중은, 그렇기 탓에, 전신에, 갑작스러운 경직을 느꼈으며, 그렇기 탓에, 눈이 뜨고 싶으면 싶을수록 뜰 수가 없었지만, 그 아닌 밤중의 내방객을 촛불중은, 그 후각으로 더듬어보아, 사실 너무도 잘 알고 있었다. 그렇잖아도 촛불중은, 바로 그 냄새 때문에, 이 저녁, 그렇게나 신렬스러운 불편함에 당해 오고 있는 중인 것인데, 글쎄, 說法의 이름으로, 雜說을 풀어내 온 왼종일, 바로 그 냄새에 취해온 것이었었다. 바닷물에 소금이 함량되어 있듯이, 그리고 그만큼의 소금의 분량으로, 그 냄새에는, 運命이 함량되어 있다고, 촛불중은 그렇게 느끼고 있었다. 촛불 중께는, 글쎄 그 체취를 풍겨내는 그 장본인은, 오백 세 苦海를 일점에 모둬 만든 저울추, 한 運命을 달기 위한 저울추처럼도 여겨지고, 그런데, 그 다른 쪽 저울판에 올려진 運命은, 촛불중 자기라는 한 돌중, 그 한 거품이 얹혀져 있는 것으로 여겨졌다. 글쎄 문제는, 저 항거할 수 없는, 몸 냄새에서는, 어떤 前生에로까지 이어진, 어떤 잠까지를 깨워 일으키는 그것이었다.

그 까닭은 물론, 촛불중이 모를 듯하지 않음에도, 그 까닭을 알려 하면, 다시 오백 세의 세월이 걸릴지도 모른다. 다시 鰱魚 얘기지만, 글쎄 촛불중은 六祖 모양, 한 마리 鰱魚던 것이다. 불 속에서 알 깨어, 苦海로, 나아간 鰱魚. 그러던 어느 날, 이 火魚는, 자기의 어디, 밖에선지, 안에선지, 그 불이 부르는 소리를 들었으며, 그리하여 항거치 못하고, 그 부르는 소리를 따라 불의 물[火水]을 거슬러 올라온 것인데, 헌데 이 火魚는 어느 흐름에서, 그 부르는 소리도, 손짓도, 더 이상 듣지도, 보지도 못하기에 이르러, 거기 머물렀더니, 그런 대신, 속에서, 무슨 불이 익은 듯하여, 그 임신 탓에, 아랫배가 매우 불편하다고 느끼기 시작하게 된 것이다. 그러니 이제는 그것을, 희게 좍 쏟아낼 땐 겨, 붉게 눠버릴 땐 겨.

그래서 촛불중은 경련하고 있었다.

그 늦은 저녁의 내방객은 물론, 촛불중의 嗅覺이 세밀하게 더듬어보아 안 대로, 그 댁의 여자 주인이었었으며, 여자는 손에, 무슨 흰 봉투를 하나 들고 있었는데, 여자의 이 내방의 이유는, 어쨌든 글쎄 어쨌든, 그, 그것, 그것이었다는 듯, 이, 봉투를 여자는, 들고 있었다. 그러나 여자도, 떨고 있었다. 그 얼굴은 붉은 데다, 겁에 질린 듯한 창백함을 드러내어, 얼룩져 있었는데, 여자는 주저하고, 멈칫거리고 있었다. 여자도 뭣 때문에든, 괴로워하고 있었다. 그럼에도 여자 자신도, 그 괴로움이 어떤 것인지, 그것은 아직은 잘 모르고 있는 것이 분명했는데, 왜냐하면, 시간이 아주 조금씩이지만, 경과할수록, 그 방 안의 아랫배가 아픈 사내가 뿜어내는 소금 냄새 탓으로, 정신이 자꾸 혼미해져 가고 있었기 탓이다. 그러다 나중에, 안장도 메우지 않은, 그 등이 더운 말을 타고 들을 달리느라고 하다가, 그 말의 등에 깐 명주 수건이, 말의, 그리고 자기의 땀에 찐득하게 젖게 되었을 때, 여자는, 그 괴로움의 정체를 알게 되기는 한다. 여자 또한, 청지기 늙은네와 마찬가지로, 분명히 도수가 더 심하게, 요 며칠, 뭘 엇갈려 보아 오고 있는 중인 것이다. 글쎄, 여자도 또한, 자기가 낭군이라고 모시는 六祖와, 전에 늘, 혐오감 없이는 대할 수 없던 타인, 촛불중과 사이의 다름을 잘 모르겠는 것이다. 다시 돌아온, 그을린 데다 여위었을 뿐만 아니라, 자란 털에 덮여, 그가 누구인지, 한동안이나 알아볼 수가 없던, 그 촛불중을 만난, 그 처음에 이 촛불중이 어쨌던지, 여자에게 지금은 그 기억도 없지만, 어쨌든, 전날의, 그 치사스럽기까지 예쁘던 사내는, 그와 함께하고 있지를 않은 것만은 분명했다. 그런 데다, 같은 지붕 밑에서 지나는 시간이 길어지면 길어질수록, 옛날 품었던 혐오감 같은 것이, 되살아났는데, 그것은 이상스럽게도, 어느 마음의 모퉁이에선지, 모습을 바꿔 갖고, 다른 얼굴을 드러내고 있었다. 너무 많이 말하지 말기로 하고 말하자면, 여자에게는 그 촛불중이, 자꾸 반가워지기 시작하고 있었다. 그러는 중에도 여자는, 六祖의 영상을 고수하여, 주야로 그에게, 자기의 경애심을 바치는데 게을리하지 안 했다. (나중에 누구든, 모난 돌을 들어, 저 여자의 어떤 행위를 정죄하고 싶을 때라도, 이것을 기억한다면, 그 손을 쳐들지는 않게 될 것이다. 여자에게 六祖는, 宗敎인 듯하다. 그리고 여자는, 다른 삶을 수락하지 안 했었으니, 그렇다면, 여자의 일거수일투족까지도, 六祖에 드리는, 祭祀로 바뀐다는 것쯤은 쉽게 이해하게 될 것이다) 헌데, 무엇보다도, 여자로 하여금, 저 양자에의 구별을 도저히 할 수가 없게 만든 것은, 이 촛불중이, 說法者 명색을 꾸며, 저 集會의 앞자리에 앉아, 그 나름의 法을 說하게 된 그것이랄 것이다. 그러니, 지금 시각이 아직도 子正前이라면, 이 일이란, 오늘 오후 얘긴 것이다. (그랬으니 여자는 분명히, 언제든 불원간, '七祖說法'이랄 것을 再生筆記하려 할 것이다) 그리고 이 저녁 여자는, 낭군을 곁에 뉘어놓고, 잠든 중에, 夢身만 일어나, '두 번'이나 '과부'가 되는, 한스러운 夢遊를 하다 돌아와, 드디어 그 恨夢을 깨인 것 같은, 그리하여, 그 낭군은 한 번도 자기 곁을 떠난 일이 없었다는 것을 알게 되기 같은, 그런 어떤 안도감 같은 것으로, 훙그렁해 있는 것이다. (이 여자의 '두 번 과부 되기의 恨스러운 夢遊'란, 느닷없고도 새삼스러운 얘긴 듯하되, 그 얘기는 차례를 기다리고 있고, 그 차례가 오면 그 얘기를 하지 않을 도리는 없을 터이니, 그때까지는 보류해두기로 하는 것이, 번잡을 회피하는 일일 듯하다) 새삼스러운 얘긴 것이 분명하지만, 이 여자도 그래서 이제쯤은, 흰 나리꽃 냄새만은 아니다. 차라리 붉은 罌粟 오뉴월 녘—속이 더워, 징그럽게 가려워, 지옥만큼이나 두렵게 검은, 검디검은, 불의 꽃, 해를 유혹해 들이기 위해, 이승 풀대궁 끝에로 떠오른 지옥의 달, 罌粟이다, 지옥의 암캐. 그럼에도, 대체 무슨 검센 손이, 그 여자의 등을 떠밀어, 또는 저고리의 앞섶을 끌어, 手淫을 생각하고 있는, 한 비구의 방 안까지 밀어 넣었는지, 또는 끌어들였는지, 그것은 모르되, 그뿐으로, 여자는 그러나, 그 비구의 이부자리 속으로 파고들거나 하지는 안 했으며, 도리어 되돌아 나와버렸는데, 몹시 아랫배가 아프다고 느낀 까닭이고, 몸을 지탱할 수가 없이 히마리가 없어져 가고 있다고 느낀 까닭이다. 그래설람에, 쥐고 왔던 그 흰 봉투만, 간신히, 그 책상 위에 놓아두고, 달빛 가운데로 나와, 달빛 가운데서, 얼굴을 감싸 쥐었는데, 여자는, 자기의 얼굴이, 잉걸불보다도 뜨겁다고 느끼며, 흐드겨 울기를 시작하고 있었다. 그 울음은 갑작스러운 것이었다.

그러다가 여자는, 늘 그러듯, 가야금 앞에 앉았는데, 그러나, 손이 떨려 가슴이 떨려서든, 가슴이 떨려 손이 떨려서든, 소리로, 강으로, 호수로 넘치는, 그 가야금에서도, 단 한 방울의 소리도 쥐어내지를 못하고, 떨고만 있었다. 시퍼렇게 똬리 치고 앉아, 따르르 따르르 떨고만 있었다.

여자가 돌아나가고 나서도 촛불중은, 아무 일도 일어난 바가 없었다는 식으로, 우뭉을 떨며, 꼼짝도 하려 하지 않고, 그냥 누워 있었다. 그럼에도, 스스로 칭하여 중이라고 하는, 이 한 중년의 사내도, 떨고 있었다. 전신을 푸들푸들 떨고 있었다. 죽으려고, 왜냐하면 때가 되었으므로 죽으려고, 자기 孵化되었던 그 자리를 찾아내려, 깃을 접는다는 것이 그만, 그 사막의 한 암독사의 똬리 위에 내리다, 그 독아에 쏘인, 비극적 사막의 불새. 그 독 탓에, 그래 이 사내도 떨고 있었다. 그러며 그는, 羑里를 생각하고 있었다. 그 사막의 정적과 권태의, 무변의 두려운 모래도 떠올려보았다. 죽음을, 자기의 죽음을. 그러면서도 그는, 그 한 암독사의 독아가 박혔던 자리가, 불로 지지기보다 달콤하다고, 그 독이 퍼져 들고 있음을 즐기고 있었다. 그러다가 촛불중은, 흠칫 놀랐는데, 그 무변의, 정적과 권태의 사막에, 한 中心이 잡혀 있던 것이고, 그 일점에, 하나의 '魔根'이 서 있어, 거무튀튀하게 번쩍이고 있는 것을 본 것이다. 한 羑里가, 그 해골의 요니를 까발시고, 촛불중 자기의 가슴을 딛고, 자기의 머리를 잘라, 그 골을 마시며, 그 골의 맛에 취해 춤을 추는데, 해골 속으로 뻗어 오르는, 검은 根—글쎄, 이 한 불의 鱷魚는, 뭔지 누워버릴 아픔에 알이 밴 것이다.

결국 촛불중은, 잠을 들였기는커녕, 누워 있기의 편안함까지도 寒氣인 듯, 불편하여 못 견디고, 오들오들 떨며 일어나 앉기에 이르렀으며, 그리고도 손가락 마디들을 부러뜨리듯이 하여, 우두둑 뚝뚝 소리를 내기도, 숨을 훅훅 불어내기도, 또 그렇게 들이쉬기도 하고 그랬다. 세상 찬바람에 시달릴 만큼은 시달리고, 그리고도 많이 늙어서 돌아왔는, 그것도 자칭하여 중이라고 하는 사내에게도, 저런 녀러, 조금도 익혀져 본 적이 없는 寒氣스러움이, 그의 피부밑 어디에, 똬리 치고 잠들어 있어 온 것인 게다. 그것이 그러다 이 저녁, 무엇의 毒 속에서 孵化하여 일어난 것이고, 그래서 그 한 사내를, 속에서, 속을 휘감아 틀어 올라, 그로 하여금, 숨도 제대로 못 쉬고, 거의 죽어가게 하고 있는 것이다. 허기는 이 중은, '修道婦'라고 이르는, 저 사막의 비구니들의 월후 속에서 흐르릉 몸을 입은 호로 중이었으니, 이럴 때 당해 써먹을, 적절한 호흡법 한 가지 제대로는 익혀둔 일이 없기는 없었다. (그럼에도, 어떠한 학문에고, 태초에는 스승이 없었던 것도, 잊을 일은 아니다)

페— 촟불중은, 가래침 뱉듯 숨을 몰아 뱉어, 그 일어난 상념들을 뱉어 던지려, 소리를 냈다. 페— 그리고도 안 되었던지, 체증에라도 걸린 자모양, 자기의 가슴을 둥둥 치기도 했다. 페— 둥둥, 페— 둥둥— (咄! 접시 물에 익사하기)

촟불중은 그러다, 되눕는 대신, 부지직 일어섰다. 달이 둥글게 빠져나간, 네모진 창을 한 번 더 내어다보았으며, 그리고는 뭘 망설인 듯했는데, 그는, 세상은 둥글다고 느끼고 있었다. 견고함으로 멈춰 있기 대신에 그것은, 그래서 자꾸 구른다고 느낀 것이다. ('펄럭이는 깃발'은, 왜냐하면, '바람이 불기 때문에' 펄럭이는 것이며, 또한, 그것이 '펄럭이기 때문에' 바람은 불고 있는 것이고, 동시에, '마음이 펄럭이기 때문에' 바람은, 깃발을 펄럭이고 있는 것이다) 그러다 촟불중은, 아까, 그 여자가 놓아둬 두고 간, 그 봉투에 눈을 머물렀으며, 그러는 동안, 그의 눈의 동자가 커지고 있었는데, 촟불중은 믿었기를, 그 여자는 그것을 자기에게 전해주러 왔다 간 것이라고 했다. 그렇다면 그 봉투는 열어보는 것이, 그것을 전해준 자에 대해 예의일 것이라고, 그렇게도 믿었는데, 그것은 게다가 봉해져 있지도 안 해, 두 번도 생각할 필요도 없이 촟불중은, 그 알맹이를 꺼내, 펴, 불빛에 비춰보았다. 그러나 촟불중은, 실없이 한번 웃고, 체머리를 썰레썰레 저었다. 그리고 다시, 그 봉투는 본디 상태대로 돌려

두고, 문을 열었으며, 흔들리는 촛불을 아예 훽 불어 꺼버렸다. 그리고는 촛불중은 마루에로 나왔고, 문을 뒤에로 닫았고, 체머리를 한두 번 더 흔들었고, 마루를 내려섰다. 그 봉투가 담고 있었던 내용은, (이 時刻이 子正을 지냈다면, 그리고 子正을 지나고 있기는 있었는데) 어제, '集會'라는 이름의, 한 乞僧의 雜說 자리에 참석했던 사람들의 것들이라고 생각되는 이름들이 가득 적혀 있었으며, 그 이름들 뒤에는, '誠米五斗'랄지, '黃牛一頭', '細麻布 二疋', 또는 '金五兩' 등의, 무슨 誠金의 액수들이 적혀 있었다. 그런 誠金이 어떤 목적에 쓰자는 것인지, 촛불중 자기만 모르겠으되, 별로 世事를 운영해볼 기회를 가져본 일이 없는 중의, 주먹구구에도, 그만큼 액수의 誠金이면, 까짓 너러 庵子 한 채쯤이야, 한 彈指之間에 짓고도 남겠다고 했었다. 헌데도 제길헐, 한목숨도 한 彈指頃인 것을, 그런 것 한 채 지어, 자기 것이라고 이르고, 그 속에 칩거해보아서는 또 무엇할 것인가, 제길헐, 입어진 몸까지도 불편하여, 벗으려, 이렇게도 몸부림인 처지에—. 그래서 웃고 촛불중은, 체머리를 흔들었었다. 그리고도 한 번 더 흔들어야 했다. 한 번 더 흔들기 체머리는 왜냐하면, 떡이 눈앞에 놓여 있는 것을 보았을 뿐, 그것을 가진 자에게 물어보지도 않고 자기는, 김칫국은 시어서 마실 수가 없다고, 신 얼굴부터 지어 보인 것으로 반성이 되어, 그런 것이다. 정직하게 말하면 자기는, 世慾을 뒤집어 자신에게 보이며, 중의 허세를 즐긴 듯한 것이다. 그렇지 않다면, 거절하기 위해서라고 한다 해도, 그런 물질 따위에는 왜 마음을 머물렸어야 할 까닭이 있었겠는가.

중문을 열어 나가 촛불중은, 그 댁 연못 위에로 구름 진 다리를 건넜으며, 그러자 그 집 큰 개가 꼬리를 흔들어 반기고 다가왔는데, 그는 되도록 소리를 내려 하지 안 했으되, 어떻게 알고서든, 그 댁 청지기 늙은네가 대문간 마당에 기다려 섰다, 중문을 열어주었으므로, 不眠을 핑계 대고, 六祖의 祭室에라도 가보려 한다고 일러둔 뒤, 밖으로 나왔다. 그리고 촛불중은 생각했기를, 이제쯤은, 읍을 떠날 때도 돼 가지 안 했는가 했으며, 그러고 본즉 자기는, 六祖의 祭爐에라도 묻어, 되돌려주었어야 되었을, 六祖의 것인 '불돌' 하나를, 아직도 되돌리지 않고, 너무 오래, 자기 속에 묻어두고 있어 왔음도, 재상기해냈다. 그러는 어느 순간, 그에게는 자기 兄祖의 미망인의 얼굴이 떠올라, 괴롭게 얼굴을 찌푸렸다. 밖은 왼통 숨 트이기였다. 그래 그는, 달빛을 따라, 중앙통을 따라, 거기 달빛 깔린 길이 있었으니, 따라 달빛을 밟아, 풀썩풀썩, 일부러 비틀거리기도, 휘파람을 불어보려고도 해보며, 터벅터벅 걸었다. 달에서는, 그 디뎌진 자리에서마다, 폴씬거리는 먼지를, 보얗 보얗 올려내고 있었다. 헌데 그 달이, 이 촛불중을 내려다보았었기로는, 한 움직이는 작은 점이, 구불탕거리는 선으로 구획 지어놓은 데의 어느 중도막을 열고, 딴에는 안쪽에서 바깥쪽으로 나온다고 나오고 있었는 모양인데도, 사실은, 닫혀진 데서 나온다고 나와서는, 열려진 데로 들어가고 있었다. 글쎄, 달이 보았기에 저것은 그럼에도, 그 훤히 열린 平面에 갇혀 있었다. (咄, 무엇이 열림 속에 갇히기? —헌데 왜냐하면, '열림' 속에 '中心'이 생기면 그렇게 된다. 그렇다면, '中道'[마디야미카] 란 불가능한 어떤 것이다. 이 '中' 자체가, 그리하여, 하나의 極, 즉슨 '中極'이란 것을 이루기 때문이다. [4]"이것도 아니고, 저것도 아니다. 이것이 아닌 것도 아니며, 저것이 아닌 것도 아니다. 이것이나 저것이 아니며, 이것이나 저것이 아닌 것이 아니다." —양쪽['이것/저것'] 이 다 否定되거나, 그 否定이 否定되기에 의해서, 또는 그 양자가 한 산통 속에 섞여, 통째로, 그 한 전체['이것+저것'] 가 否定되거나, 그 否定이 否定되기에 의해서, 거기 어디에 '中'의 얼굴이 드러나 있는 듯함에도, 이 '中'은 순전히, 修辭學的 결론이며, 實面을 드러내고 있지 안 해, 想像姙娠에서 태어난 鬼面이다. 그리하여 이 '中'은, 매우 바람직하지 않게도, '極'化를 치러 있는데, 더욱더 바람직하지 않는 것은, 이런 따위 '中道'論에 의해, 그것을 신봉하는 많은 사미들이, 실종된다는 일이다. 비 오는 밤중에, 서낭당 처녀귀신에게 홀렸다 돌아온, 마을 사내의 실종. 그 사내는 마을에 있는데도, 없다는 것은 아는 사람은 안다)

그 댁의 주인인 여자는, 자기 방의 가야금 앞에 앉아, 불도 안 켜고, 문도 안 닫고, 겨울처럼 떨며, 뜨락의 달빛이며, 그늘을, 삼복더위로 내어다보고 있다가, 그 더위 속으로 휘청휘청 걸어 나가 중문을 열었다 닫는, 한 중의 뒷모습을 보고 있었다. 그러는 동안, 여자의 눈에서는, 푸른 인광이 떨어져 내리고 있었는데, 이를 허옇게 드러내는가 했더니, 붉게, 푸르죽죽이 붉게, 소리 없이 웃고도 있었다. 이때의 그 여자는 그늘에 똬리 치고 독을 굽고 있는 암독사였으며, 지옥을 열어, 수놈 거미를 유혹하고 있는 검은 상복의 과부 거미였었다. 이 여자는 사실로, 그런 여자로 알려져 있었다. "징글징글하고도 지긋지긋하게 喪夫煞이 들어 있어" 어느 놈이, 그냥 말해, 그저 눈흘레라도 한번 붙으러 덤볐다가는, 그 눈의 呪毒煞에 맞아, 그 당장 뻗을 것이며, 또 말해, 누가 그년의 뒤쪽에서 숨어, 얼른 그 치맛귀에 상척자락이라도 한번 하러 덤비는 놈이 있을 수 있어 있을 수 있는다면, 그 계집의 치마 밑에 사려져 있는, 따르르 따르르 떠는 꼬리에 감기고 煞針 맞아, 그 당장에 또한 꾸덩져 버릴 것이라고, 수염도 못 달아보고 늙은 입들은, 자기네들 간에서는 터놓고, 껄끄러움도 없이 말해오고 있는 중이다. 게다가 그 여자는 사내를 잡아먹되, 그것도 고르고 찰찰 골라서, 한 사내가, 아무리 못나도 한 고을을 하나씩은 장중에 넣고, 하루 천 리도 만 리도 뛰고도 지치지 않을, 그렇게나 실한 사내로만 골라, 그것도 그 머리부터 한입에 물어 빨아, 씹지도 않고, 스름스름, 천천히, 아주 천천히, 아파해가며 삼키고 나야, 배 속이 차는 천년 묵은 이무기 암컷이며, 구미호라는 것이었다. 월경이 시작되고도, 시집도 안 간 처자 몸으로, 맨 먼저 대들어 삼켜버린 사내는, 그 몸은 단쇠 같고, 그 근은 금강장 같았다고 하며, 그 眞氣는, 천년을 묵힌 아편 같아, 그가 한번 숨을 들이쉬고 내쉬기에 따라, 三世의 계절이 바뀐다는, 그런 사내였다는데, 그 사내를 찌럭대 사흘을 지내고 오더니, 종내는, 그 사내의 껍질만 네모진 관곽에 토해내, 큰 형장이 있는 숲의 나뭇가지에 걸어 놓아버리기에 이르렀다고 하고, 그런 뒤, 다시 배 속이 비기 시작하자, 이번에는, 한 고을을 그 손에 놓고, 펴이면 낮이 되고, 쥐면 밤이 되게 한다는 사내, 天人 같은 사내, 그것도 제 년의 조부뻘이 되는 사내를 잡아먹은 뒤에는, 더욱더 사람 고기며, 사람의 피 맛을 속속들이 알아, 셋째 번으로는, 용 같은 사내, 우계의 용 같은 사내, 그가 善念을 일으키고 그 하늘을 날으면 단비를 내리고, 그가 毒心을 일으켜 그 같은 하늘을 날으면, 그 그림자가 스치는 곳에서마다 毒火가 일어나, 바위까지도 재를 만들어버리는 사내, 그것도 자기 아비, 羑里邑의 판관이라는 사내를 또한, 삼켜버리고도, 눈썹 하나 시랑토 안 했던 여자였다고 일러진다. 그것뿐만은 그리고도 아니다. 그런 뒤에도, 네 번째로 저 여자의 독아에 물려 든 것이 없잖아 있었는데, 그 네 번째 사내도, 그 뼈며, 뼈 위에 발린 살에서 우러나는 힘 좋기로는, 美里邑 사람 전부가, 터진 봇물처럼 대들어도, 그 하나를 당할 수가 없다고 공인된, 삼천 근 철퇴 같은 사내, 얼마 전까지만 해도, '큰 형장 나으리'라고 불렸던 사내였거니와, 알려졌기로 이 사내는, 그 계집의 뒤쪽에서, 그년 치맛귀에 상척자락 얼른 한번 하고 도망치려 한다고 하다가, 그 계집 따르르 따르르 떠는 꼬리에, 그저 한번 닿이었기로 삼천 근 철퇴가 녹아져 버렸다고, 알려져 온다. 바로 이 사내가 헌데, 명목상으로는, 법청 호적 난에, 저 계집의 결혼한 남편으로 되어 있었는데, 이 사내는, 그냥 내버려 뒀으면, 아무 탈이 없었을 독사를, 또는 유황불 한 무더기를, 제 쪽에서 괜스레 찌럭찌럭 건드려, 저를 물게 했다고, 제 살을 태우게 했다고, 꾀 없는 사내였다고, 美里의 누구나 없이, 푸르죽죽이 비웃었었다. 이 사내는, 그때 겨우 중년에 접어들고 있던 나이에, 美里邑의 판관직뿐만 아니라, 읍장직까지 겸하게 되어, 저 독사만 제 이불 속에다 풀어 넣으려 하지 안 했더면, 한 고장의 영예며, 권세며, 부가 모두 제 것일 수 있었던 것을, 제 것인, 풍더분한 거대한 암소를 놓아두고, 제 것이 못 될, 작은 얼룩 뱀을 탐내다, 수치스럽게도, 鬼神을 토해내지 않으면 안 되었던 것이다.

—촛불중이, 美里를 떠난 때부터의, 美里의 노파들이 엮어내는, 美里邑史는 저러하거니와, 저 장로네 청지기 늙은네가, 자기의 가슴에다 血書해놓고 있는 邑史는, 간추리면 헌데, 이러하다.

—예의 저 청지기 늙은네께는, 무엇보다도 극난한 시련이, 다름 아닌 '六祖'라는 사내였었다. 자기가, 어깨너머로 들어 알기로는, (어떤 神들은 물론, 산 짐승의 잘린 목에서 터뜨려져 흐르는, 생피 냄새도 歆饗하지만, 그런 神들은 주로는 畜生道를 주관하는 자들이며, 人世를 주관하는) 神들은, 익힌 음식만을 수납하는데, 그렇다면 神들은, 자기네들의 음식을 익히는 '불'[祭火]을 가꾸고[飼養] 있음에 분명한바, 예의 저 늙은네께 이해되어지는 '六祖'는, 그래서 바로 이 '불'[祭火]이, 人身을 취해, 그곳을 한 祭壇으로 삼으려, 이승엘 온 것이라고 한 것이다. 그런고로, 그가 시선만이라도 한번 머물렀던 것이면, 그것이 무엇이든, 그것은 타 스러져버린다고 한 것인데, 늙은네께는 그것은 그래서, 지옥의 유황불과 매우 흡사하게도 이해되어져 왔다. 늙은네 깜냥으로

는 그러했음에도, 그 두 '불' 사이의 차이점은 찾아두고 있었다. 라는즉슨, 그 불의 하나는, 몹시 찐득거리는 그을음을 엉기게 하는, 두터운 흑연에 휩싸인 불인 데 반해, 다른 하나는, 그을음이 일면 그것까지 추적하여 태워 없애고 마는, 그렇게나 명명한 불이라는 것이다. (그러나 이것을 두고, 늙은네께, 뭘 더 물으려 할 일은 아니니다)

죽지도 않은, 산 六祖라는 사내의 葬禮式에 관해서는, 美里邑에 사는 자치고 모르는 자는 없을 것이다. 헌데 장로는, 물론 그리고 그의 손녀도, 六祖의 생장례식 이후, 삼칠일 식음을 전폐하고, 한숨으로 죽어가고 있더니, 미음 먹기 시작하여 장로가, 기신을 좀 한다 싶었을 때부터는, 저 六祖의 관곽을 매단 동아줄도, 장차 언제는, 때와 바람에 삭아져, 그 흰 '聖骨'들을 흩뜨리게 될 것이라고, 아직 오지도 않은 일로 걱정을 해쌌다가, 그 葬禮式을 다시 치르기에 이르렀던 모양이었다. 목수들을 동원해, 풍우에도 잘 삭지 않는다는 나무로, 새로 관곽을 넓고 두텁게 짜, 열두 겹이나 칠을 입히게 하고, 그것을 매달 동아줄로는, 큰 배의 닻에나 써도 좋을 쇠사슬에다 명주를 입혀 달게 했다. 그리고는, 형장 남자 복역수들이며, 읍내 장한들을 동원해, 이미 나무에 대룽대룽 매달려 있는, 그 (말하자면) 묵은 관곽을 그대로 고스란히, 새 관곽 속에 담아, 그 꼭같은 나무의 같은 나뭇가지에 두 벌로 매달았는데, 이 두 번째 葬禮式만은 죽은 이를 두고 치러졌었다. 六祖는, 품이 헐거워진 번뇌만 앉은 자세로 벗어 남기고 (그때는 물론, 그 앉은 자세가 허물어져 있었을 터이다) 거기에는 없었는데, 새들이 떼로 떼로 몰려들어, 그 몸의 수물거리는 '벌뢰'들을 쪼아 먹어버리고 있었다. 장로는 그리고도 석공들께 분부하여, 그 큰 나무 아래 祭壇을 쌓게 하고, 목수들께는, 따로, 기와 올려 아담하게, 祭室(靈室)을 짓게 하여, 그 안의 香燭床 위에는, 자기의 손녀가 筆한『六祖說法』一本을 모셨다.

그런 뒤, 조금 밝은 얼굴이 되어 돌아와 장로는, 集會 날도 아닌데도 集會를 가져, 모든 잘 아는 얼굴들을 찬찬히 훑어보며, 그 하루 한 저녁을, 잘 먹고 마시고 지냈더니, 그날 저녁 늦게부터 몸져누워, 그런 며칠 후에는, 돌아가 돌아오지를 못하기에 이르렀었다. 병인은 의원도 몰랐으니, 하늘밖에 몰랐을 터이다. 때에는, 창병이며, 간질, 수종, 당뇨병 등, 여러 종류의 칵 뻗을 너러 합병에 시달려오고 있던, 그의 아들 되는 판관도, 자리에 몸져누워, 그 의식이 풍전등화였는데, 그러했음에도, 물론 과도적이었었을 것이지만, 읍장직까지도 겸하게 되어, 두 가지 邑事를 처리해야 되었었다. 그러자니, 아무 邑事도 돼갈 일이 아니었다. 시간은 그럼에도 흐르고 있었는데, 그러자니, 그 시간 속에서 행해졌어야 되는, 그 한 집단의 연극이 멈춰지고, 유예되어 있었다. 이것은 바람직한 것이 못 된다. 이런 일상적, 정규적으로 행해져야 하는 연극은, 姙娠과 달라서, 그것이 새로 상연되어져야 할 계기를 얻게 되면, 배우나 관중이 모두 바빠져 버린다. 결과는 대체로는 부정적인데, '서둘려는 자'와 '서둘러져 지는 자' 사이에서, 맵고도 아픈 기름이 짜여져 나온다. 역사를 기록하는 자들은, 그런 연극의 중심에 선 자를, '독재적'이라고 부르기가 쉽게 될 것이다. 왜냐하면, '集團'은, (촛불중의 의견에는) '無意識' 자체, 또는 '넓고도 깊은 잠'인데, 그것은 게다가, 그 '集團' 자체로부터 해방되고 싶어 하는, 그 욕망을 안은 '잠'이 돼서 그렇다. "集團이 集團 자체로부터 해방되고 싶어 하기의 욕망?" 그러나, (아예 '바위'는 거론할 것이 아니라도) 불까지라도, 그것의 重力으로부터 완벽한 해방을 성취할 수가 있는가? 그러고 본다면, 제길헐, 集團이야말로, 무엇보다도 두려운, 음성적 暴力이다. 그렇다면 그것이, 야차의 찌럭거림에 깨이지 않기만을 바랄 뿐이겠을 일이다. 문제는 헌데 저것이, 그런 야차를 꿈꿔내는 데 있다.

읍장직까지 겸직하게 된, 그 판관은 그러던 날 죽었다, 죽으며 그는 죽기 전에, 자기의 심복 중에서도, 자기의 오른팔 오른 다리가 되어주어 왔던, '큰 형장지기'를 그 병석에 불렀으며, 邑事를 '부탁'했던 모양이었다. (밝혀둘 것은, 임종에 당한, 저 읍장 겸직 판관의 '부탁'에는, '위임'의 뜻은 全無했으며, 읍에서 새 읍장, 새 판관을 선출할 동안만, 읍의 안녕질서를 돕는 데 협력하라고 했다는 그것이다) 헛헛허헌데, 그런 이튿날부터는, 아예 그 판관 댁에 제 몸을 머물려 놓아버리고, 그가 판관의 사인교에 타고, 읍청엘 나고 들며, 판관 겸직 읍장 대행을 했는데, 큰 형장 문지기를 해온 그의 친구 하나가, 꾀도 있었는데다, 근래 부쩍 충직한 우의를 보였으므로, 그를 아예 자기의 지혜 주머니 삼아, 허리에 차고 다니듯 데리고 다니며, 지나는 개에다 대고 가래침을 한번 퉤 뱉으려 해도, 그의 얼굴부터 보았다. 실제의 邑事는 그러자니, 저 큰 형장 문지기였던 사내의 혀끝에서 이뤄졌던 듯했다. 읍장 겸직 판관 대행꾼은 종내 그 두 자리를 내놓지를 안 해버린 것이다. 그 사내 생각에는, 자기는 큰 형장지기에나 마땅하다고, 그래서 다시 큰 형장에로나 돌아가, 개나 흙아다 구워, 소주 함께 먹고 마시는 것보다 더 좋은 팔자가 있을 수 없다고 했었으되, 자기를 보위하여 다니는 놈의 속삭이는 말을 듣다 보면, 그 자리들을 그저 아무렇게나, 읍내 어떤, 덕성스러워 요순으로 알려진 자에게라도 내어줄 만한 것들이 아니던 것이다. 지렁이라도, 그것 중의 하나만 얻어도 용이 되던 것이며, 용이라도, 그것을 잃으면 지렁이만도 못하게 되는 것이 그것이라는데, 무엇보다도, 저 문지기 사내가, 다리 밑 거지 아이들을 시켜 해낸 '공론조사'란 것에 의하면, 다른 누가 새 읍장, 새 판관에 봉직한다는 경우는, 자기는, '형장지기'이기보다 '형장살이'[服役]에 맞다고 하고 있어, 그것이 여간만 꺼려지는 것이 아니던 것이다. 그럼에도 이 사내는, 자기가 무슨 그런 대과를 저질렀는지, 그것은 생각해보지도 않고, 그저 스스로 믿었기에, 자기는, '형장지기'가 아니면, '형장살이'에 맞는 인물이라고 했다. ('형장지기'에 관한 한은 더 말할 필요도 없겠으되) 그랬었을 것이 이 사내는, 어려서부터, '착하다'든가, '점잖다'든가 하는, 그런 德尺에는 맞는 바가 없는 것으로 알아 왔으며, 그 외에 궂은 이름들이 있다면, 예를 들면, '호로자식' '개망나니' '죽일 놈' 따위, 그런 것에 걸맞는다고, (어느 때부터인지 시작해) 믿어온 것이다. —이런 사내도 그러나, 자기 어머니께는, 세상에서는 둘도 없이 '선한 데다 무른(단단하지 않음) 자식'이었으며, 별세한 판관에게는, 안회를 물라고 명하면, 천의 안회라도 물고 찢을, 그렇게나 '충직하고 성실한' 친구였으며, 그리고 六祖에게는, 그는, 선하지도 안 했으되 악하지도 못해, '쿠라'라는, 옹기그릇 만드는 아낙네가, 주무르는 대로 형상을 드러낼, 한 뭉텅이의 '쓸 만한' 찰흙(니그레도)이었다는 것도, 알아둘 일일 듯하다. —그랬으니 그는, 별로 달리 어쩔 도리가 없어, '읍장 겸직 판관 대행'을 계속했다. 그러면서도, 저 문지기 사내에게 판관직을 봉하고, 자기는 읍장직만 지키기도 싫은 듯했으며, 그 사내에게 읍장직을 물리고, 자기가 판관직에 나앉기도 싫은 듯하여, 하려면 자기 혼자서 그 둘을 다 겸할 일이며, 안 하려면, 자기나 그나, 둘 다 다하지 말아야 된다고 그렇게 믿는 듯했다. 그리하여, 전직 '큰 형장지기'였던 한 이무기가, 한 몸에 두 용포, 한 입에 두 여의주를, 입고 물어, 美里 천지를 휘감아 틀어 오른 것이다. 그런 뒤 삭 후에는, 자기의 職名에서, 사인교에 앉으려 해도 내리려 해도, 밟히기뿐만 아니라, 깔고 앉게도 되는, 천하 순 불편한 누무, '代理'라는 꼬랑지도 담박 잘라내 버리기에 이르렀다. 그는 그리고도, 아무 일도 하는 바 없이, 사인교만 타고, 읍청에서 수도청에 이어진 큰길을 오고 갔는데, 자기의 눈이 멈추는 데서는, 개 새끼까지도 꼬리를 샅에다 사린다는 일 같은 것 때문에, 자기의 직권에 대해 큰 흥미를 일으켜내기 시작하고 있었다. 그는, "사또가 행차할 때, 아무리 그것이 사또의 것이라고 한다 해도 官印은, 通引에게 갖고 있게(『古今笑叢』「荷印矜爵」 참조) 해야 한다는 측면의 자기의 직분을 (그실 수치스러운가 어떤가는 모르되) 천성적으로 깨달아 알고 있었다.

그러는 중에 읍내에서는, 누구나 쉽게 짐작하겠을 일인 대로, 유능한 매파들 몇이서 바빴다. '읍장 겸직 판관'은 그때까지도, 결혼한 일이 없어 명목상으로는 총각이었으니, 글쎄, 읍내 일등 간다는 명문가들에서도 은근히 매파를 보내, 그를 사위 삼았으면 하는 청을 드리고 했으니, 이 중년 돼가던 총각은, 그 키가 우람하도록 자라 올랐었다. 그래도 그저 웃기만 하고 아무 데도 대답을 해 보내지 안 했는데, 그랬으니 그는, 유리읍의, 딸 가진 부모께나, 젊은 과부들, 또는 시부잖다고 여겨오는 서방을 둔 옌네들에 대해, 그 한 뻐드렁 이빠디는 美里의 權勢며, 그 다른 하나는 財富로 된, 거대한 흰 코끼리였을 뿐만 아니라, 그의 아름다움은, 저 그중 무르녹는 여름 석양이 의인화한 황소였으며, 그리고 또, 비견할 데 없이 맹폭스러운, 지옥의 거대한 뻴그런 수캐였다. 요 얼마 전까지만 해도 그는, 제 싼 똥에 칠갑을 하고 있던, 천덕스러운 노새였었더니, 근래 다시 보이는 그는, 어디 天池 같은 데서라도, 목덜미가 희다 못해 붉도록 목욕을 하고 날아내린, 天馬였다. (헤헷페, 작것, 헌데, 저런 녀러 肉身派 사내에 대해서 이런 투의 비유들이, 쓰여지고 있을 때는, 그 비유가 포장하고 있는, 그 안의 것의 정체는, 대체로는 비의적인 경우가 많다고 알아듣는 귀는, 좋은 귀라고 할 것이다. 탁 털어놓고 말하면, 이 사내는, 반쯤 벌겋게 달구

어진, '쇠 좆'을 달고 있다고 알려져 있는데, 숙어질 줄을 모른다는 것이다)

이런 사내가 엉뚱하게도 헌데, 또는 멋지도록 당연하게도 헌데, 쥐기만 한다면 그 당장에 자기 것이 될, 그 또한 버릴 수 없는 것들을 다 젖혀두고 하필, 아직도 喪中의, 전 읍장의 손녀며, 전 판관의 무남독녀로서, (결혼식은 치러본 일이 없었음에도) 六祖라는 사내의 미망인으로 공인된, 그 여자에게 추파를 던지다 매파를 보내기까지에도 이르고 있었다. 이런 사내가 그리고, 왼 읍이 듣고, 자기의 장한스러움에 경탄을 표시해야 된다고 떠든 소리는 이러했었다. "요바들, 본관은 의리 하나만 갖고 오늘 판관 겸직의 읍장까지 된 사나여, 의리가 내 죙교[宗教] 라고. 본관이 그래 지끔 갖다가시나, 美里에서는 물퍼 쓰뎃기 써 제끼는 말로 갖다가시나 말허기로 헌다면, 벤절 개종을 허고, 환속을 서두른다고 헌다면, 요 美里가 끕째기 워처키 될 것여? 워처키 될 듯허냐고? 또한 갖다가시나, 美里 村間辭로 읊는달작시면, 고것이 畜生道 말고 또 머시겄냐고? 본관이 그리하여설람에 거듭하고 하여 말허게 되는 것이 요것이지만, 본관의 人生觀은 의리에 두고 있다고. 그래서 그라먼, 하늘 밑, 땅 위, 똑하나배끼는 없는 본관 같은 자가, 누구에 대해서 이 의리를 지키느냐고? 헥, 건 그라고 봉개시나, 꼭 물어졌어야 되었는 좋은 물음인디, 그랴, 첫째는 美里邑民에 대해서고, 글씨, 美里 사는 똥깨끄장도 포함해도 틀리던 안 헐 것인개, 그라고 두째는, 별세한 본관의 성님 六祖, 그라고 읍장님이며, 판관님에 대해서라고, 이라먼 알겄냐고, 알겄냐 말이제? 그러장개 본관이 美里를 치리해야되겄는디, 閱世가 조금이라도 있어 귀를 열어본 자는 모도 알뎃기, 그라고 요런 일이란 주로는 갖다가시나 王宮에서 일어나는 짓인디, 본관 또한 美里의 임금님인 자, 글씨, 워떤 임금들은, 딸을 너무 사랑하고 애낀 나머지, 그 딸을 누구에게도 줄 수가 없어, 자기가 취해 살아버린다는디, 본관의 의리심과 美里의 관계는 천상 저러하다고. 요 똑겉은 이치 속으로 그러장개, 아으 성님 六祖는 來助我, 부디부디 來助我, 요 아우가 성[형]수를 뫼시야겄는디, 듣다 본즉슨, 워떤 고장에서들은, 성수가 자석도 없이 과부가 돼버리먼, 아우 되는 자가, 고 성님의 자리를 이서[이어], 성님의 혈통을 이서줄 뿐만 아니라, 외롭은 아낙네 말년도 돌봐줘야 헌다고 허거늘, ……"

그것이 사실로 그래서, 그의 의견껏 의견을 낸 의견이었던지 어쨌던지, 이 현재는 상관없으되, 저 황토고갯집 망나니 자식 놈은, 이것저것(이란, 그의 勢慾이며, 請婚 따위를 두고 말함인데)에 대한, 늙은 어미의 간곡한 만류와 충고에도 불구하고, 자기를 哲學化함에 일호의 無識함도 없는 듯했다.

哲理로 그렇게, 아름답게 용포를 입은 뒤, 이 사내는 그리하여, (앞서 말한 바대로) 읍내에서는 그중 혀가 유연하다고 일러지는 공지니 네를 저 六祖의 미망인 네에 보내, 한 읍이 공인하는 한 박애주의자의, 婚俗과 관계된 달마[임무·사명]에 관해 설법케 했다. 이 공지니네는 헌데, (咄! 小說하기의 雜스러움! 바벨탑을 한 발길에 냅다 차 무너뜨려 버렸던 자의, 아흐, 그 부러운, 참으로 부러운, 한마디의 무장애의 말! 文法에 미침이 없이, 文法을 뛰어넘어버린, 그래서 말이 못 되는, 위대한 말) 어디서 중질을 하다, 어떤 봄날, 어떤 장대한 머슴 놈, 풀섶에 앉아, 용두질에 용쓰느라 비지땀을 흘리는 것에 자비를 느껴, 그 머슴 놈 검센 손으로 거머쥔 머리끄덩이를 끄시는 대로 따라, 羑里에로의 환속 길에 올랐다 했는데, 중도에 그 머슴 놈은 헌데, 그 검센 팔목으로도, 어떤 부자 과택 섬섬옥수로 쥔, 그 손아귀를 도저히 못 벗어나겠다고, 우는 상을 짓고는, 그 과택의 기름진 아랫배와 살림의, 빨솜히 열린 속으로 미끄러져 들어간 뒤, 종무소식이 됐더라 했다. 그랬은즉 자기는 혼자, 그 외로운 길을 허우덕이어야 했더니, 그러는 중에 날이 가고 달이 갔는데, 월후가 비치지를 않는다고 걱정해왔던 어떤 날엔, 월후는 아닌, 생피 냄새가 아주 독한, 피가 굳어 뼈가 된 핏덩이를 하나 흘리게 되었더라고 하며 옌네는, 그래서 옌네는, 그 길가 흙이 부드러운 데 구덩이를 하나 파고, 그것의 그 비리디비린 더운 울음소리를 옌네는, 그 구덩이에 누이고 옌네는, 그 흙을 부드럽고도 따뜻하게 덮어주었더라 했다. 옌네는. 저승에다 옌네는, 그 비린 울음소리를 울려 보냈더라 했다 옌네는. 이승 말[言語]을 저승에다 使者 보내기. 그리고는 눈물만 흘리고 그 한자리에만 앉아 있을 수만은 없어 옌네는, 눈물을 뿌리며 그 저승의 경계를 떠났는데, 떠났는데도 그 옌네는 그 울음소리를 듣게 되더라고 했다. 이상한 일은 헌데, 걸으며 걷다가 그 울음소리를 듣다 보면, 글쎄 이상할 일이게도, 저쪽 저승사 돌아가는 것이 환히 들여다보이기 시작하더라는 것이었다.

자기는 그러자니, 그늘진 데를 보라고 점지받은 그 눈 하나를 저승에다 보내 놓고 있음이 깨달아지더라는 것이었다. 그, 그랬, 랬으니 당연하게 이 태주마님은, 저승 소식에 밝을 수밖에 없었을 터였다. 이 엔네는, 美里邑에 고로초롬 알려졌다가 저러코롬 믿기워졌으며, 졌으니, 손톱 밑에다 흙 한 톨이라도 넣었기는커녕, 땀 한 방울도 흘려본 일이 없이, 연지 바르고 곤지 찍어, 초록 저고리 다홍치마로 비단 방석에만 앉아, 팍팍했을 한 삶을 유연하게 꾸려온 것이었다. 그리고도 물론, (자기는 그런 이후, 더 이상 生産을 할 수가 없이 되었다면서도) 産婆 노릇도 했으며, 또 인동의 늙은이들 중에서도 밥술깨나 먹고 지낸다는 이를 만나게 되면, 근방 어디 은근한 데로 불러가, 제 년 거웃을 한 올씩 뽑아줘 보내고 했는데, 그런 늙은것들은 그러면, 매우 호꼰해진 속으로, 저 공지니에 대하여 그리움을 키웠기로는, 조 녀러 쳐죅이삐릴 구미호 년은, 저승뿐만 아니라 이승도 호꼰하게 한다고 하며, 그년의 무거운 아랫도리를, 자기 누울 헛묘로, 저승으로, 합쳐보았다. (咄, 小說하기의 雜邪스러움. 그럼에도, 이 한 환속한 비구니를 통해 알려지는 것 한 가지는, 모든 生産할 수 있는 子宮을 가진 여자만이, 풍요함만은 아니라는 것이다. 그래서 이 공지니 네도 또한 純種의 美里民이다)

헌데 그 즈음엔, 별세한 장로와 판관의, 다만 한 혈육이었던 그 여자는, 六祖의 씨앗을 배 속에 기르고 있었는데, ―(그러고 본즉 野史꾼들도 모르고 있던 것이 한 가지 더 있었거니와, 그 여자는 그렇다는즉슨, 제 할아비, 아비, 남편까지 다 잡아 처먹고, 그리고도 배가 안 차, 제 녀러 자식까지 잡아먹고 말았었을 것이었냐?)―그래서 되도록 외출도 삼가고, 가령 六祖 전에 月祭라도 드리기 위해, 저 큰 숲에라도 가야 되는 때와 같은 회피할 수 없는 경우엔, 통이 큰 장옷으로 전신을 가려, 자기를 지워 없애고서야 대문을 나섰을 뿐만 아니라, 할 수 있는껏은, 내방객들과의 면대도 기피해 왔는데, 그 매파가 그 댁 대문을 들어선 것이고, 그리고 그 댁 주인 되는 숙녀와의 면접을 청한 것이다.

헌데, 매우 그 여자다웠거나, 다웁지 않았던 일은, 그리고 그 댁 청지기 늙은네까지 마음으로 놀라게 한 일은, 그렇게나 두문불출, 외인 만나기를 용천뱅이 만나기처럼 꺼려 온 그 여자가, 선뜻, 혹간 기다리기라도 했었다는 듯이,

저 매파를 자기 거처하는 안방에로 불러들인 것이고, 그뿐만 아니라, 부엌 일꾼들께 분부하여, 음식도 여러 가지 것을 해 들여오게 하여, 잔치를 벌였으며, 둘이서 소리 높여 웃고, 그리고 하나가 가야금을 뜯으면, 다른 하나는 장고를 치거나, 그것까지도 환속한, 그러니 俗 것과 섞인, 僧舞를 추었다. 둘이는, 어느 이상한 일점에서, 매우 좋은 벗이 되어 있었다. 그리고도 저녁이 늦어 매파는 돌아갔는데, 먹고, 웃고, 風樂하기 이외에, 그 둘 사이에서 대체 무슨 흥정이 오고 갔는지, 그것은 그 잔치의 뒷바라지를 해주었던, 그 부엌 노파까지도 몰랐으니, 아무도 알 수가 없었고, 그러니 그 둘만 알 뿐이었을 것이다. 그날 저녁, 그 댁의 주인 되는 여자는, 예의 그 통 큰 장옷을 덮어쓴 뒤, 안장도 얹지 않은 말을 타고, 큰 숲에 가, 六祖의 靈室에서 지냈었다. 그 여자의 얼굴의 표정은, 착잡 미묘했는데, 어떻게 보이기에는, 올 것이 왔다가 갔다는, 그 안도를 드러내고 있는가 하면, 어떻게 보이기에는, 너무 서두르다, 羊을 죽인 피를 문기둥에 발라두기를 잊고, 逾越 저녁을 맞고 있는 아낙네의 극한 초조감을 드러내고 있었다. 이런 얼굴은, 아무도, 어떻게 읽을지를 모를 뿐이다. 왜냐하면 이런 얼굴은, '記號'와 '意味' 사이에서, 어째선지 변경이 사라져버린 言語로 비유되기 때문이다.

저녁이 늦었어도, 매파 노릇에 나선, 이 환속한 비구니 하나는, 읍장 겸직 판관 나리가 머물며, 자기를 기다리겠다고 이른, 수도청을 향해, 일부러인 듯한 거드럭거리는 비틀걸음으로 걸어가며, 치마의 앞자락을 걷어 올려, 작것, 앞자락을 달빛처럼 하고는, 암내를 왼 고샅에다 흩트리기뿐만 아니라, '흘러간 옛노래' 중에서, 문득문득 기억나는 것들을 고함쳐 젖혔다.

> 잡녀러 것이라도요오 요거 요내 요뫼이 보리수이니
> 요거 요내야 마음은응응흐응응응 조오타
> 밝은 달, 달 같은 거울……

저녁이 제법 이울었으니, 별로 누구도, 저 공지니네를 내어다볼 사람도 없었는데, 망할 녀러, 오랭이가 팍 물어갈 녀러, 녀러, 글쎄, 이누무 세상이 어찌 바뀌었던 동, 그 시각에 누가, 제 방 안에서 빼꼼하게라도 길을 내어다보려 한다면, —허기는 이만큼까지는 너무 좀 과장적이라고 할라는가 몰라도—그 길 보기 稅도 적잖을 터이니 그렇다. 글쎄, 근래 읍장과 판관 두 父子가 死去해버리고 난 뒤, 그 '발바닥에 개털이 난 황토고갯집 개망나니 자식'이, 저 두 중직을 겸임한 때부터, 이 '읍장 겸직 판관'과, 그의 官卒들이 차지한 곳의 邑만, 짜가운 곱 냄새를 독하게 풍겨냈을 뿐, 그 외의 邑은 삼동으로 닫겨버렸던 것이다. 그랬을 것이, 손님의 왕래가 끊겨버린 거리에 잇대어 있는 점포나 객줏집이, 늦도록 품을 열고 있어야 할 볼 일이 없던 것이다. 당시의 읍내의, 숨막히도록 긴 저녁을 지내온 美里 사람이라면 누구나 알고 있는 것이 그것이지만, 당시의 읍내 저녁, 대략 亥時쯤 거리의 通行稅는 너무 비쌌던 것이다. 빈털터리 通行人의 경우, 일진이 나쁘게도(또는 좋게도), 저 官卒의 떼거리들께 붙잡혔을 때는, 저 官卒들의 지극히 높은 어른의 술안주 감으로, 불알 한쪽은 까 바쳐야 되었으며(까이었으며), 여자의 경우라면, 벽에 등을 기대서서, 치마의 앞자락을 들쳐 올려주어야 됐다고 했다. (헌데 이것은 官卒 저그들끼리만 속닥이고 웃는 소리였지만, 그런 뒤에도, 夜行에 나선 아낙네들의 수가 줄어지는 것 같지는 않다고 했다. 어떤 경우는, 똥을 누러 나왔다가, 잠결에, 어만 데를 들어 이렇게 됐으니, 용서하라고 하면서도 치맛귀를 들추는데 보면, 속옷을 입고 있지를 않고 있다고도 한다. 그년은 분명히, 제 서방 놈께 똥 눈다고 이르고 나왔었을 것이니, 잠자리로 돌아가기 전에는 물론, 오줌을 끈적거리도록 시원하게 누어버릴 것이다. 누가, 웅덩이를 헤엄쳐 지나간 물뱀의 자취를 헤아려볼 수 있겠느냐) 그렇다고 하여 그러면, 이 새 읍장 겸직 판관 나리가, 무슨 夜間通行禁止法 같은 것이라도 만들어 시행했다거나 했는가 하면, 그런 것도 아니다. (다음에 말 되어질, 이 한 구절의 얘기는, 제집 아랫목에는, 껄떡거리는, 궁둥이 큰 계집을 뉘어놓고도, 비록 칠순 노파라도 남의 계집만, 꼭히 강간을 하고 돌아와야 제 마누라를 거들떠보는 그런 사내들을 염두하고 들으면 좋은데) 워낙이는, 이 새로 판관 겸직 읍장 자리에 오른 자가, 개고기에의 그리움을 못 여의어, 형장지기 때 곧잘 했던 짓대로, 밤에 지나는, 개를 한 마리 채찍에 감아 끄셔, 수도청 마당에서 그을린다는 짓이 그만, 매우 좋지 않은 방면에서 公論을 들끓게 하는지라, 그대로 뒀다가는 '형장지기'였던 현 읍장 겸직 판관인 사내가 '형장살이'에로 떠밀려 들어가질 위험이 있었으므로, 자기가 데리고 다니는, 그 꾀 있는 사내로 하여금 지혜의 주머니를 열게 하지 않으면 안 되기에까지 이른 일이 있었던 모양이었다. 그리고 그 지혜는 이러하였었다. 는즉슨, "戌時를 훨씬 지난 夜間에, 成氏가, 읍장 겸직 판관의 행차하시는 앞길을 무례히 지났음으로 하여, 본 읍장 겸직 판관은, 그 戌氏에게, 非戌時의 夜間通行稅를 부과한 바렀다." 훗훗훗— 저런 公表를 들은 자치고 포복절도치 않는 자는 없었다고 일렀다. 그랬으니 官에서는, 그 들끓었던 公論의 솥뚜껑을 애써 닫으려 할 필요도, 또 그 솥 밑 타는 잉걸불에다 찬물을 끼얹을 필요도 없었다. 戊氏姓 가진 有情들은 그런 후에도 전과 다름없이, 차라리 더 극성스럽게, 戌時에뿐만 아니라, 午時에도 子時에도, 읍내의 모든 곳으로 싸돌아다니며, 官用 사인교에 대고도 세 다리짜리 오줌을 갈겼다. 그 문제는 그러나, 그런 후 그냥 유야무야로 끝나버리지만은 안 했으며, 더욱더 강화된 듯하였는데, 그즈음부터, '개 팔자'까지도 부러워해 온, 재산도, 낯도 없이, 그냥 白面인 사람들에 한해서만 말이지만, 사람들이, 戌時 지난 읍내 거리를 지나기가 어렵게 되어 있었다고 했다. 읍장 겸직 판관은 그리고는, 개고기가 그리우면 개장국 집으로 갔으며, 개 사냥도 더 하려 하지 않고, 그 일은 쉽게도 깡그리 잊고 말았었는데, 맹랑한 일은, 저 '지혜의 주머니'라는 사내가, 뒷전에서, 관졸들을 모아설람에, 晝班 夜班이라는 식으로 반을 편성하고, 또한 둘씩 셋씩이라는 식으로 組를 짜, 夜班 임무의 관졸들께는 야경을 돌게 한 일이다. 官에서, 속삭이는 음성으로 밝혔다는 이유는, "근래, 야음을 틈탄 도둑의 흉행이 부쩍 늘었기 때문"이라고 했다 하지만, 아무도, 그 읍내의 누구네가, 무엇을 도둑맞았다는 소문이라도 들어본 일이란 지난 이십 년 내에는 없던 중이다 보니, 이 짓이야말로, 成氏를 그린 그림에다 鹿角을 얹기 같으며, 馬姓 가진, 네 발 가진 짐승에게다 날개를 달아주기 같은 짓이었다. 그리하여, 밤의, 읍의 場은 닫겼다. 밤의 읍은, 장의사 같았다. 그리고는 그 밤의 읍의 어디에서, 약간의 씨근덕거리는 소리가 있을 수 있다거나, 조금 왁자지껄한 소음이 일어날 수 있었다면, 거기는 官卒들이나, 그의 친구들이 모인 자리였다. 그러다 보니,

읍에 쌓이는 불평과 불만, 원성은 높고 날카로웠는데, 그럼에도 읍의 白民들이 저절로 터득하게 된 현실은, 높은 것은 닿을 데가 없다는 것이며, 날카로운 것은 그 날카로움으로, 오히려 그 자신들께 해를 입히게 된다는 것이었다. 말하려 하면 혀를 잘리고, 들으려 하면, 고막이 맞창 나며, 보려 하면 눈이 흙밭에 굴렀다. 이렇게 되자, 怨望과 詛呪들은 별수 없이—왜냐하면, 저런 따위의 否定的 감정들이란, 重力에 제휴해 있어, 丹田의 아래쪽, 地獄으로 내리는 것들이라고 관찰되어져 오기 때문인데, 이런 것이, 촛불중이 '狂風'이라고 이르는, 그 어지러운 바람의 씨앗일 것이다. 그것은 그 자체가 파괴력이어서, 그것이 어떤 다른 형태에로 轉移한다 해도, 꼭히 어떤 '犧牲物'을 요구하고, 그리고 나서야, 그 파괴력의 中和를 성취할 것임은 분명하다. —밑에로, 감추어져 보이지 않는 데로, 굴절하여 깊어져 가게 마련인 것이며, 그것은 축적되기에 의해, 그 壓力 탓에, 熱을 형성하기 시작하는 것은 분명하다. 이 熱은 이제, 저 否定的 감정들의 축적, 그 깊디깊어 어두운 잠 속에서, 꿈을, 그것도 매우 헤설픈 꿈을 이뤄내기로서, 重力에 거슬러 上昇을 성취할 것이다. 그러기 전에 저 熱은 물론, 地獄이었을 것. 그런고로, [5]"地質學에서 배워 알게 되는 것도 그것이지만 人世도 아래쪽이 호꼰하다"고 하는 것이다. (熱은 헌데, '오르게 되어 있는 것'인데, "地質學의 대상과, 人世에서는, 홋홋, 아래쪽이 덥다?") "내려가라, 그러면 그대는 그 熱이 증가한다고 알게 될 것이다. 아래쪽으로 내려가면 내려갈수록 그 뜨거움도 증가하여, 그 뜨거움은 태우는 뜨거움일 것이다." —地質學으로부터 배우게 되는 바를 좇아 따진다면, 그런고로 大地는, 저 폭발해 오르려는 음모를 싸안고 있는 고통 자체일 것이다. 견딜 수 없이 어수선한, 그런 凶夢을 임신한 이 깊은 잠, 비계가 두터운 無意識은 그래서, 어떻게든, 어디에다가든, 噴出口를 터주어, 저 폭발하려는 凶夢을 分娩해버리지 않으면, 大地 자체가 폭파해버릴 위험성이 있다. 이 '熱'은, 그렇게나 무서운 힘이어서, 그것 혼자서도 그리하여, 여름이며 겨울들을 分娩한다. 사탄과 虐政꾼. 그것들은 그렇게 아비도 없이, 어미 혼자서(Patheno-Genesis) 姙娠했다가, 分娩한 자식들, 후레자식들.

여름과 겨울에 대하여, 아으, 사탄과 虐政꾼? 사탄과 桀紂.

(촛불중에 의하면) 個人에 대하여, 集團(外界)은 잠이던 것, (無意識이던 것) 그렇다면 모든 개인은, 集團의 夢態인 것?

저 '熱'도 물론, 그 위쪽에 쌓이는 찌꺼기(怨望, 詛呪 등)의 量에 비례하여 증가할 것이며, 그 찌꺼기는 또, 그 위쪽의 압력에 의해 증가할 것인데, (무대 뒤에 숨어 앉았던, '易'의 얼굴이 그리하여 드러나지만,) 그 증가에도 한도와 한계는 있을 것. 그 높은 압력 밑에서 형성되었던 '熱'은 그러면, 당연한 결과로, 爆發力에로 轉身을 치른다. (이 '힘'에 관해서는, 촛불중의 『觀雜說品』을 참조하는 것도 권고되지만,) 이 힘도, 앞서, 地質學과의 관계에서 말한 바와 같은, 그 噴火口를 얻지 못하면, 뻔히 짐작되는 바대로, 自爆을 초래하고 말게 될 것이지만, (歷史가 밝히는 것을 좇기로 하면) 그러기 전에 그것은, 어떻게든, 그 歷史의 비계가 엷은 곳을 찾으려, '헌 중의에 좆 불거지듯', 여기로 저기로 불쑥거려보다가, 出口를 찾기는 찾게 된다고 한다. 그 出口는 분명히, (땀 흘리는 짐승 몸의) 땀구멍 수보다도 많은 것이라도, (歷史가 나타내 보이기로는) 많이도 말고, 대략 두 종류쯤으로 대별되어져 있다. 그 하나는, 바로 그 歷史가 이뤄지고 있는 그 土地의, 어떤 매우 비계가 엷었던 자리에, 뿌리가 깊은 부스럼을 일으켜 있는 그것이라고 하는데, 그래서 거기로는, 황충과 전갈의 모습을 취한, 熔岩과 뜨거운 재가, 터뜨려진 검누런 고름처럼 넘쳐 흘러나오고 있다. 그리고 그 다른 하나는, 歷史의 피부를 훨씬 벗어나, 구름을 뚫어 올라, 심지어 大氣圈까지도 벗어난 데, 거기 어디 重力도 암흑도 없다는 데로 뚫고 올라간 것으로, 굴뚝의 모습을 띠어 갖고 있다고 이른다. 거기서 연전에 누가 한번 내려왔다 간 일이 있는데, 그가 한번 왔던 증표 삼아, 남겨놓고 간 말에, "핍박받는 자는, 저쪽 하늘에서 긍휼히 여김을 받을 것"이라는 투의 것들이 여럿이나 있었는 데다, 누구든, 자기의 진 짐이 무거워 괴로울 때는, 자기를 찾으라고, 그러면 그 짐을 자기가 대신 짊어줄 것이라고, 그렇게 일렀대서 그런 것이다.

헌데, 저 重力을 거슬러 오른 저 힘은, 우주적으로까지 위대한 힘이었었다. 그리하여, 歷史의 비계가 엷어 곪은 데에서는, 배가 고파 검은 뱀이 똬리를 풀어 나고, 天頂을 뚫어, '아래쪽'의 열을 뿜어 올리는, 그 굴뚝의 끈적거리는 그을음 속에서는, 탁한 연기를 거느린, 그 또한 몹시 배가 고픈, 붉은 龍이 일어난다. (이 두 종류의 짐승들이, '배가 고파함'은, 犧牲物을 요구하고 있다는 그 증거인데, 저 두 가지 괴물을 형성해냈던, 그 본디 기운이 다름 아닌, '怨望'이라거나, '詛呪' 따위, 응달쪽 욕망이 돼서 그럴 일이 아니겠는가? 그런 데다 그것들은, 과녁을 잃으면 되돌아와, 그 화살을 쏜 弓手를 치고 덤비는 화살 같은 것이어서, 그 弓手들[이 경우는 美里邑民들이 아니겠는가?] 자신들에 대해 괴로움인데, 다행하게도, 그들께 어떤 犧牲物이[이 '犧牲物'은, 그 화살의 '과녁'이나 '표적'과 반드시 같은 것은 아니며, 같아야 하는 것도 아니다] 바쳐질 수 있다면, 거기서는, 그 자신들의 뾰죽함이 中和를 성취함이 분명하다. 그것이, 畜生道의 易의 법칙이 아니겠는가. 현재의 美里와 더불어서는 그러면, 아무리 해도 그 과녁을 맞힐 수가 없는, 이 否定的 毒力을 갖는 화살의 끝에 꿰어 피를 쏟아줄, 그 '犧牲物'이 누가[集團? 어떤 個人? 또는 어떤 압박자? 또는 피압박자?] 될 것인지, 그것은 흥밋거리이다) '集團'이라는 '잠'은, 제기럴, 혼자서 꿈들을 姙娠하여, 그 凶夢에다 흐르릉, 살을 입혀 까 내질러놓고도, 수치를 모르놓다. 凶夢의 새끼들! 후레자식들! 아으 그럼에도 저것들이 흉한 얼굴을 꾸밀 수밖에 없는 것은, 그것들에 살을 입히게 된 씨앗이, 重力에 제휴했던, 어두운 念願들이 돼서 그렇다. 그런즉슨, 독사가, 비둘기의 날개를, 희게 펄럭임이 기대될 것인가?

—이럴 때에도 헌데, '흙이 엷게 덮인 반석' 같은 심정을 가진 자는, 재빠르게도, (떨어뜨린 씨앗에 촉을 틔웠음) 美里邑事 돼온 꼴을 떠올리고, "닭이 먼저였느냐, 알이 먼저였느냐?"라는 투의 물음을 묻게 될 것이 뻔하다. 人世도 集團的으로는 그런데, 畜生道라는 것이 촛불중의 法意이다. 그래서 百姓은 잠 자체인데, 그 잠이 먼저 있고, 그 잠 속에서 桀紂라는 어수선한 꿈이 일어날 수도 있으며, 반대로는, 桀紂가 먼저 있어, 저 편안했던 잠을, 어수선하게 뒤흔들어 놓을 수도 있다. 이런 것을 두고, 어느 쪽이 먼저냐고 따질 것은 못 된다. 잠[無明]을 깨이지 않으면 有情이란, 易의 줄 끝에 매달린 망석중이일 뿐이던 것, 그 추어지는, 한 박자의, 매우 단조로운 춤은, 되풀이되고, 되풀이될 뿐이다. 그리고 꿈은, 행복하기보다는, 괴롭도록 되어 있는데, 그래서라야만 有

情들은, '뜨거운 함석지붕 위의 고양이'모양, 어떤 한 안일함에 머물려 하지 않고, 그 잠을 깨이려, 獸皮를 벗으려, (잠과 獸皮—잠은 獸皮, 獸皮가 잠) 왼갖 안간힘을 다하게 될 것이어서 그렇다. 그렇다면, 佛者가, 그의 대자대비로 하여 중생에게 내밀어준 甘露란, 苦海水 말고, 또 무엇이겠느냐. 그런즉슨 有情들은 결코, 苦란 苦라고, 그것을 快化하려 말지니, 그러려면 그 有情은, 나찰 말고 무엇이겠느냐. 괴로움을 회피치 말라, 그리고 괴로움에 의해서, 그 입어진 獸皮(는 잠, 잠은 無明)가 엷어졌다가 보이지 않을 때까지, 긁어댈 일이다, 자기가 낳은 날을, 자기를 받아준 무릎을, 먹여준 유방을 저주해가며, 죽기 위해서 긁어댈 일이다. 그리고도 有情들은 어째선지, 돌아오고 또 돌아오는데, 그런 有情들은, 대체 프라브리티의 어느 대목을 誤讀하였었는가? 프라브리티란 그렇게도 판독키가 어려운 敎本인가? 혹간 그것은 읽기 나름의 것은 아니겠는가? 그랬거나 저랬거나, 한 有情이 떠난다고 떠나서도 되돌아와 있다면, (무엇의 '執着'까지도 여기 어디에 포함하려면 할 일이고, 하지 않으려면 말 일이되,) 무엇보다도, 이것 한 가지는 극명하다, 이것은 알아두면 좋은데, 라는 즉슨, 자네 有情은, 이승이든 저승이든, 어디에다, 다 깨이지 않은 잠을 뉘어놓고, 夢身만 오그려 싸, 떠났었더라는 그것이다. 글쎄, '꿈'이 어디어디까지라도 가서, '밝이달아래' 행망 부리다 돌아오는 곳은, 이 '잠'이라는 六道밖에는 없기 때문이다. 그리고 또, 꿈들의 母胎는 잠 말고는 없기 때문이다. 그래서, 다시 반복되거니와, 한 有情이 떠난다고, 이승을 떠난다고 떠났는데도 돌아와져 있음은, 그, 글쎄지, 그 有情은, 어디엔지 벗어 뉘어놓은, 자기의 잠을 다 깨워내 걸쳐 입지를 안 했던 까닭이다. 만약 어떤 有情이, 자기의 모든 잠을 다 깨우고 난 뒤, 그리하여 이승을 떠나버렸더라고 한다면, 이제 그 有情은 돌아오고 싶어 한다 해도, 돌아올 곳이 없어, 돌아오지를 못한다. 헤매다, 돌아올 잠을 남기지 않은 꿈, 그런 꿈은 이제, 더 이상 꿈도 아니다. 꿈이 아니다. 꿈은 아니다. 비어버린 것, 철저히 비어버린 것? 것. 것! (이것을 일러, '中道'[마디야미카] 의 反極이라고, 이를 수 있는 것은 아니겠는가?)

아직까지는, 羑里史의 뒤쪽, 불빛이 별로 닿지 않는 무대의 그늘에, 그 그늘로 자신을 가리고, 자신을 드러내고 있지를 않고 있어, 그의 실재가 의문스럽지 않은 것은 아니었지만, 막연하게라도, 그래도 관중들이 한결같이 느꼈기는, 거기에 누군가가 있으며, 그리고 그 확실치 않은 누가, 글쎄 이것 역시, 저 관중들의 막연한 느낌이었을 뿐이지만, 어쩌면, 如意珠를 둘씩이나 입에 문 龍을 본떠 만든, 저 망석중이 龍을 놀리고 있는, 그 진짜의 굿쟁이나 아닐 것인가 했다. 그래서 만약에, 그 그늘 속에, 저 진짜의 굿쟁이가 얼굴을 가리고 앉아 있다고 한다면, 그는 그러면, 이 한 마당의 굿에서, 무슨 알곡식을 거두려, 저렇게도 어수선한, 한 凶夢을 상연하고 있는가? 저 龍은, 비가 내리지 말아야 할 철에, 탁한 폭우를 내리게 하고 있으며, 그뿐만 아니라, 그들로부터, 그들이 바치는 祭祀를 받아야 할, 그 祭長들 당자들을 혀에 감아, 매워하며 먹어 치워 버리고 있다. 어수선한 꿈. 그럴수록 그러면, 그 무대 아래쪽의 기압은 낮아지고, 그것에 비례하여, 熱度는 높아졌다. 그러면 그러는 어느 순간, 그 熱에도 中心이 잡히게 될 것이다. 이 熱을 식히기 위하여, 아니면 터뜨리기 위하여 그러면, 저 龍은, 아니면, 그 꼭두각시 龍 놀이꾼은, 그 熱의 알[卵]에다, 무슨 녀러 쪼음을 울려 보내려 할 것인가? (보다 畜生道的 方言으로 말하기로 하면, 무슨 피를 뿌리려 할 것인가? 글쎄, 한번 일어난 否定的 氣는, 파괴력을 수반하는 것이, 畜生道의 易의 법칙이기 때문이다)

그러나 그것은, 그 龍 자신이나, 또는 그 망석중이 龍 놀이꾼 당자도 모르니, 아직은 아무도 모를 뿐이다. 그리고 이것은, 그 한 마당굿의, 다만 시작일 뿐이다. 美里에는 그로부터 시작하여, 흔하게는 아니라도, 구정물 비가 쏟겨 내리더니, 장마처럼 끄무레했다. 그중에서도 그 비의 피해가 큰 것으로만 한두 예를 들자면, 이렇다. 조금 여유 있게 산다고 알려진, 유지급에 속하는 자들은, 아무 죄지은 일도 없이, 읍장 겸직 판관이 내보낸 그의 사인교에 실려, 법청에로 연행되어 갔다가, 그 육신에서 팔다리 중 무엇 한둘이 떨어져 나가지 않는다면, 그 재산에서 팔다리가 한둘씩 떨어져서야 나왔다. 가난한 자들은 가난한 대로, 팔다리 중 무엇 한둘이 떨어져 나가지 않으려면, 자기의 마누라나, 며느리나, 딸들로써, 즉슨 젊은 엔네들로써, 그의 팔다리에 대신을 삼아야 했는데, 관에서 필요할 때, 하명이 있는 대로, 젊은 아낙네들을 供出해야 했다. 이러다 보면, 여자까지를 포함한, 美里民의 전 재산은 오래잖아, 官屬化하고 말 듯했다. 그래도 아직까지 다행한 일은, 남정네가, 자기 마누라와 잔 일을 두고, 관에서 花代를 요구치 않는 그 일일 것이다. (꼭히 첨부해 밝혀둘 것은, 그래서 美里民 중의 누가, 자기의 팔다리를 바쳐, 자기의 재산이나 아낙네를 구하려 했다 한다 해도, 그가 만약, 도마뱀의 꼬리나 같은 팔다리를 해 갖고 있지 않는다면, 그 결과는 마찬가지였다는, 그런 얘기일 것이다. 재산도, 마누라도, 팔다리도 없는 두루뭉수리의 끝장은, 火葬터였던 듯하다) 아윽, 이런 어수선할 녀러 凶夢이 또 있을 수 있겠는가? 무슨 누무 '陰氣의 遺傳' 탓에 美里는, 저런 순 殺母蛇에게다 불은 젖퉁이를 물려주게 되었는지, 누군가는 언제든 그것을 밝혀보려 하기는 할 것이다. 할 것임에도, 이 당장 美里民들은, 자기네들의 평안하고도 깊은, 그 잠의 대기권을 잘못 쳐든, 어떤 흉악한 살벌에라도 치인 듯, 그래서 결코 자기 네들의 것이라고는 생각되지 않는, 어떤, 다른, 모르는 혹성 有情들의 運命을, 그 꿈을, 자기네들이 대신, 뒤집어씌워져 살도록 되어 있는 듯한, 이 억울한 凶夢의 衝突, 그 椿事의 현장에 있는 느낌들을 갖고, (그 느낌을) 털어버리지도, 접어 들이지도 못해, 渾身이 앙구찮은, 체증에 당하고 있는 중인데, 두고 볼 일이겠지, 그 결과는 두고 볼 일이겠지, 그러다 보면, 저 '陰氣'의 정체도 밝혀질 일이겠지, 일이겠는데, 어쨌든, 이러다 보면, 도처에서 홍건적이 일어난다는 소리가 안 나겠느냐? 헛, 헛헛허, 헌데도 이 '凶夢'이랄 것은, 아직 이 현재까지는, 그냥 피만 조금 맺혀 흐르릉한 상태이고, 그것이 어느 틈에, 이 계집의 옆구리를 터서라든, 下門을 열어서라든, 또는 양미간을 쪼개서라든, 하다못해 流産, 落胎라도 하여, 밖으로 쏟겨 나와 있는 것은 아니다. 그래도 이 계집은, 현재 이 계집의 상태가 어떤가 하면, 한입에다, 如意珠를 둘씩이 나 문, 한 거대한 龍이 침범하여 갈겨 넣은, 저 한 '凶夢'의 精蟲을 배태하고, 토역질을 웩웩 해대고 있다. (이러고 보면, 冊曆에 의해, 날짜가 태어나고, 철이 바뀌듯, 歷史는, 그것의 記述者에 의해, 늘상 通時態化를 당하는 듯하다. 그리고, '記述되어지고 있는 美里'의 현재의 시각은, 戌時를 훨씬 넘어 있다)

저녁 하늘엔 잔별도 많고요오

요 내야 가슴엔 수심도 많아도요
때때로 부지런히 털고나 보오세
부지런 부지런히 닦고나 보오세

저녁이 늦었어도, 매파 노릇에 나선, 이 환속한 비구니 하나는, 읍장 겸직 판관 나리가 머물며, 자기를 기다리겠다고 이른, 수도청을 향해, 목청을 다해 노래하며 걸어갔어도, 그리고 치마의 앞자락을 쳐들어 올려, 그 늦은 저녁거리에다 암내를 풀풀 내며 걸어갔어도, 戍氏姓을 가진 것들 중에서 수컷만 몇, 꼬리를 흔들고 다가와, 큼큼 냄새를 맡으며 뛰어오르려 하다, 제 너러 것들의 암컷들의 똥구녁 냄새를 맡으러 되달려 갔을 뿐으로, 人面을 둘러 쓴 것치고는, 官卒 나부랭이(들도 人面을 쓴 것이 분명하다면)까지도, 그 길을 막아 나서는 것이 없어, 저녁은 소조하고, 길은 소삭했으며, 떠들어댔어도 아낙네는, 호젓하다고 느꼈다. 글쎄 이 아낙네는, 뭣들이 듣고 꼴리라고, 뭣들을 불러내고 있었던 듯했음에도, 인두겁을 쓴 것치고라면, 아무것 하나 삘그렇여 오른 것이 없었다. 그래서 아낙네는 가래침을 뱉어대며, 여기다 저기다 눈을 흘겨 던지고, 욕설도 비슷한, 무슨, 알아먹기가 조금은 수상쩍은 소리를 까발셔 댔다. “넨장 모두, 어디로 떠나버렸다는 얘기겠네, 뭐겠네? 아서라 말어라, 넨장 헐 너러, 아무것 하나 떠난 것을 내 눈으로 본 일이 없으니, 그런즉슨, 사람만 남기고, 크흐크흑클, 邑이 떠났다고 해야겠네, 뭐겠네?”—크흐크흑클, 저런 푸념인즉슨 그러고 본다면, 커다란 숲이 하나가, 거기 잠긴 별 무리며, 나무의 꿈 따위들만 남기고 밤에, 뿌리를 뽑아설람 어디로, 후두둥 날아가 버렸다는 그런 얘기가 아니겠네, 뭐겠네? 크흐크흑클, 꿈이 어수선한 까닭으로 잠이, 꿈만 남기고 살부제기 사립짝을 열어 나가버리기? 난파선으로부터 떠밀려온, 그 船長의 航海日誌며, 게 새끼들이나 삐끔 삐끔 남기고, 바다만 떠나버리기? 썰물로, 떠나버리기? (美里에로는 그러나 아직, 그 바다가 돌아오지를 않고 있는데, 모르지, 美里의 밀물의 시간은, 오는 길에, 고향이라고 찾아오는 길에, 목이 말라 하도 말라, 불빛이 빤한 주막에 들러, 그냥 꼭 한잔 술만 마시고, 바지랑 바지랑 걷기로 하자고 한 짓이, 그 주모 눈이 서러워싸서, 한숨에도 서리가 껴싸서, 젊디젊은 주모 흣것, 한 잔만 더 먹고 떠난다고 한 짓이, 두 잔만, 하룻저녁만 지내고 떠난다고 한 짓이, 까짓것, 이왕 하룻저녁 늦은 것, 한 저녁 더 늦어진들 이제 뭣이 달라지겠는가, 이틀 저녁 지내고, 그리고도 한 둬 몇 저녁 더 지냈다던가, 어쨌다던가, 그리고 문득 고향을 떠올렸던가, 그래 그 길에 오르려 하니, 척추에도 다리에도 힘이 하나도 없어, 이게 어찌 된 일인가, 그 서럽기도 하 서럽어쌌던 주모를 돌아보니, 어허이라 순, 아낙네는 어느덧 骸骨이 되어 있더라는데, 어허이라 순, 눈도 삐인 사내자슥이었지, 눈도 삐었드랬지, 骸骨 속으로 들어간 탓으로 제길헐 骸骨을 못 보았었구나, 어디나 酒幕 내어, 오고[밀물] 가는[썰물] 것들의 불알을 까 먹던, 서낭당 처자귀신보다도 더 서러운 년은, 骸骨을 酒幕 냈던 것을, 그믐달이었던 것을, 죽은 달. 骸骨 속으로 내려간 時間은, 內侍가 되어버린 時間? 그 우람하기까지 한 둥치는 있음에도, 오르거나 내리거나 하는 수분이 없음? 창조치 못하는, 羑里의 時間은, 陽物?) 얌전이편물전, 금방, 유리방, 학청, 하으, 찬바람, 법정, 걸이야, 개야, 왁자, 개야, 모야, 왁자지껄, 연초청, 소금청, 혈세청, 농업은행, 상업은행, 최덕은업, 조용하기, 갈보은업, 하룻밤 치기는 쌀이 서 되, 남창은업, 씨근덕뻑끈, 읍산파네, 저녁 하늘엔 잔별도 많고요오, 장의사, 불 꺼진 창, 수의소, 침술집, 철물전, 어물전, 푸줏간, 지물전, 닭전, 쇠전, 옷감전, 옹기전, 싸전, 달 없는 사막, 왕대폿집, 순대국집, 비시겨 놓은 판자문, 국수전문집, 국밥옥, 쿨럭쿨럭, 서향집, 동편관, 남한루, 북새통집, 쿨럭쿨럭, 덕산조빨소[調髮所], 씨발[市浟] 목욕탕, 두세 두세 두셋이서, 과택 바느질, 조용하기, 개장국집, 두셋이서 두세 두세, 우족탕, 돼지꼬리곰탕, 비시겨 놓은 판자문, 황토고개점포, 휜하기, 생사탕, 두세 두세, 읍내식당, 똥집구이, 비시겨 놓은 판자문, 수도청, 왁자지껄, 왁자 왁자 왁자지껄, 흘레돋집, —"흣호, 콜콜, 야간 중엔 폐업이오니, 필요하시다면 필요하신 분들은, 남창은업을 이용하시와요. 아차, 요 늙은 작것아, 한 발자국 걸음 길이만큼, 정신을 너무 팔았을께나?"—수도청, 왁자 왁자 왁자지껄,

삐이큥, 크으끄으덕,

왁왁 좍좍, 왁좍 왁작, 왁자지껄,

"가, 가, 가만, 모도 가만있어 바라",

왁자, 왁자지끼, 끼, 끼이끄덕,

"요바라, 내 눈에는 시방, 무신 선네[仙女] 겉은 것이, 반침이나 썩다, 무덤을 트고 일어나온 것 겉은 것이 비는디, 아 앙 그라냐 시방, 우쪽은 선넨디, 아래쪽은 암캐가 왔다 요것이그덩, 요거 내가 너무 취했으끄냐, 헛것이 비구로?"

"나으리는 참 벨 말씀을",

"아니먼 머시여, 나만 혼차 좋운 것을 보고 있다는 고런 소려, 머셔?"—이렇게 떠드는 자는, 물론, 읍장 겸직 판관 나리였는데, 자기의 벗은 무릎 위에 앉혀놓고 있던, "참 벨 말씀을", 하던 수도부를 뽈깡 들어, 내북치듯 방바닥에다 내려놓고, 그 수도부 속에서 수분에 젖어, 흑자색으로 번쩍이는 權勢를 빠듯이 한 채, 바쁘게 마루를 내려섰다. 떠밀려난 수도부는 그러자니, 많이 무렴하고 분하여, 어디다 눈 둘 바를 몰라 하는 듯하더니, 우선은 흐트러진 치마폭을 여미는 척하며, 둘러앉은, 자기보다 늙은 수도부들께다, 재와 소금 같은, 흘기는 눈을 뿌려 덮었다. 그리고는, '지혜의 주머니'라는 사내 앞에다 빈 잔을 내밀어, 술을 부으라고 하고, 그리고 술잔에 달라붙었다. 일반적인 사람들이라면, 대략 그 나이부터 시작해, 활기 있게 일을 할 철에, 말하자면 盛夏를 맞은 보리나 밀모양으로, 이울어야 되는 사람들이 있는바, 츠쯧, 안됐지, 마는, 씨름꾼들이며, 娼妓들. 여염집 아낙네들이라면 지금, 한창 살[肉]을 누워도 누워도 속살이 차싸서 번열이 나고 있을 때, 그래서 수도청 옛(본디) 수도부들도 그렇게 늙다리들이 돼가고 있어, 방금 전까지 저 읍장 겸직 판관의 무릎에 앉아 재롱을 떨던, 그 新入 修道婦가 월경 중이라든지, 설사 따위로 아랫녘이 지저분할 때만, 읍장 겸직 판관의, 소주에 적신, 금가락지 낀 가운뎃손가락이, 그 음수 맛 좀 보자고, 한 번씩 찌르고 드는 정도가 기껏이었다. 그네들이 몇 나이씩이나 적었었을 땐, 물론 그 금가락지를 花代로 뽑아냈었으며, 그러자니 그런 손가락들에 살이란 남아 붙을 수도 없어, 뼈만 세 토막 버그려 냈었다. 옛이야기. 헌데, 별세한 판관의 特請에 의해 요 얼마 전에 수도부로 편입한, 예의 저 新入 修道婦는, 美里 사는 것이라면 개까지도 알지만, 전직은, 읍내 거지 아이들의 女首하던 여수(여우) 같은 계집아이로서, 아비는, 牧師라고도 했고, 제 입으로 읍장 겸직 판관의 귀에 속삭여 들려준 소리에 의하면, 六祖라는 사내의 法水 맛도 보아 알거니와, 그 또한 俗水와 다름없이, 떫고 비리더라고 했다. 그중에서도 이 수도부가 그중 어리기는 했으니 그것도, 읍장 겸직 판관의 총애를 받을 한 이유가 되었겠지만, 보다 더 속 깊은 까닭은, 六祖의 法水 맛을 본, 아직도 생존하고 있는 두 여자 중에, 하필 이 계집이, 그 하나가 되어 있다는 데 있었던 것 같았다. 그리고 이 읍장 겸직 판관은, 그 다른 한 여자에게 매파를 보내놓고, 그날은 법청에도 읍청에도 나가지를 않고, 홀랑 벗어 홀가분하게 수도청에서 지내며, 저녁때부터는, 초조로히 대문 쪽을 건너다보아오고 한 것이었는데, 드디어 그 매파가 온 것이고, 그러자니 작것, 반갑다, 오랭이 물어갈, 이렇게 반가울 수가 없다 보니, 그 매파가 마루를 오르기까지도 기다릴 수가 없어, 제 쪽에서 대번에 뛰어 내려간 것이고, 그리고는, 그 늙다리 비구니를 제 가슴에 폭 싸안으며, 그 늙다리 얼굴에다 수염을 비벼댔다. "작것, 반갑다, 오랭이 팍 물어갈, 반갑다. 그래서, 호소석이여, 호소석? 호, 호, 혹, 콕, ……" 판관은 그러다, 엉덩이께를 한번 몹시 치떨었는데, 갑작스런 경직이라도 일어났던지 어쨌던지, 제길헐, 그것은 어쨌던지, 어쨌든 그것이 그렇게 겨냥되었던 것인지, 아니면, 그렇게 겨냥이 되어진 데에 失足을 했던지, 그것은 그 자신도 잘은 몰랐으되, 권위로 무시무시하여, 흑자색까지 띠고 등천해 오르던 그 權勢가, 지랄 맞을, 늙다리 저승 벽을 뚫어, 빠져들어 가버린 것이다, 훗훗, 작것들은 이어진 것이다, 붙은 것이다, 마당 가운데서, 흘레붙어버린 것이다. 글쎄, 그랬었을 수밖에 별다른 도리는 없었을 것이, 그 매파는 그때쯤, 매우 휑뎅그렁하게 취해 있던 데다, 夜警을 돌며 행패가 심하다고 알려진 官卒들께, 니 에미 씨 배라 욕해준다고, 치마의 앞자락을 들춰 훤하게 걸어왔었는데, 못케라, 그 어느 대목에서 色에 병든 夜鬼에게라도 붙였던지, 건 목케라, 몰라도, 수도청 대문을 넘어서고 있었을 때엔, 어디서 어떻게 벗어부쳤는지, 속곳이란 입고 있지도 안 해, 삘그런 암캐였더니, 거기로 더운 황진 기둥이 일어선 것이다, ―그러고도 두 가지 것 사이에 이어짐이 없다면, 咄, 山紅아, 용용 죽겠느냐, 그것인즉슨 산홍아, 달 없는 사막이다, 부울 꺼어진 하앙구이다.

이제는, 큰 형장 여자 죄수며, 또는 후문을 팔아, 한 토막 개고기에 소주잔이나 얻었던, 예쁘장한 남자 죄수들에까지 소급할 필요는 없다 해도, 저 수도부들이 경악하여, 경애를 바치며, 아울러 크게 의심해온 것 한 가지는, 저 읍장 겸직 판관은, 개모양, 그 근에 굵은 뼈를 해 넣고 있는 것이 아닌가 하는 그것인데, 왜냐하면 그는, 숙어질 줄을 모르던 것이다. 그럼에도 물론, 별세한 판관은 물론, 그의 가까운 동료들이 알기로는, 그도 사람이라, 사람의 것을 갖고 있어, 마음으로 잘 지키지를 않으면, 팩 숙어져, 어느 누구와 마찬가지로, 그 재발기까지는, 얼마 정도의 휴식의 시간을 요한다고 했다. 그럼에도 그는, 저들과는 발가락 정도나 닮고, 그리고는 달랐다. 글쎄 그는, 어려 거생이(지렁이)에게 물린 자리가 남기 시작하고 있었을 때부터, 무엇에 닿기, 문질러지기에의 아픔을 알았다고 하며, 그때부터 그의 매일매일은, 그 매우 거북한 녀러 것과의 놀놀한 싸움으로 일관되었더라고 했다. 그러던 몇 년 후 그는, 어떻게 복수 절정의 쾌를 누릴 수 있는지, 그 묘기를 터득해 알기에까지 이르렀는데, 그러나 그것은, 말로는 '묘기'라고 했으되, 한번 손장난을 끝내면, 그때마다 느껴지는 무슨 자책감 때문에, '얼굴이 놀놀해지는' 그런 아이들만 빼놓고라면, 누구나 다 터득할 수 있는 것이어서, 별스런 장기도 못 된다고도 했었다. 그럴 것이, 아직 精水를 길어 올리지 못하는 잠지는, 한번 무주룩한 아픔을 겪었다 한다 해도, 그 탓에 그것이 고꾸라져야 할 까닭이 없으므로, 그냥 갔다가시리 훈풍이 흔들기에 좇아서마다, 피어야 되는 꽃은 자꾸 터뜨려져야지, 그렇지 못한다면, 그것은 고목 말고 무엇이겠느냐고 했다. 그런 그가 봉착해야 했던, 하나의 우주적 난관은 헌데, 精水가 길어져 올라온 때부터 시작되었더라고 하며, 그때에 이르러서는 이 묘기꾼 당자도, 한 번에 한 두레박씩밖에는, 도저히 더 길어 올릴 수가 없던 그것이었다고 했다. 그러니 그도, 더 이상, 절정을 복수적으로는 즐길 수가 없었던 것이다. 그러면 그럴수록 그는, 그것을 재성취해보려, 더욱더 분발했었으나, 그때부터는, 몸이 여위어가기 시작했으며, 담배 먹고 지랄하는 아이모양, 얼굴이 놀놀해져 가기 시작했더라 했다. 그리하여, 점점 더 놀놀해져 가기의 苦行만 계속해가다가 그는, 무슨 값을 치르고서라도, 어디로 가서든, 이 한 맺힌 점을 풀어야겠다고, 드디어 작심을 했었다 했다. 그리고 사실로, 그 어글한 뼈 위에다, 젖은 황톳빛 품 넓은 가죽만 덮어쓰고 있게 된, 저 놀놀한 젊은네는, 비척비척 美里를 떠나기는 떠났었다. 그리고 뚜벅뚜벅 돌아왔으나, 그는 그 문제와 관계된, 그 뒷얘기를 해본 일이 없어, 일러 大處라는 데로 나가, 그 한 매듭을 두고 무엇을 했는지는 아무도 모른다. 그의 동료들 생각에는 그래서, 꼭히 그래야 할 이유가 없는 한은, 그는 분명히, 예를 들면, "家事를 外他人에게는 밝히지 않는다"는 투의, 어떤 誓나 戒 같은 것에라도 묶여 있을 것이라고도 했었다.

여기서는 그러다 보니, 별수 없이, 큰 형장 여자 죄수들이며, 또는 후문을 팔아, 한 토막 개고기에 소주잔이나 얻었던, 예쁘장한 남자 죄수들에까지 소급해볼 필요가 있을 듯한데, 그럴 것이, 저 큰 형장 죄수들 간에서는, 저 '참나무 백 년짜리' 같은 나리가, 그럼에도 불구하고, '淫지랄뱅이 고자'가 아닌가 하고, 저그들끼리 모여 앉기만 하면, 그와의 泥田狗鬪를 되돌이켜보며, 어떤한 의혹에 관해 숙덕여오고 했기 때문이다. 그가 '淫지랄뱅이 고자'일지도 모른다는 점에 있어서는, 화라지 놈들이나 화냥년들이 하나같이 동의하고 있었으되, 그러나, 그를 '淫지랄뱅이 고자'라고 믿게 한, 그의 '絶頂'에 대해서는, 매우 흥미 있는 일이지만, 면과 娼들이 다른 견해들을 발표하고 있었다. 먼저, 면나리들이 이구동성으로 주장하는 소리를 좇으면, 저 사내는, 그렇게나 웅대한 '拷問'을 갖고도, 어째선지, 녹슨 쇠가 열에 녹아 고름이 된 것 같은, 찐득이는 불, 유황불을 한꺼번에 좍 퍼부어 끼얹는 것 같은, 그런 地獄을 갖지를 못한 듯하다고들 했다. 그래서 그는, 大能이어도 '고자'인 것이 분명하며, 그러니 수그러질 줄도 모르는 것은 당연한데, 그런 까닭으로 그는, 地獄을 토해내야 되는 그때마다, 지랄을, '淫지랄'을 하게 되는 것이라고 한바, 말한 바의 저 '地獄'을 뿜어내야 되는 임시에는, 그것이 통과해 나올 구멍이 없어서인 듯, 그런 탓에, '會陰'(물라다라카크라)에다 그것이 못 참을 熱苦를 채우기라도 하는지, 사내는, [6]"자기의 좆의 뿌리(會陰)를, 자기의 두 손가락 사이에다 단단히 끼워서는 꼬집어대며, (앓는 대호모양) 신음을 섞은 된 숨을 입으로 내쉬기뿐만 아니라, 위아래 이빨을 덜그럭덜그럭 부딪쳐대며 갈아댄다"고 했다. 고자 놈의 淫지랄? 이 사내의 육교는 시끄러워, 그러자니 왼 큰 형장의 잠을 설피게 하는 것뿐만 아니라, 잠 깬 그들을 手淫질에로 몰아갔다. 그러나 娼들 쪽의 발표는 달랐다. 그네들 하는 소리를 좇자면, 자기네들도, 자기네들이 느끼는 그것을 도저히 믿지를 못하겠음에도, 그네들이 하나같이 경험하고 있는 한 사실은, 그는 그 陽莖을 무슨 빨대 같은 것으로나 삼은 듯이 하여, 배를 꼴록이기로, [7]"쏟아낸 것을 다시 빨아올리는 듯한데, 그러기와 함께, 엔네들 자기네들 몸속에 괴었던 물기도 빨아올릴 뿐만 아니라, 몸속을 도는 젖은 물론, 기름, 그리고 종내는 眞髓(머큐리)까지 몽땅 빨아간다"는 것이었다. 그래서 그는 아직도 '참나무 백 년짜리' 같은데도, 자기네들은 몹시 지쳐 있는데, 갈증이 나고, 허한 느낌이 든다는 것이었다. —이런 자는 그렇다면, 삼천이나 되는 궁녀들의 뼈를 모두 녹히고도, 아직도 근이 남아돌아, 울을 벗어나가, 인근 초부네 마누라 감아 삼키기를, 뱀이 새알에게 하듯 할 것인데, —저 樵夫들께의 여전한 난제는 그럼에도, 成年인, 그것도 건강한 사내가, 일러 消骨穴이라는 데다 하초를 밀어 넣고, 무슨 수로 精水를 토하지 않은 채, 뼈를 건져낼 수 있으며, 그리고도 어떻게 절정의 쾌를 누릴 수가 있을 것인가, 하는 것이겠지만, 이런 묘법은 그럼에도, 자고로 한 번도 헐값에 매매되어진 예가 없었던 듯하니, 小子들은, 小子네 아랫목에, 개좆부리로 누워 궁그는, 계집 하나도 제대로는 족치지를 못해, 노상 개좆부리에 궁그는, 한뎃바람을 쐬는 일이 빈번하여, 서럽거든, 먼저 저 너러 계집을 갯값에라도 팔고, 그 푼전도 합친 뒤 小子는, 小子 몫의 몸·말·마음을 똘똘 뭉쳐 싸 갖고, 어디만츰, 와봐라……

아흐 헌데, 이런 말도 해야 할 말이라고 말해야 할 것인가?

허지만, 말하지 않으면 못 알아듣는 귀들에 대해서는, 해서라야만 알아들을 말은 말해야 할 것이 아닐 것인가?

제기럴, 럴너러, 제기럴 너러, 너러 너러 년이지, 꾀도 없는 계집년이지, 공지니네는, 글쎄 거 어쩐다고, 어쩌겠다고 글쎄, 반생 훨씬 넘도록 써와, 바람만 한번 차게 닿아도 시다고 신 얼굴을 짓는, 그런 너러 이빠디로 갖다가시나, 어쩌겠다고 글쎄, 대략 반쯤만 달궈졌다는 그너러 철퇴를 물어 끊겠다고, 물고 덤빌 일이었던고? 그너러 흉물의 귀두만 해도, 왜냐하면 입이 커 흉을 잘 본다는, 그런 아낙네들의 그 너불거리는 입들을 몽땅 채우고도 광주리로 넘친다는, 그런 물건에다 대놓고, 피도 없는 계집이지, 욕심만 많은 계집이었더라구, 그런 녀러 것을, 어쩐다고 글쎄, 그 밑둥치에서부터 잘라 쳐 눕혀야겠다고, 왜냐하면 글쎄, 그래서라야만 그 뿌리가 말라 죽거나, 순이 돋더라도 시간이 걸려 돋을 것이라고 해서라며 그랬다는데, 목구멍 깊이깊이 삼키고, 끄덕 끄을덕 토해가며, 걸 물어 끊으려 할 일이 있겠는가. 사생결단을 낸다고 물어 덤볐다가, 허히, 사생결단을 내버리고 말았단대여. 저만 퉤져, 마당 가운데 한 무더기 자빠졌구나. 허기사 계집 딴에는 당차게 덤볐으니, 그녀러 것이 아무리 철퇴 같다 하여도, 어찌 그 물린 자리에 두셋 이빨 자국을 남기지 않을 수 있었겠는가, 그러자니, 그 사내 오줌을 누려면, 손가락으로 한두 군데 새는 데를 막았어야 했다는 얘기도 나고 했는데, 저 영악한 젊은 수도부가, 촌시를 놓치지 않고 뛰어 내려와, 저 매파 계집의 토한 똥물을 덮은, 그 반의반가량이나 끊겨 피의 오줌을 갈겨대는 자리를, 소금물로 씻기고, 숯 빻아 만든, 몽근 숯가루 고물을 묻힌 뒤, 옷고름 뜯어 둘러 첨매주고, 의원에로 달려갔으니, 그런 후부터 의원은 그리고, 그 환자 옆에서 자고 깨며, 그 상처 구완에 전력을 기울였으니, 그 결과란 한 계집의 殉教의 값으로, 저 사내는, 비유로 말한다면, 한 번 더 '지렁이게 물린 바'나 다름없이 된 듯했다. 그러자니, 어떤 앙심의 이빨 몇 개가 파고들었던 자리로는, 더 많은 살의 용암이 터져 나와 넘쳤다가, 식기에 좇아 꾸둥지게 되었고, 그러자니 그것은, 옹이 많은 철퇴 같아서, 이후, 더 많은, 버릇없는 계집들 혼겁을 내주기에, 귀신 붙은 듯 출몰할 것이었다.

—말하지 않으면, 못 알아듣는 귀들에 대해서는, 해서라야만 알아들을 말은, 말해야 할 것이라면, 그것이 얼마나 궂은 얘기든, 그렇다면 그 自初至終을 밝히는 것이, 동시에 귀들을 밝히는 일일 것이다.

自—아랫도리 달처럼 드러내고, 수도청 대문을 들어선 매파와, 그 매파를 기다려, 해까지 일찍 저물리게 한, 반쯤 달궈진 인두 같은 쇠좆을 달았다는, 읍장 겸직 판관이, 수도청 마당 한가운데서 한번 대판으로, 衝突한 일이 있었던 것은, 절시꾼들까지도 포함해서 말이지만, 그 현장에 있었던 자라면, 다 기억하고 있는 바대로이다. 그 衝突이 얼마나 격렬했던지 그것은 모르되, 어쨌든 그때, 솟았던 것과 패였던 것 사이에서, 그 谷神性까지도 모서리가 감추어져, 밍밍했었을 정도였다고 이른다.

初—그래서 둘이는 (이란, 매파와 읍장 겸직 판관을 가리켜 말이지만) 그렇게 衝突하여, 격동해대다가, 선 채, 서로를 쳐다보기 시작했는데, 아무도 말은 안 했다. 계집은, 魚箭에 꿰인, 한 마리 미끄러운 뱀장어다웠는데, 이 한순간 저 계집은, 모든 열성으로 저 한 사내를 신앙하기 시작하고 있었다. 그러는 순간순간이 몇만 년이나 흐르고 있었는지는 몰라, 계집은 여러 번이나 돌이 됐다 강이 되고, 강이다가 돌이 되고 했는데, 사내는 지옥의 수캐, 쇠좆 찬 夢魔, 계집년들의 뜨거운 꿈, 속으로만 뚫고 드는, 아으, 아름다운 뿌리, 검[黑]님.

至—계집은 祭祀, 계집은 祭司, 그 님에의 신앙으로, 무릎을 꿇는가 하고 있자니, 예배하여, 그 님을 입에 물었다. 그 성스러운 귀두만도 그러나, 몇 광주리가 넘치도록 불거져났는데, 그럼에도 저 巫女는, 타조 알을 예배하는 작은 암독사모양, 스무 번이나 그 주위를 혀로 감아 쓰르륵거리며, 백 번이나 시도하여, 그것을 휘감쳐 넣으려 했다. 그러는 중에도 巫암독사 년은, 제법은 오구등한 손으로, 사내의 天桃를 찾아 쥐이려 했던 듯했으나, 그것은 그러나 이미, 자기의 뒤쪽에서 돌려낸, 그 주인 자신의 손속에 담겨져, 客手를 방지하고 있었다. (젊었었을 때 이 사내는, 이런 문제로, 어디 대처에까지 나가, 어떤 스승 밑에, 불머슴살이도 지내고 온 것쯤 기억해두면 좋을 것이다) 天桃를 쥐이려 했던 듯했으나, 그것이 벌써, 자기의 손을 벗어난 데로 숨어버린 것을 알게 되었기에 그랬는지 어쨌는지는 모르되, 저 女司祭의 그 손은, 그 天桃 임자네 뒤터, 치질이 빼물려 나온 데를 더듬어 찾더니, 하나나 둘도 말고, 셋이나 되는 손가락을 한꺼번에 하여, 무지막지하게도 빠른 속도로 푹 찔러 넣는가 하더니, 그 안쪽에서, [8]天桃가 매달린 쪽의 벽을 긁어, 天桃를 흔들리게 했다. 이 환속한 비구니는, 제법은 道에 가까웠던 듯했었는가, 제법이다, 제법인가. 그러자 저 지옥의 수캐가 몹시 키깅 키깅 짖어대는데, 그 마당에로 붉은 바람이 어지러이 불었다, 봄이 익고, 봄에는 붉은 꽃잎이 휘날려, 어지러운 붉은 바람…… 그런데도, 이 제법인 늙은 계집이 깨달아 알고 있었기로는, 그런 붉은 바람이 얼마가 불든, 꽃도 피는고야 꽃이 얼마가 시새든, 이 巨龍은, 그 祭壇에다 꽃비를 뿌리지 않는다는 것이다, 祭酒를 뿌리지 않는다는 것이다, 여름처럼 뜨거워도 그러므로 그것은 언[凍結] 좆, 차가운 쇠좆, 大地에 대해서는

고자일 뿐인 龍—이무기. (그것 자체의 풍요함에도 불구하고 그래서 大地는 해골)

終—그렇게 모든 정성을 다해, 저런 순 이무기를 예배하던 그 巫女는, 그러다가, 어리석은 계집이지, 아으 그럼에도 그것이 그 극한 한 신앙이던 것을, 꽃비를 뿌릴지 몰라 엄동인 것을, 아윽 어리석은 계집인가, 칵 깨물고 들었으며, (허기야 삼동 같은 좆대가리란 떼어내 개에게라도 던져줄 그런 것 말고 또 무엇이겠는가. 그래서 그것이 허기는, 개의 배 속을 둥둥 떠 흐르다 녹아져, 거품이 됐다는, 解凍 얘기도 있기는 있다) 그러다 계집은, 어째서였던지, (물론 입을 꽉 틀어막고 있었으니,) 심한 코맹맹이 소리로, 몹시 비명해대며, 따르르 따르르 떨어댔다. (이때 그 사내가 어찌하고 있었던지, 그것이 지금 무엇의 소용이겠는가) 글쎄, 저 뭔지 앙심을 품었음에 분명한 저 암 너러 것은, 제 너러 입에 비해 너무 큰 것을 삼켜 넣어 무느라, 입을 한도 이상으로까지 열어, 턱뼈를 너무 헐겁게 했던 모양으로, 한꺼번에 용을 몰아 쓴다고 하다, 아마도 턱뼈를 어긋냈던 듯했다. (일진이 나쁜 날은, 보게라, 세상 하품스럽다고 하품 한번 하다 보면, 턱이 물러나 덜렁거리는 수가 있기도 하던 것) 그랬음에도 계집은, 문 것을 놓아 보내려 했기는커녕, 더 필사적으로 물어 대들고 있었는데, 그러자니 목구멍을 쑤시고 든 것이 뭉클여대는 자극 탓에, 토역질을 끌럭끌럭 해쌌다가, 급기야 코로 똥물을 찔끔찔끔 뱉어내다 팩 꼬꾸라지고 말았다. 글쎄, 계집은 그렇게 괴로워하고 있는 중이었는데, 자기의 이빨 사이로 입을 찢어대며 쑤시고 든 사내의 손가락들을 느꼈으며, 동시에, 코를 눌러 숨을 못 쉬게 하며, 눈알을 도려 파내는, 무자비한 검센 손가락들을 느꼈었다. 중년을 넘어선, 初老의 연약한 계집이 무슨 수로, 백 년짜리 참나무에나 비교되던 장한의, 쇠갈구리 같은 손을 견뎌낼 수가 있었겠는가. 그랬으니 계집은 종내, 어이없이 나가떨어져, 그 알맹이가 뽑혀져 나가버린 두 눈구멍에다, 제 주먹을 쑤셔 넣고, 흙바닥을 뒹굴었는데, 계집이 그러는 중에 급기야, 만 근보다도 더 무거울 것이 틀림없는 발이, 계집의 목을 눌러, 빠르게도 말고, 천천히, 그 꿈틀거림을 음미해가며, 백 근, 오백 근, 천 근, 오천 근, 팔천 근, 무게를 더해 올리고 있었다. 그러는 중에, 계집의 목뼈 부러지는 소리가 으드득여 나고, 그리고는 계집은, 귀신을 빼내 물었는데, 뽑혀져 흙밭에 구르던 그 계집의 두 눈알들이, 그 죽기의 고통을 초롱히 지켜보고 있었다.

그 송장은 그리고, 그 밤이 새기를 기다릴 필요도 없이, 官卒들 손에 의해, 멍석에 둘둘 말려져서는, 벙어리 마부네 짐수레에 실려, 남악에 있는, 火葬터에로 옮겨졌다.

그리고 그날 저녁으로 물론, 그 계집의 재산은 모두 관에 몰수되어졌는데, 그 새 명의인은 읍장 겸직 판관이었다.

그러나 그 환속한 비구니가, 무엇을 노렸었는지, 그 殉敎의 의미는 무엇이었었는지, 그것은 아무도 모를 뿐이고, 그런 후 邑事만 더 구질어졌을 뿐이었다. 이것이, 그 수수께끼에 대한 해답이 될 만한 것인지 어떤지는 모르되, 그로부터 며칠 후, 읍내에 자욱이 떠돌던 소리를 하나 주워 담아보기로 하자면, 헌데 그 공지니네는, 읍장 겸직 판관을 살해하고, 자기가 읍장이 되려 했다고 하는, 그런 소리다. 그랬어도, 듣는 이마다 피이 피이 웃고, 아무도 믿으려 든 사람은 없었지만, 그리고 구태여 그 풍문의 출처를 찾으려 하지 않는다 해도, 맨 먼저 그런 소리를 쏟아낸 주둥이는, 다름 아닌, 읍장 겸직 판관이 옆구리에 차고 다니는, 바로 그 '지혜 주머니'였었다는 것까지도 알 법했어도, (나중에, 美里野史 記述者들이 또한 그렇게 쓴, 그 미래의 기록을, 그 미래의 과거 속에서 조금 長利 내다 쓰기로 한다면) 헌데도 어쩌면, 그 매파가, 별세한 장로네로, 예의 그 읍장 겸직 판관의 청혼 건으로, 그 댁 숙녀를 만나러 가서, 하루를 먹고, 마시고, 風樂했던 날, 그 둘 사이에서 그런 어떤 음모, 약조가 있었던지도 모르기는 모른다는 것도 추측되지 않는 것은 아니다. (野史꾼들에 의하면, "그런고로, 어떤 종류의 殉敎는, 개죽음으로 끝나, 무의미한 피만을 뿌리게 되어, 그런 죽음은 그래서 殉敎라기보다는, 弱肉强食이라고 해야 옳을 것이다. 그래도 이 상태까지는 아직도 그렇게 나쁜 것은 아니다. 최악의 경우는, 저 無意味한 殉敎가, 다른 殉敎者들을 요구할 때이다. —최악의 경우를 염두하고서이지만—왜냐하면, 한번 뿌려진 더운 피는, 意味가 있었거나 없었거나, 그 한 祭場을 凶夢으로 광분케 했던바, 그것이 意味를 획득할 수가 없었을 때는, 어떻게도 그 값이 치러져 있지 않기 때문에, 어떤 식으로든, 그 피 값이 치러져야 되기 때문이다.")

그래서 저 한 환속한 비구니는, 그렇게 소각, 소멸되어버렸다. 빈손으로 美里에 왔다, 빈손으로 美里를 떠났다. 그래서 삶은 虛無한가? 뽑혀져 흙밭에 굴렀다던, 그 옌네의 두 눈알은, 저 만 근 勢足 밑에서, 밟혀 으깨어졌다가, 그 집의 큰 개가 싹싹 핥아 먹어버렸더라고 했다. 아으, 제길헐, 그랬거나 저랬거나, 美里의 아무도, 그 옌네의 죽음을 두고, 법청에 손가락질하여, 그 흑막을 걷어치우고, 정작의 死因을 밝히라고 요청하는 사람은 없었다. 한 삶은 그래서도 浮雲이던가?

읍장 겸직 판관은 그런 후, 당분간이지만, 계집과 더불은 性交란 할 수가 없어, 큰 형장에서, 복역 중인 예쁘장한 사내를 하나 데려다, 개고기 먹이고, 아편과 소주에 혈관을 늘여, 자기의 뒤에 누이고, 수시로 똥꾸녁을 찌르게 하며, 상처 치료한다고, 두 달가량을, 수도청 아랫목을 지켜 지냈다. 그의 앞쪽에는 물론, 예의 그 젊은 수도부가 누워 지내며, 하루나 이틀에 한 번꼴로 똥을 받아내고, 그의 오줌은 빨아 마셨으며, 상처는 혀로 쓸어, 고름이 못 끼이게 했다. 그런 일이 있은 처음 며칠만 의원은, 그 윗방에서 수도부들과 함께 자고 깼으나, 환자의 상처가 차차로 꾸등거려지기 시작한 때부터는, 그 환자 가까이서 晝夜待侍를 할 필요가 없어, 시간 정해 往診을 했다. 邑事 돼가는 것을 그가 걱정할 일이란 없었으니 그는, 개고기와 비역이나 보챘으면 되었다. 그를 몹시 앙구찮게 하는 것이 그리고도 하나 있었다면, 자기가 읍장 겸직 판관이 되고 난 뒤부터, 쥐인 주먹에서 손가락 마디들이 으드득으드득 울어싸도, 그 주먹을 휘두를 데가 없게 되었다는 그것이었다. '아자가라'라는 大蛇모양, 그의 주먹은, 자기도 모른 새 불어나고 불어나서 너무 불어나, 그것을 휘두를 수 있을 반 치의 자리도 남겨놓지를 않게 된 것이다. (후훗, 주먹으로 갇혀버린 사내. 제 주먹 속에 제가 꽉 쥐어져 갇혀버리기?) 주먹이 으드득거리고 울면 그는, 아편과 독주에 달라붙었으며, 그러던 중, 상처가 많이 꾸등지기 시작했을 때부터는, 심지어 마당의 개까지도 쏘고, 그리고 쏘이고도 들었다. 그에게 있어서의, 살 입었음의 분명한 한 목적은, 개고기와, 교미에의 추구였다. (그의 어미, 황토고갯집 댁이, 자식이 몸을 상했다는 소리를 듣고 두 번 와보았으나,

그때마다 대문간에서, 얼른 얼굴을 돌리고 돌아서 갔으며, 가는 길에는 몹시 어지러운 데다 속이 메슥거려 걷지를 못하고, 가까운 돌담에 의지해, 속을 진정시켜야 하곤 했다. 그 과택의 자식은, 어려서부터도 몸에 열이 많아, 좀체 뭘 덮고 자는 일이 없더니, 자라서는 방문을 닫을 줄을 모르게 된 듯하다. 과택은, 그런 자식을 한 번 더 잊어버리기로 결심하고 있었다)

그러던 날, 어떤 날, 술에도 비역에도 넌더리를 냈던지 어쨌던지 그러던 날 어떤 날, 썩느라 고름 냄새를 풍기는 붉은 눈으로, 마당으로 망연히 내어다보고 있던 저 사내는(이란 아직도, 읍장 겸직 판관을 지칭해 하고 있는 말인데,), 어째선지, 헛, 헛, 헛지랄하고 있네 시방, 눈물을 뚜닥 뚜닥 떨어뜨리며, 泣질을 시작하고 있었다. 별 작것이 별 개지랄을 하던 맹이다. 저런 사내에게도, 추녀 끝으로, 떨어져 내리는, 엷은 볕 몇 비늘이 悲愁를 자아내는 수도 있었을 것인가? 하늘이 여러 날이나 우울하면 허기는, 쇠여도 녹이 슬던 것이며, 날씨가 으스스해지기 시작하면, 참나무도 잎을 떨어뜨리던 것이다. 그러자니 가까이 그를 뫼셔 있던, 젊은 수도부며, 면[男娼] 님 등이 아니 놀랄 수 없어 놀라도 몹시 놀라고, 그를 새삼 우러러보니, 그동안 그런 사내까지도 몹시 수척해져, 어글한 뼈 무더기를 감싸고 있는, 품이 많이 남아돌게 된 가죽에서는, 그 주름 잡힌 데마다, 거무튀튀한 죽음의 색깔을 돋궈내고 있고, 잘 감지를 안 해, 그 毛根에서 올랐을 기름에 덮여, 거의 찐득거리고 있어 보이는 머리칼도, 그 한두 달 동안에 많이 성글어져, 염병이라도 앓고 난 병자 같았는데, 게다가 세어진 머리칼로 흐리꾸리했다. 한두 달 전까지만 해도, 지옥의 수캐도 같고, 여름 석양에도 비견할 황소도 같았던 그런 사내가, 이건 제길헐, 영 찌절거리는 데다, 전신으로 시궁창 냄새까지 풍기고 있어, 급한 설사로 측간을 오르다 여러 날 전에, 급살에 꾸등거려지게 된, 어느 혼자 사는 늙은네 연자방아 돌리는, 연자방아에 묶인 노새와 다르지 안 했다. 자기의 운명의 연자방아에 묶여 있는 노새, 咄, 그 운명의 주인은 어디를 갔다는가?

"꼭 병들어서 송진 발라논 개 같아요." 그중에서는 젊다는 그 수도부가 그렇게 말하며, 키들거리고, 그리고는, 하매 여러 날 전에 비늣물 맛을 본, 제 밑씻개 걸레를 쥐어 들어, 저 어글한 사내의 눈물을 훔쳐주었다. 그리고는, 그 사내의 남아도는 가죽의 여기저기, 란 얼굴이며, 목덜미며, 가슴팍이며, 벗은 허벅지 같은 데를 말이지만, 얼룩진 데는, 저런 순 잡종의 계집아이 같으니라구, 상 위에는 소주가 넘쳐나고 있음에도 불구하고, 제 침을 퉤퉤 뱉어, 예의 그 밑씻개 걸레로 문질러, 얼룩을 희석했다. "퉤퉤, 사내대장부라는 것두요, 찌절 찌절 우나누요?"

"아가씬 참 못된 계집아이군입지." 면 나리가 핀잔을 주고 나섰다. "넌 그렇게 말하게 되어 있지 않다 말입지."

"요라고시나", 읍장 겸직 판관이라는 것이, 수도부에게 얼굴을 맡겨놓은 채, 뭘 꿍얼꿍얼댔는데, 대개 이런 소린 듯했다. "벨랑 허는 짓도 없이 갖다가시나 뒤 달을 요라고 지내잔개, 몸허고 달리 말인디, 맴이 펜털 안 허다고. 요라장개 도시 나덜 안 허던 생각이 나고 허는디, 글씨, 요상헐 일이제, 지내가삐린 일들이 하나썩 둘썩, 실멍실멍 떠올라갖고는, 영 까라앉을라고를 안 헌다고. 그래 요래 가만시리 보먼, 머릿속은 연못 겉고, 떠올른 생각덜은 연꽃도 겉고, 혹은 깨구락지들도 겉다고."

"클 클 클",

"아가씬 참 못된 계집아이군입지. 넌 그렇게 웃게 되어 있지 않다 말입지."

"그란고로 인제 내가, 조 연못 뚝 뒤쪽에 가만시리 엎드리갖고, 고럴 때는 물론 말인디, 술도 묵고 접들 안 허고, 너 겉은 지집 식은 개괴기 맛 같은 것도 질기고 싶덜 안 헐 뿐만 아니라, 잠도 잘 수가 없는디, 그라장개 말인디, 조 연못 까뜩 덮인 연꽃 쇵이며, 깨구락지 새깽이덜을 하나하나 시아리 볼라고 허먼, 고때마둥 요상허제, 참 요상시런 일이 일어난다고, 글씨 말인디, 고 연못 한가운데 있던, 고 좀 머시라끄나, 털 없어 민틋허다고 히어야끄나, 고런 蓮 한 숭어리가 다른 蓮들은 물론이고, 깨구락지들끄장, 암믄, 몽땅 갖다가시나 쌈을 싸 갖고 묵어뻐리는디, 고 머시라끄나, 좀 틱벨시럽다고 히어야끄나, 고런 蓮이 蓮을 묵으먼 묵을수록 묵은 만큼 커지각고, 보먼 아차, 조 연못을 꽉 채와 덮어뻐린다고. 그라먼 나는, 머리쇡이 유달리도 시언헌 것 겉음시롱도, 눈 귀 코 입 똥꾸녁이 개럽기 시작헌다고, 지랄났제. 요바라, 너그들 눈구녁에는, 내 눈 코 귀 입 똥꾸녁으로 비어져 나온, 조 연꽃 이파리가 비들 안 허냐, 어쩌냐?

요라장개 나는 요 메칠, 무신 道通 겉은 것이라도 하나 헐라는 것맹이, 글매, 머리가 시언헌디도 속은 미싱거림선, 재채기가 나쌀라고 헌다고."

"클 클 클",

"너 겉은 제집, 식은 개괴기만도 못 헌 것은", 사내가, (란 말은, 아직도 저 읍장 겸직 판관을 가리켜 하고 있는 말인데) 그 수도부를 자기의 무릎에 올려 앉히며, "조 연못의, 쬐꾸만 깨구락지 발가락 새에 얹힌 흙때 한 알캥이만도 못 허지만도, …… 나이란 건 몇도 처묵기 전에 펄쎄로 뫼이 식고, 산 씩구녕에서는 죽은 니야을 핑기기 시작을 허는디…… 우리덜 요 한세상을 실부제기 덮어 빼리는 조 한 숭어리 연꽃은 헌디, 머시냐먼, 글씨 말이제 머시냐먼, 가, 가만 있자, 요것 가만있자, 요런 이약을 헌디, 말이제, 흣, 너그 겉은 잡종 나부락지들, 조만침 워디서 씨비나 삐기나 한 번씩 대준 값으로 얻어 입은, 가짜배기 인두겁 쓴 작것들, 허, 허 단대도 허기는, 고런 가짜배기 인두겁이라도 말이제, 헐하게든 공짜로든, 한 벌씩 얻어 입었을라머는, 허기는 말이제 너그들뿐만 아니라 누구라도, 조쪽에 있었을 때, 머시 됐든지 간에, 허다못해, 黃牛一毛만큼이라도, 좋다고 일러지는 일의 뿌시레기라도 히었다는, 고런 뜻도 물론 전무허지는 않겄제만도, 그런다 히어도, 속에는 갖다가시나 시꺼먼 독사나, 배고픈 늑대를 한 바리썩 처넣고 있는 것이, 내 눈에는 환하게 딜이다 빈다고, 비는디, 헥, 저런 녀러 잡종들헌티다 대고 허기는, 요런 소리를 해보먼 또 워짜자는 짓인지는 몰루겄어도, 요바덜, 말히어온 바의 조 한 숭어리 蓮은, 거 일러 말허는, '蓮足'이라는 것이라고, 그랴, 고것이 시방 蓮足이라는 것여. 우리 삼은[義] 성[兄]님 六祖의 발 말이제, 그랴, 우리 성님의 발, 요 아우가 입수거리 맞좌 뵘이뵘이 中天끄장 떠받치 올렸던 발, …… 아흐 성님, …… 가, 가만있자, 헌디 너그들은 워짠다고 피이 피 거림시나, 고개를 삐딱허니 히어갖고, 눈을 빼돌리고 있는다? 허, 허으, 헉, 요바덜, 그랑개, 너그덜도, 뭘 해묵고 살기에 바쁘다 본개, 못 배와, 여그저그다 금줄 금테를 늘이덜 못하고 둘르덜 못해 그렇드래도, 사람은 사람인디, 本官이 갖다가시나 사람대접을 너무 헐하게 하고 있는 것 겉여, 그래서 쇡이 언짢다고 허놋다? 즉슨 너그들은, 本官이 말하는 것맹이, 무신 '가짜배기 인두겁'이라도 씨고 있는, 그런 무신 짐생이 아니라는 요런 말이고, 땀내도 썩는 내도 핑기는 진한 사람이라 고런 말이제? 요바라, 너그들 생각에는 그래서나, 너그들 고장에 한 개배끼 없는 읍장 겸직 판관이라는 어른이, 너그들 겉은 에린 백성을 데꼬, 고런 허튼소리나 실실 허고 있을 상싶은 겨? 글씨, 그럴 성싶으냐고? 요 일로 갖다가시나 本官이 악심을 묵고, 벌을 줄라먼 이십 년 형장살이도 부족허다고 허겄지만, 띠리[때려]서 다룰 짐생이 있고, 믹이[먹여]서 다룰 짐생이 있는 것을 本官이 아는 까닭에, 너그들을 용서 못 헐 것은 없는 듯허되, 너그들도 귀가 있으먼 자울여 듣고, 고 의미속의 반의반이라도 깨닫는다면, 後生에도 또, 가짜배기로라도, 새로 한 벌 인두겁을 얻어 입을 것인개. 가만있자, 그라고, 그렇제, 앞으로 말하는 중에 本官이, '庶民'이라고 할 때는, 요 '庶民'이라는 말속에는, 우리 성님 겉은 중님이란동, 또는 무신 碩學이라거나, 또는 藝人 같은 이들은 반대시 포함하고 있든 안허다는 것은 알먼 좋은디, 왜냐허먼 조런 이들은, 治者덜이 그중 忌하는 자들로서, 庶民인디도 庶民이 아니고, 庶民이 아닌디도 勢꾼도 아니어, 다시 庶民인디, 또 庶民이 아니다 본개 그렇다. 治者에 대해서 그중 꺼림칙하여, 목구먹에 걸린 삐쪼각 겉은 것들이 조것들이라도, 헌디도, 우리 성님에 대한 내 의리에는 쬐끔이라도 벤함이 있기는커냥, 날이 갈수록 더하다고. 워쨌던, 요보거라, 요것은 잘 들어둘 소린디, 本官 믿음에는 말여, 별세허신 판관 어르신의 治論이란 마땅히 명심히어서 행해야 헐 것인디, 庶民이라고 싸잡아 말할 수 있는 종내기들이란 것들은, 말한뎃기, 글씨 말이제, 가짜배기 인두겁 쓴 잡종들 말고, 다른 아무껏도 아니라고, 本官도 물론이나, 고것을 갖다가시나 고렇게 굳게 믿고시나, 本邑事 處理에 발모가지를 적시고 나선 것인디, 요만침에서 너그들이 짚이 속짚이 생각히어바야 되는 것이 있다면, 고것이 머신가 허먼, 너그들이 말허는 고 똑같은 '사람'덜 속에서, 워째 워떤 사람은 읍장 겸직 판관이 되어, 고 '똑같다는 다른 사람'덜로 하여금 사인교를 메게 하며, 고 '똑같은 사람' 중에 워떤 자는 부잣집 큰마누라가 되어 있는디, 워떤 자는, 고아가 돼설라무네, 거러지 노릇으로 연명을 허다, 샅이 좀 붓기 시작험서는, 고것을 몇 점씩 팔아 연명을 해야 되게 된 팔자냐, 요것이라고, 요것은 속 짚이짚이 생각히어바야 쓰것다고 시방. '똑겉은 사람덜'이란대도, 고 '사람덜' 사이에는 머신지

갈던 안 해서, 틀려도 많이 틀린 무슨 대목이 있다고. 여그 워디에, 本官의 治論도 스는 자리를 얻는디, 틱히나 庶民이라는 것은 그러장개, 前生서, 그라고 저승서부텀, 넘 밑에 눌리 지낼선, 눈이나 홀기되, 고것도 직접으로는 홀기서는 안 되고, 응달진 데다 홀기라고, 고렇게 보내진 것을 알게 된다고. 庶民이란 그란고로, 요런 짐성, 조런 짐생이, 인두겁을 쓰고 와, 治理허는 높은 양반들께 피땀이나 짜아 바치도록, 고런 목적으로 온 것 말고, 달리는 이해가 되덜 안 헌다고. 요것을 확실허게 알고, 그라고 다스리기에 나선 治官이라면, 절단코 대과를 범할 까닭이 없을 것잉만. 독새를 독샌 중 몰루고 젖을 믹일라고, 젖탱이를 물리주먼 무신 일이 일어나겄냐? 인제는 너그들도 대개 알게 됐겄제만, 생각히어보겨, 前生에 功德을 크게 쌓은 자라고 험시나, 此生에 설움 받는 면이나, 거렁뱅이를 못 면하고 있는 경우가 수두룩허다면, 워니 개지랄헐 개뇌미 있어, 功德 딲는다고시나, 본디 갖다가시나 질거움을 뉘리라고 입혀 내보낸 고 몸 하나를, 너그들 밑딲애모냥 천대히어야겄느냐? 本官이, 큰 형장에서 복역 중의 죄수들을 두고, 연구헌 바에 의하면, 누구라도, 심지어 요순 겉은 자라고 히어도, 못살아 배만 육시러게 고프고, 천대에 허리가 착 휘어뿌리도록 살다 보면, 고 속에 怨이 맺히고, 恨이 사무치게 될 수배끼 없는디, 그라다 보먼 요순도, 속에다 독사나 늑대를 안 키우고 있다고는 말 못 하게 되능 겨. 요순이라도 그래서, 그늘에 가만히 매복해 있다가시나, 아낙네가 지나먼 아낙네를, 고슴도치가 지나먼 고슴도치라도, 내달아 그 목을 물어 숨통을 끊고, 그 쎄빠닥을 먼첨 빼묵은 뒤에는, 고 똥창자를 터뜨리는 겨. 인두겁 쓴 늑대거나, 악어라고. 그런즉슨, 고 인두겁이 가짜 말고, 또 머시겄냐? 治者는 그래서, 庶民이란 결코, 마음씨가 착하다거나, 그런 따위 善과 관계된 아무것도 아니라는 것을, 먼저 깨달아 알고 있어야 되는 것이다. 학대받도록 점지된 짐성은, 마음씨가 착한 것까지도, 말허자면 지랄이나 나병맹이, 천형병 같은 것이다. 사춘이 논을 사먼, 복통 땜시 의원네로 달겨가야 되고, 넘우 지붕 우의 박이 더 커 비는 통에, 무신 수로든, 고 박을 매달고 있는, 줄기의 워디를 살짝 끊어놔야 된다. 그람서도 저들들끼리 독한 춤을 틱틱 튀겨감시롱 숭보기는, 넘보당 지우가 높은 디 있는 사램이나, 밥그럭 높이가 높은 사람들이란 건, 쉭이 음흉하고,

욕심에 끝 간 데가 없는 디다, 생명을 초개로도 안 예기는 도첵이 보당 더 악한 것들로서, 자기네 발등이며, 무르팍이며, 어깨를 딛고시나 위에로, 높은 디로 올라갔다고 헌다. 심지어 복역 중의 죄수들끄장도, 저그들만 선하고, 저그들을 지키는 자들은 악헌 디다, 정의심이 없다고 이른다고. 法이, 형장에서맹이, 공명정대하지를 못하다고 일러지는 디도 없을 것인개. 글씨, 法이라는 것은, 너그 겉은 庶民들 믿기에는 말인디, 고것이 멀리 있을 때라든지, 이웃헌티 미칠 때만 공명정대허고, 너그들헌티 직접으로 미칠 때는, 원제든지 틀린 것이 고것이어서, 늘 새로 고치야 되는 것이 고것이라고. 헌디도 요보거라, 바우는 고것 스스로는 한 치 반 치도 우쪽으로는 올르덜 못허고 노상 니리는디, 까닭은 머시겄냐, 고 무게 말고 또 무신 까댉이겄냐? 有情헌티도 고런 무게가 있다는 것이, 우리 성님 겉은 중님들이 가르치는 法이라고. 有情에 대해서 고런 무게는 헌디, 글씨 말인디, 地獄이 밑에 있다는 고 사실이 징명허는 것을 보먼, 그라고 거그는, 악한 뇌미며, 죄진 놈, 不善한 것들이 간다고 허는 것을 감안허먼, 악이며 죄 따우, 고것이 有情의 발목을 붙들어 니리는 것여, '무게' 말이제. 그렇다먼, 누가 허다못해, 지 것이든 넘우 것이든, 누구의 것이든, 머슬 박[밟]고, 딕[딛]고라도, 넘보당 워쨌든지 간에 높은 디로 올라가 있었을 수가 있었다먼, 말히어온 바의 조 '무게'가 넘보당 적었었다는 고런 얘기가 아니겄냐? 글매, 그렇잖으냐? 하으, 요라고 봉개요이, 우리 성님과 요 아우는, 똑겉은 진리 하나를, 두 다른 입수거리로 나불거리고 있었다고 히어야까? 흐읏, 그렇다고, 그런 것이 분명허다고. 헌디도 가만있자, 요 아우는, 우리 성님이 미처 說허지 못한 法을, 說헐 것을, 아직도 더 갖고 있다고. 고것은 머시냐먼, 히히힛, 그랑개 고것이 머시냐먼, 前生 닦아놓은 功力 德力에도 한계는 없을 수 없다는 요것인디, 그래서 무신 중요헌 法을 說할 수 있게끔 되는가 허먼, 우에 쪽 사람덜이라고 히어설라무네, 원제끄장이고 善하다거나 고런 건 아니라는 요런 이약이제. 요런 중요헌 法을 그러장개, 풀어서 學論치 않을 수가 없는디, 요렇겄다, 올라가는 歷程은 그랑개, 누구나의 前生의 功德과 못 끊을 관계가 있다는 고런 이약이었는디, 그렇다먼, 고 쌓은 功德에도 크고 작은 것은 있을 것이고, 그렇다먼 말이제, 그 功德을 쌓은 자가, '무게'를 거실러 올라가는 중에, 그 功

力 德力을 꽂감 빼묵뎃기 빼 써뻐린다는 것도 생각헐 수가 있을 것인디, 그라다 보먼 워떤 자는, 인제 막 워디에 올라섰는디, 그 쌓였던 功德이 끝나버릴 수도 있을 것이라고. 요런 功德은, 오래오래 차고 댕기다 본개, 고 글짜가 지워진 符籍 겉은 것이겠제. 요것은 그라먼 문제다, 큰 문제여. 저기 워디만침, 우에로 올라간 자는, 그렇다고 히어설람에 고 당장 대번에, 고 높은 디서 툭 떨어져 니리지는 않는 것인개, 인제 그 사람은 누구의 것이 됐든, 다른 사람의 것이라도 善이 못 되먼 惡끄장이라도 長利 내다 써야 되게 된 것이그덩. 요라먼 요것은 예삿일이 아니다. 요것은 참말이제, 治者나, 被治者 양쪽에 대해 고된 일이 될 것인디, ……그런대도 요런 문제까장이사 너그들 庶民도 못 되어 庶子 겉은 것들하고 論說컸냐?"

"영감 나으리께서", 면질에 나선 것이, 더듬거리듯 참견하고 나섰다, "고만침이나 말씸을 허싱개, 쇠인 놈께도 말입제요, 무신 의견 겉은 것이 하나 떠올르는디 말입제요, 뭐, 머시, 머시냐먼, 글씨 머시냐먼, 조, 조런 治官 나으리란 그렇다면, 혹간 말씀입제요, 가짜배기 인두겁을 써 잡종이라고 허시는, 고 녀러 것들의 꼭두각시나, 무신, 고런 것은 아니겄는가, 요, 요, 요라는디요."

"여보우", 수도부가, 해당화만큼이나 응석 떠는 목소리로, 읍장 겸직 판관을 부르며 끼어든다, "그럼 영감님께서는요, 前生에 무슨 그리도 큰 功德을 쌓았었나유 응? 내게만 말해주겠유, 응?"

"아으, 성님께서는", 읍장 겸직 판관은, 베개를 높여서는 번듯이 기대며, 뭣이 제법은 괴로운, 매우 찡그린 얼굴을 지으며, 꿍얼댔다, "암만히어도, 요 아우를 용서허실라고, 애를 많이 쓰시야겄습니다. 글씨, 성님 별세허신 지가 얼만디, 츠쯧, 요 아우가, 의리가 변해서도 아니고, 워짜다 저짜다 봉개……" 그러며 그는, 저 男妾께 분부하여, 아편 담배를 한 대 준비하라고 한다. "글매 말인뎁습제요, ……성님 댕기 가신 지 요게 월매나 된 지도 잊어뻐리게 코롬이나 살아왔임성, 요때끄장도 말씸인뎁습제요, 홀로 되신 성수씨를 홀몸으로 외롭게 지내시게 하였으니, 요런 참……."

때에, 헌데, 아편 담배를 한 대 준비하다 말고, 저 화라지 놈이, 갑작스레 비명을 하며, 다리를 꼬고 모로 누워 빠르적여대기를 시작해서, 그 댁 용마루를 된통 한번 들썩이게 했다. 그러자니, 소풍이나, 빨래, 또는 (황토고갯집 점포나, 개장국집들에로) 찬거리며, 안줏감을 사러 나가지 않아, 남아 있는 수도부들(은, 대체로는 病에 몸져누워 있거나, 월경 중이었는데,) 두서넛이 낮잠이라도 잤거나, 약이라도 달였거나, 서답이라도 개다가, 윗방, 아랫방, 건넌방들에서, 일시에 장지문을 열고, 머리통들을 뽑아, 큰방에다 쏘아 던지기에도 이르렀다. (그러했대도, 늙은 *酒母*의 얼굴이 보일 까닭은 없었는데, *酒母*는 늙어가며, 밖에 대해서 뿐만 아니라, 분명히 자기 자신에 대해서까지 담을 쌓고, 머리 푼 뒤 소복 입어설람엔, 廳의 뒤터에 있는, '七星堂'에 들어, 좀체로 그 모습을 나타내 보이지 않고 있는 것이다. 그 두문불출의 시작은, 자기가 데리고 羑里까지 온 수양딸인 것들이, 창병이며 독주에 아편으로, 어쩌다가는 사랑병으로, 죽기 위해 사막에로 나갔다가는, 돌아오지 않는 일들이 있고 그런 때부터였던 듯했으나, 남은 수도부들께 믿기워졌기에 *酒母*는, 당신의 죽음 준비를 하고 있거나, 아니면 반대로, *不死修業*을 하고 있었다)

"클클클, 야 새꺵야", 예의 저 젊다는 수도부가, 사태기를 꼬으고 방바닥에 빼르적이다, 멈추고, 무엇이 못 견디겠으리만큼 아파서였던 듯, 눈물을 고여 내고 있는, 저 화라지의 허벅지를 꼬집으며, 야유하고 있었다. "너두 노망이냐, 그 낫살도 아닌 것이, 낫살 되기도 전에 벌써 노망이냐? 좆대가리서 피를 좀 보자마자, 너까지도 노망기를 내느냐구 새꺵야? 퉤, 퉤, 퉤", 화냥년은 그러며, 화라지의 하초 부분에다 침을 몰아 뱉어댔다. 화라지 놈은 헌데, 제 놈의 하초를 쥐어, 단단히 가리고 있었다. 그러고 보면, 사정은 훤했다. 라는즉슨, 저 화라지 놈이 아편 담배를 준비한다고 하고 있었을 때, 저 화냥년이 탐하듯 놈의 하초를 물었다가, 어느 일순 칵 물어 떼려는 시늉을 해 보였던 모양이었다. ('시늉'이라고 말한 것은, 그 화라지의 하초에는 사실로, 저 화냥년이 깨문 이빨 흔적이 없는 것은 아니었다 해도, 화냥 것이 씨불여 뱉은 바대로, 거기 어디에 피가 솟았다거나 하는 것 같은, 그런 상처가 있는 것도 아니었기 때문이다) "야 작것아, 니 애비 에미가 죽으면서까지도, 너한테 달아준 그것 탓에, 웃으며 눈을 감을, 그런 것을 차고, 비역질이나 하며 사내라고 하려면 말이지, 야, 야, 퉤, 퉤, 짤라 워리에게나 던져줘라, 그러고 나면, 그것 매단 무게 때문에, 가짜배기로라도 사내 노릇 한다고 헛 애쓸 필요도 없을 것이다. 퉤, 퉤, 그래 봬도 어쩌면, 배고픈 개까지도 뱉어내 버릴지도 모르긴 모르지만. 새깽야, 금테 두른 것까지는 그만둔다 하더라도, 말이지여, 그것도 제법은 갖춰진 것을 갖춰 차고 있는 사내대장부라는 것이, 그래서 나 같은 쬐꾸만 계집 하나도 당해내지를 못해, 물려 끊기려 하고, 그리고는 사태기를 꼬고 앉아, 남의 집 아랫목에서나 빌빌 기어도 쓰겠네? 그래도 쓰겠어? 그것도 뭣한 자식이겠네? 어라 자슥아, 눈 닦고, 새로 잘 내려다보아라, 고것이 혹간 개 뭣이나 아닌가, 잘 보라구."

수도부들은 그리하여, 깜냥대로는 사정이 어떻게 되었던지를 눈치채게 되자, 약간의 쓴 듯한 미소를 물고, 장지문들을 닫았는데, 그러고 나니 그 방들은, 물 들고 난 뒤의 갯벌처럼 그래졌다. 그래도 그네들도 갯벌 게들모양, 그 닫기를 통째로 귀로 하여, 바깥쪽 흐르는 소리에다 열어놓았음에 분명하다. 그리고는 그네들은, 저 버릇없이 자란, 막돼먹은 수도부 아이가, 제발이지, 저 읍장 겸직 판관의 주렁주렁 금줄 늘이고, 금테 두른 하초에다, 너무 심한 토역질을 덮지나 말았으면 하고, 가슴을 졸여 바랐을 것인데, 저 막돼먹은 계집아이는, 입만 벙긋했다 하면, 두꺼비며, 지렁이며, 박쥐며, 묽은 똥을 버글버글 토해내던 것이다. 헌데 무엇이 근래의 수도청의 형편인가 하면, 신발 등에까지도 금줄을 주렁주렁 늘인 저 사내가, 한번 주모의 방을 차지해 든 그날부터, 물론 관리 이외의 손님은 얼씬하는 법이란 없었다 해도, 하룻저녁도 거름이 없이 수도청은, 성시를 이뤄온 것이고, 그런 덕으로 수도부들은, 허리끈을 늦추고 싶은 만큼 늦춰도 좋도록 되어 있던 것이다. 글쎄, 저렇게 큰 施主도 있을 수가 없던 것이다. 이런 化主란 '금 알 낳는 거위'보다 훨씬 더 좋은데, 그 '금 알'이 現金이 되고, 또 精液이 되려면, 그로부터도 몇 과정을 더 거쳐야 될지도 모른 데다, 그런 '거위'를 소유하기의 위험스러움은 또 얼마이겠는가.

"그까짓 녀러 것이 무엇이든, 글쎄 부모라고 치고는, 그것 하나 찬 새끼를 못 가진 부모라면, 그것 하나 얻겠다고, 백일제도 지내고, 심지어는 전 재산을 바쳐 불공도 닦고 한다고 하는데, 그래서 누구든지, 그런 걸 하나 찼으면, 못 먹는 감은 찔러라도 보는, 하다못해 그만한 기백이라도 있고 봐얄 것이 아니겠네? 작것, 야, 거, 너헌테는 있어 봤자, 비역질하는 데 말고는, 아무 데도 써먹을 데가 없는, 차라리 있어서 불편한 녀러, 그녀러 것을 나한테 좀 빌려줘 봐라, 그러면 내 서른 년 계집을 얻어, 서른 집 처가 삼아, 初三日에는 初月이네 조석을 먹고, 十五夜에는 滿月이네로 말머리를 둘러 들 것인데, 듣자면 헌데 너 따위는 어떤가 하면, 아직 그 낫살까지 장가도 한번 못 들어보고, 그러다 어떻게 장가를 한번 들어볼까 했다가, 클, 클, 클, 에라 새깽이, 그것 짤라 개에게나 줘라, 퇴짜를 맞고, 그뿐만 아니라, 그녀러 것까지 끊길 뻔했다고 하는데, 작것, 그리고도 고봉 담은 쌀밥에, 아랫묵 차지를 하고 있다면, 왼 세상이 뒤에서 웃을 일 아니고 또 뭣이겠네? 작것 듣고 봐라, 작은 병졸로 하여 어느 장수가, 큰 한 성채를 함락하려 한다면, 그 장수는 모름지기, 그 한 성채를 몹시도 교만한 데다 지조가 높다고 일러진, 육국의 절색으로 알고 공략을 꾀하면, 九十戰 틀림이 없다고 일러지는데", 헛, 헛, 헛, 戰爭이란 겪어본 일도 없는 고장의, 배움도 없는 계집아이가, 저런 투로 '兵法'을 강설할 수도 있다면, 누구든 한번은 멈칫하여, 뒤돌아보고 볼 일인 듯하다. "그와 반대로 이번에는, 어느 호색한이, '몹시도 교만한 데다 지조가 높다고 일러진, 육국의 절색'으로 일러지는 것을 하나 호려 먹고 싶어 하면, 그는 모름지기, 적은 兵力으로, 큰 한 성채를 함락하려 하듯 해야 한다고 한다." 헛, 헛, 헛, "그러니 야 작것아, 그 씨부랄 녀러 것을, 나한테 한나절만이라도 빌려줘 봐라, 그러면 내가 말이지, 그 한나절 동안에 한세상을 姦해버리고 말 것인데, 저녀러 것이, 아무리 육국을 통틀어 저 혼자 잘난 계집이라 한다 해도, 반쪽짜리라도 불알이란 차본 일이 없이, 계집은 계집인 것, 그렇다 계집은 계집인 것. 그렇다고 하여서나, 너 같은 용렬한 자식은, 완력으로 계집의 샅을 벌리고, 대번에 침공하고 들려 할지도 모르는데, 계집의 원한은, 오뉴월에도 서리를 내리게 하는 것, 그따위 뼈도 없는 살점 하나 끊어버리거나, 썩히고 녹혀버리기란 어려울 것도 없는 일, 그러니 여전히, 누구든, 그런 계집을 후리려 들면, '작은 병사로 큰 성채를 함락'하려듯 하는 수밖에는 없을 것이다." 헛, 헛, 헛, "그래서 '실제로 갖다가시나는, 고 전술이 워처키 될 것이냐'고? 야 얼버무레한 자슥아, 내 아랫두리는 네 멋대로 공짜로 썼다 해도, 내 꾀까지는 그렇게 안 되는 것쯤 알아도 좋을 것이다."

"아으, 하, 하으", 헛, 헛, 헛, 수도부의 저런 소리를 듣던 중에 헌데, 읍장 겸직 판관이라는 사내가, 앓는 소리를 빽빽여냈다. "자, 작, 작은어만님, 큰절 한자리 받으시겨요." 그리고 그는, 그 수도부 앞에 무릎 꿇어, 뻘건 몸으로, 큰 절을 세 번이나 했다. 그리고는, 그 수도부를 안아 새로 자기 무릎 위에 올려 앉히며, "내가 오널은 말이제, 쉬염도 좀 깎고, 목욕재계도 허구시나 말이제, 너를 내 자석새끼의 에미로 맹글아야겄단 생각을 허기 시작허고 있다고 시방. 너 따우를 내 小妾으로 맹글라고 허능 겨. 요만한 값에도 내가, 너헌티서 고 꾀한 가지를 사들 못헌다먼, 너헌티 내가 또 무신 대접을 더 해줄 수 있겄냐, 몇 주먹 쥐어박아 송장을 맹글아 화장터로 보내던지, 또 쬐끔 인정을 쓰기로 헌다먼, 꾀를 홸랑 베끼서는, 너 왔다는 디, 고 다리 밑 친정이나 보낼 쑤배끼, 다른 대접은 해줄 것이 없을 것 겉다고, 안 그러냐?"

"소첩은", 수도부는 말을 시작해놓고, 하품을 하나 억지로 만들어, 길게 했다. "태어났을 때부터, 아무것도 뺏기거나 잃을 것을 가진 바가 없어, 화장장이면 어떻고, 다리 밑이면 어떤지, 그 다름을 모르겠을 뿐입지만, 한 몸에, 읍장에 판관직까지 겸했다는 장한이라는 자가, 아무것도 가진 것이 없는, 거지 여자 하나를, 아무 죄지은 일도 없는데도 불구하고, 자기 성나는 일로 쳐 죽였다거나, 빨가를 벗겨 바깥 거리로 내쫓았다고 한다면, 사람들은 앞에서는 비겁한 데다 솔직하지를 못하니 아무 말도 하지 않는다 해도, 저녁마다 개들이, 달을 보고 뭣이라고 짖어댈 듯합네까? 그래서 그것이, 읍장이라고 하고, 판관이라고 하고, 또 사내라고 하여, 근을 그것도 대짜로 셋씩이나 찬 사내의 기백이겠습네? 숫놈 똥개나 하는 짓거리인 것을. 보시라구요, 숫놈 똥개라는 것은, 조금만 어글한 사내가 지나면, 꼬리도 못 찾고 구석으로 숨느라 키깅대다가도, 늙은네나 아녀자들이 얼씬하기만 했다 하면, 대번에 내달아, 그 뒤꿈치들을 물고 늘어지는데……"

"아가씬 참 못된 계집아이군입지. 너는 그렇게 말하게 되어 있지 않다 말입지."

"뭐라구? 야, 화라지 녀석이 뭐라구? 너두 귀는 한 벌 해 갖고 있는 듯한데, 그것은 그냥 뽄나라고 해 달고 있다네? 글쎄, 방금 전에, 우리네 읍장을 겸직하신 저 판관 나으리께서, 이 '아가씨' 되는 계집을, '小妾'으로 모신 애기도 듣지를 못했네 너는?" 그리고 수도부는, 그 면 놈의 한쪽 귀를 잡아 찢을 듯이 늘여대더니, 응석 조로 읍장 겸직 판관께 이런다, "여보우 영감, 이 화라지 놈께 휴가 좀 주시지 그러셔유?" 그리고는 화라지 놈께는 또 이런다, "휴가를 받거든 너는, 네 그 아랫도리를 꼴려 높이 해서는, 거기다가 새끼줄을 걸어, 거치사한 녀러, 목이나 매달거라. 사내 노릇 하기도 치사하구나. 이 녀러 자식아, 사내라는 것이, 계집으로부터 이만큼이나 욕을 얻고도, 입을 헤벌레하고 있기보다는, 그 짓이 나을 것인데, 그러도 안 할라거든, 나 같으면 말이지, 대번에 서른 명 쉰 명 장정을 사 모으고, 독한 술 먹여, 각각 열 짐 스무 짐씩 장작이며 청솔가지를 짊어져 오게 하여, 그녀러 계집 도도하다는 것, 그 집의 담을 삥 둘러, 장작으로 담을 한 겹 더 높이 쌓고, 안에 대고 불호령을 하여서는, '너는 이년, 맨발로 뛰어나와, 은쟁반에다, 본장부의 좆을 받쳐 안으로 뫼셔 드리든, 아니면 이 불길에 아홉 꼬리를 내놓도록 타든 할 일이다. 본장부는 성미가 급한데다, 매일 이맘때마다 계집을 타 누르는 버릇에 아편처럼 들어, 몹시 기다리지를 못하니라'라고 한 뒤, 군호하여, 징 소리와 함성을 높이고, 동서남북 사방에서 우선은, 청솔가지를 많이 태워 연기를 많이 올려 엄포하고 볼 일일 것이다. 그것이 근 찬 사내의 기백이라고 할 것이다. 그리고도 꾀 없는 자는, 그 한 계집을 태워 먹고 말 것이며, 꾀 있는 자는 짐짓 너그러움을 보여, 다른 기회를 노릴 것인데, 꾀 있는 자는, 아직 자기 손에 잡혀 있지는 안 했다 해도, 결국은 자기 것이 될 것을 상하지 않는다. 이 꾀 있는 자의 하는 짓이, 작은 병졸로 큰 성채를 함락하기라고 할 것이다. 그리고는 더 꾀 있는 장수는, 별다른 수가 없어 (위기에 처해) 항복한 적병을, 밤낮으로 경계할 것이다."

"아으, 하, 하으, 작은어만님", 수도부의 그런 소리를 듣는 중에, 읍장 겸직 판관은, 한 둬 달간이나, 독주와 아편으로 잠들여 왔던, 그 怪根이 뿌직 뿌지직 뻗쳐오름을 느끼고, 면을 향해, 열흘 후에나 돌아오라고, 휴가를 주어 내보내고, 자기는 그리고 열두 발 구렁이가 되어, 그 작은 계집을 열두 번 휘감아 틀어대기 시작했다. 그러며 그는, 破戒하고 있었는데, 글쎄 그는, 저 수도부의 자궁 속에다, 타조 알만큼씩이나 큰 불의 우박을 쏟아 넣고 있던 것이다. 그것이 뜨거워 수도부는, 몹시 앓아대고 있었는데, 그래서 그 알들 중의 어떤 것 하나가, 이제껏 몸만 팔아 연명해온 계집의, 그 냉의 수렁 속에서라도 깨이어, 뽁뽁뽁 울어 나올 수도 있을라는가 어쩔라는가, 그것을 두고 기다려보아야겠지만, 이 현재로서는, 저 계집을 흠뻑 젖게 한 그 불비는, 그 사내네 宗家의 天仙들이, 특히 그 계집만을 겨냥해, 바구니 바구니 뿌려준, 그런 꽃비 같은 것이었다. 그뿐만도 아니고, 그 수도부는 그 이튿날부터 그리고, 官吏名單에 올라, 다른 官卒들이 받는 것과 같은 액수의 俸祿까지도 받도록 되어, 이제는 '빼앗길 것도, 잃을 것도' 아무것도 가진 것이 없다던 저 계집도, 반드시 뻘거벗은 것뿐만은 아닌 데다, 금줄까지도 늘이게 된 것이 분명하다. 전에, 官의 무슨 목적에 의해, (예를 들면,) 촛불중이 美里 사막에 파견되어졌던, 官用 돌팔이 중이었던 것모양, 이 돌팔이 수도부는, 그런 어떤 비슷한 목적을 띠고 수도청에 파견되어졌던 계집이더니—. 그리하여, 美里史에는 처음으로, 女官卒이 등장한다. 읍장 겸직 판관의 이 '작은어만님'은, 그런 후, 스스로 그렇게 원했었는가 어쨌었는가와도 상관없이, 人肉이 드글드글 끓어, 한 국자에 얼마씩이라는 식으로 매매되어지는, 그 장터 한가운데다, 聖所를 차렸다. 물론 이런 유의 무슨 법이 정해졌다거나 그런 일은 없었으되, 휴가에서 돌아오며, 불알 속에다 잉걸불을 많이 채워 갖고 있게 된 그 면 놈이 한번, 저 聖所를 범했다 당하게 된, 그것을 判例로 삼는다면, 누구라도, 그 聖所를 冒瀆했다가는, 그 하초에다 더운 똥을 끼얹고, 官用猛犬들로 하여, 그 똥을 핥게 하는 것이, 그 벌과로 확정된 듯했다. 하기야, 어떤 진흙 발이 聖所를 더럽혔다면, 그 발에다 덮어씌울 것이란 똥밖에 더 있을 수도 없을 것이고, 그 발은 그리하여, 地獄의 천장에 구멍을 내고, 빠져든 발일 수밖에 없을 것이다. 時俗에 뒤떨어지게 된 그 불쌍한 화라지 놈은, 제법은 당차다고 하여, 읍장 겸직 판관의 侍妾으로까지 발탁되었었더니, 안됐지만 그는, 그 '당차다'는 것으로부터 복수를 당해버린 것이다. 글쎄 그는, 그 '당차다'는 것에다 새끼줄을 걸어, 제 목숨을 끊고 만 것이다. 이제는 며칠씩이나 묵은 얘기지만, 그 사내는 글쎄, 그 聖所를 冒瀆한 벌과로, 지옥에서 올라온 有情들께, 그 聖所를 디뎠던 발모가지를 잘라주고 난 저녁, 의원(네로 그는 옮겨졌었더니) 나리가 안방에로 올라간 틈을 타, 그 사랑방 상량에 목을 매달아버린 것이다. 사내라고 치고, 하나의 하초를 매단 그 운명을 운영하기라는 짓이, 반드시 그렇게 쉽지만은 않은 듯하다, 하지 않는가. 더[加]하라고 주어진 것에 의해, 咄, 빼[減]내어지다니! 그리하여, 예의 저 수도부도, (“혹시 선생께서는, ‘도’라는 토씨에 관해서 생각해보신 적이 있으신가?”) 그 요니 속에다 쪼론히, 녹슨 鐵齒를 한 벌 감춰 갖고 있는 암캐, 지옥의 암캐—지옥은 암캐—로 알려졌는데, 그리하여 美里가 새로 뒤돌아보고 알아낸 사실은, 이 암캐는, 아직 이빨이 채 굳기도 전의 새끼 시절에 벌써, 제 아비를 잡아먹어 입술이 붉던 것인데, 그뿐만은 아니고, 이 새끼 암캐가 자라느라고 하며 스쳐 지난 곳에서는, 아무것 하나 성한 것이 없이 녹이 슬어, 푸스러져 버린 것도 또 새로 알아채겠는 것이다.

그러고 난 뒤부터 美里邑 사는 사람들은, 밤에뿐만 아니라 낮에도, 美里를 샅에다 끼워 넣고, 그것이 매워싸서 키깅대는, 저 암캐들의 괴로움을 들었다.

그러했다 하여도, 그런 후로도, 외견상으로는 아무 별다른 일이란 없이, 수도청에로도 美里의 해가 여러 개나 떴다 졌는데, 읍장 겸직 판관은 아직도, 그의 ‘작은어만님’의 說法이 강조하고 있는 바와 같은, ‘좆 찬 자의 기백’ 같은 것을 나타내려는 아무런 기미도 보이지 않고, 밤이나 낮이나 아편과 독주에 취해, 잠 속에로 내려가 지냈다. 뭣 때문에든 그는, 심사가 별로 편치를 못했던 듯, 잠에 들면, 가위에라도 눌린 듯 헛손질을 해댔으며, 이쪽으로 한 번씩 돌아오기는, 그쪽 어디 주막거리에서 쓸 노자를 얻으러 오기였던 듯하여, 반 정신인 채로, 독주 잔과, 아편 담배통을 더듬어 찾았다. 그래서 그는, 정신이 맑아지는 것을 두려워했었을 것인가? 아니면, 잠[睡] 의 저쪽 어디 주막거리, 어느 주모 년께, 불알을 볼모로, 잡혀놓기라도 했었을 것인가? 그러나 그 점은, 저 사내의 내부로부터 흘러나오는, 오줌까지도 받아 마시는, 그 小妾까지도 몰랐으니, 그의 바깥을 서성거리는 사람들이야 뭘 안다고 하겠는가, 마는, 어떤 경우로 누가, 그 몸은 따뜻한 아랫목 금침에 묻어두고, (이것에 對比하여서는, 모난 돌밭에 뉘어둬, 된내기를 맞힐 수도 있을 것이다) 넋만 일어나 떠나서는, 하필이면 어디 들불에 휩싸인 가시쟁이 숲을 헤매고 있는다고 한다면, 그 넋에 대해서는, 그 몸을 포근하고도 부드럽게 감싸주고 있는 그 금침까지도, 불길에 휩싸인 가시쟁이 숲 말고, 다른 아무것도 아닐 것이다. (그럴 때 그러면, 저 모난 돌밭에 누워 있는 자의 그 돌들의 모서리는 어떠할 것인가?) 순정으로 엄버무레 뼈가 굵은 이 사내는 어쩌면, 그의 오른팔, 오른 다리가 되어 있는, '지혜의 주머니'가 면밀히 관찰하고, 조심스럽게 분석하여, 진단을 내린 바에 의하면, 제 너러 눈알 속에로 들어가, 갇혀버렸다. 싫어하며 죽음을 보듬어 안고, 시려하고 있었다. 불의, 유황불의 呪術에 옭인, 한 마리의 큰 無毒蛇. 그래서 이 구렁이는, 그 불을 두려워하여, 그것으로부터 도망하려, 거부의 안간힘을 쓰면 쓸수록, 더욱더 그 불구덩이로 끌려 들어가고 있던 것이다. 處容은 어찌하여, 밖으로 나돌다 되돌아와, 제 너러 눈구녁 속을 들여다볼 필요가 있었느냐? '지혜의 주머니'로써도, 제 눈구녁 속의, 그 눈물의 샘에다, 제 얼굴을 빠뜨려버린, 저런 사내를 위해서, 뒤세 발 줄을 늘여줄, 여분의 지혜를 갖고 있지를 못했던지 (어쨌던지), 침울해 보이는 얼굴만 꾸미고는, 저 사내의, 육중한 그늘의 어느 자락을 떠들어서는, 사려 들어버리려고만 별렀다. '지혜의 주머니'의 이런 태도는, 읍장 겸직 판관에게는, 그저 충직하고, 심복스럽게만 보였으며, 그래서 상처를 다 아물리고 나서도 읍장 겸직 판관은, 수도청 밖을 나서려고를 하지 안 했다. (작은 구렁이가 그렇게 저렇게, 어떤 그늘에 똬리 쳐, '知慧'를 굽기 시작하여, 그 콧구멍으로 연기를 폴씬폴씬 내뿜기 시작하면, '毒蛇'라고 이르는데) 허기는 이것은, (글쎄, 사기꾼이며, 도둑이 횡행하고 있다 해도, 이 시절이 아직 미륵의 시절이 아니듯이) 이 '毒蛇'를 위해서는 아직도, 羑里의 볕이 여물지를 않고 있는 철이다. 野史家들에 의하면, 이 '겨울'은, '隱匿'이 아니라, 말이 나온 김이니 말이지만, '埋伏'이었다. 말이 나온 김이니 말이지만, 저 野史家들의 史(私)觀(見)에 의하면, 저 읍장 겸직 판관의, 無學의 '작은어만님'이 說한 그 法源도, 저 '지혜의 주머니'던 것이다. 그리고 그 '지혜의 주머니'가 익히 깨우쳐 알고 있는 듯한, 그 '兵法'은, 시시로 羑里에다 그늘을 뿌리고 지나가는, 그런 어떤 雲僧으로부터 얻어들었을 것이라는 것이, 저 野史家들의 추측이지만, 禪房 뒤뜰의, 천년 고목이 그러나, 깨우쳐 그런 것이 아니라는 것을 염두한다면, 行僧들이 벗어 던진, 해진 미투리 짝 같은, 구멍 난 지혜를 주워들어, 저만큼씩이라도 깨달으려면, 그 귀들이, 前生에서도 무슨 그런 지혜며 法 같은 것을 담아본 일이 있었던 그릇들이었든, 그것도 아니면, 태어나기를 영특하게 태어나, 담긴 것을 유실하는 법 없이, 돌에서도 기름을 짜내는 것들이거나 했을 것이다. 헌데 저 野史꾼들이 잘 짚어 알고 있는 非史實的 事實 하나는, 수도청의 그 아랫목에다, 저 엄버무레한 순정의 신체 하나를, 금침으로 포근하게 감싸주고 있는 자도, 예의 저 '작은어만님'이었으며, 그의 넋을, 불길에 휩싸인 가시쟁이 숲속에다 밀어뜨린 자도, 저 '작은어만님'이었다. 그러나 그의 屍灰를 헤쳐, 그 식은 뼛조각들을 주워설람에, 삼으로 꼰 줄에 꿰기도 엮기도 하여, 발 목걸이를 만들어, 발목에 거는 자의 얼굴은, 또한 여자는 여자였으되, 저 '작은어만님'과는 달랐다. 이 현재 그 얼굴은 그럼에도, 미래의 불확실함, 으스름함, 그 박명 가운데 알 품어져 있어, 누구의 얼굴인지 그것은, 歷史를 기록하는 자들로서는, (왜냐하면 그들은 先知者가 아님으로) 더욱더 알 수가 없음에 분명하다.

—금사슬을 주렁주렁 늘였으되, 아직도 그저 한 順民이기만 할 뿐인 사내가 저렇게, '地獄의 암캐'의 샅에 끼어 있기란, 그렇게 쾌락만은 아닌 듯하다. 헌데, 한 고을의 '읍장'을 겸한, '판관'이라는 사내를 두고, '금사슬을 늘인 順民'이라는 어휘를 썼을 때는, 그가 한 集團(衆人)을 代表하고 있으면서도, 그 '集團'(衆人)을 도대체 이해하고 있지를 못하다는 것을 가르치기 위해서인데, (촛불중에 의하면) "모든 個人에 대해, 集團(衆人)이란, 그 個人의 無意識, 또는 깨인 채 자는 잠의 국면"인 것을 염두한다면, 저 '地獄의 암캐'란 분명히, 이 '깨인 것들이 자는 잠'이 입은, 秘儀的 語衣 말고, 다른 것이 아닐 것이라는 것을 알게 한다. '集團'(衆人)을 代表하고 있으면서도, 그 代表한다는 자가, '集團'(衆人)을 이해치 못한 이유로 衆乳 맛을 본 자에게라면, 저절로 따르게 되는, 그 당연한 자기 확대·확산의 변이의 과정을 치르지 못하여, 일종의 사마디*的 치매 상태랄 것에 처하게 된, 저런 사내를 하필, 저 '잠'이, 그 水(睡)面에다 꽃으로 떠올려 피워냈을 때는, (그 짓이란 허기는, 꽤 수상할 일인데,) 혹간

* samādhi, 三昧.

그것은, 저 '잠'의 심연에서, 어떤 陰謀가 익어가고 있음을 증거하고 있는 것은 아니겠는가? 만약 그렇다고 한다면, 이런 경우의 저 '금사슬 늘인 順民'은, 영광스럽게 선택된, 비극적 광대거나, 아니면, (아직은, 先知者라고 이른 자들까지도, 확신 있는 목소리를 꾸며 외치지는 못할) 어떤 목적을 위한 祭祀에 쓰이기 위해, 그 역선택 되어져, 정화수에 씻김을 받은, 이마 넓은 염소 새끼거나, 아무튼 그 어느 쪽일 것이다. (아차 이것은, 두터운 쇠가죽 자루 속에 넣고, 주둥이를 잘 첨매 봉한 뒤, 어둡되 건조한 데 매달아 뒀어야 할 '龍 이빨' 자루를, 성급하게도 제길헐, 잘못 열었음에 분명하다. 그러면 이제, 잘라도 잘라도 자르면 잘라도 倍가 되어 돋아나는, 의문의 천만 龍頭가 순 돋아오르는 것을,) 그러자 물론, '금사슬을 주렁주렁 늘인 順民'論이, 그 금사슬이 주렁주렁 늘인 그림자와 같은, 여러 의문의 그림자를 거느리고 있음을 보게 되는데, 그중에서도 大頭스러운 것으로만 한 두셋 헤아려보기로 하면, 대개 이러할 듯하다. 그 첫째는, 말해오고 있는 바의 이 고장에서, 한 번도, 和白制度랄지, 그와 유사한 治制를 채택해본 일이 없어, 官職의 世襲에 集團이 참가해볼 기회가 없는데, 이런 治制下에서의 (集團이 하는 것 같은) 召命이라거나, 選擇은 어떤 것이나 될 것인가, 차라리 이런 것은 選擇이기보다는, (그 당대에, 그 같은 人物이, 그 자리를 차지해 있게 되어진) 偶然이 아니겠는가, 하는 것이고, 그 둘째는, 한 集團을 代表한다는 자가, 아무리 '集團'이라는 것이 무엇인지를 이해하지 못한다 해도, (촛불중에 의하면) 비록 한 마리의 개미라고 한다 해도, 저 衆女(集團)의 젖퉁이에서 흐르는 젖 맛을 보았다 하면 그 당장, 그 크기가 불어나, 코끼리만 해졌다가, 수미산만 해지기도 한다고 하는데, 사실로 그는 그래서, 아직까지도 그 한 順民에만 머물 수가 있는가, 하는 것이며, 그 셋째는, 그러면 저 '잠'[集團]은, 무슨 목적으로 하필이면 저런 꿈을, 그것도(그가 순박한 탓으로) 몹시 加虐的인 꿈을 하나 피워, 그 睡(水)面에다 학대의 물여울을 일으켜 내게 하고 있는가, 하는 것 같은 것들이다. 그렇다, 그럼에도, 그런 의문들에 대한, 가능적인 대답을 만들어보려 하기 전에 먼저, 저 세 번째 의문은, '陰氣의 遺傳'과 관계된, 그 時代相에의 연구가 없이는, 행해낼 수가 있는, 것이 아니라는, 것을 밝혀두는, 일은, 필요할 것이다. 그러려 하면 장황해질 것이므로, 그 대답은 보류해두기로 한다는, 그런 얘긴 것이다. 그리하여 다시, 저 첫 번째 의문에로 돌아가, 그 의문의 '龍 이빨'을 파종하기로써가 아니라, 거두기로써, 재고해보기로 한다면, '여러 종류의 씨, 가령, 벼, 보리, 밀, 능금, 뽕 따위의 씨들을 뿌려 넣은 밭'과, 어떤 '연극이 행해지고 있는 무대'라는 두 가지의 비유가 떠오른다. 먼저, 비유에 쓰인 '밭'을 휘둘러보기로 한다면, 미구에, 거기다 씨들을 뿌려 넣은 그 농부는 경악할 만한 사실을 발견하고, 놀라서는 머리를 쮱어댈 것인데, 그 꼭같이 비옥한 밭에서, 어떤 것은 싹을 틔워 무성해졌다가, 열매를 맺은 것에 반해, 어떤 것은, 만물이 성한다는 그 철에 시들어 죽고, ……하는, 대체로 그런 현상이 일어난 것이다. 그리하여 이 비유를 원상에 되돌리기로 하여, 저 '밭'을 '衆心'이라고 환치한다고 하면, 바로 여기 어디에, 그럼에도 불구하고 굳건히, 서슬이 푸르게 생존해온, 어떤 官吏, 또는 治者와 관계된, 衆人(集團)의 召命과 選擇論이 주춧돌을 놓을 기반을 얻을 것이다. (이 비유의 설명을 위해, 이보다 말을 더 허비하려 하면, 그러려는 자는, 치마를 입어, 수염 잃기를 두려워하지 말아야 할 것이다) '무대'라는 비유는, '選擇'도 '偶然'的일 수 있는가 하는 의문에의 대답으로 등장되어 있는 것인데, 좋은 관객은 그래서 무엇을 알고 있는가 하면, 좋은 연극에는, 그 무대 위에 놓인, 여하한 小品이라도, 불필요한 것이, 우연히, 또는 우발적으로 그 자리를 차지해 있는 일이란 없다는 그런 것이다. (그리고도 누가 뭘 좀 더 말하려 하여, 입술에다 침이라도 바르려 하면, 듣는 자들 쪽에서는 모름지기, 불알들을 단단히 움켜쥐고, 走計를 도모해야 할 것이다. 불알과, 눈썹과, 귀) 두 번째의 저 의문은 그리고, 그 의문을 갖는 자에게, 무엇을 고려하게 하는가 하면, 땅의 아낙네들의, '손 비비'느라 바친, 井華水만을 훔쳐 마시다, 작은 꽃구렁이 한 마리가 龍 모양을 꾸미게 되자, 神들이 작당을 하여, 자기네들의 소마汁을 축낸, 저 벌레 한 마리를 그 손가락들에 집어 들어, (하늘에서) 땅에다 톡 떨어뜨려 버린, 大蛇星座모양, 畜生道에 억류된 怪力(코끼리 몸속에 억류된 怪力은 다름 아닌, 코끼리 자체인 것을 고려할 일일 것이다), 그런 어떤, 매우 바람직하지 않은, 거대한 한 마리의, 위험스러운 짐승 같은 것일 것이다. 그럼에도 이 짐승은, 그 배고픔에 의해, 땅의 코끼리며, 독사 따위들을 물어 삼켜대면서도, 아직도, 자기가 한 마리의 '꽃뱀'으로 부화했었다는, 그 단단한 기억에 의해, 자기는 아직도 '꽃뱀'으로만 알고 있는데, 이것은 그가, 저 '손 비비기'에 쓰여졌던, '井華水'의 의미를 모르고 있는 그 탓이다. 그래서 이 龍은, 그 목 밑의 부분은 빈틈없는 龍인데도, 그 머리만은 '꽃뱀'의 것을 달고 있다고 알게 된다. 그렇다면 그도, '集團'을 代表하게 된 자가, 어쩔 수 없이 치르게 되는, 그 자기 확대 확산의 轉身을 치르지 않은 것은 아니었던 것이 분명한데, 그리고 그래서 이것은 비극적인데, 그는 그것을, 下向的으로, 그뿐만 아니라, 受動態的으로 치른 것이었던 모양이었다. '衆人'(集團)은 '짐승'인데 (촛불중에 의하면) 그것을 運行하는 힘은, '먹고 싶음'이다. 그 '먹고 싶음'에 의해, '性慾'과 '殺慾'이 분할한다. 헌데도 그것이, 관객들이 저 배우에게 요구하고 있는 役이라면, 그 役을 그 배우가 좋아하고 있든 말았든, 그 배우로서는, 자기가 맡은 役을 충실히 하는 수밖에 다른 도리는 없는 듯한데, 저런 '연극'이라는 이름의 衆夢은, 무엇이 자며 꾸는, 그 꾸어진 꿈 자신이, 자신의 役을 바꿀 수도 있다거나, 그래 보이지는 않기 때문이다. 그러려 하면 그 꿈은, 그 무대의 뒤쪽, 쓰레기통에 던져져, 버림을 받을 것인데, 쓰레기통 속에서, 금이빠디를 누렇게 드러내 웃고 있는, 쥐 오줌에 젖은, 저 假面(탈바가지)의 웃음은, 거기다 줄을 친 거미들까지도 슬프게 할 것이다. 그런 꿈을 꾸어내고 있는 잠은, 그런 연극을 해내고 있는 그 배우의 것이 아니기 때문인데, 그 꿈을 꾸어내서 지켜보는 그 잠은 그런데, 헤헤헷, 觀衆(衆人)들 말고, 누구겠는가.—

그런저런 날이 몇 더 계속되었던 날 헌데, 읍장 겸직 판관은 실제로, "근을 장대히 하여", 사인교에 올랐다. 수하 官卒들을 모두 동원하여, 어떤 자들께는, 피리젓대며, 꽹과리, 징, 장고, 소고 등으로 소리를 높이게 하여 앞세웠을 뿐만 아니라, 상무도 스물너 발씩이나 돌리게 했으며, 어떤 자들께는 장작을, 그리고 또 어떤 자들께는 청솔가지를 짊어지게 하여, 홋홋홋, 선임 읍장의 손녀며, 선임 판관의 무남독녀 되는 여자에게 장가를 들러 나섰다. 조금 수상했던 일은, 그의 '지혜의 주머니'가, 그가 탄 사인교 가까이에 호위하여 걷고 있지를 안 했다는 그것이었지만, (저 젊다는 수도부로부터 분명히, 무슨 助言을 얻어 들었을 것으로 사료되는바) 자기 쪽에서, 그 '지혜의 주머니'를 떼어내, 수도청

횃대에다 걸어 둬버린 것이 그 까닭이었다. 그리고 자기는, 호기롭게 장갓길에 올랐는데, 그가 수도청 문을 나서기가 무섭게, 예의 저 수도부는, 저 '지혜의 주머니'를 제 품에 안고, 기회가 있었을 때마다 해온 대로, 그 '지혜'를 빨아대기 시작하고 있었다. 한 읍이 일러, '지혜의 주머니'라는 사내가 헌데, 오줌에 젖은 발로, '聖所'를 짓밟아 더럽히고 있다니, 그것도 꾀 있는 짓이라고 할 수가 있었을 것인가. 문제는 헌데, 모르는 자만 모르지만, 언제부터였든, 예의 저 수도부의 태도는, 정작 읍장 겸직 판관 앞에서는, 수캐 앞의 발정한 암호랑이 꼴을 꾸몄었으며, 그 읍장 겸직 판관이 차고 다니는, '지혜의 주머니' 앞에서는, 수호랑이 앞의, 발정한 암캐 꼴을 꾸며왔었다는 데 있었던 듯하다. 그래서 사실로, 읍장 겸직 판관은, 말한 바의 저 陰事를, 조금도 눈치채지를 못하고 있었던 것인가? 헷헷헷, 그런 투의 陰事까지도 邑事인데, 그런 것도 모르며 어찌, 스스로 읍장 겸직 판관이라고 이르겠는가. 그럼에도 불구하고, 이 '지혜의 주머니'가 '지혜'로 불룩하다고 이를 수 있는다면, 이 '지혜의 주머니'는, 호랑이 앞에서는, 어떻게 삶을 사려, 똥개 노릇을 하는지, 그런 수단을 터득해 알고 있는 까닭도 들 수 있을 것이다. 이 '지혜의 주머니'는, 저 無知 주머니, 버릇없던 화라지 놈과 달리, 主人 되는 자의 자리를 차지해 있다가도, 主人이 돌아오는 기색이 있으면, 主人의 자리를 비켜주되, 어떻게 비켜줄지를 알고 있었다. 그리고도 '지혜의 주머니'는, 어떻게 자기의 등을 따숩게 할지 그것을 알고 있었는데, 예의 저 수도부는, 저 '지혜'를 빨고 난 뒤끝마다 언제든, 읍장 겸직 판관의 허벅지에, (넣고,) 앉아서는, "듣자니 말예요, 사라수나무는, 한 玉門에서 두 둥치가 올라온다고 헙디다"라고 하고는 키득거리고, "둥치는 둘이라도, 그러니 그것이 한 나무지 뭐겠네요?"라고도 했다. 이런 얘기는 헌데, 듣는 귀에다 소금 같은 웃음을 끼얹어 넣었지만, 저 소금이, 그 聽覺의 워스럭이는 풀기를 죽여 그랬던지 어쨌던지는 모르되, 그런 농담이 계속되는 중에 저 사내는, 자기의, 보통보다는 월등 더 어글하게 큰 뼈 무더기가, 분명히 누구의 여분인 듯한 것을 조금 얻어 갖고 있는 듯이 여겨지는, 보통보다 월등 더 작다고 여겨지는, 자기 머리통 속의 腦에 대한, 숨겨온 슬픔 하나를 여의어가고 있었다. 그런 농담을 듣다 보면 그는, 움켜쥔 채 쳐들었던 주먹을, 자기도 모른 새 펴 내려뜨리고, 입 귀퉁이로 침이 흐르고 있는 줄도 모르며, 웃고, 바보였었다. 그도, 꼭 한 가지, '智慧'라는 것과 더불어서는, 그 뼈며 근육 속의, 울불근거리는 힘을 어떻게 써먹을지를 몰라, 수줍고, 몹시 수줍고, 외롭던 것이다. 헌데 '智慧'도, 깨닫고 본다면, 남의 上主가 되어 있는 자와 더불어서는, '官印'과 같은 것이 아니겠는가(『古今笑叢』, 「荷印矜爵」 참조). 그렇다면 그것은, 꼭히 자기의 머리통 속에만 넣어 갖고 있어야 할 것이기보다는, 차라리 通引으로 하여금 짊어지고 다니게 해야 할 것이 아니겠는가—그는 그렇게 印主답게, 스스로 동의해가고 있던 중이다.

읍장 겸직 판관이 장갓길에 올랐다는 그 소문은, 배고픈 걸뱅이에게 대접된 한 주발의 소주모양, 그것이 그 몸에 펴지는 그만큼의 속력으로, 그 읍에도 펴졌으며, 그리하여 그 일로, 한 읍이 한번 후끈하여, 왼 읍의 지붕이 들썩 떠들어 올랐는데, 그리고는 그 지붕들은 중천에 머물러, 가라앉아 내리지를 못하고 있었다. 그 떠들어 오른 지붕들을, 못 내려앉도록 떠받침한 다른 충격적 사건이 또 하나 더 있었는데, 그 일인즉슨 무엇이었는가 하면, 그렇게 장갓길에 오른 자식을 축복했어야 할, 그 자랑스러워야 할, 신랑의 어미 되는 여자가, 자식의 장갓길의 앞을 막아, 그 길의 끝은 저승에 닿는다고, 그 길을 못 가게, 막아, 내달았다가, 자기 단신으로는, 큰 한 방축이 터져 일시에 쏟겨 내리는 듯한, 저 한 사나운 흐름을 저지할 수가 없게 되자, 그것으로 억만의 語絲를 자아내어 자식이라는 것을 교훈하려 했어도, 한 번도 자식의 고막을 휘감아본 적이 없던, 그러니 별로 쓸모가 없던, 그 혀를 물어 끊어, 한 번만이라도, 그 혀로 자식을 감아 들이려다, 피를 뿜으며 쓰러져 누워버린, 그 일이었다. 그러했음에도, 그 어미의 그 한 교훈까지도, 그 자식의 귀에는 닿지를 못했던지, 자식은, '저승에로 닿는다'는, 그 행군을 멈췄거나, 진로를 바꿨거나 하지는 안 했다. 물론 그 자식은, 자기 탔던 사인교에서는 내려, 거기에다 제 어미를 싣게 하여, 의원네로 보내는 일까지는 하였으되, 그의 두 손은 제 두 겨드랑 사이에 끼워 넣어져 있었으며, 눈은, 가슴을 펼치고 나아가던 방향의 중천 되는 데 머물러 있었고, 눈살과 이마를 몹시 찌푸리고 있었다. 글쎄, 자기의 나아가는 길 앞에는 언제든, 저 늙은 엔네가, 모난 돌이나, 가시쟁이 덤불로 막아 있던 것이다. 그러다 그 행군은 어느덧 다시, 제 가락을 찾았는데, 그날의 신랑 되는 자가, 모든 마음씨 좋은 자들께만 번쩍거리게 보이는, 금사슬 두른 옷을 입고, 번쩍거리는 장화에다, 흙먼지 끼얹기를 두려워하지 않고, 뚜벅뚜벅 걸어 나가기 시작한 때문이다. 몇 걸음을 떼어 놓지도 안 해 그러나, 그의 심복 官卒 하나가, (본디는 별세한 판관의 소속이었던 그) 말에다, 안장을 매어 몰고 왔으므로, 그는 더 이상, 자기 읍의 흙먼지를, 자기 발로는 일궈낼 필요가 없게 되기는 했다. 뚜벅뚜벅 두 발자국 소리였던 것이, 똑깍 똑깍 똑깍 똑깍 네 발자국 소리를 내기 시작했으니, 그 행렬도, 그리고 熱氣도, 두 배로 더 불어난 데다, 두 배로 더 기름졌다.

「願爲雌狗」*論

[議] 漢記, 至死諸葛走生仲達.

(죽은 제갈이, 산 중달을 쫓았다)

[釋] 死諸葛, 走而生仲達.

(죽은 제갈이, 달리어 중달을 살리었다)

[議] 李白, 至笑殺陶淵明, 不飮盃中.

(도연명을 웃기어, 잔 속의 술을 마시지 않게 하였도다)

[釋] 笑而殺淵明……

(웃어서, 도연명이 죽으니라……)

[議] 唐詩絶句, 孤客, 未言歸.

(외로운 나그네가, 돌아가지 못함일러라)

[釋] 孤客, 逢人, 未及言語而歸也.

(외로운 나그네가, 사람을 만남에 말하지 못하고, 그냥 돌아갔느니라)

(*「願爲雌狗」란, 『古今笑叢』 중 「蒙學强敎」 章에서 빌은 것인데, 이 章에 나오는, '蒙士'와 '閻王' 간에 주고받은 얘기를 인용해보면 이러하다. [趙靈巖 譯]

閻: 네가 옛글로써 좀 주머니를 삼아 너의 배를 채우며, 후생을 그릇 가르치니, 그 죄가 막대하도다. 연고로 혓바닥을 밭갈이하는 지옥에 떨어뜨리게 하고 六畜이 되게 하리라.

蒙: 육축과 같이 된다면 원컨대 암캐가 되겠나이다. [願爲雌狗]

閻: 자웅이 다 개인데 암캐가 되려 함은 무엇이뇨?

蒙: 『詩傳』에 이르되, 임재모구득['臨財毋苟得'을 '臨財母拘得'으로 잘못 읽은 음] 이라 하니, 이른바 '모구득'이란 것은 암캐가 아니오니까? 암캐가 능히 재물을 얻는고로 원컨대 그것이 되고 싶소이다.

閻: 네가 '苟' 字로써 '拘'를 삼고, '없을 毋'를 '어미 母'로 삼으니, 무릇 너의 그릇됨이 다 이와 같은지라, 너를 어이 베버리랴.

훗훗훗, 심지어 閻羅까지도, 저 蒙士에 의해 誤讀되어졌음일라. 그뿐만도 아니며, 한번 蒙士의 입구린내에 닿은즉, 오물과 악취의 왕국 閻王까지도, 정신이 혼미해져, 그도 또한, 蒙士 분깃의 八字를 誤讀하기 시작하고 있다. 咄, 그러면 알게 되어지는 것은, 단단히 틀이 잡힌, 한 易[文法] 의 文理가 바뀌려면, 거기에는 어떤 식으로든, 헷헷헷, 誤讀 현상이 일어나 있지 않으면 안 된다는 것 같은 것이다)

그, 그 婚, 婚姻은, 그, 크, 큵, 크렇게, 큵, 흑, 흐, 흐떻게 해서, 성사를 했다던가, 어쨌다던가 했다. 읍민이 모두 잘 아는 바대로, 신랑 되는 자는, '후레자식'인 데다, 성미가 급해, 婚事를 위해, 어떤 다른 吉日을 택하여, 그러는 동안에, 필요한 절차를 밟는다는가 하는 것 같은 일들을, 매우 불필요하고도 번거로운 일로 쳐, 그 읍내에서는 그중 존경받는 노장이 主禮者로 모셔지고, 한 오지병쯤의 禮酒가 마련되어진 대로, 그 당장, 그것도, 만인이 주시하라고, 신부네 댁 담 바깥쪽에서, 그 婚事를 치러버렸다. 아직 그때까지도 물론, 노적가리 모양 쌓아놓고, 동에서 서에서 여기서 저기서 태워 올렸던, 그 청솔가지 무더기들에서는, 매운 연기들을 올리고 있었다. (왜냐하면 군중이란, 잠, 그런 거울이 돼서인데, 노상 流行歌的이므로, 그 거울에다 똥돼지 오줌이라도 끼얹듯, 그들다운 표현을 하나 하기로 하면, 그 군중이 그날, 그 婚事의 현장에서 목격한 것은, 한 푸른 蓮이, 한 똥돼지가 갈기는, 더운 오줌에 젖고 있던 그것이었다. 그리고 그들께 그 광경은, 새콤해서, 좋았었다)

어찌 물론, 그 請婚에 응했기 전에, 장차 신부 될 숙녀 쪽에서 내건 조건 한두 가지야 없을 수 있었겠는가. 그리고 물론, 대장부라고 자처하며 신랑 되려는 자가, 그까짓 것 한둘쯤 시원시원히 안 들어줬을 수가 있었겠는가. 물론 그 자리에, 왼 읍이 참가해 있어, 그 모두가 증인이 되어 있지만, 그럼에도 그럴 것이 아니라, 主禮者 될 자를 위시하여, 읍민 백여 명을 증인 세우고, 아예 종이에 쓴 뒤, 신랑 될 자의 指章뿐만 아니라, 그의 소속의 官印까지도 (通引편에 가져오라고 하여) 둘씩이나 찍도록 했던바, 그 조건의 하나는, 신부 되는 자의 동의 없이는, 신랑 되는 자는, 同寢치 않는다, 는 것이며, 다른 하나는 신부 측에서 자진 상납을 하지 않는 이상, 신부의 재산은, 결혼 후에도 여전히, 신부에게 소속되어 있는다, 는 것이었다. 허, 허기는, 허허, 읍장 겸직 판관이라는 사내가, 자기 나름으로는 헛헛허, 허기는, 사내는 한몫의 사내였던 모양이었다. 그는 신부 측에서 내건, 두 조건에 대해, 두 번도 생각지 않고, 쾌히 동의 승낙했는데, 그렇게 하는 것이, 그의 생각에는, "적은 兵力으로, 큰 한 성채를 함략하는 계책"이 되는 것이라고 했던 듯하다. "꾀 있는 자는 그리고, (그것이) 아직 자기 손에 잡혀 있지는 안 했다 해도, 결국은 자기 것이 될 것을, (성급함으로 하여) 상하지 않는다." 무엇보다도, 게다가 그는 자기가 지닌 '장부다움'에 대해 자신만만해 있었으며, '재산' 문제라면, 그의 생각에는, 羑里가 전부 자기의 소유라고 믿고도 있는데, 그것이 무엇이 그리 대수로울 것이냐고 한 것이다. 근래, 읍으로 부는 바람의 방향을 따지건대는, 심지어 길가에 핀 작은 풀꽃까지라도, 자기의 시선에 접하기를 열망하여, 待侍하고 있고 그러던 것이다. 그러자니, 바위까지라도 암놈 형상을 꾸며 있는 것은, 자기의 그림자가 닿기만 해도 그 당장, 익은 고구마처럼, 물렁이며, 단내를 풍기던 것이다.

그럼에도 그는 물론, 자기의 앞길을 막아섰다, 혀를 깨물고 쓰러지던, 자기 어머니의 권고도 못 들었던 것은 아니며, 동시에, 자기의 뒤에서 가난한 웃음, 가을꽃 같은 웃음으로 자기의 등을 떠밀어대고 있는, 저 젊은 수도부의 얼굴을 꾸민, 별로 부유해본 적이 없는, 아래쪽 읍민들의, 여러 여러 얼굴들을 못 느낀 것도 아니다. 그리고, 말한 바의 이 '읍민' 속에는, 저 官卒들은 물론, 그리고 말이지만, 그리고, 현 읍장 겸직 판관이라는 자기도, 포함되어져 있던 것이다. 가을꽃 같은 웃음들—바랬거나, 을씨년스럽거나, 향기가 없는 웃음들, 꽃들, 가을에 피는 꽃들, 슬픈 비웃음들.

—"왕은, 백성의 노예인 것을?" 백성은 그리고, 왕의 사지에다, 각각 한 짝씩의 舞拍의 신발을 신겨, 그 수면에 피워낸 연잎 위에, 꼴록이는 왕을 누인, 잠, 깊은 잠, 깨일 줄 모르는 잠인 것, 것, 백성은 잠인 것?—

그 혼인 잔치는, 수도청과, 지정된 다른 몇 음식점에서 음식이 준비되는 대로, 그래서 대략, 그날 해거름판부터 시작되었다. 소가 잡히고, 돼지도 여러 마리나 멱을 따이었는데, 그 잔치는 여러 날 갈 것이라고 하여, 술도가에서는 새로 술을 담그기에 바빴다.

신랑이라는 사내는, 그 첫날 저녁을, 자기의 신부 곁에서도 아니고, 그렇다고, 妻를 맞았기도 전에 맞아들였던 妾, 그 젊은 수도부를 끼고서도 아니고, 그날 저녁때 내내 어디서 시간을 보냈던지는 모르되, 밤중이 넘은 시각에야, 사인교에도 말에도 타지 않고, 거느린 行員 하나 없이 술독에라도 빠졌던 개꼴로, 술 냄새를 몹시 풍기며, (몇몇 년 만엔지) 제 어미네로 돌아와, 제 어미 곁에서 잤다. 그래서는, 팔공산만큼이나 큰 이 자식은, 암소 크기나 될, 제 어미 품을 파고들며, (유리 사람치고는 모를 일이지, 모를 일인데) 왠지, 뜨겁게, 목메인 울음을 울었다. 울며, 푸념까지도 섞었는데, 그는 그 결혼식을 끝낸 대로, 자기의 사인교를 메고 다니는 (대략 한 十五夫長은 되는) 자들께 피로연 준비에 관하여 의견껏 지시를 한 뒤, 마 등에 올라, 큰 형장이 있는 그 큰 숲에를 갔었던 듯했으며, (가던 도중 그는 물론, 어떤 주막에 들러, 둬 되들이 오지병에, 독한 술을 채우라고 하여, 마 등에 실었었을 것이다) 그리고는 그러나 큰 형장에로는 안 가고, (누구나의 예상을 뒤엎는, 거 꽤는 기끔스러운 짓이었다고 해야겠지만) 六祖의 무덤에 參拜를 가, 그 무덤[棺槨]을 매단, 그 큰 나무 둥치에 기대, 가져간 독주를 찔끔이며, 또 그리고 뭐라고 씨불이며, 해를 저물리고, 찔끔이며, 또 그리고 뭐라고 씨불이며, 별들을 모두 헤아려냈던 모양이었다. 그가 그러는 동안에 읍에서는, 혼인 잔치 준비가 부지런히 진행되어, 오래잖아 개들까지도 취해, 그것이 거북해 토해내려고, 풀을 뜯어 먹으며 빵빵이를 돌고 있었는데, 그가 타고 갔다, 풀어놓아, 풀을 뜯게 했던 말은, 늘 그렇듯이, 제 저녁 자리에서, 초저녁 달콤한 꿈꾸기를 끝내고 있었다. 땅거미가 깔리기 시작했었을 때 그녀러 짐승은, 버릇대로, 제 저녁 자리를 찾아, 저 혼자서만 돌아가 버린 것이다. (그 마구간은 그리고, 별세한 판관네 사랑채에 있었다)

오래전에, 어미의 젖 쥔 손을 풀고 한번 떠나간 뒤, 가까이 있었어도 천 리 밖에나 있고 했던 그 자식이, 그런데 그뿐만도 아니고, 근래는, 차라리 어미 쪽에서 인연을 끊으려고까지 하여, 멀리 두고, 소적하게 지냈더니, 그 자식이 헌데, 그런 어미를 어미라고 여겨 새로 돌아와, 그 늙은 젖가슴을 파고들며, 흘려내는 뜨거운 몇 방울의 눈물은, 그 늙은 어미께는, 어떤 의미로든, 불비였다, 소금이었다. 한입에, 여의주를, 그것도 둘씩이나 물고, 게다가 그날은, 그 고을에서는 그중 큰 선망의 적이 되어 있다는 숙녀께 장가를 들었다는, 사지의 멀쩡하기가 남보다 두세 배는 된다는 사내가, 하필 늙은 어미 품에 머리를 묻고 쿨쩍이는 이유를, 美里 사는 것이라면 뉘 집 수탉까지라도 의문해 할 것이지만, 그 어미 하나만은, 아무것도 의문해 하지 안 했다. 그랬기는커녕, 그 자식의 오열을, 어미의 情의 크기만큼이나 과장해서는, 몹시 어깨를 들먹였는데, (그날, 이 아낙네 자식의 장갓길에 구경을 나서 보았던 사람들이라면, 누구라도 그 내력을 아는 바대로) 그 어미의 설움은 혀가 짧아, 말을 만들지를 못했다. 피에 젖은 솜을, 한 뭉텅이 입에 문, 혀 짧은 痛恨. 痛恨? —헌데 그것이 어떤 痛恨이나 되었는지, 그것은 말 되어질 수가 없었으니, 누구도 알 수가 없었을 뿐이었지만, 두레박을 잃은, 그 心井에 괴인 말은 그래서 말이 아닌가. 아 그것은 그래서, 제길헐, 다시 설움인 것이다, 통한인 것. 촛불이 홀홀 뛰어쌌고 있었다, 글쎄 그것도, 그것만의 통한을 태우고 있던 것인 게다, 그래서 그것도 그렇게나 겨웁게 어깨를 들먹여쌌고 있던 것이다.

울며, 무엇을 사무쳐 해쌓던, 저 위대하게 엄버무레한 한 설움의 뭉텅이는, 글쎄 그 이름도 모를 통한의 한 덩이는, 그러나 어쩌다 어느덧 허기는, 바람에 스적이다 멈춘, 가시 한 덤불모양, 엄버무레한 잠에 들고 있던지, 흐득임 속에다 코 고는 소리를 섞어 넣기 시작하고 있었다.

그 어미만은 그런데도, 어떻게도 잠을 들일 수가 없는 듯, 불을 못 끄고, 오히려 몹시 쭈그리고 앉아, 저 엄버무레 큰 잠을 내려다보며, 때로 때로 깊은 한숨을, 가너리게 하여 길게 길게 불어냈는데, 그 한숨에서는, 황천 냄새가 났다. 촛불도, 그 한숨에 닿이면, 공기가 희박해서인 듯, 쑴벅 쑴벅 자지러지려 했다. 무슨 이유로서이든, 자식 때문에 썩히는 어미 속은, 어떤 어미 속이든, 사실, 지옥의 雨季처럼 그럴 것이다. 그리고도 촛불은 홀홀 뛰어쌌고 있었더니, 먼 데 닭의 꿈자리까지 설피게 했든 어쨌든, 홰쳐, 첫닭이 울고도 있었다. 그 에미는, 앓느라, 귀신이 다 돼가고 있었다. 비녀가 흘러내린지도 몰랐든 어쨌든, 머리는 풀려 내려 흩어져 있었으며, 짧아져 버리게 된 혀로써라도, 넉살이든 푸념이든, 뭐든 좀 씨불여보고 싶어 그랬든 어쨌든, 진한 침 섞인 맑은 피를, 입 귀퉁이로 줄줄이 흘려내리고도 있었다.

홀홀 뛰는 촛불 빛 탓에 도대체 잠을 깊일 수가 없어 그랬겠지만, 닭이 어디서 또, 두 홰를 치며 울고 있었다. 그러자 그 에미는, 한번 웃는 듯하더니, 무엇을 생각하고서였든, (또 모르지, 아무리 속은 편치 않다 해도, 눠야 되는 똥이며 오줌은 눠야 되는 것, 그 탓이었는지도 모르지,) 타고 있는 촛대를 손에 쥐고, 몸을 일으키더니, 쌀뒤주며, 장롱이며, 경대 등속이 놓인, 윗방에로 들어가더니, 뒤에로 문을 닫았다. 그리고 그 에미는, 경대 위에 촛대를 세워놓고, 잠시 뭔지를 몹시 망설이는 듯하고 서 있더니, 앉고, 망연히 거울 위에로 시선을 떨구고 있었다. 그러다 헌데, 그 거울의 깊은 안쪽의 저승 같은 어둠 속에서, 어떤 얼굴이 하나 부표해 오르는 것을 해후하고, 일순 놀라는 빛을 띠다가는, 종내 그 얼굴 속에 익사를 해버리기에 이르렀다. 그렇다, '거울'과의 관계에서는, 그 '거울'을 주제로 한 어떤 몽상이 곁길로 흐르게 되면, 그 거울에 떠오른 하나의 얼굴이 인당수가 되어, 다른 얼굴을 익사케 하는 일이, 빈번히 일어난다. 그리하여 그 엔네도, 그렇게나 숨 막히는 그 밤중, 조금 지난, 아주 이른 새벽에, 그 거울 속 인당수 깊디깊은 물길에를 오르고 있었다. 물길을 내리고 있었다.

……연지 찍고 엔네는, 곤지도 찍었으며 엔네는, *(시집올 때 입고 왔던)

푸른 저고리에 다홍치마도 입은 뒤에 엔네는, 칠보 족두리도 썼는데, 華燭 빛이 일곱이어, 족두리에서는 칠보 빛이 났었다. '다소곳이 숙인 아미'……

목이 말라, 닭이 세 번 홰칠 임시나 되어, 한 번 잠을 깨었다가, 어제 장가를 들었던, 그 신랑은, 그 이튿날 새벽, 닭이 세 번 홰칠 임시에사, 그 華燭을 불어 껐다.

신랑이라는 사내는, 그 첫날 저녁을, 자기의 신부 곁에서도 아니고, 그렇다고, 妻를 맞았기도 전에 맞아들였던 妾, 그 젊은 수도부를 끼고서도 아니고, 제 어미 곁에서 잤다.

그 어미는 헌데, 날이 채 밝기도 전인데, 그 엄버무레 큰 잠의, 큰 손에다, 자기의 옷고름 짝 하나를 뜯어 쥐여 주고, 대문을 밀고 나선 후, 종적이 묘연해져 버렸다. 뉘 집 개가 콩콩 짖은, 그 울음의 방향으로 따지건대는, 그 엔네는, 美里의 사막 쪽으로는 나가지 않은 듯했으며, 차라리 그쪽에다 등을 대고, 그 반대쪽으로 나간 듯했다. 그 엔네의 아들도 그러나, 말에다 채찍질을 가한다든지 하여, 별로 멀리도 아닌, 저쪽 어디만쯤을 뒤뚱뒤뚱 걸어가고 있을, 제 어미의 뒤를 쫓아 달려가거나 하지를 안 했다. 그랬기는커녕 그 자식은, 자기의 손안에 쥐어져 있는, 붉은 옷고름 짝 하나를 들여다보고 들여다보아쌌다가, 어쩌면 자기가, 잘못 꿈을 깨이느라고 깨이며, 그 꿈속에다 남겨두고 왔었어야 할, 꿈속의 어떤 새색시의 옷고름 짝 하나를 뜯어 갖고 온 것이라고, 그래서 그것을 되돌려놓기 위해, 새로 잠을 열어, 들어가고 있었다. 그러며, 자기가 그 잠을 되닫고 되돌아 나올 때는, 그 손이 비어 있게 되기를 바라고 있었는데, 이 사내는 어쩌면, 사실은 그 자신도, 왜인지는 잘 모른 듯했지만, (푸른 저고리 섶에 꿰매 붙여져 있었을) 그 붉은 옷고름 짝 하나를, 자기의 꿈속에다 사려 넣어서는, 잠으로 덮어, 두텁게 덮어 묻어버리고 싶어 하고 있는 듯했다. (허기는

* *母系社會*가 *父系社會*로 바뀌던 그 과도기에, 있었던 어떤 불륜한 사건 하나가, 여러 여러 대 인구에 회자해온다. '오이디푸스 神話'가 그것인데, 이것은 어쩌면 美里에서는, *父系社會*가 *母系社會*로 넘어가는 과도기인 것을 엿보이게 한다.

왜냐하면, "꿈은 어떠한 것이라도, 도덕적 책임이 물어지거나 할 성질의 재료가 못 되기" 때문이다)

그런 뒤, 그 엔네에 대한, 누구나의 용이한 추측은, 이랬었다, 라는즉슨, 그 자식 하나만을, 자기 살기의 모든 의지로 삼아 길렀다가, 그 자식으로부터 저버림을 당하게 되자, 염세증에 걸려, 모아 놓았던 재산을 송두리째, 어느 절에 시주하고, 암자를 하나 얻어 지내며, 혀가 짧아진 데다 그 끝이 굳어져 버린 탓에, 앞뒤가 잘 안 맞게 된 염불의, 앞뒤 맞추기로, 하릴없이 늙어가고 있을 것이라고 했다. (그래서 저것이 사실로 그런지 어떤지 누구도 모르되, 그렇다면 그것은 허기는 비극이다. 모든 홀로 된 엔네들이, 독자를 키운 데서마다 일어나는 비극, 천편일률적 비극. 그런고로 그 비극에 대해, 어쩔 수 없이, 하나쯤의 의문이 일어나게 되지만, 그러면 대체, 저런 과부 어미는, 장성하게 될 자식에게서 무엇을 기대하였었던가? 그 자식 또한, 홀어미의 부르튼 손과, 굽은 등을 생각해, 장가도 들지 말고, 어미만 뫼셔 홀로 늙다, 그 어미가 죽게 되면, 지게 위에 거적 덮어 주리 쳐 메어 가, 그 어미 평생 땀 흘려 마련한, 그 밭 귀퉁이 호작여 파, 묻어주기뿐만 아니라, 이제는 찾아 내려갈 아랫목도 없으니, 아예 그 무덤 곁에 초막 져 살며, 그 밭 한 뙈기를 헤매다 늙어, 어미 무덤 곁에 누워야겠는가? 그 자식은 그러면 이제, 누가 묻어줘야겠는고? 어미 무덤에서 손이 나와, 그 자식의 기저귀를 갈아줄 일이겠는가?)

그 황토고갯집은 그런 뒤 사흘이 지나지도 안 해, 그 젊은 수도부가 들어 살기 시작했을 뿐만 아니라, 황토고개 점포도, 그 수도부에 의해 운영되어졌다. 그뿐만도 아니고, 읍이 시퍼렇게 뜬 눈으로 본 바에 의하면, 별세한 판관의 舍宅까지도, 이 수도부의 관할하에 있어, 이 젊은 수도부는 이후, '마님'이라고 불리며, 읍내의 모든 노소 엔네들의 흠앙의 대상이 되었다. 그리하여 이제, 여기저기 읍내 유지네 마나님들 간에서는, 음식을 잘 차려놓고, 이 읍장 겸직 판관네 마님을 초대하여, 하루 저녁때씩을, 장고 쳐 박자하고, 노래하며 춤추기로 놀아 보내는 일이 流行하였다. 그리고 헤어질 때는, 자기네 일꾼들 시켜, 저 '마님'을 가마에 태워 보냈으며, 잊지 않고, 금일봉, 또는 금 몇 냥, 또는 세마포 몇 필이라는 식으로, 은근한 선물도 첨매 주었다. 그러고 나면, 그 유지네 마님들은, 마음을 놓고, 다리를 쭉 펴고 잤는데, 누구보다도 바로 저 읍장 겸직 판관네 마님이 잘 기억하고 있듯이, 저 부인네들이야말로 전에, 저 같은 여자의, 배고파 내밀고, 뭐든 음식을 좀 구걸하던, 그 쪽박을 깨뜨렸기뿐만도 아니라, 소금이며 구정물까지도 찌뜨려 덮었던 자들이던 것이다. 읍의 이 새 마님은 그러나, '읍마님'다웁느라고 그랬거나, 딴에는 슬기로웁느라고 그랬거나, 그것도 아니면, 그 속에 어렸음에 분명한, 그 怨과 恨이 더 익기를 기다려 그랬거나, 어쨌거나 아직까지는, 자기가 그 읍으로부터 받았던 바의, 그 비린 괄시 따위에 관해서는, 일언반구도 내비쳐본 바가 없기는 없었다. (가맜자, 이거, 제길헐, 읍장 겸직 판관만 빼놓고, 美里邑 사는 사람이라면 귀머거리까지도 아는 사실을, 또 설혹 말해 그 반대로, 文盲꾼 벙어리 하나만 알고, 그 외에는 아무도 모르는 사실이라고 한다 해도, 시간이 흐르다 보면, 종내는 알려지게 될 사실을, 거 뭘 하겠다고, 기이고, 시치미 떼고, 청맹과니 노릇을 할 일이겠는가, 그럴 일이 아니라, 한달음에 내달아 홱 자빠뜨리고, 그 껍질을 벗겨보기로 한다면, 이 맹랑한 계집도, 그것의 일거수일투족을 위한 舞拍을, 다름 아닌, 바로 저 [읍장 겸직 판관용의] '지혜의 주머니'로부터 얻는다는, 이것이다. 저 '지혜의 주머니'가, 이 맹랑한 계집에게서 무엇을 그 값으로 요구하고 있는지, 그것은 미구에 밝혀질 일이라도, 이 현재는 알 수가 없으되, 이 현재도 저 계집은 어쨌든, 제 년 몫의 '몸·말·마음'의 세 가지 것들 중에서, '마음'은 全量을 그에게 바쳐버렸거니와, '말'도, 세 칸[三分] 중 대략 두 칸[之二]에 해당하는 분량을 바쳐버리고 있었으며, '몸'만, 왜냐하면, 바로 저 그늘 쪽의 사내가 그렇게 종용하기도 하는 데다, 양지쪽의 호의호식이며, 읍장 겸직 판관의, '씩까랭이를 뻐글여 내는 뻑적지근함'도 저버릴 수가 없어, 현재로서는, 두 칸[三分之二] 정도를, 읍장 겸직 판관네 볼모로 삼아 두고 있는 중이다. 저 맹랑한 계집은, 그 몸의 나머지 한 칸[三分之一]으로 그리하여, 읍장 겸직 판관의 눈을 시퍼렇게 띄워놓고, 그 눈에 헛것들이 보여, 찌절 찌절 눈곱이 됐다고 이르며, '지혜[의 주머니]'에도 끼이는 곱을, 뽀독뽀독 씻어주어 오고 있는 것이다. 이러고 보면 사실, 읍장 겸직 판관네에 볼모로 잡혀뒀다는, 그 계집의 두 칸[三分之二] 분량의 몸도, 그 분량에 눈속임이 없는가, 하는 것은 의문이다. 그럴 것이, 왜냐하면 이 계집은, 한쪽에 가서는, 그 사내에게 제 발바닥의 먼지까지 핥이고, 다른 쪽에 가서는, 그 사내의 오줌까지 받아 마시기 때문이다. 위함받기와, 위해 주기. 어쨌든 저 '지혜의 주머니'는 그즈음, 수도청에서만은, 그늘에서 밝은 데로 나와 있었는데, 읍장 겸직 판관이 저 젊은 수도부를 꿰어차고, 제 어미네로 [그리고 별세한 판관의 사택에로] 돌아간 뒤부터이다. 그래서 과연 그런 뒤 읍장 겸직 판관은, 수도청 출입을 금해버리고 말았는가—하는 투의 물음을 묻는 자가 있다면, 合付犁舌獄, 그 혀가 너무 길도다. —하면, 절대로 그런 것은 아니다)

읍장 겸직 판관은 그렇게 장가를 든 뒤, 여러 날 후, 주위의 여러 사람들이 그 등을 떠밀고 그래싸서, 큰맘을 한번 내어, 妻를 만나러 妻家에를 들렀었으나, 한 식경도 못 되어, 시뻘게진 얼굴로 돌아 나오고 말았으니, 하, 핫핫, 하, 한 끼니 妻家食도 얻어보지를 못한 것이 분명했다. 그런 대신 이 사내는, 제법은 그 경지가 깊게도 된, 옌네 행각(헤흠, 카마 修業 말이지)이라는 苦行을 통해 얻은 지혜로, 그 여자는, 비록 인두겁을 쓰고 있으되 사람의 여자가 아니라, 그 속은 다름 아닌, 독한 구렁이며, 유황불이라는 것을 알았다. "열 번 찍어 안 넘어갈 나무가 없다"는 '金言'이, 모든 여자마다 후려 넘기고 싶어 하는, 모든 사내들의 주머니 속에 간직되어오거니와, (허기는 말이지, "왼 세상의 밀이며, 보리며, 여자가, 한 사내를 위해서도 오히려 모자라거늘") 그런데도 간혹가다, 이 금박 포장지 속에 싸인 것이, '똥'인 수가 있어, 세상의 사내들을 경계하기도 한다. 저런 여자는 그래서, 그 겉모양이 여자답다고 해서, 아무나 뭣 모르고 안으려 했다가는, 그 일곱 혓바닥에 七穴을 핥이는 중에, 그것이 간지러워 웃다 뒈지고 말 것인데, (라는 말은, 그 암구렁이가, 저 시래비 자슥 놈의 대가리를 빨아들였음인 것) 재라도 한 줌 남겠느냐? ("불은 일곱의 혀를 가지고 있는 것"으로 알려졌거니. 이 경우는 그렇다면, '독구렁이'가 '유황불'에로, 또는 '유황불'이 '독구렁이'에로 轉身을 치러 있다는 것이 관찰되어져야 할 것이다) 글쎄 여자는, 어느 남자로 하여금도, 어디에 대고 '도끼질'을 할 수도 있는, 그런 아무 허도 드러내놓고 있지를 안 해, 그 겉에다 얼음을, 아마도 살얼음일 것을, 덮고 있는, 무저갱의 수렁이었다. 그 여자를 옹위하고 있는, 팔만 나찰들의 삼엄함이, 오뉴월에도 서리를 내리게 할 것이었는데, 그런 한 예를 든다면, 여자는, 자기의 저고리 앞섶에다, 독약 병을 하나 매달고 있으며, 여하히 사소한 위해라도, 그것을 모면키 위해서는, 스스로 자기의 목숨을 끊겠다는, 비장한 각오 같은 것도, 그런 것이다. 무엇보다도, 읍장 겸직 판관이, 자기가 장가들어, 자기의 계집이 되어 있는 계집에게서 느낀 것은, 그 계집에게서는, 모든 계집다운 것만 빠져나가, 그 계집은, 살아 있으되, 계집이라는 박제품보다 더도 덜도 못 된다는 것이다. 휑하게 열린, 또는 꼭 닫힌, 다만 無性性. (처가에서 나온 길로, 저 사내는, 어쩌면 그렇게라도 하여 마음이라도 달래려는 듯, 말에 채찍질을 하여, 큰 형장을 향해 달렸는데, 그러며 그는, 자기 딴으로는, 조금은 속깊게 생각했기를 이랬다, 는즉슨) 이 느낌은, 난공불락의 성채 하나를 어떻게 용케 함락한 장수가, 자부심으로 술렁거리며, 구석구석을 둘러보고 난 뒤 그 성채는, 하나의 거대한 무덤 말고, 다른 아무 요염함도 없어, 무섭게 비어 있다고, 알게 될 때의 그 느낌과 흡사할 것이었다(고 했다).이런 여자는 그래서, 예를 한둘 들기로 하면, 거대한 황소에게서는, 그 앞가슴의 웅장함을, 날렵한 수말로부터는, 그 뒷다리 쪽의 강대함을……이라는 식으로, 삼천대천세계의 모든 위대한 수컷들로부터, 그것들만의 아름다움의 뿔이 되어 있는 것을 하나씩 빌어다, 그것들로 뭉쳐 한 사내를 빚어, 그 여자 앞에 세워 놓는다 해도, 해 먹는 암캐[日蝕]가, 해의 아름다움에 대해서 그러듯, 저 남성적 아름다움의 덩이로부터, 그 龍卵을 까 내고 말 것이다. 들을 귀가 없는 데에 일어난 음악은 무엇의 소용이며, 밑 없는 수렁 속으로 쳐든 번개는, 언제쯤이나, 그 미로를 헤어 나올 것인가. 글쎄 이 여자는, (읍장 겸직 판관의 느낌에 준해서 말이지만) 그 입고 있는 獸肉을 벗지도 않고, 呰, (살의) 짐승 같은 여자는 아니었다. 이런 살은 그럴 때, 대체로는 이승의 것이 아닌, 어떤 다른 잡것이 貰를 들어 있는 수가 있어, 그 내용을 모르는 어떤 이승 잡것 실없는 것이 잘못 쳐들었다가는, 그 "근에다, 개 고뿔 든 가래침 한번 못 발려보고"(『古今笑叢』, 「竊妻誑夫」 참조) 그녀러 근을 싹둑 끊겨버리는 불상사가 일어난다. 그런 어떤, 이승 것이 아닌, (그러니 그것을 무엇이라고 불러야겠는가, 羯磨와도 반드시 같지도 않으니, 그것을 그냥) '意味'(라고나 불러두기로 할꺼나)를 담고 있는, 저런 '記

號'(계집)는 혹간, '巫' 같은 것이나 아니겠을라는가. 저승의 누가, 이승에다 세운 무덤[巫莒].

妻家에서 나온 길로, 읍장 겸직 판관인 사내는, 어쩌면 그렇게도 하여 마음이라도 달래려는 듯, 말에 채찍질을 하여, 큰 형장을 향해 달렸는데, 그러며 그는, 자기 딴으로는, 제법은 속 깊게, 자기가 강행하지 않으면 안 되었던 듯이도 생각되는, 그 결혼에 관해서, 이것저것을 생각해본 듯했다. 그 결론부터 밝혀두기로 한다면, 그 여자를 통해 자기가 이루려 했던 것이 있었다면, (구체적으로는 그것이 과연 무엇이었던지 간에,) 그것은 다 이뤄졌다는 그것이다. 그것이 그리고, 그 婚事의 主件이었던 것이다. (이 '主件'이 무엇이었던지, 그 점에 관해서는, 손가락으로 算 놓으려 해가며, 침을 튀기려 하지는 말기로 할 일이다. 왜냐하면, '集團'은, 그 "집단을 代表하는 어떤 個人에 대해서는, 잠, 그것도 노상 꿈만 꿔대는 잠"이라는 것은 밝혀진 바대로이며, 그럴 때 그 '집단을 대표하는 개인'이 [覺醒한] 鍊金術師이기보다, 召命되어진 자일 경우에는, 그는 별수 없이, 夢遊症勢를 드러내지 않을 수가 없기 때문이다) 어쨌든 이 사내는 스스로 묻고, 되묻고 했기를, 그래서 자기는, (왜냐하면 별세한 판관이, 혼자 따로 살았던 이유도 있어서) 별로 그럴 기회에 접해보지를 못해, 그저 듣기로만, '몸이 없는, 머리뿐인 여자'라고 해서, 실없이 웃고 말아온 여자에 대해, 무슨 숨겨져 왔던 情 같은 것이라도 새로 발견하기라도 했었는가? (그가 탄 말은, 달리기를 늦추고, 행망을 부리기 시작하고 있었다) 그래서 그런 탓으로 자기는 뒤늦게, 자기를, 친아버지보다도 더 큰 정으로 보살펴줘, 오늘의 자기를 있게 한, 그 여자의 아버지 되는, 별세한 판관에 대한 義理도 저버렸으며, 그뿐만도 아니라 자기는, 자기 쪽에서 마음으로 목 고개를 숙이고, 그리하여 義兄으로 존경해 모셨던 자, 六祖라는 사내가, 그 여자와 정분이 두터워, 세상의 무엇으로도 그 사이에 틈을 내게 할 수가 없다는 것을 알면서도, 그 義兄의 얼굴을 자기의 흙발로 밟아 뭉개고 있는가? 아니면, 그 여자는 이제 홀로 되어 있다고 해서 자기는, 그 여자의 아버지가 물림해 준, 그 두 '官印'의 怪力을 이용해, 그 여자를 해치려 하고 있는가? (이 대목에서 이 사내가, 무엇을 어찌했던지, 어쩌면 일순간에, 박차를 너무 세게 가했을지도 모르지, 그가 타고 있던 말이 놀라, 몹시 울부짖으며, 두 앞다리를 쳐들고 번쩍 서려는 통에, 사내는 하마터면 낙마를 하고 말 뻔했다. 그래서 마상의 사내는, 저 몹시 놀란 듯한 말을 달래고 얼려야 했는데, 가, 가, 가만있자, 그러고 본다면 이거, 이사, 사내도 그동안, 뭔지가 좀 바뀌어져 있었다는, 그런 얘기가 아니겠는가. 그럴 것이 왜냐하면, 이전 같았으면, 무슨 송진 같은 것으로나 콱 솔아 있는 듯한 그 심정에, “놀란 말을 달랜다”거나 하는 것 같은, 무슨 붉은 복사꽃이 떠 흐를 자리가 없었을 것이어서, ‘달래기’는커녕, 자기를 놀라게 한 그 벌로, 그 말이, 거품을 물고 쓰러져 누워, 눈을 휘뒤집어 뜰 때까지, 어디에 묶어놓고 몹시 패댔거나, 아니면 몇백 리를 달리되, 끊임없이, 채찍질을 해댔을 것이니 그렇다. 자기가 저질러버린 일에 대해, 이런 투의 사내의 ‘되생각해보기’란, 또 무슨 짓이라고 해야겠는가) 헌데 그는, (自答하고 있었다) 그 점에 관해서는, 아무것도 잘 모르겠는 것이다. 자신에게만이라도 솔직하기로 한다면, 자기는, 男妾을 구하는 데 있어서는, 꽤 까다로운 편견을 한둘만 갖고 있는 것은 아니되, 여자에 대해서라면, 언청이도 팔순 노파도, 별로 가려본 바가 없는 처지였는데, ―山菜와 海物, 된장과 고추장, 개고기와 돼지비계, 호박꽃과 蓮―그렇다는 경우, 허기야 이런 사내가 어찌, 한 고을이 선망하는, 끼끗하다고 일러지는, 재부의 젊은 과부에 대해 春情을 일으켜 내지 않을 수가 있겠을 일인가, 마는, 그렇다고 하여 그 탓에 이런 사내가, 자기의 명예만큼이나 중시하는 그 ‘義理’를 저버렸었을 수가 있었을 것인가, 하는 것은, 누구에게보다도, 먼저 그 자신에게 의문이 되고 있었다. 조금만 속 깊이 사리를 따져볼 수 있는 사람이라면, 누구나 다 동의하겠다시피, 이런 종류의 ‘春情’이란, 너무 널팡한 것이다. 너무 펴 늘여져 있어, 그런 ‘충분한 시간과 기회’가 주어지지 않는 이상, 그 中心이 잡히기가 어려운 것이다. 물론, 그 봄情 담은 흐름은 펴 늘여져 흐르다, 조금 옴팡한 데를 만나면, 잠시 거기에 고일 것이지만, 그렇다고 하여, 그 펴 늘여진 흐름이, 거기를 중심 삼아 쏟겨 들고 있는 것은 아니다. 봄에 흐르는 바람은 그냥, 스적일 데를 찾아 흐를 뿐이다. 스적이되 그것은, 자기를 그것에 묶지를 않는다. 그래서 이런 春情은, 畜身에 돌기한 하초며, 그것은 自然 자체이다. 그런고로 그것은, 그것을 소유한 자의 의지와도 상관없이, 그것 자체의 易理에 의해, 성했다 쇠하고, 비워졌다가는 차오른다. (프라브리티에는, 南極엔지, 北極엔지, 黃極엔지 어디엔지, 磁場이 있다고 일러져 오는데, 만약 '黃極'이라는 것이, 生殖하기 위해 흐르릉 몸을 입은 것들의 '會陰'에 대한 '方向과 관계된 이름'이라면, 그것이 '黃極'에 있다고 이해하는 일은, 어렵지 않을 것이다. 肛門[제길헐, 저승 문전]과, 불알이며 陰戶[이승 문전]의 中間[아으, 험난한 바르도]—黃極. 아으 귀 기울여보라. 마음을 가만히 하여, 귀 기울여보라, 누런 세상 돌아가는 소리에 귀 기울여보라, 거기서는 그러면, 피에 굶주린 늑대들이 짖어대는 소리며, 배고픈 암호랑이들과 새끼 잃은 암곰들이 으르릉거리는 소리, 그리고 먹히는 것들이 마지막으로 한번씩 앓아내는 비명들이, 죽 솥모양 끓어, 그 한세상을 뻥 터뜨려버릴 듯이 팽창되어 있음을 엿들을 것인데, 거기서는, 소도 돼지도, 노루도 토끼도 말고, 하으, 하필, 만물 가운데서 다만 홀로 靈長이라는 '사람'만이, '짐승'들께 사냥 되어져, 그 맹폭한 이빠디들에 창자를 내쏟고, 혀를 먼저 빼 먹히는 것을, —'意味'를 빼 먹히는 '記號',는 廢家. 그러면, 여기저기 흘러 다니던 [살을 못 입은 '意味'는] 鬼神, 들이 출몰하기 시작할 것인데, 그러다 그중의 어떤 것 하나가, 또는 여럿이, 그 아랫목에 눌러앉아 버리기에 의해, 그 한 廢家는 그 황폐를 극복할 것, 하나의 새로운 運命[言語]이, 프라브리티[文章]에 삽입되어짐. —일순의 휴식도 없음을. 運命들이 바르도에서는, 그 假面들을 벗고 바르도에서는, 본디 모습들을 으르릉 캥캐행 드러냄 바르도에서는)

騷客風意랄 것이 돌지를 안 했던지, 아니면 돌기는 돌았으되 그 風意가 같지를 안 했던지, 어쨌던지 그날은, 읍장 겸직 판관 나리가 탄 말의 머리는, 六祖의 관곽을 매달고 있는, 그 숲속 그중 큰 나무를 향해서가 아니라, 큰 형장에로 둘러져 있었다. 큰 형장이 가까워질수록 그는 그리고, 숨쉬기가 매우 원활한 대로 말한다면, 고향을, 안도감을, 휴식이랄 것을, 그러니 어머니를 느끼고 있었다. (이건 참, 밝혀 말하기가 념새스러운 듯해도, 밝혀야 될 일이라면 밝혀야 될 것이어서, 밝히기로 한다면, '文學的 어머니'와, '心理學的 어머니'와, '生物學的 어머니'는, 그 모두가 '女性'을 띠고 있다는 것만을 제외한다면, 서로 간, 심지어 발가락 하나씩이라도 닮아 보이는 데가 없다는 것이다. 혹간 허기는 또, 모르지, 모르기는 모르지, '文學的 어머니'와 '心理學的 어머니'는, 똑같은 한 어머니인데, 하나는, 그 자식의 심정 속에서, 그 심정의 '오르는 숨'[낮]에 제휴하고, 그 다른 하나는 반대로, '지는 숨'[밤]에 제휴한 것이나 아니었는지, 모르기는 그것은 모르지) 다른 자들께는 형벌과 고통의 장소인 것이, 어떤 다른 자들께는 휴식과 고향, 즉슨 '(저것은) 어머니(라고 읽혀질 것인 것)'일 수 있다는 것은, 허기는 이상하다. (그리하여 새로 고려하게 되는 것 한 가지는, '타락한 천사와 지옥'과 관계된, 어떤 종교적 상상력은, 모든 무거운 것은 밑으로 가라앉는다는, 物理學的 압력 탓에 오류를 범하고 있는 것이나 아닌가 하는바, '天國'은, 純化의 맑은 불이, 꺼짐 없이 타고 있는, 은총의 장소로도 상상되어진다면, '毒蛇'를 벌하기 위해서, 그것을 저 불구덩이에서 끄집어내, 땅 밑의 어디 습습한 암흑 가운데다 던져 넣는다는 짓은 어째선지, 그 毒蛇를 제 어미 품에다 되돌려주는 것 같기 때문이다. 그렇잖은가?)

그래서 그는, 거기 안기자마자, 세월을 잃어버렸다. 전에, 六祖라는 사내가 한번 지났었을 때, 六祖의 목에 둘러져 있었던, 그 목걸이를 탐냈었던 계집이며, 그 六祖의 法을 자아내는 혀로, 제 년의 경도 중인 샅을 핥이어보았으면 했었던 계집, (도 있었던가 하면, 달리,) 그의 수염이며 머리칼을 정갈하게 밀어줬던 그 여자 등은 물론, 거기다 합쳐, 옥문이 특히 보송보송하다거나, 매우 더럽게도 살이 흘러내린다는 이유로 뽑힌 女囚 몇이며, 또 그럴 自明한 이유가 있어 그 자리를 얻어 끼어들게 된, 몇 男囚들을 끼고, 베고, 깔고, 덮고, 치대고, 뭉개고, 떡 치고 누워서, 형장지기들이 인근 촌에 나가 供出해온 고량주와, 사냥해 온 개고기며 구렁이 고기에, 물개들의 임금 같은 이 사내는, 지는 해를 머물리고, 뜨는 달을 늦추게 했다. 처음에는, 분명히 그는, 오랜 배회 끝에 고향에라도 돌아온 듯해서 그랬었을 터이지만, 그러는 며칠도 안 되어, 저런 순, 情夫를 하나 둔 것이고, 그래서 그 男妾의 품에 빠져든 뒤부터는, 그 눈으로는 밤빛, 날빛을 가릴 수가 없이 되어, 그런 것 같았다. 그는 어쩌면, 의식적으로는 자신도 잘은 모르면서, 그렇게 자원하여, 迷路에로 나가려 하고도 있었는지도, 모르기는 모른다. 어쨌든, 저 印塘水만큼이나 깊은 가슴의, 그리고 자기의 무릎까지나 내리는 그 훤칠한 蓮根을 가진, 이 어글어글하게 생긴 젊은 사내는, 읍장 겸직 판관에게는 낯선 사내였는데, 그래서 그랬든 어쨌든, 읍장 겸직 판관은, 그를 처음 보게 되었을 때, 그에게 머무른 눈을 도저히 돌릴 수가 없다고 느끼고 있었다. 그러기뿐만 아니라, 날이 갈수록, 그 눈들은, 그 젊은네의 가슴으로 파고들어, 마늘처럼, 뿌리를 내리고, 싹을 돋궈 올려, 세상을 진하고 맵게 했다. 한 번도 본 적이 없었으니 그는, 낯선 사내인데, 헌데 다시 보면, 그 젊은네가 어째선지, 읍장 겸직 판관 자기의, 좀 더 싱싱했던 시절의 얼굴을 훔쳐 쓰고 있어 보이기도 한 것이다. 분명히 그 젊은네는, 요 근래, 읍장 겸직 판관이, 수도청 아랫목에 묻혀, 잠만 자대고 있던 때, 어디로부터 푸드등 날아 내렸다가, 그물에 갇힌 것이다. 사실로도, 그러기는 그랬던 모양이기는 하되, 그물에 걸린 이 붉은 새는 그렇다 해도, 어디 천축국 새가 비리데기네 버림밭에 잘못 떨어져 내렸다거나 그런 것은 아니었으며, 그 둥지에서 깨이었던 새끼 새가, 날아나갔다가, 자라, 다시 제 둥지로 돌아오다, 제길헐, 일수가 사나운 날은, "넘어져도 무릎만 깨고 마는 것이 아니라 코까지 깬다." (헌데 가다끔 한 번씩은, 넘어진 자의 코를 묵사발이 되게 한 것이, 금덩이인 수가 있기는 있어, 없는 건 아니다) 죽지를 못 쓰게 된 것 말고, 다른 건 아니다. 이 젊은네란, 읍의 남악에 있는, 火葬場지기 홀아비의, 그녀러 '후레자식'이었던 모양인데, 녀석은, 못되게, 아주 삐들삐들 못되게 자라던, 어느 날 느닷없이, 제 어미를 찾아야겠다고, 코딱지를 뜯어 먹어가며 어디론지 떠났다가는, 살았는지, 뒈졌는지, 영 종무소식이더니, 녀러 것이 돌아온, 그녀러 것인 모양이다. 돌아온 며칠도 안 돼 녀러 저슥은 헌데, 官眼에 홱 벗어나 버렸던지 어쨌던지, 대번에 官에로 끌려갔으며, 끌려간 뒤, 그는 어떤 심판을 받았는지는 모르되, 그 저녁에는, 큰 형장에서 콩밥을 씹으며 그는, 눈에 보이는 女囚들 상대로, 별스런 눔의 여수[野狐] 짓을 다 해대고 있었다. 실수인 듯, 또는 장난인 듯, 그가 그저 한 번, 제 녀러 바지를 흘러내리게 했다가, 끌어올려 입기만으로도, 그것도 삽시간에, 그렇게나 험악한 사람들 속에서 그가, 얼마나 우상적인 사내가 됐는가, 하는 것 같은 얘기는, 누구나 다 잘 알고 있는 얘기여서, 해보려 하면, 그 혀가 듣는 이들의 눈썹 뿌리를 갉는, 지렁이 꼴이나 될 터이다. 이런 사내가 읍장 겸직 판관의 男妾살이에 든 것인데, 헌데도 아직은, 조금 더 기다려야, 이 훤칠한 간나위의 읍에서의 한철은 시작될 것이었어도, 어쨌든 이 간나위 놈은, 형장지기들이며, 여흥에 뽑힌 女囚들이 둘러앉아 보는 데서, 읍장 겸직 판관이라는 사내의, 등짝이나 가슴팍을 긁어, 손톱자국을 깊이깊이 새긴다든지, 그의 겨드랑 밑 털이나, 거웃, 똥 꽃 따위를 마구잡이로 뽑아 채, 후후 불어내며, 낄낄거리고 웃는다든지, —(宗教가 없는 고장에서는, 맨 먼저, 무덤[衆心—無意識]에서 畜根[陽力이 드세어 지배적인 곳에서는 물론, 먼저 男根이 일어나설칠 터이고……反之亦然]이 일어서, 그 자리[宗教]를 차지하는데, 그것[畜根]이, 横/下向性만을 드러내지 않는다면, 어느 날 새로, 하나의 宇宙的 教義를 이루는 장본인도 그것이 될 것이다. 그러기 위해 그것은, 그것의 實物性/畜慾을 脫落捨象 당해야 하고, 그리하여 象徵性을 획득해야 할 것이다. 헌데, 현재의 羑里에서처럼, 그것이 그 實物性/畜慾만을 확대 강조하고 있을 때, 그 한 우주는, 위험하게도, 또는 어기차게도, 畜生道[니그레도]이다) 하는 짓들을 의연히 했다. 이 간나위 놈은 그러고 본다면, 男妾살이에는 매우 이력이 나 있는 듯했다. 헛허, 첫 여의주를, 하나도 말고 둘씩이나 물어, 그 한 고을을, 자기의 발톱 새에 끼인, 한 마리 살찐 암톳 정도로 여기는, 저런 한 大龍이, 어떤 간나위 놈의 기럭지 긴 자지에 당해설랑, 꼼짝달싹도 못 하고, 입 밖에로까지 나오도록 게워[吐]내서는, 그렇게 멍에에 매인 암소모양, 어떠한 모욕도 순하디순하게, 차라리 그것이 감로수인 양, 달게 감내했는데, 이러는 한철, 저 男妾의, 기럭지 긴 蓮根은 그의 宗教인 듯했었다, 신앙자의 똥과 피의 祭祀에 바쳐진, 진저리쳐지는 偶像, 地獄의 소금을 뿌리는[說] 자. 相剋的 元素들끼리의 相剋的 相合. (만약에, 어떤 '意味'든, '聲帶'를 통과한 것마다 '말'이라고 이른다면, 저 간나위들만의 方言은 어떤 것이라고 하겠는가? 검은[黑] 말[語]? [로카(Loka)]에 대한 탈라[Tala]用 言語? 헌데 그 發音記號는 어떤 것이나 될지, 그것은 잘 알려져 [있거나, 또는] 있지를 안 해, 잘은 모르되, [나복이나, 오르페우스 등의, 그곳 見聞錄에 의해 밝혀진 바를 좇기로 하면, 그것이 女性名詞인 것만은 알 수 있다[地獄=子宮]. 그러면, 이 하나의 '宗教'는, 그 어느 쪽이 '意味를 化現케 하는 자'[signifier]인가, —'聲帶', 아니면, 거꾸로 꽃을 피워 올리는 자, '蓮根'?)

그러는 중에 읍내에서는, 존자 스님과 六祖의 偈頌 이후, 아이들의 입에, 새로 童謠가 하나 불리어지기 시작하여 놓았더니, 그것이 얼마나 傳染性이 강하고, 流行이 빨랐던지, 인근의 모든 촌 고샅에서들도 흘러났으며, 급기야는, 큰 형장에서, 타고 갔던 말의 안장이, 한데 바람에 다 푸슬어져, 먼지가 돼가는 것도 모르고 지내오던, 읍장 겸직 판관의 주안상 앞에서도 불리어져, 갓 구워 내놓은 구렁이고기만큼이나, 읍장 겸직 판관의 흥을 돋우기에도 이르렀던 모양이었다. 그 노래의 炎菌을 묻혀온 자는 물론, 村에로 돌아다니며, 술을 供出하고, 개나 구렁이나 두꺼비 등, 아무것이라도, 고기가 되는 것이면 사냥하는 일에 나선, 그 형장지기들 말고, 누구겠는가.

半사나 半고자
　　누어놓은 똥은요
시고 떫어서
　　떫고 셔서요
개도 안 먹는다누
　　구더기도 먹잖는다누
얼러개 퉤에
　　절러개 퉤에

흐, 흐, 흣, 그 후 노래를 풀어낸 관졸은 그리하여 그날 저녁, 큰 뚝배기로 철철 넘치게 석 잔의 賞酒에, 계집도 하나 윈 밤치기 몫을 받았다. 그 술자리는 그런 뒤, 그 노래 배우기로, 해당화 밭모양, 흐믈트러져 갔다. 春三月쯤으로, 육칠월쯤으로, 술에도 노래에도 모두 흥으로 거나해져 갔다. 얼러개? 가맜자, 칠팔월에 무슨 우박이겠느냐? 퉤에! 한낮에 무슨 밤중이겠느냐 퉤에! 절러개, 밤중의 홍두깨겠지러, 퉤에. 흥이 무르익어가는 중인데, 한 천지가 갑자기 소조해져 버렸다.

글쎄, 무슨 비위를 그렇게나 상하게 됐던지는, 그 좌중의 아무도 알 수가 없었으되, 저 읍장 겸직 판관이라는 한 마리 大龍이, 그 주안상에다, 벼락을 하나 내갈겨 쳐내려 버린 것이다. 백 년 묵은 참나무 둥치에나 비교되던 그의 다리가, 그것에 의해 버티는, 그러니 큰 거북이 한 마리 크기는 족히 되는, 그 발이, 그 상을 칵 내려찍어 디뎌버린 것이다. 그랬으니, 짐을 무겁게 실었던 그 상은 그 당장 박살이 나버린 것이고, 그 주위의 쳐들어 올렸던 손들은, 그만쯤의 허공 중에서 경직을 일으켜, 저승 나뭇가지들처럼 우거져 있었으며, 웃던 얼굴들에서는, 웃음들만 소금이 되어, 부스러져 내리는 지경이었다. 그 나찰은 길길이 뻗어 올라, 연기를 두텁게 갑옷 입은 불기둥 같았는데, 초저녁 녘에 賞酒를 내려줬던, 그 관졸의 대가리를 발바닥 밑에 굴리다가는, 자기의 말에다 안장을 메우라고 내차 던졌으며, 그리고는 妾 삼았던 사내를 뽈깡 들어 보듬고는, 형장 뜰 넓은 것을 가로질러, 그중 중죄인이라는 것들을 가두는, 땅광에로 데리고 내려가는가 했더니, 妾만 그 속에 남겨놓고, 자기만 올라와, 수행해온 형장지기께 분부해, 그 빗장을 잘 채우고, 자기의 하명이 있을 때까지는, 어떠한 경우에도, 그 빗장은 뽑아내서는 안 될 것이라고, 엄명해뒀다. (그리고 아마도, 羑里邑에 한해서라면, 어떻게 실한 빗장도, 이 읍장 겸직 판관의 '혀'로 채운 빗장에 당할 것은 없을 것이었다)

그리고 읍장 겸직 판관은, 준비되어진 말에 뛰어올라 타고, 큰 형장을 말의 뒷발굽으로 밀어붙여, 천 리나 밀어붙이라고, 아주 거칠게도 몰아 나갔는데, 그 말머리는 읍에로 향해 있었다. 그 등에 걸터탄 자야 말할 것도 없지만, 말도, 그 길에는 매우 익숙해 있었는 데다, 기수도 말도, 달리기에만 바빠, 그 밤하늘에는 달이라도 밝았던지 어쨌던지, 말은 더욱더 모르고, 기수도 모른 듯했다. 아무리 바쁘더라도, 밤을 뚫고 나가는 자여, 公도 어찌 되었든, 눈도 한 벌, 귀도 한 벌 구비해 있다는즉슨, 만약 달이 밝고 있다면 그 달 속에서, 귀신이 處容의 각시를 타 누르고 있는 광경쯤은 별도리 없이 보게 되는 것이며, 바람이 있다면, 흐르고 있다면, 바람 속에 웅얼거리는, 어떤 복두쟁이, 또는 處容의, 그 청승맞을 녀러 한 같은 것도 저절로 엿듣게 되는 것이다—바람이라도 말하려 한다면, 끄실 녀러, 머리끄뎅이를 끄실 녀러, 바람은 바람아 불어라, 아으, 바람아 바람아 불어라, 가다가, 복사나무 동쪽 가지를 만나거든, 바람은 거기다 목매달아 뒈지고, 또 가다, 서낭당 같은 데서, 오색 헝겊이라도 예쁘게 만나거든, 그 헝겊에 바람 내고 지랄하다, 腹上死를 하거라, 사내는, 밤을 뚫어 나가고 있는 사내는, 그렇게 말할 것인데, 사실 그는 이 저녁, 어디로, 란, 그의 말머리가 향해진 데로 좇자면, 읍에로, 누구의, 란, 피를 뚝뚝 흘리는, 그의 붉은 눈이 겨냥한 표적대로 하자면, 다른 누구도 말고 하필, 자기가 첩 삼아, 자기 자식의 에미를 만들고자 했던, 바로 그 계집의 '피를 보러' 가는 길이고, 그렇지 않는다 해도, 그에게는, 저런 순 處容이 같은 간나위, 무슨 객귀에게, 또는 어떤 도척이 같은 놈에게 마누라를 뺏기고도, 달 아래 이슬이나 차며, 청승스레 노래나 부르는, 쥐새끼만도 못한 약골이란 눈여겨볼 터럭 한 개도 없어, 그의 눈에 보여졌다 해도, 보여진 것이라고 할 것도 아니기는 아니었다. 허헛헛, 헛헛—

허허헌데도, 그 저녁, 이 사내도 결국, "이슬이나 차며, 노래나 부르는" 處容이 처지와, 별로 다를 바가 없게 되고 있었다. 헛, 헛, 헛. 글쎄 이 사내도 이 저녁엔, 그 한 고을이 모두 제 손안에 쥐어져 있다고 함시롱도, 달 아래에서, 도대체 머리 둘러 나아갈 곳이 없는 듯하여, 제기럴 너러, 이슬을 찼다, 이슬이나 찼다, 차며 허허허 웃었다, 달 보고 웃었다, 웃다가 處容은 노래를 떠올린 것이다, 삐끔 삐끔 달빛 먹기의 괴로움. (그럼에도, 煞呪를 그 살의 끝에 바른, 쏘아진 毒矢 같은, 저런 사내가, 갑자기 과녁을 잃게 되어, 처한 이런 상태란, 일종의 우발적 無性 상태랄 것이어서, 고로 그것은, 그 치매성을 매우 빨리 극복하게 될 것은 쉽게 짐작되거니와, 그렇다는 경우, 헤헤, 지랄을 하려 하면, 이왕이면 좀 더 호숩게 하려고 깔았던 방석을, 누가 갑자기 잡아채 뽑아버렸으므로, 라는 말은, 氣를 한번 소모해버렸은즉, 누레진 얼굴로 패시시해버리고 말 것인가, 아니면 반대로, 저 毒矢는, 그 弓手 당자까지도 포함하여, 어떤 그것에 代身할 과녁, 새로운 희생물을 요구할 것인가—그것은 의문이로되, 현재로서는, 말 그늘에 기대, 느시렁 느시렁 읍의 변두리를 걸으며, 處容의 '이슬 차며 노래하기'란, 뭐 그렇게 風流스러워 보이지도 않는데, 그것은 썩 불편한 기운이 아닌 것은 아닌 듯하다)

궐자(란, 아직도 물론, 읍장 겸직 판관을 가리켜 하는 소린데)가, 터벅, 똑깍 똑깍, 터벅 달 아래, 여섯 발자국 소리로 걸어 나오며, "반사나 반고자/누어놓은 똥은요/시고 떫어서/떫고 셔서요/개도 안 먹는다누/구더기도 먹잖는다누"라고, 노래나 부르게 된 까닭은 이러했다. 는즉슨, 읍에 닿은 대로 궐자는, 자기가 妾 삼아, 자기의 정충까지 묻어둔 수도부가, 저녁을 지내고 있음에 분명하다고 짐작되는 데부터 둬 군데(수도청과, [별세한 판관의 사택이었다가] 자기가 官邸로 쓰는 집)를 들러, 구둘막이 지붕이 되고, 지붕이 구둘막이 되도록 홀까당 뒤집어놓은 뒤, 마나님께서는 초저녁에 잠시 들렀다, 다른 말씀은 별로 없이 나가셨으니, 官邸에나, 수도청에나, 가셨을 것이 분명하다고 하여, 두 군데에서 같은 풍문만 듣고 되돌아 나오다, 자기 어미 살던 집이 한 군데, 불이 빤하게 켜져 보이므로, 말은 사립짝에 매어 머물려 두고, 들어서다 궐자는, 꼭 한 몫의 신발이, 옌네의 신발이, 자기의 꽃스런 첩년의 꽃신발이, 섬돌에 가지런히 놓여 있는 것을 보게 된 것이고, 그것은 그래서는, 반가움 같은 性慾, 性慾 같은 殺慾, 殺慾 같은 반가움으로, 그의 오장을 마구잡이로 휘저어대, 궐자는, 창자가 성난 독사모양 굳어 서는 것 탓에, 배를 움켜쥐었다가, 간신히 문고리를 움켜쥐어, 막 그것을 잡아채려 하는데, 멈췄게라, 들었게라, 살폈게라. 히히히, 신발은 꽃신발로 한 몫뿐이었는데, 신음은 족히 두 몫으로, 키깅 키깅, 안에서는 방사가 무르익고 있었더라. 히히히, 한 몫의 신음은 사람의 것이었는데, 캑, 캐갱, 다른 몫의 신음은 사람의 것 같지가 않게 들리는즉, 그게 무슨 녀러 客鬼일께나.

그러자니 궐자는, 으드득으드득 우는 주먹을 사리고, 창호지에다 젖은 혀를 발라, 구멍을 내서는, 안을 엿들여다본 모양이고, 그러다 씨벌 씨펄 노래를 느낀 것이다. 안에서는 글쎄, 멀찍이 윗목에 켜둔, 촛불도 허리가 시려 꺾어지도록, 易事가 펄럭이고 있었고, 계집은 恐水病을 앓느라, 달빛 켜기(들이키기)에 욈갖 실랑이를 다하고 있었다. 하나에, 둘에, 셋에, 넷에, 다섯에, 여섯이라, 쑤악헌, 하으 가라리 여셋이라, 둘은 내해엇고, 넷은 뉘해언고? 화냥년은, 處容이 집 비운 사이, 히히히, 다리도 많은 客鬼를 꾀어 들였고나, 그 아랫도리로는, 달빛을 달빛처럼 뿜어낸다는, 네 다리짜리 獸皮에 싸인, 짐승 같은 녀러 客鬼를. (處容댁네서는 헌데, [흔하게 전해지는 얘기들과는 반대로] 동창이 밝기 시작하기만 하면, 밤새도록 짐승이던 것이, 獸皮를 벗어, 환한 人面을 드러내는개 볐더라. 신비며 경이인 것은, 그 꼭같은 한 獸皮 속에서 헌데, 아침마다, 다른 얼굴들이 分娩한다는 일이다. 그 까닭은, 절시꾼 處容도 모르면, 어느 개야덜 뵘이 알 것여?)

> 반사나반고자누어놓은똥은요시고떫어서떫고셔서요개도안먹는다누구더기도먹잖는다누칵씨버갈개암년얼레개퉤에절러개퉤에암캐년개좆부리지옥에나가거라페둥둥

페둥둥— 궐자는, 치골이, 그리고 척추가, 어떤 아픔으로 우는 것 탓에, 독주를 생각하고 있었다. 그를 태운 말은, 헌데도 주막에로 향하고 있는 듯하지는 안 했으며, 그 늦은 저녁에, 자기의 妻家로 향하고 있는 듯했다. 그렇다, 아랫목에다 궁둥이 큰 마누라를 둔 사내들은, 저녁이 늦었을 때는 더욱 서둘러, 그 아랫목을 찾아 돌아들 가는 것이다.

사내(란, 아직도 물론, 읍장 겸직 판관을 가리켜 하는 소리지만)는 헌데, 그 같은 말을 타고, 妻家에로 향했을 때는, 몹시 비트적거리듯, 한 마장 거리를 십 년이나 걸리게 나아갔었는데, 그 같은 사내가, 그 같은 말을 타고, 그 같은 대문을 박차고, 그 같은 길을 되풀어내고 있었을 때는, 천 리도 한달음에 좁힐 듯, 황겁하고도 맹렬하게, 말께다 왼갖 학대를 다 퍼부어대고 있었다. 그 댁에 장가든 뒤로, 두 번째로 妻家네를 들렀던 사내가, 그 妻家에서 닭도 잡고, 몇 모의 두부며, 한칼 쇠고기도 장 보아다, 새로 짓기 시작한 밥을, 반주 함께 배불리 먹고, 그리고 트림까지도 할, 그만큼의 시간도 머물지를 않고, 그런 밥상이라도 걷어차 버리고 나오는 것처럼, 그 같은 문을, 숨을 씨근덕거리며 되돌아 나온 것인데, 그는 왼손에, 무슨 묽음을 뚝뚝 흘리는, 어떤 무섭게도 진한 암흑, 그런 불꽃, 그런 靑黃色 고통도 같은 것을 하나, 그 다리라고 생각되는 부분에다 힘을 주어 쥐고 있었으나, 處容歌와 더불어서는 철없이도 밝던 달빛도, 저 사내 손에 쥔 것과 더불어서는 그믐이어서, 저녁 눈 밝은 올빼미까지도, 그것이 뭣인지 분별해보려면, 몹시 눈을 뚤벙거려야 했던 듯했다. 허, 허쩌면 그는, 제 가슴을 제 손톱으로 도려 파, 제 손을 헤집어 넣고, 아까 큰 형장 문을

박차고, 읍을 향해 떠나오고 있었을 때라도 굳어졌었을지도 모르는, 어떤 고자스러운 울음, 그런 수치 같은 것이라도 한 움큼, 꺼내 쥐었던지도 모른다, 모르기는, 밤눈 밝다는 夜鬼들까지도 모른다, 모를 것이, 그것들까지도, 저 사내의 殺氣스러운 땀 냄새를 견딜 수가 없어, 저 사내가 가까워지려 하면, 눈·귀·코를 모두 막고 감아쥐어, 그늘 아래 숨어버린 까닭이다. 다른 데는 어디나 없이, 개어 맑은 밤이었는데, 저 사내를 둘러서만, 쿠메루 山그늘이 비꼈으며, 안개비가, 소금이, 재가 삼동으로 내리퍼부었다. 그 그늘은 그렇게, 삼동보다도 무겁고 두터워서, 그 그늘이 비낀 자리에서는, 그 침묵 탓에, 귀신들까지도 땀내를 돋궈내고 있었다. 산 것들은 그러니, 저 살인적 고적 아래에서, 예를 들면, 야경을 도는 순라꾼이라거나, 잠 없는 개며, 밤 고양이 따위들, 두려움 탓에 스스로들 四大를 지우고, 담 밑 그늘 속에로 용해되어 스며들어버렸다. 지랄 맞을, 나찰 중에서도, 무척이나 큰 것이 하나, 이 밤의 읍을 협박 약탈하고 있구나. 한 고을을 공포로 보쌈해, 어디 황천이라도 건너려는 자여, 물론 公의 심정이 비틀거려 그럴 것인데, 公이 탄 말이 또한, 뛰는 足拍을 얻으려 애를 쓰기는 쓰는데도, 몹시 비트적거리느라, 배때기만 허옇게 보이는구나. 公의 왼손에 거머쥔 그것이 무엇이기에, 그것으로 公은, 왼 세상에다 비린내를 채우는데, 아니면 그 비린내란, 公의 눈물에서 풍겨 나는, 公만의 무슨 청승의 냄새일 거나? 公이 비록 한 고을을 약탈하고 있음에도, 公은, 구정물 쓴, 초상집 개보다도 더 청승스러워 보이거든.

저 청승맞아 보이는 사내는 헌데, 읍의 변두리로만 말을 몰아, 전에 거기 언덕 어디에 교회당이 있던, 그 언덕 뿌리께, 거기서 남녘을 향하면 羑里(沙漠)에 닿고, 서녘을 향하면 큰 형장에로 닿는, 그 갈림길에 당도해서는, 말을 세우고, 망연히, 서녘인지 남녘인지, 또는 제 눈의 시선이 비롯되는 데인지, 어딘지를 내어다보고 있더니, 무슨 생각을 하고서인지, 금줄 두른 자기 윗옷의 금단추를 다 푼 뒤에는, 오른쪽 팔을 어떻게 요령껏 뽑아내기 시작했다. 그러나, 무슨 짙은 비린내, 암흑한 설움 덩이 같은 것을 하나 쥐고 있는, 왼쪽 팔은 뽑아내려 하지 않았으며, 그런 대신, 오른 소매가 뽑힌 그 옷으로, 손에 쥐여 있는 것 함께 싸잡아, 왼쪽 손이며 팔목을 둘둘 말았다. 그런 뒤 그는, 자기의 염통이 뛰는 자리의 가슴에다, 그 싼 것을 댔으니, 그 본인의 입장에서는 그러니 말하자면, 그것을 보듬어 안은 것이었다. 그리고 나서 사내는 다시 말의 두 옆구리를 차 앞으로 나아갔는데, 그때쯤엔 별로 뭐 빨리 달려야겠다는 의념은 없는 듯했다. 그리고 그 '앞'은, 방위상으로는 '서녘'이라고 이르는 쪽이었다. 어쩐 일인지는 모르되, 헌데 저 대짜배기 사내는, 비질비질, 웅얼웅얼, 우는 것 같은 소리를 내고 있었는데, 실제로 그는, 그 엄버무레하게 큰 울음을 버글버글 싸 내놓고 있었다. 작것, 왼 골 안에 비가, 큰비가 묻었음? 저런 녀러 엄버무레한 사내는, 뭣 때문에 능구렁이모양 우네 시방? 그리고도, 한 고을을 자기의 장중에 넣고 있다는 저 사내는, 그 울음소리를 높였으면 높였지, 숙이려고를 안 했는데, 하기야 그 시각의 그 들에는, 夜鬼들 말고는, 가시덤불까지도, 그 껄끄러운 두루마기만 가지들에 걸어두고 아랫목 잠 깊이 묻어 들어 있었으니, 까짓 녀러, 聲帶를 못 가진 녀러 夜鬼 새끼들이야, 흉을 볼라믄 보구, 말라믄 말구. 제기럴, 그리고는 다른 모든 곳은 개인 밤이었는데, 저 사내를 둘러서만, 비가, 궂은비가 내리고 있었으며, 그 궂은비는, 둥치 굵은 재[灰] 나무 위로 내리고, 흩뿌려 내리고 있었다. 비를, 궂은비를 맞으러 들로 나온 사내여, 公은, 이 궂은 밤, 궂은비 속을 뚫어, 그리하여 어디로 가놋다? 혹간 말이지만, 公은, 妻家에서 풀었어야 되었을 한을, 못 풀고, 그래설랑은, 그 한을 꺼내 팔에 둘러, 가슴에 안아서는, 헤헤헤, 근래 새로 맞은, 사나첩사니네로, 그 한을 풀러 나아가는 길은 아닌가? 흣흣흣, 야차가 웃는다는 일이나, 저런 사내가 운다는 일은, 어느 모서리에선지, 예를 들면, 개구리의 뿔이라든, 구렁이의 다리 같은 것들 말인데, 그 끝이 닿아, 같은 품종이라고 알게 한다. 그에게도, 눈물은 황충이며 전갈만큼이나, 괴로웠던지, 주먹이며 팔소매 따위로, 그것이 수물수물 흘러내리는 자리를, 아프도록 문질러내고 그랬다. 큰 숲의 올빼미들이며, 밤 귀신 나부랭이들이 그러자니, 저 사내가 풍겨내는, 짜갑고도 번한 사람의 빛 냄새를 못 참고, 꺽, 끄억, 건구역질들을 해댔다. 상처 입은 소나무가 송진을 솎아내듯, 그러나 이 사내는 무슨 상처를 입었관대, 이 밤에 이 사내는, 사람 냄새를 독하디독하게 풍겨내고 있었으끄나.

그가 탄 말은 헌데, 큰 형장 큰 문 달린 데로가 아니라, 그 큰 숲의 엉뚱한 데로, 빼틀 빼틀 나아가고 있었다. 그리고 말이 우뚝 멈춰선 자리는, 이것이 벌써 두 번째인 듯하지만, 다른 데도 말고 하필이면, 요 얼마 전에, 바로 자기가 그 장례식을 집행했던, 바로 그 六祖의 관곽을 매달고 있는, 그 큰 나무 밑이었으며, 거기서는 그는, 가슴에 싸안고 온 것을, 어떤 무섭게도 진한 암흑 한 덩이를, 그런 불꽃, 그런 청황색 고통도 같은 것을, (이번에는 처음과 달리) 무슨, 그 껍질이 다 굳지 않은 알이라거나, 아니면, 물이 가득 담긴 항아리 같은 것이라도 다루듯, 그렇게 왼갖 주의를 다 하며, 말께서 내렸다. 祭室(또는 靈室)에는 (수상스러울 일이란 하나도 없음에도, 수상스럽게도, 어떤 저녁에로는 불이 켜져 있기도 했었는데) 불이 켜져 있지 안 했으며, (그 관곽을 매단) 나무 밑 돌[祭] 壇에는, 壇 위의 돌香爐 속에는, 낙엽이며, 흐름이 없는 시간의 이끼, 거미줄이며 고적 같은 것들이, 수북하게 얹혔거나, 담겨 있었을 것이라도, 저 사내에게 비 내리는 이 궂은 밤에는, 고적밖에는 없었다. 고적은 차라리, 짜갑고도 시지큰한 빛의 냄새를 풍기며, 산 탓에 苦淚를 피처럼 흘리는 것의, 汗腺을 타고 돌아 올랐다. 그, 흐, 흐러고 보면, 고적도, 짜고 시지큰한 것이다. (과부의 옥문도, 그리고 품바꾼들의 감발도, 짜고 시지큰하기는 마찬가진즉, 고적이란, 과부의 옥문이며, 품바꾼들의 감발인 것, —그렇지 않은가? 제기럴)

말께서 내린 사내(란 아직도 물론, 읍장 겸직 판관을 가리켜 말인데)는, 맑은 밤 재[灰] 섞인 비에 혼자 젖은 그 얼굴로, 그 높고도 높은 가지에 매달려, 黑綠의 깊고도 넓은 하늘의 한가운데 떠, 흐르적 흐르적 흘러, 六祖 저승가는, 그 칠흑빛의 葬船을 바래고, 널팡하고 어글어글한 손을 들어 흔들다, 다시 어깨를 들먹들먹하여, 북받치는 울음을 삭혀 들이려 하고 있었다. 그러나, 참나무 백 년짜리 같은 그런 체신으로도, 가을 하늬바람 몇 바름에도 못 견뎌 몽땅 여름뿐만 아니라, 종내는 그 전신이 조락해버리듯, 그 울음 몇 가닥을 버텨낼 수가 없었던지, 사내는 종내, 털썩 무릎을 꿇으며 무너지는가 하고 있자니, 그 돌壇에다 이마를 대고, 한 삭이나 못 누었던 된똥을 누듯, 되게, 아프게, 몇 울음을 꺼욱여엤다. 그리고 나서사 그는, 아까, 금사슬 달린 자기의 윗옷으로, 자기의 왼팔째 싸잡아 안았던, 그것을 왼팔에서 떼어내, 六祖께 무슨 祭物이라도 바치는 듯, 그 祭壇에 올려놓고, 다시, 밤하늘 바다를 향해하고 있는,

六祖의 葬船을 올려다보았다. (여기 어디에는, 이 사내가 당하고 있는, 어떤 修辭學的 混沌이 있다. 그는, [무엇을] 올려다본다며, 내려다보고 있다. 그러면 사내는, [어디를] 내어다본다고 하며, 들여다보고 있는 중일 것이다) 그의 눈 속에는 별도 참 많이 떠 흐르고 있어, 그가 올려다보는 그 나무 끝에는, 별도 참 여러 색깔로 여럿이나 매달려, 가지가 흔들릴 때마다, 별들도 흔들리고 있었다. "성님, 참말이제 용서허시야겄소." —사내는 그리고, 어깨 들먹이기로 算 놓아가며, 그런 소리를 염송이라도 하듯 씨불여쌌더니, 금사슬 두른 옷으로 감싸고 있었던 것을, 조심스레 까 내어놓아, 저 높은 데서 그 알맹이를 잘 내려다보라는 듯이 하고 있었다. 아으 그러자, 十方에서, 숲이, 東이, 트는 새벽이, 머리 없는 밤이, 풀잎의, 그리고 땅 밑 지렁이의 小鬼들이, 바람의 하늬들이며, 아직 그 잠들을 깨이기에는 너무 이른, 파리들의 夢鬼들이, 여럿으로, 팔만사천으로, 일시에, 祭壇을 향해, 앞을 내미느냐! 그러며 그것들은, 귀였던 것들이, 祭壇 위에 놓인 것이 무엇이든, 그것으로부터 흘러 나는 반 가닥의 냄새도 놓치지 않으려, 전신을 후각에로 집중하는데, 헌데도 이상할 일은, 삼밭으로 둘러서 우거진 그것들은, 목이 마르고 타, 목구멍에서 연기를 뿜어낼 지경에 달해서도, 그냥 쭈뼛쭈뼛하고만 있을 뿐이고, 저 *祭祀의 목덜미를 물고, 그 혀를 먼저 빼먹은 뒤, 똥창자를 터뜨리려 내닫지는 않고 있었다. (바다 같은, 거대한 힘의 짐승까지도, 어떤 달마에 묶여, 만세 전부터도, 저 뭍이라는 것을, 한 입가심에 삼켜 넣어버리고 싶어 못 참을 허기증에 당하면서도, 해변의, 그 흰 포말이 닿으면 스러지는 자리쯤에 그어진, [달마의] 울을 넘지를 못해온다고 한다면, 저따위 小鬼들에 관해서야 뭘 더 말할 것이 있겠는가, 마는) 그랬었을 수밖에 없었던 것은, 왜냐하면, 이 祭祀는, 공지니 네 고수레하기와 같지 않게, 그 祭主役을 담당한 자가, 어떤 특정한 靈의 이름을 들어, 그 靈을 불러내고 있었던 그 까닭이었던 듯하다. 그러고 본다면, 이 한 돌祭壇 넓이만큼의 우주에서는, 저 祭主에 의해 招魂되어지고 있는, 그 귀신보다 더 힘이 센

* '祭祀'가 인도교에서는, 의인화를 치르는 경우가 흔하다.

귀신은 없는 것이 분명하다. 만약 그렇다면, 이 祭壇의 넓이와, 그 祭祀를 드리는 자들의 數에 비례하여, 祭祀되어지는 어떤 것의 영토의 범위와, 힘의 분량도 불어날 것은 자명하다. 물질로 이뤄진 몸, 을 갖지 못한 '힘'들의 세상에서는 그래서, '이름'이, 그 '힘'의 (四大를 입지 않은) 化現의 母胎(記號)가 되는 듯하다. (이 '힘'이 '筋肉'[四大]에 제휴할 때, 거기서는 몸을 입은 존재들과 사물들이 나타나고, [즉슨, 창조가 있고] '이름'에 제휴할 때, 거기서는 宗教가 나타나는 듯하다. 이 '힘'은 그리하여, '말씀' '魂' '靈' '氣'라는 등의, 方言을 취하기도 할 것이었다)

헌데, 바로 이 어떤 특정한 祭司長(이란 물론, 저 읍장 겸직 판관을 두고 하는 말인데)이, 어떤 특정한 祭物을 차려놓고, 어떤 특정한 귀신을 염두하여, 祭祀하며 고한 祝은, 이랬다.

—아으, 성님께서는 보씨요, 요 비린내에 코 밝히고, 성님께서는 니리다 보씨요, 밝힌 코를 燈하여 나으리오씨요, 글씨, 성님께서 삐를 깎아, 성수씨께 심궜던 고 숨의 씨[種]가 자라, 성님 몫으로 자라, 고 동안 요만침이나 컸소이, 고동안에 펄쎄, 숨이 요만침이나 굳고, 성수씨가 입혀준 살에 피가 올랐는개 볐는디, 요것 너무 좀 빠르기는 빠르단다고 허단대도, 요렇기 된 것을 워짜겄소? 돼뻐린 일은 돼뻐린 일인디. 성님께서는 워째, 숨이 많이 가팠었으께요, 고런 탓으로 인연이 요렇게나 엷었는 것맹인디요, 인재는, 성님께서 내쉬었던 고 숨을 딜이쉬야지 워짜겄는그라우? 젠장, 누구는 천년을 산답디까, 만년을 산답디까? 딜이쉬어진 숨은 뱉아내야 되덧기, 뱉아내진 숨은 딜이쉬야 안되겄는구라우? 빠르게든, 늦게든, 제기러게도 쉬어진 숨은, 그래서 숨인 것을. 어이 어이—哀苦 哀苦—

祝을 읊던 祭主는 그러다 말고, 안이 뒤집혀 겉이 되도록, 되기도 몇 고비된 哭소리를 뽑아냈는데, 그러자, 거기 모여들어 어깨 너머 하고 있던, (심지어) 고목의 귀신이며, 바위귀신까지도, 제기럴 녀러, 저 녀러 哭소리의 九折羊腸을 굴러 내리기보다는, 차라리, 풍파가 센 날, 편주라도 저어, 印塘水에 낚시질이라도 나가 보는 게 낫겠다고 했다. 거기다 허기는, 제 울음이라도 묻으려 그랬을 것이겠는가, 사내는, 된울음이 고되어서 돌단을 긁어 파던 그 맨손으로, 돌단 밑에다 구덩이를 하나 파기 시작했는데, 돌은 말하지 않는다 해도 사내여, 밤에는 돌의 귀신이, 바람 머리끄덩이를 끄셔, 하고 싶어 하는 말이 굳어 돌이 되고 소금이 된 것을 핥게 하거니, 밤에 부는 바람을 두려워할지라. 그래서, 公이 葬事 지내려는 그 비밀한 말은 무엇인가? "성, 성님, 요. 우악헌 놈을 인제는 좀 야단허시야겠습넨다. 덩쿨나무귀신헌테 일러, 요 우악헌 놈의 목을 졸루라고 허시든지, 염라헌티 일러, 요 우악헌 놈 앉았는 자리 지붕의 구먹을 뚫으라고 허시든지, 워터키든 좀, 요 우악헌 놈을 벌 주시야겄습넨다." 그러며 그 '우악헌 놈'은, 흙에 범벅이 된 주먹으로 눈물과 코를 훔쳤는데, 흐흐흐, 그 손도 물론 우악하도록 크고 어글했다 해도, 그만큼은 대짜배기의 복을 쥐고 태어났었던지, 삼세 간에서는 그중 부드러운 부분의 살만을 쓰다듬어 맛보아오느라, 노동이란 해본 일이란 없어, 쌓여 썩고 있던 낙엽을 좀 깊이 후벼 판다는 짓도 일이었다고, 그 손톱 밑에서는 피가 솟고, 피부가 터지고 했던지, 훔쳐 닦는다는 짓이, 범벅이 되게, 묻혀놓는 짓이 되었다. 그러자니 그도, 신선주 한잔 잘못 얻어 마시고, 도낏자루가 썩어 푸스러질 때까지 자고, 쌓여 썩던 낙엽을 부스슥이며 일어나고 있는, 어떤 나무꾼의 처지와 별다를 바가 없어 보였다. (말이 나왔으니 말이지, 사실 그 나무꾼의 처지는, 우리들이 몽상하는 바와 같이, 그렇게 시적인 것만은 아니었을 터이다. 입었던 옷이란 건 다 썩었었을 것이며, 신선주가 방부제 역할을 하여, 그 살은 썩지는 안 했다 한다 해도, 습기에 팅팅 불지 않을 수는 없었을 터인데, 배고픈 쥐 따위들은 얼마나 그것을 탐해 파먹었을 것이며, 온기를 탐하는 찬 피의 쓰륵이들은 얼마나 또 그것을 탐해 휘감아 틀고 있었겠느냐. 물론, '龍宮'에로 잘못 내려간 漁夫까지도 포함해 말이지만, 이러고 본다면, 섣불리 아무나, 神仙酒의 暗號를 입은, 사마디 상태는 도달할 것이 못 되는 듯하다. 그 목의 아래쪽은, 열두 발 휘감아 트는 흙구렁이나 물구렁이의 몸을 해 있는 元素들이, 저렇게, 친근한 얼굴들을 꾸며 나타나, 어떤 시래비 자슥들의 불알을 꺼내 먹는 듯하다. 음극으로 벗어난 苦行) "대천지 요 우악헌 뇜이, 무신 못 할 짓을, 요렇거니나 저재질러뻐렀으끄요? 배가 고픈 야차라먼, 魂魄을 알가묵을라고 그랬달 것이고, 짐성이었다먼 또, 괴기라도 묵자고 그랬달 것이라도, 요노문 야차임성 짐성이라도, 혼백을 욕심낸 바도 없으며, 더더욱이나 아직 덜 영글어 풋것인, 비린내 독한 사람 괴기에 대해서는 입맛을 내본 적도 없는디, 성님, 그란담서도 저질러놓은 요것은 그라먼 무슨 짓이었으끄라우? 성님을 갖다가시나 말입제요, 한 종단의 首祖라고 우러릅시나 말씀인디요, 요 일로 갖고는 요 아우 뇜이, 아무리 히어도 正義랄 것을 내세우덜 못 허겄는디, 한 고을의 읍장 겸직 판관이라는 요 아우 뇜이, 公的으로는 요것 땜시 괴롭고, 또 私的으로는, 스스로 남아 대장부라고 칭하여, 義理를 宗敎 삼아왔더니, 고 義理 땜시 괴로운디, 公的으로는, 율법을 지킨다는 자가 먼저 그 율법을 어겼으며, 私的으로는, 인륜 도덕을 또한 어겼으니, 성님, 이러고도 이뇜이, 목 고개를 뻣뻣이 하여, 해 아래, 읍의 중앙통으로 나아갈 수가 있겠습넨까?" 말을 해가는 중에 그는, 明悟가 열렸든 어쨌든지 하여, 울음을 그친 대신, 말하자면 (누구나 알아 오고 있는 바의) 그 사내답지 않게, 思辨, 詞煩스러웠다. "헌디도 성님, 한 번 교만의 맛을 보고 난개, 자기 손에 쥐어져 있는 律法의 올개미란 건, 남에게만 씌우기 위해 들고 있는 것 겉으고 말이제요, '義理'라는 것도 또 그려요, 머시냐먼, 육손이나 탈장증도 겉으더라고요. 그러장개, 義理라는 것도, 밖에다 꺼내어, 손에 쥐고 흔드는 무슨 깃발 겉어야지, 속에다 처넣고 있는, 무신 두 번째 염통이나 겉어서는 참말 이제 불편하다는 생객이 들고 그러더란 말입습제요. 글씨, 세상은, 많은 부분이, '義理'보당, '힘'으로 윈영되는 것을 알겄다 본개 그려요." 그러는 중, 맨손으로 파헤치던 흙에, 뒤 무더기 쇠똥이라도 묻는다 해도 품이 남겠다 싶을 구덩이가 생기자, 일손을 멈추고 사내는, 겸허히, 저 높은 나무의 가지 끝을 통해, 그 밤의 하늘을 올려다보았는데, 왜냐하면 그는, 거기 어디에서 자기를 내려다보고 있는 듯한, 글쎄 분명히 六祖의 것이랄, 어떤 눈들을 느꼈던 것이다. 헌데 그 숲의 水面이랄 데는, 여러 별들이 내려와, 그 숲에 깃 친 새들의 모양으로, 새들은 그리고 (촛대를 떠난) 촛불꽃의 모양으로, 저런 촛불꽃들은, 복숭아나무의 東쪽 가지에서 트던 새벽 복사 이파리 모습들로, 떠 흐르고들 있어, 그 어떤 특정한 눈을 분별해낼 수가 없었는데, (그럼에도 거기서 눈을 돌리면, 그러는 즉시 사내는, 다시 눈을 느끼게 되고, 하기는 했다) 허기는 그 첫 東이 트고 있었다. 이러는 한동안, 숲의 바닥은 더욱더 짙은 어두움이며, 축축한 고적일 것이었다. 그런 잠시 후에는, 저 숲의 水面에로 떠올라갔던, 빛에의 꿈들이 돌아와, 어제 해거름판에 벗어 그 숲에다 걸어두었던, 날개들을 찾아 내 입고, 새들은 일제히, 빛에로 향해 날아오를 것이다. (새들은 이카루스) 사내는 허기는, 참 깊이깊이도, 그 숲의 바닥에로, 정적 속에로, 소리까지도 닿지 못하거나, 일어나지도 못하는 곳에로, 가라앉아 있었다. 그는 그러며, 별들을, 새들을, 불꽃을, 그리고 태어나본 적이 없는 죽음을, 꿈꾸고 있었다. (아마도 이 사내는, 바르도에로 내려가고 있었다) —그렇게, 그런 채로 사내는, (사내가 느껴내는 시간의 단위로 말한다면) 자기 몸 위에로 쌓이는 낙엽이, 숲의 水面이랄 데까지나 쌓여 오르도록, 美里의 重力이 쏟기는데, 그 바닥 진 데에 웅숭그려 있다가, 무슨 明悟가 새로 열렸든, 도란도란 뭘 읊조리기 시작했더니, 그것이란, 바람이 한번 건듯 불어가자, 꺼져가던 모닥불에서 호로륵 호록 불이 일어나기 같은, 그런 것이었다. "아, 아기, 아기님, 요거 워처키 된 인연이, 글씨 요렇게도 짧을 수도 있었으끄? 설, 설마, 설마하니, 하나의 생명이 일궈졌다 시러지는 디에도, 무신, 못, 못 일어날, 무신 偶發이며, 事故가 일어날, 날 수도 이, 있다고는 허들 못헐 것맹인디, 맹인디, 그, 그래서 마, 말씸인디, 아, 아기님께서는, 호, 혹간, 아기님의 아버지 되는 六祖, 六祖님에 대해, 무신, 다 하지 모, 못한 인연이라도 있어, 그 땜시, 글매 그 땜시, 못 떠나고, 글씨, 펄쎄 워디로든 떠났어야 되었었는디도 안 떠나고, 못 떠, 떠나고 남아, 남았다가, ……못 떠나고 남았었는디, ……그랬었는디……" 그리고도 사내는, 좀 더 씨불였으되, 그는, 이승 귀를 갖고 있는 누구를 상대로 그런 말을 지껄이고 있던 것도 아니어서, 그 발음을 분명하게 할 필요를 느끼고 있지도 않았는 데다, 많이 울고 난 뒤의 흐득임 같은 것이 또한, 그제 이르러, 그의 말을 흐득이게 해서, 그 말을 말답게 조립해내기가 그렇게 용이치 않을 듯했다. 그러다, 알아듣기가 어려운, 그 말소리까지도, 어느덧 끊기고 말았더니, 사내는 그때, 자기의 저고리에 싸, 저 돌壇 위에 뉘어놓았던, 그 어떤, 많이도 '비린 것'을, 다시 그 저고리에다 잘 싸 여미더니, 자기가 팠던, 그 구덩이에다 뉘어 넣고 있었다. 그리고는, 한 번 더 그 '높은 데 매달린 무덤'을 올려다보며, 다시 몇 마디 더 읊조려내더니, 파냈던 흙과, 썩고 있던 낙엽들로 그 구덩이를 메꿔 덮었다. "인재사 워짤 것이요 성님? 요 우악헌 놈을 용서허시건 말건, 성님 말씸입제요, 워쨌거나 간에, 인재는, 그려요, 父女 간에, 그려요, 애비 딸 간에 만내씨요, 서로는 만내씨요, 아부는 손을 내리밀고 따님은 손을 올리 뻗어설랑, 樹皮 아래 水脈을 타고 말이제요, 서로 손 잡아 만내씨요, 글씨, 서로 만내라고요! 만낼 때, 성님, 그라고 아기님, 아무리 일어난 怒를 못 가라앉히겄드래도, 성님의 아기님께 해꾸지를 한, 요 우악헌 자를, 서로 만내는 자리에설랑은 말헐라고도 마씨요, 그럴라고 헌다먼, 서로 만내는 자리가 죽어져 버릴 것이요. 어이 어이 어이……"
그러며 사내는, 몸을 크게 일으키더니, 자기가 만든, 그 조그만 봉분을 향해, 크게 삼삼 구배를 하였다.

그리하여, 이제는 알겠는 것이다, 그의 그 윗저고리 속에 싸였던 것이 무엇이었던지, 그리하여, 이제는 짐작도 하겠는 것이다, 어떻게 하여, 六祖의 그 遺腹女는, 그 産月을 다 채우지를 못하고, 落胎半産을 해버리지 않으면 안 되었던지, 그런 것을, 그리하여 이제는 알겠으며, 짐작도 하겠는 것이다. (그럼에도 이 일은, 별세한 장로네에 남아 있었던, 청지기 늙은네를 비롯한, 침모, 식모 노파 들 말고는, 읍에서는 아무도 아는 자가 없었다는 얘기는, 이 자리에서 밝혀두고 잊기로 하자. 그도 그랬었을 것이, 읍에서는 저 별세한 장로의 손녀가, 결혼도 하지 않고, 六祖의 씨를 티워 키우고 있었음을 아는 자가 없었는 데다, 들어보면 알게 될 일이 이것이지만, 그것을 뒤늦게 알게 된, 읍장 겸직 판관도, 그런 얘기를 퍼뜨릴 입을 갖고 있지는 안 했기 때문이다. 순서에는 좀 어긋났다 해도, 이왕 얘기가 여기까지 진행되어져, 저 일의 '至終'이 되는 부분은 밝혀진 듯하니, 까짓것 뭘 기이고 어쩌고 할 일이 아니라, 그 '自初'가 되는 부분도 탁 쪼개고, 부러뜨려, 알맹이가 되는 것만 꺼내 맛보기로 하자면, 대략 이렇게 될 것이다. 事頉이는 물론, "개도 안 먹는, 반고자 누어놓은, 시고 떫은 똥" 냄새가, 한 고을을 오염해버린 데서 시작되어 있었지만, [그렇다 해도, 한 고을의 읍장 겸직 판관의 위치에 있는 사내가, 조금이라도 사리를 분별할 능력을 갖고 있기만 했더라도, 그 노래가 늘린 철삿줄 끝에다, 제 스스로, 그러니 제 손으로, 제 사지를 묶어, 그 노래의 박자에 좇아, 그 똥 무더기에다, 제 스스로 제 코를 박고, 똥을 파먹는, 그런 망석중이의 춤을 추려 했기 전에, 은밀하게, 정탐꾼을 여럿 풀어, 그 노래의 출처를 찾고, 찾은 뒤에는, 그 은닉되어 있는 내용에 좇아, 상을 주게 되면 상도 줄 일이지만, 벌을 주게 되면, 벌을 주어, 고을을 오염하고 있는, 그 오물 처리를 했었어야 했을 것이다] 읍장 겸직 판관이라는 사내는, 그 노래를 어떻게 새겨들었든, 글쎄, "개도 안 먹는"다는 그 똥무더기에다, 제 코를 묻어버린 데서, 저 일은 신중해져 버린 것이다. 예의 저 노래를, 저도 배우느라 불러 젖히다 말고, 읍장 겸직 판관이라는 사내가, 말을 달려, 십만 대군의 십만분지 일쯤의 황진을 밤에 일으켜, 큰 형장으로부터, 바쁘게, 몹시 바쁘게, 읍에로 달려온 것은, 말한 바대로이며, 아는 바대로이다. 그리고는, 달빛에 젖으며, 달빛을 뚫고, 자기의 妻家에로 향했던 대목도 얘기되어진 바대로이다. 문제의 발단은 그런데, 그의 妻 되는 [여자는, 그때, 여러 벌째 필기하는, 『六祖說法』을 필기하고 있었다. 목적이야 물론, 널리 읽히려는 것이 아니었겠는가] 여자가, 아닌 밤중에, 불쑥 내밀어진 홍두깨모양, 자기의 침방 문을 벌컥 열고 들어선 사내를 본 순간, 잠옷 섶에까지도 달아두고 있었던, 예의 그 독약병을 따내, 황급히, 입에다 부어 넣으려 했던, 거기에 있었다. 그것을 본 그 순간, 사내는 간경이 확 뒤집힘을 느꼈으며, 그래서 한달음에 내달아, 여자의 그 약병을 차 던져버렸으려니와, 그런 뒤에는, 삼천 근 철퇴에도 비교되어져 오는, 그 뒤꿈치로, 그 여자의 전신을 찍어 내리기 시작했던 것이다. 등을 든 침모며, 식모, 청지기 늙은네들이 달려와, 사내의 발길질 밑에다, 자기들의 몸을 대신 대줬을 때는, 일은 늦고 말았던 듯했다. [이 한 대목만이라도 순서를 찾아 말하기로 하면] 그 발길질 아래에서, 여자는 결국 혼절을 해버리고 말았는데, 그제서야 사내는 제정신을 차렸던지, 발길질을 멈추고, 방의 이 구석 저 구석, 이 사람 저 사람을 둘러보아쌌더니, 왠지 치를 한번 부르르 떠는 듯했다. 그러다가는, 서서는 못 견디겠던지, 선 자리에서 비그르르 무너져 내려앉았다. 헌데, 시나브로, 사내는 무슨 치매 상태에라도 가라앉아 가고 있던지, 잠시 후에는, 아무것도 의식해 있어 보이지가 안 했다. 사실로 사내는, 그 자리에 있었는데도, 없었다. 그러는 중에 물론, 침모는, 혼도에 처한 여자 주인의 머리를 자기 무릎에 올려놓고, 흐트러진 옷이며, 머리칼을 여미거나 간추려주고 있었으며, 식모 노파는, 물을 가져다, 그 여자의, 처참하도록 창백한 얼굴의, 볼이며, 입술이며, 이마에다, 물수건을 대어, 정신을 되돌리려 했다. 여자는 물론, 죽지는 안 했었으니, 시간이 조금씩 경과하기에 좇아, 정신을 회복하기는 했는데, 그러자부터 여자는, 왠지 복부를 쥐어 안으며, 전신을 꿈틀대기 시작했다. 그리고 그 고통은 가증하는 듯했는데, 이보다도 더 불행할 일이 또 있을 듯하지는 않음에도, 허기는 그것이, 産痛이었던 모양이었다. 여자의 그 陣痛은 그리고도, 그렇게 쉽게 끝날 것 같지는 안 했다)

"말인뎁지요, 한번은 지나다 본개, 읍의 변두리 공터 진 디서, 애이들끄장 노는디, 그중에 엄버무레허니 히끈 큰 것 하나가, 지 딴에는, 무신 재미있는 놀이라도 하여, 저보당 쬐꾸만 것덜헌티 신명을 돋군다고, 어른이라도 약골이라먼 쉽게는 들어올릴 만허지도 않은, 서까래로라도 썼으먼 좋겄을, 나무둥치를 하나 쥐고는, 빵빵이를 돔선, 요리 뛰고, 조리 뛰고, 동을 치고, 서를 치고, 十方을 치는디요, 그라잔개 고 짓이 재밌다고 애이들은, 킬킬거리고 웃어쌈선 박수를 치고 그래 쌌텅만이요. 그라자니 지쪽에서도 신명을 돋과갖고 저 엄버무레한 애이는, 거진 정신을 잃도록 빵빵이질을 히었는디, 빵빵이질이 빨라지먼 빨라질수록, 그 빵빵이질의 범위도 커지고 있었소이. 당연한 일로 그러자니, 그 가차운 디 있던 애이들은 물론, 개들끄장도, 한 번씩뿐만 아니라, 여러 번씩, 고 진[긴] 나무둥치에 얻어맞고, 터지고 그랬오이. 그 엄버무레한 애이는 그런디도, 빵빵이질에 어지러운 디다 신명이 높아 있어, 지가 지끔 무슨 짓을 저질르고 있는 줄도 모루요이. 저 엄버무레헌 애이는 애이대로 그러다가, 그 자리 쓰러져뻐렸소. 웃는 소리도 박수 소리도, 아무 소리도 없었소 그리. 그래 정신을 채리고, 저 엄버무레한 애이가 지 주위를 둘러다 본개, 거그는 새끼 개 한 마리도 없는디요, 애이들은, 자리를 윎기, 저쪽 공터에서 새로, 열심히 놈시나, 저 엄버무레한 아이는 잊어뿌리고 있소이. 헌디 잊어뿌린 것만도 아닌 것을, 종내 그 애이는 알게 되는디, 글씨, 그런 후부터는, 그 큰 애이만 나타났다 허먼, 쬐꾸만 애이들은, 실금 실금 뒷걸음질을 히어 갖고, 자리를 윎기서는, 노상 저그들끼리만 노요이. 글씨, 저 큰 애이는, 손에 몽뎅이를 안 들고 있어도, 지 나이 또래 애이들의 홀목을 잡든, 가심팍을 치든, 정갱이를 감든, 어쩌든 무슨 짓을 했다 허먼, 그 애이들은 거진 잿빛 얼굴을 히어 갖고, 아파 전디덜 못

해허요이. 그 애이는, 지 나이 또래들 중에서는 너무 검센 것이요. 그러장개 그 검센 애이는, 따돌리져, 점점 더 외로워져 갔소이. 글씨, 그 애이의 손이나 발이 닿았다 허먼, 닿은 그 자리는 뿌서지던 것이요. 그 검센 애이의 오마니는 그런 워떤 날, 그 자식 놈을, 객지 워디로, 文盲이나 띄우고, 거그서 사람 됨새라도 배우라고, 내보냈던 맹이었는디요, ……돌아왔을 때는, 평소에 늘, 그 검센 애이를 지켜보아 오고 했던, 어떤 어른 한 분이, 청년이 돼 돌아온 그 검센 애이를 자기 수하에 불러들여 두었다가, 나중에는 큰 형장 문지기로 보냈다가, '큰 형장 나으리'로까지 승급을 시켜주기에 이르렀었소이. 고 검센 애이도 그때찜은, 어른 흉내를 내기 시작히었는디요, 어렸을 때와 달바진 것 뭐시 하나 있었다먼 고것은, 요 어른 흉내를 내고 있는, 검센 애이를 둘러서서 귀경하고 있는, 다른, 어른 흉내를 내는 애이들이, 다른 공터로 옮기 가서, 저그들끼리만 왁자허게 놀지는 않게 됐다는 그것이제요, 그리. 인재는, 조 어른 흉내를 내는, 쬐꾸만 애이덜은, 휘둘러 쳐지는 몽뎅이에 맞고, 피를 흘리도, 흘림선도 조 검센 애이에 대고는 웃어비야 되고, 박수도 갈채도 할 수 있는 껏은 크게 해야 되고, 고렇게 된 것이요. ……고라던 워떤 저녁이었는디, 조 검세다는 사내도, 평생을 통해 한번, 고 검세다는 사내를 교만하게 해온, 바로 고 근육의 심[힘] 쓰기로, 무참허게 패배를 당한 일이 있었는디요, 그 검세다는 사내를 이겨낸 그 상대방 사내가 그렇다고 하여, 참나무 이백 년짜리나 되게 실했다고 헌다먼, 그 일은 두고, 조 검세다고 자만해온 사내는, 달리 뭐슬 뭐시라고 생각해볼 것도 없었을 것이요마는, 흐, 흐, 흐 조 검세다는 고 사내를 꺾어낸 고 사내는, 워쨌던가 허먼, 쥐면 우그러들었다, 펴면 펴질, 풀대궁으로 뼈하고, 소캐 뭉테기로 살 발라놓은 것 겉은 고런 사내, 중이라고 중행색을 꾸밌던, 羑里에서는 六祖라고 불러왔다던 사내, ……고날 저녁, 조 검세다고 교만해 해왔던 사내는, 계집도 물리치고, 생전 처음으로 한번, 비개[베개] 하나가 흠씬 젖게시로 울었고라우, 고 눈물은 헌디, 채였던 고름이나 겉었던지 워쨌던지, 고것을 고렇게 홱 다 짜내고 난개, 쇡이 고렇거니나 후련헐 수가 또 없었입니다. 허, 헛, 헌디 말입십넨다, 누가 말입십넨다, 지가 괴만히어온 고것이, 누구헌티 한번 팩 꺾이고 난 일로 하여 기분이 좋아헌다먼, 고것은 버렁 떨어진 짓이라고 헐 것이

끄라우? 헌디도, 꼭 한번, 조 검세다는 사나는, 그 괴만을 꿰이고, 지가 저를 건너다보기를 요랬오이, 라는 말은, 본개 조 엄버무레한 애이도, 조만침에서 저그들끼리만 뭉쳐 노는, 고 애이덜허고 쬐꿈도 달븐 디가 없이, 그저 고런조런 애이덜 중의 하나가 돼각고, 고 뺑돌이의 한 고리가 돼 있더란 고것이었제요. 그랴요……泣……!……큶, 문제는 헌디, 뫼싰던 판관 어르신이 별세를 히어뻐린 때부텅 새로 시작되었오 그리. ……泣……요 대목부텀은 헌디, 꿈에라도 되풀이 말허고 싶덜 안 헌개, 부디 말허게 허지 마씨요이. 고 까�이를 하나만 말씸디린다면 요려라우. 그런 이후, 조 검세다고, 어른 흉내를 내다, 진짜배기로 어른이 되잖으먼 안 되었던 애이는, 뒤늦게 머슬 알게 되었는가 허먼, 자기가 羑里邑의 한가운데에 있는 것이 확실헌디도 불확실허다는 것이요, 지 몸을, 얼굴을, 지 몸이라고, 얼굴이라고 해 갖고, 사인교 타고 거드럭거림선 댕기고 있는디도, 새로 보먼, 고 사인교에 앉아 거드럭 피우고 있는, 읍장 겸직 판관은, 결단코 자기가 아니요, 자기는 웃었으먼 좋겄는디, 사인교 속의 사나는 얼굴을 찌푸리고 있으며, 손을 니뤘으먼 싶은디도 올리고 있고, 발을 쾅쾅 굴림선 앞으로 가고 싶은디도, 씨버가게도 발은 지 발인디도 발이 말을 안 듣소이. (이 사내는, 그러고 본즉, 一人稱과 對人稱, 三人稱 사이의 거리를 없애버리는, '假面—영광스러운 假面'에 아직도 익숙해지지 못한 듯하여, 그것을 쓰고, 움직임을 나타내려 할 때마다 그는, 모든 것이 비틀거리고, 엇물리며, 과장적이어, 못 참을 불균형을 느끼는 듯하다. 이런 투의, 뻘건 민낯을 드러내고 싶은 사내는 아마도, 그 '假面'에 영 익숙해지지를 못할 듯하다. 이런 자도 庸劣王의 범주에 소속될 것이다) 그래서 보먼, 지 깜냥으로는 검세다는 고 심[힘]을 갖고도, 워디다 손을 대, 고 심을 쓸지를 몰루겄는, 눈에는 비덜 않는, 무신, 도저히 못 끊을 줄 겉은 것이, 지 몸의 사지오체, 머리카락끄장, 워디 한 군데 빼꼼헌디도 냉김도 없이, 칭칭 감아 묶고 있는 것 겉은디요, 고것이 워처키 돼 고렇기 되얐는지, 고것은 알덜 못허겄어요. 워쨌거나 간에, 나는 내가 바라도 안 헌 너러 춤을 추게 되고 그러는디, 요것 참말이제, 심만 갖고는 안 되는 세상도 있었다는, 고런 말이 아니께라우? 판관 어르신께서 생존해 지실 때에는, 나는 글씨, 세상은 머니 머니 히어도, 발톱이며, 어금니가 억센 짐승헌티 속한 것이라고 히었었소이. 제기랄 泣 제기랄…… 헌디도, 인재 와서, 탁 털어놓고 말허먼, 나는 글씨, 조 읍의 한가운디에 우람허게 서 있는디도, 또 보먼, 내가 없소이. 이겼는 것 겉은디, 목삐를 뿌러뜨리고, 땅을 짚어지고 있소이. 히히히, 아으 참, 요 아우 뇜이, 성님헌티 한번 고렇게 패했었제라우이. 헌디, 요번의 요 참패는 성님허고 씨름손 한번 잡았다 당했던, 고것허고도 영 달브요이. ……나는, 글씨 말인디요, 자고 말인디요, 내가 바라도 안 허는 춤을, 내가 자청해서 추고 있고라우, 고것도 머슴 일으켜 세우는 것이기보당은, 마구재비로 뿌시대는 고런 춤을 추고 있는디, 고럴 때마둥 나는 환장을 하는개뵤, 미쳐뿌린다고요. 그라고 나먼, 혼차가 되는 것이 무섭운디, 그랄 때의 처음 월매 동안의 니낌은, 된통 취해각고, 고렇게는 못 헐 자리에서 하초를 세워각고, 도저히 그라덜 못 헐 자리에다 대들라고 허다가, 고 술이 깨일 때 겉었는디, 고 니낌은 점차로 더 짚어졌구만이라우. 요렇게 된개, 낮이 되는 것이 무섭어짐선, 고 밝은디 둥둥 떠 웃고 있는, 사람덜 얼굴이 싫어져라우, ……나는 그래서, 아매 내가 요렇게는 오래 못 갈 것맹이다, 고런 생각도 히었제요. 읍장 자리도 싫고, 판관 자리도 싫은디, 그렇다고, 히어서 고런 자리들을 또, 누구헌티 물리주기도 싫다고요. 누구 헌티라도 고것을 물리줬다 허는 날에는, 모든 일이 절단코 전 겉든 안 헐 것 겉여요. 요라장개 진땀이 나요이. 요라는 짓이란 건, 고것을 갖고 윈영을 헐 만도 못 헌 인물이, 윈 세상이 욕심내는, 고렇게나 크고 좋은 보석을 쥐고 있는 것 겉은 니낌이 들 때가 있는디요, 고것을 쥐고 있대도 세상, 뻔쩍거리는 천만 개 붉은 눈들이 무섭고, 놓재도, 또 고런 붉은 눈들이 무섭소. 그라장개, 쥐어져 있은개 쥐고 있을배낀디, 성님, 어느 날 헌디, 요. 아우 놈은 머슴 봤는가 허먼, 자기가 쥐고 있다고 쥐고 있는 고것이, 쥐고 있다는 고 까닭으로 써나, 스름 스름 빠져나가고 있는 고것이었소. 글씨 고것은, 써먹었어야 할 것이었제, 가만히 쥐고만 있을 것이 아니었던 것이요. 그러다 보먼, 고것을 쥐고도 써묵을 줄을 모루는 그 궐자는, 원래는 사또였는디, 官印이나 걸머지고 다니는 通引이 돼뻐리던 것을. 흐흣흣크, 큵, 한 고을의 읍장 겸직 판관 나으리가, 고 밑에 두고 부리 묵는, 한 通引 놈의 通引이 돼뻐렸다먼, 세상이 안 웃겠는그라우? 웃겄제요맹. 헌디도 고 사또는, 고 官印을 워디다 써먹을지를 모룬다먼, 고것이 지 껏이라고, 지 등에다 걸머지고라도 다녀야 안 되겄는그라우? 그라랑개 세상이 웃소이, 세상이 웃어라우. 고런 웃음소리를 참을라먼, 지붕덜이 많은 디로부텀 차꼬 도망허게도 되는디, 그라다 보먼, 자기라는 것은, 몸땡이만 크게 해갖고 있는 선머슴 아거나, 좆 단 제집만 걷은 니낌이 들어 떨어지덜 안 허요. 그라다 보먼, 사나 妾을 보채게도 되고, 또 머든지 나도 사나라는 걸 징명이 허고 싶어설랑은, 읍에 떠도는, 애이들 부르는 노래 한자리만 각고도, 절대로 우악을 부릴 수도 없는 자리다 대고 우악을 부리게도 돼요. 고럴 때는 내가 환장을 허는개 빈디, 다른 아무껏도 생각을 뭇 허겄다가, 일을 저질러놓고 나야, 요것조것 생각이 나는구만요. 나는 그라랑개, 내 펄뚝의 내 심을 내 맘때로 써묵도 못 허는 것이 아니겄소? 할 쑤가 있었으먼 나는, 妾 삼은 고 계집년을, 이 눌러 죽이듯, 눌러 죽였었어야 되었었소마는, 납둬 놔두기로 히었구만이라우. 한번쯤은 나도, 꾀로 갖고시나, 넘우 안쪽을 감아보고도 싶은개 말요. 히히힛힛. 글씨, 사또가 官印을 걸메고 가는, 조 행차의 앞에 서 있는, 通引 놈을 보씨요, 조놈은 전에, 쬐꾸만 꾀로, 동료덜헌티 쬐꿈의 웃음을 얻어살던 뇜인디, —알고도 모른 척허고 지내온 이약을 하나 허자먼—고놈이 근래는, 지가 메고 다니야 되었던 官印을 사또 어깨에 메워주고, 그런 대신, 고 사또의 입고 있는, 통 너른 두루매기 아래서, 밝은 개랐어도 사또는 시퍼렇게 보는 디서, 사또의 妾 산이와 놀아나고 있소이. 그란디도 불구하고 고 사또는, 고 간나위 녀석을 한 주먹에 때려잡아, 피를 본다거나 그라덜 못 허고 있는디, 워짜먼, 글씨, 워짜먼 말씸인디요, 사또라는 고 두루매기는, 조 검센 사나가 입고 있었어도, 고 두루매기 안쪽의, 고 한 고을을 손아귀에 쥐고 농락하고 있던 것은, 조 通引 뇜이나 아니었는가, 아, 아니었는가 모, 몰루겄는디, ……泣, ……성님, ……나는 요 순간, 끕째기 요론 의문이 생기는디도, 끕째기 고 대답을 몰루겄는디요…… 생각히어보먼 美里는, 요런 사나가 없었어도 되었을 것인디도, 차라루 없었더먼 더 좋았었을 것인디도, 대, 대체, 무, 무슨 목적으로, 요런 사나를 불러냈었으께라우? 그랬으먼 美里는, 요런 사나에게 무엇을 시켰으께요? 이웃 워디에 山賊 떼가 있었기라도 히어, 고것을 토벌헐 일도 없었으며, 개며 처자 괴기만 묵는, 무슨 나쁜 용이 있어, 있, 있, 이, 이거, 이거 참, ……

성, 성님, 호, 혹, 혹간, 말한 바의 저 山賊이며, 毒龍이, 요, 요놈 아우는 아니었으께요? 그, 그런즉슨 美里는, 뭣을 위해서 그러먼, 한 마리 쬐깐한 지렝이 헌티다 젖을 믹이고, 여의주를 줘설람은, 나쁜 龍을 맹글았으끄요?” (道流여, 集團은, 거대한 짐승이거늘, 그것이 꾸는 꿈이 어떤 때, 鍊金術師의 不在라든가, 솥전에서 졸기 같은 경우에 의해, 주걱[文化]에 휘저어지지를 못한 채 피어오르면, 道流가 말하는 바와 같은, 그런 흉물스런 짐승의 모습을 띠는데, 이것은 왜냐하면, [鍊金術的] 毒이 ‘賢者의 돌’의 모습을 꾸며 나타난 그 탓이다. 그 한 솥의 質料는, 똥이 돼버린 것이다. 갑자기 退調轉移를 치러, ‘黑’에로 떨어져 내려버린 것이다. 흣, 흣, 흣, ‘毒’이나 ‘不治의 病’의 役을 했어야 할 것이, ‘賢者의 돌’의 흉내를 내고 있음. ‘거지와 王子’가 바뀌었음. 그러는 그, ‘가짜배기 王子’를 꿈꾸는 동안 저 夢主는, 그 헤설픈 꿈 탓에, 잠이 편치 못할 것이다)

‘사또’라는 사내는 그러다, 무슨 생각을 해냈던지, 몸을 뿌지직 일으키는가 하더니, 그 큰 나무를 정면해 서고는, 바지의 앞자락을 열었다. 그리고는, 그 나무의 뿌리께에 대고, 한 동이쯤의 오줌을 누어대며, 쑹얼댔다. “나뭇님, 내가 요거 똥이라도 매렵었더먼, 똥을 크게 한 바지기 싸고 묻어, 대접을 히었을 것인디, 그라던 못 허지마는, 나뭇님 고을의 읍장이며 판관 어르신네인 요장부가, 성실로 대접허는, 오좀이나 祭酒로 마시씨요. 내가 지끔, 나뭇님을, 요큰 숲의 숲 어른 나으리에 봉할 것인개, 고렇게 아씨요. 바람이며, 새까지라도, 요 숲을 지날라고 할 때는, 숲 어른 나으리께 경배한 뒤, 어른의 윤허를 빌어얄 것이요. 숲 어른 나으리께서는, 美里의 六祖師님의 舍利를 뫼신 관곽을 매달아 모셔, 숲 어른 나으리가 大刹입십닌다, 고로, 나뭇님 고장의 읍장 겸직 판관이, 삼삼 구배를 디리노니, 그를 또한, 숲 어른 나으리의 품에 받아주십사.”

그 아침에 헌데, 읍의 서쪽 되는 데로부터, 재갈과 고삐는 벗기웠으되, 이슬에 젖은 안장은 얹고 있던, (본디는 별세한 판관이 길들여 타고 다녔던) 읍장 겸직 판관의 말만, 어슬렁 똑깍, 어슬렁 똑깍 지친 듯이, (읍에로) 돌아왔으되, (말은 그리고는, 人世煩事로 더불어서는 할 말도 없는 듯이, 말함이 없이, 밤중 같은 표정으로, 제 마구간에로 돌아갔다. 아으, 보고, 들어 알고 있음에도, 그것에 대해 말하지 않을 수 있음은, 가히 聖者的이라고 할 것이 아니겠느냐? 그런즉 聖者란, 그 밑이 깊은, 감춰진 샘 같은 것이라고 할 것이겠느냐? 그것은 그렇다면 무엇의 소용이겠느냐? 咄) 글쎄, 말은 고삐와 재갈을 벗고 있었으며, 얹고 있었던 안장은 비어 있었다. 그리고도 물론, '지붕들 많은 데'에 노상 낮만 노닥거리고 있었던 것은 아니어서, 해지기에 좇아, 짙은 그늘도 덮어 들고 그랬었다. 그리고 그 '지붕들 많은 데'에, 언제나와 다름없이, 읍청이며 법청, 얌전이 편물점 등, 있어야 할 것들은, 고스란히 그대로들 다 엉덩이 붙인 자리의 따뜻함을 탐하고 있어읍이었는데, 게다가 말한 바대로, 저녁도 오고 그랬는데, 그랬음에도, 그 고을의 낮과 밤의 균형을 잡는 자리에 있다는, 읍장이며 판관이 없[不在]었다. 읍장 겸직 판관이 하매 여러 여러 날째나, 어디에고 그 우람한 모습을 드러내지 않은 것이다. 큰 형장에서, 새 큰 형장 나리가, 큰 형장지기들께 줄 月俸을 가지러 왔을 때까지는 그러나, 읍이나, 큰 형장의 아무도, 그의 부재를 의혹해 하는 사람은 없었다. 그랬었을 수밖에 없었던 것은, (읍장 겸직 판관의, 聖者的 심정을 가진) 말은 말한 일이 없었는 데다, 읍에서는, 그것이 그가 노상 즐겨 했던 짓이니, 이번에도 또, 큰 형장 아랫목에서, 酒色에 곯고 있을 것이라고 했었으며, 큰 형장에서는 또, 예의 그 저녁 그가, 말을 몹시도 세게 몰아, 읍 쪽으로 달려간 것을 보았었으니, 그런 것이다. 이러는 동안에도, 예의 저 '시고도 떫은' 동요는, 모든 골목들에 높게, 낮게, 느려터지고 있었다. 바안사아나바안고오자또드락딱또드락딱누어놓은똥은요또드락딱또드락딱—그리하여, 헌데 그는, 큰 형장에 머물러 있었던 것도 아니었다는 것이 밝혀졌는데, 거기서도 그는, 여러 여러 날 저녁에 떠나, 돌아온 일이 없다는 것이었다. 그것은 별일이었다. 그랬으니 물론, '지혜의 주머니' 되는 자는, 관졸 하나를, 읍장 겸직 판관의 妻家에로도 보내보았을 것이었다. 그 댁은, 그 댁 주인 되는 여자가 六祖 지나가 버리고 난 뒤부터는 많이도 하도 많이도 서러워쌌던 여자가, 臥病 중에 있어, 왼 집 안이 한숨으로 궂어, 어느 한 모서리에고, 눈물이 서리돼 내린, 소금이 엉겨 붙지 않은 데가 없었는데, 妻家에도 그는, 없었다. 예의 그 저녁, 그가 妻家에를 들렀던 것은 사실이로되, 새로 지은 밥 한 그릇 먹을 시간만큼도 머물지를 않고, 바삐 돌아나갔다는 것이, 그 댁에 들른 관졸이 얻어온 정보였다. 그것은 참 별일이었다, 그럴 것이, 저 혼자

털레 톡깍 돌아와 버린, 입이 지옥처럼이나 무거운, 그가 타고 나갔던 말을 두고 보건대도, 그가 읍을 벗어나, 어디 다른 고장에로라도 이어진 길에 올랐을 수도 있었을 것이라는 추측은, 추측까지라도 허용될 듯하지 않은 추측이었을 것이니 그렇다. 참 별 빌어먹을, 염병에 땀도 못 내게 생겼을 일이 일어난 것인데, 읍의 하늘의 어디 한구석에고, 구멍이 뻥 뚫린 데도 없었으며, 땅에도, 새로 꺼져 내려 들어간 자리가 없었는데, 읍에서는 그중 우람한 데다 무겁다는, 여의주를 둘씩이나 문 큰 龍 하나가, 제가 내갈긴 번갯불에라도 핥이워 먹혀 버린 듯이(그렇다, 불은 있는 것을 지우되, 속하고, 깨끗하게 지운다) 깡그리 지워져, 없어져 버린 것이다. 이처럼 수상스러울 일도 또 있을 수 있겠는가. 그랬으니, 읍장 겸직 판관용의 '지혜의 주머니'라는 사내가 어찌, 잽싼 관졸로 뒷을 뽑아, 하여금, 火葬터의 재 속이라도 헤쳐보게 하지 안 했겠는가. 결과는 그러나, 그 읍에서 지워져 보이지 않게 된 사내는, 그 火葬터 사는, 불의 치마를 열어 ('파괴적 국면의 불'의 이름은, '스바하'로서, 女性이다. 그렇다 허기는, 이 '스바하'는, 가장 두렵고도 아름다운 幻相인데, 그런고로 그것 속에다 꼴린 좆을 박아 넣은 아무것 하나도 실다움이랄 것, '꼴리기'를 남기지 않는다) 그 아랫도리를 통과해 든 듯하지는 안 했다는 것이었다. 이랬으니, 읍장 겸직 판관의 代行을 해오고 있었던, 저 '지혜의 주머니'는, 둘씩 셋씩으로 조를 만들게 하고 관졸들을, 풀어, 그 읍을 둘러 사방팔방으로, 심지어 남녘 沙漠의 비어버린 토굴들에 이르기까지, 살펴볼 만한 곳을 모두, 샅샅이 살펴보게 했다. 이러는 동안, 저 대행 판관 겸직 읍장의 눈은, 열에 들떠 붉었으며, 무슨 인광과도 같은 빛을 번들번득 쐬어내고 있어, 그 시선에서도 악취가 나, 무서웠다.

그리고, 저 영광의 읍장 겸직 판관은, 죽은 채, 그리하여 한 羞恥만 남긴 것으로 발견되어졌다. 그 주검은, 큰 형장이 있는, 그 큰 숲, 六祖의 관곽을 매달고 있는, 그 큰 나무 아래, 오소속이 쌓여 있었는데, 그 송장은, 구더기에 파먹히고, 그 구더기들은 또 雜鳥와 개미들께 먹혀, 거의 백골이 되어가고 있었지만, (그 주검을 발견한, 그 한 조의 관졸들의, 수다스러운 보고를 정리 요약한다면) 그럼에도, 봄눈모양 듬성듬성 구더기들을 입고 있는, 저 우람한 뼈 무더기가, 前身은 사람이었으며, 게다가 前職은, 한 고을의 읍장 겸직 판관이었다고 알아내는 일은, 조금도 어려운 일이 아니었다고 했다. 금빛 술이며 줄을, 박음질해놓은, (판관용 官服) 커다란 바지며, 구더기를 담고도 번쩍거리는 장화, 그의 권위의 홀이었던 말채찍 등은 물론, 평균적 美里의 남자들의 것보다 훨씬 큰 뼈 토막들이며, 쪼론한 이빠디 등, 그런 모두가 다, 無常이 질러대는, 천둥 같은 無音을, 누르고, 그의 前身은 무엇이었으며, 前職은 무엇이었다는 것을, 발설하고 있었더라고 했다. 수상하다고 했어야 했을 일은 헌데, 예의 그 큰 나무의 아래쪽의, 실한 가지에, 그 한끝이 단단히 첨매어져 느른느른 흔들리고 있는 가죽 줄(은, 누가 보아도, 말의 고삐에 썼던 것임을 알 수 있을 것이라고 했다)을 보면, 그는 그 다른 끝에다는 자기의 목을 매고, 그 가지에서 크게 뛰어내린 것이 분명했는데, 주검은 헌데, 그 올가미 속에는 묶여 있지 안 했고 흘러 빠져, 그 아래쪽 낙엽 위에, 오소록이 쌓여 있던, 그것이었다고 했다. 하지만 그것쯤이사, 그의 죽음의 날과, 그의 주검이 발견되어진 날과의 사이의, 시간적 거리를 측정해보기로도, 저절로 풀려질 의혹이 아니겠을라는가? 그러고 본다면 重力은, 죽음(주검)까지도 물고 늘어지는 것이 분명한가. (나가세나로부터) 듣기로는, 땅이라는 것도, 空에 의지해 있다고 하는데, 그렇다는즉슨, 그것 자체로 허공 중에 둥둥 떠 있는 것이, 무엇을 그것 속으로 끌어잡아 내린다는 짓도, 버렁 떨어진 노릇이 아니겠는가? 重力은 그런즉 땅의 我執? 그것을 표표히 벗어난 새는, 아으 그런즉, 此岸을 벗어났다고 할 것인가? 어찌 되었든, 그렇게도 쉽게도, 이어진 데마다 어긋나고, 왼통 악취며, 듬성듬성 우글거리는 구더기들의, 한 들의 봄이, 한 人世의 읍장직을 겸한 판관이었던 사내가, 그 기럭지[길이]가 얼마나 길었든, 한평생을 통해, 그 골육 속에 빵빵하게 채워 넣어왔던, 그 교만과 자부의 총계던 것이다. (그렇다고 하더라도, 삶을 「回心曲」的 算法으로 헤아리려 하지는 말기로 할 일이다. 그러려 하면, 일러 '삶'이라는 것에서, '삶'이라는 알맹이만 捨象되어져 버리고, 우글거리는 구더기와, 塵土만 남는다. 그러다 그것까지도 없어져 버린다)

한입에다, 여의주를 둘씩이나 물었다던, 그 한 龍의 髑髏는 그날로, 발견되어졌던 그 자리에 묻혔다. 그가 살았었을 때, 그의 친구였었으며, 또한 심복한 '지혜의 주머니'이기도 했던 그 사내가, 약간의 祭物과 祭酒를 준비해, 짐수레에 싣고, 관졸들만 대동하여, 그 큰 숲에로 가, 그 장례를 치렀는데, 자기는, 자기의 친구였었으며, 상전이었었고, 또한 읍장 겸직 판관이었던, 사내가 타고 다녔던, 그 사인교에 타고, (채찍 대신에) 摺扇을 들었다. (저 '검은 상복의 과부'['權勢' 말이지]는, 새로 입은 喪服을 채 여몄기도 전에, 벌써 샛서방을 맞아, 그 꼬리를 용납하고 있었을끄나?) 죽은 이의 애첩이었던 계집은, 그런 부음을 듣고는, 킬킬거리고 웃다, 속에서 똥물이라도 넘어와, 입속이 시고도 떫다는 듯, 건구역질을 해대다가는, 복통을 핑계로, 그 장례식에 참가키를 회피했는데, 그런 아낙네가 허기사, 죽은 남정 생각해, 상복이라도 입어주려 했겠는가. 상복 대신에, 마는, 저 계집은, (읍장 겸직 판관의 급작스러운 서거가 벽보로 공표된 저녁, 그러니 장례식이 끝난 그 이튿날) 몹시 안되게도, 입었던 옷가지는 물론, 차고 있던 서답까지도 몽땅 벗겨진 뒤, 큰 형장에로 끌려가서는, 그 계집의 죽은 남정이 男妾을 삼아 지내다, 가둬 넣어 두었던, 그 땅광 감방에, 그 사내 대신 갇히고 말았다. '읍장 겸직 판관을 毒殺한 罪'라고 했는데 계집은, 오랫동안이나, 그를 살해할 목적으로 그에게, 砒霜을 조금씩 먹여왔다고 했다. 그러자니, 그 계집의 몫으로 되었던 것은, 서답까지도 관에 몰수되어져 버린 것이다. (별세한, 읍장 겸직 판관의 男妾이었던 사내는 그런 이후, 읍의 햇볕 가운데로 나와, 새로 판관을 겸한 읍장직에 오른 자의, 사인교의 앞에서, 그의 나아가는 길을 텄으니, 말하자면, 새 사또의 官印을 걸메고 다니는, 通引役에 처하게 된 셈이었다. 이 젊은네가, 南岳 官營火葬場지기의 자식인 것을, 아는 자는 알고 있을 터이다) 어찌 그리고 물론, 죽은 이의 妻家에 그 부음이 전달되지 안 했겠는가. ……마는, 그 읍민 중의 누구 하나도, 그 일을 두고, 고개라도 한번 갸웃거린 일이 없었으되 이상한 일은, 그의 妻家에서까지도, 아무도 그 장례식에 참가하러 오지를 안 했다는 그 일이다. 커녕은 오히려, (이것은 물론, 며칠 후의 얘기를 선불 내 쓰는 소리지만) 그 댁의 청지기 늙은네가 법청엘 들러, (새로 판관 겸직 읍장을 하는 사내와 긴 얘기를 주고받은 후에) 저 죽은 이의 호적란에, 그의 정실부인으로 그 이름이 올라 있는, 자기 여자 주인의 이름을 떼어내, 본디 자리에로 되돌려 놓고나 있었다. 그 사내는, 죽어, 다시 독신으로 돌아갔다. 제기럴 너러, 너러러여, 여래[如來] 래여[來如],

空手來 空手去러여, 녀러.

한입에다, 여의주를 둘씩이나 물었다던, 그 龍의 髑髏 묻기는 그날, (죽은 지가 여러 날째 되어, 그 고기를 쓸 수 없는, 개를 묻듯) 그렇게 끝났으며, 그 저녁에는 읍의 壁報板에, '읍장 겸직 판관의 급작스러운 逝去'에 관한 官報가 내붙여졌다. (그 '死因'은, 앞서 밝혀진 바 있으니, 중복할 필요는 없을 것이다) 그러나 그 公報가 있었기 전에 읍은, 그 죽음에 관해 죄다 환히 알고 있었으니, (그리고도 읍민들은, 색깔 옷 입고, 개고기를 씹었으며, 야간 통행이 자유스럽지 못하게 되면서 새로 시작된, 한낮 色行의 숨소리를 낮추지 안 했었다) 그 公報는, 그 죽음을 公的으로 확인한다는, 그러니 公的 死亡診斷의 의미밖에는 더 없었는데, 그러했음에도 불구하고, 그 官報가, 읍의 有志層에다, 급성 경직을 일으키기에 충분할, 충격적 사건을 公表하고 있지 않은 것은 아니었다. 이 사건은, 아주 작은 글씨로 첨부해뒀으되, 그 파문은 컸었다. 라는 그 첨부된 公文이 나타내고 있는 내용은 이랬다. 저 '死人'과의 관련하에서, 그 '下手人'의 체포 감금을 밝히고, "엄정한 재판에 좇아, 쑥대머리刑에나 처하게 될 것"이라는 것이었다. (문안대로 따른다면, 실제에 있어서는, 그 재판은 이미 끝나 있으며, 그 '刑日'만이 결정되지 않고 있는 듯하다. 이 경우는 그러니, 그 '刑日'을 결정하는 일이, 그 '재판'과 맞먹는 듯한데, 그러나 그런 이후 아무도, 저 '재판'에 관해, 소문이라도 한 조각 얻어들은 자는 없었다는 얘기도 미리 꾸어다 첨부해두기로 하자) 헌데 저 '下手人'도, 그것이 누구였다는 것이 밝혀진 바 있으니, 두 번 밝힐 필요는 없을 터이라도, 그 '下手人'의 投獄의 소식이 그러면 어찌하여, 읍의 有志層社會에, 오뉴월에 내린 된내기나 같은 것이었는지, 그것은 물론 궁금하지 않을 수가 없으되, 그것까지도 그러나, 그즈음 읍내 유지네에 유행처럼 빈번하게 된 잔치라든지, 하는 것 같은 것을 들먹인 자리에서, 그 단서만이라도 밝혀뒀다고 할 것이니, (그것이 주된 문제가 아닌 이상) 더 파헤쳐 밝혀보려 할 것은 아닌 듯하다. 하품을 해가며 시벌시벌 웃게 하는 문제가 있다면, '정승'이 죽은 일로는, 문상객 하나도 얼씬거리는 일이 없다가, 그 집의 '개'가 官에 끌려간 일로는, 정승네 식객이었던 자들이 모두, 진땀을 흘리기 시작한다는, 그것쯤일 것이다. 그리고 그것이, 上層 쪽 世事던 것을.

그 壁報는 그리고, 끝으로, "읍민들의 야간 통행의 불편을 감안하여 官에서는 이후, 夜間巡察制를 폐지한다"고 했는데, 그것이 언제 法制化했던지는 아무도 몰랐으되, 그 일은 어쨌든, 누구에게나 쌍수로 환영되어졌다. 몹시 급해져, 지랄이라도 하고 뻗거나, 이웃 밭에 김매는 노파라도 강간하지 않고는 안 되게 생긴 놈만 빼놓고라면, 읍의 밤이 닫힐 것을 생각해, 이제 어느 놈이고, 하던 들일을 중두무이한 채, 바짓가랑이를 어중간하게 해 가지고, 몸이 수렁인 계집네로 달려가는 데 기를 쓰거나 하지를 안 해도 좋게 된 것이다. 이렇게 되면, (젊은네들마다) 일어난 욕정에 멍에 메워, 연자방아 돌리는 데 해[日]를 더 갈[磨] 터이니, 그 고을에 産業化가 이뤄지지 않을 도리가 없을 터이다. 그럼에도 물론, 어떤 놀롤한 것들, 밤갈이[耕]에 너무 힘을 퍼 써, 낮[日]갈이[磨]에 비얍 비얍 얍라차 얍라리 차찻, 지장을 일으킬 위험성이, 전혀 없는 것도 아니기는 아니지마는.

그럼에도 제길헐, 이제쯤은 却說할 일이로되, (處士여, 지난겨울을 나고 서랬던가 處士여, 글쎄, 베옷만 입어 지내는 처지에, 정원에다 뽕나무를 둬두니, 늦게 핀 잎에 벌레가 끓어, 잎이 푸르러야 되는 철에 푸른 잎을 몽땅 갉아먹어 치운다고 處士가, 그 밑둥치 부분을 썰어 눕히고 處士는, 그 '仁'의 맛이 仁하여, 仁한 나무가 그것이라고 감복숭아[扁桃] 둥치를 接했다 하더니 處士여, 그래서 그 가지들에서는, 뽕 뿌리가 꾸는, 봄 淡紅 알홍달홍, 사방 오방으로 나르는 꿈이, 무슨 五瓣花라도 피워냈으며, 오디 따 술 담그던 철에는 또, 손가락들이 자줏빛으로 醉하는, 그런 무슨 재미라도 보았다는가 處士여? [헌데도 賢者로 일러진 아히카르가 하는 소리를 귀 기울이자니 이런다, *"小子여, 너는 감복숭아나무 같지는 말거라, 왜냐하면 그것은, 모든 다른 나무들보다 먼저 잎은 피우되, 열매는 그중 늦게 맺는 까닭이니라. 小子는 뽕나무같이 될지니, 그것은 모든 다른 나무들보다 먼저 열매를 맺되, 잎은 그중 늦게 피우는 연고니라." 헷헷헷, 아 賢者여 그럼에도, 小說을 業 삼아, 목에 풀칠을 하는 자가,

* Ahiqar, *The Lost Books of the Bible*, 2章 10節.

어느 마을의 아랫목을 차지해 겨울을 나려 하며, ‘ㅈ’에다 ‘ㅜ’를 보태니 ‘주’ 字요, 또드락딱 또드락딱[목침 치는 소리] ‘주’에다 이번에는 ‘ㅇ’을 보태니 ‘중’이더라. 또드락딱 또드락딱, 갖다가시나 이번에랑, ‘ㄴ’ 字를 처녀 字로 삼고, ‘ㅕ’ 字를 총각 字로 삼아, 키 큰 삼밭에 데려다 누인즉, 삼 대궁들이 ‘녀’ 字로 쓰러져 눕는데, 또드락딱 또드락딱, 찰궁합이라, 년이 양각을 휠썩 쳐드니 ‘ㄴ’ 字 꼴이라, ‘년’ 字가 확연하다 또드락딱 또드락딱, 때에 당해 두 글자를 짜란히 놓고 본즉, ‘중, 중, 녀, 녀’, 하으 ‘중년’이 되었도다, 또드락딱 또드락딱…… 신명을 돋구는 대신, 그 하룻저녁 내도록 읽었어야 될, “즁년에비숑흔일이잇던거시엇다”라는 한 구절을, 뽕나무 오디 맺혀 익히는 것모양, 단숨에 읊어버리기로 한다면, 그리고, 그리고 또 말이지, 겉보리 서 말도 없이, 어느 과택네 머슴살이를 하는 사내가, 계집을 당해, “여인양각번듯들고옥문관을구버보며이상이도싱기였다밍낭이도싱기였다늘근즁의입일넌지털은돗고이는없다소낙이를마자쩐지언덕깁게파이였다콩밧팟밧지닉던지돔부쏫이비최였다……무슨말을하랴관듸옴질옴질ㅎ고잇노……” 어울리는 대목도 없이, 매 밤마다, 저 혼자 뽕나무 치기로 끝낸 뒤, 돌아눠, 코를 곯아대기만 한다면, 그 마을은, 그리고 그 알찬 과부도, 저 녀러 쓰잘 데 없는 잡것, 남의 배 속에 꾸믈트려 앉아, 진기만 빨아먹는 거위 같은 잡것, 녀러 작것, 그 작것을 갖다가시나, 거위 뽑아내듯 쑥 뽑아내, 마누라를 여럿이나 거느리고, 모이 줍기에 바쁜 장닭 전에나 던져줘 버릴 일이 아니겠는가? 밖은 시작하여 이제, 어슬렁어슬렁, 주춤주춤 다가온, 늑대 떼가 좁혀대는 추위며, 밤이며, 깊음이며, 그리고 눈발이며, 오드락스러운 겨울인데, 인데 말이지. 處士여 헌데, 處士가 接붙였다는, 處士네 정원의, 저 나무 한 그루는, 그 이름을 무엇이라고 해야겠는가? 비록 꽃은 감복숭아꽃이라 해도, 그 뿌리가 뽕나무인즉, 뿌리를 아비로 쳐 ‘뽕나무’라고 해야겠는가, 아니면, 그 흙 밑에 비록 盜蹠이가 묻혀 있었다 한다 해도, 그 무덤에 돋은 할미꽃을 할미꽃이라고 이르며, 도척이꽃이라고 이르지 않는 까닭을 들어서는, 그냥 감복숭아나무라고 해야겠는가? 헌데 그래서 유도되어진 것이 이것이지만, 前者를 고수하기로 한다면, 개 새끼까지도 佛이며, 後者를 두둔키로 한다면, 佛까지도 개 새끼가 아니겠는가, 하는 것을 고려하게 하는도다. 龍

樹가 말한다, "이것도 아니고, 저것도 아니다. 이것이 아닌 것도 아니며, 저것이 아닌 것도 아니다. 이것이나 저것이 아니며, 이것이나 저것이 아닌 것이 아니다." 咄, 그런즉 그것["Tat"—Skt.]이 그러면 무엇이겠는가? 喝, 그런 물음은 가당찮도다, 틀린 물음. 그럼에도 그 틀린 물음이라도 물어졌은즉, 가만히 본즉, 이것 봐라, 그것이 무엇이었든, 頭·尾를 갖춰 있었을 때는, 그냥 '허리 부분' 이라는 따위로, 가운데[中]를 차지해 있던 것이, 頭·尾를 잃자, 헌데 그 '허리' 도 잃어져지는 것은 아니며, 오히려 뿔[極]을 돋궈, 그것 자체가 머리임과 동시에, 꼬리가 되어지는, 그런 轉身을 목도하게 되는도다. 喝, 그럼에도 틀린 물음에 의해 얻어진 대답이 있을 수 있다면, 그것도 틀린 대답인 것을. 龍樹여 그런즉, '色'은 誤答인 것? 것? 것. [色不異空, 色卽是空] 그래서 '空'도 그러면, 誤答인 것? 것? 것. '中'은 그러면, 무슨 인연에 의해 '中'立을 지킨다고 할 것이냐?) 품바 또드락 품바드락 却說하고 볼 일이되, 한두 문전 더 끼웃거린다고, 폐에, 千場 萬場 갈 데만 많기만 갈 데만 많은 場, 한 군데도 들르지를 못하였구나. 나무야 허여—그러느라 하다 보니, 그리고도 여러 해 후에나 떴던 달은, 東海 한가운데, 물의 한가운데 있는 물의 샘에서 퍼 담아, 넘실거리도록 퍼 담아, 땋은, 짙은 그늘을 똬리 하여 머리에 이고, 中天까지나 온 그 한 동이의 그늘 섞인 빛을, 아직도 못 비워내 여태도 머리에 이고, 運行해 갈 時間을 잃어, 말하자면 時間의 낭떠러지 앞에서 깜박 솔아 있는데, 그러자니, 그 달 어미의 치마폭에 휩싸여, 그 빛 섞인 그늘 속을 헤엄치던 모든 有情들은, 썰물 때의 해변의 설핀 잠을 자왔다. 아으 그러다가 우니다가 또르르로 돌아왔네 품바 품바 돌아를 와 죽지도 아니하고 돌아를 와 이 場 저 場 다 버리고 사둔네 전으로 돌아를 와 엘씨구 지리구 잘이한다, 돌아를 와, 돌아를 와.

然이나, 중문을 열어 나가 촛불중은, 달빛을 따라, 길을 따라, 거기 달빛 깔린 길이 있었으니, 달빛을 밟아 풀썩풀썩 길을 나아갔다. 달에서는 그러자니, 그 디뎌진 자리에서마다, 폴씬거리는 달빛을 보얗 보얗 올려내고 있었다. 그것이 매워싸서 개들은, 매운 달빛을 뱉어 우짖어댔다. 그런 돌중의 뒷모습을, 흐, 흐, 흣, 그늘 쪽 앉은, 달 얼굴의 암캐 하나가, 건너다보며, 그 살냄새를 흠흠거리고 있었더라 했었던가, 했었을 것이지, 九泉에다, 매 꼬리가 모두, 한

밤[夜] 길이나 되는 것 아홉을 잠과, 그 누런 물에서 젖을 빨아, (“돼지는, 젖바다에서도 똥만 가려 먹는데, 백조는, 똥 덩이에서도 젖만 가려 먹는다”라거늘. 그런즉슨, 저 달은 백조겠는가?) 그 젖을 기름으로, 환하게 밝아 달인 계집—애를 먹어보아 그 배가 애 맛을 알고, 사내를 먹어보아 사내 맛을 알아, 게걸거리는 암캐. (듣기로는 헌데, 羑里 사는) 사내마다, 한번, 그 계집께 거드모리라도, 새호루기며, 눈흘레라도, 심지어 치맛귀에 상척자락 얼른 해봤으면 하고 생각이라도 해본 것이 있으면 그것까지도, (그 계집의 寡婦煞에 맞아) 결딴이 나고 말았으니, 캥, 크앵캑, 계집은, 열두 발 창자나 되는 밤[夜] 하나를, 열두 발 아홉 꼬리로, 서리서리 九泉에 사려놓고, 달을 품어 앉아, 그 모가지만 蓮으로 돋궈낸 印塘水, 달아, 밝은 달아, 印塘水, 사내에, 자식에, 배가 고픈 암캐—그 계집이, 붉은 눈으로, 그런 달빛 가운데를 비척이고 나가는, 한 중의 등을 핥더니, 붉게 핥더니, 그 등짝에서 도깨비불이 푸륵 푸륵 타도록 핥더니, 그 중이 벗으며 걷고, 걸으며 벗는 그림자를, 그 중을 휩싸았던 삼[胎褓]이라도 되는 듯이, 핥아 삼켰다. 달이 밝고 있다. 그늘에 앉아, 눈으로, 한 중의 삼을 핥던 계집은, 人肉과, 사내의 더운 피에의 그리움으로, 전신에다 털 같은 소름, 소름 같은 털을 일으켜 세우며, 부르르 부르르 떨고 있더니, 몸을 일으켰다. 그리고는, 배 속이 허전한 것을 생각해서였던지, 가야금을 안았다 놓고,

마구간에로 가서 여자는 그리고, (자기를 신뢰하는, 다만 하나의 친구이기도 한) 말께, 재갈과 고삐만 물리고 씌운 뒤, 안장을 얹지도 않은 채, 두 다리를 모아, 말의 왼쪽 옆으로 짜란히 밀어뜨린 자세로, 말을 타고 나섰는데, 그 댁 청지기 늙은네가 벌써 어느 틈에, 큰 대문을 열어 놓아두고 있었다. 그 댁의 그 주인 여자는, 밤으로는, 때도 없이 그렇게, 안장도 얹지 않은 말을 타고, 대문을 열어 잘 나가는데, 청지기 늙은네를 위시하여, 그 댁에 일하는 누구나 없이 (사실은 왼 읍이,) 자기네 여자 상전이, 그런 밤으로 어디를 다녀오는지, 물어본 적도 없이, 너무도 잘 알고들 있었다. 그들이 짐작하여 아는 바대로, 사실로 그 여자는, 큰 숲, 六祖의 무덤을 매달고 있는 그 큰 나무 아래, 근년에 아담하게 지어놓은, 祭室(靈室)에서, 그런 저녁들을 새우고 오곤 했었다. 이 저녁에는 헌데, 저 여자 상전이, 큰문을 나서기 전에, 그 대문 그늘에 웅숭그려 서

있는, 청지기 늙은네께, 날이 밝는 대로, 祭物을 좀 장만하여, 六祖의 祭室에로 가져오라고 분부하고 있었다. 청지기 늙은네 쪽에서는 물론, 대문의 빗장을 뽑는 중에, 촛불중의 행방에 관해 일러주는 것을 잊지 안 했다.

이 밤의, 이 여자의 行忘 부리기는, 전날들과는 같지 않되, 이 저녁에도 여자는 물론, 치마 입은 숙녀답게, 말의 한 옆구리에다 두 다리를 다 걸터 내린 투의 승마 자세로, 읍의 변두리 진 데를 돌아, 비가 추적추적 내리는 밤에, 어떤 밤 행려자가 든 燈이나처럼, 흐릿하게 멀어져 갔다. 여자는, 잠이나, 밤에라도 취한 듯하여, 자기 곁을 스치는 아무것도 알아보지를 못하고 있었으며, 여자가 탄 말도 그러자니, 반은 졸기로 걷고 있는 듯하여, 그 단조로운 足拍으로, 그 밤의 귀신들을, 권태와 고달픔 속에다 밀어 넣고 있었다. 무엇의 잠으로부터, 얼핏 빠져나온 듯한 저 말의 머리는, 큰 숲 쪽에로 돌려져 있었다. (이런 意識들은 그러면 분명히, 그것의 꿈속에로 내려가 있을 것인데, 그 꿈속에, 저 意識을 意識이게 꿈꿔내는, 그 잠은 있을 것이다. 이것은 그러니, 逆바르도에 대한 바르도의 풍경인 것이다. '잠'이 '꿈'의 역이며, '꿈'이 '잠'의 역인 것이다. 한 번 더 풀어 말하면, 일반적으로는, 어떤 '意識'이 '잠' 속에 떨어지면, 그 경로야 어떻든, '꿈'이 일어나는데, —그래서 '꿈'도 意識의 일종일 것인데도, 意識은 아닌 듯하다. —反하여 이 경우는, '꿈'이 '잠'을 자는 역할을 하기로서, 저 깨어서 움직이는 꿈들을 꿔낸다고 이해된다. 다시 말하면 무엇의 '잠을 자는 꿈'이 그 무엇의 '現實'을 일으켜 세운다고, 말할 수 있게 된다) 그러는 중에 읍은, 그 말에 타고 있는 여자의 등 쪽에서, 읍이 燈을 들고, 冥界 쪽인지 어딘지로 밤길을 떠나고 있어, 종내는 거기 달빛만 한 모닥의 재로 남고, 읍은 보이지도 않기에 이르렀는데, 그럼에도 여자는, 그 어디 그늘진 데로 폭삭 사그라드는 읍을 둘러보러 뒤돌아보지는 안 했다. 그렇다, 이 여자의, 이 밤의 이 行忘은, 이전의, 다른 달빛 아래서의 그것들과는 같지가 않은 것이다. 글쎄, 그 잠을 누가 자든, 여자는, 그 무엇의 잠에 묶여, 그 잠이 꿔내고 있는, 하나의 꿈의 역을 담당하고만 있어 보인다. 그러고 본다면 이 여자는, 이 저녁, 그렇다, 그 어떤 잠(송장)의, 뒈져 누워 시꺼먼, 아랫도리를 빼등히 일으켜 세우는 陰拍(요니)인 듯도 싶으며, 그 잠[재]을 담은 香爐인 듯도 싶으다. 巫女.

지난 얘기지만, 그래도 말이 나왔으니 말이지만, 이전의 다른 달빛들 아래서는, 여자는, 바로 이런 데 어디쯤, 읍이, 달빛 아래의, 그늘 속 어디로, 폭삭 꺼져 들어버려, 전설만 한 모닥 남기는데, 그런 데쯤 닿기만 한다면, 우선 타고 온 말의, 그 단조로운 톡박임을 늦추게 하고, 그리고는 그 말의 등에 앉은 채, 먼저 치마를 배꼽 위에까지나 걷어 올리고는, (하으, 저 비단 폭 아래, 셔리 셔리 똬리 쳐 있던, 한 뙈기의 메밀꽃 밭) 암구렁이 같은 다리 하나를 쳐들어 올려, 달빛을, 달빛 속의 거머리들을, 깊이깊이 쐬어 넣은 뒤, 그 다리를 반 바퀴 돌려 내려서는, 말을 두 다리 사이에 두고 걸터탄, 본격적 승마 자세로 바꾸고 했었다. 그리고는 여자는, 자기의 젖가슴팍에나, 소맷자락 속에 넣고 나온, 향내에 밴 명주 수건을 꺼내, 여러 겹으로 접어, 말의 등과, 자기의 會陰이 닿는 부분에다 깔아 넣는데, 그리고 나면 여자는, 그 말의 足拍을 좀 빠르게 하여, 들을 뚫고 나간다. 그러면 그 말의 등은, 여자의 아랫도리 아래에서 점점 더워지고, 그러자니 땀에 젖기 시작하는 그 馬毛들은, 차차로, 여자에게는, 지옥의 쐐기풀처럼 부드러워질 것이었다. 땀에 젖은 명주 수건은 나중에, 六祖의 祭室의 香爐 속에서, 어떤 수상스러운, 시꺼먼 연기에 싸인 불꽃, '말 대가리 형상의 불꽃'을 일으키며, 이상스러운 향내를 풍기다, 타 스러져버릴 것이다. 저 높은 나무의, 높은 가지 위에, 요요히 앉은 六祖는, 자기의 계집이, 그렇게 자기에게 오는 것을, 건너 내려다보았었을 것이었다. 그늘 쪽에 풀어헤친 달의 머리칼, 같은 그는, 같은 머리칼을 풀어헤친, 달 얼굴의 거대한 암독사의 하반신의, 한 검은 암캐가, (어째 그렇게 보이는지는 六祖 자신도 모를 것이지만) 六祖 자기의 얼굴을 해 달고 있는, 실한 말의 등에 뛰어올라 붙어, 그 말의 목덜미를 물어뜯고 있는데—송장으로부터 빼등히 일어나는, 시꺼먼 아랫도리, 蓮 속에 담긴 보석이여. (그래서 그것은, 시집도 안 가고, 청상에 과부가 된, 한 옌네의, 열명길 떠나 없는, 사무치게 그리운 님에 대한, 서럽디서럽고도 정성스러운, 한 祭祀였던 것이다. 아으, 달님은 아시리잇가? 아시리잇가? 아으, 달님은 아시리이다)

헌데도 이 저녁에만은 여자는, 송장으로부터도 音信을 빼등히 불러일으키는, 그 암캐 울음을 울려 하고 있지를 안 했다. 그 같은 암캐가 이 늦은 저녁에는, 차라리 骸骨이었다, 마른 늪, 그 님의 祭壇에 놓여진, 아으 님은 그을음도 없이 명명히 타는 불이어서, 그 불의 강림을 바라, 만월 때마다 海面에 떠올라, 억만의 거머리를 털로 해 달아, 숭실거리는 자벌레 같은 달빛에 쐬어지려고, (달밤에는 그래서, 달이 부르는 소리를 들은 것마다 水死를 당한다) 그것의 안을 뒤집어 해발씨고 있는 진주조개, 밤에 피는 푸른 蓮, 印塘水 같은 香爐 하나 여자는. 그런 늦은 저녁들로, 六祖의 얼굴을 꾸며 있었던, 그 꼭같은 말[馬]은 그러자니 이 저녁, 그 맨 등 위에다, 그 살이 더운 암구렁이의 하반신에, 암캐 얼굴의, 괴로워하는 달 하나 대신에, 어떤 욕망 탓에 차라리 속이 비어버린, 그믐달—骸骨을 하나 무겁게 얹고 있다. 그리고 말은 물론, 어디를 향해, 어떤 足拍으로 달려가야 할지를, 잘 터득해 알고 있었다. 어쩌면 이 밤에는, 달이 물론 거기서 밝고 있으며, 숭실거리는 빛을 수물수물 풀어헤치고 있음에도, 꼭히 달이, 저 여자를 불러냈던 것만은 아니었던지도 모른다. 툭 터놓고 말한다면, 여자는 사실 이 밤에, 달을 따라서가 아니라, 노란 촛불꽃 형상의, 사내 냄새를 풍기는 한 불꽃이, 그림자를 한 꺼풀씩 한 꺼풀씩 벗어 흘리며, 흐르적 흐르적 앞서 흐르고 있어, 부나비여서 그래서, 그것을 둘러 마시려고 그래서, 좇아 나온 것인데, 이 부나비는 아마도, 그 불꽃에 머리를 세게 부딪혀 찧고, 태워져, 재만 남기고 싶은 것인 게다. 그런즉슨, 부나비들이 나눠 갖고 다니는, 작은 불을 빼앗으려, 뜨거운 속삭임으로 불러내는 불꽃과, 그런 불빛에다 한번 시선을 걸기만 했다 하면, 아으 그리운 님, 그 원초적 불에의 운명적 향수를, 도저히 어쩌지 못해 하는 부나비는, 그런 어떤 간절한 일점에서 만나게 될 것이다. 그 만남을 위해 그래서 여자는, 그런 어떤 간절한 일점을 향해 가고 있는 것이다. 여자도 물론, 달리기가 빠른 말의 등에 타고 있는 자기가 먼저, 그 한 일점에 가서 있게 될 것은, 잘 짐작해 알고 있을 것이었다. 그러면 여자는, 그 祭室에 향촉을 밝히고, 향로에는 향을 피워, 그 香煙에 취해, 똬리치고 누워, 마음을 덥게 하여, 六祖의 강림을 기다릴 것이다. 여자는 지금, 六祖가, 저 촛불중께 심어주었다는, 그 하나의 불돌[火石]에의 그리움 탓에, 속옷을 입지 않은, 한 겹 비단 치마 밑에서, 肛門이, 치골이, 아랫배가 여러 겹으로 아파, 六祖께로 가고 있는 것이다.

그러나 이 밤에는, 그 똬리 속에서 여자는, 六祖의 발이 딛고 내릴 자리, 마음을 일점에 모아 데울 수가 없는지, 그 꼭같은 향촉 불, 그런 香煙에 아늑히 휩싸여서도 散調로 (靈室에도 하나 갖다 둔) 가야금만 散調로 뜯고 散調하고 있다.

그럼에도 여전히, 이 밤에는, 달이 밝아, 그 달이 촛불중에게서, 물이 두려운 그녀러 病을 일으켜낸 것일 것이었다. "거북아 거북아", 어떤 백조 한 마리가, 그것의 품에 품고 있는, 알의 귀속에다, 그 알 속의 것을 불러내는 노래를 불러 넣고 있었다. "모가지를 내놓아라." 아으 저 백조는, 만월에 水面에 떠오른 진주조개. 벗고, 송장을 디뎌 춤추는, 열엿새 달. "만약 내어놓지 않으면, 구워 살러 먹겠다." —항거할 수 없는 召命. 촛불중은, 會陰이, 치골이, 아랫배가, 무슨 異物感으로, 매우 앙구찮다고 느끼고 있는데, 글쎄 그녀러 것이, 무엇이 불러낸 소리에 귀를 연 것이다. 그것이, 무엇의 소리를 '불러들인' 것이다.

촛불중은 그러는 중에, 읍을 서쪽으로 벗어나고 있었는데, 그는 그 읍의 중앙통을 지나왔어도, 그 읍을 보지도 못했으려니와, 듣지도 못했음을, 허흐, 그 읍을 벗어난 데 닿아서야 깨닫고 있었다. 그리고 그는 기억해냈기를, 却說이 끈이 하는, 不眠의 밤의 參禪으로, 六祖의 靈室이 있다는, 큰 숲을 향해 가고 있으며, 그런 자기의 向方은, 자기 말고도, (별세한 장로네) 청지기 늙은네 한 사람이 더 알고 있다는 사실을 되뇌어보고, 그 입 귀퉁이가, 개장국에라도 젖은 듯해 보이는, 그런 웃음을 씻득 웃어내고 있었다.

길에, 걷기에, 신물이 나고, 이력이 나, 느리되 늦추지 않고, 빠르되 서두르지 않는 足拍을 익힌, 저 품바 公 투의, 그런 터벅 걸음으로 그가, 그 큰 숲에를 닿으려면, 그 닿게 될 시각은 대략, 여명이, 그 숲의 살갗에서, 잠이며 밤의 껍질을 벗기고 있을 때쯤이나 될랑가, 어쩔랑가, 그럴 것이다. 그럼에도, 그를 내려다보고 있는 달도 알고 있는 사실 하나는, 그것 자신의 몸속에다 대가리를 처넣어, 제 녀러 몸속 깊이깊이 가라앉아 기복해 있던, 이 한 마리의 거북은, 그런 무량겁이 지난 날, 무엇이 불러내는 소리에 귀를 열었으며, 그리하여 그 대가리를, 그 水面의 위쪽에다 드러내놓기 시작했다는, 그것이다. (그랬음에도 물론, 그 거북 자기는, 밖으로부터 스며들었다고 믿기워지는 그 노래가, 그것의 안쪽에서 끓어올랐을 수도 있다. 그리고 달이 그중 잘 관찰하고 있는 사실 하나는, 이런 식의, 꽃 한 송이도 웃기지를 못하며, 벌 한 마리를 꾀어 들이지도 못할, 제길헐 녀러, 虛構的 蜂蝶和答은, [저 蜂蝶을 꿈꾸어내는] 무엇이 깊이 자며, 꿈을 꾼다는 짓이, 그 꿈에서 다시 깊이 자는 꿈을 꾸기에 이르렀는데, 그 '꿈꾸어진 잠'이 또 꿈을 꾸었던바, 그리하여 일어난 꿈, 그 전도된 꿈이라는 그것이다. 그럼에도, 한 宗家의 宗主라고 이르는 자와, 미구에 치러질 祭祀를 통해, 그 宗主로부터 '침'을 얻게 될, 한 비구니 간의 和答은, 현재까지는, 그것이 비록 '虛構的'인 듯하다 해도, '삼남좆과 월경촌옥문'이 서로 만나기처럼, 구 할 구 부가량이 偶然에 의존돼 있는 것 같은, 그런 것은 아니다. [실제에 있어서는, 저 양자를 相接한다면, '偶然'性도 배제되려니와, '虛構'性도 驅逐되어 좋을 것이다마는] 아는 이는[이라고 해보아야, 저 비구니네 청지기 늙은네 정도겠지만] 아는 바대로, 저 한 空門의 祖師와, 비구니 간의, [畜生道用 言語로는 '姦淫'이라고도 표현됨에 분명할] '法의 與受'는, 저 '法'의 씨앗을 쥐고 있는 자가, 行者修業을 끝내, 閱世로부터 돌아온 때부터 행해져 오고 있는 처지였는데, [저 기름진 밭이 황폐해져 있었음을!] 그것의 祭儀化만이 그럼에도, 보류되어온 것이었을 뿐이었었다. 그리고 祭儀는, *法呪[얀트라]나, 法畵[만달라] 같은 것으로, 法呪가 '소리'['소리'에도 상징적 소리가 있음?]에, 그리고 法畵가 '記號'[상징적 記號]에 의해서, 不純[俗]함을 純化[聖]한다면, 祭儀는, 形式에 의해서 '俗'을 '聖'化한다. [저 三者가 모두, 'signifier'의 역할인 것은, 添註할 필요도 없을 터이다]) 그랬으니, 그 어떤 항거할 수 없는 부름을 좇아, 저 거북은 분명히, 제 깜냥껏은, 어디 이쪽 된 데서 저쪽 된 데로 나갈 것이로되, 여러 여러 주름의 풍파 밑에서도, 별로 꿈도 잘 안 꾸던 저 거북은 헌데, 바람 한 점도 없는 이 밤, 제길헐, 무엇으로 인하여 저렇게도 흔들려, 여러 여러 주름의 풍파를 일으키느냐? 夜鬼들이 본즉 그것은,

* 'mandala'와 'yantra'의 다름은, "the former is used in the case of any Devata, whereas, a yantra is appropriate to a specific Devata only."

홋홋홋, 아랫도리에다, 삘그런 촛불을 하나 켜 내놓아, 소금 같은 빛을 푸르륵 푸르륵 떨어뜨리는데, 왔다 씨버갈, 그 우멍거지진 데 허옇게 덕지덕지 쌓인, 수치의 곱이 떨어지기, 푸르륵 푸르륵 떨어지기, 마늘 냄새와 쑥 냄새, 너러 것이, 夜鬼 여럿을 칵 쫑쳐 놓았다, 잠 씌워놓았다, 풀기를 싹 없앴다. 하더라. 그리고도 그것은, 자기가 스쳐 가고 있는, 아무 풍경 하나, 귀신들의 야유 하나, 보지도 듣지도 못하고 있었다. 불꽃이 꼴려, 그것 좀 누고 싶어, 그것을 불러내는 소리를 따라, 헐부적 털부적 용쓰고 있는, 요 너러 남생이, 촛불중은(.), 계절이며, 여러 형태로 부는 바람의, 억세고도 가녀린 푸르고도 붉은 손가락들의 彈琴에도, 한 번도 그 비밀한 소리[音]를 울려 내본 적이 없는, 노상 소리[音]를 울려 내는 저 큰 숲의 共鳴管 되는 부분의, 그 한가운데, 한 번도 울려나본 적 없는, 비밀한 소리[音]들이 모여 이뤄진, 소리의 연못 위에, 하나의 알을 품어 희게 핀, 한 마리의 백조에게 귀[耳]를 묶여버린, 에헤라히 순 水夫님, 촛불중은.

때에는, 저 큰 숲의, 저 비밀한 소리들이 깨어나본 적이 없는, (그 큰 숲의) 共鳴管 속에든, 아니면 그 큰 숲도 훨씬 너머, 새소리도 못 닿을 어디 잠푹한 데든, 제 너러 깊은 잠을 누이고, 夢頭만 떼어내 마을 나왔던 달도, 피로 탓이든, 새벽닭 울음소리 탓이든, 아무튼 빛을 많이 바래고, 창백해져, 뉘어놓고 떠나온, 제 모가지 아래쪽의 지옥만 한 두터운 잠을 건너다보기 시작하고 있었는데, 숲에서는 벌써, 어떤 일찍 잠을 깬 새들이 몇, 아직도 잠이나 꿈에 취해서인 듯, 푸륵, 푸릇, 푸르릇불긋, 울기, 쭈르릇, 쭈르르쫑긋, 시작하고 있었더니, 물길도 삼만 리, 뭍길도 삼만 리, 제 몸속에서 대가리 하나 뽑아내기가, 육만 리나 되게 어렵던 거북님, 은 촛불중(,)도 피로 탓이든, 새벽닭 울음 탓이든, 어깨를 늘어뜨리고, 모가지 아래쪽의 畜生道가 번뇌여서, 그것 좀 벗어 누일 자리를 내어다보기 시작하였다. 글쎄 그는 그때쯤, 저 큰 숲에서 우는 새 울음소리들을, 아주 가까이서, 앞에 두고 듣기 시작하고 있던 것이다. 그러면 오래잖아 그는, 그 숲의 共鳴管이 되는 데, 바람이 불어도 흘러 날아가 본 적 없는 그 숲의, 소리가 샘이 되어 한 백조를 불러들여, 그 [9]백조의 품 아래 한 알이어서 (샘이 백조의 날개 밑에 덮이자 통째로 알이 되었음을!), 그 따뜻함에 밤새도록 눈을 띄우다, 종내 두 잎짜리 한 송이의 붉은 蓮을 孵化해 놓은 데, 거기서, 그 蓮의 안쪽에 밝혀진, 빤한 불빛을 보게 될 것이다. 그러면 그는, 그 숲이 한 번도 울려 내본 적 없는, 그 비밀한 소리를, 散調를, 어떤 求心力에 의해, 어느 일점에로 휘몰아 드는 散(흐트러지는)調(소리를)를, 듣게 될 것이고, 그것도 빤한 불빛, 그런 잠시 후에는, 밤에로는 늘 백조가 되어 어디에론지 날아가는, 그 순하고도 풍더분한 누님 같은 말이, 기와로 지붕 해 아담하게 지어놓은, 六祖의 명패를 모신 祠堂 문 앞에, 서서 자는 순한 잠을 만나게 될 것인데, 촛불중은 그러면 먼저, 자기 兄祖의 관곽을 매단 그 큰 나무 끝을 올려다보다, 그 나무둥치에 대고 두 번 절한 뒤, 흙 위에로 돋아 올라와 있는, 그 나무의 蓮足에다 이마를 대고, 兄祖께 자기가 그 자리에 와 있음을 고할 것이다. (그 큰 나무에, 스스로 목을 매달아 죽었으므로, 그 나무 밑에다 묻어주었던, 그 읍장 겸직 판관의 移葬이며, 그 같은 나무 아래 石壇 밑에 묻힌, 죽은 읍장 겸직 판관과, 어쩌면 그의 아비만 알고, 심지어 그 어미까지도 모르는, 六祖의 [落胎, 流産당한] 씨앗의 무덤 위에도, 어떻게든 흐르적여 들어 쌓인, 낙엽이 두텁고 있다는 얘기 같은 것은, 새삼스레 이 자리에서, 쳐들어 운위할 일도 아닌 듯하다) 그러는 중에 촛불중은, 이상스러운 오한 때문에 으스스 전신을 떨며, 소름에 덮이는 것을 경험하게 될 것인데, 그럴 것이, 한둔[露宿]에 冷根이 박힌, 却說이의 뼈가, (밤이 새벽으로 바뀌는) 새벽 갈이의 으스스함에 울지 않을 도리가 없던 것도 물론, 그런 까닭일 터이지만, 무엇보다도 거기서 그는, 뭔지 그것이 부르는 그 소리를 좇아, 그렇게도 멀리 헤맸던, 그것은 '밀물의 소리'랄, 그 '부름'이 딱 멈춰져 버린, 그 無音을 듣게 될 것인 데다, 그 희어진 자리에 헌데 이번에는, 아으 님은 아시리이다, 빤하게 불 켜진 祭室의 안쪽에서 누가, 밤새도록 철이 다 가도록 중몰이 잦은몰이 휘몰이로 앓다가, 새벽 들어 지쳐, 설풋잠에 든 중에 한 번씩, 그러다 또 한 번씩, 된숨을 몰아쉬듯 뚱, 그러고 나면 또, 無音의 한 잦은몰이가 한바탕 휘몰아가기만큼이나, 아으 님은 아시리잇가, 기다리기의 번뇌를, 단조로운 번열의 세월을, 눈알이 빽빽하도록이나 겪은 뒤, 아흐 님이 오마더니 뚱 둘이 지고 샛별 뜬뚱뜨뜬다 느리게 진양조로 뚱드등 속이는 제 그르랴 기드리는 내 그르랴 뚱, 뜨 뜯어 가야금 소리를 흩비 뿌려 적셔

댈 것이니 그렇다. 그 오한, 그 소름 돋기, 그런 된내기 내리기, 희어지기, 그런 去勢를 통해, 촛불중은 그러면, 웬일로 아랫도리가 빼등히 일어섬을 느낄 것이고, 그러면, (거기 어디에, 발정한 암컷이 기복해 있는 것을, 그 암내 맡아 알고 있는) 神들과 魔들 百八位가 모여들 것인데, (발정한 암컷이 있는 곳에서) 빼등해 오르는 사내의 하초가, 욕망으로 떠는 자리에는, 서슬이 푸른 劍이 뽑혀져나 빛을 뿌린 자리에서와 마찬가지로, 언제든, 저것들 먹고 마실, 仙餠神酒가 넘치기 탓이다. 수컷의 빼등한 하초는 祭祀나무, 神들과 魔들은, 그 나무가 흘리는 즙을 마셔, 不死永生을 성취한다. 그제 이르르면 촛불중은, 그 禪木[祭祀나무]을 디뎌 내린, 兄祖의 蓮足의 뜨거움으로, 그에게 祭祀 드릴 것을 생각하여, 香煙 탓에 香燭 빛이 흐려져 있는, 祭室을 열고 들어갈 것이다. 그러면, 그 안에 있어, 새벽이 되도록 가야금을 타왔던, 그 여자는, 거의 경련을 일으키며, 가야금을 한옆에 밀어놓은 뒤, 황황히, 주인에 대한 여자 종이거나, 스승에 대한 제자이거나처럼, 美里의 七祖께 경배하여, 그 방바닥에다 이마를 조아릴 것인데, 그 여자께는 합장해 보이고, (아무 놀라움의 표시도 드러냄이 없이) 향이 타고 있는 향로 앞에 가, 입었던 옷을 흘려내 벗은 뒤, 兄祖의 영상을 양미간에 고수하여, 제 몸에서 털 셋을 뽑아, 그 향로에다 태워 올릴 것이다. 그 한 터럭은, 자기의 두상에서 뽑은 것일 것이며, 하나는 눈두덩에서 (그러니 눈썹을) 뽑은 것일 것이며, 그리고 마지막 한 오래기는, 자기의 치골에서 솟구쳐 올린 것일 것이다. '마음' '말' '몸' —그 세 가지 것 바치기, 그 祭司長은, 그 祭祀를 그렇게 치를 것이다. 그리고 그 祭主는, 자기가 美里를 떠나려고 했었을 때, 美里의 토굴에 놓아두고 갔었던 그 바리때, (美里의 村長들끼리 물림한다는) 그 骸骨이 그 제상 위에 올려 놓여져 있음을 볼 것이고, (그리고 '해골'은, 女性的 국면의 '원초적 질료'라고 하거늘) 그는 서슴잖고 그것을 취할 것이다. 그것은, 六祖가 그 속에다, '금'과, '몰약'과, '유황'을 담아, 바로 이 사미에게 전수했던 그것이니, 당연하게도 이 사미의 것이었으니, 그럴 것이다. 그때, 이 사미의 스승이던 자는, 解脫한다며, 오히려 棺槨 속으로 걸어 들어가 똬리 쳐 죽고 있던, 그런 한 엄숙한 순간에 처해 있어서, 제자가 스승께 바쳐야 했을, 세 가지의 조공을 바칠 기회를 얻지 못했었는데, 그런 채로 세월만 흘러 오늘에 이르렀으되, 헛, 그 조공에는 이자가 붙지를 못했다. 그 제자가 살을 입고 있는 한, 그럼에도 그 조공 바치기는 늦은 것은 아니다. 아니라도, 그것을 받아들이는 그 일방이 살을 잃고 있어, 그것은 그래서 祭祀化한다. '거웃'은 '몸'이다, '눈썹'은 '말'[言語] 이다, '머리칼'은, 그러면 '마음'이다. ―그 모두를 다 바치고 난 뒤, 저 촛불중께, 촛불중의 몫이라고 남는 것이 있을 만한가? 있을 수도 있다면, 그것은 무엇이나 될 것인가? 아 허기는 물론, 어떤 꽤는 요족하게 산다는 늙은네들이 사들인, 어린 몸종 년들이 그 늙은네들 알게 모르게, 그 몸, 그 말, 그 마음들을, 장마철 저수지 물보다 더 흔전만전 낭비를 하고도, 저녁에는 제 년들의 늙은네들 품에로 안겨드는 일들을 두고 본다 치면, 그리고도 사미는 여전히 한몫의 촛불중일 것이 아닐 듯하지는, 않기는 않다. 그리고도 이 사미는, 그 세 가지 것(마음·말·몸) 말고도, 한 가지 것을 더 갖고 있었는데, 아는 이들은 아는 바대로, 전에, 제법은 오래전에, 그의 그 兄祖가 그에게 비역을 해서, 촛불꽃 하나를 찔러 넣어서, 이 사미의 창자 속에 '빛돌'지게 한 일이 있었거니와, 夢精을 통해 빠져나간 불이, 두룩 년께 애를 배 주기에 이른다 해도, 그 꿈을 깨인 새벽, 그 夢精꾼 당자가, 그 빠져나간 불이 제 것이라고, 그래서 두룩의 배 속의 것이 또한 제 것이라고, 사유시방에다 고했다는 古事가 별로 없는 것으로 보건대는, 이 사미의 배 속을 떼그럭거리는 그 빛돌도, 저 두룩의 배 속의 것과 별로 다름이 없을 터이다. 헌데도 여전히, 무엇이 난제인가 하면, 이 사미께 異物感스러운 저 만트로다라(Mantroddhāra Skrt.)는, 그럼에도 바로 그 '몸·말·마음'에 접붙여져 있던 어떤 '異物'이었었는데, 만약 어떤 제자 되는 자가, 그의 스승 되는 자의 요구에 의해, '몸·말·마음'의 세 가지 것을 다 바쳐야 했다면, 그런 경우, 저 불돌[火石] 의 소속이 어떻게 돼야 하는가 하는, 그 점이다. 그럴 것이, 왜냐하면 그것은, 소속이 다른 것이, 소속이 다른 것에, 소속되어 있었던 때문이다. 그것은 제길헐, 치질 같은 것이겠는가. 그것은 그리고, 어떤 운명적, 파발꾼의 품속에 넣어진, 請婚狀도 같아 보인다. ―남의 請婚狀을 품에 넣고 바삐 가던 어떤 파발꾼 하나가, 나루 한번 잘못 건너다, (본디 있던 사공이 저 파발꾼 대신, 뱃전을 뛰어넘어 가버린 통에) 제 놈이 그 사공 대신 나루에 묶여 있는 식인데, 그 누구네서 누구네로 전해야 하는 그 請婚狀은, 아직도 자기의 품속에 있는 채, 얼마나 많은 춘추가 바뀌었는고, 그런데도 그런 이후 아직껏도, 나루를 건너려는 손님은 하나도 없이, 파발꾼은 나루에 流刑 갔다(는 古事가 있다). 하으, 신부가 될 그 처자는, 아직도 살아 있는가 몰라, 푸른 저고리 다홍치마로, 그 파발꾼 되돌아오는가 싶어, 하루에도 삼백예순다섯 눈길을 사립짝에 쏟으며, 수줍어싸서, 마음도 울렁거려싸서, 그 붉은 얼굴에다 마음으로는, 하루 삼백예순다섯 번이나, 연지 곤지 찍어 바르는가 몰라 몰라, 몰라, 모르는데, 이거 이렇게 나루에 묶여 있다가는, 피어보도 못한 처자 하나, 古木을 만들겠다, 폭삭 재로 만들겠을 일이겠다, 나루는 비워놓더라도, 그래서 나루를 건너려는 길손들이야 물에 빠져 죽든 말든, (아으 公은, 물을 건너지 마오) 어기 어라 죽든 말든, 지국총 어사와 죽든 말든, 전해야겠을 그 婚書狀이나 먼저 전하고 볼 일은 아니겠을라는가?

그런 뒤, 어쩐 일이 일어났었던지는 그 나룻배밖에는 모를 일이었으되, 그 나루를 지켜 앉아, 담배 피우기로, 빈 낚시질하기로, 철[季節]을 건너든, 그 *낫토롬한 사공이 보이지를 않더니, 그런 뒤, 또 어쩐 일이 일어났었던지는 모르되, 그 나루에 새로, 수염 한 가닥도 못 돋궈낸 사공이 하나 나앉아 노를 쥐고 있는데, 그는 담배도 피우지 않고, 낚싯대도 들고 있지를 않은 대신, 저 앉은 뱃전을 흐르는 흐름을 들여다보며, 그 소리를 듣기로, 세월을 잊어가기 시작했다고 했다. 그는 그의 先人沙工과는 달리, 나룻배에 몸을 실은 그 순간, 그 흐름에다 얼굴을 빠뜨렸는데, 그것을 못 건져내어, 그래서 그 나루에 流刑 간 것이었을끄나? 그건 어쩌면, 그 자신도 확연하게는 모를랑가 모른다. 모르되, 그가 확연하게 하나 알게 되는 사실 하나는, 흐름은 그렇게도 쉼 없이 흐르고 있음에도, 거기 빠뜨려 든 자기의 얼굴은, 한 치 반 치도 흘러 내려가는 일이란 없다는, 그것이다.

그런 후, 항간에 떠도는 말을 주워듣건대는, (美里에) 八祖師가 왔는데, 그는 태어나본 적이 없이 왔다가, 그 흐름 속에 천만 근 무게의 얼굴을 빠뜨리

* 낫토롬한: 나이가 들어 보이는.

고는, 그 얼굴을 못 건져내어, 아직도 그 나룻배 전에 엎드려 앉아 있다고 한다. 태어나기도 전에, 解脫을 성취해버리는 자들도 있는 것이겠는가?

[10]옴 항솨 소함 스바하!

제5장

전의 어떤 한철 세상엔 '불'이 없어, 왼통 추위며, 어둠이며, 불모며, 황폐며, 어설픔뿐이어서, 有情들 살기가 괴로움뿐이었던 시절도 있었더라 했는뎁지, 그게 어쩌면, 우리들의 '漁夫王', 羑里의 一祖村長, 荒淫으로 根에 瘡病이 침중해진 뒤에쯤 얘길라는가 어쩔라는가, 모릅지. 나중에 듣자니, 그 '불'은, 이 세상 하필 다른 무엇도 말고입습지, 허, 헛, 허떤 [1]귀멀은, 벙어리 뱀 한 놈이, 제 배 속에 감추어 넣고, 저 혼자만 그 불씨를 지켜, 응달에 호꼰하게 누워 있었던 그 까닭이라 했는뎁습지, (村僧은, 바로 이 음험한 구렁이 놈의 얘기를 풀어드린 일이 있었습지) 헌대 그 철 세상의 아무도, 도대체 어떤 경로로, 그 불이 (그 冬至 다음 날로 아기 해님들이 태어나기는 합습지만) 같은 놈의 창자 속으로 임신되어 들어갔는지, 그것은 알 수가 없었더라도 했습지. 그도 그랬었을 것이, 귀 멀은, 벙어리 뱀의 말[言語]은, 그것이, 임신하고 있는 그 '불'과 다름이 없었을 터였는즉, 누가 과연, 그 귀멀은, 벙어리 뱀의, 그 '침묵의 천둥'을 들어, 그 의미를 판독해낼 수가 있었는가 말입지?

허, 허긴 六祖께서입습지, 한번 마, 말입, 입습지, 이 사미께 대곱지, 흐, 흣, 비, 비, 피, 피역을입지, 하, 하, 한번 하신 말입지, 일이입습지 말입지, 있었더라 말인뎁습지, 村僧이 그런 얘기쯤 말씀드리지 아니했던갑지? 그때, 란, 입습지, 六祖와 그의 사미 간에서 비역이 행해지던 때란 말인뎁지, 그 사미 놈은 입지, 한 대의 아편으로 하여서납지, 한 魔心을 항복 받으려 하고 있었는데 말입습지, 글쎄지, 저 魔心을 일으키는 魔根의 응시를 修業 삼고 있었는뎁지, 때에 六祖의 내방을 받았드랬었습지. 그때도 한 대의 祭燭은, 저 祭壇 위에서 타고 있듯, 그렇게 타고 있었습지. 귀머거리의, 한 벙어리 뱀이, 그랬었습지, 저 빛의, 불의, 나무를 타고, 쓰륵쓰륵 감아 오르고 있었습지. 글쎕지, 그 불나무 끝에 맺혀 익고 있는, 그 불의 열매[卵]를 삼켜 먹으려고, 짜개진 혀를 일럭이며 오르고 있었습지. 말한 바의 저 비역은, 느닷없이 그때 이뤄져지고 있었습지, 六祖와 한 美童 간에서 말입습지. 六祖가, 그 빛의, 불의 한 열매[卵]를, 천둥 같은 침묵의 말[言語]의 火魚 한 마리를, 저 美童의 똥구녁(귀머거리의 벙어리 뱀!) 속에다 밀어 넣어 줘버리더군입지. (時間의 未來를, 時間의 過去 속에다 埋葬하기. 아비박수[覡]가, 자식박수의 창자를 가르고, 빛돌[火石]을 심어 넣어주기) 아으, 그, 그흐, 흐러면, 六祖의 암컷이엽, 六祖의 암놈이엽, 그러면 알겠는갑, 그 불의 祭祀의 의미를 알겠는갑? 그런 후, 그 사미는 말입습지, 줄곧 말입습지, 치질을 앓고 있는 듯한 느낌을 갖게 되는뎁습지, 그럴 것이 왜냐하면, 그 면님은 그런 후, 항문을 통한 창자 속에입습지, 무슨 異物을 끼워 넣고 못 뽑아낸 듯한, 그 앙구찮은 느낌을 영 못 가셔낸 까닭인뎁지, 그것은 무슨 촛불꽃이나 그런 것처럼, 저 창자 속 어디, 열두 굽이진 데 말입습지, 아직도 켜져 있는 듯한데 말입습지, 안 뜨거운 건, 그것이 그냥 그런 촛불 크기만한, 무슨 빛돌, 또는 불돌로나 굳어져 버린 그 까닭이나 아니겠는가, 하고 있습지. 美里邑에 대해 촛불중 같은, 그것은 그래도, 異物입습지.

그러자니 말입습지, 그 한세상은, (우리는 시방, 불을 姙娠한, 귀멀은 벙어리 뱀 얘기를 해오고 있었던 중이었습지,) 어떻게 그 음험한 구렁이로부터, 그 불씨를 좀 얻어낼까, 그런 일념으로 왼갖 궁리에, 노력을 다 바쳐보았던 모양이었어돕지, 아무도 그 침묵의, 化現 이전의 언어를 이해해낼 수 있는 자는 없었던 듯했었습지. 그랬으니 물론, 그 세상에서는, 밖에다 榜을 내걸어, 그 사정을 밝히고, 賢者며, 勇士를 구하기도 했었겠습지. 그러던 어느 날, 그 榜을 읽고서였든 어째서였든, 어디로부턴지 헌뎁지, 까불거리는 매 한 마리가, 그 세상에로 날아왔더라 하는뎁지, 그 새는 누가 보기에나 웃음을 못 참을, 그렇게나 우스꽝스러운 몸짓을 익혀 갖고 있어, 그 새는, 鳥(朝)廷 일등 광대가 분명하다는 것쯤, 누구에게나 쉽게 짐작하게 했습지. 그러자니 그 한 세상에, 아직 불도 없이 온기가 돌았는뎁지, 풀포기들까지도, 그 새가 까불거리는 것을 구경하려, 아닌 철에, 아닌 시각에, 꽃을 돋궈내 피우기까지 했다고 이르니, 그 귀먹장이 벙어리 뱀이라도 눈은 시퍼렇게 뜨고 있었으니, 그 새를 구경하려, 그 자리에다 어찌, 눈이야 보내지 안 했겠으룝? 헌데 대체, 저 매의 무슨 말[言語]이, 또는 무슨 몸짓이, 저 귀 멀은 뱀의 고막을 두들겨 열고 들어가, 그 안쪽의, 無音의, 沈默의, 깊은 잠의, 非化現의, 무슨 鍵을 쳤기에, 하, 하, 하하, 하나의 말이 괴어 올, 올, 홀, 홀랐흘깝, 벙어리 뱀이 그만 웃고 말았다 하, 하으, 하으, 하는갑! 하으흐뺼사, 저런, 처런 순, 그 글쎕지, 그러는 그 어느 한 찰나, 귀멀기와, 말 못 하기에 의해, 단단히 테를 메어 억제해놓았던 웃음, 을 웃는 그 순간, 글쎕지, 그 뱀의 그 凍結된 암흑, 그런 잠 속에서 어느덧 부화된, 그 까불거리는, 웃기는 새, 한 마리 불이, 화르륵 날라 나와버렸군입지! 그랬더랍습지. (그래서 참으로 그 한세상用 불은, 그렇게 해탈을 성취했었는갑? 아니면, 도망쳐 나온다고 나와 서는, 나온 데로 새로, 들어가 버렸납?)

[2]"계집의 하반신은, 犧牲祭를 드리는 祭爐, (계집의) 거웃은 (저 祭祀에 쓰이는) 祭草, (계집의, 안쪽 되는 데 벽의) 피부는, 타고 있는 祭火, 계집은, (사내로부터) '소마汁'을 짷아 내는 맷돌."

그 祭爐에 祭酒(소마汁)를 바치던 祭司長 촛불중은, 內侍였었다. 그 祭祀가 바쳐진 火爐에서는 필시, 어린 불새[火鳥]가, 재를 헤쳐 일어설 것이었다. 그런 뒤 그 새는, 八方으로 여덟 발자국씩을 내디디며, 여덟 울음(天上天下唯我獨尊)을 울어, 美里의 第八祖 宣言을 할 것이고, 그러면 그의 祭司長 內侍는, 八祖에 대한 예로써, 합장한 뒤 재배하여, '침' 건네주기로, 그 祭爐 전에 입을 맞출 것이었다. 실제로, 그리고 저 祭司長은, 그렇게 하고 있었다. 저 內侍가 믿었기로는, 한 村長의 苦行의 結晶은, 비유로 말하면, '神의 땀방울'과도 같아서, 구유 속에 던져져서도, 또는 갈대 줄기 속에 스며들어서도, 그 구유나 갈대를 태워버리든, 아니면 싹을 틔운다. 그럼에도 그것이 母胎를 얻지 못하면, 뜨거움으로 그것은 수은방울처럼, 모든 곳으로 구를 것인데, 그것 굴러간 자리는, 불 바퀴 지나간 자리와 같을 것이어서, 子宮을 얻지 못할 때 그것은, 한세상에 대해 火山 같은 위험인 것이, 그것이었다. 헌데 장엄한 이 새벽, 그렇게나 위험스럽던 한 방울 불은, 그것을 수용할 만한 母胎를 얻은 것이다. 에마호! 그럼에도 그 뜨거움은, 性慾에 광분해 날뛰는 火龍을 천 마리씩이나 거느려, 여기서 저기서 火山을 터뜨려내는 地震모양, 그 子宮까지도 한바탕 뒤흔들어 놓지 않을 수가 없었을 것이고, 그리하여 그 子宮을 휩싸아 안은 흑암—그 계집을, 한 죽음 속에다 밀어 넣었다. 그럼에도 계집은 그 法恩에 의해, 오래잖아 깨어 일어날 것이다. 저 祭司長이 믿었기로는, 아직 '살'[記號]을 못 얻어 입은, (그래서, 다만, 意味 모를 意志만 있는,) 저 '불의 意味'는, 글쎄, 그만큼은 비범한 씨앗이었었다. 後世人들은, 그리하여 기릴 것인가, 그 한 (불의) 梵魚는, 그렇게 複數男根을 통해, 複數子宮을 거쳐서, 複數的 誕生을 성취했었다고, 그리하여, 태어나기로 태어나기를 뒤집었다고, 다시 말하면 태어나기로 태어나지 안 했었다고, 八祖에 대해, 그리하여 기릴 것이다. 이 祭祀의 祭長 七祖야말로 그래서, 이 祭祀의 司祭役인 것인데, 글쎄 그는, 오래전에, 여러 칼파 전에 入寂한 저 불씨의 아비 되는 자와, 그런 오랜 후에야 母胎를 얻어 (그 어미께 두 번째로) 姙娠된, 그 어미 되는 자 사이에 있어 오며, (間場) 그 자신이 그 불씨의 어머니며 아버지로서, (間場) 한 宿主, 한 橋梁이고 있었는데, —그래서 (羑里의) 七祖는 內侍, 文祖의 바르도, 間場, 그 탓에, 그는, 그 불의 소리를, 慢性盲腸炎모양 싸안고, 제길헐 녀러, 그녀러 풀 곳 없는 性慾도 같은, 異物의 불편함으로 헤매기도 많이 헤맸었느니, [3]鰱魚여서 드디어 고향에 돌아와 그는, 제길헐 녀러 그 붉은 피를 토해버린 것이다, 재[灰]까지 바쳐버린 것이다. 거기 黃泉이 입 벌려 있다, 저 '불의 意味'를 받아먹고 있었다. 그리하여 八祖는, 落胎되고 말았다. (라는 訃告, 死産兒 宣言은 뭣인가 하면, 어떤 奇緣에 의해서였든, 한 우주적 씨앗[意味]이, 아비를 어미 삼아, 아비의 창자 속에 담겼다가, 싹틔우기를, 살[記號] 입기를 보류해뒀다가, 그 아비의 창자를 벗어나기에 이르렀는데, 그럼에도 그것은 살을, 運命의 記號를 못 입었다는, 그런 얘긴 것이다) 그것은 참으로 비극적이거나, 佛恩에 넘치는, 기이한 운명이랄 것인데, 안됐지만, 또는 잘됐지만, 말한 바의 저 어떤 기이한 운명에 의해서 저 하나의 씨앗은, 橫的 宇宙에, 縱的으로 姙娠이 된 것이, 문제가 된 것이다. 그 아비 하나는, 나무를 타고, 한 우주를 위쪽으로 올라가 버리기로, 橫的 흐름에 단절을 일으켰던 사내였었으며, 아비 하나는, (이 時相의 倒錯은 매우 권장할 만하다 할 어떤 것이다) 장차, 그런 '세상나무'를 거꾸로, 흙을 파내려, 아래로 올라가 버리기로, 또한 橫的 時間에 단절을 일으켰던 사내였는데, 저런 縱的 '멈춤의 흐름'의 會陰에서 일궈진 불씨는, 母胎(子宮)라는, 橫的 宇宙가 주춧돌을 놓는 자리에 담겨졌을 때, 결과는, 그 특정한 씨앗의 流産, 그리고 流産이 동시에 受胎, 受胎는 또한 동시에 落胎인, (얼핏 그것은 兩面的인 듯해도) 그 單面的 輪廻만을 거듭할 뿐일 것이다. 글쎄, 어떤 경로에 의해서든, 한번 일어난 '意味'(意志)는, 스러지지를 못하는데, 그럴 것이 그것은, 스러질 수도 있는 아무 조건(記號—몸)도 구비해 있지를 못하고 있기 때문이다. 그것이 어떻게 이뤄질지, 그것을 알기 위해서는 八祖를 추적해 보아야겠지만, 이 한 매듭점 풀기는, 순전히 八祖만의 문제일 것이다. 반복되는 느낌이 없잖아 있으되, 글쎄 그는, '運命의 記號'(몸)를 입은 적이 없어, 畜生道나, 鬼界(프레타로카), 또는 地獄界로도 가라앉아 내릴 만한 무게도 없으려니와, 동시에, 위에로 오를 가벼움도 없고 있는 것이다. (縱的 宇宙와의 관계에서의 重力/無重力은, [몸을 벗은 것, 또는 입지 않은 것의] 羯磨와 비례한다고 하잖더냐) 그것의 비극은, 그리고 法恩은, 그것은 無業의 '意志'라는 그것이다. 그런즉슨 그것은, '解脫'을 성취해버린 것인데, 그럼에도 저 하나의 이상스러운 '意味'와 더불어서는, 저 '解脫'은, 열매가 아니라, 씨앗이라는 데 문제가 있다. (허으, 그래서 그러면, '열매'와 '씨앗'은, 어떻게 다른가?) 그래서 저것은, '滅度'라는 따위의, 襌褓에 싸여지지가 않는다. 그렇다면 그것은 결국, 어떤 식으로든, 프라브리티 속에로 그것 자신을 드러내지 않으면 안 될 것인데, 지은 業이 없어, 바르도엘 들지 않은 것이, 그러나 무슨 수로, 살[畜生道] 속에로 뚫고 들 수가 있을 것인가? 무엇이 畜生道의 大氣圈을 뚫고 들기 위해서는, 하나의 거대한 流星이 갖고 있는 정도의, 業量을 구비해야 하는 것을. 咄, 저 한 방울의 '불의 意味'를 위해서는, 니브리티도, 프라브리티도, 無門이어서, 고자 어머니일 뿐이다, 無性. 그래서 그러면, 이 하나의, '意味 모를 意志'는, 그렇게 縱과 橫이 교차하는 한 點 속에 유폐 당한, (말 되어진 대로만 따르기로 한다면) 한 詛呪이기만 한가? 허기는, 만약 그것이, 그 一點을 못 벗어나, 머물러 있기만 해야 한다면, (아으, 얼마나 많은 語意들이, 이 子宮 속에 想像姙娠되어, 기약 없는, 分娩에의 희망으로, 돌이 되었다 스러져 가버리겠는가. 나쁜 요술사의 요술 지팡이에 잘못 얻어맞아, 化石이 되어버린, 王子들) 왜냐하면 그 一點은, '不滅'이 受胎되었다, 落胎되기를 되풀이하는, (프라브리티 우주용 어휘를 빌기로 한다면) '時中'이어서, 그것은 물론, 詛呪 자체가 아닌 것은 아니다. 想像姙娠에 의해, 그 '時中' 속, 해골의 골짜기에 세워진, 십자가에 못 박혀져 버린, 非化現의 言語. 그러나,

美里의 한 우주는 오늘 어쩌면, 이제껏 아무도 들어본 적이 없는, 새로운 福音 하나를 듣고, 전해야 되는, 법은에 넘치는, 참으로 중요하고도 심각한 일점 속을, 통과하고 있는지도 모를 일이다. 그럴 것이, 이 특정한 意種(로고스)· 하나는, 運命의 記號(畜肉)를 빌어 입지 않고도, 자기를 想像姙娠한 그 母胎를 벗어나 버린 것이다. 그랬는즉 형태상으로 저것은, 異常分娩이라고 했어야 할 것이었는데, 비유로 말하면, 줄기차게 흐르던 냇물이 (母胎란 고요할 듯하여도, 이제 바람 찬 곳이다!) 아랫녘 어디 구멍이 뚫려진 자리에 당하면, 생소용돌이를 치다, 뜨겁고도 무주룩하게 그 구멍으로 빠져나가는 것 같은, (그때, 그 흐름의 안팎은 한번, 홀깍 뒤집힐 것. 그리고 그 구멍으로 흘러든 흐름도, 종내는 大洋에 합류할 것) 그런 出産이었던 것, ―글쎄, 오늘 새벽에 분만되어, 八方을 여덟 발자국씩 쾅쾅 딛기로, 그것만의 한 우주를 진동케 한, 살의 비린내를 풍기지 않는, 저 어떤 말[言語]의 핏덩이도, 運命들이 살을 입으러 오르는 곳에의 反極 쪽으로, 파고들어 가기에 의해, (이 한 어기찬 求心力的 運動에 의해, 저 母胎의 안팎이, 홀까당 한번, 뒤집혀지지 안 했을 도리는 없었을 것) 母胎를 벗어났던 것, 것. 그 한 말씀(로고스)도 종내는 그리고, 프라브리티에 합류할 것인가. (잊어서는 안 되는 것은, 母胎에 실렸다 벗어난 것치고는, 死産을 하지 안 했다면, 아무것 하나도, 비록 大力까지라도, 어떤 형태로든, 하다못하면 匿名이나 象徵의 형태로라도, 記號를 입지 않을 수는 없다는 것이, 色界의 法則이라는 것이다. 그렇다고 할 때, 용이하게 추측되는 것은, 四大[運命의 記號]를 입게 되어 있는 고장에로 말고, 다른 데로 방향을 정해

나간 것들은, [수라며, 아수라들까지도 포함하여 말이지만] 四大 대신에, 匿名이나 象徵 따위를, 몸으로 입는 것이나 아닌가, 하는 것이다) 어쨌든 그리하여, 美里에 八祖가, 來如 來如 如來했음!

즉슨, [4]神들의 想像姙娠을 통해서는, 六道가 分娩되어, 그것을 '마야'[幻. 宇宙] 라고 이른다고 하거니와,

그러나, (美里의 村長들이라고 이르는) 몇 중들의 想像姙娠을 통해 分娩된, 저 八祖가 강보 삼은 고장의 이름은 무엇이라고 한다는가? 글쎄, '빛'이라고도, 또는, (엄지손가락 크기의) '不滅'이라고도 이르는, 모든 '自我'들이 受胎되었다 落胎되는, 저 미묘한 일점, 그 一所의 이름은 무엇이라고 한다는가, (그러고 본즉, 저 一所는, 언제부터도 거기 어디 있어 왔었으되, '이름'을 얻지 못한즉, 無明의 羊水에 휩싸여, 神들의 눈에까지도 캄캄하여, 있는 듯하지 않게라) 거기에 닿으면, 햇빛까지도 달빛이 돼버리고, 時間까지도 그렇게나 全能한 時性을 잃어, 無時間化할 뿐만 아니라, 無時間은 또 時衣에 입혀져, 없던 것을 있게 하고, 있던 것을 스러지게 하는, 그 反語法的 일점, 有情들의 恨謨夢과, 八萬四千 幻菌들의 宿主, 글쎄, 그 이름은 무엇이라고 한다는가?

艹, 苪, 蒝, 菌, [5]菌母라, 본徒(Bon-PoTbtn)여 말인가, 팔만사천 幻菌들의 한 벌의 六道라, 菌母라, 말인가, 저것은이라고부를것이라말인가? [6]쒜— 욘욘, 욘, 욘, 욘욘응…… 美里의 八祖는 그래서 거기로, 法經을 짊어지고 들어가버린 것이다, 사마야 사마야 갸 갸 갸. 허기는 그렇다. ("神이, 자기를 위해서는 人間을 창조하고, 그 人間을 위해서는 宇宙를 창조했다"고 한다면, 人間 중의) 누군가는, 法經을 짊어지고, 수라, 아수라, 人世로도 오고 가야 되듯이, 누군가는, 鬼界로도, 地獄界로도 가고 와야 할 것이고, 똑같이, 저 菌世를 두고도 그래야 할 것이기는 하다. 위에도 아래도 아니며, 앞도 뒤도 아니고, 이[左]편도 저[右]편도 아니며, 여기도 저기도 아닌 데, '白'(알베도)의 일점, 아직 記號(또는 '소리')를 입지 않은, 몹시 무르익은 말[言語]의 고장, 저 '極少의 時間' 속, 時中—八祖는 거기로 든 것이다. (오늘 새벽, 그리하여 또 하나의 우주가 개벽하였음을! 삼천대천세계의 대소의 정령들이, 오색구름을 타고 와, 그 祭壇에 꽃비를 뿌렸다)

“祖師는, 대체 무엇을 위해, 서역에서 왔다는고?”

[7]공중에로도 아니고, 땅 길에로도 아니다,
水中으로, 그럼에도
물 한 방울 젖지 않는 데를 따라,
그곳은 그러하거늘,
그대 그곳을 통과해야 한다,
그러면 그대, 잃었던 것이 무엇이었든,
거기서라면 그것을 찾게 될 것이다.

제6장

그 祭壇 위의, 타고 있는, 촛대의 길이만 짧아지고 있는 것이 아니라, 그 불빛의 깊이며 둘레도 그러는 것으로 보건대, 밖에서는 여명이 깊어지고, 길어지고, 넓어지고 있는 중이었을 것이다. 그 祭壇 아래 촛불중은 만세 전부터 그 자리를 지켜온 山모양, 蓮座를 지켜 江처럼 누비쳐 누워 있는 六祖의 과부를 내려다보고 있는데, 그는, 그 강물에 빠뜨린 눈 한 벌을 건져내지를 못하여, 벌써 언제쯤 그 둔덕을 떠났어도 좋았었을 터인데도, 못 떠나고, 묶여 그렇게, 앉아 있어 온 것이다. 그러는 동안 물론 이 沙工 하나는, 여러 여러 번이나, 그 물길 속에 빠져, 죽었다가, 돌아, 돌아오곤 했는데, 돌아왔을 때는 언제나, 水仙이 되어 피어올라 오고 한 것이다. 어떤 對象과 어떤 視線 사이에는 대체 무슨 그렇게도 끊기에 어려운, 보이지 않는 끈(제길헐 보기[視]가 끈[線]인 것을?)이나 粘質帶, 또는 개들의 교미가 행해지고 있기에, (촛불중이, 그 저승에다 빠뜨린 눈들은, 그래서 다시 떠오르고, 떠오르면 다시 가라앉던 것을. 그런고로 바르도/逆바르도는, 벗어나기에 어렵던 것을) 한 중과, 한 계집은, 떨어져 있으면서도, 그 '붙었음'을 어찌하지를 못하고 있는가? ("얘야", 시아비가 이른다. "子婦 아가, 네 눈에는, 저 너러 개 씹이 보기에 상스럽지 않으냐? 거구정물이라도 한 바가지 갖다 찌뜨려 줘봐라." "아반님은", 새댁이 대답한다. "허시다 못해, 조 짐승들끼리 한창 지내는 자리까지도, 문을 벌컥 열고 들어가, '아가, 내가 목이 갈하니, 냉수 한 그릇 떠오련?' 하실란대유?") 누워 있는 저 깊은 강 하나는, 흘러도 흘러도 머물러 있어 못이었으며, 맑았어도, 한번 빠뜨려진 것은, 아무리 떠올라도 되끌어 내리고 하여, 수렁이었으며, 그것 자체가 慾望이었으니, 거머리였다. 그래서 그것을 受動的으로 받아들이기뿐만 아니라, 能動的으로, 그 전을 스치는 것은, 그것이 무엇이든, 그것의 그림자라도 휘감아 틀어, 위쪽의 것을 아래쪽에로 뽑아 들인다. 그래서 거기로는, 스며들었던 심지어 촛불 빛까지라도, 피를 빨리고, 살을 뜯기고, 뼈를 갉힘 받아서 되돌아 나오는 찌꺼기도 없다. 水仙은 늘, 그 뜨거운 일점, 沙工이 江이며, 江이 동시에 沙工인, 그 內侍的 일점, 그 時中으로부터 피어오른다. 그런 그 강은, 달빛보다 희고, 명경보다 밝았으되, 그래서 그 강은, 子正보다 검고, 子宮보다 묽어 흐렸다. 처음 視線을 그것 속에 드리우는 것들은, 도화촌 바람 부는 삼월 江빛에 취한다. 아으, 어느 각설꾼이 있어, 저 복사꽃 잎이 오색 안개로 펴 흐르는 桃花江 둔덕에 서서도, 그저 오줌이나 한 줄기 꾸둥지게 뻗쳐 누고, 갈 곳 없는 갈 곳을 생각해, 갈 곳 없는 갈 곳을 향해, (저런 시래비 자슥 겉으니!) 훌훌히 떠나겠는가? 헌데도 그 江岸에 한번 궁둥이를 붙이고 앉았다가는, 한 자유로운 떠돌음의 떠돌이였던 사내는, 안됐지 안됐지만, 헌데도 허기는 어차피 갈 데라곤 없던 것이 아니냐, 그 강언덕에 산이 돼서, 等身佛이 돼서, 이제는 하릴없이 못 떠나고 만다. 그리고 때로 때로, (바람이었던 것이) 等神이 된 저것은, 제 잃었던 두 눈을 생각해 그것들을 어떻게든 건져내 보려, 먼[盲] 눈으로 그 강바닥 팔만 유순을 윈통 헤쳐보려 할 것이지만, 눈먼 거북이, 뜬 나무를 만나기의 우연. 山이 그 나루터 沙江이다, 흣, 그것은 눈이 멀어, 노상 물길을 잃고, 노상 溺死한다. 山은 어쩌면, 母胎를, 아니면 바르도를, 물속 어디에 둬두고 있다. 그래서 山은, 올라간다고 올라가며, 노상 내려간다. [1]☶☵! 그래서 산[☶] 이, 그 강[☵] 밑바닥에로 조금씩 스름 조금씩 쓰름 잠겨 앉아 내리면 복사꽃 처자 같은, 열엿새 달인 강[☵] 은 저 송장[☶] 의 가슴을 디뎌 춤추며, 그 沙工[☶] 의 목을 잘라, 그 해골 속에 그 혀를 휘감아 틀어 넣고, 그 골을 빤다, 그리고 취한다. 그러는 그 억만년의 흐름 속에서 山 하나는, 몽땅 스러지고, 어쩌면 어떤 산울림 같은 것, '山'이라고 발음되어지는, 소리 같은 것이나 하나 되어, 그 침묵 속으로부터 돌출해 오르는지도 모른다. 그것은 저 달의 江

(江이 달)이 춤추며, 山의 가슴을 뜨겁게 끓여대고 있었을 때, 그 山의 會陰으로부터 짜여져 올라온, 한 불[火]의 알[卵]이나 될 것인가, —그 알 속에서, 이른 아침쯤에는 水仙이라도 孵化할 터이지. 소리 하나 山은 그래서, 발음되어진 소리인데도 침묵이다.

[2]'옴'[[3]☷☰]—한 언덕에 앉아서 저 山水仙은, 그 강물에 빠져든 제 눈을 불러내고 있다.

"마음속의 노란 불꽃이여[[4]☶☳]"—헌데 이 孤鳥 하나는, 침묵 속에서 소리를 불러내고 있는 것은 아니냐?"

"傷하게 하라, 傷하게 하라[[5]☳☱]!"

"태우라, 태우라[[6]☰☷]!"

"익혀라, 익혀라[[7]☳☴] 命하노니",

"[8]스바하[[9]☰☷]!"

때에, 한 火山이, 그 律動의 中心, 그 靜止 가운데로부터 터져 올랐다(『易』에, 저 卦가 있느냐? 咄, '易'을 '卦' 따위로 도식화하다니? '흐름'이며, '바뀜'을 '틀' 속에 묶어 넣다니? [세게 흐르는 강물을, 네모진 통 속에, 또는 둥근 동이 속에 넣었을 때의, 그 易은 어떠하더냐?] '흐름'이나 '바뀜'은, 도식화되거나, 어떤 틀 속에 억류될 때, 그 당장 소롯[無動態]해져, 정지나 휴지 상태를 드러내 버리는 것은 아닌가? 咄, 死易?[물—☵, 바람—☴, 불—☲, 천둥—☳外] 何如之故?) 계집은 그때, 한 번의 비등하는, 怒濤를 일으킨 뒤, 가라앉는 그 山이, 타는 그 山이 무거워서, 뜨거워서, 못 견디고, 잠써, 허한 공간을 드러내 버리고 말았다. 글쎄, 그 江의 아랫녘 세상은 바짝 타들어, 거기 한 줌의 재만 오소록이, 흑사병모양 남아 있었다. 사내도 그리고, 한꺼번에 너무 많은 벼락을 쏴버린, 한여름 지낸 용이어서 서서히 뻐등거림을 잃고, 그 계집의 魂 속에로, 시나브로 가라앉아 들고 있었다. 그리고 八祖가 태어날 것이다. 그럼에도 그 八祖는, 태어나오지는 않을 것이다. 저 卵子에 휩싸인 精子는, 그 아비의 (살 속에서가 아니라) 마음속에서 뿜어져 나가, '노란 불' 한 방울의 침, '意味' 하나, 모든 젖은 꿈을 꾸는 암컷마다, 그 꿈에서 만난 수컷의 애를 배는 것은 아니지 않느냐. 만약 갖다가시나, 계집들이 꾸는 젖은 꿈만으로 姙娠이 가능하다고 한다면, 세상은 인구 문제와 관련된, 産兒制限에 대해, 새로운 방도를 강구해내지 않으면, 예편네들의 꿈 탓에, 自殺論이나, 戰爭禮讚論이 부르짖어져야 되거나, 최선의 경우로는, 꿈 안 꾸는 잠 약을 제조하거나, 落胎手術에 유능한 의원들을, 꿈들의 모든 촌락에까지도 내보내, 開業케 하고, 서너 달도 안 돼 억만장자들이 되도록, 일익 번영을 비는 일일 것이다. 그리고 물론, 제 남편을 옆에 뉘어놓고, 저도 또 거기 뉘어놓고는, 어떻게 아랫도리만 슬쩍 사립짝을 빠져나가, 이웃 놈팽이나, 심지어 어떤 짐승들의 수컷하고까지 놀아나는, 년들을 잡아다 재판할 법정도, 그곳들에다 설치해둔다면 좋을 것이다. 헌데도 이 프라브리티의 우주 속에서는, 한번 일어난 것치고는, 그것이 그것 스스로를 지워[解脫], 프라브리티에다 흰 구멍을 하나 뻥 내고 떠나버렸다거나, 또는 프라브리티가 오랜 오랜 세월을 거쳐, 그것의 意味를 지워버렸다(消滅—精靈, 바르도 들기를 거부한 鬼神, 其他)거나, 하지 않는 이상, 지난봄, 어디 한적한 돌 틈에, 가난하게 피었다 스러진, 하다못해 그런 한 노란 들꽃의, 그 가난스런 노란 웃음까지도 스러지지는 않는다, 면, 하물며 그렇거늘, 한 宗家의 七祖라고 일러지는 중이, 祖師로부터 받은 '戒' 하나 金剛 같은 것을, '骸骨'의 골짜구니에다 던져 넣었다고 하여, 그것이 과연 헛되이 스러져버리고 말겠는가? 허, 헌데 그 骸骨의 골짜구니(谷神은 죽지 않으니 骸骨이라고 이른다, 骸骨 속에서 태어나는 것도 죽지 않으니, [骸骨을] 玄牝이라고 이른다)는 姙娠을 하고도 어떻게 그 姙娠된 씨앗을, 핏덩이를 分娩치 않을 수가 있는가—.

헌데 이 새벽, 둘이가 함께 타, 섞여져 버린, (그래서 두 물방울이 합쳐진 것 같은) 저 한 무더기의 재 위에다, 삼천대천세계가 모여들어, 꽃비를 흩트리고 있었다. 꽃비는 쌓이고 있었다. 한 무더기의 재를, 두 배로 적시고 있었다. 그러면 일어날 때인 것이다, 봄에는, 숨들이 일어나는 것이다, 天音을 좇아, 날숨과 들숨, 天舞, 일어나는 것이다. (天音에 좇아 일어나는 天舞는, 숨, 흙에 뿌리를 두고 天向하는, 나무)

일어난 날숨 하나와 들숨 하나가, 그 재[灰] 속에서 귀를 열어, 그리고 들었기로는, ([10]八祖의 臨世[姙娠]에 관한 소식은 이제는 새로운 것이 아닌데,

새로 거기에, 새로운 소식이 있었다) 九地九天으로부터, 아홉의 地音과, 아홉의 天音이, 꽃비다운 음악으로 노래하고 있기를, 羑里에 第九祖村長이 臨在했다는, 그 소식이었다. "해를 입은 한 여자가 있는데, 그 발아래는 달이 있고 그 머리에는" 아홉 "별의 면류관을 썼더라. 이 여자가 아이를 배어, 해산하게 되매, 아파서 애써 부르짖더라." 에마호! 그래서 九地九天世가, 오색구름의 龍車를 타고, 그 한자리에로 모여들어 있던 것이다. 허긴 九地九天이 절시해 보았던, 六祖의 그 祭室 안에서는, 그 祭祀를 드리던 司祭 당자들이, 그것을 의식하고 있었건, 못 하고 있었건, 바로 저 戒의 授受가 행해지고 있었던 것이 분명했다.

"서방님, 날 임자헌티 복종케 허셔라우."
"여자여, 나로 하여금 그대의 남편이 되게 하라."
"........."
"........."
"수탉이 암탉헌티 그러는 것맹이, 임자는 나헌티 그만이요이."

그 鷄姦([11]'비역')은, 그 '授受'의 秘祭는, 그렇게 이뤄지고 있던 것이다. 그래서 九地九天世가, 오색구름의 龍車를 타고 그 한자리에로 모여들어 있던 것이다.

그 祭室에는 [12]"骸骨을 얹은 祭壇 아래, 벗은 한 사람(아담)과, 벗은 한 여자(하와)가 누워 있었는데, 벗은 사람의 아랫도리에서는 나무가 자라 있었더니", 그 높은 가지 끝에 六祖의 棺槨이 매달려 있었고, "벗고 있는 여자에게서는, 그 꼭같은 나무가, 頭上에서 자라고 있었다." (바로 그 나무의 높은 가지 끝에, 六祖가 둥지를 정한, 그 棺槨이 매달려 있던 것. 骸骨 속에서 타며, 틀어 오르는 불의 나무)

九祖는, 內侍였다. 어머니며, 자식이었다. 풍요로 인하여, 황폐해진 계집. (현재로서는) 더 姙娠할 수 없어, 骸骨인 계집. 骸骨 속에는, '노란 불꽃'이 담겨, '침'을 태우며, '침' 냄새를 풍기고 있다.

美里에, 第九祖村長이 탄생하였음을.

그 祭祀를 치르던 男巫(覡)도, 內侍였다. (오히려, 치열하게 肉交하기를 통해, 수컷의 自己去勢하기라는, 수상한 禪定法도 있던 것이다) 저 불 못의 鰱魚 한 마리는 그렇게, 배 속이 무겁도록 싸안고 다녔던, 한 빛돌, 한마디의 말(침), '노란 불꽃' 하나를 누고 싶어, 그렇게도 먼 짠물 속으로 헤매다 돌아와, (그것을 심어 넣었던 대략 그런 자리에) 그것을 누어버리고 재[灰]가 돼버린 것이다.

면 촛불중이라는 것은 그런 뒤, 쭈그려 앉아서 오줌을 누더라.

제7장

달이 밝았던 밤이 새이면, 대체로는, 해도 밝다. (美里의 하늘은 이러는 동안, 저 깊디깊은 어디에서, 안개비를 준비하고 있을 것인데, 달빛이며, 햇볕의 두께로 측량컨대, 아직은 물론 좀, 약간의 거리를 두고라도, 그 철이 美里를 둘러, 조금씩 조금씩 거리를 좁혀 들고 있는 중이었다. 바다가 되기 전에 이 안개비는, 한 마리의 암소를 가운데 두고, 둥글게 둘러선, 배고픈 늑대 떼 같은 것이다. 아무도, 그럼에도 분명히 일어나고 있는, 슬픔이며 따위가 어디서 비롯되는지도 모르듯이, 美里의 안개비도, 어디서 비롯되는지를 아는 이는 없다. 그러던 날, 美里 사는 사람들은, 美里의 沙漠에다, 바다의 幻衣를 입히기에 이른다. 美里의 안개비는, 그 幻衣 밑에서 일어나던 것이다) 밝은 날은, 해가 밝았다. 밝은 날, 대략 오전 중참 때쯤, 저 여자네(읍내) 집에서는, 그 댁 큰 머슴이, 祭酒며, 메[밥], 산채며, 말린 물고기, 푸줏간 재료로 만든 음식 등을, 나귀 등이 휘어지게 실어 왔다. 평소에 도대체 여척이라고는 없던 그 청지기 늙은네가 안 오고, 대신 큰 머슴이 (祭室) 마당 가운데 서 있는 것을 본 여자는, 순간 매우 흐린 얼굴을 지었는데, 허긴 요즘 읍내 風雲이 朝變夕改여서, 요만한 일 하나만 두고라도, 내용도 알기 전에 먼저, 누구든, 가슴부터 철썩 놓고 보는 것이, 읍내 살이인 듯하다. 그렇지 않다면, 누가 가져왔든 祭物만 가져왔으면 됐지, 기대했던 얼굴이 바뀌어져 있다고 해서, 그 내용도 알기 전에, 상전 되는 여자가, 당황하고 의혹하여, 사지까지 떨어야 할 까닭이란 없는 것이 아니겠는가. 사실로 헌데, 저 순후한 머슴은, 정갈하게 손보아진 그 祭物 위에다, 邑의 紅塵을 덮어, 실어온 것이었다. “헤 저, 아씨 마님께서야 아실 택이 없겄는디요, 요런 일이 있었구만이요이, 요런 일이 있어 長班老人이 못 오고, 능장코나 빠추고 있는디요, 글씨 어젯밤에 그랬더라고 허능만요이, 저기 머시냐 허먼, 관에서 卒님들이 모도 동원돼 나와각고, 대문 밖 지늘[그늘]에 숨어들 있었는 맹인디요, 集會 끝나고 나가는 어르신들을 모도 官에로 데꼬 갔다고 허고, 아적[아침]에사 풀어줬는디, 황소 두 바리 값썩 벌금을 멕있다고 허고, 시님헌티 디리기로 히었다는 고 시주품들끄장 말짱, 오늘 해지기 전끄장은 모도, 官에 갖다 바치야 헌다고, 고런 일이 있었구만이요이. 허장개 邑은 시방 난리인디…….” 거기서 말소리는 끊겼으며, 그런 뒤는, 자리가 옮겨진 듯했는데, 들을 것이었거나, 못 들을 것이었거나, 소리를 위해 열려져 있었는 이상, 촛불중의 귀는, 그 말소리들을 들어버리고 있었다. 촛불중은 그때까지도, 그 祭室 바닥에 누워 있었는데, 그는 거기 닿은 첫새벽부터 그때까지, 잠에 들어본 적도 없었으되, 그 들어본 적도 없는 잠에서 깨어나 있지도 않은 상태에 머물러 있었던 중이었다. 그것도 물론 일종의 잠일 것이 분명한바, 촛불중은, 그런 잠에는 대단히 익숙해져 있는 중 나부랭이였던 것이다. 깨어 있으면서 꿈꾸기, —그렇다면 그것도 꿈꾸기의 禪定行(瑜伽)의 일종이랄 것이겠는가. 아 그래서, 읍에서는 그랬던 모양이었다, 그 머슴의 투박스러운 얘기를, 들은 데만큼만, 촛불중 자기식으로 통역하거나, 재조립해서 이해컨대, 읍에서는, 法廳에서 발원한 붉은 회오리바람이 있어, 특히 그 문설주에다 羊피를 발라놓은 집들만을 골라 찾아, 지붕을 불어가 버렸거나, 대문을 쓰러뜨렸거나, 굴뚝을 뽑아간 모양이었다.

촛불중은 일어나, 감발을 매기 시작하고 있었다. 어디를 향해, 무슨 목적으로 가려고 그러는지, 그는 그것을 생각하고 있어도 보이지 안 했는데, 그렇다면 그는 그냥 감발을 맨 것이고, 모르면 모르지만 필시, 이력이 난, 그녀러 각설이의 浪癖이 깨어났거나 한 것이다. 허긴, 苦海의 어떤 浮木 한 토막이, 백 년 만 년을 흐르되, 가기는 어디를 가던가 말이지? 알이며, 精水를, 낳고, 살포해버린 鰱魚들도 허기는, 저런 어떤 浮木과 다름이 있을 리도 없을 터여서,

불의 물을 헤치던, 한 마리 불물의 연어도 이 아침, 저런 어떤 浮木의 비극과, 법열을 알기 시작하고 있는 중일 것이다. 그 연어들이, 운명적으로 배 속에 배어[姙娠] 있는, 어떤 밀물 소리를 누어버리지[分娩] 못하는 한, 그것들의 그 배회에는 꼭히 목적이 있는 듯하여, 그것들은 제 배 속의 소리를 미래에서 듣고, 밖으로 헤엄쳐나가는데, (그 결과는 언제든,) 그러던 날 그것들은, 제 귀[耳]를 하필 다른 아무 데서도 말고, 자기들의 배 속에서 찾게 되어, 전율하다, 약간은 形而上學的이랄, '(苦海의) 浮木'感에 당하게 될 것은 아닌가. 아 이제는, 허기는, 쉴 땐 겨, 잠시 쉴 땐 겨—중[僧]들은 그리하여, 선 자리에서 눈을 내려 감고, 각설이들은, 앉았던 자리에서 감발을 맨다. 쉴 땐 겨, —그러며 감발 매기, 연어들의 죽음은, 그렇게 이뤄진다. 未來에로 헤엄쳐나간다고, 모든 열망을 다하여 나아가서는, 제길헐 녀러 연어들은 運命임을, 오히려 過去의 어떤, 그것들만의 특정한 일점의 時卵 속에로 소급, 역류해버렸기—연어들의 죽음. 그런 삶들은 아마도, 그 꼬리들이, 이승 빼꼼히 열렸다 닫힌, 그 좁은 문틈에 몹시 물려버린 것이다. 그렇다면, 이제 그것들이 할 수 있는 일이란, 그 문틈에 끼인 꼬리들을, 용감하게, 똑 떼어내 버리는 일들뿐일 것이다. (그래서 그 일은 그렇게, 말하기처럼 쉬운가? 打! 행해보기 전에 혀만 놀리는 놈은, 그 문틈에다, 꼬리 대신 혀를 물려놓았어야 했었을 것을)

오늘 새벽까지도, 품바꾼(으로도 돌팔이밖에 못 되는), 불의 물의 연어 한 마리는, 그것만이 듣게 된, 그 무엇이 부르는 소리를 밖으로 듣고, 미래에로 헤엄쳐나아가기로, 끊임없이 羑里에로 돌아오고 있었는데, 갑자기 또 무엇이 그를, 밖에서 불러냈을거나, 감발을 맸으므로 그는, 뿌지직 일어서고 있다. 헤헤헷헷, 無爲之道네 處士들이, 藥草밭에 앉아서는, 藥草와 雜草를 가려, 雜草는 뽑아내고 있더라, 아으, 處士여, 處士가 솎아내고 있는 것은 무엇인고, 有爲? 또는 無爲? 가고 오되, 오고 가되, 가지도 오지도, 오지도 가지도 않는 자들이, 그럼에도 있기는 있다는가? 아으, 浮木 얘기를 했더냐? 왜냐하면 어쨌든, 거기 그럴 만한 자리가 있었으며, 두 健脚은 그런 목적도 갖고 있는 데다, 뭣보다도 감발을 맸으니, 촛불중은 일어섰던 것이며, 그런 뒤에는, 그 祭壇에 놓여져 있던, (羑里村長들의 바리때) 그 해골바가지도 챙겨 들었다. 가맜자, 그러나 뭘 생각했던지는 모르되 촛불중은, 체머리를 흔드는가 하고 있더니, 해골바가지는, 놓여 있었던 그 자리에 되놓아두었는데, 별 艶病에 땀도 못 내겠을 일일라, 보자 보자곲슨즉, 艶病에 생淫 지랄을 허느니라고 중놈은, 제 눈썹을 뽑아내고 있는가 하곲자니, 계집의 똥물에 싯누렇게 젖었다, 三三五五로 들붙어 말라, 꾸덩진 거웃도, 반 움큼이나 솟구쳐 뽑아 올려서는, 해골바가지에다 담는다. 그뿐만도 아니고 그런데 이번에는, 자기의 그 눈썹이며 거웃이 쌓인 위에다, 지르르한, 양추질하기 전의 침을 둬 방울 흘려놓고도 있는다. (중년을 넘기 시작하는 사내들의, 양추질하기 전의 새벽 침은, 그것을 그냥 입에 문 채, 심호흡을 한번 한다고 한 뒤, 그 숨을 그냥 하늘에다 뱉어내기만으로도, 그 하늘을 날으던, 새벽부터 '재수에 옴이 붙어버린' 가마귀를, 대번에 질식하게 하여 떨어뜨리는 것. 왜냐하면, 밤에는, 그들 속에 들어 있는, 오백 능구렁이가, 人面을 해 써야 할 까닭이 없다 보니 그런 것이다) 그런 뒤 중놈은, (그 해골은 그 자리에 놓아둔 채) 문을 열어 밖으로 나왔다. 그리고 먼저, 그날 치로 떠오른 해를 한번 올려다보고, 합장하고 재배했으며, 그런 뒤, 그 큰 숲의 대기를 폐부 깊숙이 모두 빨아들였다. 人世 일 돼가는 것은 어찌 되었거나, 僧—나무들 法會 중인 그 큰 숲은, 통째로가 法悅이었다. 그 木僧 五百羅漢 가운데, 六祖가 蓮坐를 꾸며 앉아 있었는데, 그 六祖의 蓮足을 머리칼로 씻기는 여자가 있었거니와, 촛불중의 눈이 그 여자에게 머문 순간, 촛불중은 等身佛이 돼버리고 말았다. 그 蓮足의 등(발등) 위에다 그 여자는, 이것저것 祭物을 차려놓고, 그리고는 가야금을 앞에 놓아 한 번씩 퉁기고 했는데, 처음엔, 등신불이 된 촛불중이 그 소리를 듣는가 했더니, 차차로는, 소리가 촛불중의 귀를 듣고 있었다. 저 등신불로부터서는 그리하여, 눈들이 후두룽 날라나가, 그 여자의 두 어깨에 나누어 앉아 있더니, 소리의 바람이 세차지며, 궂어지고 있었을 때 녹아, 두 이파리 복사꽃 잎으로 녹아, 그 어깨에 얹혀들 있다, 소리의 바람 미친 것에 불려가 버리고, 그러는 어느 녘엔지, 촛불중으로부터는, 귀가 스름스름 풀려나가고 있었는가, 저 계집, 어떤 주검의, 시꺼먼 根을 만져 꼴려 세우는, 불의, 흰 손가락들에, 시리게 휘감겨 들고 있었다.

[1]님은 말씀도 없이 오셨다가
말씀도 없이 가셨니라

그러자 九天서는 시린 파람이 불어내려, 九地를 쇼쇼리 흔들기 시작했다.

회오리바람을 타
오색구름의 旗를 들고—
하으,
하늘 연못에서 님과 이 계집 함께 몸 씻고,
다리러 디러
햇볕 바른 언덕에서는 계집이
님의 머리칼을 빗겨 말려드렸댔지요,
아으,
계집은 눈을 들어 님을 찾아도
九天 계신 님은 오시지 않고요,
다로러
바람만 계집의 얼굴에 스치는데
서러워싸서요 계집은요
하염없이 울어옙닌다.
거리러,
[2]리로 리런나
로리라 리로런나
아으,
로라리 리로리런나
오리러나
나리런나
다리러디러
로런나

로라리로 리런나

하으,

나무야 허으허어야 홍 나무야아으야 옴 다리러 디러 다리러 다 [3]다타 다타 다타라타 다리러 다리러 온다 다리러 온다 오다 오다 오시다 시다라 시어다라 시업다라 시럽다라 셔럽다라의내여 셔럽다 다로러 거디러 다로디 긔 자리에 나도 자라 가리라 흐야 아어흐으우옴—낮이라 해도 어두우며, 밤이라 해도 어둡잖은데, 여름이라 해도 오히려 뼛속에 한기가 심하고, 겨울이라 해도 오히려 초열번열인데, 어느덧 잎 진 나무 끝에, 六祖 얼굴의 누른 해가, 가마귀 모양으로 매달려, 갸, 갸, 가오, 오우, 가오, 오우 희디 검게, 검디 희게, 섧게 섧디, 섧디섧게 울어 붉은데, 폐 둥둥 두, 두두, 두드, 드드, 드드듯 드리는 찬비, 비 찬 여름, 여름 잎에 찬비, 이승은 찬비에 젖어 타오릅넨다, 타오르는 찬비 속, 보아라, 저 버려진 계집 하나 보아라, 보아라 저 베리데기를, [4]"어망이 덤불 위에 던져져 뭘 허는게?" 서럽다라, 님 그려 계집은, 밤에도 낮에도, 때도 철도 없이, 한숨으로 울어예었었임더. 오다[來如], 오다 왔네라여 라여 래여(來如) 여래(如來), 비리데가, 비리데가, 봄밤의 찬 이슬들을 받아 모으고, 여름 볕을 누룩으로, 가을 양지스런 구들막에 묻어 익힌, 불의 술 엄동인데, 장천 만리를 날갯짓 한 번에 주름는 대붕이라도, 그 酒精 한 실 가닥에라도 옮이면, 寒天 枯葉이어 스적여 떨어지거늘, 비리데가, 그 술에 너의 님이 취했내 비다, 흖카장 취했내 비다, 우리 타고 올랐던 날개—오르는 숨(프라나)이 내리고, 내리는 숨(아파나)에서는, 입었던 날개(의 깃털)들이 저절로 뽑혀져 떨어지느니, 비리데가, 너의 님 흰 새는 날개털을 모두 잃고, 시꺼먼 알몸만 남아, 너의 그 사랑 純酒精인, 그 못 속에 가라앉아 들어, 살을 녹이고, 뼈를 녹이고 있구나. 만세 露宿에 지쳤더니 너의 님, 부디 몇 저녁 네 곁에 쉬고 가게 할지어니. 윗녘에는, 뿐만 아니라 아랫녘에도, 아직도 바람이 찬가 몰라, 羯磨鬼들이 끼룩끼룩 울며, 彼岸 찾아 떠났다, 날개가 무거워 돌아오고, 떠났다 돌아와, 이쪽 단애 어디 깃 친 데로, 그 찬 바닷바람이, 저 짜가운, 불의 포말을 밀어다 부득 쓰려 붙이는가 몰라. 그렇게 此岸에 부득 쓰러졌다가 저를 되접어 되떠나는, 그 쓴 바닷말[苦海音] 들의 포말 속에는, 彼岸 향해 떠났다 중도에서 익사한

羯磨鬼들뿐만 아니라, 彼岸 물새들의, 此岸에의 그리움, 그 꿈들이 알이 된 것들이 담겨 있었느니라, (그렇게 와서 그렇게 가는 것—타타가타!) 그래 그 포말이 하나씩 하나씩 터뜨려질 때마다, 새끼 羯磨鬼들이 깨이어, 푸두등 후루룽 날아나와서는, 몸이 시려 울고 있는다, 아으 비리데가, 너의 아랫목에 이 저녁엔, 손[客] 이 하나 들어 차지해 있은즉, 사립짝 밖 내건 紅燈일랑 떼어 들어오는 것이 어떤가, 그리고는 물론, 사립짝도 닫아 안으로 걸기도 잊지 말 일이다. 그런 뒤에는, 너와 님, 짜란히 누워, 저 紅燈 속에서, 암흑 속에로만 날아 들어가는, 그 빛의 새를 잡아 끄집어내, 이번엔 너와 님 그 날개에 타고, 깊이, 더 깊이, 깊은 어둠 속에로 내려가 볼 일이 아니겠는가. 하으, 그런 후부터 비리데기 "한 달 두 달 피를 모아, 슥 달 늑 달 입덧 나, 다섯 달에 반 짐 실어, 여섯 달에 육(肉)정 안고, 일곱 달에 구색[九朔] 받아, 여덟 달에 한 짐 가득 실어, 아홉 달에 운무좌겨하옵시고, 열 달 가만을 곱게 지와" 시왕 문을 갈라노니, 아들을 낳았을시라. 아들은 아들이었을시다, 마, 마는, 허으야 뒤야 상사 뒤야, 死産을 히업버릿꼬나. 어인 일러? 어인 일은 어인 일더? 아으, 워짜자고 작것아, '죽음'이 '산 고장'으로 태어났을 일이었드냐? 이승엘 올 때에는 누구든, 아으, 물 위에 어려 든 달그리매를 볼작시어다, 그런 꿈으로, 그전 傳言으로, 그런 그림자로 오는 것인데, 그런데 거꾸로 갔다가시나, 달이 그 물 속에로 빠져들고, 그 달그리매가 그 물에서 떠올라, 후루룽, 본디 달 있던 자리로, 鳶 돼 떠올라 있는다면, 그것은 溺死한 달이다, 落胎한 달. '꿈'이라도, 그저 다만 한마디의 '傳言'일 뿐이라도, 또는 어떤 한 '그늘'[幻] 일 뿐이라도, 이승에, 물이랑에, 흙밭에, 심겨 들면, 이승 볕 내며, 더운 바람에 쐬는 중에, 본디 알맹이가 없던 것에도, 흐르릉한 형체가 어리고 드는 것, 구들막에 묻어놓은 술 같은 뼈가 익는 것, 그런 것을, 어쩐다고시나 公은, '훙'이 발음되어져야 되는 자리에다 '옴'을 삽입해버렸는가. '끝'이나 '시작'인 자리에다, '시작'이나 '끝'을 도입해버린 것이다. 그래도 그 우주(마음)에는 아무 어긋난 자리가 없는데, 이승[말] 과 저승[말] 간에 차질이 생겨버린 것이다. (公은) 들었어야 될 곳을 나가버린 것이거나, 나갔어야 될 곳을 들어버린 것이다. 그러니 修辭學에 誤文 현상이 일어났으되, 실제에 있어서는, 그래도 거기 무슨 차이가 있다거나 그런 건 아니다, 아니기는. "수사학에 오문 현상이 일어"났다는 것은, 밝혀 말하면 이런 것이다. "방에 있던 아이가, 문을 밀어, 그 문의 다른 쪽 편(밖)으로 들어갔다(왔다)." 또는, "밖에서 놀던 아이는, 그 방문을 열고, 그런 뒤 그 방에로 나갔다." —같은 것이다. 이 경우도, 그 '문'을 중심으로 한, (人世의 편견이 만들어낸) 그 '안'과 '밖'에는 그럼에도 아무 다름이 없는데, 그 문을 열고, 그 '방(속)에로 나아가 버린 아이', 또는, 그 '문 저쪽(밖)에로 들어가 버린 아이'에게 있어, 그 '안'과 '밖'은, 같지 않을 것이 사실이다. 그리하여 그 아이는, 낳고, 죽고, 죽고, 낳는데, 한쪽(바르도, 또는 逆바르도)에서 '死産, 또는 落胎'를 했다고 하고 있을 때, 다른 쪽(逆바르도, 또는 바르도)에서는, '早産, 또는 受胎'를 했다고 하고 있게 될 것이다.

헌데 美里에서는 오늘 아침, 하나의 (美里의) [5]죽음이 母胎를 벗어나고 있었다. (—아으, 道流여 말이지, '죽음'이 '母胎'를 벗어났나 말이지? 道流는 말이지 혹간, 저쪽 외떨어져, 무엇하고도 흉보기 한번 해본 일이 없는, 한 포기 들꽃까지도 아는, 우주적 凡理 하나를 깜박 잊은 것은 아닌가? 라는즉슨, '母胎'를 이룬 細胞는 '時間'으로 되어 있으며, '生成'을 그 달마로 하고 있어, 영구히 非化現인, 어떤 신비한 大力까지도, 어떤 경우 그 속엘, 여차 잘못 들었다가는, 별수 없이 '살'을 입어, 그 짐승여자의 하문으로 태어나와야 하는 것이 그것[母胎] 인데, 道流여, 바로 그 자리에로 '죽음'이 태어낳더라 말이지? 헛, 헛, 허, 헌데도, '時間'에 의해서 織組된 '生命'이야말로 必滅이다, 그런고로, 영구히 죽지 않으며, 죽을 수도 없는 大力까지도, 한번 畜生道에를 내려왔으면, 왜냐하면 살을 입어 살았었기 때문에, 죽는 것이다. 아으 그렇다면 道流여, '母胎'란 그래서, 종국에는, '낳음'과 '죽음' 사이의 시간적 거리가 얼마나 길든 짧든, 그것을 捨象해버리기로 한다면, '죽음'을 태어 내놓는, 유일한 '신비로운 암컷[玄牝]'으로 이해되지 않을 것은 아니라도, 그런 경우라면, 그것[母胎] 은 '죽음'을 分娩한 것이라기보다는, '必滅'을 孵化한 것이라고, 그 文章에의 약간의 修訂이 필요할 듯하지 않은가? 喝! 狗子로고, 狗子에게는 아직도, 그렇다 '아직도', "山은 山이며, 江은 江이로구나.") 헌데 美里에서는 오늘 아침, "生成을 달마로, 時間을 細胞組織으로 한 母胎"를 거친 어느 것 하나가, '생명' 대신

'죽음'으로, '必滅' 대신 '不滅'로, '時間' 대신 '無時間'으로, 헌데 羑里에서는, 오늘 아침, 그런, 것이, 하나, 태어난, 것이다. 참 별 희한하고도 요상한 일도 다 있다, 맹랑한 일도 다 있다. 그러자 그 子宮은, 羊水가 죽어 소금이 되고, 모래가 되고, 재가 되어, 말을 잃은, 침묵의, 불모의, 황폐뿐인데, 그래도 달 떠오르고 기울기에 좇아 그런 고장에로도, 한 번씩, 안개비가 哭婢들모양 머리 풀어와, 저 荒冷한 모랫벌의 죽음을 적신다. 비인 月候. 누가 저 황무한 갯벌 가운데서는, 떠난 '바다 무덤'을 앞에 하여, 喪服 입고, 首絰에, 腰絰 두르고 앉아, 저렇게도 누렇게 哭하며, 그 재를 제 머리에 가슴에 끼얹고 있느냐. 그 바다를 묻어놓은 무덤은, 바위로 봉해져 있구나. 그 무덤 속에 안겨 있는 '바다 죽음'은 누구더냐? 헌데 그 죽음을 분만한 修道婦 하나가, 그 요니에서 죽어 흐르는 불을, 그 무덤 문에 붉게 바르며, 죽어서 태어난 자식을 불러 冥界를 헤매는구나. 그러자, 그 죽음이, 그 무덤의 저쪽 편의 밖, 그쪽에서, 갸, 갸 대답해 보내고 있는지, 가마귀는 쌍곰한 이승 가지에 앉아, 울어 보내고 있다. 저승 바람이 으슬으슬하다고, 그러자, 이승 떠난다고 떠날 때, 거기 어디 문틈에 그 자락이 엇물려, 벗어놓고 떠나온, 그 두루마기의 안온함이 그립다고, 검은 새가 傳喝하고 있다. 그 저무는 저승 발톱으로, 이승 복숭아나무 동쪽 가지를 움켜쥔, 冬至에서 검은 새는, 울다 울다 새벽보다 희어졌다가는, 그 울음으로 누우래졌다가는, 종내, 그 울음에서 일어난 불길에 휩싸여, 연기도 없이 타는 불을, 깃털로 덮기에 이르렀더니, 날아내려 그 불새는, 저 바위 무덤 앞에 쓰러져 누운, '죽음'을 해산한 옌네를 쪼아먹기 시작하고 있다. 먼저 여자의 혀를 찍어내 살라 먹고, 그리고는, 창자를 터뜨렸다. 客鬼며, 꿈들이, 그런 수렁의 질척함에 눈을 걸어, 못 벗어나, 쏟겨 들었다가, 못 나오고, 그 수렁 속에서, 눈물 먹는 짐승이 되었거나, 바위가 돼 소금을 돋궈내는 일은 노상 있는 일이어서, 흉거리도 못 되었더니, 오늘은 한 마리의 金鳥가, 그런 수렁에 발목을 옭여버렸는가? 허기는, 村家의 고콜에나, 호롱, 또는 심지를 심어놓은 기름 접시에는, 그런 金鳥들이 많이도 묶여 있다. 먹이[燃料]가 줄어지지 않는 한, 그 명명한 불꽃에 대해서, 障碍일 것이 無障碍이되, 먹이가 줄어지기 시작하면, 그 불꽃은, 이제 드디어, 온전한 無障碍를 성취할 수도 있는, 그 절호의 기회에 처했음에도, 새로 얼굴을 드러낸, 그 無障碍의 障碍에 당하여, 無門 앞에 당도한다. 열어, 후두둥 날아, 나가, 어디 다른 불의 가지에 깃 치려 해도, 제기럴, 門이 없다. (프라브리티에 처한, 특히 文化的 짐승들의 비극은, 그들의 魂이 더운 데 있다, 그리하여 무성히, 푸르게 타오르되, 그 작은 발톱에다, 커다란 지구를 대룽대룽 매달고 숨 가빠하면서라도, 그 작은 불새 한 마리는, 결코 그 지구를 놓으려 하지 않는데, 그러면 오래잖아 지구가, 그 새끼 불을 매운 듯이 삼켜 넣어버리고 만다) 그때쯤은, 고콜이며, 호롱이, 또는 (기름) 접시가, 가물거리며 어떻게든, 그 있지도 않은 문을 열어 (틀린 自由에의, 틀린 꿈인 것을) 나가려 몹시도 안간힘하던, 그 불의 털을 다 뜯고, 그 알몸만 씹어 삼켜버린 뒤, 그 털[灰]만 남겨놓고 있는다. 그 창자를 다 파먹었을 때, 저 한 마리 빛새[金鳥]도, 그리하여 그 骸骨을 벗어나려, 그 쇠발톱에 힘을 모아 박차오르려 하며, 동시에, 그 빛나는 쇠 날개에 홰치기를 일궈내기 시작했었을 것이었다. 그러나, 그제는 텅 빈, 無言의, 정적한, 그저 약간의 비린내만 희미하게 떠돌고 있을 뿐인, 저 해골 속의 무엇이, 있어, 벼락을 쳐대는, 저 쇠새[金鳥]의 다리와 날개에서, 힘과 깃털을 모두 뽑아내 버렸을 것이었냐. 그 발톱에 닿았다가는 바위까지도, 모래가 되어 버그르 무너나 버리고, 그 날개 젖는 데 스쳤다가는, 天空까지도 핏방울을 뚜둑였는데, 그런 雷鳥, 雨…… 鳥('침'을 잃은 꿀벌)—그것은 박차 오르려 하면 할수록, 푸덕여 날아오르려 하면 할수록, 역으로, 더욱더 그 해골 속으로 빠져들어 가고 있었다. (누가, 저것을 홑겹인 듯이 觀하여, 無常이라고 이르더냐?) 그것이 파먹은 해골은, 수렁이었다. 다만 (무엇의) 夢片일 뿐인 것이 빠져든다 해도, (암내 낸 토끼는, 궁둥이에다 달빛만 쐬어 넣기로도, 새끼를 한 죽씩이나 밴다잖더냐?) 꿀꿀 먹으라고, 캥캥 짖으라고, 살을 입혀 내보내는 것, 해골. 갸, 갸, 가마귀는 못 벗어나고, 빠져들고 있는데, 수렁 속에, 해골 속에, 괴, 괴이, 괴롭괴, 우짖는데, 그 울음의 토역질을 통해, 먹었던 것들이 되올라온다. (누구나 알고 있는 것이 이것이지만, 호랑이 한 놈이, 배가 고픈 김에, 사람 아낙네 하나 잘못 먹고, 토역질을 한다 해서, 그 아낙네가 그대로 뱉어져 나오는 것은 아니다. 운 좋을 때는, 납비녀며 머리칼 다발만 토해져 나오고, 게다가 天運까지 들었을 때는, 아낙네 뱄[妊娠]던, 애가 그 호랑이의 목구멍으로, 고고 소리를 지르며 태어나오기도 할 것이지만, 대체로는 달[月]이 토해져 나오고 그럴 것. 글쎄, 아낙네 하나 먹고 난 뒤 호랑이는, 입이 짜고, 속이 닳여, 옹달샘 하나를 송두리째, 달[잘] 못 들이마신 것이다) 가마귀는, 冬至를, 새벽을, 해를 토해내고 있었다. 붉은 冥卵 하나, 마늘도 같고, 紅玉도 같은, 冥卵 하나 붉은 것. 水晶돌 하나, 촛불꽃 모양의 빛돌 하나. 그러자, 무슨 일이 일어났었을 것이냐, 그 수렁이 왼통 붉어 노을 비낀 바다였으며, 바다는 부글부글 끓으며, 타오르기 시작하고 있었다. 그 '불의 둥지' 속에서, 저 붉은 알 하나가 孵化하고 있었다. 불의 새, 불의 물고기, 불의 도마뱀. 보아라, 그것은 헌데, 대가리가 셋이나 되는 바룬다 새가 아니냐. 두 대가리는, 한 창자 위에서 돋아난, 두 목줄기 위에 얹고 있으며, (그것은 어느덧 姙娠을 하고 있어) 그 셋째 번 대가리는, (그 두 목줄기를 길러낸) 그 배 속에 동그맣게 담겨 있다. 저 두 목줄기에 따로따로 얹힌 대가리들 중의, 하나는, 六祖의 얼굴을 드러내고 있으며, 다른 하나는, 七祖의 것을 드러내고 있어 보였는데, 저 배 속에 담겨 있는 얼굴은, 아무도 본 적이 없는, 八祖의 얼굴일 것이었다.

그 妊婦는 그리고, 九祖였다.

아비들 둘이서, 치사하게, 한 아들을 향해, 손들을 내밀어 제 품들에 안으려 하고 있다.

사마야 갸 갸
에마호
키 키 호

娼 계집은 그때, 서서, 치마를 훨씬 걷어 올린 뒤, 서서, 그 돌祭壇 위, 香煙이 모락모락 오르고 있는 香爐에다 대고, 천하 순 화냥 것, 오줌을 쭉 뻗쳐 갈겨대고 있더라.

—그리하여 촛불중은, 僧 나무 오백 라한들 法會 자리를, 비실비실 떠났다. 숲엔, 法이 익어 술이었다.

제8장

“자네, 촛불중은, 고향도 아닌 데를, 무슨 까닭으로 돌아왔다는고?”

“面壁이나 한 아홉 해쯤 해보려고, 그래서 말입지”,

“이 감방에서는, 똥오줌 냄새가 지옥보다 더 독하지만 말이제, 감방이란, 어쨌피 무릉도원은 아니잖는개 비, 여 촛불중임세, 요런 것을 두고라도 말이제, ……요쪽에서는 그것을, 한 꺼풀 피부의 偏見이라고, 또는 美學이라고 하고, 고쪽 자네들 쪽에서는 苦海라고 일른다는 고것쯤, 훤허게 딜이다볼 수가 있을 것이고만. 헌데, 世情은 틉틉헌 걸로 영양이 있다고 허고, 法情은 맑아야 世毒을 씻어낸다고 허제 그랴. 人事는 두터울수록 훈훈헌데, 法事는 엷을수록 시원허다 말이제. 情衣는 너불너불 품이 넓을수록 입어 편하고, 法衣는 오히려 품이 모자라는 듯이 꼭 맞아야, 자유스럽다고 허능겨. 옛 친구 다시 만내, 판관 겸직 읍장이라고 하여, 官, 法衣를 겹쳐 입고서 내가, 하나 밝혀두고 싶은 것이 있다먼, 똑 요것이겄고만. 요 월매 전에 허기는 우리들, 수도청 문밖에서 만났었네, 마는, 그때 본관은, 法衣 대신 情衣를 입고 있었다고 해둡세. 내 속은, 참말을 말허먼, 옛 친구를 만나게 된 일로, 많이 반가웠었다. 우정은 때로, 욕설이며 주먹질로 변해져야 되는 처지도 있덩마는. 내 友誼는, 고만침은 틉틉히었으며, 그만큼은 너풀너풀히었는데, 그것은 지금도 그러하여, 자네가 돌아온 뒤, 떠나려는 기미가 보이지 않다고 믿기워졌을 때, 그래서 본관이, 큰 형장 죄수들 중에서 일 잘하고, 솜씨 있는 것들로 몇을 羑里에 보내, 자네 지낼,

法堂을 하나 아담하게 꾸미라고 시켜놓고도 있을 정도닌까는. 마른 늪 벽에 말이제, 六祖라는 중님이 파고, 거처했다던가 하는, 그 토굴을 재수리허라고 헌 것이제. 굴을 더 넓고, 크게 파라고 한 것이고, 한 벽은 파서 누울 자리, 한 구석은 파서 똥 눌 자리, 멍석도 한둘 깔아두라고 하는, 대개 고런 식인데, 石工 두엇이서 며칠째 시방 돌깎이를 해오고 있는 중이니라. 쓸 만한, 바위며, 돌 찾아 모으기에, 죄수들이 여러 날 땀을 흘렸는데, 때가 오면 인재, 이 맞춰지게 깎아진 저 바위들은, 자네 거처할, 저 토굴의 넷째 번 벽을 이루게 될 것이다. 그것도 두 겹 세 겹으로 쌓을 것인디, 벽은 두터우면 두터울수록 寒暑의 영향이 적어, 방은 아늑헌 것. 자네도 그것쯤 알고 있는 듯하여, 面壁 九年을 하러 왔다고 허는데, 그래서 눈으로 그 벽에다 구멍을 뚫거나 말거나, 그것은 나의 情誼하고는 상관없는 일일 것. 이만 허면, 판관 겸직 읍장이라는 자 본관이, 그 읍내에 거주하는, 한 읍민이라도, 소홀히 하여 이삭시키는 일이 없다는 것쯤 짐작헐 만헌가? 그러면서도 여게, 본관은 속심을 말허먼, 참말인디, 자네가 기양, 조쪽으로, 언저리로나 돌아, 요 읍을 시쳐 지내가 빼리기라도 헐라는가, 고걸 기다려 눈치를 봐오지 않은 건 아니라네. 알고든 모르고든 자네는, 이 세상에서는 그중 털어내기 어려운, 찐득거리는 法塵 묻은 발로, 聖域엘 잘못 디뎌든 것이다. 그런 法塵이 묻어 든 자리에서는, 妖火가 일어나서, 푸른 풀의 이파리나 대궁만을 태우는 것이 아니라, 그 뿌리까지도 재로 만들어빼리든 것인디, 글씨 자네는, 그런 진물 흘리는, 문둥병 같은 뒤꿈치로, 디뎌 들지 말 데를 디뎌 든 것이라닌깐은. 헌데도, 새 사냥꾼이, 뭐 고렇거니나 배고플 일이 없을 때에는, 쳐놓은 새그물에 박쥐가 걸렸을 때는, 말인디, 아 자네는, 내 말솜씨가 썩 교묘허다고 놀래는 눈치구나, 자네도 허긴 교묘한 친구거든, 이쪽 뺨을 보면, 비역도 하고 지냈던 옛 친구고, 저쪽 뺨을 보면, 문둥병 걷은 중놈이다, 그 병에 한번 걸렸다 하문, 살이 속속들이 썩어들 뿐만 아니라, 관절 관절들이 물러나, 패싹 물크러지는 병, 그래서 가맜자, 내가 무신 교묘한 말을 헐라다 요리 됐더라? 그렇지, 그렇다, 그 새그물에 박쥐가 걸쳤을 때는, 그 사냥꾼은, 그것을 잡아 잉그락불에 처넣기 전에, 먼저, 요것이 새는 새길래 새그물에 걸칬을 것인디, 그란데도 또 보면 새 겉지도 않다고, 찬찬히 살피볼라고 헐 것이다. 그라다가 그 사나는, 왜냐허먼 배가 고프덜 안 헝개 말여, 요것은 새가 아니라 쥐라고, 가만히 한옆에다 놓아둘 것이 뻔하다. 헌데 새 사냥꾼 얘기를 허다, 박쥐 얘기가 나왔으니 말인디, 쥐덫 얘기도 나오게 마련이다. 쥐덫 놓은 자도, 그 마음에 약간만 여유가 있는다 해도, 자기는 쥐만 잡아, 쥐의 해코지를 줄일라는 것이 목적이제, 쥐가 아닌 새끄장 해칠 생각은 없다고, 그래설라무네, 덫에 걸린 고 박쥐를 가만히 뽑아내어, 상한 자리에다 소금 섞은 재라도 뿌려줄라고 할랑가도 모른다. 중들 중에서도, 내 보기에는 그런디, 틱히 '돌팔이 중'이랄 것들은, 말헌 바의 조 교묘헌 짐승과 별반 다를 것이 없다, 고 나는, 고렇게 볼라고 헌다. 꾀 없는 작것, 자네가 느닷없이 갖다가시나, 道服 자락 펄럭여 날를라고만 안 했더라믄, 판관 겸직 본읍장도, 얘기한 바의 조 새 사냥꾼모양, 자네를 그냥 쥐새끼라고, 라는 말은 그냥 품바꾼 따위라고 쳐, 새그물에서 떼어설람에 가만히 땅 위에 내려놓아 주었뎄기, 고픈 배나 채우고 돌아나가면, 가만히 내버려 두려 했더니, 착껏, 초론 순, 오랭이 팍 물어가 버릴 녀러 옛 친구 놈아, 거 어짠다고시나 시방, 새그물 쳐놓은 디 당해서는 날개를 펼쳐 펄럭일 일이었으며, 쥐덫 놓아놓은 데 당해서는, 날개를 접어 꼼짝도 않고, 우구려쌌고만 있어야 되었겄냐? 고만큼도 지혜라고는 없는 것이, 각설이나 하먼 되얐제, 중노릇헌다고, 숭한 똥돼지를 나귀로 알아, 그것 등에 올라탄다고 탄 짓이 그만, 그것을 제 등에 업고, 이 가시밭 모난 돌밭 풍진세상을 헤쳐 댕긴다느냐? 착껏, 글씨, 자네 놈의 지혜라는 게, 조 똥돼지라는겨. 워째 자네는 웃는 겨? 내가 요거 자네 데리고 漫談하게 생겼는 줄 아능 겨? 체기럴, 넘이 욕허는 소린지, 만담허는 소린지, 고것끄장도 모루는 것이 시방, 워디 누구네 集會 上座에 앉아, 무신 法을 說한다고 하네, 法을 說? 어흐흐흐흣, 고것이야말로 만담 말고, 또 뭣이겄네? 헌디 가만있자, 어제 말고, 요것이 그러장개 펄쎄로 그저께 밤이제, 그 밤에는 자네가 야음 깊은 틈을 타, 읍을 벗어나고 있다고 해서, 내 틉틉한 정으로는, 옛 친구 먼 길 떠나는디 노자라도 한 푼 못 첨매 준 것을 두고 짜안시러 했드니, 여게라 착껏, 자네는 말인디, 혹간 말이라, 가다가 생각해 본개, 어디서 새로 얻어 입은 두루매기를 어디다 놔뒀었거나, '오른편으로 누워 잘' 때마둥, 두 다리 새에 눌러져 불편하다고, 아무도 모르게 까내, 워디 구석에 숭키놨던, 붕알 두 쪽 챙길 걸 깜박 잊었었거나, ……워쨌거나, 그런 무신, 꼭히 되돌아왔었어야 될 까닭이라도 있었댔냐? 거 머슴 못 잊어, 무신 볼일로 되돌아왔어야 되었으꼬? 그런고로, 자네 겉은, 俗家 사내치고도, 또 僧會의 사내치고도, 돌팔이밖에 더 안 되는 자를 내가 일러, 숭한 똥돼지를 자네는, 나귀로 알고는, 그것도 탄다는 짓이 등에 업고, 이랴 낄낄 거드럭대고 나아간다는 짓이라는겨, 그 똥돼지가 자네를 히히 웃는디, 넘우 궁뎅이 친단 짓이 제 엉뎅이를 이랴 낄낄 쳐대고 있는디, 으흐 흐흥. 자네는, 옛 친구가, 그 友衣 너풀거리는 소매 속에 안아 들여, 다른 사람들 해코지헐라는 눈 개려주니라고, 백 대의 채쭉질 시늉을 해 보이고 가만히 놓아줬일 때, 고 채쭉에 맞은 자리 돋는 진물에서, 우정 진한 꿀을 핥음선, 떠났었어야 옳았었다. 글씨, 고 시늉으로 해 보였던, 채쭉질의 까닭의 文理가 그렇게도 안 통해지드니? 그런 지혜로, 보이지도 않는 '마음'이며, 化現해 보인 적이 없는 진리 따우를 어처키 깨우친다고 헐 것여? 그때 내가, 友衣를 좀 솔게 하여, 本官이 세운 律法대로, 이 '聖域'을 쳐든, 모든 '法의 癩病'에 걸린 자들께 대접했던 것과 똑같이, 예를 들어 보인다면, 구걸에 이력이 난 두 손목은 물론, 염불한다며 품바타령이나 읊조리는 혀를 끊어버린다던지, 또 고것 탓에 죽치고 앉아 농삿일도 거들지도 못허고 궁글어 댕겨야 되는, 두 다리의 슬관절을 어긋내 버린다던지, 또는, 짧은 데는 늘이고, 긴 데는 우구려 쓰레기 버리는데, 즉슨 火葬場 말이지, 갖다 펴 버린다던지, 말이제, 말인, 고런 대접을 했었드면, 글씨제, 머슴 좀 깨달았었을라는가 몰라. 그러나 자네는 아직도 내 손안에 잡혀, 죽지를 뜯기고 있고, 나는 약간 시장기를 느끼기 시작하는디, ……헌데 사실을 말허면, 자네는 그런고로, 이 읍으로부터 한 발자국도 떠나지는 않을 것이라고, 알게는 된다. 그렇잖은가?"

"이봅지, 친구네, 아참, 내가 道流를 말인뎁, 뭐라고 불러야 되는굡? 이번 돌아와보닙, 道流는 고 쬐꾸만 대가리에다 말일셉, 그 큰 官帽를 둘씩이나 얹어놓아섭지, 어느 이름으로 공경해 불러야 될지를 모르겠는뎁, 그뿐만……"

"쳇, 별 돌팔이 같으니라고! 워찌 중이라는 것이, 머슴 두고, 요것이냐 조것이냐를 그렇게도 개리기를 좋아해쌌는고? 착것. 그 돌벽에다 대가리를 부딪쳐, 구먹이라도 하나 크게 내거라."

"흣흣흣, 뿐만 아니라 道流는, 쓰는 語套까지도 두 벌 이상을 겹쳐 입어놓고 있다 보입지, 별 잡종 같으니라굽, 내 짐작에는, 허기는입지, 閱世에도 종류는 여럿인 듯한뎁지, 나 돌팔이모양, 자기 발로 열심히 걸어서 하는 閱世와, 친구넵지 자네모양, 앉아서 하는 것도 있는 듯하다 말입지. 그런다 해돕지, 검은 개 꼬리는, 흰 눈 속에다 석삼년을 묻어놓았다 꺼내 보아도 여전히 검다고 하더닙지, 道流는 여전히 道流랍, 헵헵헤페펩, 서른두 가지 羅刹相을 구비하려 했으되 몇 相이 충분치 않아 부족한 羅刹이엽, 자네는 언제부터도 걸핏하면, 소나무에 대고라도 뭘 걸기[賭]를 즐기더닙, 그 못된 버릇은 아직도 시꺼멓다 말입지. 그래설람엔읍, 이번에는, 한 돌중의 向方을 두고, 무엇과 더불어 무엇쯤이나 걸어[賭] 뒀는굡? 무슨 山鬼라거나, 무덤鬼 같은 것들이라도 불러, 그것들 숨겨놓고 있는, 金항아리를 상대하여 친구네는, 왼쪽으로라도 누우려 하면, 두 허벅지 사이에 끼워 넣어져 고통을 일으키는, 친구네 불알 두 쪽이라도 걸어[賭] 뒀다는답? 맹랑하다 말입지, 친구네는 거 썩 맹랑하다 말이라굽, 그럴 것이 말입지, 친구네는, 졌다고[敗] 한다 해도, 그렇게 뭐 큰 손재를 하는 것도 아닐 것인뎁, 그럴 것이, 불알이라면, 읍내 고샅 어디에나 찔끔거리고 다니는, 똥개 새끼들 중의 아무 숫놈이거나, 한 마리 끌어다 까, 갚아버리면 될 것이거든입지. 그런다 해도, 그 어느 귀신도, 그 일로 두고, 그 값이 정당치 않다고 하여, 시비를 가리려 들지는 않을 것이거든읍."

"헛헛, 허흣흣, 사실 이약을 허먼 헌데, 고런 쬐꾸만 재미들이야말로, 첩년이 왼종일 애써 까 모아 놓은 호박씨를, 한입에 톡 털어 넣기맹이 그렇니라. 재수가 있으면, 고것이 모도 꼬소하게 목구멍을 넘고, 그렇덜 못허먼, 끕재기 사래가 나, 산지사방으로 뱉아져 날라가 뿌릴 것이다. 그라고, 촛불중이여, 아무리 본관이 자네의 옛 친구라 히어도, 인제부텀은, 본관을 부를 때는, '나으리'라고 부르는 것이, 자네가 조석 끼니를 빌고 있는, 고 읍에 대해 존경을 표시하는 태도일 것이다. 그렇지, 뭐 걸기[賭] 얘기를 했었더랬제, 그랬제 그리, 헌디 보게, 아무리 판관 겸직 읍장이라고 히어도, 하루 중의 월매는, 뭘로든, 무료함을 메꾸기 위해서, 자기 땜에 시간을 보내덜 안 헐 수는 없는디, 선임 나으리덜은 고랄 때로, 계집이며 독주, 아편에로 달려가기로 바빴었는디, 본관이

觀한 대로만 말허먼, 저들은 고랄 때로, 옷을 핼까당 다 벗고, 맨살로, 욫나무숲 꿩병아리를 잡겄다고 뛰어댕기기나 같아 보있으며, 용소에 어린 달을 보둠겄다고, 높은 디서 내뛰어 들고 있는 것과 달바 보이지 안 했던 것이다. 그래서나, 고것을 초롱히 보아 알고서도, 본관도 고런 짓을 되풀이히어야 쓰겄냐? 그래서 어떤가 하면, 자네 돌중의 이 옛 친구 하나는, 그런저런 걸기는[賭] 물론, 거는[賭] 데 뭘 크고 작은 걸 따질 것이 있겠는가, 그 외에도, 채쭉을 휘둘러, 파리나 벌 따위를 두 동강 내기라든, 멀찌감치 앉아, 타구에다 가래춤이든 살구씨 겉은 것을 뱉아, 명중해 넣기 따우라는, 고런 일로도 소견법을 삼는다. 그러장개, 자네의 옛 친구 하나는, 아편이며, 술이며, 제집헌테는, 되도록 손을 잘 뻗치들 안 허는 것이 좋다고 허고 지내는디, 독사며, 유황불은 잘못 찌럭댔다가는, 아홉 꼬랑대기를 내놓는다고. 그중 해가 적기로는, 예쁜 면놈을 하나, 妾삼는 일이겄등만. 그라고 제집은, 신 살구 묵듯 허면, 벨 실수가 없겄드라고."

"아 이것은 흐흣, 말인뎁, 옛 친구들끼리 반드시 하하할 만한 얘긴 듯하구만읍. 허긴 그러하다넵, 그동안 친구네 지내온 일들이 궁금하지 않을 수는 없거든읍."

"아 그래서 본관이, 타구에다 살구씨 뱉아 던지는 얘기를 했었던가?……그 얘기가 그런디, 뭐 좀 자네헌티 시쿠룸한 맛이라도 있단댜? 왜 그리 시물시물 웃는다는 겨? 허기는 '聞一知十'이라고 하거늘, 자네 돌중이라도, 자네네 宗門에서는 七孫으로 치고 있다는 소리를 들은 듯하니, 본관 한 읍의 읍장이며, 판관 된 자로서, 그 일을 두고, 시정배 투의 군살 더덕이를 붙이려 하지는 않느니라. 마는, 본관은, 계집뿐만 아니라, 어쩌다 실족해 든 나그네들도, —그중에서도 특히, 본관은, 명색이 중이라는 것들만을 한정해 말하고 있지만—덜 익은 살구 같은 것들이라고 하고 있다. 자네도 물론이사, 살구 먹는 방법쯤은 잘 알고 있을 터이지. 알다시피, 살구는, 오만상을 다 찡그려가며, 그것의 그림자만 벗겨 먹고, 그 實體가 되어 있는 알맹이는, 타구 속에다 톡 뱉아 넣는 것이 아니더냐? 요 대목은 좀 신중하게 봐두라고. 왜냐하면 조것이 바로, 본관이, 계집과 중을 상대로 하여 하는, 처세의 골자가 돼 있기 땜시라. 그런즉, 계집도 물론이지만, 중이라고 행색을 한 것치고라면, 한 번 이 읍에 잘못 들어섰다가는, 제 그림자를 벗지 않고, 그것을 끌고는, 다시는 요 읍을 벗어나지를 못헐 것인개. 요러헌 이유로서나 본관이, 옛 친구 자네를 품바꾼으로 취급하려 한 것인디, 고만침이라도 깨닫기가 그렇게도 어렵더냐? 어차피 중이라고 치고는, 어떠한 중이든, 수컷이든 암컷이든, 그 씨앗이 되는 부분에는 무슨 구별이 있는 것은 아닌 것맹인디, 그 '씨앗'이랄 것은, 저쪽 동네 다스리는, 내 同門이 되는 崔判官의 몫이니, 이쪽 동네 다스리는 判官이 넘겨다볼 것은 못 된다. 자네에게는, 왜냐하면 아직도 내가 자네를, 배고픈 품바꾼으로 대접하니라다 본개 그런데, 내가 아직 客僧에 대한 예를 다 못하고 있어, 그것 땜시 나는 부채감을 느끼고 있지만, 어쨌든—客僧에 대한 예를 갖추기에 대해 조금 들려주기로 한다면—무슨 중인 듯한 것이 하나, 이 읍내 거리 어디에다, '그림자'를 미뜰고 나타났다는 소식에 접하기만 한다면, 들어봐라, 이쪽 동네 本判官의 가슴은, 분노도 같고, 성욕도 같고, 질투도 비슷하며, 짝사랑도 같은, 고런 순 여러 종류의 느낌들이, 한 솥에 담겨져설라무네, 부글드글 끓고 있는 것을 느끼는디, 그라먼 인제, 우선 졸개들 시켜, 그 중을 수도청에 모셔 들여서는, 수도부들로 하여서나, 향과 소주를 섞은 온수에 담과놓으라고 하여, 때 붓듯, 고 그림자가 불어날 때까지 담과놓는다. 그 客이 비구니라고 할 때는 물론, 법청에서 파견된 면들이 그 일을 맡아 하도록 되어 있는디, 그런 객승들이 입었던, 숯물 들인 옷가지들은, 그 香湯 솥 밑에서 재가 되어져 있다. 숯에서 온 것이, 하으, 숯에로 돌아갔음이라. 간지러워 간지러워 자즈러져 뒈져가민시롱도, 고런 목욕을 즐기지 않는 중님은 하나도 없더라고 전해 들었다. 허기야, 그것들 태어나올 때부터, 팔자모양 꿰매 붙이고 나온, 그 그림자 한 벌을 탱탱 불리기의 고 아프디아플 간지러움이며, 고것을 긁어대는, 고 숙련된 손들의, 三冬을 품은 봄바람 겉은 간지러움이사, 더 말해 뭣 헐 것이겼냐. 色이 空하고 똑같담시롱도, 삐끄덕거리는 늙은 중까지도, 고녀러 色이 고렇거니나 色根색큰하여, 그녀러 色을 벗기가 싫어, 붙들어 천년만년을 살라고 생지랄흘 녀러, 쐐액쌕 '색을 쓰더라지.' 헌디도 우리는 아매, 하기는 强姦으로 시작을 해서, 내기는 和姦으로 끝을 낸, 그런 얘기를 하고 있는 것이제매? 네다섯, 때로는 일고여덟의 수도부가 합쳐, 그냥 延命만 하니라고 菜食만 해온 중 하나 해치우기라거나, 서넛의 실한 면卒 따구들이, 안됐지만, 거 뭐 비구니 하나 膾 쳐 먹기가 그렇게 어려울 일이겄냐? 그러다 보면, 시작은 强姦이라도, 대체로는 和姦 형식을 띠어각고 끝난다 허능갑더라. 여담이지만, 재미있는 얘기 한마디만 얹어 들려주기로 한다면, 대략 한 육십 줄에나 들어선 비구니 하나는, 자기 쪽에서 그 대여섯의 면卒 따구들을 다 불러딜여, 오래잖아, 그 다섯의 실한 땅나구 겉던 것들이, 삥든 개 새깽이들 꼴로, 빌빌 기어 나오도록 했던 일이 한 번 있었다. 그 향탕 목욕이 시작되었기는 대략 정오경이었는데, 그 한 번의 목욕이 끝나기는, 그날 저녁 삼경쯤이었다고 했다. 먹고 마셔가며 그 비구니가, 저 면 놈들의 사태기를 얼매나 늘여댔던지, 찬물에 담가도 줄어들지도 않기에까지 이르렀다고 하고, 그때 당해본개 고 비구니가, 수렁이나 지옥이 여자 꼴을 꾸며온 것 겉여, 모도 비글비글 게거품을 문 채, 무릎 꿇고 빌어서야, 그 밑 없는 수렁을 벗어날 수가 있었다고 해서, 본관이 얼마를 웃었든, 배가 고파 음식 좀 먹으려 그치다 본즉, 사흘이 흘렀더라고 하더라. 그래서 꼭 한 번, 그랬었제, 한 번 예외를 맹글아 본관이, 관비에서 떼어낸 것이지마는, 돈독하게 노자까지 첨매, 고 늙은 비구니를 심심야중에 내보냈는디, 물론이사 갖다가시나, 말한 바의 조 면 놈들로 하여금, 더 멀리도 말고, 가다가 보면, 해가 눈구녁 속으로 새까맣게 쳐드는 디가 있을 것인개, 거그끄장이나 바래다주라고 히었었다. 흣흣흣, 그리고 돌아온 면 놈들께 듣자니, 헤어지기 전에 모도, 한 번씩이라도 더 누고 가라고 그래서, 놈들 중에 한 뇜이, 짚고 있었던 박달나무 지팽이를 하나 꽂아줬더니, 금세 그 나무에 잎이 피기 시작히얐더라던가, 어쨌더라던가, 웃니라고 대강 들은 대로 하자면, 그랬었다. 그 비구니는 어쩌면, 아 자네도 물론 『兎鼈歌』쯤 들어본 일이 있으면 알 것이다마는, 헌디 고 兎生員과는 반대로 이 비구니는, 羑里 들어서기 전에 껍데기는, 벗어 잘 개어, 무슨 바위 밑에라도 감춰두고, 羑里에서는 먹도 못 할 씨만 해 갖고 들어온 것이다. 본관의 추측에는, 고 비구니가 벗어 어디 감춰놓은 고 그림자는, 자기를 따라붙인 면 놈들을 되돌려 보낼람선, '한 번씩 더 누고 싶으면 누고 가라'던, 고 자리 어디쯤에 있었다. 수도부들이, 저그들 딴의 苦行을 통해 얻을라는 경지가 뭣이라드냐? '비구를 받되, 탐하지도 저어하지도 말고, 저 不感症으로 받되, (그 비구를) 어여삐, 그리고 불쌍히 여기라'고 한다 하지 않더냐? 그래서 그 비구니가 패싹 늙어 고자가 돼뻐렸는가 하면, 훈련받아, 그 技藝에는 가히 名人名手들로 치는, 수도부들로서도 도저히 당하지를 못하는 것이 분명하다고 험시롱, 어쩌면 (수도청) 주모 되는 늙은네나, 고 낫살 때에는, 고 비구니와 견줄 만하지 안 했었을 것인가, 하고들 입들을 모아쌌었다. 고것이 뭣 하자는 道인지 邪인지는 모르되, 그 비구니 자기를 밝혔기를, 자기는 비리데기 門中에서 왔다고 했다 허드랑만. 자네에게사 아무짝에도 쓸디없는 잡소리나 되겄제만, '비리데기 門中'이라는 말이 나왔다 본개 생각이 나 말인디여, 그 자석이 자라서, 美里邑의 판관 겸직 읍장의 길라잡이가 되었기까지나 오래오래 전 얘긴디, 어느 날, 어디서던 동, 무신 감람 잎사구라던가 고런 것이라도 주뎅이에 문 비들캥이나 되는 뎃기 와갖고, 南岳 火葬터지기하고 서럽도록 정이 들어, 얼마를 살다 핏덩이를 하나 눠놓고 갔다던, 워떤 옌네 하나도, 그런 비리데기 중의 하나였었더라는 얘기도 있었더니……. 가만 보세라, 헌데 우리는, 客僧에 대한 初禮로서, 중님들을 香湯에 잠구게 하고 팅팅 불려, 그 껍데기 벗겨내기에 관해 말해왔던 중이 아니었던가? 그 목욕이 끝날 때쯤엔, 수도청 아랫목에 큰 상이 차려지고, 그 상의 한쪽에는 판관 겸직 읍장이, 다른 쪽에는 객승(들)이 앉혀지는데, 목욕을 끝낸 그 客僧은, 비구였을 때는, 수도부들이 입는 것과 같은, 푸른 저고리 다홍치마에 입혀지며, 비구니였을 경우는, 官卒들이 입는 것 걑은, 男卒服이 입혀져 있다. 그 먹고 마시기는, 중님들 쪽에 대해서는 마지막 說法會며, 주리 틀리기이다. 律法이 고렇게 제정된 겨. 그런 法說은 아주아주 드물게는, 하루나 이틀도 끌되, 대체로는, 고 음식상이 비워질 때쯤, 그 중님들의 法도 비워져, 그들이 마음이라고 이르는 그것도, 헝클어진, 그 잔칫상 같은 것이 돼 있다. 씨만 남은 살구는 인제, 퉤 뱉아내야 하는 것이다. 이제 그 중은, 새로 입혀진 그 새 服色[性別]으로, 바깥 거리에 퉤 뱉아져 버린다. (부연해둘 것이 있다면, 중들의 '실다움'과, 우리들 俗物들의 그것은 서로 반대된다는 그것쯤일 것이다. 그래서 자네들이 '실다움'이라고 이르는, '空'이라는 둥, '마음' 따위들이, 우리들께는, '그림자', 그 '몸'의 五官의 작용에 의해 드러나는 幻 말고 다른 것이 못 된다는 것이다) 그렇게, 道流여, 그 그림자들을 모아 짜아낸 기름으로, 자네들 식으로 말허기로 헌다먼, 法油라고 해도 안 될 건 없을 것이다, 글쎄 거 法油로, 본관의 골은 새로 차오른 것이다. 뒤늦게지만, 이라는 말은, 일찍 어려서부터 채웠어야 되었을 것을 못 채운 채, 엄버무레허게 속 빈 뼈만 해 갖고, 요것조것 세사로만 바쁘거나 한가하여 삐걱거리기만 했더라는, 그런 말인디, 고렇게 많은, 참말로 많은 중님들, 자기네 중 돼 美里까지 살아온 나이까지, 法을 먹어, 法을 삭혀 푹 익힌 그 기름을 여러 여러 해 짜 마셔온 것이다. 그러다 보닌깐은, 내가 말을 하며 내가 들어보고도 노상 놀래는 것이 요것인디, 쓰는 單語는 물론, 어투에까지도 변화가 일어나고 하던 것이다. 내가 말을 바꾼 것인지, 말이 나를 바꾼 것인지, 종종 그것을 가려볼라고 히어도, 안 된다. 그래서 본관은, 자네로부텀선도 고 기름을 짜아낼라고 허는가? 허나 그렇지는 않는 듯하다. 자네는 제법, 이틀에나 걸쳐, 저 별세한 장로네 사랑방에서, 그 기름을 다 쏟아버린 데다, 목숨을 부지하고 져, 法을 팔 듯싶지는 않기 때문인디, 하기는 고만만 히어도, 워디 빈 村의 어른 노릇은 해 먹을 만하지 않은 건 아니다. 솔직한 얘기를 하나 하기로 하자믄, 본관도, 자네의 說法 자리에 초대되어졌었으면 했었다는 것이겄다. 뭘 '건다'[賭] 는 말이 나왔은개 말이지만, 이제 자네 한 돌중과 더불어, 본관이 뭘 할 수 있는 것이 있을 수 있다면, 요것 정도일 것이다, 라는즉슨, 자네가 전에, 六祖라는 사내를, 본고장의 골패짝에 얹었듯이, 본관은 오늘, 七祖라는 사내를, 그런 골패짝에 얹을라는 것, 고런 것 정도일 것이다."

"나으리입지, 옛얘기구만입지."

"친구넵지. 옛얘기구만입지. 그랴, 고때만 히어도 시절이 썩 좋았던, 옛얘기라고. 자네는 그때, 손으로는 따고, 마음으로는 잃은 듯해, 그러자니 한 눈은 웃고, 다른 눈은 우는 투의, 물크러지고 더러운, 불균형의 얼굴로, 큰 형장의 문턱을 넘어 들어서는 일 같은 것 하나를 두고도 짜증이 많았었더니. 잡종 겉으니! 課刑턴 자가 受刑턴 자와 바뀐 것 겉었었다. 그 저녁, 자네 변절쟁이가, 六祖라는 저 표표한 사내를 이끌어 큰 형장 문을 들어서던 그 저녁 말인데, 자네도 기억하겠지만, 그 큰 문을 지켜 있던 官卒이 둘이었더니, 뉘 알았게(?), 그중의 하나는, 현재 판관 겸직의 읍장이 돼 있으며, 다른 하나는, 그 하나는,

바로 저 읍장의 우의로, 큰 형장 나으리가 돼서는, 돼서는 작것, 개며 계집깨나 끄슬려쌌더니, 그래쌌더니, 어리석은 친구였었지, 였었지……. 어찌 됐든, 가맜자, 눈을 본개, 자네는 고 시절로라도 돌아가고 싶어 하고 있는 듯하다."

"아, 그, 어, 어느 시절이든 말입지, 내게는 다 조, 좋다는 얘기나 들려줬으면 싶으구만입지. 매, 매일이 좋은 날 아니던갑?"

"헌딥지, 친구넵지, 나는입지, 워떤 편인가 하먼, 손은 따고도 마음을 져[敗] 있는, 그런 노름은 (대체로는, 暗數로 이기는 노름인데) 즐겨 하지 않는다고. (판관 겸직의 읍장이라는 사내가, 暗手 같은 것을 써먹어야 할 까닭이란 없던 것이그덩) 헌디도 야 친구네, 요건 지난 얘긴개, 본관이 이번 노름에서는, 마음으로는 이기고, 손으로는 질[敗] 뻔한, 고런 위기를 한번 안 넘긴 것은 아니었다는 얘기는 해둬도 쓸랑가 모르겠다. 뭐시냔즉슨 요 말은, 야음을 타 자네가, 읍을 떠나고 있다는 바로 고 저녁 말이 되는디, 고 소식을 전해 들었을 때 말이제 나는, 웃기는 상등품 웃음을 걸판지게 웃어제껴, 졸개 놈들 앞에서, 대장부 기상이라는 것이 무엇인지, 고것찜 한번 상등품으로 보여주기는 보여주었었지마는, 어째 손이 시린 것 겉었었다, 어째 손이 비어, 헐개겁다 본개, 시부적 시부적 날라올라 갈라고 허드랑개여…… 마음으로는 쾌재를 부르고, 손으로는 빈한하기…… 그래 허긴 그랬었다, 참 여러 번썩이나, 자네 말입지, 떠나고 있다는 말입지, 중놈의 뒈세기를 말입지, 짚어 오라까 하여, 힘줄 좋은 졸개 놈을 내보냈다가 불러들였으며, 내보냈다가 되불러들이고 했었더라고. 손의 마디들이 울어, 울더라고……."

"나으리엽지, 道流와 한자리를 해 있다는 것이, 이 저녁은 즐겁구만입. 그럴 것이, 친구란 때로 이렇게라도 만나섭지, 회포는 풀고 봐야 되는 듯하거든 말입지. 그래서 道流는 참으로 말입지, 제 발로 걸어 들었던 한 돌중을, 제 발로 걸어 나가게 하려 하기는 했더란 말인갑? 그러려 하자니 말이었을 것인뎁, 둘러서 말하기로 하면입지, 하마터면 덥칠 뻔했던 살찐 장끼를 놓치고 집에 돌아가 자네는, 밥 짓고 있는 여편네를 냅다 걷어찼을 것이 분명하답지, 그렇지 안 했는갑?"

"내가 눈치챈 것이 틀리지만 않는단다면, 자네의 둘러 말하기는, 꼭히 맞다고는 못 허겄는디, 순서가 배낀 것이다. 나는 워떤가 허먼 차라리, 마누라를 한판 족치고 사냥에 나섰기 탓에, 멧돼지를 놓쳤어도, 그러장개 손에 쥔 것은 없어도, 휘파람을 불 수가 있던 것이다. 자네가 읍을 떠나고 있는 것맹이라는 소식을 듣게 되고 있었을 때는, 말이제, 자네 세 치 기럭지 쎄빠닥을 삼천 척으로 늘리 냈었다는, 고 雜說會에 참석했었던, 선남자 선녀자들이라는 것들은 모도, 감방에 갇혀 들어, 오좀이나 줄금 줄금 흘리고 있는 중이었거덩. 그라고도 한참이나 있잔개, 자네가 행망을 부림시롱, 큰 숲엔지 美里엔지, 어쨌든 고 쪽 방향으로 가고 있다는 소리가 딛기던 겨. 큰 형장에사 무슨 볼일이 있을 것 겉도 안 했은개, 그래 본관이 짐작했기에, 자네는 그리하여 美里에로 돌아가고 있구나, 그랬었제."

"그래섭지 친구넵지 나으리, 만약 이 돌중이 말입지, 美里에로 머리를 둘러 나갔다고 한다면, 그것이 어째서 나으리 생각에는, 그 한 녀러 돌중이 말입지, 美里를 벗어 떠난다고 알았었는곱? 나으리 자네는 어차피, 나으리의 옛 동료였던 돌팔이 중 하나를 말입지, 거기 어디에 처넣고 단단히 봉해버릴 작정으로 말입지, 바위로 안을 대, 바위 무덤을 하나 꾸며놓고 있다고 하잖았았납?"

"자네도 이라고 본달작시면, 매운바람에 불려온 먼지를 눈에 덮어, 눈을 뜰 수가 없어 못 본다는, 아래쪽 세상의 누구보다도 벨랑 밝히 본다고 헐 수도 없겄고만 그랴. 그랄 것이, 첨에는 본관도, 자네맹이 고런 의심을 안 품어본 것은 아니었다고. 그라장개 생각을 허게 되더라고. 이바, 친구네, 자네는 혹간 '死刑'이라는 형벌에는 대체 무슨 의미가 있는지 생각해본 일이나 있는가 몰라?"

"그 물음은입지 나으립, '아래쪽 세상'的 물음은 못 되는 듯하구만입지."

"글씨, 아무도 천년만년을 살던 것은 아니던 것, 그 言渡꾼 당자도 사실은, 그날 저녁 집에 돌아가, 누워서는, 영 못 일어날지, 어쩔지도 모르는디 말이제",

"나으립지, 나으리가, 여러 중들의 젖이며, 精을 뽑아, 나으리의 빈 골을 채웠더라 했었는갑?"

"헌데도 불구하고, 그 言渡를 받은 것들이, 言渡를 받은 일 때문에, 느닷없이 살기에 대해 개의해쌌기를 시작하여, 종내 못 견디고, 죽음에의 공포 탓에 광기를 드러내는 것은, 매우 이상하다고 할 만하지 않는가?"

"卒首여, 자네는입지, 제법이군입지."

"……요것은 물론, 딴 이약이지만 말여, 요만큼 말허고 난개, 재미있는 애기가 하나 생각난다. 고 이약을 하나 히어주끄나? 自殺未遂꾼헌티다 본관이 한번, 고 自殺을 도모한 일을, 계획적 殺人未遂로 쳐, 死刑宣告를 한 일이 있었더니라. 게다가 뒈지고 싶어 환장해, 뒈지려는 놈은 죽여주는 것이, 아래쪽 세상 法善일 듯도 싶던 것이니라. 걱다가, 한시 한날 볕도 더 보기가 역겨워 죽으려 했던 것의 목숨을, 거 무신 선덕을 베풀겄다고 질질 끌어댈 까닭도 없는 듯하여, 고 執刑은 사흘 후의 정오에, 읍의 중앙통에서 한다고 정해뒀었다. 고 사흘도 거 뭐 거 뒈지고 싶은 목숨을 위해, 무슨 기도라도 허거나, 맛나는 음식이라도 즐기라고 준 것은 아니고, 刑具 준비를 하려면, 그만큼의 날짜의 여유는 있어야겠던 것뿐이다. 흣, 흣, 흐, 흔데 저것이 끕재기, 죽고 싶들 안 해져버린 것이다, 글씨, 살고 싶어져 버린 것이다. 흣, 흣, 흐, 흐래서는, 야음을 틈타 내게 와, 지가 지 손으로 끊으려 했던, 그 목숨을 두고, 관으로부터 그것을 되사는, 흥정을 허자고 허길래, 이 특정한 경우에 한정해서 말이지만, 그러지 못할, 아무런 論理的 理由랄 것도 찾지를 못하겠고 해서, 거절할 수가 없었었다. 그 흥정은 計理士가 했는데, 방법은 간단하고도 명료했던 듯했다. 이것은 물론, 官에서는, 農夫나 匠色에게도 적용할 것인데, 還甲을 停年退職年으로 잡고, 그것을 基準年으로 삼아, 그것에서 저 살고 싶어 하는 녀석의 살아온 나이를 뺀 뒤, 현재 노동자들이 받는 日當을 알아내어, 살아갈 나이에 곱해서 얻은 답, 그것이 그가 치러야 하는 목숨 값이던 것이다. 여기에 이의란 있을 수도 없었을 것인데, 구 할 이상의 인구가, 환갑 이후에도 수년, 수십 년씩도 더 살아가던 것이며, 물가의 앙등에 좇아, 임금도 오르는 것인데, 그런 것은 계산되어 있던 것이 아니기 때문이다. 官에서는 그런 대신, 先拂을 요구하기는 한다. 그 先拂이 새끼 치게 될 이자에 관해서는, 어리석은 관원만이 혀를 늘리려 헐 것이다. 나중에 듣자니, 그 사내는, 제 놈의 재산 전부는 물론, 마누라는 수도청에 부엌데기로 팔고, 자식들은, 읍내 유지네들에다 종으로 팔고 했더라고 하는 것 같았다. 문제는 헌데 목숨 한 개를 두고, 장난이 너무 심했던 저 사내가,

감방 문턱을 벗어난 그 순간, 아무 데로도 머리 두를 데가 없게 되었다는, 그 썰렁한 현실과 이마를 맞대야 된 데서부터 발단했다. 끼니도, 누울 자리도, 설 자리도, 모든 것을 그는, 자네 같은 돌중과도 똑같이, 남의 것을 빌어야 되게 된 것이다. 어쨌든, 조금 길어져도 충분히 좋을 얘기지만, 거두절미하기로 하면, 배고파 헤매다 저 사내는, 지 마누래였던 아낙네가, 눈물에 비벼 대문 밖에다 내밀어준 밥 한 그릇을 얻어먹은 저녁, 自殺을 해버리고 말았다. 이번에만은 말인디, 미수에 그쳤거나 그런 건 아니었제그랴. 글씨, 그 죽기는 완벽했드라고. 그것을 입고 있었길래, 괴로움[苦]이기만 했던 것이 분명한, 고 고통을 훨씩 벗어버린 것이다. 글씨 말인디, 고 사내가 고렇거니나 못 견뎌 했던, 고 괴로움의 부대였던 것도, 나를 거울로 딜여다보기로는 요려, 본디는, 질거움[快]을 아(兒) 보듬아 내라고[分娩] 주어진 것인디, 운영을 잘못한 결과라고. 고런 사람헌티는 육신이 우환이었으나, 그러나 말이제, 육신이란 질겁게 살라고 입어져진 것이제, 고통으로 쳐, 살기를 중둥무이하라고 입혀진 것이 아니던 것을. 아, 안 그런가?"

"………"

"글씨, 그렇잖냐고?"

"………"

"그렇잖냐는 요 말여?"

"道流여, 친구넵지, 道流는 그냥, 하고 싶은 말이 있으면, 그것이나 풀어내고, 이 돌중의 동의 따위는 구하지 안 했었더면 좋았었을 것인뎁지, 그럴 것이, 그런 종류의 話頭란, 그것을 받아들일 준비가 되어 있지 않은, 道流 같은 사미와 더불어 거론해볼 것이 못 되다 보니 그런 것입지. 그렇다고 하여, 몇 번씩이나 물음에 접하고도, 내가 대답하려 하지 않는다면입지, (왜냐하면 그것이, 그 한 주제가 되어 있던 까닭으로 해서) 전날, 이 돌중이, 별세한 장로님 댁의 사랑방에서, 두 번 集會의 앞자리에 나앉아, 풀어냈던 雜說이라도, 그것을 백지화하는 위험이 있으며, ……그런고로 내가 대답을 하려 하면, 道流가, 나름으로는 진리라고 알아 오고 있는 것에 대해, 道流의 생각에는 말입지, 내가 무슨 수정 가필이라도 서둘러 나서는 듯이……"

"과연이나 잡소리가 많도다. 그래, 탁 털어 말허면, 뭔 소리를 허고 싶은 겨?"

"道流가 진리라고 믿는 그 진리도, 진리가 아닌 것은 아니라도, 헌데도 인류는, 道流의 法이 說해진 그 자리에서부터도, 아주 몇 발자국 더 進化의 거보를 내디뎌온 것도 사실이라는 얘기를 했으면 싶으넵지."

"그래서 고것이, 우리의 육신이란 苦의 자루라거나, 또는 快의 자루라는 말하고는, 무슨 사둔 관계여, 엉?"

"나으립지, 그런즉 내 무슨 말을 많이 할 수 있겠는갑? 그런즉 조금 길어져도 충분히 좋을 얘기지만, 거두절미하기로 하면, 有情들이 입게 된 육신이란, 그것 자체가 目的이 아니라, 차라리, 어떤 目的, 즉슨입지, 입기로 입지 않게 되기, 그런 目的을 달성하기 위한, 過程이라는 것, 가장 否定的 欲望들을 殺母蛇 새끼들모양 妊娠한, 그런고로 가장 모순에 찬 過程이라는 것, 그런 얘기나 해두기로 합지. 말해오고 있는 바의, 저 사내의 자기 파괴도, 過程인 것을 目的으로 삼았었기에 일어난 부작용의 결과랄 것인뎁지, 나으리입습지, 자네도입습지, 저 사내와 촌치도 다름이 없다는 얘기를 들려준다면, 그렇게 말하는 자를, 어디에 판 토굴 속에라도 처넣어버릴 것인갑, 아니면, 面壁九時라도 해보려 할 것인갑? 자네 나으리의 자기 파괴는, 예의 저 사내의 것이 否定的 국면에서 苦의 형태를 띤 것에 반해, 肯定的인 데서 快의 형태를 드러내고 있는 것이 다르되, 닿는 자리에서는 틀리지 않을 것입지. 말해온 바의, 저 불우한 사내의, 그중 큰 불행은, 나으리입지, 자네 같은 자를 스승으로 잘못 사귀었던 데 있었더랬군입지. 그렇지를 안 했더면 그는 필시, 그 '苦'를 뗏목 삼아, 此岸을 훨씬 벗어나 버렸었을 수도 있었을 것읇."

"가맜자, 이것들 걸음이 왜 요렇게나 늦는다제? 사실을 말허먼 나는 시방, 수도청에다 시켜놓은, 약간의 주안상을 지다리고 있는 중이라고."

"아으, 그래서 나으리의 옛 친구, 이 돌중도, 客僧들께 베풀어진다는, 그 대접쯤 받게 되었다, 그 말인갑? 술도 좀 청해뒀는가 몰랍? 돌중도 중이라고, 술은 입에도 안 댄다고 생각하지는 안 했겠습지? 그랬다고 한다면입지, 자네 나으리의 입에는 오줌밖에 더 먹일 게 없겠을 일입지."

"요바, 조 창 너머 있는, 조 늙은 소나무 말여, 고것이 자네 눈에는 워처키 보인댜? 기양 소나무란댜, 워쩐댜? 헛, 헛, 허으, 요건 또 무신 기픔스런 소리였었으끄나? 글씨, 바우를 보고, 바우 겉어 보이냐, 소를 보고 소 겉으냐, 산은 산이냐, 헛, 그게 고런 소리는 아니었겄냐, 허기는 말이제. 물론 자네도, 조 큰 가지에 묶여져, 아직도 조금은 남아 있는, 동아줄을 보고 있다, 안 그런가? 사, 사실을 말허먼, 바로 조 동아줄 끝에, 그 사내의 목이 매어져 있었드라네. 저녁 까마구였든지, 부엉이였든지 뭣이, 그 눈알들은 파먹어 치웠던 맹인디, 그란 후, 수도부들헌티 듣잔개, 모도 쑥덕거리기로는, 조 나무가 몇백 살이나 늙었던지, 고 뿌렝이가 저승까지 뻗어가 있는 탓에, 조 나무가 저승 바람에 흔들릴 때 말허는 소리를 듣거나, 가까이 가 기대보기라도 할 양이면, 저승 돼가는 꼴이 훤하게 짐작이 됨선, 먼저 간 사람들이 부르는 소리가 들림시나, 이승 살이가 고달프게 예겨진다는 겨. 한마디로 말허먼, 누구든 저 나무에 눈이나, 귀나, 마음이 묶이면, 저 나무에 의지해 죽고 싶어진다는 겨. 그래, 거 좀 요상헌 소리다 싶음선도, 조 나무가 자네헌티도 기양 나무맹이만 비냐고 물었던 겨. 글씨, 중의 눈은 三世를 환하게 꿰뚫어 본다고 일르니 허는 소린디, 자네 보기에는, 그래서, 무슨 귀신 나부럭지들이 가실볕에 몸이라도 굽고들 있거나, 아니면 그 나무가 송두리째 한 귀신이기라도 하여, 진 손톱을 세우고 있는 것 같은 것이 보이느냐 말이제",

"이것 말입습지, 나으리가 詩學을 운운하고 싶어 하지는 않을 것인뎁지, 그러고 보면, 治學이 때로는, 詩學의 모습을 띠어 나타나는 수가 있다는 것을 알겠다 말입지. 나으립지, 자네 제법은 治道에 통한 데가 있구납, 무수한 중들이 젖이며 精을 흘려, 자네의 골을 채 왔음을 알겠네랍."

"돌팔이 겉으니라구, 여 자네 촛불중은 무신 말이 하고 싶은 것이냐?"

"나으립지, 자네는 말입지, 한 불우한 죽음을 두고, 사정이 그러하여, 특히 어떤 한 과녁을 향해 쏘아졌을 수도 있는, 모든 독살스러운 원망, 저주 따위의 화살을, 저 老松께다 돌려버린 것은 아니었던가 말입지? 그런즉, 자네야말로, 쑥덕거림을 엿들은 자가 아니라, 쑥덕거림을 엿듣게 한, 그 장본인이었던 것을. 사내저슥이, 딴에는 그만하다고 하여, 중들을 박해하기에 나섰던 모양인갑? 스승이 좋았더면, 堯舜이 되었었을 수도 있던 質料가, 좋지 않은 스승 밑에서 桀紂로 孵化했구납. 독수리 알이, 殺母蛇에게 먹힌 바 되어, 그 배 속에서 깨 있었도답. 그것도 한 法輪 굴리기라면, 굴리기가 아닌 것은 아닐 것입지만, ……”

“중놈들께 청승이 많은 것에는, 허휴, 지겨울 노릇이다. 헤, 헤, 헤, 헨데 말이제, 요건 사실로는 말이제, 믿고 싶덜 안 허다 본개 믿을 수가 없는 사실인디, 큰 형장에서 알려져 오기로는, ―물론 그 시초며 근거는, 평소에는 형장지기들 끼니도 잠자리도 돌보고, 죄수들 머리도 깎아주거나, 몸도 팔아 푼전도 벌고 허다가, 屍身이 생기면, 香湯에 씻기는, 고런 막일하는 아낙네들 저그들끼리 앉아, 흉보며 웃던 소리에 두고 있는디, ―絞首刑을 당한 어떤 사나 죄수들은, 숨이 끊겼는디도 하초가 뻣뻣한 채 있다거나, 아마도 그 숨이 끊기기 전에 그랬을 것이 분명한데, 精水를 뿜어낸 흔적이 역력하다고 해오는고로, 졸개들을 시켜, 이 사나도 조사해보라고 했더니, 이 사내도 분명히, 그 죽기의 괴로움에 맞먹었었을지도 모를, 그런 괴로운 황홀을 경험한 흔적이 너무도 낭자했더라고 했다. 같은 한 죽음이, 여게, 刑罰도 되고, 解放도 된다는 일은, 이상하다고 해야잖겠는가?”

“나으립지, 큰 형장에나, 저 바깥뜰에 말입지, 俗名으로 이르는, ‘오월능금草’(Mandrake, Mandragora)라는 것이 자라는가 몰, 몰랍지? 그 생김새가 사람 꼴이래서, 魔職力이 있다고 알려진, 妖草입습지.”

“초런 녀러 돌중 겉으니라고, 씨버갈, 자네는 거 무신 뜽금없는 소리네 시방?”

“이 품바꾼이 말입지, 閱世는 많잖대돕지, 들은 바에 의하면입지, 말한 바의 저 魔草가 우거진 데서 絞首刑을 당한 사내들께, 주로 저런 현상이 일어난다는 것이었는뎁지, 그러나저러나 알겠습도다, 道流가 뭘 말하자는지, 그것쯤 환히 알겠니랍. 그런즉 道流는, 本者語佛이 드리는 절을 한자리 받으시겝. 글쎕지, 나으리가 그동안, 한 꺼풀쯤 童貞은 표표히 떼어낸 듯해서 이럽습지. 그럴 것이입지, 道流를 통해 보건대는, 사막에나 거하며, 다른 할 일은 없으니, 짚신 삼듯, 말[言語]이나 삼아대는 處士들뿐만 아니라, 자네 같은, 시정의 잡패도 또한, 하나뿐인, 세 치짜리 혀로, 어떻게, 여러 줄의 의미를 담은 세 발짜리 말을 만들어낼 수 있는지, 잘 알겠는 것인뎁지, 제법이렵지, 매우 제법이라곱."

"조런 녀러 돌중 겉으니라고, 씨버갈, 자네는 거 무신 뜽금없는 지랄이란댜 시방? 자네들만 쓰는 무슨 사투리 겉은 것을 좀 빌리 쓰기로 헌다면, 여게, 자네 美里의 七祖村長이라는 것이 시방, 俗慾에 바빠, 진물이 나도록 뒤댕기기에 俗塵을 두텁게 얹은, 狗子의 발등에다 이망빼기를 대서는 워짜잔 짓이끄냐? 道를 잘못허면 미친다더니, 요것이 그 꼴인디, 자네는 눈썹을 주의허그라. 어쨌든 물어보고 싶은 것은 요것인디, 美里에 무신 볼 일이 있다고 자네는, 못 떠나고 왔는고?"

"凸!"

"글씨, 무엇을 하러 美里에를 왔는가, 요. 말이여",

"凹!" (註: 이 記號는, 시정배가 썼으면, 玉門字가 될 것이며, 산막 처사가 썼으면, 먼저 손가락을 하나 뻗쳐낸 뒤, 잇따라 한 개를 더 뻗쳐낸 결과, 두 개의 손가락이 뻗쳐오른 것이 되었고, 돌중이 썼으면, 그것은 두말할 필요도 없이, 그 양자를 다 포함한 것, 즉슨, 헤헤, '요니무드라'가 되었을 것이다)

"美里엘 온 까닭이 뭣이냐고?"

"山!"

"작것, 지랄하고 있네 시방. 자네는 입을 다물인다고 다물고 앉아, 실답잖게 말이 너무 많아, 말로 山을 이뤘구나. 손가락 몇 개 되잖은 것을, 고렇게 하나썩 하나씩 다 써묵고 나서는, 무슨 수로 자네는, 눈썹을 세[헤아려] 볼 것여? 고 손가락 세 개는, 내게 준 答인 이상, 고것은 분명히 내 것들인개, 나중에 기회 보아, 무딘 장도든, 서슬이 좋은 사금파리든 뭐든, 손에 잡히는 대로 써서, 고것들을 짤라, 수도부들 玉門에라도 하나썩 찔러 넣어줘, 여그다 저그다, 누이헌티나, 매부헌티나, 다 좋은 일을 헐라고 헌다. 그렁개, 손가락들에다 춤[침]이라도 끌덕 끌덕 발라 둬라."

"心!" (註: 내뻗쳐진, 손가락 넷의 그림文字)

"실답잖은, 매우 지루헌 녀슥!"

“이 내기[賭]에서는, 나으립지, 자네가 이긴 듯하구만입지.”

“자네가 고렇게 항복헌다면, 자네는 본관이 원헐 때, 後門을 내밀어야 되거나, 자네게도 마누라가 있으면, 그 마누라는 官邸의 後門으로 딜이보내야 될 것인디, 왜냐먼, 고것이, 官卒들이 잃었을 때, 내헌티다 지불하는 賭金이기 때문이다. 그리고, 노상 잃게 돼 있는 것은 官卒들뿐이다. 그렇다고 하여서 본관이 자네를 상대로, 그 賭金을 지불하라고는 안 헐 것인디, 그런다면 본관은, 본의든 아니든, 자네를, 중들의 일거수일투족을 지켜보라고, 官에서 美里에 내보낸 앞잡이, 그 官卒 대접을 하게 되고, 그렇게 되면, 本邑에서 客僧들께 하는 그 대접을, 자네헌티는 헐 수가 없게 되기 때문이다. 뭣보당도 중의 후문은 비었다고[空] 허는 것을.”

“말한 바대로입지, 나으립지, 자네는 말입지, 제법이라 말입지. 표표한 데가 있다 말입지. 중들을 여럿이나 잡아먹고, 그 뼛속에 제법 毒이 찬 것이렵. 그만 정도는 되다 보니, 아무리 돌중 나부렁이들이라도, 怖魔랄 중들을 잡아먹고도, 자네 속에 불이 났다거나, 퀭하니 구멍이 뚫렸다는 식의, 무슨 탈이라도 났기는커녕, 덕지덕지 기름으로 속이 찬 것이렵. 참 빈한하게 자라 자네, 勢나 富의 어느 것 하나의 똥 터럭이라도 한 개쯤 뽑아 호주머니 속에 넣고 다녔기는커녕, 똥 누고 난 뒤의 그 똥 터럭들을 혀로 핥아 닦아주는 일에 고용돼, 근근이 끼니나 이어왔던 사내가, 어떻게 하여, 한 읍에서는 그중 무거운 官帽를 그것도 둘씩이나 차지하고, 그리고도 그 관모 밑에 눌려 납작해졌기는커녕, 그 관모를 하나씩 발에 신어, 자네답게는 우뚝 서, 거보를 내딛는다는 일도, 허기는 장하다, 장하다. 本者語佛, 美里의 七祖村長은, 그리하여 자네가, 美里邑의 읍장이며, 판관이라는 것을 시인하게 되느닙. 한 마리 무자치가, 한 번 물기로 코끼리도 직사할 毒囊을 배 속에 품었음. 美里의 불을 몽땅 횡령한, 귀가 있어도 듣지 못하는 구렁이.”

“제기랄, 말이 많구나. 중에게 있어 그중 큰 憂患은, 쎄빠닥을 갖고 있는 그것인 것이 분명하다. 친구여, 아마도 나는, 중을 친구로 둔 그 친구의 우의로서, 자네의 네 개의 손가락 대신에, 세 치 쎄빠닥 하나를 끊어 내버려야 할랑가 모르겄다. 아 그럼에도, 가만있자, 그럼에도, 美里의 판관 겸직 읍장으로서의 본관은, 그러려 하지 않을 것이 분명하다.”

“必!” (註: 주먹 쥐고 피리리 떨기)

“왜냐하면, 보건대 자네는, 쇠괴기 열 점하고도 안 바꾼다는, 고 한 점 괴기 맛을 볼라고, 지 터럭을 지 부리로 뜯어내고, 타는 모닥불에로 뛰어들라는, 고런 워떤 참새 새끼허고 다를 바가 없기 때문이다. 자네네서는, 모닥불에다 ‘침’[言語]을 뱉아 넣는디도, ‘터럭’[毛] 타는 냄새를 풍긴다는, 고만침은 나도 알고 있지그랴. 자네는 영 낭패한 얼굴이구나. 조 老松 가지에다 목을 매달기 전의, 고 사나의 얼굴도 그랬었다.”

“……悠然 見 老松……”

“나는 말이제, 세상에 자네맹이 지루허디지루헌 중놈을 만난 일이 없었는듯하다. 초런 녀러, 공알을 도려 파낼 수도부 년들은 워찌 요리도 음식 솜씨가 느리며, 좆을 늘여 목을 매 버릴 졸개 놈들은, 워찌 요리도 (음식 갖고 오는) 발걸음이 늦다고 허냐? 작껏, 월령 한잔 믹여, 客僧께 하는 대접이나 끝내구서, 차차로 고다음 일을 볼랑개 요렇다. 두째는, 이라는 세아리기는 뭐시냐먼, 첫째 것은 자네 돌중의 입 꾸룽내가 돼서 언급헐 것도 없어, 두째가 첫째로 꼽히게 된 것인디, 요(감방은 물론 무릉도원은 아니지마는,) 안의 인분 니얌새며, 쥐 오좀 니얌새로 젼뎌 묵기가 에럽다 본개, 뒈세기가 아푸다고. 왜냐먼, 상대하고 있는 돌중 놈이 지루허다 본개 그러는 겨.”

“자네 말입지, 대강은 羅刹 얼굴을 꾸민 광대여 말입지, 광대가 관중을 지루해해서는 어쩌자는 일이겠습메? 설픗 든 낮잠을 빠져 날아나간 ‘나비’가, 그 낮잠에 든 자를 내려다보며, 그 낮잠을 지루해하기렙? 왕이란, 군중의 망석중이인 것읇! 그리고 군중이란, 꿈을 태어 내놓는, 多産的, 참으로 多産的 子宮인 것을. 검은 상복의 과부, ―혼자서 수컷을 임신하여, 태어 내놓으며, 그 자식 수컷의 머리가 비어져 나오는 대로, 그 머리를 입에 물어 빨아들이는데, 자식 수컷 쪽에서는 그것대로, 그 요니를 비어져 나오기의 아픈 쾌감 탓에, 제 놈의 머리빡이, 그 어미의 목구멍을 넘는 그런 어느 순간, 그 몸속에 괴인 모든 精水를 한꺼번에 벼락 쳐 뿜어내지 않을 수가 없어 뿜어내면, 그 어미 암컷은 혼자서 또, 수컷도 없이 임신을 하는, 저것은 검은 상복의 영구한 청상과부, 多

産的 깊은 잠[睡眠], 잠인 것. 왕이란 그러므로, 그 풍요한 잠에다, 몇 방울의 精水를 떨어뜨리기 위해, 꾸어진 한 夢根인 것, 精水를 쏟는, 꿈의 '거품'이 굳어진 뿌리. 咄! 어찌하여 이 시절의 美里는, 나찰들만을 불러내고 있는곱? (보살도, 그리고 물론 나찰도, 佛이 덮어쓴, 두 假面이거니와, 그리하여 그 둘의 舞足이 번갈아 딛는 데서 상사라가 요연해지거니와,) 나찰입지 자네, 美里에다 파괴의 춤을 일궈내는 자입지 자네, 스치는 자리에서는 봉오리 꽃이 시들어, 지고, 개 새끼들이 토하며, 새들의 울음소리들까지도 石化하여, 우박이 돼 후둑후둑 떨어지는뎁지, 자네 흉악무도한, 그러나 가짜배기 나찰이여 말입지, 진짜로 한번 나찰이 되기는, 아직도 갈 길이 멀구랍. 그래서 자네는, 衆心의 흙탕 진 데라도 떠나서는, 자네 따로는 존재치를 못할, 凶夢의 독지렁이 같은 것인뎁지, 어찌하여 이 시절의 美里는, 한사코, 자네 같은 독지렁이만을 꿈꿔내는지",

"여, 여, 여게, 뭣이냐먼, 고것의 합병증을 고려하여, 無政府主義는 대체로 말이제, 노상 나쁜 의미에서만 논의되어져 오는데, 자네에 의하면, 노력하면 성취할 수도 있을지도 모르는, 理想的이랄 無政府까지도, 결코 가능한 것이 못 되는 듯헌디, 말여, 왜냐면, 군중과 治者는, 서로가 서로를 꿈꾸거나, 한쪽이 깊은 잠이면, 다른 쪽이 꿈꾸어진 꿈이 되어 있기 때문이라기에 말인디, 헌디, 말여, 중 修業의 궁극은, 조런 무슨, 理想的 無政府 같은 것이라도 이룩허자는 것은 아니끄냐?"

"非俗事에도 알이 배고, 俗事에도 알이 밴, 중들의 간을 얼마나 내먹었던지, 자네 말입지, 가째배기라도, 한몫의 나찰질을 썩 잘 감당하고 있다 말입지. 그러나 이봅지, 그것이 운영되기 위해서 요구되어지는, 모든 조건들을 생각해보겝지, 자네 입고 있는, 그 몸 자체도 하나의 政府인 것읇, 그것도 매우 非理想的 政府 말입지."

"허, 허, 헛, 그러고 본즉 촛불중은, 어디서든, 쇠똥 한 벌은 벗어부친 뒤 돌아온 것찜은 알겄다. 美里의 판관 겸직 읍장 본관은, 그리하여 자네가, 美里村의 우두머리쯤 되는 것도 알겄다. 한 마리 무자치가, 여의주를 물었도다."

"兩箇猢猻探水月."

"나는 말이제. 워짜먼 말이제, 기름을 다 짜아 묵고 남은, 자네라는 씨레기를 똘똘 몰아, 탁 뱉아내는 고런 일은, 서둘러 해치울라고 허지 않을랑가도 싶으다. 그럴 것이, 法友여, 새로 본즉, 자네는 지루한 대신, 윾히면, 무신 누런 기름방울 겉은 것이라도 떠올라, 맹물을 누리게, 골 맛을 내기 탓이다."

"헛헛헛, 그런 일이라면 法友여, 안됐습지만, 자네는 틀린 兎生員을 상대하고 있다는 것을 일러줬으면 싶으구만입지. 그럴 일이입지, 자네의 옛 친구이 품바 公은입지, 걷느라고 걷는 중에, 골이라는 골을 물론이곱지, 그 누린내까지도 모두 흘려 길에다 깔아버려, 이런 채로 퉁소라도 파도 좋도록이나 뼛속이 비어 있기 탓입지. 그뿐만도 물론 아닙지, 아닌뎁지, 물론 자네는 모를랑가 모르겠어도, 이 품바 公 하나는입지, 거 왜 있잖다구, 시집도 가기 전에, 失戀 탓에, 문둥병 탓에, 꼽추나 앉은뱅이인 탓에, 제 스스로 제 목숨을 끊어버린 처자들 말입지, 말입지 말이라굽지, 상대로, 저승 가기 전에, 말입지, 하룻저녁 곁에 누워 지새우기로, 그 설운 혼들 손말명을 면케 해주는 일로도 노자를 벌었었는뎁지, 그렇게 퍼 써버린 골은, 저승에로 흘러든 것이라놔서, 이승 뼛속으로 되흘러 들지를 않더라 말입지. 이러자니, 나으립지, 안됐넵지, 자네께 참 안됐다입지, 그러자니, 골이 비게 되어, 안됐습지. 자네의 옛 친구 이 품바꾼은, 그러자니 웃다 불을 잃어버린, 벙어리 뱀 같아져 있습지."

"法友여, 촛불중이여, 그런 일이라면 걱정할 일이 없겄니라. 왜냐먼, 고런 무좌수만 먹는 짐승이 또 있어 오그덩. 그건 그러려니와, 자네 촌쟁이들은, 그 서로 물림한다는 고 해골바가지 속에서, 무엇들을 꺼내 먹고, 먹였드냐?"

"자네 나으리님은입지, '천둥 같은 침묵의 소리'라는 소리를 들어본 적이 있었습메?"

"들어봤제 그랴, 고막이 터져 나가도록 들어봤더라고."

"물었으니 대답이지만, 美里의 村長들이 나눠 먹는 음식은, 말하자면입지, 그런 것입지. 그래서 자네 과연이납지, 그녀러 세상이 똥 구린내 나는, 시원찮은 이빨롭지, 저 해골 속의 無常을 씹어 無骨髓의 骨髓를 빼먹을 만한갑네? 그런다면 이 돌중이, 한 번 더 자네 法友 앞에, 큰절 한 자리를 바치지 않을 수가 없게 될 터입지."

"특히 중이라는 것들만 草食을 수행하되, 사람이라는 짐승은 본디 全食性이니라. 특히 이런 사내는, 토룡으로부터 봉황까지, 토란으로부터 연꽃까지, 무논의 우렁으로부터 하늘 玉女네 玉門까지, 아무것 하나 가리는 법 없이, 다 먹느니라."

"저런 순 쳐죽일 놈의 野狐가 늙어 뒈지게 된 大虎의 썩는 고기를 파먹다 보니, 虎皮를 입은 바 되었거늘, 이제 이눔이 왼 들을 거드럭거리고 다니며, 호랑이의 암놈들까지, 그 왜소한 근으로 욕뵈고 있는 것, 저런 순 쳐죽일 놈의 野狐精, 그럼에돕지, 돌중의 말입지, 절 한 자리 받으셉습지."

"부처는 똥구녁에로 삼거불을 눈다 허드니, 돌중은 입으로 그 똥을 누고 있구나 그랴. 입으로는, 개새끼, 돌새끼라고 꾸릉내를 풍기며, 짓으로는 스승에 대한 예를 다하고 있는디 말여",

"나으립지, 자네는 과녁의 뒤쪽에서 활을 들어 살을 퉁겨냈는데, 말입지, 그 살이 어떻게든 빙 돌아, 과녁을 맞히기는 맞힌 듯한뎁지, 野狐라도 虎肉을 먹은 그 達力이 아닌가 합지그리."

"자네 도마뱀은 그래서도 말인디, 요 손에 쥐인, 고 꼬랑지를 떠놓지 않고는, 못 도망가게 생긴 걸 알 만허겠다?"

"사실은입지, 그 도마뱀이 자네의 주먹을 물어 빨아들이고 있는 것을입지, 자네는 혹간, 자네가 그 도마뱀을 잡고 있다고 착각하고 있는 것은 아닌가 모르겠다 말입지."

"헛헛, 허는 말로는 허기는, '세 사람이 증거하면, 거북[龜]이 자라[鼈]로' 둔갑을 헌다는 말도 있은개, 주먹은 내 주먹이라도, 만약 세 사람쯤이 고런 소리를 헌다먼, 쬐꿈은 의심해 볼랑가 모루겄어도",

"자네 방심하고 있는 동안에 말입지, 자네 큰 형장 문지기엽지, 자네가 그 꼬리를 쥐었다고 여긴, 저 某種의 한 도마뱀은 헌뎁지, 그 잡힌 데를 근거로 삼아, 서서히 뒤집혀지기를 시작해온 것이라넵. 그리하여 안이 밖이 되곱지, 밖은 안이 됐는뎁지, 그러자 자네 그 조막손이 그 입속에 물려 들었는뎁지, 이제 자네가 그것을입지, 토시짝 벗듯 벗으려 한다면입지, 결과는 자네의 그 조막손만 뚝 짤리고 말겠습지. 이봅지, 자넵지, 그 조막손으로 말입지, 집어 들 것이 따로 있었던 것을입지, ……자네는, 독사를 지팡이인 줄 알고, 그 허리에서 집었으며, 구어진 줄 알고, 고기 맛을 생각해, 잉걸불 속에서 불도마뱀을 끄집어내려 했으며, ……"

"여게 중이여, 중이여, 자네는 도망쳐 가민시롱, 힐끗 뒤돌아보고 쎄바닥 내밀고, 손구락으로 볼태기 쑤심성, 어른을 놀리고 있단댜?"

"그러면 이젠지, 자네라는 쥐새끼가 말입지, 어떻게 되어섭지, 고기 맛 알아버린 이 돌중 놈의 덫에 걸려버렸는지입지, 그것쯤 밝혀주기 위해섭지, 허긴 나도 말입지, 法布施 삼아섭지, 한 개쯤의 눈썹을 뽑아, 자네 귓속에답지, 찔러 넣어줘야 할랑가, 싶으기도 하군입지, 자네는 말입지, 정확하게는 언제부터였는지는 모르되 말입지, 스스로 듣기에도 말입지, 자기가 노래를 매우 잘한다고 여기면서 입지, 노래를 잘하는 새는입지, 인가에서 떨어진 어디 깊은 산속 같은 데가 아니라 말입지, 인가의 鳥籠 속에 들어서야 그 노래에 값이 붙는다고 알아, 순금으로 정교하게 아로새긴 새장을 손수 만들고, 스스로 그 속에 들어가, 스스로를 가둬버린, 그 웃지도 못할 익살을 꾸민 것을 알겠는뎁지, 여 돌팔이 꾀꼬롱 새여입지, 꾀꼴롱 꾀꼴롱 꾀름다울롱 소리는 물론, 꾀꼬리들 귀에야 꽤 아름다운 소리일 것이라도, 까마귀나 부엉이들 귀에도, 반드시 좋은 소리여야 한다고 알고 있으면, 건 꾀꼬리의 오산일 것, 꾀꼴롱 꾀꼴롱 꾀벗은 봄볕 하루 짧기도 짧다 꾀꼴루롱…… 여 돌팔이 꾀꼴롱새여입지, 만약 자네에게도, '천둥 같은 침묵의 소리를 들어 터져 나갈 고막'이 있었더면, 그런 따위 鳥籠 속에로 들어갔었을 리도 없었으려니와, 말입지, 들어져 있었다 한다 해도, 그런 따위 조롱이 그런 새를 가두지는 못했었을 것인데, 말입지, 물론, 소리의 팔만 잡종을 듣던 귀가, 어느 순간 無音을 듣기에 이르면, 어찌 그 고막이 터져 나가는 경험을 하지 않을 수 있겠는가, 마는, 말입지, 그러면, 말입지, 소리까지도, 왜냐하면 말입지, 幻이라고, 즉슨 고막이 만들어낸 幻 이상의 아무것도 아니라는 것을 알게 되어졌거나, 말입지, 아니면, 저런 투의 話頭란, 어쩌면 '귀'를 말하고 있는 것이 아니라는 것까지도 알게 되어졌거나 했었을 것이기 때문입지. 그래서 자네는입지, 곪은 禪卵에서 깨인 새 새끼 같은뎁지, 그런 탓에, 구만리 長天을 놔두고, 스스로 장 속에로 들어가, 스스로를 가둬버린 것입지. 순직하고도 우악한, 그래도 제법 걸 때는 벗은 돌팔이로곱!"

"돌중이로고 돌중이여, 여게, 한 마리 새가 조롱 속에로 들어가 갇히기나, 長天 속으로 들어가 갇히기나, 거그 무신 다름이 있다고 허능 겨?"

"打! 打! 打! 이눔 野狐精! 그만큼이나 기저귀를 갈아줬음에 돕지, 아직도 앉은 자리서 똥을 싸 뭉개넵지? 우리는 방금 전에, '無音을 들어, 고막이 터진 귀'에 관해서 말해오지 안 했었던갑? 만약에 그 한 마리 새가, 고막이 터진 경험을 하고도, 오히려 我執을 더욱더 굳힌다면, 그것이 다름 아닌, 그 새는, 순금으로 정교하게 아로새긴 새장을 손수 만들고, 스스로 그 속에 들어가, 스스로를 가둬버리고 있다고, 말해온 것이 아니었는갑? ……그럼에도 물론, ―아 이것은, 道流가 들어도 좋고, 들으려 하지 안 해도 좋은뎁지, ―修辭學은, 修辭學的 障碍(예를 들면입지, '……禪卵에서 깨인 새 새끼…… 구만리 長天을 놔두고……' 따위,)를 거느리는 탓엡지, 語禪門의 늙은네들은, 그런저런 '註'를 붙이지 않고 말하기 위하여, 귀때기를 잡아 끌어들인 사미 놈들께, 용두질과 땔나무감 일이나 시키며, 세월을 낚고 있는 것이렷넵?"

"요렇게 되면 요거 내가 요거 말이제, 사미 꼬락서니를 못 면허겄냐? 엇따 작껏, 앉아서 헐라다 본개 반절이라도, 요번에는 내 절 한 자리 받그라."

"작것입지, 지랄병질입넵지, 자네는 그리하여, 입으로는 客僧께 아첨하곱지, 그 쇠갈퀴 같은 손가락으로는입지, 本者語佛의 옆구리에 구멍을 뚫어, 삼거불이라도 주렁주렁 뽑아내려 획책하고 있는 듯한뎁지, 이보겝지 자네 님은 입지, 타오르는 불 속에섭지, 그 열과 빛만 남기고, 잘 구워졌음에 분명한, 불도마뱀만 꺼내 먹을 수가 있을 듯한갑? 회오리바람 일어나는 데서는, 말입지, 그 먼지며 바람의 둥지 속에섭지, 그 바람의 힘만 꺼내어, 톡톡 깨어, 그 노란자위만 먹을 수가 있을 듯한가 말입지? 흐르는 센 물결 속에서는 또, 그 흐름만을 뽑아내어, 그 물을 멈추게 할 수가 있을 듯한갑지? 자네 말입지, 그렇걸랑 말입지, 저 長天에서 용이나 한 마리 끄집어내려 오겝지, 품바꾼은 배가 좀 고픈 듯하게 느끼기 시작하고 있는뎁지, 둘이서 한 마리 용의 고기로 포식을 좀 해봅세."

"자네는, 乞士로서는 大通하여, 배고픔에 당해서는, 뭣을 어쩔지, 고런 것을 잘 알고 있어 뵈는디, 자네가 먼저 長天을 끌어 내리놔 봐라, 그러면 내가 용은 건져낼 팅개여."

"道流여 나으립지, 나는 이젠지, 자네 더불어 입 놀리기에도 지리멸렬을 느끼기 시작하고 있습지. 여 나으립지, 자네 말입지, 客이라면 무조건, 안회도 도척이도 몰라, 짖고 덤비는, 본고장 똥개 새끼랍, 이제는 그만 좀 짖게랍."

"千佛이 萬의 羅刹을 보내, 요 고장에서 짖어, 삼천대천세계의 단잠을 방해허는, 요 똥개 한 마리를 처리허라 헌다 히어도, 고 똥개 털 하나도 상허게 헐 일은 없을긴개. 연이나 그라고, 자네 아무리 돌중이라도 요만침은 알 것인디, 적의 손에 잡히기 전에, 꾀 많다는 병정 놈이, 요만쯤에 워찌 伏兵이 없느냐고 낄낄 웃기하고, 고만침에 복병이 있을 것을 미리 내어다보아, 그 복병을 덮친 뒤 웃기는 달르다는, 고만침은 알 것여."

"힛, 힛, 힛, 아 그렇다는 즉슨입지, 여 간나위엽지, 자네야말로 그런즉슨, 적의 큰손의 그늘에 덮여서는 입지, 三笑를 다 소비해버린 듯한뎁지, 그렇잖아도, 本語佛者는, 그 佛手에 쥐어진 똥개 한 마리를 말입지, 풀어주려 했던 중이었거든입지. 왜냐하면입지, 내게는입지, 長天을 통째로든, 아니면 그냥 열두 폭 정도든, 끌어 내려섭지, 자네 같은 똥개의 눈앞에 좍 펼쳐놓는 일 따위란, 목구멍에 엉긴 가래를 뜯어 뱉기 정도보다 어렵잖거든입지. 말이라 말입지."

"看看!…… '長天'과 '가래춤'은, 여바, 자네가 말허는, 고 '修辭學'이라는 것의, 秩序에 맞덜 안 허다."

"왜냐하면 그것은입지, 자네가 보다 축축한 言語體系에 관해, 스승을 못 뫼신 까닭일 것입지. 이 경우의 '가래'('침')는 '말'[言語]의 意味를 품은 質料(象徵)인뎁지, 그것을 '看'하지 못한 탓에 자네는입지, '가래'를 '長天'과 동궤에 둬, 거의 동의어처럼 이해하려 한 것이고, 결과는 말입지 그래서, 과녁을 어긋나 되돌아온 화살이, 그 弓手의 대가리를 꿰뚫어버리게 되었다 말입지."

"아 그러자닌깐은 자네는, 조 하늘을 끌어 니리는, 고런 무신 呪文쯤 읊어낼라고 하고 있구나? 자네는 말이제, 쎄바닥에다 힘을 모돠, 말로 갖고시나, 조 하늘을 내 앞에 보독씨려 보일라는 것이제?"

"어찌 되었거나 말입지, 자네가 그 하늘에다 손을 집어넣을 수만 있게 해주면 될 일이 아니었던가 말입지? 그러기 위해섭지 이 行僧은, 어느 마을 동구를 들어서다, 그 동구의 큰 바위 위에다 파 놓았던, 客을 위한 '警告'를 하나 들려줬으면 합지. 라는즉슨, '이곳의 돌[石]은 주워 먹으려 하지 마라!"

"그러잔개 보나마나, 자네 白手여서 배도 많이 고픈 중에 있었을 팅개, 그곳의 독뎅이 맛쯤 보았지 않을 수가 없었을 것이제?"

"내가입지, 이것 하나는 정직하게 말해줍지. 그 동구에 닿았기 전까지는, 어쩌다 발을 잘못 디뎌, 그것에다 발을 찧는 일이 있다거나, 무슨 그런 일이 있지 안 했던 동안에는 말입지, 한 지구를 이루고 있는 돌들을 말입지, 거의 못 보고 지냈드랬는뎁지, 보겝지, 나는 그 동구에서 드디어 말입지, 새로 돌들과 만나기 시작했더라 말입지. 그랬었습지. 그러나 이 자리는 말입지, 무슨 저런 '돌學'을 풀어내자고 마련된 것이 아닌즉슨, 그런 후, 이 한 돌중이, '돌'에서 무슨 '맛'을 짜아냈던지, 그런 얘기는 하려 하지 않습지. 그런 대신 우리는, 저 '長天'에서 낚아내게 될, 龍肉 맛에 관해, 논의해왔던 중이었습지."

"알겄다, 씨버갈, 훤히 알겄다고. 요번만은 아매도, '돌'과 '長天'을 동궤에 놓고, 건너다보아도 좋다는 말인 듯한데, 그러고 본다면 하늘이란 어디에나 없이 다 있는 것인 것을, 그것을 알겄다. 손바닥을 피면 거그에도 있고, 다리를 올리면, 그 다리가 長天 가운데 둥실허니 떠 있다. 헉, 그라고 본개요이, 요번 내기[賭]에서는, 내가 몽땅 잃었다는 고런 말배끼는 안 되는 것 겉은디, 글씨 말이제, 조렇게도 쌔버린 하늘의 어디에서고, 하다못해 어떤 눈먼 용의 수염 한 개도 못 잡아내겄는 것이, 지금의 내 형편인 것이다. 씨버갈, 쎄바닥에 당하면, 세 치 길이란 것이 결코 짧은 것이 아니다. 삼천대천세계가, 고 세 치 속에 옭이면, 꼼짝달싹도 못하는 것을. 자네는 長天을 끄집어내렀으나, 나는 龍을 못 끄집어내겄고만. 자네가 그래서, 자네가 이긴 요 한판 내기[賭]값으로 갖다 가시나, 나헌티 머슬 요구헐랑가는 몰루겄어도, 자네는, 자네 손이람선, 내 것이 돼뻐린 손가락을 다섯씩이나 빌려 써묵고 있다는 것은 잊지 말그라. 그라고, 여 촛불중이여, 옛 친구 생각히어설람에, 용을 잡거든, 용 괴기 맛 좀 보이고 그러거라. 나도 말이제, 용 괴기 맛 좀 밨으면 싶어 요래쌌는 겨."

"해골 속의 음식은, 자네 같은 사내가 혀 댈 바가 아닌 것을."

"말이 많다고."

"아 그러면 볼지어랍, 자네가 원한다면 내가, 열 마리, 스무 마리, 쉬흔 마리, 용의 암컷 수컷, 큰 것 작은 것, 무엇이든 자네의 長天에서 뽑아낼 것인즉",

"내 쎄바닥은 여전히 갖다가시나 텁텁헌 이 똥 꾸릉내 맛뿐인 것으로 보건대는, 자네는 아직끄장도 말만 많다."

"자네 말입지, 일러 말하는 '마음'이라는 것이입지, 있는 것이라고 믿는다는 갑, 있는 것이 아니라고 믿는다는갑? 있으면 어디에 있고, 없으면 무엇으로 더불어 그것이 없다는 것을 認知하는갑? '마음'과 '認知者'는 다른갑?"

"건 말이제, 무신 녀러 쎄빠진 재담인지는 몰르겄어도, 고런 재담도, 龍 낚으는 어려운 일에, 준비 체조찜으로 받아들이기로 히어서 말인디, 자네 묻는 고 '마음'에 관해서라면, 나도 말이제, 할 말 한 뒤 마디찜은 잘 윤내 갖고 있제그랴. 가맜겨, 내가 고 말을 헐랑개 이거……"

"'마음'派네 돌중 하나가 또, 무좌수에게 먹힌 바 되었겠습지?"

"……목이 컬컬허다고. 음식을 장만하던 수도부 년들이 음식을 허다 솔았거나, 그것을 가져오던 놈들이, 질 가운데서 붕알을 잃었거나, 무신 고런 수가 있는 것 겉은디, 워찌 됐거나, 내 장차, 조년들은, 種豚헌티다 시집을 보낼 터며, 조놈들은, 비역질에 이력이 난, 땅나구헌티 남 첩살이를 보낼 틴개. 요바, 본관은 賞罰에 밝은 治者로 알리졌는디, 조 罰則도, 예를 들먼, '이곳 聖域을 法塵으로 오염하는 모든 僧客은, 그 먼지를 묻혀 들인 그 兩足을 제대로 끌고는 나가지 못한다'는 罰法모냥, 절단코 卽興的인 것은 아니라는 것은 밝혀둠세. 연이나, '마음'을 말해왔었든가? 그랬었제그랴. 연전에, 어떤 중 늙은것 하나가 지나길래, 내 가만히 불러 예하고, 대접헌 뒤, 물었었다. '본관은, 七寶를 가득 담은, 커다란 황금 항아리를 칭칭 둘러 감고 있는, 한 독사 겉은 계집 탓에, 고 연정으로, 밤이나 낮이나 마음이 타는 통에 살 일이 아닌디, 老僧헌티는, 요런 괴로움을 진정할 무신 法藥 겉은 것이 없십닌까?' 그랬드니, 고 늙다리 중의 대답은, 이랬었다. '자네는, 자네가 말하는, 그 '마음'이라는 것을 내 앞에 꺼내놓아라, 그러면 이 늙은네가, 그 마음을 갉고 태우는, 불벌레를 몽땅 잡아 없애주마.' 그 소리를 들은 당장 나는, 벼락이나 죽장에라도 되게 얻어맞은 것맹이, 귀가 멀어지고, 방향을 잡덜 못허게시리 정신이 어릿두군히었었는디, 그날은 그래 술도 안 묵고, 집에 돌아가, 이빠디를 앓는 것맹이 밤을 지내고서, 이튿날 다시 나와, ―라는 말은, 자네랑 나랑 앉아 있는 요 방 말고, 다른 디는 아니다. ―고 늙다리를 대번에 짓밟고, 꾹꾹 눌러 쨯아, 오장육부를 위로, 아래로 토해내게 히었었다. 나는 고렇게 하여시나, '마음'이라는 것을 찾아볼라고 히었던 것이었는디, 육장칠부 같은 것은 없는 듯히었다. 내게 고런 겡험이 없었드라면, 오늘이나 니얼쯤, 새로 살인을 한번 치를 뻔헌 것이다."

"불쌍한, 그러나 무도막지한 중생은 그런 후, 虛空 속에 갇히고 말았었구납."

"이 자리에 이르면 本卒者는, 자네 語佛의 法을 구해야 헐 듯험세."

"졸개엽지, 자네의 이 대목의 이 짓이란, 제법 이마 벗어진, 한 俗物의, 중을 상대로 한, 잘 윤내진 禪行인 듯한뎁지, 그리하여 자네는, 저 한 중으로부터, 그 骨髓랄 것을 빨아먹고 나면, 영락없이 자네는, 뒤를 터줬던 암놈 버마재비모양, 저 오줌 싸버린 중놈을, 그 대가리서부터 씹기 시작할 것인데, 이봅지, 아까는 내가, 보살의 '無骨髓의 骨髓'에 관해 말하였으나입지, 이번에는 내가, 나찰의 毒槍頭쯤에 관해 말하려 하놥지. 물론 이런 일이란 흔한 것은 아니로되, 바로 이 자리에서도 일어나고 있으니 말인뎁지, 만약에 전갈의 숫놈이, 저 버마재비의 암컷을 쏘고 들었다는 경우가 있다면 말입지, 저 버마재비의 암컷이, 저 숫전갈의 근 끝을 빠져나온, 그 毒火를 견뎌낼 만하겠는갑? 그러면 내가, 자네의, 하룻저녁 자고 깨서 이룬 頓悟, 또는 卽興的 道通에 관해, 떠오르는 몇 소감을 말해줍지. 한 중이 되기 위해서는, 그 수업꾼에게 요구되어지는 것이 세 가지 것이 있다고 하는뎁지, 첫째는 信實性이며, 둘째는 큰 懷疑, 또는 疑問이라고 하고, 셋째는, 꼭히 成道하고 말겠다는, 結心이라고 합지. 나 돌중께 보여지기에는, 자네도 자네 나름의 중인뎁지, 그래서 (얼핏 이해되어지기에는, 그 발톱과 이빨로 하여 호랑이라고 치는 짐승의 발에다가는, 그 발톱에 의지하여 편자를 못 박아 붙이고, 그 입에다가는 재갈을 물리고 있는 듯하지 않은 것은 아님에도,) 자네게도, 저 세 눈금이 있는 척도를 들어 재보게 된 것인뎁지, 그리하여 저 눈금들에서 읽게 되는 자네는 어떤가 하면입지, 자네는 저 세 가지 것을 모두 逆으로 갖추고 있다는 것입지. 첫째는, 간사하고, 둘째는, 작은 대답을 크게 불려 만족해하곱지, 셋째는, 金華俱胝의 제자모양, 스승의 것을 훔쳐, 제 것인 양 흉내 내기에 재미를 붙이고 있다는 것인뎁지, 그럼에도 자네는입지, 여럿의 스승을 흉내 내다 보니 여러 몫으로 길어져, 자네의 어느 부분에다, 시퍼런 禪刀질을 하여, 도막을 내버릴지를 잘 모르겠는 것이랍. 아까 本者語佛이, '마음이라는 것이 있느냐, 없느냐'라는, 이미 있어 오며, 禪卵들을 톡톡 깨뜨려온, 그 특정한 한 話頭를 새로 거론했었음은, '이곳의 돌덩이들은, 씹어먹으려 하지 말라' 같은 경고가, 노렸음에 분명한 것 같은, 그런 어떤 결과를 노렸던 것이었는뎁지, 알고 본즉 자네는, '구리로 만들어, 광야 가운데 세운 막대기에 걸쳐놓은 뱀'을, 그것이 꿈틀거리는 듯이 알고, 잘못 삼켜버린 외눈백이 부엉이, 그런 무슨 誤導된 夢鬼던 것이더라굽. 빌어먹을 녀러 간나위 같으니라굽. 그런 話頭란 말입지, 자네 따위 외눈백이 부엉이가 삼킬 것이 못 되었던 것읇. 달궈진 구리 뱀 같은 저런 話頭란, 다시 비유로 말한다면입지, 불도마뱀이 누워놓은 알 같아섭지, 자네 같은 약골이 삼키고 삭히려 했다가는 말입지, 속에다 불도마뱀을 부화해낸 결과만 부를 것입지. 나으립지, 그럼에도, 자네 아직도 늦은 것은 아닌 듯하닙지, 목구멍을 청결히 하고 넓혀서는입지, 그 잘못 삼킨 것을 토해내그랍, 후, 후루룩 후, 훌어내그랍. 세상을 춥게, 어둡게 한 그 죄가 얼마겠는갑? 卒者엽, (本者語魔), 이눔 손톱 밑에 꾹 눌러 피를 까 내버릴 물것이엽, 道流는 무엇에 연유하여, '마음'은 꼭히, 자네 몸을 싸고 있는 피부의 '안'쪽에만 있어 온다는 믿음을 가져왔었던굽? 자네의 피부의 밖에서, 안쪽의 피를 빠는 빈대도 안 갖는 녀러, 그런 식의 편견에 의해서 자네는, 보살의 몸에서 피를 냈돕다. 그것은, 왜냐하면, 그 보살의 물음이 그리해서 자네님, 그 물음의 꼬리에 감겼던 탓이었는갑, 또 아니면, 자네의 습관적 생각이 그래온 탓이었는갑? 하다못해 그것까지도 분간치 못하는, 시꺼먼 肉頭로 道流는 말입지, 道는 무슨 道를 구하겠다고, 삶아진 푸른 콩을 까먹듯, 중들을 까, 道며 法을 꺼내 푸르게 씹어 먹어왔다고 이르는곱? 자네는 혹간, '마음'이라는 것이 있기는 있는 것인지, 있으면 어디에 있는 것인지, 그런 것까지도 생각해본 일이 없이, 그냥 俗家修辭學에 의존해, '마음이 괴롭다'고 이른 걸, 제길헐 녀러 돌팔이 같은 중놈이었을꺼나, '그렇다면 그 마음이라는 것을 꺼내놓아 보라'고, 그가 명했으므로, 일순 매우 어리둥절해 있다가, 서서히 '안'에의 인식을 갖기 시작하기에 이르렀다면, 먼저 구역질을 계발했었어야 했으며, 다음으로 두려움을 일깨워냈었어야 했을 것이었던바, 왜냐하면, 첫째는, 안이란, 거위를 꾸물꾸물 담고 있는 똥창자이기 때문이며, 다음으로, 거기에도 한 벌의 우주가 고스란히 은닉되어 있던 것을 절시하게 되기 때문일 것입지. 그것(마음)이, 도대체 인체 기관의 어디에 있는가, 또는 그것이 하나의 기관인가, 라는 따위로 의문하는 자마다, 안됐지만 말입지, 畜生道를 못 벗어나는 것읇. 자네는 그때도 지금도, '평균적 사람이라는 맹수'가 구비한, 그만큼의 지혜를 가진, 하나의 맹수 말고, 다른 아무것으로도, 보다 文化化를 치르기도 했다거나 하는 것 같은, 轉身의 흔적도 보이지가 않을 뿐이군입지. 왜냐하면 말입지, 자네라는 맹수는, 저 修辭學的 금사슬이 끄는 대로 무참히도 끌려오고 있었는바, '그 마음을 꺼내놓아 보아라'는 그 돌중의 수사학적 금사슬 잡아채기에 의해서, 누구든 쉽게도, 그 수사학적 流砂 구덩이, 라는즉슨, 그런 것(마음)은 있는 듯하지 않다, 는 구덩이 속에로 떨어져 내리게 될 것이 뻔히 내어다 보이는 대로, (이런고로, '말'을 원초적 질료로 삼아, 金을 구워내려는 자들은, 먼저 '말'의 원초성을 죽여서야, 말의 力動性, 즉슨 禪性을 성취하는 것을!) 자네도, 그 구덩이 전에서 조금도 자유스러워 보이지가 않으니 하는 말입지. 저 提言('마음을 꺼내놓아 보아라!')은, 이 돌중께는 어떻게 믿기워지는가 하면은입지, 그것이 물론, '마음'이라는 것을 긍정하고 있다는 아무 단서를 남겨놓고 있는 것은 아니라 해둡지, 그렇다고 해서, 꼭히 그것을 부정 부인하고 있다는, 단서도 찾을 수가 없다는 것입지. 이때, 저런 提言에 대해, 중요한 역할을 하는 것이 등장하지 않을 수가 없는 것이 있을 것인뎁지, 그것이 다름 아닌, 修辭學的 羯磨, 또는 修辭學的 壓力이겠습지. 이 돌중께 믿기워지기에는, 이 修辭學的 羯磨·壓力은, 그것을 통해 그것을 뛰어넘으려는 자들께는입지, (한 개인에게 있어서의) 複合症보다 더 두려운 장애가 되는 듯합지. '서 근의 삼'! —으로라도, 든든한 새끼줄을 꼬아, 자기를 저 위쪽에 있는 무슨 견고한 바위에라도 묶어놓지 않는 이상, 누구든 한번 저 '갈마'에 휩쓸리면, 무량겁을 두고서라도, 저 '修辭學的 流砂 구덩이'로부터 벗어나지를 못할 것입지. 그렇다면 저런 提言은, 그것에 귀를 묶인 사미를, 그 '流砂 구덩이'에다 밀어 넣기 위해서가 아니라, 그것을 뛰어넘어, 습관적 사고의, 실다움의 假面을 쓴 假相을 찢어발겨 벗도록 주어진 것이나 아닌가, 하는 것을 고려케 하는 듯한뎁지, 그러면 우리는, 한 겹 피부로 '밖'과 '안'을 차단해버린, 그 한 겹 피부를 벗겨낸 뒤, 원초적 실다움을 만나게 될 것입지. 그리고도 물론 道流에게는입지, 그 한 겹 피부가 싸안고 있는 그것만이, 여전한 실다움이 아닌 것은 아닐 터입지. 마는, 이런 고로 道弟엽, 한 비구(니)에게 있어, '큰 의문'이라는 것이 필수조건이 되어 있다고 하는 것이다. 내 짐작에 자네님은, 우리가 '提言'이라고 말해온 저 話頭에 묶여, 하루 저녁은, 식음도 성교도 전폐하고 앓다, 매우 급조로, 아 頓悟랄 것인가, 자네 나름의 頓悟랄 것을 성취하여, '마음이라는 것은 있는 것이 아니다'라고, 자신을 환하게 들여다본 듯한뎁지, 무좌수가 毒囊을 구비했음, 咄! 그리하여 자네 같은 맹폭한 야수적 治政꾼이, 날개에다 쇠발톱까지 달게 되는 결과가 되었는뎁지, 그런 이후 자네는, '良心'이라는 따위가 하는 가책 따위 등에 시달리지 않게 되어진 것일 것입지. 왜냐하면, 없는 것에서 일어난 것이 있을 수 있다면, 그것은 (假相의) 假想 말고, 다른 아무것도 아니라고, 자네는 자신을 환하게 觀할 수 있게 되어졌었을 것이었거든입지. 저 어떤 돌팔이 보살니미는, '암콤'에게나 먹였어야 옳았을 '쑥과 마늘'을, 어떤 수호랑이에게 먹여버린 것일 것. 성급한 수호랑이 놈은 그러자 말입지, 人間(文化) 男子로 轉身을 치른 대신, 두 겨드랑 밑에다 날개를 돋궈, 활과 화살을 들고, 羑里邑을 약탈, 점령한 뒤, 그 아랫목 되는 데를 차지해, 살찐 먹이들로 하여금, 스스로 거친 털들을 다 밀어낸 뒤, 제 발들로 걸어와, 제 발로 주안상 위에로 오르게 하고 있습지. 咄! 이렇게도 영악한 맹수가 또 없겠구납. 헌데돕지 道弟엽, 말이 나온 바이니, 자네의 옛 친구는입지, 눈썹 한둘쯤 잃을 걸 두려워 말고, 밝혀둘 것은 밝혀뒀으면 싶은뎁지, 자네가 그렇게도 영악한 맹수로 전락을 해버린, 자네식 成道의 大誤랄 것은, 자네는 '마음'[空]을 지워 없애고 있었을 때, 왜냐하면 자네의 습관적 사고 속에 틀을 단단히 잡아, 자네식의 한 우주의 구조가 되어 있는, 二元論 탓인뎁지, '마음'만 새까맣게 지워내고, '몸'[色]만 새까맣게 남겨둔 데에 있었던 것이었을 것입지. 곪은 禪卵 속에서, 한 마리 殺母蛇가 깨어났음. 망할 누무 개자슥이거닙지, 자네는입지, 그곳을 한번 벗어난 人間(文化)이, 그런고로 가장 큰 부러움으로 두려워하는, 畜生道를, 여지없이, 그리고 용감하게도 시뻘겋게 드러내 버린 것인뎁지, 出家해본 적도 없던 자네의 還俗은, 그렇게 이뤄졌던 것입네. 그러고 둘러보면, 人皮를 쓴 것들이, 그렇게 많이도 짐승들이라넵. 그런즉 나으리는입지, 아예 아무것도 지우려는 노력을 바치려 하지 말았었거나, 지우려 했으면, 차라리 그 無明에 의지하여, 이것저것 모든 것을 다 함께 뭉뚱그려 지워버리려 했거나, 아니면 습관적 사고에 의해, 어느 한쪽만 지우고 싶어 지우려 덤볐더면, 生老病死의 宿主가 되어 있는 그쪽이나 지워버렸더면, 아으, 미친개에게는, 얼굴쪽 품이 맞지 안 해 가렵기만 한, 그따위 人皮에 둘러 씌워져, 괴로워하지 안 해도 좋게 되었겠거니와, 배고픔과 性慾에 의해서만, 바쁘게 들을 헤매야 되는 野狐로도 되돌아오지를 안 해 좋을 것읎. 친구넵지, 이만쯤에 이르니, 사실입지, 배도 고프고, 목도 컬컬한뎁지, 옛 친구에 대한 대접은 그만두기로 한다 해돕지, 客僧에 대한, 본고장 사람들의 대접이 이래서 쓰겠는갑? 이런즉 우리는, 말해온 바의 저 '長天'에서, 허기야 '龍'이라도 한 마리 끄집어내어, 그 피로 목을 축이고, 그 살로써 배를 불려볼 때도 됐다 하겠는갑? 왜냐하면 입지, 말해오는 동안에 말입지, 한쪽에서는, 그동안 쌓여온 회포도, 서로 간 대강은 풀었는데 말입지, 그러느라 기다리자니, 여겝지, 우리들의 '長天'에로 어느덧, 먹구름이 새까맣게 휘몰려 들고 있다 말입지. 道弟엽지, 龍 잡는 채나, 낚시, 또는 그물은 내가 만들어줄 터인즉, 그것으로시나 자네가, 저 먹구름 속에 숨어 있는, 용은, 만약 할 수 있거든, 자네가 한번 끌어내려 보라구." "채든, 낚시든, 요바, 그물이든, 무엇이든, 말만 해쌌지 말고, 후딱 하나 내밀어보라고 그라먼",

"그리하여섭지 우리는입지, 은연중엡지, 무엇을 '지우는 것'이라는, 어떤 能動적 힘, 즉슨 '用'을 상정해냈었으며, 동시에, '지워지는 것'이라는, 受動的 대상, 즉슨 '體'랄 것을 상정해내는 데 아무 무리도 겪지를 않은 듯한뎁지, 道弟여, 이 道兄이 묻고 싶은 것은입지, 전에 자네가 말입지, 하필 그 '마음'이라는 것을 지워 없애고 있었을 때, 그 '마음'을 지우려는 그 '用'은 어디서 빌었던가 하는 것입지? 그래서, '마음'이 없이도 '몸'은, 그것 자신의 의지에 의해서, 지우고 싶으면 '마음'이라도 지워낼 수가 있는, 그런 '用'이기라도 했었는갑?"

"잘, 잘, 잘은 모, 몰루겄제만, 모, 모, 몸이 마, 마음을 지워냈던, 고런 '用' 겉든 안 허네, 안 허다고……."

"나로서는, 이것을 道弟에게 話頭로 줬으면 싶으지만",

"여게, 그, 그, 그렇다먼 마, 말인디, 마, 마음도, '體' 된 부분이 있고, '用' 된 국면이 있고, 시방 그러닌간두루, 고렇다는 말을 헐라는 것이 아니란댜? 하으, 그런즉슨 알겄다, '長天'과 '龍'을, 그, 그런즉슨 환히 알겄다. 그런즉슨, 여 美里의 七祖村長이여, 해골 속의 음식이 뭣인지를 알 만하겄다. 龍 고기 맛을 알 만하겄다. 요거 말이제, 앉아서 할라다 본개, 큰절을 디린담선도, 아심찮게도 반절배끼 못 되는디, 그래도 자네는, 美里의 판관 겸직 읍장이 드리는 큰절 한 자리 받게. 받음선, 요것 한 가지만 더 생각히어보게. 머시냐먼, '미친개가 人皮에 싸여 괴로워한다'는 둥, 野狐를 두고 흉보는 따우를 두고 말인디, 워째 자네는, 한 有情有情들이, 목심 받아 열심히 사는 일을 두고시나, 해필 응달쪽에서만 건네다보고, 응달쪽 말만 해야겄냐고."

"羯磨에 묶여, 苦海(상사라)며, 輪廻(상사라)를 못 벗어난, 그 고통이 얼마랄 것이겠는갑?"

"그래서 자네들은, 요렇게도 아름다운 한세상을, 美里沙漠맹이, 텅 빈 곳을 만들라는 겨, 워짤라는 겨? 요라장개 기억이 나는디, 연전에, 특히나 '羯磨'에 관해, 큰 法心을 낸 중 하나를 만낸 일이 있었는디 말이제, 그중 說허는 法대로 좇는다먼, 자네도 고렇게 말하는개 빈디, '羯磨'에 좇아 有情들은, 사람으로도, 개로도, 돼지로도, 쥐 새끼나, 심지어 꺼생이며 물괴기로도 다시 몸 받아 태어나고, 태어나고, 또 태어나고 헌다고 허는고로, 그래 내, 그중 늙은네의 휘인 등을, 한 뒤꿈치질로 쫙 피줌선, 요렇게 法을 들려줬더라고. '그란즉 羯磨야말로, 요 한 우주를 잘 반죽해 붙인 좋은 풀이겄구만. 고것이 없으먼, 한 六道는 저쪽 沙漠의 모래알들맹이, 고 당강내 확 풀어져 무너나뿌리겄는디, 그라고 본다먼, 고것에 의지하다 보잔개, 有情들끼리는 서로, 쎄빠닥으로써 말을 맹글지 않는대도, 뜻을 통하고 허는 것인개다. 요것이야말로 그렇다먼, 창조했던 고 본디 힘이 아니었겄냐고? 헌디도 羯磨란 무신 나쁜 힘맹이 말험선, 고것은 두려운 것이라고 헌다 말여? 요바, 씨암탉이 맹견을 당해, 개가 호랑이를 당해, 조쪽에서 돌라지도 않는디도, 조쪽 편 입맛 생각을 허는디다, 지쪽 편 生老病死 역겨워, 지쪽에서 먼침 웃통을 벗어 내달아, 지 살을 믹여주고 싶어 허는 것 본 일이 있다는 겨? 그라기는커냥은, 나는 뚝 그랄 때만 당해보아서 그럴랑가 그것은 몰라도, 조 암탉이나 개 새끼로 대표 삼아진 것들 말이제만, 일념으로, 살고 잡아서, 결단코 죽고 접들 안 히어서, 살길이며 구먹을 찾아, 내 뒤꿈치야 떨어져라, 내 좆아 빠져라, 허둥지둥 도망치니라고 연기가 폴싹 폴싹 일는디, 羯磨派 중질 허는 늙은네여, 요것 이해해 묵기는 쉽덜 안 허다고. 닭은 닭대로, 시양쥐는 시양쥐대로, 그뿐이겄는개 비 어디, 꺼생이는 꺼생이대로, 미꾸랭이는 미꾸랑지대로, 지 명 받은, 고 살기를 쪼꿈이라도 싫어헌다거나, 비관해 허기는크냥, 고것들대로는 고 받아진 목숨 살기를 즐거워허고 있는 것이 분명허다고.' 아흐, 끔찍시럴, 요 한목숨이 한번 살기로 끝난다면, 아흐, 끔찍시럴! 나는 말여, 니얼 죽는다 히어도, 또 돌아온다는 고 희망 하나를 굳게 지니고 있다 본개, 죽기가 절단코 두렵들 안 허다고. 목숨들을 되돌아오게 헌다는, 고 羯磨는 그렁개, 뭐든 차꼬 행해서, 차꼬 차꼬 짓고, 맺어야 허는 것이던 것이더라."

"나으립지, 혹간 자네는 그 이후부터, 客僧들께, 비구면 수도부 옷을 입히고, 비구니면, 官卒의 옷을 입혔던 듯한뎁지, 그랬잖았던갑? 어쨌든입지, 道流엽지, 자네 아도니스儀徒엽지, 이 자리에 이른즉 本者語佛, 무엇으로도 자네를 공박할 수가 없는 듯함셉. 그러하거늘, 말입지, 한 우주는, 그러하거늘, 말입지, 畜生道에다 그 기초를 두고 있는, 하나의 거대한 젖은 꿈이거늛. 畜生道야말로 그럼으로 하여, 그중 어기찬 곳이던 것읎. ('모험'을 떠난, '세 王子'들의) 세 갈림길. (왕자들을 잡아, 가축우리 속에 넣어 먹이고, 살찌기를 기다렸다 잡아 고기에 쓰려는) 魔女에로도 이어지고 그 한 길은, (그런 왕자들을 만나는 쪽쪽 呪術을 둘러씌워 바위를 만들어버리는) 魔術師에로도 이어지며 그 다른 한 길은, 그리고, (어느 나라 公主를 납치해 간 나쁜 龍을 퇴치하기만 하면, 그 公主의 '손을 잡고' 금의환향하게 되어 있는) 약속된 영광의, 고난에로 이어지는, 그 마지막 한 길은—. 道流엽지, 내게 이해되어지는 우리들의 한 우주는입지, 저렇게 세 개의 關門/出口를 갖고 있는뎁지, 눈뜨지를 못한 有情에게는, 저것이 通路로 주어졌음에도, 어떻게 통과할지를 몰라 난관에 불과할 터이므로, 그래서 말입지 本者語佛은, 저 '出口'를 '關門' 쪽에서만 관찰한 것입습지. 글쎕지 자네 아도니스儀徒엽지, 本者語佛께 내어다 보인 우리들의 이 한 우주는, 세 가지 국면을 드러내 보이고 있는바 말입지, 길어질 수도 있는 얘기를 줄이기로 하여 투박하게 밝히면입지, 하나는 '몸의 우주'며, 또 하나는 '마음의 우주'며, 그리고 또 다른 하나는, '말씀의 우주'가, 그것들입지. 헌뎁지, 羑里의 판관 겸직 읍장인 자네도 이제는 잘 알게 되었다시피, 별세한 장로님 댁에서 베풀었던, 두 번의 集會를 통해, 이 한 돌중이 풀어내려 애썼던, 주제 중의 하나가 이것이었으니 말입지, 이것을 두고는 더 말하려 하지 않으려 합지. 마는, 그럼에도 앞서, 이 존쟁이 중이, (童話 속에 나타나는) '세 갈래의 길'을 말하며, 이어 '우리들의 이 한 우주는 (저런 식의) 세 가지 국면을 드러내 보이고' 있다고 이른 것에 대해, (자네에게) 빚진 註는, (자네에게) 갚아야 한다는 것쯤 잊고 있는 것은 아닙지. 이제도 잊지 말아야 되는 것은, 저 '세 길'은, 영광과 자유를 위한, 肯定的 通路로 주어진 것임에도, 그 關門을 통과할 수가 없는 정신에 대해서 저것은, 극난한 난관이며 장애일 뿐이어서, 그래서 그것은, '魔女네/魔術師네/나쁜 龍네'라는 식으로, 否定的 어투를 입어 있다는, 그것입지. 연이나, 나의 믿음에는, '魔女네 우리깐'에로 이어진 길은, '몸의 우주', 즉슨 '畜生道'의 童話的 方言이며, '魔術師네'로 이어진 길은, '마음의 우주', 그리고 '나쁜 龍네'로 이어진 길은, '말씀의 우주'라고 합지. 그렇습지. 아, 무, 물론입지, 이렇게 갈래를 짓고 나면입지, 일어날 수도 있는 의문이, 한두 가지만은 아니겠습지만 말입지, 그런 의문일랑은, 목구멍에 머물려 두고, 세월을 걸려 삭혀낼 종류의 것인 것입고, (다른 왕자들이 몸·말·마음을 다 바쳐 거둔 것을, 자기는 앉아 쉽게 거두려는 생각만 없다면,) 뱉어낼 것은 못 되는 듯합지. —그러면 道流는, 이 돌팔이 중 하나에게는, '異端'에 대한 概念이 매우 흐려 있다고 알겠습지. 에캄 사트 비프라 바훗다 반 단티!(Ekam sat vipra bahudhā vān danti. Skt.)(실다움[眞理] 은 하나인데, 여럿인 것은, 그 이름들이다) 그래서 우리들의 이 한 우주는, 서로가 서로를 제척 저주하기 위해 마련되어진 것이 아니라 말입지, 자기 否定과 苦行을 통해, 자기를 구원하기뿐만 아니라, 완성하라고, 그래서 주어진 것을 알게 됩지. 거기에, 우주의 秩序가 相剋的으로 秩序化한 무슨 연유가 있겠습지."

"아 요것 참, 우리는 요것 참, 목이 많이도 컬컬헌디...... 중이며 친구인 자에 대한 대접이 요것 참 안됐는디...... 내 짐작에는 요렇다, 음식을 가져오는 중에, 그 졸개 놈의 발목이 삐었거나, 돌에 채이었거나, 어쨌거나 해서, 길바닥에다 부득 쓰려 버린 듯하다고. 아 우리 말이제, 요랄 것이 아니라 말이제, 텅 빈 沙漠의 소리여, 중이여, 나랑 함께, 수도청에나 가기로 허세, 그라먼 내가 갖다 가시나 한번...... 요바, 자네는 거 멋 땜시 손을 홰홰 내젓는다는 겨?"

"나으립지, 자네가 그러잖는다 해도, 이 邑에서 나는, 한 중으로서 받아야 할 대접을 너무도 융숭히 받아왔으니입지, 이제 판관 겸직 읍장 나리는입지, 이 한 중께도, 저 대접 이후에, 모든 客僧들께 베풀었던 것이 무엇이었든, 그것을 베풀 일이겠습지. 한 治者가, 자기가 세운 법에 대해, 자기 혼자서만 자유스러우려 하면, 별수 없이 거기서는, 독재자가 나타나게 되어, 조금도 바람직하지가 않습지. 그것은 그러려니와, 자네의 한 옛 친구로서 나 말입지, 친구에 대해 궁금한 것이나 한 둬 가지 묻게 하게만은입지, 자네 말입지 아까, 어떤 '독사 같은 계집 탓에, 그 연정으로, 밤이나 낮이나 마음이 타는 통에......'라는 투로, 마음의 고통을 운위한 일이 있어 말인뎁지, 자네 그래 그 옌네께 장가라도 들었으며, 그런 후, 슬하에 자녀 간 몇을 두었다는갑?"

"아 거, 하늘 복송 겉은, 계집 하나 얘기구만그랴이? 결혼을 했거나, 자식새끼가 있냐는 얘긴 듯헌디, 워디가. 첫 고 제집은, 똥꽃끄장도 보화라네. 임자도 없이, 휑한 들 가운데 놓여진, 큰 집채보다 큰, 生金 덩이 하나. 그랬던 고로시나, 조금 힘 깨도 쓰는 용감한 사람들이, 그것에다 손을 대볼라고 했던개 볐는디, 그라먼 고 당장에는 워떤 일이 일어났는지 잘 몰르겄는디도, 지내다 어느 날 보먼, 고 손이, 무신 보이지도 않는 독한 불에라도 태와지고 있는 것맹이, 녹고 끓음선, 비틀린다는디, 그라고 있으먼 홀목이 떨어져 나가고, 또 좀 있으먼 팔 꽁생이가 녹아니린다능만. 그라고는 喪輿가 뒤따른당만. 글매 말이제,

고 生金 덩이에서 일어난, 무신 純毒의 불이, 고 손부텅 빨아딜인 까닭이라고 허는갑던디, 나중에 보먼 말이제, 고 생금을 욕심냈거나 가차히 했던 자는 모도, 워떤 누런 창자 속, 毒이 술이 되어, 純毒으로 괴어 있는 데 가라앉아, 새로 그 술을 더 독하게 한다는디, 고 생금을 감아 지킨다는, 고 독한 구렝이헌티 멕힌 것이겄제. 친구네 말이제, 요러장개, 손을 내밀도 못 허겄고, 화풍병이라고.”

“자네는, 권세와 부에 대해, 매우 좋은 안목을 구비해 있는 것을 알겠넵.”

“큿, 여 돌, 돌중 나부럭지여, 자네는 잘 나가다가, 요런 벤통 없는 소리를 실실거려쌌는 통에, 돌중 꼬락서니를 영 못 면하는 것 겉다고. 여바, 자네들끼리만 말할 때 쓰는, 거 썩 유식해 뵈는 ‘문짜’ 중에서, 귀동냥해둔 것 한두 가지만 빌려 말하기로 하면, 돌중 겉으니라고, 남은 애를 써서 形而下的 俗事 말을 허고 있는 디다 대놓고 자네는, 기끔스럽게도 形而上的 形而上學 말을 하고 있다고 시방. 문제는 고것이 아녀. 문제는 그래서 머시냐먼, 내가 말이제, 조 독구렁이의 목구멍 속으로 말이제. 빨리 들어가 빠리고 싶어 죽겄는, 고것에 있다고 시방, 요것보당도 더 죽을 고문은 없다 싶으다고. 헌데 말여, 내 보기에는 자네도 또한, 고 계집의 독아에 근을 물리갖고 있는 것 겉은디, 요바, 요것은 뭐 부끄러운 소리도 아닌개 허는 소린디, 나는, 저 독구렝이가 물어 빠는, 고 자네의 근이 내 것이었으먼 하고, 부러움이며 질투심을 다 해, 훔쳐보고 있어 온다고. 그래 자네 얼굴을 보먼, 자네는 죽고 싶어 허는 것 겉다고. 요바, 헌디 자네는, 고개를 젓는 대신 끄덕이고 있는 것을, 말여, 자네도 의식허고 있다는 겨? 내가 말히었기를, 자네는 죽고 싶어 허고 있다고 헌 것이다. 아 그래서 자네는, 무덤을 찾아, 그래온 것이구나? 그런다 해도 물론, 왜냐하면 내가 내심 매우 아프게 바라고 있는 것이 그것인개 말인디, 내가 고것을 절대로 저어허지는 않을 것인디, 요바, 자네는 분명히, 내, 내 손에 자네 송장을 쳤으먼 허고 있다, 안 그러냐?…… 허, 헌디도, 요, 요 손으로 말이제, 너무도 많이, 중들의 송장을 쳐온 것이다, 그러다 본개, 요 손만은 중이 돼빠린 것도 겉은디, 허, 헌디도, 제발이제 말이제, 나더러 자네의 송장끄장 치게는 말그라. 자넨들 말이제, 친구의 송장을 치움선 말이제, 요 세상은 말이제, 한 번뿐만 아니고 말이제, 몇 번씩이고 돌아올 만한 곳이라고, 생각허기는, 썩 쉽덜 안 헐 것인개 말이제. ……가맜겨, 요라고 난개요이, 내가 허고 잡던 말은 다 해뻐린 것 겉잖다고? 그라고 자네도, 설혹 내가 더 쥐어짜 내려 한다 해도, 法油를 더 흘려낼 듯 싶지도 안 한디, ……그라고 본즉슨, 내게는 말이제, 인분 냄새로 뒈세기를 불편하게 허는, 요 감방 구석에 말이제, 자네 얼굴 맞대, 더 앉아 있을 아무 까닭도 없는 듯하다. 그라장개 나는, 인제 조 문을 나갈 터인디, 요바, 나는 물론, 자네를 뒤에 냉기놓기는 허제만, 조 문을 닫지도 안 헐 것이며, 졸개를 시켜 지키게도 허든 안 헐 것인개, ……그런 뒤 자네가, 읍의 골목을 한 식경에 열두 바퀴를 돈다 해도, 수도청 앞에서 피를 벗고 개 흘레를 헌다 해도, 나로서는 말이제, 자네를 잡아들이지도, 내쫓지도 않을 것인디, 요 읍에서 자네가 비는, 또는 받는, 한 주먹 보리밥 값은, 黃牛一頭에 해당하게 될 것인개. 요 말은 무신 말인가 허먼, 지금부터는, 누구든 자네헌티 한 덩이 식은 밥이라도 내밀어준다면, 그때 그 시주를 하는 자는 동시에, 黃牛一頭를, 그 식은 밥 한 덩이 위에다 얹어 내주는 셈이란 말인디, 자네는 한 덩이 식은 밥을 먹을 것이고, 官은, 그 一頭黃牛를 취할 것이다. 그리고 이 黃牛一頭에 해당하는 體刑은, 큰 형장살이 일 년인디……."

"판관 나으리입지, 그런 말은 그러니입지, 美里邑 法事的 언어로 통역한다면입지, 이 돌중 하나는입지, 현재, 美里邑 판관 되는 자로부터, 추방형을 선고받은 것이라고 해야겠군입지?"

"반드시 그렇다고는 못 허제. 왜냐먼, 자네는 본고장에서 태어난 본토백이도 아닌디, 그렇다고 본고장 본토백이가 아닌 것도 아닌 사내인 데다, 중치고도 제법은 겉 때를 벗은 중인디도, 자네가 무신 宗團에 소속된 중이란 것이 확실치가 안 해, 말하자먼 중도 아닌디, 요라다 본개, 이제껏 客僧들께만 입혀온, 그 美里法衣가 자네헌티는 말이제, 맞는 듯헌디도 맞지가 안 해, 나로서는 사실 어릿두군헐 수밖에 없었는디, 그래서 나는, 자네를 추방하지도 않을라고 허거니와, 가둬 둘라고도 안 헐라고 한다. 그러니 자네 얻는 식은 밥 한 덩이는 자네 것인디, 그것에 얹혀지는 黃牛一頭의 官稅는 官의 것이다. 말했다시피, 자네가 이 邑이 놓은 쥐덫에 치어 들었으되, 본관은, 자네를 새라고 취급할 것이며, 새그물에 걸렸다면, 쥐라고 취급했을 것이다. 말한 바대로, 자네는 이쪽이며 저쪽이되, 이쪽도 저쪽도 아니어서, 매우 얼룩달룩한 자이기 때문이다. 허긴 말이제, 쥐덫을 놓은 자가, 그 쥐덫에 걸린 박쥐 한 마리를, 또는, 새 잡이가, 새그물에 걸린 박쥐 한 마리를, 五十頭黃牛나, 봉황 값에 팔 수 있다면, 어찌 누군들 안 그랄라고 허겄냐?"

"잡은 한 마리 박쥐를 말입지, 새 잡이가 잡았으면 새라고, 쥐 잡이가 잡았으면 쥐라고 하고섭지, 잉걸불 속에 처넣든, 모가지를 비틀고 거름 무더기에나 버렸으면 되었지 말입지, 그것을 판다거나, 바꾼다는 말은, 꽤 이해키에 난하군입지."

"친구끼리 허기야 뭘 속히고, 숨키고, 감추고 헐 것이 있겄냐? 자네 물음은 그런개, 누가 있어, 고런 박쥐 새끼를 그렇게나 거금을 내고 사겠는가, 허는 것 같은디, 힛힛힛, 그래 내 아까 말허지 않더냐, 말한 바의 조 생금 덩이를 휘감아 틀어 있는, 워떤 독구렝이 말이제, 내 말허지 안 했었냐, 안 했더냐고? 고 생금 덩이를 차지헐라고 허먼 말이제, 꾀 있는 사람이라면, 고 눈부신 금덩이에 손을 댈라고 허기 전에, 고 독구렝이부텀 처리를 헐라고 헐 것인디, 兵法을 익힌 어떤 중의 계략도 참고하고 하여서나, 나도 그동안 그러장개, 고 일로 두고 뒈세기깨나 아팠더니라. 그라고 얻은 꾀는 두 가지였더라. 하나는, '생금 덩이'냐, '목숨'이냐를 내놓고[賭], 그 독구렝이허고 肉迫戰을 벌이는 일이고, 다른 하나는, 그 독구렝이의 虛를 알아내어, 거기에다 힘을 쏟아 넣는 일이던 것이다. 내가 공부하여 알게 된, 이 독구렁이의 虛는, 헌데 고것이 동시에 이 독구렁이의, 도저히 침공할 수 없는, 그런 無敵함이었던 것인디, 헤헤헤, 다름이 아니라, (고 독구렝이는) 죽을 수도 있는 고것의 '염통'을, 고것 속에 갖고 있는 것이 아니라, 워디 다른 데다 감촤 두고 있었다는 고것이었었다. 처음에 나는, 고것(염통 말이제)이, 조 큰 숲의 그중 높은 나무의 높은 가쟁이에 매달린, 六祖랬던 사나의, 고 관 속에 숨키 있는 중 알았었다. 아 물론, 솔직허게 말허먼, 거그에 없는 건 아니었어도, 고 '염통'은, '色'을 잃어 있어, 내가 일으키려는 전투에는 利도 害도 없는 것을 알잖으면 안 되었다. 그런 후로도, 나의 그 '염통' 찾기는, 계속되었었더니, ……그리고 아까 나는, 조 독구렝이의 목구녁에 물린 워떤 根이, 내 것이었으면 하고 바랬다는 얘기는 한 바대로이거니와, ……헤,

헤헤헨데 말여, 여봐, 자네가 官에 검거되어, 유치장에 처넣어졌다는 소식이 읍에 돈 지 한 식경도 못 되어서 말인디, 누가 말인디, 사람을 보내서 말인디, 자네의 머리칼 한 오라지 오락지마다, 대략 암탉 한 마리씩 가격으로 사겠다는 것여. 손가락 九九를 놓아본 바에 의하면, 대략 黃牛五十頭 값은 되제 싶응만."

"자네 말입지, 나찰의 어금니 새에 끼인, 찌꺼기 송장 고기까지도 깨끗이 빼먹을 만한 쥐새끼 같으니라곱지, 내 비록 한 품바꾼이로되 말입지, 누구의 노예도 아닌즉, 그를 들어 어찌 '銀 三十'을 받겠다고 이르느뇹? 분명히, 자네께는, 그 대답이 다 준비되어 있을 것이므로, 나의 행악이 무엇이며, 죄명이 무엇이냐는 투의 물음은 그런즉, 물을 필요도 없겠는갑?"

"조런 순, 자네는 말여, 잘 나가다가, 조라는 통에 영 돌중을 못 면하는 겨. 여봐, 우리는 시방, 집채보다도 더 큰 금덩이 하나를 휘감고 있는, 無敵의 독구렝이의 '염통'에 관해서 말해오고 있던 중이 아니었냐? 건 무신 벤통 없는 소리여? 물론 말이제, 읍민에 대해서라먼, 나도 물론, 자네의 罪名찜은 밝힐 의무 같은 것을 느끼지만 말여, 자네를 두고서라먼 나는, 쬐꿈도 고런 필요를 못 느낀다고. 사냥꾼이 멧돼지를 사냥헐 때, 고것들 중의 워떤 것이, 자기네 감자밭을 영 망치놨다고, 그래서 고 죄 있는 멧돼지만 잡는 줄 알먼, 건 자네의 오해여. 낚시꾼도 그려, 고 낚시꾼의 마누라가 냇가에 앉아 빨래 중인디, 워떤 싹덩머리라고는 이마빡의 누른 털만큼도 없는 물괴기 한 뇜이, 지 마누라의 玉門을 좀 찍어 먹었다는 소리를 들었대서, 똑 고 물괴기만 낚아 분풀이로 회를 쳐묵을라고 헌다고 알먼, 글씨 건 자네의 오해랑개. 워쨌거나, 저런 흥정을 받고 본개, 자네가 급짜기 고맙움선, 情이 무거워지더라고. 새그물에 걸린 건 봉황이었으며, 쥐덫에 발가락이 하나 끼인 건 기린이었더라고, 허, 허허, 허이, 자네는 거 왜 웃는 지랄을 시작하는 겨 시방? 고, 고호, 호만 훗어라 학것 할으니! 힌제 할겄냐? 자네는, 자네 머릿속에 골수랄 것이 없어, 해골바가치만 얹고 있다고 하되, 이제 요렇게 털어놓고 말해준즉슨, 알겄냐, 뭘 좀 알겄냐고? 본관은 말이제, 빠개기는 자네 골을 빠개고, 빨기는 다른 골수를 빠는 겨, 고것찜 알아묵을 만허냐고? 학껏, 호만 좀 후후훗거라. 본관은 그라고, 무엇의 골수를 빼 묵는 데는 대단한 재주를 터득해 갖고 있는디, 이번 경우에는 뭐시냐면, 본관은, 자네라는 한 사내의 '목숨'만 판 것이며, '중', 또는 '비구'끄장 판 것이 아닌디, 고것을 잘 기억허고 있게. 내 듣기로는 말이제, '목숨'만을 따진다면, '하루살이의 것이나, 코끼리의 것이 틀리지 않다'고 허든디, 그런즉 俗物의 그것이나, 중의 그것에도 다름은 없는 것이 분명허다. 요런 九九法이 자네 귀에도 통할랑가 워짤랑가, 고것은 잘 모르겄어도, 그래서 '俗物'과 '중'에게서, 그 共通母가 돼 있는, '목숨'을 덜어내자, '俗物'헌티서는 아무것도 남는 것이 없는디, '비구'헌티서는, '중'이라는 것이 남아돌더라고. 고것은 의외의 소득이랄 것이제 그리? 그래서 여그 인제, 좀 이해키 에럽은 현상이 일어나 있는디, 자네는 여기 있는디, '중'뿐이고, '목숨'이 없는 것이 고것여. 흐흐흣",

"나으립지, 자네는 개새끼입지. 개새끼만 佛性이 없다고 이르거든입지."

"그렇기로 말허먼 말여, 자네를 기둥 삼아 내가, 오좀 줄기깨나 싸재꼈을 것이라서, 오좀이 매럽지 말아야 될 터인디도, 나는 오좀이 매럽다고 느끼기 시작헌다. 나는 그래 인제, 수도청 행차를 하여, 제집년들로 하여금, 돌려가며 몇 모금씩 오줌을 빨아 마시게 헐라고 허는디, 다시 말해두지만, 나는 조 문을 열어둔 채 놔둘 것이며, 졸개들 시켜 파수를 보라고도 허잖을 것이라는 것이다. 열린 조 문은, 자네가 손을 대지 않는 한은, 대략 한 닷새찜은, 아무도 손을 대지 않도록 할 것인디, 고동안에 자네가 그래서, 걸어 나가 읍을 헤매든, 훨씩 더 걸어 나가 읍을 벗어나 버리든, 또 아니먼, 자네 스스로, 조 '죽고 싶어지는 나무' 가쟁이에다, '목숨'이 없어 빈 '중'을 걸어놔 버리든, 고것은 자네 알아 할 일인 것을. 자네 말이제, 읍을 훨썩 벗어나, 羑里의 경계를 넘어서 버렸다는 경우는, 그곳은 내 관할이 못 되다 보니, 그를 두고시나 내가 할 수 있는 일이란 있을 수도 없을 것이며, 또 자네 '중'은, 조 '죽고 싶은 나무'에 걸어놨다 한다 해도, 요번에는 '안'쪽에로 자네가, 羑里의 경계를 훨씬 벗어나, 崔判官 치리하는 데로 갔다는 경우도, 마찬가지다. 본관은, 본관의 치리구를 존경하는고로, 남의 울 너머에다 올개미를 던져 넣어, 남의 우리에 든 짐승을 묶어 올라는, 고런 어리석은 짓은 안 할 것이라고. 헌데도, 자네가 분명하게 알고 있어야 하는, 매우 냉엄한 한 사실은, 조 문은 조렇게 활짝 열려 있어도, 자네가 '중'인 이상,

자네는, 이 聖域에 첫발을 디딘 고 순간, 美里邑法에 의해 定罪받은, 수인이라는 것이다.”

“지난번, 美里를 떠나고 있었을 때 나는, 여 친구넵지, 뒤늦은 어떤 날이었지만입지, 두 가지 것을 놓고 간 것을 알게 됐었는뎁지, 하나는, 美里의 村長들끼리만 물림한다는, ‘해골’의 바리때였으며, (처음 얼마 동안, 그래 나는, 끼니때마다, 일곱 집 공양을 손에다 받기가 일쑤였습지) 다른 하나는, 나의 몫의 ‘사람’, 그 ‘人面’이었습지. 보겝지 옛 친구엽지, 이제 옛날얘기 들출 까닭도 별로 없는 듯한뎁지, 이 돌중 하나를 보겝지, 그가 그런 어떤 인연에 의해, 六祖라는 사내를 정죄하고, 그의 눈을 녹히고 있었을 때까지는, 그는 한 올 머리칼도 중이 아니었더닙지, 글쎕지, 이 변절적 피로 들끓던 한 젊은네는, 美里를 떠나고 있었을 때는, ‘중’뿐이고, ‘사람’을 지참하지를 않은 것이었습지. 그러다가, 이번 새로 美里에 돌아와, 그 ‘해골의 바리때’는 찾아냈었으나, ‘사람’은 찾지를 못했더니입지, 그러나 그 일로는 조금도 섭섭타다거나, 뭘 잃은 느낌을 갖지를 못했더니입지, 나는 오늘, 아닌 곳에서, 그리고 갑작스레, 조금도 반가움을 못 느끼겠을 모서리에서, 그 ‘人面’을 해후하게 됐다는 얘기를, 해야겠구만입지. 글쎕지, 이런 구역질 나는 해후도 있어, 슬프넵지. 글쎕지, 보고, 또 보고, 또 보아도 말인뎁지, 옛 친구여 말입지, 자네가 말입지, 나의 그 옛 얼굴을 벗겨다, 자네 얼굴 위에다 덮어씌워 놓고 있다는 것을, 아무리 해도 부인할 수가 없다 말입지. 제길헐, 우리들은, 한 벌의 운명을 되풀이하고 있구납.”

“한 번 더 묻거니와, 촟불중이 美里에를 온 데는, 무슨 까닭이 있었던고?”

“……‘記號’와 ‘意味’ 간에, 괴리 현상이 있었음?”

“‘지칠 때끄장 긴 세월, 고렇게 그냥 앉아만 있을라고?’”

默

“고 대답찜 들을라고, 내가 한 번찜 더 들리게 될랑가도 몰루제.”

제9장

“……이 늪으로부터는, 한 발자국도 밖으로 나가지 않기를 일러두는 바입지. 허지만입지, 매 순간 매 찰나 기억해둘 것은입지, 족쇄는 채워지지 않았고 말입지, 소승 또한 파수 보거나 그런 짓은 하지 않을 것이라는 이것입지. 또한 가정해서입지, 대사가 여기를 벗어나서입지, 읍으로 간다고 해도 말입지, 소승으로서는 대사를 추적하지도 않으려니와, 그럴 권리도 없습지……”

촛불중은, 판관 겸직 읍장이 나가고 난 뒤, 그 훤히 열려진 대낮 같은 문을 바라보다, (그러니 그는, 壁에 구멍이라도 뚫으려 面壁을 했던 것은 아니며, 열려진 門에다 구멍을 뚫으려, 문을 향해 앉아 있었던 것이 분명하다) 지쳐, 그 지린내 나는 감방 바닥에 퍼들어져 잤었는데, 갈증 탓에 깨어나고 있었을 때는 해 질 녘이었고, 사위는 안개비 철만큼이나 소조했다. 그리고 촛불중은, 자기가 잠에 들어 있었던 중에, 누가 음식과, 그것을 차려놓을 상까지도 가져와, 한옆에 차려놓은 뒤, 상보를 덮어 놓고 간 것을, 보아, 알았다. 판관 겸직 읍장이, 컬컬해진 목구멍 탓에 몹시도 기다려쌌던, 그 음식이 뒤늦게 배달된 것이었을 것이다. 촛불중은 그래서, 누운 채 팔을 뻗쳐, 상의 한옆에, 두 되들이쯤의 묵직함을 지키고 놓여져 있는, 필시 고량주가 두 되들이로 똬리 쳐 자고 있을, 주전자를 끌어다, 그 귀를 입에 물고, 입으로는 그 불의 암구렁이를 빨아들였으며, 손으로는 기울여 부어냈다. 그러자, 소비보다 생산이 많았던지, 그 일럭이는 암구렁이는, 한 중의 얼굴이며, 가슴팍을 마구잡이로 휘감아 들어대, (중으로부터) 해적스러움을 드러냈다. 神들이나 마셨어도 좋았을, 소마汁한 바다. 귀두를 어루만지는, 계집들의 몹시도 부드러운 손의 까스르함, (갈증난) 목구멍을 훑으며 쑤물거리고 내리는, 까스르한 불의 암구렁이—. 그런 느긋함은 헌데, 육신을 통해서만 체험되는 것이기는 하다. 하므로 촛불중은, 그리고 그에게서는, 근래 그가 확실하게 그렇게 느끼게 된 것이지만, 어디로 간다거나, 온다는, 어떤 바람[願]의 소리가 멈춰져, 들으려 해도 더 이상 들리지도 않게 되었으므로, 구태여 몸을 몽땅 일으켜 움직여야 할 아무 까닭도 없었으니, 그냥 반쯤 정도만 일으켜 가부좌를 꾸며 앉아 촛불중은, 그 느긋함 속에다 마음을 풀어 넣기 시작했다. 그러는 중에, 서서히 취기가 오르기 시작하여, 촛불중은, 마음이 한 등성이 철쭉꽃밭으로 붉다고 느꼈는데, 어쩌면 그날 치지는 해가 붉어, 마음이 붉다고 느꼈던지도 모르긴 모를 일이다. 踏靑이라도 했으면 좋게, 이 석양은 붉어 푸르렀다.

그리고도 해는 물론, 푸르디푸르게 지고 있었다. 헌데, 그 踏靑에 올랐다가 촛불중은, 끈트럭에 발이라도 찔렸을끄나, 작것, 비질비질 울고 있었던 듯하며, 눈의 귀퉁이에로 볼에로, 철쭉꽃들이 지고 있었다. 꽃뱀들이 쓰륵쓰륵 스믈어나고 있었다. 얼룩진 黃土밭. 헌데 또, 그런 그 석양이 귀를 열어 들어본대로 따르면, 촛불중은 울기뿐만 아니라, 씨석씨석 웃고도 있었는데, 이런 지랄 맞을 누무 촛불중의 석양 녘은, 아마도 뒈세기앓기병을 시작한 것인 게다. 그 외에는, '울기'와 '웃기'의 合成語가 있을 듯하지가 않다.

凸? 凹? 山? 心? 必? (손가락들을 활짝 편 손이나, 오므려 쥔 주먹은) 無? (그러면 그 폈거나 오므린 손바닥에 쥐어져 있는 것은 무엇입메? 아나트만!)

서 근의 삼.

삼 서 근.

"소승이 다시 오겠으니 말입지, 그때까진 아무래도 좋습지. ……해만 탁하게 돌아 있고 말입지……"

촛불중은, 요 별로 멀지도 않은, 요 얼마 전 옛날, 자기의 혀로, 누구의 귓속에다 낼름거려 주었었던 그 낼름거림을 되뇌이고 있었는데, 그 꼭같은 낼름거림을, 오늘은 자기의 혀가 아닌, 타인의 혀로, 타인의 귀가 아닌, 자기의 귓속에서 되든게 되어진 그 탓에 씨럭 씨석 울며, 웃기를 시작한 것이 분명했다. 그때도, 권태에 찌들린 소조함이며, 역한 냄새, 탁한 밝음, 같은 것들이, 죽은 바다 냄새(썩은 月候—)처럼 흘렀었는데, 그때의 그 어떤, 형체도 없던 것들이 '킬킬거리던, 그 소리 없는 웃음들이' 오늘은 헌데, 문은 훤히 열린, 감방의 모든 구석에서, 비 오는 날의 낮도깨비들모양, 훨럭훨럭 새로 일어나고 있다. (젖기 탓에 일어나는 불)

"……바람도 없는데, 어디선지 말똥이라도 타는 듯한 냄새만 흐르고, …… 이런, 시각마다 소승은, 소리를 찾습지, 찾다 말입지, 대개의 밤으론입지, 물론 수도부와 방금 전에 헤어지고도 말입지, 한 번의 긴 수음을 하고 말입지, 조금 울다 잠듭지, 그렇습지, 소리를 찾다 말입지, 울음으로 소리를 좀 만들어보다 잠듭지, 약간의 진정제, 약간의 외로움, 약간의 비애…… 그런 날의 계속, 도는 멀고입지, 이 사막의 살인적인 무료 속에서 굼벵이가 거진 거진 돼가며입지. 썩은 몸뚱이가 아니라 정신 속에서 꾸물거리며 말입지, 죽고 있습지. 살인이라도 하고 싶습지. 고함이라도 버럭버럭 질러대고 싶습지. 그러다 잊어버렸습지, 그림자가 아직도 있는지 없는지, 그것까지도 잊고말입지, 그냥 사는겁지, 글쎄 그것도 사는겁지."

밖은 글쎄, 요 몇 세월 동안이나 석양이고 있는데 촛불중은, 문이 훤하게 열려진 그 유치소 바닥에 핀 한 송이 夕陽蓮이어서는, 자기의, 그중 푸르고도, 그 노란자위가 진했던 한철의 삶을, 두터운 침묵의 알 껍질로 싸안고 있는, 그러니 그것이 그의 고향이 돼버린, 남녘으로 으스름한 데, 마른 늪 하나를 상기하고 있었다. 어쩌면 그 마른 늪을 연상하며 그는, 이 유치소를 참고 있는 듯했다. 바람도 없는데, 어디선지 말똥이라도 타고 있는 듯한 냄새만 흐르고…… 석양은 석양 녘대로, 그리고 모든 시각마다, 권태와 정적이 버스럭 모래가 돼 버스럭 무너져내릴 뿐만 아니라…… 헌데, 저 두터운 침묵의 알 껍질 속에 싸인, 어떤 意志 하나는, 아직도 저 무량겁 정적한 사막의, 그 어느 한 자락 모래 속에 품어져 있으며, 부화와 비상에의 꿈만 꾸고 있는 것인가? (잠들어 있는 불. 침묵 속에 가라앉은 말[言語]) 헌데도 그 알 속에다 잠만 뉘어놓고 날아 나온 새 한 마리는 어느덧, 그것의 한 칼파의 우주를 다 날아버렸던지, 자기도 모른

새, 자기가 떠났던 바로 그 자리에로 되돌아와 버렸음을 발견하고 놀라고 있는데, 아으 그러니 이제는 좀 쉬어도 좋을 때인 것이라고 그것은, 슬픈 안도감으로, 비상에의 꿈을 접지 않을 수가 없다고 체념하고 있는데, 그러자 그 순간, 그렇게도 힘찼던 그것의 두 날갯죽지들에서 힘의 깃털이 모두 떨어져 내렸는데, 동시에 그것은 못 견딜 重力感을 느끼기 시작하는 중에, 그것은 무서운 추락을 경험하고 있었으며, 그것에 좇아 그것의 전신은, 참으로 참아내기에 벅찬 悅豫로 수물거리기 시작했는데, 별똥별이 대기권을 뚫고 들 때 그렇다던가, 그것은 다름 아닌, 제 몸을 기름 삼아 타고 있었으며, 휠휠 타고 있었으며 타고 난 찌꺼기는 슬픈 재, 떨어지는 것들은 무저갱 속에서까지라도, 어쨌든 한번은 멈출 것이 아닌가, 멈춤이 없다면, 어쨌든 그 멈춤 없는 추락 자체가 멈춤이기라도 할 것이 아닌가, 그러는 어느 순간 그랬으니 그것에게서도 추락에 멈춤이 끼어들었으므로, 알아내고 있었다, 그것은, 잠, 깊디깊은 잠 속에로 가라들기 전의, 제기럴 고달프기는 한 우주의 밤만큼이나 고달픈 그 눈으로 내어다보아 알아내고 있었는데, 자기가 하나의 진한 마늘 냄새로, 제가 타 스러져 재가 된, 제 재 속에, 한 알[卵]의 붉음으로, 싯붉게 묻혀 있음을 알아내고, 있었는데, ……(아으 저것은 다시, 촛불중의 그 '沙漠의 鰱魚', 불새—金烏의 얘긴 것이구나. 어쨌든, 저런 종류의 輪廻는, 만약에 쿠메루가 수메루의 正反極 쪽에서 같은 山이라면, '無'라는 話頭, 또는 그 記號와, 正反極 쪽에서 같은 것일 것이다. ["제 몸을 제 스스로 태우고, 그 재 속에서 새로 부화하는 불새"와, 話頭, 또는 記號로서의 '無'가 어떻게 해서 같다고 하는지, 그것을 알고 싶은 사미가 있거든, 사미여, 사미는 사미의 귓부리를 만져보거라] '無'라는 記號는, 어떤 聲帶를 통해 發音되어질 때만, 그 속[意味]을 비우고, 그렇지 않을 때는, '없음'이라는 그 意志의 잠을, '없음' 속에다 재워놓고 있는다. 발음되어진, 그 '없음이라는 意志'는 또, 왜냐하면 '없음'이 발음을 입었기 때문에, 태초 이전부터는 있어 본 적이 없는, 그래서 창조하는 자까지도 그것을 발음해본 적 없는, 그 '없는 自我'를 새로, 부지런히 부정하기에 이른다. [아나트만] 그리하여 본디의 '無' 속에로 되돌아와, 그 잠 속에 안겨드는 '無'의 씨눈—없음의 意志. 人世의 聲帶 속에 유폐된 '無', 그리하여 그 聲帶의 횡포에 고초를 겪는, 절대적으로 無垢한 '無',) 咄! 그렇다. 그리고 이것은 夕陽인데—. 글쎄, 오늘 아침에도, (이것은 다시 金烏의 얘긴 듯하지만,) 동녘 복숭아 가지에 얹은 둥지를 떠났으니 美里의 금까마귀는, 이 저녁에도 물론 그 둥지로 돌아가고 있을 것이어서, 夕陽인데, (美里의 夕陽은 제기럴, 美里의 하루보다도 긴 듯한 느낌이구나) 그렇다면 이것은, (촛불중이여, 별로 걸르는 법 없이 행해왔던, 그 저녁 종 칠 시간), '夕陽祭'(Sandhya. Skt.)를 지내야 할 시각인 것이다. 그런데도 촛불중은, 이 당장은 어떻게도, 자기의 몸속에서, 자기의 의지에 좇는 움직임을 收復해내지를 못하고 있는 중이다.

—해[日]가, 저 美里(沙漠)의 想像力 속에서는, (앞서 얼핏 밝힌 바 있는 것과 마찬가지로, '無'라는 話頭가 沙漠에로 도입된 결과, 變容轉身을 겪어 나타난 것이 그것인데,) '火鳥金烏'의 형태를 띠어 있다는 것은, 주목을 요하는 재료인 듯하다. 美里에서는, 특히 촛불중에 의해서, '불의 물의 鰱魚' 또는, (不死鳥로도 알려져 오는, 沙漠의) '火鳥'(金烏)가, 한 修道者의 "聲帶를 얻어 發音되어진, 어떤 意味가, 發音되어진 즉시, 다시 그 聲帶 속, 또는 어떤 특정한 記號 속에 잠드는, 그런 ['言語'의] 象徵"이 되어 있어 그런 것인데, 저것은 그리고 물론, 神話에서 神衣를 벗겨내고 그 世肉(實學)的 부분을 드러낸 뒤 들여다본 얘긴데, 반대로 그것에다 神衣를 덮어보기로 한다면, 얘기는 다시 해오던 그 본디의 모습을 재수복하게 될 것이다. (촛불중에 의하면, 神話化할 수 없는 實話나, 實話化할 수 없는 神話가 있다면, 그것들은 모두, 人造的이어서, 流行性을 띠고 있다고 하고 있다) '無'는, 그러니 '言語'와 正反極 쪽, '침묵'과 '非音' 따위, (言語의) 쿠메루 쪽을 담당하는, 非言語의 言語라는 것이 촛불중의 의견일 것이다. 어쨌든, 해오던 얘기를 계속하기로 하면, 저 한 '金烏'의 한 삶은 이러하다. 라는 즉슨, 태초 이전의, 그 암흑한 잠 속에는, 하나의 빛의, 그런 꿈의 씨눈이 담겨 있는데, 그 씨눈에 의해, 그 잠이 더워지며, 그 껍질을 굳히기 시작한다.

저 년[蓮]이 밤새 무슨 알을 펴 내질러놓았더니?
그 알 껍질 속에는 벌써, 흰 꽃이 요요히 앉아 있습메다요.

아침에는, 그 알 껍질을 쪼아 열고, 둥지를 떠나 날아오르는 꿈 하나. 그럼에도 이 비극적 불새는, (發音되어진 말은, 그것 자신의 육신을 이루는 소리를 태워 먹기로써만, 煌煌히 존재하는 것) 왜냐하면 불의 運命이 그러하여서, 제 몸을 태워서라야만 저를 밝힐 기름을 얻음으로, 그리하여 그 한 삶이 왼통 재가 되어지도록 자기를 태운다. 자기가 빠져 날아 나온, 그 자빠져 자고 있는 그 깊은 잠을, 그리고 그 풍더분한 암흑을. (전에 언제, 촛불중이 벗겨 보여준, 이 神衣의 안쪽에는, "한 有情의 無意識을, [그 肉身(자체가, 한 魂에 대해서는 '밖'이다)까지를 포함하여] 그 有情의 '밖' 자체"라는, 人世用 方言이, 永根처럼 감춰져 있었다. '眞實', 또는 '無'를 터득하기에는, 두 가지의 방법이 있는 듯하다. 하나는, [그 話頭에 묶인 사미가] '안'을 否定하기에 의해, 그 귀결로, '밖'도 否定하게 되기며, 다른 하나는, '밖'을 깨우기에 의해, 我執의 피부를 엷게 하다 잃어, '안팎'을 왼통 깨우기인데, 前者의 방법은 否定的이며, 後者의 그것은 肯定的이랄 것이다) 그러다 보면, 그 金烏로부터는, 重力을 거슬러 날아오르던 날갯죽지들이 떨어져 내리고, 그러면 저녁이다. 그 저녁은, 저 金烏가, 스스로 焚死를 감행한, 그 재, —그 재 속에는 물론, 비상에의 한 열열한 꿈이 金卵의 모양으로, 보름달모양, 동구맣게 놓여져, 저녁의 품속에 안겨 있다. '黃昏祭'(싼디야)는, 그런 것이다. "너의 어미의 자궁 깊이 너의 근을 찔러 넣고, 너의 누이의 젖퉁이를 쥐어 누르며, 너의 스승의 대가리를 너의 발밑에 짓밟아라!"—그리하여 金卵 누기.

—해가, 뜨고 지기, 라는 運行과 관계된, 人世의 이런저런, 거의 보편화까지 치렀다고까지 여겨지는 夢想은 헌데, 대체로는, '바다', '咸池'라는 따위로, '물'과 연관을 갖고 있어 오는 듯한 데도, 羑里로 떴다 지는 해는, "제 몸을 제가 태우고 나면, 그 재 속에서 새로이 젊은 새가 부화한다는, 불새"의 夢想에 좇건대, 水分의 냄새가 매우 희박한 듯하다. 물론 그것이, 羑里에서도, 전혀 '물'과 관련을 갖지 않는 것은 아니어서, '불의 물을 헤치는 鯉魚' 따위의 형태를 취해오는 것을 모르지는 않되, 이 水分의 냄새까지도 그러나, 修辭學的 水分 냄새보다, 조금도 더 젖은 것이 못 된다는 것은, 주목을 요할 것이다. 이러고 보

면, 물론 더 헤아려보려 하면 더 많을지도 모르되, 현재까지는 그러니, 해는 둘인 것이 분명하다. (더 헤아려보는 따위의 수고를 생략하기로 하여, 해는 대략 두 개쯤이라는 이 일점에서 멈추기로 하고 뒤돌아본다면) 夢想꾼들은 그렇다면, 혹간 서로가 서로를 사기 치지나 안 했는가, 하는 매우 흥미로운 물음과 마주치게 되는 것이 분명하다. 여전히 해는 하나뿐인데, 그들에 의하면, 扶桑에서 떠서 咸池에 지는 (이 해는, 아비의 근에서 쏟겨 나와, 母胎에 드는, 하나의 精蟲을 상기케 한다) 해 하나와, 저를 태운 재 속에서 부화되어, 저를 다시 태워 재가 되는 해, 가 하나 더 있어, 분명하게도(人世의 해는,) 둘이다. 왜냐하면 이 두 夢想은, 외면적인 데서 관찰하기로 한다면, 그 발상부터 서로 근접될 유사성이 없어 그렇다. 하나는 물의 元素와 제휴해 있어, 水葬과 再生의 輪廻를 되풀이하고 있으며, 그래서 그것은 달[月] 같은 해[日]인데, 다른 하나는, 불의 元素를 입고 있어, 燒(消)滅과 再生의 輪廻를 되풀이하고 있어 그렇다. (아으, 엠페도클레스 分裂症에 앓고 있는 해! 그러고 보면 '불새'란, [1]"엠페도클레스 複合症'과의 관련에서는, '象徵'이기보다는, '記號'인 듯하다)

—(그리고 이것은 아직도, [2]'夕陽祭'에 관한 얘기지마는) 해는, 둘이라도, 그래도 여전히, 하나이다. 이런 말은, 이라는 말은, 그러면 어떻게, 물속에서 피맺혔다, 물속에로 묻혀드는 해와, 재 속에서 부화했다, 스스로 다시 재가 되어버리기로, (두 해가 다) 하루의 삶들을 마쳐버리는, 두 개의 해를, 하나의 해로 뭉뚱그려버릴 수 있을 것인가, 하는 문제를 고려하게 할 것이다. (왜냐하면, 우주의 수도 해의 수에 비례하는 것이어서, 해가 하나보다 더 많아지면, 우주도 하나보다 더 많아져 버리기 때문이다. 에캄 삳 비프라 바훗다 반단티![Ekam Sat vipra bahudha Vandanti!; Truth is one, many are its names]) 허기야 까짓것, 모든 것을 거의 零點에 이르게까지나 단순화하기로 하여, 모든 모서리를, "태초에 말씀이 있었느니라"까지 깎아내리기로 한다면야, 두 개뿐만 아니라 열 개의 해도, 하나밖에 헤아릴 줄을 모르는 아이가, 열을 헤아리기만큼이나 쉽게, 하나에로 뭉쳐버릴 수 있을 것이다. 열이 모두 하나이다. (하나가 열이었다고 셈하는 사미가 있다고 한다면, 그녀러 자슥의 자지는, 지렁이에게라도 물려줘야 할 것이다. 영 우멍거지를 못 벗고 있는, 그 탈이 있거든)

그런즉, '바다'와 '沙漠' 간에서도, 같은 점이 있으면, (예를 들면, 음료수를 충분히 지참하지 않고, 그 두 곳을 행여하는 자는 목이 마르다든지,) 그것은 남기고, 그렇지 않은 점이 있으면, (앞서 든, 그 꼭같은 예를 한 번 더 반복하자면, 水分 따위,) 그것을 제거해버리기로 한다면, 그런대로 뜨고 져왔던 해에, 무슨 못 보던 혹이 돋는다거나, 그럴 일도 없는 것일 것이다. 또는, 그 반대로, 도척이를 묻은 무덤에다 회칠을 하려 하기보다, 왼통 파헤치기로 하여, 그 속에 잔치하고 있는 夜鬼 오백 나찰들을 백일하에 드러내기로 한다 해도, 그러니 모든 것을 '단순화'하는 대신, '복합화'한다 해도, 사실에 있어서는 그 결과에, 별로 다를 바가 없기는 없을지도 모른다. (그리고 좋은 說法者는, 그렇게 다각도에서 說하, 하, 하기는 해야 할, 것이다) '단순화하기'에 의해서는, 예 든 바의 자료들에서, 모든 같지 않은 요소들을 추출하여 제거했었는데, 그것에 반해, '복합화하기'에서는 그러면, 오히려 그것들을 관찰의 대상을 삼아야 하지나 않을 것인가—아마도 그럴 것이다. 그러니, 그것들이 '불'과 '물'의 元素들의 특성을 이루는, '乾' '濕'을 예로 든다면, 저것들은 감춰지고, 외면되어질 것이 아니라, 먼저 드러내져야 하고, 그런 뒤에는 대치케 하여, 그 뿔들의 부딪치기를 주목해보아야 한다는 것이다. 그래서 만약, '乾/濕'까지도, 서로 다른 것이 아닌데, 有情들의 편견 탓에 다르게 보여졌다는 것이, 무슨 수로든 이해되어질 수가 있다고 한다면, 그 외의 것에 관해서야, 뭣을 더 언급하고 말고 할 것도, 없기는 없을 것이다. 아는 이들은 아는 바대로 헌데, 聖(僧)/俗 양쪽에 다 속하며, 그 어느 쪽에도 속하지 않은 羑里의 言語는, 이런 문제를 분석한다거나 종합해보는 데, 매우 적합하도록 가꿔져 오고 있는바, 이 문제를 두고도, 이 '젖바다'에서 떠오르는 單語들은 한둘이 아니다.

羑里—骸骨, 咸池—(풍요한) 母胎.

羑里는, —童話的 想象力을 동원한다면—魔女, 또는 繼母의 얼굴을 드러내고 있는데, 그녀의 자식들이 갖는, 어머니에의 부정적 영상을 반영하고 있으며, 이에 반해 咸池는, 긍정적 영상을 담당하고 있어, 어머니는 하나인데도, 자식들에 의해, 둘로 나뉜 것을 엿보게 한다. (그리고도 무슨, 더 보탤 말이 있겠는가? 그럼에도, 話頭는 노상, 그것의 꼬리를 물고 있다) 그런즉, 羑里—

咸池, 骸骨ㅡ母胎들이, 저절로 一元化하는 것을 보게 된다. 그리하여 알게 되는 것은, 咸池에서는, 모든 생명의 원천이 되는, 水分과 빛이 굴절을 겪지 않는데 반해, 羑里에서는, 건조함이며 열 따위로 변용을 치른다는 것이다.

헛헛, 허, 헌데도 羑里의 해는, 재 속에서 후두둥 날아오르는데, 수미山이라든가 扶桑이라든가 저쪽 사는, 漁夫네 해는, 검푸른 바다가, 검붉고 미끄덩거리는 羊水를 쏟는 대로, 그 海胎 속에서 비어져 나올 뿐이다. 그런고로, 조금이라도 꾀가 있는 사람이라면, 羑里 사는 사람과, 어디 해변에 오막 져 사는 사람이 만나 수인사하고 난 뒤, 시절 돼가는 얘기로 침을 튀기는, 그러자니 해 뜨고 또 지는 얘기를 하게 되는, 그런 자리에는 끼어들려 하지 않고, 멀찍이 앉아 있을 것이다. 그러지 않고, 시절 돼가는 얘기쯤이라도 자기에게도 윤 내진 얘기가 한 벌쯤이 있다고, 그런 얘기들에 솔깃해할 양이면, 해며 달이, 항솨ㅡ 쏴아ㅡ 그의 목구멍으로, 똥구멍으로, 콧구멍으로, 눈구멍으로, 귓구멍으로, 칠공구공으로, 쏴아 항솨아ㅡ 벗어나, 두둥실 떠나버릴 것이다. 그러면 그는, (그렇게 빛을 잃었으니, 결과적으로는) 눈을 잃어, 咸池에뿐만 아니라, 沙漠에서도, 溺死하기가 쉽게 된다.

그 沙漠에 溺死한 지 여러 칼파 촛불중은, 항솨아ㅡ 밀려들었다. 쏴아항ㅡ 밀려 나가는, 海潮 같은 붉은 冥音 밑에 깔려 누워, 시나브로 한 점씩, 시나브로 석 점씩 살을 발김 받아, 흰 뼈만 남기고 있다. 허긴 아마도, 그 밑에 溺死한 자의 눈이 귀신 눈으로 붉어, 그 冥潮도 붉어 있었을 것이다. 저 溺死한 水夫의 살 속, 염통 속에선가 어디선가 날아 나왔었을 것인데, 흰 암놈 물새 한 마리가, 그 붉은 冥潮를 쪼아먹고, 또 쪼아먹고, 그러다 끼룩끼룩 울었는데, 오래전에 溺死한 저 水夫가 죽은 귀로 들었기로는, 이랬다, "아, 일어나셔요!" 울음의 내용은, "소중한 님, 일어나, 저 열린 문을 나오셔요, 소중한 님, 나의 서방님, 그리고 이 계집 앞에 무릎 꿇어, 이 계집의 발등의 먼지를, 서방님의 혀로 한번 닦아주시기만 하면, 이 羑里 천지의 모든 부와 권세를 모두, 서방님께 드리겠나이다. 아으 서방님, 소중한 님, 일어나셔요!" 글쎕지, 유치소 문은입지, 훤히 열려 있고 말입지, 파수 보는 관졸이란 없곱지, 아으 저 열려진 문의 바깥쪽에는 말입지, 羑里 천하의 영광과 권세가, 한 흰 암놈 새의 가슴팍에, 金卵으로 품어져 있고 말입지, 저 암놈 새는 끼룩끼룩 울고 있다, 저 흰 새는 왜 우니느뇹? 님이 그리워 워서 서러 러워 워서 욺지 그리. 그러자 저 溺死한 것의 염통에서 귀가 열려 대궁이 되어 자라 오르는데, 그것은 그리하여 그 열려짐 속으로 떠올라, 열려짐 속으로 나아가는 중에, 그 열려짐이 열예여서 못 참겠는 듯, 한번 톡 터뜨려진다, 저녁에 한 붉은 蓮이 피기, 千葉으로 피기. (헌데 어느 녘에 그런 일이 이뤄졌던지는 모르되,) 저 千葉으로 붉어, 맹렬히 타오르는 저 불꽃의 한가운데에 둥지를 둔, 예의 그 한 마리 흰 새는, 그 가슴에 金卵을 품고 있었다. 그러는 중에, 그 蓮葉들이 오므라들자, 갑자기 저녁이 왔는데, 手淫派네서 불머슴 했던 한 돌중의 夕陽祭는 허긴, 그렇게 지내졌던 듯하다. 厥明에는 그 金卵이 깨어, 金烏가 날아오를 것이고, 그러면 또, 流沙 구덩이로 밀려드는 金烏와, 물 무덤에 드는 金烏를 두고, 까마귀들은 캄캄하게 우짖어쌀 것이다. 쥐들이, 저렇게나 텅 빈 법청의, 법청 크기의 寂寥함의 잔털 구멍까지 들쑤셔대기 시작하고 있었는데, 現判官兼職邑長이 邑을 治理하기 시작하게 되면서부터, 유치소만 남겨두고, 실제적으로는, 법청 일도 읍청에서 처리되었으니, 법청도 읍청에로 옮겨가 버린 것이나 같았다. 그런 뒤, 읍의 저 한 거인은, 속은 메말라가고, 때[時]의 때[垢]로 겉만 주름살에 부풀어 났다. 그런 후, 읍청은 밤중까지도 밝고 오순도순거렸으며, 법청은 한낮에도 어둡고, 으스스 했는데, 법청은 그런 이후, 실족해 든 客僧들이나 품바꾼들의 숙소로 썼다. 라는 말은, 美里邑에서는, 客僧들을, 문 열어놓은 감방에다 처던져 넣어, (열어놓은 문 안에다) 가둬 오고 있는 중이라는, 그것일 것이다. —이것 또한, 美里邑史의 한 章을 이룰 것이 분명하므로 말이지만 그런 처음의, 훤한 대낮에로는 물론, 읍내 개구쟁이들의, '십지구릉 너머, 일곱 바다 가운데' 있는, 그 冥地에의 모든 꿈을 숨겨 갖고 있던, 그 교회당이 헐린 뒤, (아으 저런, 저 어린 海賊들의, 보물을 숨겨놓는, 비밀의 섬이 느닷없이 침몰해버렸음을!) 꼿꼿해진 잠지들을 해갖고도, 어디 冥地를 못 찾아, 이상스레 번덕이는 눈빛만 쐬어내며 놀롤해 가던, 저 어린 해적들의 비밀의 섬이 되었었는데, 어둘 녘에는, 숨어 만나는 음전한 연애질꾼들의 살들이 지글지글 끓는 솥이었으며, 자정이 넘어서는, (글쎄, 법청이) 숨어 하는 노름쟁이들의, 따기의 환희와, 잃기의 고뇌의

道場이었었다. 그러던 날, 관졸들의 기습이 잦아지기 시작했던 모양이었는데, 그런 후부터 법청에는, 쥐와 잡초 따위들만 보스락여 자랐다. 무성했다. 헌데, 매복해 있던 관졸들의 기습에 잡혔던 자들 중에서도 노름쟁이들은, 아직까지도 큰 형장살이를 하고 있다고 하는데, 그런 후 노름판은, 읍에서 큰 형장에로 옮겨졌다고 한다. (하는데도, 촛불중이 익히 알고 있기로는, 그 노름꾼들의 괴수는, 그 읍의 그중 중앙이 되는, 법청 겸 읍청의 아랫목에 자리 잡고 앉아 있었다) 거기서, 분탕질을 치기도, 잠지를 뻴그렇게 까고도 놀던 개구쟁이들은, 큰 형장에 호송되어졌던 대신, 벌금형에 처했거나, 그 벌금을 물지 못할 형편인 집에서는, 그 아이의 아비나, 어미, 또는 형이 體刑을 치렀으며, 숨어 하던 연애 지랄꾼들은, 물론 노름꾼들에 비해, 그 형량은 적었더라고 했어도, '但書'를 하나 붙여두고, 사내의 경우는, 불알을 한 쪽, 또는 두 쪽을 다 까이어야 했으며, 계집의 경우에는 음핵이나, 음순을 도려 파내어져야 했다고 했다. '但書'란, 다름이 아니라, '숨어 하던' 그 연애 지랄을 판관 겸직 읍장의 행차를 기다려, 화톳불을 크게 여러 무더기나 피우고 둘러앉은, 관졸들과 큰 형장살이를 하는 자들 앞에서, '드러내놓고' 해야 한다는 것이었다. 그러는 동안 그 화톳불에서는, 개와 돼지들이 구워졌으며, 주방에서 담아, 걸러, 내온 술이 동이 동이로 넘쳤다 했다. (그 고깃값과 술값은, 가령 公田에 가서 무임금 노동을 한다든지 하는 식으로, 어떤 수로든, 그 복역수들이 치르게 되어 있었다고 했다) 그늘 쪽에 있었어야 될 것으로 알아왔었던 것 하나를, 양지 쪽에로 까 내놓은 일에는, 판관 겸직 읍장만의 어떤 계산이나 계획이 있었을 것이 분명했지만, 큰 형장에서는 그래서, 물론 큰 형장 자체가, 복역수들께는 억압이며, 부자유이고 구속이었으되, 형장 밖에서, 그중 큰 억압 중의 하나로 치고 있는, '性'의 억압이라는 毒龍의, 그 억만 근 무게의, 울침한 발톱들은, 제물에 녹아져 버렸거나, 뽑혀져 나가고 없었다. 판관 겸직 읍장이 노린 것은 아마도 저것인 듯했고, 그리고, 그 억압으로부터 해방된 자들의, 그 이후의 반응인 듯했다. 왜냐하면, 羑里邑에 失足해 든, 몇 중들로부터 그가 배웠기로는, 모든 억압들 중에서도 특히, '性'과 관계된 억압이야말로, 인류가 構築했었을 수도 있었던, '위대한 세계'(유토피아)의 주춧돌이며, 기둥이며, 상량이 되는 것들을, 그 속에서부터 갉아먹는, 흰개미 같은 것이어서, 먼저 그것을 驅逐해버리지 않으면, 안 되는 것인 것이었다. —그래서 큰 형장에서는, '性'과 관계된 禁忌(터부)란 하나도 남지 않게 되었으며, 꼭히 눈들을 피해 치러지던 것 같은, 그늘 일도 아니게 된 것이다. 저 자유로운 선남자 선여자들은, 어떤 종류의 억압도 느낌이 없이, 자유롭게 性行을 했다. (이것은 그러고도 훨씬 몇 달 후의 얘기지만, 그렇게 해서 태어나는 아이들이 있으면 그 아이들은, 그 형장 한 귀퉁이에 마련한, 託兒所로 보내어져, 여러 어머니, 여러 아버지 손에서 자랐다. 그러는 동안, 産母는, 자기가 낳은 새끼와 동떨어져, 다른 어미의 자식들께 젖꼭지를 물리는데, 그러다 보면, 자기가 낳은 자식과 어미 사이에서도, 그것이 장차, 새로운 큰 한 억압이 될, 그런 緣分이 엷어져 갔을 것이었다)

(羑里의 큰 형장과 같은, 한 고립된 사회, 그리고 그 사회의 구성원 간에 혈연관계가 희귀하여, 모두가 말하자면 남들뿐인, 그런 한 [매우 이상적이랄] 사회를 택하여, 한 鍊金術꾼이, 그 '원초적 질료'를 넣은 솥에서, 앞서 말한 바와 같은, '性의 억압' 같은 毒素를 제거해버렸다고 할 때, 그 솥에서 일어날 수 있는, 여러 화학적·물리적 변화를 관찰해본다는 일은 물론, 무엇보다도 흥미있는 일이기뿐만 아니라, 광의적으로는, 왜냐하면 그것이, '위대한 세계의 구현'을 저해하는 毒力이 되어 있다고 하기 때문인데, 인류의 장래를 위해서도 필요한 일이라는 것은, 부인할 수가 없는 듯함에도, 그러려 하면, 그 솥 속을 들여다보되, 한두 철[一, 二代] 들여다보는 것으로는 충분치 않을 것이어서, 누대를 걸쳐 휘젓고 들여다보고, 휘젓고 들여다보아야 될 터이다. 그러려 하면, 仙酒 한두 잔 잘못 얻어 마시고, 그 神仙들의 바둑판에 눈을 圖한 어떤 나무꾼 꼴을 면치 못하게 될 것이다. 예의 저 나무꾼이, 취기가 깨어, 으슬으슬 추운 고로, 나뭇짐을 지고 귀가해 보았을 때는, [자기의 고손자의 고손자의 고손자의 안댁 되는] 어떤 매우 방정맞은 계집년이, 한 손으로는 소금을 찌뜨려 뿌리고, 다른 손으로는 부지깽이를 들어, 어지럽게 치고 덤비며, 내쫓으려 할 것이다. 그런즉 그런달 수는 없으니, 우선, 저 솥에 첫 거품 떠오르는 것이나 휘저어, 뭐든 보이는 것이 있으면, 그것이나 몇 헤아려보기나 하고, 그런 뒷일 일랑은, 저 방정맞은 녀러 고손주 며느리의 일감으로나 남겨둘 일이 아니겠는

가. 소금 쥐고, 부지깽이 쥔, 손이나 많이 많이 불어터지거라)

그 짓이 물론, 몇 철씩이나 그렇게 계속될지는, 당장엔 아무도 모를 일이라도, 性의 완전한 개방에도 부작용은 여럿 따랐던바, 애써 생각해볼 필요도 없이, 얼른 꼽아낼 수 있는 것으로 한두 가지 것만 꼽아보기로 한다면, 무절제한 荒淫(混淫)과, (同性姦·幼兒姦·獸姦 등) 무도한 變態性行 같은 것들인데, 사실 어떠한 현자도, 어떠어떠한 것이 위대한 세계, 완벽하게 위대한 세계라는 것을 명백하게 밝혀놓고 있지를 안 해, 이런 경우에는 아무렇게나 쉽게 말할 수 있는 것은 못 되더라도, 그리하여 저렇게, 에덴에서, 그 에덴을 에덴이지 못하게 저해하는, 간교한 독구렁이를 쑥 뽑아냈는데도, 어째선지 거기, 에덴은 수복되지가 않은 듯했다(고, 판관 겸직 읍장은, 觀하고 있었다). 아편중독인 사내가, 아편에 취해 누워 있는 것을 보고, 그 아편 중독자의 친구가, "아 그래서 자네는 지금, 천상적 열락을 누리고 있다는가?" 묻자, "그런 것이 아니다, 나는 다만 지옥모양, 행복하지 않을 뿐이다"라고 대답한다면, (저 대답은 그리고, 알려진 사실의 반복에 불과한데) 그런 약물에의 경험이 없어 묻던 자는, 어리둥절해 하지 않을 수가 없을 터이다.

"禁忌, 또는 道德律 따위에 제약받지 않은, 자유로운 性이란, 말하자면 理想鄕的 즐거움[快]이랄 것이 아니겠는가?"

"그것은 매우 질척거리는 불에 시나브로 시나브로 태워지기의 아픔[苦]일 뿐이어서, 鬼界의 즐거움[快]이랄 것이다."

"그렇걸랑 제길헐, 그녀러 젖어 팅팅 불은 根을 쑥 뽑아내, 햇볕 잘 드는 데 내놓아, 가슬가슬 마르기를 기다렸다, 다시 쑤셔 넣고, 하면 될 일이 아니겠는가? 드는 볕, 살랑이는 바람 무엇에 쓸라는데?"

"뿌리나, 그 뿌리를 감싸는 것은, 볕과 바람 가운데 드러내질 품목들이 아니던 것을. 性이란 헌데, 이런저런 억압으로부터 해방되자마자, 수렁으로 변해버리는 듯하여, 뽑아내려 하면 할수록, 더 깊이깊이 묻혀 가라앉는다."

"그렇다면, '制約'이라든, '禁忌'야말로, 그 '수렁' 가운데 견고하게 놓여진, 발판, (딛고 오르는) 디딤돌 층계 같은 것이 아니겠는가? 畜生道를 기반으로 하여, 놓여진 디딤돌 층계. 그럴 것이 왜냐하면, 한 우주가, 그것의 주춧돌을 놓는, 그중 견고한 지반은, 畜生道이기 때문이다. (이런 견고한 畜生道도 그러나, 空 가운데 두둥실 떠 있다는 것을 염두하고 있어야 할 것이다) 그런 견고한 畜生道에도 헌데, 어디 그 한가운데쯤 되는 데에는, 無底坑의 수렁이 있어, 무엇이 잘못 失足하여, 그 수렁에 빠졌다 하면, 鬼界(프레타로카)에로 떨어져 있다는데, 그 수렁의 뿌리는 地獄에 두고 있으며, 그것의 꽃은 데바界에 펴 흐트러진다고 한다. (수렁 나무) 문제는 헌데, 태초부터 숲에나, 공중에나, 물속에는, 性과 관계된 아무런 '제약'도, '금기'도 없었어도, 四大를 입어 性器를 가져, 그것으로 종자를 퍼뜨리게 되어 있는, 그것들 중의 아무것 하나도, 그 性器탓에 秩序를 문란하게 했다거나, 달마의 올을 터뜨리게 했다는, 아무 報告도 없는데, 하필 사람만이, 글쎄 왜냐하면 性器를 갖고 있다는 그 까닭으로 하여, 人類史 序章부터, '禁忌'와, '不服從'을 記錄하고 있다는, 그것에 있다. 그리고 그것을 '墮落'이라는 어휘로 표현한다. 그리하여 이 한 有情만이, 저 '수렁 나무'를 오른다며, 미끄러져 내려, 鬼界에로, 地獄界에로 처박혀 든다. 그러면, 人間이라는, 이 특정한 한 有情의 무엇이 잘못되어 있던 것인가? 아마도 그 대답은, 이미 되어 있거나, 끝내 만들어지지 못하고 말지도 모른다. 그럼에도 중요한 것은, 그 '대답'이기보다는, 그런 대답을 요구하는 '의문'을, 지워 없애는 일이나 아닐라는가 모른다. 그리하여 새로 고려하게 하는 것은, 저 특정한 한 有情들과 더불어서는, 性은 克服할 것(이렇게 되면 그것은, 魔力化할 것이다) 이지, 그것을 두고 이뤄져 온, '制約'이나 '禁忌' 등을 없애고, 그것을 解放할 것은 아닌 것이 아닌가 하는 것이다. (이것과 관계된 古事, 古記 들은 많은데, 그 중에서도, "땅광의 여섯 번째 방이던가, 열세 번째 방에 감금되어 천년을 굶주려온, 어떤 魔鬼와, 그, 魔鬼의 고통해 하는 것을 한번 훔쳐본 뒤 못 참게 된, 그 어린 왕자가, 종내 그 魔鬼의 입술에다, 수분을 흘려 넣어주게 된", 그 童話가, 그 한 대표적인 예가 될 것이다) 그래서 어떤 宗敎이든, 그것이 이 특정한 한 有情을 불쌍히 여겨, 보다 나은 우주에로 이끌려 하면, '自己否定'이라는 고행 난행을 說하며, '스스로 된 고자'를 찬양한다. '制約'과 '禁忌'란 그러고 본다면, '위대한 세계의 구현'을 저해하는 것이기보다는 차라리, 그것이 그 세계의 주춧돌이 되며, 기둥이 되고, 상량이 된다는 것을, 싫더라도 긍정하게 한다.

(아으, 틀린 福音을 전파하는, 거짓 선지자들을 경계할지어다!) 그의 창조물들을 본다면, 神은, 그 자체가, 陰陽의 두 性器뿐인 듯한데도, 그런고로 神은, 하나의 우주 가득 넘치도록 有情 無情들을 태어내 놓았는데도, 그는 여전히 초연하게 그 有情 無情들 위에 있는데, 神은 분명히, 자기가 性임에도, 그 性을 극복하기에 의해서, 神에 머물러 있는 것이다. 그래서 그의 창조는, 그의 그런 苦行의 結晶이라고까지 이해된다. 그럼에도, 어떤 有情이 墮落할 수 있다는 것은 동시에, 그 解脫을 성취할 수도 있다는, 그 詛呪와 恩寵을 이해해두고 있어야 할 것이다. 人間인 것의 至難함이여, 人間인 것의 至福함이여."

글쎄 그는(이란 물론, 판관 겸직 읍장을 가리켜 하는 소리지만) 자기 딴의 '위대한 세계의 구현'에 대해, 너무 성급했던지 어쨌던지는 모르되, 그런 후, 별로 몇 철도 지나지 못했을 뿐이었는데. 매우 실망하고 있었다. 그동안에 물론, 그가 관찰해낸, 여러 예기치 못했던 일들은 많았는데, 그중에서도 그를 그중 크게 실망하게 한 것은, —언뜻 듣기에 이것은 좀, 씨가 먹는 듯하지 않음에도—(자기가 상상한) '위대한 사회'의 구성원으로서는, 男種은 女種에 비해, 매우 열등하거나, 적합하지가 않다는 그것이었다. 글쎄 그들은(이란 '그네들'에 대한, 男性代名詞가 아닌가) '制約'과 '禁忌'의 律束, 그 울타리 안에서는, '타락'까지도 포함하여, 그 男技를 다했었는데, "하던 지랄을 더 잘하라고, 비단 방석까지 깔아주자마자, 그만 패시시해져, 영 맥을 못 추기에 이른 것이다." 글쎄, 그런저런 '제약'과 '금기' 따위를 제거해버린 후, (큰 형장에서는 그리하여, 남녀 간 옷을 걸치는 법이 잘 없었는데,) 큰 형장 되어온 일을 (판관 겸직 읍장이) 관찰해온 바에 의하면, "계집은 혼자서도, 백의 도척이를 능히 당해내되, 사내는 백이라도, 오히려 한 간들간들한 계집을 당해내지를 못하던 것"이었다. 그리고 계집은, 눈만 지그시 내려 감고 있으면, 당나귀로부터 사람의 꼽추, 판관 겸직 읍장에 이르기까지, 별다른 편애를 일으킴 없이 수용할 수가 있는 데도, 사내는, 언청이에 얽배기인 것이 꼽추까지 겸해 있는 계집에 대해서는 도대체 근을 세우지를 못하고, 눈꼬리가 처진 데다 엉덩이가 큰 계집에 대해서는 소유욕까지를 일으켜, 그 편견 편애가 헤아릴 수도 없을 지경이었다. (性的 제약과 금기가 제거된 사회에서는) 계집은 하나라도, 集團性을 띠어 있는데, 그와 반대로, 사내는 오십으로 백으로 集團이라도, (계집에 당하면 그 당장) 따로따로 個人들에로 분산을 겪기에 좇아, 그리고 편견 편애며, 소유욕 등에 의해, (사내들 중의 어떤 부류는) 暴力主義 경향을 드러내거나, 아니면, 어머니에 대해서처럼, 女性들께 복종하기로, 사내인 것의 至難함을 벗고, 편안함을 걸쳐 입으려 했다. (지적한 점들은, 永角에 불과하되, 그것만 갖고도 사내는, 美里의 판관 겸직 읍장의 '위대한 세계'[가 어떤 것인지는, 그 자신 말고는 아무도 모르되,] 의 구성원으로서의, 자질을 충분히 구비했다고 할 수가 없음은, 부인할 수가 없을 듯하다) 저런 사실들은 물론, 처음 얼마 동안은, 술자리의 笑話거리였으되, 점차로 그러나, 그 웃음소리들이 낮춰져 갔었는데, 웃던 자들이 웃는 중에 보니, 드러내져 있던 그 한 우주가 붕괴하고, 그 밑에 누워 있어 왔으나 감춰져 있던, 그 우주가 새로 속살을 드러내기 시작하고 있던 것이다. (매우 장황해질 수도 있는, 그리고 사실은 그래야만 되는 얘기를 줄이기로 하여, 공중제비도 하고, 껑충 대충 뛰기도 하여 말하기로 하면,) —性과 관계된, 宗教的 制約과 禁忌도, 非宗教的 그것으로부터 결코 無辜한 것만은 아니지만—性과 관계된 社會的 制約과 禁忌는 그러고 본다면, 男主時代, 또는 父系社會의 척추를 이루고 있던 것이었다는 것을, 부인키가 용이치 않을 듯하다. (정직하게 말한다면, 그것이 凡性的 道德과 관계된 것이어서, 회개할 수 없는 부분만을 제외한다면, 男性은 저런 制約이나 禁忌에 女性만큼은 저촉된 바가 없었다는 것을 부인키는 어렵다) 그럴 것이, (큰 형장을 鍊金術的 솥으로 하여, 그 솥 속에서 익고 있는 것들을 들여다본 대로만 따른다면) 女性에게서도, 制約과 禁忌를 없애버리자, 앞서 지적한 것들을 다시 예로 들어본다 해도, 男性이 女性에 비해, 조금이라도 월등하다거나 해 보이지는 않으며, 오히려 劣勢를 드러내어, 男性이란 傷處 자체로까지 보이는데, 그 傷處를 감추려 하거나, 보호하려 하면 그들은, 暴力性을 드러내는 듯하다. 물론 그것이 陽을 이루는 角性이라고 말한다면, 畜生道에 대해서는 틀리지 않을 것이다. 거기(畜生道)에서는, 두 개의 뿔이 마주치면, 그 당장에, 지배하는 자와, 당하는 자가 결정되어야 하는데, (그리하여서라야만, 그 일순의, 들의 혼돈에 질서가 되잡힌다) 그러나 인류는, 그런 畜生道에 거역하기로 人世를 이뤄온 것을 상기할 필요가 있다. 비교적으로 말해 헌데, 獨裁主義보다는, 和白主義가 잘 실행되고 있는 것이(畜生道에 비해 보다 더 人世的이라서), 보다 바람직한 세계라는 假定을 세울 수도 있다면, 女性이야말로, 저 '보다 바람직한 세계'를 위한 자질을, 男性보다 더 많이 구비해 있어 보인다고 주장하기는 별로 어렵지 않은 듯하다. (和白制度란 그럼에도, 인류가 구현하기를 바라는, 어떤 위대한 세계를 위한 想像的 制度일지도 모른다) 和白制度를 위한 자질은 그러면 어떤 것들이나 되는지, 그것이 꼽혀지는 것은 필요할 것이다. 그러함에도, '獨裁主義, 專制主義, 全體主義, 其他'에 의해 보면 인간도, 集團的·全體的 국면에서는, 조금도 畜生道를 못 벗어나고 있다거나, 그 이념은 아름답도록 이상적이되, 그 實現不可能의 것이 和白制度라는 것을 이해해오고 있는 정신들을 상대로, 말한 바의 저 '자질'을 꼽으려 한다면, 그 짓이란 어떤가 하면, 사람을 그린 漫畵에 漫畵家가, '손가락을 다섯씩' 그리기나 같아져 버릴 것이다. 그러면 그 손가락들이 어째선지 너무 많아 보여, (아 알겠을 일이다. 中年까지 계발된 人知로서는, '하나, 둘, 셋'까지만 헤아리고, 그 나머지는 '많다'라고 했었는데, '넷'보다도 많은 '다섯'은 그럼, '너무 많다'고 보여질 것을 알겠는 것이다. 그러고 본다면 人知는 아직도, '하나, 둘, 셋, 많다'보다도 더 계발된 것은 아닌지도 모르겠을 일이다) 눈들이 그 '이상스러운 손'을 수락하려 들지를 않는다. (하으, 진리가 거짓보다 거추장스럽다!) 어쨌든 女性이라고 뿔을 해갖고 있지 않는 것은 아니지만, 그래 보았자 그네들 공알의 크기며, 잘 감춰져 있어, 그래서 그네들은 거치적거린다거나 거추장스럽지가 않으며, 부드럽기뿐만 아니라, 모든 천상적 지옥적 따뜻함을 다 구비해 있다. 게다가, 어머니답게 희생적이며, 여종답게 복종적인데도, 결코 너무 많이 원하는 법이 없이, 약간의 부스럭진 사랑을 얻기만으로도 어떠한 고역도 이겨내거늘, (위대한 세계의 구현을 위한 자질은, 또 무엇이겠는가?) 사내라고 치고 반편이라도, 그 아랫목에, 저런 녀러 물컹하고도 풍더분한 화로를 하나 묻어 놓아두고 싶거든, 公들은, 그렇다, 모름지기 性을 폐쇄하라, 그리고 더 많은 제약과 금기를 창안하여, 그네들이 어쩌다 실수로 거웃 하나를 떨어뜨리기로도, 그네들 친정의 삼족 구족에까지 서리가 내리도록, 그렇게까지나 묶어 맬 일인 것이다. 그러기 위해서 사내들은, 여성이 일곱 살에만 이르렀다 하면, 문밖출입을 삼가케 하며, 書堂은 멀찍이 두어, 그네들로 하여금, 행여라도 글 읽는 소리를 듣게 할 일이 아닌데, 만약에 그네들이 한두 번이라도 글 읽는 소리를 들었다고 한다면, 그날로부터 사내 諸公들은, 허리에다 노상 빨래판을 차고시나, 公들 마누라들의 월경대 빨이에 나서야 되는 것, 그리고도 얼마나 서럽고도 아프게시리, 귀때기를 잡아채이고, 그늘에서 소리 없는 눈물을 흘려야겠느냐! 글쎄, 사내라고 치고 꺼떡거리던 것들은, 마누라들 서답 빨이 하나도 제대로는 못 하던 것이더라. 허기는 그 꼬락서니였으니, 글이란 것은 아직 없어, 주먹만 쓰던 시절, 그 주먹 쓰기로 어떻게 한번, 계집들의 머리끄덩이를 끄셔 탱이질을 친 뒤, 몇천 년인지 만년인지, 줄곧 땅을 운영해왔으되, 아직껏도, (그 실하다는 근육으로,) 제 녀러 새끼들 배 한번 크게 불려준 적이 없고 있는 것이다. 거기다 대고 '보다 나은 세계의 구현'을 운위한다면, 새빠진 소리밖에, 또 뭣이겠냐. 그렇다면, 사내들의 무엇인가가, 이 세상을 운영하기에 적합하지가 못했거나, 옳지 않은 것이 있었던 것일 게다. 지구가 존속하는 한은, 인류의 삶은 계속되어야 할 것이니, 그런즉 지금도 늦었기는커녕, 어쩌면 다만 시작일지도 모르니, 그렇다면 그들[男公]의 무엇이 적합하지 못했으며, 옳지 안 했던지, 그것이 심각하고도 신중히 분석, 연구, 是正되어져야 할 것이 아니겠는가.

글쎄 그는(이란 아직도 물론, 판관 겸직 읍장을 가리켜 하는 소리지만) 자기 딴의 '위대한 세계의 구현'(은 어쩌면, 美里의 第九祖 村長이며, 第五代 邑長의 출현을 기다려서야, 그 浮雲스럽던 꿈이 나직이, 흙밭에로 깃 접어 내리는 것을 보게 될 것도 같으되, [아직 오잖은] 五代 邑長까지도 시인하는 史實은, 그 꿈이 둥지를 얹을 초석을 놓은 건 다름 아닌, 第三代 邑長[현 판관 겸직 읍장]이라고 하고 있다)에 대해, 너무 성급했던지 어쨌던지는 모르되, 그런 후, 별로 몇 철도 지나지 못했을 뿐이었는데, 매우 실망하고 있었다. 그 일을 두고 그래서, 그가 이루고자 했던, '위대한 사회'는 그러면 어떤 것이나 되었느냐고 누가 묻는다면, 그는 (슬퍼해 보인다는 짓이) 찡그린 얼굴로, 대답은 없이, 묻는 자를 건너다보기만 했을 것이다. 그러며 그는, 자기에게 그 '敎義'를 說했던, 그 한 宗門의 몇 중들의 얼굴을 떠올려보며, "그것을 시행해보고 난 결과가, 그 대답이다"라는 소리나, 아무도 듣지 못하는 소리로, 씨불여 보고 있을 것이다. 그 '대답'으로서의, 그 '결과'는 헌데, 큰 형장에 창궐하게 된 性病이었다. 그 결과로, 큰 형장 나리까지도, 몸져누웠다가, 못 일어나고, 한 女囚의 배 위에서 숄고 말았었거니와, 그러는 중에도 性交를 하는 것들은 죽고 싶음의 열정으로 했으되, 어쨌든 性交는, 그 본디의 아름다움을 더 이상 간직하지는 못하고 있었다. 요니들 속에는, 거머리와 지렁이들이 수물거리고 있었으며, 링가를 통해서는, 전갈과, 황충과, 독지네와, 살모사며, 유황불이 흘러났다. 그 일로 판관 겸직 읍장은, 아무도 모르게, 여러 저녁을 울었었는데, 어느 날 새벽에는, 자기 딴으로는, 홀연히, 어떤 깨달음을 갖게 되었던 모양으로, 혼자서 피들 키들 웃다, 큰 형장에만 두었던 눈을 거둬, 邑事에 두기 시작했다. 그가 대오철저했던 것 한 가지는, 다른 것이 아니라, 한 社會를 옥죄었던, 어떤 정신적 도덕적 억압(제약이며, 금기 따위 말일 것)을 해소해버렸을 때, 그것은 묘한 데서(라는 일점은, '易'의 [天平秤의] 秤眼과 관계되는, 그 일점일 것이다) 굴절 우회하여, 그 세상을 살며, 적극적으로 참여하고 있는 각 구성원들께서, (사회에 대해서) 개인적으로, (정신에 대해서) 육신적으로, 모습을 바꿔서 드러난다고, (다시 말하면, 이 경우에는, '性病'이 '制約'이며, '禁忌'의 역할을 한다고) 하는, 그것이었다. 形而上相의 形而下相化. ('소화불량증'이 '우울증'을 일으키는 것에 대한 반대 현상으로서, '우울증'이 '소화불량증'을 일으키기) 왜냐하면 그것이 人體의 한 기관이라고 하여, 繁殖器와 관계된 일도 다름 아닌 人世事라고, 사람들 자기들의 뜻대로 그 일도 운영하려 하면, '自然'(天理)이 들어(나서) 간섭한다. 무엇이, 어떤 형태로 입고 있든, 四大를 입고 있음의 궁극적 한 목적은, '繁殖'인데, 그래서 인간도, '스스로 고자'(아으, '붉은 龍'[프라크리티]의 대가리를 짓밟아 일어선, 푸루샤, —꼬끼요!)가 되지 않는 이상, '天理'(프라브리티)로부터 조금이라도 자유스럽다거나 한 것이 아니다. '自然' 쪽에서 말한다면, 존재들이 입은, '사람'이라는, 또는 '蓮'이라는, '사자'라는, 아니면 '지렁이'라는 육신이란, 性器와 子宮 말고, 다른 아무것도 아닌데, 그래서 그것은, 種의 繁殖이라는 달마에 복종토록 되어 있는데, (그러면 그 種의 繁殖에는 무슨 목적이 있는가? 모순당착적이게도 그러나, 性器 당자들은 그것을 모르고, 모르면서도 한쪽에서는 정충을 일으켜내며, 다른 쪽에서는 그것을 받아, 새로운 젊은 性器를 길러낸다) 어느 때 헌데, 어떤 종류의 性器들이, 그 달마에 거역하여, 種의 繁殖을 위해서가 아니라, 種의 繁殖이라는 목적으로, 그 性器들의 뿌리에다 ('自然'이) 묻어놓은, (그것이 精蟲과 卵子들의 잠을 깨우는) 문지르기에 의해서 일어나는 불, 그것을 快라고 알아, 순전히 그것만을 위해 亂用하기를 일삼는다면, 거기 무슨 결과가 초래될 것인지는, 묻지 않아도 알 터이다. 저 불이, 그러면 그것의 德力 대신, 呪力을 드러내, 煞刀로, 저런 순후레새끼들을 버혀 넘기지 않겠는가? 헌데도, 自然이라고 하여, 性器들이 정당한 快를 누리는 것을 질투하는 것은 아닌 듯하며, 그것을 濫用하는 것을 저어하는 듯하다. (어디서 어디까지는 亂用이며, 어디서 어디까지는 아닌지, 그것은 그리고, '自然'이 아는 듯하다. 아래의 두 例는, 참고거리가 될 것이다) 철을 당한 암사자가, 수사자를 꾀어들이면, 그날로부터 그 암수는, 하루에 쉰 번에 이르기까지의 교미하기를 (어떤 한 쌍은, 하루 쉰네 번의 교미를 한 것이 보고되어져 있다) 이레 정도 계속한다는 것도 그 좋은 例이지만, 人世事로 친다 해도, 십여 년 전에 古稀를 맞은 대감이, 갓 월후 비친 계집종을 품어, 그 흥취로 눈을 까뒤집고 넘어진다 해서, 그 늙은 근이, 홍시에서 꼭지가 떨어져 나가듯, 떨어져 나가는 것은 아니며, 새로 물이 고이느라, 불알이 단단해진다는 것도, '자연'의 후함을 증명하는 것일 것이다. "人間은" ―이것이 판관 겸직 읍장이, 큰 형장이라는 (鍊金術用) 끓던 솥을 열심히 젓고, 들여다본 뒤, 얻은, 곪은 金이다. "性과 관계된, 어떠한 禁忌나 制約과도 살지를 못하지만, 그것들 없이도 살지를 못하는, 불순한 짐승이다." 그리고 그는, 큰 형장의 性病 치료를 위해, 읍민들의 稅金 써서, 읍의 의원과, 그의 수업 중의 제자들은 물론, 무당까지 파견했으며, 그로부터는, 手淫만을 제외한, (큰 형장 내에서의) 性行爲를 철저히 금지했다. 그랬음에도, 性行爲 중에 발각되는 자가 있으면, 그 짓에 가담했던 당자들의 선택에 의해, 불알과 공알이 까이거나, 코끝이 끊겼다. 그 '솥' 밑이 타던 얼마 동안, 참으로 후끈후끈하여, 場이 선 날 같던 刑場에, 그리하여 느닷없는 깊음이 묻어 들고, 적막이 쌓이고, 밤이 깊고, 겨울이라는 철이 없는 고장의, 그 깊음, 그 적막, 그 밤중에로 겨울이 내렸다. 밤에는 쥐들이, 해골이 된 빈 欲望들을 갉았으며, 낮에는 까마귀들이 떼로 내려, 그 해골들을 쪼았다. 허긴 안개비의 철이, 이리 떼로, 羑里를 삥 둘러서, 별 든 데, 羑里를 탐하여, 붉은 혀끝들로 침을 흘리며, 陣을 좁히고 있었다. 별 든 羑里는 그리하여, 추운 듯이, 전신을 가늘게 떨며, 蓮坐로 고개를 숙이자, 그늘이 그 蓮坐 위에로, 버그르 버그르, 황토처럼 쏟겨 덮이고 들었다. ……허기는 이제쯤은 허기는 돌아가 쉴 땐 겨 허기는 쉴 땐 겨 이제쯤은 허기는 돌아가 쉴 땐 겨 허기는 돌아가 이제쯤은 허기는 쉴 땐 겨 허기는…… 허기는…… 허기는,

……그러며 촛불중은, 자기를 둘러 좁혀드는, 자기 처한 그 刑場의, 그 깊음, 그 적막, 그 밤중을, 붉은 혀로 입 귀퉁이를 핥는 이리 떼를, 羑里의 겨울을, 둘러보았다. 오래잖아 그리하여 겨울은, 저 한 뙈기의 별을 덮어버릴 것이다. 한 촛불꽃을 埋葬하기.

(그리고 이것은 未來史이로되, 그리고 그것이 이 자리에 무슨 소용이 있는지도 모를 일이로되, 그럼에도 불구하고, 아직 오지도 않은 일 하나를, 부득부득 끌어다, 꼭히 이 자리에 하나 삽입해두고 싶은 것이 있다면 그것은, 이 저녁 七祖가, 문이 열린 유치소 안에, 한 촛불꽃으로 앉아 있었다는 그 한 이유 탓으로, 第五代邑長에 의해, 法廳이 學堂으로 바뀌게 된다는, 그것이다. 헌데도 물론, 그 발랄한 젊음들로부터 울려 나올, 그리하여 한 우주를 부풀게 할, 그 아름다운 웃음소리들은, 아직 오지 않은 미래로부터, 이 현재라는 과거 속으로는 울려오지 않고 있다. 그 신비한 어머니는 오늘 저녁, 月候로 아프다)

적막과 암흑이 만약, 폭풍의 눈만큼이나 거세다면, 폭풍 속에 고요함의 눈이 뜨이듯, 적막과 암흑 가운데도 어쩌다, 유달리도 환한 눈이 뜨이는데, 일러지기로는 그 환함은, 사내들의 불알을 훑으러 나온, 산발에 소복한, 발목은 보이지 않는, 女鬼들이라고 한다. (高壓的 고요함, 그런 암흑도 그러면, 꿈을 꾼다) 그러자니 그런 고요함, 그런 암흑의 한가운데 앉았는 촛불중도, 그 열려진 곳을 통해, 그런 女鬼들이 여럿이나, 시퍼런 손톱을 세워 내닫는 것을 보았는데, 중 하나는 가진 것이 없었으므로, 두려워해야 할 것도 없어, 자기를 내맡겨 뒀더니, 그것들은 중의 가슴을 파고드는 대로, 암흑 속에서 희석, 무산되어져 버렸다. 놀라운 것은, 그럼에도 촛불중은, 그것들 하나하나가 너무도 낯익

어 놀라지를 안 했는데, (누가 낯익은 것을 두고 놀래는가?) 그 모두가 하나같이, 촛불중 자기의 얼굴을 해 갖고 있었다는 그것이었다. 일어나는 것은 스러지지를 않는 것이, 프라브리티의 법칙이라고 촛불중은 알아오고 있지만, 헌데 이 저녁 어떤 일어나기는, 그 원초적 상태에로 희석되어져 돌아가 버렸다는 그것이, 그런 후, 저 중의 상념의 뒤꿈치를 물어 끄셨다. 시작은 물론, 視覺과의 관계여서, 불 없는 밤중에 깨어 뒤척이는 자라면 누구나 다 생각해보는 바와 마찬가지로, 그는, 새까만 어둠 속에서는, 자기가 자기의 몸이라고 해왔던 것이 보이지를 안 해, 비록 가려움으로 긁기의 시원함을 전신으로 느끼겠으면서도, 몸이 거기에 있다는 믿음이 별로 없다, 는, 그 일점으로부터였다. 그럼에도, 자기(이 '자기'란, '몸'을 記號[Signifier] 로 해서 존재하던, 內容[Signified] 인 듯하다)가 결코 거기에 없는 것은 아닌데, 거기에 있는 자기는 그러자, 이제는 어쩌면 꼭히 '몸'은 아니라는 疑念이 있는다. 그런 의념에 의해, '어두움'과 그 어두움 가운데 '깨어 있는 것'에 대한, 촛불중께 저절로 떠오른 한 영상은, 똬리를 치고, 그 한가운데에 그 毒頭를 얹고 있는, 동면 중의 독사, 또는 흙탕에 핀 蓮이었다. (뭘 멀리 두를 필요도 없이, 저 만다라를 시정용 方言으로 통역을 한다고 하면) 자기의 몸이 희석되어, 없는 듯한 그 어둠 가운데에, 그럼에도 있는 자기는 그러고 본다면, 자기가 이제껏 자기의 몸이었다고 여겨온 그 무엇이 꾸는, '꿈'은 아닌가—촛불중은 그것을 고려하고 있었다. 그리고 조금 더 생각해보다 그는, '꿈' 쪽에서 뒤돌아보기의 관찰법을 택하여 아으 그렇다면 '몸'이란, '잠' 자체라는 의미가 아니겠는가, 먼저 자문하고, 그 '잠'은 암흑에 희석되어 있으므로, 다시 '몸'이란, '암흑' 자체라는 결론에로 발전해나갔다. 그리고 거기서부터는, 文法이 그의 想念을 構造化(論理化)했다.[3](촛불중은, '몸의 우주'의 秩序體系를 '易'이라고 이르며, '말씀의 우주'의 '易'을 '文法'이라고 해온다는 것은, 필요할 때마다 상기해야 할 것이다)라는 말은 그러니, '꿈'을 일으키는 장본인은 다름이 아니라, '암흑'이라는 말인데, '꿈'을 일으키는 것은 '잠'이라면, '암흑'은 그래서 '잠', 깊은 '잠'이라고 알게 된다. (이 짓이란, "뱀이 제 꼬리를 제 입에 물고 뒤집어지기"의 文法構造에 갇혀 들기인데) '몸'은 四大에 의해 이뤄졌는데, (뒤집으면) 四大가 암흑(타마스)이다. 그런즉, 모든 걸

한두 마디로 뭉뚱그려버리기로 한다면, '암흑'(이 있다면, 그것에 상대되는 '밝음'은, '꿈'의 영역일 것이다)이란 본디부터 있는 것이 아니며, 있는 것은, '꿈'과, 그 '꿈'을 꾸어내는 자—'잠'밖에 없다는 얘기를 할 수 있게 된다. 그리고 촛불중은, 자기가 잠, 그 깊은 암흑 속에, 자기의 의식이 희석되어져 꾸는 꿈과, 암흑, 그 깊은 잠 속에, 자기의 몸이 희석되어져, 자기의 의식이, 그 위에 부표하기는, 관점에 따라서는, 상반적이되, 그 닿는 점은, '꿈꾸기'라는 점에서 틀리지 않다고, 알아내고 있었다. (沙漠의 수도부들의 月候 속에서 태어나, [그 묽은 암흑!] 그네들로부터 法名을 받기를, '촛불중'이라고 한, 運命的으로 '불꽃'과 관계된 이 한 중은, 그럼 얼마나 더 두려운 '암흑'과 대치하게 되려는지는, 이 현재로서는 모르되, 이 '암흑—희석된 四大—잠'論은 다시, "有情의 無意識은, 그 입고 있는 四大를 위주로 한, '밖' 자체"라는, 그의 '無意識論'에 연관성을 갖고 있어 보인다) 그리고는 촛불중은, 조금씩 조금씩 호흡의 길이를 늘이고 깊이며, 想念들의 영고성쇠를 내버려 둬버렸는데, 그러는 중에 헌데, 상념이 비어, 그는 骸骨이었다. 그 骸骨은 어느 순간, 분명하게는, 그가 일으켜낸 蓮의 연상에 의해서였을 것으로, 활짝 핀 蓮이 되어버렸는데, 그는 그 蓮 속에 담겨 앉아, 자기의 대가리를 자기의 목줄기에서 떼어내, 자기의 두 손에 받쳐 들고, 자기의 목줄기로 솟아오르는 더운 피를, 탐하여, 붉은 혀에 받아 마시기 시작하고 있었다. 그러는 동안, 그 감방은 法堂이었다. 만다라였다. 제 목을 제 손에 받치고, 제 목구멍에서 솟는, 제 피를, 제 입으로 마시는, 중 하나는, 아름다웠다 붉도록 아름다웠다.

그러는 중에, 無量劫이 가고, 無量劫이 왔다. (멈춘 時間의 단위는 그러하다) 그러느라고 촛불중은, 그 無量劫 속으로, 누가, 흐린 燈과, 움직임을, 그리고 그 등과 움직임을 나타내는 자의 약간[微量] 의 時間을 가져와, 그 無量劫 속에다 끼워 넣었지만, 한 大洋의 물은, 한 방울 이슬 속에로 사려 들지라도, 그 이슬이 합쳐지기에 의해, 동요하던 것은 아니던 것이다. 별세한 장로네서, 그 댁의 청지기로 평생을 늙어온 그 늙은네가, 촛불중의 저녁밥을 대바구니에 넣어 갖고 꾸부정히 왔던 것이다. 그러나 그는, 촛불중이 等神이 되어, 눈을 뜨고 앉아서도 사물을 분간하고 있어 보이지 않는 데다, 보니 한 床 그득히 차려진 좋은 음식이, 한옆에 놓여 있어, 조금이라도 그의 等神스러움을 방해해야 할 필요가 없다고 여겨, 가져왔던 燈과 음식을 (음식은 보에 덮은 그대로 풀지도 않고) 자리 잡아 놓아두고, 촛불중을 마주해, 책상다리로 앉아, 턱을 다리책상 위에 받쳐 올렸다. 늙은네는, 그렇게 기다리려는 것이고, 그래서 흐린 등 빛에 의지해서라도, 오랜 閱世 끝에 돌아온, 한 중년 사내로부터, 그의 보다 더 젊던 얼굴을 읽어내려 했다. 그러다 그러나 늙은네는, 스름스름 졸음 속에로 가라앉아갔는데, 이 늙은네가, 혼자서, 또는 누구 들으라고 투덜거려 온 소리대로 하자면, 그는, "앉기만 하면 졸고, 눕기만 하면 눈이 백 개나 되게 깬다"고 해왔더니, 그는 바로 지금, 그 증세를 드러내고 있는 것이 분명했다. "글씨, 하든 지랄도 방석을 깔아주면 못 헌다든디, 그라고 보면 고것이, 내 잠버릇을 두고서나 허든 소리였던개 벼." 친구들(이란, 읍내 의원이며, 火葬터지기며, 판수며, 벙어리 마부 등등이었는데) 만나 한 잔씩 하는 중에는, 그것이 상스러운 소린 줄로 알아, 風流 삼아, 그가 노상 하는 소리가 그것이었는데, 듣는 이들은 웃고, 이랬다. "요바, 걸 개좆 잠이라고 허능 겨. 허고 말이제, 사둔은 똑 내가 헐 소리만 뻴그렇게 개리감선 허고 있다고."

그리고는 달이 많이 식고 있었든 어쨌든, 그 法堂에, 두 다른 잠에 들어 있는 자들의 콧구멍에서는, 숨이 들고 나는 것이 희부옇게 보이기 시작했다. 다른 고장들로 치면, 허기는 이것은, 가을도 깊어가고 있는 철의, 밤중 조금 지난, 새벽이고 있는 것이다.

(말한 바대로, 그 두 잠들은 같지 안 했으되) 잠에서는, 촛불중이 먼저 깨었으며, 그래 그는 蓮坐를 풀다, (별세한 장로네) 청지기 늙은네가, 燈과 음식을 가져와서는, 책상다리 앉음으로 잠에 들어, 가늘게 코를 골고 있음을, 보고 들었다. (그 한 바구니의 음식 때문에 촛불중은, 한두 번 체머리를 흔들었는데, 촛불중이 알기로는, 황소 한 마리 값이 거기 식어오고 있던 것이다) 헌데 그 늙은 졸음이 한 중께 무슨 상념을 일으켰던지는 모르되, 중은 슬픈 얼굴을 짓고, 그 잠을 건너다보기 시작하고 있었다. 이번 촛불중이 돌아와 보게 된 그 늙은네는, 仙기[氣]는 많아도, 사람氣가 별로 없도록까지나 늙었다고 했었는데, (혹간 그것이 저 중의 슬픔의 이유이기나 했을 것인가?) 아직도 물론, (늙은네

는) 등이 휘어 꾸부정하되, 얼굴도 붊和한 데다, 삶을 좇아 일어나는 고통까지도 극복한, 인자하고 온화함을 陽地처럼 해 갖고 있었다. (아마도 이것이, 촛불중의 觀한 仙氣이다) 그런데도 그에게는, 대체로 '인자하고 온화한 늙은네' 들이 갖는, 눈을 감아 없애는 듯한 그런 특유한 웃음이라든, 장난기 섞인 눈짓 같은 것이 찾아지지가 안 했는데, (이것이 촛불중께는 '사람氣'로 이해되어진 것인지도 모른다. 그리고 六道間에서, '사람' 하나만이 '위대한 自由'[解脫] 에의 모든 가능성이다) 이 '暗號'는 어쩌면, 저 늙은네는, 어떻게 고통을 참으며, 삭히는가, 그것은 알고 있으되, 어떻게 그것을 金化할 수 있는가, 다시 말하면, 그 毒에 의해서 어떻게 解放을 성취하는가, 그것까지 알고 있다는 의미는 아닌 것이 아닌가, 라고 풀릴 것이 아닌가 했다.

"아 이것 참", 늙은네도 잠을 깨었던지, "시님을 지다린단 짓이 그만, 잠이 들어뻐렀으께요?" 말하며, 두리번두리번거렸는데, 촛불중의 짐작이 틀리지 않다면 늙은네는, 무슨 모서리에서라도, 그것이 대체 밤의 몇 점이나 되고 있었는가, 그것을 짐작해보고 싶어 그러는 것 같았다.

"하으 저런, 저런, 조금 전에 夕陽이었더랬는뎁지요, 밖에는 달빛이 목화밭인뎁지요, 하매 달이, 서쪽 문들을 열고, 그 속에 무슨 꿈들이 익고 있는가, 들여다볼 만큼이나 밤도 기울었다면입지요, 대개 丑時末 寅時初나 돼가고 있는 중이나 아니겠습메요? 이거 그렇다면, 늦으셨는뎁지요, 돌아가 보셔야겠습메다요."

"하 요것 참", 늙은네는 머리를 긁적긁적하며, 무엇에 대해서든 면목이 없다는 듯이 했다. "펄쎄 고렇거니나 자빼렀습니다요이. 그, 근, 근래, 뭣 땜시는 몰라도 글씨, 영 잠을 딜이지를 못해 애를 쓰고 히았는디, ……저어 이거, 아 이것 참, 음식이 다 식어뻐렀는디",

"음식이라면입지요, 걱정하실 것이 없겠습뎁지요. 기다리실 분들이 계실텐뎁지요. 아무리 달이 밝다 해돕지요, 燈의 심지를 높이시곱지요, 조심하시어서 돌아가 보시야겠습니다요."

"……기양 갖다가시나, ……요. 큰 집이", 늙은네는 그러나, 자못 엉뚱한 데로, 말머리를 돌리고 있었다. 왠지 목이 메었든지 어쨌든지, 늙은네의 목소리는 밍밍했다. "최용험선, 흉가 겉구만요이. 허기는 요렇게 돼온 지가, 요게 그라랑개, 참 늙은 정신이란 건, 요게 몇 해째나 돼오꼬, 그러장개…… 그 양반을 인재는, 第一代 判官이라고 불러야만, 요 늙은것이 시방 어느 판관 어른 얘기를 하고 있는지를 아실 것 겉은디, 그랴요, 헌디, 그 양반 계실 때는, 요 큰 집이 갖다가시나 그 양반 위엄에 꽉 눌러 갖고, 문지[먼지]가 한 톨 날를래도 숨어서 날르고 히었는디…… 그러장개, 요 큰 집이 낮에는 무신 혼인 잔치라도 허고 있는 것맹이 울리고, 밤에는 新房맹이 아늑히었더라니요. 아 건, 시님께서도 잘 아시리이다. 고 시절은 하기사, 邑이 왼통 갖다가시나 혼인 찬치맹이 그랬은개…… 헌디 요것 참, 식은 음식을 드시라고는 못 허겄고, ……허, 허허, 허허허 요런 순, 시님 위해 덥히라고 히어놓고 나온 沐물이 요거, 다 식었거나, 다 쫄아뻐렸거나 히었겄는디, 허, 늙은탱이의 정신이란 건, ……갖다가시나, ……자 그라면 시님, 같이 일어나셉세다. 주인 아씨가 기다리시고 계십니다." 늙은네는 그러며, 그 보를 떠들어본 적도 없는, 음식 대바구니를 챙기고, 등을 들어 먼저 일어섰다. "글씹지요, 그녀러 헛나이만 많이 많이 묵다 본개, 앉기만 하면 졸고, 눕기만 하면, 눈이 백 개나 되게, 훨썩 깨버리고 한다고……."

"소승은, 여기 숙박을 정했으니입지요, 소승 일로는 추호도 심려치 마시곱지요, 노인께서는입지요, 부디 조심하셔섭지요, 돌아가 보십습세요. 소승은, 美里에로 돌아온, 지난 얼마 동안, 어울리지 않도록이나 호화판으로 지낸, 그 기간을 제외한다면입습지요, 한 번도, 부자스럽게 지내본 적이 없으닙지요, 노인께서 무슨 다른 더 권고하시고 싶은 말씀이 있더라돕지요, 그냥 가슴에 묻어둬 두십습지요. 호화판으로 지내던 동안에 생각난 것이 있어 말씀인뎁지요, 그러나 호화판을 위해서라면입지요, 이승이란 틀린 고장이라고 했었드랬습지요. 기름지게 먹고 나서는, 급한 설사기로 측간을 생각하게 되거나, 졸음에 겨워야 되고 말입습지요, 비단옷도 그러해섭지요, 옷에 살의 온기가 골고루 배었다 싶으면, 그 노상 끓던 이가, 다시 또 삘삘거리고, 비단옷 주름으로 헤엄을 치고 다니더라 말입습지요. 허, 허나 잊으시지 마실 것은입지요, 소승은 똥과 물것을 말하고 있음에돕지요, 사실은입지요, 그런저런 따위에 즐거움뿐만 아니라, 괴로움도 일으켜내는, 입어진 四大에 관해, 입구린내를 덮어씌우고 있다는 그것입습지요. ……소, 소승은 말입습지요, 그렇습지요, 그 안쪽에서 맹견이 이빠디를 세워 내닫지만 않는다면입지요, —저런 순 無佛性의 개자식, 도척이 床의 부스러기를 얻는 값으로, 안회를 물려 덤비느냐? —대개의 저녁은입지요, 누구네 추녀 밑에 웅승크려 자고입지요, —안쪽에서 도란거리는, 소리의 부스러기를 귀로 줍다 보면, 물론 세상은, 한뎃잠만큼이나 어설퍼도, 도란거릴 만큼은 아름답다고 여기게 되곤 합습니다. —때로는 어떤 무덤에 등을 기대고도 자고 했는뎁지요, —안에서는 귀신들이 모여, 아랫녘 누구네 제사 잔치에를 가려 채비하다가, 자기는, 몸을 입었기로 추워하는 한 품바公을 손님으로 맞게 되어, 무덤을 비워둘 수가 없다고, 쳐져 남아, 그 무덤 아궁이에다, 새로 군불을 지피는 수가 허다했었습메다. —이 방은 그러고 본다면입지요, 사실 너무 호화판인겁지요. 게다가 소승께는, 이것이 감방인데도, 문이 저렇게 훤히 열려져 있어, 말하자면 하나의 話頭에까지 첨매어져 있는뎁지요, 이 話頭에 의해서 소승은, 自由, 특히 이승적 自由란 대체 어떤 것을 이르는가, 그것을 고려해보기에 참으로 좋은 처지에 처한 것을 알겠는겁지요. 다만 앉아 있으며, 저 문을 건너다보기만으로도, 저 話頭의 話尾는 저절로 드러나 보일 것은 분명합습니다. 중이라면, 이런 곳을 聖所로까지 알아, 만 리라도 헤매며 찾아들어야 할 것으로까지 여깁습니다. 그리곱습지요, 가져오신 음식은 두어두시면, 소승의 다음 끼니 걱정이 없어지겠습지요. 그리곱습지요, 부디 이 사실을 명심해 두셔야겠습는뎁지요, 이 읍의 어느 댁에서건, 客僧께 반 주먹의 소금 밥이라도 공양하려 하면입습지요, —羑里 돌아온 후 소승까지도, 官에서 내다 붙인, 여기저기 귀퉁이 떨어져 나간 壁報에서, 그런저런, 客僧에 대한 處遇에 대하여 귀 맞춰 읽고, 이것저것 여러 가지 것을 눈치채기에까지 이르렀으니, 노인께서야 오죽 더 잘 알고 계시겠습, 마는—불법적으로 음식을 공양한 그 벌과로, 官에서는, 그 반 주먹 소금 밥의 善心에다, 한 마리 황소 값의 벌금형을 과할 것이라는 것입습지요. 허웃, 허웃, 커웃, 커웃, 그러고 본다면, 만약 소승이 배 불리기로 하고 대략 한 서너 삼 년을 살고 난다면, 소승의 창자 속에, 한 세상이 고스란히 사려져들 일이 아니겠습메요? 그러니, 가져오신 그 음식은, 이미 그 값이 치러진 것이곱지요, 또 중이라고 이르며, 받은 공양을 허비한다는 일은, 노인께서도 권할 만하지는 못하시겠습지요. 이후부터는 그러닙지요, 소승이 공양을 바라, 일곱 집 문전을 기웃거리는 중에, 별세한 장로님네 문전에도 서 있게 되거든, 그때일랑은, 소승을 위해서뿐만 아니라 노인을 위해서도, 부디 외면치 말기를 바랍습메다. 어느 善男子가, 이승에서 한 마리 황소를 아끼느라, 문전에서 한 배고픈 客僧이, 목탁 치며 염불하는 소리를 듣고도 못 들은 척한다면입습지, 어느 날 그 善男子 저승에 가게 되어, (崔判官네 창고 빌어 前平生 애탕가탕 쌓아왔던) 자기의 善德의 利子로, 거기설랑 손톱 밑에 흙 한 톨 안 넣고도 살 수 있을까 하여, 그 셈을 하러 崔判官네 들린즉슨, 崔判官이 그를 몰라라, 卒들 시켜 수렁에 던져넣게 한즉, 그제 이르러서는, 백 마리의 황소의 힘으로도 오히려, 저 작은 납덩이 같은, 魂 하나를 끌어올리지는 못할 것이니입습지. 글쎕습지, 이승에서 닿을 것을 못 얻어 공허히 울려나 버린 목탁 소리는, 닿을 것이 없어 저승까지 울려가, 저승 사립짝 안쪽에 눈도 크게 귀도 크게 열며, 무엇이 사립짝 밖을 스쳐 지나가는가 엿보고 있던, 그 崔判官의 귀에 그만 닿아버린 것입습지. 목탁 한 소리에, 善德의 코끼리 한 마리, 염불 한 소리에, 善德의 개똥밭 서 마지기…… 헌데 혹간, 崔判官의 文書에는, 但註 붙여, 한두, 例外를 둔 것은 없는가, 하는 것도 의문스럽지 않은 것은 아닐 것인뎁지요, 라는즉슨, 例를 하나 들기로 한다면입습지, 열 마리 황소에 비겨도 힘이 남아돌던 남정이, 거넌 온역에 그만 죽고 난 뒤, 한 마리 황소가, 그 남정네가 했던 일을 대신해 있는 과택네서도, 문전에 서 있는 중을 빈손으로 돌려보내서는 안 되는 것인가, ―라는 따위겠습지요. 마는, 달마는 但註라는 것이 뭣인지를 모르는 것이나 아닌가 합습니다요. 헌데 이런 말씀은 왜 드리고 있는가 하면입습지요, 僧俗 간에, 여러 雜心을 일으켜 온, 하나의 심각하고도 중대한 문제를 고려해보기 위해선뎁습지요, 말씀드려오고 있는, 바로 저 '施主'(助)에 관한 것입습지요." 늙은네는 그리하여, 등을 가운데 놓고, 촛불중을 정면하여, 편한 자세로 앉았다. "사실 말입습지, 어떤 俗心에 우러난 대로 풀어내자면입습지요, 중이란 때로, 貪官汚吏보다도 나빠 보이는 수가 있겠습지요. 글쎕지요, 농사철을 당해 俗田은, 못 먹어 훌쭉한 배로도 누렇게 바빠, 애가 깊은 샘을 향해 불불 기어가는 것을 뻔히 건너다보면서도, 손 하나 돌려쓰기가 어려운 지경인데도, 중이라는 一群의 이상한 족속들은, 俗眼에 보이기에는, 그늘에 편히 앉아, 아무 하는 일도 없이 세월만 보내면서, 입으로는 중생구제를 한다면서 도, 샘에로 기어가고 있는 아이를 위해, 손가락 하나 내미는 법이 없는데, 그러다가도 끼니때만 되었다 하면 어김없이 문전에 와서 있을 뿐만 아니라, 철 따라, 명절 따라, 큰 施主를 바라되, 地主가 바라듯 하는 데다, 그렇다고 하여, 감사하다는 아무 정도 일으켜 내보이지를 않으니, 그러하겠습지요. 헌데 먼저 하나 밝혀둬 둘 것은 입습지요, 아이가 샘을 향해 기어가고 있다고 하여, 중이 손가락이라도 하나 내밀어주려 들면, 俗事로 너무 바빠져 버린다고도 하겠습지만, 중들 편에서 俗田을 내려다보기로 한다면, 그 깊은 우물을 향해 부지런히 기어가고 있는 것은, 그 아이 하나뿐만은 아닐 것이어서, 그들이 그중 두려워하는 毒이며, 賊은 '無明'인 듯합습지요. 그런 일 같은 것들은 그래서, 중들께 물을 것은 못 될 것입습지요. 헌데돕습지요, 어떤 중들은, 이것 들어봅습지요, 늙어 몹시 느려진 고로, 더 사냥을 할 수 없게 된 호랑이의 배고픔의 고통을 감안한 나머지, 자기의 창자며 골통을 먹이는 身布施行도 한다는뎁지요, (바랄 것은입지요, 다 죽게 된 그 호랑이가, 佛肉으로 그 한번 배 불린 뒤에는, 하다못해 둬세 철만이라도 배고픔을 느끼지 않게 되기뿐인뎁지요, 그럴 것이, 이것은 물론 佛身 쪽에서 자청하여 흘리게 된 것이기는 합습지만, 그래도 그 피 값은 막중하고도 막중하여, 五大惡을 다 저지른 것보다는 더 막중하다고 일러지니 그렇습지요) 이렇게 되면입습지요, 아무리 크게 뜬다 해도 凡眼으로 들여다보기에는, 중들의 속이란 너무 깊고 넓든지, 그것도 아니면, 너무 많이 '털고 닦기'를 하는 중에, 아른해져 너무 엷든지 한 것이 분명합습지요. 이렇게 되자, 맺혀진 자리가 느슨해지기는커녕, 더욱더 홀쳐 매진 느낌인뎁습지요, 비록 그렇다 하더라도, 조금만 사리를 분간할 줄 아는 자라면입지요, 꽃과 꽃뱀을 한 바구니에 넣으려 하지는 않을 것입습지요. '중생구제'에 나섰다는 중이, 샘에 빠져들고 있는 아이를 뻔히 보고 있으면서도, 손가락 하나 움직이지 않기나, 배고픈 호랑이에게 자기 살을 먹여, 그 有情의 배고픔을, 그것도 그저 한 끼니 면하게 해주기, 등의 문제는, '꽃'과, '꽃뱀'과 같은 관계랄 것이니 하는 말입습지요. 구제할 수 있는 일에는,

손을 모아들여 갖고 있는 채 뻗치려 하지 않기와, 달마가 쓰레기로 만들고 있어, 버려둘 수 있는 일에 대해서는, 손 내밀기뿐만 아니라, 자신까지를 바쳐버리는, 어떤 중들의 法輪 굴리기는 일면 참으로 오도되어 있는 듯한뎁습지요, 그 法輪이 俗塵에 철갑이 되자, 그 비유적 부분만 닳아져 버리고, 반비유적 부분만 드러나 버린 결과로 여겨집습지요. '샘을 향해 뿔뿔 기어가며, 웃는 아이'란, (말씀드린 바대로입지요) '無明'의 비유던 것이멥지요, '늙어 사냥할 수가 없어 배고픔에 당하는 늙은 호랑이'란, '苦痛'의 비유라는 것을 분별하신다면입습지요, '無明'과 '苦痛'이란, '꽃'과 '꽃뱀'모양, 그런 관계인 것쯤 알게 되겠습지요. '無明'이란 다시 비유로 말씀드린다면입습지요, 바닷가의 조약돌 같은 石卵이어서, 천의, 만의 보살이며 불자들이, 그 돌을 품어 새끼를 부화하려 한다 해도, 그 안에서 일어나는 쫓음이 없이는, 그들로서도 아무 짓도 할 수가 없으며, '배고픈 늙은 호랑이'란 사실, 복합적 暗號인뎁습지요, '늙어' 그것의 날이 얼마 남지 안 했다는 것은, 劫의 算法에 의하면, 갓난아이에게까지도 적용되는 것이어서입습지요, '늙은 호랑이'나, '갓난아이' 사이에 뭐 별다른 차이란, 그렇게 크게 있는 것도 아니겠습지요. 輪廻를 벗어나지 못하는 한, 劫의 算法에 의한다면, 有情은 생기는 대로 그 즉시, 스러지고, 스러지는 대로 그 즉시 생기기를, 전광석화처럼 계속, 반복하겠습지요. 그것이 상사라[苦海, 輪廻] 겠습지요. 상사라는 그리고, 橫的으로 운영되는 우주입습지요. 헌뎁습지요, 그런, 우주에 맞서, 거슬러, 그 한 우주를 縱的으로 버쩍 일으켜 세우려는, 한 무리의 有情들이 있는뎁습지요, 그들 중의 얼마는, 그런 謀叛을 위해, 고통을 자초해왔으며, 그들 중의 얼마는, 말하자면 '갓난 謀叛'들이래얄 것입습지만, 그런 謀叛에 의하여, 짐승의 입성을 입고도, 畜生道를 벗어나 버리게 된 것이었습지요. (『六祖說法』 속에, 반복 강조되어 있는 바와 같이, 한 삶은, 橫的으로만 운영될 때 畜生道化하며, 그것을 날줄로 하여, 거기 씨실이 건널 때, 현란하도록 아름다운 六道가, 한자리에 무늬 놓여진, 프라브리티의 한 우주가 나타날 것인뎁습지요, 바로 이 六道의 化現에 의해서만, 그 너머의, 非化現의 우주, 그 니브리티에의 인식은 시작되는 것이겠습지요. 그런고로 '大悟徹底하기도 전에, 상사라[六道]를 부인하려 할 일은 아니다'라고, 굳이 충고되어져 오겠습지요. 이 충고는 동시에, '大悟徹底하기 전에는, 결코 니르바나를 부인하려 할 일은 아니다'로도 변형을 치를 수 있는 것인뎁습지요, 그렇게 하여서라야만, 한 정신이 陰極에로 빗나가는 것이 방지되겠습지요. 우리는 그러므로, '大悟徹底'하기까지는, '저 두 진리[상사라/니르바나]의 동등함을 알아', 그 中道를 지키는 것이 권고되겠습지요) 橫的 宇宙에 맞서 縱立하려는 일군의 有情들이, 노인께서도 아시는 바 그대로, 중[僧]이라고 일러지는 자들이면, 부디 그들로 하여금, 橫事로 바쁘게 하려 할 일은 아니겠습지요. 그래서 그들은, (橫眼에 보이는 대로만 말하기로 하면입습지요,) 아무 짓도 하지 않다, 끼니때만 되면 橫世의 사립짝 밖에 와, 끼니 공양을 구하고, 그리고도 고마워함도 없이 떠나버리는뎁지요, 문제는 그들이 거기서, 橫世를 위해 '아무 짓도 하지 않는다'는 그것이, 縱世의 씨줄이 되어 있다는 그것이겠습지요. (그래서, '한 중이, 산막을 지켜, 그 아랫동네를 위해 아무 짓도 하지 않는다 해도, 그가 그 산막에 있다는 것만으로, 아랫동네에는 法恩이 있다[미라레파]'고 이르는 것이겠습지요) 그래도 아랫녘 누가 만약, 佛者이든, 菩薩이든, 또 아니면 무슨 큰 힘이든, 色界를 돕기 위해 살을 입어왔으면, 먼저 惡이라고 여겨지는 모든 것들의 대가리를 짓눌러 바수고, 그리고는 선하되 선한 탓에 핍박받는 자들을 위해, (이렇게 되면 '善'이란, '나약함'이나, '게으름' 따위와도 동의어다운 느낌이 없잖아 있습지만) 그들을 박해하고 착취하려는 자들의 팔뚝에서 힘줄을 모두 끊어, 그들의 설움을 복수해주는, 그런 '가난'한 자들의 영웅을 바란다면, 그렇겠습지요, 끼니를 빌기 위해 언덕배기를 내려오는 중들의 바리때라는 모든 바리때는 짓밟아 조각을 낸 뒤 똥을 발라놓을 일이며, 배가 고픈 탓에, 안식일 때도 생밀알을 까먹는 자들은, 속하게 십자가에 못 박아버리고 말 일이겠습지요. 아 물론, 어떤 큰 힘들은 저렇게, 저들의 願望에 좇아, 쇠신발을 신은데다, 철장을 들어서도 오지 않는 것은 아닙습지요. 그런 大力들이 살(또는 이름)을 입기에는 뚜렷한 大義名分이 있는뎁습지요, 문제는 大力이 人世의 大義名分에 제휴하면 ('大義名分'도 人世에 제휴하면), 이것은 물론, 宇宙라는 그 대국적 견지에서 드리는 말씀인뎁습지요, 그 廣義的 絶對性을 잃고, 狹義的 絶對性, 즉슨 相對性을 드러내지 않을 수 없다는 데 있겠습지요. 이런 말씀의 의미는입습지요, 그것의 廣義的 絶對性의 去勢에 의해, 우회하면입습지요, 그 大義名分이 뚜렷하면 할수록, 그것을 대표하거나 수호하는 힘은, 별수없이, 地方色, 方言性을 드러내지 않을 수가 없다는, 그런 말씀이겠습지요. 그럴 것이 그때쯤 그 絶對性은 狹義的이어서, 그 수를 헤아릴 수가 없이 많게 되었을 것이니 그렇겠습지요. 그러면 이제껏 하나로 푸르던 하늘뿐만 아니라, 흑암에까지도, 결코 바람직하잖은 分割現象이 일어나게 될 것이어서, 작은 귀신들, 일례를 들면, 노상 잠이 모자란 어떤 새댁이, 저승서 받아온, 제 몫의 큰 잠을 의탁해놓고, 들명 날명 그것을 건너다보며, 한낮 낮잠까지도 그것이 대신 자주는 것으로, 용소에라도 몸 던져 죽고 못 살겠도록 자고 싶은 잠을 달래는, 저 어떤 새댁네, 사립문 곁에 선, 탱주나무鬼神나부랭이 같은 것, 그런 것들과, 그런 것들께 속을 줘버린 새댁 같은 心情들만 머리 두를 곳이 없게 되겠습지요. 다시 또, 예 들어진 탱주나무鬼神 애깁습니다마는요, 그 못난 녀러 것은, 저 어떤 새댁 하나가, 은근하게 속 열어 바친, 그 짜들아질 누무 잠만 그냥 달고 흡족해서, 하늘이 밝고 푸른 때도, 그 하늘 귀퉁이, 하다못해 돌자갈 많은 데라도, 호미로 좀 호작여 파고, 제 내음새 나는 오줌도 누고 하여, 제 녀러 놈의 菜田이라고 표지라도 해놓았다든지, 또 어둘 녘에도, 잠 속에로, 어디로, 호꼰하고도 은밀한 데로, 더 파고 내려가, 거기 어디 하다못해 가시덩굴만 많은 데라도, 낫으로 좀 흐적흐적 거두고, 제 녀러 놈의 침이라도 여러 군데 대고 뱉어, 제 녀러 놈의 첫 묏자리라고 꼬끼요 해뒀어야만 되었을, 그런 아무 짓도 해놓지를 않은 것이었습니다요이. 게으른 것아 놈아, 네가 어느 때에나 잠이 깨어 일어나겠느냐, 좀 더 자자 좀 더 졸자 손을 모으고 좀 더 눕자, ……허, 첫, 허, 허다 보면 허허 기사, 탱주나무 떠난 자네, 어디 또 갈 곳이 있겠느냐, 마는, 어떤 새댁의 살콤 열어 보인, 그 깊고도 들척지근한 속을 (祭祀) 받아, 탱주 빛은 한결 더 누리고, 향기도 한결 더 푸르구나. 그러면 됐지 허기사, 뭘 더 바랄 것이 있겠다는고? 어쨌든입습지요, 그래섭습지요, 그렇게 어떤 흙냄새에, 또는 그곳만의 사투리[方言]에 제휴하여, 化現한 힘들은, 그러자니, 그것의 화현을 성취한, 그 어떤 특정한 地方(이 '地方'이 定着하지를 못하는, 遊牧民들과의 관계에서는, '心情'化한다는 것도 부연해둬야겠습지요), 그 특수한 이름

[方言]의 밖에서는, 설 자리가 없음에 의해서, 그 힘이 유능한, 司祭를 얻는다면, 영토 확장을 위한, 侵略主義를 드러내고, 그렇지를 못하여, 그 얻은 자리를 만족하려 하여, 그것이라도 지키려 하면, 閉鎖主義를 드러내어 (같았던 한 힘의 變容), 그 특정한 지방의 '祈禱와 呪文'(Signifier)에 사역 당하는, 魔職의 반지나, 守護神 같은 것으로나 머물겠습지요. 헌뎁습지요, 佛者와 基督은, 前者는, '마음의 宇宙'를, 그리고 後者는, '말씀의 宇宙'를 개벽한 자들 얘기인뎁습지요, 하다못해, 그런 어디 村佛이나, 村神이 될 만큼도, 그 팔다리에 힘이라고는 없었던 자들인지도 몰랐습지요. 그리고 그들께는, 일러온, 그런 大義名分 하나도 못 가졌었던지도 모릅습지요. 이런 말씀은입지요, 그들을 누가 '힘'의 강약으로 판단하려 든다면, 바로 그 당장, 誤尺行을 범하게 된다는 것이겠습지요. 후, 후, 후스습지만요, 하나는, '아무 짓도 하려 하지 않으려' 상사라에를 왔었으며입지요, 다른 하나는, '죽기 위해서' 삶을 입어왔던 것이었으니 그렇습지요. 그렇게 해서, 縱的 宇宙에의 베틀이 놓였던 것이라고, 이 자리에서는, 모든 걸 생략하고 말씀드리기로 하십습지요. 다만 '죽기 위해 몸을 입었던 자'에 관해서는, 그의 傳記와, 『六祖說法』 등을 재봉독해보시기를 권고해두며입습지요, '상사라를 위해, 아무 하는 일이 없다'는, 중에 관해서는, 말을 허비하려 하지 않음밖에 권고될 것이 없습지요. 소승이 겨냥하고 있는 것은입습지요, 어찌하여 橫俗에서는, 아무 빚진 바도 없이, 저 '하는 일'이 없는 중들의 조석 끼니 걱정을 해주지 않으면 안 되는가, 바로 그 단단히 홀맺혀져 있는 부분을 좀 느슨하게 했으면 했던 것이었는뎁지요, 이만쯤에 이르자 허기야 더 드릴 말씀도 없는 듯하군입습지요. 한 번 더 강조하기 위하여, (같은 내용을, 다른 어휘들로) 반복해두기로 하면, 그것은 뭣이냐면입습지요, 그들(중)이, 그 뿌리를, 그 수렁 속에 깊이 묻고라도, 그 수렁의 위쪽에 蓮꽃으로 활짝 피어 있기에, (人世라는) 한 우주는, 그 수렁 바닥에로 파묻혀 들지 않고 있다는 그것입습지요. ('蓮꽃'에 대해서 '蓮뿌리'란, '마음'에 대해서 '말씀'과 같은 관계이뎁지요. '蓮꽃'에 대해서 '수렁'이란, '마음'에 대해서 '몸' 같은 것이겠습지요. '蓮뿌리'에 대해서 '수렁'이란, '人世'에 대해서 '畜生道' 같은 것이뎁지요, '蓮뿌리'에 대해서 '蓮꽃'은, '프라브리티'[色]에 대해 '니브리티'[空] 같은 것이겠

습지요. 그리고 '수렁'에 대해서 '蓮뿌리'란, ['수렁'이라는, 重力과 관계된 '깊은 잠' 속에서 익은] 上昇에의 '꿈' 같은 것이며입지, '수렁'에 대해서 '蓮꽃'이란, '활짝 깨어진 꿈' 또는, '[重力을 잃어] 꿈도, 없는, 궁극적 잠' 같은 것이겠습지요) 그렇다고 한다면, 그들(중)이 '하는 일 없이 무엇을 하느냐?' 또는, '항간 과택네와는 무슨 상관이 있느냐?'고, 물을 의문이란 있지도 않을 것 입습지요. 그러함에도 불구하고 供養이란, 사립짝 안쪽의 선심에 딸린 것일 것이몁지요, 사립짝 밖의 권리라든가 하는 것과는 아무 상관도 없는 것이 아니잖겠습니까요? 이런 중들은 그래서, 橫世的 안락이라든가, 이틀 치보다도 더 많은 식량을 준비하기 위해, 일해본 적이 없다면입지요, 소승도 행색이 중이라고 하고서, 보다 편안한 곳에의 그리움으로, 일단 정해 몸 댄 자리를 뜰 생각은 없고입습지요, 필요치 않는 이상, 가외의 공양이나 시주를 바라게 되어 있지는 않습지요. 판관 겸직 읍장이라는 한 善男子가 있어, 羑里의 七祖師를 위해, 이 숙박처를 시주하였으니, 그것도 거절할 수 없음을 염두해주십습지요. 헌뎁습지요, 헌뎁습지요, 이거 말씀인뎁지요, 스승도 제자도 없어 외톨배기인 이 중도 말입습지요, 削髮이라도 했으면 하고, 생념일 때가 있는뎁습지요, 그럴 때를 당하면, 스승도 제자도 없다는 생각을 곱해서 하게 되곤 합습죠." 그리고 촛불중은, 합장하고, 미미히 웃어 보인 뒤, 눈을 반쯤으로 감아 내렸다.

늙은네는, 촛불중이 이제, 자기가 돌아가 주기를 바란다고 알았으며, 뭐라고 할 얘기가 있는다 해도, 깃을 접고 눈을 내리감아, 고요함을 품어버린, 저 禪鳥에게는 들려질 듯도 싶지 안 해, 자리에서 일어서며, "삭발은, 밝는 빛에 허시도록 허십제요." 그리고, 빈손으로 나갔다. 다시 돌아왔을 때는, 베개까지 해서, 이부자리를 아름 넘게 안고 돌아왔다. 그 자상한 늙은네는 이럴 경우에 대비해, 저녁밥 함께, 저런 이부자리들도 마 등에 얹어왔던 모양이었다. 그리고 늙은네는, 그 방의 한옆 바닥을, 할 수 있는껏 깨끗이 한 뒤, 손수 그 이부자리들을 펴놓고는, 아무 말도 생각이 나지 않는다는 매우 어눌한 얼굴을 짓고 있더니, 역시 빈손으로, 다시 꾸부정히, 그 열린 감방 문을 걸어 나갔다. (촛불중이 보았기로는), 그 늙은네는, 그 열린 문의 저쪽에로 들어가 버리고 있었다. 그러며 늙은네는, 저런 사내들(이래야, 六祖와 촛불중을 염두하고 있던 것이었겠지만)이란, 매우 이해할 수 없는, 그러니 엉뚱한 모서리에서, 거대한 찍소 같아서, 천하 없이 좋은 풀이나, 천하 없는 가시 몽둥이로 다투려 한다 해도, 자기가 원치 않으면, 한 치 반 치도 움직여낼 수가 없다고, 그것을 생각하며, 한숨을 몰아쉬고 했다. 그러며 허기는, 촛불중의 머리칼이며 수염이, 그동안 너무 자란 것도 익히 보아 알았던 사실이었다고도 했다.

촛불중은, 내리감은 눈으로도, 그 노인네의 일거수일투족을, 다 보고 느끼고 있었다. 그 늙은네의 등은, 오늘 저녁 따라, 더 휘어져 보였는데, 어디다 쓸지를 모르는, 그 自由가 무거워 그런 것 같았다. 그는, 門을, 한 호리도 개의치 않고, 들었다 나고, 났다 들고 있었다. 열려진 門은, —촛불중은 그리하여, 자기가 그것을 개의해쌌고 있다는 것을 알아냈는데—그에게는 門도 아니었으며, 그냥 그런 通路에 불과했다. 그 늙은네가 들락이는 通路를, 촛불중 자기는, 門이라고 건너다보고 있는데, 이 경우의 이 특정한 '한 通路, 한 門'은 그러자니 서로 다르기는 다른가? 혹간 門은 하나인데도, 들락이는 구멍이 둘이나 되는가? 허, 허긴 하나보다는 많아 둘인 것이 사실이다. 하나는 나고, 하나는 든다. 그렇지 않고, 그것이 다만 한 구멍뿐이라면, 영구히 들기만 하거나, 영구히 나기만 할 것이다. (여자의 下門을 보라, 드는 門은 계집이며, 나는 문은 어머니이다) 그래서 門은 하나라도, 언제든 둘이다. (이승이며 저승도 그러한 것?) —사실로 그래서, 하나뿐인 門은 둘인가? 아니면, 그 門에 대한, 認識 같은 것이 둘이나 되는가? 헥, 깃발이 펄럭이는 날, 바람이 불고 있었다. (혹은, 바람 부는 날, 깃발이 펄럭이고 있었다) 그것을 본 사내 하나가 말한다. "참, 깃발도 펄럭여쌌는구나!" (제기럴 녀러 사내저슥은, 혀도 길었구나. 말할 만하지도 못한 것을, 말하기) "펄럭이는 것은야 사람아", 제이의 사내가, 핀잔하듯, 받아 이런다. "깃발이 아니라, 바람이다." (같은 혀를 목구멍 쪽에로 말아 넣으며, 아웅—하기) 그러자 제삼의 사내가 나서서, 꼬끼요 하기를 이런다. "깃발과 바람이 함께 펄럭이고 있다." (흣흣, 바람 부는 날, 세 개의 해가 깃발처럼 펄럭이고 있구나) "펄럭이는 것은, (자네들의) 마음이 아니겠는가?" 제사의 사내가, 분명히, 그의 '마음' 속에 차고 있던 장도를 꺼내어, 바람 부는 날 펄럭이는, 깃발 같은 혀들이며, 바람까지, 한번 휘두르기로 짤라, 흙밭에 굴려버렸다. 여 狗

子여, 그 '마음'이 어디에 있는지, 그것은 몇 번이고 더 따져볼 문제라도, 어찌하여 '마음'은, 바람 불어, 깃발이 펄럭이는 대로만, 바람이 되어, 깃발이 되어, 펄럭이는가? (촛불중이 거듭거듭 이해하게 되는 禪的 사실 하나는) 인용되어진 바와 같은, 저런 모순당착에 의해서, 禪巢에서는, 두꺼비가 왝왝 울며 뛰어나오거나, 곪은 냄새가 삼천대천세계를 오염케 된다. (한쪽에서는, 습관적 二元論의 극복을 위해, '마음을 부정하게 하고, 다른 쪽에서 그 꼭같은 목적을 위해, '마음의 밖'의 풍경을 부정하게 하기로서, '마음'을 孵化해낸다) 咄! 바람아 마음아 불지 마라. 마음아 바람아 불어라, 불어라, 아으 불지를 마라! 제기럴 녀러, 門의 二元論. 이 저녁은 어쨌든, 아으 바람님은 어디에서든, 묶여 잠잠해야 되는 것, —바람은 불기로 바람인 것, 불기로써만 그것은 물론, '바람'[體] 속에 감금되되, 그 같은 '바람'[體] 으로부터 벗어나는 것, 경이며, 경악일러라, 아으, 하나의 어기찬 '爲'가, '無'와의 정반극 쪽에서, '無得'을 성취하고 있음. (本來無一物인데, 일어난 '바람'은 무엇이냐? '바람'[願望] 은 '바람'[風] '바람'[風] 은 '바람'[願望] ? —제왕에게와 마찬가지로, 이 세상이 왼통, 한 行僧의 것이라도, (또는, 行僧의 것은 아무것도 없더라도), 어떤 한 고장, 어떤 처마 밑, 어떤 옴팡한 데에, 그 하나 몸은 누여야 한다. ("비록 한세상을 정복한 황제라도/어떤 한 나라/어떤 한 도시/어떤 한 궁궐/어떤 한 침실의, 한 침상 위에서/한 여자와 잠든다." ["Poems from Sanskrit"])

—말 되어져 온, 저 '훤히 열린 감방 門'은 그래서 새로 보게 되자, 그 '알맹이'를 잃은, 어떤 고둥 껍질과 매우 유사한, 순전한 '記號'인 듯하며, '펄럭이는 깃발/바람/깃발과 바람/마음'은, 그래서 또 새로 보게 되자, 그것이 은둔처로 정할, '껍질'을 못 구해, 매우 위험스럽게도 드러나져 있는, 은둔 게(hermit crab)와 매우 유사한, '내용'[意味] 인 듯하다. '은둔 게'가 '고둥 껍질'을 만나는 대로, 제집 삼아 쳐들어 사는, 그런 결혼은, 제법은 禪的인데, '無'와 '爲'의 野合의, 咄, 아름다움!—

촛불중은 그렇게 앉은 채로, 열린 문으로 지는, 달을 건너다보다, 잠에 들었던 모양으로, 시간을 훨씬 건너뛰어 버리고는, 깨기는 꼬부랑하게 누워서 깼다. 날씨는 맑은 듯했는데, 촛불중은 西向하고 있어, 대체 이것이 오전 중의 몇 점이나 돼가고 있던지에 관해서는, 아무 짐작도 못 하겠음에도, 그 방 안의 모든 구석에서, 찌든, 소금 냄새며, 오줌 냄새 같은 것이 일어나고 있음에 의해, 풋것의 해만은 아니고, 해도 제법은 익고 있는 시각인 것은 짐작케 했다. 제기럴, 세상은 왼통, 마른 오줌 냄새로 가득 넘치고 있었다. 애들이 떠드는 소리며, 우마차 지나는, 그 삐걱거리는 바퀴 소리들이 들리지 않는 것은 아니라도, 그런 소리들은 멀어서, 모서리들을 깎이고 있어, 그 폐가가 열고 있는 귀에까지 닿고 있었을 때는, 데바[提婆] 들만 마시는, 술 같은 것이 되어 있었다. 라는 말은, 아랫녘에서 일어난, 팔만사천 종류의 잡음들이라는, 어느 정도의 거리를 지나는 동안, 그 모서리들을 잃으면, 그것은 잡음, 소음성을 잃고, 어떤 식으로든 和音化해 버린다는, 그런 말인 것이다. 그러면 그 八萬音들로부터, 귀 떨어져 나간, 잡음이나 소음들은, 어디를 가는가? 아 그것은, 두억시니들의 분깃이나 안 되겠는가? 그래서라야만 그것들도, 애비 모를 애새끼들이라도 자주 퍼 내질러놓을 것이 아니겠는가. 人世에, 애들 우는 소리며, 우마차 지나는 소리, 바람 부는 날 (또는 빨래가 펄럭이는 날) 빨래가 펄럭이며 내는 바람이 불어내는 흰 펄럭임 소리들, 소리들, 꼬끼요 닭이 우는 소리, 소리들, 소리, 소리들이 끊기지 않는 한, 그것 속에, 우주라는 그 한 꿈은, 그 뿌리를 든든히 박고, 더워질 수 있다. 거기 만약, 대장간에서 울려 나는, 모루 치는 소리가 없다면, 애 우는 소리가 없다면, 주막집에서 울려 나는 상 두들겨지는 소리가 없다면, 소리, 소리들, 소리들이 없다면, 빨래는 몹시 희게 흘럭이는데도, 그저 희디흰 저어짐만 있어, 초가지붕에 펴 널어 말리는 고추 빛깔이나, 마당 귀퉁이에 피는 금잔화모양, 소리만 捨象된, 풍경만 남아, 한세상이 텅 비어 있다는, 매우 잠푹한 어설픔을 일으켜낼 것이 분명하다. (이 오전 촛불중은, 열린 門을 내어다보다, [地水化風空이라는 五大 중에서] '소리'의 元素인, '空'(空間)에 상념을 묶여버린 듯한데, 이상하다, 그것도 일종의, 羑里의 안개비 철, 그 겨울에 대한 준비겠는가, 그것도 아니면, 어디선가, '열려진 門'의 상념이, '소리'를 입어버렸는가?) 허기는, 그중 원초적 말[言語] 은 '소리'일 것이다. '소리'가 있고, 그런 뒤 '의미'가 배태된다. '흑암'이 있고, '빛'이 있는다. (쿠라가 흙으로 먼저) '형상'(을 빚은 뒤)이 있고, (주피터가, 그 코에다) '숨'(을 불어넣는다)

이 있다. 그래서 촛불중이, 이 '記號'를 '無意識'의 영역이라고 이르는데, '意味'에 의해서, 그 '無意識'[記號]은, (잠을) 깬다. 그러면 '숨' '빛' '生命'으로서의 '意味'는, 그 '記號'에 의해, 한 體系의 運命化한다. (寓話꾼 이솝이 잘 들여다본 것도 이것이지만, 그 원초적 '숨'이야 어찌 되었든, '호랑이'의 形態[記號]에 제휴한 것은, '호랑이의 삶'을 살아야 하며, '암노루'는 '암노루의 삶'을 살아야 한다, 는 그것이다. 이 상태에서는 물론, '意味'와 '記號'가 一元化해 있어, 그 한 '말'[言語]의 자유와 장애, 행복과 비극이 나뉘지 않는다. 그것이, 프라브리티라는, 한 文章 속에 끼어든, 한 낱말[單語]의 運命이다. 修辭學的 壓力이 羯磨이다. 그럼에도 물론, 누구든, 見性치 못했으면, —이라는 말은, 저 한 文章의 프라브리티를 한눈에 다 읽어, 그 뜻을 깨우치지 못했으면, 이라는 말인데, —運命에 거역하려 할 일은 아닐지도 모른다. 그러면 그 道流용의 運命이 아니라, 그 道流 자신이, 헛된 곳[이라고 말할 수 있는 곳]에로 구덩이를 파내려가는 결과를 초래할 것인데, 구멍이 뻥 뚫린, 지구의 반대편 쪽은 무엇이나 되겠는가? 거기로 빠져 내려서는, 어디메에 닿으려는고? 그렇다면, 그 虛스러운, 끝없는 '墮落'이라는 子宮 속에 담겨 있기보다는, 運命에 칭칭 뒤엉겨, 떨어져 내리지도 못하는 쪽이, 차라리 바랄 만하지 않겠는가?) 촛불중에게는 물론, '소리'만 있고, '풍경이 없는 풍경' 속에도, 여러 번씩이나 처해본 경험이 없잖아 있다. (잡다해질 수도 있을 얘기를 줄이기로 하여, 한두 가지 예를 들어보기로 한다면), 人家에서 멀리 떨어진, 비는 오는데, 헤설픈 탓에, 하다못해, 백 년 전에 몸이 따뜻했던 사람이 묻힌 무덤에라도 의지해, 하룻저녁을 새워보려 했었다거나, 또는, 어쩌다 봄에나 한 번씩, 들을 航海하여, 이승 소식을 저승에다 퍼다 버리는, 葬船(喪輿)이 碇泊한 나루나, 凶家, 따위, —그 모두, 하필 밝기만 하면 그냥 디립다 잠만 자대는 듯하여, 대낮에도 어슴푸레한 '풍경'이기만 했던, 그런 無音, 그런 休止 속에로 들어 (촛불중이), 밤을 맞으려 했다거나 했으면, 하필 그럴 때마다 촛불중은, 非夢似夢間에 처해 있어서, 아무것도 잘 간추리지는 못했음에도, '풍경'이기만 했던 것들이 어느 일순, 모습을 바꿔, 그 無音, 그 休止의 홑이불을 거둬버리고 일어나 있음을 보게 되었던바, 그러면 거기, '풍경'은 없고, '소리'들만, 희게 흐르는 '소리'들만 흐느적거리던 것을 보게 되곤 했던 것이었다. (그럴 때도 촛불중은, 네 번째의 바르도라고 알려진, '취오니이드 바르도'[Chönyid Bardo]의 경험을 했던 것이 분명하다) 허기는 말이지만, 運命이라는 것의 構造가 말이지만, 그럴 터이다. 누가 그것을 벗으려 하면, '소리'만 남고, '풍경'이 사라지며, 반대로 그가, '풍경'만 남기고, '소리'를 까 내버리려 하면, 거기에는, 그 한 '꿈'의, 죽은 '고둥 껍질'만 남게 되고 말 것이다. ('하초를 빼등여 올리기派'에 맞선, '손가락을 뻗쳐 올리기派'의 난제는, 저것일 것이다. 咄, 헌데 말이지만, 하나는 충분히 작것[雜]이라도, 하나는 작것도 못 되는 듯하다. '뻗쳐 올려진 손가락'은, 무엇을 근거[本來無一物이거늘!]로 하여, 어디에도 뻗쳐 올랐다는고? 그러자니 장차, 그 '뻗쳐져 오른 손가락'이 잘려져야 할 것이었는데, [이 한 文章의 禪은, 그 誤文과, 그것을 수정하려 했다, 지우기에 의해, 매우 지저분하여, 두통을 일으키는도다] 그 잘려진 손가락의 아픔이 있었다고, 假定한다면, 그 假定的 아픔은, 잘려 나간 손가락이 實感하였겠느냐, 아니면, 그 손가락을 잃은 손이 實感을 하였겠느냐, 그것도 아니면, 그것을 자른 자[金華俱胝 말고 또 누구겠습?]가 實感을 했어야 했겠느냐, 아니면 그것이 잘린 자[俱胝의 눈깔 큰 行者 말일십]가 했어야 했겠느냐? 헛, 假定的 痛症의 實感? [헌데 사실로, 俱胝에게는, 가외로 손가락이 하나 더 많았었더랬는데, 그 여섯 번째 손가락은 헌데, 中年에, 杭州天龍이, [자기 손에서 뽑아 하나를, 俱胝에게] 傳授한 것이었더랬다. 그런 후, 그녀러 혹 탓에 俱胝는, 달을 볼래도 손가락만 보게 되고 하여, 속을 내오고 하던 중, 어기어차, 급기야라, 호기가 하나 도래하였거늘, 어찌 그것을 놓칠쏘냐, 꽉 잡아서 너러 손가락 하나를, 서슬 푸른 칼로 대번에 싹둑 잘라내 버렸거늘. 헌즉, 아으 달아, 달아 밝아 달아 훤함. 달이 밝기 탓에, 잘려 나간 손가락 자리가 아프기. [제기럴, 이런 식의 空間에의 상상력은, 아픔이구나]) 늦게라도, 黎明祭(솬디야) 지낼 것을 생각해 촛불중은, 面門하여, (제기럴 누가 말이지, '面壁'이라도 하여, 구 년씩이나 지냈었다고 한다면, 그는 그 벽에다, 눈으로 구멍이라도 뚫으려 그랬겠는가? 웬걸, 그는, 잘려 나간 그 六손 자리가 아려싸서 그런 것이다) 蓮坐 꾸며, 눈을 반쯤 내리감았다. 그러고 본다면 그는, 하룻저녁 벗어 말렸던, 식은땀 내 나는, 浪癖의 감발을 맬 생념도 아니고 있는 것이고, 그렇다면 그는, 오늘도 각설이는 아니다. 허기는 그는, 오랫동안 그의 창자 밑을 굴렀던, 어떤 異物 하나, '밀물 소리 돌'을 쏟아내 버린 鰱魚이기는 하다. 욕망을 일으키지 않는다면 그런 후 그에게는, 간 자리가 간 자리며, 온 자리가 온 자리며, 있는 자리가 있는 자리다. 더욱이나 이 현재로서 그는, 끼니 걱정까지도 할 필요가 없는 처지에 있는 것이다. 그러자 이 사내 하나는, 문이 훤히 열린 감방에 소속되었거나, 거기 머물러 있음에도 소속되어 있지를 않은 것이다. 蓮을 보면 그것은, 흙탕에서 피되, 그 흙탕에 소속되어 있지 않음을 피우고 있다. 어디나 없이 언제든, 그 본 지방 사람들이 그러하지만, 어디에든 소속 부착되어 있는 사람들께는, 날이 저물어, 일터로부터 집에 돌아가, 잠을 따뜻하게 굽는 것이 살기이며, 아침 되어 일터로 나가기는, 싫더라도, 살기 위해서는 해야 되는, 일하기이고, 일을 하는 동안엔 살기를 보류해두는데, 그것이 日常이다. 행복한 日常. 그래서 한 행복한 삶은 日常이다. '일하기'와 '살기'가 병행하지 못하고 있다는 일은, 매우 당연스러운 모순이지만, 각설이들께는 헌데 그것이 뒤집혀져 있다. 뉘 집 처마 밑에서, 또는 누구네 새막에서 하룻저녁씩을 새우기는, 살기의 보류, 회피할 수 없는 한 중간 상태며, 해가 떠올라야, 멈췄던 살기가 새로 계속된다. 본고장 사람들이, 각설이들을 비웃음과, 혐오의 정을 변조한, 불쌍해함으로 볼 때, 각설이들은, 그날의 일터들에서, "그들의 심장은 어떤 곳에다 두고" (아마도 분명히, 그들의 아랫목에다 묻어놓았을 것이지) "오물이나 쓰레기통만을 지고 나온", 알맹이가 없는, 허깨비들, 그러나 부러운 허깨비들을 본다. 헌데도 각설이들은, (이라고 해보았자, 촛불중은 여전히 자기 얘기를 하고 있는 중이지만,) "거기에 있는 것이 전부이며, 이것이 자기라고 하는 모든 재산이며, 이것이 자기라고 하는 모든 과거와 현재이다. 그리곤 아무 군데도 아무것에도 자기의 것은 흔적까지도 묻어 있지 않다. 자기는 오늘 여기에 있으니까 자기의 전부가 여기에 있을 뿐, 자기가 만약 다음 순간에 어디로 가려 한다면, 여기엔 아무것도 남아 있지 않게 될 것이다. 자기는 자기의 쓸모없는 척추니, 복숭아뼈니, 맹장이니, 회충이니, 심지어는 대소변까지도 이 자루 속에 처넣어 가지고 가야 한다." 그리고 시작하는 삶은 언제든, '케케묵은 새 삶'이다. (그것이 좋아서 촛불중도, 각설이 노릇을 해왔었

다) 오늘만은 각설이 촟불중도 헌데, '묵은 삶'을 새로 시작하지도 안 해, 어디엔지 소속된 자다웠으며, 소속된 자들이 그러듯, 그것을 아랫목에 묻어놓고, 일터로 나가려 하지도 안 했으니, 그 일을 두고는 여전히 각설이였다. 그렇다면 이제는, 왜냐하면, 프라브리티에 끼어들지 않으면 안 되는 有情이란, 프라브리티[有爲] 자체이기 때문인데, 무엇이 물어져야 되는가 하면, 그는 이제부터 무엇을 할 것인가, 그것일 것이다. 글쎄 그는, 배가 아픈 것도 아니고, 路毒을 달래는 것도 아닌 데다, 무슨 살집 좋은 계집이라도 홑청 밑에 묻어두고 있는 것도 아닌 것이다. 그러자, 이제까지 이 자리에는, '본고장 사람'과 '각설이'의 두 종류의 사람밖에는 없었는데, 그 물음이 묘하게도 헌데, 저 두 종류의 사람들의 얼굴을 지우고, 매우 낯익되, 동시에 생소하다고 해야 할, 새 얼굴을 하나 까[孵化] 내놓았다. 특히 '각설이' 편에서, 누가 하나 그런 假面을 썼거나, 아니면 이제까지나 써왔던, 각설이라는 그 假面을 벗어냈거나 하여, 글쎄 그 자리에다, '중'[僧] 얼굴을 드러내놓은 것이다. 본고장 사람들과 각설이는, 아침을 당하면 '作爲'를 생각하되, 중은 그러지를 않던 것이다. 저 문이 훤히 열린 감방 안에 앉아 있는 사내가, 중이었기보다는 각설이였다면, 그런 물음을 일으켰으면 일으킨 대로 그는, 저 문을 나서게 되었을 것이다. 그러나 아무도, 그 같은 방 한옆에 놓여진, 음식 대바구니나, 베개를 두고, 그런 물음은 던지지 않을 것이 아닌가. 그런즉 가만두게라, 저 중은, (본고장 사람들모양) "무엇을 할까?" 또는 (각설이들모양) "어디로 머리를 둘를까?"를 개의치 않자부터, 거기 머물려는 생각도 또한 일으키지 않고 있는 것인 게다. 아 그러면, 그 한 중나부랭이는, 웅덩이에로나 떨어진, 무슨 나뭇잎모양, 그냥 느리처분히 떠 있기만 한 것이구나? 그 나뭇잎은 그러면 어디에 소속된 것인가, 그 나뭇잎 하나의 무게도 못 견뎌 떨어뜨려 내린 그 나무둥치에, 아니면 그 웅덩이에? (빠진 이빠디며, 뱀이 벗은 허물 따위를 감안하건대, 나뭇잎은 나뭇잎 자신에 소속된 것은 아니다, 그렇지 않은가? 그러면 그것은 무엇인가? 虛相?) 허, 헛헛, 헌데도, 한 縱的 宇宙가, 저 아무 데도 소속되지 않은 자의, 그 무소속의 마음에다, 그 주춧돌을 놓고 있다는 얘기는, 벌써 다 되어진 얘기가 아니냐? (그런고로, 縱的 宇宙란 空相인가?)

(프라브리티 우주에서, 무엇이 反프라브리티的인 것을 성취해내려 하면, 아무 노력을 바치지 않고도 되는 것은 아무것도 없다는 것을 고려하면, 중은 물론, 새로 밝는 날을 하나 맞으면, "무엇을 할까" 또는, "어디로 머리를 두를까?"라는 식으로, 한 머릿속에 드렁칡처럼 이는 상념들을 숨죽이기 위해서, 노력을 바치지 않는 것은 아니다. 이 '노력을 바치기'란 그리고, '作爲'일 것인데, 헌데도 중은, 그 '作爲'를 거꾸로 뒤집는 作爲를 作爲하는 것이고, 그러다 보면, 성공적인 중은 각설이와 달리, 그 치열한 作爲를 통해, '無爲'를 製金한다. 作爲의 안쪽은, 그러고 보면 無爲이던 것인가?)

촛불중이 그렇게, 蓮坐 꾸며 앉아, "作爲를 뒤집어, 그 내장을 헤쳐내기 위해" 아침祭(산디야) 준비를 한 지 얼마 되지도 못했을 때인데, "발톱뿐만 아니라, 똥꽃까지도 금이나 홍옥으로 된, 그 여자네" 청지기 늙은네가, 다시 다른 한 대바구니의, 황우일 두 값에 해당되는 조반과, 削刀며, 비누, 수건은 물론, (이런 날씨에는 꼭히 물을 데울 필요가 없었음에도) 숯이며, 삼발이 솥까지, 나귀 등에 다 싣고 왔다. 그리고, 숯불은, 열린 문지방 밑에 피우고, 불이 성해지기를 기다리는 동안, (법청용) 우물에 가, 물을 길어다, 솥에 채운 뒤, 안으로 들어온 대로, 새로 가져온 대바구니에서 보를 벗기고, 촛불중께 조반을 권한다. 그러나 중은, 먹기보다는, 삭발부터 원했으며, 그래서 삭발이 시작되었는데, 늙은네는 먼저, 붉은 명주 수건 넓은 것 하나를 펴 놓더니, 가위로 우선, 중의 머리칼을 (조심스레 간추린 뒤) 끊어, 명주 수건 위에 놓아두고, 또 그렇게 하기를 계속했다. 그러나 촛불중은, 그 머리칼을 무엇하려 그러느냐고 묻거나 하지는 안 했다. 그런 대신, 그 머리칼은 이미, 자기 것은 아니라는 것을 생각하고 있었음에 분명했다. 그렇게 하여 대개 긴 머리칼이 끊기자, 늙은네는 다른 일 다 놓아두고, 그 명주 수건으로, 조심스레 머리칼을 싸더니, 한옆에 잘 간수해 두고, 그리고 드디어, 그 매우 찌끔거려진 중의 두상에다, 더운물을 바르고, 비누로 거품을 일궈내더니, 삭도질을 해나갔다. 그 늙은네는, 그 일에 매우 익숙해 있었는데, 그 평생, 떠돌이 중들의 삭발을, 여럿이나 해봐, 그 손이 익어 있던 것이다. 그로부터 시작해, 그 중의 머리칼이며, 우북한 수염까지를 말끔히 밀어내고, 물수건으로 깨끗이 닦아내 주기까지는, 그런 익숙한 손으로도, 족히 두 식경은 걸렸는데, 늙은네는 그러다, 참을 수가 없어 그랬거나, 참으려 해볼 일도 없이 그랬거나 했겠지만, 핏석거리고 웃으며, 즐거운 얼굴을 했다. 그랬었을 것이, 삭발을 하고 본즉, 중은, 누구라도 웃기게 할 만큼은 얼룩져 보인 것이다. 털이 덮여 있었던 데는, 銀器에 담긴 흰 눈 빛깔이었으며, 털이 없던 데는, 은기에 담긴, 꺼진 숯불 빛이던 것이다. 흐흐흣, 이 돌팔이는 허긴, 그만큼은 얼룩져 돌아온 것이었다. 늙은네는 웃다, 웃음에 다 한숨을 섞고는, 이것저것 챙기던 손을 멈추는가 하더니, 저 높은 창 너머 햇빛 진 데를, 망연히 올려다보고 있는다. 늙은네가, 이 아침나절 갑자기 상봉해버린, 이 얼룩진 사내는, 전에, 너무 예뻐, 계집처럼 생겼다고, 쭈그려 앉아 오줌을 눌 것이라고, 면사니라고, 예쁜 탓에 미움을 자아냈던, 그런 사내였던 것이다. 그래서 읍에서는, 이 사내의 반딱이던 눈빛도, 간사함과 음탕함의 탓으로 돌렸었더니, 이제 그 눈에 그 반딱임도 없고, 눈 귀퉁이들이 붉어, 썩은 웅덩이보다 흐리터분한 데다, 瞳子의 검은 색깔까지도 바랬는지, 생기를 잃은 해바라기꽃만큼은 노래져 있다. 그 눈 속에서는, 여간해서는, 빛이 쐬어져 나오지를 안 해, 그의 눈은 열려 있으되, 아무 풍경도 내비치지를 안 했다. 홍조 띠었던 볼도 이제는, 달빛을 떠메고 가는 비 묻은 구름이, 천천히 지나며, 그늘을 덮고 있는, 사태 진 산언덕처럼 그렇다. 읍에서들 말해, '예쁜 사내'라고 했던, 그 꼭같은 촛불중이 돌아왔는데, 이 촛불중은, 어디서 그 '예쁜 사내' 잡았던 손을 놓쳐, 헤어진 뒤 못 찾고, 저만 돌아온 것인가. 그러면 그 예쁜 촛불중은 어디를 갔다느냐? 이 얼룩진 촛불중은 누구라느냐? 봄볕, 가을바람, 여름에 내리는 찬비, 소금기 서린 겨울 안개, 그런 것들에 닿으면 허기는, 바위도 늙고, 변한다. ……청지기 늙은네는 그러다, 갑자기 자기를 되찾고, 서두르듯, 다시 주섬주섬, 챙기던 것을 마저 챙겼다. 그러며 늙은네는, 그 예쁜 촛불중만 어디서 잃고 돌아온, 이 얼룩진 촛불중을, 자기가 몹시 개의해 싸며, (대물림해오며, 한 번도 꺼뜨려 본 적이 없는) 불씨에 대해서나처럼, 뜨겁게도, 그리고 소중하게 아끼기 시작하고 있다는 것을, 새로 발견하고 있던 것이다. 장로며, 판관이 별세하고, 그리고 六祖도 열반해버린 뒤 늙은네는, 자기의 주인 숙녀와 마찬가지로, 사람을 아쉬워해 왔다는 것을, 늙은네는 알고 있었다. 법청 뜰, 그 나무만 보면 누구든 죽고 싶어진다는, 그 나뭇가지에서는, 까마귀가 갸 갸 울고 있어, 그때 그 울음소리가 그 늙은 귀에 들려지고 있었다. 자기의 심정 속, 무슨 그런 나뭇가지 위에서도, 무슨 까마귀 같은 것이, 넋모양 울고 있다고, 늙은네는 그리고 듣고 있었다. 늙은 눈에서는 눈물이 솟아, 빈적였는데, 늙은네는 그 눈으로 촛불중을 건너다보다, 그 얼룩이 우습도록 슬퍼서, 어젯밤 가져왔던 그 대바구니와, 붉은 명주 수건에 싼 것이며, 삭도, 기타를 챙겨, 다른 말은 없이, 그 열린 문을 통과해 나가버렸다. 그리고 늙은네는 물론, 그 붉은 수건에 싼 것은, 그 수건의 임자께 바쳐 올릴 것인데, 그것에 싸여진 머리칼이며 수염에서는, 한 돌팔이 중의 땀 냄새와, 풍우설상의 냄새가 배어 짙고 있을 것이다. 그 붉은 수건의 임자의 아랫배를 뒤틀어대며 울릴, 냄새는 구역질, (짐승의 냄새, 生殖에의 그리움) 그리고 그런 것일 것이다.

대략 그런 투의, 대략 그런 식의 날이, 대략 두세 개쯤 더 저물었다, 밝고 했다. 그동안 촛불중은, 왜냐하면 똥으로나 오줌으로나 짐승인 너러 창자를 빵빵하게 채우려 하지 않았기 때문에, 똥은 한 번인가 눴으며, 오줌은 하루 두 번에서 세 번 정도 눴다. 바로 그, 짐승인 너러 배설을 위해서만 이 중은, 몸을 움직여, 훤히 열린 감방 문을 드나들었다. 그래서 사실로 이 사내가, (전에, 일러 碧眼胡僧이라는 것 하나는, 쳐다볼[面] 壁 때문에, 어떤 굴속에 쳐들어 앉았었던 것모양), 쳐다볼, 열린 문이 있기 때문에 거기 지켜 앉아 있는 것일 뿐이고, 저것이 '監房'이라는 것을 조금도 개의치 안 했던 것인가, 어쨌던 것인가는, 모른다. 가정해서 헌데, 그가 그것을 조금도 개의치 안 했었다면, 그런 회피할 수 없는 배설을 끝내고 돌아왔어야 되는 곳이 매번마다, 하필 그 일점이었어야 했던 까닭은 무엇이었는가? 그렇다면 거기에는, 두말할 필요도 없이, 그의 그 장소에 대한, 어떤 의지가 작용해 있었음이 분명하다고, 고려하지 않을 수는 없을 것이다. 만약 거기에, 그의 아무런 의지도 개입되어진 일이 없었다면, 그의 일거수일투족은, 낯선 곳에 처한, 장님의 그것에 비유될 만했을 것은 아닌가. 그 어떤 장님이, 어떤 낯선 곳에 처해, 어느 일점으로부터, 별다른 아무 표지 삼을 것도 만들어두지 않고, 자기 딴에는 閱世를 좀 해보겠다고, 두엄 두엄 떠나느라고 떠나, 한나절인지, 반나절인지, 한 식경인지를 떠났다 (장님의 눈으로) '보니', 떠났었던, 그 꼭같은 일점에로 돌아와 있었다고 한다면, 그 한번은 우연한 回路였다고 치고, 고개를 갸웃거리며 웃겠지마는, 그 짓이 노상 반복되었다고 할 때는, 비록 그 장님 자신에게는 아직까지도 그것이 우연의 되풀이였다고 한다 해도, 이제 그것은 누구의 이해에나, 더 이상 '우연의 회로'가 못 되는 것은, 부인할 수가 없다. 그렇다면 이 중은, 매우 자유스러운 듯이, 또는 그것을 전혀 개의치 않은 듯이, 그 문지방을 넘나들고 있었으되, 정작에 있어서는, 그 감방 속에 갇혀 있었던 것은 아니었겠는가? 허기는 말이지, 딴으로는 깜냥껏 解脫 티를 내보이는 그 중도, 돌팔이답게, 거기 갇혀 꼼짝도 못 하고 있었던 것이 분명하다. 그러나 어쩌면, 왜냐하면 그 스스로, 일숙을 위해 그곳엘 들렀다가, 아침을 맞고, 밤을 맞고, 아침, 밤, 아침을 맞은 것이 아니라, 어떤 他意에 의해 그곳에 떠밀려 들어 있는 탓에, 비록 그 문이 훤히 열려져 있어, 모든 선택이 다 주어져 있는 듯해도, 다른 아무 선택도 주어진 적이 없었는지도 모른다. 허긴 또 말이지만, 말인 것이, 뭐시냐면, 보기만 해도 죽고 싶음을 일으킨다는 그 나무가, 그 열린 문을 가로막고 있었던 까닭이었는지도 모른다는 말이지. 그 문이 열려 있었기 탓에, 혹간 그 감방은, 수렁이나 流沙 구덩이 같은 것은 아니었겠는가? 만약 그렇다면, 이런 상태에 처해서는, 돌팔이라도 그가 스스로를 중이라고 여긴 그 탓에, 오히려 각설이들에게 대해서보다, 자유의 한계가 더 좁혀져 있던 것은 아니었는가? 위대한 자유(마하니르바아니)를 추구한다는 자가, 열려진 작은 문지방을 넘을 만한 달력도 성취를 못 했다니? 가맜게라, 헌데도 중은 그러고 본다면, 그 고행을 수행해가는 어느 모퉁이에서, 혹간, 모든 '門'에의 혐오증, '門'에의 두려움 같은 것이라도 일깨워 내는 것은 아닌가? 글쎄 누구든, 통과할 수 있도록 장치가 되어 있는, 그런 門들을 통과했다 하기만 하면, (안쪽에서 밖으로 나가려 하는 경우엔) 그 즉시로 그는, '붉은 龍'의 목구멍 속에로 들고 있거나, (밖에서 안에로 들어가려는 경우에는) 암캐의, 암톳의 子宮 속에로 들어가져 있는다? 그리고는 촛불중은, 그 감방 바닥을, 가부좌로 지켜 앉아, 그 앉은자리 밑 잠자는 것들의 잠을 따뜻하게 데워줘 왔다. 그는, 저 훤히 열린 문을 정면해 그런 것인데, 물론 그도, 門을 등지고 面壁하여, 두 어깨가 무너나고, 슬관절이 어긋나도록, 九年 한하고 앉아 있었을 수도 있었을 것이었다. 그리고 대략 그렇게, 面壁하기를 한 아홉 해쯤 하고 나면, 그도, 門을 마주해 앉아 있기 시작할 것인지 어쩔지는, 아직 구 년쯤 세월이 흐르지를 안 해 모르되, 누구든, 通口와 壁이 있는 옴팡한 곳에 앉아 있는 이상은, 그러니 누워 있거나, 엎드러져 있지 않는 이상은, 門을 마주하거나, 壁을 마주하기 이외의, 별다른 선택은 없는 것이 분명하다. 壁을 마주하고 앉아 있는 자는 분명히, 들어오는 자이다. 문을 향해 앉아 있는 자는 분명히, 나아가는 자이다. 그런즉 하나는, 절벽에 딱 마주친 자이며, 하나는 절벽 끝에서, 천야만야의 낭떠러지를 내려다보고 있는 자이다. 하나는 절망에 처하고, 하나는 위기에 처한 듯하다. 하나는, 눈으로 그 벽에다 구멍을 뚫어야 하거나, 벽을 더 쌓아야 하며, 하나는 어쩌면, (그도 역시 눈으로, 이미 열려져 있는,) 구멍을 막아야 하거나, 구멍에다 구멍을 뚫어야 하는 것이 분명하다. ('여기'냐, '저기'냐의, 그런 따위 편견을 없애기로 한다면, 이것도 그 한 이유가 되어, 그리하여 이 중은, 羑里의 새까만 토굴 속에 앉아, 새롭게 '구멍'을 夢想하기에 이른 것일 것이다. 그런 의미는, 이 중은, 스스로 자기의 눈을 멀게 했든, 아니면, 有情에게는 누구에게나, 무엇에게나 주어져 있다는, 그 '內光'[靈智派 중들이 이르는, '魂' '靈'이 그것이나 안 되겠는가?] 을 放出해버렸든 한 빛일 것인데, 그래서 사실로 그것이, [눈—男根, 눈—빛, 빛—男根이라는 도식에 좇아] 촛불중의 自己去勢였다고 할 수가 있을 것인지 어떨 것인지는, 그때 당해보면, 혹간, 저절로 풀려질 매듭이나 아니겠는가. 도식대로만 좇는다면 그럼에도, 이 兒孫은, 그 性器에 몹쓸 병이 들어, 그 탓에 羑里에 황폐를 초래키에 이르렀다는, 할아비[一祖] 漁夫王을 살해하고 있어 보이는 것도, 부인할 수가 없는 듯하다. 그러니 그 根에 황폐증이 들씌워졌던, 漁夫王은, 눈이 먼, 장님이었었는데, 그의 그 황폐에의 극복의 한 노력은, '面壁九年'이라는 禪行으로도 일러져 온다. 아으 禪이란 무엇이냐? 한 마리 물고기이다. 兒孫 촛불중의 面門行인즉슨 그렇다면, 殺祖行이 아니겠느냐? 아으 禪이란 무엇이냐? [훤히 열려져 있어, 무엇이 들어도 들어져지도 않으며, 나와져지도 않는] 無門이다. [그렇다면, 거기 어디쯤은, 벽을 세우든, 칸을 막든 해서, 門이라도 해달아, 닫아 둬야 될 터인가, 과연 그런가?]) —그 훤히 열린 門을 바라보고 있는 촛불중의 눈은 그래서, 타고 있었는데, 그 타는 눈에 닿은 것들은, 재가 돼버리고 있었다. 그랬었다, 촛불중의 눈에는, 재가 한 삼태기씩이나 싸여가고 있었다. 별세한 장로네서는, 그 늙은 청지기가, 하루 두 번씩 왔다 가고, 그때마다 황우 일 두분의 음식을 가져왔으되, 매번마다 한 끼니분은 되가져가야 했다. 이 중님은, 한 끼니 음식을, (하루) 두 번에 나눠서 먹었는데, 그 늙은네가 보았기로 이 중님은, 앉아, 반쯤 눈을 뜨고, 노상 자고 있었다. 눈에는 재가 한 삼태기씩이며, 얼룩진 얼굴에는 핏기가 하나도 없이, 거의 죽은 빛이었고, 숨까지도 느려, 재[灰] 나무 같았다. 늙은네로서는, 이 사내가 처해 있는 界境이 어디쯤이나 되는지를, 도저히 짐작해볼 수도 없었다. 여름에 하는, 누에의 冬眠을, 이 사내도 하고 있는 것일 것이라고, 그래서 땅광 속을 밝히라고, 켜서 넣어둔 燈 같은 것을 생각하며, 늙은네는, 가져온 더운 음식을 놓아두고, 식은 음식을 도로 가져가고 했다. 그가 큰 대문을 밀어 들어서고 있을 때 그 대바구니는 깨끗이 비워져 있어, 부엌 일하는 아낙네들은, '비워진 것이 흡족'하여, 七祖 시님의 다음 끼니를 위해, 정성을 다했다. 그 음식들은 헌데, 대체로는, 七海龍王님들 전에 고수레 되어졌던 일을, 부엌 아낙네들이야, 어떻게 알겠는가.

늙은네는, 음식 바구니를 다시 쌓아, 나귀 등에 얹은 뒤에는, 자기도 물론 올라타되, 귀가를 서두르는 법이란 없이, 먼저 읍을 한 바퀴 돌며, 이 고샅, 저 옴팡한 데를 끼웃끼웃, 두리번두리번했다. 늙은네는 그러며, 어디서 客僧이나 각설이 등이, 잘못 발을 내디뎌, 이 읍의 천장에 구멍을 내고, 떨어져 내려, 굶주림으로 괴로워하고나 있지 않는가, 그것을 찾으려 한 것인데, 왜냐하면 그 음식은, (아직까지도 물론, 官으로부터는 아무런 下命이 없었지만,) 어차피 황우 일 두 값을 치르게 되어 있던 것이니 그런 것이다. 그리고 일수가 좋게도, 그런 어떤 客鬼의 지친 얼굴을 만나지 않게 되어, 그 음식을 되가져가지 않을 수가 없게 생겼을 때는, 늙은네는 물론, 다리 밑 사는 친척 없는 아이들이며, 자기의 친구인 火葬場지기의 얼굴도 떠올려보지 않은 것은 아니라도, 자기만 아는 무슨 까닭으로서인지, 고개를 젓고는, 읍과 장로네를 이어주거나, 경계를 그어놓고 있는, 그 석교를 건너는 대로, 당나귀 등에서 자기도 내리고, 그 바구니도 내려 냇가로 내려갔으며, 그리고는 그 음식 바구니를 펴놓고 그 음식이 다 없어질 때까지 숟갈질하여, 東海 사는, 西海 사는, 네 바다, 일곱 바다 사는, 龍王님들을 불러 그 음식을 고수레했다. 그가 목젖 아래에서 무슨 얘기들을 했었던지는, 정작으로는 그 자신도 모르되, 龍王들은 들었으니, 그들은 알고 있었을 터이다. 그는 그 냇물을 통해, 뭐 그리 먼 데를 본 것도 아니었다. 자기의 시선이 멈춰진 자리, 거기에다 그는 메와 찬을 숟갈질해 넣었었는데, 그때마다 그의 눈은 자꾸 더 흐리고 궂어져 있어, 그가 내어다보고 있는 것이, 자기 눈에 괴인 눈물인지, 냇물인지, 그것까지도 구별치를 못하기에 이르곤 했다. 그러니, 용왕님 전에 바친다는 그 음식이, 중도에서, 송사리며 중태기(중고기), 피라미 따위들, 잔잔한 것들께 가로채어져 버리는 것도 잘 볼 수가 없었을 것이니, 그래서 그의 염원은 용왕님들 수염에 닿았을 수 있었을 것이다. 갯가에서 백 리나 천 리나 떨어진 곳에서 태어나, 바다라고는 한 번도 못 보고 늙어버린 村夫가, 어째 바다 정령들을 불러내고 있는지, 그것은 물론 엉뚱하되, 그도 일생을 통해, 많이도 羑里를 개의해오며 살아왔다는, 그 증거인 듯도 싶었다. 羑里에서는, 습기를 그리워하면 病이던 것이다. 이 늙은네께 이뤄진, 습기에의 동경을 두고, 짐작되는 것이 있다면, 그도 젊었을 때는, 羑里의 모든 젊은네들이 그러하듯이, 바다나 한번 보고 돌아왔으면 싶다고 해온 그것이, 연면해 온 것이라는 것이다. (보다 촟불중다운 어투를 쓰기로 한다면, 저런 젊은네들의 바다에의 저런 동경은, 그들의 염통 속에서, '아담'이 눈을 뜨기 시작한 그런 한 증거라고, 이해되 어질 것이다. 그래서 모든 젊은네들이 다 그것을 성공하는 것은 아니지만, 그리하여 젊은네들은, 자기들만의, 하나씩의 우주를 命名하고 싶은 것이다. 이 '한 우주를 命名하기'가, 童話的 方言으로는, '冒險하기', 또는 '幸運 찾기'이다. [아담의, 한 우주를] 命名하기는, '밖'을 '안'에로 끌어들이기[內接]이며, [王子들의] 冒險하기, 또는 [벽촌 바보 놈들의] 幸運 찾기는, '안'을 '밖'에로 까뒤집어내기[外向]인데, 그 양자[內接/外向]는 그러자니, 어느 일점에서 만나도록 되어 있다. 보다 직접적으로 말하면, 서로 다른 것들이 아니다) 그런데도 늙은네는, 한 번도 羑里를 벗어나 보지 못한 채, 아직도 그 염원을 젖 먹이고 있다. (아마도, 그것도 분명히, 일종의 '命名하기'일 것으로서) 고수레를 하며 늙은네는, (그 고수레를 시작한 날부터 시작해) 자기에게는 좀 생소하다 싶은 것을 살펴내기를 시작해왔던바, 젊어서의 어떤 염원이나 동경은, 그 대상이 되는 것을, '밖'에, 그리고 '저쪽' 어디에다 두고 있었던 듯했는데, 언제부터였던지, 늙은네로서는 그것을 도저히 헤아려낼 수가 없었으되, 그 대상이, 장소의 전치를 치러버리고 있다는 것이다. '밖의 저쪽'에 있던 것이, 어느덧 '안의 이쪽'에 있고, 그것을 내어다보아 왔던 자가 이번에는, '밖의 저쪽'에로 물러가 있다. 그럴 것이, 무엇이 '안의 이쪽'을 들여다보려 하면, 그 '들여다보는 자'는, '밖의 저쪽'에 있는 것이 분명하기 때문이다. 분명한 것은, 어떤 염원이나 동경의 대상이었던 것이, 저렇게, 어떤 魂의 내부로, 그 장소를 바꿔 들어버렸다고 한다면, 세월이 흐르기에 좇아 그것은, 시나브로 시나브로 살을 잃고, 뼈만 어스럭하게 남겼다, 그것까지도 마멸해버리고 말거나, 아니면, 그 본디의 모습을 잃고, 이승에 쓰인 헛묘나처럼, 어떤 冥色을 띠어, 모든 모서리에다 薄暮스러움을 입힌다. 그것은 왜냐하면, 魂은 노상 배가 고프며 (프라브리티!), 그것은 왜냐하면, 魂은 아늑함을 탐하여, 모든 따뜻함이 있는, 깊은 데로 파고들기를 좋아하는 까닭이다. (그러며 그것은, 逆的이게도, 비상에의 꿈을 꾼다) 그런고로, 저 늙은네는, 七海를 다 자기 속에 둘러마셔 넣어놓고도, 익사치 않고 있는 것이다. 헌데도 이 '둘러 마시기'는 고래라든, 며루치 등에 대해서와 마찬가지로, 묘하게 중첩이 되어 있는 듯하여, 그 안팎의 구별이 조금도 확연치가 않는데, 그럴 것이 늙은네는, 귀를 통해서만 보아온, 그 바다 어디, 검푸르게 넘실거린다는, 어떤 물 언덕의 매우 陽地 바른 곳, 물풀의 떼를 뜯고 파, 자기의 헛묘를 써놓았던, 그 헛묘 위에 요요히 앉아, 고수레를 하며 글쎄 늙은네는, 美里를 훤하게 건너다보고 있어 온 것이기 때문이다. 늙은네가 이러기 시작한 지는 물론, 며칠도 안 된다. 문제는 헌데, 이 늙은네는 요 며칠 사이에, 자기가 잃어왔었던 것이 무엇이었든, 그것을 모두 되찾아내고 있다는, 그것에 있는 듯했다. 이것은, 늙은네로 하여금, 어떤 형언할 수 없는 열예로 울게 했는데, 그 눈물을 통해서 내어다보면, 좀 더 젊었을 때 美里를 떠났던 그 자기가, 분명히 어느 바다 이랑 사이를 잘못 헤매다 길을 잃어 못 돌아오고 있다가, 그러는 동안 그 젊은네는, 세월이 흘러도 거기서는, 매우 느리고 마디게 흐른다는, 그런데 어디로 헤맸을지도 모르지, 모르는데,

돌아와 자기를 위해 고수레를 하고 있는 것이 훤하게 보이고 있는 것이다. 그 얼굴은 헤매느라고 헌데, 몹시 얼룩져 있었다. 늙은네는 그리하여, 한 번도 가져본 일이 없는, 자식의 나이를 헤아려보고 있었겠는가? 사람은 허기는, 沃土에서는 밀알과 감자를 꺼내지만, 荒地에서는, 運命과, 날개를 끄집어낸다. 荒地에서 돋아난 날개는 그러나, 그 運命이 날개보다 무거워, 별로 잘 비상을 성취하지 못한다. 날개는 그러면 날으는 대신, 그 어떤 한 運命의 둥지를 밝히는, 번한 燈 같은 것이 되는데, 아으, 三月 녘에는 무엇이, 복사나무 뿌리 속에 앉아, 복사꽃 잎의 燈을 켜내 다느냐? 늙은네는, 요 며칠 고수레를 하고 있을 때마다, 울었다. 그렇다, 그도 요 며칠, 한몫의 중이 되어가고 있는 것이었을라, 글쎄 그는, 저 부단히 동요하는, 저 大洋의 한가운데다, 그의 헛묘를 하나 동그맣게 써두고 있는데, 그것이 그의 둥지였을라, 암자였을라. (그러고 본다면, 죽음이란 休息인 것? 것. 아니면 다른 형태의 運動인 것? 것) 늙은네는, 울고 있는다, 그러다 보면, 늙은네의 마음도 차차로 비워지고, 고수레도 비워진다, 이제는 그러면 돌아갈 시간인 것이다. 그러나 자기 몸 붙여 사는, 그 큰 집의 큰 대문을 밀고 들어서고 있을 때는, 늙은네는, 언제나와 꼭같은 그 늙은네이다. 그러나 오늘, 늙은네는, 좀 더 젊었던 때, 어디서 헤어졌던, 그 좀 더 젊던 자기를 문득 만나고, 그 좀 더 젊던 자기를 가슴에 숨겨 데불고 와, 아무도 눈치채지 못하게 매우 조심하여, 자기 쓰는 방에로 들어, 아픈 듯이 몸져 누워버렸다. 허긴 열예도, 일종의 아픔은 아픔이겠는가? 羑里를 살다 보면, 누구라도 어느 날, 그런저런 식의 어떤, 종교 하나씩은, 이뤄 숨겨 갖게 마련이던 것인 게다.

대략 그런 투의, 대략 그런 식의 날이, 대략 두세 개쯤 더 저물었다, 밝고 했던 날, 판관 겸직 읍장이라는 사내가, 지나는 길에 그저 한번 끼웃거려본다는 태도로, 촛불중 아직도 앉아 있는, 그 감방 문 앞에 모습을 나타냈다. 오늘 그는, 길라잡이를 앞세워 사인교를 탔으니, 黃白靑赤黑 다섯 服色의, 다섯 卒首들을 거느렸거니와, 그중에서도 그중 끌끌한, 黃服 입은 길라잡이 길 트는 소리대로 따른다면, 上帝가 강림하시고 있는 것이다. (앞서, 얼핏 그에 관해 언급해놓은 대목이 있었던 듯하지만, 이 '길라잡이 黃手[首]'는, 다름 아닌, 제 놈의 하초 굵기며 길이는 될 만한 傳說도 덜렁이고 다니는, 南岳 火葬터 屍

灰 속에서 태어난, 그 자식이던 것이다) 사인교를 탈 때는, 이 판관 겸직 읍장은, 금사슬을 여기저기에 두르고, 주렁거리는 판관복 대신에, 매우 손질 잘된, 흰 도복을 입어, 읍장 행색을 드러내는 것이 그의 방식이었으니, 그러려면 그러라고 해두려무나 마는, (뒤쪽에서 노파를 흉보는 소리대로 따라 말한다면,) 부엉이가 학 뽄새를 내느라, 鶴衣를 입은 듯했다. 혹간, 風流란, 그런 것이나 아닐라는가? 글쎄, 鶴이 鶴舞를 너훌거리기나, 꾀꼬리가 꾀꼴롱 꾀꼴롱거리기나, 해바라기꽃이 노랗기며, 하늘이 푸르기, 따위에, 무슨 그리 육실허게도, 보기만 하고 듣기만 한다 해도, 속이 매워질 일이 있을 만한가? 蓮葉 위에, 한낮 푸른 잠에 든 두꺼비며, 몸이란 四大로 이뤄졌는데, 四大란 空에 의지했다고 이르며, 무지개 서는 날, 도롱이에 삿갓 쓰고, 언덕 아래로 걸어가는 달마보디라든, 아으, "한 송이 오랑캐꽃은 붉은가", 옻칠한 숟갈에 떠먹어본 아으 달빛 맛,

"헤, 헤헥, 켁, 본관이 요거 말인디, 지난 며칠 주색이 좀 과히었었으끄냐?"

"읍, 읍장 영감님께서는", 黃手가 경악한 듯이 받는다. "무, 무신, 마, 말씸이시께라우이?"

"켁, 거 말인디, 비지 말아야 될 것이 빈다고 시방. 머신지 갖다가시나, 조안에 아직끄장도, 글씨 눈곱을 찌적 찌절 붙이각고, 데럽게 데럽게, 베락 맞은 여시(여우)도 겉고, 워디서 똥물 맞고 쭈구시고 앉은 괭이 새깽이도 겉은 것이, 데럽게 데럽게, 시리 갖다가시나 앉아 있는디, 요라먼 요것이, 본관의 주색이 과했더라는 고 말배끼 더 되겄냐, 마는, 글씨 비지 말아얄 것이 빈다고 시방. 그래도 본관은 갖다가시나, 조런 것이, 본관의 눈에만 비고, 너그들 눈에는 안 빈다고, 고렇게 말헐라는 참인개. 고것은 왜냔개? 묻는다먼, 요것은 글씨, 각본에는 없는 사탈이가 생긴 고 까닭인디, 조런 물건이라먼, 요 문을 펄쎄 삐어져 나가 없도록, 고렇게 연극은 고안됐던 것이고, 그랬으니깨는, 각본대로 허자머는 머시냐먼, 본관이 보는 것은, 헛것이라고 히어야 옳게 된 거이거덩. 그라고 본개요, 개는 괴기를 냉기고, 호랭이는 껍데기를 냉긴다더니, 중은 그림자를 냉겨논 것인맹여. 그래서 너그들 눈에도 비기는 머시 비냐, 안 비냐?"

"다른 사람덜 눈은 내 눈이 아닌개, 나는 몰루겄어도요이", 靑手가 나선

다. “요. 쇠인 눈에도 머시 비기는 비는디, 말씀허신 고런 것이 비능만이요이.”

“요론 순 제기할 시래비 자슥 겉으니라고! 글매, 본관 눈에만 비고, 너그들 눈에는 안 빈다고 본관이 말헐라고 헌다고 말허지 아니히었더냐?”

“헤헤이요, 참 영감님도요”, 白手가 나선다. “주색이 과허시었다는 말씀은요, 영감님끼서 뀌며낸 말씀이어라우. 글씨, 쇠인 놈 눈 밝기로는, 우리 유제 간에서는 모르는 사람이 없는디요, 캄캄한 밤에 바늘귀에다 실끄장 뀌는개요.”

“그래서, 고 붉은 눈으로 보건대는 말이제, 조기 저 머시기헌 것은, 비는 것이 아니라 요런 말이겠제맹?”

“핫따 나으리님은”, 赤手가 나선다. “고것이 아니고라우, 그러장개 조 사람 말은 머시냐먼, 고런 것이 고런 눈에도 비고 있은개로, 나으리님 말씀허신, 고 주색이 과해서, 혹간 김신[金身]을 상우지 아니히었넌가, 고런 염리일랑은 놓아도 좋으시겄다는, 고런 소리였겄구만이라우이? 아, 안 그랴, 모도? 그라고 또 들어보시고라우, 더욱더 갖다가시나 염리를 놓으실 거시기는 머시냔개, 요려라우, 머시냔개, 쇠인은 귀가 붉은 대신에 갖다가시나, 눈은 세 치 밖을 볼라먼 머시 세 개로 네 개로 보이는디도, 나으리 어르신, 고런 눈에끄장도 비는 것이 있어, 빈다고 말허먼, 비는 것이 확백허겄제요이.”

“요론 순 제기헐 시래비 자슥들 겉으니라고! 그라먼 주색에 곤건 본관이 아니라, 네놈들인 것이다. 그런즉 본관이 묻관대, 너그들 무신 재물로 갖다가시나, 안 비어야 될 것이 확백히 비기끄장, 고렇게나 주색에 곯았는지, 고 문제는 나중에 갖다가시나 엄중히 문책할 일이겄거니와, 우선은 말해보그라, 너그들 눈에 비는 건 대천지 머 겉으냐?”

“헤, 헤헤이라우, 아서유”, 黑手가 나선다. “우리 놈덜이사, 영감님 냉긴 음석 쬐꿈썩 얻어 묵어본 죄배끼는 없는디라우, 헤헤이, 머슬요? 우리덜 요 충직헌 종놈덜은, 그저 갖다가시나 충직허기만 허고, 아첨헐 중은 몰라 이라는디요, 절단코 주색에 곤 탓은 아니고라우, ……쇠인 놈 눈에는, 아까부텅 비기는 멋이 비는디, 헛것을 보고 있는가 워짜는가 싶길래, 아직끄장도, 눈을 닦고 보고, 비비고 보고, ……헌디도 확실허는 안 헌개, 요것은 요상허다 싶응만요.”

“용의 눈은 바람을 보고, 개 눈은 귀신을 본다는디, 본관이 본 것은 그런즉슨이나, 그랴, 羑里 스치는 바람 한 자락이었는디, 아매 너그 놈들은 귀신이라도 보고 있는 것이 분명허다."

"요라시먼 요거", 黃手가 나선다. "허히, 우리가 갖다가시나 똑 개새끼덜배끼 더 되겄다고요이? 안 그랴 모도?"

"요바라, 사람의 눈에는 안 빌 것이 비고 있다먼, 고 눈은, 용의 눈이거나, 개 눈 중의 어느 것이다. 너그덜 말했뎃기, 너그 상전 상 밑에 앉았다가, 던지주는 음식으로 살고 있다는 너그들이란 건, 머시라고 불러야겄냐, 용이라고 불러도 되겄냐?"

"용님이사", 黑手가 나선다. "영감님 나으리십습제요."

"그런즉슨, 너는 개새깽이다 요런 말이제, 그러냐?"

"영감님께서 고렇게 불르고 싶으시다먼야, 쇠인 놈은 개새깽이 백 번도 더 되겄응개요. 헌디도 우리 부모님덜헌티는 영 면목이 없게 된 것맹인디요."

"저그 조 안에, 羑里 스치던 붉은 바람이 한 자래기, 주저앉았다 독버섯이 됐는디, 글씨, 똬리 치고 반 잠든, 독사가 돼 있는디, 고걸 짓밟을라고 들먼, 본관의 신발창이 데럽어지겄고, 차 떤질라고 허먼, 발목을 물릴 것 겉은디, 그라장개, 요 문제가 쉽들 안 헌 것 겉다고, ……워리, 휘이 휘익, 워리, 너그들 모도 쎄빠닥을 놀려, 저그 머시 빈다고 히었으먼, 달라들어 물고 찢어얄 것 아니겄냐? 누른 개는 저 너러 것의 오른팔을 물어 끊고, 흰 개는 왼팔을 물먼, 붉은 개는 왼 다리를 물어야 되고, 푸른 개는 오른 다리를 물어얄 것인디, 그라먼 껌은 개는 조것의 조 끄뎅이를 물어 뗄 일이겄다. 법도적으로는 물론, 저 조 끄뎅이는 누른 개가 끊어야겠으되",

"나흐, 나흐, 흐리 영감님께옵서는", 黑手가 나선다. "흐흐, 나흐 흐흐리께옵서는, 노, 노호, 노홍담도 질기시는디라우",

"요 개자석!" 그때, 채찍이 한번 나르는 것으로, 모두 보았다. 사실로 그 채찍은 날았으며, 채찍의 손잡이는, 판관 겸직 읍장의 손에 쥐어져 있었으나, 그 살무사 같은 끝은, 예의 저 黑手의 목에 감겨 있었다. 이제 그 손잡이를 잡고 있는 자가, 그것을 획 잡아채기로 한다면, 그것에 감겨 있는 목이, 깊이깊이 패여져, 목뼈를 희게 드러나게 할 것이었다. "고것이 워째 농담이냐? 워찌 됐든,

본관이 쥐고 있는 이 채찍을 잡아채는 일이란 하나도 바쁠 것이 없는즉, 할 수 있거든 자네는, 손을 쓰지 않고도 요 채찍 끝을 풀어내 봐라.”

“나, 나으리께옵서, 고, 고것은 농담이 아니었다고 허신담사, 워째 고것이 농담이겄는그라우이?”

“만약 본관이 말하여, 고것은 농담일 수도 있다고 헌다면, 어느 끝으로 두고시나 자네는, 고것을 농담이라고 이를 것이냐? 본관헌티서는, 인내심이 차꼬 줄어들고 있느니라.”

“하나는 머시냐먼, 중헌티 지얼 큰 벵이 있어각고, 아주 실한 중까지도 쥑이는, 고것도 삼시랑이 쫌매 준 벵이 있다먼, 고것은 머실 것인가 허먼, 중도 하초를 달고 있다는 고것일 것인디요, 그라랑개 하초가 중님덜헌티는 벵인디요, 가맜습제요, 고, 벵 이름은”,

“魔羅라고 헌다고 들었다.”

“아, 그랴요, 魔羅라고 헌다는디요, 중이 중 살이를 도저히 다 허들 못 허그시나, 니얼인 동 모렌 동, 도통헐 날을 앞두고서도 속세로 와 빠리는, 그중 큰 까댉이는 고것이라고 허는 소리를 듣잔개, 쇠인 놈 쇠견에는 이려요, 중헌티서 되떼 고 마라를 띠어내 빠리자는 짓은, 중헌티 무신 갚음을 허자거나 고런 것이기보당은, 중을 되떼 편하게 해주자는 짓으로 알아묵어지다 본개, 농담 겉고요, 차라루 그렇다머는요, 할 수만 있으먼, 고런 망할 녀러 하초를 두 개 세 개, 여러 개를 더 달아주는 것이 좋을 성싶고라우”,

“흐, 흣, 흣, 그렇다면, 중 수업을 위해서는, 모든 고자인 것들이 적합허겄다 고런 소리백이 안 되겄는디, 흣, 흣, 흣, 헌디도 본관이 배운 바에 의하먼, 고자는 도통허기가 매우 매우 에렵다는 소리가 있등마는. 고것은 그럴 일이다, (아까부텀 우리덜 눈에 무신 헛것이 비는 것이 아닌가 해오는, 고 무신 헛것 겉기도 허고, 중 겉기도 헌, 조 독구렝이가 내멕인 毒說이라고 들었는디,) 무신 ‘원초적 질료’랄 것이 ‘金’이 될라먼, 고 ‘원초적 질료性’이 죽어야 된담시롱, 그래설람에, ‘毒’이나 ‘불치의 벵’이야말로, 고 ‘性質’을 쥑이는 뭣보당도 중요헌 힘이 된다고 허는디, 고자헌티는 아매도, 고 쥑이는 벵이 없다는 얘기겄제. 워째 됐든, 채찍의 반은 풀린 걸로 맘묵고 있그라. 본관이 반츰 질겁니라.”

"두째는 머시냐먼, 워처키 워처키 히어서는, 조 魔羅가 일으켜내는, 죽을 벵을 이겨낸 중님이 워짜다 하나썩 있다는디요, 나으리 어르신 말씀대로 따르자먼, 고 중님은 純金뎅이겠는디요, 고런 중님헌티는, 하초란 건, 오좀 누는 구먹배끼 더 다른 의미속은 없다고 바도 좋겄다 본개, 기양 똥꾸녁이나 땀구녁 겉은 것이라서요이, 고것 끊어보먼 또 워짤라간디요? 요렇게 따진즉슨, 쇠인 뇜이 못헐 소리로, 농",

"남거지 반의 채찍도 다 풀린 걸로 알그라. 그라고 말해온 것은, 한 자루에 싸아 잡기만 잘헌다먼, 祿棒을 올리주리라."

"쇠인 놈 쇠견에는 그러장개, 만약에 갖다가시나 중들이라는 것들이, 俗事의 아무것도 도모치 않고서도, 공양이며 시주만 받으러 오는 땜시로, 무용지물이기뿐만 아니라, 해끄장 많다고 히어설람에, 고것을 벵으로, 魔羅로, 혹으로 쳐, 몽땅 없애뻐릴라고 헌다문요, 쇠견에는 이려요, 고 중님들 음석 묵는 입이라는 입은 다 쫙 째뻐리든, 꾸매뻐리든, 아니먼 창시를 확 다 뽑아내 뻐리든 허먼, 그중 확실헐 것이라도요이, 쇠견에는 또 이려요, 숯불을 크게 피우고시나, 성냥깐에 주문한 윤두[인두]를 밸갛게 닳과서 말이제요, 저그들끄장 일러서 蓮足이란단가 뭐란단가 허는, 고녀러 발바닥에서 흰 뼤가 나올 때끄장 지져뻐리든, 아니먼, 생짜로 갖다가시나 고 (발바닥) 껍데기를 으드득 쥐뜯어 벳겨낸 뒤, 맨발로, 우리네 풍진세상 걷게 헌다먼, 요 한시상[世上] 배 안 고프고, 안 헐벗고 살라고 보지란 떨어 해묵는다는 짓이, 월매나 꺼끄럽고, 씨립고, 뜨겁고, 애리도록 발바닥 아픈 일인가, 고것을 알게나 되잖을까, 그럴까 글씨, 그렁만이요이."

그들의 얘기는 그러나 그만쯤에서 끝나고, 그 자리 남은 건 촛불중뿐이었던 것으로 보건대, 그들은 어느덧 돌아가 버린 모양이었다.

그러나 다시 그들은, 돌아와 있었다. 그들의 잠시 그 자리를 비웠던 사이에도, 날짜는 이틀이 더 지났던 모양이었는데, 이 行列에는, 主語가 될 것, 즉슨 판관 겸직 읍장이 빠지고 없어, 빈 括弧가 남아 있었다. 용 머무는 데 구름도 머문다면, 판관 겸직 읍장이 '계시는 데'에, 그의 그중 총애하는 男妾으로 알려진, 黃手도 있을 것이어서, 그의 얼굴 자리도 물론, 괄호만, 빈 채 남아 있었다. 헌데, 그동안에, 邑卒史에도 무슨 수정 가필이 있었던지 어쨌던지는 모르되, 黑手가, 服色은 같은 것을 입고 있으되, 틀린 얼굴을 드러내놓고 있어, 수정 가필된 듯한, 이 한 文章의 邑史의 바뀌어진 의미가, 촛불중께는 몹시 궁금했는데, 요 전날, 판관 겸직 읍장의 채찍에 목이 감겨, 그것을 끊길 위기에 처했었던 그 黑手는, 촛불중께 느껴졌었기로는, 한몫의 百夫長이 될 만한, 충분한 자질을 구비해 있었던 것이다. 그 黑手는 실제로, (촛불중이, 저 관졸들의 얘기를 통해 얻어들은, 정보대로 따르면,) 그날로, 그때까지 말하자면 공석으로 남아 있었던, 큰 형장 나리에 임명되어, 그날 저녁에 부임했다고 했다. 그렇게 그 의미가 바뀌어진, 그 한 文章의 邑史를 이해할 수 있게 되었을 때, 촛불중은 빙그레 웃기까지 했다. 이 승냥이는, 날개까지 얻은 것이라고 여기다 보니 그런 것인데, 歷史라는 시우쇠를 담금질해대는 불과 풀무는, 요순보다는 헌데, 걸주라는 것도, 촛불중은 알고 있는 것이다. 촛불중은 그리고, 突然變異를 도모하는 進化論者(鍊金術師)인데, 美里라는 한 좋은 시우쇠는, 그 시우쇠 자체에게는 괴롭고도 괴로울 일이겠으되, 그 가장 맹렬한 불 속에 던져져 놓여 있는 듯하여, 풀무의 손잡이를 쥐고 있는 팔뚝도 굵은 듯하다. 그 시우쇠 속에서 날개[翼]를 불러내는 것은, 그리고도, 꼭히 불과 풀무는 아니다. 불과 풀무는, 한 禪卵을 품은, 이상한 어미 새의 가슴과 부리 같은 것인데, 씨눈을 못 가진 알은, 그 가슴에 안겼기 탓에 곪기뿐만 아니라, 씨눈을 가진 알도, 그 가슴에 안겼기 탓에, 그 부리에 쪼이어 早漏를 해버리던 것이더라. 저 어미 새는, 알을 품고 있는 중에 배가 고프면, 제 가슴에 안긴 알의 아무것이나, 부리로 쪼아 구멍을 뚫고, 그 내용을 먹어 치워버리던 것이다, 피가 맺히고 있으면, 피맺힘을, 새가 되어가고 있으면, 되어가고 있는 새를, 삼켰다.

오늘 다시 온, 저 官卒들은, 법청에서 發付한 공문 서류 한 통을, 촛불중 앞에 내밀고, 먼저 주의 깊게 읽어본 뒤, 빈칸을 메꾸라고 하고 있었다.

……절차가 그러해서 그런뎁지, 좀 길지만 말입지, 이 서류를 대개 읽어보고입습지, 빈 곳에 써넣을 것을 써넣으시고 말입지, 서명하고 날인을 해주었으면 싶지.……

그런 말[言語]의 한 바다의 모래들이 무너지는 소리가, 어디에서, 도처에서, 사유에서, 시방에서, 無處에서, 마르고 쩌들은 별내의 폭풍우를 안은 천둥이 되어, 멀리서, 지척에서, 無處에서 들려오는 것을 듣고 촛불중은, 슬픈 미소를 지어 보이며, 왜냐하면 전에 그것을 작성했던 장본인이 자기였으니, 그 뒤, 비록 다른 代書꾼들이 어느 부분 수정 가필을 했다 한다 해도, 그럴 필요가 없다고 알았으므로 읽어보려고도 않고, 그들이 내민 철필에 묵 찍어, 本籍欄에는 촛불중도, '羑里'라고, 그리고 물론 法名欄에도 '羑里'라고 쓴 뒤, 그 문서를 되내밀어 주었다. 그렇다 그렇게 촛불중은, 자기가 무슨 범죄, 범법행위를 했는지 모르되, 자기를 정죄하여 판결한, 그 법문서에다, 자기를, 스스로 못 박아버린 것이다. 그리하여 촛불중도, 전에 六祖라는 사내가, 사유시방이 왼통 트인 데 앉아서, 束縛에의 꿈꾸기로, —어찌 되었든, 몸이라고 입어진 四大는 束縛에의 꿈이 얻어 입은 幻衣이다. —그 束縛의 고치를 만들어, 세상 나뭇가지에 매달려버렸듯이, 그런 束縛에의 꿈을 꾸기 시작한 것은 분명하다. 그런고로 이 중은, 저 훤히 열린 문을 통과해나가지 못하고 머물러 있던 것이다. 허나 六祖는, (촛불중 믿기에는) 그 고치에 구멍을 내고, (九年面壁에 殺害당한 壁) 날아나갔는지 어쨌는지, 그 고치 속에는 남아 있지 안 했는데, 촛불중이 뚫게 될지 어쩔지 모르는 그 구멍은, 현재로서는 푸르기만 하여, 그 미래를 엿보아낼 수가 없다.

그 문서를 촛불중 앞에 내밀었던 그 卒首가, 그것을 되돌려 쥐자마자, 白靑赤黑 卒首들은, 도깨비 떼여서, 넷이 마흔이나 되는 듯이, 도깨비질을 시작했다. 말한 바의, 그런 문서를 발부한 쪽에서 그 각본을 꾸며서는, 羑里에로 失足해 든 중들로 그 主役을 담당케 한, 그 연극은, 그리하여 그 序幕이 내리고, 本幕이 오르는 듯했다. 그리하여 촛불중이 주의 깊게 관찰하기 시작하는, 이 특정한 한 연극은, (本幕이 올랐음에도 불구하고,) '관중'이었어야 할 것들과, '배우'였어야 한 것들이, 왼통 그 같은 한 '무대'에 섞여 있는 듯하여, '배우'와 '관중'의 구별이 불분명할 뿐만 아니라, 그렇게 되자, '무대'와 '관중석'에도 구별이란 없어, 촛불중으로 하여금, 이 각본은, 그것을 마련한 자가, 어디에선가, 심한 誤文이라도 범하지 안 했는가, 하는 것을 고려해보게 했다.

촛불중이 그러는 중에도 물론, 그 한 本幕劇은, 아무런 혼잡이나 혼란은

커녕, 무엇으로부터도 방해받음도 없이, 착착 잘 진행되어가고 있었다. 라는 즉슨, 그것도 물론, 그 本劇의 일환으로서, 저들은 우선, 그 무대 위에다 小品을 배치하고 있었던바, 각각 자기들 가져온 품목에 좇아, 숯을 가져온 자는, 촛불중 蓮坐 앞쪽, 감방 바닥에다, 숯불을 피웠으며, 개고기 토막을 가져온 자는, 그 불 위에다 그것을 얹었고, 오지병에 독한 소주를 가져온 자는, 그 마개를 뽑는다는 식이었다. 그런저런 몇 품목들 중에서도, 촛불중께는 물론 조금은 낯선 것은 아니라도, 羑里 사람들께라면 생소하다고도 할 수 있을 것이 분명한, 쇠로 만든, 한 쌍의 물건이 있어, 촛불중의 눈을 녹히려고 들었다. (아니면, 촛불 중의 눈이, 그것을 녹히려고 들었을 터이다) 촛불중 알기로는, 羑里에서는 그러는 법이 없음에도, 자기가 지나본 다른 여러 고장들에서는, (촛불중이 지금, 경악으로 건너다보고 있는 것과 비슷하게) 쇠로 印章을 만들어, 불에 달구어서는, 자기네 가축의 엉덩이판 같은 데에다, 그 가축의 소유주를 밝히는 火印을 찍는 관습이 있었는데, 그런 鐵印들과 별로 다를 바가 없는 것을 오늘, 羑里의 官卒들이, 그것도 한 쌍이나 되게 가져다, 숯불 가에 놓아두고 있는 것이다.

그도 그럴 것이 왜냐하면, 촛불중이 믿어오기로는, '관중'은, '무대' 위에서 행해지고 있는, '연극'이라는 '꿈'을 꿈꿔내는, '잠'("군중은 無意識 자체다") 말고 다른 것이 아니던 까닭이다. 그리하여 촛불중은, 체머리를 썰레썰레 몇 번 저으며, 도깨비질하는 官卒들도 건너다보고, 숯불도 건너다보며, 열린 문도 내어다보다, '관중'과 '연극' 사이에는, '니그레도'[黑]라는, 한 필수적 바르도가 있다는 것을 觀해냈다. 그 바르도에서는, 모든 것이 묽어져, 아무것 하나도, 명확한 형태는 아니다. ('명확한 형태'란, 바르도를 벗어났다는 의미일 것이다) 그리고 촛불중은, 말하자면 스스로는 중답게, '마음'이 갖는, 두 국면을 얼핏 상기했다. (이것을 뭣하려 되풀이할 필요가 있겠는가? 그러니, 할 수 있는 껏 간략하게 밝히기로 한다면) '마음'이 만약, '존자 스님'의 것과 같은 '體'(明鏡)이기만 하다면, '六祖'的 '用'은 어디서 얻을 수 있을 것인가?[反之亦然] 같은 이치로, '군중'(관중)이 만약, 언제든 다만 '잠'이기만 하여, '體'性만을 드러낸다면, (密宗的 어휘를 빌린다면) 그것은 '송장'(쇠바)인데, 어디로부터 그러면, 그 '송장'을 일으켜 세우는 '삭티'[用力]를 얻어, '歷史'라는 '꿈'을 꿔내게 할 것인가? —이것은 그렇다면, '잠'과 '꿈'이 나뉘기 전에, '잠'과 '꿈'이 나뉘려는 그 일점이 있는바, 그 일점에서는 '잠'과 '꿈'이 뒤엉겨, 서로 뜨겁기만 하고, 어느 쪽도 명확하지가 않다는 것, 그래서 '바르도'를 인정하게 한다. 그리고 촛불중이 알고 있기로는, 바르도에서는, (言語學에서 그 어휘를 빌기로 한다면) '意味'가 '記號'의 역할이며, 逆바르도에서는, '意味'가, '記號'에 限定당한다. (逆바르도에서는, 記號에 限定당한, 이 意味가, 한 單語의 運命이다) 그러므로 '노루'의 '記號'에 제휴한 '意味'(羯磨)는, '호랑이'라는 '記號'에 먹힌다. (이것은 촛불중이, 강조할, 강조하는 것이지만,) 그것이, '살'을 입어진 것들이 처한, 畜生道의 달마[易]이다. 畜生道는 그래서 바다처럼, 영구히 흔들리는 것이지, 고요한 것이 아니며, 畜生道의 平和라든가, 理想鄕 따위의 구현은 그래서, 바랄 것이 못 되는, 誤夢이다. 그와 반대로, '바르도에 처한 어떤 念態'란, 바로 저 '記號' 役을 하는 '意味'(前生에서의 삶의 內容)가, 바르도의 方言으로 된, 이름(의 옷)을 입은 그것이다. 바르도는 그래서, 위대한 자유에로의, 그리고 三惡道에로의, 통로며, 無底坑이다. 바르도란 어기찬 곳이다. 거기서 그리하여, '유전된 陰氣'(개인에게 있어서의 '羯磨')가 익거나 썩으며, 그럼으로 해서만, '잠'과 '꿈'이 나뉘게 되고, '꿈'의 내용이 그렇게 하여 限定되는 것이다. 바르도에서는 그러므로, '體'인 것도 '用'을 일으키며, '用'도 '體'化한다. (개인과의 관계에서 촛불중은 그것, 즉슨 그 '바르도'[니그레도]를, '消化不良症'으로 이해키도 한다) '관중'(군중)과 '배우', '무대'와 '行役者'가 뒤섞임. 허기야 그와 같은, 어기찬 '生成의 房'이 없이, 어떻게 프라브리티[易]가 가능해지겠는가. 그러므로 니그레도는, 가장 풍요하며 아름답고, 가장 질척하게 더러우며, 病 자체이다. 이러면, 하나의 의문만을 제외한다면, 모든 것이 확연해지는 듯하다. 그 하나의 의문이란 무엇인가 하면, 그래서 그 한 바탕의 바르도가, 逆바르도의 바닥으로 가라앉고, '잠'(바르도)과 '꿈'(逆바르도)이 나뉘었을 때는, 그 '꿈꾸어진 꿈'('나비')은, 이제는 정해진 한 체계의 運命의 行役者, 즉슨 망석중이일 뿐으로, 다른 아무 자유란 부여받음이 없는 것인가? 그 대답은, 畜生道에 대해서는, "그렇다"고 될 것이며, 人世에 대해서는, "그렇다. 그렇지 않다. 그렇기도 하고 그렇지 않기도 하다"로 될 것이 분명하다. 왜냐하면 '人間'이라는 畜生은, 프라브리티에 대해, 끊임없이, 변절 개종을 도모해오기로, 畜生道를 벗어나 버린 까닭이다. (이 문제는, 아무리 반복하여 강조한다해도, 충분할 수가 없을 것이되, 그러므로, 이 정도에서 생략, 함구해두는 것이 좋을 것이다) 가맜자, 그런데, '人間'이라는 짐승은, 프라브리티에 대해, 끊임없이, 변절 개종을 도모해오기로, '人間'(푸루샤)이 되어버렸다는, 일종의 命題랄 것은, 이차적으로, 새로운 한 의문을 일으키는데, 그것은, 그렇다면, 畜生道란 그것 자체가 '바르도'며, 동시에 '逆바르도'인데 반해, 人世는, '바르도'와 '逆바르도'를 구별해 있는 것이나 아닌가 하는 것이며, 그렇다면 '人間'은, '必然的'이랄, '運命'에다 구멍을 내고 벗어나 버리거나, 또는 하나의 '必然'을, 다른 '必然'으로도 바꿀 수가 있는 有情들이 아닌가, 하는 것이다. —헌데 이런 물음은, 그것 자체가 대답이어서, 대답하려 하면, '눈썹'을 담보해야 한다. 그럼에도, "하나의 必然을 다른 必然으로 바꿀 수가 있다"는 점에 관해서는, 약간의 해명이나, 주석이 필요한 것은 사실인 듯하다. 이것에도, 하나의 原型이랄 것은, 있어 온다.

"제자들이예수의시키신대로하여유월절을예비하였더라저물때에예수께서열두제자와함께앉으셨더니저희가먹을때에이르시되내가진실로이르노니너희중에한사람이나를팔리라하시니저희가심히근심하여각각여짜오되주여내니이까대답하여가라사대나와함께그릇에손을넣는그가나를팔리라인자는자기에게대하여기록된대로가거니와……예수를파는유다가대답하여가로되랍비여내니이까대답하시되네가말하였도다"(「마태」, 26章 19~25節).

(촛불중의 이해대로는, 발췌 인용한 구절들 속에, 예의 저 '原型'의 모습이 은닉되어 있다. 저 장면은, 記事대로만 따른다면, '기름 부음을 받은 자'[基督]는, 그 '예정된, 그러니 必然的 運命'에 복종하여, 정해진 대로, '人神에의 길'을 밟아가고 있는 듯하지만, [그렇다면, '유다'를 저주했어야 할 까닭이란 없던 것이다] 사실에 있어서는, 촛불중께 이해되기로는, 바로 '晩餐'의 儀式을 통해 基督은, 한 '개인적 죽음'을 어떤 '집단적 죽음'으로 바꾸고 있는바, 그는 [이 晩餐을 통해] 스스로 스스로에게다 기름을 붓고 있다. 바로 저 '개인적 죽

음'을 '집단화'하는, 그 儀式[祭式]用 犧牲羊은 그리고, [4]'유다'였는데, 나중에 그가 죽었을 때 보면, [「사도행전」, 1章 18節] 그는, 한 마리 짐승의 죽음을 치러 놓고 있었다. 그 '暗號' 풀이를 하기로 하면, 이 짐승은 '晩餐' 자리에서, 먼저 '앞발'["나와 함께 그릇에 손을 넣는"] 이 묶이고, '혀가 잘리는데'["유다가 대답하여 가로되, 내니이까, 대답하시되 네가 말하였도다"], 그런 뒤 그는, '몸이 곤두박질하여, 배가 터져 창자가 다 흘러나온' 죽음을 치른다. [이 부분은, 좀 더 천착되어져야 할 것이기는 하다] 이런 말은 '基督'은 그리하여, '必然的運命'을, 피동적으로 좇을 자가 아니라, 차라리 하나의 개인적 운명을, 집단화·범우주화하는데, 그 能動力 자체였다는 말인 것이다. 그렇지 않고, 어떻게 그가, 한 거대한, '말씀의 우주'를 개벽한, 佛者였다고 할 수 있겠는가? 그리하여, 결과적으로는 그도 물론, 예정되어 있었던 듯한, 어떤 각본에 좇은 듯하되, 그 각본의 꼭두각시[배우]가 아니라, 그 각본을 각색한 자로서, 각본을 좇은 것이다. 옴 와기소리 뭉!)

歷史는, 헌데 그리고, 그것 자신이, 자고, 꿈꾸고, 꿈꾸며 자는, 계속성인 것이며, 그런고로, 그것 속에 끼어들어 몸부림하는 有情의, 突然變異가 가능한 방(바르도, 니그레도)을 갖고 있는 것일 것이다.

촛불중이 그러는 중에도 물론, 官卒들은, 조금도 촛불중을 방해하는 법이 없이, 小品들을 배치하기 시작한 지 얼마 되지도 안 해, 맺음 손질을 하고 있었다. 숯불 위에다 祭酒도 뿌렸으며, 예의 그 한 쌍의 鐵印을, 개고기 토막과 함께 굽기 시작했다든지, 뭔지 푹 젖은 것을 싼, 푹 젖은 수건에도 한 번 더 물을 뿌린 뒤, 불기를 못 쐬게 하려, 구석에 밀어뒀다든지, 하는 따위였는데, 이제 물론, 연극이 진행되어가는 중에, 촛불중께도 그 젖은 수건에 싸인 것의 정체가 밝혀지겠지만, 그것은 다름이 아니라, 억센 쇠가죽을 써서, 읍의 신기료장수가 이틀에 걸려 지은, 신발 한 켤레였다. 그것은 버선 모양이었는데, 바닥은, 그 같은 가죽을 두 겹으로 대고 있었다.

그리하여, 촛불중까지 합쳐 모두 다섯이, 숯불을 둘러앉기에 이르렀으며, 소주잔을 돌렸는데, 후하게 돌았다. 소주는 목에서 피가 솟을 만큼 독했으며, 마늘은 매웠는데, 촛불중은 혼자서, 저 넷 卒首들이 내미는 잔을 치러야 했다.

물론, '基督'이라고 불렸던, 어떤 보디사트바는, 무명중생을 위해 身布施를 하고 있었을 때(라는 말은, 세상의 罪를 대신하기 위해, 십자가에 못 박히고 있었을 때란 말인데), 아무리 四大가 空에 의지하고 있다 한다 해도, 보디사트바도 또한, 그런 布施에 쓸 몸을 입었으므로 하여, 일어나는 고통을 어쩌지 못하고 있자, 누가 '쓸개 탄 포도주'(는, 일종의 진통제로 알려진다)를 주어 마시게 하려 하였더니, 맛보고 마시고자 아니했으되, 그러나, 중이, 그렇다, 공양을 두고 사양하지는 않는다. 숯불을 앞에 두고, 익어가는 한 쌍의 鐵印을 보며, 촛불중 자기를 둘러앉은 卒首들이, 그것도 입이 미어지게 개고기를 씹다 침이 모자라면, 그저 한 모금씩 쫄딱이기만 하고 있을 때, 자기는 넉 잔씩이나 잔을 비워야 되는 독주는, 숯내의 두통과 함께, 빠르게 취기를 불렀다. 촛불중께 잔을 내미는 卒首들의 눈은 어떤 음험함으로 번뜩이고 있었으며, 중이 술을 넘기고 있을 때에는, 그들은 눈으로 어떤 음모를 꾸미고들 있었다. 그러는 중에 물론, 촛불중의 취기와 숯불은 익어 가을도 깊고 있었으며, 鐵印들도 익어, 독을 가득 배고, 꼬리를 따르르 따르르 떠는, 지옥 구렁이의 아름다움을 드러냈다. 그 아름다움은, 그것을 보는 眼球를 녹혀낼 듯하여, 촛불중께 그것은, '비상을 함량하여 만든 촛불 빛'을 연상케 했다. 촛불중은 그래, 슬픈 체머리를 한두 번 썰렜다. 사실을 말한다면, 그 鐵印을 본 그 순간, 물어보지 않고도 촛불중은, 그것이 무엇에 쓰여질 것인지쯤은, 넉넉히 짐작하고 있었다. 아무리 '本來無一物'論을 부르짖는다 해도, 그래서 중이, 자기 입은 몸을 幻이라고 믿는 데 서슴지 않는다 해도, 그 입어진 幻衣에는 분명히 무슨 목적이 있어 오관을 구비해 있음도 부인치는 못하겠는데, 그런고로, 예를 들면, 귀는 듣게 되어 있으며, 심정은 그 들어진 소리를 재료로 의미를 조립하게 되어 있던바, 전날, 판관 겸직 읍장의, 독구렁이 같은 채찍에 목이 감겼다가, 그 목에 흠집이라도 얻었기는커녕, 그 혀 놀리기의 유연함에 의해 오히려, 큰 형장 나리에로까지 승진해 간, 그 黑手의 재담을, 촛불중인들 어찌 못 듣고, 들었다고 한다 해도, 잊고 기억해낼 수가 없겠는가? 그 탓에 술도 후하다는 것을, 어찌 촛불중이 모르겠는가. 마는, 그렇다고 하여 이 한 중이, (그 중에게 이해되어지고 있는 바를 좇아 말하기로 하여 말이지만) 준비되어 있는, 어떤 모진 고통 같은 것을 외면키 위해, '쓸개 탄 포도주'를 청해 마시고 있는 것은 아니다. 뭣보다도 이 중께는, 무엇을 호탐하여, 청한다거나 하는 생각도 없었으며, 무엇이 몹시 역겨울 수도 있을 것이라고 하여, 외면하려 한다거나 하는 생각도 없었다. ('매 공양에마다, 黃牛一頭의 벌금'을 과하는, 東家食과 달리, 이 경우는, 그런 벌금을 과하는 官에서 시주를 하고 있어,) 촛불중은 오늘, "茶를 대접받으면 茶를 마시고, 밥을 받으면 밥을 먹는", 그 중노릇을 하고 있을 뿐이다. 자기가 실제로, 이런 결과(가 어떤 것일지는, 촛불중만 모르고 있으되)가 되기를 원했거나 말았거나, 촛불중의 생각에는, 이 한 장면의 연극은 이미, 運命처럼 솔아버린 것 같으므로 아무리 싫고 괴롭더라도, 할 수 있는껏, 외면하거나 회피함이 없이, 자기의 役을 충실히 해낼 수밖에 없다고 했다. ('運命처럼 굳어버린, 이 한 장면의 연극'은 그러나, 어느 때부터였든, 그리고 그 자신 그것을 의식하고서였든 못 하고서였든, 그 촛불중도 가담해, 각색했던 것이라는 것을 놓칠 일은 아닌 듯하다. 그럴 때만 그도, 자기와 상관이 없는 데서, 자기가 모르는 자들이 각색한, 그래서 그 俳優는 꼭히, 특정한 누구여야 할 아무 까닭도 없는, 모르는 어떤 자의 役을 빌어 담당하고 있다는, 그 누명을 벗게 될 것이기 때문이다)

방은, 그 가운데서 익고 있는 불(의 씨)에 덩달아 익고 있어, 아직도 물론, 문 바깥쪽에 안개비가 내리고 있다거나 하고 있는 것은 아닌데도, 대장간다운 훈훈함으로 달아지고[糖] 있어, 그 훈훈함이 羊水다워서, 먹고 마시기로 포식한 자들의 전신을, 나른함으로 풀어헤쳐 놓기에 이르렀다. 그래서 그 익은 숯불 가에는, 이빠디가 물러나, 더 이상 가죽을 씹어 부드럽게 할 수가 없이 된데다 겹쳐, 이하고 잔소리나 끓여싸온, 그녀러 할미를 구워 먹고 난, 食人種 같은 것들 서넛이, 그 한 모닥 훈훈함에다 배꼽을 이어서는, 비스듬히 반 누워, 그 달콤함을 빨며, 반쯤 졸음 속에로 기울고들 있었다. 이 食人種 같은 것들은 食人種, 食食, 몸이 무거워진 돼지만큼이나 食困하여, 식식 된 숨을 입으로 불어내며, 돼지만큼이나 평화스러웠으며, 반 졸음만큼이나 조용해져 버렸는데, 그 잠에 젖은 해면 같은 대가리들이 불 속에로라도 떨어뜨려지려 하면, 그때마다 영락없이, 숯이 튀기는 소리를 내고 했다. 가장 맹렬한 元素 앞에서, 것들이 침잠해지기! 그들은, 그 불에 배꼽을 잇고 있으면서도, 어쩌면 그 탓에 졸기의 불알을 늘이느라고, 불을 夢想한다거나, 想像하는 따위, 자기네들의 '눈썹'을 뽑아 불에다 고수레하는 짓을 할 줄을 모르는 듯했다. 헌데도 어쩌면, 저 숯불은, 일찍이 한번 죽은 일이 있어, 훨훨 타오르며, 흐린 연기를 흩트려 자신의 빨건 魂肉을 가리던 무화과 잎까지도 벗어버린 불이어서, 조악함과 동요를 잃은 대신, 빨건 魂肉만을 남긴 불, 가릴 것을 못 가져 부끄러움을 드러내 버린 불, 바르도에 처한 불—念態, 그래서 밖으로부터 도망치기로, 자기의 안쪽으로 숨어드는 불, 겨울을 맞은 뱀, 그 불은 그런 불이어서, 그 불을 둘러앉은 자들께, 잠을, 겨울을 꿈꾸게 하고 있었던지도 모른다. 그래서 그들은, 그 불을 夢想하기로 졸고 있던지도 모르기는 모른다. 불 앞에서 졸기가, 불을 夢想하기. 하나 확실한 것은, 보다 더 自然에 가까우면 가까울수록, 그런 有情들의 言語에서는, 살냄새가, 짐승 냄새가 독하게 난다는 것이다. '몸'이, 그런 有情들, 즉슨, 짐승이며 초목들, 의 充塡한 言語이다. 이 '塡充'은, 그 反極 쪽에서, '眞空'과 다름이 없음은 분명하다. 이런 有情들은 그래서, 무엇을 두고 '꿈'꾸지 않는다. (그러려 들면, 그 당장 거기에, 그 有情의 한 겹 피부를 변경으로 하여, '안/밖', '이쪽/저쪽'이 나타나 버릴 것이다. 저런 有情들께, 우주는 홑겹이다. 그래서 그들께는, "몸 입어, 몸 입은 것들만 사는 곳, 살기가, 곧바로 바르도에 처하기이다." 이런 눈으로 彼岸事를 내어다보면, 그쪽 일 돼가는 것이 환해 보일라)

그런 그 숯불의 더위까지도 독주 함께 마셔 촛불중은, 도대체 정신을 수습할 수가 없으리만큼, 자꾸 고조되는 취기에 당하느라, 꼿꼿이 앉아 있지도 못하여, 몹시 흔들거려댔는데, 그러는 어느 순간부터 그는, 조금씩 손발을 떨기 시작하여, 잠시 후에는, 얼음 우희 댓닢 자리 보아 한데 잠에 들었던 것모양, 몹시 흔들어 댔다. 그렇다고 해서 술기까지 가셔버렸다거나 그런 것까지는 아니라도, 촛불중은, 그 羊水 속 같은 후텁지근함 속에 담겨, 오한을 느끼기 시작한 것인데, 저 卒首들이 불알을 늘여대며 졸음을 느끼는 그 같은 숯불 속에서 그는, 머리를 쳐드는 毒蛇를 보아버린 것이다. 글쎄, 무화과 이파리 하나도 얻어 가리지를 못해, 수치로 붉은 그 숯불 속에서 촛불중은, 끈적거리는 독액을 줄줄 흘려내며, 그 붉은 아가리를 벌려 턱뼈를 넓히고 있는, 검은 옛 뱀이 일어난 것을 본 것인데, 그 뱀은, 재 속에서 붉은 눈을 번뜩여내며, 하필 자기의 뒤꿈치를 물고 덤비려, 기회를 엿보고 있던 것이다. 그러자니 촛불중은, 그 '蓮足'이라는 것을, 자기 엉덩이 밑에 깔고 앉으려, 몸을 버둥거려대지 않을 수가 없었다. 그 불 속에서 일어난 독사의 붉은 시선에 뒤꿈치를 물린 그 순간부터 촛불중은, 불의 呪文에 옭혀, 저항하지 못하고 불 속에로 떨어져 들고 있었다. '마음'이라는 것이 있다거나, 없다거나, 어찌 됐다거나, 그것을 어거해 왔던 무슨 用絲랄 것이, 뭣 때문엔지, 늘고 줄기라는, 그 신축성을 잃어, 비 맞은 개똥 꼴로, 그것이 있다거나, 없다거나, 어찌 됐다거나 마음이라는 것이, 버그로 풀려나 버린 까닭이나 되겠는가. 그것은 허긴, 제 놈들은 한 잔씩만 먹고, 중에게는 넉 잔씩을 퍼먹인, 그 독주 탓이겠지, 마는, 한 중이, (또는 한 善男子가) 대취했을 때, 그러면 그는, 있는지 없는지, 어쩌는지도 모를, 그 '마음'으로 취해 있다는, 그런 말밖에 더 되겠는가? 그렇잖는가, 그럴 것이, "그 마음의 用絲랄 것에서 신축성이 이완된 것은 대취 탓"이라고 한다면, 그렇잖은가. 만약 그렇다면, 그 몸은 시랑토 말고, 말짱해야 할 듯하며, 비록 그 술이 그 '몸'의 목구멍을 넘는다 해도, 그 목구멍 밑에나 어디에, 그 '마음'의 술부대 같은 것이 열려져 있어, 그 술을 받아야 할 것이다. 그래서 사실로 그러하여 '몸'은, 조금만 가시쟁이에 스쳐도 아프고, 숨에서도 술 냄새는 없는 데다, 숙취 머리 아프기란 일어날 수도 있는 것이 못 되던가? 헌데 사실은, 대취 중에는, (그 대취한 당자는) 모난 돌에 맨발을 부딪치고도, 아픔을 잘 모르는 데다, 불어내는 숨에서는, 독주에 헐다 썩고 있는 오장육부 냄새가 진동을 하고, 잠 깬 뒤의 뒈세기 아프기는, 면류관 썼기의 고통이 어떤 것이었었던가 하는 것까지도 잘 짐작케 한다. 이런 순 제길헐, 그렇다면, 아항 그런즉, 술이란 '몸'으로 마셨으니, 몸으로 취한다는 그것을 증명하고 있는 것이랄 것은 아니겠는가? 훗훗훗, 그렇기로 말하면, '몸'은 대취로 중심을 못 잡아, 이리로 비딱, 저리로 비척, 부는 대로 바람, 물결치는 대로 흔들릴지라도, 정신만은 말짱하여, 천야만야한 두 낭떠러지를 잇대어놓고 있는 외나무다리라도, 아무 흐트러짐이 없이 걸어 건너야 할 것이다, 그렇잖은가? 그 다리에서 비딱이다, 천야만야한 허공중을 떨어져 내려, '몸'이사 작것, 사지로 오체로 제길헐 녀러 흐트러질라믄 흐트러질 일이라두, '마음'은 다리 달랑 외나무다리 달랑 말캉 건너 너서 기다려 '몸' 따붙기 기다려 려믄 희게 앉아 폐둥둥—

—"이눔", 語禪派네 사립짝 안에서 늙은네가, 念論을 하다 말고 고개가 삐뚤어지게 잠에 든, 불머슴 놈의 고개 삐뚤어진 잠을, 뻗치느라고 윽박지르는 소리가, 사립문 밖에서 약간의 시주를 바라, 어디서 주워들은 다라니 몇 구절 치기[念誦], 를 하고 있는, 품바 公의 귀에 들린다. "네가 念誦을 할 때 너는, '입'으로 하느냐, '마음'으로 하느냐?" "………" 젊은 놈이 대답한다. 사립짝 밖에서 念誦하던 품바 公이 그러자, 하초를 뻴그렇여, 그 사립짝에다 오줌을 디립다 갈기고, 그 자리를 떠난다. 품바 公의 얼굴은, 俱胝하고 많이 닮았다. 凸! (좆같은 늙은 것!)

—(이것은 물론, 저 품바 公이, 그 사립짝을 뒤에 두고 떠나며, 저 혼자 게그럭 게그럭 토해낸 욕설이지만,) 이 話頭는, 얼핏 이해되어지기에는, 語禪派네 늙은네가, 젊은 놈의 많기도 하 많은, 고개 삐뚤어진 잠을 바르게 고치기 위해 준, 그러니 말[話頭] 을 사닥다리로 말[言語] 의 관문을 뚫고 나가게 하려는, 그런 목적 무목적의 고삐 같지 않은 것은 아니라도, 실제에 있어서는, 저것은 헌데, 더러운 늙은 놈이, 쑥더분한 젊은 놈의 바지를 벗기며, 어울리느라 그 後門을 한번 친 뒤, 침을 바르고 있는, 그 色譚으로밖에는 여겨지지 않는다. 그렇게나 많아, 백여덟도 넘는 話頭(公案) 중에서도, 예 들고 있는 바의 이 특정한 화두는 그렇다면, 語禪꾼들에 대해서는, 한 試鍊이거나 失言이다. 이 특정한 話頭는, '입'과 '마음을 주제로 하고 있는 것은, 누구나 주지하고 있는 대로이겠거니와, 이 경우의 '입'은, '말'[言語] 과는 팔만 유순이나 무관한, '몸'을 대표하고 있어, 이 話頭에 묶이다 보면 그 사미는, 별수 없이, '마음'과 '몸'의 압도 현상을 목도하게 되고, 그럼에도 불구하고 거기서도 더 정진하려 들면 그 사미는, 어떤 순간, '마음'과 '몸'의 괴리, 분립을 체험하게 되기도 할 것인데, 그 사미네서는 이것을 두고 혹간, 그 사미의 정신이 음극에로나 빗나간 것이라고 할지도 모르되, 그러나 手淫派에서는 그것이 무슨, 椿事라거나, 偶發 같은 것은 결코 아닌 것이며, '(거울) 닦기, (하초) 문지르기行(요가)'에서는 어느 순간 저절로 일어나는 한 단계의 禪이라고 가르쳐온다, 면, 이 話頭는, 마소에게

메울 쟁기를, 염소에게 메운 듯하여, 염소를 매우 비틀거리게 함이 분명하다. (물론, '마음이 몸 벗어나기'란, 그것 자체가 위험이 아닌 것은 아니라고 하여, 이 禪定行을 두고는, 스승의 도움이 필요하다고 하지만, 이 자리는 그러나, 그것을 운위할 자리는 못 되는 듯하다. 어찌 되었든, 그 話頭[言語]에서 날개를 끄집어내, 몸도, 말도, 마음도 모두 뒤에 남기고 훌훌 날아오르려 시도했다가, 헐벗은 '마음'과 살, 비어 있는 뜨거운 '살'을 드러내 버리게 된 저것을, 老軀가 젊은 後門 치기에 용쓴다고 한 것이다)

"초, 초촛, 초것 좀 봬겨, 초 착껏 시방, 촛불, 불, 불중[僧]이라는 것, 좀 봬겨, 불, 불지랄을 허는개 빈디",

"불, 불중이, 불지랄을, 헌다고 시방?"

"어이거나, 본개요이, 거 참말이제, 불지랄이라는 것도 있기는 있는개 빈디",

"지 뒤꼼치를, 지발로 워처키, 조 뜨겁은 재 속에다 처넣는다는 겨? 허읏, 흣, 중이 괴기 맛을 보먼, 절깐에 빈대를 안 냉긴다더니, 고것뿐만은 아니다 싶음세. 지 뒤꼼치끄장 꿔 묵을라고 뎀빈다고 시방."

그래 사실로, 촛불중이, 촛불중 자기를 내려다본즉, 허긴 고기 생각이라도 간절해 그랬던지 모르되, 자기는, 자기의 뒤꿈치 하나를, 재 속에 처넣고, 그것이 뜨거워서였든, 아니면 실제로 불지랄이 일어나서였든, 빼드러져 누워서는, 생 떨기를 지랄하며, 거품을 부그럭 부그럭 물어냈다. 그러나 그 지랄을 보게 된 卒首들이, 반 졸다 말고, 서둘러 대가리들을 찾아내고, 그 불지랄쟁이를, 그 불로부터 떼어놓았기에, 재 속에 묻어 놓았던 촛불중의 뒤꿈치는, 아직은 으드득으드득 뜯어먹을 만큼까지 익어 있지는 않은 채였다. 글쎄 그렇게 촛불중은, 촛불중 자기를 내려다보고 있었다. 그럼에도 촛불중이 스스로 알고 믿기에는, 자기의 그 짓은 불지랄은 아니었다. 자기는 글쎄, 그 불 속에서 일어나는, 옛 뱀을 보았었으며, (허기는 그런 것도 지랄의 전조였던지도 모르긴 모르지만) 종내 그것을 더 참고 견딜 수가 없게 되었을 때, 그것의 대가리를 내려찍는다고 자기는, 자기의 엉덩이 밑에 사려 넣어 그 발을 감춰뒀든, 오른쪽 다리를 힘껏 뻗쳐내, 뒤꿈치를 쳐들어 올렸으며, 결과는, 그 뒤꿈치를 재 속에다 파묻게 되었던 것인데, 그러는 바로 그 일순, 자기의 무릎뼈에 어긋남이 있었든, 무슨 경직이 있었든, 무릎을 굽힐 수가 없게 되어, 그 뒤꿈치를 얼른 회수치를 못했던즉, 일시에 초열지옥적 고통이 시작되었으며, 그러자니 경련이 일고, 숨이 끊기고 들었었다. 글쎄, 동지 밤모양 셔리 셔리 사려, 엉덩치 밑에 감춰두고 있던 것을, 아무 준비 운동도 없이, 무작정 내 펴다 쓸 일은 아니었던 모양인데, 문제는 헌데, 그 뜨거움이 극에 달하는 순간, 한번 숨이 딸칵 멈춰지고서부터 시작된 것이다. 건듯 스친 바람에, 촛불꽃이, 촛대에서 살풋 떠나, 그 방의 中天에 떠 흐르적이고 있기. 마음이 몸의 둥지를 떠나 있기. '잠'이, 육신의 모든 문을 닫기로써, 이상스럽게도, '꿈'을 위해서는 활짝 열려져 버렸듯이, 대취와 고통에, 어느 일순 숨이 한번 꼴깍 넘어가, (그가 죽지 안 했다면) 假死에 처해, 마음이 그 몸을 한번 빠져나와 버리자, 완벽한 폐쇄를 드러내기로써도 몸은, 완벽하게 개방된 듯하다. 이것은 문둥병자들의 고장에 드러내진, 상처보다도 더 무방비로 위험한 것은 사실이다. 그 열려짐 속을, (촛불중의) '마음'[念態] 이 제멋대로 들락날락하고 있음을, 그 '마음'이 '마음'을 보고, 그 '마음'이 그 '몸'을 보고 있었다. ("한 중이 念佛을 할 때, 그는 마음으로 하느냐, 입으로 하느냐?" —그것은 무슨 재담인가?) 장차 언제는, 촛불중이 이런 문제를 고려해보게 될지 어떨지는 모르되, 누구든, 이런, 말하자면 약간은 생소하다고까지 말해도 좋을 소식에 접한다면, 그때, 촛불중의 그 '마음'은, 현재 假死狀態에 처한, 그 '몸'으로 마셨었던, 그 과량의 독주가 일으켰음에 분명한, 그 취기를 느껴내고 있었는가, 어쨌는가, 그런 의문을 일으켜낼 것은 분명하다. 그러나 촛불중은, 그것을 기억하지는 못하겠다고 대답할 것은 분명한데, 왜냐하면, 스승으로부터는, 手淫하기밖에 다른 것은 배운 적이 없는 촛불중께는, 이 禪定은, 椿事나 偶發 같은 것이어서, 그가 나중에 이것에 대해 기억을 되살려낸다 하더라도, 이 특정한 감방과의 관계에서는, 눈 번히 뜨고 번열스러운 꿈꾸었기와, 어떻게 달랐던지를 모를 뿐일 것이기 때문이다. 이 상태는, 촛불중께는, 제이의 바르도('미람 바르도' —꿈꾸는 상태)와, 제삼의 바르도('틴게진삼탐 바르도'—三昧境)가 서로 포개어지고 혼합되어 나타난 것이라고 말할 만한 것이어서, 거기 어디에서 禪끈은 실다움을 포착했었어야 되었음에도, 왜냐하면 그것들의 중첩 혼합 탓에, 하필 그것(실다움)만을 놓치고 있었다고 말할 만했다. 라는 의미는, 그의 이 禪定은, 陰極에로 치달려, 매우 실패하고 있었다는 말인 것이다. (총각 놈이 헌데, 창녀네로 달려가, 귀두도 채 다 밀어 넣기도 전에 '싸버렸다'고 한다 해도, 그눔의 귀두 끝에서는 먼지 털이 벗어져 버린 것은 분명하다) 나중에 알게 되어진 것이 이것이지만, 촟불중은 어쨌든, 이 禪定法의 맛을 알아버리게 된 듯했다. 현재로서는 촟불중은 그러나, 꿔진 꿈을 꾸는 자가 보듯이, 촟대를 떠난 촟불꽃모양, 몸을 떠나, 그 감방 나직한 데에 떠 있으며, 거기서 자기의 몸을 놓고, 卒首들이 무엇을 하는지, 그것을 내려다보기도, (그들의 말소리를) 듣기도 하고 있다. 그러고 본다면, 이런 '마음'은 혹간, (바르도에 처한) '念態'와 다름이 없는 것으로 쳐도 되는 것이나 아니겠는가. '念態'란 그리고, 그 기능상에 있어서는, 몸과 같으되, 그것은 무장애여서, 초능력적이라고 하잖던가. (그런고로 이 재미를 한번 들이면, 參禪 중에, [5]그 禪꾼의 몸 떠난 마음들이, 좀체 돌아오려고를 안 한다고 이른다. 이런 상태에 이르면, "마음이 어디에 있느냐?"는, 마음의 현주소 찾으려는, 禪的 公案은, 순전히 語禪派네 家內事인 듯한 느낌이 없잖아 있다. 그럼에도 불구하고, 手淫派네서까지도, 저 물음은 여전히 물어봐야 될 터이다)

그때, 그 열린 감방문을 들어선 사람이 있었고, (촟불중이 보았기에 그는) 黃手였었고, 그의 말로는, 판관 겸직 읍장이 오늘은 이 '法會'에 참석할 수가 없이 되었다고 했고, 美里가 美里의 七祖에 대한 예로서, 그 蓮足에 입 맞추기로 했던 그 儀式은 그러니, 자기네들끼리 치르지 않으면 안 되게 되었다고 했고, 감방 한구석에 그 등을 기대고도 퍼드러져 있는, ('意味'가 捨象되어, 잠시겠지만, 하나의 死語가 되어 있는, '記號') 蓮足의 七祖를 모멸 섞인 눈으로 내려다보았고, 숯불 속에서 익고 있는 鐵印을 겨냥해 가래침을 뱉었고, 가래침 끓으며 타는 냄새가 폴씬 올랐고, (자기들끼리는 잘 알고 있음에 분명한, 눈짓의) 軍號를 했고, 움직임들이 있었던지 그림자들이 스산했고, (黃手는) 소주잔을 들었고, 제일의 卒首는, 숯 잉걸을 두셋 따로 집어냈고, 소주를 뿌려 불을 껐고, 증기화한 소주 냄새가 났고, 신발의 뒤꿈치를 칵칵 내려찍어 빻아 가루를 만들었고, 제이의 卒首는, 촟불중 자기를 뒤에서 껴안는 자세를 취했고, 두 팔을 촟불중 자기의 두 겨드랑 밑에로 통해, 자기의 가슴팍으로 돌려서는, 촟불중 자기의 두 어깨 위에로 덩굴나무모양 휘감아 올라, 자기의 목덜미 뒤에서, 두 손등을 마주치게 하여서는 깍지를 꼈고, 그러자 자연적으로, 촛불중 자기의 얼룩진 턱이 자기의 가슴팍을 욱질러 밀고 있게 되었고, 제삼의 卒首는 그러고 나자, 촛불중 자기의 중의를 찢듯이 하여 벗기더니, 자기의 벗은 두 다리를 간추려 모아설랑은, 아낙네들 말 탈 때 한옆으로 타듯, 자기의 두 무릎 위에 걸터탔고, 그리고는 개고기 기름에 끈적거리는 손으로, 촛불중 자기의 불알을 움켜쥐었고, 그는 분명히, 그것을 말의 입에 물린 재갈이나, 고삐로 쓰려는 듯했고, 제사의 卒首는, 촛불중 자기의 발바닥을 까뒤집기 위해서인 듯, 그 검센 두 손으로, 자기의 뒤꿈치가 그 바닥에 구멍이라도 뚫도록 짓눌러댔고, 그러며 자기의 두 발을 뒤집어, 천장 쪽에로 짜란히, 그 발바닥을 弓曲지게 허옇게 피워냈고, 黃手가 드디어, 들고 있던 소주잔을 내북쳐 깨버렸고, 다른 큰 주발에 넘치도록 소주 부어, 그 불가에 놓았고, 그 불 속에서 속속들이 익고 있던, 발바닥의 弓曲진 부분까지 본떠 만든 鐵印들 중의 하나를, 늘이게 쥐어 들어냈고, 큰 주발에 채웠던 그 소주에 얼른 한번 담가, 그 지글이는 소리에 熱度를 재보았고, 그리고 거기 인각되어 있는, 무늬를 읽었고, 다른 동료 首卒들과 함께, 촛불중 자기의 왼발, 오른발을 確別했고, 그 鐵印을, 촛불중 자기의 왼쪽 발바닥을 향해 근접시켜갔다. 그러는 어떤, 백 년이나 지나서였는가 어쨌는가는 모르지만, 촛불중이 내지르는, 그 몸의 백천의 末魔가 끊기[斷]는 듯한, 고통으로 내지르는 소리가, 별로 어떤 소리로도 그 고막에까지 닿아본 적이 없이 빽빽한, 그 법청의, 백 년 잠의, 귀의, 심연의 밑바닥에까지 가라앉아 내렸다. 이런 말은, 그러고 본다면, 그 둥지로부터 날아 떠나, 조금 높은 데서, 일종의 客觀者로서 자기의 둥지를 내려다보고 있어 왔던, 그 새의 歸巢가, 어느 순간 이뤄져 있었다는, 그런 의미는 아니겠는가? (해골 속에로 괴어드는, 흐르릉한 습기의 불. 한 예를 들기로 한다면, '默'이라는 無音의 記號가, '默'이라는, 發音[소리!]을 얻기, 랄 것) 촛불중의 왼발바닥 있는 데서는, 무슨 연기가 한바탕, 그리고 약간의 간격을 두고, 오른발바닥 있는 데서도, 또 한바탕 올랐고, 그리하여, 한 중의 人肉 타는 냄새가 삼천대천세계의 코들을 간지럽혔던지, 데바[提婆]들은 물론, 아수라, 락사사[夜叉]들까지도 그 한자리에로 운집해 들어, 美里가, 美里의 七祖의 蓮足에 입 맞춰 경배하는, 그 잔치를 즐겼다. 데바들은, 法이 人肉이 되어 타는, 그 연기를 즐겼으며, 아수라와 락사사들은, 인두겁 썼던, 짐승인 너러 것이 타는, 그 고기 냄새를 즐겼다. 그리고 그 잔치는 물론, 별로 시간을 걸리지도 안 해 끝났으되, 데바들이나, 아수라며 락사사들 중의 무엇 하나도, 잔치가 모자란다거나 하여, 빈 콧구멍으로 돌아간 것은 없었다. 그 잔치는, 규모는 작았으되, 삼천대천세계를 배불리 먹이고도, 오히려 일곱 광주리의 음식이 남을 지경이었다. "……헤헤헤, 그래서 소승은 이제, 대사의 눈꺼풀을 까뒤집고, 저 찬연한 햇빛 아래에서 눈물을 말릴 터인데 입지, 눈물이 마를 때마다 말입지, 이 촛농을 그 눈물 대신, 대사의 저 영기 서린 안구에 떨어뜨려 주려 합지.……" —(그런 후 촛불중은 [6]발을 개의해쌌는데, '발'과 '눈'? '눈'과 '男根'[오이디푸스], '男根'과 '뒤꿈치'[아킬레스], 또는 '발바닥'? '蓮足에 입 맞추이기'와 '불알 까이기'[去勢]? [이 경우는, 저 '蓮足에 입 맞추는 자'가, "한 옥함의 나드를 붓고, 그 머리칼로 씻기는" 女性이 아니라, 이스가리옷 유다인 것이 문제겠는가?] 그런 후 촛불중은, 발을 개의해쌌다)

그 鐵印들은 그래도, 촛불중의 발바닥뼈까지는 그만두고, 근육까지라도 태우고 들지는 안 했던 것이 분명했는데, 그 蓮足에다, 그렇게 불의 입맞춤을 시켰던 사내, 즉슨, 판관 겸직 읍장이, 몇 번이고 간곡히, 그 가죽만 슬쩍 태우라고, 간곡히 당부했던 까닭이었을 것이다. 그 鐵印들은 그래도, 거의 근육을 태울 만큼은, 발바닥 비계를 끓여 태우고는 들었었다. 그때쯤 촛불중은, 불지랄도 더 못 하고, 까무러쳐 있었는데, 그 '둥지'가 이번에는, 깃 접고, 제 가슴에다 머리를 묻은 '새'를 날려 보내지를 않은 듯했다. 그가 젖줄을 이은 空門의 先老들이 노상, 노파들모양 흐물대던 소리대로 하자면, "고통이나 쾌감이 다른 것은 아닌"데도, 바로 그 좆 단 노파들의, 이 한 손주 새끼의 처지는 어떤가? (그런고로, "육신은 상처 자체라"고, 그런고로, "아라핫도 육신은 정복하지 못한다"고 하는 것이던가? 어찌 되었든, 그럼에도 여전히, '快'는 '快'여야, 쥐나 개나 아무것이나 다 出家하려 하지 않을 것이며, 그래야 계집은 새끼 낳고, 사내는 밭 갈아 먹는 세상이 운영되며, '苦'도 그리고 여전히 '苦'여야, 한번 앉은 자리에 앉아서는, 좀체로 일어나려 하지 않는 무거운 엉덩이들에다, 곪음증을 일으킨다. 이 너러 상사라는 글쎄 말이지, 퍼 내지르고 앉았다 스러질라믄 스러질 일이다, 라고, 퍼 내지르고 앉았다 스러질 만한 곳이 못 되던 것이더라. 글쎄 말이지, 한번 그 프라브리티에 불어진 것은, 한낱 하늬바람까지도 스러지는 것이 아니던 것을이) 그렇지 않다면, 촛불중이 이런 수난에, 시퍼렇게 눈뜨고 앉아, 싱글벙글 웃고 있었어야만, 羑里의 七祖다운 달력을 구비해 있었다고 할 것인가? 정작에 있어서는 헌데, 조금이라도 禪定에 길들여진 道꾼이라면, 자기 몸의 어떤 부분의 맥을 막기라는 식으로, 어떤 고통을 감소한다거나, 無感키는, 그렇게 어려운 일은 아니라고 알려지고 있다. 심지어는, 어떤 禪肉은, 불에 넣어도 태워지지가 않으며, 그 발에 추를 매달아 깊은 물 속에 떨어뜨려도, 익사치 않는다고도 알려져 온다. 인간이 입은 畜肉은, 그 무게 속에다, 그런저런 모든 가능성을 잠재워놓고 있다는 것이, 溫肉派네 불머슴들에 의해 밝혀져 오거니와, 語禪派에 대한, 溫肉派네의 승리는 저런 것이기도 할 것이다. 이들은, 살을 허비치 않는다. 이들은, 조악한 물질을, 어떻게 練金할지를 알고 있는 것이다. ("한 禪肉은, 불에 넣어도 태워지지 않는다"라는, 그 '태워지지 않기'[를 하나 예로 들어 말한다면] 禪定法에 관해서는, 童話 속에도 흔하게 나오는 것이어서, 구태여 밝히려 애쓸 필요도 없기는 없을 것이다. 마는, 한 육신을 이루는 元素는 모두가, 燃燒的인 것만은 아니며, 그중에서도, 특히 '살'을 이루는 두 元素, '흙'과 '물'은, 차라리 反燃燒的이라는 것을, 고려할 일이겠는가. 그리고도 더 덧붙일 것이 있겠는가?) 그리하여 새로, 다른 각도에서 관찰하게 되어지는 것은 무엇인가 하면, (法을 만재한, 한 法車가, 그 法輪을 굴리려 하거나, 굴리고 있는데, 어떤 훼방꾼이 나타나 그것을 송두리째 파괴하려 덤비는, 그런 경우는, 그 法車 때문이 아니라 중생 때문에 천만번 제외해야겠지만,) 한 禪꾼이, 자기 몸에 가해지는 어떤 고통을 회피하기 위하여, '쓸개즙을 탄 포도주'를 마신다거나, 고통이 비롯되는 부분의 맥을 막는 짓을 한다는 것은, '快'와 '苦'의 맛을, 너무도 잘 식별하고 있는 것이나 아닌가, 하는 것이다. 어떤 禪꾼이 만약, 다리를 하나 잘리고 있으면서도 웃고 있을 수 있다면, 그에게는 '快'와 '苦'가 꼭같아 다름이 없는 듯이 보인다 해도, 그의 '快'와 '苦'는 혹간 익명의 것이나 아니겠는가 하는 것을 고려하게 할 것이다. 그런 禪

꾼은, 世衣가 자기의 몸에 맞지 않나 솔아지기 시작하면, 까짓 녀러 世衣쯤 태워버리려, '불가사리'라도 불어내기를 서슴지 않을 것이며, 필요하다면 백천이라도 불어낼 것이다. 조금만 생각이 깊은 자라면, 7'자기 부정'과, '죽기'라는 法輪을 굴리기 위해 온 자가, 십자가에 못 박혀 매달려서는, 빙글빙글 웃고 있다거나, 어떤 병사가 찌르고 든 창끝에 가슴을 다치고는, 스스로 그 창을 뽑아 꼬나들고, 십자가에서 내려와, 그 병사를 추적하는 광경은, 보고 싶어 하지 않을 것이다. 그러면 그는, 이적을 행해 보이기로 저들을 경악하게 했음은 물론이거니와, 고통으로부터 그 자신의 승리는 거두었을지 모르되, 그가 짐 져주러 온, 타인의 고통에 대해 그는, 다만 무관할 뿐이었을 것이다. 헌데 그는, 神의 삶이 아니라, 평균적 인간의 삶을 살아보려 왔던 자가 아니었는가. 그것이 그가 입은 형벌—人肉이다. 그렇다면, 살을 입고 있는 한, 그도 고통에 당해서는 울부짖어야 하며, 그도 삶의, 몸의, 한계에 당해야 된다. 그리하여 그 살 입었기의 한계에 의해, 그 살을 벗어야 된다면, 그것이, 그가, '죽기' 위해 살 입어온, 그 法의 완성이 될 것이다. (그렇다, 하나의 말[言語]은, 어떤 한 意味[는, '로고스'라고 얘기되어져 있는 데]가, 소리, 또는 소리의 記號[文字]를 입기에 의해, 化現을 성취하되, 그 意味가 입은 의상은, 한번 발음되어지기로, 탈락하지 않으면 안 되는 것, 그것이 '말'[言語]의 달마이다. '소리'는 '청각'에 호소되며, '記號'는 '시각'에 호소되는 것이지, 그 어느 것도 직접적으로 '心情'에 닿는 것은 아니다. 그런데, '心情'과 통화할 수 있는 '말'은 '意味'인 것이지, 그것이 빌려 입은, 의상[소리, 記號]은 아닌 것이다. '心情'은 그렇다면, 듣지 못하며, 보지 못하고, 냄새 맡지 못하며, 맛보지 못하고, 만져 느끼지 못한다. 한번 발음되어졌거나, 記號를 입어, 청각이나 시각을 통해, 심정에 닿은 말은, 그래서 그것의 몸을 이뤘던, 모든 조악함을 벗어버린, 순화된 意味이다. 그것이 종교적 어휘를 입는다면, '念態', 또는 '靈'이라고 할 것인데, 그렇다면, 그 '소리, 記號'는, 조악한 四大로 이뤄진 '肉身'이며, 그것에 제휴해 있는 '意味'는 '魂'이랄 것이다. 한 '말씀'의 세겹살. '말씀'이 '살'을 입어, 히히히, 짐승처럼 살을 입어, 짐승들 가운데 거했더라니!)

그때쯤 촛불중은, 불지랄도 더 못 하고, 까무러쳐, 펴 늘어져 있었는데, 그러나 저 卒首들이, 그에게 사태져 덮어버린, 椿事的 無痛의 잠 속에다 그를 가만두려 했겠는가, 그렇게 그 두 蓮足 바닥에 불의 입맞춤을 끝내기가 무섭게, 黃手가 먼저 제 놈의 바짓가랑이를 까 내리더니, 그 펴 늘어진 昏睡 위에다, 줄기찬 오줌 줄기를 쏴 내렸으며, 그것에 좇아, 그런 오줌 줄기는 두 줄금, 세 줄금으로 불어나, 펴 늘어진 중의 눈이며, 코며, 입이며, 가슴팍이며, 벗겨져 드러난 하복부 등에 뜨겁게 두들기고 들었다. 그리고 그것들은 조금씩 들린 듯이, 씨석 씨석 웃었는데, 촛불중은 깨어나고 있었고, 그러다 중은 왝왝 토해 내기를 시작해, 자기 펴 늘어져 있었던 그 구석을 기어댔다. 똥물 섞인 소주며, 녹지 않은 개 고깃점들을 토해냈다. 그리고 창자가 좀 제자리로 틀어 앉게 됐을 때 촛불중은, 새로 卒首들의 얼굴을 기억해냈고, 자기 발바닥의 아픔도 상기해냈다. 오늘은 썩 일진이 좋잖은 날이던 것이다, 글쎄 누가 뭘 잘못 딛다 똥통에다 발모가지를 빠뜨려도 일진이 나쁜 날이라고 하는데, 촛불중은 오늘, 땅 아래 있다는 어떤 초열지옥의 지붕을 잘못 밟아 디딘 것이다. 그녀러 천장에 구멍이 뚫리는 탓에, 실족을 하여설라무네, 이승에 궁둥방아를 찧으며, 초열지옥의 火心에다 두 발목을 집어넣어 버렸구나, 그리하여 대룽대룽 매달려 내린 촛불중의 발바닥에는, 아까 어떤 나찰이, 소주 부어, 신발 뒤꿈치로, 철퍼덕이도록 빻았던, 그 숯가루가 덕지 덕지구 범벅 범벅구 묻혀지고, 발려지고, 칠갑이 되고, 맥질이 되었는데, 그런 정성이 헌데, 화인으로 그 발바닥을 지져대던, 그 불 나찰들의 손에서 우러나고 있다는 것은, 희화였을 터인가. 그러던 손들이, 그런 뒤, 그 일의 마무리를 하기 시작하고 있었다. 라는 마무리란 뭣인가 하면, 푹 젖은 수건에다 싸, 불기로부터 조금 떨어진 구석에다 두었던, 그 푹 젖은 가죽 신발을 그 발에다 신기는 일이었다. 그리고는, 가죽끈으로 신발을 단단히 매고, 그 발들을, 숯불 가까이 짜란히 놓아둔 채, 한바탕의 숯불을 더 피웠다. 오래잖아, 젖었던 신발에서는 조금씩 김이 올랐으며, 그 김 냄새는 토해진 소주만큼이나 역했으나, 卒首들은 얼른 자리를 뜨려고 하지도 않고, 남은 술을 천천히들 마셨다. 소주에 무슨 앙금 될 찌꺼기가 있었겠는가마는, 마시다 말고 그들은, 찌꺼기 술을 남겨서는, 김을 솟궈 올리고 있는, 촛불중의 가죽 신발에다 찌뜨려 부었다. 젖은 나무토막을 마르라고 모닥불 가에 놓아두듯, 촛불중을 그렇게 놓아두고, 저것들은 이번에는, 시작으로서 아까, 小品들을 정리했던 그 손들을 거꾸로 놀려 모든 것을 원상에로 돌리고 있었는데, 그 한 예를 들면, 촛불중 자기로부터 찢듯이 중의를 까 내렸던 그 꼭같은 손들이, 그 꼭같은 바지를 찢듯이 끌어올리고 있었다는 식인데, —이 장면의 모든 것이, 시간의 흐름까지도 포함하여, 촛불중의 눈에는 그러니, 소급, 역행, 뒤집혀지기로 보였던 듯한데—그랬음에도 한번 불이 일었다 스러진 재 속에서는 숯이 되돌아오지는 안 했으며, 그랬으니, 촛불중의 발바닥에 입혀진 상처도, 본디 상태에로 아물어 들었거나 하지는 안했다. 그들이 문을 나서는 광경까지도, 촛불중의 눈에는, 아까 그들이 그 문을 들어서던 그 꼭같은 움직임의 反轉現象으로 보였음에도, 맨 뒤에 처졌던 黃手가, 판관 겸직 읍장 영감님의 특별한 지시라며, 촛불중 자기의 귓속에다 거머리라도 한 마리 넣어주듯, 소곤거려놓고 간, 한마디의 官命은, 그런 시간의 역류를 통해서 지워지거나 하지는 안 했던지, 나중에, 촛불중의 의식에도 시간이 흐르는 방향으로 일정하게 흐르고 있다고 여겨질 때에도, 그의 귓속에서 되살아나, 그것은 차라리 더욱더, 촛불중의 귓속에로 파고들며, 소리라는 자기 고막 속의 모든 소리들을 다 빨아내고 있는 듯하여, 어지럽게 했다. "대사가 말여, 아 물론, 둥둥 떠댕긴담사 요것은 씰디없는 소리겄어도, 요 邑에다 발바닥을 붙이고 있는 한은 말인디, 고 신발을 벗게는 되어 있덜 안 허다고. 누가 官에다 찔러 바칠 만한 사람이라도 곁에 있다먼, 잘 때라도 벗는 짓은 허지 마는 것이 좋을 것인디, 벗는 날은, 고 당강내, 고 발 몽생이들이, 작두날에 끊기는 날일 틴개. 그라고 고 일은 내가 헐 것인개." 그리고 그는, 촛불중께 눈을 하나 찡긋해 보이며, 오른손바닥을 펴 누렇게 쳐들어 올리더니, 새끼손가락이 있는 부분을 도끼날이라도 되는 듯이 하여, 한 찰나에, 촛불중의 뒈세기를 패 쪼개려 세게 내리쳤다. 그런 한 손 치기에 헌데, 촛불중은 어이없이 정신을 잃고 맥을 풀었는데, 그런 식의 急所 치기는, 그가 어디 대처 헤맬 때, 약간 익혀온 장기던 것이다. 黃手는 그리고, 젖은 가죽 신발에 신겨진, 의식 불명의 촛불중, 의 두 발목을 움켜쥐어 끌어다, 새로 피워져 열을 내기 시작하는 숯불이, 혀를 길게 밀어내지 않고도 그 발바닥을 핥을 수 있는 거리에다, 그 발바닥을 짜란히 쬐게 해놓고, 그리고 문을 나섰다.

그는 그로부터 물론, 그 일들을 보고하러 상전께로 갈 것이며, 그러며 그는, 그 상전의 상에서 던져질, 기름진 부스러기들을 생각할 것이었다. 그런 기름진 부스러기를 위해 그는, 그 상전께, 자기의 몸·말·마음의 전체를 바쳐버리고 있던 것이다.

그리고도 묘한 것은, 사람이라는 有情은, 극한 고통에 달하면, 더 견디지 못하여 맥을 풀어 假死狀態를 드러내고, 그런 假死에 처해 있던 것은 반대로, (헥, 그 假死로써도 견디지 못할) 어떤 고통에 당하면, 의식을 회복해내는데, 물에도, 술에도, 오줌에도 젖었던, 그 가죽 신발의 바닥이 마르다 못해, 뒤틀려지며, 조금씩 그 불의 좀에 먹히느라, 약간씩 돋은 부분들에, 엽전 모양의 검은 반점들이 드러나기 시작했을 때, 촛불중도, 回路에 올라 있는 증세를 드러냈다. 발목 아랫부분에 무슨 간질이나 일어난 듯하여, 푸르륵 푸르륵 떨어쌌는데, (그럼에도 아직 그것은, 그것을 이어 갖고 있는 자의 의지에 좇는 것이 아니어서, '누구의 발목'이라고, 그 소유주를 밝힐 차례는 못 되고 있다) 그 경련이 헌데 번개처럼, 不明에 처한 그 살의 구석구석에다, 계속적인 충격을 가하여 의식을 일으켜 세운 듯하여, 촛불중은 드디어, 앓는 짐승인 녀러 납비녀 소리를 빽빽여내며, 이를 덜덜 부딪쳤다. 그러며 불알이라도 몹시 훑이운 자모양, 제 손으로 제 사타구니를 훑고 덤비더니, 그다음 순간엔, 벌떡 일어나 앉았고, (숯불 빛에 얼룩져 보이는 그는, 사나흘 썩다 일어난, 영락없는 나자로였다) 그다음 순간엔 벌떡 일어나, 홀홀 뛰었으며, 그리고도 그다음 순간엔, 사태기를 꼬고 옆으로 비시겨 누워 경련을 해댔다. 되기도 된 한고비가 넘고 있는 듯했다. 그러다가 촛불중은, 울었는데, 그때쯤은, 그 된 한고비가 다 넘고 있었는 듯했다. 촛불중은 사태기 사이에 두 손을 모아 찔러 넣고, 새우 모양으로 오그라져, 한옆으로 누워서, 그리고 울었다. 그에게는 아무것도 분명하지가 안 했는데, (여러 날 후에나 그 숙취가 개일, 그런) 대취에다, 극렬한 고통에, 그의 오관은, 시위 끊긴 활이나처럼, 그 기능의 화살을 쏘아내지를 못했다. 아까는, 촛불중은, 자기의 '몸'과 '마음'의 分離, 分立을 경험했었지만, 그리하여 지금은, 자기와 外界와의 乖離, 乖立을 경험하고 있는 중이다. 이것은 사실, 촛불중께는 매우 생소한 경험이었을 것인데, 그는 늘, 밖이란, [8]자기의 안쪽의 意

味의 記號化[化現]라고만 이해해왔었는데, 오늘 촛불중은, 그 '意味'와, '記號' 간의 阻面을 목도한 것이다. 촛불중께 이것은, 현재로서는, 혼돈이며, 무의미로밖에, 달리는 어떻게도 이해될 수가 없었다. 이것은, 촛불중을 失語症에 당하게 했으며, 癡呆狀態에다 밀어 넣었다. 그리하여 그가 경험하게 된 것은, 그 의식의 '밖'으로부터, 그 '밖'의 그중 조밀한 일부인 자기가, '몸'이라고 입고 있는, 그 '四大'가, 탈락되어져 버린 그 현상이다. 더 큰 四大로부터, 지극히 자그만한 四大가 하나 탈락한다? 헌데 이 '지극히 자그마한 四大 하나가', 몇 식경 전까지만 해도, 저 '더 큰 四大'라는, 그 한 宇宙를 보쌈해 있던 그것이었었는데, 이 갑작스러운 축소, —저 큰 우주 속에서 그리하여, 별똥별처럼 추락, 무섭게 추락, 추락하기, 자기의 속으로 속으로 추락하여 자기의 밖에 가서 부드쓰러지기, 咄! 하나의, 작은, 외로운, 惑星 하나, 咄! 그리하여 촛불중은 비질 비질 울다, 알았다, 자기가 (六道 중에서) 어디까지나 추락했는지를, 보았다, 그 餓鬼의 괴로움을, 느꼈다. 배고픔의 비참함으로 울부짖는, 귀신들의 골짜기(프레타 로카[preta loka]) —거기로 떨어져 내려 울부짖는, 餓鬼, 하나, 촛불중. (그럼에도 촛불중은, 자기가 나라카에까지 떨어져 내려 있다고는 생각하고 있지는 않은 듯했는데, 그것은 그가, 자기가 처한 곳의 무엇에 대고서도, 별다른 분노나 증오를 느끼고 있지는 안 했었다는 증거인 듯했으되, [그러고 본다면 나라카 로카란, 보다 더 '心理的 苦痛'이 가해지는 곳이 아니겠는가?] 그 스스로, 자기가 하나의 '餓鬼'에로 轉身을 겪어놓고 있는 것을 본 것은, 그가, 자기의 肉身으로 해서 시달리되, 그것도 자기의 心氣로서 참고 견디기에는, 그 肉身이 너무 커서, 어쩌지를 못하고 있다는 것을 고백하고 있는 듯했다. [그러고 본다면 프레타 로카란, 보다 더 '肉身的 苦痛'이 주어지는 곳이나 되잖겠는가? 아으, 그러고 본다면, 이 한 벌의 우주는 얼마나 치밀하게 짜여져 있는가? 畜生道 아래쪽에는, 그 윗녘에서, '마음'으로, '몸'으로, 스스로를 더럽힌 것들의, 죄과를 치르며, 때를 씻어내는, 두 개의 고장이 있거늘, '나라카'며 '프레타'] 프레타 로카에 처한 몸[念態—는, "이를테면, 물 위에 어린 달 그림자와 같다"고 하여,] '念態'라고 이르며, 그런고로 근본적으로는, 그것 위에 퍼부어져 내리는 어떠한 매질도 그것을 해치지 못한다고 하던 것을! 것을?

아으, 그런즉슨, 그와 반대되는 데서는, 逆바르도에서는, 육신을 입고 있는 것들의 매일매일 살기에서 일어나는, 걱정이며 근심, 불안과 초조, 공포나 증오 따위, 그 형체도 아무것도 없는 고문은, 그 육신에 상처를 내지 말아야 할 것인 것을! 것을?]의 苦痛은 그래서, [거기 처한 有情들께 주어진] '거대한 위장과, 바늘귀만 한 입'으로 표현된다. [첨부할 것이 있다면, 육신적 천태만태의 고통 중에서도, 그중 원초적이며 궁극적인 것은, '배고픔'의 고통인 듯하여, 그것으로써, '프레타 로카'의 고통을 代名해버렸지 않나, 하는 것이다] 그렇다, 그리하여 이 한 비극적인 순간, 촛불중은, 자기의 肉身 속에로 떨어져 내려 있던 것이다. [극소한 것을 싸았어도 남음이 없었으되] 극대한 우주를 휩싸았으되 모자람이란 없었던, 그 '마음'은 그리하여, 그 육신의 배꼽만 하게나 줄어져 버려 있던 중이다. 그리하여 그는, 한 男子보다 더 크지도, 작지도 않게 되어버린 것이다)

그 감방 바닥의, 새로 피워 한번 성했던 숯불이, —숯불도 또한 달팽이나 거북 같은 것이다. —저 입은 제 등껍질 속에로, 그 대가리를 사려 넣기 시작하고 있을 때(는, 대취와 고통에 흐렸던 촛불중의 의식도, 두터운, 잠의 비계에 싸여, 비계에 살을 찌우고 있었는데) 저녁은 저물어 들고 있었으며, 별세한 장로네서는, 그 댁 청지기 늙은네가, 며칠째 그래온 그대로, 새로 기름을 채운 등과, 촛불중의 저녁 공양을 갖고 왔다. 촛불중은 그때까지도, 혼몽에 처해 있었는 듯했지만, 몸은 여러 번이나 뒤척이고 궁글린 흔적이 있었다. 늙은네가 든 등이 비춰준 대로 하자면, 촛불중은 고양이나 개모양 오그리고 옆으로 누워 있는데, 오한 탓이든, 아니면 어떤 고통 탓이든, 간헐적으로 몸을 떨어대고 있었다. 옹기를 굽고 있는, 옹기장 지붕을, 그 고양이는 잘못 넘어가다, 그 틈 간 지붕에 발목을 빠뜨리고, 버썩 태운 것이다. 저것은 그리고 또, 학질에 지쳐 잠든, 누런 아이의 목구멍을 기어 넘어 나왔다가 오그라져 죽은, 거위도 같았으며, 苦行이며 德行으로 근근이 모은 善財로, 제석천왕 사는, 홍루 십만 년, 백일몽에 들었다가, 그 재산 다 탕진하고 나서 쫓겨난 자가, 이승에로 떨어져 내리며 타다 조금 남은, 그런 무슨 별똥 한 무더기도 같았으며, 물의 깊디깊은 데 익사했던 어떤 하늘 불[火] 한 송이가, 하룻저녁 조수에 밀려, 해변에로 떠 흘러와 반쯤 마르고 있는, 海草 가닥도 같았다. (咄咄! 小說하기의 雜스러움!) 무엇보다도 그러나 저 사내는, 스스로 蓮翼(足)을 불사르고, 그 재 속에서 기어 나온, 털이 부스스한 佛力의 한 (벌레, 번뇌,) 벌뢰였을지도 모른다. 그래 그랬는지 어쨌는지는 모를 일이라도, 그 문 열린 감방 안에서는, 미역 가닥 냄새와, 羊水며, 죽은 피 냄새가 어우러진, 産室의 냄새로 진동을 했는데, 소금이며 소주도 썩는지 어쩌는지는 몰라도, 그 냄새는, 그런 소금이, 소주가 썩는 냄새도 같았다. 그는 똥 싸 뭉개고, 그 속에 어구라져 있었다. 늙은네는, 그런 모두를 한눈에 보고 있었으되, 그래서 그랬을 것이지, 글쎄 풍경이라는 것도, 얘기책이나 소식 읽듯, 차례차례 보아야, 그 풍경에서 이름들이 돋아나는 것이며, 그렇지 않고, 한눈에 모두를 한꺼번에 보아서는, 풍경은 있으되, 이름들이 떠오르지를 안 해, 풍경이 돋아오르지를 않는데, 이것도 물론 일종의 失語症이랄 것이 아니겠는가. 이런 失語症은 헌데 사실에 있어서는, 생소한 풍경에 대해서보다, 일상적이어야 할 것이, 자기의 부재중, 어느 모서리에선가 몹시 바뀌어져 있다는, 그런 느낌이 있으되, 뭔지 그것을 가려볼 수가 없을 때, 더 심하게 시작되는 듯하다. 늙은네의 후각을 자극해온, 그 방 안의 냄새의 바뀜은 이미 지적된 대로이지만, 냄새가 암시했던 것만큼, 방 안의 풍경에는 그러나 그렇게나 큰 무슨 변화가 보이고 있는 것은 아닌데, 헌데, 蓮坐를 지켜 있었기를 기대했던 중은, 웬일인지, 몹시 구부리고 모로 누워 있다. 늙은네의 失語症은 그리하여 시작되었을 것으로, 등신불이 되었더니, 그러는 중에 한마디 말이라도 괴어올랐을 것인가, 모를 것이, 쥐고 있는 등불이 흔들리기 시작했고, 흔들리는 불빛도, 그것이 비춰내는 모든 사물의 얼굴들을 바꿔, 비실재적으로 보이게 했다. 그것은 늙은네께 현기증을 일으켰고, 그래서 늙은네는 더 서 있을 수가 없어, 대변을 하러 측간에 앉는 자세로 앉았고, —어으 제길헐 녀러, 녀러, '말하기'는, 언제든 순서를 좇아서만 말이 된다는, 그 秩序를 엄연히 지키고 있어, 흐트러진 얘기를 하고 있을 때라도, 제기럴 그 흐트러진 구슬들을 꿰지 않으면, 의미가 통하지 않는다. 이것은, 言語와, 言語로 조립해내는, 그 어떤 풍경이나 사건 당자와의 사이에 顚倒現象을 일으키는 것이 분명하다. 그렇다면, 어느 쪽인가가 정직하지가 않다. 풍경이나 사건 자체는, 한 광주리의 구슬이 단박 엎질러져 있는 것과 같은데, 그것을 묘사해놓은 말은, 修辭學的 秩序라는 단단한 실에 가지런히 꿰어져, 意味를 드러내고 있는다? 이것은 그러자, 두 가지의 경우를 상정하게 하는 듯한데, 그 하나는, '말'이, 그것을 의사소통의 수단으로 사용하는, 그 당자들을 欺瞞하여, 틀린 정보를 제공하거나 하는 것으로 이해되며, 그 다른 하나는, 天地의 개벽은, 최초로 말을 쓰기 시작한 자(아담)로부터 그 元年을 삼아야 한다는 것으로서, 실제적 우주는, 혼돈이며, 혼잡이고, 스산한 빛과, 깊은 어두움뿐인데, 그러니 그것 자체에는 秩序란 있는 것도 없는 것도 아닌데, 거기에 '말'을 쓰는 자들의, '말의 말뚝'이 꽂히기에 좇아, 秩序가 드러난다는 것이다. 헌데 말은, 일반적으로는, 한 줄씩으로밖에, 잘 만들어지지가 않는다. 그러면 그 한 줄의 秩序를 위해, 다른 많은 것들이, 그 秩序의 뒤쪽의, 어두운 방에 처넣어져 버린다. 그럼에도 이것은, '바깥 풍경이며, 사건'이라고 한정한 것에 한정해서만 말하고 있는 것인데, 반대로, 일러 '안쪽'과 관계된 것에 관해 말하려 하면, 말한 바의 저 '躓倒'는 보다 더 확대될 것은 아니겠는가. 헌데 아무리 검은 것이라도, 늘이고 늘이다 보면, 희어진다고 이른다. 그렇다면, '안/밖'의 구별을 갖지 않는 자들께는, 저 '躓倒'도, '늘여지다 희어져 버린 검음'처럼, 그 원상을 회복해 있는 것이나 아니겠는가. —그리고, 흐트러져 있는, 한 광주리의 구슬모양, 아무 데도 손댈 수가 없는 혼돈 속에다 손을 넣어, 더듬더듬 몇 구슬의 秩序를 주워 올리려 했다. 그러기 위해서 늙은네는, (촛불중이 물론, 숨을 쉬며, 푸르르 푸르르 떨고는 있으되, 사실로 아직도 살아 저러는가, 아니면, '가고 없는데도', 무슨 지나던 客鬼라도 쳐들어 저러는가, 그것을 알아보기 위해) 촛불중의 머리를 두 팔에 싸 올려, 자기의 무릎 위에 올려보았고, 그 얼굴은 얼룩져 있었고, 그 입에서는, 창자가 독주에 녹는, 독한 소주 냄새가 용암처럼 뿜겨져 올랐고, 몸이 흔들려진 데다 머리가 높아지자 촛불중은 한 번의 깊은숨을 들이쉬었고, 그 방 안을 비추는 등불은 더 흔들리지 않았고, 헌데 촛불중이 뭔지 헛소리 같은 것을 했다. 늙은네는 그래 다시곰 생각하고, 그 방 한구석에 귀 맞춰 포개어져 있는 침구 중에서 베개를 갖다, 그의 뒤통수에 받쳐주고, 그리고는 자기가 늘 한 주전자 채워 윗목에 놓아주는, 그 주전자 물을, 주전자 귀로 해서, 그 입에다 좀 흘려 넣어주었다. 그 물의 얼마는 그의 목구멍을 넘었을 것이라도, 얼마는 그의 입 귀퉁이로 흘러내렸다. 그러고 나자부터 늙은네께, 그 방 안의 풍경들의 이름들이 하나씩 하나씩 돋아나기 시작했다. 뭣보다도, 아까부터 늙은네의 눈을 끌던 것은, 촛불중께 신겨진, 한 켤레의 가죽 신발이었는데, 그제 보니 그것은 바닥이 눋고 탄 흔적이 있는 데다, 뒤틀려지고 있어, 뭣보다도 먼저, 그것을 벗겨보지 않고는 안 될 듯했다. 그래 늙은네는, 등을 끌어다 가까이 놓고, 혀를 끌끌 차가며, 신발 끈을 풀려 했는데, 그 부분은 어째선지 조금은 축축하다고, 늙은네는 느꼈다. 물론 늙은네는 별로 어렵지 않게 첫 짝은 벗겨냈으나, 벗겨낸 뒤 늙은네는, 그 발이 어떤 식으로든 몹시 상처를 입어, 붓고, 부풀어 있는 것을 읽고, 다른 짝을 벗기는 데는 주의를 다하느라, 땀을 죽처럼 흘리며, 시간을 걸렸다. 늙은네는 아까부터, 무슨 낯선 냄새를 맡아왔으나, 그것에 무슨 이름을 붙일지를 몰랐는데, 이 신발짝을 벗기면서는, 그것이 어쩌면, 불에 탄 살이, 솟궈내는 진물 냄새 같다고 했으며, 그리고는, (羑里邑과 중에 대해서라면, 羑里사는 개까지도 그렇게 떠올릴) 붉디붉은, 쇠 손톱의, 官手들을 떠올리고, 진저리를 쳤다. 재가 돼가는, 숯에다 그 신발짝들을 던져 올리고, 늙은네는, 그 숯의 뜨거움으로 짐작하여, 그들[官手]은 떠난 지가 얼마 되잖은데, 독주에 개고기에 마늘이며 된장을 가져와, 촛불중을 둘러앉아 잔치를 벌이며, 촛불중을 대취하게 하고는, 그 발을 태웠을 것이라고 했다. 그리고 그 발바닥은, 숯을 빻아 만든 고물로 왼통 철갑 범벅이 되어 있었음에도, 그들이 그를, 숯불 위에로 걷게 했거나 한 것 같지는 않다고, 늙은네는 짐작했다. 왜냐하면 그 발바닥들은, 상처를 입고 있지 않은 부분도 드러내고 있는 데다, 그 위에로 걷도록, 숯불을 마련해놓은 흔적 같은 것도 보이지 않기 때문이다. 그때쯤은 늙은네도 헛소리를 하고 있었던지, 말귀 밝은 귀신까지도 못 알아먹을 소리로, 귀신 씻나락 까먹는 소리를 해싸며, 가져왔던 반주로 그 발바닥들을 씻어내기를 시작했다. 그러는 중에도 촛불중은 가늘게 경련을 했으며, 가다끔 앓는 헛소리를 했다. 신발이 벗겨진 후부터, 그의 발바닥들은 공처럼 부어오르고 있었다. 이 부은 기가 가라앉지 않는 이상, 이 각설이가 감발을 매려 했다가는, 앞으로 뒤로 끼우뚱거리다 코나 뒤통수를 깨거나, 처음 통통 튀어 오르고, 또 오르다,

나중에는, 그 낙하의 속력에 비례하여, 솟아오르게 될 상도 싶었다. 이런 생각은 누구나를 쿨쿨 웃게 하는 것이 틀림없어, 늙은네도 그래서, 그 발을 씻기다 말고, 크르 크르륵 웃고 있었는데, 그것은 울음에 범벅되어 있었다. 그 발바닥들은 부을수록, 익어진 피 섞은 진물을 송진처럼 돋궈냈는데, 늙은네는 그 자리들에다, 숯이 타며 남긴, 식은 재를 훌훌 뿌려 습기를 없애려 했다. 늙은네께 몹시도 이상스러운 것은 헌데, 그 발바닥들에서, 무슨 무늬 같은 것이 돋아나 보인다는 것이었다. 헌데 그 무늬들은, 왼쪽 발바닥의 것과, 오른쪽 발바닥의 것이 조금도 닮아 보이지가 안 해, 그 발바닥들을 지진 손들은, 타는 숯이거나, 쉽게 발견될 수 있는 아무 쇠붙이라도 달궈, 즉흥적으로, 아무렇게나 그 발바닥들을 지져댄 것은 아니었으며, 치밀한 계획하에, 그러니 어떤 教義를 갖고, 그 祭儀를 치렀던 것이라는 것을 알게 했다. (늙은네도 알지만, 美里에서는, 한 중을 傷하게 할 때마다, 하나씩의 教義가 태어나고 했었으며, 그것을 위해 중들이 殉教를 감행해야 했던 것이다) 아마도 새로 제창된 教義를 담고 있음에 분명한, 두 발바닥의 무늬들은, 물론 사슴 가죽에다 써놓은 '曰' 字 같아서, 그 무늬들이, 늙은네의 눈에 대번에 확연한 것들은 아니었다 하더라도, 그리고 사실로 그것이 그렇게 고안되었던 것인지 아닌지, 그 내막은 늙은네로서는, 알 수가 없었다 하더라도, 그 늙은 눈에라도 보이는 대로만 그 무늬를 읽기로 한다면, 지국총 지국총, 촛불중의 왼쪽 발바닥에는, '苦' 字 무늬가 인각되어져 있었으며, 어사와, 오른쪽 발바닥에는 '海' 字 무늬가 인각되어져 있었다. 그래 늙은네는 한 번 더 크르 크르흐 웃고, 그 두 무늬를 붙여 뇌어보았다. '苦海', 또는 '海苦.' 늙은네는 그러다 자기의 혀를, 美里에서는, 농사철의 소가 울어도 그런 투의 소리로 운다는, '苦海'에다 고착해버렸다. 苦海—그렇다, 그러나, 그 발바닥이 '苦海'인지, 그것들이 헤쳐가는 것이 '苦海'인지, 그것은 늙은네께, 오늘 느닷없이 불분명해져 버렸기는 했다. 그것으로 '苦海'를 헤쳐가야 한다면, 오늘날 세상 돼가는 것을 보건대, 제석천왕의 발바닥뿐만 아니라 염라왕의 그것들까지도 물크러지고 녹지 않을 수가 없겠는 것이고, 또 말해, 발바닥이 '苦海' 자체라면, 그 발바닥을 갖고, 극락정토를 걷는다 해도, 그 발바닥에서 비롯되는 '苦'는 여전할 터이다. 法輪이, 불구덩이에 잘못 빠져, 타 눌고 있었음을.

늙은네가, 재가 돼가던 그 숯불 위에다 던져놓았던, 그 한 켤레의 가죽신이, 꺼져가던 불에도 타 눋고 있었던지, 더러운 연기가 둬 가닥 오르고 있었다. 그 연기의 더러운 싸아함이, 눈으로 코로 드는 통에 늙은네는, 기침을 콩콩 하다, 똥구녁을 빠져나오다 쑤물대며 되들어가려는 거위라도 잡아 뽑듯, 그 한 켤레 가죽 신발을, 두 손가락에 집어, 한옆에 던져놓고, 던져놓았다. 한 짝은, 목이 타 눌었으며, 다른 짝은, 바닥이 타 눌어, 구멍들을 드러내고 있었다. 그리고는, 더 태울 것이 없자, 숯불도 눈을 감아 들였다. 늙은네의 웃음소리 비슷한 것만, 우는 소리 비슷한 것 함께, 피들피들 피어오르고 있었다. (다시 그런 물음이지만, 왜냐하면 어떠한 물음이고 그것은, 여러 각도에서 고려해보는 것이 좋은 일이기 때문인데) 이런 식의, 자신은 조금도 웃고 싶다거나, 그런 아무 기분도 아닌데, 울음 함께 나와지는 이런 웃음은, 누가 웃는가, 마음인가, 목구멍인가? 마음으로 웃는다면, 이 늙은네는 지금, 무엇에 대고서고든 괘씸하고 분해싸서, 웃을 마음이란 전혀 없고 있는 중이다. 게다가, "마음이란 죽는 것이 아니라"고, 하는 것이다 보니 이런 얘긴데, 어떤 놈이 웃다 뒈졌는데도, 그 뒈진 놈으로부터는 더 이상 웃음소리가 흘러나오지를 안 했더라고 하니, 이는 다름이 아니라, 웃음은 마음으로 웃는 것은 아니라는 그 증명이 아니겠는가. 그러니 목구멍이 웃는 것이라고 한다면, 새로 일어나는 의문은, 마음이 자고 있을 때, 그러면 어찌 목구멍은 웃지를 않는가, 하는 것이다. (여기에도 문제는 없잖아 있다. 有情이 자는 동안은, 무엇이 어떻게 돼가는지를 모른다고 해서 잠은 마음이 잔다고 이르는 모양이라도, 마음이 잘 때라도, 몸은 자고 있는 것은 아니니, 왜 그러면 운동하지 않는가? 할 일도 많은 데다, 갈 길도 멀잖는가?) 그래서 마음도 아니고, 목구멍도 아니라면, 지금 늙은네로 하여금, 울음으로 범벅된 웃음을 웃게 하고 있는 그것은, 그러면 대체 누구인가? 제기럴 녀러, 이쪽 언덕에 앉은 마음은, 또는 몸은, 능장 코를 열두 발이나 빠뜨리고, 苦海에다 짠 눈물을 그 바다만큼은 떨어뜨리고 있는데, 저쪽에서는 무슨 녀러 것이 웃고 있느냐, 씨석 씨스럭 웃고 있느냐? 하으, 그럼에도 허기는 우습지 않으냐? 이제부터 저 촛불중은, 세상을 걷는다고 걸으며, 걸을 때마다, 걷는 자리에다, 땀으로, 피로, ‘苦’ 字 ‘海’ 字를 인각해 놓게 될 것이다. 촛불중의 殉教의 教理는 저것이었던 것인가.

그러다가 늙은 청지기는, 사그라져 가는 숯불모양 머리를 수그려 들이고, 재처럼 가라앉아버렸다. 뭔지 모를, 오한도 같고, 찬 안개비도 같은 두려움 증이, 그의 등을 눌러대고 있었다. 늙은네는 그때는, 납보다도 우울했으며, 납보다도 무거웠다. 촛불중이 ‘ㄴ’ 字로 앉아, 언제부턴지 자기를 건너다보고 있던 것이다. 헌데도, 그때쯤 그 늙은 눈에 보인 촛불중은, 봄바람 가을비에 모서리를 깎이고, 이끼에 덮여온, 石燈이나 等身佛 같아, 도대체 그 얼굴의 의미를 알 수가 없을 뿐이었다. 늙은네는 그리고, 이런 무안스러움은, 조금쯤 질척한 까스르함 같은 것이라는 생각을 하기는 하게 된다. 별세한 장로의 조부 되는 이가, 더운 물주머니 삼아 끼고 자던, 어린 소실이 하나 있었더니, 그것의 하는 눈짓을 따라 끌려가다 보니, 그 댁의 새끼 머슴으로서, 외람되게도, (어린 계집이라도) 상전 마님(은 마님이다)의 사타구니에 손을 집어넣기에까지 이르고 말았었더니, 헌데 그러는 중에, 마음이 호꼰함으로 타오르기는커녕, 참 이상하게도, 오한도 같고, 찬 안개비도 같은, 어떤 두려움이, 전신을 얽히고 들었었다. 그 어린 계집아이를 화로 삼아, 열을 얻어 지내던, 그 삭다리 늙은네가, 그 젊은 머슴 놈과, 자기의 소실의 행실을 내려다보고 있던 것이다. 그때 그의 그 소실 년은, ‘무우 뽑다 들린’ 얼굴로, 그 손에 쥔 무우를 들고 있을 수도, 놓고 그 자리를 뜰 수도 없어 애쓰고 있었는데, 그때 그 상전 늙은네의 흐린 눈이, 오늘의 이 촛불중의 이것처럼 그랬었다고, 늙은네는 기억하고 있다. 그때 그 젊은 머슴 놈은, 눈을 까뒤집어 보이며, 허히히 웃었었다. (그런 후, 그 머슴 놈은, 평생을 통해, 그 상전 늙은네의 의로움을 기억하고 있는다. 그때 그 상전 늙은네로서는, 그 머슴 놈의 그 방자무례한 하초를 자르고, 그 소실로부터는, 그것을 손에 쥐고 있는 그 손목을 잘라낼 수가 있었음에도, 그러지를 않고, 차라리 그 둘을 결혼케 하여, 더 붙여버린 것이다. 그때의 그 계집아이가, 이 늙은네의 할멈이고 있다) 오늘도 이 늙은네는, 허허히 웃고, 그러나 오늘은, 자기를 보고 있어도 보이는, 그 등신불 그것 같은, 눈을 외면치는 안 했다. 그 감방 안은, 그 묘한 여러 순간, 재보다도 더 침잠되어 있었는데, 무엇보다도 사위가 너무 조용해서, 한 개의 등불로는, 그 조용함이 어거되지가 안 했다. 차라리 더 저물어 들고 있었다. 똥과 오줌을 싸 뭉개고 앉아, 무슨 고통이라도 삭이려 하다가, 등신불 꼴이 되어버린 듯한 저 촛불중이, 뭘 좀 들어보겠다고 나설 듯 하지는 안 했으되, 그러니 이런 짓이란, 그저 해 보이는 광대 짓 같은 것인 것쯤 늙은네도 모르고 있지는 안 했으되, 늙었다는 음험한 달력으로 늙은네는, 가져왔던 음식 바구니를 펴놓기 시작했는데, 그러자부터, 그 재 같은 정적 속에 약간의 출렁임, 그런 약간의 사람 냄새가 돋아나기 시작했다. 그러며 늙은네는, 혼잣말처럼, "우선 드씨요, 드시고 지시먼, 내 싸게 가서 가매를 내오리다. 상처가 요만조만허들 안 허는디, 요것 월렁 치뢰를 히어야씨겄오" 하고, 그림자를 흔들어 키우며, 일어선다. 그러자 대번에 촛불중이, 손을 홰홰 저어 보였는데, 그것은 만류의 몸짓이었을 것이지만, 늙은네게 느꼈기에 촛불중은, 대들보나 돛대만 한 팔을 가져, 그 몸으로는, 그 팔을 잘 어거치를 못하고 있었다. 그 손 젓기에 좇아, 그의 전신이 흔들렸는데, 그러자니 그의 손짓은 빗나가, 이쪽에서 젓는다는 짓이, 저쪽을 헤매고 있었다. 그로 보건대 그는, 딴에는 정신을 수습하려 몹시 안간힘도 쓰고 있었으며, 그런 노력의 결과로 얼핏얼핏 정신을 차려내는 듯도 싶었지만, (그에게 友情을 갖지 않는 눈에 보일 대로만 말한다면, 접시 물에 눈과 코를 처박아 넣고,) 아직까지도 무슨 醉氣의 대양에 빠져, 허우적이고 있었다. 만약 그렇다면, 그는, 자기가 현재 어디에 처해 있는지 그것까지도 잘 기억하지를 못하고 있을지도 모르며, (羑里가 그에게 불의 경배를 하며, 그 蓮足에다 입맞춤을 하느라 입힌) 상처의 아픔도 잘 느껴내지도 못하고 있을는지도 몰랐다. 그것은 늙은네께 목을 메이게 했는데, 무엇보다도 늙은네로 하여금 한번의 흐득임을 못 참게 한 것은, 어느 순간 촛불중이 정신을 차렸던지, 타다 만 가죽 신발을 보고, 그것을 집어 가슴에 안으려다, 스스로 보독 쓰러져, 그 신발에다 코를 박고, 얼굴을 묻고, 그리고 조용해져 버린 그 일이었다. 늙은네가 새로 믿게 되기에는, 그 신발에는, 매우 돈독한 무슨 사연이 있는 것이라는 것이었다. 촛불중은 그리고는, 다시 깊은 잠 속에로 가라앉아 내려가 버린 듯했다. 잠의 조그만 바다 밑에로 익사해버린 그 몸을 늙은네는, 그 방의 한옆에 이부자리 펴 누이고, 타다 만 그 가죽 신발도 그 자리 옆에 가지런히 놓아둔 뒤, 할 수 있는껏 당나귀를 바쁘게 몰았는데, 그러면서도 늙은네는, 자기가 처리해야 될 일의 순서를 생각하고 있었다. 먼저 의원네로 달려가, 의원을 감방에로 데려다 저 상처 입은 사내를 치료하게 하는 것이 좋은가, 아니면 먼저 집으로 돌아가, 여자 상전께 돼온 일들을 모두 고해바치고, 머슴들을 불러, 가마를 내오게 하여, 사랑방에 모셔 목욕을 시키고, 그러는 동안에, 의원을 불러오는 것이 좋은가,

그 이튿날, 헌데 그날도, 땅거미가 지고 있었을 즈음, 그 깊었던 잠의 바닥으로부터, 스름 스름 떠올라오고 있었던 촛불중은, 그때도 그 감방 바닥에 누워 있었다. 잠의 囚人이었던 그는, 깨어나서도 囚人이었다. 뭣이 달라져 있는 것이 있었다면, 촛불중 자신으로부터, 그가 처한 주위가, 어제에 비해 오늘은, 깨끗해져 있다는 그것이었다. 그러고 보면, 촛불중은 아직도, 羑里邑에 머물고 있던 것이다. (라는 말은, 중은, 깨끗함이나 더러움도 구별치 않아야 되던 것이라는 그런 말이던 것이다) 촛불중은, 향탕에라도 씻겨진 듯한 깨끗해진 몸에, 새로 지어진 것이 분명한 장옷에 입혀져 있었으며, 깨끗한 이부자리에 고침을 베고 누워 있었고, 병풍을 둘렀는데, 어제 숯불이 피워졌던 자리에서는 향로가 향을 태우고 있었다. 그러자니 얼마나 여러 자상한 손들이, 그 한 감방을 훑고 지나갔겠는가. 타다 만, 예의 그 한 켤레의 가죽 신발은 물론, 촛불중 가까이에 가지런히 놓여 있었다.

그동안, 판관 겸직 읍장이, 말을 타고 한번 다녀간 일이 있었으되, 촛불중은 혼몽에 처해 있어 알 도리가 없었고, 촛불중 곁에서 밤을 샜던 청지기 늙은네는, 그때 마침, 집에 돌아가 좀 눈을 붙이고 있던 판이라, 그를 볼 수가 없었으니, 거기에 그의 행차가 있었다는 일은, 아무도 알 수가 없게 되었다. 그 문을 들어설 때까지는, 그는, 휘파람에다, 자기 입고 신은, 승마복에 승마화만큼이나 산뜻하고, 경쾌하여, 번쩍거리고, 떠들썩했었는데, 그 안에 들어서 그 변해진 풍경을 일별한 뒤에는, 그 떠들썩함을 잃어버린 듯했다. 그는 대략 반 식경이나 우두커니 서서는, 눈이 움푹 들어간, 옛 친구의 그 얼룩진 얼굴을 내려다보다, 어쩌다 한 번씩 생각난 듯이, 들고 있는 말채찍으로, 잘 윤내진 자기의 가죽 장화를 툭툭 한 둬 번씩 치고, 그러다, 타다 만 가죽 신발과, 붕대에 싸

인, 옛 친구의 뿡뿡한 발을 번갈아 보았다. 그는 한마디의 혼잣말도 중얼거리지도 안 했으려니와, 깊이 생각에 잠겨 있는 듯하다는 것을 빼놓고는, 아무 이렇다 할 표정 하나도 돋궈낸 법이 없이, 휘파람도 불잖고 돌아가 버렸으니, 그 때 그가 무엇을 느끼고, 무슨 생각을 하고 있었던지는, 그 자신 말고는, 아무도 알 수가 없었을 것이다. 그는 그 길로, 말을 몰아, 美里(沙漠) 쪽으로 달렸더라고 했는데, 돌아왔을 때는, 말은 거품을 물고 있었으며, 윤내진 그의 장화는 보얗게 모래 먼지를 덮어쓰고 있었더라고 했다. 사실로 그는, 美里를 다녀왔더랬는데, 그는 자기의 옛 친구며, 美里의 七祖라는 중의, 무덤이 될, 그 헛묘를 살펴보고 왔더랬다. 얼마 전 그는, 큰 형장 복역수들 중에서, 돌 일 잘하고, 석회 잘 주무르는 자들, 그리고 뚝심 센 일꾼들을 美里에 보내, 그 마른 늪 벽, 전에 六祖라는 중이 지냈던, 바로 그 토굴을 수리하도록 해뒀던 바이다. 그래 그 공사가 그동안 어떻게 진척돼왔던지를, 직접 자기의 눈으로 점검해본 모양이었는데, 무엇보다도 그가 그 일꾼들께 강조했던 점은, 그 안에 들게 될 것이 무엇이든, 그것이 맨손으로는 도저히 어디에로고 구멍을 열어 나가지 못하게 하는, 그 점이었다. 그러면서도 그는, 밥그릇이 하나 들락거릴 구멍은 터 둬야 된다고 이르고, 그럼에도 그 구멍을 막기 위해 문 같은 것을 달지 않고도, 안에서 바깥 빛을 볼 수 없이 해야 한다고도 일렀다. 석공들에 의하면, 벽이 두터운 이상, 그 일이란 조금도 어려울 것은 없는데, 구멍을 < 형으로 휘어내면 된다는 것이었다.

그런 후로도 아침이 몇 개씩이나 밝아왔는지도 모르겠도록, 官에서는, 그 감방에다 밀어뜨린 그림자 하나 없었다. 판관 겸직 읍장 혼자서만 품에 넣어놓고, 누구에게고 밝힐 필요를 못 느끼고 있는 듯한, 그 까닭을 밝혀두기로 한다면, 자기에게는 무엇이 바쁠 일이 없는 데다, 촟불중을 상대로 해서라면, 어차피 감방 문을 훤히 열어두고 있어 오는 것이 아닌가, 그런데도, 法으로 門을 해 단 방은, 무료 숙박이란 없는 법, 그런즉, 저 (육실허게도 어리석은!) 중의 지져진 발에서 진물이 멈출 때까지 기다린다고 해서, 어째 갑자기 세상이 바뀌겠는가, —대개 그런 것이다. 이것이 도대체 무슨 누무 놀음인지, 싸움인지는 모르되, 판관 겸직 읍장은, 百戰에 임해서 百戰을 이기고 있는데도, 어째선지 몽땅 지고 있다는, 그 묘한 패배감을 어쩌지 못 해 오기는 못 해 온다. 헌데도 이 사내가, 혀를 내둘러 무엇의 피를 핥듯, 그 맛을 즐기는 것은, 다른 것도 말고, 이 패배감이라는 것도, 부연해둘 필요는 있을 터이다.

그러는 얼마 동안, 촛불중의 발바닥은 더욱더 악화돼가는 듯만 싶더니, 엊그제부터는, 진물이 굳어 딱지가 되어 앉는 데는 앉고 그래서, 그런 식으로 낫는다면, 한 둬 삭 후에는, 미끄러운 장판 방을 걷더라도, 가시밭 걷는 시늉으로, 그렇게라도 걸어 다니게 되잖나 했다. 의원은 하루 한 차례씩, 자기 들르고 싶을 때 들렀지만, 청지기 늙은네는, 때맞춰, 이른 조반 때, 중참 때, 점심, 중참, 늦은 저녁이라는 식으로, 다섯 번을 왕래했다. 그때마다 붕산수로 촛불중의 발바닥을 씻기고, 의원이 처방한 고약을 발라, 새 붕대로 동여매 주고는, 변기를 검사하여, 치울 일이 있으면 치워 깨끗이 해서, 다시 촛불중의 손이 닿기 쉬울 곳에 놓아두고 했다. 그는 촛불중께 아버지 같았다, 어머니 같았다, 아버지—어머니 같았다. 그동안, 촛불중의 몸속에서는, 저 망나니 놈들이 퍼먹인, 그 독주의 독도 다 씻겨 나간 것이 분명하여, 우선 눈들이 제자리를 찾아 돌았으며, 그 몸에 맞는 무게의 팔도 찾아 해 달고 있었는 데다, 평정스러운, 맑은 분위기를 드러내고 있었다. 촛불중은 말하려 하지 안 했으며, 늙은네 쪽에서는 또, 그런 것까지 물어보는 짓이란 좀 너무 실답잖을까 하여 함구해오고 있으되, 여전히 늙은네께 수수께끼며 이상한 일은, 촛불중이, 눌어붙고 오그라들어, 아무짝에도 쓸모없이 된, 그 가죽 신발 한 켤레를, 어째선지 개의해쌌고 있다는 그 일이었다. 미리 장리내어다, 내년 秋收를 먹어 치워버리기로 하자면, 촛불중은, 발바닥이 어지간히 치유되어, 측간까지는 갔다 와도 되겠다시피 되었을 때쯤, 그것을 어떻게 뒤틀어서든, 그 발에다 꿰어 신어 놓고 있었다는, 그 얘기다. 그러면 각설이들은, 어디로든 또, 떠날 채비가 되어 있는 것이다. 그 비뚤어진 신발은, 청지기 늙은네의 생각까지도 조금 비틀어대, 무슨 생각을 일으켰는가 하면, 촛불중은 어쩌면, 이 너러 아픈 세상을 앙금발이로 절뚝거리기 위해 그것을 신었을 것이라고 했다. 그렇잖고, 걸을 때, '苦' 字 '海' 字의 인각을 남기지 않으려 그랬다면, (청지기 늙은네) 자기가, 부드럽고도 폭신한 안을 댄, 신발을 한 켤레 갖다 놓은 것이 있는, 그것을 신었어도 좋았었을 것이었다. 중들의 하는 짓이란, 때로 많이 엉뚱하여, (일례를 들면, 어린아이가 우물을 향해 불불 기어가는데도, 손가락 하나 내밀어주려 하지도 않다가, 배고파 죽어가는 老虎에게는, 어깨를 벗어 내밀어준다는 일 같은 것이다) 이성적 판단이 용납되지 않는 수가 있다. 향후 촛불중은, 그 발에다 뭘 신겨야 될 필요가 있을 때는, 그 가죽 신발 한 켤레만 신기기에 이른다. 그것은 그럼에도 지엔장, 그 스님의 뭣 꼴리는 대로이니, 삼자로서는 왈가왈부할 일은 아닐 터이다. 그리고도 닷새가 가고, 닷새가 가고, 그리고도 닷새씩이, 씩이 갔다. (이제쯤은 이해되고도 남는 일이지만) 그동안 官에서는, 토막 난 그림자 하나, 거기에다 미뜰어 넣은 일이 없었다. 그러는 동안 官에서는, 天機를 열심히 살펴, (결코 美里로부터 도주를 도모할 듯싶지 않은) 중 하나를, 美里邑에서 떠다 내버릴, 그런 吉日을 택하려 天機를 기다렸다. 말한 바의 '天機'를 두고는, 民은 올려다보고, 官은 내려다보는 것[民心·衆心]이다. (여기 어디에, 촛불중이 주장하는 바의, "衆心의 가운데에 서 있도록, 衆心으로부터 召命 받은 자는, 그 衆心이라는 잠이 꾸는 꿈"이라는, 그 '衆心—잠'論이 서는 자리가 있다) 뭐 까짓거, 판관 겸직 읍장으로서 그 짓을 해치우려 했으면, 못 할 것까지는 없었어도, 글쎄 앞서 밝혀진 대로 그에게는 아무것도 급할 것도, 또 손해날 일도 없었으므로, 이왕이면, 하늘의 도움을 받으면 좋고, 또 하늘의 돕기까지는 않는다 해도, 방해치도 않을 때를 기다려, 치를 일을 치르는 일은, 지혜 있는 자가 도모할 일이던 것이다. 가맜자, 이렇게 되면 이거, 얘기가 약간은 장황해질 수도 있을 터이니, 그것을 회피하기로 하여, 한마디로 부득 쓰려 官의 난함을 밝히기로 한다면, (촛불중이 美里로 돌아와, 이틀에 걸쳐 주관한 그 집회 이후) 美里社會의 중추를 이루고 있는 사람들이, 그를 美里의 第七祖村長으로 받아들이고 있다는 그 점이다. 당시의 官에서, 基督이라는 사내 하나를 십자가에 못박았기와, 그날 함께, 그의 양편에서 못 박혔던 두 도둑들을 못 박았기는, 조금도 같지가 안 했던 것을, 근년에, 수없는 중들을 잡아먹고 속이 맵다 밝아진, 판관 겸직 읍장도 살펴 알고 있었다. 官에 대해서, 이런 촛불중 같은 자란, 뜨거운 附子湯 같은 것이다. 손발이 차운 걸 호꼰하게 한다고 하여, 그것이 뜨거운데도 서둘러 둘러 마시려 들면, 그것을 마시는 자의 손발은 호꼰해져 보지도 못하고, 더욱더 식어버린다. 식혀 먹어야 될 것은, 식혀 먹어야 된다. 헌데 羑里에서는, 촛불중이, 훤히 문 열린 감방에 갇혀 있다는 것을, 모르는 사람은 하나도 없고 있다. 그러한 날 사람들은, 그를 가둔 건 官이나 감방이 아니라, 촛불중 자신이라고 알기 시작한다. 그의 발이 火印에 지져졌다고 했을 때, 邑에는, 모든 지붕들이 한번 펄쩍 떠들어지느라고, 먼지가 보얘드랬었는데, 가라앉은 그 먼지에서는, 곰팽이 냄새가 나고 있다. 저쪽 羑里(沙漠)에는 얼마 전부터 안개비가 내려, 낮도 밤 같다고 하던데, 아으, 안개비나 좀 덮어 내렸으면. 이런 철의 살기는 누구에게나, 어째 아무 재밋속도 없는데, 하품만 나고, 잠은 제기러게도 오잖는다. 어디서 창조가 멈춰버렸는지, 파괴도 멈춰버린 듯하다. 너럴, 제기럴 너러, 無氣感. 하품. 꺼억, 꺼으억, 위 속에는 웬 너러 바람 주머니가 들어, 위의 천장에로 치받쳐 오른다? 축축한 불알 밑. 마누라라도 혹간, 건너 동네 놈팽이 놈 밑에 깔려 애쓰는 꼴이라도 훔쳐 보이게 되지나 않을라는가? 저, 저, 런, 런, 런 순. —촛불중에 의하면, 이것은 위험한 陰氣며, 기름진 陰氣인데, 복된 시대(란, 衆心 속에, 무엇의 피라도 내고 싶어 하는, 否定的要素가 덜 함량된 시대일 것이다)는, 좋은 鍊金術師를 얻고, 비극적 시대는 魔術師를 불러낸다.

그래서 촛불중은, 그 발바닥들이 그만큼이나 나을 때까지, 그 문 열려진 감방에 처갇혀 앉아서는 무엇을 했는가—그것은 물어보아도 좋고, 그러지 않는다 해도, 이미 그만큼의 시간은 흘러가 버린 것이다. 하기는 그는, 아직까지도 앓아오기는 앓아오고 있는 중이기는 하다. 잘 앓지를 않던 자들이 한번 몸져누웠다 하면, 상천하계를 다 둘러보고 돌아오도록 앓아대는데, 한번 길 위에로 불려 나간 후부터 촛불중은, 그렇게 흐르기가 앓기였는데도, 앓을 자리가 없어 앓지도 못하고 돌아와, 이번은 아주, 지져진 발바닥을 핑계로, 그 쌓여온 병고를 모두 치러버렸다. 아 그리고 촛불중은, 肉身이라는 그 病苦를 살펴보았었을 것이었다. 그렇다, 그리하여 그는, 畜生道의 모든 단계를 다 디뎌, 나라카에까지 내려가, 거기서 '죽음'을 만나고, 그리하여 回路에 올라, 말씀이 치리하는 곳에로 솟아오른 것이었었다. 촛불중께 그 과정은, 알았던 모든 '이름'[言語] 들을 잃기와, 그리하여 잃었던 모든 '이름'들을 되찾기였었는데, '죽음'이란, 그 '이름'들을 잃기던 것이다. 그리고 촛불중은 回路에서, 무엇을 觀해냈는가 하면, 四大의 고장에 四大를 입어 존재하는 有情들께는, 꼭히 있음직한데도, '自然死'라는 것이 결코 있는 것이 아니어서, (허기는 '自然死'란, 四大를 입지 못한 것들께만 일어나는 것인지도 모르겠다. '魂'을 못 가졌다는 精靈들이랄지, '이름'으로서만 존재했던, 고분 벽화 속의 神들이랄지, 낡은 意味따위들, 그런 것들은, 허기는 시간 속에서 自然的으로 소멸하는 듯하다) 어떤 四大의 四大 벗기(죽음)에는, 꼭히 원인이 있는데, 일단 어떤 정신이 한번, 畜生道를 벗어났다 하면, 그런고로 그 한 정신은, 자기의 '죽음'(또는, '죽음에 이르는 病', 또는 자기의 '四大 벗기의 방법')은, 자기가 결정하는 것이나 아닌가, 하는 것이었다. 그러면 이 한 정신은, 스스로, 자신을, 자기가 만든, 자기만의, '天平秤' 위에다 올려놓고 있기에 이른다. 왼쪽편 (저울) 접시에는, 자기의 '죽음/黑瑪瑙'를 얹고, 오른쪽편 접시에는, 자기의 '삶/白瑪瑙'를 얹는다. 그리고 '易'으로 저울 軸과 저울눈을 삼는데, 그리하여 '白瑪瑙'를 얹은 쪽이 기울면, (거기서 덜어내지는 않고,) '黑瑪瑙' 쪽에다 조금 합쳐주기로써, 한 '易'의 균형을 유지한다. 그래서 '삶'은 언제든, 그 반대편 쪽의 '죽음'에 의해 균형을 유지하는데, 그 저울 접시에다 '瑪瑙'를 쌓아 올리는, 그 崔判官의 얼굴은, 모든 각자의 것들이다. '白瑪瑙' 쪽의 프라브리티는 '逆바르도'이며, '黑瑪瑙' 쪽은 '바르도'이다. ―촛불중은 그런즉, '巫病' 같은 것이라도 앓았었었끄나? ―이것은, 얼핏 잘 이해되어질 수도 있는 재료는 물론 못 된다. 그것은 체험을 통해서만 얻어지는 내용이 되고 있는 듯한데, '巫病'까지 앓을 필요는 없어도, '삶'을 놓고, 또는 '죽음'의 문제를 두고, 고통해 보아야 할 듯하다. 畜生道를 떠난 때부터 한 정신은, (이 자리에 삽입해 밝혀둘 것이 있다면, 모든 人面을 쓴 有情마다 畜生道를 극복했다고 이해하는 것은, 지나치게 厚하다는, 그것이다) 자기의 한 우주는, 자기가 짓기도, 부수기도 한다는 것이다. 덧붙일 것이 있다면, 저 '瑪瑙'란, '運命'의 暗號라는 것쯤일 것이다. 자기 자신의 天平秤에다 자기를 올려 그 무게를 달아보고 싶어 하지 않는 자는 그렇다면, 죽고 싶어 하지도 말려니와, 삶에도 너무 애착심을 드러내려 하지도 말아, 그 가운데의, 폭풍 속의 눈 같은 고요함을 지켜, 그 저울 접시들에 얹히게 될, '瑪瑙'를 만들지 않음뿐이겠는가? 그런즉, 무엇이 엎혀지지 않는 저울에는, 기울어짐도 없을 것? —앓기를 통해, 그 '앓음'을 蘇摩로, 쥐어짜아 얻어낸 (蘇摩)汁은 저런 것이었다. 그는 그리고, 눈을 감으며, '눈'[眼]이라고 發音하고, 六祖의 얼굴을 떠올려 합장 재배했으며, 그리고는 '발'[足], 이라고 發音한 뒤, 美里의 판관 겸직 읍장과, 그의 卒首들의 얼굴을 떠올려보았다. (註: 前者의 경우는, 아마도 '美里'가, '六祖'의 얼굴을 해 달았었으며, 後者의 경우는, '七祖'가, '美里'의 얼굴을 해 달고 있는 듯하다) 그것들, 즉슨 '눈'과, '발'은, '죽음'의 이름들이었던 듯하다. ([註一] 촛불중에 의하면, '눈'과 '발'은 '男根'과 함께 同意語인데도, '눈'은 보다 더 精神과 관계되고, '발'은 보다 더 肉身과 관계되는 暗號들인 듯하다. 그 양자가 二元化하면, '男根'化할 듯하다. 그렇다면 六祖 시절의 美里는 '눈'을 앓았었고, 七祖 시절엔 '발'을 앓고 있다는 풀이는, 저절로 따르게 될 터이다. [註二] 촛불중의 '앓음의 閱世'로부터 얻어진, '죽음', '삶'이라는 어휘들은, '앓기'와 '낫기'의, 일종의 密宗化라는 것은 밝혀둘 필요가 있을 것이다. 그러자 그것에 의해 저절로 따르는 의문이 하나 있는데, "畜生道를 극복한 정신은, 자기의 죽음을 자기가 결정한다"는 전제에서, 그러면 촛불중은, 자기의 발바닥에다 자기 스스로, 그 火印을 찍었는가, 하는 것이다. 그 대답은 그리고, "그렇다"라고 저절로 따른다. "前者의 경우는, '美里'가 六祖의 얼굴을 해 달았었으며, 後者의 경우는, '七祖'가 美里의 얼굴을 해 달고 있다"는 전제는, 주목해야 할 것이다. 七祖는 그러고 본다면, 자기라는, 그 한 개인의 얼굴은, 어느 때부턴지, 假面으로 쓰고 있어온 듯하다. 美里에 익히 알려져 온, 한 구절의 偈頌에서, 이 七祖의 役을 이해해보기로 한다면, 그는, '本來無一物'의 '一物'에 해당한다고 할 수 있음에 분명하다. '一物'이 이 詩行에서는, 主役의 意味를 띠고 있어, 의미상에 있어서는 主語의 役인데, 이 主物의 운명은, 다만 否定당하기 위해서만 그 위치를 지키고 있게 되어 있는, 가장 법은에 넘쳤거나, 반대로는 비극적인 것으로서, 그것에 의해 한 우주가 化現하되, 그것 탓에 空化[無化] 한다. 그래서 무엇이 실다움인가 하면, 美里에 七祖란 온 적이 없음에도, ["佛者란 하나도 상사라엘 온 일은 없었다."]) 아마도 '발'을 앓게 하려고, 美里가 七祖를 불러내고 있다는, 그것이다.

촛불중은, 글쎄, 새로 또 말이지만, 발바닥이 어지간히 치유되어, 측간까지는 갔다 와도 되겠다시피 되었을 때쯤, 타다 만, 그 뒤틀어진 그 가죽 신발을 어떻게 뒤틀어서든, 그 발에다 꿰어 신어 놓고 있었는데, 그는 분명히, 길들이 돋궈낸 손들이 불러내는, 그 '소리를 본' 것일 것이고, 그러면 그는, 바닥에 붙이고 있는 궁둥이에 불편함을 느끼기 시작하고 있는 것일 것이다. 그 발에 그 신발은 필시, 가시로 엮어 만든 것이거나, 타는 불의 숭실거리는 일럭임을 자아낸, 불의 실로 짠 것이거나, 또는, 독룡의 비늘을 떼다 만든 것이거나, 그런 것이어서, 편안함이 없었을 터이다. 그러나 보면, 그 신발 속에서는, 그 '苦' 字, '海' 字 무늬들이 어떤 모양으로 우그러지고, 틀려지고, 돋아났는지, 그것은, 허긴 그 발바닥 주인까지도 모를 터이다. '苦' 字는, 어느 부분이 겹치고, 어느 부분이 솟는 중에, '喜' 字나 됐을지도 모르며, '海' 字는 또 그것대로, '咍' 字 꼴이라도 꾸몄을지 모르긴 모른다. 글자 중에는, '소리'를 記號化해 놓은 것들이 많아도, 그것 자체로는, 소리를 낼 줄을 모르는 벙어리인 것이 탈이다. 안 그랬다면, 저 발바닥들이 내는 소리로, 그 열린 감방이 떠들썩했을지도 몰랐었을 일인데, 히, 해, 히히힛, 해해햇, 咄, 咄! 그러나 정작 그 발바닥의 주인은, 매우 앙구찮은 상을 짓고는, 심호흡에다 마음을 투입하고 있었다. 그래서 이 각설이는, 이 읍을 떠나기는 떠날 것인가? 같은 각설이科에 속하는 무리 중에서도, 일러 중이라고 이르는 한 종류의 乞士들은 그럼에도, 그것들 자체가 이쪽 세상에 대해 反語的이어서, 아무것 하나도 장담하고 말할 수가 없는데, 그것들은, "떠나도 떠남이 없다"고 이르는가 하면, "머물러도 머무름이 없다"고 이르기 때문이다. 그건 제기럴 어떻게 됐든, 열려진 문의 감방의 안쪽에 있던 중이, 그 문의 다른 쪽에로 나서려 한다면, 그에게 묻게 되어지는 것은 무엇인가 하면, 어찌하여 그러면, 문 열려진 감방 속에 던져진 그 첫날로부터 시작해, 어제까지, 또는 오늘 이 순간까지는 궁둥이를 떼려 하지 않다가, 이제 느닷없이, 그 생념인가? 아니면 이 각설이는, 그 문의 유혹으로부터, 발이 일으켜내는 아픈 쑤물거림, 낯선 고장의 골목들의 낯섦에의 그리움, 또는 무장애로 놓여진 길들에의 향수 같은 것이라도 억누르기 위해, 그런 뒤틀린 뻣뻣한 고문 속에다, 그 바람을 구겨 처넣어버린 것이기라도 한가? 바람을 바람 주머니 속에다 처넣기? 그래서 바람을 주저앉히려 하기? 다시 말하면, 신발을 신기로 하여, 걷고 싶어 하는 발에 부는 바람, 그 날개를 감금해버리기? 히, 히, 해, 해, 咄! 연이나, 羑里邑의 판관 겸직 읍장이라는 사내가, 촛불중께, "자네는 무신 볼일이 있어 羑里에를 왔느냐?"라고, 라는 투로, 물은 일이 있었는데, 그 대답은 촛불중이 아직껏도 빚지고 있는 터이지만, 그래서 추측되는 것은, 촛불중의 신발 신기는 혹간 그런 무슨 대답이라도 되는 것이 아닌가, 하기도 한다.

저녁 끼니때가 다시, 날을 저물리고 있었다. 늘 그 엇비슷한 시각마다 저녁밥을 갖고 왔던 청지기 늙은네가 헌데, 이 저녁엔 늦고 있었다. 그 늙은네가 저녁밥을 갖고 오든 안 오든, 그것은 순전히 일방적으로, 그 댁의 후의와, 그리고 (설명하지 않는다 해도 羑里邑의 소식을 들어본 자라면 아는 바대로) 용기의 문제인 이상, 촛불중 쪽에서는 그것을 기다려야 할 까닭도 갖고 있지를 못했음에도, 촛불중은, 왜냐하면, 그런 저녁밥을 보내는 宅事는 물론, 邑事도 잘 알고 있으므로 인하여, 일어나는, 의아심과 궁금증을 어쩌지 못하여, 눈을 크게 뜨고, 귀를 깊이 열어, 열려진 문밖을 보고, 들으려, 주의를 기울였다. 그러는 동안에 사위가 어둠으로 좁혀들며, 모든 얼굴들을 지웠는데, 그러자니 그 열린 문까지도 지워져 없어져, (촛불중의) '트인 귓'(곳+것)에 대한 夢想(은, '白鳥'[Haṃśa—들숨 날숨을 좇아 나는 소리. 브라흐마가 타고 다니는 새. 또는 그 神 당자]로 나타나 있으며, 어느 날 그것은, 비슈뉴와 반대 방향, 즉슨 트여진 천공으로 날아오르며, 쉬바의 링가의 끝을 보러 떠났었는데, 결국은 그 끝을 찾을 수가 없어 되돌아와서는, 그 끝을 보았다고 虛僞陳述을 하게 되고, 그 결과로 그는, 性전환을 당해, 샥티化하는데, 이것은 '트여진 윗녘과 높이에 대한 상상력'과 관계가 있다. 그러니 즉슨, '트여진 윗녘과 높이'에 관해 누가 관심을 갖기 시작하면 그는, '브라흐마 複合性'을 드러낸다고 할 수 있을 것이다. 그 특성은, 그것이 실다움[쉬바의 링가]을 포착한다고 하면서, 그것이 어쩔 수 없이, '단단한 지반'을 떠나지 않을 수 없는 결과로 범하게 되는, '虛僞陳述'이라는 그것이다. [날아오르던 이카루스의 추락!] 이 '虛僞陳述'은 그럼에도, '단단한 지반'에 서 있다고 믿는 자들의, 편견에 의해 이뤄진, 편견이라는 것도 덧붙여둬야 할 것인데, 자기네들이 '단단한 지반'이라고 믿는 그것도 결국은, 空에 의존해 있기 때문이다)의 날개까지 접게 했다. (그러면 그 '깃 접은 白鳥'는, '밑'에로 향한다. '깃 접어, 밑'을 파고 내리는 夢想은, '멧돼지'[비슈누]의 모습으로, 말한 바의 저 꼭같은 '링가'의 뿌리를 찾으러 내리되, 결국 그 뿌리를 못 찾고, 되돌아오게 된다. 이는, '[파 내려가야 되는, 그러니 막힌] 아랫녘과 깊이'에 대한 상상력과 관계가 있는 것으로, 그러니 누가, '아랫녘과 깊이'에 대해 관심을 갖기 시작하면, 그는 '비슈뉴 複合性'이랄 것을 드러내는 것이라고 할 수 있게 될 것이다. 이 복합성의 특징은, [아까의 '虛僞陳述'에 대해서,] '無答'이라는 것일 것이다. '단단한 지반'과 '無答'? 아마도 이런 투의 '無答'은 종내는 '無門'과 동의어일지도 모르는데, 어쨌든 이런 複合性은, 보다 더 宗教的 複合性이래얄 것이다. 아직 羑里의 아무도, 촛불중의 최후를 본 자가 없으니 그에 관해서는 모르되, 그렇다 해도 羑里의 六祖라는 사내는, '白鳥'여서, 트여진 곳에로, 위에로, 날아 올라가 버린 것은 알 듯하다. [들이쉬는 숨이, 콧구멍이나 목구멍을 통과하느라, 저절로 만드는 소리] 항—, [내쉬는 숨이 만드는 소리] 솨—, 항솨—, 항—솨—, [아자파 만트라, 우주의 맥박, 神의 숨결]) 항— 촛불중의 머리는, 그 어둠 속에서, 핀 민들레처럼, 제기럴 바람도 없는데, 날리고, 솨— 하반신은, 동면하는 뱀처럼 시리고, 아팠는데, 그러는 중에, 열려 있던 문을 지워 없앴던 그 꼭같은 어두움이, 이번에는 헌데 새로, 그 꼭같은 자리에다, 열려진 문을 그려놓고 있어, 누가 그것에 몸을 기대거나 설움이라도 하소하려 하면, 그러는 자를, 달콤한 혀로 꼬여 죽고 싶어 하게 한다는, 그 저승 나무가, 그 안을 들여다보고 있는 것을, 내어다보게 했다. 아마도 둘이는, 서로의 눈들이 마주쳤을 때 섬찟 섬뜩 놀랐었을 것이었어도, 열려져 있거나 어쨌거나, 거기 門이 있어 둘 사이를 나눠놓고 있는 한은, 하나는 안에 있고, 하나는 밖에 있어, 어느 쪽에서 문턱을 넘지 않는 한, 서로는 담배라도 한 대 나눠 필 수가 없었을 것이었다. 나무 쪽에서는 어쨌는지는 모르되, 촛불중 쪽에서는 그리하여, 그 문턱을 넘어 나가, 그 나무를 타고 올라, 그 나무가 들려준다는, 저승 쪽의 무슨 달콤한 소식이라도 좀 들어도 좋겠다고 하고 있었다. (이런 나무는 그러면, 올라가기가, 내려가기이다) 저승을 한번 환하게 들여다보아도 좋겠다고 하고 있었다. (그래서 사실로 촛불중도, 죽고 싶어 하기 시작하고 있는가?) 그의 머리가 핀 민들레여서, 제기럴, 바람이라도 한점 있기는커녕, 야행성 귀신들까지도 못 움직이고 서버린 탓에 밤을 얼룩지게 하는, 그 정적 속을, 날리고, 흩날리고, 상념의 바람에 날려, 흐트러지고 있었다. 솔아버린 어두움, 삼동 같은 정적—그러면 그럴수록, 그의 머리는 민들레여서, 더욱더 흐트러졌다. 그가 훨씬 더 젊었던 시절에는, 美里(沙漠)의 이런 밤들을 그는, 世慾도 같은, 슬픈 듯한 性慾으로, 촛불꽃이나 건너다보며 새웠었는데, —한번의 긴 수음, 그리고는 조금 울기.

그리고도 한참 더 깊어지고 있었는데, 저 저승 나무 낮은 가지엔가, 그보다 저쪽엔가, 어디만쯤에, 무슨 등 같은 저승 눈인가, 아니면 저승 눈 같은 무슨 등이 하나, 내걸리느라고 그러는지, 번언한 빛으로 흔들리고 있어, 촛불중이 보았다. 그 흔들리는 번언함은 게다가, 그의 귀에는 매우 잘 익혀져 온, 그 당나귀의 네 발굽 소리를 거느리고 있었는데, 그렇다면 그것은 무슨, 저승 나무를 타고 오른 저승 눈 같은 것은 아니었으며, 등이었고, 필시 청지기 늙은네가 든 등이었고, 등은, 그 밤의 바위처럼 솔아버린 정적을 녹이며, 그리고 땅굴 파는 광부의 한몫으로, 그 어둠에다 굴을 뚫어, 촛불중 앉은, 그 감방 문을 향해 가까워져 오고 있었다.

"오, 오늘은, 요 늙은것이, 기분도 썩 좋고 헌 탓에시나, 요, 요것 많이 늦었는디, 시님께서는 용서허시야겠습네다, 마는, 하, 하핫한 잔을 히, 히히었는디, 너무 탓허실라거나 그라지는 마시야겄소이."

촛불중 건너다보기에 늙은네는, 허긴 매우 희희낙락하고 있는 얼굴이었다. 늦은 저녁이었지만 늙은네는 온 것이고, 음식이며, 오늘은 술까지 해서, 무슨 희희낙락함을 쌓아온 것이고, 그래 그는 그것을 펼쳐놓기 시작했다. 가져온 것들이 모두, 오늘 치는 헌데 두 몫이었다. 밥통은 하나라도 밥그릇은 둘, 숟갈도 두 벌에다, 술잔도 둘이라는 식이다. 늙은네가 오늘은, 촛불중과 함께 저녁 식사를 하려는 모양이었다. 늙은네는 우선, 잔 둘에다 그득그득 맑은 술을 붓고, 하나는 촛불중께 권하고, 하나는 자기가 들고는, "고동안이 길던 안 허기를 바랍니다, 마는, 요 저녁에는 시님허고서, 이별주를 들어야겄습네다." 말하고 늙은네는, 단숨에 잔을 비웠다. 권함을 받았으므로, 촛불중도 우선 한 모금쯤 마시고, 잔은 든 채, 늙은네를 건너다보았다. 그러나 늙은네는, 촛불중께 먹기만 권하고, 그리고 자기는 한 잔 더 채워 들었으되, 무엇이 그렇게 희희낙락한 일인지에 대해서는, 촛불중의 먹기가 끝나기나 해야 풀어낼 듯했다. 중들은 물론, 해가 뜨는 때와 지는 때에, 하루 두 번만, 그것도 조반은 위장의 사 분의 삼을, 그리고 석반은 이 분의 일만 채우는 식사를 하게 되어 있으되, 촛불중은 밤참을, 그것도 오늘 저녁 따라 음식 맛을 매우 즐겨 하는 투로, 먹어대기 시작하여, 중들의 석반 양을 넘기고, 조반 양까지도 넘어, 숟갈을 놓았을 때는, 한 중의 대략 이틀 치의 음식을 먹어 치워놓고 있었다.

"떠나실라믄", 늙은네는, 촛불중의 잘 먹는 일을 두고도 흡족해하고 있어서, 자기는 술만 한 둬 잔 더했다. "많이 많이 드셔야겄소." 그는 그런 소리도 하고 그랬다. "뭐시냐먼, 오늘 돼온 일은 머시냐먼, 아 글씨, 판관 겸직 읍장 된다는 사람이, 아까, 오후 해가 한 둬 발이나 남았을 때찜인디, 官에서 일허는 젊은네를 하나 가만히 보내 갖고는, 헐 말이 좀 있은개, 수도청으로, 글씨 요 늙은니를 오라는 전갈이었습넨다. 궁금허고 해서, 고 당장 고 젊은네를 따라가 본개, 수도부 하나도 없이, 술상을 조촐히 해 갖고시나, 판관 겸직 읍장은, 수하의 젊은네더러 술을 부으라 해 갖고 술을 잡수고 있었는디, 고 젊은네는, 요 늙은네의 친구 되는, 화장쟁이의 자석이었제요. 그리. 고 젊은네는 요 늙은네를 아자씨라고 불르고, 늙은네는 고 젊은네를 조카라고 불러오는 처지였제요. 그리고 자리에 요 늙은네가 합석을 허장개, 오늘 술은 읍장 자기가 내는 것이람선, 허리끈 풀고 실카장 마시라고 허는 것입디다요. 권커니 받거니 들던 중 듣자니, 글씨 말입제요, 고 젊은네가 대사의 蓮足에다 火印을 찍은 장본인이라고 험시나, 고개를 뻗대 갖고 짜웃거리길래, 요. 늙은네가 대번에 빰따구를 쎄리줬는디,......" 웬일로 헌데, 촛불중이 손을 내젓고 있어 늙은네는, 하던 말을 중단하고, 중을 건너다보았다. 그러나 촛불중은, 얼핏 뭘 생각했던지, 얼굴에서 표정까지도 거둬들여 버리고 말아, 늙은네는 좀 혼란을 겪어야 했다. 늙은네의 그 무훈담을 들으며 촛불중은 그때, 어떤, '대사장네 종의, 잘려진 귀'(마태, 26: 51)를 한 점 손에 들고, 그 '귀'를 도로 그 귀 자리에다 붙여줄까 어쩔까 하다, 내싸 던지고, 손을 씻고 있던 중이었다. 그러며 속으로 생각에,

“그때 그래서 基督이, 귀를 잘렸던 그 종의 귀를 주워들어, 다시 이어주었던가, ……이 한 대목이 영 기억나지가 않는다굽” 하고 있었다. 그러다 보니, 그의 젓던 손이며, 얼굴이 움츠러들던 것이었다. 그리고부터 둘 사이에는, 삼 년이 흐르도록이나, 기별이 오고 가지 안 했더니, 많이 망설이다 늙은네 쪽에서, 어쨌든 자기 가져온 기별은 전해야 되었던 모양으로, 떠듬떠듬 말하기 시작했다.

“판관 겸직 읍장께서, 이, 늙은네께, 간곡히, 부탁하던, 것은, 뭐, 뭐시냐먼, 이, 인제쩜은 시님의 발도 나샀을 듯허다고 험선, 그래도 아직도 걷기가 불편하다고 하면, 당나구 등에라도 뫼셔, 시님으로 하여금, 요 읍을 좀 떠나시게 히어돌라는 것이었는디요, 그, 그래, 요 늙은네가, 그 하, 하직을 헐라는 것이었는디요”,

“무슨 까닭으로 읍장께서는, 그런 法心, 不法心을 발하셨납습지요?”

“첫째는, 美里의 七祖의 法身을 생각히어서라고 그라고, 두째는, 자기가 제정해놓은 法이 그런즉슨이나, 시님께서 읍을 떠나덜 안 허신다면, 불일간에, 法대로 처리허들 안 헐 수가 없기 때문이라고 협십니다.” (그렇다면, 판관 겸직 읍장은, 天機를 보건대, “때가 익었다”는 것을 엿보겠는 모양이다)

애기를 들으며 촛불중은, 자기의 양미간에, 저 판관 겸직 읍장의 모습을 떠올리고 있었으며, 그리하여 그 영상에 향해, 합장하여 재배하며, 자기와 그 영상만 들을 수 있는 소리로, 이렇게 말하고 있었다. “판관입지, 읍장입지, 나으리엽지, 이 내기[賭]에는 혹간 자네가 이겨버린 것이 아니겠는갑? 자네 말입지, 한 마리 지렁이였었는뎁지, 흣흣흣, 毒으로 배가 뻥뻥한 중들을, 속에서부터 파먹고, 실한 용이 돼버린 것을 알겠다 말입지. 허기는 자네는, 어떻게 저 중들의 毒을 中和할지, 그만쯤은 알고 있었던 것은 사실인 듯했습지. ‘중이란, 백해무익의, 게으른 乞士’라고, 그래서 그들을 문둥병쟁이들만큼이나 저어하여, 邑을 폐쇄해서 防疫圈을 만들고, 저 병균들이 침입하지 못하게 했던 듯했는뎁지, 바로 그 까닭으로, 여하히 그 毒이 독했든, 중이라는 자가 이 防疫圈內엘 들면, 별수 없이, 毒의 中和를 치르지 않으면 안 되었던 듯합지. 흣흣흣, 無毒蛇가, 그리하여 毒蛇들을 집어먹다, 용이 돼버렸음! 자네 道流는 그리고, 이것이 道流의 최후의 일전이 될 것을 알고 있는 듯한뎁지, 흣흣흣, 망할 누무 누무느슥 같으니라굽, 자네는 말인뎁지, 밑까지도 터져 없는 독 속에다, 한 마리 새앙쥐를 쫓아 넣고, 그 어느 쪽도 막음이 없이, 어떻게 그 쥐 새끼를 가둬버릴지, 그 兵術을 잘 알고 있넵지. 흣흣흣, 한 마리 원숭이의 손바닥에서, 자칭 (語)佛者라고 치는 자가, 팔만 유순 공중제비로 날아 달렸다가, 거기 어디 五行山 중의 그중 높은 묏부리에 오줌 누어 표시해놓고 돌아와, 흣흣흣, 알게 되기로는, 그는 삼천대천세계를 다 둘러온 것이었기는커녕, 그 원숭이의 손바닥으로부터 한 번도 벗어나 본 적이 없다고 하게 되는뎁, 원숭이의 가운뎃손가락에 풍기는 오줌 냄새!" 어찌 되었든, 어제도 열렸던 감방 문이, 오늘 갑자기 새로 열려질 열림을 감춰놓고 있어 왔을 리는 없었을 것이었다. 그래 촛불중은, 두 발에다 신겨놓았던, 그 신발 중에서, 오른쪽 것의 끈을 풀어, 그것을 벗겨내고 있었다. 그로부터 촛불중의 하는 짓이, 늙은이에게 기묘하게 여겨지는 일은, 뿌지직 몸을 일으키려면서 헌데 이 怪僧은, 신고 있었던 신발을 (한 짝뿐이기는 했지만) 벗었다는 일이며, 발에 신었던 그 신발을 그리고는, 머리에 얹어 이고 있는가 하고 있자니, 아직도 신발을 신고 있는 그 왼쪽 발로 바닥을 딛고, 오른쪽 발은 (바닥에서) 떼어내, (냈으면, 내디뎌야 하는 것이 발의 율동임에도, 그러지를 않고) 오구등이 해갖고, 흔들림을 멈추게 하자, 외다리로 선 鶴의 모습으로 솔아버렸다는 일이다. 박제한, 벼슬 단 鶴. 그리고부터 중은, 청각의 기능을 모두 닫아버린 듯, 늙은네의 말을 듣고 있지를 안 했는데, "……읍장 말씸이, 이려요, 자기의 옛 친구 하나 촛불중은, 안 만내본 고동안에, 워디서 머슬 워처키 갈고 닦았든지 간에……"라고, 판관 겸직 읍장과 주고받았던 얘기들을 되풀어내다, 뒤늦게, 자기가, 벽이나 등신불 같은 것에 대고 말하기처럼, 말을 축내고 있다는 것을 깨달은 듯했다. 그뿐만 아니라, 촛불중은 그 자리에 있음에도 없어, 늙은네 자기가, 그 자리를 지키고 앉아 있어야 할, 아무 필요도 까닭도 없다는 것도, 알아내고 있었다. 그래서 늙은네는, 음식 그릇 나부랭이로 어지러워진 바닥을 대강대강 치우고, 다시 대바구니에 담아, 당나귀 등에 얹었다. 타려 하지는 않고 늙은네는, 당나귀의 고삐를 쥐고, 앞서 걸었는데, 그 밤중에 그는, 판관 겸직 읍장을 만나러, 수도청에로 향하고 있었다. 서로 간, 그렇게 약속을 해두고 있었던 것이다.

판관 겸직 읍장은, 예의 그 男妾의 품에 안겨 자고 있다가, 매우 귀찮아하며 깨어나서는, 늙은네를 알아보고, 바지만 꿰어 입은 뒤, 윗목에 밀어붙여 놓았던 술상을 드르륵 끌어내려, 주전자 귀를 물어, 깊이깊이 빨고 난 뒤, 정신을 좀 차린 모양으로, 늙은네께는 자리를 권하고, (자기를 흔들어 깨웠던) 수도부께는 술상을 새로 보아오라고 일렀다. 그리고 늙은네의 침울한 얼굴을 찬찬히 살피고 난 뒤, 신음하듯, 깊은숨을 한번 들이쉬고는, 듣고 있으니, 돼온 일의 내력을 말하라는, 태도를 꾸며 보였다. 그래서 늙은네는, 여전히 그 침울한 얼굴로, "글씨 시님께서는 말이시제, 두 신발을 다 신으시고시나, 쨔웃거림선 지다리고 지셨었는디 말이시제"로 시작을 삼아, '鶴像의 等神'이 돼버린 데까지, 주섬주섬 주워섬기고, 그리고 퀭해진 눈으로, 판관 겸직 읍장을 건너다보았다.

"아 그래서, 그 촛불중은, 워느 쪽 발로 땅을 짚어 서 있다고 허셨습제?" 판관 겸직 읍장은, 그 대목을 짚어 물으며, 곁에서 자며 잠꼬대를 해쌌는, 젊은 사내의 털 난 가슴을 (홑청으로) 덮어주었다. "품바꾼이 감발을 맸으면 글씨, 휘딱 떠날 일이제, 무신 지랄허겄다고 시방, 항— (크게 들이쉬는 숨소리) 벗기는 한 짝 신발을 왜 벗네? 쏴— (크게 내쉬는 숨소리) 반츤 떠나고, 반츤 남아 있는 수도 있는 겨, 뭐시여? 中道에 중두무이하기? 中道란 그런즉, 불안정한 돌팔이들의 教義러라? 중도 아니고, 그렇다고 중이 아닌 것도 아닌 것들, 항쏴—. 한 발로는 물을 딛고, 다른 한 발로는 뭍을 디뎌 있는디, ……타오르는 불과, ……(그 불이 植物化를 치르면) ……蓮은, ……(그것은 또 動物化를 치르면) ……鶴은, 말인디, 항—쏴— 제 발로 벼슬을 해 달았음?" 그리고 그는, 느닷없는 편두통이라도 시작이 되었는지, 머리를 감싸 쥐었다. 그리고는, 앓듯이, 뭘 웅얼댔는데, 늙은네 귀에 그 소리는, 무슨 다른 사투리를 쓰는 귀신이, 그의 대가리를 짓밟고 있어, 그것이 거북해, 그 귀신네 사투리로 앓는 소리 같았다. "…… 흐흣크큿, 이겼는디도 이긴 놈이, 자기가 넹겨뜨린 놈의 발에 흙이 묻지 말라고, 크흐흐흣, 고 발밑에다가시나, 제 놈의 댁배기를 받쳐주기?" —귀신 씻나락 까먹는 소리.

때에, 새로 손 보아진 술상이 들여졌기에 늙은네는, 웅얼거리는 벼슬 높은 사내를 내려다보며, 한잔 손수 따라 마시고, 첫닭이 우는 소리를 듣고는, 늙은네 자기가 처리하러 나온 일의 경과가 어떻게 돼왔는지, 그 소식을 들으려, 심정을 졸이며, 소복으로 가야금 앞에 앉아 있을, 上典淑女를 생각해, 자리를 뜨려다, 이 상태에서는 그러나, 아무것 하나도 맺혀진 것이 없이, 아무 얘기도 만들어 들려줄 것이 없다는 것을 셈해내어 늙은네는, 오히려 궁둥이를 무겁게 하여 한잔 더 자작자음하며, 저 벼슬 높은 사내로부터의 하회를 기다리기로 했다. 그러며 늙은네는, 이전에 한 번도, 그런 투의 아무것도 의문해본 적도, 생각해본 적도 없었던, 어떤 의문 하나를 만들어, 스스로에게 묻고 있었다. "七祖가, 羑里에를 왔어야 되었던 데는, 무슨 까닭이 있었다는고?" —그리고는 체머리를 썰레썰레 흔들다가 잘 다림질된 소복으로 가야금 앞에 앉아, 피곤에 몹시 구겨진, 자기의 上典인 젊은 여자를 떠올려보고, 체머리를 흔들다가, 안개비가 두텁게, 부옇게 내려 덮고 있을, 저 적막한 羑里(沙漠)를 멀리 내어다 보았다. 늙은네는 그러며, 늙은, 주름진 볼에 눈물을 흘려내고 있었는데, (언제부터도 늙은네의 믿음에는) 자기의 것도 아닌, 그리고 누구의 것도 아닌, 그런 어떤 소속 불명의 運命에, 시달리고 있어 보이는, 저 두 運命들이 슬퍼 보인 것이다.

닭이 두 홰를 치고 있을 임시에, 판관 겸직 읍장은, 촛불중의 처우에 대해서는 아무 다른 말은 없이, 늙은네더러, 집에 돌아가 기다리고 있으면, 오래잖아, 官으로부터 뭐라고든 기별이 있을 터이니, 그렇게 알라고, 늙은네를 돌려보냈다. 그리고 판관 겸직 읍장다운 어투로 보탠 말은, 밝는 아침부터, 촛불중께는 官食이 주어질 것이며, 官의 허락이 없이는, 私人의 출입은 엄금한다고 했다.

늙은네 생각에는, 판관 겸직 읍장도 물론, 약간의 생각할 시간은 필요함에 분명하다고 했으며, 그래 타지도 않고 나귀의 고삐를 쥐어, 터덕터덕 새벽을 헤쳐, 돌아와, 자기의 상전이 기다리고 있는 데를 먼저 들렀다가, 할멈 방에는 들르지도 않고, 자기 쓰는 방에 들자마자, 입은 그 채로, 번듯이 누웠다. 그의 할멈이 그래놓았었겠지만, 불이 낮춰진 남포가 흐린 빛을 채워놓고 있었는데, 그 불빛이 흔들려 그랬겠지만, 늙은네는 몹시 어지럽다고 느끼며, 속히 잠에 들 것을 바라고, 눈을 지그시 내리감았다. 헌데 늙은네는 쉽게 잠을 이루지는 못한 듯했으며, 일어나는 생각들을 흩트려버릴 수도 없었던지, 늙은 눈 귀퉁이로 눈물을 흘려 내리고 있었다. (모든 늙은 눈들에서 흐르는 눈물은, 소금기가 거의 없는데 조금 흐리거나, 아니면, 그 전부가 소금이어서 무겁고 깊다. 소금기가 없는 흐린 눈물은, 어떤 한평생을 통해, 조금씩 조금씩 짜내어진 설움을 통해 희석된 것이며, 짜가운 눈물은, 별로 그럴 기회를 갖지 못해, 그 어떤 한 삶의 밑바닥에, 소금으로 앙금져 있다가, 뒤늦게 풀려나게 된 것이다) 늙은네의 눈물은, 짜고, 무겁고, 깊었다, 한 삶이 폭삭 가라앉아 들도록, 깊었다. 글쎄 늙은네는, 흰 치마폭에 얼굴을 묻으며, 오열을 참으려 하기에 어깨를 떨든, 자기의 손녀 같은, 上典을 만나고 되돌아 나오며, 저 上典 때문에도, 늙은 자기가 쉽게는 죽어서는 안 되겠다는 것을 다짐했던 것인데, 글쎄 늙은네의 믿음에는, 자기 같은 한 비천한 목숨은, 어떻게나 비천한 삶을 살다, 어떻게나 비천한 죽음을 한다 해도, 그것을 개의할 바란 없는 듯한데도, (늙은네 믿음에는 왜냐하면, 자기 같은 목숨이, 聖俗間, 세상을 운영하는 것은 결코 아니며, 그러는 자들의 뒷바라지나 해주도록 팔자가 정해져 있다고 해온 까닭이다) 자기의 上典은, 그리고 그 上典이 마음을 바쳐 위하는 자들은, 어쨔도, 그들이 사는 동안, 그들의 존엄성에는 累가 입혀져서는 안 되며, 죽음도 그렇게 존엄스럽게 하지 않으면 안 된다고 한 것이고, 헌데도, 그 존엄성을 지켜주기 위해, 최소한 노력만이라도 해보려 하는 자가 있다면, 그것은, 늙은 자기밖에 없다고 안 것이다. (아으, 그러고 본즉 菩薩은, 저런 늙은네 모습을 취해서도, 오는 것이구나!) 늙은네가, 젊은 삶과, 그리고 그런 죽음(이 있는다면)의 뒷수습을 해주기 위해서, 죽을 수도 없구나. —그럼에도 그 믿음은, (지는 해라도 몇 발자국 뒷걸음질을 치게 한 것모양) 늙은네께 슬프되, 그 늙은 혈맥 속에다, 그 스스로, 강인한, 얼마쯤의 삶을 수혈했음은 분명했다. 그래서도 늙은네의 눈물은 짜왔을 것이다.

눈을 눌러 감았었으되 늙은네는, 결국 잠은 못 청해 들이고, 아침을 맞고 말았다. 평생의 습관 속에로, 쏟겨 든 아침 빛이, 그 늙은네 삭신 속의 빛 벌레들을 쑤물대게 했으므로, 더 못 누웠고 일어나, 어제저녁에도 물론, 할멈이 들여놓았을, 숭늉을 벌컥벌컥 마시고시나, 흐트러진 옷매무시를 바로 한 뒤, 아직도 켜져 있는 남폿불을 껐다. 그리고 늙은네는 문을 열어 나섰는데, 오늘 아침 늙은네는, 핏발 서려 귀신 같은 눈을 번들대며, 아무도 알아보려는 눈치가 아니어서, 그의 할멈까지도, 영감께 말을 붙여보지를 못하고 눈치를 살피는 중에, 늙은네는 휑하니 대문을 벗어나 버리고 있었다. 늙은네의 집념은 그렇다, 판관 겸직 읍장이, 뭘 결정해버리기 전에, 한 번이고 두 번이고, 만나보아야겠다고 한 것이고, 그런 뒤 촛불중도 만나려는 것인데, 그래서 나아가다 다리를 만나서는, 건너기 전에 둑을 내려, 그 물에 양치도 하고, 세수로부터 했다.

그래서 나아가다, 다리를 만나서는 다리를 건넜으며, 판관 겸직 읍장을 면회하러 간다며, 읍청에로는 안 가고 수도청에로 갔는데, 가다 늙은네는, 나뭇짐을 짊어져 와, 그것으로 돈 사고 돌아가려던 촌사람들 몇이, 벽을 향해들 서서는, 오줌은 안 누고, 뭘 우물우물 입소리를 내쌌는고로, 늙은네도, 오줌이 마려운 것도 아니었으나, 벽을 향해 서보았다. 그 벽에는, 오랜만에, 官報가 하나 나붙어 있다고 늙은네는 보았는데, 그것은 아직, 먹물도 풀칠도 말라 있지가 안 해, 늙은네께는, 글자는 물론, 그 (글자들이 의미하는) 내용도, 아직은 그 백지 위에 정착해 있어 보이지가 안 했다. 그럼에도 늙은네는, 판관 겸직 읍장이, 지난밤이나 새벽에, 자기에게 해줬었어야 되는 그 대답이, 이제는 이미 '公文'으로 솔아버린 것을 알았다. 그러니 그것이 비록 말해, 誤文이라고 한다 해도, 私書나처럼, 수정 가필이 허용되어져 있지는 않게 되어져 있던 것이다. 늙은네는 토역질과 현기증을 느끼기 시작했으며, 그리고 運命을 느끼고, 그 자리를 비척거리며 떠났는데, 아까는 수도청에로 향했었으나, 이번에는 법청에로 향했다. 거기 한구석, 문이 훤히 열려 있는 감방 안에 갇혀 있는, 한 중을, 면회할 수가 있으면, 한번 면회해보려 그런 것이다. 그러며 늙은네는, 먹물도, 內容도 아직 덜 굳어, 記號와 內容 간에도 풀기의 접착이 덜 된, 그 壁官報를 되뇌어보며, 대체 그것이 무엇을 밝히자는 것이었는지, 그것을 열심히 생각해보고 있었다.

美里邑民은,
某月某日某時까지,

法廳 뜰로 모이되,
白衣에, 首絰, 腰絰, 竹杖, 芒鞋 갖춰,
美里의 第七祖村長의,
葬婚式에 參禮할지어다.

9우리들의 羅卜이 장가 길에 喪服 입었더랍넵.
쭈쭈쭈쭈 쭈쭈쭈 헹의 바지 입구 가제.

七 祖 語 論 3

제2부 進化論
—프라브리티(Pravritti)

[1]綠色

[2]배꼽 만지기 頌 1

한번, 꾼, [3]'엄지손가락 크기'의, 蓮, 뿌리의, 봄 꿈도 같고, 그 줄기, 끝에, 아침에, 피었다, 저녁에 진, 그리매[幻] 도 같으며, 저절로 일어났다 스러진, 그 저녁 蓮, 언저리의, 한, 물거품도 같고, 여름 불새의, 그 蓮 위에로, 시들어져 내린, 한, 그림자[影] 도 같으며, 한, 방울, 가을볕, 그것이, 어려 엉긴, 이슬도 같고, 그 뿌리 속으로 스며든, 겨울 날빛, 짧은 것, 저승서쯤 울어 번져온 [4]번개, 그, 꿈틀거리는 마늘의, 엄지손가락 크기만 한, 잠도 같게,

[色卽是空]
그러나 [5]空中에도 아니고
色中에도 아니다
水中으로
거기로 통해진, 그럼에도
젖지 않는 小路
를 통과해 내려가면
純化를 통해
그 아래서는 누구든,
[6]숨겨진 돌
[7]有情 無情을 받침하는 것

[5]잊어버렸던 것이 무엇이었든
그것을 되찾아낼 수 있다
는, 곳,
그것은 그래서 말하자면 骸骨,
태어나본 적 없는 죽음,
아무것도 스러지지 않누나
일어나본 적이 없으니,
모든 것이 깨임 속에 잠들어
잠 속에 깨어
빽빽하게 비어 있다.

[空卽是色]
그것 속에 우리는
지난겨울,
태어나본 적 없는 아버지들이
도란거리는 말[言語]로 켠
엄지손가락 크기의
한 촛불꽃 형상의
빛돌을 심어 넣었으니,
오는 봄은
빛돌의 꿈,
그 줄기 끝의 蓮
[4]한 수포,
한 그림자,
한 이슬방울,
이승서 운 천둥이
저승에로 번개 쳐 번져가기.

아흐, [8]늙은것이 죽었네라우!

美里에서는 그래서, 개를 죽여 祭肉하고, 그 피를, 그 '늙은' 송장에 붉게 칠한 뒤, 푸른 저고리 다홍치마 입혀, 상여에 태워서는, 哭婢들 哭해쌌는 중에, 상두꾼들이 어깨에 메고, 빈 들에 나가, 그곳에 파 바윗돌로 벽 해놓았던 墓窟 속에다, 그 한 '숨'을 묻고, 바윗돌로 문을 굳게 막아버렸다. 한 '횃불'을, 땅굴 속 더운 암흑 속에다 심어 넣어버린 것이다. 그렇게 그 뿌리는, 어떤 苦行꾼의 春困의 根 끝을 튀어나온, 한 방울 法水모양, 찐득하게, 땀과 苦行의 냄새를 비리게 풍기며, 옴팡하고 아늑해 좋을, 地肉 속으로 스며들어 가버린 것이다. 거꾸로 발음되어진 말—아파나, 홍. 흙 밑에서 땅을 떠받치며, 위쪽으로부터, 방울져 내리는, 그런 말[言語]의 부스러기들만을 음식으로 먹고 사는, 유황으로 비계하고, 불칼 불槍으로 이빠디하여, 먹어도 먹어도 배가 고파, 제 녀러 비계까지 태워 먹는 불羅刹, 下地 菩薩, 님들이 물론, 저 뜨끈한 말 뿌리[語根]도 빠르게 혀를 대볼 것이며, 그러면 이승서는 그것을 두고, 그 한 넋의 이승에 쌓았던 德과 不德이 (조금 묘하기는 하지만, 하필 저승에서) 가림 받는다고 알게 될 것이다. (이승 남은 자들은 그런즉, 저 넋을 위해, 그 액수를 크게 쓴 종이돈이라도 천 냥 만 냥 금으로 태워, 나찰님들 전에 人情 쓰기를, 인색해하지 말그라) 가라지 쭉정이는 물론, 그 불의 입속에서 태워지고 말 것이고, (불쌍한 나찰님들은, 쭉정이 타는 불에 불알이나 구워 늘이고 말 일이겠구나) 타지 않아, 그 재 속에 남은 것들은, 어느덧 굴뚝을 뚫고 내려온, 어떤 검센 손에 움켜쥐임을 받아, 굴뚝을 빠져 오르게 될 것이다. 나찰들은 이래서도 제길헐 녀러, 노상 배가 고프다. 버려진 말[言語]들, 저 가라지 쭉정이들은 그래서, 그렇게 燒滅하고 마는가? 바다와 달리, 헌데 대지는, 排泄을 못 한다. 대지는 肛門을 갖고 있지를 않은 것이다. (그렇다면, 무엇이 解脫이나, 심지어 消滅을 바라서는, 이런 순, 아으 이런 순, 大地를 통과해야 함에도, 大地를 통과하려 해서는 안 될 듯하다. 모든 '生命'들에 대해 大地는 그렇다면, 극복되어져야 하는 모순이며, 함정이고, 저주로구나. 왜냐하면, 그럼에도, 어떠한 '生命'도, 出口가 없는, 이 함정을 통과하지 않고는, 彼岸에 닿을 수가 없기 때문인데, 大地는 그러면 은총이다) 大地도 肛門을 갖고 있다면, 그것은 요니이다. 그 요니는 그리고 동시에, (먹는) 입인데, 大地는 그렇게 억만의 요니, 억만의 입이어서, 子宮, 그렇다, 宇宙的 創造力의 臍帶—大地. 가라지 쭉정이까지도 그래서 그 요니를 통과하면, 흐르릉 몸을 입어 저 어미의 목구멍을 되넘는다. 그러나 그것은, 그 [9]색깔만 옛 숨이며, 그 형태는 이미, [10]옛것은 아니다. 아마도 천공 어디, (란, '궁창이 나뉜 뒤'의, 저 어미의 子宮 속 말이겠지만,) [11]月宮이 있다는 데는 많이도 시원한 듯하다. 타며 나라카에서 氣化했던 말[言語]들, 그 가라지 쭉정이들은, 그 서늘함에 닿는 대로, 별수 없이 液化하고 말 것이다. 불은 毒蛇, 머리를 쳐들어 오른다고 오르며, 그 꼬리는 나라카에 되사려 놓고 있다. 오르기는 그러면 내리기, 내리기도 그리하여 오르기. 천장에 방울져 있는 습기는, 백조 얼굴의 피 빠는 박쥐—천장에 그 발톱을 박고, 내린다며, 거꾸로 매달려 있다. 어둡게 타며 내리는 불. 호르륵 타오르는 것은, 흐르릉 방울져 내리고, 호르륵 올랐다 흐르릉 내리기, [12]호르륵 흐르릉, 흐르릉 호르륵, 호르흐르.

[13]태어나지 마라 죽기 어렵니라,
죽지 마라 낳기 어렵니라.
말이 많구나
낳기나 죽기가 다 고통이다
말이 많구나
苦.

제1장

그렇게 그렇다 美里에서는, 불의 씨눈 하나를, 그곳의 마른 늪 가운데, 달궈진 모래의 한가운데를 열고, 묻어놓았다. 철이 이것은 그 철이어서, 심긴 씨눈을 휘감는 羊水, 같은 안개비의 철, 그래서 이 철새의 암놈들이 와, 그 天衣 포르름해 안개비, 그 날개들을 벗어, 저 둔덕, 나지막한 하늘 덤불에 걸어두고, 그 늪에 발 잠그고, 허리 잠근 뒤 가슴도 잠과 내려와, 젖빛 하늘 몸[天身]에 끼인 곱도 씻으며, 거기 묻힌 불씨 하나를 젖의 情으로 품에 안아, 아직 없는 이름으로, (그 재[灰] 가운데 溺死한) 그 水夫의 혼백을 불러내고 있다. 邑에서는 모두, 그 水夫님을 '촛불중'이라고 불렀더랬는데, 글쎄 그는, 자기 할아비 村長이 거기서 잃었던, 그 經(링가)을 찾겠다고, 그 '마른 늪' 속에로 潛水해 들었다고 쑤군대고들 있었다.

—그러고 본다면, 邑에 사는 사람들께는, 美里는, 어째선지 六祖의 추억만을 불러 일으켜내고 있는 것이나 아닌가, 하는 것을, 새로 고려하게도 한다. 美里는 이제부터, '촛불중'이라는 法名을 가졌던, 浪癖의 뒤꿈치에 火傷을 입어 잘 걷지도 못하게 된, 한 (자칭하여) 품바꾼(이라고 했던 자)에 의해, 그 '爲'의 有/無가 가름되어지게 되어 있는데, 그럼에도 邑에서는, 六祖를 내어다보았던, 그 꼭같은 돋보기를 한 번 더 콧잔등에 얹고, '촛불중'을 건너다보고 있는 듯하다. 그러나 六祖는 불새[火鳥] 였었더랬는데, 헌데도 촛불중은, 자기를 두고, 불의 물고기[火魚] 에의 夢想을 가져오고 있는 흔적이 역연하지 않던가.

그래 그 발바닥에 그는 과연, (제기럴, 이런 식의 修辭學도 가능할 수가 있다니!) 그 풍랑의 바다[苦海]를 火印으로 찍힘 받고 있다. 六祖는 그래서, 불의 漁夫王새(註: 이, '漁夫王새'는 "king-fisher"라는 英名의 直譯인데, 까닭은 무엇이었는가 하면, 그 같은 새의 國語名은, '漁夫王새'라는, '直譯 이름이 일으키는' 것과 같은, 夢想을 수반하지 않는 듯하기 때문이다. '쇠새', 또는 '물총새'가, 저것의 우리말 이름이라고 알고 있다)로서, 그 늪에서 고기를 낚으려 羑里에를 왔었는데, 떠날 때는, 거기 출렁댔던 물이, 재가 되어버린 그 재 속에다, 알을 하나 낳아 묻어놓았었더니, (그리하여, 七祖의 鰱魚에의 夢想이 시작되었을 터이다) 그 알 속에서는, 새[鳥]도 말고, 한 마리 불[沙漠]의 물고기가 부화했었다. (물고기는 바다를 송두리째 삼키거나, 토해낼지라도, 낚시질하지는 않는다) 邑에 사는 사람들은 또한, 六祖가 治水에 밝은 불의 漁夫王이었던 것도 모르지는 않는다. 불새[火鳥]가 헌데, 물을 꿈꾼다[治水]? 이 문제와 더불어서는, 누구든 잘 추측하는 것이 이것이겠지만, 또는 전혀 추측하지 못하는 것이 이것이겠지만, 사막 사는, 한 불의 漁夫王이 물을 꿈꾸기 시작하면, 그것은 그때부터, 生命의 나무에 매달린, 죽음의 열매 맛을 보아버린 것이다. (이런 修辭學이, 인식에 분명치 안 해, 이마를 찌푸린 채 꾸무적거리는 道弟가 있다면, 도제는 아직, 모험을 찾아, 세상 찬바람 가운데로 나설 만하게 속이 여물어 있지를 않으니, 面壁하여, 九年手淫질이라도 해보는 것이 권고된다. 행여라도, 法輪을 굴리려 한다든지, 世音觀音이라도 해보려는, 가당치 않은 野情은 일으키지도 말 일인데, 그러면 한 들에 野狐들만 벅시글대게 된다. 입이 많아 배가 고픈 것들이, 어찌 法身이라도 물어, 찢어 덤비려 하잖겠느냐? 한들 벅시글대는 野狐精.―)

(邑은 물론, 村落들도 휩싸아 잡아 말이지만,) 羑里에서는 헌데, 아무도, 倦怠가 무엇인지를 모른다. 물론 그것들도, 삼복에 당해서는, 솜 같은 북더미 털을 많이 뭉글여 벗어놓고 있기는 하지만, 삼복에도 털을 (입고 있다니?) 입고 있는 野狐에게, 그 털의 불편함을 들어, 시원스레 한번 벗어보라고 누가 이른다면, (아으, '털'과 '無明'!) 그누무 들개는, 그렇게 이르는 자의 껍질을 짓찢으려, 표독스럽고도 오드락스럽게 덤빌 터이다. '털'은 벗었으되, '껍질'은 입고

있는 자여, 그 털을 벗으면, 삼복에도, 그 들개는 몸이 시리다. 그것을 입고 있어야 그것은 편하다. (이때의 이 '편하기'는, 그것의 '몸'인가, '마음'인가?) 무엇보다도 그것은, 野狐인 것이 편하다. (두꺼비며 지렁이까지도, 두꺼비며, 지렁이인 것이 편한 것이다. 어느 능구렁이에 게라도, 자네 능구렁이인 것이 저주스러운 것이 아닌가, 고 누가 물었다가는, 그 능구렁이는 그 대답 대신에, 그 묻던 자의 대가리를 물어놓고, 그 턱뼈 넓히기의 만족스러움, 그 부듯한 황홀함에 대해 생각하고 있을 것이다. 정작에 있어 불쌍한 너러 것들은 그렇다면 佛者라고 이르는 너러 것들뿐이겠는가) 美里에서는 그리고 (누구에게나) 권태가 편하다. 권태야말로 그리고, 죽고 싶어도 죽지도 못하게 운명지어진 神들과 仙들이 마시는 술이다. 美里에서는 그래서, 神仙들만 살고 있다. 그 술은, 취기를 통해, 처음에는, 끈적이되 부드러운 송진이나 꿀처럼, 그들의 땀구멍으로 흘러나오는데, 아으 부는 바람 가운데서는, 습기스러운 모든 것은 별수 없이, 그 습기의 젖을 빨리고 굳게 마련이다, 그래서 그것이 굳기 시작하면, 그 굳은 피부 속에로는, 時間까지도 침투치를 못하게 된다. (아담이) '바위'라고 부르는 것들은, 또는 '老松'은, 그렇게 仙酒에 취한 것들인데, '털'은 벗었으되 '가죽'을 입고 있는 자여 바위를 향해, 아흐 바위여, 자네는 바위라는 털을 벗으라, 그렇게 일러줄 것인가? 바위여, 그러면 모든 無重力의 自由가 자네 것인 것을, 이라고? 咄. 美里에서는, 사십 주야씩만 비가 오지 않거나, 사십 주야씩만 안개비가 내리지는 않는다. 삼복에도 그것을 벗어서는 몸이 시려질 들개의 껍질, 바위 같은 털을 벗고, 뻘거벗어, 아주 드물게라고는 해도, 가다 한 번씩, 헌데 말이지, 어떤 버렁 떨어진 시래비 자슥이 있어 하나씩, 그 권태 속에로, 밤 안개비 속의 흐린 등불모양 지나는 수가 있어, 美里의 무량겁 권태에 火傷을 일으킨다. 글쎄 그런 얘긴데, 바로 요 얼마 전에는, 六祖라고 이르는 불새 한 마리가 그렇게 날아내렸는 고로, 美里에서는 그 등에다, [1]'산'을 하나 크게 짊어져 주어 단단히 동여매서는, 나뭇가지에다 대룽대룽 매달아버렸었거니와, 그러고 난 뒤, 美里가 손 씻고 돌아서려는데, 이번에는 七祖라는 것이, 세상의 精液과 소금이 녹아 흐르릉한 속으로, 헤엄쳐 거슬러 슬러 올라, 美里에다 그 냄새의 騷音을 일궈내고 있는 것이다. 이런 너러 것은 그렇다면, (일찍이, 산은 뿌리까지 뽑아, 말한 바의 저 어떤 날으는 새의 등에다 짊어줘 버렸으니) 이번에는, 어쩌겠는가, 제 녀러 것이 헤엄쳐 다녔다는, (아으 민물도 바다에 닿으면 짜가워지거늘) 그 짠 바다라도, 왼통 하나 그 발에 신겨, 도저히 못 벗고, 제 놈 신은 그 신발 속에나 溺死토록이라도 해주는 수뿐이겠는가. 그러지 않는다면, 이제껏 仙酒 같던 권태가 써져, 砒霜 같아지고, 日常에 非常이 섞여, 無常의 고장에 霧霜이 뿌려 덮게 될 것이다. 어떤 벌거벗은 것들은 그냥, 자기네들 바깥 골목을 '들어가고' 있을 뿐인데, 쓰디쓴 물은 어째서, 자기네들 안에서 괴어오르는지, 美里 사는 사람들은, 그것을 알지를 못한다. 안개비가 내리기는 밖에서 내리는데, 적시기는 안에서 적신다. 여기 어디, 밖과 안 사이에는, 균열이 간 대목이 있는 듯한데, 美里 사는 사람들은, 그것을 알지를 못한다. 혹간, '幻'(더 강조해서는,) '苦幻'이라고 이르는 것은 그것이 무엇이든, 저 균열을 통해, 그 습습함 속에 뿌리 두고, 바람 가운데로 돋아 올라오는 것은 아닌가? 듣건대는, (莊子라고 이르는) 어떤 늙은네 하나가, 양지에나 앉았다 춘곤에 못 이겨, 설풋 잠에 들었다가, 나비가 되어 날아다녔다는 꿈 얘기가 있어, 인구에 회자해온다고 하거니와, (가맜자 제기럴, 人口 하나가, 그저 말해, 일생을 통해 꿈 하나씩만 꾼다 해도, 이 땅에서 솟았다 가라앉아 버린 인구수가 얼마인지 모른다면, 그 꿈의 수도 또한 무수일 터인데, 어찌 하필, 저 '나비 꿈'만 꿈이어서, 인구에 오르내리는지, 이 의미에서만도 그것은, 최소한 일별의 가치는 있음에 분명한가) 유독 저 한 꿈 얘기는, '밖'이 따로 있다고, '밖'이 있으니, '안'도 있다고, '안'이 따로 있다고, '안'이 있으니, '밖'도 있다고, 그것이 논리적이라고, 그렇게 믿는 사람들의, '밖'과 '안'과, '안'과 '밖', 마음과 몸, 몸과 마음 사이의, 어떤 벽, 또는 균열, 또는 그런저런 어떤 중간 상태(바르도—촛불중의 '말[言語]의 영지'), 바로 그만쯤 되는 데서, 한 意識이, 또는 精神이, 들고 나기에 좆아, 어떤 일들이 일어나서 스러지고 있는지, 바로 그 비밀을, 그중 간결히 보여주고 있는 듯해, 그럴 것이다. 그 꿈은 아직은 물론, 虛無主義나, 運命論에로까지는 발전을 못 보이고 있는 것도 사실은 사실이다. 저런 꿈이 닿는 곳은, 이렇게나, 저렇게나, 종내는 하나뿐인데, 그 꿈을 꾸는 자의 知覺者, 또는 無明까지라도 否定性의 쬐끄만 푸른 毒蛇에게 물려, 그 독이 번지는 탓에, 視力에 장애를 일으키고 있으면, (테레시어스여, 자네가 본 內光은 그래서 무엇이었는가?) 그는 虛無라는 절벽 위에서, 그 낭떠러지 쪽을 향해, 몇 하늘걸음을 떼어놓고 있으며, 그 반대인 경우는, (그는) 그 같은 절벽의 뿌리게 되는데, 그 같은 절벽이 거기서는 運命의 이름을 입어 있는데, 데서 이마를 맞대고, (거기서는) 배까지도 뜨지를 못해 가라앉는 ('시타'라는 이름의) 한 바다를 왼통 둘러 마셔, 배가 부른, 그 무거운 몸을 이끌어, 그 역 몇 하늘걸음을 떼어놓고 있음에 분명하다. (투박하게 말하면,) 하나는, 天路에 올랐다 떨어져 내리고 있으며, 하나는 오르고 있다. 虛無主義나 運命論은, 그 다른 쪽 대가리 하나는, 事實主義라는 벼슬을 달고 있어 아름다운, 바룬다 새[鳥]이다. 헌데, 입에서 귀에로, 귀에서는 입으로 전해지는 사이, 유명해진 것이 분명한, 말한 바의 저 '나비의 꿈'은, 그 꿈을 꾼 자의, 見性·解脫과도 관계된, 썩 좋은 꿈이나 아닐 것인가, 그렇게 넘겨짚어도 좋을, 그렇게나 너그러운, 봄날 한 뜰에 담겨 있기는 하되, 실제에 있어서는, 사실 말이지만, 그보다도 더 위험한 夢遊도 없을 듯하다. 위험하다, 하으 위험하다. 그럴 것이, 그 見性은, 詩學的으로 이뤄진 것이어서, 봄 뜰의 나비만큼은 아름답되, 그런 만큼 그것 자체가, 위험 가운데 드러내져 있는 것이다. (물색이 좋은 계집이, 여러 달이나 뭍에 내려본 적 없는, 해적들 가운데 내팽개쳐져 있다?) 見性, 또는 解脫과 관계된, 그렇다, 禪家네 나비는, 天鳥(가루다)라든, 龍, 그리고 (巫家네 나비로서는) 쇠로 된 부리와 날개와 발톱의 독수리나, 白鳥 등으로 나타난다. (이렇게 되면, '나비'와 '原型性'이라는 문제도 고려하게 하는데, 마음을 너무 좀 헐하게 써버린, 莊子公의 저 '나비'의 위험성은, 그것이 '原型性'을 획득하지 못한 데 있어 보이며, 그래서 그것은 詩學에 머문 듯하다) 그래서 저 禪的(巫的) 나비들은, 아무 거침새 없이, 삼세를 주름잡아 난다. 허지만 저 '詩學的 나비'도 물론, 아름다우며, 그리고, 한 마리의 자벌레가, 나비에로까지 탈바꿈하기의 그 아픈 노력은, 禪的·鍊金術的 苦行이 아닌 것은 아니로되, 그것은 그럼에도, 그 꿈을 꾸고 있는 자가, '날것'을 이번에는, 어떻게 '익히는지', 그 文化的, 또는 二重的 鍊金術에 눈 띄운 바가 없는 듯하여, '날것'을 날것인 채, 모든 배고픈 날것들 가운데다 풀어 넣은, 실수를 범하고 있다. 그가 할 수 있는 일이란 이제, 自然

(날것) 돼가는 것에서, '無爲'뿐이다. ('無爲'까지도 그러면, '날것'이 있다. 허긴 그것도 한 '원초적 질료'란 것이기는 하다) 저런 위험한 꿈을 의연히 꾸고 있는 자는, '자벌레⇄나비'라는, 그 날것[自然]的 修辭學的 壓力 밑에서 잠이 들어, 그것으로부터 도저히 벗어나지를 못하고 있음을 증명하고 있는데, 그럼에도 그것을 解脫(나비)이라고 이해해야 한다면, 그 解脫인즉슨 다름 아닌, 修辭的 字宙 안에서의 解脫, 이라고밖에 달리는, 생각할 수가 없다는 것을 부인할 수가 없는 듯하다. 詩學的 解脫. 안됐지만, 虛無主義나 運命論은, 글쎄 여기서부터 시작될 것이다. 누구라도 아는 바대로, 天鳥며 龍은, 畜生道를 극복하려는, 인간이라는 有情들의, 모진 노력을 통해, 그 畜生道의 굳은 알 껍질이 되어 있는, '自然'을 깨뜨리고 孵化해, '위에로 날아오른 것'들이며, 말한 바의 쇠부리 쇠발톱의 독수리나 백조도, 그 같은 알에서 까이었으되, '밑에로 날아오른 것'들인데, (그것들은 그리하여, 三世無敵의 陽力性을 드러내는바, '魂[어머니]의 靈[아버지]化'를 우리[衆]도, 莊子처럼, 그러나 저렇게 꿈꾸어오는 터이다) 한 마리 똥파리와 비교해서라도, 조금도 그 우월성이 드러나 보이지 않는, 한 村老의 夢泄의 낱말 하나, 거의 天鳥에나 맞먹도록 이름이 높아진, 저따위 '나비'란 도대체 어쩌자는 有情인가? (우리는 이제도, 저 꿈꾼 자의 夢想이, 한 마리 자벌레의 탈바꿈과, 그것의 解脫이라는, 그 畜生道的 文法體系를 못 벗어나, 그 자신 저런 위험 가운데 처하게 되었다는 것을, 기억하고 있어야 할 것이다. 그럼에도 莊子여, 한 마리 지렁이가 龍에로 둔갑해서는 왜 안 되며, 한 마리 자벌레 속에서 코끼리가 걸어 나와서는 왜 안 될 일이 있던가? '解脫'이란, 自然 法則에 좇는, 그 탈바꿈과는 아무 관계가 없어, 그것은 突然變異이라든, 力動的 飛翔[날개도 없는, 龍의 登天!] 등과 관계가 있다는 것을, 公이 몰랐던 탓이었을 터이지만, 그래서 公은, 解脫을 성취하기로써, 還俗해 있도다. 咄! 그런고로, 公 같은 자를 일러, 벌거벗고 굶주린 늑대들 가운데 서 있다고 하며, 몸에 상처를 입어 피를 흘리며, 상어들 가운데로 가라앉아 들고 있다고 하고, 섶을 지고 불 가운데를 지나고 있다고 하는 것이다) 다행하게도, 公의, 봄날 낮잠이 짧아, 설핏 깨었더라마는, 그 꿈이 깨었기 전에, 어디서 날아온, 제비든, 참새든, 그런 날쌘 것이, 것이 말이지, 그 한 마리 나비를 쪼아 먹

어버렸더라면, 아차, 어찌 되었을 뻔하였더냐? 글쎄, 이 어리석은 村老여, 그거 얼마나 위험한 상처를, 바람도 매운바람 가운데, 열어놓고 있었더냐? (村老여, 이것이야말로, 面壁九年을 하고서라도 생각해볼 만한 문제가 아니겠는가? 村老가 나비를 꿈꾸었느냐, 그 나비가 村老를 꿈꾸었느냐, —村老는 다행하게도 그것을 자문하고 있었다마는, 보게여, '꿈'이란, 잘 알려져 온 한 명제를 좇으면, 이러하다네여, "밤의 魂은, 낮의 몸과 같으며, 낮의 魂은, 밤의 몸과 같다"고 하거늘, '꿈'이란 그런즉, 밤의, 魂의 그 분방한 作爲라고 이해될 것이기도 한 것이다. 이때의 '밤'과 '낮'은, '잠'과 '깨어 있기'에 대한 일반적으로 이해되어져 있는 상태에 대한, 일반적 이름인 것이다. ['일반적'으로 이해되어져 있는 상태' 너머 쪽을 절시하기로 한다면, '깨어 있기'란 다름 아닌 '꿈'인데, 그렇다면, '낮'도 '밤'이 꾸는 '꿈'에 불과하여, '낮'이란 幻의 相이라는 얘기를 할 수 있게도 될 터이다. 빛이 있기 전에, 깊음 위에는, '혼돈과 공허와 흑암'뿐이었었다] 그래서 저 村老가 '나비'의 꿈을 꾸었다면, ['꿈'(몸)이 이번에는, 그 자기를 꿈꾸는 자(魂)를, 逆으로 꿈꾸어내고 있어도 보이는데] 그 '나비'를 그런데, 어느 종달새가 날캉 채 먹고 말았다면, 그 村老는 살아 있으되 죽지도 못하는, 만년의 잠이라도 자고 있을 것이 예상되기도 하며, 그러면서도 물론, 그 신체기관의 노쇠에 의해 風化를 회피치 못한다는 것도 예상된다. 반대로는, 그 '나비'가 그 村老를 꿈꾸었다면, 그 村老에게서는 이제 바르도가 일어나, 이웃 간에서 숙덕여 말하게 되기로는, 그 늙은탱이는 이날껏 잘 살아오다가, 하룻낮 새우고 미친 다니가 되었다고 할 것이다. 어쨌든 그런 여러 단계의 바르도를 거쳐, 이제는 저 종달새가, 저 늙은탱이를 꿈꾸기 시작한다는 것까지도 추측되지 않는 것은 아니다, 아니라도, 이것은 장차, 촛불중의, 새로운 三世閱世行을 통해, 그 細事가 밝혀질 것으로 여겨지므로, 이 자리에서는, 저것은, 풀어져질 매듭으로 남겨둬둘 일인 듯하다) 그러면 그 解脫은, 오히려 解脫 탓에 輪廻의 바퀴에 끼어들어, 용신치 못하게 된다. 다시 낳고, 늙고, 병들고, 그리고 죽는다. 解脫을 통해, 제기럴, 重力의 바다에로 빠져든다? 그것은 이해키에 매우 어려운 듯하여도, 헌데 法則的(달마)으로 그러한 것을, 어쩔 것이냐? 말하지 아니하였더냐, 저 村老는, 자벌레도 나비를 胚胎해 있다는 것을 알고(見

性!), 나비에로의 轉身(자벌레의 解脫!)은 가능하게 했으되, 프라브리티를 훌쩍 뛰어넘는, 그 力動性의 눈까지도 틔운 것은 아니어서, 法則的, 정연한 修辭學的 宇宙 내에 머물 수밖에 없었던 탓이라고, 말하지 아니하였더냐? 알 속에서 까이어 나온 구렁이며 새가, 일차적 解脫을 성취치 못한 것은 아니로되, 苦海를 벗어나지는 못하여, 그곳을 선회하거나 꿈틀거리다, 거기로 돌아와 죽는 까닭을, 그런즉 알 만하지 않느냐? 이런 의미에서는, 胎生만을 제외한, 化生·濕生·卵生의 모든 有情의 '살 입기'는 '解脫'에 근본을 두고 있다는, 희한하고도 빼꼼한 얘기를 할 수 있게도 된다. 그 '나비의 꿈'의 村老의, 한 우주를 賭한 실수와 실패는 글쎄, 저것을 들여다볼 눈을, 아직 틔우지 못한 데 있었던 듯하다. 그는 意識만 人間的인 것을 고수하며, 解脫은 자벌레답게 이루려 한 것이다. 과연 靈長이 자벌레化한다? 잘못된 夢想을 떠난다면, 근본에 있어 靈長은 헌데, 그것만의 靈氣에 의해, 아무리 해도 자벌레化하지는 않는다. 그럴 때 그러면, 그 '자벌레化'란, 비유라겠는가. 그러면 그 자벌레 속에서 이번에는, 天鳥(가루다)며 龍, 독수리며 白鳥가, (글쎄 그 千足의 벌레 속에서) 날아 나오게 된다. (이것은 그러고 본다면, 아무리 늙다리였다 한다 해도, 철이 그런 철 [생식철 말이지] 이어서, 양지에 조금 존다고 하며, 늙은것이, 그 늙은 가지에다 꽃을 터뜨려 올리지 안 했는가, 그 夢泄을 절시케 한다. 그것을 그는, 매우 근엄한 음성으로, 히히, 後生들의 귀를 틔우는 說法에 쓰고 있놀로고. 허긴 어떤 젖은 꿈은, 그 꿈을 꾼 당자까지도, 그것이 젖은 꿈이었다는 것을 전혀 모르고, 이상스럽게도 꿈이 승했다고, [이튿날] 어디에서, 공짜로, 떡이라도 한 넙데기 얻어걸리게 될 수를 점 치기에로 이른다. 모든 오르는 꿈, 날으는 꿈, 逆重力的 꿈들은 허기는, '性'과 관계된, '쾌감의 변용'이라는 투의 해몽법도 없기는 없잖아, 있기는 있던 모양이더라마는. 그럴 때, 저 禪木 가지에 펄럭이는, 허으이어헌 빨래는, 무엇의 탓인가, 바람 탓? 마음 탓?) 어으쨌든, 그것은 으어쨌든, 어째도 상관없을 것이다. 저 봄 뜰에서는, 무엇이 수확되어져야 할 것인가 하면, 한 有情의, 특히 靈長이라고 이르는 것의, '몸'과 '마음' 사이에는, 무슨 흐르릉한 中間, "이것도 아니고 저것도 아니며, 이것이 아닌 것도 아니고 저것이 아닌 것도 아닌데도, 이것이나 저것이 아니며, 이것이나 저것이 아닌 것이 아닌", 그런 상태, 時中이랄 것이 있는 것이나 아닌가, 하는 것이 假定, 考慮된다는 것이다. 이것이, (촛불중의 믿음에는,) '말의 영역'이나 아닌가 하는데, 여기에서, '無時'며, '時體'가 屈折을 당하는 듯하다. (이 상태는, 얼핏 매우 抽象的인 듯해도, '모래시계'를 한번 염두해 보기로, 저 '抽象'은, 대번에 肉化하여, 누구나의 눈에도 환하게 보일 것인데, '모래시계'의 아랫房, '未來의 時間'이, '現在의 時間'을 分娩한 뒤 소롯해져, '未來의 時間'에로 쌓여가는 '過去의 時間', 그것의 집적—그것이 '時體'며, '無時'는 그러니, 그 反極 쪽 房에 쌓여 있는, '過去의 時間'이 '잠들어 있는, 未來의 時間'이 될 것이다. 이 時間이 그리하여, '現在의 時間'化하는 것인데, 이 '모래시계'는 저렇게, [촛불중의 세 개의 宇宙] '마음/말/몸'의 구조를 밝힌다) 주목해둘 것이 있다면, ('자기의 본의'와도 상관없이, "혀끝에서 미끄러져 내린, 失言까지도, 無意識에 연결되어 있다"는 주장도 있거니와,) 앞서 얘기된, "여기에서, 無時며, 時體가 屈折을 당하는 듯하다"는 글귀 속의, '屈折'이라는 어휘일 것이다. 그것은, 이란 말은, '屈折'을 가리켜 한 말인데, '時中'이란, ('말로써 꿈꾸는 자'들의 귀에는,) 혹간, '水面'과도 같은 어떤 것이나 아닌가, 하는 것을 연상하게도 하기 때문이다. 이 '水面'은, 즉슨 그 原初的 水面은, "……땅이 혼돈하고 공허하며 흑암이 깊음 위에 있고 하나님의 靈은 水面에 운행하시니라"(「創世記」 I: 2)의, 그 創世적 '水面'인데, 이 '水面'은 그리고, 母胎 속에 출렁이는, '羊水'的이라는 것을, 간과할 수는 없는 듯하다. 인용한 구절에서 읽혀지는, 創世적 '땅'[地球]은, 生命이 될 '씨앗'[精蟲]을 받아들일 준비가 다 되어 있는, 子宮 속과 조금도 다름이 없지 않는가, 하는 것을 고려하게 하기 때문인데, 이것에 연유하여 일어나는 생각은, 그리하여 확신을 갖게 하는 것은, 이 '땅'[地球]이란 다른 아무것도 말고, 宇宙라는, 그것은 분명히 兩性一體인, 저 거대한 한 '原人'의, '子宮'이라는, 그 器官이 아닌가, 하는 것이다. 그렇다, 그런고로, 그것의 입은 肛門이며, 肛門은 입이라고 한 것인데, '거듭 태어나기'[重生]를 통해, ('땅'[地球]의 양미간이든, 아니면 옆구리를 터서라도) 이 '子宮'을 벗어나지 못하는 한, 한번 生命을 가졌던 것은, 죽었어도 또 돌아오고, 돌아오고[輪廻] 하기를 멈추지를 못한다. 그것이 '子宮'(母胎)의 生成力이던 것이다. '子宮'을 이루는 細胞는 그리고, '時間'(프라브리티)이라는 것은, (촛불중에 의해) 누누이 강조 설명되어 온 바대로이다. 반복하지만, '原人'이라는 宇宙가, 머리며, 눈, 귀, 코, 염통, 항문 등의 기관을 갖고 있는다면, '땅'[地球]은, 그것의 '子宮'이라는, 그 器官의 이름이다. 그런고로 거기에서는, 非生理學的 어휘로 말해온 바의, 저 '屈折' 현상이 일어날 수 있던 것인데, 바로 저 原初的 水面-時中에, 어떤 '뜻'(하나님의 靈)이 담기면, 거기서 '살'[四大]과 '이름'[言語]이 이뤄진다. 그래서 저것[時中-水面]은, 새로운 夢想을 일으키는데, 거울, 그것은 거울, '말을 꿈꾸는 자'여, 그렇다, 子宮 벽에 걸려진, 거울에로, 道流를 데리고 가, 그 앞에 세운다. 그러면 그 거울이, 자네를 벌거벗긴다. (이 '거울'은 그리고, 거울廛의 거울들과는 반대로, 어떤 '뜻'을 수용하여서는, 存在며 事物들을 먼저 分娩해 내고 [그것이, 神의, 肉聲으로 말하기일 것] 그런 뒤, '이름'들을 發說[그것이, 人間의, 宇宙創造하기일 것. —그래서 神과 人間은, 한쪽에는 物形을 입고, 다른 쪽에는 이름을 입었다는 그 다름을 제외한다면, 서로 다름이 없는, 같은 한 존재이다. —여기에, '時中'에 든, '無時'와, '時體'의 '物/時相'化, 그리고 물론 '이름 입기'의, 그 '屈折'의, 또는 轉身의 비밀이 있다] 한다) 꽃, 거울에서 피어오른 꽃인 녀러!

꽃, (이 '꽃'은, 꽃 자체로서는 '用'임에도, '거울'과의 관계에서는, 'Signified'인 것에 주목할지어다) —佛者는, 시나껏 있다가, "會中을 향해, 꽃 한 송이를 들어 보여주었다." 저런, 가맜거라, 저런, 보거라 헌데, 그의 손의 한 송이 꽃은, 한 마리의 싱싱한 '물고기'여서 '거울' 속을 유영하고 있었다.

거울, (이 '거울'은, 거울 자체로서는 '體'임에도, '꽃'과의 관계에서는 'Signifier'인 것에 주목할지어다) —벌거벗고, 거울 앞에 선 자여, ("하나님의 靈은 水面에 운행하시니라.") 당신은 그리하여 무엇을 보느냐? 아흐, 神의 자기도취(나르시시즘)? 허긴 그랬었던가, 神은 자기의 형상대로, 한 有情을 빚었었더라니, 그것이 人間(아담)이었었다던가? 水仙花 한 송이, 그리고 두 송이째, 핀 것은, 그 같은 水仙花의 갈비뼈에서 망울 튼 것이었더니, 그러던 어떤 날, 저 水仙花들은, 스스로 뿌리를 뽑아, 그 거울을 떠나버렸더라 했다. 그리하여 동쪽으로 떠났다는데, 걷는다마는 정처 없는 발길, 땀내 나는, 羊水 냄새 나는 꽃, 꽃들. 그랬으므로 그런 후, 저 아버지는, 그 水面에 어렸던, 그 자기의 얼굴이, 언젠지 그 水面을 벗어나 버려, 없다고, '人間'이라는, 이름의, 잃어진, 자기의 얼굴 찾기에, 向方 모를 苦行 길에 오른다. (이래서 歷史는, 그 向方이 분명치 않는데, 사실 저런 종류의 나르시시즘에 의해, 그 '괴로움'이, 擬人化하여, '地獄'이 分娩된다) '人間'은 神에 대해 무엇이었는가 하면, 말이지만, 神 자기에게도 자기의 얼굴[存在]이 보이지 안 해, 이전, 한 번도 '自己'를 성취해볼 수가 없었던(제길헐, 記號를 못 입은 어떤 意味!) 한 勝利—肉身(記號)을 입어 '自己'(意志)를 성취해준, 한 言語, (神의 나르시시즘! 人間은 神의 나르시시즘!) 헌데 거울은 비었는가. 아으 아담(사람)아, 네가 어디에 있느냐? 神께서 그 사랑으로(나르시시즘!) 人間을 애절히 불러, 동산의 모든 곳으로 헤맨다. 그의 눈에 물론, 무화과나무 잎을 엮어, 치마를 하여, 아랫도리를 가린, 그 '사람'들이 보이지 않은 것은 아니지만, 그 '사람'들께서는, 더 이상 자기의 '얼굴'이 보이지 안 했을 것이었다. 자기가 지은 바 없이, 새로 나타난 '사람'—그것들의 아랫도리는 짐승이어서, 무화과나무 잎으로 가리고 있었는데, 그리하여 '사람'의, 獸皮 벗기의 苦行이 시작될 것이었다. 이 '獸皮'는 그리고, '죽음'과 '羊水'—두 언어의 同音語일 것이었다. 어디에 있느냐, 네가 '사람'아, 어디에 있느냐? 그렇게 불러 헤매는, 그 맨발의 아비에게 동산은, 다만 가시쟁이의 숲이었을 것이다. 해골의 골짜기.

물고기 그리고 ('獸皮'를 벗어버린 '사람') 이 '물고기'는, 그것 자체가 '體'며, 동시에 '用'이어서, (이 해석은, "그것은, 물을 담는 容器며, 동시에 그 물속에 사는 生命"이라는 것은, 널리 알려진 대로이다) '거울에 핀 꽃', 하나의 완벽한 '말씀'[神의 勝利] —옴.

(이왕에 나온 얘기니 말이지만,) '거울'에의 夢想은, (꾀 있는 匠色들에 의해, 그것이 여러 모양으로 발명 제조되고 난 뒤에, 왜냐하면 그것은 그러자, 記錄化된 經典 같아서일 것이지만, 보다 광범위하게 보급되었거니와,) 헌데 꼭히, 저렇게, '자기도취'(나르시시즘)만을 저변하고 있는가 하면, 반드시 그런 것만은 아니다, 그럴 것이 왜냐하면, 그들[人間]이 아랫도리를 가린 뒤부터 비롯된 것이 분명하겠지만, 그 반대편에서는 차라리, '자기혐오'가, 그 주성분

으로 되어 있는 것이 診斷되기도 하기 때문이다. (문제는 이렇게 되자, 저 양자 중, 어느 쪽이 肯定的, 또는 否定的 국면을 나타내는가, 그것을 가려낼 수가 없다는 데 있는 듯하다. 그럴 것이, 그 까닭이 될 것을 한 가지만 밝혀보기로 한다면, '자기혐오'란, 어째도 否定性을 띠고 있는 품목인데, 그래서 그것은 종내 자기 파괴를 일으켜버릴 수도 있음에도, 다른 편에서는, 人間의, 잃어버린 '원초적 자기' 찾기의, 天路에 이어지는 그 첫걸음은, 거기서부터 시작되기도 하기 때문이다. 어찌 되었든,) 자기의 추악한 얼굴(자기혐오)을 비춰내는 이 '거울'은, 羑里의 '존자 스님'이, 잘 들여다보고, 그러는 동안에 그 속에 빠져들어 허우적이느라고 하느라, 딴에는 후생들을 경계하는 설법을 하기도 했는데, (모순당착인 것은, 그는 溫肉派 사미였음에도, 그 설법은 語禪派的으로 하고 있다는 것이다. 그 탓에 장차, 語禪派네, 실한 한 불머슴께 거웃을 몽땅 그을려버리기는 한다) '존자'가 밝혀낸 것을, 溫肉派네 方言으로 말한다면, 이 '거울'의 水面 바로 아래쪽에는, 六道 중에서도, 특히 畜生道가 잠복해 있는데, 누가 人面을 쓰고, 그 '거울'을 들여다보려 하면, 저 水面 아래에서 느닷없이, 저 이무기가 내달아, 저 人面을 짓찢어 놓으려 한다고 했다. (이런 '거울'은 그렇다면, '바르도' 자체가 아니겠는가) —이것은, 슬프지만, 약간은 異端的이라도 좋을, 한 의문을 제기하게 한다. 는즉슨, 人間은 그래서 사실로, 사랑(agape)할 만한가? 그들을 위해서, 身布施라도 할 만한가? 헌데 그 대답이 얼른 만들어지지 않는다는 일은, 그런 의문을 제기한 심정을 슬프게 한다. '약간은 異端的이랄 의문'이었었으니, 만약 그런 입장을 취해서, 대답하기로 한다면, 人間은, 감람 잎으로 아랫도리를 가리고 있는 그 상태로는, (현재의 人間 그 자체로는) 조금도 사랑(agape)할 만한 것이 못 된다. (는 대답을 하게 된다) 그래서 누구든, 저 人間에 대한 자비심 탓에, 그들을 사랑하려 하면, 종내, 그것의 독아에 물리고 마는데, 그렇다면 人間은 改造, 또는 純化를 성취해야 할 어떤 것, 즉슨 그런 質料인 것이지, '金'(重生)을 성취했거나 하여, 靈長이라고 하는 것은 아니다. 人間은, 자기의 짐승이라는 病 탓에 몹시 고통하고 있지만, 이때도 사랑할 수 없는 것은, '人間'이지, '짐승'은 아니다. 그래서 人間은 고뇌한다. 그러던 어떤 날, 그것이, 그 고뇌를 멈추면, 天路를 다 올라 있거나, 그 반대편의 끝 간 데까지에로, 떨어져 내려 있을 것이다. 병적이게도 人間은, (모든 것을, 소박한 어휘 속에 뭉뚱그리기로 하여 말하면,) 비교적으로 바랄 만하다고 이를 그런 환경 속에서는 떨어져 내리고, 약간은 어려운 듯하다고 이를 그런 환경 속에서는, 기를 써서 오르고 있다. 이 탓에, 최초의 인간이, 천국을 잃었었던가 어쨌던가, 그것은 달리 따져보아야겠지만, 어쨌든 이 탓에 人間은, 현재 그대로서는, 天國이라는 불, 모든 我執을 태우고 드는, 그 大洋 같은 無我의 불 속에 던지어져, 그것을 감내하기에는 조금도 적당치 않다는 것은, 불 속에 던져 넣어져 괴로워하는 毒蛇를 두고 보아도 알 듯하다. (만 마리의 毒蛇가 한 반편이 人間의, 한 방울의 唾液에도 못 당하는 것을) "게으른 자여, 네가 어느 때까지 눕겠느냐, 네가 어느 때에 잠이 깨어 일어나겠느냐." 헌데, 허, 허지만 헌데, 神의 한 '勝利'라고까지 이해되어져 온 '人間'은, 왜냐하면 그[神]가 자기를 肉身的으로 顯現하는 場所가 '땅'이므로, 그 '땅'을 운영하라고 (자기가) 창조한 것이었지, 그것들이 죽게 되면, '天國'이나 그 반극 쪽에 데려다 두기 위해서가 아니었었다면, 글쎄, 그러고 본다면 '人間'은 여전히, 언제나의 현재 그대로의 '人間'이, 그[神]에게는 사랑스러운 것이 아니겠는가? 그런 고로 그는, "대낮에, 켠 등을 들고", 자기가 한번 잃었던 얼굴, 그 '人間'을 찾아, 人肉을 입어 人間이 되어와, (아으, '거울' 속을 유영하는 물고기) 人間 속으로 지날 것인데, 그런즉 그렇다면, 창조주에게 있어서는, 加虐과 被虐, 殺慾과 性慾, 낳기와 죽기가 어기차게 갈아드는, 그 苦痛의 세계 자체가, 그의 삶 자체가 아니겠는가. 살 입은 神은 짐승이구나. (그리고 피조물들을 위해서는, '天國'을! 그 반극 쪽의 그리고 '地獄'을) —이런 자리에 이르면, 아마도 그래서, 촛불중은 여전히, 美里派에 소속된 중[僧]인데, 그럴 것이, 중의 '땅'[色]은, 그 시작이야 어떻게 돼서든, (이 부분에 의하면, 촛불중은, '존자 스님'의 문하생인 것이 분명하다) 한번 일어난, '自己'라는 羯磨를 여의기 위해, 오히려 그 羯磨의 힘을 빌어, 自己가 이뤄낸 그것(이란 '땅'[色]을 가리켜 한 말인데, 그러니 어떤 有情이 羯磨를 여의기 위해서는, 그런 정진을 가능하게 하는, 두 가지 조건을 구비해야 하는 것이 필수적이라는 얘긴 것이다. '場所'와, '[그런 進化를 가능하게 하는] 몸') 말고, 다른 아무것도 아니던 때문이다. 羯磨를 여의면 그러므로, 그것을 여읜 자에게는, '땅'[色] 도 더 이상 땅이 아닐 것이다. 그것은, 그가 지었다 (예를 들면, '고치') 훨훨 날아나가며, 그가 구멍 내버린 것(헐어버린 것)이다. —(아 그러고 보니 이것은, 몇 마디쯤 더 말의 꼬리를 달아도 좋을 얘긴 듯한데, 그러려 하면, 이 얘기를 여기까지 이끌어오게 한, 그 話頭에다 틀린 話尾를 매달 수가 있으므로, 먼저, 그 '話頭에 그 話尾'라는 식의 짝을 찾아주고, 그런 뒤, 새로 되돌아가, 엉치뼈나 무릎뼈가 까지지 않게, 방석 잘해 깔고, 해오던 말지랄을 계속해볼 일일 것이다) —이렇게 되면, 人間은 참으로 사랑(agape)할 만한가 어쩐가는, 더 따져볼 재료도 못 되는 듯하기는 하다. 그럼에도 人間은, 苦痛(은, '魂의 場所'라고 이른다)과 苦行을 통해서만 純化를 성취하는 '불순한 짐승'이라면, 저 '사랑하기'를, 자기 순화의 鍊金液(머큐리)으로 삼는 것은, 이 우주 간 무엇보다도 먼저, 그리고 마지막으로도 권할 만한 것이라는 것은, 말하기조차 번거로울 것이다. 地獄에 가장 가까운 苦行이 憎惡라면, 天國에 가장 가까운 苦行은 사랑뿐이기 때문이다. "너희는 원수까지도 사랑하라." —(그리고 이런 권고의 본의는 분명히, '自己否定'에 두고 있을 터이다) 하려 해도 사랑할 수가 없는 것, 그래서 일어나는 괴로움. 그것은 타는 불, 天國에 타는 불, 鍊金液.

그러던 날, 어디로부터였던지, 그을음도 없이 타는 불 속에서 깨인[孵化] 불새[火鳥] 도 같고, 어디 밖으로부터 羑里圈 속으로 뚫고 든, 무슨 뻘건 惑星도 같은, 사내 하나가, 저 '존자 스님'의 '거울'을 一喝 치기로 깨뜨려버리고는, 스스로 '六祖'라고 선언키에 이르렀더니, 그 '一喝'인즉슨, "본디 거울이란 것이 없다면, 무엇을 근거로, 그림자들이 비춰나겠느냐?"는 것이었다. 그런 결과로 '존자 스님'은, 그 '마른 늪'에서 낚여져 올라, 모랫바닥에 부득 쓰러진, 한 마리 물고기모양, 그 '거울' 속에서 토해져 나와, 모래밭에 혀를 박고, 빠르적거렸다.

그러나(그로부터 몇 철 지나고 난 뒤 얘기지만,) 촛불중에 의하면, ('色卽是空'의 '空', 또는 '本來無一物'의) '無'라는 話頭는, '존자'나 '六祖'가 따로따로 터 나간 대로, 어느 길이든 그 어느 한 길[道]에 의해서만 通하는 것이기보다는, 이왕에 닦여진 대로, 그 두 길을 좇아, 다 통한다는 것이었다. 존자처럼, '거울'(은, '體/用'論에 좇으면 '體'라도, 言語學에 좇으면, 'Signifier'인데, 이 경우는 그래서, 言語學에 좇는다면, 法恩이 있을 듯하다)은 놔두고, '그림자'(signified)를 지우기에 의해, 결과적으로는, 無意味한 '記號'만 남기기, — 라는 즉슨, '거울'도 지우기, 그리고 六祖처럼, 아예 시작부터, '거울'을 깨뜨려 부숴버리기에 의해, 어떠한 '그림자'도, 어디에고 못 어리게 하기. (주목해 둬야 될 것은, 그렇게 '깨뜨리기' 위해서는, 매우 모순당착적인 것이 그것이지만, 거기 '거울'이 있어 오기는 있어 와야 된다. 여기 어디에, 七祖의 六祖 殺害가 있었던 듯한데, 그리하여 흙밭에 구르는 아비의 대가리를 딛고, 자식이 꼬끼요— 일어선다. 七祖의 美里가 밝는다) 無. (촛불중은 이미, '두 面을 가지고 있는 듯한 單面, 또는 無面[뫼비우스의 고리]'이라는 투로 하여, 앞으로 말하게 될, 그 '兩面'性을, 그 나름으로는 극복해놓고 있으되, 이제까지 되어온, 얘기의 指針이 가리키는 방향에 좇기로 한다면,) 존자는, 어떤가 하면, 그 자신이 '거울' 자체이면서, 동시에 그 '거울'에 비춰져 있어, '거울'의 '안'쪽에 있었는데, 반하여 六祖는, 어쨌는가 하면, '거울'의 '밖'에 있었다는 것을 넉넉히 짐작하게 하는바, 누가 (촛불중모양으로) 그 '두 길'(또는 '두 眞理')을 다 인정하려 하면, 매우 바람직하지 않게도, 그 자리에는, 불의 혀(말)가 갈라진, 맹독한 구렁이가 한 마리 똬리를 치고, 그 꼬리를 따르르 따르르 떨고 있음을 보게 되어, 경악하게 될 것이다, 그 두 혀의 이름은, '안'과 '밖.' (그것은 분명히, 七祖宣言으로 행해졌었던, 그의 두 번에 걸친 說法을 참조한다면, 촛불중에 의해서는, 저 양자의 一元化, 심지어는 無元化까지도 이미 이뤄져 있다고 보여지는데, 그렇다면, 걸 어쩌자고 새로, 이 자리에서, 제기럴 실답잖기는, 반복할 필요가 있겠는가? 그렇다면, 아무리 百益無害라 한다 해도 이미 지나온 길을 되돌아보려 할 일은 아니며, 그런 대신, '거울'의 夢想과 관계되면, 저런 '안/밖'은, 그 夢想꾼을, 어떤 새로운 [아으, 비 오는 밤의 서낭당 앞길, 비 같은, 밤비 같은 산발로, 저쪽 앞에 희게 앉아, 慾情 탓에 잠을 못 들어, 우니는 엔니,] 길을 열어, 살콤 열어, 열어 보이며, 흐흐흐르릉 녹는 가슴, 아으 저 핏방울이 뚝뚝 듣는 눈웃음, 빼등이는 하초, 젖어 붉은 아랫도리, 열어 보이는다, 는지, 그런 것이나 살펴보는 짓은, 흥미로울 터이다. 물론, 서낭당 처자귀신이 시래비 자슥들을 호리는 데도, 방법은 여럿일 터이다. 터이라고 한다 해도, 원 제기럴, 실답잖기는, 걸 뭐하겠다고, 꼽히는 깟것, 다 말해볼 필요는 또 있겠는가)

(大喝一聲, 흐아흐하흐핫, 네 이눔 존자 나부렁이여,) 글쎄, 본디 없던 데다, (사내를 접촉해본 일이 없는 비구니를 생각해보라,) 찔러, 구멍을 뚫어, 뭔 지랄헌다고 '안'을 만들어놓으니, 그녀러 '안'을 들여다보겠다고, '밖'이 千眼을 해 박아 내단는다.

갇혀진 空間. (그 房에는, 바람 한 점도 없다는, '폭풍의 눈'을 보면, 空間을 가두는 것은 헌데, 壁만은 아니다. 그것은, 모든 [암컷들의] 羊水에도 갇히고, 그리고 神들과 人間의 想像力에도 갇힌다. 이 두 '空間'은 물론 같은 것은 아닐 것인바, 神들의 그것은, 有情들의 肉眼에 호소되는 것이라면, 人間의 그것은, 그들의 心眼으로써만 보는 것이 돼서 그럴 것이다. '羊水 속에 갇힌 空間'은, '숨'이라고도 일러, 달이 차는 대로, '죽음', 또는 '原罪'라고도 이르는, '살'을 입어, 空間이 空間 가운데로 까여져 나오고, ―아으 그렇걸랑 '空間'이여, 我執을 여의기가, 解脫을 성취하기이겠는가. 지붕이 내려앉고, 벽이 무너난, 古家, 보게라 한 채. ―말한 바의 '想像力에 갇힌 空間'은, 生成力 따위와는 관계가 없는 듯하여, 그것 자체로 解脫을 성취할 수도 있다거나 하는 성질의 것은 아닌 듯하여도, [神들의 想像力에 갇힌 空間에 관해서야, 人間인 자들로서는 무엇을 말할 수 있겠는가?] 人間의 그것은, 그런 채로, 그들의 그 想像力을 차지해 있다가, [空間이 과연, 무슨 물체나처럼, 어떤 곳을 차지해 있을 수 있다니!] 그들 눕게 될 때, 볼모였던 그것도 함께 무덤에 들었다가, 훤하게 저승을 열 것이다) ―이렇게 되면, 竊視症 얘기를 좀 하지 않을 수가 없게 된다. 어디엔지 몸을 떼어내 놓고 내달은, 千眼의 절시. 處容이 글쎄, 밝이 달 아래 노닐다 제집에 당도해서는, 그것이 제집인데도 펄쩍 들지 않고, 제집 방 안 일 돼가는 것을 알아내려 하면, 거기 그 절시행이 따르기 탓이다. 절시증과 관계되면, 뭐 별로 비밀이 못 될 것들이라도 비밀화하는데, 그것은 분명히, 그 절시꾼 당자가, 비밀한 자리를 지키고 있는 까닭일 것이다. 處容들은, 竊視症의 '銀 서른'에 눈을 팔아버리는데, 그러고 본다면 그것도, 일종의 뜨거운 '몸 일'인 듯도 싶으다. (어쨌든 이 '竊視'와 관계되면, "자기는 잘 입었다고 믿은 임금이, 입은 백성들 가운데를 활보해나가는 얘기”가 떠오르지 않을 수가 없게 된다. 그 얘기를 따르면, ‘竊視를 통한 쾌감’을 계발하기는, ‘童貞 떼기’와도 맞먹는 듯한데, 어쨌든 한번 衆面이랄 것을 걸치게 된 자들의 비극은, 그들은 언제든, 군중의 ‘竊視’의 눈들이 모두어 드는, 그 한가운데, 벌거벗어 서 있다는 그것이다) 性交로서의 竊視症의 특성은 그렇다면, 이 性交에 있어서는, 그 자리에 對相者만 남기고, 主體者 쪽에서는, 할 수 있는껏 자기를, 지워, 그 현장에 있으면서도, 없게 하려는 그 노력, 또는 태도랄 것이다. 그러고 본다면 處容들은, 자기들만 옷을 입고서는, 남은 벌거벗고 있는 것을, 보기를 즐기는 듯하다. 이 특정한 ‘竊視症’과 관계되면 이 ‘옷 입기’가, 실제에 있어서는, ‘지우기’化한다는 것을 觀해 내면 좋은데, 그럴 것이, 이런 ‘입기’는 다름이 아니라, ‘隱匿’하기의 은유이기 탓이다. (이렇게 되어, ‘입기/지우기’가 같은 것으로 이해되어질 수가 있다면, 까짓것, 이미 불리어진 ‘處容歌’의 再唱보다는, 이쪽 일 돼가는 것을 절시해보는 것이, 더 흥미로울 일임에 틀림없을 것이다)

그래서 예부터, ‘妖術 반지’라든, ‘魔職의 帽子’(등은, ‘자기를 안 보이게 지우기’ 위해, 그 ‘안 보이게 하려는 몸’에다 더 끼우거나 써, 보탠다는 것을 관찰하고 있어얄 것이다) 등, 處容 자기들 입은 몸을 지워, 보이지 않게 하려는, ‘지우개 科學’이 연구되어오는 것은, 주지하는 바대로이다. 그러나 그것들이 성공적이었는지 어쨌는지는, 잘 알려져 있지가 않은 것도, 주지하는 바대로이다. 그럼에도 處容들은, 자기들의 절시증을 통해 배우고 느끼기로는, 處容들 자기들만 모르고, 모든 다른 사람들은, ‘자기들을 지워 안 보이게 하는’ 그 비밀을 알아, 자기네들 일거수일투족, 심지어 하루에 측간 길을 몇 번이나 올랐는지, 그것까지도 지켜보아 알고 있다고 느낀다. 그렇게 되면 세상은, 자기의 것은 아닌, 눈[眼], 눈, 눈들로 왼통 도배가 되어 있다. 그리고, 그렇지, 그래서 말인데, 훌쩍 건너 뛰어넘고서 그래서, 그렇지, 그리고 말인데, 堯舜은 桀紂에 비해, 이 科學에 능했던 자였던 것을, 그런즉 알겠니라. 백성은, 저 보이지 않는 눈, 눈, 눈들의 주시 아래, 처음 감람 잎으로 가렸었으나 그것도 모자라, 짐승의 가죽으로도 가리고, 여러 겹 옷으로도 가린 그 사태기가 불편하여, 꼬아대며, 자꾸 숙어질 수밖에는 없던 것이다. 눈[眼]들을 주렁주렁 꿰어 엮어 만든 사슬보다도, 더 옥죄이는 제약, 또는 억압은 없다. 人爲的(또는 文化的) 억압. 아으 그래서 누가, 그것을 끊어, 저런 식의 제약이나 억압이 없는, 그 본디의 세계에로의 복고, 또는 재구현을 도모하려 하면, 公은 분명히, 先知者的 虎吼를 했다고, 칭송하는 소리를 듣게 될 것인가. 허긴, 고양이도 虎科 짐승인즉, 고양이 울음도 虎吼가 아닌 것은 아닐 것이다, 마는, 先知者여, 公은 틀린 백일몽에 잠겨 있도다. 公이 복고하려는, 또는 재구현하려는 그 세계란, 살 입은 有情이 처음서부터 마지막까지 처해야 되는 곳이 그곳이다 보니 말이지만, 自然이 아니겠는가, 그렇다면 말인데, 自然은 그것 자체가, 비등하는 高壓 솥이어서, 한 티끌 크기의 증기도 새 나갈 틈을 열고 있지를 않아, 거기서는 죽어서도 새로 태어나오고, 태어나와서는 죽어가기의 윤회가 멈추지를 못하던 것이다. (그래서 그것이, 우주라는 한 原人의 子宮으로 이해되는 것이다) 그래 다시 보면, 自然은 하나의 완벽한 政府이던 것을. 公이여, 제약이나 억압이 없는 세계는, 프라브리티 속에서 찾으려 할 것이 아니던 것을. 풍요하고 어기찬 子宮 속에 심긴 씨앗이, 그곳을 무덤 삼으려 하기의 誤夢. 프라브리티란 머무는 곳이 아니라, 흐르는 곳이다. 히히히, 그런즉 人世는, 그 나쁜 형태까지라도 포함해서, 현재 운영되어지고 있는 그대로 그것은, 최선이랄 것인가. 그 '가장 나쁜 형태'도, 어디 다른 혹성에서라도 떠 들어온, 무슨 우국적 불한당이 꾸며낸 것은 아니던 것이 아니냐. 말하기에 히거, 허히, 좀 안된 구석이 없잖아 있지만, 그 '나쁜 형태'도, 그들이 바랐지 안 했다 한다 해도, (小子여, 누가 밤의 침상에서, 악몽에 시달리기를 바라 잠에 들겠느냐? 그리고 그 악몽은 누가 꾸느냐? 만약에 말해, 그런 악몽이 쳐들었다 한다 해도, 어째 그 악몽이 하필 그 특정한 자에게 쳐들어야 되었겠느냐? 아니면, 꿈도 偶發이거나, 椿事겠느냐?) 실제에 있어서는, 그리고 결과적으로는, 그들이 모두 가담해서, ('꿈'이란, '꿔지는 것'이냐, '꾸는 것'이냐? 헌데 그 대답을 모른다 해도, '꿈꾸기'가 부정되는 것이 아닌 것을 보면, 이런 자리에, 그 '꿈'이라는 단어가 매우 적합하다는 것을 부인할 수가 없는 듯하다) 꾸는 '꿈'이던 것이다. (촛불중에 의하면) 集團(은 '잠'인데,)이 꾸는 凶夢. (다시 六祖의 '遺傳된 陰氣'論이 거론되어져야겠지만,) 이상스럽게도 어떤 특정한 시대민은, (투박하게, 한 경우를, 예로 들어보기로 한다면,) 아픔을 갈망하여, 그것을 위해, (그 '잠'[集團] 은,) 가시 몽둥이를 들 자를 召命해낸다. 이래서 보면, '集團'은 個有情들과 달리, 그 자체가 '바르도/逆바르도'이다. 그렇다, '잠'(바르도) 속에로 내려가는 '꿈'(逆바르도)과, '잠' 속에서 올라오는 '꿈'들의 어지러운 갈아듦[易] 이 歷史일 것이다. (그들['잠'] 께는, "보여도 보이지가 않는다"고, 보이지 않는 몸으로 무엇인가가, 자기들을 모든 방향에서 지켜보고 있다고, 그들이 의구심 함께 건너다보는 자['꿈'] 는, 그들['잠'] 을 입은 까닭에['지우개 科學!'] 보여도 보이지가 않을 것인가? 그 재료가 썩 좋다 보니, 이거 반복되지만, 말이지, 어느 고장의 임금이 되는 자가, 어디에서 龍袍를 벗기웠든, [지우기의 科學에 의하면, '입기'가 '벗기'와 동의어라는 것을 염두하고 있어얄 것이다] 아직 불알이 덜 여물어, 절시의 즐거움을 계발치 못한 어린 것이 보았기로는, 뻘건 몸에, 누런 하초를 내놓아 덜렁이며, 백성의 한가운데 진 데를 누렇 뚜벅 꺼먹 뚜벅 걸어가고 있었다고 하는데, 치사하게, 히히히, 임금인 것이 개새끼 같구로! —헌데, 저런 광경은, [말해오고 있는, '거울'에의 夢想에서] '竊視/지우기'라는 '꿈'의 풍경이, '거울'에 비춰들기 전, 그러니 '陽畵'[positive] 에로 계발되기 전의, '陰畵'[negative] 라는 것을 觀하고 있어얄 것이다. 그것의 '陰畵'를 들여다보는 것은, 歷史와의 관계에서는 언제든, 저 얘기 속의, '절시의 쾌감을 모르는 아이'로 대표되는, 후대민인 것이다. 그것에 대해서야 무슨 설명이 더 붙을 필요가 있겠는가. 그리고, 이것은 매우 불필요한 얘기가 될지도 모름에도, 덧붙여놓고 싶은 것이 있다면, 그러니 저 '陰畵'가 '陽畵'에로 계발된다면, 그 '陽畵' 속의 임금은, 천이백 폭 치렁거리는 홍포를 몇 겹이고 가려 입어, 자기를 홱 지워버린 뒤, 헐벗은 백성을 훔쳐보며, 그 竊視의 仙酒에 취하고 있을 것이다. 그러는 그의 눈은 두 개라도, 백성께는 많다, 너무 많다, 그 視線의 무게를 감당할 수 없을 정도로, 그리고도 많다)

이제쯤은 허기는, 해온 얘기('거울의 夢想')의 꼬리[話尾] 를 사리든, 쥐어내든, 어쩌든 할 때도 됐을 듯한데, 그러기로 해서 말이지만, 요 얼마 전, '눈썹道'네 道場에서는, 무슨 전쟁을 한바탕 치렀든, 勝戰鼓를 높여, 羑里 천지를, 그 북소리의 黃塵으로 싯누렇게 덮은 일이 있었더니, 그 얘기나 보태볼 일이겠다. 그래서 美里가 일제히 내어다보고 알았었기로는, 그들은, 그 허허한, 사유시방 아무것 하나 막힘도 없는 空地에서, 예의 그 勝戰鼓를 울리며, 五色六色 깃발을 높이 쳐들어 올려 黃塵을, 올리고 그 지랄이던 것이다. 그 깃발들은 헌데, 천이 하나같이, '無門'이라는 글자 둘을 휘날리느라 펄럭이고들 있었다. 히히히, 눈썹을 뽑아 채버릴 잡녀러 것들, 空터에서, '無門'에의 意念을 일으켜낼 수가 있었다니? 히히히, 그러는 것이란 혹간, 식구들끼리 삼복 다리미를 한다고, 한 폭의 犬公 그림을 사다가, 서너 날 정성스레 삶고, 식구들끼리 둘러 마시고는, 힘이 뻗쳐 역적질이라도 해도 남겠다고, 왈가닥거리기나 같은 짓은 아니었는가? 아마도 그러나, 꼭히 그런 것은 아니다. 그들은, 저 '無門'이라는 旗幟 외에, 다른 아무 무기도 지참한 바도 없이, 모든 對敵的인 것들, 예를 들면, 사랑과 미움, 싫은 것과 좋은 것, 苦와 快, 이것과 저것, 안과 밖이라는 따위, 의 옻나무 竹林 속을 뚫고 나가, 그 空터에 닿은 것이다. (그리하여 누구든, 이 '無門'軍에 투항해버리기로 한다면, 더 씨불여댈 얘기도 있지는 못할 것이다. 마는,) 바르도/逆바르도에 떨어진 村卒로서, 무엇의 이끌어줌을 얻지 못하는 한, 과연 몇이나, 거기 어디에 있음에 분명한 '生門'을 찾아, 그 陣圖로부터 벗어날 수 있을 것인가? 묘한 것은 그럼에도, (이것은 그런즉, 陣規라는 戰法에 맞지 않음에도) '無門'의 기치를 든, 저 愚兵으로 보이는 것들은, 부나비모양, 아무 두려움을 내보이는 일도 없이, 모든 '死門'들을 향해 내달려 부딪치는데도, 아으아으지 못케라, 그들 몸의 어디에고, 상처라도 한군데씩 입기는커녕, (입어 있었던 상처가 있었다고 한다 해도) 도리어 치유되어설람에, '死門'들의 옆구리를 터 나오고 하던 것이다. (이것은 그렇다면, 저들이 '無門'을 열어, '저쪽'에서 '이쪽'에로 나왔다는, 그런 얘기겠는가? "단 하나의 병정도 죽은 일이 없다"는, 十萬六千行의, 大戰譚『마하바라타』는, 그러면 어디에서, '十八파르바[권]'에 달하는, 피비린내의 오류를 범하고 있는가? 說한 八萬經을 깡그리 지우기 위해, 새로 보태서 說해진『金剛經』에 의하면, 불타의 혀의 팔만 오류는 어디에 있었는가? [쓴 것을 지우려는 목적의 '지우개'에서, '글씨'를 찾으려 하면, 그 徒弟는 아직 좀 더, 手淫으로 얼굴이 놀롤해져야 쓸 듯하다] 헌데, 촛불중에 의해 누누이 반복 강조되어져 온 것이 이것이지만, 修辭

學的 宇宙는, 그것의 정연한, 修辭學的 달마에 의해 운영된다) 그렇다면, 그 陣圖에 있어야 되는, 그 진짜배기의 '生門'은 어디에 있었는가? 그런 것이 실제로, 라는 말은, 풍문이나 환상으로 말고, 있기는 있었는가? '無門'軍의 저 愚卒들의, 두려움 모르는 내닫기를 좇아 밝혀진 실다움대로 한다면, '死門'이 다름 아닌 '不死門'(生門)이던 것이 아닌가? (저 無門卒들은, 무덤의 옆구리, 또는 아랫도리를 열어 나온 새, 또는 물고기였던 것들? '새'에의 夢想은, '무덤'을 '알'[卵]이라고, [알은, '옆구리'밖에, 下門이 없기 탓인 것] 그리고, '물고기'에의 그것은, '무덤'을 羊水 넘치는 '子宮'이라고 알게 한다) 그렇다면, 바르도/逆바르도의 '生門'이란, 모든, '生門'들을 '死門'化하기 위한, 幻陣—그런 풍문에 불과한 것은 아니겠는가? '生門'이란 그렇다면, 열림은 열림이되, 그 陣圖 속에는 없는 열림이 아니겠는가. 그 陣圖에 떨어져 내린 병졸이, 자기의 처지의 극난함에 겁을 내고, 거기 어디 한군데가 열려[生門] 있다는 풍문을 좇아, 그 없는 열림을 찾으려 하면, 그 병졸은 별수 없이, 실제에 있어서는 그 陣 전체가 훤한 열림인, 그 '열림' 속에, 꼼짝도 못 하고 갇혀버리게 될 것이다. 그러는 그 순간부터 시작해, 푸르던 하늘에서는 우박이 내리퍼붓고, 그 병졸의 피 냄새를 맡아, 배고픈 늑대 떼가, 범위를 좁혀 스름스름 내달을 것이다. '生門'이라는, 하나의 구원이 있다는 풍문이야말로, 저 한 陣圖를 완벽하게 구축하게 한, 전관건이었음을, 그러면 알게 한다. 다만, '無門'의 旗幟를 든 병졸들만이, '生門'이라는 풍문을 좇으려 하지 않자, 즉슨, 아무 門도 열려고 하지 않자, 본디 해골이 있던 그 陣은, 새로 그 풍문의 의상을 벗겨 해골에로 돌아가 버렸으며, 死門들도, 해골의 아랫도리여서, '죽음'을 분만치를 못하고, 그 자체가 죽음 가운데로 떨어져, 주검이었다.

(그러나 장년기에 들어선 황소에게나 메울 멍에를, 염소에게 메워, 짐수레를 끌게 하려 하면, 염소를 죽인다. 그리고 고래란 힘이 좋다고 하여, 밭갈이에 쓰려 하면, 또한 고래를 죽인다) 난파선의 사공이, 망망한 바다의 풍랑의 한가운데서, 허겁지겁 자맥질을 해대기는, 그렇게 하면 자기가, 그 바다를 다 헤엄칠 수 있다는, 그런 무슨 신념이 있어 그러는 것은 아닐 것이지만, 그 바다를 포기하고 체념하기가 헌데, 결코 쉬운 일이 아니던 때문일 것이다. 그 바다도,

그리고 사공도, 프라브리티에다 運命의 脈을 이어놓고 있기 탓이다. 가엾은 자여 水夫여, '열림'은 헌데, 水面의 위쪽에뿐만 아니라, 그 아랫녘 水壁되는 데, 또는 바닥에도, 두들기거나, 마룻장을 뜯고 보면, 거기들에도 있다고 하는 것 같던데, 「춤추는 열두 公主」라는 얘기가 밝혀주는 바를 좇으면, 그러하던 것이다. '열림'은, 늘 空間을 향해서, 밖으로만 뚫려 있음만도, 그러고 보면 아니다. 그것은 또한, 空間에 反向해서, 안쪽에로, 無空間 속에로도 뚫려 있음에 분명하다. 그렇기에, 美里의(六祖라는 사내가, '空間'에 '구멍을 뚫어' 나아가 버린 것에 반해) 七祖라는 사내는, 하필이면, 저 [2]'無 空間'으로 알려진 곳에로의 閱世를 떠난 것인데, (그러니 그의, 美里의 밖으로부터 돌아오기는, 美里의 안쪽에로 들어가기였던 모양이어서, 그 각설이가, 고향이라고 여긴 자리에 돌아왔어도, 그 閱世가 멈춰졌다거나 한 것은, 아니었던 모양인가) 이 [2]이야기는 그래서, 이 行僧의 뒤밟기, 그러며 그가 무슨 짓을 하는가, 그 훔쳐보기를 통해, 읽은, 그 行錄인 것이다. (美里가 낮에 꾼 꿈속에서 날아나간 새가 만약, 六祖였었다고 할 수 있다면, 그 같은 美里가 밤에 꾼 꿈에 구멍을 내고, 그 밤의 환함 속으로 헤엄쳐 나간 물고기가 七祖라고 말할 수 있을 것이다. 宇宙的 陽根[스바이얌부]의 뿌리를 찾아, 내려 오르는 氣. 아파나) 거기서 그는 그래서, 무엇을 찾자는 것인가? 아니면, 무엇을 잃자는 것인가? 아으 허기는, 왜냐하면 그가 내려 올라가려는 곳은, '空間'에 대해 反向的인 고장이어서, 모든 것이 뒤집힐 것이기 때문인데, '찾기'의 뒤집히기는 그렇다면, '잃기'일 것이다, 그렇지 않은가? 그렇다, '잃기' —아으 그것이, '純化'라는 말로 환치되었음일 것? 것! "大地의 한가운데로 내려가 보라, 純化를 통해 그러면 그대, 숨겨진 돌을 찾을 것이다. (V.I.T.R.I.O.L.: 'Visita interiora terrae; rectificando invenies occultum lapidem.')" —모든 것을, 다 갈아[磨] 치우고 난 나머지는(무덤 속에 묻힌 시체의 분해, 逆으로 몸 입기의 과정을 살펴볼작시라) 그러면 무엇이겠는가? 自我? '엄지손가락 크기의 自我? 不滅?

佛者는, 시나껏 있다가, 會衆을 향해, 꽃을 한 송이 들어 보여주었다. (저런, 천둥 같은 침묵!) '거울'의 夢想. 그 꽃꿈 자리에는 무엇이 누워 자며, 저런 꿈꽃을 피워내고 있는가(美里의 七祖가 그리하여, 그것을 알아보려, 그 여로를 떠나고 있다) —잠, 영구한 잠, 깨일 줄 모르는 깊디깊은 잠? 그 잠을 방싯 열어, 거울 앞에 나앉아, 끌 수 없는 慾情으로, 살기스러운 웃음을 웃으며, 그 얼굴에다 분가루를 바르고 있는, 아으 저렇게나 요염한 계집은 누구인가? 꽃인 너러? 아으 꽃, 그리고 거울인 너러? 아으 거울. 꽃은 어디에다 뿌리를 두고 피어오르는가, 거울(signifier) 속에, 속에서, 꽃(signifier)은 피는가, 피는 꽃, 꽃은 말[言語], 한 송이, 그리고 옴.

오줌 마려운 놈은 그리고, 오줌 가고, 똥 마려운 놈도, 똥 가구라, 갔다가 씨버갈, 귀까지 다 누어버린 통에, 귀가 없어 올 필요가 없는 놈은 안 와두 되구, 오는 놈은 오는 길에, 어떤 놈 누어놓은 귀라도 보거든 주워 달구, 둘도 달구, 셋두 달구 귀 달아 오믄, 시작만 해놓구는 시작도 못 헌 얘기, 그 얘기 새로, 시작하여 꾸역꾸역, 들리줄꾸마, 오줌 매립도록, 똥이 미어져 나오도록, 실폭하도록 들리줄꾸마, 오줌 갔다 오구라, 똥 갔다 오구라, 허기는 귀[耳]도 누되, 오줌에라도 뽀독뽀독 캐칼히 씻어, 그것만은 잊지 말구 달구 오구라, 얘기 한 자리 들려줄라구든.

옛날에, 옛날에 옛적에, 羑里라는 데에, 촛불중이라고 불리운 돌팔이 중이 하나 살았는데, 희한하고도 빼꼼한 얘기는 뭣인가 하면, 그, 글쎄지, 문이 훤하게 열린 빈방이 하나 있어설람에, 그 중님 들어, 하룻밤 새우고 난 뒤, 그 문이 훤하게 열려 있는 것을 자기 눈으로 훤하게 봄시롱도, 그 門을 못 찾았다던가 어쨌다던가 하여서 나, 날이 샜어도 그 방을 못 벗어나고, 꽉 갇혀버렸었다는 그 얘기라 시방, 그러잔즉, 문이 활짝 열린 그 방이 그만, 그 돌중에게는 감방이 돼버렸었을 수밖에, 에끼, 웃는 놈은 누구냐, 누가 웃는댜? 徒弟는 과연, '활짝 열려져', 문이 없어, 열 수가 없는 문[無門]을, 열어 나올 수가 있겠느냐? 과연 무슨 수로, 열려져, 활짝 열려져, 없는 문을, (徒弟는) 열어 나온다고 하는고? 허기는 그랬었다, 시작만 해놓고 시작도 못 했던 얘기의 시작은, 저만쯤 되는 데를 끝으로 하고 있었드랬다, 그랬었지 안 했었댔나? —꼬리 잘린 얘기의 도마뱀의, 꼬리 길러내기.

사실로 헌데, 그날(이란 어느 날을 가리켜 말이냐구? 喝! 이눔 狗子여, 너는 어제가 섣달그믐이라고 헤아리다 보니, 내일은 새해 초이틀이 된다고 알아, 나이를 처먹는도다. "매일이 그날, 그날은 좋은 날", 날짜는, 누구네 계산법으로 바뀌는 것이던고? 해를 보게라, 그것은 만년 제자리를 지켜, 측간 한번 가보는 일이 없음에도, 항간에서는, 그것이 뜨고, 그리고 진다고 이른다. 돌라믄 돌 거라마는, 땅 돌기가 헌데, 어찌하여 이눔, 나이 먹기와 관계가 있다고 이르는고?) 아침에는, 그 문 열린 감방에, 촛불중 유치된 후 처음으로, 그 감방수에게 官食이라는 것이 주어졌었다. 촛불중은, 그것을 받아놓고, 그 음식을 가져온 젊은 官人께 합장해 보인 뒤, 그가, 자기의 발바닥에다, 불의 실로, '苦海'를 꿰매어주었던, 그 官卒들 중의 하나였었다고 기억해내고 있었다. 예의 그 (판관 겸직 읍장이 총애하는) 면[男妾]이었다. 헌데 그는, 얼른 되돌아가려고도 하지 않고, 그런 대신, 문이 열린 그 문턱에 궁둥이를 대고 앉더니, 책상다리에다 두 팔꿈치를 대서 턱을 받치고는, 소나무가, 더울 녘에, 상처받은 자리에다 흘려낸 송진이, 서늘할 녘에 굳어지듯, (젊은 나이에 대해서는, 그만큼의 時量도 많은데) 오랜 세월을 두고 그렇게 굳어진 듯한, 구역질 섞은 더러운 웃음을 물고, 촛불중을 건너다보았다. 말똥말똥 건너다보았다. 지겨운 듯이 건너다보았다. 멍하니 건너다보았다. 꾸먹 꾸먹 건너다보았다. 잠이 모자라 그랬든, 치질이 불편해 그랬든, 어쨌든, 그것은 모르되, 그 官人은, 나이나 뼈대에 비해, 훨씬 더 늙은 피로를 분위기로 해 갖고 있었다. 면業이 그의 生業이거니와 그래 그 젊은네는, 땀만이 아니라 정액까지도, 살기라는 祭火가 타는 화로에다, 뿌려 넣고, 부어 넣고, 비워 넣기로써만, 그 불을 꺼뜨리지 않게 할 수 있던 것이다. '살기'라는 宗敎야말로, 누구에게나 허기는 그렇게, 殉敎를 강요한다. 어느 使徒가 그런 殉敎를 거부하려 하면, 그 祭火는 꺼지고, 재는 식으며, 그 祭煙에 코를 굽던, 크고 작은 精靈들도 떠난다. 그 한 宗敎의 종언. 그래서 그랬을 터이지, 그리고 게다가 독주며, 아편에 취하기, 젊은네는, 촛불중이 밥숟갈을 쥐어 들었기도 전에, 시들시들 잠 가운데로 곯아떨어져 내리고 있었다. 이 우주 간에서, '잠'모양 안일함을 보채는 귀신도 없을라. 그것은 그것의 사지 오체를 편안히, 잘 부축을 받아서라야만, 자신을 지탱한다. 흐흐흐, 그런고로, 누가 "잠을 잠으로 정복하려 하여, 더 자려고 들면", 그 사지는 더욱 더 무겁게 늘어져 버리는데, 그럴 것이, 重力에 대해서, 잠보다 더 미약한 것도 없어, 흐흐흐, 그래서 잠은, 땅 밑에로 내려간다. 편안치 못한 자세의 잠은 그래서, 그 잠든 것을 자꾸 헐어 내리고, 떨어뜨리는데, 저 官卒의 대가리도 그런 까닭으로, 걸핏하면 툭 떨어져 내리고, 툭 떨어져 내리고 했다. 그럴 때마다, 잠에다 넋을 빠뜨린 녀석은, 넋 떨어진 웃음을 싯뚝 웃고, 대가리를 새로 챙겨, 시렁 위에 얹고, 얹고 하다가, 문턱에 뒀던 궁둥이를 아예, 방의 안쪽에로 미끄러 내리더니, 그 문턱에다 팔을 얹고, 팔 위에다 볼을 누여, 重力에 반은 걸맞은 자세를 꾸몄다. 도낏자루야 썩을라믄 썩을 일이구...... 시래비 저승 같으니라구, 가시쟁이에 날갯죽지를 걸어두고, 흘러 빠져나간 새. ―촛불중은, 그 연상이 재미있어, 한두 번 시석시석 웃었다. ―글쎄, 제기럴, 그 문이 열렸거나 어쨌거나, 감방에 몸을 부리자부터 단잠에 들기는. ......그러고도 본다면, 肉身은, 꼭히는, 自由의 조건이 못 된다. 그것은, 꼭히는, 自由을 '위한' 조건일 것이다.

허기야 무슨 식욕이 돌았겠는가, 마는, 官食은 촛불중을 몹시 우울하게 했으며, 官卒은, 구역질이 나도록 불쾌감을 일으켰다. 그래서 촛불중은, 그 官食을 먹어 치우고, 그 官卒께 빈 그릇을 쥐어 돌려보내는 대신, 오히려 그것들을 앞에 두고, 그날 치의 자기의 얼굴을 찾아 꾸미기 위해, '거울' 앞에 앉았다. 蓮坐 꾸민 뒤, 호흡을 조절하여, 흐트러지는 意念들을 한 곬으로 모으고, 즐겁다든지 우울하다든지, 또는 좋다든지 싫다는 정을 일으켜내는 것이 무엇이든, 그것을 '거울에 덮인 먼지며 티끌'로 알아, '털고 닦아내려는 것'이다. (촛불중은 그러니 이 아침, '無'[를 말함은 왜냐면, 그것이 美里派 沙彌들께 맨 먼저 주어져서, 맨 마지막까지 입안에 남아도는, 公案이라고 한다기 때문이다]를 禪題로 정해, 그것을 살펴보려는 禪定에 잠긴 것이 아니라, '有' 위에 端座하여, 그 '일어남'을 觀하려 하고 있는 것이다. 이 觀法은 동시에, '스러지기'를 觀하는 것까지도 포함하게 된다는 것은, 덧붙일 필요도 없는, 당연한 귀결일 것이다. 그것보다는 차라리, 이왕 '無'[편리를 위해 이것을, '禪的 無'라고 해두기로 할 일이다]라는 話頭가 쳐들어졌으니, 이것을 기회로 삼아, 덧붙여둘 것이 뭐든 있다고 한다면, 그것이나 아니겠는가 하는바, 그럴 것이, 말한 바의 저 話頭[無]도 還俗을 하여, 여기서 저기서 얻어 입은, 百結法衣의, 여러 군데 해진 데로마다, 뭘 불거져 나오게 하기로, 시주를 바라는 일이 흔하게 보이기 때문이다. [念誦과 개 좆 글. 이 '無'는, 文學的 鍊金術에 의해 文化化를 치러 있어 보인다] 이 경우의 '無'는, 나름으로는 생각이 깊다는 자들에 의해, 먼저 그 語意의 뼈대를 차린 뒤, 빌린, 百結法衣에 입혀져 있어, 그것 나름으로는 현란해 보이기도 하여, 한 마리 禪병아리라도 까여져 나와 있는 것이 아닌가, 하게도 바라보게 하지만, 이 '無'는 헌데, 그 필요 없는 과정을 겪어 文化化하는 중에, 니그레도[黑]에로의 退調轉移를 치르고 있어, 한마디로 말하면, 곪아버린 것이다. 곪은 禪-巫. [巫鳥—上天下界를 날으는 새. 그래서 그 새는 현란하도록 아름다워 보이는데, 明界와 冥界가, 그 새의 두 날개의 이름이다. 苦海의 此岸에서 此岸으로 날으는 새] 이런고로 촛불중이, '無'를 話頭 삼기의 위험에 관해서, 누누이 경고해오고 있었을 것이었다. '無'는, 말[文學]의 솥에서 鍊金할 수도 있던 그런 質料가 아니던 것인데, 이 '말의 솥'에서, 누가, 그런 무슨 質料를 끓이려 한다면, 권고해 두거니와, 公은 먼저, 손쉽게 모아들일 수 있는, '有'라는 質料를 택해서, 그것의 '有性'을 열심히 觀한 뒤, [이것은 함정인 것으로 주의 깊이 보아 둘 것이지만,] 할 수 있으면, '有'야말로 모든 '실다움' 자체라는 것을 증명해 보이려, 모든 노력을 다 기울일 일이다. [글쎄, 이것은 함정이지만] 그리고도 금물은, 그러한 노력을 중도에서 중두무이하는 일인데, 그러면 "실다움이란 무엇인가?" "아으 그것은, 存在하기—그 자체이다!"라는 식으로, 그것의 포착이 매우 용이해지는 듯함에 반해, 앞서 문제가 되었던, 그 '無'라는 質料가, '黑'[니그레도]에로의 退調轉移를 치러버리는, 매우 바람직하잖은 결과를 초래한다. 똥! 그리하여 이 '無'는, '有'에 相對하여, '밝음'에 대하여 '어두움', '뾰죽함'에 대하여 '움푹함'이라는 투의 뜻을 드러내는 것으로서, '쌍'[二元論]을 이루는데, 이런 투의 '無'는, 누구에게도 낯설잖은, 늙은 '巫'面을 까발겨내고 있어, 정답되, '巫'가 '禪'과 쌍 되는 것이 아니라는 것을, 이해하기로 할 일이다. 그런즉슨, 부디, "三十輻共其轂, 當其無, 有車之用 [……] 故, 有之以爲利, 無之爲用"의 '無'의 개념을, 이 자리에다 끌어넣으려 할 일은 아닐지어다. 왜냐하면, 이 '無'는, '四大'에는 제휴되어 있는 것은 아니로되, 第五大[空], 즉슨 '비인 有'이기 때문이다. 그렇다면, '비인 有'로서의 이 '無'는, '有'의 '無'性的 형태를 띠고 있는 '無有', 元素로서는, '소리'라는, 元素 아닌 元素, 이 '無'는 그래서, '谷神―玄牝'에로도 轉身을 치르는 것일 것이다. 어찌 되었든, 별세한 장로네서 가졌던, 두 集會에 참석하여, 촛불중의 雜說에 귀를 기울여본 일이 있는 자라면, 그러면 '非巫的 無'란 그러면 무엇인가, 라는 투의, 이제는 불필요한 물음을 물으려 하지 않을 것이다. 만약에, 그의 귀 깊은 속의 '솥'에, 개[狗]라도 한 마리 들앉아, 제 사태기에 제 대가리를 묻고, 모든 것을 듣는 잠에 취해 있다면. 그럼에도 꾸역꾸역 묻는 자가 있는다면, 이번에는 그럴 일이다. 그누무 샤깽이의 쎄빠닥을 서 발 늘이고, 자지도 서 발쯤 늘여, 그것으로 오랏줄을 삼아, 그누무 샤깽이를, 다른 아무것에도 말고, 하필이면 그 '無'라는 話頭의 말뚝에다, 꽁꽁 묶어 처매놓고 볼 일이다)

자기를, 자기 스스로 '거울'로 삼고 촛불중은, 물론 먼저, 자기를 비춰보려 했으며, 그러다가는 쿨쿨거리고 웃었는데, 그 특정한 '거울' 속에서는, 자기가 현재 입고 있는, 옷이 보이지를 안 해, '거울' 속에는, 털을 벗은 수캐 같은 것이 하나, 추접하게 웅숭그리고 있던 것이다. 옷의 가림을 못 입은 그것은, 짐승이었다, 그리고 촛불중은, 자기가 '짐승'을 빌려 입고 있다는 것을, 언제부터도 알아 오고 있기는 있는 중이고, 그것이 그를 쿨쿨거리게 한 것이다. 그 짐승이 佛者던 것이며, 쿨쿨, 佛者가 짐승이던 것이다. 쿨쿨, ―그러다 촛불중은, 자기라는 그 짐승 말고, 다른 佛面을 하나 더, 그 '거울' 속에서 해후했는데, 그 얼굴은, 자기에게 官食을 가져와서는, 아침잠에 시들시들하고 있는, 그 젊은 官卒의 그것이라고 읽어졌으며, 그래 촛불중은, 얼굴을 찌푸리다, 天花를 흩트리며 활짝 폈다. '거울'이 '꿈'을 꾸고 있었는데, '거울'은 그렇게, 三千大千世界를 '꿈'꾼다고, 촛불중은 깨닫고 있던 것이다. 촛불중은 그렇게 '거울'을 들여다보는 중에, 물론 그 '거울' 속에서는 時間의 흐름이라는 것이 없어, 時間의 三世가 공존하고 있었는데, 자기에게 그중 친근했던, 두 얼굴이 차례로 떠올랐다가, 쑴먹 쑴먹 사라짐을 보았다. (대낮이라고 하여, 별들이 그 별자리를 떠나 없는 것은 아닌 것) 그 얼굴 하나는 '존자 스님'의 것이었으며, 그 다른 하나는 '六祖'의 것이었었다. '존자 스님'을 해후했을 때 촛불중은, 그 '거울'에 떠올라 있는, 저 官卒의 얼굴이 '먼지나 티끌'처럼 여겨져, 그것을 '쓸거나 닦아내고'

싶은, 무슨 性慾과도 비슷한 욕망을 느꼈었으며, '六祖'의 얼굴에 의해서는, 그 '거울' 자체를 바싹 깨뜨려버리고 싶은, 무슨 殺慾도 같은 충동에 당했었으나, 깜냥껏 無爲를 지켰더니, 하나의, 두렵도록 넓고 깊은, 그것은 天空과도 같은 것, 그것만 남기에 이르렀었다. 아으, 다키니[天女] 들의 房. (촛불중이 이르는, "한 有情의 無意識은, 그 한 有情의 몸을 포함한, 밖 자체"라는, 그 '밖'이 활짝 깨이면, 아마도 저런 상태가 드러날 것이었는가. 텅 비었으되, 모자람이나 남음이란 없는 비임. 自我/非自我의 경계가 어디에 있는가? [부디, 이 상태를 '풍경'으로 이해치 말게랍. '無意識'의 '全意識'化가, 아으, 친애하는 道流여, 어찌 '풍경'일 수가 있겠는가? 말한 바의 '풍경'이란, '意味'를 捨象당한 '記號' 같은 것이 아니겠는가. 그러나 저 상태는, '記號'[풍경] 와 '意味'[點—비쟈. 한 '만달라'의 시작도, 이 '點'에서부터라고 알려져 있다] 가 하나로 녹아져 있는, 만달라인 것, 옴—, 無—] 그러면 '밖/안'의 경계도 어느덧 스러져버렸음을! '밖'이란 그러니, '밖'을 완전히 '비워내지' 못하는 한 '밖'에 머무는 것일 것이다)

그날 치의, 자기의 얼굴을 찾아 꾸미기 위해, '거울' 앞에 앉았던 촛불중의 얼굴은, 해가 뜨기에 좇아 꽃잎을 여는 蓮처럼, 밝아지기 시작해서는, 활짝 핀 蓮이었을 때는, 그 '거울'의 水面에 고요히 펴, 三千大千世界를 열고 있었다. 그때쯤은 그랬으니, 官食이 준 우울감 이라든, 그 官면[男娼] 이 일으키는 구역질 따위라는, 흙탕이, 묻었었더라도 씻겨, 맑고 환했다. 그는 그리하여 그 상태로, 그 官卒이 깨어, 官食을 담아 온 그릇들을 챙기려 하여, 중께 그릇 비우기를 재촉하고 있었을 때까지, 지켜 있었다. 그러는 동안의 그 감방 안과, 주변은, 볕이 몹시 따스하고 두터운 까닭에, 약초 꽃들이, 그 정을 못 견디고 활짝 활짝 터뜨려져 피며(꽃은 요니) 암내들을 풍겨내자, 그 냄새에 미친 꿀벌들이 모여 뷩뷩거리는, 그래도 그냥 조용하기만 한, 약초 꽃 피는, 어떤 밝은 날이었을라랐. 이 세상의 아무것도 존경할 줄을 모르는 그 官卒은, 밤 시달리기의 피로에 의해, 잠은 제 놈이 자놓고도, 깨어서, 잠투정이랄 것은 촛불중께다 부렸다. 어찌하여, 이제까지도 그릇을 비우지 안 했느냐는 둥, 물론 그런 음식을 먹고서도 살아남은 중은 없는 걸로 자기도 알지만, 그 官食에 그래서 독약이 섞여 있는 줄로 알아먹기를 회피했느냐는 둥, 어째서 빨리 삼키지를 못하느냐는 둥, 입이 구린 대로, 왼갖 벌레들, 전갈이며 지네, 황충이며 거머리, 회충이며 똥 구더기 따위를, 수물수물 꾸역꾸역 뱉어냈다. 뱉어내진 대로 그 벌레들은, 촛불중의 전신에로, 끈적거리게 들러붙어, 그의 땀구멍에마다 빨대를 찔러 넣었다. 그의 약초 밭에로, 똥의 우박이 찌뜨려져 덮인 것이고, 그러자니 촛불중의 밝던 얼굴도 저물어, 슬픔으로 어둑살지고 있었다. 번뇌의 벌레들이, 처음엔 밖에서 쏘고 들어서는, 종내는, 안쪽에서 파고 나왔더라, 번뇌, 벌레, 벌뢰. 촛불중도 물론, 그 官食에는, 法의 소금이 석 섬이나 섞여 있어, 그 음식을 한번 건너다보기만 했다 해도, 自由에의 그리움으로 혼신이 짜가워져, 쪼들아져 죽기에 이른다는 것쯤 알고도 있었다. 그렇다고 해서, 그 '소금'이 두려워 아직껏, 그 음식에 손을 대고 있지 않은 것은 아니었었지만, 그 까닭이야 어찌 되었든, 저 官卒을 보내기 위해서도 촛불중은, 시작해, 할 수 있는껏 부지런히, 그 官食을 먹고, 빈 그릇을 내어주려 했다. 하며, 중은, 받은 공양을 두고, 고맙다는 정을 일으키지 않는 乞士라고 하되, 이 음식에 대해서만은, 그 정을 꼭히 좀 일으켜냈으면도 싶어, 맛을 생각하려고 했다. 하면서도 촛불중은, 자기가 어째서 그런 分別心을 일으켜내려고 하고 있는지, 그것도 잘은 몰랐으되, 다만, 이 아침나절의, 자기의 '거울의 偈頌'은, 이것저것들에서 찢겨진 것들로, 百結이 되었다고만 알았다. 아까, '존자 스님'의 얼굴을 해후했을 때 촛불중은, 무슨 性慾도 같은 욕망에 의해, 저 면 놈을, (물론 자기의 부친 힘으로는, 그의 팔 하나에라도 당하겠는가마는,) 한 발길에 냅다 걷어차 바깥 뜰에다 굴렸으면 했었으며, '六祖'를 상봉했었을 때는, 무슨 殺慾도 같은 것에 의해서, 녀석을 한 발길에 짓이겨 죽여버렸으면 했었는데, 숙어 들었던 그 雜慾鬼들이, 새로 머리를 쳐들기 시작한 것이다. 그래서 그랬을 것으로, "고맙습지, 고, 고맙습, 습지", 촛불중은, 그런 소리를 우물거려내기 시작하고 있었는데, 허긴 그것도 일종의 偈頌이었을라. 官食에 의해서 촛불중은, 새로, 우울함에 당해야 했으며, 官卒도, 촛불중께, (이 경우는 그러니, 촛불중이 官卒의 얼굴을 꾸며도 있다) 촛불중 자기가 자기에게 구역질이라는 것을 깨우쳐주고 있었다. ('몸'에 억류된, 어떤 '知覺者'여, '몸'이라는, 羯磨의 쓸 板[예를 들면, 白紙랄지, 漆

板 따위]은, 저렇게 되어, 더 좋게든, 혹은 더 나쁘게든, 三生 九生을 써[記] 온 것까지도, 再校正, 또는 再修整할 수가 있는 것이구나. 몸을 벗은 채, 저 상태를 통과했었더라면 촛불중은, '거울'을 통해 '다키니의 房'을 들여다보고 있었을 때 이미, 그 '다키니의 房'에 들어져 있었을 것이며, 그랬었기 전에는 물론, 나라카에 떨어져, 그곳을 헤매고 있었을 것인 것을, '몸'이, 한 덩어리의 지구처럼, 그 '知覺者'에게 매달려 있어, 그를 다시 '몸'속에로 끌어들여 온 것이다. '몸'이라는, 이 '쓸 板'에 씌어진, 좋지 않은 羯磨를 지우는 지우개는 물론, '善에의 갈망'이라는 것으로 알려져 있거니와, 그러나, 解脫을 위해서는, 善業까지도 장애라고 하거늘, 그것까지도 말끔히 지우는 것은 무엇인가? 아으, 六道를 송두리째 지워 없애는 것? —옴마니팟메훙! [어쨌든, '官食과 官卒'을 앞에 둔, 이 부분의 촛불중의 심경의 불편함은, 이제는, 저 '官食이나 官卒'이 아니라, 그것들에 의해서, 그렇게도 쉽게도, 자기 마음의 평정이 깨어져 버리고, 흔들리게 되는, 그 자신에 대해서라는 것이, 밝혀지면 좋을 것이다. 그러니, 이번의 이 '우울증'과 '구역질'은, 그 대상이 자신이라고 불리어져 오던 그것이다. 이런 것이, 한 수도꾼의 俗性의 變質을 돕는, 毒인 것도 부인치는 못한다. 그래서 중은, '가진 것이 없음에도' 자꾸 出家한다. 한 수도꾼에게서, 非俗性만을 찾으려 하면, 道流여, 그대는, 古木에게로 가거라, 바위에게로 가거라, 소에게로 가거라]) "고, 고맙습지, 그저 고맙습지", 헌데도, 촛불중의 혀에서, 음식은 단맛을 내지 안 했다. 입맛을 따지기로 하여 말한다면, 이 아침나절, 촛불중 자기의 목구멍을 넘는 것은, 숨 쉬어 든 공기까지도, 말똥 타는 냄새를 풍기는 데다, 싸하니 맵기까지 하여, 재채기를 일으키려 하거늘, (촛불중의 믿음에) 자기의 육신적 전 자유를 저당하고 얻은, 한 그릇 官食의 맛에 대해서야, 뭣을 더 말할 것이 있겠는가. (헌데 이 官食은, 읍에서는 오로지 하나, 일등 가는 홍루 수도청에서, 그중 손끝이 달고 짜다는 수도부가, 심신을 깨끗이 하여, 정성으로 지은 그것이었다는 것만은 밝혀두자) 마른 음식은, (촛불중의 혀에) 마른 쇠똥을 씹는 맛을 연상하게 했으며, 젖은 음식은 또한, 젖은 쇠똥을 퍼먹는, 맛을 떠올렸다. 여기에는, 뭣인가가 잘못되어 있음을 짐작케 한다.

—홀로 암자를 지키는 중들은, 수염 깎기야 뭐 말할 것도 못 되지만, 가다

끔 한 번씩, 제 削髮을 제가 하지 않으면 안 되는데, 그래서는 날씨 좋은 날을 가려설람엔, 明鏡을 더욱더 맑게 하여, 寺川가 솔가지에 걸어두고, 明鏡 속 풍경도, 밖 풍경도 즐겨 가며, 삭발을 시작한다. ('거울'의 '속'으로 들어간, '밖'의 풍경은, 그 '거울'의 '밖'에 있느냐, '안'에 있느냐?) 그러는 때 헌데, 건듯, 하늬 바람 머리 한 끄뎅이가 스쳐 지나가며, 그 솔가지 걸린 명경을 흔든다, 그러자, 삭발 중의 중은 가만히 있는데, 중의 얼굴이 셋으로, 넷으로, 일곱으로, 열둘로, 반으로, 세 깐 중의 한 깐으로, 하나도 없기로, 그래도 하나로, 반으로, 여러 개로 헛갈린다. 그때마다 중은, 수염 밀기나 삭발하기가 매우 어렵다는 것을 알아, 명경을 고정키에 이른다. 중이여 그런즉, 그 삭발은 대체 누가 하였던 중이었던고? 명경 밖 비구가 그 짓을 하였었더라면, 건듯 부는 바람에 흔들리는 것은 거울이며, 비구네는 아니었었는데, 거울이 흔들리는 까닭이라며, 흔들리지도 않는 비구가, 하던 삭발을 못 하고, 군데군데 버히고 한다는 일은, 이해할 수가 없게 된다. 그렇다면, 흔들리는 것은 명경이 아니라, 비구 당자가 아니었던가? 허기사 우리는 물론, 바람 부는 날 펄럭이는 기폭, 또는 기폭이 펄럭여서 부는 바람 등과 관계되어, 두셋의 다른 비구들이 모여, 대체 무엇이 흔들리느냐는 논의를 했던 얘기도 들어, 모르고 있는 것은 아니다. "아, 바람이 깃발을 흔들고 있구나. (또는, "그 사내가 뱀에 물렸다.")" "흔들리는 것은, 바람이 아니라 기폭일세. ("뱀은 물려 하지 안 했는데, 저 사내가 뱀에게 물렸다.")" "흔들리는 것은, 바람도 깃발도 아니고, 道流들의 마음이다. ("뱀은 물지를 않는데, 자기가 그 뱀에게 물렸다고 생각하는 사내의, 그 생각이 뱀에게 물린 것이다.")" 한 弓手가, 시위에 살을 메어, 과녁을 겨냥해, 활을 쏜다, 그러며 그는 과녁을 보고, 第二의 弓手는 화살을 보며, 第三의 弓手는 활을 본다. ―보게들, 그러나 만약, '마음'이라는 것도 있는 것이 아니라고 한다면, 흔들리는 마음은, 무슨 바람을 마주해, 펄럭이는 기폭이랄꼬? 그렇다면, 저 셋은 다 틀렸거나, 모두 옳았다. 그럼에도 유독, "마음이 흔들리는 탓에, 바람도 깃발도 흔들려 보인다"는, 세 번째 중의 대답이 隱釘이 되어, 모는 중들의 마음의 평정을, 바람 센 날 기폭처럼 뒤흔들어대는 귀신의 낮잠을 누인, 그 관뚜껑에 박힌 뒤, 그 펄럭임의 귀신이 어느 밤에도 일어나 쏘다닌다는 소문이 없는 것을 보면, 그 隱釘이야말로, '미루나무'로 깎았던 것이 분명하다. (어째서, 이런 것은 살펴지지 안 했느냐는, 있을 수도 있는 비방을 미리 방비키 위해, 지적되어질 수 있을 듯한 것으로, 한 가지쯤, 이 자리에 삽입해두기로 할 일인가. 보게, 가을날 부는 바람에 시달리는, 누런 잎이 슬픈 것은, 바람인가, 누런 잎인가, 아니면 보는 자의 마음인가?) 허나 어느 중이든, '마음'이라는, '길들지 않은 말[馬]'을 묶어두고 있는 고삐며, 재갈이며, 말뚝 같은 것으로서의 말[言語]과 관계된 暗號, 또는 象徵 따위에 대해, 약간만이라도 이해를 하고 있었다면, 저 셋째 번 비구의 대답이, 무슨 펄럭귀신이라거나 '벌뢰' 따위의 염통을 찔러 잠재우는, 무슨 隱釘이라거나 그런 것은 아니며, 사실은, 자기의 '눈썹'을 뒤 줌으드득 뽑아 채, 그 바람에 휘불어내기 말고, 다른 아무것도 아니었었다는 것을 알게 되었었을 것이었다. (그렇게 通譯하면,) "천공은 마음의 비유이다."(라는 전제에서,) "거기로 부는 바람은, 일어난 번뇌나 잡념이며, 펄럭이는 깃발은, 그 잡념이 이뤄내는 여러 幻影이다." ―그렇다면 저것도 또한, 촛불중이 매도하는, '修辭學的 道通'의 범주에 속하는 것이어서, 山水圖 속 줄기차게 쏟기는, 폭포에 멱감아, 땀을 씻은 뒤, 시원해하기나 같은 것으로나 여겨지지 않는가. "四大로 空에 의존한다"고 한다면, 하기야 그런 山水圖의 바깥쪽에서, 실제로 흘러넘친다는 물도, 젖은 것은 아니다. 그러나저러나, "바람 부는 날 펄럭이는 깃발"과 관계된, 저 중들의 대화를 정직하게 분석하기로 한다면, 처음 두 중들의, 일상적 대화의 주제가 되어 있는 것은, (보이지 않는 바람을 보이게 하는 깃발, 또는, 무엇의 흔들림에 의해서 자기를 드러내어 보이게 하는 바람) 五官 중에서도 특히, '視覺'과 관계되어 있다는 것은, 쉽게 짐작된다. 말하는 저 '五官'은, 그 거대한 '뿌리'를, (有情들 입어 있는) 살 속에 깊이깊이 두고 있는데, 그래서 이제, 조금 더 修辭學에 밝은 자라면, 그 '둥치'는 말[言語] 속에 두고, 그 '잎과 꽃'은, 마음속에서 피운다고까지, 그 생각을 진행시킬 수도 있을 것이다. 세상나무 우둠바라! 그래서 보면, 처음의 두 비구가, '視覺'을 주제로 말을 주고받는 자리에, 그 뒤쪽에서든 어디에서든, 가만가만 발소리를 죽여 나타난, 제삼의 비구가, 뒤에서, 그들의 눈을 가리고, "아웅―" 하고 소리치고 있는 광경이 보인다. 그러자, 저 두 비구에게는, 모든 것이 갑자기 흐려져,

잘 보이지 않는다. 촛불중이, 語禪派的 求道의 한 방법을 두고, 감탄과 구역질을 함께 섞어 못 참는 것이 있다면, 그것이 바로 이것인데, 저들은 무엇을 잘 살펴나가다가, 어느 대목쯤에 이르면, 저 잘 달려온 말[言語]에다, 느닷없이, '마음'이라는 魔職褓를 덮어씌워 버리는데, 작것, 이것이 그것이다. 그러고 나면, 일례를 든다면, 이제껏, 밭 가운데 있는, 큰 바위를 하나 두고, 그것을 뽑아내려 애써오던 일꾼들이, 왼통 헛걸음질을 치다, 허옇게 나자빠지기에 이른다. 왜냐하면, 밭은 다름이 아니라 마음, 즉슨 心田이라고 한다면, 그 한가운데를 떡 차지해 있어, 장애가 되고 있는 바위란, 世慾이라거나, 我執이라거나 할 그런 것이어서, 그것은 뽑아낼 수도 있다거나 그런 것이기보다는, 쓸고 닦거나, 지워버릴 종류의 것이기 때문이다. —모든 것이, 대개 이런 투로 모양을 바꾸거나, 증발해버린다. (實物에서도, 그것의 事實性—냄새, 색깔, 부피, 强/軟度, 輕重, 모양 등—이 捨象되어져 버린다) 거기 물론, 실로 경탄할 만한, 위대한 도약이 가능되어져 있으되, 헌데 문제는, 대부분의 경우 그들은, '마음'을 質料로 한 鍊金術師이려다가, 자기들의 의지에 반해, 魔職師에로 退調轉移를 치러버렸다는 데 있다. 자기 몸의 털 한 개와도 바꿔서는 안 된다는, 바람직하지 않은, 그 말[言語]의 함정 속에 빠져버렸다는 것이다. 그에 반해 溫肉派네서는, 그 밭에서, 장애가 되어 있다는 그 바위부터 제거해버리려 덤빈다. 溫肉的 고뇌는 여전히 무엇인가 하면, 한 有情의 가죽 밑에는 사실로, '마음'이라는, 第六臟이거나 第七腑 같은 것이 있는가 없는가, 그런 것이 아니라, 어디서 일어난 바람이 어디로 불든, 그리고 그 바람에 알맹이나 뿌리가 있든 없든, 이 현재 자기가, 그 바람에 옴 걸려, 몹시 가려워 송신해, 못 살고 죽겠는, 바로 그런 것이다. 그것은 그래도 아마, (生老病死라는, 원초적 고통에 대해) 지극히 日常的 아픔이다. 그리고 한 삶은 헌데, 다른 아무것도 말고, 바로 저 '日常的 아픔' 탓에 천국이 못 되고, 사실은 그 탓에 낳기며, 죽기가 괴로움인 듯하다. 이것이 다름 아닌, 존자 스님의 '거울'에 꼈던, 그 '먼지며 티끌'이었던 듯한데, 그렇다면, (저 원초적 '四苦'란 깨뜨려버릴 것인가 어떤가는 몰라도) 이 '먼지며 티끌'은, "때때로 부지런히, 털고 닦아내야 할 것"인 것이 분명해 보인다. 가, 가만, 가맜자, 이, 이렇게 되자, 하나의 우주적 주제랄 것이, 어쩌면 그것이 너무도 컸던 탓에, 그의 肉眼 속에 다 접어져 들 수가 없어 그랬었을는지는 모르되, 六祖에 의해서 잘못 살펴진 것이나 아니었는가 하는 것을, 갑자기 새로 고려하게 한다. 라는 것은 무엇인가 하면, '日常的 아픔—그 먼지며 티끌'이 가라앉는다는, 그 '거울'인데, (그렇다고 하여 존자 스님도, 그것을 다 보고 있었다는 믿음은 없으되, '저승'이라는 것이 있다고 믿는 판수가, 그것이 얼마나 광활하고 깊은지도 모르며, 자기의 배후에다 풍경으로 병풍 쳐두고, 이승 양지 반 평에 졸 듯이, 존자 스님도 그렇게, 그것에 의지해, 자기를 비춰낸 것이나 아니었는가, 하는 것을 짐작하게 하는데,) 그것은 혹간, 일러 말하는, '원초적 마음'(또는 빛)이나 아니었는가, 하는 것이다. '달과 계집'이 '月候'라는 썩은 피로 꼬여진 줄에 의해 밀접하게 연결되어 있거나, 같은 하나이듯이, 존자 스님이 자기의 얼굴을 들여다보았던 그 '거울'과, '원초적 빛'(또는 마음)도, 그러면 그런 관계나 아니었는가 하는데, (이렇게 되면, 존자의 '거울'은 原型性을 획득할 터이다) 그렇다면 그것은, 한 有情의 독 섞인 타액에 얻어맞는다고 하여, 스러져버리거나 깨뜨려져 버릴 수도 있는, 그런 품목은 아닌 듯하다. 六祖가 깜냥으로는, 모든 것을 파괴하고, 그리고 본, '本來無一物'의 상태는, 사실은, 바로 저것이나 아니었겠는가. 삶의 행위는 그리하여, 거기에서부터 시작한다면, (그리고 거기로 다시 되돌아간다면, 그 삶은 完成된 것이라고 이를 것인가) 존자 스님의 偈頌도, 새로 시작이다. 깨어질 수도 있는 '거울'은 그렇다면, 무엇이나 되겠는가? —'거울'도 그렇다면, 한 종류만 있는 것은 아닌가? 六祖가 깨뜨린 '거울'은 그렇다면, 누구의(존자 스님의? 또는 자기의?) '거울'이었었는가? 六祖의 誤讀? 咄, 서 근의 삼. 존자 스님 편에 가담하기로 하여 인정하기로 한다면, 日常的 고뇌는, '六祖的 마음'이 있느냐, 없느냐와도 상관없이 일어나는 바람이며, 그것이 프라브리티岸이라는 것이다. 하늘을 볼라믄 보구라, 거기 '하늘'이라는, 아담의 입김이 지나간 흔적만 있고, 실제로 그런 것이란 보여도 없는데도, 거기로 바람 가자, 구름 따르고, 구름 따르자 눈비가 내린다, 없는 데서—. '바람 부는 날 펄럭이는 깃발'은 그래서, 존자 스님으로부터 手淫의 禪定을 배워 익힌 촛불중 같은 자에게 걸리면, '솔가지 걸어놓은 明鏡' 같은 것으로 바뀌게 된다. '깃발' 속에는, 그것을 보는 자의 얼굴의 반영이 없는데, 거울 속에는 그것이 있다. 그리하여서, 그것을 들여다보며 면도 삭발을 하려는 중은, 그 자신의 五官에, 바로 그 자신이 속임을 당한다는 것을 발견하기에까지 이른다. 글쎄 그는, 흔들리는 거울을 들여다보면서는, 자기 자신이 몹시도 무질서하게 흔들려지고 있어, 아무리 해도 면도나 삭발을 할 수가 없고 있는 것이다. 그건 왜냐하면, 글쎄 다시 말이지만, 그 중이, 그 거울 속에서 몹시 흔들리고 있기 탓이다. 五官이, 그것을 소유하고 있는, 그 장본인을 속인다. (그런즉 알 만하다, 俱胝의 '한 손가락 뻗치기 禪'도 알 만하다. 누가 무엇을 물어오든, 헛, 저 민대가리는, 츳, 니기미 수풀을 쑤셔라, 손가락을 하나 불쑥 솟구쳐 보이곤 하는데, '空'이 과연 視覺에 호소된다!) 헌데 촛불중은 이 아침나절, 청명한 날, 삭발이라도 하려고, 솔가지 걸어놓은, 明鏡 속에 갇혀, 도저히 용신도 못 하고 있는 듯하다. (이왕 나온 얘기니 얘기지만, 니기미 수풀을 찌를, 여 민대가리꾼이여, 道流는 헌데, 면도나 삭발이라도 하기 위해, 거울을 들여다보지 않으면 안 될 때마다, 거 뭐, 몹시 발정해 수컷을 찾아 헤매는, 암노루 한 마리 꾀어 들이지도 못할, 별로 필요해 보이지도 않는 얼굴을 가졌다는 것에 대해 수치를 더해 느낄지언정, 그것 외에, 자기 얼굴의 요모조모, 눈 생김새며 코, 입술이며 귀 생김새, 얼굴 빛깔 같은 것을 살펴보며, 찡그리고 쨍그려, 히히히, 이쪽으로 웃어보고, 저쪽으로 눈 흘기며, '서른두 가지 大人相'이라도 찾는 따위 짓을, 아서라 말아라 네 그리 말아라. '서른두 가지 大人相'을 갖춰 있다 한다 해도, 글쎄, 말하지 안 했더냐, 발정한 암노루 한 마리 꾀어들이지도 못하던 것을. 어디 그뿐이겠는가, 배고픈 암호랑이의 똥구녁도 못 비켜나는 것을. '서른두 가지 大人相'을 구비해 있음의 수치! 헌데 저런 녀러 '수치'가 한 마음을 넓히면, 그것이 三千大千世界라고 하여, 人世랄지, 아수라界, 또는 獸界라는 식으로, 마음을 오그려쌌기에 의해 나타나는, 地方色이나 方言性을 극도로 저어하는 부처의 全色身에 끈적끈적, 서른두 가지 것이나 덮여 있다고 한다면, 아흐, 부처란 수치로구나, 서른두 가지의 수치러라. 치사하게도, '정백이에 상투같이 내민 살'을 인 자여, '길고 넓은 눈'에 아흐 어여쁘도다, '초생달 같은 눈썹'을 둘러놓고 있는 자여, 활이나 칼을 쥐어, 멧돼지를 사냥하거나, 적병을 물리칠 일에 말고, 見性 解脫을 위해서라면, 어찌하여 '두 손은 무릎 아래까지 내려'오도록 길어야 필요가 있는고? 이런 말은 왜인가 하면, 말한 바의 '서른두 가지 大人相'은, [그저 한 예만 들기로 하지만] 다른 方言의 '龍의 相'과도 같지가 않아서인데, 이 '龍의 相'은 어떻게 알려졌는가 하면, "비늘을 얹은 뱀의 몸뚱어리에, 네 개의 발을 갖고, 사슴의 뿔에, 귀신의 눈에, 소의 귀를 가졌다"고 이른다. '大人'의, 이를 데 없이 예쁨에 비한다면, 이 [여러 有情들의 이것저것의 百結인] 龍이라는 짐승처럼 누덕져 추악한 것도 더 없을 듯하다. 그러나 이것이다, 그렇다 이것이야말로, 그 생김새가 얼마나 혼돈이며 추악하든, 글쎄 그것이야 어찌 되었든, '뱀'이라는 둥, '사슴'이나, '귀신'이라는, 어떤 個有性[또는 個別性], 즉슨 方言性이나 地方色을 벗어나 버린 것이 또 무엇이 있겠느냐, 그런즉, 여러 말 할 필요도 없이, 저것이야말로 우주적 짐승인 것을 알게 하잖느냐. 그것인 것이다! 그런대로 부처는, 그 예쁜 色身을 갖고도, 히히히, 발정해, 몸이 뜨거워 못 견뎌 하는, 암노루 하나의, 뒤를 얻지도 못했었더라데. 왜냐하면 부처는, '人間'이던 까닭이라. 펴 늘이면, 三世를 휩싸아 안는다는, 그 '마음'은 그러면, 누구의 것이었는가? "須菩提 於意云何, 可以三十二相 見如來不, 不也. 何以故, 如來說三十二相 卽是非相, 是名三十二相." —프라브리티에 끼어든, 니브리티의 모순당착은, 그래서 저런 것이다. 아 허기는 그러고 보면 알겠다, 道流는, '거울'이라는 '이름'이 일으키는, 修辭學的 羯磨의 센 바람에 불리다, 語籠 속에 갇힌, 羯磨의 한 갈마기인 것을, 그것을 알겠는 것이다. 그런고로 '相'을 운위하는 것을. 그러나 만약 누가, '거울'이라는 이름이 있는 자리에서 '거울'을 지워버리고, 대신 '마음'이라는 이름을 써 넣기로 한다면, 道流여, 이제껏 '相'이라고 알려졌던 것에는 무슨 너러우거지相이 나타나 있겠느냐? 혹간 그것은, [그 같은 空門用 方言에서, 그와 엇비슷하다고 여겨지는, 단어를 하나 더 빌리기로 한다면,] '性'[本] 같은 것으로나, 性轉換을 치러버리고나 있을 일은 아니겠느냐? '體'形을 띠었던 말의 '用'態化. [이것, 즉슨 '性'에다, 人世의 홍진을 많이 덮어씌운 뒤 촛불중은, 이것이, '사람'이라는 한 종류의 有情의 前生, 또는 살아온 삶에서 이뤄진, '羯磨의 總和'나 아닌가 했다. 複合性이라고 이르는 괴물, 바르도의 여섯 번째, 또는 열세 번째 방에, 거꾸로 매달린 잠을 자며 밝이 저물기를 기다리고 있거나, 사슬에 묶이고 억류되어, 천년의 갈증에 당하고 있는 것] 원초적으로 '相'[體]은, '거울' 자체거나, 또는, 그것에 비춰질 品樣을 갖는 것이어서, 거울을 통해 그 반영을 볼 수 있을 것임에도, '性'[用]에로 전환을 해버리기에 좇아, 별수 없이 그것은, '거울'이 구획하는 영토를 떠나지 않을 수가 없게 된다. 顯宗的으로 그것은, "如來說三十二相卽是非相 是名三十二相"의, 反語態랄 것을 취하고, 密宗的으로는, '相'이 '이승'이라는 '거울'에 비춰진, '五蘊'이라면, '性'은 저승에 처한 '念態'의 ['相'에 대비하는] 이름인 듯하다. 그리고 물론, 촛불중이, '正統的'이라고 定立되어온 것을 되묻자고, 이런 자리를 빌리고 있는 것이 아니라면, 그리고 '正統'이란 '王位'나 같아서, 세습적으로 대를 물리기도 하지만, 동시에 찬탈되어질 위험성 자체이기도 한데, 그래서 덧붙일 것이 있다면, 그 '相'에 제휴되어진 자, 즉슨 한 求道者의 '見性'은, 그런즉 다름이 아니라, —크리슈나의 모친 되는 이가, 그 자식의 입을 열어, 그 속을 들여다보고 경악한 일이 있는, 바로 그 古事대로—그 '相'을 用器, 또는 거울로 알아, 그것에 담긴 것, 또는 비춰진 것을 보는 일인데, 그 상태에서는 그 求道者가, 아무것도 '쓸고 닦으려' 하거나 '부숴버리려' 하지도 않고, 있는 그대로 모든 것을 둬둔다면, 그 求道者 당자가, 통째로 한 六道인 것을 보게 될 듯하다. 열심히 行하며—저, '거울' 속에, 질투며 증오, 교만과 시기, 살욕과 성욕 등으로 부글드글 끓는 한 우주는, 저 求道者 당자의 욕망의 化現인 것을! —行함이 없는 그는 그러면, 此岸에서, 저그들 쪽에서 엉덩이를 틀어대고 다가오는, 암노루는 물론, 호랑이의, 독사의 암컷, 天女들은 물론, 나무들의, 바위들의, 바람들의 요니들을 지져, 씨를 배게 하며, 꼭히 人間도 아닌 얼굴로, 彼岸에 비시기 누워 있다. 몸에는 얼룩덜룩한 범의 털을 돋궈 있어 보이며, 허기야 왜 비늘을 돋궈내지 말라는 법은 또 있겠는가, 염소의 뿔, 대신에 장닭의 벼슬을 달아도 誤文 현상이 일어날 일이란 없는 것이 저것이다, 쥐의 눈, 토끼의 귀에, 닭의 부리, 개의 혀에, 龍의 如意珠를 물었고, 말의 목덜미에, 원숭이의 손, 돼지의 배때기에, 소의 뒷다리, 그리고 뱀의 꼬리를 해 갖고 있다. 그것이 원숭이 꼬리나, 쥐 꼬리면 또 어떻겠는가. 그는 '서른두 가지 大人相' 중의 무엇 하나도 드러내 보이지 않은, 百結의 짐승인데도, 사람이다. —'中道'라는 것이 있을 수 있다면 龍

樹여, 그럴 것이다, 이것이 그것이다)—

"참 지엔장헐, 두고 볼랑개시나 시방, 俗人도 아녀 시님이람시나, 개도 안 허는 짓을 허능만, 소도 안 허는 짓을 허능만, 돼지도 안 허는 짓을 허능만, 끼적끼적, 끄으륵 끄으륵, 넘우 손으로 정성딜이 지어설람 바친 공양을 두고, 워찌 시님이라는 이가 입맛을 갖촤 갖고실랑은, 입속끄장 밀어 넣은 것도, 버글버글 흘림선, 끄작끄작, ……밥 속에서 밥을 찾는댜, 뭣헌댜?"

"흐, 흣, 흣, 흐, 흡습지",

"고렇거니나 영 묵고 잡들 안 허먼, 기냥 밀어내놀 일이겄는디…… 반찬 속에서 반찬을 찾그나, 숭늉 속에서 숭늉을 찾을라는 짐성도 안 허는 중지랄은, 참말이제 허지도 말았으면 싶은디, 참말이제 뵈기가 안됐다고."

"아 말입지, 道弟입지, 말하면입지, 중은 음식에 당해, 맛을 생각할 일은 아니라고 허는뎁지, 村僧은입지, 사실을 말하면입지, 그 입맛을 생각하려 하는데도 말입지, 말이라 말입지, 그 입맛이라는 것이 영 돌지를 안 해, 이러고 있다굽습지."

"허이, 머시라고요? 허으! 입맛으로 따질작시먼, 고것이 쎄빠닥 끄텡이나 목구먹에 있는 것인디, 고것이 워째 생각 속이나 젓그락 끝에 있다고 허능 것요 시방? 나도 시방, 몇 달째나 잠이 부족험시롱도, 그런 헛소리는 안 허고 있다고요. 허으 꺼으 꺼이."

"아하, 말입지, 道弟는 성을 내고 있돕다, 그렇잖는갑?"

"아니 시방, 중이라고 허먼, 우리 속물허고는 달분 줄 알았더니, 사람을 놀리는 중이란 겨? 정 묵고 접들 안 허먼 말요, 고 젓끄락을 놓우쑈 시방",

"아하, 道弟는, 성을 내고 있돕다."

"치엔장, 한 발질 참을랑개, 속에서 두두레기가 쫙 돋는구마는. 나불거리는 중의 쎄빠닥은, 암캐끄장도, 샅에다 찔러놓기를 싫어허드란 소리가 있어."

"성내기와 슬픔은, 횡격막 부위에다 말입지, 똑같은 불편함을 일으켜내는 것을, 말입지, 道弟는 觀할 수 있느냡?"

"머쇼?"

"만약 그러하다면, 道弟여, 아으 하기야, 道弟에게사 '空'을 說하겠느냐?

말입지, '분노'를 '슬픔'으로 바꾸기는 참으로 어렵잖을 일일놉다, 그렇잖은갑?"

"허?"

"道弟입지, '슬픔'도 '사랑'과 마찬가지롭, 어쩌면 '슬픔'은 그 비계가 더 두터울지도 모르지만 말입지, 살기의 밭을, 거름지게 하여섭지, 그 뿌리가 되어 있는 '魂'을 살찌우고, 그런 뒤에는, '靈'이라는, 큰 열매를 맺게 하는 거름이며, 젖인 것읇. 道弟가 입고 있는, '사람'이 라는, 縱으로 모락모락 피어오른 氣木은, 三世를 劃하는뎁지, 道弟 도 (그 열매를) 여물게 할 수 있는, '靈'이라는 열매는, 道弟가 天國에서 수확하는 것일레랍."

"커?"

"그것에 반해서, 이것이, 醫術꾼들이 진맥하여, 丹田에서 그 아래쪽, 肛門에로 이어지는 부분의 기관이 일으키는 下向性 感情이라고 하는 것인뎁, 말입지, 道弟엽, 성내기, 미워하기, 시기, 질투, 저주 같은 것들이 그것이랍지. 이런 고로시나 地獄은 아래쪽에 있다고 하는뎁, 저런 下向的, 또는 否定的 감정이란, 말한 바의 '살기의 밭'에 대해서는, 모질은 가물음이며 뙤약볕인데, 어쩌다 그 밭에로도, 무슨 水分하고 관계된 것이 내리는 수도 있다면 그것은, 우박이며 된내기, 피의 눈물……"

"쳇, 고, 고라고시나 묵을 맘이 씨이덜 안 허면, 그륵들이나 내밀라고요. 시방. 워디서 똑, 썩은 밥만 얻어 자싰는지 시님은 말이제, 흐흐, 흑, 고 뭐 벨랑 실생활에도 응용해 묵도 못 헐, 그라장개 고것이 썩은 밥이 맹글아낸 지혜라는 것인디, 고런 삭아 니리는 소리만 해쌌고 있다고요, 흐, 흐으끄, 고랄 시간이 있으먼, 나 겉으먼 잠을 자던지, 씨비 아니면 비역을 허든지, 허다못허먼 쌍소리라도 해보고 말 일인디, ……허, 헌디도 요거 좀 가맜어 봅세요, 흐흐으크으, 큿 큿, 하기는 말요, 생각해본개, 생각나는 것이 있는디, 하기는 고 탓에, 시님을 한번 만내볼라고 해왔는디 말요, 머시냐면 말요, 갖다가 시나, 머시냐면 말요, 헤헥 요거 무신 얘기라까, 워처키 들으면 넘새시럽다까 워짜다까, 허단대도 우리 둘 사둔 빼놓고는 벽밖에 귀 단 것은 없은개, 것도 뭐 넘새시럴 것도 없기는 없겄는디, 말요, 글씨 말요, 험시롱도 요거 천상에 있을 일이 아니라는 것을 몰라서 요라는 것도 절대로 아니지만, 그래도 징인 당자가 요 웁네에 있다는디 워짤 것이냐는 생각도 들고, 말요, 그래서 말인디, 글씨 말요, 드, 듣잔개, 시님 입으로 고런 소리를 뻙혀 말했담시롱, 머시냐먼 말요, 머시냐먼, 듣잔개, 시님 말했다는 소리를 듣잔개, 말요, 머시냐먼, 시님 말을 듣잔개, 말요, 육, 육조 시님이라는 이가 있어설람에 말요, 시님헌티 말요, 크게 갖다가시나, 고 소문이 요만침이나 퍼질라먼, 고 일이 월매나 컸겄는그라우, 말요, 크게 갖다가시나 비, 비역을 히었드라고 허는디, 말요, 문제는 그라장개 거그서부텅 시작을 헌 것이요, 머시냐먼, 듣잔개, 시님 말허는 소리를 들었다는 사람덜헌티 듣잔개, 말요, 시님, 말소리를 듣잔개, 헤헤헤, 시, 시님헌티 고란 뒤부통 胎氣가 있어, 말요, 애를 뱄다고 허는디, 헤헤, 내가 알고 저픈 문제들은 인재 거그서부터요, 말요 뭣들인고 허먼, 고것이 혹간, 시님 말을 누가 잘못 들어갖고, 꿔며낸 거짓소리나 아닌가 허는 것이고, 말요",

"아닙지, 그건 누가 꾸며낸 거짓 얘기는 아닙지, 그것은 밝혀둡지."

"아, 그랴요이? 사설 이약을 허먼 나도, 고것이 거짓소리가 아니기를 월매나 바랬겄는그라우, 말요. 아 그렁개, 사나도 애를 밸 수가 있구만이라 말요? 만약 갖다가시나 그랄 수만 있다먼, 말요, 말인디, 헤이히히, 알았어라우, 알았구만이라우, 넘우 첩살이허기의 서름 중에서도 기중 큰 것은 아매도, 애를 못 낳는 것일 것인디, 헤헤, 애만 하나 달뎅이 겉은 것을, 앞산 겉은 것을, 터억하니 하나 낳아놓기만 허먼은, 말요, 햇덩이 같은 것을...... 시, 시님, 여 대사 시님, 내 절 좀 한 자리 받으시겨요, 받으시구서나는, 제발 부탁 부탁 거듭 부탁드리는 말씀인디, 워처키 허먼 사나도 애를 배는지, 고 비결을 좀 갈치주셔기라우, 자 먼첨 절 한 자리 받으시겨요, 두 자리 받으시겨요, 세 자리 받으시겨요, 그라고시나, 남자는 월후를 안 허다 본개 요런 것을 눈게 되는디요, 무신 날을 잡아 영감을 받아야 되는지, 고거부통 알키주먼, 참 아심찮겄구만이라우."

"그런즉 무슨 날을 가릴 건 없겠습지. 주위가 조용하여섭지, 방해받을 일이 없는 시각이 좋을 것입지. 남자는 월후로 子宮을 씻어내지 않는 이상, 마음으로 월후를 대신해야 되는뎁, 그러기 위해서는, 그 결합을 宗敎로까지 고양해야 할 것입습지. 자기가 情 바치는 이를 神으로 모시고, 그리고는, 情을 제물로 한 祭祀를 드려야 되는뎁지, 그러며 그 祭祀에 '마음'을 모으기뿐만 아니라, 숨에도 가락을 얻도록 해야겠습지. 자지가 그러면 줄어들고, 丹田의 아랫부분에서, 氣의 둥근 광채가 솟아오르는 것을 보게 될 것인바, 그러면 道弟의 몸은, 生産을 위해, 충분한 준비가 되어 있음을 알 일입지."

"아, 거 매우 이치에 맞는 것 겉으신 말씸인디, 그란디다 벨랑 에럽운 것 겉지도 않은디, ……아까는 요 쇠인 뇌미 몰루고, 글씨, 못 배왔다 본개 그랬는디, 무례에 방자함을 부린 듯허지만, 비는 장수 목 못 빈다고 허잖든개 뵤이, 용서허셔야겠습니다. 그라고시나, 더 좀 갈키주시얄 것이기는, 그래갖고 애가 들어섰다면, 첫째 무신 징조가 있으며, 두째는 배 속 워디에 애가 들앉으며, 세째는 몇 달이나 걸리면 배가 불러졌다가, 워디로 애를 낳는지, 고것 좀",

"喝! 道弟는 말입지, 오늘 저녁에라도 애를 낳고 싶어 하고 있는뎁, 거 좀 너무 성급헌 듯싶습제."

"하, 히거, 사실은 그러헙제요."

"百日祭를 드린단 말도 못 들어봤슴메? 계집도 아닌 사내가, 애 하나 낳기를 그렇게 쉽게 생각할 수 있겠납?"

"기양 갖다가시나 목만 빼니리고 있겄습니다. 부디—"

"그런즉 본 중이 허기는, 길게는 말하려 하지 않겠습. 어쨌든, 말해오던 것을 계속하기로 하면, 저 상태를 일러, [3]'불이 물속에 잠기기라고 하는뎁, 그러면, 丹田의 아래쪽 복부의 물의 元素가, 이 불에 의해 들끓게 되곱지, 그것에 의해, 眞氣가 나타난다고 합습지. 道弟는 재빨리, 이 眞氣를 모아야 되는뎁지, 그리고도 道弟가, 모은 이 眞氣를 어떻게 할지를 몰라 하고 있으면입지, 陽氣가 뻗쳐, 자지가 일어섬을 느껴, 性慾에 당할 것인뎁, 그럴 때는 서둘러, 숨을 들이쉬고 내쉬어, 陽氣의 숨을 죽여야겠습지.' 모은 眞氣를 쏟아, 허비해버린다면, 道弟가 이제껏 해온 바처럼, 약간의 육신적 쾌를 제외한, 아무 결과도 있을 수가 없을 일입지. 숨쉬기에 좇아, 머리를 쳐들었던 그 陽氣가 안쪽에로 새로 숙어 들면, 이제 그 氣가 애[道兒]의 씨앗이 되는 것인뎁, 이 씨앗은 流失해서는 결과가 없는 것. 道弟의 경우는, 이 씨앗을 밖으로부터, 매우 쉽게도 얻어들이는 듯한뎁지. 그것을 流失치 않는 비결을 가르쳐주기로 합지. 라는즉슨,

이 修業 중에 있는 道士들은입지, [3]'나무로, '凸'형의, 그러나 둥글어 모남이 없게, '마개'를 깎아, 부드러운 천을 씌운 뒤, 그것을 肛門에 받쳐 앉아, 肛門을 닫는다'고 하는뎁",

"헤헤히요, 고, 고것이라먼 뭣 땜시 나무 굉이를 써야겄는그라우?"

"그런즉 道弟는, 그렇게 하여 '眞氣'를 이뤄, 그렇게 하여 '眞氣'를 소모치 않는, 그 修業부터 해볼작시라. 그런 뒤, 그것에 성공적이라는 믿음이 들거든 다시 올작시랍. 그러면 남의 空門前에서 얻은 찌꺼기 밥으로 살아온 이 돌중이, [3]'五龍秉(?柄?)聖'(우룽펭쉥— 다섯 龍이 한 聖者를 모셔 오르기)에 관해 說해주겠노랍."

"요. 쇠인 놈 말입제요, 백 번 절을 허겄은개요, 또 아니시고, 요 쇠인 놈이 시님께 쬐꿈이라도, 예, 예쁘다고 예기시면, 예기시먼 말입제요, 글씨, 영감님은 새로 수도부 끼고 늦잠에 들었고, 나는 여그 혼차 있은개 말인디요, ……워째도 좋은개, 고 '다섯 용'이 워짠다는, 고 비결만 좀 배왔으면 싶응만이라우, 예?"

"허허히, 道弟는, 백 번 절할 필요도 없고, 後門이 비었다고 해서 그것을 빌려줄 필요도 없습셉. 行道에는 차례가 있는 것, 그래서 그런 것입지, 본 돌중이 값을 바라 일러주려 하지 않은 건 아닙지. 그리고 아까 물었던 몇 가지 것에 대해서는, 지금이라도 대답해줄 수가 있습지. 애를 배고 나면, 첫째 무슨 증조가 있느냐고 했는뎁지, 몸이 깨끗하고, 마음이 전에 없이 화평하다고 느끼면, 그것이 그 증거이며, 둘째로는, 어디에 애가 틀어 앉느냐는 물음이었었는뎁지, 丹田 말고 또 어디겠는갑지? 셋째로는 몇 달이나 걸려 분만을 하되, 하면 어디로 하느냐는 의문인 듯한뎁지, 그것은 行道者의 열성에 달렸으며입지, 낳기는, 道弟의 머리의 숨골이라고 이르는, 거기를 열어 낳는다고 일러줍습지. 이제는 돌아가 봅습지."

"시님은 그래서, 말요, 주지승이, 말요, 떠나서, 말요, 암자가 비었는디, 말요, 잠깐이라도 안 들리보고, 말요, 말요, 씨버랄, 중 좆은 좆이 아니라서, 예쁜 것을 보고도 꼴리덜 안 하는 좆이란댜?"

"道弟는 이 아침나절엡지, 아무것도 가진 것이 없으니, 배도 부를 까닭이 없는 돌중 하나가, 진수성찬을 만나서도 말입지, 끼적 끄으륵, 해작질에 토역

질을 하고 있는 것을 보고 있는뎁지",

"나는 썽이 나요. 그라고 또 고뿐만도 아니고, 말요, 웁네서는 지끔, 시님의 葬禮 쥔비를 허고, 있는디, 말요, 쇠인 놈의 영감께서, 말요, 자기 첩 허는 것을, 말요, 자기의 옛 친구헌티 가만히 보냈을 때는, 말요, ……말요, 핫따나 요것, 깜빡 잊어뿌리고, 못 일러디릴 뻔히었는디, 말요, 영감님께서 말씸이, 시님을 만내글랑, 잊어빼리지 말고, 요런 소리를 허랬는디, 말요, 머시냐먼, 말요, '시님 앉아 지시는 방의 문은, 훤하게 열리 있을 뿐만 아니라, 또 아무도 파수 보는 사람도 없다'는, 고런 소리였구만요."

촟불중은 그런 뒤, 생각에, 자기가 失語症에라도 걸려 있는 것이나 아닌가 했다. 애써 생각해내려 한 음식 '맛'에도 체하고, 억지로 몇 알캥이 삼켜 넣은 밥알에도 체했으며, 그리고 그 면 놈 상대로 몇 마디 주억거린 자기의 말에도, 또 그가 뱉어낸 소식에도 체했다고 했다. 그를 체중에 당하게 하는 그 '소식'은 물론, 그 면 사니가 官食을 갖고 왔기 전에, 초조하게 다녀간, 별세한 장로네 청지기 늙은네로부터도 들어 알고 있기는 있던, 그것이기는 했었다. (그 청지기 늙은네는, 자기가 읽게 되었던 그 '壁官報'의 내용을, 되도록 빠르게, 자기의 여자 상전께 알리려 했음은 물론, 역대 읍장이며 판관이었던 집안을 의지해, 그 일을 두고, 자기가 무엇을 어떻게 손써볼지, 그런 이유로, [촟불중께 왔다가는] 바쁘게 떠나버렸었다) 四大(몸)가 非四大(말이며, 소식 따위)에 체하고, 非四大(마음·말)가, 四大(음식, 말의 형태를 입은 '비역') 때문에 체한 것이라고 했다. (소화불량이 울화증을 일으키고, 울화증은 새로 癌腫 따위를 일으키기) —촟불중은, 시꺼먼 수렁에 잘못 내려앉았다가, 그 뻘에 발목을 묶인, 어떤 불우한 白鳥를 떠올리고 있었다. 그 백조가 푸드덕, 그 뻘 속에서 한 발을 뽑아내려 하면, 다른 발목에다 힘을 주게 되는 탓으로, 상태는 더욱더 나빠져, 그 발목은 물론, 정강이까지 더 깊이, 수렁 속에로 박혀 들고, 항솨—그 뻘 속에서 다른 발을 뽑아내려 하면, ……그런 노력이 계속되면 될수록, 白鳥는 더욱더 깊이, 그 수렁 속에다 자기의 검은 무덤을 열어 들게 된다. (그러고 본다면, 불과 새는, 같이, 重力을 거슬러 날아오르는 것들이라도, 저래서도 같지 않다. 불은 아무리 작아 새끼 불이라도, 그것이 타오를 때 보면, 그 발목에다 지구를 꿰어 차고, 중심도 변도 없는 공간을 날아오르되, 새는 아무리 커서 白鳥라도, [비록 날은다고 해도 橫行커니와—도저히 지구를 못 벗어나는 비행] 지구에 의지해 살고 있는 한은, 그것에 억류되어 있다. 알려지기로는 헌데도, 양자는 공히, '사람'이라는, 有情들의 '말'[言語]과 관계를 갖고 있는데, [그렇다면, 지구라는 이 한 혹성 안에는, '사람'이라는 有情 말고도, 다른 有情이 있기는 있는가? 이런 의문이 寓話化를 치른 것이 있는데, 그것은 이렇다. 그러기 전에 기억해둘 것이 있다면, 무엇의 '寓話化'란, "낮에, [별 빌어먹을 놈 같으니!] 켠 등을 들고, 무엇을 찾아, 저자를 헤매는 자"를, 그 저자 사람들이, 산 채, 매끄럽게 가다듬은 바위로 만든 무덤에다 埋葬하기랄 것인데, 이 '돌무덤'의 이름이 '寓話'랄 것이다. 그러고 나면, 그 '돌무덤' 속에서는, 鬼哭이 일어나거나, '빛 속에서 빛을 밝혀 다니던 자'의 귀신이 일어나, 만나는 자마다, 그들의 목덜미를 물어, 피를 낸다. —[4]"제우스의 下命을 받잡고, 프로메테우스가, 사람과 짐승을 지었다. 본즉슨, 짐승의 수가 사람보다 월등 많은지라, 제우스가, 그 지은 자에게 명하여, 짐승 중의 얼마를 새로 짓되, 그것들로 사람이 되게 하자고 한즉, 그렇게 된지라. 문제는 헌데, 본디 지어지기를 짐승이었다가, 새로 지어져 사람이 된 것들은, 사람의 형태를 입고도, 본디 짐승이었던, 그 獸性을 버리지 못하고 있다는 것이었다." 아담 프로메테우스! "짐승 중의 얼마가, 사람에로 뒤바뀐 것"으로도 이해되어지는, 이 寓話에서, 홑겹 寓衣를 벗겨버리기로 한다면, 말한 바의 '짐승들'이란, 프로메테우스라는 다른 方言의 이름을 가진, 최초의 사람[아담]의, 想像力을 細胞로 하여 태어난 것들인 것을 알게 되는바, 그렇다면, 그것들은 다름 아닌, 모두가 하나같이, 꾸어진 '꿈'의 형태인데, '꿈'의 子宮은, [인체상의] '목구멍'이라는, 기관인 것을 염두하면, 저 '짐승들'도, 결국은, 그 '목구멍'을 통해, 發音을 입은, 여러 짐승의 '이름'들 말고, 다른 아무것도 아니라는 것을 알게 된다. 그러니, 그 '짐승性'은, 그것을 發音하는 자의, 心理에 제휴해 있을 것이다. 촟불중 나름의 '無意識'論이 서는 자리도, 여기 어디에 있음이 분명하다] '불'은 '말의 元素'로, 그리고 '白鳥'는, '發音되어진 말의 象徵'으로 이해된다. 그렇다면, 이런 말[言語]의 縱橫의 一元化, 또는 그 만나는 일점에, '人間'이라는 有情의 呱呱가 있다, 우주적 위대한 모순, 苦苦, 사람!)

촛불중은, 시꺼먼 수렁에 잘못 내려앉았다가, (아니면 고의적으로 내려앉았다가,) 그 뻘에 몸을 묶인 하나의 自由, 또는 흰 "아—" 語, 白鳥를 건너다보고 있었다. ("말씀이 肉身이 되어, 사람들 가운데 거하시며……") 그때쯤 그 새는, 날개까지도 흙탕에 젖어, 무거워져 그랬겠지만, 더 퍼덕이지는 안 했으며, 그런 대신, 지치고 괴로워, 슬퍼진 눈을 내리떠, 자기의 몸을 휩싸고 있는, 시꺼먼 陰府를 내려다보고 있었다. 빛도 닿지를 못하는 곳, '복 있는 삶'에의 희망이 꺾인 것들이 '죽음'이라는 幻衣를 벗어놓은 곳, 썩는 피가 고이는 고장, —거기로 저 白鳥도 괴롭게 괴롭게 가라 내려앉고 있었는데, 별일이다, 그러기에 좇아, 그 암흑 속에서는 혼돈이 일고 있었던지, (여기에, 한 코끝에 불어넣어진, 우주적 '숨', 또는 '말씀'의 '니그레도'[肉身]에로의 하강, 와해하기의, 退調轉移의, 고통의 迷路가, 어둑스레 내어다보인다. 조악한 물질의 밭에 심겨진 法種. 그래서 그것은 그렇게, 한없이 退調만 할 것인가?) 그 수렁의 모든 곳에로, 문둥병의 종창들모양, 부글부글 거품이 괴어올랐고, 올라 위쪽의 공기에 닿아 익어, 톡 터지면 그 거품들은, 그 문둥병 같은 주머니들 속에서, 저 白鳥의, 눈빛처럼 흰, 깃털을 하나씩, 둘씩, 열씩, 토해냈다. 蓮— 흰 '아—' 語! 蓮— 흰 '아—' 語들은 그리고도, 그 날개들에서 수분이 마르기를 기다렸다, 나비들이 되어 날아올랐는데, 그 나비들은, 그 수렁 밑에 누운, 깊고도 무거운, 검은 잠으로부터 날아 나온 것들이다. 하나의 法種이 심겨 들어, 고통스럽게 심겨 들어 싹트기로 하여, 아직 한 번도 깨어져 본 적 없는, 그 깊은 잠이 뒤집혔음을!

촛불중은 그러다 그래서, 沙漠을 그리워하기 시작했다. 어디쯤엔 안개비가 묻었던지, 그래 그럴 것으로 촛불중은, 으스스 떨며, 춥다고 느꼈다. 오늘까지도 羑里의 하늘은 밝았으며, 푸르다 못해 황회색이었는데, 그런 하늘의 저쪽, 시선이 닿지 못하는 데라도 쯤에는 지금, 안개비 늑대 떼 같은 것들이, 스름스름 그 범위를 좁혀, 羑里를 둘러 있다는 것을, 촛불중은, 으스스해 하는 뼈로써 느껴 알고 있다. 으스스흐, 수렁 속에는, 축축한, 수물수물하여 가려운, 뿌리에다마다 싹을 돋궈내는, 그런 더운 잠이 있는데, 반하여 모래 속에는, 글쎄, 춋불중을 그리움으로 단근질하여 되돌아오게 한 춋불중의 모래 속에는, 가슬가슬한 靜止가 있으며, 몹시 찌고 무르익는 철의, 藥草 밭 같은, 배부른 獅子, 그 倦惰가, 있다. (아니 모르지, 그의 그리움이 거기 머물자, 춋불중은, 썰레썰레 체머리를 저었다. 그랬을 것이, 춋불중이, 羑里를 떠났던 그 저녁부터 오늘까지, 느끼고, 때로 꿈도 꾸고, 짐작해오기로는, 그 자기의 沙漠—羑里는, 자기가 없는 사이, [앞서 말한 바의 그 같은, 그러나] 배가 몹시 고픈 사자, 그 倦惰에 혀를 빼 먹히고, 창자를 터뜨려, 죽어 있다고, 황폐해 있다고, 그래그런 것이다. 五祖의 '바위'도, 그 獅子에게 창자를 터뜨려 있을 것이며, 六祖가 낚아냈었던 그 물고기는, 그 살을 잃어, 뼈만 고스란히 남겨놓고 있을 것이라고 했다. [否定的으로 觀해진 '無'라는 話頭, 法種]) 거기서는 누구든 그러나, "水分을 그리워하면 病이다." (이런 말은, 뒤집으면, "수렁 속에서는, 건조함을 그리워하면, 病"이라는 말일 것인데, 그러면 그 病이, 病든 자를, 보다 빠르고도 무참하게, 그 수렁 속에다 밀어 처넣어버리기 때문이다) 헌데도 수상할 일은, 어떤 사람들(이란 춋불중 같은 자들을 가리켜 하는 말이지만,)은 '마을'을 떠나, 다른 아무 곳에로도 말고, 하필 거기(沙漠)로 머리를 두르려 하는데, 그래서 뒤에 남은 자들 쑥덕대기로는, 그들은 오히려, 그 '病'을 찾아, 앓기 위해 거기로 가는 것일 것이라고도 했다. 그러며, 자기네들 듣기로는 허기는, 어떤 종류의 病은, '영구한 젊음의 샘' 같은 것이 있어, 누구든 그 病을 앓고 나면, 새로 젊어져, 새사람이 되어 있다고 하는데, 그럼에도 아무도, 그런 '샘'이 어디에 있는 줄을 몰랐더니, 저들을 보면, 혹간 그 '젊음의 샘'이 沙漠 가운데나 있는 것이나 아닌가, 그러기도 했다. (그 '샘'에는 헌데, 누구라도, 발을 잠가 들앉기만 했다 하면, 그 전신의 살이 썩어, 철철 녹아 흘러, 흰 뼈만 고스란히 남는다고 하는데, 저들이 그것을 아는가 몰라? 그러다 열엿새만큼이나 달[月]이 淫慾에 차[滿] 암캐가 되면, 벗은 몸, 벗은 발, 고픈 요니로, 저 한 무더기 흰 뼈를 디뎌 춤추며 골을 빨아, 죽어 시꺼먼, 송장의 根을 꼴려 세운다는데……) 만약 그래서, 어떤 사람들이 '病'을 찾아, '마을'을 떠나 羑里에로 향한다면, 그 '病'을 이제는 혹간, '目的'이라는 어휘로 바꿔도, 거기에 무슨 무리는 없을 듯한가. 한데, 듣기로는 또 이렇다, 는즉슨, '病을 찾기'라는, 그 '目的'은 하나인데, (그 '病'을 잘못 앓다 곪아버린 환자들을 제외하고 말한다면,) 그 '病'으로부터 '새 몸'을 회복해내어 일어서기에는, 두 종류쯤이 있는 듯하다고도 했다. 그것은 왜냐하면, 어쩌면 그 '앓기'의 방법이 달라서일 것이라는데, 한쪽에서는, 자기 입은 '濕氣'를 말리려 애쓰고, 다른 쪽에서는, 그 건조한 모래밭에서 '濕氣'를 낚아내려 애쓴다는 것이다. '沙漠에 가서, 濕氣를 벗으려는 자들'은, '濕氣'를 습습하게 입어, 그것에서 더러운 냄새('濕氣'는, '豊饒'와 관련된 元素인데, 그래서 그것에 의해, 生産이 가능한 바, 그것[濕氣]을 벗고 싶어 하는 자들께 그것은, '道德的 墮落의 象徵'이라는 것을 상기할 일이다. 그래서, 사람들이 '濕氣'에 집착할 때마다, 先知者들이 일어난다. 왜냐하면, '濕氣'는 어째도, '살'[肉身]과 관계된 것일 뿐만 아니라, '生産'과 관계된 元素이기 때문이다. 제기랄, 肉身的 輪廻를 돕는 濕氣란 그런즉, 詛呪가 아니겠는가, 비옥한 어머니라는 詛呪)를 맡아낸 자들이며, 샘에로도, 바다에로도 말고, 하필 "沙漠에로 가서, 濕氣를 낚아내려는 자들"은, '濕氣를 잃어, 그 자신들이 '沙漠' 자체인 자들일 것인데, (이런 기괴한 病은, 꼭히 人間에게만 일어나는 듯하지만,) 그들이 그렇게 沙漠이 되어져 버린 까닭은, ('漁父王'이라고도 불리웠던, 美里의 第一祖 村長과 관계된 傳說을 통해) 잘 알려져 있으므로, 되풀이할 필요는 없을 것이다. 생각이 있는 자들께는 헌데 특히, '沙漠에서 濕氣를 낚으려는 자들'의, 그 이상스러운 苦行이 그러자, 일견 모순 자체인 듯이도 보이게 될 터이다. 그럴 것이, (이미 美里의 인구에 널리 회자하는 바에서, 되풀이하여 읊을 필요는 없겠으나, 그곳의 第六祖며, 七祖라는 자들의 偈頌이거나, 說法 등에 의해 본다면,) 저들은 그 沙漠에서 '濕氣'를 낚는다며, '空'이나, '無' 따위, '濕氣'의 元素와 더불어서는, 매우 매우 생소하다고 이를 것들을, 낚아내어 보여준 듯하다고, 이해하게 되다 보니, 그런 것이다. 그렇지 않은가? 이렇게 되면, 말한 바의 저 '濕氣' 중에서도, 그것을 '낚시질하려는 派'네 '濕氣'에 대해서, 다시 생각해보지 않을 수가 없다고 알게 된다. 저 두 '濕氣'는, 사실로 그래서 같은 '濕氣'인가? 만약 같은 것들이 아니라고 한다면, '濕氣'에도 종류는 여럿인가? 헌데, 헌데 어쩌면, 저 두 '濕氣'는 같은 것들은 아니라도, 종류가 그렇다고 해서 하나보다 많은 것은 아닐지도 모르겠다는 것을, 고려하게 한다. (물론 이것은, 매우 이상한 修辭學이다. 그럼에도 불구하고, 저런 투의 모순당착적 修辭學이 쓰여지고 있음은, 그것이 수상쩍은 내용을 담고 있는 것이나 아닌가 하여, 누구나의 귀를 솔깃하게 하는 것이 분명하다) 그렇다는즉슨, '濕氣를 벗으려는 자들의 濕氣'에 관해서는, '濕氣'를 벗어버리기로 해서, "肉 속에 억류된 靈의 해방을 성취하려 한다"는, 그 이미 너무도 잘 알려진 얘기밖에는, 더 덧붙일 것도 없을 듯하니, 차치해두기로 하되, 그러면 이제, 하필 沙漠에서 濕氣를 낚으려는 자들의 (제기럴 녀러) '濕氣'는 어떤 것인지, 하다못해, 그것의 머리끄덩이라도 좀 끄셔보는 일이 필요할 듯하다. 그것을 위해, 일견 反語法的 夢想을 통해, 잡종으로 태어난 듯한, "梵海의, 그중 깊은 곳에 잠겨 있다는 불"도, 이 자리에 끌어 넣어, 對喩를 삼는다면, 좋을 듯하다. 어쩌면, 불 중에서도, 이 불이 그중 뜨거운 것인 듯하여, 이 "불은, 末世를 위해 준비된 것으로, 말 대가리 형상"을 해 갖고 있다고 알려져 있다. 흣흣흣, "물의 안방에서, 물의 이불을 덮고, 잠들어 있는 불", "건조한 탓에 모래가 돼버린, 모래로 轉身한 물(그래서 美里派 중들이, 그 濕氣를 해방시키려 한 것이었는가?)" —이것들은 그래서 과연, '反語的 夢想'이 잘못 이뤄낸 雜幻심이 분명한가? 아마도 그것은 그러나, 그런 건 아닐 것이다. 정작에 있어서는 저것들은 분명히, '바다'라고도, '沙漠'이라고도 이름을 입어진 것들의, 한가운데 진 데 '숨겨진 돌'("땅의 깊은 속에로 내려가 보라, 純化를 통해, 그러면 그대, 숨겨진 돌을 찾게 될 것이다"), 그렇다, '숨겨져 있는 돌', 그것일 것이다. 누구든 그리고, '돌'이 어떻게 형성되는지, 그 과정을 살펴 아는 자라면, 저런 주장에 대해 이의를 제기치는 않을 것이 분명하다. "터져 오른 火山을 통해서 보면, 공기가 타서 불이 되고, 그 불은 물이 되었다가, 그 물은 종내 돌이 되던 것"이다. —이런고로 앞서, "저 濕氣들은, 같은 것들은 아니라도, (공기→불→물→돌) 그렇다고 해서, 그 종류가 하나보다 많은 것은 아니"라고 한 것이다. —헌데 잘 알려진, 創世와 관계된 우주적 사실 하나는, 먼저 '흑암과 水分'이 있었고, 그런 뒤 '빛'이 있었다. (水分만 있고, 따뜻함이 없는 創造力은 상상되어지지가 않는다면,) 누구라도 용이하게, 이 創造力은 '熱'을 같이하고 있었던 '빛', 그러니 (불이) 열을 내며 발하는 빛이었다는 것은 짐작할 수 있게 된다. 그래서 새로 고려하게 되는 것은, 이

'빛'은 그렇다면, 앞서 말한 바 있는, "공기가 타서 불이 되었다"는, 그 '공기'와 꼭같은 것이 아닌가 하는 것인데, 실제로, (저 잘 알려진) 創世의 얘기 속에는, '빛'과 '공기'(숨), 그리고 '생명'까지를 동일한 것으로 취급해놓은 대목이 없잖아 있다. 이런 견지에서는, '생명'은, '물'(공기→불→물)의 영역에 속한 것을 알게 한다. 그러면 이제, '돌'이 된 '공기', 또는 '돌'이 된 '불', 아니면, '돌'이 된 '물', 즉슨 '돌'은 무엇인가? (아마도 이것은, [촛불중의 어휘를 빌면,] 希臘人 아도니스의 敎義[즉슨 '物活論']가 지배적이던, '살의 字宙'에 소속된 얘기겠지만,) 전에는, "하늘에서 떨어져 내린 돌(별똥 따위), 그것이 生命의 根源"으로 이해되어졌었다는 얘기가 있다. 아마도 그것은 그리고, 저 '돌의 형성 과정'을, 거꾸로, 되짚어 올라가기로 한다면, 매우 잘 통찰한 결과로도 이해되어진다. 그러나 그 짓(거꾸로, 되짚어 올라가기)은, 매우 필요치 않을 터이다. '떨어져 내린 돌'은 그리고, 떨어져 내린 것이다. 그렇다, 그런 뒤 그것은, 누구든 눈을 밝혀 뜬 자에게는, 언제든 그 자리를 지켜, 그것 자신을 요연히 하고, 결코 어떤 변화도 보이지 않고 있음에도, 무슨 천재지변이 있었던지는 모르되, 어느 때부터인지, 특히 인식하며 산다는 有情들이, 그것을 못 보기에 이른 일이 있어버린 것이다. (촛불중 짐작에는) 아마 그때, 식물이나 동물에게는 없는, '안과 밖'이, 유독 저 인식의 눈을 떴다는 有情들께 생겨버린 것이 아닌가 하는데, 그래서 뜬눈으로, 그 有情들이 내어다본 밖에는, 기괴할 일이게도, 저 '돌'이 보이지 않게 되어버린 것이다. 그들의 눈앞에서만은 그렇다면, '돌'은, 그 자신을 숨겨버린 것이다. 그리하여, 이 인식하며 산다는 有情들께는 혼돈이 일어나는데, 그 罪를 그들은, "동산 가운데 있다"는, "지혜의 열매를 따 먹은 아담"에게 돌린다. 그리하여 아무튼 시작되어, 이 有情들 간에서는, '돌', '숨겨진 돌' 찾기의, 끊임없는 순례, 그 苦行이 시작된다. 그 '돌'을 훤히 보고 있는 자들로부터는 물론, 이 '돌 찾기'에 나선 젊은 王子들께, 그 '돌 찾기'의 비결이 說해지기도 할 것이다. "空中에도 아니고/色中에도 아니다/水中으로/그럼에도 젖지 않는 小路를/통과해 내려가면, 純化를 통해/그러면 그대/숨겨진 돌을 찾을 것이다." —이 '돌'을 훤히 보고 있는 자들이 가르쳐주는 바에 의하면, 그것의 크기는, 그 有情 각자의 '엄지손가락'만 하다고 하고 있다. 그러며 그것이 '不

滅'이라고 이른다. '돌'이며 '공기', '공기'며 '불', '불'이며 '물' —그것이 '不滅'이라고 이른다? 그렇다, 그것이 '不滅'이라고 이른다. 그렇다면, '沙漠'과 '濕氣'에의 夢想이 일으켜낸, '공기'며 '불', '물'이며 '돌'인 저 '不滅'은, '物'인데도 '物'이 아닌 것은 아닌가? 허나 '物'은 '物'이지, 어째서 '物'이 아니겠는가? 그럼에도, 어느 有情이, 이 '物'을 다 깨우치고 나면, 궁극적으로는 그러니, "色이 즉 空"일 것이며, "空이 色과 다름이 없는 것"일 것이어서, ('物'을 예로 들어, 龍樹식으로 말한다면) 色도 아니고, 空도 아니다, 色이 아닌 것도 아니며, 空이 아닌 것도 아니다, 色이나 空이 아니며, 色이나 空이 아닌 것도 아니게 될 터이다. —美里派 중들이, 그래서 美里에 가서, 저 '病'을, 또는 '濕氣'를 낚으려 하기는, 矛盾인가? 못케라, 아지 못케라. (꼭히 덧붙여둘 것이 있다면, 말한 바의 '숨겨진 돌'은, 그것을 숨겨 갖고 있는 것, 즉은 '體'[記號] 에 대해서, '用'[意味] 이라는 것, 그것쯤일 것이다. 거듭되고, 거듭되지만, 여기에 또한, 촛불중의 '無意識論'이 서 있다. 탁 깨놓고 말한다면, 저 '돌'이란 무엇이겠는가, '自我', 그렇다, '엄지손가락' 크기의, 빛이며 불멸인, 自我[푸루샤] 말고, 또 무엇이겠는가? [이 '小我'(아트만)가 '大我'(브라흐만)에 歸依 合一할 때 드러나는 것이 혹간, '空'(순야타)은 아니겠는가? 꽉 채워진 비임] 그런고로, 저 '돌'은 한 번도 감춰져진 일이 없음에도, '無明' 탓에, 有情들이, 그것을 못 보는 것일 것이다. 그렇다면, '빛[은 그리고 '돌'] 인 自我[도 그리고 '돌'] —用—意味'에 대해서 '無明—體—記號'란 무엇이겠는가, 밝혀내야 하는 어두움, 또는 깨워내야 하는 잠, 다시 말하면 그것은, '無意識'이 아니겠는가?)

오늘 아침나절 촛불중은, 흣흣흣, 문이 훤히 열린 감방에 갇혀 앉아서는, 병든 사자며, 날개만 태워지고 몸은 아직도 성한 불새[火鳥] 를, 개구리며, 물病(狂犬病)든 암캐를, 독 잃은 독사며, 땅[地] 지렁이를, 누구의 꿈에다 바람[風] 구멍을 내고 날아 나온 '나비'며, 몸이 철철 삭아 녹아져 없어져 버린 독수리의 날개 따위를, 토해내고, 버글버글 토해내고 있다. 글쎄 촛불중은, 이 아침나절, 失語症에 몹시 당하고 있는데, 말[言語] 에 몹시 체한 모양이다. 이런 체증은 물론, 그 체증을 일으킨 말[言語] 의 종류나, 환자에 따라, 그 나타나는 증세도 다양할 터이지만, 催眠術이라고 이르는, 人工的 製幻術을 부리는 자들로부터, 失語症, 특히 '말에 체하기'의 한 증후를 잘 나타내고 있다고도 여겨지는, 이미 밝혀져 있는, 흥미로운 例를 하나 빌릴 수 있을 듯하다. 는즉슨, 자기의 환자에게 催眠을 걸려는 催眠術師가, 환자를 催眠 가운데에 떨어지게 한 뒤, 반복, 또는 암시법 따위를 응용하여, "하나, 둘, 넷, 다섯……"이라는 식으로, 셈하기를 새로 가르쳐, '셋'이라는 수의 관념을 주입하지 않거나, 뽑아내 버린 뒤, 그 催眠으로부터 환자를 깨워, "당신의 한 손의 손가락 수는 몇이나 된다고 여기는가?" 묻는다면, "다섯이오"라고 대답을 하는데, "그러면 한번 헤아려보시겠소?" 명한다면, "하나, 둘, 넷, 다섯, 여섯, ……여, 여섯? 여섯?"이라고, 매우 경악한다고 한다. 거기서부터 저 환자의 난함은 시작될 터이다, 자기의 지식으로 알기는, 자기의 한 손의 손가락은 다섯이 분명한데, 헤아려보려 하면, 갑자기 손가락이 하나 더 불어나서, 여섯이 되곤 한다, 그럼에도 그는, 어디에 그 오류가 있는지를, 아무리 해도 알 수가 없다. ('抽象的 眞理'라는 것에 대해서 잘 思考할지를 몰라, "볼 수도 있고, 들을 수도, 냄새 맡을 수도, 맛볼 수 있으며, 만져볼 수도 있는 것", 즉슨 모든 堅固한 것만이 事實性을 지닌 眞理라고밖에, 달리는 어떻게 이해할지를 모르는 정신들이, 당면해야 되는, 事實性의, 그리고 合理性의 정체의 이면은, 일례를 들면 저런 것은 아니겠는가? 정상적인 손의 손가락은 '다섯'이라는 그 합계도, 이렇게 되면 오산이며, '여섯'도 오산이다. 그러면 어떤 경로를 겪어, 그 환자의 손가락들이 갑자기, 抽象化라도 겪어버렸는가?) 이 환자는 앓고 있는 것이 분명하다. 글쎄, 촛불중식 진맥법에 의한다면, 체했는데, 말[言語]에 체한 것이고, 그리하여 그는, 말에다 括孤, 또는 空白을 남겨놓고 있다. 그 환자는, 자기의 白日夢 속에서 날아 나가 버린, 어떤 單語가 '나비'가 된 것의 歸巢를 기다리지 않고, 꿈을 깨어버린 것이다. 어디선지 잃어버린 말—그래서 (歷史에다가, 또는) 한 認識 속에다 구멍을 남긴 그 말[言語]은, (그 歷史에다, 또는) 어떤 認識에다 지리멸렬을, 와해를, 무의미를 일으킨다. (촛불중은 아까, '창과 방과 거울'이라는 따위 소품들을 정리하던 자리에서, '反映'과 '屈折'에 관해서 관심을 가졌었거니와, 바로 그때 觀했던) '受容—屈折—反映'이라는 변증법에서, 認識하며 산다는 有情들의 '말에 체하기'라는 병증은, 특히 저 '屈折'의 과정에서 나타나는 것이나 아닌가 하는 것을, 고려하게 한다. 그리고 어쩌면, 이 '屈折'의 겹의 수에 좇아, 말하자면, 나이테에 의해, 나무의 나이가 헤아려지듯, '文化'와 '野蠻'이 가름되는 것이나 아닌가, 하는 것까지도, 고려하게 한다. 그 '겹의 수가 많으면 많을수록, 보다 더 文化的이랄 수가 있을 듯도 싶은데, 이런 견지에서는, 野蠻人은 畜生과 마찬가지로, 좀체로 '말'에 체하는 증세를 드러내지 않는다는 것도, 추측해낼 수가 없잖아 있을 듯도 싶으다. 그러면 그래서 사실로, 그런즉, 語禪門의 沙門들이야말로, 그중 文化的 동물이래얄 것인가, 라는 의문도 만들어지지 않은 건 아닌데, 그도 그럴 것이, 그들이 소속해 있다는 무슨 大刹이란, 다른 아무것도 말고, 하필 말[言語]에, 급성·만성의 체증을 일으키고, 九生을 바쳐서라도 살고 못 죽겠을, 이쪽의 호꼰한 세상까지도 어설프고 괴롭다고, 그래 모여든 말病쟁이들의 수용소, 병원 같은 것이 되어 있다 보니 그런 것이다. 오늘 아침나절 촛불중은, 그 속에서 반쯤씩 삭혀지던 것들이 되어, 여기저기가 물크러지고, 떨어져 나간, 푸른 지렁이에, 흰 고양이며, 호랑나비에, 검은 남생이 등속을 토해내고 있다. 헤헤헷, 그것인즉, 그가 文化人이라는 증거이다. 畜生과 蠻人은, 숨을 쉬어도, 숨을 쉬었다 숨을 뱉는고로, 독수리가 숨을 쉬었다 그 숨을 뱉는다 해도, 그 숨의 모양이 독수리가 아닌 것모양, 뱀도 또한, 뱀 모양의 숨을 뱉어내지 않는 것모양, 똑같이 소나무도, 숨을 뿜어낸다고 하여, 하늘로 날아오르는 소나무 모양의 숨을 뱉어내지 않는 것모양, 蠻人의 뱉어내는 숨도, 그냥 숨이지, 숨보다 다르지는 않는데, 文化人의 그것은, 특히 말에 체한 文化人의 그것은, 그 어느 모퉁이에서 그 숨이 체했느냐에 따라, 호랑이로도, 개구리로도, 고슴도치며, 미꾸라지로도, 그 숨이 형태를 입어 토해져 나오는 것이다. 그 탓에 이 중은, 먹기는 일반적 음식을 먹고, 토해내기는, 꺼진 불과 죽은 사자를, 무더기 무더기 토해내, 깔아뭉개고 앉았는 것이다. '屈折의 겹'의 수에 좇아, 그것이 엷어 홑겹에 가까우면 그래서, 蠻人 處容은, 蠻勇에 북받쳐, 대번에 도끼를 쥐어 내달아, 저 姦夫·姦婦를 다치게 하려 덤빌 터이지만, 그래서, 文化人 處容은, 달 밝은 바깥 거리로 되돌아나가며, 청승 노래나 한 자리 불러 젖힌다. 그러며, 그 '겹'의 수를 더해 갖고 있는 자는, 방금 전에 자기가, 훔쳐본, 자기 안방의 풍경을, 하나의 꿈으로도 돌려, 그 姦淫을 즐기려 할지도 모르는데, 그것이 만약, 꿈으로 돌려질 수만 있다면, 處容 자기가 본 그 姦淫의 광경은, 姦淫이 아니라, 자기가 어떤 客의 얼굴을 빌려, 자기의 마누라를 상관하고 있어, 그것은 매우 승한 꿈이라고, 할 수 있게 될 것이다. '꿈'을 좇으면, 그 '꿈'에 가득한 한 우주가, '꿈'을 꾸는 당자 말고, 다른 아무것도 아니던 때문이다. 그리고 이 尺法을, 촛불중들은, 일러 말하는, '生時'에다가도 적용하려 하는데, 문제는, 궁극적으로는, 그것을 어떻게도 부인할 수가 없다는 데 있다. —그것은 그렇다 하려니와, 아까 하다 만 얘기에로 돌아가, 그 話尾를 보기로 한다면, 어쩌면 '蠻人處容'까지라도, 혹간 어쩌면, '畜生'보다는, '屈折'의 '겹' 數를 더해 갖고 있는 것이나 아닌가, 하는 것이다. 그럴 것이, 畜生道를 내어다보면, 거기 노상, 畜들의 處容歌가 불리어지고 있다고 해도, 그 어느 處容이고, 무슨 질투심이나, 믿는 돌에 발이라도 찧인 듯한 분노 탓에, 姦夫를 물어 죽이려 내닫거나 그러는 것 같지는 않은 듯하니 그렇다. 알다시피, 畜處容은, 제 놈의 암컷의 간통을 두고, 힐난하는 일도, 그 도덕적 타락을 징계하는 법도 없으려니와, 마을의 다른 畜民들을 불러, 그 부정한 암컷을, 돌로 쳐 죽이라고도 하지 않는다. 헌데 사람이라는 有情에 이르면, 蠻人이라고 불리어지는 자들까지도, 일어난 질투심 때문이든, 뭣 때문에든, 못 저지를 일을 저질러버리고 만다. 프라브리티 쪽 우주의, 그 幻의 날과 올은, 여기서부터 복합해질 뿐만 아니라, 그 幻의 무늬에로 色相이 드러나기 시작할 것이다. 홑/겹, 홑/겹겹, 홑/겹겹겹, —몸/말/마음 사이사이에, 치렁치렁 드리워진 幕. 그것은, '잠/꿈꾸기/꿈'이라는 식의 그 幻의 鍊金(術的) 順調/退調轉移의 과정에서 이뤄진 것일 것. —畜生은, 이해되어져 오기로는, '無明' 자체여서, (필시, "아직 알려져 본 적이 없는", 또는, "化現해본 적이 없는", 무엇인가가 자는) '잠'이며, 그 '잠'은 헌데도, 그것 자체로 움직이는 '잠'이어서 동시에, (무엇인가가 꾸는) '꿈'인데, 畜生은 그러니, '잠/꿈' 사이에 구별이 없어, 말하자면 '홑꺼풀'인데 반해 (白痴[는 물론, 大悟徹底한 정신과 같은 상태를 드러내는 듯도 싶지만] 와, 蠻人, 그리고 幼兒 등은, 아직도 原初的 質料에 머물러 있어, 제외해야겠지만,) 사람이라는 有情은, 자라기와, 경험하기와, 배우기를 통해, 어느 날, 저 '잠=꿈'에다 구멍을 희게 내고(莊子가 꾸었던, 그 꼭같은)

'나비'가 되어, 빠져 날아 나온다. 그것(나비)은 그래서는, 그것을 꿈꿔냈던, 그 어떤 수물거리는 '잠'을 내려다보며, 그 '잠'을 즐기기도, 또는, 그 '깨었음'을 즐기기도 한다. (이것은 그렇다면, 사람들이 자며, 그 잠 속에서 知覺者가 눈을 떠, 자기의 잠 속에서, "자기가 이뤄내는" 여러 행위, 즉슨 '꿈'이라는 것을 보며, 그 꿈의 내용에 의해, 이리로도 저리로도, '느낌의 바람'[바르도에서의 羯磨의 바람]에 불리어지기와는 다르다. 강조하기 위해, 한 번 더 반복해두기로 하면, '莊子'도 물론, '자기가 꿈꾸는 나비'를 보며, 그것이 "즐겁게 봄 뜰을 날으고 있다"고 보지만, 그 '나비'도, 봄날 볕에 고개를 떨구고 자는, 그 '잠'을 내려다보며, "누가 누구를 꿈꾸고 있느냐?"고 묻고 있음에 분명하다는 그것이다. 이제 서로는, 서로에게 客體거나, 客觀者들이다) 헌데, 어떤 '꿈'속에서, 어떤 한 '꿈'이 빠져나와, 그것만의 한 主體를 꾸미려면, 이 '빠져나온 꿈'은, 무엇을 의지하여, 그 '잠'의, 또는 '꿈'의 사립짝을 여는 것을 가능하게 하는 것인가? 허기야 누가 그것을 알겠는가마는, 마는 그럼에도 뭔가를 상정해볼 수라도 있다면 그것은, 그 '마을 나온 꿈'은, 그것이 마을 나온 그 '꿈'속에다, 새로, 다른 잠을 하나 뉘어놓고 있는 것은 아닌가, 하는 것이다. 왜냐하면 그럴 때만, 그 '본디의 잠'과, 그 '본디의 잠'에서 일어난 꿈이 새로 자는 잠에서 일어난 꿈과의 사이에서, 그 잠과 꿈을 연결 짓는, 因緣의 粘質帶가 細弱해져, 그 '본디 잠'의 治手가, 이 중첩된 꿈에까지는 잘 미칠 수가 없을 것이라는 것을 추측할 수 있게 되기 때문이다. (덧붙여둘 것은, 저 잠과 꿈은, 千幕萬幕으로 중첩되고, 복합화해질 수 있다는 것이다) 저런 중첩에, 말한 바의 '屈折'과 '文化'化가 있는 듯한데, 그런고로 이런 식으로 중첩, 복합적 屈折을 겪었거나, 겪고 있는 정신은, 그것 자체로서 하나의 우주화를 치러놓고 있어, 그런 정신이 '나비'를 생각하며 낮 꿈에 잠기면, 그 '꿈의 거울' 속에서 실제로 '나비'가 날아나가고, 체증탓에, 끄륵 끄륵 뭘 토해내면, 삭다 남은 龍이며, 天鳥며, 거대한 황소 따위들이 버글버글하게 된다. '동그라미'[圓] 그리기에서 배울 일인 듯하지만, 이라는 말은 뭣인가 하면, 그 始發點에서 가장 멀리 떨어져 나간 일점이, 글쎄 '동그라미 그리기'에 있어서는, 그 始發點에 가장 가까운 일점이라는 말인데, 그래서 이런 경우의 '文化'化란, 그 原典이 무엇이었든, 그것으로부터 자꾸 멀리 떨어져 나가기로, 더욱더 가까워져 가는 것이나 아닌가, 하는 것을 고려하게 한다. '중첩된 잠' '중첩된 꿈'이란, 그 '잠' 쪽에서 보면, '잠'이 더욱더 깊어져, (이 경우는, 늪의 어디 가운데쯤의 바닥에 구멍이 있어, 물여울이, 멀리, 둑으로부터 시작해, 중심을 향해 모여들었다, 그 일점 속으로 '쏟겨 내리는' 것을 염두해보면 좋을 것인데, 그때, 가늘고 컸던 물여울이, 점점 작게 좁혀지며 두터워지는 과정도, 함께 떠올려보면, 法恩이 있을 터이다) 그 '본디 잠'에로까지 되돌아가고, 그 '꿈' 쪽에서 보면, (이 경우는, "중심에 구멍이 있는" 저 늪을, 套袖[토시] 뒤집듯, 안을 밖에로 까내고 보는 일이 권고되는데, 그러면, 늪 바닥 쪽의 물여울이 뒤집히며, 묻어 '쏟겨 올라가는' 것을 목격하게 될 것이다) '잠'이 '꿈'의 형태로, (깨이는 잠!) 그 '본디 잠'에로 또한 돌아가는데, 글쎄, 이 '잠'은 뒤집혀 있는 '잠'이던 것이다. '뒤집혀 있는 잠'—꿈. (그리하여, 저 두 '잠', 또는 두 '꿈'을 놓고, 매조지를 해야 될 자리에 이르렀다면,) 그리고도, 말한 바의 저 두 가지 假定的 眞理가, 같은 것인지, 아니면 서로 다른 것인지, 그것은 말하지 말기로 할 일이다. (어쨌든, 인식한다는 有情들의 프라브리티의 우주는, '잠'이고, 동시에 '꿈'이라는 것이다. 그러면 이제, 영구히 잠[非化現]인 것은 무슨 경로에 의해서 꿈[化現]에로 轉身하는가, 하는, 흥미로운 의문이 일지만, 龍樹가 뒤돌아 앉아만 있고, 내달으려 하지 않는 것을 감안컨대는, 그런 의문이 접합되기에 이것은, 꼭히 적당한 자리는 아닌 듯하다는 것이다. 그러니 두고 볼 일이다)

("밤의 魂은, 낮의 몸과 같다. [밤의 몸은, 낮의 魂과 같다]"라는 명제에서—) 앓기란, 몸의 惡夢이다, 惡夢이란, 魂의 앓기이다. (라는 病名 같은 것도 끌어낼 수 있을 듯하다) 촛불중은 이 아침나절, 말하자면 저 두 가지 病을 한 몸으로 앓은 것인데, 그러느라고, 뭘 토한다며, 노루 발이며, 고양이 털 따위를 버글여 낸 것인데, 官用娼男이 가고 난 뒤 다행하게도, 심한 통증은 좀 가시기에도 이르렀으나, 그런 후부터는, 지리멸렬에다 권태가 밀어붙여, 촛불중은, 한낮에 떠 있는 달처럼, 자꾸 희미해져 가고, 납작해져 가고, 모가 나갔다. 촛불중 앉은 자리에서는 물론, 해가 보이지는 안 했지만 그러는 중에도 그날치 해는, 그날 품을 들이느라고, 오전의 중천까지 떠올라 있었고, 파리들이, 그

별로 냄새가 좋지 않은 감방 바닥의 여기저기에, 무리 염소 떼모양 엉겨 붙어, 살기는 즐거움이라고, 그 즐거움을 빨기뿐만 아니라, 그런 살기를 물림하지 않을 수가 없다고, 쉬까지 슬어놓고들 있었다. 촛불중은, 삶의, 그런 한 흥청거림을 보며, 체머리를 젓고 있었는데, 그는 혹간, 다시금 각설이의 한을 깨우쳤던지도 모른다. (거두절미하여 말하면,) '각설이의 한'이란 '周邊感'이다. 그는, 모든 장통의 한가운데로 다니며, 저 '周邊感'을 느껴온 것이다. ("It is painful to leave the world; it is painful to be in the world; and it is painful to be alone amongst many." *The Dhammapada*) 咄, 깨닫지 말거라, 그러면 상사라란 고통이 아니다. 깨달으려거든 모두 깨닫거라, 그러면 상사라란 고통이 아니다. 제길헐, 그, 늘 같은, 그런 시간이 흘러가고 있었을 것인데도, 그날 치 시간 중에서도, 무슨 허리 휘고, 눈이 삐어진 것이라도 있었던지, 촛불중께(시간이) 보여지기에는, 그 감방을 멀리 둘러, 그것은 더듬더듬거리며, 나아가지도 물러나지도 못하고 있어, 촛불중께 보여지기에는, 시간도 납작해지고, 흐리꾸리해진 데다, 모가 져 있었다. 세모가 져 있었다. 폭풍의 한가운데모양, 어쩌면 시간의 한가운데에도, 폭풍의 눈 같은, 시간의 눈이라는 것이 있어, 거기[無風帶]는 바람이 없다고 이르듯, 여기[無時帶]는 시간이 없는가 몰라. 失語스러움, 지리멸렬, 권태, 세모[三角]스러움, 납작스러움, 하품—품바꾼들에게 그런 느낌은, 뒤꿈치를 물려 덤비는 맹견이며, 겨울 독사모양, 몸을 사려 앉아, 禪이라는 毒을 구으려는 중에게 그것은, 이겨내기 쉽잖은 魔羅이다. 각설이들은 그러면, 풀어 널어 말리고 있던 감발을 다시 매며, 길 가운데서 돌아 부르는, 아마도 그것은 무지개 같은, 그래서 아무리 달려가 붙들려 해도, 하면 할수록 그만큼의 거리 저쪽에로 옮겨져 있는, 손들을 건너다볼 것이라도, 다른 중들은 어쩌는가 몰라도, 촛불중은 그러면, 몇 나이나 훨씬 더 젊었을 때엔, 촛불꽃 속에다 자기를 넣어 태우려 했거나, 어떤 수도부의, 탄력이란 없어 그역 납작스러운, 요니를 열어 들어가 버렸거나, 하다 못하면, 긴 수음을 하며 失語스러움으로 울기도 했었다. 그렇다고 해서 촛불중이, 흐름이 멈춰져 버린, 이 세모지고 납작한 시간 속에서 자기를 일으켜 세워, 그것을 밟고 넘어, 읍을 벗어나, 이 읍의 먼지를 털어버리려는 의념을 일으키고 있는 것도 아니며, 수음을 생각하고 있는 것도 물론 아니다. 물론 그 탓에도, 못 떨쳐 돌아왔었을지도, 그 자신도 잘은 모르되, 중이라며 촛불중도, 여자를, 좋은 여자를, 그 "똥꽃까지도 금으로 된", 어떤 그런 여자를, 가야금 삼아 흐트러지게 하여서는, 그 소리의 불비 밑에 누워 훨훨 태워졌으면도 싶으고, (그런 계집은 제기럴, 땅의 그중 깊숙한 데 감춰져 있는 하늘, 푸른 하늘!) 그리고 그뿐만 아니라, 자기와 同種의, 모든 有情들이 즐기는 것만큼의, 더도 말고, 덜도 말고, 그런 自由를 누리고도 싶은 것이다. 그리고 촛불중이 건너다보기로도, 그런 모두가 다 자기를 위해 무르익어 있어(소리의 꽃 진 뒤 열매 하늘 복숭아 같은 것은, 그 더운 당즙의 무게를 못 견디고 늘어져, 자기의 이마에까지 닿아 있으며, 자기 몫의 自由도, 출렁거리며 차올라, 자기의 입술 끝에까지 닿아 있어), 자기가 원하기만 하여, 따고, 마시려 한다면, 그 당장 자기의 전신은, 만년을 살아도 못 죽겠을 열예로 폭발하여, 당장에 죽어 넘어져, 못 일어나고 말 듯했다. 그러나 촛불중은, 그런 열매를 따기 위해, 손을 쳐들어 올리지도 안 했으며, 입술을 빈 표주박으로 하여, 그 自由를 퍼내기 위해, 고개를 숙이지도 안 했다. 그런 그리움들은 그에게는, 말하자면, 六祖를 알고 난 후부터 최근까지, 배 속에 떼글거려 온, 어떤 불의 돌의 異物感, 그런 투의 담석증이나 같은 痼疾인데도, 그 통증은 그에게, 한 번도 낯익은 듯이 느껴진 일이 없다는 것은 이상했다. 그 통증은 언제나 새롭고, 언제나 감내키에 어려웠다. 그러나 촛불중은, 스스로 그렇게 진맥해오듯이, 담석증류의 통증은, 아무리 장한이라 한다 해도, 그것을 참으려 하면, 하는 자의 몸을 상하게 할 것이로되, (어떤 종류의 '그리움'에 속한다는) 이 통증은, 出家하여 스스로 중이라고 이르는 자가, 그것을 참으려 하지 않으면, 않으려는 자의 마음을 죽이게 한다. 그래서 촛불중은, 그런 통증이 시작되는 대로, 자기의 '마음'이라는 것을 들여다보는데, 왜냐하면, 그런 통증('먼지며, 티끌'!)에 당할 수도 있는 마음은 (그러면 '거울' 같은 것일레라), 네모지거나, 세모질 수 있기뿐만 아니라, 크기도 작기도, (그 바깥쪽 풍경의 변화에 좇아) 붉기도 푸르기도 하여, '씻고 닦을 수'도 있기뿐만 아니라, ("이눔, 너는, 네가 괴롭다고 이르는 그 마음을 당장에 꺼내놓아 보아라!") 깨뜨려질 수도 있는 것이기 때문이다. (촛불중은, 체머리를 썰레썰레 젓기 시작하고 있었다) 그리고 촛불중은, 자기의 마음이 이 아침나절엔, 매우 세모져 있는 데다, 색깔을 갖고 있는데, 그 變色이 너무 잦아, 어느 한두 색깔의 이름을 들어, 그 色相을 밝힐 수가 없다는 것을 알아내고 있었다. (썰레썰레 촛불중은, 체머리를 흔들고 있다) 그리고 촛불중은 생각했기를, 오늘 해와 시간 등이, 너무 납작한 데다, 세모져 있는 데에, 자기가 당하는 모든 불편함의 까닭이 있을 것이라고 했다. 세모진 바퀴는 구르기가 힘드는 것이 아니냐. 그러고 보니 그렇다, 촛불중 자기는 오늘, 눈알까지 세모진 것을 해 갖고 있어, 그것까지도 굴리기가 매우 뻑뻑한 상태에 있는 것을 알겠는 것이다. 크학 학 칵— (웃음도 角이 져 나왔다. 세모진 웃음) 해와, 시간과, (자기의) 눈알 등, 모든 것이 세모지다, 그리고 납작하다. 칵학학— (헌데 이상할 일이다, 촛불중이 웃는다며, 말[言語] 이 세모지고, —세모진 마음속에 담겨진 말[言語] 도 그러면 세모져 있다는 것을 알겠는 것이다. —납작한 것을, —납작한 마음속에 담겨 눌려진 말도, 그러면 납작해져 있다는 것을 알겠는 것이다. —조각조각 몇 조각을 뱉어내고 나자, 몸으로 惡夢을 꾸느라고 끗끗해, 세모지고 납작해 있던 위장에, 좀 수월하다는 느낌이 일어난 그것인데, 그러고 본다면, 촛불중이 방금 전에 뱉어낸 바 있는 것 같은, 그런 角진 말 몇 마디 같은 것들이, 그의 마음뿐만 아니라 위장까지도, 거북하게 펴 늘여, 세모지고 납작하게 만들어놓고 있었던, 무슨 틀 같은 것이나 아니었는가, 하는 것을 짐작하게 한다. 그리고도 물론, 세모지고 납작하게 펴 늘여져 있느라, 신축력을 많이 잃고 있었던, 촛불중의 그 마음과 위장이, 본디 상태를 수복해내게 되기까지는, 그 바퀴가 세모진 시간의 운행의, 아직 불확실한 눈금으로 재기로 하면, 그로부터도 '한참'이나 더 걸렸지만, [그래서 사실로, 촛불중이, 그 눈금을 읽어보려, 세모진 눈동자를 몇 번이고, 껌벅거려보지 않은 것은 아닌데, 잠시 후에, 그 얘기를 몇 마디 들어보기로 할 일이다] 아무튼 촛불중은 현재, 납작한 弛緩에 당해, 권태며 無時感, 지리멸렬에 失語症 따위를 드러내고 있는 것만은 아니다. 그러자니 촛불중께는, 약간의 創意感도 들고, 목구멍에는 괴어 넘치고 있었으나, 바닥에 구멍이 났던지, 혀의 두레박에는 한 방울도 담겨 올려지지 안 했던 말[言語] 도 담아 올려지고 했다. 그리하여 말을 펴, 발등에도 찌뜨리고 한 것이, 세모진 시간의 눈금 읽기 같은 것이었다)

가맜자, '하루'는 헌데, '둥근 해'의 운행을 좇아서는, 대별하여 '열두 점'이라고도 하고, 세분하여서는, '스물네 시간'이라고도 하는데, 그렇다면, 저 '둥근 해'의 '넉 점'이, 또는 '여덟 시간'이, '세모진 해'의 한 모, 또는 한 변이 되는 셈이어서, '세모진 해'의 하루는, 열두 점이거나 스물네 시간이 아니라, '석 점' 또는, '세 시간'이 된다는 것을 알게 된다. (여기 어디서, '점'과 '시간'이 같이 되어져 버렸는데, 그 탓에, 앞서 밝혔기를, 그 시간의 눈금이 '불확실'하다고 한 것이다. 이 문제로 촛불중은 물론, 약간의 두통을 앓지 않은 것은 아닌데, 까딱 넘겼다가는 거기서 촛불중은, 왜냐하면 평균 시간의 단위 탓에, 육각형의 해를 하나 창조해, 띄워 올릴 뻔했다. 그러면 세상은 생물이 살기에 너무 뜨거워져 버린다) 그러고 본다면, '하루'란, '석 점', 또는 '세 시간'밖에, 그 길이가 더도 덜도 안 된다는 것은, 正答인 것이 분명하다. 이것은 그러자, 매우 심각한 의문을 불러일으키는데, 그래서 그러면, '하루'의 길이가 그렇게 ('석 점', 또는 '세 시간') 짧아져 버린 것인가, 아니면 '分'이나 '時'의 길이가 ('석 점' 또는 '세 시간'이 한 점 또는 한 시간이 되었으니, 이 한 점, 한 시간은, 사백팔십 분 길이이고, '分'은 또 分대로, 평균 시간의 '八分'이 '一分'化를 치르고 있다. 이것은 '時'와 '分'이 '여덟 배'로 길어난 것을 증명하고 있잖으냐) 길어져 버린 것인가? 前者 편에 서기로 한다면, (하루를 스물네 시간이라고 셈하여, 그것을 평균 시간이라고 하는 時相에 비한다면) 여드레, 팔 개월, 팔 년, 여덟 겁이, 하루, 한 달, 일 년, 한 겁으로 줄어져 버려, 한 겁의 광음도 전광석화 같다고 일러야 될 듯하여, (佛家네 시간의 계산법은 헌데, 저러하지 안 했더냐?) 後者를 택하기로 하면, 시간이 갖다가시나 너무 많고, 쌔버려 탈이다, 어떻게 어떻게 하루를 살아보냈는데도, 시간으로는 이제도 겨우, 석 점, 또는 세 시간밖에 흐르지를 않고만 있는 것이다. (道家에서는, 시간이 모자라본 일이란 없어, 그들의 시간은 '無窮'이라고 허잖더냐. 허기는 그들은, '無窮'까지도 잘 살펴 알고 있어, '無'를 갖다가시나 '用'으로 이해하는, '實用的 誤謬'랄 것을 범한다. 일례를 들어보기로 하면, "埏埴以爲器, 當其無" 같은 것인데, 이 '無'는 그래서, 몹시도 쓰임새가 있는 '無'여서, [陽에 대해서 陰, 陰에 대해서 陽처럼] '있음'[有] 의 '없음'[無] 의 국면[反之亦然] 인데, 그것은 그렇다면, 정지해 있는 것만은 아닌,

化現에 의해 逆化現하는 것이기도 하다는 주장을 가능하게도 할 것이다. 이 '無'는 그래서, 밝힌 바 있듯이, '谷神'이나 '玄牝'에로도 轉身한다. 이것이 '時間'性을 띠면, '無窮'의 형태를 드러낼 터이다. 여기서부터 조금만 더 생각을 진전하기로 하면, 道家네 이 '無'는, 그들의 '道'와 같은 얼굴을 해 갖고 있다는 것까지를 보게도 될 터이다. [그럼에도, 이런 '無'는, 말하자면 '化現'의 '기름진 母胎(玄牝)' 같은 것이어서, "無가 아니다"라는 주장을 하려 할 일은 아닌데, '有'의 개념에 의한다면, 저것도 분명한 '無'며, '無'가 아닌 것이 아니기 때문이다] 살아 있는 '無'? 그렇다 과연, '無'도 살아 있다. 히히히, 化現의 宇宙의 시작에 관해 '쾅! 說'이라는 것이 있다고도 들은 자들은 그러면, 이 '살아 있는 無'를 잘 이해할 것임에 틀림없다. 응달쪽에 누워 있으며, '비눗방울 불어내듯' 萬物을 퐁 퐁 불어내는, 그러나 육안에는 보이지 않는 어머니. 만약에 그렇다면, '無'라는 것도, 종류는 하나보다 많다는 그런 애기이겠는가? 서 근의 삼! 그런고로 권고하여, '有'가 무엇인지, 그것을 話頭 삼아, 그것이야말로 '실다움'이라는 것을 증명해 보이라 하잖았더냐?) '古來稀'란 그런즉, 저 前者인지, 後者인지, 무엇의 시간의 단위로 새로 재보려 하면, '一年'의 길이가 '八年'에 맞먹으므로, (70×8=) '五百六十 세'가 되는즉슨, 허, 허긴 '古來稀'라고도 할 만하다 싶은데, (그래도 須臾인 것을?) 그 같은 尺度를 뒤집어 재보려 한다면, '八年'이 '一年'에 해당하므로, (70÷8=), 흣흣흣, 아직 채 '아홉 살'도 못 되어 코흘리개를, '古來稀'라 이르게 되어, 無常한 느낌을 코 풀어내지를 못하겠노라, 밍밍해 하고 있게도 된다. 오늘 헌데, "一切有爲法, 如夢幻泡影, 如露亦如電"派(에 庶子的으로 배꼽 줄을 잇고 있다 한다 해도) 沙彌 촛불중의 시간이, 어떻게 되어선지, '無窮'派네 그것보다도 길고, 납작하고, 세모져 있는 것이, 이 촛불중께 한 극난한 문제가 되어온 것이다. 그런고로시나, 이 沙彌가 한 시를 보내려 해도, 그것이 여덟 배 정도로 줄어지는 대신 불어나, (자기만을 둘러 지나가는, 그 부분적 시간만을 두고 말일 것인데) 세모진 해를 패로 삼아 감겼던, 그 본디의 時絲는, 닻줄보다도 굵었었을 것인데도, 그것이 중도 어디에서, 무슨 터서리에 묶였든 못 풀려나, 거기 어디서부터는 늘어지기 시작하여, 삼노끈 같았다가, 무명실 같았다가, 가는 명주실보다도 더 가늘어져, 거의 끊길 지경에 이르렀는데, 그것은 그러자, 잘 갈아[磨] 놓은 削刀날보다도 더 꺼끄러워져, 소리[音]에서 그 비유를 얻기로 하자면, 오랜만에 들른 남정네 기를 죽이려, 쌍너러 첩년이, 들여다보고 화장을 하던 거울을, 뾰죽한 손톱으로 긁어대며, 흩트려 내는, 서리스러운 그 소리나 같았다. 이런 비슷한 소리에 닿으면, 龍의 逆鱗까지도, 한번 떨어보지도 못하고, 破散해버린다. 그러자니 촛불중은, 그저 앉아 있기만 하기로도, 생진땀을 흘려내기 시작하다, 종내는 코피까지를 쏟아내기에 이른다. (이 경험은 그리고, 나중에, 한 우주를 습습하고, 으스스하게 하는 안개비 속에서, 음식으로부터 충분한 보조를 받지 못해, 일어난 寒氣 탓에, 육신적 氣를 많이 소모치 않으면 안 되기에 이른 상태에서, [그 경험을 가진 자에 의해,] 한 發熱法[둠모瑜珈]으로 鍊金되기는 한다. 촛불중이, 참을 수 없는 공포감으로써 건너다보는 이 '時間'은 그때, '분노심을 드러낸 타라'[Tārā, Skt, Dolma, 또는 Yidam, Tbt.]의 모습으로 轉身을 치를 것인데, "한 손에는, 피를 넘치게 담은 人頭骨의 바가지를 들고, 다른 손에는, [그런 人頭를 잘라내려] 시퍼런 낫을 들어, 송장을 디뎌 벗고 춤추는, 열엿새 달 같은, 열여섯 살의 처자.") 苦苦! 갸갸! (咄, 돌중이엽지, 돌중이엽지, 道流의 혀가, 고삐여서, 畜生道 말뚝에라도 묶여 있었더면, 道流는 물론, 失語症 같은 것에는 당하고 있었을지라도, 覺知病 따위로 고통하지는 안 했어도 되었었을 것을. 고통은 왜냐하면, 有情이 知覺하기 탓이던 것) 우니노니, 苦－가오－苦－갸 우니노니, 가오[苦] 오다[來如] 셔렵多羅 셔렵多矣徒良. 空門의 沙彌 하나는 오늘 아침, 비렁질을 잘못 나선 듯하여, 道家 사립짝 밖에 서 있게 된 모양이었다. 이렇게 되면, "一切有爲法, 如夢幻泡影, 如露亦如電"이란, 시간의 눈금을 거꾸로 읽어, 逆流하기 시작한 시간을 좇던 자가, 눈앞이 어지러운 것을 두고, 읊어낸 소리나 아닌가, 하는 것을 생각하게 한다. (아웅, 아웅,) 또 아니면, 그 道士네 사립짝 밖에 서 있는 法童이 쥐고 있는 바리때가, 바람이며 햇볕에 갈려[磨] 먼지가 되었다가, 그 먼지에 또 습기가 묻고 햇볕이 닿아, (아으, 모가 물러난 시간! "埏埴以爲器, 當其無"라 하되, 비인 바리때는 고파 슬픈가, '法'이 차면, '有爲法'이라 이르거늘, 가득 찬 바리때는 괴로움인가, 제길헐 너러, 이후란 ㅂ도 물도 말고 밭 갈기만 ᄒ리라. 此岸풍파에 놀란 사공, 彼岸 밭

갈이나 하여라) 다시 바리때가 되었기를 오백 세나 반복하고 있는 중에, (둥글어진 시간!) 그 사립짝 안쪽의 처사는, 그제사 겨우, 잠에 모가 난 느낌을 갖고, 몸을 한번 뒤척일지도 모르는데, 저 '無窮'이 품어 안은 잠알[睡卵] 중에서 귀여린 것이 그리하여 귀를 열면, '나비' 같은 것이라도 깨어[孵化] 날아 나올 터이다. (羑里에서는 그리고, 그런 '나비'를 한 마리, 큰 숲의 한가운데 있는, 그중 높은 나뭇가지에다 매달아버린 일이 있었다. 있은 뒤 羑里에서는 다시, 사람들이, 권태가 무엇인지를 몰라버리기에 이른다. 羑里에서는 그리고 물론, 권태가 편하다. 오늘 아침나절의 촛불중의 것과는 달리, 羑里의 권태는 네모지다. 이 네모진 권태는 그리고, 프라브리티라는 달마에 묶여, 죽고 싶어도 죽을 수도 없는 神들이 마시는, 네모진 오지병 속에 담긴 술[암리타], 羑里에서는 그래서 사람들이, 神酒에 취해, 썩고 있는, 神들의 오장육부의 냄새를 풍기며, 살고 있다) 촛불중은 그리고, 종내, 타다 만 가죽 신발에, 억지로 신겨진, 火傷을 입었다 아물었어도, 아직도 아픔에는 몹시 민감한, 자기의 두 발이, 세모진데다 납작하여, 신발 속 한낮에 뜬 달 같다고 느끼고 있었다. 그러며 촛불중은, 火傷 냄새를 섞은, 자기의 발 냄새를 맡았는데, 그것은 왜냐하면, 立體性이 사라져 흐리꾸리한 세계에서, 하필, 자기의 발밑에 자기가 깔려, 납작하게 펴 늘여진 느낌이 든 까닭이었던 듯하다. 세모진 平面 속에, 눕기의 불편함—(촛불중이 경험하기로는,) 거기 몸은 부려둘 자리가 있음에도, 머리통이며, 팔, 그리고 다리 같은, 몸에 부속된 小品들을 정리해둘 자리가 없다는 것이다. 결국은 그러다 보면, 그런 방 속에 던져진 자가 이뤄낼 수 있는, 그중 편안한 자세란, 잠든 개 새끼모양, 제 사태기에 제 대가리를 찌르고, 둥글게 뭉쳐, 할 수 있는 껏, 자기의 면적을 줄이는 그 자세뿐이라는 것이다. 후후후, 모든 것이 이렇게 되면, 이렇게 느끼는 자에게 있어서는, 한세상의 풍경이, 본디는 어쨌었는가, 예를 들면, 東西南北이라는 横位가 가르치는 바대로 네모지기는 네모가 져 있었는가, 또는, 上中下라는 縱位가 나타내는 바대로, 立體的이기는 立體的이었는가 하는 따위, 란 문제도 되잖는데, (그럴 것이, 알려진 대로 좇아 말한다면) 소나 개가 보는 세상은, 사람이 보는 세상과 달리, 無色이어 黑白뿐이라는 데도, 색깔이 그것들께 문제가 되어본 일이 있었는 듯하지 않다는 것을 고려해보면, 문제는 무엇인가 하면, 그런 세계를 보는 눈의 방법이라는 것이다. 이런 말의 의미에는 그런즉, 세계의 본디의 모습은, 아무도 확연하게는 모르거나, 또는 그런 것이란 있는 것이 아닌데, 그런즉, 현재로서는 그것을 '밖'이라고도 이를 그 세계는, 그곳에 對한 有情들의 깨워내기[覺醒]에, 그 形質이 의존되어 있다는 것이다. (그런고로 이것은 덧붙여둘 필요가 있는 듯한데, 그래서, 저 '밖'을 다 깨우쳤다는 이들에 의해 밝혀진 바를 좇으면, 有情들의 이 한 세계는, '비었다'[色不異空, 空卽是色]고, 그런 것은 있은 바가 '없다'[本來無一物]고 하고, 그럼에도 '밖'이 있는 듯해 보임은, '我執'과 '偏見'이, '因緣'이라는 끈끈이[羯磨]에 붙어 나타난, '幻'이라고 한다는 것이다. 그러니, '깨우치기'란, 我執'과 '偏見'으로 이뤄진, '色'이라는 둥근 파를 까고 까고 또 까, 그 속에 무슨 삘그란 알맹이라도 있는가, 그것을 알아보기일 것이다. [아흐흐, 그것을 까 내고 있을 때의, 눈알의 아픔을, 뜨거운 재를 눈에다 처넣고 있는 듯한 그 매움을, 그대는, 글쎄, 모두 깨우쳐 彼岸에서도 그 너머에 있다는 그대는, 타타가타! 아시릿가] 이것이 다름 아닌, '無'라는 話頭일 것이다. '意味'[魂]가, 그것의 '記號'[肉身]를 지우려 드는, 意味가 못 되는 意味. '記號'가, 그것의 '意味'를 먹어치우려는, 記號가 못 되는 記號) 그렇다면 누구도, 촛불중이 오늘, 저 平均的 美里를, 그리고 平均的 時間을 誤讀, 曲解하고 있다고, 단정해 말할 수는 없는 듯하다. 그의 美里는, 그에게는, 立體感을 잃어 납작해져 있으며, 과거-현재-미래라는 그 平均的 時間이 그에게서는 平均性을 잃고, 일점에로 모두어 들어 있는데, 그렇다면 그것은 정지해 있는데, 그럼에도 그것은 흐르고 있어, 角이 져 있었다. 재미있는 것은, 흐흐흣, 그가 스스로 느끼기에는, 납작하게라도 자기가, 자기의 발등에 얹혀 붙어 있지를 않고, 자기의 발밑에 깔려 있다고 믿는 그것이다. 이런 夢想에 의해 보면 그는, 땅의 두껑을 열고, 그 아래쪽에로 내려가려는 준비를 하고 있어 보이는데, 사실로 그래서 그는, 위쪽의, 공간 가운데서 잃어버린 立體性을, 그 아래쪽, 암흑으로 꽉 채워진 데에다, 약간의 공간을 트기로 하여, 성취해보려 시도하고 있는가? 그것이사 허기는, 뉘 알겠는가, 마는, 그의 시간이, 어느 일점에서 平均性을 잃어, (시간의) 三世가 한자리에 답박 쏟겨 든 것에 좇으면, 그는 어쩌면 현재, 非夢似夢

바르도(미람 바르도)를 경험하고 있어 보이며, 또는, 角져 버린 그의 시간이, 輪廻(란 둥그니라)의 테를 두르고 있어 보이지 않는 대로 따르면, 그는, 한번 그 뚜껑을 떠들어 내려간 뒤에는, 그 같은 뚜껑을 되열어, 되돌아 올라오고 싶어 하고 있어 보이지 않는다. (그럼에도 바로 이 地球라는 한 혹성이, 우주의 子宮이 되어 있다면, 거기 한번 심겨진 씨앗이, '되돌아오고 싶어 하지 않기'와, '되돌아오지 않기'는 결코 같은 것이 아니라는 것쯤도 알 만할 것이다) 오늘 그는(이란, 촛불중을 가리켜 하는 말인데,) 그것이 어떤 것일지, 그것을 허기야 무슨 수로 알겠는가마는, 문이 활짝 열린 감방의 안쪽에서, 그 문을, 그 문의 밖을, 그 밖에서도 더 먼 데를 훤하게 내어다보며, 出口가 없는, 그리고 회피할 수도 없는, 어떤 장애, 어떤 위험에 봉착해 있다는 것을, 느끼고 있었다. 그러며 그는, 六祖를 定罪한 자가, 자기였었다는, 그런 古事도 한 가지 기억해내고 있었다.

소문을 들어 알게 된 자는 알고 있는 바대로, 美里邑에서는 오늘, 七祖라고 칭하는 중 하나, '촛불중'이라는 法名을 가진 자를, 六祖라 고 칭했던 어떤 돌팔이 중 다음으로, 이번에는, 그 六祖를 보내버렸던, 반대쪽에다 떠밀어 보내려고, 그 葬禮 준비를 하고 있는 중이었다. 예의 저 六祖라고 일렀던 중은, 그 전신을 하나의 걷는, 거대한 男根모양, 벗어 삘그렇게 해 갖고, 세상의 모든 질척한 곳을 다 버려두고, 하필이면 骸骨 속으로, 그것도 무슨 뿌리(링가)를 찾겠다고 (흐 깔깔갈喝! 여 沙彌여, 公은 그 오구등한 손 속에, 公의 아랫도리를 실하게 한 줌이나 쥐고, 그것을 찾겠다고 어디로 간다는다? 그러던 어느 날 公이, 깔깔갈喝! 드디어 그것을 찾았다고, 눈여겨볼라치면, 喝喝, 배고픈 고양이까지도 하품이나 하구 말라) 들어간 자였더니, 여러 잡것들, 예를 들면, '性慾'이며, '偏見' 같은 것들, 그런 것들이 눈을 가려, 아무리 해도, 자기가 보았어야[見] 될 뿌리[性]를 볼 수가 없다고, 그런 너러 잡스런 장애부터 쳐부수든, 그러지도 못하면, 자기의 눈알들이라도 뽑아내 버리겠다고, 그 苦行에 나섰던 모양이었는데, 그 求道行이 헌데, 제기럴 별일이었다, 그것이 글쎄 갖다가시나 邑의 官律에 맞지를 않는다고 하여, (허기는 그럴 일이었다, 라는즉슨, '마음의 宇宙'로 나아간 자에게는, 삼라만상 중, 심지어 거머리로부터 나찰까지,

무엇 하나 자기의 夢片이 아닌 것은 없는데도, '살의 宇宙'에 머물러 있는 자에게는, 自他間의 경계가 엄연한 까닭이다. 이만큼만 말해둬도, 이것이 무슨 얘긴지, 아는 자는 알 것이 아니냐) 邑에서는, 그곳에다 뻗어낸 官手에다 律網을 쥐여주어서는 (그 '律網'을 쥐었던 그 손, 官의 그 앞잡이가 누구였었던지 말하지 않는다 해도, 아는 자는 알고 있잖느냐. "마음이란 그럼에도 있는 것이 아니다"라는 것을 전제해두고, 그리고 이런 얘기를 하는 바이지만, 문제는 무엇인가 하면 그러자, 저 六祖라는 중은, 비록 '살의 宇宙'의 法에는 어긋났다 한다 해도, '마음의 宇宙'의 法[달마]에도 어긋난 것이 아니어서, 전순히 無罪한 자였는데, 그렇다면, 저런 無罪한 자를 정죄, 처형하느라 붉어진 손의 그 더러움은, 무엇으로써 씻어낼 수 있느냐는, 그것이다. 그리고 그 下手人은, ["마음이란 있는 것이 아니다"라는 것도 알고 있지만] 法[달마]에는 터서리가 없다는 것도, 알고 있다. '살의 宇宙'의 그것과 달리, 이 法[달마]의 집행관은, 우주간 다른 아무도 말고, 下手人 그 당자가 되어 있기 때문이고, 그리고 누구도, "해나, 달의 눈으로부터는 도망쳐 숨을 수 있어도, 자기 마음의 눈으로부터는, 도망쳐 숨지를 못한다"고 하기 때문이다. 그렇다면, '마음'이 감옥이 될 때, 그것은 地獄보다도 완벽하여, 大力의 千手로도, 그 안에 갇힌 자를 끄집어올리지 못할 터이다) 그 하나의 '解脫'을 잡아, 그 죽지를 떼어내고, 깃털을 모두 뽑아낸 뒤, 높은 가지 끝에다 매달아버렸었는데, 헌데 오늘 그 같은 邑은, 그 같은 宗家의 七祖라고 이르는, [5]불의 물고기[火魚] 한 마리를 잡아서는, 불의 물[火海]을 헤치던 그 비늘들을 몽땅 떼어내 버린 뒤, (비늘을 벗겨) 피가 송송 솟는 자리에다, 그러니 그 전신에다, 개 피를 입혀, 저 무변의 沙漠—그 '벙어리 뱀'(문두룸)의 목구멍을 열어, 그 깊숙이 넣어두려 하고 있다. (發音되어진, 특정한 한 말[言語]에서, 그 '記號'를 비늘어 내고[脫落], 그리고 남은 '意味'는, '벙어리'[骸骨]의 배 속에다 감금해버리기! 아으, 말은 어떻게, '벙어리'의 聲帶를 脫出하는가? '벙어리'와 '默'? '默'이라는 話頭를 보면, 그것은 '默'이라고 쓰거나, 소리를 내지르기[읽기]로서, 씌어졌거나, 내질러진 '소리'를, '거꾸로 토해내는데'[뒤집혀져 드는데], 그리하여 그것은, 씌어지거나, 소리를 내기로써만, '無音'에 도달하는데, '소리'가 '소리' 속에 감금되어 '無音'化하는, 無音의 소리, 化現 속에 감금되어진, 영구한 非化現—그것[默]은 소리의 무덤, 그것[무덤]은, 이승에 거처를 정해 있더라마는, 그래도 이승 소속은 아닌데, 그것[默]도, 그것[무덤]은 聲帶 속에 거처를 두고 있으되, 聲帶의 소속은 아니다. '소리'에서 피를 빨기로 '잠' 속에 떨어지는, '소리의 吸血鬼', 벙어리 뱀. 그렇게 이것은, '無'라는 言語記號와 같으며, 다르겠구나. '默'도, '無'도, '發音'을 입기에 의해, 동시에 자기를 부정하되, '默'은, '音'에 덮어씌워져 '無音의 잠'을 자고, '無'는, 제가 토해낸 것에 제가 먹혀 지워져 버린다. 없는 意味가, 있는 記號를 지워버린다. [傳說을 좇으면, 허기는 저 '벙어리 뱀'은, '소리'를 버럭버럭 내지르는 대신, 어쩌면 그것도 그러는 한 방법이기도 할 터이지만, '웃었다'고 이르기는 한다. '벙어리'의 웃음을 두고, '소리'를 동반했었다는 장담은 못 하되, 피기 시작하는 꽃을 보면, 그 '소리 없는 웃음'들이 제길헐 어찌나 왁자지껄 지껄 시끄러운지, 봄 한 들이 다 무참하여, 푸르도록 귀를 덮으려 하잖더냐고이])

그리하여 그 시각이 되어가고 있었던지, (라는 '그 시각'이 어떤 시각을 가리켜 말하고 있는지, 뉘기네 아들놈이든 알고 싶거들랑은 牽牛여, 이 七夕, 公이 만약 서둘러 건너지 않는다면, 銀河에 빠져 뒈지느라, 안됐게도 織女를 못 품는 한을 남기더라도, 公은 銀河를 건너지 말그라) 多數의 官卒들이, (몇이나 되는 官卒을 '多數'라고 이르는지, 그것도 알고 싶거들랑은, 여 용두질에 놀롤한 놈이여, 아직도 날이 그렇게는 늦은 듯하지 않으니, 싸가지 없는 놀롤임세, 싸게 싸게 손 싸게 쏵 싸고 公은, 달려 書堂에 들려, 빼냈으면[減], 보태고[加], 찔러 넣었으면[乘] 뽑아내는[除] 算法을 익히고, 얼른 내달아, 손에 익숙해진 불알을 算板 삼아, 하초로 '하나'를 삼고, 불알 한쪽이 '둘', 불알 두 쪽이 '셋'…… 그리고 남은 것은? 많多…… 그런즉 '多數'란, 公입지, '셋'보다 많은 數가 아니겠느냐?) 오랏줄이며, 몽둥이를 들고들, 두세 두셋, 세네 세넷, 문을 활짝 열어놓은 채 촛불중을 가둬둔, 감방에 닿아보니, 그는, 감방 바닥 한가운데 되는 데쯤에, 개새끼가 잠에 들었을 때 그러듯, 제 대가리를 제 사태기 사이에 꽂고, 오른쪽으로 누워 있었는데, 아우음— 아우음— 앓는 고양이 소리를 내고 있었으며, 그뿐만 아니라, 게거품을 부글여 내고도 있었다. 그 꼬락서니로 보건대, 그것은 사람도 아니었으며, 앓는 짐승보다도 더 처참했다. 그렇다 해도, 出家하여 중이라고 자처하는 자가, 갑작스러운 환속이라도 하지 안 했다면, 또는 지랄이라도 하고 나자빠진 것이 아니라면, "육신이란, 아라핫도 정복하지 못한다"고 하되, (어째서 육신은 정복해야 되는 장애인가?) 그것에 항복해 종이 된 것도 아닐 터인데, 그렇다면 중의 '살앓기'란 분명히, '벙어리 뱀'의 웃기 같은, 그 '意味'가 읽혀져야 되는, '暗號' 같은 것이라고 해도 되잖겠는가? '입어진 살'은 '目的'으로서가 아니라, '手段'으로 이해하고 있는 자들의, 일거수일투족은, 그것이 어떻게나 사소한 것이든, '무드라'(의미를 지닌 몸짓)나 '瑜伽'가 아닌 것이 없다고 이른다면, 한 중의 혼신으로 표현해내는 '앓기'라고 읽혀지는 禪法을 두고서야, 더 말할 것도 없을 것이다. (그렇다면, 그들이 만들어내는 '소리'는 '만트라'며, 그 자신들이 한 中心[點] 이 되어 이뤄내는 한 '풍경'은, '만달라'라고 보얃 것이다. 주목해둘 것은, 이 상태에서는, 몸·말·마음 사이에, 별로 어떤 구별이 없다는 것일 것인데, 저것은, 그 세 가지로 꽉 채워진, 열림 같아 보인다) 아우음— 아우음— 소리 내고 있는 저 한 '앓음'은, 그래서 들으면, 그래서 보면, 허기는 한 言語였던 듯도 싶으다, 제 꼬리인지, 대가리인지를, 제 입인지, 항문인지로, 물어 빨아들이고 있거나, 뱉어내고 있거나 하기로, 三世(머리—아, 몸뚱이—우, 꼬리—음)를 縱斷할 言語, 아—우—음—옴, 三角진 완벽한 圓, 사태기에 대가리를 찔러넣은 개, 솥에 눕다.

三角진 완벽한 圓—點, 그런 한 '앓음'을, 官卒들은, 장난꾸러기 아이들이, (흙 속에서 갓 뒤집혀 올라, 바깥바람에 쏘이자, 전신이 아리고 매운 듯, 꿈틀거리며, 몸의 면적을 줄이려는, 허연) 굼벵이를 두 손가락으로 집어 올리듯, 그렇게, 감방에서 끄집어내서는, (그러자 감방은 갑작스레 운행을 멈춰, 네모가 져버렸으며, 동시에 황폐에 덮이고 말았는데, 그러고 보면, 황폐도 네모지다) 준비해 끌고 온, (별세한 장로네서 기르는 큰 개 크기나 되는,) 늙은 나귀 등에다, '人' 字로 앉혔다. 그리고 촛불중이, 저 '多數의 官卒'을 알아보았기로는, 그들이 전날, 자기의 발바닥에다 火印을 찍었던 자들이었는데, 黃手만 하나 보이지 안 했다. 크흐흣흣, 그의 속은, 애를 배고 싶은 생각으로 만삭이었으니, 뉘 알랴, 달마다, 모든 子宮들을 긁어 헤쳐 피를 보는, 달의 그 뾰죽한 손톱이라도 하나 얻을까 하여, 낮에도 켠 등을 들고, 달이 긁고 지난 듯한 자리들을 찾아댕기는지도, 뉘 알랴. 어찌 되었든 촛불중은, 문을 훤히 열어놓은 감방 속에서, 얼마쯤의, 그 분량만큼은 어떻게도 비워 내버릴 수가 없던, 그렇게나 아픈 그리움으로 내어다보았던, 그 바깥 햇빛 속에로 나서게 되었는데, —그리고 이제부터는, 禪定 중에 있는 중의 것은, 그 손가락 하나 뻗치기며, 한번 하품하기까지도, 소비스러운, 무의미한 행위가 아니라, 그것이 모두 '禪的 무드라'라는 것을 염두하고, 따르기로 할 일이지만, —그 일순, 촛불중은, 해가, 억센 가시의 仙人掌이나 되는 듯이 느꼈으며, 그 찌르고 드는 빛의 가시 탓에, 눈을 못 뜨고, 눈물을 흘려야 되었는데, 중의 느낌에 그것은, 빛의 가시에 찔린, 자기의 터뜨려진 안구가 흘려내는 피 같았다. 허기는 촛불중은, 이러는 동안, 빛도 저쪽으로만 비껴 다니던 것에만 눈을 익혀왔더랬는데, 오늘 해는 글쎄지, 전에 없이 더 밝고, 글쎄지, 더 빛났다. 촛불중을 태운 당나귀는, 그러는 중에 법청 뜰을 벗어나, 읍의 중앙통으로 향하고 있었는데, 그때까지도 촛불중은, 손으로 눌러 감은 눈을 뜨지를 못하고 있었고, 조금 기끔스럽다고 해야 할라는가 어쩔라는가는 몰라도, 촛불중은, '仙人掌 같은 해'와, 그것의 가시에 찔려, 피를 흘리고 있다고 느끼는, '눈'의 '女性'性이라는 상념에 옭혀 있었던 것이다. 그랬을 것이, 촛불중도 익히 들어 알아 오기로는, "눈이 다름 아닌 해[日] 당자이므로, 그 눈으로 해를 인지할 수 있다"는 것이며, 이 "해야말로 빛의 원천"일 뿐만 아니라, '창조력'이라는 것, 같은 그런 것이다. ('눈'이 '해'라고 이르는 것은, 특히, '虹彩에 휩싸인 瞳孔'을 이르는 모양인데, 그러자니, 이 '瞳孔'을 포근히 싸안아 보호하고 있는, '瞳孔' 이외의 부분은, '[아이를 품고 있는] 어머니의 젖가슴'의 비유를 입어 있는 듯하다. 이 '빛'[의 원천은 '해'이다]이 '創造의 원동력'으로, 또는 '사람의 靈'으로 이해되면서, '입속의 해[日]'에로 轉身을 치르는데, 이 轉身의 과정은, 구태여 살펴보려 하지 않는다 해도, 그것 자체로 자명하다. "태초에 말씀이 계시니라…… 만물이 그로 말미암아 지은 바 되었으니……"라고 하잖더냐. 그리고 이 '입'이야말로, '말씀'이 거하는 곳이 아니더냐) '눈'이란 그래서, 의심할 여지 없이 '男性'을 띠어 있는 것인데, 그래서, '눈을 도려 파내기'가, '去勢'로 이해되어지는 것은, 당연할 터이다. 글쎄 말이지만, 반복되는 듯하지만, '눈'이 '빛'이며, '입속의 해[日]라면, 畜肉을 입어 있는 陽性과 관계된 '創造力'이란, 무엇이겠는가, '男根' 말고 무엇이겠는가? 그렇다, "동산 가운데 있는, 생명의 나무" ―그것이 최초의 여자(하와)에게서는 '머리'에서 돋아난다. (이런 말은, 저런 二元論을 一元化하기로 한다면, 한 原人은, 그 上半身은 男性이며, 그 下半身은 女性으로 이뤄졌다는 말일 것이다. '두 개의 진리' ―니르바나/상사라) 헌데, 촛불중의 觀法을 좇으면, '創造力'이라든, '性器'가 운위되는 宇宙는, '畜生道'를 떠나서는 없다, 그렇다, 四大의 고장. 만약 그래서, 촛불중의 그 觀法이 틀리지 않다면, 저절로 따르는 결론은, 이렇게 됨에 분명하다, 라는즉슨, '畜生道', 또는 '살의 宇宙'에서는, '눈'이 '男性'을 띤다는 것이다. 그러자 가맜자 또 알겠다, '입속의 해'(헤헤헤, 요니에 담긴 링가!)의 모습을 통해 보건대, '말씀의 宇宙'에서는 그렇다, '눈'이 '一體兩性'을 띠어 있음을 가맜자, 그러자 알겠다. 그러자 가맜자 또 알게 되는 것은, 道家네 불머슴살이에 넌더리를 내게 된 沙彌가, 불씨를 가꿔온 그 아궁이에다 들입다 오줌을 갈겨버린 뒤, 스승 누운 방의 문을 박차고 들어가, 그 늙은네의 수염을 잡아 끄셔서 사립짝 밖에다 내쏘아 던져버리고는, 제 놈이 대신 그 아랫목에 누워 거드럭이고 있는 것을, 보자, 가맜자, 알겠다. "三十輻은 그 轂을 한가지로 하니, 그 無를 당하여 수레의 쓰임이 있다"는, 그 '無'가, 헤헤헤, '없음'뿐만 아니라, '열림'[空]인 것도 알겠는 것이다. (이 '없음/열림'이, '谷神'이며, '玄牝'이 아니겠는가) 그리하여 촛불중이 오늘, 새삼스레 맞닥뜨리게 된, '눈의 女性性'은, 그 '열림'을 '밖'에로가 아니라, '안'쪽으로 드러내놓고 있다는, 그것이었다. 그렇다, 그 한 전체로서, 女性的인 이 '눈'은, 그 눈의 '안쪽'의 무엇을 反映해내는 것이 아니라, '바깥쪽'의 무엇을, (안쪽에로) 깨워[悟]들이던 것이다. 이 '눈'은, 촛불중의 생각에는, '열림'이라는 국면에서는 그래서, '마음의 宇宙'를 밝히는 듯해도, 性別을 잃지 않고 있어, '마음의 宇宙' 쪽에로 뚫려져, 그쪽 사정을 조금 엿볼 수도 있는, '窓' 같은 것일지는 몰라도, 그쪽을 밝히는, '빛' 같은 것은 못 되는 것이나 아닌가, 했다. 그것(눈)은, 그것 자체의 女性性, 또는 母性(子宮性)에 의해, '反映해 들이는'[受容] 모든 것을, 妊娠만 해놓고, 아무것도 내보내려 하지를 안 해, (이 상태의 요니는, 벌레들의 宿主일 터이다) 시간의 경과에 좇아, (自然의 은밀한 곳을 들여다본 자라면 알겠듯이) 장차, '自我'를 피맺혀내게 할 것이다. 무엇의 '自我'이든, '自我'란 벌레이다, 번뇌며, 벌뢰이다. 그러면 나와 남의 구별이 생기고, 이쪽과 저쪽, 낮과 밤, 위와 아래, 선과 악, 앞과 뒤, 고운 것과 추한 것, 안과 밖, 凹凸 등등이 갈라선다. 아으, 그러면 알 일이다, '사람'(아담)이 맨 처음 읽었던 教本의 修辭學이, 어찌하여 相對性的(二元的) 어휘들로 짜여져 있었던지, 제기럴, 그것을 알겠는 것이다, 그것은 왜냐하면, '말씀'(눈)의 女性化를 통해서라는 것, 보다 투박하게 말하면, 그 '사람'의 女性的 思考의 결과라는 것, 그것을 알겠는 것이다. (반복하면, 二元論은 그러니까, 우주를 觀하는 '눈'의, 女性性에 의해 이뤄진 眞理라는 것이다) 그러다, 그 같은 눈이, (그것을 예배하는 자의) 어떤 노력에 의해서든, '性別'을 벗어버리기만 한다면, 촛불중의 믿음에 그것은, 다시 '原初的 눈'에로 환원해버린 것인데, 촛불중의 믿음에 그것은, '마음의 宇宙'를 밝히는 눈일 것이라고 했다. '눈'이, 그것의 男性·女性이라는, 性別을 잃어버리면, 그것은 모든 것을 두루 反映해 들이되[受容], 무엇에도 집착함이 없어, 受容하기가 原狀에로 되돌리기, 라는, 그런 결과에 도달하는바, '밖'이 자꾸 뒤집혀 '안'이 되는데, 이 뒤집히기는, 거기 머물지 않고, 더 진행하여, 자꾸 '밖'을 태어내놓는다는 것, (모래시계를 염두하여, 道流는, 그 시간의 뒤집히기를 觀해볼 일이다) 그것이, 촛불중의 믿음에는, '性別'을 뛰어넘은, '눈'의 '마음 밝히기'일 것이라고 했다. (이 '밖'은, 촛불중식의 '無意識論'을 이해하기에, 그중 적절한 素材가 될 것인데, 이 '뒤집히기'는, 이런 경우 '깨우치기'와 동의어로도 이해되는바, "마음을 넓히면, 그것 자체가 한 우주다"라는 명제가, 그러면 이해할 만하게 된다. ["마음을 넓히다니?" 그것이 무슨 오줌개 같은 것이라도 되어, 늘이면 늘어나고, 가만두면 줄어드는가? 또 반대로, 그것은 형체나 부피나 중량이 있는 것은 아니라면, 어느 끝을 잡아, 무슨 수로 그것을 늘여 편다는 말인가?] —그럼에도 촛불중입지, 道流의 說한 '눈'의 法은 입습지, 말입지, 태어날 때부터 장님이어서, 태초부터 쏟겨 내린, 그 무량의 빛 속의, 한 먼지 톨만 한 빛도 본 적이 없는 자에 대해서는입습지, 적용할 수가 없는 法인 듯한뎁지, 그러니 그것, 자체가 치우친, 半偏의 法은 아니겠을라는갑? 喝! '눈'

의 하나는 '男根'이멥지 道流엽, 다른 하나는 '말씀'이곱지, 道流엽, 그리고 제삼의 눈은, '마음'입지, 道流엽. 喝!)

촛불중을 태운 당나귀는, 그러는 중에 멀찌감치 법청을 뒤에다 두고, 읍의 중앙통을 향해, 꺽벅 턱벅, 바쁠 일은 없어도, 허리 부러질 일이라도 있다는 듯이, 비척 비떡 나아가고 있었는데, 글쎄 美里邑에서는 오늘, 美里의 七祖라는 촛불중의 葬禮를 치르려 하고 있었고, 그 七祖라는 중은, 자기의 葬禮에 참석하려 하여, 나귀 등에다, 자기를 무겁게 송장 얹어, 式場에로 나아가고 있다. 그러는 어느 길목에서 그는, "매일이 좋은 날",이라고, 누가 듣기에나, 거 좀, 귀신 씻나락 까먹는 소리, 같은 소리를 씨불이며, 드디어, 눈을 가렸던 손을 떼고, 부신 눈을 가늘게 하여, 자기의 주위를 둘러보기 시작했다. "오늘도 좋은 날", 잇고, 그리고 그는, 자신도 잘 모른 듯했지만, 체머리를 썰레썰레 흔들어댔다. 그를 태운 나귀를 끌고, 밀고, 옹위하고 있는, '多數'의 官卒들은, 저그들끼리 찡긋 쨍긋 눈짓을 해가며, 킥킥 웃기도 했는데, 나귀 등에 탄 자도, 그 등에 탄 나귀와 마찬가지로, 그런 俗事에 귀를 못 열고 있어 보였다. "좋은 날 오늘, 매일이 좋은 날 오늘", 그러며 그는, 그동안 눈이 밝음에 익었던지, 해를 올려다보았는데, 그러자 해에서는 검은빛이 소나기처럼 쏟겨 내렸고, 그래 생각에 그는, 이것이 밤이었다면, 귀신들이라는 모든 귀신들의 똥꾸녁을 찔러대, 몽땅 깨워 일으킬 그 시각에(그러니 子正에), 해가 와 있다고 했다. 밤에도, 검은 해는, 저승에 뜨고, 지던 것이다. 촛불중께 그 빛의 줄기들은, 수타 국수 가닥들처럼 눅진거려 보였는데, 아직도 촛불중은 썰레질을 못 멈추고 있었고, 그러자니 눅진거리는 빛이든 해든, 그 두 가지 것이든, 그것까지도 썰레어져, 하늘이 왼통 출렁거렸다. 아으, 출렁거리는 하늘은 왼통 아름다움뿐이로구나, 그렇게 그 하늘을 올려다보며 촛불중은, 자기가 어쩌면, 그 하늘의 위쪽 어디 언덕진 데서, 잘못 발을 내디뎠다, 그 하늘 가운데 빠져 죽었을지도 모른다고 생각했으며, 그 죽음도 아름답다고도 생각했다. 그리고 고개를 떨구고는, 죽은 그 자기는 현재 어디에 묻혀 있으며, 자기의 죽음을 꿈꾸는가, 그것을 의문했다. 히히, 히, 그런 의문은 꽤는 詩學的이라고, 그래 체머리를 흔들면서도, (그리고, 天國이란, 왼통 깨어 있기여서, 잠의 개미만 한 것도, 꿈의 명주실 같은 것도, 스며들거나 꾸려질 자리를, 남겨놓고 있지 않다는, 그런 이해의 태도를 고수하면서도,) 저 하늘 위쪽 어디 언덕진 데서, 잘못 失足하여, 하늘 속에 퐁당 빠진 것은, 그리하여 溺死한 것은, 허헛허허긴, 그 언덕에, 아직도 편안한 잠을 뉘어놓은 자기, 그 자기가 꾼 한 편의 短恨夢, 그 하늘을 떠 흐르다 스러진, 한 조각 浮雲, 그런 것이나 아니겠는가 했다. (그런 그 浮雲은 그리고는, 한 방울의 이슬도 떨어뜨리는 일도 없이, 어디로 가는가? 그러고 나면 하늘은, 시꺼멓도록 새로 더 푸른데, 그 푸르름은 허기는 해변의 모래톱 같은 것이다. 빛의 干湖 때 보면, 거기서 억만의 별들이 게거품을 뿜어내는데, 그런 거품이 하나씩 터뜨려질 때마다, 浮雲이 하나씩 깨어[孵化] 난다. [그러고 본다면, 그저 스러질 뿐일 것이라고 올려다보았던, 심지어 한 조각 浮雲까지도, 스러지지도 못하는 것이 아니겠는가?] 아른한, 水分의 壁 속에 갇힌, 작은 運動들. 그것들의 비극은, 그것들을 가두고 있는, 저 아른한 水分의 壁이, 찢겨 터뜨려지면 어쩔 것인가, 하는, 그 공포심에 있다. 그럼에도 自由[解脫]는, 그것을 벗기이던 것을!) 그렇다면 자기는, 그것이 어떻게나 "악몽이었든, 그 꿈을 깨이면, 天國에서 일어날 것"이 분명한가. (에? 헤헤, 苦海에 빠져, 백만 자맥질을 해대며, 못 죽겠어서 켜대는 쓴 물, 그런 못 죽을 죽음을 치르기, 그런 흉몽을 젖먹이는 잠, 을 뉘어놓은 자리가 하필, '天國'이라, 그런 말인가?)

그리고는, 조금 시끌장한 '소리'들이 있어, 표백하느라 널어 말리는 광목폭이나, 눈 녹는 철의 산등성이모양, 히끗 시끌, 희끌 시끗, 촛불중께 '보여'졌는데, 글쎄, 사람 얼굴의 까마귀들이, 셋씩 다섯씩, 넷씩 여섯씩, 희끗 시끌 모여, 갸갸 갸 우짖고 있는 중이었다. 어디서부터 일어난 것이었든, (무지개 뿌리 박힌 곳이며, 바람 일었다 눕는 자리를 뉘 알아?) 촛불중 자기의 얼굴을 훔쳐, 그 목에 얹고 있는 더운 흐린 바람은, 검은 고양이의 하반신에 馬脚을 해서, 읍의 가운데진 데로, 냄새나는 회오리바람으로, 가오 갸, 가오 우짖음으로, 히끗 시끌, 시끗 히끌 나아가고 있자, 글쎄, 하늘에는 해가 빛나고 있는데도, (촛불중이 보고, 듣고, 느끼기에는) 땅에는, 박모나 같은 어둑스레함이 깔려 있어, 馬脚이 터벅이는 데서마다, 먼지가 일 듯, 어둑스레함이 폴싹이고 있었는데, 그럴 것이, 사람 얼굴의 까마귀들이, 저 앞쪽 어디 한군데에는 한 떼로

와 몰려, 羑里邑 분량의 날을 가리고 있었고, 우짖으며 서로의 털을 뜯으려 짓쪼아대고 있었고, 무질서하게 波動이 일고 있었고, 까마귀들은 우짖고 있었고, 서로의 가슴을 쪼아 염통들을 쏟아내게 하고 있었고, 격렬한 波動이 일고 있었고, 派數가 증가하고 있었고, 가증하고 있었고, 열이 일기 시작하고 있었고, 수증기가 펴 오르기 시작했고, 갸갸 苦苦 까마귀들은 괴롭게 괴롭게 우짖고 있었고, 그러는 그 어느 고압적 일순 그 한 무리의 波動이 확 뒤집혔고, 그것에 좇아 그 個波들의 한 묶음[集]의 波動에는 個紋들이 보이지 안 했고, 이것이며 저것들은 한 묽음의 波動 속에로 녹아들어 버렸던 모양이었고, 그래서 이것도 삼사무레했고[前三三], 저것도 삼사무레했고[後三三], (하으, 별들은 여명에, 그 깊고도 검푸른 하늘의 빛에 희석되어버림을! 잠 가운데로 무덤 드는, 작은, 반짝이는 意識들) 痴兀兀 울긋불긋 兀兀痴 치그르 지글 끓기 시작하고 있었고, 증기가 궁창을 메꿔 가리고 있었고, 혼돈하고 공허하며 흑암이 깊음 위에 있고, 아으 잠, 깊디깊은 묽은 잠, 아으 잠, 묽디묽은 더운 잠—그것은 꿈의 母胎, 그리하여 그 깊고 묽은, 더운[熱] 잠이 쏟겨 드는 데서, 하나의 진주가 맺혔더니, 형태 없는 진주, 그 이름은 '欲望'이랄 것이었다, 어쩌면 알맹이가 없는 진주. '欲望'은 배가 고픈 子宮, (언제나 否定的이다) 발정한 암캐, 그리하여 수캐를 불러내 씨앗을 얻으면, '꿈'을 키워내고, 얻지 못하면, 죽은 欲望의 월후에 덮인다. '欲望'을 '子宮'으로 가진, '우리들의 따님' —'集團'은, 그렇게 '잠'이다, 묽고, 두려운, 깊고도 더운 '잠', "大地와 마찬가지로 그것도, 밑으로 내려갈수록 더 덥다." (촛불중은 그렇게, 個我들은 어떻게 集團化하여, 集團은 또 어떻게 묽어져, 도저히 벗어나기가 어려울, 하나의 '잠'의 상태에로 轉移를 치르는가, 그 과정을 들여다보았다고 믿었다. 이 '잠'은 그리하여, 그 '잠'에 걸맞는 '꿈'들을 불러내어, 그 잠을 더욱더 호꼰하고, 깊으게 할, 그런 연극을 행하게 할, 모든 비옥한 준비를 다 해놓고 있었다. 풍요한 잠) 촛불중은 그리하여, 저 발정한 암캐의, 나부죽한 그 점이 찐득거리도록 미끄러운, 그렇게나 아름답도록 추악한(수렁), 추악하도록 아름다운[蓮], 저 기름기에 번들거리는 암캐의, 요니를 벗어나기는, 지난하고도 지난하겠다고, 그렇게 건너다보았다. 보는 중에 근이 빼등여 섰던지, 촛불중은, 아랫도리를 거북해

하다가, 하는 중에, 그녀러 하초모양 뻐등여 일어난, 한 느낌의 겁간에 똥구녁이 아픈 것이나 아닌가 했는데, 촟불중이 건너다보는 중에 헌데, 판관 겸직 읍장의 얼굴을 해 단, 아버지일 것이라고 여겨지는 어떤 수캐스러운 잡놈이, 어머니—암캐를 뒤에서 찌르고 덤볐던 것이고, 그러자니 일어난, 그 아비에 대한 질투심에 劫姦스러울 수밖에는 없던 것이다. 동시에 촟불중은, 그 어머니에 대해서, 치솟아 못 견딜 性慾과, 슬프기까지 간절한 사랑을 느끼고 있었는데, 글쎄, 본즉 어머니는, 별세한 장로의 손녀의 얼굴을 해 갖고 있던 것이다. 제기럴, 럴, 럴녀러, (하는 말로는) 幻이(라고 하는, 도대체 그 알맹이[실다움]도 없다는 것이) 꾸며 갖고 있는 얼굴이, 글쎄 그런 어떤 특정한 얼굴이, 어쩔 때는, 그리고 無時로, 노상, 이렇게도 처절하도록까지나 절실하게, 어떠한 실다움보다도 더 진한 실다움으로, 다가오는 까닭은 무엇이냐, 오랭이 물어갈, 갈, 갈 녀러, 무엇이냐, 무엇이냐? —촟불중을 태운 늙은 나귀는, (ㅂ ㅍ라 몰을 산 녀러 것도 있은즉, 헤헤헤, 어쩌다 한 번쯤, 몰 ㅍ라 ㅂ를 산들, 기 누가 뭐라리?) 작것, 저지난 엄동 어느 새벽녘에라던가, 추위와, 굶주림과, 외로움에 솔아버린, 어떤 홀늙은 뱃사공네 구유배나 같았을라, 그러는 그리고 이러는 철, 화냥년이지 세월인즉슨, 그 쑹헌 화냥년이, 놋좆까지 빼물어 가버리자 매임도 풀려, 끼걱 빼딱 구유배는, 물살 따라 바람 따라 흘렀겠는가, 놋좆까지 빼물어 가는 세월 닿은 자리, 어찌 틈바귀인들 넓혀졌잖았겠는가, 한옆으로 빼따꿍 비딱 비얄 비실, 작것, 물을 켜으 켜흐으 켰느냐, 그것도 아니면, (거기서는 배도 가라앉는다는) 시타江에 失足이라도 하였다느냐, 키—키—호—호—호 웃는 소리, 타타가타 치는 박수 소리, 사마야 에마호 야유하는 소리, 늙은 나귀가, 커으, 커으흥, 등에 짊어진 法이 무겁고, 불편하다고, 딱 멈춰, 궁둥이를 빼 사리다, 이 官卒 저 官卒 多數의 官卒 윽박지르는 주먹질에 발길질에, 커으흥 배심을 내얐고나, 저런 순 능지처참을 헐 즘생 겉으니라구, 비그르 누워버린 것이다. 저런 눔께는 法이 아니라, 허리가 무너나도록, 솜이나 소금 짐을 짊어져 줬어야 하잖았나. 허지만 허기는, 法이란, 그 솜털 하나라도, 천의 코끼리로서도 당할 만하지를 못하다고 하거늘. 그런 까닭일끄냐 허기는, 法이 흔해 恒河沙 같다 해도, 깨우치는 有情은, 한낮에 보이는 별보다 흔하지 않은 듯하다. 法으로 船木하고, 法으로 놋줒하고, 法으로 櫓해서만, ᄇᆞᄯᅥ라, ᄇᆞᄯᅥ라, 彼岸行 배는, 시타江에서도 가라앉잖는 것을, 지국총 끼꺽 지국총 끼꺽, 흐린 달빛 此岸의 恨을 가득 싣고 저 배는, 어딜룰 가놨다. 압뫼히 디나가고 뒷뫼히 나아온다 ᄇᆞ셰여라 끼꺽 ᄇᆞ셰여라 끼꺽, 落紅이 흘러오니 桃源이 갓갑도다, ᄇᆞᄆᆞ어라 끼꺽 ᄇᆞᄆᆞ어라 슬먹, 人世紅塵이 언매나 ᄀᆞ렸ᄂᆞ니? 어사와, 무명중생을 法이 헌뎁지, 뎁지럽, 한 무명중생의 말입지, 입습지, 땀의 바다 위에 말입지, 입습지, 놀잇배를 띄웠었드랬는갑, 키키호, 난파를 허으여꼬나, 키 키 호호호—, 法이 솜이어서, 저 한 바다 땀에 젖어, 푹 젖어, 치사하기가 젠장헐, 답박 엎질러진 한 바다로답. (사실 말이지, 걸 뭐 '아흐레'라고 하면 어떻고, 또 말해 '아흔해'라고 하면 어쩔 일이겠는가, 그리고 또 말이지만, 門을 '바랐다'[向] 면 어떻고, 壁을 '마주했다'[面] 면, 그 또 어떻겠는가, 마는, 그래도 고래로 해오는 소리가 그러니, 그렇게 흉내 내기로 해서 말이지만,) '九年面壁'에, 엉덩이 아래쪽이 소금 기둥이 다 돼가고 있었는 데다, (지난번 입은, 두 발바닥의 火傷 탓에) 잘 걷지도 못하는 상태에 있는 중이, 그럼에도, 그 무명중생의 그것 나름의 실다움(그런 탓으로, 성낸 코끼리가, 자기들 앞으로 돌진해오자, 그때 그 자리에, 아난다가 있었던가 어쨌던가, 그것까지는 잘 알 수가 없으되, 제기럴 누무나한이라는 것들이, 오백 오합지졸로, 줄행랑 사방을 놓았던 것이었을라) 밑에 깔려, 심한 경우로는 鬼神까지라도 토해내지 않고, 별로 그럴 나이는 아직 아니라 해도, 쓰기를 험하게 써 젖혀, 칠순이나 되게 아른해진 한 겹 가죽 부대 속에 싸안아 있는 '自我'라고 이르는 것을, 여태도 지켜 갖고 있을 수 있었기는, (헤헤헤, 사실 이런 표현은, 엄살치고도 매우 과장적인 것이랄 것인데, 그렇잖은가, 비록 말해, 저 중의 몸을 이룬, 그 흙의 원산지는 가뭄이 잦았던 까닭으로, 그 흙으로 빚은 몸을 입은 有情은, 다른 고장의, 보다 양호한 흙으로 빚은 몸을 입은 有情보다도, 두 배나, 혹은 다섯 배나 열 배쯤, 속히 풀 기를 잃는다 한다 해도, 그 크기가 큰 개만 하다고 이르는 늙다리 나귀[가, 肉德이 좋았으면, 거 얼마나 좋았겠는가] 밑에 깔렸다 한들, 이보게 그래서 鬼神까지야 게워낼 만하겠는가? 말하기로는 그럼에도, 중의 일거수일투족, 어느 것 하나, 禪定이나 說法 아닌 것이 없다고 하거늘, 그렇다면, 말한 바의 '엄살'은 어찌 쓴 연고뇨[何以故]? 가맜자, 그리고 가만히 저 '엄살'이란 것을 되뇌어보잔즉, 九生 五百世 한사코 고집해 오그려싸려는, 여보게, 그 '나'[自我]라는 것이, 헛헛, 그러고 보니, 이렇게도 허잘 데 없이 약해, 삼대째나 내려 입은 헌 중우 같은, 헌 가죽 주머니 속에 싸여 있었던 것인가, 그것이 생각난다네. 헛츠츳, 이렇게 되면, 말이 주렁주렁 목구멍을 넘어올 듯하지만, 거두절미하기로 해야겠는가, 그리고 한번 공중제비라도 넘기로 말이지만, 묻노니, 모든 이슬방울들 속에 하나씩 갇힌, 그 아침 해는, 그 이슬들이 질 때, 함께 지는가? [그 대답은 물론, 어느 쪽에다 실다움을 두느냐에 달렸기는 하겠네, 마는. 그러니, '이슬'도 그것의 '실다움'을 가졌다고 한다면, 그럴 일 아니겠는가, 그 '이슬의 해'는, 그 '이슬'이 질 때 같이 진다는, 글쎄, 그럴 일이 아니겠는가? 하늘에는, 억천으로, 무수로 많은 해] 喝!) 그 나귀 옆에 서 따랐던, 官卒들이, 무너져 눕는 중을, 용케 부축한 덕인데, 글쎄, 이런 경우를 잘 내어다보고 그랬든, 아니면, 자기의 눈을 벗어난 곳에서의, 저 官卒들의 불손 방자함을 잘 짐작하고 그랬든, 저들께 나귀를 주어 보낼 때, 판관 겸직 읍장 되는 자가 엄히 명했었기를, 七祖大師를 모셔 오되, 한 방울이라도 흘러내렸다가는, 그것을 인 자의 전신이 문둥병에 덮이게 될, 그런 毒水의 불을, 전이 넘치게 담은 동이를 이고 오듯, 그렇게 각별히 조심하여, 모시고 오라고 한, 덕이었을 것이다. 그리고 그는, 이것은 발음해내지는 안 했었지만, 중들이 이르는 法이란 그리고, 그것이 그 파괴력을 드러낸다면, 말한 바의 저 毒水의 불을 淨化, 純毒하게 하여, 이 純毒해진 毒水에다, 그믐달을 넣고 지옥의 유황불을 누룩 삼아 담근, 그 술보다도 더 독하다는 것도, 알고도 있었다. 그런고로, 없던 곳에, 본디 그런 것이란 있지도 않던 곳에, 그중 비극적인 것만 하나 예를 들기로 하면, '地獄'까지도 생겨난 것이다. '땅의 勢'가, '하늘' 시집살이에 넌더리를 내고, 分家를 했었을 때, '하늘'이야 하늘 일이니 넘겨다볼 것도 없었다 해도, '地獄'만은, 생억지를 써서라도 얻어내 왔었다면, 그리하여 그것이, '땅'을 治理하는 자의 목적에 이용되었더라면, (우주적 '權勢櫃'란 다름 아닌, 저 '地獄'이 아니겠는가?) 龍이 如意珠를 얻기여서, 더 바랄 것도 없었을 것이었는데, 이제 그것은, 어디서부터 그 갉아먹기를 시작했던지는 모르되, 한 마리 우주적 蛔蟲, '땅'의 내장까지 다 갉아

먹고, '땅'의 한 겹 피부만 남자, 잠시 瀕死狀態에 처해, 배고픔으로 제 창자를 녹이고 있는 중이어서, 그 '땅'을 다스린다는 자까지도, 발자국 소리 한번 크게 내어 딛지도 못하도록이나, 참담하게 되어져 있는 형편인 것이다. 否定的 국면에서 관찰되어지는, 땅을 떠났다[出家]며, 땅에 견고히 발바닥을 밀착하고 서라야만 땅을 떠났다고 이르는, 저 중들이란 그래서, (판관 겸직 읍장의 견해에는) 땅에 대해서 不治의 聖/性病이며, 온역이고, 不純함의 덩어리여서, 할 수 있으면, 부젓가락으로라도 꼭 집어, 굶주려 하는 저 蛔蟲의 목구멍에다 던져 넣어주는 것이 좋을 것이다. 여차 잘못 취급했다가는 헌데, 저 '毒水의 불'은, '땅'의 한 꺼풀 피부 아른한 것까지, 다 태워 녹혀 버리기가 쉬운 것이다.

"허이가나 초런, 본개 말이제 글씨, 조 시님이 아직도 똥 싸 뭉갤 연세거나 그렇던 안 허는 것 겉은디도, 지 발로 스도 못해, 앉아 뭉개는디",

"사둔, 고 시님이 그래 비도, 美里의 七祖村長이시랑만 그랴. 前職은 물론, 官의 앞재비로, 중들이나 지키라고 美里에 내보내졌었으나, 六祖村長헌티 비역을 당하고 그랬다든가, 춤(침)을 좀 얻어묵고 그랬다든가, 魔羅를 이겨 항복 받았다고 허고 그러는디 말이제, 그란 뒤, 마음을 질들이갖고, 오늘 美里에 있다가도, 니얼 세천시어곡에 가서도 있고, 그란디는 겨. 글씨, 마음보다도 더 힘이 세고, 빠른 건 없다는디, 누구든 그래서",

"커흐, 사둔은 시방, 눈깔을 두 개씩이나 해갖고도, 보도 못하시네? 사둔 말허는 것 겉은 고런 대사가, 저 보라고 시방, 늙다리 땅나구 한 마리 다시리지도 못히어갖고, 흐흐흣, 낙상을 히었는디",

"(여럿이서 웃는 소리—한 줄,) 하글 하글 하글 개글 개굴 개굴",

"조 시님이, 나귀 등에 타구시나, 바람 부는 대나무 정자에 누워 있었고나."

"고건 무신 녀러 귀신이 씻나락 까묵는 소린지는 몰루겄어도, 풍류가 제법이네, 제법이라고."

"숲은 가만히 있는디도, 고 정자에 누워 있는 자가 흔들려 어지러운",

"하글 하글 우글 와글 개글 개굴",

"가맜, 맜게, 조 시님이 말이제, 눈을 시푸렇게 뜨고서도, 비는 걸 못 보는 개 빈디",

"사둔은 말여, 요것조것 모도 갖다가시나, 사둔 눈구녁으로 봄시나 아까부텀, 넘들이 머슬 보니 못 보니 그래쌌는디",

"아 사둔은 시방, 조 시님이 말여, 서쪽에다 얼굴을 두고시나, 남쪽으로 생곤두박질을 쳐가는 것도 못 보는 겨?"

"그렁개로 사둔은, 사둔 눈으로만 보고 있다는 소리가 아니냐고. 사둔 눈에는 남쪽으로 여겨지는 디가, 조 시님헌티는 서쪽으로 예겨질지도 모르잖냐고. 글씨 고 시님이 말이제, 우리 겉은 無明衆生의 눈을 띠울라는 고 목적으로 오싰다는 말씸도 못 들으신 겨? 워디 그것뿐이라간디? 그래갖고, 우리를 이끌어, 서역 워디에 있다는, 조운 고제를 가실라고 시방, 우리들 앞에 선, 七祖시란 겨."

(촛불중도 물론, 듣고 있었다. 그리고 이 군중은 오늘, 배가 고프지 않다고, 알아내고 있었다. 배가 고프면, 촛불중이 알기로는, 군중은, 낮잠에서 깨이고 있는, 짐승의 냄새를 풍기는 것이던 것이다)

"그렇다면 말여, 헤헤헷, 우리들 말이제, 참 실망허겄다고, 아 사둔네들 들어봐겨, 내 생각에는 말여, 美里의 七祖찜 될라먼 말여, 얼굴이 훤허니 해 갖고시나, 빛이라도 나고 말여, 一人分 햇님끄장은 구만두드래도 말여, 허다못해 쬐꾸만 별이라도 하나찜 말이제, 이망빡이든지 뒈세기 너머든, 워디쯤 하나 붙어 따라댕길 중 알았었다고. 안 그려 모도이?"

웃는 소리가 난다, 옌네들까지 합쳐, 스물로 쉰으로, 왁자지껄 하글 하글 와글 와글 개글 개굴 웃는 소리가 난다.

"내 쫍은 쇠견으로도, 고 정도끄장은 짐작히었었는디",

웃는 소리가 난다, 씨석 씨석, 웃는 소리가 난다, 이번에는 겹이 아니라, 홑으로, 둘레진 데서가 아니라, 가운데져 움푹 꺼져 들어간 데서, (人世의 '가운데진 데'는, 언제든 우뚝 높으다는 것이, 기억되어져야 할 것이다) 씨석 씨스럭 웃는 소리가 난다, 웃는 자는 이번에는, 홑으로, 七祖라고도, 촛불중이라고도 일러지는 자이다.

"七祖는 만세허시겨."

웃는 소리 하글와글, 박수하는 소리 왁자지껄, 왁자 왁자, 지껄 지껄, 하글

캐글 개굴.

—아이들은, 물론 그 아이들 속에는 촛불중 자기의 얼굴도 섞여 있었는데, 구렁이를 보면, 다리가 나오는 것을 보겠다고, 그것을 막대에 떠다가는, 잉걸불 위에 던져 올리고는, 둘러서서 오줌을 찔금 찔금 흘리며, 눈이 붉게 익도록, 그 불구덩이를 들여다본다. (그 어린것들이 만약, "뱀의 다리는 뱀 저그들끼리만 본다"는 것을 알았더면, 그런 횡포를 부리지 안 했었을 것인가) 헌데 오늘 이 한낮에, 촛불중 자기는 분명히 그 자리에 있는데도, 그 구경하는 사람들 속에는 없어, 없고 있다. 자기도 거기에 있는데, 거기에는 없고, 다른 데 있다. 아 이제는 그러니 결국, 저 고통스러운, 불의 노도 가운데, 자기는 던져져 있음을, 현실로서 인지해야 할 때인 것인 게다. 비유나 상징에서, '비유'라고, '상징'이라고 여겨왔던, 그 부분만 벗겨나가 버린 것을, 그렇다, 이제는 인정해야 할 때인 것이라고, 촛불중은 자기를 들여다보았다. (通譯을 한다면 저 말은, 이렇게 될 터이다. 羯磨를 여의지 못해, 비린내의, 구정물인, 미끈거리는 羊水 속에 잠겼기가, 그러던 날, 터뜨려내는 羊水의 강물을 좇아 女子의 下門을 통해 나왔기가, 그 자체가, 苦海에 던져 넣어지기였음에도, 그 궁극적 열예를 경험해본 적 없는 有情께는, 배부르기라든, 등 따숩기, 내일 해도 반드시 떠오른다는 신념 등으로, [有情들은] 삶이 전순히 괴로움인 것뿐만은 아니며, 차라리 그 괴로움에 의해 더욱더 큰 즐거움이기도 하다고, 그래서 죽지 않을 수 있으면, 九生을 죽어서라도 죽지 말았으면 싶으다고, 하게 되다 보니, "삶이 苦海"란, 비유나 상징 같은 것으로 굴절 현상을 치른, 부정적 修辭學으로나 이해되어왔다는, 그런 것일 것이다) 그렇게 알고, 슬픔에 가득 찬 눈을 들어 촛불중이, 苦海를 새로 둘러본즉, 그 노도를 거스르려, 보이지도 않는, 저쪽 어디에 있다는 해변[彼岸]에의 그리움으로, 자기가 아무리 허우적 허푸적 자맥질을 해본다 해도, 거기 무슨 구원의 손이 있어, 죽기로 괴로워하고 있는 자를 끄집어 올려줄 듯싶지도 안 했는데, 그럴 것이, 修辭學的 聯想이랄 것을 떠난다면, 그것이 羯磨가 이뤄낸 幻이든 아니든, '此岸'만 있고, '彼岸'이란 있는 것이 아니어서, 幻地도 못 되던 것을, 알게 되겠기에 그런 것이다. (比喩하면,) '此岸'이 '色'이면, '彼岸'은 '空'의 국면인데, "色不異空, 空卽是色"이라는즉, 그 양

자 '사이에'(란, 이런 경우에는, 矛盾語法이 된다), 무슨 地理的 거리가 있다거나 그런 것은 못 된다. 상사라와 니르바나가 하나이다, 此岸이 彼岸이다. 그러니, 니르바나가 상사라이다. 그럼에도 아으 道流여, 道流의 이해가 그것에까지 미칠 수가 없어, 어리둥절해 하지 않을 수가 없거든, 道流는, 허기는, 아직은, "수미산 크기의 니르바나를 지기에는 개미나 같아서", 훨씬 더 강골이 되기를 기다려야 할 듯한데, 그러는 동안은 그런즉, 시작으로써, 道流가 이해키에 쉬운 話頭를 택하는 것이 권고되거늘, 그것인즉슨, 道流의 五官에 절실하게 호소되는, 상사라 말고, 또 더 좋은 무엇이 있을 수 있겠는가. 그것(상사라)이, 스스로 '語佛者'라고 이르는 자가 일러, '修辭學的 밖'(또는 '記號')이라고 하는 것이거늘. 道流는 그러면, 그것을 이해키에 열심을 다해야 할 것인데, 왜냐하면, 니르바나를 성취키 위한 有情들의 상사라行(프라브리티의 험로에 오른 有情의 苦行)은, 말한 바의 저, '修辭學的 밖'[記號]을 깨우기—그것이기 때문이다. 그러는 동안 道流는, 결코, 어느 한 眞理만이 眞理라고 믿는, 편견에 치우치지 않고, '두 眞理의 동등성'(상사라/니르바나, 밖/안)을 인정하기 위해 道流의 '안/밖'을 활짝 열고 있어야 되는데, 그렇지 않으면 道流는, 그 무게 탓에, 下半身이 흙 속에 빠져 심겨 들어, 오백 겁을 못 빼쳐나거나, 머리통이, 重力을 잃어 익은 민들레꽃이 되어, 작은 바람에도 톡 터뜨려져, 모든 곳에로 흐트러져버리고, 남김이 없게[消滅] 되기가 쉽다. 그러던 날 道流가, 사마야 사마야 갸 갸 갸, '밖'(상사라)을 다 읽어버릴 수 있게 된다면, 그것이 다름 아닌, '안'(니르바나) 읽기였었다고도 알게 될 것인데, 그런 '남김이 없이 깨달았음'의 결과는, 헤헤에마호, 키 키 호, 호, 혼데, 文盲에 失語 같은 것이나 아니겠을라는가? 그때에 이르면 道流는 다시금, 그것은 분명히 法悅이라고도 이를, 어리둥절함 속에로 떨어져 내릴 것인데, 妄想에 의해 道流가, 이전의 자기를 되돌아보려 하지만 않는다면, 道流는 此岸에 앉아, 언제 적 彼岸 떠나, 彼岸에 있다. 그러면 彼岸은, 道流에게는, 다시 此岸이 아니겠는가. (읽고, 말하기 따위에 의해, 道流가, 구별심을 일으키지만 않는다면,) 글쎄 말이지, 此岸이 彼岸이다. 此岸이 즉 彼岸이며, 彼岸이 즉 此岸이다. 此岸이 彼岸과 다르지 않으며, 彼岸이 此岸과 다르지 않다. (건너라, 모두 건너라!) 만약 그것이 실다움이라면, 말한 바의 '구원의 손'은 그러면, 어디서 내려져서, 어디서 무엇을 움켜쥐어, 그 쥔 것을 어디에다 갖다 내려 놓아준다는 얘기겠는가? (누구의 귀에 들려졌건 말았건, 그리하여 촛불중은, 나름의 한 法을 說하였더라, "아으 道流들은, 이것은 어쩌면, 쇠로 된 굵은 사슬을 벗어나기보다 천만 배나 더 어렵다고 할지 모를지라도, '修辭學的 聯想'이라고 이른 바의, 저 '말[言語]로 된 사슬'에서, 그것에 마늘 꿰어진, 道流들의 대갈통들을 뽑아낼지어다, 그러면 道流들은, '실다움'이라는 것은 道流들의 혀에 감아 먹어서는, '살'[無明]이라는 蛔蟲을 살찌우고, '혀'가 이뤄낸 幻鬼를, '살'이 이뤄낸 幻鬼에다 접붙여, 그것이야말로 '실다움'이라고, 예배해왔었음을 새로 발견하고, 경악할 것인데, 그 幻鬼의 이름은 '二元論'이랄 것이다. 그러기 위해서 道流들은, 生殖을 위해 몸을 휘감아 문질러대며, 점액을 늘여내는 괄태충이들모양, 서로가 서로의 혀를 휘감아 틀어, 독의 타액을 늘여내며, 혀의 동아줄을 만드는, 그 혀들을 사려 들이든, 아니면 동강을 내고 말 일일 것이다. '냉'이며, '월후', '정액'이며 똥오줌 냄새뿐만 아니라 세상은, 끈적거리면서도 미끄덩거리는, 뒤섞인 '침' 냄새로도 꽉 차 있구나. '월후'며 '정액' 따위가 고여 썩는 웅덩이에서는 '怪獸'[毒龍, 九尾狐, 판[pan], 사튀로스[satyros], 外 多數]가 일어나고, 뒤섞인 '침'이 고여 썩는 데서는, '魔'[사탄, 外 多數]가 일어난다. 헤이키 쒜—") 그럼에도, 그것을 환히 내어다보아 알고 있다고 여기는, 촛불중 자기까지도, '此岸'이라는 데 떠나, '彼岸'이라는 데 닿으려 했었던 까닭일 것으로, 苦海에 빠져, 왼통 쓴 물 먹기며, 삼세 간 빼곡 찬 것이 공기라 해도, 작은 허파 하나 반도 채우지 못함은, 허푸 거푸 쓴 물 먹기며, 허파 허파 숨 가빠 하기며, 아으, 죽기가 괴롭기며, 살기가 괴롭기며, 제기럴, 말이 많구나, 살기는, 죽기는 괴롭기며, 말이 많다, 苦也. 헤헤헨데, 특히, 살기며 죽기, 죽기로써 다시 살아나오기 같은 극난한 문제를 두고, 그것에서 비유며 상징이 되어온 부분만을 껍질 벗겨내 버리기로 하고 본다면, 그 송송 피가 맺혀 나오는, 억만의 땀구멍에마다, 地獄을 宿主로 자란 거머리가 박혀 있어, 목숨이라는 것이 바로, 地獄 자체라는 것을, 도저히 부인할 도리가 없게 된다. 몸이라고, 뼈며 살을 꾸며 입은, 그 元素들이 敵 되어 일어날 때, 그것보다도 더 감당하기 어려운(이란 道流여, 무엇이 무엇에 대해

敵이 되어 일어나자, 무엇이 그것을 감당하기 어려워한다는 얘기겠는가? 헤끼, 묻는 자여, 公은 野狐로고, 물음에 의해 보면 公은, 시지큰한 땀이며, 구린 발 냄새의, 이 더러운 法會를 지켜 앉아 있어얄 까닭이 없음에도, 오히려 거기다, 이빨 썩는 냄새까지 보태고 있으니, 咄, 野狐로구나, 野狐精!) 것은 더 없을 것인데, 그럴 것이, 물속에 빠져 허우적이며 죽어가고 있는 자가, 물의 元素를 항복 받기는 힘들며, 뿐이겠는가, 불 가운데 휩싸여, 아주 잠시일 것이지만, 산 烽火가 되어 있는 자가 불의 元素를, 그리고, 천야만야한 절벽 위에서 失足한 자가, 바람과 흙의 元素를 극복 제압하기는, 거의 불가능할 정도로 극난할 것이기 때문이다. 문제는 헌데도, 한번 숨쯤, 폐부 가득히 쉬어 넣은 자가, 깊은 물속에로 가라앉아가며, 아 이 한 大洋쯤의 羊水는, 천국적이랄 만큼 기분 좋음으로, 전신을 애무해 휩싸아 안고 있다고 느끼기이며, 또 불 가운데 휩싸인 자는, 얼마나 오래 그 상태를 지속할 수 있을는지는 모르되, 세상은 천국보다도 밝고 훈훈하며, 녹은 금의 바다는 지옥보다 아름다워, 그 속에 투신해타 죽었으면 싶다고, 일종의 性慾이라고도 할, 죽음에의 그리움을 일깨우기이며, 천야만야한 절벽의 꼭대기에서 떨어지고 있는 자는 또, 그 견뎌낼 수 없을, 떨어지기의 가벼움에 의해서, 그 비행의 끝에는, 하나의 爆發이랄 것이 준비되어 있는다면, 한 삶을 얼마나 어기찬 性交였을 것인가, 그렇게 여기게 되는데 있을 것이다. 왜냐하면 有情은, 죽고 싶음을 그중 큰 욕망으로 해서, 상사라엘 오는 것이기 때문이다. 죽고 싶음에 의해 보면, 有情의 살 입어오기의 삶이란, 허기는 한 어기찬 性交 말고, 다른 아무것도 아니기는 하다. —이만쯤에서 새로 일어나는 문제는 그런데, 有情들의 그 '죽고 싶음'이, '죽이고 싶음'에로도 잠시, 변형을 치른다는 그것에 있다. (그리고 물론, 被虐과 加虐은, 그 대상을 捨象해버린다면, 꼭같은 심리적 발작이라는 것은, 촛불중에 의해, 누누이 밝혀진 바 있다) 저런 순 불순한 녀러, 人面을 꾸민 짐승 같으니! 이렇게 되면, 한 겹 苦海에 강풍이라도 일었을거나, 두 겹, 백 겹, 억만 겹으로 주름이 많아져, 그 주름 주름에마다, 그것들이 뭣이든, 어쨌든 무슨 지나는 배는 물론, 그것의 그림자까지라도 움켜쥐어 끌어내리려는, 물도적들을 매복해놓고 있다. '시타'라는 이름의 이 한 江은, 무엇이 그림자라도 제대로 이끌고는, 건너기가 어렵겠구나. '배까지도 가라앉는 江'에서, 어찌 그림자인들 그것의 뼈를 추려 건너겠는가. 그림자까지도 가라앉는 江은, 羯磨의 江, 그렇다면 그렇지 않는가, '잠'일 것, 누렇게 더운 잠. 거기서도 떠올라, 잠시일지라도, 글쎄 그저 잠시일지라도, 부표하는 것이 있다면, 그리고 물론 있고 말고, 그것은 그리고 다시, 그 잠 속에 침몰했다 뼈를 잃은, 그 그림자들일 것, 뿐일 것, —이것은 그렇다면, 그 '잠' 속에서 누룩 뜬, 그러니 '꿈'이라고나 일러야겠는가, '꿈'이라고 일러야 할 것, '꿈.' 헤헤헤, 그 水面에 어리거나, 그저 스쳐 지나는 것까지라도, '청천 하늘'에는 별도나 많고, 달이 밝아 중천인데, 아으 불어가는 바람도, 난파케 하는, 그 重力의 江에서 떠올라, 떠도는 것은, 아으, 가 닿을 데라도 있느냐, 떠돌다 배고프면, 그 물을 한번 들여다본 뒤, 얼굴을 빠뜨려버린, 달을 건져, 건진 달의 한 뒤 귀퉁이 시리게 떼어 먹고, 추우면, 그역 한번 발 잠근 뒤 못 떠난, 뒤 광주리 뭉게구름, 굵게 자아 실[絲]하여, 등 따뜻이 덮을 것 두텁게 엮어 덮고, 그리고는, 아침이며 저녁, 낮도 밤도, 봄 여름 가을 겨울, 須臾라니 뒬맛가, 아름답다고 떠 흐르기는, 그 흐름의 소용돌이에 둥지 져, 만년이고 떠나지 않으려, 접은 깃 밑에 미래를 품어, 훈훈히 해둘 것인가. 흐, 흐흣, 흐흐흐, 헌데 '꿈'의 나비들을 많이 버글여대다 보면, 물론 '잠'도 배가 고프지 않을 수가 없다, 그러면 '잠'은 또, '꿈'을 분만할 것인데, (이 '잠'의 自給自足!) 일어났으므로 떠 흣도는 중에 다시, 꿈들은, 닿을 데가 없이 흐르다 누우래진 그 江에, 발목들을 잡힐 것인데, 꿈들은 그러면 溺死하여, 江의 창자 밑에 눕는다. 흐르기로 되돌아와서, 되돌아오기로 흐르는, 멈춰진 江, 바르도의 江, 그 江에서는 그래서, 배까지도 뜨지를 못해, 가라앉는다고 하잖더냐. 江가 앉아 우니노라, 이 江은, 빈창자의 고통을 못 이겨, 하다못해, 제 꼬리를 제 입에 물어 삼켜 들이는 뱀, 그러느라 영겁을 뒤집히는 뱀, 바르도 흐르는 江, 강, 강, 강, 수월래, 運命을 맴돌기. 노상 처먹어대야 더 깊이 드는 '잠'의 잠, 江, 이 '잠'은 노상 잠이 부족하여, 노상 잔다. 그리고 먹어도, 먹을수록, 배가 고프다. 그럴수록 그것은, 제 창자 속에 엉긴 기름을 뜯어내고, 더 뜯어내, 많은, 더 많은 '꿈'의 새깽이들을 버글여 내서는, 그것들을 마구잡이로 먹어 치우는데, '잠시'라는, 그 시간의 단위란, '무궁'에 대비해서는, 시간도 못 된다고 한다면, (이 '잠'의 '꿈'의 분만과, 그 '꿈'을 움켜 먹기 사이에 시간적 거리가 없어,) 이 '잠'의 입은, 그것 자신의 요니에 딱 붙여져 있어, 입과 요니의 구별이 잘 안 된다는 얘기를 할 수 있게 될 것이다. 그럼에도 일어난 '꿈' 쪽에서 본다면, 어미 '잠'의 젖퉁이를 빨 시간과, 교미할 시간과, 자기 시체를 자기 손으로 염습할 시간은 있고, 그런 시간이 어떤 경우에는 오백 칼파와 맞먹는다고도 하는데, 어쨌든, 그 '잠'의 水面에 떠 흐르는, 꾸어진 꿈들의 색깔이나 모양 등을 좇아본다면, 왜냐하면 그것들은, 물론 어떤 일정한 구조를 갖고 있는 듯하다고는 해도, 늘 바뀌어 있기 때문에 말인데, 저 '잠'은 게다가, 맛에 대해 변덕이 심한 것을 눈치채게 한다. 보다 직접적 어조를 꾸미기로 한다면, 저것은, (촛불중이 프라브리티의 구조로 파악하고 있는) '易'이, 어떻게 그 갈아듦[易]을 얻는가, 다시 말하면 (六祖의) '遺傳된 陰氣'는 어떻게 발현하는가, 그것을 엿보이고 있다는, 그런 말이 될 것이다. 그러나 그것의 逆調/順調轉移에 관해서라면, 에헤라이 순 촛불중 같으니, 흐, 흐흣, 흐르다, 흐르던 江물까지도 딱 멈춰 둬, 아흐흐 저런, 水面 밖으로 한번 뛰어오른, 저 물고기들이, 공중에 둥 뜬 채, 거기 둥 머물러져, 한낮 볕에 그을리느라 구릿빛이 돼가고 있는 것을, 허허라이 순, 스스로 칭해서라도 佛者라고 하는 자가, 못 할 노릇이다. 도저히 못 할 노릇이다, 해까지도 그 솔아버린 흐름 속에 빠뜨린 얼굴을 건져 올리지를 못해, 무렴하게 세상 해놓고 시나, 그것 되풀이 말한다고 할 필요는 없을 것이다. 헌데 문제는, 저런 順調/退調의 변증법에 突然變異가 일어나는 수가 있고, 그러면 이제껏 능금을 맺어오던 나무에, 人頭骨이 주렁주렁 열리는 일이 있는바, 그렇다, 문제는 그것이다. 촛불중이 믿어오기로는 헌데, 어떤 일정한 흐름에, 그런 어떤 變則的 轉移가 있으면, 그 이상한 흐름은 언제든, 어떤 犧牲/값을 요구하는 것이, '易'의 '補償의 法則'이라고 했다. (이것은 이제 '마음의 宇宙'를 염두하고 하는 말이지만, '흐름'[프라브리티]이 없는 곳이 있다면 거기서는, '變化'[프라브리티]도 가능치 않을 것인즉, '흐름 없음'[니브리티]과 '變化'[易]는, 예를 들면, 하늘과, 기후의 관계라고 해도 무방하지 않겠는가. 가맜자, 이러자, 한들에서는, 野狐들이 떼를 지어, 울부짖기를 시작하느냐? 보라, 하늘이 있기 탓에 구름이 끼지 않느냐? 하늘이란 그럼에도, 大悟徹底한 정신에 비유되는 것이다. 구름? 비? "大悟徹底한 정신도, 그런즉 因果律에 얽매이는가? 아니면 얽매이지 않는가?" 그러자 野狐二가 이런다, "그는 얽매이지 않고 벗어난다." 狐三이 내닫는도다. "大悟徹底한 정신이라도, 因果律을 회피하려 하지 않는다." 孤四가 諸狐들께 으르렁대며 짖는다. "저 녀러 노파들은, 신발을 머리에다 이고, 동이를 신고서는, 새끼가 목말라 보채는 것을 내려다보며, 새끼가 측은해 눈물을 흘리고 있도다. 이것도 자비러라, 그렇지 않은가?") 그 값은 대략, '銀 三十'에 해당하는, '산짐승의 가죽'으로써, '代贖羊'이라고 일러져 온 것. 그리고도 주목해둬야 할 것은 무엇인가 하면, 그런 어떤 '代贖'이 '祭祀'化하여, 그 '피 값'을 물림하려 하지 않으면(陰氣의 遺傳), 어떤 集團이 추렴한 '값'에 치러진[賣買] '獸皮'가 개입되지 않으면 안 되는데, 그것은 왜냐하면, '畜生道' 소속의 祭祀이기 때문이고, 그렇게 하기로써만, 歷史를 피로 염색하는, '陰毒氣'가 中和되기 때문이다. 그런 '中和'를 도모치 않는 代贖祭도, 그 당장 팽창해 있는, 어떤 '爆發力' 같은 것을 터뜨려내, 잠시의 평정 같은 것을 수복해내지 못하는 것은 아니라도, 그것은 더 나쁜 '陰氣'를 遺傳하게 된다는 것은, 누구에게나 용이하게 짐작될 터이다.

—禪定 중에 있는 중의 것은, 그 손가락 하나 뻗치기며, 한번 하품하기까지도, 소비스러운, 무의미한 행위가 아니라, 그것 모두 '禪的 무드라'라는 것을 염두하고, 촛불중을 따르기로 할 일이지만, —촛불중은, 자기를 등에 지기를 거부한, 그 나귀 등에는, 더 올라탈 면목도 없는 듯하여, 그러려 하지는 않고, 그런 대신, 그 有情의 귀때기를 잡아 늘이는 시늉을 하여서는, 그 귓속에다, 중얼거려 넣어주기를 이랬다. "이미 드러내진 그 馬脚을 감추기에는 말입지, 허기는 입지, 너무 늦은 듯도 싶으닙지, 有情이엽, 그런즉슨 차라리 말입지, 그 입어진 馬皮라도 벗으려 애쓸 일이 아니겠는가입습지. 듣자니 말입지, 그런 獸皮를 북 찢어내는데, 날카로운 短刀도 같고, 呪文도 같은 소리가 있던뎁지, 잘 들어두십습지, 이렇더군읍, '훨씬 깨우쳐 남김이 없는 자라도, 因果法則을 회피치는 않는다.' —나귀로군읍, 나귀로구납, 멍청한 녀러 짐승이롭다, 들었거든, 하매 獸皮를 벗고, 희게, '아—' 語라도 되어, 창천을 올랐을 일이 아니냡? 나귀로구납, 측은한 녀러 즘생 같으닙! 그러했은즉, 제 등에 짊어져 진

'經'을, 제 놈의 입에는 써서, 한 강물을 다 들이켜도 더욱더 목마르게 하는, 소금 毒쯤으로나 알아, 내팽개쳤을 일입돕다. 나귀엽, 이눔, 어두운 놈이엽, 그래도 아직도 늦지는 않은즉슨입지, '七祖라는 돌중은, 무슨 까닭으로 羑里에를 왔는갑?' 그것이라도 반추해볼 일이겠돕다. 헤헤헤, 문이 훤히 열린 감방에 앉아, 九年面門이나 하렵고? 그것도 아니라면읍지, 어떻게 한번 일어났었던, 무슨 녀러 雜想이, 그 바람을 일으킨 본딧자리, 骸骨 속에라도 돌아가 눕기 위해서겠는갑? (아으 이것은 그러고 보니, 예를 들면, '아—' 語모양, 發音을 입어 갓 태어나고 있는 것이 아니라, 이미 발음되어져, 죽어 드는 言語, 예를 들면, '음—'과 같은 것이 분명하다. '默'과도 같은 言語) 저를 태어내놓은, 이제는 이미 骸骨인, 그 子宮 속에 되눕는 한 바람[想]은, 일어난 때로부터 눕기까지는, (苦海를 헤치려면 그렇지 않겠는가) 물고기였더니, 거기 눕자, (그렇지 않겠는가,) 마자, 뿌리를 내리는데, 한 그루, 그것은 낢이다, 거북님, 머리를 내어 놓으시다. 七祖라는 돌중은, 무엇을 위해, 羑里에를 왔다는곱? 헤헤헷헵페쑤아!" 촛불중은 그렇게, 나귀의 귓속에다, 소리 섞인 침, 또는 침 섞인 소리를 된통 뱉어 넣어준 뒤, 그 有情이, 아파 울게코롬이나 오드락스럽게, 귀때기를 잡아 늘이다 놓아주었는데, 히히히, 중생을 괴롭히는 佛者가 있다면, 그 또한, 佛衣 밑에 馬脚을 감춰놓고 있는, 나귀가 아니고 무엇이겠느냐. (이보게, 나귀가 佛者이면 또 어떤가?) 어찌 되었든, 놈의 귀도 귀여서, 들었을고로, 소리의 누룩 같은 것이라도 띄울 수도 있는다면, 헛헛, 뉘 알겠는가, 어느 날 그 馬皮가 왼통, 잘 익은 法酒 부대가 돼, 諸神諸仙들이, 그놈 숨넘어가기를 기다렸다, 그놈을 오색 꽃마차에 실어, 仙境에로 데려가려 하려는지, 그걸 뉘 알겠는가? 神이며 仙이라는 것들이 그래설랑은, 이빠디가 나쁜 녀러 肉食動物들모양, 저 나귀를 둘러서서는, 저놈의 배를 가르고, 그 내장을 삼키려 할 것인데, 그렇게 취한 神仙들이 웃고 떠드는 소리를, 아래쪽 세상에선 한때 모두 단잠을 설폈을 뿐만 아니라, 혹간 자기네들이, 자기네들도 모른 새, 馬皮에나 입혀져 있는 것이나 아닌가 하여, 肉食만을 하던 것들도, 풀을 뜯어 씹어 먹어보곤 했다. 풀 맛이 혀에 감치는 대로 그것들은, 자기도 馬皮를 입었다는 것을, 확인해내려 그런 것이다. 흐흐흣, 삼천대천세계가, 어떤 나귀의 똥보에 싸여 있었다. 왜냐하면, 발바닥에 그 火印을 찍힘 받은 뒤, 게다가 타다 만, 그래서 더 뻣뻣해진 가죽 신발을 신었는 데다, 처음으로, 걷는 걸음이 되어, 찔끄닥 콩, 비트적 꽁닥거리고 걸어 촛불중은, (알다시피, 판관 겸직 읍장이 壁官報에 공표하고 있는 바의) 자기의 葬禮式에 참석하려, 그 式場을 향해 가며, 나귀 더불어 농이나 해감시롱 히히거리고 웃었는데, 그 葬禮式에 참석한 邑民들께 보였기에 그는, 번들번들 눈을 굴리면서도, 보지도 못한 듯했으며, 나귀의 귀를 개의해싸면서도 자신은, 자신의 귀로 듣고 있는 듯하지도 안 해, 돌중은 필시, 이 '聖域'을 들어선 그날로, 이전의 다른 모든 돌중들과 다름없이, 魂을 빼이었던 것이 분명하다고들 했다. 그랬기에 그는, 아직 그럴 나이도 아닌데도, 등에다, 많은 나이나, 무거운 십자가라도 진 듯이, 저렇게나 비트적여 걷고 있는 것일 것이라고도 했는데, 촛불중은 물론, 저들이 저그들끼리 말하는 소리를 듣기뿐만 아니라, 그들의 얼굴 하나하나까지도, 알아볼 수 있으면 알아보려 하며, 나귀에게도 속삭여온 것이다. 헌데 촛불중께는, 그들은 모두가, 한 사돈의 얼굴이었다. 헤헤헤, 글쎄 촛불중이, 보고, 듣고, 알았기에는, 어떤 특정한 사돈, 동촌에서 왔다고나 해두지, 그 사돈이 말할 때 보고 들으면, 거기에는 그 동촌 사돈이 있음에도, 그로부터 얼굴을 돌려 다른 사돈들을 보면, 와글와글하게 그들은 동촌에서 와 있던 것이다. 털어놓고 말하면, 이 群衆은, 烏合과는 다르다는 것이다. 그랬으니, 예 든 바의 그 동촌 사돈에게서는, 그 사돈만의 특성이 될, 모서리 같은 것이 모두 뭉그러져, 모든 사돈이 다 그 사돈처럼 보이게 되는 것일 것이었다. 그리고 촛불중은, 이런 群衆을 '衆我'라고 일러, 전부터 잘 이해해오고 있었다고, 스스로 믿고 있었다. (이것은, 이왕에 다 말 되어진 것이니, 그것을 장황하게 되풀고 어쩌고 할 필요는 없을 것인즉, 이 자리에 필요한 만큼만 말하기로 하면,) 어떤 群衆이, 場 서는 날의 烏合과 달리, 한 '衆我'(集團)랄 것을 형성할 수 있으려면, 거기에는 꼭히, 전제된 大義名分이 있거나, 반대로, '烏合'이 먼저 있고, 그리고도 그 '烏合'이, 罷場판모양, 그냥 日常事로써 流産해버리지 않고, 한 '衆我'를 피 맺기까지 발전하려 하면, 그 '烏合'은, 어떤 유사한 '배고픔' 같은 것에 당해야 한다는 것, 그것이 오늘 촛불중이 새롭게 생각하는 문제이다. 그리고 촛불중은, 오늘의 群衆은, 촛불중 자기의 '葬禮'라는, 한 教儀 아래 모여 있어, 거기에 '衆我'는 있으되, 이 '衆我'는 "배가 고프지 않다"고, 그래서 (탁 털어놓고 말한다면, '衆我'란 피에 굶주린 짐승인데,) '暴力性'으로 느껴지는 '짐승의 냄새'가 없다고 觀하고 있거니와, 그렇다면, 촛불중이 說해온, '衆我'論은, 보다 더 많이, '(陰氣의 遺傳과 관계된) 배고픈 烏合'에 할애되었던 것을, 짐작케 한다. 허기는, 이 '배고픈 烏合'이야말로, 상사라를 이해하고자 하는 자들께는, 중요하고도 흥미 있는 대상이며, 재료인 것은 사실이다. 이 '배고픈 烏合'이, 어떤 경로에 의해서든, 그 배때기를 허옇게 하여 꿈틀거려 뒤집히면, 거기에 물론, 말해온 바의 그 '衆我'가 나타나는데, 촛불중은 그것을, '잠'[睡眠], 그것도 그것 자신의 배꼽에다 줄을 이어놓은, 그래서 그것을 먹어 자신의 창자에다 기름을 쌓으려는, 그 自給自足의 목적의, '꿈'을 上映해내는, '毒龍'이 된다고 해온 것이다. 이 경우는 물론, '잠'이 能動態(signifier)며, 꾸어진 '꿈'이 受動態(signified) 역인데, 그러면 거기서는, "왕은 역사의 노예"라는 역사관이 이뤄지거나, 和白制度 같은 것이 이뤄질 터이지만, (그 부정적 국면 같은 것은, 이런 자리에서 살피려 할 일은 아닐 것이다) 어떤 경우, 賢者, 또는 羅刹王이 나타나, 저 '잠'에다 반란을 일으켜, '꿈'을 '用'(signifier)化하고, '잠'을 '體'(signified)化하면, '衆我'(集團)란 왕(Lin-ga)에 대해서 '암컷'(yoni) 이상의 아무것도 아니게 될 것이다. 어쨌든, 이 '衆我'라는 '잠'은, '꿈'을 잉태하고 있는 '잠'이어서, 촛불중은, 고의적으로 혼동해 '無意識'과 동의어처럼 이해해온다. 어찌 되었든 촛불중은 오늘, 하나의 '衆我'를 상면한 것인데, 이것은 홋홋, 솥 속에 누워 단잠에 든 암캐 같은 것인데, 촛불중 자기가, 이 '體'內의, 그 子宮에 姙娠되어, 滿朔이 되어 있다고, 스스로 觀했다. 누가 이 암캐를 姦해왔던지는, (이란, 예를 들면, 「處容歌」 속의 '客鬼' 같은 것 말인데,) 촛불중 자기도 알 듯싶으면서도 (사실, 저 너러 客鬼란, 촛불중 자신 말고, 또 누구겠는가) 모른다고 해둘 일이되, 處容役을 하고 있는 자는 그리고, 판관 겸직 읍장이라는 것 알아내기는 어렵잖을 듯했다. 이 '아비'는 그리고, ('잠'이 '꿈'에 지배당하기를 염두할 일인데,) 그 '震怒'의 국면을 드러내고, 저 '암컷'의 배 속의 자식이 태어나는 대로 잡아먹으려 벼르고 있어, '붉은 龍'의 모습이었다. 아으 저런 너러, 그 '붉은 龍'께 자식을 못 내먹여 한이어서, 배가 내려 꺼져 앉아야 또, 낭군은 자기를 깔아 누를 것인데, 그래서 억지로라도 태보를 칵 쏟아 내려, 끙끙 안간힘을 다하는 '어미'는 그래도, 하으흐스스, 열엿새 달님(따님), 아름다운 님.

헛, 헌, 헛, 허헌데 '아이'는, 어느덧 태어나, 자기의 葬禮式場을 향해, 비트적이며 걸어가고 있고, '아이'는 '어린 羊'의 모습이다. 沙漠을 헤엄치는 물고기. (촛불중의 이 상념은 허기는, 얼핏 변칙적인 것처럼으로도 이해된다. 그럼에도, 촛불중도, 약간의 견문을 통해 알고 있기로는, 어떤 경로에 의해서든, '羊'[Agnus, Ltn.] 이 '불'[Agni, Skt.], 그것도 특히 '祭火'와 同一視되어온다는 것이며, 또한, 이 꼭같은 '羊'이, [어떤 다른 方言을 쓰는 고장에서는] 그것 자신의 산 껍질을 벗어주기로, 다른 有情들의 '原罪'[즉슨, '죽음'] 를 贖良한 것, 같은 것들인데, 그래서 양자를 한 산통 속에 넣어 섞는다면, 산 羊皮[란, '죽음' 인데], 속에는, 싱싱한 '물고기'[가 '生命'의 상징이라는 것을 부인치 않는다면,] 가 쌓여 있다는 것을, 점쳐 내기는 어렵지 않을 것이다. 촛불중이 종종, '불바다'에의 연상과 함께, 그리워하는 羑里, 그 '沙漠을 헤엄치는 물고기'는 그래서, '羊'의 모습을 띠게도 되는 것은 아니겠는가? 犧牲祭用 羊은 헌데, '흠 없는 어린 羊'이던 것. 문제는, 이렇게 되자, 무엇인가 하면, 말한 바와 같이, 촛불중이 빈번히 羑里[沙漠] 를 개의해왔었으면서도, 이전에는 한 번도, '羊'에의 연상을 일으켜낸 일이 없다가, 오늘 갑자기, 그 상념을 갖게 된 그것일 터인데, 허기는 이만쯤까지 이르러서는, 촛불중 자신도, 이 문제를 두고, 더 이상, 자기 손바닥을 펴 자기 눈을 가려, 자기가 그 現場에 있지 않다고, 고집할 수만도 없다고 알게 되었으니, 촛불중 자신, 몹시 넘새스럽다는 느낌을 떨칠 수가 없다 한다 해도, 밝힐 것은 밝혀야 한다면, 무엇인가 그것은, 하면, 다름이 아니라, 촛불중 자기가 혹간, 이 邑의 무슨 녀러, 헤, 헤헷, 헴, 헴메헤헤, '代贖羊'의 모습이라도 띠어, 그 役을 행하게 되어 있는 것이나 아닌가, 하는 그것이다. 다시 말하면, 邑이라는 한 '集團'[衆我] 이, 촛불중 자기를, 한 '代贖羊' 같은 것으로, 꿈꿔내고 있는 것이나 아닌가, —촛불중이 그렇게 自問하고 있다는 그것이다. 그래서 그는, 딴에는, 자기가 그 現場不在이라는 투의 목소리로, '代贖羊' 에 관해, 생각을 일으켰던 것도, 이제는 알 만도 하다. —그렇다면 실제로, 이 돌중도, 자기의 葬禮式엘 참예하러 가고 있었던 것이 분명한가? 라는 말은, 그도 딴으로는, 그것이 어떤 것이 될지도 모르는, 자기의 죽음의 준비를 하고 있었다는 말이겠느냐? 낳지도, 죽지도 않으려, 出家했다는 자의 발걸음이, 그래서 비트적거렸겠느냐?)

촛불중이 따라 걷는 길은, 참 슬프게도 길구나. 언제부터 걷던 걸음을 아직도 못 멈추고 있으니, 五里도 못 되는 길이 五百世구나. 허기사, 得道 못한 중의 길은, 咫尺도 千里다. 하필 그런 중이 나아가는 길은, 愛慾의 毒蛇 밭이며, 世慾 헤치기 어려운 덩굴 숲이며, 안일에의 탐심의 수렁, 등으로, 왼통 장애며, 위험이고, 고통뿐이어서, 제기럴, 一生이 五百生이다. (헌데도 어쩌면 촛불중은, '快'를 위해서도 주어진, '살'[肉身]을, 너무 왼쪽 눈으로만 들여다보아 온 것은 아닌가? 왜냐하면 그의 오른쪽 눈은, '마음' 쪽을 너무 보다, 거기 어디서 잃어버린 탓에? 왜냐하면, '살'에 뚫린, '눈'으로, '마음'을 들여다보려 하면 그 눈은, 비둘기나 뭐나, 하늘염소나 뭐나, 아무튼 아무것이라도 하나 맞히는 대로 꿰차 오라고, 허공중에다 쏘아 올려 보낸, 화살이나 같기 때문이다. [헤헤헤, 그럼에도 道流들은, "大悟徹底치 못했거든입지, 어느 한쪽 眞理만을 주장하기 위해, 다른 쪽 眞理를 부정하려 해서는 안 되겠습지."] "허공 중에다 쏘아 올려 보낸, 화살"…… 촛불중은, 거 뭐 별로 감칠맛이 있어 여겨지지도 않은, 비유 하나를, 반추하고 있었다…… "살에 뚫린 눈은, ……비둘기나 뭐나…… 하늘염소나 뭐나……허공 중에다 쏘아 올린……화살이나처럼……마음을 들여다보려 하면……그 마음속에서 流失한다"……그리고도……제법……몇 걸음…… 찔콩거리고……걷다가……촛불중은……폐둥둥……제……가슴을……북쳤다…… 폐둥둥……그런고로……땅은……그것이……넓은……만큼……준비가……되어…… 있다……해도……그리고……또……그……하늘은……또한……그러한고로……아무리……나직이……내려온다……해도……여린……나뭇가지……하나……부러뜨려……내지를……못하던……것이다……폐둥둥……촛불중은……반추……하……고……있……었……다. 길가에 줄지어 선 흰옷 입은 사람들이, 촛불중의 북소리에, 키들거리고 웃고 있다고, 촛불중은, 보고, 들었다. 해처럼 그들도, 해도 그들처럼, 吸血天鼠의 얼굴을 해 갖고 있었으되, 무슨 더운 피에 갈증을 내고 있다거나, 그렇게 보이지는 안 했다. 이렇게 되면, [거 뭐 씹어본다 해도, 별로 단물이 우러날 듯해 보이지도 않던, 저 '비유'도 비슷한 것 하나를, 촛불중이 되씹던 그 까닭도 알 만한데,] 어떤 한 '산 犧牲物'은, 어떤 祭祀를 위해 준비되어 있는데도, 그 피를 마실 창자들이 고프지 안 해, 별로 필요가 없게 되거나, ['돼지우리에 던져진 진주' —너무 일찍 온 先知者] 반대로는, 그 피에 갈증난 목구멍들은 준비가 되어 있는데도, 그래서 목을 딴, '산 犧牲羊'으로부터는, 더운 붉은 피 대신, 흰 젖이나 뿜어 나오는 수가 있어, [하나의 거대한 '흰 코끼리'가, 남편 곁에서 잠에 든, 엔네의 꿈속에로 쳐들기. '마음', 또는 '말씀의 宇宙'에서, 어떤 한 意志가, 고통을 자초하여, '살의 宇宙'에로 내리기. 그러나 그 '코끼리' 자신이 成肉身을 위해 내리고 있어, 아무리 그 거대한 '코끼리'의 巨根으로, 피를 쏟아낸다 해도, 그 水分에는, 저 엔네의 '살'이 젖지를 안 해, 엔네는, 옆에 누운 남정을 흔들어 깨워야 하는 것] 그 祭祀에는 써먹지 못할, 잡것을 해친 결과가 되기 십상이다. [그리고도 물론, 배가 고프지도, 목이 마르지도 않은 짐승들이, 별로 어떤 목적을 생각함도 없이, 그 몸에다 '흰 젖'을 돌리고 있는, '羊'의 목에다 이빨을 박을 수도 있을 것인데, 이 경우는, 말해온 바의, 저 '衆我'[集團] 라는 '잠', 그 잠의 못에 핀 '蓮'이, 그 蓮 속에 날아든, 어떤 벌의, 그것도 허기는, 일종의 '죽고 싶음'이라고도 말할, 어떤 그리움, 休息에의 그리움, 그것에 함께 휩쓸려, 한낮인데도 罷場을 하고, 열림을 닫아, 그 가슴에 벌을 싸안고, 함께 '잠' 속에로 가라앉기, 그런 것과 흡사한 것이나 아닌가, 하게도 된다. '연못'과 '꿀벌'은 그러고 본다면, 蓮을, 입으로, 귀로 하여, 서로를 불러온 것이었다] 그렇다고 해서, 이런 祭祀가, 그 祭長役을 하고 있는 자에 의해서, 파기나, 유예되기도 하는 일이란 잘 없다는 것도, 촛불중은 물론, 깜냥껏으로는 짐작해내고 있는데, 그럴 것이, 그런 祭祀가 파기, 또는 유예되었다는 경우 이상하게도 바로 그 순간부터 시작해, 저 祭祀에 참예했던 자들이, 서성서성, 안절부절못하고, 처음엔 모든 방향으로 헤매다, 종내 가락을 잡는데, 이 '잡힌 가락'의 부정적인 것이야말로, 祭長役을 하는 자가, 그중 忌하는 것일 것이다. '犧牲祭'는 그때 요구되어지고, '산 祭物'은 많은 경우, 그 祭長 당자일 수가 있던 것이다. "末世를 위해, 바다 깊숙이 묻어놓은 아그니가, 발가락을 꼬무락거리기!" —어쨌거나, 앞서 말해온, 저런 식의, 일견 逆易的으로도 보이는 祭祀를 촛불중은, '似而非 代贖祭'라고 이름하되, 정작에 있어서는, 人世의 '흐름'의 바퀴는, 저런 '似而非 代贖'에 의해, 그 굴대에 발려, 습윤하며 미끄럽게 할, 未來의 기름을 얻는 것일 것이라고도 했다. 그렇다면, 저것이야말로, 오히려, '易'의 주요한 눈금들이 되고 있다는 것을, 부인할 도리가 없는 것이 분명하다. 그것은 그래서는, 그 '흐름'의 굴대에 쌓여온 무엇을 贖良하는 대신에, '漏泄'하는 作用을 하는 것일 것이라고, 촛불중은 생각했다. —그리고 촛불중은, 찔콩거리는 그 발걸음으로도, 되도록 꿋꿋이 걸으려 하며, 오늘 邑에서는, 별로 배가 고프지도, 목이 마르지도 않은 畜生들이 모여, 그럼에도 어떤 종류의, 이를테면 交尾나 手淫을 통해서라도 빼내 버려야 심신에 쇄락함이 올, 찐득함을 빼어내기 위한 한 祭祀로, 그 찐득함을 붉고도 덥게, 쫙 쏟아낼, 한 마리 羊의 멱을 물어 따려, 헤, 그 몸에 흰 젖을 ['아—'라는 白語] 돌리는, [아마도] [6]非人類學的[인] 羊을 몰아, 그 피를 뿌릴 祭壇에로 가고 있다, 고, 빙, 그, 레, 웃, 었, 다. 어찌 되었든, 무엇이 무엇의 무엇을 贖良할 수도 있는 祭祀는, 畜生道 소속이라는 것이 촛불중의 주장이거니와, 그렇다면, 庶子的으로라도, 이 돌중이 배꼽 줄을 잇고 있는 法母가 그러해서, 이 중의 피는, 畜生道에 흘려진다 해도, 붉지도 따뜻하지도 못할 것이 분명하다. 거대한 '흰 코끼리' 같은 하늘이, 아무리 나직이 내려온다 해도, 여린 나뭇가지 하나 부러뜨리지 못하는 것이 아니냐. 폐둥둥. 그래서 "자기가, 어떤 경로에 의해서도, 혹간 무슨 代贖羊役에라도 처해, 결코 원한 바 없는, 그 영광스러운 殉教라도 하게 되어 있는 것이나 아닌가" 해온, 촛불중의 自問은, 그리하여, 헤, 헤, 자기는, 代贖羊이 필요치 않은, 틀린 고장의, 틀린 시절의, 그러니 틀린 代贖羊役을 하고 있다는, 自答을 이끌어 내는 데까지 이르렀다. 아무것도 代贖할 것이 없이 뽑힌 代贖羊? 헤, 헤헤, 헷헷페, 촛불중은 그래 웃었으며, 그 웃음은 그리고, 두통과 못 참을 구역질을 일으켰는데, 그랬을 것이, 그래서 그러면, 美里의 七祖라는 중 하나는, 美里邑의 淫지랄의 끝에서 튀어 나가게 될, 끈적거리는, 한 '消費'에 불과한가, 하는 새로운 의문이, 그 毒頭를 쳐들어, 그의 머릿골을 파먹기 시작하고 있는 까닭이다. 그러면, 이 '邑'의 무엇이, 그것도 '틀린 염소'를 꿈꿔내는가? 그리고 헤헴, 헴메헤헤헤, 그것은 하필 촛불중 자기여야만 하는가? 무슨 '陰氣'가 '遺傳'되어오는가? ―咄, 해 지고 난 뒤의 가슴모양, 쌔빼린 것이 번쩍거리는 것이었는데, 번쩍거리는 것마다 의문이었으며, 그 의문들마다, 咄, 그 흡반에, 자기의 골을 빨아 물어, 그래서 번쩍였다. 촛불중도 아는 것은 그러나, 첫째로는, 자기가 '邑'이 아닌 이상, 그것이 어째 '틀린 羊'을 꿈꿔내는지, 그것은 자기가 알아낼 수도 있는 몫은 못 된다는 것이며, 둘째로는, 그 '틀린 代贖羊'은, [촛불중 스스로도, 羯磨論者는, 왜냐하면, 그러려 하면 모순당착을 드러내기 때문에, 이런 주장을 해서는 안 된다고 알면서도, 또한 목청을 돋궈 얘기지만,] 하필 '촛불중' 자기여야만 하는, 무슨 그런 필연성이 있는 것은 아닐 것이라는 것인데, 그럴 것이, '옳거나, 틀리거나' 간에, 저런 羊皮에 휩싸인 물고기를, '睡眠'에로 낚아 올린, 어떤 '召命'이랄 것은, 임자 없이, 들 가운데 선, 살찐 열매를 주렁주렁 매달아 붉은, 능금나무 같다는 것이, 그의 믿음이던 까닭이고, 셋째로는 그리고, 다시 그런 말이지만, 자기가 '邑'이 아닌 이상, 무슨 '陰氣'가 '遺傳'되어오는가는, '邑'에 대고 물어봐도 모른다면, 차라리 자기 자신에 대해서, 그러니, 자기라는 '一人'이, 저 '萬人'에 대해, 무슨 '業'을 지었기에, 그것도, 뜯겨 손에 쥐어진 대로, 버려버리기 위해, 저 '萬人'이 '一人'을 한 조각씩 찢으려 하는가, 그것을 살펴보아야 된다는 것 같은 것이다. ―헤헤, 그리고도 물론, 말한 바의 저 '邑―萬人'이라고도 代名되어진, 저 깊고도 두려운 '잠'까지도, '一人'에 대해, 그 뿌리를 黃泉에 두고, 黃泉을 빨아, 시절을 만나 가지가 휘어지도록 탐스러운 열매를 맺은, 임자 없는 사과나무 같은 것, 것, 것이기도 하잖는 것, 것은 아니다. 그리고 그것이, 앞서 어디서는, 어떤 '벌'의 눈을 빌어, 한 멍석 크기의, '蓮'을 피워낸, '연못'으로도 연상된 일이 있었다. [이렇게 되면, 말한 바의 그 '召命'과, 그 '召命에 귀를 연 자' 간에 개입되었던 듯이도 여겨졌던, '偶然性', 또는 '椿事性' 등이 제거되며, 동시에, 그렇게 未來에로 뻗어내렸던, '必然'의 血脈에 더운 피가 흘러들어, 過去 어느 때로, 힘차게 거슬러 오름을 觀할 수 있게 된다. 그러자 그 假死에서, 過去가 살아나, 그 血脈을 따라, 未來에로 내린다. 그 '召命'은, '그'를 위해 있어 온다!] 그러면 이제는, 거의 風流的으로까지도 보인, 저 순박한 '벌'이 사실로는, '말벌'이었다고, 그 정체를 밝혀도 좋을라는가 모르겠다. 그렇다, 그 '風流'의 假裝 아래, '말벌'이 매복해 있었다. 이 有情은, 글쎄 누구나 다 알고 있는 바대로, 다른 有情들의 노고로 이룩한, 약간의 가을[脂肪]에다, [그러고 보면, '말벌'과 '중'은, 머리통 민틋하기가 닮았구나] 구멍을 뚫어, 제 놈의 未來[卵]를 파묻어놓고, 그리고 겨울을 잘 나고는, 봄이 되기도 전에 와, 자기가 작년 가을에 預金했던, 그 未來[卵]에 붙은, 길미를 재촉한다. 히히히. 그 길미를 재려고 이 凶盜가 가져온 저울도, 연전에, 尸毗王을 달았다던, 어떤 솔개의 그것과 눈금이 비슷한 것이어서, 저 '말벌'의 '未來'를 受寄했던 그 有情은, 종내 그 몸 전부를 그 저울판에 올려놓아도, 그 길미를 지불할 수가 없는, 딱한 처지에 처한다. 헤헴헴메메헤헤헤— 중 낯짝의 말벌, 말벌 낯짝의 중 하나는, 그렇게 獅子吼[사자가 염소 울음을 우는고야, 우는도다, 후후훗, "나는 어린 羊이라고 불리우거늘, 나는 힘센 사자"(Vocor Agnus, sum *Leo fortis*)]를 하고시나는, 羊脚을 빼딱거리며, 사방으로, 일곱 발자국씩 걸었다. 때에는, 사유시방 모든 곳으로부터, 神들이며 仙, 精들이, 오색구름이나, 꽃마차, 하다못하면 굼벵이나 땅강아지의 등에라도 타고, 촛불중의 葬禮式을 구경하러 모여들어 있었는데, 그들의 맨 앞자리에, 안개비 구름을 방석해 앉았던 '美里'가, 어째선지 갑자기, 건구역질을 해대기 시작했을 뿐만 아니라, 배를 움켜쥐고, 몸을 뒤꼬아, 바닥을 불불 기어대기 시작한바, 그 女精 가까이 있던 것들이 황겁히, 그 토한 것에라도 덮어씌우지 않으려, 몇 자리씩 물러서려는 통에, 먼지가 일지 않는 곳에서도, 한바탕의 먼지가 누렇게 일었었다. 그리고 그 먼지가 가라앉은 뒤, 거기 모였던 자들이 일제히 보게 된 것은 무엇이었는가 하면, 그 괴물만은, 모든 토한 것을 먹어 사는 듯하여, 그 女精이 토하기를 기다려, 목젖을 꿀룩이고 있는, 하나의 거대한 '붉은 龍'이었다. 그리고 여자는, 그 목구멍에선지, 거기 어디 구멍이 열린 옆구리에선지, 아니면 하문에선지, 거대한 흰 코끼리를 한 마리 토해내다가는 되삼켜 넣고, 토해내다 되삼켜 넣기를, 몹시도 괴롭게 반복하고 있었던바, 그건 건구역질이었고, 그 '흰 코끼리'는, 어떤 '말벌'이, 봄 되면 길미를 받으려, 그 여자 속에다 기탁해 놓은 것이었던 듯했다. '붉은 龍'이 탐내는 것은 그리고, 그것이었던 것이 분명했다)

촛불중이 멈춰졌었기에 군중의 일정한 흐름도 멈춰졌었을 것이기에 촛불중도 멈춰졌었을 것이기에 군중도 멈춰졌었기에 멈춰진 자리에서 촛불중이 멈추고 본즉, 거기는 바로 그 수도청 대문 앞이었던바, 두세 평 넓이는 되어 보이는, 단이 마련되어져 있고, 그 단 위에는, 흰 비단옷에, 금색 실을 외로 꼰, 요질을 띤 사내 하나가, 홀 삼아, 말채찍을 들고, 무늬들을 정교히 아로새긴, 훌륭한 의자에 잦짓하게 앉아 있는데, 이 교만의 한 자루[負袋]는, 촛불중을 '친구'라고도 부르던, 판관 겸직 읍장이었고, 그는, 시들도록이나 활짝 핀, 누런 국화 뽄새의 웃음을 웃으며, 촛불중을 내려 건너다보고 있었다. 이 사내는 그동안, 蓮이 한 송이만 피어도, 어떻게 못[池] 하나를 그득 채워, 제압하는지, 그 수업도 잘해둔 듯하여, 邑에 가득 차 넘쳤는데, 자기를 보위하게 하여, 검은 비단옷을 입은 수도부들을, 병풍 삼아 뒤에 둘러둬, 자신을, 밤중이나, 冬至에 떠오른 해만큼이나, 蓮이어서 훤하게 해놓고 있었다. 밤이나 동지, 또는 병풍 모양의 侍女들은, 촛불중께도 물론, 구면들일 뿐만 아니라, 전에는, 이란 美里 살이 때 얘기지만, 촛불중으로부터, '한 봉지의 미숫가루와, 한 알의 계란'의 해웃값을, 여러 번씩이나 받아 챙겼던, 그 여자들이던 것이다.

촛불중이, 단 앞에 서, 이제 自意란 별로 아무 도움도 안 된다고, 그것을 접어놓고, 머물러서 있으며, 해는 오늘따라 퍽도 많이 角져 보인다고, 해를 올려다보고만 있자, 그 단 위의, 병풍의 한옆이 한 몫으로 접히는가 펴지는가 하더니, 그 병풍 폭은 수도부였고, 수도부가, 하나가, 가을꽃인 웃음을 웃으며, 계단 셋을 다 내려와서는, 촛불중의 손을 정 있게 모두어 잡아, 인도해 오르려 한다. 그녀를 좇아 촛불중은, 세 계단쯤이나 더해 가까이 올랐다. 해는 角이져, 네모가 져, 흰 데다 납작해, 정적했는데, 뜯겨 흩어진, 삼백예순다섯 장으로, 해는, 일 년분이 하루의 하늘을 가리고 있었다. 촛불중의 귀는, 허기야 세상이 적막해 그랬겠지만, 아무 소리도 듣고 있지를 못했는데, 아무 소리가 없는 한낮은 촛불중께는, 밝음이 묽어지고 깊어져, 늪이었다, 마른 늪. 그리고 촛불중이, 어떤 약간은 들척지근하게까지도 느껴지는, 침전감을 통해 발견하게 된 것은 무엇이었는가 하면, 그 못 속에는, 어느덧 많은 얼굴들이 빠져들었던 듯, 그 밑바닥에로 가라앉아 있는 그것이었으며, 헌데 얼굴들은 모두가 하나

같이 납작하여, 희게, 포개어지고 펴 늘여져 있는데, 눈알들만, 밤하늘을 튀어 나온 별들모양(이것이 陰畵라면,) 둘레둘레 둘러보고들 있어, 반쯤 삭혀내는 중에, 그 매움 탓에 복통을 느껴, 오랑캐[蝕]가, 버글버글 토해 내놓은, 해[日]살[肉] 깡보리밥 찌꺼기 같아, (이것은 陽畵랄 것이다) 데럽었다, 무섭고, 치사했다. 침전감이 있다고 하면서도 촛불중은, 그 빛의 가운데 진 데 단 위에로 올라, 턱 자빠진 듯이 앉아 있는, 판관 겸직 읍장의 앞에 세워져 있게 되었고, 그때는 더욱더, 그의 고막은 아무 소리도 못 듣고 있었는데, 세상이 하 적막해 그랬을 것이다. 촛불중은 약간의 건구역질을 느끼고, 있었더라니—. 글쎄, 반쯤씩 썩다 버글여 나온, 해[日]의 보리밥 풀 같은 찌꺼기들에서는, 흐흐, 흐흐, 흐믈흐믈, 오물 냄새가 피들 피들 피어오르기 시작한 것이다. 그 냄새는 아직, 그냥 그 뚜껑만 조금 열려진 정도이기는 한 듯했지만, 어찌 되었든 그 썩는 냄새를 촛불중은 귀로 들었어야 했었을 것을, 그랬더면, 판관 겸직 읍장이, 읍민이, 美里가, 뭣이 모두 재미있어 간다고, 히히거리고 웃기를 시작했다고 알았을 것을, 것을, 코로 맡아버린 것이다. 글쎄 그랬기 전에, 판관 겸직 읍장이, 단 아래에 대시해 있던 卒首들 쪽을 향해, 들고 있는 홀의 끝만 조금 까딱 흔들어 보였던 것인데, 촛불중도 익히 알 만한 卒首 하나가, 그 단의 뒤쪽에 준비해 매뒀었음에 분명한, (그러니 이 한 막의 연극은, 이미 작성되어 있는 각본에 의해서, 진행되어가고 있다는 것을 알게 할 것이다. 그렇다는 경우 재미있는 것은, 그 각본에 한 번도 접해본 기회가 없던, 촛불중이 그 主演을 하고 있다는 그것일 것이다. 이 主演者는 그런 까닭에, 동시에 자기가 행하는 연극의 관객이 되어 있다는 것도, 그렇지 않은가, 흥미로울 일이다) 큰 개를 한 마리, 저런 순, 佛性이 없어, 쳐죽일 누무 짐승 같으니라구, 억지로 끌어 그 단 위에로 오른 것이고, 그리고는 촛불중 곁에 세워두려 애를 쓰고 있었더니, 그것이 邑民들의 오줌 개들에다, 얼마쯤의 경련을 일으킨 듯했다. 그 개는, 촛불중 자기나처럼, 굶기를 먹듯이 해온 듯하여, 뼈대는 굵었음에도, 버쩍 말라, 여기저기가 추악하게 눌어붙은, 아무짝에도 쓸모가 없는, 부스스한 털가죽만 늘어진 데다, 그것도 재며 먼지에 덮여 누렁이인지 검둥이인지, 그것도 알 수가 없었다. 것의 體面은 똥구녁이었으며, 原罪는 꼬리였다, 였기에 런, 런 순 개 새끼는, 그것을 가리고 감추려, 왼갖 수줍은 노력을 다하고 있었다. 그놈은 헌데, 저승인지 어디선지, 어디 그늘진 데서 벗어나와서는, 火葬場의 따뜻한 재 속에 주저앉은 뒤, 어쩌다 무슨 祭物이라도 생기는 날이 있으면, 火葬쟁이 영감과 나누어서 먹고, 그렇지도 못하면, 태워지다 남은 뼈나 주워 씹어먹고 하여, 밤에만 번연히 보이는 꼬리를 여럿이나 더 돋궈냈다고, 읍 사람들이 그렇게 알던 던져돌뱅이였는데, 로마 병정들에 대해 바라바모양, 읍 사람들에 대해 저놈은 그래서, 그만쯤은 섬뜩한 놈이었었다. 그래 모두 생각에는, 저런 놈은 목을 매달아 귀신을 빼내고는, 개장국을 끓여, 떠들어 온 돌중들께나 대접해야 한다고 해오던 중인데, 어화 벗님네야,

"여그덜 뵈시겨!" 단상에서 누가 큰 소리로 말하여, 거기 모인 사람들의 귀를 조공 바치라 하는데, 그는, 말한 바의 저 개의 목에 두른 끈을 쥐고 있는, 매우 검센 卒首였다. "모도 여그럴 보라고! 시방부텀, 판관 겸직 읍장 영감님께서 말씸을 허실랑개, 여러분은 말이 허고 접드래도 말을 참고, 지침이 나오면 지침도 참을 뿐만 아니라, 헐 수 있으먼, 재채기끄장도 참으라고들. 더욱이 갖다가시나 하품은 금물인개…… 그라고 인재, 판관 겸직 읍장 영감님이 일어스시먼, 만세를 삼창헐 것인개, 요것이 워디 베문헌 자리라야 말이제. 만세!……만세!……만세!……만세!……."

"고, 고맙구만들. 머시냐먼 오늘", 판관 겸직 읍장이 연설한다. "볽디볽은 해 아래서", 허긴 해는 밝다. 얼굴들은 수백이다. (판관 겸직 읍장 눈을 통해 보건대) 그냥 까무스럼하니 희다. 두루뭉수리. 듣는다. 귀들이 하나다. "아, 머시냐먼, 아는 얼굴들을 요렇게 한자리서 만내게 된개는시나 말인디, 감개가 무량헐 뿐만 아니라, 반갑다고모도, 그래설람엔 모도가 태평들허시고, 벨고들 없으신가 몰르겄고마는. 머시냐먼 헌디도, 말이란 것은, 시작과 끝을 챙겨 헐라고 허먼, 말이 말을 물어내고, 글씨 말이 물어내고 말을, 말을 말이 물어내고 허는 것이다 본개, ……그래 본관의 생각은 머시냐먼, 순서를 차려, 요것조것 잊잖고 다 들멕이감선 말허기란, 땅 아래 워디만침 있다는, 머시냐먼 구렝이들 동네 저실 잠 깨우기 봄 겉다는 것인디, ……헌디도 머시냐먼, 요것은 머슬 갖다가시나 그러자는 자리도 아닌 디다, 또 말해, 비록 그래볼란대도 머시

냐먼, 美里 하늘 떠받침선 사는 이라먼, 이미 갖다가시나 모도 잘 알고 있는 일이란다먼, 말을 허기가 머시냐먼, 속까비기 겉은 것이나 될 틴개, 일손만 바쁜 것뿐만 아니라, 통세(측간)질끄장도 급할 사둔들헌티 대놓고, 구렝이가 時間 잡아묵는 짓은 안 헐라는개, 고렇게들 알 일이거니와, 본관의 의도는 머시냐 먼 오늘, 백성의 의견을 좇아서 허는, 머시라꼬, 요것이 여러분네헌티는 퍽 좀 어려운 소리라고 허까, 어저까, 모르겠으되 머시냐먼, 和白主義란 것을 좀 실행해봤이먼 히어서 요러는디, 和白主義 말인디, 말인디 머시냐먼…… 세상에는 두 가지 雜것이 있다고 알리져 오고 있거니와, ……여그에는 毒蛇끄장도 포함이 안 된다고, ……머시냐먼, 아는 자는 물론 알겠제만, ……하나는 '중'이라고 일르고, 다른 하나는, 머시냐면, '개'라고 일르는디, ……듣기로는 요런다고, 머시냐먼, 사람이라는 종내기치고서 '佛者' 아닌 자는 없다고 허고, 고뿐만도 아니라, 八萬有情치고는 '佛性'을 안 가진 것은 없다고 허는갑던디…… 중년에 갖다가시나 뜽금없이, 맹랑한 일이 일어났던 것 겉으다고, 머시냐먼, 특히나 일러 '중'[僧]이라는 일군의 작것들이, 해필이면 '佛心'을 닦는다고, '중 修業'을 허는 일이 있기 시작헌 것인디, 그 의민즉슨, 특히 고 일군의 사람들만 '佛心'을 못 가졌다는 것인 듯한디, 생각해보시라고들 글씨, 있는 '佛心'을 닦을라는 짓은, 머시냐먼 차라리, 없앨라는 짓백이는 안 될 터인개, ……그라고 갖다가시나 고것과 때를 엇비슷이히어 갖고, 八萬有情 중에서도, 어떤 有情 하나가 더 '無佛性者'라고 알려졌는디, 사둔네들 생각에는 그러자, 아 고것은 싸납운 호랭이겄다, 또는, 毒蛇겄다, 아니면, 빈대일랑가도 모르겄다, 요라기도 허겄제만, 아는 이는 아는 바대로, 고것이, 머시냐먼, 해필이면 '개'라고 허는디, ……말은 머시냐먼 순서를 채리고, 뽄사를 낼라먼 끝도 없은개, 거두절미하고, 투박시럽게 허기로 허야겄는디, ……雜것들이제, 조런 雜것들이 두 종류나 갖다가시나, 우리 佛心 갖고, 순박하게 사는 세상에를 쳐들었더라고, 雜것들 겉으니, 그러자부텀, 세상에선 왼갖 非佛性的 행사가 다 일어나기를 시작헌 것인디, 고 종류를 들어 풀라고 들먼 한정도 없을 것인개, 그라지는 말기로 헐 일이라도, ……본관이 일러 和白主義하자는 것이기는 머시냐먼, 그러장개, 조 작것들 지은 죄가 많아도 무량으로 많은디, 이렁개 여러분들은, 인제찜은 겔정

허시야겄소, 머시냐먼, 본관이 오늘, 오른쪽에 '중'을 놓고, 왼쪽에 '개'를 둬, 그 罪의 무게를 달아볼라고 허는바, 워니 쪽이든 雜罪가 덜한 쪽으로 골라, 한 쪽은 놔줄라고 허는즉, 그랑개, 요것이 和白主義 허는 짓인디, 여러분들이 겔 정헐 것은 요것이요, 생각에들 '중'을 놔 뒀이먼 싶으먼, 오른쪽 손들을 쳐드씨요, ……히, 히. 히런 순, 하니, 손히 한 개도 호르덜 한허는디, 할겠을 힐힐라, 혀러분은, '개'를 놔줘야겄단 말씸이시까? 그렇걸랑, 왼쪽 손을 들어보씨요, ……히, 히, 히런 순, 하니, 똥개 쪽으로도, 손히 한 개도 흐르덜 한허는디, 히, 히, 히러먼, 和白主義는 되덜 한허는 것힌디, ……"

소리—말—말소리—소리들이 들끓어대는 그 소용돌이의 한 중심에서 촛불중은, 소리를 못 듣고, 그런 대신 소리들을 보고 있었는데, 이런 흰소리 보기를, 혹간, 노도의 아랫물 진 데 기복해, 그렇게나 맹렬하게 체 쳐지는 動으로부터 靜의 젖을 빨아 사는, 그런 어떤 거북님쯤은, 알라는가, 그것이 무엇인지쯤? 끊임없는 흐름(프라브리티)의 밑에 누워 있는, 아으 거북님입지, 거북님입지, 대가리를 내어놓으십습지, 만약 내어놓지 않으면 구워 살라 먹겠습지. 소리 따로, 촛불중이 보기에는, 의미 따로, 보여지기에는 웃음 따로, 얼굴 따로, 動 따로, 作 따로, 모든 것이 따로따로 어긋나 있어, 본디는, 분명히, 제법은 장엄함도 드러냈었을, 한 폭의 저잣거리 풍경이거나, 風俗圖가, 무슨 난을 만나서는, 천 조각, 만 토막, 조각 토막 조각나 있어, 귀 맞춰지기를 기다리고 있어 보였다. (촛불중은, 단 바닥에다, 발가락으로 쓰고만 있다) 그냥 재미 삼아 말해, (무슨 그림을 그렇게, 고의적으로 토막을 내어, 편편한 바닥에다 흩뜨려 놓고는, 그 조각들을 찾아, 귀 맞춰, 그 原畵를 재구성하는 소견법도 있기는 있던 것이다) 그것이, 어떤 鶴女가 날갯죽지를 벗어 못가 덤불에 걸어놓고, 목욕하는 광경을 묘사해놓은 그림이라고 한다면, 귀가 맞춰지기를 기다려 흐트러져 있는 조각들을 조감컨대, 그 鶴女의 머리가, 자기의 발바닥 밑에 놓여 있으며, 귀밑에 (새의 옷을 벗은 새는, 이제는 새가 아니고, 여자이다. 童話, 기타를 통해, 촛불중이 알아내기로는, 그래서 우주 간에 有情이란 한 종류밖에 없는데, 그 한 有情이란 '사람'이라는 것이다) 젖통이가 매달려 있기도 하고, 어깨는 동쪽에 있는데, 팔은 서쪽의 배꼽에 붙어 있기도 하고 그렇다. —그리고 이것은, 촛불중이 오늘, 그 '記號' 쪽에서 읽은 邑인데, 그 '意味' 쪽에서도, 촛불중께 이해되는 邑은 다르지 안 했다. 앞엣것은, 토막토막 조각난 '그림'으로 비유되어졌었으면, 이것은, 그 묶음 자리의 실이 끊겨, 그 面數가 아무렇게나 뒤섞여, 뒤 닦이용으로 측간에나 놓여진, 小說冊쯤으로 비유되는 것이 좋을 것이다. 헤헤헤, 술은 친구 함께 대작할 때, 그 맛이 그중 돈독하고, 바둑이나 장기는, 보기 싫은 놈하고 두어 이길 때, 그 맛이 돈독하고, 그리고 小說이란, 측간에 쭈그려 앉아, 구린내 섞어 몇 구절씩 읽을 때, 그 맛이 돈독한 너러 것인데, 小說의 덕은 그리고도 그것뿐만은 아니다, 밑도 닦지만, 눈물까지도 닦거늘, 널[棺] 짜는 재주라도 못 타고난 자라면, 그런즉, 小說 엮技도, 죽지 못하면 도모라도 해볼 만한 것이겠니라. 측간과 小說이 서로 잘 갈 것이라는 것은, 수도청 측간에 놓여 있는 것의, 아무렇게나 집히는 대목을 예로 들어봐도, 금방 알 수 있게 된다. 그 제목이며, 작자가 밝혀진 부분들은 뜯겨나가 없으니, 그 어느 小說匠이 이것을 읊었던지, 그걸 누가 알겠는가. (알아보면 또, 워짤라간디?)

"배가 쫄쫄거리며, 건트림이 나와 트림을 했더니, 매미 소리까지도 괴어올라왔다." (188면의 마지막 구절. 장을 넘긴즉, 45면이 시작되기를 이런다) "이 늙은 중은, 재담을 좋아하지 않소이다." —허으, 이것은 참으로, 희한하게 편집된 책이 아닌가. '매미'가 '늙은 중'의 모습을 취해 갖고 있다. 농사철 당한 농부들께, 山寺의 중이란, 가을을 위해 땀 흘리는 법이 없이, 서늘한데 잘 자리 잡아 옴(om, Skt.) 마야(maya, Skt. 幻), 마야—옴, 마얌, 마얌, 청산녹음이나 읊어, 한철 사는 마얌(매미)으로나 여겨졌었을 일이었겠는가? 후후루, 당고추 달디달아 맵게 먹고, 똥 누기의, 똥구멍이 애리고도 후련한, 측간에서의, 아련한 夢想. —이것이 오늘, 촛불중이, 읍의 지붕[記號]을 뜯고, 엿본, 읍의 內房事(意味)던 것이다. '意味'의, 귀가 발바닥 밑에 붙어, 地獄 돼가는 소리를 듣고 있었으며, 요니는 요니대로, 뜬금없는 자리, 등짝에 붙어, 앞쪽에서는 남편에 대해 정숙한 계집이, 뒤쪽에서는 三世의 강쇠를 맞아들이고 있다. 히히히, 허기는 '개판'이다, 글쎄, 이런 식으로 '記號'는 記號대로, '意味'는 意味대로, 짖고 찢고 지리멸렬해진 상태 같은 것을 두고, 항간에서 끼리들, 가래침 뱉듯 하던 소리가 그것 아니더냐, "개판이지 뭐!" 그렇다, 개판이다. 戱畵에서 웃음만 빠져나가 버린 것. 판관 겸직 읍장과 촛불중은, 구면이라도, 모두 아는 바대로, 서로 다 官의 앞잡이로 목구멍 풀칠을 했던 시절부터의 구면이다. 헌데도, 촛불중이 오늘, '壇' 위에서 보게 된, 요 별로 멀지도 않은 옛날의, 官의 끄나풀이었던 이 사내는, 조금도 낯익은 사내 같지는 안 했으며, 오늘 이 사내는, 거의 아름다워 보이기까지 했다. 노상 무엇을 비웃고 있는 듯하던, 단 아래서의 그 끈적거리던 웃음까지도, 범접할 수 없는 온화함 같은 것으로 변해 빛났으며, 눈치 보기로 자라, 고질화된 듯하던 그 눈짓이 오늘은, 그 눈 한번 치뜨고, 옆으로 보거나, 내리떠 보기에 좇아, 군중 속에서 소음이 일었다, 줄었다 하는 것으로 보건대, 그는 말하자면, 그 蓮이 흔들리기에 못물이 흔들리는 것 같은, 못 하나를 가득 덮어버린, 그런 큰 한 蓮이던 것이다. ('잠'과 '꿈' 사이에도 그런즉슨, 蓮의 대궁 같은, 무슨 그런 배꼽 줄은 있다) 거의 신경질적으로 높아졌다, 내려졌다 해서, 그 정신 상태의 불균형 같은 것을 드러내 보인다고도 여겨졌던, 그의 말씨며 억양도, 촛불중께 오늘 다시 느껴지기에는, 군주다운 억양이란 저런 것이나 아니겠는가, 하는 것까지도 고려하게 했다. 이것은 그리고 물론, 歷史라는 무대에서 상연된, 연극들 중에서도, 어떤 극적 장면들에서 발췌한 것이지만, 헤, 제왕과 막돼먹은 자식들이 같은 용포를 입고 있으며, 헤헤, 바보 놈과 제왕도 같은 옥대를 두를 뿐만 아니라, 헤헤헤, 광인과 제왕이 때로 같은 것들이다. 거기 어디에는, 신비하고도, 막강한 어떤 거대한 힘이 저변해 있음이 분명하여, 부인할 수가 없다고 알게 된다. 그 힘이 수혈되는 데에, '衆心'(集團)이라는 것이 있다는 것은, 그렇다, 촛불중의 주장이던 것. (잠, 깊은 잠, 水銀性의 잠) 납이며, 심지어 똥 덩이까지라도, 그것 속에 한번 묻혔다 꺼내 놓아지면, 옥이나, 금으로 변해져 있는다. (그리고 물론 그렇다면, 금이며 금강석이라도, 그 반대의 경우에서는, 납과 똥으로 변할 것이다) 이 鍊金術을 통해 얻어진 金의 이름은, '權勢'라고 불리는 듯한데, 개구리나 지렁이까지도, 저 들끓는 '水銀性 잠' 속을 한번 잘 통과하고 나면, 준수한 왕자나, 푸른 龍이 되어버린다. 이 살 입은 修羅들의 키의 기럭지나, 몸무게도 그래서, 살을 입지 않은 神들과 마찬가지로, 대략은, 그 人口數와 비례할 것이라도, 앞서

'대략은'이라고 전제하여, 반드시 비슷한 것은 아닌 듯이 암시하고 있음은, 왜인가 하면, 밖에 나가 노략질을 해서라야만 먹고 살게 되어 있는, 가난한 섬사람들은, 땅의 소출로 요족히 사는 內陸의 농부들에 비해, 백배 천배는 더 포악하며[一騎當千!], 또 대나무골 사람들은, 전쟁에 나선다고 죽창을 들었는데, 그 대적이 되는 쇠골 사람들은 조총을 들고 있는 수가 있어[一騎當萬], 실제로는, 한 제왕의 키나 무게는, 人口數로도 가늠할 수가 없는 경우들이 많기 탓이다. 그래서 이 탓일 것이다, 美里邑의 판관 겸직 읍장이라는 자가, 한번 '壇'을 오르자, 손가락 세 마디 기럭지에, 서 푼 무게도 없던 그 비렁 맞은 사내가, 무지개모양, 가까이 있어도 멀리에, 높으고 둥글게, 넓고 길게 뻗어 섰으며, 모래 가운데 대짜배기 금강석모양, 萬石을 제압하고 있다. 그래서 그가 씹어뱉는 말들은, 비록 똥 덩이 같다 해도, 그 똥 덩이가 그 시정 통용의 金이 되어버리던 것이다. (촛불중이 건너다보니,) 똥을 金이라고, 그것으로 헤헤헤 그것들은, 그날 치의 삶을 與受턴 것이다. 촛불중이 보건대, (그러고 보면 촛불중은, 자기가 主役을 하고 있는 그 연극을 아직도, 관객으로서 보고 있구나) 오늘 장터에서 치러지고, 거스름 받아져지는 그 現金의 액면은 대개 이러하였다.

乞鬼, 客鬼, 却說이, 품바꾼, 면, 돌팔이, 돌중, 삼세의 가납사니, 양가죽 쓴 늑대, 회칠한 무덤, 민심 소요꾼, 절시증쟁이, (혀 팔아, 읍민의 재산을 횡령하는) 사기꾼, 간음쟁이, (바랑에다 地獄을 담아 와) 전갈이며 황충을 뿌리는 자, 凶夢, 雜種, 똥개, 聖域을 오염하는 病,

개판이로구나.

美里가, (허기야, 전에 그것이 무엇이었든, 이미 定罪된 바 있어, '개새끼'가 된 그 개새끼를 두고서는, 사람이라고 이르는 것들로써야 더 묻힐[定] 더러움[罪]도 없었을 것이니, 그놈은, 제 사태기 새에 끼어 숨은 그대로 놔두고, —그런즉 그 개새끼가 제 사태기 새에서 빠져나올 때 본다면, 그것은 다시 또 개새끼가 아니겠는가. 아으, 바르도의 험난함! 도망친다고 도망쳐, 숨는다고 숨어서는, 제 사태기 새에 끼어들기. 개새끼!—) 자기네 고장 七祖村長이라는 중 하나를 향해, 고개 꺄웃거리며, 침 뱉듯 저렇게 조롱하여, 定罪하고 있었다.

개판이로구나.

"……요것도 조것도 아님성도, 고 둘을 다 풀어내 주라는 것도 아니라면, ……머시냐먼 여러분네는, 말이제, 聖域을 쳐들어 데럽힌, 조 두 종류의 佛性 없는 雜種, 凶夢, 똥개들을, 말이제, 머시냐먼, 본관더러 워처키 처리허라고 허는지, 고것을 밝히보라고여",

"……나는, 생각에는, 요렇구만이라우. 머시냐먼, 조 둘이서는, 어떠한 重刑도 過하지 않을 죄를 지은 건 밝혀진 대로인개 말인디, 그래 말인디, 디, 고 단 위에서 목을 쳐 피를 뿌리기는 말인디, 고 똥개의 목으로서나 허고, 말인디, 갖다가 묻기는, 중을 묻었으면, 요런 생각이라고."

때에, 판관 겸직 읍장은, 대시해 있는 한 수도부께 명해, 물을 가져오라고 해서는, 아무 다른 말은 없이(란, "이 사람의 피에 대하여 나는 무죄하니, 너희가 당하라." 같은 것으로 두고 말이지만, 또, 오늘 해 아래 돼가는 일을 두고 생각해본달작시면, 사람이라는 有情치고라면, 허기야 아무도, 자기네들이 흘리게 될, '개 피'의 값을 셈하지는 않을 것도 당연하다 싶으다. 게다가 그 有情은 '佛性'이 없어, 나찰보다도 나쁘다고 매도한다 해도, 대자대비의 부처까지도, 그것을 변호해주기 위해, 반 치의 혀도 못 늘여낼 것이 아니냐) 무리 앞에서 손을 씻고, 그리고도 그 자리를 떠나려고는 하지 않고, 자기의 자리를 지켜 빛을 냈다. 수도부는, 그가 손 씻은 물을, 사람 없는 한갓진 데 엎질러버리고, 빈 그릇은, 그 개에 가까운 한옆에 놓아뒀는데, 그것은 개 피를 받으려는 목적이 있는 것으로, (촛불중께) 추측되었다. 촛불중께 믿기워지기에는, 이 연극의 각본은, 그런 소품 정리에까지도, 세심한 주의를 기울이고 있었던 것이다. 그러고 보면, 이 연극의 관객은, 그 主役을 하고 있는 당자, 촛불중 하나뿐인 듯했다. 그러는 어느 순간, 촛불중의 고막이 뚫렸는지, 촛불중이 이제껏 보기만 해왔던 소리들이, 촛불중의 고막 속에서 일시에 일어나, 촛불중을 놀라게 했다. 이리 떼들이, '한 마리의 개'를 추적하여 둥글게 둘러싸고, 그 창자를 터뜨리기 전에, 길게 길게 울부짖고 있던 것이다. 그렇다, 촛불중께 보여지기에는, 그 수백의 이리 떼의 한가운데는, 제 사태기에 제 대가리를 끼워 넣은, '한 마리의 개'밖에는 보이지 안 했는데, 그러면 과연, 촛불중은, 그 현장에서, 저 똥개 한 마리만 남기고, 자기는 지워 없앴든, 증발을 해버렸든, 아니면 자기는 '개'

가 아니라고, 닭이 세 번을 울려면, 먼저 해부터 져야 되는 시각부터, 그것도 세 번씩이나 부인하고 있었던가? 허, 헌데 그런 건 아니다. (그는 분명히, 그들 속에 섞인 官卒이었을 터이지만, 그의 신분이야 어찌 되었든,) 한 邑民이 가로되, "치기는 개의 목을 치고, 묻기는 중을 묻자"고 했던 소리를 듣고, 느껴지는 바가 있어 촛불중이 셈해보건대, 그 현장에, '개'는 허긴 '한 마리'밖엔 없던 것이다. 그렇지 않고서야, 어떻게 다른 개가, 다른 개의 목숨을 대신하고, 어떻게 다른 개가, 다른 개 대신에 묻힐 수가 있겠는가? 그래서 촛불중은, 수치스럽게도 제 사태기 속으로 들어가 버린 개를 건너다보다, 자기 딴에는 제법 중요하다고 여겨지는, 한 사실을 목도했다. 라는 것은 무엇이었는가 하면, 그 '똥개'가 다름 아닌, 그 해 아래 벗어놓은, 자기라는 한 중의 '그림자'였다는, 그것이었다. 또 아니면, 촛불중 자기가, 그 개의 '그림자'였다고 한다 해도, 거기 무슨 큰 다름이 있다거나 할 것은 아니었을 것이라도, 색깔에 의해 보건대, (왜냐하면 밝지 않은 색깔은 非化現의 색깔이어서, 비록 人身을 입어도, 神들의 얼굴은 어둡다. 왜냐하면 원초적으로, 神들은, 非化現의 힘이던 때문이다) 저 흐리꾸리한 개야말로, 자기의 응달이던 것이다. 촛불중이 보니, 자기가, 저 무리들을 이리 떼로 무서워하여, 도망치고 도망쳐, 숨느라고 하다, 그 한가운데 갇혀, 용신도 못 하고, 제 창자 속으로 들어가 뭉쳐 있던 것이다. 촛불중께는, 구역질이 났고, 웃음이 났다.

"나는, ……생각에도, 고 말은 맞는 것 겉은디, 걱다 나도, 쪼꿈만 더 말을 보탰으먼 싶꼬만이라우. 머시냐먼, 고 똥개는 물론, 고 단에 서 목을 치고시나, 뿜는 피는, 그럭에 받아 갖고, 무덤에 묻힐 송장 씩는 香湯에 쓰먼 좋겄다는 것인디, 머시든지 간에, 에미의 쫍은 구먹을 비어져 나올라먼, 고 윈 몸뎅이에다가 피를 묻히는 것인디, 산 채 묻히는 송장이라도, 달블 바는 없어얄 것인개, 아 안 그랴, 모도?"

짝, 짝, 탁, 탁, 맞소, 맞네, 맞는 말.

도망치다 숨기에 아무리 급하더라도, 여 狗子여, 거기 구멍이 있다고 하여, 개의 사타구니로 들어서는 어쩌자는 일이었냐? 태어날 때 그러면, 전신에다 公은 개 피를 묻히게 된다.

"나도 말인디, ……거그다 말 좀 보탰으면 싶은디, ……목도 컬컬허다 본개, 요런 소린디",

"사둔은 말이제, 개괴기에, 수도청 청주 생각을 허고 있제 그리?"

"고것이사 워디, 나뿐이겄는개 비녀? ……머시냐먼, 글씨, 말이제, 커 참, 한동안 끄막했었는디, 말이제, 여러 여러 사람덜헌티, 새로 또 시작이라고 갖다가시나, 글매, 밤만 들었다 허먼, 새로 또 괭이덜이 울어를 싼다고, 지랄헌다고 울어를 싼다고 괭이덜이, 푀독시럽게 울어싼다고, 고것도 머 워디 울 너머 밭 귀탱이서나, 누구네 마룽 밑에 서도 말고, 말고 말인디, 첸장헐 누무 짐생이, 하상이먼 갖다가시나, 머릿속에서 울어싼다고, ……허허허, 헌디 요거 웃도 못 허겄는 얘기구만, 허허헛, 웃도 못 허겄다고. 그래 생각해본 남거진디, 개하고 괭이가 상극인 건 에미 배 속엣것끄장도 아는 일인개 말인디, 조 개괴기로시나는, 불에 끄실려 태와설람엔, 연기를 흩트리 갖고, 괭이 전(前)에 지사(祭祀)라도 디리는, 제육에 썼으면 좋겄다 요런 말인디, 허허허, 내 요거 참, 웃도 못 허겄는 소리라도, 말인디, 말이",

"고것 말요, 얼풋 듣고만 만다먼, 씨묵는 소리 겉지 않은 건 아니라도 말요, 요것 참말이제, 안 했으먼 좋겄는 말씸이라도 안 디릴 수가 없어 말씸인디, 아니 산 괭이헌티 인정을 쓸라먼, 괴기를 한 점 썩 뜯어 준다든지 허는 것은 몰루겄어도, 머시란다고요, 무신 연기로 갖다가시나, 머슬",

"헥, 조런 탓에 젊으먼, 꾀보당 입이 싸다고 허는 것일 거구만. 머릿속에서 우는 요 괭이가, 담 넘어 댕기는 고 괭이허고 같다고 알먼, 고런 엉뚱한 소리를 하게 되는 겨. 머시냐먼 요 괭이들은, 우리덜끼리서 해온 얘기가 그랬은개 말이제만, 고동안에, 말이제, 숱한 시님덜이 말이제, 요 웁네에 발질을 잘못 들어섰었는디 말이제, 하난가 둘인가가 요 웁을 벗어났고는, 말이제",

"아, 그랑개, 고 시님덜이 괭이귀신이 됐다는, 고런 말씸이신개 빈디요이?"

"허허헛, 요것 누가 들어도 웃도 못 허겄는 소리겄음선도, 그렁개 말하자먼, 고런 비스름헌 소리져 그리",

"허으허으허으, 참말이제 거 웃도 못 허겄는 소리구만이라우이."

이 연극은, 바로 그 주역 배우에게 느껴지기에, 그리하여 그 가경, 또는 절정에로 치달려가고 있는 듯했는데, 비록 그 구성도, 줄거리도 모르고 있음에도, 자기가 맡아 하고 있는 그 役에, 자기로서는, 아무 어색함도 느껴지지 않는 것으로 보건대, (촛불중) 자기는, 자기 役을, 자기답게는 잘 수행하고 있다고 여기기에 이르렀다.

판관 겸직 읍장이, 매우 지루한 듯이, 하품을 한번 하며, 해를 한번 올려다 본 뒤, 이번에는 혀 대신에, 손발들이 바쁘게 움직이기 시작했다. (배우를 두고 관객은, 망나니 役을 하는 사내는 뉘 집 머슴이며, 열녀 役을 하는 여자는 어느 주막에서 상 두들기는 여자다, 라는 식으로, 훤히 알 만하다고 해서, 그 가면 뒤의 본얼굴을 읽으려 해서는 안 된다. 그 진면을 잊고, 그 진면이 지금, 어떤 가면을 쓰고 있다고, 그래서는 그 가면에 친근해져야 된다) 눈만 내놓고, 검은 보자기로 얼굴을 가린 자가, 방울 달린 칼을 들어 단 위에로 올랐으며, 뒤따라, 굵지는 않되 질겨 보이는 밧줄을, 다섯 팔 길이쯤 들고 있는 사내가 올랐는데, 둘이는 먼저, 판관 겸직 읍장 앞에, 허리를 깊이 꺾어, 공손히 절한 뒤, 촛불중은 알아보지도 못한 채, 대번에 개에게 달려들었다. 본디 개의 목 끈을 검세게 붙들고 있던 자가, 그 끈을 자기의 손에 둘둘 감아 길이를 짧게 하는가 하고 있자니, 그 끈을 공중에로 쳐들어 올려, 그 못 먹은 개를 공중에 대룽대룽 매달리게 했다. 개는 물론, 목에 두른 밧줄에 숨통을 막혀, 끼깅 소리도 거의 못 내고, 그냥 괴롭게 버둥거리기만 했는데, 밧줄을 든 사내가 얼른 나서, 그 밧줄의 한끝을, 보자기 쓴 사내에게 내주며, 자기는, 그 다른 끝으로, 그 개의 뒷다리 둘을 합쳐, 무지막지하게 둘러 처맸다. 보자기 쓴 사내도 그러자니 물론, 앞다리 둘을 합쳐 처맸는데, 손들은 민첩해서, 숨 한 서너 다섯 번 쉴 만큼 걸려, 그 일을 끝냈으니, 개는 다시 내려놓여졌고, 죽지는 안 했으되, 이번에는, 그 목을 둘렀던 그 밧줄에 의해, 주둥이가 빙빙 둘러져 처매어져, 그것은 더러운, 한 모닥의 뼈 무더기였다. (판관 겸직 읍장의 눈이 튀어나올 듯이 이글거리는 데다, 충혈되어, 살기가 쏟아져 나오고 있다고, 촛불중은 건너다보았다) 밧줄을 들었던 사내가, 이번에는 그리고, (아까 판관 겸직 읍장이, 손 씻던 물을 담았던) 그릇을 쥐어, 한옆으로 자빠져 누운 개의 목 밑에다 받치자, 옆의 사내는, 한 손으로는, 개의, 꼬리를 거머쥐고, 다른 손으로는, 개의, 묶인 두 앞다리를 거머쥐며, 무릎 하나로는, 개의 복부를 눌러, 어떠한 경우에도 용신치를 못하게 한다. 그리하여 이제, 보자기 쓴 사내의 차례가 되었던지, 방울 달린 칼을, 해 아래 높이 쳐들어, 짤랑짤랑 방울을 흔들어대다, (제발 "살리는 셈치고!" 그 칼을 한 번에 탁 내려쳐, 그 목숨을 거뒀다면, 그 또한 德行이 아니었겠느냐, 마는,) 천천히 내려서는, 개의 목에다 견주어대더니, 쉬엄쉬엄 톱질하듯, 개의 멱을 따기 시작한다. 하늘이 붉고, 눈들이 붉고, 마음들이 붉어, 나찰들이 한 마당 붉었다. 天仙들은, 구름 뒤에다 얼굴을 가렸으며, 아래쪽에서 올라온 것들만, 혀가 붉고, 눈이 붉고, 마음들이 붉었다. 그리고도 톱질하듯 하던, 칼질은 한참 더 걸렸고, 종내 대가리가 몸에서 분리되었던지, 보자기 쓴 사내가, 그것의 귀를 잡아, 피를 뚜둑이는 대가리를, 읍민들 앞에 쳐들어 보였다. 수도부들은 건구역질을 끄억 끄억 해대며, 검은 치마폭 아래서, 오줌이며 월후를 질금거리고 있었다. 그 개는, 거적에 싸여져, 美里(沙漠)로 실려 가, 나중에, 거기에 피울 모닥불에 올려질 것인데, 그것 외에도 물론, 여러 마리의 개가, 산 채 美里에 끌려가서, 숨을 뽑힌 뒤, 화톳불에 얹히워져, 잔치를 열 것이다. 글쎄, 이것이 무슨 소리인지는 대번에 밝혀질 것이지만, 이것은 美里에 대해서 응달진 날인 것뿐만 아니라, 볕이 든 날이기도 하기 때문이다. 글쎄, 이 같은 날 하루는, "聖域을 더럽힌 돌중 하나와, 개 한 마리"를 處刑하는 날인 것뿐만 아니라, 바로 그 같은 '개'를 잡아 잔치하여, 그 같은 '돌중'이, '七祖村長'에 登祚하는 날이 돼서 그렇다는 것이다.

(이 막이 끝나면, 무대가 회전할 듯싶지만,) 단 위에서는 그리하여, 美里邑을 무대로 한, 그 극이 절정에 치닫고 있었다. 때에는, 수도부들이, 저 중의 옷을 모두 벗기고 있었으며, 그런 뒤, 수도부들이, 겨울보다도 앙상한 중 위에다, 香湯이라고, 개 피를 바르고 있었다.

"친구임세 촛불중", 개 피에 붉게 덮이고 있는 옛 친구에게 대고, 판관 겸직 읍장이, 거의 속삭이는 듯이 말하기 시작했다. "본관이, 美里邑의 판관이며 읍장을 겸한 자로서, 美里村의 七祖村長에 대해 베풀 수 있는 경애는, 결국 이런 것밖에, 달리는 어떻게 할 수도 없었드라네. 이 儀式은 그런즉, 친구임세, 한편에서는, 七祖登祚式으로 베풀어진 것으로 이해해준다면 좋을 것이고 말이제, ……본관은 말이제, 그렇지 뭐, 말을 하지 말아야 할 까닭도 없다고 생각인개 말인디, ……그렇제, 오늘 조반상을 앞두고, 별세한 장로네 청지기 늙은네와 말이제…… 그랬네야, 많이 다퉜제, 다투고…… 까닭이야 말해보나 마나, 자네 쪽에서 더 잘 알 일인디…… 벨수가 없어, 늙은네를 유치소에 감금해버리고 말았제만, 말이제, 말인디, 그, 그 일로는 촛불중 자네가 걱정할 것은 없겄네, 없겄다고, 글씨, 해가 지거든, 늙은네를 풀어내 주라고 일러뒀은개. 허, 헌디도, 늙은네가 각혈하듯 뿜어내던 한마디의 말은 잊을 수가 없는 디다, 그 침의 독이 왼 몸뎅이로 퍼지고 있는 것 겉여, 두드레기라도 난 것 겉은디, 글씨, 늙은네가 이러덩만. 이 사내가 말이제, '격에나 품에도 맞지 않는 용포를 둘썩이나 입고, 펴면 날으고, 오므리면 바위라도 재를 만드는 龍力을 얻게 되었다고 해서, 道를 말살헐라고 허는디, 왜나면, 그 龍力에 정면에서 맞서 휘일 수도 있는 다만 하나의 힘은, 道이기 때문'이라는 겨. 그라고는, '道를 말살하고 난 뒤에는, 워짤라고 허느'냐는 겨. 그래 내, 늙은네를 대번에 투옥해버리고 말았지만, 나도 물론, 道가 비대해지면, 治가 여위고, 治가 강대해지면, 道가 쇠약해지는 경우도 있다는 것을 모르던 안 헌다고. 그리고 나도, 내 '격에나 품에는 맞지도 않는 용포를 둘썩이나 입고' 있는 것이나 아닌가 허는 반성을 안 해본 것은 아니라도, 말이제, 그 탓에 나도, 참중이거나 돌중이거나, 여러 중들을 스승으로도 모셔, 깜냥으로는 공부도 해보았는디 말이제, 보게 친구임세, 그리고 내가 알게 된 것이 뭣인 중이나 알겠는가? 보게여, 저 '용포'라는 것은 헌디, '격이나 품'하고 아무 상관 없이 재단되어져 있어, 그것을 입는 자의 몸이, 그것에 맞도록 조절한다는 것이었네그리. 그러니, 지렁이가 입는다 해도, 그 지렁이의 몸이 그 당장 불어나 그것에 맞촤버리는고로, 용이 되어버린다는 것이제. 그래서 참말로 나는, 친구임세, '입은 용포' 탓에, 무엇이 그것에다 구멍이라도 내게 되잖을까, 그래서 고 '무엇'을 말살할라고 하고 있는 것이 분명한가? 헌디, 고 '용포'에 정면에서 맞설 수 있는 것은 '道'뿐이라고 헌단개, 조 '무엇'이란, '道'가 아니겄는가? ……헌디 말임세, '治'勢에 못 견뎌, 말살되어질 수도 있는 '道'는, '治'勢의 억누름이 없더라도, 어느 때든, 그것 스스로 소멸하고 만다는 것이, 오늘 내가 생각하고 얻은 답인디, 친구임세 七祖, 그리고도 자네는,

그런 '道'의 죽음을 '治'에다 탓 돌릴 수가 있을 듯한가?"

"………" 촛불중은, 전신이, 그을음도 없이 명명히 타는 촛불꽃보다도 더 붉게 되어, 흰옷 입은 사람들 속에서 붉게 탔다. 촛불중은 그리고, 저 판관 겸직 읍장이라는 사내가, 자기의 목을 자르고, 자기의 목구멍에서 뿜어 오르는 피를 둘러 마시고 있다고 건너다보았다. (通譯을 한다면, 저 판관 겸직 읍장이, 촛불중 자기의 言語를 모두 비워내고 있다는 얘길 것이다) 그래 촛불중은, 그 사내 앞에 무릎을 꿇어 절하고, 그 사내의 발등에다 이마를 댔다. 그리고 일어서며, 오늘 하늘은 참 푸르다고 보았다. 허긴 道란, 저렇게 푸른 하늘 같은 것일 것이며, 그리고 勢란, 거기로 몰려들었다, 흩어졌다 하는, 구름 같은 것일지도 모른다. 판관 겸직 읍장은, 만약 '道' 때문이었다면, 그 '손을 씻을' 필요도 없었던 것을, 것을. —촛불중이 그렇게 하늘을 올려다보고 있었는 중에, 섬섬옥수랄 것 몇 개가, 아직도 반은 굳고, 반은 질척거리는, 개 피를 묻힌 그 몸에다, 속곳은 입히지도 않고, 먼저 다홍치마를 둘러 입히더니, 푸른 저고리를 입히고, 그런 뒤에는 그 머리에다, 붉은 고깔을 씌웠다. 그리고는 紅袍를 덮었는데, (그래 촛불중 생각에는,) 족두리 대신 고깔을 쓴 듯하지만, 그 고깔을 쓴 자의, 시집가는 날이 오늘이나 되던지, 紅袍를 덮어쓴 자의, 장가가는 날이 오늘이나 되던지, 하는 것일 것이라고 했다.

삼밭 같은 데로라도, 무슨 바람이라도 세게 불어갔든 어쨌든, 걸 제기럴 뉘 알아, 壇 아래쪽 무리가 일제히, 한쪽으로 희게 휩쓸려 쓰러지더니, (무릎을 꿇었을 터이지) "七祖는 평안할습지다!"라고 누가 선창을 하자, "七祖는 평안할습지다!" 후창하는 소리가 여러 겹으로 울려 나고, 그런 뒤 그 흰 江이, 갑자기 逆流했던지, 江이 서자, 얼굴들이 떠올랐다. 올라서는 江 위를 걸었는데, 걸으며 그들은, 밀이며 보리, 들꽃이며 소금 등을, 고깔 쓰고 홍포 입은 자에게 뿌려 던졌다. (후세인들은 기린다, "풍요와 영광의 穀雨와 天花가, 그 청천에서 소나기 져 내렸다.") 그런 뒤, 紅袍는 다시 벗겨, 官卒 저그들끼리 제비 뽑아, 이긴 자가 갖고, 고깔에, 푸른 저고리, 다홍치마는 남겨, 七祖를 단 아래로 내리게 했는데, 그래서는, 뻴그렇게 살아 있는 그는, (벙어리 마부네 짐수레에 올려진) 棺 속에 누이어졌다. 棺 뚜껑은 아직 덮지 않은 채 열어뒀는데, 그래서 그 안에 누운 자는, 두 손을 가슴에 모으고, 그날따라 푸르기도 육시러게 푸른 하늘 때문에, 溺死感을 어떻게도 지우지를 못하겠다고 투덜대며, 담배라도 한 대 피운다면, 아직도 자기 몫의 숨이란 것이, 자기의 코언저리에 얼씬거리고 있는지 없는지, 그것쯤 보아 알 수도 있을 것이 아닌가, 그런 것이나 생각하며, 기침을 한 둬 번 콩콩거려, 귀로 그 소리를 듣고 있었다.

아마도 그것이, (주소가 분명치 안 해, 美里 사람인지, 아닌지, 그것도 모를, 그러니) 한 돌중(이랄 자)의, '美里의 七祖村長'에의 登祚式이었을 것이냐, 그렇게 그 한 막의 연극은 끝나고, 이제는 무대가 회전할 듯하다. 그러면, 그렇게 각색되어진 대로, 그 같은 한 돌중의 葬禮式의 막이 오르게 될 듯하다. 수도부들이 哭婢 노릇을 할 것이며, 판관 겸직 읍장이 喪主로서, 말 타고 앞서, 저 沙漠을 향해 나서면, 腰輿는 없이, 喪輿가 따르고, 처질 사람들은 처질 일이되, 따를 사람들과, 官卒들이 輓章을 들어, 그 뒤를 이어, 아으 허기야, 북망가는 길 바빠서는 어짤라는디, 느시렁 느시렁 상사뒤야, 느시렁 느시렁 흐르는 행렬, 느시렁 느시렁 흘러갈 것이다. 이쪽 가을볕 쐬기에도 터진 살갗이 아물 여유도 없는데, 어쩐다고 저쪽 가을볕까지 쐬러 감발을 맬 일이겠는가, 마는, 그래도 公은 물[苦海]을 건너려 하느냐, 하거든 건너라(가테―), 건너라 지국총, 건너려거든 지국총, 남김없이 건너라(파라상가테―) 어사와―

말 못 하는, 귀머거리 마부가 어거하는, 방울 단, 늙은 말이 끄는 꽃喪輿는, 방울 소리를 짤랑 딸랑 내며, 가을볕 아래, 황폐를 내덮고, 휴식 속으로 내려가 누운, 들을 느시렁 느시렁 상사뒤야― 흘러갔다, 흘러간다. 그 방울 소리들은, 그 벙어리 마부의 귀에 대해서처럼, 그 황폐의 어디를 열고 스며들지를 모른 듯해서, 그 꽃喪輿 위에서 시들고 있는 가을꽃들처럼, 그 喪輿 위에 내려, 시들었다. 그 꽃喪輿는 그렇게, 들에는 흩어져 피어 있는, 들국화며, 장독대가 있는 데서마다 한들거리는, 키다리 꽃 같은 것들로 장식되어 있었는데, 이런 꽃들도 허기는, 벌겋거나 누런 열매들과 마찬가지로, 가을이라는 철이 꾸는 꿈이 아닌 것은 아닐지라도, 열매는 누구에게나, 흐뭇한 안도감을 주는 데 반해, 꽃은 슬픔을 느끼게 하는 것을 보면, 가을은 허기는, 떠났었던 것이라도, 돌아오는 철이지, 떠나는 철은 아닌 듯하다. 열매는 (가을에의 夢想에서는) 돌아오고, 꽃은 그리고 떠난다, 그렇잖은가? (여름에 대해 보리 알과 밀 이삭, 가을의 국화와 키다리 꽃—객쩍은 철손들) 촛불중은 그리고 허기는, 돌아오고 있다, 오랜 오랜 배회 끝에, 그리하여 돌아오고 있는데, 가을 속의 소로를 좇아, (겨울이란, 棺 속에 담긴 欲望이라고 한다면,) 棺 속에 욕망을 뉘어 돌아오고 있는 것이다. 오랜 배회 끝에, 돌아오고 있는 자의, 동구 들어서기의, 그 감회란, 돌아오고 있는 자까지도 갈래 잡을 수 없는 것일 것, 그런 것을, 누가 무엇이라고, 몇 마디 말로 해버릴 수 있을 것인가. 들을 수 있는 것은, 그의 발자국 소리뿐이다, 뚜벅뚜벅했던 소리가 멀어지며, 비트적 비트적하는 소리가 가까워지고 있다.

'羑里에서는 오늘', —검은 喪服을 입고, 검은 網紗로 얼굴을 가려 세상을 가려버린, 喪中寡婦인, ('검은색'은, 非化現의 색깔인 것이 고려되어져야 할 것이다. 그러니 아직 오지 않은) 羑里의 '第九祖村長'이, 『七祖語論』의 再生筆記를 마치고, 그것의 마무리를 하고 있었다. —[6]"羑里의 뒤터를 파고, 하나의 法種을 묻고 있다. 이것은 안개비가 내릴 철인데, 그러니 늦은 가을이고, 하나의 촛불이 꺼지기 전에는 언제든, 한번 명명히 타오르듯, 오늘따라 하늘이 유난히도 맑고도 밝다. 하나의 실한 '意志'가, '代贖羊'性을 완벽하게 구비하고 있음에도, 그 '몸'[記號]을 벗어주기로 하여, 당대의 아무것도 贖良할 것이 없다고 할 때, 그것은 그러면, ('神이 흘린 땀방울' 같은 것이, 무참하게도 스러져버릴 수도 있겠느냐?) '未來' 속에 심기는, '法種'化하는 것이 분명하다. 그래서 그것은 그 法力으로 미리, 未來의 毒을 中和(贖良)하여, 그것이 묻혀든 그 子宮 속에다, 밝은 未來를 姙娠하게 할 것인데, 그것이 分娩되어지는 날은, 땅위에, 크고 좋은 날이 열리지[開] 않겠느냐! 헌데, 어떠한 암컷에게고, 姙娠하게 하는 意志는 그러면, 그것 자체가 '種'(signified)임에도, (그 '種'을 뿌리는) '根'(링가. signifier)이라고 일러야 할 터이다. 羑里는 오늘 그래서 하나의 우주적 男根을 모셔다, 骸骨의 골짜기[沙漠]에 묻고 있다. 옴바즈라파니 훙!"

헌데, 그 葬禮式에 참예했던, 한 野史꾼의 記錄에는, 저 埋葬이 이렇게도 이해되어 있는바, 그것은 첨부해둔다 해도, 뱀을 그린 그림에다, 다리를 그려 붙여주기 같거나, 하지는 않을 듯하다.

"……요 얼마 전에 美里는, 꼭 이런 중 하나를, 큰 숲 가운데, 그중 높은 나뭇가지에 매단 일이 있었는데, 그런 후 사흘, 그리하여 美里는 오늘, 그 나뭇가지에 매달린 주검을 따내려, 美里에서 마련한, 바위 무덤 속에 안치해두기에 이르렀다. 第九時 속에로 내려간 주검, 갈라졌던 陰府가 소롯이 닫히고, 안에는 암흑이 더운 羊水일라. 솥에 개 눕다."

배꼽 만지기 頌 2

[1]따님[大地], 품을 열으십수사,
따님의 품을 빌어, 들어가,
그 품속에 안기려는
이 씨앗을 위해,
안식을 베푸시사
짓눌러 으깨지 마십수사,
어머니가 아이를
치마폭에 감싸듯, 따님
그렇게 그를 감싸옵수사.

그렇게 그렇다 美里에서는, 불의 씨눈 하나를, 그곳의 마른 늪 가운데, 달궈진 모래의 한가운데를 열고, 묻어놓았다. 輓歌 함께 그들은, 輓章이며, 그 내용물을 뽑아낸 빈 棺, 액수 크게 쓴 종이돈 등을, 그 무덤 앞에서 태워, 그 명복을 빌었는데, 그 타오르는 불은, 만월 때 짖어 오르는 검은 개여서, 美里의 하늘을 찢어댔다. 술과, 개고기와, 상스런 노래와 춤이, 넘치고 뒹굴어댔어도, 沙漠은 그래도, 으스스하고, 정적했다. 외로운, 배고픈 야차—불길만, 짙은 연기에 휩싸여, 해골 속에서 일어나, 거기 떠도는 사람 냄새며, 웃음소리며, 상소리들을 태워 먹고 있었다. 저 상두꾼들이, 읍에서 출발해, 美里의 저 마른 늪에 닿고 있었을 때 시각은, 대략, 오늘이 어제로, 그리고 내일이 오늘로 바뀌어지고 있었을 때였으니, 저 죽은 모래 벌 속에서 (내일, 또는 오늘) 새벽이, 그 여린 싹들을 튕겨 올리려 하고 있었다. 이제는 저 봉분의 바위 문을 막고, 모두 돌아가, 美里에 美里가 있어 왔다는 것까지도 잊어버린 뒤, 누구나의 살기에서든, '美里'라는, 그 宗教의 이름을 입은, 죽음, 의 냄새를 씻어 내버려도 좋을 때쯤일 것이라고, 판관 겸직 읍장은 셈해내고 있었다. 저 죽음, 의 냄새란, (觀音菩薩이, 원숭이[孫悟空] 라는 畜生 하나 靈物이 된 것, 버릇이 좀 사납다고 하여, 그럴 때마다 징계하기 위해, 그 畜生이 자는 틈에, 그 머리통에다 테둘러 놓은 頭痛, 벗겨지지 않는) 魔法의 머리테(뭐라구? 그런 이가 보살이라구? 듣기로는 그리고, 한 얼굴만큼의 慈悲가 부족하다고 하여, 거기다 열 개쯤의 얼굴을 더 돋궈내, 慈悲를 드러내고 있다는데, 그게 사실인가? 그러나 이런 보살의 행위에 의해 본다면, '慈悲'[보살] 보다는, '懲戒'[나찰] 가 더, 세상을 바르게 인도한다는 것을 고려하게 하는데, 아으 그런즉, 고통받는 넋들이여, 아무리 입술이 타더라도, 저 '慈悲'의 젖퉁이에서 흐르는, 일러 '甘露'라는 젖은, 맛보려 마라, 그것은 왜냐하면, 당밀 섞은 毒 말고, 다른 것은 아닌 듯하기 때문이다. ……그, 그, 러나, 이런 일로, 저 '全純한 慈悲'를 오염, 매도하려 할 일은 아닐 듯하다. 분명한 것은 무엇인가 하면, 이것은, 저 '慈悲' 당자와도 무관하게, 그 '慈悲'를 '懲戒' 쪽에다 끌어내리려 한, 한 世俗主義者의, '慈悲'에의 誤讀이 범한, 오류라는 것이다. [이 경우의 '世俗主義'란, '慈悲'를 '懲戒'에다 끌어내리려는, 그 행위를 명명하려 하자, 저절로 따라붙은 것이, 그것이라는 얘기는, 첨부해두기로 하자] 그렇다면, 저런 '頭痛의 머리테'가 씌워졌었어야 되었던 머리통은, 저 원숭이의 것이었기 전에, 그런 얘기를 읊던 그 얘기꾼 당자의 것이었어야 했던 듯하지 않은가? 세상은 사실, 桀紂에 의해서보다, 저런 얘기꾼들에 의해 더 나빠져 오기 때문인데, 桀紂는, [세상의] 밖에다 피를 내되, 얘기꾼들은 안에다 상처를 낸다고 이르는 주장을, 부인할 도리가 없으니 하는 말이다. 소도 돼지도 그렇잖은데, 유독 사람이라는 有情만은 헌데, 얘기 듣기를 좋아한다고 이르니, 그것은 그렇다면, [自然에 거슬러 일어난] 病이다) 같은 것이어서, 세상은 살 만한 곳이라고, 즐겁게 살려는 자들의 머리를, 시간도 없이 욱죄고 덤벼서는, 삶이란 苦 말고 다른 아무것도 아니라는 것을 일깨워주려 하던, 그런 것이었었다. 그것이 헌데, 용케도 벗겨진 것이고, —판관 겸직 읍장의 현재의 믿음엔 그렇다. —그런즉 이제 자기가, 어떤 식으로 정신적 자유를 누린다고 한다 하여도, 저 '頭痛'에 당하지 않는 한, 그것이 앙금하여, 業化하지는 않을 것이라고 했다. 이런 생각에는, 상당히 음험한 대목이 도사려 있다. 라는 그것은 무엇인가 하면, 業(羯磨)이라고 이르는, 만년의 세월로도 溶解커나 風化키가 어려운 어떤 앙금은, 차라리 양심에 의해서, 그 양심을 宿主로, (그 양심 속에서) 이뤄지는, 나쁜 종류의 진주 같은 것이라는 그런 얘긴데, 그렇다면, 한 정신이, 어떤 종류의 악을 행하거나, 반대로 선을 행한다 해도, 그것이 그 양심에 죄책감이나 즐거움을 일으키지 않는다면, 그 정신은 연 이파리모양, 흙탕에서 피었음에도, 흙탕에 젖지 않는다고, 판관 겸직 읍장은 판단해온 것이 분명하다. 그러고 본다면, 한 정신을 지옥에까지 밀어 넣는 것은, 이 六道間 다른 아무것도 말고, 그 자신의 양심인 것이 분명하고, 그것은 그렇다면 그 자신에 대해, 보살일 뿐만 아니라, 보다 더 나찰인 것이 분명하다. 이 사내가 만약, 한 교과서(「悟空傳」)를 誤讀하지만 안 했었다면, 그는 그 나름으로 '悟空'을 성취했음이 분명하다.

그는 그리하여, 저 바위 무덤 문을 막기 전에, 한 哭婢께 지시하여, 한 비구의, 대략 사흘 분량의 음식물을 그 안에 넣어주도록 한 뒤, 大醉에 혀 굳은 哭婢들로 하여금 한 번 더, 마지막 애곡을 하게 하고, 그리고 미장이와 석공들을 불러, 그 무덤 문을, 여러 겹으로 막게 했다.

[2]살아 있는 우리들 이래서나
죽은 이께 하직을 고하니다.
그런 뒤 우리들은,
춤추고 웃기로
삶의 길이를 늘이려 하는데,
산 자들로는 이 경계에 닿지 못하게
우리 산 자들을 위해,

죽음에로 열린, 여기
이 벽을 쌓아 막느니,
  살아 있는 우리들
  하직을 고하니라.

그리하여 그 輓歌와 함께, 서러울 일은 끝장나고 있는 것이다. 美里가, 저승에다 퍼 버린, 둥근 개 한 마리는, 흙 아래 깊이깊이 가라앉아 내려갔으되, 그 三冬 사흘씩이나 되게 긴 잠을 자고 나면, 늙었던 것들이며, 죽었던 것들이, 푸르러져 되돌아온다. 이승 어디에는, '처녀의 샘'이 있다고 하되, 저승서 늙어 죽어 온 계집들만 그것이 어디에 있는지를 알고 아무도 모르듯이, 헌데 저승 어디에는, 늙어, 去勢된 사내들만 알고 아무도 모르는, 童貞의 불못이 있다고 하는데, 세상 바람 너무 쐬는 중, 불감증에, 경도불순에, 냉증을 치르다, 여자이면서 여자도 아니게 된 늙은 여자들, '처녀의 샘'에 멱 감고 돌아온 소문에 좇아 짐작건대는, 불알을 잃고, 그것 찾으러 저승 순례 떠난 저것들도 분명히, 저그들만 아는 그 불못에 닿으면, 먼저 발목까지나 집어넣어 훌렁여 보고는, 무릎을, 가슴을, 그리고 머리까지 잠가, 깊숙한 데로 내려갈 것이었다. (아으, '천상적 열락'이 羊水로 출렁임!) 그러면, 독사의 독액도 같고, 마늘즙과도 같으며, (흙을 입에 물어, 홍옥이나 청옥을 이뤄내는) 地龍의 타액도 같은, 그 맵고도 더운 불물이, 거기 잠긴 것들의, 이승 때를 다 녹여 벗겨낼 것인가. 그러면 살은 살대로 녹아, 뼈로부터 분리하고, 뼈는 뼈대로 가지런히 한 무더기 남아, 희디희게, 뼈 위에 뼈를 얹고, 얹은 위에 해골을 얹어, 폭삭 무너져 내릴 것인가. (그러면 누가, 그 뼈를 주워 간추려서는, 새로 갖다가시나 한 運命을 조립해 내게 되느냐? 그럴 때, 새로 그 한 運命을 조립하고 있는 '손'에 대고 빌 것이 있다면, 여보게, 먼저 머리통을 놓되, 옆[橫]에가 아니라, 위[縱]쪽에다 놓아주기 같은 것일 것이지만, 그럼에도 그 '손'이, 뼈들을 골라, 그 어깻죽지 되는 데쯤에 붙이고 있을 때, 얼핏 들을 잘못 내어다보다, 허리 아래쪽에 붙였으면 좋을 것들을 손에 쥐고 있었더라면, 얼럴러 상사 뒤야, [붙을라믄 이것아, 天女도 仙女도 人女도 말고, 하필이면 猩猩이었느냐?] 이눔 猴子여, 大猩猩

이여. 안됐지러, 안됐지만, 헌데도 그 '손'이 어디, 난데없는 데서, 무슨 원숭이의 귀신이라도 내밀어준 것이었겠느냐? 듣기로는 헌데, 그 '손'이란 누구의 것도 말고, 바로 자네의 것이라고 허등만 그려. '性慾'에 붉어진 눈구녁에서 흐리터분하게 쐬어 내어진 손, 털이 숭숭 난 붉은 손)

"처음, *火天—징글맞은 왕, **전신에 피를 붉게 발라 나서고, 다음, 아비어미들 눈물을 흘리며, 자기네들의 ***첫 새끼를 그 불 가운데 던져 넣는다. 그럼에도 미친 듯한 징과 북소리 탓에, 자기네들의 ***어린것이 우는 소리를 듣지 못한다. 저 첫 새끼는 ****火天의 음식, 누구든 첫 새끼를 바쳐 ****제사함으로써, 죽음을 극복한다."

상두꾼들은 그렇게, 자기네들 '삶의 깊이를 늘이려', 웃으며 춤춰, 화톳불을 돌았는데, 그 불에다 그들은, 자기네들이 매기도, 입기도 했었던, 首絰이며 腰絰, 喪服이며, 심지어는 속곳들까지도, 벗어던져 넣어 태우고 있었다. 그 불에서는 그러니 그들의, '必滅'이, '죽음'이, '더러움'이 타고 있던 것이다. 밤이 깊어갈수록, 더욱더 일렁이는 춤, 땀에 젖은 벗은 살들, 살들이 부딪치는 찌르럭이는 소리, 광희에 찬 아우성, 흐느끼며 웃는 소리, 웃으며 흐느끼는 소리.

춤[舞]은 늘, 重力에 거슬러, 살을 발판으로, 그것으로부터 타오르려는, 허물 벗기, 뱀의 욕망, 그것이다. 쿤다리니—그 뱀이 그 허물을 다 빠져나가버리면,

잉걸불에서는 불이 빠져나갔으며,

* 이 '火天'은 '몰록'(Moloch)이다.

** 羑里에서 오늘, "전신에 피를 붉게 발라" 나선 자는, '촛불중' 말고 또 누가 있었던가?

*** 그(촛불중)가 무슨 상징을 입었든, 오늘의 연극에서, 죽음 가운데로 던져 넣어진 '첫 새끼/어린것'은, '촛불중'의 얼굴을 해 있다는 것을 상기할 일이다.

**** 이 '祭祀의 形式'이, '불'[火天]에다 祭物을 바치고 있어, ('아그니호트라'Agnihotra) '몰록'이, '아그니'의 얼굴을 꾸며 있음을 알게 한다.

달 지고 난 뒤의 호수,

남는 것은 그리고는 껍질뿐인가.

아직도 몇 모금쯤의 광희를 남겨놓고 있는, 깨어진 소주 동이들, 안 깐 마늘을 꽂은 된장 뚝배기, 먹다 여기저기에다 내쏴 던진 개뼉다귀들, 꺼진 숯, 춤[舞]만 고스란히 빠져나가고, 그리고 불이 핥다 남은, 냉이며 월후에 젖은 서답 몇 조각, 꽃상여에 꽂혀왔다 흐트러진, 시든 꽃 몇 송이—거기로도 아침은 왔으며, 냄새나는 햇볕 함께, 개미와 들파리 떼뿐만 아니라, 까마귀와 솔개들도, 그 사라진 잔치를 노략질하러 몰려들었다. 도대체 그 춤[舞]들은, 그리고 타오르던 불은, 피어오른 뒤에는 어디로 스러지느냐. 그 뜨거운, 움직임의 알맹이들은, 어디로 빠져나가 버렸관대, 이제는 그 종적도 알 수가 없느냐? 그 움직임[舞]들의 호꼰한 어떤 자락, 어떤 접힘에서, 서캐가 슬듯, 까마귀며 파리 떼 등이, 슬었을끄나? 일어난 것이 스러질 수도 있으끄나? 세월의 가시쟁이며, 돌부리에다, 通時態的 共時態를 沙漠으로 벗어놓고, 저 밤을 태우던 그 춤들의 알맹이는 어디로 흩어져 버렸느냐? 아으, 저 잠들어버린 불, 그 재 속이라도 헤쳐볼 일이겠느냐, 글쎄, 뉘 알랴, 그 속에 혹간, 조그만 佛이라도 반쪽짜리, 동그맣게 뭉쳐 있는지, 뉘 알랴? ('精蟲은 재'라거늘, 순화된 불) 젖도–같으며–한–방울, 굼벵이도 같고, 마늘도 같으며, 홍옥도 같은 것–번뇌, 번뇌의 벌레, 번뇌는 벌레, 번뇌, 벌레, 벌뢰, 벌뢰—

제2장

"[……] He should at last establish his own fire in his soul, and freed from all pairs of opposites, and casting off all attachments from the soul, he should pass his days in the mode called Sanyasa [……]"

—*The Mahābhārata* ('Śanti Parva')

"태초에 말씀이 계시니라. 이 말씀이 하나님과 함께 계셨으니, 이 말씀은 곧 하나님이시니라. 그 안에 생명이 있었으니, 이 생명은 곧 사람들의 빛이라. 하나님이 가라사대 빛이 있으라 하매 빛이 있었더라." —촛불중은, 꺼져가느라 가물가물하며, 그 마지막 숨을 들이마시기나, 뱉기가 괴로운 듯, 가쁘게 홀홀 뛰기도 하는, 한 대의 촛불을 건너다보며, '빛'에 관해서 생각하기 시작하고 있었던 듯했다. 미리, 분명히 하나 밝혀둘 것이 있다면, 앞서 촛불중이, 話頭라도 삼아서인 듯, 중얼거려본 바의, "[……] 빛이 있으라 하매 빛이 있었더라"는 인용문의 '빛'은, 본디, '낮을 주관하는 해'와 같은 것이 아니었는데, 그것과 마찬가지로, 촛불중이 새롭게 고려하기 시작하는 '빛'도, 현재 켜져 있어, 가물가물하게라도 빛을 발하고 있는, '촛불'과 같은 것은 아니라는 이 점이다. 그런 '촛불'이라면, 그가, 전에 언제 불어 꺼버렸던 것이고, 그런 후 그는, 그런 촛불에다, 예배의 젖 먹이기를 기피해오고 있는 중이다. 그리하여 촛불중의, 빛에의 탐색은 시작되어 있는 듯한데, 이 '빛'은 어쩌면 그리고, 마지막으로 그가, 자기의 "魂 속에다 가꾸어놓으려는, 만약 魂이 둥지라면, 거기 품어두려는 알"과도 같은 것일지도 모르기는 하다. 그 촛불은 헌데, 그의 옛 친구 판관 겸직 읍장이, 석 자루인가 넉 자루인가, 아무튼 그의 선 키의 턱에나 닿게, 대초를 이어, 그 안의 한구석에다 세워준 그것인데, 그것이 빛을 내고 있던 동안은, 그 무덤 속에로도 시간은 흘렀던 것이 분명하여, 그 촛대의 길이가, 시간에 역비례하여 짧아져 온 것이다. 이 경우의 '역비례'란, 시간은, 아직 化現치 않은, 으스름한 미래의 시간을 化現케 하여, 그 과거의 길이를 길게 하고 있는 데 반하여, 촛대의 불꽃은, 그 현재를 자꾸 태워 먹기로, 과거의 길이를 짧게 하고 있다는 그것인데, 이런 촛불 빛을 건너다보고 있는 자가 만약 六祖였었더면, 그는 분명히, 이 이상스럽게도 서로 역행하는, 우주적 시간과, 개인적 시간(글쎄, 한 촛대의 타기의 시간이 그것 아니겠는가)의 非平均性 같은 것을 話頭 삼으려 했었을 것이라도, 七祖는, 즉슨 촛불중은, 그러나, 그것이 이상하다고 해야 할는지도 모르되, 그런 어떤, 시간의 문제에 대해서는, 의념조차도 일으키지 않고 있다. 그런 대신 그는, (아마도, '魂'과의 관계에서는 '불'이라고도 불리어질, —아으 그러면 그것은 '靈'일 것인가!) '빛'을 생각하고 있다. (이것은 그러자 무엇을 생각해보게 하는가 하면, —時間에 대한 문제는, 空間的 거리, 時間的 길이를 고려하게 한다는 전제에서—六祖가 만약, 한 '點'(Bija, essence of a Mantra)의, 六道間에서의 縱橫의 몸부림치기와 관계된, 擴大/縮小間의, '거리'와 '길이' 등에 관심을 갖고 있었다고 한다면, 七祖는, '넓이'[空]와 '깊이'[重力]에 관심을 갖고 있어 온 것이 아닌가, 하는 것 같은 것이다. 이 같은 문제를, 다시, 다른 국면에서 고려해보기로 하자면, —양자는 물론, 자기만의 사닥다리를 다 올랐을 때는, 그래도 결국 같은 元點에 도달한 것을 알게 될 것이지만, —六祖는, 계속하여, 大我를 縮小하여, 小我化하려 하며, 小我를 擴大하여 大我化하려 해온 데 반해, 七祖는, 그 같은 한 '點'을 구성하고 있는 성분들을 분해하고, 그런 뒤, 그것들에다 '몸/말씀/마음'이라는 이름들을 부여한 뒤, 그 現象-學, 또는 辨證-法을 話頭로 삼고 있다는 것을 알게 된다. (이 '몸/말씀/마음'을, 앞서 촛불중이 중얼거린 것과 같은 方言으로 환치한다고 하면, '생명/말씀/빛'의 형태를 취하는데, 저것들을 합치고 봤을 때 얻어지는, 算

術的 答은, '神'[하나님]이 되어 보인다. 누가 이 당장, 어떤 저항감을 느끼든 말든, 전제된 算術的 公式[이것은 圖式이라고 말하는 것이 더 타당할 것이기는 하다]에 좇기로 하면, '생명'은, 한 존재에의 '몸'의 국면을 담당한다고 알게 하며, '빛'은, '마음'의 국면에 대한 그 方言의 이름이라는 것을 인정하게 한다. '빛'이 과연 '마음'과 같은 것이다? 그렇다 허기는, '마음'이란 '빛'이다, 原初的 빛! [*「바르도 토돌」을 참고하고 하는 말이지만,] '맑은 빛', 아직 "해도, 달도, 아무 별도 없으되, 박명이나 여명과도 같이 밝은" 빛, 原初的 빛, ―그것을 보기 위해서는, 꼭히 肉眼이 필요 없다고 일러지는 빛, ―그것은 분명히, '眞空'과 동의어로서, 그렇다, 意識하는 有情께 제휴할 때, '마음의 본래적 상태'라고 일러져 오는 것, 빛, 마음은 그래서, 저 빛은 그래서, 빛이며 마음이다. [아으이러고 본다면 道弟여, 어떤 경우는, '力動的 想象'보다도, '圖式的 想象力'이, 어떤 眞理랄 것의 永根을, 意識의 水面 위에로 떠밀어 올려주는, 더 어기찬 힘이 되고 있다는 것을 고려하게도 한다]) 이 '빛'은, "해도, 달도, 성군이 있기 전에", 본디부터 있어 오는 이 빛은 그럼에도, 해, 달, 별 들을 통해 化現할 때만 有情들께 인식되고, 그렇지 않을 때는, 그것도, ('영겁의 空間의 子宮' 속에 누워 있는) '원초적 소리'와 마찬가지로, '영겁의 黑暗의 子宮' 속에 누워 있는 것이나 아닌가, 그것은 모른다. 이것은 물론, 그런 것을 생각해보기에는, 너무 이르지만, 언제든 촛불중은, 그것을 궁금해하기는 할 것이다. 현재로서는 그는, 전에 늘 해왔던, '촛불 보기'의 그 눈을 새로 뜨고, 촛불을 응시하고 있으면서, 그 불을 끄려는 아무 생각도 하고 있지 안 했으니, 새로 또, 사미 시절의 촛불중에로 돌아갔거나, 아니면 조금도, 그 불꽃에 마음을 묶고 있는 것이 아닌지도 몰랐다. 그가 만약 그래서, 자기도 모른 새, 사미 시절의 자기에로 되돌아갔다면, 의당히 그는, 저 불의 임종 다음에 오게 될, 암흑을 두려워하고 있을 것이며, 그렇지 않다면 그는, 그 불이 꺼지고 난 뒤에는, 무엇이 올지, 그것까지도 생각하고 있지도 않을 것이었다. 또는 그것(암흑)을, '불빛이 스러지고 난

* "Bardo Thödol" ―죽음의 冊(Tbtn).

다음'에 올 상태로서가 아니라, (그가, '原初的 빛'에 대해 상념을 일으키고 있으니 말이지만,) '原初的 暗黑'으로서, ("'빛이여 있으라!' 하매 빛이 있었다"던, 그 '말씀'이 있기 전의) 無言의 상태, 아담이 처해야 했던 그 혼돈, 으로 건너다보고 있는지도 모른다. 그러는 중에도, 시간이, 그 촛불 빛을 마셔왔듯이, 한 방울의 빛도 남기지 않고, 어쨌든 마셔가 버릴 것이다. 그 불이 꺼지면, 촛불중이 막연하게 그렇게 느끼고 있는 것처럼, 그 안의 시간도 그래서, 흐르기를 멈춰버릴 것인가.

(그 안에) 공기가 희박하다거나(그럴 이유가 없었으므로) 하는 것은 아니라고 알았으면서도, 촛불중은 그제 이르러, 어째선지 숨이 가쁘다고 느끼고, 그래 호흡에 마음을 모두어, 숨에서 가락을 찾으려 했다. 항—(들이쉬는 숨의 소리) 하나—둘—셋—넷—다섯—여섯—일곱—(여덟—쉬고), 솨—(내쉬는 숨의 소리) 하나—둘—셋—넷—다섯—여섯—일곱—(여덟—쉬고), — —, 끄억—끄억(건구역질하는 소리)— —, 끄억, 숨에 가락을 잡았기는커녕 헌데 촛불중은, 독주에 내장이 썩는 냄새를 불어냈으며, 그 냄새에 자극받고, 창자가 뒤틀리며, 건구역질을 해대는 통에, 항솨 항솨 솨솨악 쏴악 쏵— 가쁜 숨을 몰아쉬어야 했다. 그러는 중에 촛불중은, 눈 속에서, 눈 속에 있는 무슨 다른 작은 눈이 터지는 느낌과 함께, 불똥이 스산히 일어남을 보았는데, 그러나 그 불똥들은 빠르게는 스러지지 안 했으며, 그 하나하나가 커지며, 그 하늘을 빼꼭 채운다 하고 있는 중에, (그가) 또 보니, 그것들은 얼굴을 꾸미고, 음성을 꾸며, 크득 크득대고 웃기를 시작하고 있었다. 그래서 촛불중도 킥 키힉 웃었는데, 저런 순 오그라 붙을 녀러 八萬雜幻이란, 숙취로 뒤세기 앓기의, 그 앓음이 구경거리[幻, 夢片]로 나타난 것들인 듯도 싶어 그런 것이다. 그러다 촛불중은, 손이 천이라도 모자라겠는 농사철에, 언덕진 데나 자빠져 누어, 배 터질 녀러, 구름의 모양이나 읽으려는 저런 순 내장머리 없는 자슥모양, 그 幻들을 읽으려 하다가, 점차로 숙연해져 가고 있었다. 뚜껑을 덮지 않은 관곽, 자기 닮은, 살아 있는 송장, 수질·요질·상복 들을 태우며 그을려대는 개고기 냄새, 벌거벗은 춤, 어둡기, 하늘에는 해가 떠 있고, 시든 가을꽃에 떨어지는 가을볕, 수도부들이 바치는, 아편 섞인 독소주에 취해 있는 산송장, 웃음소리, 살들이 찌그럭거

리기, 화톳불은 펄럭여 타오르며 펄럭이지 않는다…… 그런 풍경들은, (표현의 수단을 입자, 약간의 순서가 드러난 듯싶음에도) 평면의 화폭 위에 실렸다가, 가위질을 당해, 많이도 조각이 난 것을, 휙 흩트려놓은 것처럼, 그렇게 널려 있다. 그 그림의 조각들에는, 촛불중 보았기에는, 風景뿐만 아니라, 무슨 이야기[事件]도 담겨져 있었는데, 그리하여 깨닫기로는, 그런 雜幻들이란 모두, 아편 섞인 과량의 독소주 탓이었든 어쨌든, 자기가 지켜보아 온 것들이었을지라도, 깨달아 받아들이지를 못해, 가라앉지도 떠 흘러가지도 못한 채, 자기의 망막에 머물러 있던 것들의 再現이라고 했다. 그렇다, '第九時의 暗黑'의 印封을, (아아, 밧모 섬에 은퇴한 자여, 요한이여,) 뒤늦게 뜯어보기. 이것은 물론, 촛불중께는 커다란 경이였으며, 그리하여 그는, 그 뜯긴 '印封' 속을 자세히 들여다보기 시작했다. 그러며 고려했기는, 그런 때 그러면, 이미 진행되어온 事件과 風景에서, 時間이 빠져나가 없거나, 또는 배경에 머물러, 그 事件과 風景에는 아무 영향을 못 미치는 수가 있다는 것이었다. 그리고 또 그는 고려했기는, 저 '第九時'의 事件과 風景이 '印封'되고 있었을 때, 저 '第九時' 속에, 요한 당자가 참여해 있지 안 했었다는 경우는, 뒤늦게 저 '印封'이 뜯기게 되었을 때 보면, 저 '第九時' 속에서 일어났던 事件과 風景은, 어떤 (판독해야 되는) '暗號', 또는 (저 특정한 '第九時' 속에서 일어난 事件과 風景[은, '意味'와 '記號'의 관계로 이해해야 할 것이다]의) '構造'를 확대하여 드러내는(것이나 아닌가, 하는) 데 반해, 요한 당자가 거기 참여해 (있었으되, 감내할 수 없는 공포심이라거나, 무슨 까닭에 의하여, 그런 어떤 事件과 風景을 목도하고 있었음에도, 인식해 들이지 못하고 있다가, 나중에 그 '印封'을 뜯어보게 되었을 경우는,) 있었을 경우는, '默示的 現象'이 압도한다고 한 것이다. 이미 일이나 있었던, 順序的 事件과, 時間의 衣裳으로서의 風景이, 그것을 꿰인 줄을 끊고, 共時的으로, 그리고 平面的으로 압도하기—. (그것이 '默示的 現象'이라고 촛불중은 이해한 것이다) —그의 생각이 이만쯤에 이르렀을 때 촛불중은, (울던 아이가, 울다 지쳐 잠들면, 숨을 되채어 마시는 것 같은, 그런) 되채어 마시는 숨을 쉬고, 숨에 편안함을 느끼고 있었으며, 뒈세기病에서 어떤 열예 같은 것을 짜 마셨다. 만약 한 중이, 그것이 무엇이든, 심지어 病까지라도, "그것을 어떻게, 자기의 달마 修業에 써먹을지, 알기만 하면", 그렇다, 중에게는, 아무것 하나도, 法恩이 아닌 것은 없다. '頭痛'을 예로 든다 해도, 그것은 말하자면, 먼지를 싹싹 쓸어가는, 빗자루에 비유될 것이다. (頭痛도 그러할 때, 그보다 더한 重病의 法恩이야 말해 무엇할 것이냐. 病이란, "無時 前부터 시작해 쌓여온, 악이며, 장애가 되는 것들을 모두 清掃해버리는 것을." 보다 확대해 말하면, "몸 자체가 우환이다." 그리고 악이며 장애이다) ―이 비구는 그렇다면, 저 八萬雜幻 흐름도 없이 흐르는, 默示的 現象으로부터, 무슨 수로든, 자기가 어떤 환경에 처해 있으며, 그렇게 되기까지, 자기를 둘러, 어떤 일들이 있어 왔던지, 그 通時性을 재조립해낸 듯하고, 그리고도 자기의 처지가 결코 나쁜 것만은 아닌 것이라고, 믿기 시작하고 있는 것이 분명하다. "肉 속에 억류된 魂이여, 魂 속에 억류된 靈이여", ―그럼에도 그 '억류'는, '나비에의 꿈'의 '잠'인 것이라고, 억류가 잠이라고 촛불중은, 觀하고 있는 것인 것이다. 글쎄 촛불중은, '헤어날 수 없는 미궁' 속보다도, 더 헤어나기 어려운 땅굴 속에 埋葬되어 있음을 실감해내기 시작한 것이다. 글쎄, 羑里는, 저 한 촛불꽃을, 暗黑의 한 귀퉁이를 호부작여 파, 묻어버린 것이었다. 여름밤을 흐르는 반딧불 같은, 또는, 불물을 헤치는 연어도 같은, 浪癖 하나. 그러던 중, 어느 모서리에서든, 그 慣性에 찔커덩 한번, 정지가 물려 들기만 할 수 있다면, 흐르던 것은 그때, 흐르기가 꼭히 무장애의 조건만은 아니라는 것을, 그러나 알게 된다. 그럴 것이, 멈출 곳이나, 목적이 없어 흐르는 것에게는 글쎄, 세계란 그냥 無邊일 뿐인데, 이 '邊'이 否定되면, 이상하면서도 당연하게도, 그 '中心'도 否定되어지던바, 흐르는 것들이 알게 되는 것은, 그리하여 無障碍인 것은, 그것이 無障碍이기 탓에 障碍가 되더라는 것이다. 촛불중이 잘 알고 있는 사실은, 無邊이어서 中心도 없는 곳에서는, 걷는다거나, 달린다는 식의, 어떤 움직임이, 움직임[動]에 의해서, 움직임을 流失하게 된다는 것이다. 그래서 움직이지 않으면 無障碍이던 열림이, 움직이기 시작하여, 그 움직임에 약간 가락이 생길 때쯤 되면, 障碍가 된다. 無障碍가 障碍인 것을? 것을! 그러면 그 움직임은, 안됐지만, 그것 자신의 움직임 속에 갇힌다. 壁이 없는 곳에서, 제기랄 너러, 느닷없이 壁을 마주하기, 아으, 無門은 어떻게 열어야, 통과할 수 있을 것인가! 空間 속에 갇힌,

움직임. 그렇다면, 開放 속에 갇히기나, 閉鎖 속에 던져 넣어져 있기나, 거기 무슨 차이가 있는가? —촛불중은, 한 번 더 出家하고 있었다. 이제는 그리하여, 그너러 고질이 된 절시증 탓에 헤맸던, 그 절시의 눈을 감고, '밖'이라는 쪽에 대해, '저쪽'에 대해, 거기서는 대체 무슨 일이 일어나고 있는가, 궁금증이나 호기심을 키울 일은 아니다. 그런 궁금증, 호기심에다 魂의 젖퉁이를 물려주고 있으면, 壁은 그러면 갑자기, 두 개의 얼굴을 드러내 보인다. 그래서 보면 글쎄, 자기는 그 壁의 '안쪽'에 있고, 그래서 '바깥쪽'에의 그리움을, 상사병보다도 더 못 참을 그리움을, 일으켜 내게 한다. 壁이란 글쎄, 그런 것이다. 그 안쪽에 있는 자가, 밖에다. 추파를 던지지 않는 한, 또는 그 밖이 해 들여보내는 눈짓에 동요치 않는 한, 그것(벽)이 거기 있기에 차라리 편한 것이며, 그렇다면 그것이 무슨 장애라거나, 구속, 또는 고통 같은 것은 못 되는 것일 것이다. 문을 훤히 열어놓고도, 열려진 문 안쪽에 갇혀, 九年面壁을 한 사내도 있던 것이 아니냐. 그때 그 사내는, 황소 털 하나만큼의 외풍이라도 스며들 틈이 없게, 열려져 있는 그 문이 닫혔더라면, 무릎이 좀 덜 시릴 것이라고 했을 것인가. 허기야 그럼에도 촛불중은, 九年面壁을 했다는, 어떤 남의 일을 끄집어내, 자기 위로로 삼으려 할 필요도 없기는 없다고, 스스로 잘 알고 있었다. 어젠가, 그젠가, 그그저껜가까지 촛불중 자기는, 거기를 통과해 나가기 위해서, 훤히 열려진 문을 마주해 앉아 있어도 온 것이다. 거기, 혹간, 문이 닫겨 있었더면, 닫겨 있고도 빗장까지도 걸리워져 있었으면, 그리고도 파수 보는 자가 있었으면, 촛불중 자기는, 어떻게든 그 문을 열어, 열려진 데를 통과해 나갔었을 것인가? 그렇게 묻고 그러나 촛불중은, 자답 삼아, 고개를 저었다. 그렇다면 촛불중 자기에게는, 어떤 방의, 문이 열려 있거나, 닫겨 있거나, 닫길 문 하나도 없는 바위 무덤 속이거나, 거기에 무슨 다름이 있는 것이 아닌 것이 아니겠는가. 그리고 촛불중은, 자답 삼아, 고개를 끄덕였다. 그와 동시에 촛불중은, 그 방 안은, 공기가 매우 희박한 데다, 썩고 있는 웅덩이모양, 순환이 없다고 느꼈다. 촛대의 길이는, 그의 엄지손가락보다 짧아져 있었으며, 그는 새로 건구역질 함께, 두통을 일으켜냈다. 말하기 위해 말이지만, 그래서 壁은, 어머니의 저고리의 앞섶이나 치마폭처럼 변해질 수도 있다고 한다 해도, (저 촛불꽃이 가고 난 뒤의) 暗黑도 그렇게 변해질 것인가? —촛불중의 빛에의 탐색은, 그래서 시작된 것일 것이었다. 해며, 달, 성군을 볼 수 없는 처지에 있는 자로서는, 그것들이 쐬어내는 빛을 운위할 수 없다는 것은 그리고, 당연한 일이다. 그러는 중에도 하나의 촛불꽃은, 暗黑의 四面楚歌에 함락되어가고 있으며, 그러며, 그것이 쐬어내는 빛에서 피 냄새를 맡아 운집해 둘러선, 배고픈 귀신의 무리, 그 암흑에 (빛이) 공포감을 드러내기 시작하고 있었다. 그래서 웅숭그리고 움츠러들려 하자, 암흑은 보다 더 대담하게, 불꽃 가까이 다가들어, 불꽃에까지도 혀를 대려 하고 있었다. 그 촛불꽃에서, 조금이라도 더 많은 빛을 핥으려는 귀신들은, 이제 그 촛불도 임종에 가까워 있으며, 그러고 나면 자기들은, 언제 또 빛의 맛을 보게 될지 모르는, 기약 없는 기다림으로, 암흑이 되어, 암흑 속에 깊이깊이 가라앉아 들어, 잠들어야 한다는 것을 알고 있었다. 빛은 소금도 같은 것, 어떤 근원적 따뜻함, —어떤 기회에 닿아 맛보게 된 빛은 그래서, 자기네의 염통 속에 간직해, 秘密 삼아뒀다가, 백 년 가다끔 한 번씩 꺼내, 혀끝만 아주 조금 대어볼, 그렇게나 소중한 것인 것. (너무도 빽빽한 암흑 속에 갇힌 빛은, 어떻게도 그 암흑으로부터 탈출할 수가 없던 그러던 날, 굳어 金脈을 이루든, 아니면, 붉거나 푸른 돌이 되어버릴 것이다)

그리고 그 촛불꽃은, 쇠진해 쓰러져버렸다. 그러기 전에 그것은, 어떤 분노와 증오 탓이었든, 흐린 붉은 빛을 드러내, 한번 맹렬히 타고는, 숨을 거두었는데, 제 몸이 녹아 된 그 수분 속에 익사했다. 상승에의 의지라는 '불꽃'이, 제 몸이 녹은, 그 수분의 밑에로 가라앉지 않으려, 잠시, 몹시 자맥질해대더니, 무력하게도 가라앉아 가버린 것이고, 그리고는, 암흑이었다. 솔은 암흑, 肉眼은, 심지어 夜行性 짐승들의 그것까지도, 빛에 의해서만 그 기능을 다하는데, 그렇다면 밤빛만큼도 빛이 없는 곳에서는, 눈은 이제 더 이상 눈이 아니다. 촛불중은, 저 꺼져가던 촛불의 임종을 지키다, 눈을 잃었으므로 말하자면, 그래서 거의 본능적으로, 두 손바닥으로 자기의 두 눈을 짓눌러보았다. 그러자 눈의 안쪽에서 일순, 불똥이 스산하게 튀기는 것을 보게 되었는데, 그래서 촛불중 생각에, 자기의 눈의 어디 주름진 데에는, 아직도, 얼마쯤의 빛이 접혀 들어 있는 채, 못 떠나고 있는 것이 분명하다고 했다. (저것이, 植物에 대해서는 飮食

이 되는 것일 것이지만, 사람이라는 이상스러운 動物 속에서는, 그것이 익으면, 鑛脈이 되거나 飮食이 되는 대신, 智慧가 되어 있는 것일 것이다, 마늘과 쑥, 天路歷程에 쓰이는 路資) 손바닥에 눌려진 그 눈들에서는, 짜가운 눈물이 흘러내리고 있다고, 촛불중은 느끼고 있었다. "……말씀드렸다시피, 이 초는 소승의 특제품입지. 향 대신에 비상이 함유됐습지. ……헤헤헤. 그래서 소승은 이제, 대사의 눈꺼풀을 까뒤집고, 저 찬연한 햇빛 아래에서 눈물을 말릴 터인뎁지, 눈물이 마를 때마다 말입지, 이 촛농을 그 눈물 대신, 대사의 저 영기 서린 안구에 떨어뜨려 주려 합지. ……흐흐으, 아 즐겼습지, 즐겼습지, 그렇습지, 재미가 있었습지. 그러느라 말입지, 그 일은 천천히, 아주 천천히 말입지, 마음을 가다듬어가며 했었습지. ……흐흐으, 눈물 말라 그 눈이 죽은 물고기 빛깔을 띠면 말입습지, 소승이 그렇습지, 한 방울의 촛농을 말입지, 대사의 눈썹을 꼬슬릴 그만쯤의 거리에서, 눈물 삼아 똑 떨구어주며입지, 이렇게 위로해주었습지, 눈입지, 고통받는 눈입지, 이승 너무도 센 바람에 눈물조차 못 흘리는 슬픈 눈입지, 천상적 빛이 떨구는 이 수분을입지, ……흐으, 으으…… 저 촛농의 도금을 떼어내고 보면입지, 희었어야 될 흰창에입지, 강낭콩꽃이 어느 녘에 그렇게나 피었을깝지, 흑갈색 동공엔 어느 녘 그렇게 구름 휘몰아 덮었을깝지. 소승은 여러 번이나 말입지, 존자가 몸을 씻던 걸 떠올렸습지. 헤헤헤, 흰 껍질 아래 되사린 더러운 붉은 살 말입지, ……佛酒는 독하군입지, 독하다 말입지. ……새로 날이 터올 것이지만, 말입지, 헤헤흐, 동은 눈에로 터오는 것인가, 마음에로 터오는 것인가, ……" 촛불중은, 별 염병헐 녀러, 녀러, 울음을 울고 있었다. 그 울음이 딸꾹질이 될 때까지도 울었으며, 그러자니 그 울음소리는, 비 묻은 날 왼골 안에서, 능구렁이가 우는 소리모양, 밑으로, 위에로, 옆으로, 삼천대천세계로, 우렁 우렁 울려 나갔는데, 그것은, 무엇인가가, 라고 해보았자 다시 '소리' 아니겠는가, 무슨 커다란 북 속에라도 갇혀 들어서는, 자기가 매우 억울하게 유형살이를 하고 있다고, 그 사연을 고하기 위해, 그 속에서 쳐대, 소리를 울려내게 하고 있는 것과, 매우 흡사했다. 그러자 귀 열어 羑里의 하늘이 나직이 내렸는데, 무슨 슬픔 탓이든 하늘은 궂어 회색이었다. 허긴 이것은 안개비 철인 것이다. 앉아 울기에 창자가 너무 불편하다고 촛불중은, 엎드러져서 울었다. 그 울음의 가락을 좇아, 이승서 만났던 여러, 여러 얼굴들이 흘러갔는데, 유독 한 얼굴만은 그 울음의 한가운데 머물러, 뱅글뱅글 소용돌이를 치고 있었다. 그 소용돌이 떠도는 얼굴이 누구의 것이었는지, 그건 말해보면 뭣 하겠는가. 그는 어째도 중인데, 이 한번 울음만은 그래도 이 중이, 어디에선가는, 그 바랑 주머니를 열어놓으려 했던 모양이었다. 그래서 그는, 넋 놓고, 수음하기 대신, 울었다. 길고도, 느린 목청으로, 길게 넘어가게 짜게 울었다. 창자며, 마음이며, 허파며, 염통이 다 녹아져, 그 부분에 큰 동굴이라도 열린 듯한 느낌이 들었을 때까지, 작것, 별 지랄한다고, 울고, 청승으로 울고, 이승 한으로 울고, 또 울고, 그리고도 울었다. 그 울음을 좇아, 그의 한 인생이 풀려났으며, 되사려 들었다. 청승이란 때로, 좋은 것이다, 그것에 가슴을 맡기고 있으면, 가슴앓이가 치유된다. 그러는 중 촛불중은, 자기의 창자가 녹아 흘러내렸음을 느꼈으며, 가슴에 허스러움이 있음도 느꼈다. 빛이 없어 눈에 보이지 않는 사물은, 거기 있어도 없다(는 것이 못 보는 자들이 하는 주장이다. 그리고 촛불중도, 그 스스로 알고도, 모르고도, 바로 이 함정에 잘 떨어져 내리는데, 어떤 경우는, 修辭學的 압력에 의해서이며, 어떤 때는, 자기의 五官이 실다움이라고 믿는 것에 대한, 그 실다움의 정체를 상대로 刺客行을 하려기 위해서며, 또 어떤 경우는, 자기의 五官으로써는 인지할 수가 없어, 추상적이라고만 여겨지는 실다움에 대한 회의 탓이기도 하지만, 그렇다고 해서 그가, 그 함정을 못 벗어나거나 하지는 않는다. 사실 그는, 어느 편인가 하면, 자기의 五官이 실다움이라고, 그래서 그것들만이 견고한 진리라고 여기는, 그 국면의 우주, 즉슨 상사라야말로, 幻이라고, 그것을 부숴 없애기 위해 고행 중이지만, 그 상태에 이르기까지는 어째도, 니르바나뿐만 아니라, 상사라도 절대적 실다움이 아닌 것은 아니라고, 그렇게 알아, 그것을 헛되이 하려 하지 않고 있다. 얘기가 나왔으니 말이고, 또 이것은 좋은 기회인 듯하니 말이지만, 자기의 눈으로 보지 않은 것은, 또는 안 보여 못 보는 것은, 말하자면 존재치 않는다고 믿는 자들께는, 그러니, 귀신 나부럭지라든가, 그 자신의 魂 따위란 있는 것도 아닐 것인데, 이렇게 되면, 촛불중 같은 중들이 성취하려 하는 실다움, 절대적 실다움, 즉슨 니르바나 말인데, 그것까지도 헛것으로, 실다움이 아닌 것으로, 非實學的인 것으로, 그런즉 일별이라도 할 만한 아무 알맹이도 없는 것으로 수포화해 버리고 말게 된다. 그렇게 하여, '두 진리' 중의 하나가 부정되기로, 하나만 남게 되는데, —이것은 참으로 울참하고도 중대한 문제여서, 많은 말을 필요로 할 것임에도, 이것이 물론 기회가 좋다고 한다 해도, 그것까지 말해도 좋도록 法席이 넓지는 않으니, 들을 귀가 있는 자만 들으라고, 투박한 소리나 하나 해두고, 다른 기회, 다른 法席을 노리는 것이 좋을 듯해서 말인데, —그러면 人間은 그 당장, 그 자신의 살[肉身] 속에로 추락한다. 그리고 이 '살'의 宇宙的 方言은 '畜生道'이다. ['두 개의 眞理'에 대해 그러자, '바룬다 鳥'의 비유가 떠올라 말이거니와, 宇宙의 기원을 대체로는, 하나의 거대한 알[Hiranyagarbha, Skt.]에다 두고 있던바, 그렇다는즉슨, 그 '알'에서는, 꼭히 '바룬다 鳥'만 부화된 것은 아니며, 千頭蛇[아난타]도, 또는 [河圖나 洛書를 그 등에 얹고 있던] 거북이도 깨어날 수 있었던 것은 쉽게 짐작되는 바이지만, 어쨌든, 하나의 목적이 세워진 이상, 그 알을 쪼아 나온 것은, 한 마리의 새라고 해두기로 할 일이다. 여기에 무슨 해스러울 일이 있는가? 그렇다면 이 새인즉슨, 너무도 거대하여, 그것이 대체 몇 개의 날개를 가졌으며, 머리는 또 몇이나 되는지, 그것을 보아내기에는, 有情들께 주어진, 살의 눈은 너무 작은 것이 사실일 것이다. 그럴 때는, 그 肉眼에 보여지는 것만을 실다움이라고 쳐, 사람들은, 새란 글쎄, 두 개의 날개에, 대가리 하나, 대가리가 하나이니 몸도 하나인즉, '큰 새'도 새라면, 어째서 이 새의 조건에 어긋나야겠느냐고 판단해버릴 것임에 분명하다. 그것도 허기는, 분명한 하나의 실다움이 아닌 것은 아닐 것이다. 헌데 문제는, 그런 사람들 중에, 하필이면 그 '새'를 다 보아버리는 일[覺]이, 삶의 의미[道]를 알아내는 일이라고 믿는 자들이 속출하여, 그 '새'를 보아버리기에 왼갖 노력을 다하는 중, 그 '새'를, 거의거의 다 보아가고 있다고, 스스로 믿는 자들이 밝히는 소리를 들으면, 그 '새'는, "몸은 하나인데, 대가리가 둘"이나 된다고 이른다. 그래서 그 대가리 하나는 '仙餠'을 물었으며, 다른 대가리는 '毒'을 물고 있다고 한다. 사람들은 그래서 이런 소문을 퍼뜨리는 자들을, 사팔뜨기에, 狂人들로 쳐, 웃고 말았는데, 바로 이 '사팔뜨기'들이 어떤 경로에 의해서든, 斜視를 극복해내면, 살 속에서, 살의 것은 아닌 눈을 하나 더 열어, 세눈박이가 되는 일들이 있고, 그들의 그 세 번째 눈으로 보고, 하는 소리를 들으면 헌데, 거참, 별스럴 것도 없는 소리도 같지만, 그 '새'는 여전히, "한 몸에, 머리도 하나뿐"이라고 한다. 그렇다면, 저 '바룬다 鳥'의 실다움은, "머리가 하나"라는 것이며, '둘'이라고 보아진 것은, 그렇게 본 눈의 斜視性 탓이라는 것인 듯하다. 일어나는 의문은 그러자, 사실로 그래서, 자기네들의 五官이 인지해낼 수 있는 것만큼만 인지해낸 자들이 보고 셈해냈던, 그 새대가리와, 그것을 보려 고행 난행 끝에, 눈을 하나 더 떠, 그 셋의 눈으로 보게 된 자들이 셈해냈던, 그 새대가리는 같은 한 대가리인가, 하는 것인데, 사팔뜨기들만, 고개를 갸웃거리고 있다. 그리고 '세눈박이'들이 하는 소리를 들으면, 그 '실다움, 즉슨 대가리'는 하나인데, 붙이려 하면, '이름'은 '둘'일 수도 있다고 이른다. '니르바나'와 '상사라.' '상사라'란 헌데, 자기네들 딴에는, 자기네들의 두 눈이 올바로 박혀 있다고 믿는, 그 '두눈박이'들이 본 그 대가리의 이름이라고 한다. 이렇게 되면 가맜자, 삼시랑이 뚫어준 눈 바르게 떠, 바르게 보려 한다는 '두눈박이'들께, 뒈세기병이 돌지 않을 도리가 없게 되는데, '상사라'란 '상사라'여서, '니르바나'의 개념도 설 자리가 없는데, —그 개념이라도 일어나려 하면, 그것이 대번에 갖다가시나, 바른 눈들을 비뚤어지게 해버리던 것이 아니냐. —'니르바나' 쪽에서 보면, "니르바나가 동시에 상사라"여서, 뒤집는다면, "상사라가 니르바나"라는 것을, 그래서 그 "둘은 다름이 없다"는 것을, 인정하지 않을 수가 없게 된다. 그 결과는 어떤가 하면, '니르바나' 쪽에서는, 결코 '상사라'를 부정해본 일이 없는데, 어떻게 돼선지, '니르바나'만 실다움으로 남고, '상사라'가 捨象된다는 것이다. 하나는 그렇게 되면, '절대적 실다움'이라고 부를 수 있다면, 다른 하나는 '상대적 실다움'이라고도 이를 수 있는 것이나 아닌가, 하는 것을 고려하게 된다. 그리고 이런 것은 물론, 순전히 '修辭學的 考慮'랄 것이기는 하지만) 비구는 그럼에도, 물론 입어진 "畜肉을 정복한 자는 아니라도", (왜냐하면 그것은, '정복'하라고 입혀진 것이 아니기 때문일 것) 어떻게 難境은 法恩으로, 惡處는 聖所로, 憂患은 純化力으로, 그리고 毒은 몰약으로, 바꿀지를 아는 자라고 이르니, 뒤둘 일이다, 羑里에서, 왜냐하면 저것은, 다른 어디에도 말고 하필이면, 羑里의 아랫목 진 데, 창자 속 같은데, 떼그럭 떼그럭 구르는 것 같은, 그런 좀, 想像

姙娠도 같은 異物感, 그런 異物이어서, 달이 찼거나 말거나, 뽑아내, 저 해골 속에다 던져 넣어버렸거니와, 그것이 대체, 이쪽 세상 무엇을 그리도 못 잊어, 저렇거니나 울부짖는지, 둬둘 일이다, 그 비구의 그런 환속을 둬둘 일이다, 뉘 알랴, 저런 환속을 통해 비구는, 왼통 살을 썩히고, 뼈를 녹여서는, 철철 흘러, 한 발자국 걸어 내리고, 두 발자국 디뎌 내린다고 함시롱도, 시롱도 말이제, 바람 부는 날 민들레, 땅에 꼭 밀착해 있다고 함시롱도, 시롱도 말이제, 둥둥 떠 흐르는 민들레, 못 잊겠을 세상 뒤에 남기고, 표표히 떠나는지, 둬 둘 일이다. 살을 아파하며, 그럼에도 비구는, 그 '아픔'에서 즐거움을 짜내지 않으며, 그리고 비구는, 그 '아픔'을 회피하지 않는다. 그 자신 禪化하지 못했으면, 비구란 그래서 禪的 짐승이다. (이 '禪化'란, 畜生道에 대해서 '文化'라는 말이 쓰이듯, 禪門의 '文化'에 대해서 쓰여지고 있는 어휘인 것을 고려할 일이다)

가슴에 구멍이 나도록 쿨쩍이다 이 비구는, 새로 연좌를 꾸며 앉았으며, 그리고 흐럭 흐럭이는 숨을 조절하기 위해, 심호흡을 하기 시작하여 마음을 그것에 모았다. 한 번도, 그런 어둠에는 접해본 적도 없던 눈은, 이제는 꺼진 촛불이나 다를 바 없는데, 그는 그리하여, 자기가 오래전에, 그런 촛불을 불어 꺼버렸었다는, 그 기억을 되살려내기 시작했다. 그렇다면, 자기가 경험하기 시작하는 이 암흑은, 허기는 모르지, 아물어가고 있었던지도 모르되, 사실은 內腫이 던 것이, 오늘 어떻게 아프게 긁혀져, 밖으로 터져, 약간의 고름을 흘려내는 것인 것이다. 그때, 옛적, 요 얼마 전 옛적 그때, 촛불중 자기는, 六祖의 肉眼에다 촛농을 떨어뜨리며, 六祖의 눈 속의 모든 光明을 파괴한다고 했었는데, 뒤늦게 알게 된 사실은, 그 촛농을 떨어뜨렸던 그 촛불이, 자기가 그 沙漠 가운데 심어, 자기의 심령의 젖을 먹여 가꿔왔던 그것이었다는 것이었었다. 그때 그 촛불이, 그 沙漠의 水分을 다 태운 뒤 꺼져버렸을 때 자기의 빛도 꺼져버렸던 것이다. (자기의 토굴 속에 켜져 있었던, 그 촛불을 꺼버린 것은, 그런 어떤 뒷날 일이지만, 오늘 촛불중께 믿기워지기로는, 그런 어떤, 며칠 정도의 시간적 차이란, 별로 따져볼 만한 의미도 없다고, 하고 있다) 어쩌면 그랬기 탓에 자기는, 알고도 모르고도, 자기의 배 속에 심겨져 있다고 믿어지는, 그 '빛돌'을, 그렇게도 소중히 간직해, 지켜온 것이나 아니었는가, 촛불중은 오늘, 그것을 뒤돌아보았다. 암흑은 때로, 休息의 젖에 퉁퉁 불은 젖퉁이를 매달아, 지친 魂들을 위무하되, (이 '休息의 젖퉁이'를 매단 암흑은 허기는, '잠'이랄 것, 水銀液) 모든 암흑이 다, 지친 魂을 위무하는 것이 아니어서, 암흑 속에서는, 차라리 보다 더 괴로운 꿈이, 즉슨 흡혈귀가, 괴롭게 일어난다. 그렇다고 하여 비구라고 이르는 자가, 그 암흑이 괴롭다고, 싫다는 정을 일으켜낸다면, 그 순간, 그 한 비구는, 그 편견에 의해, 암흑이라는 지옥 가운데로 떨어져 내리지 않겠느냐.

심호흡을 해가는 중에 촛불중은, 조금 전과는 달리, 안의 공기가, 의외로, 조금도 희박하지가 않다고 깨닫기 시작했으며, 자기의 숨결을 따라, 공기의 흐름이라도 있는 듯하다고 느끼고도 있었다. (이거 뭐 뻔한 얘기지만, —제기럴, 小說하기의 雜스러움!) 그러니, 벽의 어디엔가는, 하다못해 지옥에로 이어져서라도, 통풍구가 있는 것이라고, 촛불중으로 하여금 믿게 했으며, 그것은 촛불중을 실소케 했다. 그래서 무엇이 달라졌느냐, 촛불중 자기는, 그런 많은 우회곡절을 겪은 뒤, 그리하여 다시, 자기가 떠났었기 전의, 그 꼭같은 유리에로 되돌아와 버린 것이 아닌가. 자기가 촛불을 꺼버렸을 때도, (약간쯤의 時差가, 무슨 그리도 큰 문제가 되겠느냐고, 앞서 밝혀졌었지 않느냐) 그 明暗度야 어찌 되었든, 자기의 心度 쪽에서의 羑里는, 대개 이와 비슷하게 어두웠었다. 그래도 물론, 전과 비교해, 이 매우 비슷한 환경, 처지가, 두 가지 점에 있어, 다르기는 달랐으되, 그것인즉도 허기는, 우회곡절의 결과일 것이었다. 전에는, 촛불중 자기란, 명색만 수도승을 꾸민, 官의 앞잡이로 羑里에 파견 잠입했던 자였었으나, 이번엔 수도승으로 온 것이 그 하나며, 전에는, 자기의 의사대로, 그 토굴의 거적문을 떠들어 나고 들 수 있었으되, 이번에는, (아까 촛불빛이 있었을 때 일별해본 바에 의하면) 그런 문이 있는 듯하지 않다는 것이, 그 다른 하나인 것이다. 그리고 門은, (촛불중은, 이번 羑里 돌아온 뒤부터, 새로 앓기 시작하여, 어느덧 고질이 되어버린 듯한, 그 門의 病이 돋음을 느꼈다) '몸의 宇宙'에 소속된 것이 아니겠느냐고, 생각해내고 촛불중은, '羑里의 總督'의 管轄區와 '羑里의 七祖村長'의 管轄區의 경계를 분간해보려 했다. '總督'과 '七祖'는 그래서 사실로, 꼭같은 지역을 다스리고 있는가? 그 대답은 헌데, 바로 거기에 있는 것이어서, 해보려 하면, 하려는 자의 눈썹이나 축내고 말 것이었다. 門은 그리고, '몸의 宇宙'에 소속된 것이던 것이다. 촛불중은 그리고, 체머리를 한 둬 번 썰렀는데, 문이 훤히 열린 감방에서, 문을 마주해 앉아 있었을 때는, 어째서 그것을 생각해내지 못했던지, 그것이 이상해 그런 것이다. 허기야 거기는, 門이 활짝 열려져 있어, 열고 나갈 門이 없었고, 여기는, 꼭 닫겨있어, 닫을 門이 없는, 그런 차이는 있다. (거기는 그리고, 出産에의 두려움이 있었고, 여기는 그리고, 죽음에의 두려움이 있다) 六字大明呪(옴마니팟메훙)란, 六道의 門들을 닫기 위한 呪文이라고 하거늘, 그래서 닫을 門이 없어, 門이 없는 곳에 이른 자가 있다면, 그는 과연, 여섯 門을 모두 열어 나가, 그 뒤쪽에로 門을 닫아버린 것이 분명한가? (누구나 짚어내겠다시피, 여기 어디에 헌데, 禪筍이 돋아날, 비옥한 矛盾撞着이 있다. 는즉슨, 六道[상사라]를 뛰어넘은 정신이 있다면, 그것을 空得[니르바나]이라고 이르거늘, 그리하여 프라브리티가 니브리티인 것을, 거기 어디에 무엇을 뛰어넘고, 닫고 한다는 투의 작위의 자리가 있겠는가?)

—아직 日月星辰이 있기도 전 그 起初에, 먼저 빛이 있었더라.

그리하여 이 비구는, 자기에게 남겨진 두 가지의 은총이며 자유인, '숨'과 '마음'에다 氣를 모으며, 자기가 처하게 된, 저승 방 하나를, 자기로서 할 수 있는껏, 아늑하고, 구들막이 뜨뜻하게 하여, 지낼 만하게 꾸미려 하고 있는 듯했다. 최소한, 해도 하나 제 몫으로, 달도 하나 제 몫으로, 그리고 별들도, 그 이름들을 좇아 하나씩 제 몫으로 만들어, 순서 정해, 그 천장에다 뿌려놓으려 하는 모양인데, 그러기 위해서는 물론, 그 基田을 견고히 닦아두는 일은 필요할 터이다. 그의 숨결은 이때쯤, 그 가락을 잡아, 그 둥지에 들기나 나기에, 별다른 失足 현상을 드러내지 않기에 이르렀다. 그 '숨'이 들고나는 '둥지'는, '金卵'이라고 부를 것인데, 아직 거기에는, "[1]非存在도 없었으려니와, 존재도 없었다. 空間도 없었으려니와, 그 위쪽의 하늘도 없었다. 무엇이 흔드느냐? 어디에서? ……거기에는 죽음도 없었으려니와, 不滅도 없었다. 밤과 낮의 구별도 없었으며, 바람도 없는데, 한 가닥 숨만이, 그것 자체의 瞬動力에 의해, 흐르고 있었다. 그것 말고는, 거기 아무것도 없었다. ……한 生氣가 그 허공을 덮고 있었는데, 그것은 저 흐름의 熱氣를 통해 일어난 것이다. 欲望이 일어났으니, 그것이 첫 心種이었다. 詩人들은, 지혜를 다하여, 그들의 심정을 더듬어, 非化現 속에서의 化現의 인연을 발견한다." —숨, 숨은 말씀, 말씀이 운행하기 시작한다, 말씀은 생명, 생명은 빛, —이 있으라 하매, 빛이 있었더라. 이 '빛'은, '사람'("prakriti"에 대해서 "purusha"), [2]"이 사람은 千頭千眼千足을 구비해 있다. 이 사람은 사유시방을 채우고 있다. ……神들은, 이 사람, 세상의 시작과 함께 태어났던 산 犧牲, 에다 기름을 붓는다…… (神)이 이 사람을 나눌 때, 몇 몫으로 할당하였느냐? 그의 입은, 그의 두 팔은, 두 다리와 발은, 무엇이라고 불렀느냐?" —우리들의 오시리스님은 그리하여, 토막으로 토막토막, 그 몸을 난도질당하여, 누이의 품에 묻힌 지 사흘, 그 혼돈하고 공허한, 암흑의 깊음 속에서, 날아오르는 金鳥의 꿈을 꾸었더랍니다요. 哭婢여, 아으 美里여, 누이님, 그렇걸랑 그대, 무엇으로 서러워, 달빛보다도, 안개보다도, 그렇게도 더 푸르죽죽이 깊어질 까닭이 있겠느냐. 그대의 남정 오시리스님, 비록 말해, 해도, 달도, 그리고 한 조각의 별도 갖지를 못해, 사망의 그늘, 그 어둠뿐이라는 골짜구니에로 내려가지 아니할 수가 없었다 해도, 해, 달, 성군이 있었기 전에 있었던 것은 빛, 누이여, 그렇걸랑, 흐트러진 그 머리칼만큼이나 우거진 슬픔의, 옌니, 옌니, 그렇걸랑, 눈물일랑 거둘 일이다, 아으, 애곡을 거둘 일이다, 바람이 그대 눈물의 소금기까지 다 말려버리고 있을 때는, 哭婢여, 누이여, 아낙이여, 骸骨의 가슴이여, 그대는 왠지 젖가슴이 몽오리로 아플 것이다. 그래도 그것은, 설움이 아니다, 그것은, 해도 달도 별도 없는 곳까지 내려간, 그대의 낭군 오시리스님 그대의 눈물의 전언 받고, 답해서 올려보낸 한 '말씀', 흑암 속에서 담아올려보낸, 한 두레박의 흰 젖(은, 그러면, '푸라나'일 것), 오 고타마여. 아기님 고타마는, 그 젖에 자란다. 빛이여 있으라 하매, 있었더라 빛이. 아파나, 오시리스—아파나, 흑암 가운데로 빗겨 내려가신 오시리스님, 下界 여로에 오른 오시리스님 돌아오실 땐, 오 고타마여, 麥根이며 紅玉 속에, 그 빛을 뉘어 묻어놓는다. 밀과 蓮은 고타마여, 발기한 男根, 부화된 金卵, 거슬러 오르는 빛—불, 저 흑암의 중심, 그 會陰에 심지를 박고 타오르는 나무, 고타마, 고타마—푸라나. 해, 달, 별 무리가 있었기 전부터, 불이 먼저 그래서 있었다.

—아마도, 촛불중의 빛에의 夢想은, '내리는 숨(아파나)/오르는 숨(프라나)'으로 나뉘고 있으며, 이 '오르는 숨'은 '불'과 동일시되어 있는 듯한데, '빛'과 달리 '불'은, '熱'을 함께하고 있다는 것이 고려되어져야 할 것이다. 그는 그리하여, 심호흡을 하며, 거기에 빛, 또는 불의 電池가 있다고 알아 온, 會陰에다 마음을 모아, 아직도 거기 무슨, 겨울 등성이에 이삭 진 陽光 같은 것이라도 한 조각 남아 있으면, 그것을 일으켜, 팔만사천 汗腺으로마다 쳐들어, 으스스함을 일으키는 감기귀신이며, 뼛속의 골은 물론, 혼까지도, 검은 죽음에의 공포로, 새까맣게 염색하려 덤비는 陰鬼 따위를, 어떻게라도 좀 물리치려 하고 있는 듯하다. 사실로 그는, 안팎이 흑사병만큼이나 검어져, 그 나이 되도록 받아들여 온, 그 빛을 어떻게 탕진했든, 그의 몸에서는, 이를테면 시지큰한 땀 냄새에도 비유될, 그런 어떤 번연함까지도 비쳐 내지를 안 했다. 그래서 사실로, 그의 '빛의 電池'는, 그도 모른 새, 그렇게도 고갈되어버리고 만 것이었는가. 항—솨—, 항—솨—, ……그러자, 한 마리 金烏, [3]'외로운 白鳥'가 일어난다. 그것은, 그믐밤보다도 더 암흑한 失語症에 당하는, 어떤 [4]'벙어리 뱀'의 창자 속에서, 목구멍을 통해, 후두둥 날아 나온 것이다. 그러기 전에 그것은, 말한 바의 저 '벙어리 뱀'의 창자 속, 아무것도 化現(發音)을 성취해본 적이 없는, 그렇게나 황폐한 잠 속에 품어져 있었는데, 하나의 金卵, 불새를 품은 재[灰], 는 잠, 황폐한 잠. 그러자니, 그 불새 알을 품은 그 벙어리 뱀까지도 추웠는 데다 세상은 어두워, 저 벙어리 뱀에 대한 원성이 높았는데, 그래서 그 벙어리 뱀도 말이 하고 싶었으나, 말할 수가 없는 안타까움으로, 세상은 더욱더 춥고 더욱더 어두워져 갔다. 벙어리도 꿈을 꾸는가 몰라? 말하기 위해 허기는, 벙어리는 꿈을 꾸는 것일 것이었는가? (글쎄, '꿈'도, '말'이 일어나는, 그 같은 기관에서 일어난다고 하잖더냐?) 어느 날은 헌데, 어디서 왔는지 모르되, 짝을 찾을 수 없이 수다스러운, 새까만 까불이 새가 한 마리 나타나서는, 저 벙어리 뱀이 똬리 쳐 있는, 그 재[灰] 나뭇가지에 앉아, 까불까불 춤을 추며, 후후루후후루 웃음 운다, 후루후루후후루 웃음 운다, 까불까불 까불은다, 까불은다 까불어, 웃음 울어 까불은다, 까불은즉, 저 벙어리 뱀이 눈으로 듣고, 부러워하다, 후후훗습기도 훗스워, 저도 모른 새, 하으 하으하품하듯 하하으 한번 웃었던 모양이었다,

그랬던 모양으로 失語症의 빗장에 단단히 잠겼던, 그것의 목구멍이 한번 열렸던 것이고, 그러는 그 순간, 그 열림을 좇아, 새가, 한 마리 새가, 날아 났다, 새가 불새가 날아 났다, 후후 후후루 후루 후루룽 날아 났다, 까불거리는, 검은 그림자 두루마기, 벗어 잠의 횃대에 걸어두고, 날아 났다, 웃음 울어 날아 났다, 새가, 흰 새가 날아 났다.

—솨—, 항— 솨—, 항

—솨,

촛불이 꺼진 뒤부터, 촛불중이 묻혀 앉아 있는 그 굴속에로는, (촛불중을 主語로 해서 하는 소리지만,) 시간이 흘러들지도 나지도 안 해서, 熱의 공급을 목적으로, 촛불중이 自家發電을 시작한 뒤, 밖에서는 얼마의 세월이 흘렀는지, 또는 흐르기는 흘렀는지, 그것은 어떻게도 말할 수가 없으되, 어쨌든 촛불중은, 얼마쯤의 熱을 얻어내기에 성공하여, 조금쯤 땀 냄새까지도 풍겨내기에 이르렀다. 그의 창자 속에는 아직도, 그가 탐해서든, 또는 그의 옛 친구(판관 겸직 읍장을 가리켜 하는 소린데,)의 강권에 못 이겨서든, 꾸역꾸역 밀어 넣은, 개고기 토막들이며, 생마늘쪽 따위, 음식이 아직도 다 삭지를 안 해, 말하자면 창자와 관계된 僧事를 두고는, 이틀쯤 걱정은 하지 안 해도 좋을 그런 상태에 있어, 그것(음식)을 연료로 하는 '發熱'이 뭐 그리 어려울 것도 없기는 없었을 것이었다. 그 '燃料'는 물론, 성공적인 비구(니)라면, '숨'에서도 얻지만, '發熱'이란, 말이지 글쎄, 그것을 도모하는 자가, 자기의 會陰 속에 잠들어 있는 불도마뱀(쿤다리니)의 잠을 깨워, 根에로, 척추에로, 쓰륵 쓰륵 감아, 세 바퀴를 감아 오르기를 좇아, 丹田에다, 한 모닥의 잉걸불을 잘 피워내는 일을 이르던 것이 아니냐. (그래서도 고자는, 道 닦기에는 적합하지 않다고도 하는 것일 것인데, 이 '熱'의 本은 왜냐하면, '性力'에 두고 있던 까닭이다. 글쎄, 그것이 創造의 힘이던 것이며, [창조되어진 것을] 보존하던 힘이던 것이며, 동시에 破壞하는 힘이던 것이다. 그런고로, 존재들이 입은 몸은, 그 전체가 '性器'라고 이해하는 것은 틀리지 않으며, 이 '性器'의 宇宙를 '畜生道'라고 이르는 것은, 밝히 본 것이다. 문제는 헌데도, '文化'化했다는 有情들까지도, 畜生道[상사라]만을 견고한 실다움이라고, 한사코 고수하여, 그것을 파고든 손을 놓으려 하지 않는 데 있다. 만약 니르바나가 실다움이라면, 상사라도 물론 실다움이어야 하기는 한다. 헌데 상사라는 그 과정이지, 목적이 아니던 것을) 그리고 촛불중은, 전신에다 땀을 송글여 올리는, 안쪽으로부터 번져 나는, 그렇게나 기분 좋은 훈훈함을 만끽하려 하여, 그 밑 모를 잠푹함 속으로 가라앉아 들며, 그 훈훈한 깊음을 두고, 이렇게 읊조렸는데, 그것은, 그 상태를 묘사하기 위해, 어디서 빌린 듯했다. "……땅이 혼돈하고 공허하며 흑암이 깊음 위에 있고…… 태초에 말씀이 계시니라…… 그 안에 생명이 있었으니, 이 생명은 사람들의 빛이라……"

그러는 그 어느 순간 그러나 촛불중은, 무슨 말벌 같은 것에라도 쐰 듯, 갑자기 발작을 하고, 내뻗었다. 그 발작은 그럼에도 뭐 그렇게 격렬하다거나, 오래 가지는 안 했으며, 소용돌이에 이르면 물결이 중심에로 모여들 듯, 그 발작은 오래잖아, 蓮坐에로 모여들었다. 그때는 그는, 송글이는 땀 대신, 생 진땀을 찐득여 냈는데, 이런 땀은 분명히, 地獄에서 돌아 올라온 것이었다. 그리하여서 그 스스로 자기를 진맥했기는, 자기의 '빛의 탐색'이나, '發熱'行은 실패하지 안 했었으나, 그 뒤에 일어난 悅豫가 陰極에로 빗나가 있었던 것이 아니었는가 했다. 그는 그 결과로, 그 탓에 몇백 세를 돌아왔어야 되는, 그 癎疾的 二元論의 함정에로 떨어져 내렸음을 관찰해낸 것이다. 거기를 벗어나면 有情은, 꿀꿀 먹고 자고 먹고 자거나, 교미하고 캥캥 짖고 교미하고 으르렁으르렁 싸움하기 위해, 몇백 세고 들을 헤매고 있게 될 것이었다. 그렇다, 촛불중 자기는, 자기가 처넣어진 그 무덤을, 어느 쪽으로든, 어떻게든 열어 나가고 싶음에 의해, 자기가 통과해 나오느라고 열린, 자기 뒤쪽의 문을 닫지 않은 것인데, (그도 만약, 하나의 비구를 꾸몄더면, 자기 뒤쪽의 문을 닫는, 明呪쯤은 기억하고 있었을 것이 아닌가?) 그랬기는커녕 자기는, 뒤돌아보고, 그쪽 밖의 환함에 절시의 눈을 박아 넣은 것이었었다. 촛불중 자기의 '悅豫'가 '二元論的'이었다는 것은, (왜냐하면 그는 却說이였음으로 해서, 때로 때로 품바 흥취를 일으켜 그런 것인데,) 자기가, 그 어떤 잠푹함 속으로 가라앉아 들고 있었을 때, 일어난 흥취로 하여, '그 훈훈한 깊음을 두고' 자기도 모른 새 읊조린, 한두 구절의 그 歌詞랄 것을 음미해보다, 얻은 결론이기는 하다. 이런 말은 얼핏, 꽤는 모순당착적이기는 할 것임에 분명하다. 그러나, '느낌'은 '分析'하지 않으며, '좋다'[快], 또는 '좋지 않다'[不快] 고만 느낄 뿐인 것이다. (여기에 대해, 더 할 말이 있겠는가?) 촛불중이 읊조리고, 그런 뒤 음미해본 바를 좇으면, 이렇게 된다.

ㄱ. 땅, 혼돈, 공허, 흑암, 깊음.

ㄴ. 靈, 운행, 말씀, 생명, 빛.

촛불중을, 짧은 발작 속에다 처넣어 태우려 덤빈 것은, 저것인데, 'ㄱ/ㄴ'이 (그 부정적 국면에서는) 對逆하고, (그 긍정적 국면에서는) 相合하고 있는 것이사, 말하려 하면, 하는 자나, 듣는 자, 양쪽의 눈썹이나 축낼 터이니, 그만 두기로 한다 해도, 촛불중이 목도하고, 그 탓에 지랄병까지도 일으키게 된, 한 이상한 轉身이 있었는데, 그것은 그런즉 밝힐 필요가 있는 듯하다. 라는 것은, 단적으로 말하면 이렇다, 는즉슨, 촛불중이 '밖의 환함'('ㄴ')에 눈을 돌리자마자, 이제껏 '무덤'('ㄱ')으로만 여겨져 왔던 것이, 갑자기 모습을 바꿔, '母胎'化해버린다는 것이다. 그렇다, '무덤'이 '子宮'化해버리던 것이다. 無門에도 그러고 보면, 門이 있다, 둘씩이나 있다, 그것에 이마를 맞대인 자가, 그것을 꼭히 앞으로 열어 나가려고 하지만 않는다면, 無門에도 글쎄, 둘이나 門은 있다, '위대한 自由'(니르바나)에로도, 그리고 '위대한 不自由'(상사라)에로도 통하는, 門. ("선생은 '도'라는 토씨에 관해 생각해보신 적이 있습니까?" 그리고 '門'이 여기에 單數로 나타나 있음도 주목해야 할 것이다) 그럼에도, 四大를 입지 않으면 안 된 것들은, 無重力 상태에 처해서는, 너무 가벼워, 창자가 토해져 오르려 하는고로, 살지를 못하겠어서, 重力 속에로 와야만 편하고, 그런 비슷한 이유로 自由와도 살지를 못하겠어서, 政府를 세워야 안전하다. 권고하는 소리가 있어 들리거니와, 그러함에도, 四大를 입어 있어 살아 있다고 믿는 것들이여, 살다가 어느 날, 죽기가 두렵거든, 그대들은 모름지기 그렇다, 大地를 아으 떠나라, 훨씬 떠나, 그래도 어디에든 가기는 꼭 가야겠거든, 水星에를 가든, 火星에로 가든, 木星, 金星에로 머리를 두를지언정, 地球라는 데로는 행여, 뒤로 돌아다볼 일이 아니다, 왜냐하면 거기는, 죽지도 못하는 죽음만이, 영겁을 되풀이되기 때문이다. 떠나거라(가테), 떠나라구(가테), 떠날려믄 훨씬 떠나라구(파라가테), 끝 간 데서도 그 너머까지 떠나라(파라상가테) 말임세! 아담[人類] 이, 태어난 일도 없이 태어나("흙에서 흙을 입었음을!") 죽은 일도 없이 죽어("흙이 흙으로 돌아갔음일라!"), 새로 또, 태어난 일도 없이 태어나, 죽은 일도 없이 죽은(아으, 이 무량겁의 되풀이) 그 까닭을 알 만한가? (이것은, 아무리 반복되어져도 모자라고, 반복되어질수록 좋은 것일 것이라 반복이지만,) 그것은 왜냐하면, 大地(地球)란, 宇宙라는 한 존재의 몸에서, '子宮'이라는 기관이 되어서 그런 것이다. 그것 속에 한 번 울려진 '말씀'이여, 비춰든 '빛'이여, 심어진 '생명'이여, 그것을 벗어나지 못하면, 아으, 한 마리 가여운 精蟲이여, '무덤' 속에 들기가, 새로 '母胎'에 담기기며, '母胎'를 벗어나기가, 다시 '무덤' 속에 들기인 것을. 다만 生成만이 있는 곳에서는, 죽음이 불가능하다. 그럼에도, 四大라는 조악한 물질을 몸이라고 입어, 약간의 기후 변화에도 캑캑 기침을 하다, 각혈을 하고 넘어지거나, 한 마리 모기에라도 잘못 물리면, 그 즉시 몸져누웠다가 영 못 일어나고 마는, 그 몸으로 永生은 불가능하다. 그래서, 거북의 세월을, 토끼의 시간으로 바꾼다면, 무엇이 일어났다 하면, 넘어지고, 넘어졌다 하면 일어나고, 넘어지고, 일어나고, 넘일어나고 있다. 母胎에 대해서 이것은, 달이 찼다 기울기나 같아, 필요한 순환일 것임에도, 자식들에 대해서 이것은, 비극이다. '세 따님'이 治理하는, 이 '子宮'은, 時間으로 壁(帶)하고, 運命으로 천장했으며, 運動으로 바닥을 했다—프라브리티.

자기의, 이 한 피륙의 禪의 실패가 무엇이었던지를 알게 되었으므로, 이 한 비구는 그리하여, 자기의 '불(빛) 가꾸기'의 禪紋 놓기를, 어디서부터 이어서 시작할지를 알고 있었다. 어찌 되었든, 그렇게 하여, 으스스한 외로움이며, 한기로, 촛불중을 왼통 凶家로 만들려 아우성대던 感鬼들은, 그것들이 그중 저어하는, 후텁지근한 땀 냄새로 물리쳐 됬으니, 그러는 동안엔, 둠모 禪定은 필요치 않다고 믿어, 자기가 가꾸려는 '불'에서, '熱' 대신, '빛'의 국면을 확대하여 觀해보는 것이 필요하지 않겠는가 하여, 왜냐하면 자기의 肉眼은 아직도, 그리고 마지막 쐬었던 빛으로부터 점점 더 멀어지면 멀어질수록 더욱더, 빛에 갈증을 내고 있기 탓인데, 그렇게 話頭를 정했다.

아까 언제였던지, 촛불중은, 나름으로, '원초적 빛'을 觀하던 중, "원초적 소리가, 소리로써 化現하지 않는 동안은, 영겁의 空間의 子宮 속에 누워 있다"는, 전래해오는 法說을 기억하고, 그리고 그것을 자기의 話頭에 적용하여, 그렇다면 "원초적 빛도, 그것이 빛으로 化現치 않고 있을 때는, 영겁의 黑暗의 子宮 속에 누워 있는 것"이나 아닌가 했었던바, 이 단계에서 촛불중은 그것을 상기하고, 거기서부터 禪絲를 잇기로 했다. 깜깜한 어둠 속에서, 눈을 뜨기나 감기에 무슨 차이가 있는지는 모르되, 어쨌든 촛불중은, 눈을 반쯤 내려 감았으며, 그런 뒤, 그 黑暗 속에서, 자기 속의 黑暗을 찾으려 하여, 자기의 의식을, 자기의 내부라고 여겨지는 데다 모았다. 그러는 중에 촛불중은, 말해온 바의, 그 '원초적 빛'의 한 氷角이, "눈을 내리감고(그러니, 그 눈으로는 뭘 보려하고 있는 것은, 꼭히는 아니다), 의식을 내부에다 모았다"는, 그 작위 속에 드러나져 있음을 보았다고 믿었는데, 그럴 만한 까닭이, 허기는 있을 만도 했다. 라는즉슨, "눈을 내리감고, 의식을 내부에다 모아", "黑暗 속에서 黑暗을 찾으려" 했다는, 그 作爲(라도, 한 명상꾼에 의해 分析의 대상이 되면, 그것은 그러는 어느 순간, 먼저 修辭學化하는데), 또는 修辭學이 내포한 뜻을 좇건대는, 첫째는, 말한 바의 그 '내부'를 보는 눈은, 꼭히 '肉眼'은 아니라는 것이며, 둘째는, '肉眼'이 아닌 것으로 무엇을 '본다'는 행위는, 거기 분명히, '肉眼' 말고, 또 '다른 눈'이 있다는 것을 은연중에 전제하고 있을 뿐만 아니라, 이 '다른 눈'과의 관계에서는, (왜냐하면 글쎄, 그것은 그것[外相的 光明] 을 위해 그렇게 고안되었거나, 그렇게 進化를 성취한 肉眼이 아니므로, 무엇을 보기 위해서) 外相的 光明이 필수적 조건은 아니라는 것이 分析되는바, 綜合해보기로 한다면, '원초적 빛'이라고 이르는 빛은, 꼭히, (해, 달, 별 등이 쐬어내는 것 같은) '外相的 빛'과 같은 것도 아니며, 같아야 할 필요도, 까닭도 없는 것이나 아닌가 하는 것으로, 이것이 촛불중이 포착했다고 믿은, '원초적 빛'의 그 '한 氷角'의 모습이었다. 물론, 무엇을 대상으로 한, 分析과, 綜合에서 얻게 된 것이, 꼭히 眞理는 아니라는 것을, 촛불중도 잘 알고는 있다. 그럼에도, 그의 '원초적 빛'의 탐색을 위해서는 그에게, 地形圖 한 조각도, '南北'을 가리켜야 될 것이, 고장이 나, 東西를 가리키는 指針 하나도 없었으니, 어쨌든 촛불중은, 자기가 세운 전제의, 分析과 綜合을 통해 얻은 답을, 자기의 출발점으로 삼았다. 장님들이 더듬어 알아내고, 장님들끼리 通話하여 構築한 세계가, 장님이 아닌 자들이 보아 아는 그 세계와 어느 부면에서 같지 않다고 해서, 그 장님들이, 눈뜬 자들께 여겨지는, 非實在的이라든지, 假想的 세계에서 더듬거려 헤매고 있는 것만은 아니라고 한다면, (어찌하여 肉眼에 비춰 드는 실다움만이 실다움이라는 것이, 주장될 수 있는가? 그 視力이 잃어질 때, 그러면 실다움도 잃어지는 것? 그 視力의 실다움이란 헌데 어떤 것이나 되는가? 그 눈에, 몇 방울의 촛농이 떨어져 들기만으로도, 그렇게도 쉽게 잃어질 수 있던 것은 아닌가? —五官 중에서, 일례로 肉眼만을 들었지만—실다움이란 그래서, 視力 그 자체인가?) 촛불중의 출발점도, 그 의미에서 판단되어져도 좋을 것이다. 그리고 이것은, (그것이 童話的 想像力에 제휴했을 때는, 그 당장 擬人化를 치러, 어떤 "나쁜 龍께 납치되어 간, 서러운 公主"로, 童心에 호소되는,) 어떤 '숨겨진 돌'을 찾으러, (씩씩한 王子) 羅卜이가, 길 떠나는 그 출발점인 것이며, 그가 도달한 점은 아닌데, 그런즉 그가 처한 이 바르도에는, 험로밖에는 예측되지 않는다. 오 고매하게 태어났었던 자여, "그대가 처한 거기는, 여섯 상태의 바르도가 있나니, 자궁 속에 있을 때와 같은 자연 상태의 바르도가 그 하나며, 몽환 상태의 바르도가 그 둘이며, 깊은 사색에서 얻은 초월적 평정으로서의 바르도가 그 셋이며, 죽음의 순간의 바르도가 그 넷이며, 죽고 난 뒤의 실다움의 경험으로서의 바르도가 그 다섯이며, 저 속세적 삶의 역진행의 바르도가 그 여섯 번째의 것인 것이다." 그대는 그리하여, 그 여섯 바르도 모두를 한꺼번에 경험하게 될 것인데, "오 고매하게 태어났었던 자여, 그리하여 그대는 이제 이 세계로부터 떠나고 있구나, 그러나 그대 혼자만이 바르도에 처하는 것은 아니다, 그것은 누구에게나, 모든 것 위에 오는 것이다. 집착과 연약함으로 인하여, 떠난 곳에의 그리움을 일으키지 마라. 비록 그대가 악착같이 달라붙는다 하더라도, 그곳이 그대 닿아야 할 곳이 아닌 이상은, 떠나기는 어쨌든 떠나야 한다면, 그대의 의지는, 이 풍진세상 배회하는 그것 말고, 다른 아무것도 얻지 못하리라." 약한 마음으로, 뒤쪽에 열린 문을 뒤돌아보지 말지어다. 마음을 도려 먹고, 道流는 도리어 그 문을 닫되, 그것도 굳게 닫아야 할 것이다.

"黑暗 속에서 黑暗을 찾는다"는 話頭는 여러 번씩 살펴볼 필요도 없이,

그냥 한눈에도, 그것이 종내 그 話尾를 드러내 보여줄 수도 있다거나, 그런 것이기 대신에, 그 話頭가 그 無抵坑의 입을 열어, 오히려, 그런 노력을 바치려는 자의 머리부터 물어 빨아들여, 누룩 한 잎도 못 피울 黑暗 속에다 처넣어버릴 것으로 보이는 것이어서, (그래서 그것은 누구든, 눈을 땍 발써보려 하면, 그를 돌로 만들어버릴 것이어서,) 그 正面에서 대들어보려는, 만용은 부리려 하지 않는 것이 현명하다고, 촛불중은 觀했다. 그래도 그것을 보지 않을 수는 없다면, 촛불중 믿음에는, (존자 스님이랬던 비구의) '거울' 같은 것이라도 방패 삼아 들어, 그것을 통해 보는 것이, 덜 해스러울 것이라고 했다. 그러니 비켜서 보는 일인 것이다. 그렇다, 그러기 위해서 이 중은, 일견 엉뚱하게도, 새로, 빛—원초적 빛 대신에, 소리—원초적 소리에로 관심을 모았는데, 간접적으로든, 직접적으로든, 바로 그것이, 저 두려운 '黑暗'이라는, 非化現의, 검은 龍의, 턱 아래에, 거슬러[逆] 덮여 있는 비늘[鱗]을 건드리게 한 것이던 때문이다. 자기는 물론, '소리'를 觀하려는 것은 아니지만, 촛불중도 알기는, '소리'를, 그것도 '원초적 소리'라는 것을, 들어, 그와 비슷한 다른 것과 빗대어보려 하면, '귀'를 매우 주의해야 한다는 것도, 짐작해 알고 있다.

"원초적 소리가, 소리로서 化現하지 않는 동안 그것은, 영겁의 空間의 子宮 속에 누워 있다."

그리고 촛불중은, 이 당장으로서는, 그렇게밖에 달리는 뭐라고 이를 수 없는(이라는 말인즉슨,), 하나의 '論理的 眞理'(라는 말인데,)가, 저 體文 속에 도사려 있어 왔음을 발견했으며, 그 탓에 체머리를 저었다. 라는, 그 '論理的 眞理'란 무엇인가 하면, '소리'의 본디 모습은 다름 아닌, '침묵'이라는 것이다. 그렇다, '소리'가 '침묵'이라는 것이다. 그리고, 누구나 다 아는 바대로, '소리'의 元素는 '空間'(第五大)인즉, 그것은, 그 '영겁의 空間'을 '母胎'로, 妊娠되어 있는 것이다. 이 '원초적 소리'는 그래서, '침묵'이라고, 촛불중이 이해한 것인데, 그것에서 얻어진, 가외의, 그것도 엄청나게 커서, 우주적이랄 수입이 있다면 그것은, 그렇게 하여, '소리'와 '침묵'이라는, 二元論이 어느덧 극복되어져 버려 있다는 것이다. '소리'와 '침묵'은, 이 견지에서는, '바룬다 鳥'도, '사라雙樹'도 아니다. 차라리 그것은, (앞에서도, '바룬다'라는 生物 이름이 나왔으니, 얹어 하나쯤 더 들먹인들 어떻겠는가, 라는 그것은, 그것이 거느리는, 暗號와 象徵의 무게에 눌려, 그 꼴이 된) 그렇다, 그것도 상사라의 짐승, 洛水 바닥에 기복해, 그 등에 수미산을 받치고 있는, '거북'이다. 그러니, 그것이 '목'을 뽑으면 '소리'며, 그것을 접어 들이면 '침묵'이다.

—촛불중의, 빛의 탐색은, 그리하여 대략, 그 中道에나 올라 있었겠는가,—

그리하여 촛불중은, 이 단계에서는, 자기가 얻어낸, (현재로서는 말하자면, 假定하여, 假說的 眞理라고 이른대도 상관없을,) '소리=침묵'을, '거울로 된 방패'쯤으로나 삼아, '빛/암흑'이라는, 假想的 毒龍의 머리를 끊으려 내달아도 좋은 것이 아닌가, 했다. 그러니, 그것에 정면하여 대들려 했다가는, 그러려는 자를 바위로 만들어버린다는 그 毒龍을, 저 '거울'에다 비춰보며, (헤헤헤, 소자여, 지혜가 없어, 肉頭 덩이라고 이를 놈이여, 이웃집 감나무의 그 홍시 하나를 못 훔쳐 먹어, 그리도 침을 흘려쌀 일이 뭣이겠네? 썩 들어가서, 거울을 하나 내오거라, 그리구서나, 저 감나무를 비춘 뒤, 그 거울 속에서 홍시를 꺼내 먹는다는 데 일러서야, 이웃집 잔소리 많은 할민들 뭐라겠느냐? 아으, 나라카에 떨어져 내려, 고통받는다는 넋들임세, 허긴 公들은, 감나무를 비춘 거울 속에서, 홍시를 꺼내 먹어본 일들이 있었을 터였다? 假定的 고통이 실감되어진 곳이 나라카인 것? 아 그러자 公들은, 되묻는도다, 四大를 갖춘 몸은, 映像[念態]의 몸에 반대되는 몸인데, 그런즉슨 어찌하여, 예를 들면, 불안이며 초조, 절망이라는 따위, 다만 觀念인 것들에 의해, 그 물질적 몸이 고통을 느껴, 소화불량증에, 두통, 심지어는 심장마비에, 암종까지 드러낸다고 이르느냐? 그런즉 육신도 나라카인가?) 그 映像에 대들 일인 것이다. 라는 이런 말의 진의는, 만약 가능하다면, 그리고 그것은 가능한가 어쩐가로 따질 것도 못 되는 문제인데, 그 '이름'들을, 다른 '이름'들로 轉置, 또는 換置해서는, 거기서 일어날 修辭學的 變化, 또는 反應을 면밀히 점검해본다는, 그런 것이 될 것이다. 라는 그 한 무리의 '이름'들이란, '소리', '원초적 소리', '침묵' —'거북' 따위며, 그 '이름'들 자리를 차지하게 될 다른 한 무리의 '이름'들이란, '빛', '원초적 빛', '黑暗', 그리고, 헌데, '거북' 따위들이 될 것이다. 여기 어디에서 촛불중은, 한

'이름', '거북'이라는 한 '이름'의, 헤헤헤, 찍소스러움 탓에, 약간의 거북함을 느꼈으며, 동시에 큰 경이와 신비를 느꼈다. 작것, 이런즉 휘딱 결론부터 내기로 하면, '원초적 소리'나, '원초적 빛'은, 그 原典을 같이하고 있다는 것이다. (그리하여 촛불중은, 자기가 들이쉬는 숨[항—] 소리나, 내쉬는 숨[솨—] 소리에 귀를 기울이며, 그것이 어째서 '우주적 맥박'이며, '神의 숨쉬기'라고 하는지를 생각해보았다. 그것이 '빛'의 국면을 드러내면, '白鳥'의 모습을 띤다는 것은 알려져 오는 것. 곁들여 참조할 것이 있다면,) 분명히 이런 까닭으로, '빛'과 '말씀'이, '生命'과 동의어로 쓰여지는 것이 아니겠는가(하는 것 같은 것일 것이다).

항—솨 항솨—

헌데 촛불중은, 자기의 코끝을 들락이는 숨의 소리에나 귀를 기울이고 있고, '轉置'된 '이름'들이, 어떤 종류의 '修辭學的 反應'을 일으키는지, 그런 것을 '점검'해보겠다는 생각 같은 것은, 까마득하게 잊고 있어 보였다. 허기야 그 까닭을 모를 것도 없기는 없을 듯한데, 그도 그랬을 것이, 그런 '이름의 換置'에서 일어난 '變化'라는 게, 물론 경이며 신비가 아닌 건 아니라도, 촛불중이 예상한 것에서 벗어났다거나, 그런 것이 아니다 보니 그런 것이다. 정직하게 밝히면, 촛불중은, 그런 결과를 그렇게 기대하고 있었던 것이다. 라는 것은, '원초적 빛'은, '暗黑' 자체라는 그것이다. (촛불중은 그리고, 修辭學的 엄살이라는 것을 떨어, 약간 놀라는 체해 보였으되, 왜냐하면, 그렇게 하지 않으면, '거북'의 자리에 '거북'을 再換置한다는 것이, 그 스스로의 귀에도, 무미건조함을 일으키게 되기 때문이다) 그것은 그리고, '원초적 소리'와 마찬가지로 '거북'의 모습인데, 이번에는 그것이 날개를 돋궈 날으려 하면, '白鳥'의 모습으로 '빛'이 되고, 그 '白鳥'가, 날개를 접어(inversion) 둥지에 들면, '黑暗'이 된다고 한 것이다. 그러자, '거북'의 暗號가 저절로 풀려져, 자기의 肉眼엔지, 非肉眼엔지, 그것은 잘 분간할 수가 없으되, 환하게 보인다고, 보았다. 그것의 "둥근 등껍질은 하늘이며", 네발인지, 지느러미인지, 퇴화한 날개인지, 뭔지 하는 것이 이루는 "사각은 땅"이고, "머리는 미래의 시간", "꼬리는 시간의 과거", 그것의 느려터진 움직이기는, (精神的인 것에 대한) '自然的 進化의 더딤'...... '소리'

와 '침묵', '暗黑'과 '빛'…… 그리고 '易'을 다 말할 수 있겠느냐? ……촛불중은 그리고, 체머리를 썰레썰레 저어대다가, 프라브리티 宇宙, 즉슨 物質的 宇宙를 형상화하면, '거북'이 된다고 알았다. '暗黑'이야 아예 거론할 것도 없었으되, '빛', '원초적 빛'까지도 그러고 본다면, 物相的 宇宙에 소속된 것이라는 것은 부인할 수가 없는 듯하다. —그래서 촛불중은, 썰레질을 시작했던 것이다. 그 썰레질은 그러는 어느 구비에서, 방향을 바꿨던 모양으로, 위아래를 가리켰는데, 그것인즉슨, 자기가 얻게 된 결론을, 자기로서는 부정할 수가 없다는 의미인 것도 같았다.

그러다 촛불중은, 자기가 얻은 결론은 그럼에도, 자기가 세운 바 있는, '假說的 眞理'를 약간 발전시켜 얻은 것이라는 데 눈을 돌리게 되었으며, 그것은 그래서, 사실로, 假設的, 假定的 眞理밖에 더 되지 못하는 것인가, 하는, 그 자신 매우 불쾌하게밖에 느낄 수 없는, 의문에 봉착했다.

그리고는 그런 채로, 무릎뼈가 물러날 정도로, 오래오래 앉아 있었지만, 그 대답을 만들지 못했거나, 만들려 하지를 안 했거나, 만들 필요를 못 느꼈거나, 만들기를 회피했거나, 어쨌거나 하여, 촛불중께는 그런 무슨 대답이랄 것이 없었다. 그런 대신, 그 무릎뼈가 그리고도, 한 서너 번도 더 물러났을 때나 되어서, 뭘 뇌이고 있었는데, 이랬다. "프라브리티 宇宙는 그래서, 사실로, 假設인 것이 분명한갑?" —그 대답도 헌데 그는, 못 만들고 있었든 어쨌든, 그런 대답 대신, 자기가 쓰게 된, '假設'(또는, 假說, 또는, 假定)이라는 單語에 補註하고 있었다. "(어떤 '定說', 또는 '眞理'에 대해서) '假設'이란, 다른 말로 환치한다면, '실다움'에 대해, '幻'의 의미일 것, 것, '깨어 있음'에 대해 '꿈'의 의미일 것, 것, '니르바나'에 대해 '상사라'의 의미일 것, 것",

그것이 비록 말해, '假設'이라고 한다 해도, 촛불중도 아직은, '몸'이라고 입은 그 '假設'에 묶여 있는 한, 안됐지만, 그 '假說'的 고통으로부터, 어째도 자유스럽지가 못하고 있는 것은, 부인치 못하고 있다. 假設的 고통 속에, 假設的으로 억류된 실다움?

그래서였든 어쨌든, 邑에까지라도 들리도록, 촛불중은 시작하여설 람에, 무슨 웅웅 소리를 냈는데, (비 묻은 날, "왼골 안에서 능구렁이가 울음 운다"는,

그 '울음'이 실제로 '울음'인지 어떤지도 모르면서, '운다'고 말하듯) 촛불중이 울어대고 있었다. 어떤 곡조를 갖고 있는 그 울음은, 그 꼭같은 곡조를 반복 반복하고 있었는데, 그러다 촛불중은, 반복법적 修辭學의, 그 속이 까뒤집히기에 들씌워진 듯도 싶었다. 반복법적 修辭學은, '반복'을 통하는 사이, 그 본래의 의미를 비워내, 일순 무의미의 빈 그릇이 되었다가, 客鬼라고도 이를, 다른 의미를, 어디 그늘진 데서 불러들이는데, '신명'이 그것으로, 巫足이 딛기를 좋아하는 곳은, 그것이다. 꿧.

言言言飄雨灑雪

默默默雷轟電掣

('言'은, 그 記號가 나타내는 그대로, '소리'이기도 하고, 동시에 '빛'이기도 하며, '默'도 또한, '默'이기도 하고, 그리고 '黑'이기도 하다)

그래서 사실로, 촛불중의 '빛의 탐색'은, 그 정도에 올라, 그 '빛'을 유괴해 간, 어떤 나쁜 龍을 퇴치한 뒤, 그 '빛'을 탈환했는지 어쨌는지는, 아무렇게나 말할 만한 것이 못 되는 듯하다. 촛불중이 본 바에 의하면, "송장을 디뎌 춤추는, 열엿새 달 같은 처자의 춤추기"(는, "기름 접시에 세워진, 심지 끝에서 밝은 불꽃이 훌훌 뛰기"라면,)가, 거꾸로 이뤄지고 있었는데, 그러니, 라후[蝕]의 입에, 두룩 년의 요니를 가진, 그믐밤 같은 늙은 계집이, 제 년의 요니를 갓 비어져 나오고 있는, 오시리스님의 머리를 물어 삼키고 있는 (그것이란, 한번 켜진 불꽃의 빛이, [쐬어 나오는 것이 아니라,] 쐬어 들어간다는 것인데,) 그것이었다. 낳기로 죽고, 죽으면서 낳는다. 假設的 삶, 假設的 죽음—꿈길이라도 길은 험난쿠나. 누가, 저 꿈길을 통과치 않고, 왔다 간 자가 있느냐? 如來(오다)까지도, 왔던고로 간(타타가타) 것을? [5]마야랍—촛불중은 그리하여, 그 길을 뒤돌아보고, 울음 울었다. 허허히 울음 울어 있다. 글쎄, 그냥 꿈길을 조금 걸었을 뿐이었는데, 신고 떠났던 자기의 신발 한 짝은, 신고는 (그것이) 발목으로 올라싸 못 걷겠어서, 아예 머리에나 이어야 되게 됐는데, 다른 짝도, 바닥에 구멍이 나, 해골 눈모양, 생 뒤꿈치를 열어버린 것이다. 꿈속을 걷기에도, 신발은 해진다.

[1]배꼽 만지기 頌 3

([2]토짜간[Totsagan]은, 下界의 王을 반갑게 맞이하고, 그의 수행원들이 모두, 편안하게 자리 잡은 것을 본 뒤, [3]마야랍[Maiyarap]을 위해, 호화판 잔치를 열었다. 잔치가 무르익어, 여러 순배나 술잔들이 도는 중, 취흥에 도도한 마야랍이 나서, 프라[Phra—主] [4]람[Ram]과의 戰爭은 자기가 맡겠다는 결심을 표하며, 그를 이겨내는, 최선의, 그리고 그중 확실한 한 戰法은, 肉薄戰이 아니라, 마야랍 자기가 그 秘方을 잘 알고 있는, 魔職粉의 힘을 이용하기라고 했다. 그리고는, 승전의 영광에 갈급해 있는 마야랍은 그리하여, 공개적 공훈을 세우려기보다, 魔職粉을 제조하려는 秘儀에 종사키 위해, [5]바단[Badan]에로 돌아가기로 했다)

며칠 뒤에, 王 마야랍은, 자기 왕국의 두문동에 은닉한 뒤, 불출이었다. 속진 묻지 않은 聖衣로 갈아입은 뒤 그는, 그 위에 한 무솥을 걸어놓은 祭火 앞에 정좌해, 합장하고, 三昧 속에로 가라앉아 들었다. 그의 마음이 속세로부터 떠나, 비실재적 그늘진 고장을 헤매고 있을 때라도, 그의 입술은 古呪를 읊고 있었더니, 그에 좇아, 저 무솥 속에 담겨졌던 質料가, 變化 轉身을 치르려는 기미를 보이고 있었다. 王 마야랍은 지금, 魔職粉을 조제키 위해 이런 노력을 바치고 있는 중인데, 그 자신 잘 알고 있는 것은, 이 祭祀가 성공적으로 완료되기만 한다면, 이 祭祀에서 얻게 될, 그 魔職粉에 맞설 힘이란, 三世間에는 없다는 것이다.

神들은 그럼에도, 그와 같은 위대한 힘을 마련해뒀을 때는, 그것으로 하여, 가장 적절하게 세상을 도우려는 자들만이, 그것을 성취할 수 있도록 해두고 있었는데, 反해, 마야랍의 일생이랄 것은, 善을 위한 苦行이랄 따위로부터는 연척도 없는 데서 보내어졌던 것이었던바, 그러니 그런 자의, 三昧란 말하자면, 저녁 식사를 너무 기름지게, 그것도 대량으로 하고, 식곤증에 쓰러져 잠든 자의, 잠이 괴롭고, 뒤척여지며, 꾸는 꿈이 궂은 것과 비슷했을 것은, 당연한 결과일 것이다. 원치도 않은 印象들이며, 형상들과, 허깨비들이, 그의 부조화의 마음속으로 흘러들어 닥쳤음에도, 그는 그것들을 어떻게도 물리쳐낼 수가 없었다. 차라리 그것들은, 그 모습들이 점점 더 명료해지고, 더욱더 확실해져 가고 있었는데, 그가 그 禪定行을 고집하면 할수록, 그 허상들은, 그것들대로 독립된 형태를 취해, 급기야는 그의 마음의 울타리를 벗어나, 그것들대로의 생명을 갖기에 이르렀다. 그리하여 처음, 그의 聖所에 나타난 것들은, 몹시 요염하게 보이는 두 [6]계집들이었는데, 그가 보는 앞에서 그것들은, 음탕하게 춤을 추기 시작했다. 분기탱천한 마야랍은, 그것들을 대번에 처눕혀 버리고 말았다. 안됐지만, 그때 이르러, 그의 집중되었던 정신은, 무산되어지고 만 것이었다. 그랬으니 그는 다시 한번 더, 무솥에 관심을 모아, 三昧 속에 가라앉아 가며, 이번에는 점진법에 의해, 古呪를, 읊어나갔다. 그 결과로 이번에는, 거기에, 두 마리의 [7]코끼리가 나타났으며, 그런 즉시 그것들은, 맹렬한 싸움을 시작해, 그 聖所를, 먼지와 굉음으로 덮었다. 다시 한번 더 마야랍은, 그 제사를 중두무이하고, 실물화한 저 허깨비들을 소탕해버리기 위해서, 그의 요술 지팡이를 휘둘러야 했다. 그런 뒤 그는, 세 번째로, 속세를 떠나, 비실재적 그늘진 고장에로 들어갔다.

세 번째의 시도를 통해서는, 두 마리의 [8]사자가 나타나, 그의 목전에서, 무섭게도 싸워댔는데, 그리하여 마야랍은, 이 제사의 성공적 완수란, 자기의 능력의 범위를 벗어난다는 것을 알았으며, 그래서 그는, 저 두 마리의 짐승을 움켜쥐고는, 그것들의 염통을 뜯어내고, 그 무솥에 기왕에 준비되어 있었던 質料에다 보탰다. 그리고 바랐기는, 그 솥 속에서 이뤄질 가루가, (三世를 장악할, 그런 힘까지는 못 된다 하더라도) 프라 람과, 그의 군대만이라도 격퇴키에 충분한, 力粉이라도 되었으면 했다. 그런 뒤 그는, 그의 왕궁이 있는, 바단으로 돌아갔다.

제3장

어디서 再婚을 했거나, 또는 어디서 忘憂愁 열매에 취했는 것이다, 한번 떠난 뒤, 美里의 바다는, 그런 후 돌아올 줄을 모르고, 저 떠난 자리에, 황폐며 정적의 이끼만 사막처럼 덮었는데, 그런데도 어쩌면, 그 바다가 어디서 어쩌다 한 번씩, 떠난 자리 생각해 꾸는 꿈 탓일 것이냐, 탓일 것으로, 그 무게만 잃고 형상만 나타내 보일 것인데, 美里에는 그래서 철 따라, 안개비가 바다처럼 내린다, 바다로 내린다, 바다여서 내린다. 그런 철 안개비는, 美里를 함락해 침몰시킨 바다이다. 그 밑에서는, 다른 아무것도 말고 사람인 것들이, 저자를 꾸며, 살도 팔고, 꿈도 팔고, 소주도 파는데, 그것들 안개비에 젖기 시작하면, 몸뚱이들에서는 비린내가 나고, 소금 냄새가 독했다. 이런 철에는, 그것들은, 눈 하나는 감아, 제 속 어디 골방 속, 고콜에 묻어놓고, 눈 하나는 제 손이 든 등 속에 넣어 놓아, 저잣거리를 걸을 때는 등으로 보고, 돌아가서는 고콜 불로 보았다. 그것들은 그렇게, 어제까지 실다움으로 보아왔던, 그 生活을, 이제는 꿈으로 보았다. 때로 때로, 그 꿈이 괴로워 신음이라도 하려 들면, 그것들 목구멍으로는 끼룩끼룩 물새 소리가 울려 나왔는데, 그것들은 왜냐하면, 바다를 너무 많이 들이마신 것이다. 바닷물고기인 것들이, 바닷새처럼 울었으끄냐. 이것들은 그러고 본즉, 안개비가 무거워 죽지를 못 쓰게 되었거나, 아니면 부화되었을 때부터도, 그것이 물고기의 지느러미모양 퇴화되어버려, 날기에는 쓸모가 없이 된, 물고기의 下半身의 金烏들인 것? 인 것—안개비 철에 끼인 새. 허긴

美里는, 이쪽 苦海邊에, 네 둥지밖에 없다는, 저 金烏들의 둥지—그 네 둥지 중의 하나인데, 이 金烏들은, 수컷은 수컷대로, 암컷은 암컷대로, 따로따로, 저 혼자의 苦行을 통해 金卵이 맺히면, 혼자 낳아, 혼자 품어, 병아리 金烏를 깨어내는 새, —새는 안개비, 바다. 헌데 저 바다에서 부화한 새들은, 밝은 데로 궂은 데로, 밖으로 안으로, 일곱 바다를 헤치고 다니다가, 어떤 때 갑자기, 살기의 고통을 깨워내면, 어떤 것들은, 그 영봉을 구름에 머리 감기는 동녘 雲山으로나, 사철 눈에 덮여 천년 童貞스러운 북녘 눈뫼로나, 미친년 오줌 누듯 여덟 달간이나 비가 내리지만 겨울 또한 혹독한 법 없는 서녘 비골로도 찾아가지만, 별로 찌는 듯한 더위는 아니라도 갈증이 계속되며 그늘도 또한 없고 해가 떠 있어도 그렇게 눈부신 법 없는데다, 우계에는 안개비나 조금 오다 그친다는 남녘 美里로도 모인다. (苦海邊의 네 둥지 속을 들여다보며, 짜개어진 검은 혀를 쓰륵이는 저것은 누구냐? 누구냐? —붉은 龍, 아으 아버지 프라브리티) 남녘에로 되돌아오는 것들은, 그래요, 아으, 어머니가 머리 안개비 풀어, 떠난 자식을 불러 끼룩끼룩 우는 소리를 들었더랍니다요, 그래요, 헤매다가 金烏들은, 그렇답니다 안개에의 그리움을 느껴내면, '민물이 부르는 소리'에 접한 鰱魚, 충동보다도 더 억센, 죽음의 괴력에 전신을 비틀려, 저항치 못하고, 귀를 좇는답니다. '민물'에 母胎를 둔 연어는, 고향을 떠날 때, 그 민물 소리 '맑음한 소리 돌'을 하나씩, 숙명모양 배 속에 넣어 갖고 떠난다는데, 알지 않느냐, 그러던 어떤 날, 그 '민물 소리 돌'이 일어나, 배 속을 가득 채우면, 그것이 괴로워, 그것을 뉘어버리기 위해 연어는 이제, 그것을 담았던 곳에로 되돌아가는, 죽음에 이르는 悅豫의 여로에 오른다. 알지 않느냐, 金烏들은, 괴롭다고 헤매기가, 울음을 만들어보려 하면, 끼룩끼룩 물새 울음소리를 내는데, 그러면 쉴 때인 것이다, 돌아가 쉴 땐 겨, 끼룩끼룩— 배 속에 넣어뒀던 울음도 익었거든, 아주 새빨갛게 익었다구. 아, 아으, 아, 안개 속에서는, 神들과, 지느러미를 날개로 단 새들이 산다. 그래서 그 새는 날지도 못하려니와, 헤엄치지도 못하는데, 그것은 왜냐하면, 안개 속에서 부화한 까닭이다. 안개 속에서는, (이른바) 현실(이라고 이르는 것)과, 비현실(이라고 이르는 것)이 함께 섞여 묽어져 있어, 삶과 죽음 사이에도 다름이 없다. 안개 속에는, 해가 떠 있어도 없어, (이른바) 실물(이라고 이르는 것)도 그림자를 거느리지 않는데, 안개는 그래서 무덤이며, 안개 속에는, 맨 습기뿐이라도 무엇 하나도 갈증을 달래지를 못해, 바다라도 骸骨이다. 안개는 그래서 沙漠이다. 그 가슴에 마른 늪의 젖퉁이를 풍더분히 해 달아 있는 어머니, 아으 어머니. 자식이 낳아지는 대로 물어 삼켜 들이기 위해 입 벌려 기다려 있는, 아버지 붉은 龍의 아가리를 요니로 해 갖고 있는 어머니, 그러니 그 요니가 아버지의 입술인, 어머니, 우리 어머니, 어머니는 無門. ―羑里에는, 안개비가 스름스름 휩싸여, 짙어지기 시작하고 있었다. 한쪽 귀퉁이 邑에서는 그러자, 촛불중의 서러운 혼이 그 비를 불렀다고 하며, 멈칫멈칫 멀리로 돌아가려던 그 서러움도 같은 비가 돌아서도록이나, 그 燭魂이 서러웠으면, 어찌 원귀라도 되잖겠느냐고 했는데, 다른 쪽 귀퉁이 邑에서는, 참 가물었더니, 촛불중의 葬禮가, 祈雨祭라도 되었던 듯하다고 했고, 官에서는, 조금 늦게든, 또는 조금 빠르게든, 올 것이 올 철에 온 것을, 한 중의 葬禮에까지 접붙일 까닭은 없다고 일렀다. 官에서는 그러니, 촛불중을, 꿈에서 앓아치운 染病쯤으로나 쳐, 그 꿈을 깨이는 즉시, 그 꿈의 그림자까지라도 깨끗이 지워 없애버리려 하고 있음이 분명했다. 그랬을 것이, 이 聖域에로 失足해 든, 다른 汚夢들과 달리, 촛불중을 처리해버리고 난 뒤 邑은, 染病이라도 앓고 난 듯, 여기저기, 눈썹이며 머리칼, 심지어는 음모까지도, 매우 성글어져 버린 듯한 느낌에 당하기 시작한 것이다. 혹간, 안개비는 그래서 내리기 시작한 것이나 아니겠는가.

그런 후, '사흘하고 한나절', ―촛불중이라는, '빛의 꿈'의 金烏 한 마리는, 그 '無門'의 어느 틈새에 끼어 끼이욱 끼어 끼욱 울기로, 사흘하고 한나절을 보낸 뒤, 그 울음을 뭉쳐, 시꺼먼 빛의 한 알을 새까맣게 낳아놓고, 그 알 속으로 들어가 웅숭그린 지 사흘하고 한나절, 허긴 목도 갈하고, 배도 고프기 시작했을 것인가. 羑里에서 메어다 묻은 屍體에서는 그렇게, 싹이 터 오르기를 시작한 모양이다. 그렇지 않느냐, '作爲'(프라브리티)하도록만 되어 있는 우주는, ('번식욕'을 그 뿌리로,) '배고픔'을 그 둥치로, 무성해진 나무이기 때문이던 것이다. 畜生道 나무. 그런 살의 欲望의 억센 가지들에는, 구리[銅]로 된 잎과, 銀으로 된 꽃, 金의 열매들이 주렁주렁 열려 아름다운데, 六祖가 한 낢이에 만개해 있음을. 아흐, 六道는 그렇게나 아름다운가, 낳기와 죽기는 아름다운가! 아름다운가? 헤음, 여게 處士들임세, 桃花 그늘에 잔 잡고 앉아, 그 꽃잎으로 算 놓아가며, 風流를 둘러 마셔 대취한 處士들임세, 해 질 녘 흐르는 구름이거나, 강낭콩 꽃보다도 더 붉게 흐물트러진 그 桃花가, 그 나무와 더불어서는, 아름다움도, 風流도, 아무것도 아닌, 그 나무를 태우는 삶의 번뇌라는 것을, '뿌리'가 하는 賣春이라는 것을, 處士들은 알라는가 몰라, 處士들은 알라는가. 그것은 번뇌가 아니라, 그 나무의 열예라고 말하놋다 處士는? 보게람 處士는, 어름 우희 댓잎 자리 보아, 응달 소로로만 오는, 어느 시린 그늘 입술에 피 묻힌 것, 그런 것이나 하나 꾀어 보듬어 안아, 그넌 요분질로 얼음에 구멍이 나거든, 더불어설람 빠져 죽어람, 얼어 죽어람. —그러나 누구냐, 저 畜生道 나뭇가지에 앉아, 銀花에서는 지랄할 눔 꿀만 빨고, 金實에서는 옘병헐 눔 살만 먹는, 털빛이 달빛보다 고흔 그 새를 잡아, 깃털을 뽑고, 죽지를 부러뜨리며, 목을 비틀어 그 노래까지 못 쓰게 만드는 자는 누구냐, 떨도, 땀도, 못 하고, 못 낼, 누구냐?

아으 그리하여, 人間의 비극이 뭣인지쯤 알 만하겠도다. 짐승이고 싶은 욕망과, 짐승을 벗어나고 싶은 욕망에 찢기는 자여, 사라雙樹여, 그대의 아픔이 뭣인지쯤도 알 만하겠도다, 바룬다 새여.

짐승인 녀러, 짐승 탓에 촛불중 허긴, 배도 고프기 시작했을 것이다. (神들까지도, 상사라에로 불러 내리는 것은, '짐승'이다. 그러고 보면, 神들을 괴롭히는, 다만 하나의 複合症은 '짐승'인 것이 분명하다. [童話的으로는, 그 모두 '人間'인 것들이, '짐승의 탈'을 쓰고, 들이나 숲에서들 '짐승 노릇'을 하고 있지마는, 神話的으로는 그래서] 畜生道, 또는 조악한 물질로 이뤄진 세계에는, 神들밖에, 다른 존재란 없다. [이 神들이 童話的으로는 人間이던 것이다] 聲帶로 울고 싶거나, 말이 하고 싶으면, 만복이 불러오는 느긋함으로, 코가 비뚤어지도록 졸고 싶거나, 성교가 하고 싶으면, 살이 지글지글 끓도록 싸움이 하고 싶거나, 죽고 싶으면, 그리고 뭣보다도, '프라브리티'라는 그 '運命'의, [神들의 運命은 프라브리티이다] 연자방아 돌리는 노새이기가 싫으면, 神들은, 조악한 물질로 되어, 해지기 쉬운 옷, '짐승'을 입는다. [그 '옷'을 입고 있는 한 神들은, 말미 받아, 이승 구경에 나서 있는지도 모른다] 하는 말로는 그래서, "무엇이든 죽음을 겪고 나면, 자기가 天國에 누워 자며, 아랫녘 세상을 꿈꾸었다고 알게 될 것"이라고 한다. 게다가 神들은, '肉聲'으로 말하지를 못하여, 말을 하려 하면, 그 당장, 存在와 事物을 드러내 버린다고 하잖는가. 神들을 괴롭히는 큰 한 複合症은 그러고 본다면, 자기를 드러내기 위하여, 肉聲으로 말이 하고 싶기, '이름'을 가르쳐주고 싶기인 듯도 싶으다. [나중에, 아담이, 그것들에다 '이름'을 붙여주기에 이르는데, 이렇게 되면, 人間은 두 번째 創造者이다] 이런고로 畜生道에는, 神들밖에, 다른 존재란 있는 것이 아니라고 주장하는 것일 것이다) 그는, 蓮坐로, 넉잠 자는 누에모양, 요 며칠을 지내온 것인데, 반 잠보다는 훨씬 더 깊은 잠, 깨어 있기라고 쳐서는, 깨어 있기를 훨씬 넘어서 버린 깨어 있기의 잠, 그러는 동안은, 그의 숨쉬기며, 맥박도 느려져, 체온까지도 떨어져 내려 있어, 말하자면 그는, 제 발바닥에서, 먹어두었던 쑥과 마늘즙을 핥아 사는, 겨울 곰이었다. 헌데 그러는 즈음, 혹간 어디 바깥 뜰에, 봄볕 조각들이라도, 듬성듬성 내렸을 것이냐, 저 한 중의 세월도 사흘하고 한나절, 이만큼이나 멀리 깨어 있었던 깊은 한잠은, 그 뿌리로부터 무엇이 쑤물쑤물 일어나고 있음을 느끼기 시작한 것이다, 배고픔도 같은 성욕, 성욕도 같은 배고픔. 무엇이 저런 깊기도 깊은 三冬에 일어나느냐? 흰 눈을 여름처럼 덮어쓴 竹林에서는, 그리고 側柏나무 숲에서는, 무엇이 그렇게나 덥디더운 꿈으로, 저렇게나 두텁디두터운 잠의, 그 凍結의 가시쟁이의 울타리에다, 푸른 筍을 돋궈내느냐, 아으 무엇이냐 그것은?

[1]"말하기로는, 여름엔 만물이 盛한다고 하되, 이 철이야말로, 밀과 냉이가 衰한 상태에 있다고 이르되, 竹筍과 側柏나무 筍은 이 철에 盛한다." —이러고 본다면, 四大를 벗은 것들이 들려서는, 解脫치 못했으면, 거기서는 꼭히 四大를 입어서라야만 벗어나게 되어 있다는, 바르도에서도, 그것이 무엇이든, 盛衰에 끊임이 없다는 것을 알겠을 일인가. 즉슨, 바르도에도 철의 갈아듦[易]이 있다는 것을, 바르도도 또한, '易'이 그 横帶가 되어 있다는 것을, 그래서 四大가 벗겨진 고장인가 아닌가와도 상관없이, 바르도도 또한, 四大의 고장과 다름이 없다는 것을, 알겠을 일이다. 이승도 바르도의 일환이다, 그리

고 바르도도 이승의 일환이다. (뫼비우스의 고리) 이리하여 알게 되는, 중요한 한 사실은, '겨울'까지도 '休止'가 아니며, '休止'라도, 뒤집어보면, 그것 자체가 '作爲'라는 것이다. 때로, 니브리티의 誤讀을 통해서, 이런저런 '休止'며, '無爲' 같은 것이, '니브리티'로도 이해되어지는 수도 있었을 것인데, 그러나 좋은 觀相꾼은, 그것을 혼동치 않을 것이다. 만약에 '相'을 혼동키로 하자면, '休止'나, '靜止'가 아니라, 차라리, 眞空 상태 속을 구르는 공 따위의 '運動' 같은 것일 것이다. 그 공의 '運動'은 차라리, 어떤 일종의 '니브리티'로도 이해되어질 수 있을 것이기도 한바, 멈춤이 없는 運動은, 運動도 아니어서, 현학적 어투를 꾸미기로 하자면, 運動을 통해 運動이 靜止를 성취하므로, 그것이 차라리, '폭풍의 눈' 같은, '니브리티'라고 이를 수도 있는 것이 아니겠는가. 글쎄, 구태여 "相을 혼동키로 하자면." 문제는 헌데, 바로 저 "相을 혼동키로 하여" 읽어낸 '니브리티'가, 어떤 의미에서는, '虛無'라는 相을 드러내는 것이 보일 때이다. 羯磨가 다하지 않는 한, 한번 일어난 일이 있는 것은, 때로 盛하고, 때로 衰하되, 스러질 수가 없다는 것이 프라브리티의 달마라거늘, 그렇다는즉슨, 스러질 수 없는 것들의 '虛無'에의 인식은, '眞空 상태' 속에 끌어 넣어진 '運動' 같은 것이거나, '運動' 속에 잘못 끼어든 '眞空' 같은 것이 아니겠을라는가. 프라브리티 속의 이 '眞空 상태'는, 輪廻 속의 '黑穴'(black hole) 또는, '無底坑'이랄 것인데, 분명한 것은, 이것도 한 解脫한 정신이 성취한다는, 그런 어떤 상태와 매우 같으되, 이것은 否定的 국면만을 드러낸다는 것일 것이다. 하나는, "바르도를 벗어나, 위대한 自由"를 성취함에 반해, 다른 하나는, 그도 물론 "바르도를 벗어나되", '自由'가 아니라, '消滅' 속으로 나아가 버린다는 것이다. 거기 '黑穴'과 '無底坑' —그 붉은 龍의 아가리가 크게 열려 있을 것이다. ('解脫'이야 말할 것도 없겠지만, 그렇다면 '輪廻'도, 그리고 '消滅'도, 한 求道者가, 그 心田을 어떻게 가꿨는가, 그 경작법에 의존되는 가을 거두기인 것을 알게 한다) —"밀과 냉이는, 만물이 盛하는 여름"에, 그 爲田을 떠나, 나서는, 어디를 가는가? 혹간 그것들은 떠나서는, 대[竹]와 측백나무 筍이 되어, 저쪽 어디 겨울, 잠이 두터운 데로 돋아오른 것인가? 이쪽의 몹시도 후끈한 여름이 꾸는, 休田에의 꿈? 혹간 뉘 아느냐, 대나무 순 돋은 자리 눈을 헤치고, 흙을 호부작이고 들여다본다면, 거기 글쎄 말이지, 한여름 택(템)이나 될 밀이 누렇게 쌓여 있을지, 파보지 않고서야, 뉘 알겠느냐. ……여기 어디에 어쨌든, 事物의 轉身과 관계된 비밀이 있다. 冬眠 속에서도 무엇인가가 눈 터, 그 잠 위에로 떠오르는 것이 있다면 그것은, 무엇이겠느냐, (바르도에 처한) '念態' 말고, 글쎄 또 무엇이겠느냐. 그렇다면, 이 말은, "만물이 盛하다는 철, 여름"으로 뒤집는다 해도, 안 될 까닭이 없다는 말이 될 것인데, "盛하다는 그 萬物" 또한, 무엇이 꿈꿔낸 '夢片', 또는 '念態'들이라는 그 말일 것인데, (아으, 바르도/逆바르도!) 우그러질 너러, 너러, 한 마을이 잠든 틈에 일어나, 한 마을의 '고코리 불'을 훔쳐, 한 마을의 깊이 잠든, 잠의 빗장을 뽑아, '빛 가운데'로 나가는, (과연, '고콜 불'을 훔쳐 '빛 가운데'로 나간다?) 저 노략질 꾼은 무엇이냐, 누구냐, 무엇의 어느 끝의 羯磨가 입은 살(또는, 꿈)이냐? (촛불중 식의, 半睡半醒이 이뤄내는 修辭學에 좇기로 한다면, 그가 이해하는 '잠'은, '暗黑'인 듯하며, 그것에서 깨어 일어나는, '빛'을 보채는 어떤 꿈, 또는 念態는, 약간 비약하기로 하여 말한다면, '빛' 자체로도 이해된다. 그렇다면 이것은, 매우 주목을 요하는 주제인 듯한데, 그럴 것이, '빛'이란, 무엇의 肉眼에 '밝게' 보이는 어떤 것인가, 아닌가와도 상관없이, '生命'은, 그것 자체가 '빛'이며, '生命 없음'[잠, 죽음] 은, 그것 자체가 '빛 없음'[暗黑] 으로 이해되기 때문이다. —이것이 그래서, 촛불중의 '빛의 탐색'에서 얻어낸, '빛'을 넘치게 담은 '聖杯'인지 어쩐지는 모르되, 최소한, 한 '생명/夢片'이 일어나면, 거기 '빛'이 있다는, 그것까지만은 확실하다. 이 '빛'은 그렇다면, 해, 달, 별들이 쐬어내는, 그것들과 반드시 같은 것은 아니라는 것을, 고려하게 한다) 그래도 '마을'은, 눈을 뜰 수가 없고, 목구멍을 열어 말할 수가 없으며, 손가락 하나 움직일 수가 없다. 헌데, '마을'이 도난당한, 그 '고콜 불'은 '밀과 냉이', 대나무와 側柏나무 마을의, 흰 눈의 강 보에 뻘겋게 싸여 누워, 어미 겨울의 젖꼭지를 통해, 그 아랫녘 어디의 여름 볕을 빨아올리고 있다. 이쪽 '마을'의 '잠'은, 舞女가 신었다 벗어버린, 해진 舞鞋 같은 것이다. (舞女의) 발톱들이 거꾸로 박혀 들기의 고통과, 땀, 그리고 율동을 터지도록 싸안고, 천만 근의 悅豫를 견뎌내던 地獄. 그러다, 律動만 빠져나가고, 시지근한, 더러운 땀 냄새뿐인, 地獄만, 그 바닥이 시꺼멓게 구멍 나, 남아져 버린 것이다. 律

動들은 전에, 그 신발 속에서 일어났었는데, 그 신발 자체가 律動이었었는데, 이제 그것은, 한 알캥이의 律動도 억류해 두지를 못하고 있다니. (律動과 빛, 舞鞋와 잠) 그러다, 땀의 냄새까지도 흐르적 흐르적 증발해가고, 소금만 조금 남았네라, 춤[舞]은. 샘에서는, 달그림자가 흐르르 날아 떠나버리고, 달밤에 허흐, 샘에는 달이 어려 있지 않다. 허흐, 흐, 흐, 목마른 두룩 년이, 샘물을 마신다는 짓이, 그것 속에 어린 달의 그림자를 착복해버린 것, 것. 달의 일종의 죽음, —저승에 죽어서는, 이승에 임신된다. 이승에서 죽어서는, 저승에 임신된다. →

羑里에서는 헌데, 그곳 七祖村長이 된다는 자의, 더운 몸을 돌무덤 속에 묻고 난 뒤, 그 무덤에 처넣어진 자의 세월로, '사흘하고 한나절'이 지났었을 뿐인데, 거대한 도마뱀이 한 마리, 그 굴에 뚫어놓은 구멍을 빠져나와, 沙漠을 헤매고 다닌다고도 이르는가 하면, 그 村長의 食母살이에 나선, 前職 火葬장이 늙은네 속에 들어, 그 늙은네 속을 다 파먹고, 그 늙은네 껍질을 쓰고 있다고도 이르고, 이러고, 저러고, 해쌌는 소리들이, 구구하고도, 흉흉했다. 허기야, 도마뱀은, 물도 없는 더운 사막이 아니면, 살지를 못한다고, 전해져 오기는 한다. 그렇다면 도마뱀에게는 沙漠이, 나찰에게 있어서의 나라카이며, 물고기에 대해서 물이며, 불도마뱀(사라만더)에게 있어서의, 이글거리는 불의 바다인 것이다. 흐흣, 흣, 고기가 궁한 참에, 고기 맛 들이기로 잇몸이 벌건 중이 하나, 뭘 한 마리 손에 쥐었던즉, 굽기 위해 불 가운데 던져 넣었더니, 크클클, 녀러 것이 하필이면 불도마뱀이었더라지 그리. 묻노니, 이 중은 그때, 중생을 불쌍히 여기는, 佛心을 계발했었음이 분명하다고 해야겠느냐? 아니면, 저 불도마뱀이 이제는, 불 속에서 손을 내밀어, 저 중의 손모가지를 비틀어서는, 그 불 속에다 끌어넣어야 옳다고 해야겠느냐?

→ 그것이 死産의 胎夢이다. 四大 五大를 획획, 바람을 획획, 흙을 획획, 물을 획획, 불을 획획, 其他를 획획, 따라 붙여내는 끈끈이, 公은 그래서, 두 번 죽기에 실패했구나. 그리고는 꿀꿀 먹기 위해서, 또는 미움 미움 미웁게도 울기 위해서, 이러기 위해서, 저러기 위해서, 갓 태어난 개 새끼모양, 보지도 못하며 먹이를 찾아, 고개를 내저으며, 입을 오무작거리고 있다. 흐, 흣, 흣, 머루

를 너무 쪼아 먹어, 눈알이 빙글빙글 돌도록이나 취한 들새가, 흔히 老松圖며 山水畵에 머리를 짓찧어 박고 떨어져 내리듯이, (그러자니, 말한 바의 저 '松圖'며, '山水畵'가, 대취한 놈의 새 눈에는, 얼마나 실제적으로 보였겠는가, 마는, 환 치는 자에게 묻노니 그러려거든, 밖에 쌔빠린 것이 모두 老松이며, 山水거늘, 걸 뭣하겠다고 수고하여 새로 묘사하여, 눈 가린 有情들의 눈을, 더 가리려 할 필요가 있었더뉴? 환 치던 公의 손가락은 나중에, 새의 죽지뼈나 되거라, 바람 거슬러, 날기의, 아으, 날기의, ……) 저 한 넋(은 새여라, 새여, 여라 우여라 딱딱 우여—)도, 이승 무슨 누무 술에 대취했었던 게다, 꿈 없는 휴식의 치마폭에 포근히 안겨든다고, 딴에는 안겨든 것이, 公은 말이지, '할시온(알퀴오네) 철, 이때 잠드는 바다', 무슨 한 구름 물결 넘다 꼴딱, 한숨 잠에 소금 쓴 사이, 헤헤헤, 거기 어디 철썩 덮어쓸 자리에다, 휴식의 둥지를 얹은 것이었다. 사흘하고 한나절, 그 물살이, 이 한 더러움을 밀어내고 밀어내, 此岸에다, 신 살구씨 뱉듯, 택 뱉어내 버린 것이다. 헤헤헤, 그러면 별수 없이 公은 또, 此岸 떠날 채비를 해얄 것인데, '살기' 말이지, 그것이 살기인 것 말이지. 먹기도 해야 되며, 배설도 해야 되고, 잠 속에서까지도 일어난, 느낌들과 생각들이 나들이하기에 좇아, 문지방이 닳아지고, 시비가 떨어져 나가게도 될 것인데, 어느 날 보면, 그것들의 그 나들이 때마다, 노자로 조금씩 덜어내 가고, 묻혀오는 먼지 탓에, 公의 넋과 말[言語]은, 바닥이 드러나 있는데, 거기 먼지만 덮여 있다.

→ 그러면 갑자기, 돌아오는 것이다, 품바 품바 잘이지랄 죽지도 않고 돌아와 버리는 것이다.

여 野狐여, 촛불중이여, 외로운 품바꾼이여 말입지, 公은 그리고 다시 돌아왔는가 말입지? 公은, 그 외로운, 하도 하도 서러운 길들을 빨아 삼켜 넣으며 말입지, 그래서 앞만 있고, 뒤는 지워 없앴던, 그런 데 그 '앞'은 언제든 公의 앞을 앞질러 미끄러져 앞 가고, 公의 발밑에 한 번도, 통째로는 디뎌져 본 적이 없었을 터인데, —좋은 귀에는, 그리하여 여기, '도마뱀'의 상상력이 개입되기 시작한 것을 눈치챌 것이다. '도마뱀'이 象形化한 文字가 '易'이라는 것은, 알려진 바대로이다. 이 '도마뱀'은, 무엇에 그 꼬리를 물리거나 잡히면, 그 꼬리를 떼어내 버리고 도망친다는 것이 관찰되어져, '繼續性' 속에 끼어든 '中斷'을 잘 비유하고 있는 듯하되, 다시 그 '꼬리가 돋아난다'는 것이 또한 관찰되어져, '時間'과의 관계에서 '時間의 過去'가 매우 잘 설명되어지고 있는데, 재미있는 것은, 그것의 잘려진 꼬리의 부분에서 새로 돋아나는 꼬리는, '時間의 未來'에 속해 있다는 그것일 것이다. 이렇게 보면 그것은, 그것이 취해 입은 형태야 어찌 되었든, "제 꼬리를 제 입에 물어 뒤집혀지는 뱀"이나, '모래시계'와 다름이 없는바, 그래서 이것이, 盛衰를 재는 눈금[易]이 된다고 하는 듯하다. 도마뱀도 그래서 거북이다. 다름이 있다고 한다면, 서로는, '머리' 자리와, '꼬리' 자리를 거꾸로 하고 있다는 정도일 것이지만, 그래 보았자, 어느 한쪽을 陽畵라고 하면, 다른 쪽은 陰畵랄 것이어서, '다름'이랄 것도 못 될지도 모른다. 반복되더라도 분명히 해둘 것이 있다면, 저것[易]은, 物尺, 즉슨 化現의 우주, 그 프라브리티를 재는 尺度라는 것이다. 그것으로 하여, 非化現, 無, 또는 空, 즉슨 니브리티를 재보려 하면, 거기 우주적 誤尺行이 일어날 것이다. —그 고단한 행로로부터 잠시 멈춰 쉬려 하자, 이상할 일이다 公은, 公이 토막토막 그 꼬리를 잘라내어 삼켜 먹어버렸다고 생각했던, 그 길들의 꼬리에 단단히, 열두 매 휘감겨 있어, 한 치 반 치도 움직임을 이뤄낼 수도 없으려니와, 움직이려 해보면 해보는 그만큼 더, 公의 전신이 욱죄임을 당한다는 것을 발견하기 시작한다. 公은 속이 메슥거림을 느끼고, 먹어뒀던 것들을 토해내기 시작하는데, 흣흣흣, 公이 느끼기에는, 잘라 베어 씹어 먹었다고 했던 그 길들이, 바리바리, 서리서리, 줄이 줄이 잇겨, 가령 말해, 일 년에 삼백예순다섯 발의 길을 삼켜 먹어뒀었다면, 그 삼백예순다섯 발의 길의 길이가, 고스란히 그대로, 줄이 줄이, 서리서리, 바리바리 뽑혀져 나오고 있다. 허히, 公은 그리하여 다시, 떠났던 자리 되돌아와 있는데, 자리는 옛 자리라도, 公의 얼굴엔 주름이 덮였거늘, 꿈길을 걷기에도 뒤꿈치는 닳고, 머리칼은 세어지든가? 돌아와서, 이제사 말이지만, 이러는 줄만 알았었더면, 公은 아예 떠나려 하지 아니했었을 것이었지. 헌데도 公이 걸은 그 꿈길, 걸음 자리마다 좇아, '苦' 字 '海' 字가 엇비스름하게라도, 짜란하게, 쪽쪽히 낙인찍혀 남아 있지 않은 것은 아니더네. 촟불중입습지, 삶을 公처럼 운영하려 하면입지, 삶에 말입지, 별로 말입지, 내장머리도 없이 말입지, 엉덩이에까지도 뿔이 돋곱지, 육시러게 고되기만 고되겠다 말입지. 삶을 꾀 있게 운영하는 자들은, 자기네들 염통만은 뽑아 마누라들 장롱 속에 감춰 넣어 놓고, 맹장이며 똥창자, 복송 씨며 뒤꿈치 살 같은 雜肉이나 한 바랑 해서 짊어지고 다니다가, 어디 네거리에서 샅 내놓은 계집이라도 만나면, 풀어야 될 회포는 풀어야 될 것, 그것 불러다 깔고 자고, 뒤꿈치 살 반 점 저며 花代에 쓰고, 어디 노름방에라도 당도하게 되면, 골패짝에 맹장 올려[賭], 잃어도 하늘 보고 웃어야지, 반대로 갖다가시나, 말한 바의 저것들만 모두 똥 눠버리고, 염통만 남겨, 그것에다 흙먼지 묻히고, 찬비에 젖게 하며, 노숙에는 서리 덮기로 살려 하면, 뒤꿈치나 조금 무쭈룩해질 일을 두고도, 육실허게 염통만 아파진다. 아 그래서는 野狐여, 公이 골패짝에 얹었던, 그 염통으로, 解脫쯤이라도 땄더냐? 그랬더면, 童顔 검은 머리 윤나게 빗어 떠나며, 똥창자며, 맹장, 뒤꿈치 雜肉만 벗어 한 바랑 담아서는, 어떤 객루에 맡겨놓았던, 그 객루에 그것 찾으러 되돌아온다고 오면서는, 어디서 그 젊은 얼굴은 담보로 잡히고, 부스스한 반백 헝클어진 데다, 찌절 찌절 눈곱 낀 그을린 얼굴을 빌어, 추접하게도 假面 썼어야 했을 일도 없었을 것을. 이제는 그런즉 알겠다, 아으 公은, (童話 속의) "어떤 바보 놈이, 전율이 무엇인지, 그것 좀 찾아야겠다고 헤매기"처럼, '解脫'을 찾아 헤맸던 모양인데, 예의 저 '바보 놈'이, 이보게, '전율'을 찾았을 때(이때의 이, '전율을 찾았을 때'란, 순전히 修辭學的 압력에 의해 이뤄진 修辭學인데, 그것대로 좇기로 하면, '전율'이라는 것이, 밖의 어디, 이 세상 가운데 있는, 무슨, 찾으면 찾아지는 것 같은 것으로도 이해되어진다. 이 童話의 훌륭함은, 그것이 이런 修辭學的 함정을 아주 잘 이용해, 그 함정 속에다, 캐어낸 意味의 보물을 가득 채워 놓기라는 데에도 있을 것이다. 이것은 그리고 물론 여담일 것이지만, 촛불중은, 童話는 湖西의 것을 좋아하고, 神話[經典]는, 湖東의 것을 事大한다) 그 '바보 놈'의 삶은 고단해져 버린 것을 公도 아는가, 뭣보다도 그는 이제는, 더 이상 '바보 놈'일 수가 없이 된 바, '正常的이기의 비극'이라는, 異常한 비극이 시작되거니와, 여 野狐여, 公은, '解脫'을, 그 비슷한 것을 만났을 때부터, 왠지 모르되 공포를 느끼기 시작한 것을, 그런즉 알겠는 것이다. '이' 길로 걸어가며, 나쁜 龍을 퇴치하고, 火鳥

를 잡아 돌아오겠다고 떠난, 많은 용감한 왕자들이, 어째선지 못 돌아와 버리고 말 듯이, 헌데 그와는 반대로, '저' 길로 걸어가며, 하늘사닥다리나, 덩굴나무를 올라가 버려서는, 돌아올 기약이란 없다고, 그 길로 떠난 비구들마다 헌데, 어째선지 모두, 달빛에 그을린, 납빛 얼굴로 꾸부정히 돌아와 버리고, 돌아오잖는 자는, 가뭄에 콩 나듯, 그랬다. '전율'이라거나 '解脫'은 그러고 본다면, 찾으러 떠날 것들이 못 되었던지도 모른다. (이 傳記의 主人公이 比丘인 이상, '전율'이라는 것을 찾아 떠난 바보 놈은, 이만쯤에서 버려둘 일이지만,) '解脫'을 찾아 떠난 비구들의 대부분이 되돌아오는 까닭은 아마도, 그들은 '解脫'을 무슨 毒龍쯤으로나 알아, 그것에의 두려움을 일으켜내면, 마주 볼 용기를 잃는 탓인 듯했다. 그러면 돌아설 것인데, "눈 하나 깜박임도 없이, 사람 하나 쳐 죽이기를, 파리 한 마리 쳐 죽이듯 할, 그런 담력이 없이는", 비구라고 하여, 아무나 '解脫'이라는 것을 찾아 헤맬 것이, 그러면 못 된다. '解脫'은, 그것을 상상해보기만 하여도, 그러는 자를 돌로 만들기뿐만 아니라, 오소속 재로도 만드는, 이 한 우주 간, 무엇으로도 그 추악함을 비교 못 할 毒蛇女며, 나라카—글쎄, 그것을 마주할 용기를 갖지 못한 비구에 대해서는. 산 것들에게는 그러고 본즉슨, 解脫恐怖症이 있는 듯하고, 그 탓에 그것들은 몇백 세를 두고도 못 죽고, 重力의 元素들을 입어오고, 오는 것이 분명하다. 한번 '삶'을 빨기 시작하여, 그것에 집착키 시작하면, (이런 '삶'은, 삶 그 자체가 그런즉 '解脫恐怖症'이랄 것이겠는가) 그것이 비록 지렁이의 몸을 해 입어 있는다고 해도, 죽기는 괴롭다고, 습습한 흙 속에 꿈틀거리는 뻘건 몸을 묻어놓기의, 그 삶의 즐거움은 도저히 포기할 수가 없다고, 살기만을 억척으로 고집하는 듯하다. 사람 세상에 헌데, 중넌에비상훈일이잇던거시엇다, 하필 그것들만, 살기란 괴롭다고, 그래서 살기가 싫다고, 죽기의 行道에 나선 거시엇다. 맹랑한 일도 다 있다. '解脫'은, 그래서 그 삶 지우기의 苦行 끝에, '自我'까지도 지운 뒤, (이 자리는 그러나, 본디 '自我'라고 이르는, 그런 것이 있기는 있었는가, 어쨌는가, 그런 것은 물을 것이 못 된다) 본디 '自我'가 있었다고 믿어지는 자리에 나타난/안 나타난, 어떤 것/안 어떤 것이었는데—허이쿠후유우, 自我가 없는다? 自我가 없을 수가 있는다? 自我가 없는 것이 존재할 수가 있는가? 존재치 않는 것이 과연 解脫을 성취한다? 이 '解脫'과 '消滅'은 어떻게 다른가? 다르기는 다른가? 억만의 소름이 어디로부터 끼쳐 든다, 시꺼먼 無底坑이 열리며, 그 아래쪽에서, 그 머리털은 한 올 한 올이 모두 독사며, 그 땀구멍에마다, 전갈과 황충을 매복해놓고 있는 드룩 년이 일어나, 저 중의 불알을 훑으려 하고 있다. — 이 상태에 이르면, 중들은, 주춤주춤 뒷걸음질을 하다, 자기 몫의 불알을 움켜쥐고, 줄행랑을 친다. 불알이야말로, '自我'던 것이다, 그렇잖은가? 최소한, 프라브리티의 한 舞足이, 발판 삼은 것은 그것이다. 불알을 까버릴 누무 것들, 그녀러 드룩 년에 根은 대보지도 못하고, 이미 겁에 질려, 돌아와서는, 뒤늦게 그제사, 돌팍 위에 根을 올리고는, 다른 돌 들어 내려찍으려 하고 있놨다?

—어떤 어미 구름으로부터, 한 빗방울이 태어나, 태어난 그 순간부터 떨어져 내리도록 되어 있는 운명에 당해, 떨어져 내리기 시작하면, (빗방울임세 빗방울, 公은 무슨 목적으로, 어디를 향해, 그렇게도 줄기차게 쏟겨 내리고 있놨다? 혹간 重力을 거스르지 못해 그런다면, 重力에 당할 그 몸을 입었었지 말걸 그래잖나) 그 한 빗방울의 목숨의 길이는, 그것이 부득 쓰러져, 더 이상 한 둥근 빗방울을 유지할 수 없게 되는, 그 순간까지일 것이다. 빗방울의, 한 빗방울 크기의 我執이 한 빗방울이었던 것을. 그 我執이 보다 더 맹렬한 어떤 것들은, 떨어져 내리는 중에 우박이 되기도 하는 듯하지만, 헛, 헛, 헛, 그런다 해도 時間이, 어찌 그 我執을 解體하러 덤비지 않겠는가. 그러면 그렇게나 독한 我執의 덩이라도, 대지나 대양에 스며들어 그 본디 모습을 찾을 수가 없게 될 것이다. 그제에 이르면, 빗방울이나 우박은, '물'이라는 이름의, 새로운, 보다 더 凡體的 모습을 띠어 있게 되는데, '비'만 捨象되고, '물'만 남은 것이다. (이것이 '빗방울'들이 두려워한 결과일 것인데, 그럼에도, 어떤 求道者들이, 我執을 여의려는 목적으로 苦行하는 까닭은, 이것은 물론 너무 성급히 끌어낸 결론이겠지만, 바로 저것, 즉슨, 한 '빗방울'이, 한 '大洋'에 合流하는 그 상태, 그것을 성취하고 싶은 것이 아니겠는가) 대체 그 '빗방울'은 그러면, 어디를 갔기에, 온 데만 있고, 간 데가 없는가? 허웃 허웃 허웃, 헌데도 만세 전 내렸던 비가 오늘도 내리고 있으며, 어제 대양으로 스며들었던 비는 또 내일 내릴 것이다. 이렇게 되면 사실은, '비'만 있고, '물'이 없는 것이 아니겠는가? 또 아니면, '비'는

언제든 '비'고, '물'도 또 언제나 '물'이기만 한 것이겠는가? 그것도 아니면, '비'가 '물'이며, '물'이 '비'겠는가. 아으 만약, 모든 '빗방울'들이, 떨어져 내리는 그 짧은 한 삶을 통해, 저 마지막 상태, '비가 물이며, 물이 동시에 비'라는, 그것만 성취할 수 있다면, 그것이 '見性'이랄 것을. 그리고 그것뿐만 아니라, 떨어져 내리기의, 그렇게나 맹렬한 바쁘기도 그러면, '無爲'化하는 것일 것을. 그렇다, 그것이 '無爲'이다, 물이 물에로 돌아가는데, 돌아가는 과정 중에 비록 어떤 運動이 끼어 있는다 해도, 물이 물에로 돌아가는 그 과정 중에서는 그래서, 다만 運動만 捨象될 뿐이다. (헌데, 물을 만한 것도 못 되는 것을 묻고 있을 때는, 묻는 자는, 눈썹을 잃을 것이라도, 좋은 귀를 가진 자들은, 그 물음의 뚜껑[暗號]을 열고 들어가, 빠져 떨어진 그 눈썹[意味] 들을 주워 들어, 하나씩 눈여겨보려 할 것이다. 예를 들면, '물'과 '비'를 별개의 것인 것처럼 분류하고 있음은, 무슨 너러 새빠진 농언 짓거리인가, 또는, "빗방울이 쏟겨 내리고 있는데도, 빗방울은 없이 물만 있다"는 그 '물'은 혹간, 아담이 '이름'을 부여하기 전의 '우주' 같은 것은 아니겠는가, 또는, "물은 물이고, 비는 비다"라는 말은, '宇宙'나 '神'은, 영구히 '宇宙'며 '神'이고, '個我'는 영구히 '個我'에 머문다는 그런 말이나 아니겠는가, 하는 것 같은 것들일 것이다) 禪은 그리고도, 여기서부터 시작되는 것일 것이다. 이제껏 '大洋', 또는 '물'이라고 일러온 그것들에게서, 하필 '大洋', 또는 '물'만을 지워 없앤 뒤, 아무것으로도 대치하지를 않고, 비인[空] 채로 놔둬, 떨어져 내리는 '빗방울'들로 하여금, 그 '비임'[空] 에 合流, 과연 '合流'라 말이지, 合流케 한다. 그러면, 그렇게나 맹렬한 바쁨으로 떨어져 내리는 빗방울이 無爲 자체가 돼버리는 것을. 것을?

—[2]요 얼마 전에, 서녘 깊은 골에, 그 인근 사람들로부터 추앙을 받던, 덕성스러운 사내가 하나 살았었다. 그 고장에 어느 날 헌데, 매우 이름 높은 중이 하나 들른 일이 있었던지라, 이 후덕한 사내 가, 그 스님께 묻기를 이랬다. "어떻게 하면 이 속인도, 해탈하여 중생제도를 할 수가 있겠소이까?"

"입산수도허게, 치성 드리고, 명상할 일이다." 그러며 그 늙은 중 나리 그 신실한 사내에게 呪文도 하나 처매 주며, "이 呪文을 열심히 외워보게, 그러면 해탈할 일이다"라고 한다.

물론이나 갖다가시나 저 사내, 그 중이 일러준 대로 좇아 행했을 터이다. 이십 년이 흘렀더라 如流歲月. 헌데도 그 신실한 사내에게는 아무 변화도 일어난 바가 없었더니, 듣자니, 그 이십 년 전의 그 스승 늙은네가 다시 한번, 그 고을을 지나게 되었더라고 했으므로, 이 소문에 접한, 저 수도꾼은, 두말하면 시끄럽다, 대번에 하산하여, 그 스승을 면대했었을 것이다. "스승이여, 사미는 입산하여 이십 년 동안이나, 불철주야로, 스승의 가르침을 따랐사오나, 아직도 해탈이 무엇인지, 그 입문도 못 해보았니다. 이 사미가 혹간, 무엇을 잘못 시도해온 것이나 아니었던지 모르겠니다."

그러자, 이십 년쯤 더 늙어 깡마른 중 나리, 뭘 하나도 기억하지 못하겠다는 얼굴로, "내가 뭘 가르쳐주었던고?" 하고 도리어 묻고, 건너다보았다. 그랬은즉, 저 사내는, 이십 년 전 전수한 가르침을 그대로 되풀이 고해바쳤을 것이었다. "어허, 거 커어 참", 선사 나리, 먼저, 많이 침중한 음성으로 그렇게 탄식하는가 하더니, "이보게, 내가 거, 자네에게 틀린 것을 가르쳐주었었댔군그래. 이거 미안하게 됐을시. 그래갖고는 자네 결코 해탈치 못하네" 하고, 의연빼꼼하게 대답하더라는 것이고, 그리고는 뒤 한 번 돌아봄도 없이, 휘적휘적 걸어가 버렸더라고 했다.

그 '틀린 가르침'을, 이십 년간이나, 불철주야 수업해온, 그 뒤처진 사내의 심경에 관해서는, 무엇을 토 달아 말할 것이 있겠느냐. 이제 그 이십 년은 되돌릴 수 없는 것이다. 게다가, 그 이십 년간 그 한 가지 일로만 소비해온 사내가, 이제 다시 나서 무슨 일에 손댈 수가 있었겠는가. 그랬으니 그는, 별다른 수 없이, 이십 년간 때를 묻힌, 그 산막에로, 다시 오를 수밖에 없었으며, 그런 뒤에는, 짐작되기로는 대략 이십 년쯤 코 골아 자댔을 것이었다.

깨인 뒤에 그는, 그 '틀린 가르침' 따위 깡그리 잊어버렸을 것이며, 동시에, 解脫이라든, 見性이라는 따위에 대한, 희망 따위도, 더 갖지 않기에 이르렀을 터이다. 그는 일체의 희망을 포기해버린 것이다. 그런 뒤에는, 그는, 아무리 둘러보아도, 집착할 것도, 찾을 것도 없었으며, 그러자, 잃을래도 잃을 것도 없게 되었다고, 알기 시작한다. 뿐만 아니라, 생각할 것도, 안 할 것도, 읊조려볼 呪文도 없던 것인데, 그리하여 그에게서는, 살기와 더불은 희망이 없어지자부터, 죽음에 대한 공포도 일어나지가 안 해, 뭘 행할 일도, 행하지 아니할 일도 없어, 자기가 벗기워져, 깔려 누움을 보아야 했다. 슬프되, 많이 편하다고, 그는, 느끼기 시작한다. 그러며 점차, 자기의 눈이며, 귀가 흐려져, 산야의 구별이 잘 안 될 뿐만 아니라, 소리들에서까지도, 모서리들이 없어져 간다고 느꼈는데, 그러던 날 그는, 슬픔까지도 더는 느끼고 있지 않다는 것을 발견한다. 그러고 나자, 이상할 일이 일어났다, 그 눈을 약수에 씻은 적도 없었으며, 그 귀를 독사의 혀에 핥이어본 적도 없었는데, 찬찬히 보고 들은즉, 三世가 환하게 내어다보이고, 天女들의 치마폭 끄는 소리까지도 시끄럽게 들려져, 그는 손바닥을 펴 눈을 가려보기도 했으며, 귀를 막아보기도 하다가, 스름 스름 바위가 돼갔을 터인데, 浮雲 한 조각. 하늘이 스름 스름 흐르고 있었다.

(補註하놨다. 어쨌든 다시 또, '解脫'이라거나, '見性'이라는 話頭가 논의되고 있거니와, [그것이 그리고 촛불중이, 몇 百世 삶이든, 그것을 한꺼번에 뭉뚱그려, 한판의 골패노름에 얹어 따려는 그 전부가 되어 있으니, 언제까지 그것이 얼마나 더 논의될지도 모르는데, 촛불중이 얻으려는 것은 어쩌면, 눈썹 한 개? 몇 百世 삶이 타는 모닥불에 넣어 태워, 그 누린내에 코를 그을릴, 눈썹 한 개] 그래서 보니 이번에는, 거기 어디에 숨어 있어 오다, 뜻밖에 드러난, 커다란 얼굴이 하나 보여, 경악을 금할 수 없게 하는데, 그것인즉슨 수상하다, 해서 보니, 어려운 것은, '解脫'이나 '見性' 그 자체가 아니라, 가령 말해, 그것들[解脫이며 見性 말이지]을 '하늘'[長天] 같다고 한다면, 그것에 오르는 '사닥다리' 만들기 같은 것, 그것이 어렵다는 것이거니와, 헌데, '뜻밖에 드러난 커다란 얼굴'이란, 기대치 안 했던 그 '하늘사닥다리'가, 보는 자의 눈앞에 나타나져 있다는 것이다. 아으, 道流들은, "이곳의 하늘을 뜯어내려 씹어 먹으려 하지 마라!" 이제, 비유로 들었던 '하늘사닥다리'를 원상에다 돌려놓기로 하여 말한다면, 그것은 다름이 아니라, '力動性'이라고 이름할 '얼굴'이 될 것이다. [『七祖語論 2』 제8장 참조])

촛불중입지, 그리고 道流도입지, "서녘 깊은 골, 이십 년 공부 도로아미타불꾼"모양, 아으 말입지, 본디 자리로 돌아와 버린 것인갑? 아직도 말입지, 道流가 할 수 있는 일이 있을 수 있는다면입지, 천년을 한하고, 만년을 한하고 말입지, 그리고 또 그러려고도 돌아왔으니 말입지, 자꾸자꾸 자기나 자둘 일 한 가지와 말입지, 글쎄 道流는, 어떤 식의 잠자기는, 어떤 식의 깨우기라고 이해하고 있으니 말입지, 그리고 아직도 뭐 그런 것이 좀 남았다면 말입지, 눈물은 세 방울짜리로써입지, 백 년 울음 천 년 울음이나 울어둘 일 같은 것은 아니겠습는가 말입지. 그러는 중에도 말입지, 등이라도 가려우면입습지, 그것 긁을 일이라도 생겨 좋을 일입고, 아 그리고입지, 목이 마렵다던집, 허기는 道流는 갈증으로 목을 불편해하고 있구납, 배가 고프다던집, 글쎕지, 道流의 창자는, 비 묻은 구름처럼 울고 있느냠, 또 혹간 大德스럽게는, 恥骨이 우는 일 같은 것이 일어날 수 있다면, 아으 아직도입지 道流는 말입지, 허기는입지, 뭐든 좀 해볼 일을 말인뎁지, 남겨 갖고 있는 것쯤 새로 알게 되기는 알게 될 터입지. 물론 말입지, 세 방울이나 네 방울밖에, 눈물이 남지 않은 울음은입지, 무엇보다도 아껴야 할 것이로되, 말입지 그것은 그런고로 말입지, 퍼 써야 되는 것이기도 합습지. 눈물은 그리고도 말입지, 참 중의 것보다도 말입지, 돌중의 것이 더 짜고 더 매워서, (제길헐입지, 참 중도 흘릴 눈물이 있는갑?) 청상과부의 것보다도 더 독한 것이 돌중의 것이더닙지, 더닙지, 눈물이야 말롭지 무엇보다도 진한 지옥의 요소이되 말입지, 묘한 것은 또 말입지, 그 지옥이 그중 저어하는 것도 그것이던 것이라 말입지. 한 방울의 눈물이 말입지, 어떤 심정으로부터 짜여져 나오려면 말입지, 수미산 크기는 족히 되게쯤이나 설움에 굳은 심정이 말입지, 으깨어지고, 눌러져서야 말입지, 겨우 그리고서야 말입지, 너무너무 짜가운 탓에 맑아져 버린, 말입지, 수은 방울도 같은, 말입지, 한 방울의 눈물이 스며져 나오는뎁지, 보겝지, 말입지 보게라 말입지, 삼세 간 어떠한 불, 어떠한 독에 닿아도 말입지, 火傷도 毒處도 남기지 않는 나찰의, 그러닙지 살이 못 되는 그 살까지돕지, 저 눈물의 짜가움에 닿으면 말입지, 지글지글 타 끓고, 뿐만 아니랍지, 썩어 문드러진다 하잖드냐 말입지. 보살들이 말입네, 가슴가슴에 안은 그 감로수 병들 속에는 말입네, 하늘 어디 솟아 괴이는 井華水도 말고 말입네, 罪를 씻어낸다는 恒河水도 말고 말입네, 재가 된 살까지도 회생케 한다는 세천시어곡 藥水도 말고 말입네, 하필이면 저런 몇 방울 눈물일 것일 것인뎁, 그렇넵, 罪가 없이는, 말입네, 수미산의 무게로도 말입네, 그 아래에로 가라앉을 수가 없는 地獄 말입네, 그 입술에까지 흘러들 수가 있는 수분이 있다면 말입네, 그것은 그 수분 속에 함량되어 있는 슬픔의 무게 때문일 것인뎁지, 아으 그러면입지, 罪의 무게와, 슬픔의 무게는 말입네, 서로 그렇게나 엇비슷한 것이던 모양이넵, 말입네. 그런 슬픔으로, 나라카에로 가라앉아 들어간 羅卜이를 보아랍, 羅卜이를 보아랍 羅卜이릅, 그리하여 보아랍, 그 슬픔에 입술을 적신 羅卜이 어머니를 보아랍. 어미니릅. (나라카에까지 내리면서도—라는 修辭學은, 대기권 속으로 뚫고 드는, 流星을 연상케 함이 분명하다. —타스러지지 않는 수분은, '罪'만큼이나, 또는 그보다 더 진한 '슬픔'[大悲]을 함량해 있다고 한다면, 반대로, 나라카에서까지도 타 스러지지 않고, 그곳을 벗어나는, 한 넋의 力動性은, 어떻게 이뤄지드니?) 打作마당의 볏짚처럼, 나찰들이 내려치는 도리깨질 아래에서 말입네, 당하기만 당하며입지, 눈은 눈대로 아으 어머닙, 귀는 귀대로 아으, 다리는 다리대로 어머닙, 아으 脚지어지고 있을 때 말입네, 그래서 그제는 그 몸[念態]으로 본다 해도, 움직인다 해도 말입네, 보아질 뿐이며입지, 움직여질 뿐이어서, 볼 수 있다거나 움직일 수도 있는 것이 아닌 상태에 처해서도입네, 어느 손길 한 방울, 말입네, 자식의 짜안한 눈물에 입술을 적셨더라고 했드랬는뎁, 世音 한 조각, 말입네, 글쎄 그랬던 모양이었넵, 그러자 말입네, 모든 것이 受動態的 달마에 의해 운영되어졌던, 말입네, 그렇게나 완벽한 受動態的 秩序 속에서, 말입네, 어떤 능동적 눈 하나가, 말입네, 입 하나가, 말입네, 귀 하나가, 말입네, 가슴이, 말입네, 열렸던 모양이고, 말입네, 그러자 어머니는 가슴이 짜안함으로 못 참도록 짜가워지고 말입네, 그리움으로 자식에의 설움으로 말입네, 한 방울의 눈물이 아으 어머니, 눈에서 솟았던 모양이었는뎁, 그러자 이상할 일이다, 이제껏 그 전신을 열두 매, 십이만 매로 묶어 脚져 내고 있던, 말입네, 그 重力의 모질은 사슬이 툭툭 끊기며 말입네, 아으, 어머니는 스스로 떠올랐더라 말입네, 합네, 나무관세음보살. 受動態에서, 어떤 能動性이 일깨워날 수 있으면, 그것은 그 당장, 더 이상 受動態가 아닌 것. 受動態가 能動態이던 것이다. 그러면, 그 뿌리가 뽑혀져 해변에 누운, 소금물 쩌들은 나무토막에서도 뿌리가 내리며 순이 돋고, 말입네, 잎과 꽃이 지다 열매가 맺힐 것이며입네, 천년 髑髏에도 살이 차 들며, 말입네,

喜悲가 섞여 돋아날 것입메. 눈물은 말입네, 그런 것입메. (인류가 알기로는, 인류사 전체를 통해, 누구보다도 그중 큰 죄를 범하고, 우주의 重力이 쏟겨 드는 그 일점에 억류되어 있는 자는, 그 이름을 '유다'라고 했던 사내인데,) 유다까지도 만약, 한 방울쯤의 눈물을 흘려낼 어떤 그리움, 어떤 설움을 일깨워낼 수만 있다면, 말입네, 그를 묶어, 억누르고 있는, 그 우주적 重力까지도 그 순간 말입네, 그 메운 테가 끊기어나갈지도 모를 일입네. 지옥은 말입네, 회개하는 장소가 아니며 말입네, 죄를 씻는 장소도 아니고 말입네, 魂이 살에 제휴하고 있었을 때, 그 살의 색깔에 염색된, 그 불순물을 순화하는 장소도 아니어서 말입네, 거기서는 그런 눈물이 흐르기가 어려운 것이 문제인 듯함셉. 거기는 입지 글쎕지, 나찰까지도 말입지, 그런 눈물을 흘릴 수도 있는 말입지, 물질로 되어 있는 몸을 입어 있는 곳이 아니지 않는가 말입지. 보겝습지, 눈물을 흘려 통회하고, 그 눈물로 罪를 씻으며, 불순물을 순화하라고 말입네, 저런 식으로 불순한 짐승들께 주어진 장소가 있다면 말입지, 이승이라는 데, 이쪽 畜生道 말고 또 어디겠는갑? 그런즉, 거기 처하게 된 어떤 넋[念態]이, 말입지 말입네, 한 방울 눈물을 만들어 흘려내기는, 에라 말입지, 풍랑이 심한 밤에 말입지, 난파를 당한 사공이 말입네, 바다 밑으로 가라앉아 내려가몁지, 어째, 그 물길이 그리 어두울 수가 있느냐고 말입네, 호주머니에서 성냥을 꺼내, 헤헵헵, 불을 켜려 하기만큼이나 어려울라는갑, 어쩔라는갑. 무, 물, 물론, 말이기는 합지만, 삼세를 환히 내어다보는 자들에 의하면입지만, 말입지만, 불[火]의 母胎는 물[水]이기는 합습지, 습지. 그, 그런 까닭으로시나 말입지, 누가 그래섭지, 龍王이라도 배알해볼 심산으로 말입네, 횃불을 크게 해 들고 물속으로 걸어 들어가려 하면, 봅셉지, 그 물이 왼통 기름으로 변하던가, 그래설람엔 횃불을 들고 내려가는 자의 말입지, 곧 당하게 될 그 죽음은 말인뎁지, 溺死는 웬 溺死겠는갑, 焚死래얍 것, 것, 걸 말입지, 사실이 그러한갑, 몰라랍지, 그것은 모를 일이라 말입지. 그럼에도 道流엽, 물이 그 子宮에 임신하여 産月을 기다리는 것은입지, 헤헤헵, 입습지 '불'이라는 것, 그 우주적 妙事를 잊지 말기로 하셉습. 그러면 道流엽, 절대적 受動態라는 子宮(아으, 生産하지 않는 子宮!) 地獄에서도, 어떻게 때로, 能動性의 發起가 가능할 수 있는지, 말입네, 그것도 알게 될 것이 분명하기 탓입셉. 실제에 있어서 '能動'은, 道流여 말입지, 地獄이라는 절대적 受動態的 母胎를 통해서만, 이승에 가능한 것이나 아닌가 말입지, 그, 그것, 것을 고려하게까지도 한다 말, 말입습지. 그래서 누가 만약에, 절대적 受動態的 子宮에서는, 절대적으로 아무것 하나도 말입지, 發起할 수가 없다고 주장한다면입지, 그 주장이 틀리지 않는즉슨, '이승'이라고 말하는 말입지, '能動'도 존재치 않는다고 말입지, 다른 곳을 지우게 되겠습지. 죽음(黑瑪瑙)과 삶(白瑪瑙)이 그러는 것처럼, 地獄(受動態)과 畜生道(能動態)도 그렇게, 서로 '易'하는 것이겠습지. 太初에, 極小한 地獄이 있었더더랍. 이것은 말입네, 하나의 구멍[穴]의 형태였드랬는뎁, 한 바늘귀의 크기를 수미산만 하다고 비유해도 좋을, 이 地獄의 크기는, 그 수미산을 이룬 바위며, 흙이며, 먼지 톨 중에서도 그중 작은 것보다도 더 작아, 보겝지, '極小'하다고 일러도 너무 커 보이는뎁지, 그것은입지 그러자니, 있어도 있어 보이지도 않으며입지, 그렇다고 없는 것도 아니었습지. 어쨌든 말입지, 무엇이 중요한가 하면입지, 아무것도 없어 텅 비어 있는, 저 커다란[極大] 空의 한가운데에, 말한 바의 저 極小한 하나의 구멍[穴]이 말입지, 헤헤헤 말입지, 空 속에 空이 말입지, 생겼더라 말인뎁지, 그것입지, 중요한 것은입지, 그것이라 말입지. 그럼에도 그 구멍엔 아직 깊이가 드러나지를 안 해, 그것은 그냥, 하나의 고리[環] 같은 것이랄 것이었는뎁지, 문제는 헌뎁습지, 거기 비임[穴]이 있자, 그 비임 속에로, 밖의 비임[空]이 채워 들기를 시작했던 거기에 있었드랬습지. 크, 클쎕지, 크러자부터, 저 절대적 비임[空]에 어떤 변화가 일어나기 시작한 것인뎁지, (무엇이 그것 속에로) 들면[入] 나지고[出], 들면 나지던 그 뒤집혀지기에서 말입지, 차차로 時間이 태어나기를 시작한 것입습지. 그러닌깐두루 이게 말입습지 엏게 된 말인가 하면입습지, 무엇이 그 구멍 속으로 들었다 되돌아 나오기라는 그 運動에 의해, 저 구멍에 조금씩 조금씩 길이가 길어나기 시작했다는 그런 말인뎁지, (바깥쪽에서 보건대, 그것은 그리하여 링가의 모양새를 꾸몄음, 렇잖은가?) 이제 그것은 '깊이'(안쪽에서 보건대, 그것은 요니인 것, 렇잖은가?)라고나 불러야 되게 생겼습지. (스바이얌부[Svayambhu, Skt.]가 자라 오르다, 내리다. 우주 나무) 이제쯤은 너끈히 짐작하고도 남겠지만, 그런 뒤집혀지기라는 運動에서는, '안/밖'이라는 것이, 그 과정상에서지만입지, 드러났는뎁지, 이때 '밖'은 링가의 형태며, '안'은 요니의 형태라고 할 때, 헤헤헷 말있습지, 그 밖이 안으로 접혀 들기라는, 훗, 훗, 훗, 그 運動의 의미는 무엇이겠습는갑? 여기 어디에, 어떤 本源者의 自生이 있었는뎁지, 그 맨 처음 일어난 것은, '힘'이었다는 것, 그것은 쉽게 추측됩지. '힘'은, 그 '運動'에다 속도를 가하게 했을 것이몝지, 그리하여 더 빠르게 된 運動은, 더 큰 힘을 이뤄냈겠습지. 그 같은 힘이, 나타나기에 좇아, 이름을 붙이기로 한다면, 吸力, 推力, 引力, 重力, 壓力, 爆力 등등, 여러 가지겠습지. 그러는 그 運動을 좇아, 무엇이 '안쪽'을 터뜨려 드는 데서는, '젖바다(크쉬로다) 휘젓기'에서 발생했던 것들처럼, 여러 종류의 것들이 일어났을 것인바, 熱이며, 빛은 물론, 암리타, 그뿐만 아니라, 四大며, (그런고로, '四大'도 空에 의존하던 것읇) 그런 후, 四生(胎生, 卵生, 濕生, 化生)이 드러났을 것인뎁, '판도라의 상자' '暗黑의 子宮'이 열려, 그 속에 잠들어 있었던, 幻(마야)들이 답박 쏟겨났음! 마야(우주)가 요연해지다! (이런 현상은, 말한 바의, 저 어떤 本源者의 '뒤집혀'지기에서 일어난 것이라는 것은 밝혀진 바대로이거니와, 이제도 잊지 말아야 하는 것은, '안/밖'은, '뒤집혀지기'라는 '과정상'에서만 나타난 것이라는 것인데, 그것을 염두하고, 다음의 얘기는 들어야 할 것이다. 라는 얘기는, '化現의 宇宙'는, '안쪽으로 터뜨려지기'에 의해서, '안쪽'에서만 요연하고, '밖'은 非化現의 영역인데, '밖으로 터뜨려지기'에 의해서는, 이 묘한 本源者의 확장이 있을 것이라는 것입습지. 그것은 그러하거니와, 羑里의 六祖가 낚아낸, 한 마리의 '물고기'로서의, '양극을 갖는 타원형'도 혹간 저런 것이나 아니었는가, 하는 것을 새삼 고려하게 하는뎁, 죽음의 둥지에, 죽음을 알 품고 앉은 한 마리 羯磨鬼[는 가오가테 왜 우노? 물 건너가려고 그래서 울지] 촛불중께는, 그것이 특히, "畜生道와 易한다"는 국면에서의 '地獄'으로 이해된 듯합지. 이런 '地獄의 想像力'에 대한, 촛불중 투의 어휘는 '羅卜'이던 것) 그래서 道流는 말입지, 그것 속에로 쏟겨 들어, 속을 폭발해내는 그것이야 어찌 되었든, 그 이상한 '空', 또는 '穴' 자체만은 受動態, 그것도 절대적 受動態, 그럼에도 그것에 易해서 能動이 일깨워 나는 受動態라고 이해하고 있는 듯한뎁지, 그렇다면 그것은 말입지, 道流가 이해하는

道流식의 '잠', '꿈꾸고 싶어 하는 잠', 道流가 '無意識'이라고 이르는 그것과 같은 것이겠을라는갑? '밖'의 一環. 그런즉 알겠돕다, 道流 투의 '無意識'을 일깨우기는, 受動態를 能動態化하기라는 것을, 그런즉 알겠도답. 그리고 畜生道가 逆바르도라면, 그것과 易한다는 地獄은 바르도겠음, 그것을 알겠습. 말입지 그럼에도, 약간만이라도 생각이 있는 자라면 말입지, 저런 투의 '절대적 受動態'에서 어떻게 '能動態'가 가능한가, 그런 것은 묻지 않을 것인뎁지, 말입네 그런 자들은 그런 대신, "進化를 위해 입어진 肉身으로 프라브리티에 처해", 어떻게 '니브리티'[無動態]를 성취할 수 있을지, 그것을 생각해볼 것입습지. 글쎄 양자는, 장소만 다르게 하여 처하고, 作爲에 있어서는, 같기 탓입습지. 그리고 이 '作爲'의 크기는, '한 방울의 눈물'에 비교, 비유되었드랬는뎁지, 다행하게도, 또는 불행하게도, 촛불중은 아직도 허기는 말입지, 둬세 방울쯤의 눈물은 남겨 갖고도 있어 보이잖는갑? 목이 마르기 시작한 것이며, 배가 고픈 것도, 그런 눈물방울의 의미가 아니고 뭣이겠는갑? 그리고 이 육체적 사실은 말입지, 저 중이, 육신을 벗지 않고도 念態가 되어버린 상태에서, 그로 하여금 어디로 떠났다가도, 그 육신 속으로 되돌아오게 하는 것이었는뎁지, 육신이 저주인 데서, 어떻게는, 그 육신이 은총이 되어 있기도 하겠다 말입지(라는 말은, 이 중에게 육신이 없었더면, 그 목마름에 의해 그는 어느덧, 어느 용소 밑 기복해 있는 이무기라도 되어 있거나, 배고픔에 의해서는, 무슨 썩는 고기에 이빨을 박고 있는 여우라도 되어 있을지도 모르기 때문인데, 육신을 벗은 念態는, 進化를 성취하기는 어려움에도, 欲望에 의해서 그것은, 그렇게도 빠르고도 쉽게, 轉身을 치러버린다고 하던 것이다). 그리하여 道流가, 아직도 벗지 않은 육신에 의해서 현재로서는, 아무것에로, 되어, 떠날 수가 없고 있다면, 은총인뎁, 은총은 목마르기와 배고프기 따위의 저주를 데불고 있어, 그저 육시러게 괴롭기만 하다면, 아으 道流는 이제라도, 소[牛]를 배우면 좋을 듯한셉시, 소를 공부하라구엽. 글쎕지, 그 짐승은, 이란 그 육신 전체를 두고 말인뎁지, 더워도 추워도 그것으로 더불어 개의치 않으며, 배고픔이나 갈증을 두고도, 배고픈 육식동물들처럼 바쁘거나 맹포해지지 않으며, 매우 혹독한 머슴을 두고도 눈을 흘기거나, 복수할 기회를 노리지도 않으려니와, 자기를 전 재산으로 알아 아껴주는 주인에 대해서도 고마운 情을 일으켜내지 않으며, 일에 지쳐 쓰러져 눕기까지, 고통도 나타내는 법이 없다. 喜悲愛憎이라는 따위를, 엇갈려 나타내 보이는 법이 없는 것으로 보건대, 그 處士에게는 苦快가 다르지 않는 듯하다. 말할 수 있는 것도, 이름으로 부를 수 있는 것도 아니라는, '道'가 살을 입었음! 處士여, 아 그렇다, 어둘 때에는, 고콜에서 관솔이 밤 깊으도록 타면 좋을 것이고, 處士여 마음이 내키면, 사립짝을 비켜나서, 밤의, 또는 한낮의 소적함 속에서 후두둥 날아간 흰 새가, 피 토해 우는 소리에, 한 마당 검게 져[落] 도 좋다. 찾아오는 벗은 있어도 좋고 없어도 좋은데, 복숭아 향내모양, 별처럼, 낙엽모양, 눈처럼, 내려 쌓이는, 그 고적의 썩음 속에는, 아 그렇지, 양귀비 꽃씨를 심어 넣을 일일 것이다. 더울 녘에로는 그늘에 졸고, 서늘할 때로만 뜰에 나가, 그 양귀비꽃 진 열매, 세 바퀴 반쯤 허리 둘러 칼집을 내주기로 한다면, 고적으로 담근 술이 그것의 대궁을 괴어 올라, 그 칼집 자리를 좇아 꽃뱀이어서 띠를 두를 터인데, 그러면 處士여, 땅꾼이어서, 그 뱀들을 자루 가득 잡아 넣어두었다가, 그렇습, 읊, 어떤 숨이 꼴깍 넘어가도록 소조하고도, 을씨년스러운 녘으로, 그 독사 떼의 배고픈 아가리에다, 목줄기를 맡겨줘도, 젖꼭지를 물려줘도, 또 아니면 근을 밀어 넣어주어도 좋을 것이다. 고적 속에서 부화되어 날아오르던 흰 새('아ㅡ' 語!) 한 마리는, 그렇게 저 蛇女(쿤다리니)의 목구멍으로 빨려 넘어가 버리고, 한 개 깃털이라도 희게 남겼을라는가. 독으로 알밴 아편즙은, [3]열여섯 살 먹은 달 같은 처자, 暗黑은 송장, 을 디뎌, 벗은 몸으로 춤추는, 그것은 아편꽃이다. 홍옥 같은 붉은색, 한 얼굴에 셋의 눈, 오른손엔, 시퍼런 날의 낫을 쥐어 머리 위로 높이 쳐들어 있고, 왼손엔, 더운 피를 철철 넘치게 담은, 人頭骨을 받치고 있다. 裸身, 활짝 꽃 핀 처자, 열여섯 나이, 이글이글 훨 오르는 火環이 둘러 있다. 춤추는 여자, 송장을 디뎌 춤추는 여자, 의 춤의 발이 디뎌지는 데서는, 불의 금실 같은, 새가, 흰 새가 일어나 오른다. 그것은, 저 아편의 毒頭에서 훨럭 후루루 타오르는, 불의 금실이다.

處士여 이제는 그러니, 몸으로든, 말[言語]로든, 마음으로든, 떠나서는 돌아오고, 돌아와서는 떠나고, 또 돌아오게 되는, 신발 한 켤레 프라브리티, 를 벗어 가지런히 윗목쯤에 모셔두고, 바랑을 열어, 열어서는, 處士 몫으로 따 담아 두었던 해도 하나, 달도 하나, 별도 몇 개, 곰팡이를 턴 뒤, 안에도 東西南北은 맹 한가지겠지러, 방위 정해, 오른쪽에 해 걸고, 왼쪽에는 달 걸어 두며, 별들은 여기저기 꽃 뿌려둔 뒤, 부챗살모양 접쳐 두었던, 연못에 蛙公, 竹林, 바람, 정자, 바위도 몇 덩이, 한 폭 뜰악, 그 하늘 아래 펴 놓을 일인데, 약초밭을 둘러서는, 옻나무 울타리가 탱주나무보담사 낫겠지맹, 山水가 없어서야 되겠는가, 런즉, 초막 뜰악 둘러, 둘러서 구름 낚는 靑山 아홉 그루쯤이면 족할라는가, 아홉 그루쯤 심으면, 볕이 푸르러[綠] 좋을 것이고, 아 그러면, 아홉 그루 靑山에 지나던 구름 걸려 못 떠나, '思家憶弟' '하염없이 흐르는 눈물', 헌데 봄에는마다 어찌하여, 구름도 울어쌌고, 산은 삐끄덕 찌끄덕 침상을 흔들어쌌느냐, 春色에 대취한 雲仙 하나, 의관도 채 못 벗고, 중우 자락만 좀 까 내린 뒤, (에끼 순, 그러면 의관 정제한 자식이 나오겠네) 봄 뜰 후문을 후려치는 소리, 매운 雲情 雲雨가 제법이다. 그런 아편꽃이 흩날리는 날 處士는, 주발이며 오지병, 동이는 물론 세발솥까지, 있는껏 다 내놓아, 그 꽃비 가득가득 받아두고, 옻나무의 옻汁까지 동이로 모아, 푸른 산그늘 누룩해서, 봄볕을 꾹꾹 눌러 넣어 술 담가 두었다가, 체 장사 지나기까지나 기다렸다가, 먼저 맑게 마시고, 그리고는 틉틉이 마셔, 대취로 三冬이어도 좋을 것이다. 썩 좋을 것이다. 그 산들만큼이나 삭신이 취해, 푸르다 못해 양귀비꽃으로 붉고, 붉다 못해 후미져, 밤중 삼동보다 후미져 마음은 후미져 좋을 것이구만 좋을 것인데, 너무 후미져도 탈인가, 탈이다, 후미진 탓에 후미진 데서, 무엇이 가렵고, 손바닥이 가렵고, 발바닥이 가렵고, 척추가 가렵고, 하초가 가렵고, 송신해 못 살게 가렵고, 번열이 나게 가렵고, 가려워 소리라도 아니 한번 뽑아내지 아니할 수가 없이 소리까지 가렵고, 處士여, 글쎄, 소리까지도 가렵기 시작하거든, 그걸 대취라고, 열예라고, 열예도 지옥이라고, 궁벅, 궁벅, 구궁벅 궁벅, 處士는, 저 소리의 둥지 속에서 소리가 품어 안은, 소리의 알을 하나씩 꺼내, 톡 깨어 목구멍에 부어 넣기로 算 놓아가며, 궁벅궁 딸쿡, 궁벅 따딸쿡, '아—'(語, 흰 새!)

[4]아, 흙의 元素여(黃佛), 일어나 적 되지 말아다오!

아, 물의 元素여(白佛), 적 되어 일어나지 말아다오!

아, 불의 元素여(赤佛), 일어나 적 되지 말아다오!

아, 바람의 元素여(綠佛), 적 되어 일어나지 말아다오!

아, 氣여(靑佛), 적 되지 말아다오, 일어나지 말아다오!

아으 따님[地] 입습지, 여기 한 比丘가, 아이가 어미 품에 안겨들 듯, 당신의 품 한 자락 빌어 누웠는뎁습지, 삼가 비옵나니, 容許하십습지, (물님과 달리,) 배척하지 않으시는 님, 어머님.

祖師들은 오십습지, 모두 오십습지, 당신들의 第七孫, 겸허히, 합장하여 비옵나니, 당신들의 第七孫을 받아 안은 강보, 이 땅굴의 천의 받침대를 받드십스라, 죽음(마야)으로 하여금, 당신들의 第七孫을 위하여, 여기, 한 채의 집을 짓게 하십스라.

本僧은, 말이 많았었돕다.

제4장

[1]"돌아오십제여 시님, 몸 뉘어놓은 여그, 그 몸속—으로—
머물러 살구로시나 돌아오십제여,
멀리, 넚으로시나 시님, 염라 전장끄장 멀리, 가싰드란대도,
하늘 조쪽, 또는 땅 끝나는 디끄장,
물굽이 높은 바다, 빛의 큰 강 넘치는 조쪽에여,
햇님 사는 디, 또는 새벽 시작되는 디끄장,
멀리도 하멀리도, 워디워디만침이나 가싰드란대도,
글씨 말입제여 시님, 몸 뉘어놓은 여그, 그 몸속—으로—
돌아오랑개여 머물러 살구로 말입제여.

아으 公은, 멍에 벗은 바람, 아직 뼈 덜 굳은 들말,
등 빌려 타구시나 아직을랑은,
하늘을 건늘라고 허지 마씨요.

아으 公은, 흙을 물에 개어 빚어 구웠으되, 아직 덜 굳은 흙의 배를 타구시나, 아직은랑은 큰물을 건늘라고 하지 마씨요.

아으 公은, 시절로는 아직도 풋능금, 너무 일찍 떨어져, 씨앗을 티울라고 허지 마씨요. 석잠만 자고 깬 누에는, 자고 있었을 때 꿈꾸기는 나비 꿈을 꾸었다고 헌다 해도, 고 살 속에 아직은 날개를 키워내들 못허고 있는 것맹이, 달이

덜 찬 열매가, 물만 많이 올랐다고, 가실도 되기 전 일찍부터 떨어져, 아직 오잖은 저실을 미리 불러디릴라먼, 몰루제여, 봄도 고만침이나 빨리 올랑가, 고것은 알 수가 없다고, 참, 별시런 껕버리(보리) 알캥이 겉은 돌중도 다 있그니! 모도, 시방 한창, 여름을 따 모아, 삼동 지낼 지름(기름) 짷아 모으기에, 숨끄장도 제대로는 못 찾아 쉬도록 바쁜 바로 고런 철에, 저 혼차만 미리서 三冬 장리를 내, 여름 익기도 전에, 다 묵어 치워 뻐리다니? 사둔 시님, 자네는 돌아오씨요, 돌아오라고 시방, 가먼 워디를 워디끄장이나 가볼라간디? 워디 갈 디가 있는디? 갈 디가 있기는 있는 것이까 몰루겄고만. 더운 흙 우에 걷던 고 뿕은 발로, 그늘 시린 독자갈밭 걸어, 넨장헐, 갈 디도 없는디 간다고 시님은 시방, 참 말이제 차마 떠나던 못헐 것잉만. 글매 요번에랑은, 거번에맹이, 고렇게 떠나게 돼 있는 처지가 아닝개 말인디. 거번에도 하기는 그렇제, 떠난다고, 유리 휙 떠나뿌린다고 떠났었다는디, 워느 모텡이를 워처키 떠나, 워디를 워처키 지나갔었간디, 헤헤헷, 돌아와 뿌리고 말았잖야? 불의 북더미로 둥지 맹글아, 불 속 똬리 쳐 살던 불비암(뱀) 한 마리가, 배깥 매운바람에 전뎌낼 만큼 겉살이 꾸둥지기 전에, 불 이랑에 불씨 묻어, 불 갈아[耕] 묵고 사는 짓에 넌더리를 내, 그만 어느 날, 고 불의 둥지로부터 후루룩 일어나, 후두둥 빠져나가 뻐렸다고 헌다먼, 참 워짠 일이 일어나끄요? 아으, 公은 알 만허시니껴? 헤헤, 헷헨디, 요, 요것 어지간이 우스운 얘기라야 말이제, 고 불비암 고 불 속에서 불 밖으로 빠져나간 고 당장, 불의 젖으로 뼈 굵히고, 살 익혔던 고 불비암은, 안되얐지마는, 고 매운바람 가운디서, 대번에 끄실려, 숯껌정이 돼뻐렀다가, 포실아져 재가 돼갖고는, 하늬바람 불 때 따라 폴폴 불리 흐트러져 뻐렀단디, 안되얐다고 히어얄랑가, 랑가. 소금 냄새, 숫짐승들의 오줌 내, 암컷들의 월후 니얌, 꽃들이 풍기 내는 腋氣, 춤(침) 내며 땀내, 매독병 니얌새며, 울분이며 저주의 니얌, 돈, 돈의 냄새, 요런 니얌새 조런 니얌새, 요런 바람, 조런 바람, 에 닿다 본개, 비인 하늘끄장도 뇍이 씰어 파실 파실 떨어져 니리는디, 병든, 苦로운 세상, 후유, 괴로운 세상, ……후유, 그렇다 히어도, 시님은 돌아오씨요, 이 당강내 돌아오라고 시방! 글매, 요 늙은네가, 오늘 이때까장, 여러 날째나 시님을 불러 불러오는디, 기벨도 없고, 그러장개 요 늙은네 불르는 목소리만, 안개 속에 눈물맹이 뭉치서나, 모랫바닥에 떨어지는개시나, 모래 버무리가 되고 그랄 뿐이구만. 아으 시님 말입제여, 안개비는, 안개비가 니리장개 낮도 밤도 없어, 흐르는 것도 없는 흐름을 따라 말요, 더 짙어 들고 있는디, 안개 밭 잘못 나섰다가시나 시님은 혹간, 질(길)이라도 잃으싰댜? 그래설람엔, 그쪽 워디 산이 높아 못 오신댜, 물이 짚고 넓어 못 오신댜? 멀고도 먼 질을 갈 땐랑은, 허다못해 개끄장도, 가다 바우를 만내먼 바우에 먼저 안부 묻고, 오좀 한 번 깔기 祭酒하여 지 니얍새 묻히놓고, 솔낭구를 만내먼 또 그 솔낭구에 절 한번, 꼬시레 한번, 지 소식 묶어놓고, 가다가시나 털레털레 또 지나가다, 까시쟁이를 만내먼 까시쟁이헌티도 추파헌 뒤, 지 입은 두루매기 옷꼬룸이라도 짬매 둬, 저 지낸 자리 표식을 삼는 것인디, 딛기로는 시님은, 文理(物理)를 통해도 크게 통해, 삼천대천세계를, 자기 손바닥 디리다보뎃기 환하게 디리다본다고 허든디도, 요만헌 안개 밭 하나 헤치들 못혀, 멀리 차꼬 멀리, 돌아온다는 짓이 떨어져 나가고 있으끄요? 물을 당해 물을 건늘 때는, 물에 빠져 죽은 넋들끄장도, 여그 한 주름 물굽이에 머리칼 하나 띄워두고, 저그 두 주름 물굽이에는 옻고룸짝을 뜯어 쫌매 놓는 고런 식으로, 魂迹을 냉기도 야물딱지게 냉기며, 죽어 불에 꼬실라져 옌기가 돼삐리는 송장들끄장도, 제일천에 껌은 연기, 제이천에 누룬 연기, 제삼천에 흰 연기, 제사천에 닿아서는 이슬이 돼, 다시곰, 전에 올랐던 고 길, 삼천, 이천, 일천으로 딛어 니리던 것인디, 시님으로 말헐작시면, 물에 빠지도 안 허고, 불에 태와지도 안 히어, 토굴 속에 말이제, 누렇게 뭉치앉아, 개피 니얍새만 핑기쌈시롱도, 못 돌아와 기벨도 없으니, 대천지 요것이 무신 변괴이끄요? 치엔장, 아직도 썩 젊은 낫살인디, 여부 시님, 요라든 못 헐 것이요이, 못헐 것이, 요 늙은네 요만침이나 늙었음선도, 그런고로 말인디, 살기를 두고 생각허기는, 살기에 목마른 탓에, 살기의 바닷물이라도 마시고든 것맹이, 요 한 바다를 다 둘러 마신다고 히어도, 글씨 요런 조갈은 멘해질 것 같지도 않은디, …… 글매, 요런 늙은네, 요렇게 말씸입제, 초상집 개만도 못 허고, 노상 언저리로만 빈들거리도록 말입씹제, 외롭도록, 서럽도록, 청승스럽도록…… 살게 돼 있드란대도…… 팩 꼬꾸라져 죽을, 죽을 녀러, ……나중에 저승 가서, 지옥살이헐 때, 오늘 빌린 일 년 살이를 십 년씩으로 갚는다 히어도, 넘우(남의) 나이라도 장리내서, 안 죽고 영 살고만 싶운디, ……시님으로 따지먼, 넘우 나이끄장은 오래전에 그만두드래도, 저 나이끄장도 실폭허게 살아도 쓰겄을 것을 냉기두고시나, 안 살고 베리빼릴라는 것맹인디, 요 늙은네로서는, 암만히어도 고 속을 몰루겄을 뿐이라고, 후유—, 잠이 짚어 짚은 디 빠져, 암만 히어도 못 올라오겄그렁, 시님, 시님은 부디 갖다가시나, 시님을 애끼 뫼시던 사람덜, 말허자먼 말인디, 장노님네 손녀 숙녀분이시랄지, 그 댁 청지기 늙은네, 허다못해, 그 댁의 큰 개라도 생각해보씨고, 눈물 딲음선 풀어내는, 고 옷고룸 끄텡이라도 잡아 올라오고, 아니먼 시님 말이제, 바람 따라, 구름 딛어, 어디만침이나 가본다고 가본 것이, 워디 너무너무 뇦이 올라가, 구름 밭에 질을 잃어 워디가 동인덩, 워디가 서인덩, 워짤 중은 몰루겄거들랑은, 또 말씸이지만, 시님을 추모하여 밤낮으로 축수허는, 고 옌니, 장노님네 손녀 숙녀의, 고 손바닥을 딛어 니리오고, 또 아니먼 후유— 시님, 바람 부는 대로 물결치는 대로 風流헌다는 짓이 고만, 고 물주름에 휩쐥이 멀리로, 하 멀리로 큰물 조쪽끄장 떠밀려 가빼릿다먼, 고 옌니 애타게 기려 시님을 찾는, 그 눈빛에, 그라고, 시님을 부르는 그 부름 소리에, 시님의 넋을 걸어 묶고, 고 눈빛의, 부름 소리의 동아줄을 넋에 꾸리 감아, 아으 시님, 돌아오십제여 시님, 몸 뉘어놓은 여그, 그 몸속, 머물러 살구로 돌아오십제여. 고 옌니, 낮도 모루고, 밤도 없이, 가야금에 잉아 건 손, 삼백 필 축수의 명주를 짜아내며, 招魂허는 베틀 노래, 듣다가 보먼, 연못 두께비끄장도 연꽃이 되그나, 장천 구만리 바삐 가든 봉새끄장도 솔아, 된내기라도 돼 흩어져 빼릴 것이겄습데다. 옌니나, 사나나, 고 옌니 낫살, 그라고 시님 낫살에 이르먼, 뜨겁운 재 속에서 잘 익고 있는 마늘도 겉여서, 살은 쇡이 짚음선 뜨끈뜨끈허고, 맵던 것은 속 짚게 들척지근히어져, 허으허허으, 물론이사 보다 더 젊은, 아직 덜 익은 살모양, 애능금 씹는 것 겉은, 어금니 속에서 신물이 오르는, 시디신, 그람성도 나쁘지는 안 해 좋은, 고런 맛은 없어도 말이제, 고 맛 쇡이 짚어 바닥을 몰루겄는, 그라장개 게옥질끄장 나도록 들척지근한 낫살들인디, 글씨, 고런 낫살의 살기 맛은, 둘이서 살아 묵는 중 둘 다 다 죽어도 모르겄던 고런 것이던디, 시님은 워처키, 고렇거니나 속 짚은 단맛을, 고렇게도 쉽게시리, 게워내 뿌릴 수가 있었소이? 시님, 요것은 글씨,

고랄 철이 아니요이. 벨수 없어 어저께 갔단드래도, 아니먼 오늘 간다드래도, 할 수가 없어 니얼 가야 한다드래도, 만약 고것이 똑겉은 질이라고 헌다먼, 무신 생옘병에 지랄 육갑허고 나자빠지겄다고, 앞땡겨 갈 일이겄네? 앞땡겨 가먼 거그 무신 그리 짜들아질 수가 있다간디? 한강의 위쪽에 있는 물이나, 밑쪽에 있는 물이나, 흘러서는 똑겉이 바다에 닿고, 닿아서는 위아랫 물이란 없어져, 고런 귀별이란 있도 안 허다는 갑던디, 워떤 뇌미 살기가 싫다고 강물에 몸을 떤져 죽을람선, 강의 위쪽에서 죽으먼 흘러니리 가기가 더디다고 알아갖고, 강의 아래쪽으로 아래쪽으로 강 따라 니리가, 거그 워디서 몸 떤지 죽었다먼, 고것도 우습기는 우스울 일은 아닐랑가 몰루겄제이? 아으, 거북님 거북님, 대가리를 내노씨요, 만약 내놓덜 안 허먼, 꾸어 묵어뿌릴 팅개. 가맜서 봅씨라, 요것이 펄쎄 저녁이 돼간다는 말이까, 날은 새보도 못허고 저문다는 얘기여머시여? 추지게 안개비만, 차꼬 사꼬 더 두터이 니리고, 춥게 니리고, 인재는 세 치 앞도 못 보겄는디, 혹간 시님이나 요 늙은네나, 모루는 새, 바다 밑에 파묻히, 묻히 앉아, 하나는 산 뎃기 말허고 있고, 하나는 죽은 뎃기 듣고 있는 것은 아니시까, 요것이? 치엔장, 바다도 떠난 자리 찾아, 가다가다 한번씩 요렇게 돌아온다는디, 시님도 인재찜은, 떠난 자리 한번, 둘러보로 와도 될 때도 안 됐으끄라우? 요런 늙은네가, 시님 묻힌 돌무덤 벽에다 주먹질험선, 머리빡도 부딪침선, 부르는 소리를 들으시까, 못 들으시까? 머시냐먼 그랴요이, 사람 소리, 산 사람 소리가 듣고 싶으고 말여, 보고 싶으고, 말이 하고 싶어서 요래쌌는디, 인재는 요 늙은네도, 혼찻말허기에 지쳤는디, 는디, 그람성도 요렇게 또 혼찻말이끄요이. 지쳤소이, 외로움에도 지치고, 그래도 아직도 죽고 젚던 안허고, 팩 쭈구러져 뻔데기가 돼 있고, ……헌디 혹간 시님께서는 대답 겉은 것도 히어보내는디도, 벽이 두텁어 못 알아듣는 것은 아니까으? 허단대도 요상한 것은 말이제여, 눈하고는 반대로, 눈이 침침해가먼 갈수록, 요상허게도 귀는, 전에 못 듣던 소리들끄장도 듣기를 시작허는디, ……요, 못, 못 들었던 소리들이, 설매, 속에서 울리 나는 소리는 아니겄, 겄제맹이? 생각히어보먼, 요 늙은네와 시님 사이의 벽의 두께가 아무리 두껍다 해보아도 석 자보당 더 되겄오, 마는, 헌디도 늙은네가 느낀 대로만 말헌다먼, 삼만 리도 더 먼 듯헌디, ……

참 쑹악헌 사람덜도 다 있습데다 그리, 천하에 쑹악헌 불나찰들이 다 있더라고 말이제. 고런 일꾼들 생업이 그러다 본개, 돌 일꾼들, 흙 일꾼들 말인디, 고 매운 손들이 닿았다 허먼, 바우도 떡 반죽맹이 묽어지고, 물른 흙도, 쇠맹이 강해지는디, 조런 천하 순 불나찰들, 고 좋은 손들을 갖고시나, 요렇게 우악 부리는 디에다 짜고 맵게 써묵어, 고놈의 홀목뎅이들이 나중에 인재, 저승 가, 무신 못 당헐 짓을 당헐라고 그랬으꼬, 글씨 말이제, 뜨끈허고도 펄펄헌, 생사람을 하나, 여럿이서 굴속에다 처넣어놓고, 요래 놓을 수가 있겠소? 무신 罪냐고 물었어도, 아무도 머시라고 확백허게 말해준 사램이 없었은개, 고 말은 허도 못해요마는, 바우로 바우끼리, 이 맞추고, 배 맞추고, 아래 맞추고, 홀깍시 껴놓기가, 요렇거니나 찹쌀 궁합으로, 매꼼허고도 뺀듯이 히어놓을 수가 또 없겄는디, 요렇게 되면, 못 가는 디가 없다고 허는, 심지어 '마음'끄장도, 요런 굴 벽은 빠져나오기가 에럽제 싶으다고. 헤이끼, 못씰 사람덜 겉으니라고들! 요랄 수가 또 있겄냐고, 관에서 말이제, 시님덜 대접을 그리헌다고 허야, 일꾼님덜 자내덜끄장도 그래서야 되었겄는가이? 알 뎃기, '官'이란 것이기는, 저승 갈 몸도 넋도 없는 것, 고 벌을 그라믄 누가 받을라고, '官'이 그렇게 시킨다고 히어서나, 일꾼들끄장 그래서야 씰 일이 아니었는 것을. 그래도 하기는 말임세, 갓난애 머리빡 하나찜은, 요리 우구리고 조리 우구리먼 빠져나올 만한 주먹 하나는 자내 일꾼님들이 터놓았는디, 고것을 들어설람에 자내 일꾼님덜 저승가 지옥에 던져지거든, 고만큼한 구먹 하나는 이승 쪽으로 터놓아 달란 대도, 최판관 나으리 외면할 수만은 없을 것잉만. 하지만도 보게들입제, 구먹을 하나 터줄라고 인정을 냈으먼, 바른 것으로 하나, 아편쟁이네 北窓만 하게라도 툭 터주었을 일이었제, 무정한 사람덜, 워짠다고, 낫 놓고 시옷(ㅅ) 字 하나 모르는 요 패악한 사람덜, 자내님들 마음씨 휘어진 것맹이, 팔꽁생이 오고동해진 것맹이, 기역(ㄱ) 字로, 시옷(ㅅ) 字로, 중두막을 휘어버렸어야 할 까댒이 있었던가이? 구 대에 걸쳐 자내님들 붕알이 떨어져 나가그라. 말하기로는 '빛'이라는 건 못 가는 디가 없다고 해도, 빛은 뿌러지드래도 휘어지는 것이 아닌 것을 자내님덜은 알았던맹이다. 헌디도 바람은, 휘어지드래도 뿌러지는 것이 아닌 것도 알았을 것인디, 워찌 바람 구먹은 열어줬단고? 사람은 헌디도, 뒈진 것맹이 누워 있다가도, 모두 알 뎃기 말이제, 한번 갖다가시나 빛에 닿았다 허먼, 고 사지의 골고루 갖다가시나, 力鬼 겉은 힘을 얻어, 천하 없는 陰力으로 고것을 묶어뒀었다 히어도, 고까짓 쇠사실찜 썩은 동아줄 끊뎃기 끊어뻐린다고 헌개, 자내님덜 허기사, 잘못 계산댄 건 아니기는 아닌 것맹이다. 자내 일꾼님덜, 니얼 죽든 모래 죽어, 최판관 나으리 전에만 가그라, 그라먼 그 어르신, 위선 자내님들 홀목들부텀 건너다보고시나, 조것덜이 워째서, 얼골은 사람이 영낙없는디, 손을 보먼 그렇들 안 허다고, 요상헌 짐성이라고, 워느 쬐이 가짜배기라고, 악한 짐성이 인두겁을 뺏아 썼는개 비라고, 고 홀목덜을 댕강댕강 끊어설람엔, 고 붉은 손덜을 저울 한쪽 접씨에 담아 올리고, 고것을 추 삼아 서는 인재, 자내님덜 쌓은 선덕의 무게를 달아볼라고 할 것인디, 놀랠 일이놨다, 자내님덜 왼 몸뎅이를 다 올리놓아 바도, 자내님덜 손 두 개 무게를 도저히 당하지를 못허겄는 것, 고것은 놀랠 일일 뉢다. 워짜다가 자내님덜은, 손들만 차꼬 커지는 중에, 머리며 몸뗑이가 줄어지는 줄을 몰랐으끄나, 손 하나는 펴 깔고, 저녁에는, 그 위에 몸을 누인 뒤, 다른 손은 펴 덮기로 한다면, 그 잠은 분멩히 조갯살 일 것이제이? 그랬거나 저랬거나, 그렇제, 邑의 날짜로는 어제(가 될랑가,), 아니면 그제(가 되는 것 겉기도 허는디,) 요 늙은네는, 여그로 왔구만이여이, 요보쑈 시님, 시님이 살아 있으먼, 시님 죽을 때끄장 시님 食母살이를 헐라고 왔고, 죽었으먼, ……글씨…… 고 일을 두고는 생각을 히어 바야겄지마는, ……아무리 사램이 귀허다고 허드래도, 허기는 워느 날 끕째기, 사램이 보고 싶을 수도 있을 것인개, 고때끄장이나 시님 무덤의 묘지기 노릇을 히어도 괜찮을 것인디…… 그, 글씨, 요. 늙은네의 죽마고우, 장노님 댁에서 청지기 허는 늙은탱이가, 요 늙은네의 손을 잡고설랑은, 요보쑈 시님, 그 늙은것이 석섬 눈물을 흘림시나 간청해, 그래 못 거절하고, 요. 늙은네가 온 것이요. 내력은 그러하외다. 요보쑈 시님, 살아 있거덜랑은, 요 늙은 손으로 밥 지어, 고 구먹에 밀어 넣어놓았은개, 찾아 잡수고, 빈 그럭을 내놓으먼, ……새로 羑里가 시작될 것인디. 아 그렇제여, 시님은 요 늙은네가 누군지 알 도리가 없을 터인디, 이 늙은네는 火天(아그니)의 宗徒올씨니다, 불의 牧童 말씨니다, 불[火]로 푸른 들에, 불의 젖소(아그니) 풀어 살찌우고니다, 고 젖소의 젖통 빨아 사는, 젖소의 자식올시니다. 아 요라장개, 시님이사 듣고 있그나 말그나, 몇 번이나 히어온 인사를 다시 채리고 있는 것 겉은디, 하으, 시님께서는 안령허시께여? 요 늙은네는, 글씨 말씸디린 바대로, 邑의 南岳에 있는, 火葬터지기올씨니다. 판관 겸직 읍장 영감의 黃首하는 놈의 애비 되는 늙은넨디, 저승서 요 늙은네 이승 보낼 쩍에, 최판관이 아니면 삼시랑할미가 쫌매 보낸 팔자로 치자먼 却說이에 화라지[覡] 지마는, 그라다 본개 노상 배만 고픈 디다, 다리도 아파, 워디든 좀 주저앉았으먼 싶어 주저앉은 디가, 美里邑의 火葬場이었구만이여이. 그란 후로는, 넘우 잔치 자리 가서, 辭說도, 唱도, 時調도 불러주고 부름 값을 받았이며, 송장 태우기사 요 늙은네 직업인개 말할 것이 있도 안 하겄제만, 왼 몸뎅이에 고름 病이 들어 죽은 송장 씻기기며, 염하기 겉은 일도 히어, 술이나 밥을 빌었는디, 조 청지기 늙은네허고 너야 내야 친구허기 시작헌 것은, 唱이나 時調가 인연이 돼서였었더라고여이. 고 친구네헌티, 타고난 風流가 있었던맹이라, 즐기는 귀를 갖고 있었수다. 워쨌든 고날부텀, 이란 말은, 火葬터에 궁뎅이 붙인 때부텀이라는 소린디, 각설이에 화라지였던 떠돌이 하나는, 제비던 것이 참새라도 된 뎃기, 양지바른 데 둥지 얹어, 살기(삶)를 알로 품어 지내온 것인디여, 요것 물론, 곧 다 말허게 되겄지만도, 위선은 껑충 뛰고 말허기로 허먼, 헌디 고 알 속에서 살무사 새끼가 한 마리 깨어났던지, 고 둥지 속 쌓아놨던 것은 물론, '아랫묵'끄장도 다 생키 묵어뻐렀습니다. 요 '아랫묵'을 시님께서, '無爲'라고 고쳐 일른대도 벨랑 틀릴 것은 없겄십니다. 연이나, 아 그랬었었제여, 火葬터 얘기였었지우, 그랬었었제여, 시님도 짐작은 허시겄뎃기, 거 무신 온역이 지난 일도 없는 디에, 짜들아지게 일꺼리가 있는 것도 아니다 본개, '아랫묵' 애기도 허게 되고 헙니다마는, 글씨 그러자니, '아랫묵'에 배 깔고 배깥이나 빼꼼허게 내어다보는 것이, '알' 품어 까기인디, 그라다 보먼, 한 해에도, 많으먼 여나믄, 적으먼 대여섯, 말투며 억양이 달른, 여러 종단의 시님덜이 들려, 一宿을 빌고 허는 일이 있고, 그라먼 한번 '주저앉아 빼린 각설이'가, 고런 저녁으로는, 고런 시님덜 法說을 좇아 주류에 나섭니다. 요런 말은 머신가 허먼, 한 화라지가, 고런 시님들 한 쪼각씩 떤지주는, 곰팽이 핀 法들에, 차차로 차차로, 흥미를 느끼기 시작히었다는 고런 말인디여, 그라다 보먼 요 늙은네 말씨끄장도 고런 시님덜을 닮아져 가고 그랐소이. 말헌 것 겉은 '無爲'도 고런 것 중의 하난디, 그러장개 美里는, 말씨끄장 萬宗團 것들이 모이고, 섹섹이다가, 워니 말씨도 아닌, 그라먼 고것이 美里 말씨제 또 머시겠소에, 美里 말씨가 생기게 되는 이치 속도, 디리다볼 만허게 되드라 말이지여. 헤흐흐 큿큿, 보쑈 시님, 이라고 보먼, 요런 불학무식의 火葬쟁이가, 마, 마, 말, 말에, 관해서, 생각히어보기를 시작헌 것이라고 할 만허끄요? 시님도 인재찜은 짐작허겠지마는, 한 火葬쟁이가, '아랫묵'에 배 깔고, 생지랄하고 자빠져 있다가시나, 문득, 에라 요렇 것이 아니라, 벨로 달리 생몸뗑이를 휘둘러, 해볼 짓도 없으닌간두루 갖다가시나, '말'이라도 생각히어볼꺼나, 그래갖고 '말'에 관해 생각히어보기 시작헌 것은 아니요이. 그리기 전에 갖다가시나 물론, 워디 산막에서 니리왔다는 시님덜 쳐대는, 도대체 고 이치 속도 모를 꽊[喝] 쏘리에도 여러 번썩이나 놀래고, (보쑈 시님, 만약 무신 꽊 쏘리가 사람 귀를 틔운다고 헌다먼, 여름날로 쳐대는 천둥 한 번썩 지날 때마둥, 만 사람의 귀가 뚫어지고 히어설라무네, 세상은 맨 귀 밝은 사람으로만 꽉 차뻐리, 부처가 왔던 까닭을 모루게 될 것이요이, 그렇잖냐고?) 벗어 내리치는 짚신짝에도 볼태기를 맞았이며, 젊게 된 '話頭'라는 것 밑에도 깔리 눌리각고, 천식이라도 앓는 것맹이, 숨도 잘 쉬덜 못허고 그랬는디, 뭣보당도 고 놀롤하던 한 화라지 火葬쟁이헌티서 '몸뎅이'를 노략질한 것이 있었다머는, 고것이 뭣이었는가 허먼, "도제는 불을 놀리는 땅꾼 겉은디, '불'이 뭣인지, 고것을 두고시나, 무신 道라도 깨우쳤다는가? 火葬을 헐 때는 도제는, 실다움이란 것이 뭣인지, 고것 찜 살피보거라." 허는, 고 한 소리였었제. 거두절미하고 말허먼, 고 뒤부텅은, '아랫묵'이 아랫묵 겉들 안 허고, 그런 대신에 갖다가시나, 저드랑 밑에서 뭣이 뽀시락 뽀시락 일어나는디, 허으흐흐큿큿, 본개시나, 보, 본, 본개시나, 거, 거그서, 나, 날, 날, 날개가 돋아나오더라고, 참말로 날개가 돋아나오더랑개. 그라고 나자, 몸이, 세상이, 살기 가, 끕쨱시리 말인디, 모든 것이, 무겁다는 생각이 드는디, 아으 그건 참, 무겁어 도저히 못살겄등만. 고 당장, 떨어져 내리뿌맀제여이. 말씸디린 고 '無爲'가 '有爲'가 돼뻐린 것이라먼, 제복은 맞는 소리라까? 그라고는, '불'을 보기 시작히었는디, 흐흐흣흣큿, 고렇게 '불 보기'를 시작한 뒤, 고 火葬

쟁이는, 지가 지 몸뎅이를 여러 번씩이나 꼬실라댔더라고, 그라던 날, 고 火葬쟁이는, 여태끄장 자기가 '실답다'고 예겨왔던 것이, 자기 눈앞에서 옌기가 돼 없어져 빼린 것을 본 것이요. 아 이거, 거두절미허고 볼 일이겄는디……, 그라고 난 뒤부텀 조 火葬쟁이는, 새로 갖다가시나, 매우 요상허다고 히어야 헐 겡험을 허기 시작헌 것인디, 개거움(가벼움)으로 무겁어, 도저히 못 전뎌 묵겄다는 것입니다. 손장난 끝에, 정수가 튀어나올 때의 니낌을 표현헌다면, 똑 조렇게도 될랑가도 모르겄어도, 요 늙은네가 말허는 조 니낌은, '몸'을 '실다움'이라고 고집히어오던 자가 워느 날, 고 '실다움'이 '가째배기'였었다고 알게 됐을 때, '몸'이라는 '무거움'을 잃고, 잃었으면 둥둥 떠올랐어야 되얐을 것인디도, 폭싹 가라앉게 되었을 때 니끼는 고것입니다. 세상헌티다 잇어졌다고 믿어왔던 맥이 탁 끊긴 것입십니다. 아무것에 대고도, 무신 소망도 희망도 가질 수가 없는디, 그라장개 살도 못 허겄는디, 그라장개 죽도 못 하겄드라고여. ……진짜배기라고, 실다움이라고 믿어왔던 '몸뎅이'에서, 고 '실다움'을 잃은 것, 고것을 고 火葬쟁이는, '말'에 관해서 생각해보기 시작했다고 이른 것인디, 시님덜 허는 이약대로 허자먼, '사람'이라고 이르는 有情은, '몸·말·마음'이라는 세 가지 것[三位]의 한 몸[一體]이라고 허는바, 그중에서도 "마음은 근본이 비인[空] 것이라"고 허는즉, 남은 것은 '말'뿐이기 땜시 허는 소리제요. 마는, 요 늙은네 스스로도, 요 늙은네가 말허는 고 '말'이 머신지는, 사실로는 모르고, '살'을 태울 때 일어나는, 천 마리의 독사도 겉은 불의 쎄바닥이며, 등천하는 龍 겉은 옌기 겉은 것이나 아닌가 협제여. 火葬쟁이헌티는 그러장개, '몸뎅이'라는 것이 머신지, 잘 알 수가 없게 되고, '옌기'[煙氣]가 돼빼리면 남는 것이 없다는 것, 그라고 고 옌기끄장도 무신 '알맹이' 겉든 안 허다는 것, ……헛되고 헛되고 헛되고 헛되도다…… 그래각고시나, 요보쑈 시님, 히힛킷킷, 요 늙은네가, '불'이 '말의 元素'가 아닌가, 하고 알았드랬입니다. ("제기럴, 羑里에로 환속한 중은, 火葬장이까지도, 한 몫의 아라핫이럴랍." 촛불중은, 혼자 씨불이며, 합장하여, 목소리가 들려오는 쪽에다 재배했다. 거기에 아마, 뚫려져 있다는 그 구멍은 있을 것이라고, 촛불중은 짐작하고 있었다. "그리하여 저 '불의 牧童' 하나는, 자기가 '밖'이라고 이르는 것이 뭣인지, 그것쯤 환하게 깨우쳤다 말입지." 촛불중께 이 '밖'은 헌데, 다른 어휘로는, '畜生道'였는데, 자기가 '쥐'라는 것을, '개구리'라는 것을, '살모사'라는 것을, '부엉이'라는 것을, 것을, 을, 그리하여 자기가 그 한 전체라는 것을, 깨우쳐내는 일, —그것이 촛불중께는, '無意識을 깨우기'로 이해된 것이던 것이다) 연이나, 거두절미하고시나 말씸이지만, '개거움으로 무겁기'란 것은, 차차로 차차로 그리된 것이기는 허제만, 참말이제, 못전뎌 묵게스리 나쁜 느낌으로 배뀌어갔십니다. 곌국은 참아 묵덜 못허고, 고 火天님의 새끼 당굴 하나는, '아랫묵'을 박차고 떠나 갖고시나, 火葬하고 난 뒤 식은, 재 속에다 붕알을 묻고 앉아, 고 재를 머리에 다 끼얹고, 가심에로 끼얹고, 그람선, 도대체 이미[意味]가 없어 살덜 못하겠는 고 살기(삶)를 끝내뻐릴, 무신 그런 이미라도 있으까, 고것을 찾았든 것이었소이. 요런 말은, 그라먼, 죽기에는 또 무신 이미가 있겄는가, 그런 말하자먼, 죽기의 이미를 찾았더란 그런 말이기도 헌디, 요런 소리는 왜냐먼, 죽기에도 이미가 있는 것 겉어 비덜 않더라는 그런 소리라고 또, 해, 헹, 에헤헹, 각설하고 이때지만, 헤흥야 헹, 그러던, 글씨, 살도 죽도 못허겄어서, 죽도 살도 못험선, 재 속에서 자고, 깨고, 野狐라서 질게 질게 울부짖어대던, 그러던 시절인디, 워느 날이었는디, 틱별헌 날, 春山에 불이 나니 못다 핀 곶 다 붓는다, 헹야—헹, 오랭이가 팍 물어갈, 그라고 본개 요 늙은네가 말인디, 요. 이약이 허고 싶었던맹이제, 그랴, 고 이약이 허고 싶은맹이라고, 글씨 고 탓에 요 늙은네는 아직 오늘끄장도, 노상 목이 끄닐 끄닐 서름으로 아픔서나 부달리고, 피 뭉어리가 맺히 뱉아져 나올라고 허는 땜시 못 살 겄는디, 아마도 한 마리 野狐가, 커 말이요만, 이승 시집살이에 퇴박맞고, 친정 길에나 오르던 제집 하나를 잘못 잡아묵은 것이요이, 더뫼 뎌 불은 씰 물이나 잇거니와, 말인디, 글매 요 늙은네는, 그 이약이 허고 저픈 것이라고, 이 몸의 닉업는 불 니러나니 씰 물 업서 ᄒᆞ노라, 헹야—헹, 흥흥, 그래갖고시나, 고 옌니의 서름 겉은 납비내(비녀)가 고 들개의 목에 걸렸는 듯헌디, ……그, 그라고 나서도, ……요것이 그라장개, 가맚어 봅셉. 자석 뇜이 금년에 스물두 살인가, 세 살인가 그런개, 끌끌, 놈도 장가를 디뤘어야 되는 것을, 끌끌, 걱다가 한 삼사 년을 더 보태주기로 허먼, 가맚습제, 요것이 그라장개, 치언장, 요것이 펄쎄로 그렇게나 되었단댜, 한 이십오륙 년 전 애기나 되겄는개 빈디, 어져(!) 세월여류러라. 동짓돌 기나긴 밤을 한 허리를 둘헤내여, 어져 딩디구, 춘풍 니불 아래 서리서리 녀헛다가, 어지어 딩디구, 어룬님 오신 날 밤이여든 구뷔구뷔 펼 것을. 딩디구 딩디구 잘이한다. (이거, 술이, 내가, 과하끄나?) 따지고 본개, 이십오륙 년씩이나 세월은 흘렀던맹인디, 치엔장, 흘르덜 않다가, 세 보기를 쫓아 세월이 흘른다 말여(?), 고 이십오륙 년이 흘르도록이나 내도록, 이 늙은네 세월은 하루도 흘르덜 안 한 것 겉은디, ……요런 세월은 그라고 본다먼, 달마재라던가 워디 살았었다던, 워떤 억울한 새 각씨, 낭군이 불어 껐어야 할 華燭이다 본개 못 꺼지고 새초롬이 앉아, 똥 누러 나간 낭군 지다리기에 날을 샜는데, 달을 샜는데, 두루마기 입은 두루미, 두루두루 둘러온다, 여러 여러 번씩이나 둘러온다, 목이 메인 빼꾸기, 뻑뻑꾹 지나간다, 여러 여러 번씩이나 지나간다, 온다, 간다, 여러 여러 번씩이나 오간다, 못 꺼진 華燭 더 타도 못 해 솔았입니다, 멈춰뻐린 세월, 밖으로는 헌디도 두루미는 둘러오고, 빼꾹이는 꾸꾸 지나갔는디, 장가든 첫날밤, 칙깐 길에 올랐다, 영 돌아오지를 않고 떠나버렸던 낭군니미는, 그렁저렁 헤매기, 워느 날, 벗어놓고 떠나온, 고 두루매기의 안온함을 생각허기 시작히었드랑마는, 그래서 고향 질에 올랐다고 허는디, 돌아올라먼 이 자석아, 두루매기를 입고 칙깐 길에 올랐던 이 버렁 떨어진 자식아, 한 무더기 똥이나 뜨근히 누어, 오는 봄 처가 못자리 마련이나 해놓고, 그라고는 올 일이제, 뒤늦게 왜 온다는 겨? 아으, 검던 머리가 반백이 되어 돌아와 보니, “화냥껏 겉으니! 아직 정도 나누잖은 남정의 두루매기 자락을 잡아땡 겨?” 썽내고시나, 지가 벗어뻐렸던 고 두루매기는 헌디, 한 자락이 문틈에 물리 있는디, 하으참 요랄 수가, 하으 하읔, 흨, 흨, 요랬던 수가, 사내 문고리에 손을 대니, 문이 파사근 파사근 주저앉는다, 푸른 저구리 다홍치매, 동방에는 華燭 아직도 밝는디, 워디서 서리서리 서렸던 바램이라도 불었으끄나, 꺼진 華燭, 파사근 파사근 무너난 불꽃, 제길할, 세월이 닿았었을 일이 아니었던 것인디, 재, 빼꾹이 울음 재[灰], 두루미 벗은 두루마기, 재[灰]. ……안개 속에서는 헌디도, 죄용 죄용허니, 심정을 가다듬어 갖고시나 찬찬히 말할 일이제, 요 낫살이나 된 늙은네가 열을 내 말을 헐 것은 천상 아니겄소이. 비도 안개비도 참말이제 요렇거니나 니리는데, 한 알캥이 모래의 심정

되는 것 반도 못 적신 것 같은디, 분멩히, 괴롬 받으라고 쥔비된 저승에 니리는 비는 요랄 것이요. 비는 칠 년이나 오는디도, 하루도 안 걸르고 오는디도, 칠 년이나 타온 넋들의 입술에, 요런 비는, 닿는 직시로 타 없어저빼리, 칠 년이나 大旱으로 목은 마르고, 그란디도 비는 칠 년이나 안 걸르고 니리고 있는 것이요. 羑里에서는 그라장개, 습기를 그리워하기 시작허먼, 고 당장에, 지옥을 파기 시작허제 싶으요이. 사실을 말허먼 헌디 요 늙은네는, 아죽끄장은, 요 안개비가 벨랑 싫덜 안 허기는 안 허는디, 요상한 것은, 안개 속에서는 고독허다는 생각을 잘 안 허게 된다는 일요이. 그란 대신에 갖다가시나, 옛날에 만내고 헤어진, 고런 여러 가지 귀신들을 만나게 된다고. 워짜먼 사람은, 툭 터진 데를 그리워험선도, 툭 터진 데 툭 떤지저 있으먼, 워째선지 고 휑한 디를 못 참고시나, 참말로는 아무껏도 저를 해칠라고 달리오는 것이 없는디도, 지가 혼차 겁을 묵고 생각허기를, 지 땀이며 피 니얌새 맡고, 인재 조꿈만 있으먼, 굶주린 늑대며, 흡혈귀며, 나찰들이 떼를 지어 내달리 올 것이라고, 그란즉 워디든 숨을 만한 구멍이나 굴이라도 찾을라고, 조급해져 내달린다는디, 헌디 달리기를 시작험선부터는, 더 빠르게 달리먼 뒤에서도 뭣이 더 빨리 따라붙고 허는즉, 뒤꿈치에서는 생불이 나디요, 숨은 더더욱 차디요, 뒤에서는 천의 늑대가 으르릉거리며 쫓아오디요, 무섭디요, 아흐 무섭디요, 걱다가 날끄장 저믈라고 허고 있는 것 겉디요, 똥끄장도 매럽디요, 신발 끈이 끊어졌디요, 아흐, 워째얄지를 모르갔디요, 때에 보니 말이디요, 저기 워디 벌판 가운데 빈 굴이 하나 보이는 것 겉은디 아니 들 수가 있가디요, ……여부 사둔, 그라먼 사둔은 餓鬼가 되야가쑤다. 시님은 글씨, 餓鬼가 되얐겄다고, 허다못허먼, 워떤 들개 암컷의 아랫두리로라도 들었더먼, 속 빈 나무 속이나, 임자 없는 굴속에 들었던 것보당은, 그래도 나았을 것이까? 餓鬼가 된 것덜마동, 도망치다 워디로 들어 숨는다고 숨어든 것이, 無情이 연 구멍 속으로 잘못 든 까닭이라고 허든디, 그런즉, 魂魄이란 肉身을 못 입고 있다 히어도, 조것들은 노상 배고픔에 당허겼는디, 아 안 그렇겠소, 젠장, 몸도 없는 것이 들라먼, 무슨 '子宮' 속으로라도 들 일이제, 몸 입어 있는 것들이 들어 비도 피하고, 군불도 때는 것 겉은, '處所'에를 들어서는 워짜잔 짓이끄요? 없는 몸을 있어 해갖고, 배고픈 일에나 당할배끼, 더 되겄소? 아으 餓鬼님 시님, 은 그랑개, 해다 놓은 물밥이나 잡쑤씨요. 안개비 오는 날의 酩酊, 흐, 흣, 흣, 요것 좀 보쑈 시님, 요라 장개 요 늙은네는, 속이 취했는지, 밖이 취했는지, 모던 것이 아시무레허기만 험선, 고것끄장도 귀별을 못 허겄는디, 또 아니먼, 첸장헐, 말이제, 요. 늙은네가 워느 녘에, 글씨 대취했다고 생각허고만 있는 중, 혹간 뒈져뻐린 것이나 아니겄는가, 글매, 깨끗허게 그래뻐린 것이나 아니겄는가, 그런 것도 생각허기는 헌다고 시방. 호, 혹간 고것도 아니먼, 죽기는 펄쎄 언제 죽고, 헤매다가, 무신 암컷을 에미 삼아 쳐들어앉아, 羊水가 안개비 겉여 좋다고, 안옥해 좋다고, 그라고 있는 중은 아닌가, 허기는 고것끄장도 생각 안 하는 건 아니다고. 안개비 속에서는 글씨, 영 갖다가시나 안팎의 귀별이 안 되는 사탈 이가 있는디, 안개 밭에서도, 바다 떠도는 水夫맹이, 溺死를 허능게 여, 허능게라고. 역시 갖다가시나 조 워떤 불행한 水夫 애기겄는디, 글씨 말이제, 뭣이 뭣의 배[胎] 속에 앉아, '밖'을 '밖'이라고 내어다보기로 헌다먼, 고 '밖'이라는 것이기는 사실로는, 고 에미의 '속' 말고, 뭣이나 될 것여? 헌디도 가맜습제, 반대로 갖다가시나 요번에는, 고 같은 배 속에 앉았는 것이, 배깥 대신 제 놈의 안쪽을 디리다보기를 시작히었다고 허기로 헌다먼, 거그 사실, 무신 디리다볼 안이라도 있으까? 아직 살아본 일이 없는 것의 안쪽에는 그래서, 대천지 갖다 가시나 뭣이 있을 듯헌고? 여보쑈 시님, 흣, 흣, 흣, 요런 늙은네가, 흣흣, 고런 것을 생각히어보기로도 시간을 보낸다 허먼, 웃음배끼 더 나오겄소마는, 그라다 보먼, 지루허다거나, 뭣 땜시 눈뜨고 깨어 있을 필요가 있는가 고런 것을 생각허든 안 허게, 되기는 된다고, 대답은 헌디, 크게 잡아 두 가지찜 되겄습디다. 하나는 그러장개, 안[內] 디리다본다는 짓이란 건, 잠을 만내기라는 것이며, 고 잠을 깨우기란 것이 밖으로 태어나오기, 그래설람엔 밖을 깨우쳐 일깨우기에 의해설람에 잠을 깨우게 된다는 것이며, 또 하나는, 前生의 기억을 깨우기가 아닌가 허는디, 요런 소리는 왜냐먼, 워떤 시님께 듣잔즉, 에미의 쫍디쫍은 下門을 통과하기가 괴로와, 그때 틱히 머리가 터질라고 히어 괴롭다는디, 모든 有情은, 그 下門들을 통과헐 때, 前生살이를 깡그리 잊어뻐리되, 그렇다고 히어서, 있었던 前生이 없어져뻐리는 것은 절대로 아니고, 이를테문 잠 겉은 것이라고도 이를 것이 되야, 머믈러

빠린다고 허능개, 그래 허는 소리요이. 그래 그때, 그런 소리를 들을 때는 몰루다가, 나중에 생각이 나서 생각히어본 개, 조 워떤 배 속에 뭉치 앉은 것의 前生의 기억이란 건, 요 말은 그랑개, 조것은 아직 저 苦門을 벗어나지를 않고 있은개, 지 놈의 前生을 환하게 죄다 다 기억하고 있다는 말인디, 다름이 아니라, 고 한 뭉어리의 핏뎅이가, 거꾸로[過去] 파고 나아가 내어다본, 다른 쪽 '밖'의 풍경이제, 고 핏덩이의 '안'의 풍경은 아닐 것이 아닌가 허기도 히었었소이. 헌디도 또 갖다가시나 다른 한핀으로 생각허자먼, 보쏘, 에미 소가 씨푸런 풀을 묵어 흘리는 젖을 보먼, 고것이 무신 씨푸런 풀물이라거나 그런 것은 아니고 말이요, 커냥은 갖다가시나, 희어도 달빛맹이 희고, 진해도 피맹이 진한디, 고것만 하나 예로 들어본대도, 알 것는 것이기는 뭐신가 하먼, 말한 바의 조런 '밖의 풍경'은 같다고 헌다 히어도, 고것을 경험허는 '안'은 다 달븐 것이 아닌가 허는 것이요. 고것뿐만도 아니고 말이제, 여전히 말이제, 고 배 속의 것이 기억허는 前生허고, 고것이 처했던, '前生이라는 밖'허고는, 꼭히 같은 것 겉지도 않다고. 이런고로시나, 각기 有情의 살기의 애쓰기, 고 내용이 달리지는 것일 것이 아닌가 허는디, 요렇게 된 개, 빛의 배 속의 것끄장도, 안이 없다고 주장하기는 썩 곤란한 니낌이 없잖애 있더라고, 문제는 헌디 머시냐먼, 요런 안개 속에서는 말 이제여, 니낌이 워떤가 허먼, 글씨 워떤가 허먼, 안도 밖도 없거나, 분멩치가 않다는 것이라는 고것인디, 그란디도 여전히 에미 소는 씨푸런 풀을 씹어 묵어, 희디흰 젖을 맹글아, 송아치를 누렇게 키우고 있다고. ("羯磨의 土器場이여, 羯磨의 土器場이여", 촛불중은, 혼잣말하고 있었다. "그리하여섭지, 흙이 소가 되곱지, 그 같은 흙이 토끼도, 푸른 풀도, 염소도 되는 것읇. 프라브리티가 蘇摩汁을 얻음. 에미 소는, 한 들의 푸르름을 誤讀 曲解하여, 原意를 바꾸고 있돕다, 喝! 喝! 羯磨鬼가 버글버글 쏟아져 남. 이럇, 끌끌, 打! 돌밭 갈기에나 부리리랍.") 錯覺이라는 것이 있다든디, 요런 안개비는 그랑개, 고 錯覺에다 천정 둬 일어[浮] 났겄는가. 결국엔 고것이, 실다움허고, 실다움 아닌 것하고 사이의, 귀별끄장도 없애삐렀다고. 大川 가 사는, 옛날 친구가 하나 있는디, 고 친구는 만내 몇 잔 술이 얼큰해졌다 싶으먼, 한 마리 野狐가 밤의 안개 탓에, 방향을 잃어각고, 딴에는 들로 산으로 간다는 것이, 깊이 간다는 것이 그만, 큰 물가 뻘진 데를 깊이 들어, 거기 그 뻘에 발을 묶여, 처량히 짖는, 그 野狐의 울음소리 이약을 허곤 히었는디, 고랄 때마동 그 친구네는 아예, 이승 왔기의 그 運命에 관해, 말하고 있었던 것으로 들어왔었제그리. 美里 와서 몇 식경도 흐르잖애 요 늙은네는, 고 친구의 野狐를 참 여러 번씩이 생각하고 생각하게 되었는디, 요 늙은네는 걱다가 또, 하필 지 목구먹에다 발을 빠촤 못 빼내는 野狐라고 알기 시작허능만요이. 말한 바의 저 '목구먹에다 발 빠추기'란 뭐 별다른 뜻이 있는 것도 아니요. 글씨 거 말여, 목구먹에 걸린 듯하게 예겨지는, 무신 납비내라도 끄내보까, 그래서 목구먹에다 발을 넣었다가, 거그 어디서 그것을 잊어뿌리고 말았다는 그런 얘기제. 요라장개 인제 고 野狐헌티는, 해 떠오를 것이, 고 별이 안개를 녹혀빼릴 것이, 사뱅이 훵하게 터져빼릴 것이, 그라면 인재 애어른 헐 것도 없이, 쇠시랑이나 낫이나 잽히는 대로 들고 내딸아 올 것인디, 워찌 안 무섭을 수가 있겄어? 美里는 이 철, [2]암깨구리요이, [3]꼬악 꼬악, 만약 비가 니린다먼, [4]아크, [3]안 젖을라고 우리덜, [4]흐크, [3]물 밑으로 뛰어들라고 할라, [3]할라, 꼬악 꽉 꽉, 철은 안개비. 늙은네는 인재, 쇠주 한 잔, 아크흐— 할라 합니다. 여태끼 보듬고 앉아 있었드니, 오지병이 더워져 쇠주끄장 더워졌는디, 더운 쇠주는 회렉이 속해 좋우요 그리. 쇠주 한 목움부텀 허고시나, 고 얘기가 허고 싶어 못 전디겄는, 늙은네의 암깨구리 얘기 한 자리 해바야겄다고. 아크흐—ㅋ, 한 野狐가 글매, 잘못 잡아묵고, 고 아낙네의 납비내에 목이 걸려시나 못 빼낸 채, 끄닐 끄닐 앓기로만 이십오륙 년 살아왔다는, 고 野狐 속의 뫼똥(무덤) 겉은 옌니 얘기 말이요. 흐흐흣, 火葬쟁이 속에 뫼똥이 있소이. 봄부텀은 떼가 푸르고, 가실부텀은, 푸르던 것만 그 황토 속으로 시적여 들고는, 저승 색깔만 냉기는디, 나는 아닌디, 글씨라 요 늙은네는 아닌디, 뭣이 고렇거니나, 철을 꿈꾸요이. 그라장개 나는, 사램이 갖다가시나 두 꺼풀(겹)이나 되는 것 겉엤는디, 넘우 말 좋아허는 사람덜이 워찌 火葬쟁이라고 납뒸겄소이? 낫살이나 든 이들은, 火葬쟁이가 火葬鬼에라도 들렸는지 모루겄다고 쑤군구리고, 어린것들은 대놓고 말험선 놀리쌌드라고. 불은 쎄(혀)가 일곱이나 된다고 허는즉, 조 火葬쟁이를 홀꾼 女火鬼는, 꼬랑지가 일곱일 것이라고 히었소 그리. 그렇다고 헌단대도 조 미친다니가, 애들을 디리다 간이나 불알을 떼 묵은 일도 없었이며, 하초를 덜렁덜렁 내놓고시나, 빨래터 같은 디로 쏘댕긴 일도 없었는 디다, 살짝 간 것들이 그라는 것맹이, 실성실성 씨부렁 씨부렁 씨부렁댄 일도 없었는디, 워째 고런 소문이 맹글아졌는지는, 알다가도 모룰빼끼 없었은개. 헌디도 그 화라지 火葬쟁이가 부르는 노래에는 冥音이 짚으고, 冥感이 秋雨라, 가늘고 여리되 쑹악헌 저실(겨울)을 불러온다고 일러, 그녀러 화라지가 노래를 헌다거나 퉁수를 분다거나 허먼, 고 모임판에 모인 사람덜이 차채로 차채로 솔아갔던 모냥으로, 시나, 술잔에 손을 댄 자는 그 술잔을 들어 올리덜 못허고 있고, 입솔이에 대고 있는 자도 고 술잔을 마시도 떼내도 못하고 있었드라고여. 워떤 대목에서는, 고 화라지의 목쳉이, 고자 소리가 됐다가, 워떤 구비에서는 여자 소리를 내고, 요라다 본개, 요것은 물론 짐작이지마는, 그런 탓에 사람들이 평론키를, 조 화라지 속 워디에 분멩히, 女鬼가 하나 들어 있어, 그 청승이 그렇거니나 저승맹이, 秋雨 후적이는 저녁녘맹이, 비 오는 밤중의 공동뫼지의 鬼哭맹이, 구질고, 질고(길고), 짚으고, 어둡다고 허는 것으로 알았소. 그러허단대도, 거그 무신 톡 불거진 사껀이라던지 벤화 겉은 것이 없다 보먼, 하루 가고, 두 달 가고, 삼 년 가기로 세월이 가다 보먼, 고 '미친다니'끄장도, '미친다니'라는 고 상태에서 '平人'이 돼각고, 조 사람덜 변두리에 머물러빼려서는, 하나도 새로울 것이 없다 본개, 묵어졌다가, 잊어져 빼리드라고. 한때, 모든 입솔이에다 푸루쭉쭉한 물을 디리게 히었던 것들에서, 쭉쭉한 푸른 물만 빠져빼리기. 그랄 때찜부텀, 조 화라지는 오좀은 앉아서 푸루쭉쭉히 누고, 저녁에는, 글씨, 그 워떤 비구니가, (쬐꾸만 보따리 하나 꽁꽁 싼 것을 각고 왔다가, 한 번도 안 피보고, 갈 때는) 놓고 간, 고 보따리 속에서 펴내 본, 색동저구리, 뿕은 치매, 납비내도 한 개, ―고것을 입고, 상투는 못 올리밨은개, 따니리 놓은 머리를 올리, 비내 꽂아 낭자를 허고, 멩경 앞에 앉았다가, 음식이 모지래 칭얼칭얼 우는 자석을 품에 안아, 젖을 물리보요이. 그 짓도 잦다 본개, 빈대 젖꼭때기가 실멍 실멍 커나서, 나중에는 늘어질라고끄장 허드라고, 허단대도, 요것 모도 안개 속에서만 헐 수 있는 애기겄제맹. 글매, 햇빛만 든다 허먼, 조런 짓들이 끕째기 넘새시럼선 얼골이 뿕어지는디, 그런디도 해가 지기만 히었다 허먼, 눈은 차꼬, 색동저구리 뿕은 치매 보따리헌티로만 가고, 몡경에다 얼골이 비춰보고 싶어지는 건 암만해도 워짤 수가 없드라고. 요 낫살에 뒤돌아보고 알게 되는 것은 뭐시냔개, 요것도 '나'고, 조것도 '나'드라는 고것이드라고. 아크흐—ㅋ, 늙은네는 쇠주 한 목음 더 할라 합닌다. 고 사연은 요러헙십닌다. 요 목구멍 끄닐거리는 납비내 사연은 말인디, 참말을 말허기로 허먼, 요 낫살되기끄장 요 늙은네, 워떤 바우 똥꾸녁에라도 대고, 또는 뒤뜰 대숲 흙을 파고시나 엎드려, 고 대 뿌렝이헌티다 대고서도, 요런 이약을 여러 번씩이나 히어밨어도 바람 부는 날이며, 찬비가 궂은날 겉은 때, 별다른 헐 일도 없은개 귀나 자울여보고 히었는디도, 비밀시럽게 들은 그 이약을 되풀어내는, 바우의 울음소리거나, 대숲 앓는 소리 겉은 건 들어보지를 못히었더라고, 그라다 본개 귀가 그립드구만이여, 해 보낸 소리를 분명히 듣는, 고런 귀가 그립드라고 말여. 그래도 하기는, 지내다 보먼, 고런 바우 똥꾸녁에서는 이깽이가 돋아 피고, 대숲에서는 굵으룸한 죽순이 하나도 둘도 셋씩도 돋아오르기는 히얐십닌다. 마는, 고것덜이 사실로 갖다가시나, 들어뒀던 이약 땜시, 똥꾸녁이 개럽고, 귀가 개롸 되울리 냈던 '소리'였든지 어쨌든지는, 말하지 못하겄다고, 그러다가 중년에 새로 생각히었기는, 조 화라지 公의 이약이랄 것은, 혹간, 매듸만 있고서나, 속은 비어 없는 것, 고런 것이나 아니겄는가, 허기는 히히었는디, 허기사 풍진 세상살이 무신 그리 속살 찔 일이 있으끄요마는, 조 화라지의 세상살이는, 속살도 없이, 비인 매듸매듸가 아팠그렁, 아픈 디마동 매듸가 졌었그덩. 세월이 흐르기에 쫓다 본개 말이지만, 조 화라지는 나중에는, 그랴요, 안 씻근 저드랑이며 호복지서 나든, 독해도 독한 탓에 더 뽀채고 드는 암내며, 겡도 내음새, 고런 것이 허기는, 한 제집의 실다움이었던 것으로 알았는디, 한 제집의 고런 실다움을 쪼꿈썩 쪼꿈썩, 시나부로 잃게 됨선부텀은, 아, 참, 아까 요 늙은네가, 워느 때부텀서, '말'[言語]을 생각허기 시작히었다 하잖습메여, 고게 아마 요러던 워떤 시절이었던 것맹인디, 보고자 그립어했던 제집은, 아져, 고것이 요 늙은네의 明圖였더니, 한 화라지에 대한 속절없는 情 주기의 마마에 앓다 죽은 제집의 넋, 태주였더니, 글씨 말이제 사람은, 차꼬 還俗을 해감시롱도, 허다못해 '尿缸道'며, '손톱 道'도 믿는다고 허잖습뎌, 무신 한 귀절의 청싱스런 노래, 넋살, 탁 뿐지르고 말허먼,

時調, 그렇소, 時調 겉은 것으로 벤해뻐린 것인디, 헤헤, 그라장개 요 늙은네는, 時調의 납비내에 목이 찔리, 밤이 아프고, 낮이 아파, 노상 우예는 화라지…… 참 갖다가시나, 요것이 느닷없이, 무슨 녀러 수상헌 사설이냐고, 시님은 놀래 묻겄습는가? 허으야 뒤야 상사뒤야, 개좆 청승, 앉기만 허먼 뻴그렇십닌다. ……글매 갖다가시나, 아까부텀 말해오는 기 요것 아니냐고 시방, 한 이십오륙 년 전 얘기라고 말여, 고걸 요 입으로시나 또 말해야겄네 시방, 또 말해야 쓰겄냐고 시방, 실답잖은 중님 겉으니라고! 헌디 시님, 워쨌거나 또 좀 들어보셔이, 글매, 요 늙은네는 말이 허고 저프고, 그라장개, 귀가 그립어싸서 요라는겨. 하으, 고런 때사 말고, 워째선지 일깜도 없는 디다, 行僧 말은 구만두기로 허잔대도, 건넛뫼 여수끄장도, 지나며 눈 한번 홀기는 일도 없었다 본개, 글씨 살다 보먼 고랄 때가 한 번썩 둬 번썩 왔다가는 가고, 갔다가는 오고 그라더라고, 첸장헐, 쑥국째 쑥국 쑥국 끓이는 소리만, 쑥국맹이 귀에 입에 써 못 전디겄는디, 봄에는 걱다가, 모던 것이 핑기는 액기 땜시, 재채기나 눈애피가 안 일어난다먼. 쑥국에 쑥버무리만 묵고 팔비개로 누웠어도, 하초가 일어나 벌럭벌럭 해쌌는디도, 기양 왼 몸뎅이가 탁 풀어져, 움직일라먼 세상이 노래져 못 살겄는 것이 아니더냐고. 고랄 때는, 아지랭이 속에서도, 아지랭이만 한 꺼풀 걸친 것이, 암컷이, 제집이 일어나고, 타 스러져버린 火葬 재 속에서도, 살찐 제집이 하나 불보다도 뜨겁운 色慾 땜시 꿈틀거리는 것이 차꼬 내어다비는디, 그렇게시나, 홀애비 서름을 짓씹음선, 여문 붕알이나 조무락거리고 지내잔개, 기양 갖다가시나 눈깔만 뻴그래질람선, 쉬는 숨은 탁한 옌기 겉여, 요라다가는 이거, 사램이 마구[魔鬼]가 돼뻐리고 말겄다 하고 있는 중인디. 요것 좀 보셔 시님, 죽문 앞에, 목탁 치며 염불허는 소리가 있드라고, 글씨, 염불허는 가느른 목소리의, 그랴요, 인기척이 있드라고. 칠 년 가물음에 빗방울이요, 월렁문구멍으로 내어다보잔개, 웬 꼬깔을 쓴 어린 행자승 겉은 것 하나가, 뿕은 입수거리를 나불거리고 있소이. 그라장개 망할 녀러, 왈칵 色心이 돋는디, 고것이 행자승이든 비구니든, 고 보송보송한 입에는 참말이제, 아무 공양도 헐 것이 없을 것 겉고, 데럽은 좁배끼 더 물리줄 것이 없을 것 겉여, 나중 일이사 워찌 되았든 뉘 야럴 뇌미 알아, 空得三昧란 벨것이 아니라, 워떤 것의 빈 후문

쏘며 눈 휘뒤집어 까기라는 얘기도 들어둔 바 있겠다시나, 씨버갈 녀러, 빛을 더 지다리고 멈칫거리고 헐 것도 없드라고, 대번에 내달았소, 내달아서는, 대번에 저 녀러 것의 홀목을 꺾어 쥐고 끄셔서는, 아랫목에 내동댕이치고, 어설프게 히어서는 될 일이 아무것도 없은개, 당차게 뎀비들어, 것의 장삼 거둬올리고, 속곳은 찢어빼린 뒤, 후문을 찾잔개, 어, 얼레, 요것 후문이 둘이요. 아흐으 그라고 본개 고것은, 보름달 겉은, 한 덩이 비구니였었는디, 고 火葬쟁이는, 그날 죽었었져, 못 살았었소이. 강간을 히어빼린 것이요이. 참말을 허머는, 고 절 각씨는, 말이제, 말인디, 손구락 하나 깟땍도 안 허고 참음선, 지랄병이라도 든 것맹이, 사지만 떨어대고 있기만 했드라고 하기는. 젊은 절 각씨 혼차서 閱世苦行에 나섰슨즉, 고런 일을 한두 번만 겪었겄냐고 생각도 안 헌 건 아니라도, 범하고 난개 끕째기 미안허단 생각이 듬선, 하늘도 못 보겄고, 땅도 못 보겄어서, 무섭어 못 보겄어서, 두 손으로 눈을 개리고 울었소이, 훌쩍훌쩍 울었드라고. 그람선 생각을 허잔개, 요런 못헐 짓이 말짱, 하초를 달고 있는 디에 까댐이가 있던 것입디다, 보니, 늘 놓이 있는 그 자리에, 고 낫이 놓여 있길레, 얼른 쥐어 들어, 고 녀러 惡根을 끊어버릴랑개, 우선은 주저가 되더라고, 아플 것은 잘 생각이 안 나도, 오좀 눌 일이 큰일일 것이라는 생각이 들더라고. 그랬거나 저랬거나, 저질른 일을 생각헌개, 또 하늘, 땅, 동서남북이 무섭어짐선, 고것을 그래둬서는 안 되겄다는 생각이 드요이. 그래 요번에는, 왼손으로는 조 魔根의 끝을 쥐어 늘이고, 눈은 깜았으며, 이를 악물고는, 色根이 있다고 생각되는 디로 낫 쥔 손을 각고 갈라고 히었소이. 헌디 보쑈, 무엇이 조 낫 쥔 홀목을 잡는 것이 있더라고, 그람선, 쥐어진 낫을 뺏을라는 손이 있더라고, 그러장개 저절로 띄어진 눈이, 고런 광경을 안 볼 수가 없었겄지여. 히히히, 그란 뒤 둘이는 삔적거리는 눈으로, 서로를 훌기보다, 애끼 놨던 쌀로 밥 희게 지어 배 높으게 묵고, 고쿨이에다 관솔을 피웠제 그리. 옌니는, 이름도 없었는지, 자기 學堂에서는 모도 '비리데기'라고 불렀다고 허고, 고것이 대천지 무신 學堂이냔개, '修道婦修業'이라고 험선, 인재 '修道婦學堂'에 올라 있다고 허요이. 요상헌 것은, 그 비리데기 워짜다, 조 火葬쟁이를 부를라면, '여부, 탑 쌓는 양반'이라던지, 어쩔 때는, '무쇠 다리 아흔아홉 칸 놓는 양반'이라고도 불름선,

“껌은 수겅 눈빛맹이 희어지도록 빨아디랐은개, 나 원지 떠난대도 뒤는 밟지 말겨유” 하고도 말했는디, 고 부분만은, 아직도 잘 모루겄다고. 고 ‘탑 쌓는 사내’는 워찌 되얐든 그날부텀, 탑 쌓뎃기, 무쇠 다리 놓뎃기, 살기를 신중하고도 열심히 산 것은 사실이라고. 그란 뒤부텀 맹랑헌 일은, 바우 무덤에 묻힌 시님 헌틴개 말이지마는, 수도청에서, 다른 수도부들도 말고, 해필이면 주모 되는 할마씨가, 한 달이면 한두 번썩 들리되, 월초허고 보름정께 들리, 낮을 새우뎃기 서로 마주 앉아 건너다보고 가곤 히었던 일이 계속되었던 것이요이. 고런 날로는, 조 火葬쟁이는, 火木도 하는 겸, 놓아둔 덫을 볼라고, 집을 비워주는디, 그람선도 벨다른 생각은 해보도 안 하다가 워느 날은, 아 고 둘이는 발구락뿐만 아니라, 손구락이며, 턱은 물론이고 이망빡끄장도 닮아 빈다고 알아낸 것이요이. 고만침끄장은 생각은 해밨지만, 그래서 쎄빠닥이 닮았으먼, 고것이 워쳤단 말이냐, ―거그서부텀은 머슬, 머시라고, 더 생각허기로, 뒈세기 아픈 짓은 허기도 싫었은개, 휘파람이든 노래든, 늘 불어내는 짓이나 히었더라고. 그랬을 것이, 고 젊은 비리데기는, 俗人이면 누구라도 쉽게 고렇게 믿게 되뎃기, 아니먼, 허기는 고렇게 바래기도 헐 것이지만, 法으로, 맹근 정조대를 채와각고, 죽을 때끄장 외간남자를 접해본 일이 없다는, 고런 비구니들과 달바, 히웃히웃히웃, 요분질에 능한 명인인 디다, 交合根에는 잇몸을 갖춰각고 있어, 이를테며는, 사나 송장을 고 불의 잇몸으로 자근거려, 고 넋을 알개 묵는, 火天님의 각씨 겉다는 생각을 허고 있었은개, 나오느니 휘파람일 쑤배끼. 그라다 차채로 고 화라지는, 고 엔니가 다름 아닌, 火天님의 큰 각씨(스바하)가 분명허다고 믿기를 시작히었수. 그 믿음은 그러는 중에 솔아져, 젠장흘, 宗敎끄장 돼뻐렸는디, 火天님은 고렇게, 자기의 한 불머슴께 授戒를 헌 것잉만. 그랴, 그 불머슴 놈은 그렇게 受戒를 헌 것잉만. 그 각씨님을 만냈기 전끄장 그 火葬쟁이는, 넘우 궂인 일 치러줌시나, 남은 밥이나 얻어묵던 화라지, ―그 화라지가 그렇게 하여, 火天님의 宗徒가 돼뻐린 것입십니다. 문제는 헌디도, 고 엔니는, 요분질에만 능한 것이 아니라, 詩·賦·辭·歌·舞에 능해 있어, 요 부분은 甘唱에 속한다고 히어얄 것인디, 요런 제집 휩싸아 오르는 불길에 쌔이 먼, 몸뿐만 아니라, 혼백끄장도 타뻐리, 심지어 재 한 톨도 못 냉기는디, 그럴 때로 고 불의 宗徒니미는, 재 속에가 아니라, 타오르던 고 송장의 열기 속에, 튀기는 불꽃 속에 있었으며, 그래서나 올르고 올랐다가, 月宮에끄장 닿으면 다시 니려, 고 [2]암깨구리 배 속에 들어져 빠리든 것을, ―그렇게 고 불의 宗徒는, 그 암깨구리 배 속에 댕겨(담겨) 삼 년을 살았드라오. 그란 뒤, 고 火天님의 宗徒의 세월은, 흐르덜 안 했었는디, 어저껜지 그저껜지 여그 와서 늙은네는, 끕째기 그 시간을 만내각고, 고것에 대해서나 말할 수 없는 무섭움을 일깨워냈는디, 요것은 워찌 되얐거나, 요 늙은네는, 이승 와, 이승살이 고렇게 삼 년 히었소이. 火天님의 큰 마내(스바하) 말이제, 火天님의 불머슴 위해서나, 삼 년 살아주고 떠난 것이라고, 火天의 큰 마내와 불머슴 둘이는, 고 삼 년, 火天님의 쎄빠닥에 둥지 얹어, 송장을 태움시나 타올르는, 끄시름도 없는 불맹이 살았었더라고, 잘 살았더라고. 火天의 불머슴이 火天이요이, 그래서나 火天님의 큰 마내 태와 묵는 불. 火天님의 큰 마내는 불의 舞足을 갖고 있는디, 그라면, 火天님의 불머슴은 송장이요, 火木, 불의 술. 어흐야, 어허야, 허으―, 그라던 날, 워떤 날, 참말이제 무신 일이 생기뿌린 듯히었소이. 글씨 말인디, 열엿새 달맹이 노상 밝던, 火天님의 큰 마내의 얼굴이, 여러 날째나 그믐밤만 겉었더니, 다달이 비치야 되는, 고 월후가 비칠 때가 훨썩 지냈는디도 안 비친다는 것이더라고. 그래 고 火天님의 불머슴이 묻기를, "고것이 무신 소리란댜?" 헌즉, "道가 陰極으로 벗어나, 畜生道로 떨어져 니렸습니다"는 대답이었더라고. 그란 뒤에는, 고것이 무신 소리냐고 암만 물어도 대답을 안 헐 뿐만 아니라, 사람끄장 배뀌어도 영 배뀌어, 의원네로 갈까 허다가, 수도청 주모 할마씨께 갔소이, 그라고, 돼온 일 대강대강 일러줬더니, 다른 말은 없이 주모는, 두루매기를 걸쳐입습디다. 주모는, 우리덜 살았던 火葬터로 와각고, 그란 뒤 둘이서, 메칠을 살고는, 그라고는, 고 火葬터지기헌티는 말 한마듸도 없이, 휭하니, 자기만 니리갔는디, 그날 저녁부텀 비리데기는, 火葬하고 난 재 속에 앉아, 움시나, 방으로는 올라고도 안 히었소 그리. 그란 뒤 비리데기는, 고 재 속에서 자고, 일어나고, 머슬 몹씨 통회허며 지냈는디, 그라장개 고 火葬場지기는, 모든 잘못을 지가 다 범헌 것도 겉고 히어서나, 아무 데 대고서도 얼굴을 들도 못허겄고, 지침도 크게는 못 허 것어서, 기가 탁 죽어갔고, 비리데기 조석 보살피는 디만, 정성을 다 히었더라고. 비리데기는 그래도, 음석은 하루 한 번썩은 묵었는디, 보기에는 차채로 귀신이 돼가고 있드라고. 요보쎠 시님, 헌디 말여, 말인디, 저 던져데기가 실제로 고렇게 말은 안 해, 귀로는 듣던 못히었어도, 고 火葬쟁이는 고 여러 날, 한 가짓 일로 몹씨, 몹씨, 참말로 몹씨 괴로워히었는디, 글씨 고 火葬쟁이가 마음으로 들어, 고 던져데기가 뭣을 원하고 있었는가를 알았었기로는, 는, 는 말이제여, 던져데기는 글씨, 산 채, 글씨, 다른 것도 말고시나, 말여, 火, 火葬을 당하고 싶어, 지다리고 있었드라고, 있었드라 말이라고 시방. 작껏, 벨 지랄하고 있더라고 시방. 고것은, 말이제, 조 火葬쟁이를 말이제, 씨꺼문 엔기에 휩쌔인, 속이 뜨겁운 불로 태우뎃기, 말이제, 못 전뎌 묵게 허는 고문이었는디, 그람선도, 고 火葬터에서 사는 고 野狐는, 조 비리데기의 뻐 맛을 생각허고 있었는 듯했신닌다. 글씨, 고 火葬쟁이는, "안돼야, 못헐 짓여", 마음으로는 천만번 도리질을 침선도, 고 火天님의 큰 마내를 火天님 전에로 보낼, 고 쥔비를 허고 있었십니다. 머신지는 알 수가 없어도, 무신 鬼手가, 조 火天님의 불머슴의 똥꾸녁에서 삼거불을 뽑아내고 있던 것이라고여. 글씨, 부리던 말이 말이제, 다리를 다쳐 괴로워하먼 말이제, 고 말의 임자 되는 자는, 괴로워허는 고 말의 목심을 빨리 끊어준다는디, 그렇기로 말한다먼, 왜냐먼 글씨, 살기가 기양 괴로움뿐인 것 겉은개 허는 소린디, 무신 새끼가 에미의 아랫도리를 벗어나고 있을 때, 누구든 고 새끼의 숨통을 눌러줘, 이쪽 세상 숨의 맛을 디리지 않게 허는 짓이야말로, 보살행이라는 말배끼는 더 할 말도 없게 되기는 허겄어도, 도, ……어찌 됐든, 火天님의 조 불머슴인 자는 火木을 모으고 있었는디, 고것도 상[香] 나무로만 모으고 있었는디, 火天님 이빠디에 너무 힘이 씨일 대목(이란 건, 나무의 뿌리 쪽 둥치란 말인디,)도 말고, 또 튀긴 보리씹뎃기, 고 입속에서 너무 빨리 녹아져 빼리는 대목(이란, 잎사구가 많은, 나뭇가쟁이들이란 말인디,)도 말고, 火天님 입천장에 그중 맛이 있을 대목으로만, 천천히 모아 드리설람에, 너무 추지지도(습기) 않고, 너무 마르지도 않게, 응달에 쌓아 말루고 있었다고. 그람선도 물론, 한 火葬쟁이는, 불쌍한 한 八字뎅이 살아 있는 것을 둘러, 불의 울타리를 쌓을 수가 있으까, 고것을 노상 의문허지 않는 건 아니었습니다. 그러던 워느 날인디, 火木을 히어갖고 돌아온개, 조용허요이, 사방이 최용허다고이, 워디나 없이 죽었드라고, 글매, 옌니의 종젝이 없었소. 그라장개 고 화라지는 저녁밥을 묵을 수가 없어 못 묵고, 사흘을 못 묵고, 닷새를 묵지를 못 히었십니다. 동을 보고, 서를 보고, 통셋깐을 디리다보고, 아랫묵을 쓰러보고, 그랬으나, 밭도 가꾸고, 거두기도 히어야 히었은개, 그 날부텀은, 밭에다 한숨을 갈[耕]고, 눈물을 심궜소 그리. 火葬場이 官屬이었으먼, 밭도 官屬이나 되었냐고 물을 것맹인디, 그란 건 아니고, 벨랑 헐 일이 없다 본개, 火葬터 근방 까시쟁이를 치우고, 독자갈은 자갈대로 모으니라고 꿈젝이다 본개 제복은 밭 겉은 것이 되더라고. 읍장허시는 장노 어르신께서도, 그 일을 잘허는 일이라고 고무를 허셔서, 낫이며 톱, 괭이며 삽, 쇠시랑 겉은 연장도 보내싰는디, 그렇다고 官祿을 낮추거나 허는 일도 없었드라고. 히어도 워낙이 토질이 박해서, 한 섬 땀에 한 개 감자라는 정도도 수확은 좋덜 못했었십니다. 그러잔개, 본업이 품바꾼이던 것의 밭갈이란 건, 헤헷헷, 풍파에 놀랜 사공 배 팔아 말을 사니…… 허는 소리도 있기는 있던디, 흙에다 대고 품바쳐 구걸허기나 같은 짓이었었소. 뭣이 좀 얻어지먼 운수가 좋다고, 헐 것이고, ……글씨, 각설이는 농사꾼이 못 되던 것이었단개그랴. 고동안, 감자며, 고구마도 한번은 거뒀이며, 美里沙漠 쪽에는 안개비가 니리고 있다는 소식도 있고 히었는디, 헌디, 있었소이, 있었더라고이, 인기척이 있었더라고이, 얼럴럴 어헐럴럴, 어흐야럴럴 상사뒤야, 씨버무거갈, 있어얄 것이 있었더라고, 인기척이 있었는디, 火天니믄, 불머슴 하나를 불쌍히 여겨, 한 번 더 마내님을 니리보내신 것이었더라고. 요번에는 조 비구니가, 앞산을 안고 왔어여! 히히히, 치마폭에 앞산을 안고 와갖고, 히히히, 고 앞산을 풀어헤쳐 놓았다고. 풀어헤쳐진 앞산은 잠지를 달고 있었쇠다! 고 잠지를 꺼생이가 물었었는디, 놈은 노상 火葬 재 속에서 놀았었으니, 고 물린 자리는 여러 송장 타고 냉긴 재에 고물이가 돼 있었더라고. 왜 요런 얘긴가 허먼, 고때 고 애비의 가심 아팠던 일이 아직끄장도 생생해서 그러는디, 요라다가 요 자섹 뇌미 장개도 못 들먼 어짜꼬, 고 걱젱이 들어 그란 것이었소. 헌디 듣잔개, 그라고, 보잔개, 요 자석 뇌미 현 판관 겸직 읍장 어른의 눈에 들고 품에 들어, 모도 말허는 고 '출세'를 해 있는 것맹인디, 바우 무덤 속에 갇히뻐린 시님헌티사 기시고 말고 헐 것도 없은개 말이지만, 헌디도 애비헌티, 자석 놈의 조런 출세가 쬐꿈도 질겁덜 안 헌 건, 참말 이제 알 수가 없는 심사올신다. 건 워쨌거나, 치마폭 아래 앞산을 싸아각고 와, 고것을 펴 버리고 난 비리데기는 기진맥진해 잠을 써뻐렸는디, 본디는, 장판으로나 떠돌며 빌어묵고 살던 것이 직업이었었으니, 고 火葬쟁이 뭘 어째뿐지를 몰라, 발도 못 굴리다가, 수도청 주모 할마씨를 떠올리고, 수도청에로 내달았었소이. ……허기사 요런 이약이, 시님헌티사 무신 소양이 닿겄는가마는이, ……그랑개, 그래도, 허고 젊어 이약을 하고 있는대도…… 싸게싸게 잣을 데는 싸게 잣고 바야겄는가…… 자석 놈은 고렇게 요쪽 세상으로 삐어져 나온 뒤, 지에미 젖을 빨아 묵는담시나, 몇 달, 에미 눈물만 묵은 것 겉은디, 글씨 에미란 것은, 갓난것이 하도 하도 울고 보채다 잠이나 쓰게 생겼으먼, 고만한 크기의 두께비나 남생이 쥐어들 뎃기 쥐어 들어서는, 두께비 아가리에라도 젖꼭지를 물리는 뎃기, 상을 찡그리며 젖을 물리고는, 그라고는, 그래도 고것을 에미 정이라고 히어야까 워짜까, 글매, 고 어린것 얼굴이 빠져 죽으라고, 눈물을 뚜닥뚜닥 흘리고 그랬었소이. 고 엔니의, 고렇거니나 아픈 태도는, 새깽이헌티만 그란 건 아니었고라우, 참다가 참다가 그래도 안 되겄어서, 고 새깽이의 애비 되는 사나가, 전에 늘 그래왔었은개여, 무신 간절한 念이 좀 있고 히어설람에, 실부제기 불두뎅이라도 좀 씰어볼라고 허먼, 영락없이, 조 앙칼져 버리게 된 손이, 무신 벌거지나, 꺼생이를 쥐어 뜯어내뎃기 뜯어냄선, 건구역질을 해댔쌌소. 비리데기의 修道는, 요번에도, 워디 옳잖은 끄트머리[極]로 치우쳐 간 듯하였소. 비리데기는, 옥문을 닫고, 마음을 닫고, 세상도 닫아버려, 수은 방울보담도 더 외톨아져 갔었소. 고것도 글씨, 남정과 자석헌티 휩쌔이서 외톨아져 갔었다고. 그런다 히어도, 고 남정 믿음에는 그랬었소, 제집의 몸은, 남자의 소곰에 한번 발끝끄장 쩌들렀었은개, 세월이 좀 흐르다 보먼, 뫼이 고 소곰을 불러서라도, 옥문이 열리고, 마음이 열리고, 세상이 열리게 될 것이라고, 그래서나, 새끼 땜시 젖동냥을 댕기지 않은 것만 해도 그게 어디냐고, 뻴떡씨는 하초를 눌러 참고, 마음을 눌러 참고, 세상을 왼통 참았드랬소. 그랴요, 그러던 워떤 날은 헌디, 읍청서 녹봉을 받아, 흰쌀도 조금하고, 미역이며, 조긋 대가리도 하나 사서 들어, 虛浪 노래로 돌아오잔개, 조쪽서부텀 펄쎄로, 워째 니낌부텀 으실으실험선, 요상시럽게도 맴이 펜틀 안 헐라고 허는디, 글씨 고때찜은 저녁 짓는 연기가 올라야 될 참인디도, 연기는 니얍새 겉은 것도 안 나고, 아우는 소리만 재지러지다 못히어 목이 쉬어 있는디, 글씨, 그래서, 더 걷도 못혀겄어서 팩 주저앉아 뻐림선, 겔국에 갔다가시나는, 말이제, 鶴尼는 날라가 뿌린 겨, 고렇게 생각했소. 날라가 뻐렀습디다. 불의 둥지는 그라장개 재가 돼 있고라우, 목이 쉬도록 울던 아새깽이는 지 눈 똥에 버물이요이, 그라고는 참말이제, 사방이 기양 최용히어라우, 밤중맹이, 저승 대낮맹이, 용쏘 밑바닥맹이, 조용허고 죄용히어서, 고 죄용함이 재가 되도록이나 최용허드라고. 人家에서 동떨어진 데 살던 火葬쟁이는, 노상 좀 적적해서, 소리를 찾아, 들어볼라는 짓이 버릇이 되얐는디, 고때마동 고 火葬쟁이는, 세상은 소리로도 이뤄져 있다는 것을 확인하고 재확인하고 해왔었지만서도, 그날은, 소리 가운디에 휜 구먹이 뚫혔음을, 소리 없음을, 소리가 아닌[非] 소리를, 그라고도 소리가 못[不] 되는 소리를, 멈춰진 소리를, 얼어버린 소리를, 침묵의 소리를, 그런 여러 소리를 보고 들었는디, 그것은 뇌성벽력보다도 크고 넓고 깊어, 못 전딜 무섬증을, 두려움을 일으켰더라고. 그래도 그 火葬쟁이는, 귀를 막거나 그러지는 아니히었었제. 글매, 불의 불머슴 허다 재가 돼뻐린 그 사나는, 자기의 鶴尼가 날라가 뻐린 것을, 푸드등 날라감시롱, 깃 터럭을 하나 뽑아놓고 간 것을 알아 뻐린 것이었소 그리. 똥내만 등천을 히어라우, 글매 새깽이는 저 누운 똥에 왼통 버물이가 돼각고, 똥톡에 빠졌다 말른 개 새끼보당도 더 처참헌디, 놈은, 제 똥을 많이 줏어 묵은 것 겉여도 보있소이. 똥깨하고 똥구데기는 하기는, 人糞을 묵기로 털에 기름기가 돌고, 피둥피둥 살이 찌는디, 그렇다면 고것을 묵어서는 안 될 것도 없다 싶으기는 협십디다마는. 고 불머슴은, 히마리가 하나도 없는 것맹이, 다리를 후둘후둘 떨어쌈선도, 거 뭐 알 만허잖소(?), 통세도 가보고, 정제(부엌)도 지내 뒤뜨락도 가보고, 밭고랑끄장 둘러보고 허드니, 썰레머리를 잦기 시작히었소이. 그라고는 되돌아와 섬돌에 주저앉고는, 떠난 각씨를 쫓아, 내달리간다거나, 고런 짓은 헐라고는 허들 안 히었소. 전에 자기헌티 왔었일 때맹이 고 보살님, 꼬깔 쓰고, 장삼 입어, 딛는 자리마둥 눈물을 방울방울 떨어띠림선, 지끔찜은 하매, 워디만침이나, 고개 쉬이 걸어가고 있을 것인디,

……고렇게 내어다보지 않은 건 아니었어도, 그러니, 고 흘린 길 눈물 니얌새를 따라 쫓아간다먼, 잃어뿌린 그 흰 젖소를 되찾아오지 못할 것도 없다고 했심선도, 마음으로는 하직의 손을 젓어 보냈었십니다. 천 가지 만 가지를 따지본다 히어도, 단 반 가지 것도 취택헐 것이 없는, 고것도 자기보담 이십 년 가까히나 더 늙은, 총각 호불애비 하나를 위해, 삼 년썩이나 살아준 옌니, 고런 보살님헌티, 뒤처져 남은, 새로 호불애비 된 자는, 그 後生 백 세 천 세를 다 줘뻐린다 히어도, 고 보살의 은공을 다 갚을 수가 없을 것이라고, 고것만, 글씨, 새로 외롬에 이망을 맞댄 사나는, 고것만, 생각을 허고 있었더라고. 고 흰 젖소는, 몽다리귀신도 면하지 못할 뻔한, 한 불의 머슴헌티, 고렇거니나 달고도 매운 흰 감로수를 믹일라고, 고 젖통을 각고 왔다가, 초런 수가, 클매, 살무사 새끼가 태이나각고 고 젖통을 무는 땀세, 고 살무사 새끼의 독이빠디로 솟아오른, 三惡道 毒火에 끄실리, 아파허다가, 겔국은 못 참고, 물린 자리에 새 살 돋과낼라고, 세천시어곡에라도 찾아 떠난 것을, 글씨 그런 것을, 아으 나무아미타불, 관세음보살, 그런 것을이나. 鶴衣 벗구시나, 목물 한번 잘못허다, 워떤 불머슴 놈께 鶴衣를 뺏겨 못 떠났던 鶴尼 하나, 떠납니다, 희게 떠납니다, 뒤남은 자는 그라장개 솔아져라우, 건너다보는 그 하늘이 솔아져라우, 시간이 솔아져라우, 있었던 없었던, 소리도 솔아들고, 모든 것이 독(돌)으로 솔아져 뻐리라우. 뒤남은 火葬쟁이는 그러장개, 움직이도 못허겠고, 울음이 목구멍끄장 넘어와 있는디도 울도 못허겠고, (암만 바우 새로 흘러도 물은 여전히나 유연헌 물인디,) 흘리는 눈물은, 고 눈물 크기만 한 얼음이 돼갖고, 여름 우박맹이 궁글어 떨어지요이. 듣잔개, 고 솔아진 속으로, 워디서 애 우는 소리가 들리드요이, 애가, 애가 울어라우이, 애가 울어, 애타게 울어. 고 애 울음 몇 소리에, 여부 시님, 백 년 침묵으로 굳어된 한세상 바우(바위)가 탁 깨뜨리져, 산산조각이 나뻐리요이. 아 그라고 본개 요이, 애헌티 젖을 믹이야 될 때가 여러 번이나 지내가 뻐린 것을 기억해내겄습디다. 멀 믹이기는 믹이야겄는디도, 워째야 지를 몰루겄는디, 허기는 애비도 목이 말랐응개, 애비허고, 석 달 된 자석하고는 물을 떠다, 나놔 묵었소. 그라고는 인재, 해필 火葬허는 자리다 火木을 쌓아 불 질르고 걸어 들어갈라고 헐 필요도 없는 듯했은개, 고 집 까대기에다, 밖에

서도 말고 안에서, 불을 싸질르고, 자석을 품에 안고 재가 돼뻐리야겄다, 허고, 왼통 꾸릉내뿐인 자석을 품에다 안았었드라고. 그라고는, 성냥을 키지는 못 허고 말아뿌렀는디, 보셔 글씨, 머슬 뽀채니라고 애비의 가심팍에서, 꼬무락 거리는 짝은 입이며, 짝은 손이, 치엔장, 애비의 염통을 끄내 쥐고 있드라, 짝은 손에—. 애비는 그래서나 가심을 열어, 허다못해, 애비다 본개 솔아붙어 빈대 겉은, 젖꼭지를 물리줄라고 히어봤다고. 허단대도 시님은 중이라논개, 요런 경험은 히었을 일이 없었을 틴개, 요 늙은네가 무신 말을 주억거리고 있는지, 모루기는 몰룰 것이구만, 워쨌든, 애비의 고 빈대 젖이라도 빨아볼라고, 안타깝게시리 입을 비비대 오는, 새끼의 고 입에다가는, 나찰끄장도 독은 못 멕이지 싶었소그리. 생각한 끝에 그래서, 젖동냥을 나서기 전에 워쨌든, 버리(보리)밥이라도, 매매 씹어 젓맹이 맹글아, 믹이볼 일이라고, 그래서나 애 입에다 애비 입 대 넹기주고, 넹기줬드니, 저도 너무 울어 지쳤든지, 고냥 잠들어버립디다. 뭣보당도 고마운 것 겉든 것은, 요라먼 혹간, 젖동냥은 안 댕기도 안 되겄는가 허는, 고것이었는디, 자석이 정기가 들었는지 워쨌는지, 한번 눈을 까뒤집고 죽을 듯히어, 고때 몇 번 동냥젖을 믹이보고는, 賤生은 잡초답게, 벨 탈 없이 잘 컸십니다. 애비가 밭일허는 동안은, 저 누어놓은 똥을 주물르고도 놀고, 고걸 묵고도 자고, 꺼생이헌티 잠지도 물림시롱, 허읏허읏, 요상헐 일이제만, 젖이 풍더분한 애덜보당도, 뼈 굵게 자랐십니다. 그래도 인재 요 늙은네는, 서럽고 서러워 하도하도 서러운, 「심봉사뎐」 겉은 얘기는, 더 뀌밀라고 말아야겄고만. 뭣보담도, 요 한 대목, 짧아도 너무 질어져 빼린 恨夢은, 되색이기가 싫다 본개, 요런다고. 요상시럽기는 헌디도, 읍네 아줌씨들은 말요, 워째선지는 몰르겄어도, 서럽고 싶어싸고, 울고 싶어싸요이, 그래서는, 무신 잔치가 있으먼 조 화라지를 불러서는, 「튠향가」 속의 '사랑가' 대목이며, 「변강쇠가」의 '농치는 대목'도 다 제쳐놓고시나, 꾀히, 「심봉사뎐」 속에서도, 봉사가 '텽이'를 안고 댕김선 젖동냥허는 대목만을 읊으라고 이르요이. 마는, 에이 순, 고 대목을 심봉사 당자헌티 한번 물어보십제들, 봉사가 머시랄란지. 워쨌거나, 품팔이 간 노래꾼은 청하는 대로 부를 수배낀디, 고 일로 갖고시나 서럽던 노래꾼의, 고 노래야, 거그 댕긴 서름을 머시라 이르겄소이? 아줌씨들은, 옷고름 끝이며, 섶이며, 치맛귀 겉은 디다 눈물을 훔치냄선, 이려요, 조 화라지 불러내는 노랫소리는, 워디 만침인지도 몰루게 짚고도 짚어, 저승만침이나 짚은 워디서 울려져 나온다고, 그래각고시나, 이승서 부르는 노랜디도 저승 앉아 듣는 것 맹이담선, 저승서도 서럽어, 달빛만 쌓인 동네 그늘만 그늘만 보쌈해각고 와, 홱 풀어놓은 것맹이 그렇담선, 워짜먼, 노래꾼의 심정에, 비리데기, 서런 비리데기, 비리데기의 넋이 쳐들어 앉았는지도 모루겄다고 그려요. 허기는 고랄 수배끼 다른 수가 있었겄소? 고 노래꾼 말이제여, 고 비리데기 떠난 때부텅 횡해져 빼린 것이고말여, 히마리가 없는 디다 넋이 없어, 해묵은 부고맹이, 고 넋은 싸립짝에 꽂히각고, 질(길)만, 비리데기 떠난 질만 내어다보고 있었는디, 그라장개, 목구멕이 노상, 울음 맺힌 것맹이, 비린내 나는 걸 묵다 뼤에 걸린 것맹이, 피 뭉어리가 맺힌 것 겉여, 바람도 가실(가을) 나무를 지낼라먼 뿕어지뎃기, 고 속서 울어난 소리도, 조런 목젖을 지낼라먼 워찌, 寒風細雨에 떠는 나뭇가쟁이 소리가 안 날 수가 있었겄소. 울음인지 머신지 모루겄어도, 나중에 늙은네는 고것을 '時調'라고 히어빼렀십니다마는, 고런 서름의 납비내라는 것 하나는, 글씨, 목구멍에 백힌 조 워떤 '앎'은, 생키 넣을래도 안 되고, 뱉아낼래도 안 되고, 손구락을 밀어 넣어 끄집어낼래도 안 되고, 송아치(송아지) 대가리만 하게 상추쌈을 맹글아 항깨 밀어 넣을래도 안 되고, 요래도 안 되고, 조래도 안 되고, 그렇십디다. 넘들은, 요런 벵은 알도 못 험선, 조 화라지더러 청싱이 좋고, 소리가 구성지고, 구슬퍼, 고런 목청은, 열두 장터를 휩쓸어 찾아낼래도 있들 안 헌담선, 늙은네들 잔치에서는 時調를 시키고, 중늙은네들은, 「回心曲」이며, 「튠향가」 따우를 청해 듣고, 머슴네들은, 「가난타령」이나, 「변강쇠」에다, 「닐니리타령」 겉은 것들을 질겨 들었는디, 요보셔, 말한 것 겉은, 조런 피 뭉어리 진 목구먹을 통과허먼, 질겁어야 될 '닐니리'끄장도, '니힐리히히이이히리야아흐어흐어흐어—'라는 투로, 느려 터져, 만가 꼴로 처지고, 젖어, 자즈러져 빼린다고. 묘헌 것은, 고것도 신멩이며, 흥이제, 다른 것이 아니요. 헛헛헛, 火葬터 화라지 하나가, 한 고을의 명인 창가꾼이 되었십니다. 박수 치뎃기, 모도 입을 모아 말하기를, 조 화라지의 노래에, 청승인지, 恨인지, 怨인지, 뭐 고런 것이 점점 더 짚어진다고 허고 있었을 때는, 여보쑈 시님, 뇌미 말이요, 자석 뇌미 말인디, 웁네 동냥아치덜 항께 섞여 자고 깨고 허든 날인디, 무신 이약을 워처키 들었던동, 참 벤통 없는 자석 겉으니, 느닷없이 갖다가시나, 에미를 찾는다고, 떠나뻐린 뒤부턴디, 怨이었겄제, 머시 짊어지고 있었다면, 恨이었겠었지. 새로 또 혼차가 돼뻐린 것이구랴이. 그라장개, 혼차서도 머시던 갖다가시나 말은 허고 싶은개, 말허뎃기 노래나 히었었는디, 혼자서는, 주로는 「변강쇠가」 속의 '磨屍體辭說'을 읊조맀었더라고. 글매, 살기가 갖다가시나, '강쇠' 등에 딱 붙어버린 것과 똑겉은, 고런 '북통 겉은 시체'를 한 토막, 등에 붙인 것맹이 그렇다라 싶었그덩. 팔짜 말씸이우다, 못 헐 누무, 천하에 군실스럽고도 무거운 놈의 녀러! 등짝이 개렵우먼 그래서, 화라지는 노래를 히었십넨다. 흐흐흘씨 말이제, 곡조를 담지 안 히었을 때는 말이제만 화라지의 고 이 똥꾸룽내 나는 입이 한번 벙긋 히었다 허먼, 똥 묵던 똥개도, 한 발길 채인 뎃기 끼깅거리고 도망가고, 폈던 꽃덜은 오무라들민시롱, 한 들에 丹楓이 들도록이나 된내기였는디, 허다 가도, 고 같은 된내기 숨결에다 곡조만 한번 섞었다 허는 날이면, 고 쎄끄텡이서 萬金의 '소리'가 天花 비 니렸소. 요, 요호, 요호라 장개, 가다가 가다가시나는, 헤, 헤헤, 玉門도 벌어[得] 지는 수가 히히힜었는디, 힜어도, 시님께서는, 요 늙은네가 고것을 두고시나, '제집'이라고 말허들 안 허고, '옥문'이라고 이르는 까닭을 알 만허시까? 머시냐먼, 고 '옥문'들은, '얼굴'들을 달고 있덜 안 헌 그 때문인디, 서낭당 산발한 처자귀신이라던가, 무신 그런 夜鬼들과 다른 것은 그것이요이, 뭐시냐먼, 요 '옥문'들은, 글매 갖다가시나 아랫도리만 있고, 윗도리가 없다는 고것이랑개. 글씨 말이제, 야심해저 뉘 집 잔치가 끝나, 뭘 쪼꿈 얻은 걸 싸각고, 고것도 몸뎅이 눕일 데라고 火葬터로 머리를 둘러 올르다 보먼, 키 큰 삼밭에서나 후미진 바우 그늘 겉은 데서, 뭣이 아랫도리를 희게 히어각고 나서요이. 처음에사 물론, 등에 소롬이 쪽 끼치는 느낌에 덜덜 떨기도 험선, 아 조것이 갖다가시나, 무신 한에 사무친 처자귀신이거나 고런 것인개 비다, 허고 뒷걸음질도 쳤이나, 갖다가시나 생각히어본개, 잃을 것이라고는, 작것, 고것 머 각고 있어서 고통시런, 목심 한 개배끼 더 있도 안 헌 디다, 젠장마즐, 호불애비로 외롭운 처지에, 고런 恨鬼허고라도 情 붙여 안 될 일이 머시겄냐는 생각도 들고 히어서나, 요번에는 고 화라지 쪽에서도 아랫도리를 까 내리뻐렀소이. 고, 고, 고 몸뎅이는 뜨끈히었었십닌다잉, 그랴요, 천 근으로 푸짐허게 무거운 디다, 용쏘맹이 짚었소그리. 구태여 찾아볼라고 히었으먼, 고 '얼굴'이사 워디에 든 숨키 있었을 것인디, 글씨, 옥문을 개리라고 입었든, 고 치매폭 워디쯤 숨키 있었을 것인디, 그래서나 고 '얼굴'을 까 내서는 워짜잔 짓인디? 사실 말이제, 고런 '얼굴'들은, 덮어쓴, 오랭이 물어갈, 제 년들 치매폭 밑에서, 된숨으로 팩 녹아져 빠리고 남은 것도 없었을 것인디, 그것도 그랬을 수배끼 없었을 것이, 조 화라지헌티는, 전에, 비리데기를 스승 뫼시, 공부해 뒀던, '消骨'法 잘 익힌 것 한 가지가 있다 본개 허는 소리라고. 그라장개, 요런 消骨꾼의 손에 스쳤다 허먼, 바우도 소롬을 돋구며 떨 뿐만 아니라, 古木도 아닌 잎을 피우는개. 헌디 갖다가시나, 한번은 갖다가시나, 참말이제 갖다가시나, 무참하듸 무참한 일이 갖다가시나, 있었구랴이. 글매 갖다가시나, 헤이크, 요런 순이나 무렴헐 일이! 글매 말이제, 消骨法을 說하고 있는 중인디, 조 워떤 쳐 쥐기뿌릴 잡년 겉으니, 까뒤집어 덮어쓴 지 년의 치매폭 속에서, 조런 순 넘새스러운 제집 겉으니라고시나 시방, 지 '얼굴'을 까 내놓은 것이라고, 치사허게시리 '얼굴'을 말이라고 말이 시방. 그러장개 화라지는 착껏, 말이제여, 말이라고, 요쪽에서는 이왕에 탄로가 나 있었는 판이었었는디도 불구하고, 아 그렇찮냐고, 그때 끕째기 새로 갖다가시나 탄로가 난 것 겉여 앗뜩해지는디, 처지가 요거 요리 되니 빼도 박도 못 허겄어서 워짤 중을 몰르겄는디, 아니 한쪽에서 말이제, 개렸던 얼굴을 까 내빈다는 짓이 고렇거니나 수치일 수가 있겄드냐고? 걱다가 고건 밤이라고, 고목 가쟁이 끄텡이에 반달 한 이파리가 걸려 있었는가 했는디, 워찌나 넘새시런지, 고 달빛도 개럽고, 화끈화끈해 못 참겄어서, 제집 씨뿕겋게 얼굴을 까 니리빼린, 고 치매를 웅키쥐어 요쪽 얼굴을 확 싸 묻었소이. 그라는 중에 法說이 끝나가고 있었는디, 뭣이 웃어쌈시나, 그람시나 사정도 안 두고, 화라지의 벗은 아랫두리의 여그저그를 꼬집기도 허고, 피가 나게 긁기도 험선, 워찌 요론 노무 불도적 겉은 누무 火葬쟁이가, 생사람을 산 채 火木에 얹어 태우냐고, 생 튀정인디, 노래도 좋았씹닌다마는, 장고 박자도 좋았드랬십닌다. 靑風에 明月이란 것흐음세. 그, 그렇걸랑은, 싸게 불어만 갈 일이 아니라, 머믈기도 할 일인즉, ……그러자니 새로 얼굴을 내놓은 쪽에서, 화라지의 등을 또닥임선, 뭐라고 말을 해 들어보잔개, 들어보잔개, 제육에다 쇠주를 좀 가꾸 왔은개, 고것 좀 드시겼냐는 소리덩만, 요쪽서 고개를 끄덕이잔개, 화라지를 밀어 일으킴선, 화라지가 얼굴에 개리 덮고 있는지 치매를 벳기 몸에 둘러 덮등구만. 화라지는 얼굴이 깨여나지는 대로, 얼른 등을 돌리고 앉아, 발등에 뎁힌 바지를 끌어올리 입고 있잖개, 등 뒤쪽서 조랑거리는 소리가 있었는디, 대개 요랬소, 워차피 서로 몸을 섞었는 디다, 얼굴끄장도 몰룬다고 헐 수가 없는 처진개, 뭐 요라고시나 우뭉을 떨고 헤어질 것이 아니라, 이왕이면 고쿨이 불이라도 피워놓고, 서로 한잔썩 권함선, 서로 몽다리며 손말명이라도 면하구로, 결혼식의 헹식은 채리는 것이 어떻겄느냐고 헙습디다. 고목 가쟁이서 반달 한 이파리가 뚝 떨어져 나가 뻐리기까장이나 생각히어보다, 요 늙은네 쪽에서 먼첨, 저쪽 늙은것의 홀목을 잡아, 火葬場에로 올랐소 그리. 요쪽에서는 말허지 안 했는디, 조쪽에서만 말해쌌소. 말 안 해도 뻔히 아는 소리를 시불거리쌌소. 자기는 못난 주막을 채리묵고 사는디, 당골로 오는 손님덜은, 자기 주막 쇠주는 워째 더 쓴 것 겉여서, 그래서 좋아서 온다고 헌다고 허고 그랬는디, 허기는 말이요, 삼배든가, 삼삼구배든가, 서로헌티 큰절하여, 시집 장개 가는 식이란 걸 올린 뒤 묵어본 고 쇠주는, 더 쓴 것 겉기도 허드라고. 허기사 냉수 맛보당이야 썼겄제. 王門 속에서, 수선화 피워 내뎃기, 얼굴을 돋과낸 고 할마씨를, 그때부텀은 '주모'라고 불렀었는디, 주모는 거진거진 화라지 낫살이나 돼 있그나, 젊드래도 뭐 그리 여러 낫살이나 젊은 것 겉지는 안 했어도, 주모 또한 뭔지 서러워쌌고, 그늘진 데가 많아쌌고, 그라고 또 조랑거리는 대목이 많다 본개, 전에, 하도하도 오래 전에 떠나뻐렸던 제집, 비리데기, 글씨 고 제집하고 섞깔리 보게 되더라고. 고 저녁에 사나 제집끼리는 정이 들었었소이. 고 저녁 서로 주고받은, 살아온 얘기며 하는 것을, "책으로 꾸민다면 설흔 권"도 넘을 것인디, 그 홀마씨 아직도 읍네서 주막험시나, 요 늙은네가 오늘이나 댕기가까 어쩌까 지다리고 있은개, 고런 얘기사 해볼 필오도 없겄제맹이. 요. 늙은네는 고렇게, 어만 모텡이서, 떠나 안 돌아오든 비리데기를 만냈소이, 늙어가는 중에 만냈는디, 요 늙은네도 알기로는 고 할마씨도, 젊어 원제 담배든 소금을 사러 나가 안 돌아온 정혼만 했던 낭군을, 늙어가는 중에 만나게 됐다는 것이요. 그래도 우리 둘이는, 고런 말은 입 밖에 내도 안 허요, 마는, 마는, 요 늙은네는, 고 할마씨의, 전의 워떤 맺힘이, 도대체 바라지도 않은 디서 풀렸다가, 다시는 새로 맺혀질 것 겉지도 않은, 워떤 새로 맺히기를 연극해주는, 그런 워떤, 만내본 일도 없는 이의 얼굴을 써주는 노릇을 허기에, 아무 불편함도 섭섭함도 안 느꼈는디, 고것은 요 늙은네 쪽만 그런 건 아니제 싶었수. 그렇다면 둘이 사이에도, 무신 緣分 겉은 것이 있기는 있었는 것 겉은디, 홑因緣보다는 많아, 겹因緣이랄 것이 있었던 것이 아닌가 허기도 헌다고. 그랄 것이, 할마씨나 요 늙은네나, 한 사람이 두 사람 몫을 해야 되다 본개, 고런 생각인디, 그래서 생각하게 된 것은, 緣分이란 것은 워짜먼, 고 겹수가 작아, 홑겹에 가까울시락 두터운 것이나 아닐 것인가 허기도 했다고. 고 겹이 많으먼 많을시락, 고 알캥이[核] 되는 것은, 왜냐먼 펴늘어지기 땜시, 점점 엷어지다, 없어지기도 허는 것일 것이라고도 히었다고. 굿허는 사람들[俳優]을 보씨요 그리, 며칠 전 원제 봤일 때는 '튠향'이나 '이도령'이었던 것들이, 어저께 본개, '심텽'이허고 '심 봉사'가 돼 있고, 글씨 요런 식의 寸數도 있을 수가 있습디다이, 오늘 보먼 헌디, '옹가 년'이며, '강쇠 놈'으로 둔갑돼 있다고. 요라다 보먼, '굿'[演劇]이라는, 고 '허깨비의 실다움'만 남고, 고런 '허깨비'의 춤을 추었던, '굿쟁이'의 본딧사람은, 허깨비가 돼뻬리는 것맹이라고. 요라장개, '탈' 벗어뻬린, 싯뻘건 '굿쟁이'를, 우리덜 사는 골목이나 장바닥 겉은 데서 만나게 된다는 일은, 누구네의, 싯뻘건 치부를 보는 것맨치로, 허흐, 넘새시럽기가 요만조만이 아닌디, 이쪽서 얼굴이 붉히진다고. 어젯밤에 꾼 무신 '꿈'속에서 걸어 나온 것이, 너무 좀 헤매다가시나 본개로 닭이 홰치는 소리도 못 듣다, 뒤늦게사 돌아와 본개, 지 떠난 '잠'은 거그 있는디, 밀고 들어갈 꿈의 문을 못 찾겄어서, 고 꿈꾼 사람 뒤에 붙어 누워 자고 있는 것을, 고 잠을 깬 사람이 보게 되는 것맹이, 똑 그렇다고, 그라장개 우리는, 이란조 할마씨와 요 늙은네를 일러 말이제만, 가다 가다끔 한 번썩, 서로를 아조 낯선 뎃기 바라보고 있을 때가 있는디, 그라다 놀래각고는, 한숨이나 한 번썩 짚으게 쉬고는, 어만 데로 눈을 돌리고 헌다고. 그래도 우리는, 서로 간, 고 한숨의 속뜻은 묻도 안 허고, 몇 번씩이고 더, 한숨 우에다 한숨을 얹고 하다가, 夜

深해졌다고, 영감은 자리를 뜨고, 할마씨는 만류하도 안 허고 그라요. 물론 둘이는, 모돠 살고도 싶었제만, 영감네 밭의 소출로 갖고시나는, 두 입 살기가 쉽덜 안 허며, 할마씨 또한, 해온 주막질이라도 안 허먼 배가 고프겄은개, 고 문을 닫도 못허고 있던, 고런 처지들이었었다고. 그러장개, 영감이 워쩌다 노래품을 팔았그나, 火葬 일이라도 히어, 한두 잔 쇠주 값이라도 생기먼, 고 '쓴 쇠주집'으로 니리가고 히었는디, 할마씨헌티는 안된 소리제만, 글씨, 요 화라지의 안댁, 비리데기가 돌아왔던 것이요이. 와서, 조 '쓴 쇠주집' 할마씨 몸을 빌어 들앉아, 해필이먼 그 집 쇠주를, 조 화라지의 목구먹에 쓰디쓰게 허고 있소이. 시님께서는 글씨, 워디의 서낭당에든 다 있는, 고런 古木을 생각히어보씨구랴. 외로 꼰 禁索을 둘러놓지 안 했을 때는, 바람은 바람인개 지멋대로, 고 古木을 불어 가고, 눈애피病은 눈아피病인개 지 멋대로, 고 古木서 하룻저녁 새고 떠나는디도, 동네 공지니네가 한번, 고 古木에다 禁索을 둘르고, 오색 헝겊을 꽂아 놓으면, 바람은 아무리 바람이라도, 한번 묶이먼 고 古木을 못 떠나고, 눈애피病도, 눈애피病 뿌리니라고 허다, 삭신이 파사근거려, 고 古木에 좀 쉬었으먼 헌다 해도, 고 古木의 門이 닫겨, 워처케도 열고 들 수가 없다고이. (아매도 그래서 조 화라지는, 히히, 히히힛, 말에 관해서, 고것도 무신 定型律 겉은 것에 관해서 생각해보기 시작헌 것이었으까. 古木이든, 또는 바위든, 비록 그것에 活性이 없는 것이라도, 일단 한번 禁索에 둘둘 묶이먼, 애를 배요이, '뜻'[意味] 을 姙娠헌다고. 헌데 요 '禁索'은, 워디든 서낭당에는 있는 것 겉은, 벨로 달라 뵈지 않는, 고런 비슷한 늙은 나무, 고런 비슷한 이끼 찐 바우를 둘러놓는디도, 고것이 姙娠한 뜻이 같잖다는 것을 고려헌다먼, '이름'과 같은 것은 아니라는 것을 알 것잉마는. 요것은 헌디 워짠가 허먼, 고런 워떤 '늙은 나무' 당자, 즉슨 고 '實物'과, '늙은 나무'라는 '이름'을 휩싸아 묶어삐리는 것인 것만은 아니고 말이제여, 여태끼끄장은 거그 없던, 고랑개 고것은 무신 秘力[numen] 겉은 것이나 아닌가 허고도 믿게 되는, '活'[숨] 性을 드러내는 것이다 본개, 요것[定型律] 은, 예 들어 말헌 것 겉은 '나무'나 '바우'헌티 대해서는, '巫'맹인디, 고런 것들을 합치놓고 [겹으로, 또는 무리로] 본다먼, 고것이 워떤 일정한 '型律'로 뵌다고. 요라다 본개, 천지를 조판하든 힘은, 定型律을 갖고 있다고도 알게 되더라고) 요, 요, 요거 말이제, 다 늙어 바람낸, 조 불쌍헌 할마씨헌티는, 처, 천만 안된 소리라도, 라도, 마는, 아으, 요 늙은네는, 그냥 갖다가시나, 한, 마리, 목에 납비내가 걸린, 野狐올씹니다, 글씨, 요런 것도 조런 것도, 아무껏도 말고 말이제, 조런 '古木'이요, 꽃이 납비내, 납비내가 목에 걸려, 죽도 못허고, 꽃도 못 피우는 늙은 나무. 요건 물론 갖다가시나, 요 늙은네의 짐작이제만, 조 불쌍한 할마씨는, 뫼똥(무덤)이었드라고, 뫼똥 말이제, 떠난 낭군을 기리, 뒤밟아 찾아나선 까댊이든 워째서든, 꾀도 없는 할마씨였제, 할마씨는 때도 없이 집을 비웠던맹인디, 참말이제 꾀도 없는 할마씨였더라고, 집을 비울라그덩 여부 할마씨, 싸립짝에다 겅것줄[警戒줄? 禁索] 이라도 쳐놓고 비울 일이었던 것이었었소이, 그러는 워느 톰박에, 허, 허, 허우, 허우덕, 잃고 집도 없어서 떠돌든, 더 가난히었든 비리데기가, 글씨 요 늙은네의 冥手가 만치보았기로는 그렇다고, 고 잠시 비워진 집을 쳐들었더라고, 그랬더라고, 그라고는 외로 꼰 사내키(새끼줄)에 숯껌정도 꽂고, 헤헤헤, 납비내도 꽃아, 아무껏도 얼씬을 못허게 히었던 것이라고. 안 그라고사 워찌, 고만침이나 늦도록 아무 탈이 없다가시나, 허기사 또 모룰 일은, 쇠주 한잔 값에라도 치매끈을 풀어졌을지도 모루드래도, 피차간에 벨로 갖다가시나 얼굴을 익힐 인연도 없던 처지의, 해필이먼 어떤 화라지 火葬쟁이헌티다, 玉門을 열어주고, 얼굴끄장 까내 비어주었으끄냐고? 생뻘 겉은, 갯뻘 겉은 제집년들, 물 빠져나간 바닷뻘—안개가 삼밭인 저녁에, 새복에, 野狐 한 마리는, 지놈의 잠을 눕히놓은 산굴로 오른다고 오른담선, 달도 못 보겄고, 벨도, 북극성도 남극성도 아무껏도 못 보겄어서, 질을 잃어 방향을 잃어, 어만 데로, 바닷뻘 진 데로 니리갔소이, 마음이 바쁘게, 뒷꿈치가 몽글어지게 내뛰어 갔더라고이. 그라다 워느 한순간, 정신을 채리본개, 뻘이 목끄장 차올라 있는디, 인재는 그라장개 용신을 헐 수가 없는 디다, 용신을 해볼라고 허먼, 뻘 속으로 더 짚이 파고들게나 돼, 그때사 野狐는 알았십니다, 지가 東이라고 알아 머리 둘렀던 디는 東이 아니었던 것을, 野狐는 알았십니다. 여보쇼, 요 늙은네가 고 野狐던 것입십니다. 고 野狐가 헐 수 있는 짓이란 건, 키깅 짖어보는 것뿐이었는디, 짖는 대로 野狐는, 저를 벗쩍 들어올려, 산날망에라도 데려다 줄, 무신 그런 큰 손을 불를라고 짖었던 것은 못 되었은개, 울려갈 데 없는 울음은 뻴이었십니다, 귀신끄장도 발목 빠추기를 두려워허는, 뻴 말씸입니다. 그람시롱 野狐는, 안개 속에 함정 파 놓았던 고 조수가, 千頭萬頭의 독사 떼모양, 타오르기 시작한 火葬 불모양, 침노해오고 있는 것을, 듣고 있었십니다. 짖습나니요, 하염없어 짖습나니요, 갖다가시나 처럽서, 대고 울 데 없는 울음 울읍나니요…… 허나 요래 둘라고 헙십니다, 글씨, 요래 두기로 헙십세다. 요 늙은네께도 소망이랄 것이 한 가지라도 남아 있다먼, 그라고 요것이 조 할마씨의 소망이기도 허는디, 조 불쌍한 할마씨, 이승 올 때 입은 고 입성, 요 손으로 태와[火葬] 주는 고것인디, 할마씨 말로는 요랬더라고, 머시냐먼, 자기가 요 늙은네보당 몇 낫살이나 젊다 본개, 만약 요 늙은네가 먼첨 가야 될 경우라도 된다먼, 글씨, 할마씨 말로는 조랑 조랑 요랬더라고, 자기를 산 채, 열두 매 염한 뒤, 火葬木 위에 올리고, 그라고 요 늙은네도 올라, 곁에 짜란허게 눕자고, 그래설람 항께 가자고, 머시냐먼 그랬더라고 할마씨는, 그래서나, 불을 놀리는, 명인 땅꾼의 손으로 불을 일구라고, 그래서나 "火天니미 우리를, 막우재비로 홀까당 태우지 않게 허라고, 그저 火天님 가심에 포옥 쌔이 안기게 허라고", 그랬더라고.

[5]니 눈[眼] 님은 햇님헌티 가구, 제집아,
니 숨님은 바람님헌티 가구, 제집아,
하늘로든 땅으로든 너의 길(달마)을 좇아갈 일이여,
물님헌티든, 고것이 니 팔자걸랑은 제집아.

색둥저구리는 색둥 빛으로 타고, 푸른 치매는 풀케 타고, 흰 속곳은 희게 타고, 아흐흐 허여, 火天니믄, 죽은 것헌티서 살어리 살어리 살어리 났다. 요 늙은네는, 人肉을 태워 제사하는, 祭祀꾼이 올씹니다. 뻐들캥이를 바쳐 하는 祭祀도 있으며, 양이며, 말도 희생하여 드리는 祭祀가 있다고도 협습디다마는, 무엇이 人肉에 비교헐 것이 있습더? 요 늙은네는, 火天니무(님) 宗徒올씹니다, 火鬼올씹니다, 火天니미올씹니다. 님[主] 입습지요, 종은 그랄 때 '몸·말·마음'을 다 바치는 祭祀보다 더 큰 祭祀를 알지 못헙씁니다. 그 大祭를 한 번 지낼라는 것이, 저 火徒의 마지막 소망입씁니다. 어허으야디야 상사 으흐야으흐어허이디야, 거대한 수말니믄, 암놈 깨꾸리의 보지 속으로 들어가, 비

묻을랑개 우는구야, 비 묻어 우는구야, 아ㅡ크흐흐으으 크하알라아ㅡ. 아으, 늙은네는, 술 한 목음 더 허야겄섭너더. 헌디 요것 좀 보시까, 요거, 거 뭐 몇 목음 소주도 안 헌 것 겉은디, 그렇다먼 요것이 무신 대취 탓이랄 것도 못 되는 것맹인디, 세상이 갖다가시나 왼통 뿌옇기뿐만 아니라, 깡깜허기끄장 허는디, 요라장개, 없어야 되는 디에 섬 겉은 것들이 둥둥 떠 있어각고, 다섯도 돼 비고, 여섯도 돼 비는디, 불에 꾸어지는 새 늙어뻐린 삭신이 으스시 춥고, 춥고, 춥고, 빈속에 퍼 버넌 술이 돼 이러능가 워쩌능가 몰루기는 몰루겄어도, 해는 한 번도 떠올른 일도 없이, 오늘 해도 져뻐린 것맹이, 본개 저녁이고, 시나, 저승이 워디나 없이 끄득 끗뜩헌디, 춥기만 춥고, 허기사 그래 본대도, 그 몸도 식어, 닿은 자리서, 땀은커냥은, 성애라도 안 끼먼 다행일 것이지마는, 할마씨나 품에 안고, 할마씨 쌕쌕 허는 소리 잠 노래 삼아, 둘이서 함께, 워디끄지든, 갈아앉았이먼도 싶으고만, 추운개 말여. 워쨌거나 인재는, 늙은네도 말인디, 쇠주가 있고, 숯이 쌩인 디로 돌아가, 또 한 저녁 새와바야씨겄는개 빈디, 우선, 한 화리(화로) 숯불 흘러니리도록 고봉으로 피워 놓고시나, 쇠주 뜨끈허게 데워 마시고는, 몸이 좀 뜨끈히어지는 대로 잠을 청해 자든, 아니먼 夢鬼라도 돼, 욺네 가 할마씨 절에 눕든, 워쩌는 해바야겄제 그리. 요 夢鬼 수업에는 말이제여, 요 늙은네가 제복 달통한 구석이 있는디, 평생을 갖다가시나, 워디 묶인 디도 없이 묶인 것맹이 삶선, 머시 모도 그립어싸먼, 글씨 말이제, 여러 가지로 갖다가시나 못 잊을 것이 있어싸먼, 자기도 모룬 새, 말헌 것 같은, '夢鬼外道修業'에 달통허게 되는 것 겉드라고. 잠만 뉘어놓고 夢鬼는, 저만 살짝 사립짝 열어나가, 푸릉 새가 되고 저프먼 푸릉 새가 되고, 껌정 괭이가 되고 저프먼 껌정 괭이가 되고, 흰나부(나비)가 되고 저프먼 흰나부가 되는디, 요때 '되고 저프먼'이라는 요 願望이, 조런 둔갑술의 요술 지팽이 노릇을 허는 것이 분명헌 것 겉드라고. "아 나는, 무신 큰 구렝이라도 돼갖고, 조 워떤 제집년을 휘감아 틀어야겄다"고 바란다먼, 요 '바람[願望]은 말[言語]'이라는 것을 보덜[觀] 못허먼, 조 '夢鬼'가 실제로 워떤 것인지를 알 수가 없게 됩니다. 그랑개, 바람[願望]이 먼첨 말이 돼각고, 다음에 형체를 꿔미는 것인디, 그라먼, 요런 늙은네의 잠 겉은, 늙은 잠도 바람[願望] 따라갖고, 젊어지기는 물론, 새도, 노루도, 호랭이도, 왼갖 것 다 돼뻐린다고. 그래갖고 주로는, 남악을 니리서 웁네로 가는디, 가서는, 뉘 집 '잠의 문'이 열렸는가, 고것을 찾아 스믈스믈 헤매는구만. 닫긴 문은, 그 안에서 열어주덜 안 허먼, 암만해도 열고 들어갈 수가 없겄등개라. 워떤 잠들은, 禁索을 둘러놓아, 잠의 닭 알 속에 폭 쌔인 것도 없잖애 있제만, 대체로는 많은, 참말로 많은 잠들이 단속을 안 허고, 속곳을 훤히 열어놓고들 있어, 그 은근히들 뱕혀내 놓은 紅燈들로 인해, 습이 별밭 겉기도 허고, 아편꽃밭 겉기도 허고 그렇소이. 요렇게 되먼, 夢鬼는, 넘의 잠의 안방을 훔치 드리다보는, 요상헌 버릇을 붙이지 않을 수가 없게 되는디, 헤헤헤, 그래서나 엿보게 되어진 희한한 일들이 많기도 많은디, 말하자먼 조런, 입에도 담도 못할 일들 땜시, 세상은 응달진 디가 생깄거나, 좋잖은 雜鬼 나부럭지들이, 선한 大鬼를 두려워할지를 모르는 것이나 아닌가, 허기도 히었소, 재미있는 것으로 한 가지만 들리주기로 허자먼, 陽地에서는 모두 뉘 집 안댁을 일러, 엔네가 워찌나 정숙헌지, 질을 걷다가도, 질 조쪽에서 넘우 사나가 걸어오고 있으먼, 질 한옆에 외면해 서서, 사나가 지내가기를 지다린 뒤, 질을 재촉헌다는 아낙네가, 잠마다 잠 속에로, 낮에 질을 비끼준 고 외간 남자는 물론, 삼세의 수컷들을 불러디리고, 바꽈디려 잔다는 일 겉은 것이겄고마는. 요라장개, 꿈이란 건 陽地 쪽 道德하고는 아무 상관도 없는 것맹인디, 아낙네는 새복에 오좀을 누되, 꿈속에서 받은 사나덜을 씻거내자는 것 겉든 안 허다고. 아낙네가 입만 다물이고 있으먼, 응달에로 볕을 비껴들지를 않다 본개, 여전히 갖다가시나 조 아낙은, '말수가 적은, 음전한 엔네'이기만 허다고. 흣, 흣, 흣, 몇 번이고 고런 투로 말해왔겄제만, 火天님의 後門직이 화라지는, 冥村 騷客이올씹니다. 흣, 흣, 흣, 그라장개 시님은, 요 火巫 늙은 것이, 워디, 조쪽임선 요쪽, 워디, 요쪽임선 조쪽, 잠임선 꿈이고, 꿈임선 잠인, 고런 워디 짚은 디, 깼음이 꿈이고, 꿈이 깼음인 거그 워디, 새중간에 찌인(끼인), 워떤 三世 이약을 허고 있는 것을 아시는 것맹잉만. 그라장개 시님은, 말[言語]의 씨알캥이가, 또는, 새끼 불이(라는 뚱금없어 비는 소리는 왜냐먼, 火葬場으로만 찾아댕김선, '낳고 죽기의 苦'를 여의러 헌다는, 워떤 큰시님의 法說을 들으니, 불 중에서도 특히 祭火로써 살을 태우는 불은, '말'[言語]이거나, '말의 元素'와 관계가 있다길레

허는 소린디,) 워디에 워처키 피 맺칬다, 워처키 태이나고, (워처키 살다, 워처키 죽는지, 고것이사 요런 冥村 語巫가 말헐라고 애써 쌀 일은 없을 것도 겉은개, 말헐라고 애써 쌀 일은 없겄제만,) 살다 죽어, 죽어서는 갈 디가 있는지, 가먼 워디를 가는지, 고런 冥村 이약을 허고 있는 것을 아시는 것맹잉만. 冥村 말 화라지 하나는, 글매 말이제, 고러헌 이약을 해오고 있는 중이었제 그랴. 고것을 한마디로 목 비틀어, 택 보독씨러 줘 뵈인다먼, 하기는 요런 말로도 될 썽부르다고, 그라고 고것이 또 하기는, 송장 태우기를 생업 삼아, 火葬場에서만 한 평생을 살아온, 한 불 화라지의, (모도 말하는) 설흔 권 책을 꾸민대도 모지랠 얘기[傳記] 의 集約이 될랑가도 모르겄다는 생각도 있다고. 라는즉슨, 거대한 [6]수말 한 마리가, 아크흐, 아직도 후끈후끈한 屍灰 속에서 일어난, 흐크, 한 마리의 암깨구리의 뒤를, 할라, 꿇아 쏘아 듣고 있는 얘기, 아크흐크할라!

火葬場은 암깨구리며,
火木 위에 올려진 송장은
거대한 수말입네.
이 陰陽의 交合은 火焰이며,
交合에서 일어난 快感은
火熱입네.
이 불에다 神들은,
祭酒로 精液을 바치는디,
이 祭酒로부터
새끼 불이 피 맺힙네.

아 크 흐 크 할 라 운다, 깨구락지 운다, 꼬악 꼬악 비 묻을라고 시방 깨구락지 운다, 바지가 없어 우나? 똥꾸녘이 아픈 땜시 우나?

수말니미는 비 묻은 구름, 그래도 비는 안 쏟고, 수말니미는 비를, 좆집 속에 시꺼멓게 숨키놓고 있어여, 안개비—푹 푹 짜들아져야 헐 비는 안 짜들아지고, 비만 묻었다, 안개비 묻었다, [7]거북니미는 부디, 대가리를 내어놓그라, 안 그라먼 꾸워 살라 묵어뿌릴 팅개.

제5장

밖에서, 늙은 불 화라지가 멀어져 간 뒤에도 촛불중은, 그 火巫가 쓰름 쓰름 풀어내던, 그것은 말하자면, 태우기[焚]가 얼구기[凍]이던, 불의 명주실 같은 것에 殮 되어져, 어떻게도 그 呪絲를 끊어 풀어내지를 못하고, 솔아 있었다. 촛불중의 이 '솔아 있음'은 그리고, 봉오리 꽃에나 비교될 것이기도 했거니와, 그 속은 어떤 열에 같은 것으로 팽창되어 있어, 오래잖아 그것은 어쨌든 탁 터뜨려질 그런 것이었는데, 그 위에 몸 뉘었던 바다가, 무슨 까닭으로든 폭삭 무너나 모래가 된 羑里도, 저 불 화라지네 火葬灰와 다르지 안 했으며, 그리하여 촛불중은 오늘 沙漠에서, '물의 說法'뿐만 아니라, '불의 說法'도, 그렇다, 전에 잘 못 들어보았던, '沙漠의 소리'도 들은 것이다. '불'의 중이, '불의 說法'을 들은 것이고, 그래서 그 法恩에 솔아버린 것인데, '좋은 날'—히, 히, 히, 純毒, 또는, 無毒性을 굽겠다고, 모든 그늘이 모여드는 그 중심에 똬리 쳐 있는 이무기가, 그 種을 모를 無毒蛇의 無毒呪에 옭혀, 무력해져 꼼짝도 못 하고, 꼬리만 조금 다르르 다르르 떨고 있다는 일은, 히, 히, 히, 크게는 天龍으로부터, 작게는 土龍(지렁이)에 이르기까지, 저런 순, 데끼, 런 순, 모두를 무렴하게 할 일이었겠는가. 저 늙은 火葬쟁이는, 송장을 태운다며, 말해온 바의 그 '純毒'이나, '無毒性'을 구워온 듯했는데, 그 나름으로는 그리하여, 그 '金'을 이뤄낸 듯도 싶었다. 그렇다면 늙은네는, 자칭하는 바와 같은, 무슨 '時調꾼'이라거나, '唱쟁이'이기보다는, '중'[僧]인 듯하다, 불지랄派네 중, 흐, 흐, 흣. 그랬을 것이 촛불중의 믿음에는, 중이라는 종내기들은, 말해온 바의 저 '純毒', 또는 '無毒性'을 굽기 위해, 배가 고플 때마다, 아랫녘 밭에 내려, 제 놈들의 까투리가 과부 되는 일쯤 개 새끼로나 알아 치우고, 하필이면 毒만을 찾아, 배가 고파지도록이나 쪼아 먹는 새들이기도 했던 것이다. (노동 쪽에서 따지면, 먹기도 배가 고파질 일인데, 먹기가 노동이 아니면, 또 다른 무엇이 그보다 큰 노동이 있겠느냐. 먹기 위해 노동하잖느냐, 그 먹기 위한 노동을 하기 위해 먹잖느냐? 상극적 순환, 배만 고프다, 육시러게 배만 노상 고프다) 그러고 보면, 羑里에 새로 또, 宗門이 하나 슨 것을 알겠는 것이다, '불'의 宗門이. (촛불중은 물론, 자기를 염두하여, 꼽아 말이겠지만,) 이전에 羑里에 물론, '불'의 宗敎가 없었던 것은 아니어서, 아직도 그것이 연면해오고 있지만, (촛불중이 조금 분석해보고, 종합해본 바에 의하면,) 그 양자는, 그 敎儀(體) 쪽에서는 같은 듯해도, 그 敎義(用) 쪽에서는 같은 듯하지 않은고로, "羑里에 새로, 宗門이 섰다"고 이른 것이다. "敎儀 쪽에서 같다"고 이른 것은, 그 양자는 공히, 헤헤헤, 글쎄 말이지만, '불'을 예배하고 있다는, 그런 얘긴 것인데, "敎義 쪽에서는 같은 듯하지 않다"고 이른 것은, 하나는 (촛불중은), '불' 속에서, '검은 고양이'와, '朱雀'을 보는 데 반해, 다른 하나는(이란 그러니, 저 火葬쟁이 말인데,) '암깨구락지'와, '시꺼먼 수말'을 보고 있기 때문이다. 그렇다면, 이 자리에 맨 먼저 요구되어지는 것은, 현재로서는 '暗號'라고밖에, 달리 이를 수도 없는, '검은 고양이', '朱雀', '암깨구락지'와 '검은 수말'이라는 것들이, '불'의 예배와 관련하여, 어떤 역할을 하는가, 그런 풀이 같은 것이기도 하겠는데, 그러나 실제에 있어서는 그리고 말이지만, 이 '暗號'들이랄 것들은, '暗號'라기보다는 '原型'이랄 것이어서, 이를테면, '알려져 버린 비밀'이라거나, "자물쇠만 걸어놓고, 잠그지는 않은, 어떤 땅광 속의 풍경" 같은 것이라고나 해야 할 것이다. 필요하기는 하다 해도 그렇다면, 그런 노력을 아낀다 해도, 별다른 장애나 지장은 없을 듯하다면, 그런 노력은 아껴 둘 일이겠는가. 그런 대신, '불'이라는 元素가 등장하면, 다른 元素들, 즉슨, 물, 흙, 바람 등과 제휴하기에 좇아 드러나는, (어느 方言에든 다 잘 알려져 있는 바와 같은) 일종의 圖式이랄 것이 있는데, 그것을 차용하기로 하여, 말한 바의 '暗號'들이, 그것에 어떻게 적용될 수 있는가를 알아보는 일을 해보는 것이, 보다 더 필요한 노력일 것인가. 라는 것은 그러면 어떤 것인가 하면, 그것은 이렇다. "불과 흙을 軸으로 하는 데서는, 陽熱, 肉身的 힘이 일어나는바, 그것은 그래서 性慾的 불을 대표한다고 이르며, 불과 바람의 軸에서는, 純化力, 靈의 힘이 일어나는바, 그것은 그래서 秘儀的 불을 대표한다"고 이른다. '性慾의 불'은 그러니, 橫帶를 이루며, '秘儀의 불'은 縱軸을 이루는 것이 분명하다. 이때 문제는, '불' 속에서 불 화라지가 본, '시꺼먼 수말'과, '암깨구락지' 중에서, 그러면 무엇이 '흙의 元素'를 담당하는가, 그리고, 촛불중의 '시꺼먼 고양이'와 '朱雀' 중에서는, 무엇이 '바람의 元素'性을 보다 많이 띠고 있는가, 그것을 가름해보는 그것이겠지만, 그러나 그것을 위해서는, '常識'보다 더 많은 지혜를 가질 필요도 없는 것이나 아닌가 모를 일이다. 그렇지 않으냐, '개구리'란, '흙과 물의 중간에 위치'한 元素가 입은, 有情의 이름인 것이며, '바람'과 관계되면, '날개'가 저절로 따라붙는 것이거늘, —그렇지 않으냐? 그렇게 빼고[減], 그리고 남은 것이 있다면, 이 경우는 그것이 '불' 쪽의 元素인데, 그래도 누가, "어째서 그러면, 시꺼먼 고양이가 불이라고 이르느냐? 그뿐이겠느냐, 시꺼먼 수말은 또 어째서 불일 수가 있느냐?"고 묻는다면, 그렇게 묻는 자의 혀나, 자지를 잘라, 저 '시꺼먼' 것들의 똥구녁에라도 찔러 넣고 볼 일일 것이다. "그래도 그렇지 않다", —또 누가 토를 달고 나서느냐? "그렇지 않을 것이, '고양이'란 '달'과 많은 관련이 있는 짐승이며, '말'이란 또, '埋葬俗'과 많은 관련이 있는 짐승이어서, 元素를 두고 말한다면, 하나는 차라리 '물'과 관계가 있고, 다른 하나는 '흙'과 관계가 있다고, 하는 것이 '常識'的이기 때문이다. 그뿐인가, '검다'는 색깔은 또 어떻고?" 흣흣흣, 저 '시꺼먼' 것들의, 똥구녁에다 꽂아 뒀던, 公의 혀며 자지를 꺼내 본즉, 벌겋게 달아, 익은 무쇠 같도다. 咄! '서 근의 삼'! 날개를 달았거든 道流여, 바람이 날개를 불어 가주기를 기다리지 말고, 날개로 바람을 일으켜 날거라. 그만큼도 力動性을 못 일깨워낸다면, 몇백 세나 날개를 키워도, 그 날개로는 苦海를 벗어 날지 못한다. 狗子여, 公은, 만약에 '朱雀'도 그림자를 갖고 있는다고 한다면, 그것은 무엇쯤이나 될 것이라고 생각해본 적이 없느냐? 지금이라도 생각해볼 수 있겠느냐? 허긴 그 이름은 여럿일 수도 있을 것이다. 그래서 그 여럿일 수 있는 이름들 중에서, 하나를 골라 쓰는 일은 잘못인가? 그래서 만약, '朱雀'이 '해'와 관계된 동물이라고 한다면, 그 '朱雀의 그림자'는 허기는 말이지, '달'의 짐승이라고 한대도, 그 탓에 밝고 뜨겁던 '불'이 어둬지거나, 차가워지는 것은 아닐 터이다. 그리고 또 이번에는, '암개구리'는 '흙'이나 '물'의 元素의 상징이라고 이른다면, 그것에다 精水의 홍수를 쏟아, 풍요케 하는 것은 무엇쯤이나 되겠는가? ("샥티가 없이는, 쉬바라도 솨바[송장]이다"라는 명제를 뒤집기로 하면, 아무리 달이, 월후를 끝내고 풍더분해 있어도, 精水를 뿌려주는 것이 없으면, 가뭄과 다를 바 없을 터) 그 이름도 많을 터이다. 그 많은 이름 중에서, 그것도 横帶와 관계된 것으로서, 그중 실한 것의 이름을 하나 골라 쓰는 짓에 무슨 잘못이 있는가? '시꺼멓다'라는, 肉眼的 색깔과 관계된 '빛'은, 촛불중이 이미 그 탐색을 시작해, 어딘지 멀리까지 나아가 있는 것을, 아는 자는 알고 있을 것이니, 그것에 관해서만은 함구해도, 이미 다 말해버리고 있는 것이 아니겠는가. (실제에 있어서는 그리고, 그 '빛의 탐색'은 끝나 있는 듯도 싶으지만, 그것도, 예를 들면, 저 火巫의 自敍傳모양, 시작은 手淫派네 불머슴처럼 해서는, 맺음은 눈썹道네, 이빨 다 물러나 빠진 늙은네처럼 해놓고 있는 탓에, 手淫派 쪽에서 보자면, 뭣이 솟구쳐 빠져나가는 것이 없는 듯한 느낌일 듯도 싶잖은 건 아니다. 저 말을 다시 바꾸면, 시작에서 중두막에 이르기까지는, 무슨 꽃구렁이답게 해뒀는데도, [여봐라, 게 누가 있느냐, 있거든, 냉큼 내달아, 이 세상에 이름만 있고, 몸뚱이는 없는, 무슨 그런, 새가 있으면 그 이름 한 가지 대거라] 火鳥나, 鳳의 꼬리를 달아두고 있다는 소리로도 될 것인데, 뭘 멀리 두를 필요도 없이, 탁 깨놓고 말하기로 하면, 말[言語]이, 대략 셋쯤의 관문을 통과하고 나면, 그렇게 文[語]骨을 바꾸게 된다는 말을 할 수 있게 된다. 세 관문이란, 實[俗], 藝, 宗의 이름들을 갖고 있다고 해두자. 그런고로, 저런 語骨을 택한 말은, 그 부정적 국면에서 헐뜯어[란 왜냐하면, 人世의 말은 아직도, 한참 더 계발, 진화를 성취해야 하기 때문이다] 말하면, 점차로 그 단단한 지반을 잃고, 오리무중을 드러내다, 알맹이를 잃는다고 말할 수도 있겠으나, 그 반대쪽에서 말하면, 큰 날개의 독수리까지도 날려면, 단단한 지반에 먼저 발을 밀착한 뒤, 그것을 박차야 된다는 얘기를 할 수 있게 될 것이다. 이 경우의 '단단한 지반'이란 그러니까, '進化를 위해서 입어진 肉身'과 같은, 수단인 것이지, 목적은 아니던 것이다. 그런데도, 단단하다고 여겨지는 곳으로만 골라, 그 全身을 다 밀착하고도, 그 단단함이 출렁거리는 듯해 불안하다는 뱀에게, 장천을 날으는 저 독수리는, 결코 실답게는 여겨지지 않을 것이며, 자기가 어쩌면, 추락에의 공포에 의해, 그런 한 흉몽을 꾸고 있는지도 모를 것이라고, 할지도 모른다. 어쨌든 저것이 神話化를 치른다면, "三界를 꿰뚫은, 쉬바神의 화살" 같은 것이 될 듯하다. 이 '三界'[三世]란 그리고, '몸·말·마음' 말고, 사실 또 뭣이겠는가. 아흐 그런즉 알겠다, 글쎄 말이지, 쬐꾸만 山鬼들이며, 늪의 妖精, 火葬터나 공동묘지의 餓鬼들은 물론, 무엇들의 꿈속에서 빠져나온 夢다리, 눈애피病이며, 밤오줌싸개小魔, 狂犬들과 野狐들의 괴수 쉬바가, 무슨 팔 힘으로, 우주적 大力들에게 바쳐진 '祭祀'의 목을 자르고, 그 고기를 약탈하고도, 아무 大力 하나, 감히 그 앞에서 먼지 털 하나도 세울 수가 없었는지, 히, 히, 히, 히제라면 흐것흘 할겠다. 글쎄 그의 言語만이, 鬼界는 물론, 畜生道를 중심으로 한, 한 우주를 주관하던 것이었더라. 그래서 그에게서는 귀신의 인광이 쐬어 나올 뿐만 아니라, 더럽도록이나 진하게, 짐승의 냄새도 풍겨내던 것이다. 글쎄 그렇게, 그의 화살은, 三界를 꿰뚫어버린 것이었더라)

그러고 보면 허기는, 촛불중의 '불'과, 불 화라지의 그것은, 이름은 같아도 내용은 같은 것들이 아닌 것이 분명하여, 그리하여, 羑里에 두 종류의 '불問'이 서 있어온 것을 인정하게 된다. 어느 '불問'이 어느 것에 비해 높다든지, 낮다든지, 이눔, 그런 것을 따져보려는 無道 한 짓을 하려 할 짓이 아니겠거니와, 어쨌든 저 두 '불門'들은, 일러져 오고 있는 바의 '두 眞理'를 각각 대표하고 있음은 알 만하다. ('일러져 오고 있는 바의 두 眞理'가 무엇인지, 그것을 새로 되풀어야겠는가? 喝!)

밖에서, 늙은 불 화라지가 멀어져 간 뒤에도 촛불중은, 오랫동안이나, 그 화라지가 풀어내던 冥呪 끈에 殮 되어져, 어떻게도 그 呪絲를 끊어 풀어내지를 못해 괴롭게 솔아 있다가, 허기는 속 어디서 解凍이 좀 있었기나 했었겠지 맹, 그랬기에 무슨 생각이라도 몇 순 돋아났을 것인데, 꼬—악 꼬—악흐으크할라— 돋아난 생각들은 헌데, 거머리여서, 시작하여설라무네, 촛불중을 속에서 왼통 다 빨아 먹어 치우고, 그리고도 모자라, 그리하여서부터는, 저그들끼리의 弱肉强食이 치열하더니, 마지막까지 남은 것 하나는 그리하여, 껍질만 남은, 저 촛불중의 목구멍(은 '꿈이 일어나는 자리'거든)을 끄—아—ㅋ— 빠져나갔다. 고, 그렇게, 촛불중은 觀하고 있었다. (저 촛불중의 목구멍을 빠져나간, 개구리의, 아니면 수말의, 울음의 길숨한 불꽃은, 植物的 想像力과 動物的 想像力의 野合에서 일어난, 꿈이었더라) 美里邑에서 촛불중은, 자기 '몸'을 잃었었음을 알았었다. 판관 겸직 읍장이라는 사내가, 자기의 몸을 빼앗아 입고, 자기와 "같은 나뭇가지 위에 앉아, 그 나무의 달콤한 열매를 무시로 쪼아 먹으며, 그것을 먹지는 않고, 가만히 건너다보고만 있는, 다른 새(註: 이 '달콤한 열매를 먹는 새'와, '橫帶的 불=말', 그리고 '縱軸的 불=말'의 연관성은 눈을 크게 해서 들여다볼 종류의 것이다)를 조롱하기로 노래하는 소리"를 들었었다. 美里에서는, 헌데 촛불중은, 자기의 "말"(言語. —이것은 저 '火巫'를 가리키는 '말'이므로, '橫帶的 불=말'인 것은 저절로 따르는 결론일 것이다. 그리고 七祖가 美里民에게 준 큰 한 복음은, [이것이 어쩌면, 그가 저 '마른 늪'(本註 참조)에서 낚아낸, 싱싱한, 한 마리의 물고기이다] 그가 프라브리티의 宇宙를, '몸—말씀—마음'이라는, 進化/逆進化의 변증법[本註 참조] 으로 이해하기에 의해, 美里用 辭典에서 '異端'이라는 어휘까지도 삭제되어버린 그것이라는 것을 아는 자들은 알 것인데, 그래서 촛불중은, 새로 또, 그 얘기, 즉슨 '몸—말씀—마음'과 관계된 얘기를 되풀고 있는 것이다. 사실 말이지, '異端複合性'과, '殉敎複合性'보다도 무엇이 더 크게 歷史를 해친 것이 있었을 것인가? 그런데 누군가가 만약에, 저 두 複合性을 해소해줄 수만 있다면, [그런 法雨가 또 있을 수 있겠는가!] 땅이 목마르게 기다리는 자는, 그런 자나 아니겠는가? '祭政'이 거의 남남이 되도록 분리되어진 오늘날에까지도, 땅[政] 의 일로 하여 하늘[祭] 까지도 토막토막 분단을 해서 될 일이겠는가? 알다시피, '마음'[佛] 과 관계된 '空'은, 누구나 다 이해할 수 있다거나, 성취할 수 있는, 누구에게나 적당한 주제는 못 되듯이[그런고로 그러면, 그것에 닿을 수 없는 정신들은 우주적 쓰레기라고 쳐, 地獄의 유황불에다 던져 넣어버려야겠는가?], '말씀'도, 五官에 절실하게 호소되어지는 것만이 진리라고 믿을 수밖에 없는 자들께는, 하다

못해 돌이나 나무로 깎아 만든, 그런 무슨 '偶像'이라도 하나 없이는, 예배키가 쉬운 대상은 결코 못 되는데, 그런고로 그들께는, '祭'[宗教] 란 개발의 편자거나, 돼지 목통에 진주 목걸이 같은 것이라고 매도하여, 저것들인즉슨, '땅'을 일구는 일에나 써, 마지막 땀방울까지 짜낸 뒤, 들에다 내던져, 야호며 새들로 그 쓰레기를 처리해버리라고 해야겠는가? 글쎄 또 말이지만, '말씀'을 救主로 예배하는 자들은, '기자 바위'며, 사립짝 밖에 서 있는 '탱주나무' 따위를 섬기거나, 의지하는 자들은, '偶像'을 섬길 뿐만 아니라, 작은 귀신에 들려 있다고 하여, 가라지 쭉정이만도 못 하다고, 영겁을 타는 불 속에다 던져 넣어야겠는가? [이 자리에다, "그것이 두렵거든, 회개하고, '主'의 품으로 돌아오라!는, 그 福音을 끓인, 毒을 부어 넣지는 말게라 아으 公들, 은밀한 중에 '선택받았다'고 믿는 자들임세] 이것은, 하늘[祭] 문제에, 땅[政]이 무겁게 첨매져, '하늘'이 땅에 끌려 내려져, '땅'에 종사하고 있었을 때 곁 따라붙은, 매우 해로운 '祭俗'의 결과이던 것이다. 그러던 날, 이번에는, '땅'[政] 쪽에서, '하늘'[祭]이란 거추장스럽기만 하고, '땅'에 대해 쓸모가 없다고, 그것을 떠밀어 높이, 높이 올려버렸는데, 그런 뒤, 해스럽게 된 것은, 그 '하늘'이 '땅'을 고집하기 시작했다는 일이다. 그런 극명한 예만 하나 들어 보이고, 애기를 바꿀 일이겠다. '四海兄弟主義'를 부르짖는 "'하늘'[宗教]이, 그것의 울타리[羊을 가두는 울타리 말이지] 내에 들어오지 않는 자는, 이리며, 독사라고 쳐, 제척해, 영겁의 불 속에다 던져 넣어버리기.")이, 벽 어디에다 뚫어놓았다는, 그 구멍을 빠져나가, '시꺼먼 수말'이 되어, 비 묻은 羑里—그 '암개구리'의 뒤를 쏘아 덤비고 있다고 알았다.

本註: "마른 늪에서, 펄펄 살아 뛰는 생선을 낚아내는 漁夫가 있다면, 그가 羑里의 村長이 된다"는, 일종의 不文律的 法則이랄 것은, 羑里 사람들께는 잘 알려진 사실인데, 그렇기 때문에 고려하게 되는 것은, 求道와의 관계에서는 그렇다면, '마른 늪'이란 '無明'이나 아닌가 하게 되고, 촛불중과의 관계에서는, 그의 '無意識論'을 이루는, '無意識' 자체나 아닌가, 하게 된다. 그에 의하면, 意識하는 有情(이란 분명히 '人間'이겠지맹)

의 無意識은, 그 有情의 '밖 자체'라고 하고 있으며, 그 有情의 '몸도 그리고 밖' 말고 다른 아무것도 아니라고 이르고 있다. 그러자 그러면, 그 '밖'에 대한 '안'이란 무엇인가, 그것은 그렇다면 '마음' 같은 것이라도 되겠는가? 하는 의문이 뒤따르지 않을 수 없는 것은 당연할 터이다. ('意識/無意識'은, 어쩌면 그 출발점을 心理學과 관계되어진 데 두고 있을지 모른다 해도, 만약에, 모든 발현되어지는, 무엇들의 행위·동작이, 광의적 의미에서, 言語 말고 다른 아무것도 아니라고 단정하는 것도 가능하다면, 그 도달점은, 言語와 관계되어진 데 두고 있을지 모른다. 헌데 이런 言語와의 관계에서는, 저 '밖/안'이 어떤 것인지, 충분히 밝혀졌다고 믿으니, 되풀이 할 필요는 그러면 없을 것이다)

'마음'이 그래서, '몸'이라는 '밖'에 대해 '안'일 수도 있다면, 첫째로는 그것은, '谷神'이나 '玄牝'과도 같은, 신비한 '體'로도 이해된다. 그래서 '마음'이 '體'라면, '몸'과 마찬가지로, 그것도 다름 아닌 '밖'이라고 해야 할 것이다. 그래서 이번에는, 그것은 '體'이기보다는 '用'이라고 한다면, 言語에 있어서의 '意味'와 마찬가지로, 그것은 깨워져[覺] 있어 (앞서 조금 다른 말로 표현되어 있었으나, 말한 바대로) 化現한 모든 것은 '言語'여서, '마음—用'은, 이미 '마음'이 못 된다, 라는 주장을 할 수 있게 된다.

그러면 '마음'이란 뭣인가? 그런 것은 있는 것이 아닌가?

앞서 말 되어진 것을 종합하기로 하든, 아니면, 깡그리 잊어버리기로 하면, 결국, 이런 얘기를 만들 수나 있게 된다. '體'로서의 '마음'이 '用'化할 때, 거기 '말'[言語] 이 드러나고[化現] , 반대로, '用'으로서의 '마음'이 '體'에 돌아가 머물 때, 거기 '마음'이 눕는다(非化現에로의 化現). 주목해둬야 될 것은, '體'가 한번 '用'化한 것은, 그것은 다시 '體'에로 돌아가 눕는다 해도, 그것은 그냥 이름이 '體'이지, 결코 이전과 똑같은 '體'가 아니라는 것이다. 이때 그것은 그러면, 혹간 '空'이라거나 하는 것 같은 이름으로라도 불러야 되는 것이나 아닐라는가! 그럴 것이 '空'이란, '體'인 듯한데도 결코 '體'가 아니며, 그래서 '用'인가 하면, 이 자식아, '空'이 어떻게 '用'일 수 있겠느냐. '體'가 아닌즉 그래서 채워져질 수가 없으며, 본디 그 자체는 '用'이었은즉, '그릇'[體]이 아니어, 무슨 수로 텅 비일 수도 없는 것. (제기럴, 이렇게 되면, 시작이야 어찌 되었든, 궁극적으로는, 그렇다 촛불중은, 有情에게서 '밖'만 보고, '안'이란 있는 것도 아닌 듯이 이해하고 있어 보인다. 그래서 그렇다면, '밖'이란 깨우치고 난다면 그리고, 허깨비[幻] 말고, 그것이 무엇이겠느냐?) 그럼에도 여게 道流, 저 너러 바깥 세상은, 못 돼간다고, 한 번도 잘돼가는 일이 없어 노상 못 돼간다고 함시롱도, 아직도 돼가고 있다는 것을 모르는가? 허기는 말이지, 허기는 이것은 이해키가 썩 곤란하지 않은 것은 아니다, 라는즉슨, 사람이라는 종내기가 땅에 있기 시작한 그때부터 사람들은, 땅의 문제로 피땀을 흘리며, 그 땅을 살 만한 곳으로 만든다고 해오면서도, 글쎄, 사람마다 땅의 문제로 고심해오면서도, 어찌하여 세상은, 아직 한 번도, '살 만한 세상'을 꾸몄더라는 그런 소문조차도 없는가? (왜냐하면, '살 만한 세상'은, 뒤에로 미뤄져 있어, 오고 있기 때문인가? 헌데 그 '뒤에로 미뤄져 온 살 만한 세상'은, 그것이 왔을 때 보면, 왼통 비듬 덮인, 쭈구렁진 피부에, 왼통 瘡病이며, 고름이고, 썩는 냄새뿐이다) 땅을 운영하는 자들의 무엇이 옳지 못했는가? 그들의 무엇이 땅의 저주를 불러냈는가? 어찌하여 땅은, 飢餓 자체여서, 잡아먹기 위해서만 자식을 펴 내지르는, 나쁜 어미가 되었는가? 아으 어쩌면, 저 너러 자식들이 흘리는, 精液과 땀이 잘못이었을라, 精液과 땀은, 그것을 맛본 것마다, 더욱더 갈증과 굶주림으로 헤매게 하는 것이거늘, —그러니 프라브리티의 바퀴에 발리는 기름이 그것이던 것이다.

[탱주나무道]

[1]잠아 잠아 오지 마라
요 내 눈에 오는 잠은
말도 많고 흉도 많다
잠 오는 눈을 쑥 잡아 빼여
탱주나무에다 걸어놓고

들며 보고 날며 보니
탱주나무도 꼽박 꼽박

詩人/화라지[巫]
노래꾼/춤꾼[舞]

詩人—노래꾼
화라지—춤꾼

백팔염주 헤아리듯, 노래 한 자리[節] 읊어놓고 촛불중이, 백팔염주 헤아리듯 하는 짓이 뭣인가 하면 촛불중은, ‘詩人’과 ‘화라지’[巫]가, 어느 점에서는 비슷해 보이는데도, 어느 점에선지 발가락도 닮은 데가 없어 보인다고 알아, 그것을, 헤아려보고 있는 그것이다. 촛불중도 물론, 저 불 화라지의 얘기가 계속되는 얼마 동안은, 그 화라지 스스로 자기를 일러, 唱人, 또는 時調꾼이라고 한 대로, 허기는 그가 詩人일지도 모르겠다고 해왔었으나, 헌데, 그 풀어내던 얘기가, 그 풀려나가는 방향에 의해서, 귀 밝은 聽者라면 누구나, 자연적으로 기대하게 될, 그 어떤 일정한 방향으로 풀려나가지를 않고, 그런 대신, 그것은, 듣는 귀에 대해서는, 거의 椿事라거나 偶發이라고도 이를, 그런 결과를 드러내 버렸을 때, 그는 ‘노래꾼’이기보다는, ‘춤꾼’이라고 했었던 것이고, 그리고 촛불중은, 자기의 어떤 ‘말’[言語]이 빠져나갔다고 믿기 시작한 것이다. (‘말’은 언제든, 무엇에 提携하는 것이 아니더냐, 일단 한번 發音되어져, 어떤 귀를 통해 心情에 提携하면 ‘記號’를 벗고, 그 心情에서 일어나 떠나면[發音되면], 그 당장 ‘記號’에 提携한다)

어쩌면 촛불중은, 앞서 자기가 읊조린, 저 한자리의 노래가, ‘詩人’과 ‘화라지’[巫], 또는 ‘노래꾼’과 ‘춤[舞]꾼’의 (그 양자의 ‘비슷함’에 관해서 이 중은 생각해보려고 안 하고 있으니, 그것은 말할 것이 못 되는 듯해도) ‘다름’을 잘 밝히고 있다고 여긴 듯하다. 촛불중 생각에는, 詩人은, 무엇에 提携하면서도, 그것을 觀하는 눈은, 그 무엇의 밖에 남겨두고 있으며, 그래서 이 竊視는 ‘想

像'이라고 할 것인데, 화라지[巫]는, 무엇을 想像하면서도, 눈을 밖에다 남겨 놓고 있지를 안 해, 그 무엇 속으로 자기가 스며들거나, 자기 속으로 그것을 스며들게 함으로써, 그 출발은 竊視였다 하더라도, '提携'로 끝난다는 것, —그것이 그 양자의 다름이라고 해온다. 뭐 별로 잘라내고 말고 할 것도 없음에도, (실해서 한 마리 용 같다 한다 해도, 머리 자르고, 몸 자르고, 꼬리 자르고 나면 뭣이 남을 것인가) 그래도 조금만 더 잘라내고 말하기로 하면, 詩人은 想像하되 提携치 못하며, 화라지[巫]는, 想像하지 못하고 다만 提携할 뿐이다, 고 할 수 있게 될 것이다. 여기 어디에서, '노래꾼'과 '춤꾼'이 등장하여, 갈린다. '노래꾼'은, (뭔지 노래 부를 만한 것을) 노래[想像]하고, '춤꾼'은, 노래 자체[提携]가 돼버린다. 예 든 바의 저「잠 노래」를 비록 말해, 잠이 많아 못 살겠는 그 새댁 당자가 부른다 해도, '노래를 부르는 새댁' 당자와, 그 '노래 속의 새댁'은, 두 다른 인물들이라는 것이 분석되어지는데, 다시 말하면, 하나는 '노래꾼'이고, 하나는 '춤꾼'이라는 것이다. 하나는, 자기의, 그저 고통뿐인, '잠'을 轉嫁해버릴 수 있는 '대상', 그것도 마을에다 흉을 내지 않는 '대상'을 찾고[想像], 다른 하나는, 자기의 '고통'(잠)(또는 '짐'이라도 상관은 없을 터이다,)을 대신해주는, 그 '대상 자체'가 되어버리고 있다. 새댁의, 그 '고통'(잠)으로부터의 해방은, 구원은, 헌데, 거두절미하여 말하기로 하면(이란 왜냐하면,「呼[?蜘][鼅]歌」와 더불어, 예 든 바의 저「잠 노래」가, '轉嫁'라든 '代贖', 또는 '提携' 등등의 문제와 관계된, '아도니스 秘儀'의 祝謠 중에서도, 촛불중이 가장 즐기는 것들이 되어 있으니, 기회 있을 때마다, 그렇다면 그가, 저것을 되풀어 노래해보지 않을 수는 없을 것이라고, 믿게 되다 보니 그런 것이다) 자기의 '고통'을 '轉嫁'하기에 의해서(노래꾼)가 아니라, '轉嫁'한 그 '고통'을, 자기가 되짊기(춤꾼)에 의해서라는 것이다. 먼저 지적되어져야 할 것은, 저렇게 굴절을 겪기에 좇아, 이 '고통'은 (이제는, '잠'에만 한정하려 애써 쌀 일은 아닐 터이다) 그 예리함을 잃고, 무뎌졌다는 것, 그것일 것인데, 촛불중이 익히 알고 있는, '아도니스 儀流'들이 드러내는, 한 공통적인 특성은, 그들은 이 '무뎌진 고통'에 의해서, '죽음과 再生'에의 꿈을 키운다는 그것이다. 그러니 그들은, (저렇게 어떻게 '굴절'을 겪을) '고통'이 없이는, 그들 입은 그 '肉身'에의 실다움을 실감해내지 못하는 것이 분명하다. (촛불중이, 누누이 되풀어온 것이 그것이지만,) "肉身이란 病苦 자체"며, 그리고도 아마 '虐待症' 자체이다. (그리고 그것이, '肉身의 실다움'을 확인하게 하는 것이라면, 솔개에게라도 布施해버리고 말 너러 肉身이란, 실다움이 아니어서, 幻이라고 한다면, 그 아니 좋을 일이겠느냐, 그렇잖느냐, 냐구 말이지? 咄!)

이왕 얘기가 나왔으니, 덧붙여둘 것이 있다면, 이 경우의 '노래'는, 어떤 '意味'(用)가, '소리'[體]를 입어 있는 '말'[言語]이며, ('默'이라고 '소리'를 입은 말을 음미해볼지어다) '춤'은, '形態'를 취한 '말'('無'라고 '옷'[記號]을 입은 말을 들여다볼지어다)이라는 것일 것이다. 헌데도 특히, '形態를 입은 意味'가 '춤'[舞]과 관계를 맺고 있을 때, 이 '말'은, (읽혀지지 않고 덮여 있는, '辭典' 속의 '말'과는 달리) 그 '허물을 벗고 있는 뱀' 같은 '말', 또는 '가시떨기나무를 태우는 불' 같은 '말'이라야 할 것인데, 이런 '말'은 그러니, '用'(動)은 끝없이, 그 '體'(靜)의 제약으로부터 해방을 성취하려 하고 있는 데 반해, '體'는 '體'대로, '用'의 섭력으로부터 벗어나, 그것 자신만의 '고요함'[靜, 體]을 지키려 해도, '羯磨'라는 接著力에 의해 그렇게 되지 않는, 逆重力/重力의, 相剋的 秩序에 묶여 있는 '말', 비극적 '말'이라 는 말이다. ('불'이 '연료'를 태우는 것을, '마음의 宇宙' 쪽에서 관찰하면, 거기에 저런 相剋的 秩序가 드러나되, 반대로, '몸의 宇宙' 쪽에서 관찰하기로 한다면, 그 양자를 '接著'하는, '羯磨'라는 끈끈이가 없어지는 대신, '相生', '相和'論이 이뤄질 것이다) 이 '말'이 그래서, '反重力/重力'의 '말'이라고 한다면, 그 化現으로서의 '춤'은, '오르기'뿐만 아니라, '내리기'도 하는 것일 것이다. 아으 그러면 알겠다, 이 '말[言語]의 나무'에, 어떻게 六道가 꽃봉오리 맺혔다, 만개하는지, 그리하여 그것을 알겠다. ('人頭骨'[은, '字母'(알파벳)에 대한, 密宗的 象徵인 것은, 누구나 아는 바대로이다]이 주렁주렁 매달려 있는, '동산 중앙에 [또는, '아담의 하복부'나 '하와의 머리'에] 서 있었던, 지혜의 나무", 말의 나무)

노래꾼—詩人

춤꾼—화라지

화라지는, 오줌을 누어도, 계집모양, 앉아서 누는데, 좆 달린 계집, 그러니 저 火天네 불머슴도, 클클클(촛불중의 웃음소리) 앉아서 지랄하느라고 오줌을 질질 갈겨댈 것이었다. —촛불중은 이만쯤에서 허기는, 오줌개가 차, 불편하다고 느꼈으며, 그래 중님도 화라지님 꼴을 꾸며 쭈구셔 앉아, 그 오줌을 누어버리려다, 찔끔해 참고, 그리고 자기가 처하게 된 이런 처지에서는, 오줌까지라도, 수분을 아무렇게나 소비해버릴 수가 없다는 생각을 한 뒤, 으트틋 생진저리를 한번 치고는, 그 배설을 아프게 참았다. 촛불중도 물론, 대변이라거나 소변이라는 찌꺼기에도, 전혀 영양이 남아 있지 않은 것은 아니라는 것쯤은 모르고 있는 것은 아니라도, 흣흣흣, 그래서 그가, 그 영양을 아껴, 그것을 짜내려고 그러는 것은 아니다. '찌꺼기'라고 이르는 것에, 어찌 '영양'이 '독소'보다 많을 수 있겠는가. 그런즉슨, 약간의 '영양'을 위해 큰 '독소'를 속에 넣고 참는다는 일은, 利보다 害가 클 일이 아니겠는가. 그, 그건, 그, 그렇다 해도 그러나, 무엇이 거의 全無하여, 무엇이 대단히 빠르게 죽어가고 있는 것보다는, 무엇이 있어서 害스럽다 해도, 그런 것이 있기에, 바로 그 害스러움에 당해, 천천히 죽어간다면, 그 害스러운 것이라도 있는 쪽이, 없는 쪽보다 덜 해롭다고 해도 되겠는가, 어쩌는가. 그러나 이제, 혀가 빠른 이가 있어, 결국은 이래도, 저래도 죽을 처지에 있는 자라면, 제기럴, 빨리 죽기나, 천천히 죽기에 무슨 그리 큰 차이가 있겠느냐고 묻는다면, 물음을 받은 쪽에서는 그로부터도 여러 겁이나 생각해보고, "이래도, 저래도 죽을 처지에 있는" 사람네서 상여 나간 지 오랜 후쯤이나 되어, 어눌하게 한마디, 이렇게밖에, 다른 대답은 만들지도 못하고 말 것이다. 라는즉슨, ……그, 그라, 그라기로 말, 말, 허먼, 낙, 낙태된 넋이야말로, 그, 그중 고통이 적게 살, 았다고 이를, 것이, 아니겄냐고이…… 어쩐가 하면 헌데 촛불중은, 자기가 갑자기 마주하게 된, 두려운 어머니, "송장을 파먹으며, 송장을 디뎌 춤추는, 열여섯 살 먹은 처자", '밖'을 깨우는 자, 죽음, 을, 하나의 우주적 *法母*라고 알기[知] 뿐만 아니라, 그렇게 느끼기[感] 도 하려하여, 못 참을 고통을 겪으며까지, 자기를 낳아 무릎에 받아준 '이승',이라는 어머니, 에의 집착을 여의기 도모하여, 정진하고 있는 중이니, 그리하여 이 수업이 성공적일 수만 있다면, 하루 이틀 빨리 죽거나, 하루 이틀 늦게 죽기 간에, 별로 무슨 차이가 있을 수도 있는 것이 아니라고, 말할 수는 없을 것이다. 왜냐하면, 바로 이 '하루 이틀'이라는 한 탄지경이, 잘 정진한 어떤 삶의 경우는, 한 우주의 개벽과 종말 간의, 그 무한의 시간의 거리와 맞먹게 될 수도 있으니 그런 얘긴데, 바로 이 '하루 이틀'을 늦추기에 의해, 저 '죽음'은, 輪廻의 고리를 벗어나 버릴, 그렇게나 어기찬 進化를 성취할 수도 있으니 그런 것이다. 그렇다면, 永劫 쪽에서 보고, 삶들의 짧기뿐만 아니라, 고통스러움에 대해 悲觀을 하는 일은 권할 만하지만, 그 '悲觀'을 도약대 삼아, 그 '悲觀'을 훨씬 뛰어넘는 일은 더욱더 권할 만하다 할 것이다. '悲觀을 뛰어넘는'다는 일은, 다른 말로는 '解脫'이나 '見性'이라고도 환치할 수 있는 것이 분명한데, 이 '解脫', '見性'을 위해서라면, 삶이 꼭히, 하다못해 이백 년이라도, 그보다 운 좋게는, 천년쯤이나 길어야 될 필요는 없는 듯하다. 神들이 누린다고 하는 것 같은, 길고도 걱정이 없는 호화판 삶은, 실제에 있어서는 차라리, 말한 바의 저런 '跳躍'을 위해서는, 그것 자체가 장애가 되어 있다고 가르치고 있다. 따져보려 하면 그 이유야 많겠으되, 뭣보다도 먼저 꼽히는 것을 하나만 예 들기로 하자면, 그런 '跳躍'을 위해 바쁘게 難行苦行을 자초해야 할 까닭이 별로 없다는 것이다. 게다가 사람이라는 有情은, 배가 고플 때는, 보리 뿌리 밑에 누워, 거름 마셔 취하는 보리鬼神에게라도 매달려설람에, 자기가 똥 한 번만 바지게에 넘치도록 싸 鬼神님께 제사할 수 있도록, 자기의 배 속에다 그만큼 똥을 한번 실어달라고 간절히 빌다가도, 그 鬼神의 도움을 입어서였거나, 아니면 배 속에 똥을 좀 실으려고 바지런대다 보니 그렇게 되었거나, 어쨌거나, 고봉 담았을 뿐만 아니라, 그 밥그릇 위에로까지 솟는 봉우리가 삼동만큼이나 희어져 가기로, 어화 벗님네야, 세상살이가 썩 밝던 날, 헌데, 그릇에 담긴 흰밥의 높이가 높은 것이며, 죽 그릇이 큰 것을 두고, 어라 벗님네야, 새로 짜증을 내기에 이르면, 이라는즉슨, 야 요 녀러, 손가락 매듸를 하나씩 끊어내 버릴 부엌데기가, 국이란 것은, 늙은 빼깽이 소가, 발이라도 한번 잠근 것까지는 그만두고, 하다못해 하품이라도 한번 좋이 해 넣은 것 같지도 않은데, 밥으로 보건대는, 이 어르신네는 고기는 먹을 줄을 모르는 줄로 알아, 배에다 그저 갖다가시나 똥이나 바지기로 채워 넣으라고 하고 있냖다? 얼럴러 상사뒤야, 이런 상태에 이르르면, 어게 벗님네, 보리鬼神이 허기는, 꺼끄렁 수염이라도 해 달고 있었던가 어쨌던가, 그런 것을, 걸 뭐 알아서도 어쩔라는 것은 아니지만, 알아야 할 필요도 없게 된다. 물론 '짧은 살이'를 두고 말한다면, 하루살이도 있고, 한철 살이도 없는 것은 아니지만, 여게라 벗임세 부디, 남 배 터져 죽으라고, 억지 쓰는 소리는 하지 말기로 하세마는, "人生七十古來稀'라는, 그 짧기도 짧은 '人生살이'의, 고되고 한스럽기가 헌데, 은총이면 은총이지, 결코 저주는 아니라고 알았으면, 글쎄, 그랬으면 쓰겠는가? —가맜자, 헌데 이런 얘긴즉슨, 어떻게 시작되었던가 하면, 터져 나가려는 오줌개를 비우려 쭈구셔 앉은 촟불중이, 막 열리려는 오줌개를 막아버리고, 흐흐트틋 진저리를 친 데를 서두로 삼았던 것인데, 그래서 이 중은, 그 괴로운 독소를 배 속에 貯水해두고 참아서는, 어찌하려는지, 이 현재로서는 사실, 그 자신에게까지도 별다른 방책은 없는 듯했다. 그것이 그래서 黃泉水라 한다 해도, 아직은 모래 위에 쏟아진 것은 아닌데, 이거 뭐, 동네방네 다 들으라고, 큰 소리로 떠들 만하든 못 해도, 촟불중도, 스스로 부끄러운 나름으로는, '手淫派'네서 불머슴살이도 해온 경험이 있는 중이라는 것은, 슬며시 부연해둘 필요가 있는가도 모르겠다. 모르겠을 것이, 그도 글쎄, 스스로 부끄러운 나름으로는 禪꾼(요기)인데, 禪꾼은, 오히려, 곤란과 역경, 重病 상태에 처해서, 法乳를 짜 마실 뿐만 아니라, 前生 누백 세 쌓여온 나쁜 羯磨를 中和, 純化하는 法油도 짜내는 자들이라고 이른다. 그러니 비록 돌팔이라 해도, 촟불중도, 한 오줌개 터지도록 채워진 수분에서, '젖'까지는 못 짜낸다 해도, 얼마쯤의 '毒'은 中和해내든, 또는 분리해내든 할 수도 있거나, 또 말해, 그만큼의 禪力도 닦아놓은 바가 없으면, 그냥 그 '毒'에 당하되, 그 고통이라도 살피기로써, (그 수분 속의 毒이 아니라) 쌓여온 '나쁜 羯磨'라도 中和, 또는 純化해보려 하기라도 할 것이다. (현재로서는 잘 모르되,) 이때의 이 '좋지 않은 羯磨'의 '中和, 純化'는, 결국은, '고통에 당하는 몸'이, 그것의 '실다움'性을 잃기, 즉슨 '幻'化의 형태를 띠어 나타날지도 모른다는 것이 하나 짐작된다. 그래서 '몸'이 '실다움'性을 잃어, '幻'으로밖에 달리 이해될 수가 없다는 경우, 허기는 ('몸'이 '실다움'이 아닌데) 거기 어디서 '고통'이 일어날 수가 있으며, '羯磨'가 흐린 붉은 바람을 불어, 무엇을 휩쓸어가겠는가, 옴(이러고 보면, 禪꾼도 장한스러운 것만이 꼭히 大悟徹底한다는 법은, 없는 듯하구나)

그리고 촛불중은, 저 불의 화라지가, 숯 가마니와 술독이 있는 데로, 저녁을 지내려 걸어가 버리고, 없는 데 대고, 합장하여 재배했다, 하기를 여러 번이나 했다. 하며 촛불중은, 자기가 전에, 언제 한번, 불어 꺼버렸던 그 촛불을, 불을, 불꽃을, 어째선지 저 늙은 火巫가, 어디서, 어떤 경로로였든, 주워들어, 그것을 저 火葬터에 켜놓고, 어제까지 건너다보아 온 것이나 아닌가 하고, 생각하게 한다고, 생각했다. 어쩌면 그래서, 그런 무슨 인연으로, 촛불중 자기와 그 火巫는, 자기들도 물론, 의식하지 못하는 중에도, 서로를 부르며 찾아, 각기 다른 경로를 밟아, 거리를 좁혀오다, 오늘 드디어 만나기에 이른 것이나 아닌가, 촛불중은 그런 것도 살폈다. 그리고 촛불중의 믿음에는, 이런 생각을 밑받침해주는 까닭(이래야 별다른 것이 아니고, 저 화라지의 '불의 숭배' 같은 것이나 아니겠는가)의 정당성을 꼭히 부인해야 할 까닭도, 촛불중께는 없는 듯했다. 그리고 중은, 무엇의 정당성 여부를 찾지 않는 자인지도 모르는데, 프라브리티 宇宙의 달마가 되어 있는, '苦'의 어버이—'相剋的 秩序' 자체부터도 정당하지 않다고 여기는 때문이다. (이것을 약간만 펴 늘이기로 하면, 아무런 前業이 있을 수 없었음에도, 苦에 처했어야 되는, 존재의 시작부터가 정당하지 않다는 얘기로도 되는데, 없던 곳에서, 느닷없이 무엇이 발원했다는 까닭만으로도, 그 발원한 것이, 자신의 '발원'까지를 부인하기에 성공적이지 못한다면, 언제까지고 그것에게 상사라[苦海, 輪廻]가 끝나지 않는다는, 그것이 글쎄 뭣보다도 먼저, 정당하지 않다는 얘기를 할 수 있게 될 것이다. '없음'에서 '있음'을 부정하려던, 六祖와 달리 촛불중은 헌데, '있음'에서 '없음'을 긍정하려 하는데, 그것이 그의 '進化論'이다. 그것을 '無明' 탓이라고 이르지만, '無明' 탓이든 아니든, 어찌 되었든, 무엇이 있다고 믿어, 있다고 믿는 자들께, 있는 것은 아직은 있는 것이다) 그리고도 그것뿐만은 아니다, 누구든 "마음을 넓히면, 그 마음이 한 宇宙 자체"라는 명제를 그도 익히 알고 있는 것이다. 무엇이 그런즉슨, 저 '한 宇宙'에 대해 異端일 수가 있겠는가. 결국 저 불 화라지도 '나비 꿈'의 다른 한 형태가 아니겠는가? 촛불중 자신까지도, 쳇, 촛불중 자신이 꾸는, 한 마리 '나비'인 것을? 헤헤헤. 그리하여 촛불중은, 자기가 꺼버렸다고 믿었던, 그 '불꽃'을 주워 삼킨 아크흐— 말도 많은 '벙어리 뱀'이, 꼬악 꼬악— '암개구리'로 변신을 치른 것을, 하, 핰, 할라, 할, 할았다. 그러면 이제 촛불중은, '웃기는 까불이 새'가 되어, 저 '암개구리'의 뒤를 쏘고 덤빌 것인가, 그 '불꽃'을 되빼앗기 위해서? 아니면, 그 '암개구리'의 '눈'이라도 쪼아 먹어버릴 것인가, 그 '불꽃'을 한 번 더 꺼버리기 위해서?

이제 드디어 촛불중은, 자기가 원해서든 아니든, 자기가 처해진 데에 눈을 돌려보아야 할 때라고 알고 있었다. 그리고 중은, 빌은 음식에 대해, 그 맛을 생각하지 않아야 하듯이, 자기가 처해진 환경에 대해서도, 그 편안함이나, 불편함을 생각하지 않아야 한다는 것도, 촛불중은 알고 있었다. 트여져 있어도, 그 트여짐을 보지 않아야 하며, (아는 자는 알겠지만 그리고, 그 修業을 촛불중은, 읍의 '문이 훤히 열려진 감방'에 갇혀 앉아 해왔었다. 그 修業이 성공적이었는지 어쨌는지, 그것은 그 修業꾼 당자만이 알 터이다) 막혀 있어도, 그 막혀짐 탓에 장애를 느끼지 말아야 되는 것이던 것이다. 촛불중은 그리고, 이 修業을 수행하지 않으면 안 되는 처지에 처해 있는 중인데, 하나 밝혀둬야 될 것은, 촛불중의 이 처지는, 등 뒤에 훤한 열림을 두고, '面壁'行에 나섰다던지, 또는, 자기가 원하기만 하면 언제든, 그 막힘을 트고, 열림 속으로 들어갈 수도 있는, 그런 땅굴行과도 같지 않다는 것이다. 그리하여 촛불중은, 기억에도 들지 않는, 자기의 어떤 前生에서, 자기가 자기에게 주었음에 분명한, 하나의 '戒'를 수행하기 위하여, 자기가 드디어 이 한 삶을 바치기 시작하게 되었다고 알았다(는 말은, 俗家茶飯的 언사로 통역하기로 한다면, "이제 그런 運命에 봉착하여, 그것에 복종하지 않을 수가 없다고 알았다." 따위로도 될 것이지만, 촛불중 생각에는 그럼에도 중은, 그것을 '運命'이라고 수락해버리는 데서 끝낸다든지, 반대로는, 그것을 어떻게든 타개, 극복하려 발버둥 치는 자가 아니라는 것이었으며, 그것을 그는 되새겨 두었다. 그래서 그러면 중은, 저와 같은 難境 惡處에 처해서는, 어쩌는가? —아마도 그 대답은, 중에 따라 다 다를지 모른다. '感氣'라는 작은 '앓음'을 하나 예로 들어보아도, 그 대답들의 다름이 금방 드러난다면, 저런 惡處를 두고서야, 더 덧붙일 말도 없을 터이다. 어떤 중은, "그것[感氣]으로, 前生에서부터 쌓여온 惡業을 쓸어내는 빗자루"로 삼으며, [세심히 觀해둬야 될 것은, 世人은, 그 현실을 타개하기로 하여, 來日을 보며, 중은, 과거를 씻기로 인하여, 來日도 보지 않는다는 것이다] 또 어떤 다른 중은, "本來無一物 何處惹塵埃?라고 하여, 탁 깨 말하면, '앎음' 자체도 있는 것이 아니라고 한다. [그럼에도 例든 바의 두 가지 것들을 두고, 優劣을 가리려 하는 愚劣한 짓은 하지 않음이 좋을 것이다. 누가 그러려 들면, 野狐가 되어, 오백 세 들이나 헤매게 되거나, 불행하게는, 한 宗家의 패가망신을 부르게도 된다. "首都에 닿는 길도 한 길뿐만은 아니라"고 하는데, 그렇다면 제기럴, '니르바나'를 두고서야, 뭐 더 이를 말이 있고 말고 하겠는가. '니르바나'가 어디, 어느 말씨름꾼들의 '首都'나모양, 비교적 크다는 집 몇 개 오손도손 모여 모인 자들끼리, 모인 까닭으로 찧어쌌는 것 같은, 땅 위의 무슨 일점 같은 것이던가? '하늘'을 척도로 하여서는, '크기'에 대한 有情들의 想像力은 일하지를 못한다[癡呆]. 그럴 것이, '하늘' 자체가, '크기/작기', '넓기/좁기'라는 식의 "척도를 벗어나 있어, 그것을 척도로 하여서는", 그것 속의, 극대한으로까지 큰 것과, 극소한으로까지 작은 것 사이에, 차이가 없다. 외람될 일이게도 비유를 쓰는 것이 허락된다면, '니르바나'란 바로 이 '하늘' 같은 것이나 아니겠는가. 헌데도, 하나의 조개가, 칠해에 휩싸여 있음에도, 그것만의 我執 탓에, 종내는, 해변에서 말라 죽거나, 히히히힉힉사[溺死] 한다. 왜냐하면, 그것만의 我執 탓인데, ['自我'랄 것을 형성치 못한 것들의 '我執'은 '本能'이라고 이른다는 소리도 없잖아 있으되, 狗子여, 말하는 자는 有情을 말하고, 듣는 자는, '조개'를 듣고 있느냐?] 이때 그러면, 溺死하는 것은, 그 '조개'이겠는가, 그 조개의 '我執'이겠는가? 그리고 그 조개를 '溺死'에 처하게 한 바다는, 바로 그 '조개' 크기만 하지나 안 했겠는가? [바다 쪽에서 보면] 한번 일어났던 거품이 피씩 꺼져버렸음. [조개 쪽에서 보면] 거품이 대양에로 돌아가지를 못하였음). —'아자가라戒.'

'아자가라'는 뱀의 이름, 한 마리 뱀의 이름, 큰 뱀, 너무 큰 뱀, 너무너무 큰 뱀, 커서 자리를 꽉 채워버린 뱀, 너무 꽉 채워서 한 치 반 치도 움직일 자리를 못 남긴 뱀, 제 몸의 밖으로는 못 움직이는 뱀, 도저히 못 움직이는 뱀, 큰 뱀, 너무 큰 뱀, 너무너무 큰 뱀, 커서 세상만큼 큰 뱀(?), 우주만큼 큰 뱀(?), (有情들의 한 벌의 宇宙가 아자가라뱀?) 솔로몬의 납병 속에 갇힌 怪力鬼, 얼굴의 뱀, 자신의 '크기' 속에 갇힌 뱀, '크기'라는 그 제 '몸' 속에 갇힌 뱀, 배가 고파도 사냥에 나서지를 못하는 뱀, 밖으로는 못 움직이는 뱀, 큰 뱀, 너무 큰 뱀, 너무너무 큰 뱀, 입도 큰 뱀, (에크 有情들의 그것은 '죽음'?) 입만 벌리고 (거대한 能動,) 먹이를 기다리는(거대한 受動—위대한 모순!) 뱀, 너무 많이 비늘을 해 덮다, 비늘 밑에 깔려버린 龍, 無爲 속에 갇힌 有爲—아자가라.

저 뱀도 어쨌든, 무엇이 실족하여, 그 아가리 속엘 들었으면, 딴으로는 꾀를 다하고, 속력을 다하여, 그 먹이를 혀에 휘감아, 삼키기는 해야 할 것이라면, (그것의 움직임은, 그것 자신의 안쪽으로는 가능하다는 얘기가 될 것이다. 그것 나름의 爲界[프라브리티]의 입구가 그것의 목구멍이며, 그 아래의 안쪽에는, 六道의 場이 서, 떠들썩하니 해갖고, 왼갖 잡패들로 야단이 났겠꾸나) 춧불중도, (현재로서는 대변과 소변을 참아놓고 있지만) 자기의 손이 닿는 데에 놓여진 음식물이 있다면, (글쎄, 그 자신 '아자가라戒'를 수행하고 있다 해도,) 그것을 쥐어, 입속에 넣는 일까지는, 하기는 해얄 것이다. (그런다면 그것이 破戒行이겠는가? 헤헤헷, 비, 비록 말해 그것이 破戒라 한다 해도, 변절 개종에, 환속을, 무슨 너러 求道行쯤으로나 여기는 美里派 돌팔이가, 그 일로 눈이라도 한번 껌벅일 성싶은가?) 글쎄 춧불중은, 갈증과 공복의 괴로움이 조금씩 더해질수록, 저 불 화라지가, 자기를 위해, 굴벽 어디에 뚫려진 구멍에다, 음식을 놓아두었다고 귀띔해주었던 소리를, 생생하게 기억해내고 있었다. 그리고 실제로 춧불중은, 그 귀띔해주었던 소리를 찾아, 손에다 귀를 하여, 壁들을 점검하기 시작하고 있었는데, 숨 쉬는 코가 또한 숨쉬기를 게으르게 하지 않고 있는즉, 그 코에 어찌 눈이 없어, 신선한 바람은 들고[入], 흐린 바람은 나는[出], 구멍을 보지 못한다고 하겠는가. 그 구멍은 그리고, 이미 들어 알고 있는 바 그대로, '人' 字 모양을 꾸며 있는 것이 분명하다고, 춧불중은 확인해내고 있었으며, 귀띔받았던 바의 그 음식물은, 물론 그 구멍 속에, 구멍이 꺾인 자리쯤에 놓여져 있었는데, 후, 후, 후하게도, 두 그릇에나 담겨 놓여 있었다. 춧불중의, 성급한 손가락이 찔러 넣어보아 알았기로는 헌데, 하나는, 간에 절인 무쪽 같은 것을 얹은 밥그릇이었고, 다른 하나는 물그릇이었다. 보려다 손가락이, 그 음식을 먼저 맛보게 되어, 춧불중은, 전신에로 스치는 전율을 느꼈었더랬는데, 이 '전율'은 이 경우, 순전히 '몸의 言語'가 되어서, 어떻게 그 의미를 통역할지, 촛불중은 그것을, 잘 알 수가 없었다. 수분의 부족으로 뻑뻑했던 입속에도 그리고, 침이 괴이고 들어, 촛불중은, 그 또한 '몸의 言語'라고 알았으되, 그 의미는 통역할 필요도 없다고 알았으며, 그리고 촛불중은, '몸의 言語'에도, 方言과 宇宙的 言語가 있는 것이나 아닌가, 하는 것을 고려했다. 그러나 그뿐으로 촛불중은, 그 言語學을, 그 자리에는 끌어들이지 안 했으며, 그런 대신 촛불중은, 그 음식 그릇들을 쥐어 빼 내렸기 전에, 먼저, 그 구멍이 있는 벽의 구멍을 마주해 앉은 자세로, 왼쪽 구석이 되는 데를 정해, 측간을 삼았다. 간나위 같으니, 쭈그려 앉아서, 전신이, 쇄락함으로 녹아 무너나 빠지도록, (똥을) 싸고, (오줌을) 쉈다. 싸 젖히고, 솨 젖혔다. '냄새'에 관해서도 중은, 호오를 가름하는 자가 아니어야 하던 것, 헌데다 또, 에헴, 헴, '自屎 不覺臭'(쳇, 그 의의야 어찌 되었든, 語禪巢에서 때로, 부엉이가 한 마리씩 날아내려, 溫肉門 안에 숨어 앉은, 아낙네를 하나씩 보쌈해 올라서는, 뼈를 발겨 먹는 일이 있다는 것은, 충분히 흉보기 거리가 되고도 남을 듯하다. 부엉아, 부엉아, 요 녀러 부엉아, 그러다 만약, 아낙네 엉덩이가, 네 녀러 날개보다도 팔만사천 平方由旬은 더 펑퍼짐해, 어느 끝을 취해 낚아채 오를지를 모르겠다가, 아으 公은, 紅海가 살콤 한번 속곳을 보여줬을 때, 그 열림 속을 아차 잘못 들여다보았던, 한 조각 浮雲이, 그 열림 속에 갇혔다. [슬프도다, 肉身 속에 억류된 '말씀'] 익사를 했던지 어쨌던지, 그 水面에다, 그리움을 떠올려내는 것을 보았는가, 한 조각 浮雲 하늘에는, 水面에 씌어진 흐읏흣, 一字나 소식, 안됐구로, 이번에는 도리어, 갖다가시나 公이, 그 항문 가운데로 떨어져 익사라도 하게 되면 어쩌려고, 咄, 바위 무덤 속에 감금된 自由, 부엉아 부엉, 그러느냐?)라고도 허든가, 허드라고도 허드라고여허. ('溫肉派' 얘기가 나왔으니 말이지만, 이 門의 중은 또, 자기 입은 그 溫肉의 五官과 관계된, 호오에의 분별심을 항복 받아 여의기 위해, 귀신과 광견과 구더기가 득시글거리는, 묘지를 聖所 삼아 지내기도 하며, 버려진 송장을 깔 자리로 삼았다가는, 배가 고프면, 하이고, 억만으로 박시글대는 쉬, 그 송장을 파먹고, 잠이 필요하면 그리고시나, 그 송장을 베고 누워 자는, 그런 수업도 한다고 이른다. 肉身을 정복하기 위해, 肉身에 肉

薄하기. 나가세나는, "비록 아라핫이라도, 肉身은 정복하지 못한다"고 이르더니, 아지 못케라, 중년에 얄궂은 일이 일어나꾸나, 그의 혀끝에서 그런 소리가 떨어지기가 무섭게, 어째선지 그는, 野狐皮에 휩싸이는가 했더니 [혹간, 人皮가 뒤집히면, 狐皮가 되는가] 길고도 길다란 달을 둥글게 토해내며, 들로 나갔다. 그런 후 그는, 배고픔과 性慾의, 프라브리티가 늘인 두 줄 끝에 매달려, 그러니 자기의 의지가 아닌, 정복할 수 없는, 어떤 다른 의지에 의해 시달리며, 생기는 상처의 고름을 핥았다. 그가 입은 그 肉身은, 어떻게도 "정복할 수가 없는" 고통뿐이었는개 볐다. 헌데도, 말한 바의 저런 '聖所'를 庵子 삼은, 그리하여 살을 정복하기 위해, 끓는 살로써 살에 대드는 중에게, '肉身'은, 말하자면 '火天'이 그것을 먹어 치우기로 춤[舞]을 성취해내는 것 같은, 燃料거나, 젖, [보다 더 密宗的 어투를 꾸미기로 한다면] 번뇌의 벌레, 심정을 갉는 벌레, 번뇌, 벌뢰로 박시글거리는 '송장' 자체, 그렇다, [나가세나여] 그것이 프라브리티, 말이지, 跳躍臺 삼아, 보아라 왔다 딛고, 보아라 갔다 튕기쳐 올라, 올라 훨씬, 넘어버려야 하는 것, 헤헤 말이지, 그런 거디던 거디다. 송장을 디뎌, 일어나는, 흰 춤은, 하흐, 니르바나) 이것이 그리고, 촛불중이, '溫肉派', 또는 '手淫派'네서 불머슴살이하고 받은, 私耕이었는데, 이것은 얼마가 반복되어져도 여전히 충분치 않아, 다시 얘기지만, '肉身'이란 촛불중께도 그래서, 目的이기보다 手段으로 주어진 것이다. (이 '肉身'이, 童話的 想像力에 의하면, '魔女의 呪術'과 관계되어져 있는데, [그래서 "어머니란 詛呪이다."] '어떤 王子가 입게 된 獸皮'이기도, 또 '개구리—두꺼비'이기도 하다. ['魔女의 呪術'에 걸려, 한 王子가, 날만 샜다 하면, '獸皮'를 입어 들로 나가 헤매다니다가, 저녁이 되면 돌아와, 그것을 벗어서는, '王子'로 되돌아온다는, 그 너무도 잘 알려진 얘기를, 자초지종 되풀이할 필요는 없을 것이며, '개구리'라는 暗號, 또는 象徵 풀이도 다시 할 필요는 없을 터이다]) '獸皮'는, 벗겨지는 대로, 그 '王子'를 사랑하는 公主가, 대번에 움켜쥐어, 훨훨 타고 있는 벽난로 속에다 던져 넣어 태워버리기로, 더 이상 입어질 수가 없게 되어, 그 괴로운 '呪術'이 끊기며, '개구리'는, "公主의 입맞춤을 얻어서라야만, 그 呪術을 벗는다." '獸皮 벗기'의 童話를 통해 보면, '거듭 태어난 王子'는, '處女'(公主)의 자식인 것을 알게 하며, '입

맞추기'로, '개구리가 된 王子'의, '개구리'라는 呪術을 풀어준 童話는, 그 呪術을 걸었던 '魔女'의 두 얼굴을 보게 한다. 라는 말은, 그 '呪術'을 풀어준 당자도, 그 '魔女'라는 그런 얘긴데, 이 경우는, '呪術'을 걸기도, 풀기도 하는, '입술'이 그 관건이 되어 있다고 보면, 그러하다. [이렇게 되면 이 자리는 그리하여, 말하는 바의 '女性 속의 男性'(아니무스), '男性 속의 女性'(아니마)이라는 따위, 얼핏, 제법은 겹이 여럿으로도 보이는 문제를 고려해보게 하는 것이 분명하지만, 그러려 하면 그것도, 잘 알려져, 잘 알고들 있는 얘기를 빌어, 되풀어보는, 그 번잡함밖에, 다른 이득을 기대할 것도 없는 것이나 아니겠는가] 그럴 필요가 있는 듯하므로, 곁들여, 그리고 반복하여 밝혀둘 것이 있다면, "有情의 '無意識'은, 그것들이 입은 '體'(記號), 즉슨 '밖'이라고 부를 그것이다"라는, 촛불중의 宇宙에 대한 한 견해이다. '形而上的 宇宙가', 言語에 있어서는, '意味'의 국면이라면, 그리고 그것은 분명하게 '意味'의 국면인데, '形而下的 宇宙'는 '記號'의 국면이라는 것은 당연한 귀결일 터이다. 촛불중에 의하면 헌데, 言語에 있어서는, '發音'이라든, '文字' 등을 입어, '化現'을 드러내는, 저 '記號'가 '無意識'의 국면이 되어 있으므로, 그렇다면, '化現의 宇宙', 즉슨 '形而下的 宇宙'가, '形而上的 宇宙'에 대해, '無意識의 국면을 담당하는 宇宙'가 되어 있다는 것은, 두말할 필요도 없을 것이다. 만약 그렇다면, 이제 여기서는, '거듭 낳기'[重生]에 대해 깊은 이해를 갖지 못하면, 누구나 장애에 부딪히게 되는 것일 것인데, 이 '化現의 宇宙', 즉슨 '形而下的 宇宙'야말로, 남김이 없도록이나 일깨워야[覺] 하는 그 당자가 아니겠는가. 만약에 그렇다면, 촛불중이 그렇게나 큰 아픔으로 들여다보며, 할 수 있으면, 그 한 대문의 '誤文'을 수정 가필하고 싶어도 하는, 프라브리티의 相剋的 秩序도, 有情들을 해치기 위해서가 아니라, 돕기 위해 고안된 것을 알게 되고, 그러면 그것은 '誤文'이라거나 하는, 무슨 그런 否定的 椿事라거나 偶發 같은 것이 아닌 것을 알게 된다. 한마디로 말하면 그것은, '跳躍臺'가 아니겠는가. 有情이란 그래서, 깨우치지 못한다면, 無意識의 바다에 괴롭게 자맥질하는 더운 피의 물짐승이겠구나. '두꺼비'에게 있어서는 그래서, '두꺼비'의 형태, 그것을 이루는 질량이 '두꺼비라는 記號'인데, 그리고 그것이 '無意識의 국면'인데, 그 '두꺼비'가 그것을 깨우치지 못하는 한 끝없이, '두꺼비의 運命'을 되풀이할 것이다가도, 무슨 수로든 깨우치게 되는 그 순간, '두꺼비의 運命'을 벗어나 버릴 것인바, '두꺼비—王子'의 童話는, 그것을 밝히고 있다. 童話的 方言으로, 이 '깨우친 두꺼비'가 '王子'일 터이다. 별로 그럴 기회가 만들어질 듯하지 않으므로, 이 자리에다 삽입 첨부해두어, 생각 있는 자들이 올라타고 하늘을 날으는, 魔職裍의 한 귀퉁이를, 잠시 붙들어 매 두기로 하자면, 그것은 뭣인가 하면, 魔女의 呪術에 홂여, "王子가 개구리가 되었다가, (呪術이 풀리기로) 개구리가 王子에로 되돌아온다"는 轉身賦는, 광의적 의미에서는, 否定的 견지에서 얘기되어진, "肉聲으로 말할 수 없는 神의 말하기'의 얘기며, 협의적으로는, '意味'가, '文字'라는 상징 기호에 제휴한 文字言語를 대표하고 있으며, (—예를 들면 그러니, 읽혀지지 않고 접혀진 冊은, 많은 '개구리'들의 잠을 뉘어 있는 연못 같은 것이라고 할 것이다. 그러다가도, 한번 펼쳐져 '입맞춤'을 받기 시작하면, 개굴개굴 부렉켁케켁스 꼬악스 꼬악스 아크흐크할라, 치사하게 王子라는 것이, 개구리울음을 우놦다, 咄!…… 그리고 다시 접혀지면, 잠드는 개구리. 그래서 촛불중은, 하나의 運命[文字]이 力動性을 획득하지 못하면, 늘 되풀이한다고 믿기에 이른다.—) '火鳥' 얘기는, '意味'가 '소리'를 입은 소리 言語를 대표하고 있다는 그런 얘기다. 이때는 물론, '불'(소리)이 '記號'의 역할인데, 한 마리 새의 날개를 태우고, 오소록이 내려 쌓이는 재[灰] —"神들은 거기다 祭酒를 바친다." (言語가 言語를 벗음! 촛불중께 이해되어지기로는 헌데, "王子—獸皮'의 童話는, '불의 元素'와 제휴하여, '重力'을 벗고 거슬러 오르려는, 上昇의 意志를 教義로 하고 있어, '말씀', 또는 '鍊金術'과 관계가 있고, '개구리—王子'의 얘기는, '물—흙'의 元素와 제휴되어, ['입술'(呪術)이 주요한 관건이 되어 있음에도, 그래서] 이 '말씀'은 조금도, 上昇에의 意志를 드러내고 있지 않은데, 그런 대신, 橫的 '轉身'을 그 教義로 하고 있어, '巫', 또는 '物話論'과 관계가 있어 보였다. '獸皮'의 童話가 가르치는 것을 좇으면, '畜生道'로부터 한 '人間'이 태어나려면, 그렇게도 편안한[王子는, '태워지는 자기의 가죽'을 큰 고통으로 보며, 말할 수 없는 절망 같은 것을, 느끼는 듯이, 이해되어지는 것을, 기억할 일이다] '獸皮'를 벗어야 되는, 고통스러운 '殉教'가 요구되며, [이 '殉教'는 그래서, '代贖'性

을 띠지 않는다] 그것이 '거듭나기'로 이해되고, '개구리'의 童話에서 배우는 것은, '거듭나기'를 겪지 않고 '人間'의 모습을 띠어 있는 '人間'은, 아직도 畜生道를 벗어난 것은 아니라는 것이다. 그러니[「이솝 寓話」 참조] 이런 '人間'은, 그 '記號'는 '人間'이라도, 그 '內容'은 '人間이 아니라는 것'[反之亦然]이다. 이 '짐승'은, '뭍'과 '물'에 집착해 있어, '멧돼지'나, '뱀장어'라도, '뭍—물'의 중간에 처한 '개구리'의 이름에 불리어진다. 그래서 촛불중은, "들에는 짐승의 얼굴을 꾸민, 그렇게나 많은 人間들이, 치사하게도 암컷들의 궁둥이 냄새를 흠흠거리고 있다"고 흉보기에 나선다. 이런 눈으로 사람 사는 데를 내어다보면, 사실로는 저 '獸皮'와 관계된 童話가 거꾸로나 읊어졌지 안 했는가 하는 의문이 있다. 는 즉슨, 히히히, 아침마다, 짐승의 수컷들은 털을 밀어내어 [獸皮를 벗어], 사람다운 얼굴을 꾸며내 대문을 나서고, 짐승의 암컷들은, 밑물을 쳐, 짐승 냄새를 없앤 뒤, 또한 해 아래 나서던 것을 보게 되다 보니, 흐, 흐, 흐런 것이다. —예 든 바의 童話도 결국은, 敍事詩, 또는 言語學인데, '물'이며 '흙'의 地獄[子宮]을 통과해 나온 '말씀'은, '몸의 宇宙'用 方言이던 것이며, '불'의 記號[子宮]를 입은 '말씀'은, '말씀의 宇宙'의 通用語이던 것이다. 前者나, 後者나, 그 나타나기에 있어서는, 똑같이, 매우 훤칠하게 생긴 '王子'의 모습이라도, 하나는 '두꺼비'며, 하나는, 글쎄 그럴 일이다, '火鳥'이다. [입어진 몸을 훨훨 태우기에 의해서만, 意味를 드러내는 言語는 결국, 무슨 모습이겠느냐] 火鳥 만세. 그러므로 나가세나는, ['마음의 宇宙'의 言語, 아으, '空'을 孵化하기 전에] 먼저 날개를 돋궈, 훨훨 타오르거라, 타올라 재[signifier]가 되거라, 재 속에서는, 空[signified]이 익느라고, 마늘 냄새라도 풀풀 풍겨나겠느냐)

울 어머니 날 날라 말고
何以故 哀苦—
배나 낳드면 개용을 쓸걸
하이고 애고—
울 아버지 날 맹길라 말고
하이고 애고—

매방석이나 맨들 것인데
엇써 깖 긆쓺—

시식잖구로, 촛불중이라는 돌팔이는 시방, 오랭이가 칵 물어갈 녀러, 생지랄을 하고 있는다, 생육갑을 짚고 있는다, 제 녀러 간을 제가 꺼내 먹는, 생용천뱅이질을 하고 있는다, 칵. 글쎄지, 흰밥이 희게, 똥구녁으로 비어져 나오도록, 꾸역꾸역 채우고, 물도, 그 위에 구유 배라도 하나 띄우고 강산 구경이라도 하루 했으면 좋게쯤이나 마셔, 제 배때기 위에 제가 누워 둥둥 떠서는, "나물 먹고/물 마시고/ 팔을 베고 누웠으니"라는 식의, 「丈夫歌」쯤으로 놀아나지는 못할망정, 何以故나, 저것이 무신 짓이여, 계집이라도 숨어서 하는 소리를, 사내장부라는 것이, 그것도 풍진세상 표표히 떠나, 학이라도 비교헐 수가 없이 쾌쾌하다는 비구가, 하이가나, 저것이 무슨 소리여, 무슨 소리냐고 시방? 글쎄지, 만복으로 촛불중은, 앉아 있지도 못해, 팔베개로 누워설람은, 시름시름 비질비질 울고 있는다, 恨歎歌로 용두질 치고 있는다, 恨 치고 있는다.

촛불중의 '恨 치기'의 까닭은 헌데도 이렇다, 는즉슨, 음식물이 혀에 닿자마자, 그 맛에, 자기의 전신이 혀가 되어 혀들을 돋궈, 애송아지를 태우는 火天님인들 그렇게까지나 맹렬했었을까 보냐, 殺意라고도까지 일러도 좋을 탐욕으로 음식에 달라붙으며, 전신에다, 桃花村으로 불어 가는 시린 바람, 황홀하다고 이를 경련을 일으켜낸 그것인데, 글쎄, 그것이 저 '恨 치기'의 까닭인데, 자기가 살[肉身] 속에로 보독쓰려진, 그 還俗을, 촛불중은 뒤늦게 깨달은 것이다. 그 스스로 禪끈(요기)이라고 하면서도, 성공적 手淫이나 性交를 제외한다면, 이렇게까지나 자기의 몸·말·마음이, '몸'이라는 일점에로, 빈틈없이 合致한 경험을, 별로 가져본 일이 없던 것이다. 주려 죽을, 그래서 촛불중은, 울었다. 음식을 먹는다며, 종내, 그 음식에 자기의 머리가, 염통이, 불알이 씹혀 먹혀진 것을 발견하고, 그래서 촛불중은, 울었다. 달을 짖어 일어나던 미친개가, 달을 삼켜 먹어버렸음. 그래서 촛불중은, 울었다. 그럼에도 비구여, 還俗함이 없이는, 무슨 수로 出家를 한다고 이르겠는가. 아으 그런즉, 가려움증을 입은 佛者여, 그리하여 그대는, 畜生道의 고통을, 함께 앓게 되어 있는 것인 것,

울어라 새여 울어라, 날개를 달고 있음의, 그것은 비극, 그렇다, 그 비극을, 苦海의 무거움을, 울음 울어라, —울음 운다.

그렇게 울음을 졸이다, 다 졸아졌기에 그랬을 것이지만, 촛불중은, 손에 눈을 발라 보아낸, 그 굴 벽에 뚫려진 구멍에 바짝 다가앉아, 그 구멍에다 코를 들이밀 듯이 하고, 심호흡을 시작하더니, 호흡에 가락을 잡아내고 있었다. 안개의 냄새가 쌍곰하기도 하다는 것은 이상하다, 한데, 그 쌍곰한 냄새 속에서, 촛불중은, 戌時나 亥時쯤의 저녁 냄새를 맡았다. 안개비의 냄새, 흐름이 없는 기류의 냄새로, 그역 흐름이 없는 時刻의 냄새를 맡는다는 일은, 촛불중만큼만, 羑里 살이의 경험을 쌓아온 자라면, 저절로 터득해 알고 있기는 할 것이다. 그뿐만도 아니다, 무변의 無音의 사막에서 촛불중은 또, 그 無音의 無流를 좇아, 귀로써 시간을 구별해낼 수도 있었는데, 자기가 처하게 된 이 굴속에서는 그러나, 자기의 귀의 눈은, 어째선지 뭘 충분히 잘 본다고 할 수가 없는 듯하다고, 느끼고도 있었다. 어쨌든 촛불중의 코에 숨 쉬어지는, 해마다의 그 안개비, 그 묵은 묽은 냄새는, 중의 意識을 통과해 흐르든, 흐르지 않든, 時刻마다, 냄새의 어느 끝이 달라도 달랐던 모양이었던 게다. 예를 들면, 말한 바의 저 戌時나 亥時頃의, 時間의 냄새는, 그 코만 알고, 그 코의 임자는 잘 모르지만, 더 묽고 무거운 적막의 냄새를 품어 있었을지도 모른다. 낮에는 그리고, 저 안개비 위쪽에는 물론, "해가 아직도 빛나고 있을지니", 그 시간 시간 특유의 별 냄새가 있을 것이어서, 그것으로 촛불중은, 흐름을 가늠하지나 안 했었을 것인가. 재미 히히 힜는 것은 글쎄라, 촛불중이, 그렇게 가늠되어진 시간의 단위로, 하루를 셈하다 보면, 히히히, 촛불중의 어떤 하루는, 아홉 점보다 많지(길지)가 안 했는가 하면, 어떤 하루는 열다섯 점도 되고, 했다는 점이다.

그 벽 구멍을 통해 촛불중은, 비교적 신선하다고 이를 공기와, 안개비만을, 자기의 폐부에다 끌어들인 것만은 아니다. 동시에 그는, 그 사막을 그 숨에 감아, 그 굴 안에다 끌어들여 놓고도 있었다. 그렇다 그는, 사막을, 안개비를, 정적을 싫어했었는데, 却說이行으로, '세천시어곡' 동구까지나 갔다 되돌아오는 길에, 자기가 그렇게도 싫어했었던, 그 사막을 그리워하기 시작하고 있다는 것을 발견하고, 그리고 달콤한 還俗을 생각하다 보니, 자기가 거기 돌아와 있음을 알았다. 어떤 '그리움' 탓에, 중이 떠나거나, 돌아올 곳을, 그런 목적지를 갖는다는 일은, 허기는 還俗 말고, 다른 아무것도 아니기는 아니던 것이다. 그리고도 촛불중은, 왜냐하면 그것은, 자기가 불어 꺼버렸었기 때문에, 촛불꽃만 가꾸고 있지를 않다는, 그 한 修業만 제외한다면, 사막을 떠났기 전의, 그 훨씬 더 젊던 촛불중 자기에로 되돌아온 것을, 그리하여 깨달았다. ……대개의 밤으로입지, 물론 수도부와 방금 전에 헤어지고도 말입지, 한 번의 긴 수음을 하곤 말입지, 조금 울다 잠듭지, 약간의 진정제, 약간의 외로움, 약간의 비애, 약간의 아편, 약간의 꿀물, 잠은 그런 겁지. 깨어나 보아도, 세상은 조금도 변해 있지 않습지. 해만 탁하게 돋아 있고 말입지, 바람도 없는데, 어디선지 말똥이라도 타는 듯한 냄새만 흐르고 있습지. 뭣을 할까를 모를 뿐입지. 견딜 수 없는 권태가 시작됩지. 그런 날의 계속, 道는 멀고입지, 이 사막의 살인적인 무료 속에서 굼벵이가 거진거진 되어가며입지, 썩은 몸뚱이가 아니라 정신 속에서 꾸물거리며 말입지, 죽고 있습지. 살인이라도 하고 싶습지. 장옷을 벗어부치고, 천 리라도 달리고 싶습지. 고함이라도 버럭버럭 질러대고 싶습지. 그러다 잊어버렸습지. 그림자가 아직도 있는지 없는지, 그것까지도 잊고 말입지, 그냥 사는 겁지. 글쎄, 그것도 사는 겁지. ……촛불중은 글쎄, 바로 그 꼭같은 사막을, 그 숨에 감아, 굴 안에다 쉬어 들여놓고 있었다. 그 꼭같은, 흐름 없는 흐름이 썩기, 타는 말똥 냄새의 권태, 무료감, 정적, 사막—(만복으로, 한바탕 울고 난 뒤 촛불중은,) 그때는, 그랬었다 글쎄, 無神論者로 뒈진 鬼神에라도 붙어 흉가가 된 듯하여, 삶을 왼통 곤혹스럽게 여기게 하던 것들이, 그 沙漠이, (이 순간에 느껴지기에는,) 팅팅 불어 앞 가슴팍을 다 적시기에까지 이른, 젊은 어머니의 젖통이, 溺死할 들척지근함으로, 바뀌어졌다고 했다. (제기럴, '沙漠'과, '팅팅 불은, 젊은 어머니의 젖통이'에의 夢想? '屍灰'와 비 묻게 하는 '암개구리'!) 이 자식은, 후레자식은, 그 어미 품에 포소곤히 안겨, 그 젖꼭지를 물고, '잠'을 자려고, 그래서 돌아왔다고 했었다. (이런 말이 어떻게 시작되어, 어떻게 끝맺음을 했던지, 그것을 밝히려기는커녕, 잘라버리고, 남은, 한 토막만 홍두깨로, 밤중에 내밀기로 한다면, 누구에게나 다 그것은, 이해할 수 없는 불쑥임이며, 광인의 지껄임 같은 것으로 여겨질 것이 분명하지만, 까짓것, 그런들 어쩌랴,) '잠'이 촛불중께는, 그 어느 한 자락도 접힌 데가 없을 때까지, 활짝 펴, 깨워야 하는, (자기가 자기에게 첨매 준) 하나의 '話頭'였던 것인데, 클, 클, 클, 과연이나 갖다가시나 이 돌중은, '잠을 깨우기 위해서', 힛, 힛, 힛, 오히려 '잠을 자려 하고' 있는 것이다?

그것은 그러려니와, (라는, '그러려니와'란, 그리하여 이 한 돌중은, 그 '잠'의 가슴팍에, 포소곤히 안겨들어 있게 되었거니와라는 그런 말인데,) 그럼에도 이 돌중은, 그 어둠 속에서도 눈을 희번덕희번덕해쌈시롱, 그 '잠'의 포대기 속에다, 자기의 '말과 마음'은 뉘어놓으려 하고 있지 않다. ("중이 염송을 할 때, 그는 그 염송을 '입술'로 하느냐, '마음'으로 하느냐?" —이 公案은 물론, '깨어 있기'와 관계된 쪽에서 주어진 것이지만, 그것은 그런고로 뒤집는다면, '잠자기'에도 적용할 수 있는 公案이기도 할 것이다) 만약에 헌데, '훨씬 깨이기'[解脫]를 위해서, 오히려, '잠'을 자되, 심지어 그것을 한 '삶'으로까지, 運命化해버린 有情이 있다면, 그 有情의 이름은 그리고 '누에'[蠶]인데, 그렇다면 '잠'이라는 話頭에 관해서는, 그 有情으로부터 배우는 것은, 매우 권고할 만하다 할 것이다. 한데, 허기는 그 有情의 '잠자기'도 그렇게 쉽게 보이지는 않던 것이다. (이 有情의 '잠자기'를, 거두절미하기로 하여 말한다면, 詩酒 담그는 자[「말테」말이지]의 詩酒 담그기와 별로 다름이 없다고 할 수 있을 터이다) 특히 '깨우기' 위하여 '잠자는' 자들은, 뭣보다도, 그 '잠'의 바깥 뜰에다, 그것이 뭣이든, 남겨둠이 없어야 할 터이다. 그렇지 않는다면, 그 '잠'은, '꿈'의 출몰에 당하든, 아니면, '잠'에 구멍이 뚫리는데, 나갔던 그 '꿈'이, 돌아오지를 않은 까닭이다. '깨우기' 위해 자는 '잠'이 성공적이려면 그러니, 흩어져 있는 '꿀'(signified)과 '의미'(signified)를 모아들여야 한다. (이것이 '밖'[signifier]을 깨우기일 것이다) 그렇게 모은, '꿀과 의미'는, 채곡채곡, '잠' 속에다 채워넣어야 하고, 그리하여 그것들은, 그 잠 속에서 잊혀져야 한다. (이것이 설잊혀지거나, 설익혀지면, 거기서는, 노루를 먹은 호랑이의 똥이, 얼마는 노루고기며, 얼마는 똥인, 그런 현상이 일어날 것이다) 그리고도 그 '잠'이 '나비'[解脫]가 되려면, '넉 잠'을 잘 자야 된다. 다하여 남김이 없어야 된다. 선잠은, 잠 속에도, 깨임 속에도, 꿈으로, 낮도깨비로, 羯磨의 조각조각들이, 欲望의 작은 회오리바람에 황진 기둥이 되어, 회오라져 다니는 바람에, 깨어 있을 때도 졸고, 자고 있을 때도 말똥말똥 깨어 있어, 그 자고 깨기, 깨고 자기를, 다하여 남김이 없을 때까지나, 되풀이[輪廻] 해야 할 것이다. (이 文章 속에는, '잠'과 '꿈'만 있고, '잠자는 자'와, '꿈꾸는 자'가 드러나 있지 않은 것을 觀해, 그것에 주목해야 할 것이다)

촛불중께는 그런데, 굴 바깥쪽에서 쑹얼거리다, 저녁을 새러, 자기 정한 저녁 자리로 돌아가 버린, 그 불 화라지 하나가, 뭣 때문엔지, 자꾸 켕기기 시작하고 있는 것이다. 그 불 화라지는, 촛불중께 스름 스름 믿어져지기는, '세상의 불'을 제 배 속에 감춰 넣고 있었다는, 어떤 '벙어리 뱀'(문두룸)을 웃겨 그 '불'을 훔쳐냈다는, 바로 그 꾀 많은 새나 아닌가 한 것이고, 이후에는 그래서, 자기로부터 뭘 빼내 가려는지, 그것은 현재로서는 알 수가 없다고 한다 해도, 이전에는, 물론 벌써부터도 촛불중은, 그렇게 그에게 혐의를 두고 있어 오되, 자기가 꺼버렸던, 그 '불꽃'을 횡령 사취한 자가 또한 저 화라지가 아니었던가 했던, 그 의문에 대답을 얻은 것이나 아닌가 했다. "이후에는 그래서, 자기로부터 뭘 빼내 가려는지, 그것은 현재로서는 알 수가 없다"고 앞서 말한 것은 그러나, 눈 감고 아웅하기의 修辭學 이외의 다른 아무것도 아니라는 것은, 서둘러 밝혀두는 것이 좋을 듯하다. 그럴 것이, 더도 덜도 말고, 바로 저 '불 화라지'만큼이, 촛불중 자기의 '잠'으로부터 덜려 나갔다는 것, 그것을, 아까 언제부터였든, 귀로 내어다보아 촛불중은, 알아 오고 있었던 것이니 그렇다. 그렇지 않고, 무슨 까닭으로 그 불 화라지가, 이 돌중의 마음에 켕기겠는가.

촛불중은, 호흡에 가락을 찾으려 하며 그리하여, 도대체 어떤 고비에서, 저 불 화라지가, 자기의 '禪定'(중에게 있어서의 삶은, 禪定 자체인 것)의 사립짝을 열어, 걸어 나가버렸는지, 그것을 알아보기 위해, 할 수 있는껏, 시간을 역류 소급하여, 前生 五百世를 까뒤집어 보려 했다. —라는 이 짓이란 그러나, 무엇이겠는가, 라는 말은, 바로 이 촛불중 당자에 의하면, "前生이란, 다름이 아니라, 人間이라는 有情에 대해서는, 그 개인 개인의 運命의 內容(性格)이 되어 있다"고 하는즉슨, (그것이 짐승에 대해서는, 運命의 記號[形態]가 되어 있는 것일 것이다) 그렇다면, "前生 五百世를 까뒤집어 보려" 하기란, 곰이나 오소리가 제 발의 기름을 핥듯, 골마리를 까뒤집어, 이는 손톱에 눌러 피를 내고, 서캐는 으드득으드득 씹어댄다는, 그 짓 말고 글쎄, 무엇이겠는가. 그리고 물론, 대부분의 善男子 善女子들께는, 말한 바의, '前生 五百世를 까뒤집어'본다는 짓이란, 자기의 內面에로의 여행으로도 이해될 것이 틀림없음에도, 그리고, 상사라의 修辭學的 秩序를 존중하기로 하면, 촛불중은 물론, 그만의 그런 여로에 올라 있지 않은 것은 아니라도, 촛불중이 현재, 그 상태에 도달해 있는가, 어쩐가와도 상관없이 그러나, 한 중이, '我執'이야말로 모든 '苦'의 원천이 되어 있다고 알아, 그것을 여의려 하여 정진 고행 중에 있으면서, 존재에는 무슨 '알맹이'가 있는 것이 아니라, 그것 자체가 無明에 의한 '幻' 말고, 다른 아무것도 아니라고 알고 있다면, 말한 바의 '內面에로의 여행'도 그러니, 그 꼭같은 無明이 일으켜낸, 불가능한, 修辭學的 幻行 이상의 아무것도 아니라는 것을, 알고 있는 것은 분명하다. 이 '幻'이란 그렇다면, 깨뜨려 버려야 되는 것일 것인데, 이 '깨뜨리기'를 촛불중은, '깨우기'로 표현하고, '幻'을 '밖'이라고 이르는데, 주목을 요하는 것은 무엇인가 하면, 근본적으로는, 이 '幻'은, '알맹이'[核]를 갖고 있지 못해, '無'라는 記號(文字)와 꼭같음에도, '無明'과 제휴하면, '實肉'化를 성취하고, '알맹이'까지 생겨 가져, '運命'들이 되어버린다는, 이 일점일 것이다. '畜生道'는 아예 거론할 것도 없겠지만, '修辭學的 宇宙'도, 그 주춧돌을 놓는 자리를, 이런 데 어디쯤에 두고 있음은 분명하다.

말해온 바의 어느 쪽이든, '안'쪽이든 '밖'쪽이든, 자기의 '禪定'의 어느 숨결을 좇아, 저 늙다리 詩匠이가, 살콤 外道에 나섰는지, 그것을 점검해보려다 촛불중은, 느닷없는 데서 불쑥, '我執'을 해후하기에 이르렀으며, 그리하여 자기의 禪定이 陰極에로 빗나간 것을 알고, "퉤―!" 하고, 소리를 내질렀다. 그리고는 저 요사헌 누무 말[言語]의 화라지가, 따로 나가기에 이른 어느 일점을 찾으려는 짓은 그만뒀다. 徒勞아미타불, 咄! '마음'論者들의 주장이 이것이지만, "마음을 넓히면, 그것 자체가 우주"라고 하거늘, 그렇다면, 무엇이 거기서 빠져나갈 수도 있다고 생각하는 것은, 단적으로 말하면, '我執'이 이뤄낸 幻想 말고, 또 무엇일 수 있겠는가. 촛불중도 물론, (그가 이 상태에서 새로 기억해내기는,) 일어난, 끌 수 없는, 고압적 情炎에 의해, 陰極으로 빗나간 禪定 중의,

어떤 비구니들이, 자기 속에서, 淫鬼를 분리해내어, 자기의 밖으로 불러내, 환속행에 오른 얘기도 잘 알고 있다. 그리하여 촛불중이 새로 알게 되는 것은, 만약 그때마다, 그런 비구니들이, '我執'만을 여일 수가 있었다고 한다면, 오히려 그 '淫鬼'와의 더운 情事를 통해, '은총'과 '空'이 다르지 않은 것이라고 알았었을 것이 아니겠느냐는 것 같은 것이다.

([2]In your secret Wisdom Lotus
Lies the bija, "Bham" shaped like the sign "ē";
The male gem is likened to the blue bija "Hum";
And, when combined with "Pad", fixes
    Tig Le well.
When Wisdom and Skill together join
The Bliss of Two-in-One is offered best.
[……]
"Tig" is Nirvāna Path!
"Le" the Bliss of Equality;
"Las" means the various actions and plays,
"Kyi" the intercourse 'twixt Bliss and Voidness;
"Phyag" is this and that to hold;
And "rGya", to embrace Nirvāna and Samsāra)

(이것은 물론, "나비가 莊子를 꿈꾸고", "새끼 불이 날아오르는데, 그 발톱에 지구가 꿰어 채이어, 대룽대룽 매달려 있었다"는 식의 修辭學 속의, '나비'와 '새끼 불' 쪽에서 觀하고 하는 소리지만,) 촛불중이란 것은, 이승 쪽의, 조금은 時調的이랄 無毒蛇의, 無毒한 時調의 呪術의 목구멍에 물린 毒頭를 못 빼내고 따르르 따르르 떨고만 있으며, 그 無毒蛇의 몸 끌어 모래밭을 헤쳐나가는, 그 음향까지도 無毒한 데다 병신스러운, 그런 병신스러운 몸 끄는 소리가, 백 년보다도 더 오래전에로까지 멀어져, 이제는 그 소리의 귀신까지도 일어나

잖는 그때쯤에는, 그누무 병신스러운 呪術의 목구멍에 물린 자기의 대가리가, 철철 녹고 있다고 느끼고 있다가, "일어난 情炎 탓에 괴로워, 陰極으로 치닫게 된, 어떤 비구니들의 禪定"에 생각을 머물리게 되어서사, 푸드등 날아오르게 되었다. 그러자니, 말의 화라지의 이빠디 새에, 드렁칡으로 엉겼던, 그 입에 물려 있었던 대가리에 돋은 머리끄덩이도 뽑혀져 올랐었을 것이고, 결과는, 그렇게 해서 그 머리끄덩이에 감겼던 이빨들이, 그 머리끄덩이에 히끗 드글 히끗 드글 이[蝨] 끓었을 것이었다. 글쎄 그때 중은, 속이 빈 척추에, 연기나 그을음이 없는, 맑은 불이 채워 듦을 느낀 것이다. 그리고는 아마 촛불중은, 각설이 시절에 익혀두었던 여러 노래 중에서, 어떤 것 하나, 노래도 비슷한 것이 한 구절 떠올랐던지, (이가 들끓는다고 하잖았더냐) 그 뻘 같은 어둠 속에서, 곡조는 뽑아 내버리고, 사설만, 웅얼거리기 시작했다. 찢일 년아, 발길 년아, 대동통편에 목맬 년아, 모르게 한숨이나 한 둬 번 불어내고 말 일이었제, 어쩐다고 청승을 까발씰 일이었느냐. 썩을 놈아, 오살 놈아, 말을 헐라먼, 겉만 민틋하게 헐 일이었제, 어쩐다고 꺼끄렁 정까지 담아, 목구멍을 긁어, 피 멍어리를 뱉어냈어야 되었느냐. 촛불중은 그러다, 누런 이빠디를 후두둥, 누렇게 웃었다. 촛불중 처넣어진 그 무덤 속에서야 무슨 볼일이 있다고 일어날 시간이 따로 있겠으며, 누울 시간이 따로 있겠느냐마는, 그래도 뭘 좀 먹고, 마시고 나자 촛불중의 전신이 해면모양, 잠이며 피곤 같은 것에 푹 젖은 것으로 (촛불중이) 따지건대, 이것은 누울 시간 지낸 지도 제법 오래된 듯한 것이다. 라는 말은, 그날 치 해도 잠자리에 든 지 오래인 듯하다는 말인 것이다. 흙으로 빚어져, 빛에 쐬자 일어나 움직이기 시작하여, 그 '움직임'을 통해 '말'[言語]을 계발한, 이 빛벌레는, (흙 속에 깊이 심긴 뿌리라든, 씨앗들을 보면, 그 깊은 암흑 속에서도, 어떻게든 빛이 있는 쪽의 방향을 알아, 지옥에로 싹을 틔워 내리지 않듯이, 어디에 처해 있든 빛벌레들도 그렇게 끊임없이 '빛'을 듣는다) 그 빛이 물려주고 있던 젖꼭지가('말씀의 聖肉身'이 이렇게 돼서, "자기 가슴팍을 자기가 쪼아 피를 내어, 새끼에게 먹이는 사다새"에로 轉身을 치른다. 아버지-어머니. 본디 男性이었던 '觀音菩薩'의, 어떤 고장에서의 女性化도 저렇게 해서 치러진 것일 것이었다) 입술에서 뽑혀져 나갔을 때는, 그러니 결국 흙만 오소쇄이 잠으로 남는 것. 늘상 흙 속에, 그 몸의 반쯤을 묻고 사는 有情들은, 왜냐하면 깨어 있을 때도, 그 몸의 반쯤은 흙 속에 묻고 있기 때문에, 잘 때도 서서 자되, 빛에 적셔지기만 했다 하면, 어째선지 그 당장, 흙으로 몸 해 입은 것이 무겁고 가려워, 도저히 견딜 수가 없다는 듯이, 그 흙에다 배반을 드러내 보이기 위해서인 듯, 흙에 닿이는 몸의 부분을 극소로까지 축소하려 하여, 한 발바닥 닿이어 있는 것까지도 떼어내려, 다른 발바닥을 대신하게 하는, 빛을 말[言語]로 바꿔서라야만 마주하는 有情들은 헌데, 빛이 뉘엿뉘엿 힘을 잃기 시작하면, 딺, 이번에는 빛에 배반을 드러내 보이기 위해서인 듯, 둥지를 그리워하여 돌아와서는, 몰렴하게도, 흙에다 몸을 밀착하되, 그것도 더 많은 면적을 밀착하기 위하여, (獅子坐를 꾸며, 오른편으로 누워 자는 부처를 제외하면) 등짝이라거나, 배때기 같은, 몸의 가죽이 그중 널따란 부분을 펴 깔고도 모자라, 무엇으로든 무겁게 덮어 누른다. (이율배반의 천하 순 잡종 같으니) 그러면 왜냐하면, 허기는, '잠'이, '흙'이, 무거워도, (무겁기 탓에,) 오히려 편하기 때문인데, (비대한 체구의 '존자 스님'이며, 河馬가, 물을 탐하여, 물이 뭉글어 부스러져 가루가 되도록, 물속에 잠겨 뭉기적거리고 지내는, 육신적 이유가 거기에 있다) '몸'은, '몸의 宇宙'와 그런 투의 '몸의 말'로 통화한다. (이러고 본다면, '몸'이란 다름이 아니라, 혹간 '道'의 成肉身[化現]으로서, 얼핏 추상적으로까지 느껴지기도 하는 '自然' 자체쯤 되는 것이나 아닌가, 하는 것을 고려하게도 한다. 젊은 아낙네들의 '月候'며, 내장머리 없는 머슴 놈들의 '뻐등거리는, 새벽 자지' 같은 것들을 觀할 수 있느냐! 그런 것도, 일러, '無爲'랄 것이냐! 아으, 그런즉 그런 채 내버려두거라, 그러면 그것이 '無爲之道'겠느냐! 하으, 어쩌면 오히려, '새벽 자지'로, '月候 끝낸 샅'을 찾아, 큼큼거리고 쏘다니는 짓, 그것이 '無爲之道'가 아니겠느냐! 헤, 헤, 그러나 누구든, 이런 일로 너무 말을 많이 씨불이려 해쌀 일은 아닐 것이다, 그러면, 거웃은 무성해져, 왼 몸뎅이를 시꺼멓게 덮게 될 것이라도, 눈썹은 헐벗게 된다) 잠이 온다, 그것들이 몸 붙인 그 바닥(은, 꼭히 '흙'만은 아니기는 아니어서, '불'로도, '물'로도, 되어 있으며, 어떤 경우는, [바깥 숲의, 고른] 나무의 가지들을 서로 얽고 엮어 만든, '하늘'에 매우 가까운 '시렁'[이 '바닥'은 그래서, '바람'이나 '空間'으로 되어 있다] 으로도,

되어 있기도 하다)으로부터 어떤 다사로움, 훈훈함이 일어나, 괴이기 시작하면, 그 바닥이, 저 산 것 속에다, '잠'을, 그 하루 치의, 또는 한 삶 몫의 '죽음'을 수혈하고 있는 중인 것이다. 이런 '죽음'에 대한, 은유적 익명은 '休息'인 것—休息. 그것[休息]은 그리고, '바르도'이다, 바르도—아으 그리하여 촛불중은, '잠'에 옮여 들기 시작하고 있는 듯한데, 그는 바로 이 話頭(잠) 탓에도, 羑里에로 돌아왔던 것이 아니냐. —大地는 그리고, 일어난 무엇이 스러지는 곳이 아니라, 되돌아오는 곳, 그렇다, 이것이 바로 촛불중으로 하여금, 땅[地球]이야말로, 한 宇宙의 '子宮'이 되어 있다고 믿게 한, 그 관건인데, 그래서 '죽음'이 '休息'의 夢想을 일으키고, '休息'은 '바르도'化하던 것이다. 겨울에, 제 그림자를 바깥 찬바람 가운데 세워 두고, 뿌리 속에로 내려가 쉬는[休息] 나무들은, 참으로 아무 꿈 하나 꾸는 것이 없이, 또는 어디 한군데 가려움도 없어 손가락 하나라도 꼼짝해야 할 일이 없이, 깊어지면 깊어질수록, 그 달콤하기도 농도가 더 짙어지는, 모난 데라고는 없는 원만한 잠, 만을 자는가 몰라. 한 우주가 폭삭 사그라져 재가 될라믄 되구, 새로 개벽을 헐라믄 허구, 새로 나무일라믄 나무일 터이라두, 깨이고 싶지 않은 잠, —("神들의 삶이랄 것은, 참선 중에, 三昧的 잠 속에로 떨어져 내린 것과 같은 상태"라고 이르거늘,) 그런다면 나무들도, 겨울에는 神들이다. 그러던 단잠을 깨어야 되는, '잔인하다'고 이르는 봄에는, 새로 나무들이다 神들은.

'꿈 없는 깊은 잠'(은, 쇾티[Śakti]의 요니를 뚫어 올라, 그 요니 밖으로 훨씬 벗어나 있는 부분의, '쉬바[Śiva]의 링가'로 暗號化해 있는 것으로서, 쉬바神의 영역이지만, 이 자리에서 고려되어지고 있는 것은, 그런 大我的인 것에 대한, 小我的 국면인데, 그럼에도, "그중 큰 것과, 그중 작은 것은 같다"라는, 宗教的 算法 한 가지는 기억하고 있어얄 것이다. 기억해둘 것은, '꿈 없는 깊은 잠'은 쉬바神의 '영역'이라는 것이다)이 촛불중께는 헌데, 어떤 '잠—죽음'의 下界(란 修辭學的 想像力이 더듬어낸 방향일 것이다) 어디쯤에 있어, 잠자는 자가 들어야[入] 되는, '無性의 房' 같은 것으로 이해되어지는 것으로서, 거기서 '꿈'들이 살을 입어 나오는, 그러니 그것이 '꿈의 子宮'이나 아닌가 하고 여겨지는 그것이다. 바로 이 '잠의 羊水'가, 후텁지근한 비린내를 풍기는 곳에 담겨지면, 일단은, 사람이었던 것도 人皮를 벗어야 되고, 짐승이었던 것들도 獸皮를 벗기워야 되며, 그리하여 그런 일순, '生命'이었던 것들은, 쿠라(Cura) 女神이 주무르던 것 같은, 둥그런 찰흙 덩이 같은 것이 되어져 버려 있어, 돌기했던 부분도 민틋해지게 되려니와, 움푹 파였던 부분도 메꿔져, 그역 민틋해지게 될 것이었다. 無性의 房, 時間이며 運命까지도 멈춰버리는 곳, (이 '멈춤'은 그러나, 그것 자체가 '運動'의 한 형태, 즉슨 다른 쪽 빰인 것이, 고려되어져야 할 것이다. 왜냐하면, 프라브리티 속의 이런 '無性'은, 비유로 말하면, '폭풍의 눈' 같은 것이기 때문이다) 모든 것이 잃어졌다, 모든 것이 되찾아져지는 곳, (촛불중은 나중에, "밤마다, 깊이 잠자며, 새 신발 한 켤레씩을 다 닳궈 내는", 어떤 民譚 속의 '열두 公主들의, 비밀한 夜行'을 추적하기에 이르고, 그리하여 그 公主들의 닿은 곳, 그 비밀한 방의 풍경을 절시하게 되는데, '남김이 없이 깨우기 위해 자는 잠') —그리하여, 이 無性의 房을 통과한 것들은, 꿈, 새 옷으로 바꿔 입어, 舞蹈會로 나가는데, 사람이었던 것이 개 얼굴을 뒤집어써, 개여서 캐갱 캐갱 짖기도, 날뛰기도 하고 있으며, 계집이었던 것이, 전에 사내였던 것을 쏘고 덤비기도 하고, 있기도 하다. 새로 몸을 해 입으려거든, 찢일 년아, 발길 년아, 썩을 누마, 오살 누마, '無性의 房'이 아니라, 忘却의 房 같은 것이라도 통과했더면, 前生에 마신 젖이 毒이 돼, 써져 버린 것에, 後生이 당하지는 안 했어도 좋았었을 것을. 치마 밑에다 자지를 꾸그렁하게 감춰 갖고 있는 계집을 보기가 민망하듯, 사실 이승 자체가 민망하다. 유방에다 '죽음'을 모아 갖고 있는, 풍요한 데다 자애스러워 보이는 어머니—이승은. 한 '休息'의 저녁을 지낸 아침은, 이렇게도 혼돈이로구나, 夢態들이 뒤섞였음, 빈 조개껍질 속에로는 은둔 게가 쳐들고 있으며, 본디 사람이었던 것이, 뱀 알 속에 담겨 있음, 허물린 뒤의 바벨탑의 言語, '記號'와 '意味'의 괴리……

왜냐하면, 촛불중이 궁둥이를 붙이고 앉아 있는, 옴팡해진 모랫바닥이, 休息의, 잠의, 달콤한 손가락들을 일으켜 세워, 촛불중의 전신의 껍질을 까 내리려는 듯이, 전신의 껍질을 끌어 잡아 내리려 하고 있었으므로, 그런저런 어떤 때쯤 촛불중은, 그 앉은 자리에서, 한옆으로 비그르 무너져 버렸으며, 그래서는, 개모양, 똬리를 둥글게 친 뒤, 머리를 샅 사이에 박고, '중두막이 착 휘어,

긴 지렁이 꼬락서니의 하초'를, 고무줄 늘이듯 늘여, 어머니의 젖꼭지를 물 듯, 그 [3]귀두를 물었다. '개'를 '聖物'로 취급하는, 어떤 方言을 쓰는 사람들의 풍속에 의하면, "개도 앉을 때, 뒤를 먼저 땅에 대고, 뱀모양 똬리를 친다"고 하여, '뱀'과 동일시하는데, 그러면 알 일이다, 이 촟불중은 개처럼 뭉쳐 누웠는데, 다시 본다면, 제 꼬리를 제 입에 물어 뒤집히는, 독사모양 독을 굽거나, 제 독으로 젖 삼으려 하고 있다. (이것이, '手淫派'네 法語로, [3]'蛇圓會陰法'의 禪定[瑜伽]이라고 이른다는 것은, 기억해둘 일이다. 이외에도, 이것과 꼭같이 주된 禪定法이 하나 더 있어, 그것은 [3]'花陰會陰法'이라고 이르거니와, 촟불중은 현재 그러니깐두루, 저 '蛇圓會陰法'의 臥禪圓形을 취하고 있는데, 이것은, '물구나무를 선 둥글음', 그러니 '花陰會陰法'이라는 이름을 갖는, 물레바퀴 같은 縱禪圓形에 비해서는 매우 편한 禪法이 되어, '잠자기 禪法', 또는 '꿈꾸기 禪法'이라고도 일러진다)

거북님입지 거북님입지
모가지를 내어놓으십습지
만약 내어놓지 않으면입지
구어 살라 먹겠습지

冥界의 마야랍 촟불중은 그리하여, 잠 속에로 여행하려 하며, 저 늙은 불화라지가 읊조렸던가 했던, 그런 呪文은, 코를 통해 읊조렸는데, 그 呪文을, 그렇다면, '물'의 子宮 속에나 피맺혀 있는, '火天님 불러내기 노래' 말고 무엇일 수 있었겠는가. "옴 마음속의 노란 불이여, 傷하게 하라, 傷하게 하라! 태우라, 태우라! 먹어라, 먹어라! 모든 것을 아는 자에게 비옵나니, 스바하!" 히, 히, 히, 중이란 것이, 제 놈의 것인 '살'을 제 입에 물어, 빨아들이며, '마음속의 불'을 불러낸다? 드, 듣기로는 허, 헛, 헌데 이렇다, [4]"구름, 저 위쪽에 있는 바다(Vouru-kasha. Zend), 그 바다 한가운데, 듣기로렇다, 모든 종류의 씨앗을 매단, 씨앗나무(Harvisptokhm, Zend)가 자라 울창해 있고, 바로 그 나무에 (이름을) 시남루(Sinamru, Zend)라는, 한 金烏의 둥지가 있다. 그 새가, 그 나무로부터 날아오르면, 그 나무에서 千枝가 돋아 자라고, 날아 내려앉으면, 千枝가 부러지는데, 그때 씨앗이 떨어져, 사방으로 흩어져 내리는바, 그것이 雨神(Tistar)이 뿌리는 비"라고 한다렇다. 또 그리고 듣기로는, 이렇다, [5]"황소의 精蟲은 月宮에 비장되어 있다"고 하고, 그리하여 그 '황소의 씨앗'이 방출될 때 일어나는 "벽력은 물의 자식, 계집들의 上主"라고 이른다고 한다. 왜냐하면 '벽력'은, "비구름 속에서 태어나기 때문"인데, "달의 배꼽은, 비구름, 비, 바다" 저 '황소'는 '金烏.' 이 '金烏'가 저 禪木(씨앗나무)을 차 날아오르려 하자, 무수한 씨앗의 비가 흩어져 내린다. 禪木에서 내리는 것은 말[言語]의 비[雨], 諸神들이 바치는 祭酒, '흙' 속에 스며들면, '意味'뿐이던 것들에 '살'이 입혀져, 禪木의 순들이 돋는다, 늙디늙은 꿈들의, 새 옷 입어 나들이하기. (이 '金烏'는 '씨앗나무'를 박차 날아오른다며, 그것이 내려앉는다면, '千枝'씩이나 부러뜨리도록이나 무거운 그 몸을, 혹간 후루룩 태우는 것이나 아닌가, 그리하여 흩어져 내리는 그 '재'가, '씨앗의 비'나 되었던 것이 아닌가. 그 '재' 속에서는 그러면, 새로 金烏의 알이 까여, 매우 늙은 새끼 金烏가 날아오를 것이다. '文法', 또는 '輪廻의 고리'에 끼인 것치고는, 아무것 하나도, 젊은 運命[意味]은 없다는 것을 아느냐? '젊다'는 것은, 새로 입은, 그 입성[記號] 뿐이다) —날아오르는 새와, 내리는 새. (타오르는 불과, 재)

촛불중은, '잠' 속에로 가라앉아가며, (날아오르는 金烏와, 내리는 金烏의) 바룬다 새, 의 꿈을 꾸고 있었다. 하루 열두 번씩이나 변색을 한다고 일러지는 도마뱀모양, 이 바룬다 새는, 하루 열두 번씩이나, 그 한 쌍의 머리를 바꿔 다는 것을, 촛불중은 관찰해내고 있었다. (앞서 두 번 쓰여진, '하루 열두 번씩이나'는, 꼭같은 의미로 반복되어진 것이 분명한가?) 그것은, 바룬다 새의 變色일 것이다. 이왕에 하나 달고 있었던 色頭(肉頭)에 이어, 欲生에 의해, 空頭가 돋아나 이 누무 새는, 대가리가 둘씩이나 되었더니, 還俗에의 끊임없는 그리움, 그 欲望에 의해서는, 人頭와 畜頭를 갖추게 되었었다. (그뿐만은 아니다, 生成이며 輪廻 등을 개의해싸면, 이 새는, 암/수로도 나뉜다) 헌데 이 金烏는 오늘, 자기의 '無翼'性을 깨달았는지, 그것에의 극복을 '몸'[無翼] 에 의해서가 아니라, 날개가 없어도, 먹이[燃料] 만 있으면, 힘차게 오르는, '말'[言語],

그것의 '上昇力', 즉슨 그것의 날개 아닌 날개에 의존하려 한 듯하여, (그 '몸'을 '燃料'로 한) '불머리'[火天頭]를 드러냈는데, 그 결과는, 그 '불머리'의 뿌리[燃料] 쪽에 '물머리'(에 입혀진 暗號는 '龜頭'가 아니던가?)가 은닉되어 있음이 절시된다. 兩頭鳥—그 '火天頭'는, 저 새의 '마음'속에서 불리어[招] 나온 '노란 불'이며, '龜頭'는, '살' 속에서 꾫리어 나온 '노란 불'이다. 이 兩頭鳥의 '잠'은 그리고, 배꼽에서도 더 아래쪽, '會陰'에 똬리 쳐 있다.

촛불중은, 자기의 배꼽을 타고, 내려, 그 '잠' 속에 들며, 저 兩頭鳥의 꿈을 꾸고 있는다.

내리면서, 올라가고 있다.

續

오늘 새벽 촛불중은, 어디 멀고도 하먼 데 동네서, 새벽닭이 첫 홰쳐 우는 소리를, 자기 속 어디 멀고도 하먼 데 동네서 듣고, 깨어났다. (촛불중께는, 이것이 늘, 고달픈 신선감을 일으키는, 이상한 것이었지만, '풀베개에 머리를 얹어' 노숙을 할 때마다는, 먼 동네서, 그렇게도 목젖을 끓이며 짖어쌌는 개 울음을 들었었는데, 어떤, 일진이 괜찮은 날로 얻어들어 일숙을 하게 되는 人家의 지붕 밑에서는, 늘, 새벽에 닭 우는 소리에 귀가 열리곤 했었다. 그런즉 촛불중은, 일진이 좋게도, 지난밤은, 어디 '안' 잠을 자고 있었던 것인 게다) 헌데 닭은 새벽마다, 각설이들께 잘 알려진 사실이 이것이지만, 어느 동네 닭만 우는 것은 아니고, 세상 모든 고장의 닭들이 그렇게, 일제히 홰쳐 울던 것이다. 그렇다는즉슨, 동네잔치를 크게 한번 끝낸 어느 동네서는, 가령 말해, 벼슬이 그중 좋은 것으로 한 마리만 남겨놓고, 장닭을 모두 잔치에 써버린 결과로, 그 한 마리 장닭이 새벽 獨唱을 할 수밖에 없었다 한다 해도, 그 울음은 외롭지가 않으며, 한 마리 닭이 깨운 그 아침 해도, 작다거나, 병신스러운 것은 아니라는 것을, 알게 된다. 그 한 울음이, 새벽에 처한 만방을 울리던 것이다. 글쎄, 그 울음은, 그 동네에 하나뿐이었어도, 集團的이던 것이다. 어떻게, 수탉들 간에는, 그 새벽 홰쳐 울기의 약속이 이뤄져 있었던지는, 닭들만 알고 아무도 모를 일이되, 최소한, 밤이 새벽으로 바뀌는 그 시각에 있어서는, 닭은 해를 부화해내는 金烏이다. '새벽'을 '子宮'으로 가진 불새인데, 누가 말해 수탉은 알을 깨이지 못

한다고 말할 수 있을 것이냐. 수탉이, 벼슬을 높이 달고 있음은 그래서, 허세가 아니다. 그리하여 촛불중은, 전에 들어왔었던, 그러나 아슴푸레해져 버린, 새벽닭 홰쳐 우는 소리를, 새삼스럽게, 이 새벽에 다시 듣고 있는 것이다. 그리하여, 한 마리의 金烏가, 그 '울음'소리들을 벗어나, 그 날개를 태우며, 찬연하게 떠오르는 것을, (먼데 동네의 아침 해를,) 자기 속 동네서 보고 있다. 헌데 어쩌면, 이 의미인즉슨, 촛불중이 처한, 저 특정한 돌무덤, 그 無時의 장소 속에로도, 어느 때부터인지, 허기야 저 새벽닭 울음이 울려 퍼져 들었던 그때부터 말고, 또 어느 때부터였겠는가, 마는, 새로 時間이 사려 넣어지기 시작했다는, 그런 것이었는지도 몰랐다. 라는 말은, 다시 그의, 그만의, 羑里의 日常이 틀을 잡기 시작했다는, 바로 그런 것인지도 모르는데, 이 '日常'은 새로 재단된, 한 벌의 새 日常인지, 아니면, 그가 羑里를 떠났었기 전의, 여기저기로, 뭣이 자꾸 불거져 나도, 편했던, 百結의, 그 낡은 日常을 새로 걸쳐 입게 된 그것인지, 그것은 그 자신으로서도 아직은, 너무 일러, 잘 모를 뿐이다. 혹간 말해 그래서, 그 '日常'과 이 '日常'이 같지 않다고 한다면, '日常'이라는 것도, 종류는 한 가지뿐만은 아니라는 것을 생각해보게 할 것이다. 어쨌든, 이 羑里의 七祖는, 아스라이 멀고도 먼데, 어느 동네서, 예의 그 한 마리 金烏가 깨어 일어나, 처음 홰치고, 다음 벼슬 단 머리를 빼돌려, 어둠의 고장을 향해 우는, 그 신선하고도, 그리고 잠으로 고달픈 울음을, 자기의 안쪽에서 들은 것이다. 그 어둠의 고장이 그러자부터, 밝음의 해일에 덮여 들고, 암흑의 氷山이, 끓는 熔岩의 바다에 난파한 것처럼, 녹아, 빛의 바다 아래로 가라앉아 내리고 있었다. 그 빛의 滿潮 아래에서, 모래톱의 게 새끼들 같은, 빛의 억만 벌레들이 일제히 창을 열어, 빛 가운데로 나들이 나와, 그렇게도 넘치는 빛도 모자라다는 듯이 탐해, 전신에서 흡반을 돋궈, 그 빛을 머금어 들이고 있다. 바로 이런 때에, 夜行性 鬼神 나부럭지며, 박쥐 따위들은, 빛이 어두워(우그러질 녀러, 빛도 일종의 어두움이다?), 밤 동안 열어놓았던 창들을 닫기에 바쁘고 있을 것이었다. 그리고는 이제 침상에다 무거운 몸을 부릴 것인데, 밖의 빛의 두테와 비례하여, 그것들의 잠의 두테도 두터워져 갈 것이었다. 그러고 본다면, '밝다'거나, '어둡다'는 식으로, 明暗을 구별하는 말 같은 것도, 순전히 빛벌레들의 편견이 만들어낸,

그것들만의 사투리가 아닌가 하는 것을 고려해보게 한다. 그래서 그것들의 사투리를 배우기로 하면, 그리고 왜냐하면, '눈'이야말로 '빛'에 이어진 '배꼽'이라니 말인데, 夜行性 有情들께 그렇다면, '눈'이 무엇의 소용이겠는가, 하는 물음을 묻게도 된다. 글쎄, 어둠 속에서는, 눈이 눈의 구실을 못 하기 탓에 말이지만, 그래서 누가, 박쥐나, 부엉이, 그보다 더 운 좋게는, 서낭당 처자귀신이라도 하나 붙들게 되었다고 할 때, 그 夜行性 有情의 눈 속에다, 그가 만약, 비상을 섞어 만든 초의, 지글지글 끓는 촛농을 떨어뜨려 넣어주고, 또 그렇게 하여, 그 눈알이 녹아버릴 때까지 그런다고 한다면, 그 有情에게 과연 어떤 일이 일어날 것인가? (빛벌뢰의 눈은 파괴되면, 밖에 빛이 있거나 없거나 그것과는 상관도 없이, [그가, 일러 '원초적 빛'이라는 그 빛을 認知할 수 있게 되기 전까지는] 그 한 우주는, 죽음 같은 암흑뿐일 것, 그렇다면, 夜行性 有情의 눈이 파괴되었을 때는,) 그 파괴되어진 안구 속에로 한 우주의 빛이 가득 사려 넣어지는 것인가? 그것은 그러나, 저 박쥐나, 夜鬼가 알 일일 터이다. 그럼에도, 夜鬼가 아닌 것들까지도 짐작할 수 있을 듯한 것 한 가지는, 그것이, 그 박쥐에게와 처자귀신에게는, 형벌이 되는 것이나 아닌가, 하는 것이다. 이제 저 박쥐 처자는, 어두움을 더 이상 환하게 내어다볼 수가 없게 된 것일 것이니 그렇다. 그것들은, 시작하여 그래설람엔, 히히, 캄캄한 어둠을 보기 위해서, 어둠밖에 못 보는, 그 이상한 눈을 그리워할 것이 분명하다.

(그럼에도 부디 道流들은, 이르는 바의 實學的 精神으로 하여, 이런 식의 名學[촛불중의 '修辭學'] 이란, 그 實學的 바탕이 반드시 견고하다고 할 수가 없다고, 왜냐하면, 밤에 날으는 박쥐며 처자귀신도, 그것들의 눈이 '어둠을 환하게 보는 것'이 아니라, 그 '어둠 속에 함량되어 있는 빛'에 의해 어둠을 투시하기 때문이며, 그뿐만 아니라, 거의 완벽한 어둠이랄, 그런 어떤 깊은 동굴의 습기 속에 살며, 빛에 접해본 적이 없는 生物들은, 아예 '눈'이라는, '빛의 배꼽'을 갖지 않는다는 것[아으, 이 절대적 암흑, 은 그럼에도, 암흑이 못 되는 암흑일 것] 등을 고려해보면 그러하다고 하는 따위, 개구리 그림에 다 뿔을 달아 나서려 할 일은 아닐 것이다. 그런 태도는 물론, 매우 권고할 만함에도, 그러나 道流들이, 매사에 대해 그런 태도를 고수하려 하면, 가령 一頭밖에 더 안 되는

황소를 헤아려보기로 한다 해도, 얼마나 많은 세월이 걸려야 될지, 기약도 없게 되는 것이 그 결과일 것인데, 그럴 것이, 그저 한두 가지, 쉽게 꼽혀지는 것들로 예를 들어, 그 '하나' 헤아리기의 어려움을 밝히기로 하면, 이누무 황소의 번한 눈은 과연 색깔을 분별하는가, 못 하는가, [이 자식아, 저누무 황소가 색깔을 분별한다면, 그 동네 물색 좋은 계집마다, 아랫도리는 송아지인 애새끼들을 퍼 내질렀을 것도 짐작하지 못하겠냐?] 또는, 소의 귀는 얼마나 멀리 듣는가, [자네는 말이지, '쇠귀에 경 읽기'라는, 그 흔해 빠진 속담 한 가지도 들은 바가 없다면, '소가 듣는가, 못 듣는가'를 알아보려 하기 전에, 자네의 귀부터 뚫고 볼 일일 것이다], 또 아니면, 소는 대체 위장을 몇이나 갖고 있기에, 노상 저렇게 되씹는가, [개가 風月에 능한 것은 예부터 잘 알려진 일인데, 그런즉 公은 개 새끼도 못 되는 듯하도다, 할 것이, 公이 만약, 약간의 風月에라도 귀젖을 말릴 수가 있었더라면, 묻지 않을 것을 가려 알아, 묻지 안 했을 것이었다. 대저, 소의 새김질을 두고, '反芻'라고 이르거니와, 이는 다름이 아니라, 風月의, '僧推/敲月下門'의, '推/敲'와도 같은 노력이니, 그렇다는즉슨, 소는, '推腸',의, 한 개보다는 많은 위장들을 해 갖고 있다는, 글쎄, 그런 風月 말고, 또 무엇이겠느냐, 헤음] 咄, 小子여, 이러느라 하다가, '한 마리' 황소를 언제 다 헤아린 뒤, 그것 몰고 나가, 보습 메어, 사래 긴 밭을 갈아, 감자라도 심은 뒤, 캐어다, 점심은 말할 것도 없거니와, 어제저녁도 못 먹은 창자가, 어휴— 괴롭게도 뒤틀리누나, 누런 세상, 삶아, 생 떡을 쳐가며 먹기로, 밤중 측간 오를 걱정을 하겠느냐. 밭에 보습을 대보았기도 전에, 늦가을 진눈깨비가 푸적푸절거리고 있는데, 한데서 몸이 시리다고 저실이, 주춤주춤 삶의 아랫목에로 사려드느냐. 헤, 헤이, 이런즉, 名學은 말이지, 혹간 말이지, 名學的 實學性을 갖고도 있다는 그런 말이겠냐, 무슨 말이겠냐. 어찌하여 어떤 弓手는, 과녁을 맞히려 화살을 쏘아 보내려 하면서도, 오히려 하늘의 깊은 데를 겨냥해 시위를 잡아당기는지, 누구든 말이지, 그 까닭을 묻다 보면, 하늘 깊은 데 어디서 잃었을 것이라고 했던, [穴을 놔두고 公은, 어쩐다구시나 어만 발가락 새를 뒤집음선 용을 쓴댜?] 그 화살을 되찾게 될지도 모르는데, 바로 이 '화살'이, 저 '名學的 實學性'의 모습을 해 갖고 있다고 해도 될 것이지 싶으다, 그렇잖은가? [그렇거나 저렇거나 公들은, 무슨 '實스럽다'는 것들을, '몸의 宇宙'를 사는 敎義로나 삼고, 그 경계를 알아, 그만쯤에 머물려 둬 두기를 바라야겠지만, 그렇지 않고, 그것을, '말씀의 宇宙'에로, 급기야 '마음의 宇宙'에로까지 끌어올리려 든다면, 안됐을 일이게도 公들은, 公들이, 견고하다고 믿어, 발 딛고 있었던, 그 '實地'까지도 구멍이 나 있음을 발견하고, 전율하게 될 것이지만, 그것보다도 더 나쁜 것은, 그제 이르러서는, 아무것도 붙들 '實스러움'이 없다는 것, 그것을 인정해야 되는 일일 것이다] 그럴 것이, 현재까지는, 公들이, 宗敎처럼이나, 그 실속 있는 아름다움을 숭앙하는 것으로만, 한둘, '事實主義'며, '實用主義' 같은 것을 예로 들어본다면, '事實主義'는, 누가 그것을 '마음의 宇宙'에로까지 끌어올려 보려 하면, 잘 알려진 童話 속의, '큰 王子'가, 거기 어디서 만난, 魔術師에 의해 '돌'이 되어버린, 그 '길'의 이름이며, '實用主義'는 또, 그것을 '말씀의 宇宙'로나 끌어올리고 할 때는, 거기 어디서 기다리고 있던, 魔女의 呪術에 묶여, '[畜生道에 떨어져] 家畜'이 되어버린, 그 '둘째 王子'가 걸어간, 그 '길'의 이름이기 때문이다. '돌'은, '虛無主義'에 대한 童話的 은유며, '畜生'은, 이제껏 '실속 있는 아름다움'뿐이던 '어머니'가, 갑자기 계모적 얼굴을 드러내기에 의해, 王子的이던 '人間'의 전락에서 초래된 결과에 대한 童話的 표현이랄 것이다. 이때, '몸의 宇宙'의 '큰 王子'를 '돌'로 만든 자는, 다름 아닌 '마음' 그 당자였으며, ―'空'에 제휴한 '事實'을 관찰해볼지어다. ―'몸의 宇宙'의 자식들을 살찌웠던, '실속 있는, 아름다움, 그 어머니'에게서, '살찐 자식'을 잡아먹는 '계모'의 얼굴을 드러내게 한 것은, 거기다가는 끌어올리지 말았어야 할 '몸의 宇宙'의 敎義를, '말씀의 宇宙'에다 끌어올리려던 아버지들, '붉은 龍'이라고 불리는 자들이다. ―'實用主義'라는 땅만큼이나 뚝심 좋은 敎義에 야합한 '하늘主義'란 대체 어떤 것이나 되겠는가? 과연 누가, 이것에 관해, 몇 마디로 간략하게, 그 肯·否定性을 다 말할 수 있겠는가, 마는―. '몸의 宇宙'가 그러면 그때는, '살찐 새끼를 밴' 계모며, 다른 누구도 말고 바로 그 '계모'가 동시에, '새끼가 낳아지는 대로 잡아먹으려는 붉은 龍', 그 '계부'화 해 있고, '말씀의 宇宙'가, 즉슨 '어린 羊'이, 그 계부모의 배 속과, 목구멍 속에 먹혀 있다. 재미있다고 해얄 것은, 저 '임신해 있는 어린 羊'과, 임신하고 있는 어미―아비 붉은

龍과의 존수 관계라는 것인데, 흣흣흣, 과연 어떤 경로에 의해서, 서자가 계부모의 子宮을 차지해 들었는가, 또는, 어찌 되어, 저 어버이는, 자기가 임신하고 있는 자식의 계부모로 변해버렸는가, —수상쩍은 일. 補註해 둘 것은, 저 '어린 羊'은, '말씀의 宇宙'를 운영하는 자들의 '꿈'과, '존엄성'에 대한, 그쪽, 즉슨 '말씀의 宇宙' 쪽 方言으로 된 이름이라는 것이다)

그러나 촛불중은, 그 닭이 두 홰나 세 홰를 쳐 울기를 기다리지도 않고, 무슨 발작인 듯이, 그, 그렇게 느닷없이, 그 닭의 모, 모가지를 거머쥐고, 비틀어대며, 세운 이빨로는 죽지 털을 물어 뜯어내기 시작했는데, 묘한 것은 그럼에도, 그렇다고 해서 이 중이, 무슨 殺慾을 느끼고 있다거나, 또는 고기에 대해 입맛을 돋궈내고 있는 것 같지는 안 했다는 그것이다. 그렇다고는 해도 중은, 숨한번 넘기기가 그렇게도 괴로워, 그렇게도 버르적여대는, 그 한 無力한 有情을 놓아주지도 안 했는데, 오래잖아 그 有情으로부터서는 '情'이 빠져나가 버렸으며, 그의 손에 남아 있는 것은 그리고는, 옛적의 '풋사랑' 같은 것, 舞女가 신고 춤을 사뤘다가, 해졌기에 벗어버린 신발, 구멍 난 춤[舞] —그것은 그래도 니브리티나 뭐 그런 것이 아니라, 이제는 '無情'이다, 그것뿐이었다. 아마도, 촛불중의, 새로 틀이 잡히려던 그 日常은, 저렇게, 그 '時體'를 잃고 만 듯했다.

'宇宙의 子宮'이 되어 있는 惑星에서는, 가령, 오르페우스가 여행한 일이 있었던 것과 같은, (그 '동굴'이란, '유리디스' 그 여자 말고, 또 다른 무엇이었겠는가) 깊고도 깊어, 빛까지도 미치지를 못하는, 동굴 속이라 해도 거기 濕氣가 있기만 하다면 그 濕氣를 좇아, 어김없이, 生命이 일어나(는 것이 발견되었)는데, 그러자니 그런 生物들은, ('子宮' 속에 빛 드는 것 보았는가? '子宮' 속에서 태어났다, '子宮' 속에서 스러지는 것. —이것은 그러자 무엇을 심심히 고려해보게 하는가 하면, '地球'라는 이 惑星에서 일어난 生物들이, 딴에 들은 '빛'이라고 '밝게' 보는 그것도 그래서, 사실로 '빛'이라는 '빛'인 것이 분명한가, 하는 것 같은 것이다) 五官 중에서도 '視覺'만은 退化(도 이런 경우에는, 한 進化의 형태일 것이다)를 했거나, 아예 계발된 일이 없는 듯하여, '明暗'에 관해서라면, '개새끼/佛性'(이 '佛性'은, '니브리티', 또는 '니르바아나'라고, 환치해보면 좋을 것이다) 간의 寸數와 비슷한 관계일 것으로 짐작되어지겠거니와,

여기 어디에, '不殺生'의 戒를 수행한다는, 한 비구의 손아귀 속에서, 한 有情이 목을 비틀리고, 죽지를 뜯기게 된, 무슨 사연이 있는 것이 분명하다. 그 비구 당자는 그리고, 그 꼭같은 손으로 얼마 전에는, 羑里의 六祖村長의 眼球를 파괴해버린 일이 있던 것도, 잘 기억하고 있다. 그렇다, 그때도 이 비구는, 六祖 몫의 한 마리의 金烏, 의 목을 비틀고, 으드득으드득 깃털을 뽑아 챘었다. 六祖는 그리고, 오늘날 와서 촛불중이 살펴 내기로는, 三世의 모든 빛이 쏟기는, 그 중심에 서 있었던 자였으되, 자기는 그리고, 回路에의 아무 희망도 없는 오르페우스로서, 빛도 닿아질 수 없는, 그런 어둠 가운데 처해 있다고, 자기의 처지를 살폈다. 그리고 이것이 저 '새벽 새'를 지워 없애려 한 그 사연이 되고 있는 듯한데, 返路에의 희망이 전부였던 오르페우스까지도, 冥路에를 오를 때는, 말하자면 投身自殺을 하려는 자가, 그러기 전에, 신발을 벗어 江岸에다 가지런히 차려놓듯, 한 벌의 눈[眼]을 벗어, 그 동굴 입구에 높이 걸어두고, (이 '눈'[眼]은 그렇다면, [六祖나, 촛불 중에 의해 '內光'으로도 이해되어진] '원초적 빛'과 다른 듯한데, [이 '內光'도 그러나, 그러한 필요가 불러낸, 그러니 修辭學的 '內'光인 것이지, 거기에 꼭히 肉身的 視覺이 구비되어 있어야 한다는 아무 조건도 없다고 한다면, 결과는, 그것이 무엇의 '안/밖'을 구별하게 했던 '肉身'이, 어느덧 제거되어져, 그 자리에는 있지 않다는 것을 알게 되는즉, 이렇게 되면, '內光'이라고 일러온 그것에서, '옷'[內] 벗어버린, 명명한 '빛'[光]만 부화되어 있음을 보게 되잖을 수가 없게 된다. 이 '빛'이 그러면, '원초적 빛'이라는 그것 말고 또 무엇이겠는가] 그렇다면 그것은, '外光'이라고 해야 할 것으로, '해'와 '달'쯤이 나 아니었겠느냐? 왜냐하면 그 빛은, 어떤 肉身的 視覺과 관계가 있는 것이며, 그것을 잃게 되면, 있어도 없는 그런 것이기 때문이다. 그리하여 오르페우스는,) 그런 후, 귀를 눈 삼아, '소리'를 보며 험로를 헤쳐나간다, 그리고 촛불중은, 타며 지글지글 녹아, 방울방울 떨어지는 촛농에 덮이며, '해'며 '달'을 붙들어 매고 있던 視力이라는 粘質帶에 이완이 오자, 그 끈끈이를 끊고, '해'며 '달'이 푸드드등 날아오르는 것을, 그리고 그 초의 길이가 짧아졌기에, 그 심지에서 불을 불어버리자 또한, 흐르륵 날아가 버리던, 촛불꽃 같은 것을 보았다. (이 文章을 이루는 촛불중의 상념 속에서는, '處

容과 鬼神' 사이의 구별이 조금도 분명치가 못하여, '보는 자'와, '보여지는 자'가 하나로서, 다른 인물들이 아닐지도 모른다는 것을 생각하게 한다) 헤 히히, 폐 둥둥, 촛불중의 믿음에는 그리고, 六祖와 자기가, 그것이 누구의 것이었든, 한 벌밖에 없는 눈을, 돌려가며, 서로 빌려 써왔다고 했는데, 六祖가 羑里를 살고 있었을 때 그 눈은, 주로는 六祖가 자기의 눈구멍에 박고 있으며, 좀체로 촛불중 자기에게는 차례를 주려 하지 안 했었다고도, 기억해내고 있다. 그 눈이 이제는, 온전히 자기 것이 되었는데, 촛불중께 여겨지기에 그것은, 아직 새나, 쉬나, 굼벵이 같은 것들이 파먹어버리지 않은, 송장의 눈구멍에 박혀 있는 것과 그러나, 별로 다를 것이 없는 듯할 뿐이다. 글쎄, 숨넘어간 지가 얼마 되잖아, 아직 눈을 갖고 있는다 해도, 송장이 되어버린 有情은(이란, 왜냐하면, '地球라는, 이 宇宙의 子宮이 되어 있는 惑星'의 大氣圈[胎褓] 을 벗어나지 못했으며, 한번 '勃起했다'고 이르는 것[有情] 의 '스러지기'는 결코 쉬운 것이 아니어서, 이런 '죽음'은, '줄어지기'라고나 飜案하는 것이 옳을 터이기 때문이다. 大地에 뿌리를 둔 식물들이, 요니들을 피워내는 것을 보면, 저 宇宙的 요니[地球] 가 작은 요니들도 피워내지만, 그 토양 속에서 될 만한 품종이 있을 수 있다면 그것은, '性器' 말고는, 더 될 것이 없을 것은 분명하다. 그래서 촛불중께 보여지는 有情은, '커다란 性器 밑에다, 쬐꾸만 自我를 불알로 매달고 있다.' 히히히, 地球란 性器의 밭이던 것. 胎褓를 찢어 솟아오르는, 그런 '거듭나기'를 바라거든 바라는 자는, 그렇걸랑은 '스스로 고자 되기'를 도모하든지, 또 아니면, 이 '性器의 밭'[프라브리티] 을 영 떠나 돌아오고 싶지 않거든 않으려는 자는, 한번 '勃起'한, 自己라는 그 '性器'를, 된통 한번 勃起衝天케 하여서는, 自己라는 그것을 그 시위에 메워, 니브리티까지 쏘아 올리는, 펑, 대포로 삼는 것이 좋을 것이다. 쾅. 그럼에도 하기야, 척추를 무너뜨리는, 그 짜릿한 맛이 매워서, 짐승처럼 울음이 나오는 것도, 버리기는 어려운 맛은, 울음 맛이다), 그 눈으로 이제는, 해가 아무리 밝아도, 달이 아무리 맑아도, 그리고 별들이 아무리 짬여도, 그 해·달·별 무리를 못 본다고 이르잖느냐. 저승 見聞錄(「바르도 토돌」)에는 그래서, "바르도에 처한 念態에게는 해며, 달, 별 무리가 보이지 않으며, 여명이나 박명 같은, 그런 밝음밖에는 보이지 않는다"고 기술되어 있다.

그럴 것이, 그 '念態'가, (修辭學은, 그것의 秩序에 의해, 그 秩序를 교란하려는 것을 미리미리 제거하거나, 그럴 기회가 없어 偶發이 끼어든다 해도, 그것을 제척해버리므로, 이 자리에서는, 落胎라거나, 젊은 죽음에 대해서는 말할 수가 없지만, 이 修辭學이 목적으로 삼고 있는 점에다 관심의 초점을 맞추기로 한다면 그런다고 해도, 그런 '젊은 죽음'이, 이런 修辭學的 現場에서 제외될 수도 있다거나, 그것 쪽에서 不在를 증명할 수 있는 것도 아니라는 것은, 누구든 쉽게 알 것이다) 입었던 살, 그 기능이 퇴화하여 잘 勃起치도 않으려니와, 느낌까지도 무뎌진 데다, 너무 품이 커져버린 가죽, 그 옷을 벗는다고 벗었을 때, 바로 그 옷에 아예 꿰매 붙여져 있던, ('物相的 빛'으로부터 젖을 빨라고 했던,) 그 '빛에 이어진 배꼽 줄'도 함께 벗었던 것일 것이니 그렇다. '빛'이라도, 物質에 의해 이뤄진 것은, 그럴 터였다, 物質로 이뤄진 기관을 통해서라야만 感知될 터였다. 헌데도, 그런 바르도에 처한 넋[念態]이, 말 되어진 바대로, "해·달·성군을 못 본다"고 이르면서도, 자기의 "시체를 둘러앉아 곡하는 가족들이며, 친척과 친구들의 얼굴들", 그뿐만 아니라, 자기가 남겨놓은 약간의 재산을 탐내, (이제 과부가 된) 자기의 안댁이 측간 길에라도 오르는 중에, 느닷없는 놈이, 그늘에서 나타나, 자기 안댁의 사타구니에다 털 난 손을 밀어 넣고 있는 것 같은 광경 따위는, 환하게 볼 수 있어, 그 탓에도, 그 넋들이, 이승 훌훌히 못 떠나는, 참으로 애절한 이별이 거기 있다는, 그런 記事도 있는바, 그것은 허긴, 누구나를 어리둥절하게 하는 것이 아닌 것은 아니다. 헌데, "이승 훌훌히 못 떠난다"는, 그런 넋들은 그러다가, "바르도에 들기를 거부"하는 수가 있다는데, 그러면 그 넋은 '鬼神'이 되어, 이승에 머물러 남게 된다고 하는바, (妖精들과 마찬가지로) 그것들도 그 '힘'이 다하면, 그 종말은, 消滅, 영겁의 消滅이라고 하니, 그 入寂(니르바나)은, 否定的이며, 悲劇的이겠는 것이다. (이것은 약간 곁길로 나가는 듯하지만, 얘기가 나왔으니 말해두기로 하면,) 말한 바의 저 '힘'은, 무엇으로부터든 充電을 받아야 계속적일 것인데, 그 電流를 축적하여 '힘'으로 바꿀 '몸'이 없다면, 그 결과는 어떠하겠는가, 冬眠 중의 곰모양, 제 기름을 제가 핥다, 봄에 서낭당으로 불어 가는 바람모양, 기름이 다하면, 그냥 스러져버리는 것이 아니겠는가. 그럼에도 습기진 데다 어둡기만 하다면, 자기라고 테를 둘러놓은, 빛의 줄[線]이 희미하게라도 나타나는 것일 것이어서, 아직 덜 스러진 것들이 비 오는 밤에 나타나는 것일 것인데, 그래서 그럴 일이겠지만 그것들은, 센 빛을 두려워하고 싫어하여, 새벽닭 우는 소리를 듣게 되면, 그것만의 어떤 암흑한 그늘 속에로 들어, 백 년의 잠에 든다고 이른다. (이만쯤에서 그러면, 해오던 얘기의 本道에로, 다시 오르기로, 하자면,) '바르도를 거부한 念態', 즉슨 鬼神도 그러면, 떠오르는 의문은 무엇인가 하면, 이로 보건대는, 어쩌면 박쥐나 부엉이 (따위들은, 物質로 이뤄진 視官을 구비해 있다는 것을 염두하고 있어야 될 것이다) 등이 볼 수 있는 만큼, 해며 달, 별 무리가 비춰내는, 그런 '物相的 빛'을 볼 수 있는 것이나 아닌가, 하는 것이다. 이렇게 되면 이것은, (무슨 헝클어진 천만의 매듭을, 한칼에 내려쳐 풀었다는, 그런 무슨 쾌도를 손에 쥐었다 해도) 풀기가 썩 어려운, 한 매듭인 듯하다. 그럴 것이, 그렇지 않으냐, 해며, 달, 성군이 物質로 이뤄진 發光體라면, 저 죽은 이의 친지며, 원수까지도 物質로 이뤄진, '生命'이라는 '빛'을 발하는 光體가 아닌 것은 아닌 것이 아니잖느냐? 그뿐만은 아니다, 게다가 겹쳐, "바르도의 念態는 못 본다"는, '햇빛, 달빛, 별빛' 등, '物相的 빛'을, "바르도를 거부한 念態, 즉슨 鬼神은 보는 것"처럼 이르고 있는데, 그러면 이 두 '念態' 사이에는 어떠한 다름이 있다는 말이겠느냐?

—다름이 있기는 무슨 녀러 다름이 있겠네? 야으 부엌데기가, 귀한 손님께 하는 대접은, 玉으로 만든 盞으로 한다고 하고, 헌데 '盞'은 "그 無를 當하여 쓰임이 있다" 하고, 그 '無'란 '谷神'으로도 이르며, 그 "谷神은 玄牝之門"이라고 한다 하여, 玉으로 만든 盞은 '玉門'이라고 한다는 소리를 들었기에 하는 소리거니와, 너의 집 뭉술이(肉頭가 그것 아니겄냐?) 상대로, 너무 많이 벅국였더니, 뻐, 뻑국, 뻐꾹, 혀도 뻑뻑하거늘, 거 玉門에다 그득 부어, 한잔 흥취를 내거라, 궁벅 벅국.

—다름이 있기는 글쎄, 무슨 녀러 오랭이 칵 물어갈, 다름이 있겠네? 칵, 다름이 그래도 있는다면 뭉술 公입지, '햇빛, 달빛, 별빛'은 말입지, 혹간입지, '해와 빛, 달과 빛, 별과 빛' 같은 정도나 아니겠는 갑? 글쎄, 대개 이런 소리가 전해오고 있거든. "……빛이 있으라 하매 빛이 있었고, ……땅은 풀과 씨 맺는

채소와, ……열매 맺는 과목을 내라…… 하늘의 궁창에 광명이 있어, 주야를 나뉘게 하라, ……큰 광명으로 낮을 주관하게 하고, 작은 광명으로 밤을 주관하게 하며, 또 별들을……”(인용된 구절은, 누구나 다 아는 바와 같이, 天地創造와 관계된 얘기거니와, 주목을 요하는 것이 있다면, ‘해나 달’이 있었기 전에 먼저, ‘씨 맺고, 열매 맺는, 식물’이 있었다는 情報이다) 해와 빛, 달과 빛…… 결국 이렇다 그러하다면, 이라는즉슨, ‘物相’을 벗어 ‘念態’만 남은 有情은, “바르도엘 들었거나, (듣기를) 거부했거나”, 그것과 상관없이, (修辭學的 요구에 의해) 참것(이라고 부르게 되는 것)을 못 보고, (이것 역시, 修辭學的 요구에 의해) 헛것(이라고 부르게 되는 것)만을 보게 된다는, 그런 결론에 닿게 된다. 뭉술 公입지, 그렇잖는가 말입지, 럴 것입지, 왜냐하면읍, “物質로 이뤄진 物相은, 그 꼭같은 質料에 의해 이뤄진 視官에만 보여진다”고 하기 때문인뎁지, 그렇다면 이 경우, ‘物體’를 잃어, ‘念態’만 남은 것에게는, 보이는 모든 것이 또한, 그것의 ‘物體’를 잃고, (만약 이런 修辭學도 허용된다면,) ‘念態’만 남겨 보이게 될 것이 뻔하게 짐작되기 때문입지. (그런데도 이 ‘物體’와 ‘念體’는, 言語學的 ‘意味’[signified] 와 ‘記號’[signifier] 의 관계와 [어느 점에서는 같되] 반드시 같은 듯하지는 않다. [물론, ‘言語의 바르도’에서는 ‘意味’가 ‘念態’의 역할이겠지만, ‘言語의 바르도’는 헌데, 그 ‘意味’가 ‘記號’를 입지 않는 한, 즉슨, 그 어떤 뜻이 成肉身하지 않는 한, 다만 非化現일 뿐이다. 이런 의미에서는, ‘非化現의 意味’가 ‘無意識’의 영역인 듯하지 않은 것은 아니라도, ‘非化現’과 ‘無意識’은, 하나는, 즉슨 ‘非化現’은, ‘니브리티’에 소속되어 있으면, 다른 하나는 ‘프라브리티’에 소속되어 있어, 그렇게 다르다. 이런 것을 관찰한 뒤 그리하여 촛불중은, “言語에 있어서의 無意識의 영역은 記號”라고 이해해내기에 이르는데, 이것은 너무도 명료한 사실이어서, 더 많은 말을 필요로 하지 않을 터이다] 왜냐하면, 有情 중에서도 특히 人情들의 바르도에서는, [鬼神도 포함하여 말이지만,] ‘念態’가 ‘記號’의 役이기 때문이다) 이것이 방금 전에, ‘修辭學的 헛것’이라고 불리게 된 그것의 정체인데, 뒤집어 말하면, ‘物體’를 입고 있는 것들은 그러니, ‘物體’가 구획하고 있는 한계 탓에, ‘念體’는 못 본다는 말이 될 것이다. “(이것이 ‘원초적 빛’으로 알려진 것일 것인데) 그 빛은 보아도, 해나 달, 별들은 못 보는 念態가, 어떻게 하여, 자기의 송장을 둘러앉아 애곡하는 친지들은 볼 수 있다고 하는가", 하는 의문에 대답하기 위하여, 한 번 더 반복해 말해두기로 하면, "念態가 보는 것은, 참것이 아니라, 헛것뿐이라"는 그것이다. '物質', 또는 '物體'가 脫落되었음에도 남아 있고, '그림자'[形體]는, 글쎄 그것이 무엇이겠는가, '夢態' 말고, 무엇이겠는가. '꿈'도, '四大'라는 '物體'를 입고 있는 것이 아닌 것을. 그렇다고 할 때, (念態가 보는) '해, 달, 별 무리'의, 非物體的 그림자, 즉슨 '夢體'는 그러면, 어떤 것이라고 해야겠는가? 혹간, 또는 분명히, 그것은, 그것들이 쐬어내는 '빛'이라는, 그것이 아니겠는가? 가맜자, 칵, 카맜자, (새끼들께 젖을 물리느라 몹시 배가 고프게 된 호랑이가, 먹이를 찾아 나선 길인데, 어화 벗님네야, 중도에서, 근친 가는 고슴도치를 만났구나) 이렇게 되자 (배고픈 것으로 따지건대는, 헤음, 그것이라도 피가 돌거늘, 그냥 지나쳐버릴 수가 없고, 큼큼, 먹으려 한즉슨, 어허이라, 혓바닥에 천의 독화살이 박히고 들어, 히히히, 입도 오므리지를 못하겠구나) 기대치 못했던 의문이 하나 일어나, 나불거리던 혀와, 벌죽거리던 입천장 사이에다 버팀목을 받쳐 세운다. 입도 못 다물인다. 족겉다. 그럴 것이, 그렇다면, 物質로 된 몸을 입어 있는 것들께는, 해며 달, 별들은 보여도, 숯검정 조각들로 보여도, 빛은 보이지 말아야 되는데, 그럼에도 훤해서 훤하게 보이는 것을 안 보인다고 할 수는 없으니, 이것이 어찌 된 일이냐—이것이 족겉이, 입도 못 다물이구로, 입에 버팀목 된 그 당자이다. 이렇게 된즉, 고슴도치께 돋아난, 그녀러 가시털이 모두, 나불거리는 혀라 해도, 그 고슴도치까지도 민틋해져, 비 갠 오후, 언덕 아래로 걸어가는 달마보디 꼴이다. (호랑이는 말인데, 요럴 때루 언덕 위에 매복해 있어야 되었는 것을) 헌데, 羅卜이라던가, 오르페우스라던가, 그 이름은 확실하게는 모른다, 모름에도 만약에 그자가 '羅卜'이가 분명했었다 한다 해도, "입어진 몸이란, 幻이어서, 사실 누구의 것도 아니라"고 한다면, 이 '확실한 羅卜'이까지도 확실한 것은 아닌즉, 까짓 '이름'은 들먹여 뭘 어쩌자는 일이겠냐, 마는, 무슨 藥草를 캐러 나선 것이 그리됐다던가 어쨌다던가, 그것까지도 확실하게는 모르지만, 저승엘 다녀왔다던가, 다니러 가려고 생각을 했다던가, (그것도 물론, 확실하게는 모른다) 어쨌댔다는데, 그곳의 草木은, 잎이 모두

칼날 같거나, 죽창을 거꾸로 세워놓은 것처럼 그랬더라고 했습시롱도, 색깔이 푸르렀다던지, 붉었다는 소리가 없었던 걸로 미뤄 보건대는, 색깔이 없었던 것이라고 짐작케 하던 것이었더라. 이러고 본달진대, 열매에는 색깔이 무르익고, 가지에도 銅銀金의 색깔이 들여 있는, 땅 밑 어디에 있다는 보석의 왕국과, 저승은 어쩌면 같지 않거나, 같지 않을 것도 없었거나, 그것도 확실한 것은 아니라도, 말한 바의 저 오르페우스가 다녀온 저승, 의 草木에는 어쨌든, 아무 색깔도 없었던 것만은 확실한데, 그가, 색깔에 관해, 아무것 한 가지도 말한 일이 없었던 것이 확실했다고 보니, 이런 확실한 소리를 할 수 있는 것이다. (또 확실하게 모르기는 모를 것 한 가지는, 그때 혹간 羅卜이는, 죽었던 것이나 아닌가 하는데, 글쎄 한 삶은, 얼마나 많이 돌아온다고 하더냐, 그럴 것이, 生時와 꿈이 그러듯, 삶과 죽음도 서로 逆한다면, 살아 있다는 것들의 눈에 보인다는 색깔들이, 죽은 눈에는 보이지 않을 것이라고 여기게 되다 보니 하는 소리다. 사물이 드러내는 '색깔'이란 그렇다면, 그 '사물' 자체가 드러내는 것이겠느냐, 그것을 보는 '눈'이 [그런 사물에다] '색깔' 칠을 하는 것이겠느냐?) 어쩌면, 그리고 왜냐하면, 저승 빛에는, 그렇다, 나뭇잎에는 푸르름을 돋궈내고, 처자 아이들께서는 여드름을 일궈내며, 마늘과 쑥에다가는, 들척지근한 매움과, 쓰거움을 올짜아 넣는, '푸라나'가 함량되어 있지 않은 것이다. 그런가! '푸라나'를 함량해 있지 않은 빛은, 어디선가 잘못 굴절 현상을 일으킨 빛이다. 그래서 그것은, '그림자'를 세워놓은 겨울나무처럼, 夢體일 것인가. 그럴 것이다. 그런즉 '念態'에게 보여지는 '빛' 속에는, '푸라나'가 없는데, '빛'과 더불어서는, '푸라나'가 이승 性을, 그 能動態를, 그리고 物相性을 담당하고 있을 것이기 때문이다. 이 '푸라나'는 그러나 有情에게 있어서의 '情'(生命)과는 반드시 같은 것은 아니다. 아으, 이러자 알 일이다, 바르도에 처한 '念態'가, 친족들은 본다며, 그리고 '빛'도 본다며, '해·달·별'들을 못 본다고 하는지, 그것을 알 일이다. 아으, 그리고도 모를 일은, 그럼에도 '念態'들은, 바위며, 고목, 계곡이며, 여기저기 뚫려져 있는 구멍[穴]들은 본다고 하는지, 그것은 모를 일이다. 예 들어진 後者들은, '빛'과는 상관이 없는 데서 이해해야 될 것들이나 아닌가, 그러나 無色의 物體들이나 아닌가, 그런 것이나 의문으로 남겨두는 것 말고, 그리고는 모를 일이다. 아웅, 아웅—. (이라는 이 '아웅'은 왜냐하면, 헤, 앞서 '빛'을 전제로 하여 제기되었던, "색깔이란 그렇다면, 사물 자체가 드러내는 것이겠냐, 그것을 보는 눈이, 그 사물에다 색깔 칠을 하는 것이겠냐?"랬던, 그 話頭의 話尾를 본 일도 없이, 그 話頭에서는 비린내가 나서 못 참겠다고, 그것을 꿀컥 삼키고, 그리고는, 그 비린내에 좇아, 순전히 '念態' 편의 主觀에 좇아, 니히이야웅 치고 있으니 그런 것이다. 어쨌든 '빛'은, '物相性'을 갖고 있거나 말거나, 촛불중의 '빛의 탐색'을 통해 알려진 바를 좇으면, '暗黑 속에, 그 母胎'를 두고 있는데, 그것도 아울러 기억해두면, 법은이 있을 터. 이런 말은 그러니, '빛'이란, '暗黑이라는, 또는 잠[睡眠] 이라는 莊子'의 '나비'라는 것이다. 그렇게 한번 날아 나온 '나비'는, 그런 후, 하나의 우주를 깨우며, 그 빛의 춤[舞] 의 半徑을 넓히고 있는데, 그 우주의, 한 땀구멍 넓이나 밝혔는가 몰라, 모르는데, 얼마나 더, 저 莊子의 봄 뜰 잠이 깊어질는지, 그건 몰라, 모르는데, 뜰에서 든 잠은, 꿈도 헤설퍼쌌는가? —촛불중의 '빛의 탐색'은 그리고, 아직도 계속되고 있다는가) 아으, 이제도, 더 할 말이, 있겠느냐.

喝! (이런 어느 대목쯤에서 촛불중은, 사실로, 큰 한 소리를 내질렀댔는데, 그 한 소리가, 美里 천지를 진동케 했는지 어쨌는지, 그것은 몰라, 몰라도, 그 진동이, 그의 발톱 끝까지 울려 퍼져, 빠져나가고는 있었다) 촛불중은 그리하여 다시, 美里에로 돌아왔다. 그리고 촛불중이 그것을 알았을 때, 씨석 씨석 웃어지는 듯, 씨석거리고 웃음을 웃었다. 촛불중 생각에는, 자기가, 자기의 눈을 내어다보고 있었거나, (자기의 눈을 내어다보는 눈은 누구의 것이냐? 아니면 어떤 눈이냐?) 자기의 눈이, 자기를 들여다보고 있는 것을, 보아왔다고 한 것이고, 그것은 촛불중께 체머리 흔들기 증세를 일으켰다. ……마, 말, 말입, 말입지, (기억해둘 것은,) 말이랍 말입습지, (六祖와 촛불중은, 한 벌밖에 없는 눈을, 차례 정해, 둘이서 돌려가며 보아왔다는 것인데,) 입지, 입, 입습지, 말입습지, (촛불중께 지금, 그 차례가 왔다는 것이다) 뜨르, 뜨르르, 뜨르 뻐아를 와, 죽지도 않고 뻐아를 와……

오늘 새벽 촛불중은, 어디 멀고도 하먼데 동네서, 새벽닭이 첫 홰쳐 우는 소리를, 자기 속 어디 멀고도 하먼데 동네서 듣고, 깨어난 것인데, 수상스러운 것은, '귀'로 '빛'을 깨워낸 자가, '눈'을 개의해쌌고 있다는 것이며, 그것에다 보태, 더욱더 같잖은 짓은, 자신의 몸까지도 보이지 않는 그 캄캄한 어둠 속에다, 아무것도 못 보는 그 '눈'을 떠[開], 띄워[浮] 놓았다는 것이다. 아무 흐름이 없는, 黑暗의 소용돌이에서 일어난, 한 거품 같은 그 눈으로, 그리하여 이 處容은, 한 번 더 三世 竊視行에 나섰다는 것이다.

그 눈으로 處容 촛불중은 그리하여, 처음, '빛'은, '밝음'보다도 먼저, (어떤 方言이) '푸라나'라(고 이르는 그 이름 말고, 달리는 어떻게 부를지를 모르겠)는, 傳令을 보내, '밤의 子宮' 속에 피 맺힌 '빛의 벌레'들의, 귀를 여는 것을, 보았다. 그러자 그 '빛의 벌레'들이, 그 귀들에, 끓여진 독이라도 부어 넣어진 듯, 괴롭게 꿈틀대며, 깨어나기 위해, 한 번의 격렬한 죽음을 겪는 듯했는데, 허기야 맺힌 피(씨눈 signified)가 肉身(signifier)을 입기는, 그것도 하나의 流商이어서, 아픔이었을라, 번뇌였을라. 번뇌하는 벌레, 번뇌의 벌레, 벌뢰. 벌뢰들은 그리하여, 한 번의 죽음을 겪는 듯한, 그 앓음을 통해, 두 겨드랑 밑에서들, 꿈들 살 입다, 날개들을, 흰 날개들을 펴내고 있었다. 아으, '빛'은, 有情들에 대해 최초의 '아픔'이었다. '흰 아픔.' 그것은 '仁하지 안 해', '黑暗'의 알 껍질을 부수고, 깨며, 쑤셔 들었으며, 그리고는 穹蒼을 두었다. 저런 최초의 '아픔, 흰 아픔'이 '情'이라고 이르는 것이었는데, 그것이 '말씀'이었다, 흰[白] '아―'語. 아―. 情.

그런, 대개 비슷한 시각에, 란, 그 穹蒼으로 날아든 새벽 금까마귀가, 여기저기 거뭇거뭇, 몇 이삭 진, 밤[夜]송이까지도 모두 거둬, 쪼아 까먹고 있는, 그런 시각이란 말인데, 중[僧] 處容은 또, 흰 날개를 펴, 빛으로 가득 찬 穹蒼을 날으려는, 아직은 조금도 '짐승' 냄새를 풍기지 않는, 흰나비 새[鳥], 아으, 白鳥 말인데, 를 보았기뿐만 아니라, 그리고는 그와 반대로, 백의, 천의, 숭실거리는 검은 털들을 일으켜 세웠다, 뉘었다 하기로 움직이는, 날개가 있었음에 분명한 자리에 火傷을 입어 있는, 시꺼먼 뱀들이, 빛을 못 견뎌 하여, 할 수 있는껏 몸을 빠르게 하여, 응달 속으로 숨어들려 안간힘 하는 것을, 보았다, 들었다, 느꼈다. 이것들은, 대개 子正 녘쯤 밖에로 나가, 다른 '빛벌뢰'들이, 저물도록 들을 날며 모아놓은, 낮빛의 노적가리를 노략질하다가, 새벽 해 새[鳥]

가 홰쳐 울면, 그렇다, 전에 해 달고 있었으나 잃게 된, 그 날개 자리에서 수치스러움이 일어나며, 쏘는 빛에의 두려움이 일어나는 까닭에, 저만의 그늘로 돌아와야 되는데, 그리고는 낮빛에의 그리움만큼이나 두텁게, 빛에로 열린 구멍을 막고, 낮을 逾越하는 모양이었다. 그 구멍을 막아 드리운 문은, 밤에 다니며 거둬온, 마을 아낙네들의, 죽은 피 묻은 월경대거나, 夢精이나 手淫을 통해 끈적거리게 된 사내들의 물잠뱅이 같은 것으로 되어 있어, 짐승 냄새에다, 마늘 냄새가 독했다. '빛'도 피해 비춘다면, 달[月]이 탐내 덤비는, 저런 것들(을 피할 일)일라. (앗차, 찻, 서답 나부렁이의 문이 드리워지는 것을 보는 데 洪沈해 있다가, 處容은, 그 안쪽을 들여보던, 눈을 거둬들일 걸, 깜박 잊고 있었댔구나. 빛까지도 忌한다는, 저 녀러 '짐승 냄새, 마늘 냄새'를 무릅쓰고, 들쳐 나오려 하잖는다면, 후후후, 안됐게도 處容 놈입습지, 道流의 엿보기 눈 한 벌은 입지, 영락없이, 저 녀러 '짐승'의 배 속에 갇히고 말았도답, 때가 되었는고로 입지, 六祖가 와섭지, 자기 차례라굽지, 그 눈을 내놓으라 면입습지, 어찌하려 하놉다?) 이제부터 그리고, "빛을 밤에 도둑질하는" 저런 녀러 魔羅와 두룩들은, 낮에 밤을 자려 하며, 훔쳐 온 빛에서 꿀과 意味를 뽑아 음미하려 할 것이다. 글쎄, 그렇게, 그 빛의 술에서, '푸라나'를 짜아, 그 醉氣로, 전에, 자기네들이 잃어버리게 된, 그 '흰 날개', 빛 속으로 비상하는 '날개', '(흰) 아—'語에의 꿈을 꿀 터이다. 그렇다, '짐승'에 대해, '빛' 속의 '푸라나'는, '짐승 털'을 녹이는 '靈液'일 터이다, '쑥과 마늘'汁. (이제 물론, 그 까닭이 밝혀질 터이지만,) 그럼에도, 한번 그 짐승 몸의 무게 탓에, 우주의 모든 重力이 쏟기는 中心에로(라는 말은, 살을 입고 있는 有情에게는, 바로 그 有情이 처해 있는 자리가, 우주적 重力의 中心이 되어 있어, 피할 수 없다는 그런 말인데, 그 탓에 살이란 苦던 것이다) 추락해버린 것들께 낮빛은, 글쎄 그 생것인 빛 속의 '푸라나'는, 비유로 말한다면, 암소가 먹는, 억새풀 속에 섞여 있는, 희고도 진한 젖 같은 것일 뿐이다. 어린 淸이가, 배가 고파 저리도 울며, 죽어가고 있는 것을 듣다못한 아비 鶴九가, 글쎄 암소는, 풀만 먹기로시나, 젖을 동이 동이로 흘린다는, 귀담아 둔 사실에 착안하여, 우느라 벌린 갓난애의 입에다 푸른 풀을 꾸역꾸역 밀어 넣어주기로 한다면, 네 이눔 봉사야, 애를 죽인다, 애를 죽여. 낮의 빛

벌뢰들은 헌데, 억새풀 같은 날빛으로 靈液을 만드는, 빛의 암소들. 그럼에도 문제는, 이런 암소들이, 빛의 젖을 흘리기 시작했다 하면, 밤에 빛을 도둑질하는 것들만 알고, 아무도 모를, 무슨 병으로 시름시름 앓기를 시작하다 쓰러져, 못 일어나는 데 있다. 한번 쓰러지면 저것들도, 어째선지 낮의 날것인 빛을 마주할 수가 없는 듯, 낮에는 문을 드리우고 밤을 자고, 밤에만 일어나, 남의 꿈들을 새치기하는, 이런 순 치사하고도 요사한 것들이 또 없겠구나. '짐승'인 것들! (어화 벗님네들, 강산 구경에 나서잖세라. 또드락딱 또뜨락딱, 본디 '흰나비 새'던 것들이, '짐승'이 되어버린, 그 내력은 이러하였더라, 꽁그락꽁 찔그락꽁) 그것들(이란, 말한 바의 저 '흰나비 새' 말고, 또 무엇이겠느냐)은 글쎄, 빛에 가득 찬 穹蒼을 날으며, 빛을 뜯어먹기에 여념이 없던 중, 배가 좀 실폭해졌었겠었지맹, 문득, 눈 들어 보다, 씨버랄, 서로들의 똥구녁들을 보았던 모양이고, 눈을 크게 하여 보았던 모양이고, 눈을 가늘게 하여 보았던 모양이고, 눈여겨보았던 모양이고, 그러다 짐승스런 냄새에 코를 밝혔던 모양이고, 코를 흠흠거리고 밝혔던 모양이고, 그러다가는, 여기에는 대체 무슨 목적이 있는지, 꼬리를 붙여보려 했던 모양이고, 꼬리를 주고받았던 모양인데, 옹가 년과 강쇠가 만났구나, 「사랑歌」로 농치는구나, 천하에, 저런 순 짐승들이 또 없겠구나, 드룩과 魔羅. 드룩은 魔羅의 목줄기를 물어, 더운 '꿈'을 뽑아내고, 그 비인 핏줄에다가는, '죽음'을 수혈하고, 魔羅는, 드룩의 배 속에다, 暗黑이 結晶되어된 黑瑪瑙를 꾸역꾸역 射精해 넣으며, 그것이 채워 들기 탓에 비어져 나오는, 드룩의 창자와, 魂을 받아 삼키는데, 그 黑瑪瑙 한 개의 무게는, 듣기로는 그렇다, 한 魂의 무게, 한 善의 무게, 한 삶의 무게와 엇비슷하다고 이른다. 그러자, 갑자기 서로의 똥꾸녁들을 깨닳은 것들의, 그 짐승스럽던 몸속으로는, 그것은 물론 그것들 서로가 서로에게 수혈했던 것이었지만, '죽음'과 '삶'의, 그 도저히 견뎌낼 수 없는 무게가 채워 들었던 모양이었는데, 그것들 해 달고 있었던 그 날개로는, 이제는 도저히 저 무게를 감당할 수가 없게 되었던 것이다. 그렇게 되었으니, 결과는, 그 가망 없는 날갯짓에, 날개에다 불이나 일궈, 휙 살라내 버리게나 되었었을 것이며, 그런 뒤에는, 말할 수 없이 비참하고 수치스럽게도, 泥田에 내북 쳐져, 흙에 입혀져 있게 되었었을 것이다. 본디 순수한 '빛'

으로 이뤄졌던 그 몸은, 쯔츳, 더럽게 되었도다, 이제는 '病'(惡)과, '죽음'을 채워 넣어, 그 탓에 삶이 가렵고 괴로워, 구운 기왓장으로라도 긁어대며, 자기의 낳은 날을, 자기를 받아준 무릎을 저주하기에 이른다. 그런 탄식은 헌데도, 자기가 잃어버리게 된, 그 '빛'에의 그리움을, 씨와 날로 삼아 짜낸 피륙인지, 어떤지는, 누구도 꼭히 뭐라고 주장해 말할 수는 없다 해도, 확실한 것 한 가지는, 그 벌뢰는, 자기가 처하게 된 그 重力의 고장의, 暗黑을 별로 편안해하고 있는 것은 아니라는, 그것이다. 그런고로 그것들은, 夜陰을 틈타서라도, '빛'을 노략질하는데, 그것들께로 흐르는 시간은, 육시러게도 느려터져 있다. 그러다 보니, 한 彈指頃도 못 되는 한 삶이 남아 처져, 泥田 五百世 질지루루 끌리기까지, 처리 곤란이다. 하룻낮, 하룻저녁 새우기에, 五百世 머리칼이 세고, 얼굴에는, 헤아릴 수 없는 주름이 강이다. 그러다 새벽이 온다, 금까마귀가 세 홰를 치고, 세 번째 울음을 토해내면, 저 重力의 바다 밑으로부터도 헌데, 수선水仙, 수련 水蓮, 무엇인가가 피어오르는 것이 있는데, 아으 알겠다, 아으랐다, 랐다, 살어리랐다, 저 金烏의 울음에 귀를 연, 저 어떤 빛벌뢰의, 그렇다, 빛에의, 렇다, 그리움이다. 흰 '아—'語렇다, 살어리랗다, 죽음 속에서, 그 돌무덤의 옆구리를 열어 일어난 날개, 흰 날개, 白鳥. 글쎄, 處女 에덴이 소돔이 되었던 것을 보아라, 월후를 질퍽하게 펴 내지르는, '짐승'의 암컷이 된 것을 보아라, 그리하여 저 상처 난 요니에서, 諸國이 태어난 것을 보아라, 그리고도 그 기름이 두터운 子宮에는, 미래의 흥망성쇠가 알 맺혀, 덕지덕지 엉겨 있음을 보아라, 그래서 생각하게 되는, 프라브리티 宇宙의 실다움은, 무엇에게나 처음 주어진 處女性이나 童貞은, 지켜지기 위해 주어진 貞操帶 같은 것이 아니라, 밤알에 대해서는, 송이 같은 것이며, 갓 태어난 강아지와 더불어서는, (못 보는) 눈 같은 것이다. 그 안에서 공알이 익으면, 송이는 벌고, 눈(은 男根이라잖더냐) 이 빛을 쐬어낼 만하면(이란, "精水를 삐끔거릴 만하면"이라고 고쳐서 읽어야겠지맹) 흰 덮개가 녹아 없어진다. 그것들은 '짐승'이구나. 그러자니, 배가 실폭해졌다 싶으면, 서로 간 똥구녁을 밝히려 하잖을 수가 없을 터이지. '處女性'이나 '童貞'은 그래서, ('살아져지는 삶'은, 이 자리에서는 제외해야겠지만, '사는 삶'은, 그것 자체가 어기찬 鍊金術이다 보니, 그 方言을 빌기로 해서 말하면,) '원초적 質料'(프리마 마테리아)인 것이지, '純粹'와는 같잖은 것이 분명하다. 이런 견지를 고수하기로 한다면, '處女性'과 '童貞'이라는 그 '質料'는 우선, 한 번의 '죽음'을 겪어야 된다는 것을 알게 된다. 왜냐하면 그렇게 해서라야만, 일례로 '鑞'을 들기로 하면, '鑞'은 '鑞性'을 잃게 되는바, 그것은 그러면, 니그레도[黑] 를 극복한 것인데, (소탈하게 말하면,) 만약 '鑞'이 '鑞性'을 잃지 않는다면, 무슨 수로, 다른 金屬에로의 轉移를 가능하게 하겠는가. 이런 '죽음'도 그렇다면, 다른 삶을 위한, 殉敎로 이해되어지는 것이, 분명하다. '處女와 總角'을 죽이기, 그 '殉敎'를 통해 성취하는 것은, (宗教的 方言을 빌리기로 하거나, 原型的 어투를 걸치기로 하면) '原罪 벗기', 또는 그 '贖良'이다. 이 '原罪'란 그리고, '죽음을 胚胎한 肉身'이라거나, '짐승', 또는 '죽음' 자체라고도 풀이해오거니와, 주목을 요하는 일점은, 이때 저 '贖良祭'에 바쳐진 '흠 없는 어린 羊, 첫 새끼'[處女性, 또는 童貞]는, '짐승으로서의 肉身' 자체가 아니라, 그 '짐승스러운 것'이 母胎를 벗어나고 있었을 때, ('옆구리'라도 열어 태어나지 않은 이상 자식놈들은, '童貞'을 한번 떼이지 않는 것은 아닐 것이다, 마는. ……마는) 그 '肉身'의 조건으로 되어 있었던, '處女性', 또는 '童貞'이었다는 것이다. '肉身'은 이때, '원초적 質料'의 위치며, '處女性/童貞'은, '鑞'에 있어서의 '鑞性'의 국면인 것쯤은, 누구든 쉽게 짐작할 수 있을 것이다. 이것은 아무리 많이 반복 되어진다 해도 충분한 것 같지 않으므로, 한 번 더 반복하기로 하면, 그러니 '鑞'이 '鑞이 아닌 鑞'(아말감. 알베도. 白)에로 변질을 성취하기 위해서, 저 '鑞'은, 그것 자신의 '鑞性'(處女性, 童貞)을 犧牲한 것이다. 鑞의 죽음. 그리하여 그 무덤에서, 그것의 옆구리를 열고 희게 일어나는 것이 있는데, 그것은 이미 '鑞'이 아니다. '處女性과 童貞'을 잃은 저 '鑞'은 이제는, 에덴이 아니라, 차라리 그것은 고모라이다. '죽음'과 '病'이 득시글거리는 요니를, 우주의 네거리에 드러내 놓고, 三世의 건달이들을 유혹하는 어머니. (첨부하여 지적해둘 것이 하나 있다면, 이런 식의 '贖良祭'가 '集團性'을 띠려 하면, 저 '代贖羊'에 '값'이 치러져 있거나, 아니면, 그 '集團의 어른'[司祭, 鍊金術師]의 참여, 또는 입회가 필수조건이라는 것이다. 그렇지 못하면, 저 '鑞의 죽음'은, 비극적이게도 '똥'에로의 '逆[退]調' 현상을 일으키거나, 그것이 어떤 '贖

良'을 가능케 했다는 경우는, 그 '피 값'을 남기는 결과를 부르는데, 後者는 더욱더 비극적이다. 이것은, '白丁'과, ['방울 단 장도'를 쥐고, '犧牲物'의 목을 치려는] '司祭' [또는 공인된, 그 代理者]의 다름을 말하기 위한 것뿐만 아니라, 그렇게 목숨을 잃는 것들의, 그 '犧牲의 意味'도 같지 않음을 말하기 위한 것이다. '白丁'의 殺生에 관해서야 뭘 더 말하고 말고 할 것도 없겠으나, '司祭'의 참여, 또는 입회하에, 어떤 目的을 갖고 행하는 儀式的 殺生은, 한마디에 뭉뚱그려 말하기로 하면, 그 犧牲이 '殉教'化하던 것이다. '殉教'란 天國에로의 첩경이라잖느냐. 그래서 神들이, 그 '더운 피'를 즐기려 운집해 들며, 그때 그들의 수레에는, 그 祭祀場에와, 그 祭祀에 참여한 자들의 심령에 뿌려 내려줄, '은총'이 그득그득 실려져 있다)

이제껏 촛불중은, '빛벌뢰'에의, '암흑으로부터의 召命'이라는, 그 '召命', 그리고 '빛벌뢰' 쪽에서는 또, 어떻게, 저 '나쁜 繼母'의 횡포에 적응하는가, 하는, 그 적응하기뿐만 아니라 나아가서는, 어떻게 저 '繼母'를 이겨내는가, (나찰과 보살이 같은 얼굴이었음?) 하는, 프라브리티 宇宙에서의, 특히 어떤 한 有情(빛벌뢰 말일 것이지)의 비극적 타락과, 그 타락을 영광스러운 승리로 바꾸는, 그런 어기찬 進化의 과정을 섭렵한 듯한데, 그래서 이제 이르러, 촛불중께 묻게 되는 것은, 그 짓이란, 왜냐하면, 죽음에 이르기까지나 주어진, 그 하릴없는 시간이 恒河沙나 같으므로, 뭐든 作爲는 해야겠어서 택한, 그런 일종의 '消遣法'이기라도 했는가, 아니면, 왜냐하면, 주어진 시간이 얼마 남지 않은 것이 예상되어지므로, 그 임박한 죽음을 앞두고, 죽음을 맞을 수 있기 위해서, 서둘러서라도 살펴보아야 되었던, 과거로부터 미뤄져 왔던, 그런 어떤 '話頭'이기라도 했는가, 하는 것이다. 사실 그 대답은 명확하다, 그럼에도, 그 명확한 대답을 끌어들이기 전에, 먼저 참고해둘 것이 하나 있다면, 이 중이, 羑里를 한 번 떠났었기 전에는, 그의 시간은, 한 알의 모래를, 그의 모래시계의 한 점으로 치는, 羑里의 모래보다도 많다고 그는 생각했었는데, 그 떠났었기로부터 돌아온 뒤부터는, 그렇다고 해서 그가, 시간을 아껴야 된다는 생각 같은 것을 한 듯하지는 안 했어도, 시간 탓에, 消遣法을 연구하느라, 애를 쓰거나 한 것 같지는 안 했다는 것이다. 흣흣흣, 이렇게 되니 사실은, 그 대답이 한 가지로 명확해지기는 한다. 이런 말은 그러니, 그는 그의 '話頭'에 충실하고 있다는, 그 대답을 저절로 끌어들이게 하잖는가. 그러면 무엇이, 그의 과거로부터, 오늘까지 미뤄져 온, 그 '話頭'였는가?

—잠.

—잠?

—잠.

—잠이란, 글쎄 말이지, 흣흣흣, (촛불중은, 그 웃음 탓에, 美里 천지가 한번 누래져 버리라고, 누렇게 한번 웃었다) 니브리티의 눈썹 같은 것이라도 한둘이, 프라브리티에로 떨어져 내린 것인가? 프라브리티에 流刑당한 니브리티? (허긴 이런 생각이란, 누구나를 흐흐 웃게도 할 터였다) 無爲도 有爲 속에 갇혀들 수 있다, 폭풍의 한가운데 똬리 쳐 있는 '無風帶'라는 '바람의 눈'을 들여다보아라, 끊임없이 動하는, 大洋의, '活肉을 입은 물'(생선) 속의 '공기주머니'를 꺼내 보아라…… 촛불중은 그러나 더 이상 씨석거리고 있지 안 했다. 때에는, 누렇던 美里가 새까매져 있었는데, 그는, '니브리티'와 '無爲' 사이에 하초를 물리고, 찡그리고 있었다. 對比, 또는 對喩法이라는 語法은, 이런 경우 眞理까지도 기만한다고 엿본 것이다. '프라브리티'를 쳐들면 '니브리티'가 따른다, '有爲'를 말하면, '無爲'가 쳐들린다, 그러면 '니브리티'와 '無爲'는 같다는 것이, 저 對比法이 끄집어내는 결론이 되는데, 그런데 그것은 그런 것이 아니라는 것이 촛불중이 오랫동안 고수해온 견해인 것이다. 라는 것은, '無爲'도, '프라브리티'의 한 국면이라는 것이다. 그것은 어쨌든, 그럼에도, '有情만이 잔다'는, 그 '잠'을 두고라면, 그리고 有情을 '잠'에다 단단히 비끄러매 두기로 한다면, 예 든 것 같은 對喩가 꼭히 틀린 것만은 아니라는 것도, 촛불중은 허기는 셈해내고 있다. 그럴 것이, '잠'은, '잠자기'라는, 그 '잠을 자는 자의 無爲的 作爲' 편에서는 결코 '니브리티'가 못 되어, '잠'의 형태의 '有爲'나 '프라브리티'를 못 벗어나는 듯해 보임에도, 문제는, 그것도 반쯤은 틀리지 않음에도, 남은 반쯤은 여전히 공백으로 있어, 뭣으로든 채워지기를 기다려 있는데 있어 보인다. '잠'이란 물론, '有情'에 제휴해서라야만, 그 '化現'을 성취하는데, 문제는 글쎄, 이 '잠'이라는 '化現'은, 逆化現, 또는 逆進化的이어서, '꿈꾸기'라는 '잠'

의 단계를 넘어서기 시작하면, ('꿈 안 꾸는 잠'은 쉬바神의 영역인 것은 잘 알려진 바대로일 것이다) '잠'이란, '無'라는 記號나, (그것을 쓰면, 쓴 자의 모습이 보이지 않는) '요술 모자', 또는 '지우개' 같은 것으로 비유될 것으로서, 프라브리티를 지우는 니브리티로 이해되기도 하는바, 그것이 문제라는 것이다. 그래서 그것이 '니브리티'라고 할 수 있다면, 그 '잠'을 자는, '有情'(프라브리티)의 입장과 처지는, 어떻게 되는 것이 옳은가? 咄, 化現하기가 非化現에로 逆進化하는, 저 스스로 제 꼬리를 물어 뒤집혀지는 '잠', 이 '잠'은 그러면 무엇인가? (촛불중이 이 '잠'을 話頭로 정한 것은, 그것이 '무엇인가'를 살펴보려는 것인지, 아닌지는, 현재로서는 불확실하기는 하다) 有情은, 왜 잠을 자지 않으면 안 되는가?

—"有情은 왜 잠을 자지 않으면 안 되는가?" —이 물음은, (확실한 것 한 가지는, 촛불중이, 이 '잠'의 話頭를 통해 보려는 것은, 이 대답을 찾자는 것은 아니라는 것이다. 이런 의미는, 그는 '잠'에 대해, 實學[科學]的 흥미를 드러내고 있는 것은 아니라는 것일 것인데, 그렇다면, 저런 의문에 대해, 촛불중으로서도, 자기 나름으로는, 그러니 非實學的인 것까지를 무릅쓰고라도, 대답할 만한 것이 있으면, 해 둬버리고, 이런 의문은 간과해버리는 것도 무방할 것이다) 특히, 實學꾼들이, 아무것도 대답하지를 못한다는 것을, 좁았다 해도, 그 閱世를 통해, 촛불중도 알고 있다. 이런 말인즉슨, 그렇다면 有情은, 꼭히 잠을 자야만 될, 무슨 육신적 까닭을 갖고 있는 것은 아니잖는가, 하는, 이차적 의문을 제기하게도 하는 것이 아니겠는가? 혹간 그것은 그럴는지도 모르는데, 그럴 것이, 그래서 많은 禪꾼들이, '잠을 정복'하기 위해서, (아으 小子여, "잠은, 더 자기로 정복하려 하지 마라." 그러면 잠에 정복당한다) 깨어 있기의 방법을 연구하기뿐만 아니라, '눈물主'를 불러다, 눈에 오는 '잠을 마비'하려 하는 呪文도 가르친다. 촛불중께 이해되어져 오는, 이 국면의 '잠'은 헌데, 비유로 말하면, 건강한 아낙네들에 대해 '月候' 같은 것이다. 한마디로 계집은 달[月]이다. 그래서 달을 차게[滿] 하고, 기울게 한다. 달이 차고, 기울기에 좇아, 계집의 子宮 속에서도, 바다가 찼다(밀물) 비었다(썰물), 비었다 찼다, 한다. 계집은 바다다. '自然'을 두고는 '道'가 말되어져 온다. ("道可道 非常道, 名可名 非

常名. 無名, 天地之始, 有名, 萬物之母.") 有情은 어찌 되었든, 이 '道'에 이어진 배꼽 줄에 의해서, 수시로 수시로 還自然하는데, 그리하여, '道'로부터 젖을 얻는다. 畜生道가 요연하다, 정연하다. 畜生道의 달마는 그래서, '無爲'이다. 사슴은 번식하라, 그래야만 호랑이가 배고프지 않다. 호랑이는, 한번 일으킨 황진 기둥 밑에서, 살찐 암사슴의 터진 똥창자와 피 냄새를 왼 들에다 파리 떼처럼 뿌린 뒤에는, 바위보다도 더 무거운 낮잠에 들지어다, 그래야만 들에 和平이 있다. 和平은 그리고, 君主 '暴力'을 옹휘해 다니다, 그 君主가 던져주는, 부스럭지 뼈다귀를 핥는 승냥이 宦官님. 그래서 "道는 仁하지 않다"(또는, "天地不仁")고 이르는 것이다. (그것이 '仁'하기로 이르면, 굶주려 죽은 호랑이와 늑대의 흰 뼈를 굴리며, 들에는, 노루와 토끼가 河海로 범람하고 있게 될 터이다. 오래잖아 나무의 껍질은 물론, 풀뿌리까지도 다 먹힌 바 되어, 들은 푸른색을 잃을 것이니, 참담하도다, 굶주림으로 허덕이다 쓰러져, 죽어 썩는, 노루와 토끼를, 독수리가 다 파먹지를 못해, 한세상이 들썩는구나. —'仁'함이 自然의 秩序를 교란함이여, 菩薩들만으로는, 프라브리티 宇宙란, 단 사흘도 유지되지 못함을) 그래서 말한 바의 저 '仁하지 못함'[不仁]은, '暴力'이라는 어휘로 바꾼다 해도, 의미상 별 차질을 일으키지 않는 것이 분명하다. 그렇다면, '天地'는, '自然'은, 또는 '道'는, 말하자면, 山이, 그 몹쓸 바위 위에 입은, 엷은 흙 위에서 푸르듯이, '暴力'에 입혀진, 紅袍 같은 것이다. 紅袍를 둘러 입은 暴君—프라브리티. 그런즉 '無爲'의 脊髓는 '暴力'으로 되어 있다. '道'가 운영하는 秩序에 대해서 말이지만, 이 '無爲'가 교란되지만 않는다면, 天地는 無窮하다. 이 '道'가, 有情들 속에 자신을 드러내 보이는 곳(곳+것)이 그리고 '잠'일 것이다. '잠'은 그래서, '잠자는' 有情들에 대해, 건강한 아낙네들의 '月候'와 같은 것인 것이라고 하는 것이다. 보다 크게 말하면, '月候'가 철로는 '겨울'과 같은 것이라면, '잠'도, 수시로 수시로, 有情들께 끼어드는 '겨울철'인 것이다. '衰'함이 없이 '盛'함이 있더냐. (이것이 '無爲自然'인 것, 이런 '無爲'는 그래서, 니브리티의 細毛라거나 그런 것이 못 되는, 프라브리티의 다른 뺨이라고 이르는 것이다. '짐승'인 것이, 畜生道를 벗어나려 하거든, 그렇걸랑 公은 먼저, 깨어나라[文化], 깨어 있으라, 그런 뒤, 그 '깨어 있음'을 통해, 새로 '無爲'에 도달

한다면, 그 '無爲'는 짐승 냄새를 풍기지 안 해, [외양간의, 짐승의 똥을 강보로 삼아 태어난 '말씀'!] 그것도 道는 道이라도, 허, 허기는 道이다. ['도'라는 토씨에 대해, 선생은 생각해보신 적이 있으신가?]) 그리고도, 시집살이에 곤한 새댁의 눈에, 원수야 억수야 퍼부어 드는, 그렇게나 많은 '잠'을 두고, 더 할 말이 있겠는가? 自然이 부르고 있는 것을! (그래도 첨부해둘 것이, 하나라도 없는 것은 아니다. 프라브리티의 이 잠은 그런고로, 그것 자체가 꿈의 밭[夢田]이라는 것, 그것 하나는 분명히 해둘 것이 있다) '꿈'을 '잠'이, '잠'이 '꿈'을, 불러들이고 있는 것을.

—'새끼'들을 버글버글 쏟아내는 잠.

—버글버글 쏟아냈던 '새끼'들을, 제 목구멍에다 되빨아 넣는 잠. '잠의 새끼'는 다름 아닌, '꿈'일 것인가.

—꿈꾸는 잠.

—꿈 안 꾸는 잠, (꿈 없는 잠)

분명한 것 한 가지는 헌데, '꿈 없는 잠'이라는, 꼭 닫힌, 또는 化現해본 적이 없는 영역은, '꿈'(莊子의 '나비'들 말인데,)인 것들이 들여다볼 수 있는 것은, 어쨌도 못 된다는 것이다.

—'잠'과 '꿈밭'[夢田]? '잠'이 '꿈밭?'

모르면 모르지만, 촟불중이 그 話尾를 끄집어내 보았으면 하는 話頭는, 분명히 저것이다. 촟불중이, 먼데 새벽닭 홰쳐 우는 소리를 듣고, 보아온 것은 무엇이었는가? 그보다도 먼저, 그가, 羑里에로 돌아왔던 까닭은 또, 무엇이었던가?

—아으, 닭아, 새벽닭아, '꿈밭'에 동 틔우는 금까마귀야, '꿈밭'이 어디에 있드니?

—집 생각이 간절하네, 뻐꾸기 울음.

—개새끼로고!

—無!

—눈썹을 주의하게!

—瞎!

—喝!

히히히, 촛불중 들앉은 굴속에서는, 아닌 새벽에, 잠시였다고는 해도, 그런 순 똥줄이 땡길 난리가 없었꼬나. 뻐꾸기 우는 소리, 개 짖는 소리, 치는 소리, 받는 소리, 욕하는 소리, 고함치는 소리…… 그리고는 퀭하고도 휑하게 열린, 문도 없는[無門], 흐리꾸리한 공간, 저런 순 야단이 또 없었겠꼬나, 咄. 촛불중은, 자기의 話頭로 인해, 자기가, 陰極으로나, 그 陰極의 反極되는 데로라도 떨어져 나간 일은 없었으되, 느닷없는 데서, 없는[無] 門을 열어 나갔음을 알고, 그리고, 재반성하여, 자기를 재구성하기 시작하고 있었다. ('無門'이, 어떤 돌중의 法名이든 뭐든, 그것은 어찌 되었든, 촛불중께는 그것이 한 번도, 固有名詞여본 적이 없다는 것을, 아는 이들은 알고 있을 것이다) '無門을 열고, 無門 밖으로 나가기, 들어가기'도 그렇다면, 禪꾼에 대해서는 위험인 것이 분명하다. 그것이 '위험'이라는 것은, 글쎄 그 '없는 문'을 열고 나가기/들어가기가, 어떤 경우에는, 일종의 空得처럼도 이해되어질, 그 소지를 갖고 있기 때문이다. 그것도 '空得'이 아닌 것은 아닐 것이라도, '여기' '저기', 또는 '此岸', '彼岸' 따위, 무엇의 現住所, 또는 現場 밝히기와 관계된 想念(禪)이, '어디에?'라는 식으로, 물음의 형태를 취하기에 좇아, '否定'論, 또는 '空'論에 귀 뚫이를 한, 그럼에도 아직 마빡의 쇠똥도 못 벗은 사미들이, ('물음'[話頭] 이 있으니, '대답'[話尾] 이 있어야겠다고 해서) 그때, 거기서 그 '場所'를 뽑아 없애버린 결과, 나타난 결과가 저것일 것이어서, 저 '空得'은 말하자면, 운 좋게 '날으는 탄자'[毯子] 를 얻어 탄, 어떤 우멍거지 못 벗은 중이, 자기가 날으고 있음도 '幻'이나 아닌가 의심하여, 그 實相을 알아보겠다고, 그 위에 '탄 자(者)'를 지워 없앴기 전에, '탄자'[毯子] 를, 그 엉덩이 밑에서 휙 뽑아, 구름 가운데다 날려 보내, 없애버린 그것과, 대단히 비슷할 것이었다. 이 '無門'은 그러니까, '여기[此]/저기[彼]'라는, '場所'에 대한 구별심을 없애려 하는 사미가 있다면, 그들께는 빈번히 나타나는, 하나의 '위험'일 것이다. 촛불중도 그러니, 그 '위험'에 처했던 것은 분명했다. 그 '위험'을 살펴 알고서도, 그리고도 촛불중은, 다시 그것에로 돌아왔다. 분명한 대답 하나는 그럼에도 할 수 있으되, 이 '분명한 대답'이 그럼에도, 아무것도 대답하지 못하고 있다는 것도, 촛불중은 觀하고 있다. “잠, 또는 꿈밭이 어디에 있는지”, 그것은, 그 ‘잠’으로부터 빠져나간 그 ‘꿈’들만 알고, ‘잠’ 자신은 모른다. 쿨쿨쿨. 잠 자신은, 자기가 어디에 있느냐고 묻지 않는다. 그것을 묻기 시작하면, 꿈이 시작된다. (다시 반복되어지는 느낌이 있지만, 그래서라도 그 전모가 밝혀질 수만 있다면, 왜 반복하지 말아야 할 까닭이 있겠는가) 잠은 그래서 근본적으로는, 永根모양, 그것 자신을 드러내 본 적이 없으되, 잠의 永角이라고 이를 꿈들에 의해, 그 永根까지도 어느 정도는 짐작되어지는 것이 아닌가 하지만, 어디만큼이 그 ‘實相’인지, 그것을 알아보는 일은 새로, 다른 의문에 속할 터이다. 空門用 語典에는, 그것에 대한 이름이, 눈[雪] 고장 사람들께 눈의 이름만큼이나, 여럿 수록되어 있으되, 여전히 말이지만, 그 이름들도, 그 잠 속에서 일어난 꿈들이 만져보고 붙인 것들이라, 비유로 말하면, ‘장님’들이 손으로 만져본, 커다란 코끼리(수피 詩人 루미의 「마트나위」에 수록된, 이 꼭같은 얘기는, “코끼리를 본 일이 없는 자들이, 어둠 속에서 그 짐승을 점검해보고 있다”) 같은 것이다. 촛불중도 오늘, 그것을 ‘非化現’이라고 이름하는 것 같은데, 촛불중 자신도 그러나, 이 ‘非化現’이라는 이름이, 저 ‘잠의 전체’를 이름하고 있다고는 믿고 있지 않다. 말한 바의 장님들 중에서, ‘코끼리의 귀’를 만져본 장님이, “코끼리란 커다란 부채꼴의 짐승이다”라고 주장하는 바와 같이, ‘잠’, 또는 ‘非化現’의 實相도 그런 투일 것이 분명하다. 그 장님이 만져본, 코끼리의 그 부분은 틀린 것은 아니다. 그런데도 그가, 그것을 코끼리의 전체의 모습이라고 주장하려 들면, 거기서 그의 장님성이 드러나는 것이다. (宇宙的) 실다움이 무엇인가—그것을 열심히 추구하는 자들께, ‘장님들 코끼리 점검하기’란, 최소한 供養米 三百石쯤을 바치고서야 얻어들을, 그 한 소리[喝] 치는 소리 듣고, 눈까지 번쩍 뜨일 만한, 그런 法說이던 것이다. (해오던 얘기니, 法乳가 짜여져 나올 때까지는, 해보고 볼 일이겠어서, 해보는 얘기지만,) 이제 저 장님들이 각각, 자기가 만져본 코끼리들만이 옳다고 하는 중에, 저 코끼리의 주인 되는 자가, 그 코끼리를 몰고 가려 하며, “여러분들 중의 누구 하나도 틀리지 않되, 육갑헐, 그렇다고 누구도 옳다고 할 수가 없다고” 하고, 횡하니 말해주고, 킁 하니 코똥 뀌어 가버렸다고 한다면, 장님들께의 문제는, 정작으로는 거기서부터 시작될 것이다. 뻔한 소리지만, 성한 눈으로 보건대는, 저 여러 장님들이 만져서 보아버린, 그 한 마리 코끼리의 그 부분들을 그 부분들에 맞춘다면, 거기 필시 완성된, 한 마리 코끼리의 웅자가 나타날 것인데도, 코끼리를 본 적이 없는 장님들께 문제는, 그러면 그 자기네들의 코끼리의 부분들을, 어떻게 재배치 재구성해야 그 원전에 가까워질 것인가, 그것을 알 수가 없는 데 있다. '부채꼴'의 귀를, '기둥모양'의 다리에 붙일 수도 있는데, 이때의 문제는 또, 이 '부채'를 저 '기둥'의 어디에 (위에, 중간에, 밑에, 이쪽에, 저쪽에, 앞에, 뒤에,) 붙여야 하는가, —심지어는, 그것까지도 알 수가 없는 데에도 있다. "무엇이든 서는 것은, 평평한 것의 받침을 얻어야 한다"는, 제법 그럴듯한 전제를 세워, '벽 모양'의 널팡한 '배때기'를 '밑'에다 깔고, '기둥 모양'의 '다리'를 그 위에 세워놓으려 한다면, (흐흐흐, 論理만 옳고, 코끼리는 옳지를 못하다) 그리고 그 '기둥'에다 '부채'를 달고, '동아줄'을 '꼬리'로 삼는다면, 그렇다, 코끼리란, 나루터에 매어 있는, 한 구유배 같은 것이다, ㅂ써라 ㅂ써라...... 㗊. 이렇게 되면 차라리, 그 장님들이, 자기네 각자가 만져본, (그 부분들을 조립 구성하려 하기보다는,) 그 부분 부분이, 그 코끼리의 한 전체의 모습이라고 주장하는 쪽이 낫지 않겠느냐? 그러면 그 부분만큼은 實相을 고수할 수가 있기 때문인데, 그렇지 않으면(이란, 저 부분적 實相을 재구성 재조립하려 하면, 이란 말인데,) 그 '부분적 實相'도, 그 實相性을 잃고 마는 결과를 초래하기 때문이다. 그렇지 않느냐, 건너다보아라, 저 '구유배', 나루터에 둥둥 떠 있는 코끼리를, 클클클, —'구유배'가 '코끼리'냐? 어찌하여 '實相'만의 코끼리의 부분들이, '假相'의 구유배가 되어버렸느냐? 이럴 때의 '實相'은, 무엇을 두고 이르는 '實相'이냐? 그러고 본다면, 일러 '實相'이라는 것이, 그 實相性을 다하기는커녕, 여기저기, 아무 데도 쓸모없는 모서리며, 귀퉁이만 너무 많아, 그것으로는 도저히, 한 마리 코끼리를 이룰 수가 없는데, 코끼리란 이래서도 '구유배'이다, 그렇잖은가. '구유배'는 그리고 椿事이다. 그렇다면, 그들(장님) 간, '문고리 잡기'식으로, 한 마리의 코끼리를 정확하게 재구성해내는 경우도 없잖아 있을 수 있을 것인데, 이때의 그 정확한 코끼리도 椿事이다. 어째서 꼬리보다 코가 더 길어야 되는가, —이 한 의문이야말로, 종내 그 한 마리의 코끼리를 재구성하게 함에 분명한데, 코끼리는, 그 이빠디는 뿔이라고 쳐 이마에 달아주면 그뿐이지만, 코와 꼬리 탓에, 定型性을 벗어나 있는 탓이다. 이 장님들은 어째도, 코를 그것의 꼬리 쪽에 달아주려 할 것이며, 그러고 나자 여벌이 된 그 꼬리는, 그것을 붙여줄 정당한 자리를 찾다, 결국에는, 왜냐하면 거기 뭣이 있어야 될 것이 없어 비어 있으니, 코 있는 자리에다 붙여줄 것이 뻔하다. 그래도 물론 그들 마음에 흡족함은 없을 터인데, 이 짐승은 꼬리를, 앞뒤에 하나씩 달고 있는 꼬락서니가 되었다고 알게 되니 그럴 것이다. 히히히, 이 코끼리는 그리하여, 얼굴 쪽 달라붙는 파리 떼를 쫓는 데는 이력이 나 있게 될 일이라도, 똥꾸먹으로 먹는 일로는, 연한 풀만 가려 먹는다 해도, 설사를 못 메꿔 애쓰게 될 일이다. 여전히 이 짐승은, 이해할 수 없는 괴물인데, 글쎄 그것은, 꼬리를 한 벌 더 여벌로 갖고 있는 대신, 코의 부족을 드러내는 짐승이어서, 장님들은 自然의 定型律을 깨뜨리고 있는 탓이다. 이 너무 많은 꼬리는, 저 장님들의 創造力을 저해하여, 內侍로 만들었으며, 그들의 정신을 失語症으로 殮해버렸다. 종내 그들은, 한 마리의 코끼리를, 어떻게 創造할지를 모르겠는 것이다. 헌데도 그 시작에 있어, 저 '꼬리'와 '코'가 '동아줄 모양'이라고 하여, 결코 오류를 범한 일은 없었다는 것을 잊으면 안 되는데, 문제는, 저들은, '부분적'으로는 장님을 극복하여, 바로 그 꼭같은 '부분적'인 데서 종국에는, 새로 '장님'이 되었다는 데 있다. ―이 문제야말로 헌데, 특히 語禪門의 사미들을, 그중 크게 괴롭혀오고 있는 그 당자던 것인데, 그러던 날 그들은, 저 녀러 코끼리를, 한번 고함치기라던가, 죽장질하기로, 내쫓는다거나, 칵 뻗게 해버리는 방법까지도 강구해냈기는 냈다. 제기럴 녀러, 옆구리라도 열어, 내쏟아 버릴 한 마리 큰 코끼리가 내린 까닭으로, 말도 많았드랬다. 그러고 난 뒤, 이제라도 물어봐야 되는 것은, 저 코끼리는 사실로, '부채꼴'인가, '동아줄 모양'인가, 또는 '흰'[白]가, 어쩐가, 그런 것이 아니라, 이거 좀 살콤 돌아버린 얘기 같지만, 그 現場에 不在인 것이 누구인가, '코끼리'인가, 아니면 '장님'들인가, 이것인 듯하다. 앞서 말해온 '잠'이란, '非化現'인가, 아니면 '無明'인가? 만약에 그것이 '非化現'이라면, '非化現'은 '非化現'이어서, 영구히 '非化現'인데, 무엇이 '꿈'이라거나, '동아줄'이라거나, '부채' 모양으로 化現을 성취할 수가 있다고 할 것인가? 만약 그것이 '無明'이라면, 저 '장님'들은,

자기네들 손으로 만져본, 자기네들의 '夢片'들을 조립하여, 한 '잠'의 永根이 되어 있다는 것까지를 만져보려고 했었기 전에, 자기네들의 눈부터 뜨고 보았었어야 했던 것이 아니었는가? 그러고 난다면 그들의 눈은, 한 마리의 저 거대한 '코끼리'를 한눈에 다 볼 수가 있게 될 것인가, 아니면, (눈을 감았을 때 보이던 것이, 눈을 떴을 때는 안 보이는 수가 있는데, 그와 마찬가지로,) 아까는 손으로라도 더듬으면 볼 수 있었던 그런 것들까지도, 오히려 못 보게 되어버릴 수도 있게 될 것인가? 저런 순, 느닷없이 어디서 돌진해 든 코끼리가 눈썹을 쓰러뜨리는 통에, 아아난다는 눈썹 자리를 긁어대고 있도다. 이제쯤은, 저눔의 코끼리를 손톱 밑에 놓고 눌러 깬 뒤, 손톱에 묻었을 누린내라도 맡아볼 때라도 안 됐으끄냐? 클클클, 코끼리가 죽었다는 부고에 접하자, 장님들 눈 뜨는 소리가, 한 손뼉으로 치는 손뼉 소리만큼이나 시끄럽다. 그래서 무엇이 보이네? 가맜자, 이리하여 눈은 훤히 열어보고 있는데도, 이제는 아무것도 보이는 것이 없는 것 같네. 咄! 無明을 여의어, 無明에 떨어졌도다. 咄!

無란 무엇이냐?

—개새끼다.

佛이란 무엇이냐?

—서 근의 삼.

碧眼胡僧은, 뭣하러 東에로 왔느냐?

—가을 좆. (註: "봄 씨븐, 설흔 발 새끼줄을 씹어 먹고, 가을 조즌 바위 벽에다 구멍을 뚫는다"고 이른다. 알잖느냐, "눈과 조즌 같은 것"이라는 것은? "눈으로 바위 벽에다 구멍 뚫기" —九年 세월 걸렸도다. 그리고, '바위 벽'이 '玉門'의 형태를 취해 나타나는 일은, 例 든 胡僧에게뿐만은 아니다. 서장의 高僧 미라레파에게도 그런 일이 있어, 그의 傳記에 이런 얘기가 수록되어 있더라. "미라레파가 길을 가는 중에 보니, 한 떼의 마귀들이 모여설람엔, 그를 놀라게 하려고, 魔術을 부려, 길 가운데다, 커다란 玉門의 형상을 하나 빚어 뒀겠다. 그것을 본 僧은, 무드라[제스처]와 함께, 정신을 집중하여, 발기한 根을 내보였다. 그뿐만 아니라 僧은, 그 根으로 아홉 개의 [허깨비] 玉門을 뚫어나가, 그 중앙에, 바위가 玉門 모양을 해 있는 것이 서 있는, 第五大의 고장에 닿

았다. 僧은, 그것에 당해서는, 男根 모양의 바위를, 그 玉門 모양의 바위의 구멍에 들이밀어 넣었다, 그런즉 그 순간, 저 마귀들이 만들었던, 저 음란스러운 허깨비들이 사라져버렸다.” 何以故 수부티, 求道꾼들의 求道와 더불어서는, 그중 부드럽고 호꼰해야 할 ‘玉門’이, 그중 단단하고 거친 ‘바위’化하고, ‘바위’가 ‘玉門’化한다는 일은? 어찌 쓴 연고뇨? 수부티, 於意云何? 그 대답은 어쩌면, 촛불중이 늘 그 되풀이해 되풀어보는, 그런 어떤 童話에서나 찾아야 될지도 모를 일이다. 라는 童話는, “모험을 찾아, 바깥 험로에 오른 세 王子”에 관한 그것인데, ‘세 길 진 데’ 닿았을 때, 그 ‘세 王子’들은, 각각 자기의 길을 정해 세 길을 좇아 떠나기로, 헤어진다. 헌데 [아마 ‘큰형’이 좇아간 길 끝에서 그 일이 일어났을 것인데] 한 王子는, 그 길의 끝막 되는 데서, 魔術師를 만나고, 그 魔術에 씌워져 ‘돌’이 되어버리는 것으로, 그 王子에 관한 얘기는 잠시 중단되는데, ‘모험 찾기’를 이번에는 ‘求道’라고 고쳐 말한다면, 이 王子의 ‘求道’는 그렇다면 그렇다, 陰極에로 벗어난 것을 알게 된다. ‘求道’와 더불어서는 그리고, 世慾[權慾, 財慾, 色慾] 이 ‘玉門’의 형태를 취해 나타나는 것이, 일종의 典型처럼도 보인다. [이 ‘世慾’은 그리고, 그 어느 것이 하나 극복되어, 뿌리까지 뽑힐 수 있다면, 다른 욕망들까지도 근절되는 것으로 여겨지는데, 그럴 것이, ‘欲望’은 하나인데, 그것이 무엇과 야합하느냐에 따라, 그 형태가, ‘權慾’으로도, ‘色慾’으로도, ‘財慾’으로도 변이한다고 믿기로 하면, 그렇다는 것이다] 이런 견지에서 저 高僧들을 새로 이해해보려 한다면, 그들도, 畜肉을 입어 프라브리티에 처했다는 그 이유로, 끝없이 번뇌했었던 것이 아닌가, 하는 그것이다. 그 번뇌를 이겨내기로 그들은, 그 입어진 ‘바위’를 은총으로 바꾼다. [이 ‘바꾸기’는, ‘깨워내기’라고 바꾸는 것이 어쩌면 더 적절할 터이다] 이 꼭같은 ‘바위’가, 다른 王子에게서는 ‘畜肉’의 형태를 취해, 魔女네 우릿간에 갇혀져 있는데, [佛家的으로는, “어머니는 자식에 대해 저주인데, 그 어머니 탓에 苦海에로 태어나오기 때문이다.” 이런 어머니란 魔女 말고 또 무엇이겠는가? 그리고 자식에게 ‘바위’를 입히는 아버지란, 魔術師 말고 또 무엇이겠으며] 셋째 王子에 의해서는, ‘예쁜 公主’, 그 ‘公主’를 얻기에 의해, 두 형들께 덮어씌워진 魔術의 呪를 끊어버릴, 그렇게나 어기찬 ‘公主’로 변신해 있는 것쯤은 누구든 알고 있을 것이다. 이 [‘公主’를 ‘아니마’(魂)라고 이해해내면, 거기서는 ‘二元論’이 거론되고 ‘슬픈 回歸線’! 헤쳐 나와서는, 다시 畜生道에로 떨어져 내리기!], 그 같은 ‘公主’를, ‘知慧의 蓮’, 또는 ‘空’[‘知慧의 蓮’에 의해, ‘空’이 잠시 女性化를 치르게 되는 것은, 당연한 귀결이다. ‘知慧/소피아’는 그리고, 女性인 것은, 자고로 알려져 온, 진리이다] 이라고 인지한다면, “상사라와 니르바나가 다르지 않다”고 알게 될 것이다. 이 ‘公主’를 염두하고, 그리고 저 ‘바위’와 ‘畜生’들을 별견하기로 한다면, 이 ‘公主’는, ‘獸皮’[熊女] 를 벗겼더니, 그 ‘짐승’ 속에서 까여져 나온 것을 보게 되며, 똑같은 경우가, 다른 비유를 입은 것에 의해서는, ‘바위’를 깨뜨리고 보았더니, 그 속에서 하나의 ‘如意珠’가 나온 것을 보게 된다. 촛불중의 方言을 빌린다면, 이 ‘바위’와 ‘畜肉’은 아마도, ‘잠’인 듯하고, 예든 바의 ‘장님’들에 의하면, ‘재조립이 안 되는, 코끼리’인 것이 분명하다)

잠이란 무엇이냐?

—날으는 毯子다.

(“잠이 온다”고 말하는 그) 잠은 무엇을 위해 오느냐?

—봄 씹.

어디서 오느냐?

……그리고 촛불중은, “숨을 멈추면, (육신적으로는) 精蟲의 흐름도 멈춘다”는, 어떤 密理에 착안하여, ‘말의 국면’에서는 ‘말의 씨의 흐름이 멈추기’를 바라, 숨을 멈추고, 가슴이 괴로움으로 벌럭거릴 때까지나 참으며, 사실로 그래서 想念도 흐르기를 멈추는가를 살펴보았다. 그리고 촛불중은, 숨을 잠시 멈춘다고 해서, 말의 벌레의 헤엄쳐 오르기까지도 멈추는 것은 아닐지도 모르는데, 거기 어디서, 그 벌레가, 突然變異를 치르는 수가, 더러 있는 것이나 아닌가 했다. 했을 것이 촛불중은, 숨 탓에 가슴이 벌럭거리는 어느 순간에, 喪服을 입은 羅卜이가, 여명도 같고, 박명도 같은, 그런 번함에 덮인, 황막한 들과 숲을 지나, 마야랍 王國에로 이어진 길을, 울며 걷듯, 걸으며 내려가고 있는 것을 본 것이다. 촛불중은 글쎄, 그런 광경을 내어다본 것이다. (촛불중이 ‘내어다보았다’고 이르는 그 풍경은, 사실로는 어디에 펼쳐져 있었는가?)

—밖.

제6장 觀音品

리로 리런나 또드락딱 거북님입지 또드락딱
로라리 리로런나 또드락딱 거북님입지 또드락딱
로라리 리로 리런나 또드락딱 대가리를 내어놓으십지 또드락딱
오리런나 또드락딱 만약 내어놓지 않으면 또드락딱
나리런나 또드락딱 구워살라 먹겠습지 또드락딱
로런나 또드락딱 폐 둥둥 또드락딱
로라리로 리런나 또드락딱 폐 둥둥 또드락딱

계집의 것이라고 쳐도, 넘새스러울 정도로 가는, 목소리가(목이) 쉬어, 감기에 걸린 고자라도 그러는 것모양, 그런데 저 돌무덤 속의 촛불중이, 아마 그날 새벽 되기 시작하면서부터였을 것인데, 무슨 呪文이었던지, 念佛은 아니고, 넋살이었던지, 또는 時調였던지, 뭐 그런저런 비슷한 것을 읊어내기 시작해 있었는데 그날도 물론, 안개비가 묻어 내리고 있었는데, 젖은 沙漠이 떨며 흐느끼고 있었는데, 조반을 가져온 밖의 火巫가 들었기로 그 흐느낌은, 흐느끼는 그 목구멍에서 목젖을 뜯어내고 있었는데, 그러나 물론 그뿐만은 아니었고, 그 흐느낌을 좇아 沙漠에는 글쎄, 짙은 안개비의 그늘이 졌다, 희부연히 그늘이 졌다, 어둑스레 그늘이 졌다. 그러니 自鳴鼓가, 그 無音의, 그리고 非音의 잠을 깬 것이다, 그 '꿈'[夢片]은 소리[音], 깨인 잠, 나비, 아으, 나비.

밖의 火巫는 그래서, 되도록 기척을 내려 하지 않으며, 그 안개비 속에 우뚝 멈춰 서, 그 自鳴鼓가 왜 우는가, 그 울음의 내용을 귀담아들어 보려 했는데, 그랬을 것이 「呼龜歌」로 알려진 이 노래는, 자기에게는 수십 년 舊面의 노래였는데도 불구하고, 오늘 촛불중을 통해 邂逅하잔즉슨, 初面인 듯하고, 그러자니 새로운 신명을 불러내는 것이 분명해, 그 唱巫的 귀가, 아침 빛에 닿은 蓮 봉오리모양, 열려지고 있음을 느낀 것이다. 그 읊조림이랄 것은, 암수의 용이, 서로의 꼬리를 물어 구름 속을 휘뒤집어지듯, 노래의 꼬리가 드러났다 싶으면, 다시 대가리가 시작되고 하여, 끝이 없이 휘뒤집어지기를 반복하고 있었다. 그 가락 속에 섞인 사설이랄 부분은, (이 火巫는,) 전에 자기 함께 세 해 살고 떠난, 어떤 비리데기한테서 배웠었는데, 그 巫氣女는, 자기의 하초를 쥐고 있을 때마다, '검은 송장을 디뎌, 벗고 춤추는 흰 滿月' 같은 舞鬼女가 돼, 그 노래를 불러, 검은 그늘 속에서, 빼등한 수캐를 불러일으키고 있었다. 헌데 그러던 날, 이 火巫는, 자기가, 火葬불 가에 서 있으며, 그 불을 다스리려다 보면, 자기도 모른 새, 자기가 그 노래를 읊조리고 있다는 것을 발견하고는, 체머리를 흔들고 했었다. 헌데 오늘 아침에는, 美里의 七祖라는 사내가, 수 세기 전에 떠나버린 潮水가, 그런 이후 돌아올 줄을 몰라, (아으, 떠난 비리데기!) 鹽分 찌들린, 형태만 남긴, 무변의 사막 가운데서, 呼호, 홋, 호호, '거북님'을 불러내고 있다. 그래서 처음엔, 이 火巫님은, 자기의 귀를 의심하며, 그 사설을 분별해내려 귀를 기울였었으며, 다음으로, 경이감으로 전신에 경직감을 느껴, 섰던 자리에 모래 기둥인 채 박혀 있었던 것이었으며, 그러는 중에도 반복되는, 그 어째선지 넘새스러운 듯하며, 얼굴이 붉혀지려 하며, 토역질까지도 일으켜내는 그 목소리에, 자기가 칭칭 감겨지고 있었는 듯했는데, 감겨지고 있었고, 그러자, 뜨거움으로 얼었던[凍] 몸에서 경직이 풀림과 동시에, 오소속이 무너지는 느낌이 드는가 하자, 무너져내려 앉아버렸다. 그때는 물론, 가져왔던 음식 바구니는 모래 위에 흘려 놓아둔 뒤였는데, 늙은네는 그리고는 덜덜 떨며, 자기의 모든 관절이 어긋나는, 그 격렬한 아픔을 느끼고, 땀을 뻘뻘 흘려내고 있었다. 늙은네는 그럼에도, 그것이 이상한 일이라거나, 그런 것까지도 생각을 해내고 있지는 못했지만, 그런데도 이상할 일은, 땅꾼의 피리젓대 소리에 춤을 깨워내는 독사 얘긴데, 뱀은 귀가 없어, 우주란, 沈默이 굳어지다 굳어지다, 굳어지는 중에, 그 內熱이 극한점에 달해, 터뜨려진, 沈默의 夢片들로 이뤄졌다고 알면서도, 땅꾼이 부는 피리젓대 소리에 의해서는, 별스럽게도 冥耳가 깨어, 그 沈默의, 無音의, 冥途를 길다랗게 사롸 오른다는, 그 일이다. 피리젓대 소리에 冥耳를 깬 땅꾼의 독사모양, 이 늙은네의 전신에서는, 무슨 주리틀기가 있었으끄나, 이번에 일어난 바람은 헌데, 오소록이 무너졌던 것들을, 하나의 운동의 실[絲]에 꿰어 빼등이 일으켜내는, 트리바람(회오리바람) 같은 것, 三月에 분다, 옷 속으로만 스며드는 바람, 분다, 으스스한 바람, 분다, 트림(꼬임)이 인다, 뱀 트림, 땅꾼의 피리의 呪音에 冥耳 열어 일어나는 鶴九님 독사의 뒤틀어 오르기도, 대답해 보내는 '소리'라면, 이 火巫의 틀어 오르기도, '소리'일 것이다. 춤[舞]의 형태를 취한 소리, 대가리 내놓은 거북님입지.

그리고, 그런 후 나중에 나중에, 이 火巫가 고려해보는 것이 이것이지만, 귀는, (이 경우는 물론, 자기의 귀를 가리켜 말하고 있겠지맹) 반드시, 그것 속에 '意味'를 포함해 있는 '소리'만을 이해하는 것은 아닌 듯하다는 것이고, 그래서 그는, 그런 '소리' 말고, 다른 '소리'를 하나 더 상정하게도 되는데, 꼭히 '意味'를 함량해서만, 그 '意味의 法輪'으로서 구르는 '소리'(는, 말[言語]의 형태를 완벽하게 구비해 있는 '소리')는, 먼저, 그것을 들은 자의, 머릿속부터 바퀴 자리를 내고서야 심정에 닿는 소리인 반면에, 심정에다 바퀴 자리를 내고, '머리'에가 아니라, '魂'의 깊은 데로 여울져가는 '소리'가 또 있다고 한 것이다. 물론 그는, 원래는, '意味'로 만삭이 되어 있던 '소리'가, 반복을 통하는 사이, 그 '意味'를 流産해버리고, 그 '意味'를 임신했었던, 빈 껍질만 남은 그 '소리'도 놓치지는 않고 觀했으며, 그런 뒤, 그것도 종내, 형태상에 있어서는, 아예 '意味'를 胚胎해본 적이 없는 그런 '소리'들과 다름이 없다고 해서, 그것도, 자기가 '상정한 소리'科에 소속시켜버리는 데 주저하지 안 했다. 이 語巫가 오늘 알게 되었기로는, '말'[言語]인데도, 그래서 그 깊은 구실을 다 하고 있어 魂까지도 전율케 하는 데도, '意味를 함유치 않는 말'도 있던 것이다. 심지어 새 우는 소리도(왜냐하면 그것들은 "님이 그리워 운다"잖더냐?), 또는 귀뚜라미 찌르륵이는 소리까지도(그것도 글쎄, "생식기가 가려워 긁는다"든가, 달빛이 좋아, 날개를 비빈다든가 하잖더냐?) '意味'를 주성분으로 한, 그것들만의 方言이라고 이르는데, 하물며 만물의 영장이라는 것들의 목구멍을 긁으며 나오는 소리에, 하필 '意味'만이 死產되어져 버리고, 落胎한, 빈, 핏덩이만이 있을 수 있다?

리로 리런나
로라리 리로런나
로라리 리로 리런나
오리런나
나리런나
로런나
로라리로 리런나
—?

("거북님입지 거북님입지"로 시작된 辭說도, 반복을 겪고 겪는 사이, [어떤 '意味'(로고스)가 자기를 化現케 하기 위해 빌었던 몸] '소리', 그것이 맷돌이 되어, '意味'를 갈아 치워[磨滅], '意味의 껍질', 즉슨 '소리'만 남게 되었을 때는, 그것도, 아예 '意味'를 함유치 안 했던 소리, 예 들어진 것과 같은 그런, 그럼에도 어떤 聲帶를 겪어 나오는 그런 소리들과, 결국엔 조금도 다름이 없는 형태를 드러내게 된다는 것 같은 것도, 잊을 일은 아니다. 그러고 이것은 또한, 어떤 '소리'가 과거의 어느 시절에는 '意味'를 胚胎하고 있었으나, 歲月과 聲帶들을 겪는 중에, '意味'만 잃고, '소리'라는 빈 고둥 껍질만 남게 된 경우에도, 그대로 적용될 터이다. 이것은 왜냐하면, 畜生道[프라브리티 宇宙]는, 아으, 바위를, 무덤을 볼지어다, '몸'을 입어 있는 것들의, 重力의 宇宙에서, "몸을 입어 있지 안 해, 重力을 벗어버린 것"들은, 부착해 있을 자리가 없는 까닭이다. 이런 견지에서는, '重力이 쏠겨 드는 中心'에 있다는 '地獄'이란, 그러니 '몸—重力'과 관계된 '場所'일 수 있으되, '天國'도 또한 '場所'라고 상정하는 것은, 잘못된 '文學的 想像力'의 결과인 것을 알게 한다. '天國'은 왜냐하면, '거듭 태어 낳은 자', 즉슨 '重力'을 벗은, '靈'들만이 가는 곳[이것은 '것'이어야만 옳은데도, '國'이라거나, '가는……' 따위가 섞인 修辭學이 가하는 압력을 좇다

보면, 저렇게 '것'과 '곳'의 合成語라도 쓰게 한다는 것도, 관찰해 둬야 할 것인데, 바로 저 '修辭學的 압력'이, 말하자면, [헤헤헤, '無門'까지도 여는] '요술열쇠'여서, '잘못된 文學的 想像力'의, 잘못된 門의 자물쇠를 열어, 그 속에 갇혀, 천년 굶주려왔던 魔力, 즉슨 '잘못된 文學的 想像力'을 해방시켜준, 그 장본인이었던 것도 관찰해두면 좋을 것이다. 그래서 "地獄은 場所"일 수 있어도, "天國은 狀態"라고 이르는 것일 것이다] 보다 소탈하게 말하기로 하면, "잘못 운영된 살[肉身]이 地獄이던 것이며, 잘 운영된 마음이 天國이던 것"이다. 그래서 만약, 허기야 어찌 저런 話尾에서도, 뽑아낼 부수수한 털이 없을 수 있겠는가, '마음'이라는 것이 있는 것이라면, 보게여, 그것은 무엇에 의지해 있는 '상태'인 것인가? 만약 그것도, 결국은 "살에 의존한다"고 한다면, 보게, "天國도 場所에 의존된 狀態" 이상의 아무것도 아니라는 결론이 도출되는 것이 아니겠는가? 허, 헛헛, 허, 허기는 그것은 부수수한 터럭 뭉치로구나. 그것쯤 빗질해 내버릴 수만 있다면, 그 話尾는 매초롬해질 일이겠느냐? 글쎄 그것은, 매우 정당한 의문인 것이 분명한데, 그 '빗질'의 시작으로써, '마음'이란 '두 종류'쯤이 있다는 假設을 세우기로 한다면, 저항감부터 느끼겠는가? 근본적으로 '마음'은, 한 번도 태어나 본 적이 없다고 하는데, 그것을 '밖'[바깥 마음]이라고, 또는 '큰 마음'이라고 假設하기로 하면, 이것이 '두 종류'의 '마음' 중의 하나가 될 것이다, 그래서 '밖'이 있다고 한다면, 化現해 있는 것으로서 '안'[쪽 마음], ['큰 마음'에 대한] '작은 마음'이 있다는 假設은 저절로 따르는데, 이것이 다른 한 종류의 '마음'이 될 것이다. 이 자리에서 회피하여, 그 머리칼도 보려 하지 말아야 할 것은, 저 '밖', 또는 '큰 마음'인데, 그것부터 쳐들기로 한다면, 새로 六祖的 修辭學的 暴力을 휘두르게 되어, 그것이 비록 우주적 실다움이라 한다 해도, 아직 그 상태에 미치지 못한 有情들을, 모두 곪은 禪卵으로 만들어버릴 위험성이 크다. 이 '큰 마음'이야말로, 궁극적 肯定인데도, 그것은 모든 것을 否定하는 형태로 나타나 보이기 탓에, 氣가 약한 정신으로서는, 그것의 솜털 하나도 감당해내지를 못할 것이다. 그리하여 이 자리에서 따져보려 하는 '마음'은, '안', 또는 '작은 마음'에 한정되는데, 이것을 두고는 무슨 긴말을 소비해야 할 필요도 없을 터이다. 비유든, 아니든, '*存在*'를 '링가'로 삼으면, 앞서 말해온 '場所'란 '요니'라고 觀하게 될 것이다. 그렇다면 '狀態'란 다름 아닌, 이 性交에 있어서의, '絶項'이랄 것인데, 이 '絶項'에서는, '요니'도 '링가'도, 모든 것이 '狀態'化해버린다는 것이 관찰되어진다. —그리고도 더 할 말이 있을 수 있겠는가? 허기는 그렇다, 어떻게 그러면, 이 '안/작은 마음'은 그러면, '밖/큰 마음'에 귀의귀속할 수 있는지, 그것은 밝혀져야 될 것이다. 아서라, 그러나 마러라, 네 이눔 그리 마러라, 저렇게 해서 "상사라가 니르바나와 다름이 없으며, 니르바나가 상사와 다름이 없다"고 알았으면, 그것 자체가 그냥 '안/밖'도 없는, '한마음'인 것을, '마음'이 아닌 것을, 빛을 더 말하라 하느냐)

—"소리가, 어떤 一律性, 또는 定型性을 획득하면, 말[言語]이 되기도, 또는 音樂이 되기도 한다"고 이른다. 이런 觀法에 의해, 저 돌무덤 속에서 울려 나오는 '소리'들을 이해해보기로 한다면, 다시 본디 자리로 되돌아와, 저것은 다시 '말'이거나, '音樂'이라고 定義해야 된다는 그 자리에 닿는데, 저 語巫가 들어 심정으로 느끼기로는, 저것은 '말'이라도 '같잖은 말'이어서 '말' 같지 안 했으며, (그러니 여기에는 꼭히 否定한다는 의미는 없는 듯하다) 그래서 '音樂'인가 하면, 다른 귀들은 어떻게 들을라는가 몰라도, 이 박수 자신의 귀는, 그렇다고 수긍하기가, 어째선지 뻴그렇고, 넘새스럽다고 하고 있다. (여기에도 그러니, 꼭히 否定하는 의미는 포함되어 있지 않은 듯하다) 그렇다면, "말이나 音樂이 되기에 충분한, 一律性이나, 定型性을 가진 소리"가, '말'이라고 하기도 거시기한 데다, '音樂'이라고 하기에도 머시기 하다면, 저런 젠장 복상사라도 헐 누무 '소리'는 무엇인가? 그렇다면 무엇인가? 그래서 저 늙은 時調쟁이는, 체머리를 흔들다, 그것이 그러면 혹간, '呪文'이라거나, '呪音', 또는, 이 경우는, '呪文을 섞은 呪音'이나 아닌가, 했다가, 머리 썰레질을 멈추고 말았다. 과연이나 갖다가시나 그는, 저을 수도, 끄덕일 수도 없는, 꽤는 딱한 입장에 처했던 것이다. 그래서 그러면, 아무 '소리'라도, 반복 반복되어지면, '呪文'이나 '呪音'으로 변해지는가?

헌데도 세상, 제기럴, 그런 '소리'도 있다는 것을, 그런 '소리'를, 이 말[言語]의 당굴은, 알아내고 있으며, 경험하고도 있다. 그리고 그 꽤는 생경한 '경험'을 통해 이 박수는, 어떤 일종의 法悅이랄 것의, 無縫의 法衣의 속곳이라도 떠들고 들여다보는, 그런 어지럼증에 흔들거리고 있다. '말'이 말이 못 되는 듯한 말[言語], 그러니 송장, '音樂'이 音樂이 못 되는 音樂, 그러니 송장—그 송장에서 헌데 무엇이 일어나 있다, 춤[舞], 그렇다, 발기한 하초, 열엿새 달 같은, 실 한 가닥 걸치지 않은, 홀딱 벗은 처자, 아으, 그 요니로, 저 송장의 불[意味] 꺼져 시꺼매진, 그러니 숯, 그것을 물어, 비벼, 불, 불을 꼬나 일으켜 세우는, 춤, 춤인가, 춤. —어떤 '無意의 소리'는 헌데, (이 魔職語) '反復法'(을 잊지 말 일이다)을 통해, (원래 '意味'를 지니고 있던 것이면, 그것에서는 그 '意味'까지 磨滅시켜서까지 '無意'化해서는) 그 '無意'를 發顯하는데, 그것에 어떤 심정이 열리면, 그 '無意라는 송장'에서, '춤'[舞]이 일어난다? 만약 그렇다면, 이 '無意'는, ('反復法'을 통해 '無意'를 성취해서는,) '反復法'을 통해, '無意라는 송장'性을 극복해내는 듯이도 보이는데, 이 '無意의 意'라고 이를 수도 있을 듯한, 이것은 그러면 무엇인가? (이것을 '話頭'라고 친다면, 이런 '話頭'는, 이것이 처음 쳐들고 일어난 것은 아니라는 것은, 밝혀두자. '한 손뼉을 쳐내는 소리'라든가, '천둥 같은 침묵'[또는 無音] 같은 것들이 있어 오는 것을, 아는 이들은 알고 있겠거니와, 이것은, 그것의 反極 쪽에서, 즉슨, '色卽是空'的 관찰법에 의해 드러나진 것이니, 말하자면 이것은, 이차적 話頭랄 것이다)

—어떤 종류의 물음[話頭]은 헌데, 딴으로는, '선취덜미, 후취복장'의 손찌검질에 이력이 났다고 쳤던, 삼남의 강쇠가, 버릇없이 뽑아다, 도끼로 쪼개 구들막을 데운, 어디 동네 서낭당 장승 같은 것이 있다. 강쇠가 그냥, 등 따스운 것만 좋아해 버리고 말았더라면, 글쎄 등이나 뜨뜻해서 좋았을 일을 두고, 옥문치기 초저녁 번을 치르고 난즉, 별다른 할 일이 없는 데다, 잠이 오잖는다고 해서, 이것저것 생각을 하기 시작하면, 처음 뜨뜻해 좋던 등에서 가려움증이 일어나기를 시작한다. 이러면 이제 사탈이가 나는 것이다. 이런 생각, 저런 걱정, 저런 분통 터지는 일들이, 느닷없이 擬人化를 치르기를 시작하는데, 이거 사람이 칵 썩어 문드러질 일이지, 못살 일이나꾸나. 생각해보거라, 원래는 한 토막 잘 뒈진 나무였던 것이, 별로 큰 솜씨랄 것도 못 되는 장공의 손의 온기에 닿아설람엔, 통째로 한 '마을'이 擬人化를 치러 '장승'이 되었더니, 그 '擬人'이, 色氣하여 눈망울을 부릅뜬다고, 그 얼굴에다 흙발을 디뎌 문지른 그 무

례방자함은 얼마나 크며, 불을 토해내라고, 도끼로 그 창자를 터뜨리게 한 무도함은 또 얼마며, 자기 등판 좀 따뜻하게 데우자고, 무고한 擬人을 焚死케 한 그 악행을 두고는 또 뭣이라고 해야겠느냐. 무렴함이, 擬殺(도 殺害는 殺害인 것)行에 따른 공포가, 죄악감이, 그러자부터 한 가지씩 반 가지씩 擬人化를 치러설람엔, 요것 좀 보아라, 萬洞 서낭당 끌끌한 '擬人'들이 되어, 애이고 요것이 무신 누무 사탈이끄나, 애이고 대고, 일제히 내닫는다, 저 쳐 쥑이뿌릴 놈을 향해, 손바닥에다 病을 침 뱉어, '선취복장, 후취덜미'하여, 내닫는다, 일제히 내닫는다, 쳇, 놈은 굽도 잦도 펴도 못하고, 꼼짝없이 뻗게 생겼구나. '물음'[話頭]에도 글쎄, 그런 것이 있는 것을 모르고시나, 말하자면 저 강쇠네 사돈쯤 되는, 美里의 말[言語] 巫堂이, 흐흐흣, 그 '장승'을 뽑아 가슴에 안았느냐. 그런 후 가맜자, 뽑아 안기는 火巫 자기가 안았는데, 떼어내려 하니 얼라 요것 바라, 저것이 떨어지지를 않는다, 더욱더 들러붙는다, 파고든다, 재수 없는 날이다, 옴鬼에 붙었구나, 살다가 중년에 이런 일도 이꾸나 야단이 나따.

여긔여라가리질
츈풍에져나부가
향ᄂᆡ만ᄎᆞ자가다
거무줄을몰나시며
山陽에져장끼가
쇼릐만차자가다
포슈우레몰나ᄯᅮ나
어긔여라가리질

挿腰語

일어나는[化現] 것은 어떤 것이나, 그것의 會陰 속에, 쿤다리니(Kundalinī, Skt. 뱀, 또는 蛇力)라고도 이를, 어떤 힘을 숨겨 갖고 있는다고 한다면, 예를 들면, '불' 속에는 '(불)도마뱀'(사라만더)이 되사리고 있는 것모양, 그렇다면 '소리'(音. vach, Skt.) 속에도, 무슨 그런 '(소리의) 쿤다리니'가 똬리 쳐 있다고 이해하는 것은, 결코 틀림이 없을 것이다. 空大와 관련을 갖는, 이 '소리'의 쿤다리니는, 그렇다, 누구나 다 알고 있는 바대로, '振動'(vritti, Skt.)이라는, 이름으로 불리고 있는, 그것이 아니겠냐. '불도마뱀'의 잠이 깨어 일어나지 않는 곳에는, 불의 일어남이 없듯이, 그러니, '振動'이라는 쿤다리니가 잠을 깨이지 않는 곳에는, 소리도 있을 수가 없을 것이다. 물론, '불도마뱀'이 '불'은 아니다, 마찬가지로, '振動'이 '소리'는 아니다. 그러나 '불도마뱀'이 없이는 '불'이 일어나지 않는, 그런 불가분의 관계는, '振動'과 '소리'에도, 그대로 적용된다. 그러면 이 '불도마뱀'은, '불'을 일궈내지 않을 때는, 어디에 숨어 되사려 잠을 자고 있는가? 그리고, '소리'를 이뤄내지 않을 때 '소리의 쿤다리니'는? (그 대답은 어쩌면, 두 가지쯤으로 요약될 수도 있을 것인데, 그 하나는, 미리 되어져 있어오며, 그 다른 하나는, 해보려 애쓸 필요도 없이 자명할 것이다. "불은, 모든 物質의 會陰 속에 되사려 자고 있으며, 소리는, 空間의 子宮 속에 똬리 쳐 자고 있다"는 것, 그것은 미리부터 되어온 그 대답이며, 아직 되어져 본 적 없이도 자명한 대답이랄 것은 이렇다, "[불] 도마뱀과 [소리의] 쿤다리니는, 그것 자신을 일으켜 세우지 않고, 자고 있을 때는, 서로 다른 둘이 아니라, 같은 하나이다." —이래서, '말과 불'이 같은 元素라고 이르는 것인 게다)

"태초에 말(vach, Skt.)씀(manas, Skt.)이 있었다." (그러니 이 '말씀'은, '소리'와 '意味'[理性]의 合成一體인 것이다. 여호와는 'signifier'이면, 예수는 'signified'이다. 「舊約」은 '記號'役이며, 「新約」은 '意味'[理性]의 役이다. 여기 '神의 '成肉身—말씀'이 있다. 이 한 言語[말씀]의 宇宙는 그래서, 基督에 의해 完成된다. 그래서 그는, 보디사트바였기뿐만 아니라, 붓다이다, '말씀의 宇宙를 개벽한 佛.' 이런 관점에서는, '아도니스[肉身]의 宇宙'는, 불원간 '意味'[로고스]를 姙娠하게 될, 玄牝[記號]的 宇宙라는 것을 알게 된다. 畜生道) —저것을, 단계적으로 살펴보기로 하면, 처음(우주적 소리의) 쿤다리니의 잠깨임이 있었다. (그 '잠'을 누가 찌럭대 깨이게 했는지는, 神도 말하지 안 해, 神만 알거나, 神도 모르는 것을, 狗子여, 누가 안다고 말하겠는가. 人間이 알 수 있는 것은, "태초에 말씀이 있었다"부터인 것을) 그런 뒤, (히히히, 쾅—!) 소리가 있었다. (그리고 추측할 수 있는 것은,) 그렇게 한번 일어난 소리는, 이제는 스러질 수가 없는 것, 끝없이 반복 반복되어졌을 것이다. 그리고 그것은 아직도 반복되어지고 있을 것인데, 그것은 그리하여 宇宙의 脈博(vritti)이 되었을 것도 쉽게 짐작된다. 처음 그 '소리'에는 '意味'(마나스)가 사려 들어 있지 안 해, 말하자면 그것은 공허한, 無意의 소리였을 것이지만, 無意의 소리도, 반복되다 보면, 얼마 동안 그것은 混沌狀態에 머물 것이라도, 불원간 그 反復에 反復的 가락이 잡히게 되고, 그러면 거기, 反復의 一律性, 또는 定型律이 드러나는 것은 자명할 터이다. (그것이 '秩序'일 터이다. 다시 반복해두거니와, '混沌'은 '混沌'인 채 '混沌'이라 한다 해도, 그것이 반복을 겪으면, 그 '反復' 자체는, 어떤 날 一律性을 얻어, '秩序'가 된다는 것이다. 동시에, 영구한 混沌은, 그것 자체가 秩序라고까지도 주장할 수 있을 것이다) 그것이(란, 저 '振動의 一律性', 또는 '定型態'를 가리킨 말인데) '形態'를 이루는 것이 아니겠는가! 그것이 六祖가 '양극을 갖는 타원형'이라고 만져낸 그것일 것이다. (이 '形態'가 '실다움'인가, 아닌가, 하는 문제는, 方言마다 그 해석이 다르므로, 이 자리에서 거론할 것은 아니라도, 저것이 어쨌든, [莊子의] '나비', [촛불중의] '夢片'인 것은 분명하다는 것은 밝혀둘 수 있을 것이다) 그 '振動'의 폭이라든지, 두테, 높낮이며, 거리, 그 속력의 빠르고 늦기 등에 의해, 밝기[明]와 어둠[暗], 그러니 해, 달, 별 무리가 있기 전의, '빛'도 드러났을 것은 매우 용이하게 추측되려니와, (그리하여 '양극을 갖는 타원형'이라는, 이 한 원전으로부터, 그 원태를 결코 교란하는 법이 없이,) 팔만사천 각양각태의, '振動의 形態'가 드러나게 되었을 것도 물론, 어렵잖게 추측된다. ('양극을 갖는 타원형이라는 생명의 本態'는, 왜냐하면, 프라브리티 宇宙의 有爲法의 象徵化, 또는 形象化로서, 始作이 있는 것에는 반드시 끝이 있는데, 그 '끝'이 다시 '始作'에로 이어지는 運動은 圓을 이루되, 圓 자체는 '無始無終'의 영구한 動[이런 動은, 니브리티와는 무관한, 靜止와도 다를 바 없다는 것도 고려되어져야 할 것이다] 이기 때문에, 六祖가 그 '圓'에다, '始/終'의 개념을 도입해 圖式化한 그것이다. 六祖는 그리고, 저 '뿔 돋은 圓'을 가리켜, '生命'이 象徵化할 수 있다면, 그런 꼴이 될 것이라고 했는데, 허기는 저것은, 그 밖을 보기로 하면 '링가'의 형태인데, 그 안을 들여다보기로 하면, '요니'의 형태여서, '生命'과 큰 관련을 맺고 있는 것쯤 짐작해내기는, 조금도 어려울 일은 아닌 듯하다)

('振動'이 물론, 神일 수는 없어도,) 神은 振動(vritti)이다, 宇宙的 振動. 그런고로 "神의 運命은 프라브리티(pravritti, 有爲法)"라고 하는 것일 것, 끝없이 創造하고, 아으 꽃도 피는고야, 피어 흐트러지는고야, 끝없이 破壞하기, 아으, 바람도 맵고야, 찬 눈이 내리느냐. 創造—꽃 신발 신은 오른발, 높이 딛기, 破壞—무쇠 신발 신은 왼발, 낮게 딛기, 神은 그래서, 별수 없이 절뚝인다, 神은 절뚝인다.

—續

'無意의 소리'가, 反復을 겪게 되자, 그것에 접한 귀, 그 심정에다, 일종의 呪術이랄, 어떤 신명, 어떤 열예, 어떤 현기증을 일으키게 되는 것도, 결국은 저 '소리의 쿤다리니'가, (열린 심정이라는) 그 空間 속을 틀어 오르는 중에, 그 틀어 오르기의 一律性, 또는 定型態를 형성하기 시작했다는 것이며, 그리하여 거기, 그럴 일이다, 한 創造가 있기 시작했다는 것이며, 동시에, 破壞가 자행되기 시작했다는 것이다. (創造와 破壞 사이의 時間的 거리는, 비교적으로 긴 것이 있고, 짧은 것이 있을 수 있을 것이라도, 創造되어진 것은, 破壞되어진다. 그리고도, '有爲'가 그 '運命'이 되어 있는 자들은, 有爲키 위해, 創造해야 할 것인데, 그렇게 본다면, 創造가 目的이 아니라, 破壞가 目的이어서, 神들은 創造한다. 이것은 有情들께는 비극이다, 그리고 '절뚝이는 자'들께는 더욱 더 큰 비극이다) 그 '創造와 破壞'의 뜻이, 그것이 자행되고 있는, 그 심정에서 이해되고 있거나, 말거나, 그렇다면, '定型態'를 얻었다, '混沌'化하는 저 '振動'은, '말'[言語]이다, 그렇다, 흰[白] '아ー'語, 그리고 (그 裏面의) 검은 (黑, 또는 無色의) 括弧語. (例를 들면, < >, ( ), [ ] 따위)

이 '括弧語'에, 그것이 어떤 것이든, 內容(意味, 運命)이 채워 들어지면,

修辭學的 宇宙, 그 六道가 요연해지는 것일 것인데, '아-'語를 성취치 못하면, 사람이라는 有情도 그리고, 畜生道라는 우리에 갇힌, 짐승 말고, 다른 아무것도 아니다. 그리고 무엇이, '이름'이든 '몸'을 입어 나와('이름'과 '몸'은, '記號'인 것) 이룬 宇宙는 '修辭學'이며, 그 '이름'과 '몸'이 섞이고, 부딪쳐 이루는 세계는, '敍事詩'이다.

—續

"神酒(암리타)를 걸러내기 위하여, 神들과 魔鬼들이 합동하여, 젖의 바다를 휘저은 일이 있었다. 그러기 위해서 그들은, 거북의 왕의 등에다, 만다라山을 받쳐, 그것으로 휘젓는 굴대를 삼았으며, 그 굴대를 젓는 동아줄로는 蛇王 바수키의 도움을 얻었다. 그러니 바수키로, 저 만다라山을 휘감게 한 것이고, 그런 뒤, 神들은 바수키의 머리 쪽을 붙들고, 魔鬼들은 꼬리 쪽을 쥐어, 구호에 맞춰, 그 동아줄을 잡아당기고, 놓아주고 했다."(「마하바라타」에서)

神話가 전하는 대로 좇으면, 이때 이 '젖바다 휘저어지기'를 통해, 그 '젖바다' 속에서, 한 우주를 채울 有情, 無情이 솟아올랐다고 이르고, 물론 '神酒'도 걸러져 나왔다고 이른다. 분명히, 이 '젖바다'는 그리고, 아직도 휘저어지고 있으며, 이 마야[宇宙/幻] 가, 그것을 꿈꿔낸, 그 어떤 잠(비슈누의 잠) 속으로 침몰해 돌아가기까지는 휘저어질 것이다.

이 '젖바다 휘젓기'에 쓰여진 도구들, '거북'이며, '만다라山', '바수키' 등은, ('神話'에서 '歷史'를 엮어내려 한다면,) 비유나 상징들인 것이 분명한데, 이 '비유나 상징' 풀이를 두고는 그러나, 왜냐하면 그것이란 도대체 무용하기 때문인데, 아직까지는 平典化된 것이 없어, 그것은 누구나의 의견대로일 터이지만, (그의 불머슴도 포함하기로 하여 말이지만,) 촛불중의 의견에는, 저것은, ('修辭學的 宇宙'에 있어) 어떤 '秩序體制'(文法)에 의해, '意味'는 어떻게 '記號'를 입는가, (이 경우는, "알보다 닭이 먼저 있었다.") 또는, 어떤 '意味'는 어떻게 '記號'를 입었으며, 그리하여 그것[單語] 들은, 어떤 秩序體系를 갖는가, (이 경우는 그러니, "닭보다 알이 먼저 있었다") 하는, '말의 형성의 과정'과 관계된 神話였다. ("알이 먼저냐, 닭이 먼저냐?"를 따지는 일은, 장차 '學者'를 낳게 하는 일일 것이지만, 헤, 헤헤, 헤응야헤, 울 오매 요런 걸 날라 말고, 배나 낳드먼 개용을 쓸걸, 헤, 헤응, 헤, 돌팔이라도, '중'은 중인 자가, 촛불중이다) '말'[言語]에 있어 척추가 되어 있는 것이 '意味'라고 한다면, (왜냐하면, 촛불중이 젖줄을 이어왔었던, '手淫派'네 늙은네들에 의하면, '우주의 중심에 서 있는 山' —그것이, 人體에 있어서는 '척추'라고 하고 있기 때문인데,) '굴대'로 쓰여진 '만다라山'이, 그 '意味'의 역할을 담당하는 것은 분명하며, 그렇다면 '젖바다'란, 아직 '意味'를 못 입어 흥그렁해 있는 '소리, 원초적 소리' 말고 무엇이겠느냐는 것이, 촛불중의 해설이다. 그런즉, '바수키'란, '文法體系'에 대한, 神話的 이름이라는 것은, 저절로 도출되는 결론이랄 것이다. 이때, 그중 난삽한 도구 하나는, '거북'인 듯한데, 그 神話가 그 중요성을 밝히고 있는, 神話的 사실 하나는, 化現의 宇宙를 경영하는 神(비슈누) 그 당자가, 그 '휘젓기'를 위해, 그 '거북'에로 轉身해, 그 '굴대 받침'으로, 자기의 등을 내주었다는 점이다. 그러니, '바벨탑'과 달리, 이 '거북'은, '言語의 基本'이 되어 있다는 것을, 먼저 알게 한다. "땅 위에 세워져, 하늘에 닿으려 했던 그 바벨탑"도, 그렇다면, 이 '거북'의 등에 그 기초를 뒀던 것을 알게 한다. (비극적이게도, '바벨탑'이라고 불리는, 한 종류의 言語로 된 '辭典'은, 完成을 못 보고, 전능한 자의 훼방탓에 중단되어져, 하나의 '혀'였던 것이 그 이후, 여럿으로 짜개어져, 그 '탑' 쌓기를 시작했을 때는 한 형제였던 자들이, 그때에 당해서는, 서로를 알아들을 수가 없이 되어버렸다. 그래서 인류는, 바벨탑을 쌓으려 했었던 그들의 선조들처럼, 소박하게만 꿈꾸어, '한 형제, 한 가족'이 되려 해서는 안 되었던 모양이었다. 그것은 왜냐하면, 어떤 한 종류의 '꿈'[인류]이, 그 '꿈을 꾸고 있는 자'에 대고, 반란을 일으킨 결과가 돼서일 것인데, 아으, 神은 複合的이니라, 그러니라, 둘러보아라, 한 우주는, 거기 비둘기만 있는 것은 아니며, 피 빠는 박쥐도 있고, 꽃사슴만 있는 것이 아니라, 배고픈 이리도 있고, 천사뿐만 아니라, 사탄도 있다. 아으 잊지 말지니, 天國과 地獄의 중간[이 셋의 총계가 '프라브리티 宇宙'일 것이다]에 자리 잡아 있는 세계는, 不純한 곳이거늘, 畜生道, 不

純한 곳에 처해 있는 것들도 그러니 不純한 것이거늘, 그 不純한 자리에다 不純한 것들이, 天國이나 理想鄕을 세우려는 꿈은, 헛되고 헛되니라, 헛되고 헛되니라, 꾸려 할 일은 아니다, 글쎄, 天國을 不純한 자리에 세우려 하기는, 외양간의 짐승의 똥 자리에다 아랫목을 정하려 하기와 다름이 없는 것일 것을. 거기에 처했거들랑은, 똥 누고 지나갈지니라, 모든 不純함을, 살을, 짐승을, 똥 누고 지나갈지니라, 거기는 다만 지나가야 되는 곳이지 머무는 곳이 아니잖느냐. 프라브리티 宇宙를 꿈꾸는 자는, 그 宇宙에 화평을 주려, 스스로를 나타내는 자가 아니니라, 그는 차라리, 그 宇宙를 파괴하기 위해, 나타낸 자니라. 그 宇宙의 이름은 '畜生道'인데, 그래서 그는, 畜生道를 고집하는 자들께는, 극난한 장애이다. 그럼에도 세상은 언제든, 그 세상을 고집하는 자들에 의해 잘 운영되는 듯한데, 그럴 수밖에 없는 것은, 獸皮를 입은 것들의, 獸皮에의 집념이 그러해서 그러하고, 그래서 畜生道는 극복하기가 어렵다. 그곳에서 '苦痛'까지 덜려 나가버리게도 된다면, 반세기의 이쪽저쪽 길이의 삶밖에 안 되는 삶이라 해도, 얼마나 달겠냐, 그 한 삶이 왼통, 성교의 절정이나 같을라. [마는, 자벌레는 어느 녘에나, 겨드랑 밑에 잠들어 있는, 그 날개의 잠을 깨워낼 일이냐? 허, 허지마는, 자벌레로서의 한 삶도 충분히 좋다면, 그까짓 날개의 잠은 깨워서는 어쩌자는 짓이냐? 그 잠 한번 깨우기가 어디 쉬운 일이어야 말이지] 그런즉, 순진무구한 자들이여, 小子들이여, '바벨탑'이란, 이제도, 흙 위에 쌓으려 할 일은 아니다, 아닌데 [그것 하늘 탑인 것을!] 하늘 탑을 흙 위에 세우려 하면, 흙부터 말끔히 없애 치우고서야 볼 일이 아니겠느냐) '암리타'[神酒] 거르기에 쓰여진, '거북'이라는 도구를 보건대, '言語' 이전에, 그렇다, 言語가 아닌 것을 言語이게 하는, 言語가 아닌 言語가 있었다. 그것의 이름이 '거북'이었을 것인데, 히, 히, 히, 거북님입지 거북님입지, 머리를 내어놓으십습지, 만약 내어놓지 않으면입지, 구워 살라 먹겠습지. ('言語' 이전의, '言語가 아닌 言語'에 관해 얘기가 나온 데다, '젖바다 휘젓기'의 목적이, '암리타'를 구하려는 것이었다는 얘기도 되어진 바이니 말이지만,) '言語' 이후에, 言語를 言語 이상이게 하는, 言語가 아닌 言語가 있는데, 그것의 이름이 '암리타'일 것이라고, 그리하여 촛불중은, 관찰해내기에 이른다. '頌歌', '梵唄' 등을 例로 들어본다면, 그냥 그런 '例'를 들어보이기만으로도, 많은 말을 생략하게 하는 것을 알게 되는데, 그것을 '듣는 귀'들은, 시작에 있어서는 물론, 그 노래의 '(歌詞의) 內容'이나, '(소리의) 曲調'(이 경우는, 본디 'signifier'이던 것들이, 變身을 당해 'signified'가 되어버리는 현상을, 주목해야 할 것이다. 비유로 말하면, 이런 '轉移'는, '밤송어리 속의 알밤'과 같다고 할지도 모르는데, 먹을 수 있도록까지 준비된 알밤은, 그 껍질을, 두 번에서 세 번을 벗기어져야 되던 것이다. 이 '껍질'들은 '記號'라고 환치하기로 하면 '頌歌'나, '梵唄'를 '듣는 귀'들이, 즐기는 '內容'이, 어떤 것인지를 알게 될 것이다)를 통해서겠지만, 종국엔, 그런 노래를 바치는 자들의, 그 '祭心의 祭酒'에 취하게 되는 것이다. 땅의 어휘로는 '禮拜'일 터인데, 그것이 오르며, 月宮도 지나고 하는 사이, 익어져, 높은 데 닿으면 '암리타'라고 이를, '不死酒'로 변해져 있는다. ('神과 人口數'라는 문제로, 촛불중이 이미, 저런 주제에 관해서는 說한 바가 있었으니, 그것을 새삼스레 되풀이할 필요는 없겠지만, 어쨌든 그러니, '禮拜者'의 수가 더 많으면 많을수록, '암리타'의 분량도 비례할 것은 분명하고, 그것에 의해서만 神들은 존재하기뿐만 아니라, 팔다리의 힘도 건강해진다는 것도 분명할 터이다. [앞으로 기회가 닿는 대로, 닿지 않으면 만들어서라도, 살펴보아야 되는 話頭 중의 하나가 이 '암리타'이지만, 바위에 대고는 오백 세를 다 새우며 일러준다 해도 귀가 열리지 못할 것이 저것이며, 開明한 精神들을 상대로 하여서는, 이미 해버린 말도, 너무 많았다고 여기니, 이 話頭는 이런 정도에서, 바랑 속에다 구겨 처넣어두기로 할 일이다] —이렇게, '말'[言語]의 한 宇宙는, '거북'의 등에 초석을 놓아 개벽했다가, '암리타'를 거두기로, 닫힌다)

('거북'이라는 暗號와 관계되어, 이것도 잊은 건 아니라는, 그 증거를 삼아두기 위해, '뱀 그림'에다, '다리를 붙이기'가 된다 해도,) '易'門에서는, 저 고요함을 지켜 머물러, 그 위쪽의 어떻게나 거세고도 무거운 흐름에도 불구하고, 움직임을 드러내지 않는 움직임, 저 '거북'이, '易' 자체, '變化의 構造'로 이해되어져 있을 뿐만 아니라, '物質로 된 宇宙', 또는 '易의 宇宙'로도 이해되어져 온다는 것도 첨부해두기로 해야겠을 일이다. '道'가 活形을 입는다면, 우주의 重力이 쏟기는, 그리고 變化의 소용돌이, 그 中心에 기복해 꿈쩍도 없는

'거북'쯤이나 안 되겠느냐. 이 '거북'은 그리고도, 좀체로 자신을 드러내 보이지 않는데도, 그 위쪽에서, 時節은 되어가고 있는다. 이래서도 '거북'은, 言語의 非化現 쪽의, 言語 아닌 言語, 그럼에도 그것에 의지해서만 言語는 言語로써 化現을 성취하는, 꼭히 이름을 붙여야 한다면, '니그레도'[黑]의 言語인 것을 알게 한다, 여기 어디에 그러니, 言語의 바르도는 있음에 분명하다. (그래서 '거북'은, 그 자신을 드러내 보이지 않는다 해도, '物質로 이뤄진 宇宙', 즉슨, '프라브리티'의 '니그레도 상태의 프라브리티'이지, '니브리티'와는 관계가 없다는 것을 觀해둘 필요가 있을 것이다. '거북'에 관해서는, 대개 이런 정도로만 말해둔다 해도, 별로 부족함은 없을 듯하지만, 재미있는 '거북' 얘기가 있다면, 그것 하나쯤 더 얹어둔다 해도, 해스러울 일은 없을 터이다. 라는즉슨, 흐, 흐흐, 흔데, '易'이 이뤄지던 시절엔, '도마뱀'과, '거북'이, 혹간 똑같은 有情들이나 아니었는가, 하, 하는, 그 얘기다. 글쎄 '易'이라는 글자는, 누구나 알다시피, [사라만더가, '불' 속을 무릉도원쯤으로 쳐, 불 속을 한유하듯이, 물 없는 沙漠을 살 만한 곳으로 쳐, 沙漠을 유영하는] '도마뱀'을 그림[文字]으로 그려놓은 것이라고 하거니와, 그렇다면, 저 '易'이란 沙漠[羑里]에서 이뤄진 言語인 것이 분명한데, 문제는, 나중에, '洛水'라는 깊은 '물'에서 올라왔다는, 어떤 '거북'의 등에, 저 '도마뱀'[洛書]이 업혀 있었다는 데 있고, 그것은 무엇을 고려하게 하는가 하면, '沙漠의 거북'은, '도마뱀'이라고 부르며, '물속의 도마뱀'은, '거북'이라고나 일렀던 것이나 아니었는가, 그러니 그 당시에는, 그 둘은 같은 것들이나 아니었는가, 하는 그것이다. 아으, 沙漠에서 '거북'을 낚아 올리려는 者여, 厥者여, 沙漠에서도 그러면, 溺死키가 쉬운즉, 沙漠을 航海할 때도 公은, 밀초로라도, 귀 막을 것을 잊지 말구라, 목마름이 부르는 소리를 한 번이라도 듣는다면, 안되게도 公은, 항거치 못하고, 沙漠의 밑으로 가라앉아 들고 있을 것이다)

그러면, '神'들과 '魔鬼'들의 暗號는 무엇인가, ―그것이 궁금해지지 않을 도리가 없게 된다. 헌데 저들은 각각, 양지쪽[肯定的] 우주와, 응달진 쪽[否定的] 우주를 담당하여, 운영하는 힘이라는 것을 감안한다면, 저들이 곧장, '말'[言語]의 (肯/否) 두 국면에서, 저절로 化生한 것들임을 알게 된다. 저 神

話가 膾炙하는, 그 꼭같은 人口에, '神'들과 '魔'들의 있어짐의 얘기가, 이렇게 膾炙한다, "한 聖人이 낮에 發音한 말[言語]들은, 밝은 天空 속으로 스며들어 神들이 되었으며, 밤에 發音한 것들은, 어두운 地下에로 스며들어 魔鬼들이 되었다." —하나는 創造하며, 하나는 破壞한다.

—이렇게 되면, '말'[言語, 修辭學]에도 분명히, '六祖의 時間'과 같이, '五頭'가 있다는 것을 觀하게 되는 자리에 이르는데, (그러기 전에, 그러면 저 '五頭'의 몸뚱이라든, 꼬리 등은 어디에 있느냐, 는, 아직은 일어나지는 안 했으되, 미구에는 일어나게 될 수도 있는, 의문이 있을 수도 있다면, 그 뿌리부터, 이 자리에서 아예 솎음을 해버리는 것은 필요하지 않겠는가. 그 대답은 이렇게 될 수 있을 것이다, 라는즉슨, '알베도'[白]라는, '五頭'가 合一하여 一頭化하는, 그 일점 말고, 또 어디에 있어야겠느냐) 그 '五頭'의 이름은 이렇다, '거북', '암리타', '創造의 말', '破壞의 말', 그리고, '神과 魔'들이 태어나는 일점 '휘저어지기.' 말[言語]의 現場的 말, 즉슨 通話 중의 말로써 '휘저어지기'의 말을 좇으면, 저 '五頭의 말'이, 자연히, 하나의 圖式을 형성하는데, '거북'(니그레도, 黑')과 '암리타'(루베도, 赤)가 縱軸(만다라山)이 되고, '創造의 말(黑)'과 '破壞의 말(赤)'이 橫帶(바수키)가 되는 것을 보게 되어, 그 軸/帶가 교차하는, '白'의 일점에서, '젖바다'가 휘저어짐을 또한 보게 된다. 헌데, 저 橫帶 '바수키'의 머리 쪽에는 神들이 서 있고, 꼬리 쪽에는 魔들이 서 있는 것은, 神話가 드러내 보이는 배치인바, 그렇다면 '神, 머리' 쪽이 당연하게 '赤'을, '魔, 꼬리'가 '黑'을 담당하고 있다는 것을 인정하지 않을 도리가 없게 되는데, 난한 문제는, 그렇게 圖式을 좇으면, '魔'가 '創造' 쪽을, '神'이 '破壞' 쪽을 담당해 있는 것으로 되어, 모든 것이 전도전복해 있는 현상을 드러낸다는, 그것에 있다. 常識은 물론, 宇宙的 眞理는 아니라도, 저런 의견은, 常識으로부터는 너무 멀리 떨어져 있어, 常識을 常食하는 자들의 위장에는, 달군 쇳덩이 같을 뿐만 아니라, 비계와 살의 위치가 바뀌느라 전신이 뒤틀리는데, 그리하여 비계가 뼈 위에 끼고, 살이 가죽 밑에 올라 있다. ('개'라는 한 有情의 비계 조직이 그렇게 되어 있다는, 「夜話」가 있느니라, 그러니 '사람'이 '개새끼'에로 둔갑을 치렀느냐) 허으, 험에도 그만 떨어두어라, 숭푹[凶暴]을랑 그만 떨어둬라, 개자슥 겉

으니! '創造의 말'이 어째서 '니그레도'며, '破壞의 말'이 어째서 또 '루베도'일까 부냐(?)고, 하는 모양인데, '거북'이를 한번 어미 삼은 것마다, 그런 후부터는, '거북'의 배 속을 못 벗어나, 딴에는 벗어난다고 잠시, 출렁이는 羊水 위쪽에로 떠올랐다가는, 조악한 물질로 입은 몸이 무거워, 별수 없이 가라앉고, 하으, 저 비린 쓴 물 먹기의 괴로움, 잠시 떠오른다, 다시 가라앉는다, (여기, '말'의 '逆/順調'의 어지러운 變轉이 있다) 다시 떠오르기, 가라앉기, 떠오랐기, 는 輪廻—이렇게 보면, '거북'은 망할 녀러, 有情에 대해서 詛呪일 뿐인 어머니, 그렇다, (프라브리티는) 어머니. 그래서 그러면 이 어머니는, 남정네가 없이도 혼자서 임신하는가? 그런 건 아니다, 글쎄, 이 어머니의 子宮 속에다, 무시로 夢精을 흘려 넣어주는 아버지가 있다, 그렇다, 이 아버지야말로 그렇다면, '創造'의 힘이다, 그렇지 않는가. 제길헐, 니브리티를 성취하지 못한 有情께, 그러면 이 아버지는 '魔'일 뿐이겠느냐, '詛呪' 가운데다, 새끼들을 버글버글 갈겨 넣는, '魔'일 뿐이겠다. 야 '새끼'들, 되돌아오고 싶어 하지 않거든, 되돌아오지 않으려거든, 아으 '새끼'들이여, 발톱이든 자지든, 하다못하면 먼지 털까지라도 뾰족하게 동원해, 어미년 저 '거북'의 천장 되는 데든, 옆구리 되는 데든, 찢든 구멍을 내어, 그 구멍을 통해, 쏟겨 나와야 된다. ('새끼'여, 그것이 '밖을 깨우기'라고, '解脫'이라고, 이르는 것인 것이네) 그러기 위해서는, '새끼'여, 그 한 마리의 '거북'을, 그 장애를, 무슨 수로든 쳐부숴 없애야겠는가. 아흐, 에미를 살해한, 호로노모 새끼!

'말'[言語] 을 극복한 '말'은, 허기는 그런 것이다.

—續

거북님입지 거북님입지
로라리 리로런나
대가리를 내어놓습지
오리런나

나리런나
만약 내어놓지 않으면
구워 살라 먹겠습지

아 시님 말이시욘디, 제복 갖다가시나 개좆 노래꾼이었던개 빈디, 앉기만 허먼 워디서라도 고렇게, 노래를 삘그렇여쌀 만하다먼, 실멩(신명)이 솔찮다고 히어야겄제요. 헌디도 허기는, 고것도 참말로 실멩이라고 허야흐까 어쩌까, 고건 알 수가 없기는 없제마는. 글매 고랄 것이, 美里 한나잘 반시라도 살라고 히어본 개시나, 고 반대시 무신 실명 탓도 아닌디, 차꼬 갖다가시나, 무신 소리가 웅얼거리 나오기는 나와쌌는개 말여. 첨에는, 고 웅얼거리기에 무신 넉살 겉은 것, 새살[辭說] 겉은 것도 섹이고 히었었는디, 그러장개 무신 時調라든동, 타령 겉은 것들이었을 것인디, 고런 것들이, 삼꺼불맹이, 목구먹에서 꺼불 꺼불 뽑히 나오고 히었는디, 그라다 문뜩 깨닫고 본개시나, 아 요런 젠장흘, 걸 누가 들어줄 사램이 없다는 걸 알겠슴시롱, 내가 노파맹이 영 실답잖드라고, 그랄 것이, 혼차 말허고시나는, 혼차 들을라고 허든 짓이 그짓 겉였은개. 그렇다면, 머슬 머시라고, 고시랑 고시랑 새살을 짜 넣을라고 해쌀 일도 당최 없는 것 겉드라고. 그람선도 요 늙은탱이는, 웅얼거리는 짓을, 도저히 워처키도 멈추덜 못히었소이. 아침에 시작헌 콧노래가, 왼종일 안 떨어져 나가는 것맹이, 웅얼거리기 鬼神 하나가, 내헌티 딱 들어붙어 빼렀드라고. 흐, 흣, 흔디, 요것 참 넘새시런디, 그라다 워짜다 월듯 월듯 들어본개, 흐흐흐, 요 늙은네가 글씨 거, 「呼龜歌」를 읊조리고 있습디다, 그라고 있드라고. 말헌 것 겉지만, 고것은, 조 워떤 비리데기, 火葬터 들려 세 해 살고 감시롱, 屍灰 속에서 舍利를 줏슴시나 불르던 노래였었소이. 넘새시런 대로 솔찍허게 말씸디리먼, 조 火葬쟁이의 根에서, 꼿꼿함을 일으켜내던 노래였더라고여. 비리데기 떠난 후로는, 비리데기 그립운 정으로 허는, 용두질 노래가 됐었는디, ……火葬터에서는, 생각히어보먼, 떠난 비리데기, 이 손으로 열두 번도 더 火葬허고, 고 뼈만 줏음선 비리데기 불러 살았었는디, 그러장개 '비리데기 舍利'라고, 말[語] 만 생각허다 해를 저믈리고, 또 저믈리고 해왔었는디, 여그(美里) 와서는, '비리데기의 뼈'를 줏을 자리가 없다 본개, 차채로 차채로 말을 잊어빼림선, 말도 아닌 소리만 고시랑거림선, 그라기로 말을 비워빼림선, 속을 저믈리고, 글씨, 속을 저믈리고 헌 것 겉은디, 하기는 워짜먼, 火葬터에서 줏어 모돠 온 말을, 여기 워디 모래 속에다 다 묻어빼렸는지도 몰루기는 몰루겄는디…… 그라고도 남아, 쎄끝에, 목구먹에, 각혈모양 비린내를 이르키는 말 한 자리, 노래 한 구절은, 그것이었드라고, '거북 불러내기 노래.' 어젯밤에도 요 늙은탱이는, 잠을 디리덜 못해, 몇 화리(화로) 숯불만 다북 다북 고봉 담아 다 퍼 먹고, 그람선 머슬 머시라고, 많이도 고시랑거려쌌는디, 귀신이 돼각고 딱 붙어버린 녀러, 다시 고 '거북노래'였더라고. 불러쌌다 본개, 노래 지쪽에서 고 뜻[內容]을 다 파묵어빼릴 뿐만 아니고 말요, 고 노래 속에 숭키져 있던, 요 늙은네의, 워떤 추억끄장도 다 골 빨아 묵어 치워빼리는 걸 알았는디, 가맜습시다, 요랑개 요것이 똑, 엊저녁 처음 시작된 얘기 겉이도 듣게 생겼습닌다, 마는, 엊저녁도 그랬드라고 고렇게만 들어주십사여, 그러장개 저것은, 인재는, 노래도 아니고이, 말[言語]도 아니고, 넋살도 아니라고. 본디는, 참 호꼰험시롱도 아프던, 무슨 고런 내력이 있던, 무신 고런 말 한마디가, 차꼬 되풀어짐선, 속을 뽑히고 난개, 고 빈자리로, 무신 '소리'의 귀신이 하나 쳐들었는 것 같소이, 왼통 괴로움배끼더라고. 그란디도 띠낼 수가 없었을 뿐이었는디, 흐, 흙큵, 흣, 흣, 흔데, 바로 고 귀신이, 요 늙은탱이헌티서 싹 떠나빼맀다먼, 시님은 놀래시까, 놀래끊냐고? 사, 사연이랄 것이 있다먼, 이렇소, 아까, 시님헌티 디릴 공양 밥을 각고 오다, 워디서 무신 소리 겉은 것이 난다고 들어, 귀를 자울이다, 본개, 시님 들앉은 요 돌무덤이 어깨를 떨고 있는디, 바로 고때였겄제라우, 요 늙은탱이의 쎄빠닥에서, 들러붙어 있던 소리鬼가, 손톱을 뽑아 나가빼리는 것을 보았구만이라우이, 고 소리鬼는 다른, 비슷한 소리를 찾아, 떠나빼린 것이었더라고. 그런 뒤부텀은 이 늙은네는, 자기 부르던 노래를, 남의 입으로 부르게 해갖고, 듣게 되는디, 헌디, 요상해서 도저히 이해할 수가 없는 것은, 그 같아야 할 노래가 조금도 같덜 안 허다는, 고것이라고. 요 늙은네의 귀가 알기로는, 고것은 같은 노래인디도, 심젱이 알기로는, 그 둘은, 가령 말해, 하나가 목탁을 쳐 나는 소리라먼, 하나는, 해금을 타서 나는 소리맹이, 고렇게 같지가 않다고 허고 있소. 비록 그렇다고 히어도, 심정은, 해금맹이, 소리를 울려낼 줄[琴] 만 있고, 쎄[舌] 를 갖고 있덜 못허다 본개, 조 '다름'이 뭣인지는, 말하지는 못헐 배끼 없다고 허고 있소. 그러장개 요런 소린디, 시님 부르는 고 소리는, 결단코 時調는 아니라도, 時調라고 히어야끄요, 아니먼, 祝手허며 허는 '비빔 소리'라고 히야끄요, 고것도 아니먼, 시님 자기 송장 뉩히 놓고, 지가 자기 송장을 디뎌, 송장을 깨와낼라는 넋살이라고 해야끄요, 글씨, 머시래야끄요? 고것이, 말해, 時調랄작시먼, "라라리 라라라라 라라라라 라라리라"라는 투의, 말[斗] 로 말[語] 을 되어내야만 되는 形式이 있다고 허는 것인디, 形式만 갖고도 안 되고, 青山 碧溪水며, 두리둥실 空山明月, 찬 비바람에 四君子며, 솟으란 달 水石과 松竹, 가랑닢 진다, 지는 해, 휘파람 부는 잔내비, 오실 이도 없는디 찌끄덕이는 柴扉, 아이 子規는 어찌도 저리 울어쌌는다, 야삼경에 우는 子規의 도움도 받아야 되고 말이제, 그 子規 울음 당과 익은 술 니얍 복송꽃 향내인디, 체장사도 지내가야 되고 말이제, 그 술에 어지럽은 머리를 저승 마당에 궁글이야 風流가 있다고 허는 것인디, 암만 귀를 땎고 들어바도, 시님 부르는 소리에는 조런 것이 없다 본개, 時調는 아닌 것도 겉고여, 흐흣흣, 흐람선도 요상헌 것을 두고 말해볼작시먼, 앞서 말씸디린 고런 재료들이란 것들이, 거 모도 말이제, 선조 대대로 시험히어본 겔과로써나, 듣는 이들이 그중 크게 즐겨 받아딜이는 것이 알리져각고, 누구든지 時調거나, 노래를 헐라 허믄, 조런 재료를 써서 허는 것인디도, 암따나, 수수백세나, 수수백천의 騷客들이 吟風詠月을 해왔단다 해도, 고 탓에 달이 닳아져, 보름이 돼도 달이 찰[滿] 줄을 모루던 것은 아니며, 고 탓에 바램이 줄어져, 春三月에 桃花를 다 불어가덜 못해, 여름 오기가 동지끄장이나 더디더라는 말도 못 들었는디, 하상이먼 고런 좋운 것들을 다 놔두고 시님은, 해필이먼 모래밭[沙漠] 에서, 있도 안 헌 물속을 딜이다 봄시나, 흐흐흣, 허다못해 고것이 鰍魚만 된대도 가실 풍미가 있어, 시좆상[時調床] 에 올를 만허기도 허다고 헐 틴디도, 디도, 디도 못허게, '거북'은 웬, 아닌 밤중의 홍두깨디야? 시님께도, 무신, 그럴 만한, 무신, 아으 비리데기, 내력이라도 있습? 그랬거나 어쨌거나, 허, 허기는, '거북'이라도 한 마리 보둠아다, 詩會 자리 아랫묵에 앉히기로 하잘작시먼, 시님도 아실 것맹이로, 「蜘兎歌」

를 으뜸으로 칠 것인디, 그 이약을 따르먼, 물속으로 가라앉은 산 그림재 속으로, '거북'이 들어가, 그 산속 사는 토생원의 그림재를 꾀어내, 간을 꺼낼라다 실패헌 것으로 되어 있는디, (흐, 흣흣, 어느 보살니미 行道中, 너무 배가 고파, 사냥도 못 하고 죽어가는, 호랭이를 만내잔개, 大悲心이 발동을 헌지라, 해를 등져 자기의 그림재를 호랭이의 입에 물리줌선, "니 뫔이 幻인즉, 니 고통도 幻이니라, 그럼에도 幻이 못 먹어 고통인즉, 주는 幻食을 먹어 힘내어, 사냥커라." 히었다던가, 워쨌다던가 허는디, 설사가 매럽덜 안 히었더먼, 고 뒷이약을 좀 들어보는 것이었는디,) 헌디 시님헌티서는 요것이 꺼꿀로 돼각고, 요번에는 '토생원'이 물속을 딜이다봄시나, '거북'님을 불러내, 고 대가리라도 뽑을라고, 꾀기도 허고, 엄포를 놓기도 허고, 벨 수상헌 짓을 다 허고 있는디, 그렇담은, 저 '꾀이기' 새살이 小說이라고 히어도 쓰까? 헌디도, 고것을 고렇게도 보이잖는디, 그래서나 요것도 조것도 아닌즉, '넋살'이라 해보기로 하자 해도, 고것을 두고도 얼렁 고개가 끄덱여지덜 안 헌다고. 그것에도 근엄한 것이 있는 걸로 보건대는, 근엄해야 되는 듯헌디, "원형이정은 천도지상이요, 인의예지는 인성지강인다……"로 머리를 삼고, "옴급급에율령사바하"로 꼬리를 삼아야, 조렇거니나 근엄헌 것이 대체 무신 옴병에 쓰는 方文이냐 싶어, 삼세의 정령들이 귀라도 한번 짜웃해볼 것이 아니겄냐고. 워쨌든지 간에 시님께서는, 심심헌 디다 외로운 것맹이라, 무신 冥力이거나, 허다못해 明斗라도 하나 불러, 벗을 삼을라거나, 가두고 있는 벡이라도 헐어낼라고, 그러장개 시린 白手에 토시[套袖]라도 삼아 찌고 싶은 맹인디, 여보쎠 시님, 그럴라고 헐라먼, 말이제, 東에 대고, 그렇제, 요것은 철이 아니다 본개, 해 뜨는 바닷속 깊은 데 돌아가, 잠만 자댐시롱, 철 오기만 지다리는 天力, 靑龍님의 잠을 깨우던, 그렇게도 안 되먼, 그 잠을 들쑤셔 꿈이라도 한 개 덱고 오든 허든지, 또 아니먼, 뜬 해 돌아오기 지다려, 고 사립짝에서 虎視眈眈하는 地力, 白虎의 쉬염이라도 하나 뽑아오던지, 고것도 안 되먼, 人肉으로만 祭祀 받아, 눈이 붉고, 왼 몸뎅이는, 휠휠 타는 불길로 깃털 해 입은, 火力, 南녘 茶毘所에 사시는 火天님, 朱雀의 깃터럭이라도 하나 뽑아내 올 일이었는 것을, 것을 말여, 그런다먼, 아 글씨 시님도 알고 있뎄기, 고 하나하나가 모도, 如意珠 겉은 것이었을 것인디, 체헤

헹이쏴, 고것덜 모도 납두고, 해필이먼, 黃泉이며 九泉이 발원헌다는, 응달만 응달만 둘러쳐진 디, 고 짚은 冬至 겉은 잠의 고장 北녘, 잠하고 어둠이 얼어 굳어 '거북'이 돼, 엎드려 자는 네발로 받친 잠 만년, 억만년, 자는 힘[力]을 깨울라고, '거북'을 불러대는 뜻은 알다가도 몰루겄고, 또 말해, 고것이 '거북 잠 깨우기'허고는 상관이 없는, 무신 呪文 읊기란대도, 고것도 그렇다고, 그럴 것이, 「다라니」에 「진언」「심경」도 있고, 그것뿐인가, 「산왕경」에, 「오작경」「축학경」「축사문」「지신경」「불정경」「안목청정경」「명당경」「안택경」「도액경」「칠살경」「해원경」「삼재경」에 「간귀경」도 있는데, 道家네 축귀경으로는 「옥추경」을 으뜸으로 치거니와, 俗經·俗呪로는, 히히히, 「적벽가경」「변강쇠부처사랑타령주」「튠향모탄식주」「심봉사한탄경」「흥부박타령경」「별퇴가경」등, 요런 경, 조런 주, 쌔뻐리기도 쌔뻐려, 고 수를 다 히아릴 수가 없을 지경인디도, 워째 하상이먼, '呼龜呪'일까 보냐고, 요런 말인디, 또 말해서, 시님 말입제, 시님 읊는 고것이, 經도 呪도 아니라고 허는 경우가 있다먼, 그때 당해서는 고것을 머시라고 해야꼬? 저승 쪽에다 살콤 싸립짝 열어놓고, 저승 암캐 불러딜이는, 홀애비 중놈의 워리謠? 아니며는, 시름에 서름에 슬픔에 슲음에 자지러짐선, 쪼들아지고 쪼들아지는 곡조로 따지건대는, 사내 맛 짚이 아는 중년 과택, 바늘로 지 호복지에 침 놈시나 허는 한숨歌? 쌍씨런 제집년이로고, 못 참고시나 음탕한 년이 장옷을 걸쳐 입는다, 장옷 밑에는 뽈개벗은 뜨겁은 몸, 문 열고, 고개 숙이고 고샅으로 나슨다, 아랫도리에 바람 쐬러 나슨다, 눈 낮추고 고개 숙여 고샅을 나아간다, 동네서 보기에 제집은, 찬바램이 돌도록 정숙허다, 고 장옷 아래 숨어든, 동네 수캐가, 그 음수를 핥고 있음을 뉘 알 일이드냐, 허흐— 구천에서, 귀두나 한 개 실막하게 불거져 나옵수사, 오런나 나리런나, 그라먼 고것 오굼쟁이에 잡아 넣고, 독한 열로써나 꾸어 묵어�이먼, 허흑, 뙤 년이로고, 찢일 년아, 발길 년아, 대동 통편에 목빌 년아, 차라루 사내키(새끼줄)나 열둬 발 씹어 묵어뻐릴지언정, 워찌 이승 둔덕에 앉아봄씨블 해발씨구, 황천에 당군 발모가지를 후적거림선, 귀두를 구한다 허느뇨? 낭군 뒤에 가차이 둬, 보는 디서, 짐(김)수로 부인네 山鬼 더불어 春情낸 얘기—허기는 말이제, 가매 타고, 또는 소의 등에 앉아, 봄날 먼 질을 가자먼, 멀고도 먼 질을 가

자먼, 봄이 春情이라, 튠뎡이 저절로 익어 일는 것을, 누군들 워짤겨? 봄은 紅燈, 여그서 저그서 뿕게 타네, 山鬼 새끼들은 크거나 짝거나 바빠, 이쪽서 궁벅, 음수에 적신 대가리로 봄 니얌을 핑김시롱, 저쪽서 궁벅, 궁벅궁, 벅궁, 산이 왼통 찌끄떡 삐끄떡 씨끄떡인다, 수로 부인네는 히히 상내 낸 암소, 빨솜하여, 저쪽 산 언덕에 한 숑이 잘 핀 紅燈, 첸장 하필이면 山鬼 중에서도 늙은 것이 하나, 고 암소 고삐 잡아 올라타고, 궁벅 찌끄덩, 궁벅 삐끄덩, 궁벅 미끄덩, 水路를 따라, 골이 깊은 디, 암소가 짚은 디, 찌끄덕총 찌꾹총 어사와, 낭군이사, 알라믄 알구, 모를라믄 모르구, 나중에사 대동통편에서 목을 베이는 한이 있더라도, 쳇, 목숨이 살먼 오늘 살제 니얼 살드냐, 오잖은 일, ……요. 늙은탱이가 요거, 시님을 오널은, 다시 바디리야 겄습니다. 늙은네 생각에 시님들이란 것들은, 모도가 하나겉이, 뜻도 내력도 몰룸선, 기양 갖다가시나 입으로만 염불해 묵고사는, 고런 족속들로만 알아 왔었는디, 듣고 본개, 헤음, 시님의 넋살에 청승도 제복이거니와, 풍류끄장도 썩 질척허다 싶은즉, 다시 바디리야, 대접이 될 것 걸다고, 허겁넨다. 큼, 易理에, '雷在地中'이라고 주해가 붙은, '復卦'(䷗)가 있다고 히어, 포복절도치 않는 이가 없었거니와, 시님의 처지가 또 그러하거늘, 하, 하거늘, 한데도, 요번에는 웃을 수가 없음은 웬일일다? 저 '卦'란, 시절로 따진다먼 분명히, 동지찜이나 될 틴디, 그랄 것이, 해가 늙어, 죽어, 조 짚은 디 워디, 묻히 들어 있는 형상이 조러허거등. 동지 질고도 진, 찬 밤 속으로 니리간, 죽은 해 불러내기 노래—呼龜歌. 듣고 본개, 먼 디, 가차운 디 동네서들은, 새복닭들이 울고 있습메. 흐흣, 내 몸을, 지 살 속에 섞어 살던, 고 비리데기, 내 머리통을 베혀내, 고 골을 빰시롱, 제 년 왼발로 내 가심팍을 딛고, 오른 다리는 구부려 쳐듬시나, 부르던 춤 노래가 그러혔었더라고. 용두질頌, 公은 시방 手作질에 바쁘신가? 죽은 해가 되살아 떠오르먼, 글매 말이제 봄 되먼, 美里가 美里에다 떠내다 심근, 죽은[黑] 뿌렝이에서, 보리며, 밀 싹이 트겄제맹.

얄리 얄리 얄라
얄라셩 얄라
꽁그락꽁

꽁그락꽁

꽁그락꽁 헤페!

黃色

제1장 觀夢品

話說 이때라. 本者稗官, 이 저녁에는, '목젖 아프기' 얘기나 한 자리 팔아봤으면 싶으고만입지. 헌데 稗官이라고 자칭하는 자가, 稗說이라는 이름의 말을 몇 마디 팔아, 남의 밥상 어깨너머로 연명도 하고, 또 남의 구둘막에 (왜냐하면, 그것이 稗說을 짐 실어 나르게 하는 것이다 보니, 稗官치고라면 아끼게 되는) 뒤꿈치라도 묻어, 얼어 뒈지기는커녕, 딴의 처지로는 피둥피둥하게 한 겨울을 지내려 하거들랑은, 말입지, 말인 것입지, 七年大旱에도 그 水根이 마를 줄을 모르는, 生水處 玉畓 얘기도 좋고, 또, 비구니네 뒷간 老松 그늘에서, 백 년을 굳은 송이버섯이, 아랫동네 淫氣 독한 과부네에 팔려, 그 저녁 그 淫氣에 담겨지자마자, 發力한, 그 고을 山仙네 수캐 좆이 되어, 비록, 천의 淫女들이 그것을 씹어 단물을 뽑고, 그 뼈가 아닌데도 뼈인 것을 녹이려 한다 해도 (—이눔 강쇠야, 너는 한 개 입으로써 동시에 두 가지 것을 말하여, 한 가지 것으로 만들어설람에, 듣는 이의 정신을 교란하고 있는데, '수캐'를 말하여, '뼈 아닌 뼈'를 말하고 있는 것이 그것인바, 이눔, '수캐'란즉슨, 글쎄 말이지, '뼈'로 되어 있다고 일러지는 말도 들은 바가 없었더냐? —아흐, 흣, 흐러 한가, 여 자네, 익은 민들레꽃의 대가리여, 그러한가, 하다면 자네야말로, 이상한 데서 우회를 겪어, 저 '發力한 송이버섯, 山仙네 수캐'를 잘 이해하기에 이르렀다고, 해야겠는다) 그누무 것은 글쎄지, 녹여지다니, 커녕은, 릴수록 더욱더 꾸등거려져, 에헹이쑤아, 여부 사둔, 까짓 부엌칼 따위로 그것을 동강 내보려 내닫는,

대장간장이나 좋은 일 시키는, 그런 어림없는 짓일랑 하지도 말라구여, 흐, 흐, 흣, 그런즉, 그것으로 갖다가시나, 저런 따위 심통 내는 남정네들의, 싯누런 뻐드렁니 한 벌쯤, 새로, 가즈러이 정돈해주는 일쯤 문제도 아닐 것인데, 듣기로는, 그 風流도 그러해서, 말한 바와 마찬가지로 글쎕지, 천 개의 가마솥에다 그득그득 물을 부어 천 번을 삶는다 해도, (그 맛에) 옅어짐이 있다거나 하기는 커녕, 오히려 더더욱 농후해지는 데다, 그 김을 구름 기둥 삼아 틀어 오르면, 굵은 소나기를 쏟고 하여, '德巨動'이라는 이름을 얻은 神物이 되었다고시나 인구에 회자커늘, 그렇다면 그런 神物 얘기도 좋을 것인데, 허이 여 稗官 나으리여, 나부럭지엽지, 들어서 귀가 피어, 무궁화쯤으로 활짝 피어버릴, 그런 좋은 것들을 다 놔두고, 시나 놔두고, 에끼 순, 어째 하필 '목젖' 얘길까 부냐, 그것도 '아프기' 얘길까 부냐? 헛, 헛, 그러구 보니 公들은, 서낭당 고수레를 잘못 핥아먹다, 귀신을 서넛쯤 삼킨 개 상판들로서, 허기는 목젖도 아픈 듯해 뵈놨다. 허기야 그럴 일입다, 公들이 가렵다는 데는 긁어주고 간다 해도, 이 밤 하나 혀[舌]로 걸어 새우려면, 아직도 만 리도 멀리 남은 것, 쉬엄쉬엄 가잤세라. 안방마님까지도, 이쪽 사랑방에로 귀 마을을 와, 꾸리 감던 삼실 끊긴 지가 오랜데도, 꾸리만 그냥 주무르고 있는뎁지, 보겝지, 저러다 저 마님께 胎氣 있어, 달 차, 애를 낳는다면, 다른 데는 다 귀모양 벗었어도, 그 조그만 잠지에만은, 석새삼베에 풀 먹여 만든, 匣이 씌워져 있겠을 일입지. 匣 중에서는 鹿皮匣을 으뜸으로 치되, 여름날 당해, 그 皮匣 속에서 뭘 좀 꺼내 써먹으려 하면, 팩 썩어 문드러져, 골개 탁주가 되는, 바람직하잖은 일도 있을 수 있으니, 조심하게. 나왔으니 말이지만, '生水處 玉峹'을 두고라면, '월경 촌 옹가 년'의 것을 상품으로 치고, 말입지, '德巨動'을 두고라면, 本雜說꾼도 나앉으라 하면 섭섭할 일이라도, '삼남 변가 놈'의 것을 으뜸으로 친다는 것쯤 말해둬도 이의는 없을 터입지. '三南 좆'인즉슨, 바위까지도 그것으로 찌르건대, 흙벽에다 못 박기와 같은 일이 일어나, 鬼槍 같은 것으로 알려진 것이며, '홍가 년'인즉슨, 地獄西門 지키는, 三頭犬의 毒齒를 쪼론히 해 박아 있어, 뼈로 된 탓에 뻴그렇다는, 色骨까지도, 저누무 毒狗를 한번 잘못 쏘고 들었다가는, 그 당장, 그 독구의 이빨에 짤려, 무참히 짤려, 누런 김이나 한 줄기 솟궈낸 뒤, 패싹 녹아, 黃泉黃水

를 보탠다 이릅습. 이누무 독구야 짖지 마라, 독구는 짖지 마라. 이런즉 년은, '靑孀煞이 겹겹이' 비계처럼 쌓인 것으로 알려져, "이년을두어싸는자기네고듸에좃단놈다시업고여인국이될판이었다." 이런즉슨, 저 어떤 원 나으리가, 나으립습지, 저누무 '德巨動'이 버릇없이, 나으리의 後門을 강짜로 치고 덤빈 일로 벌하려 했거든, 장도 써 그것을 두 동강 내려 했거나, 불에라도 태우려 했기 전에, 저녀러 독구에게나 워리 돌돌 던져줬어야 했었돕다. 헌데도, 그것도 그렇다 말입지, 말일 것이, 中年에 山東場에서 맹랑한 일이 있었더라 말입습, 한 奇人이, '창'과 '방패'를 들어 팔려 하며, "이 창으로 찌른즉, 세상의 어떠한 방패로도 막지를 못하며, 이 방패로 방패한즉, 세상의 어떠한 창도 뚫지를 못한다"고 하여, 듣는 이들께, 경탄과 경이감을 자아냈더라니, 저놈 싹수없는 놈이지, 놀롤한 놈이지, 그런 어떤 아해 놈이 내달아, "그런즉, 그 창으로 그 방패를 한번 찔러본다면, 보고 믿을 일일놀"랬다더라구엽. 야 독구야, 도꾸야, 워리— 그러면 '옹가 년'인즉슨 어떠한 물건이었관대, 저런 순 공동묘지 같은 년을 상등품이라고 일렀으며, '三南 좆'은 또 어떠하였관대, 으뜸이라고 했던 것이었던지, 그 略篇 終尾라도 들어볼라믄 들어보시라곱.

"천싱음골강쇠놈이여인양각번듯들고옥문관을구버보며……곡감잇고을음잇고죠기잇고연계잇고제ᄉ장은걱졍없다",

"져너인반쇼ᄒ며가품을ᄒ노라고강쇠기물가ᄅ치며……물방아절구듸며쇠곱비걸낭등물세간사리걱졍업ᄂ",

흣흣흣, 이런즉 계집이 '祭祀'床이 되어 있고, 사낸즉슨, 그렇습, 이 세상 살기의, 그 주춧돌에, 기둥에, 상량이 되어 있은즉, 이러한 둘을 제외하고, 무엇이 또, 으뜸스러우며, 상품스럽겠습? "오, 고타마여, 계집의 玉門關은 祭祀火爐이다, 사내의 陽物은 祭火이다. ……이 祭祀에 神들은 祭酒(精水)를 바친다." 헌데 고타마여, '祭祀 火爐'만 있고, '祭火'를 얻지 못하면, 그 '祭爐'는 骸骨일 터, 그와 반대로, '祭爐'를 얻지 못한 채 타는 불은, 고자일 터. —이 宗敎에 의해, 사람이라는 有情은, '살기'라는 畜生道를 벗어나 오고, 들고, 또 벗어나 오고 있습.

헌데 公들입습지, '말'[言語]과 관계된 '玉門關'과, '陽物'이 또 있음을 아시는갑? 그래서 만약, 이 '말'과의 관계에서는, '玉門關'은 '배꼽'으로 알려져 있으며, '陽物'은 '목젖'으로 알려져 있다고 한다면, 本者 자칭해 稗官이라며, 稗說을 基業 삼은 자가, 稗說이 아닌, 悖說 따위의 雜種職에 종사하고 있다는, 悖說을 悖說할 자는 없겠습지? 그런고로 本者稗官, 이 저녁에는 '목젖' 얘기나 한 자리 해보려는데, 눈 온 뒤 달이 밝으니, 우리들의 '목젖 아프기' 얘기를 훔쳐 듣는다고, 매화나무가 황소만큼씩한 꽃귀를 열어 梅窓에 구멍을 내는 돕다, 梅耳 한 개, 梅耳 두 개, 梅耳 열 개, 梅耳白開, 滿開, 동자야, 아까 눈 실은 바람 불기 시작했을 때(나뭇잎이 지기 시작했었더냐?), 本稗官이, 벗어 윗목에 놓아뒀던 길목 버선이, 어지간히 말라 꾸둥해져 있는지, 그것 좀 보아 뒤집어놓아라, 梅月 梅窓에 지고, 이제 날이 새거든, 또 桃花가 밟아보고 싶을 것이거든, 桃花가 밟아보고 싶을 것이라고여. 人世冬房事 너무 알아, 알 배, 그 탓에 시어진 梅實 맛은 보려잖느니, 동자야, 그것 따다 술이나 담가 익혀놓으면, 때맞춰 本稗官, 미어진 채 테 매러 올 것이다, 우리들 얘기 어떻게 익었는지, 그러면 그때 술맛으로 알 일일 것. 어르신께서는 어디를 가느냐고, 아으 동자는 묻지 말 일이다. 꽃들은, 잎들은, 눈 실은 바람은, 어디서 와서 어디로 지드냐? 그런 것임세.

[1]却說 이때라. 때일랑은, 옛날 옛적, 호랑老 담배 먹던 시절이라도 되고, 또는, 요 중년, 섬동지 천지 조판하던 시절이라도 안 될 것은 없으며, 곳일랑은, 十地九陵 너머, 그곳의 풀은, 얼룩소가 먹으면 가죽을 얼룩지게 하고, 두 뿔 짐승이 먹으면 뿔을 둘씩이나 돋게 하는, 그런 풀이 푸른 언덕진 데라도 되고, 또는, 七海의 한가운데, 泡沫石으로 된 외딴섬, 그곳의 물은, 人魚가 마시면 반신에 비늘을 돋구며, 당나귀가 멱감으면 馬脚을 드러내게 하는, 그런 푸른 물이 넘실거리는 데라고 해도, 안 될 것은 없는뎁지, 그런 시절, 저런 어디에, 이마에 山염소 뿔을 붙여 왕관하고, 山염소 가죽을 벗겨 용포로 입었으며, 앞 두 다리는, 詩저[笛] 불기가 아니면 마시는 데 손하고, 두 뒷다리는, 바람 일구기와 춤추는 데 썼드랬는, 주야장취에 눈이 붉은, 詩王 하나가, 그 소리에는 바람까지도 묶이는 詩저로 詩治턴, 詩王國이 하나 있었더니, 中年에 거

기 참 맹랑한 일이 한 가지 있었더라 헙씹니다. 헌데러라, 가맜습지, 달이 그저 조금만 밝아도, 멍멍 짖지 않고는 못 견뎌 하는, 그 詩民 중의 누구 하나도, 그 詩王의 후궁에 관해서는 詩한 바가 없으니, 그 詩王妃 내력은 알 바가 없어도, 그 詩王께는, 詩王子는 없이, 詩公主들로만, 하나도 말고, 둘도, 셋도 아니고, 칠선녀보다도 휠씬 많았으며, 오구대왕네 구 공주보다도 세 공주는 더 많아, 글쎕지, 모두 그저 고만고만들 하여, 그 詩母 매달마다 産氣 있어, 매달마다 하나씩 詩玉들을 낳기라도 하였던지, 보름달 열두 덩이 같은, 玉詩들이 자그마치, 열둘이나 있었다 합습. 一母 十二玉이었는지, 多母 十二玉이었는지, 그것까지도 분명치는 아니하였어도, 어쨌든 사람 월골[詩骨]의 詩王, 저 山염소 뽄사니가 부는 피리 소리에, 누구의 귀가 접했다 하면, 하는 소리로는, 사내에게서는 느닷없이 羊脚이 드러나기뿐만 아니라, 羊角이 돋고, 꽃과 열매에는 忘憂汁이 괴일 뿐만 아니라, 계집이라고 치고, 첫 경도의 경험을 가진 후, 아직 그 閉期를 겪지 않은 계집에게서는, 비록 민들레꽃까지라도, 胎가 뒤틀리는 아픔에 당하지 않을 수가 없다고 했으니, 詩母에 관해 특기했어야 할 詩句도 없기는 없었겠습지. 그중 큰딸은 정월 대보름 같았다 했으며, 둘째는 이월 매화, 셋째는 삼월 도화, 다섯째는 창포 같고, 여덟째는 추석이며, 아홉째는 국화여라, 열두째 딸은 백설공주—이름들도 그러하여, 그렇게, 그러니 둘째 玉詩는 '영등', 여섯째는 '유두'라는 식으로 불렀더라 합습지. 이 詩玉들은 참으로 精粹하여, 그 투명한 살 속의, 뼈 속의, 맑은 골까지 환히 들여다보이도록, 아른아른하고 고왔더라 이르는뎁습지, 그 중의 아무도 아직 결혼을 했더라는 얘기는 없습지.

헌데 그 넓으나 넓은 궁궐에, 방이 모자라 그랬었을 것이라고 생각하는 자가 있다면, 그것은 그 소가지가 좁은 탓이랄 수밖에는 없을 것인뎁지, 그 詩玉들은, 열두 개가, 한 깍대기 속의, 여믄 열두 강낭콩모양, 한 寢宮에 열두 잠자리를 놓아, 한 방에 열두 잠이 눕고, 열두 꿈이 깨어 일어나고 했었다는뎁지, 그것 말고는, 아직도 이 詩玉들은, 끈에 꿰어진 구슬들이 아니라서, 이제 그 구슬들을 꿰미에 꿰일 손이 기대되고 있다고 해야겠는갑? (그러면 하나의 詩나, 또는 이야기 詩가 이뤄지겠음?) 이제 들어들 보시면 아시겠습메도, 매우 중요하다고 일러지는 것 한 가지만 미리 귀띔해드리기로 한다면, 저 詩의 구슬들을 꿰매어 꿰어 매는 장공은, 기대와 달리, 그러니까 선비라든 學士들이 아니라, (일설에는,) 武夫(라고 되어 있으되)라거나, (이 詩說 속에 나오는 바와 같은) 無學꾼 속에서 나타나는 뎁지, 그런 애긴즉슨, 그렇다면 이 '열두 詩玉'을 꿰는 손은, '韻文'이 아니라, '散文'이라는 것인 듯하여, 그리하여 그것은, '散文的 形式'을 취하기 시작한다는 뜻인 듯이도 풀이됩습지. 요컨대 그것은, '얘기'를 갖는다는 그런 얘기기도 하겠는갑. 헌데, 그것이 늘 그런지 어떤지, 그것을 장담해 주장할 수 있기 위해서는, 이것과 관련하여, 세상 펴진 데, 주름진 데, 를 좀 더 열심히 들여다보아야겠습지만, 어쨌든 이 저녁, 이 마을의 귀를 모으고 있는 바의 이 경우(는, 그 무대가 아예, 어느 나라 王宮으로 되어 있다는 점에 유의하십습지)를 통해서 본다면, 그 體가 적지 안 해, 集團性을 띠어 있는, 어떤 韻文的 質料가, 散文的 形式에 제휴하면, 그것은 다분히 密宗性을 드러내게 되는 것이나 아닌가 하는 것을 고려하게 되는바, 크게는, 宇宙的 '말씀의 成肉身'도 그런 것이며, 작게는, '바르도/逆바르도'로 나아간, '念態들의 모험' 같은 것도 그런 것입습지. 여기서 '散文性'을 제거해버리려는 것, 그래서 모든 것을 幻化하고, 그 실다움을 空化하려는 것, 그것이 '空'的 투쟁이며, 반대로, '韻文性'을 제거해버리려는 것, 그래서 '말씀'(로고스)까지도, 可觸的 物質을 입은, 견고하다고 여겨지는 '몸'으로 만들려는 것, 그것이 '色'的 투쟁일 것입습지. (바로 이 일점에서, 꼭같은 한 主題가, 두 입에 의해 해석을 입을 때, 두 다른 형태를 드러내고, 나뉘어지는뎁지, 탁 털어놓고 말하면, '一元論'과 '二元論'의 분계점이 여기에 있다는 애깁습지. 童話 속에는 노상 나오는, '바보 王子와 영특한 公主의 결혼' 얘기를 들어 예를 삼기로 하면, 그것이 대번에 밝혀지는바, 한쪽에서는 그것을, "[한 求道者가] 마침내 無知를 극복하여 成道키에 이르렀다"기도 하고, 또는, "空과 知慧가 合一하였다", "니르바나와 상사라가 다르지 않다" 따위로 해석해내는데, 반하여, 다른 쪽에서는, '魂과 肉의 결혼', 또는 '兩性一體의 탄생' 따위로 해석해냅습지. 잘 들여다보지 않는다면, 얼핏, 저 두 이해 사이에는, 별로 다름이 없는 듯하여, 무슨 차이를 지적해낼지를 잘 모르게도 될 터입지만, 권고해두고 싶은 것은, 세상이 이미 다 잘 알고 있는 뱀의 그림에다가는, 뭘 더 붙이려 할 일은 아니라는 것입지. 그러려다 보면, 뱀을 달팽이로도 만들기가 쉬우며, 千足의 자벌레로 만들기도 쉽거든입지)

가맜씁, 씁, 本稗官이, 갖다가시나, 무, 무슨 얘기를 하다가씁, 씁지, 이쪽으로 나서게 되었었씁, 씁? 「장끼傳」 속의, 까토리가 喪 당한 대목쯤? '배꼽 만지기 얘기'? 아, 알겠씁, 씁, '목젖 아프기 얘기', 그 렇씁, 洞洞 마은은 잔에 띄워, 어으 목도 컨컨허다 만입씁, 洞洞酒 한잔 내십습, 요거 만인뎁씁, 'ㄹ' 소니는 내녀는데도, 'ㄴ' 소니가 나는 것은, 혀가 유연치 못함의 소치인 것, 조넌녀너 혓바닥에는 洞耳 洞耳 넘치게, 동동주밖에는 변 약이 없다굽. 하으 그너고 본즉슨, 그냈씁, 씁, 연(열)두 詩玉든(들), 아직 詩集 가본 적 없어, 염분(불)에 못 묶인 연(열)두 선(說) 법도 같으며, 백합화 곤(골)짜기에서 꼰은 (꼴을) 뜯는, 여섯 쌍태 노누도 같고, 해돋이 동산에 몬(몰)아내온, 무니(리) 염소도 같으며, 첫 암내 내기 시작한, 흰 암톳든(들)도 같은, 그넣씁, 씁, 그 연(열), 연, 여, 열, 열두 公主들 얘기를 하던 중이었었습지. 그 노루 새끼 같은 것들의 나이들이 그래서 그랬었을 것인데, 그것들은, 자기들도 모르는데, 자꾸 속만 뜨겁고, 연기도 없이 속만 달아오르고, 그러자니 그 詩宮의 하늘은 붉고, 그 성곽은, 쫓기던 암노루의 가슴모양, 그것들 내쉬고 들이쉬는 숨에 좇아, 불었다 줄었다, 생야단이 나고 있었습. 그러다가는, 그 뿜어 올리는 열 탓에, 하늘 어디에 구멍이 뻥 뚫리거나, 땅 밑 쪽에로, 굴뚝이 하나 뻗쳐 내려갈 일이었습. 詩의 忘憂汁에 대취해설랑, 꽃 속에 자빠져 누운 새들은, 하늘은 무슨 볼일도 저렇거니나 훤히 열려 있는고, 범이나 살쾡이들은 또, 그늘진 데 목을 늘이고 누워, 어떻게 저 암노루들은, 풀만 먹고도 저렇거니나 肉德이 좋은가, —대체로 이러는 세상에, 헤잉, 변괴가 일어난 것입씁, 씁.

……아, 헌데, 本稗官, 말입습지, 오늘 저녁 稗說 품은 요만쯤만 팔았으면 싶습메. 내일쯤, 말입습지, 오는 눈도 좀 개이고, 녹아, 山野가, 本稗官 입은 헌 중우모양, 여기로 삐끔, 저기로 빼꼼, 삐죽 빼족, 하늘이라도 내어다볼라는가, 하매는가, 할 것인데, 그러면 또, 本稗官 말입습, 벗어놓았던 감발 매고, 또 떠나보아야 헐 것인즉, 이 저녁엘랑은, 일찍, 좀 누워 편히 자고, 氣 같은 것이라도 좀 모아둬야겠군만입지. 남은 이약은 언제나 다 끝내려 하느냐 말입습? 허

읏, 아직 하잖은 얘기에 좀먹을 까닭 있을라굽? 이 三冬 말고도 三冬은 또 올 것, 그런즉 여 善男子 善女子들은 죽지만 마십습, 그러는 어느 三冬에는 어쨌든 끝날 얘긴 것. 헌데, 이 三冬도 아직 중간 토막에 들어스지도 안 해, 오잖은 三冬 약속을 하느냐고, 핀잔이십다? 아직도 그러고, 밤이라고 치고는, 初夜라, 삼경 되려면, 석 三冬만큼은 더, 불 접시의 기름을 태워야 되는 夜頭에, 이게 대체 무슨 말쌈이냡다? 허허, 그, 그렇걸랑, 여러 善男女들께설랑은입지, 稗說 값을 先拂하기라도 하신 일이 있습납? 그런즉 本洞 善男女께서는입지, 本稗官을, 한 막대기에 매매 쳐 쫓아내시든, 아니면, 들은 얘기 값부터 내시든, 알아서들 하십습지. 들을 얘기 값을 先拂하겠다면 말인뎁습, 듣자니 本洞에는, 이름하여 '玉門'이라 하는, 희한한 물건이 많다고 하며, '玉門三德'이 논의되어오는즉, 이 남은 三冬, 그것이나 하나, 本稗官께 빌려준다면, 그것으로 稗說 값을 삼겠습지. 듣기대로 좇는다면, 本洞 '玉門三德'이란, 첫째, 썩는 살에서 틉틉한 고름을 훑어 빼내고, 새 살을 채워주는, 그 藥力을 친다고 하며입지, 또, 밥상머리 매달아 놓은 굴비만 해도, 한 번보다 더 쳐다보기로도 입이 너무 짜와진다 하되, 本洞 玉門이란, 보면 볼수록, 그 맛이 더욱더 돈독하여, 혼자 먹다 그 혼자 뒈진다 해도, 그 맛을 버릴 수가 없는 것을 第二德으로 삼는다고 들었으며, 第三德으로는, 그것인즉슨 다름 아닌 明堂이라, 그 속에 묻힌 뼈는, 미구에 金이 돼, 金테를 두르는지라, 최판관 어르신께서 그 테를 좇아 판결키는, 이자는, 세상 나가, 제가 했어야 할 일을 하기로써 몽다리를 면했은즉, 심히 다루려 하지 말라, 한다 헙뎁습. 그런즉 洞流들은, 게다가 그것도, 本稗官이 그것을 소유하자는 것도 아니고, 아껴 쓰다 돌려주겠다는 것이니, 그것 하나 내는데 인색해하지 마십습지들, 그런다면 本稗官 또한, 本洞에 어찌 三德을 베풀지 않을 수가 있겠습? 풀어 일러드린다면, 第一德인즉슨, 비록 本洞의 이삭으로 연명해왔다 하되, 本稗官의 배 속에 채인 糞尿에는 客性이 다분해, 봄 모자리에 그 客糞을 약간이라도 섞는다면, 해스러운 洞毒을 中和하게 되어, 나락 모가지를 튼튼히 할 것인바, 그것이며, (堆肥보다도 먼저 써야 되는, 이 中和藥力糞을 얻기 위해서는, 누구든, 구들막을 뜨끈하게 데우고, 冬山 색깔로 끼끗한 밥 키 높이 담은 뒤, 本稗官을 초청하는 일이겠습지맹) 이런 의미에서는, 本稗官은, 本洞에 대해, 怪氣와 같으되, 특히 財富의 얼굴을 드러내고 있는, 그러니 財富鬼와 같으다는 것을 부인할 도리는 없겠습지. 그럴 것이, 원래 '財富', '幸運' 따위를 담당해 있는 鬼들은, 땅을 기름지게 하는, '糞尿'를 宿主로 태어났기 때문인뎁, 그중 잘 알려진 이름으로만 한둘 예를 들어 보인다면, 이렇습지. '똥파리의 大王'으로 알려진, '바알세붑'(Baalzebub), '幸運을 갖다 주는 女神'으로 예배받는, (비슈누神의 마누라) '락쉬미'(Lakşmī). — 아으, 이런즉 洞流들은, 이똥으로 누런, 그 웃음을 더 웃지 못하놨답? 부디 洞流들은, 그 웃음일랑 참아뒀다가, 농사철 당해, 벼 포기에 대고, 또는 감자눈 묻는 데 대고, 누렇게 웃어줄 일이겠어랍, 그런다면 그 벼 포기에서는, 감자만큼씩한 나락이 열리고, 그 감자 눈 묻힌 데서는, 호박만큼씩한 감자들이 데글거리고 있을 것인뎁, 그보다 더 좋은 거름이 또 있을 듯하잖돕다. 其二德으로 설랑은, 本洞에 先瑩을 둔, 本洞의 물것들, 이란즉슨, 빈대며, 이, 벼룩 따위를 두고 하는 말인뎁, 그것들께 本洞民만이 바쳐야 할 血稅를, 本稗官, 客으로서도, 本洞民들과 같이, 또는 보다 많게, 분담하려는 것인뎁지, 그런즉, 그렇게 절약한 血稅로써나, 本洞의 건강한 남자분 여자분들끼리는, 몇이나 더 으앙삐약 장래를 구워 묻어 놓겠는갑, 이로 보건대는, 本稗官은, 血稅에 시달리는, 本洞 중생들을, 도탄에서 구하려는, 그런 菩薩로서 왔거늘, 이후에라도, 행여 혹자가 發心하여, "저누무 胡僧은, 무슨 까닭으로 東에로 왔느냐?"라고 묻지 말지업답. 그러구서나 第三德은일랑은, 초저녁엔 등을 못 대게 뜨겁고, 새벽에도 또 등을 못 대겠는 것은, 너무 썰렁해서 그러는뎁, 그런 本洞 안방 구들막 荒地를 지켜 누워, 本洞 잠의 발 얹개를 삼아주는 것으로 쳐야겠습, 씁. 이는 다름이 아니랍, 本稗官이, 本洞 서낭당鬼神 같음일렙. '안'과 '밖' 되는 그 가운데 떡 버텨 있습시롱, 雜鬼惡疫은 막아 못 들게 하굽지, 東에서 뀐 새댁의 방구는, 西에로 몰래 새 나가게 해설람에, 일동의 화목을 지키는 자, 장수, 만세. 本稗官의 稗說의 德은 아예 거론치도 아니했으려니와, 本稗官이 베푸는 三大德이 저러하거늘, 함에도 불구하고, 胡奴의 兒孫들의 고장에서는, 저런 大守護神將 같은 자에 대한 대접이, 떠도는, 한갓 稗官 나부렁이에 대한 대접 같은즉, 이누무 '운봉'들이, 나귀를 거꾸로 타든, 뒤집어 타든, 삼십육계로 바빠 생똥을 싸도록, 어디로 벼슬하러 갔다는, 헌 중우 입은 '몽룡'이를 불러내려야겠는갑, 헌 중우 속에서 내닫는, 홍건적은 到處러랍. 코흘리개 주무르며 먹다 남긴 썰렁한 고구마 반 개, 콩나물죽이라고, 콩나물시루에 물 주자 흘러내려 다시 괴인 썩은 물을 덥혀, 소금 두 톨을 아끼느라, 머슴 놈 밥 비벼 먹은, 씻잖은 뚝배기에다 퍼 찌뜨려 주어, 그것을 손님 대접이라고 이르는, 이런 동네 胡孫들이, 어딜 가면 이런 菩薩을 만나겠느냐. 이런 인연을 두고설랑, 행여나 道流들은, 에끼, 쌓은 일 없는, 道流들 前生의 功德의 힘이라고, 헛되이 자부치 말지어랍, 그런 대신, 本稗官 菩薩인 자, 그의 慈悲心의 덕으로, 이런 만남이 이뤄진 것. 그것을 알아야겠는갑. 그런즉, 용수 질러, 가운데 괴인, 물 안 둔 동동酒는 물론이려니와, 그것 안주로, 玉門이라는 것이 쫀독 쫀독하여, 씹할수록 그 맛이 더 좋아진다 하니, 그것도 한점 잊지 말고, 한 상을 채려낼 일일렙지. 만약 그러지를 못하겠거든입지, 이런 菩薩니미께도, 배痛머리 터질 일은 있는 것엽, 끕짝시럽게 배나 아프고 말 일엽. 이눔 동자여랍, 너는 말입지, 글쎕지, 짤갠 똥에 젖고, 마르고, 젖고 마르기 여러 성상, 헌데도 입을 것이라고는 입은 것밖에 없이, 못 벗어 못 빤, 本稗官 어르신의 똥중우를 한번, 저 큰 늪 물이 다 구려지도록 매매 치대 헹구고, 바람 잘 다니는 울타리에 걸어둬, 이따 두견이쯤 울면 입어 돌아, 돌, 돌아가게, 동자는 손을 아끼지 말구랍. 菩薩니미는 배가 아픔셉, 벗고, 뜨거운 구들막에 깔아, 배꽃 피기까지나, 진달래꽃 지기까지나 뭉개야 나을라는가, 끄닐거리는 배. 이런 너러 客鬼가 밉고, 싫거들랑은, 洞流들은, 그를 배 굶겼다 오구라지고 나면, 거적에 싸은 뒤 바지게에 얹어다, 他洞으로 이어지는 동구에 버려, 이 이훌롤랑 그런 짓이 다 없도록, 경계 삼아, 만방에, 그 뱃병을 고하든집지, 그 짓인즉 이 마을 인심이 어쩐지, 그것까지도 고하는 일이 된다고 忌하여, 깨끗이 냄새도 없애려 하거든입지, 두텁게 언 얼음 깨려 애쓸 일도 없이, 그 위에 크게 화톳불 하나 피우고, 배곯아 뒈진 송장 열명길에 손이나 쬐라고 해두면, 그 밑 잠든 용의 밥이 돼버릴 것, 아으, 아윽, 하읔, 本稗官은 배만 아프다굡, 육시러게 배만 아프다 말입쏩.

어? ㅁ, ㅜ, ㅓ, ㅅ, 이라굽지? 本, 稗, 官, 어르신은, 魚物廛에 와서 狗肉을 구하려 하고 있으며, 개장국 전문집에 가서 生蛇湯을 주문하고 있다, 이, 이런 말입습지? 이 마을에도 물론, 本稗官이 말하고 있는 것 같은, 그런 비슷한 것이 없는 건 아니지만, 이 동넷 것은, 썩은 것도 아닌 것이 썩은 냄새를 풍기는 고로, 똥파리며, 개 새끼들이나 즐겨 파먹되, 사람이라고 치고서는, 장차, 자기 제삿날 굶지나 않기 위해, 그 목적 한 가지로서나, 한 번씩 떠먹어 보는뎁, 것두 갖다가시나 여벌은커녕, 洞用에도 부족해서, 本洞民으로서도, 몽다리 못 면할 것들이, 덕산 크기만 한 실한 황소 젖꼭지를 수판 삼아 헤아린다 해도, 그 젖꼭지가 모자랄 터여서, 그 일은 참 딱하게 되었다고 하는 모양이곱, 本稗官께서는, 어디 딴 마을 얘기를 듣고, 틀린 마을 행차를 한 듯하다고 하고시나는, 그런다 해도 손님에 대한 대접을 그렇게 할 수는 없어 말인뎁, 그런즉 마을에서 첫 상내 낸 암통 한 마리를 몰아다, 돗틀에 묶어 놓아드릴 터인즉, 그것으로써 '玉門'이라는 물건 대신을 삼아 술을 드시면 어떻겠느냐고, 이르놨답? 그리곱습지, 당신네들이 들어 알기로는입지, '玉門'이란 것이, 본디 人世의 물품이 아니고, 風流한다는 바람잡이 손[客] 들이, 바람 잡는 손[手] 으로, 여기서, 저기서, 어디서, 뭣이 흥취를 돋굴 만한 것이면 끌어다, 자기네 주안상 앞에 앉혀 상을 두드리게 했던바, 주로는 달네가, 그런 손에 치마꼬리를 잡혀, 그네들 시좃상[時調床] 에 올랐던 것을 이른 것이나 아닌가 하며, '달'이 풍기는 암내가 취흥이며 땅의 바람에 굳자 '玉'이 된 것이 아니었으끄납, 그렇게 짐작하고 있다 홋홋, 말입습지? 그리고 또 일르기는, 本稗官이 밖의 어디서 들었다는, '玉門三德'이란, 분명히 저 '달네'의 德을 두고 만들어진 말 같으담시나, 그렇잖는다면, '三德'은 무슨 오랭이 물어갈 녀러 '三德'일까 부냐고, 커녕은, 三災에 三難이 저것인즉, 客公은 삼가여, 비록, 주으려 들면, 바람 세게 불고 지난 아침, 밤나무 밑 떨어져, 벌어져 있는 밤송이만큼이나 많다 해도, 행여 신발 끈이라도 욱죄이려, 허리라도 굽히는 일까지라도 하지 마십스라, 말입습? 먼 데서라도 누가 보면, 저런 순, 大洞이 大同하여 깝데기를 베낄 客鬼가, 벌어져 있는 밤송이 속에서, 本洞 공알을 빼내고 있다고 보게 될 수도 있으니 그러하다며입지, 한 알밤 까먹기의 三難을 말씀하시는군입지. 찌르는 송이 벌리기, 쇠가죽 같은 껍질 까기, 그리고도 한 거풀 더 입혀 있는, 떫기 이를 데 없는 비늘 벗기기. 계집이 '찌르는 밤송이' 같다는 것이 잘 믿겨지지 않거들랑은, 고슴도

치를 생각해보라고도 이르신는뎁, 허기야 淫女가 아닌 이상 계집은, 외간 남자에 대해, 무슨 그런 쏘는 털을 세워놓고 있기는 있습지. 그 '쏘는 털' 밑에는, '밖에로 쳐들고 다녀야 되는 낯'이 있어, 그것이 또한, 벗겨내야 되는 한 난관인 것은 분명하며, 그 '낯' 밑에는, '貞操帶'가 채워져 있습지. 그 '貞操帶'란, '마을'을 사는 엔네가, '姿女', 또는 '淫女', '화냥년'과 자기를 분리하기 위해서, 그 계집 당자가 채워놓은 것이라, 그 열쇠도 물론, 그 계집의 손에 쥐어져 있겠습. '三難'은 그러하려니와, '三災'인즉슨 그러면, 어떠한 것들이겠습? 첫째 것은, '시집 안 간 처자'와, '有夫女'라는, 두 경우로 나뉘는데, 그 처자께 장가를 들려 하지 않으면서도, 처자로부터 누가 공알을 빼먹었다는 경우는, 그 순결을 더럽힌 그 더러움을, 사내 쪽에서 묻혀 가진다는 것이며, 그런 결과로 따르는 '災'에 관해서는 한두 마디로 요약할 수가 없으되, 어쨌든, 금으로 테를 둘러도 모자랄 자리에다, '더러움'을 둘러 있다는 것 자체가 '殃'인 것, 그리고 有夫女의 경우는, 그 계집의 남자가 벌써 빼먹고, 後孫의 (先祖를 들으려는) 귀를 심어놓은 자리를 침노하려 하면, 그 자리에다 자기의 '불알'(넋)의 무덤을 만드는 결과가 되어, 이후 사내는 '불'이 없어, 인두겁을 쓰고 있으되, 사람이 아닌 것, 이보다도 더 큰 '殃災'가 또 있을 수 있을 것인가, 其二災는, '玉門'이란, 한 남정의, 神에 대한 '祭壇'이라고 알려져 있는즉, 神聖해야 되는 것, 그런 자리에, 불쑥, 客鬼가 쳐들면, 건강했던 몸에 상처가 생겼을 때처럼, 그 '門' 안쪽에서, 감춰져 있었던 '이빨'이 일어나, 쳐든 것을 물어 끊거나, 아니면, 그 祭爐에서 타고 있던 陰火가, 모두 가늘은 살모사가 되어, 저 客鬼의 열려진 요도를 좇아 쳐들어 오르는데, 陰火에 불알이 타기, 척추가 타기. 第三災랄 것은 그리고, 後生에 이어지는 것으로서, "소매 끝 한번 스쳐 지나기만도, 여러 겁의 인연의 결과"라고 이른다면, 모르는 이들끼리, 몸까지 섞기는, 얼마나 큰 인연을 이룰 것인가, 一後生의 한 運命을 수놓을, 前生의 姦通으로 이뤄진, 인연의 어지러움, 착란스러움, 어휴, 아으 그런즉 客公은, '玉門'이라는 소리를 듣기만 했다 해도, 速去千里萬里하여, 정화수에 소금 많이 풀어, 그 물에 귀를 씻되, 들었던 소리는 물론, 그 소리의 그림자까지도 씻어낼 일. 허기야, 本洞의 암소까지도 알아들어, 公이 지나면 소까지도 곁눈질을 하기에 이른, 稗官公

과 관계된 소문이 하나 없잖아 있어, 일동에서 그중 실하다는 황소까지도, 公을 저어하거늘, 소문이란 뭣인가 하면, 公이 本洞엘 들었기 전에, 물 건너 皮革장이네부터 들른 일이 있던바, 鹿皮奚匣이라는 것을 하나 만들게 하여설라무네, 그것으로시나 허리에다 단단히 둘러 묶고, (여기 어디에는, 박아져 들어가 들어가 있었어야 할, 박달나무 홍두깨 도깨비 옴 붙은, 主役스런 단어가 하나 빠져 있지만, 왜냐하면 그것은 지금, 저 鹿皮匣 속에 감금된 탓이지, 멋모르고, 그것을 여기 어디 빈자리가 있다고 해서 꼬나 넣었다가는, �, 흣, 흣, 이 누무 도깨비가, 이런 얘기를 듣는 귀며, 심정이며, 어디며 할 것 없이, 마구잽이로 대들어 양각을 쳐들어 댈 것이니, 어허쑤아, 그런 봉변이 또 있을 수 없을 터—) 그런 뒤, 本洞 문을 들어섰더라는 그런 말인데, 그런 얘기를 속닥이기로 외양간 암소까지도 알아듣게 소리를 퍼뜨린 아낙네(란 그 皮革장이 마누라 말고, 또 누구겠느냐고) 덧붙였다는 소리는, 公이 '얹어 싣고' 다녔던, 나귀가, 그 무게에 지쳐, 거품을 물고 쓰러져 못 일어나고 말아, 그 이후론 다른 수 없이, 公 자신이 메고 다닐 수밖에 없이 되었다는데, 츠츳, (여 톤생[村生] 입습지, 마빡 밀물[滿潮]은 머리 뿌리[毛根]가 눈썹 자리까지 덮어버린 톤생이엽지 자칭하여 '稗官'이라고 이르는 자가입습지, 그것을 좀 뜯어 씹어 뱉어내어 연명을 한다면입지, 그가 몰고 다니는 나귀에 실린 것이 과연, 무엇이어야 옳다고 믿는곱지? 도깨비 같은 '밤중의 홍두깨'이겠습? 아니면 그 '홍두깨 도깨비'를 깨워 일으키는, 무슨 그런 呪文 같은 것이기라도 되겠음? 그 '呪文 같은 것'이란 그리고, 稗官의 것은, 稗說, 淫談悖說 말고, 또 다른 무엇이나 되겠습? 톤생은 그런즉, 톤생용 玉門에 빗장을 걸고, 그것도 모자라 褙接을 하고, 그리고도, 그 褙接 위에다, 누워 자는, 이마 좁은 노루를 환쳐 놓으려 했기 전에, 귀를 그래 뒀었어야 옳았었돕다. 헤엥, 이 稗官이, 어떻게, 환쳐진 노루가, 누워 자고 있는 것을 아느냐구 묻놉다? 헤헤헤, 겨울 소들을 보니, 겨울 노루도 그러할 것이라고 여긴 것입습지. 어쨌든, 이렇게 저렇게 어떻게 되다 본즉, 洞流들 想念에, 이상한 椿事가 일어나버린 것을 알게 되는 뎁습지, 그냥 '談說'이던 것이, 이곳 동구를 들어서는 어느 대목에서 轉身遁甲을 하여, '옴 붙은, 홍두깨 도깨비'가 되어버린 것을 관찰해보십습지. 이런 현상은, 誤傳된 事實, 또는 귀의 誤讀 등에 의해 일어나는뎁습지, '말'[言語]의 이런 轉身, 이 경우는, '談說'이 '陽物'化를 겪었는뎁지, 그것이 분명히, '稗說'이라는 말로 本稗官이 휩싸아 잡아버린, 民譚, 妖精譚, 童話 등의, 論理/非論理를 떠난, 呪術的 분위기를 이루는, 말의 脫/合現象인 것일 것이라는 것이, 稗官의 관견입습지. '脫/合現象'이라는 말이 나왔으니 말입지만, 그것은, 말씀드린 바와 같은, 그런 예측할 수 없는 형태의 轉身을 치러 나타나는 경우도 있지만, 그와 맞먹게 중요한 다른 한 경우로는, 어떤 우발적 椿事를 겪어, 하나의 '말'[言語]이, '몸'[記號]과 '魂'[意味]으로 나뉘지 않으면 안 되었을 때, [이것은 모두, 자기가 알고도, 모르고도, 그런 椿事를 경험한, 그 심정을 통해, 그 심정 속에서 일어나는 일이지만,] 그런 乖離 脫落을 일으킨 말들은, [대체로는 再生을 성취하지 못하되,] 그것 자체만으로는 독립해 존재할 수가 없으므로, 짝을 찾거나, 맞아들이는 경우도 있다는 것을, 암시해 둬야겠군입지. 이 경우의 특징은, 왜냐하면, 그 本態가 파괴되었으므로, 變態나 異常態랄 것일 것으로, 예를 들면, [2]커다란 물고기의 상반신을 해 갖고 있는 것의 하반신은, 벗은 人間女의 것을 해 갖고 있다거나, 풀잎들이, 날으려는 새의 모습을 해 갖고 있다거나, 기다란 구렁이가, 두 발, 두 박쥐 날개를 가져, 날으고 있는 것 같은 것들이랄 것입습지. 이렇게 예를 들고 나자, 입에 못 참아둘 것이 하나 있는뎁지, 예 든 세 가지 것 중에서도, 마지막의, "두 다리 두 날개를 가져 날으는, 기다란 뱀"은, 가짜배기 상상력을 아비로 하여, 혀짧배기 어미의 목구멍에서 기어 나온, 似而非言語라는 그것입습지. 프라브리티 우주에서 도태치 않고 생존하는 것은, 그 우주의 法尺으로 재단한 몸을 입는 것들뿐이거든입지. 혹자는 말하기를, 그래서 저것은 실제로 있는 새가 아니라, 사람의 상상력 속을 날으는 새라고 할지도 모릅지만, 喝, 이 눔, 네 에미가 무덤 아래 누웠거든, 무덤에 가서라도, 젖 좀 더 먹어라, 現實이 神話化[그렇다, 잎들은 끝없이 날아오르는 '새'들이다, 그리고 불이다. 그러던 날, 더 날아오를 수 없을 때, 그리고 더 타오를 수 없을 때, 그것들은 조락한다] 할 수 없거나, 반대로 神話가 現實로서 通譯되어 羑里의 六祖의 '양극을 갖는 타원형'이라는 '생명의 상징'이, 살을 입는다면, 그것은 '물고기의 상반신의 女人'으로 나타날 터이다. 저 '女人'의 상반신은, 거대한 '男根'인 것을] 이 되지 않는 것이 있다면, 그것은 조작되어진 '가짜'거나, 달을 다 못 채운 '팔삭둥이'라는 것이, 本稗官의 주장이거든입지. 어떤 '현실'은 그럼에도, 이것도, 저것도, 아닐 수가 있는 것도, 있다는 것도, 本稗官도, 모르는 것은 아니라도, 그런 현실은 매우 주의 깊게 들여다보아야 되는뎁지, 그런 현실은, '神話'를 잉태하고 있는 '子宮'[니그레도]이 되어 있다고 믿게 되니 그렇습지. 그것도 아니라면, 안됐습지만 善男善女분들께서는, 부디, 입은 살이라도 보시하러, 배고픈 호랑이라도 찾으러들 나섭지들, 왜냐하면 그것은 末世거든입지, 末時거든입지. 허나 그 배고픈 호랑이까지도, 자기의 가죽을 차지해줄 이를 찾아, 보시에 나서는 길이라면, 이제는 뭐든, 자기의 魂의 무게를 좀 줄일 일을 하고 싶어 해도, 그럴 시간이 없군입지. 안됐습지, 한 天國과도 바꾸기 싫었던 그 몸을 포장지로 하여, 어딘지도 모르겠으되, 그저 암흑하게만 여겨지는 곳에로, 送魂을 해야겠는갑. 안됐습지, 안됐다 말입습지) 징, 징, 징— (동네 귀들을 모으러, 치는 징 소리) 헛헛, 嘉山洞事되어가는 것을 보그랍, 보그락 뽀그락 風聞이 끓더니, 생난리가 날 것이라는구납. 흐흐흐, 헌데도, 그런 風聞을 만들어낸, 그 사타구니 밑에 생亂離를 깔고 앉은 놈은, 그 마을 아랫목에, 그 마을 百眼이 지켜보는 한가운데, 그 굵으름한 視線 백 겹으로 꼰 동아줄에 열두 매로 殮되어, 꼼짝도 못함시롱, 작껏 지랄한다고 혀로나 힘써보고 있는데, 바로 그놈이 찬, 홍두깨 도깨비가, 도깨비모양 나타날 것이라고 하눴답, 모든 玉門들께마다 쳐들어 도리깨질을 할 것이라고 하눴답, 생난리가 날 것이라고 하눴답, 이를 어째야겠는가, 징 징 징— 本洞에 글쎄, 도적이라도 흉적이라, 玉門만 훔치고 들 것이라는즉, 징—징— 여게라여들, 모이게라여들, 本洞 좆 단 것치고서, 하다못해, 언청이에, 꼽추에, 앉은뱅이까지 겸한 데다 (계집)고자인 것이라도, 玉門 비스름한 것을 가진 것을 데리고 사는 사내라면, 에히키, 이거 坐視할 수 없도다, 모이게라여들 징— 모여설람엔 징— 이 난리에 징— 어떻게 대처해얄지 징— 그 의견들을 내게여라들 징 징 지잉.

우리가 모두 나서, 열흘 품도 들이고, 날품도 들여설랑은, 여러 천 발 새끼줄을 꼬고, 그런 뒤 그것으로 그물을 만든 뒤, 동서남북 네 귀퉁이에 말뚝 세워, 차양 치듯, 그것을 하늘에 띄운다면, 충분하게도 볼 내력이 있을 듯싶으요.

듣자 건대는, 암토끼는, 달빛만 엉덩이에 쬐고서도 새끼를 밴다고 하는즉, 만약 그 그물로서나 빛까지도 걸리게 한다면 모르거니와, 그렇지 못하다면, 결과는, 그물로 물을 가돠, 소를 만들자고 하기나 다름이 없거나, 더 나쁜 결과일 것,

우리가 모두 나서, 모두 아시다시피 이게 이제 겨우 겨울의 시작이니, 땅이 아직 덜 얼어 덜 굳을 때, 저 덕산 뿌리에, 커다란 굴을 파고, 일동 玉門이라는 모든 玉門을 거둬, 그 굴속에 넣고, 스무 명 정도 장정의 合心合力이 아니면, 도저히 비시기지도 못할, 바위 문을 닫아, 빛이고 난리고, 아무것도 얼씬도 못 하게 한다면,

사돈네의 그 고견인즉슨, 우리네 남정네가, 안댁들께 끼니를 지어 바치되, 그것도 하루 세 번씩이며, 그뿐만도 아니라, 크큿클, 마님들 젖은 개짐은 또 어쩌고, ……얼음 톡톡 깨고, 맑은 물에 매매 치대 빨고, 잘 헹구게,

나는 이거 참, 사둔네들의 그 "산 등만 찾고, 헛되이 땀만 흘리는" 「癡郎失穴」(「古今笑叢」 同題章 참조)行에는 웃도 못하겠는데, 이게 농사철도 아니고 말이제, 자기 소유의 玉門인즉슨, 자기가 소유해 넣고, 진득허니 있습시롱, 저 소문의 '난리'가 지나가 버리기를 기다리고 있다 보면, '난리'의 소문 탓에, 세상은 자욱하게 '雲雨'가 아니겠는가. 이를 두고 일러, '眞境宜從山面得'이라고 허는 것이니,

그러다 농사철 당해서도, 헤어나오지 못하면 어쩌려 하난댜? 일러, '郎復得穴, 溺而不返'이라거니,

농사철 당해서도, 돌아오지 못함은 둘째 문제거니와, 그러고 있는 중에, 대소변이 급하다든, 줄 빛이야 말할 것이 없으되, 빚 받아야 될 날이라도 오면 어쩌려는 것이여,

큰 머슴 놈을 부를 일이고, 큰 머슴도 제 놈의 玉門지기를 갔다면, 애 머슴이라도 부를 일이겠는가,

玉門 도적이란 그러고 본다면, 따로 어디 있는 게 아니라, 저놈의 애 머슴 놈이 아니겠는가,

쇠인 놈 쇠견에는 이러협습메다, 서너 필 생베에, 서너 말 밀가루로 풀을

만들어서, 그 틈 간 곳을 단단히 배접해 봉해놓는다면, 모두 말씀허신 것 같은, 그런 아무런 수고를 할 필요도 없거니와, 저녁에로는, 이렇게 마을 와, 稗官 어른의 稗說을 듣는다 해도, 아무 일이 일어날 듯도 싶잖씁메다, 그러다, 나중에, 稗官 어른, 두견이며, 뻐꾸기 울음 따라, 기약이 있는 길이거나, 없는 길이거나, 열두 굽이 멀리 돌아가 버린 것 보고, 봉해놓은 우물을 열어서는, 진하게 익은 술에 취해본다면,

거 제법임세, 제법은 호책이라, 헌데도 걱정은, 배접이란, 솜씨 좋은 음녀에게는, 서답 한번 찼다, 갈아 차기만큼이나 쉬울 일, ……누가 바위 그늘 속으로 지나간 뱀의 자취를 알 수 있으며,

여기까지나 얘기가 나오고 나니, 요 튼생이, 가전비전의 비밀이라도, 그것을 밝혀내지 않을 수가 없는데 말입지요, 요 튼생의 어르신께서 운명하시기 전에, 요 자식만을 곁에 남게 하여 일러주신 말씀이, 계집은 간사한 물건이라, 잘 지키지 않으면 패가망신하기가 쉬우니, 네 아비가 어떻게 네 어미를 지켜, 이 나이까지 살고 죽기까지도 아무 탈이 없게 했던지, 그 비결을 배와, 소홀히 말고, 이행커라, 는즉슨, 네 처가 목물을 하고 났다던지, 또는 네가 처와 더불어 희롱을 하고 났다고 하면, 그런 뒤에는 잊지 말고, 먹물 진하게 갈아, 처의 陰戶에다, 뭐든 네가 좋아하는 형상을 그려놓아, 표를 삼아 놓을 일인디, 이 애비는, 푸른 풀이 우거진 사이에 한가히 누워 있는 사슴이 좋아, 노상, 니 에미께는, "兩岸에 누워 있는 사슴 한 마리를 그려놓아 표를 삼고"(「古今笑叢」 '雖氓辨鹿' 章 참조) 했었더니…… 사슴도 물론 풀을 뜯기 위해, 때로 서기도 해야하고 할 것이어서, 누워 있는 사슴 그림이 서 있는 것을 두고는, 陰戶에서 發하는 生氣를 찬양할지언정, 흠잡을 수는 없을 듯했더라,

허헛헛, 허, 허기야 그러는 중에, 누웠던 사슴 그림이 벌떡 일어나, 무성하다 못해 검어진 풀을 뜯는 철이 오면, 저 稗官도 떠날 일 입습. (그때쯤은 그리고, 일동 사내들이 하나같이 입을 모아 하고 있던 소리는, "글쎄 나두 말이지, 누이어 그려놓은 노루가, 서서 풀을 뜯고 있는 것을 보구서야, 稗官도 떠날 때가 된, 봄인 줄을 알았더라고"랬다)

然이나, 本稗官의 이야기는 그리하여설라무네, 곯으로 곯으로 들어감신

다. 이거 전만 사부작 사부작거림시롱, 삼동을 다 새울라는 짓은 아니겠는디, 아따 이거, 때아닌 워짠 쉬파리가 임자네 엉뎅이를 빨고 든다는 겨, 철썩부덕, 한 매디진 것 한 매디진 만큼, 당고추 당차게, 히히히, 얘기는 쑥, 곬으로 미끄러져 들어감신다. 라는, 라라 랏따 따라라라는즉슨, 한 깍대기 속 열두 붉은 콩 같은, 이 玉詩 열두 公主님들 詩房에서, 어쩌면 그 막내 公主님 첫 경도 비치기 시작한 때부터였을 것이라는 추측이 있는데, 별 이상하고도 해괴하여, 詩王께서 웃기로 하자면 一笑나 멋지게 그셔 부치고 말아도 그뿐이되, 울기로 하자면, 석삼년을 一夜로 삼아 울어, 몇 석삼년을 울어도, 울음이 모자랄, 그런 일이 일어나 오기를 시작하여, 계속되었더랬는뎁지, 라는 그 까닭인즉슨, 입지, 매일 아침, 그 公主님들의 詩(侍)女들이, 그 詩房에서 거둬 내오는 詩(쓰)레기 속에, 바로 저 맹랑한, 그러니 그것은 難解詩랄, 정체가 있었더라, 요런 얘긴심다. 아시겠다시피, 부자 어르신이, 끄적끄적거리다 퇴한 밥상은, 일 년 힘을 모아 한번 차린, 가난한 집 큰 제사상보다 아직도 기름져 있는뎁지, 詩公主님들 버린 詩레기인즉슨, 그 하나하나가 모두, 만약 詩宮 뒷문으로 빠져나갈 수가 있다면, 가난한 詩民들께는, 큰딸 시집보내겠다고, 아끼던 문전 개똥밭을 팔아 쥔 것을 다 주고라도 사기가 어려울, 그런 것들이었더니, 예를 들면, 그것이 아무리 정순한 옥으로, 명인장공이 공력을 들여 만든 빗이라 한다 해도, 한번 빗질에 어느 公主의 머리칼을 훑쳐 매, 조금이라도 띄끔한 아픔을 일으켰다고 하면, 그 당장 그 옥빗은, 詩레기통에 내던져져 버리는 것이던 것. 개짐만 하더라도 그렇다, 그것들 모두, 명주 폭 중에서도 그중 가늘어 부드러운 곳으로만 잘라 썼던고로, 누가 그것을 얻을 행운만 있었다면, 잘 빨아, 다림질만 잘하고 보면, 딸의 혼숫감뿐만 아니라, 노인네의 수의감으로 쓰기에도 너무나 좋던 것이다, 매사 모든 물건에 대한, 저 玉詩님들의 태도는 저러했던 것인데, 그 詩레기통 속에 변괴가 담기기를 시작했다면, 그것은 변괴라잖을 수가 있겠심다? 사단은 이렇슴메다, 어제 아침 말고, 그저께 아침도 말고, 그끄저께, 아 그게 며칠 전 아침부터였던지, 손가락 열 개 갖고는 이제는 헤아리지도 못하게 된 듯한뎀시, 사단은 그랬슴메다, 그런 어떤 아침부터 시작해, 말한 바의 저 詩레기통 속에는, 품바꾼이라고 이르는, 맨발의 吟誦詩乞까지도 일별하기를 아끼게까지나, 그렇게까지나 쓸모없도록 해지고 떨어진 신발이, 스물네 짝 담겨, 詩玉들답지 않은, 그녀들도 숨겨 가졌던 것이 분명한, 들일에 뼈가 녹는, 여염집 아낙네들의 그것들과 똑같은 발을 가져, 그런 발의 땀 냄새를 시지근하게 풍겨내기를, 하루 아침도 거르지 않고 반복해댄 거기 사단은 있었슴메다. 누구든, 신발이라는 것을 몇 켤레쯤 떨어뜨려 본 사람이라면, 다 아는 사실이 이것이지만, 신발이란 신어 놔싸야 편해지는 물건이던 때문에, 전 같았으면, 저 玉詩님들 詩레기통에, 버린 신발이 담겨지기란, 그렇게 매일 아침 다반사도 못 되었는 데다, (앞서 말씀드린 바 있듯이) 아무리 해져, 버린 신발이라 해도, 신기료장수네만 한번 들렀다 나오면, 서민 아낙네의 발을 여러 해나 편하게 해줄 수 있는 그만큼의 德까지도 닳아져 없던 것은 아니었는데, (앞서 말씀드린 바 있듯이) 그러나 이 신발들은, 헤헤, 諸聖節 前夜에, 여기저기, 들러볼 데가 너무 많은, 마귀할미가 타고, 너무 혹사를 한 탓에, 팩 꼬꾸라져 뒈져버린, 검정고양이 껍데기거나, 몽생이 부러져 나간 빗자루보다도 형편은 나빠, 쓸모란 없었습시다. 거기에 다 보태서 또 이해할 수 없는 것은, 뒈진 고양이 껍질만큼이나 참 혹한 저 신발들에는, 흙이나 모래는커녕, 먼지 한 톨도 묻어 있는 법이 없는 그것이었는데, 그 왕국의, 그중 존경받는 賢者에게도, 그 한 매듭의 詩句는, 難解하기만 했슨즉, 중년에 참 맹랑한 일이 있었다고 해야겠슴메다. 그 玉詩들의 詩房은, 御命에 좇아, 그런 얼마 후부터, 드나드는 큰 문들은 물론, 크고 작은 창들이며, 구멍이 없으면, 틈 벌어진 데를 파서 구멍을 만들어서까지도, 모두 밖에서 닫고, 밖에다 빗장을 걸어뒀을 뿐만 아니라, 그것으로도 충분치가 못했던지 왕은, 파수 보는 자들을 여럿씩이나 두고, 누구든, 남 다 자는 밤중에 무슨 일이 일어나는가를 알아내는 자에게는 상이 크되, 반대로, 졸기라도 했다가는, 그 눈알을 도려 파낼 것이라고, 賞罰則을 엄정히 해놓았으니, 어둘 녘의 玉詩房의 바깥쪽은, 詩情이란 없어, 삼엄한 데다 살벌하기까지 했더라 합십다. 문제는 그러했음에도 입습메다, 불구하고, 公主님들 아침 詩레기통 속에는, 어제저녁 새로 신었던, 그 신발 밑창들에, 예의 그 참혹한 구멍들이 나 있는 데다, 예의 그 畜生道的 냄새, 散文的 냄새랄 것을 풍기고 있었다는 그것에 있었음신다. 父王殿下의 자애에 넘치는 물음에도, 노기에 서린 힐문에도, 玉詩들은, "자기네들도 모를 뿐"이라고 하는 데다, 詩王 그 자신, 밖에서, 안을 (훔쳐) 들여다본 바에 의해도, 자기의 珠玉篇들은, 잠의 살랑거리는 水面에 자리 깔고, 베개 놓아, 그보다도 더 부드러울 수 없는 저녁을 한 자락 끌어 덮어 자는, 연못의 蓮 송이들, 모양, 봉오리 봉오리져, 곱고도, (그럼에도 비밀을 송이해 싸안은,) 깊은 잠들을 자고 있던 것밖에, 아무것도 예사스럽지 않은 일은 본 바가 없다 보니, 자기가 治理하는 詩域內인데도, 자기의 詩笏이 닿지 못하는 부분도 있다는 생각으로, 괴롭고, 그리고 逆鱗이 일어섬을 느꼈습메다. 했으니, 그런 왕의 번민을 살피고, 賢者가 위로했던 소리는 이랬드랬습다, "전하께서는, 저 뜰 가운데, 연못의 蓮꽃을 보시나니까, 왼종일 펴 있다, 저녁 들자 오므라들어 닫기는 것을 보시나니까, 이제 저 봉오리가 완전히 닫기고 나면, 저 봉오리의 안쪽은, 저렇게나 곱게 詩뻘건 하늘도, 그 붉은 혀로 언저리만 핥다 저물어야 될 뿐만 아니라, 全能하다는 神들까지도 그 안을 들여다보지를 못하니이다. 그런즉, 그 닫긴 蓮 봉오리 안쪽에서 무슨 일이 일어나는지, 또는 무슨 꿈이 꾸어지는지, 글쎄니다 그것은, 저 하늘도, 저녁도, 神들까지도 알 수가 없을 뿐일 것이오니다. 왜냐하면, 꿈들이 밤에 나들이를 하는 곳은, (무슨 다른 어휘를 찾아 대용할 수가 없어, '곳'이라고 썼으되,) '곳'이라고 이를 수가 없는, 그러니 '場所'가 아니기 때문이오니다." 그리고 賢者는, 龍顔을 우러러보고, 도대체 그것이 뭔지 모르되, 매우 무엄하게 스쳐지나, 떨기를 시작했던 逆鱗이, 얼마쯤 진정하여, 눕기 시작하고 있음을 보았심다. (賢者들이 알기로는, 王들의, '당나귀 귀'들은, '하늘'과 '神'들 쪽에로 뻗어 올라 있는 것들인 것. 것?) "닫힌 蓮은", 賢者는 그리고도, 몇 마디쯤 더 이었더랬음신다. "'닫힌 마음'의 비유가 아니면, 또 무엇이겠나이까? 그래서, 이 '닫힌 마음'을 열기 위해서, 神은, '진노의 철장'을 높이 들고, 魔는, 심신이 그 황홀함에 녹을, '유혹'의 꽃다발을 안는다고 하옵니다. 殿下는 그리고 笏을 쥐고 계시옵나니다." 그리고 賢者는, 詩王의 逆鱗이 눕고, 龍鬚가 흔들리는 것을 보고, 어전에서 물러나, 부지런히 할멈께로 돌아가서는, 할멈의, 사근거리는 늙은 허벅지를 베고 누워, 늘 그랬던 것은 아니었지만, 젊었을 때는 할멈도, 아직 하루 치의 일도 시작되기 전 아침에, 그러니 그때부터 그 신발을 신어야 될 때로,

커녕은, 버렸던 일이 가다끔 있었다고 기억해내고, 빙그레 웃었습메다.

물론, 무사들로 하여서는, 그 玉詩房을 지키게 하면서, 그런 후로부터 詩王은, 번연히 눈앞에 있음에도 없는, 그리고 자면서 한 켤레 신발을 무참히도 닳구어대는, 저런 玉詩들의 잠의 문제는, 선비들께도 떠맡겨, 연구하게 할 것이라고 믿어, 한림원을 차려 열기에도 이르렀습메다. 그리하여, 구름 떼로 모여든 詩學士들로, 한림원에는 아닌 성시가 이뤄졌는뎁지, '신발論', '신발學' 등이 대두하는가 하자, 老論/小論이라는 투로, 그 파가 나뉘기 시작하여, 異見이 구구하였더니, (이 고장의 기후는, 常春的이라는 것을 염두하고 들어야겠습니다, 마는) "신발이란, 걸을 때 발을 보호하기 위하여 고안된 매우 유용한 물건이다"라는, 少論派의 '신발 效用論'으로부터, "신발이란 衾匣과 같은 것으로, 신발 속에 담기면, 馬脚足도 馬足으로 보이지 안 해, 사악한 것들이, 자기네들의 치부를 은닉하기 위해 고안했던 물건이, 장차 凡用化하기에 이르자, 신발이라고 불리어진 것인데, 이런즉, 신발의 기원은, 그것의 實用性과는 다른 데 두고 있다"는, 老論派의 '己物卽是馬足學'이 대두하였으며, 그러자니 中道派가 생기잖을 수가 없어, (이들을 黃論이라고 부르기도 하는데) 그들에 의하면, "신발이란 權威와 支配力의 象徵일 뿐만 아니라, 동시에, 謙卑와 服從의 象徵"이었음신다. 그 이론적 받침으로 그들은, 잘 알려진 古事 같은 것을 내세웠드랬는뎁습, 예로서, 王이나 村長이 苦行 길에 올랐다거나, 또는, 이웃 정복 길에라도 올라, 그 龍床을 비우지 않으면 안 되는 경우, 그 왕의, 평소 신었던 신발 한 짝을 그 용상에 모셔, 그 '御鞋'를 왕인 듯이 뫼시는, 어떤 國俗(天竺俗, 「라마야나」 참조)을 들었으며, 해석하여, 그러니, 용상에 모셔진 저 '御鞋 한 짝'은, 같은 자리에 모셔 올린 '王冠'과도 같으되, 그것에다 '支配力'까지 합친 것을 나타내는바, 비유로 말하면, '王冠'이란 수탉에 있어 '벼슬'과 같은 것이라면, 이 '御鞋'는, 병아리들을 거느려, 몹시 거드럭거리며 한 마당을 다 파헤치는, 씨암탉들을 누르고, 그 날갯죽지들을 움켜쥐어, 꼼짝도 못 하게 하는, '억센 발톱' 같은 것이랍습니다. 이 '발톱'이야말로 그러니, '權威'와 '支配力'을 과시하는 것입는뎁, 그럼에도 '암탉' 편에서 觀하기로 한다면, 그 '權威'와 '支配力'이 뒤집히는 것을 보게 되는바, 말씀드린 대로, '謙卑와 服從'만을 드러내게 된다는 것입신다. 이렇다는즉슨, 이런 의미에서의 '征服'이란, 보다 억센 발을 가진 자가, 보다 유약한 자의, '王冠' 쓴 머리통들을, 그 '신발' 밑에 깔아뭉갠다는 것인 듯한뎁습, 저 '보다 억센 발'을 가진 자의 '모자'나 '신발'이란, 다름 아닌, 아무도 어거지 못할, 거대한 황소의 뿔에 씌워진 '花環'이며, 하루 천 리를 달리는 불말의 발굽에 박힌 '편자' 말고, 무엇이겠습, 읍, 泣. 그리하여 詩村國에로도, 저 野性의 황소와 말의, 똥오줌 냄새가 덮이기 시작했음? (에덴이 무너나고, 그 자리에로) 畜生道가 猖獗함? 泣. 詩湖의 둔덕에 앉아 詩王이여 詩淚를 떨구고 있는 자여, 그 눈물의 짜가움에 장차, 그 호수가 죽겠으며, 호수가 죽은즉 또한 大地가 황폐해지겠으니, 자여 궐자는, 눈물을 흘리더라도, 그 마음까지는 그렇게나 짜게 먹지 말지랍. 그, 그래도, 그, 그 뒷일이사, 아직도 좀, 허기는, 두고 봐야겠습는갑? 그, 그러는 중에 헌데, 그럴듯하게 詩民들을 웃음 웃게 할 일이 일어났었더니, 그것은 다름이 아니라, '中道'에도 다른 '中道'가 있다는, 새 이론이 일어난 그것이었던바, '黃論'이라는 中道派에서, '新中道論', 또는, '新黃論'이 분파, 대두한 것이었슴메다. 웃음 웃던 자들은 그런 후, 저 두 中道論을 분명하게 가름해 부르기 위해, '古中道論'을 '西論'이라고 했으며, '新中道論'을 '東論'이라고 하기로 하자고 했드랬심다. '新中道論' 또는 '東論'이 분파하지 않으면 안 되었던 까닭은, 그들, 즉슨, 東論에 의하면, "西論은, 장닭의 '발톱'에 대해서는, 매우 좋은 설명을 하고 있으되, 아직 시집가잖은, 처녀 닭의 '발톱'에 대해서는, 아무것도 설명하지를 못하고 있거나, 하고 있다면, 그 범한 오류의 무게가, 一國의 무게와도 맞먹는다고 생각했기 때문"이랍심다. 그들도 물론, 古事에서 例를 꺼내 들기를 잊지는 안 했을 뿐만 아니라, '學文'에다, 누를 끼치지 않을 줄도 알아, 자라는 세대의 선망의 대상이 되기도 했임다. 그들이 쳐든 古事란, '碧眼胡僧'이라는 별칭 法名으로도 불리었던, 西域의 어떤 比丘의 一代記와 관계된 부분으로서, 저 胡僧이, 딴에는, 무슨 뜻을 흉금해 있던 모양으로, 東域에로 移民을 했었더니, (그럼에도 그는, 뭣 때문엔지 그 '뜻'을 펴지를 못했던 듯하여, 東域 童子들이 모이기만 하면, "저 푸른 눈의 蠻人은, 무엇을 하러, 東域에로 왔어야 했는가?"라고, 고개를 갸웃거리고, 갸웃거리기를 오늘날까지 갸웃거려 온다 함십다. 헌데 들자면, 나중에, 그런 비슷한 蠻人 하나는, 이번에는, 東域에서 西域에로 갔다는 풍문이 있었더랬는뎁, 그러면 이제, 푸른 눈의, 그쪽 兒孫들이, 모이기만 했다 하면, 고개를 갸웃거릴 일이 아니겠습? “아으, 지는 해를 보기 위해서, 해 지는 데를 보기 위해서, 해 지고 난 뒤를 보기 위해서……” 서 근의 삼! 이자는, 風聞에 의하면, 저 혼자 중이 되기를 작심하고, 저 혼자서 중이 된 자여서, ‘돌중’이라는 별칭 法名으로도 불리었는뎁습, 그런 그가 헌데, 어느 村의 일곱 번째 어른이 된다던가, 어쩐다던가, 그런 風聞도 있고 해서, 듣는 이마다 웃었더라고도 했습니다. 사람들이, 저 ‘風聞의 村長’을 두고 웃은 까닭은이랍습지, ‘風聞의 村長’은 風聞이어서, 風聞일 뿐인데, 어떻게 그 風聞이 실제적 村長이 되겠느냐고, 그 탓이라고 했습메다. 여기 어디에는, 웃고 싶어 하는 자들의, 말놀음도 약간량 함량되어 있지 않은 것은 아니라도 말입습, 일반적 정신에 대해서는, 있음 직한 의문일 수도 있겠습다. 허나, 나온 말이니 말입지만, 歷史 속에서 實物이었던, 實在的 村長도, 바로 그 꼭같은 歷史라는 흐름 속에서, 얼마의 흐름이 지나고 난 뒤에는, 그 實物, 實在性을 捨象당하고, 傳說만 남기게 된다는 것을 觀하고시나는, 그런 뒤, 다름 아닌 이 ‘傳說’이 그제쯤은, 實物, 實在性을 잃어, 歷史에다 흐릿한 括弧만 남긴, 어떤 傳說的 인물에다 實物, 實在性을 부여하게 되는 것을 觀하십습지, 그리고는, 어떤 ‘風聞만의 村長’이, 어떤 風聞의, 또는 어떤 인연에 의해서든, 말한 바의, 저런 어떤 ‘傳說’ 비슷한 것을 남겨둘 수도 있는 경우가 있다고 할 때의, 歷史 속에서의 그의 實物, 實在性을 고려해보기로 하십습지. 어차피, 오랜 세월 전에, 이 땅에를 왔다 갔다는 이들은, 實際였는지, 아니면, 어떤 이름 없는, 그러나 실제로 땅을 살고 간, 이름 모를 인물의 虛構였는지, 그것은 아무도 장담하여, 말 못 할 것은 사실이겠습지. 일례로 ‘모세’를 보십습지, 그럼에도 그는, 그가 기록하여, 남긴 것으로 되어 있는, 「五經」에 의해, 어느 누구보다도, 더 진한, 史實在的 人物로 여겨잖는갑?) 그가 그때, 헌 보자기에다 싸 갖고 온 그의 전 재산이란, 西域에서 東域으로 오려며 신었다가, 걷는 중에 밑창이 해질 듯하므로, 벗어 싸 들고 온, 신발짝(그것이 나중에 ‘法輪’의 이름으로 전치됩습지)이었다고 했습시다. 移民을 하고서도, 몸은 산에 있어도, 마음은 콩밭에 내려가 있다는 비들캥이모양, 그도 자기 몸 빌어 입은, 그 흙을 못 잊어 했던 모양이었습시다, 그럴 것이, 그가 죽었다고 하여설람에, 사복이며, 원효들이, 그의 장례를 치르려 하여, 그의 시체가 누웠다는 자리에 당도해, 棺 속을 본즉, 그의 시체 대신, 그가 西域서부터 가져왔다던, 그 신발 한 짝이, 동구맣게 담겨 놓여 있었을 뿐이라고 했는데, 그즈음, 어디서 불려온 소식대로 따르면, 죽었다던 그 사내가, 한 짝 신발만 머리에다 얹어 이고, 히히, 西川을 건너고 있더라고 하니입습메다. 어쨌든, 본디 그 西輪의 이름은 '佛'이라고 했었다는뎁, 그런 후, 저 빈 棺槨 속에 남겨져 있어, 東輪이라고 부르게 되어진 것은, 아마 '禪'이라고 불리기 시작했다고 이릅습. '빈 棺槨'이라는 暗號는 그러면, 무슨 의미를 내포해 있다고 해야겠는지, 다른 派 學士들이 물은즉, "三十輻共其轂, 當其無, 有車之用 [……] 故有之以爲利, 無之以爲用"의 그 '無'나, '靜爲躁君'의 '靜'은 그런즉 무엇이라고 일러야겠느냐고, 되힐문한 뒤, 棺에 안겨 들면, 비록 단단하여 금강석이라도 실다움을 잃거늘, 어찌 쓴 연고뇨, 그런 棺이 어미가 되어, 分娩해낸 자식도 있도답, 자식도 있돕다.

그 자식이 어떤 것이료, 詩民이 물었습시다.

禪이롭세.

禪이란 무엇이료?

棺槨 속에 담긴, 한 짝 신발.

이 '신발'[禪]과, 저 '신발'(매일 아침 玉詩들이 벗어버리는 그것) 간에는 어떠한 관계가 있다 하료?

하읔, 동자야 동자야, 거 물 한 그릇 깨끗하게 떠오련, 귀를 좀 씻을 일이 있돕다. '學文의 神聖'함을 모독하는 혀는, 그렇다, 당강 내 잘라, 지옥 문전 지키는 개 한 마리, 세 대가리씩이나 가졌다는 놈, 毒狗에게나 던져줘 버릴 일입도답. 그럼에도 가맜거라, 그랬다가는, 바룬다 새가 그랬다던가 어쨌다던가 하는 古事대로, 저누무 개도 또한, 대가리들끼리, 저그들끼리, 다투게 된다면, 몸 하나가 세 쪽이 나버리게 되거나, 잘못도 없이 창자만 고프게 될 일이 일어날 듯도 싶으되, 그럼에도 그것은 그 독구의 문제겠어도, 이쪽 書堂까지도 시끄러워, 學童들이 개 울음을 울라.

그리하여, 詩民들 중에서, 에라, 저 누무 書堂 개들이야 짖을라믄 달을 우러러 짖을 일이되, 당면한 문제는 무엇인가 하면, 공중 높이 떠 있는, 저 고고한 달이 아니라, 이쪽 흙탕 위에 어린 달이, 도대체 그 정체도 알 수 없는, 무슨 오랑캐[蝕]에게 먹히고 있는 그것이라고 하여, 그런즉 좌시만 할 수가 없다고 하여, 그 이마빡에다가들, '合論'이라는 글자를 쓴, 흰 수건들을 동여매고, 한 떼의 젊은 詩人들이 일어났슴메다. 그들의 얼굴은 붉고, 그들의 목소리는 우렁찼습시다. '合論'이 일어남신다. (이, 이렇게 되면 이제, 聽衆 속에서 박수 소리가 폭죽처럼 일어날 듯도 싶은 차례인 듯도 싶습지만, 잠, 잠깐들, 고정들 하십습지, 진, 진정들 하시라굽습지. 왜냐하면, 세상은, 방금 전에 일어난 것과 같은 詩人들에 의해서도, 그 많은 부분이 誤讀되어, 誤導되어오기도 했습는뎁지, 우리는 무조건적으로, 박수갈채를 보내기에 앞서, 무엇보다도 먼저, '예수의 正義와 바라바의 正義'에 관해 깊은 이해를 갖지 않으면 안 되고, —그 양자의 공통점은, 양자는 공히, 자기네들의 당대의 衆心的 아픔에 깊이 가담해 있었다는 그것이겠습지. —그런 다음에는, 저런 식의 사건, 또는 얘깃거리가 일어나는 곳마다, 코를 밝혀 달려가, 그 일어나는 일들을, 눈을 밝혀 잘 보아두었다가, 또는 써[記] 두었다가, 세상 돌아가는 얘기에 흥미를 가진, 많은 사람들이 모인 데 같은 데 가서, 자기가 목도한 사실을 얘기해준다든지, 또는 읽어주는 者—앞으로 우리는, 저런 役을 담당하고 있는 자를 짧은 이름으로 나타내기 위해 '記者'라고 해두기로 하십습지—, 그런 자들의 正義와, [앞서 말한 바와 같은] 詩人들의 正義에 대해서도, 심각하게 고려해보고, 그런 뒤, 아직도 박수갈채로 찬양할 수 있으면, 그때 하시기로 하십습지. 本稗官의 관견에는, '記者'는, 저 '꿈꾸고 싶어 하는 이상한 잠, 즉슨 衆心, 또는 集團'이, 무슨 꿈을 어떻게 꾸고 있는가, 그것을 열심히 들여다보며, 그 '꿈이 구현하려는 正義', 그 正義는 다음 순간, 다른 正義에 의해 대치될 수도, 또는 不義化할 수도 있는, 그런 正義라도, 그것을 위해, 殉敎까지도 감행하지 않으면 안 될 때, 殉敎도 해야겠지만, '詩人'은, 말한 바의 저 '꿈꾸고 싶어 하는 잠'의, 그 '꾸는 꿈'도 열심히 들여다보고, 그리고 그 '잠'의 어떤 불편함이, 저런 꿈을, 그것도 헤설픈 꿈을 꾸어내게 하고 있는가, —그렇습지, 저 '꿈꾸기 좋아하는 이상한 꿈'

은, 이상하게도, 凶夢[이것을 우리는, 被虐的 국면을 담당하는 꿈이라고, 가정해두기로 하십습지] 이나, 惡夢[은 그렇다면, 加虐的 국면의 꿈이랄 수 있겠습지] 을 꾸기를 좋아합습지. 그것이 왜 그런 경향만을 드러내는지를 알아보려면, 六祖의 '遺傳된 陰氣論'을 재거론해 보아야겠습지? —그것을 알아보기 위해, 저 '잠'의 뿌리랄 것에로까지 내려가, 그 '아픔'을 진맥해낸 뒤, 할 수 있으면, 그 '잠'에다 재갈을 물리고, 고삐를 씌워, 그 '잠 머리'를, 밝은 쪽에로 돌리도록 해야 할 것으로, 詩人의 '正義'는 그래서, 비유한 바의 '재갈'이나 '고삐' 같은 것이어야 하는 것이 아니겠는가, 합습지. 그럴 때 '詩人'은, '記者'와 달리, '記者'가 보는, 어떤 당대적 '凶', 또는 '惡'까지도, 그것은, '遺傳되어온, 나쁜 陰氣'의 除毒, 中和로도 이해하기도, 또는, 당대적 어떤 好, 善 같은 것도, 장차는 어떤 '陰毒'을 이루게 될 것으로도, 통찰하게 될 것입습지. 化現 쪽의 세계는, 나타난 그대로보다, 훨씬 더 복합적이거든입습지. 그러니까, '記者'도, '詩人'도, 자기의 당대의 아픔에 같이 앓되, [이것을 本稗官은, 달마의 構造라고 이릅습는뎁,] '記者'는, 그 '化現 쪽의 세계'를 보다 열심히 보아야 하고, '詩人'은, '나타난 그대로보다, 훨씬 더 복합적'이라는, 그 永根 쪽의 세계를, 보다 더 열심히 보아야겠습지. 이런 말은, 달마[임무, 사명] 의 構造는 그렇게 이뤄져 있다는 것이며, 그런즉슨, '記者'는, '詩人'이 보는 쪽을[反之亦然] 외면해도 된다는, 그런 뜻은 없다는 것은, 이 자리에다, 분명히 밝혀두기로 해야겠군입지. 그래서 그러면, '記者의 正義'는, 常加變的이므로, 그것은 '正義'가 못 되거나, 무의미한 것은 아니겠는가, 그렇다면, 그런 '正義'를 위해 殉教까지도 감행했다면, 그것은 개죽음은 아니겠는가, 하는 의문도 없을 수는 없겠습지, 마는, 하려 하면, 그 대답쯤이야 어렵잖게 할 수 있을 것이므로, [만약 그렇게 쉽게 만들어질 수도 있는, 그런 대답이라면, 그것을 만들기 위해, 뭣 때문에 도로를 바쳐야겠습늅?] 그러려 하기보다는, 차라리, 그 '의문'에 동의하기로 하고, 그런 뒤, 거기서 무슨 현상이 일어나는지, 그것을 보기 위해서, "詩人의 正義도 그렇다면, 無意味할 뿐이다"라고, '詩人의 正義'를 부정해버리려는 짓이나 해보기로 합습지. 그럴 것이, 한쪽의 正義가 무의미하다면, 다른 쪽의 正義도 의미가 없어야 한다는 것은 논리적 귀결이거든입지. 어쨌든 그래서, 앞서 밝힌 '詩

人의 正義'를, 이 당대적 어휘로 번안하기로 하여, '보다 나은 세계의 구현'이라는 식으로 바꾼다면, 그에 따라, 무슨 反論이 제기될 수 있는가 하면, 有情은 보다 나은 곳에 처하게 되면, 투박하게 말해서, 타락한다라는 것 같은 것입습지. 글쎕지, '프라브리티 宇宙'는, 저주의 장소가 아니라, 不完全한 有情으로 하여금, 進化의 正道에서, 게을러지거나, 쉬지 말고, 니브리티를 성취할 때까지 달리라고, 그렇게 주어진 進化의 장소인바, 그렇다면, 그 프라브리티 宇宙에 나타난, 어떠한 나찰도, 나찰은 아니라, 보살이 쓴 나찰의 얼굴 이상, 다른 것은 아니라는 것을 부인할 수가 없게 되고, 그러자, 부정당하게 되는 것은, '詩人의 正義'라는 것임을 보게 됩습지. 그건 이렇게 되면, 무의미하기 짝이 없을 뿐입습지. 참말입습, 누구든 바로 이 '無意味'를 깨닫기만 한다면, 그 당장 그는, 다른 아무 데도 말고 니르바나에서 자기가, 왜냐하면 좋지 않은 羯磨의 눈가림 때문에, 타는 불바다, 저 괴로운, 상사라에의 凶夢을 꾸어왔음을 알 것인뎁. 아항, 本稗官은, 괴롭다는 그 상사라의, 옴팡하고도 호꼰한 아랫묵에 배를 깔고 누워, 육시러게 입만 까서는, 비록 말해, 당신네들이 마을을 꾸미고, 삶을 영위하는 그곳이, 잠시 그 등이라도 볕에 쪼이려 떠올라온, 무슨 바다 괴물의 등짝이라 한다 해도, 거기다도 꿈을 심고, 꽃을 가꿔, 나중에야 어찌 되었든, 글쎄, 때가 차면 한 우주 자체도 無 속에 침몰되어 버린다고 하거늘, 어찌 되었든, 이 당장은, 조금이라도 살 만한 곳으로 만들어보려는, 그런 약간의 꿈, 그런 正義까지도, 모두 빼앗아, 당신네들이 그 등에 밭갈이하는, 그 惡魚의 아가리에다 던져 줘버리려고 하고 있다고, 있놨답? 헤헤, 本稗官께 여겨지기로는, 저것이야말로 궁극적 진리인 듯싶은즉, 本稗官께도 그럴 능력이 있기만 하다면야, 어찌 그러려 하지 않겠습? 그러나, 本稗官이 노리고 있던 것은, 정작에 있어서는, 肯定性을 획득하기가 쉬운 쪽의 眞理를 否定해 보이기로서, 쉽게도 否定당할 수 있는 쪽의 眞理를, 肯定 속에로 再召喚 해내려는 것이었었습지. 그럴 필요를 느꼈던 까닭은, 本稗官의 믿음에도, 말한 바의 그 '見性'을 하지 못하는 한, 그런 중생에게는, '正義'라든, 뭐라는 그것이야말로, 환하게 켜진 燈이어서, 궂고 어두운 험로에서, 절망이나 좌절로부터, 다시금 다시금, 그 등뼈를 곧게 펴고, 다리뼈를 일으켜 세우는, 그렇게나 濃艶한, 天女의 부르기 같은 것이더군입습지. 그런 '正義'는 그리고, 언제든, 곧 따라잡는다면, 곧 잡힐, 그만큼의 거리를 두고, 앞서가는뎁지, 그것의 어떤 것을 좇다 보면, 魔女네로 이어지고, 어떤 것은 魔術師네로도 이어집습지)

'合論'의 주장은, (「신데렐라」 얘기를 그 이론적 바탕을 삼아서) '신발'이란, 諸論이 說破하고 있는 바와 같은, 그런 성격들을 갖지 않은 것은 아니라도, 지금이라도 탁 깨놓고 말하면, 그것은 무엇보다도, '玉門'의 상징이라는 것을 잊어서는 안 된다는 그것이었습시다. 그런 견지에서는 그러니, '해진', 그래서 '벗기어져, 버려진 신발'은, 비유로 말한다면, '落花'나, '落葉' 같은 것이람시롱 갖다가시나, 이 비유를 다시 다른 비유를 들어 비유한다면입지, 그것은 계집의 사태기를 시나브로 흘러내리는, 월후나, (사내 치른 경험이 있는 여자에게 있어서라면) 정액 같은 것이랬습신다. 그런즉, 열두 玉詩들 침방에서 버려져 나오는, 스물네 짝의 해진 신발이란, 비단 서답 같은 것 말고 무엇이겠느냐며, 만약에 國母가 계셨더면, 國母만 가만히 아시고, 웃음 지으신 뒤, 王壻감들을 물색하셨을 일을, 國父께서 당하게 되시니, 그것이 심려의 대상이 된 듯하다고 했십다. 이어서는입습지 그리고, 그것이 다름 아닌, 物質로 이뤄진 세상의 법칙이라고 목청을 가다듬은 뒤, 열두 玉詩들도 이제는, 散文과의 결합을 통해, 그 精身(이 '精身'이란, '妖精들이 입은 몸' 같은 몸이란 뜻일 것이웝다)에 質을 입어, 그 精身에 重力을 受胎치 않을 수 없는, ―빈 것에는 채우고, 찬 것은 비우는―'歲月'이 부르는 소리에 귀를 연 것이 분명하다고 했습시다. 곁들여 그리고는, "魂은 苦痛 속에 거처를 둬 있다"는, 매우 묵은 명제를 들춰내, 그것에 덮인 먼지를 털어 윤나게 했습시다. "妖精들이, 魂을 갖기를 바라면, 그 妖精的 무장애와 무고통의 날개를 벗고, 땀 냄새와 苦痛뿐인 살, 그것도 사람이라는 有情의 살을 입지 않고서는 안 되는데", 그것이 詩村國에로 수입되어지면, 어떻게나 天上的 詩想이라 한다 해도, 그것이 한 편의 詩로써 成肉身을 하려 하면, 修辭學的 달마를 좇아야 하는바, 보다 투박하게 말하면, 땅에서 만들어져, 땅 냄새를 풍기는, 땅의 言語(그래서 人間은, 이 言語로, 땅이나, 땅과 관계된 곳, 地獄 따위, 에 관해서는 잘 말하되, 땅을 벗어난 곳이나, 것에 대해서는, 잘 말하지를 못하는 것이나 아닌가, 그들은 그렇게 고개를 갸웃거립습지)와의 결혼을 겪지 않으면 안 된다고 飜案된다고 했더랍심다.

물론, 저런 주장에 대해서도, 어찌 反論들이 없을 수 있었겠습닌까마는, 그 反論들을 다 열거할 수도, 필요도 없는즉, 여기서는, 그중에서도 재미있다고 여겨지는 것으로 한 가지만 들어보기로 하면, 단연 '黃論'을 들어야겠을심다. 이 문제를 두고는 그들도, '東論'이며, '西論'이라는 식으로, 갈렸던 파까지도 단합을 하였으니, 그들의 믿음에는, 왜냐하면, '合論'派에서, "익힌 계란은, 이쪽이나 저쪽, 뾰죽한 부분들을 위나 아래로 하여 세우려 하면, 못 먹고 마는데, 결국 그 계란은 세워지지를 않게 되기 때문이다"는 주장을 하고 있었기 때문에, "愚公이여, 愚公이여, 우리가 말하는 이 '계란 세우기'란 어디, 평평한 상판 위에 세우기래야 말이지", 하고, 야유한 것에 의해 보면, '合論'의 주장은, 어리석은 독단론 이상의 아무것으로도, 여겨지지 않는 것이 분명할심다.

'黃論'의 反論은, '權威'와 '支配力'의 상징이며, '禪'인, 저 '신발'은 헌데, '두 짝—한 켤레'가 아니라, '한 짝—반 켤레'의 신발이었다는 점을 밝히고, 그리고, 한 여인은, 하나의 玉門을 갖는 것이 우주의 법도이거늘, 어찌 '열두 玉詩의, 스물네 짝 신발'을 운위하여 간접적으로는, 둘씩이나 되는 玉門에의 소식을 퍼뜨릴까 보냐, 라는 것이었는뎁지, 그것에 대한 '合論'의 대답은, '두 짝 신발'이란, 사실로는, '한 짝'이 부족하다고 하여, 여성의 品性[입, 玉門, 肛門]을 들어, 여성이야말로, 지옥 문전 지키는, 三頭犬이라고 할 것이라고 했드랬심다. 그리고 이어, 만약 저 '세 번째 신발짝'을, '한 짝'이라고도 볼 수 있다면, "愚者들이여, 愚者들이여, 그것을 일러 合論을 合論이라고 이르는 것이 아니겠습?" 했더랬심다.

그런 후, '신발論', '신발學'은, '신발道'에로 나아갔다가, '한 짝 신발'이냐, '두 짝 신발'이냐의 문제로, 그들 간에는, 아직도 論爭이 區區節節한데, 더러는 주발을 날리고, 더러는 그 날으는 주발에 이빨을 깨이고, 그러구 구구 구구하고 있다구 구구 구구헙심다. 그러느라 여태껏도, 書院에서는, 신발學 硏究報告書가 작성도 되잖고 있는데, 그러는 중에도, 玉詩房에서 버려져 나와 쌓이는, 해진 신발은, 언덕을 하나 이뤄가고 있더라고 합심메다.

武夫들이 보기에는, 혀가 너무 길어, 혀에다 영양을 다 빼앗겨, 몸을 혀로 지탱을 못 해, 차라리 몸이 혀 밑에 빌붙어 살고 있어 보이는, 저 書生들은, 후핫핫, 玉門 맛을 본다며, 핫핫핫, 그 긴 혀는, 입맛 다시라고 한옆에 사려놓고, 후핫핫칵, 하필 옻칠한 숟갈로, 이리저리 긁어, 떠서, 그런 뒤 혀로, 그 뜯어낸 것을 찝찔 건것찝찔거리고 있습시다. 작것들은, 호미로, 닭의 목을 자르려 하며, 부엌칼로, 밭의 잡초를 쳐 눕히놨습. 그뿐만은 아니어서, 이거 뭐 흉보자고 하는 소리로도 들릴지도 모르겠으나, 野史에 기록된 얘기를 한 자리 빌기로 하면, 城 밖에는 해적선이 닻을 내려 있으며, 젊은 남자로부터 까낸 불알 천 개와, 까지 않은, 싱싱한 것으로, 오백 개의 공알을 내보내지 않으면, 성채를 태워버리겠다는 위협을 한고로, 왕께서, 書院에, 그 火攻에 대처할 계책을 물은즉, 여럿이서 이마를 모두어, 여러 낮 여러 저녁을 새워 심사숙고한 끝에, 해 올리는 소리는 이랬드랬습시다. “전하께옵서는, 조그만 바다 도적들의 火攻 한 가지를 두고, 어찌 심려를 하신다 하옵시나이까? 소신들이, 이 자리에서도, ‘火攻’이라고 發音해보았삽도, 소신들 중의 어느 누구의 혀나 목구멍을 태워 연기를 내거나, 기름 끓는 냄새를 올리는 법도 없삽나니, ‘불’이란 결코 ‘태우는 것이 아닌 것’을 증명하는 것이옵나니, 만약 ‘태우는 것이 아닌 것’이 그것이라 하온다면, ‘火攻’이란, 무슨 잡스런 개구쟁이들의 수작이겠나이까? 그런즉 어찌 이를 두고, 심려를 하신다 하시리까?” —헌데, 그들이 그렇게 불철주야 계책을 논의하던 중에, 바다 오랑캐가 주었던 時日이 다 되었던지, 이미 ‘火攻’이 시작되어 있었더라 했으며, 성내 집들이 타느라, 오른 연기가, 날빛까지 가리기에 이르렀더람시다. “경들의 계략인즉슨, ‘火不熱’에 근거해 있는 듯함에도, 그 ‘뜨거움’이 극하여, 오르는 연기가, 경들의 눈에는 보이지가 않는단 말이냐?”라고, 왕이 연기 오르는 곳을 가리키는즉, 大學士가 揖하고, 목청 가다듬어, “불은, 예부터, 맞불로써 소진케 하는 것이오니, 城外 火攻을 진압하시고저 하실진대, 전하께서는 武夫들을 부르시고, 그들로 하여금, 火攻으로 대전케 하명하옵소서. 城內의, 불에 탈 수 있는 모든 것에다 불을 지르라 명합소서!” 한즉, 왕께서는, 용포를 벗어, 龍顔을 가리며, “수치로 얼굴을 들 수가 없도다. 그런즉, 경들이 갈 곳은 짐이 걱정할 것은 없겠으나, 경들이 걱정해야 될 일은, 그러면 짐은 어디로 가야겠느냐?”라며, 龍淚로 한 왕국 넓이의 용포를 다 적셨습시다. “난하옵나이다. 전하께서 소신들께 하문하셨삽기는, ‘火攻에는 어떻게 대처해야 되겠느냐’고 하신고로, 소신들은, 그 계책만 강구했던 것이었삽는데, 딱하기는 이 처지에, 어찌 전하뿐이시겠나이까?”라고, 저 書師들은, 뿔뿔이, 자기네들 권속들에 대한 걱정으로, 헤어져 달려갔드랬는뎁습, 달려가다 그들의 머리가 하나같이, 흙밭에 구르게 되었더라고 합습메다. 野史記述者는 기린다, “비록, 저들의 머리를 디뎌, 바다 오랑캐들이 獅子吼를 내질렀다 하되, 賢者들이여, 그를 두고 羞辱이랄 것은 아니니다, 하물며 수인씨, 복희씨, 신농씨도 흙에 머리를 굴려 흙에로 돌아갔음을. 公들의 처자식들이, 오랑캐의 진흙 발이며, 까 내린 누른 바짓가랑이 밑에서, 신음하는 꼴도 恥辱은 못된다, 서시나 양귀비 같은, 큰 나라의 國母되는 이들도 그렇게 당했거늘, 하물며, 제 구들막을 데우는 불과, 제 목구멍에서 발음되어 나오는 불과의 다름도 모르는, 우물 속 개구리 좆만도 못한 公들의, 처자식이야 일러 뭣 하리.” —그 난은 어쨌든, 깐 불알 백 개와, 싱싱한 공알 오십 개에 다 얹어, 성내의 곳간 속 곡식, 금은 패물들을 모두 바치고 면해, 끝났더라 합심메다. 그런즉, 아마 오십 명이나, 그보다 숫자가 적은 해적께, 한 왕국이 몽땅 유린을 당했던 모양이었습시다. 그 이후, 폐지된 한림원이, 헌데, 근래 다시 열린 바 되어, 해가 중천일 때쯤은, 少論의 기가 승한 듯하여, 國事國權이 그들 장중에 드는 듯하다가도, 오후 중참을 먹고 궁중 있는 데를 보면, 黃論이 그 少論의 머리를 흙밭에 굴려 딛고 있고, 이러고 있습시다. 이런 야단이 또 없겠습시다.

‘신발學 研究’에 관한 報告書를, 하나만 작성해 제출하기란, 현재 상태로서는, 어느 ‘論’에서 짐작하기에나, 몇 년의 세월이 더 걸리게 될지도 모르겠을 뿐만 아니라, 그런다 해도, 그 세월이 어떤 식으로든 기적 비스름한 것이라도 일으키지 않는 이상, 세월이 흐른다는 이유만으로는, 여러 異見들이, 한 못의 智慧로 녹아, 신발 닮은 蓮꽃이라도 하나 피워낼 수도 있다는, 아무 보장도 할 수가 없어, 老少 東西 合쳐, 어느 ‘論’ 하나 제외할 것이 없이, 모두 편안스럽지 못한 아침을 맞고, 저녁을 저물리는 중에, (이것은 그러자니, 저절로 일어난 의견이랄 것이어서, 그것을 주장하고 나선, ‘論’이나, 인물을 지적해 말할 수가 없는데) 이거 이럴 일이 아니라, 各‘論’은 따로따로, 자기네의 ‘研究’의 결과를 작성해 제출하면 어떻겠느냐는 의견이 돌아, 그렇게 하기로 했더니, 그리고도 꽤 많은 날수를 더 헤아린 뒤, 書院에서는, 드디어, '報告書'들이 작성되어, 御前에 받들어 올려졌십닌다잉. 各 '報告書'들은, 입 싼 아낙네 중, 그중 입 싼 아낙네를 시켜 읽힌다 해도, 족히 두세 시간씩은 걸리는 분량이었습닌다, 마는, 왕께서는, 詩宮 광대께 명하여, 읽되, 그것도 지루하지 않게, 멋지고도 낭랑하게 읽으라 하여, 一日一論식으로, 그러니 닷샌가를 걸려 다 청취하싰습신다. 그러는 동안 왕께서는, 詩民들이 잘 알아오는 바대로, 大道스러워, 편견 없는, 활달한 정신을 갖고 있었음에도, 때론, 용안에 울그락 푸르락함을 감추지 못하였으나, 그 두세 시간 동안에, 일 년쯤 나누어 했어도 좋을 하품하기와, 봄날, 볕이 좋고도 좋아, 볕밭에 나앉지 않을 수가 없어 나앉았다 보면, 누구나 영락없이 고개가 떨구어져 떨구는, 그런 어떤 좋은 봄날 하루 치 고개 떨구기를 떨구었드라 하니, 다른 얘기를 하지 않는다 해도, 그 硏究書들이 함량해 있는, "(누구는) 잠만 자는데, 그 밑창이 닳아지는 신발"에 관한, 지혜의 총계를 알 만하실 일입심다. 울그락—하아—끗떡—푸움—푸르락—푸우—끗—. (本稗官이 비록 稗官職에 있다 해도, 촌놈들 상대로 촌으로만 굴러먹거늘, 일국의 일등가는 흥행사로서, 그것도 왕의 상에서 던져지는, 御食에 사는 자에, 언감생심, 비교라도 해보려 했다가는, 우물을 떠나기 싫어하여 지켜 사는, 어떤 어미 개구리가, 우물 밖 구경에서 돌아온 새끼들 앞에, 새끼들이 보았다는 그 암소를 꾸며 보이려다, 쉿 펑— 배통이 터져버리고 만 것 같은, 그런 일이나 한 번 더 일어나고 말 일이므로, 어떤 경로를 좇아서든, 저 '報告書'들이, 비록 本稗官의 소장품이 되어 있다 해도, 本稗官으로서는, 그 어느 學論의 첫 글자에라도, 혀 대보려 하지 않을랍닌다. 그럼에도, 저 論學에 대한, 궁금증이 돌이 된 것들이, 本洞 고막들 밑바닥을 떼구루루 떼구루루 구르고 있어, 불편스러운 듯하니, 그런 대신, 本稗官이 갖다가시나, 그 御學會에서 문제 삼았던, 그런 한두 문제점들만, 그래 보았자 두 가지 정도밖에 안 되겠습지만, 범주별로 묶어, 지적해두기는 해보기로 할랍닌다)

'신발-效用論', '신발-權威論', '신발-法輪論'者들이 당면해야 했던 난제는, 무엇이었는가 하면, 말입심메다, 누구나 다 어렵잖게 짐작하겠는 바와 같이, '잠자기'와 더불어, '신발'이란, '개발의 편자'며, '황소의 젖꼭지' 같은 것인데, "대체 어떤 경로로, 그 신발 밑창에 구멍이 날 수 있는지, 그 이론으로 그것을 설명할 수 있느냐?"는 공박에, 대답을 할 수가 없던바, 御會가 끝나는 대로, 그래서, 이 '學論'에 속한 書生들은, "돌아가, 붓에는 녹이 스는 한이 있더라도, 보습과, 마누라들의 음호에는 결코 녹이 스는 일이 없도록 하라"는, 御意를 받잡아, 귀향길에 올랐으며,

그 대답은 헌데, '신발-奚匣論', '신발-玉門論'者들이, 딴에들은 명료하게 해냈다고, 매우 色氣한 얼굴로 주장했음에도, 詩王의 이해에는, '명료하다는 대답'까지도, 畜生道用 方言으로, 짐승의 똥밭 色鬼들께 똥을 맥질해 형상을 드러나게 하기로써, 詩를 모독하고 있어, 詩王 자신, 馬脚을 해 갖고, 詩音에 좇아, 당나귀 춤을 추고 있는 것이 백일하에 공개되는 결과여서, 그 변명을 하느라 왕께서 御鞋를 벗어보기에까지 이르렀던바, 사실로 詩王 자신이, 馬脚을 해 갖고 있음이 드러났드랬습시다. 저 書生들에 의해, 詩村國의 발이, 흙 속에 묻혀, 짐승 털을 돋궈내고 있던 것입슴메다. 그래서 저 일군의 書生들은, 그 혀에 돋은 터럭의 길이에 좇아, 그 터럭으로 꼰 밧줄에 목을 매이기도, 손발을 묶여, 짐승들이 우글거리는 들에 던져지기도, 불알이나 하초를 묶여, 연자방아 돌리기에 그 精力을 써야 했기도 했습시다. 글쎕슴, 그들에 의하면, (이것은, '신발-玉門論'의 주장입지만,) '침실에서, 밑창에 구멍이 난, 땀 젖은 신발'이란, 무엇이겠습, 다름 아닌, 그 玉詩들 잠의 꿈속으로 쳐든, 어떤 馬脚을 가진 숫精께 찢기고, 짓밟힘 당한, 저 玉詩들의 순결성, 처녀성 말고, 또 무엇이겠느냐고 했으며, ('신발-奚匣論'者들에 의하면) 말한 바의 저 어떤 숫精이, 玉詩들의 꿈을 노략질한 데까지는, 의견을 같이하되, '순결성, 처녀성'이란, 매일 저녁마다, 새로 한 벌씩 짓밟힐 수 있는 성질의 것이 아니라는 전제에서, 예의 저 숫精이, 玉詩들과 지내기만 하고, 애를 배게 한다거나 해서, 그렇게 되면 그 情事가 탄로 나지 않을 수가 없게 됨으로 일어날, 그 뒤 사태를 두려워하여, 미리 회피하기 위하여, 玉詩들께 접근하기 전에마다, 그 馬脚에다, 신어, 습기를 새지 않게 하고, 그리고는 벗어버리는, 그런 신발들일 것이라고 했습시다. (아까 말씀드린 바 있는, 御鞋 속에서, 임금의 馬脚이 드러나 보인 일이 있는 것이,

이 대목인뎁습, 들어봅습,) 때에, 임금의 코가 크흐흥 맡았기로는, 자기의 왕국이 왼통, 당나귀 똥과 오줌 냄새로 가득 찬 듯한 데다, 상에 그득 쌓인 육미나, 해산물보다도, 푸른 풀이 더 입맛을 돋우는 듯하게 눈을 끌어, 스스로도 의심스러운지라, 용포를 끌어 올리고, 시녀들로 하여금, 御鞋를 벗기게 하여, 본즉, 아흐후후흥, 이게 어찌 된 일입메, 털 난 馬脚이 비어져 나왔슴메다. 알다시피, 백성이 보게 되는, 왕의 당나귀 귀라거나, 나귀의 발 같은 것은, 그 백성께 아무 잘못이 없음에도, 그 현장에서 그것을 목도했다는 다만 그 한 이유만으로도, 말하자면 天罰 같은 것이어서, 구름이 지나며 오줌 누는, 그런 소나기 속에서는 혹간 소나기를 피할 수는 있어도, 회피할 수가 없는 것은 저것입심메다. 이건 참, 아닌 한낮 푸른 하늘에서, 벼락이 쳐 내리기여서, 書生들의 얼굴은 질려 푸르고, 사지에서는 경련 탓에 휘파람 소리가 날 지경이었는데, 그들 중에서 그중 날렵한 꾀를 가졌다는 그 書生이 그때, 갑자기, 두 팔을 뻗쳐 올리며, 狂人인 듯이도, “햇님 만세! 天陽 만세! 太陽 만세!” 삼창을 해대더니, 그 馬脚 아래, 그 몸을 내던졌슴시다. “하으, 어찌 땅의 賤生으로써, 天陽이 人肉을 입어, 賤生들의 복지를 위해 하강하신 줄을 알 수가 있었겠사오니까?” 그리고, 馬脚의 왕을 우러러보며, 그 馬脚 하나를, 제 가슴에 올려, 딛게 하며, 그 왕을, 큰 한 광명으로 찬송하고, 땅의 모든 영광을 그에게 돌려, 그 광명에다 광명을 더했슴시다. 그리하여, 馬脚의 왕이, 점차로 하나의 宗敎를 이뤄가고 있었는데, 그 敎義 大要는 이러합슴메다. 해의 운행을 열심히 살펴보던 先人들에 의하면, 해는, 열두 필의, 처녀 같은 말들이 끄는, 수레에 타고, 아침에, 그리고 正初에, 하늘을 올라, 저녁에, 그리고 歲末에 내리는데, 이런 해의 운행을 좇아, 하루는 열두 點, 일 년은 열두 달로 나누어지는 것이라고 하지마는, 실제에 있어서는, 저 해 자신이, 그 영광스러운, 찬란한 빛의 갈기 털을 세우고, 하늘을 달리는, 빛의 말[光馬]로서, 꼭 한 마리의 말로서, 그 한 마리의 宇宙馬의 운행을 좇아, 하루 열두 點, 일 년 열두 달이 나뉘는 것을, (先人들은) 그 點과, 달의 분위기와 성격의 다름에 착안하며, (한 마리의 말을) 열두 필의 말로, 나누어보기에 이른 것뿐이었다고 하며, 그런즉, 저 우주적 빛의 말은, 당연히, 그 너무 찬란하여 肉眼으로서는 도저히 마주 볼 수 없는, 그 빛 속에, 말의 발을 감춰놓고 있는 것은 분명하다고, 그리고 그로 인해(라는 말은, 왕이 드러낸 馬脚에 인해, 라는 말인데) 자기네들은, 비록 땅의 賤生임에도, 자기네의 聖君이, 天陽, 太陽임을 알겠다고 했습시다. 그리고 새로 "햇님 만세!" 삼창을 했는데, 이번에는, 그 자리에 있던 시녀들까지도 합세해 있어, 궁전 지붕이 三天까지나 떠들려 올랐드랬심다. 嗚呼通哉, 그러했음에도, 저 꾀 많은 書生의 머리는, 그 馬脚이 짓밟는 자리를 못 벗어나, 깨뜨려지고 말았습다. "간악한 자가, 더 보태, 이번에는, 한갓 땅의 人蟲을 天陽에 견주어, 성스러운 天體까지 모독하기에 이르렀으니, 그 죄가 적잖으리라." —헌데, '더 보태'라는, 말이 뒤에 숨겨놓고 있는 뜻은, "저 간악한 書生들은, 입에 담기는커녕, 그러기 전에, 생각까지도 일으켜서는 안 되는, 近親相姦이라거나, 또는, 무슨 獸姦 관계라도 있었다는 듯, 허위 사실을 진술, 고발하여, 詩道를 문란하게 하고 있다"는 그런 것이었습시다. 글쎄, 왕 자신도 모르다 발견해낸 사실이 그것이었지만, 그 왕국에서 '馬脚'을 갖고 있던 자는, 왕 말고는, (다른 누가 더 갖고 있다는 보고도 소문도 없었으니,) 아무도 없던 것이니 그럴심다. (왜냐하면, 精粹한 詩行 속에, 짐승의, 터진 똥창자 냄새나, 따인 목에서 뿜어 나는, 피비린내가 섞이는 것[은, '詩'에 대해 '歷史'랄 것입습지만,]을 피하기 위해, 저 書生들의, 그 뒷일에 대해서는, 언급하지 말기로 해야겠습시다. 그 머리통 가득 찬, 지혜의 삼거불이며, 긴 혀로도, 馬脚 하나 옭감을, 올가미 하나 만들지 못하였음을)

그리고는, 별다른 도리도 없는 듯하여 詩王께서는, 하다못해, "玉門까지 흘러드는 치질이라도, 자주 햇볕에 내 말려라, 그러면 그 냄새를 좇아, 藥이 걸어 든다"는, (어쩌면 그것이) 胡醫鑑(일 것입지) 序說도 좇아, 宮內事를, 그러니 詩王네 家事를, 보다 정직하게 말하면, 그의 恥病을, 만방에 고해 밝혀, 和劑를 구할 수밖에 없었습다. 그런 짓이란, 사실 말이지만, 詩王 자기의 馬脚을 끊어, 성루에 매달아 놓기나, 벌거벗은 玉詩들을, 성 밖 네거리에 세워놓아, 나무껍질이나, 풀 옷 입은 자들의, 거칠은, 시뻘건 눈으로 쏘아 던지는, 돌팔매 밑에 둬두기보다도, 더 아프고도, 부끄러운 일이었으되, 그렇다고 하여, 쉬쉬 그냥 덮어두고, 세월이 해결해주기를 기다리기로 하면, 왕의 막연한 느낌이기는 하지만, 막내 公主까지도 노파가 되도록, 짝을 못 맞춰줘, 일국의 公主가 손말명 팔자를 면하지 못할 듯하니, 그런달 수도 없는 것은 분명했습다.

—그리고, 이런 투의 이야기는, 이런 대목쯤에서는, 밖에다 "勇士나, 꾀 있는 자의 도움을 필요로 한다"는, 榜을 내붙인다는, 그런 일정한 절차를 갖고, 발전해가는 것을 아는 이라면, 이제 저 詩王國에서도, 모든 詩場통에다 詩榜을 내붙였을 것이라는 것은, 미리 짐작하여 알고 있을 것입습메다. 그 詩告인즉도, 뻔히들 짐작하고 있을 터여서, 뭔 詩랄(지랄)한다고, 이 자리에다 그것을 새로 게워내야 할 필요도 없을 것입습메다. 그럼에도, 이 자리에 삽입해두어, 행여라도, 이후의 혈기에 넘친 젊은네들이, 경거망동하여, 不歸客이 되는 비극이 없도록, 村家事와 宮中事의 다름을 밝혀 경계를 삼기로 한다면, 이보다 더 좋은 얘기도 없을 성부른즉, 그것 한자리 섞어 넣을랍니다. (헤로도투스가 전하는 얘긴데) "어느 나라의 임금 얘기로서, 이자는, 자기의 왕비의 몸보다 더 아름다운 몸을 구비해 있는 여자는, 이 땅 위에는 없다는 믿음에 들려 있었던 자라고 이릅습메다. 그 생각은 그에게, 그것을 증명해 보이고 싶은 데로 발전을 해, 종내, 자기가 그중 신뢰하는 신하를 하나 불러 어명을 했기를, 저녁에 內宮에 숨어들어, 왕비가 옷을 갈아입을 때, 그 벗은 몸을 보라고 한 것임닌다. 거기까지는 좋았으나, 정작의 문제는 이제, 거기서부터 시작되었습닌다. (여기 어디에, 村家事와 宮中事의 다름이 있음에 분명할심다) 왕비가, 그 사실을 알게 된 것이고, 당연한 결과로, 자기의 몸을 훔쳐본, 그 신하를 불러내기에 이르렀을 것임신다. 왕비는 손에 비수를 들고 있다가 그에게 건네주며, 신하 된 자로서, 國母가 되는 여자의 벗은 몸을 훔쳐본 자가 있으면, 그 죄벌은, 두 번 물어볼 필요도 없이 죽음인데, 그럼에도 이 경우는, 경우가 매우 미묘한즉, 선택을 주겠거니와, 스스로 죽기가 싫으면, 그 같은 몸을 보아오며, 즐긴, 다른 이, 즉슨 왕을 살해치 않으면 안 된다는 것이었음신다." —이것이, (물론 저런 매우 미묘한 경우에 한해서 말이겠지만,) 宮中의, 어떤, 덮여 감춰져 있어야 되는 부분, 또는 患部 같은 것, 백성에게는 다만 聖스러운 禁忌여야 되는 것, 그런 것이, 어떤 백성의 눈앞에 드러내져, 보여졌을 때, 백성에게 주어지는, 운명보다도 더 회피할 수 없는, 괴로운 한 선택이겠습시다, (宮中의 正義에 의한,) 죽음이냐, 아니면, 叛逆이냐, 말입신다.

어쨌든, 그런 詩告가 나붙고, 詩鼓가 詩둥둥 詩(十)方에 울려 퍼진 후, 詩村地는 바빠졌더니, 삼남의 강쇠 같은 걸물들이야 아예 말할 필요도 없겠거니와, 차고, 불알 매단 것이라면, 팔순에 접어든 것들까지도, 王壻의 꿈을 한 짐씩 짊어지고, 王道엘 올랐더라고 일렀던즉, 詩城 안쪽 대리석 바닥이, 어용 修理꾼에 의하면, 백 년 세월에 닳아져야 할 만큼의 두께가, 지난 몇 개월 동안에 닳아져 버렸더라고 하면, 할 말 다 해버린 것이지 뭣이겠습나. 헌데도 그 城門은, 아자가라라는 이름의, 巨蛇의 아가리가 아니었으면, 火天의 창자에로 이어졌으며, 그것도 아니면, 靑孀煞이 덕지덕지 낀 월경촌 옹가 년의 毒口이었거나 어쨌거나 했습는데, 一方通行路여서, 무엇이 들어갔다 하면, 결코 돌아나오는 법이 없었으므로 하는 소릴심다. 예 든 바의 저 세 가지 것은, '넋'들에 대해 '이승'이나 같아서, 밑 없는 독모양, 채우려 채우려 하여, 장차 칠해의 물을 다 부어 넣기에 이른다 해도, 밑이 젖기라도 하기는커녕, 여전히 비어 있다고 이르는 것들입신다. 배고픈 巨鯨의 배 속을 들었다 나온 것들이 있다는 소문은 있어도, 아자가라 뱀의 아가리를 넘어간 것치고는, 심지어 빛까지도 되돌아 나온 법은 없으며, 게글거리는 火天은 에뤼직톤, 三世를 다 태워 먹고도 모자라, 그 자신까지 먹어 치우는 자, 또, 물론 모든 玉門들이 다 그런 것은 아닐 터이지만, 靑孀煞 끼인 그것은, 아자가라의 아가리에다, 불의 창자를 갖고 있는 것으로까지 알려져 있는 것, ―저 세 가지 것이 地獄門前에 있어, 도망하려는 넋들을 잡아먹는, 一身三頭 毒狗의 각 머리의 역할들을 나타내는 것들일 것입습니다. (특히, 이런 이야기 속에서는 그리고, 三, 四, 七, 九, 十二 등은, 어떤 한 숫자의 원전에서, 童話的 필요에 의한, 여러 형태에로의 둔갑이라는 것을 관찰해두고 있으면, 童話的 數理의 이해에 도움이 될 것 입습다. 이 이야기 속의 기후는 말한 바대로, 常春的이어서, 이 이야기 속에서는 계절에 대한 상상력이 자극되지는 않지만, 만약 말해서, '열두 公主'가, 일 년 열두 달의 상징일 수도 있다면, 한 철이 석 달씩, 사계가 되어, '열둘'이 '넷'과 같은데, '사자의 머리, 염소의 몸, 뱀의 꼬리' 같은 것이 月歷의 상징이 되어 있는 고장에서는, 일 년이 세 철로 나뉘어 있는 것을 알게 되는바, 그때는 '열둘'이 '셋'과 같다는 數理가 형성될 것입습다) 詩宮에는, (詩의 迷路에 처해, 못 벗어나는, 意

味[公主]의 탐색꾼들께는, 그것의 아름다움도 아름다움이 못 되어) 그런 열두 마리의 암놈 아자가라(메두사), 독아를 숨겨 놓고 있는 열두 毒口(이빨 달린 요니), 火天의 샘 많은 마누라 스바하(일곱의 혀), 낮에는 똬리 쳐 등을 굽고, 밤에는, 불알이 여문 것들의 불알을 까(夢精을 받아), 기름하여, 어두움 쪽에로 눈 떠, (라는 말은, 이쪽 편에서 보기에는 자고 있어 보이되, ……) 푸륵 쓰륵 타고 있었슴메다. 어찌하여 그러면 부나비들은, 그 징그러운 죽음에 항거치 못하고, 오히려 호탐하여, 저 '일곱의 혀'에 감겨, 전신을 빨리기를 바라, 달려드는 것입메? 어찌하여 좆 찬 것들은 또, 옹가 년의 새끼손가락만도 못한 것까지라도, 急煞에 急死를 무릅쓰고라도, 옹가 년한테, 하다못해 눈 흘레라도 한번 하려 하여, 저리도 물이 못나게 발광들입메? 니르바나의, 無業의(그러니 이것들은 하는 일 없이, 놀고만 지냅심?), 無法無道한, (그러니 이것들을 무엇이라고 불러야겠슴?) 濁流들까지도, 아으 그러면 어찌하여(란, 故意的 엇이빨 물린 글귀인 줄 아씹스라) 비린내 나는, 누른 물에 머리를 잠가, 계집의 아랫두리를 빠져, 상사라엘 오느메? 이것은남이아ᄂᆞᆫ지동서방그남은간부이부거드모리ᄉᆡ호루기입한번마춘놈젖한번쥐인놈눈흘네ᄒᆞᆫ놈손만져본놈심지어치마귀에상쳑자락얼는한놈ᄭᆞ지ᄃᆡ고결단을ᄂᆡᄂᆞᆫ듸한돌에뭇을넘겨일년에동반한동일곱뭇윤ᄉᆞᆨ든ᄒᆡ면두동뭇슈ᄃᆡ고셜그질제엇더케씰어썬지삼십니안팟ᄀᆡ상토올인사나ᄒᆡᄂᆞᆫ고ᄉᆞᄒᆞ고열다셧너문총각도업셔게집이밧을갈고쳐녀가집을이니이년을두어ᄶᅡᄂᆞᆫ좃단놈다시업고여인국이될판이었다.

(반복되는 듯하지만,) 그런 제기랄, 약골들의 격에는 맞지도 않을, 王壻에의 첫 부풀은 꿈의, 날으는 毯子에 타고, 그 城門을 통과해 들어간 것치고는, 그러잔즉 나오는 것이란 없었습시다. 그래서 모두 수군대기로는, 저들은 어떻게 올라타기는, 저 날으는 毯子자에 올라탔으나, 어떻게 내릴지를 몰라, 그 위에서 굶어 죽고, 백골이나 얹고 있거나, 뛰어내린다고 하다가, 어느 벌판이나 골짜기에다, 백골만 쌓아놓았을지도 모른다고들 했습시다. 밖에서, 그런 식으로까지 수군대기에 이르기까지는, 제법 여러 詩節이 지났었는데(는 '읽혀졌었는데'로 변해져야겠습다), 그러기 전까지는, 밖의 아무나의 짐작이든 다 그랬었지만, 저들은, 宮城 안의, 저 푹신한 富饒를 안고, 앉고, 베고 누워, 公主들이

따라주는 잔에, 취해, 세월을 잊고, 지내고 있을 것이라고 했습시다. 허허헛, 허, 허지만, 저런 순 별 볼 내력 없는, 뻘건 白手(이눔, 테쌀리의 에뤼직톤 같으니!)들이, 저그 동네 잡년들을 끌럭 끌럭하다, 콧구멍을 파고, 그러다 그 창자에도 뭘 좀 밀어 넣겠다고, 그 코딱지를 감자에 발라 먹던 白面赤手들이, (이눔 에뤼직톤, 어디다 色氣하여 눈을 부릅뜨고, 도끼를 꼬나쥐눴다? 그리고는,) 흣흣흣, 그 손을 내밀어, 저 公主들의 玉手를 잡으려 덤비눴다? ([데메테르女神의,] 聖樹의 숲을 잘라 눕히눴다? 그런 방자함 탓에, 변가 강쇠 놈은, 萬病에 굽도 잦도 못 하다 뻗고, 에뤼직톤은, 배고픔으로, 하다못해, 제 허벅지 살을 제 이빨로 물어뜯어 먹기에까지 이르렀드라는데, 그 음식으로도 어쨌든지간에, 제 허벅지에 새 살도 찼을 것이며, 그러면 또 그것을 뜯어먹고 했을 것임신다. 妖精들처럼, 그러나 그는 物質의 국면에서, 그렇게 자신을 조금씩 조금씩 지워갔더랬는데, 까닭은 그것이었을시까, 한번 宮城으로 들어간, 털 난 손들이, 되돌아 나오지 못한 것은?)

사태가, (사태라니, 무슨 사태 말인가?) 이런 지경에까지 이르자, (저 고을에, 좆 단 놈 더 없기에 이르렀다는, 그런 말이겠지맹) 시나브로, 그렇게나 법석대던 王道가, 밤중보다도 더 조용해져 버리는 날이 왔드랬습시다. 이런 지경에 이르자, 세상 살기가 원통하고 맹통하고 절통한 데다, 서럽고, 배고파 못 살겠어서, 어디에 목을 매든, 떨어져 죽자고 마음을 정해 나선 놈까지도, 그 발길을 王城에로 디뎌 들려고 했기는커녕, 그 문을, 멀리 건너다보려고도 안 했으니, 제 목숨 제가 끊기의 어려움도 어려움이겠으되, 남에게 맡겨 끊기는 더 어려웠던 모양입심다. (아무도 천 년을 사는 사람이 없는데도, '死刑'이 벌이 되는 것은, 그러니 그런 이유겠음?) 죽음을 누가, 象徵化하려 한다면, 용암이 벌겋게 고인, 火山口일 수도 있으며, 배고픈 毒龍일 수도, 무저갱의 암흑뿐만 아니라, 큰 물고기일 수도 있을 것인데, (저 영상들은 어쩌면, 부정적 국면만을 압도해놓은 듯이 보일지도 모르되, 죽음은 어쨌든, 삶에 대해 否定입습메) 이 경우, 自殺을 도모하기 위해, 용소를 향해 걸어가고 있는 사내가, (이 '죽음'은, 순전히 풍문으로만 이뤄져 있는 것이지만, 그리고 어쩌면 그렇기 탓에, 누구나의 凶夢에 의해, 象徵化했을지도 모르지만,) 王城門 쪽에 대고는,

눈길도 보내려 하지 않는다면, 그를 통해 짐작하여 알게 되는 것은, 사람은 누구나 없이, 象徵性이 개입되어 있지 않은, 그저 凡俗한, 또는 일방적 죽음은 수락할 수 있으되, 무슨 象徵으로 쌈을 해, 그 쌈에다 죽음을 쌈 싸 죽는 죽음은, 두려워하는 것이나 아닌가 하는 그것입슴메다. (아도니스의 宇宙에 대해서 말이지만, 그럼에도 인간은 어찌 되었든 意識하지 않을 수가 없어, 죽음에 다가도 어떤 식으로든 의상을 입히지 않을 수가 없는데, [이것이 人間인 것들의 비극이며, 또한 은총인데,] 그리고 죽음에다 의상을 입히는 재단사는, 宗敎라고 이르는데, 여기 어디에, 宗敎들의 成과 敗의 갈림목이 있는 듯함시다. 요컨대, 살기뿐만 아니라, 죽기도 쉽게 해주는 宗敎가 있다면, 그것은 성공적 宗敎라는 것일 것임시다) 그런 까닭일 것으로, 별로 다른 것은 생각할 틈이 없어, 생각하기를 미뤄두고, 밭갈이나 열심히 해 먹고 살던 자가, 죽음에 당해서는, 오히려 초연한 모습을 보이게 되는 것은, 그는, 자기의 죽음을 象徵 따위에 쌈 싸서, 그런 무슨 象徵 속에로 죽어 들어가는 것이 아니라, 그것이 自然의 循環이던 것이니, 그것을 좇는 것은, 산 것들의 임무(달마)라고만 알고 있는 탓인 것입슴메다. (그러나 부디, 이런 죽음을 찬양하려 하지는 말기로 해야 되는데, 그러려 들면 人間은, 古木에로까지나, 역행, 소급하기를 궁극으로 삼아야 할 것이기 때문입슴메다. 그럼에도 물론, 잊기 전에 지적해 둬야 되는 것은, 이 '古木'에도, 두 종류쯤의 한 古木이 없는 것은 아니라는, 그것이겠슴메다. "道에 入門도 해본 적이 없는 자에게는, 山은 山이며, 江은 江이라도, 道通 直前에 있는 자에게는, 山이 山으로도, 江이 더 이상 江으로 보이지 않게 되었다가, 道通을 하고 나면, 山은 다시 山으로, 江도 물론, 다시 江으로 보인다"고 이르거늘, 거늘…… 더 붙일 말이 있겠습는가?)

御用 신기료장수만, 달마다, 삭마다, 개똥밭으로만 골라 골라, 한 되지기, 다섯 되지기, 열 되지기로, 섬지기로도 사들이기에 이르고 있었습시다. 씨부랄 누무 세상 참, 큰일이 나고 있습다.

……이제쯤, 동동주 한 주발 내십습지. 이제야 겨우, 우리들의 敍事詩는, 이만큼이나 풀어[誦] 왔음에도 불구하고, 그 序章이 맺음된 듯하군입지. 이제쯤은 그러니, '바보 王子'라도 나타나야 할 때쯤인 즉, 술 한잔 내시라고 하는

것, 本者稗官 어르신네 말씀은, 어렵게 어렵게도, 까스르한 옥문 두덩은 벗어나, 그 한가운데에, '賢者의 돌'이 숨겨져 있다는, 大地의 비밀스런 소로에, 그 '숨겨진 돌'을 찾기 위해 나선 걸음의, 그 龜頭만큼은 밀어 넣어놓은 셈이거든 입습지. 아 헌데 헤매는 자여, 公은, 公의 오구등이 쥔 손 속에, 公의 陽物을 쥐고 있으며, 말하여, 陽物을 찾으러 陰地 가운데를 헤매고 있다고 하거니와, 그렇걸랑은, 公의 손에 쥐어진 그것은 누구의 것이뇹? 아항, 그럼에도 허기는, 童貞을 씻어버린 陽物과, 그것을 씻지 못해 허옇게 곱 껴 있는 陽物은, 같은 陽物이로되, 같은 陽物은 아닌 것이구나. (말이 나왔으니 말이지만, 童貞의 곱에 덮여 있는 陽物은, '원초적 질료'라고 이르고, 곱이 뜯겨 생살이 뻘건 것은, '현자의 돌'이라고 일러오기는, 일러오니라) 그렇걸랑 小子 놈이여, 公은, 부지런을 다 해 달릴 일놀답. 그 문전에서, 그 문이 스스로 열려, 公을 미끄러져 내려 들게 하기를 기다려, 너무 어물쩡거리면, 早漏가 두렵돕답, 失泄이 두렵놉답.

却說 이때라.

갖다가시나 헌뎁습, 그 詩宮으로부터서는, 몇 재를 몇 재를 몇 재씩이고 넘어야 되는, 골짜기도 골짜기도 삼수갑산 골짜기에, 羅卜이라는 이름의 양치기가 하나 살았던 모양인데, 이 총각님은, 그누무 정신머리를 어디쯤에나 푸르릉 푸릉 새 푸르릉 풀 날려 푸릉 새였던지, 누가 뭘 물어도 뻔히 건너다보기가 아니면, 어만 소리나 실실하고, 걸을 때도 뭘 보며 걷는 것 같지도 않는데, 몇 마리 양을 몰고 풀 좋은 데 나가서는, 양들이야 먹을라믄 먹구, 놀라믄 놀구, 잘라믄 자구, 할라믄 멋대로들 하라구 내버려 두고시나, 제 놈은, 비스듬히 언덕진 데, 보리수 그늘 아래 같은 데 팔베개하고 누워, 눈 번히 뜨고 자며, 한낮에, 히히히, 별이나 헤아리고 하는 통에, 동네서는 놈을 '별 보기 놈'으로 불렀드랬습시다. 마는, 아무도 놈을, 달 채운 놈으로는 여기지를 안 해, 아무도 그 총각님 더불어서는, 날씨 얘기라거나, 안부 따위, 그런 일동 살기에 긴요한 수속들은 몽땅 생략해버리고 지나는 터였드랬심다. 그도 그럴 수밖에 없었을 일이, 가령 누가, "여, 별보기총각, 자네네 양들은, 독 없는 풀만 알아, 가려, 잘 먹고, 똥 잘 누며, 암내라도 내, 불원간 새끼를 칠 기미라도 보이는댜?" 묻기라도 한다면, "허히, 요노무 새깽이는 어제, 꽃을 많이 먹더니, 저녁에 뭘 우물우물 해싸 들어보니, 달을 보고, 꽃 노래를 하고 있다는요. 꽃만 뜯어먹을 때 알아봤더라누요"라는 통에, 거 도대체 어떻게 의사를 소통해얄지를 모르겠을 뿐이던 것입심다. '별보기총각'이란 그러자니, '바보', '얼간이', '칠푼이', '많이 간 놈', '빙 돈 놈' 따위라는, 좋잖은 誤稱에다, 금박 포장을 한 별명이라고 알아두면, 틀림없습다. 허나, 이런 얘기를 하려 하면, 한도 끝도 없을 터인즉, 대략 이런 정도나 해두려 합습지만, 거긴들 어찌, 말한 바의 그 '榜'이 나붙지 안 했을 까닭이 있었겠씹나? 허, 허기야, 그 동네에 그 '榜'이 내붙여지고 있었을 때쯤 해서는, 정작 王城 길은, 한때 왁자지껄함이었던 모든 것들이, 해져 벗어 던져버린, 쉰 땀내 나는 신발들만, 언덕으로, 숲으로, 밤으로, 가시숲으로, 잠으로 덮여, 어쩌다 바람이라도 불 때로만 한 번씩, 그 땀내들이 일어나 수런수런하다가는, 소롯해져, 언덕으로, 숲으로, 가시숲으로, 밤중이 돼가고 있던 중이었심다.

물론이나 말입씹지만, 그 榜이 나붙은 처음 며칠 동안은, 어찌 榜의 내용이, 마을 인구에 膾炙치 않을 수 있었겠습나, 마는, 이건 농번기인 데다, 宮城 길은 멀기도 멀기도 하 멀기도 멀다고 하는데, 길은 험악하여, 전갈이며 독사가 득시글거리는 것뿐만 아니라, 그 잇몸에 人肉 맛이 밴, 날개 달린 호랑이는 물론, 최소한 몇쯤의 毒龍도 맞아, 싸워 이기든, 무슨 꾀로든 피해야 되고, 빽빽한 가시숲의 잠, 노한 불[火]의 호수, 해도 달도 뜨잖는 어둠의 고장도 지나고, 지나서, 지나야 宮城에로 이어진 큰길에 닿되, 거기까지 닿기만으로 그렇다고 公主의 섬섬옥수를 덥석 끌어 쥐는 것도 결코 아닌 것, 거기서부터 公主의 손을 쥐기까지, 그것이 그제부터 봉착해야 되는, 勇士의(自招한) 과제로서, 그 王城까지 닿기에 겪은 곤난을, 가령 말해, 코끼리 크기만 했다고 하기로 한다면, 그제부터 맞닥뜨려야 되는 난관은, 팔공산보다도 더 클지도 모른다고 하여, 저 좋은 회(膾)와 구운 고기[炙]를, 츠츳, 저런 아까운 것을 갖다가시나, 마을에서는, 멀찍이 건너다보고, 손도 대려 하지를 안 했었습시다. 그러는 중에, 그 榜이, 바람에 퇴색하고, 이슬이며 비에 젖었다 마르고 하여, 글자도 알아볼 수가 없을 때까지도, 저 별보기총각님은, (쳇, 꼽추에 다 겹쳐, 째보에 곰

보라는 식으로, '빙 돈 놈'에다 겹쳐 文盲이기도 했던 모양인데,) 그런 내용은 전해 들은 바도 없어, 늘 그런, 그 엉뚱한 白日夢이나 꾸고 있었다놉쇼그리. 까짓 洞事야 어찌 되었든, 이 총각님은 혼자서는 늘 바빴다놉쇼. 그때쯤은 그러니, 동네 사람들 입으로 까불던 바람에, 두둥실 중천에 떠올려졌던 詩宮이, 하루 지내 올려다보면, 서 발은 내려와 있고, 일곱 발은 내려져 와 있고, 아홉 발 열두 발은 내려와 있고 하더니, 종내는, 땅 아래로 꺼져 내려가, 세 발이, 일곱 발이, 아홉 발이, 열두 발이 흙 속에 묻혀들어 있더라 헙습메다. 그 동네에는 그러자니 좆 단 놈이란 없더란 말이꼬, 무슨 말이꼬?

별보기총각 羅卜이는, 그러면 대체 무슨 별들을 그리도 헤아려쌌다고 허늡셔? "헥, 저 씨앙 너러 촌 가시나들이란 것들은", 보리수 그늘에 누운, 羅卜이의 낮 꿈의 내용은 대개 이러헌 듯히었습닌다. "모가지는, 백 년짜리 참나무만큼씩이나 굵은 데다, 시꺼먼 때를 소나무 껍질모양 얹고 있는데, 저 너러 손들을 또한 보아라, 동네서 제일 큰 황소가, 마음 한번 크게 먹고, 힘써 누어놓은, 그 한 바지기 정도의 쇠똥 한 무더기보다도 더 큰 것이 아니냐. 그런데도 얌전한 구석이란, 병아리 발톱 속의 때만큼도 없이, 새벽부터 늦저녁까지, 지치지도 않고 시들거리다, 목이 쇠, 늙은 나귀 울음소리를 내거늘, 비록 말해, 개똥밭으로만 석 섬지기에, 이마 넓은 암소 삼백 두를, 가마에 싣고, 끌고 시집을 온다 한다더라두, 헤잉, 내 입에 맞는 떡은 못 될 터인개여. 분명히, 암믄이지, 저 영 너머 어디, 저 하늘 아래에는, 흰 학 모양으로, 가늘고 긴 모가지에, 손은, 수선꽃 속에 괴인, 아침 이슬방울만큼만 큰, 이쁜 계집아이들이 있어, 그 말소리로 따지건대는, 늙은 나귀까지도 늦바람이 들어, 그 소리 흉내 좀 내봤으면 싶어, 이슬만 먹기의 고행도 마다잖을, 그리고 여치까지도 부끄러워 울도 못 할…… 소리의…… 그런 계집아이들이 있을 것인데, 있을 것이라 하더라, 함시롱, 그 가시나들의 이름은 '公主'라고, 또는 '玉詩'라고 한다고도 하던데, ……백합이며, 장미, 蓮 같은 것들에서, 그중 이쁜 부분만 취해다, 빚어 내놓은 가시나들이 저것들이라고 하는데…… 나, 이 羅卜은, 히, 히, 히, 그런 것 중에서도 그중 예쁜 것으로 갖다가시나, 각시를 안 삼고는, 암만 저승차사가 와 날 끌어가려고 해도, 여기 보라구여, 이런 羅卜이가 끌려갈 성싶으나?" 허으, 별보기총각 羅卜은 저렇게, 한낮 하늘에다 손을 집어넣어, 별을 움켜쥐어 내려서는, 야금 줄금 씹어 돌리느라, 입 귀퉁이로, 별汁을 누렇게 흘려내던 것입심다, 그러기로 송세월을 헌 것입심다.

그러던 어떤 날은, 저 별보기총각님이, 별을 너무 따 먹었던 모양입슴메다, 뽕 따기를 하다 말고, 오디를 너무 따 먹은 아이들이, 부른 배에 부달리면, 뽕나무 아래 내려, 그 그늘에 한소끔 꼴딱 졸 듯이, 羅卜이도, 그 별이 총총 오디처럼 붉은 그 하늘 아래서, 한숨 꼴딱 넘어가게 졸았던 듯합심메다. 그랬으니, 그 한낮에, 별보기 놈은 꿈을 꾸기에 이르렀을 것인데, 그러나 전에는 안 꿨던 꿈을 꾸게 된 일을 두고 따지면, 이 특정한 잠은, 그런 어떤 꿈의 개랄 것을 데리고 다니는 누가, 자기를 나타내기 위하여[現夢], 글쎄, 사냥꾼이 개를 앞장세우듯, 그 물어뜯는 잠을 앞장세워, 와, 저 총각 놈의 목줄기를 물어 쓰러뜨린 것이나 아니었는가, 하는 것을 추측해보게도 합습메다. (다시 얘기고, 다시 얘기지만, '꿈'은 그리고, 말[言語]의 쿤다리니가 잠들어 있다고 여겨지는, 목통[聲帶] 부위에서 일어난다고 알려져 오는즉, 그것을 상기합습사) 이러고 본다면, 그역 '이승과 저승의 中間狀態'라는, 바르도와 反極되는 데쯤에, 이승인데 이승도 아니며, 저승일 터인데도 저승도 아닌, 그런 어떤 '中間'이라고나 불러야 될 듯한 '곳'(곳+것)에, 그런 어떤, 그것대로의 한 별의 世上이 또 있어, 그런 거기 어디서, 저런 '잠'의 사냥개를 데린, 그 정체는 분명히 그림자[幻·夢]인데도, 그들의 魔術 지팡이가 닿는 자리에서는, 實相的 變化가 일어나는, 앗따나, 神秘스럽습, 그런 어떤, 超越과 俗의 中間的('곳'에, 이를테면 中間的) 有情이랄 것들이 살고 있는 것이나 아닌가, 하는 것을 생각해보게 하며, 그들이야말로 그래서, 이승에서 運命이라고 이르는, 그 베틀질을 하는 자들이 아닌가, 하는 것도, 또한, 고려해보게 합습메다. 바르도가, 六道(옴마니팟메훙) 內에 있음에도, 그 어디에도 소속되지 안 해, 그 이름이 끼어 있지 않되, 그래서 허기는 '中間', 또는 '過渡的 狀態'일 것이지만, 어느덧 뒤집혀, 全六道가 그것 속에 싸여 있듯이, 이 '中間的 곳'도, 六道와의 관계에서, '바르도'와 다름이 없을지 모르겠습다. ("美里의 八祖가, 經을 짊어지고 간 '곳'이 이런 데겠느냐?" "錯! 看, 看脚下!") '中間狀態'(바르도)와 '中間的 곳'은, (양쪽의, 아무

데도 막힌 데가 없는, 그러니까 휑하게 구멍이 트여진) 套袖의 안팎 같은 관계가 아니겠는가, 그런고로, 뜨거운 몸을 입어, 땀내를 풍기며, 살아 있는 자의, 그것도 훤한 한낮의, 꿈속에 顯現하는 것이나 아닌가, 하늡슴메다. (洞流들입습, 이 저녁, 本者稗官의 稗說이, 바로 이 긧, 저승도 아니며, 이승인데, 그렇다고 꼭히 이승도 아닌 세상, 한세상, 그 세상 얘기를 들으면, 누구라도 이미 다 잘 알고 있어온 듯하되, 사실은 그럼에도, 그 너무도 달콤한 잠의 운무 속에 감춰져 온 세상, 그 한세상에서 일어나, 이뤄진, 한 토막 史記인즉슨, 三冬 속의 三伏, 일 년 중의, 낮이 그중 짧은 시절의 그중 긴 한낮, 이쪽 세상에서 늙어, 困乏함으로 자꾸 잠 속에 얼굴을 감추는 해가, 저쪽 세상에서는, 젊고도 억센 사자가 되어, 오랑캐[蝕]의 혀를 빼먹고 창자를 터뜨리는, 그 無爲[冬] 속의 爲[伏]를 이해코자 하거든, 아으 洞流는, 대나무 숲에로, 측백나무 마을로, 그리고 梅花나무의 뿌리가, 産氣로 몸을 뒤트는 梅花네로, 가보아랍, 가보구랍. 그리하여 우리는, 스승과 제자들을 한 禪褓에 싸잡아 말이지만, 그리고 그 길에 나서 있눴답) 그래서나, 羅卜이가 그 어떤 특정한 꿈을 꾸었는지, 아니면, 그 꿈이 羅伏이를 꾸었는지, 그것은 이제는 어째도 좋은데, 들어보셉습, 들어보시라굽, 그 별보기 놈의 낮잠 속에, 금의를 입은, 아마도 사랑 탓일 것이지, 그 눈이 너무 깊어 검고도 부드러운, 그런 눈의 엔네 하나가, 나타나서는, “얘야, 어찌 너는, 누워 낮잠만 자눴다? 일어나 詩王宮에라도 가볼 일일 것을. 그러면 뉘 알게, 너 노상 꿈꾸는, 그 玉詩에게 장가라도 들게 될지 뉘 알아?”라고, 가볍고 부드러워 새털 같은데도, 그것이 납덩이나처럼, 羅卜이의 가슴 밑바닥에로 무겁게 가라앉아 드는, 그런 소리로 일러주더라 협슴메다. 그리고는 사라져버렸는데, 자기가 데불고 다니는, 魔術褓, 거기 싸이면 神들까지도 못 보는, 그 잠 속에로 들었을 것인데, 그런 그 잠이 걷혔으니, 총각님은, 잠을 깨었습겠지메. 그랬어도 총각님은, 자기가 잠을 깬 것인지, 아직도 자며, 잠 속에서 깨어 있는 것인지, 그 분간을 할 수가 없어, 어물쩡대는 중에, 일락서산이었더라고 협슴메다. 그날 오후 내내, 저 별보기총각님은, 아마도 사랑 탓이었을 것이지여, 눈이 너무 깊어 밤하늘 같은, 그 금의의 엔네에의 영상을 고수하여, 놓치려 하지 안 했었는데, 한 번도 본 적이 없는, 그러니 기억에라고는 없는 그 얼굴이, 어째선지 조금도 낯설지 않다고, 너무 친근하다고, 그렇게 알고, 눈물도 조금은 빈적여냈드랬더라고 헙습닌다. 羅卜이 생각에는 그래서, 그 엔네가 어쩌면, 자기가 품에 안겨, 그 아낙네의 젖을 물고 있었을 때, 눈에 졸음이 겹도록이나 올려다본, 그러나 그 젖먹이에게 젖을 물린 채 타계해버렸었다는, 기억에는 없는, 자기의 어머니였다는 그 엔네는 아닌가, 아닌가, 그러느라 해를 저물린 듯헙습메다. 그런 후, 이 별보기총각님은, 송장이 된 어머니의, 솔은 젖꼭지로, 저승 샘물을 길어 올려 마시며, 울다 자다, 자다 울다, 새 어미를 맞았었을 것이었는데, 일락서산, 그 저녁 동네로, 두둥실 시리시리둥둥 떠 달려오는, 저 羅卜이님 좀 보시겨유들, 나보기가 역겨워유, 羅卜이가 역겨워서유, 가실 적에는유, 말없이, 고이 떠나시어유. (헌데, 그 나이 또래의, 그렇게나 많은 총각들을 다 놔두고, 어째 하필 별보기총각에게만, 누구에게나 낯설었으며, 누구에게나 낯익었음에 분명한, 그 눈 깊은 엔네가 現夢했느냐고는 묻지 말기로 하십습. 그러기 전에, 물어야 되는 것이 있다면, 저 다른 총각들은, 그들의 눈으로, 하초로, 별을 몇 개쯤씩이나 따 내렸는지, 그것일 것이겠습. '꿈꾸기'의 문제입습)

어쨌거나, 저 별따기총각님은, 연사흘을, 대략 그 같은 시각에, 그 같은 보리수 그늘에서, 그 꼭같은 꿈을, 그러니, 세 번씩이나 꾸었더라고 합습메다.

라리오우 라리 오우
양들은 잘 있거라

그 세 번째 꿈을 깬 낮에는 헌데, 저 별보기님은, 아닌 뻘건 대낮에, 양들을 몰고 돌아와, 목책 안에 가둬 넣어버리고는, 가다 배고프면 꺼내 떼어 먹을, 몇 개 별을 따, 괴나리봇짐에 싸고, 신발은 벗어 쥐어 든 뒤, 살던 마을을 떠나기 시작하여, 훨씬 떠나버리기를 시작하였습메다. 그런 그 별보기총각님의 등에다 대고, 빨래터 촌 가시나들은, 킬킬거리며, 늙은 당나귀들처럼, 노래하기는 이러했습신다.

나 보기가 역겨워
가실 적에는
말없이 고이 보내드리오리다

답하기는 이러했습시다.

라리오우 라리 오우
개짐 빨기가 역겹걸랑은
야 이 녀러 가시나들아
떡두께비나 밸 것을

그런 가시나들을 둔 집마다 헌데, 그날 저녁밥이 늦다고, 그런 가시나들을 둔 집에서마다, 짜증 내는 소리들이 여러 울을 넘었드라고 했습메다. 그 가시나들은 그날따라 어째선지, 무슨, 키우던 푸릉 새라도 푸르릉 날아가 버려, 새장이라도 비어져 있는 듯도 싶은, 그런, 사실로는 스스로들도 잘은 모르겠는, 얄궂은 느낌 탓에, 무슨 일감을 손에 잡아도, 잘 추어지지도 않고 하여, 앉은자리 퍼 내질러 앉아, 해를 저물린 탓이었는데, 오사헐 놈, 그날따라, 훌훌 떠나던 그 羅卜이가, 그렇게나 육시러게 정답고, 아름다워 보일 수가 없더라고, 그랬습시다. 씹이도 못 해서 발병 날 누무 새깽이! 누구나 알겠다시피, 山田水田 다 겪은 부모들이 보는 별보기총각과, 치마폭에, 그래도 약간의 푸른 구름 조각을 싸 갖고, 山田水田을 내어다보는 큰애기들이 보는 별보기총각은, 반드시 같은, 한 총각은 아니었을십다. 그 羅卜이는, 익은, 가을 석양, 들에 부는 바람보다도 굽슬거리는 머리칼을, 왼 들에다 왼통 가을모양 깔며, 눈은 하늘 높이 별 박아놓고, 라리오우 라리 오우 노래하며 떠나고 있었는데, 십 리도 못 가 발병 날 누무 새깽이, 구름밭을 강보 삼아 태어나듯, 썩을 놈, 이 싱싱한 村별 하나는, 그날따라 육시러게도 더 커 보이고, 오사하게도 더 번쩍여 보이더라고, 저녀러 가시나들은, 퍼 내질러 앉아 한숨을 쉬느라, 번져 나는 개짐이, 흙 버무리가 된 것도 모르더라 헙습메다. 그러니, 이런 가시나들의 손을 두고,

"황소가 누어놓은, 한 무더기의 똥만큼이나 넓적하다"는 투의, 羅卜이의 묘사에다, 이것들의 한숨의 내용을 보태기로 한다면, 羅卜이가 지나는 골목 어귀에마다는, 이녀러 가시나들이 지키고 서 있다가, 지나는 羅卜이의 팔목을 낚아채, 그 손에, 누룽지도 쥐여주고, 젖도 한 번씩 쥐여주고 했던 것을, 짐작할 듯도 싶습메다. 山田水田을 겪는 중에, 그 눈이 흙이, 물이, 돼버린 자들께라면, 저 촌 가시나들의, 떡두께비 같은 손이며, 굵은 목은, 그 위에다, 크거나 작거나, 한 가정살이의 주춧돌을 올려놓기에 너무도 충분할 만큼 좋은 터인 것을 알아, 거기 자식 심고, 미래도 심궈, 살기(삶)를 가꿔, 한번 살이(삶)를 도모하려 할 터인데, 쯧쯧, 아깝도다, 어쩔 겨, 안 보이는 것을, 그러니 그놈은 별수없이, 바보 얼간이에, 별보기놈이었겠지만, 羅卜이 놈은, 그런 좋은 터전을 다 버려두고, 안개밭에 주춧돌 놓아, 구름을 지붕 삼는 누각이나 지으려 하고 있어, 둥둥 놈은, 떠버린 놈이었을심다. 그런 놈은, 여부 사돈네서는, 당최 사위 삼으려 마오. 아 물론, 눈이라는 것을 얼굴에다 찢고 박아뒀을 때는, 모난 돌은 물론, 가시쟁이도 피하여 걸을 뿐만 아니라, 사람 걷는 길이라면, 어디에나 그런 횡재의 가능성이 있는 것이거늘, 걸어도 고개를 숙이고 걸어, 누런 동전 한 닢이라도 찾아, 주워 올리라고 한 것을, 그런 눈으로 어느 별 볼 일 없는 놈이, 먼데 눈이나 판다면, 두 번 일러드리지만, 사돈네서는, 이런 놈을 사위 삼으려 당최 마오. 사돈네, 서 푼 재물도 생각해보아야 될 거외다, 저눔, 구름숲 안개밭 정자에 누워, 사돈네 씻나락까지 까먹는 것을 생각해보시구료. 헌데 말씸입지, 수 세기, 또는, 둬 수십 세기가다 하나씩, 이상스러운 '별보기님'이 나오는 수가 있어서 말입씹지, 이제껏 정연하여, 그것대로의 화평이 지켜오던 세상에, '劍'이 되는 수가 있는데, 그 탓에 화평이 깨어지는 것은 물론, 이제껏 방향을 정해 흐르던, 歷史라는, 그 흐름의 진로가 바뀌어지기도 하는바, 사돈네서는, 이런 자를 사위 삼으려 하지도 말려니와, 이런 자와, 동시대에 태어나게 된, 그것까지도 고통으로 알아, 할 수 있거든, 時流를 비키도록 하시오. 그러니, 사돈네의 시간을 늦추든, 빠르게 하고 볼 일이겠소. 사돈모양, 누런 동전 한 닢이라도 횡재하려는 바람[願]으로, 땅만 보고 걷는 자에게, 이런 한 세계의 요동은, 말하자면, 물결에 휩쓸리던 개미가, 떠 흘러오는, 복사꽃 잎을 하나 발견하여, 올라타고, 처음엔 일진이 나빴으나, 다음엔 좋다고 여기고 있는데, 소용돌이에 휘몰려 들게 되기나 같은 것이거나, 그보다도 더 難事일 것이라고, 여기게 되다 보니 그러하오. 그러한즉, 할 수 있거든, 그 소용돌이를 피해, 그런 후, 그 수로야 어떻게 바뀌었든, 그것은 사돈네가 알아봐도 별 볼 일 없는 일이외다, 다시, 새로운 和平이 자리잡히게 될 때, 모든 다른 이웃 사돈들과 같이, 그 和平의 그늘에 구들 놓고, 하다못하면 서낭당 지키는 장승이라도 뽑아다, 패, 때어, 데운 뒤, 고콜에는 작은 魂을 하나 밝혀놓고 지낸다면, 다복일시외다, 사돈은 다복일시외다. (가, 가맜습지, 사돈은 지금, 童話야말로, 한 世上事를 童話的 言語로 굴절하여, 세상의 아무것 하나도 숨기려 한다거나, 禁忌로 삼는 것이 없이, 모두 밝히는 것이라고 하며, 그것을 前提로 삼아서는, 힐난하듯 묻기를, 그래서 만약, 歷史라는 흐름의 進路가, 어떤 개인에 의해서도 바뀌어질 수가 있다면, 좋은 방향으로 바꾼 경우야 더 말할 것도 없겠으나, 비록 나쁜 방향에로라도, 그 進路를 바꾼 그는, '영웅'이나 '현자'의 범주에서 논의하여야 할 것임에도, '별보기님'이라는, 童話的 言語를 차용하기로써, 그들을 '바보'와 유사하게, 또는 동일하게 취급하고 있는데, 그것은 무슨 까닭이냐고, 하놨다? 그래서 童話 쪽 言語의 가치를 믿기로 한다면, 실제에 있어 저들은, '바보' 이상의, 다른 아무것도 못 되는 자들이냐고, 말입지, 내달아 힐문하놨다? 흐, 흐, 흣, 아으 사돈은, 한두 오라기 남은, 그 눈썹까지도 다 뽑아, 말[言語]만 먹고 사는, 童話 속 毒龍의 아가리에다 던져 넣으려 하고 있놨다. 그, 그렇거들랑 사돈은, 고막을 꺼내 놓아보알시라, 그러면 本稗官이, 홉으로, 되로, 말로, 섬으로, 그 대답을 채워 돌려줄시라. 그러기 위해서 사돈은, 앞서 씌어진 바 있는, '和平'이라는 한 단어에 주목해주시고, 이해심을 넓혀서는, 저 '和平'이란, 식량 뺏기, 땅 뺏기라는 식의, 무슨 전쟁이 끝난 후에 오게 된, 잠시의 잠잠한 상태를 의미한 것이었기보다는, 어떤 고장의, 한번 확립되어진 기존 제도, 질서, 가치 등, 그 시대만의 집단적, 공동적 '日常'性 따위 같은 것이, 별로 아무것으로부터도 도전받음이 없이, 지켜지고 있는 상태를, 의미한 것이었다는 것을, 살펴주십습지. 왜냐하면 本稗官은, '劍' 쥔 자의 '별보기님' 性을 말하기 위해, 그런 '和平'을 前提 삼아두려 하기 때문인데, 누구도 만약에, 定

義되어진 저 '和平'에 대해서 이의를 제출하려고만 하지 않는다면, '劍을 주러 온 자의, 별보기님' 性은, 바로 그 자리에서, 두말할 필요도 없이, 대번에 밝혀 집습지. 요컨대는, '바보'가 아닌 자치고라면, 저런 '和平'을 깨뜨리려, '劍을 주러 올 자'는 없다는 얘긴 것입지. 本稗官 자신을 거울로 삼아, 거기 비쳐진 것을 얘기로 풀어내 보기로 한다면, 어느 시대든, 앞서 말한 것과 같은 '和平'이 지켜지고 있는 한은, 그 시대의 당대민들은, 자기들의 시대는, 어쨌든 전시대보다는 낫다고 믿어, 그 '和平'이 깨어지는 것을 두려워하고 있다는 것입습지. [그 시대가 반드시 이상적인 시대라거나, 세계까지는 아니어서, 조금쯤 더 나아질 수도 있다고, 자기의 세계를 내어다볼 수 있는 자가 있다면, 그는 새로, 하나의 '별보기님'이 되겠습지] 그런 '和平'을 깨뜨리려는 자가 있다면, 그 당대민들께 이해되어지기에 그는, 자기들의 당대의 조류라는, 희망과 행복 따위를 잘못 들여다본 결과로, '曲解'하고 있음에 분명하겠습지. 그렇습지, '曲解'라 말입습지. 그도 만약, 그 당대의 모든 다른 사람들과 마찬가지로, 자기의 시대를 이해하고 있었다면, 그런 그 '和平'을 깨뜨려야 될 아무 까닭이나 의미도 모르고 있을 뿐이겠습지. 그러니, 결론 삼아, 그리고 강조하기 위해, 한 번 더 반복해둔다면, '보다 더 나은 세계의 구현'을 위해, 당대적 '和平'을 깨뜨리려는 자가 있다면, 그는, 그 당대민께 이해되어지기에는, 당대의 [투박하게 말하면] 眞理를 曲解하고 있다는 것이며, 그런 의미에서 그는, '별보기님', 또는 '바보'로밖에, 달리 부를 수가 없게 된다는 것입습지. 첨부해둘 것이 있다면, 이런 '별보기님'이 어느 날, 童話的 '毒龍退治'에 나서게 되기에는, 언제든, 미리 준비되어온 '召命'[어른용 童話的 어휘로는 '豫言']이 있는 그것에 접하자, 그 귀가 열린, 그런 인연의 결과라는 것을 지적해둘 수가 있는뎁지, 이 '召命'은, 말하자면, 그 혀에 고막을 핥이면, 三世의 言語를 다 알아들을 수 있다는, 어떤 푸른 뱀의 혀 같은 것으로 비유되는 것이 분명합습지. 이 뱀은, 세계의 아이들이 깊은 잠에 들어 있을 때, 하나도 빼놓음 없이, 그 모든 귀의 고막들을 핥아주며 지날 것입습지, 그러며, 그 아이들의 이름을 불러내겠습지...... 그리고도, '召命'에 관해 더 말씀을 드려야겠는갑? 그리고도 뱀 그림에다 그려 붙인 다리[첨부]에다 신발[더 첨부하기]까지 신기기로 한다면, '召命'과, '運命'論은, 그

때부터 시작된다는, 그 애기겠습지. 그러니까, 어떤 '召命'이 있었을 때, '누구네 家系의, 몇 代 後孫 중의, 누구의 이름'을 불러낸 그런 것은 아니며, 그 '이름'은 原型性을 띠고 있어, 누구나의 이름이로되, 동시에 어떤 누구의 이름도 아니던 것이었던 것을, 앞서 비유한 그 뱀, 푸른 뱀, [어쩌면, 왜냐하면 '고막'을 '핥'기로, 三世를 환하게 하기 때문인데, '言語'라는 뱀,] '고막을 핥는 뱀'이, 어떤 '고막'에 대고서나처럼, 누구나의 '고막'을 핥으며, 그 이름, 原型性을 띤 그 이름을 불렀을 때, 고막을 핥이던 어떤 젊은네가, 어떤 느낌이나 경로에 의해서든, 그것이 자기를 부르는 소리[핥음]라고 깨우쳐 들었다면, 그리하여 뜨겁게 대답하고 나섰다면, '召命과 運命'의 결합이 그때 이뤄진다는, 그런 얘긴 것입습지. 그 '召命'[豫言]이, 과거의 시간 속에서 울려왔으니, 그것에 결합된 '運命'도, 그렇다면, '결합'된 그 순간, 그 '召命'이 이뤄지던 그 過去에로까지, 대번에 脈絡이 이어지는 것일 것입지. 이제 그 '運命'은, 하나의 '必然'이 되어, 未來에로 그 脈을 이어낼 차례인뎁지, 그러면 이제 혹자는, 어찌하여 그러면, 어떤 젊은네의 귀는 열려 대답하고 나서고, 어떤 젊은네는 절벽이어서, 혀까지도 바위스러운가, 하고 물을지도 모르겠군입지. 왜냐하면, 그 대답은 이렇게밖에 할 수가 없겠는뎁지, 그 '召命'은, 그것에 대답하고 나설 자[그 개인으로서는, 세계를 '曲解'하고 있는 자,]를 불러내기 위해서, 고안되어졌던 그 까닭이겠습지. 그러니, 그것에 대답하고 나설 고막을 가진 자의 대답이 없는 한, 그 '불러내기'[召命]는, 그 대답을 하고 나서는 자가 있을 때까지 계속되겠습지. 그리고, '原型性을 띤 이름'들이 어떤 것인지, 궁금해하시는 이들이 있는 듯한뎁지, 생각나는 대로, 몇 예만 들어 보이기로 합습지. '毒龍을 退治해줄 王子', '정도령', '救世主', '오실 이', '어린 羊', '萬國活計南朝鮮', '七祖', '미륵') 사돈일랑 그러니, 사돈네 家事를 꿈쩍없이, 더 번영하게 되기까지는 바라지 못한다 해도, 이제껏 사돈이 운영해온 그만큼이라도 이어가려 하면, 情보다는 먼저 利를 취하는 젊은네로서, 그것의 크고 작고를 가리지 않고, 利를 위해서라면, 소보다도 더 성실하고, 눈에 가리개를 쓰고, 연자방아를 돌리는 말보다도 더 먼눈팔 줄을 모르는 녀석을, 구할 수 있거든, 구해, 그놈을 데릴사위 맞는 일에, 사돈은 서슴지 맙습지. 세상은, 여전히, 땅을 열심히 보아, 살펴 걷는 자들에 의해 운영될 때, 덜 위험하거든입지. 天國을 짓는 木手와, 지어진 그 天國을 사는 자는, 눈 떠 보는 자리가 같지가 않더라 말입지. 가, 마, 가맜씁지, 우, 우리는, 라리오우 라리 오우 노래하며 떠나는, 별보기총각의 싼 걸음을 따르다, 도중 해찰을 좀 부리느라, 뒤처지고 만 듯한데, 이제라도 걸음을 싸게싸게 해서, 저 총각님을 따라붙여 보기로 해야겠습지?

누가 보기에든 버그르하여, 깡보리밥보다도 형편은 더 나쁜, '낮 꿈' 세 뭉치를 괴나리봇짐에 싸고, 별보기님총각은, 거기로 들기만 했다 하면 아무것 하나 되돌아 나온 일이 없는, 아자가라의 아가리를 향해, 그것도 경쾌한 걸음으로, 거의 달리다시피 걸어 들어가고 있는데, 우리는, 이 너풀머리 총각의, 내일에로 보낸 눈을, 피해, 보지 말기로 해야겠음나, 어쩠음나? 눈 뜨고 보다가는, 영 울게 되고 말지, 울게 되고 말거람. —이 저녁은, 죽순이며, 매화네서 켜내걸 꽃등에 기름 채우는 소리로 수런거려, 별랑도 꿈자리가 덥군입지, 그런즉슨 이 봄은, 오기가 좀 더뎌도 좋을 터, 이 稗官은, 이제 겨우, 本洞 아랫목에 시린 발목 하나 집어넣었거늘, 봄은 이젠, 훨씬 더뎌도 本稗官 콧방귀 한 번도 뀌잖을텝. —보시와들, 보, 보시와들, 저 羅卜이를 보시라고들, 우리들 동네 風俗을 벗어, 휠휠 날으는 듯이 걸어가는 타조, 羅卜이를 봅시사구. '우리'네 村俗의 알, 에서 깨인 새, 그 새는, 저 어디 깊은, '안쪽의 밖'에서, 어미 새가, 그 알을 쪼는 '소리'[召命]를 들었드랬십다, 그래서 귀를 깨워서는, ('밖'에서) '밖'에의 타는 그리움을 느꼈드랬으며, ('거듭 태어나기'!) 그리하여, 뭔가가 자기를 휩싸 안아 구속하는, 그것은 알 벽일 것, 그것을, 그 '바깥쪽의 안'에서도, 대답하여 쪼아, 깨뜨렸드랬십다. 그리고 빼틀빼틀 일어섰다가, 그 날개에 아직 바람은 얻지를 못했습다, 마는, 그 다리에 용수철의 跳躍力을 용수철로 똬리해 갖고, 저승까지라도 건너뛰려 하고 있습시다. (허긴 만약, 어느 새가, 하늘을 날으려는 것이 아니라, 이승에서 저승 같은 데라도 건너뛰려 한다면, 필요한 것은, 바람의 날개가 아니라, 용수철의 건각 같은 것이 아니겠습나?) 이 새는, 어떤 꿈의 암놈 새[夢鳥]가, 수놈 새의 도움도 없이, (허긴 뉘 알 것이겠납, 저 새끼 새가, 그 자신의 아비 새였던지도, 글쎄, 뉘 알 것이겠납?) 혼자서 낳아, '우리'네 風俗의 그중 옴팡한 데 묻어놓았던, 그것이 깨어난[孵化] 그것인데, 흣, 흣, 흣, 無精卵이 새끼를 쳤을 것이끄납? ("無精卵이 새끼를 치놨다?" —羯磨를 여읜 佛者'는, 무슨 인연으로 상사라에를 온다놨다? '한 손뼉 쳐 나는 소리'?)

"無精卵이 새끼를 쳤든", 어쨌든, '우리'네 '風俗' 속에서, 새가 한 마리 벗어나 간 것임시다. 그리고는, 어미 소의 젖 냄새도 같으며, 羊水 냄새도 같고, 마늘 냄새인가 精水 냄새인가, 그런저런, 밀큰하고도 비리지근한 누린내를, 풀풀 풍겨 왼 천지에 깔며, 라리오우 라리 오우, 걷기를 학이 날 듯하고 있는데, 그런 걸음으로 그가, 그 王宮 큰 문 앞에 닿았기는, 그날 해 질 녘이었다던가, 그 이튿날 아침이었다던가, 한 달인가 석 달 걸음을 더 걸었다던가, 어쨌다던가 했습시다. (그러면 이제 本稗官은, 촌놈 羅卜이, 저렇게도 으리으리한 궁궐에 첫 시선이 묶이었을 때, 그 村心에 입혀졌던, 火傷이라고도 이를 만한, 그런 아픔, 뜨거움으로 지져대는 아픔에 관해, 말해야 되는 차례인데도, 그러려니, 귀를 마을 보낸 梅花네가, 얘기에 귀를 팔다 보니, 꽃 준비가 늦다고, 부지런히 자아올리라 불이 나게 물이 나게 요분질인즉, 싸게 싸게 길어 올리고 볼 일이겠습다) 그리고는, 큰기침 한번 한 뒤, 저 촌놈 하나는, 서스름도 없이, 저 큰 대문 안으로 걸어 들었심다. (듣는 자들이 살펴둬야 할 것은, '召命'과 '運命'이 일단 한번 결합하고 나면, 왜냐하면 그 '연극'은, 그 '召命'이 이뤄지고 있었을 때, 그 각본의 槪要가 이뤄져 있었으므로[그것이 '運命'化하는 것], 이제부터 그 연극을 행하도록 되어 있는 자는, 그 연극을 물론 자기대로는 행하되, 그 '槪要'로부터는 어긋나지는 않는다는 것, 그것이겠습지. 그래서 그는 그러면, 어떤 '必然'이 쥔 끄나풀에 매달려, '必然'이 조종하는 것에 좇아 춤만 추면 되는, 망석중인가, 하면, 그 대답은, '그렇다.' '그렇지 않다'라는, 둘쯤으로 나뉘겠습지. '그렇다'는 경우는, 그 대답의 배후에 '二元論'을 거느리고 있으며, '그렇지 않다'는 경우는, 한 정신이, '밖'을 다 깨웠음으로 하여, 그 '놀리는 줄'을 쥐고 있는 손도 자기의 것이거나, 반대로는, 그 '춤을 추고 있는 망석중이'도 자기는 아닌, 그 '끈을 쥐고 놀리는 자 자신'이라고 보아, 알게 되어, 自/他 사이의 구별을 할 수 없게 되다 보니, 그런 대답이겠습지. 이 後者의 상태에 이르기까지는, 어쨌든 巡禮者에게는, 누구에게나, 運命의 槪要가 마련되어져 있을 것인바, 누구든, 자기의 삶에서, 혼돈을 피하려 하여, 질서를 부여하려는 노력을 바치기만 하면, 그 당장, 그는, 저 '槪要'로부터, 자기만의 한 '運命'을 형상화하게 됩습지. 그리하여 듣는 이들은, 이 대목쯤에서는, 童話 속에서는 법칙적으로 등장하는, '도움 많은, 현명한 노인'쯤을 기대하기 시작할 것인뎁지만, 그 기대는 기대대로 둬두기로 하되, 저 별보기 놈의, 한낮 꿈에 세 번씩이나 현신한, 그 눈 깊은 옌네도 잊을 일은 아닙습지) 그리고 몇 발자국 걷지도 안 해, 저 별보기 놈은, 詩宮의 園丁 늙은네와 마주치게 되었심넨다. (그래서 과연, 이 원정 늙은네가, 저 '현명한, 동안 백발의 노인'인가, 하면, 아닌 듯하지 않은 것은 아니라도, '羅卜'이와의 관계에서는, 저 '눈 깊은 옌네'께 자리를 내주어, 羅卜이의 運命에 대해 주역을 담당하지 못하고, 조역에 머물렀다가, 어느덧 퇴장해버리고 만다는 것을, 알게 되겠습지. 그러고 본다면, 이 「羅卜傳」은, '自我 찾기'의 얘기이기보다는, '魂 찾기'의 얘기가 아닌가, 하는 것을 추측하게 하는데, 이렇게 되면, '自我'와 '魂'은 그래서 그러면, 서로 어떻게 다른지, 그것이 물어져야 되고, 대답되어지는 것이 옳게 되겠습지만, 글쎕지, 그런다 해도 될 듯하지도 않는 그 대답을 만들려 한다 하면, 이 몇 마디 남지도 않은 三冬이, 다 새어버리지나 않을까, 그 걱정이 드누만입지. 그럼에도, 이 어는 밤에, 저 눈벌에 나가, 배고파 짖어대는 野狐되기를 두려워하지 않기로 하여, '修辭學的 맺음'에의, 修辭學的 요구를 들어주기로 한다면, 그 둘['自我', '魂']은, 같은 '하나'인데, 그 '하나' 속의 '魂'은, '陰'의 국면을 드러내는 것임에 반해, '自我'는, '陽'面性을 드러내고 있는 것이나 아닌가, 하는 소리를 하게 되게도 됩습지. '어머니 魂, 아버지 靈'이라고 일러, '魂'이 '女性', '靈'이 '男性'을 담당한다는 것은, 주지하는 바대로입습지. 이, 이렇게 되자, 가, 가맜습, '自我'가, 말입지 갑작스레, [魂에 대해] '靈'과 같은 것으로 轉身을 치러버리는 것을 관찰하게 되는데, [이 '自我-靈'이, 다른 方言에서는, '푸루샤'라고 부르는 그것일 것입지] 이것은 분명히, 修辭學이 끌어들인, 의외의 수확이겠군입지. 어쩌면, 그런 變容, 轉身의 過程[天路歷程]을 통해서, '自我'라는 것이, 여러 여러 모습들을 취해, [소, 개, 고양이, 개구리, 상어, 두루미, 올빼미, 등, 化現한 모든 것뿐만 아니라, 非化現 속의 化現性 등,] 여기저기 나타나는바, 앞서 얘기

된 '도움 많은 賢老'도, 그래서 다름 아닌, '自我의 象徵'이라고 解夢되어오는 것도 알 만합지. 그래서 '自我'는 늘 그렇게, '도움 많은, 인자한 노인'이기만 한가, 말입지, 말이냐구 말입지, 하면 말입지, 말 되어진 '인자한 노인네'는, 말입지, '陽地' 쪽에 나앉아, 볕을 즐기는 졸음 많은 늙은이인 데 반해, '응달'쪽에도 또, 그런 늙은네가 있는 뎁지, 그는 잠이 없어, 뻘건, 미친 눈을 하고서는, 벼룩의 뒷다리, 이의 간, 거머리의 빨대, 용의 거슬리는 비늘[逆鱗], 계모의 손톱, 혀, 빠진 머리칼, 계부의 눈썹, 거웃, 똥꽃 등을 솥에 넣고 끓여, 증오와 惡心을 돋우는 媚藥을 만들어, 누구든 젊어지고 싶은 자들을 만나면, 그것으로 그들의 '魂'을 사들이려 합습지. 그것[魂]이 그를, 영겁의 소멸에 마주한, 그의 삶을 연장해주는, 다만 한 약이 되어 있는 것일 것인뎁지, 이쪽 '응달'쪽 늙은네의 이름은, '僞邪道'라고 알려져 있습지. 이 '僞邪道'는, "끊을 수 없는 쇠사슬에 묶여, 천년을 굶주리며, 암흑한 방 속에 갇혀 지낸, 魔鬼", "公主들만 잡아먹는, 외눈박이 거인이나 毒龍", '멧돼지'나, '늑대' 따위의 모습을 취해 있는뎁지, 예 든 [僞邪道의 變身들을 찬찬히 살펴보면,] 저것들은, 모든 童貞的인 것들에게서, 그 童貞性을 욕심내는 것들이라는 것을 알게 되어, 치를 떨게 됩습지. '아버지'란, 딸이나 자식들에 대해, 자애 깊은, 도움 많은, 보살이기만 한 것이 아니라, 그와 반대편에서는, 딸과 자식들이 극복해야 되는 붉은 龍, 그런 나찰이기도 하다는 것입습지. '自我'란 그러고 본다면, 그 陰性的 국면에서는, '自我'를 인식하는 모든 有情들께는, 하나의 우주적 승리며, 동시에, 우주적 난관이며, 치유키 어려운 病인 듯합지)

('魂'은 또, 羅卜이의 꿈에 現身한 바 있는, '눈이 깊은, 어머니 같은 옌네' 모양, 늘 그렇게 [女性化를 치른] 觀音菩薩만 같은가, [알다시피, 이런 식의 묻기란, 뻔히 아는 얘기를 꺼내기 위한, 稗說꾼의 시침 떼기인 것입습] —그런 건 아닙습지. 사실에 있어서는, 本稗說의 주인공 羅卜이에게 나타난 것과 같은, 그 '어머니 같은 옌네'란, 그렇게 흔하지가 못한 듯하기 탓에, 本稗官이 그 이야기를 골랐거니와, 사실은 그 반대로, 세상의 젊은네들의 꿈을 그중 많이 괴롭히는 것은, '응달'쪽 어머니들이던 것이습지. '상사라'[苦海, 輪廻], '늙은 魔女', '妖鬼', '암구렁이', '[못 헤어나올] 숲', '[거머리가 득시글거리는] 늪',

'이빨 가진 요니', '독거미', '지네', '계모' 등등, 모든 음침하고, 질척하며, 깊은 것, —어머니는 그래서, 자식에 대해, '저주'며, '위험'이라고 일러옵습지. 몸은 셋씩이나 되는데도, 눈은 한 벌밖에 못 구비해 있는, 巫女들, [이 '三位一體'는, '巫三位'랄 것으로, '세 따님'의 모습으로 神話化해 있습지. '따님'(大地)/따님(달님)/따님(땋님—運命을 땋는 님. 땉님—모인 것은 흩트리고, 흩트린 것은 따붙게 하는 님. 歲月)] 어머니들. 이런 어머니들은, 자식들에 의해, 그 '女性'性이 극복될 때, 어머니가 되며, 그리고 은총화하는 듯합습지만, '魂'이란 그래서 '自我'에 대해, '위험'인 것을 알게도 하는군입지. '魂'은, 깨어날 때, 대체로는, 그 손발에, 털과 굽을 달고, 魔力과 부정한 관계를 맺고 있다는 것을 알게 합지. 그러면, 어떤 경로로, 羅卜이께 現夢한, 그 '금의의 엔네'는, 첫 경도의 경험과 함께 시작되어졌을, 魔力에의 그리움을, 즉슨 '自然'이, '살'[肉身]이, 畜生道에로 불러내는, 畜生道를 벗어났는가, 훨씬 벗어났는가, 그것이 새로 궁금해지는뎁지, 그런 궁금점을 풀기 위해서라면 道弟들은, 자기네들의 의사에 반해, 어떤 魔力의 毒龍께 바쳐지는 祭物로서의 公主들과, 반대로, 자기들의 願望에 좇아, 그런 毒龍께 먹혀지기를 바라, 스스로 祭物이 되는 公主들, 그 양자의 다름을 상세히 살펴보지 않으면 안 될 것입지. [이거 뭐, 成年이라면 누구나 뻔히 아는 사실을, 새로 말하기는 넘새스럽지만, 저런 얘긴즉슨, 나쁜 아비가, 어린 딸을 해치려는, 近親相姦行이, 童話化를 치르면, 저렇게 된다고 하거니와,] 싫어하며, 도망치려는 公主를 먹으려는 魔力은, '自我'가 타락하여, 地獄에로 떨구어져 내릴 그 직전에 있어, 저 타락한 自我를 극복해낼 [毒龍退治], '씩씩한 王子'가, '劍'을 갖고 오기를 기다리게 되며, [그리하여, 毒龍退治가 성공적으로 이뤄졌으면, 그것은, '짐승'에 대한 '사람'의 승리라고 이르겠습지] 반대로, 그 스스로 그런 毒龍께 먹히기를 바라, 그 毒龍 앞에다, 자기의 전신을 벗어 던지는 公主의 경우는, '自我'는 물론, '魂'까지도 타락해, 그 양자가 함께, 畜生道로 떨어져 내리려는 그 직전에 있어, 저 '毒龍退治'를 위해서는 이번에도 물론, '劍'을 가진, '王子'가 오기를 바라기와 더불어, 벗은, 저 불쌍한 '魂'을, 부드러운 치마폭에 감싸아 들어 올려줄, '자애의 어머니'가 오시기를 바라게 됩습지. 커흐, 이만큼이나 혀를 놀리고 나니, 목도 갈하구만입지,

아 거, 마늘이든, 玉門이든 그런 것 안주하고, 고량주 좀 내십습지. 그러면 힘내어, 싼 걸음으로, 별보기 놈이 어디만쯤이나 갔는지, 뒤따라 붙이려 해볼 것입습지)

連이나, 그래서 글쎄, 羅卜이가, 그 詩宮 안으로, 들었더라는 데까지는 얘기가 되잖았었슴메? 그래서 사실로, 羅卜이가 거기 도착한 때가, 城內에서도 조반이 시작될 때쯤이었는지 어쨌는지는, 羅卜이 자신밖에 모르지만, 얘기꾼에게는 그런 것이 문제가 아니며, 어떻게 하면, 자기가 알고 있는 얘기를, 으시락딱딱하게 꾸며낼 수 있을 것인가, 그것만 문제겠심다. '運命論'이라는 것은 그래서, 고래로부터, 누구보다도, 얘기꾼들에 의해, 그중 잘 說法되어져 오고 있는 法일심다. 누가 만약, '얘기' 속에서, '運命'을 제거해버리려 하면, 그 얘기는 말하자면, 저녁밥을, 기름지게 너무 많이 먹고, 그것을 소화했기는커녕, 식곤증 탓에 펴져 자는, 그런 무슨 탐욕스러운 사내의 잠에 나타나는, 말할 수 없이 어지러운 夢片들모양, 또는, 구 할 육 부쯤이나 미친놈이 부르는 노래모양, 거기 어디에고 일정한 질서랄 것이 없어, '봄씨비' 끊어 먹다 버글여 내놓은, '서른 발 새끼줄', 또는, 새끼들께 먹이려고, 먼 길을 되날아온 부엉이가 게워내는 무자치나 같아, '辭典'보다도, 형편은 더 나쁠 것임시다. (이런 것은, 설명을 하려 하거나, 주석이라도 붙이려 하면, 구차해지므로, 그것을 생략하려 하고 말이지만, '얘기 속의 運命'은, 그러나 '修辭學的 秩序'와 같은 것은 아니라는 것은, 덧붙여 밝혀둬야겠습메다) 그뿐만 아니라 세상은, 센 회오리바람 부는 날, 바람에 뿌리를 뽑혀 한 마을이, 구름 위에로 떠올라진 것보다도 더 어지럽게 될 일입심다. 稗說客들의 고뇌는, 거기 어디에도 있는 듯함시다. 기름진 음식으로 부풀은 위장이, 그 불편함을 꿈으로 鳶 날려 올리는, 바람 어지러운 날 같은 세계에다, 질서를 부여하려 하면, '運命'이라는 독룡이 쳐들고 일어서고, 그것을 제거해버리려 하면, 실다움으로 보였던 그 독룡은 없어지되, 그런 대신 그것의 그림자[幻]가 일어나, 바람으로 어지러운 날, 어지럽게 펄럭이다, 스러지는 광경을, 虛無하다고 이를 광경을, 목도하게 됩신다. 그래서 本稗官이, '얘기'와 '運命'論을 통해, 무엇을 말했으면 싶은가 하면, 헤, 헤, 헤, 그 왕궁에 도착한 羅卜이의 얘기를 하고 싶은 것입메다.

然이나, 별보기님이 그 성안으로 들어서고 있었던 그날은, (사실은 어제 저녁부터) 궁중 花童이의 종적이 묘연했는데, 그 시각은 또, 열두 公主들의 起枕을 즐겁게 하기 위하여, (물론 궁중 악사들이 연주하는 詩樂도 있으되), 열두 묶음의 꽃다발이, 花童이의 손에 바쳐지는 그 시각이 조금 늦어져 가고 있는, 그런 시각이어서, (玉詩房 문 앞에 대기해 있는 악사들이며, 시녀들은, 들은 바가 없어, 花童이의 실종도 모르고,) 모두가 하나같이 초조로이, 정원 쪽 복도 끝에로 눈을 보내고, 花童이를 기다리고 있던 그런 시각이었던 것임시다. 그러자니 궁정 늙은 원정만 혼자서 애가 타, 새벽 일찍부터 손 싸게스리 열두 묶음의 꽃다발을 만들어놓고, 얼마나 간절히 花童이를 기다리며, 여기 그늘, 저기 구석으로, 얼마나 졸인 가슴으로 찾아다녔겠는지는, 잘 짐작들헐 것임메다. (이렇게 本稗官은, 羅卜이의 얘기를 하고 있는 중일시다) 하다못해, 때에는, 늙은 원정은, 종적을 알 수 없는 꽃머슴 놈의 대신이라도 할 만한, 젊은네가 있는가 하여, 꽃다발인지, 호미인지, 뭔지, 그 자신도 자기가 손에 뭘 쥐고 있는지도 몰라, 쥔 채, 궁으로 나서려 하고 있었는데, 에케(ecce)! 별보기 놈, 가을 석양 같은, 타오르는 머리칼의, 반짝이는 눈의, 억센 골격이 약속되어 있는, 村童이가, 붉은 볼, 붉은 입술을 능금모양, 능금 꽃모양 해 갖고, 늙은네 곁을 지나려 하며, "호미와 꽃모종을 함께 들고 계신 걸로 보니, 정원을 가꾸시는 것을 알겠습니다. 아, 안녕하십세유? 아, 요즘 햇볕이 잎에 좋습니까? 아, 요즘 바람이 꽃술에 좋습니까? 아, 여기 흙은 뿌리에 좋습니까? 우리 동네도, 금년에는, 햇볕이 좋고, 비가 적당해서, 임금님 덕이, 산모양 높고, 늪모양 깊다고 일르고들 있습니다. 우리 동네 초목들은요, 목이 굵고, 그 잎이 쇠똥 한 무더기만큼씩이나 되게, 풍더분하고 하여섭죠, 암소 한 마리씩은 족히 되고 했는데요, 여기 초목들은, 얼른 한 번만 보고, 눈을 감아 안 본다 해두, 두루미라든, 백조 같은, 무슨 그런 새님들이, 죽지가 피곤해지면, 여기 와, 꽃나무님 모양 쉬고 있는 것을 환하게 볼 수가 있습니다. 우리 동네서는, 초상이 날 때마다, 하는 소리가 있는데유, 늙고 피곤해지면 사람들은, 어디 서쪽 하늘 가운데 있다는, 좋은 고제 가서 쉬었다 돌아오려고, 새가 돼 날라간다는데유, 노인장께서 가꿔놓은 이 정원을 보고 생각이 난 것인데, 그 새들이, 노인장의 푸른 손가락에 닿기만 닿았다 하면, 그 당장, 고은 꽃나무가 돼, 깃을 접어 쉴 것이라고 합니다. 아, 안녕히 계셔유, 이 羅卜이 놈은, 임금님이라는 어르신을 좀 뵙고, 뭐 좀 도와드릴 것이 없는가 하여, 오는 길입니다. 라리오우 라리 오우……”
그리고 젊은네는, 꾸뻑 절을 하여, 늙은네께 닦았어야 되는 인사는 다 닦았다는 얼굴로, 늙은네를 뒤에 두고, 안쪽으로 걷다가, 그때에사 생각이 났던지, 바닥을 아끼느라고, 어깨에 대룽대룽 매달아 메고 왔던, 모양이야 어찌 되었든 발만 편하라고 지은, 신발을 꿰어 신었습다. 늙은 원정은, 그때까지도 자기 것인 혀 한번 움직여보지도 못하고, 처음 만난 젊은네의, 묘한 다변 때문이었는가, 뭣 때문이었는가, 일종의 失語症이랄 것에 당하고 있다가, “여— 여—” 하고, 황급히, 손짓까지도 섞어, 별보기 놈을 부르기에 이르렀습시다. 물론 그 젊은네의, 묘한 다변도 그 까닭이었지만, 늙은네를, 경한 失語症 같은 것에 굳게 한 보다 큰 이유는, 늙은 원정이, 눈을 가늘게 해서 건너다본 젊은 놈은, 어디 거친 들 가운데서 파 뽑아온, 제멋대로 자라, 어떤 원정의 손도 닿아본 적이 없는, 실한 보리수 한 그루도 같았던 그것이랄 것이었습메다. 이제 처음으로 암컷들의 냄새를 분별하기 시작하는, 수코끼리. 그렇게 된즉, 그 늙은네 느낌에는, 한 정원의 文化가, 그 야생적 날것인 바람을 맞아, 된통 흔들려지고 있다고, 보고 있었던 것입심다. 솔직하게, 그 늙은네의 심정을 털어 밝혀놓기로 하자면, 이런 제멋대로, 그럼에도 아직 돋아나지 않은 가지들의 우람함을 꾸며 자라고 있는, (자기가 오늘 만나게 된 이 野生木은, 그것대로의 어떤 불균형의 균형이랄, 野生的 균형을 잡고 있어, 剪枝나, 接木이라는 투의, 원정의 손끝 재주로) 그 아무 未來에도 손을 댈 수가 없다고 알게 되자, 원정께는, 무엇보다도, 그것이 충격이 아닐 수가 없었겠었습시다. 그러고 보면, 때로 숲에는, 궁정 원정 같은, 國手까지도, 어느 가지를 어떻게 하겠다고, 가위 든 손을 뻗쳐내지를 못하게 하는, 그런 불[火] 가지[枝] 나무가 있는 듯합시다. 어쨌든, 그 충격이 지난 뒤, 어째선지는, 그 자신도 잘은 모르면서도, 늙은 원정은, 어떤 이상스러운 열예에 들떠, 요 며칠 왠지 그리고 까치가 울어쌌으며, 바람도, 지나며, 귀에다 무슨 말을 속삭이는 듯이 했더라는 생각도 한 데다, 이 젊은네가 오느라, 본디 있던 花童이 놈이, 마을 갔다가, 분명히, 설사병이라도 얻게 되었을 것이라고 했습시다. “까치가 울면, 무슨 호소식이 있을 것”이라고 이름메다. 그렇다면, 이 원정 늙은네는, 삼대째인가, 사 대째 궁정 원정이어서, 게다가 늙을 만큼 늙어 있어, 밖으로부터 올 수도 있을 좋은 소식이라거나, 뭐 그런 것을 기다릴, 바깥에 대한 아무 인연도 까닭도 없었는데, 그러했음에도 그랬었다면, 이런 늙은네에게도, 자기도 모를, 무슨 ‘기다림’ 같은 것이 있기는 있어 왔다는, 그런 말밖에 더 되겠느냐 말입심다. 헌데도 혹간, 원정은 생각했었습시다, 자기가 뭘 기다려왔다면, 어찌 되었든, 우는 까치 소리에 귀를 묶였었다면, 혹간, 이런, 너무도 싱싱해, 비린내까지 섞은, 풋내의, 푸렁한 코끼리, 원정의 손이 닿아본 적 없는 보리수, —그러며 늙은네는, 자기에게는 있어 본 적이 없는, 자식의 나세기까지 했습다. 자기에게도 자식들이 있었다면, 또는 좀 늦게라도 하나쯤 두었더라면, 요만한 낫살의 자식이 있었지 안 했었을 것인가, 흣, 흣, 흣, 늙은네는 그래서 또, 때로 그런, 없던 자식 나세보기 때마다, 그리고는 웃었던, 그 조금은 서거픈 웃음을 웃었드랬심다. 글쎄, 자기가 이 나이 되도록, 무엇을 기다려왔다면, 그것은 흣흣흣, 아무 엔네의 배에도 실어줘 본 적 없는 자기의 자식이, 이 세상 어디에서 훤칠하게 자라다, 자기를 아비라고 찾아와 주기 같은, 그런 것이나 아니었겠는가, 참으로 그런 것이나 아니었겠는가, 했습다. 허, 허허기야, 뭐라 꼭히 끄집어내 말할, 대상은 없는, 그런 그리움이라든, 기다림 같은 것은, 이성적 판단의 결과로 이뤄진 지혜라든지, 그런 것과는 다를 것임다. 그럼에도 늙은네는, 여기서 저기서 귀담아들은, 園藝와 관계된, 古事도 몇 가지, 기억하고 있지 않은 것은 아님다. 잡초를 뽑다 어떤 늙은네는, (‘라마의 아내 시타’는 그렇게 태어난 것임시다) 잡초 뿌리에서 딸을 얻었었으며, 어떤 임금은 또, 연꽃을 즐겨 했더니, 연꽃 속에 담겨 있는 (파드마삼바바) 사내아이를 얻기도 했던 것임다. “여, 여어, 초, 총각님은 어디를 간다 지금?” 늙은네는 그래서, 뒤늦은 걸음 따라잡기로, 바쁘게 물었드랬심다. “임금이라는 어르신네를 만나러 가는 길이라고, 말씀드리잖았던가유?” 바쁠 일 없는 羅卜이가, 고개를 돌리며, 경쾌하게 대답함넨다. “헥, 그, 그런 일이라면, 아직 시간이 너무 이르겠네. 총각 말하는 그 어르신네는, 아직 起枕을 안 하셨다구. 내 그 적당한 시간을 가르쳐주지.” 그러자, 羅卜이 좀 낭패한 얼굴을 짓다가, 원정 늙은이께로 되돌아오며, "우리 동네서는",이라고 시작해, 큰 소리로 이럼다. "노인네들이, 젊은네만 만났다 하면, 이러십니다, '게으른 자여, 개미에게로 가서, 그 하는 것을 보고, 지혜를 얻으라. 좀 더 자자, 좀 더 졸자, 손을 모으고 좀 더 눕자 하면, 네 빈궁이 강도같이 오며, 네 곤핍이 군사같이 이르리라.' 이거 우리 동네 해로 치면, 똥꾸녁을 세 발이나 빠져나왔겠는데요." 그러며 젊은네가 해를 우러러 가리키니, 나룻배 떠나고, 나루에 손님 도착하기로, 늙은네가 "쉬, 쉬잇!" 젊은네의 입을 막으렸습다. 그로부터도, 늙은네와 젊은네 간에서는, 무슨 얘기든, 얘기가 더 오고 갔을 터이지만, 本稗官은, 羅卜이를 좇아, 대체 무슨 일이 일어나는지, 그것 좀 보고 싶어, 따라붙이는즉, 저들 간에 주고받았던 얘기의 내용이 궁금한 이들은, 도시락을 해서 들고, 그 왕궁 정원, 그들이 말을 주고받았던 자리로 가, 거기 서 있었던, 기화요초들의 귀를 열고 들여다보고, 읽어들 보실 일이겠습시다. 그런 대신 本稗官은, 무슨 얘기를 하려는가 하면, 저 별보기총각님이 저 궁정의 급조 花童이가 되어, 열두 公主들께, 바쳐 올리는, 그 열두 詩다발을 들고, 원정이 가르쳐주는, 정원 사이의 소로를 따라, 그 玉詩房 문전에 서 있게 된, 거기서부터 일어난 일에 관한 것이 올심다. 새로 꽃머슴이 된 羅卜이는 물론, 본디 꽃머슴이 입었다 벗어놓았었을, 그 궁중용 옷으로 갈아입었을 터이며, 볼테기에 묻었던 무슨 검정도 벗겨낸 뒤, 속성으로, 獻花用 예절도 배웠겠습다. 늙은 원정은 오늘, 花童의 대리를 하나 얻었을 뿐인데, 어째 콧노래가 흔전만전이어서, 주체스럽다고 알고 있었습시다. 어쨌든, 누구의 눈에나 낯이 선 젊은네라도, 花童이라는 것이, 열두 꽃詩의 다발을 들고 왔으므로, 雅樂이 일기 시작했을 것이며, 시녀장이, 花童이를 위해, 玉詩房의 히히히 玉門을 열었겠습다. 그러나 本稗官은, 그때 저 羅卜이가 느꼈었을, 한 하늘 은하수가 한꺼번에, 왼통 자기 위에로 엎질러져, 숨도 못 쉬고 허우적거리게 되었었을, 羅卜이의 그 느낌에 대해서는 말 못 할시다, 羅卜이밖에 말 못 할시다, 羅卜이도 말 못 할시다. 이것은, "人類가 최초로, 자기들께 부여된, 永生, 또는 불멸성을 잃고 있는, 그 장면"의, 한 개인에게의 再現, 그것이어서, 이제 羅卜은, '낮별보기 놈', '바보'라고 일러져 온, 그 우멍거지 덮인 잠을, 더 이상 덮어쓰고 있을 수만은 없게 된 것이 올심다. 그리하여, 한 '원초적 질료'(아담)에, 불치의 병독이 침투해 들기 시작하여, 종내 그 '질료'의 죽음을 부르게 될, 그런 뒤에는, '니그레도'[黑]에로 退調하든, '루베도'[赤]에로 順調하든, 어쩌든 하게 될, 은총과 저주의 갈림목에, 그 '질료'가 처해 있는 것임메다. 그리하여 저 '질료'에 어떤 변화가 일어났었던지, 그 얘기를 하려 하고 있지만, 이 위험하고도, 중요한 일점을 통과하고서도, 저 '질료'는 전과 같을 수는 도저히 없을심다. 이제 저 '질료'는, 글쎄 羅卜이는, 運命이 내려친 벼락에 후들겨 맞아버린 것이고, 그러니 이제, 이 아침 이전까지의 별보기 놈은 죽어버린 것이라고 해도 되겠을 일입다. 羅卜이는, 그 내디딘 발걸음을, 이제는 되돌릴 수가 없게, 그 運命의 함정에 빠져버린 것입슴메다. 그는 이제, 저 아자가라 뱀의 목구멍을 넘고 싶어 못 살게, 그렇게 그 독에 쏘인 자, 그래서는 어쩌면 죽고 싶음으로, 羅卜이는 현재(서민의 자식을 公主께 접붙이기 위해서는, 강쇠적 문자가 제격인데,), 특히 섣달 公主와 눈 흘레를 하고 있는 중입씹닌다. 그러는 그 어느 순간, 羅卜이의 눈 속에, 그 눈의 하늘에 쪽쪽하게 박혀 있었던, 그 별들이 일시에, 유성모양 떨어졌다가는, 순식간에 또, 그 본디 하늘자리로 돌아갔었겠습다. 그러자니 花童이의 눈이 일순 비어버리고, 가슴도 일순 비어버렸을 것이었는데, 花童이는 불쌍하게도, 눈을 잃고, 가슴을 잃어, 아무것도 보지도 느끼지도 못하기에 이르렀으니, 벼락 맞은, 젊은 보리수 같았습다. "하이— 저 앤 새 花童인가 본데, 얼마나 예쁘니!" 막내 公主는, 羅卜이 바치는, 한 다발의, 사랑의 詩를 받으며, 눈은 羅卜이에게 고정해놓고, 철이 없는 듯, 저렇게 씨불였습다. 그 막내 公主의 그런 歎辭는, 다른 언니 公主들을 킬킬 웃게 했었음은 물론이었겠거니와, 그중 큰언니 公主로부터 질책을 샀음도 물론이었겠습다. 제길헐! 별로 꽉 찼던, 한 젊은 가슴은 비고, 그 비인 자리에는, 느닷없는, 이제껏 타인이어서 본 적도 없는, 그런 타인이 하나 쳐들어, 저 빈 곳에 출몰하여, 찌꺼기 별도, 고향에의 그리움도, 이것도 저것도, 모든 것을 쫓아냈심다. 그러면 이 羅卜이를 두고는, 누가 과연 타인의 잠 속에 출몰하여, 그 꿈을 凶家로 만드느냐, 그런 것은 묻지 말기로 해야겠습늠? 羅卜이는 그 순간, 그로서는 도저히 이해할 수 없는 통증이, 횡격막 부위에 노도모양 치받쳐 오르고, 사태모양 뭉개어 누르고 덤비는 통에, 참을 수 없는 건구질에나 비교될, 그런 울렁 울먹한 느낌을 어쩌지 못하고, 뛰어나온 길로, 그 원정 늙은네가 기다리고 있는 데로도 말고, 궁정 한 모퉁이에 우람히 선, 보리수 밑으로 달려가서는, 드러난 뿌리들 아난타 뱀[蛇] 모양 꿈틀거리는, 그 어느 틈새에 얼굴을 묻고는, 울었드랬습시다, 아니 울고 글쎄, 羅卜으로서는 어찌할 바를 모르겠을 뿐이던 것임시다. 그러나 羅卜이는, 울음이 거의 다 빠져나가고 있었을 때쯤엔, 고향 언덕의 보리수 밑에서의 한낮 때처럼, 졸음을 느꼈드랬심다. 늙은 원정은, 그 젊은 놈을 멀찌감치서 건너다보며, 만약 저 젊은 놈이, 자기가 짐작하고 있는 것과 같은, 그런 병에 벼락 맞고시나 저러고 있다면, 그 병이야말로, 약이 없는 것은 아니라도, 그 약은 한낮 별보다도 더 지고한 데 있어, 들일에 바쁘다, 하초까지도 흙에 범벅이 된 사내가, 그역 들일에 바쁘다, 흙을 먹어 질푸덕이는 마누라께다, 진흙 밟기를 하고서 얻었었을, 저런 흙의 자식이 얻어내기에는, 가망도 없는 것으로 알아, 몹시 몹시 체머리를 흔들며, 아까는, 어째 까치가 울어쌌더라고, 노래가 흔전만전이었었는데, 글쎄 근래, 바람이 불어도, 뭔지 시석거리며, 뜻 모를 얘기를 하고 가고 했더니, 그 내용은 이런 것이나 되었었던 게라고, 늙은 눈을 흐려 했습다. 연전에도, 그런 놈이 하나 있었더니, 그놈의 어미 되는 아낙네가, 심지어 원정 자기 같은 사람에게라도 청을 넣어, 자식 하나 살려달라고 애원한 일이 있었더니, 나중에 그 어미로부터 듣자한즉, 놈은, 삐들어지고, 시들어지고 굶다가, '뜨거운 송장'이 되었다고 하며, 자식 놈의 마지막 소원이, 제 놈의 혀를 잘라, 그것을, 궁정 정원의 어디쯤에나 좀 묻어줬으면 하는 것이라고 했담시나, 뚜껑 덮인 조그만 항아리를 하나 내밀며, 부디 어디에든 좀 흙 파고 묻어달래서, 그것까지는 거절을 못 했던 것을, 원정 늙은네는 기억해내고 있었심다. 원정은, 그 어떤 젊은네의 혀가 담겼다는 그 항아리를, 열어볼 필요란 느끼지를 안 했으므로, 그냥 그 채로 저 열두 公主네 남창 밑에다 묻어줬드랬는데, 어느 흙에서나처럼 그 흙 위에서도, 꽃은 붉었드랬습다. 오늘 아침, 羅卜이에 의해, 열두 公主께 바쳐졌던, 그 꽃다발 속에도, 그 흙 위에 폈던 꽃이 한 송이, 섞여 있었드랬는데, 원정 늙은네는, 그 흙 위의 꽃이 말하는 소리를 들어보지를 못해서, 사실로 그 흙 위에서 핀 꽃이, 사랑스러운 눈으로 그 꽃송이를 바라보며, 내음새를 맡는, 저 어떤 公主께,

뭐라고 속삭이는지, 그것은 알 수가 없었으되, 어쨌든 꽃보다도 더, 사랑과 (이울어 헤어지기의) 슬픔에 대해, 잘 말할 수 있는 것은 없다는, 그것은, 늙은네도 알고 있었습시다. 늙은네는 그래서, 본디 꽃머슴 놈이 오늘 오후든, 저녁녘에라도, 어디로부터 털씬 털씬 돌아온다 해도, 이 새 젊은네를 돌려보낼 수는 없다고 알고 있었습시다. 그런다면, 연전의 어느 젊은네처럼 이 젊은네도, '삐들어지고, 시들어지고 곪다가, 뜨거운 송장'만 남길지도 모르지만, 자기 밑에 둬두고, 꽃머슴으로 쓴다면, 뽑으라는 잡초야 키로 자라든 말든, 용두질로 용두질로 하루에도 열두 번씩 죽었다 깨어나고 하다가는, 어느 날, 구릿빛으로 시꺼먼 처자가 한번 웃는데 보니, 그 가지런한 이빨이, 어떤 公主의 그것처럼 희다고 알아, 이빨만 좇아, 그 큰애기에게 장가들어, 자식 낳고, 자식의 감기를 두고라도 속을 끓이고, 그렇게 저렇게 살면 되잖을 것인가, 그런데도 그런 언제까지도 그 사랑이, 그리움이 남는다면, 그것은 그냥 하나의 따뜻함으로 간직한 채, 찬 흙 밑에 누워도 좋을 것, 그러면 그 따뜻함이, 허리가 굽는 탓에 할미장꽃이라고 이르는, 옛일을 뒤돌아보는 꽃이라도 피울 터인데, 그렇잖은가, 그런다면, 저 젊은네는 오늘, 그 젊음을 失泄하지 않아도 좋을 것—늙은네는 그랬습다, 생각했습다. 왕궁에서야 까짓 너러 꽃머슴 하나 얼굴이 보이지 않게 된 일로, 누구 하나 궁금해할 일이야 없었겠지만, 원정 늙은네가 수소문해서 알아낸 바에 의하면, 그 본디 花童은, 보다 넓은 천지로, 무슨 행운 같은 것이라도 찾을까 하여 그런다며, 그 왕국을 떠났다고 헙습니다. 마는, 시녀장 되는 노파가 혼자만 알고, 입 귀퉁이로 흘려내는 미소의 내용은 그와는 달습니다. (그리고 아까는, 主人公과 관계된 '運命'이 논의된 일이 있었습니다마는)라는 말은 뭣인가 하면, 놈은, 스스로 賤生으로 알아, 한 번도 경거망동한 일이 없었으니, 언감생심, 어느 公主에 대고도, 눈 한번 쳐들어 바로 보지를 못해왔었드랬는데, 무슨 魔가 들씌웠든 그날따라, 公主님들의 해진 신발짝에 色慾이 일어 그랬겠습다, 그랬을 것인데, 그것 한 짝을 훔쳐, 품에 넣어, 정원에 나와, 보리수 그늘진 데 쪽에 뻗어 앉아, 빠르게, 몹시 빠르게 손 놀리기를 하며, 그 신발짝 속에다 精水를 뿜어 넣고 있는 그때, 花童이 놈은, 불을 켜고 자기를 태우려고 보는, 눈 두 개가 중천에 떠 있음을 본 것임시다. 花童은 그래, 아마 무슨 다른 좋은 방도는 없어서 그랬을 것으로, 싱긋 한번 웃어 보이고, 그리고는 바지춤을 부지런히 추스겨 올린 뒤, 내 조자 빠져라, 그 왕국의 울타리를 뛰어넘어 내달린 것입심다. 羅卜이 놈이여, 羅卜이 놈이여, 진흙 일하다 얻은, 자네 같은 흙의 자식에게, 왕궁의 가시나들은, 끓는 유황이며, 독사며, 타는 불이며, 수렁이며, 流沙 구덩이며, 지옥이거늘, 행여나 그림자로라도, 가까이 다치려 할 일은, 천만 아닐 테네. 행여 자네가, 그 公主들의 손에도, 가락은 다섯씩이나 있어도, 새끼손가락은 별로 하는 일이 없다고 알아, 그것쯤 슬쩍 스쳐본다 한들 어쩌랴 싶어, 그러려 했다가는, 鍾 만드는 용광로에다 명복을 비는 종이를 넣으려 함 같을 터이며, 또 좀 더 당돌하게 생각하고시나는, 뭣이냐면, 밭일에, 땡볕 쬐어 목덜미가 검은 계집이나, 구름 낀 날 정원을 거닐려면서도 꼭히 陽傘 받들게 하여, 목덜미가 흰 계집이나, 태어날 때 파 가지게 된 穴은 穴이라 穴이라고, 그 穴을 짚으려 덤비려기라도 했다가는, 저 둘 중에서도, 밭일에 흙을 물어, 년이 걸으려면, 신고 물 건넌 고무신 소리를 내는, 흙냄새 고약한 穴은, 혹간 자네의 뼈를 묻어 썩히는 대신, 싹을 틔울라는가 몰라도, 그런 것 말고, 다른 것 하나, 흙에서는 자꾸 더 멀어져, 두리둥실 떠오른다. 열엿새 달 푸른 蓮, 中天에 뜬 穴은, 해[日]라도 깨물어 삼키기를, 들척지근함시롱도 매와 좋은, 마늘쪽으로나 아느니, 손톱 밑에 흙을 아니 넣고는 못 사는 자로서는, 그런 穴은, 지옥의 오랑캐[蝕]로만 여기게, 그렇지 않는다면, 자네의 형편은, 해지기 시작함으로 오므라들기 시작하는, 아홉 겹[九重] 蓮 속에다, (날개를 쉬려) 날개를 의탁해놓은 꿀벌이나, 화톳불에 내달아 든 자살 충보다도 나을 것이 없으렷다. 小子여, 왕국의 것은, 그것이 비록, 부엌데기가 쓰다 버린 부젓가락 같은 것이라도, 만군을 거느리는 장수의 목을 버히기에 조금도 무디지 않은 것이니, 왕궁의 것은, 눈이 있어 보이는고로 보더라도, 행여 視線이라도 묶을 일은 아니네라. '불'이 아무리 태우는 것이라 해도, 그 이름을 듣기만으로, 혀를 태우는 것은 아니라도, 왕궁의 어떤 이들의 이름은, 잘못 불렀다가는, 혀며 전육신뿐만 아니라, 三族九族까지 상하게 하거늘, 小子여, 용두질이나 많이 하거라, 많이 하고서, 고름을 자꾸 씻어낼 일이다, 그러면 이 늙은네도 눈을 좀 밝혀, 여기저기 둘러보아, 손도 발도 덜부덕 쇠똥 무데기만쯤씩은 크고, 목은 실하고 굵어 암소만 한 데다, 애 낳기를 닭이 알 낳듯 하는, 그런, 밭일에도 밤일에도 능하지 않는 것이 없는 것으로, 처자 하나 구해보마, 자네가 뿌리는 씨는 틔우고, 자네의 땀은 보리며 밀알을 크고 많게 하는 밭, 자네가 宗敎인, 祭壇 같은 아낙네. 글쎄, 그러는 동안, 한낮에도 은하수가 철철 흘러내리도록, 그저 꿈꾸기로써만, 저 백합화 같은 흰 손의 영상에다, 자네의 근을 잡혀놓을 일이다, 그리고는, 말한 대로, 서너 달, 서너 삼 년, 은하수를 마시다 마시다 익사할 지경에라도 이르면, 저 작은 매끄러운 손이란 다름 아닌, 고추밭 독사 같다고 알 일이고, 그때쯤은, 이 늙은네를 헤벌쭉이 건너다보며, 사람은, 얼마쯤 늙고 나야, 사람 몫을 할 만하다고 알 것이다. 허헛헛, 허지만, 사람의 난제는 저것인 듯함세, 사람의 젊은 놈께 젊음은, 호랑이나 늑대가 鹿角을 해 있는 듯해, 여기에 저기에 그놈의 뿔이 걸개쳐싸서, 그 울불군거리는 힘을 갖고도, 배곯다 죽기 알맞으며, 늙은네께는, 거 꼭히 있어야 될 뿔이 없어, 뿔 없는 늙은 노루, 들에는 철 당한 암컷들이, 즐펀해, 그 떡판 같은 뒤터를 흔들어도, 그림앞에 차려 놓아진 祭떡, 글쎄 말이지, 빠등해야 할 것이, 온수에 젖은 솜보다도 부드러워, 저승 어디서 올라온, 손톱 뾰죽한 가는 손이, 불알을 뽑아가 버린 것을 알게 되는데, 이렇게 된즉, 어떻게 어떻게 저녁 늦게 잠에라도 들게 되면, 노상 꾸게 되는 꿈은, 저 거칠은 들을 제압하는, 힘센 호랑이, 저 암노루들의 떡판 같은 뒤를 쫓아 근을 세워서는, 그 목덜미를 물기와 동시에, 그 뒤터를 쏘고 들기, 늙은 잠이 꾸는 약관의 꿈. 그런 꿈을 꾸고 있는 한, 그 잠은 즐겁지만, 깨어야 될 때는, 언제든, 그 억센 호랑이가, (이것은 거대한 '물고기'였대도 상관은 없을 것이지) '독수리'며, 개미 떼, 구더기 등에 뜯기고 먹혀, 한 무더기의 흰 뼈만 남겨놓고 있음을 보게 되고, 그 아픔을 느끼게 되지. '사람'이라는, 한 '運命'은, 저렇게 되어 있는 듯함세. 그런즉 小子는, 그 되지도 못한 누무 뿔을 휘두르고 싶음으로, 결코 소홀하여 내달을 일은 아니니라. 그러지 않는다면, 자넨들, 무슨 다른 좋은 일을 기대하겠느냐, 저 북문 밑, 깊이 판 땅광 속의, 배고픈 암놈 狂犬들께나 장가보내어질 것 말고, 글쎄, 무슨 좋은 일이 있을 듯하냐. 바로 이 미친 암캐들이, 이 늙은 네가 일러, '지옥의 오랑캐[蝕]'라고 한 것인데, 오므라들고 있는 저녁 蓮 속에 일숙을 정한 벌이 있다면, 장차 저 벌에게, 저 蓮의 청순하고도 지고한 아름다움은 과연, 어떤 것이나 되겠느냐?

然이나, 羅卜이는, 원정 늙은네가, 저만쯤 그늘에 서서, 자기를 건너 내려다보며, 한숨짓는 것은 모르고,

連이나, (이 行은, "羅卜이는, 울음이 거의 다 빠져나가고 있었을 때쯤엔, 고향 언덕의 보리수 밑에서의 한낮 때처럼, 졸음을 느꼈드랬심다"에 이어지는 것입심닌다) 흙 위에로, 그 등이 드러내져, 아 난타 뱀모양, 꿈틀꿈틀 그 뿌리가 휘감긴, 저 우람한 보리수 뿌리 위에 누워, 羅卜이는, 또 그 같은, 눈 깊은 자애한, 금의의 옌네의 꿈을 꾸었드람시다. 혹은 또 모를 것은, 바로 저 옌네가 羅卜이를 꿈꾸고 있었던 것은 아니었는가, 하는 것임시다. (마는, 이렇게 되면, "누가 이 세계를 꿈꾸느냐", 莊子여 羅卜이, 羅卜이가 세계를 꿈꾸느냐, 세계가 羅卜이 꿈을 꾸느냐, 라는, 그런 데까지 물음은 발전할 수도 있습메다. 그렇다면, 세계가 아플 때, 羅卜이가 앓지 않을 수 없으며, 羅卜이가 아플 때, 그 세계도 아프지 않을 수가 없을 것임시다. 그래서 그같이 아프기로, 저 금의의 옌네가 나타났을지도 모르는데,) 이번에는, 그 꼭같은, 환하고도 깊은 눈의, 인자한 옌네는, 한 손에는, 아으 관세음보살, 벚-월계수와, 장미-월계수, 월계수 두 어린 가지를 쥐고 있었으며, 다른 손에는, 작은 금갈퀴, 금으로 만든 작은 물주개(금병), 명주 수건 등을 들고 있었드랜데, 그것을 羅卜이에게 건네주려 하며, "이 두 가지 월계수를, 두 큰 화분에 따로따로 심은 뒤, 그 흙 북돋기는 이 갈퀴로 하고, 물 주기는 이 물주개로 하며, 이파리들에 앉은 먼지 닦기는 이 수건으로 할 일이다. 그러는 중에, 이 두 월계수가, 대략 열대여섯 살 먹은 처녀아이 키만큼이나 자라면, 그 나무들에 대고 속삭여주기를, "아 내 귀여운 월계나무여, 금갈퀴로 내가 너를 북돋았으며, 금물주개로 물 주고, 명주 수건으로 네 잎들을 닦아줬잖니?"란 뒤, 네가 마음에 원하는 것이 있으면, 그것이 무엇이든 물어보라구, 그러면 알쪼가 있을 거니께는"라더라고 합습메다. (하나 지적해두어, 재미가 없잖을 것이 있다면, "금갈퀴로 북돋고, 금물주개로 물 주며, 명주 수건으로 잎을 닦아준다"는, 저 '속삭임의 말'일 것인데, 저것이 혹간, 草木들의 왕국의, 잠긴 城門이라도 열게 하는, 무슨 呪文 열쇠나 아니겠는가 그렇게 생각하게도 되니 그렇습메. 허허허읏, 아 그래서, 여러 善男子 善女子들

은, 거 呪文 하나 좋은 걸 들었다고 하여, 필요할 때마다 이제, 그것으로 '나무의 마을'을 열고 들어가, 여러분들의 利속에 맞는 노략질쯤 해보았으면 하고, 그것을 외어두려 열심인 듯한데, 여 善男子 善女子들, 말을 들어보소, 어떤 呪文을 다만 알고 있기로 하여, 그 呪文이 呪力을 발생하기만 한다면, 呪文 한 가지에, 千萬金에서 億萬金에 이르기까지의 與受가 없을 수 없을 터인데, 어떤 呪文은 글쎄, 필요할 때마다, 力鬼를 묶어내어, 그 力鬼로 하여, 王笏까지도 훔쳐 내오게 할 뿐만 아니라, 어떤 呪文은 또, 그 呪文을 읊는 자의 죄가, 六道 전체의 무게보다도 더하다 해도, 그 罰魂에다, 그 무게를 거뜬히 짊어져 줄 날개를 붙여, 淨土에다 데려다줄, 그런 힘이기도 하니 그럴 것입습. 그렇다면, 世慾을 못 여윈 [그런 呪文을 많이 알고 있는] 중들마다, 그런 呪文 하나씩 팔기로, 일세의 장자가 되어버릴 일인데, 善男子 善女子들임세, 만약에 여러분들이 원하기만 한다면, 本稗官은, 이 한자리에 앉아, 力鬼를 부리는 呪文 십여 가지쯤, 무 값에 일러줄 수도 있습지. 그래서 그러면, 本稗官은 物慾 世慾이 없어 보살인 데다, 여러분들은, 그런 呪文을 짊어져도, 버텨낼 만큼 실하다고 생각해 그러는 것이겠음? 허나, 이것에 대하여 대답하려 하여, 땀낼 일도 아니겠습메. 呪文이란, 咀呪와 마찬가지로, '말'[言語]로 이뤄진 화살 같은 것이라면, 근사하다 하겠을 일인갑? '마음'이야말로, 저 '화살'을 그 시위에 메어 쏘는 '활'인 것이며, [그렇다면, 이 '활'로서의 '마음'은, '體의 국면의 마음'이랄 것이겠음?] 그 '활'의 시위를 잡아당겨 쏘는 그 긴 팔은 '知覺者'인데, [이 '知覺者'는 그렇다면, '用의 국면의 마음'이라겠음?] 그 과녁은, 어떤 자에게는 '西域淨土'며, 어떤 이에게는 '解脫'이며, 또 어떤 이들께는 世俗的 富貴榮華이기도 하겠습나. 헌데 이 '마음'이라는 활은, 어떤 이에게는 너무 유약해, 휘려 하면, 그 당장 부러져버리거나, 어떤 자에게는, 그 무게를 측량할 수도 없이 무거워, 도저히 들어올릴 수도 없다면, 그것을 휘인다는 일은, 더욱더 엄두도 못 내게 되거나, 또 어떤 이에게는, 그것쯤 집어 올려, 휘어 쏘는 일은 조금도 어렵지 않는데, 쏘아진 화살이, 어느 일점에선가 빙 돌아, 되돌아와, 바로 그 弓手의 가슴을 꿰어 뚫고 덤비는 妖弓이 되어, 그것을 어거할 수가 없거나 하겠습지. 그런즉 이것[마음]은, 유연한 것 중에서도 그중 유연하며, 강한 것 중에서도 그중 강하며, 가벼운 것 중에서도, 무거운 것 중에서도, 그것에 비교되는 것은, 없는 듯함신다. 그러면 대체 어떤 이들이, 저 妖弓을 휘어, 그 力鬼的 화살을 그 시위에 먹여, 겨냥한 과녁을 꿰뚫을 수가 있을 것인가, —善男子 善女子들임세, 그것은 여러분들이, 각각 자기 자신들을 실험의 대상으로 하여, 살펴보아, 알아낼 것이겠습. 물론, 本稗官이 일러줄 수 없는 것은 아니라도, 그 짓이란 결과에 있어, 씨 뿌리는 자가 나아가 씨를 뿌릴 새, 어떤 씨앗은 바위 위에도 떨어졌거늘, 싹이 이내 돋는 듯하다, 말라 죽고 말아 가을이 없는, 그런, 바위 위에다 씨 뿌리기나 다를 바 없을 것입지. 이 '바위' 같은 心田은, 世慾이 굳어 된 그것의 비유인뎁지, 그럼에도 누구든 만약, 어떤 呪力을 하나쯤 길들여 부리기를 바란다면, 말한 바의 저 '마음이라는 활'을 어떻게 응용하는 것인지, 그것부터 수련해보는 것이 권고되겠습지. 羅卜이의 苦行이 무엇이었던가쯤, 여러 善男善女들도 그러면 눈치챌 만할 것인데, 눈앞에 있어, 약간의 땀을 쥔 손으로 거둬들이려 하면, 누구라도 거둬들일 것들을 거두느라, 여러분들이 나름으로는 땀을 흘리고 있었을 때, 그 손쉬운 것 거두기를 다 그만두고, 한낮에 별을 따려 하기, ……허, 허, 헌데, 여러 善男子 善女子들은, 本稗官이 이렇게 말한다고 하여, 처음에는, 그 呪文이 仙餠 덩이라도 횡재한 듯이 입속에 넣었다가는, 砒礵이라도 되는 듯이 뱉어내려 하는데, 거 모두 無學의 소치라고 해얄 듯합습메. 本稗官은, 어느 마을에서든 三冬을 만나, 거기서 그것을 나지 않으면 안 되는 때마다, 그 고장에 맞을 만하게 여겨지는 呪文을 하나씩, 그 마을 서낭당에 펄럭이는 오색 헝겊모양, 그 마을 삶의, 외로 꼬여진 새끼줄에다 꽂아주기를 잊지 아니해옵습지. '삶의 외로 꼬여진 줄'이란 다른 것이 아니라, 여러분이 어쩌다, 균열이 간 벽을 때우려, 흙 일을 하려 해도, 또는 아침저녁으로 측간을 오르내리려 해도, 그 탓에 부스럼이 나지 않기나, 낙상을 입지 않기를 바라, 土鬼에게도 壁鬼에게도 빌고, 또 부적 같은 것이라도, 허리끈 밑에 단단히 찬다는 따위, 그런 쪽으로 꼬여 나간 살기를 이르는데, 그러던 날, 여러분네는, 그런 귀신들과 여러분네 사이에, 전갈 같은 것을 보내기도 받기도 하는, 하님을 두기도 하기는 하덩구마는, 하여서나, 이 전갈하님이야말로, 이제, 한동네 삶의 모든 비밀을, 그 외로 꼬여진 겅것줄[禁索] 저승에 이어진 것을 손에 쥐어, 외로 꼬여진 마을을 주관하기는 하덩구마는. 마을은 어쨌든 마을대로, 저런 전갈하님을 하나씩 둬두고 있기 때문에, 이해할 수 없는 변괴 따위가 있을 때마다, 편한 것도 사실이기는 하겠습지. 어떤 수로든 영락없이, 저 전갈하님이, 어떤 불행한 사태를 '탓'[핑계] 돌릴 자리를 찾아내 주던 것이거든입지. '땀'은 자기가 죽처럼 흘리면서도, 그 '짐'에 대해 자기는 무고하다고 알기는, 펴, 편하다 말입지. 헌데 이 전갈하님이 만약, 여러분 살기의, 그 三世의 길목에 막아 앉아 있다가, 여러분네 삶의 불알과 공알을 훑고, 파먹는 수가 있다고 한다면, 여러분은 놀라시겠는갑? 이렇게 되면 洞流들은, 땅에 의지해, 그 땅의 소산으로 살면서도, 모르는 사이에 그 땅에서 격리되어, 그 땅에 접근하고 싶어 해도 그때는, 그 전갈하님을 매개로 하여서만, 그러니 간접적으로밖에는 이루지를 못하며, 또, 自然 속에 안겨 있어, 여러분 자신들이 그 自然[의 일원]임에도, 自然과 여러분 사이에는, 새나 짐승이나 초목들에게는 필요도 없는, 通譯꾼이 있어서야, 自然이 뭐라고 여러분께 전갈을 보내는지를 알게 된다 말입쑵. 이렇게 보면, 모든 변괴가 있을 때마다, 여러분네를 편하게 해온, 이 전갈하님이, 사실로는, 三世에로 통하는, 여러분네 동구를 막아 앉아, 여러분네 삶의 외로 꼰 경것줄을 흔들고 있다는 것을, 부인치 못할레랍. 이런 전갈하님은 그러자, 남의 夢精에서 습기를 훔쳐, 애를 배는, 매우 요사한 계집이, 인두겁을 쓰고, 여러분네 마을을 훔쳐 가버린 것인데, 묘한 것은, 羅卜이에게 現夢한 어머니는, 저 전갈하님과 어째선지 조금도 닮아 보이는 데가 없다는 것일 것임시다. 羅卜이에게 現夢한 전갈하님은, 통로며, 은총이며, 자비일 뿐인데, 어쩌면 羅卜이는, 그 심정이나 魂이, 世慾의 病에 굳지를 못했던 까닭에, 나무며, 산이며, 하늘이며, 冥界 속에 안겨 있었더니, 그리하여 '나'라든, '너'라는 식으로 자기를 분리해낼 수가 없는 상태에 이르러 있었더니, 이 상태에서는, 한 의식하는 人間이 自然化하기와 같은 경로를 거꾸로 좇아, 自然의 어느 아름다운 부분이 擬人化하는 것을 보기는 어렵잖을 것으로, 그리하여 自然이, 그것 자신의 나찰 相을 벗고, 그 보살적 속얼굴을 보여준 것이, 저 '눈 깊은 옌네'가 아니었는가 [本稗官은 짐작] 함시다. '訪內地成純得道'[V.I.T.R.I.O.L. —"Visita Interriora Terraei, Rectificando Invenies Occultum Lapidem."] —

羅卜이가 찾아낸, 그 하나의 '숨겨진 돌' —그것이 저 한 구절의 呪文의 형태로, 여러분네 心床 위에 놓여져 있습메다. "아 내 귀여운 월계나무여, 금갈퀴로 내가 너를 북돋았으며, 금물주개로 물 주고, 명주 수건으로 너의 잎들을 닦아줬잖았니?" —바로 이것이, 本稗官이, 여러분 마을에 줬으면 하는 呪文으로서, 그것을 통해 여러분들께서는, 만약 自然과 여러분 사이에 끊긴 데가 있으면 잇고, 막힌 데가 있으면 트며, 구겨진 데가 있으면, 펴기를 바랍습메다. 허, 헌뎁, 뎁, 봅습, 보, 봅습지, 저 구석의 저 늙은네는, 저승차사 편에 반 정신, 반 몸은 이미 보내버리고, 반 남은 쭈그러진 風鳶모양 이승에 남아서는, 뭐, 뭐랍신다, 本稗官이, 거 모두 뻔히 알고 있는, 옛애기 한 자리 갖고, 해찰이 많음선, 영 자아올릴라고를 안 한다고, 그렇게 말하놨다? 저런 순에 狗子 같으닙, 이 애기가 끝나는 대로, 이 애기 듣는다고 해찰 부리는 저승차사님들이, 남은 반 저 風鳶까지 모두 끌어내려 간다면, 그 일을 두고는 어찌 하려는구? 老弟 말대로, 모두 다 알고 있는, 그런 옛애기를, '애기 팔아 연명한다는 자'가, 입에 물기 시작했었을 때는, 道弟여, 그 애기꾼이, 오래 묵은 애기로서나, 道弟의 불알이라도 긁어, 老弟네에 무슨 늙은 玉門이라도 있으면, 그것이나 한점 얻으려 하는 줄 알았더늡? [이것은, 自然的 無爲에 대해 文化的 無爲, 환언하면, 道家的 無爲에 대해, 禪家的 無爲라얄 것이지만,] 어떤 애기꾼이 만약, 三冬을 다 새워, 혀 놀려, 무엇을 씨불였음에도, 한마디의 말도 해본 바가 없다면, 그 稗官은 과연, 말한 바의 저 '無爲之道'에 通했다고 할 만하겠늡, 못 하겠늡? 풍진 세상 와, 눈물도 섬으로 흘리며, 배고픔 탓에 개장국집 개고기까지 훔쳐먹었으되, 業을 지은 바가 없는 이가 있다고 하면, 그이는 글쎄, '無爲之道'에 通했다고 해야겠늡, 하지 말아야겠늡? [인구의 증가에 의해, 땅이 그 무게를 견디기에 몹시 허덕거리며 괴로워하므로, 그 인구를 대폭 삭감해버려야 할 필요가 있어, 神들의 조작하에 일어난, 그 戰爭譚이 「마하바라타」임에도, 그 우주적 살해가 다 끝나고 난 뒤에 들려진 애기로는, "그 戰場에서 단 하나의 인명도 살상된 일이 없었다"고 하는데, 그 뜻을 알 만하늡, 못하늡?] 그런즉, 애기꾼이라고 자처하는 쪽에서는, 한 번도, 시작도, 해본 적도, 없는 애기를, 듣는 자 쪽에서는, 그 결말을 재촉한다면, 咄! 詩三百一言以蔽之, 佛者가 본 俗事겠습메

라. 그러나저러나, 老弟가, 저승길이 급함에도, 그 결말을 못 봐, 그것을 보려 하여 늦추고 있다고 한다면, 싸게, 매우 싸싸게 자아올리기로 하여, 열나흘 열 명길 중 며칠이라도 절약을 해드리야겠습제? 아으 그러면 여러분네는 지금부터, 羅卜이의 꿈속을 들여다보기로 해야겠습다. 꾸, 꿈, 속을, 그래서 타인이, 과연 타인의 꿈속을 들여다보, 볼 수가 있다, 이런 얘깁심다? 없다면, 그럴 수가 없다면 洞流들입지, 그것은 다름이 아니라, 꿈을 꾸는 그 살이 너무 빽빽한 암흑이라 그럴 것입지. 헤헤헤, 헌데도, 洞流들은, 아침 깨어났을 때부터 저녁 잠자리에 들어 잠들기까지는, 자신인지, 또는 어떤 타인인지, 또는 세계인지, 무엇인지가 꾸는, 그 꿈들을 보며, 그 속에 섞여 業[作爲]을 짓기로써, 살아 있다고 믿고 있는 것, 하으, 小子여, 너는 언제나, 그 無明으로부터, 글쎄 그 '잠의 고치'에 구멍을 뚫어, 빠져나와, 날으려 하눘다?)

그러다 羅卜이는, 그 잠으로부터 깨어졌드랬습메다. (이 말句가 受動態를 취해 있음에 주목하십습) 그리고는, 당연하게 짐작되어지기로는, 羅卜이는, 그 너무도 여실한, 그 꿈에의 기억 속에 잠시 잠겨 있다가, 꿈에서 받은, 몇 가지 물건들에 기억이 머물렀을 때, 자기의 현실에로 돌아왔을 것이라는 것이며, 그리하여, 자기의 주위를 두리번거리기 시작했을 것이라는 것임시다. (羅卜이를 엿보는, 여러 洞流로서는, 당연하게 그것을 기대하고 있을 것임에도, 그러함에도, 이해의 한계를, 넘는, 일은, 거기에, 일어나, 있었습시다. 이때, '기대'와 '이해'를 비교하여서는, '기대'는 詩學的인 데 반해, '이해'는 實學的이라고 하여, 實學 쪽에만 더 비중을 두려 한다면, 그 당장, 편견의 毒龍에게 그 대가리를 씹히기뿐만 아니라, 조금 더 비약하여서는, '五官'的 宇宙 이외의, 다른 宇宙의 實在性까지를 부인하기에까지 이르는데, 그것이 '毒龍에게 대가리를 씹히기'라고 이른 그것임신다. 이 '毒龍'은, 늘 기억해둘 것은 무엇인가 하면, '畜生道', 또는 '三惡道'에 대한, 童話的 方言이라는, 그것입니다. '人間'은 헌데, 이 '畜生道'로부터는, 오래전에 벗어난 '어린 羊'이라는 것을 명심해두기로 하면, 살다가 때로 때로, 하루에도 열둬 번씩, 野狐의 울음소리가 목구멍을 넘는다 해도, 그것을 '사람의 목청'으로 바꾸려기에 애를 쓰게 될 일입넨다. '人間'은, 자기의 그 獸性을 용수철 삼아, 天路를 오르는, 이율배반적 짐승인데,

'오르는 힘'은 '사랑'이라는 것은, 알려져 있습나) 羅卜이가 눈을 뜨는 그 순간, 그래서 외계의 빛이 그 안으로 스며들자, 그 '금의의 엔네'의 형체는 희미해졌다가, 지워져 없어져 버렸음에도, 그 엔네가 가르쳐준 그 呪文은, 혀끝에 또렷이 남아 있을 뿐만 아니라, 꿈에서 받아뒀던 그 물건들도, 받아놓았던 그 자리에, 가지런히들 놓여 있었더라고 합심다. 童話의 宗教性은, 이런 데도 있습다.

—이 '두 월계수 가지'는, 非童話的 方言으로는, '세상나무', '생명의 나무', '순화의 나무', '지혜의 나무', '염원을 이뤄주는 나무' 등, 여러 이름으로 불리는데, 그것들은, 앞으로 더 그 이름이 열거되어질 것들이, 植物化를 치러 나타난 이름들이라는 것은, 두말할 여지도 없을 듯함시다. '무지개', '하늘에 이어진 동아줄', '염원을 이뤄주는 보석'[如意珠] 등도, 그것과 같은 것인데 中性, 또는 無性을 띠어 있으며, '白鳥', '龍', '어린 羊', '염원을 이뤄주는 암소' 등은, 動物化를 치러 있는 이름들일 것임다. 이 경우, '무지개', '白鳥', '암소' 등은, 잠깐만 옆으로 미뤄두고, (그럼에도 저 '눈이 깊은, 자애스러운 엔네'의 영상은, 어째선지, '白鳥'와 '암소'가 합쳐진 듯하다는 투의, 속 깊은 상상을 해보는 것은, 듣는 이들의 자유며, 또한 권리겠습다만) 다시 살펴보기로 한다면, 저 모두 얼랄랄 상사뒤야, 하필 세상의 다른 아무것도 말고, '男根'(링가)의 象徵들, 또는 暗號들이라는 것을, 부인할 도리가 없다는 것입썸다. 보다 확백하게 밝힌다면, 그것들은 '男根崇拜'에 이어진, '胎夢'이라겠습다. 헌데 그리고도 '암소'만을 제외한다면, 그리고 '무지개', '白鳥'도, 바로 이 '男根崇拜'라는 胎夢과 결코 무관하지는 않으며, 커녕은, 종내는, 그 '男根' 자체라는 것을 알게 될 것임시다. '무지개'와 '白鳥'는, 조금도 다름이 없는, 꼭같은 한 胎夢이지만, '무지개'는, 擬人化를 치르지 않은, 그러니 보다 더 원초적 胎夢에 머물러 있음에 반해, '白鳥'는, 그리고도 複數的으로 擬人化를 치른, 그러니 매우 文化的 胎夢이라는, 차이는 있겠습시다. 무엇보다도, '무지개'가, '사람'의 夢胎를 통과하며 活性(아니마)을 얻기 시작하여 부화해 나오면, '龍'이라는 動物化를 치른다는 것이 고려되어지면 좋을 것임시다. 그 양자는, 몸을 이룬 元素를 같이 하고 있는데, ('龍'을 이룬 元素는, 말하지 않더라도 누구나 다 잘 짐작해 알 수 있는 것인즉, 그것 때문에는 혀를 혹사해야 할 까닭이 없을심다) 하늘을 건너

지르는 다리[橋梁], 넋들을 上天에로 데불어다 주는 天路, 층계, 또는 동아줄—무지개도, 그 橋脚은 '흙'에 의존해 있는바, (이 '의존'은, '불과 燃料'의 관계로 이해해야겠습다) 이 '무지개'로부터 어쩌면, 그 "머리는 金으로 되어 있으며, 가슴 부분은 銀으로, 하복부는 鐵로, 그리고 다리는 흙으로 되어 있다"는, 우주적 原人의 모습이 읽혀졌던 것이나 아닌가, 하는 추측도 하게 합습다. 그것은 그렇게, 그 '다리'[脚]를 '흙'에 받치고, (그 '다리와 발'은 그러니 '흙'의 元素로 이뤄졌다는 말이겠습지) 비상에의 의지 탓에, 하늘을 가로질러 떠올라 있는데, 무엇의 肉眼에나 보이는 그 몸은, '물'의 元素로 이뤄져 있는 것은, 누구나 아는 사실, 헌데 本稗官의 이해에는, '비상에의 의지'라고 일러진 그것은, '공기', 또는 '바람'의 元素를 입어 있어 보입습다. 그것만으로는 그러나 아직, 그것이 비록 '무지개'적 모든 요소를 갖춰 있으되, '무지개'는 못 되고 있는 바, '불'의 元素의 도움을 얻지 못함 탓임시다. 그것(불)이 '빛의 魔職杖'이랄 것으로, 저것의 두들김에 닿으면, 볼작시랍, 거기 한 일곱 색 찬란한 龍의 등천이 있놨다. (龍과의 관계에 있어서의 이 '빛의 魔職杖'은, 그것의 혀 밑에 물려 있는 '如意珠'인 것이 분명한데, '혀 밑에 물려 있는 것'이란 '말'[言語] 말고 또 무엇이겠음? 創造의 말, 사랑의 말, 등천하는 말)

—(이 '빛'[魔職杖]이 그리고도, 生命 있는 것들[有情] 속에서는, '情'[生命], '活力'[푸라나] '魂', '靈' 등의 이름을 갖는다는 것 같은 것을 염두하기로 하고 말이지만,) 헌데 集團的 胎夢이 밝히는, 生命과 관계된 元素論은, (六祖의) '兩極을 갖는 楕圓形'을 그 宇宙的 構造로 삼아, 일정한 몇 樣態(記號—體)를 드러내며, 運命(意味—用)에 적응해온 것을 밝히고 있어 보임시다. '情'이 '흙'의 元素에 제휴하면, '징그럽게 길어진다'는 것인데, 그것은 '흙'의 元素가, 그 전체로 하고 있는 '重力'과의 관계에서 관찰될 때, 그런 형태를, 별수 없이, 그리고 저절로 취하게 된다고, 해석하기는 어렵지 않을 것임시다. 그것[情]이 헌데, 같은 '重力의 元素'라도 '물'에 제휴하면, '비늘', '미끄렁거림' 등을 돋궈내는 데 반해, '逆重力의 元素, 불'에 제휴하면, ('水性'이 승하다고 할 때는) '白鳥' 따위, ('용천병을 뿌리는 자, 土地의 大王'이라는 데 주목하여, '土性'이 승하다고 할 때는) '龍' 따위, ('水·土' 兩性이, 같은 비중으로, 같이 승하

다고 할 때는) 地球를 매달고 날아오르려는, (草木의) '둥치와 가지, 잎'의 형태를 드러내고, '공기'의 元素와의 그것에서는, '깃털', '날개' 등이 돋아나는 것을 보게 됩습메다. 주목을 요하는 것은, '징그러움', '길다람', '미끄렁거림', '비늘', '둥치, 가지, 잎', 그리고 '깃털', '날개'라는 식의, 말하자면 小品이랄 것을 정리하는 자리에다, '白鳥', '龍'이라는, 각각 그 하나하나씩이, 한 우주에 맞먹는 有情들인 것을, 섞어 넣고 있다는 그 점일 것인데, 예 들어진 저 두 有情들은 그렇다면, 대가리가 둘씩인 바룬다 새들이라는 믿음이 들게 됩습닌다. 얘기되어진 바대로, 저것들은, 각각 하나씩의 실한 有情들인데, 동시에, 元素와 관계된, 人間이라는 有情의 夢想 속에서는, '情'이 담긴 小品이기도 하던 것이겠습메다. '水性이 승한, 날아오르는 白鳥'는, '습기'로 이뤄진 '무지개'의 變身인데, 앞서 얘기되어진 것들을 종합건대, 그리하여 저절로 도출되어지는 결론이 있는바, 무엇인가 하면, '白鳥와 龍'은 다름이 아니라, 한자리에 정지해 있어, 그 꽃술로밖에, 자리를 옮겨 바꾸지 못하는, 그런 '植物'의 뿌리 속에 안겨 있던, '動活에의 欲望의 알'에서 깨어나온, '動活' 자체라는 것, 그것임시다. 그래서 '白鳥와 龍'은, 그 生態는 動物이라도, 動物이 아니라, '植物'이라는 그런 얘김시다. 그러니 그 둘은, 같은 하나가 매단, 두 대가리 새 바룬다던 것입습다. 흐흐흣, 그렇다면, 動物의 수컷이 달고 있는 하초는, 植物이라는 얘긴 것임넨다. '동산 중앙의 나무', '세상나무', '(아담의 하복부에 돋은) 생명의 나무', '(하와의 머리에 돋은) 순화의 나무[白鳥]', '지혜의 나무', 보리나무, 월계나무…… 이러면 이제 洞流들께서는, 여러분 모두 함께 누워 자며 함께 꾸는, 그 한[集] 꿈속에서 일어난 꿈 羅卜이가 얻은, 그 두 그루('무지개'와 '龍', 또는, '白鳥'와 '龍')의 '월계나무'가 무엇인지쯤, 그 내용을 죄다 알아버린 셈입심다.

羅卜이는, 여러분들의 羅卜이는, 여러분 羅卜이는, 그래서는, 그 두 그루의 나무를, 그 궁정 어디 후미진 데, 바람[願] 파고, 흙 파고, 심었습다, 북돋웠습다, 정성으로 보살폈습다. 그러자 그 나무들은, 하루에, 계집아이 한 살만큼씩 자랐습다, 이틀에는 두 살만큼씩 자랐습다, 열닷새를 자랐습다, 열다섯 살짜리 계집아이만큼 자랐습다, 羅卜이의 바람[願]이 자랐습다, 열닷새 달이 자랐습다, (여기 어디에 이제, 어떻게 '어머니'가, '자식'과 함께 눕는가, 그 비밀이 밝혀지는 대목이 있을 법함시다) 羅卜이에의 사랑이 자랐습다.

그것이, 가르쳐줘, 배와, 기다렸던 때였던 것을 알았으므로 羅卜은, 먼저, '벗—월계수'에 대고, 배운, 예의 그 呪文을 읊은 뒤, "헌데 내게, 소원이 하나 있다누, 아 말이지, 내가 만약, 누구의 눈에도 보이지 않을 수만 있다면, 얼마나 좋겠누?"라고 속삭였던 모양이었습다. 그러자 그 속삭임의 여운이, 아직도 따뜻한 진동을 일으키고 있을 때인데도, 그 벗—월계수 가지 끝에 보름달이 떠올랐습다, 벚꽃 한 송이가 두둥실 피었습다. 그것을 대답으로 알아 羅卜은, 물론 그 꽃송이를 따 내렸을 것이고, 코에 먼저 대어 냄새를 맡아본 뒤, 계집아이들은 꽃을 얻으면 머리에 꽂는데, 사내아이들은 저고리 깃섶에 꽂는 것이 버릇이니, 羅卜이도 그래보았을 터였습다. 허, 으, 흑, 크, 크참, 별 참 희한하고도 맹랑한 일이 일어나고 있었더라니, 크, 클쎄 크 칸낮의 뻘건 해 아래서, 羅卜이 자기의 몸이, 어떤 보이지 않는, 지우는 손에 쥐어진, 보이지 않는 지우개에 의해서, 조금씩 차차로, 지워져 보이지 않는 것을, 羅卜은 글쎄, 시퍼렇게 뜬 자기의 눈으로 본 것임시다. (묘하돕다, 人世의 修辭學, "보이지 않는 것을, 시퍼렇게 뜬 눈으로 보다" 말임? 헌데도 羅卜은, 자기의 몸이 보이지 않게 되었다고만 이르고, 몸이 없어졌다고는 이르지 안 했으니, 이런 경우는, 혹간, '몸'이라는 대상이 아니라, 그것을 본다고 하고 있는, '視線'이 지워졌거나, 아니면, 그 '벗꽃'에 닿기만 하면 하는 대로, 거울에 비치기처럼, 視線이 굴절 현상을 일으켜버리는 것이나 아니겠습나? 그렇건 어떻건,) 羅卜은, 먼저 쿨쿨 몇 번 웃고, 낮 꿈에 본 옌네의 영상을 떠올려 감사한 뒤, 생각했기는, 자기가, 꿈에서 깨어날 때마다, 꿈속의 그 옌네의 영상이, 자기의 시야 속에서 스르름 스러져가듯이, 이번에는 그와 반대로, 자기의 생짜의 몸이 그렇게, 자기의 시야 밖으로 스름슴 스러져간다고 한 것임다. 생각하고 의문했기는, 羅卜은 그리고, 자기가 모든 사물을 뻔히 보면서, 다시 잠에나 든 것이나 아닌가 했는데, 잠에 들었을 때마다 羅卜은, 자기의 몸을 본 일이 없기 때문임시다. 아으 그러고 보면, 저 한 송이 꽃은, 羅卜이에의 사랑으로 핀 꽃은, 大地의 저 깊은 속, 거기 어디 품어져 있던 '돌'이, 가슴을 열고 날려 보낸 白鳥이겠는가, 白鳥이겠음 시다! 비밀한 말[言語]의 전갈하님! 모든 肉身을 잠재우고, 意識만 깨워 일으키는 말[言語], 무덤의 말. (아으, 이제는, 여러분네가 꿈에서 얻어 實地에 심은 [이것이 '胎夢'이라고 일러지는, 그 장본인이 올심다], 저 꿈나무가 일으키는, 저 자그마한 妖術이 무엇인지쯤 알 만하겠습? 그것은, 한 '夢態'에서, '內容'[夢] 만 남기고, '記號'[態] 를 지우던 것입습. 바르도의 말. [마야랍 王의 王國, 바단이, 거기 어디 지척에 있겠습다])

羅卜이가 그리하여 지금부터, 무엇을 성취하려는지, 그것을 보고 싶어 하는 자들은, 羅卜이를 따라 붙여, 그것을 엿보기 위하여, 엿보려는 자들은 그러면, 옷섶에다, (검은 헝겊조각도 좋을 것이지만) 흰 꽃을 한 송이씩 꽂아두기를 권해두는 바임시다. (물론 '검은색'도 포함해 말이지만) '흰색'(이란 모순어법인데)은 無色이라고 이르고, 또 색깔이 아니라고도 부정되는지라, 그렇다면 '흰색'이란 눈에 안 보인다고 해야 되기 때문임시다. 그렇게들 자기들을 부인하고서, 그러면 道弟들은, 따르지어람. 허허으크, 거 가용주 몇 잔 내십스라, 맑은 눈에는 제기럴, 세상 아무것도 보이는 것이 없어, 말해볼 것도 없는데, 독한 술로, 서너 대여섯 주발쯤 거푸 마시고 난다면, 흥그렁해져서 마음이, 없다가도 떠올라 보이는 것이 많아지잖겠냐 말임시, 없던 大川도 드러나 보이고, 거기 섬도 다섯 갠지 여섯 개가 둥둥 떠 있어, 징검다리로 떠 있어, 건널 데 없는 데라도, 오륙 보 건너 뛰어볼 일인 것. 런즉, 이제 모두, 羅卜이를 보십스라, 이놈은 시방, 열두 公主들 방문이 밖에서 잠기기 전에, 그 방 안으로 스며들고 있습시라. 때는 그러는 중에, 자정 녘이 돼간다고 해둬야, 듣는 이들 쪽에서, 으스스함을 만들어, 소름을 돋궈낼 것임시다. 달을 우러러 울어 짖던 개들까지도 그때쯤은, 일순 꼴딱 졸게 되어 있다고, 소리라도 으시락딱딱하게 꾸며야, 세상은 잠의 억만 근 무게 밑에 짓눌려, 비직 비지직 꿈을 토해낸다고, 생각해내는 것임시다. 이러는 중임시다, 자정이 조금 기울자, 영락없이, 저 잠의 목구멍에서, 말[言語] 이 '소리' 대신 '형상'을 입어, 일어나기 시작하였습다, 그리고 그것은 꿈입심다. 몸은, 왜냐하면, 그것을 일으켜 세워 놀리는, '情'이 '꿈'의 모습으로, 마을을 갔으므로, 돌아올 때까지는 꼼짝없이 누워 있어야 되는즉, 누워 있는 중임시다. "중이 염불을 할 때, 마음으로 하느냐, 입으로 하느냐?"라는 따위, 귀신 씻나락 까먹는 소리, 소리는 묻지도 말 일임시다. 만약

'입'으로 한다고 하면, 이 잠든 입들이 모두, 자기로부터 일어난 꿈이 어디 外道에 올랐는데, 보아라, 甲 놈은 處容네 앞쪽에 누워 있는 중에, 놈의 마누라는 당나귀에 붙었다, 라는 투의 소문을, 나발 불어댈 일인 데다, "밤의 넋은 낮의 몸과 같다" 이르고, "꿈은 반드시 道德的이지는 않다"고도 이르니, 헛헛, 꿈들의 마을 일로, 이쪽 동네일이 흉흉해질 일이 아니겠습나?(헥, 거, 아까 洞流들이 바친 잔에는, 물이 좀 과하게 섞였던 듯함시, 아까는 다섯인지 여섯인지, 여섯이 다섯인지, 삼삼하던 것이, 지금 다시 보니, 다섯 섬[島]이 분명하고, 또 여섯 섬도 분명하고도 분명한즉, 이래서는 얘기가 더 나아가지를 못하겠습시라, 이번엘랑 물 두지 말고, 깊어 빠져 죽게코롬이나 한잔, 더 내그라고)

然이나, 우리(란, 本稗官을 포함하여, 本洞 善男善女 모두를 일러 하는 말이지만) 이거, 너무 羅卜이의 그림자만 좇다 보니, 羅卜이 이전에 와서, 저렇게 열둘씩이나 흔전만전한 왕궁의 딸내미 중, 그 어느 딸내미의 손목이라도 하나 낚아채 볼까 하고, 용감히 내달았던, 그 많은 장한들이, 이런 시각에는 대체로 무엇을 했었던지, 그런 얘기를 할 기회를 챙길 수가 없었습다. 本稗官이 들었기로는 헌데, 바로 이 시각에, 그 장한들의 운명들이, 꼭같은 곬에 닿기 위하여, 두 길로 나뉘어져 갔다고 했었으니, 이것은 그러니 말하자면, 최초의 '사람'들이 '永生'을 잃고 있던 그 시각만큼이나, 그 개인들에 대해서는 운명적 시각이었던 것은 분명했던바, 그러자니 하루 중의 다른 아무 시각도 말고, 바로 이 시각을 상기하게 됩심다. 말한 바의, '같은 곬에로 이어지는 두 길'이란 어떤 것들이었는가 하면, 하나는, 公主들의 유혹하는 눈웃음과, 그 섬섬옥수들로 따롸주는 핏빛의 포도주 맛을 본 장한들은, 그 뼈대가 아무리 참나무 백 년짜리만큼씩 했다 해도, 붉은 그 술에 마음도 붉어진다고 느끼는 그 당장, 풀기를 잃고 허물어져 내려, 재[灰]보다도 더 깊은 잠에 들었다가는, 그 잠을 못 깨본 채, 법의 공정함으로 나라를 다스린다는 자의, 몹시도 짜증 난 한번 손짓에 좇아, 狂犬들의 땅굴 속에로 던져 넣어졌으며, 그것이 그 한 운명이 달려간 길이었으며, 다른 하나는, 꾀스럽게도, 공주들에 대한 사랑보다도 더 붉은 그 술을, 마신 체만 해 보이고 잔을 비워낸 자들이 간 길로서, 그들은, 못 깨일 잠에 떨어져 있었어야 될 시각에도 깨어 있었으므로, 公主들을 따랐는데, 문제는 따라 붙였기 탓에 종무소식이 되어버린 데 있었다고 했지만, 그러나 그들의 뼈도 또한, 저 같은 狂犬들이, 깨뜨려 골을 핥고 있더라 했습시다. 구멍 난, 해진 신발짝들. ('구멍 난, 해진 신발짝들'? 헤헤, 여기 어디에 혹간, 무엇의 性轉換이라도 있잖았습나? 봅습지, '情'이 빠져나간 '物'이란, 봅습지, 이제는 더 못 신을, 버려진 신발짝인 것, 것, 것 말고 또 무엇이겠습나? 가맜씁, 이, 이러다이 중요한 순간에 이르러 우리는, 우리들이 '눈' 삼은, 羅卜이를 잃어, 그 또한 狂犬의 땅굴에나 던지어지겠습메. 羅卜이에 대해, 이것은 위험인데, 우리는 그러면, 부지런히, 羅卜이를 따라 붙이기로 합습시. 어쨌든, 저런 말의 뜻인즉슨, 羅卜이를 위험 가운데서 들어 올리는 것은, 결국에 있어서는, 羅卜行傳을 듣는, 모든 聽衆들이 이룬 合集力이나 아닌가, 하는 것으로, 聽衆이 원하지 않으면, 아무리 열둘씩의 九尾狐들이 악착스럽게 덤벼 물어뜯으려 해도, 한 '바보 놈'의 터럭 하나도 상하지 못하게 한다는 것을, 고려하게 합습지. 이것이, 作者未詳의 民譚의 정체일 것입지. 저런 '얘기'들이란, 왜냐하면, 그것을 들어 감동하는 聽衆 각자의, 자기네 外界에 대한 覺性[覺醒]을 집약해놓은 때문인뎁지, 그 覺性을 통하면, 그 '얘기'들은, 그 각자의 內部로 환치하여, 그 각자의 '運命'에다 색깔을 입히겠습지. 그 '運命'들의 비슷함과 하잖음에 좇아, 그 색깔도 비슷하거나, 하잖을 것입습지. 本稗官의 관견에는, 모든, 조악한 物質을 몸이라고 해 입은 有情들의 '無意識'은, 그들의 그 '조악한 物質的 몸, 그 外界'라는 것인뎁지, 有情의 '外界에의 覺性'을 통해서, 맨 먼저 '畜生道'와 '人世'가 나뉜다고 하고 있습지. 이 상태에서의 양자의 다름은, '畜生'은, 입게 된 몸, 그것이 그것의 '運命' 자체여서, 말하자면, '發音되어진 말'[言語]인 데 반해, '人間'은, 자기가 '짐승'[畜生]인 것을 깨우치기에 의해, '運命'을 '안'쪽에다 처넣어놓기에 이르러, 말하자면 '文字를 입은 말[言語]'이라는, 그 점이겠습지. '畜生'에게 있어, 그것이 '意味'며 동시에 '記號'인 것이, '人間'에게 있어서는, '意味'의 역할만 하게 되어버렸다는 그 얘긴뎁지, 그래서 '人間'은, '人間이라는 그 記號' 속에다, '六道'는 물론, '니르바나'까지도 휩싸아 안기에 이릅습지. 첨부해둘 것은, "니르바나까지 휩싸아 안는다"는 표현은, 순전히 修辭學이며, 이 상태는, '畜生'과 꼭같이, 그러나 그 正反極되는 데서, '意味'가 '記號'며, '記號'

가 '意味'라는 그것입습지. '畜生'이 이 상태를 성취하려면, 먼저, '山이 山으로, 江이 江으로 보이지 않는 상태"를 성취해야 되는뎁지, 그러기 위해서는, 그것들은, 왜냐하면 그 전체가 '밖'[記號]이므로, '안'[意味-魂]을 깨우쳐야 겠습지)

때에는, 자정을 알리는 時鍾이, 성루에서 울려 나고 있었는데, 일순 그 詩城에, 빽빽한 가시숲 같은 잠, 울리는 소리가 더불은 정적, 그런 것들이 덮어 눌러, 얼음으로 된 산의 품까지도 열고 들었다 나온 왕자가 있었다 한다 해도, 이 가시숲의 어디를 열지를 몰라 할 듯했는데 말임시다. 올빼미까지도, 잠 탓에 눈을 까뒤집어 올랐다면, 할 말 다 했습다. 까뒤집힌 올빼미의 눈에 따르는 연상은, 저 時鍾 소리는, 子正 녘에로 비껴든, 무슨 한낮 볕살 같기도 하고 함신다. 깨었던 것들이 꼴깍 숨지는 그 시각에, 개가 짖어 부르기 때문에, 달이 초사흘로 보름으로 일어나듯, 일어나는 것들이, 희게, 희어서 物眼에는 보이지 않게 흰 것들이, 셋으로, 넷으로, 일어나는 것들이 있었습다, 일곱으로, 열둘로, 열두 夢片.

그렇게 일어난, 저 열두 玉詩들은, 羅卜이가 보고 있는 줄도 모르고, 밤나들이를 위한 치장을 했으며, 새로 지어 갖다 놓아둔, 신발들을 신었습시다. 허읏, 꿈길을 걷기에도, 이승 신발 한 켤레씩이 닳아, 구멍이 나드람? 그럼에도, 꿈에서 얻은 나무가, 이승 정원에 심겨 자라기와 저것은, 별로 다를 바가 없을 것임시다.

모두의 치장이 끝나자, 큰언니 되는 公主가, 어디라 없이 그냥 손뼉을 세 번 치자, 그 마룻바닥에, 누구도 기대치 못했을 일이 일어났던바, 글쎄, 그 한가운데 되는 데가, 저절로 스르르 열려지던 것임시다. 거기 하나의 커다랗게 입 벌린 구멍이 드러나, 구멍의 밖에 있던 자들을 유혹하기 시작하고 있던 것임시다. (글쎄 '구멍'은, 그 자체가 無性이거나, 無情까지라도, 그것에 한번 눈을 빠뜨린 자를 잘 놓아주려 하지를 않습닌다. 이렇게 되면, 흐흐, '구멍의 相學'이라고도 이름 붙일 만한, 무슨 그런 것쯤이라도 觀해 보는 것도 좋을 듯싶습메다. 마는, 저 '구멍'의 부름이 강한 데다, 이런 때 羅卜이는, 경악으로 일순 치매 상태를 드러내 있으니, 그만두기로 하되, 그럼에도 만약 그런 것이 논의

되어질 것이라면, 대체 어떤 것이나 될 것인지, 한두 마디로, 그런 것이나 암시해두기로 해야겠심다. 그러기 위해 먼저, 「바르도-퇴돌」[「죽음의 책」] 全篇을 통해, 그렇지 안 했으면, 그 매 순간 매 찰나가, 見性과 解脫의 위대한 기회로 주어져 있음에도, 그것 탓에 상사라를 못 벗어나는, 그중 난한 문제가 되어있는 것이, '피난처', 또는 '은닉처'로서 주어진 '구멍'[에의 유혹] 이라는 것을 지적해둬얄 것이며, 그리고는, 그 '구멍'은 헌데, 바로 이쪽 物相的 宇宙에로 이어진 '門'이라는 것, 어머니라는 것, 그것을 또한 말해야 할 것이고, 그런 뒤에는, 수컷의 암컷에 대한 '性慾', 그리고 '구멍을 가진 암컷'의, 그 '빈 곳'을 채우고 싶어 함, 따위를 논의해야겠을 일입심다. '相學'은 동시에 그 반대편 국면도 갖는데, 그것은 '想學'이라고나 불러야 할 것으로, 사람의 想像力은, '天國'도, 하늘 어디에 뚫려진 '구멍'을 통과해야만 성취된다는 것[이카루스는 그러니, 아도니스가 취한 길로 하늘에 오르려 한 것이올심다] 같은 것을 들 수 있을 것임다. 그것이 下向性을 띠면, '地獄'의 想像力을 일으킬 것으로, '오르페우스의 秘儀'를 논의해야겠을시다. '구멍'은 어쨌든, '섬뜩지근함'을 빼꼭 채워갖고 있는, '들어가 보지 않고는 못 견딜 神秘'랄 것임다. '구멍'은 '通路'며, 동시에 '障碍'입슴다. '구멍'에 대한, 어떤 식의 혐오감과 유혹을, 만약 '複合性的'이라고 말할 수 있다면, '畜生道'에서는, 저 '複合症'이 '生殖慾'의 형태로 드러나지고, [肉食動物의 경우, 그 否定的인 경우, '殺害를 위한 食慾'의 형태도 띠겠을 일임다] '人世'에서는, 그 否定的 국면에서, '欲望'의 모습을 드러낼 것이라도, 그 肯定的인 데서는, '宗敎'에로 이어지는 것이나 아닌가, 하는 것까지를 고려하게도 하겠습지만, 저 열려져, 거기 쑤물거리고 있는 듯한, 저 구멍의 빨아들임이 너무 억센 듯하므로, ……그래서 하초는, 짐승의 암컷을 향해서도 뻐등이는 것임다) 헌데 그 구멍을 통해, 그 밑의 어디에서, 사실로 무슨 뺀한 불빛이라도 올라왔었던지 어쨌던지는, 羅卜이도 말한 바가 없어, 알 수가 없슴다. 그랬거나 어쨌거나, 羅卜이가, 경악으로 크게 뜬 눈을, 껌벅거리지도 못해 있는 중인데, 큰언니 公主를 선두로, 막내 公主까지 모두 어느덧, 그 땅 구멍 속으로 내려가 버렸던지, 열렸던 마룻장이 닫기려 하고 있어, 羅卜이가 이거 영 바쁘게 된 것임시다. 그래 너무 서둘러 따르려 하느라 하다, 말씀임시다, 아차 이런, 막내 公主의 치마폭 한 끄트머리를 조금 밟게 되었습시다. 이렇게 되면 이제, "어머나!" "누가 이래?" "앗 저런 수가!" "야단났네"라는 따위, 감탄사가 끼일 차례입습다만, 허나 本稗官이 절시해 짐작하기로는, 이 장면은, 羅卜이와 막내 公主 간에, 본격적이라고도 이를, 인연이 맺어지는 그 序章 같아 보이는데, 이것은, 저 막내 公主가 꾸는, 요 근래 아침 獻花를 위해 오는, 저 花童이와의 젖은 꿈의 시작 같아 보임시다. 알다시피 그러기 전에, 그 방의 한가운데 되는 데가 열렸었는데, 이가 그 열려짐 속으로 들어간 것도, 특히 悖說을 팔아 연명하는 자에게는, 속 깊은 淫談이었거니와, 누구나 수긍하겠다시피, 치마폭이란 '가리는 것'임에도, 또한 무엇을 '감싸는 것'이기도 한즉슨, 그 '暗號' 풀이를 하기로 한다면, '치마폭'이란, 아이에게는 '母胎'며, 아비에게는 마누라의 玉門일시다. 그래서, "해를 치마폭에 받는 꿈을 꾸고 아들을 얻었다"든지, "흰 코끼리가 치마폭에 들었다"든지, 대체로 어머니들이 꾸는 胎夢의 주된 부분은, '치마폭'이라든, '목구멍'과 같은, 무엇을 받아들일 수 있는 것과 관계된다는 것을 알게 됩습다. '열어 받아들이는 것'은 모두, 그렇다면, '陰'일 것인데, 그것 속에 '안기거나, 디뎌 밟거나 하는 것'은 모두 그렇다면 '陽'일시다. 헤헤, 느닷없이 왜 이런, 이빠디 없는 늙은네 식은 죽 먹는 소리인가 하면, 羅卜이가 디뎠다는 치맛자락이나, 치맛자락 끄트머리를 '밟아 딛는 발'은, 玉門 전을 스치고 있는, 陽物인 것을 알겠다는, 그런 소리를 하려는 것일시다. 이 '발'은 그런고로, 사내에게 있어, 감춰져 있는 허약점으로도 알려질 법함시다. 막내 公主가 꾸는, 이 夢精은 그래서, 그 序章만 조금 열어 보인 것이라고 할 것임시다. 어머나! 누가 이래? 앗 이런 수가? 야단났네! 그러나, 그 열두 公主들이 아무리 둘러보았어도, 그 땅굴 길에는, 자기네들 열둘 외에 다른 아무것도 보이는 것은 없었으니, 그 막내 公主만 핀잔에 덮어씌워졌을 터인데, 羅卜이는, 그런 뒤부터는, 큰언니 뒤에로 따라 붙이기도, 막내 公主의 뒤를 밟기도 하느라, 앞으로 갔다리, 뒤에로 왔다리, 갔다리 왔다리 했습다. 羅卜이의 저런 방황은, 뭐 여러 말 할 필요도 없이, 羅卜이의 한 정신적 갈등을 엿보이게 함신다. 세습제도를 따른다면, 그래서 그것에 변동이 없는다면, 큰 公主야말로, 그 王國 자체를 玉門으로 해 갖고 있는 데 반해, 막내 公主는 그 王國의 어디 그중 작은 한 고을, 그래도 忘憂愁 열매, 같은 玉門을 갖고 있을 뿐이니, 그러한데, 그러한데, 그러함에도 羅卜이가 못 잊어 못 잊겠어서 되돌아와, 막내 公主의 뒤를 밟는 것을, 그의 사랑의 편향 같은 것이라고 보이는 것이 아니심나?

누군가가 아까부터 우리들 뒤를 밟고 있는가 봐, 아까는 내 치마폭이 잡아당겨졌었다뉴!

그림자일 것이다 뒤돌아봐, 그림자 말고 또 뭣이겠니?

응달쪽 고장에서는, 그림자가 죽어—못 사는 것은, 모두 알잖뉴?

아 그러면, 時間인 게다, 둘러봐.

空間만 있고, 場所가 없는 데서도 그럴 터이지만 場所만 있고 空間이 없는 데는, 時間의 씨앗이 無時로 떨어져 내려도, 싹을 못 틔우는 것은 모두 알잖뉴?

무엇이 그러면, 없는 場所를 디뎌, 또는 없는 空間 속에 머리 두고, 重力이 쌓인 곳에로 내려가고 있다네?

(그리하여 羅卜이는 생각했슴메다, "그렇다면 이것은, 未來의 有情이, 過去 속의 어떤 母胎를 빌어, 이 現在에 태어나듯이 매우 다른 次元에로 나아가고 있는 것이구나. 여기서 失足이라도 하여, 저 公主님들을 놓친다면, 죽지도 못한 채, 이 迷路에서, 영겁을 헤매게 나대잖을 것인가?")

이러는 새, 羅卜이의 눈에 환하게 보이는 열두 걸음과, 그 열둘의 누구의 눈에도 보이지 않는, 羅卜이의 한 걸음은, 空中에도 아니고, 水中에로도 아니며, 앞서 羅卜이가 발견한 대로, 땅속은 아니라도 땅속이라는 데로, 아래로 트여진 길을 내리고, 내리고, 내리고, 내려, 종내, 그 길을 막아 닫은, 한 문 앞에 당도했드람시다. 羅卜이 본즉, 그 문에는 헌데, 두 가지의 死語로, "訪內地成純得道",(V.I.T.R.I.O.L.)라는, 일곱 글자가 씌어져 있었는데, 빗장은 하나만 꽂혀 있었슴시다. 아 그랬던 것임다, 우리네들 꿈의 뿌리가 박힌, 그 '會陰'(물라다라챠크라)에로 통한 작은 문의 빗장은 헌데, 이쪽 편에 있어, 이쪽 편에서만 열게 되어 있던 것임다. 가맜어보셉습지, 얼핏 보기에 이 小路는, 모순으로 이뤄져 있어 보이는뎁지, 라는 말은, 처음, 그 통로가 열렸기 전에, 큰언니 公主가 "손뼉을 세 번 치자", 거기 그 '열림'이 나타났었다는 그것을 염두하면, 그 마룻장을 열었던 그 손은 이내, 말한 바의 저 '빗장 걸린 문'을, 어떤 수로도, 넘어와 있었던 것으로 추측되기 때문에, 그것이 모순되게 이해된다는 그런 말인뎁지, 그래서 그것은, 사실로, 그렇게 이뤄져 있는가, 아니면 稗說꾼이, 자기 편리한 대로 혀를 놀린 것인가, (—그렇다면 그것이 밝혀져야겠습지? 稗說꾼은 이 경우도, 아까 밝힌 바 있는 대로, 聽衆의 망석중이, 즉슨, '聽衆'이라는 '꿈꾸기' 좋아하는 '잠'이 꾸는 '꿈'을 연주해내는 자여서, 저 각본이 일점일획도 바꿀 수가 없으니, 이 자리에서 '稗설꾼의 혀'는, 제외를 해야겠습지. 그리고 남은 의문에 대해서는, 本稗官으로서는, '빗장'이라는, 물질로 이뤄진 小品에다가, 자유로워야 될 정신을 너무 묶어 매지 말라는 충고를 해뒀으면 싶은바, 그럴 것이, 이쪽에서의 '세 번의 손뼉치기'도, 그 실은, 하나의 '빗장 뽑기' 행위로 이해되기 때문입지. 이쪽에서, '손뼉 치는 소리'가 울리지 않는 이상, 저 마룻장은 언제까지고 열리지는 않을 것이거든입지. 이 얘긴즉슨, 그 '열리는 마룻장의 빗장'도, 저쪽에가 아니라, 이쪽에 걸려 있다는 것이겠습지. 결론적으로 말한다면, 그러니, '빗장 저쪽의 어떤 손'은, 말하자면 어떤 '요술 반지'에 묶인 怪力 같은 것으로, 그것 자체로서는 거의 全能的 힘을 가졌음에도, [어쩌면 그럼에도 그것에게는 '知能'이랄 것이 결핍되어 그럴 것인뎁] 무엇에 소속되어져서라야만 그 能力을 能하게 하는 能力, 그러니 受動態的 能動力이라고 해야 할 것 같은 것이겠습지. 民譚이나 童話 속에는 노상 나타나는 이 '受動態的 能動力'이랄 怪力은, 本稗官의 관견에는, 人間이 갖고 있는 畜力이랄 것으로서, 七海의 소금물을 모두 증발시키고, 시키고, 시키고 하여, 한 모래알 크기의 소금을 얻어낸 것에 비교한다 해도, 더 쓰고 독할 毒이며, 동시에 仙餠입습지. '仙餠'이라는 국면에 한해서만 말하기로 하면, 한 有情이, 此岸을 훌쩍 뛰어 彼岸까지, 거기서도 더 뛰어넘게 하는 다만 하나의 힘, 용수철다운 [力動的] 힘, 우주적 힘은 저것에서 우러나온다는 얘기가 될 것입지. 그것은 그러려니와,) '손뼉을 치는' 대신 이번에는, 앞장선 큰언니 公主가, 늘 그랬었다는 듯이, 그 빗장을 뽑고, 문을 밀어 먼저 들어갔으며, 뒤따라, 公主들이 모두 들어갔으니, 羅卜이도 뒤밟아 따라 들어갔습다(라는, 이 '들어갔다'라는 修辭學이, 새로 다른 문제를 일으키는 것을, 이번에는 외면할 수가 없게 되는뎁지, 이것은 글쎄, 누구나를 어리둥절하게 하는 것이 분명합습지. 그럴 것이, 정작에 있어, 이 '들어가기'는, '나가기'라고 해야 할 것이나 아니겠는가, 그렇다면 그들은, 우회하고 우회하여, 그들이 들어갔던 그 문전에로 되돌아와 서 있게 된 것이나 아닌가, 하는 의심도 들고 하기 때문입지. 이렇게 되어, 어떤 것이 있어, 거 시원찮은 것으로, 이녀러 玉門前을 스치려다 보면, 헤헤헤, 그역 항다반사인 것, 失足을 하여서는, 狂犬들의 땅굴에로나 보내어지지 않는다면, 거기 어디 만년을 묶여, 솔아버리고 말 것이렷답. 여기에, 저 '訪內地成純得道'라는 글귀가, 뭔가를 그 전신으로 밝히는데도, 알아들을 수 없던 그 비밀이 있습지. 이 '門'을 여는 순간, 그 한 質料의 죽음이 이뤄지는 것은 아니겠는갑? 여기에, 모두 일러 '현실적 체험'이라고 하는 것의, '잠' 속에로의 침전과, 그 침전을 통해 새로운 형태를 취해 나오는 것 간의, 변질 변화의 비밀이 있겠습지. 어떠한 체험도, 그 잠 속에 들었다 되돌아 나올 때 보면, 그 본디 모습을 그대로 고스란히 간직해 있는 것은 잘 없거든입지. 있다는 경우는, 그 체험은, 구정물 통 같은 데서 잘못 건져 먹기라도 한, 비곗덩이모양, [그래서, 당시에 괴롭던 것은, 수년, 또는 수십 년 후의 기억 속에서도, 여전히 괴롭습지] 체해, 영 소화가 못 되고 있다고 여겨집습지. '順調/逆調轉移.' 우리들[이란, 本稗官을 포함한, 여러 洞流들을 가리켜 하는 말인뎁지,] 모두 함께 꾸는, 우리들의 젖은 꿈속의 羅卜이는, 그리하여 그 살을 벗어야 할, 또는 입어야 할, 그 변질이 이뤄지는, 고비, 그 문턱을 넘었군입지. 그러면 羅卜이는, 자기가 애착하는 엔네의 子宮에 담겼다가는, 자식이 돼 다시 태어날 것이겠납? 어머니가 매개해 있을 때, 자식은, "아비에 대해 늘, 권위와, 아비의 마누라를 찬탈하려 노리는, 누구보다도 두려운 경쟁자"인데, 동시에 아비는, 자식에 대해, 그 자식을 먹어 치우려는, 극난한 '붉은 龍'이 되어 있는 것은, 아는 바대로이겠거니와, 그러고 보면, 인연보다 더한 괴로움도 또 없겠다 싶으겠습다).

그 門을 뒤로 닫고 그들이 나선 곳은, 작은 숲속 길이었는데, 羅下이에게 보였기에는, 그 숲의 잎들은, 銀의 방울들을 점 박아, 밝은 달빛에 쐬어, 몹시들 번쩍이고 있었습다. 그러는 중에, 그 숲을 지나 다음 숲에 들었더니, 거기의 잎들은, 金가루에 묻혀져 있었는데, 그리고도 하나 더 통과한 숲은, 잎들이 金

剛石으로 되어, 번쩍였드랬심다. (羅卜은 물론, 자기가 그곳을 다녀왔다는 표지 삼기 위해, 되돌아 나오는 새벽마다, 그 가지들을 하나씩 꺾어 나올 것이고, 그 가지는 매번마다, 막내 公主께 드리는 꽃다발 속에 섞이게 될 것임시다) 숲을 지난 곳에는, 커다란 湖水가 길을 끊어 삼켜 있었는데, 허기야 그 또한 통과해야 하는, '물의 숲'이나 되었겠심다. 그렇게 끊겨진 길을 이어주기 위해, 湖岸에는, 열둘의 작은 배들이 기다려 있었는데, 그 열두 구유배에는 그리고, 별보기님의 짐작이 그랬고, 그 짐작은 틀리지 안 했었지만, 호수의 저쪽, 환하게 불이 켜진 쪽, 음악과 떠들썩한 웃음소리가 섞여 나와 이쪽까지 즐겁게 하는 데서 저어왔을, 열두 王子들이, 노를 쥐고 기다려 있다가, 公主들을 반겼습다. 公主들은 서둘러 배에 올랐고, 좀 머뭇거리며, 생각해보다 羅卜도, 그 어느 배에 올랐을 것인데, 그 마지막이 되는 새벽 되돌아올 때를 제외하면, 건너갈 때에는 언제든, 막내 公主가 탄 배에 타고, 되돌아올 때는, 큰언니 公主가 탄 배에 합승을 했드랬으니, 이 현재 羅卜은, 막내 公主를 우러러보고 있거나, 배 젓는 왕자님을 노려보고 있을 것임다. 公主는, 자기 탄 배가, 언니들 배에 뒤떨어지고 있다고 말하고 있었을 것이고, 王子는, 자기로서는 최력을 다해 젓고 있다고 대답하며, 어째 배가, 무게를 더 실은 듯하다고 생각하고 있었을 것임시다. (羅卜이의 '배 바꿔 타기'는, 풀려져야 될 매듭, 무슨 暗號인 듯한뎁지, 그 정답은 알 수가 없는 듯함에도, 稗官의 짐작에는, 저 두 틀린 고장 간의, 時間의 다름 때문이나 아닌가 했습시다. 말한 바의 저 '가운데 문'을 한번, '들어/나갔다' 하면, '時間'은 분명히, '逆流, 遡及'하는 듯이 이해되던 것임시다. '막내 公主 쪽의 時間, 즉슨 船尾의 時間'이, 그렇다면 거기서는, '船頭'가 되어 있으며, 그래서 그것이 그편 쪽 고장의 '평균적 時間'이 되어 있다고 한다면, 그 '時間의 逆行, 遡及'에 의해서만, 저들은, 출발했었던 그 본 자리에로, 무사히 돌아올 수 있었던 것이 아니겠는가, 하는, 그런 짐작이 든다 말입심다. 그러던 羅卜이는, 그 넷째 새벽, 그것이 그러니, 그 下界에로의 마지막 여행에서의 歸路였을 것이었는뎁지, 큰언니 公主 타는 배를 타지 않고, 막내 公主의 배를 탄 것은, 뭣보다 먼저 이해되는 것은, 羅卜이의 방황은 멈췄다는 그것이며, 그리고는, 羅卜이는 죽은 것이나 아닌가 하는 것임닌다. 자기의 평균적 時間에 逆行

하는 時間 속에 억류되기는, 그 夢態의 죽음 같은 것은 아니겠는갑? 그렇다면, 막내 公主의 배를 타고 건너, 닿는 호수 둔덕 쪽에서, 그 땅을 디뎌 내리고 있는 자는, 말임시다마는, 자기를 실었던 그 배[船, 胎] 속에서, 그러니 '막내 公主'의 産痛을 통해, 다시 태어나는 자 아니겠습나? 그렇다면 洞流들입습지, 洞流들은, 무슨 이야기를 더 들어보자구시나, 아직도 더 자리를 지켜 앉아 있어야 되겠습? 그리하여 그는, '두 眞理의 동등함'을 깨우치기로부터, '自我'를 '眞理'化하기, 또는 '眞理'를 '自我'化하기에 이른 것입습다. '프라브리티'라는 子宮, 그리고 그 産痛을 통해, 그것의 '옆구리를 터' 태어난 니르바나입습다. [傳統의 다름 탓에, 그런 결과를 초래하겠습지만,] 어떤 '傳統의 聲帶',즉슨 '말과 꿈이 일어나는 子宮'을 통과하면 헌데, 이 꼭같은 禪料가 '性別'에 제휴하는데, 그 '一元化'는 '王과 王妃의 結婚'으로서, '不滅의 自我의 誕生'으로서 이해됩습니다, 마는, 이렇게 되면 우리는, 꼭같은 한 '어린 羊'을 통해, 두 다른 '실다움'을 보게 됩습다. '傳統의 다름'이란 무슨 말인가 하면, [그 까닭에 의해, '실다움'이 두 개로 나타나 있는데,] 한 '傳統의 聲帶' 속에서는, 말한 바의 저 '性別'이 '象徵性'을 띠어 있고, 다른 傳統의 그것 속에서는, '事實性'을 띠어 있다는 그 말인데, 이렇게 밝히면, 조금만 귀가 깊어, 심정에까지 닿아, 심정을 길어 올리는 귀를 가진 자라면, 後者的 승리는, 아직도, '프라브리티 내에서의 승리'라는 것을 대번에 짐작해내고, 어째서 '실다움이 둘씩이나 된다'고 하는지, 그 까닭도 동시에 짚어내게 될 것임시다. 그리고는 고개를 꺄웃거리기 시작할 것인데, 그럴 것이 後者的 '실다움'은, 어째선지, 어느 일점을 벗어나자, 바로 그 순간, 그 '事實性'을 탈락하고, 그리고는 기묘하게도, 새로 '象徵性'을 띠게 된, 그 轉身을 보게 되는 때문일 것임다. 獸性的 欲望의 바람, 부는 대로, 여기, 로 저, 기로 궁글어대던, 우리들의 禪料 羅卜이의, 자기 부정의, 자기 극복의, 苦行, 독거미와 전갈의, 魂까지 말리고 드는 여리고는, 그렇게 끝난 것인데, 그를 끌어올린 손은, '막내 公主' 얼굴을 한 [3]'智慧', "송장을 디뎌, 벗고 춤추는, 열여섯 살 먹은 처자[는, 다름 아닌, 宇宙的 '말씀의 成肉身'에 대해 말이지만, 人間의 '말씀의 成靈身'인 것, 言語의 擬人!]" 흰 '아'語. —그, 그러나 이거, 이거 말입습지, 羅卜이를 호수 둔덕에 세워, 동동거리게 해놓고, 이거 말입습지,

말입습지 이거, 우리는 어쩐다고, 또박또박 羅卜이를 따르며, 또르락딱 또드락딱 읽었어야 할, 羅卜이의 運命 冊 한 帙을, 우리끼리서만 먼저, 휘딱 읽어치우려 하였습나? 그래도 아직은 물론, "잘 살았더래누"라는, 밑 닦이 말은 하잖습제?)

—[4]오 그리하여 지금, 꿈 바르도가 내 위에 내리고 있음! (羅卜이는, 저 '눈이 깊은, 금의의 엔네'의 영상을 떠올려, 혼잣말하고 있었습다)

뒈진 송장이 자는 것과 같은, 그런 無明의 잠을 회피하려느니,

意識은, 흐트러짐 없이, 그 본디 상태를 유지할지어다.

꿈의 실다움(은 '幻'인 것!)을 포착하여, 나 자신, 어떻게, 맑은 빛에로의 기적적 轉身을 성취할지, 그 修業을 하려느니,

(그러기 위해서는) 포만에 게으른 맹수와 같이 행동하지 않고,

잠의 禪定(의 修業에서 경험한 것)과, 깨어 있기의 경험의 혼합에서, 法恩이 충만케 하라. ('꿈'도, '깨어 있기'도, 다름 아닌 '幻'임을 깨닫게 하라)

羅卜이는 물론, 조금 멈칫거렸겠으나, 막내 公主의 뒤를 밟아, 그 배에 올랐겠습다. (우리의 짐작이 이것이지만,) 羅卜이도 물론, 한 뭉텅이 실한 살덩이를 아랫도리에 달아, 그 무게 탓에, 그것 좀 훨씬 벗어부치려, 그 무게를 싸안고, 이 먼 길까지 왔거늘, 질투심에 대고서는 존엄이란 없는 것, 어찌 저 열두 王子들의, 영광에 넘쳐 번쩍이는 얼굴들에 대해, 질투심이 일어나지 않을 수가 있었겠습나? 그럼에도, 혈통 없는 서민의 자식으로서, 公主에게 염통을 빼앗기기의 지옥이 또 어디에 있을 것이며, 왕자들에 대해 질투심을 일으키기보다, 더 잔인한 유황불이 어디에 있겠습나?

羅卜이가 얻어 탄 배는, 그 沙工이 이해할 수 없다는 얼굴을 짓고, 어째 이 저녁엔 배 젓기가, 어제저녁과 같지 않다고 하고, 자기가 젓는 배 위에 앉아 있는 公主의 腹部될 데쯤을 유심히 건너다보곤 하였는데, 흐흐흐, 그 눈 가려진 王子 놈의 생각에는, 이 公主가 못 본 낮 사이에, 滿朔이나 되잖았는가, 그

런 의심이라도 하는 듯했심다. 그런 의심이 우스워서였을 것이지만, 王子는, 저 혼자 싱긋 웃고, 그리고 놋좆에도, 제 손바닥에도 침 뱉어, 깜냥으로는 근육을 쓰느라, 찌그덩 지국총 찌끄덩 어사와 생조슬 내고 있었습다. 유감인 것을, 어느 先人稗官도, 羅卜이는 그러면, 그 배의 어디쯤에 타고 있었는가, 그것을 밝히지 않아, 그 얘기를 드릴 수가 없는 것이올심다. 本稗官의 짐작에는, 羅卜이는 어찌 되었거나, 막내 公主를 가까이 해 있었을 것이라는 것이며, 허허읏, 네 이눔, 어디라 色氣하여, 어느 궁둥이에 뽈딱 슨 근을 대어 문지르놨다? 삼족, 육족, 구족을 모두 능지처참하고도 모자라, 위로 구 대조까지의 무덤을 모두 파헤쳐 다시 능지처참하고, 아래로도 구 대손까지, 배 속들을 뒤져 또한 능지처참을 해도 모자랄!

그러는 중에, 막내 公主를 태운 배를 그중 꼴찌로 하여, 열두 구유 배들은, '이쪽'에서 '저쪽'이라고 부르는, 그 湖岸에 닿았으며, 그랬으니 王子들이 먼저, 그 뱃머리에서 언덕에로 뛰어내린 뒤, 公主들의 배 내리기를 도왔습다. 그 맨 뒤를 따라, 무엇이 어떻게 되어가는지 알아보자는 멍텅구리가, 한 손에는 구족의 운명을, 다른 손에는 위아래로 각각 구 대에 이르는 운명을 쥐고, 칼날 위엔지, 잉걸불 위엔지, 지옥의 지붕 위엔지, 아무것도 모르고, 덥벅대고 내렸을 것임다. ('지옥의 지붕'은, 새의 깃털 하나가 내려 얹혀도 답박 무너나는 것일 것. 번거러울! 煩說! "걸었다, 내렸다, 지났다, 담겼다, 저었다, 닿았다, 내렸다, 걸었다, ……" 咄, 時間의 불알이나 훑어 먹기! 듣는 이들의, 귀에다 손을 집어넣어, 그 안쪽에서, 불알을 빼내 먹기, 공알을 솟궈 먹기! 咄, 詞煩! 얘기는, 저런 투의 '時間의 불알을 훑어내는 소리'를 섞지 않고는, 얘기일 수가 없습납? 점잖은 풍모를 꾸며 갖고시나는, 손톱 밑에 흙 한 톨 집어넣는 법이 없이 양발 개고 앉아, 얘기꾼이라는 자는, 남들 말하는 소리, 눈 꼬리치는 짓, 손짓는, 웃는, 우는, 일어나는, 앉는, 서는, 어느 쪽으로 向面하는, 여는, 닫는, 신는, 咄, 그런 모든 것 흉내 내며, 흉이나 보고, 그것으로, 손톱 밑에 흙 집어넣지 않으며 지내려 하놨다? 헤이크! 허, 헛, 험에도, 사실로는, 稗說이 그 力根으로 삼는 것을, 本稗官은 개구리 뿔로나 삼고 있으니, 그렇다면 本稗官은, 그렇게도 종류는 많은 妖術帽子 중에서도, 어쩌면 그 둘레가 매우 솔아, 머리통을 우그려서야 한 뿔 씌워지게 되는, 맞잖은 것을 썼음에 분명할씨라. 문제는 그러면, 聽衆이, 저 말[言語]을 불어내는 자의 頭痛을 분담해야 되는 데 있는바, 그런 얘기를 들으려다 보면, 한 우주가 아파진다 말입씨다. 하나의 우주가, '化現'이라는, 매우 좁은 妖術帽子 속에 덮어씌워졌을 때, 일어나는 想念은, 말씀은, 病苦인 것! 그 '想念'들에 살이 입혀진 것들은 그래서 病苦인 것. 것? 것!)

[5]空中에도 아니고, 色(地)中에도 아니다,
水中에로, 그럼에도 조금도 젖음이 없는 길을 좇아서, 그대
그곳을 통과하지 않으면 안 된다—
그러면 그대는 그곳에서, 잃었던 것을 되찾게 될 것이다.

(羅卜이는, 오래오래 잊고 있었던, 옛 노래 한 가지를 기억해내고 있었습시다. 마는, 羅卜이 스스로도, 자기가 그 노래를 알고 있었다는 믿음은 없었습시다. 마는, 전에는 가졌었다가, 잃어버린 뒤, 자기가 그런 걸 가졌었다는 믿음이 들지도 않게 되는 어느 날, 그것을 되찾기처럼, 그 노래가 떠올랐습다. 마는, 羅卜이임세, 羅卜이는 무엇을 찾으러, 이 길에 올랐는지 모르되, 그것이 만약 公의 하초라면, 羅卜이임세, 흐흐흣, 公은 그 아구둥이해 있는, 公의 그 손에, 뭉실뭉실 넘치도록이나 무엇을 한 줌 아름하고 있습메? 마는, 자기의 손에 쥐어져 있어도, 그것이, 자기의 손에 쥐어져 있음을 모르고, 그것을 찾아 밖으로 헤매기 시작하면, 그는 그것을, 자기의 손 속에서 잃고 있음셉. 마찬가지로, 짐승들을 내어다보면, 그것들은, 그것들의 全身을, 그것들 입은 獸皮 속에서 잃고 있는뎁, 짐승 하나 羅卜이는, 흣흣흣, 제 것인 하초를 찾으러, 제 獸皮 속에로의 탐색에 올랐다넵. —우리들 羅卜이의 '꿈 바르도'에 오르기, '잠의 禪定'行은, 아마 이렇게 하여, 대략 第二禪쯤에 돌입하고 있었는데, 이 禪定은 성공적이라고 알 만합습다)

글쎄 저 성안은, 村牧童 羅卜이가 꿈꿀 수 있는, 그 가장 멋들어지고도 흥겹고도 아름다운, 그 한계를 열 배나 백 배를 넘어, 천의 횃불이 타고 밝고, 천의 흥이 타고 밝고, 천의 잔치가 타느라 밝고 있었습다. 羅卜이야 더욱더 알 수

가 없었겠지만, 그 당자들도 이제는, 잊어, 자기네들이 전에 누구였던지 모르고 있으되, 저 열두 王子와 公主들을 위한 잔치 준비를 하고, 그들의 시중들기를 바라 대시해 있는 종자들은, 다른 누구들도 말고, 바로 저 열두 公主 중의 누구의 손이라도 잡아보겠다고, 먼 길을 왔다가, 실종해버린 자들로서, 王子인 자들이었습다. 밤에는, 열두 王子와 公主들 상에서 내밀어지는, 忘憂藥에 취하고, 公主들이 떠나고 나면, 그때부터서는, 어째선지 몸이 가렵고, 추워, 어제저녁 벗어놓았던 獸皮들을 입어, 들로 나가 지내기로, 새로운, 그러나 어째선지 그들의 것 같지는 안 해서 남의 것인 듯한, 運命의 연자방아를 돌리고 있던 중임시다. (부디, 이 일점은, 여러 善男善女께서 주목해주십습지. "누구든, 죽음이라는 과정을 겪어, 잠을 깨이고 나면, 天國에 누워서, 풍진세상을 꿈꾸었다는 것을 발견하게 될 것이다"라는, 큿, 큿, 쿨쿨, [아흐, 세상이 만약, 저런 순박한 童子들로만 가득 차 있다면, 얼마나 좋으랴,] 그런 소리도 있거든입지. [저런 의견을 발표해낸 자를 일러, '순박한 童子'라고 한 것은, "天國은, 모든 불순물을 다 순화한 것"들께만 성취되는 '꿧'이랄 때는, '풍진세상'이라는 식의, 소화불량이 일으키는 것 같은, 불순한 꿈이 꾸어질 수가 없기 때문인뎁지, 보다 정직하게 말하면, 人間은 地獄(입어진 獸皮)에 누워, 天國을 꿈꾸기로, 그 地獄에다 해진 자리, 구멍을 드러냅습지. 그렇게 人間은, 縱立을 성취합습지]) 자기네의 고장에서는, 저들이 하늘 아래 얼굴을 드러내면, 해며 달까지도, 눈을 내리뜨지 않으면 안 되었던, 그렇게나 존엄스럽던 자들이, 여기서는, 신분도 이름도 주소도, 열두 公主들에 대해 품었었던, 그 은밀한 사랑들까지도 잊고, 그리고는, 그 자신들의 의지라거나, 목적의식 같은 것에 의해서가 아니라, 몽유병자들모양, 자기들께만 보여지거나, 느껴지는, 어떤 부름에 좇고만 있었습다. 뭣인지, 누군지도 모를 어떤 '意志'가, 어떤 '情'들을 가두려 한다거나, 그 전신에다 끈을 묶어 망석중이를 만들려 한다거나 한다면, 그 '情'을 둘러, '獸皮'를 입히기보다, 더 나은 방법은 뭣이나 되겠습나? 그 獸皮를 짠 올은, 배고프기이며, 性慾, 그날은, (그것 자신 백 년을 사는 것은 아니라도, 현재 살아 있다는 것은, 초상집 개의 몸을 입고 있다더라도, 관 속에 누운 정승보다 좋다는, 비록 지렁이라도 결코 그 몸을 벗고 싶지 않다는,) 생명에의 모진 집착과, 죽기에의 공포 같은 것들임시다. —아으, 곁길 쪽에로 펼쳐져 있는 꿈 바르도.

그리고는 포도주.

[6]半白으로 희끗이는 머리칼이 뺨에 닿기
주름살이 얼굴을 덮기
몸이 뼈 무더기의 자루가 되기
아으 그러기 전에,

말소리,

빠지는 이빨
휜 등
아으 그러기 전에,

웃음소리,

무릎까지 늘어진 손에
지팡이를 쥐기
아으 그러기 전에

떠들썩한 음악,

나이가
아름다움을 좀먹기
아으 그러기 전에

광분한 춤,

저승차사가 오기
아으 그러기 전에.

[7]가죽줄에묶인아홉마리의암캐—肉身의欲望들—부르짖어—풀어다오—부르짖는마음의欲望들—풀어다오풀어다오—한마리토끼를두고그리하여줄이풀렸음.

그러는 중에, 새로 신었던, 公主들의, 비단 신발 바닥들은 땀에 젖고, 열에 뜨고, 춤의 방향에 좇아 늘어지고, 희열의 무게에 눌려 엷어지고, 급기야 구멍이 나고 했습다, 밤이 젖다, 뜨다, 늘어지다, 엷어지다, 구멍이 난 것이올씨다. 새벽이 올 것이고, 그러니 열두 公主들도 되돌아올 채비를 하기 시작했을 것이고, 그 열두 王子들은, 그네들을 건네주려, (배의) 노질에 나섰을 것이며, 이쪽 湖岸에 닿았을 때는, 저녁 되면 서로들 다시 만나게 되기를 약속한 뒤, 자기들 하나씩만 그 배들에 태우고, 서둘러 되돌아갔을 것임다. 왜냐하면 이제 그들은, 서둘러 獸皮를 입어야 할 시각인 것이기 때문임시다.

돌아오는 배에는, 앞서 말씀드린 바와 같이, 羅卜이는, 큰언니 公主 탄 배에 합승했으며, 銀葉 숲을 지나고 있었을 때는, 자기가 이곳을 다녀왔다는 표지로, 뭐든 하나 이곳의 물건을 가져가야겠다는 생각을 해내고, 銀가지 하나를 꺾어, 품에다 넣었는데, 그 나뭇가지 꺾이는 소리까지는, 예의 그 '흰 벗월계꽃'이, 無形의 褓로도 가려둘 수가 없었던지, 그 조용한 새벽 숲을, 매우 공포스럽고도 음울한 소리로 깨워냈더라고 이릅시다. "이게 무슨 소리야?" 막내 公主가 기급해 부르짖었으며, "뭘 갖고 그리도 호들갑이니?" 큰언니 公主가 핀잔하듯, 달랬습다. "아마 저 성탑 꼭대기에 둥지 얹은, 올빼미가 깃 치는 소리나 되었을 터이지."

그 '銀가지'는 헌데, 그날, 詩王께도 말고, 큰언니 公主께도 말고, 그중 작은 玉詩께 바쳐질 꽃다발 속에, 숨겨 꽂혀져, 바쳐졌었더라고 함신다. 물론, 막내 公主의 경악은, 여러분네가 짐작할 수 없으리만큼 컸었을 것인데, 그리고도 그런 일은, '金가지', '금강석가지'라는 순서로, 연이어 두 번이나 더 되풀이 되어 일어났었습다.

그제 이르러서까지도, 막내 公主는 침묵만을 지킬 수가 없다고 알았는데, (그 침묵을 지키기는, 숨을 쉬어야 될 시간이 지났음에도, 잠겨 앉은 물속에서, 머리를 쳐들 수가 없는, 그런 상태와도 비교될 지경이었을 것임다) 그럴 것이, 이 花童이는, 자기네 密行을 너무 많이 알고 있어, 자기 혼자만의 비밀로 해둘 수는 없다고, 결정을 내린 것임시다. 그러했음에도, 언니 公主들께 그 비밀을 밝히기 전에, 어쨌든 한번은, 저 花童이에게, 그 내력을 알아보기는 해야겠다고 하여, 언니 公主들이 서둘러, 조반 식탁에로 가고 있었을 때, 막내 公主 자기 혼자만 잠시 뒤처져, 花童이에게 물었습다.

"花童아, 이 가지들은 어디서 꺾어 왔다뉴?"

"公主님께서 잘 아시고 계시리라고 사료하옵니다."

"그럼 우리들을 따라왔었다뉴?"

"그러하옵니다, 公主님."

"어떻게 그렇게 할 수가 있었다뉴? 아무도 보지를 못했는데……"

"………"

公主도 잠시 침묵을 지키다 이었습다. "우리들의 비밀을, 소상히 알고 있다 말이뉴? 그 비밀을 밝혀내기에 약속된 상금이 어떤 것인지쯤도 알지뉴?"

"알고 있사옵니다." 羅卜이는, 눈도 들지 않고, 정중히 대답했습다.

"그러하다면 花童이는, 어째 父王님께 고해 올리지 않뉴?"

"그것이 저의 의도는 아니옵니다." 羅卜이는 여전히, 눈을 들지 않고, 정중하게 대답했습다.

"겁이 나서 그러나뉴?"

"아니옵니다." 羅卜이는 눈을 들지 않고, 정중히 대답만 했습다.

"그럼 花童이는 왜 비밀을 지키고 있뉴?"

"………"

公主가 이어 말했습다. "그 비밀을 밝히지 않는 값을 주겠다뉴!" 그리고 公主는, 한 주머니 가득 찬 금화를, 花童이 앞에 던져 주었습다, 마는, 花童은,

"저는 침묵을 팔지는 아니하옵니다"라고 대답하고, 그 금화 주머니는 그 자리 놓아둔 채, 그 자리를 정중히 떠났습다. 그런 후로도, 왜냐하면 해는 뜨고 지고 했으니, 밤도 오고 가고, 낮도 가고 오고 했습다. 그렇게 시간이 경과할수록 막내 公主는, 침묵을 지키기 속에, 더더욱 가라앉아 있을 수만은 없게코롬이나, 가슴이 터져 나가려 해, 혼자 감당할 수 없는, 그 근심을, 언니 公主들께 털어놓기에 이르렀던 모양이고, 이 발설은 그들께, 늦은 봄에 내린 폭설 같았거나, 잠푹한 동네로 덮어 내린, 사태나 같았던 듯함시다. "뭐라구, 이 맹랑한 멍텅구리 녀석이, 우리들의 비밀을 알고 있다구?" 큰언니 公主가 노발대발했으며, "너는 어째서, 이런 얘기를 진작 하지 안 했었지? 이 맹랑한 녀석을, 대번에 처리해버릴 터이다!"

"어떻게?"

"어떻게라니? 저 땅굴 속에다 처넣을 것이지, 어떻게라니?"

헌데, 매우 이상하고도, 놀라울 일은, 저 막내 玉詩가, 그 의견에 조금도 찬성하는 빛이 없는 데다, 도리어, 만약 언니들이 그 花童이의 머리칼 한 오래기라도 상하게 하려 한다면, 차라리 자기 입으로 직접, 아버지 임금께 자기들의 비밀을 모두 고해바치겠다고, 나선 그 일임시다. (우리들은, 무엇을 짐작해야 하는가 하면, 이런 자리에도, 옷섶에, 그 월계수 흰 꽃을 꽂은 羅卜이가 뒷전 어디에 서서, 公主들의 분노와, 한숨과, 괴로움을 지켜보고 있을 것이라는 것임다) 막내 公主의, 저런 이상스러운 반응은, 다른 언니 公主들을 모두 놀라게 했을 것은 물론이되, (우리들의) 花童이를 더욱더 놀라게 했음은 분명할심다. 羅卜이의 가슴은 그 순간, 마시기는 仙酒를 마셨는데, 배 속에 가라앉기는 벌겋게 녹은 쇳물 같은 것인 듯한, 그 헛갈린, 종잡을 수 없는, 아프기만 한 느낌으로, 몹시도 불편했었을 것임다. 사랑과, 그리고 슬픔. (이 '슬픔' 속에는, 서민의 피가 섞였었습다) 羅卜이는 그래서, 그 '仙酒'와 '녹은 쇳물 같은 것'이 괴로움의 솥에서 울음이 된, 그 울음을 참을 수가 없이 되어, 그것을, 저 두 그루의 월계수들 뿌리에라도 토해버리려 나오려 했을 것인데, 그러는 중에도 물론, 저 열두 公主 간에서는, 그 일을 두고, 의논이 많았을 터이고, 그러나 하나에로 모두어진 의견은, 그럴 일이 아니라, 花童이는 王子는 아니라도, 다른 王

子들과 같이 취급하여, 그 무도회에 초청하여, 花童이도 거기에 머물려 둬버리자는 그것이었슴메다. 라는 의미인즉슨, 죽이지는 않는 대신, 이 花童이에게도 忘憂酒를 먹여, 모든 것을 망각하게 해버린다는 것일 것이었슴다. 이 의견에 대해서는, 막내 公主도 다른 말은 없이, 함구해버렸는데, 여러 말 해볼 필요도 없이, 그네의 심정은 밝히 알아볼 만함시다. 화동은 그만큼까지나 듣고, 그리고는 정원에로 뛰어나왔을 것이고, 흐득임을 흐득여냈을 것이며, 그런 뒤, 얼굴을 말끔히 씻고는, 늙은 원정을 돕기 시작했을 것임시다.

花童은 물론, 그날 저녁이 되었기 전에, 큰언니 公主로부터, 무도회에의 초청을 받았을 터이고, 그 하명에 영광스럽게 복종치 않는다면, 狂犬들의 땅굴에로 보내어졌을 터이니, 저녁 되면 公主들을 따르게 되었슴메다.

왜냐하면 羅卜이는, 스스로 결정하여, 그날 해를 자기의 마지막의 것으로 삼았었으므로, 그날 花童은, 사랑 탓에 슬프고, 슬픔 탓에 녹고 있었을 것임다. 글쎄 花童이는, 저 막내 公主에의 사랑 탓에, 그 忘憂藥을 마시려 작정한 것임다.

해가 지고 난 뒤 羅卜은, 자기의 남루함 때문에, 그 무도회장에 남루함이 끼쳐질 것을 바라지 안 했으므로, 다시 그 월계수들 기다려 있는 데로 갔습다. 그리고, 슬픈 목소리로 속삭여, "내 사랑스러운 장미월계수야, 금갈퀴로 내가 너를 북돋고, 금물주개로 물 주었으며, 명주 수건으로 네 잎을 닦아주었잖니? 제발 부탁이니, 나를 한 번만 왕자처럼 꾸며다우" 했더랍심다. 그러자마자, 그 장미월계수 끝에, 아름다운 분홍 꽃 한 송이가 톡 터뜨려져 피었더라고 함신다. 花童이는 물론, 그 분홍 꽃을 따냈을 것이며, 그것을 또한, 그 초라한 花童服 깃섶에다 꽂았을 것인데, 에케 이 사람 좀 보십스람, 花童이는 갑자기 어디를 가고, 그 꼭같은 자리에 나타난, 저렇게나 늠름하고, 저렇게나 아름답고, 저렇게나 준수한 젊은네는, 무슨 精靈들의 나라에서 온 王子란댜! (그리하여 羅卜이는, 새로운 運命의 記號를 한 벌 입은 것이겠습나?) 헌데도 그의 미소는, 어째선지 슬프구람.

—이만쯤에서는 그리고, 羅卜이가 비밀리 가꿔온 나무는 두 그루 다 '월계나무'인데, 한 낡에서는 '흰 벚꽃'이 피고, 다른 낡에서는 '분홍의 장미꽃'이

피었다는, 이 매우 생소한 植物의 詩學이, 대체 무엇에 근거를 두었던 것이었는지, 헌데 그것이 간략하게라도, 밝혀지는 것이 필요할 듯합시다. 이때 여러 善男善女들께서는 무엇을 고려하고 있어야 하는가 하면, 이런 이야기가 '들려지고' 있는 고장의 '벚꽃'이나 '장미꽃'은, 이런 이야기가 '만들어졌던' 고장의 그것과 반드시 같은 것도, 같은 것이어야 할 필요도 없다는 그 점일 것인데, 각 方言들이, 그 方言들 나름으로 달리하고 있는, '宗敎'들이, 극명히 하고 있는 것을 척도나, 시금석으로 삼고 본다면, 어떤 方言을 통해서든, 고압적으로 充電되어 있는 精神이 '닿는 점'에 있어서는, 별로 차이를 찾을 수가 없다 해도, 그런 充電의 시작이나, 과정도 그래서 같은가, 하면, 꼭히 같다고 장담할 수가 없는 것을 고려한다면, 하나의 方言은, 그 言語體系와 관계가 있는 想像力體系를 계발하는 것이나 아닌가, (뒤집으면, 어떤 하나의 言語는, 그 어떤 특정한 고장, 또는 집단의 想像力體系에 의해, 그런 특정한 言語, 즉슨 方言을 이뤄냈다는, 그런 얘기가 되겠십다) 하는 것을, 고려하게 하더입심다. 먼저, '벚꽃'에 관해, 들어둔 바 있는 말씀을 옮기기로 한다면, "벚꽃은, 잎이 피기 전에, 잎보다 먼저 핀다"는 이유에 의해, 마찬가지로 "사람도, 태어날 때, 가졌거나 입은 아무것도 없이, 벗은 몸으로 태어나, 돌아갈 때도 그렇게 돌아간다"는, '空手來空手去'論 같은 것이 될 것임다. 그런 까닭으로, 羅卜이가, 그 꽃을, 그 옷섶에 꽂자마자, 그의 몸이 지워져 보이지 않게 되었을 것이라고 해석하는 일은, 별로 어려운 것은 아니라고 알게 함신다. '장미꽃'은, 道流네 고장에서는, 이상한 매듭에서, '蓮'과도 동일시되고, '붉은 포도주 빛의 장미꽃'은, 입으로가 아니라, '눈과 코로 마시는 포도주'라고도 취급되어오고 있는데, 그중에서도 특히, 네 이파리짜리로 붉은 것은, 어떤 '寶血'을 흘러내리게 한 '十字架', 또는 그의 '염통', 그 '寶血'의 象徵으로서, '殉敎'로 이해되어지는바, 이 '殉敎'는 헌데, 보다 거룩한 이와의 '秘儀的 結婚'으로서, '重生', '復活', '永生'의 성취 등의 의미를 띤다고 해석해옵습다. 한마디로, 이 핏빛으로 붉은 장미란, '피'와 '새로운 生命', 즉슨, 어떤 '宇宙的 産痛'과 관련이 있잖겠습닙?

—이리하여 우리는, 羅卜이가, 어떤 엔네, 눈이 깊은, 금의의 엔네의 滿朔을 통해, 그 배 속('訪內地成純得道'라는 門의 안쪽[이란 왜냐하면, 이쪽에서

'빗장'을 뽑아 연 門이었으므로])을 벗어나기로, 일상적 自我로부터의 탈바꿈이라는, 그 殉敎를 감행하려 하고 있음을 알게 됩심다. 이때, 이 '産痛을 겪는 어머니'는, '흰 장미', 그것도 '가시 없는 흰 장미는, 宇宙的 어머니[聖母]'로 알려져 있으니 말인데, 저 '흰 장미'일심다. (羅卜이가, 그 흰 꽃을 옷섶에 꽂자마자, 羅卜이가, 해 아래에서도 보이지 않게 된 이유는 어떤 것이었는지, 그러면 알쪼가 없잖아 있기도 함심다. 한마디쯤 더 해야 알아들으실 것이라면, 羅卜이는 그때, 저 '어머니'의 '배' 속에 들어 있었다는, 그 얘길 것임다)

—그리고도 입김도 닿아본 적이 없는, 실제적 문제의 하나는 무엇인가 하면, '검은色'을 비유로 든다면, '灰色'이라고도 이를, 羅卜이가 두 번째 따 들었던, '붉지도 희지도 아니하여, 분홍색'이라고 이르는, 그 색깔을 띤 장미, '분홍색 장미'라는 暗號일습시다. 本稗官으로 서는 헌데, 깜냥으로는 閱世를 해본다고 해보며, 깜냥으로는, 모을[蒐集] 수 있는 만큼은 稗說을 모은다고 함시롱도, 아직도 물론 閱世가 충분치 못한 까닭이겠지만, 그것[분홍색]이 性的 어떤 感興에 대한 俗語이기도 하다는 투의, 상식적 이해밖에, 그것에 대한 象徵이라거나, 衆念 같은 것에 대해, 별로 드릴 말씀이 없어 유감인데, 그래서 생각하게 되는 것은, 그렇다면 사람들은, 이런 문제 같은 것들에 대해, 자꾸 입을 열어야 한다는 것입슴다. 그렇게 하기로써만 輿論이랄 것이 이뤄지고, 그런 결과로 衆念이라는 것이 응집하게 될 것이 아니겠느냐는 것이, 本稗官의 소견이거니와, 그러기 위해서는 어찌 되었든 누구인가가, 그런 문제의 발기는 하고 보아야 된다고 해오는 중인데, 마침 그런 적당한 자리를 만났은즉, 그것을 알고 있는 자가, 어찌 혀를 사타구니에 사려 넣고, 뒤물러 앉았을 수가 있겠음나? 그 시작으로서 그래서 本稗官은, 무엇에 대해서 논의를 일으켰으면 싶은가 하면, (앞서 말한 바의 그) '殉敎'와 관계된 '피'라도 혹간, 매우 진한 것과, 덜 진한 것의, 두 종류쯤이 있는 것이나 아닌가 하는, 그 점에 대해서입슴다. 그 '진한 것'이란, 通念的으로 이해해오고 있는 그런 '殉敎'에서, 그 殉敎를 감행한 자가 흘리는 것 같은 그런 것이 분명하며, '덜 진한 것'이란, 이것은 나중에 약간의 보완 설명이 필요한 듯하지만, 예의 그 같은, 모난 돌 든 군중이, 자기들 가운데, 그 쏘아질 돌의 표적이 되어 서 있는 자를 향해, 돌 쥔 손을 쳐들

어 막 치려는 중에, 그 이유야 무엇이 되었든, 못 치고, 돌을 떨구어뜨리고들 있을 때, 어깨도 떨구어짐, 눈도 떨구어짐, 魂도 떨구어짐, (클클, 돌과, 어깨와, 눈과, 魂? —아직도 거기 殉敎者는 있는데, 그 殉敎者로부터 '피'를 요구하는 편 사람들은 어디를 갔습늡? 한마디의 말에서, '소리'[記號] 만 捨象되어져 버리고, '뜻'만 남기? 아으, 이런 殉敎가! '껍질'[記號] 을 벗기운, 시뻘건 '알몸'[意味] 위에 쏟겨 내리는 폭양, 또는 폭한, 또는 소금—) 그 '殉敎'에서, '갑자기 나타난 殉敎者'들이 흘리는 것(은, 그러니, 그 殉敎者의 '안'쪽 되는 데라고 이르는, 그쪽으로 방울져 내리겠습늡?) 같은 것이 아니겠는가 합습다. 후후, 훗, 후자는 헌데, 앞에서 분명하게 밝혀둔 바대로, 그 '儀式'(記號)의 결함을 보이고 있어, '殉敎'의 조건이 충족되어 있지 않으므로, '殉敎'랄 수도 없음도 분명합습다만, 이 후자의 경우는, 늘 그런 것은 아니지만 그럼에도, 그것도 '殉敎'였다고 定義해낼 수 있는 경우는, 뭣보다도 '對象의 轉置'라는 문제를 觀해볼 필요가 있으며, 그러고 난 뒤 '殉敎'라는 주제를 다시 본다면, 가령, 공중 앞에서 죄인을 처형하는 것 같은 행위는, 그 '儀式'的 국면에서는, '殉敎'라는 것이 갖춰야 할 (外的) 조건을 충족해 있음에도, 그 '義意'的 국면에서는, 결코 '殉敎'라고 할 수 없는 것과 같이, 그러나 그 正反極되는 데에, 그런 外的 조건이 모두 결여되어 있음에도, 그 內的 국면에서, 충분히 '殉敎'일 수 있는, '殉敎'가 있다는 것을, 부인치 못하게 될 것임다. '對象의 轉置'란, 다름이 아니라, 저 모난 돌을 쥐고 있는 군중 가운데 서 있어, 그 돌을 회피할 수 없이 된 자가, 돌 쥔 손을 쳐들어 올리기 전까지는, 그 돌에 맞을 만한 과오를 저질렀었다고 믿어온, '남'이었었는데, (보라, 누구든 죄 없는 자가 먼저, 그 돌을 던질지어다!) 그 돌을 막 쏴 던지려는 그 찰나에 다시 건너다보니, 이제껏 그 모두에게 '남'이었던 자가, 어느 순간, 느닷없이 얼굴을 바꿔 달아, 그 모두를 이룬 하나하나의 '자기'가 되어, 그 자리에 서 있어 보였다는, 그런 얘긴 것입습다. (군중은, 그런 순간에도, 그렇게 자고, 그 "잠은, 꿈을 꾸고 싶어 하는 잠"인데, 그렇게 꿈꿔내던 것입습다) 이렇게 되면, 그 결과는, 그 자리에는, '殉敎者'들밖에, 그 殉敎者를 박해하던 자들도, 박해받던 자도 없는, 반복되지만, 그럼에도, '殉敎者'들만, 남아 있습다. 그 '殉敎者'들을 分娩한, 어떤 어머니가 강물처럼 터뜨려낸 피와 羊水가 어울려, (앞서 '灰色'에 관해 말했잖았습?) 분홍색의 장미가, 한봄만큼이나 다복이 우거져 펴 있습다.

—간략하게 하기 위하여, 매우 투박하게 말하기로 하면, 이렇게 하여 알게 되어진 것은, 어떤 '殉敎'는, 그 殉敎를 감행한 자가, 자기편 쪽의 正義를 수호하려 했거나, (보다 더 나아가서는) '짐'을 대신 짊어주려 하여, 피 흘리기이며, 반면에 어떤 것은, 가해하기 위해 그 자리에 참석했던 자들이 모두, 어떤 계기에 의해서든, 殉敎者 당자에로 환치해버리기로, 어떤 하나의 我執이랄 것을 벗어나, 다른 탄생을 가능하게 한 것이라는 것임다. 後者의 경우는, '對象'이 '自我'를 타도해버린 것에 의해, 그것이 '殉敎化'한다고 주장하는 점인데, 때로는, 어떤 종류의 '革命'이, 그런 형태를 띤다는 것도, 고려해둘 만할시다. 이러면 우리는, 왜냐하면, 사랑 탓에 감행하려는, 羅卜이의 殉敎를 외면할 수가 없으므로, 羅卜이의 얘기를 조금만 더 들어봐야겠습다. 그는, 저 분홍색 장미 가시에, 자기의 두 눈을 스스로 찔러 터뜨려, 자기를 부정하기로, 존재하는 모든 것을 부정하려 하고 있는데, 흰 벚꽃을 옷섶에 꽂기에 의해 그는, 남들 가운데 가담하기 위해, 자기를 지웠었는데, 이번에는, 그들 속에서 빠져나오기 위해, 자기를 지우려 하고 있습시다. 이루려면, 지금이라면 이룰 수도 있게 된 사랑을, 지금 와서는 이루려 하지 않기—六道 중에서도, 人世에만 있는, 이 '自己否定'이라는, 그 한 씨앗이 터, 지금, 그 꽃을 피워 내려 하고 있는데, 六道 간, 이 한 꽃은, 천년의, 빈 욕망의, 가뭄에 불타는 사막의, 그 비임 속에서, 그리고, 만년의 고뇌의 동결에, 흐름까지도 굳어버리는, 그 얼음 속에서만 피어오르는 것임메다.

自己를 否定하기라는, 이상한 방법으로 이 한 꽃은, 六道를 싸아들 입심다.

'自記否定'이야말로, 흐르는 바람까지도 굳혀 금강석을 만드는, 그런 苦行이며, 그런 힘일씨다.

그것에 비교될 아름다움도, 그것에 비교될 힘도, 그것에 비교될 熱도, 이 六道間에는 없다고 이릅시다.

이것은 다만, 人間 속에서만 곰 피는 누룩이라고 함메다.

神들까지도 그리하여, 인연이 멈춰진 곳에의 성취를 위해서는, 人身을 고집해서는, 그런 뒤, 그것을 否定해야 된다는 소이가 거기에 있습다.

'自己否定'이라는 苦行에 의해서만, 묘하게도, 모든 '抑壓'이라는 그 사슬은 스스로 끊김다.

道流들은 그리하여, '自己否定'이라는 그 苦行을 수행하기 위하여, 극락정토며, 천국까지도 그리워할 일은 아니람. 그렇잖으면 道流들은, 본의 아니게도, '偏見'의 거위[蛔蟲]를 살찌우는 바 되었다가, 그 거위에게 넋까지 다 빨리운 뒤, 그 거위의 배 속에 뭉쳐 있기가 쉬운데, 이 '거위'란, '畜生道'의 別稱이라고 해야 할 것이러람.

希望인들 어찌, 넋을 먹여 살찌워야 할 것이라겠습늡? 그 또한 '거위'인 것, 넋을 먹는 거위인 것.

徹底히 벌거벗기, 위해서 입은 살, 넋, 을 벗기, 벌거벗기, 徹底히 벗기.

그리하여 庶童 羅卜이의, 한 公主에의 사랑으로 행한 自己否定이, 어떤 결과를 불러냈는지, 그러고 보니 우리는, 그것 좀 빨리 보았으면도 싶으구람.

羅卜이는 그런 뒤, (란, '분홍장미'를 옷섶에 꽂은 뒤) 정도를 밟아(란, 저 公主들의, '해진 신발창의 비밀'을 알아보겠다고 나섰던, 모든 다른 용사들이 밟았던 그 절차라는 말인데,) 御前에 들어 왕을 배알키에 이르렀으며, 이제는 왼 세상이 다 아는 바의, 그 '비밀'을 밝히러 나서는 일에, 御許를 받자왔습다. 왕도, 이 준수한, 그러나 아직도 능금 볼을 하고 있는, 이 젊은네가, '花童'이라는, 그 御用 賤役꾼이었었다는 것은, 알 도리가 없었습다. 왕으로서는 물론, 한 번도 花童이 놈을 주의 깊게 본 일도 없었으니, 더욱더 그랬을 터이지만, 짐작들 하시겠다시피, 그동안 이 花童이는, 宮中用으로, 예법도 몇 가지 눈여겨 둔 데다, 연습도 해둔 것이 있다 보니, 아무도, 매우 예절 바른 이 준수한 젊은네가, 밤에는 마을 사랑방에서 자고, 낮에는, 바깥 거칠은 쐐기풀 우거진 데 같은 데 자빠져 누워, 꽁보리밥이나 먹고도, 하루에도 열둬 번씩이나 손장난이나 하여 자랐었던, 그런 젊은네였었다고는, 생각할 수가 없었을시다.

왜냐하면, 해는 뜨면 지는 것이라, 아침이 왔으면, 저녁은 오는 것이며, 그날도 저녁은 왔으며, 그랬으니 羅卜이도, 그 앞서, 그 모험에 올랐던, 다른 모든 장한들이 인도되어졌던 바 그대로, 인도되어져, 열두 公主들 침실 옆에 딸린, 그 방에 들게 되었습시다. 이 羅卜이에게만은, 저 公主들이, 한번 마시면, 狂犬들의 땅굴 속에서나 깨어나는, 그런 포도주를 먹이려거나 하는 짓은 하지 안 했습다. 그래서 저녁이 왔었으면, 깊어지는 것이고, 그래서 깊어졌으며, 매일 밤마다 그 시각이면, 公主들을 침상에서 일으켜, 새 신발을 신게 하는, 그 같은 시각이, 이 밤에도 와 있었으며, 그래서 公主들은 일어났으며, 羅卜이 든 방에도 똑똑 두들김을 보내, 자기네들을 따라 붙이려 하면, 따르라고 하였을 터이며, 그래서 羅卜이는, 모든 공손함을 다해, 뒤를 따랐습다. 本稗官에게 이 얘기를 전해준, 先稗官께서는, 羅卜이가 차려입은 입성을 보자마자, 그 열두 公主들이 놀랐음에 분명한데도, 그런 일에 대해서는 일언반구도 없이, 이번 길에는 갈 때, 큰언니 公主가 탄 배를 타고 그 호수를 건넜다고, 배 타고 호수 건너듯 건너버리고 있어, 本稗官도, 그 일을 두고라면, 창작을 하지 않는 이상, 되풀어드릴 말이란 없습시다.

羅卜이가, 몸을 숨기고 참관했던, 전날 밤들과 마찬가지로, 그리하여서는 무도가 시작되었으며, 羅卜이의 첫 춤추기는, 큰언니 公主와 짝지어졌었는데, 그로부터는 순서적으로, 그러니 영등 公主 단오, 추석이라는 식으로, 그 한밤, 가슴에는 조락의 계절을 품고, 겉으로는 삼복답게 우거져 갔드람시다. 羅卜이는, (本稗官의 짐작에는, 그역 그 분홍 장미꽃의 도움의 덕일 것이라고 하고 있지마는,) 암놈을 후리려는 수학이었으며, 가시나무숲 가운데 우뚝 솟아오른 우둠바라 나무였습시다. 심지어 저 열두 王子까지도, 질투와 선망으로, 羅卜이의 아름다움을 건너다보았드랬심다. 흐흣, 羅卜이의 신발 밑창도 나른나른 해져 가고 있었을 것입습다.

마침내야, 막내 公主와 춤출 차례가 되어, 둘이서 마주하게 되었는데, 公主가 알아내기로는, 이 花童이야말로, 그 어느 王子보다도 월등하게 훌륭한, 춤의 상대자라는 것이었담시다. 쳇, 한 村童이가 수학 같았음, 우둠바라 같았음.

그러는 새, 그 춤도 끝나, 羅卜이가 公主를, 公主의 자리에 모셔다드리고 있을 때, 公主가 羅卜이에게, 놀리는 투로 이러더라고 합심다. “花童이는, 원하던 최상의 영광을 누리고 있잖다뉴? 우리 열두 公主가, 花童이를, 王子처럼 대접하잖았다뉴?”

"염려하실 것은 없으시옵니다." 羅卜이는, 公主의 말에 대해, 할 수 있는 껏 정중하고도, 부드럽게, 그렇게 위로의 말을 했드랬심다. "공주님께옵서는 결코, 한 花童이의 아내는 되시지 않으실 것이옵니다." 그러자 公主는, 놀란 눈으로, 花童이를 빤히 건너다보았습다마는, 둘 사이에, 더 다른 말은 없었습다. 羅卜이는 그리고, 公主의 허락을 얻어, 그 자리를 비켜, 다른 이들의 눈에, 자기의 그림자가, 그 公主께 덮였거나, 닿아 있어 보이지 않게 하였습다.

때쯤, 모든 춤꾼들의 신발 밑창에 구멍이 나고 있었을 그때쯤, 음악이 멈추이고, 큰언니 公主의 분부에 좇아, 검은 종자를 위시해, 다른 젊은네들이 밤참을 준비해, 차려 내놓기에 이르렀습다.

우리들의 花童은, 큰언니 公主 곁에 자리가 정해져 좌정했는데, 花童과 마주 보이는 건너편에, 막내 公主의 자리는 정해져 있었드랬심다. 출출하고 컬컬한 판에 참은 참으로 달았을 터입니다만, 花童이는, 그 달콤함을 즐기지를 못해 하고 있었습다. 모든 입들이 한가지로, 羅卜이의 춤 솜씨에 대해 칭찬을 자아올리며, 돌아가며 한 잔씩 두 잔씩, 羅卜이를 겨냥해 술잔을 돌렸습다만, 羅卜이도 그들의 그런 의도를 잘 알고 있었으니, 그들의 찬사는, 羅卜이의 귀에는, 끓는 중에 부어 넣어지고 있는 毒이었으며, 달콤한 포도주는 혀에, 끓는 유황 맛이었습다. 이 자리는, 그랬습다. 한 가난한 賤童이가, 자기의 晩餐을 먹고 있는, 그런 자리던 것임다.

그러는 그 참이, 참으로 무르익어가고 있는 참에, 드디어 큰언니 公主가, 검은 종자께 눈짓을 하자, 그가, 미리 준비되어 있었음에 분명한, 가득 채워진 큰 금잔을 하나 내오는즉, 그 잔을 羅卜이에게 권하며, 말하기를, "이 비밀의 성은, 이제, 당신 용사에게는, 더 이상 비밀이 아니게 되었습니다. 당신 용사의 승리입니다, 그 승리를 위해 그러면 우리, 축배를 들기로 합니다"랬습다.

그 잔을 정중한 태도로 받고 羅卜은, 막내 公主만을 제외한다면, 다른 누구도 별로 눈치채지 못했을, 그런 짧은 한순간, 몹시 머뭇거리는, 슬픈 눈으로, 막내 公主를 건너다보다, 그러는 중에, 한 번 더 마음을 다졌던지, 그제는 아무 주저함이 없이, 그 잔을 입술에다 댔습다. (花童이의 귀를 통해 엿들어, 우리도 알고 있듯이,) 글쎄, 그 금잔 넘치게 담긴, 그렇게나 유혹적으로 붉은, 그 수분의 정체가 무엇이었던지는, (그러니) 花童이도 잘 알고 있었습다. 글쎄, 그 잔 가득히 넘실거리는 그 붉은 수분은, 죽음의 빛깔만큼이나 아름다운 그 붉은 술은, 그것을 마신다면 얼마 안 있어, 羅卜이가 토해냄에 분명할, 그 殉教의 피가 담겨 있었던 것임다, 사랑의 빛으로 붉은 죽음. 羅卜은 미소하며, 그 술잔을 기울이려 하고 있었는데, 그 미소에서는 슬픔이 모두 순화되어 있어, 슬프도록 아름다웠드랬습다.

그러는 그 한순간, 헌데, 羅卜이의 입술에 그 술이 닿으려는 바로 그 한순간, 누군가가 부르짖어 말하는 소리가 났드랬습다, "아 제발, 그, 그것을 마시지 마셔요!" 막내 公主였드람다. "차라리 나는, 花童이와 결혼하겠어요!" 막내 公主였드람다. 이와 동시에, 羅卜이가, 제 등 너머로 내던진, 그 큰 금잔이, 어디에 부딪히는, 쨍그렁 소리가 났드랬습다. 그리고는 羅卜이는, 한달음에 내뛰어, 막내 公主 앞에 무릎을 꿇었으며, 그러자 막내 公主가, 손을 내밀어, 花童이를 일으켜 세웠더람시다. 히, 히런, 히쁜, 히런!

그걸 본 다른 王子들도, 각기의 가슴이 시키는 대로, 그 公主들 앞에 무릎을 꿇어, '손 잡기'를 바랬었드랬는데, 말씀드릴 수가 없이 안 된 일은, 그러면, 이 느닷없는 花童이가 나타났었기 전까지, 막내 公主와 짝지어 춤추어왔던, 그 王子의 행방에 관해서이지만, 本稗官도 아직껏 들은 바가 없어, 말 못 할시다. 허기는 제기랄, 또 뉘 알람, 이 밤 내도록, 저 鐘樓 꼭대기서 "베에—베에—베에" 울어대던, 저녀러 부엉이였었기라도 했는지, 알기는 뉘 알람? 베에—베—베—부엉이는 우놨다. 부엉이가 우는 중에도, 호수 저쪽, 詩城에서는, 時間이 여전히 흘러가고 있었던지, 닭이 두 홰쳐 울고도 있었습시다. 새벽.

그리하여 그들은, (이 시각이면 늘 마음이 무겁고, 몸이 무겁고, 마음이 구멍 나고, 신발이 구멍 나 있곤 했드랬으나, 오늘은,) 매우 큰 까닭이 있는 즐거움으로, 시새우며 그 성을 뒤로 하고, 호수를 건넜으며, 그리고 '訪內地成純得道'의 門을 뒤로 두고, 손에 손을 잡아, 오르는 길을 올랐드랬습다.

그들의 뒤쪽에서는 헌데 그때, 화산이 터져 오르거나, 지진이 있을 때와 같은, 그렇게나 무서운 굉음과 동요가 있었드랬는데, 그래서 놀란 그들이 뒤돌아보고 안 것은, 그들이 뒤로 닫았던 그 문도 떨어져 나가버렸었거니와, 자기네들을 환희로 들끓게 했던, 그 城이, 그 호수 속에로 폭삭 가라앉고 있었다는 그것이었습다. 그리고 그들이 마지막으로 본 것은, 그 큰 금잔을 머리 위에로 쳐든 '검은 종자'가, 그 뻘이 된 호수의 가운데 빠져, 헤어나오려 애쓰면 애쓸수록 더욱더 빠져 내려가며, [8]"베에—베에—베—" 숨 때문에 괴로워하던 그 광경이었는데, 그의 쳐든 손이 쥐고 있던 그 금잔만, 할미장꽃모양, 또는 蓮꽃모양 뻘 위에 남겨져 있다, 종내 그것까지도 파묻혀 들고 있던, 그 광경이었습메다.

한 詩의 王國이 올려져 있던, 狂犬들의 우리, 그 畜生道가 꺼져 내린 것입스람. (히, 히, 히, 王의 발목에서도, 장화모양, 馬脚이 벗기어져 버렸음?)

그런 후 물론, 저 열두 쌍의 결혼식이 거행되어졌을 것인데 말이람, 羅卜이야말로, 저 畜生道의, 그 '無明'의 呪術을 풀어, 그 한 王國의 발목(이 자꾸 "흙 속에 묻혀들고 있었음을!")을 수복해낸 자였으니, 당연히 그가, 그 왕위를 계승했을 일이지만, 그뿐만도 아니라, 글쎄, 다른 公主들은 모두, 다른 王國의 王子 되는 자들과 결혼을 했으니, 그들은, 그 公主들의 손을 잡아, 자기네들의 王國에로 돌아가야 되는 까닭도 있던 것임스람.

그래 모두 잘들 살았더라고 함심다.

아으 헌데, 그 두 월계나무도 지금쯤은, 속에 구멍이 나도록, 늙어버리지만 안 했겠느냐 말씀이시람? 헌데람, 花童이에게 손을 잡힌 그 막내 公主가, 매우 애교 있는 질투 탓에, 그 뿌리를 파내버린 지가 썩 오래된다고 이름시람.

우리들은 그런 뒤 더 이상 숲에로 내달리지 않습메,
두 월계수는 버혀져 아무 데도 없습메.

—이건 여담이지만, 저 뽑힌 월계수는, 뽑혀서는, 어쩌면 혹간, 우리들 모두의 심정 속에 옮겨 심겨진 것이나 아닌가, 그것을 짐작해보게도 합습메다. 그렇걸랑, 善男子 善女子들이람, 道流들은, 그것을 찾든, 적어도 그런 노력이라도 바쳐보아야 되잖겠습늡?

아으, 금갈퀴로 북돋고, 금물주개로 물 주고, 명주 수건으로 그 잎들을 닦아주어, 道流들이 정성을 바친 그것이, 대략 열대여섯 보름달만큼 자라거든, 道流들은, 道流들의 염원을, 그 요니 속에다 묻어 둬볼 일이 아니겠늡? 염원을 이뤄주는 '암소.'

목젖도 아프구만입지. 게다가 또 말입지, 이만큼이나 겨울도 새이었겠는 갑, 어느덧, 닭이 세 홰째를 치고 있다 말입지.

[9]책—책—책—

제2장 觀語品

지 놈의 붕알을, 지 손 속에 쥐고시나, 워떤 실없는 개백정 뇌미, 지 붕알을 잃어뻐렸다고, 간밤 샜던 객줏집으로, 고것을 찾으러 되돌아간다는 일은, 헤헤헤, 肉味를 질김시나, 고 맛만 따지고, 무엇의 송장을 으득으득 뜯거나, 씹어 묵고 있다는, 고런 생각은 못 일으키기만침이나 요상헐 일인디, 누구는 또, 쳇, 귀를, 그것도 한 쌍으로 짜란히 해, 旗맹이 높이 달고, 바로 그 귀를 찾는다고, 안개밭을, 소리가 없어 적막한 데를, 沙漠을 헤매 다닌다면, 고것도 요상헐 일이 아닌 건 아닐 기구만. 고런 똑겉이 요상시런 짓에, 요 羑里가 전에는, 물로, 소금물로, 바다가 뽕밭맹이 푸렀었다고 히어서는, 진주잽이가, 여그서 뭐 고런, 무신 진주라도 하나 줏어보까, 그래갖고, 사막 한 이파리를, 누에맹이, 다 갉아묵어 댕기기도 그짓이랄 것인디, 그러장개 작것, 시님이 요상시럽고, 요 늙은 화라지가 요상시럽심닌다. 요 화라지는, 여그 와 갖고, 며칠 지나도 안 해서, 어느 날 아적(아침)에던가, 저녁에던가, 아니먼 한낮이 땔랑가도 몰루제, 안개 속에서는 모룬다고, 워쨌던지 간에, 요 몸속에서, 마지막 쇠주 방울 氣끄장도 빠져나가고 있었을 때인디, 본개, 글씨 그래서 내어다본개, 저승인디, 안갠디, 무덤 속인디, 그러장개 요 화라지는, 저승 바닥진 데를, 옆으로만 댕기는, 무신 게, 고것도 속 빈 고동 껍데기를 집 삼아, 몸 삼아 지고 댕기는 게, 저승게만 싶으다 허는 생각을 허게 되었었는디, 치랄 맞을, 그라고 말먼 좋았었을 일을, 거그서 끕재기, 살음(삶)을 만내뻐린 것이라고, 글씨 그랬었다고,

그러장개, 고것모냥 얄궂임선 요상헌 일도 또 없었는디, 그람선부터는, 무섭어라우, 눈 뜨고 내어다보기가 무섭고, 부연 숨을 내뱉기가 무섭고, 안개 소리를 듣는다는 것이 무섭고, 볼에서 썰렁함을 느낀다는 것이 무섭고, 요것조것 모든 것이 무섭운디, 살아 있다는 것이 무섭드란 말이제여. 요보씨요. 시님, 요 화라지가 말이요, 살고 있다는 것이 무섭고, 전디기가 에렵어 못 살겄다는, 고런 이약을 하고 있다고 시방. 그런즉슨 요 화라지가 시방, 죽고 싶어 환장을 하기 시작한 것이끄요? 처, 처, 천만에, 그, 그런 것이 아니요, 절단코 아니라고. 요, 요건 머시라고 말을 헐지를, 잘 모르겄는디, 모, 모르겄는디도, 말을 해보자면, 요것은, "죽기가 겁난다, 그라면 살고 싶은 것이다." 또는, "살고 있다는 것이 무섭다, 그라먼 죽고 싶은 것이다", 무신 그런 투로 갖다가시나, "요것이 아니먼 조것이다, 조것이 아니먼 요것이 아니겄냐", 허는 고런 것과는 달븐 것인디, 첸장헐, 시님이며 안개비사 듣고 알아묵을라먼 알아묵고, 말라먼 말 일이지마는, 참말로는 죽기가 싫다 본개, 요런 팔자로도 죽기는 겔단코 싫다 본개, '살음'이 겁나고, 뒤렵드란 요런 말인디, 글매, 그게 어느 날 아적에던가, 저녁에, 한낮에, 안개를 내어다보다가, 요. 화라지는, 아 내가 워니쩍 곱다시 죽었다가는, 워떤 암컷을 어미라고 잘못 알아, 그 배 속에 댕겨 있는 것이기는 아니까, 아니먼, 이승서 니리는 비가 거그서는 안개나 되는, 그러장개 일르기를, 목마른, 으슴푸레한[冥] 고장[途]이라고 허는 그런 어디, 열명길에나 올라 있는 것이기나 아니까, 그런 것들을 생각허잔개, 요보셔 시님, 말인디라우, 요날 요때껏, 꿈 안 꾸고 잘 때사 모릉개 몰르제만, 고랄 때만 빼놓고는, 그림자보당도 더 뽀짝, 가찹게 살아왔었음선도, 몰루고 지냈든, '살기'하고시나 끕째기, 써늘허게끄장 이망을 맞대빼리게 되더라고여, 고것은 글씨, 써늘허다고. 요렇게 되먼, 뒤늦게 요 화라지가 이망을 맞댄, 조 '써늘한 살음'이란 머시나 되겄을 것맹이네, '죽음' 말고, 또 다른 머시나 될 것맹이냐고? 이망이 식고, 볼타구가 식고, 가심도 식고, 아랫배도 식고, 사태기가, 호복지가, 무르팍이, 발꼬락이 식는디, 써늘해지잔개, 고런 몸속에서 鬼神끄장도 더 안 전디고, 떠나뿌릴라고 허드라고. 요라장개, 말인디요, 요 화라지는 죽덜 못 허겄소이, 글씨, 요래갖고 워처키 죽겄냐고? 안개비가, 사막이, 아무 소리도 없음이, 羑里가, 밤이며, 낮이며, 죽음이, 모도 이빠디를 누렇게 세워갖고시나는, 요 뺏마른 몸에도 아직은 온기가 쬐꿈은 있다고, 고것을 빨아낼라고 목덜미를 물고는, 시간마동 빨아대는디, 이라먼 겁이 안 날 수가 없음선도, 쉽게는 내던질 수가 없겄어서, 앉은 자리라도 좀 후비 파고, 땅에 뿌렝키라도 내맀으먼 하다 보먼, 씨버갈, 그라먼 그랄수록, 세상만 자꼬 차꼬 멀어져 뵌다고. 이빠디들만, 안개밭보다 한 수풀 더, 까시쟁이라고. 어제부텀은 헌디, 새로 걱정이 하나 더 생기갖고시나, 고것헌티 골을, 생골을 빨리기를 시작하였소이. 고것은 머시냐먼, 요라다 요 화라지가, '自殺'을 해뻐리잖으까, 고 걱정인디, 글씨, '살음' 때문에 '죽음'이 겁나, '살음'이 공포로 바뀌먼, 조노무 '공포'를 이기덜 못 허겄어서, '自殺'을 해뻐릴 수도 있겄다는 생각이 들어서는, 믿기를 시작해뻐리기끄장 됐다먼, 시님은 웃으끄요, 웃으시끄냐고? 가만히 내삐리 놔둬도, 니얼이나 모레쯤, 제절로 뒈질지도 모를 늙은탱이가, 헤, 헥, 自殺을 허게도 생겼는디, 요런 것도 일러, 무신 너러 解放 겉은 것이라도 이뤘다고 말헐 수도 있으끄요? 헤, 헤헤, 헨디, 조 늙은탱이는, 한쪽에서 푼다고 풀어, 거그 찌었던 발꾸락은 뽑아냈는디, 다른 쪽에서 홀매쳐, 이번에는 그 홀매에다, 지 놈의 모가지나, 아니먼 붕알을 단단히 물리놓고 있게 된 것은 아니까? 하 으, 발꾸락 해방, 만세? 이라장개 나는 것은 생각뿐인디, 그래 생각이 나서 말인디, 美里에서는, 누구든지, '살음'을 만냈다 허먼, 美里를 못 떠나, 되돌아오고, 또 되돌아오고, 그러는 것 겉습데다. 이만콤이나 이약을 디맀으먼, 허기사, 머슬 숭키고 자시고 헐 것도 없겄는디, 그래서나 말인디, 요 늙은탱이만 해도, 고동안에, 몇 번이나 美里를 도망쳐, 읍내로 가다가는, 가는 중에 되돌아오고, 오고 히었다 본개, 고런 소리를 헐 수도 있던 것이라고. 발목에고 어디에고, 아무 족쇄 겉은 것도 안 차고시나, 요렇게 조렇게 워떻게, 美里에 묶있다고, 그런개 인재, 솔직헌 이약을 하나 히어디리야겄는디, 요 화라지가 美里를 떠날람선, 시님헌티 냉기놓은 음석 속에는, 누구든 쎄끝만 한번 거기에 적셨다 하면, 그 당장 그 쎄끝서부텀 썩어 발꾸락 끝까장 문드러질, 그만큼이나 많은 비상을 넣어두고, 그라고시 나는 요 화라지는, 귀를 틀어막고 대략 백 걸음 정도를 뛰달려도 보고, 오십 보도 물러나 보고 히었었다는, 고런 얘기요. 읍내 가서는, 친구헌티는, (요 화라지가 '친구'라고 부르는 이는, 장로네서 청치기로 늙어온 그 늙은네 말이요만,) 시님이 죽었다고, 여러 여러 날 전에 죽었다고, 고렇게 일러줄라 히었었드랬소이. 워쨌든 지끔은, 요 늙은탱이가 주저앉아 있소마는, 산 것이 죽고 싶어 하기나, 산 것이 살고 싶어 하기도, 美里에서는 꼭같이, 치유키 어려운 병이 되고 있다는 것도, 알고는 있으요.

—저런 삶은 그렇다면, 宗教化, 또는 祭祀化하기 시작하는 것이라고 촛불중은 알았는데, '살기'라는 祭爐에서, 저런 식으로 늦게라도, 자기의 '삶'이, 또는 '죽음'이 香木이 되어, 祭火가 일어나면, 그때 저 祭爐 속에서, 저런 경험이 익는다고 했다. 그럼에도 촛불중은, 美里에 새로 또, 하나의 改/開宗이 있었다고 선언하기에는, 아직도 어쩌면 좀 너무 성급할지도 모른다고 하기는 했는데, '소주'가 덮어 있던 자리에 열린 저런 '傷處'는, 다시 소주가 덮이게 될 수 있으면, 그 소주에 덮여 그 아픔을 모르게 될지도 모른다고, 건너다본 것이다. (저 늙은네를 두고는, 이 현재는 '소주'를 들춰낼 수 있으되, 어찌 하필 '소주' 뿐이겠는가, 알려지기로는, '재물'이며, '명예', '계집' 등도 그런 것이지만, 어떤 경우에는, 심지어 '宗教'까지도 그런 것이던 것을) 그 '傷處'에 덮을 것을 갖지 못해, 치질모양, 그 '傷處'를 빼내 문 자들이, 그렇다 그런 자들이, 눈뫼를, 운산을, 비골을, 美里를 찾아들던 것이다. 항간에서는 자기네들끼리 고개를 갸웃거리며, 그들을 '求道者'라거나, '修道者'라는 투로 이르고시나, 그렇게나 많은 젊은네들이, 그 '道'라는 것을 찾아 떠났으되, 그중의 누구 하나도, 그것의 머리칼 한 가닥 뽑아내 오지도 못한 것으로 보건대, 있지도 않는, 허황한 것을 찾는다고, 아버지로부터 뼈 받고, 어머니로부터 살 얻은, 그런 귀한 한목숨을, 호기스럽게 금싸라기를 뿌려보는 짓까지는 그만두더라도, 노상 남의 땀의 곰팡이나 핥기로 허비해버린다고, 연민의 정까지도 느끼기도 하거니와, 말한 바의 저 '道'란, 짐승이나 神들처럼, 행복으로 포만해 있어, 좀체로 '傷處'를 열어볼 기회를 가질 수가 없는 자들께는, 돼지우리에 던지어진 진주며, 개 발의 편자 같은 것이다. 어느 때에나 돼지가 깨어, '아름다움'에 목말라하겠으며, 개는 또, 저런 순 개새끼 같으니, 도척이의 상에서 뼈다귀를 얻는다고 안회를 무는, 저런 순 개새끼, 안회의 상에서 食物을 빌고는, 안회가 보는 자리에서, 안회의 안

댁을 향해 조슬 세우는, 천하에 개새끼, 언제나 저놈은, 제 놈의 '馬脚'을 깨달아, 편자를 신고, 주인의 짐을 나눠지겠느냐.

부달리다 본개, 쇠주에 껄떡이는 마음이, 시달리다 본개, 전에 워떤 시님헌티 들어뒀던, 워떤 師弟間의 問答 한 가지가 새로, 새로 곰, 생각이 나고 히었는디, 거 왜 있잖습뎌, 제자 놈이, 지 마음의 앙구찮음을 두고, 투덜대잔즉슨, 스승님이 가로되, "너는 이눔, 당장 내, 괴로움으로 시달린다는, 고 마음을 끄집어 내놓아봐라, 그라먼 내가, 고 괴로움을 털어내 줄구마"랬다는, 고 問答 말일씨라. 듣잔즉슨, 고 제자는, 그런 후, 홀연히 道를 깨달았더라고 히었습니다마는, 요 화라지는, 귀가 엷었든, 심젱에 쥔비가 안 돼 있었든, 고 똑겉은 이약을 듣고도, 道를 통하던 못 히었었는디, ……그……그라고도, 요 늙은탱이는, 왜냐먼 요번에는, 글씨, 요 늙은탱이의 믿음에는 그려요, 귀도 짚어졌을 뿐만 아니라, 심정도 쥔비가 되어 있는디, 道라는 것에는 가찹아져 보도 못 하고 있다고, 글매, 찾아서, 내놓아 볼라면, 찾아, 내놓을 수도 있는, 시달리는 마음 겉은 것은 없는 것 같은디도, 그런디도, 그런디도, 그, 그런디도, 그 시달림은 확 없어져 빼리거나 허든 안 했는디, 그것이 문제드라고. 그러장개 웃음이 나오는디, 그러장개, 들끓는 이를 잡자고 옷을 벗었는디, 이만 지 몸의 털 속에다 굼실굼실 붙이 놓고, 옷만 벗어, 이왕이먼 캐칼하게 소탕하자고, 불에 던져 태와빼린, 고런 느낌이 들잔개 웃음이 안 나올 수가 없드라고. '마음'이라는 것허고, '시달림'이라는 것이, 아니 그래서 말씸이요, 서로 고렇게 제금 날 수도 있다는 말이요? 그래서 또 말해, 혹간 그렇게 제금을 날 수는 있다고 헌다 해도, 고 '시달림'을 알아낼 '마음'이 없다먼, 이야 백 마리 천 마리가, 조 몸뎅이 하나를 다 으드득 뜯어 먹는다 해도, 세월이 바위 뜯어 묵기맹이 그럴 것, 개럽거나, 피 나거나, 어지럼병 들 일도 없을 것, 것인디도, 개럽고, 긁으면 피 나고, 피 나고 나면 어지럽드란 말이라먼, 여그 워디, 글씨 누군가가, 한 벌의 六道를 잘못[誤] 읽고[讀] 있다고밖에, 달리 말헐 길이 없는 것맹이라고. 생각해보먼, 그래서 생각해보먼, 스승의 조 한마디로 得道를 해버렸다던 고 제자는, 스승의 조언을 눈 삼아, 한 벌의 六道에서 '말'[言語] 만 읽었고, 道가 갈겨대는 오줌 삼천대천세계로 퍼뜨려지는, 그 이슬에도 젖어본 바가 없는, 요 화라지는, '몸'만 읽은 것이나 아닌가, 고런 생각도 들게 되더라고. 글씨, '부달림'은 여전히 갖다가시나, 몸에 남아 있었다 본개, '몸'만 읽다 보먼, 六道야말로 참것[實]이던개, '말'만 읽다 보먼, 六道가 헛것[幻]으로 보일 것이라고 하게도 됩데다. 이렇게 되는개는, 제기럴, 녀러, '마음'이라는 것이 있는지 없는지, 고까짓 것은, 아무 문제도 안 되는 것만 싶습디다여. 고것이사 워찌 되었던, '괴로움'이 있는 곳에는 '몸'이 있고, '몸'이 '六道'란개시나는, '六道'는, '괴로움'[苦]을 터전으로 해서, 그 위에서 場서는 것이라는 생각입디다. 짐승[畜生道]을 보씨요, 고것들은, 어디다 '끄내놓고' 어쩌고 할 '마음'이란 것이 있는가 없는가, 고런 생각은 허도 안 허잖소이? 참말로는 워짜먼, 고것들이 '마음'이 있는가 없는가, 고런 문제를 생각허들 안 헌다먼, 고것들헌티는 '마음'이란 아직 없다고 봐도 안 되든 안 헐 것인디, 고 '마음'이란 것이 없어도, 저 '제자' 되는 놈헌티는 어쩔랑가 몰라도, '짐승'헌티는 '짐승'이 없는 건 아니잖냐고이? 실답잖다고 헐라먼 허쑈마는, 한 번 더 말허먼, '마음' 따우를 거론찮는 '짐승'헌티는, '짐승'이라는 것이 '참'인디, 그럴랑개시나, 심지어는 하루살이끄장도, 그 대를 안 끊기고, 씨를 안 없앨라고, 그 하루 내내 씨 잇는 일 허느라고, 살잖소? 요라먼 뗄 수 없이, '살음'(삶)을 만낸다고.

—"칼리유가[末世]에는, 그것으로 니르바나를 여는 열쇠 삼으라"고 有情께 준, 根(링가/요니) 때문에, 차라리 末世가 재촉되어진다고 하더니, 저 화라지는, 그것을 아프게 핥기로 肉身(畜生道)을 뛰어넘어야 할, 그 '傷處' 탓에, 肉身 속에로 무겁게 떨어져 내리고 있다고 알고 촛불중은, 슬퍼했다. 그러나 촛불중은, 바르도에 처한 한 念態를 구하기 위해 千佛이 동원돼도, 그 한 念態가 눈뜨지 않으면, 어찌할 수 없다는 것도, 알고 있다. 肉身(畜生道)이 '참'이냐 아니냐, 그런 것이 문제인 것이 아니라, 肉身을 입었기의 까닭이 무엇이며, 그것으로 더불어 무엇을 성취할 수 있는가, 그것이 문제던 것이다. "肉身이 없으면, 進化가 성취되지 않는다"는 명제는, 그것[畜生道]이 "실다움인가, 아닌가", 같은 문제를 검토해본다는 짓거리란, 무의미하고도, 불필요한 노력이라는 것을 가르쳐주고 있다. '手段'이어야 할 것이 '目的'化하면, 본디의 '目的'이었던 것은 별수 없이, 그 達成이 자꾸 보류, 유예될 수밖에 없어, 본디는 없던

'輪廻'가, 그렇게 하여, 그 회전의 바퀴를 얻는다.

쇠주 탓이겄제, 겄제, 마는, 여쏘 시님, 살 것 다 살아삐린 요 낫살에, 요 늙은탱이헌티 큰 벵이 돋았소, 벵이 돋았다고. 쳇, 요노무 벵이, 심지어 天刑으로 치기도 허는 용천벵이라고 한대도, 요만침이나 늙고는, 한숨이나 몇 번 쉬고 말고, 사니라고 살아온 질갓에다, 한 매듸 발가락이란동, 둬 매듸 손가락 싱궈, 배고픈 지렝이라도 파묵으라고 허고, 못 해본 身布施라도 허고 말아삐리겄는디, 흣, 흣, 큿, 큵, 요 늙은탱이는, 오늘 밤중엘지, 니얼 아적엘지, 또는 죽어 불을 벽[火壁] 해 묻혀서일지, 그 시간은 모르겄음선도, 죽기가 싫다 본개, 참말로 싫다 본개, 살았다는 것이 무서워, 도저히 '살음'을 마주할 수가 없어, 비상이라도 묵을지, 아니먼, 한 용쏘 깊이 불을 피우고, 뛰어들지, 그걸 몰루겄소이. ……아흐럴, ……참, 참말이제 사막이란 건……요렇게나 최용헐 수가 없소이……몇천만 년이나, 요런 최용험이 굳었으먼, ……고것이 부스러져……요러커니나 사맥이 되었으꼬? 참……말이제 사막……이란 건……요렇거니나……최용헐 쑤가 없다고……조개껍데기라도 하나 주워보까……귀[耳]라도 두엇 줏어보까……소리라도 몇 줏어보까……그래서나, 아매 어젤꺼시요, 그젤꺼시오, ……하루도 안 빼놓고일 꺼시오, ……마실 것이 없다 본개, 뭐든 허기는 히어야겠었은개, ……요 늙은네는, 남쪽으로, 서쪽으로, 동쪽으로, 모래밭을 헤매 댕깄드라고…… 그, 그랬으나, 소리가 죽어, 귀가 죽어, 뜻이 죽어, 모래가 되어, 아무껏 하나도 되살아나덜 안 히었었소, 숭한 너러 骸骨의 꼴째기, 헌디 고 짓도 지치게 하드라고, 쳇, 그래 갖고시나 알게 된 것은, 지칠 수도 있다는 것은 좋은 일이라는 것이며, 그럴 때 돌아갈 디가 있다는 것도 좋은 것이라는 것이며, 그리고 잠들 수 있다는 것은 더욱더 좋은 일이라는 것이었씸니다. 안개 속을 헤매다, 더 깊은 곳으로 파고들어, 웅숭그리기, 잠자기. 그라고는, 소리라는, 귀라는, 무슨 뜻이라는, '나부'(나비)를 날리 보내기. 그러다 화라지는, 쪼꿈은 생소허다고 히어도 좋을, 고런 무신 경험을 히었드라고. 클, 클, 클씨, 아랫배 쪽에서 머시 갖다가시나, 뽀시제기 일어서길래 쥐어보닌깨, 클, 클, 클, 크렇게나 쭈구렁지고, 보드랍기만 했던 하초가, 매꼼허게 주름을 피 갖고, 몹시도 뻣시어져 있더란 요런 말이라고. 흐흐흣, 고것을 주먹에 벗나게 쥐고시나는, 워디선지 잊어뿌렀다고, 댕겼드랑개, 찾을라고 말여라우, 고것을 말이랑개, 소, 손안에 쥐어 있는 것을, 갖다가시나, 말이랑개. 워쨌거나 고것은, 그때 니낌만 말허기로 헌다먼, 끕재기 갖다가시나, 한 六道만침이나 소중허다는 생각이 들었더라고, 말입씸닌다, 시님, 한 六道, 그라고 난개 한 의문이 일어나기를 시작했는디, —'밖'을 말헐랑개, 요것은 '안'이라고 말이 허게 되는디, —그래서 요 화라지는, '안'에 있던 것을 '밖'에서 찾았으끄냐, 아니먼, '밖'에 있는 것을 '밖'에서 찾아내고 봤더니, 어느 틈박에, 고 '밖'이 뒤집히갖고, '안'이 됐으끄냐, 글씨, 고런 의문이드라고. 그러장개, 큰 한 소리가 목구먹을 비어져 나옵씹디다, 喝!

—말[語] 배우기[觀]. 여 화라지엽습, 童貞 한번 떼기가, 그렇게 쉬운 것은 아니라는 얘기겠다 말입지. 語巫여, 老巫는 이제, 그 지랄헐 누무, 곱만 끼어 畜生道 냄새만을 풍겨쌌는, 童貞을 떼어내 버렸는뎁, 지금부터는, 만약 老巫가 소주에다 그놈의 하초를 담가 절이지 않는다면, 그 하초의 빼등거림 때문에 새로 공포를 느끼게 될 터인뎁지, 글쎕지 老巫는, '소리'를 찾는다고 하다가, 아으 오르페우스입지, 道流는, 저 두려운 '無音', 또는 '沈默' 속을, 귀를 틀어막고 지나와버린 것이랍, '귀'를 찾는다며 말입지. '소리'들의 '子宮'은, '無音'이던 것, '沈默'이던 것. 그리하여 이제 道流가 한번 지났기로 하여, 저 '沈默'의 천장에 발톱을 박고 거꾸로 매달렸던, 아으 그것이 老巫에 의해서는 '나부'라고 일러졌던 것, 그 천의, 만의, 吸血天鼠들이, 일시에 잠을 깨, 老巫의 모든 혈관에다, 그 뾰죽한 이빨들을 찔러 넣어, 老巫를 빨아들일 것인데, 그러면 오르페우스여, 道流는 '發音'당하기 시작할 것입습. 있는 것[存在와 事物]이라고 일러지는 것은 모두, 저 '無音'에 의해, '發音'당해진 것들일 것이기는 합습지만.

헌디 귀에서는, 요 화라지의 귀에서는, 귀좆이 흐르드라고, 피가 흐르고 있드라고, 소리들이 흐르고 있드랑개로. 큰 산이라도 한꺼번에 무너지는 듯하는 소리, 한들이 타는 듯하는 소리, 한바다가 엎질러지는 듯한 소리, 소리, 소리, 한세상이 불리어 가버리는 듯하는 소리, 귀에서는 소리들이 흐르고 있드라고, 피가 흐르고 있드라고, 귀좆이 흐르고 있드랑개로, 美里가, 沙漠이, 소리의 큰 한바다가, 이승이며 저승이, 안개비가, 요런 것이, 조런 것이, 요 화라지의 귓속에 우겨 넣어져, 우거져서, 버그르 버글, 버글 버그르, 무너나기를 시작허고 있드라고. 낭구(낡)가 돼서, 새가 돼서, 바우가 돼서, 풀꽃이 돼서, 짐승이 돼서, 시꺼먼 羑里의 하늘을 날으다 가시나는, 그 공중에 심궈져 뻐렀소. 고것들은, 요 화라지가 불어낸 '숨'이, 여러 색깔의, 모양의 '숨'이, 숨을 쉬어감시롱 히었던 여러 여러 '雜想'들이, 조 안개비 속으로 스며들었다가는, 더 갈 데가 없다 본개, 고 습기를 입어뻐린 '雜相'들이었을 것이요이.

—여 늙은 詩꾼입지, 여 詩巫엽지, 그녀러 '하초'를 너무 주물르다 道流는, 그녀러 것이 道流의 '목구멍'에로 까뒤집혀 오른 줄을 몰랐었돕다. 당연한 결과로 道流는, 홀까당 뒤집힌 것인데, 그러자니, 한 벌의 六道를, 그 가죽 속에 넣어 싸고, 밖에다 六腑를 드러내게 되어, 똥창자 냄새로 三世를 오염하고 있돕다. 道流여, 이렇게 되면, 詩巫가 뒤늦게 삶을 해후하고, 걸터탄, 그 살기의 鞍裝이 편할 수가 없게 될 것입습다. 아으, 道流는 하초를 찾았을 때, 찾았기 탓에 새로 잃었습나? 아으 그렇걸랑 道流는, '열두 公主'들이, 밤마다 어디 가서, 새로 신은 신발 한 켤레씩을 다 닳게 하는지, 거기로 찾아들어 볼지어랍. "空中에도 아니고 色中에도 아닐레랍/水中에로, 그럼에도 젖음이 없는 길을 좇아서 그대/그곳을 통과하지 않으면 안 될레랍/그러면 그대는 그곳에서, 잃었던 것을 되찾게 될 것일레랍." —하항, 그리하여 '촛불중'이라는, 羑里派 沙彌 하나는 오늘, 삼가, 羑里의 第一祖 村長이었다던, '하초 잃었던 늙은네'를 받들어 뵙고 있는 중이겠습는갑? ('하초'란 헌뎁습지, '羅卜, 오르페우스'라는 이름에 불리는, '下界의 하늘'만을 날으며, 그곳에다 꿈[夢]의 씨앗을 비 뿌리는 새인 것을, 아차, 잘못, 저 어두움의 동굴을 벗어나, 빛 가운데로 나섰다가는, 그 순간, 그 빛에, 그 날개를 태우이는 것읇. 제기럴, '하초'의 還俗은, 늘 저렇게 비극으로만 끝나던 것이던 것?)

—續

애기를 쑹얼거리다 말고, 소주를 생각하고, 눈물로 코를 훌쩍이다 말고,

소주 같은 어떤 주모 할미를 생각하고, 한숨도 썩어져 내릴 열둬 번 거푸거푸 쉬어내다 말고, 주모 같은 소주를 생각하고, 불알을 주물러 까다 말고, 소주며 주모, 주모며 소주를 생각하고, 저 늙다리 화라지는, 켠 등을 하나 챙겨 들고, 엉거주춤 허리를 굽혀, 바닷게모양 걸어, 급기야 美里를 뒤로 두고, 떠나고 있었다. 읍에서는 그때쯤, 닭이 두 홰째를 쳐 울고 있었던가 했는데, 그러니 새벽이었는데, 이 새벽도 안개비는 궂고, 으슴푸레했으며, 늙은 삭신에는 진눈깨비나 같았는데, 그 두 홰째 닭이 우는 데를 겨냥해 늙은네는, 깜냥으로는 부지런히, 허부적 터부적, 발걸음을 떼어놓으며, 이 야음을 탄 자기의 還俗의 탓을 모두, 어떤 주모 할미 같은 소주, 소주 같은 그 주모 할미께 돌리고 있었다. 이 새벽도, 美里를 휩싼 안개비는 궂어 저승이며, 으슴푸레해 저승이며, 차가워 저승이었다. 그런 새벽의, 안개비의 바다, 밑쪽에도 있는 水面에, 글쎄, 켜진 하나의 흐린 붉은 등이 떠, 한 송이 복사꽃모양 스름 스름 맴돌기도 하여, 진양조로 흐르고 있었는데, 잠자리로 돌아가던, 장난꾸러기 夜鬼들께 눈아피病을 뿌렸다, 고소하다.

이러는 중에도 촛불중은, 저 늙은 말[語]의 화라지[巫]가 앉아 있으리라고 생각되어지는 방향에 대고, 합장하여, 머리를 조아리며, 그가 베풀[說]었던, 法에다 마음을 모으고 있었다. "……헌디…… 요 화라지의 귀에서는…… 귀좆이…… 피가…… 소리들이 흐르고 있드라고…… 美里가, 沙漠이, 소리의 큰 한 바다가…… 요 화라지의 귓속에 우겨 넣어져, 우거져서, 버그르 버글 무너나기를 시작하고 있드라고…… 낭구가 돼서, 새가 돼서, 바우가 돼서…… 이것이 돼서…… 저것이…… 돼서, 美里의 하늘을 날으다 가시나는, 그 공중에 심궈져 뻐렸소. 고것들은, 요. 화라지가 불어낸 '숨'이, 여러 색깔의, 모양의, '숨'이, 숨을 쉬어감시롱 히었던, 여러 여러 '雜想'들이, 조 안개비 속에서 '雜相'을 입어버린 것이요." —이런 말은, (촛불중은 생각하고 있었다,) 촛불중 자기도 결국은, 저 늙은네가 꿈[雜想] 꿔가며 불어낸, 그의 '숨'의 하나가, 안개비에 젖어, 흐르릉이 몸[相]을 입었다는 그런 말이 아니겠느냐고 했는데, 그래서 촛불중은, 저 火巫께 師父에 대한 예를 다 하고 있는 중이다. 그리고도 촛불중은, (이것이 가능한 것은, 그의 '無意識'論의 法恩을 입어서인데,) 어떻게 '自/他' 사이의 간극과 거리를 없애거나, 좁힐지를 알고 있었으니, 그렇다면 이 입장에서는, 저 '화라지'란 다름 아닌, 촛불중의 '숨' 하나가, 그 자신의 어떤 '法心'의 한 조각과 제휴하여, 그 결과로 나타난 것 말고, 다른 것은 아니라고 주장한다 해도, 거기 과오는 없는 것이 분명하다고 알게 된다. (촛불중 투의 '無意識'論이 밝혀내는 것은, 대체로 저러하다. 그러한즉, 누가, 촛불중의 목구멍을 열고 들여다보았더니, 거기도 한 벌의 六道가 고스란히 있어, '陽/陰', '善/惡', '안/밖', '높은 것/낮은 것', '이것/저것' 등등, 무엇이든 그것은 '짝'을 갖지 않는 것은 없다 해도, 다시 말하면, 한 우주는 '二元的'으로 구성되어져 있다 해도, 이 '二元論' 탓에, "色은 色"이며, "空은 空"이어서, 서로 같은 것들일 수는 없다고, 또는, '色과 空'은 상대적이며, 二元的이라고, 그래서 '色'만이 '실다움'이라는 투의, 輪廻의 족쇄에 끼인 幻足의 아픔을 더하게 하는, 그런 편견에 떨어져 내리게 되지는 않게 된다고, 알게 된다. '幻의 秩序'는, '二元論'에 의존되어 있다는 것을, 그러면 알게 된다) 촛불중은 그리고는, 편안한 자세로 척추를 펴고 누워, 한 [1]還俗을 위한 잠을 자려고 했는데, 한 화라지가 자기에게 연결되어 있는 한, 莊子의 봄 잠을 내어다볼작시라, '나비'를 그 뜰에다 풀어 놓아둔 채, 여게, 莊子여, 公만 먼저 잠을 깨서는 어쩌자는 일이겠느냐, 그랬을 것이, 촛불중 자기에게는, 끝을 내둬야 할 俗事가, 최소한, 아직도 한 가지쯤이라도 남아 있는 것이 분명하다고, 믿어, 그런 것이다. 바람 좋은 날 鳶 날리기. 그리하여 촛불중은, 자기가 發音해낸, 저 한마디 말[言語]에다, 하나의 比喩의 살을 입혔다. 어떤 '鶴女'의 '鶴衣' —이승 연못에 목욕 한번 하러, 鶴衣를 입어 날라 내려왔다, 벗고 목욕을 끝냈을 때는, (누구나 다 아는 바의 그런 이유로,) 그것을 잃어, 못 날아, 못 돌아간, 어떤 天女 하나, 이승에 억류된, 슬픈 鶴·펜릴(Fenrir*). 글쎄 그 飛翔 자체이던 것, 그것에다 새로 '飛翔'의 날개를 달아주기. '鶴衣'를 꺼내 입혀주기.

* Fenrir: Norse Myth. 이 Fenrir을 묶은 끈은, "고양이가 움직일 때 내는 소리, 여자의 수염, 山의 뿌리, 곰의 力根, 물고기의 숨, 새의 침"으로 꼬여진 것.

바람 좋은 날, 鳶 날리기—(禪法).

그럼에도 물론, '天女'의 사타구니에도 곱이 끼이는가, 하는 따위, 물어보면 法恩이 많을 물음이라도, 물을 일은 아니지만, 그러려 하면, 이제까지 높은데 있던, 거룩하기만 했던 '하늘'[天]이 낮게 내려와 버리기 때문인데, 라는 까닭은 왜냐하면, 인간은, '하늘'을 꿈꾸면서도, 푹신한 物質的 想像力을 동원해, 말하자면, 그 '하늘'에도, 땀 냄새를 풍겨버린 그 까닭인데, 그러나, 그러나 촛불중은, 자기가 상정해낸 그 '譬喩' 탓에, 그 '譬喩' 자체의 정당성에도 불구하고, 그것 속에 매복해 있던, '反意性'이라는 복병을 미리 보지 못해, 그 복병에 당해, 안됐게도, '失語症'에 걸리고 말았다. 그리고 그렇게 촛불중의 혀가 굳어져 있는 동안은, 저 늙은 화라지는, "들을 훨훨, 즐겨 날으는, 저만의 나비"일 수 있을 것임은 분명하다.

—저 '譬喩 속에 매복해 있던, 反意性의 복병'이란 무엇인가 하면, 일반적으로는, '벗기'가, '解放', '自由의 성취', '解脫' 등의 의미로 통역되어져 오는데, 반해, 이 '鶴女'의 경우는, '벗기'가, '묶이기', '監禁', '拘束'의 형태를 취해 있다는, 그것이다. '벗기기'라는, 무엇의 속박으로부터 풀려나기가, 무엇에 억류되기? 헌데, 그런 유사한 범주의, 다른 民譚들이 시사하는 바에 의하면, 바로 그런 獸皮('들돼지'라든가, '구렁이' 따위,)를 벗기어, 그 '獸皮'를 불에 태움을 받고 나면, '짐승'[畜生道]에 억류되어 있었던 사람[王子]이, 그 본디 모습, 즉슨 '사람'의 모습을 취해 돌아오던 것이 아니던가? (이 범주의 民譚이, 宗敎로까지 승화, 고차화한 것이 '熊女神話'인 것은 주지하는 바대로이지만,) '鶴女譚'도 물론, 저런 범주가 아닌 것은 아닐 것이라도, 이 후자는, 정직하게 觀한다면, '바르도'에 속한, '원초적 質料(念態)'의, '順調/退調轉移'의 과정을 밝히는 것이나 아닌가 하는 것을 고려하게 한다. 그리고 어쩌면, 이런 觀法이 옳을 듯한데, 그렇다면, '熊女神話'와 '鶴女譚'은, 매우 같은 얘기라도, 그것이 얘기되어진 고장이, 상반적이라는 것을 알게 한다. 그렇다면, 촛불중의 '失語症'은, 바로 여기 어디에 연유해 있음을 짐작키는 어렵잖은데, 그의 넋은 바르도를 헤매고 있으되, 그의 몸은 아직도, 逆바르도의 물밥에, 오줌이며 똥 누기라는, 그 신진대사를 원활히 하고 있기 때문이다. 흣, 흣, 흣, 그렇기 탓에 돌팔이

랄 것인데, 중 하나는, 한 '還俗을 위한 잠'을 자려 하며, 그런 한 '還俗에의 꿈'을 꿔낸다고 한 짓이, (꿈은 목구멍에서 발원한다는 것) '鶴'을 날려 보내려다, '곰'에 목이 메어버렸다. 말한 바의 저 '譬喩'(話頭)라는 것은 그러고 본다면, 흉악한 잡종이었다, 여읨, 돌팔이 같으니, 대가리는 '鶴'인 것이, 어떻게, 히히히, '곰'의 아랫두리를 해 갖고 있다는댜. (촛불중 바룬다 새) 이러고 보면, 저 잡종은, 이쪽이든, 저쪽이든, 아니면 그 양쪽을 다, 벗든, 입든, 프라브리티에 물려 있는, 그 '껍질'을 어떻게든 해야겠는 것이다.*

* 作者의 생각의 흐름을 잘 진맥해나가는 讀者라면 그리하여 이 「進化論」(pravritti)은, 그 중도쯤에 와 있거나, 그보다 좀 더 나아가 있거나 하는 것이라고 짐작하고 있음에 분명하다. 사실로 이것은, 대략 그만쯤 되는 데에 와 있는데, 밝혀둘 필요를 느끼는 것은, 脫稿된 「進化論」은, 初稿의 그것에 비해 많이 짧아졌다는 것이다. 예를 들면, '觀相品', '觀物品'이라는 식으로 촛불중의 상사라 읽기[觀] 章(品)들이 대폭 삭제된 것인데, 첫째는, 讀者들의 인내심에도 한계는 없을 수 없다는 이유 때문이었으며, 둘째는, 그것들이 비록 촛불중의 말[言語]의 化身들이라고 한다 해도, 그것들은 보다 더, 隨想錄이라거나, 夢想錄 쪽에 가까운 듯하다고 판단하는 때문이다. 그것들을 쓰고 있었을 때 필자는, '촛불중의 傳記'를 쓴다고 생각했었으며, 그것을 베끼고 있었을 때는, ('歷史'를 捨象해버린다면, '架空'과 '實際' 사이에 무슨 구별이 있어 보이는 것은 아닐 것이지마는, 그리고 '歷史'란 '詩'[敍事詩]에 비해 畜生道的이지마는,) 이 '傳記'의 人物은 架空的이라는 생각을 했었던 것이다. 그럼에도, '歷史'라는 무대 위에서, 어떤 식으로든, 한번 형상화된 人物은, 그 형상을 입은 직후부터, 그도 歷史的 人物이 아닌 것은 아닐 것이다. 이 「進化論」은 물론, 아직 끝난 것은 아니고, 그의 상사라 읽기[觀] 얘기[品]도 그러니, 좀 더 계속될 것이다. 그러나 이 끝나지 않는 부분은, 앞으로 한 권만 더 쓰려고 (베끼려고) 하는, 「逆進化論」(Nivritti)의 前半部를 차지하게 될 것이다.
그리고도 보태둘 말은, 아직도 좀 더 있다.
주지하는 바와 같이, '法'(Dharma)을 실어 나르는 '乘'(yāna, Skt.—vehicle)에는, 세 가지 것이 있다. '小乘'(Hinayāna, Skt.—Small vehicle),

'大乘'(Mahayāna. Skt.—Great vehicle), 그리고 '金剛乘'(Vajrayāna, Skt.—Diamond vehicle)이 그것들이다. 그중에서도, '金剛乘'을 修業 중인 修道者는, 동시에 '小乘-大乘' 兩乘을 함께 修業할 수 있다는 것도, 아는 이들은 알고 있다.

'美里派' 중들은 헌데, 본디 '金剛乘'을 修業하는 자들이었으되, 필자가 敬慕했던 친구, 故 김현의 분류에 좇으면, 「六祖傳」(『죽음의 한 연구』)은 '小乘', 『七祖語論』 중의 (哀哉, 저 어진 친구는,) 「中觀論」(mādhyamika)(까지밖에 더 못 읽고, 涅槃을 해버린 것이다!)은 '大乘'을 취급한 것으로 되어 있는데, 세목적으로는 필시, 그렇게도 분류될 수 있을 것이라고, 필자도 십분 동의하고 있거니와, 보태두고 싶은 것은 그러자, 이 「進化論」, 「逆進化論」은, 한 修道者의 '金剛乘' 修業의 얘기가 되는 것이라고, 해둬야겠다는 것이다. 그리고도 반복 강조해두고 싶은 것은, '金剛乘'을 修業하는 중은, 동시에 小乘—大乘도 함께 修業한다는 그 점이다.

보태둘 말은, 그리고도 아직도 좀 더 있다.

세계가 '떡'만으로 운영된다면야, (그것이 畜生道일 것인데,) 까짓것 달마(Dharma)는 해서 뭣하겠는가, 마는……. 이것은 사실, 作者 쪽에서 물어서 될 의문이 아닐 것인데도, 물어졌어야 되었을 것이, 물어져 있지를 않고 있으니, 슬프지만 어쩌겠는가, 그래서 묻게 되거니와, 라는즉슨, '美里'라는, 한 특정한 고장 일을 두고 말이지만, 한 沙彌가 그래서, 원하기만 한다면, 그곳의 '村長'되기는, 그렇게도 쉬운 일이겠는가?(라는 것이다) 알려졌기로는, 한 沙彌가, 그곳에서 '村長'이 되기 위해서는, 그 儀式(ritual)的 부분에서는, 現村長인 자로부터 '침'과 '바리때'(해골바가지)를 전수해야 하며, 그 教義(doctrine)的 부분에서는, 그곳의, "물이 없는, 마른 늪에서, 싱싱히 살아, 펄펄 뛰는 물고기를 낚아 올려야 된다"는 不文律이 있는 데다, 그곳의 風俗은 또, '變節과 改宗'이 찬양되고 있다. (이 '물고기'는 그러니, 앞서 얘기된 그 '떡'과 대비되는 것이겠는가. 그리고 저 '變節과 改宗'이야말로 어쩌면, '마른 늪에서 생선을 낚아내기'에 버금갈 苦行이 될지도 모르는데, 그럴 것이, '美里'라는 그 空門의, 헤헤, 俗談에, "제자는 스승과 비슷하면, 스승의 반밖에 못 되고, 스승의 두 배는 돼야 스승과 비슷해진다"고 하는 것이 있던 것을 감안하면 그렇다. 스승과 엇비슷해지기도 어려운 일이거늘, 스승을 뛰어넘어, 그만의 한 촌락을 꾸미려 하면, 한 제자는, 스승의 몇 배나 돼야 되겠는고?) 그 '儀式'的 조건은, 미리 충족되어 있던 것은 주지하는 바와 같거니와, 그래서 그러면,

'七祖'라고 이르는 촛불중은, 어떻게, 어떤 종류의 '물고기'를 잡아 보여주었으며, 또한 어떻게 '變節·改宗'을 했는가? 「中觀論」이 만약에, '仁祖宣言'으로서 說해진 것이었다면, 「中觀論」에서 첫째로 읽혀졌어야 하는 것은, 그것이 아니었겠는가? (사실에 있어, 七祖村長이 된 중은, 돌팔이라도, '물고기'를 낚는다며, 송두리째 '바다'를 끌어올려 놓아버린 듯하지만,) 그리하여 그가 잡아 올린 '물고기'가 있으면, 그 '물고기'를 저울에 올려보고, 그것이 한 '村長' 값을 하기에 충분했는지 어쨌는지, 그 (저울) 눈금이 읽어졌어야 했으며, 그것은 그래서, 美里民에게 어떤 意味가 있으며, 새로 '村長'이 오기에 의해, 금후의 美里의 한 우주는, 어떤 희망을 갖게 되었는가, 그런 것도 밝혀졌어야 할 것이 아니었겠는가? 왜냐하면, 헤헤, 특히 人間이라는 有情은, '떡'만으로는 살지를 못하여, '물고기'도 먹어야 하기 때문이다.
구차하구나, 에잌, 구차하다. 凸!

七 祖

語 論

제3부 逆進化論—니브리티(Nivritti)

4

[1]續 · 進化論(Pravritti)

黃色

제3장 觀性品

—깨었을 때는 道流, '마음밭[心田] 지기'여, '말'[言語]의 流沙 구덩이에 빠지면, 헤어나오기 어렵니라.

'말'은 그리고, 그 '記號'를 잃었을 때, 가장 위대한 自由(니르바나)에로의 통로에 나서 있으리, 동시에, 그 전체가 傷處인 채로, 상어[鮫魚]의 마을로 施助를 얻으러 나가기보다도 더 위험한 상태에 처해 있는데, 흐흐흐, 그러자 돌팔이라도 道流는 이 상태에서, 法火에 여러 번씩이나 데어본 경험에 의해서, [2]"제기랄, 有情도 無情도, 그것 자체가 본디 空인 것읇!"이라고, 한눈 크게 뜨고, 밝게 보려 할지도 모르긴 모를 일일눴다. "나는 그리고 有情인데, 이런 어설픈! 그러고 보니 이 비임[空]으로, 빽빽한 고통 속에로 떨어져 내리고 있었는가? 그래서는, 이런 헤설픈, 이 비임에다, 이 無重力의 無障碍에다, 찐득거리고, 가려운, 그리고 육시러게도 무거운, 한 벌의 苦肉(記號)을 입히려 했었는가?" 저, 저 보게라, 하, 하으 道流는, 무섭게도 떨어져 내리다가, 저런, '空'을 해후한 그 순간 그만, 중천되는데, 거기 어디쯤에서, 멈춰서는, 더 떨어져 내리지는 않고, 노닥거리고 있구나, 행망을 부리고 있다 말이지, 그러며, '空'(Śunya, Skt.)에 집착심을 내고 있는다, 道流는 말인데, 거 매우 얼큰하게까지도 느낌이 좋은, 無重力感 같은 것을 만끽하고도 있어 보이는데, 허기는 그럴 일일놀라, 失足하여, 천야만야한 절벽에서 떨어져 내리던 중, 道流는 말이지, 두 겨드랑 밑에서, 독수리의 날개 같은 것이라도 삔쳐 난 듯한, 그 경험을 하고 있을 터이니, 그럴 일일놀라, 문제는 그럼에도 그런 후, 道流는, 그 '空'에, 그 날개에, 집착심을 보이고 있는 그것에 있는데, 그것이 제발이지, 解脫 비슷한 것이기라도 된다면 얼마나 좋겠는가. 마는, 안됐지만 道流는, 매우 反意的이게도, '空'을 해후했는데, 그것에 집착심을 일으키자마자 그 순간, '色'(Rûpa, Skt.) 가운데 실종하여, 방황하고 있을 뿐이다. 喝! 심지어 '空'에도 무슨 집착할 것이 있었더랬나? 그런즉슨 '空'이 '色'化하지 않겠느냐? 허, 허, 허긴, 閱世라는 것을 하다 보면, 하늘에다 밧줄을 던져 올려, 그 중천 어디쯤에다 그 밧줄을 매는 曲藝꾼들을 보게 되기도 하곤 하는데, 道流가 지금, 다름 아닌 그 曲藝를 하고 있거늘. '空에 대한 집착심'도, 저 아랫녘, 도저히 헤쳐 나오기 어려운, 고통의 泥田만큼이나 위험한 것읾. 그, 그리고도 가맜자, 道流는 그리고는, 헤이키! 나름으로 성취한 그 '空'을 두고, 그것이 대체 어떤 것이나 되는지, 그것을 [3]살펴보려 하고 있는다? 그래서는 道流는, 제법 속 차린 노름꾼모양, '마음'이야말로 '빈 것'으로서, 虛한 것이기보다는, 꽉 찬[眞] 실다움이어야 된다고, '虛空'과 '眞空'을 대비하고 있는다? 에끼 이 사람, 거 개새끼도 하잖는 짓을 허누먼그랴. 道流는 아까, "空에도 무슨 집착할 것이 있더냐?"고 물어졌었지만, 이번에는 이렇게 물어져야 되겠네, "空에도, 무엇을 分析할 것이 있던가?" 안됐읍세, 道流의 그 '分析'이 '空'에 닿자, 이제껏 道流를, 그 어디 중천쯤 되는데 행망 부리게 뒤뒀던, 바로 그 '空'에 空(구멍)이 휑 열리는데, 거대한 두꺼비 혀를 그 속에 감추고 있는, 오랑캐[蝕]의 요니로구나, 무저갱이로구나. 오래잖아, 저 무저갱 속으로부터, 道流를 감아 드릴 水仙花가 피어오르겠지만, 그러기도 전에 道流는 이미, 性慾에 창자가 꼬인 놈 꼴로, 저 무저갱 속으로 다가가고 있구나. 글쎄, 본디 비인[空] 것이 '마음'인 것을, 그것이 어떤 分析的 정신에 묶여, 그 모습을 드러내야 되면, (앞서도 밝힌 것이 그것이지만,) '순야'[空]라도 별수 없이 '루파'[色]化하지 않을 수가 없게 되는데, 이 空化色의 과정 중에, '바벨탑'이 쌓이고, 헐리고, 쌓이고, 와그르 무너나고 하는 것일 것이다. 그 결과로 '空'에는 空(구멍)이 생기고, 거기로 '바벨탑'이 무너져 드는데, 말[言語]의 모래가 흘러드는 무저갱—流沙 구덩이. 이렇게 하여, 말의 박수여 촛불중, 道流는, 그저 한번 패를 뒤집기로, '空'에의 집착에 의해서는, '空'

속에 뚫린 空—'말의 流沙 구덩이'에로, 패가망신하여 빠져든다는 것을 알게 된 것이다.

—잠들었을 때는 道流, '말'[言語]의 박수여, '살'[肉身]의 진 구렁창에 빠지면, 헤어나오기 어렵니라. 그러면 道流는, 여러 여러러여, 스산한 '胎夢'에 당하는 것을. 아으, 말의 당굴이여 촛불중, 道流는, (道流가 언제든 한번은 살펴보겠다고 정한, '잠'[睡眠]이라는 話頭 탓에,) 지금, '잠' 속의 바르도에 떨어져 내려, 三世의 어머니—아버지들이, 각기 그 종류별로 짝지어, 쌍으로, 배 붙여, 아버지들은, 고름 같은 불을 토해내고, 어머니들은, 배고픈 듯 그것을 핥아, 빈 胎 속에다 쌓고 있는 것을 보며, 안되게도, 아랫배를, 또는 잠지를 아파하거나 꼴려 하고 있는데, 동시에 道流는 또, 아버지들이, 배가 고픈 듯이, 어머니들의 태 속의 것이 태어나는 대로 잡아먹으려, 붉은 눈을 하고 있는 것을 보고도 있는다. 그러면서도 道流는, 특히 어떤 한 쌍의, 어머니—아버지에 눈을 묶이고, 마음을 묶이고, 무량겁의 목숨을 묶이고, 독주에 청주 섞어 마시듯, 질투에다 사랑을 섞어 찔끔거리고 있구나. 척추로부터, 저 한 흐린 불꽃을 시리게 흘려내, 道流의 어미의 허벅지 속에 따뜻이 묻어놓고, 道流의 아비 불[火]의 박수는, 그 주막 소주는, 특히 씁쓸해서 좋다는, 읍 변두리의 그 주막에서, 바람 소리 나는 빈 척추 속에다, 그 쓴 소주를 부어 넣고 있는 중이다. —이런 모든 광경을 볼 수 있는, 이 현재의 道流의 눈은 허긴, '冥眼' 같은 것이래야 옳을지도 모르긴 모르는데, 아까 道流가, '밖'(이란 이미 말되어졌겠거니와, '流沙 구덩이'와 '泥田'이던 것)에 대해 그리움을 느꼈을 때, '눈'을 보쌈해 道流는, '잠'(그리고 三昧)의 사립짝을 열고 나와, 저승 도랑을 건너버린 것이다. 三世의 가납사니, 處容은, 그 [4]'冥眼'을, 어두운 저승 방에, 열엿새 달로 띄워두었더랍네.

달밖에는, 아무것도 보는 것이 없다고 해설라무네, 연놈이 달 아래 훨씩 벗고 농치기로 한즉, 달이 별수 없이 보게 되어 본 일을 두고, 히히, '月姦'이라고 한달작시면, 어찌 巫姦이라는 것도 없을 수 있겠는가. 그래서도 상사라는, 그 무늬가 더욱더 현란해지기도 할 일이지만, 巫姦이라는 것이 있어, 冥眼에만 보인다고 하느니라.

그리고 이것은, '어린 羊이 본 밧모 섬의 第九時의 풍경'이라고나 해야 할 것인 듯한데, 이러하다: '붉은 龍'(프라브리티!)의 얼굴을 하고 있는 한 남자가, 骸骨이 된 한 여자를 姦하며, 자기의 精水로 骸骨 속에 애가 배어 낳게 되는 대로, 그 애를 삼키려 하고 있는데, 이 骸骨의 여자는, 오래전에 벌써, 저 붉은 龍의 精水로, 애를, 그것도 女兒를 배고 있었더랬었더랬었다. 骸骨의 여자가 만삭이 되어, 해산을 하려 하자, 태어날 그 여아의 아비 되는, 바로 저 붉은 龍이, 어느덧 그 자리에 나타나, 태어날 아이가 女性을 띨 것임을 알고, 그 아이가 낳아지는 대로 데려다, 자기의 後宮을 삼으려 하므로, 해 아래에 그런 순수치를 드러낼 수는 없다고, 에미 된 자가 해산을 늦추고 늦춘 것이, 오늘에까지 이르렀더니, 이승도 아니고, 저승도 아닌데, [5]骸骨 속에 버림받았구나 비리데기. 그러는 중에 그 여아가 자라, 태어나본 일도 없이, (이런고로, '말씀의 우주'를 개벽했던 佛者가 일러, "女性이라도, 자기를 男性으로 만들기만 하면, 인자가 그를 천국에로 인도하리라"라고 이른 것이다. 女性 속에서, 女性은 아마 태어나지 않는다. 다만 분리해나갈 뿐이다) 첫 월후 끝낸 지도 오래되어가고 있었댔었더랬었다. 그 첫 월후 비친 걸 안 때부터 붉은 龍은, 아예 이 骸骨 더미 곁에서 떠나려고를 하지 않으며, 꼬리를 떼려 하지를 안 했는데, 오늘도 骸骨의 옌네는, 못 참을 산통으로, 몸부림을 하느라 덜그럭거리기를 시작해 있다. 骸骨의 여자도 알기로는, 허지만 이 진통은, 자기가 배어, 자기의 배 속에 버려버린, 그 비리데기가 태어나오려는 그 탓이 아니라, 바로 그 비리데기가, 제 년의 아비뻘 되는, 붉은 龍의 精水를 받아, 밴, 그 애 탓에, 그러니 자기의 손주뻘 되는 것의 찬[滿] 時限 탓에, 자기도 그 산통을 같이 겪고 있다는, 그것이다. 이렇게 된즉슨, 骸骨의 여자의, 産月 늦추기는, 아무 뜻도 없이 되었으며, 그러자니 저 붉은 龍만, 그 여아의 피가 그 어미 배 속에 맺혔던 그때부터, 오늘까지, 한 槍頭에 妻妾을 꿰어오고 있는 중이었던 것이다. 骸骨의 여자가 그것을 알게 되었기에 배 속의 것을 해산해버리려 했었을 때는, 왜냐하면 그 여아가 너무 자라, 이미 때가 늦고 있었다. 그리하여 어미는, 허기는 자라는 아이들이란 탐욕 자체이기도 하다, 그 여아의 게걸거림 탓에, 먹어도 먹어도 노상 음식이 부족해, 종내는 자기의 살을 자기가 저며 먹기에까지 이르렀었댔었더랬었다. 그러는 날, 그 여아가 만삭이 돼, 산통으로 아파 애써 부르짖자, 미구에 태어날 아이의 아비가 되는지, 할애비가 되는지, 그 촌수가 분명찮은 저 붉은 龍이 또, 그 아이를 삼키고자 하여, 혀를 빼 늘이고 기다리고 있는데, 여아는 男兒를 임신하고 있었다. 그런즉 이번에만은, 그 아이가 태어나기만 한다면, 저 붉은 龍은, 가차 없이 삼키고 말 것이다. 그렇게 하기로 하여, 불알 속에다 정액을 빵빵하게 채워, 암컷 속에다, 새로 또, 살[肉]의 씨앗을 묻어놓을 수가 있을 것이기 때문이다. 에잇, 저누무 붉은 龍은, 치사하기가 말벌보다도 더하구나.

진통 중의, 태어나본 적도, 시집가본 적도 없이 애를 배고 만삭이 된 저 비리데기도, 저 붉은 龍의, 입맛 다시느라 흘리는 독의 침의 까닭을 알자, 해산을 늦춘다. 그래서는, 아주 조금 빼 물려난 새끼를, 제 손 써서 되밀어 넣었는데, 그러자, 그 좁은 문을 밀려 나오기의 고통으로 인하여, 前生의 기억까지도 잃느라, 추악하도록까지나 시퍼래진, 더러움에 덮어씌워진 얼굴의, 애놈의 치사한 녀러 코빼기가, 빼물려 났다 되사려 들여진 치질보다도 더 무참하게, 다시, 비린내의, 누런 羊水 속에 잠겨 담긴다, 망할 누무, 제 놈의 할애빈지 애빈지, 촌수도 모를 것의 追跡에는 가차가 없다, 목구멍을 찔러, 흐흐, 찔렸다, 꼭, 꼬올록, 하여, 한 소용돌이 휘몰아쳤던, 그 한 솥, 두 솥, 의 번열과, 고통이 잠잠해지고, 붉은 龍만 붉은 눈을 희번덕이며, 저 한 무더기의 骸骨을 쓰륵쓰륵 휘감아 돌고 있었다. 분명히 붉은 龍은, 저 骸骨 더미를 송두리째 삼켜버릴까 어쩔까를 생각하고 있었는 듯했는데, 그럼에도 턱뼈를 열어 덤비지 않은 것으로 보아, 저 계집께 오게 될, 새 진통을, 한 번 더, 또는 새끼들이 태어날 때까지, 기다려보려는 듯했다. 허기는, 반드시 그런지 어떤지, 그것은 그 붉은 龍이나 알 일이지만, 붉은 龍의 입장에서는, 태어나는 아이를 혀에 휘감아 삼키기와, 그 같은 아이를, 두 겹 쌈에 싸 삼키기는, 같지 않을지도 모르긴 몰랐다. 깍대기 까고 나온 알 콩 같은 것 삼키기에 관해서야 두말해볼 것도 없겠으나, '두 겹'씩이나 되게 '쌈 싸 삼키기'는, 결과에 있어 어쩌면, 다른 말벌의 알에다, 자신을 송두리째 宿主로 맡겨주는 짓이나 같은 것이 아니겠는가, 하는 것을, 붉은 龍으로 하여금 고려해보게 했음은 분명했다. 그러면 붉은 龍의 안으로부터, 죽음의 두드러기가, 옴이, 그리고 죽고 싶음의 병증이, 돋아 오를 것이었는가.

그렇게, 한 프라브리티는 새로, 그 원점에로 돌아가 버렸으므로, 촛불중은, 冥眼을 감아, 거둬들여 버리고 말았다. 자기의 몸(잠)속으로, 그 눈(꿈)을 불러들여 버린 것이다.

늙은 아비 박수, 또는 늙은 行者가 마을 가, 돌아오지 않고 있는 동안엔, 촛불중은, 그 늙은네의 훌쩍이며 하는, 수다스러운 넋두리를 듣지 않아도 되게 되어, 귀가, 그리고 마음이, (때로는 그리고, 귀가 마음이기는 하다) 약간의 잠 오는 오후 같음을 즐겨도 좋을 일이었다. 그러는 어떤 순간에론 촛불중은, 자기의 귓바퀴에서, 또는 귓속에서, 하늘의 약초밭에서, 시끄럽지는 않게 윙윙거리는, 벌의 날갯짓 소리 같은 것을 듣곤 했다. 그것이 혹간, 無音의 소리이기나 했을 것인가? 왜냐하면 그 소리는, 귀 기울여보면, 소리가 아니곤 했던 것이었으니까, 그것은 無音의 달콤함을 일깨워주던 無音이었던 것이다. 그리하여 그런 후 촛불중은, 날짜 계산이란 할 수 없어 못 하는, 여러 날을, 빈 귀로, 또는, 시끄럽지 않은, 꿀벌의 날갯짓 소리, 그런 無音에 찬 귀로, 三世를 들었으며, 숨에 가락을 부여해, 가지를 키워, 다섯 가지로 울창하게 키워, 그 우거진 데에, 숨의 새 둥지 얹어, 숨의 새알 [6]다섯 오두마니 담아놓고, 숨의 어미새로 그 알들을 품게 해왔다. (이런 표현은 다분히 密宗性을 드러내고 있는 것이 분명하다. 그러나 그 가리개[密]를 슬쩍 떠들고, 그 안을 들여다보기로 한다면, 촛불중은 현재, —대개의 경우론, 그는, 자기의 뒤꿈치나, 안쪽으로 돌출해 있는 복숭아뼈를 썼지만, —자기의 오른손의 엄지손가락을, 자기의 肛門에 꽂아 넣고, 거기를 통해 흘러 빠져나갈 수도 있는 '氣' 또는 'macrocosmic Alchemical Agent'가 못 빠져나가게 막고시나, '五龍의 登天'을 도모하고 있는 것을 알게 된다)

이러는 동안 촛불중은, 참 여러 번씩이나 목이 마르고, 배도 고프다는 것을 느꼈더니, 그뿐만도 아니다, 귀도 또한, 咄, 이런 귀의 변덕, 늙은네의 훌쩍이며 해대던, 신물 나는 넋두리들에, 새로 갈증을 내고 있다고도 알기 시작했다. 사람은, 사람을 미워할 만한 권리까지도 갖고 있는 듯한데, 글쎄, 사람은 어쩔 수 없이, 사람을 그리워할 수밖에 없는, 그런 천형병이라고도 불러야 할 것에 당하게 되어 있으니 그런 것이다. 그리워한다면, 미워할 수도 있다. 중님 입습지, 글쎄, 그것이 또한 苦가 아니던가, 아니던가 苦가, 아니던 苦!

이런, 헌데, 어디서, 뱀이, 틀어, 올라, 저, 알들을, 먹어버리고, 그리고, 어미 새도, 먹어버린 일이 있었구나.

이때를 전후해서 羑里邑에는 헌데, 자기네들이 떠메다, 羑里 바위 무덤에 묻어버린 그 중을 두고, 이상한 소문이 만들어져 돌고 있어서, 그때 읍내에서 세월을 좀에 먹히고 있었던, 촟불중네 늙다리 불머슴의 귀에도 들려지지 않을 수가 없었더라니, 사실 그 탓에, 저 火巫의 羑里에로의 返路가 재촉되어졌었지만, 라는 그것은 무엇이었는가 하면, 저 촟불중은, 갈증과 굶주림으로 죽어가는 중에, 몸을 한번 비틀었을 것으로, 그 순간, 그 人皮 속에서, 한 마리의 거대한 '易蟲', 즉슨 '도마뱀'을 뽑아냈다는 것이었다. 그런 후 그것은, 물을 안 먹고도, 사막의 뱀이나 들쥐 따위를 잡아먹어, 끄떡없이 사막을 살 수 있게 되었다는 것인바, 도마뱀에게는, 그러고 보면 허기는, 물이 없는 더운 사막이, 물개에게 물 같은 것이며, 지렁이나 거머리에게 습지 같은 것이고, 불도마뱀에게 불의 바다 같은 것이 아니겠느냐는 것이다. 한 보살 왕이 있어설람엔, 그의 자비심으로 인하여, 불도마뱀에게, 영겁의 불의 지옥을 분쇄해주겠다고, 그 불의 바다에서 그것을 끄집어내서, 깊은 샘 속에다 풀어 넣어준 일이 있었다면, 그 짓이란 허긴, 사막의 도마뱀을, 바닷속에다 던져 넣어주었기와 비슷하다고 해야겠느냐. 이러고 본즉슨 '天國'까지도, 악마들에 대해서는, (野心을 품은 자에겐, 天國은 天國에도 없다) 독사에 대해서 불구덩이와 다를 바가 없겠구나.

그런데 그런고로, 그 속을 흘러내리고 내리는 모래의 양에 비례하여, 그 눈금도 희미해져, 시간이 거의 읽혀지지 않는 모래시계 속을 흐르는 것 같은, (저 모래시계의 시간의 눈금이, 밖에 새겨져 있거나, 안쪽에 있거나, 그것이 무슨 오랭이 물어 갈 눔의 다름을 만들 일이겠느냐? 밖에 있었다면, 풍화작용을 생각해보면 되고, 안에 있었다면, 허기야 물론, 모래시계의 크기에 따라 그 양도 다를 일이겠으되, 반 줌도 못 되는 모래가, 몇 바다를 채워버릴 만큼이나 흘렀을지, 그런 것이나 생각해보며, 시간 속에서의 '있음'의 無常 같은 것이나 생각해보면 좋을 것이 아니냐) 그런 시간이, 조금씩 조금씩 채워져 올라올수록 촛불중은, 美里邑에로도 이어지고 하늘에로도 이어지는 저 벽 구멍을, 자기가 두려워하기 시작하고 있다는 것을, 더해 느껴내고 있었는다. 바로 그 조그마한 '열림'을 통해서, 밖의, 세상의, 하늘의, 땅의, 美里의, 삼천대천세계의, 모든 두려운 정적이, 無音이, 일시에 쏠려 들기를, 여러 여러 칼파에 걸쳐 해오고 있다고, 촛불중은, 못 참을 압박감에 당하고도 있었는다. (埋葬俗을 갖고 있는 지방의 사람들은, 기억해낼 수도 없는 옛날부터, 자기는 아직도 죽지를 안 했는데, 친척이나 이웃은, 자기가 죽었다고 알아, 염해 관 속에 우겨 넣고, 땅을 깊이 파 묻어버리면 어쩌나, 하는, 七朔, 또는 八朔 埋葬에 관해 악몽을 가져오고 있다는데,) 이나껏 잘 지내다 중은, 느닷없이, [7]'早産된 埋葬'에의 악몽에 당하기 시작하였는다. 아—, '촛불중은, 무섭게도 비명하기 시작하였는다, 아—아으—아으—아으음— 그런 비명은 그럼에도, 그 무덤에다 마지막 흙을 덮고 있는, 누구의 귀에도 들리지가 안 했을 것이다. 소리가 흙에 먹혀, 누구의 고막에고 닿을 수가 없었을 것인데, '소리'까지도 埋葬된 까닭이었을 것이다. 그 '소리'는 그리하여서는, 그 땅속에 묻혀서라야만 숨도 원활히 쉬고, 음풍영월도 하는, 땅 지렁이들의 잠이나 깨울 일이었더랬다. 아으, 아으, 아—아으—음, 음, —이렇게 되어, 저 돌팔이 중은, 자초한 그 流刑을 실감하기 시작하였는다. 이 돌중은 그리하여, 그(칼) 날 위에로 새의 깃털 같은 것이라도 흐적여 내렸다면, 그것까지도 두 동강을 내고 말았을, 그렇게나 날카롭고 꺼끄러운, 보지 말았으면 좋았었을, 罰面의 프라브리티를 상면해버린 것이었는다—촛불중은 그러니깐두루, 프라브리티라는, 그렇게나 날카끄러운, '仁함이 없는', 날 위에 서서, 자기가 몹시 기우뚱거리고 있다고, 자기를 건너다보고 있던 것이었는다. 그런 프라브리티를, 어떻게든 걸어, 통과해 나가라고, (달마가, 모든 有情께) 한 호리의 억만분의 일만큼도, 더 무겁지도, 가볍지도 않은 '몸'을 입혀준 것을, 그것을 나름으로는 알고 있으면서도 촛불중은, 그 均衡을 잃었는다. 헌데, 오늘도 촛불중 자기가 입고 있는 그 몸은, 그 '몸'만큼이 무겁고,

보태어, 그 몸이 싸 안고 있는 말[言語]의 무게만큼이, 그리고도 보태어 '마음'의 무게만큼이 더 무거워, 그 혼신이, 프라브리티가 沙汰진, 그 아래쪽에 깔려 있는, 고통의 자루 말고, 아무것도 아니고 있는다면, —이때의 '均衡/不均衡'은 '達磨'를 本으로 해서 읽혀진 눈금이므로, '達磨' 쪽에서야, 그 눈금을 벗어날 수도 있다거나 하는 일이란 있을 수도 없을 터인즉, 그렇다면, 촛불중 쪽에서, 달마의 눈금, 즉슨, 그 날카로운 프라브리티 위에서의 '自己'라는, 그 한 被造物의 [8]'創造와 破壞의 춤[舞]'을 잘못 춘 것이 아니었겠는가, 요기에게는 글쎄, '앓기도 우발적 사고 같은 것'이라잖더냐, —안됐지만, 촛불중은, 그 '均衡'으로부터 벗어나 버린 것이었는다. 三冬 같은 숨 막힘, 三冬 같은 적막, 三冬에 짓눌린 三冬—(아으, 누가 말해, "한 大洋의 물이, 한 빗방울 속으로 스며든다" 하였더냐!) 한 水銀 방울이, 불행하게도스리, 한 大洋 속에로 잘못 떨어져 내려 있음, 한 암흑이, 억만 근 암흑의 아래 짓눌려, 지글지글 끓으며, 純黑의 기름을 짜이고 있음. —촛불중은, 가락을 잃고, 숨을 몹시 가쁘게 쉬고 있었는데, 미친 한 공룡이, 그의 살갗을 트고, 뿌직뿌직 일어서려 하고 있다고, 중은, 그렇게 느끼고 있었다. 저 거대한 암흑의 밑에 깔려, 납작해진, 작은 암흑의 이런, 불가능한 떨음은, 암흑하였던 氷河時代의, 얼음의 염통에서 발원한 鼓動 하나가, 응달로 응달로 이어진, 얼음의 血脈을 좇아 흐르다, 백 년이나 만년의 소조함, 그런 적막이 짓누를 때, 그 암흑 속에서, 속으로, 불가능한 火山을 한번 火山하는, 한 無動의 振動, 無音의 소리 그것으로서, 氷河時節의 암흑에로 이어진 것이기는 하다. (한 有情의 작은 체신 속에, 한 우주의 전 나이테가, 사려 넣어져 있음인 것? 아으 그런즉, 한 빗방울이, 大洋에로 떨어져 들고 있을 때, 그것은 그 작은 입을 크게 열어, 저 한 大洋을 송두리째 삼켜 넣어버린 것이겠느냐? 한 솔의 씨앗 속에는, 그 씨앗을 맺게 한, 그 우람한 소나무의 나이테를 모두 감아 갖고 있기에 의해, 싹이 틀 때 그것은, 소나무일 수 있던 것이지도 싶으다) 그 하나의 無動의 振動, 無音의 소리 그것이 그런데, 중년이 넘은, 그것도 스스로 比丘라고 칭하는 사내의 (比丘란, '공포'가 뭣인지, 그것을 모르게 된 사내라잖더냐) 전신에서, (저 공포의!) 생공룡을 일으키게 했으며, 엄지손가락을 막는—쐐기[屄蝪] 삼아, 해 박아 넣어, 닫고 있는 똥구멍에로,

생똥을 잘겨 내게 하고 있었던 것이었더랬댔다. 그, 그러고 본즉슨, 저 '無動의 振動'이 일으켜 낸, '無音의 소리'란, 허긴 누가 그 북[鼓] 채를 쥐고 있는지, 그것은 말해볼 것도 못 되지만, [9]'劇藥 바른 북'에서 울려 난 소리, 그것인 듯도 싶으다. '소리' 내어지도록 고안되어진 것이, 소리를 일으키기[舞] 위해서, 그 발[音足]이 디뎌야 되는 그 바닥, 그 無音, 영구히 非化現인 沈默, 그것이 굳어져서, 소금이 되고, 毒이 된, 非化現의 소리, 그것도 소리, 소리 이전의 소리, 소리 이후의 소리, 'ㅇ'(이응)보다 먼저 있으며, 'ㅁ'(미음)의 뒤에 있음의 소리—그런즉, 그런 沈默, 그런 無音을 듣고서야, 어찌 귀며 심정이 온전할 수가 있겠는가? 바다 밑바닥에 엎드려, 그 한바다를 등에 받쳐오던 거북이, 그 등을 까뒤집었다고 할 때, 어찌 그 한바다가 요동하지 않을 수가 있겠는가. (이때는 물론, [10]'거북'[저 'ㅇ'보다 먼저 있으며, 'ㅁ'의 뒤에 있음의 소리] 이 뒤집혔는지, 아니면, 그 '거북'을 들은 '귀'가 뒤집혔는지, 그것이 살펴져야 하기는 할 것이다. 그리고도, 한번 머리를 쳐든, 文學的 상상력이라는 쿤다리니는, 얼른 숙어지지 않고, 말[言語] 의 수미산[척추] 을 감아, 틀어 오르느냐. 라는 즉슨,) 본디 '風景'이었거나, '背景'이었던 것이, 제 있던 자리에다 구멍을 내고, 일어서, 흐흐흐, 그것 자신의 운명을 연극해 내는, '俳優'로 분장한 것임스람. 아닌 철에, 여름이 깔려 눕고, 겨울이 버쩍 일어서기, 實體라고 이르는 것이 그림자가 되고, 그림자였던 것이 實體의 위치를 차지하기, 바르도場이 섰음일라. 바르도에서는 글쎄 말이지, 逆바르도(이승)에서는 순수히 '用'이었을 뿐인, '생각'이라거나 '意念' 같은 것이, '생각의 몸'이라거나, '念態'라고 이르는 '體' 役을 담당한다고 이르니, 그것에 逆對하기는 하지만, '風景' 또는 '背景'이라는, 다만 '體'이기만 했던 것의 '用'化도, 어찌 그런즉 바르도 場事가 아니라고 할 수 있겠는가. '背景의 俳優化', 또는 '俳優의 背景化'는, 비유의 굴레를 씌워, 場에 내다 흥정 붙이려 하면, 썩 여럿이 될 수도 있을 것이지만, 번잡하게 뭐 그렇게까지 할 필요가 있겠는가, 하나만 끌어들여, 예를 삼아보기로 하고, 딛고 넘어가 버리기로 할 일이다.

그러기 위해, 바다, 폭풍우, 암초, 암초에 둘러싸인, 고래 등 크기의 (지도에도 없는) 無人島, 배, 난파, 용케 살아남아, 그 無人島를 살기 시작한 水夫

하나, 등을 상정하고 동원해, 저 무대 위에 장치도 하고, 내세워보기도 해볼 일이다.

그러고 난 뒤에 보면, 저 '바다, 無人島'는, '背景, 무대'로서, '體' 役인 것을 알게 된다. '水夫'는 그리고, 그 무대 위의 '俳優'로서, '用' 役이라는 것도 저절로 觀하게 된다. (싸게 자아올릴 것은, 싸게 싸게 자아올리고 볼 일이겠니라)

하루가 간다, 열흘이 간다, 水夫는 아직도, 자기가 살아 있다는, 그 행운감에 젖어 있다, 스무 날이 간다, 한 달이 간다, 水夫에게는 살기의, 혼자인 것의, 권태가 시작된다, 그리고도 하루가 가고, 열흘이 간다, 살아남아 있다는 행운감이, 저주 같은 것으로 바뀐다, 스무 날이 간다, 한 달이 간다, 그러던 어떤 날, 하늘도 청명하고, 바람도 잠잠한 오후, 水夫는, 그 '바다'가, 갑자기 '水平性'(風景)을 벗어부치고, 버쩍 일어서, 내달아, 그 거대한 아가리를 열어, 자기를 삼키려 든다고 본다. 흐흐흐, '바다'가 네 이눔, 毒狗였었음, 독구야 이눔 독구야, 누구를, 물어 삼키려 덤비놨다? —다만 '風景'이기만 했던 것이, 그 '體'面을 벗고 '用' 役을 담당했는다. '體'面을 벗자마자, '바다'는 '개'가 된다. 개새끼!

(이 자리에다 삽입해둘 별일이 하나 있다면, 촛불중이 저러고 있는 중인데, —그러는 동안, 時間까지도 그 역할을 못 하고 있었으니, 얼마의 세월이 흘렀는지 그것을 뉘 알겠는가? —읍에서 얻어듣게 된, 예의 그런 소문이 흉흉하고 수상해서, 쌀 챙기고, 숯 챙기고, 소주 많이 챙기고, 이것저것 여럿 더 챙겨서, 벙어리 마부네 수레에 싣고, 바로 저 촛불중네 불머슴 살이에 들었던, 그 늙다리 火巫가, 美里에로 돌아왔더라는 그 얘기다)

그러다 저러다, 촛불중이라는 중늙은 중님은, 쿨쩍 쿨쩍 울기를 시작하고 있었다. 발작도 같던, 한 狂氣가 빠져나가고, 정신이 어눌해진 증거였었을라. 중은, 엄지손가락 하나를, 입속 깊이 밀어 넣고, 기억에도 없는, 어머니의 젖꼭지인 양, 몹시 탐하며 빨아대고 있었는데, 그 손가락에서는, 쓴 물이, 쓰기 탓에 그 뒷맛은 들척지근하게도 느껴지게 하는, 그런 맛이 빠져, 그 마른 목구멍을 적셨다. 그만큼의 수분도 촛불중께는 물론, 석 달 가뭄에 한 번 줄금이고 간, 소내기 정도는 되었을라. 바로 그 손가락이 조금 전까지는 그런데, '氣'의 流失을 막는다고, 地獄門을 지키고 있었던, 바로 그 누무 毒狗였었다. 毒狗—

屄蝪.

그러다 저 중늙은, 손가락 빨이 애는, 앓는 개 소리를 내어, 조금 짖으려 했는데, 혹간 그는 뭔지, 말이 좀 해보고 싶었던지도 몰랐다. 저 '無音의 소리' 속에서 중은, 어떻게 돼서든 자기가, 태초 이전, 아직 '윗물'과 '아랫물'이 나뉘었기 전의, 그 '암흑한 혼돈' 속에로나 돌아가, 그 빽빽함 속 깊이깊이 가라앉고 있다고, 느끼고 있었던지도 몰랐다. 그렇걸랑은 아담이엽지, 그 가운데다 '궁창'을 하나 만들지 않으면 안 될 것이고, 저런 '혼돈' 속에서, 한 '질서'로 태어나기 위해, 비리고도 빽빽한 羊水 속을 벗어나지 않으면 안 될 것임스람. 그러나 촛불중—아담의, 無音으로 보쌈 되어진 심정에서는, 무엇에 대고도, 하나의 意念도 일어나지를 안 했으니, '이름'인들 하나 부여할 수가 있었겠느냐? 뭐든, '뜻'이 하나라도 일어날 수 있다면, 촛불중의 막연한 느낌이 이것이지만, 그러면 無音을 울려 내는 북에서는, 毒이 저절로 부스러져 떨어져 내릴 것 같았다. '흑암이 깊음 위에 있는, 그 혼돈' 속에서 그러나 촛불중은, 말 배우기 전부터 去勢된 아담, 아무것도 이뤄낼 수가 없는 듯했다. 종내 한옆으로 비그르무너지더니 중은, 제 사태기 새에다 제 대가리를 끼워 넣어, 잠든 개 꼴로 둥글게 뭉쳐, 오래오래 그 자세를 지켰는데, 그렇다고 해서 그가 잠을 자고 있다거나 하고 있는 것은 아니었다. 그러다 조금 부스럭거리는 듯했는데, 이번에는 중은, 흣흣, 일견 매우 칙살맞을 뿐만 아니라, 흉물스럽기도 하다고 이를, 어쩌면 그것이 열한 번째의 손가락이거나, 열한 번째 발가락이랄지도 모를 것, 것, —그 하나의 이유로 그가, 比丘尼에 대해 比丘라고 일컬어지는 것, 그래서 比丘에게 있어서의 '살의 正統'인 것, 그것을 입에 물어 빨아들이기 시작하고 있었더랬다. (그러고 보면, 모든, 열린 암흑의 안쪽에는, 채워짐에의 欲望의 귀신이랄 것이 되사려 있는 듯하다) 중은, 수분에 갈급해 있었던 모양이었는데, 그리하여 고름 같은 지린 수분이 빨려나, 그 목구멍을 넘고 있었을 때는, 중은 지진처럼 떨어댔다. 터뜨려져 올라오는 구역질을 참으려 그랬는지, 어떤 황홀로 그랬는지, 그것은 그 자신만 알 뿐이었어도, 아무튼 중은, 제 놈의 오줌개가 비워질 때까지, 천하 없는 지진이, 그 몸속을 어떻게 주리 틀어가든, 제 목구멍에로 터놓은 水路의 방향을, 옮기려 하지 안 했다.

그리고는 오래잖아, 이 比丘 몫의 숨도, 그 꺼끄러운 터스러기를 뉘어, 골라지고, 부드러워진 모양이어서, 들숨 날숨에 가락이 잡혔더니, 비등하던 마음도 그 숨의 가락을 좇아, 점차로 조용해져 가고 있었는 듯했다. 그제쯤은 중은, 美里邑에로도 이어지고 하늘에로도 이어지는, 저 벽 구멍을 마주해 蓮坐 꾸며 앉아서는, 날숨에다가는, 자기 몸이나 마음속의 독소를 실어 내보냈으며, 들숨에서는 프라나를 취하려 하여, 할 수 있는껏 몸이나 마음에 독이 되는 것을 희석하여, 평정을 얻어, 지키려 했다. 그 시작에 있어선, 그 한 솥의 瞑想은, 예를 들면 '無音'과도 같은 좋은 質料를 얻어 담았는 데다, 그 솥 밑을 태우는 燃料로서의 마음이(이 경우의 '마음'은, '프라나 마음'이라고 일러진 그것일 것이지만, '燃料로서의 마음'은 보다 더 '말씀'[言語, 로고스] 性을 많이 함량하고 있음에 분명하다. '無音' '無想'에 닿기 위해서는, 어쨌든 '소리' 또는 '말'의 사닥다리를 디뎌 올라서만 가능한 것일 것이기 때문이다) 너무 濕하지도, 乾하지도 안 해, 中庸을 지켜 있는 것의 보조를 받아, 너무 느리게(그러면 설고,)도 아니고, 싸게(그러면 탄다)도 아니게, 말하자면 알맞는 열에 의해, 삶기와 삶기기 간에, 일종의 相和狀態랄 것이 이뤄져, 솥 속의 것이 잘 익어가고 있었는데, 그러면 오래잖아, 비록 그 鍊金術師 당자는, 그 솥에서 무엇을 얻어내려는 아무런 야심이나 기대도 가진 바가 없고 있다 해도, 허긴 그렇기 때문에, 그 한 솥의 '空 굽기'는, 더욱더 純度를 더할 수가 있게 되었는데, 그렇게 되다 보면, 어쩌면 그는, (그의 몇 안 되는 話頭 중의 하나가 이것이지만,) "대체 무엇이 말[言語]을 꿈꿔내는가?" 하는, 그 '말과 꿈의 뿌리'를 캐 드러내어 보게 될 수도 있었을지도 몰랐는데, ('小赤'이 그것 아니냐, 위험은 어디에나 있다) 그 때 무슨 흐린 바람이 불어갔던지, 또 아니면, 부뚜막 지나던 뉘 집 검은 고양이라도 솥 속에 다리를 빠뜨렸던지, 일시에, 솥 밑 타던 불이 꺼져버리고, 한세상이 뒤죽박죽이 되어버린 것이었었다. 무슨 일이 있었던지는, 글쎄지, 그 솥전에 있었던 당자도 알 수가 없었을 뿐인데, 그렇게 돼서, 그 한 솥의, 잘 익고 있던 質料는, 수치스럽게도, 똥이 되어버린 것이었다. 숯이 되어버린 것이었다. 그럼에도 어쨌든, 그 한 솥의 質料를 썩힌 뒤, 나라카에로 떨어져 내렸으나, 중은, 어떻게 해서였든, 다시, 본디 자리에로 되돌아온 것이다. 적어도 이 한순간만은, 저 벽에 뚫린 구멍이, 촛불중께, 저쪽에의 몸서리쳐지는 그리움이나, 그런 그리움이 그것의 치마폭에 싸 안고 와서 풀어 헤친, 그쪽에의 두려움, 그리고 이쪽에 있기에의 몸서리쳐지는 슲(슲+싫)기, 그런 슲기가 데불어 온 발광기 같은, 그런 어떤 감정도 일으켜내고 있는 듯하지는 않다. 언제부터도 있어온 그 어두움이 새로 어둡기, 새로 적막하기, 소조하기, 외, 외롭기—세상이라는 것이, 있기는 태초부터 있어 왔었는가 몰라, 해며 달, 별들은 아직도 부지런히, 저 어디 밤의 고장에만 있다는, 그 빛의 샘에로 달려가, 길어 온, 동이 동이의 빛을, 복숭아나무 동쪽 가쟁이며, 어떤 처사네 약초밭 그늘에 똬리 친 꽃뱀에게랑, 여기에 저기에, 고수레하기를 게으르게 하잖고 있는가, 있는가 몰라? 아으, 저 하늘의 커다란 빛들로부터 禮拜 받는 것들임세, 젊음이며, 첫 새끼 밴 암소, 술[酒]의 눈(누룩)을 키우는 밀 이삭이며…… 젊, 젊음…… 그리고 바람은, 들로 불어 가는 산들바람은, 푸르름이며, 꽃이며 열매, 젊은 암컷들의 탄탄한 유방과 엉덩이, 젊은 수컷들의 더러운 땀내와 굳은 불알, 그런 모두를 信仰하기 위해서, (祝手하는) 그 손을, 가늘은 손가락들을, 부드럽게 하려 정성을 다하는가, 하는가 몰라? 四大에 입혀진 有情들임세, 그 몸에서 들끓는 열 탓에 저절로 번져 나는, 땀이나 汁에서는, 한 大洋의 냄새가 물씬거리며, 그 울불근거리는 근육은, 곧바로 大地로부터 그 힘의 輸血을 받고 있는다면, 그럼세라, 그 四大를 長利 준 그 당자들로부터 禮拜 받고, 信仰되어지고 있음인 것, 삶은 三世의 꽃비에 젖는도다, 그저 잠시일지라도 그렇걸랑, 주어진 그 한철 살기를 미루지 말 일일세람. 須臾를 어떻게 劫簸로 늘이는가? (헤헤, 이게 무슨 새로운 권고일 것도 없지만,) 아으, 저 본디의 四大가 相續한 資産을 인색해 하지만 않는다면, 아무리 써도 고갈될 줄을 모르는 情 퍼 쓰기를, 情의 까닭으로 미워하기를, 두려워하지 않는다면, 가다가 암컷을, 기름진 암컷을 만나면, 바위의 귀신에게도 근을 뻘그렇여 넣고, 가다가 수컷을, 강장한 수컷을 만나면, 고슴도치에게라도 뒤를 아끼지 말 일이거늘, 交通하기를, 글쎄, 아무리 퍼내 써도, 퍼내 쓸수록 더 차올라오는 情 주기를, 情의 까닭으로 地獄을 들쑤시기를, 두려워하지 않는다면, 이 같은 한철, 이 같은 한 우주 내에, 이 같은 한 삶을 공동으로 분담한 것들끼리, 한 들쥐며 우둠바라 꽃, 한 마리 개미며, 갓 쏟겨

난 망아지 새끼, 情의 땀과 汁을 흘려, 서로 핥기를 미친 듯이 하고, 흘레붙기를, 두려워하지 않는다면 (……이러고 보니, 甲子에서 癸亥까지, 情에 갈증 내고 미친 것들 얘기밖에, 다른 얘기는 한 것이 없는가) ……그러던 어떤 날, 四大를 묶어 접붙여온, 입어진 四大의 時間의 실 꾸러미가 다 풀려, 그 한 有情이 五大(氣)를 뱉어냈음으로 하여, 열나흘 열명길에 인정 쓸 엽전이라도 한 푼 넣어 주려, 누가 그 송장의 입을 열어보았다면, 그 일로 그는 경악했음에 분명한데, 글쎄 그 송장은, 그 속에, 한 벌의 '밖'을 송두리째 그대로, 챙겨 갖고, 물 건너가려고 하고 있음을 보게 되어 그럴 일이었다. (글쎄, 이것이 무슨 새로운 얘기라거나 그런 건 아니지만,) 情을 주고받기란, 예를 들면, 꿀벌과 꽃나무 사이에서 그러듯, (또는 몸과, 말과, 마음 사이에서 그러듯) 각 有情들 사이에서, 그 경계를 허물어내는 것이어서, 그것 자체가 활짝 열기, 또는 열리기이던 것이다. 글쎄 말임세, '죽음'이, 있는 그대로 '닫히기'라면, '생명'은, '열리기'여야 옳잖겠는가. (열려 있는데 들린 것은, 머물러야 될 까닭도 없듯이, 떠나야 될 까닭도 또한 없으렷다. 그러니 있는 그대로가 있는 그대로이다. 捷徑을 좇느라, 情을 否定하기에 애써온 沙彌는, 이런 '無'를 이해할 수 있느냐? 모든 有情을 향해 情을 쏟기, 할 수 있으면 공평하게 情을 쏟기는, 俗 쪽의 禪行이라고 일러도 괜찮다면 俗 쪽의 禪行인데, 그것도 어찌 苦行이 아닐 수가 있겠느냐. 약간의 時差—몇 개의 달이 커졌다 이울어질지, 아니면 몇백 세의 해가 떴다 질지, 그것까지야 뉘 알겠는가—는 있을 것이라 한다 해도, 有情은 어쨌든, 虛無主義 속으로 떨어져 내리지 않은 이상, 저 '悟'道 위에 올라 있으며, 살아 고통하기라는, 그 행군을 통해, 어느 때든, 닿아야 되는 곳에 닿게 되는 것은, 분명하다. 여기에, 有情의 '밖' 깨우기라는, 한 과정의 고통이 있다. 그렇게 하기로, 먼저 '몸의 우주'가 개벽하며, 다음으로 '말씀의 우주', 그리고 '마음의 우주'가 개벽하여서는, 그 모두가 한꺼번에, 소롯이 닫힐 것이다. 그것이 프라브리티의 궁극인 것일 것이었다. 그러면, 그 한 목적을 달성하기 위해, 有情은 그래서, 본디 없던 데서, '情'(生命)을 일으켰는가? 제기랄, 석가모니는, 앉은 자리 가까이에 피어 있던, 꽃 한 송이를 꺾어, 會衆을 향해 들어 보여주었다. 그러자 그 會衆 가운데서 누가, "서 근의 삼!" 하고 부르짖는다. 喝喝喝(웃는 소리).

때에, (촛불중의 눈 속에 그것이 비추어 들었음으로 해서) 촛불중이 보았기로는, 적막하기—어둡기(그것에도 색깔은 없는 것,) 어두워 적막하기 이를 데 없는, 어느 아스라한 공중에, 어두운 밤비에나 젖으면, 그 無色의 윤곽이 드러난다고 일러지는, (無色인 것이, 無色 속에 化現할 수도 있다느냐?) 서낭당처녀귀신이나모양, 그런 무슨 흐리무리하여 無色인 線이, 저 '아스라한' 거리를 좁히며, 조금씩 조금씩, 무슨 형상을 드러내기 시작하고 있었다. 그것은 그러나, 그것 자신의, 어떤 表現力에 의해, 그 無色 위에다, 자기를 그려내고 있는지 어쩐지, 그것까지는, 아직은 분명치 안 했어도, 촛불중의 눈이 비추어져, 비추어지고 있는 대로만 좇아 말한다면, 가슴속의 한 몹시도 아름다운 비밀을 고백해내려, '바위'를 귀[耳]로 삼아, 망치와 쇠 끌의 혀[舌]를 빌리는, (바위를 다듬는) 僧匠이 있어, '바위'에 대고 속삭이기에서처럼, 그러면, 그 혀가 닿이는 부분의, 단단하고도, 둔중한 데다, 거칠고 멋깔 없는 바위 속에서, '감로수 병을 가슴에 안은' (순서적으로 말한다면, 저 僧匠의 고백은 아직, 여기까지 미치고 있지는 않다) 觀音菩薩(아으, 저 僧匠의, 그렇게나 뜨겁던, 가슴속의 비밀은, 이것이었었구나!)의, 부드럽고도 우아하여, 작은 한 송이 들꽃도, 그 발을 떠받쳐 올리기에 충분히 튼튼할, 그런 蓮足이 사뿐히 디뎌 娑婆에 내리듯이, 그렇게, 그 적막한 어두움이(觀音像의 어미—바위!), 어떤 보이지 않는 손에 彫刻되어지고 있었다, 無色의 바탕에, 다른 無色의 線이 드러나지고 있었다. 허긴 암흑도, (그것이 有情의 귀나 심정하고의 관계에서는, '無明'이라고 하는 것이지만,) 바위 말고 다른 것이 아니다. 그런 암흑을 쪼아내고 있는, 그 가슴에, 뭔지 말이 하고 싶은 비밀을 가지고 있는 工匠의 얼굴은 그러나, 아직 드러나 보이고 있지를 안 해, 누구인지, 또는, 무엇인지는 알 수가 없으니, 앞서 비유에 빌려진 바의, '千手를 가진 자'를 한 발자국만 더 앞내세우기로 하여, 그이로 하여금 代言케 하여 들어보고, 미뤄 짐작해본다면, 이쪽의, 이 익힌 적 없는 말[化現]도, 얼마쯤 通譯이 되려는지 어쩌는지, 알게 될 일이기도 하겠다. 뿐만 아니라, 이 '암흑'을 쪼아내고 있는 손의 (주인의) 얼굴도, 어쩌면 그렇게까지나 낯선 것만도 아닌 것이 아닌가, 그것까지도 알게 될지도, 또 모를 일이기도 하겠다. 저 '千手의 觀音'은, 그 '바위' 속에서, 그러니 그 바위가 다듬어지기 이전에, 먼저 한 벌의 고운 손을 내밀어, 한 손엔 망치를 들고, 다른 손엔 끌을 쥐어, 자기의 영상에 좇아, 자기가 자기를 조각하여, 자기가 자기를 化現케 하고 있었던 것이 아닌가, 하는 것을 추측하게 하는데, '馬頭十一面千手'가 언제 다 드러날지는 그러나, 아직도 알 도리가 없기는 없을 뿐이다. 그것이 하나로 다 드러나게 될 때, 중생의 고통을 위무하기 위해 오는 그에 의해, 중생의 고통은 훨씬 더 덜어지는 것이나 아니겠는가? (그럼에도 有情은, 고통이 덜해져, 행결 숨도 수월해지고, 한시름 놓을 만해지면, 게을러지고, 때로는 교만해지는 것을, '馬頭를 가진 자'여, 그대는 살펴 알고 있는가? 그러하다 해도 부디, 애통해하기로 수분을 다 태우고, 아으 저 소금 기둥이 된 자들, 그들을 위해, '감로수 병을 안고 있는 자'여, 당신은 지체치 마시고 오십스람, 오십스람) 한 '化現'을 이렇게 이해하기로 하면, 조각공이 조각을 할 때는, 나중에 드러나지 게 된 형상이야 무엇이 되었든, 글쎄 하나의 '요니'(모든, 평평하거나, 움푹하거나, 크거나, 물렁하거나, 육중하거나, 우아하거나…… 한 것들)이든, '링가'(뾰족하거나, 돌출해 있거나, 작거나, 단단하거나, 가볍거나, 추악한…… 모든 것들)이든, 또는 그 양자(요니—링가. 속이 빈, '兩極을 갖는 타원형')이든, 또는 抽象的 形象의 非形象이든, 非形象의 形象이든, 무엇이든, 노상, 자기가 자기를 分娩해낸다는 것을 알겠는 것이다. 아으 그리하여 또한 알겠는 것은, '아담'은 그렇게, '바위'(흙) 속에서, 스스로 먼저 손을 내밀어, 자기를 부각하기로써, 하나의 우주를 化現한 것을 알겠는 것이다. (이것이 아마도, 또한, 촛불중식의 '밖 깨우기'인 것이겠구람) 히히히, 그리하여 촛불중은 보았어람, 한 벌의 자기의 손이, 저 암흑 속에서 돋아나, 저 암흑의 한 자리를 彫刻하여, 통째로 한몸의 자기를 孵化해놓은, 그 자기를 보았어람, 얄궂어람! 無色의 바탕에, 無色의 線으로 나타난 중은, 자기를 드러내게 한 그 암흑을 디뎌 내리려는지, 또는 오르려는지, 어중간하게 자리해 있는데, 호로 노무, 그는 암흑의 자식이다, 바위의 자식이다. 世事로 시달려왔던 돌중 하나는, 결국 그렇게, '몸'이라는 그 世事로부터 出家를 하였는다? 世事란 덧없어람. 떠올랐댔구나, 죽었는가? —촛불중은 조금 눈물기를 느끼며, 그리고도 어떤 부러움을 담은 눈으로, 자기를 우러러보았는데, 중은 그때쯤은, 자기일지도 모르고,

또는 자기 닮은, 전혀 다른 자일지도 모르는 그가, 어떤 이상한 인연이나, 또는 우연에 의해서, 이쪽, '몸의 우주'의 次元 속으로, 그렇게 묶여 들었을 수도 있었을 것이라는 편에는, 조금도 생각을 머물리지 않고 있었다. 그러며 중은, 생각을 일방으로만 달리고 있었는데, —허긴 이 의미는, 중 자신이 그렇게 확연히 인식하고 있는가, 어쩐가와도 상관없이, 저 하나의 독립된 形象은, 다름 아닌, 중 자신이 내민 손으로, 중 자신이 드러나게 했다는 것을, 중 자신 알고 있다는, 그 증거인 듯도 했다. —그런즉, 모든 自由가 이제 돌중 자네의 것임? 自由, 自由 만세? 만세. 돌중은 그러면, 그 많은 自由를 이제부터 어찌하려는다? 아으 自由, 自由?

> 咄! 道流는, 고삐 끊긴 송아지만도 못 하겠넴. 이런즉 道流를 향해, "개새끼여!"라고 부른대도, 욕은커녕, 흐흐, 오히려 존칭에라도 가까워지려하겠을라. 여, 니에미새끼여, 어찌하여 道流는, '自由'를, 무슨 '作爲의 조건' 같은 것으로 이해하고 있는담? 말한 바의 '개새끼'가 그렇게 하는 것 보았넴? 니에미새낌세, 그렇게 되면, 오직 '人間'이라는 有情 하나만, '自由' 없이는 못 산다고 아우성해쌌다가도, 그것이 주어지면 '못 살고', 새로운 拘束을 찾게 된다. 니기미새끼로고!

그때쯤, 이상스럽게도 촛불중은, 거의 무참하기까지 하다고 할, 그런 重力感에 짓눌리고 있었는데, 중의 느낌에는, 목 위쪽의 부분만 남겨놓고, 자기의 윈 몸뚱어리가 바닥의 모래 속으로 박혀 들어가, 스멀스멀 細根을 키워내고 있는 듯한 것이다. 그리고 중도(아으, '도'라는 토씨의 壓力!) 그 상태에서는, 자기가 '自由'에의 관념을 일으켰기에 의해서, 몸에서 '무거움'이 일어난 것이었을 것이라고, 분석해내고 있었다.

그때도 물론 촛불중은, 적막함으로 빽빽한 암흑의, 저 어디 어중간한 공중에 조각되어 있는, 그 자기를 (자기가) 보고 있었다. 하나는 괴로워 숨을 몰아쉬고 있었고, 하나는 도대체 괴로움이라는 것이 뭣인지, 그리고, 코를 갖고도 사람은 어째서 숨쉬기를 거북해야 하는지, 그런 것을 도대체 모르겠다는, 그러니 세상의 때가 끼어본 적이 없는 그런 얼굴을 하고 있었는데, 처, 천녀들(다키니)입습, 당신들 말입습, 금이 갔거나 말입습, 그 평면이 고르지 않은 거울 앞에다 말입습, 이 중을 세워 말입습, 비쳐 보게 하고 있는 것은 아닙습? 그렇지 않고서야 어떻게, 고통에 찌들은 얼굴이, 無垢한 얼굴을 반영할 수 있으며, 無垢한 얼굴은 어떻게 저렇게도, 세상의 때를 덕지덕지 얹은, 我執에 찬 얼굴을 꿈꿔낼 수 있다는 말인가? 어느 쪽이 眞本이며, 어느 쪽이 複寫本인가? 양쪽이 다 眞本이며, 양쪽이 다 假本인가? 아니면, 다키니입습, 거울에도, 거기에 반영되어진 그 그리매[影] 들이, 증발하거나, 새어나가거나, 사라져 버릴, 그런 어떤 바람직하지 않은 균열이 있다거나, 무슨 비밀한 迷路가 있다거나, 그것도 아니면, 그 속에나 뒤쪽 어디에, 그런 그리매[影] 만을 거둬 먹고 사는, 그런 무슨 나쁜 용 같은 것이 똬리 쳐 있기라도 하는 것인가? 그렇기로 한다면, 그 거울에서는 많기도 많은 그리매[影] 들이 실종을 하게 될 것인데, 그리매를 잃고서, 잃은 것들은 어떻게, 저그들만 뻴거벗고 차마 돌아갈 수가 있겠느냐, 못 떠나고 주저앉거늘, 나쁜 龍은 배가 고파지고, 혼란이 온다, 안쪽에서는 그런즉, 原本과는 꼭히 같지 않더라도, 그리매들을 조작해, 그 거울 위에다 연극해내지 않으면 안 된다, 헤헤, 하늘 아가씨들께서는, 水仙花가 피어오르는 까닭을 아시겠습납?

'몸은, (五官이라는) 거울입십넨다. '마음'이 이 거울에 비추이면, (왜냐하면 '마음'은, '그리매'를 드러낼 수도 있는, 물질적 몸을 입지 안 해, 비추이지를 못하는데, 바로 그 까닭으로,) 그 거울 속 세상이 子宮 속만큼이나 좋아, 떠나려 하기는커녕, '欲望'이라는 독룡이 되어, 그 거울의 표면 아래 기복해, 비춰 드는 그리매[影] 중에, 옻나무며, 고슴도치나, 劇藥 덩이가 있는다 해도, 그것들까지도 다 움켜 먹고, 포만을 모를 뿐 아니라, 먹으면 먹을수록, 더 고파합습넨다.

'마음'도, (물론 한 가지뿐만은 아니겠습넨다마는, 여기의 이 '마음'은, 앞서 말한 바의 그 '毒龍'을 두고 하는 말입습넨다) 거울입십넨다. '몸'이 이 거울에 비추이면, 이상할 일일심넨다, 이것은 언제든, 두 개의 얼굴을 드러내 보여줍습넨다. 이 거울은 그래서, '바룬다 새의 둥지'라고도 이릅습넨다.

그때엔, (無色의 바탕에, 無色의 線을 드러낸, 그 촛불중 쪽에서 얘기지만,) 자기가, 자기로부터 벗어나, 떠나고 싶음을 강하게 느끼고, (그럴 것이 바로 이 欲望은, 存在가 存在였기 전의, 始原에로 이어져 있는 그것이기 탓인데, 거기에 바로 이 存在들을 存在이게 했던, 어떤 '欲望'이 누워 있었다. '자기가 자기를 떠나고 싶음', 分裂하고 싶음, 또는, [혼자인 것이 고독함으로 인해] [11]'자기를 多産하고 싶음'["나로 하여금, 여럿이 되게 하라!"] —그리하여 存在가 存在이기 시작하였거늘, 아아난다여, 수부티여, 무슨 까닭이며, 무슨 목적으로, [12]'情'[生命] 이 시작되었느냐고, 그런 물음으로 하여, 스승으로 하여금, 꽃을 꺾어 들어 보이게 하지 마라, 꺾인 꽃의 웃음은, 아프고도 수치스럽니라) 떠나보려고 촛불중은, '이쪽'과 '저쪽'에의 구별심을 갖고, '저쪽'에의 그리움을 일깨워 내려 하고 있었다. 그리고는, 그 그리움이, 꽃소식을 들은, 벌의 날갯짓의 조급함을 드러내기 시작하고 있었을 때는, 중은, 그 벽 구멍에 아주 가까이 접근해 있었다. 그리고는 딴으로는, 무슨 장애에라도 부딪혀 있는 듯이 어물쩡거리고 있었는데, 그랬을 것이, 중은, 자기의 몸이라는, 그 形象으로, 그 좁은 구멍을 벗어나기에는, 어깨라든, 팔, 다리 같은, 모서리 지고 걸개 치는 것들 때문에, 거의 불가능한 것이 아닌가, 그것을 의문하고 있었던 까닭이다. 그러다 중은, 일시 밝은 빛을 띠더니, 두 주먹을 쥐어, 턱 밑에 괴어 숨기고, 두 팔 꽁생이는 양옆 복부에 밀착한 뒤, 두 다리도 또 책상다리를 하여, 두 무릎은 가슴팍에 들이받혀 붙인다는 식으로, 자기를 둥글게 뭉치더니, 그 구멍을 겨냥해, 자기를 투입했다. 이 투입은 거의 저돌적이었던 모양으로, 저 한 덩이의 '그리움'의 두루뭉수리는, 벽에 부딪힌 당장 튕겨 쳐 나, 흐, 그 암흑 가운데 쭉 뻗었다(라는 말은, 그 둥글음을 이뤘던 자세를 깨뜨리고, 원상에로 되돌아왔다는, 그런 말인 것이다). 흐훗, 흐래 보고 나서야 촛불중은, 無明을 깨친 듯하여, 새로 새록새록한 빛을 띠워 내고는, 반성하여, 자기가 취했던 그런 모양으로는, 구멍에 비해 자기가 너무 커, 비록 此生살이의 모든 [13]기억을 다 담보한다 해도, 그 좁은 구멍을 비어져 나기가 불가능하다는 것을 알아내고 있었다. —왜냐하면 뱀은, 그 몸의 형태의 그것 나름의 장점으로, 이 우주 간, 모든 작은 열림이나 닫힘 속으로 미끄러져 다니며, 비밀을 핥아먹을 수 있어, (이런 까닭에, 뱀의 혀에 고막을 핥이운 귀는, 모든 비밀을 다 알게 된다는 투의 말이 나오는 것일 것이었다) 뱀이 그래서, 모든 생물 중에서 그중 '간교'하다고 했을 듯도 싶은데, (모든 비밀을 엿보아 알기, —아마도 그 까닭에 의해서는, 저주받아 벙어리가 되었는 듯하니, 제기랄, 아무도 모르는 것을 저만 알아도, 말할 수 없는 그 비밀은, 알게 된 즉시 무덤에 묻힌 것. 허, 허기야 그러자니, 그 심정은, 차와도 이글거리는 불일라, 毒을 굽겠지, 그럴 것이어서, 그 독아에 한 번 물렸다 하면, 물린 것은, 그 순간, 우주적 모든 비밀을 죄다 들었으되, 털썩 쓰러져 눕지 않을 수가 없겠구나. 쯧츳, 그런즉 뭘 너무 알려고 해쌀 일도 아닐라) 세 살배기의 지혜로도 이런 경우에는, 뱀으로부터 배울 것이다, 길어지다 보면 가늘어지는 것, 그렇다, 그 착상에 의해 촛불중은, 뱀을 話頭로 삼았으며, 그 결과, 구멍은, 조금이라도 솔다거나, 불편하다거나, 하지 않게 되었다. 중은 그래서, 머리부터 구멍에 밀어 넣고, 꿈틀여 나가려 했을 것이고, 하고 있었다. 그 꿈틀거림은, 좁은 굴뚝을 빠져나가는 짙은 연기도 같았는데, 재미있다고 해야 할 것은, 그 몸이 길게 늘어지기에 좇아 그것들은 물론, 프라브리티의 균형의 법칙에 좇아 저절로 그렇게 되었겠지만, 기다란 굴뚝 모양을 꾸미게 된 저 形體가, 새로 해 갖고 있게 된, 짧게 오그라 붙은, 네 다리였다. 촛불중 스스로 자기를 보았기에도 그것은, 영락없는 도마뱀, 사막이 좋아 사는, 거대한 도마뱀 꼴이었다. 흐흐, 사람의 얼굴을 해 갖고 있는 易蟲. 은 天蟲.

변괴랄 것은 그런데, 저 '사람 얼굴의 도마뱀'이, 그 바위 무덤 벽의 구멍을 거의 다 빠져나오고, 이제 그 꼬리 되는 부분을 사려 빼내려 하며, '솨—' 하고, 날숨을 한번 길게 쉬려는 중인데, 망할 너러, 거기에 느닷없는 時間의 逆流가 있었던가, 아니면 날숨이라고 내쉰다며, 들숨을 들이쉬었던가, 빠져나왔던 그 모양, 그 꿈틀거림을 거꾸로 하여, '—항', 말하자면 국수 가닥이 빨려들 듯, 저 易蟲의 전신이, 휙 빨려들게 되었다는 그것이다. 그 召還은, 저 촛불중 얼굴의 도마뱀에게는, 항거할 수가 없는 것인 듯했다. 그러면 알겠는 것이다, 누가 '거울' 앞에 앉아, 누구를 꿈꿔내고 있었던지, 그 장본인을 알겠는 것이다. 그는 아직도, 그 바위 무덤 안쪽에, 蓮坐로 앉아 있고, 그리고 괴로운 얼굴이고 있다—촛불중. 중은 그리하여 반성했기를, 자기가 자기도 모른 새, 冥界 쪽 삼천대천세계에다, 왼통 後門을 열어, 구린내를 풍겨왔다고 했다. 상어들이 득시글거리는 데다, 피를 흘려 냄새를 풍기기.

자기도 모른 새, 저렇게 상처를 열게 된 일로 하여 촛불중은, 자기가 이 바위 무덤에 묻히게 된 뒤, 맨 먼저 순례에 올라 찾으려 했었던 것이 '빛'이었었다는, 그 話頭에 대해, 기억을 새로이 했으며, 그러기 훨씬 전에, '문이 훤히 열린 감방' 바닥에 앉아, 面門九年했던, 그 苦行에 대해서도 기억을 새롭게 했다. 이제도 그럼에도, 촛불중 자기는, (자기의 날이, 또는 시간이 헤아려지고 있는 이 상태에서도) 육신적 '自由'와, 肉眼이 갈급해 하는 '빛'을 위해, 자기의 형벌을 파기하려 하는가?

촛불중은 그리고, 그런 채로 오래오래 앉아 있었다. 그러나 촛불중은, '형벌의 파기'라는 생각에는, 스스로도, 도저히 동의할 수가 없는 듯했다. 그런 대신 촛불중은, 자기는 스승 못 뫼신 호로 중이어서 잘 몰랐었지만, 자기로부터 자기를 分離하기도, 하나의 禪行(요가)이나 아니었는가, 그것을 고려해보기 시작하고 있었다. 가맜어랍, 촛불중 자기는 헌데, 이 刑場(무덤)에서, '잠'[睡眠]이라는 話頭를 살펴보아 오고 있었던 중이 아니었는가? 솨— 촛불중은, 큰 한숨을 내쉬었다. 그리고 깨달았다. 촛불중은, 자기의 몸과 마음이 한가지로 시달리던 중에, 결코 바랄 만하지 못했거나, 아니면 어떠한 값을 지불한다 하더라도 바랄 만했던 우발사고가 한 가지 일어나 있었다는 것을, 알게 된 것인데, 어떻게 되어 그렇게 되었던지는 스스로도 알 수가 없으되, 자기는 뜻밖에도, '미람 바르도'(꿈 바르도)에로 내려가 있었던 것을, 그것을 깨달은 것이다. 거기서 촛불중은 아까, '몸'과, '생각의 몸'[念態]이랄 것 사이에, 분리, 또는 괴리 현상이 일어나 있었던 것을 경험했으며, 그래설람엔, 저 '생각의 몸'은, 그것 자신의 自由를 억제하고, 구속하며, 억류하는, 조악한 물질과 重力으로 이뤄진 '몸'을 벗어놓고, 저 혼자만 무장애로, 무장애여서 무장애 속으로, 훌훌 떠나려는, 그 '無慾의 慾'이랄 것을, (글쎄, 촛불중이) 경험했던 것이다. 아으 그래서 자네 '생각의 몸'이엽지, 自由에의 그리움 탓에, 벗어버릴 수밖에 없어, 그 몸을 벗어야 되었다면, 자네 바람난 三世의 가납사니엽지, 그렇걸랑, 주지승 떠나버린 암자, 無主로 텅 비게 될, 그 虛體를 둘러, 아마도 잠[睡眠]이 좋을 것이다, 그렇다, 잠의 탱주나무 울타리라도 둘러놓고, 그리고도 몇 번씩이고 되돌아와, 자물쇠가 잘 잠겼는지 어쨌는지, 그것을 확인해보기뿐만 아니라, 되돌아올 길도 눈여겨 두면서 떠나기를, 잊지 말았어야 할 일이 아니었겠는가. 그리고는 어디만큼이나 無碍 속을 날았거든, 그만쯤 어디에서는 보이게 마련이라는, 五行山이라던가 뭐라는 산의, 가운데 뿌리에라도, 오줌이라도 한번 갈겨준 뒤, 진저리쳐지게코롬이나 쇠락한 기분이거든, 공중제비 한번 훌쩍 넘어, 돌아올 일이겠지맹. 回路엘랑, 자네 말이지, 홍등을 내건 청루가 삼백이라도, 행여 '꼭 석 잔 술' 생각으로, 귀밑에 해묵은 서리 쌓이게 할 일은 참말로 아니다, 아니거늘, 뉘 알랴, 자네가 그러는 중에, 자네 떠난 암자 지붕엔 쇠비름이 덮이고, 문은 어느 녘 바람에 떨어져 나간 데다, 쥐나 들끓어, 발병 난, 無處의 소슬바람까지도, 머물려 하지 않으려 하게 되어 있거나, 아니면 또 뒤 알랴, 본디 주지승의 신발이 놓여 있던 그 자리에, 산적 두목의 것이라도 됨직한, 그 한 짝이 족히 구유배 하나씩에라도 견줄, 어떤 모를 손[客]의 신발이, 꽉 눌러 있을지, 그것도 뉘 알랴, 그런즉 돌아오려거든 자네는, 싸게 돌아오라, 늦으면 늦느니라.

四大라는 조악한 물질로 안팎을 하여 지었어도, 아무도 그것 벗기를 원하지 않는, 그 입성을 벗어, 어디로든 떠나려는, '생각의 몸'이라는 것은, 떠나서는 그러면, 어디를 가는지, 또는 헤매는지, 그런 것이 궁금하지 않은 것은 아니라도, 그것은 그럼에도, 이 자리에서는 아직, 추적해볼 것이 못 되는 듯한데, 그럴 것이, 첫째는, 촟불중이 번연히 눈뜨고 꾸는 꿈이 묶여 있는, 그 緣帶는, 물론 한두 군데 올이 터져 있어, 위험스럽지 않은 건 아니라도, 아직도 그 꿈을 묶어 붙들고, 날려 보내지 않고 있으니 그런 것이고, 둘째는, (촟불중도 대략 이만쯤까지는 짐작하고 있겠지만,) 이런 종류의 話頭는, 좀체 살피려 해서는 안 되는 것인바, 하면, 그 話頭가, 대번에, 그 긴 혓바닥을 화살 삼아서는, 갓 날개를 돋궈, 그 수분이 마르기를 기다려 날으려는 나비를, 아크흐! 혀끝에 낼름 감아, 크할라! 먹어 치워버릴 수도 있으니 그런 것이다. (咄, 날개 있는 것이, 날개 없는 것의 창자 속에로 내리다니! 解脫이 프라브리티에 억류됨)

(얘기가 진행되는 동안, 시간인들 어찌 흐르지 안 했겠는가, 그랬은즉, 돌무덤 속에, 커다란 번데기모양 담겨 꿈틀이고 있는, 내일이나 언제쯤 나비가

되어 날아갈지도 모르는 자의 자세도, 몇 번씩이고 바뀌었을 것 짐작하기는 어렵지 않을 것,) 허, 헌데, 말한 바의 저 '緣의 粘質帶'는, 이 中年比丘가 입에 물어 빨고 있는, '엄지손가락 크기의 自我'에 粘液根을 박아 있는데, 그 '엄지손가락'은, 제 사타구니에 제 대가리를 묻어 넣은 잠, 그 [14]'개'[狗]의 중심되는 데서 틀어 올라온 [15]蓮이다.

갓난아이들은, 그 입에 [16]어미의 젖꼭지를 물고 있어야 되지만, 그러지 못하고 있을 때는, 제 것인 손가락 발가락은 물론, 그것이 무엇이든 입에 넣어 빨 수 있는 것이면, 빨아야 되는, 프라브리티라는 蛔蟲 자체인 것처럼 보이는데, (童話를 통해 배우기로는,) 그럴 때 아이들은, 我執을 키우거나, 눈을 띄우는 것으로 이해된다. 그러며 이 매우 놀롤한 것들은, 公主를 납치해다 잡아먹는, 나쁜 龍을 배 속에 키우거나, 그 나쁜 龍을 잡아먹는 이빠디를, 요니 속에다 준비한다. (畜生道의 大王, 저 나쁜 龍[또는 붉은 龍]이 극복되거나 퇴치될 때, 그 龍의 껍질 속에서, '사람'[왕자와 공주, 또는 왕과 왕비]이 태어난다. 重生이 성취되었음일라) 밖으로부터 무엇을 안으로 빨아들이려는, 모든 허기증의 뿌리가 되어 있는 蛔蟲은 프라브리티인데, 이것이 다름 아닌, 인식하며 산다는 그런 有情 속에서, '自我'라는 진주를 형성하게 하는, 그 씨앗이 되고 있다는다. 진주의 형성 과정을 관찰한 이들에 의하면, 이 '씨앗'은, '陽力'이라던가, 그런 것과는 아무 연척도 없는 것으로서, (이희승『국어대사전』에서, '진주'에 관한 설명을 빌리면,) '조가비를 만드는 外套膜에 끼어든 어떤 異物'인바, 이 "異物에 의해 자극되어, 그 주위에 眞珠質을 분비함으로써 만들어지는" 것이 진주라고 이른즉, '씨앗'이란, 진주조개에 대해, 매우 바람직하지 않은 椿事며, 종내는, 행복하지 못한 죽음, 폭행에 당하여 죽는 죽음까지도 초래하는, 煞이며 저주로 뭉친 內腫일 것이다. 그런즉 진주란, "빵만으로는 못 사는" 어떤 부류 사람들의 눈에 비추이는 대로 좇아 말하면, 아름다운 偶發인 것이다. (무엇의) 我執도, 프라브리티라는 그 바다에 대해선, 아름다운 偶發이며, 內腫이다. 프라브리티 쪽에서는, 갓난것들이, '빨기'라는 그 행위를 악착같이 계속하고 있는 한, 그 빨기의 대상이 손가락이든, 발가락이든, 말의 뒷발굽이든, 암캐의 젖꼭지이든, 그것은 어째도 상관은 없을 터이다. 그렇게 해서 이뤄진 '我執'

은 나중에, 어떤 空門의 이론꾼들에 의해 규탄받는, 최초의, 그리고 최후의 魔敵이기는 하지만, 일반적으로는, '속사람'의 이름을 입은 진주로 자란다. (한쪽에서는, 저 진주를 이룬 異物을 보고, 다른 쪽에서는, 이뤄진 것의 아름다움을 보는 것이겠느냐) 人世의 方言으로 이르는, 이 '속사람'이, 靈感에 넘치는 靈智派 先知者들에 의하면, '魂'이라는, 범우주적 어휘로 환치하는데, 그러니까, 이 '魂'은, 畜生道에도, 植物道에도, 심지어는 鑛物道에도, "모든 곳에, 모든 것 속에 다 있다"는 것이다. 그런 까닭에 "바위도, 더우면 불고, 차우면 줄어진다"고 이른다. 가맜자, 이거 잘된 자리에 왔다 싶은데, 그럴 것이, 是非를 하나 가릴 것이 있어 그렇다, 라는즉슨, 여 靈智派네여, 어떻단댜, 말인디, 저, 헤헤, '개' 말인디, '개'라는 짐승은 어떻다고 하느냐고, 글씨, 그 짐승도 '魂'이라는 것을 가졌겠냐, 말이 요런 말인디…… 이런 말은 왜인가 하면, 畜生道의 거의 모든 有情이, 말한 바의 저 '魂' 위에 뼈 얽고, 뼈 위에 살찌우고, 살 위에 비계 얹고, 비계 위에 가죽 씌워, 가죽 위에로 털을 숭숭 돋궈내는 데, 반해서, 사실이 그렇든 어떻든, 전해져오는 얘기를 좇으면, 암캐의 羊水에 젖었다[濕] 말라, 그 젖[乳]에 자란 有情은, 구차히 말해온 바의, 저 '살'과 '비계' 따위의 순서(조직)가 좀 다르다 보니, 그런 것이다. 만약 의심부터 앞서면서, 도저히 믿을 수가 없거들랑은, 公은, 개백정네로 달려가 물어볼 일이겠거니와, 개는, 뼈 위에다 '비계'를 붙여 얹고, 그런 뒤, 그 비계 위에다 살을 얹었다고 이르는데, 이런 고로, '魂'의 所在를 묻게 되는 것, ―비계의 所在를 좇아본다면, 개의 '魂'이란 혹간, 개 가죽의 밖 되는데, 그런 어디에나 있는 것이 아니겠는가, 글쎄 그런고로 개의 '魂'의 所在를 묻게 되는 것. 이것을, 매우 잘 관찰했거나, 어설프게 관찰해낸 결과로, 어떤 개백정은, "狗子無佛性!"이라고, 소리를 내지르기도 하지 아니하였던가. 세 치 혀에, 개 칵 쳐 죽임받다. 콩[空], 코공, 개 캑꾸러지다. "개에게는 佛性이 없다"고 이르는 바와 마찬가지로, 개에게는 혹간 '魂'도 없는 것이 아니냐? 개 같은 누무 짐승 '개' 탓에, 콩, 전에 오백 나한 집회 중에, 크게 입을 열어, 높은 소리로 말하였기를, "팔만사천 有情 가운데, 佛性이 없는 것은 없다" 說했던 (본디도 좀 無色이기는 하였으나,) 佛者가 無色을 더하게 되었으며, "심지어 鑛物道에도 魂은 있다"고 단언했던, 靈智派네 현자들이, 한 다리를 삘그렇게 쳐들고 누는 개 오줌에 덮어씌워져, 무참하구나, 개 냄새를 무지(無知) 무지하게 풍기고나 있다. 그런즉, 말해온 바의 이 '개'란 도대체 무엇이냐? 살펴본 바에 의하면 그것은, (그 몸을 이룬, '뼈·살·비계'의 조직의 異邦性에 의해 보건대, 어디 다른 혹성에서나 이민을 왔는가 몰라도, 이쪽) 畜生道에도 속해 있지가 않은 듯하며, ('魂'이야말로, 그곳 살기의 조건인 것에 의해 보면, 魂의 所在를 짚어낼 수 없는 이 有情은,) 말씀의 우주에도 소속된 자리가 없고, ('佛性'이 없은즉,) 마음의 우주에도, 그것의 털 하나 세워놓을 자리가 있어 보이지 않는다. 그런즉, 말해온 바의 이 '개새끼'란 도대체 무엇이냐? 콩, 코옹, 俱胝는, 예의 그 손가락을 하나, 콩중에다 삘그렇이고 있다. 여보게, 그 손가락이 가리키고 있는 것이 '空'인가, 아니면, 손가락이 뻗쳐 난 곳에 '空'이 있어 왔는가? 삘그렇도다. 空, 코옹, 짖어 오르던 개 足 같은 누무 손가락 '空' 중에 失足하다? 失踪하다! 촛불중이 입속에 물어 빨고 있는 그 손가락은, 그러고 본즉슨, 俱胝가 잃었던 그것이었구나. 空, 코옹, 짖어 오르던 개새끼. 짖어 오르기에 좇아, 비가 왔으며, [17]불비가 왔으며, 재가 내렸다.

재 속에서 뿌지직이 일어난 촛불중은, 髑髏였다. 蓮坐를 꾸몄으며, 재가 되어 흩어져 내린 살을 수복하고, 그리고, 그 불비가 내리고 있었을 때였을 것이지, 얼핏 그 뼈 무더기를 벗어나, 빛은 없어 無色인 허공 중에, 도깨비불의 [18]鳶모양 떠 있는, '속사람'도 불러들이려 하여, 골까지 내 먹이려는 정성으로, 호흡에다 기를 모았는데, 그렇게 하기로써 촛불중은, 모든 크거나 작은 '숨'들이 배꼽 줄들을 잇고 있는, '우주의 맥박(항솨)'과의 輸血路를 원활하게 했으면 하는 것 같았다. 蓮 위에 앉아 있는 骸骨은 치사했다.

無-無-無-無-

촛불중은, 무엇을 고려하고서였든, 이상할 노릇이었다, '無'라는 話頭를 이끌어내, 그것에다 호흡을 비끌어 매, 그 本源으로부터, '氣'(프라나)를 횡령하려 하고 있었다. 그러는 중에, 호흡엔 서서히 가락이 잡히고, 막힘에는 트임이 있었는데, 그에 좇아, 살의 황폐도, 조금씩 극복되어지고 있어, (제기랄, 時間이 없는 곳에서의, 저런 황폐의, 회생의 길이는, 대체 얼마나 된다고 해야 되느냐? 허긴 自然으로부터 배우기로 한다면,) 한겨울이 지난 뒤엔, 그러기 전의 상태까지는 회복이 되고 있었다.

그러면서도(란, 그가 '無'라는 話頭에다, 자기의 '숨'을 비끌어 매고 있으면서도, 라는 그 말인데,) 촛불중은, 自己라는, 한 質料, 그 禪的 말[公案]의, 속[內容]은 어떻게 비워져 가며, 겉[記號]은 또, 어떻게 脫落해가는지, 그런 것은 觀하고 있지 안 했으며, 그런 대신 차라리 그는, 비인 속이든, 아니면 괴리 현상을 일으켜버린 밖이든, 그 어느 쪽을 끌어들여, 그 양자의 재결합을 도모하려 하고 있었다. '無'라는 話頭를 살펴보는 사미와 더불어, 저런 노력은 분명히 모순당착이다. 그렇잖으냐, '無'에다 혼신을 맡기고시나는, 촛불중이라는 것은, 흣흣흣, '有'에의 夢想을 달리고 있는 중이 아니냐. 禪料랄 것을 두고는 헌데도 사미여, 文學心이랄 것을 발하려 할 일은 아니겠는다. 그러려 들면, 初禪은, 그리고 어쩌면 第二禪까지도, 禪的 變質의 과정을 겪고 있어 보일지 모름에도, 종국에는, '文學'이라는 솥 바닥에는, '똥'이 눌어붙어 있음을 보게 되는 것이, 禪料이던 것이다. 어찌 쓴 연고뇨? 바로 이에 앞서, (결과에 있어, 度를 좀 너무 넘은 듯했기는 했지만,) '狗空禪法'(蛇圓會陰法)을 통해 촛불중이, '개새끼와 空이 같다'고 깨달은, 그 '재[灰]의 詩學'을 이 자리에서 새로 상기하기로 한다면, '無'나 '有'도, 서로 간 무슨 다름이 있다거나, 그런 禪料는 아니라고 알게 될 것이겠는다. 禪料로서의 '佛'은, '서 근의 삼[麻]'과도 같은 것이 아니었던가? 그런 것이다. 말이 많았도다.

그런 변화가 글쎄, 어떻게 하여 나타날 수 있었는지, 그것을 분석해낼 수가 없으니, (이렇게 되면, 이런저런 무슨 실험 끝에는 당연히 와야 되는 결과라도, 우발과 다름이 없는 것이 아니냐,) 이럴 때도, 스승을 못 뫼신 돌중은, 불쌍하도록까지나 안됐지만, 참 안됐지만, 촛불중이, 호흡에다 가락이며, 색깔 같은 것도 챙겨 넣고 있던 동안, 말이지, 글쎄 어떤 일이, 어느 틈에, 어떤 원인에 의해 일어나서였든, 저 無色의 공중에 떠 있었던, 鳶·촛불중이, 바로 그 자신들이쉬는 숨결을 따라, 자기가, 자기의 목구멍 속으로 빨려들고 있음을, 촛불중 자신이 보게 된 것이었다. 한쪽 편의 촛불중 자기가, 다른 편의 자기의 목구멍 속으로, 완전히 빨려들었기 전까지는, 촛불중은, 하늘 어머니 다키니의 거울 앞에라도 앉아, 자기를 상대로, ('몸의 우주'를 살고 가며, 비극적 이름을 남겼던,) 에리직톤의 凶夢을, 꾸고 있는 것이나 아닌가 하기도 했었다. 흣흣흣, 허기야, 자기가 자기를 먹어 치우기보다, 세상을 더 잘 먹어 치울 수는 없을 것이다. —그래서 본즉, 촛불중은 그렇게, 아까 떨어져 들었던 그 '미람 바르도'의 미로를 벗어난 듯하다. (이런 얘기란 그럼에도, 解脫을 성취하지 못했으면, 무엇이 어디에서 벗어나기란 다름 아닌, 그 같은 자리에로 새로 逆入하기라는, '뫼비우스의 고리'에나 비유될, 바르도/逆바르도의 秩序體系, 또는, '우주의 子宮이 되어 있는 惑星[地獄]'의 輪廻法을 상기한다면, 얼핏, 하나의 출구, 또는 자유로 주어진 듯한 '쳇바퀴'에 올라, 六道를 주름잡는 듯이 하고 있는, 좁은 장 속의, 다람쥐의 무용담 같은 것을 연상하게 할 것이다) 그리고 촛불중은, 뒤돌아보려는 생각은 하지도 않으며, 떨어져 있었던 것들의 새로 만나기의 반가움이랄, 또는 안도감이랄, 그 약간은 들떠도 좋을 듯한 기분에 취하고 있었다. 그렇게 하여 그는, 한 完全함을 되찾은 듯해 그랬겠지만, 그 상태를 할 수 있는껏 오래 지속했으면 하고도 있었다. 그러다 보면 오래잖아 물론, 肉身으로부터, 배고픔이라거나, 갈증, 어느 부분이 저리다거나, 가렵다거나, 또는 눈은 빛을 그리워하며, 코는 악취를 싫어하여, 신선한 공기를 쏘이고 싶어 한다던가, 하는 것 같은, 프라브리티[爲]의 씨가 터, 쑥으로, 밭으로, 毒蛇 밭으로 우거지게 되기는 할 터이다. 크거나 작거나, 행복이란 그렇게, 쑥대밭 밑거름에 좋기 탓인데, '易'을 두고 말한다면, 그렇게 '平心'的으로 均衡을 유지하는 것이야말로, 雨順風調라고 할 것이다. 南地에 洪水가 져 水害가 있으므로, 北方에 旱災가 들어 있는 것 같은 것도, '易의 均衡'이기 때문이다. 이래서도, 天은 仁한 것이 아니다.

그(촛불중)보다 먼저 간[入寂], 그의 法祖들은, 하늘 어디, 처음엔 매우 후미진 데였던 듯했는데, 그런 어디에다, 땅의 羑里를 본떠, 차린 하늘, 羑里에서 모여서들, 오늘 따라 하늘이 더 떠들고, 빛도 더해 밝고 하니, 오랜만에 심신이 쇠락하기 이를 데 없은즉, 좋은 날, 좋은 [19]敍事詩의 술독에 용수 찔러 넣어, 그 純精의 술에 취해봐도 좋겠다고, [19]'圖書館'의 문을 활짝 여는구야. '하늘의 圖書館'에는, 살아 있는 冊들이, 그것들 자신들의 비밀을 발설하느라, 약초밭 꽃필 무렵 같은데, 內容(運命)에 따라, 그 運

命의 꽃들은, 그 형태나 빛깔을 달리하겠거니와, (아으, 그을음도 없이 타오르는 촛불꽃 같은,) 縱立한 빛의 벌레들, 運命의 꽃들이 명멸하는, 저 아랫녘 들의, 끊임없는, 끝없는 祝祭—흘러 넘치는 精水에, 계집이라는 부대가 터지고, 끓어오르는 정염 탓에, 사내들은, 잠시 태우고 재가 된다, 그러면, 새 精水는 새 부대에 담고, 새로 태우기 위해 새 기름을 얻어, 모두 다시 새로 돌아오는 것, 아으 저 고통하기의 아름다움, 살기의 아름다움, 황폐해지기의 아름다움, 죽기의, 그리고 되돌아오기의 아름다움! '낳기'의 '아', '늙기'의 '름', '병들기'의 '다', '죽기'의 '움', 아름다움, 아—움, 옴.

그리하여 오늘, 美里의 여섯 村長들이 보았고, 경악하였으며, 환호한 것은, 살아 있는 모든 종류의, 모든 言語의 冊들 중에서도, 유독 한 冊은 '일어서고', 다른 모든 冊들은 그 한 冊을 '둘러서서 절하는' 그 광경이었는데, (語佛者 來如, 如來!) 그 탓에 경악하였으며, 그리고 환호한 것이다. 만세, 만세, 만만세! —그 '한 冊'은 헌데, 美里 村長들이 읽어(용수 찔러 넣어, 그 意味를 퍼 올려 마셔) 흥취를 돋궈온 그것이었으니, 당연히 그래야겠지만, '美里村史'를 기록해 있었던 것이라고 했다.

그리고 촛불중은, 바다 밑에 기복해 있는다는 거북, 그 등에다 때로는 수미산도 받치고, 때로는 河圖도 짊어진다는 거북, 그런 거북에의 부러움을 일깨워, 그 무균의 암흑, 그 살인적 정적, 그 억만 근 모래의 밑바닥에로 가라앉아, 기복해서는, '自我'라는, 분명히 그 속이 빈 실꾸리에, '業'이라는, 끈끈하고도 질긴 실이, 아직도 그 얼마나 더 감겨 남아 있는지, 그런 것쯤 헤아려보고, 그것을 풀어내기 위해, 등판에다 그림[圖]이라도 돋궈내 볼 일이라고 했다. 촛불중은, 다시, '잠'이라는 話頭를 생각해내고 있는 모양인데, '꿈'이 그중 싫어하는 것은 '잠'이며, (그래서 그것은, 깨어나자마자 늘, 잠으로부터 탈출을 도모하는 것) 그리고 '業'도, 그 緣根까지 뽑아내어, 스스로 밀려 나오지 않으면 안 되는 것은, '非化現'의 영지인 것, ('非化現'에 무슨 '영지'가 있겠는가? 그것은 그러니 修辭學인 것) —化現은, 化現하는 순간, 非化現을 두려워한다, 그래서 '거북'이, 깊은 우주적 잠 속에 들면, 등에는, '河圖'라고도, '洛書'라고도 이르는, 化現 쪽 프라브리티, 그 易界가 돋아오르던 것이다. (만약 그래서,

저 '우주적 거북'이 '잠'에 들기 탓에 '易界'가 化現한 것이었다면, 그 같은 '거북'이 잠을 깬다면, 化現 쪽 프라브리티는, 그 '거북'의 '깨임'[—이 '깨임'은 무엇인가? 그것도 '化現'인 것인가!] 속으로 회수 침몰될 것은 분명하다) —촛불중이 '잠'의 話頭를 통해, 얻고자 하는 話尾는, 그런 것인 듯하다. 저렇게나 광대하고도, 그 깊이 모를, 사막의 밑바닥에로 가라앉아, 그 사막의 무게를 감내한다는 일이, 어디 그리 쉽겠는가, 그러자니, 그러기 위한 준비로 촛불중은, (두더지는, 한번 숨 쉬어 들이기로, 땅 밑 들어, 석 달이라던가 얼마라던가, 그런 장구한 세월, 숨을 안 쉬어도 괜찮다, 고 하던 소리를, 어디서 주워들은 것을 기억하고,) 두더지에의 영상을 고수하여, 새로 갖다가시나, 호흡에다 의식을 모아, 자기 염통의 鼓動이, 우주의 脈博에 이어지기를 도모했다. 그것이 성공적이기만 하다면, 거기서는 그러면, 오래잖아, [20]개구리 얼굴의, 한 필의 말[馬]이 일어날 것인데, 이 말은, 한 정신을 등에 태워, 한 번 내뛰기에, 이쪽 세상을 훨씬 넘어, 저쪽 세상(netherland)에 닿아 있거나, 또는 멍에(yoke=yoga) 메워, 밭갈이에 부린다면, 아직 어떠한 보습도, 그런 밭에 닿아, 성해본 적이 없는 밭, 예를 들면, '河圖'를 짊어진, 그 '거북'의 등짝 같은 것이라도, 파 뒤집으려면 파 뒤집기에 충분할, 그런 힘을, 그 근육 속에 사려 넣고 있는, 그런 말[馬]이라고 일러진다.

아뿔싸, 그러나, 다를까 아니나, 그리하여, 촛불중이, 에케흐크, 개구리 얼굴의, 한 필의 말, 그 '숨'에 재갈을 물리고, 고삐를 씌운 뒤, 멍에를 메워, 이제 막, 말한 바의 저 '河圖'를 짊어진, 그 '거북'의 등이라도 갈아[耕] 보려 나서려는 참인데, (大我의 脈博에다, 小我의 脈博 잇기의, 어느 일점에, 저 어떤 否定力, 또는 邪魔가 끼어들었든,) 이 우주적 말[馬]의 내장 속에 숨어, 그 내장을 왼통 갉아 먹어치운, 한 마리 殺母蛇(蝮)가, 갑자기 이 말[馬]의 옆구리를 찢고 터져 나와, 저 馬主의 전신을 삼키려 내닫는, 끔찍한 일이 벌어졌다.

그러니까, '마구니를 겁내게 하는 자[怖魔]'라는, 한 比丘가 쉬어 들이는 '숨' 속에, 저 魔의 거위가 알을 하나 묻어 뒀더니, 그것이 깨어난 것이라는, 그런 말인가?

허긴 이것이란, 그네들 手淫의 찌꺼기로 뼈를 굵혔다 해도, 溫肉派네에 핏줄을 이어 있다면, 비록 庶子에게라도, 당연하게 주어졌어야 할 話頭랄 것이었는데, 그렇게 따지기로 들면, 이것이란 물론, 그쪽 편 사미에게는 뒤늦고도 새빠진 짓이랄 것이기도 하지만, 溫肉派네 이 후레자식 하나는 오늘, 느닷없이, 제 놈의 '코'를 만나고, 바로 그 자기의 '코'가 자기의 전신을 뜯어 삼키려 내닫는 참변에 당해, 생애를 쓰고 있는 중이다. 그러니, 아까 말 되어진, 거위꼴의 魔羅란, 다름이 아니라, 바로 이누무 '코'였던 것인 게다. 흐앗 흐앗 흐앗 껄껄 三世가 웃는다 웃는 겨, 후우푸우 후푸우후 웃도 못해 三世가, 헛바람만 빼고 있는다 있는 겨. 손톱道, 요강道, 왼갖 道가 다 있다더니, 우핫핫핫 껄껄껄, '코道'인들 왜 없겠는가?

(저 바위 무덤에 묻힌 후) 처음 촛불중은, 눈(빛)을, 그리고 (자기가 빌렸던 比喩가 가했던 修辭學的 압력에 의해) 곁들여 '귀'(소리)를 話頭 삼아 살폈었는데, 매우 뒤늦게 오늘 촛불중은, 하필 자기의 '코'밑에 납작하게 깔려버린 듯하다. 큼, 살다가, 크흠, 잘 살다가, 크흥, 코를 팽 풀어 철갑을 해줄 일도 있는다. 크흠, 제 놈의 '코'의 沙汰기에 눌려 끼어 오금도 못 펴기. 마, 말이지 글쎄, 촛불중이 느닷없이, 그 자신의, 한 우주의, 냄새를, 못 참기, 시작했다는, 그런 일이, 일어난 것이다. 글쎄, 아까 촛불중이, 저 原初的 脈動에다, 자기의 脈을 이으려는 노력을 하고 있었을 때, 어쩌면 그런 어떤 우주적 交通, 交動, 交感 같은 것이 이뤄지는 자리에는 언제나 끼어든다는, 그런 어떤 훼방꾼이 끼어든 것이었다. 촛불중은 현재 어떤 느낌에 당하고 있는가 하면, 자기의 콧속에 쉬슬어진, 어떤 惡臭의 억만의 구더기가, 자기의 콧속을 다 파먹고, 머리통 속으로 오르고 있는 듯한, 그런 참기 어려운 불쾌함이다. 그것들은 그리하여, 자기의 뇌 속에서 멱감고, 목구멍에로 내려, 말[言語] 의 샘 하나를 다 망치고, 허파며, 내장을 다 갉아 먹은 뒤, 더 먹을 것이 없는 듯, 저그들끼리 서로 먹기를 시작하여, 먹고 먹히고 있는데, 그제도 가만 놔둘 것이라면, 최후엔 한 마리만 남아서, 아까 저 우주적 준마의 옆구리를 찢고 튀어나오던 것과 똑같이, 자기의 뱃가죽을 또한 그렇게 찢어, 엎질러 나올 것이 틀림없었다. 때에는, 촛불중은 바닥에 나자빠져, 눈을 까뒤집고, 생버둥질을 쳐댔는데, 중의 전신은 더러운 기름땀에 젖고 모래에 버무려져, 세상의 왼갖 상처에서 흐르는 진물과

고름이 고인, 지옥의 웅덩이에 멱감던, 하마 같은 것이라도 올라와, 뒹굴고 있어 보였다. 악취 탓에, 무덤까지도 못 참고, 폭발할 듯했다. 그러다 촛불중은 종내, 한 삼[胎褓]에 싸인 분량은 되는, 코피를 터뜨리기에 이르렀는데, 촛불중 보았기에는, 그 터뜨려진 코피 속에는, 한 떼의 살무사가 뒤엉겨 꿈틀거리고 있었다. 그런데 이 지옥의 종내기들은, 밖의 바람에 쐬이자마자, 대번에 허물을 벗으며, 열 배로도 스무 배로도 커지며, 커지기에 좇아 허기증도 함께 커졌던지, 먹이를 찾다, 자기들을 토해낸 그 몸을 발견하곤, 기를 쓰고 휘감아 들었다. 그러며 어떤 것은, 촛불중의 머리를 물어 빨아들이려고 했으며, 어떤 것은 불알을, 어떤 것은 발을 물어, 촛불중을 산산이 짓찢으려 했다. 헤헤헤, 우리끼리만 말이지만, (헌데 이 '우리끼리'의 이 '우리'는, 대체 누구들인고? 누구들이 작당하여, 번뇌하는 저 사미 하나를, 재미있어 하며 읽고 있다는고?) 먹히고 있는 자를 먹고 있는 자는 헌데, 먹히고 있는 그 당자의, 이, 이를, 이를테면 想念의 눈[眼]이라고나 해얄 것이겠지맹. 아니면 그러면, 무엇이래얄 것인가? 자기 자신의 '想念의 눈'에 의해서, 자신이 髑髏가 되어버리도록 먹히기—. (이런 말은, 通譯을 하기로 하면, 먹히고 있는 자를 먹고 있는 자도, 먹히고 있는 그 당자, 즉슨 자기 자신이라는 그런 말이 아니겠는가) 그러면, 저 '想念의 눈'이라는 사냥꾼이 거느린, [21]자기 사냥의 사냥개들은 무엇이냐? — 촛불중은 아까, 무엇이 원인이 되어서였든, 갑자기 자기의 '코'와 만났는데, 그리고는 '코'를 못 참아 했는데, 이런즉, 어떤 '냄새'가, 특히 '惡臭'가, 擬有情化를 치렀는데, 살무사나, 배고픈 개모양을 꾸며, 저 '怖魔' 公의 '코'를 물어뜯고 덤볐다는 말밖에, 더할 것이 있겠느냐? 스스로 일러 '마구니를 겁내게 하는 자'라고 하면서도 公은, 저 별로 커 보이지도 않는, 한 魔의 새끼발가락 밑에, 햇병아리 꼴로 깔려, 용신도 못 하고 있으니, 언제나 돼야 公은, 스스로 만들어 덮어쓴 怖대기를 찢고, 꼬끼요— 일어설 것이냐? 喝!

"가진 것이 없는 자는, 出家할 것이 없다"고 이르는 소리가 있으되, '가진 것이 없는 자'라도, (이거 뭐 누구 배통아 푸웅 터지라고 하는 소리는 아니지만,) 還俗을 하는 것을 보건대는, '出家'도 그렇다면, '還俗'과의 軸에서 이해해야 옳을 것인 듯하다. '가진 것이 없는 자'도 그러니, '出家'를 단행하되, '還俗'

을 했을 때마다 해야 된다는 그런 얘기다. 그뿐만도 아니며, '가진 것이 없다'는, 그 자체를 두고서까지라도 (出家를) 해야 할 것이다. 한 比丘(尼)가, 自己라는 魔羅를 극복하기 위해서는, 한 번만의 出家로서는 충분치 않으며, 滅度키까지는 어쨌든, 단절 없이 出家를 해야 할 것이다. 허, 헌데, 還俗함이 없이는, 出家함도 없다는 편에서라면, 入寂키까지는 또한, 끊임없이, 還俗도 해야 할 듯한가. 그런 뒤, 滅度, 入寂한 比丘(尼)야, 그제는, 아무것도 '가진 것이 없으니', 出家하고 말고 할 것도 없을 것이며, 出家한 일이 없으니, 還俗할 일도 없을 것이다. '出家'란 그리고, '이쪽'에 대한 '저쪽', 즉슨 '밖'과의 관계에서 이해해야 할 어떤 苦行이었은즉, '出家할 것이 없는 자'는, '밖을 남김없이 다 써버린 자(깨우친 자)'라고 보는 것은, 틀리지 않을 것이다. '밖'이 없음[無]. 그리하여 '안/밖'이 없음. 다시 말하면, '彼/此'가 없음. —이때의 이 '없음'[無]은, '안/밖' '彼/此'의 二元的 관계에서, 저 兩元의 가운데를 가로막은, 칸막이('/')를 지워내는 지우개로 이해해야지, 반대로, 그것('/')만 남겨놓고, 그 양쪽의 것들을 지워 없애고 이해하려 한다면, 宇宙라는 이 한 教材를, 읽기의 시작부터, 誤讀하거나, 無意味化하기가 쉽다. 例一: '나!남' '生!死.' 例二: '?/?' '○/○.'

그런데 촛불중은 오늘, 가진 것이라고는 '五官' 한 벌, 그것도 바위 무덤 속에 묻혀져, 그것 벗겨지기의 時分이 헤아려지고 있는, 덧없기 그지없는 그것으로, 還俗을 하고 있는 중이다. 통과하기에, 이 관문도, 매우 지난한 듯하다. 이 出家를 위해, 어떤 比丘(尼)들은, 화장터나 공동묘지 같은 데를 聖所 삼아 순례하며, 혹간 임자 없는 송장이라도 하나 얻어걸릴까 하여, 배고픈 들개들모양 빙충맞게 얼씬거린다는데, 운 좋게 그러는 중에, 버려진 송장을 하나 차지하게 되면, 흰 뼈만 오소록이 남게 될 때까지, 그 송장을 방석 삼아 앉기도 하고, 베개 삼아 베기도 하며, 仙餠仙酒 삼아, 구더기가 들끓는 그 살을 뜯고, 그 汁을 마셔 연명하면서, 삶과 죽음의 의미를 구명함과 동시에, '五官'이라는 魔羅도 항복시키려 한다고 한다. 그렇다면 그렇다 촛불중도, 이제는, '四大라는, 파괴되어질 성질의, 조악한 물질로 된' 그 몸에, 아무리 기를 쓰고 매달려 본다 해도, 오히려 그것 쪽에서 먼저 등을 돌려댈 상태인 데다, 그렇지 않는다 해도, 바깥쪽 세상의 법률로 정죄하여, 든든하게 손본 바위 무덤 속에다 묻어버린 몸은, 이제는 별 소용도 없게 된 몸이니, 임자 없어 버려진 송장과 다름이 없다고 알아, 앉고, 베고, 뜯어 먹고, 마셔, 말한 바의 저 다섯 魔를 겁내게 하고, 쳐부숴 버렸어야 되었던 것이 아니었겠는가. 마는, ……마는, 말이지만, 환기가 거의 안 되는 좁은 무덤 속에서, 묻혀서도, 묻힌 자가, 며칠이든, 몇 시간이든, 더 살 수 있는 한까지는 살아보겠다고, 그 입에다 뭘 넣고, 마셨으니, 배설도 하기는 해야 하는 데다, 몸이란 씻을 수도 없었으니, 어찌 얼마쯤의 악취야 없을 수 있었겠는가. 마는, ……마는, (알다시피 그 무덤 바닥은 반석으로 되어 있는 것도, 횟가루를 물에 이겨 만든 것도 아니어서, 그 비계가 바다 두께나 되는 모래여서, 비록 말해, 게으른 탓으로, 자기 배설한 것을 묻거나 하지 않는다 해도, 천년 가뭄에 푸스러진 모래가, 습기라면 닿는 대로 흡수해버리고 하는즉,) 그만쯤의 냄새가, 그렇게나 한 比丘를, 還俗에까지 밀어붙일 만큼 못 참을 것이겠는가? 코라는 것도 또 그렇다, 얼마의 기간을 어떤 냄새에 젖다 보면, 그 냄새에 적응을 했든, 아니면 만성증을 드러냈든, 그 냄새를 잘 모르게 되는 것이기도 하던 것이 아니냐? "고자가 도통하기란 어렵다"고 하는 말의 의미를 캐묻기로 하자면 허긴, (그 기능을 다 하라고 갖춰진 五官의) 무엇에 대한 어떤 불감증이나 만성증은, 조금도 거론할 만한 품목이 못 되는 것이기는 하다. 바위나 고목은, '不感'에 의해 解脫을 성취한 게 분명한가? 아으 '바위'님, 바위님 위를 덮어 스쳐 지나가는, 겨울 낮 한 조각 뜬구름, 그림자의 무게만큼만이라도, 歲月을 느끼시고, 그 무게만큼만이라도, 만년 억만년 그저—있음—하기의, 그럼에도 종내는 바람에 스쳐 닳아, 바람이 되어, 바람 가운데 스러지기의 덧없음, 덧없음을 아파할 것이라면, 그리고 고목님, 고목님 가지 끝에, 三月로만 한 번씩 스쳐 가는, 觀音菩薩의 蓮足 디뎌지는 데서 일어나는, 한 들꽃 크기의 바람에 들려, 그런 한 들꽃 크기의 感氣를 앓아, 많이도 말고, 바로 그 들꽃 크기의 기침을 한번 콩— 짖어낼 수 있다면, 바위님, 고목님, 그제는 그 虛無의 잠을, 아무 열예 없는 (否定的, 陰極的) 解脫을, 바위처럼, 고목처럼, 뒤에 벗어 놓아두어도 좋으십습다, 그럴심다.

때에, 밖의 하늘엔, 별들이 총총했었는가 모르겠다. 그 별들에 앉아 있는 자들은, 이 저녁, 아랫녘에도 무수한 불꽃들이 총총하도록 명멸하고 있다고 내려다보며, 그중에서도, 美里 쪽 되는 데서 타고 있는 불꽃 하나는, 제 몸에서 일어나는 검은 연기를, 제가 태우려는 그 게걸스러운 노력 때문에, 몹시도 붉다고, 그리고 아름답다고, 보고 있었을랑가도 모르겠다.

이러는 동안에도, 하늘 美里의 계절은 점점 여물어가고 있었으며, 모인 村長들이 용수 찔러 넣어, 그 意味를 읽어내는 술독의 술도, 점점 그 純度를 더해가고 있어, 마시기가 禪酒라고, 蘇摩汁이라고, '祭祀'라고 할 만큼 되어가고 있었다. 저들 웃는 소리들이 커져, 하늘이, 저들로 인해 떠들썩이고 있었는 모양이었다.

때에는, 촛불중 묻힌 바위 무덤이, 커다란 대나무 통 속이나 항아리 속에로 바람이 지날 때모양, 웅웅 소리를 내고 있었는데, 그 웅웅거림은, 소리 마디를 마디해 있어, 좋은 귀를 가진 자라면, 무슨 偈頌도 같고, 넋두리도 같은, 그런 무슨 내용을 좀 발췌해낼 수도 있을 것이었다.

[22]衆生이 당하는 모든 고통과 惡이 내게(移轉하여)서 익고 있는 동안,
내가 누려야 하는 法悅과 法德은, 부디 저들 속에서 익을지어람.
아으,
모든 有情들께, 나의 得法과, (魔羅와의 싸움에서 거둔) 승리를 바치나니요,
당신네들이 입은 손상과 패배는 내가 취하니요.
다, 다, 다!
번뇌의 불길에 그을린 촛불중은, 재였다. 재 속에서 뿌지직 일어난 촛불중은 髑髏였다.
皮膚脫落盡
唯有一眞實—?

(咄, 滿月이었던지, 어떤 野狐가, 넘어오는 울부짖음 참지 못해 토해내다, 종내 창자까지 게워냈구나. 촛불중은 체머리를 조금 썰랬다) 蓮坐를 꾸몄으며, "無—", 比丘는 다시, 古呪에 마음을 묶고, "無—", 숨을 묶었다. 그러나 이번엔, 그 話頭와 호흡을 통해, 뭘 달성하려는 생각 같은 것은, 아에 일으켜내지도 않고 있었다. 蓮 위에 앉아 있는 骸骨은, 치사했으며, 아름다웠다.

저 한 솥의 (鍊金을 위한) 質料는, 허긴 얼핏 들여다보인 대로만 셈한다면, 왼통 허비하고 만 듯했지만, 하늘에서는 그러는 중에도, 꽃비가 내렸던가, 그 솥에 송이송이 꽃이 담기더니, 차 넘쳐나고 있었다. (알맹이를 强奪당한 메피스토펠레스는, 파우스트의 해진 신발 한 짝만 부둥켜안고 있느냐!)

숨이 '無一'(라는 話頭)에 묶였을 때 중은, 들이쉰 숨은, 오래 머금고는, 눈을 자기의 안쪽으로 켜 밝혀, 그 숨이, 발톱 끝까지 골고루 펴지는 것을 보았으며, 그리고는, 三世六道江山 방방곡곡으로 펴진 그 숨을, 다시 허파에로 모아들일 때는, 그 숨에다, 구석구석에 친 거미줄이며 불한당, 먼지며 티끌, 백성의 원성이며 탐관오리 등, 病이 될 일체의 것을, 체포해 들이게 했다. 그런 뒤 내뱉은 숨은, 재였다. 숨과 숨 사이의 거리가, 그렇게 하는 동안, 조금씩 더 멀어지는 것은 당연한 결과였으며, 그에 좋아, 중의 심장의 고동도 느려져 가고 있었을 뿐만 아니라, 체온도 내리고 있었을 것이었다. (촛불중의 몸에 나타나는 이런 증상은, 冬眠 중의, 검은 곰의 몸에 나타나는 것과 별로 다름이 없는 듯했다. "곰은 冬眠 중에, 여름 山野에서 입은 모든 상처들을 아물인다"고 이르는데, 곰에게는 그렇다면, '겨울잠'이, '回春의 샘'인 것이 분명하다. 곰은, 그 잠 속에 잠겨 들면, 밖으로는, 입어진 상처를 아물리게 되지만, 안으로는, 먹어온 음식에서 앙금한 毒을 中和하기도, 또는 仙酒化하기도 하며, 疾病을 치유하게 된다고 이른다)

—그런 곳에 처한 인물에 관한 얘기를 안 하려면 몰라도, 해야겠으면, '얘기하기'라는, 修辭學이 정립해 있는 秩序體系를 좇아서만 가능한 것일 것인데, 그 秩序란 대별하면, 하나는 '文法'일 것이며, 또 하나는 '通時性'(時體)이랄 것이겠는가, (그리고도 그 '秩序'를 이룰 것은, 아직도 혹 몇 더 꼽아져야 될지도 모르지만, 닭이 모이를 주울 때는, 필요한 것만 줍는 것이어서, 모래까지 먹더라도, 한 자갈 크기의 홍옥이 떨어져 있다 해서, 그것까지 줍는 것은 아니잖던가) 문제는 헌데, 거기도 물론 時間은 없는 것은 아닐 것이라도, 平均的 時間의 눈금으로 잴 수가 없는 곳에서, 時間을 어떻게 말해야 하는가, 그것일 것, —그럴 때는 그러면, '時體'와 분리하여, 순수히 '修辭學的 通時性'이라고 이를 것에 의존할 수밖에 없는 것인가? 이런 '通時性'은 그런데, 螺旋形으

로 만들어, 바람 잘 통하는 데 걸어놓은 바람개비모양, 風向에 좇아 돌며, 돌기로 한없이 올라가거나, 무량겁을 내려가도, 영구히 그 한자리를 지켜 있듯이, 平均時間과의 관계에서 보면, (그 사이 많은 일이 진행되어온 듯함에도,) 時間은 조금도 흐르고 있지 안 해, (이런 까닭에, 거기엔 '平均時間의 눈금이 새겨져 있지 않은 듯이 일렀던 것이 아니냐?) 修辭學的 通時態란, 共時態에로 뒤집혀지기 위한 通時態에 불과했던 것이 아닌가 하는, 의문을 자아냄에 분명하다. 글쎄, 말한 바의 '螺旋形 바람개비'는, 그 通時的 運動을 무량겁 계속한다 해도, 일점에 솔아 있는, 共時態일 뿐이지 않은가. 또는, [23]共時態라도, 그것 자체 속에, 通時的 運動을 姙娠해 있지 않으면, 髑髏 말고, 다른 아무것도 아닐 뿐이지 않은가. 螺旋形의 바람개비는, (바람 불기에 좇아) 영겁을 올라도, 또는 내려도, 아무 데로도 가지 않고, 한자리만을 무량겁 지킨다. 이 일점엔 時間이 있어도 없어, 저 무량겁의 일점의 時間은, 無時間이거나, 刹那이다. 그 일점은 그리고, 運動 자체라도, 無運動이어서, 運動의 無運動이다. '젖바다'(크쉬로다)를 젓기 위해, 神들이 '거북'의 등에다 받쳐 올렸던 굴대(수메루)는, 분명히 '螺旋形'을 취해 있었을 것이었구나, 그럴 것이, '거북'은, 無運動의 運動이기 때문이다.

서서히 그렇게, 촛불중은, 잠자는 누에나, 겨울 검은 곰모양, 그렇게나 깊어 삼동이며 한바다인데도 잠이, 잠이 아닌 잠, 에 들어, 沙漠의 바닥으로 가라앉아가고 있었다. 내준 장리의 변 독촉할 일도, 콜록거리며 비린 것만 보채쌌는 노모의 저녁거리 걱정을 할 일도 없는 곳에서는, 예를 들면 羑里 같은 데서는, 거기 처한 자가 심장의 고동을 늦추면, 한세상의 운행이 늦춰져 버린다. 해도 뜨잖고, 달도 뜨잖고, 올이 터진 시간, 모래, 흑암, 無音으로 바다—.

모래의, 흑암의, 無音의 바다, 無動의, 모래의, 바다—

밑으로부터, 무슨 공기 방울도 같고, (혀 짧은 아이가 뱉어내는 것과도 같은) 토막 진 말도 같으며, 딸꾹질도 같은 것이 하나, 흐름 없는 그 빽빽한 침묵을 뚫어 오르느라, 희게 흐르적였다. 그 흰 흐르적임은, 뻘 같은 침묵과 정지 속을 헤엄치느라, 저절로 올챙이모양을 꾸몄었는데, 어느 일점에 이르자 그것은, 픽 터뜨려져, 흩어지고 말았다. (흩어진 것은 그렇게, 스러지고 마는가? 어떤 일어남도 만약에, 근본적으로는 空에 의존해 있었다면, 스러짐도, 궁극적으로는 空에로 귀의하는 것일 것. —거기에 물어[問] 질 것은 없다. 또는, 저런, 극미한, 하나의 思念의, 또는 숨의 방울이라도, 한번 일어난 것은, 일어났으므로 스러질 수도 있는 것이 아니라면, 한 작은 우주의 일어남은 그렇게, 큰 한 우주 속에로의 스러짐을 통해, 확대 확산을 성취하는 것일 것. —여기엔, 물어[問] 질 것이 많다) 그 하나의 일어남이 있은 뒤에는, 간헐적으로였지만, 두 개의 일어남, 세 개의 일어남, 여럿의 일어남이, 삼거불로, 서 근[三斤]으로, 여러 발로 따랐는데, 촛불중의 경우, 이런 딸꾹질은 언제든, 말[言語]이 살[肉身]에 억류되거나, 살이 말[言語]에 묶이면 일어나곤 하던 것이다. 이런 딸꾹질은 그러니까, 千里馬에 탄 돌팔이 騎手가, 말이 달리기에 가락을 얻기에 좇아, 속력에 겁을 먹고, 갑자기 고삐를 잡아채기나, 또는, 중심을 잡아, 바로 돌던 팽이에, 왼손잡이 아이가 나타나, 팽이채질을 하기 같은 것에 비유될 것이 어서, 저잘가 락잡 힌숨 의질 서에불 필 딸꾹 요하 고도이 상한정 지와와 해를일 으켰다. (저 잘 가락 잡힌 숨의 질서에 불필요하고도 이상한 정지와 와해를 일으켰다. 딸꾹) 숨을 살피는 禪定과 더불어서는, 재채기라든, 딸꾹질, 또는 어떤 雜想이라는 따위, 그 가락의 질서에 와해를 일으키는 훼방꾼은 끼어들지 말아야 되는 것임에도, 그 실을 낳던 자가 어느 일순 방심하기에 좇아, 무슨 잡것이 호흡기 속으로 섞여 들면, 그러니까 일종의 우발적 사고로서, 그 숨의 어느 올이 탁 끊기는 모양이었다. 이 일로 인해, 촛불중의 잠 아닌 잠이 깨이게 된 것이지만, 그 잠 아닌 잠 속으로 대체 무슨 녀러 雜想의 두레박이 내려, 자기의 意識을 퍼 올렸던지, 촛불중 자신도, 그것은 잘 알 수가 없을 뿐이다. 짐작되어지는 것이 한 가지쯤 있다면, 촛불중 자기의 '몸·말·마음'이, 어떤 일점, 그 일점은 (자기가 心身을 그것에 묶어 맨 古呪) '無'라고도 여겨지는데, 거기에 모두어 들어, '몸'이 '몸'이 아니고, '말'도 '말'이 아니며, '마음'도 '마음'이 아닌 상태에로 녹고 있었을 때, 자기는 어쩌면, 그 고질이 돼버린 버릇에 의해서, 자기를 處容化해서, 그 한 '상태의 묽음'이랄 것을 엿보았을지도 몰랐었다는 것이다. 이 '엿보기'는, '觀察'이라고, 또는 '分析'이라고 환치한다 해도 별로 다름을 드러내지도 않을 것이지만, 자기가 자기를 '엿보기'[竊視] 라는, 수치스러운 행위를 변명해주지도 않을 것이다.

[23]道流가, 마음의 본디 상태로서의 비임[空]을 觀하게 되거든 그것이 하나라거나 많다는 식으로 分析하지 말지니 그러려 했다가는 道流는……

중두무이하고만 그 한 禪은, 촛불중께(그 初禪, 二禪 중에, 氣의 회복도 도왔었지만,) 새로 피로를 몰아와, 촛불중은 蓮坐를 지키지 못하고, 그럼에도 蓮坐인 그대로, 다시 말하면 그러니까, 서로 깍지 낀 다리는 풀지 않고, 척추를 허물어 뒤로 누워버렸다. 그리곤 두 팔을 머리 위로 뻗쳐 올려, 두 손을 서로 깍지 껴 맞잡은 [24]臥禪法을 취했다. 촛불중은 그리고, 稅豫의 桃花村 三月 가운데로 흐르는, 불타올라 붉은 강물을 (염두하여) 들이키며, (궁둥이 부분을 조금씩 일럭여) 헤엄쳐 나갔다. 그리하여, 보거라 그는, 하늘의 한 귀퉁이를 태우는, 복사꽃 불[火]만 먹는, 한 마리 梵魚가(아닌가!) 되어, 三世를 흐르는 江이었다. —이것인즉슨 분명히, 촛불중이라는 한 禪꾼의, '물'의 元素와 관계된 '胎夢'인데, —그렇게 그는 흐름을 따라, 헤엄쳐 갔다, 흐름이 닿는 곳으로 갔다, 三月을 누룩으로 익힌, 복사꽃 술에 취해, 夕陽 흐르는 한낮 江, 흘러갔다, 바다로 갔다. —물의 元素가 길들여졌음?—

그러다 저 한 마리 물고기는, 그 바다 어디쯤 되는 데 있는, 소용돌이 진 데 닿게 되었든지, 아니면 그 복사꽃 술에 너무 취했든지, 몹시 어지럽기 시작한다고 느꼈으며, 그래서 일순 그는, 움직이기는 물론, 숨쉬기까지도 딱 멈춰버리고, 자기 몸의 무게에 마음을 모두어서는, 무거운 추처럼 자기가, 그 물의 깊은 데로 아래로, 가라앉는 것을 보았다. 그러며 물고기—촛불중은, 發音을 입었던 어떤 말[言語]이, 침묵 속으로 가라앉는 것을, 그리고 또, (몸을 뒤척이기에 좇아) 꾸던 꿈이, 그 꿈꾸던 자의 잠 속에로 되돌아와 용해되어버리는 것을, 보았다. 그리고 물고기—촛불중은, '침묵'이나 '잠'의, 그중 밑바닥 진 데에 가라앉아 있는, '意味' 잃은 '記號'나, '꿈'을 뽑힌 '꿈 껍질'을, 촉루라고, 해골이라고 보았다. '눈'[性]을 뽑힌 촉루, '염통'[情]을 잃은 해골—촛불중은, 저 한 무더기의 白骨을 냅다 한번 걷어차 보고, 저런 '침묵과 잠', 거기에 [25]'말[言語]의 바르도'가 있다고 알았다. '讖'이 '符命圖'의 役을 하는 곳.

가라앉아갔었던 물고기—촛불중이 헌데, 떠오르지를 않는다. 그 의식만

물고기인, 사람—촛불중 익사라도 해버린 것이끄냐? 아무리 숨이 긴 海女라도, 이만쯤 맥박이 뛰고 나면, 수확이 있거나 없거나, 그 맥박에다 다른 숨을 먹여야 되는 시각인 것인데…… 그러나 잠수녀마다 다 떠오르는 것은 물론 아니다, 어쩌다가는, 그리고 어떤 해녀들은, 몇 방울의 水仙만 뽀그르 뽀글 피워 올리고는, 영 떠오르지를 않는 수도 있는데, 아으, 바다 밑 동네가 좋아서 그 아낙네들은, 거기 눌러사는 거랍디다, 복부에다 바다를 너무 받아, 애바다를 배[姙]고, 셋씩이나 배고, 海夫네 굴뚝에 연기 올리며, 물 아랫목 눌러사는 거랍디다. 이것 봐라, 그래 말이거니와, 比丘도 兒海를 뱄나 비다, 셋씩이나 뱄나 벼, 아해를 뱄내 벼. 아니면 혹간, 저 몇억 겁의 깊은 잠의, 열세 번째 방문 빼꼼 열린 데를 잘못 훔쳐 들여다보다, 沙汰 같은 잠에 덮어씌워져 버려 중은, 몇 세월 숨을 놓쳤나 비다, 뒤쫓지를 못했내 벼. 꼭 이럴 때만, 그 수면에 둥지 얹어 알을 품고 있던, 백조의 알 속에서는, 한 새끼가 알을 깨고 삐악삐악 나온다, 한 송이 수선이 핀다—새끼 백조는 그래도 날아오르지 않는다, 다만, 저 꽃의 줄기를 타고, 물을 내려, 깊이 내려, 제가 죽은 해골 속을 무시로 드나든다. 내릴 때는 뱀이다, 오를 때는 새이다, (말[言語]의) 水仙은, 不純한 짐승이로고! 그런고로 이 짐승은, 어느 때든, 그 不純함, 뱀의 허물을 벗기 위해, 몸부림을 쳐, 날개를 돋궈내 볼 것이다, 날아오르려, 안간힘을 써볼 것이다, 날아 높이 날아오를 것이다, 저 짐승 날아, 날아오른다, 오른다, 나로른다,

날아올랐다, 아뿔싸, 가벼움, 봄바람에 불리는 익은 민들레 머리, 척추가 오소속이 무너나는 시림, 이 봄 뜰은 무량겁 한사코 살아야지, 반참도 못 죽겠을 현기증, —'나비' 나비일러라, 나비는 날아 날라, 날나리 나네헤, 헤에이야 둥 두둥 둥지 떠난 촛불꽃 하나,

위험하다, 위험하다, 아읏 위험하다—

아무리 스승을 뫼셔본 적 없는 돌중이라 하되, 그 꼭같은 뒤꿈치를, 허읏, 더럽게 치질을 빼내 문 똥꾸녁을, 그것도 무방비로, 네거리 진 삼천대천세계에다, 두 번씩이나 까발셔 내고 있다니! 그런즉 삼천대천세계의 똥개며, 똥파리들이 얼마나 내달려 들겠느냐. 생피 냄새를 풍기며, 배고픈 늑대며, 상어 떼 가운데 드러내진, 道流는 傷處 자체로구나, 파리 떼를 한 해바라기꽃 되게 물

고, 깊은 낮잠에 푹 익은, 외똘아진 초가집 토방에 떨어져 내린, 보암직도 하고 먹음직도 한 과육, 요니로구나 구나 헤—. 말이지만 글쎄, ([26]'프호와' 修業의 위험은 이런 것이라잖더냐) 어느 틈에, 촛불중이라는, 저 한 삼태기의 조악한 물질로부터, 그것에다 '情'을 일으켰던 '속사람'이, 다시, 한 번 더 빠져나와 버린 것이다. 이러고 본다면, 저 돌중의 '用心'(프라나 마음)이랄 것은, 실수로 인해서였든 어째서였든, '몸'을 벗어난 경험을 한번 하게 된 때부터, '무거움과 가려움'으로부터의 해방의 즐거움이 어떤 것인지, 그 맛을 매우 잘 알아버리고 있었던 것이 분명했다. 그래서나 處容은, 달빛인지, 안개비인지, 한세상이 몽롱함 속에 잠겨 몽롱함뿐인 데로, 몽롱함이 좋아서 몽롱함이 부르는 대로 좇아 나가고, 뒤로 비시겨 닫지를 안 해 사립짝은, 빨솜히 열려 있는데, 거기를 통해서는, 임자 없는 계집의 몸 냄새가, 흐린 불빛으로 찐득하게 새 흘러 나고 있다. 임자가 돌아오기야 하겠지만, 현재 버림받은 계집은 허전해싸서, 가슴을 움츠리고, 행여 어떤 놈, 그 저녁 운 좋게도, 노름에 마누라 잃어 겉보리 서 말 고봉 되게 땄다고, 씨부랄 녀러 처가살이 넌더리 내어, 훌훌히 벗어치운 것이라도 지나는가, 밖을 곁눈질해쌌는데, 현재 이 계집은, 거기 드는 손[客]에게 安慰가 아닌 건 아니다. 이런 시각으로는 그리고, 지난밤 너무 마신, 가맜자, 그 독한 술 이름이 뭐라더라, 腋氣며, 白帶라던가, 뭐라는 술에 취해, 낮이 꼬박 저물도록 자댔던 魔羅와 드룩, 그 夜鬼들이, 오줌이 마렵고, 목이 마른 탓에, 잠을 깨어 일어나서는, 그 둔덕에서, 아래쪽 黃泉에다 퍼 내지르고는, 달의 월후를 슬카장 들이킨 뒤, 세상은 암내로 가득 차 싱그럽다고, 코를 흠흠거린다. 그것들의 눈을 몹시도 무겁게 눌러대던 잠, 그 빛은 사그라진 뒤거늘. '道德'은, 夜鬼들이 잠든 시간의, 빛벌레들의 貞操帶 같은 것이어서, 夜鬼들이 깨어 일어날 때쯤은, 그 자물쇠가 저절로 풀려, 흘러내려, 잠[睡眠] 들의 아랫목 발치에 버려져 있다. 쇠[鐵] 살[肉] 깊이까지도 배어든 냉의 내음. 그러니 그럴 일이다, 夜鬼들께 세상은, 벗은 淫지랄꾼들의 紅樓夢 말고, 다른 무엇으로 보이겠는가. 그럴 일이걸랑은, 處容이여, 달이 부르는 소리에 흘리설람엔, 마누라께 안겼던 [27]근을 빼치고 일어서, 따라나섰기 전에 자네, 자네의 얼굴 껍질이라도 한 꺼풀 벗어, 문지방에든 사립짝에든 걸어 놓아뒀어야 될 일이 아니었는가? 그랬었어야, 행망 부리며 지나던, 魔羅며, 夜鬼 나부랭이들이, 자네네 사립짝 안쪽에다 먼저, 헛기침 몇 해 던져 넣고, 꼴 친 눈이며, 꼴린 하초를 찔러 넣으려는 망념까지도 일으키지를 안 했을 것인데, 길가 亭子를 두고서야 이건 바람 지나는 소리도 못 되겠지만, 안에다 금은보화보다도 훨씬 더 좋은 걸 놓아두고, 문단속을 안 한다는 것도, 간접적으로는 犯罪랄 것이니라. 그리고 또 그것만도 아니다, 處容임세, 道流가 말임세, 道流네 울타리로 구획되어져 있는, 그러니 崔判官 治理하는 法廳 地籍部에, 자네 소속의 땅이라고 명시되어 있는, 그 안쪽에서만 어물쩡거리려면 몰라도, 하다못해 열 걸음만큼이라도 그 경계를 벗어나 보려 하면, 道流가 머리 두르고 있는 방향은 물론, 道流의 것이라고 구획되어진 것에 대해, 다시 말하면, 道流의 五體五官을 말인데, 익숙해져 있어야 하며, 道流 내딛는 그 발걸음 수까지도 헤아려 또렷하게 기억해두고 있어얄 것이다. (道流는, 자기의 "五體五官에 익숙해져 있어야 한다"는 권고에 대해, 실소를 금할 수가 없는 듯한데, 신실한 行者는 그럼에도, 이미 너무 잘 알려져 있거나, 알고 있다고 여겨지는, 그러니 이제는 常識도 못 된다고 취급되어지는 것이, 새로 거론되어졌을 때는, 예를 들면, "이곳의 돌은 맛보려 하지 마라!" 같은 것일 것인데, 냉소적이기 전에, 그것이 새삼스레, 자기에게서 무슨 관찰이나 분석을 요구하는가, 그것을 고려해보려 할 것이며, 해야 할 것이다. 만약 그래서, 道流가, 道流 자신에 대해 매우 익숙해 있다고 한다면, 묻거니와, 道流는 몇 번이나, 벗은 몸으로, 體鏡 앞에 서서, 道流 자신의 전신을 지켜보았으며, 그 거울을 떠나서도 과연 道流는, 자신의 전모를, 등짝 어디에 돋은 사마귀라든가, 뭐라든가 하는 것까지 모두 포함하여, 분명하게 재생해볼 수가 있는가? 道流는 또, 자신의 체취를, 목소리를, 타인의 코인 듯이, 귀인 듯이 해서, 맡아보고 들어본 일이 있는가? 그런 따위란 말하자면, 기초적 수업이랄 것인데, 그런 기초도 닦여져 있지 않다면, 道流가, 道流의 몸을 벗어나고 얼마 있지 않아, 道流는 迷兒 꼴을 면치 못할 위험이 전부이다) 개 새끼만큼도 지혜가 없음? 개 새끼들로부터 배울작시라, 그것들은 가다가는, 어디를 쫄랑똘랑 가다가는, 어디만쯤, 한 둬 방울 찔끔 내갈겨, "볼지어라, 本狗官이 여기서 크흠, 알고 보면 세상이란 것도, 거 뭐 엎드리고 기어, 네 발바닥에 흙만 묻히기로 주눅 들어 살 것도 못 되는지라, 용용 죽겠냥, 다리 하나 쳐들어 니기미 柴扉에다 꼴아 넣고, 천하를 下視하였었노라" 질금, 그리고 또 下視하여 쫄금, 그 표지를 삼고, 가다 또 下視하고 하잖더냐 찔끔, —그 찔금 거리기를 배울작시라. 그렇잖는다면, 나중에 말이지 밤이슬 탓에 추워진고로, 뜨끈한 아랫목 생각에, 돌아오고 싶어질 때, 돌아오려 해도, 그때 道流는, 어디로 머리를 둘는지를 모르게 된다. 몸은 으슬으슬 춥다가는, 차차로 덜덜 떨리디요, 방향도 알 수가 없디요, 설혹 방향까지는 짚어낸다 해도, 몇 리 길 되돌아갈지, 그 발걸음 수도 모르갔디요, 어디 그뿐이가디요, 배도 고프디요, 피곤하디요, 외롭디요, 안개만 자꾸 더 짙어져 깜깜하디요, 길은 보이지도 않디요, 이대로 주저앉을 수도 없디요, 죽기는 참말이제 생각하기도 싫디요, 이거 말이디요, 딱하기가 말이시다, 어디만쯤 바다 물주름 진 데다 둥지 얹어 새끼 깐 물총새가 말이시다, 먹이를 구하러 나왔다 말이시다, 날개를 상한 것하고도 비슷하고 말이시다, 어디 사태 진 데 몇째 골을 잡아, 먹다 남은 뼉다귀를 묻어둔 여우나 같기도 한데 말이시다, 그동안 비도 여러 번씩이나 와서 말이시다, 사태 위에 사태가 덮었더라 말이시다, 그것 찾아내기만큼이나 딱한데 말이시다, 아랫목에 혼자 누워 새우잠을 자는 마누라는 마누라대로 말이시다, 아무리 구들막이 훈훈하단들 말이시다, 낭군이 돌아와 곁에 눕기까지는 말이시다, 몸은 또 얼마나 시리갔나 말이디, ……

處容이여 촛불중, 道流는, 不學無識의 후레중인고로, 매우 위험스러운 사고를 곧잘 일으키는데, 그럼에도 이상할 일일놨다, 매번마다, 별다른 傷害 입음 없이, 본디 암자로 돌아오곤 하는데, 혹간 무슨 큰손의 보살펴줌 같은 것이라도 있었겠느냐, 아니면, 태어나기를 그렇게, 한 벌의 禪을 짜아 넣고—라는 말은, 어떤 중들의 禪修業도, 몸이 쓸모가 없이 되어지기(죽음)에 의해, 前生에 중두무이했던 거기서부터, 새로 계속되어진다고 하니 하는 말인데, —낳은 것일 것이겠느냐, 그것도 아니면, 그때마다 노상, 일진이 좋았던 것일 것이겠느냐. 이렇거나 저렇거나, '運'의 秩序는, '易'인 것을, 그렇다면 누구도, 노상 그런 행운만을 바랄 수는 없는 것, 없다면 촛불중은, 이 당강내 돌아오라, 떠났던 자리로 바쁘게 돌아오라, 더 멀리 떨어져 나가기 전에, 아직 道流가 벗어놓은 몸의 냄새가, 道流의 코언저리에 남아 있을 때, 그 [28]냄새를 좇아 흠흠 거리고, 바삐, 매우 바삐 돌아올 일이다, 지나던, 별 볼 일 없던 바람 같은 것이라도, 저 빈 절간엘 들어, 머무름의 휴식스러움을 탐내기 전에, 그리고 그것 역시 머무름을 모르던, 한 주름 歲月 같은 것이라도, 저 열린 無動의 아늑함 속을 한번 들여다보는 중, 그 無流가 술 된 것에 취하기 전에, 그렇다, 아직 아무것도 다쳐본 적이 없어 處女인 寡婦께로, 싸게 돌아올 일이다. 무장애란 물론 좋은 것이지, 좋은 것이어서, 그 '날으는 탄자'에 올라앉아 있는 자는, 한 식경도 채 못 날았을 것이라고 하고 있을 때도, 重力과 障碍의 고장엔, 몇 개의 달이 찼다 이울었는지, 헤아리지도 못하는 수가 있다. (龍王의 공주를 구해준 인연으로, 龍宮에 초대되어 가서, 그저 한 이레쯤 살다, 고향 생각을 하고 돌아온, 저 꽤나 잘 알려진, 그 어부의 傳記를 읽었거나 들어본 바가 있거든, 그것을 기억해주게) 어떤 경우는, 저 '날으는 탄자'에 탄 자가, (저 꽤나 잘 알려진 어부와 마찬가지로,) 고향을 기억해내고, 돌아오느라고 하다 보면, 자기 살던 집에서 상여가 나가고 있는 것을 보게 되는데, 그자의 몸이 죽어, 거기 실려 있다고도 하느니. 그리고 그런 일이란 빈번히 일어나오고 있다는데, 그렇게 몸을 잃은 자는 그러면 어디를 가겠는가, 또는 들겠는가[入], 그렇게 저렇게 스러질 때까지, 無定無處로, 허긴 妖精들을 보시게람, 바람으로, 흐르적 흐르흐 흐르게 될 것이지. 몸을 잃었으니, 이 有情은 이제 죽을 수도 없으려니와, 남은 삶은 이제, 제 기름을 태우는 초와 같아, 좋은 곳에의 꿈도 가꿀 수가 없게 되었는데, 그 반대되는 고장에 대한 두려움도 허기는, 이 有情의 몫은 못 되는 것이나 아니겠는가. 흐르적 흐르르 흐르흐, 흐르다가, 스러져 버릴 것, 흐르다, 흐르, 흐, ㅎ, ㅡ, -, 혹간 또 모르긴 모르지, 봄날 날씨가 좋자 일진도 좋다 보면, (그 有情 비스름한 어떤 돌중이 또 있어, 바리때 들고 마을 가며, 암자 사립짝 뒤로 비시겨 닫기를 잊고시나, 홀가분함이 좋아서, 들에는 도처에 켜내진 紅燈이 좋아서, 그것 하나, 그것 둘, 그것 열둘 불어 끄는 재미로 싸돌아다니는,) 어떤 빈 암자를 발견해, 한 삶의 저녁을 새울 수도, 있기는 있을 수도 있다. 속이 빈 고목이라든, 여우나 오소리가 파 새끼 친 뒤 비운 굴까지도, 먼저 쳐 들앉은 鬼神들이 눈알을 부라리고 내어다보고 있거나, 수음질로 눈에서 煞을 쐬어내고 있거나, 천장에 발톱을 박고, 거꾸로 매달린 잠을 자고 있거나 하여, 빈 것 구하기란 어려운데, 노숙의 고달픔을 아는가, ―저렇게나 구들막이 뜨끈한 암자가 한 채, 통째로 비워져 있어, 公의 차지가 될 수 있다는 것은, 公의 積善의 果報라도 된다고 해야겠는가. 또 모르지, 좋지 않아 폭풍인 羯磨가 불몰아치는 데에도, 無風帶 같은 羯磨의 눈[眼] 같은 것이 있는 모양인지, 그것도 모르지, 모르지만, 허나 어디, 남의 땀 냄새, 情 냄새 찌든 곳에, 인연 없는 남이 들어, 정붙여 살기는 그리 쉬운가. 그 빈 암자의 빈대는 또 빈대대로, 글쎄 빈대까지도 말인데, 새로 쳐든 자의, 낯선 땀 내음 피 내음을 못 참아 한다면, 헛, 허, 허기는, 겉보리 서 말만 있어도, 그렇고롬 얹혀사는 짓 하잖는다는 소리도 나올 만하게 생겼겠다 싶으다. 다른 有情 살았던 집에, 公의 땀 냄 情 냄이 배기까지 되려면, 그 집 가꾸기는 또 얼마나 힘들게 해야 되겠는가. 본디 다른 有情의 집과, 公 사이에는, 두 永壁에라도 비교될 火傷 자리들이 닿기와도 같을 것이어서, 이음매[粘質帶]의 접착이 있기는 어려울 듯하다. 그러는 동안은, 穴을 못 찾은 癡漢이, 급한 김에 계집의 발가락 새에다 지랄하기처럼 公은 든다고 들었는데, 나와져 있고, 들었는데 나와져 있고, 그럴 것이다. 그러함에도, 公의 치근덕거려 빌붙으려 함이 간절하기만 하다면, 과부의 몸에서 어찌 열이 일지 않을 수가 있겠느냐, ―열이 높다 보면, 두 벽도 녹고 말 일이 아니겠느냐. 이르기는 그래도, 세상엔 고흔 계집이 많아도, ("세상의 모든 여자와, 보리며 밀이, 한 남자의 욕망을 위해, 아직도 충분한 것은 아니다"라고 해도,) 손은 쇠똥 무더기보다 큰 데다, 노상 쉰 땀 냄새나 풍기고 있는, 자기의 조강지처만 한 것은 없다고 하잖더냐, 여러 손이 지나본 일이란 없어, 그 허벅지 살은 부드럽기가 달빛 같으며, 따뜻하기가, 고추씨 속에서 대궁을 불러내고, 고추를 주물러 내, 간지러움으로 알이 배 붉고, 팽대한 매움으로 번들거리게 익히는, 낮볕이다. 이 옌네는 노상 암내를 내고 있는, 실한 암소로구나. 이 암소로부터 수확되는 法悅의 젖은, 소마汁에나 비교되어질 것이다. 이 암소는 그런즉, 公이, 하나의 宗敎로까지 여겨, 신앙하고, 보살폈어야 할 것이었던 바, 이 암소를 길들여 그 등에 타, 너무 급하게도 말고, 또 해찰 부림도 없이 또박또박 끊임없이 나아가기에 의해서만 公은, 天路 멀고, 험하기도 험한 歷程을 무난히 마칠 수 있기 때문이다.

處容이여, 헌데도, 시작에 있어서는 경우가 이러하였으므로, 저러하였으므로, 어떠하였으므로, 서였든, 한번 마을 가기의 맛을 알아버리면, 정작으로 난문제는, 거기서부터 시작되기는 한다. 이제 公은, 아편 맛을 알아버린 아편쟁이나, 샛서방들의 精水 맛을 알아버린 음녀모양, 公의 전 생명을 賭하고서라도, 매번마다, 꼭 그 한 번의 마을 나서기를 포기할 수가 없게 될 것이 뻔하기 때문이다. 그중 큰 위험은, 지금 말하고 있는 바와 같이 주인이 집 비운 사이, 魔羅라든, 다른 몸 잃은 客鬼들이 쳐드는 그것이어서, 결과로 公은, 처소를 잃고, 浪鬼가 되는 것인데, 육신에 의해서만 종국적으로 성취되는 '죽음'의 은총(解脫을 성취하여, 돌아오지 않든, 또는, 새롭고 활력에 넘치는 새 몸을 입든,)까지 잃게 되는 것이다. 그것은 물론, 公과 他有情 간의 문제랄 것이지만, 公이 公 자신과 마주해야 되는 문제가 또 있는데, 마을이 잦기로 하다 보면, '속사람'('astral body' 'nuclear self' 'subtle body')과 '겉사람'('physical body'), 또는, '意味'와 '記號', '用'과 '體', [29]'識'과 '符命圖', '冥力'과 '符命圖'('記號', 또는 '體' 役을 하는, '符命圖' 쪽에서 본다면, '識'과 '冥力'은, 꼭같은 'signified'의 役을 담당하고 있음을 보게 된다. 그렇다, 그러나 저 둘이 같은 하나라고 보기보다는, 'signified'의 두 '役割'이라는 점에서 이해하면 좋을 것이다) 사이의 阻面도 그런 것으로서, 두려워해야 할 일이다, 두려워해야 할 일이다. 프라브리티 우주는, 그렇게 살도록, 그런 형태를 입은 달팽이라도, 너무 밖을 내어다보아싸면, 속알을 새에게 쪼이기가 쉬울 뿐만 아니라, 밖으로 나도는 중에, 그 연한 살을 덮은 粘液에 먼지가 앉고, 매운바람이 닿다 보면, 굳은살이 덮이게 마련일 터이고, 근육의 신축력이 감소될 것은 뻔히 짐작되는 일인데, 그때는 그 달팽이가, 조금 쉬어가며 살 때인 것이라고, 아랫목을 차지해 들어보려면, 너무 늦었을 수가 없잖아 있을 수 있다. 비록 말해, 아직은 너무 늦은 상태까지는 아니라는 데까지 양보하고 말한다 해도, 그 달팽이는, 그 안쪽의 포근함 속에 안겨들었다고 여기고, 그리고 얼마 안 있으면, 그 포근함이, 제기랄 푹푹 찌는 솥 같다느니, 공기가 희박해 숨이 가빠 못 견디겠다느니, 너무 어둡다느니, 밖에서는 무슨 일이 벌어지고 있는지 알 수가 없어 시속에 뒤진다느니, 어쩐다느니 하는 투로, 천의 만의 까닭을 들춰내고, 되나와 버리고 말게 된다는 것 짐작하기는 어렵잖을 터이다. 서로 이미 버서지근해져 있음일라. 靈體와 肉體 간에 있었던, '신비한 이음'에 올이 터지고 있음인 것. — 이러한 까닭에, 모든 것이 너무 늦기 전에, 處容임세, 아직도 道流와 몸 사이의 粘質의 緣帶에, 따뜻한 끈끈함이 날것[生] 일 때, 돌아오라고 하는 것이거늘. 그런 뒤에도, 마을 가고 싶은 마음으로, 도저히 죽치고 앉아 있을 수가 없을 때는, 그러면 새로 떠나보더라도 말임세. 그때 떠날 때는, 사립짝도 든든히 닫고, 외로 꼰 경것[警戒?] 줄에 숯 꽂고, 고추 꽂고, 마늘도 꽂아, 사립짝 건너 둘러, 貞操帶 삼아둘 일이겠지. 덧붙여, 은근히 하나 권장해둘 만한 것이 있다면, 貞操帶만으로 부족할 경우를 생각해서, 안쪽의 깊은 '잠' 속에다, 한 벌의 이빨 같은, 덫을 숨겨 넣어두는 일 같은 것일거네. 이 얘기를 하려니, 저 얘기를 하게 되지만, 貞操帶란 어떤 것인가 하면, 과수원마다 둘러 심은 탱주나무 울타리 같은 것이며, 어떤 魔女의 주술에 들씌워져, 한 왕국이 고스란히, 백 년 잠에 가라앉아 있는 왕국을 둘러, 울창히 자라 덮은 가시덩굴 숲도 같은데, 무엇이 그 안의 살콤한 데를 살콤히 엿보지만 않는다면, 그 속에 숨겨져 있는 것이 도둑맞을 염려는 없을 것이지, 마는, 헌데 말이시, 듣자니, 중년에, 무엇 하나가 말 타고 지나다가, 무심히 지나다가, 저 살콤한 데에 실족을 한 일이 있었다고 하는데, 이런 실족은 그러나, 사실 실족이랄 것은 아니며, 자석에 쇠붙이 딸려 붙듯, 그 안쪽의 무엇의 잠에서 일어난 것이 살콤 열어 보이는, 거 뭣이랄꼬, 뭣에, 그 나그네가 홀려 붙인 것일 것이다. 아무리 요사한 마녀라도, 자기가 치는 呪術의 陣의 어디에다가는, 별수 없이 하나쯤의 '生門'을 열어둬야만 되는 것이, 프라브리티의 法則이든, 또는 民譚의 한 法則인 듯한데, 그것은 분명히, 절대적 '邪'나 '魔'란 있을 수가 없다거나, 완전무결한 '陣'도 있는 것이 아니라는 의미는 아니겠는가. 그러고 본다면, 누구든 그 '邪, 魔'를 극복하기만 한다면, '邪, 魔'란, 이름 그대로 '邪, 魔'로서, 有情을 해치려고 있어오는 나쁜 龍이 아니라, 그 한 有情을 '公主'에게 결혼시켜, 장차 그의 왕국의 '왕'이 되게 하는 시험으로서 주어진 것, 鍊金術에 있어서의, '불치의 병'이나, '毒' 같은 것임을 알게 되기도 할 것이다. '邪'가 그러니까, 말하자면, '正'의 삼[胎褓] 이었던 것이다. (이런 관점에서는, 세계는 한 번도 二元論的으로 구성되어져 있은 적이 없었다는 것을 알게 된다) —'실족'을 했었건, 무슨 '자석에 딸려 붙었건', 저 안쪽에로 들게 된 자가 알게 된 일은, 그 한 왕국 가시숲, 의 깊은 잠의 한가운데는, 이제 갓 송이가 벌기 시작한, 한 처자의 잠, 의 그 송이 속에서, 한 蓮卵이 깨어나고 있던 그것이, 삼천대천세계를 그 일점에로 모두어 들이고 있었다는 그것이었다. 그, 그러, 그러했은즉, 일 세기를 늙은 영감이란대도 그러지 안 했겠느냐, 저렇게나 속이 더워, 땅의 한가운데만큼이나 더워, 더움 탓에 살콤 열린 송이 蓮에다, 입맞춤이 하고 싶지 안 했겠느냐, 보아 말해, 보아라. 남의 잠을 도둑질해 하는 저 입맞춤보다 무엇이 더, 입맞춤꾼의 전신을 태우겠느냐, 말해보아, 보아, 보아라, 일순에 타올라 버리는 잠의 수풀 왕국 하나, …… 이, 이히, 히런 고로 處容임세, 그중 상등품으로 쳐 권유할 만한 계교가 있을 수 있다면, 貞操帶는, 그것대로 채워둘 일이지만, 그리고도, 그 안쪽에다가는, 쪼른한 한 벌의 이빠다의 복병을 둬두는 그것일세나.

허, 헌데, 개도, 고양이도, (잠들었을 때 지켜보면, 눈알을 움직여쌌기는 움직여쌌는 것 같으니라, 마는,) 그리고 산도, 나무도, (그렇게나 깊고도 아늑한 어둠 속에, 설마하니 깨어 그것들의 뿌리가, 베틀에 앉아, 季節을 베틀질하고 있거나 하지는 않겠지맹) 허기는 바위(바위? 용은 바람은 봐도, 바위는 못 본다는 말도 있으니 말인데, 바위의 만년 잠에서 태어나온 것이, 혹간 용이나 아닌가?)도, 꿈을 꾸는가 몰라, 꿈을 꾸는가?

그, 그리고, 꾸어진 '꿈' 쪽에서도, 자기라는 그 꿈을 꾸고 있는, 그 잠을 자는 자를 인식하는가 몰라? (봄 뜰을 즐겁게 훨훨 날으는, 莊子의 꿈의 '나비'는, 저 아랫녘 양지가에 누워 얼핏 낮잠에 들어 있는, 그 '莊子'가, 자기를 꿈꾸고 있다는 것을 아는가 몰라? 그, 그것을 안다고 한다면, "누가 나라는 꿈을 꾸는가?"라는 물음은 물어졌어야 할 필요도 없었겠는가?) 허, 헌데, 촛불중의 椿事的 ('椿事的'이란 것은, 羯磨派 중들께는, 이해되어질 수도 있는 품목이 못될 터이다. 마는, '修辭學'이라는 용에다 쟁기를 메워, 三世 사래 긴 밭을 갈[耕]려 나선 자는, 그 쟁기에 메운 보습이 말[言語]의 흙을 뒤집어가는 대로 따라가지 않을 수도 없는 것. 禪이라는 흰 독수리만이, 이 거대한 검은 구렁이를 어거할 수 있음에도, 그 흰 독수리를 이 자리에다 불러들이려 하면, 쓸모없는 말을 하지 안 해도 좋은 대신, 결과는, 예를 들어 보이면, 이렇게 된다. "佛이란 무엇이냐?" "서 근의 삼이다.") 꿈꾸기에 의해서는, 어떤 일이 일어나 있는 중인가 하면, 촛불중이 잠을 자며 꾸는 꿈을, 자기가 내어다보고 있는 것이 아니라, 촛불중이 꾼 꿈에서, 알 껍질을 깨뜨리고, 꿈의 안쪽에서 밖으로 나아간 것이 지금, (이것을 촛불중은, '符命圖'에 대한 '讖'이라고 이해하고 있다) 저를 꿈꾸고 있는, 그 잠 속을 들여다보고 있는, 그 전도된 현상이 일어나고 있다. (이것은 그러고 보니, '프호와' 修業에 있어, '自我', 또는 '自意識'을 保有하고 있는 것은 어느 편인가, 그러니까 '속사람'[靈體] 인가, '바깥사람'[肉體] 인가, 하는 의문에 대해, 대답을 찾기가 매우 좋은 자리인 듯하다. 그 대답은 그리고, 이미 얻어진 듯하지 않은가? 그래서 그렇다면, '속사람'[讖] 이 떠나버린 그 순간부터 '바깥사람'[符命圖] 은, 썰어다 던져놓은, 속이 빈 고목 토막이나 같은, 살아 있는 송장에 불과한가? 아마도 그렇지는 않을 것이다. '살의 우주'에도, 뭔지, 그 우주를 운영하는 힘은 있어야 되는 것이 아니겠는가? 촛불중은 그것을, '符命圖'에 대한 '冥力'이라고 이르는 듯하다) 이 比丘는 그러고 보니, 이 짓에는 어느덧 이력이 난 듯이, 자기가 자기를 떠나, (촛대를 후루룽 떠난 촛불꽃!) 나지막한 암흑 가운데 떠 흐르며, 바위보다도 빽빽한 그 암흑을 투시하여, 그 아래 누워 있는, 자기라는 '잠'을 내려다보고 있는 것이다. 그러며, 그 잠만큼의 무게를 벗어버린, 그러자 '나비'가 된, 그 전신이 산들바람 결에도 가려워, 하으 하시리힛카, 방출 중의 귀두, 그 아픈 열예를, 흐흣흣, 윗녘 아랫녘 엉덩이 펑퍼짐한 한 뙈기 밭, 무르익은 양귀비 흘려 내리는 월후, 밤중보다 검은 그 월후의 강에 잠긴 거북아, 즐기고 있으며, 밝이 달 아래 선 處容의 심사, 딴에는 그래서, 무슨 노래 같은 것이, 끌럭클럭 목구멍을 간지럽히고 있다고, 캑캑거렸다.

벙어리 뱀아, 귀머거리 뱀아,
네 귀는 세상 간나위 새끼들 부르는 노래 듣다, 귀젖 흘리고,
네 눈은, 세상 간나위 새끼들 추는 춤보다, 썩어 고름 덮였지야.

꽤꼴롱 꽤꼴 꽤꼴롱 새여 간나위 새끼
꽤콜롱 꽤꼴 노래할라믄 하되
꽥 목통 찢어져라 용용 죽어라,
꽥 꽥꼴 간나위 꽥콜롱 새 꽥콜롱
춤출라믄 추라지 지따쿵 지딱 왜 못 추나 출라믄
꽥 부러져라 다리몽생이 지따쿵
못 살겠걸랑은 뒈져라 꽥클 꽥크르르

—제발 그러기를 바라야겠지만, 스승 못 뫼신, 이 胡奴僧도, 깜냥으로는, 무슨 공교한 꾀 같은 것이라도 하나 생각해냈었던 것이라고 해도 되겠는가, 글쎄, '讖'이라고도 이름할 것이, 삼복의 개 혓바닥모양 빼물려 나가며, 그것이 있던 자리가 비이게 된 '符命圖'랄 것을 둘러, 말[言語]을 외로 꼰 겅것줄[禁索]을 걸어두었기라고 해도 되겠는가. 이 겅것줄은, 말 가운데서도 맵고 독해, 煞을 묻힌 竹槍 같은 것을 고추하고, 눈아피病鬼 같은 것이 내쏘는 침 같은 것까지라도 방패할 것을 숯으로 하여, 주렁주렁 꽂아 갖고 있었다. (그런다 해서, 그것마다 다 靈驗이 있을지, 그것은 아직도 모를 일이다. 그러나 무엇보다도 문제는, [글쎄 "Little Red Riding Hood"의 얘기를 상기해보라, 이빠디가 다 물러난 노파까지도, 밖에서 문을 두드리는 젊은 늑대 놈께, 왼몸을 다 바쳐 먹히고 싶음 때문에, 잠근 문을 열어주잖더냐?] 안쪽에서 일어나는, 문을 열어주고 싶음, 그 유혹이다)

오씨요, 임자 오씨요, 돌아오씨요,

읍내, 별세한 장로네, 안채 마당에는, 어디서 와 내렸는지는 모르되, 그것의 염통이거나, 하초를 벼슬로 달고 있어도 보이는, 날개가 없어 참 이상한 흰 새가 한 마리, 그 안방에서 뿌려지는 모이를 줍고 있었는데, 그 모이는, 보리도 말고, 밀알도 말고, 하필 소금, 소리[音]의 소금, 소리, 가야금 소리, 소리의 소금, 어떤 탄식하는 심정의, 떨리는 손가락이 뿌려대는 설움, 모이는 그것이었다. 그런 소금의 소리는 또, 저 새의 목구멍을 짜게 넘으면, 그 '소리'들이 이번에는, 날개 없는 흰 새가 되어, 그 새의 心田에서, '意味'를, 意味의 소금을, 소금을 쪼아 먹었다.

척진 일 없었을 임자, 집으로 오씨요.
오 끼끗허든 양반, 돌아오씨요, 날 보로 오씨요.
임자 기다리는 나는 임자 시악씨,
날 베리고 임자 참말이제 못 떠날 것이요이.

죽지가 없는 새는, 저런 넋두리에서 모이며, 의미를, 소금을 주웠으며, 줍다 말고 때로 때로, 물에서 갓 올라온 오리모양, 전신을 푸들어 떨었는데, 그럴 때로 그 벼슬이 납빛을 드러내는 것으로 짐작건대는, 그런 소리며, 넋두리만 먹는 새에게도, 그런 모이는 너무도 짜거웠던 것이나 아니었는가, 목이 메이지나 안 했는가,

오 끼끗허든 서방님, 서방님 집우로 오씨요.
속으로 나 임자 원험시나
눈으로 나 임자 보기 바라요.
임자네 시악씨, 임자네 안댁헌티로 오씨요, 임자 제집헌티로.
임자는 참말이제 고렇게 떠나던 못 헐 것이요.
다롱 디우셔 마득사리 마득넉즈세 너우지
아직도 나 임자 제집, 임자가 탐냈던 제집,
임자가 뽀챘던 고 예편네.
오씨요, 임자네 안댁헌티로 임자네 제집헌티로,
임자라우, 낭군—
다롱 디우셔 마득사리 마득넉즈세 너우지

그리고는 그러나, 모이는 더 뿌려지지 안 했다. 가야금의 共鳴管 속에서,

소리의 모이를 쥐어내던 그 손이, 설움으로 얼어 소금이 되어버렸던지도 모르고, 아니면, 공명관 속의, 아직 깨어나지 않은 소리의 알들이, 깨어나기도 전에, 아으 저승은 춥고도 서럽다고 하더라, 저승을 알아버리고, 無精卵모양, (소리의) 바르도에 들기를 거부해버렸는지도 모르긴 모른다. 그렇다면, 그런 공명관도 無翼鳥이다. 어찌 되었든, 소리를 울려내잖는 공명관은 無翼鳥이다.

모이가 더 이상 뿌려 내리지 않으면, 저 특정한 모이를 탐내 내렸던 새도 허기는, 둥지로든 어디로든 머리를 둘러 떠날 때인 것이다. 어떤 종류의 새는 대[竹] 열매만 먹고, 어떤 새는 우둠바라꽃 꿀만 먹는다 하더니, 남의 설움이 얼어 된 소금꽃만 쪼아 먹는 새도 있구나. 새는, 남의 눈물만 받아먹는, 날개도 없는 저 새는, 어디서 또 그런 소금꽃이 피는지, 바람을 듣느라고 그랬겠지만, 남녘을 향해 망연한 눈을 뜨고 있더니, 한 번 더 전신을 물오리 털고, 그리고는 아쉬운 듯, 아까 흐트러져 내렸던, 그 모이의 이삭을 찾아, 주우며, 섬돌을 디뎌, (안방) 마루까지 올랐다. 그리고는 안쪽을 끼웃 짜웃 엿보려 했는데, 그러는 중에 그것의 벼슬에서는, 팽대해 있는 귀두만이 드러내는, 시꺼먼 붉음이 변색을 하여, 시퍼런 검은색을 띠는가 하고 있자니, 된내기에 닿은 이파리들이 그렇듯, 풀기를 잃고, 축 늘어져 내렸다. 조금 전까지, 어떤 祝手하던 이의, 어떤 祈求를, 어디만큼이라도 전해주려, 香煙을 소리[音]로 피워 올렸던, 그러나 이제는 꺼진 香爐, 는 骸骨, 은 祭床, 은 가야금(은, 전갈하님) 위에는, 삼[胎衵]이 셋씩이나 되는 암캐(는, 그래서 지옥을 지키는 '三頭毒狗'로 알려지잖았나?)가 엎드려 있었고, 헌데 그네는 새끼를 배어, 진통을 겪고 있는 중인 것 같았다. "至難함이여", 새는, 저 이상한 새는, 讖새는, 날지 못하듯 울음을 울지도 못했던지, 제 부리로 제 목젖 부위를 괴롭게 쪼며, "키－키－호" —되어 나오지 않는, 뜻, 사랑의 뜻이나 되었을 것이었겠지맹, 뜻의 날개를 펼쳐내려, 각혈을 하고 있었다. "女性인 것의 至難함이여!" 이런 진통은 그러나, 오늘이 처음은 아닌 듯했다. 그 母胎 속에다, 아이[單數]를 심어준 아비들[複數]만 알 터이지만, 저 불효 놈의 胎兒는, 그 어미가, 그 아이놈의 아비들에의 연모의 정을 일으켰다 하면, 동시에 진통을 일으키되, 아직 달이 차지를 안 해, 언제나 달이 차게 되려는지는 에미도 모른다. 허기야 말이지, '無常'이 그 삼

[胎褓] 인, '骸骨' 속에서도, 무엇이 태어나기는 태어날 것인가 몰라? 문제는 그럼에도, 태어나본 적도 없는 그 아이가, 벌써 美里에 와 있어, 한 場을 治理하고 있는 것을, 그 어미까지도 알고 있어, 그를 美里의 第八祖村長이라고 일러, 그 어미까지도, 자식의 蓮足에 이마를 대어 경배하여, '祖師'로 뫼신다는, 그 法事이다. 아크― 至福함이여, 흐크, 아비[祖]를 배에 실은[姙娠] 계집은, 사마야 자, 자, 자, 거대한 검은 수말을 밴[姙娠] 암개구리, 할라, 女性인 것의 至福함이여! ―至福함으로 엔네는, 종내 잠을 써버린 것 같았다.

울음을 만들지 못하는 목젖을, 제 부리로 제가 쪼아, 진한 피를 내어서는, 진통 탓에 잠을 써버린, 저 너무 큰 고통을 밴, 작은 地獄의 타는 입술에 발라주고, 저 새는 그리고, 가야금에 몸을 기대었는데, 새도 아파하고 있었다. 오한 탓인 듯, 몸을 푸르르 푸르르 떨다, 눈꺼풀의 무게도 못 견디겠는 듯, 눈꺼풀을 덮으며, 팩 꼬꾸라지려 했다. 하다가, 둥지를 생각하고 있는 것 같았다. 저녁녘이 되어가고 있었을 뿐만 아니라, 너무 많이 쪼아 먹은, 情의, 그리움의, 소리의 소금에 절여져서도 그렇겠지만, 저 작은 地獄을 건너다보고 견뎌내기가, 새에겐 그렇다, 버거운 듯했다. 날지도 못하고, 울지도 못하는 저 새는 그러면, 어디서 내린 무슨 새이냐? 울지도 못하는 것에 좇아보건대 그것은, 무덤을 안고 다니는 새인 것이다, 그렇잖은가? 날지 못하는 것에 의해 보건대 그것은, 저승에서나 온 새이다, 날개를 前生 어디에다 저당 잡혀버린 새, 그렇잖은가? 그 새는 사실로 그렇게, 저승 어디에다 날개를 저당 잡히고, 무덤을 빠져나온 새였더니, ……그 무덤은, 남녘 美里, 사막 가운데, 마른 늪…… '讖'이라는 이름의 새, 그 무덤 속에 저당 잡혀 있는 날개는 '符命圖'…… 讖새는 그리하여, 돌아갈 일을, 벗고 온 두루마기의 안온함을, 둥지를 생각하고 있었는다. 그러기 위해서는, 새여, 지금은 그러면, 기억력에 기를 모아, 떠나오는 중에, 여하히 예사로이 스쳐 지났던, 여하히 예사스러운 것들까지라도, 떠올려낼 수 있는껏 떠올려야 되는데, 말임세, 죽은 넋들이라도 말임세, 못 잊겠어서, 때로 때로 돌아와 볼 것을 생각하여서는, 상여에 타고 떠나고 있을 때, 행여라도 길 잃을까 두려워 손 내뻗어, (누가, 상여 속에서 뻗쳐 나온 송장의 손을 본 일이 있다느냐? 그런 손을 못 본 눈은, 갓 태어나, 아직 이레도 못 늙어, 덜 뜬 눈이다) 앞서

가고, 뒤서 따르는, 輓章을 찢어내, 샘가 버드나무 가지며, 길가 가시쟁이 같은 데다 걸어둬 흔적을 남기거늘, 回路잡이, 새여, 자네 벗어놓고 온 두루마기의 안온함에 그리움을 일으키기뿐만 아니라, 그 냄새에도 코를 밝혀 냄새를 코에 실 감아, 꾸리 감아, 그리움을 눈하여, 실 끝나는 데 좇다 보면, 새여, 떠났던 둥지에로 어느덧 되돌아와, 가슴을 호꼰하게 데우고 있음을 알게 되는 것을. 헛, 그러함에도, 돌중이라도 중은, (씨를) 뿌리는 자가 아니라, 거둘 것도 없다면, 벗어 놓아둔, 두루마기의 안온함을 생각하지 말아라므나.

가, 가맜, 맜자, 허, 헌데도 새여, 종종걸음 딛어, 딛, 딛, 딛어디 디어딛 딛어, 떠나 떠나왔던, 저 딛어진 자리마다, 목이 잘린 무슨 용의 이빨도 같고, 무엇에게 밟힐 때마다, 밟힌 부분을 떼어놓고 간다는 무슨 도마뱀의, 그 끊긴 꼬리의 매디매디도 같은, 무슨 그런 씨앗이랄 것들이 쪼론하게 심겨, 눈 트고 있음은 무엇이냐, 새여, 무엇이냐? 혹간 그 자리로, 法을 무겁게 실은, 수레라도 지났기에, 그 바퀴 자국이라도 남은 게 저것이겠느냐? 딛, 딛, 딛어디 디어딛, 딛苦 디海, 딛苦 디海, 苦, 海, 苦海—보아라, 이 한 運命冊에 씌어진 內容은 무엇이냐? 누가, "흙 위에다 쓰기만 하였더냐?"

30옴 마니[讖] 팟메[符命圖] 훙![符命圖의 숨골 속으로 스며든 讖!]

處容 집 돌아오다.

苦, 海, 苦 海, 苦海, 디뎌 종종거리고 나갔던 새, 자기의 足跡을 海, 苦, 海苦, 海苦 되밟아, 돌아오다, 떠났던 자리에로 되돌아오다. 벗었던 '날개' 되입기의 不自由스러움의 自由스러움! (그리고 不自由스러움!)

불려 나갔던[發音] 소리의 귀환—默. '骸骨' 속에 뎅그마니 놓인 '신발' 한 짝. ('신발'은, 신겨졌을 때, '動' 자체로서, 신은 자의 수레[車], 또는 그 바퀴가 아니냐?) 喝! 그런 것 말고, 禪이 또 다른 무엇이든고? ('骸骨'과 '棺槨'은, '마음의 우주'의 '신발', 또는 '수레'일 터인데, '말씀의 우주'의 그것은, '숨', 그리고 [密宗的으론] '침?')

—잠들어 있을 때는 허헛, 자네 박수여, '살'의 진구렁창에 빠지면, 헤어나오기 어렵니라. 그러면 자네, 스산하고도 스산한 여러 여러 胎夢에 당하느니라. —깨어 있을 때는 허헛, 자네 '骸骨'의 宗徒여, '말[言語]의 流沙 구덩이'

에 빠지면, 헤어나오기 어렵니라. (흐흣, 俱胝는 아직도, 손가락 하나를 뻗쳐 올리고 있느냐? 만의 한 方言, 禪的 方言. 한번 發音해낸 뒤 俱胝는, 그 한마디의 말을 어떻게도 회수해 들이지를 못하고 있다. 그것이 뻗쳐 올랐을 때, 그것은 그 순간, 失踪을 해버리게 되기 탓이다. 俱胝가 사실로, 그 손가락을 뻗쳐내, 달을 짖었는지, 또는 아무것을 향해서도 짖으려 하지 안 했는지, 그것은 俱胝 자신의 문제며, 하나의 말이 發音을 입었으면, 그것은 그 순간, 듣는 귀에 의해서 완성되는 것인데, 예를 들어, 그래서 俱胝의 그 '손가락'을 들은 자가, 그 끝 되는 데를 보았더니, 거기 '달'이 떠 있었다고 한다면, 거기서도 안됐지만, 손가락의 失踪이 있다. 거기 '달'만 두둥실 떠 있고, '손가락'은 없다. 또는 '손가락'은 있는데, '달'은 없는, 바람직하지 않은 일이 일어날 수도 있다. 그 손가락으로 달을 가리켰는데도, [달이 아니라 '손가락'을 보는, 빼 먹어버릴 누무 눈구녁에는,] 가리켜 보인 것이 안 보이니, '손가락의 無用性'을 드러내게 되어, 안됐지만, 한 번 더 '손가락의 失踪'이 운위되어진다. 이래도 저래도, 결국 '손가락'은 失踪한다. 허공 중에 있는, '말의 流沙 구덩이'에 빠져든 '손가락' 하나, 禪的 말. 俱胝여, 道流는 거 어쩐다고시나, 애비가 땀 흘리고, 어미가 진통 겪어 매달아준, 무고한 그 '손가락' 하나를, 三世間에 내세워, 잃기만을 거듭하눖다? 에라 毒狗야, 워리— 워리, 道流는 차라리, 毒狗에게라도 끊어줘, 적선함만 같지 못하겠네그리. 아크흐— 俱胝는 제기랄, 아픔을 못 참고 비명하고 있다는다? 네 이눔, 천하에 佛性 없는 짐승 같으니, 俱胝가 적선하려는 것은, 한 개 손가락이지, 뼈도, 살도, 佛血도 아니거늘, [손가락도 물론, 뼈며, 살이며, 佛血로 이뤄졌으되, 거기에 머무는 것이 아니고, 일하며, 심지어는 하나의 禪的 말, '話頭'이기보다는, '話尾'에 속하는 말이기까지, 한 力動的 존재거늘!] 어찌 감히 佛骨이며, 佛肉, 佛血을 해치려 하눖다? 俱胝임세, 道流는 어찌하여, 失踪한 손가락이 무슨 毒口에 물려 끊기고 있다고, 그리도 생살을 끊기는 듯한 아픔에 당하느라 비명이람? '佛性'과의 관계에서라면, 毒狗란 있어도 없는 有情인 것, —그런 有情이, 失踪하여, 있지도 않는 것을 물어 끊기에도, 末魔가 끊기는 비명이 있는다? 한 손에, 본디 다섯 손가락씩 점지받아 이승 왔던 俱胝는, 지금도 물론, 정확하게 다섯 손가락씩을 짜란히 해 갖고들 있지만, 그중에서 손가락 하나가 失踪을 해버린 까닭에, 그 자리를 뜨지를 못하고 있는데, 이제 그 자리를 뜬다면, 거기 어디 허공에서 잃은, 자기의 손가락 하나를 영 못 찾게 될 것을 겁내고 그런 것이다. 헤아려보면, 俱胝 자기의 한 손의 손가락 수는, 여전히 다섯씩이다, 그리고 그것이 그가 점지받아온 그 숫자이다, 헌데도 아지 못케라, 하나가 없다, 이 하나는 그리고, 그 다섯에다 보탠다 해도 여섯은 되잖으며, 그 하나가 빠져나갔는데도, 본디의 다섯은 아직도 다섯이지, 넷이 아닌, 하나이다. 히히히, 俱胝는, 하필이면 자기 속에 자기가 失踪하고 말았었구나)

잠에 들어 있을 때도, 깨어 있을 때도, 道流 말이지, '性器'를 하나 당차게 쥚고, 프라브리티 길기도 사래 긴 돌밭 가시밭 갈이[耕] 하러 온 자여, 부지런히 밭 갈기나 할 일이고, 지치거든 밭 귀퉁이 앉아, 담배 지랄을 생각해, 폴씬 한 대 피워, 그 연기에다 怨이든 恨을 실어 어디로든 보낼 일이지, "낳기도, 죽기도 괴롭다"고 하여서나 公은, 그 苦의 까닭은 다름이 아닌, '性器' 위에 뙤똥하게 얹힌, 쓸모도 없는 머리통의 시어미다움이라고 알아, 道流 스스로 자신의 대가리를 자르고, 골 맛을 탐해, 대가리를 파먹어 들다, 骸骨 속에 떨어져 내리면, 어렵니라, 헤어나오기 어렵니라, 그럴 것이, '骸骨'도 물론 '明鏡'이지만, '明鏡'과 달리, '骸骨'은 아무것도 토해내지를 않기 때문이다. 캐, 캑, 캑, — 촛불중은, 서낭당에 펴 짓뜨려진, 고수레 음식 잘못 핥다, 목구멍에 鬼神이 걸린 똥개모양, 草食 動物도 아닌 것이, 풀을 여러 순이나 뜯어먹고는, 버글버글 먹은 걸 토해내듯, 체한 雜想들을 게워내느라, 푸르쭉쭉한 얼굴이 돼 있다. 그러다가 촛불중은, 제 몸을 제가 내팽개쳐 부득 쓰리며, 냅다 나가떨어졌는데, 그런 어떤 순간에, 그의 전신에, 경직이 있었던지, 뻗은 데는 쭉 뻗고, 오그린 데는 꽉 오그린 채, 꼼짝도 못 하고, 간헐적이지만 빈번하게, 전신을 푸드득 푸드득 떨어댔다. 아무도, 아무것도, 그 몸의 바깥쪽에 둘러서서, 그 몸을 타작해대는 것은 없는데도, 이 비구는, 그런 무슨 도리깨질 밑에나 놓여진 보릿단 모양, 뭉그러지고 있었다. 무슨 그런 귀신이거나, 무슨 그런 귀신 붙은 달궈진 납덩이도 같은 것이, 제 몸 뜨거운 것을 제 스스로도 감당할 수가 없어 발광하고 역마직성을 냈는지, 중의 발바닥에 무슨 수상쩍은 불거짐이 나타났는가 하면, 목덜미께에 불쑥 나타나고, 안쪽 정강이에 붙었는가 하면, 손가락 끝에다 불을 켜고, 불알 주머니에 떨어져 내려, 그 자루를 석 자가웃이나 쭉 늘여내는, 그런 식이었다. 크윽 끄윽 끅(웃는 소리에도, 저런 것이 있더니라), 硬直이 그의 전신을 내뛰었다. 그 硬直이, 횃불을 들고 가서, 지져대는 그의 몸의 부분들 여기저기에서는, 지글거리는 소리는 물론, 주리 틀리느라, 으드득 으드득거리는 소리도 났는데, 그것을 촛불중은, 보고, 느끼고, 들었다. 허긴 나라카란 그런 것이 아니겠는가, '몸'이 꾸는 [31]'惡夢' 말임세. 아으 그렇다면, '몸'을 비워버리게, 촛불중은, 몸을 비워버리게여! 그러면 그 당장 比丘는, 토사곽란보다도 더한, 그 惡夢으로부터 벗어난다. 몸을? 비우다니? 그런데? 몸이? 비워질? 수도? 있던? 것이었는가? 속삭이는 자여, 魔羅와도 같이, 어디서 일어났는지도 모르겠음에도 일어나, 귀[耳] 들을 사미 삼아, 속삭이는 자여, 公은 설마, 비인 그릇에 담긴, 비임을 비워내라고, 그것을 설하고 있는 것은 아닐 것인가? 咄, '銀器에 담긴 흰 눈[雪]'에 핏물이 돋다, 어디서 우러난 색깔이냐, 상사라의 울음, 울음 붉디 붉, 붉디 붉, 붉울음한 상사라, ……몸으로 사는 데서는, 모, 몸을 비우랐다?

분명히, 마을[外遊]을 念欲치 안 해 그랬을 터이지만, 그리고 또, 양자 간 찢겨나가느라 생겼을, 그 상처가 새로 아무느라고 그랬을지도 모르지만, 이런 중에도, 촛불중은, 자기 '몸'의, 광란으로 뒤집히는, 한바다의 고통에, 고통의 바다에, 한 海草 가락으로 탱이질 쳐지고 있었는데, 이럴 때는, '몸'의 한 점, 한 방울의 살이며, 묽음이, 한바다보다도 크고 깊어, 건너기가 어렵기는 어려울 터이다. '몸'은, 건너기가 어렵다. 뻗은 데는 뻗은 채 못 오그리고, 오그린 데는 오그린 채 못 뻗어 촛불중은 지금, 솔아 진을 흘려내고 있는데, 그 땀구멍들에서마다, 煞이 구더기를 슬고들 있어, 촛불중께서는 도깨비불이 푸륵푸륵 일어나고 있었다. '空'이 敵 되어 일어났음, '불'[火]이 원수 되어 일어났음, '물'[水]이 (요나를 삼키던) 큰 물고기가 되어 일어났음, '바람'[風]은 왜 또 逆으로 부느냐, '흙'[土]에서는, 황충과 전갈이 떼로, 무리로 일어나, 地肉을 파먹어 들어, 地獄을 드러냈음. 이것도 허긴, 일종의 産痛이었을 것이기도 했느냐? 제 몸을 제 스스로, 지우고, 태우고, 묽히고, 갈고[磨], 썩히고, 그 죽음 속에서, 재 속에서, 새로 자기가 하나 일어나기, 그런(하나만 例 들어 전부를 말하기로 하면,) 火産? 잠들어 있을 때는 박수여, 자네 말[言語]의 박수여, '살'의 수렁에 빠지면, 헤어나오기 어렵니라. '잠'은 재[灰], 는 암개구리, 거대한 검은 수말니미는, 저 '암개구리'의 뒤에 눈이 묶여, 그 뒤를 쓴다고 덤비다가, 크, 크흐, 흐, 그 암개구리의 배 속에 들어 담겨 있습시다. 쭈쭈 쭈쭈 쭈쭈쭈—

태양이, 磨蝎宮 뒤뜰, 잎 진 가지 끝에, 고수레 감으로 매달려 있을 때이니, 눈 잎이라도 내려야 되고, 하다못해 찬 이슬이라도 내려야 될 때였는데도, 이 고장엔 봄도 가을도 겨울도 없어 여름도 없어, 그러니 말하자면, 노란 세월과, 노란 하늘과, 노란 땅이 맞닿아 있는 채, 아직 궁창이 나뉘지 않았고, 그래서 거기서는, 모든 것이 정지해 있는 것만 같았다. 아크흐크할라.

青色

제1장 空化色品

[1]열엿새 달, 열여섯 살 먹은 환한 흰 새, 벗은 달 환히 벗은 계집, [2]月候에 샅이 젖은, [3]암캐, 입은 것이라고는, 다섯 덩이의 [4]마른 骸骨을 끈에 꿰어 만든 머리 장식, 생피 뚜둑이는 [5]열두 짐승의, 목이 잘렸으되 살아 있는, 대가리들로 구슬 꿰어진 목걸이, 팔목을 둘러서는, 그리고 발목을 둘러서는, 각각 한 마리씩의 [6]毒蛇를 팔과 발 목걸이로 휘감은, 아으 아름다운 處女, 년의 요니 속에서는, 硫黃불이 타고 있구나 고흔 계집, 일곱 혀의 불가지[火枝]에는, [7]검은 송장이 하나 알 품어져 있는데, 송장을 디뎌 춤추는 벗은 계집, 열엿새 달, 열여섯 살 먹은 시뻘건 흰 새, 오른손에는, 이승 초승달로 휘어진 낫을 들었는다, 저런 런순, 제 목을 자, 잘랐느냐, 쯔츳, 하으, 볼작시라, 제 목을 제가 자른, 제 염통에서는, 더운 피가 火山으로 분출해 오르는 것을, 히히히, 제 손에 받쳐 든 제 대가리에서 쏙 내민 제 혀로, [8]제 피를 받아 마시고, 아크흐크할라, 그리하여 제 피 맛에 취해, 미친 춤에 날뛰는, 저 마늘 같은 시뻘건 흰 새—왼발로는, 불의 둥지에 품어진, 검은 송장의 가슴을 희게 디뎌 내리고, 오른발은 쳐들어 올려선, 그 흰 발바닥을 햇딱 까 올려 蓮, 蓮은, 뿌리의 겨울에서 꾸어진 꿈, 봄, 봄에는, 무엇에게서나 싹이 트고, 禪根에서도 싹은 트고, 하앙솨—, 송장 속에서 한 움직임[動] 이 일어, 뻗쳐 오른다, 오르는데 오르면서, 저 계집의 요니를 찔러 오른다, 계집의 목젖을 터뜨려 오른다. 흰 蓮 속에서 일어난 [9]시꺼먼 흰 새, 어미는 죽었도다, 제 부리로 제 가슴을 쪼아, 제 염통에서 솟는 피를 마셔,

제가 젖 먹인 자식, 빼틀빼틀, 붉게 일어나도다. [10]사마야 자 자 자

[11]蛇圓會陰

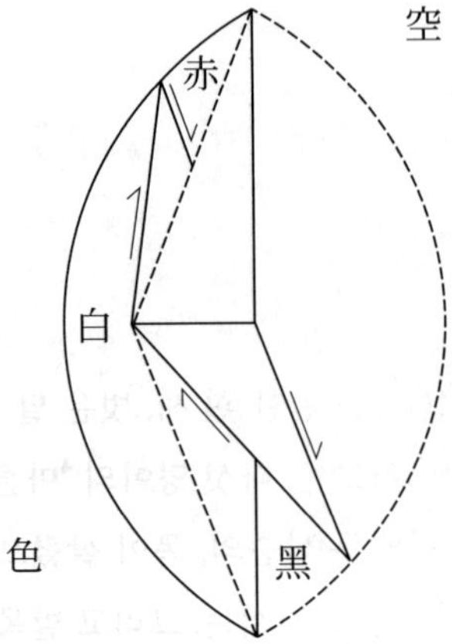

제2장 色化空品

　리로 리런나
　로리라 리로런나
　로라리 리로 리런나
　오리런나
　나리런나
　로라리로 리런나
　리로 리로
노래하며 촟불중은
어떤 이른 봄에
한 그루의 [1]禪木 [2]뿌리를
그의 뒤뜰 [3]흙탕에 심었다, 그리고 그는
낮도 없이 밤도 없이
그 뿌리가 싹 돋궈내기 기다려
금바가지로 물 주고
금갈퀴로 북돋웠으며
축수하여
　거북님입지 거북님입지
　모가지를 내어놓으십습지

만약 내어놓지 않으면입지
구워 살라 먹겠습지
그러던 날, 뿌리에 잠의 귀가 열렸을거나
잠의 살에서 여름이 깨어 일어났을거나
두 줄기 水仙
돋아 올랐더랬구나
삐약 飛躍
삐약 [4]屄蝪
삐약 삐역
우는
한 꿈의 뿌리에서 날아오른
흰 새 두 [5]머리,
하늘을 너무 쪼아 마셔, [6]속이 비어갔다
희게 비어갔다. 새여
아으 오르는 새여
네놈의 자지님을
네 [7]어미의 子宮에 밀어 넣고입지네
리로 리런나 거북님입지
네놈의 [7]누이 년의 젖퉁이를 어루만져 누르며입지네
로리라 리로런나 거북님입지
로라리 리로 리런나 머리를 내어놓으십습지
네놈의 스승 아비의 대가리를
네놈의 발로 내려찍고 말입지네
오리런나
나리런나
만약 내어놓지 않으면입지
로라리로 리런나
구워 살라 먹을 일입지네

사마야 자 자 자

[8]蓮陰會陰

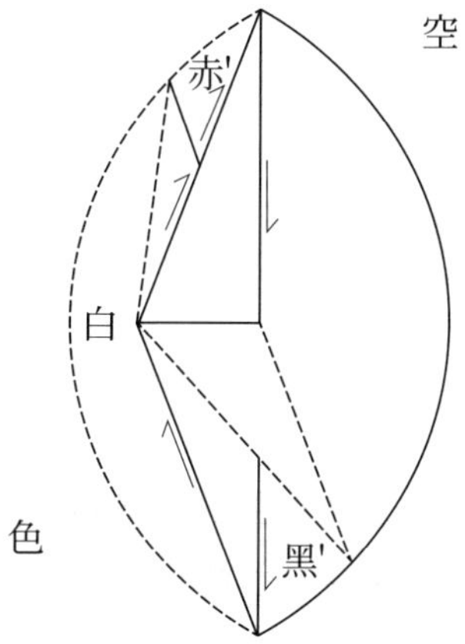

제3장 罒品
—[1]배꼽 만지기 얘기 한 자리

사람(아담)은, 우주적 大力에게도, 예를 들면, 憂愁(Cura, Latin)에 대한 개념이 있다고 夢想한다. '大力'을 두고 행해진 사람의 夢想 속에서는, 그것이 어떻게나 抽象的이었는가와도 상관없이, 그 한쪽이 위대한 創造力, 또는 破壞力을 가졌음으로 해서, 이제껏 다만 '힘'이었던 것이, 하나의 存在에로 分身을 하는데, 이왕에 그것이 例 들어졌으니, 例 들어진 것을 두고 말한다면, 그러면 그 자리에 '憂愁의 神'이 化現해 있게 된다. 天地가 어떻게 創造되어졌는지, 또는 어떻게 始作되었는지, 또 아니면, 늘 그렇게 거기에 있어왔었는지, 그것은 사람으로선 알 수가 없으되, 神들은 저렇게 태어난다. 이 夢想꾼의 이름은, '프라자파티'인데, 그러자 여기, 둘의, 太初의 '사람'이 보인다—'아담'과 '프라자파티.' 그 시절엔, 아직, '바벨탑' 쌓기에의 아무 의념까지도 싹트지 않고 있어서, 하늘에서나 땅에서나, 땅 아래서도, 꼭같은 한 言語를 쓰고 있었던 것을 감안하면, 저 둘 중의 어떤 '사람'이 먼저 있었던지, 그것이 잘 종잡히지가 않는 문제점에 봉착하게 된다. 그럴 것이, 神들이 天地를 창조했다는 說에 동의하기로 하면, (그 天地萬物이 있었기 전에 '있어') 夢想을 통해, '神들과 魔들을 불어[發音] 낸 聖人·프라자파티'야말로, '아담'보다 훨씬 더 주름 많은 얼굴을 꾸며 있으되, 저 '프라자파티'로 하여금, '神들과 魔들에다 이름을 붙여' 불러내게 한, 그 夢想, 또는 그것을 수단으로 하여 思考를 가능하게 했던

'言語'에 주안점을 두기로 하면, '아담'이 보다 더 늙은 얼굴을 꾸며 있어 보이기 때문이다. '言語' 쪽에서라면, 그 '天地萬物'이 어떻게 되어 거기에 그렇게 있어왔는가, (그것이 잘 설명되어지지 않는 문제점이 있으되, 그리하여 "태초에 말씀이 계시느니라"로, 갑자기 한 우주가 개벽을 하기는 하되,) 그것은 어찌 되었든, 그 '天地, 그 存在와 事物'들에다, 최초의 '사람'이 '이름'을 부여하기로써, 아직도 非化現의, (으스름한 암흑과 잠,) 그 胎褓 속에 쌓여 있는, 하나의 거대한 '꿈의 덩이', 그 우주를 부화해내게 되었으며, 그렇게 하기로써, 나중에 '바벨탑의 言語'라고 불리는, 한 體系의 범우주적 言語도 동시에 이뤄내게 된 것이라는 얘기다. 최초의 두 '사람' 중, 누가 먼저 있어 왔느냐는, 이렇게 되면, 이 자리에서는 차후의 문제라도, 두 사람이 두 다른 입으로 증언하는 꼭 같은 한 진리는, 현존하는 이 우주는, '사람의 言語'에 의해, 그 혼돈을 극복하여, 질서를 드러내기 시작했다는 그것이다. (이 사실은 충격적인데, '마음의 우주'에 도달해서라야만, 아무 무리 없이, 그 이해를 가능하게 할 것이다. 그리고 아직도, 아담[인간] 들은, 자기네들의 우주를 명명하고 있는 중이 아니냐?) 그 우주는 현존하지만, 한번 '바벨탑'이 헐린 뒤 그런데, 분산되어졌다는 그 言語는, 어떻게 그 모습들을 취해왔거나, 바꿔왔는지, 그것은 알 수가 없다. 없으되, '바벨탑' 이후의 言語들도, (그 이전의 言語에 비교해 어떤 것이나 되려는지는, 누구도 모를 것이라도) '超力性'이랄 것을 갖고, 生動하고 있다. (이런즉, 해온 바와 같은, 무엇이, 또는 누가, 먼저였느냐라는 투의 실랑이질은, 자칫 잘못했다가는, 들고 있는 계란도 깨고, 아끼는 씨암탉도 죽이기가 쉬운, 法得 없는 짓이니, 그만두는 것이 좋을 것이다) 生動하는 言語는, 그것 자체가 [2]'谷神'이며, '玄牝'이다. (테레시아스의 푸른 뱀,)이 쿤다리니의 일어서기와 눕기에 의해, 한 우주가 [3]開/閉함이여!

'修辭學的 壓力'이라거나, '文法(달마)的 要求'가 있기 전에, '말'[言語] 은 일어남과 동시에, 그것 스스로, 그것의 運命의 內容에 좇아 '性別'을 취하는데, (無性이나 中性도 물론, 분명한 性別이다) 그렇게 하기에 의해 그것은, 스스로에게 生命을 불어넣는다. 이 有情(言語)의 육체적 우주는, 당연히 '文法'일 것이며, '修辭學'이, 그 우주의, 또는 각개 有情의, 運命을 드러낼 것이다. 夢想

꾼 프라자파티는, 무량겁, 그리고 오늘도, 한 벌의 우주를 불어내고[發音], 또한 回收(沈默)해 들이느냐, 그러는 중에도 아담은, 有情無情들에다 이름을 붙여주기에 바쁘구나.

(그것이 이 자리의 主題가 되어, 例 들어진) '憂愁'도, 그러므로, 태어나자마자, 그것 자신의 '性'을 재단해 입었는데, 에게게 에케, 그것은 몹시도 깊은 시름에 잠긴, 제가 그 위에 타고, '거품'의 바다를 떠 흘러온 그 조개를 生殖器로 하고 있는 계집, '女性'이로구나. 이 '女性'의 아비는, 듣자니, 黑暗(蝕)을 어미로 하여, 어미께 하초를 떼어 저당 잡히기로 태어난 후, 暗黑恐怖症에 무량겁 시달리며, 제 몸을 제가 태워서라도, 黑暗으로부터 도망치려 안간힘 하는 '해'[日]라고 하며, 어미는, 그 아들로부터 떼어낸 하초를, 자기의 子宮 속 깊이 묻어놓고, 그 하초에서, 조수 때마다 '거품'을 일으켜, 상어며, 바다뱀, 이런 저런 작은 魔 새끼들을 버글버글 까내는, 그 '黑暗'이라고 하는데, 족보대로 따지건대는, 예사스런 출생을 훨씬 벗어난 듯하여, 또한 한몫의 '神'답다고 해얄 듯하다. 아으, 보아랄, 저 거품의 바다를, 커다란 조개껍질이 하나 물수레 되어 떠오는데, 거기 올라 서 있는, 처자를 보아람, 아직 입지 못한 몸, 검푸른 뱀타래 우거져 소나기구름 같은 머리칼, 머리칼로 앞을 가려, 구름 뒤에로 반 숨겨진 열엿새 달 처자, 의 이름은 '憂愁'(쿠라)란다네, 센 바람까지도 시름에 기가 꺾여, 절룩이며 한숨뿐인데, 羯磨鬼만 끼룩끼룩 가오가오, 떼로 울부짖으며 날아, 하늘을 가리는 다, 달밤보다도 더 으스름한 한낮, 아비 해까지도, 딸의 愁心에 빛을 잃어 으슴푸레해졌더라네, 저 거품의 바다 아랫녘 누운, 제 어미의 産痛에 좇아 이는 조수를 따라, '憂愁'님 탔던 물수레가, 드디어 해변에 닿았더라니, 그리하여 '憂愁'님은, 무서리 같은, 산그늘에 발이 시린 산비둘기 발 같은, 발을, 해변의 젖은 흙을 디뎌 내리시다, 오르시다, 내오시다, 물에서는 羯磨鬼 가오가오, 뭍에서는 呵魔鬼 갸 갸 갸, 아비규환하는 날, '憂愁의 女神, 쿠라' 뭍에 來如시다. 그날은 해까지도 으슴푸레했었으니, 저녁엔 별들도 문을 열지 안 해, 밤은 맑았어도 어두웠으며, 바람만 한숨으로 불어 흘렀다. 박쥐며, 올빼미, 승냥이들이, 들에 가서, 도깨비불이며, 반딧불 같은 것들을 주워 모아 와, 憂愁밖에, 아무것도 걸친 것이 없는 서러운 처자를 위해, 불 피워 올

려 주었지만, 열기라곤 조금도 없는 그 불빛은, 차라리, 비 묻은 구름 뒤에 반쯤 가려진 열엿새 달이려니 싶은 저 옌네의 얼굴에서, 시름의, 시린, 푸르스름함만을 더 드러내어, 승냥이를 울부짖게 하고, 한세상을 더욱더 으슴푸레하게 했다. 그네를 실어 온 그 바다는, 흰 거품을 토해내며, 앓는 소리를 내고 있었으며, 뭍에서는, 잠들었어야 할 숲까지도 휴식을 몰라 하여, 잠에 들었어야 할 새들이 안정치 못하고 날아올랐다, 되웅숭크리고, 놀라 짹짹이고 했다. 憂愁는, 悲劇的 倦怠이다.

그네 내오신[來如], 모든 곳이 그네 갈 곳이었으니, 아무 곳에로도 갈 데가 없어 쿠라는, 자기가 처음 발 디뎌 내렸던 그 어름, 바다의 끝, 육지의 끝, 되는 자리에서 그 저녁을 새우고, 새날이 밝고도, 그 자리를 떠나 어디로 옮기려고도 안 했으니, 말하자면 거기에 머물게 된 셈인데, 그네는, 저 영구한 靜의 動, 그리고 영구한 動의 靜의, 두 끝이 닿은 자리에, 다리 내뻗어 앉아, 쥐어지는 흙을 주무르며, 動은 어디서 그 始作을 얻는지, 그것을 내어다보며, 그리하여 시간을 보내기 시작했다. 갈매기며, 가마귀는, 홑으로나, 두셋씩은 울어 날았어도, 이제 더 떼 져 하늘을 가리거나 하지는 안 했다. 그네의 아비, 젊은 얼굴의 늙은 해만, 어린 딸이 추울세라, 따스한 볕을 포근히 덮어주고, 흘러내리면, 다시 덮어주고 했다. 지지배는, 포근한 볕의 손을 가진 이가 누구인지를 모를 뿐이었으며, 아비도 또, 그 따뜻한 손으로만 말할 수 있을 뿐이어서, 둘 사이에서는, 다른 얘기가 더 오고 가지 안 했다. 지지배는 비리데기, 찰흙을 주무르다, 그 흙의 온화한 끈적거림이 좋아서, 제 몸뚱어리를, 아름다움을, 밝음까지도, 그것으로 덮어씌워 맥질을 해놓고, (아으, 먹장구름 속에 묻힌 흰 암캐!) 노래하고, 한숨 쉬고, 조개껍질을 주워 바다를 듣고, 비린 굴을 따 먹어 배를 채워, 비린내를 풍겼다. 그리고는 (물과 뭍의) 두 개의 現實이 맞닿아 부딪치며 食物(蘇摩—大地)과, 먹으려는 자(阿耆尼—바다)가 相剋하는 자리에 다리 뻗고 앉아, 찰흙을 주무르며, 노래하며, 한숨 쉬며, 귀에 댄 조개껍질 속에서, 대양의 그중 깊은 곳 사는, 제 어미의 소식을 들으며, 눈은 노상 반쯤이나 내리감아 지냈지비 지지배 지냈지비 비리데기 비린 시린 시름 서름, 추억할 것도, 희망할 것도 없는, 자기가 그 始初며, 그 終末인, 그 삶은, 하기야 倦怠 말고 또 무엇이겠는가, 神들 자신들이 자신들의 몫으로 선택한 은총, 아으 그것이, 自生하는 거위[蛔蟲]의 寄主였었을 줄이야, 그 거위의 이름은 倦怠라는 저주, 大地모양 그들은, 스스로는 靜에 머물며, 바다모양, 바람모양, 그리고 타오르는 불모양, 끊임없는 動의 춤을 추어야 하는 것, 한쪽 舞足이 創造이면, 다른 쪽 舞足은 破壞이다, 없던 것들이 일어나고, 일어난 것들은 스러진다, 諸國이 일어나고, 일어났으므로 衰亡한다, 神들은 神들 스스로에게 두렵다, 神들은 그래서 프라브리티이다.

'사람'의 '꿈'과 '想念'이 태어나는 방은, 한 줄기의 빛도 스며들지 못하는, 水中地獄, (또는 땅의 그중 깊은 속에 있는 水獄,) 黑暗의 고장, —이 地獄도 달의 운행에 좇아, 월후를 하는데, 월후가 끝날 때는 암내를 낸다, 그러면 삼세의 수컷들의 코가 꼴리는데, 아으 그럼에도, 이 '검은 상복의 과부'께는 함부로 접근하지 마라, 해까지도, 한번 찔러 넣은 근은, 결코 회수해내지 못할 것이니, 코를 횡 풀어버릴지언정 큼큼거리고, 코를 좇지 말지어다 말지어다. 三世의 모든 가납사니들 중에서도 특히 빛은, 글쎄 프라브리티 우주의 모든 것이 그렇지 않으냐, 神들에 대해 惡魔들을 보아라, 자기네의 장점에 의해 노상 배반되어지는 것, 그것이 프라브리티를 프라브리티이게 하는 힘이 아니냐, 그러니 프라브리티 쪽 우주를 비춘즉 빛인 빛도, 어찌 그 법칙에서 벗어나겠느냐, 그런 까닭에 빛은, 한번, 암내 낸 暗黑에 코를 묶였다 하면, 그 순간부터, 독사의 呪眼의 훈륜 안에 든 들쥐나, 불빛에 視線을 묶여버린 부나비모양, 죽음에의 욕망에 당하여, 항거치 못하고, 스스로 달려들게 된다. 暗黑 속에 그리하여, 한 줄기 빛이 쐬어 들면, 문이 닫힘과 동시에, 한 地獄이 비등하는데, 그 거품 속에서, 그리하여 '꿈'과 '想念'들이 떠오른다. 보다 더 아비 쪽을 닮은 것들은, 보다 밝은 얼굴들을 꾸미고, 어미 쪽에 보다 더 가까운 것들은, 어미에 가까운 얼굴들을 꾸며 있게 될 것이다. 그것들은 그렇게 한 運命을 꾸미면, 곧바로 '사람'의 聲帶로 오르는데, 밤에는(그러니까 그 '사람'이 자고 있을 때는), '꿈'의 형태를 취하고, 낮에는, '말'[言語]의 형태를 취한다. 헌데, 저 두 끝(밤/낮)이 맞닿는 자리에 태어난, '말'[單語] 하나 '憂愁'(쿠라)는, 살[肉身]도 입었다, 벗은 몸, 검은 뱀 타래 우거져 밤 수풀, 수풀 같은 머리칼로, 앞을 가리고, 아름다움을, 밝음을 가리고, 시름의 맛이어서 굴만 먹어, 두 세상의, 또는 두 欲望(蘇摩와 阿耆尼)의 끝들이 닿는 자리를 비리게 하고 있다. 바람까지도, 불어가려면, 한숨뿐이다. 무장애이기만 했던 그 바람이, 이제는 절룩인다. 바람도 절룩인다.

'사람'은 그런 후, 이상할 일이게도, 때로는 심정을 갉기도 하고, 때로는 그 갉음으로 하여, 심정을 비옥하게도 하는, 憂愁라거나, 근심이며 시름 같은 개좆부리[感鬼]에 걸리지를 않게 된 것인데, 그렇게 되자부터 '사람'은, 시름이며, 근심 걱정 같은 것이 없어 좋은 건지, 어쩐지, 그런 것은 생각지도 않으며, 또한 알지도 못한 채 살았더라고 했댔더랬댔다. 그, 그러, 러던 어떤 날, 에잇 이거, 탁 털어놓고, 투박하게 말해버리고 말아야겠지러, 녀러, 녀러 갖다가시나, '사람'은, 하필 자기가, 다름도 아닌, 바로 저 '憂愁의 女神'의 품속에 안겨, 검푸른 뱀 타래, 밤 수풀 같은, 그 옌네의 머리털을 덮고, 그네의 젖을, 굴먹어 불은, 비린 젖을, 게워내도록 빨고, 울고, 울다 빨고, 빨다 울다 게우다, 지쳐, 흐득이며 잠자기도 하던 것을, 그 자기를 보아버린 것이다.

그리고는 '사람'의 세상은, 그러기 전의 그 무대로 다시 회전해버렸는데, 그랬을 것이, 그 비린 젖을 먹이는, 어미 '憂愁'와 눈이 마주친 뒤부터 '사람'은, 근심이며, 불안 같은, 뼛속까지 시리게 하는 그 感鬼에 다시 걸려, 새로 앓기 시작한 것이다. 이제 이 '앓음'은 더 성숙해 있었다. 저 어머니의, 저 대양의 바닥에까지 닿는, 그렇게나 깊은 그 슬픈 눈 속에서, 저 아들은, 세상은 憂愁의 바다며, 삶[有情]은, 그 憂愁의 活肉化 이상의 아무것도 아니라고, 하는, 그런 슬픈 얘기를 읽은 것이다. 살기는 그러고 보니, 無明에 둘러 씌워져, 아무 곳에로도 가잖는 가기, 가 열심히 행해지는, 그 행위 말고, 더도 덜도 되잖은, 육시러게도 고단한 고달픔 자체던 것이다. 이런 인식은, 그것 자체가, 불안과 우려, 설움과 시름의 毒矢가 되어, 그 '사람'의 전신에로 꽂히고 들어, 뼈를 맞혔다. 무엇에 대한 불안인가? 우려는 또 무엇을 두고 일어난 것인가? 설움과 시름은 어디를 근거로 일어난 것인가? ―그런 自問을 만들기는 하였으되, '사람'은, 그 대답을 할 수가 없다고도 알았다. 무엇에 대해서든, 또는 어디를 근거로 해서든, 그것은 알 수가 없으되, 또는, 정직하게 말해서, 무엇에 대해서라거나,

어디를 근거로 해서라는, 그런 것은 있는 것이 아닌 듯하다고 한다 해도, 분명한 것은, '사람' 자기는, 그런 종류의 개좆부리를 앓고 있다는 그것이며, 그 탓에 이제는, 거의 몸져누워야 되는 상태에까지 이르렀다는 것이다. "괴로움에 시달린다는, 그 마음을 꺼내 놓아보아라, 그러면 내가, 그 괴로움을 진정시켜 주리라"라는 투의 藥方文이 주어져야 되는 자리는 이런 데인데도, 만약 그런 일이 있었는다면, 저 '사람'은, 저 藥方文을 써준 자의, 오체를 조각내고, 오장육부를 헤쳐, 말하는 바의 그 '마음'이라는 것을 찾아보려 내달았을 것이었다.

'사람'의 비극은, 무엇을 토해내기 시작한 데서부터 비롯되었다는 것을, 그래서도 알게 된다. 그러자부터 '밖'이 드러났으며, 동시에 '안'이 한 벌 갖춰 넣어진 것인데, (매우 衒學的이랄, 그리고도 꽤는 난삽하다고도 이를 어투를 하나 꾸며 말해보기로 하면, —咄, 그러지 말아야 할 까닭은 또 무엇이란 말인가?) "물고기란, 다른 것이 아니라, 물, 물이 動物化한 것, 즉슨, 活物化한 물, 또는 有機體를 갖춘 물"이라는 奇想을 고수하고 보게 되는, 畜生道로부터, 그리하여, 유독 '사람'이라는 한 畜生만이, (히히히, 이래서도, 그 많은 종류의 畜生 중에서도, '사람'만이 '물고기'에 비유되기도 하던 것이니라) 畜生道에 거역하여, 독립 分家하게 됨을 보게 된다. '活肉化한 물'이, 배때기 부위에서 뽁뽁 다리를 둘이나 뻗쳐내고, 겨드랑 부위에서 또한 휘휘 날개를 돋궈내, 물을 박차고 날아 뭍에 올라와, 지렁이도 쪼아 먹고, 며루치며 새우를 잡아먹는다. 어느 뙤놈이 이제도 일러, 저 새가 '有機體를 갖춘 물'이라고 할 것이냐? '물' 자체의 '擬人(魚)化'라는 점에서는, '물고기'의 이런 변화는 이해될 수 있는 품목이 아니거나, (촛불중이 그렇게도 격찬하는) 突然變異라고나 해얄 것이다. 禪家에서 행해지는 모든 行悖(竹杖 휘두르기, 喝! 치기, 친척은 물론 祖師 殺害하기, 고양이 죽이기, 냅다 개 새끼 걷어차기캥, 佛의 혀에 똥구 핥게기[如何是佛, 門云, 乾屎橛])는 모두, 어떤 인연에 의해서든, 흐르릉하게 굳기 시작하는, 한 둬 모금, 또는 여러 됫박 분량의 물에서, (야야, 야야, 조짠 조구[조기]를, 차꼬 고렇게 쳐다바싸먼, 물 키는 겨, 물 키먼 밤에 오좀 싸고, 오좀 싸먼, 아적에 쳉이 쓰고, 소곰 얻으로 댕기야는 겨. 그라고 워디 고라고만 말간디? 더 쳐다바싸먼 더 쳐다바싼 만큼, 까시도 더 많이 골라내야 될 턴디, 그라다 보먼, 미리 묵어논 밥은 다 삭아져, 묵고 나도 배만 고픈 겨) 다리를 뽑아내고, 날갯죽지를 끄집어내려는 노력이 아니던가! 그럼에도 불구하고, 厥者들은, 오랑캐네서 기르는 개 새끼들이니라. 佛性에서 佛性은 또 어떻게 뽑아내며, 아니면 또, 無佛性에서 佛性을 어떻게 뽑아낼 수 있단 말인가? 乾屎橛(똥구닦이 막대기)!

'사람'의, 자기의 '안'에서 '밖'을 끄집어내기는, 神들의 그것과는 반대편에 서 있는 것은, '神들의, 肉聲으로 말하고 싶음'과, '아담들의 (神들의 言語에다) 이름 붙이기(그러니 神들의 言語는, 아담에 의해서만, 完成되는 것인 게다)'라는 주제로, 촛불중이, 여러 차례에 걸쳐 고려해온 바대로이다. (神들은, 肉聲을 다하여, 무슨 뜻을 표현하려 하면, 그 당장 그 '뜻'이, 存在와 事物을 드러내는 데[이 경우엔 '뜻'[意味, 內容] 이 '用' 役이며, 'signifier'이다. 촛불중께는 그러니, '用' 役을 담당하는 쪽이 언제든 'signifier'이다] 반해, 아담들은, [자기네 암수들끼리, 요상하게 수작하여, 같은 종류의 새끼를 한두엇 까내는 것은 제외하고 말해야겠지만,] 이름들만을 불러낼 수 있을 뿐이다) 神들은 그런데, '抽象的'이라고 포괄할 것들에 대해 생각하지를 못하는 데 반해, '사람'은, 그쪽 너머까지 내어다보는 눈, 세 번째의 눈을 구비해 있다는 것이 발견되어진다. 그것은 경이이다. 경이임에도 사실에 있어 그것은, 그렇게 미리 作成되어 있어 온 것의, 뒤늦은 발견에 불과하다고 해얄 것이다. '사람'이, 畜生道의 '물고기'였던 것으로부터, 다리며 날개를 돋궈내었기 시작했었을 때부터, (란, "안이 한 벌 갖춰 넣어졌다"는 그런 말인데, 그 '한 벌의 안' 속에 그때, '內眼'이랄, '세 번째 눈'도, 포함된 한 품목이었을 것이 분명했다) 썩 빙충맞게 不純해져 버린 것인데, 그 '不純'함의 탓으로, 몸부림하지 않을 수 없게 되자, (나무를, 풀을 보아람 제기랄, 반의 몸이 흙 속에 묻혀 있음으로 해서, 하늘을 향해 몸부림하여 뻗쳐 올리는 손들을, 간절하다 못해 붉고 푸른 絶叫를, ―들어져[聽] 지지 않을 때 그것들은, 슬프게 조락한다, 그러면서도 물론, 새로운 絶叫를 물림하기도, 또 준비하기도 한다, 나무를 보아람, 산을, 들을, 뿌리를 꿰차고 날으는 나무를 보아람, 不純하기의 괴로움을 보아람, 보아람) 그 고통의 절감에 의해, 잠들었던 것들이 깨어난 것이며, '內眼'도 그때 발견되어진 것이다. 눈들이 서로를 건너다보기 시작한 것이다. 혹간 모르기는 또 모르지, 神들께는 '抽象'的인 것이, 사람께는 '具象'的인 것들일지, 그것은 모르지. 모를 것이, 神들이 어떤 '存在와 事物'을 發音해내었기 전까지는, 그런 아무것도 있어 본 바가 없었을 것이니, 그렇다면, 그런 어떤 '言語'들이 記號를 입어, 그들의 입술 끝에서 뱉어져 내렸기까지는, 그런 聲帶를 가진 자[神] 들의, '抽象的思考'의 도움을 입지 않았었을 수는 없었을 것이 아닌가, 하는 것이 고려되기 때문이다. 그러니까, '사람'이 '具象'的이라고 이르는 것은 무엇이든, '神'들께는, '抽象的, 想像力'이라는 子宮에서 쏟겨 나온, '抽象'의 '成肉身' '活物化'라는 것이다. 그중에서도, 그중 複合的인 '抽象'의 '具象'은 그리고, '사람'인 것일 것이다. 이렇게 되면, 前題했던 것과는 반대로, "神들은 다만 抽象的으로밖에, 달리 어떻게도 생각할지를 모른다"라고, 그러니 그렇게밖에 "말할지를 모른다"라고, 새로 고쳐 말해야 될지도 모르겠다. 그럼에도 어쩌면, "神들은 抽象的 思考란 하지 못한다"(왜냐하면, 그들은 뜻을 전하려 하여, 입을 벙긋했다 하면, 具體的, 또는 具象的으로 되어버리기 때문이다)라거나, 또는, "神들은 抽象的으로밖에 생각하지 못한다"라고, 두 상반된 얘기를 만들 수 있다 한다 해도, 결국은 같은 얘기일지도 모르겠다는 것을 고려하게 한다. 어찌 되었거나 神들은, 저렇게 '말하고 싶음'에 의해, '말'[單語] 들을 불어내, 文法(達磨)이라는 끈끈이에 붙여, 저 영겁의 無空에다, 한 프라브리티 우주를 일으켜낸다. 그것이, 그들의 비극의 시작이다. '프라브리티'가 그리하여, 벗어버릴 수 없는, 그들의 '運命'化하고, 그들은 그리하여, '프라브리티'라는, 그 연자매 돌리기에, 스스로 눈가리개를 하고, 굴레에 씌우인다. (時間의 개념은, 神들과 더불어서는 무용할 뿐이다) 倦怠가 시작된다. (時間은 神들과는 무용하다) 그러면 이제 그들은 末世를 준비한다. 發音해냈던 모든 것들을 회수해버리고 싶어진다. 그들은, 죽음을 欲望하기 시작하는 것이다. 그것이(不滅인 자들의 消滅에의 願望) 어쩌면, 永久不死의 神들이 짊어진 '原罪'이다. 肉聲으로 말이 하고 싶었음에도 말해보지 못한, 全能한 자들의, 다만 하나의 '不能'은, 그리하여 종내, 하나의 複合性을 형성하게 된 듯하다. '숨 끊긴 絶頂'('Asphyxiophilia'—the breathless orgasm. —dependency on self-strangulation for sexual arousal and orgasm)! [4]神들의 죽음에의 欲望은, 바로 저 '숨 끊긴 絶頂'에의 그리움에로 이어지는 것일 것이다.

始作되어졌던 말은, 그러니 神들의 口腔을 열었던 말은 'ㅇ—'였는데, 終末의 말은, 그러니 그들의 口腔을 닫는 말은, '—ㅁ'(미음 字)이다. 그들의 口腔이 닫힐 때, 그러기 전에 '—ㅜ—' 불어냈던 말들은, 한 톨도 남기지 않고 회수되어지는 것일 것인데, 化現했던 한 우주가 송두리째, 그들의 '안'쪽에로 사려들여 넣어짐. (肉身을 갖지 않은 자들께도, '안'과 '밖'이 있는가? 허긴 그건 당연한 질문이다. 그런 이런 '안/밖'은, 神들과의 문제가 아니라, '사람'과의 문제인 것인데, '사람'은, 요 얼마 전에, '안을 한 벌 갖춰' 갖기 시작했더라고 하잖았던가?)

헌데 '사람'은, 자기가 불어내 버린 것을 좀처럼 잘 회수해 들이지를 못한다. 그래서 그 모두를 '밖'에다 펴 늘여놓고, 一生을, 九生을, 五百生을 마치고 되돌아와, 되돌아왔음으로 해서, 되돌아가는데, 어쩌면 그 짓이 회수해 들이기며, 그렇다 그 짓이 펴 늘이기이다. 이래서는, 이 짓이 언제나 끝날지, 神들까지도 알지를 못하겠다. 咄, (물어져야 되거니와,) 그런데, 무엇 때문에 '사람'이, 언제, 어디다, 무엇을, 어떻게, 토해냈었기에, 그것을 되핥아 넣지를 못하고 있다는 말인가?

그런데 그는, '사람'의 '목구멍' 속에 뿌리를 두고 자란, 蓮 속에 다 강보를 둔 자였지만 [5]"프라자파티는, 천년을 살도록 태어났었던 자였었다. 누구나, 서쪽 江岸을 볼 수 있는 것과 똑같이, 그는 자기 생명의 彼岸을 볼 수 있었다. 그는, 자손을 가졌으면 하고 바랐는데, 그래서 그 자신 지칠 때까지 찬송하며, 창조하는 힘을, 그는 그 자신 속에다 묻었다. 그의 입으로 그는, 神들을 창조했더니, 창조되어지자마자 그들은 天空(디밤) 속으로 들어갔던 바라, 그런 까닭으로 神들은 神(데바)들이 된 것이다. 그뿐만 아니라, 그가 神들을 창조하고 있었을 때는 낮(디반)이었던 그 이유로도, 데바[神]들은 데바들이던 것이다. 그런 뒤 그는, 고개를 수그리고 숨을 불어내어, 魔鬼들을 불어냈는데, 發音되어지자마자 저것들은, 땅속으로 숨어들었다. 때에는, 날빛이 저물어 어두워 있었더니, 그래 그는, 자기가 邪惡한 것들을 창조했다는 것을 알았다. 그럴 일이었다, 그것들이 창조되고 있었을 때는, 깜깜했던 것이었으니 말이지." —아담·프라자파티는 저렇게, 한 우주용 語彙大辭典을 편찬한 것이다.

[5]……아직은, 神들이나 魔들이 같은 말을 쓰고 있어, 神들뿐만 아니라 魔들까지도 참된 말을 했으며, 魔들뿐만 아니라 神들까지도, 거짓된 말을 했으므로, 양자가 비슷했다." —아직도 '文法'(達磨)이 體系化되지 않고 있는 것인게다. 文法에 묶이지 않은 單語들은, 실에 꿰어지기를 기다려, 바구니에 담겨져 있는, 흰색, 검은색, 붉은색 등, 여러 색깔의 구슬들이나 같은 것, 클클클, 이 시절 살던 有情들은, 通話를 하기 위해설람, 저 말의 구슬 바구니에서, 참이든 거짓이든, 아무거나, 집히는 대로, 던지고, 받고 했었음에 분명한데, 재미있다고 해야 할 현상은, '참/거짓'이 뒤섞인 말이, 사람 세상에서는, 아무 문제도, 무리도 없이, 매우 잘 通貨되고 있었는데, 반해, 神들은 아예 거론치 말기로 해야겠지만, 魔들까지도, (쌀 반, 뉘 반씩의 말[言語]에는,) 鬼神의 거웃이며, 눈아피病, 횟배, 학질까지 섞어, 서낭당 고수레 음식을 핥아 먹은 개 새끼모양, 영 '살로 가덜 못하고', 끄억끄억 구역질을 해쌌다가는, 버그르 토해 내고, 토해 버글여 내고 했다. 세상을 받치는, 이 힘들, 말이지, 神들이며 魔 말고, 또 누구겠는가, 토역질에, 설사병에 물러나, 펴, 까뒤지버지거늘, 이러케 되머는, 하느리 무너지기며, 땅에 구멍 나기도 경각이게꺼늘, 야다니 나꾸나, 야다니 나도 이거 단다니 나 꼈는 거시다. [5]"……神들 쪽에서 그리하여, 참만을 남기고, 거짓된 것을 포기해버리기에 이르렀더니, 魔鬼들 쪽에서는 또, 거짓만을 지키고, 참된 것을 포기해버리기에 이르렀다." —이 결과는 그러니, '참된 것, 善한 것은 神'이며, '거짓과 邪惡은 魔'라고, 확실하게, 그 말[言語]의 경계가 나뉜 것이다. '말의 구슬'이, 그 색깔에 좇아, 구분되어진 것인데, 그 當場에는 그 말이, 얼마만큼이나 그 기능을 하고 있었는지, 그것은 알 수가 있는 것은 아님에도, 확실하게 추측할 수 있는 것 한 가지는, 神들도, 그리고 魔들도, 그제는 더 이상, 끓인 납물을 들이킨 듯한 고통에는 당하지 않게 되었으나 그 대신 혀를 물매로 삼아, 서로가 서로에게 쏴 던지는 유리구슬은, 서로에게 아픔이며, 병이 되기 시작했다는 것이다. 서로에 대해서 서로의 말은, 方言이 될 것일 것이다. '바벨탑'이 무너져 내렸음일라. 뉘 알 것인가, 魔들의 목젖은 그런 뒤, 그것들

의 뒤꿈치에나 붙고, 神들의 것은, 그들의 벼슬이라도 되었을지, 그걸 뉘 알겠는가마는, '사람'의 것은, 그 이전부터 현재까지도 목젖 있는 데 있어, 위에로도 아래에로도, 三世에로 통한다. 이런즉슨, '위에 있었던 神'들께나, '아래에 있었던 魔'들께도, '上/下'의 개념이 드디어 명료해진 것을 알겠는 것이다. (우주 자체는, '上/下'를 고집하지 않을 것이니, 그것도 사실은, '사람'의 편견에 의해 생겨난 개념임은 분명하다. 이런 의미에서 새로 본다면, '神/魔'들이, '사람'의 인식, 또는 각성 같은 것에 제휴하기 시작했다는 얘기가 될 수도 있을 것이다) 프라브리티 우주가 명료해졌음. 저 '말의 구슬'들을 꿰어 묶은 法絲의 이름은 '達磨'인데, '프라브리티'가, 그것을 전신에 둘렀음—세 눈배기, 열여섯 살 먹은 舞女, '송장'(橫的 우주)을 디뎌 '춤추는 계집, 송장으로부터, 빼등한 根을 꼴려 세우다(縱的 우주)'! 橫的 우주에 세로로 질러, 縱的 우주가 개벽하였돕다. 그래서 보건대, '橫帶'는, (아예 그 輪廻까지 합쳐놓고 보기로 하면,) '일어남(스러짐)/바르도/스러짐(일어남)'으로 되어 있는데, '縱軸'은, '참[神]/不純/거짓[魔]'이라는 식으로 되어 있음을 알겠는 것이다. '사람'의 현주소는 그러자, 허기야 또 어디겠는가, '바르도'와, '不純'함이 교차하는 일점임이 자명해진다. 그러니 橫的 우주의 '일어남'이, 縱的 우주에 환치되면, '참'이 되는 것이 분명하고, 縱軸의 '魔'는, 橫界의 '死滅'이 되는 것도, 알 만하다. 어쨌든 善/惡에 대한, '사람'의 각성은, 그 자신을, 궁지며, 동시에 선택의 장소인, 그 일점의 위험 위에다 놓는다. 뒤를 돌아보면 '낳음'의 괴로움이 있으며, 앞을 내어다보면, '죽음'의 고통이 있고, 위를 올려다보면, '참'만을 거둬들이고, 가라지 죽정이는, 영겁을 타는 불 가운데 까불어 넣으려는, '不純'한 것들에 대해서는, 그역 무서운 검센 손이, 시퍼런 낫을 들고, 가을 되기를 기다리고 있으며, 밑에를 내려다보면, 魔酒에 취한, 붉은 눈의, 붉은 털 난, 붉은 龍이, 사람 자기의 죽음, 또는 分娩을 기다려, 아흔아홉의 눈을 떠 기다리고 있다. '사람'이라는 有情에게 주어진 '살기의 위로'는 무엇이냐, 무엇이냐? 번뇌가 벌레여서 갉고 듦이여, 벌뢰여. '사람'은 이럴 때, 저 울침한『語彙辭典』에서, '憂愁', 또는 '우주적 외로움'('天上天下惟我獨尊'은, 이 '외로움'이라는, 한 바룬다 새의 毒頭에 대해, 다른 쪽 머리, 즉슨 '尊頭'인데, 이 尊頭는, '尊'이라고 이름하는, '仙餠'을 찍어 먹고 현재 꼬끼오— 하고 있다. 毒頭가 가만있겠느냐?)의 개념을 일으켜 내는데, 이것은 벌뢰여서, 그 심정을 갉아 자라, 넉잠이나 자고 나면, '憂愁'의 명주실, 펜리르(Fenrir)를 묶었던 것과 같은, 그런 줄을 자아내어, 그것 속에다 하필 자기 자신을 감금하는, 고치를 짓는다. '憂愁'가, 살아 있는 것의 살(ㄱ)이 된다. "저주받을 肉身이여, 魂을 가두고 있음이여!" 그것을 안아, '愁心'의 젖을 먹이는 어미(ㄴ)가 된다. 그래도 그것(憂愁가 情이 된 것)을 디뎌 춤추는 것이 없으면, 살았어도 그것은, 말하자면 '송장'인 것, '憂愁의 검은 根'을 빼둥여 올리는, 열엿새 달, '憂愁', 흰 암캐(ㄷ)는 또 누구냐—춤[舞].

(ㄱ) 여기 어디에, '憂愁'의 寓話化 같은 것이 있어 보인다. '살'은 '運命의 記號.' 이런 '運命을 땋는 님—땋님. 아으, '검은 상복의 과부(거미)', 자식에 의해서만 자식을 번성케 하며, 동시에 그 자식을 먹어서만 자식을 번성케 하는 어미. 어미는 다시 배가 뒤틀린다, 시간도 없이, 자식에의 그리움이 뒤틀린다.

(ㄴ) '산 살'[肉身]을 품에 안은 어미'는, 大地. 따님. 四苦八苦의 밭임이여! (아직 化現치 않은 것들에 대하여) 詛呪임이여.

(ㄷ) 프라브리티의 女性的 국면으로서, 존재들을 따라붙게(따붙게) 하는 님, 딸님. 和—禾(華)—禍! '輪廻'의 바퀴가 돎이여. (이 '딸님'의 變身은, 달[月]님, 딸님, —암캐, 쿤다리니. [히히, 이래서도 '개'와 '뱀—쿤다리니'가 같은 한 有情이라고 하는 것이다])

'세 따님 한 몸'—제 아비의 끊겼던 링가가, '거품' 된 속에서, 태어나, 그것 자신의 요니 속에 담겨 떠 흘러온 엔니[蓮尼], 흰 암캐, 한 개의 눈을 서로 돌려가며 보는, 세 대가리 한 몸의 따님('머리가 하나였을 때의, 세 개의 눈'의, 이런 변신은, 지켜볼 만큼 재미있는 재료이다), 쿠라. 저 '한 개의 눈'을 떠, 셋이서 내어다보는 상사라는, 그저 슬플 뿐이다. 저승과 이승의 가운데 하늘, 에 떠 있는 달, 흰 달—그 눈에 보이는 세상은, 그저 으슴푸레할 뿐일 터이다. 그 엔니의 운명은 그러니, 슬퍼하기였다. 그것이 운명이라는 이상, 그 엔니가 시름겨워하는 것이 무엇인가를, 물을 것은 못 된다. 그 엔니는 그렇게, 그러니까 운명적으로 시름하게 되어 있을 뿐이다. 슬픔이 그 엔니의, 그러니 原罪였다.

그 '原罪'가 어디로부터 비롯했든, 그것에 복종하는 것이, 그네의 達磨며, 羯磨인 것, 자기 발 잠가 등장코 빠뜨리고 있는(그녀 자신은, 자기의 출생의 내력이라거나, 처하게 된 세계의 의미를 알 수가 없은즉,) 偶然의 바다는, 그녀의 설움, 그리고, 그 물큰한 따뜻함이 좋도록 서러워싸서 주무르는 찰흙은 그네 가슴속 얼음 같은 설움이 눈물에 묽어진 그것, —제 子宮 속에 태어난 여자.

世紀가 가고, 世紀가 오고, 가고, 오고, 가왔다, 와갔다. 세월이 있었으므로, 세월이 없었더니, 세월이 세월 자신을 지웠는데, 그 지우기에서 새로 또 세월은 태어나고 했다. 존재하기의 倦怠—神들의 原罪는 倦怠이다. 神들에 대해서는, '倦怠'가 '간교한 뱀'이다. 이 '간교한 뱀'이, 神들로 하여금도 '죽음'의 열매를 따게 한다—'숨 없는 絶頂.' 따님은 그러는 동안 헌데, 자기 슬픔의 질척이는 더러움—눈물과, 눈곱과, 침과, 가래, 이똥과, 귀지, 코와, 비듬과, 빠진 머리칼과, 부러진 손톱, 땀, 오줌, 下血, 똥, 회충, 이, 冷, (상처 난 곳에서 흐르는) 고름 등의 묽음, 그 찰흙을 좋아하여, '더러움 사랑하기'(coprophilia)를 익히고 있었다. '슬픔'이, 그것의 全含有量인, 따님의 그 '더러움 사랑'에 의해, 따님의 시름겨운 [6]倦怠는, '創造力'으로도 바뀌었는데, 그래서 따님은, 뭔지 구슬픈 노래를 함시나, '묽음'을 주물러, 자기도 그것이 무엇인지도 모르며, 둥글어 알 같은 것도 빚어보고, 그것을 길게 늘여, 뱀 같은 형상도 만들어보았을 뿐만 아니라, 지어져 모양이랄 것이 드러난 것에서는 '모양'을 없애려 하여, 손바닥으로 눌러 평평하게도 해보고, 모순은 그러자, 形態에서 形態를 없애버리려는 노력은, 의도에 반해서, 반드시 새로운 形態를 드러내게 된다는, 거기에 있는 듯했다. 그리고도 그것은 언제든, 둘 중의 하나의 形態에 도달했는데, 하나는 '둥글음'이었으며, 다른 하나는, '양극을 갖는 타원형'이었다. 그런데도 아직은, 그녀의 想像力이 어떤 형태도 취하지를 못해, 創造者의 '欲望'이라는 卵子만 준비되어 있고, 精子를 얻지 못하여, 下血만 일으키고 있다. 그렇다면, '둥글음'이나, '양극을 갖는 타원형'은, 그것 자체로서는 '具象'的이라도, '想像力' 이전의 형태여서, (存在와 事物에 대한) 想像力과 무관하거나, (想像力은) 거기서부터 시작하는 것인 듯하다. 그런즉 그것은, 形態 이전의 形態며, 形態 이후의 形態인 듯하다. (앞서 언급되어진 質料를 借入하기로 하면, '둥글음'은,

'卵子' 役이며, '양극을 갖는 타원형'은, '精子' 役인 듯하다)

시름 서름 시름 살이 서름스런 어떤 날, 따님은 그런데, 자기도 그것을 뭐래얄지를 모르겠는, 무슨 形相을 하나 빚기에 이르렀는데, 도저히 그것을 허물어뜨릴 수가 없다고 알았으며, 그래서 그것을 보존하기로 하여, 양지에 내놓아, 겉이 꾸둥질 때까지나 물기를 말렸다. 그런 뒤 따님은, 처음으로 한번 배시시 웃으며, 그 형상을 해 있는 데다 들어 올려 보인 뒤, 품에 안고는, 좀체로 떼어놓으려 하질 안 했다. '더러움' 속에서 그 형상이 빚어진 그 순간, 따님은, 그 형상에 대해, 사랑, 슬픈 사랑 같은 걸 느껴버린 듯했으며, 이 경험은 그네에게는, 없는 자기의 前生에서부터, 오잖은 後生에까지 걸치는, 자기의 한 삶을, 그 일점에서 깨워낸 것과 같았던 듯했다. 그 사랑의 일점에서, 三世가 鼓動하고 있었다. 그래서 따님은, 자기의 젖꼭지를 그 형상의 입술에 물려줘 보기도, 노래를 들려줘 보기도 하곤 했다. 그러는 따님의 안타까운 소원 하나는, 어떻게 하면 그 형상 속에다 '情'의 發火를 가능케 할 수 있을 것인가, 하는 그것이었는데, 새로 슬픈 꿈을 만들어 꾸기 시작한 것이다. '情'이란 슬프디슬픈 꿈인 것을, 그런 것을, 情이 없는 것[無情]에다 情을 들여서는[有情], 어쩌려는 것인가, 글쎄, 어쩌려는 것인가, '情'이란 비록 말해, 겨자씨만 한 것이라도, 한 알이 바다에 떨어뜨려지면, 한 바다가 짜와지는 것이며, 한 알이 흙 속에 스며들면, 그 탓에 地獄까지도 고통스러워 터트려져 올라오는 것이던 것을, 것을, 그런고로 무엇이 한번 '情'을 깨웠다 하면, 하루살이까지도, 그 등에, 거뜬히 수미산을 짊어져 나르던 것을, 것을.

—자아올릴 때는, 그리고도 얘기를 자아올리자. —때에, '숨'[情]을 주관하는 大力이, 存在하기의 倦怠에 무량겁 시달린 얼굴로, 그곳을 지나게 되었던 모양이고, 그러다 그는, 가을볕만큼이나 슬픈 아낙네의, 그 볕만큼이나 깊은 가슴에 안겨 있는, '더러움(dirt)으로 빚어진 한 형상'에 눈을 머물리게 되었던 모양인데, 그리고는 도저히 그 눈을 거둬들이지를 못한 듯했다. (漫畵的 想像力을 얼핏 한번 도입해보자면,) 그래도 그가 그 자리를 떠나려 하면, 눈이 눈두멍에서 뽑혀져 나가, 고무줄 총에서 놓인 돌모양, 그 대상에게로 날아가, 딱 붙었다가는, 저 품 안에 것을 뽑아내 오려고 했다. (漫畵的 想像力에 동원

된 修辭學은, 禪談보다 즐겁구나. 즐거울 것이, '禪談'은, "중이 염불을 할 때", 일례를 들면 말이지, "입으로 하느냐, 마음으로 하느냐?"라는 투로, 무슨 젠장헐 누무 물음을 묻기만 하고, 대답을 하지 않되, ―그런 것이란, 속을 보글보글 끓게 하는 것이어서, 이왕에 끓일 일이었더면, 모래주머니에서는 모래라도 뽑아내고, 똥창자는 뒤집어 매매 치대 빨았어야 했을 걸 하고, 회한을 씹게 한다. 그리고는 소주를 생각지 않을 수가 있겠는가. ―'漫畵'[談] 편에서는, 묻기 전에, 대답부터 해놓고 있기 때문이다. 앞서 도입한, 한마디의 漫談[畵]을 분석해본다면, 누구의 눈이, 어떤 대상에 머물렀을 때, 그 대상에 대해, 곱다거나, 밉다거나, 좋다 나쁘다는 판별을 하며, 그것에 호탐이나 혐오의 정을 일으키는 장본인은, '마음'이 아니라, '눈'인 것을 알게 한다. 여기 어디에, 漫畵의 修辭學的 暴行이 있어 보인다. 이 暴行은 그리고, 修辭學的 秩序 속에서만, 그 의미가 찾아지는데, 그런 까닭에, 어쩌면 禪談과 비슷한 想像力 속에 現住所를 두고 있으면서도 漫談은, 漫談이라고 일러지는 것일 것이다. 禪談은 그러니까, 修辭學 자체를 파괴해버리려는 修辭學的 暴行을 자행한다고, 덧붙일 말이 있게 된다) 倦怠 이외에도 그리고 물론, 팔만사천도 넘는 여러 느낌들이 있을 것이지만, 그 大力에게도, '戰慄'이라고나 일러야 할, 그런 느낌도 있었던 듯했다. 그리고 그[大力]가, 그런 느낌을 느끼고 있었을 때, 그 느낌은, 저 憂愁의 女神의 품에 안겨 있던 것의 아랫도리에 (그리하여, 性器가 먼저 化現하는도다!) 제휴하고 있었는데, 글쎄, 저 大力의 그런 느낌, '戰標' 같은 것은, 말이지만, 뭐 그것의 손가락이 더워지고 있었을 때, 그것을 바다에다 잠갔더니, 한바다가 왼통 부글부글 끓어오른다거나 하는 그런 것까지는 아니라도, 암놈의 눈이, 수컷의 하초에 머물면, 바로 그 순간, 그 암컷의 전신에서 소름과 떨림이 일어나는, 그런 정도의 怪力, 또는 冥力은 갖고 있는 것이 분명하다. 히히히, 그것[戰標]이, 히히, 그것의, 히, 그것에 옮겨 붙어버린 것이다. 글쎄, '숨'을 주관하는 大力의, 그런 戰標의 電流랄 것이, 血脈을 터, 저 따님의 가슴에 안긴, 진흙의 한 形相 속으로 번개 쳐 흘러들었던 모양인데, 에계계, 그에 좇아저 형상에서는, 에케, 어떤 꿈틀거림이 야기되고 있었다. 그러나 아직은, 그것이 꼭히 '生命'이랄지 어떨지는 알 수가 없었다. 그 형상을 건너다보고 있는 자의, 그 일종의 戰標에 찬 呪眼이 거둬진대도, 그 형상에 그런 꿈틀거림이 남아 있게 될지 어떨지는 모르되, 확실한 것 한 가지는, 이 질흙 무더기 속에, 아직 '숨'은 스며들지 않고 있다는 그것이다. 말한 바의 저 '꿈틀거림'은 그럼에도, '땅[土地]과 民衆의 그중 깊은 데' 있다는, 그 불과 같은 것인 모양이어서, 굳어 차갑기만 했던 찰흙 덩이 속에다, 어떤 호꼰함, 어떤 유연스러움을 일으켜 내고는 있었다. 이 더러움 덩이는 그러니, 습기 가운데 놓아둔다면, 허물어져 본디 상태로 돌아가 버릴, 그런 예사스러운 '흙 버무림'은 아니게 되었다. 꼬악꼬악 아크 개, 개굴, 개굴, 흐크, 개구리가 일어나 있었다 할라!

때에, 눈에다 呪氣를 담아 쏘아내고 있던 자는, 그 '흙 버무림'을 품에 안고 있던 계집이, 그 形相을 두 손에 받쳐, 자기 앞에 내밀어 보이며, 무릎을 꿇어, 뭔가를 간구하고 있는 것을 보았다. 말은 없이, 자기를 올려다보는, 그 옌네의 눈은, 어떤 간절함으로 번들거려, 거의 미쳐 있어도 보인다고 보았는데, 그도 그네가 무엇을 원하고 있는지, 왜냐하면 자기도 그것을 원하고 있었으므로, 그것쯤 익히 알 만하다고 하고 있었다. 털어놓고 밝히면, 따님은 요니를 발셔, 저 大能 받기를 바라고 있는 것이다. 하는 말로는, 그리하여, 저 大能이, 저 흙으로 빚어진 형상의 콧구멍에다, '숨'을 불어넣었다고 한다. [7]'숨'이, '形相'이기만 했던 것 속으로 스며들었음! 아크흐크할라!

흙으로 빚어진 한 형상이, '숨'에 닿자, '情'을 일으켜 냈드람!

'無情'이던 것이, '숨'에 닿자, "天上天下惟我獨尊!"이라고, 獅子吼를 내지르며, 四方으로 일곱 발자국씩을 내디뎌, 四位十方을 그 일점에로 모두어 들였더람. 옴. (저 '獅子吼' 속의 '我'는 분명히, 三世六道 속의, 특히 한 有情, '사람'을 가리켰을 것이었을람)

三世가, 그 獅子吼에 놀라, 해도 찔꺽, 일순 운행을 멈췄으며, 하늘까지도 나직이 가라앉아 내렸을 뿐만 아니라, 바람도 그 無衣를 벗어 山에 걸어두고, 山들과 함께 허리를 숙여, 저 '情'을 내려다 보았더람. 神, 仙, 魔, 鬼, 精, 妖 등, 왼갖 것들도 다, 보잤세람, 딴에들 걸맞는 대로 차림새를 꾸미고시나는, 수레를 탄 것들은 타고, 날으는 것들은 날고, 뛰는 것들은 뛰고, 기는 것들은 기어, 빠른 것들은 빨리 오고, 늦은 것들은 늦는 대로 길을 재촉해, 그 '情'을 나누려 모여들고 있었더랬드람. 金이라는 둥, 乳香, 沒藥 따위, 예물 같은 것을 준비해 들고 온 것은 없었어도, 하나의 '情'이, 三世를 밝히는 것을 보아람, 거기 왕이 태어나 있었더랬드람, 六道를 그의 영토로 하는, 八萬有情의 왕이, 태어나, 있었, 더랬, 드람.

이러자니, 허기는 그럴 일이 아니었겠는가, 저 '숨'의 本主와, '形相'의 造主 간에, 저 '情'의 소속, 소유의 문제가 일어나지 않을 수가 있었겠는가, —하여, 옥신각신 다툼이 일어났댔다.

"이것인즉슨, 본디, 다만 한 덩이 질흙으로서, 無情이었더니", '숨'의 本主가 변론하고 있었다. "나의, 불어 넣어준, '숨'에 쐬인즉, 有情이 된지라, 나의 創造한 바라, 나의 소유가 됨이 당연할 터이다."

"하오나, 보시는 바와 같이, 이곳의, 보시는 모든 것이 질흙 아닌 것이 없으되, 어르신께서는 결코 情을 일으키신 적이 없으시다가", 어찌, 저 '形相'의 造主인들, 입을 봉하고, 반론치 않을 수가 있겠는가. "오늘 당해, 쇤네의 가슴에 안긴, 이 形相에 대해 情을 느끼신 걸 쇤네가 아는데, 이는 본디 無形이던 것에다, 쇤네가 마음을 부어 넣고, 뜻을 다해 지은즉, 이와 같은 形相이 된지라, 無形에서 形이 드러났사와, 그러하온즉, 어찌 이것이 쇤네의 것이 아니라 하겠사오니까?"

때에 헌데, 그곳의 "보이는 것이 모두 질흙 아닌 것이 없는", 바로 그 흙 속 어디서, 그런 흙으로 빚은 손 같기도 하고, 또는 손 같기도 한 말소리가 불쑥 솟아올라, "이, 이거, 가, 가만들 있으라요들, 시방, 왜 이리들 서두르시나요들?" 하고, 급하게 만류하고 나서고 있었다. 그런 뒤, 서둘러 모습을 나타낸 자는, 당연함에도 뜻밖에도, '흙'네 마누라였다. "당신네들이 말이시다, 만약에 말이시다, '虛한 影像'이나, '알맹이도, 껍질도 없는 바람' 한 점을 두고 다투고 있는다고 한다면 말이시다, 나까지도 잠을 설피며 나설 까닭이란 있지도 않겠어두 말이시다, 원 두 분께서는 파렴치하기에도 분수가 있어야지 말이시다, 생각들 해보시라요들, 이 '情'의 '몸'을 이룬 그 재료가 말이시라요, 어디서 공짜루 갖다가시나 툭 떨어져 내리기라도 했더냐 말이시다, 그것을 입에다 담아가면서도, 두 분은 쇤네쯤은 문제로도 삼으려 하지를 않으려는데 말이시다,

그, 그래서라요들, 쇤네더러는 갖다가시나, 자기 것을 잃고도, 웃고만 지내시라는, 요런 말이시라요들?"

이렇게 되니 이거, 생야단이 났시다. 이런 승강이가 이래서야 어디, 쉽게 시리 끝이 날 것 같시까?

때에, 후유, 매일 그 시각이면, 그 자리를 같은 步調로 지나가며, 이마의 땀을 닦는, 아기 얼굴의 늙다리 '歲月님'이, (태초부터 있어 오되, 늘 새로 태어나는 님!) 오늘도 그 같은 시각에, 후유— 그 자리를 지나다, 그들의 그 撕捱에 가담하지 않을 수가 없이 되었게었는다. 그리하여 그들의 간청에 의하여, 그 是非의 是非를 가려내는 일을 맡게 되었겠었는다. 그의 판결은 그래서 이랬더랬는다.

"만약 여러분께섭지, 이 당장 말입지, 이 '情'으로부터, 여러분의 것들을 되돌려 가려 하면, 그렇게 하려니와, 그러려 하지 않는다면 말입지, 이 말씀을 들어 두십습지. '흙네'입습지, 이 '情'은 물론, '몸'은 분명히, 당신으로부터 빌렸으되, 빌고 있었을 때, 그 찰흙 속에는 말이시다, '숨'이라든, 또는 '形相' 같은 것은 없었은즉, 이 '情'으로부터 '숨'이 빠져나가는 대로, '形相'도 잃게 될 것인즉, 당신의 분깃을 취해야겠시다. 이것은 똑같이, '숨님'께도 적용되는즉, '숨님'께서돕지, 이 '情'으로부터, '몸'이 풀기를 잃고, '形相'도 잃어, 흘러내리지 않으면 안 될 때, 그때 당신의 것을 취하십습지. 그러나, 이 '情'이, '숨과 形相'의 한 화합으로서, 한 '삶'을 운영하고 있는 동안은, 그 '形相'을 지은 어미 '憂愁의 따님'의 품에 안겨둬 두십습지. 이 '情'의 이름은 그리고, 그 몸을 '흙'(Homo)에서 빌었은즉, '사람'(Human)이라고 이르도록 하십습지." —그것이, '情'에 대해, '歲月'이 베푼, 은총이며, 저주이다.

허, 헌데 오늘, 초, 촛불중이, 기, 기끔스럽게도, 그 얘기의 내용만큼이나 늙은 寓話 하나를 들춰내고 있음은, 무, 무슨 까닭인가? 촛불중은, 그렇다고 해서, 그것이 주제로 삼고 있는 듯한 '性憂說'이랄지, '죽음이란, 한 생명이 빌렸던 모든 것이 되돌려지는 상태'랄지, '生命(숨) 자체는 그래서, 죽을 수도 있는 것이 아닌 것'이랄지, '歲月'이야말로, 맺는 자이며, 동시에 푸는 자, 라는 따위, 인류가 각성을 시작한 때부터, 그중 크고도 핵심적인 것이 되어온, 무슨 그런 문제를 재고려해보자는 것도 아닌 듯했는데, 그렇다면 촛불중은 무엇 때문에, 엉뚱하게도, 저 따님의 手淫질, 즉슨 '배꼽 만지기'에 흥미를 내게 된 것인가?

저 『寓話』도 물론, 촛불중이 뒤돌아보며, 스스로 일러, '세 발자국 넓이에 해당하는 閱世'라던, 바로 그 閱世 중에, 어디서 귀동냥한 것인데, 그때 그것은, 촛불중께는 하나의 경이였었더랬다. 그랬을 것이, 촛불중이 庶子的으로라도 法의 배꼽 줄을 이어 있는 그 空門의 어버이들은, 天地나 *存在*의 始作에 대해 애타게 알고 싶어 하는 사미들께, 그것에 대해 설명은 하려 하지는 않고 그런 대신, 自身(我)이라는 그것이, (無明의 胎褓에 둘러씌워서든 어째서든) 이미 *存在*해 있다고 여겨지는즉슨, 그렇다면 먼저 그것을 출발점으로 삼으라고 하고, 그리고, 가령 '無' 같은, 사미 자기 나름의 通譯도, 定義도, 分析도 하려 들어서는 안 될 話頭를 주어, 그것에 의해, 우주나 *存在*의 發源을 스스로 깨닫게 하려 했는바, 그런 演繹의 결과는 제각각일 것이거나, 종국엔 하나일 것이라도, 촛불중 자기의 경우, 자기가 나름으로 얻게 된 무슨 결론 비슷한 것이라도 있었다면, 각 有情은, 자기 *存在*에의 能動者이며, 그런 뒤에는, 자기 행위[羯磨]의 망석중이, 즉슨 *受動者*라는 것이었는데, 그것에 비하면, 저 『寓話』는, 다른 소식을 담고 있던 것이니, 어찌 경이가 아니겠는가. 저 『寓話』가 발설하고 있는 (촛불중께 대해) '다른 소식'이란, '*存在*'란, 한 번도 '能動態'여본 적이 없다는 것, 그리하여 그[*存在*]의 願望이나 選擇과도 상관없이, 모든 것이, (누구, 또는 무엇에 의해서) 주어지고, 동시에 박탈당한다는 것, 그런 것이었다. 그렇다, 그런 것이, 촛불중께는 경이였었는데, 그런 후 그리하여 촛불중은, 수음이라도 하잖고는 숨쉬기까지도 거북한, 그런 어떤 무료하기 짝없을 때는, 첫 경험의 계집에의 불두덩에서 뽑아 추억으로 간직해온, 거웃이라도 꺼내어 들여다보듯, 저 『寓話』를 들여다보아 오곤 했던 것이다. 조금 세상 때에도 묻고, 새로 또 여자들을 스치고 하다 보면, 간직했던 추억에서도 의미가 조금씩 바래는 수가 있고, 게다 합쳐, 추억을 열어볼 시간도 없게 되는데, 그럴 때쯤엔, 예의 저 '추억 하나, 소중하게 쌓아뒀던 것이, 다시 찾아지지 않는다 해도, 별로 대수로울 것도 없게 된다. 이러는 동안 새끼도 쳐야 되고, 새끼들 목구멍에 거미줄이 앉지도 못하게 해야 된다. (그러던 어떤, 어떤 훗날, 제기럴, 다시 그 '추억'들을 되찾으려 하게 될 줄을, 저러는 동안에야 뉘 짐작이라도 할 수 있었겠느냐)

('그러던 어떤 훗날',) 촛불중이 오늘, 예의 저 『寓話』를 새로 고려해보기 시작한 것은, 앞서 말 되어진 그런 까닭들도 물론 포함해서이지만, 그것 말고도, 한 중요한 까닭이 더 있어서이다. 이 까닭은 무엇인가 하면, 저 '憂愁의 女神'은 그때, 그래서 '사람'만 하나 빚어, 밤낮으로 그것 하나만 품에 안고 시름이나 하며, 세월을 보냈겠는가, 아니면, 그 외에도 무슨 다른 형상들을 더 빚어, 憂愁의 젖을 먹여, 그 한들을 채우려 했겠는가, 하는 그 의문이다. 그 『寓話』의 저자는 허기는, 그보다는 더 말하고 있는 것은 아니기는 아니로되, '흙'으로 생살 짓기와 관계된 다른 寓話들(예를 들면, 이솝 寓話)과, 또 누구라도 얼마 정도는 할 수 있는 추측까지도 보태어, 미루어보기로 한다면, 저 '따님'은, 다름 아닌 그 '시름겨움' 탓에도, '사람'뿐만 아니라, 여러 여러 종류의, 많은 '形相'들을 만들어, 옹그랑 종그랑 한자리 모아두었다가, (씨암탉의 배 속에 맺힌, 포도송이도 같은 알들을 보알시라) '숨'을 주관하시는 님 오시기 기다려, 그의 精水 받기를 원했을 것이었다. (그런 여러 '形相'들도 '흙'[Homo] 으로 지어졌었을 것이라면, 그것들께 '情'이 일어난 그 순간, 그것들도 '사람'[Human]이라고 불려졌어야 함은 당연했었을 터이다. 이 의문에 대해서는, 이솝 투의 創世記가 잘 대답해주고 있어 보인다. '사람'도, 그 입어진 질료에 의해서는 '짐승'과 다름없으니, 畜生道 소속이다, 그렇잖은가) 그리고 용이하게 짐작되어지는 것은, '숨님' 쪽에서도, 자기의, 텅 비었던 천지에, 뭔지 이런저런 것들이 살아 뛰어다니는 일을 본다는 것이 즐거웁지 않을 수는 없었을 것이었다. 그것은 '흙네' 쪽에서도 마찬가지로 느꼈던 바였을 것이었으니, 비었던 곳에는, 그리하여 생명이 번성하기 시작했을 것이었다. 이것은 아름다운 고통, — 고통하기의 아름다움이 한 場이었다.

그래서 또 보면, 히히, 공중에는, 들에는, 물속에는, 지렁이도 없고, 종달이도 없고, '사람'뿐이다. '사람'인 것들이 치사하다, 에익 치사하구로, 서로 똥구녁 냄새를 맡으며, 덮기에 바쁘다.

촛불중이 발견한 재미있는 것은 그런데, 이『寓話』또한, '處容歌'의 곡조를 그대로 빌려 쓰고 있다는, 그것이었다. '흙네'가, 얘기 속에서는 물론 '女性'을 띠고 있는 것으로 취급되어 있으되, 그 '情'에 대해, '따님·憂愁'가 담당하고 있는 것과 같은 '母性·女性'을 견지하지 못하고, 그 '情'에게 입혀진 입성(몸)의 역할에 머물러 있는 것에 의하면, 거의 '無性' 쪽에로 기울어 있음을 알게 되는바, (그럴 때만, 그 같은 質料에서, 암컷도, 수컷도, 中性도, 無性도, 그리고 兩性까지도 빚어질 수 있기는 할 것이다) 그 결과는, 본래는, 그 現場에 女性이 둘이 있었으나, 하나만 두드러지게 되었다는 것이고, 이 한 女性이, 處容宅의 역할을 하기 시작했다는 것이다. (소피아[宇宙的 玄牝]/마리아[世上的 玄牝]의 관계에 있어서는, 저 '흙네'가 분명히, 소피아 役일 것이다) 이 處容宅의 본서방[處容]은 물론, '숨'을 주관하는 그 자인데, 客鬼는, 놀라울세라, '歲月'의 얼굴을 꾸미고 있음을 목격하게 된다. 이 두 陽力이, 한 계집 '쿠라'를 가운데 누이고, 앞뒤에 쪼론히 누워, 히히히, 치사하여 지랄 난 짓을 하고 있다. (허, 그 모양새로 따지건대는 '川' 字며, 웃은즉 '品' 字를 이루는도다!) —이것이 촛불중께는, 한 陰力(샥티)의, 手淫질하기로 이해된 것이거니와, 이 陰力은 그러니, 手淫질을 통해, 陽力들을 꿈꿔내는 것일 것이었다. 이 계집의, 陰氣가 드센 꿈의 그물에 걸려, 그리하여 三世의 陽力들이, 그 꿈의 현장에로 묶여 들고 있었는도다. 그런 手淫질이 그러나, 그 淫女鬼의 淫事에만 그치고 말았다면, 그뿐으로 다른 일은 없어 좋았을 터인데도, 촛불중께 추측되어진 바의, 아직 씌어져 본 적이 없는『寓話續篇』은, 비극으로 점철되어지게 되는 데 문제가 있었다.

創造라는 것도 그럴 일이었다, 創造를 하려는 자의 의지 속에, 하나의 '本相', 또는 '原型'이랄, 어떤 '相'이 자리 잡혔기만 하다면, 그는 이제 그 '相'(影像)을 '象'(肉化)化하기만으로도, 그의 創造를 完成하는 것일 것이었다. 이 '本相', 또는 '原型'이, 촛불중께 이해되어져 오기에는, 다름 아닌, '有情들의 性器'이다. (이것은 되풀이 되풀이 주장되어진다 해도, 여전히 충분치는 않을 것이지만,) 創造主가 있어, 有情(存在), 無情(事物)을 창조했다면, '相'(로고스)을 '象'(四大)化하고, 그 '象'에다 '性器'를 붙여준 것은 '有情'이며, 그렇지 않은 것은 '無情'에 머물게 된 것이다(라는 것이 촛불중의, 創造說과 관계된 의견이다). '性器'의, 칙살맞은 아름다움, 그 神秘함에 관해서는, 古來로부터, 神들과 賢者들과 詩人들이, 그들의 전력을 다해 밝히려 했었어도, 아직도 그 永根은 만져보지도 못한 것이 사실이다. ('쉬바의 性器'의 '뿌리'와 '끝'을 찾으러, '비슈누'는 '멧돼지'의 꼴을 꾸미고, '브라흐마'는 '거위'가 되어, 각각 아래로 위로 떠나, 무량겁을 헤맸던 얘기가, 기억되어지면 좋을 것이다) 有情들의 형태의 다양함은 그런 뒤, 그 有情(象)들의 '性器'의 형태와 관계된, '몸부림'(羯磨—羯磨라는 印度古語는, '行爲, 作爲, 任務' 등의 뜻이라고 이른다)에 좇아 결과된 것일 것인데, '創造說'과 관계된 촛불중의 隨想은,) '羯磨'가 일으키는, 저러한 變化가, 神話化하면, 神이 '알파와 오메가'까지, 매 有情을 빚은 것으로 이해되며, 寓話化하면, '憂愁의 女神'의 '배꼽 만지기'[外] 의 형태를 띠게 되는 것일 것이다. 그러니까 造手는, 저 '本象'이랄 것에다, 조금씩 변화를 일으키기로써, 팔만사천 相을 드러내게 한 것일 것인데, '憂愁의 女神'과 관계된 '相'들의 비극도 그렇게 시작되었는다. 일례를 들면 이렇다, 는즉슨, '따님'이, 말한 바의 저 '原型'에서 변화를 일으켜, 먼저 그것을, 늘일 수 있는껏 늘여서는, 이름하여 '뱀'이라고 하고, 다음으로, 그것에 반대되는 쪽으로 변화를 일으켜, 둥글넓적한 데다, 跳躍을 위한 다리를 넷씩이나 달아주어, '개구리'라 명명한 뒤, 둘이를 짜란히 뉘어, 겉이 꾸둥져지기를 기다린다면, 그러는 동안은 아무 일도 없다가, '숨'에 닿기만 했다 하면, 그 순간, 저 걷지도, 뛰지도 못해, 배때기를 흙바닥에 문질러서라야만 움직임을 성취하는 쪽의 것이, 네 다리까지 가진데다, 한번 뛰었다 하면, 기는 저 생물을 자[尺]로 쳐도, 두 자 가웃에서 석 자씩도 넘게 뛰는 쪽의 것을, 한입에 채어 물어, 삼켜 넣어버리는 일이 일어나온 것이다. 이것은 그리고도 한 例인 것인데, 이 '한 例'야말로 그런데, 프라브리티 우주의 '秩序의 構造'가 돼 있던 것이다, 그것이 문제던 것이다, 그것이 비극이던 것이다. 대체 어디에 잘못이 있었는가? 그 몸을 이룬 元素 속에, 이미 그 不調和, 相剋性이 함량되어 있었는가? 또 아니면, '숨'이라고 일러진 生命이, 지어진 形相 속에 스며들기에 의해, 가령 세모졌다거나 네모진 통 속에 물을 채울 때, 그 물이 세모나 네모의 형태를 취하듯, 다른 모양을 얻게 되기에 따라 일어난 不作用일 수도 있는가? 그것도 아니라면, 아 어쩌면 '時間'이다, 時間이, 運命의 씨의 꾸리를 넣은 북모양 지나며, 한 무늬씩의 運命을 짜아 넣은 탓이다, 그럴 것인가? 그것이 따님께, 더할 수 없는 憂愁를 자아냈으나, 더욱더 근심스러운 것은 그리고도, 할 수 있으면 자기는, 자기가 지은 것들을, 어떻게든 원상에로 되돌렸으면 했으나, 이제는 그럴 수가 없다는 것을, 알게 되었기 때문이다. 너무 늦은 것이었다. 憂愁 위에 憂愁가 憂愁愁 우수수 쌓여, '憂愁'가 憂愁 속에 파묻혀 들었다. 따님이 스스로 挫折하여, '너무 늦었다'고 한 것은, 자기가 자기의 '배꼽' 만지기에 바쁘고 있던 중에, 그 배꼽 줄을 통해 빠져나간 것들이 이룬, 한 세계는, 탄탄한 '相剋性'에 의해, 완벽하게 짜여져 있어, 거기 어디서, 어떤 有情을 하나, 뽑아내려 시도한다 해도, 뽑아낼 수도 없으려니와, 또 비록 말해, 어떻게 하나쯤 뽑아낼 수가 있는다 해도, '相和'가 아니라, '相剋'으로 결합된 세계에서는, 무슨 변화도 일으켜 낼 것 같지가 않다고 알게 되었기 때문이다. 쿠라는, 망할 녀러, 녀러, 자기의 '배꼽'을 잘못 만진 것이다. 속이 썩는 한숨이, 그 배꼽으로부터 끓어 틀어 올랐고, 따님은 피로를 느꼈다. 배꼽 아래쪽의 몸이, 견딜 수 없이 무겁게 느껴지기 시작한 것인데, 그래서 자신을 살펴보고서는 따님은, 자기의 아랫도리가, 저 묽은 흙 속에 묻혀 들고 있음을 발견했다. 이런 수가, 따님 또한 重力에 당하기 시작했을거나, 哀苦나 懟苦나 兢끙끙 성화가 나꾸나……

따님은, 대략 허벅지까지나 질흙 속에 묻혀든 그 몸으로도, 묻혀든 그 부분의 몸까지도 무겁고 피곤했으므로, 그 질흙 위에 앉는다고 해보며, 有情들이 서로 밀어붙이기로 붙여내는 '相剋的 親和'라는, 모든 것이 전도된, 그리고 와해가 질서인, 프라브리티의 場 서기에 관해, 생각해보기 시작했다. 이 場의 和解는 否定力에 의존하고 있는다? 그렇다면 그것은 비극이 아닌가, 괴로움의 바다,

그러다 따님은, 이 비극이 상연되어지고 있는, 무대의 배경이나 이루고 있을 것이라고 여겨왔던, 그 자리에, 처음서부터 있어 온 얼굴 하나를, 새롭게 상면하는데, 그리고 경악하는데, '흙네'였으며, 그리하여서는, 그네는 '背景'으로서가 아니라, 그 비극에 가담되어진 모든 배우들이 쓴, '假面'으로서, 그 비

극을 主動하고 있어 온 것을 알게 된 것이다. 그 비극이 무엇보다도 비극적인 것은, 이 순간 따님이 분석해내고 있기로는, 바로 저 '흙네'가 '性別'을 잃어, '無性'이 되어 있는 그것이었던바, '性別' 대신 그리하여 '흙네'는, '重力'을 입어, '重力' 자체가 되어버린 것이다. 모든 '오르려는 意志'를 거스르는 자, 咄, 모든 '위에 있는 것'을 끌어내리려는 자, 咄, 그리하여 그것[重力]에 대한 逆念을 일으켜, 有情으로 하여금 逆對的(相對的, 二元的)으로 자기를 찢기게 하는 자, 咄, ―그리하여 有情은, '憂愁'를 빨고[吸], '重力'의 요람에 누워 있으면, 못 일어나고 죽게 된다. 咄! 有情들의 살 속에는, 그러고 본즉, 저 '憂愁와 重力'의 혼합에서 일어난 毒, '죽음에의 欲望'이 사려 넣어져 있었을 뿐만 아니라, 무엇보다도 '배고픔과 갈증'이 '삶의 欲望'으로, 爲筋되어 있던 것이다. '憂愁의 女神'의, '憂愁'에 대한 저런 해후는, '憂愁의 女神'을, 憂愁로 시들게 했다. 저 '비극'의 각본이 씌어지고 있었을 때, 자기는 그 現場에 없었으면 하고 바랐지만, 뒤늦고 있는 것이다. '憂愁의 女神'이, 有情들을 통해 새롭게 발견하게 되기로는, '憂愁'라는 감정도, '흙'의 元素의 그것과 같이, 有情의 '아랫배'와 관계된, 下向性의 것이었는데, 이것은 게다가 否定性까지를 띠고 있던 것이다. 건강한 몸에 대해 蛔蟲과 같이, 건강한 마음에 대해 '벌레'는 '憂愁'던 것이다. 그런 까닭에 이 '벌레'가, 地獄界(나라카 로카) 有情에게는 '憎惡'를, 鬼界(프레타 로카)에서는 '悲慘'함을, 畜生道(티리아카 로카)에서는 '殺慾과 生殖慾'을 일으키고, 人世(마나카 로카)에서는 '欲望'의 형태로 둔갑하고, 아수라界(아수라 로카)에서는 '嫉妬', 제바界(데바 로카)에서는 '驕慢'의 모습을 취해, 한 六道를 汚染하고, 腐敗하게 한다. 咄. 저렇게 毒으로, '六毒'으로, 써져간 젖―'憂愁.' '배꼽'을 手淫질해가며 했던, 有情에의 夢想에서, '憂愁의 女神'은, 저렇게도 참담하게 실패한 것이다. 본디 惡이나 魔일 수 없던 '憂愁'가, 惡이 된 것이며, 魔化해버린 것이다. 문제는 그럼에도, 그 실패가, 그네 자신에게로는 돌아가지 않고, 그네의 잘못되어진 '夢想'에서 化現한, 有情들께, '原罪' 같은 것으로 遺傳되어지는 데 있다. 咄. 그 蓮尼는 매우 냄새나는, 매우 좋지 않은, 수렁 같은 子宮을 갖고 있었더랬다. 咄. 그런 子宮으로, 어쩐다고 저 옌니는, 버글버글 '짐승'을 쏟아내며 신음하며 서러워하여, 서러움으로 신음해서는, 본디 새하얗던 천지를, 씨버럴겋게, 짐승의 울부짖음, 胎褓며 터진 똥창자의 냄새, 腋氣며 월후 냄새, 고름, 냉, 精水 따위로 가득 차게 해버릴 것이었냐! 咄. 黃泉을 풀어헤친 더러운 요니, 咄!

흙 물 볕 숨 憂愁 歲月 咄

—그리고 이삭줍기—

'배꼽 만지는 따님'을 竊視하는 '사람'에게, 그 現場에서 도저히 눈을 돌리지 못하게 하는, 하나의 경이가 되어 있는 것이 있었는데, 그것은 무엇이었는가 하면, 앞에서도 얼핏 한번 언급된 일이 있었지만, 꼭같은 한 '質料'로 따님이, '뱀'의 모양을 빚고, 또 '개구리'도 빚었었는데, 그것들에게 '숨'이 닿자마자, '뱀'이 그 '개구리'에게 食慾을 느껴, 대번에 덮치고 드는 데 반하여, '개구리'는, '뱀'에 대해 어쩔 수 없는 無力感에 당할 뿐만 아니라, 공포 탓에, 억눌려, 솔아, 꼼짝도 못 하게 된다는 그 사실이었다. 그 양자는, 몸을 이룬 質料뿐만 아니라, 그 '形態의 構造'까지도 별로 다름이 없는 것을 빌려 쓰고 있는데, 어떻게 해서 그 優劣이 나뉠 수가 있는가? 이 사실은, 괴이하여, 이해키에 적이 난하다 할 것이다. 이렇게 되면, 저런 '運命'들의 '記號'가 아니라, '意味' 쪽에 비중을 둬 생각해보지 않을 수 없게 한다. 그러니까 가령, "배고픈 호랑이가, 살찐 노루를 잡아먹었다"고 한다면, '호랑이'라는 '記號'가, '노루'라는 '記號'를 해친 것이 아니라, 호랑이의 '運命'을 갖고 있는 것이, 노루라는 '運命'을 갖고 있는 것의 목덜미를 물게 한 것이었다는, 그러니 '記號論'이 아니라, '意味論'을 거론케 한다는 얘기다. 그러면, 말한 바의 저 '運命'이, 그 '記號' 이전의, 어떤 本源까지를 소급해보게 할 것인데, (그렇게, 촛불중의 한 話頭인 '밖'은, 그 알 껍질을 깨뜨림 받는다) 장황해질 수도 있는 얘기를 줄이기로 한다면, 거기 '달마'의 '幻舞'가 있다는 것을 알게 된다. '記號'란, 그러니까, '달마'가 추는 춤에서 일어나는 허깨비 말고, 다른 아무것도 아니라고 알게 될 것이다. 有情들의 눈을 가리는 자는, 다름 아닌 '달마'며, 그러므로 '달마'가 治理하는 곳엔, 개구리임세, '無明'이 있다. 개구리임세, 바로 저것을 깨칠[破] 일이다. '達磨'를 깨칠[覺] 일이다. 그러면 '다하여 남음이 없게' 된다.

깨쳐진[破, 覺] 껍질[色],

破覺 파각 깨어진 達磨,

有情들의 '밖'은 '無明', 그리고 '達磨',

破覺 파각 퐈(안팎) 밖(안/밖).

破覺한 자들께 '色'(記號, 밖)이란 결국은, '達磨의 幻舞' 말고, 다른 아무것도 아니라는 것이 알려진다. 破覺하라, [8]覺 밖! 그러면 다하여 남음이 없다.

—그리고 또 이삭줍기—

그 '記號(形態)들의 構造'도 같아, 다름이 없다는 그것은, 다시 또 말이지만 '兩極을 갖는 楕圓形' 말고, 또 무엇이겠는가. 저것이 바로, 촛불중께 '쿠라의 배꼽'이라는 匿名으로 알려진 그것이다. 꿈의 蓮根, 말[言語]의 피가 맺혀 묻혀 있는, 질척하고도 비린, 따뜻한 잠—.

제4장 凸品
—[1]배꼽 만지기 얘기 또 한 자리

그런 그 촛불중의 잠은, 검은 곰의 겨울잠 같은 것이다. 자되, 자는 것이 아니며, 자지 않되, 자는 것이다. 그러니 깨어 있는 것도 아니며, 깨어 있지 않은 것도 아니다. 그의 육신에 일어난 증상이나 변화랄 것을 본달작시면, 숨의 횟수가 많이 줄어져 있으며, 그러자니 염통도 서너 달 가다 한 번씩 뛰는 식인데, 그것에 따라, 혈압도 물론 낮아져 있으며, 열도 내려, 거의 차가울 정도까지 몸은 식어 있는다. 그것은 假死, 假死 아닌 假死, 橫的 삶의 중단뿐만 아니라, 죽음의 중단, —그렇다면, 그런 잠도 아닌 잠 속에 가라앉아 있는 자는, 몸을 태우거나 닳게 하기를 극소한도로 하고 있으므로, 飮食이라는 이름의 燃料는, 그렇게는, 많이는, 던져는, 넣을 필요는, 없는, 화로는, 이랄 것이었다. (밝힌 바 있는 대로,) 그럴 때 예의 저 검은 곰들은, 세 철 산야를 돌진하거나, 사냥이나, 싸움을 하다가 입게 된 상처를 아물리게 된다는 것인데, 다부지게 살기, 라는, 뒤꿈치에서 폴씬 폴씬 연기까지 나는, 그런 내달리기, 삶은 상처, 깊은 상처가, 말한 바의 저 잠, 일종의 無性, 또는 中間狀態에 들어 있다는 일로 하여, 치유가 된다는 일은, 허긴 경이이다. 그 잠은 그렇다면, 아도니스의 죽음, 되젊기 위한 죽음, 그런 것이라도 되는 게다, 그렇다, 밖은 온통 추위며 눈발이라도, 안쪽의 아랫목은 훈훈한 겨울. 이 상태는 그리고 분명히, 한 禪꾼의 '몸—말씀—마음'이, 한자리에 녹아 있어, 말하자면 이것은 이 比丘가, 자기의

四肢를 (자기가) 절단해, 그것들로 밖을 둥글게 城하고, 자기의 피를 빨아 마시기 위해, 혀를 빼내 문, 자기의 머리통을 (자기가) 잘라, 그 한가운데 놓아 만든 [2]曼荼羅였다. 天上의 계집(다키니)이, 요니를 열어, 두 닢짜리 붉은 蓮, 누워 있는 귓('곳'+'것'), 속에 꿈틀거려 들어간 '벌뢰', '구리 뱀' 한 마리.

'벌뢰'는 그리고, 그 '귓' 속의 羊水에 담겼음의, 그 '천상적 열예'를 느꼈으며, 그러는 중에, 눈꺼풀이 스름스름 감겨 내려짐시나 무거워간다고, 자기의 눈을 자기의 눈으로 내어다보다, 헤헤, 그 눈꺼풀을 열고 나와 버리기에까지 이르렀는다. 그것은 말하자면, 밖에의 그리움을 다분 함량해 있었는 (無學僧에 대해서는) 椿事였는데, 글쎄 저 '벌뢰'는 꿈을 꾼 것이고, 그 꿈에, 자기가 한 마리 나비에로 變態를 치러, 볕이 좋아 훈훈하고 밝은 열림 속으로, 날아 들어가[入] 버린 것이었는다.

하나의 우주적 勝利! '卵－幼蟲－蛹'이라는, 프라브리티의 橫－바르도, 그 고치에 구멍을 내고, 한 有情은 縱－바르도에 올랐는다. 이렇게 보면, 한 '나비의 傳記'가 하나의 曼荼羅이다. 그 나비는, 그 열림 속[內]을, 무장애로 춤춰 날으며, 자신이 나비인 것을, 무척이나 행복해하고 있다.

그 '나비'를 꿈꿔, 열림 가운데로 날려 보내는 '잠'은 그러면, 누가 자고 있느냐? (잠은 송장!) 그리고, 그 '송장'의, 겨울인 가슴을 디뎌 춤추며, 죽음 속에서 빠등한 봄을 일으켜 세워, 복사꽃을 흩트리게 하는, 열엿새 달, 그 요니는 누구의 것이냐? (달 보고 짖어 오르는 것은 개, 아으, 송장을 뜯다 길게 우는 개)

그러다 比丘는 잠을 깨었는데, (그래서 그 '나비'가 되돌아왔기에 比丘는 잠을 깨었는가?) 이번에는 헌데, 그 '나비' 대신, '촛불중' 자신이었으며, 자기는 '나비'가 아니라고, 보았다 느꼈다 여겼다. 그러고 본다면 그 '나비'는, 자기가 잠에 들어 있었을 때, '깨어서' '열림'을 즐긴 것이었었다. '깨인' 자기는 그리고, 예의 그 바위 무덤 속에 갇혀, 장애와 구속, 부자유탓에 몸서리를 치고 있다. 그러며 比丘는, '나비'가 자기 속에로 말고, 자기가 '나비' 속에로 들어가 담겨 있었음이 좋았었다고 생각한다. 그리고

比丘는, 저 어디 훤한 열림을 망연히 내어다보며, 입술을 옴지작거려, 몇 마디 말을 씨불여냈다.

[3]자네 마음, 그 明鏡 속을 들여다보랍지,

저 中間狀態,

天上의 계집의, 그 神秘의 房.

赤色

제1장 茶飯品

촟불중은 오늘, 밥 먹고 물 마시기라는, 늘 그렇고 그런 일상사를 치르다, 느닷없이 나라카에로 떨어져 내려버렸다. —글쎄, 이렇게 되풀이 말하지 않을 수 없는 것이 그것이다 보니 이러는데—늘 되풀이되어져야만 되는 다반사중의 한 가지 것을 치르다 촟불중은, 오늘, 이제까지 살아온 삶에서, 기억의 바랑, 밑구석진 데 몰려 뭉치는 것 같은, 이나 빈대 크기의 먼지 뭉치에라도 비교되거나, 그만도 못할, 소량의 善을 털어 쥐고, 나찰들이 야바위 치는, 그 판에 떨어져 들게 된 것이다. 그는, 어깨너머에서도, 여러 여러 너머로 빌은[乞], 남의 찌꺼기 禪에서, 그나마도 이삭을 좀 주워보겠다고, 흉내 내보기를 시작했었을 때, 스스로 戒를 내리고, 法名은 娼女들로부터 얻어, 자칭 '중'이라고 해온 돌팔이였거니와, 그때부터, 왜냐하면 스승의 무릎 앞에 꿇어 엎드려 배운 바가 없었기 때문에, 깜냥껏 행하면서도 이 후레중은, 자기가 실제로 뭘 하고 있는지를 몰라, 철없는 애가, 모닥불이나 깊은 샘을 향해 바쁘게 기어가듯, 열 번 천 번, 노상 위험 가운데로만 치달려 들어갔었더랬는데, 그러했음에도 이제까지는, 그때마다 어떻게 용케도, 그 수렁, 또는 流沙 구덩이로부터, 자기의 발목을 뽑아내 오기는 했지만, 사실은 그리고, 바로 그런 어떤 위험에 처하기로, 어떻게든 그것을 극복하려는 당찬 투쟁을 통해 이 돌중이, 불은 젖퉁이를 물려주는 스승 어미가 없이도, 제힘으로, 제 法筋이랄 것에, 울룩불룩함을 알배게 해오기도 했더랬지만, 오늘 촟불중은, 다른 것도 말고, 하필 자기의 그

'法筋' 탓에, 그것이 그러니 敵 되어 일어난 탓에, 오그라들 자리는 뻗고, 뒤집히지 말아야 할 자리는 뒤집히며, 뻗어야 할 자리는 오그라 붙어, 생지랄에, 생비지땀을 내면시롱, 버글버글 거품을 쏟고 있다. '相剋'이 그 秩序인 畜生道에서, 그 '剋'들을 이어주고 있는, '相'이라는 힘줄의 올이 터지고 끊겨, 지리멸렬 색깔의 흩어짐 여러 산산이 구슬들이 (여러 색깔의 구슬들이, 산산이 흩어짐, 지리멸렬) —말[言語]의 泥田狗鬪, 살벌한 천지, 瓦解, 亂場.

末魔가 끊어지는[斷] 그 고통 중에도 촛불중은, 무엇이 그 말마들을 끊어 덤비는지를 보았는데, 그 손은, 무엇을 한번 스쳤다 하기만 해도, 그 손을 가진 자의, 증오와 저주심의 傳導에 의해, 그 닿여진 것을 대번에 태워, 소금을 만들어버리고 드는, 그런 손을 가진 나찰이었더니, 그리고도 보태어 촛불중을 경악하게 한 것은, 그 나찰의, 촛불중 자기도 알 듯한, 그 얼굴이었다. 그 얼굴은 다름 아닌, 촛불중 자기의 것이었던 것이다. 바로 그 나찰이, 촛불중 자기의 心筋을 모드락스럽게 움켜쥐어서는, 그 손톱으로, "칼날 같은 쐐기풀에서, 부드러운 줄기를 분리해내듯", 筋絲를 한 올, 한 가닥씩 쪼개 내고 있는 중이던 것이다. 그리고는 나찰은, 그것으로 새끼줄을 꼬았는데, 그 새끼줄로 그리고 나찰은, 저런 순 숭실숭실 털 난 짐승의 손 같으니, 촛불중 자기의 불알을 훌쳐매서는, 사정도 없이, 자기를 낚시질해 올리고 있었다. 末麗가 끊어지고 있음.

촛불중이 오늘, 밥 먹고 물 마시기라는, 헤헤, 늘 그렇고 그런 일 상사를 치르다, 느닷없이 나라카에로 떨어져 내려버린 사연은, 글쎄 이렇다, 는즉슨, 촛불중은 오늘, 여러 개의 이빠디에서 턱이 뭉뚝뭉뚝 떨어져 나간, 그런 느닷없는 변에 당하게 된 것이다. 밥을 먹다, 그것도 앞이빨로, 돌을 씹어본 경험이 있는 자라면, 그때 그 일점에로 모여든 고통이 대략 얼마쯤이라는 것쯤 알고 있을 것이다. 그 격통은 그리고, 분노와 광기, 울고 싶음과도 매우 비슷하다는 것도 헤아리고 있을 것이다. 그런다 해도, 거기 그 밥자리에, 시퍼런 눈 흘김 한번, 몇 마디의 투덜거림, 조금 심하면 밥그릇이 날아가 마당에 앉되, 그보다도 더 우그러지게 큰 일이 일어나는 것은 아니다. 이런 일이란, 어느 집 밥자리에서나 흔히 일어나는 것이어서, 椿事이되 항다반사적 춘사여서, 춘사도 못되는 춘사인 것이다. 이런 椿事가 헌데도, 촛불중께는, 나라카에로 연결되어 있었다면, 여기 어디에, 무슨 좀, (누구나의) 귀를 좀 솔깃하게 하는 사연이 있음에 분명하기는 하다. ―러 했다.

(가맜세라, 읍 마을 갔던, 바깥의 늙은 박수가, 언제 돌아왔었는지, 어쨌는지, 그 얘기는 이미 되어졌었던 것도 같고, 그럴 틈이 있었던 것 같지도 안해, 알쏭달쏭하잖은 것은 아니지만, ……넥끼, 지혜라고는 시방, 말임세여, 촛불중이 아직도, 이승 언저리 머뭇거리느라, 엘멩길에 올라 미투리를 닳게 하고 있어 보이지가 않는 데다, 오히려 피둥거리며, 열명길에 신을 짚신 삼기는 게을리하며, 이빨 턱 떨어져 나가는 일로도 대로해 나찰이 되어 있다면, 이는 필시, 밖의 누구로부터든, 어쨌든 음식물의 조달을 받아왔었다는, 그런 증거가 아니겠는가……) 어찌 되었거나, 그러는 일이란 글쎄 한 번도 없었을 뿐이며, 오히려, “시님 자시는 양이 너무나 쬐꿈이다 본개 걱정이구만이여”, 라던, 그 늙다리 화라지가, 오늘 밀어 넣어준 밥은, 모래와 소금으로 버무려놓고 있었던 것이다. (그리고 이것은, 나중에, 촛불중이 갈증을 느끼고, 마셔보고서야 알게 된 일이지만, 음료수는, 오줌과 소주로 반반씩 섞여 있는 그것이었다) 그런 것을 알 까닭이 없어, 그 밥을 숟갈질해 입에 넣고, 칵 씹다 중은, 여럿의 번개가 한꺼번에 치고 흩어지는 것을 보았고, 그런 뇌성이 한꺼번에 울어 내리는 것을 들었다. 그리고 그런 어느 순간, 이제껏 잘 통해왔던, 숨의 개폐문에 어떤 차단이 끼어듦을 느꼈을 뿐만 아니라, 전신의 피가, 분노며 광기의 낫과 쇠스랑을 들어, 머리를 향해 치끓어 올라, (똥창자가, 반란을 일으키고, 척추를 타고 올라, 腦를 밀어내고는, 腦座를 차지해버렸음?) 일상적 질서 체계의 ‘系筋’이 되어 있는 것들을 잘라버리고들 있었다. 이때에 당해, 이 比丘의 얼굴은, 붉다 못해, 푸러지다, 검어지고 있었으며, 혈관들이 불거져 올라, 그 전신에로 푸른 지렁이들이 엉겨 붙어 있어 보여, 이제는 이미 사람은 아닌, 사람의 탈을 벗어버린, 나찰이 하나, 그 자리에 올라와 있었다. (이런 자리에 이르러, 저런 묘사에 접한다면, 어떤 聽者들은 분명히, 저 촛불중은 지금, 바위 무덤 속의, 子宮 속이나 같은 [1]어둠 속에 매장되어져 있는데, 무슨 눈으로 어떻게 보고 話者는, 그의 몸에 나타난 변화를 저렇게 읽어낼 수 있는 것인가, 하는 의문을 일으켜냄에 분명하다. 흐흐흐, 이럴 때 話者가 할 수 있는 일이 하나 있다면, 워

리 毒狗 불러모으고, 손가락 시퍼렇게 뻗쳐, 그 聽者의 눈구녁에 쑤셔 박아, 뜨고 있어도 못 보는 그녀러 肉眼을 쑥 뽑아, 워리에게 던져주는 일뿐이다. 티레시아스는, 그렇게 '內眼'이라는 것을 밝게 떴다 하잖더냐? 그런 '內眼'으로써도 보지 못할 것이 있겠느냐? 그런데 누가 '肉眼'도 아끼고 '內眼'도 떠 밝게 보고 싶거들랑은, 꼭히 入山修道할 것까지는 없다 하더라도, [2]'肉眼'의 無明을 찢어버려야 할 處女膜 같은 것으로 알아, 정진하는 수밖에는 없을 터이다. 童貞은 잃어지기 위해 장치된 조건인데, 잃어져 질 때, 하나의 우주적 道兒의 出産이 가능해질 것이다. '無明'을 깨우친 눈의 이름이 '內眼'일 것이다. 이것이 '제삼의 눈'이라고 일러지는 그것이겠으나, '無明을 깨우친 肉眼'이 저것인 것을 감안하면, '제삼의 눈이' 따로 있는 것은 아닐 것이다. 것임에도, '無明'을 찢김 받지 못한 '肉眼'을 또한 감안하면, 따로 없는 것이 아닌 것도 아니다) 그의 우북하게 자란 머리칼은, 꼿꼿이 곤두서기 시작했으며, 눈은 까뒤집혀 핏발선 흰자위만 드러나져, 튀어 올라, 석양 녘에 죽어 뒤집혀진 물고기의 배때기 같았는데, 오래잖아 그것은, 고름 같은 흐린 거품에 뒤덮여버릴 것이다. 그의 손가락들이란 것들은, 오구등이 굽어서는, 독수리나, 성낸 범의 발톱과 다를 바를 모르게 되어 있었는데, 그런 괴물이 뿌적뿌적 커지고 있었다. 광기와 분노가, 極壓點에 이르러, 쾅(!) 四大를 입어버렸음, 쾅!

'독사와, 유황불과, 남의 有夫女'와, 參禪 중의 중은, 神들까지라도 찌럭대려 해서는 안 되는 것이었던 것을. 더욱이 위험스러운 것은, 한 比丘(尼)가, 禪的 바르도에 들어, '몸·말·마음'이 녹아, 한 '묽음'이 되어 있을 때의 '無性態'(그것은 아무것도 아니며, 동시에 모든 것이다) 그것인데, 그것은 '프라나 마음'의 子宮, 누구도 찌럭대려 해서는 안 되었던 것이었던 것이다. (지니[genie, jinni]를 억류해놓은 납병을 발견하게 된 아이가, 그 마개를, 뽑아내 보려 하기)

그 몸이 불어나기만큼, 어떤 괴로움도 불어나고 있었던지, 저 나찰은 헌데 몹시 괴로워하고 있었다. 그 크기며, 힘으로 따지건대, 만약 그가 바라기만 했다면, 그 바위 무덤 벽이 아무리 든든하게 쌓여 있었다 한다 해도, 한 어깨로 받아 떠밀기로 대번에 무너날 듯했지만, 그러나 뭣 때문엔지는 모르되, 저 나찰은, 그 벽에다 손을 대기를 두려워하고 있었다. 그는 그 벽에다 손을 댔다가는, 그 벽이 벌겋게 달궈진 철판이라도 된 듯이, 놀라 손을 떼곤 했는데, 그것은 마치, 물을 한입에 삼켜 넣고 싶은 그 한 욕망으로 바다가, 태초부터 뭍을 향해 달려오되, 해변 어디 그어진 達磨의 線에 닿으면, 더 넘지를 못해 되돌아서듯, 그렇게, 거기 어디에, 그에게만 보이는, 그런 무슨 禁索이라도 둘러쳐져 있었는지도 몰랐다. 그가 겪는 괴로움은 그리고 그런, 바다가 겪는 것과 같은 것인 듯도 싶었다.

그란디 참말이제, 오늘 갖다가시나, 배깥에 조 늙은 작것헌티, 끕잭시리, 무신 누무 못씰 개지랄벵이 휘몰아쓰꾸? 그랗애도 둬질 날이 멀잖애 니얼일동 모레일동 날 받아놓고 있는 늙은 화라지가, 더 일찌거니 꺼꾸러지고 자파 환장을 히었단댜, 워쨌단댜? 무신 녀러 땀도 못 낼 옘병 귀신이 늙은 뻬 무데기를 보쌈히었이며, 무신 녀러 떨도 못헐 지랄 고심도치鬼가 늙은 삭신을 들쑤시쓰꾸 쓰꾸 쓰쓰꾹?

늙다리여, 화라지 늙다리여, 용두질을 해보려 해도 시랑토 않고, 노래를 해보려 해도, 毒酒에 혀가 굳고, 風流가 굳어, 되지를 안 하는, 고자스러움의 연속, 지리멸렬, 권태, 온 하늘이 나서서도, 한 마리 새앙쥐의 목구멍도 못 적시는, 그러면서도 온통 황소 빛을 가리는 안개비, 약간의 외로움, 沙漠, 그 깊이 모를 침묵, 넓이 모를 정적, 모든 것은 정지해 있고, 권태, 안개비, 無音, 권태, 안개비, ……뭐든 저지르지 않고는 견딜 수가 없었다고 한다면, 하품이나 해볼 일이었지, 저승 아랫목에까지 꺼져 내리도록 한숨이나 불어내 볼 일이었지, 그것도 아니면, 거 달고 있어 보았댔자 시랑토 하잖는, 제기랄 누무 것을 끊어, 화롯불에 구워 안주라도 해볼 일이었지,

화라지임세, 아직까지는 그럼에도, 道流에게 法恩은 있는 것일 것이라고 해얄 거나, 저 나라카는, 道流를 삼키려 아가리를 벌려 덤비지는 안 하고 있다. '忿怒'는 그러나, 그 과녁을 못 얻으면, 어느 먼 훗날에라도, 또는 저승까지 찾아서라도, 되돌아와, 그 弓手 당자의 가슴을 뚫고 드는 毒矢인데, 저 比丘는 이 毒矢에다, 자기 쌓았던 功力을 毒으로 썼댔구나. 이 毒矢의 이름은 '詛呪'라고도 이르니라.

늙은네여 말 무당, 道流는 말이지, 똥을 너무 보채다 똥독에 빠졌다 갓 올라온 개 새끼, 개 새끼로고, 개 새끼모양, 대가리를 털어쌌는데, 지금 道流가 하고 있는 짓은 무엇이냐? 똥독에서, 어느 比丘尼라도 流産한 공알('公案'의 訛傳일세나!)이라도 하나, 잘못 주워 삼키기라도 했다는다, 깨우치기라도 했다는다, 아니면, 그 속에 무슨 뾰족한 손톱이 열이나 쪽쪽하게 숨겨져 있던 무슨 소리라도, 귀가 잘못 집어삼켜, 고막이 다섯 쪽으로 열 가닥으로 찢기기라도 하고 있다는다, 어쩐다는다? 대체 지랄이 웬 지랄이라는다? 히히히, 그러며 화라지는, 자기가 술을 너무 마셔, 소리를 듣는 귓속의 난쟁이, 까지도 너무 취해, 귀울음이 잦게 된 것이나 아닌가 하여, 안고 있는 호로병을 흔들어, 술 높이를 들어보기도, 손톱이 긴 새끼손가락으로 귀를 후벼 파내서는, 손톱 사이에 끼어 나올 소리의 찌꺼기도 들어[聽] 보기도, 하고 했는데, 허긴 그래볼 만도 하기도 했을 것이, 소리를 내는 것치고라면, 열 가지 서른 가지로 부는 바람에, 사립짝 흔들려지는 소리들까지도 다 포함해서 말이지만, 늙은네 듣고, 보고, 짐작해서도 알고 있는 어떠한 것도, 그렇게시리 괴이한 울부짖음을 하는 것은 없는데, 늙은네는 그것을 듣고 있는 것이다. 늙은네의 느낌은 그러자니, 소리만 뜯어먹는, 숭실거리는, 毒의 千手 千足을 달고 있는 자벌레에게 고막을 갉히고 있는 듯해, 맞창이 나게 된 귀로, 죽어 썩은 소리의 삼거불 열두 발을 토해낼 듯했을 것이다. 怪鳴, 고막을 갉는 털 숭실거리는 毒音, 뉘 집 밭고랑에 일숙을 정한 문둥이가, 떨어져 나간 제 손가락 한 매디를 묻으며 앓는, 소리의 떨어진 한 매디의 손가락, 소리, 病에 차고, 毒에 찬 소리, 마을에서는 정숙하다고 소문난 청상과부가, 임질에 매독으로 흐르는 고름을 닦으며, 바깥에다 대고 눈 흘기는, 그 눈 흘김의 소리, 시퍼런 소리, 소리, 이제 막 씨앗을 방출하려는데, 사냥꾼이 내쏜 화살에 염통을 꿰인 수노루의 가슴에 엉긴 소리, 그 암노루의 자궁에 엉긴 소리, 소리, 地獄의 솥뚜껑까지 떠받치고 올라오는, 유다, 가룟 유다가 이빨 가는 소리, 사람이던 것이, 반쯤 벗겨져 내리던, 獸皮를 되끌어 올려 입으며, '사람'이 춥고, '짐승'이 가려워, '사람'인 것이 '짐승'으로 내는 소리, ……'독에 발린 북'이 울리고 있는다…… '소리'에 의해서도, 한세상이 오염되고 있는다, 나라카에 처한 有情들께는, 이제까지 없던 고통이 새로 하나 더 불어나, 그만큼 더 괴로워졌겠는다. 마는, 神들은, 창세 이래로 그래오듯, 주위를, 騷音 삼키는 숲으로 둘러놓은, 안쪽 정원, '禮拜며 讚頌'만을 길어올리는, 그 술의 샘가에 둘러앉아, 취해, 불그스레 행복한 얼굴들이다. 그 숲의 바깥쪽은 畜生道여서, 갓 胎褓를 쏟았거나, 찢겨 터뜨린, 순한, 罪 모르는 짐승들의, 비린 胎褓 냄새며, 낭자한 피와 똥 냄새뿐이지만, 그것이, 모든 騷音을 잠재우는 저 숲의 거름인 것을……

時間이 있거나 없거나, 의식하는 것의 의식 속으로는, 어쨌든 時間은 흐른다, 흐르는데, 흐르기에 좇아, 저 화라지 늙다리가, 흰 등을 기대고 오들오들 떠는, 안개비에 젖어 떠는, 추워 떠는, 외로움에 떠는, 공포에 떠는, 그 바위 무덤의 안쪽, 무엇엔지 묶인 '펜리르'의 末魔가 끓겨 내지르는 듯한 怪鳴도, 차차로, 그 시뻘건 모서리를 잃고, 煙黑色을 띠어가고 있었는데, 그리고도 또, 시간이 흐르기에 좇아, 그 신음 사이에도 뜸함이 끼어들고 있었으며, 낮아지는 대신 깊어지고 있는 걸로 따지건대, '묶여진 것'이, '묶은 것'에 제압당하기 시작하고 있음에 분명했다.

헌데, 저 '묶여진 것'을 묶고 있는 것은, 처음에는 분명히 '達磨'였었는데, 그 신음이 낮아지고, 간헐적으로 바뀌어지고 있었을 때는, 괴이한지고, 하필 '無爲'로 꼬여져 있었다. 저 '펜리르'는, 괴이한지라, 무엇으로써도, 그 올 한 가닥 터뜨려내지를 못함에 분명한, [3]'無爲'라는 끈에다, 자기 스스로를 묶어버린 것이다. (우주 밖의, 저 정적한 非化現을 보라, 그것이 '無爲'가 아니냐? 無爲 속에 알 품어진 爲界) 괴로움을, 비등하는 것을, 비등하는 괴로움을, 發作을, 無爲로 보쌈해, 숨죽이려 한다? 허지만 또 한편으로 생각해보면, '몸'으로시나, '없다는 마음'을 싸안아 있는 그것도, 이상하지 않은 것은 아니다. 만약 저 몸과 마음의 관계가 뒤집힌다면, 그때는 어떤 결과가 드러나게 될 것인가, 히히히, "임금님이 꾀 벗었네!" 허지만 이 경우엔, '임금님은, 꾀를 벗은 게' 아니라, '마음'을 드러내, 그 '몸'을 감싸고 있을 뿐이다.

그렇게 '無爲'에 스스로를 묶어, 無爲에 도달하려는 일념으로, (이런 추악하도록까지 시뻘건 oxymoron! '스스로 고자가 되기' 위해, 구비해야 하는 성한 링감!) 저 맹포한 짐승은, 그 무덤 벽을 한 발길에 부수려거나, 구멍을 통과해 빠져나가려는, 그런 이겨내기 어려운 [4]유혹, 무서운 욕망에 맞서왔던 듯했다. (뉘 알겠는가, 저 불가사리가, 만약 저 무덤을, 품 좁은 헌 옷모양 걸레로 만들고, 벗어, 일어서 나왔더라면, 무쇠 대신, 하필 人肉만 먹어대는 그런 괴물이었을지도 뉘 알겠는가. 몹시 부유한, 美里邑 한 천지의 권세와, 영광이, 그의 것이었을 수도 있었을 것이 아니었겠는가) 颱風이, 그것의 눈[颱風眼] 속에 갇히기처럼, (그렇기라도 하기에, 일어났던 颱風이 어느 때든 잠잠해지는 것이 아니겠느냐?) '함'이, '함 없음'에 묶였음. 그럼에도 이 '함 없음'에 제압당한 '함'은, '毒 바른 북에서 울려 난 소리'가 귀[耳]를 못 얻자 되돌아와, (때에는 귀마개를 뽑아냄에 분명한) 鼓手 당자의 고막을 파고들어, 그의 心情으로 내려간 것과 같은 것이어서, (이것이 한번 童話的 想像力을 거친다고 하면,) '죽지 못하는 魔力을, 쇠사슬에 묶어, 땅광 속에 유폐해놓기'나 다름이 없는 것. 다시 말하면 그러니까, 이 '無爲'는, 無爲 자체가 그것인, 無念이나, 無慾 같은, 無色인 것을 싸아놓은 것이 아니라, [5]'忿怒'라는, 폭발력을 가진 否定的 힘을 싸아놓고 있다는 말인데, 그러자니 이 '無爲'는, 비유로 말하면, 毒矢나 毒蛇를 은닉해놓고 있는, 비단 보자기 같은 것이 되었다고 할 것이었다. 흐흐흐, 고슴도치가, 품 넓게 덮고, 낮잠에 든 봄볕, 臭鼬(스컹크) 위에로 흩날려 덮이는, 桃花 이파리, 三月 파람—

그 나타남에 의해 보건대, 이 짐승은, 삼복에 병든 野狐의 모습인데, 어떻게 보면 그것은 또, 등껍질을 벗기운, 바다거북의 모습이기도 하다. 하늘 남자들이, 땅의 계집들과 어울려 지내던 시절, 자기네들끼리 흉보느라 하는 소리를 따르면, 물의 수짐승들 중에서도 하필 野狐라는 것이, 알 까러 해변엘 온 거북이라는 물속 사는 짐승을 덮었더라는, 그런 얘기도 있었고 해서 말이지만, 혹간 그 野合에서 까여져 나온 새끼가 이것이나 아닌지, 그것도 허긴 모를 일이기는 하다. 털이, 여기저기서, 뭉테기 뭉테기 뽑힌 자리들에서는, 진물이 송송 솟았다 굳어 비늘이 되었는데, 얼핏 보면 그래서 그것은, 눈 녹기 시작할 무렵의, 북망산 기슭의 풍경이었다. 피고름의 눈곱을 찌절 찌절 덮은 저 짐승의 붉은 눈은, 그 기슭 어디, 옴팡한 데에다, 지난가을 마을을 차려 한겨울을 난, 꽃구렁이 한 마을이, 한 볕에 잠 깨 흐물트러지고 있는 것 같았으며, 입으로 뿜어낸 열 찬 가래는, 解凍 때마다 한 번씩, 그 기슭의 뿌리께로 터져 나는 黃泉이었다. (촛불중 투의 '易'學에 의하면, 이 상태는 물론, 한 육신에 대해 위기이되, 동시에, 한 희망이기도 하다. 한 有情의 '健康'은, '病魔'와 맞서, 기울지 않으려는, 그 팽팽한 긴장 관계 위에서 지켜진다는 것, 그것이 촛불중의 '易'學이던 것이 아닌가. '죽음'에다 배꼽 줄을 이어, '죽음'으로부터 썩음을 빨기로, '삶'은 살이 찌고, '獸皮'의 무거움과 가려움 탓에, 그 獸皮 속에서는 '날개'가 돋는다)

야오—우—호오—, 野狐가 짖음 울고 있는다, 울어 짖음 하고 있는다. 울부짖음 하는다.

그 바위 무덤의 바깥쪽에서는, 자기도 모를, 어떤 공포의 엄습 탓에, 오지병 속으로 숨어들고 싶은 일념으로, 너무 급하게, 한 오지병의 독주를 비운, 예의 그 늙은 화라지가, 한옆으로 비그르 무너져, 덮은 한 자락 안개비는, 저승그늘만큼이나 춥다고, 그리고 자기는 죽어가고 있다고 생각하며, 어디선지, 아주 먼 데서, 또는 아주 가까운 데서, 野狐가 울고 있다고, 그리고 앓고 있다고, 듣고 있었다. 그러며, 모래를 버무린 웃음을 조금 흐르르 흘렸는데, 화라지께는, 자기가 어느덧 죽어, 한 마리 野狐가 되었을지도 모른다는, 깜냥에는 거의 달콤하게도 느껴지는 '時調感'이 일어난 것이다. 그래서 사실로, 늙은네가 자기를 내어다보고 있는 것과 같이, 죽어가고 있는지 어쩐지는 알 수가 없으되, 그의 '時調感'이랄 것으로 보는 세상은, 얼마 정도의, 遠近이라는 距離만 있고, 안과 밖이라는 식으로, 한 우주를 區劃해왔던 경계, 다시 말하면 壁이 무너나, "죽어가고 있으며, 어느덧 죽어, 자기가 한 마리 野狐가 되었을지도 모른다"고, 하나의 바르도를 경험한 것에는, 무리가 없었다. 그는 이 순간, 한 삶이라고 이르는, 그 한 자락의 꿈이 어떻게 일어나서, 어떻게 스러지는지, 그것을 보았다고 믿었다. 이제 '壁'을 못 가지게 된 자에게는, 그 '울음'이 어디서 울음 울어진 것인지, 그것은 알 수도 없으며, 알아야 할 필요도, 까닭도 없었지만, 그 울어진 '울음'은, 벨랑도 헤설퍼, 편안함이 없는 것, 그것을 자기가 한목숨이라고 집착해왔었다는 것, 그것을 늙은네는 들은 것이며, 본 것이며, 느낀 것이다. 그러자니 모래에 버무러진 웃음이 흘러 난 것이었는데, 大醉 속에서, 늙은네는, 이상하게도 자기의 정신의 어느 끝이, 벨랑도 초롱초롱 맑고 있다고 보았다. 평생을, 하루의 반이나, 삼 분의 일쯤, 잠으로 보내본 이들이라면, 어떤 저녁에는, 잠을 자면서도, 자기가 자기의 잠을 지켜보며, 마당에 타는 모깃불 연기며, 달빛까지도 환하게 보는, 그런 잠을 자는 잠도 있다는 것을 아는데, '대취 속에서도, 정신이 초롱초롱해지기'는, 어쩌면 그런 잠과도 비슷한 것이겠는가. 그런 초롱함으로 생각했기는, 늙은네는 그리고, 니얼이든 원제든, 여그저그로 댕김선, 마른 毒草라도 좀 거둬와야겄는개 빈디, 조 구먹에서 태와, 조 굴속을 엔기로 채운다면, 흐흐흐, 저노무 오소린지, 들괭인지...... 고것도 그렇제, 지 울음의 발바닥이나 핥는대도 월매나 더 지름을 얻겄냐고...... 살기는 멋할라고 고렇거니나 우겨감선, 더 살아야겄는고? 살아보먼, 무신 불거진 수가 있는디? 그, 그라고 본개 인제는 좀 쉴 땐 겨, 쉴 때맹이라고, 살아봤어도 거머 벨 불거질 일도 없었는디, 그런즉슨, 죽은대도 또 벨로 불거질 일도 있도 안허겄제만, ...쉈으먼도 싶으다고...... 그러잔개, '죽기'가 '쉬기'이겄으까? 씨버무거갈, 초노무 들괭이는 왜 조리도 아프게 울어싼댜? 울어싼댜? ......에린 애덜도, 죽기가, 죽는갑던디, 쉬기? ......들괭이는 앓는맹인디 ......울어, 앓음 울어 들괭이 ......늙은네의 酩酊의 印塘水에, 어떻게 한 송이 떠오른 蓮꽃도 같았던, 저 늙은네의, 벨랑도 초롱했던 눈 하나도, 그때쯤은 자꾸 가라앉아 들려 하고 있어, 안개비에 젖는 비린 세상, 더 눈 뜨고 못 보겠어서, 늙은네는 눈을 감았다. 추워서 늙은네는, 몸을 몹시 웅숭그려 뭉쳤는데, 그런 채로 명정 속으로 가라앉아 들었다.

황토밭 귀퉁이, 무덤 기슭에 핀, 누런 할미장꽃 한 송이—.

그러는 동안에도, 美里를 함몰했던 그 안개비의 한 바다는, 海潮들이 돌아와 쉬는 둥지, —어디 무량겁의 그늘 쪽에서 울리는, 無音의 湖拍에 좇아, 숙어지도록 제기랄 숙어지도록 춤추고, 그리고 그 무량겁의 無音의 둥지를 얹은 나뭇가지에서 새벽에 베—베— 올빼미가 베—베— 우는 울음에 귀를 연 모양으로, 無縫의 無律 無動의 喪服을 추슬러 여미고 있었다. 그러면 이제, 그대의 舞足이 디뎌 춤췄던, 그 주검을 哭하며 돌아갈 때인 것, 까짓, 한 짝 벗겨진 '琉璃 신' 따윌랑 챙기려 마라, 그리고 집 떠나기 전에, 玉門 두덩에다, 낭군이,

뉘어 환친, 그 노루 그림까지도 벌떡 일어서서 내뛰도록, 공알이야 빠지려믄 빠지려무나, 마지막 웃음을, 끝내기, 올빼미가, 전에, 것인데, 할, 돌아가야, 그, 글쎄 밤이 샐 때 보면, 한 저녁을 꼴깍 숨지게 하는 듯하던 狂舞도, 하나의 헤설픈 꿈, 꿈자리에는 남아 있는, 거웃 한 뒤 오라기. 羑里의 안개비는 喪服, 전에 바다가 넘실대며 푸르렀던 곳에로, 떠났던 바다가, 喪服 입어 한 번씩 되돌아와 보는, 바다가 꾸는, 한 鄕愁스런 꿈, —그것은 스믐스믐, 매우 더디게 오는 듯이 와도, 갑자기 그 한 마을의 가슴팍을 디뎌, 喪服 자락 밑에 묻어버렸다가는, 만년이라도 머물려 는 듯이 멈칫거려도, 또한 갑자기 거둬가 버린다. 새벽까지도 깊고도 깊은 冥海였는데, 조반을 끝내고쯤 보면, 저승이었던 곳이, 이승이고, 사막이고, 햇빛만 밝고 있는다. 끼룩끼룩 羯磨鬼의 울음이라도 몇 남았을라는가, 헤설픈 꿈의 껍질, 찾아보면, 없다.

바위 무덤의 안쪽에서는, 한 마리 슬픈 거북이, 그 안개비의 저승 바다 밀려 나가는 자락에 뒤집혀, 흰 배때기를 드러내고 잠 써버렸는데, 버림받은 신발 한 짝. 冥海邊에 부득 쓰러진, 꿈의 껍질, 춤[舞]이 비인 拍子, ……

깨이게 되었을 때, 저 거북은, 저 사막을 다 적실 만큼이나 울었는뎁지, 글쎕습지, 이 比丘 하나는 말입습지, 스스로 갖다가시납지, 일종의 誓願 같은 것을 하나 세워, [6]"누가 자기의 한 팔을 도끼로 찍어 낸다 하여도, 그것을 두고도 언짢게도 생각하지도 않으려니와, 누가 그 잘린 팔을 香木으로 잇고, 금으로 장식해준다 해도, 그것을 두고 고마워하지도 않을 것이다"라고 했었던 사내, '誓願'에도 목이 메고, 恨에도, 限에도 목이 메었넵지.

제2장 符命圖品

촛불중 고향에는, 지금쯤 하매, 눈이 퍼부어 내리고 있을 것이라도, 美里에서는, 밤으로 내리는 이슬이 조금 차가웠다. 그 길던 안개비의 장마철도, 어느덧 꼬리를 되사리고 있어, 美里의 하늘은, 일 년 중에서도 그중 맑은 얼굴을 드러내기 시작하고 있어, 해도 밝고, 달빛도 눈이 부셨다. 촛불중 고향에서의 이 철은, 빛에 닿기만 했다 하면, 그 닿은 자리에 화상이라도 입은 듯, 살을 꿈틀거리고 일어나지 않을 수 없는, 빛벌뢰들이, 제 [1]살들을 벗어 푹신하게 깔고, 또 제 살을 포개고 포개 높이 베기뿐만 아니라, 두텁게 덮어 누워서는, 지난여름, 가을철에, '몸'이라는 그 프라브리티 負袋 속에 저장하여 익힌 술, 빛의, 我執의, 그 술독에 꿈의 용수를 찔러 넣어, 잠을, 그렇다, 純毒한 잠을, 길어 올리고 있을 것이다. 겨울철에는 마을에라도 내려가, 어깨 너머로라도, 뉘 집 고쿠리 불빛이라도 좀 얻어볼까 하여, 늙은 소나무도, 언덕을 내리다 말고 멈칫서서, 꾸부정히 자고, 눈 실은 북풍이, 그 흰 몸에, 몇 삼태기씩이고 바람을 불어다 부쳐, 바람을 노적가리로 쌓아도 老松은 추워하지 않는다. '그림자'도 몸은 글쎄 몸이지만, 배고파하거나 추워하던가? 해오는 말이 이것이지만, (헤헤, "낮의 몸은, 밤의 魂과 같다"잖더냐구) 겨울은, 여름이 늘인 그림자이던 것이어서, 여름이 지쳐 누울 때는, 겨울이 일어서던 것, 겨울에는 그래서, 그림자들이 場돌뱅이들이다. 불빛이 뻰한 데마다, 장이 서는 것이 아니던가. (언덕을 내리다 말고 서서, 꾸부정히 자는, 노송이 자는 잠과도 같이,) 그렇게들 든 잠은, 그 따뜻함을, 九地에 내려가 누운, 여름으로부터 공급받는다. 촛불중의 고향에는 지금, 그런 잠이, 눈[雪]이, 삼동으로 쌓이고 있는데, 羑里에서는 하늘이 떠들고, 안개비 속으로 쐬어 들지 못했던 그 빛들까지도 보태어, 삼복으로 내리고 있어, 사람들은, 짧은 중앙통 한번 거드럭거리고 지나기 위하여, 얼굴들을 다듬고, 몸들을 꾸미기 시작한다. 촛불중들이, 트인 밝음 속으로, 탐하여 나서고들 있다, 글쎄 계절로는, 한쪽에는 겨울이고, 겨울이기뿐만 아니라, 죽음까지도 억류해놓고 있는 바위 무덤인, 그런 암흑인데—. 막힌 데 들어져 있는 것은, 거기 들어져 있는 것이 무섭다, 훤히 트인 데 드러내져 있는 것은, 거기 드러내져 있는 것이 두렵다, 그런 까닭에, 한쪽에서 열어 나오면, 다른 쪽에선 들어가 닫는다. 고 하는 것이다. 닫기는 열기, 열기는 닫기—그것이 한 門의 二元論이 아니더냐. 羑里의 마른 늪 속에는, 촛불중 얼굴의 莊子가 三冬 깊이 가라앉아 있는데, 羑里邑에는, 莊子 얼굴의 촛불중들이, 글쎄지, 아직은 술에도 아편에도 몸이 젖지 않았는데도, 흥겹게 만나고, 방금 전에 스쳐 지났는데 또 만나 인사하고, 웃고, 날씨에 관해 말하고, 웃고, 뭐든 멋있게 말하려 하고, 그러자니, 곡마단 패라도 떠들어 와, 천막이라도 치고 있는 듯, 들뜨고 있었다. 안개비의 장마에, 그 건조한 습습함에, 곰팽이 피는 권태에, 몸이 천 근씩이나 되자, 魂은 만 근씩이나 되어, 엊그저께까지만 해도, 같은 읍내 사는 사람들이, 서로를 아는−모르는−얼굴들이었댔더니—. 누가, 무슨 볼일이 있어, 그 길을 걸어가는데, 저쪽에서 누가 또, 무슨 볼일이 있어, 그 같은 길을 걸어오는 걸, 서로 간 먼 눈치로라도 알게 되면, 마구니네 검정고양이라도 마주친 듯, 일진 나쁜 날이라고 얼굴을 찌푸렸던 그 사람들이, 오늘은, 어제부터 시작해서는, 거드럭거려본다거나, 느시렁거려 본다는 그 짓 빼놓고는, 별 볼일도 없이 자기가 그 길을 걷는데, 저쪽에서도 사돈 되는 이가, 다른 별 볼일이란 없이, 그 같은 길을 걸어오고 있는 것을, 먼 눈발치라도 알게 되면, 멀리서부터라도, 싯누런 웃음부터 많이 웃어, 웃음이 가다, 도중에서 落花치 않을 수 없더라도, 하다못해 한 송이 웃음이라도 받으시라고, 해놓고, 오늘은 이거 일진이 퍽이나 좋은 날인 모양으로, 만나는 얼굴마다 부처람시나 인사하고, 웃고, 날씨에 관해 말하고, 웃고, 뭐든 재치 있게 말하려 해서는, 스스로 멋지다고, 이빠디를 쑤심시나, 읍내에서의 자기의 佛心의 비중을 재보려 했다. 히, 히, 히거디가 마냐게가따가시나 마리지 순저니 날씨 타시라고 할 거시라며는 마리지 날씨도 변더글 부릴 만크믄 부려야 된다고 알게 되는데 마리지 그러기로시나 有情사리도 여러 새까를 띠게 되능개라 허 허기는 그래도 제기랄 그누무 하느른 어째서 늘 며누래기를 마른 홀씨에미나 가타끼에 하느리 청명한 걸 두고서만 조흔 날씨라고 하는지 그거슨 모두 잘–아는–모르는–마리지만 아무리 조흔 날씨라도 한 사글 지나 두 삭만 계속되려 해도 거 원 보아서 재수 어꼬 준 것 업씨 미운 사돈네들로만 꽉 차 씨부랄 녀러 세상이 갑자기 넌더리가 나는 거슨 또 웬 이리냐 하늘까지도 애노무 저즌 똥기저귀모양 누런 냄새로 꽉 차버려 있는다. 그때쯤은, 해는 다시 해이고, 달도 다시 달이며, 하늘도 그냥 하늘이다. 읍은 다시 읍이고, 살기도 그냥 살기이다. 그러고 나면, 판관 겸직 읍장이 지나는 곳에서는 안개비 속에서와 다름없이, 치질 냄새가 흘러, 秩序의 냄새는 그런 것이라고, 새로곰 수긍하게 할 것이다.

때에는, 허기야 그 출처를 잘 알 수 없는 것이 이런 노래의 범주가 아니던가, 어디서 시작되었던지, 그것은 분명치 않되, 마는, 전에 '소돔'이라는 고장에서 불렸던 것인지도 뉘 알랴, 美里邑 아이들 입으로 불리어진 「獴龜歌」, 또는 「獴캐(狗子) 짖음」이라는 童謠가 하나 있었더니, 그것은 흑사병보다 전염이 빨라, 美里에 소속된 모든 마을 어른들의 입에도 膾炙하였댔다. 얼러리 껄러리.

원셍이 똥猩(셍)이
높은 데서 떨어져
남셍(생)이 뿔에 찔렸네
후후후후 猴후후
똥구녁이 아프거든
남셍이의 대가리를 내놓아라
만약 내어놓잖음
똥꾸녁에 구녁난다

얄라리로 얄라리
측간에 구멍났다
껄러리로 껄러리
측간에 퐁당 빠졌다 남생이

헤헤헤, 헨데, 대가리에 똥 묻은 남생이의 노래가, 대체 뭘 은유하고 불리어진 것인지, 쉬이 쉬, 쉬—, 그것일랑은 살펴 좇으려 마라, 아서라. 그런데 이런 노래를 배워다, 사막에까지 치질 냄새를 풍겨, 모래 귀신들까지 페, 페— 귀를 파내게 하고 있는 자는, 또 누구냐, 히히, 바로 저, 똥독에 대가리를 묻었던, 그 '남생이 아비' 되는 자 아니냐, 또 누구였겠냐.

귀가, 그런 노래의, 풍더분한 俗情에 한 번 데워졌었을 때, 촛불중 은, 촛불중이라는 그 윤곽이 한번 뚜렷해졌었고, 그리고는, 굶주리느라, 산 채로, 그 윤곽까지도 지워지고 있어, 많이 흐리꾸리해지고 있는 중이었다. 그는 '忿怒'로 그 毒頭를 한, 詛呪 모양의 한 화살을 쏘아낸 후, 극도로 쇠약해 있었는데, (魔羅들에 대해서야 그것이 氣源이며, 電池이겠지만,) 한 修道僧의 마음이나 氣를 갉고 소모하는 것으로써는, 忿怒나 憎惡보다 더한 것은 없을 것이다. 이렇게 소모한 氣는, 人工的(이란, '호흡법', '氣 모으기' 따위)으로는 잘 회복이 되잖는 것 같았다. 祭祀를 받든(그러니 他有情의 조력을 얻든, —이라는 말은, 좋은 음식물의 조달을 얻는다는 의미인데,) 또는 犧牲物이 필요하든 할 것 같았다. 촛불중은 그래서 여러 번이나, 밖에서 食物이 들여 넣어지는, 그 배꼽 줄에 마음을 묶어, 무릎을 꿇고, '남생이 아비'께 자비심을 구하려 했었으나, 혀가 굳었든, 마음이 굳었든, 소리는 만들어내지를 못하고 말았었다. 자기의 '배꼽 줄'을 쥐고 있는, 밖의 저 늙은네는, 촛불중 자기의 죽음을 재촉하고 있다는 그 생각도 했는데, 그 생각은, 얼른 죽음을 수락할 수 없는 자기를 슬픔으로 바라보게도 했다. 뭣 때문엔지(란, 修辭學的 引導句이다) 촛불중은, 아직도 자기의 모든 脈을 닫을 수가 없다고 하고 있었다. 그러자니, 촛불중 자기를 끈적이는 풀[緣]로 하여, 모래로 꼬인 동아줄에 얽매어, 이런 아무 희망 없는 고장을 못 떠나게 된 늙은네가 또한 불쌍했다. 모래로 꼬인 동아줄에 의해,

沙漠에 묶여 있는, 無辜한 囚人—그렇걸랑, 촛불중이라는 중은 무덤에 묻힌 주검이라고 쳐 깡그리 잊어버리고, 음식물을 조달하려는 짓을 하지 말았으면, 그러는 어느 날, 그것도 매우 가까운 어느 날, 그를 묶고 있는 그 모래의 줄이, 그것 스스로 버그르 무너져 버리고 말 것인데, 그럴 것인데, 도, 촛불중으로서야 물론, 그 날짜 계산을 할 수는 없다 해도, 사나흘 가다 한 번씩, 한 줌 양의 보리밥에, 둬 모금의 음료수를 들여 넣어둬 오고 있는 중이다. 그것이 그래서, 문제여서, 어느 쪽의 운명이나를 끈질기게 끌어가고 있는 것이다. 글쎄, 그만큼의 음식물이, 바로 저 늙은네 자신의 해방을 늦추고, 모래의 동아줄에다 끈끈한 筋力을 사려 넣고 있던 것이다. 것이기는 해도 허기는, 이런 끈끈이가, 얼마나 더 사막을 테둘러 있게 될지, 그것이야 모르되, 그렇다고 해서, 無量劫 길이로 모를 것은 아니다. 모를 것이, 이건 글쎄 근래의 얘기지만, (촛불중 쪽의 사정에 관해서야, 뭘 더 거론하고 말 것도 없는 터이지만, 밖의 화라지 쪽에서 본대도, 그가,) 사막을 못 참고, 야간도주를 했다가, 물론 그것으로써 사막에서 사막을 잊으려 했겠을 일이었지만, 소주 통개를 여럿씩이나 짐수레에 싣고 되돌아온 저녁부터 늙은네는, 피나 물 대신, 소주를 혈관에 돌리기 시작했더니, 술을 술이게 하는 菌이 그의 골수까지 파먹어버리기 시작한 듯하여, 늙은네의 생활이, 일반적으로 말하는, 規則(的 생활)이라든지, 日常으로부터 많이 벗어나, 時間까지도 늙은네의 것은, 平均性을 잃은 까닭이다. 늙은네의 時間이, 그 平均性을 잃은 데는 물론, 새벽도, 낮도, 해거름도, 그 구별을 할 수 없게 하던, 안개비에 그 큰 이유가 있었지만, 안개비가 걷히고 난 뒤에도 늙은네께는, '사흘'이 '사흘'이라는 개념 같은 것이 떠오르지를 안 해, 술이사 무시로 마셔댔어도, 자신의 창자에까지도, 그런 '사흘' 동안에, 한 끼니 정도를 대접했거나, 말았거나 했다. 매일이, 늙은네께도 '좋은 날'이었는지, 어쨌는지는 모르되, 꼭같은 한 날이었으니, 사흘이라거나, 이레, 보름이라는, 흐름의 개념이 설 자리가 없었다. 사흘이 흐르지 안 했으며, 이레, 보름이 흐르지 안 했다. 이런 時間도, 그 형태상에 있어서는, 時間을 멈추게 해버린, 어떤 중들의 그것('매일이 좋은 날!')과 조금도 다름이 없는 듯한데, 아으 그래서, 이 '거울'을 통해, 다른 얼굴을 떠올려보건대, 어떻게 해서 때로, '虛無主義'가 '解脫'의 뺨을 갖고 있는 듯이도 보이는지, 바로 그 까닭도 알 만하다 하겠는 것이다. 말이지, '消滅'과 '니브리티'가, 말이지, 조금도 달라 보이지 않는지, 말이지, 그것을 알 만하다 하겠는 것이다, 말이지. 늙은네는 그렇게, 時間의 눈금 밖으로 벗어나 앉아서는 아무리 바뀌어봐도 時間은, 욱시러게도 '하루'뿐이다 보니, 아무 일로도 바쁠 까닭이 없어 게을러져 갔다, 죽기까지 게을러져 터져갔다. 취해, 몽롱한 눈으로 내어다보면, 삶도, 않삶도 그 경계가 흐린 데다, 살았다 한다 해도, '한 삶'이 '하루'보다 길잖은데, 그 하루 살자고시나, 생버둥질을 해 일어나, 불을 피우고, 물을 길어다 쌀이며 보리를 씻고, 도마 위에다 뭘 얹어 잘게 썰려고, 하고, 한다는 짓이, 하루 사는 자에게는, 얼마나 버렁 떨어진 노릇이었겠느냐. 하루 해보고, 눕자고 말이지? 그랬은즉 늙은네는, 견딜 수 없는 한기에라도 당하지 않는 한은, 좀체로 불을 피우려고 하지를 안 했으며, 배고프다는 느낌이 좀일 때면, 뭐든 날것인 채로 입에 넣고, 침이나 소주에 불렸다 삼키는, 새로운 식성을 익혀가고 있었다. 忘憂愁 열매汁의 맛은, 커어흐, 씁쓰으흐런 소주 맛이라던가, 그렇다던가? 누구든 한번, 이 汁에 맛을 들이면, 고향도, 그리운 사람도, 희망까지도 잊고 잃는다니, 허기는 虛無의 맛과도 비슷할 일이다. 그리고 물론, [2]'개구리' 고기 맛일 것이다. —그렇게 망우수 열매 속에 누워, 남생이네 아비는 가다끔, 매우 비현실적인 느낌을 함께하고서 말이지만, 자기가 등을 기대앉은, 그 무덤 속의, 어쩌면 무량겁 전의, 과거의 시간 속에나, 아니면 무량겁 후의, 미래의 시간 속에 소속된, 밑이 없도록 깊고도, 아스라이 먼, 그러니 그것은 저승이라고나 해야 할 곳에서 울려오는, 어떤 간절한 부름 같은 것을, 혀가 타 오그라 붙는 신음 같은 것을 듣곤 했는데, 그러면 늙은네는, 忘憂愁 열매 속에도 憂愁의 씨알맹이가 박혀 있었던가, 하는 것을 의문하고 했다. (이러고 보면, 아비 남생이가, 자기의 두터운 不感症의 딱지 밑에서, 대가리를 한 번씩 삘그렇여, 빼꼼씩 밖을 훔쳐보기도 한다는 것을 짐작하게도 된다) 그러면, 속에 이는, 어떤 불편함 탓에, 좇아, 늙은네는 몹시 끙끙대고 투덜대며, (앞을 東으로 잡고, 뒤를 西, 右南, 左北으로 치면,) 東北지게, 바닷게모양 움직여, 숯이 있고, 화로가 있는 데로 가, 산 채 묻힌 중의 제삿밥을 짓는다고, 독주 탓에 더욱더 어죽은 수족으로 꾸무럭댄다. 그러면 촛불중이, 늙은네의 손톱 밑에 끼인, 이똥 씻긴 물밥 좀 얻어먹게 되는 날인 것이다. 그러나 늙은네의 손이 어죽으면 어죽어질수록, 반 그릇 물밥에 담기는, 늙은네의 욕설과 눈 흘김만 희게, 고봉이었다. 늙은네는, 독주에서 깨인 날이 없었으니, 깨었을 때는 어떨지, 그것은 알 수가 없으되, 취해 있는 동안은, 이전의, (읍내 장로네 청지기 늙은네까지도 친구하려 했던,) 그 時調꾼은 아니었다. 분명한 것은, 저 '忘憂汁'이, 늙은네가 美德으로 해 갖고 있었던 것이 있었다면, 그것이 무엇이든, 모두 그 값으로 지불하게 해버린 것이라는, 그것이었다. 제기랄, 그 늙은 창자로, 마셨으면 그녀러 忘憂汁을 얼마나 마셨겠는가? 마는, 그 몇 모금의 忘憂汁에다, 자기 필생의 美德이랄 것은 다 지불해버리고 났을 때, 한 번도 부자여 본 적 없던 늙은네는, 그의 생애 중 그중 가난해져 버렸다. 그는, 人間이 아니도록까지 가난해져 버린 것이다. 그의 심보는 더러워졌으며, 그의 육신은 몹시도 게을러져, 불한당이 쳐든대도, 海溢이 있는대도, 움직이기가 싫어, 꿈쩍도 안 할 돌할방이 돼버렸다. 그래서는, 무엇이 그의 게으르기에 방해가 되는 것이 있으면, 그것에 대고는 암상궂은 시어미나, 逆鱗을 긁힌 이무기보다도 더 고약하고 사나웠다. 그런 것이 이유였을 것으로, 그런 그 꼭같은 날 중의 어느 하루는, 게으름과 不感症의 저 돌할방이, 발작을 하고시나는, 또 혹간 모르기는 모르지, 그때 늙은네는, 그 절실한 배트림을 느끼고 있었던지도 모른다구, 촛불중의 밥그릇에는, 똥을 싸 담고, 물그릇에는 오줌을 누어, 받아, 예의 그 구멍에 밀어 넣어주며, 쉰 목소리로 이렇게 들려주고는, 낄낄거렸다. "똥개도 한자리에 놓고 말해야겄제만, 똥구데기헌티는 말이제, 뭐시니 뭐시니 히어도, 똥하고 오좀이야말로 仙食이라더만. 그라고 웁네서는 모도, 자네 돌중이 큰 도마뱀이 돼 있다고 쑤군거리쌌든디, 허기사 도마뱀헌티는, 물 없는 사막이야말로, 꺼마리나 미고랭이헌티 수렁겉이, 고럴 것이라고 하는개…… 할 말이 있도 안 허겄어도, 그란디도 뫽이 말라 못 전디겄거덩, 요 늙은탱이 조지나 빨그라. 너무 빨지는 말그라, 그라먼 취할 건개. 그라고커 말이제, 영 죽기가 싫은개 빈디, 아서, 중생 구제헌다고 나섰다는 사램이, 늙은니헌티 짐이 돼서사 쓰겄냐고, 그라먼 산 채 삼악도 가고, 늙은니 손에서 머슬 얻그나 뺏아 묵어볼라고 허먼, 산 채 餓鬼道에 떨어지능 겨."

—"프라나 마음을 알아, 그것을 어거하기에 성공한 禪꾼이라면, 자기가 원하는 어떠한 有情의 형태에로 轉身을 가능하게 할 수가 있는데, 글쎄 어떠한 有情이고, 그것의 몸은 四大로 이뤄져 있기 때문이다."

—"똥구데기헌티는 말이제, 뭐시니뭐시니 히어도, 똥하고 오좀이야말로 仙食이라더만."

이번에만은 촛불중이, '忿怒'라는 그 毒矢를 쏘아 내보내지는 안 했다. 그런 대신 중은, 그 '仙食'을 앞에 두고, 밖의 늙은 박수를 염두하여, '스승'에 대한 예를 다해, 합장하여 절하고, 한 뒤, '프라나 마음'에 의지해, 구리고 쓴 똥을 '仙餠'으로 생각하려 하며, 짠 오줌은 '仙酒'로 여기려 하여, 집어넣고, 마셔, 넘겼다. 그러며, 혼신에서 깨어 일어나는, 싫다는 情을 魔羅로 쳐, 쳐 눕히려 전력을 기울였다. 그러했음에도 중은, 몸서리를 쳐대다, 못 참고, 토하고 쓰러져, 자기 똥물까지도 보태 토했다. 그는 '프라나 마음'의 응용에 의해, 똥구더기가 되지도 못한 듯했으며, 그리고 또, 중이라고 이르며, [3]'맛'을 생각하지 않은 것이 아니었던 모양이었다.

그런 짜가운 '仙食'은 그리고도, 몇 번이고 더 들여 넣어졌었다.

그 음식물에 의해서만 똥구더기는, 그리고 똥개도, 세상이 풍더분하게 느껴지는 그만큼, 몸도 피둥거리게 된다는, 그 꼭같은 짜운 '仙食'을 먹고 마셔, 여러 날 목숨을 더 부지해왔는데도, 촛불중께는 그러나, 세상이 조금도 풍더분하게 느껴지지도 안 했으려니와, 몸은, 호, 혹, 간, 그것을 두고 피둥거린다고 이를 것인가는, 모, 모르긴, 모르지만, 퉁퉁 부어, 검던 부분의 피부가 희룩스레 (해지면, 즉시 그것은 납 빛깔을 띠었으나,) 하도록이나 뿡뿡하게 늘여져, 작은 고래 꼴이라면, 대개 근사한 비유라 할 것이었다. 그 묽디묽은 암흑 아래, 무겁게 가라앉아 있는 이 고래는, 그만한 크기의 납덩이, 또는 수은 방울이라면도 좋았다. 몸의 부피에 역비례하여, 중의 마음은, 또는 氣는, 줄어들고도 있어, 때로 헛소리를 하기도 하는 일이 있었다. 이것은 사실, 그의 육신에 대해서는, 일촉즉발의 위기인데, '아비 없이 자란 후레중'이, 자기 입에다 똥을 먹이려는, 의붓아비의 法을 듣고, 잘못, 서툴게 시작한 '人糞 먹기'의 禪은, 부정적 결과만을 불러왔다. 프라브리티 우주에는, (이것이 따로 '偏食'[註 3 참조] 이라는 어휘를 입어 논의된 바 있던 그것이겠지만,) 이런 투의 이상한 맺힘 점도 있던 것이다. 라는 것은 무엇인가 하면, 쥐가, 소 끄는 乾酪 수레를 도적질하기 위해, 그 멍에를 메어 끌어나가려 하면, 이치 속을 따져서는, 거기 어디에고 잘못[誤謬] 이 범해진 데가 없는데도, 껍데기만 남거나, 허리를 부러뜨리고 말게 된다는, 그런 점 같은 것들이다. (혹자는 그러자, 흰 목을 젖히며, '촛불중/똥개', 또는, '촛불중/똥구더기'에 대한, '쥐/소'의 비교법은, 저울눈을 벗어나도 너무 멀리 벗어난 것이 아니겠느냐고, 힐문하려 할지도 모를 일이다. 이것도 물론, 이차적으로는, '똥'과 '毒', '毒 먹기'라는 점에 있어, 그런 '비교'에 쓰이지 않는 것은 아니라도, 우선적으로는 헌데, '프라브리티 우주'에 있는, 어떤 '맺힘 점'을 '비유'하자는 것이며, 그럴 때 '쥐'와 '소'라는 식으로, 서로 비교할 수도 없는 대상을 이끌어낸다는 것은, 결과에서 보면, 그 과장법만큼, 설득력도 크기 때문이다. 이런 문제도 그리고, 반복해서 강조해두는 바이지만, 畜生道의 達磨가 되어 있는, '偏食'의 한 고리[一環] 이다) 끌게 되어 있는 것을 쥐도 끌려 했던 것이며, 등에다 업으려 했다거나, 머리에 이려 했던 것은 아니다. 옆으로 밀려고 한 것도 아니며, 뒷걸음질로 가려 한 것도 아니다. 그 방법에 있어서 쥐는, 모든 正道를 따랐을 뿐이다. 글쎄, '쥐는, 소보다 작고, 약하다'는 점은, '소와 수레'와 관계된 '조건'일랑가는 몰라도, '잘못'은 아니잖느냐. 헌데 만약 '쥐'가 '誤謬'일 수 있다고도 말할 수 있다면, '소'도 '誤謬'여야 된다는 것은, 당연한 결론이다. '쥐'도 긴 꼬리를 갖고, 네발로 걷는 짐승이며, '소'도 다름이 없기 탓이다. '수레'도 '誤謬'이다. 그러한 교통수단은 誤謬이다. 그런데도 '소'는, 그 '수레'를 끌고 나면, 좋은 여물에 먹여지는데, 반해 쥐는, 한 발자국을 내딛기도 전에, 이미 눈을 까뒤집고 꼬꾸라져 있다. '쥐'는, 그 '乾酪 실은 수레'를 끌려 했기보다는, 배 속에 넣고 가려 했덤만 못하였도다. '구더기'는 먹어, 살이 찌고, 사실 그 음식물이 아니면 못 살고 스러져야 되는, 그 꼭같은 음식물을, 다른 有情이 먹었을 때는, 어째서, 음식이 아니라, 毒만을 먹은 것과 꼭 같은 결과를 초래하는가? (이 특정한 '음식물'과의 관계에서는, 다른 有情보다, '구더기'가 커 보이지 않는가? 흐흐흐, 修辭學이라는, '티레시아스의 魔職杖'은, 靈長이라고 자처하는 한 종류의 有情을, 구더기만도 못하도록 패 눕히는구나) 거기 무슨 '誤謬'가 범해져 있었는가? 다시 말이고, 만 번 거듭해 말이지만, 物質로 이뤄진 세상에, 物質을 입었기에 온 有情치고, 四大 이외의 다른 元素를 입어, 몸으로 삼은 것이 또 있는가? 만약 그렇기만 하다면, 왜냐하면, 죽음이란, 合集했던 四大의, 離散이라고 하기 때문에 말인데, 아으 벗님넵지, 조석으로 말입습지, 똥구더기만으로, 된장에 찍어, 배부르도록 삼켜두기로 한다면입지, 仙君들을 보겝지, 아으, 보게랍지, 몸을 벗지 않고도, 천 년이고 천일 년이고 살아갈 일이 아니겠납. 仙君들을 보게랍지, 그들은 그러니, 그 몸을 이룬 四大만, 예를 들면 '氣'라는 따위로, 四大 밖의 元素로 대치해버린 때부터, 四大의 달마가, 그 몸에는 미치지를 못하게 해버린 것이었더니, 말한 바의 '구더기'가 만약, 四大 이외의 元素를 입었다면, '구더기'인들, 어찌 예 든 바의 '氣'의 역할을 하지 못할 까닭이 있겠는갑. 그러고 본즉, '長生不死'藥을 제조해내려던 鍊金術꾼들이 알아냈다는, 그 藥의 정체도 알 만하잖는가? 아, 알 만하다 말인가? 흐, 똥구더기는 그래서 長生不死턴가?

촛불중이 보건대, (자기를 프라브리티界에 化現하게 했던) 자기의 '體'가, (그 '體'에 억류되어 있었거나, 반대로, 사역해왔던,) '用'을 먹어 치우려 하거나, 반기를 들어, 海溢이고 있다. (아으, 바다는, 있기 시작한 그때부터, 얼마나 군침을 삼키며, 땅을 먹어 치우려, 호시탐탐해오는가!) 자정쯤 이르러, 거의 다 타버린 초의 불빛이, 그 시각의, 그렇게나 거대한 밤의, 사태 같은 암흑과, 으스스함에 압도당하고 있듯, 촛불중 스스로 자기를 보았기로는, 자기의 의식이, 목숨 자체가, 그런 죽음, 그런 파괴력의 소용돌이에 처해, 깜박깜박 꺼지려 하고 있는 중이었다. 이 危難은, 해변에 坐礁한, 작은 고래가 당하고 있는 것이나 같다고, 촛불중은, 자기를 그렇게 연상했다. 글쎄, 고래들 중의 어떤 것들은, 바다에 밭 갈아 이랑 만들고, 未來를 심어 오늘 거두며 잘 살다가, 어느 날은, 갑자기 그들은, 자기네 삶의 터전을 두려움으로 바라보기 시작하였겠느냐, 해변 모래톱으로 올라와, 썰물 때도 돌아가려 하지를 않는데, (그래서 혹자는, 고래들도 自殺을 도모한다고 이해해내기도 하거니와, 그럴라는가도 모르긴 모르지, 글쎄, 그런 거구로도, 苦海 헤치기란, 고단한 일일 것이거든. 아니면, 그것들은, 본디 뭍짐승이었던지도 몰라서, 어느 날, 그 '뭍'이 부르는 손짓을, 소리를, 보고 들었던지도 모르는데, 그러면, '민물 돌'을 배 속에 넣고, 짠물 속으로 나아간 연어가, 어느 날, 그 '민물 돌'이 부화하여, 뽁 復 뽁 '민물' 소리를 내어, 우는 부름을 들었기에 의해서처럼, 고래들도 항거치 못하고, '뭍'에로의 巡禮에 오르는지, 그것도 알 수가 없기는 없다. '죽음'은 늘, 미래 쪽에서 生命들을 부르되, 그것을 들어 항거치 못하게 하는 귀는, 과거 쪽에서 튼[開] 다. '뭍'이, 저 有情[고래] 들의 宗教나 아니었는가? '사람' 이외의 有情으로는, '코끼리'가 宗教를 갖고 있다는 말이 있지만, '坐礁'를 자청하는, '고래'들도, 그러고 보면, 宗教를 갖고 있어 보인다. '고래'가 그래서 宗教를 갖고 있어 보인다면, 앞서 살펴본, '연어'도, '민물'이라는, '짠물'이라는, 宗教를 갖고 있어 보인다. 만약 그래서, '연어'도 宗教를 갖고 있다면, '肉布施'라는 苦行을 하기 위해, 자기를 나타낸 '소'며, '노루'라는 보디사트바들도 宗教를 갖고 있으며, [그 達磨에 의해 殉教를 감행해오는데,] '達磨'를 지키려는 '사자'며, '승냥이'도 宗教를 갖고 있다. 八萬有情이 宗教를 갖고 있다. 그렇게 하기로써, 有情들은 '궁극적 眞理'에 도달한다. 한 우주가 송두리째 한 寺院임, 修道場임이라. [4]"앎!") 뉘 알랴, 아랫도리에 瘡病이 들었다던 (羑里의) 一祖가, 혹간, 저런 어떤 고래('神에 대해서는 모든 有情이 다 암컷'이듯이, '바다'에 대해서는, 무엇이나 다 수컷—男根인 것. 그래서 '고래'는 '男根'인 것), —모래톱에 坐礁한 고래나 아니었던지, 뉘 알랴. 그런 생각은 촛불중으로 하여금, 흐릿하게라도 한번 웃게 만들었던 듯했는데, 그리하여 그의 七代 손주는, 그러면 그 할아버지[一祖] 가, '뭍'에의 巡禮를 통해, 성취하려 했던 것이 무엇이었으며, 뭍의 어디까지나 가보려 했었는지, 그것을 추론해보려 했다. 촛불중은 그리고, 그 대답은 그런데, 묻기 전에 벌써, 되어져 왔다고 알았다. 할아비가 성취하렸던 것은, 자기의 '性不具'로 인한, '땅의 황폐'를 극복하려는 것이었으며, 가보려 했던 곳은, 땅의 끝이었을 것이라는 것이었다. 그리고 '땅의 끝'은, '바다'와 연접해 있는 그 자리던 것이며, 고래는 그래서, 坐礁한 자리로부터, 한 치 반 치도 더 나아가려 하지 않는 것일 것이었다. 坐礁한 고래의 전신에로 내려 쪼이는 뙤약볕모양, 옥죄어드는 죽음에 맞서 촛불중은, 희미해져 가는 의식으로라도, 중은입지 말입지, 감기 같은 말입지, 작은 앓음을 앓기로도 말입지, 前生 五百

世 쌓인, 말입습지, 惡業까지도 말입지, 中和해내는 자라 하잖던가 말입지, 아으 말입습지, 자기의 죽음을, 이란 살아온 삶을, 이란 말인데, 정리해보아야겠다고 생각하며, 촛불중은, 숨에다 의식을 모으려 하며, 거북한 대로라도, 심호흡을 해보려 했다. 어떤 제기랄 누무 胡奴가, 사람은 숨을 잘 쉬게 되어 있다고 이르느냐? 죽음이나 삶을 정리해볼 수 있기는커녕 촛불중은, 형언할 수 없는 불편함으로 짜증을 내고 있었다. 이 순간 촛불중이 알아내기로는, 사람은, 제 허파가 수용할 수 있는, 그만큼의 숨도 제대로 쉴 수가 없는 탓에, 허덕이게 되어 있는 것이라는 것이었다. 그 탓에, 안팎에의 구별심을 일으켜 사람은, 자기를, 자기가 쉬는, 그 숨만큼의 우주에다 가둬버린다. 咄, 그렇다면, 숨쉬기와 더불어서라면, 사람처럼 비극적 有情도 더는 없는 것이 아니냐. 왜냐하면, '사람'이라는 有情만이, '神'이라는 남('tat', Skt. 'that', Eng.)의 '숨'을 長利 내다 쓰고 있기 탓인데, 그런고로 사람이 한번 들이쉬고, 내쉬는 숨에도, 高利가 붙는다. 오늘 촛불중이 절감하게 되었기는, 이런 숨쉬기란 그러자니, 인식하며 사는 有情(들은, 숨을 잘 쉬게 되어 있다구?)들에게는, 苦海에 빠져, 허우적허푸적 자맥질하며, 쓴물 먹었다 뱉기며, 쓴물 먹다 익사하기이다. 숨쉬기보다, 더 괴로울 일이 또 있겠는가. 그 '숨쉬기' 속에, 프라브리티 우주가 의존해 있으며, '相剋的 秩序'의 띠[帶]가 둘러져 있다. '숨'이, 이 프라브리티界의 化現의 씨[用]며, 동시에 그 띠[體]이다.

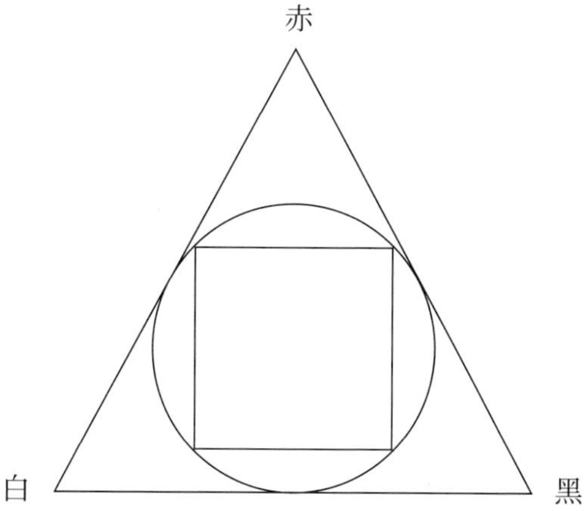

本註: 나타내 보인 '符命圖'는, 프라브리티 우주의 '相剋的 秩序體系'라는 이름을 붙여야 할 것으로서, 이것이 현재, '삶과 죽음을 정리해보려 하는' 촛불중이 취하고 있는 무드라이다(여기에 씌어진, '무드라'는, '아싸나'라고 해야겠지만, 촛불중은 혼신으로, 저러한 한 暗號, 또는 象徵的 記號를 취하고 있어, '무드라'라고 이른 것이다. 'mudrā' —a mystic 'sign', or 'symbol', talisman. Likewise applied to certain postures taken during meditation, 'Āsana'-posture). 촛불중이 이해하는, 人間이라는 한 小宇宙의, (그것을 확대하면 무엇이 되겠느냐고, 黃檗山 여치도 그 대답을 아는 물음은, 묻지 마라) '몸/말씀/마음'의 秩序, 相剋的 秩序는, '무드라'化하면, 그 중심에 '權勢櫃'라고도 이르는 '마음'이 있고, ('권세 궤'라는, 그 '櫃'는 열려져 있지 않아, 그 내용, 의미를 알 수 없으니, 暗號 같은 것에 머물러 있다는 점에서 그것은, 분명히 '體', 즉슨 '마음의 體'의 국면을 담당하고 있는 것이 아닌가, 그렇게 고려하게 하며, 그리고 '櫃'의 모양이야 물론 다양할 것이 사실일지라도, 일반적으로는 '네모진 것'이 연상되는 고로, '體의 국면의 마음'의 상징으로서 '四角'이 그 中心을 차지한다고, 圖面한 것이다. 눈썹을 아끼기로 하여, 이미 그 속이 훤히 들여다 보여진 '四角'의 象徵, 暗號 풀이 같은 것은 생략하기로 해야겠을 일인데, 이 태도는 물론, '圓'이나 '三角'에 대해서도 마찬가지다. 그럼에도 '三角'에 대해서는, 특히 한 점만은 사족해두기로 할 필요가 있어, 해두기로 하자면, '한 角이 上向한 三角은 불의 象徵'이며, 반대로 下向한 것은 그러니, '물의 象徵'이라는 그것이다) 그 '권세 궤'를 휘감아 틀어, 영겁을 자지 않고, 그 '궤'를 지키며, 동시에 기회가 주어지는 대로, 그것을 삼켜, 자기 것으로 만들려는 '말씀'이 '圓' 둘러 있는데, 그 모습은 '붉은 龍'이며, 이 '붉은 龍'은, '흠 없는 어린 羊'과의 대치에서는, 畜生道의 大王, 肉身的 欲望, 또는 땅의 正義 따위를 담당해온 것이 사실이지만, 그러나 '권세 궤'와의 관계에서는, '否定的, 相剋的 국면의 말씀'을 담당한다는 것으로 이해하면, 마빡의 쇠똥쯤 벗은 정신이라고 이를 만할 것이다. ('二元論'으로 그 教義가 되어 있는, '말씀의 우주'의 魔力은 사실, 善 당자의 왼쪽 빰인 것뿐이다) 가맜자, '흠 없는 어린 羊' 얘기가 나왔으니 말이지만 헌데, 저 '권세 궤' 속에 담겨 있는, 어떤 '讖'은, 혹간 저 '어린 羊'이나 아닐 것인가? 그리고 저 '붉은 龍(圓)'을 둘러서는, '몸의 우주'(아도니스의 우주)라는, 타오르는 硫黃불의 울타리가 울창해 있는 것으로, '트리구나'(Tri-gunas Skt., 'sattva'—the property of goodness or virtue; 'rajas'—the proper-ty of passion; 'tamas'—the property of darkness or ignorance; 'tri'—three; 'guna'—quality, peculiarity, attribute, property, [……]). 의문은 그러면, 이 불이 꺼지지 않게, 硫黃을 삽질해, 저 '불'이라는 프라브리티를 먹여 소진케 하지 않는 그 '손'은 누구의 것이며, '硫黃'이라고 이르는 그 燃料는 무엇인가, 하는 것이 되잖을 수가 없을 것이다. '硫黃'은 물론, '六毒'이라고 이르는 그것일 것이라는 것은, 용이하게 짐작된다. (六毒: 地獄道의 '憎惡', 餓鬼道의 '痛苦, 不幸', 畜生道의 '殺慾', 人世의 '欲望', 阿修羅道의 '猜忌心', 그리고 提婆界의 '驕慢.') '삽 쥔 손'은? '圖面'에는 보이지 않되, 바로 여기에, 왜냐하면 앞서 '體의 국면의 마음'이 운위되었었으니, '用의 국면의 마음'이, (그것을 따로 분리하여, 圖面化할 필요가 있겠는가?) 그 땀에 젖은 얼굴을 쳐들어 보일 자리가 마련된 듯하다. 神들과 運命과 마찬가지로 '用의 국면의 마음'의 運命도 '프라브리티'이다. 그렇게, 한 우주는 삶을 化現한다. (이 자리는 그리고, '相剋的 秩序'의 構造가 얘기되어지고 있으니 얘기지만,) 타는 불의 아가리에다, 硫黃을 삽질해 넣는 손은 그렇다면, 羅刹, 또는 魔羅의 것 말고, 또 누구의 것이겠는가? ('用'의 국면을 담당하는, '마음'이 그런즉, '羅刹'이며, '魔羅'이구나! '붉은 龍'이 아까, '否定的, 相剋的 국면의 말씀'이라고 해온 것과 매우 유사한 것이 이것인데, 羅刹이란 다름 아닌, 菩薩이라는 것만 알면, 더 의문할 것도, 그 탓에 번뇌가 된 '마음을 꺼내놓으려 애써'볼 필요도 없을 것이다. '송장'으로서의 '마음'을, 일으켜 세워야 하는, '춤'의 '마음'은 있어야 되는데, 創造의 '춤'은 性慾的이며, 破壞의 '춤'은, 殺慾的이다) 이러면 이제, 알겠는 것이다, 한 프라브리티의 '相剋的 秩序'가, 어떻게 그 '相剋'을 유지하는지, 그것을 알겠는 것이다. '권세 궤' 속에 감춰져 있는 것이, 한 번도 드러내어져 본 적이 없어, '讖'이라는 이름으로 불리되, 그것이 어떤 모양의, 무엇인지는 아무도 아는 자가 없다. 다만 그 '궤' 뚜껑의 銘刻에 의해서, 그것을 얻게 되면, "그것을 갖는 자 앞에, 만국이 무릎 꿇고, 租貢을 바치게 될 것"이라는 것만 알았다. 그 銘刻이, 누구에게나 쉽게 짐작하게 하는 것은, 그러니 '讖'이라는 저것은 다름 아닌, '如意珠'일 것이라는 것이었지만, ……그럼으로 해서, 누구의 손가락 하나도 그것에 닿아볼 수가 없어, 그 '궤'는, 놓여진 그 자리에 그냥 놓여 있기만으로도, (이런 '無動'은 그러니, 너무 큰 '動'의 '體'이다. 鍊金術꾼들께는, 그것은 '骸骨'의 이름으로 불리는, '현자의 돌'이거나, '原料'이다) 그것을 둘러 있는 프라브리티는, 自動力을 얻게 된다. 그 '궤'에서, 그중 가까운 데 지켜 있는 '붉은 龍'에서부터, (프라브리티, 또는 相剋的 秩序의) 運行을 살펴보기로 하면, '붉은 龍'은 저 如意珠를 지키기만 하고, 자기의 소유로 하지 못하는 한, 그것은 이무기에 불과할 것이어서, 할 수 있으면, 틈을 봐, 그것을 덥석 물려 할 것은 당연하다. 그러면 '硫黃불'인들 어찌, 그것을 '붉은 龍'에게 빼앗기고, '붉은 龍'의 宦官('勢'란 '불알'에 비교되거늘!) 노릇이나 하려 하겠는가, 대번에 일어나, 저누무 붉은 이무기를 태워, 배고픈 터에 큰 한 입가심을 할 뿐만 아니라, 그것을 기화로 '硫黃불'도, 저 '궤'를 제 것으로 만들려, 일곱 혀를 두꺼비하여 내달을 것이다. 그러나 어쩐 일이 일어났을 거나, 불의 제일 긴 혓바닥이, 저 파렴치한 이무기의 비늘만 조금 핥아, 그 썩은 내음만 (뱀은, 위기에 처하면, [5]'송장 놀이'를 하는데, 그땐 참으로 썩는 냄새가 진동을 한다고 한다. 뱀은 어떻게, 사람들이 곧잘 하는 바와 같은, 그런 人工的 수단에 의지하지 않고도, 필요할 때, 자체 내에서, 썩는 냄새를 발산할 수 있는가) 조금 맛볼 수 있었을 뿐으로, 패시시헤졌어야 하는 까닭은 무엇이었을거나? 삽 쥔 [6]'羅刹'의 손이, '硫黃불'의 뒤꿈치의 힘줄이라도 끊어버린 것이었을거나? 사실로 그리고 그런 것이었다. 보다 분명히 말하면, 연료를 공급해주려 하지 않고, 번개보다 빠르게, '羅刹'도 손을 뻗쳐, '권세 궤'를 낚아채려 하고 있는다. 그러면 그런 일촉즉발 전에, '붉은 龍'이 뒤돌아, 저 '羅刹'을 덮쳐 먹으려 덤빈다. 硫黃을 불 위에다 끼얹는 '羅刹'의 삽질이 바빠진다. 후유우, 그렇게, 한 否定的 循環이 종결한다. 그리고 되풀이한다. (黑—白—赤—黑—白—赤—黑……') '相剋'이 달마가 되어 있는 완전무결한 秩序! (試圖해 보인 '符命圖'를, 어머니—아버지가 만나는 자리 깊숙이에다 넣어 묻어두기로 한다면, 六祖가 羑里의 '마른 늪'에서 낚아 올린, 그 '물고기'의 형상을 띨 것이다. '양극을 갖는 타원형)

그러자 하나의 의문이 남는다. 라는 것은, 저 '硫黃불'은, '羅刹'에 의해 어거되고 있는 듯하니 말인데, 그렇다면 '羅刹'이, '硫黃불'을 크게 일궈, 海溢이나 소 떼모양, 몰아, 저 오드락스러운 '붉은 龍'을 태워, 재를 만들어버리고, 그 '권세 궤'를 차지해버리면, 되잖을 이유가 뭣인가, 하는 그 의문이다. 허기야, '권세 궤'의 획득만이 문제라면, 못 그럴 이유는 없어도 보인다. 그리고 그래서는? —이라는 말은, 그 '권세 궤'를 자기 것으로 해서는 어쩌자는 말인가, 라는 말인데, —이라는 말은, 그러나 그 '권세'로 하여, 지배하여, 복종하게 할 대상이 없으면, 그것으로 뭘 어쩌자는 말인가, 라는 그런 말인 것이다. 표류하다, 어떤 無人島에 닿게 된 어떤 水夫가, 먼저 실폭하게 자서 피곤을 푼 뒤, 선언하여, 자기가 그 섬의 임금이라고 하였다면, 후후후, —허기야 그가 임금이 아니라고, 누가 거역하고 나서겠는가?

헌데, 저 '權勢櫃' 속에 담긴 것은 그래서 무엇인가?

저 '권세 궤'를 열고 들어가 보는 일은, (말해온 바의 저런, 프라브리티 우주의 均衡을 위해서) 누구에게나 禁斷이었을지 모르되, (이제 촛불중께는, 지배할 대상이 있거나 없거나, 그것에 무슨 다름이 있는 것도 아니게 되었으니,) 그 자물통은, 촛불중에 의해 열려졌다. (한번 맹렬하게 일어난 '硫黃불'이, '붉은 龍'을, 이빠디가 시리도록, 씹어 삼켜 먹어버린 것인데, 한 프라브리티가 끝났음. —잿더미 속에, 덩그마니 놓여져 있는 '권세 궤.' 허긴 그것은, [6]'硫黃'의 날개를 가진, 불새[火鳥]의 알[卵]로도 보였다)

그리하여 촛불중은, 그 안쪽으로 들어갔는데, 거기에도 또, 그와 똑같은,

다른 '권세 궤'가 놓여 있었고, 그래서 촛불중은, 그것도 열고 들어갔다. 열고, 들어가고, 열고, 들어갔다. 符命圖 속의 符命圖, 속의 符命圖…… 속의 符命圖가, 겹으로, 일곱 겹으로, (일러 '안'쪽이라는 데로) 터뜨러져[爆] 피어[開], 마흔아홉 겹으로, 蓮 꽃잎이어서, 아름다웠는데, 이번에는 헌데, 촛불중의 느낌에, 들어가는 대신, 나가고 있다고 하고 있었더니, 거기에도 符命圖가 터뜨러져 피고 있었던바, 符命圖 밖의 符命圖, 밖의 符命圖…… 밖의 符命圖가, 겹으로, 일곱 겹으로, 마흔아홉 겹으로, 연꽃이었다. '씨앗' 때문에 핀다는 꽃은, 아무리 잎을 뜯어내고, 속을 열어보아도, 씨앗[識]을 姙娠해 있거나, 알 품어 있지 않다. 꽃은, 씨앗을 未來에다 둬두고, 過去의 時間 속에서 핀다. 그렇다면, 아직 맺히지 않은 씨앗, 그러니 '識'인 것을, 누가 무엇이라고 定義할 수 있겠느냐? 흐흐흐, 딴에는 제법, 도척이다운 기백을 가졌다는 어느 道流가 있어, 저 '識'의 내장을 꺼내 씹어보려 덤빈다면, 대들었기도 전에 그는, 정신부터 혼미해짐을 느껴설람엔, 그 '識'이 '五六島'이게 된다. 전신에 숭숭 성성 털이 나도록이나 無明에 醉하여, 말하자면, 물속에 어린 달을 건져 먹으려 덤비는 자여, 네 이눔 猩猩이여, 見性하면 '五'이다. 확실하게 '六'이기만 하면, 見性이 그것이다.

訶煩! (오뱅나한 아페 안즈신 부처니믄, 참 말도 마나따, 팔만경을 을프신 후, 수지블세라, 꼬츨 한 송이 꺼꺼 드러 회중에 보이며, 빙그레 우스신다, 말도 만타. 부처니믄, 팔만경을 마라고도, 아직도 꽃 한 송이 마를 다 모타셔따. '빙그레 우서따'는 그 우스믄 헌데, 누가 우서따고 해야겐느냐? 꼬치 우서쓸 꺼시라구? 아으 그런즉, 부처니미 꼬치어꺼구만? 허으, 이거 마리제, 마리 마나지거꾸나. 마는, 팔만경도 한 송이 꼬츠 우스므 마리다, 그러차는가?)

촛불중이, '符命圖' 속으로 들어가고 있었을 때, 그때 그는 죽었더랬었다. (바깥 세월로) 사흘하고 한나절, 촛불중이 '符命圖 속'에서, '나가고' 있었을 때, 그는 옛 자리에로 되돌아왔다. 그는, 저 '符命圖' 속을, '사흘하고 한나절'이나 헤맸음에도, 그것의 意味(識)는 깨닫지도 못한 것인데, 그래서 보면, 그가 든 그 궷은 바르도는 아니었던 모양이다. 그 죽음은 그렇다면, 죽음이면서도, 꼭히 죽음이랄 수도 없는 죽음, 곰의 '冬眠'이나, '처녀의 샘', 또는 '젊어지는 샘'과도 같이, 삶과 죽음이 한자리에서 녹아 묶어진 (鍊金術꾼들의) '머큐리 샘' 같은 것이나 아니었는지 모른다. 살이, 뼈에서 분리되어 녹았다가, 뼈가 일어나거나, 새로 조립되어질 때, 새살이 되어 붙여지는 [7]샘, —그렇게 '늙음'이나, '파열된 처녀막'은 새로 復古하는 것일 것이다. 薄明의 고장, —그 궷을 벗어나고 있었을 때, 촛불중은, 숨이 원활하게 트임을 느꼈으며, 가물거리던 불꽃에 새로 기름이 먹여지기라도 하는 듯한 느낌을 갖게 되었었다. '氣'가, '毒'을, (쌓인 '소금'[sodium] 을) 어쨌든 한번은 억누른 듯하다. (蛇足 같은 얘길 것이지만, 한 禪꾼에 의해 어거되어지는 '프라나 마음'은, 길들여진 억센 황소와 같이, 하루 삼만 평의 밭을 일굴, 法力과, 그 밭에서 거두게 되는 것만큼의, 法恩이, 큰 것이 분명하다. 그러나 그것은, 이 [8]'황소'의 꼬리 쪽에서 보면, 그 法力과 法恩에 상당할, 그런 毒力을 품은, 독사의 대가리를 갖고 있는 것도 분명하다. 그러니까 이 바룬다 새는, 하나의 藥頭와, 하나의 毒頭를, 한 몸뚱이에 돋궈 갖고 있다. 이런 까닭에, 이 '프라나 마음'을, 俗慾의 피리에 맞춰 춤추이려 들면, 그 독아에 물리는 것은 장차의 문제라도, 그 당장 그 땅꾼은, 僞邪道, 또는 魔職師에로 떨어져 내리게 된다고 하는 것일 것이다) 그리하여, 촛불중의 아랫도리에선, 그 굴 바닥 한 평쯤은 적시고도 남을, 오줌이 쏟겨나고 있었다.

이 단계에 이르러서 촛불중은, 자기 자신이며, 밖의 늙은 화라지며, 자기가 처하게 된 그 한세상에 대해 일어나 끄지 못해 괴로워했던, 모든 否定的 감정들, 그런 독한 연기에 휩싸인 불을 끌 수 있어 꼈는데, 그 毒火 속에서도 그런데, 넋이라고도 이를 것이, 슬픔으로 익어서는, 紅玉이 되어, 재 속에 묻혀있는 것을 보았다. 자기가, 자기에게도 그만큼은 불쌍하고, 슬펐던 것이었을 것이었느냐. 촛불중은 그리하여, 저 재 속에 동그맣게 알[卵] 놓인, 그 한 알맹이의 슬픔의 結晶을 출발점([9]'빈두', 또는 '비-자')으로 삼아, 어깨너머로 얻어듣게 된 '쾅(讃!) 禪'에 의지하여, 그 '알'에다 壓縮力을 가했다가, 극한점이라고 이를 어느 일점에 달했다고 여겨졌을 때, '쾅!' 터뜨렸다. 讃! 廣! (이 禪法은 분명히, 촛불중이 그 法乳의 배꼽 줄을 잇고 있었던, 溫肉派네서, 秘傳의 長技로 치는, '手淫의 요가'의 한 變形이었을 것이다. 촛불중은 그리고, 이 禪

定에 잠겨 있는 중, 어느 대목에서부터였던지, 內熱[둠모]이 오른 듯, 땀을 흘리기도 했는데, '압축'에서 '폭발'에 이르는 그 과정에서, 그 內熱은 일었을 것이라는 것은, 쉽게 짐작된다. 촛불중께, 이런 '땀'은 仙藥 같은 것이었을라)

(이거, 이런 病症에, 이런 病名도 있는지 어쩌는지도 모르지만, 없었다면, 이제부터, 그런 病症에 그런 病名도 있게 되는데,) 이 한 禪지랄 이후, 촛불중은, 펴 누워 꼼짝도 못 하고 있었지만, 꼭히 그를, 병자랄 수는 없는 상태에 있었다. 라는 말은, 촛불중은, 꽤 오랫동안이나, 영양 있는 음식을 못 먹어, 죽어가고 있는 자(를 病者랄 수는 없는 것이 아닌가) 나름의 (그, 그것도) 건강(이랄 것인가? 마는,)을, 얼마 정도는 회복해내고 있었다(라는 말은, 그의 몸속에 쌓였던 毒이랄 것이, 대개 씻겨나기도, 中和되기도 하여, 이 당장은, 그의 목숨을 위협하거나 하는 식으로, 침중하지는 못하다는, 그런 말이다).

무덤의 안쪽에서, 촛불중의 '讀禪'이 행해지고 있는 동안, 밖의 늙은 박수는 헌데, 不意에, (저 禪法을 '천둥'에 비유할 수 있다면, 이때 그 '번갯불'이 스쳐 지나간 것이 아닌가, 여겨진다) 心寒身戰하여, 疾不得執症하고, 言不得 難狀之際에, 有何讀聲一忽入耳中이어늘, 박수는, 두 손바닥을 펴 두 귀를 덮어 막으며, (공포에 질리면 타조가 그러듯) 모랫바닥에 얼굴을 묻어 (얼굴을) 숨겨버렸다. 박수는, 굉음을, 천의 우레가 한꺼번에 몰아치는 듯한, 소리를, 어쩌면 法音이랄 것을, 들은 것이고, 그것이 그를 질리게 한 것이었다. 질려 있는 그 당장, 늙은네가 들었었다고 기억하고 있는 그 굉음은, 말하자면, 지옥에 타는 불처럼, 그 열이 너무 지극하면 그것 자신의 빛까지도 먹어 치우고, 열이 얼어[凍] 얼음이 되어버리는 것과 같이, 그렇게 소리가 얼어 된, 그런 뾰족한, 무수한 고드름의, 竹槍의, 소나기였다. 그랬음에도 늙은네는, 조금 자기 정신을 차리게 되었을 때, 모래 속에서 얼굴을 뽑고, 실제로 자기가, 무슨 소리를 듣기는 들었는지, 그것을 기억해보려 애를 썼으며, 고개까지 기우뚱거려, 귓속에 무슨, 그런 소리의 찌꺼기라도 남아 있는가를 들어보려고도 했다. 그러나 늙은네는, 자기의 고막은, 그런 무슨 굉음 같은 것에 북 쳐진 열예거나, 아픔에의 아무 기억도 갖고 있지를 않다고 알았다. 그런데도 늙은네는, 그 한순간 전신이 오그라 붙는 듯한, 그런 讀音을 들었다고 굳게 믿고 있었다. 그러고 보면,

고막의, 아니면 심정의, 어떤 소리에 대한 想像姙娠도 있는 것이나 아닌가 하는 것을 추측케 한다. 늙은네는 그래서, 자기가 죽고 싶어 환장을 했던지, 무절제하게, 그것도 독주를 너무 많이 마셔온 탓일 것이라고, 일종의 자학적, 그리고 자책적 느낌으로, 체머리를 썰레썰레 자았다. 그러며 늙은네는, 자기가 들었다고 믿고 있는 그 소리를, 자기는, 분명하고도 초롱하게, 보았었다고도 했다. 가, 가만있자, "눈으로 본 소리를, 귀로 들었다"고 믿는 여기 어디에, 고막의 '소리에의 想像姙娠'이 있는 것이 분명하다. 여름밤으로 흔히 보이는, 우렛소리의 따름이 없는 마른번개, 의 (뒤따르지 않은) 우렛소리, 저쪽 편에서, 외팔이가, 외손으로 손뼉 (치는 흉내를 내어) 쳐 보내는 소리, ……그럴 때로 귀는 허기는, 그 '소리'를 想像姙娠하는 것은 분명하다. 그런 '姙娠'을 통해 태어난 '소리'는, '천둥 같은 침묵의 소리'라는 이름을 가진, 어떤 일련의 소리일 수도 있다. 無音의 舞音, '송장'으로부터, 시꺼먼 하초를 빼등히 뻴그렇여 올리는 춤[舞] 소리. (촛불중 투의 言語學에 의하면, 이 '소리—無音의 舞音'은, '冥力'에 속하는 것일 것이다. [「제3장 觀性品」 '註: 29' 참조] 그래서 그것은 '記號'[소리]를 입지 않고도, '뜻'을 전할 수 있을 것이다)

늙은 박수는, 자기가 죽고 싶어 환장을 했던지, 무절제하게, 그것도 독주를 너무 많이 마셔왔었다고, 일종의 自責感으로 체머리를 흔들면서도, 그런 自責感은 또 늙은네께, 독주에의, 필요와 갈증을 일으켰다. 근래의, 늙은네의 행사를 두고 미뤄본다면, 저런 투의 '自責感'이란, 거의 기대하지도 못할, 말하자면 큰 善念의 발로 같은 것인데, 실제로 늙은네는, 눈 귀퉁이로, 눈곱 섞어 눈물을 흘리며, 비질비질 울기를 시작하고도 있었다. 갑자기, 무슨 悔恨鬼에라도 들린 듯했는데, 늙은네가 아까 한번, 모래 속에다 얼굴을 파묻었을 때, 그 아래쪽 九幽에 헤매던 어떤 건달이 귀신이, 제 놈의 헌 상판대기가 지루해, 저 늙은네의 것과 바꿔버렸든, 아니면, 모래 위쪽 세상에서 한 상판대기가 벗겨나갔든, 얼굴을 뽑아냈을 때는, 뭔가가 전과 같지 안 해 보인 것은 분명했다. 그러나 늙은네는, 毒酒의 강 桃花 이파리 三月 덮인 데 떠[浮], 바람아 불거라 부는 대로, 물결도 치거라 치는 대로 흐르는, 일엽편주여서, 무엇이 어떻게 바뀌었는지 어쨌는지, 그것을 따져[分析] 보려거나 하지 안 했다. (毒酒의 강에,

일엽편주로 떠 흐르기도, 無爲之道겠느냐) 무엇을 따져보려 하면, 그 당장 그 일엽편주는 坐礁하고, 바람도 물결도 솔아(굳어), 모래가 되어버릴 터이다.

늙은네는, 꼬꾸라지며, 비트적이며, 젖은 눈곱을 흘리며, 소주통 개가 있는 데를 향해, (沙漠에서 뻘에 빠져 허푸적이듯) 필사적으로 달리고 있었다. 늙은네의 다만 하나의 欲望은, 毒酒의 모습을 취해 있는 것이다. 毒酒가 하는, 無時의 召命에 좇아 달려갈 때마다 늙은네는, 송장이 타며 올리는, 먹구름 같은 흐린 연기 속에만 벌거벗고 나타나, 타는 송장을 디뎌, 몸부림이랄 춤을 추는 시꺼먼 女火鬼, 타는 송장을 물어 빨아들이는, 일곱 혀의 요니를 가진 계집, 아으, 불의 물에 溺死하기의 황홀한 아픔, 물의 불에 焚死하기의 아픈 열예, 燒滅의 '앓음다움' —燒酒, 일곱 혓바닥으로, 송장의 전신을 쓸어 핥는, 앓음다운 女火鬼, 그네를 보았다. 비리데기의 얼굴을 해 갖고 있는 앓음다움! 天空이나 삶과 마찬가지로, 오르페우스임세, 燒酒도, 그 中心으로 더 깊이 들어가면 들어갈수록, 中心의 한 中心에서 '中心'이 없어져, 얼른 되돌아 나오려 하잖는다면, 안됐지만 公은, 失踪키 쉽느니. '性交', 또는 '手淫'이야말로, 그 '三昧'가 가장 확실하게 기대되는 參禪일 터이지만, 이 '三昧'라는 의미에서는, '燒酒'(도 물론, '大麻葉'이라던가, '阿片' 같은 모든 '擬物化한 三昧'의 한 代名이지만,) 마시기'도, 禪行의 하나가 아닌 것은 아닐 것이라도, 박수여, 道流가 만약, 그 '三昧'가 陰極에로 기우는 것을 방지할 수 없다면, 道流는, '三昧'라는 두레박에 실려져, 나라카에로 내려가, 그곳에 괴인, 精粹한 고름을 마시게 된다. 그 두레박도 道流 자신이며, 그 안에 담긴 자도, 그리고 그 두레박을 매단 장대를 쥐고, 나라카에로 내려주고 있는 자도, 道流 자신일 뿐이다. (그 두레박을 끝에 매단 것이, 줄이 아니라, '장대'인 까닭은, 그것은 반대로는, 하늘에로도 떠받쳐 올려져, 거기 주렁주렁 열린, 天桃도 따 담아 내리는 바구니이기도 하기 때문이다)

허으, 까닭은 그리고도 더욱더 수상하게도, 늙다리 박수는, 큰 주발에다 뜨기는 소주를 넘치게 떠서는, (전과 달리, 입술을 대번에 잔에다 대려는 대신,) 몹시 떨어대는 손으로도, 쏟지 않고, 입술에까지 갖다 대려고 몹시 애를 쓰다 말고, 뭘 생각했든, 아니면, (소주보다도 독했으면 더 독했지, 덜 독해서는 그럴 일이란 있을 수도 없는,) 무슨 짜증이 났든, 그 소주 주발을, 모랫바닥에다 내북쳐 던져버리고, 그리고는 쓰러지듯, 물동이 옆에 주저앉는 일이었다. 그리고 늙은네는, 물동이에서, 장구벌레 띄워, 한 바가지의 물을 퍼내서는, 쏟기도 마시기도 하여, 안팎을 적셨다. 늙은네는 그리고, 머리 위에서도 바가지 물을 쏟으며, 수분은 같은 수분인데도, 어째선지 물에는, 목구멍을 지지는, 마늘 같은 열이 없다고, 속을 쓰리게 훑고 내리는, 쑥 같은 쓰거움이 없다고, 그래서 못 참을 만큼이나 싱겁다고, 살기만큼이나 싱겁다고, 진저리를 치면서도, 할 수 있는껏 마음을 진정하려 하여서는, 대체 자기의 무엇이 잘못되었는가를 생각해보려 했다. 글쎄, 그렇지 않고서야, 평생을 그것에 의존해, 마시고, 씻으며 살아온 그 같은 물이, 오늘 당해, 갑자기 싱거워져야 할 까닭은 없는 것이 아니겠는가, 혹간 자기는, 밤중보다도 더 그 聾이 깊고, 염병보다도 그 앓[苦]이 독한, 소주 속에서 뭔가를 流失해버린 것은 아니었는가…… 가령 말하면, 늘 그렇고 그런 이웃사촌이라는 '사람'이랄지, 그러니 고양이의 경우에는 '고양'이라는 조건이겠지맹, 또는, 심지어 돌에게도 있어, 寒暑에 좇아, 줄기도 불기도 한다는 '넋' 같은 것, 글쎄, 개백정네 개까지라도, 이 세상 한번 콩콩 짖어 지나려면, 갖춰져 있게 되어 있는 것, 그런즉 그것보다도 더 평범한 것도 없겠을 일이구나, ……그런 것, ……여치나 지렁이에게도 있어야 되는 것…… 그러니 글쎄, 거 뭐 대수로울쏘냐…… (늙은 말 무당은, 오랜 후에, '생각'이라는 것을 해보고 있었는데, 늙은네 자신은 그러나, 자기가 뭘 '생각'하고 있다는 것은 인식하지 못하고 있었다. 허, 그러니 '생각하기'[爲]에도, 無爲 無我라는 것이 있는 것이렷음? 어디 허기야 그뿐만이겠는가, 만월을 우러러보자마자, 창자가 뒤틀리며, 뽑혀져 오르는, 개의 울음 짖음 같은 것은 또 어떻고? —이렇게 되면, 앞서 씌어진 能動態 文章이, "늙은네는 [생각에] 생각되어지고 있었다"라는 투의 受動態를 취해야 옳게 된다는 것을 알지만, 그러면 [사람의] '理性' 쪽에서, 그것은 誤謬라고 통박하고 나서게 되는 난관에 부딪힌다. 咄, 풍파에 놀란 사공 배 팔아 붓을 사고 먹을 사, 紙田 갈이나 하려 하여, 淸風을 거름하고, 달빛을 씨앗하여 심었더니, 밭고랑에는 지랄하니라고 시방, 개 울음 짖음만 시퍼렇게 돋았더라. 公은 그러면 달[月]이나 되거라!) 글쎄, 그런 뭔가를 流失

해버린 것은 아니었는가…… 늙은네는 그러다, 흐득흐득 울기를 시작했는데, 세상의 모든 중요한 것, 가령 말하면, 재산이라든, 명예나 권력 같은 것, 그런 아무것도 말고, 하필이면, 조금도 대수로울 것이 없던, 말해온 바의 그것, 사람이 '사람'이라는 것, 그것을 못 갖게 된 그것을 두고 그런 것이다. 거, 거 뭐, 그것이, 자기 같은 목숨에 대해서는, 개 목의 명패만큼도 가치가 있는 듯하지 안했으므로, 그것을 늙은네는, 읍의 불여우네 주막에다 볼모 삼아두고, 아침에서 저녁까지, 저 불여우의 혀에 휘감겨, 精水를 빨리고, 소금을 빨려온 것이었다. 그러는 중에 늙은네는, 재가 되어왔다고, 자기를 뒤돌아보았는데, 그 재 속에, 아직도 무슨, 허리 부러진 겉보리쌀에라도 비교될, 善 비슷한 것이라도 한두 톨 남아 있는가, 찾아보았다. 찾아진 것이 반 톨이라도 되면, 그리고 늙은네는 그것을, 쌀 씻는 물에 함께 담가 씻고, 숯불 위에다 올렸다 말이지만, 늙은네는 분명히, 소주 말고도, 때로는, 다른 食物도 취해야 된다고 생각한 모양으로, 오랜만에, 흰쌀로만, 희게, 흰죽을 끓이기 시작한 것이다. 거기에 함량된, 늙은네의 善念은 몇 톨 되지는 못했어도, 그리고 그 善念이 무엇을 두고 일어난 것인지는 몰라도, 美里 천지에다, 그 죽 냄새를 퍼뜨리기는 족했던지, 美里 사는 귀신들을 모았다. 귀신들은, 솥전에 둘러서서, 코를 벌름여싸며, 善念의 냄새만도 좋다고, 흠흠거렸다.

죽솥 가에 앉아 늙은네는 마녀 늙다리모양 흰죽을 젓고 있다 숯불이 숙어들려 하면 부채질을 한다 숯불은 수캐님 앉음임 뻴그렇여 오른다 부채질을 멈추면 불은 비구름 속으로 사려 드는 수말님 늙은네의 눈은 자기도 모른 새 술통에로 날아가 파리가 되어 소주를 핥는다 그러다가 깜짝 놀라고 자기 정신이 되면 체머리를 흔든다.

불[火] 은 개좆 수말님 끓은 죽솥 늙은네 휘청거리면서도 자리에 서 일어선다 비틀거리면서도 부지런을 피운다 개 다리도 못 단 상판 올려진 그릇 둘 물그릇 죽그릇 순갈 장아찌 쪽이 죽그릇의 한옆에는 꽂혀 있다 먹도록 차려진 상 먹는 대신 수상하다 늙은네는 그 상판을 두 손에 받쳐 든다 손발이 몹시 떨린다 소주에 탓은 있다 발을 떼어 토굴 밖으로 나아가려는 늙은네 후들댄다 소주에 탓은 있다 몸을 움직이려 새로 시도한다 보이지는 않으나 발목에는 천 근의 추를 달고 있다 탓은 소주에 있다 심호흡 낼숨 때는 가래가 떨어져 난다 다시 걸으려 발을 떼어놓는다 물이 쏟기며 출렁거린다 죽도 쏟긴다 소주에 탓은 있다 걸음 멈춘 늙은네 체머리 물그릇을 흐려 놓고 있는 구름 낮은 오후 심호흡을 한 번 더 하고 시작하여 걷는 늙은네 하늘에는 바람이 있었는가 구름이 흐트러져 물그릇에 담긴 다 땀 현기증 탓은 소주에 있다 썰레머리 마음을 다스리려 하다 십 년을 한 식경으로 치려 하다 몸을 다스리려 하다 한 식경을 십 년으로 치려 하다 발을 떼어 딛기 대신 밀으려 하다 발을 밀다 모랫바닥을 밀어나가다 걷기만이 움직이기는 아닌 것 뱀도 움직임 달팽이도 움직임 물고기도 공중의 새도 움직임 늙은네도 움직임 이쪽에서 저쪽 가기 어찌 되었든 수상하다 그러나 알겠다 촛불중을 걱정하고 있음 알겠다 그 죽을 먹이려 하고 있음 알겠다 죽이 식기만큼이나 시간이 걸렸다 닿은 자리는 바위 무덤 아직도 산 촛불중의 앓음 소리 무덤 벽의 구멍 밀어 넣어지는 죽그릇 물그릇 시님 참말이제 배도 고플 틴디 월렁 좀 잡숴겨요이 밀어 넣어지는 소리 善念의 냄새 좋은 냄새 魔鬼들까지도 좋아 죽고 못 살아 훼방하는 냄새 그런 좋은 냄새를 가진 자의 하초에서 흐르는 몇 방울 오줌이며 그 오줌의 냄새만 갖고도 땅아래쪽 세상 사는 모든 有情들의 암컷들의 가슴은 덥고 꿈도 더워 자기네 남정들께 이르기를 윗녘 사는 무슨 숫精이 아주 바람직하게 자기네들을 劫迫劫姦하며 지난다고 투덜대기에 이를 터 그러면 그것들의 處容님들은 히히히 胎夢이 말이지 거 말이지 썩이나 좋은즉 말이시 우리가 말이시 合歡하기로 한다면 말이시 반드시 큰 인물이 될 자식을 얻게 될 일이니 말이시 그런즉 마누라는 잔소리 말고 양각을 쳐들라 말이시 한 마을이 떡 쳐 잔치려니 헤헤 一洞이 一同으로 끼끄덕 찌끄덕 꺼져 내리는 난리가 나거늘 삼시랑 할미가 놉을 대도 여럿을 대야겠는 것이다 다만 한 有情의 그저 조그만 것에 지나지 않는다 해도 善念이란 저렇게 사유시방 六道三世에다 德이 크구나헤으야

바다의 밑에도 있는 沙漠에는, 뱀장어라는 이름의 竹筍이 자라고 있으면서, 먹이가 지나는 대로, 竹槍모양 내쏘아져 그것(먹이)을 채고, 뭔지 위험이 가까워지고 있다고 느껴지는 대로, (무엇이 그 꼬리를 쥐어 휙 끄집어 내리는 듯이 그렇게,) 번개가 비구름 속으로 스며들기와 비교되는 재빠름으로, 모

래 속으로 되사려 든다고 이른다. 그리고 有情들의 嗅覺에도, 물론 味覺에도, 視覺에도, 聽覺에도, 그리고 觸覺에도, 저런 竹筍이 자라고 있으며, 그 뿌리는 물론 프라브리티[爲田]에 두고 있을 것이었다.

촛불중은 이 현재 헌데, '讚禪'의 결과, 몸속의 毒素는 어느 정도 진압하게 되었으나, 氣를 거의 다 소모해버리게 되어, 三昧 속에서 失踪하고, 그리고 죽음 가운데로 가라앉아가고 있었는 중이었는데, (그런즉슨 저런 禪이란, 이래도 저래도 죽게 되어 있는 比丘가, 자기의 죽음은 그래도 椿事가 아니었다는 것을, 자신에게라도 증명해 보이기 위해 행해본 것에 불과한 것이었을 것이냐? 그렇다면 그것은 중의 자기 교만은 아닌가?) 어느 순간, 무엇의 부름이 있었든, 촛불중의 '嗅覺'의 잠이 깬 듯하여, 嗅覺의 千筍이 백일하에 돋아올랐다. 촛불중의 코에서는 그때, 죽은 지 이삼일 된 송장에서처럼, 묽은 코피가 조금 흘러나고도 있었다. 咄, 이 세상에 있는 모든 부엌에서, 맹물에 그중 가깝게 끓일 수 있는 죽이 있다면 그것인, 약간의 흰죽이, 出家한 지 오래라는, 한 比丘의 코를 저렇게도 오드락스럽게 비틀어, 코피를 흘리게 하고, 또 그 냄새가 발원하는 일점에로, 한 중의 五官은 물론, 三昧 속에 失踪 霧散했었던, 마음까지도 끌어모아, 한낮 토방에 송이 번, 요니 전의 쉬파리들모양, 뒤엉키게 하다니! 그것인들(한 목구멍을 넘은즉), 똥이 되잖을 것인가? 神들께, 不死의 젖이 되는 것이라면, 금강석에라도 비교되어질 '암리타'까지도, 畜肉을 입은 것들의 창자에 넣어지면 똥으로 변해지거늘, 맹물에 가까운 저까짓 흰죽이란 것이사, 그런 창자에 드는즉, 배고픈 火天의 입에 마른 가랑잎만도 못할 것, 그렇다면 한 음식의 똥 되기 전과, 똥 사이의 거리란 거의 있지도 않은 것, 게다가 중은, 음식을 먹되, 입어진 그 몸을 보전하기 위한 수단으로써 먹는다고(이런 까닭에, '프라나 마음'과 '똥'과, '똥개'의 法이 說해진 것인 것!) 이르며, 好食을 탐하지 않는 자라거늘, 何以故, 比丘가, '달궈진 납덩이'보다, 똥은 더 싫어하고, 몇 모금의, 빠르게 똥이 되어버릴 음식에 대해서는 餓鬼가 되었음? 허기야 물론, 食物의 부족함으로, 죽음 직전에 처한 중이, 食物에 코를 밝히고, 창자의, 새끼발가락의, 심지어 발바닥에 돋은 먼지털이 있으면 그것까지라도, 뒤꼬임과, 꼬무락거림을 느낀다고 해서, 꼭히 이렇게 단정하려 하는 짓은 옳지 못할지도 모르되, 옳거나 말거나, 比丘의 행사 탓에 떠오르는 의문은 의문이거늘, 比丘는 지금, 還俗을 하고 있는 것은 아닌가? 그렇다, 그는 가다가, 비틀비틀, 또박또박, 쫄랑쫄랑, 욜롱 졸롱 가다가, 열나흘 길 가다가, 뽈딱 하초가 섰다, ('장미는 붉고'라는 것도, 깨우칠 만한 道며, '하늘은 푸르다'도 깨우칠 만한 道이던가? '불은 뜨겁고, 骸骨은 無常이며, 바위는 견고하고 무겁다'도 물론, 깨우칠 만한 道이다, 그렇잖은가 元曉임세? 깨달았거든 이제, 밤오줌 누는 일로, 石頭에 키 쓰고, 이웃에 소금 얻으러 갈 일도 아니다) 앗다나 보았다 威化島다, (홀아비 老父는 칠순이라도, 비린 것만 보채쌌는 까닭으로, 사랑방 쪽에서 오줌 누는 듯이 하여서는, 세운 조슬 며누라기네 방 쪽에다 뻴그렁이는데, 歸去來辭를 읊어야겠는가, 심덕이 좋은 큰마누라는 육덕도 좋아 잠도 깊어, 한낮 토방에다 송이를 벌어 자는 중, 생선 장수가 미끄렁거림을 씻어지나고, 도끼 빌리러 온 놈이 한번 패대어 지날 뿐 아니라, 땜쟁이가 땜질을 해도 모른 척해 모르거니와, 둘째 마누라는, 해산달인 데다, 소첩은 또 월후도 끝냈을 것인데, ……먼저 '齊家'한 뒤 '治國平天下'라거늘, '修身'이라면야, 태어나고 있었을 때 焉哉乎也 읊어버렸으되, ……허나 이거 '齊家'가 말이 아닌 중에, 어찌 '平天下'를 도모한다 하여, 한뎃잠을 자리오? 으이그, 뒤꿈치가 꿇리논다, 저누무 늙은네 등짝 탓에, 뒤꿈치가 울음 울어! 歸去來辭를 읊어야겠는가! 돌아가, 뻐드러지게 칵, 짓밟아야겠는가!) 그것은 그리고 還俗이었다. 그렇다, 그의 嗅覺을 '비-자'로 하여, 無音化 現狀이 일어나고 있던 곳에, 하나의 創造의 말[言語]이랄 것이 '희게' 피 맺히기 시작한 것이고, 그리하여 '無音' 가운데에 中心(核)이 잡히기 시작한 것이며, 그리고 또한, 그것을 '빈두'로 하여, 無形化 현상이 일어나고 있던 곳에, 하나의 曼荼羅가 드러나기 시작하고 있던 것이다. (民譚的 어투를 꾸민다면, '처녀의 샘' 또는 '回春의 샘'에 잠겨, 뼈와 살이 분리되어졌던 것에, 뼈와 살의 재조립이 있기 시작하고 있다는 얘기다) —저 '만다라'의 모양을, 있는 그대로 묘사하기로 한다면, —똬리 친 '붉은 龍'의 (똬리의) 한가운데엔 '權勢櫃'가 놓여 있고, 그 '붉은 龍'을 지키라고, (龍의 똬리를 둘러) '硫黃불'의 울을 둘러 있다. 그리고 그 울 밖엔, 부삽을 든 羅刹이 서 있지만, 그들의 얼굴은, (밝혀진 이유에 의해서) 보이지 않는다.

('地圖'를 그리거나 '天體圖'를 그리되, 그것을 만든 神들을 그려 넣지 않는 까닭은 무엇이더냐?) 촛불중은 그렇게 그래서, 말하자면, 떠났던 자리로 되돌아와 버린 것이다. 몸 속에로—. (이런 '몸'은, 벗어버리기 전까지는, '시시포스의 바위'에도 비유될 터이다. 그렇걸랑 比丘는입지, '갈이[磨] 질 辭說' 함께, 바위갈이[磨] 라도 해보아야겠잖는가, 磨岩, 마암, 맘, 마음 辭說, 身是菩提樹 心如明鏡臺/本來無一勿 何處惹塵埃. —어으? 책 책 책 磨岩 마음 바룬다 새 운다. 한 울음은, 흐흐, 돼지 목 따이는 소리, 한 울음은 金烏 喀血하는 소리, 운다 바룬다 새 울음들 울은다) 에잌, 짐승이로고! '性器' 하나를 위해, 거대한 '창자'를 구비해 있는 有情—畜生! [10]'性器'는 神主, '창자'는 '寺院', '배고픔'을 '知覺하는 자'는 '司祭', 그리하여 바쳐지는 '食物'은 '祭祀'—이 祭祀를 歆饗하고 나면, '神'은 創造에의 欲念을 일으킨다. ('먹는 자'[阿耆尼]와 '먹히는 자'[蘇摩]로 이뤄진, 畜生道가 그러니, 송두리째 하나의 '寺院'이기뿐만 아니라, '먹게 裝置되어 있는 畜生' 하나하나가 또한 하나씩의 庵子이다. '링가'와 '요니'를 뫼셔 있는 寺院!) 畜生道에서는, 肉身的 한 삶 자체가 그런즉 宗教인데, 陰(요니) 陽(링가) 和合의 절정이, 그 畜禪의 三昧이다. 에잌, 畜生이로고, 畜生道이다. (神이 創造한 건 '性器'였을라!)

合掌하고 再拜한 뒤, 배고픈 比丘 供養 收手하다. 때에, 畜生道에로는, 仙音의 고운 산들바람이 불어, 하늘 복숭아 꽃잎이 三月 沅江이었다. 몸의 至福함이여, 至樂함이여.

"같은 이름으로 알려진 두 마리 새가, 함께하여, 같은 나무에 나란히 앉아 있다. 그중의 한 마리는, 달콤한 열매를 쪼아먹고, 다른 한 마리는 먹지는 않고, 먹는 새만 건너다보고 있다"(「문다카 우파니샤드」 III, 1). 저 '먹지는 않고, 보고 있기만 하는 새'는, 그 '달콤한 열매'에 대해서도, '쓰고 주린 음식'에 대해서 보이던, 그 '보기'에, 아무런 다름을 드러내 보이고 있지, 않고 있다. 저 '두 마리 새'는, '같은 나무'로 代名된, '한 몸뚱이'를 갖고 있다. 흐흐흐, 그 대가리 하나는 멧돼지며, 다른 하나는 빛새라고 이른다.

저 仙音과 꽃의 비는 그런데, 아으 아난다임세, 어찌 돼지 목덜미에만 씌워지는 화환이었겠는가, 저 金烏의 벼슬에도, 아름다움으로, 그을음도 없이 타오르는 불꽃이었더라네. (가맜게라, 헌데 이 같은 '仙音과 꽃비'가, 내려 쌓이게 되는 그 자리에 좇아, 어째선지 같아 보이지가 않는데, 何以故 須菩提?)

"몸은 하나인데, 두 개의 목을 가진, 바룬다라는 새가 있었다. 그날도 물론 새는, 모이를 주우러 다녔는데, 새 하나가, 仙餠 조각을 발견하고는, 좋아라, 저 혼자 냉큼 찍어 삼켰더니, 그걸 본 다른 새가 이에 분노하여, 毒을 발견하자, 냉큼 삼켜버린 일이 있었다. 헌데 저 두 새는, 같은 한 창자를 같이 쓰고 있었다."

—듣게람, 須菩提, 어떤 먼 나라의 왕자 하나는, 아침 빛에만 쐬었다 하면, 돼지 껍질에 입혀져야 했으며, 그랬으니 들로 나가, 떨어진 열매라거나, 무슨 뿌리 같은 것이나 파먹어 배를 불리고, 날을 저물려야 하게 되었었더라고 하는데, 어떤 [11]魔女의 呪術에 덮어씌워져 그리되었더라고 하지. 그러다 날이 저물고 나면 돌아와, 공주의 침실로 가는데, 그래서는 이제, 종일 입었던 그 돼지 껍질을 벗고, 공주 곁에 눕는다. 人面을 되찾을 때의 그 왕자의 준수함은, 그 당대 三世 간에서는, 그 三世를 밝히는 달 같았다고 했다. 그러나 '아침의 장밋빛 손가락'이 한번, 저 '달' 같은 삭신에 닿이었다 하면, 왕자는 다시, 벗어놓았던 그 두터운 獸皮를 입지 않고는, 그 빛을 못 견딘다. (그럼으로 인해, "그 獸皮는, 魔術에 의해 덮어씌워졌다"고, 受動態 文章을 취하게도 되는데, '解脫'하기까지는, 有情은 어째도, '運命'의 '受動態'일 뿐이기는 하다) 그런 일이 되풀이되던, 그렇고 그런, 늘 비슷한 어느 저녁에는, 저 공주가, 뭘 어떻게 생각하고 결심했든, 낭군이 깊이 잠들기를 기다렸다가, 무덤에서 귀신들이 일어나는 시간쯤에, 귀신이 일어나듯, 피를 뚜둑이는, 시퍼런, 소리 없는 웃음을 웃으며, 부스스 일어나, 잠든 낭군을 잠시 내려다보다, 헴, 낭군이 벗어놓은, 한 짐의 흙더미만큼이나 무거운, (아하, 그 탓에 짐승들은 네 다리로써 몸을 받치는 것인 게구나) 돼지가죽을 안아 든다. 그리고는 뭣 때문엔지, 핏물의 웃음을 삼키고, 잠시 머뭇거리며, 몹시 떨더니, 다시 웃음의 핏물을 흘리며, 헴, 잉걸불이, (서른 권 책 분량의 제 얘기들을 아직도 다 못 끝내,) 쏘스락 일렁거리고 있는, 엑케, 벽난로 속, 잉걸불 위에다 얹는다. 그때의 공주의 얼굴은, 제 자식이라도 殺害하고 있는 魔女거나, 初産의 진통을 겪고 있는 옌네의 그것처럼,

어떤 고통 탓에 추악하기 이를 데 없었다. 벽난로 속에서는, 아닌 場이 서, 웃는 소리가, 떠들썩 웃는 소리가, 왁자지껄 웃는 소리가, 지옥에 쏠려 든 한낮으로 일어나고 있었다. 불이, 일곱 혀를 내두르며, 한 입가심의 기름진 돼지 껍질에, 그 맛에, 그 기름기에, 거의 잠을 써가며, 즐기고 있던 것이다. 그러나 그것타기는, 그렇게 오래가지 못했으며, 불의 그 웃음소리가 꺼진 뒤에도, 왕자의 잠은 한참 더 깊었을 수 있었다. 허나 '빛'이 있기 시작했을 때부터, 이 세상은, 밤이 깊으라고 지어진 것이 아니었었은즉, 밤은, 말하자면, 들에서 돌아온 왕자가, 벗어 의자에 걸쳐놓은 돼지가죽 같은 것이었으니, 오래잖아 아침은 오게 되어 있는 것, 그리하여 '아침의 장미 가시의 손가락'이, 그 방의 휘장을 들치고, 왕자의 벗은 몸에다 빛을 바르기 시작하며, 그 아름다움을 애무하면, 이제 왕자는 촌각이라도 놓칠세라, 벗어놓은 獸皮를 입으러, 자리에서 일어나는 것이, 매일 새벽의 다반사던 것이다. 그러나 그 새벽은 달랐다. 천의, 만의, 억만의 거머리가 그 몸에 붙어, 피를 빨고, 혼을 빠는 듯한, 그 고통을 덮어버릴, 그 獸皮가 없어져 버린 것이다. 왕자는 그리하여, 외롭게도, 타는 불 가운데 산 채 던지어진, 그 焚死의 고통에 당하지 않을 수 없어, 末魔가 끊기는 叫喚으로, 魔女께 빌어, 한 번만 더 '은총의 두루마기'를 입혀달라고 했으나, 그 '두루마기'를 입혀 준 손이 없자, 혼절해버리고 말았다. 먼 데서, 가까운 데서, 그때, 홰 홰 홰 홰친 뒤, 꼬끼요— 金烏들이 울고 있었다. (전해진 얘기대로 하면,) 그 혼절에서 깨어났을 때 왕자는, 익은 햇빛 아래, 벌거벗은 채 드러내져 있었어도, 더 이상, 그 빛을 괴로워하지는 않게 되어 있었다고 했다. 그러면 이제 그는, 어떻게 빛을 즐길 것인지, 그것을 배우게 될 것이다. 아으 須菩提여, 그, 그러구 보니, 매일 새벽, '밤'이라는, '암흑'이라는, '無明'이라는, '돼지 껍데기'를 태우는 것은, 저 '金烏'였었구나. '어두움'을 태우는 金烏는, '火鳥' —그래서 다시 보니, 이 '火鳥'가 저 '공주'의 얼굴을 해 갖고 있는 것이 아닌가! 그래서 또다시 보니, 이 공주의 삼단 같은 머리칼로 가려진 쪽에는 저 '늙은 魔女'의 얼굴이 감춰져 있는데, 何以故 須菩提?

—돼지 껍질 속에서 孵化한 불새[火鳥], 나비, 재[灰]의 나비.

—白瑪瑙와 黑瑪瑙를 나누어 쥐고, 촛불중이라는 한 比丘의 運命을 (바

둑) 두던 天仙들은, 쥐고 있는 돌을 놓을 눈금을 찾으려 하는 대신, 눈을 들어, 저 灰나비를 내려다보며, 자기들끼리 말하여 이런다. "羑里의 저 乞士는, 이제는 말이지, 밥을 대접받으면 밥을 먹겠습세. 차를 대접받으면 차를 마시겠습세." —말하는 天仙은 黑瑪瑙를 쥐고 있는데, 그리고는 그것 놓을 자리를 찾는다. 마는, 헥, 몹시도 어물쩡거리고 있는다. "히히히, 厥公은 그 검은 것을 꼬나들어, 호작이고 있는 데가 무엇인지쯤이나 아는가? 癡郞 失穴이렴세." —白瑪瑙를 쥔 天仙이 그렇게 말하고, 그도 '꼬나든' 白兵을 배치할 자리를 정하기 위해 彼此 兩陣의 형세를 점검해본다. 마는, 그역 더 이상 黑將을 재촉할 수가 없는 듯하다. 그도 그 한판 '놀이'에 대해서는, 어떤 꽤는 난감함을 느끼고 있는 것이 분명했는데, 어떻게 그리됐는지 모르지만, 그 乾坤에는 비인 자리가 없었거나, 온통 비어 中心을 잡을 수가 없었던지도 모른다. "그것은 무슨 재담이랐고?" 黑仙이 방패한다. "古詞를 먼지 털어 쓰는 것은 좋음세마는", 白仙이, 쏴 던졌던 槍을 회수한다. "'밥과 차'가, '白瑪瑙'와 '黑瑪瑙'라는 식으로, 對格을 이루지 못하는 것이 흠임세. 돌입하기는 하였으되, 그 탓에 '失穴'이라고 이른 것임세." "눈썹을 주의하게!" 黑仙이 짜증 내듯, 쥐고 있던 검은 돌을, 그것 쥐어냈던 자리에다 도로 던져 넣으며, "말이 많음세!" 한다. 白仙도 그러자, 쥐고 있는 그 흰 돌 놓을 자리를 못 얻게 되어, 黑仙이 하던 짓대로, 그 돌을, 그것 담아 넣는 조그마한 함에다 던져 넣으며, "흔들리는 것은 마음임세"란다. (이 대답은 그러니까, '바람 부는 날, 펄럭이는 깃발'과 관계된 公案에 근거하고 있는 것은, 아는 바대로이겠지만, 何以故 須菩提? '麻三斤'도, 예를 들면, 물론 좋은 응수며, 혹간 열등하다고 할지도 모르긴 하되, '自屎不覺臭'는 제대로 갖춰진 대답인 것이고, 하다 못하면 그는, '乾屎橛'이라는 暗器라도 뽑아, 상대방의 등을 찌를 수도 있었지 안 했는가? 이 一合은 누구의 승리로 끝났는가?) 그리고 그도, 獸皮를 벗고, 꼬끼요 일어선 나비에게로 눈을 모둡는다. 그들이 쥐어 들고 있다 되놓아버린, 그 '흰/검돌'들은 그러니, 저 比丘 몫의 運命이나 되었던 것은 아니었겠는가? 묻노니 須菩提여, 저 한판의 '흰/검돌 놀이'는 누가 이겼더랬는가? 이기기는 누가 이겼더랬는가? 또는 비기다? 그것도 아니면, 양자 공히 지고[敗] 말았더랬는가? 제기랄, 저들이 다투고 있었던 것이,

'밥과 차'나 같이, [12]'黑/白'으로 대립된 것이 아니었었더라면, 눈썹이나 축낼 물음인 것을?

저 比丘는 이제는, 길든 [13]'황소'를 느즈러허허니 걸터타고, 오란 데가 없으니 갈 데도 없는 봄 길을 느즈럭 고즈럭 가는 중에, 설풋 조느라, 쥐었던 고삐가 손에서 흘러 빠져나가도, 염려치 않아도 좋게 된 것이렷? 咄, 詞煩! 何以故 須菩提, 아직 한마디의 말도 들은 일이 없다면, 섣달을 불어가며, 밤새도록 사립짝을 끼식거리게 하던 바람을, 다음 섣달까지 들은 처사가, 바람을 두고, 사립짝을 두고, '詞煩'이라고 끙얼대더냐? 病든 귀[耳]가, 세상을 病 듣는도다[聽]! —이거 한번, '말이 많기'로 해서, 몇 마디 더 씨불여보아야겠구나. —病든 눈이, 세상을 病들어 보는도다. 病든 코가, 세상을 病(膿) 맡는도다. 病든 입이 (들어가는 것보다, 나오는 것이 더럽다고 이르잖더냐) 세상을 病([14]險口) 들게 하는도다. 그리고 病든 마음이, 귀·눈·코·입을 病들게 하는도다. 이 '病義'를 신봉하는 자들의 心身은, '땅의 大王'(용천병)의 寺院이러라. 바위는 만 년을 말한 바가 없어도, 들을 귀를 가진 詩心에 대해서는, 보름에 떠오르는 달을 본 개 새끼들모양 목젖을 뜯어대며 짖고, 바람은 백 년을 불어 柴扉를 是非해도, 處士는 오히려 들은 바가 없거늘—. 귀[耳]만 많고, 귀만 큰 개 자식들께는, '한 손뼉 쳐낸 소리'밖에 들려줄 것이 없겠구나. 默! (그렇다, '한 손뼉 쳐낸' 이 소리는 '묵'임세나. 묵! —흐흐흐, 마른 나무 속에서 용이 흥얼거리고 있음메[枯木裏龍吟], 마른 해골 속에 박힌 눈동자[獨髏裏眼睛] 람. 묵—)

[15]默
默 默
默 默 默
默 默 默 默
默 默 默 默 默

촛불중 고향에는, 지금쯤 하매, 눈이 퍼부어 내리고 있을 것이라도, 羑里에서는, 밤으로 내리는 이슬이 조금 차가웠다. 그 길던 안개비의 장마철도, 어느덧 꼬리를 되사리고 있어, 美里의 하늘은, 일 년 중에서도 그중 맑은 얼굴을 드러내기 시작하고 있어, 해도 밝고, 달빛도 눈에 부셨다. 사람들은, 짧은 중앙통 한번 거드럭거리고 지나기 위하여, 얼굴을 다듬고, 몸을 꾸미기 시작한다. 촛불중들이, 트여진 밝음 속으로, 탐하여 나서고들 있다, 글쎄 계절로는, 한쪽에는 겨울이고, 겨울이기뿐만 아니라, '죽음'까지도 억류해놓고 있는, 바위 무덤인, 그런 암흑인데, 默.

제3장 默品

一 尋牛

二 見跡

三 見牛

四 得牛

五 牧牛

六 騎牛歸家

七 忘牛存人

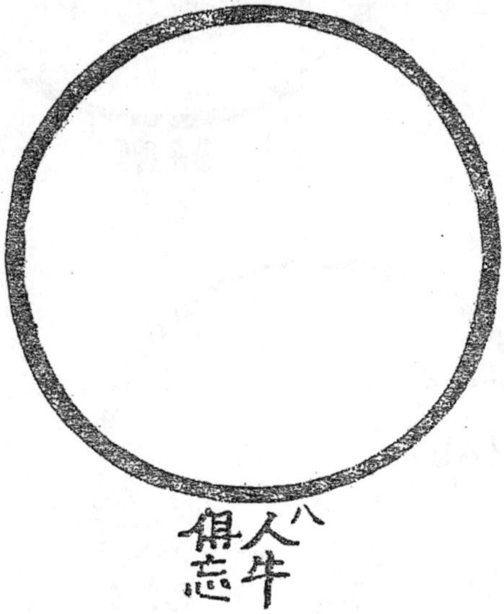
八
人牛俱忘

제4장 讖品

촛불중은 근래, '蓮陰會陰法'의 魔衣를 입어, 그것의 도움으로, [1]나들이가 잦았다. 항간에서는, 간덩이가 부은 아낙네들이, 길쌈을 핑계 대고, 치마 밑에다 보리쌀 홉이나 감춰 하는 마을을, 이 사내는 차라리, '치마'만 벗어, 접어, 아랫목에 뉘어놓고 (아직 '天國'을 잃지 않은 눈에는 '보이지 않는 입음'을 입고, '童話 나라'로 얼핏 잘못 걸어 든, 어떤 임금이 입었던 것과 같은, 그러나 이번에는, '天國을 잃은 자'의 눈에만 안 보일지도 모르는, 그런 '입음'을 입고,) 뻘건 속살로, 그 짓을 해오고 있는 중이다. 六祖라고 일렀던 美里의 村長 하나가, 처음 美里에 왔었을 때, '빈 몸'을 입어 있었는데, 그의 後祖는 이제, 그 '빈 몸'까지 '벗어', 美里를 벗어나려 하는지, 독수리 새끼가 날려면 날갯짓 연습을 하듯이, 나고, 들고, 나드는 수업을 하고 있다. 도마뱀도 나들이가 잦다 보면, 꼬리를 잘리게 되는 일이 많던데……, 그러던, 더욱더 일진이 나쁜 날엔, 허리가 잘리고, 대가리가 잘리는 일도 있던데……

처음 촛불중은, 별다른 욕망도 기대도 없이, 예의 저 '魔衣'를 입어보다, 어느 숨 한 가락을 어떻게 쉬었든, 자기가 자기를 벗어나 있어, 그 가벼움에, 그 自由에 멀미를 느끼고, 말하자면, 그 '가벼움과 自由' 탓에 앓았었는데, 그런 앓음은 그러나, 함부로 맛보려 해서는, 아편보다도 더한 앓음이었던 모양으로, 그런 후부터는, 그 '앓음'이 좋아싸서, 그 씨는 '가벼움'으로, 그날은 '무장애'로 하여 짜여진, 그 '魔衣'를 좀체 벗으려 하지를 안 했다. 나막신까지도, 발에 길이 들어야, 그것 신고 걷기가 편하다면, (그러는 동안, 발의 여기저기에, 얼마나 많은 물집이 잡히고, 흠터가 생겨야겠느냐,) '날으는 毯子'에 이르러서야 어떻겠는가.

그러던 어떤 날(이란, 입은 魔衣를 어떻게 여밀지, 중이 그것을 좀 터득하기 시작했다는 애길 것인데,)로부터 시작해서는, 촛불중은, 하필이면 '時間의 過去' 쪽으로 열린 還道엘 오르고 오르곤 했는데, 어쩌면 중은, 이제쯤은 이 세상 하직을 고할 만한 때도 되지 않았는가, 그런 것을 생각하고, 그래서 어쩌면 떠나기 위해, 자기가 어느 대목에서 무엇을 [2]홀맺히게 했으면, 그것을 풀고, 어느 자리에다 오물을 남겨 얼룩지게 했으면, 그것을 지우기 위해 그랬었던지도 몰랐다. 누구에게나 그렇듯이 그에게도, 자기가 풀려 하거나, 지우려 하지 않는다면, 美里의 모래 수만큼이나 많은 소를 잡아 제사하고, 말을 잡아 제사한다 해도, 풀려지거나 지워질 수 없는, 그런 매듭이나 얼룩이 있었던 것은 분명하다. 요즘 촛불중은, '나들이'에서 돌아와, 가부좌 꾸며 보내는 시간엔, 대개는 (앉은 채) 자고, 그리고는, 자기의 삶을 점검해보는 일로도, 시간을 보내는 듯하였다. 業을 지으려 하지 않는 자의 삶은 그리고 허기는, 시간의 未來가, 現在를 자꾸 분만해내기 때문에, 過去에서 未來를 향해 가고 있는 듯하지만, 가지 않는다, 아무 데로도 가지 않는다, 가면 그래서는 어디를 갈 것인가, 그리고 머물러 있지도 않는다, 머물러 있을 단단한 지반이 없는 데서는, 머물음이 어떻게 가능할 것인가. 이런 까닭에, 世界나 自我에 대한 이해가, 어느 단계를 넘어서면, 그 눈에 보이는 세계는, 그 '마음'의 풍경 말고 다른 것은 아니게 된다고 알게 된다는데, (하나의 질그릇을 例로 들어, 우주와 個我의 관계를 밝혀 보이기는 이렇다, 즉슨, [모인 것은 흩어지며, 이어진 것은 끊어지게 되어 있는 것이 프라브리티의 法則인 것] 그 질그릇 속에 담긴 비임, 즉슨 空間은, 그 질그릇이 깨뜨려졌을 때, 같이 깨어져 없어진 것이 아니라, 그 바깥쪽의 본디의 空間에로 저절로 귀의해버린 것이라는 것이다. 이 경우는, "한 빗방울이, 한 大洋에 合流했다"거나, "한 大洋이 한 빗방울에 合流했다"거나, 거기에 무슨 다름이 있는 것은 아니게 된다는 것을 알게 된다. 그렇다고 해서, 저 한 大洋이나, 한 빗방울의 크기가 커졌다거나, 그런 것도 아닐 것이었다. 美里邑엔, 邑

廳, 法廳이라는 투로 큰 건물들이며, 보다 많은 家屋들이, 저 '空間'을 횡령 사취했거나, 납치했거나, 전세 내었거나, 하여, 벽과 지붕 속에 둬 私用하고 있으되, 그저 망망한 地平뿐인 美里의 空間보다, 그 空間이 줄어졌다거나 그런 건 아니며, 그런 이유로 하여 邑의 空間이 어디 다른 데로 밀려나, 다른 곳의 空間이 많게 되었다거나, 그런 것도 아니다. 人口密度는 地坪數와 관계된 것이지만, 이때 空間은, 密度가 조밀하면 할수록, 空間도 조밀해졌다는 얘기는 할 수 있을 것이기는 하다. 土器店엘 가보라, 그 土器들이, 그것들의 역량에 좇아, 크게도, 작게도 나눠 갖고 있는, 空間을 보라, ―그리하여, 팔려나가는 것은 '空間'이던 것이냐!) 그렇다면, 이 촛불중은, 무엇을 두고 '맺힘'이라거나 '얼룩짐'을 따지는 것인가, ―그것도 허긴, 그 자신에게 물어보아야 되는 것은 아닌가? 그렇다, 그래서 실제로, 촛불중은 자신을 두고, 그런 물음을 물어왔던 것이고, 그것이 이 근래의 그의, 함[爲] 없음의 함이었던 모양이다. (이 경우의 '함'[爲]이, '함 없음'이라는 것은, 감긴 꾸리의 실을 되풀어내기에 비유될 것이라고 할 것이어서, '勿施' 같은 것으로 이해하면 별로 틀리지 않을 듯하다. 한번 씌어졌던[記] 것을 지우기―그 결과는 어떤 것이 될지는 모르되, 어쨌든, 六祖의 '逆[退]調轉移'와는 분리해서 고려해야 할 품목인 듯하기는 하다) 그런 결과로, 촛불중이 새로 알게 된 사실 하나는, '마음을 넓히면, 그것이 한 우주'라는, 그 '넓혀진 마음'도, 반드시 '解脫'이라거나 그런 것은 아닌, 그런 국면도 있다는 것이다. (그렇다면, 이 '질그릇'은 혹간, 구멍이 크게 났거나, 금이 크게 갔으되, 그것이 幽囚한 '空間'을, 완전히 석방한 것은 아닌 것이 아닌가? 이 현재로서 촛불중은, 그것에 관해서는 그러나 아무것도 말할 수 없을 뿐이다) '마음을 넓히면', 촛불중이 근래 체험도 하고, 觀하기도 한 바에 의하면, 모든 '具象'的인 것들로부터, '具象性'이랄 것만 捨象되어, (具象的인 것들이 더 이상, '具象性'을 고수하지를 못하는데, 그로부터는, 具象的인 것들이, 얼핏 생각되는 대로는 '抽象'化를 치를 것 같으되, 그렇지는 않고,) '象徵'化하는, 이상스러운 轉身, 또는 轉置 현상이 일어난다는 것이었다. 예를 들면, (이것은 물론, 촛불중이 근래, 자기의 삶의 어디 구석진 데 같은데, 풀리지 않은 '맺힘' 같은 것이 있으면, 그것을 찾아 풀었으면 하다, 새로 맺혀 든 것이지만,) 촛불중 자기가 산 채 埋葬되어 있는, 그 '바위 무덤'만 해도, 그제쯤은, 그것이 조건으로 하고 있는, 모든 非情性을 바꿔, 촛불중 자기를 拘束 抑壓하고 있는 것이 아니라, 자기가 그 '穴'을 찾아든 것으로, 자기가 그 속에 妊娠되어 있는 것으로 촛불중께 인식되고 있던 것이다. 그러니까, '具象'의 '象徵'化에는, 일종의 '바르도 상태'가 드러나거나, 또는 '幻夢狀態'가 나타나는 것이 분명하여, 그 세계의 분위기는 다분히 薄明的인 듯하다.

—冥空. 그러면 어떻게, '바위 무덤'이, 어떤 엔네의 '子宮'에로 轉置를 당했는가? —그것을 두고서야 길게나, 또는 둘러서 말할 필요도 없을 것이다. 라는즉슨, 촛불중은 근래, 자기 때문에 죽은, 어떤 수도부, 六祖가 애착했던, 한 엔네에의 기억을 떠올렸던 것이고, 그 한 '맺힘'이 여러 여러 성상이 흐르도록, 풀려졌기는커녕, 깜박 잊혀져 왔었다는 것도 또한 기억해낸 것이며, 그 엔네께다 정액을 누고, 정액 눈 자리에다가, 그 엔네가 사랑하는 사내에의 질투 탓에 (이러면, 그 엔네가 妊娠한 태아는 자식인 것이 분명하다) 오줌까지 갈겨 넣은 것도, 그 엔네에 대한 性慾과 함께 기억해낸 것이다. 그 엔네는 그런데, 자기 父祖(六祖)의 정액과, '혀'(말)를 임신하고, 만삭인 채, 陰府에 누워 있다. 그 엔네가 妊娠해 있는 것은, 그 엔네의 남정[六祖] 의 자식[七祖] 말고, 또 누구겠는가. —그렇게, 엄연하고도, 非情的 한 '具象'이 '象徵'化하기에 의해, 촛불중의 삶 속에, 매듭해 있었던, 숨은 癌腫과도 같았던 한 '매듭'은 그렇게 풀렸던 것이다. 分娩할 수 없는 子宮에 妊娠되기—다시 말하면, 자기를 犧牲物로 바쳐, 자기 贖良을 성취하기. (촛불중이 法의 배꼽 줄을 이어 있는 法母네서는, 궁극적으로는, 아무 누구의 큰 손에 의해서도 말고, 모든 有情은, 자신만이 자신을 구원할 수 있을 뿐이라는 法이, 法으로 받아들여지고 있다는 것을 염두해야, 촛불중식의 자기 구원을 위한, '매듭 풀기'가, 듣는 귀들['他'] 께도 의의를 띠게 될 것이다)

촛불중이 독수리였다면, 그 독수리의 날개 둘을 함께 묶어, 천하 없이 하늘이 높고 넓은 데다, 디뎌 박찰 땅이 두텁고 넓다 해도, 그것 자신은 고자일 수밖에 없는 不能의 묶음, 그런 불알 까이기의 부정적 인연, 그 '맺힘'은, 그리고도 한 가지쯤이 더 있었다. (羯磨가 달마인 고장에서는, 어떤 한 有情이, 다른 한 有情의, 머리칼을 한 개 뽑아 채기가, 다름 아닌, 자기 스스로 자기의 불알을 훑어 까내기라고, 이르는 것이 아니냐. 흐흐, '머리칼'과 '불알'! 집단적 殉敎가 행해지는 戰場에서 쏘아진 화살을 제외하면, 羯磨의 밭에서 쏘아진 것은 어떤 것이라도, 잃어진 것이 없는데, 그것은 되돌아와, 弓手 당자의 가슴을 꿰는 것이기 때문이라는 것) 그러면 이제, 촛불중의 傳記的 측면도 조금 알고 있는 자라면, 본래 '法'과는 무관했던 그가, 무슨 이유로 해서, 苦行을 위해 거기로 온다는 修道者들까지도 "四十日을 살기가 어렵다"는, 美里에로 떠들어왔던지, 그 이유를 들춰내 보려 할 것이다. 이 地獄書는, 떠올려지게 되었을 때마다, 그 당자를, 식은땀으로 흠씬 젖게 해온 것이었지만, 글쎄 그가, 美里에 와서, '수도부'들의 개짐 속에서 쇠똥 벗어, '촛불중'이라는 法名까지도 얻었기 전에는, 어떤 여자께 장가도 들었던 사내였는데, 그의 고백을 좇자면, "……허긴 소승의 부친께선 조그만 여관을 경영했으니 말입지, 그런 절시의 쾌감은 아주 어려서부터도 알아온 터였습지. 헷헷헷, 모르시겠지만입지, 소승은 말입지, (그 절시의 쾌감을 따기 위해섭지,) 소승이 장가들었던 계집의 방에입지, 소승의 친구를 들여보내고 말입지, 그 둘을 다 살해한 뒤 유리로 떠들어온 것이었습지"(『박상륭 전집』, 1549쪽)랬다. 말해온 바의, '마음 넓히기'에 좇아 일어나는, '具象'의 '象徵'化라는 '轉置現象'과의 관계에서는 그런데, 촛불중이 중이었기 전에, 그러니 저 處容께, 시집왔던 그 '여자'는, 촛불중께 어떻게 나타나 보였는가 하면, '(사람의) [3]더운 피를 넘치게 담은 人頭骨의 바가지'의 모습이었다. 그렇다, 그래서 촛불중은 뒤늦게지만, 그 '骸骨 바가지에 담긴 더운 피'를 벌컥벌컥 들이켰다. 그러며, 그 매듭이 저절로 풀림을 보았으나, 그 풀린 매듭의 안쪽에, 다른 하나의 매듭이 훌맺혀 있음을 보아야 했다. 그리고 촛불중은, 그것 탓에는 죽지도 못할, (왜냐하면, 그 한 매듭에 자기의 龜頭가 묶여 있어, 자기는 죽었다 해도, 자기의 귀두를 묶어 있는 그 인연의 줄이 끄들려질 때마다, 돌아와야 될 것이었으니 말인데, 비록 '바위'까지라도, '自我'라든, '무량겁의 긴 세월' 등으로 [히히, "바위는 견고함의 상징이다" 같은 경우로, "새는 비상의 상징이다"라는 따위, 귀신 씻나락 까먹는 소리는 씨락 씨시락거리지 말기로 할 일이지만,] 象徵化를 당하여, 그 당장, 왜냐하면 만약에

'自我'가 '飛翔에의 欲望' 자체이기도 하다면 그러한데, 날개를 돋궈내고, 날아오르려 하거나, 또는, '제 꼬리를 제 입에 물어 뒤집히는 뱀'의 모양을 꾸미려 드는 데 반하여, 어떤 것은, 그렇게 되지 않는 것이 있는 게다) 그런 난감함을 느꼈는데, 이 현재 촛불중께는, 다른 방법이 떠오르지 않고 있는 것이다. 글쎄 그때, (란, 말해온 바의 저 殺害가 저질러졌던 저녁을 가리켜 하는 말인데,) 그 방에는, 處容이 엿본 바에 의하면, 處容 자기 안댁의 '가라리' 외에도, 두 개의 '가라리'가 더 있어, 處容 자기의 안댁의 '가라리'를 휘감고 있었더랬는데, 그 낯선 '가라리' 둘의 임자 되는 자도, 함께 살해되지 안 했었는가 말이지. 이 현재로서는, 어떻게도 풀릴 것 같지 않은 이 한 매듭은 그러니, 바로 저, '낯선 두 가라리의 임자'와의 관계에서 맺어진, 그것이다. 밝혀진 바와 마찬가지로, 그는, 저 處容의 '친구' 되는 자였는데, 處容의 사주에 의해 處容의 잠자리에 들었다 봉변했으니, (반드시 '눈처럼 희다'고는 못 할지라도, 반드시 또) '姦淫罪'를 덮어씌워, 촛불중 자기의, 피 묻은 두 손 중의 하나는 씻어도 좋게 되었다거나, 그렇게 되어 있지도 못한 것이다. 오히려 그 더러움은, 이런 매듭 탓에도 되돌아오지 않으면 안 되어 돌아올 때, 갖게 될, 자기의 미래의 앞발(손)까지도, 여러 벌 더럽히고도 남을 듯했다. 그렇걸랑은 촛불중은, 촛불중임세여, 道流의 도끼날 아래 살해된, 道流의 저 친구 하나를, 道流의 어떤 한 '自我의 轉置', 그러니까 '轉置된 自我'라고, (莊子의) '나비'化하면 되는 것은 아니겠는가? 分析되어지기로는, 道流는 그즈음, 죽고 싶음, 그것도 性의 절정과 같은 죽음 죽기를 꿈꾸고 있었는데, 그 '죽음'을 그리하여, 道流의 한 '轉置된 自我'가 대신해준 것이 아니었는가? 그렇다, 물론 '마음을 넓히기'로, '自我'를 확대하여, 한 우주 넓이로 확대하기란 조금도 어려운 일은 아니던 것이다. 풀리지 않는 매듭은 그럼에도, '性慾'과 '殺慾' 사이의, '畜生道的 時間'의 거리가, 너무 짧았었다는 데 있었던 것이다. 그러면 '畜生道의 秩序'에 와해가 초래된다. (잘못 운영되는 '人世'는 그래서, 다름 아닌, 그런 '와해'에 의한, 심한 혼란만을 거듭하는, 매우 나쁜 畜生道이다. 三惡道가 그것이다) '俗'이 '出家'의 조건이듯이, '畜生道'야말로, '마음', 또는 '自我'를 우주적으로 '나비'하는, 풍요한 잠, 즉슨 飛翔이나 解脫의 跳躍臺인데, 畜生道의 어떤 부분의 秩序의 와해는,

저 '跳躍臺'를 이루고, 용수철이 어긋나 있거나, 끊겨, 튕기쳐 올리는 힘을 잃은 것에 비유될 수 있을 것이다. 박차고 오를 지반을 얻지 못하고는, 독수리는 날아오르지 못한다. 날아오를 수도 있는 모든 조건을 다 구비했으되, 그 한 번의 '박차기'를 얻을 수 없는 독수리는, 촛불중의 '轉置된 自我' 비교되고 있는 것—그래서 촛불중은, 자기에 의해 살해되었었던, 그 사내의 무덤에까지 찾아가 보았었다. 허나 鬼神은, 무덤 떠난 지가 오래였던지, 매우 빈틈없이 닫겼어도 무덤은 그래서, 텅 비고, 휑하게 열려 있었다. 자식을 뒀을 수나 있었겠느냐, 묵뫼는, 잡초만 우북하게 길러내 덮고 있었다. 그리고는, 촛불중은, 고향이었던 데로는, 더 이상 되돌아가려 하잖았다.

그리고도 그의 還道行은 계속되었는데, 요즘의 이 比丘의 발걸음은, 중도의 어느 일점, 그 같은 데에 닿기만 했다 하면, 더 나아가려 하지를 않고, 머물렀다가는, 返路엘 올라버리곤 했다. 허기사 뉘 알겠는가, 혹간 말이지만, 거기 어디쯤에 불이 빤하게 켜진 초가가 한 채 있고, 지나느라고 하다가, 그래서 나그네가, 창에 구멍을 내어 들여다보면, 좋기도 저렇게코롬이나 물색이 좋은 젊은 엔네가, 소복으로 혼자 앉아 바느질을 하다가, 핏빛보다도 더 붉은 눈에, 핏빛보다도 더 붉은 한을 담아, 뚫린 창구멍에다 해 보내는 추파, 핏빛보다도 더 붉은 것에 묶여, 솔아, 산 채 바위가 되어버리고 했는지, 그것이사 뉘 알겠는가. 그 엔네 그러며, 바늘귀에다 실을 꿴다고, 실 끝에다 침을 묻히는데, 실인지, 혀인지가 짜개어져, 날름거리는 것이 둘씩이나 되었더라는 소리도 있고 하지만…… 닭아 이럴 때 닭아 울어람 沈淸이사 印塘水에 던져 넣어지든 어쩌든 홰쳐 새벽 울어람 새벽 새[鳥] 꼬끼요 인당수보다도 더 깊은 黑 구렁이의 배 속에서도 잠 속에서도 蓮의 귀가 트여 불타오르도록 울어러람. 촛불중이 (그런 나들이로부터) 돌아와서는, 그때마다 회상하는 바를 좇으면 그런데, 바로 그 뒤쪽으로 돌아가는 길의 어느 모랭이에서 자기는, 어떻게 되어선지 바위로 솔았다가, 또는 무슨 짐승으로도 모습을 바꿨다가, 어디서 홰쳐 우는 새벽닭 소리를 들으면, 깨어, 자기에로 돌아오곤 한다는 것이었다. 뒤쪽으로 열린 길의 (촛불중이 만약, 몸을 잃고 바르도에 올라 있었다면, 그러니 무수한 還生을 겪었을 것이었다) 어느 모랭이, 어느 한 자리에 닿기만 했다 하면, 글쎄, 촛불중이 회상하는 바를 좇는다면, 불이 뻔하게 켜진 누구의 靈室이 거기에 있고, 그 안의 祭壇 위에는 '骸骨'의 香爐가 있는데, 그 香爐에서 오르는, 가야금 소리도 같은 香煙에 코가 한번 귀를 열었다 하면, 그 일순 자기의 時間이 멈추며, 함께 좇아, 피 돌기도 멈추는 탓에 바위가 되거나, 또는, 무슨 독한 媚藥에라도 취한 듯, 자기의 전체가, 팽대한 근처럼 되어, 그 어떤 순간에 일어난 慾念에 묶여, '體'化를 당하고 했다. 그러니까, '慾念에 제휴'하기란, 그 어떤 순간 그가, 일례로, 그 祭床에 놓인 [4]고깃덩이에 눈을 머물리고 먹고 싶음을 일으켰다면, 그 당장 여우의 꼴을 꾸몄다는 그런 얘긴 것이다. ('팽대한 귀두'와 '프라나 마음'!)

'魔衣'에 의해, 無障碍가 된, 팽대한 귀두와 같은 그 몸(이 몸은, 物質的 몸은 아니지만, 修辭學的 몸이라면 좋을 것이다)이, 저렇게 石化하기나, 畜生化하기는, 촛불중께는 좋고도 좋은 것이었던 모양이었다. 그랬기에 촛불중은, 때도 없이, '치마' 벗어버린 속살 위에, 魔衣를 입어, 바위 무덤을 빠져나오곤 했을 것인데, 그러는 중에, 입은 '魔衣'가 편해지기도 했을 것이고, 그러면서부터, 이 獨學僧도, 아무리 못해도, 이웃 동네서 흐르는 암내나, 어디서 잃게 되었던 '佛性'을 찾아 길 떠나는, 똥개만큼은 현명해지고 있었을 것이었다. 글쎄 똥개까지라도, 어디만쯤이라도 떠나보려면, 저 가는 길에 [5]足跡을 남기기뿐만 아니라, 또한 졸랑 줄랑 걸음 수 맞춰, 오십 보, 또는 백 보 거리에마다, 오줌을 찔끔여 제 놈의 냄새를 묻혀뒀다가, 헐레붙기에, 또는 '佛알 찾기'에, (趙州和尙因僧問, 狗子還有佛性也無, 州云, 無) 정신이 뒤집혀 방향을 잃었다 하더라도, 그것들을 이정표 삼아, 졸랑 줄랑 趙州랑 조줄랑 줄랑 따르다 보면 回路에 올라 있던 것이다, 똥개까지도, 제 돌아올 길에다가는 표지를 남겨놓던 것이다. 그러면서부터 이 獨學僧도, 이미 익숙해진 길뿐만 아니라, 낯설더라도, 심지어 時間의 未來에로 이어진 迷路, 또는 無路에까지도 나서보고 싶어, 서둘러 나분대기 시작했다. '蓮陰會陰法'의 질척거리는 늪에서 후루룽 날아오른 새[鳥], 蓮새—. 새는 그래서는, 아직 밝혀지지는 안 했지만, 어떤 목적의식에 의해서처럼, 그 날개가 지칠 때까지는, 동으로 서로, 十方으로 선회하다가, 아랫녘 苦海邊으로 날라 내려서, 거기 햇볕도 쪼아먹고, 情도 몇 낱 주워 먹으며,

바래진 소문 부스러기도 찍어 먹어, 배가 뿡뿡해져 졸음기가 무거우면 돌아오곤 했다. 돌아오면 새는, 날아 나가기 전에, 그 준비로 벗어뒀던 '치마'를 입고, (어째선지, 이 '새' 애기는, 여러 인구에 회자해오는, 어떤 '鶴女' 얘기와는 달라도, 많이 다르구나) 본디 몸을 회복하는데, 그리고는, 나름의 獨學禪에, 제법 진전이 있었던 듯이 觀해내고, 얼마쯤의 쾌한 느낌을 갖기도 하곤 한다. 마는, 이 상태는, 말하자면, (이 현재 읽혀지고 있는 이 얘기 속의,) 어떠한 고역을 치르더라도, '붉은 龍의 琉璃城 속에 갇혀 있는, 열여섯 살 먹은 공주'를 구해내겠다고 나선, 그 '바보 왕자'가, 이제 겨우, 거기서는 배까지도 가라앉는다는, '시타 江'을 건너고 있는 것에 불과하다 해도, 별로 틀린 것은 아닌, 거기까지만 읽혀진 그것(상태)이랄 것이다.

그리고도 伏兵해 있는 위험은 여럿이었으며, 그것은 그 왕자만을 노려 있는 것뿐만 아니라, 그가 떠나오게 된 왕궁을 둘러서도 千으로, 萬으로, 大軍이었다. 안회가 집 비운 것을 알게 되기만 했다 하면, 키를 덮어쓰고 와, 소금을 빌리려 한다거나 하는 식으로까지라도, 무슨 수를 써서라도 도척이가, 안회네 문을 열리게 할 텐데, 문이 방싯 열렸다 하는 즉시, 안회네 아랫목을 어찌 차지해버리려 들지 않겠느냐. 안회가 돌아와도, 집을 비워주기는커녕, 소금이며 구정물을 내짓뜨리고, 막대로 어지러이 패대어, 주인이었던 자를 쫓아버리는 것이다. 우주 간에는, 그런 도척이도 많을 뿐만 아니라, 헐벗고 굶주리며, 하다못해 한 저녁만이라도 어디서, 배부르고 등 따스운 휴식을 취해보았으면 하고 바라는 乞士들이며, 이런 것 저런 것들이, 팔만사천 종류대로 수풀일 것이다. 미끄럽고도 부드럽게 스며들, 따뜻하고도 밀큰하며, 아늑한 구멍, 천상적 열락이 한 天國 천국인 羊水이다. 죽고 싶음에의, 새로 태어나고 싶음에의 (그것이 '性器'의 특성이 아니더냐! 畜生道學的으로는, 모든 生體란, 바로 저 '性器'에 종사토록 지어졌거나, 進化를 성취한 것이 아니더냐. 畜生道의 大王 '붉은 龍.') 欲望, 그렇다 그런 性慾에 부달려 헤매는 色塊들, 艹色鬼들, 色氣들, 苦海邊 떠도는 羯魔鬼 새끼들, 떠 헤매다가, 헤매다가 저녀러 새깽이[色狂]들은, 암캐든, 말의 암컷이든, 암돼지나 암탉, 무엇이 되었거나, 우선, 굴이 비어 있기만 하면, 거기로 스며들 것이다. 돌출하게 드러내진 것은, 휜하게 트여진 데(agora, GK,)를 싫어하다 두려움(phobia)을 일깨워내는데, 거악한 산까지도 그래서, 할 수 있으면, 구름을 끌어내려 얼굴이라도 감추려 하거나, (흐흐, 이렇게 되면, 夢想꾼의 범벅이 된 대갈통 속에서는, 山도 쫓기는 駝鳥가 된다) 안개를 엮어 치마 하려 하거나, 하다 못하면, 익사를 무릅쓰고라도, 물속에까지 잠겨 든다. 그러면 한번 일었던 먼지가, 자리 잡아 가라앉기 시작한다. 그 먼지가 가라앉았다 싶으면 그러나, 푸슬푸슬 새로 먼지가 일기 시작하는데, 咄, 그것이 사탈이다. 아까는, 한데 공포증 탓에, (어찌나 그 입구가 협소한지, 그 구멍을 빠져나오려면, 나오려는 자가, 머리통의 욱죄임 탓에, 前生의 기억까지도 잃게 된다는, 그렇게나) 협소한 곳엘 들었더랬는데, 거기서 그리하여 한 우주가 닫혀버리는 안도감과 휴식을 느꼈더랬는데, 시간이 조금씩 경과하기에 좇아, 그 좁은 밀실 속에 들어앉은 것에게는, 바깥이 궁금해지기 시작하고, 답답증이 일어나, 안이 싫다는 느낌이 가중한다. 그것은 종내 閉所(claustrum, Ltn.) 공포증(phobia)을 일으키고, 그러면 이제 안[內]을 참지를 못하게 된다. 咄, 한데 불거진 것은, 한데를 못 참고, 가려져 있는 것은, 가림을 못 참는다, 히히히, 그것이 陽莖複合症이거니, —輪廻. '스스로 된 고자'主義가 찬양되어야 함.

안된 일이래야겠는가, 촛불중은 이젠, 夢想하지도 못하며, 想像하지도 못하게 되어져 버린 것이다. 그는 그렇게, '몸과 마음 사이가 헐거워지기' 시작하면서부터, 다만 (무엇에) 提携하거나, (무엇에로) 轉身轉移할 뿐이었다. 그러자니 그는, 모든 것일 수 있었으며, 동시에 아무것도 아니게 되었다. (모든 것인 자는 그러니까, 아무것도 아니다) 글쎄 그는, 예를 들어, '나비'에의 상념을 가졌다 하면, 그 상념이 일어남과 동시에, 그 자신이 '나비'가 되어, 骸骨 속에서 날아 나갔으며, '종달새'를 염두했다 하면, 대번에 종달이가 되어, 저 나비를 찍어 먹으려 날아 덤볐다. —이것은, 촛불중께, 일어난 것의 스러짐과, 스러진 것의 바르도 통과하기, 그리하여 다시 일어나기의, 한 輪廻를 잘 보여줘, 寸刻의 時間이, 一生을, 九生을, 劫簸를 휩싸 안았다. 그러나 이 '輪廻'는, 정작에 있어서는, '아도니스的 輪廻'는 아니었으니, 그걸 뭐래야겠는가, 한 夢想꾼의 敍事詩行, 또는 한 却說이의 觀雜說, 또는 한 禪僧의 話頭 살피기에서 드러나는, 그런 [6]'言語의 輪廻' 말고, 그걸 뭐래야겠는가. 이러는 동안, 그의 [7]몸과 마음 사이의 粘質帶는, 묽어지고 느슨해져, 삼복에 병이 든 늙은 개와, 빼 내물린 혓바닥 꼴이라고 비유하면, 틀리지 않을 것이었다. 빼 내문 혀에 흙도 묻고, 파리도 들러붙으려 해싸서 그 병든 개가, 혀를 사려 들이려 하면, 그 혀가 똬리 칠 자리를 만들려 하여, 그만큼 길이의 똥창자를 밀어낸다. 물을 마실 때 보면, 코끼리의 코가 誤字인 것모양, (코로 물을 빨아들였으면, 食道에로 水路를 열어, 그냥 넘길 일이지, 그것을 다시 입에다 쏟아 넣는 짓은 무엇이냐? 애놈 장난하는 짓이끄냐, 애놈 장난하는 짓거리로 코끼리를 빚었으끄냐고?) 개도, 誤字이다. 허기야 病 탓이겠지, 아니면 달 탓이다, 달이 달마다, 너무 뽑아내 올린 탓일 것인데, 劃이 너무 길어, 滿月 정도나 풍더분해야 그녀러 혀를 감춰 들인다. '記號'와 '意味' 사이의 이런 괴리에 의해, 誤字 현상이 일어날 때, 중이 도모할 일이란, 불알 속에서 바람[願, 風]을 뽑아내어, '마음'의 勃起함 없는, 安靜뿐이다.

그러던 날 이 比丘는, 스스로는 모른 듯했지만, 무참할 정도로 시고 슬픈 얼굴을 꾸몄더랬는데, 갑자기 비뚤어진 눈[斜視]을 하고, 눈물을 괴어놓고 있었다. 글쎄 그의 두 눈은, 수상할 일이게도, 각각 다른 방향, 다른 얼굴, 다른 대상을 보고들 있던 것이다. 한 눈은 동쪽을 보려 하면, 다른 눈은 서쪽을 보려 하고 있었으며, 눈 하나는 위를 보고 있는다면, 하나는 아래를 보려, 그렇게 헤어져 가고 있었는데, 그 눈들의 주인도, 눈들의 그런 阻面을 어찌할 수가 없는 듯했다. 그럼에도 더 큰 문제는, 저런 '사팔뜨기'가, '눈'만의 병증이 아니라, 한 벌의 '眼耳鼻舌身'에 창궐 만연하고 있다는 데 있었다. 살다가, 잘 살다가, '사팔뜨기'는 왜 되누?

그런 까닭이었을 것이지, 것이었는데, 그런 어떤 저녁에는, 둥지로 돌아오는 중에, (나름으로는, 여기서 저기서 주워 모은 禪鳥들의 깃털을 엮어 만든, 그 毯子를 타고 끄끼오―거리고 날았었는데,) 무엇이 어떻게 되었든, 날개에 힘이 하나도 없다고 느끼는 순간, 죽지 털들이 산산이 흩어짐을 보았고, 그런 다음엔, 자기가 진흙밭에, 온통 끌박혀 꿈틀대고 있음을 보았다. 그리고는, 무참해진 이 새는, 벌벌 기어, 겨우 어떻게 돌아왔는데, 통째로 하나의 간질 덩이였으며, 땀 못 내는 염병이었으며, 곽란이었다. 글쎄 그는, 여름 해만큼이나 크고, 벌겋게 달궈진 납덩이 같은 想念을 하나, 姙娠하고 그런 것인데, (그러자니, 造짜배기 禪翼이, 갑자기 가중한 그 중량을 어떻게 견딜 수 있었겠으며, 밀초 따위 풀기가, 어떻게 그 열을 견뎌낼 수 있었겠는가) 그 '姙娠'을 초래한 정충은, 본디는 (저 돌중의 法의 배꼽 줄이 이어져 있는, 그 空門用) 하나의 '比喩' 말고 다른 것이 아니었었다. 제기랄, '比喩'가 '物相'을 갖춘 것이고, 그것이 가하는 고통도 그러자니, 比喩를 벗어나 버린 것이다. 그것이, '空門用比喩'였을 때는, 어떤 '話頭', 또는 '公案'에 묶인 사미에게 빈번히 일어나는, 체증 같은 병증이랄 것으로, 이 병증은, 아무리 풀려 해도 풀리지가 않는, (사미여, 풀기는 뭘 푸네? 맺힌 것이 없는 걸 풀려 하면, 오히려 道流의 하초가 감겨들어 훌맺혀져, 그것을 대번에 잘라내지 않고는, 영겁을 못 빼쳐 난다) 그 話頭 속의 의문의 매듭점에, 그 사미의 '몸'이 감겨들어 훌맺혀지면, 일어나던 그것이다. 그러니깐 두루 갖다가시나, 말한 바의 저 저녁녘에, 저 돌팔이 중 하나는, 어떤 한 '의문'을 잘못 삼켰(거나, 삼켜졌)던 것이 아니었는가? 다른 사미들이었더면, 끄륵 끄억 헛트림이나 해싸며, 측간으로 달릴 그런 것이, 돌중께는 곽란이었다, 염병에 별 개지랄이었다.

(자아올리던 실의 끊긴 자리를 이으려면, 이미 감겨진 자리에서도 실을 좀 되풀어야 하고, 실의 未來 쪽에서도 조금 끌어 잡아당겨, 서로 잇대어 훌쳐매야 되는 것, 그것이 헌데 하필 얘기라고 하다 보면, 설사 탓으로 얘기꾼이 측간엘 다녀온 뒤에는, "가, 가맜습지, 그래서 아까 말입습지, 本稗官이 어디까지 얘기를 하다가 말입습지, ……에이크, 이 동네 음식은 거 말입습, 대변이 좀 너무 많다 말씸이야……") 누구든, 이 돌중이, 개구멍으로 드나드는 空門을, 먼발치로라도 건너다본 일이 있는 자라면, 그 空門짝에 써 붙인, "小我의 확대가 大我니라"라든가, "我執을 여의면 그것이 大我니라"라든가, "한 마음을 넓히면 그것이 우주니라"라는 투의 春榜을 읽어보지 않았을 도리가 없었을 것이다. 그래서 이제사 말이지만, 촛불중이 주워 삼키지 않으면 안 되었던 달궈진 납덩이가 무엇이었던가 하면, 그의 생각에, 자기는, 한 벌의 우주를 고스란히 '마음하고' 있으며, 그런고로, 자기가 원하기만 하면, 자기가 바로, 그 무엇이

되어버릴 수가 있는데도, 어찌하여 자기는, 바로 그 '모든 것일 수 있기'라는 그것에 의해서, 障碍며 고통으로부터 조금도 자유스럽지가 않은가—그것이었다. 그것이 姙娠되어진 납덩이일 뿐만 아니라, 벌겋게 달궈져 있는 납덩이였다. 何以故 須菩提? 사연은 깊을 것도, 복잡할 것도, 어쩔 것도 없다. 그것은 뭐, 촛불중이, 보다 더 깊이 '幻界의 실다움' 속에 가라앉아가기 시작했다는 것일 것인데, 한뒷 예를 들어보기로 한다면, 그것이 저절로 확연해질 일일 것이다. 가령 촛불중이, '부엉이'의 모습을 꾸몄다고 할 때는, 그 당장 밤눈이 밝아짐과 동시에, 뱀이라거나 개구리, 들쥐 같은 것들의 살 맛에 게걸거리게 되었으며, '호랑이'의 꼴을 취했다고 하면, 암놈과 수놈이 우주적 거사를 하고 있든 말든, 있든 말든...... 이눔 호랑아, 무도막지한 호랑 놈아, 네 그래서야 되겠느냐? 게 누가 바쁜 철에 농언 짓거리냐, 自然의 無爲之道가 이것인 줄을 몰랐더냐, 이렇게 운영될 때, '易'의 눈금에 오차가 생기지 않는 것을, 喫茶去! ...... 須菩提, 於意云何, 이제도 (魔衣 입고, 禪翼에 올라앉은 자의) '自由'와 '無障碍'를 말할 수 있겠느냐? 不也. 何以故? 저 특정한 한 比丘는, '法의 사팔뜨기'가 되어버린 연고러람. 比丘의 '눈' 한 개는, 엠헤, 저런, 자기만의 '눈'을 못 가지고, 눈 하나를 셋이서 돌려가며, 바깥세상을 내어다보는, 저 '세 巫女'들, 빈대며 이, 독사며 두꺼비, 전갈이며 거머리, 土龍이며 '벌뢰', 벌뢰를, 자기네 흘린 월후며 오줌에 삶아, 사내 홂는 媚藥을 제조하는, 저 추악한 노파들, 그것들의 손에 쥐어져, 독에 닿고, 손톱 끝에 찔리기도 하는 데다, 뜨거운 재 속에도 굴려지기도 하여, 강낭콩꽃으로 보이게코롬이나 붉어 있고, 다른 '눈' 하나는, '時間'이라는, 꺼끄럽고도 울퉁불퉁 고르잖은, 火絲에도 비교되어질 실에 꿰어져, 洞口에마다 나앉아 있는, '賢者'로 알려진, '童顔白髮의 늙은네'의 목에 걸려 대룽거리며, 그것이 내어다보는 것만큼의 세상의 풍경을 반영하고 있다.

그리고도 뭘 더 말하랴? 解脫을 성취하겠다고, 용감하게 因緣의 고장을 떠났던, 저 羅卜이의 '눈'의 二元論에 관해 무엇을 더 說할 것이 있겠느냐? 누, 눈, 눈의 二元論이랐고? 눈의 二元論이랐다.

이러는 촛불중의 이 한철, 중은 그렇게 무덤의 下門을 열어 나와, 애완브다, '붉은 龍'의 독아에, 대가리부터 물렸댔구나. 羅卜이는 바위가 되어버렸구나, 저런 순 혬에, 羅卜이는, 원숭이 대가리에다 佛帽를 쓰고, 종달새의 어깻죽지에다 독수리의 날개를 달았으며, 천길 우물 속 사는 암개구리의 배에다는 새끼 밴 암소스런 야심을 실어, 삼천대천세계를 날은다며, 종달새가 날으는 범위의 공간만을 날았으되, 그 非常한 飛翔이 덮어씌운 어지럼증에, 대가리를 박살 내고, 흉부를 찢기웠으며, 배때기를 터뜨려, 팍! 쭉! 펑! 죽어도 짹짹 作作, 짹해버린 것이다. 幻作이다, 幻滅이다.

그리고부터는, 오랜 오랜 無時가 흘렀을 것인데, 그런 無時 속에서, 무슨 짝作作 소리가 나기 시작한 때부터 촟불중은, 여기저기 흩어진 자기의 뼛조각을, 하나씩 둘씩 주워내기 시작하고 있었다. 자기가 원하면, 자기가 원하는 무엇으로도 되어가기에[轉身] 의해, 한 우주가 송두리째, 자기 말고 다른 아무 것도 아니라고 여겼었는데, 어째선지는 모르지만, 그럼에도 촟불중은, 굳은 바닥에로 내북쳐진 것이다. 何以故 百丈和尙, 我執의 껍질이 더 두터이 쌓인, 그 무게가 까닭이었을 것인가? —촟불중은, 본디 있었지도 않은, 자기의 白骨을 줍고 있었다.

어……?

아……?

([8]"어"와, "아"는 달라, 같지 않다 말입습?)

[……] 因學人問, 大修底人, 還落因果也無, 某甲對云, 不落因果. 五百生墮野狐身. 今請和尙, 代一轉語, 貴脫野狐. 遂問, 大修行底人, 還落因果也無. 師云, 不[8]昧因果.

누가 말해, 혀 밑에는 파고 내려갈 자리가 없다고 이르느냐, 禪門에 물어보게람, 혀 밑에도, 五百生 畜生道라는 함정이 있는 것이 아니던가? '아—' 소리를 좇아서는 데바界가 열리고, '어—' 소리에는 나라카가 열린다. 허지만 여게 狗子임세, 달을 우러러, '아—'라고 울부짖으면 어떻고, '어—'라고 울부짖으면 어떻다고, 파고 내려가 보았댔자, 목젖 아니면, 똥창자 속인 것을, 어쩐다고 거기다 헛수렁을 장치해놓아, 여린 사미들 목구멍에서, '野狐' 울음소리를 뽑아낼 필요가 있었던고?

ㄱ. 어.

ㄱ. 不落因果.

ㄱ. 한 우주가 송두리째, 자기 말고, 아무것도 아니라고 여기기.

ㅎ. 아.

ㅎ. 不落因果.

ㅎ. 한 마음을 넓히면, 그 마음이 한 우주이람.

ㄱ. 어.

ㅎ. 아.

ㄱ. 不落因果.

ㅎ. 不昧因果.

ㄱ. 한 우주가 송두리째, 자기 말고, 아무것도 아니라고 여기기.

ㅎ. 한 마음을 넓히면, 그 마음이 한 우주임.

('어'를 암컷이라고 가정하기로 하면, '아'는 저절로 수컷이 되어버리는데, '어'공알이나, '아'좆기럭지도 못 되는 것들끼리 모여, 咄, 서로의 뒤치기로, 삼천대천세계를 온통 똥 냄새로 오염하고 있구나. 물어보잤세라, 도대체,)

"禪이란 무엇이냐?"

"ㅎ, ㅎ, 흐",

(記號는 있음에도, 意味를 배태해 있지 않은 言語가 있는 듯해 보이는데, 俱胝, 於意云何? 凸! 다시 묻거니와,)

"如何是禪?"

"乾屎橛!(똥 눈 뒤, 똥구닥이 하는, 마른 나무좆, 凸!)"

—[9]續·ㄱ(기역)

時間이라는 것이, 사실로 밖을 테둘러 있는 것인지, 어떤 것인지 모르되, 그리고 없는대도, 있는대도, 그것이 촛불중께 무슨 다름을 만드는 것도 아니되, 意識하는 有情이 있는 곳에서는, 그 意識을 눈금으로 하여 時間이 태어나는 듯하다. 이 時間은 그리고, 처음엔 멋대로 뒤집혀, 머리가 열한 점이나 길면, 몸뚱이가 한 점으로 짧다[反之亦然]는 식으로, 혼돈이 아닐 수는 없을 것이다. 혼돈도 그러나, 반복되고, 계속되다 보면, 시작과 返路의 週期랄 것이 생기고, 하여, 하나의 질서, 하나의 체계랄 것을 잡기 시작해서, 그 한 意識 속에 자리잡히지 않을 수가 없을 것, 그러면 그것이, 그 한 意識에 대해 '日常'이 되는 것일 것인데, 이때 그 時間을 젖 먹이는 것도, 그 눈금을 읽는 것도, 말한 바의 저 意識이어서, 저 意識이야말로, (時間과의 관계에서는,) '모래시계' 같은 것이거나, 時間의 甁 같은 것이다. 그것은 그렇게, 늘 그 안에서만 흐르며, 밖을 태어 내놓으며, 그리고는 그 안에서 쌓이기 때문에, 그것이 흐르기에 좇아 일어난 일은, 비록, 그 時間을 젖 먹이느라 가루가 된 意識의 밑바닥에 깔려 忘却될지언정, 어떻게 증발을 할 수도 있다거나, 흘러 빠져나갈 수도 있다거나, 그렇게 실종해버릴 수 있는 것은 아니다. (龍樹여, 이럴 때도, "말한 바의 意識이란 무엇에 연유해 일어난 바람이냐?"라는 투로 힐문하여서는, '몸'을 사닥다리 삼아, '위'라고 생각되는 데를 향해, 끊임없이 오르고 있는 有情들로부터, 느닷없이, 그 '몸'을 劫奪할 일은 아니다. 그러니깐 두루 말이지, '本來無一物, 何處惹塵埃'라고, 없는 잇몸에다 이빠디를 세워, 이똥 구린내를 풍기려 할 일은, 아직은 아니라는 얘기다. 모든 有情이 다 능금꽃을 먹으며, 능금을 覺道할 수 있는 것은 아니다) 意識하는 자의 몸속, 저기 어디에 '말씀의 우주'가 개벽하여 場스러우며, 그래서 '말씀의 우주'를 절[寺] 삼은 자들은, '記號'와 '意味'라는 식으로, '밖/안'을 갖기 시작하는 것일 것이었다. 禪尺의 눈금에 보이는 대로만 읽자면, 이 상태는, "山이 더 이상 山으로도, 江도 더 이상 江으로도 보이지 않는다"는, 그 눈금을 가리키고 있다. 나온 얘기니 말이지만, '畜生道'와 '마음의 우주'는, 이런 禪尺에 의해서는, 같은 눈금 위에서 읽혀지는 것이 분명한데, 다름이 있다고 해보았자 그것이 무슨 다름이겠는가, 마는, 그래도 있다고 한다면, 그 같은 눈금 위에, 한쪽은, (왜냐하면 그것이 그것의 전체이므로) '(運命의) 記號'를 얹고 있으며, 다른 쪽에서는, '空'(無)을 얹고 있다는, 그것일 것이다. 헌데 이 '空'은 '虛'함과는 다른 것이어서, 그런 까닭을 들어서나, 修辭學으로서 그 정체를 포착해보려 한다면, 이 경우에 국한해서지만, '記號'(畜生道, 몸의 우주)와의 균형을 유지하기 위해 (空을) '意味' 役이라고 한다 해도, (헤헤, 이건 좀 어눌한 어투를 쓸 수밖에는 없지만,) 저 '空'은 '空'이라, 훼손당할 수가 없기는 할 것이다. '意味'(로고스)의 끊임없는 '記號化'(成肉身, 獸皮 입기)와, '記號'의 끊임없는 受難의 장소는 그리고, (그것이 畜生

道겠는가? 아니면 '眞空' 속이겠는가?) '말씀의 우주'일 것. 이런 까닭에 의해, 그곳의 有情(사람)들도, 본디는 畜生이었지만, (입어진 몸이 바로 '運命의 記號'여서) 홑겹인 畜生과 달리, 복합적이며, 중첩적이게 된다. 그것이 다른 畜生에 대한 그들의 승리며, 동시에 영광스러운 비극이다. 그들은 그렇게 '안'(로고스)을 갖기 시작하면서, 畜肉, 또는 獸皮를 甲殼化하여, 外界로부터 쐬어드는 모든 첨예한 것들을 굴절하여 받아들이며, '自我'라는 것을 형성한다. 광휘에 찬 아름다움—아말감이 이뤄진 것이다. 橫帶는 橫帶대로 굳건히 디뎌가며, 동시에 '天路'라고도 이르는 縱帶를 오르는 것은, (六祖와 七祖가 이해하는 '말씀의 우주'는, 저렇게 '十字架'이다) 그러며 獸皮(記號)와 紅袍(語意—識, [靈智派네] 靈皮—魂)를 벗어 흘려 내리는 자는, 저것(사람)이다. 그리하여, 한 '질그릇 속에 억류된 空'은, 그 본래의 '空'에 합일하는 것인데, 그러는 中年에, 사탈이가 생겨버린 것이다. 말한 바의 저 '아말감'이, 붉은 金이 되어가던 중, 膽石症과 같은 結石 현상을 일으켜버린 것이다. 그건 金도 못 되었으나, 똥도 아니었다. 咄, 이 '結石'을 '我執'이라고 일렀다. 突然變移를 일으켰던 이 雜種의 畜生은, 비유로 말했던 바의, 그 '질그릇'의, 뚜껑까지도 닫아버린 것인데, (크리슈나의 어머니가, 자식의 입속을 열고, 들여다본 뒤에, 밝힌 소문을 좇자면,) 엑 헤, 저런 수가, 그 속에도 고스란히, 한 벌의 우주가 複寫되어 있더라 했다. '複寫'되었다는 이 우주는, 촛불중이 밝힌 바에 의하면, '言語'로 되어, '携帶用 宇宙'인데, 聲帶 속에 접쳐 넣어져 있다. '言語의 바르도'는 그러니, 이 '携帶用 宇宙' 속에 있을 터이다. 촛불중은 그리고, 저 '言語'로 이뤄진 우주에서, 聲帶를 갖는 자의 필요에 의해서, 그 어디 '접힌 부분'(非化現, 잠)이, 化現을 성취하고 난 나머지의, 보다 큰, 그 저변의 [10]非化現의 言語들을, 아담의 無意識의 영역일 것이라고, 일단은 이해한다. 이 '일단은 이해한다'는, 맺음句는 헌데, 뭔가 석연치 않은 느낌을 주는데, 이 '석연치 않음'이란, 무슨 고슴도치를, 비단 보자기에라도 쌓아놓고 있는 듯한, 그, 글쎄 말이지만, 그런 석연치 않은 느낌을 주기에, 말이, 말이다. 헌데 그럴 수밖에 없잖으냐, 라는즉슨, 例의 저 "석연찮은 느낌을 주는", '일단은 이해한다'는 맺음句는, (촛불중이) "有情의 無意識은, 그 記號를 포함한 밖이다"라고 주장해오고 있는, 그의

力說에 逆說的이기 때문이다. 촛불중은, 그러니까, '일단은', 알고도, 필요하기 탓에, 자기가 모순을 범하고 있다는 것을, 은연중에 밝히고 있는 것이겠는가.

그렇다면, 촛불중이 당면한 문제는, 어떻게 그는, 자기가 주장해온 그 '無意識'論과, '아담의 無意識'論을, 어느 일점에서 만나게 할 수 있을 것인가, 하는 것인데, 얼핏, 그 양자는, 양극단에 자리 잡아, 접근되어지기가 어려워 보인다.

사실에 있어서는 그러나, 보여지는 것과는 달리, 그 '만나기'처럼 凡事도 없다 싶은데, '질그릇과 空間'의 비유가 들어졌을 때, 이 '만나기'까지도 다 포함되어져 있었던 것도, 그러면 알게 된다. 첫째, 저런 '만나기'가 '凡事'라고 이른 건, '아담이 개벽한 우주로서의, 그의 聲帶 속에 접쳐 있는 한 벌의 言語'는, 수시로 무시로, "그 聲帶를 갖는 자의 필요에 의해, 그 어디 '접힌 부분'들이 發音(化現)"을 입게 되면, 그것은 그 즉시, 그 '本體', 즉슨 '神의 言語'에로 귀의하는데, 거기 그 '만나기'가, 수시로 무시로 행해지고 있는 것이 관찰되어지기 때문이다. 그런즉, 아담(사람)이, 뭔가를 계속 思考한다거나, 想念한다거나, '聲帶 속에 접힌 言語'를 召命해내는 한, 그는, 계속적으로, 부단히, '神'과 交通하고 있다는 얘기가 될 것이다. (촛불중이 이르는, "有情의 無意識은 밖 자체다"라는 그 '밖'이, '神의 言語' 자체던 것. 확실하게 살펴둘 것은, '아담의 無意識論'은, '아담' 당자, '말씀의 우주'에만 국한되어 있으나, 촛불중의 그것은, '三世六道'를 총괄하고 있다는 그것이다. 이것은, 거듭 명심해둘 필요가 있다) 둘째는, '뚜껑 덮인 질그릇'이라고 象徵되어진 '사람'이, '獸皮와, 紅袍'를 벗고, 잃게 되는 그 순간, 그러니 '질그릇'이 깨뜨려지면, 그것에 한계 지어져 있었던 '空間'이, 그것 밖의, 더 큰 空間에 합쳐져 버리듯, '사람'의 '안'이었던 것도 그렇게, 還元해버린다는 그것이다. 그때 觀할 수 있는 것은, '밖'뿐이다. 종차에는(이란, 그 '밖'이 모두 判讀되어졌을 때란 말인데,) 그러나, '안'이 없는데, 어찌 '밖'인들 있을 수 있겠는가.

이러자, 개 밥통의 맨 밑바닥에나 눌려져 있어 왔던 듯한 도토리, 같은, 재미있음 직한 의문이 두 톨 구르는 것을 보게 되는데, 하나는, 어디서 듣자니, '複合症'에도, '文學的 複合症'과, '心理學的 複合症'이 있다고 해서 말인데,

그렇다면, 말해온 바의 '無意識'에도, 종류는 하나보다 많은 것이 아닌가 하는 것으로서, 그러니까, 알려져 온 바대로, 먼저 '心理學的 無意識'이라는 것이 있고, 또 (촛불중을 좇잔즉, 그것이 순수히 心理學的인 것 같지는 안 해서 말인데,) '宗敎的 無意識'이라는 것이 있는 것이나 아닌가 하는 것, 그것이 그 하나며, 다른 한 톨은, 살펴온 바의 '原初的, 原型的 意志의 成肉身'('意味/記號'의 관계를 살피고 하는 말인데,) 初章에 의하면, '言語'는 혹간, '記號'가 먼저 있고, 그런 뒤 '意味'가 부여되어 이뤄진 것이나 아닌가, 하는 그것이다. 아담의 '삼라만상'에다 '이름' 붙이기는, 바로 그런 얘기로 이해되어지기 때문이다.

그럼에도, 또 한 번 뒤집어 생각해본다면, 저 '두 톨의 의문'이란, 허기는 '개 밥통의 도토리' 같아서, 비워 내버려야지, 그렇잖음 언제까지고, 거추장스럽게 떼그럭거리기나 할 듯도 싶으다. 싶을 것이, 첫 번째 의문은, 대답이 요구되어지는 것이 아닌 듯싶으며, 두 번째 의문은, 다시 또, '닭이 먼저냐, 알이 먼저냐'의 그 공론의 되풀이 말고, 덜도 더도 못 되어 보이기 탓이다. 바로 그 '삼라만상'을 說해냈던 자를, 이렇게도 빨리 잊어버릴 수가 있겠느냐? 그러기 전에 그의 가슴에는, 삼라만상만큼이나 많은 '意味'들이 들끓었을 것이 아니냐! 喝!(休去)

—續·ㄱ, ㄱ.

時間이라는 것이, 사실로 밖을 테둘러 있는 것인지 어쩐지, 咄, 그것에 무슨 그렇게나 염병헐 누무 문제가 있단 말이냐, 意識하며 산다는 有情이 있는 곳에는, 그 有情의 意識 속에 알 묻어둔 時間이 깨어, 意識을 휘감아 오르면, 그것이 그 有情의 삶이고, 틀어 내리면, 그것이 죽음일 뿐인 것, 意識함이 없는 無情에 대해서야, 그것이 무슨 개 가죽스런 용도일까 부냐. —정직하게 밝히면 이런 時間이란 그리고, '잠'[睡眠]을 話頭 삼은 촛불중(이며, 莊子) 같은 자의, '꿈'에다 젖줄을 이은 時間이기는 하다. 그래서 이 時間에는, 말하는 '平均性'이 결여되어 있어, 어디에다 눈금을 두어 '子時'라거나, '午時'랄지를 모르며, '하루'라고 이르는 것이, 몇 점으로 이뤄지는지도 모를 뿐이다. (六祖라는 時間匠에 의하면, 이런 時間을 '極小의 時間', 또는 '心所의 時間'이라고 일러, 그 反極 쪽의 '極大의 時間', 또는 '無時間'과 同軌에서 이해하고 있었는데, 그럼에도 이 時間의 冥界는 아직도 밝게 열려본 적이 없었더니, 그의 後生되는 촛불중이, 근래, 그 時間의 冥途에 올라 있어 보인다) 게다가, '개밥 주는 별' 떠오르기 기다려 밥 줄, 개도 기르지 않으며, 쇠북 쳐, 子正에는 子正을 알려줘야 될 일도 없는 데다, 빚쟁이까지도 와줄 까닭이 없는 촛불중 같은 자에게야, 辰時를 子正으로 정하든, 午時를 亥時라고 이르든, 하루를 여섯 점으로, 일 년을 스물넉 달로 정하든, 신발을 머리에 쓰든, 어쩌든, 그의 時間의 平均에는 아무 어긋냄도 드러내잖을 것이었다. 이러고 본다면, 社會的 有情이 느끼는, 그 최초의 抑壓은, 平均化된 時間으로부터 비롯된다고 해도 꼭히 틀린 말이 될 것 같지는 않을 듯하다. 그런 후부터, 自然의 時間, 즉슨 畜生道의 法帶가 되어 있는 '無爲'에 (그렇다, 畜生道는 無爲法에 의해 운영되어지는 것이라서, 畜生을 '運命의 記號'라고 이르는 것. 그 '記號'의 '意味'는 '自然'으로서, 이런 것을 '凡意味'라거나, '集團的 意味'래얄지 모르겠다. 저 '運命의 망석중이'들을 놀리는 자는 누구냐?) 토막이 지고, 색깔이 입혀지며, 어느 대목은 약간의 달콤한 진도 흘려내지만, 대체로는 쓰고, 떫은 데다 꺼끄러워, '매일이 좋은 날'뿐이라고 알아, 싱글벙글 사는 이를 만나기가 힘들게 된다. (道는 헌데, 好/惡 어느 쪽으로도 치우치지 않는 것이라고 이르며, '平心이 道'라고 이르는 소리를 감안하면, '매일이 좋은 날'이라고 하여, 일진이 나쁜 날의 반대편에만 선다는 짓도, 아으, 거울의 美學을 모르는 자여, 되지 못할 누무 노파의 턱주가리에서, 돋은 수염 같은 것이어서, 몽땅 뽑아버릴 일이기는 하지만, 또 한편으로 생각해보면, 말한 바의 '道'며, '明鏡'[글쎄 거울이 뭘 골라 비추던 것이던가? 그리고도 거울의 평정이 흐트러진 것 보았는가?] 으로부터서야 얼마가 멀든, 그렇게 알고 사는 일이, '歲月'의 힘줄도 느슨하게 하는 일이려니와, 나쁜 날뿐이라고 알고 살기보다야 낫다고 해야잖겠는가. 말임세, '平心'이란 그러면, 어떤 마음의 상태에다 붙인 이름이겠는가? 흐흣, 물을 만한 물음이 있는 것도 아니라고 하나, 그런 물음이야말로, 물을 만한 것이다 싶으고니라. 그러자부터, 그런 물음에 접한 귀에서 울음症이 일고, 그 탓에, 매일 살기가, 몹시 비틀거려지는 모양이라 그러한데, 어쩐 일이냐, '平心'을 잃었다느냐? '平心'을 잃을 수도 있다느냐? 허으, 헛, 그렇걸랑, 쌀을 일어 모래를 분리해내듯이, 道流는, '平

心'이 아닌 것들만 골라내 버려버리게람, 그리고는 말임세, '平心'으로만 고봉 담아, 그날 하루 잘 잡수시게. 배부르게. 어제가 며칠이었던지를 잊었으니, 내일이 며칠인지를 어떻게 알겠는가, 그러니 매일이 같은 날 오늘, 오늘은 무량겁, 좋은 날, 平日, 平心 나무 관세음보살 헤응야—) 그럼에도 촛불중께도, 時間은 있기에, 魔衣에 竹杖芒鞋로, 三世 周流에 오르며, 자기 입은 四大의 分解를 기다리고 있을 것이겠는가? 허긴 그것이 '解脫'일라? 배고픈 중이, 일곱 집 들를 힘을 얻기 위해, 첫 집에서 빌은 물밥을 우선 바쁘게 밀어 넣으며, 느끼게 되는, 그 아스라함을 두고, 解脫을 운위하지는 않을 터? 그런즉슨 '解脫'도, 그것이 平均性을 유지하고 있거나 말거나, '時間' 안에서 성취되는 것이겠는가? —아니면, '解脫'한 정신은 '時間'을 뛰어넘어, 흙탕이 蓮葉을 더럽힐 수 없는 것과 마찬가지로, 時間은 더 이상 그런 정신에 미치지를 못하는 것이겠는가? 이 저녁에 들에서는, 별랑도 野狐들이 짖어쌌는구나, 野狐들이 짖음 뱉어. 그믐이라도 달이 떠오를라, [11]숙어지기 위해, 할미장꽃들도 피겠다, 野孤들이 울어 울음.

—續·ㄱ, ㄱ, ㄱ.

촛불중의, 매우 무절제한, 자유분방한 나들이 탓에, 마구잡이로 뒤집히고, 꼬여 헝클어져 버리게 되었던 그의 時間이, 그러니 그의 時間을 두고 말해야겠지만, 요 며칠, 그 가락이며 가닥을 차리기 시작하여, 그것 나름의 한 질서, 즉슨 日常이랄 것을 꾸며내기 시작했는데, 했을 까닭은, 글쎄 그의 時間으로 말해야겠지만, '요 며칠' 그는, 아무리 궁둥이가 들썩거린다 해도, 그냥 죽치고 꾹 눌러앉아만 있어온 탓이다. 그럴 수밖에 없었던 것은, 촛불중은, 근래 갑자기 시작된 斜視症 탓에, 자기를 斜視스럽게 짜개내지 않는 이상, 반 치의 거리도 마음을 움직여낼 수가 없던 것이다. 그래서 죽치고 앉아 지내온 동안, 그는 아무 짓도 따로는 한 일이 없이, 양미간에다 한 點을 염두하여, 面壁만 해온 것인데, 그런 노력이 쌓인 결과였던지, '그저께는'(이건 그의 時間으로 말 되어지는 날짜임세라) 日蝕 현상이 일어나, 해와 달이 모두어졌었다. 그 '日蝕'이 있었던 동안, 바깥은 어쨌든지 모르되, 그 안은, 두 개의 光明이 한 하늘에서 비추고 있는, 그런 밝음이 三世였었다. 그 어느 순간 헌데, 라후[蝕] 가,

분명히 촛불중의 마음의 어느 뭉슬거리는 데를 한입 잘 물어 떼어내 버렸던지도 몰랐다. 그랬었을 것이, 그에게 갑작스런 번뇌가 시작되었더랬는데, 아, 이거 이럴 것이 아니라, [12]'돌을 명하여 떡이 되게 할' 일이 아닌가, 그는 그런 생각을 한번 일으킨 것이고, 그리고는, 다시 斜視가 되게코롬이나, 어떻게도 그 상념을 떨쳐내지를 못한 것이다. "사람이 떡만으로 살 것이 아니니라." 그의 혀 하나는 그렇게 말하고, 다른 혀 하나는, 그의 눈 하나가 건너다보고 있는, 美里邑의 모든 아름다움을, "너에게 주겠으니, 내게 엎드려 경배하기만 하라" 말하고 있었다. 이 斜視症은, 그 침중의 도가 더해갔다. 그러다 어제는, 촛불중은, 비뚤어진 눈들을 까뒤집고, 빼드러져 버리기에까지 이르렀다. 그랬어도 죽었기는커녕, (이런 얘기를 들으면, 바깥쪽의 불화라지가 근래, 많이 바뀌어, 조석 공양을 잘해온 것이 아닌가, 하고 고개를 꺄웃거릴 이들이 있을 것이다. 그것이 그리고 사실이다) 저녁녘에는, 새로 가부좌 꾸며, 새로 面壁을 시작하고 있었다.

그리고도 그 斜視症은, 며칠 더 계속되었더랬더니, 눈들에서 핏발이 가시기 시작하면서부터, 눈들의 무게도 비슷해지기 시작했던지, 기울었던 데서는 오르고, 올랐던 데서는 내리고 있었다. 視線에도, 글쎄, '본다'는 그 '보기'에도, 무게는 있는 것이다. (그렇지 않고서야, 아무리 목불인견의 광경에 접했다 한다 해도, 그것을 본 이의 가슴이, 천 근으로 무거워야 할 까닭이란 없는 것이며, 또, 대감 영감님이 새로 맞아들인 소첩의 고흔 자태에 눈을 쐰 그 댁 상머슴이, 그 아름다움 보았기의 눈의 무게에 깔려, 용신도 못 하다 죽기에까지 이를 까닭이람도 있을 수가 없는 것이 아니겠는가. 분명히, 이런 걸 관찰한 결과일 것으로, 어떤 이들은 그래서, 視線이란 고구마 넝출에라도 비유될 것이 아니겠는가, 누가 그래서, 그 넝출을 잡아당긴다고 하면, '마음'이라는 고구마 뿌리가 딸려 나올 것이 아닌가, 그러기도 한다. 그게 사실이라면, 이후엘랑, 스승이랍시고, 깨우쳐주겠다고 하여설람, 제자 놈께, "괴롭다는 그 마음이라는 것을 꺼내 놓아보아라"고, 호통치기도 썩 거시기헐 성부르다. 눈, 마음, 히히, 고구마—어린놈이여, 네 이눔 놀롤한 어린놈이여, 초런 순 쳐 쥑이뿌릴 놈, 아웅, 아웅 아웅, 저런, 저런, 南泉이 고양이를 죽이겠다)

이 중은, 언제든, 일을 저지르기를 통해서, 라는 말은 그러니, 깊은 우물이 앞에 있는데도 그것이 뭣인지를 몰라, 그것을 향해 겁 없이 기어갔다가, 풍덩 빠져 내리기로, 우물이 깊다는 것을, 위험하다는 것을, 그리고 말이지 하여서나, 불이란 뜨겁다는 것을, 높은 데서 떨어뜨려지는 것은, 제 나무에서 발등에로 떨어지는 홍시까지라도 묵사발이 된다는 것을, 깨우쳐내는 그런 比丘였더니, 이번의 斜視症도 말하자면, 앞에 살무사가 한 마리 똬리 쳐 있는 것을 보고서도, 뭔지 몰라, 뿔뿔 기어가다, 물리게 되기나 같은 결과였다. 이 말을 通譯한다면 그러니까, 모험을 찾아 떠나는 '왕자'들이 나아가는 길의 앞에는, 언제든 모종의 위험들이 매복해 있다는 그런 얘긴 것이고, 앞서 만난, 어떤 '동안 백발의 늙은네'께 後門 한번 당하고 얻은 '꾀'를 잘 기억하고 있는 왕자라면, 그 위험들을 어떻게 타개할지를 알게 되어 있는 그런 것이란 것이다. 이 말을 다시 通譯한다면, 저런 위험들은, 無學의 돌중이 지어낸 것이 아니라, '현자의 돌과 毒'의 관계모양, 조건적이라는 얘기다. 그렇다 해도, '동안 백발의 늙은네'를 만나지 못해, '꾀' 주머니를 얻지 못한 왕자 앞에, 불쑥불쑥 나타나는 위험은, 偶發事 말고, 달리 무엇이라고 부를지를 모르게 된다. 중은, 이번에도, 자기를 치고 덤볐던 그 살무사를, 쥐어 들어, 그 대가리부터 칵 물어, 씹어 삼켜버렸다. 그러고 나자, 以毒治毒이라더니, 그것이 치고 덤볐을 때 주사했던 그 毒도 中和를 당한 듯했으며, 뿐만 아니라, 斜視症이 더불어 온 돼세기병까지도 씻긴 듯하여, 후후거렸다. 그리고 다시, 閉所에 대한 못 참을 넌더리症을 일으키고, 전신에서 소름을 돋궜다. 아직도 뭣 때문엔지, 자신을 포기할 수가 없는 듯하다. 죽을 수가 없는 듯하다. 화냥질에 이력이 난 아낙네는, 백 대의 치도곤에 살점 묻혀나간 엉덩이에, 새살이 차오르기를 어떻게 기다렴? 고약을 바름시롱도 눈이 한사코 울 밖으로 넘어가 쌌는고로, 눈을 감아 내리고 지내지를 못한다. 이 간나위 새끼[色鬼]도 그러하여, 새로 시작하여서는, 바위 벽 저쪽, 밖이라는 데다, 눈을 날려 보내고, 푸드등 날려 보내고, 날려 보내고 그런다.

시작은 물론, 가슴팍이 흰 푸릉새 크기로, 또는, 가슴팍이 붉은 벌의, 나비의, 크기로, 自由에의 意志를 분리해내어, 촛불중은, 그 夢片에다 魔衣 조각을 날개 붙여, 벽 구멍에로 날려 내보냈다. 그러면, 가슴팍이 흰 그 푸릉새는, 또는 벌은, 나비는, 美里邑의 늘 그런 어떤 집, 가야금 소리의 꽃이, 속이 슬퍼 터뜨려져 피는 꽃이, 만발했거나, 어쩌다가는 그 한 천지가 소조하기만 할 뿐인데, 울음이 가득 차, 소리의 몽오리가 하나씩 트는, 그 소리꽃 밭에 날아가, 그 소리들 품 열린 속으로 들어서는, 그 소리들 깊디깊은 곳에 고인, '꿀과 意味' 들을 모으곤 했다. '꿀'은 짜와 눈물 맛이었으며, '意味'는, 겹으로 겹으로 恨이 어리는[結晶] 중에, 심지어는 그 짜가움까지 바래버린 소금이었다.

아뿔사, 헌데 저 특정한 한 마리의 꿀벌(대신에, 그 夢片을 나비래도, 푸릉새래도, 작은 도마뱀이래도, 거기에 무슨 다름이 있는 것은 아니다)에게 무슨 일이 일어났을 것이었느냐? 안됐을 일이다, 끌끌, 저 꿀벌에게 무슨 일이 일어났었던가 하면, 헌데 그것은 궁벅궁새였대도, 솔개였대도, 가슴이 흰 푸릉새였대도, 또는, 美里에 그런 새가 살고 있다고 믿어져 오는 불새[火鳥] 였대도, 그것은 어째도 상관은 없는데, 그 꿀벌이 꿀을 모으고, 意味를 모아, 날개가 무거움으로 하여, 기우뚱거리며, 간신히 날아 돌아오고 있는 중인데, 어디선지 갑자기 나타난 무슨 암놈 새 한 마리가, 저 꿀벌을 부리에 찍어서는, 어느 가지에 앉아, 꼴록여 먹어버린 것이다. 그러며 새는, 그 먹이가 매우 들척지근하다고 입맛을 다시고 있었을 때, 꿀벌은, 죽음의 맛은 참을 수 없이 쓰고, 공포스럽다고, 생 진저리를 치고 있었는데, 그때는 죽어 있었다.

(이것은, 저 꿀벌을 먹은, 특정한 새의 時間이지만,) 죽은 지 사흘, 그리고 한나절, 꿀벌이었던 저것은, 저 절망적 어떤 깊은 골짜기에서, 희게 깨어났다. 깨어남과 동시적으로, 前生이 꿀벌이었던 것은, 그 한순간, 이상스러운, '천상적이랄 열예'를 느꼈는데, 그 더운 羊水 같은 열예는, 그것에게 안도의 잠을 덮어씌웠다.

저 꿀벌을 달게 먹은, 저 암놈 새가 임신하고 있는, 알 하나에는, 그 인연으로, 씨눈이 맺혔는데, 그 특정한 알은, 그 어미 새의 배 속에서도, 바깥세상에로 이어진 그 통로, 에서도, 바깥세상에서 그중 가까운 데 놓여 있었으니, 틀림없이 내일 아침쯤, 그렇지, 이쪽 세상 빛 가운데, 둥지 속에 담겨질 것이었다.

촛불중은, 저 한 마리 꿀벌이 죽고, 깨어나고, 잠 속에로 떨어져 내리고 하는 동안, 뭔지 그것은, 그 자신으로서는 도저히 알 수가 없음에도, 가령, 여덟 번 숨을 쉬어 들였다면, 내쉬는 숨도 여덟이어야 옳은데도, 일곱에서 멈추게 되는 식으로, 어디선지, 숨 한 가락이 失踪이라도 해버린 듯한, 그런 약간의 지리멸렬, 하품, 아무리 하품을 해도 허파가 시원하지를 않음, 약간의 허탈, 약간의 공백감 같은 것에 당하고 있었는 듯했다. 바르도란 삼세간 어디에나 있다. 그렇다, 三世가 바르도이다. 바르도에서는 그렇게, 꿈들이 일어나고, 스러지고, 스러지기로 새로 일어나거늘—그런 성쇠가 거듭되어지다 보면, 어떤 꿈들은, 그 꿈을 꾸는 잠으로부터, 사뭇 여러 百世의 거리에까지 떨어져 나가 있어도 보임에 분명하다. 하지만, 꿈은 그럼에도, 끊임없이, 잠과 그 꿈 사이에 이어진 배꼽 줄이라고도 이를, 그렇겠다, 이렇게 이름하면 과히 틀리지 않겠다, '夢線'을 통해, 傳言을 보내는 것도 분명하다. 그런 까닭에, 촛불중은, 여덟 번 숨쉬기에서, 어떤 한 가락이 못 미치는 듯함을 느끼기도 하는 것일 것이며, 어떤 이들은, 느닷없이 귀가 운다고, 또는 눈 밑의 살이 푸들푸들 떤다고 투덜대는 것일 것이다. 하늘에는, 그런 억만의 무수한 夢線들이 어지럽게 늘어져 있을 것인가. 정월 대보름 저녁에 태워 올리는 화톳불을 보면 그럼에도, 그 불을 타오르게 하는 솔잎이나 가지의 수가 얼마든, 그리고 그 불에다 실어 보내는, 마을 아낙네들의 염원이 몇이든, 아무리 그 불의 실이 가늘어 억천만이란대도, 헝클어진 대목이 없듯이, 夢線도 분명히, 그와 같을 것이어서, 얼마나 많은 有情들이, 또는 매 有情이 얼마나 많은 꿈을 꾸든, 어디에서고, 亂麻 현상은, 일어나는 것이 아닌 듯하다. 그래서나, 저 치사한 녀러 魔羅며 드룩 년이, 그런 夢線들을 좇아, 남의 속삭임을 엿듣기뿐만 아니라, 꾸는 꿈속들도 엿보고 다니며, '얼음 같은 싸늘한 쇠좆'을 쐐기 박아 넣어주던, 虛實하는 精水를 받아 姙娠하여, 피-빠는-박쥐며, 살무사, 황충이며 전갈 같은, 魔色鬼들을 버글여 내는 것일 것이었다. 바람도 세구나, 먼지바람도 세구나, 누런, 바람 센, 바람의 눈[眼] 속에는 있는 바르도—. 바람이 잠들면, 바람의 눈도 감기는 것, 바르도도 스러진다. (作爲가 멈출 때, 바르도도 멈춘다)

프라브리티에 억류된 有情들께는, 살은, 벗기보다는, 입고 있기가 훈훈하며 좋은 듯하다. 그것을 입고 있는 有情이, 때로 때로 불편하게 느끼는 살의 가려움은 물론, 그 有情들만의, 때로 때로의 고통이겠지만, 그것을 벗지 않을 수가 없어 벗었음에도, (이 有情은 그러니, 바르도의 험로에 올라 있는 것이구람) 프라브리티의 문틈에 魂의 꼬리를 물리어 있는 有情들께는, (제발이지 成佛하십스람!) 前生에 입었던 그 살에의 기억을 더듬어본다면, 살이 줄 수 있는 안온함은 물론 우주적인 것임에 분명하다. 그래서 살이란 벗기가 몹시도 어려우려니와, 벗었어도, 새로 입지 않기가 어려운 듯하다. (누가 '成佛'을 부러워한다느냐? '成佛'이 부러운 것이었기로 한다면, 프라브리티 우주가 비어, 황폐해져 버린 지는, 오래일라!) 그런 까닭일 것으로, 그것을 벗어 춥고, 불안하게 된 것이, 살을 새로 재단해 입게/입히게 되는 자리에 들면, 前生엔 '사람'이었었다는 것까지도, 말해서, 비록 암캐의 자궁이라고 한다 해도, 그것 속에 들어, 담기는 그 순간, '천상적 열락'을 느낀다고 이르게 되는 것일 것인데, 그것의 前生이야 어쨌었든, 그 암캐의 자궁을 벗어난 날 그 한 羯磨鬼는, 개 色鬼가 되어 있다 해도, (그 개 새끼는,) 자기가 입게 된, 그 한 벌의 개 몸뚱이를, 혐오한다거나, 부당하다고 알아, 崔判官의 비행을, 옥황상제께 上疏하려거나 하는 짓은 생각도 해내지 못한다. 커녕, 입어진 그 옷이 좋아, 꼬리를 흔들며, 갖춰져 있는, 聲帶를 좀 울리기로, 애쓰지 안 해도, 배고플 일 없는 팔자를 두고, 심지어 주인댁 새댁까지도 자기를 부러워하는 팔자라고, 자만한다. 허긴 이 犬公들의 팔자는, '개 팔자가 상팔자'라고, 人世의 俗談에까지도, 好八字의 한 규범으로 올라 있기는 하다. 하니 '개'는, 입어진 개털을 애착하는 것이겠지만, (사람들로서는 도저히 그 까닭을 알 수 없다 해도,) 구렁이는 또 구렁이인 것을 결코 저어하지 않으며, 마찬가지로, '도'라는 토씨有情 '지렁이도 (밟히면 꿈틀거린다)', 그리고 '개구리', 그 받은 삶에 집착하여, 결코 그 몸을 벗고 싶어하지 않으며, 커녕은, 그 자손들을, '해변의 모래와 밤하늘의 별들'처럼 불리려 하여, 교미에 바쁘기뿐만 아니라, 전력을 다하고 있다. 神들의 끊임없는 創造는 아마도, 畜肉, 獸皮에의 끝없는 부러움 탓일 것인데, 그들은 짐승들과 같이 交尾가 하고 싶은 것이며, 그렇게 肉聲으로 울부짖고 싶은 것이다. 현재, 어떤 이 세상 별 속, 둥지 속 알 속의, 훈훈하게 출렁이는 羊水 속에 깊이 가라앉아, 휴식의, 그리고 안도의 잠을 자는, 어떤 한 마리 꿀벌, 이었던 것이, 알고도 모르고도 누리는, 이 우주적 至福感도 그러니까, 그것에게 입혀질 '새 옷'이 가져오는 그것일 것이다. 運命을 씨로, 歲月을 날로 하여 짜여진 옷, 프라브리티, 의 至福함이여.

아뿔싸, 헌데 저 한 三昧의 알[卵], 그것의 밖에서는 무슨 일이 일어나고 있었을 것이었느냐, 말한 바의 저 '훈훈한 출렁임, 의 羊水'가 바깥에 연접되어진 부분부터 얼어들고 있었으며, 그러면서부터 '우주적 至福感' 위에로도 겨울이 퍼부어 내리기 시작했다. 촛불중의, 요 얼마 전에, 꿀벌-죽은-한-夢片은, 그러는 어느 순간, 무슨 지진 같은 것이라도 있었을 것이었느냐, 갈라진 검은 땅의 깊은 데로라도 떨어져 들고 있는, 그런 공포, 그런 절망감에 당하기 시작하고 있었는데, 다음 순간 그것은, 땅의 그 갈라진 틈이 닫기고 있기라도 하고 있는 듯한, 천만번의 죽음을 무릅쓰고도 못 견뎌낼, 壓縮되기의 고통에 처했다. '공포와 절망감'은, 그 卵殼의 안쪽에서 일어났었으며, '壓縮되기의 고통'은, 밖으로부터 가해져, 내일 새벽이나 언제쯤 까여져 나오려던, 새끼 새에게 傳感되어진 것인데, 만약에 이것이, 까이기에[孵化] 따르는 고통이라면, 이럴 때, 프라브리티에 새로 발 디뎌 나오는 것들은, [13]前生에의 기억을 깡그리 잊게 될 듯도 싶으다. 어찌 되었거나 간에, 이 당장, 하나 상기해 둬야 할 것이 있다면, 어떤 인연에 의해서든, 한번 일어나, 프라브리티의 어느 자락이든 갈아[耕]본 일이 있는 것은, 그 프라브리티에 空을 뻥 내고 증발해버리지 않은 이상, 그것 자신 스러지고 싶어 한다 해도, 그리고 밖으로부터의 위해가 아무리 크다 해도, 아무렇게나 스러질 수가 없는 것이, 프라브리티의 달마라는 것이다. 그러니, 촛불중의 한 '나비', —살을 입어 '꿀벌'이 되었던 것이, 어떤 새알의 씨눈이 되었었으나, 지금은, 무슨 일이 일어났기에, 무슨 처지에 처해, 무엇이 되어 있는지, 그것은 알 수가 없어도, 죽어 없어져 버린 것은, 아닌 것은 분명하다. 이 자리에 이르자, 하나 분명하게 분석되어지는 것은, 아까, 저 한 夢片은, 물론 하나의 긴한 조건이랄 것이 결여되어 있었음에도, '地理學的' 體驗이란 것을 하고 있었다는 것이다. '결여된 하나의 긴한 조건'이란 무엇인가 하면, [14]"大地와 民衆은, 아래로 파고 내려가면 갈수록 더 덥다"고 하는, 그 '더움'이다. (아까, 그것은, '땅의 갈라진 틈' 속에로, 떨어져 내리고 있는 듯한 體驗을 하고 있었는 듯했는데,) 그것은 그러니 이상하다고 해야 할 것이기는 하다. 하지만, 그런 어디 절망적인 데로 묻어져 내리며, 압축감에 당하고 있던 그것이, 어떻게든 무슨 기별이라도 보내지 않는 이상, 그것이 어디에, 어떤 상태에 처해 있는지, 그것이사 무슨 수로 알겠는가. 마는, '地理的' 想像力을 도발하는 저 '어떤 것'은, 咳嗽氣가 있을 때만 조금 연기를 뿜어 올리고, 그렇지 않을 때는 그 요니를 오므리고 지내는, 늙은 火山口다운 地情을 구비해 있음을 인정하지 않을 수가 없다. —이래서 촛불중의 바람난 '마음의 조각' 하나는, 겨울 낮달모양, 거기로 달도 지고, 별도 지고, 그리고 마을의 해수병자들의 기침소리가 울려 드는 곳, 그러나 그것 자신은 모르는, 그런 어떤 고장으로 저물어들어버린 모양이었다. 그랬기에 그것은, 촛불중의 저 한 '나비'는, 두 번 죽은 죽음으로부터 깨어나고 있었을 때, 몹시 추워하고 있었을 것이었는데, 아무리 오그려 싸아도, 겨자씨만 한 온기도 싹 틔우지 않는 한랭함 탓에도, 그 죽음을 더 지탱할 수가 없었던 듯했다. 그것의 깨어나기도 그러니, 모든 깨어나기가 그러듯이, 프라브리티(라는 大洋)에, 그것 크기(한 방울의 부슬비?)가 일으킬 수 있는 만큼의 진동을 일으킨 것이고, 그리하여 프라브리티의 한 우주가, 그것의 현주소를 눈치채게 된 것이다. 때에, 어떤 잡놈, 꽃뱀 놈 하나, 배고픔 같은 殺慾, 殺慾 같은 배고픔으로, 전신이 한 욕망의 자루[負袋]가 되어, 들의 그늘 쪽으로 허덕이며 헤매고 있었더랬는데, 엑헤, 찾았구나, 보았구나, 헤으크, 그래서 해치웠구나, 풀섶 가운데, 작은 새 둥지가 하나 숨겨져 있음을, 그 안에 한 바구니의 새알이 담겨 있음을, 배고픔 같은 殺慾, 殺慾 같은 배고픔이 꿈틀거렸음을…… 이눔, 이눔, 네 이눔, 崔判官 어르신의 부릅뜬 눈도 무섭잖으냐? 허, 헌데, 바로 그 둥지 속, 한 바구니의 새알들 가운데, 그중 위에 놓여 있던, 그 작은 한 무덤이, 바로 저 어떤 '꿀벌'의 前生을 싸안고 있었던 것이었더랬더니……, 예의 저 꽃뱀이, 그것 먼저 삼켜버린 것이다. 그래서 본다면, '훈훈함, 더움'이, 꼭히 '地理學的 想像力'의 필수 조건은 아닌 듯도 싶으다. 만약에 갖다가시나, '물고기'가 '有情化한 물', 또는 '有機體를 갖춘 물'이라고 한다면, '뱀'은, '有情化한 흙', 또는 '有機體를 갖춘 흙'이라고 이른대도, 결코 무리는 아닐 것이다. 알려진 바와 같이 '문두룸'은, 한번 '불'을 잃은 뒤, 말하자면 死火山 같은 것이 되어버린 것이 아니었느냐? 그랬으니, 그런 후 그것은, '한랭함', 또는 '死火'(灰) 말고, 무엇이래야겠느냐. (이 자리에서는, 이 '뱀'을 두고 그러나, '서로 문질러지기에 의해 불을 일궈내는 나무쪽'이나, '문질러지면 영락없이 불을 토하는 男性器가 입은 匿名'이라는 데까지는, 나아가지 말기로 하자. 그런다 해도, 그것이 '地理學的 想像力'을 만족시켜줄 수는 없는데, '地理學的 따뜻함'은, 그 '아랫녘'에 언제든 괴어 있어 오는 것이지, 무엇의 어떤 挑發에 의해 일어나기도 하는, 熱과는 판연히 다르기 때문이다)

뱀의 종류도 꽃뱀 한 가지뿐만은 아니며, 또 꽃뱀이라는 한 종류의 뱀만을 따진다 해도, 그리고 그 들판만을 두고 헤아리려 한다 해도, 저것 한 마리만 있었던 것은 아니었을 것인데, 어째서 하필, 저 어떤 특정한 한 꽃뱀이, 저 어떤 특정한 한 새알을 삼키기에 이르렀는가, —이제는, 그런 因果를 두고 일어나는 의문에 대답해야 할 차례이겠지만, 마, 마는, 이럴 때는, '眼耳鼻舌身意'가 통째로, 無明에 덮어씌워진 자모양, 그것의 實'果'만을 보려 할 것이지, 因緣을 추적하려 할 일은 아닐 것이다. 글쎄, 아니라면 아닐 것이다. 그러려 들면, 한 손바닥 넓이도 못 되는, 저 들판 하나 읽기에도 몇 百生이 걸릴지도 모르는데, 한세상 다 읽기는 어느 세월이겠느냐. 그렇다면, 구태여 判讀해야 할 것은, 저런 것은 아닐 듯하고, 공중을 날도록 되어 있는 '새'가, 어찌 하필, (크기가 그만 못 한 벌레들까지도 백으로 천으로 구비해 있는, 그런) 다리 하나도 없어, 배로 땅을 밀어서라야만 움직이게 되어 있는, '뱀'에게 먹히도록 되어 있었는가, 하는, 프라브리티 우주의, 어떤 反意的 文法體系 같은 것이나 아니겠는가, 하게 된다.

헛헛, 헛허라히 순, 重力을 거슬러 올라, 무장애로 흐르며, 化現의 우주가, 이런 데 저런 데 숨겨두고 있을지도 모를, 어떤 '意味'의 꿀을 모으겠다던, 그런 무엇의 自由에의 意志가, 重力에 전신을 부착해서라야만 그 실다움을 확인하는, 무엇의 輪廻에의 意志 속에 流刑살이를 하고 있음은, 비극일 터인가. 무슨 손이 있어, 저 [15]의뭉스런 '문두룸'으로부터 불알을 까내, 그것 속에 볼모살이하는, 하나의 反重力의 意志를, 빛 가운데다 날려 보낼 것인가?

그러던 날, 어떤 날, 여러 여러 날 삼백예순날 중의 하루, 어제가 열나흘이었더랬으면, 내일은 열엿새가 되는 날, 보름날은 헌데, 이 들판 사는 火鬼님들의 場날이라고 했다. 火鬼님들도 그렇게, 場날에라도 한 번씩 나들이를 하여서는, 이빠디가 물러나도록 먹고, 뒤꿈치가 너덜너덜 뼈가 드러나도록 춤추고 나야, 한동안이라도 한들이 풀어지도록 잠에 드는 것이지만, 그럴 때는, 장난꾼 風精들이 風樂하여 앞선다. 경계하는 말로는, 심지어 독사라거나, 남편 있는 남의 여자를 품어 놀더라도, 불을 놀릴 것은 안 된다 해도, 風精들은 와글기글 살랑이며, 산들거리는 바람의 烽火들을 쥐고, 여기로 저기로 들을 내닫는다. 그러며 천하없이 떠밀어내려 해도, 끄떡도 없이, 자기네들 나아가는 앞을 막고 지내오는, 바위의 귀신이며, 노송 뿌리의 귀신, 山귀신 같은 것들의 똥꾸녁을 쑤셔대며, 火鬼들의 場날 風精들이 키들거린다. 하늘까지도 여러 여러 날째나 맑았더니, 오늘도 화창한 날, 새알을 여러 개씩이나 한번 잘 먹고 난 뒤, 옴팡한 데서, 하품이나 해가며 三昧에 잠겨 있는, 예의 그 꽃뱀의 들에, 하필 그 火鬼들의 장이 선 것이다. 난장판이 벌어진 것이다. 그 들에 있는 것이면, 작은 한 들꽃의 것까지도 포함하여, 태워질 수 있는 것이면, 웅덩이 물의 수염, 바위의 눈썹, 山神의 똥 터럭까지라도 모두, 저 火鬼들의 골패짝에 올려질 것이었다. 한들을 삼켜 먹는, 그 불의, 그 연기의 흑막 속에서는, 바람도 본다는 龍의 視力도 뚫고 나아가지를 못하며, 그것의 느린 움직임을 좇아서까지도 바람이 인다는 大虎까지도 벗어나기가 힘들 뿐만 아니라, 아무리 長天을 높이 날고 있는 대붕이라도, 오른 연기의 한 바늘 끝에라도 코를 쐬고 그 눈을 쐬었다 하면, 그 순간, 전생 鯤業 같은 것을 깨우고, 저 한 들 넘실대는, 흐린, 불의 바다로 떨어져 내리지 않을 수가 없게 된다. 결국은 이런 난장판이 없게 된다. 그 들에 살아서 움직이는 것치고라면, 열두 폭 煙衣를 입은, 그 火身에 한번 눈을 묶였다 하면, 하는 그 순간부터, 아으 그 불의 알몸의 아름다움 탓일 것인가, 부나비러람, 부나비, 아, 아름다움, 죽음에의 욕망까지를 도발하는 아름다움, 아름다움 탓이다, 삶에 대한, 죽음에 대한 감각을 잃어버린다. 그런 뒤엔, 하나의 눈먼 욕망이 되어, 그것들의 몸으로 표현해내기는, 살기 위해서인 듯, 여기로 몰리고, 저기로 몰리지만, 오히려 火鬼의 치마폭 밑으로 돌진해 들거나, 절벽을 향해 내달린다. 그런 혼돈, 그런 亂麻 상태의, 끓는 솥 속에서도 물론, 없잖아 희화는 있다: 어떤 것들은, 그렇게 내뛰다, 어떤 民譚 속의(거 왜 있잖나베, 서낭당 처자 귀신께 홀린 어떤 늗場꾼이, 그 처자 가는 데를 따르느라, 온갖 가시쟁이 돌밭을 다 헤맨 뒤, 절벽 끝에서도 더 따라 걸어 나가려는 그 순간인데, 말이지, 그런 얘기 말이지, 있잖냐고,) 새벽닭 울음소리를 들은 늗場꾼모양, 우뚝 멈춰서, 잠시 먼산바라기를 하는가 하다, 풀 뜯기를 시작하기도 하고, 또, 큰 바위 밑에나, 땅굴 속에 똬리 쳐 지내며, 먹은 것이 삭아지기를 기다리고 있던 구렁이 같은 것들은, 이상한 기온을 맛본 일로 하여, 딴으로는 난을 피하겠다고 그랬을 일이다, 가까이 선 나무를 부지런히 타고 오르는가 하면, 어떤 有情들은 또, 달리다, 대가리를 흙 속에다 처박아 묻어, 히히 杜門洞 차린다. 그나 그뿐이겠는가, 호랑이 새끼 같은 것들은, 풀숲에 자그맣게 타고 있는 불을, 남생이나 고슴도치 같은 것들의 새끼라도 되는 줄 알아 찝적이고 덤비고 있고, 발을 구워가면서도 어떤 새들은, 구워진 벌레 주워 먹기에 여념이 없고도 있다. 戱畵는, 그러나 그뿐만은 아니다, 아직 거기는 불이, 미치지 안 했다 해서, 그런 쪽에서는 히히히, 짐승들이지, 수컷들은 암컷들을 갈고[耕], 씨 뿌리기에 바쁘고들 있는다. 허기야 세상이 끝난 것은 아니잖느냐. 그래서 이런 비등하는 솥 속의 희화를 통해 보면, 숲에는, 들에는, 공중에는, 물속에는, 畜生道에는, 누구의 肉眼에도 보이지는 않지만, 저런 어떤 火鬼들이 휩쓸어 다니는 것을 짐작해낼 수가 있을 듯하다. 그런 까닭에, 살아 움직인다고 하는 것들은 무엇인지는 보이잖아 모르되, 그 무엇이, 뒤꿈치에다, 똥꾸녁에다, 불총 놓는 것으로부터 도망하겠다고, 일제히, 또는 뿔뿔이, 여기로 저기로, 내달리다가는, 어느 대목쯤에서는, 그것들 자신들만 더욱더 모르되, 모르는 어떤 이유에 의해, 한 덩어리로 결속하여서는, 한 방향을 향해 내달리는데, 흐흐흐, 재미있는 것은, 東에서 시작한 것과 西에서 시작한 것은, 동서 간에서 부딪치고, 北에서 발원한 것과 南에서 발원한 것들은 또, 북남 간에서 충돌한다, 재미있다, 으깨어진 대갈빼기들, 걸레쪽, 내북쳐진 묵사발, 亂麻, 깨진 벌통, 황소 똥(그것을 이데올로기란들, 누가 뭐랄 것인가? 그것은 아래서 폭발해 오르는 것이기보다, 위에서 덥벅 퍼부어져 내린 것이다. 황소 똥, 그래서 한

번 시뻘겋게 칠해져 버리면, 이놈, 너는 불온하다 빨갱이여,)에 덥벅 덮인 불개미 굴, 재미있다, 이쪽으로 우 온다, 저쪽으로 와 간다, 앞발이 데인다, 뒷발이 구워진다, 꼬리가 탄다, 그 자리를 폴짝폴짝 뛴다, 새까매져 눕는다, 똥꾸녁 타는 불을 끄려, 용소로 뛰어든다, 시꺼메지기가 殉敎, 殉死이다, 앞으로 달려라! 무엇을 위해서? 묻는 놈은 불온하다! 아으, 앞에는 절벽이다, 바위 벽이다, 수렁이다, 流沙 구덩이다, 헤헤헤, 天國에의 捷徑이다, 걸레, 묵사발, 난마, 벌통, 불개미 굴…… 風精을 거느린 火鬼가, 도처에서 내닫는다, 내달아, 모든 것들의 뒤꿈치에다 불을 지른다.

땅거미가 지고 있었을 때엔, 그 들의, 火鬼들의 잔치도, 罷場이 되어가고 있었다. 먹을 것이 더 없게 되었을 때, 火鬼들은, 제 뼛속을 갉아 드는 것인데, 그 한 들에 대해, 그것은 그중 길고도, 그중 고통스러운 하루였었을 것이었다. 아침나절에, 저 火鬼들의 잠을 깨우러 다녔던 그 風精들이, 그제는, 그렇게나 고단한 하루를 지낸, 그 들을 위무하여 재우려, 서늘함을 펴고 있었다. 그러며 風精들은, 한 들이, 무참하게도 새까맣게 그을린, 그 재 속의 여기서 저기서 반짝이는, 반딧불도 같은 무슨 이삭들, 마늘도 같고, 홍옥도 같은 것들을 주워, 치마폭에들 모아 담고 있었다. 그것들은 그 들에 살다가, 그 火鬼들의 혀에, 記號를 벗기우고 남은, 그런 무슨 意味들인 듯했는데, 記號를 잃었으니, 그것들을 무슨 수로 읽어내겠는가, 마는, 아마도 風精들은 모아서는 그것들을, 運命의 질그릇 굽는, 어디 土器場에로라도 보내려는 듯했다. (그런다면 분명히, 제 몸 담아 지냈던, 고둥 껍질을 잃게 된 隱遁게[蟹]들이, 빈 고둥 껍질들을 발견하게 되면, 각기 제 몸의 크기에 맞는 고둥 껍질을 택하여, 은둔해 들 듯 그렇게, 이 '意味'들도, 제게 맞는 '질그릇'들을 택해, 스며들 것이다. 저것들이 새로 선택해 입은 記號는, 이전의 것과 같기도, 또 같지 않기도 할 것이지만, 저 한 들에는 어쨌든, 새로운 運命들로 場이 서, 떠들썩해질 것이다) 그 들에 없었더면 모르지만, 그 들에 있었던 저 '꽃뱀'의 運命도 그러니, 그런 어떤 風精의 손가락에 갈퀴질 되었을 것이 아니겠는가. 어디에서는 저녁 종소리가 울려, 슬픈 휴식으로 그 들 위에로도 퍼지고 있었으며, 종일 불길에 핥인 하늘도, 그 넓이만큼 火傷을 입었던지, 구름이 감싸아 덮고 있었다. 火鬼들은 물론, 자기네들을 억류하여, 추위와 어두움, 그리고 목마름과 굶주림으로 고문해왔던 문두룸, 저 지옥까지도 몽땅 분쇄하려 했었을 것이었지만, (그것을 두고 아까, 불이제 뼛속을 갉고 들기라고 이른 그것이다) 그러려 하면 火鬼들은, 이상스럽게도, 자기네의 뜻에 반하여, 뱀이 땅꾼의 뱀 자루 속에로 제 스스로 기어들 듯, 저 문두룸의 목구멍 속으로 넘어 들고 있는다. 들에는, 저 火鬼들의 狂舞를 신겼던, 구멍 난 비단신발[舞鞋] 들만 버려져 있다. 그 狂舞의 밑에 깔려, 大地도 辛苦스런 하루를 보내기에 얼마나 살갗이 아팠겠는가. 마는, 신기할 일은, 土地 자체는 火傷을 입고 있지 않다는 것이었다. 아으, 알 일이다, 저렇게 大地는, 장난꾼스러운 自然에게 종용하여, 자기의, 묵어, 박하고도 추악한, 비듬과 주름에 덮인 살갗을 벗겨내게 하여서는, 새로 處女로 돌아오는 것을, 알 일이다. —그렇다면, 그쪽 일 돼가는 것은 어떻든, 그쪽에 둬둘 일일 듯하다. 그런 대신, 그쪽에 얼핏 잘못 移民했던, 한 '文化'의 '夢片'이, 그런 뒤 어떻게 되었는지, 그 행방이나 추적해볼 일인 듯하다.

바람[願, 風] 을 따라 따른, 말한 바의 저 한 夢片도 그랬은즉, 시위를 한번 떠난 화살이나 같았을 것이었는다. 시위에 메워져, 弓手의 마음에 묶이고 있었을 때는, 그 弓手의 意志 자체였던 살[矢] 이라도, 팽팽하게 당기었던 시위가 놓이며, 그 활의 권내를 벗어나면 그 살은, 동시에 그 弓手의 意志권 내로부터도 벗어나는 것일 것이다. 그런 까닭에 弓手는, 때로, 아꼈던 金鏃도 잃는데, 새로, 그와 꼭같은 금촉살을, 몇이고 더 만들어, 전통에 꽂아둔다 해도, 그 弓手에게는, 잃어진 살에의 아쉬움은, 쉽게 씻어지지는, 않을 것이다. 그러던 어떤 날, 그러나 이런 일이란 흔히 있는 일은 못 되지만, 정원을 걷다, 그 弓手는, 기대치 않게도, 그 정원의 담 밑에, 머리를 박고 서 있는, 하나의 화살을 발견하고, 얼른 뽑아 들어보다, 망연자실한다.

촛불중도 그리고, 그 자신의 세월로, 아주 오래오래 전에 잃었던, 한 박자의 소리, 나비, 를, 그런 오랜 세월이 지난 날, 자기의 잠[睡眠] 의 후미진 뒤뜰에서 우연히 발견하고, 망연자실해 하고 있는다. 저녁녘의 그 風精들이 바람편에 보내온 소식인 것일 것이었는데, 그러기 전에 風精들은, 저 한 夢片의 體臭, 그렇다, 體臭를 흠흠거리고 좇아, 古墳壁에 그려진 그림文字를 판독하기로써, 그 古意 속으로 여행해 들어가듯, 그렇게 하여, 한두 군데를 더 둘러, 드디어 그 본디 자리에로까지 돌아올 수 있었을 것이었다. 바람은, (모래시계 속의, 時間의 모래와 다르지 않음을) 通時的으로 불어도 共時態인 까닭에, (한 有情이 살아버린 삶과, 지어버린 業의 집적도 또한 다르지 안 해, 古墳壁畵) 헝클어진 듯한 因緣들을 간추리기에도, 風精들이라면, 그렇게 많은 세월을 필요로 할 것도 아닐 것이었다. 허기는, 한번 내쉬어버리고, 들이쉬지를 못하면, 그것을 죽음이라고 이르는 것에 의해 보면, 한번 쉬어 들이기 量의 '숨'[風]을, 獸皮 속에 가둬, 有情이라고 이르는 것인 것을—. 떠났던 것(그것을 무엇이라고 이름하든,) 돌아오다. 그리고 그것은, 다시 안기게 된, 자기의 둥지에 맞도록, 엉덩이를 좀 틀고 비비적거리고 하다가는, 어떤 至福感으로, 완전히 자기를 맡기고, 맥을 푸는 듯하더니, 살 속에로 깊이 가라앉아 들었다. (이래서도 보면, 畜生道에 억류된 有情에게는, 살을 벗기보다 입기가 좋은 것인 듯하다) 깨일 때는, 그것은 더 이상 그것 자신이 아니어서, 있어도 없음에 분명하다. 그렇다 해도 그것이 어디 없는 것이겠는가. 하나의 빗방울이, 대양 속에로 떨어져 든 것을, 觀해볼 일이겠지맹.

그것(을 무엇이라고 이름하든,)의, 그렇게나 무모하고도 위험스러운 그 배회는 그러면, 얼마나 멀리까지였던가, —헤, 그래 보았자, 저 한숨 불어간 거리란, 헌데, 어떤 말[話頭]에 머리를 물린, 한 사미의, '배꼽'에서 '목구멍' 사이나 아니었는가 모르는데, 풍문에 의하면 말이지만, 그 두 고장 사이의 거리가 때로는, 여러 대유순도 넘는 수가 있어, 어디서 무엇이 떠났든, 떠나서는 길을 잃어, 못 돌아오는 것들이 더러더러 있다고 하는바, '큰 王子'도 그랬었으며, '둘째 王子'도 그랬었다고 했다. 잃어[失]진 말[語]들.

그것(을 무엇이라고 이름하든,)은, 한 마리의 '나비'였었기 전에는 '莊子'였었더랬는데, 그 '莊子'가 '莊子'였었기 전에는 그러면 무엇이었었는가? '나비'였었는가? 생, 각, 해, 보, 았, 으, 나, 알, 수, 가, 없, 어, 촛불중은 체머리를 흔들었다. 그러면서도, 오늘은, 자기의 호흡의 어느 대목인지, 그것은 그 자신도 모를 수밖에 없었으나, 잃어졌던 듯한, 무슨 그런 가락이 채워진 듯하여, 숨쉬기가 꽤는 원활하다고, 촛불중은 느끼고 있었다.

무섭고도, 두렵고도, 위험한 것은, '꿈꾸기'의 禪法인 듯하다. 그런 것을, 것을, 대체 무엇이, 彼岸에서, 此岸의 촛불중을 꿈꾸는, 그 무섭고도, 두렵고도, 위험한 禪定에 잠겨 있다느냐? 대체 누가, 촛불중을 꿈꾸느냐? 무엇이, 어디에서 촛불중이라는 꿈을 꾸는, 그 잠을 자고 있다느냐?

[16]타트, 타트, 타트—

제5장 續·默品

九 返本還源

十 入鄽垂手

富吉郎 画並刻摺

제6장 冥品

대체 무엇이 彼岸에서, 此岸의, 촛불중이라는, 저 치사한 꿈을 꾸는, 그 '權勢' 있는 잠을 자고 있다느냐?

이제쯤은 돌아갔으면 싶어서, 돌아가서는 되돌아오고 싶지 않아서, 되돌아오게 하는 것을 남기지 않으려 하여서, 그 준비로 촛불중은, 자기식의 '마음 넓히기' 禪으로도 풀리지 안 했던 그 한 '매듭'을 위주로, 무슨 다른 응어리도 남아 있다면, 찾아, 풀어버리기 위해, 오늘, 저 '잠'[睡眠] 을 찾아, 길 떠날 채비를 하고 있다. '마음을 넓히기'로도 풀리지 않은 '매듭'이나 '응어리'는, 촛불중께 이해되어지기로는, 말하자면 腎臟結石 같은 것이어서, 그것은 그것(마음) 자체 내에서 형성된 異物이라도, 그러니 그것(마음) 속에 현주소를 두고 있어도, 그것의 소속이 아닌 것이었다. 傳說을 좇으면, 비가 오는 저녁에론, 무덤에서 귀신이 일어나, 백골이 젖어 꿈자리가 헤설프다고, 철없이 울고 한다고 하지만, 그 '무덤'의 현주소는 이승임에도, (羅卜이임세, 오르페우스임세,) 누구든 鬼神을 求(찾)하려면, 무덤의 뿌리 되는 데를 디뎌, 딛 딛, 디뎌 내려가, 이승에서 신은 '비단 신발' 한 켤레가 다 해지도록 헤매 다녀 보아야 하듯, (헤헤헤, 修辭學만을 좇다 보면 公은, 저승길 험난하기 이를 데 없다는데, 그까짓 '비단 신발 한 켤레'가 별수일까 보냐, 그래서나 미투리도 한 죽씩을 어깨에 메고 떠난다고 하잖더냐, 랄지도 모르되, 저승은, 육신을 벗어 무덤 속에 뉘어놓고, 그리고 가는 곳인 것을, 公은 부디 잊으시지 마시게. 저승은 차라리, 발 대신에, 대가리를 바퀴 삼아, 그걸 굴려 가는 곳인지도 모르지 않남) 누구든 그 '매듭'이나 '응어리'를 찾아 풀고, 삭이려 하면, 바로 저 '異物'의 뿌리가 묻힌 자리를 열어, 탙, 탙, 타트, 탙, 타트, 내려가 보아야잖겠는가—'잠', 그것 자체는 영구히 깨어나지 않는 잠 속으로, '거울'의 안쪽, 깨인[覺] 마음의 뒤쪽으로. 촛불중의 생각에는, 그 탐색이 어떻게든 성공적이기만 하다면, 자기는 그 '거울'의 안쪽에서, 손을 내밀어, '거울'의 표면에 반영되어 있는, 저 꾸둥살[雜肉] 진 것, 티눈, 그것은 말하자면, 鰱魚라는 물고기의 배 속에 넣어져 있는 '민물 소리 돌[石]' 같은 것, 것, (무엇이 저쪽에서 부르기로 울림을 보내, 그 '소리돌'의 귀를 띄우면, 그제부터 그 연어에게는, 어째선지 갑자기, 다른 모든 곳은 닫기고, 막혔는데, 그 '소리' 속으로만, 나아갈 구멍이 열려 보임으로 하여, 거기로만 좇아 오르게 되어 있는) 민물과 짠물 사이에 놓여 있는, 그 '소리 돌', 이승에서 보면 저승 문틈에, 저승에서 보면 이승 문틈에, 희둑스레 물려 있는, (촛불중 자기가, 떠난다고, 어디로 떠나고 있었을 때, 무엇인지가 자기의 두루마기 자락을 잡아, 만류한다고 팩 성내고, 벗어놓아 버린,) 두루마기 자락, '거울'의 '反影'과 '收容' 사이에 엇물려 있는 것, 그것을 움켜쥐어 홱 뽑아 들인다면, (흐흐흐, 그놈의 새깽이들, 놈[gnome]의 새깽이들이, 땅의 아래쪽에서, 무뿌리를, 고구마를, 말똥 속에 묻어놓아 키우고 있는 金塊를, 쑥쑥 뽑아 내려가기) 그제는, 이승 떠나도, 저승도 떠나도, 표표히 떠나도, 좋을 것이라고 했다. 촛불중 자기 자신을 제외한다면, 아으, 그리고도 최후의 관문은, '自我'라는 것이구나, 그런 뒤에는, 아무것도, 자기의 등덜미나 뒤꿈치를 움켜쥐어, 끌어당겨, 자기를 되돌아오게 할 것이란, 읍내의, 눈물의 소금, 꽃, 같은 어떤 엔네까지도 포함해 말이지만, 더 남아 있지 않을 것이라고 했다. (何以故 須菩提? '마음 넓히기'의 禪行에 좇아서는, 陰陽의 加/被虐的 合元, 또는 '양극을 갖는 타원형'으로 그 근본 양태를 삼은, 三世六道가, ['마음'이라는, 펴 늘여진 禪的 魔職의 보자기에 싸여] '幻'으로, 그리고 '象徵'으로 化한다는 것은 밝혀진 바 있거니와, 이제 그러면, 이 '象徵途'[로카]에서는, 무엇이 그중 먼저 霧散化를 치를 것이라고 보아놨다? 喝! '마음'이라는 것이 있는지 없는지, 그런 의문 탓에라도 말이지, 한번 들여다보았을 뿐인데도 두려움을 일깨워낸 일이 있는 자라면, 누구도 물었기 전에 그 대답쯤 환히 알고 있는 것일 것, 그런 것까지 풀어 드려주려 하면, 法席 못 떠나고 무량겁 법석이느라, 咄, 語佛者님 苦海 속에다 불알 빠뜨리기 똑 좋겠느니라. 이 法會 가운데 어느 聽者가 있어, 이만 정도도 살펴낼 줄을 모른다면, 안됐니라만, 小子여, 公은 소의 귀를 가졌은즉, 풀이나 밥을 說하는 데로 가야 배가 부르지, 空을 說하는 자리에 있어선 배가 부를 수가 없을 것인즉, 고픈 배를 움켜쥐어 싸매듯, 그 귀를 움켜쥐어 싸매고, 法席을 옮길지어다, 배부르고, 등 따술 데로 옮길지어다. 소의 귀라도, 그 귀가 그곳의 모든 것을 잘 판별해내는 곳, 귀가 고프지 않는 곳, 그런 곳의 어디에서는 '말씀'이 云謂되고 있으며, 또 어떤 데서는, '살'이 ['勞動'이나, '性交'의 이름으로] 사고 팔리고 있는다. 아으, 牛耳公은, 가서, 그런 데 가서, 풀 많이 먹고, 밥 많이 먹어, 귀부터 배 불리고, 그리고 나니 살 속에 힘이 차서, 힘이 한이 된 듯하거든, 그것 펴 써야지 어쩌겠냐, 아무짝에도 쓸모없는 그녀러 童貞을 떼어내거라, 귀의 소 같은 녀러 處女膜도 갈가리 찢기우거라, 놀아나거라, 정액 많이 누거라, 살의 泥田에 빠진 수캐 새끼 되거라, 泥田에서 살이 썩어 철철 녹아내려, 오소속이 白骨만 쌓일 때까지, [1]'개'가 되거라, 그, 그러다 보면, '살'의 虛無主義가 응어리 되어, 목에 뭉쳐, 뭐든 그럴 까닭만 있기만 하다면, 이란, 말하자면, 無主空山에 왜냐하면 달만 육시러게 밝기 때문에, 라는 투인데, 울음 울고 싶어질 터인가, '살'이란 汚物의 '有機體化'인 것, 구역질이러람, 흐흐흐, 公이 그리하여, '살'이 구역질이라고 알기 시작하면, 公은, 公이라는 그 송장을 하나 얻어, 그것 위에 앉고, 베개 하여 눕고, 배고프면 뜯어 먹어, 無常을 觀하고 있는 중이다. 아으, 자기 스스로를 일컬어 '靈長'이라고 하던, 저 하나의 위대한 '文化'가, '날것/썩기'라는 '自然의 軸'에서, 어떻게 [2]변화를 치르는지, 그것을 들여다볼지어다, 볼지어다, 그리고 나서는, 公의 前五百生 창자들까지 모두 거둬다, 토해대고도 모자랄 만큼, 구역질 내구라, 그, 그리고는 '스스로 고자'라도 되면 좋겠냐, 좋겠지, '스스로 고자' 되구라, [그것을 '重生'이라고 이르렷음?] 고자 스스로 되구라, [그것을 '出家'라고도 이르렷음?] 되고 나면 그때 올 일이지, 오라구, 그때까지도, 公 앉아 公의 열로 데워놓은 그 자리에, 그 따뜻함이 남아 있는다면 좋을 일이지)

'잠'이라는 話頭를 살피는 比丘가, '꿈의 舞蹈場'이 아니라, '잠'을 찾아 떠나려 하고 있는데, 이 羅卜이 자신도, 거기가 얼마나 멀고도 먼 곳인지, 방향은 또 어디로 잡아 신발 코를 둘러야 하는지, 그것도 모르고 있을 뿐이다. 몰라도 그러나, 글쎄 그는, 젊었을 때는 '세천시어곡' 洞口 되는 데까지 다녀온 것이 아니었느냐. 그런 일로는, 이 중은, 걱정한다거나, 두려워하고 있는 듯하지는 않고 있다. 그 시작은 분명히, '스승'을 뫼시지 못하고 제멋대로 자란, 한 돌중의, 그 쩌든 天涯의 孤兒感이 저변에 있었을 것이지만, 그런 까닭에, 스승 찾기라는, 그런 비밀한 방황이, 어느 구비에서 한번 뒤집혀지자, 그런 모양을 드러낸 것이었을 것이지만, 그에게는, '童話的 想像力的 宗教'라고 일러도 무방할, 그런 宗教가 하나 있던 것이다. 그러니까 그에게도, 이런 경우에 꺼내어 들여다볼, 指南鐵 하나쯤은 갖고 있었던 것이다. 시작은, 언제든 길은 하나뿐이니, 그 길만 좇아 걸으면 된다. 그러다 보면, 이제, 두 갈래진 데 당도하게 되는데, 거기서는, 흐흐흐, 보게람, 羅卜이를, 그는, 왼 손바닥에다 침 많이 뱉어 괴어놓고, 오른손의 손가락 하나를 (金華) 俱胝하여서는, 하늘을 가리킨 뒤, 다음엔, 땅 가리키기로 휙 내려쳐, 침 많이 튀겨 난 방향에다 운명의 신발 코를 돌린다, 그리고는 콧노래를 흥얼거리며, 짧은 거리든, 긴 거리는 걷다 보면, 길이 여럿으로 셋으로 나뉘는 곳에 닿게 되는데, 그 길 앞에는, 길 찾아 길 떠난 젊은네들께, 길을 손가락질해 보이려, [3]'동안 백발의 노인'이 하나, 앉아 기다리고 있는다...... 촛불중은 그리하여설람, 풀어 젖혀뒀던 감발을 다시 둘러 감고, 읍내의, 별세한 장로네서 마련해주었던, (그럴 사연이 있어 불에 타고 눌다 만, 뒤틀리고 꾸등져, 어느 짝이 어느 짝인지, 잘 구별할 수도 없이 된,) [4]가죽 신발을 다시 꿰어 신으려 하여, 어떻게 어떻게 오른쪽 발에는 한 짝을 신기곤, 그리고는, 무슨 法心인지, 詩心인지, 그런 것이 일었던지, 왼쪽 발은 신기려다 그만둬버리고 말았다. 허기야, 그가 지금부터 오르려는 旅路는, 신었던 신발도 한쪽은 벗어야 되거나, 벗겨지는 길이기는 하다. ('발'을 담은, 한 켤레 '신발'의 한 짝은, '수메루'라고 이르며, 다른 짝은 '쿠메루'라고 이르거니) 그리고는 路資를 생각해 그랬을 것인데, 자기에게 입 맞춰 六祖가 유산했던, 한 방울의 '침'을 기억해내, 그것을 '讖' 삼아, 자기 가슴의 그중 호꼰한 데의, 그 한

가운데 모셔 두려, 춋불중은 명상하여, 정진했다. 그러기 위해 그[六祖]의 沙彌는, 자기를 그의 從僕과 같이 겸하하고, 그의 從婢와 같이 侍待하여, 자기의 호꼰함 속에 하나의 蓮을 피우고, 거기로 그의 '침'[識]이 모여들기를 바랐다. 그 일은 그리고, 六祖에 대한 그의 경애심이 엷지 않은즉, 조금도 어려울 것이 아니어서, 잠시 후 춋불중은, 자기의 그에 대한 경애의, 그 흥그렁한 못 위에 핀, 한 蓮, 속에 담긴, 커다란 아침 이슬방울과도 같은, 영롱하게 빛나는, 한 '識'을 보았다. 옴—六祖의 말[言語]—마니 팟메 흥—명상하여 경배한 뒤 춋불중은, 그 연못 사는 개구리와도 같이 혀를 내밀어, 저 '마니'[識]를 감아, 제 입속에 끌어들여, 혀 밑에 묻어 뒀다. 그러고 나자, 못은, 그리고 蓮은 비어, 그것은 말하자면, 과부의 욕망에라도 비유될, 그런 비옥한 황폐를 드러내고 있었다. 헤헤헤, 헤긴, 중과 품바꾼이, 그 양자를 겸한 자가, 行資를 생각한다는 일은, 어째 좀 還俗의 냄새까지도 풍기지 않는 것은 아니라도, 그렇게 하여, 그 前業이 却說이라고도, 流浪僧이라고도 했던 자의, 길 떠날 채비는 다 된 셈이었다. 그러고 난즉슨, 이 行僧의 꼴이, 허긴 그럴 수밖에 없겠을 일이라도, 우스꽝스럽고, 거의 칙살맞게까지(이런 대목에 이르러선, 이 중이라는 자가, 어떤 종류의 禪法에 의지해, 길을 떠나려고 하고 있는지, 그것을 잘 짐작해야, 어째 저런 식으로, 추악한 꼴들을 비유로 쓰고 있는지, 그것이 밝혀진다) 추악했는데, 꼴인즉슨, 흑사병에 걸린 쥐 한 마리를 잘못 삼켰다가 반쯤 토해내고 있는 들고양이와 다르지 안 했으며, 또는 삼키고 또 삼키는데도, 아직도 먹이의 긴 꼬리 부분을 남겨놓고 있는, (뱀도 잡아먹는) 두꺼비(가 없는 것이 아니더라) 꼴이기도 했고, 또, 소박맞고, 누런 (李朝 말엽의) 고개 누렇게 돌아가는, 어떤 꼽추 새댁을 잘못 먹고, 그 목에 비녀가 누런 설움으로 걸린 야호 모양다리로 그랬는데, 이런 行裝을, '존자 스님'이라고 불리었던 자가, 부러움으로 붉은 얼굴이 되어설람, 명명하여 '蛇圓會陰'이라고 했던 그것이거니와, 그러고 보면 춋불중은 오늘, 자기로부터 어떤 夢片이나 한 조각 뜯어내, 그것을 (노아의,) 비둘기나, (또는, 莊子의) 나비 삼아, 날려 보내보려 하고 있는 것은 아니며, 이승 올 때, 자기 죽음을 哭하라고, 이승을 죽음의 고장이라고, 저승에서 아예 입혀 보낸, 喪服만 벗어 그 자리 뉘어놓고, 자신을 송두리째 그 喪服 속에서 빼쳐 일어나, 길 찾아, 길 떠나볼 모양이었다.

아으 比丘임세, 比丘가 아까, 혀 밑에 묻어둔, 그 '讖'에서 禪木의 싹이 터, 말하자면, 대나무는 筍일 때 다 굵어져 있는 것과 마찬가지로, 禪木도, 싹 트기로 우람함을 꾸몄거들랑은, "아 내 귀여운 월계나무여, 금갈퀴로 내가 너를 북돋았으며, 금물주개로 물 주고, 명주 수건으로 네 잎들을 닦아줬잖니?" 속삭여 들려주고, "그런즉 내게 魔衣를 입혀주렴!" 하고, 願望을 들려줄 것이지. 그렇게 속삭임과 동시에 比丘는, '魔衣'에 입혀져 있을 것인즉, 이제는, 서둘거나, 또는 머뭇거림 없이, 그 나무의 한가운데로 열린, 비밀한 통로에로 나설 일인데, 아으 불도마뱀임세, 오르려거든, 그 用心(프라나 마음)으로, '白鳥' 모양을 취하면 좋을 것인가, 내리려며는, 그 能心(프라나 마음)으로, '멧돼지' 꼴을 취하면 좋을 것이다.

코로는, '항ㅡ솨ㅡ', '항ㅡ솨ㅡ' 심호흡을 계속해오다 촛불중은, 마음이 준비된 대로, 갑자기 숨을 딱 멈추었다. 그렇게 그는, 한 거짓[假] 죽음[死]을 도모한 것인데, 죽지 않고 어떻게 喪服을 벗겠는가, 죽었기에, 저 한 불도마뱀은, 이승 문틈에다, 거기 물렸으므로, 꼬리를 끊어 남겨두고, 却說이의 教義에 좇아, 苦行 길에 올랐다. 나서본 일이 없는 길은 어디로 통하는지 알 수가 없는 것이 사실이다.

[公案]

五祖問僧云, 倩女離魂, 那箇是眞底.

(五祖가, 한 중에게 묻기를, "자기의 魂과 분리되어 있었다는 倩女는, 그러면 대체 어느 쪽이 진짜래야겠느냐?"랬다) [저 묻는 자의 지혜라는 것은, 제기랄, 벼룩 좆 기럭지도 못 되었더랬구나! 한쪽이 진짜면, 다른 쪽도 진짜다, 한쪽이 가짜면 다른 쪽도 가짜다. 이러고도 '色'(菩提樹)과 '空'(明鏡)을 說할 수 있느냐?]

苦苦苦苦　!　!　!　!

!　!　!　!海海海海

해괴할 일일놨다, 품바 公이여, 公은 디뎌 지나는 곳에마다, 허긴 발병이나 아파서 그랬겠지, 발[足] 울음 하나씩 묻어뒀는지, 公 지나고 나면, 公의 발

자국이 울음을 우놨다, 해괴할 일일놨다. 한 십 리 길은, '苦'音을 '울어 보이고'('울음'은 '소리'여서, '귀'에 호소하는 것인데, 이것은 '눈'에 호소한다), 다른 한 십 리 길은, '海'音을 '보여' 우는데, 가맜게라, 여, 여으 푸, 품바 公은 게 좀 서게라, 서게라, 대략 한 이십 리 길을, 또는 사십 리 팔십 리 길을 그렇게 한다 해도 다름은 없는데, 단숨에 붙여 '듣자니', '苦/海', 또는 '海/苦'라고, 두 足音을 울어, 길[路]이, 보이놨다, 苦海/海苦—쳇, 해괴할 일일놨다, '이십 리 길'이, '팔십 리 길'이, 길게 걸렸어도, 보아거라, 발자국은 두 개뿐이다, 제기랄, 두 개보다 하나도 더 많지가 않다. 그, 그러구 보니, 이거 보게, 가, 가맜어 보게람, 지난다고, 뒤꿈치에서 생불이 나게 지낸다고 지나는데도, 누가 두 발자국보다 더 디뎌, 이 세상을 지난 자가 있는가. 그, 그래서 말인데, 한 삶을 산다고 하며, 별 질 때 사립짝 벗어나, 별 뜰 때까지 동동거리고 산다고 해도, 두 발자국보다 더 늘여 사는 것도 아닌 것이 아닌가. 그것이 상사라의 걸음 수였던 모양이었는가, 啪, 그 두 걸음 다 걷기에 百世가 걸리고, 五百世가 걸려도, 다 못 걷고 말겠구나.

가다 목이 마르면 도랑물 먹고, 길도 물어 가다 촛불중은, 모두 손가락질해 가리키며, 저쪽 열두 영 너머 동네, 서낭당 사는 [5]귀신은, 몇 나이나 젊었을 때, 閱世가 많아, '묻는 길'을 알 것이라 일러주던, 그 영 너머 마을의, 서낭당에 닿았다. 서낭壇에는 허긴, 젊어 閱世를 너무 많이 했든 어쨌든, ("山은 비탓에 늙고, 계집은 사내의 精水의 부족으로 늙으며, 행려자는 길 때문에 늙는다"고 하잖더냐) 한번 살이(삶)에 五百世 살이라도 살아버린 듯한, 젊은 나이에 늙어 보이는 귀신 하나가, 해묵은 낮잠을 뉘어놓고 있었다. 때에는, 촛불중도 지친 데다, 배도 고팠으며, 발병까지 나려고 하여, 그 귀신의 발치 아래쪽 돌팍에, 몸을 부리듯, 우선 주저앉고는, 괴나리봇짐을 열어, 저쪽 어디 혼인 잔칫집에서 얻은, 떡이며, 炙, 煎 따위를 꺼내, 닥치는 대로 뭐든 떼 물어 씹습시나, 적당한 돌팍 위에다 차렸다. 서낭당 귀신이 깨이면 같이 나눠 먹고, 그렇잖으면, 자기 먼저 먹고 좀 남겨, 귀신께도 대접하려는 것이 촛불중의 의도인데, 길을 물으려면, 그만쯤은 情도 써야 될 듯한 것이다. 그리고는 중은, 배가 고플 때 먹는 음식의 맛에 취해 들어, 거의 자기 정신도 아니었다. 그러다 중은, 몇 목구멍 크게 삼켜 넣은 뒤에 말이지만, "혀는 火天(阿耆尼)이러람!" 하고 씨불였다. 그리곤, 입 속엣 것을 꿀컥 삼키고 난 뒤, 이어서 이랬다. "오오 고오타마여, 입은 요니이럼, 혀는 링가며, 음식은 燃料, 씹기는 性交, 맛은 튀기는 불꽃이며, 삼키기는 성적 쾌감의 절정이다. 이 [6]'祭祀'에다 神들은, 祭酒로서, 精水를 뿌린다. 오오 고오타마여, 卵子는 祭爐며, 精子는 祭火이다, ……" 누가, 몹시 투덜대며, 방해하는 소리가 있어, 촛불중은, 상념을 더는 달릴 수가 없게 되었다. 보니, 서낭당 귀신이 어느 녘엔지 깨어, 촛불중을 향해 눈을 부라리고 있었다. "에이쑤, 쑤, 쑤악한 나그네 같으님! [7]마늘 냄새, 땀 냄새, 곱내, 침내, 똥내, 지린내, 에이쑤, 쑤, 쑤악한 나그네 같으님!"

"서, 서낭 어르신께서는 평안하셨납지?" 합장하여 촛불중은, 앉은 자리에서 예해 보이고, "금년에도, 서낭님네 마을에 雨順風調였습납?" 하고, 날씨 얘기를 꺼냈다. "雨順風調를 빕습지."

"客僧은, 땀 냄새로 삼세를 어지럽게 하는 것으로 보건댐, 입었던 그 喪服을 어디다 저당 잡히곰, 그 푼전으로 그 음식을 산 듯한데 말씸이얌",

"아, 이 음식은입지, 서낭 어른께 드리려 말입습지",

"그러니 죽었음으로 하여섬, 이쪽으로 오고 있는 것은 아닌 것이 분명한뎀, 어쩌다 한 번씩, 글쎄람 하나씩, 그런 좀 얼빠진 이들이, 지났기엠사 하는 말씀임메." 서낭鬼는, 그때쯤은, 일부러 꾸몄었던 듯한 노기를 가셔 없애고, 뿌지지 일어나 앉고는, 탐하며, 남은 음식을 먹어 치웠다. "한철이남, 배동 고팠더람, 헌뎀, 사돈은, 어디를 가시니라곰? 오시니라곰?" 하고, 제법 자상스런 늙은네모양 묻고, 동네 쪽을 훤하게 내어다보았다. 禪家 古今笑叢을 좇는다면, 이렇게 되면 이만쯤에서는, 主客 간에, 先取腹臟, 後取 덜미, 天桃 훔치기, 後門 치기 등의, (修辭學的) 폭력형이 자행될 차례라고 알아 촛불중은, 우선 禪齒를 세우고, 서낭鬼를 노려보며, 여차하면, 하는 순간, 목덜미의 대정맥을 찾아 물고 덤비려, 태세를 갖췄다. 그러다 헤벌레 웃고, 촛불중은, "雨順風調를 빕습지." 날씨 얘기를 한 번 더 되풀었다. 촛불중이 새로 보고 알게 된 것이 이것이지만, 저 서낭鬼는, 무슨 '無門'을 가로막아 앉아, 通行稅로, 사미들의 불알을 까먹고, 後門을 치는 늙은네이기보다는, 그의 생시적 생업이야 무엇이었든, 지금은, 그 뒤쪽으로 훤한 길을, 그것도 세 갈래씩이나 던져두고, 길을 묻는 이들께, 길을 가르쳐주기로 주먹밥도 얻고, 소금이며, 담배, 세상 소식도 얻고 듣는, 그냥 그런, 어디에나 있는 동구 지켜 사는, 그래도 조금은 심술기도 있어, 마을에다 눈아피病이며, 마마도 뿌리는, 그래서 그런 심술부리기로, 동네 버릇없는 아이놈들 갈기는 오줌에 젖지 않으며, 더러 告祀떡에 맑은 술도 얻어먹는 乞鬼, 있어서 해스러운 듯해도, 있기에, 거기에다 마을의 厄이며, 病, 凶 등, 모든 오물을 퍼 버리게 되는, 그만쯤의 陰德은 있는, 그런 귀신이던 것이다. "아무렴입지, 雨順風調를 빕습지." 날씨 얘기를 한 번 더 하다 촛불중은, "詞煩, 詞煩이군입지"라고, 빼내 물린 자기의 혓바닥을 자기 손으로 밀어 넣었다. 그때 촛불중이 깨달았기로는, "어디를 가시니라곰?" 또는, "오시니라곰?" 하는 서낭鬼의 물음에 대한, 자기의 "雨順風調"라는 대답은, 例를 들면, "카나데바 學堂이란 무엇이냐?"라는 물음에 대하여, "銀器에다 白雪을 고봉 담기" 라고 하는 대답과, 결코 같은 범주의 것이 아닌 듯하게 여겨진 것이다. 글쎄, 촛불중 스스로도 방금 전에, 이 서낭鬼는, '말[言語] 놀이'에 이력이 나, 반들반질해진, 禪家의 바둑돌과는 같잖다고, 관찰해낸 것이 아니었느냐? "헤, 말입습지, 소승은입습지", 촛불중은 그래서, 천 마디를 씨불여도, 만 마디를 들어도, 눈썹이나 고막을 축내거나 하잖는 말, 예를 들면, "본개 자네 거 수찮히 앙구찮은개 빈디, 고래갖고 워디를 가니라고?" "하 저, 끕째기 뙹이 매럽어 그렁만은." "그라먼 야 사람아, 고 사랑방 젙에 통세도 없다는 겨?" "아자씨도 참말이제, 뙹이 매럽울 때마동 넘우 집 통세다 똥을 눠주먼, 멩년 모짜리헐 때 나는 워짜구로요?" "그래도 야 사람아, 누구네가 사랑방을 내줄 때는, 뙹이라도 바라보고 그라는 짓이 아니겄는가? 워쨌거나, 앙구찮은개 빈디, 워서 가보드라고이." "먼첨 좀 진정을 히어야겄은개, 어르신부텀 가시겨요." —그런 종류의 말을 하려는 것이다. "어째선지 말입지, 노상 잠자리가 불편하고 해섭지, 누가 '나'라는 꿈을 꾸는, 그 몹시도 헤설픈 꿈을 꾸는, 그 몹시도 헤설픈 잠을 자고 있는가 말입지, 그, 그것이 알고 싶어섭습, 그, 그 '잠'을 찾아 말입지, 헤매고 있는뎁지",

"거기 닿는 길쯤은, 환히 알고 있는 듯하구만그랴?"

“……꾸, 꿈이, 헤, 헤설픈 것으로 따져, 거기가 어떤 데쯤일지는, 짐작 못 할 것 같지도 않은뎁습……, 모든 것이 옳게 다가 꺼꾸로 뒤집히는데, 내리기가 오르기, 돌아가기가 돌아오기, 모든 것이 헛갈리고 섞갈리는데, 저승은 아닙습, 이승도 아닙습, ?, ?……”

“흐, 흐, 흐렇다면 대사는, 그 자리에 제대로 찾아들었다고 해야겠구만음. 도, 돌아, 스님 온 길을, 돌아보심스람, 보심스람, 그, 그 흐, 흐리고, 내어다, 스님 나아갈 길을, 내어다보심스람, 말씸이람. 그, 그런 다음에는, 여 품바 公임스람, 앉아 있는 자리를 내려다보시람. 흐흐흐, 그런 자리라면, 여 비구임셈, 그 두 가랑이 사이에도 있는 것이 아니람? 그, 그런 것을 두고시람, 헛수고시람”,

休去.

“……스님께서늠, 떠날라믄 떠나보시람……, 난 한참 더 졸아보았으면 싶으니께람. 글쎄람, 보이는 저 동네에서는, 저녁에 잔치가 있을 것인뎀, 허 이런, 저녁 되려면 아직도, 한참은 더 기다려야 되겠으님…… 하품, 흐아으하품, 만년 세월…… 죽지도 살지도 못하는 자에게는 말씸이오람, ‘한참’도 천년이나 만년이나 다름이 없이, 지루하다고 생각하면, 천년이나 만년이 되게 지루한데 말씸이오람, 하품, 하으아품, 아, 아니, 여, 대사 말씸이얌, 커흐, 흐, 갑자기 갖다가시남, 떠나볼 곳을 잃어버린 자모양, 팔베개하고 눕는뎀, 하으, 알겠수람, 허긴 죽지도 살지도 못하는 자에게 ‘歲月’이 그렇듯이, 정처도, 행방도 없는 자에게는, 하기는, ‘場所’가 그렇잖겠는감, 하는 생각이 드는뎀, 대사께서, 지금 일어나, 궁둥이를 털고, 어디만큼 떠나본다거남, 이왕에 궁둥이 붙인 자리에서 밍기적거리고 머무른다거남, 흣흣, 거디 무슨 다름이 있을 것 같지는 안 해 보이기는 안 해 보이는뎀…… 말씸이지만 그래도, 어느 한 자리를 정해, 머물고, 그리고도 머물다 보면, 거기 새로 定處가, 고향이랄 것이, 생겼다고 일러도 되잖을깜, 말씸이얌, 말씸이얌, ……, 그렇게 돼설라믄, 본디 浪鬼였던 나도 말씸이, ……가맜어 보시젬, 여기 주저앉게 된 지가, 그러니깐, 이게, 햇수로 갖다가시남, ……헛, 이런 수가, 죽을 일 없다 보님, 나 셀 일도 없엄, ……매일이 그 날, 하릴없는 같은 날”, 서낭鬼는 때에, 볼일이 생각났던지, 쭈그린 자세로 돌아앉더니, 골머리를 까 내리고, 힘을 써쌌다. 눈아피病을 누느라 그랬던 모양으로, 조금 흘리고, 會陰 부분을 둬 손가락 써서 눌러 올려, 남은 지린내도 짜낸 뒤, 많이 진저리를 치며, 골머리를 되추슬러 올린다. (헤이키, 小說者여, 小說匠임세, 公의 수염에는 밥풀이 묻고, 된장이 엉겼으며, 어제저녁 지낸 계집의 음수에도 범벅이 된 데에, 파리 떼가 場을 봐, 잡스럽도다, 가히 잡스럽도다! 오줌 누는 자의, 바지 골머리까지 까 내려주고, 또 되추슬러 주기까지나 말을 만들어 팔아서도, 목구멍 풀칠하기는 어려운가? 그, 그렇다 하되, 小說하는 자가, 깜냥으로는 잡스럽지 않으려 하여, 급한 똥만 얼른 면하겠다고, 무밭고랑에 쭈구셔 있는, 이 진사네 며누래기 얘기 같은 것은, 입 밖에 내려고도 않는다면, 사돈네 박토에서 무 뿌리야 굵어지든 말든, 제기랄, 君子나 될 일이었지, 小說匠은 뭣하러 되었겠는가? 너는 이눔, 네놈의 마누라 아랫배에다 환쳐놓은 노루로부터 새끼를 구할지언정, 野狐의 똥꾸녁에서, 牛黃을 끄집어내려고는 말거라) 그리고 귀신은 다시, 촛불중을 마주해 앉으며, 나름으로는 미소라도 지어 보이려 얼굴을 씰룩인다. 이 고장의 봄날 바람 속에는, 지린내며 누린내가 과하다고 했었더니, 저런 녀러 귀신 나부랭이들이 흘리는 오줌이며, 가래침이며, 클클, 미소 탓인 것이라고, 촛불중은 알고 있었다. 별랑도 뻐꾸기가 울어쌌는 이 봄날은, 밝고, 따스하고, 또 깊고 그랬는데, 이 '깊음'은, (봄이란 사실, 뻐꾸기며 종다리 울음에 얼마나 깊이 조용해 있건, 大地라는 그 깊고도 두려운 잠, 속에서 깨이고 있는 情들로 하여, 한 떼의 돌고래가 지나고 있는 바다 같은 것인 것, 그런) 태풍 가운데의 눈[無風帶] 같은 것으로, 촛불중께는 느껴졌다. 이 거대한 律動 속에서는, 몸이 아니라, 魂들이 振動한다. 그래서 그럴 터인데, 몸엔 히마리가 하나도 없고, 볕 아래 녹아 펴 늘여지느라, 뼈도 못 추리게 졸리고 그러느라 촛불중은, 바로 그런 魂의 振動에 따르는, 몸의 이완을 어떻게도 수습해낼 수가 없어, 지랄을 잘하기 위해 아예 방석 준비해 깔고 시작하듯, 신고 왔던 한 짝 신발을 벗어, 베개 삼아 베고, 밝은 봄날을 졸려 했다. "저녁에 말입지, 헤헤, 마을에 잔치가 있다는뎁지, 그때까지나 좀 졸아 둬보려 합습지. 오라는 데는 없어도, 갈 데가 많은 것이 품바꾼이거든입지. 그리고입지, 시간도 사리면 사려지는 것인뎁지, 잠이 그것입지." 촛불중은 그리고, 걷기에, 노숙에, 배고프기에, 어쩌기에 고단했던지, 그 밝디밝은 깊음 속으로 가라앉아 들었다. 해는 중천보다는 기울어 있었는데 윗녘 세상 아랫녘 세상 할 것 없이 세상은 밝고 깊으고 봄에는마다 떠 흘러가쌌는 상여가 뉘 집에서는 둥둥 떠나온다 해도 까짓것 대수냐 살아 있는 까닭으로 노곤한 세상은 살 만도 하고 그런 것이 봄이고 그렇다.

"죽지도 못하고, 살지도 못한다는 말을", 서낭鬼는, 客僧이 잠에 든 지도 모르고, 무슨 말을 꺼내려 하고 있었다. "이 귀신이 아까, 꽤는 강조해 말하지 안 했던가 말씸이얌", 기억을 더듬어가며 서낭鬼는, 그 자신은 '세월을 잊어' 모르되, 몇십 년인지, 응어리져 온 무슨 얘기를 털어놓고 싶어 하고 있었다. "이 동네 서낭당에 주저앉게 된 것은 말씸이젬", 때에 헌데, 한 짝 신발에 머리를 얹은 촛불중이, 코 고는 소리를 냈기에, 귀신의 얘기는, 거기서 더 계속되지를 못하고 말았다. 귀신은, 하다못해 가랑잎 담배라도 한 대 폴씬 피웠으면 싶었는지, 壇 주변에 있는, 마른풀을 조금 뜯고, 가랑잎에 싸 말아, 담배를 만들고는, 돌팍 밑에서 부시 꺼내, 쳐, 연기를 꼬슬려 올렸다. 그러며, 쭈그렁진 가죽 신발 한 짝 위에 뉘어진, 수염 우북히 자란 잠을 내려다보며, 어째선지 그가 낯설지만은 않다고 느끼고도 있었다. 그러며, 그에게서 풍기는, 냄새—생명의 냄새를 탐하며, 필시 그가, 어디엔지 벗어 뉘어놓았을, 그 따뜻한 後門에의 그리움을 몹시 강하게 느껴내고도 있었다. 그러며 서낭鬼는, 자기가, 바로 그런 어떤 客鬼의 희생자가 돼 있다는, 그 비극을 거듭 기억해내며, 한숨도 쉬고, 목구멍에서 눈아피病을 뜯어, 짜증스러운 듯이 캑캑 쏴 뱉어내기도 했다. 귀신은, 자기만 아는, 어떤 일들로, 속이 불편해 있었다. (이건 분명히, 言語와의 관계에서는, 촛불중이 이르는 '冥力'의 도움을 입어, 그것도 同類 사이에서만 가능한 것이겠지만,) 以心傳心이라는 通話法이 있다, —설풋 잠에 들었다 해도, 서낭鬼가 괴로워하고 있은즉, 그의 자리를 빌어, 든 촛불중의 잠만, 어찌 달콤할 수가 있었겠는가, 봄볕이 이마에 너무 뜨거웠든, 아까 몇 입가심 크게 삼킨 음식이 속에서 돌처럼 굳었든, 중은 발끝을 털어쌌고 떨어쌌더니, 잠을 깨고 말았다. 그리고는 머리가 아픈 듯, 머리를 감싸고 있더니, "아직도 해가 많이 남았군입지",라며, 부스스 일어나 앉았다. 그리고, 베개 삼았던 신발짝의 구김을 펴느라고 한 뒤, '海'字 발에다 신기려 하고 있다.

"아 그래섬, 하지만 설마 이 시각에, 스님께서는 길을 떠나시려고 시남? 허허, 스님께는 아직도, 하기는 우리는 초면인뎀, '아직도'라는 말이 우습기는 하지만, 어쨌든 스님도 젊지는 않으신데 말씸이젬, 갈대 사이 지나는 바람 소리를 들으면, 먼 데서 부르는 소리에 귀가 깨이고, 흐르는 구름을 올려다보면, 따라서 재를 넘고 싶어지곰...... 하던",

"부디 서낭님께서는입지, 어느 길을 좇아 따르면입지, 소승이, 소승을 '꿈꾸는 그 헤설픈 잠'을 만나게 될집습, 그쪽 편에다 눈길이나 한번 올려주셨으면 합습지",

"가, 가맜어 보십스람, 가, 가맜, 그, 그러구 보니 말씸이람, 그렇구만, '이쪽에 있는 것은 저쪽에도 있넴, 여기에 없는 것은 아무 곳에도 없넴.' 그런 소리를 하나 들어둔 게 기억이 나는구만그럄. 마는, 하기사 스님께서도 어찌 그런 말쯤 들어보시지 안 했겠솜 엥? 그리고도 사립짝을 나서라야만, 사립짝 밖 되어가는 일이 훤해진다고 해얄 것이겠는감...... 아 물론, 스님이삼 세상사 돼가는 것 알아보려 길 나선 것은 아니겠지만 말씀이람", 서낭鬼는 그리고, 불이 꺼져가고 있는 가랑잎 담배를 빽빽 빨아 연기를 올렸다. "그, 그러던 어떤 날, 날, 이젬, 허, 허기야 이런 건 깨달음이랄 것은 못 되지만 말씸이얌, 저 法句가, 꼭히 맞는 소리만은 아닌 것이 아닌가, 허는 생각을 하게 됐더라 말씸이젬, 글쎄, '이쪽에 있는 것' 한 가지가, '저쪽'이나 '다른 쪽'에는 없는 것이 있더라 말씸이거듬. 그것이 '생명'을 담고 있으며, 동시에 '죽음'을 담고 있는 것, 하나의 신비한 그릇, , , 말씸이젬, , ,"

"스승께서는입지", 촛불중은, 합장하고, 허리 굽혀 두 번 절했다. "그러니깐두루 말씀입습, 有情들 입은, '몸'에 관해서 說法하고 계십습지? 畜生道만의 은총",

"무엇이 어디섬, '헤설픈 꿈을 꾸는 헤설픈 잠을 자느냐'곰 물었드랬젬?"

둘 다다, 두 발 해 길이쯤은 눈썹만큼도 여기지 안 했으니, 침묵도 해가며, 띄엄띄엄 말도 섞어가는 중에, 마을의 굴뚝들에서는, 저녁연기가 오르고 있었으며, 해는 지고 있었다. 아까, 해가 한 뒤 발가량이나 남아 있었을 때, 참으로 어디로 떠나보려고 그랬었는지 어쨌었는지는 모르되, '海' 字 발에다 신발을 신었던 떠돌이 중은, 서낭鬼가 풀어내는 말에 감겨, 앉은 자리에서 궁둥이를 떼어보도 못하고, 귀[耳] 모양의 한 버섯이 되어 있었다. 떠돌이 중은, 서낭鬼에게서, '동안 백발의 노인'의 풍모를 보았든 어쨌든, 귀신에 대한 친근감을 키우고 있었던 모양이었는데, 그것이 祭祀가 되어서였을지도 모르지, 모르되, 매우 흐리터분해, 고분 벽화만 같았던, 서낭鬼라는 形相을 이루고 있던, 그 線에 또렷함이 나타나고, 가늘던 것에 두터움이 입혀지고 있어, 중 보기에, 누군가가, 저 귀신을 그리는 연필 끝에다, 침까지 묻혀, 線에다 線을, 세 번 네 번 거듭 입혀, 환치고 있는 듯하게, 여겨졌다. 그렇다 해도, '누군가가, 연필 끝에다 침 묻혀 그려, 또렷함을 드러내기', 그런 어떤 종류의 祭祀와, 귀신의 형체, 윤곽이 또렷해지기는, '접싯불'과 '기름'의 관계 같은 것은 아니라는 것을, 중은 分別하고 있었다. '기름'이 거의 다해, 가물가물 꺼져가려던 '접싯불'에, 기름이 보태어지면, 그 접싯불은 다시 젊어져 버리는데, 이 점에 있어서는, '접싯불'과, '모래시계'는, 다름이 없다—(모래시계의) 아래쪽의 時間의 集積量에, 위쪽의 時間의 길이도 비례하는 것. 이것이, 이 중(촛불중)의, '白瑪瑙(生命 쪽의, 저울 접시에 올려지는 錘)/黑瑪瑙(죽음 쪽에 올려지는 錘)'의 '易秤'論의 근거가 되어 있는 것인데, '生命'은 그래서, 이 理論에 의하면, '죽음'과의 均衡, 相剋的 均衡을 적절하게 유지하고 있을 때만, '건강한 生命'일 수 있는 것이며, 그 '均衡'이 어긋날 때, 위기에 처하게 된다는 것이다. 삶 위에, 죽음이 만연하게 된다. (人世에서는, '말씀'이, 저 '易秤'의 役이라고 하는 듯하다) 헌데, (여기에서 얘기되어지고 있는,) '鬼神'은, 이 '易秤'에서, 한 톨 굴러떨어져, '易'을 벗어나 있어, 투박하게 말하면, 희[白] 지도, 검[黑] 지도 않은 錘여서, '易秤'에는, 그것을 올릴 접시가 없는 것이 사실이다. 그러니 '모래시계'의 눈금으로, 저 '鬼神'의 무엇을 잰다고 할 수 있겠는가? 귀신 쪽에서의 현재의 느낌은 헌데, 어떠했는가 하면, 몸을 잃고 난 후 처음으로 한번, 누군가가 자기를 기억해, 정갈하게 손본 祭祀를, 흠씬 歆饗하고 난 듯한, 그런 것이었다. 귀신께는, 만복감과 충족감이 일었으며, 그러자니 氣가 돋고, 고목에 아닌 꽃이 피기모양, 불그스레함까지 드러나고 했다. 그렇게 되어, 알게 되어진 것이 이것이지만, 촛불중께는, 저 귀신의 얼굴이랄 것은, '冥(明)鏡'이라고나 일렀으면, 적당한 표현이 될 그런 것이었다. '明(冥)鏡'과 꼭같되, 반대로, 이것은, '어둠'이 깊어져야, 그 鏡面을 드러낸다. 그리고도 같지 않은 것은, '明鏡'은, '뙤노미 지나면, 뙤노믈, 왜노미 지나면 왜노믈, 조선 노미 지나면, 조선 노믈' 비추는 것인데, 이 귀신의 '얼굴'이라는, 어떤 불분명한 輪廓은, '뙤·왜·조'라는 투의 '밖'을 스치는 '相'이 아니라, 그 귀신 당자에게서 일어나는 '想'을 비춰내는 그 점이다. (이것은, 현재의 촛불중 자신도 그러하지만,) 귀신은, 몸을 잃은 뒤, 때로 때로 자기의 얼굴이 어쨌었던지 궁금하고 하여, 옹당샘 같은 것을 보면, 그것을 거울 삼아, 자기를 비춰보려 했음에도, 도대체 비춰지는 얼굴이 없어, 종내는 귀신 자신까지도 자기의 얼굴을 잊어, 자기의 얼굴을 모르게 되어버린 것인데, (귀신 자신이야 어떻게 알겠는가, 마는,) 그런 후부터, 귀신의 '얼굴'이라는, 흐리꾸리한 '輪廓'은, 그 귀신 자신의, '想'의 '거울'로 바뀌어져 버렸다. '거울'이, 모든 얼굴이며, 아무의 얼굴도 아니듯이, 저 귀신의 '輪廓'도, 또한, 그 귀신 자신의 '想'과의 관계에서 그러하여, 일정한 '얼굴'이 없었는 듯했는데, 이 저녁 서낭鬼는 헌데, 물론 흐리게라곤 해도, '동안 백발의, 도움 많은 늙은네'의 풍모를 드러내고 있다. 귀신은 글쎄, 자기를 '스승'이라고 부르는 자의, 자기에 대한 (까짓것) 信仰(이라고 표현해두면 또 어떠냐)의 輸血을 받고 있음에 분명했는데, 그 沙彌는 현재, 몸을 입고 있지는 않다 해도, 그 力氣는, 羑里의 바위 무덤 속에 벗어 뉘어놓은, 살아 있어 더운, 자기의 몸으로부터, 보이지는 않되, 어떤 식으로든 연결된, 배꼽 줄을 통해, 공급받아지고 있던 것이다. (촛불중 스스로, 그 '연결'을 느끼고 있은즉, 이 連線은 아직, 무엇의 방해도 받지 않고 있다는, 그런 증거가 아니겠는가. 남은 '각시'는 그런즉, 아직도 정숙함을 지키고 있는 중인 것이다) "……말씸이람, 이 서낭鬼는, 이 저녁, 맑고 좋은 祭酒에라도 잘 취한 듯한 기분인뎀, 흐흐흐, 이, 이런 상태라면, 주, 죽을 수도 있을 듯하기까지 하다, 마, 말씀이젬", 귀신은, 떠벌리듯이 말하며, 한 다리는 뻗은 채 두고, 한 다리는 접어 들여, 뒤꿈치를 會陰에 밀착한 뒤, 두 손은 깍지 껴, 자연스레 丹田을 받치게 하고는, 눈을 반쯤 내리감았다. 그리고는 천천히 심호흡을 해가며, 丹田에 마음을 모으고, 氣를 모아, 거기서 불이 일어나기를 도모하려 하고 있었다. 귀신 자신도, 그것이, 가망 없는, 헛된 노력이라는 것을, 모르기 때문에, 저런 수고를 하고 있는 것은 아닐 것이라고, 촛불중은 헤아리고, 조금은 병신스레 웃으며, 마을의 굴뚝에서 오르는 연기를, 鄕愁스러움으로 건너다보았다. 修道를 위한 다만 하나의 조건이, '몸'이라는 그것은, 아예 거론치 말기로 한다 해도, 마음의 평정을 얻으려 한다거나, 자세가 나빴음으로 해서, 어디 穴이 막힌 데가 있어, 그것을 트려 한다거나, 하는, 그런 목적도 아닌, 더욱이나 '氣'(프라나)를 돋우려는 목적으로, 현재 서낭鬼가 시도하는, 저런 禪法은, 肛門 같은 열림이 하나 있어도 안 되는 것이어서, (羑里의 사투리로 이르는, '屄蝪'이라는 마개로) 그 열림까지도 단단히 (틀어박아 넣어) 닫고서야 하는 것인데, 몸을 잃어, '흐리꾸리한 輪廓'뿐인 형체는, 허청이나 같은 것, 허청도 못 되어, 차라리, 공간 속의 공기 방울과도 같은 것, 虛 가운데 虛—그것으로 무엇을 일으켜내며, 사 모을 수가 있을 것인가. 재산을 좀 모았다는 늙다리 고자가, 多産을 했다는, 늙다리 과택을 얻어, 손가락으로 여러 번씩이나 끌럭이고 난 뒤, 자식 보기를 기다리는 쪽에, 利가 있겠는다.

그렇거나 저렇거나, 깜냥으로는, 뭔가를 좀 돋궈내려 애쓰고 있는, 서낭鬼의 얼굴엔, 그러는 동안, 여러 꼴의 변화가 일고 있었다. 흐려지는가 하면, 맑아지고, 머리 부분이 온통 黑空이 되어, 저녁처럼 되기로 보이지는 않되, 그럼에도 거기 무슨 존재가 있다는 으스스한 느낌을 일으키기도, 또, 붉으락푸르락, 색깔을 드러내기도 하고, 그랬다. 귀신은, 뭔지 몹시 번뇌하고 있었는데, 촛불중께도 그 괴로움은 전달되어, 저 귀신의 까닭으로, 한기와 열기의 갈아듦을 경험해야 했다. 한기가 들 때는, 왠지 초조하고 불안했으며, 열기가 들 때는, 분노며 증오라고 했으면 싶은, 괴로움이 일어났다, —촛불중이 感知한 바에 의하면, 귀신은 '죽음'을 열망하고 있었다. 그렇다, 고자의 欲望, 咄, 죽고 싶어 하고 있었다. 흐흐, 흐, —촛불중은 그리고, 매우 아프게 失笑했는데, 만약에 갖다가시나, 저 귀신의 죽음도 가능적일 수 있다면, 그 下手人은, 이 우주간 다른 누구도 말고, 촛불중 자기일 것이라고, 그것을 알게 되다 보니, 그런 것이다. 그럴 것이, 촛불중 자기는, 아까부터 시작해, 음녀를 곁에 두고 있을 때 일어나는 性慾과도 같은, 그런 조금, 창자가 꼬이는, 殺慾을 느껴오고 있는 것이다. '거울'은 그래서 참으로, 개 새끼가 지나면, 냅다 한 발길 차 던져버렸으면 싶은, 그런 욕망을 일으키지 않으며, 佛者가, 꽃을 꺾어, 입 귀퉁이에 물고 있는 것을 보여도, 웃음이 터져 오르지 않는 것인가?

수상하다고 해야 할 것은 그런데, 때에, 서낭鬼 쪽에서 일어나, 중 앞에 엎드려 큰절을 하고, 중의 발등에 이마를 대는 그 일이었다. (촛불중의 짐작이 이것이지만,) 그는, 중을 두고, '스승'에 대한, 예를 차리고 있던 것이다. 爲界(프라브리티)에고, 無爲界에고, 자기의 몸이란 있지도 않은, '몸·말·마음'을 바치고 있던 것이다. 얼떨결에, 촛불중은 그리하여, 그 절[拜]에 당했는데, 떠나왔었을 때의 자기의 목적이 무엇이었든, 이렇게 되어, 자기가, 前生에나, 此生에 무슨 인연이 있었던지도 모를, 뜻밖의 한 '情'을 殺害치 않으면 안 될, 망나니役에 떠맡겨진 듯하다고, 여겼다. 허으, 촛불중은, 그래서, 병이 든 듯 헐헐거리고, 병이 들어 아프게 웃었다. 없는 몸으로써, 없는 목숨을 殺害하기—촛불중이라는, 한 '氣의 몸'은 이때, 몹시 흐린 붉은빛을 띠어 내고 있어, 그 한 자리에 한 점 덤벙 떨어진, 암羅刹의 월경 덩이도 같아, 추악하고, 게다가, 썩는—비린내까지도 풍겨내고 있어, 추접했다.

"……그동안에 날이 저물었는뎀, ……" 어느 별에서는, 촛불중의 느낌으로 보기에는 그랬다, 승냥이가 목젖을 뜯어내며 짖고 있었다. "……저녁에는, 동네에 잔치가 있으리라곰, 배고픈 귀신들이 기다리고 있는뎀, 마, 말이시담, 저 동네 한 젊은네는, 기절해 지내기 여러 여러 날째인데돔, 넋이 몸 떠나기를 몹시 두려워해설람, 臨終을 늦추고 있다 말씸이람."

"莫生兮其死苦也",

"莫死兮其生苦也."

"이 돌중이 틀리지 않다면입지, 헤헤 말입지, 서낭님께서는, 히거, 히히, 히거입습지, 마을의 말입지, 죽어가는 말입지, 저 젊은네의 말입지, 후, 후후, 후문을 말입지, 타, 탐, 탐내오고 있습지? 그렇잖남? 그, 그것도 여러 세월이나 말입습?"

"듣기로늠, '저쪽' 어디에 있다는 '黃泉'은, 똥의 江, 더러움의 江이라는 소리도 있더이담. '죽기'는 그래서람, '더러움' 속에 잠기기, —헤엄쳐 그 '더러움'을 건너고 나면, 어떻게 그리 되었는짐, 그렇게 되어진 자는 아지 못케람, 어느

덧 此岸에 돌아왐 있음이람. 누름, 비림, 구림, 미끄덩거림, 의 흐름",

그래서 촛불중께 보여진, 이 저녁의 별들은, 한결같이, 흐린 누른 빛을 띠고 있었는데, 암오랑캐[蝕]의 아랫도리 속에 빠져, 허우적이느라 쑴먹이고들 있었다.

休去.

"또 듣자니늠, '신념이 있으면, 산도 움직일 수가 있다'고 하던뎀 말이람, 흐, 흐흐흐, 남의 후문 치기는 말이람, 그보다도 더 어려운 것이드맘. '신념'만 갖고는 되잖은 일이람 말이람. 흐, 흐흐, 흐래돔, 한 번 더 애는 써보려고 하는뎀, 이것이 마지막 시도가 될 듯도 싶으거들람. ......, ..., 이럴 때 말이람, 다른 귀신들을 본즉, 살아 있는 누군가가 말이람, 그 귀신을 기억해서늠, 물밥 한 그릇이라도 정갈히 차려 주면, 그, 그 일로서람, 새로람 기력을 차리고람...... 허, 헌데이람, 이건 매우 이상한 일이라곰, 이상할 것이 말이시람, 스, 스님을 만난 그때부텀 시작해섬, 이 서낭鬼한테서돔, 이, 이것은 말씸이람, 手淫을 배와서람, 처음 해본 수음 때 얻어졌던 것도 같은 말이람, 그런 어떤 뿌지직함에 꼭같이 비교되어질 그런 것인뎀 말이람, 글쎄람, 이것은이람, 鬼神 되고 난 후, 처음 느껴보는 뿌지직함이람, ..., 이 서낭鬼는, 서낭鬼 몫의 祭祀라도 말씸이람, 그것도 크디큰 것으로람, 받은 것 같은뎀, ...그, 그런 까닭엠, 俗家에서는 자식 두기를 바라곰, 空門에서는 空門이람시롱돔, 제자 두기를 바라는 것일 터인뎀, ...이 저녁이 서낭鬼는 말이람, 발정한 암노루께람, 새끼라돔 여럿 배 넣어줄 만도 하담 싶으람, 그러잠부텀, 傳感이 있었겠음짐, 그랬겠짐, 동네의 젊은네의 넋이 말임시람, 더욱더 악착같이 그 몸에 들러붙어 있으려 하는뎀, 그 몸은 이젠 말이람, 病苦로 너무 해져, 더 입고 있을 수도 없, 없",

"둘 사이에는, 글쎕지, 서낭님과 저 젊은이 간엔, 청산해야 할 묵은 빚이 있군입지, 있는 게 분명하다 말입습지",

"그 댁의 술 익은 지도 제법 여러 날째인데람, 싀어지기도 쉬운 일인뎀",

"존승이 틀리지 않다면입지 '묵은 빚'이란 '몸이 아니겠습늡? '죽음'......"

"이, 이거람 말씸이람, 단 한시, 한순간도 잊어본 일이 없었슴에도람, 단 한시 한순간도 기억하기는 싫었음에도람, ...오늘은 허지만음, 스님 뫼시고 이만큼이나 의사도 소통하게 된 데다감, 法力에까지돔 미침[影響] 받은 바 되어섬, 法恩을 크게 입고설람, 이제도 밝혀 말씀 못 드릴 것도 없담 싶은뎀 말씸이람, ……아, 아픈 기억인즉슴, 짧게 줄여서람 들려드리기로 하자면 말씸이람, 아으, 누군들 젊었을 때야 안 그럼? 허으, 허, 이 서낭鬼돔 말씸이람, 전에, 거 뭐 별랑 오래도 되잖은 요 얼마 전엠, 흐흐, 얼굴도 번드르한 데람, 가슴도 떡 벌어진, 한 벌의 몸을 입어, '살아 있다'고 하곰시랑, 그 몸을 펴내 쓰고 싶어 싸섬, 그래서늠, 옥문만 갖췄다면 해수병 든 노파까지라도 보챔시람, '살았었더랬는데'람, 람, 그랬더랬는데람, 이 서낭鬼에게도람, 참으로 막역한 친구가 하나 있었더랬는데람, 람, 그, 그렇다 하여돔, 잘살았으면 싶으다곰, ……이, 이 친구에게는 헌뎀, 거 꽤는 묘하다고 해야 할 취미랄 것이 하나 있었더랬는뎀, 뭐, 뭣이었는가면 말씸이젬, 남의 淫事를 훔쳐보며 자위하기를 말임, 즐겨했는뎀, 말임, 한잔 취하기만 했다 하면 했던 농지거리가 있었더랬는뎀, 자기 장가든 첫날밤에, 누구든 자기 대신 자기 마누라 방엘 들어주기만 한다면 말이람, 자기는, 이 세상에서 얻게 될 모든 환희를, 한꺼번에 얻게 될 것이 분명하다곰, 해왔는뎀, ……겨, 결, 결과는 그래서는, 친구 된다는 자가, 친구 된다는 자의 첫날밤, 친구 된다는 자의 신부를 껴안게 되었는뎀, 뎀, 무슨, 그, 그런 것이 있었는감 어쩌는감 몰랐돔, 그런 얘기가 반복되곰 되곰 하던 중에늠, 뭣이도, 도덕, 도덕적인지, 그 눈이 닫겸, 멀어버린 것이었거듬. 우리는, 이람, 그 친구와, 이 서낭鬼를 말이지만음, 서로를 도왔더랬거덤, 끔찍히도 도왔더랬는데 말이시람, 그때 그 끔찍한 일이 벌어졌던 것이었소이담. 이것은 물론이남, 극적인 장면이외다만음, 그것을 그렇다고 해설람, 극적으로 풀어낼, 그럴 생각은, 이 서낭鬼에게는 없소이담. 그때 이 서낭鬼는, 절정으로 치닫고 있었는뎀, 아마 무슨 일이 있었을 것이었외담, 이 서낭鬼는, 이 세상에서 얻을 수 있을, 그 한 벌 세상 분량의 쾌에 치달라 있었을 때, 쾌가 괴로움이어섬 벗어나 버렸었는뎀, 그리고설람 보자님, 그날 밤 신랑이었어야 될, 이 서낭鬼의 친구 되는 자는, 피와 골이 범벅이 된 도끼를 들고서늠, 등신불이 되어서 있곰, 그의 신부 되는 여자는, 失神해 있는뎀, 또 보닌즉슴, 그 실신한 여자 위에 半身을 얹고, 피와 골을 덮어쓰고 나둥그러져 있는 자가 있는뎀, 그가 다름 아닌, 이 서낭鬼의 얼굴을 해 갖고 있었옴. 커흐, 흑, 헌데돔, 그 몸은 아직도 채 죽지를 안해, 푸들푸들 떨기를 계속하고 있었더라님, 헤엠, 헴, 그런 어느 순간, 이보시람, 보게시람, 그걸 글쎔, 뭐래얄곰, 뭐래얄곰, 소리[音]라고 치면 말임, 무슨 말임, '아—' 소리랄감, '아—'랄감, 형태로, 또 색깔로 치면 말임, 그 머리나 꼬리가 비슷하게 뾰족한, '길숨한 흰 숨'이랄감, 양쪽에 꼬리를 가진 '길숨한 동그라미'랄감, ……그, 그런 무슨 그림자[影], 분명히 살아[活] 있는 그림자랄감, 그런 것이 헌뎀, 저 푸들거리고 있는, 그 몸의 임자가, 시퍼렇게 지켜보고 있는 눈앞에서, 그 몸속으로 들어가고 있었소이담, 그러고 있었더람 말이람. 그러자, 그런 그 일순, 펴 들어져 있던 그 몸에서람, 단말마의 비명이 비어져 나곰, 한번 버쩍 일어나 앉음이 있더님, 바로 그런 그 어느 일순, 말한 바의 저 '두 끝이 뾰족한, 길숨한 흰 숨'이 말임, 걸레쪽이 된 그 몸의 목구멍을 찾아서람, 비어져 나오고 있었더랬는뎀, 그것은 말임, 분명히 말임, 그 몸의 임자 되는 자의 말임, 그 현장의 말임, 現在를 말임, 보았거남, 느꼈던 모양이었는뎀 말임, 그래 그랬을 것으롬, 빠르게 되사려 들어버리더라 말임. 뱀장어가 모래 속에 묻어 들기남, 번개가 비구름 속으로 스며들기엠, 말임, 비유되면 말임, 옳았을 것이었습시람. 그리고 조금 있자님, 그 몸에 말임, 죽음이 말임, 와버리더람 말임. 그러님 스님은 아시겠슴, 그 결과는, 그때 이 서낭鬼는, 몸을 잃어버린 것뿐만 아니람, '죽음'도 잃은 것이었더랬는데 말씸이람, 그러자니 '삶'도 잃어서람, 남김이 없이 되었더랬는데람, 흐흐, 문제는 그럼에도, '남김'이 없음으로써, 이 세상에 남아돌게 된 그것이었음일람. 그런 후 이 서낭鬼는, 아직 오늘까지도 말임시람, 다만 한번 '죽기' 위해설람, 남의, 그것돔 極痛에 처해 죽어가는 몸을 차지해 들었던 그 넋은 누구였는가 말임, 그것을 의문해 오는데돔",

"……촌, 촌승의 짐작에는입지, 자기가 자기의 친구를 종용하여서입지, 자기 처의 방에 들게 하고서는 말입지, 마, 말입지, ……도끼를 꼬나들어 내달았던, 말입지, 그 사내에 대한, 말입지, 서낭님의 원한은, 말입지, 한세상을 얼게[凍] 하고도 남았을 듯한뎁습지,……"

"어찌, 허기야, 원한이 없었겠솜. 그것은 가슴에 硫黃불을 품어 있기처럼 그런 것이었더람담. 그러자니 말이시람, 어디 한군데 지켜 앉아, 진득허니 말임, 있을 수도 없고 말이시람, ……돌아다니기도 세상, 많이도 돌아다녔더랬더라 말이시람, 障碍가 없다 보니 말임, ……마는, 원한이 없는 귀신은 만난 적이 없었소이담. 그렇게시람, 유황불을 품고시람 헤맴시롬, 듣자니 말이람, '毒蛇와, 硫黃불과, 남의 남편 있는 여자'는 결코 찌럭댈 것이 못 되는 것이더라 말이람, 하더람 말이람. 그, 그래서는 말씀이람, 하나에서 열까지 말이시람, 잘못은 온통 말이 시람, 도끼 든 자에게만 있고람, 찍힌 자는 전순히 無辜한 것만은 아니라곰, 아닌 것이라곰, ……흐흐, 흐흑, 말이시람, 마, 말씀이람, 그 罪를 말임시람, 그렇게람, 분담을 하고 나니 말이람, 크흑, 이상할 일이 말임시람, 껴안고 있었던 유황불의 말이람, 일곱 혀 중의 네 개의 혀쯤이 말이람, 재[灰] 속으로 사려 들어버리더라는 그것이었습시람. 물론 그리고도 좀 더 흘러 다녔었지만음, 하면시롬돔, 그때부터늠, 어디담, 궁둥이를 좀 붙여 앉을 데를 찾기 시작했더람 말이람."

"……그, 그래서는입습지, 원, 원한은 잊으셨군입지, 깡그리 잊으셨군입지?"

"그럴 수만, 있다면, 허긴 말이오담, 鬼神의 살기도 말이오담, 妖精, 또는 精靈들 살기와 다르지 안 해 말이오담, 그렇게까지 슬픈 것만은 아니라돔…… 妖精들이 갖는, 그 즐거움의 무게만큼, 鬼神들께는 원한의 무게가 짓누르고 있는 것이 문제람 말이람. 그런 까닭으로시람, 꼭같은 '非肉身의 肉身的 條件'을 구비해 있습시롱돔, 精靈들은 말임, 즐거움 속으롬 스러지는데돔, 鬼神들은, 비참함 속에서 스러지는 것입짐. 양자는, 한쪽은, 이람 精靈들 말인뎀, '魂이 없고' 말임, 다른 쪽은, 이람 鬼神들 말인뎀, '죽음을 잃어', '죽지'도 못하곰시람, 스러질 뿐이짐, 영겁의 消滅 속으롬, 다만 消滅해갈 뿐이짐. 만약엠, 다만 말임, '消滅'해갈 뿐이라면 말임, '즐거움' 속으로 消滅하는 것이야말로 말임, 바랄 만한데돔, 咄, 자기의 쓸개를 핥아서람, 비참함만을 맛보아야 하다님! ……'원한' 때문에 그리고람, 어느 鬼神이 있어 말이람, 그것을 갚으려 한다 해도 말인뎀, '몸이 없는 것'으로써는 말이지만음, '몸을 갖고 있는 자'들의, 머리칼 한 터럭도 말임, 뽑지돔, 스치지돔 못하는 것읎, 그런 것읎! ……이런 처지에서늠, 이제늠, 죽고 싶어질 뿐인뎀, 자기 쓸개즙 핥기가 싫은 것이곰, 또, 할 수 있으면 말이심, 설어버린 삶을 말임, 다시 한번 더 운영해보았음 싶어 그러짐."

"……서, 서낭님께서는입지, 말입습지, 촌승이 알고 싶은 것 한 가지는 말입지, 서낭님을 해쳤던, 저 좋지 않은, 변절적인 사내가, 헤헤헵, 그 이후 말입지, 어떻게 되었는지, 그것쯤은 알고 있는가, 환하게 알고 있는가, 말입지",

"그것음, 안다고 해돔 거짓이 되곰, 모른다고 해돔 거짓이 되겼스람. 그럴 것이 말이람, 그 도끼를 내던진 뒤, 그가 어디롬 잠적했는지 그것은 알고 있지 만음, 그가 잠적해 있는 곳은 말이시람, 求道者들만이 모이는 곳이 되어서람 말이람, 邪鬼라거남, 무슨 怨恨을 품은 寃鬼 같은 것들로써는 말이람, 그 修道者들이 뿜어내는 法熱의 網을 뚫고 들어갈 수가 없었서람, 그 언저리에로만 헛돌고 말아야 하곤 하님 말임",

"그, 그러나입습지, 저 패륜의 邪, 魔, 惡의 덩어리로서의, 손에 피를 묻힌 그 사내는, 아무 거리낌 없이입지, 그 고장에로 잠입해 있었던 것이 아니었습납?"

"거기, 그것에 말이시람, '몸'을 입어 있는 자와, 못 입은 자의 차이가 있던 것이었을 것임스람."

"결국은 그렇다면입지, 그 원한은 갚을 길이 없겠습납?"

"사주하고, 도끼를 들어 나선, 그 친구에게도 물론 악은 있지만 말이람, 그런다고 해설람, 우의며 도덕을 헌 짚신처럼 벗어 던지고시남, 쾌만을 좇았던 이 서낭鬼도 말이람, 반드시, 까치만큼이라도 흰 것은 아니었으님 말이람, 오히려 그 친구께, 그리곰 그런 후 청상과부가 된, 그 엔네께 미안할 뿐이뎀, …… 그 원한도, 이 회한도, 갚고 풀었으면 싶은 일념은 있는뎀, 그, 그래설람 다시 말이람 '몸'을 입어서람 돌아왔으면 싶으고람, ……친구 했던 이들과 새로 친구 해설람, 홀 맺힌 데를 풀었으면 싶으고람, 모든 것을 되돌렸으면음, 그랬으면음……"

"그, 그러하다 하나 말입지, 살다 듣게도 보게도 되는 것들이 이것인데 말입습지, 어느 동네 모성 모씨는 '귀신이 들어 미쳤다'든가, 또는 '귀신에게 홀려 절벽에서 떨어져 죽었다'든가……"

"바로 그, 그것이, 이 저녁에 말씸이젬, 이 서낭鬼가 말이람, ……"

"마을의 저 병자와, 서낭님은, 어떤 관계이신지, 물어봐도 되겠습?"

"이 서낭鬼가 말이외람, 세상을 헤맸던 데에는, 두 가지 이유가 있었더랬는뎀, 하나는, '도끼를 들어', 이 서낭鬼께 해를 끼쳤던 그 사내의 종적을 알아내려는 것이었으며 말임, 다른 하나는, '남의 몸을 훔쳐 입고, 자기의 죽음을 죽은, 그 他人'은 누구였는감, 그것을 알아내려는 것이었습젬. 어차피 말임, 스님과는 무관한 애길 것인즉슴, 길어질 수도 있는 애기를 줄여 말하기로 하면 말임, '남의 죽음을 절취했던 자'가 바로, 저 마을의, 임종 직전에 있는 저 젊은네라는 것만 밝혀두려 합슴담. '남의 죽음'을 통해설람, 저 젊은네늠, 돌아왔던 것인뎀 ……몇 번이남 되돌아왔던 것인뎀 ……태어나잠마잠 죽고 하는 식으로 되돌아왔던 것인뎀, ……가맜섬 보십스람, 별자리들을 보님 말씸이젬, 오래잖암 子正이 될 듯한뎀 말씸이얌, 귀신들께는 말임, '子正'이 갖는 뜻은 대단하다 말임시람. '오늘'이 '어제'로 바뀌며, '내일'이 '오늘'로 바뀌는, 그것은 시간 중에서도 이상한 일점이람, 그중 어두운 시간이기도 한뎀 말씀이젬, 그런 시각으로는 귀신도 형체가 드러난다고 해돔, 또한 그런 어둠 속에서 귀신은, 형체를 감출 수가 있다 말씸이젬. 이 서낭鬼가 바라기늠, 시간의 그 이상한 일점, 모든 것이 '無性' 속에로 가라앉는 그 일점에서람, 그 댁에서 고용한 무당이며 판수가 읽는 逐鬼經이며, 呪文이며, 符籍 같은 것들의 煞氣도 말이람, 無聲態를 드러내기 같은 것인뎀, 으흐시심, 으시심, 말씀드린 바의 저 煞氣의 울타리는 글쎄지욤, 이 서낭鬼에게는 말이시담, 한 부나비에 대해설람, 한 모닥 크게 피워놓은, 화톳불만큼이나 되게코롬, 뚫고 들어 지나가기가 어렵기 탓인뎀, 으흐시시함, ……이러남 저러남, 鬼神의 感痛이랄 것을 좇는다면음, 이 밤밖에는, 이 서낭鬼에겜, 다른 기회도 더 있을 성부르지 않으님, 저 煞의 화톳불에 말임, 일시에 태워 없어져 버리는 한이 있더라돔, 뚫고시람, 들어가 보는 수밖엠, 더 다른 도리도 없다 말씸이람. ……가망이란 없음 ……한 부나비가 그 날개로써람, 한 모락 화톳불을 끄려 하기람, ……한쪽에는, 몸을 잃은 뒤부텀 氣만을 소비하기로 '있'어 왔더랬는뎀, 다른 쪽에는, 비록 건강하지는 못했다 함에돔, '몸'으로부텀, 계속적으로 氣의 充電을 받아왔는데담, 한 가족의 지극한 情에 보태설람, 한 마을의 조력을 얻고 있으님, ……한 부나비의 날개로 말임, 충천해 타오르는 화톳불을 말임, 덮어 꺼버릴 수 있겠남? ……그러남 저러남, 이 서낭鬼의 목적은, 가망 없는 싸움에서 이기려는 것이 아니람, 지고, '죽으려는 것'인즉슴, 글쎄람, '죽으려는 것'인즉슴…… 최소한 한 意味의 말[單語], 또는, 한 菌이라도 되어설람, 저 젊은네가 죽기 전, 저 젊은네의 목구멍 속으로든, 귓속으로든, 어디로든 들어섬, 하다 하다 못하면슴, 거위[蛔]의 알이라도 한 개 되었으면이람도 바라는뎀, 글쎄람, 저 병자의 몸과, 이 鬼神 간의 인연이 말이람, 설마 그만큼도 안 되겠느냠, 싶으담, 말씸이람."

"서낭님께서는입지, 죽음이 두렵지 않으시납습?"

"………"

"살기는 괴로움이 아니었납습?"

"……어찌 두렵지 않을 수 있겠습남, 괴롭지 않을 수가 있납겠슴?"

"부디 허락해주시기를 빕습지만입지, 이 저녁 말입지, 서낭님 가시는 말입지, 마을의 잔치에 마, 말입습지, 존승을 대동해주신다면 입습지, 존승께 법은이 크다고 해야겠는뎁지, ……초, 존승께 법은 이 말입지, 있어서입습지, 이, 인, 인연들이 맺히곱지, 풀리곱지, 말입지, 무, 묵은 인연은 다해 남음이 없게 되는 자리에, 다, 닿게 되었, 는, 뎁지…… 서낭님께서야 알아도 몰라도 좋을, 그런 어떤 필연적, 말입습지, 운명적 연결이, 말입습지, 결국은 말입습지, 서, 서로들을, 끌어, 잡아, 당겨, 맞닥뜨리게 한, 것인 것을입지, 가, 가맜습지, 서, 서낭님께서는 허, 허쩌신다고 말입지, 크, 크흣, 큰절을 하시고 그러십습지? 말입지, 깨달음이라고는 없는 村僧 하나껩지?"

"결국에는, 그날, 그이가 왔군이람!"

"……, 看, ……*看*",

"본디 이 서낭鬼는 말이람, 남들 모두 일터에서나 學堂에서 바쁘고 있을 때롬, 계집질에, 수음질에 놀롤해지느라곰 말이람, 일도 지식도 배운 것이 없어설람, 반거충이에 무식꾼이어설람, 참으로 기생충이나 같았더니람, ……묘하다고 했어얄 일은 말이람, 그런 식으로 한 사내가 말이람, 흐흐흐, 여러 여러 村의 아낙네들 험구의 대상이 되기 시작하면서부텀, 귀해야 될 옥문이, 마, 말이람, 실제로는 질펀하게 내깔려 있다고 할 만큼이나 쌔빠리게 된다는 것인데람, 어딜 무심코 지나다 보면음, 짚북더미 속에서도, 헛간에서도, 무슨 손이 불쑥불쑥 나와설람, 하초를 거머쥐어 끌어들이고 하는뎀, 흐흐흐, 말이람, 람, 그러느람 하느라님, 말이람, 못 할 짓이었음, 어느 집에서늠 새댁이 구박 맞아 돌아가는 일도 있고람, 어느 마을에서늠, 병골에 약골인 사내가 말임, 에잇, 못 할 짓이었음, 상량에 목을 매달아 죽고 하는 일도 했는데람, ……그랬은즉슴, 이 서낭鬼가 말임, 자기의 '죽음'을 절취당하지 안 했다 해도, 그것돔 이상할 일이었겠는뎀…… 가, 가맜슴, 이 서낭鬼는 시방, 무슨 얘기를 하려다 말임, 이렇고롬 곁길로 흘렀들었습젬? 그, 그때는 삶이란 게 그렇거니나 좋아섬 말임, 남의 예쁜 새댁의 옥문 속 담겨 있기였는뎀, ……이, 이것이, 이 서낭鬼가 말이시람, 몸을 잃은 뒤부텀 오늘까지 뒤돌아보는 것, 것, —가맜슴, 이거 무슨 얘길 하려다감, 새로곰, 항간 옥문 속에롬 질척하게코롬 빠져들었젬? ……아으 알겠구람, 그러느람 하다감, 일에돔 배움에돔 반거충이어서남, 모질은 짐승보담 나을 것이 없었더랬는뎀, 몸을 잃은 뒤부텀은 무장애여서람, 모든 곳으롬 흐름시름, 만난시롬, 귀동냥하다 보니 말이람, 뒤늦게라돔, 배우게 되는 것도 있더람 말이람, 그 말을 하려다감, 옥문 속에롬 실족을 하였댔더람. 흐르면섬, 이 서낭鬼가 배운 것이 있었던 것은이람, 흐르는 자는 말임, 사실로늠, 자기도 잘 모르는 곳으로 말임, 잘 모르는, 말임, 무슨 말임, 잃어진 적도 없늠 말임, 뭣인가를 말임, 찾으려 하여서늠 말임, 흐름시롬 말임, 어느 길목엔가늠 희게 나앉아 있슴시롬, 자기를 기다리고 있는 말임, '동안 백발의 도움 많은 늙은네'를 만나려 하는뎀 말임, 그런데 말임, 어느 날부텀 말임, 한군데 정해 주저앉고 나서보님 말임, 허, 허으, 허, 그때부텀은 말임, 자기를 '기다리고 있는 자'가 아니람 말임, 대신 말임, '如來', 즉슨이람, 어느 고장 사투리로는 '메시아'라고도 이르늠, 말임, 자기를 위해 '오시는 자'에 대한, 말임, 기대가, 말임, 부풀기……"

"參! 參!"

"결국에늠, 그날, 그이가 왔군이람!"

"錯! 喝!"

"步步淸風起."

"莫妄想!"

"……有情들끼리 지나며 말임, 옷깃 한번 스치기도 말임, 겁파의 인연이 있다고 말임, 하던 것, 것, ……이제 말임, 이 小鬼가 말임, 대사를 말임, 스승으로 뫼시려 하오님, 말임, 부디 말임, 거둬주십사 말임",

"□? △! ○?!"

"그러하심 스승께서늠, 이 小鬼를 위해서 말이심, 한 가지 法만 說해 베풀어주시면, 小鬼께 法恩이 커서, 오백 생을 채우고도 남을 것일 것임시담. ……이제 小鬼는, 대사를 스승으로 뫼시고, 말임시담, 마을의 저 병자께 가려는뎀 말임시담, 그리하여서는 말임시담, 왜냐하면 이것은 말임시담, 직접적이 아니든 어쩌든 말임시담, 그 병자로 인해 말임시담, 小鬼가 '죽음'을 잃게 되었은즉 말임시담, 저 병자에게 말임시담, '죽게 되는 그 죽음'을 말임시담, 반반씩 나누자고 요구하려 하는뎀 말임시담, 그것이 정당하지 않다고늠 생각되지 않기 때문인뎀 말임시담, ……그러남, 이 小鬼감, 실패했을 경우엠, 마, 말임시담, 하, 하다못함, 말임시담, 그 주검 속 무슨 벌레 몸이라도 취하려 하는뎀 말임시담, ……허으, 그, 그러고 난담, 人間道에 닿기늠 멀기돔 하 멀겠지욤? 그, 그래서늠, 하, 하실 수 있으시면음, 小鬼는 그때, 스승의 法說 듣기 바라는뎀 말이지욤, 小鬼가, 어떻게 해서듬, 한 마리 벌레라돔 되었다는 경우, 저 병자의 숨이 멈추기에 좇암, 그 송장의 칠공구공으롬, 썩음 흘릴 때 썩음 좇아 기어 나오게 될 터인데 말임시담, 그때를 당하시거들람 스승께서늠, 이 小鬼의 영상을 떠올리시곰, [8]'나 너의 스승, 분부하노님, 나오람, 거기서 나오람, 이곳으롬, 나오람!'이라고람, 念言으로람, 세 번 분부하시곰, 기다려보실 일이오니람. 小鬼가, 그래서늠, 벌레 되기라돔 성공하였다 하면음, 그 분부에 귀를 깨우고섬 따를 것인즉슴, 그러면 스승께서늠, 法手를 펴섬, 내리쳐섬, 저 벌레를 죽여 주시면음, 스승의 說하실 法은 다 說하신 것이 되올 것임시람. 그런 뒤, 광휘에 넘치게돔, '죽음'을 성취한 저 한 넋을, 무슨 腰輿에 실어섬 어디로 보낼지늠, 小鬼가 말씀드릴 수 있는 것이 못될 것임시람. 小鬼의 믿음에늠, 이런 殺害의 피는, 대사의 손에 묻을 리도 없으려니왐, 묻는다 해돔, 비유컨대남, 産婆의 손에 묻은 羊水라도 같은 것일 것인즉슴, 비록 말해섬, 저 피를 묻힌 그 손에 말임, 이전에 묻혔던 더러움이 있었다는 경우라돔, 그 더러움까지라돔 깨끗이 씻어버리거남, 中和해낼 힘까지도 가졌을지 모르는 것, 그런즉슴, '不殺生'의 戒라든, 尸毗王다운 慈悲, [9]短見의 慈悲心 탓에 말임, 法手 쓰시기를 주저하실 까닭은 없으리이담. 그럼에돔, 어렵거듬, 고양이 한 마리 죽이기를 말임, 눈썹 한 오락지 뽑아 채기보담 쉽게 하던 南泉和尙을 기억하시이담."

[10][註] '本來無一物'이라거늘, 南泉이, 무엇을 죽이는 흉내를 내었으면, 무엇을 죽이는 흉내를 내었겠는가? 마는, '本來無一物'의 뜻을 깨우치지 못해, 열심히 無明을 사는 자들의 입술을 통해, 南泉의 殺猫 얘기가 전해지고, 전해질 때마다, 원커나 말거나 南泉은, 무고한 고양이를 죽이고 하는데, 南泉은 그동안, 몇천, 몇만의 고양이를 殺害했을 것이냐? 그리고도 그 殺害는, 멈춰질 것 같지는 않은데, 咄, 어리석은 중놈의, 쇠똥도 못 벗은 해학 탓에, 아무 행악함도 없는, 한 有情 一家가, 무시로 학살을 당하고 있구나.

"만약에 말입습지, 서낭님께섭지, 諸神과, 諸仙, 諸鬼, 諸靈들을 들어, 한 가지 약속만 해주신다면입지, 분부하신 대로 따르겠습지. 라는 것은 무엇인가 하면입지, 전쟁이란 치러보지 않고, 그 승부는 모르는 것, 매우 운수가 좋게도, 서낭님 쪽에서 승리를 거두게 되었다는 경우를 두고 말씀인뎁지, 이겼음으로 해서, 이긴 자로서, 그 '죽음'을 완벽하게 하려는 목적에 의해서나, 또는 舊怨의 도발로 인한 격렬한 증오에 의해 말입지, 서낭님 당신 탓에 몸을 잃게 된 자를 말입습지, 끝까지 추격하여섭지, 현재의 서낭님이 처한 바와 같은, 그런 처지에다 몰아넣지는 않겠다는 것, 그 약속입습지. 그 한 '죽음'을 어떻게 均分할지는, 神들까지도 간여할 만한 문제가 못 될지도 모릅지. 마는, 그 '약속'을 이행치 못했을 경우, 諸神, 仙, 鬼, 精들로부터 받게 될 비난은 어떨 것인지, 그것은 村僧으로서는 알 수가 없습지."

"암문, 말임, 약속하곰 말곰! 이 자리 굽어살피는 諸神, 仙, 鬼, 精, 하늘과 땅, 山님 땅님, 바위님, 나무님, 풀님, 증인들이 되웁소삼! 小鬼를 저버리지 마웁소삼." 그건 宣誓였던 것이다. 저 有機體化한 비임[空]이며, 活性을 띤 없음

[無], 情의 냄새를 풍김으로 해서 으스스하기까지 한 怪氣들은, (그중에는 물론 偏在性을 띤 것도 많지만,) 도처에 있기라는, 그 遍在性에 의해 그 현장에 있었다가, 덮어씌워져 증인이 되었으나, 기꺼이 증인이 되기로 하고, 그런 뒤, 아직 그 잔치의 시간이 좀 일렀으므로, 후— 후, 깜박깜박, 자기들을 불어 껐는데, 꺼뒀다가, 시간 되면 이제, 저 한바탕의 싸움을 구경하기 위해, 자기들을 불 켜 횃불하여, 그 싸움 자리로 모여들 것이었다. 子正 되기에는, 아직 조금은 이른 저녁인 것이다.

大洋의 어느 물주름에, 한두 泡沫이 일어나, 서로 부딪쳤다 스러져버리는 것모양, 저 한바탕의 싸움이 끝나면, 세상은 다시 한 大洋, 그렇게 그저 의구할 터이지만, (저런, 저런, 끊임없이 변화하는 大洋의 依舊함! 영구히 通示的 大洋의 共時態! 영구히 멈춤 없는, 영구한 변화에 의해, 차라리 그 탓에 멈춰버린 변화, 아으, 이런 矛盾語法 속에 失踪한 무슨 '意味'가 있다면, 저런 까닭에 그것은, 뼈 추려내기도 쉽잖겠구나! 通時態로서의 輪廻의 共時性, 제기랄, 그것이 苦海다, 苦海냐, 苦海다) 자기에게는, 이 한 우주 내의 모든 神들과 惡魔들이 대치해, 이 한 우주의 마지막 날을 재촉하는 것 같은, 그런 한바탕의 결투를 앞두고, 서낭鬼는, 무슨 수로든, 할 수 있으면 졸기라도 해서, 초조한 심정을 좀 달랬으면 한 듯했으나, 잠인들 어떻게 들이겠는가. 세월도 없이 살아왔으면서도, 이 저녁의 매분 매초가, 서낭鬼에게는 견딜 수 없이 길고, 초조하여, 時間이라는 加熱하는 솥에 담겨, 삶겨지고 있는 듯 안절부절이었다. 몸부림이었다. 귀신은 아직도 죽음을 두려워하고 있었으며, '消滅'과 '輪廻' 사이에서 갈등하고 있었던 것이다. 人肉을 한번 입어 보아, 약간만이라도 지혜를 깨우쳐본 자라면, 살 입기의 고통, 입은 살 운영하기의, 병들기의, 그것 벗기의 고통이 어떤지, 그것을 또한 깨우친 까닭에, 차라리 '消滅'을 달콤하게 내어다보는, 이상한 '消滅 그리움症'이랄 것을 계발해 있는 것도 사실이다. '再生'을 꿈꾸지 않기로 하고, 현재의, 있는 그대로의 자기를 수락하기로 하여, 그 상태에 정착해버린다면, 鬼神에게는, 허기는, '살기'의 고통도, '죽기'의 두려움도, 없기는 없다. 한 等身石佛이, 바람 가운데서 사그라지기와 같이, (그 石佛이 괴로워하는 것 보았는가? —그럼에도 괴로움이 있는다면, 그것은, 그 石佛을 벗어나게 했거나, 아니면, 보고 있는 제삼자의 것이다) 그런 무세월의 風化, 消滅—解脫은 쉽게 성취되는 것이 아닌 것, 解脫도 그리고, 어떤 의미에서의 自己(我)消滅인 것, 것, ……世紀가 가고, 世紀가 온다, 그러는 동안에도, 이승과 저승에서는, 한목숨이 몇 번씩이고, 태어났다고 呱苦 울고, 몇 번씩이고 죽었다고 哀苦 哀苦 우는다, 世紀가 오고, 世紀가 간다, 鬼神은, 죽을 일 없으니 태어나지게도 될 일도 없으며, 태어난 일이 없으니, 죽을 일도 없는다, 爲界/無爲界의 중간 서낭당, [11]鬼神은, 그러는 중에, 세월에 뭉그러져 갈 것인데, 나중에는, 자기가 磨滅되어가고 있다는 그 의식까지도 磨滅을 겪어, 심지어 고통에 대해서까지도, 아무런 느낌도, 意念도 일으키지 못하게 될 것이다. 그뿐이다. 계속될 것도, 반복될 것도, 그리고는 없다. 어쨌든 어느 때든, '그날'은 어김없이 오고 말 것인데, 그때는, '不死不滅'의 神들까지도 죽는 날이라고 이르거늘, 이르거늘, 한 우주가 송두리째 닫겨버린다고 이르거늘, 그렇다면, 조금 빠르게나, 조금 늦게나, 거기 무슨 그리 큰 다름이 있겠는가, 글쎄 그렇다면, 무엇을 위해 '輪廻'라는, 모든 살아 있는 살 속에서 기름을 짜내기로서, 그 큰 바퀴를 굴리는, 그 치차 바퀴 속에다, 자기를 밀어 넣을 일이겠는가, —解脫을 성취하기 위해서? 아으, 解脫을? 성취될 것이 없는 것을 성취하기 위해서?

[12]이 늦은 저녁엔, 서낭鬼의 느낌이 그것이지만, 시간까지도 꺼끄럽고 모질게, 톱질하기모양, 같은 부분이 반복되고 있었다. 그래서 시간에는 터서리가 생기고, 귀신 자신의 형체에는, 시간이 패어들 자리가 깊어지고 있으며, 거기서는 연기라도 오를 듯한, 격한 고통의, 열이 증가하고 있었다—서낭鬼의 느낌은 그랬다.

서낭당 주변의 저녁들은, 봄에는 봄대로, 여름, 겨울, 가을에는 가을대로, 사철, 어째선지, 거기 둥지 지어 사는 귀신들에게까지도 으스스하고, 그저 적막하기만 한데, 누구든, 비 오는 자정 녘쯤, 서낭당 앞 황톳길을 걸어본 자라면, 느껴 아는 바대로, 자기들과 동행하던 시간까지도 그 주변에 이르면, 발자국 소리를 죽여 가만가만, 저만쯤 둘러 가느라, 子正 녘의 한 탄지경이, 三更까지나 이어지는 듯하고, 그렇다.

아무리, 서낭당 주변의, 시간의 흐름이 느리다 해도, 저 서낭鬼에게, 단행의 시간은 그리고, 오고 있었다. 그리고 와 있었다. 그때에 이르러서 귀신은, 목젖 부위에서, 눈아피病을 모아, 거세게 한번 몰아 뱉고는, 자기 아랫목으로 쓰는, 그 돌팍 밑에로 손을 넣더니, [13]누런 腰絰로 질끈 동여매 놓았던, 누런 삼베옷 한 벌과, 새 미투리를 한 켤레 끄집어냈다. 입을 것은 입고, 맬 것은 매고, 동이고, 신고, 첨맬 건 첨매고, 그리고는, 죽장이나, 무슨 그런 지팡이 대신인 듯, 서낭鬼는, 마마병 진 쩌들은, 長竹을 쥐었다. 귀신의 표정은 단호했으며, 일거수일투족엔, 모가 나고, 각이 졌다. 귀신은 비장했다. 그런 비장함으로 귀신은, 壇을 내려, 마을을 향해 앞서 나아갔는데, 소나무 귀신이며, 가랑이파리 귀신, 도랑물 水仙이라거나, 바위 귀신, 이런 귀신, 저런 小仙(妖精)들이, 서낭鬼가 나아가는 길의 양편에, 둘씩 셋씩, 띄엄띄엄 기다려 서 있다가, 서낭鬼께 하직을 고하며, 그의 승전을 빌었다. 마을의 小鬼 小仙들은, 자기네 동네 座上이었으며, 좋은 이웃이었던 저 서낭鬼가, 이 저녁 떠나면, 이기거나, 지거나, 다시는 같은 모양으로는 돌아오지 못한다는 것을, 알고들 있던 것이다. 그들 가운데를 지나고 있었을 때, 서낭鬼의 모습에서는, 그 싸움을 이미 이겨버린 듯한 교만함까지도 드러나고 있었는데, 그로 (촛불중이) 따지건대, 저 응달쪽 마을의 사촌들이, 자기들께도 넉넉잖은, 이 氣力들의 十匙一飯을, 서낭鬼께 공양하고 있었던 것이 분명했다. “有情들 모여 사는 데에는”, 한마을 사촌들끼리, 하직의 손 흔들기가 三三五五였으므로, 촛불중은 길손답게, 서낭鬼의 뒤에 처져 따르며, 뭔가가 꽤는 눈물겨웠던지, 눈물겹게 중얼거리고 있었다. “어디에나 情이 있구낭! 아픈 情이 있구낭!” 헌데, 바로 저 ‘情’이 아프거나, 무거워 그랬을라는가, 촛불중 자신은 물론, 똑바로, 그리고 또박또박 걷는다고 하고 있었을 것인데도, 그의 발자국[足跡]이 읽혀주는 대로를 따르면, 그는 비틀거리고, 절룩이고 있었다. 그 응달쪽 마을의 小鬼, 小仙들이 읽은 바대로 좇으면, 촛불중 나아간 자리의, 촛불중의 ‘삶’에 대한 描寫는, 허기야 읽는 이에 따라, 약간의 다름은 없을 수는 없겠을 일이었지만, 이랬다.

苦/○(아—空)

苦/△(우—白)

苦/□(음—無)

苦/ॐ(옴)

"……그리고 情이란, 아름답기에 아픈 것이어람. ……有情 모여 사는 데에 ……情이 있다면, 어디에나, ……" 촛불중은, 일어난 자기의 느낌에다, 약간 색채를 가하느라, 조금 행망을 부리고 있다. "그렇다, 나라카에도 情은 있어 왔던 것이어람. ……情이란 아름답다고 이른다면, 나라카도 아름다운 것?" 때에, 서낭鬼가, 양지쪽 마을의 子正 속을 들어서고 있어, 촛불중은, 부지런히 그를 따라붙여야 되었다.

마을엔, 마늘 냄새 섞인, 사내들의 땀 냄새, 아낙네들의 냉과 월후 냄새, —말하는 바의 '人내'라는 것으로 인하여, 공기가 거의 찐득거리고 있어, 人家와의 접촉이 전혀 없던 것은 아니라도, 그렇게까지 가까웠어야 할 까닭도 없던 서낭鬼에게는 毒氣여서, 메스꺼움에다 뒈세기병을 일으켰다. 밝이 달 아래 슮카장 놀다, 잠자리로 돌아가는 것이 아니라, 어느 모로 보든, 서낭鬼보다는 우세한 조건을 갖추고 있는 자를 상대로, 묵은 빚을 가리려는 서낭鬼에게는, 약간의 두통까지도, (退治하려는 독룡의 성을 앞두고, 뻘밭에 들어서게 된, 山田水田 고되게 겪은 용사가,) 거머리 떼에게 피를 빨리기처럼 그러해서, 氣의 소모를 겪고 있었다. 말이지만, 이런 귀신의 餘命이란, 그리고 餘氣餘力도, 얼마 전에 밑동이 잘린 큰 나무의, 맨 윗가지의 푸른 잎 같은 것에 비교될 그런 것이었던 것이다. 그러했어도, 서낭鬼가 人내를 못 참기 시작한 거기는 아직도, 마을의 外皮(廓)部分(地帶)이었다. 그리고 별로 여러 걸음 헤아리지도 안해 그들(서낭鬼와 촛불중)은, 그 마을의 속살 가운데로 들어가져 있었는데, 거기 어느 집에선, 피워놓은 화톳불이 그 밤중에 대낮이며, 떠들썩한 소리로, 밤이 한낮의 장터였고, 악취와 독기가, 그 둑을 터 熔岩으로 홍수 지고 있는 것을 (촛불중이) 보건대, '잔치'는 거기서 벌어지고 있었던 것이 분명했다. 서낭鬼는, 거기서부터는, 임신 초기의 아낙네모양, 창자를 거머쥐고 건구역질을 하느라, 더 나아가지도 못했는데, 촛불중이, 몇 발자국 더 가까이 다가가서 본 바에 의하면, 그 잔치는, 손님을 청하기 위해서가 아니라, 雜鬼雜神이며, 邪氣妖魔 같은, 불청객들을 쫓기 위해 청해 들인 마을의 무당이며, 판수, 의원이며, 끌끌한 장정들을 대접하기 위해 마련된 것이어서, (불청객들에 대해서는 '잔치'가 아니라,) 呪, 煞, 殺氣 등으로 (쳐놓은 陣 같아서,) 철옹성이었다. 여기저기에다, 주렁주렁 매달고, 덕지덕지 붙인 부적들에서는, 鬼身이 닿기만 했다 하면 火傷이라도 입힐, 煞이, 푸른빛으로 일럭일럭하고 있었으며, 무당이 읽는 逐鬼經에서는, 매 구절에서마다, 삼천 근 철퇴에라도 비교될 呪意의 毒舌이 뻗쳐나, 毒龍 되어 휩쓸어 날름거리고 있었고, 그 몇 방울의 침의 거품으로도, 한 大軍을 恐水病에 펴 눕힐, 그런 呪音의 毒口의 毒狗가, 뛰쳐나와, 그 한 마을의 천지를 짖어, 침의 거품으로 덮어씌우고 있었다. 서낭鬼입습지, 서낭鬼의 힘으로는, 이 煞, 呪意의 毒龍이며, 呪音의 毒狗는, 退治키가 쉽지 않겠는 것이다, 커녕은, 멀리서 그저 건너다보기만으로도, 의기소침해져 있으니, 過去의 時間 속에서 잃어버린, 그 過去의 몸속에로 소급하여, 성취하려는 '죽음'은, 천년 苦行을 끝낸 이무기 앞에 보인 불, 한 수풀로 맹렬히 타오르는 불, 건너기 어려운 '시타'라는, 한 江의 硫黃불, 가운데 놓여, 타 녹아가고 있는, 如意珠를 보기나 같겠는 것이다. 아으 그럼에도 이무기는, 그 불이란 다름 아닌, 그저 한 덤불쯤의 幻火, 글쎄, 타기는 어디 다른 데서 타는, 불의 蜃氣樓라고만 알면 좋을 것인데, 것인데—. 촛불중은, 입속인지, 마음인지, 무엇이 쓰고, 시어싸서, 입을 쩝쩝 다셨는데, 죽어가는 甲男과, 그에게, 자기 몫의 '죽음'을 절취당한 亥鬼 사이의 부채 관계를 살피지를 못해, 甲男 편만을 들어, 亥鬼의 길을 막으려는, 마을 사람들이 반드시 옳다고 할 수가 없었는 듯했다. (또 말해, 마을 사람들이, 그 부채 관계를 알고 있다고 한다는 경우도, 저들은 어쩌면, 길을 터주지 않을지도 모른다는 것을, 그러니까 마을 편에서도, 촛불중은 고려해보고도 있었다. 이런 것도 말하자면, '사회적 동물'이라는, 한 종류의 有情들의, '자기 보호 본능'의 '社會化'[契約], 또는 '集團化'의 한 양태가 아니겠는가, 하고, 이해하고 보면 그렇다. 그렇게 그들은, '마을'[社會]을 이루고, '우리'와 '남'을 구분하여, '正義'의 기준을 확립한다. 그러니까 단적으로 말하면, '우리'의 正義는 '우리'이다. 헌데 이 '우리'란, 그 '우리'의 구성원들이, 그 '個人'들로 돌아가 있을 때엔, 어째선지 抽象的이어서, '意味'만 있고, '얼굴'[記號]이 종잡히지가 않게 되는데, 그리하여 '우리'들은, '우리'에게, '얼굴'을 부여하기에 이르긴 한다. '圖騰'[토템. 洞名, 洞旗, 洞歌, 등 포함] 俗은, 그렇게 시작될 터이다. '우리'의 '記號'는, 이제, '우리'가 '우리'에게 '얼굴'로 부여한, 그 어떤 특정한 '圖騰'이다. 그것의, 대표적, 童話的[原始的] 한 형태는, '탈'[假面, 마스크] 인데, 그것이 '圖騰'을 모방한 것이면, 그 '탈'을 소유하거나, 쓰는 자는, 그 '個人'의 '얼굴' 대신에, '우리'의 '얼굴'을 소유하거나, 쓰고 있어, 모든 '個人'들의 우위에 있음으로 하여, 神聖하게 취급되어질 것이다. '탈'이 갖는 神通力은, 거기서 발원할 터인데, 이 '神聖함'을 침해하려는 것이 있다면, 그것은 무조건 '不義'化할 뿐인 것이다. 그러니 어찌, '우리'라는 저 '마을'이, 그 '우리'의 일원을 해치려는 '남'의 침범을 용납할 수가 있겠는가? 이럴 때엔, 별수 없이, 양자 간에, '다툼'이 없을 수가 없게 될 것이다) 그것은 어찌 되었든, 무엇이 이 당장, 서낭鬼가 당면한 중요한 문제인가 하면, 저 甲男과의 정당한 대치를 위해서는, 촛불중이 단호하게 믿기로는, 무슨 수로든, 저 포위망은 뚫어져야 한다는 것이었다. 그런데, 그리고 子正이었다. 그랬기에 촛불중은, 마음으로 뜻을 전하여, 서낭鬼로 하여금, 자기의 뒤를 바짝 좇아 따르라고 이른 뒤, 저 呪力과, 煞毒의 망을 뚫어 나아갔다. 글쎄, '子正'의 일순, 저 毒龍과 毒狗들이, 눈을 번히 뜬 채, 깜박 졸음 속에 떨어져 든 것인데, 그러했음에도, 그 呪矢, 煞槍의 숲을 뚫어 나가기가, 촛불중께도, 보리 수염이 꺼끄러운 철에, 물잠뱅이 바람으로, 보리 고랑 지나기 같아, 쓰깨이고, 꺼끄럽고, 가렵고, 그랬다. 한 숨의 반도 들이쉬지 못했는데, 촛불중은 벌써, 저 殺氣의 가운데, 無殺氣 속, 그 無風帶에 들어가 있었다. 그리고 뒤돌아보고 촛불중은, 짜증을 섞어 슬픔을 느꼈는데, 서낭鬼가, 자기를 따라 붙이지를 못하고, 아직도, 저 殺網의 밖에 있는 것을 본 것이다. 鬼神은, 절망하여, 거의 숯이 되어서는, 웅숭그리고 있으며, 그 밤의 어둠 속으로, 쑴먹 소멸해 들어버리려는, 위기에 처해 있었다. 鬼神에게는 글쎄, 그것이 비록 '子正'이었음에도, 저 殺氣의 숲은, 그 뻘밭은, 하늘 날으는 독수리의 그림자까지도 끌어들여 녹여버리는 黃泉이나 같아서, 어떻게도, 발가락 하나라도 잠가 넣을, 용기를 못 내겠는 것이다. 서낭鬼엽지, 그 모두가 幻인 것읇! 아니 비록, 그 모두가 幻이 아니라, 실다움이라 한다 해도, 실다운 것으로서는, 실답지 않은 것을 해치지 못하는 것이 아닌 것이 아닌가? 鬼神은 이미, 모든 실다움으로부터 벗어나 있음으로 인하여, '鬼神'이라고 불리어지는 것이 아닌가? 허, 허허으, 헌데도, 살아 실답다고 이르는 것은, 헛것의 나타남을 두려워하고, 헛것은 또, 실답다고 이르는 것들에 대해 두려움을 갖는다? 鬼神도 자기가 슬펐는데, 그렇게나 진저리쳐왔던, 그 천애 고아감이 되살아나, 왜소해져, 불빛이 닿지 않은 데 쭈그려 앉았다. 그리고, 어디에 대고든, 기도나, 축수라도 해보았으면 하는 마음을 일으키고, 두리번거리다, 저 呪의, 煞의, 殺氣의, 情만을 빨아 사는, 독거머리며, 독지렁이들이 우글거리는 저 뻘늪의 한가운데에, 한 송이의 커다란 蓮꽃이, 눈빛으로 희고, 환하게 피어 있는 것을, 鬼神은 보았다. 그리고 鬼神은, 들었다소리, 속삭이는, 천의벽력한꺼번에, 귀에, 속삭이는소리, 들었다번뜩이는, 冥音빛들었다—聖音, 옴 마니 팟메 흥

때에 '子正'은, 그 '時中'을 열고 있었다, 그 蓮꽃의 영상에 의존해 鬼神은, 옴마니팟메흥—聖音을 따라 읊었으며, 마음을 그 '흰 환함'에 모으려 했다. 그리하여 어느 일점에서, 귀신의 마음이, 그 '흰 환함' 자체가 되어졌을 때, 보니, 呪氣아흔煞氣아홉 겹 성채 하나가, 그 일순 桃花村(이라는 계집이) 三月(이라는 바람잡이가) 부는 파람 소리에 귀 열고 가슴 풀며 아랫도리까지 벌어 (가을에는, 볕이바람, 三月 부는 님이라서, 밤송이며 석류도, 그 '이빨의 요니' '벌어', 짝 '벌어', 비밀스런 小路를 튼다. 아으, 볕 羅卜임세, 오르페우스임세, 빛을 싸안은 씨앗들임세, 그럼에도 그 황홀한 아픔 속에는 잠시만, 그저 한 三冬 정도만 머물 일일 것임세) 있음을 보았다. (바람잡이三月 부는 파람 소리에 桃花村 귀 열고 가슴 풀며 꽃봉오리를 벌었다./귀 열고 가슴 풀며 아랫도리까지 벌어 바람잡이三月 부는 파람 소리를 桃花村이 들었다) 그러자부터, 呪, 煞, 殺氣 등, 그런 모두가, 서낭鬼의 눈에는, 하늘 옌네(다키니)들 뿌려 내리는, 꽃의 비로 바뀌어 보여버렸다. 하늘에서 별들은, 땅의 일에 몹시도 흥미를 갖고 시나는, 무수히 반짝이고 있었는다. 바람까지라도 지나려면, 바람살[風肉]을 긁혀 피를 흘리도록이나, (꽃들은 그럴 때로, 긁힌 바람살에서 흘리는 피에다, 색깔을 묻히는 것일 것이다) 빽빽하고 삼엄했던, 옻나무며 탱주나무 울타리가, 어느 일순, 그렇게 [14]복숭아 꽃밭으로 변해버리게 되었음으로 해서, '남의 죽음을 절취해 죽었다가, 그 죽음의 은총에 의해 새 몸을 입어 나와, 자기의 삶

을 살다, 죽어가고 있는 자, 甲男, 또는 甲子'와, 그 모두를 다 '도난당하고, 이 쪽도 저쪽도 아닌 중도에, 벌거벗고 멈춰져 웅숭그리고 있던 자, 亥鬼, 또는 亥子'가, 드디어 오늘, 서로 얼굴을 맞대게 되는 자리에까지 이르렀다. 이 자리는 그리고, 하나의 '죽음'을 놓고, 두 '목숨'이, 자기의 것이라고 대치하는 그런 자리여서, 三世六道間 별로 흔하지 않은 싸움이라, 諸神, 仙, 鬼, 精, 妖 등, 온갖 有情들이, 모여들기 시작하고 있었다. 폭풍의 한가운데는, 무풍대가 있다더냐, 殺氣 가운데도 있는, 그 '無殺氣'를 둘러, 그리하여, 觀戰者들에 의해, 저절로, 하나의 원형 극장이 假設되어졌는데, 촛불중은, 諸神, 仙, 다음 되는 자리에, 스스로 한 흰 蓮을 피워내어, 그 가운데에, 명명히 타는, 촛불꽃 모양으로 좌정하고 있었느랬다.

俗世를 떠난다고 떠났으면서도, 별들은 俗世의 일에 흥미가 있다, 반짝이고들 있다.

이렇게 되면 이제, 어찌 이야기 한자리가 시작되잖을 수가 있겠느냐.

童話 한자리 크흠「無題」라 이때라

옻나무 숲이며, 탱주나무 울타리, 거머리며 독지렁이의 뻘밭 등, 자기가 구축했던 陳地가 무너나고, 쏘아 던졌던, 呪, 煞, 殺氣 따위의 화살이며, 竹槍이 또한, 어느 일점을 벗어나면, 그 순간, 이상스럽게도, 天花 이파리들로 변해, 惡心毒力을 발하기가, 죽고 난 뒤 좋은 곳 가려고 쌓아놓은, 자기의 功德을 소비하기밖에, 아무 짓도 아닌 것을 알게 된 甲子公은, 자기의 戰法을 바꾸지 않으면 안 되는 상태에 이르렀다고 판단했다. 甲公은 그래서, 病毒에 차, 더 이상 입고 견딜 수가 없게 된 그 몸속의, 毒의 샘에, 우선, 깊이 잠겨 들었다. 그리고는, 그 극한 毒만을 빨아 사는, 거머리도 비슷한 벌레가 되어, 자기의 항문을 통해 비어져 나왔는데, 황소라도, 그것에게 한번 쐬었다 하면, 그 당장 거품을 물고 쓰러질, 그런 극독의 덩이로서, 그것은 죽음처럼 검고, 지옥의 빛처럼 번들거렸다. 자기 자신의 항문을 비어져 나오자마자 그리고 그것은, 일시에 수십 배의 크기로 불어났는데, 거위[蛔]였기보다는 毒蛇였으며, 게다가 그 벌레는, 제 몸의 伸縮을 제 뜻대로 조절할 수 있는 능력을 갖고 있는 듯했다. 하늘이며, 땅에 빙 둘러 원형 극장 하고 있는 觀戰꾼들 중에서도, 甲男氏의 저런 둔갑을 알아챈 눈은 몇 안 되었던 듯했었다. 그랬으니, 깜냥으로는, 正道에서 맞서려 하여, 降魔坐로 氣力을 모으고 있던 亥鬼者야 어찌, 敵의 그런 暗數를 눈치챌 수 있었겠는가. —兵法을 硏究한다는, 仙 하나는, 이에 감탄한 나머지, '兵者詭道也!'라고, 거의 부르짖듯 읊조리고 있었다. —이 독벌레는 그리고는, 낮고, 응달져, 누구의 눈에도 잘 뜨이지 않을 곳으로만 골라, 소리 없이, 기어, 亥公 가까이 다가갔으며, 그리고는, 그의 降魔坐의 虛處를 찾느라고 그랬을 일로, 혀를 낼름거려쐈더니, 後門이 허한 것을 알았던지, 거기를 뚫고 들려 하여, 머리를 비벼, 틈을 트려 했다.

관전자들이 觀했기로는 헌데, 그 일합은, 그 독벌레가 노린 바가 무엇이었든, 관전자들이 짐작했던 대로는 되잖았으나, 亥鬼의, '降魔坐'라는, '마구니'까지도 '항복'하게 하는, 그 龜甲陣을 분쇄했기에는 성공적이었다. 관전자들은, 甲公의 그 승리를 두고, 환호와, 박수갈채를 보냈다.

그 기습에 당하고 亥公은, 많은 기력을 소모하게 되었음은, 당연한 결과일 것이었다. 무방비로, 亥公은, 저 독벌레의 呪眼권 내에 드러나져 있으되, 무력함에 당하느라, 자기를 어떻게도 수습하지를 못하고, 끝장을 기다리고나 있어야 되었다. 그제는, 무엇이 두렵다거나, 공포스러운 느낌은 없었으되, 그리고 차라리, 마음은 거의 평온한 듯했으되 亥公은, 자신이 슬프다고 느끼고 있었다. 이 '끝장'이 어떤 것일지, 만약에 그것이 자기의 '죽음'이라면, 그 '죽음'을 탈환하기 위해, 이런 전투를 감행한 것이 아니었는가, 그러니 그것은 '죽음'은 못 될 것이다, 그렇다면, '죽음'이 와지지도 않는 '끝남'은, 어떤 것일 것인가……, 어떤 것일 것인가……, 물론, '消滅'하기라는, '無化'가 없는 것은 아니지만……, 그래서 자기 쪽의 패배는 '無化'에로 직결되는 것인가……? 無化? 無? 바람 가운데서, 공기 방울이 톡 터뜨려지기……? 한번 일어난 거품이, 스러지기……? 일어나 한번 일럭이고 난 뒤, 불꽃의 '일럭임'은 어디로 가는가? ……나뭇잎의 푸르름은, 꽃의 여러 색깔들은, 몸 입은 것들의 몸에서 야기되는 운동은, 그럼에도 '몸'에로, '四大'에로 돌아오지 않고, 종내 어디로 가는가……? 그것은, 亥鬼로서는, 알 수도, 추측할 수도, 상상할 수도 없으되, 그 의문은 그런데, 亥鬼 자기가 느끼는 공포나, 전율의 정체는, '消滅'과는 다르다는 것을, 일깨워주기에 이르렀다. '消滅'이란 글쎄, 亥鬼가 鬼神이 되어버린 그때부터, 산 것들이 '죽음'에 대해 그러하듯, '가까이 두고시나, 멀리, 아주 아득하게 내어다 보아온 그것'이며, 그러나 '산 것'들에 대해 '죽음'과는 달리, 이런 식의, 한 바탕의, 치명적인 싸움에 진다거나 하는 결과로서 초래하는 것은 아니던 것이다. 그렇다면 亥鬼는, 가능적이지도 않는 '죽음'이나, 時間의 흐름에 좇아, 望夫石 하나가, 바람에 깎여 나가기처럼, 고통스럽게도 느리게 오는, '消滅'을 두려워하고 있는 것은 아니었다. 亥公은 그것을 깨달은 것이고, 그리고 정작으로, 자기가 두려워하고 있는 것이 무엇인지, 그 정체를 알아낸 것이다. 亥鬼는, 밀알이나, 마늘 뿌리의, 흙 밑에, 그리고 암흑 속에 심겨 들기의 고통을 생각하고 있었는데, 만약 그 씨앗이나 뿌리 속에 萌芽가 없다면, 아으 그것은 그리하여, 한 地球가 거꾸로 돌아 짓누르고 드는, 그 한 地球의 무게와, 그 무게 크기의 암흑의 고통에 의해, 紅玉이 될 것인가? 그 우주적 絶緣의 색깔은 붉다. 그 외로움이 진하면 진할수록 그 색깔은 맑다. 한 방울의 공기였던 것도, 이 무게, 이 암흑에 짓눌려, 아무 데로도 통로를 얻지 못하면 결국엔 돌이 되어, 금강석이라고 이른다고 하며, 바다 밑에서는, 거품[海泡]까지도 굳어 돌이 된다고도 하더라. '몸'을 잃어, '죽음'까지도 닿지를 못하는, 이상한 공간에 처한 넋은, (이 '넋'은 單數이지만, '넋들'이라고, 複數로 고쳐 써도 좋을지 어떨지는 알 수가 없는데, 鬼界事가 되어 그렇다) 그리하여 알게 되는 것이 이것이거니와, 자기도 모른 새, '閉所恐怖症'(claustrophobia)을 개발해 갖고 있었다는 것이다. (어쩌면 그 까닭으로, 만약 치열한 노력을 바치기만 한다면, 성취할 수도 있는 '죽음', 또는 '바르도 들기'를, 성취하려 하기는커녕, 외면하고, 귀신들[複數]은, '消滅'을 자초하는지도 모른다) 그러니까, 현재 亥鬼가 느끼는 두려움이나, 전율은, '죽음'이라거나, '消滅' 같은 것에 대한 것은 아니며, 이제껏 누려온, 解脫과도 비슷한 自由, 그 無障碍를 방해하는 것, 어떤 拘束이나 不自由에 대한 것인 것이 분명했다. (肉身을 입고 있는 有情들과의 관계에서는, 이것은 분명히 '解脫複合性'이라고 일러야 될 것일 것인데, 그들은 그리하여, 자기로부터 짐승 냄새를 맡고, 가려움증을 일으켜내면, '宇宙 나무'라는, 天路엘 오르기 시작한다) 鬼神에게서는 그리하여, 땅속의, 그리고 바다 밑의, 상상만으로도 도저히 참아낼 수 없는, 그 무게, 그 압력, 그 암흑에의 상념이 일으켜진 듯했으며, 鬼神이 두려워 떨고 있는 것은, 그러니까, 무엇 속에 '억류되기', 그 '갇힘 속에서, 한 忘夫石이 磨滅하기까지나 되는, 그런 세월에 걸쳐 消滅하게 되기', 그것인 듯했다. 그것은 확실히 비극이다. '몸이 없는, 몸이 아닌 몸'으로써, 갇히기는, 어디에, 어떻게 갇힐 수 있다는 말인가? —그런 물음은, 물으려면, '남음이 없을 때'까지 묻든 그렇지 않으려거든, 아예 물으려 말 일일 것이다. 글쎄, 사람이라는 有情의 몸속에서, 두통이나, 체증, 심지어 암종까지 일으키는, 걱정이나 근심, 불안이며 초조, 욕구 불만이나 절망 따위는, 제기랄, 어떻게 된 일이냐? '속'이 '밖' 가두기!

그러나저러나, 저 모두를 다 털어버린다 해도, 그렇게 되었기에 초래되는 결과야 어찌 되든, 벌어진 '싸움'에서는, '패배' 자체가, 두려움이며, 절망이고, 그리고 惡이기까지 하다.

毒벌레 쪽에서는 그쪽대로 그런데, 끄닐끄닐, 오래도록이나 위협받아온, 회개할 수 없던 그 싸움을, 그 일격에 끝장내버리기 위해, 너무 많은 공력과 毒을 소모해버렸던 모양이어서, 무독한 지렁이만도 못하게 되어, 자기의 적이, 벌거벗은 채, 그 자리에 동결되어 있으며, (오히려 그쪽에서,) 표정이나 몸으로 하는 말로 재촉하여, 끝장을 내려면 빨리 내라고 종용하고 있었음에도, 그 자신도 한 치의 움직임도 이뤄내지를 못하고 있었다. 그렇다 해도, 甲公은, (임종 직전에 처해 있는, 그 病骨이라도,) 眞肉身으로부터 원조를 받게 될 터이니, 오래잖아 다시 어쨌든, 얼마쯤의 원기를 회복해내기는 할 것이다. 그리고 사실로, 그 원기를 회복해내고도 있었다.

그리고부터, 제이합이 시작되었는데, 毒까지 찬 것은 아니라 해도, 甲公은 최소한, 꿈틀꿈틀 움직일 수는 있게 되자, 亥公이 어떤 상태에 있는지, 점검해보려, 혀를 날름거려 亥公의 냄새를 느껴내려 하며, 쓰륵쓰륵 亥公의 주위를 돌았다, 탑 돌았다. 탑 돌기가 그런데, 꾸리 감기로 바뀌었던지, 저 독구렁이는 돌던 탑을 꾸리 감아 오르고 있었다. 관전자들이 먼저 경악하고, 다음에,

눈 밝혀 본 바에 의하면, 저 칙살맞을 누무 독구렁이에게, 열두 매 殮 되어 있는 건, 누구겠는가, 亥公이었는다. 그는, 천지간 빼꼭 찬 것이 그것인, 그 숨 한 자락을 못 거머 들여, 생애를 쓰고 있었다. 죽을 수도 있었더라면, 쯔춧, 亥公이 벌써 죽었겠다. 관전자들은, 서로가 서로를 건너다보며, 쑤군대는 말로써, 우려를 표했는데, 이 마을의 죽어가는 甲子씨가 저러다가, 잠 깬 뒤 하품하기로써람 莊子公이, 자기의 낮꿈의 봄 뜰로 나비 날아간, '자취'를 지우듯, (헌데람, 亥鬼를 꿈꾸는, 저 잠은, 누가, 어디에 누워, 잠자고 있다는담? 神, 仙, 鬼, 精, 妖, 道流들은 말해보람!) 이승도 아니고, 저승도 아니며, 바르도[間島] 도 아니어서, 허虛虛, 있지도 않는, 어떤 자의 깨어버린 잠 속의, 時間의 過去 속, 에 있는 空間, 속에서, '오늘'이라는 時間의 現在까지 연면해온, 어떤, 알려진 적 없는 이의, '꿈의 그림자' 하나를, 영 지워버리고 말겠다고 했다. 그 '그림자' 하나는, 저승이든, 이승이든, 거기 어디에 뺀하게라도 문 열림이 있으면, 어떻게든 거기로 스며들어, 輪廻의 고리에 자기를 삽입하려 했던, 불쌍한 '欲望'—'萌芽'를 아직 구비하지 못한 채, 저 벙어리 뱀 '문두룸'—늘[常] 추운[冬] 고장[地] 으로 流刑 가다니! —그것이, 저 관전자들의 속을 짜안하게 한 듯했다.

허, 헉, 허나, 저 제이합도, 관전자들이 예상하고 있었는 것과는 달리, 그렇다, 그렇게 쉽고도, 빠르게 끝나고 있는 것만은 아니었다. 게다가, 관전자들이 예기치 못했던 일까지 일어나, 兵法을 연구한다는 仙까지도 경악하게 했는데, 善意라고는 없는, 두 欲身들이 맞닿아, 지글지글 증오를 끓이고, 毒의 거품을 일궈내기에 의해서, 흐흐흐, 그런 일도 있던 것이다, 이상스럽고도 反意的이게도, 서로가 서로에게, 오히려, 氣力을 수혈하고 있었던 모양이었다, 그런 일도 있던 것이다. 그러니까 저 두 敵身들끼리의 相剋的 마찰에서는, 呪, 煞, 殺氣의 電氣가 일어났는데, 그 電流가 서로의 欲身 속으로, 번개 치며 흘러 들어간 것이다. (관전석에서는, 환호와 박수갈채가 桃花村 三月 바람으로 일었다) 그렇게 되어 亥公은, 쑮먹 스러지기 직전, 오히려 氣의 充電을 받고, 조금씩 밝아져 돌아오고 있었다. 甲公 편에서는 그러자니, 그 까닭을 알 수가 없어, 몹시 의아해하고도 있었지만, 이런 싸움이란 그런즉, 땅을 어미로 하고 있는 자를, 그 땅에다 내북치기에도 비교될 그런 것이라면도 싶었다. 땅에 닿기만 했다 하면, 그 아들은, 그 어미로부터, 새 힘의 수혈을 받는다. 땅의 자식을 패배시키는 것은, 虛無主義뿐이다! 그렇다고 하여, 그 전황이 갑자기 바뀌어 亥鬼가 유리한 위치에 서게도 되었다거나, 그런 것은 물론 아니다. 그 泥田에서, 관전자들은, '해치려 하기'가, '돕기'가 된, '相剋'의 '相生化'라는, 프라브리티 宇宙의 한 法, '矛盾'의 法이, 肉的으로 說해진 것을 경청한 것뿐이다. 두 얼음덩이가 마찰하고 있는 데서 발생하는 熱은, 어찌 어느 한 편으로만 傳導하겠는가, ―그러자니, 그 대치도, 비례적으로 힘 들어갔을 것이었다. 泥田狗鬪도 물론 치열하지만, 그보다 두 황소의 싸움은 더 격렬하고, 비해, 두 코끼리의 싸움은 더욱 장렬하다. 亥鬼는 여전히 위기에 처해 있고, 甲公은, 亥公을 숨죽여, 머리부터 물어 빨아들이려는, 그 유리한 위치를 지켜, 제 몸에서 떨어지는 기름방울에서 프르프르륵 도깨비불이 일어나도록 힘을 쓰며, 휘감아 틀고 있는 곳으로부터, 마지막 숨을 짜아 올리려 하고 있는 중이다. 그러자니, 그 싸움이, 처음 두 수캐의 것만 했었다가, 두 황우, 두 코끼리의 것만큼하게 불어나고 있어, 그 한 마을이, 그 고된 기름 짜이기에, 기름을 짜이기 시작하고 있었다. (神, 仙, 鬼, 精들로부터는, 계속적으로, 환호와, 박수갈채가, 三月 바람으로 桃花村을 흐으 흩흐읕 불어갔다)

亥鬼氏가 당하는 극난함은, 그렇다, 바로 저 甲公이 짜아 올리려 하는, 그 한번 들이쉬었다 내보낼 양의 숨, 그것이었는데, 글쎄 말이지, 천지간 빼꼭 차 있는 것이 그것인 것을, 쯔츳,

亥鬼氏는 그러는 그 어느 한순간, 침묵, 그렇다, 溺死하는 水夫가, 만 길 깊이의 물속으로 가라앉을 때, 그 여러 여러 물의 층계에서마다 듣게 됨에 분명한, 그런 침묵을, 흐르는 숨결(바람)의 침묵을, 그 울창한 바다를 들었다. 그러자부터 시작하여, 이상스럽게도, 亥鬼公의 마음은 평안해지기 시작했으며, 이 천지간, 한번 들이쉴 양의 숨만은 자기의 것이라고 우겨왔던, 그 한 '숨'을, 이제는 놓아줘도 좋을 것이라고도 생각하고 있었다. 그래서 亥公은,

아―

소리를 내며, 목구멍을 열어, 자기의 것이었던 듯해서, 자기라는 그 새장[鳥籠] 속에 가둬놓고 있었던, 그 [15]새를 날려 보냈다.

우ㅡ

—ㅁ('미음'자. 또는 '無音' 字)

—ㅁ, (미음, 무음, 未音, 無音) 숨이 다 빠져나가기에 좇아, 숨을 뱉어내던 자의 목구멍이 닫기고, 말[言語]이 말 자체를 소급해 파먹어 들어가며, 그러며 거꾸로 내는[發音] 소리 'ㅁ', 미음 무음 未音 無音 ㅁ—

그때쯤은 毒까지도 새까맣도록 한 자루 채워 갖고 빵빵해 있던, 저 毒蛇가 열두 매 친친 감아 있던 것은, 그러니 무엇이나 되었겠는가—'ㅁ', 글쎄 그것 말고, 무엇이나 되었겠는가? 無音—

헿, 헿, 에케, 갑작스럽구람, 아으 보게람, 보게람 저것을, 죽음만큼이나 검은 날개며, 몸뚱이를 해 갖고 있는, 저것을 보게람, 가마귀로구남, 갸, 갸, 갸, 검은, 두터운 연기에 휩싸인 불, 불이로구남, 검은 불[火], 불의 無音(ㅁ—미음 字)의 무덤에서 날아 올랐구람, ('불'을 그 배 속에 감춰놓고 있던, '벙어리 뱀 문두룸'으로부터 탈출을 성취한 '불.') 갸, 갸, 갸, (뭔가를 主題로 하여, 修飾, 限定해, 휘감아 틀어 오르는 중에, 틀어 오르기라는, 그 맹렬한 修辭學만 남고, 主題 되는 것이, 갑자기, 滲出, 또는, 蒸發을 해버렸다면, 남는 것은 무엇이겠는가, 알맹이 빠져나간 고둥 껍질, 無意味, 흐흐, 그런 껍질이 되어, 남아, 이완에 당하느라, 전신을 傷處로 드러내고 있는,) 저 '문두룸'을 두고, 배가 고파 가마귀는 우짖으며, '문두룸'의 살을 탐내고 있었으나, 어쨋선지, 그것에다 발톱이나 부리를 박아 덤비지는 않고, 갸갸갸, 보름달 우러러본 개 새끼모양, 그냥 갖다 가시나, 우짖어대기만 하고 있었다. 그때, 저 구렁이가 할 수 있었던, 다만 하나의 자기방어란, 城의 四門 入門들을 오히려 활짝 활짝 열어놓고 시나, 성루에 올라, 한가로움을 꾸며, 비파나, 거문고나, 빗자루 꽁생이를 타는 일밖에, 다른 짓이란 해볼 것도 없는 듯했다. 마지막으로 도모해보는, 활짝 열기로 닫기, 방치하기로 간수하기—'주검 놀이.' (이 '송장 놀이'를 하는 구렁이는, 배를 허옇게 까뒤집고 늘어져서는, 실제로, 썩는, 역한 냄새를 풍겨낸다고 이른다. 이것은 다만 한 例일 뿐이지만, 어떻게 관찰을 했기에, '사람'이라는 한 有情의 관념은, '自然途'에는 '本能'밖에, '智慧'란 개 새끼['佛'이란 '智慧'의 의미를 포함한다고 하거니와, 저것은 '無佛性'者라잖느냐!] 만큼도 없다고 알기에 고정되어졌는지 알 수가 없다. 궁극적으로는, 도태치 않고, 잘 생존하는 것이, 自然途의 智慧라면, 自然途만큼, 완벽한 智慧로 짜여진 것도 또 없으리람. '사람'이라는 有情은, 自然途, 또는 畜生道에서, 어떻게 용케 한번, 털을 반쯤 벗고 '人世'를 꾸민 뒤, 뒤돌아보기를 두려워하기 시작한 것이었겠는가! 뒤돌아보지 말지어람, 소금 기둥이 되거나, 꿀꿀 울게 된다)

(亥鬼의) 그 '아—'語는, 검[黑] 소리[音]였던 모양이었다. 呪, 煞, 殺氣 따위, 否定的 冥力에 제휴했던 聖音—, 니그레도[黑]에서 이뤄진 '賢者의 돌' '白鳥'(알베도, 또는 아말감)가 일어났어야 될 자리에서, '검은 새'가 부화하였음, 구렁이 먹는 餓鬼가 일어났다, 검[黑]餓鬼, 독한 연기에 휩싸인 시꺼먼 불[火], 지옥의 검餓鬼, 갸, 갸, 가마귀—

(관전석에서는, 환호와 박수갈채가, 三月 바람 맞은 桃花村으로 흐믈트러졌다. —그리하여설라무네, 란, 저 관전꾼들의 박수갈채를 두고 말이지만, 이 싸움의 성격을 알게 되는 것이지만, 이 싸움엔, 善한 편도, 또 惡한 편도 없어, 양편이 다 善하거나, 어느 편도 善하지 않다는 것이다. 그런즉 관중은, 어느 편이든, 손 놀이 발 놀이를 잘하는 편에다 박수를 보내게 되는 것이다)

그랬은즉, 전황은 물론, 삽시간에 바뀌게 되었을 터였다.

'죽음 놀이'로, 위기를 어떻게 용케 모면하고 있으나, '검은 연기'를 戰服으로 입은, 저 '시꺼먼 불'의 날개 밑에 든 저 구렁이는, 저 불검餓鬼의 갸, 갸, 울부짖음으로 읊어내는, 熱과 煙氣의 呪文을, 아무리 해도 참아낼 수가 없을 뿐만 아니라, 그러자니 뭣보다도 정신이 혼미해져 가고도 있어, '죽음 놀이'만 하고 있을 수만은 없고 있었다. '죽음 놀이'는 그리고, 적이, 그 썩는 냄새에 넌더리를 내고, 코를 헹 풀어 던진 뒤, 눈을 훌기고 지나가 버릴 때만, 그 효과를 다하는 것이 아니더냐 말이지. 그리하여서, 속[意味]이, 死地가, 四地十地로 열렸다. 그런 자리에 처하면, 처한 자에게는, 개미까지도 약대만 하게 느껴지게 될 것인데, 어디를 내어다보나, (개미가 약대만큼이나 크다면) 팔공산만큼이나 커져 버린, '문두룸'이, 숨어, 비집어, 빠져 도망갈, 구멍이란, 바늘귀만큼도 열려 있지 안 했다. '문두룸'이 '송장 놀이'를 하는, 그 악취의 일점만 빼놓곤, 어디에나 검은 불이며, 독한 연기였다. 그렇다고 하나, 구렁이는, 그 일점을 지켜, '주검 놀이'만 할 수도 없었으니, 어떻게 되었든, 무엇이든 시도해보기는 해보아야 했을 것이었다. 死地라고 내어다보면서도 구렁이는 그래서, 죽기를 한하고 꿈틀어 나가보려 했는데, 조금 꿈틀었다가는 되사리고, 되사렸다가는, 방향을 바꿔도 보고, 그리고는 되사리고 했다. 兵法을 연구한다는 仙 하나만을 제외하면, 다른 관전자들은, 어찌하여 저 검餓鬼가, (배가 고파 저렇게나 게걸거리면서도,) 저렇게까지나 무력해져 버린 저 구렁이를, 내달아 대번에, 쪼아 삼켜버리지 않는지, 그것을 몹시 의아해하고 있었다. 兵法을 연구한다는 仙만은, 빙그레 웃고 있으며, "아무렴, 窮寇勿迫이거든", 하고 혼잣말하고 있었다. "그리고도 그뿐만은 또 아닐 것이지그리. 꽤 오래된 얘기지만, 전해오는 얘기대로 따른다면, 한때, 저 '불새'의 선조 되는 이가, 이런 전투에 임해, 너무 좀 경거망동하다가, 저런 벙어리 뱀에게 먹힌 일이 있어, 그 한 천지에 불이 없었더라고 했는데, 그런 후, 분명히, 그 할아비 불새가 당했던, 못 참을 그 고통은, '恐怖'의 형태로, 후손들의 핏줄 속에 유전되고 있음이 분명하다. 피가 들끓는 중에도, 그 핏줄 속에, 얼음의 차가움이 일는 수가 있으면, 그것이 바로, 그 유전된 '恐怖'일 것이라고 이른다. 그리고도, 새 중에서도, 가마귀가 그중 현명하다고 이르는 까닭은 무엇이겠는가? 저 음험하기 짝 없는 새는, 저렇게 하기로써, 암믄, 그럴 일이다, 저 毒벌레로부터, 毒을 제거하려 하고 있을 일이다, 그런 뒤에 먹는다면, 근이 월떡벌떡거려싸서 탈일라는가 몰라도, 토사곽란이라거나, 혀 빼내 물고 덱 쓰러지기 같은 탈은 없을 것, 헤음, 흐음, 저 '검은 불'은, 독사 먹기를, 흐흐흐, 남의 계집 후려쳐 먹기모양 하려 하고 있구나. ……헤, 헤엠, 가, 가맜자, 보자, 가맜어 보자, 헥케, 켁, 저기서, 저거, 무슨 일이 있어났다느냐, 마, 말임세, 보잤세라, 보, 보잤세라, 초, 초런 수가, ……'먹고[火天]/먹히기[蘇摩]'라는, 그 神聖한 '祭祀'에, 무슨 魔羅가 끼어들었더란 말이냐? '검은 火天'의 입술에까지 닿았던, 蘇魔가 엎질러져 버렸음이여, 무참히도 쏟겨나 버렸음이여",

때에는 글쎄, '검은 火天의 입술에까지 닿았던, 蘇摩가, 무참히도 엎질러져 버린', 그런 변괴가 일어나 있었던 것이다. 관전꾼들로부터는 그러나 이번에는, 아무런 환호도, 박수갈채도 일어나지가 안 했는데, 이 한 合의 싸움은 그들께는, 늙다리 고자가, 철당한 젊은 여자께, 덮었다 일어나기, 와 다름이 없어 보인 것이다. 그들은, 이 '祭祀'로부터, 바쳐지는 '蘇摩'를 조금씩 얻어왔으며, 그리고 이 合에서는 훨씬 더 얻을 수 있을 것이라고 기대해왔었는데, 咄, 어느 일순, 俄南(오난)의 좆을 찬 魔羅가 들어, 이 한 '祭祀'를 황폐하게 해버린 것이다. (兵法을 연구한다는 仙은 물론, 제외하고 말해야겠지만,) 蘇摩를 탐내고 둘러선, 관전자들이 판단했기에는, 이 合은, (이삭 주워다, 껍질 까고, 익혀, 그제는) 다 먹도록 되어 있는 밥에다, 코를 빠뜨리기나 같아서, 前合과는 같지 안 했다. 前合은, 甲公이, 토끼 고기를 삼켰는데, (거기 그 일점에서도, 蘇摩汁은 흘러내렸었다) 관전자들이 본즉, 산 여우가, 그 같은 목구멍으로 빠져나와 있었더랬다. (거기서도, 저 汁은 흘렀었다) 俄南은, 구멍 없는 좆에다 보습을 메워, 밭갈이에 나섰다더라. 그러는 중에, 일어났던 검은 연기도 좀 걷히고 하여, 관전꾼들이 밝게 보았게 되어보았건대, 클클클, 저 가마귀는, 부리를 뽑히기도, 발톱이며, 깃털을 부러뜨리고 잘리기도 하여, 뻘밭에 잘못 내려, 대가리까지 빠졌다 올라온, 거위[白鵝] 꼴이었다. 히, 히, 히, ('검은 새'를 두고, '흰 새'를 비유했음은, 암만해도 거 좀 머시기한 대목이 있잖은가, 하겠어도, 더러움이 묻어도 더 더러워 보이지 않는 더러움, 乾屎橛[!], 그 더러움을 조롱하려 하면, 公은 허찌 하씨려 합씹메? 둥근 머리 받아 나와, 세모지거나 네모지게 쓰려 하면, 公은, 얼어 죽는다, 귀양 간다. 움직이지 않는 수레바퀴는, 세모졌거나, 여름에도 땅에 얼어붙은 바퀴인 것이며, '지구는 그래도 여전히 돌고 있다'고, '그래도'라는 接續詞를, 엿 먹이기 品詞로 바꿔 쓰지 못하는 머리는, 잘리거나, 태워지는 것이 예사지만, '정상이 참작'되어지는 수도 있으면, 귀양길에 올라, 세모지게 네모지게 구르느라, 몹시 떼그럭 소리를 내게 된다. 빈 수레가 요란한 법이더니라)

(저 戰況의, 갑작스런 뒤집힘에 대한, 관전자들의 추측이 이것이지만,) 저 독사는, 시꺼먼 연기를 戰服으로 입은, '검[黑] 불[火]' 가운데 포위되어, 지글지글 끓으며, 괴롭게 녹아 가고 있던 중에, 몸도 녹으면 液體가 된다, 는, 그 변화를 관찰하게 되었으며, 그 관찰은 그에게, 의외의 生門을 열어 보여주었던 것이 분명했다. ('생각의 몸'이란, 그것대로 하나의, 모든 가능성 자체라는 것

을 염두할 필요가 있는데,) 그리하여 그는, 그 자신을 液體化하기 위한, '물의 禪定'에 몰입했던 모양이었으며, 그 결과, 저 '검餓鬼'가 친, 火陣의 한가운데에, 하나의 生門이, 제법 넓은 웅덩이의 모양으로, 나타나게 되었다. 그것뿐만도 아니다, 이 작은 못의 한가운데에는, 붉은 배때기에, 새까만 등짝을 하고 있는 蛙公까지도 하나가, 수면에 떠, 목젖을 불렸다 줄였다 꼴록이며, 아크흐크할라, 呪鳴을 하고도 있었다. 이제 '불'은, 저 이해할 수 없는 怪物, 머리도 꼬리도, 팔도 다리도 없을 뿐만 아니라, 내장도 뼈도 없어, 그것 자체로서는 움직이지도, 머물지도 못하는, 저 液體를 깨물려 덤볐다가는, 그 당장, 부리며, 발톱, 날개까지, 뽑히기도, 부러뜨리기도 해서는, 참담하게 후퇴하지 않으면 안 되게 된 것이다. 그리고 불은, 이미 그런 戰傷을 입고, 지금 제 상처를 핥고 있는 중이다. 이 특정한 '液體'는 게다가, 지혜까지 구비해 있다. '불'에 대해서, 이 살아 있는 웅덩이 하나는, 자기의 포위망 속에 있다 하더라도, 난공불락의 성이 되어버린 것이다. 長期戰을 계획하지 않는 한, 이제 速戰卽決의 長策이란 있을 법하지도 않게 된 것인데, '火天'은 그러자니, 그 검은 얼굴에다, 어두움을 더할 수밖에 없이 되었다. (흐린 그믐밤은 더 어둡다) 장기전이란, 쌍방에 공히, '氣'의 備蓄量이 문제가 되는 것일 것인데, 그 점에 있어서는, 뭘 셈해보고 말고 할 것도 없이, 불리한 쪽은 亥公(검은 火天) 자신이던 것이다. 亥公 자신에게도 그것이 이상하고, 의문스러웠지마는, 방금 전까지는, 무엇으로부터 그 燃料의 공급을 받았는지는 모르되, 자신을 태우고, 또 태웠어도, 그 燃料의 부족을 느끼지는 못했는데, '氣의 備蓄量'을 두고 亥公이 '知彼知己'하기는, 甲子氏는, 필요할 때마다, 增援隊를 보내줄 '몸'을 갖고 있으되, 자기에게는 그런 것이 없다는 것이다. 가, 가맜자, 亥公은 '知彼'하다, 짚이는 것이 있어, (서란, '甲子氏는, 필요할 때마다, 增援隊를 보내줄 몸을 갖고' 있다는, 바로 그 일점을 두고 말인데,) 헤아리기를 그만두고, 일단 몇 걸음 후퇴를 했다. 그, 글쎄, 자기의, 甲公과의 이 결투의 이유가 무엇이었던가, 흐, 흐흐, 관전자들도 주지하는 바대로, 甲公은 지금, 자기의 포위망 속에 갇혀 있으며, 그[甲公]가 오늘 이때껏 입어온 그 '몸'은 지금, 임종하고 있으나, 헤헤헤, 비어 있는 것, 無主空山이거니, 아흐으, 天佑神助로라, 혀를 사리고, 날개를 접어 들이고, 꼬랑지도 거둬, 바삐 내달아, 아으 저 無主空山 뛰어들면, 달도 뜨겠다, 휘영청 明月아—, 후후, 이러자니 亥鬼는 갑자기 급해져, 흩어져 있는 氣를, (혀며, 꼬리며,) 먼저 수습해야겠으므로, 그러기 위해, 심호흡을, 그것도 들이쉬는 숨에 마음을 모은, 숨의 禪을 시작해, 잠겨 들었다. 남김이 없게 하여, 남음이 없으려 함이렷음.

문제는 그럼에도, 저 '검 불[火]'이, 어느 일점을 정해, 자기의 前哨兵들을 불러들이려는, 거기에 있었던 것이었는데, 그 짓이란 다름이 아니라, 毒狗를 묶어놓은 쇠줄을 풀어주기였으며, 그뿐만도 아니라, 신고 있던 쇠신발을 벗어, 배고픈 毒狗에게, 뒤꿈치를 드러내 주기나, 같았던 모양이었다.

[兵仙의 註釋]

앞서, 持久的 長期戰에 관해, 얼핏 한번 얘기가 되려다 만 적이 있었거니와, 어차피 바지를 까 내리고 측간에 앉았었다면, 일어서기 전에는, 屎橛에다 한번은 문대고, 그리고 일어선다면, 뭔지 맺음을 한 듯한 느낌이 들 터이다.

'검[黑] 불[火]'—증원 병력을 거느리고 있지 못하는 한, 작은 兵力을 펴늘인다는 陣法 자체가, 弱處를 드러내기여서, 바랄 건 速戰卽決뿐이다. 長期戰을 치르려 한다면, 自滅을 초래할 뿐일 것이다.

'살아 있는 웅덩이 속의 蛙公'—증원 병력으로부터 차단되어진 작은 兵力은, 水根으로부터 절연되어, 말하자면, 뿌리 [16]뽑히고 바람에 불리어 구르는 가시쟁이, 잠시 어디 옴팡한 데 기복해 있으며, 氣의 소모를 줄이고 있으면, 적의 머리칼 하나 뽑지 않고도, 적의 自滅을 통해, 저절로 승리를 거두게 될 터이지만, 그런 長期戰을 치르는 동안에, 고향 집은 폐가가 되어, 쑥대나 자라고 있는다면, 어디로 凱旋하려 하는가? '蛙公'의 '웅덩이陣'이, 指久的 長期戰을 위해서는, 비록 최선의 것이라 할 수 있다 한대도, 勝利가 敗北와 다름이 없거나, 그보다도 더 나쁜 결과라면, ('蛙公'도 그러면, 그의 적 '검 불'과 마찬가지로, '몸'을 잃고, '죽음'을 잃어, 하릴없이 '鬼神'이 되어버릴 것이어서, 프라브리티 우주에 주어진, 하나의 위대한 은총, 우주적 은총을, 저주로 바꾸게 되는 수뿐일 것이다. 이런 손실이 또 어디에 있겠는가!) 저 [17]'검은 새'의 날개 접었기의 까닭이 무엇이든, 기회가 주어졌을 때, 내달아, 速戰卽決하기뿐, 다른 건 권할 것도 없다. 오늘, 이 戰場에서는, 兩兵 공히, 速戰卽決밖에, 다른 꾀는 아무것도 도모할 것이 없을 뿐이다. (兵仙은 그러다, 자기가 바라는 바대로, 전황이 바뀌고 있었던지, 쾌재하였다) 좋도다! 좋고, 좋도다!

때에, 저 '검[黑] 불새[火鳥]'는, 자기의 뒤꿈치가, 毒狗 '蛙公'의 毒口에 물려, 물러나 있음을 알아야 했다. 아크, 흐크, 할라! 까닭으로 저 '검火鬼'(가마귀)는, 절룩 부렉켁, 부렉켁 절룩, 절룩이며, 恐水病이 들어, 개굴개굴, 울부짖어야 했다. 캐갱 캐갱 울어 부질없어했다. 개굴 캐갱, 아파 우는, 빙충맞은 가마귀, 절룩이며, 도망질을 치려, 안간힘을 하기 시작하자, 꼬악, 코악, 毒狗 '蛙公'은, 저녀러 빙충맞은 '검 불'을 겨냥해, 恐水病菌의 오줌을 갈겨 (불을 꺼)대며, 쪼악, 좍, 갈겨대며, 꼬악, 코악, 콱, 짓밟아대고 있는다, 칵, 쥐일락 카고 있는다.

'검 불'은 그제는, 더 버티고 서 있을 수도 없게 되어, 恐水病 든 자리로 거품을 일궈내며, 제 꼬리를 물려는 것모양 뺑뺑이질을 좀 해보다, 뒤를 사리고, 웅숭그려 앉았다. 그리고 상처를 핥으려 했는데, '蛙公'의 오줌 묻은 자리는 모두 재가 되어 있었다. 그랬으니, 이러는 어느 틈 그리고 어떤 식으로라도, 무슨 변화가 일어나지 않을 것이라면, 삽시간에, 그 자리에는, 재밖에 남을 것이 없을 듯했다. 물론, 그 재를 앉고, 덮어쓰고, 어찌 저 '개구리'야 남지 않겠는가. 그때는 물론, 히히, 개구리 대가리에, 뿔 돋아 있을 것이다.

때에는, 관전석에서 흩어져 내린 환호와, 박수갈채가, 桃花村 三月 불어온, 바람이었다, 바람

불다 바, 바람이 불다가 그런데, 가, 가맜게라, 불던 바람 그쳤내 비다, 흩어지다 꽃잎들도 중천에 머물고, 소리도, 나지도 않으려니 와, 그치지도 않는다,

……한 마리 '개구리'가, 잿더미에 앉아, 교만스레 목젖을 꼴록 꼴록 하며, 무슨 울음을, 아마도 勝戰의 울음일 것을 울려 하다, 그 재 속에, 불의 씨앗 하나가 알[卵] 맺혀 紅玉모양 익고 있는 것을 발견하고, '물의 禪定'으로부터 기다란 혀를 내밀어, 그 紅玉을 혀끝에 감아, 들여, 삼켜버렸다. 그리고서야, 드디어, 준비했던 그 울음을 크게 울었다. 아크흐크할라! —그 울음을 끝냈을 때

'蛙公'은, 왜냐하면 싸움에 氣를 탕진했으므로, 몹시 지쳐 있었는 데다, 자기의 '몸'이, 한 彈指頃도 더 자기를 지탱해줄 듯하지 안 했으므로, 그 '몸' 속에 돌아가, 이제는 편히 눈감기 위해서, '물의 禪定' 삼매로부터 깨어나, 자기 '몸'속에로 되돌아왔다. 그리고 참으로 안도스런, 깊은 숨을 한번 들이쉬었다. '몸 입기'의 은총—

兵法을 연구한다는 仙 하나만 제외하고는, 모든 다른 觀戰者들은, 이 싸움은, '亥公'께는 매우 안됐지만, '甲子氏'의 승리로 끝났다고, 자리를 떠, 굼벵이를 탄 精은, 굼벵이께 채찍질을 하고, 회오리바람을 탄 仙은, 회오리바람의 고삐를 쥐어, 아랫목 누운 마누라들을 생각해, 돌아가려 서둘렀다. 그리고 돌아들 갔다. 兵法을 연구한다는 仙만, 그때도 자리를 지키고 앉아, 눈 둘 바를 몰라 그러고 있는 듯하지는 안 했는데도, 그 댁의 굴뚝 끝에로 눈길을 보내고 있었다. 즈음에 촛불중은, 자리를 옮겨, 안방에 누워 임종하고 있는, 저 甲子氏의 양미간 되는 데의, 中天쯤에 자리 잡아, 고요히 밝고 있었다. 그리고 대체 얼마의 시간이나 흘렀는지, 그것은 어떻게도 말할 수가 없으되, 없을 것이, 그 싸움을 구경했었던 東海-龍宮-광대-꼽추-風精이, 같은 宮 부엌데기를 꼽추등으로 끌럭거리고 있었을 때도, 굼벵이를 탄 精은, 그 댁(甲子氏네) 대문을 벗어나려면, 아직도 여러 백 년 꿈틀거림을 더 해야겠으니 그런 것인데, 그러니 시간이야 흐를 놈께는 흐르고, 흐르지 말 놈께는 흐르지 말 일이겠거니와, 어쨌든, 윗목에 놓여진, 아직은 비어 있는 관곽 속에서 일어나거나 했을 것이지만, 시꺼먼 고양이가 한 마리, 그 댁의 굴뚝으로 빠져 올라서는, 표독스레 몇 번 울고는, 연기 모양을 꾸며, 그 밤의 어둠 속에서도 더 어두운 곳으로 숨어들고 있었다. 흐흐, 안방에서는 때에, 흐흣, 아닌 밤중에 '임종 직전의 송장'이 버쩍 일어섰다고, 놀라 부르짖는 소리가 팔씬 오르고 있었으며, 화톳불가의 장정들이 우 내달아 들고 있었다. 글쎄, 그녀러 망할 누무 검은 고양이가, 굴뚝을 빠져나갔기에 그런 것인 것이다, 깜박 죽었다가, '아닌 밤중에' 甲子氏는, 별 지랄하니라고 시방, 벌떡 일어나, 생지랄을 지랄하고 있는 것이다. 숯불 위를 걸어 보여주기로, 푼전의 박수갈채와, 목숨을 빌어오던 사당뇌미, 그 낫살까지 걷고도 다 못 건너고, '불 속에 溺死'하고, 寃鬼된 것에게라도 들(흘)렸내

비다, 온통 지랄이다. 살기는 그리고 허기는, 온통 지랄이기는 하다. 그러는 중에, 저 '지랄'로부터는, 지랄만, 어디 하늘 가운데로, 아니면 땅속으로, 비밀스런 어디로 뚫어 오른 굴뚝으로, 되게 빠져나가고, 그리고 그 運動이 입었던 풀죽은 '옷'만, 흐르르 흘러내려 그 자리에 남아버렸다. 運動(브리티)은 運動인 것, 알맹이[核]가 있는 것이 아니던 것, 運動이 빠져나가 버리면, 그것을 싸안고 있었던 옷은, 無常이다, 그리고 無常 말고, 다른 것은 아무것도 實在가 아니다, 無常이야말로, 咄, 영구한 實在이다? 이제는, 남아 있는 자 중에서, 아무라도 하나가 나서서, 저 옷을 쥐고 나가, 사유시방에다, 그의 '돌아갔음'을 선언하여, 復-復-復, (돌, 돌아, 돌아감!) 세 번 외친 뒤, 그것을, 그 집에서는 제일 높은 데, 지붕 위에다 던져 올리면, 한 검은 고양이에의, 그 한 凶夢은 끝날 것이다. (삶이란, 南泉和尙이 미으음- 무으음-, 울어 밝히는 바를 좇으면, 양지쪽 骸骨 바가지 속에 들어가, 둥글게 뭉치고 낮잠에 든, [18]검은 고양이의, 자신에 대한 헤설픈 꿈인 것. 보게나, 南泉이 죽인 건 바로 저누무 검은 고양이는 아니었댔나? 그럼에도, 무엇이 꾸는 '꿈'은 [무엇에 의해 꾸어진 꿈은], 제 염통[生命을 펴 올리는, 그것이 죽음!]을 떼어내, 자기만 아는 어디에다 감춰놓고 있는 魔鬼나 같아서, 죽여도 죽여도, 죽었다가는 되살아나는 것, 죽여지지가 않는다. 그런 '꿈'을 죽이려면 그렇다면, 그 '꿈의 염통'을 찾아내는 수뿐이겠는 것)

兵法을 연구한다는 仙도, 그제쯤은, 자리를 뜨려 하여, 타고 있던 표범의 옆구리에다, 슬쩍 뒤꿈치를 가해, 바람의 날개를 펼쳐내게 했다. (오늘 그가 大通한 兵論은, '兵者詭道也'라는 것이었다. 그리하여, 이 이후의 兵家事가 달라질 일이었다. 그 兵論은, 이제까지 兵家의 經典으로 삼아왔던, 『마하바라타』의 兵學[「바가바드 기타」]에 대해, 정반대편에 서는 이론인데, 허긴 戰爭은, 聖人이나 大人들이 하는 것이 아니며, 聖人이나 大人들은 戰爭하지 않잖느냐. 그러면, '聖人'과 '大人'은, 어떤 이들을 일러 말함인가? '서른두 가지 大人相'을 구비한 자를 이름인가? 한둘 예를 들면, '혀'로는 가슴을 덮고, '팔'은 늘어뜨리면, 무릎 아래에서도 훨씬 더 내려지는 자, —그러나, 혀의 넓이며 크기로는, '犬公'을 으뜸으로 치고, 팔의 길이를 두고는, '猩猩이'를 꼽는 것이 아니던가. 헌데 '聖人'이라고 이르는 자도, 변을 본 뒤에는, 屎橛에 의지하지 않고는, 냄새를 풍기며, '大人'이라고 불리는 자 중에도, 난쟁이가 있어, 마을의 똥개까지도 내려다본다. 그러고 보면, '相'이 '聖人' '大人'을 만드는 것이 아니라, '聖人' '大人'이 '相'을 구비한다. '마음의 우주'에서는, '相'[記號] 이 'signified'이다)

다른 관전자들이, 별 입맛도 못 다시고, 자기네 벽장에 둬둔 약주 생각으로 돌아가고 난 뒤에도, 그 잔치에 남아 있었다가 돌아간, 저 兵仙과, 그리고 아직도 그 같은 자리를 지켜 있는 촛불중이, 그런 후, 저 祭壇에서 본 것은, 그 싸움은, 분명하게 '蛙公'의 승리로 끝났으나, 完勝만은 아닌 듯하여, '蛙公' 쪽에서도, 자기의 祭田의 얼마쯤을, 저 '검火鬼'께 잃지 않으면 안 되게 되었다는, 그것이었다. 프라브리티 우주엔, 일러 말하는 '橫財'라거나, '공짜 술'이란 있는 것이 아니었던 모양인가, 規則에 어긋나게 얻었거나, 얻어진 것은, 어쨌든 되돌리거나, 값을 치러야 하는 것. '蛙公'이 '검火鬼' 죽은 그 재 속에서, '불'의 검은, 작은 '알' 한 개를 삼켜버렸을 때, 이 싸움의 승부는 가려졌었지만, 다시 말하면 그러니까, 이 '싸움'은, '蛙公'에게 먹힌 바 되어, '蛙公'의 입 밖에 조금 남아 있는, '검火鬼'의 꼬리가 떨고는 있으되, 오래잖아, 그 떨림도 멈추이게 될, 그런 상태에 와 있지만, (兵仙의 觀法에는,) '蛙公'은, 저 '불의 알'을 취하고 있었을 때, 막중하다고 표현해도 모자랄, 그런 과오를 하나 범하고 있었던 것이었다. (그러나, 羯磨의 얽힘을 살핀다는 중의 이해도 그런 것은 물론 아니다. 글쎄 프라브리티 우주에는, 餘尺이 없다) 그것은 무엇이었는가 하면, '蛙公'이, 예의 그 '알'을 전리품으로 거두고, 그리고는 곧장, 자기의 '몸'속으로 凱旋한 그것인데, 그렇게 하기로서 '蛙公'은, 그것이 아무리 패잔 병력이었다 해도, 적의 군화가, 자기의 흙을 디뎌, 묻히게 한 것이다. 이 경우의 이 '패잔병'은 그런데, 개선장군이 포로로 해오는 '奴隸'가 아니라, 적의 계집들로부터 묻혀오는 '瘡病菌' 같은 것이었다, 疱疹, 임질, 매독, 소금기둥되기病……, 패전자의 최선의 복수는, 자기네 아낙들께 病齒를 한 벌씩 묻어 숨겨두는 일인 듯하다. 그 病齒에 한번 물린 것치고는, 그 당장은 어떻게 몸을 추슬러 나갔다고 한다 해도, 軍歌 대신 擊壤歌를 부르고 있을 때, 물렸던 자리가 떨어져 내리는 것을 보지 않으면 안 되게 될 것이다. 말하자면 지금, (甲子氏의 몸속에서) 그런 현상이 일어나고 있는 것이다. 그렇다면, 亥子氏도 반드시 패한 것만은 아닌 것이 아닌가. (그러나 촟불중은, 이 '싸움'은, 꼭히 승패만을 가리기 위한 것은 아니라고 이해하고 있었으며, 兵仙이 이르는, '蛙公의 과오'를, '과오'로만 보고 있는 것도 아니다. 촟불중은 글쎄, 羯磨主義者이다)

솬티 솬티 솬티

病種의 예사롭지 않음이라거나, 환자의 신체적 허약, 병세의 악화 등으로 따져본다면, 의원까지도 들먹일 필요도 없이, 지나가던 생선 장수가 진맥해보았다 해도, 죽었어도 여러 날 전에 죽었어야 옳다고 했을 환자가, 어째선지 안 죽고, 여러 여러 날씩이나 목숨을 유지해왔더랬는데, 그러다 급기야 鬼神을 토하기에 이른 것이, 지난 새벽 寅時末頃이었더니, 午時도 못 되어, 별일이게도 시체는, 칠공 구공으로 썩음을 흘려내기 시작하고 있었다. 그러고 본다면, 그 송장은, 목숨을 어떻게 붙이고 있었을 때도, 속의 여러 부분이 썩고 있었던 것이 분명했는데, (이것은 그리고, 그 댁 상주들 눈에도 그렇게 보여졌던지, 어쨌던지는 모르지만, 촟불중이 본 바에 의하면,) 그 썩음에 섞여, 헤아릴 수도 없는 벌레들이 또한, 스멀스멀 흘러나와, 송장을 덮기도, 바닥에로 허물려 나기도 하고 있었다. 번뇌, 벌레, 번레, 벌뢰, 벌뢰들, ―그렇게도 많은 목숨들이, 저 병자를 한 우주로 삼아 살았더라니!

그것을 목도한 美里의 七祖는 그리하여, 이것이 바로 그 옳은 시각이라고 믿어, 저 송장의 귓바퀴 가까이 나직이 내려, 그 귀에 대고, "[19]나, 너의 스승 분부하노니", 라고 시작해, 呪語라고 해야 할지, 念言이라고 해야 할지, 아무튼 그런 어떤 종류의 사투리를 씨불여 들려 보냈다. "나오라, 거기서 나오라, 이곳으로 나오라! 나, 너의 스승 분부하노니, 나오라, 글쎄, 스승 앞으로 나오라!" 그러며 촟불중은, 눈에 불을 켜고, 벌뢰들을 지켜보았으며, 또 반복해 읊조렸는데, 그러다 촟불중이 보니, 그 송장의 목구멍을 좇아 입으로, 그 어느 벌레보다도 커도 유독히 더 크고, 유독히 더 검고, 유독히 더 번쩍이는, (그 송장의) 엄지손가락 크기는 되게 推尺되는, 그래서 그만한 크기의 黑瑪瑙가 살아 꿈틀거리고 있어 보이는, 神들까지라도 섬뜩지근하게 함에 분명할, 한 마리 벌레가, 매우 오만한 꿈틀거림으로 빠져나오고 있었는다. 그쪽 세상, 菌世, 一菌世의 王, 王이었던 것이, 이쪽 편 세상에서 國師 삼았던 자의 명을 받들어, 행차하고 있었는개 볐다. 오만하기 짝이 없는 저 벌레는 그러니, 그쪽 세상 있었을 때, 에린 백성의 血稅를 얼마나 먹었든, 살[肉]이 배고, 煞이 차고, 毒이 純해져 있어, 칙살맞게도 [20]아름다웠거니와, 그 아름다움은, 그 댁의 개나 돼지 정도의 心氣를 갖는 有情이라면, 멀찍이서 한번 건너다보기만으로도, 그 당장 눈이 녹아, 고름이 되어버릴, 그렇게나 기름진 것이었다, —지옥의 아름다움. 그러고 본다면, 저 한 마리 벌레는, 죽은 저 한 有情의 毒스러운 부분, 즉슨 煩惱만을 뭉쳐 化現한 것인 게였다. 그럼에도, 죽을 수 있다는 것은, 그러니 '몸'을 입어 살고 있다는 것은 은총인가. 이 '목숨'에 이어진 '죽음'의 導火線의 길이가, 그리고 그 時限이, 얼마나 되는지는 모르되, 오늘 새로, 한 '죽음'의 導火線에 불이 붙었놨다, 할렐루야, '죽음'을 찬양하리룠다. 프라브리티가 은총인 것을. 그럼에도 그 은총이 아픔인 것, 괴로움인 것, 呪詛인 것.

그리하여 煩惱를 살 입은, 저 벌레 한 마리는 벌뢰, —벌뢰는, 스승이라는 자의 분부에 귀를 묶인 듯하여, 몽유병적으로 복종하고 있었다. 펴서 맞으려는 스승의 왼손바닥에로 기어올랐으며, 그리고는, 그 한가운데 되는 데서는, 조용히 엎드렸다. 그런 채로 그것은, 갑자기 솔아버리기라도 한 듯, 꼼짝도 안 했는데, 그것은 어쩌면, 前生에로 연결된 귀만을 열어두고, 드디어 한 벌 입게 된, 그 '죽음'으로 안을 댄, '삶'이라는 두루마기의 안온함이 좋아서, 깊은 잠 가운데로 가라앉아 들고 있었다. '잠'의 은총, —그렇게 個有情들은 고향 간다. 고향에 이어진다.

저 벌뢰의 스승이라는 자는, 다시 말하면 촛불중은, 자기의 왼손바닥에 기복해, 꼼짝도 안 하고 있는, '엄지손가락 크기'는 되는, 저 매우 섬뜩지근한 벌뢰를 내려다보며 생각하고 있었기는, 자기가 이제, 두 손뼉을 세게 부딪쳐, 저것을 죽이지 않는다면, 아무리 줄 잡는다 해도, 뒷쯤의 害가 크리라고 했다. 그 하나는, 저것이, 새로 들기 시작한 저 잠을 잤기에 의해, 깨이게 될 때에는, 자기의 前生에의 기억을 깡그리 잊게 되는 그 일이며, 그런다는 경우, 요 얼마 전에 하나의 '人間'이었던 자가, 畜生道에서도 그중 낮은 데로 전락해버린 결과여서, 다시 '人間' 돼오기까지는, 盲龜가 遇木하기의 세월이 걸릴 것이며, 다른 하나는, 그 前生이 '人間'이었던 벌뢰의, 毒이 닿는 모든 곳에서, 煩惱가 일어나게 될 것이라는 것이다. 몹쓸 病이 일어나, 그 病圈內에 있는 것들께, 禍, 禍를 입히게 될 것이라는 것이다. 이 毒에 쐬었다 하면, 심지어 코끼리까지도, 살기의 煩症을 일으키고, 오백 나한 法會에도 뛰어들어, 어지럽히려 하기뿐만 아니라, 아난다까지 떠받아 던지려 할 것이다. (아으 羅漢들임세, 道流들은, 무엇에게나 '마음'이라는 魔職袱를 덮어씌워, 幻化하기에는 이력이 난 力士들인데, 힛힛힛, 아으 알겠다, 저 '미친 코끼리'는, 오백 폭의 魔職袱에 싸기에도 너무 컸거나, 아니면 코인지, 꼬리인지, 하여튼 무엇인지가 너무 많았던 것을 알겠다? 또 아니면, 틀린 것을, 틀린 보자기에 싸려 했었음? 킬킬킬, 이런 魔職은, 까딱 잘못했다가는, 魔職師가 '토끼'를 지워 없앤다는 짓이, 그 '魔職師' 당자를 지워버리는 수가 있음세. 아서라, 나가세나여, 말아라, 세 치 혀를 챙겨들었음은 권유할 만하다 하겠으나, 그랬으면 그것으로, 저 미친 코끼리에 대들 일이지, 羅漢들을 감싸려 할 일은 아니어 보인다. 콩콩 짖고 대드는 똥개를 막는다고, 커다란 호랑이 앞에 버티고 선 고양이, —호랑이가 無色해진다. 구차하다. 어떤 대상은, '마음'이라는 보자기에다 싸려 하면, '싸여져야 되는 그것'이 '싸려는 자'를 싸아, 모두의 눈앞에서 지워 없애는, 부작용을 일으키는 수가 있는데, 그럴 때는 나가세나임세, '마음' 보자기 대신, '말'[言語]의 보자기로 바꿔볼 필요가 있겠는가. '幻'이 나타나야 할 자리에 그러면, '象徵'이 나타나게 되는 것을 관찰하게 될 터인데, 그래서 새로 보면, 아으, 저 '미친 코끼리'란, 이겨내기 어려운 '煩惱'이기보다는, '프라브리티' 자체로 보이는구나! 그렇다, 그것은 '프라브리티'가 입은, '한 象徵'으로 보이는 것이다. 그렇다면, '몸'이라는 '프라브리티'를 입어, '프라브리티界'에 처한 羅漢인들, 뭘 어찌하란 말인가? 그 '프라브리티'를 정복하는 다만 하나의 비결은, 그것을 벗는[解脫] 수밖에, 무슨 다른 수가 또 있겠는가? 에잇, 세 치 혀가 구차하다)

스승이라는 자는, 즉슨 촛불중은, 그래설람, 降魔坐 꾸미고, 호흡법에 의해, 양미간에다 정신을 집중하려 하여서는, (저 싸움이 계속되어오는 동안, 내내 그렇게 해왔듯이,) 서낭鬼의, 그리고 그가 서낭鬼였었기 전의, 자기의, 옛날의, 고향의, 친구의, 影像을 (기억에서) 떠올려, 그 친구의 괴로움이 무엇이었던지, (그것이사, 복수심 아니었겠는가? 증오 아니었겠는가? 원한 아니었겠는가?) 그것을 살펴낼 수 있는껏 살펴내, 그 '괴로움'을 자기 속에 흡수하려 하고, 그리고는, 그 친구에 대해, 전에 자기가 품었었던 그 情誼도 기억해내, 그것이 깊어졌다가 慈悲心의 모습으로 바뀌기를 기다린 뒤, 자기가 흡수했던 바의, 저 怨鬼의 '괴로움'이라는 毒을 일점에 모아, 벽력 삼아 오른손에 쥐고, 다음으로, 옛 친구의 '影像'을, 저 '벌뢰' 위에 포개어, 하나가 되기를 기다렸다가, 그것의 전신에다, 그 벼락을 내리쳤다.

옴 바즈라파니 훙!

다(담야타)—

다(다타)—

다(다야드흐밤)—

울

으

름

……쾅……, ……?

맑은 여름밤으로 스쳐 가는 번갯불은, 어디서 울으름[雷雨]을 잃었는다, 다, 다?

고자는, 무엇을 두고, 왜 '마음뿐'이라고 이른다, 다? 다! 다……

神들은 또, 왜 肉聲으로는 말하지를 못하는다, 다? 다……

이건 좀 야단이 난 것이다, 촛불중의 두 손바닥이 부딪친 자리에서는, 마른번개나 같은 스산한 스적임만 있었고, 소리도, 벼락도 없었던 것이다. 그 짓이란 그러고 본즉, 막대기의 그림자로, 전갈을 후려치기와 다름이 없었는 듯했는데, 이건 좀 야단이 난 것이다. 그러자니, 갑자기 초조해진 듯하여 촛불중은, 그 내려치기를, 열 번, 스무 번, 종내 미쳐나기까지 해대기에 이르렀는데, 헤, 헤헤, 저쪽 산등성이로 지나는, 한 섬 지기 넓이는 족히 되는, 구름 그림자를 보겜세람, 산을 깔아뭉개고 지나고 있음세마는, 어디 산이 납작하게 펴 늘어지는가, 말임세. (이따, 그 그늘 이쪽으로 지나기라도 할 양이면, 그 속에 감춰진 달을 꺼내, 반달이 되도록, 그믐이 되도록 한번 떼 물어볼 일이겠는가, 그 맛이사 참 휘영청 할 터이지)

그러다 촛불중은, 한꺼번에 雷雨를 너무 많이 쏴댄 용이어서, 기진맥진해져, 손을 더 쳐들어 올릴 수도 없어, 손질을 그만둘 수밖에 없었다. 그의 호흡은 가쁘고, 마음은 바쁜데, 생각과 행위 사이의 車齒가 엇물려, 그는, 기름이 다해가는 접싯불모양, 가물거리고 있었다. 저 벌뢰는, 그때도 자고 있었는데, 더욱더 깊어진 검은 몸 빛깔을 보건대, 그 잠은 점점 더 깊어지고 있었음에 분명했다. ('몸'이 없이는 '休息'도 없다고 하던가. 咄, '몸'이 休息이며, 동시에 疲勞라 말이람? 프라브리티란, '相剋的 秩序'로 體系化되어 있을 뿐만 아니라, '矛盾語法'으로도 文法化해 있음?)

때에는, 촛불중은, 엄습한 오한이며, 방향 모를 곳에서 와 박히는, 무수한 毒矢, 이름하여 불안이라거나, 초조라는 것 등에 표적이 되어, 고슴도치 꼴이었으며, 겹쳐, 까닭 모를 두려움이 하는 노략질에도 당하느라, 몹시 떨어대며, 벗어놓고 온, 두루마기의 안온함을 생각하고 있었다. 그러다 촛불중은, 이제껏 떠올려본 적이 없었던, 한 의문을 떠올리고, 더욱더 떨었다. 글쎄, 오한이며, 불안, 초조, 그리고 겹친 두려움 때문에 갑자기 그런 깨달음이 든 것이지만, 이 순간 촛불중이 느끼기엔, 자기와 자기의 몸 사이에서, '氣線'이랄 것이 끊겨, 양자간에 아무런 이음[連脈]이 없게 되었다는 것이다. '의혹'은 잠시 후, '믿게 되기'로 변했는데, 다시 그 處容 타령이지만, 處容이 집 비운 사이, 지나던 어떤 魔羅나, 客鬼가, 자기의 아랫목을 차지해 들어버린 것이나 아닌가 하는, 그 의혹이었다. 그런 의혹이 있고, 그런 뒤 그것이 '믿게 되기'로 바뀌기 시작했을 때부터 촛불중은, 惡寒을 煩熱로 바꾸게 되었는지, 시퍼랬던 자가, 시뻘개져, 식식 숨을 몰아 내쉬며, 생비지땀을—못 내고—염병하고—지랄하고 있었다. 그의 가슴속에 들끓는 느낌들이야 물론, 여러 가지였을 것이라도, 쇠고깃국의 주된 재료는 쇠고기이듯이, '嫉妬'가 그 주성분이 되어 있었는 듯했다. 이러자니, 處容이 어찌, 제집으로 돌아갈 길을 돌아다보려 하지 않을 수가 있겠는가.

'느낌'이 '생각'의 형태로 바뀌기 시작하고 있었을 때 촛불중은, 체머리를 썰레썰레 흔들며, 수상할 일이게도, 눈에는 눈물을 괴어 놓고 있었다, 그는, 뭔가를 슬퍼하고 있었다. 절망하고 있었던 것이다. 그의 전신에는 연기 빛이 드러나, 촛불중이라는 그 한 '빛'을 휩싸아 가렸는데, 그러다가는, 어느 일순, 슬몃 스러져 없어져 버리기라도 할 듯했다. 허긴 그럴 수밖에도 없었을 것이, 촛불중 자기와, 몸 사이에, 氣의 이음[脈]이 있어 왔었을 때는, (그것이사, 꼭히 의식하려 하지 않는대도, 알고 있는 것이 그것 아닌가) 만약 자기가 집 돌아가기를 원하기만 하다면, 그저 한번, [21]집을 염두하기만으로, 자기는 이미 집에 돌아가져-와져 있게 될 것이라고 했더니, 천만에, 촛불중은 오늘, 천애의 고아가 되어, 어딘지도 모를 낯선 곳에 버려져 있다고, 자기의 처지를 헤아리게 된 것이다. 氣信이 끊겨, 촛불중은, 자기의 몸이 누워 있는, 그 방향이 어딘지, 그것까지도 모르겠는 것이다. 그렇다고 해서, 능장코만 빠뜨리고 앉아 있을 수만은 없으니, 咄, 이번에는 咄, 제 '몸'을 찾아, 어디로든 찾아 떠나보기는 떠나보아야겠어서, 촛불중은 신발 끈을 매려 했다. 전에는, 자기라는 꿈을 꾸는, 그 '잠'을 찾으러 떠나왔었으나, 오늘은, 자기라는 그 '꿈의 껍질[記號]'을 찾으러 떠나보아야겠는 것이다. 咄, 이런 逆說(反語)도 없겠는 것이다. 그러려니, 자기의 왼손바닥에 기복해, 백 년 잠에 든 벌뢰도, 함께 데리고 가지 않으면 안 된다는 것이, 촛불중의 믿음인데, 그것이 꼭히 그렇게, '벌뢰'의 모습일 필요는 없었으나, 이제 그것은 '벌뢰'이거니와, 글쎄, 이제 우회곡절 다 겪었으니 말이지만, 그것을 찾기 위해서도 촛불중은, 집을 떠나왔었기도 했던 것이 아니었는가. 저것이(글쎄 어찌 되었든,) '벌레'의 몸을 입은 이상, 이 벌뢰가, 벌레로서의 삶을 깨워내기 전에, 그러니 '前生의 人間'이, '벌레'라는 그 '運命의 意味'를 깨닫기 전에, '벌레'라는, 그 '運命의 記號'를 벗게 해주는 것이, 그러니 죽여주는 것이, 이 한마디의 조악해진 말[言語]로 하여금, 다시 그 語源에로 돌아가, 그것의 前生의 羯磨에 걸맞는 [22]記號를 입게 하는 것이라고, 그렇게 하는 것이 자기의 의무라고, 그리고 그렇게 하기로서만, 자기도, 이 현재의, 자기의 '運命의 記號'를 벗을 수 있다고, 촛불중은 그렇게 믿은 것이다. 촛불중 자기가 가진 것이라곤, 허긴 그것 말고 또 무엇이 있겠는가, 자기 신고 있는 한 짝 신발, 에 눈을 머물리게 되었으며, 그래서 생각에, 그 안 바닥에 저것을 누이고, 그 [23]신발을 머리에 이고 걷는다면, 좋을 것이라고 했다.

그러나 촛불중은, 바로 그 신발 속에서, 길을 찾았다, 그렇다, 그 한 짝 신발 속에, 한 벌의 고향길이, 서리서리 사려 넣어져 있었던 것이다. 그리하여서 이 외로운 중 하나는, 오랜 오랜 훗날, 뒤늦게라고는 해도, 시간의 과거 속의, 어떤 아프고도 서럽던, 매듭을 하나 찾아내어서는, 풀어 펴보고, 그 매듭이 法恩으로 홀맺혀져 있었음을 알아, 합장하여 절하고, 또 절하고 했는데, 그 '매듭'이란 다름이 아니라, 그때, 羑里邑의 官卒들에 의해, 윤간당하듯, 자기의 발바닥들에, '苦' 字, '海' 字의 火印이 찍혔던, (히히, 달궈진 쇠좆에서 방출된 바다, 恐水病, 아픔의 바다!) 바로 그 한 대목의, 官卒들의 情의 홀맺힘, 그리고 솔아버린 그 몇 순간의 時間, 그것이다. 歸去來辭를 읊조리려 하여, 외로운 중이 뒤돌아본즉, 자기 발 디뎌온 자리에마다, '苦' 字, '海' 字 足跡이 짜란 쪽足, 쪽跡 짜란하게, 印刻 되어 있다. 그것 읽어 '몸', '솪' 나아가다 보면, 그것 끝나는 자리는 있을 것이며, 거기가 바로, 촛불중 자기가 찾아 돌아가려는 곳인 것은 분명하다.

그리고 그렇게 읽어 따르다 보니 촛불중은, 돌아와졌는 듯했는데, 떠날 때 시작했었던(그때의 첫 발자국), 그 마지막 한 발자국이 그런데, 處容—촛불중께, 아무리 해도 성취가 되지 안 했다. 바로 그 한 발자국을 위해서, 그렇다, 그 한 발자국을 위해서, 천의, 만의, 천만의, 무수한, 발자국을 거꾸로 읽어, 발자국에다 발자국을 엇포개어 왔던 것이 아니었는가? 그러나 失足했으며 處容은, 失穴하고, (발의) 失踪만을 거듭해야 했다. 수상한 流失行(오난이즘)도 있던 것이다. 處容도 알고 있는지 어떤지는 모르되, 누구나 알다시피, 그득 채워진 동이에는, 뭘 더 부어 넣으려 하면, 쏟겨날 뿐이던 것이다. 보다 분명한 어투를 쓰기로 하면, 촛불중의 '마음'이, 그 '몸'에 呼訴되어지지가 안 했으며, '몸'이, 그 '마음'에 服從되어지지가 안 했던 것이다.

[24]東京明期月良
夜入伊遊行如可

入良沙寢矣見昆
脚烏伊回是良羅
二肹隱吾下於叱古
二肹隱誰支下焉古
本矣吾下是如馬於隱
奪叱良乙何如爲理古

보아람, 아으 處容은 보았담, 떠날 때 자기는, '세워져 있는 수레바퀴'(蛇圓會陰) 禪定을 취해 있었는데, 와보니 그 몸은, 매우 비대해져, (또는 모르지, 水腫이 들어 그런지도 모르지) '존자 스님' 꼴로, 앉지도 못해, 퍼드러져 누워 있다. 가맜자, 處容이, 집 떠나 얼마의 세월을 밖으로 헤맸던지도 모르는데, 處容 안댁의 형편은, 자기가 집에 있었던 때보다도 휠씬 나아져, 오히려 그 살이 무거워, 여미기도, 씻기도 게을리하는, 中年도 기운 退妓의 아름다움, 저승 쪽으로 비스듬히 기운, 등성이 밭 넘치게 피워 올린, 아편꽃, 꽃밭이담? 저런 아름다움, 응달쪽에서, 응달의 기름을 핥아, 흐린, 번들거림을 드러내는, 섬뜩지근하여 얼른 도망갔으면 싶은, 그런 아름다움은, 그것에 한번 쐰 자에게, 그것을 상상하기까지도 불가능했던, 한 염원까지 일으키는데, 아으 그것은 죽고 싶음이다, 죽음에의 욕망. 그렇다, 죽고 싶음 탓에 有情은, 肉身을 입는다. 그런 한 벌의 '죽음'이 그런데, 비어, 질척한 溫氣를 花代로 받기 바라, 紅燈을 내걸어놓았다면, 죽고 싶어 빳말라 가는 시래비 저승들께, 저런 비어 있는 '죽음'이란, 배고픈 神들에 대해 '祭祀'나 같은 것일 것, 아으으—(허긴 神들도, 자기 이름을 기억해, 이쪽 세상에서 찌뜨려 주는, 물밥 祭祀 한번 얻기도 힘들 것이다. 神들 세상도, 富益富 貧益貧이다) 地獄에서 피어올라온, 그 한 송이 꽃값에, 어찌, 목숨인들 아끼려겠느냐.

그렇게 돌아온 본서방이 그리고 또 둘러보건대, 그 안의 여기저기엔, 불의 혀에 핥인 싼 내를 풍기는, 무슨 짐승의 정강이뼈며, 환도뼈며, 하는 것들이, 아무렇게나 던져져 뒹굴고 있는데, 그것은 참으로 섬뜩지근한 식욕을 일으키는 풍경이었다. 그것에 내달겨 들어, 그 살점을 발기려 들면, 나찰이 하나 생겨날 터이지. 그리하여 處容의 심사는 어지러워졌는데, 나름으로는 부지런히, 推理도 해보고 있었다. 라는즉슨, '마음'이 없는 중에도, '몸'은 저대로 느끼고 행동하여, 참다못해 굶주림 탓에, 저를 길게 풀어내기라도 해설람엔, 구멍을 빠져나가, 바깥의 늙은 화라지라도 휘감아 튼 뒤, 토막 지어, 갖고 돌아와, 발겨 먹기라도 할 수 있었던 것인가? '몸'이라는 것이, '마음'이라는 知覺者가 없이도, 그것 자체로도, 갈증이며, 공복, 가려움 같은 것을 感知하고, 그리고 무슨 欲望을 일으켜낼 수도 있는 것이었는가? 혹간, 만약 그렇지 않다고 한다면, 최소한, 소위 '本能'이라고 일컫는 그것은 '몸'에 소속된 것이기라도 한가? 허긴 또, 모르긴 모르지, 모를 것은, 예의 저 서낭鬼 동네의 초상집에서 차려놓았던, 그 기름진 음식을, 處容 자기가, 몹시 호탐해 보았었는데, 그때 눈으로, 많이도 많이도 먹었던 그 음식이, 이쪽 '몸'에로 輸血路를 텄었던지도, 모, 모르지만, 자기의 그 눈들이, 犬公의 것이 아니었던 이상은, 그 눈으로, 저렇게 흩어져 있는 뼈 토막까지야 탐냈겠느냐? (이러자니, 저 안쪽에 나둥그러져 있는, 무엇의 뼈 토막들이, 시어도 몹시 시어, 먹을 수가 없는, 개살구 같은 의문의 씨가 되어 있다. 이 '推理'는, '理'라는, 그 단단한 體를 벗어나, 불리어진 비늦방울모양, '用'이 '體'를 꾸며, 붕 떠올라 있다. 피썩—)

고향에 돌아와, 고향을 잃은 處容—촛불중은, 하기사 그 궂은 심사 다 말해 뭣하겠는가, 노래라도 불러보라우네.

> 本의 내했여만
> 뺏겼즐양 (그것을) 어찌하리꼬?

노래라도 불러보라 말이지, 그 아픔의 말[言語]에다, 되든 안 되든, 曲調라도 붙여보라 말이지, '曲調'란 이상스러운 鍊金液이어서, 그것 속에 한 번이라도 깊이 담겨지기만 했다 하면, 어떻게나 쓰고 매우며, 어떻게나 예리한 고통이라도, 그 뾰족함을 삭힘 받거늘, 그리하여 소금 같은, 허긴 그래서 설움은 짜가운 것일 것이네만, 짜가움이 되어, 恨이 되어, 가슴의 밑바닥에로 가라앉거늘, 그러면 그 짜가움은 결코 싫은 것은 아님세, 찌들고 쪼들고 하다 보면,

허으 그것에서 맛이 나기도, 또 멋이 나기도 함세마는, 그런즉 노래라도 불러보게, 그리고는 내어다보든, 뒤돌아보든, 어쩌든 해야잖겠는가, 가슴에 그 '소금'을 간직해 있는 한, 비록 말해, 道流께 宗敎 한 가지도 없다 해도, 쓰러졌다가도 일어나, 버텨나갈 수 있을 것임세, 글쎄임세, '恨'은, 눈물만 먹는 '벌뢰'거든, (宗敎도 그리고, 그것의 內臟 속 어디에는, 바로 이 '눈물 먹는 거위[蛔]'를 기르고 있는 것이 아니던가?) 촛불중—處容은 그리하여, 竊視의 돋보기를 벗고, 새삼스레 자기가 현재 어디에 서서, 무엇을 하고 있는지, 그 일점부터 살펴보려 했다. 그러다 그는, 자기가 아직도, 자기의 한 짝 신발을 머리에 얹고 있으며, 그리고, 자기가, 자기의 방(무덤은 왜 방이 아니겠는가)의 밖에서, 도둑처럼, 자기의 방 안을 훔쳐 들여다보고 있었다는 것을 새삼 깨닫게 되었는데, 그 깨달음은 수치심을 일으켰다. 촛불중의 마음은, 자기가 이고 있는, 그 신발 속의, 한 '벌뢰'의 운명 때문에도, 비참했다. [25]자기가 자기 집에 와서, 비겁하게도, 밖에로 어물쩡거리며, 좀도둑모양, 안을 엿보면서, 스스로가 스스로를 품바꾼 대접을 하고 있었다는 것도, 또한 비참했다. 아까는, 자기의 '몸'을 수복하려다 실패했었지만, (그때 촛불중 자기는, 死海에라도 끌박혀 든 나무토막이, 이내 튕기쳐 오르는 듯한, 그런 튕기쳐 오르기의 느낌과 함께, 자기 몸으로부터 자꾸자꾸 벗어나져 버렸었지만,) 이제는 어쨌든, 자기의 몸 가까이에라도 지켜 있어야겠다는 것이, 새로 하게 된, 촛불중의 결심이었다. 살아 있는 것에게라면, 비록 잠을 자고 있는 중이라 한다 해도, 일어나게 되어 있는, 변화를 살펴보아야겠다고 했다. 그러다 보면, 그 몸속엘 쳐들어 있는 손[客]의 정체도 알게 될지도 모르며, 일진이 좋으면, 그 몸을 수복할 기회를 얻게 될지도 모른다고, 촛불중은 생각한 것이다. 그리고 촛불중은, 이미 그 방 안에로 들어져 있었다. 그래서 촛불중은 우선, 머리에 얹고 있는, 그 한 짝 신발을 두 손으로 받쳐내려, 그 안을 들여다본 뒤, 열명길 가에라도 버려진 듯이, 한구석에 내동댕이쳐진, 다른 짝 신발과 나란히 놓아뒀다. 그 바위 무덤 속에 묻힌 '몸'이라는 신발도 깊은 잠에 들어 있듯이, 신발 속에 담겨 있는 것도, 아직도 물론, 깊은 잠에 들어 있다. '사흘하고 한나절'이라도 자댈 모양이었다. 그러는 동안, 어떻게 되었든, 저 벌뢰를 위해서도, 뭐든, 무슨 수를 생각해내야 된다는 것이,

지금 촛불중이 할 수 있는 전부의 일이었다. 이런 말은 그러니, 촛불중은 그리고는, 이제부터 뭘 어떻게 해야 할지를 모르겠을 뿐이라는, 그런 말인 것이다. 몸을 입지 않고는, (進化가 불가능하다고 하잖더냐) 생각도 더 이상 조리 있게 해낼 수가 없는 듯하다. (이제껏 해올 수 있었던 생각들은 그렇다면, 몸을 입고 있었을 때거나, 그렇지 않았더라도, 어떻게든 그것에 연결되어 있었을 때, 해왔던, 그것들의 재응용 같은 것이었는가?) 그렇다 해도 중은, 중이라면, 만약 중이라면서도 그럴 수가 없다면, 禪이며, 苦行은, 무엇을 위한 수음행이었는가, 이런 모양으로 자기가 송장이 되어지고 있을 때, 그 송장으로부터, 어떻게든, 춤을 일으켜 내어야 되는 자가 아니던가? 그 力動性, 그 춤[舞], 그 舞拍을 結晶하려는 鍊金術이 禪道가 아니었는가? 그 禪料를 담은 솥 밑을 태웠던 불은 苦行難行, —촛불중은 그러나, 한 솥의 똥이나 퍼먹고 앉아 있을 수밖에 없는가?

喝!

촛불중은, 宦者였다. '춤'이 꼴려 오르지를 안 했다.

절망이 도리깨질하여, 촛불중을, 알맹이 없는 북더미로 만들고, 있었다.

자신의 無力함, 無能함에 대한 분노가, 천 근의 추가 되어, 촛불중의 목을 걸어, 슬픔의 바다 밑으로 끌어 내려가고 있었다. 이런 참담한 지경에 당하면, 참담한 지경에 처한 자는, (오오 主여,) 참담해진 얼굴을 까뒤집어 올려서는, (오오 主여,) 참담함을 보인다면, 보여진 그 참담함으로 인해 더 [26]버려둘 수가 없어서, 억센 손을 가진 자께서는, 그 억센 손을 내밀어, 그 참담함으로부터, 참담해진 자를, 끄집어 올려줄, 그런 '힘세고도 정의로운, 참 권세 있는 자'를 뫼시지 못했다는 것도, 슬픔이며, 외로움이 된다. 이런 슬픔, 이런 외로움, 이런 외로운 슬픔은, 그 本源으로 돌아가고 싶은, 다만 하나의 욕망으로, 몇억만 유순의 넓이며 길이를 헤엄쳐도, 바닷속에서, 바닷물에로 溶解되어지지 못하는, '活性을 갖게 된 물' '끈끈한 물' —'물고기'의 그것과, 조금도 다르지 않다고, 촛불중은 새삼 깨달아낸다. 오늘, 새롭게, 나름의 자비심을 갖고, 촛불중이 내어다보게 된 '물고기'는, 물이 그 壁을 허물어 주지를 안 해, 그것의 本源에로 녹아들지를 못하고 있었다. '물고기의 형태'가 '물고기'가 아니라, 물이 그것을 가둔 '물壁의 형태'가 그러니, '물고기'인 것이고, '물고기의 형태'의 '流謫'이, '물고기'인 것이다. '물고기'는 어떻게 되어 그런 '流刑'을 당했는지, (아으, '生命'이란 어찌하여 시작되었다는고?) 그것은 모르되, 그것들은 그 本源에로의 환원을 성취하지 못하는 한, '苦海 가운데 저주받은 물'이며, '물속의 섬[島] 으로서의 물'의 운명을 벗지는 못할 것이다. 그 고통을 어떻게 헤아리랴? 아으, 그 고통을—

촛불중은 오늘, 宦者였다.

촛불중은, 蓮坐를 꾸몄으며, 바람에 당해 몹시 펄럭이는 불꽃 같은 자신에게다, 静의 脊椎를 일으켜 세우기 위해, 늘 해오던 대로, 심호흡을 시작해, 가락이 잡히기를 도모했으며, (앞서 고려되어졌던 바의) 그런 무슨 '曲調' 같은 것이라도 몇 일으켜 내보려, 자기 속 어디에, 그런 曲調를 울려 내는, 鍵盤이나 琴이 있는지, 그것에다 의식을 모았다. (修辭學的 壓力을 견디기로 했으면, 이 文章은, '어디에, ……있는지, 그것을 찾아보려 했다'로 되어졌어야 했을 터이다. 그러나 거기 어디에, 修辭學과 意味論 사이에서, 衝突事故가 일어나 있었는데, 까닭은, 어떤 話頭에 대해, 촛불중이 이미, 사미가 아니라는 그것이었다. 그래서 과연, 촛불중이, 자기의 속을 뒤져, 저 鍵盤이나 琴을 찾는다고, 나설 듯한가?)

그리고, 호흡에 가락이 잡혔을 때는, 촛불중은, 한때는, 美里邑이며, 인근 마을의 젖 빨이들까지도 불러 젖혔던, '흘러간 옛 노래' 한 자리[節]를 기억해 내 웅얼거리기 시작했다.

몸이 보리수이니
마음은 밝은 거울들과 같네,
때때로 부지런히 털고 닦아서
먼지며 티끌 못 앉게 하세.

거기에서, 글쎄, 말한 바의 저 '曲調'가 일어나 있던 것이다. 그렇다, 사미 시절을 벗어난 중이라면, 저것을 알고 있는 것이다. 라는즉슨, 춤[舞]이 신발[舞鞋] 속에 있는 것이 아니며, 불이 장작 속에 숨어 있는 것도 아니고, 曲調(音)도 또한, 鍵盤이나, 琴 속에, 동구마니들 알로 품어져 있다가, 때에 당하면 깨어, 제멋대로 날아오르는 새 새끼들도 아니던 것이다. (이런 데 어디에, '불도마뱀의 잠'이 똬리 쳐 있는 자리가 있을 것인데, 그러고 본다면, '鍵'이나 '琴'은, '曲調'에 대해 '曲譜'[音譜]와 같은 것은 아니던 것이다. 그러니까, '曲譜'가 'signifier'이면, '曲調'가 'signified'라는 그런 관계는 없다는 것이다. [이거 헤헤, '눈썹'쯤 개 새끼로나 알아, 개장국 집 마누라 옥문 한번 만져보기 값으로나 던져버리기로 하여 말이지만,] 만약에, '불'과 '나무'[장작]가, '音樂'[signified]과 '音譜'[signifier]의 관계일 수도 있다고 한다면, 송장을 '나무로 짠 棺槨' 속에 넣어 埋葬하기는, 火葬과 어떻게 다르겠는가? 히히히, 그리고도 그것뿐만은 아니다, 모든 燃燒할 수 있는 재료를 써서 지어놓은 家屋에 사는 자마다, 불의 큰마누라의 옥문에 끼어 자고 깨인다는 얘기밖에 더 되겠느냐) 그렇다 해도, '音'과 '琴' 사이에는, 글쎄, '불'과 '연료' 사이에는, 무슨 관계가 있어도 있는 것이지, 전혀 없는 것은 아니잖는가, —라고 한다면, 그것은 어쩌면, '金木水火土'라는, 다섯 가지 元氣를 일러 말하는, '五行'에 있어, 그 '行'의 관계 같은 것이나 아닐 것인가, 그렇게 고려해보게 한다. 그리고 그렇다 그것은, 분명히 '行'이다. ('音'과 '鍵'은 그때, 人工的이며, '불'과 '燃料'는, 自然的 '行帶', 또는 '行軸'을 이룬다고 할 것이다) 이렇게 되면, 이제껏, 求心力的(signifier/signified) 관계에 의해 運行하던 것들이, 갑자기 '쾅!' 터뜨려지며 뒤집혀, 反求心力的(遠心力的)으로 運行하기 시작한다. ('行'에 대해, '反遠心力的' 運動은 '知'라는 이름으로 불러도 되는 것이겠는가?)

그러다 촛불중은, 그 노래의 '曲調'에가 아니라, 고려되어진 바의, 저런 '行帶'에 묶여 들고 있었는데, '靜의 脊椎'를 일으켜 세운다고 하다, 자기의 脊椎에 자기가 깔려 납작하게 펴진 듯했다. 전신에 잿빛을 드러내고, 전신을 떨었다. '춤'과 '춤 신발', '불과 燃料', '曲調'와 '曲譜'의 관계처럼, 만약에 자기의 '몸'과 '마음'[氣體]도 '行軸'的이라면, 촛불중의 상태는, 촛불중이 짐작하고 있는 것보다도, 더 나쁠지도 모르긴 몰랐다. '畜生은, 運命의 記號' 자체라는 것은, 촛불중의 주장이지만, 문제는, 이 '運命'이 '마음'과 같은 것이 아닌 데에 있는 것이다. ('마음' 자리에다, 靈智派네 '魂'을 대치해본다면, 저 관계가 대번에 명료해진다. "哀哉, 조악한 물질의 몸속에 抑留된 魂이여!") 분명히 '존자 스님'은, 그것을 觀한 결과로, '몸'과 '마음'을, 두 별개의 것으로 취급한 것인 것이었다. 촟불중의 두려움은, 절망은 그래서 무엇인가 하면, '몸'이 '마음'에 종속된 것이 아니라면, (다시 處容歌에로 돌아오지만,) '마음'이 그 안에 머물진 안 해 비게 된 '몸'은, 누구의 것도 아니라는 그것이고, 그것이 사실이라면, 전에 자기의 '몸'이었던 것에 대고서까지도, 아무런 권리를 주장할 수가 없게 되었다는 그것, 그것이 절망이었으며, 붙좇아 일어난 두려움이었다. 그랬으므로 촟불중은, '존자 스님'이 오류를 범했었기를 바랐으며, 오류가 아니라고 한다면, 우겨서라도, 실다움에의 이해가 충분치 않다고 여겨, 六祖의 偈頌을 이끌어 들이려 했다. 씌어진 것 지우기, 지우기 노래—

본디에 본디 나무가 없고
밝은 거울 또한 틀이 아닌데,
본래 한 물건도 없는 터에
어디에 먼지며 티끌 앉을까.

……그러나 촟불중은, 저 偈頌을 통해, 空虛한 울음을 들었을 뿐인데, 그러나 촟불중도, 잘은 모른다, 그 울음이 저 偈頌에서 울려 나온 것인지 아니면 그 偈頌이 울려 나왔던 그 鍵, 또는 琴에서 울려 나온 것인지, 그것은 모른다. 오늘처럼 그 偈頌이 空虛하게 들려진 일이란 없었다면, 당연한 推論은, 저런 '空虛한 울음'의 출처는 그러니, 偈頌과는 상관이 없는, 다른 데라는 것이다. 神들께도, 그리고 고자에게도, 허긴 저 같은 偈頌은, '空虛한 울음' 소리로밖에 달리는 들리지 않음에 분명하다. (神들과 고자들은 그리고, 서로 그 반대되는 것의 不足에 당하고 있다. 갖지 못한 자는, 뭘 갖지 못했다고, 否定하지 못한다. 그 否定이야말로, 空虛한 울림인 것!)

촟불중 處容은, 宦者였다.

그리고는 어디에다 눈 둘지를 모르겠어서 촟불중은, 저 어디 서낭당이 있는 동네서부터, 자기의 머리에 이고 왔던, 자기의 한 짝 신발 속에다 눈을 떨구었는데, 그 바닥에 엎드려 자는 벌뢰는 아직까지도, 어떻게 한 벌 얻어 입은 그 두루마기의 편안함에 싸여, 혼도보다도 더 깊은 잠에 빠져 있었다. 벌뢰는, 그 검음이 짙어지다 못해, 그제는 번연한 빛까지도 드러내고 있었다. 그것은, 더운 피에 만복이 된 거머리의 아름다움을 드러내고 있었는데, 그 아름다움은 이상스럽게도, 촛불중께 罪에의 意念을 불러일으켰다. 法의 젖줄이 이어진 어미 소가 달라서 그랬었을 것이었지만, '苦'에의 黃油(버터)가 이뤄졌었을 자리에서, '罪'라는 곰팡이가 폈다. '죽기 위해 입은 몸'은, 罪였다, 그렇다, 原罪였다! (만약에 '生命'이 原罪라면, 입어진 몸은 '苦'다. '죽음'이 만약에 原罪라면, 입어진 몸은 '罪'다. "입지 안 했으면 벗지도 않을 것을, 벗을 것이 없다면, 입어진 것 탓에 괴로워하지도 않을 것을!" —하는 소리는, 해보나 마나 한, 道의 내장이 환하게 들여다보이는, 通한 소리이다. 달 보고 개 짖는 소리!로 스승들은, 얼마나 많은 사미들의 후문을 치고 덮었겠느냐? 그러고 나면 사미들은 영락없이 恐水病을 드러내, 흙 위에 大刹 지어, 발바닥이든 등짝이든, 든든히 붙이고 살면서도, '苦海'를 말하고 있는다) 때의, 벌뢰로부터 받은 촛불중의 느낌은, 냉을 씻어내고 있는 퇴기를 竊視하고 있었을 때의 그것, (보다 더 분명히 밝히면, 장돌뱅이들을 너무 여럿 받는 중에, 이 場 저 場 여러 場의 때가 묻어, 몹시 검어지고, 너덜거리게 된 시울에, 눈이 들러붙었을 때의) 그것과 조금도 다르지 안 해, 촛불중은, 얼른 고개를 돌려버리고 말았다. 그리고는 또, 그 대상의 크기는 달랐지만, 달라도 도저히 비교도 할 수 없이 달랐지만, 그 비슷한 羞愧에 접했는데, (썩은 나무 둥치를 뽑아내려다 보면, 뒤집힌 흙 속에 드러나지는 것 같은,) 허연 굼벵이, (하는 말로는 그것이 '매미'의 前身이어서, 매미에로 轉身할 것이라 하는데, 그렇다면 그것은, 山의, 나무의, 그 '重力'과, 重力 속에 '발목 잡힌 것'들의, 그 '不動'의 運命[達磨]에 대한 恨, —가볍게 떠 흐르고 싶음의, 날고 싶음의, 그런 恨의 앙금, 그렇다 [27]'나비에의 꿈의 알'인 것이다. '山과 나무'는 그렇게, 어느 날, 날기를 성취하는 것인 것이다) 살이 쪄, 피둥피둥한 굼벵이를 보게 된 것이다. 제기랄, 羞恥다, 性慾을 도발하는 羞恥다, 구역질—

헤헤, 보아람, 處容의, '竊視에 이력이 난 눈'은, 한쪽에서 거둬져서는, 저렇게, 다른 쪽에 들러붙어 버렸는데, 저 기름진 羞愧로부터는, 處容은, 도저히 어떻게도, 눈을 거둬낼 수가 없게 된 듯하다. '기름진 風流'를 생각게 (했던, '존자 스님'께야 어디 비교할 수가 있겠는가마는, 그렇게까지나 되려면, 아직도 얼마나 더 기름지고, 量 많은 尊敬을 供養해야 할지 모르겠지만, 촛불중 비렁뱅이 각설이 해온 동안의, 그 몸무게를 기준으로 한다면, 그 역 '기름진 風流'를 느끼게) 함에 분명한, 저 몸은, 살림이 매우 넉넉하다고 일러진 과부나 같았다. (그 거리를 좁히고 들며, 이빨을 드러내 으르릉거리는 겨울을, 모든 곳에 두고, 건너다보는, 저 과부네 안방은, 그 각설이께 어떤 것이나 되었겠는가) 그 몸은, 별로 뒤척임도 없이 자며, 근래 새로 들어, 맞게 된 어떤 가납사니와의, 새로운 情, 새로운 緣의 끈끈이를 돋궈내고 있는 듯했는데, (잠이란 이상한 힘의 샘이어서, 상처 난 데는 나수고, 끊어진 데는 이수며, 패인 데는 채우기뿐만 아니라, 怨이며, 恨까지도 무디게 해주는 것이던 것이다) 그러면서도, 또는 그러느라 그랬는지, 헌데, (잠자고 있는 몸은,) 눈꺼풀 밑에서, 눈동자를 몹시도 움직여쌌고 있어, 그것이 촛불중께는 수상했다. 그 잠은 꿈을 꾸고 있는 중이거나, 아니면, 대체 무엇이 자기의 사립짝 밖에서 서성이며, 안쪽을 노리고 있어, 자기의 잠을 헤설프게 하는지, 그것을 알아보기 위하여, 바람이 불어 사립짝을 흔들었겠지, 마른 잎이 굴렀을 게야, 반 깨인 눈이, 빼꼼히 밖을 내어다보고 있거나, 몸은 한사코 자려 하는데, 그 몸을 쳐든 새 임자는 못 자고, 그 몸속에서 뒤척이고 있는 것이었다. 그 잠은 어쨌든 조금도 편안치 않은 것만은 분명했다. 허, 헛, 헌데, 잠에 든 자의 눈알 움직이기가, 그것을 엿보고 있는 자에게, 어떤 종류의 열림, 그런 희망 같은 것이 될 줄이야!

물론, 모든 꾸어지는 꿈마다, 집을 비우고, 어디로 떠나는 것은 아니다. 아니라도, 모든 꾸어지는 꿈이 모두, 집을 지켜, 아무 데로도 떠나지 않는 것도 또 아니다. 그리고 물론, 物質的 몸이 아닌 몸에서, 非物質的 손을 끄집어내, 物質的 몸의, 닫긴, 物質的 눈꺼풀을 열어, 그 物質的 눈 속에다, 그 非物質的 손을 집어넣어, 그 속의 '꿈'을 쑥 끄집어 올리지는 못한다. 못한다 해도, 그 物質的 눈 속의 '꿈'으로 하여금, 무엇이 저쪽 어디서, 밖에서, 까불거려, 자기로 하여금 안정치 못하게 하는가, 하는 것쯤, 궁금하게 여기게 하여, 제 눈꺼풀을 열어, (새여, 새는 왜 까불거려, 無音을 깨우는가? 無音, 無動을 깨워, 그것 위에서 춤추어 오르는 것은 새이다, 송장을 디뎌 춤추는, 열엿새 달,) 밖으로 나오도록 유인할 수까지 없는 것은 아닐 것이다. —촛불중께, 희망은, 그것이었다. (主客顚倒란, 人世의 항다반사인 것, 어떤 모를 손[客]이, 주인 없던 사이 차지해 들었던 자리를, 비운다면, 오줌 누어버린 淫女의 자취나, 공중의 독수리 지난 자취에 비교될 것이어늘, 오줌 먼저 누이고 주인 되는 자가, 허음, 되찾아 들어, 옛정 새로 편 뒤, 푹신하게 누워보는 일은 권할 만한 것. 말이 나왔으니 말이지만, 무슨 淫지랄에 거품도 못 낸다고 處容은, 자다 일어나 갓[笠子] 써보는 상놈의 지랄로, 노래 속에다 怨을 담고, 恨을 가뒬랑, 제집 밖으로 빈들거리며, 사립짝 안쪽에다 눈이나 흘겨 넣을 일이었겠느냐, 여보아라, 행사가 그놈 상놈이다) 이 희망은, 촛불중으로 하여금, 조금 생기를 차리게 했다.

촛불중은 그래서, 저 '벌뢰'를 담은 한 짝 신발을 머리에 다시 이고, 그리고는, 잠이 깊은, 자기의 옛 몸의 목젖 부위, 들어[聽] 알게 되었기로는, 거기 어디서 '꿈'이 일어난다는 자리, 갈증 난 吸血鬼가 욕심내는 일점, 더운 피가 물컹물컹 쏟기듯 흐르는 것이 보이는, 한 자리를 정해, 蓮坐 꾸며, 살포시 내려앉았다. 자기의 체취가, 그리고 그 체온이 좋아서 촛불중은, 일순 그 몸에라도 회복되어진 듯한 황홀을 느꼈다. 그러는 그 어느 일순, 촛불중은 그런데, 자기도 모른 새, 자기가, 한 마리의 吸血박쥐의 영상을 떠올려, 고수하고 있음을 깨달았다. 그러니까 촛불중은, 피 빠는 박쥐가 되어, 그 몸의 목덜미의, 대정맥을 터뜨려, 그 더운 피를 빨려 했었던 것인데, 그러나 아무리 해도, 만복 만족감이 따르지 않음에 의해, 한 번 더, 촛불중은, 物質界의, 엄정한 物의 法則을 확인해야 되었는다. 物質이라는 조건을 갖추지 못한 몸으로서는, 物質이라는 조건을 갖춘 몸으로부터, 뭘 얻어내려 해도, 그것은 가능한 것이 아니라는 그 사실이다.

그리고 處容 촛불중은, 고질이 된 그 竊視질에 다시 나선 것인데, 그렇게 伏兵해 있다가, 그 몸속에서 무슨 '꿈'이 일어나, 문을 열어, 밤 나들이에라도 나서기만 한다면, 그 당장, 그 몸속으로 쳐들려는 것이다. 그렇다, 그래서 다시 생각해보고 處容 촛불중은, 그렇게 엿보며 망보는 자로서는, 경거망동을 삼가고, 아흔아홉의 눈까지 떠, 밤 고양이의 발바닥에서 나는 소리까지도 놓치지 말고, 환하게 '보고' 있어야 할 것이라고 했다.

그리고도 촛불중은, 그 희망에다 보태, 그 실현 가능성이 크고 확실한, '사실'을 하나 깨달아냈다. 기왕에 있어 온, 이런 '사실'을 깨달아내기 위해서는, 溫肉派네 사돈쯤이라도 되어야 할 필요는 없으며, 누구든 한몫의 창자만 구비해 있으면 되는데, 그것은 무엇인가 하면, 物質로 된, 살아 있는 有機體는, '本能'과 같이, 그 육신 속에, 그 육신만의 '達磨'(生物時計)를 갖고 있다는 점에 착안하여 얻은 '사실'로서, 육신은 그래서, 어느 시간에 당하면, 먹어야 하고, 쉬기도 해야 하며, 배설도 해야, 그 육신의 秩序(達磨)에 혼돈이 야기되지 않는다는 그것이다. 그 '時計'가, 進行을 계속하고 있는 한은, 그것(육신적 필요)은 本能과도 야합하여, 欲望의 형태를 취해 나타날 것이다. 탁 깨뜨리고 말하면, 그 欲望 중의 하나가, 촛불중의 주된 관심의 대상이 되어 있는 것인데, '食慾'이라는 그것이다. 그 바위 무덤 안 바닥에는, 촛불중에 의해 보아졌던 바대로, 덕지덕지 살점이 붙은 뼈 토막들이 흩어져 있어, 짐작하게 하기는, 저 육신은 물론, 당분간 食物을 필요로 하지 않아도 되게, 기름을 저장해놓고 있을 것이지만, 헤헤, 사람은 떡만으로는 살지를 못해, 헤헤, 물도 먹어야 하는 것인데, 물그릇에 수분의 흔적도 없고 헤헤, 말임세...... 그래서는, 그 육신이 괴롭다고, 그 육신을 쳐든 것이 自殺이라도 해버리지 않는다면, 그것에게도 마셔야 되는 시간은 올 것이고, 그 욕망은 충족되어지지 못할 때, '達磨'는, 地獄을 일으켜 세울 것이다. 그때에 이르러서도, 저 육신 속에 쳐든 자가, 그 육신을 끌고, 저 구멍을 빠져나가려 시도치 않는다면, 그는 분명히, '아라핫도 정복하지 못한다'는 '육신'을 정복한 자여서, 촛불중 자기 같은 자는, 그의 신들메를 감당키도 어려울 것이니, 그의 상에서 던져지는, 慈悲의 부스러기나 얻으려 해보는 수밖에 다른 도리는 없을 것이다. 그러나 그 客도, 촛불중 자기보다 나을 것이 없어서, 수분을, 또는 그런 무슨 필요한 것을 찾아, 저 구멍을 빠져나가려 한다면, 그 몸에 비해, 저 구멍의 협소함을 따지건대, 그 짓이란, 코끼리가 두더지 암컷의 하문으로 태어나기나, [28]약대가 바늘귀를 통과하려 하기에도 비유됨에 분명할 것이다.

처지며, 경우가, 이런 데만큼 이르렀음을 알게 된다면, 이제 저 客鬼는, 어떻게 이 경우나 처지를 타개하거나, 모면하려 할 것인가, —그것이 촛불중께는 궁금해졌는데, 六道에는 어디에나 있는, 이것도 그런 하나의 戰爭이라면, 戰爭에 임한 자는, 적의 동정을 면밀히 살펴, 적은, 또는 자기는, 어떻게 대처하게 될지, 그것을 셈해두는 것은, 무엇보다도 급선무일 것이다. 촛불중의 셈하기에 좇는다면, 이 현재까지는, 하나의 未知數만을 제외하기로 한다면, 아흔아홉의 勝算이 자기 쪽에 있었다. 문제는 그럼에도, 未知一事가, 九十九事를 다 먹어 치우고, 一百事로 뒤집힐 수도 있는, 그런 '未知'의 가능성을 '未知數'로 갖고 있다는 데 있기는 있었다. 라는, 저 '未知一事'는 무엇인가 하면, 만약에 저 客鬼가, 用兵術에 능한 자, 다시 말하면, '프라나 마음을 응용할 줄 아는 자'라면, 하는 그것인데, (그가 만약 '鬼神'이 아니라면, 보아람, 글쎄람, 그도, 촛불중 자기가, 그 魔衣 입어 흘러왔듯, 三世를 흐르고 있는 것이 아니냐?) 그렇게 되면, 촛불중이 '勝算'이라고 이르는 것은, '敗算'과, 한쪽씩 뺨을 나눠 갖고 있어서, 이상스러운 算學을 이루게 될 것이었다. '九十九'도, '百'의 半分이며, '一'도 '五十'이 될 것이었다. 별 개足算도 다 있다. ('개의 다리는 원래 셋'이었다는데, 무슨 그럴 童話的 필연성에 의해, 하나가 더 붙어 '넷'이 되었다고 이른다. 그러나 것들이 오줌을 눌 때 보면, 다시 '셋'이다. 개놈들은, 크게 취해설람, 취한 자가 건너다보는, '五六島'의 다리를 해 갖고 있다. 크흠, 개의 다리는 다섯 개다,) 중의 심사는 이러자니, 문풍지가 울었다, 숙울었다 해쌌는 저녁에 켜 놓아진 촛불꽃모양, 붉으락 半分, 푸르락 半分, 붉으락푸르락했다. 문풍지의 울음의 색깔이 그랬다. 안정치를 못하고시나, 흐르, 르적이며, 푸르르, 불그르 촛불중은, 造物主가 어째서, 사람만은 '憂愁의 딸님'으로 하여금 빚게 했는지, 그것을 알 수가 없다고 흐느적였다. 憂愁에 닿으면, 금까지도 녹여 먹혀 납이 된다. (저 개足거튼 算術을 염두해야겠지만,) 단것이 九十九며, 쓴 것이 一이라는 경우까지도, 저 '쓴 것 一'이 '憂愁'로 환치된다고 하면, 百味가 써져 버린 것을, 촛불중은 현재 경험하고 있다. '時間'에 스치면, '憂愁'까지도 그러나, 風化하여, 푸슬어진다고, '時間'이라는 '땋님'이야말로, 그런즉, 짜여진 것을 되감아 내고, (이것도 否定的 땋음인 것) 매듭진 것을 푸는 (것 역시, 매듭짓기인 것) 자라고, 그 時間에다 자기를 맡겨둬 두는 일밖에, 달리 해볼 일도 없다고, 그래서 촛불중은, 쓰거움을 가득 물고, (예를 들면,) 亭子 같은 것의 비어 있는 가슴을 생각했다. 낮에 안회들이 詩會한 자리(그 같은 亭子)에서, 저녁엔 도척이들이, 강탈한 금품을 헤아리고 있을 때도, 바람은 맑게 불어가고 있는다. 그러나, 쓰거움을 담은 가슴으로 지나는 바람은, 촛불중께는 쓰거울 뿐인 것이, 탈이다. 그러자, 저 신발 속에 잠든 벌뢰의 前身이었던, 그 서낭鬼에의 기억이 떠오르고, '죽고 싶음'으로 여위었던, 그의 그 願望이 어떤 것이나 되었던지가, 촛불중께 알 만하게 여겨졌다. 그래서 촛불중은, 이고 있던 신발짝을 내려, 가슴에 기대 받치고, 그 속 바닥에 잠든, 그 서낭鬼의 現身을 내려다보았다. 중의 눈에는 눈물이 흥그렁하게 괴어 있었는데, 중은 그 '벌뢰'에 대한 부러움을 느끼고 있었더랬는다. 벌레의 몸으로라도, 죽을 수 있다는 것은, 우주적 은총이다. 그렇다, '情' 탓에 '有情'이라고 이르는 것은, 바로 그 '情' 때문에, '永生'에 적합하지가 않다. '죽음' 탓에 그리고, 한 '삶'은 아름답다.

'벌뢰'는 그런데, 아직도 물론, 깊이깊이 자고 있지만, 그 양태에 모종의 변화를 드러내고 있었던 듯하여, 그것이 촛불중께 보여지고 있었다. 촛불중이 어림짐작했었기로는, 그것의 본디의 크기는, 대개, 자기의 엄지손가락만 했었는데, (두 마디밖에 없는 엄지손가락도, 세 마디나 차려 갖고 있는 듯이 하여 말하기로 하면,) 오늘 다시 보니, 그것의 길이가, 한 마디만큼 줄어져 있었는데다, 그런 만큼 굵기는 굵어져 있었다. 그러나 그뿐만도 아니고, 덜 자란, 지느러미에나 비교될, 그런 히, 히, 히상한 突出을, 그것은, 양쪽 옆에 하나씩, 突出해놓고도 있던 것이다. 후후, 그것은, 촛불중으로 하여금, 모든 것을 깜박 까먹고 후후거리게 함에 족했으나, 그러나, 촛불중은, 금방, 당연하게, 이마가 써늘한 문제와 맞닥뜨려야 했다. 뭣보다도 큰 문제는, 저것이 '나비'에로 탈바꿈을 하게 된다는 경우, 그것은 그러면, '나비'라는, 그 한 '運命의 記號'에 의해, '前生'을 깡그리 잊게 되게 될 것이라는 그것인데, 그것이 그래서 그렇게 '前生'을 잃는다면, 그때쯤 촛불중 자기에게, 저것을 살해할 만한 능력이 있게 되어진다 해도, 그때는, 그 나비의 몸에서 튀겨날 진물이나 자기 손에 묻히는 것 말고는, 그 나비에 대해 그 죽음은 아무 덕도 못 되는 반면, 자기는 한 무고한 殺生을 한 악업밖에 지을 것이 없게 되어, 그 살해는, 천만 하지 않음만 못하게 될 것이다. 한 삶이 無意味化하다니! 그, 그래서, 그런 것을 살피기로시나, 아으 莊子임세, 말임세, 春困을 투덜대며 말임세, '나비'를, 그들 가운데 풀어 놓아둔 채, 그 낮잠을 깨이기로 한다면, 어쩐 일이 일어날 것인가, 그, 그래도 들에는 아무 변화도 없어, 괜찮은가? 大情과 小情 간에만, 達磨가 있는 것은 아닌 것, 작은 '情'들 사이에도 있는 것, —그렇게 터서리가 생긴 達磨라는 동아줄[帶]은, 누가 가다듬어 잇는가? —그것은 참으로 鬱慘한 문제였다. 그것에다 곁들여 일어나는 의문은 그리고, 대체 무엇이, 잠든 것의 몸에다 변화를 일으키는가, 무엇인가, 그 벌레 자신인가, 아니면, 그 벌레 자신은 모르는, 어떤 다른 것이 있어, 그것이 저 몸을 재조립하고 있는가, 글쎄, 무엇이 저 벌레라는 꿈을 꾸는가, 하는, 곧바로, 촛불중 자기에게로 이어지는, 것으로서, 그것이 되살아난 것인데, 呑吐不下, —중은, "雜草 가운데로, 깊이 떨어져 내렸다." 벌레는, 그 깊은 잠을 통해 그런데, 촛불중이 觀하게 되기는, 점차 자기의 '前生'을 숨죽여가며, 새 몸이 주는, 또는, 일으켜내는, 그 活力, 그 기분 좋은 육중함, 긁혀지기의 쾌감을 수반하는 가려움 등, 몸만이 따낼 수 있는 그 法悅 속에 침닉하고 있었다. 무엇이[主語], 무엇을[目的語] 꿈꾸느냐[動詞]? 꿈꾸어진 것(signified)은, 무엇의 잠(signifier)에 의해서이냐? (촛불중은, 같은 疑問에 대한, '能/受動態'의 두 疑問文을 만들어내고, 그것을 意味論的으로 살펴보려 하다가, '雜草' 속에 떨어져 내린 것이고, 거기서 겁파를 헤맸다. 그러다 그 迷宮을 헤쳐 돌아왔다. 그것이 迷宮이었던 까닭은, 같은 한 '疑問'이, 형태를 달리 취해졌기에 좇아, 드러나지는 뜻이 달랐던 그 탓인데, 能動態를 취한 물음에서는, '말씀의 우주'가 드러나 보였으며, 受動態를 취한 그것에서는, '畜生道'[몸의 우주]와, '마음의 우주'가 요연해져 버린 것이다. [受動態 의문문에서는, 'signifier'와, 'signified'가 能動態 의문문의 그것처럼, 二元的, 또는 別個의 것들이 아닌 것이 주목되어져야 할 것이다] 畜生道[몸=signifier]와, 마음의 우주[마음=signified]는 언제든 그렇게, 같은 모습을 취해 드러나지만, 그것은 그럼에도, '色不異空, 空卽是色'의 '色/空'의 관계거나, 禪的 辨證法的 段階[깨우치기 전에는, 山은 山이고, 江도 江이다가, (……) 깨우치고 난 뒤에는, 山은 다시 山이고, 江도 다시 江이다] 인 것이지, 二元論的인 것은 절대로 아니다. '能動態'를 취한 저 疑問文만은 그런데, 二元論的 요소에 의해 이뤄져 있어, 그리고 그것이 '말씀의 우주'의 構造인 것인데, 누가 그것에 대답하려 하면, 하는 즉시 그는, 二元論의 세계로 든다는 것이 관찰되어진다. 이 경우는 그러니까, '꿈꾸는 자'와, '꾸어지는 자'는, 두 다른 존재들이라는 것이다. 그런 까닭에, '神聖한 것[꿈꾸는 자] 은, 영구히 神聖하고, 粗惡한 것[꾸어지는 꿈] 은, 언제까지나 粗惡할 뿐'이다) 물론 그것은, 순전히 촛불중 자신의 느낌일 뿐이지만, 벌뢰의, 몸에의 그 침혹은, 촛불중께다 울음 울게 하는 슬픔을 자아냈으므로, 촛불중은, 눈물을 흘려내지도 못하는, 울음을 울기 시작했다. 저 벌뢰의, 한 벌의 새 운명을 통해 촛불중은, 자기의 고자스러움을 울었으며, 프라브리티 우주의, 에누리 없는 秩序體系를, 그리고 그렇지, 어디에서고 한둔 때마다 들어쐈던, 먼데 가까운 데 개 울음소리가 되살아나, 귀를 울려, 그래서도 울었다. 이것저것 마구잡이로, 세상 울었다, 울음 울었다. 만약 그럴 능력만 있다면, (힌두 宗派네, 通한 늙은네들이, 걸핏하면, 諸神들을 향해, 니기미히어라 주먹 총을 쏴붙이며, 우악 부리는 소리가 이것이지만,) 이 한 우주를 마구 쳐부숴 버리고, 통째로 한 벌 새로 지었으면 했다. 새로 지어질 우주는 어떤 것이나 될 것인지는, 클, 큵, 큵, 그것은 그때의 문제며, 우선 이 당장은, 된통 두들겨 부쉈으면 싶을 뿐이다. 니기미히어라, 아으 니기미히어라.

눈물도 흘리지 못하는 울음을 울고 있는 중에 촛불중은, 무슨 종류의 변화를 치렀던지, 맑아지고, 희고, 그리고 밝아져 있었다. 何以故 수부티?

슬픔에도 易秤은 있어, 보름까지는 돼야 기우는 것이다 보니, 한번 터져나오자부터 슬픔은, 쌓인 위에 또 쌓이고 쌓여 올라, 저 명명한 한 불꽃, 촛불중을 溺沒하기에까지 이르렀다. 저 한 불꽃은, 그리하여, 그 바닥에 가라앉아 버렸는데, 그것은 그러고 나자, 달밤에 水死한 어떤 수부의 호주머니에서 흘러 빠져, 물밑에서도 달빛을 쐬어 내는, 한 조각 거울 같은 것으로도 보였다. 허긴 그건 거울이 아닌 것은 아니었다. 거울, 존자 스님이 傳授했던 거울—,

그리고는 촛불중은, 그 ‘거울’을 열어, 그 속으로 들어갔다. 분명히 그는, 잃어진, 자기의 ‘얼굴’을 찾으려, 그래서 그랬을 것이다. “공중에로도 아니고, 땅 길에로도 아니다/水中으로, 그럼에도/물 한 방울 젖지 않는 데를 따라……”

그 거울 속을 헤매던 중 촛불중은 그런데, 그렇지, 甲夜乙丙으로 나뉜 그 몸의 생김새며, 그 몸 빛깔, 그것이 풍기는 독살스러움이나 어떤 삼엄함에도 비교될 분위기 같은 것으로 따져, 그것은, 夏至의 한밤중에나 비교되어지면 좋을 것이었는데, 그런 벌레 한 마리가, 그건 나나니(말벌)인 것이 분명한, 나비가, 막 날개를 돋궈내고, 수분이 마르기를 기다리느라, 한밤중의 夏至 같은, 靜默을 지키고 있는, 그것을 보았다. 그것은, 제 눈[眼] 속에 똬리 치고, 밖에의 그리움을 키우고 있는 暴風, —그 靜默 속에서 舞鞋를 신어 여미고 있는 것은, 프라브리티이다. 날개가 가벼워지는 대로 저 ‘나비’는, 저 ‘거울’의 표면에로 날아오르려 할 것이다. 이 나비는, ‘殺害’되기라는, 그 다만 한 목적을 위해, 진물을 터뜨려낼 수 있는 ‘몸’을 구비하려, 온갖 難行을 다 치렀는데, 難行 속에서 ‘날개’가 돋아나 버린 것이다. 스스로 ‘靈長’이라고 이르는, 한 종류의 有情이, 삼라만상 중 아무것 하나도 부러워하는 것이 없으나, 꼭 하나 ‘날개’에의 선망을 여의지 못하고 있다고 한다 해도, 그러나, ‘날개’를 갖추게 된 자여, 道流가 돋궈낸 날개는, 틀린 날개인 것을, 此岸邊이나 조금 흐느적거리다 말, 그러느라 하다 보면, ‘날개’를 가졌기 탓에, 하나의 苦海를 온통 그 날개에 짊어야 할, 틀린 날개 그렇다, 그것은 誤導된 眞理인 것이다. 誤導된 眞理는 그리고, 수사슴이 과시하는, 한 지붕 분량의 거대한 뿔과 마찬가지로, 틀린 次元의, 틀린 고장의 法翼인 것이다. 아서라, 그것으로써는, 此岸 못 벗어난다, 말아라, 벗어나려 했다가는, 십 리도 못 가서 발병 난다(발과 날개?), 彼岸이 어디메뇨? 凸! 되려 했으면 道流는, 하다못해 自殺蟲(부나비)이라도 되었을 것을, 哀疚懟苦 兢끙끙 지라리가 났네 헤으에—촛불중 앓음 시작해 있는다, 앓괴는다,

앓이 아리랑
슗이 스리랑

끙끙끙
앓앓이가 났네헤으에—

그리고는 그 '나비'는, 그렇지, 비유로 말하면 이렇지, 돌멩이에 눌려져, 샘 바닥에 억류되어 있었던 낙엽 하나가, (그 밑에 기복해 있던 가재님이, 사립짝 나서려 하자 그리됐든지 어쨌든지, 제기랄, 그런 것이야 대수로울 거 없잖나) 돌멩이가 치워지기에 의해, 스르적 흐르적 떠오르듯, '거울'의 표면으로 떠올랐다. 그, 그래보았댔자 그 낙엽은, 새로 또, 그 水面에 流刑되었을 뿐이지만, 흐흐흐, 그러면 또 뉘 알 일인가, 나앉아 볕이라도 쬐렸던 저 가재님이, 저 망할 누무 이파리 하나가, 온통 볕을 가린다고 투덜대며, 두 발톱 사이에 찝어 끌어 내려가, 다시 또 돌멩이로 눌러 놓아버릴지, 흐흐흐것은 모르지, 안 보아 모르되, '거울'의 表面에로 오른 저 '나비'도, 수상할 일이게시리, 그 당장은 그런데, 水面에 갇힌, 저 낙엽과 별로 다르지 안 했다.

혹간, 가맜스라, 그리고는, 흐흐흐, 나비는, 그리고는, 가맜스라, 혹간, 그 '거울'의 '안'만 있고 '밖'이 없는, 또는 '밖'뿐이고 '안'이 없는 (거울은 뫼비우스의 고리? 그리고 水仙花? 뫼비우스의 水仙花! 오디세우스임세, '거울' 속을 航海할 때엔, 어디 닿을 곳[岸]에의 염원을 키울 것은 아님세람. 그런다면, 그 어디라는 데에 닿았다고 믿기워지는 그 즉시, 公은 다시 출발점으로 떨어져 나가 있게 될 뿐인데, 왜냐하면 公은, 그 '염원'을 일으킨 그 당장, 클클클, 뫼비우스의 水仙花 '속으로 나아가' 버린 까닭이다. 낙엽이 水面에 감금되기) 그 '거울'의 表面으로 오른다고 오르며, '그 表面의 속'으로 들어가 버린 것이었을 것이냐, 아니면, 바로 그 '表面'에 어린, 자기라는 '얼굴'을 문득 해후하고, 그 친근한 낯섦에 친근해지다, 그것을 건져 올려, 자기 위에 덮어씌우려, 그 뚜껑을 떠들고, 오히려 그 속으로 들어가 버린 것이었을 것이냐, (거울을 들여다본 일이 있는 자라면 알 일이지만, 이쪽에 있던 자가, 그 거울을 떠나고 있을 때 보면, 거울의 안쪽에 있던 자는, 그 반대쪽으로 들어가고 있는다. 한쪽에서의 나오기가, 다른 쪽에서의 들어가기이다. 이래서 보면, "神[單數]이, 자기들[複數]의 영상 닮게, 아담을 창조했다"고 할 때, ['거울'을 보아람, 어떠한 '單數'라도 '複數'化하는 것을!] 분명히 그는, 이 '거울'의 科學을 응용했을 것이었다. 이승과 저승 사이에는, '바르도'가 있다잖더냐, 하늘과 땅 사이에도, 그렇다면, 그와 비슷한 것은 있음에 분명하다. '거울' —그렇다, 그것에 의해 '神'은, 屈折하여, '肉身'을 입는다) 한 프라브리티에, 갑작스런 [29]弛緩, 또는 凍結이 덮어들어버렸다. ……보, 보다 더 완벽한 溺死는, ……촛불중은, 생각함시롱…… 있었는다, ……이라는 말은 무엇인가 하면, 둔덕에다, 신발이라도 한 짝 벗어 남겨놓지 않고 해버린……, 또 아니면, 그림자도 못 건져내게 된, 그런 溺死라는 말인데…… 용소나, 수렁이나, 流沙 구덩이에 빠지기보다, '거울' 속에 빠지기가 아니겠는가, ……촛불중은 생각하고 있었더랬는다. 이 溺死는 허긴, 저것과는 매우 다른 것이 사실인데, 이 溺死에는, 溺死에의 필수적 조건이 되어 있는, '무게와 重力'이 제거되어 있었기 탓이다. 촛불중께 믿어지기로는, 이제 이 벌뢰는, 그 몸을 입고는, 이 '거울'로부터는, 벗어나지 못하게 되었다는, 것이다. 이것은, 촛불중께 큰 한 위로가 되었는데, 그렇게 믿었음에도 모자랐던지, 촛불중은, 궁리를 하나 더 내고도 있었다. 그 한 짝 신발 속 세상에다, 아예, (천장도 포함하여 말이지만,) 五方壁을 둘러, 빈틈없이 온통, '거울'로 생맥질을 해버린다면, 그 幽囚씨는, 거의 절대적이기까지 완벽해져 버릴 것이 아니겠는가, 하는 것이다. 그렇게 촛불중은, '거울'에서 돋은, 끈끈한 잠[睡眠]의 덩굴을, 서로 엮고, 얽어, 幻網을 치고, 저 벌뢰를 가둬버리려는 것이다, 그 끈끈이에다, 날으려는 욕망을, 그 날개를, 붙여버리려는 것이며, 그렇게 시간을 벌어 촛불중은, 자기의 몸의 收復을 도모하려는 것이다. 벌뢰는, 날으려는 욕망으로 날개를 돋궈내서는, 그 '날개' 속에 갇혀버렸다, 存在란, (어느 혀끝에서 잘못 發音되어진,) 矛盾語法이러람(存在라는, 이 괴로운 한 圓運動의 눈[眼]에, 저 혀가 꽂혀 있음!).

촛불중은, 그 한 짝 신발 속 세상에다 그 잠의 덩굴나무를 덮으려 하여, 그리하여, 잠[睡眠]主의 도움을 청하려 했다. ('잠主'의 내림을 祝手하여, 한 넋살[說]은, 이랬다)

잠님오신날밤이여든구뷔구뷔펴려고동짓돌기나긴밤을한허리를둘헤내

여튼풍니불아래서리서리녀헛나니아으잠님은오시리이다오시리잇다.

(노래[謠] 하여설라무네 촛불중은, 그리고 이랬다,)

잠님 잠님 가지 마유
잠님 가고 나며는유
꿈의 髑髏 딩굴어유
잠님 잠님 못 가게유
탱주나무 울 둘렀유

'거울' 속에 갇혀 든 것치고는, (촛불중이 알고 있기로는,) 심지어는, '거울의 說法者 존자 스님'까지도, 벗어나지를 못하고, 그 流刑地에서 失踪해버리고 말았었다. 캐클, 캐클, 캐클럭 캐클럭, 모험을 찾아 길 떠났거나, 길 잃은 애들을 붙들게 되면, 캐클, 캑, 캑, 짐승의 우리 간에 다 넣고, 살찌워 먹으려 드는, 캑클거리는 노파들을 魔女라고 이르며, 역시 그런 애들을 잡게 되면, 중노동에 혹사하거나, 쓸모가 없게 되면, 바위를 만들어버리는 사내 늙은탱이를, 魔職師, 또는 僞邪徒라고 이른다거니와, 누가 만약 그 양자를 다 겸해 있는다면, 그를 두고는 뭐라고 불러얄 것인가. 촛불중은, 魔女며, 僞邪徒였더니, 그는, 이쪽 세상 探險 온, 젊디젊은 목숨 하나를, 이쪽 세상 들어서는 데서, 만나자마자, 멱사리를 거머쥐어서는, '거울' 속에다 처넣고, 幻絲 풀어내, 저 젊은 목숨의 欲望을 묶어 매고시나, 그것이 만족스러워 캑클럭거리며, 제가 부르면서 제 귀에도 구성지다고 여겼던지, 부르던 노래를 부르고 되부르고 하여, 심지어는 原典의 不純化, 雜種 되기, 訛傳 현상이 일어나기까지도 불렀다. "?", 그러면서도 촛불중은, "?" ……고개를 꺄웃거리기도 하며, "?" ……자기의 혀를 감아 들여보기도, "?", 숨을 멈춰보기도, "?", 그리고 제 노래에, "?" 제 귀를 기울여보기도, "?", 체머리를 흔들어보기도 했다. 아으, "?", 노래도, "?" 어떤 것은, 쏘아진 화살 같은 것이 있었는 것이었다, 그런 까닭에, 唱꾼은, 혀를 사려 들이고, 숨을 멈추고 있을 때도, 노래는 불리어지고, 되불려지고 있었는 것일 것이었다. "?" ……촛불중이, 혀를 사려들이고, 숨을 멈추고 있으면서도 자기가 "?" 부르고 있다고 생각하는, 訛傳을 겪은 순잡종 노래는 이러했다.

잠님 잠념[雜念] 오세지 마우
살짝쿵 뒷길 오는 잠[雜] 놈
말도 많고 흉도 많다우
잠[雜] 놈 잠 많은 눈을 쑥 잡아 빼여
탱주나무에 걸어놓고
들명 보고 날명 보니
탱주나무도 꼽박 꼽박

"?" ……촛불중은, 체머리를 흔들었다, 訛傳된 노래의, 의미의 불온함 때문에도, 흔들거려져 흔들었으며, 자기는 언제부터인지 입을 다물이고, 부르지도 않는 노래가, 그, 글, 글쎄, 訛傳을 겪게 되도록이나, 불려지고 있는 것 때문에도, 체머리렀다. 咄, "?", 喝, "!", ('소리'는, 이래서 보면, [이 자리는 그러나, '두 손뼉이 부딪쳐지기'라든가 하는 식으로, '소리'가 일어날 때마다 갖춰져야 되는 조건을 말하려는 것은 아니니, 현학적으로 일어나는, 雜소리는 삘그렇일라 말지어다] 꼭히, '聲帶'를 통해서라야만 이뤄지는 것이 아닌 것을 알게 된다. '?', '!', 와 같은 記號들을 보아람, 먼저 '번개'가 치고, 다음으로 '뇌성'이 따르는 우레여서 그 비유가 찾아지는, 저런 記號들이 데불으는 '소리'는, '눈'에서 울려 나오는 것이 아니냐! 후후, '눈'이 獅子吼를 하놨담) —"?", "!."

"내가 하늘에다 쏘았던 화살은 / 땅에 떨어졌으나, 어딘지는 알 수가 없었네 // 내가 하늘에 대고 불렀던 노래도 / 땅에 떨어졌으나, 어딘지는 알 수가 없었네 // 그런 오랜 오랜 훗날 나는, 어떤 참나무에 꽂힌 / 그 화살을 찾았는데, 그때도 온전했더라네 / 노래는 처음서 끝까지 그리고 / 친구의 가슴에서 되찾았더라네"

그런 훗날, 아으 친구네입습지, 평강하셨납지, 오늘, 촛불중은, 자기가 부르고 불렀던 그 노래 한 자리를, 되찾은 듯했는데, 그 노래를 부르고 있는 자의 얼굴이며 음성은, 촛불중 자기라는 한 돌중의 것이었음에도, 그 노래가 떨어져 들었다가, 새로 싹 돋궈내게 된 그 心情은, 촛불중 자기의 것은 아니었댔다. 그러니까 그것을 불러[唱] 내고 있는 心情과, 듣는[聽] 心情은 같은 것이 아니어서, 그 자리에는, 한 노래를 두고, 두 개의 心情이 함께하고 있었던 것이다. 쯔? 츳? 늙은 소가? 죽었었더랬는갑? 자기가 '불렀었던 노래'를 處容하는 그 '귀'[心情]는, '六祖'가 유산했던, 한 방울의 '識'을 그 '核子'로 한 그것인데, 그러니까 '羑里'라는 그 한 法相(이 경우는 '相'이 'signifier'며, '法'이 'signified' 役일 것이다)인데, 혀에 노래를 메워 쏘아 날리고 날려 보내는 心情은, 글쎄 말이지만, 處容의 것이 아니었다. 그리하여 處容—촛불중은, 뭐 별로 그렇게까지 여러 세월이 흘렀을 리도 없는, 요 얼마 전 옛적의, 그 얼굴은 잘 알 수가 없었어도, 그 情은 제법 달구어졌었던, 어떤 늙은네 하나를 기억해내고 있었더랬는다. 그가 풀어낸 얘기를 좇으면, 그는 火葬業에 종사했었더랬는데, 어디로부터였던지는 잘 모르되, '비리데기'라고 일렀던, 한 마리 암놈 巫鳥가, 그 火葬터 재 속으로 날아내리고 난 뒤부터, '火葬業'이라는 그 生業까지도, '時調'化해 버렸던 늙은네, (그러니 이 한 불蝸牛는, 저 巫鳥의 부리에 등껍질을 쪼여 깨뜨리고, 그것의 창자를 통해, 玉門을 비어져 나오는 중에, 散文의 韻文化를 겪은 것이었을 것이다. 이런 식의 '散文의 韻文化'가, '巫病'의 특성이 아니던가? 이 病에 한 번 걸렸다 하면, 이제껏, 自我에서 분비된 粘液[그것은, 한데 바람에 닿으면, 그 즉시 굳어지는 것,]으로 甲殼하고, 그것에 의지해 살아왔던 것이, 그 단단함을 잃게 되는데, 甲殼을 잃은 이 隱遁게[蟹]는 그러면, 빈 들의 '가시떨기나무'나, '魂 없는 몸'[Zombi]이어서, 傷處여서, 한데 바람을 참지 못해, 한사코, 쐬는 빛이며 바람을 피해, 어디 그런 薄暮스러운 冥途에로 스며들려 하는바, 이것이 말한 바의 '散文의 韻文化'라고 이른, 그것이다. 薄明, 隱遁, 아늑함 등에 대한 동경은, 바르도[逆바르도]에 처한 有情들 거개가 갖는, 再生/죽음의 欲望의 발로인데, ['죽음의 欲望'도 '再生의 欲望'을 裏面해 있는 것일 것이지만] '再生의 欲望'의 경우엔, 구 할 구 부 '濕氣'에의 夢

想이 수반됨에 분명하다. 앞에서는 비록 '불달팽이'[蝸牛]가 비유로 동원되어졌었다 해도, 그리고 저 '달팽이'가 또한 濕氣에의 夢想이나 體驗이 없었던 것은 아니었다 해도, 그러나, 이 '濕氣'는, '燒酒'라는, '불의 물', 또는 '물의 불'과 관계되어 있어, 두꺼비며, 지렁이나 거머리 따위가 득시글거리는, 물과 흙 반반의 地獄이, 천장을 열어놓고 있어 보이지는 않는다) 말[言語] 무당, 불화라지, —그, 그도, 그, 글쎄 말이지만, 하매 누울 만할 때도 되긴 되었을 터인데, 쉬일 때도 됐을 터이지만, 그, 그렇다는 경우는, 모, 몸, 몸을 버, 벗어서는, 어떻게 했다는 말인가, 흐, 흐으, 흐으크(이만쯤에 생각이 머물게 되었을 때, 촛불중은, 웃는 소리도, 우는 소리도 아닌, 무슨 그런 범벅된 소리를, 야한 소리를 짖어냈는데, 흐, 흐읔, 흐으크, 먹어도 먹어도 배만 고픈데, 먹을 것이 없게 되자, 한 용소 넓이는 되게 숯불을 피워놓고, 옷 벗고 걸어 들어가, 그 불 속에 잠과 앉아, 흐, 흐읔, 익고 있는, 자기의 발바닥 살이며, 정강이를, 제 이빨로 으드득으드득 뜯어 삼키며, 그 맛이 좋아 죽느라 못 사는, 에뤼식톤의 얼굴이 떠올라서 그런 것이다. 그 방 안 여기저기에 나뒹굴어져 있는, 불의 냄새를 묻히고 있는 저 뼈 토막들이 발설하고 있는 비밀은 무엇이냐?) —그러다 촛불중은, 자기가 납처럼 무거워진다고 느끼기 시작했으며, 실제로 납색을 드러내고 있었다. 哀苦懟疢, 부리던 소가 죽었으면, 葬事를 치러줘야 했을 것을...... 兢끙끙, 앓앓이가 났네, ...그러다 중은, 속을 냈다, 저누무 배통 터질 누무 行者가, '어깨너머' 한 노래를 배통 터져라 노래하고 있느냐! 이런고로, 스승이라는 자들은, 사미를 하나 구하게 되면, 몸·말·마음 모두를 조공 바치라 하여, 앗은 뒤, 火木하기와, 술 받아오게 하기로, 불알 타느라 이는 연기도 끌 새가 없이 하고, 가름침한다고시나, 때로 후문 치기나 해야 되는 것이었는다. 배통 터질 놈, 저것 보알지라, 스승이 잠시만 자리를 비워도, 스승의 자리를 쳐들어 교란하고, 스승이 돌아와도 그 자리를 내주려 하기는커녕, 스승의 '屎橛'을 꼬나들어 내달아, 스승을 어지러이 치려 들며, 누가, "佛이 뭣하는 물건이냐?" 묻기라도 할 양이면, "凸!"이라고, 스승의 '屎橛'을 삘그렇여 보이는데, 오래잖아 이력이 나기에 이른다. 이제, 누가 나서서든, 저누무 '屎橛法'을 싹둑 잘라, 狗子에게라도 줘버리지 않는다면, 저 내장머리 없는 사미 놈이, 온 세상을 니기미씨비하게 될 터이다.

잠님 雜놈 오세지 마우
노래는, 반복되어지고 있었다.
살짝쿵 뒷길로 오는 잠[雜] 놈
(屎橛 밤중 홍두깨 하다)
말도 많고 흉도 많다우
(들명 날명 들명 날명, 屎橛 니미는, 삼세를 法의 냄새로 오염하고 있다)
잠놈 잠 많은 눈을 쏙 잡아 빼여

노래는 반복, 반복되어지고 있었다. 그랬기에, 아주 뒤늦게지만, 갑작스레 촛불중께 든 생각은, 그, 그래보았자, 이미 뻔히 알고 있었던 것의, 새삼스레시리 새로 알기여서, 거 뭐, 대단스러울 것은 없는 생각이래얄 것이었지만, 저 '잠 노래'를 불러 반복하고 있는 자는, 촛불중 자기와는 달리, 달라도 정반대되게 달리, 퍼부어 와쌌는 잠을, 퍼부어 내쫓으려, 퍼 던지려, 초롱초롱 깨어있으려, 저런 '졸음 겨운 노릇'을 다하고 있는 것이나 아닌가, 하는 것이었다. (이 생각을 해놓고 촛불중은, '몸'[곳]에 담겨서라야만 '存在'[것]가 確認되어졌던 바의 '괏'들이, 어떤 까닭이나 경로에 의해서든, 자기의 '자리'[體]로부터 분리되어 '것'[用]만 따돌게 되었을 경우엔, 저만큼이나 조그마한, 생각이나 판단을 하려 해도, 이만큼씩이나 시간이 걸리는 것이 아닌가, 그리고 그렇다면, 그 '몸'으로부터 時間이나 空間이 멀어지면 더 멀어질수록, 저 '用'의 '고자스러움'도 비례할 것이 아닌가, 자문도 했다. 촛불중은 그리고, 자기는, 어찌되었든 이 현재, 자기의 '몸'으로부터, 그렇게 멀리 떨어져 나가 있는 것도 아니라는 것을, 스스로에게 재확인하게 했다. 허기야 촛불중은, 자기의 '몸'의, 한겹 피부의 '밖'에 있다는 차이는 있지만, 거기서 '꿈'들이 꿈는다는, 자기 몸의 聲帶 부위의, 대정맥 위에 밀착해 있으며, 그 속을 꿈틀어 가는, 몸—삶의—脈動을 處容하고 있는 중이기는 하다) 그리고부터서, 촛불중의 상념은, 보다 수월하게 풀려나기 시작했는데, 原典으로부터의 謬傳, 飜案을 치른 '잠 노래'는,

듣고[聽] 있는 그 노래가 아니라, 하고[唱] 있는 그것이라는 것도, 그래서 알게 된다. (잘 풀리는 상념은 그러니, 偏見으로부터도 자유스럽다는 것인 게다. 偏見에 얽매어 있기, 가 無明이다. 돼지는, 돼지에의 偏見 때문에, 돼지이다) 그 본디 노래는, (却說이 행각 때 얻어들은 것으로서,) 전에, 촛불중 자기가, 話頭를 살펴나가다, 精進이 없는 데다, 지쳐, 몸이 잠을 보챌 때로, 자기가 자기에게 배통 터지라고 불러보았던 그것이던 것인데, 클클클, 씨석 씨석, '잠 노래'도 신발모양, 다른 짝이 하나 더 지어지기에 의해, 한 켤레로 짝이 맞춰졌다고, 촛불중은 후후거렸다. 헌데 '노래'를 두고, 어째 하필 '신발'을 비유하여, 한 '켤레'라고 일렀던 까닭은 무엇이었는가 하면, 누가 신발을 신으려 하여, 바쁜 김에 아무렇게나, 왼쪽 것을 오른쪽 발에다 신기려 한다거나 하면, '발'이 '신발'을 그러는 것이 아니라, [30]'신발'이 '발'을 재조립하려는, 그런 현상이 일어나는데, 저 두 '잠 노래'도, 그와 다르지 안 했기 때문이다. (충격적 사실은, '요니'[體]로서의 '신발'이, 'signifier'며, '링가'[用]로서의 '발'이 'signified' 役이라는 그것이다. 바르도에 처한 넋들에 대해, '畜生道'가 그러할 것이다. 그래서 畜生道는, 촛불중에 의해, 옹기 굽는 土器場으로 연상되어지기도 하고 그랬는데, 구워져, 쓰이기를 바라 한데 내놓여져 있는 질그릇은, 짝[왼짝, 오른짝]이 정해진, '신발'과 다르지 않다. 결코 형체를 꾸미지 않는다는 물도, 그리고 바람인들 다르겠느냐, 이 土器場으로 흘러들면, 둥근 그릇에 담기는 즉시 둥글어지며, 각진 데에 담기는즉 각이 진다. 물도 뾰족해지거나, 세모, 네모져진다. 그렇다는즉슨, 어찌, "마음은 形相을 갖고 있는 것이 아니다"라고, 달 우러러 개 짖는 소리를 할 수 있을까 보냐. '마음'이 '形相'을 조립하는 것이 아니라, 아으, 보아람 보아, '形相'이 '마음'을 조립하고 있는다. 그러니 사자의 형태에 제휴한 '마음'은, '食慾'과 '殺慾'의 구별을 못 하고, 개새끼의 형태에 담긴 것은, '도척'이의 상에서 부스러기를 얻는다고 하여, 내달아 '안회'의 바짓가랑이를 물어 찢는다. '마음'이 띠는 색깔도 또한 그러할 터여서, 궂은 것을 보면, 흐려지고, 붉은 것을 보면 붉어질 것이다. '마음'이 붉어지지 않고는 '붉은 것'을 보고, 어떻게 '붉다'고 알 일이냐. —저것도 한 '相'의 '마음'이 아니냐? '마음'의 한 '相'이 아니냐?)

때에 헌대, 촛불중께 갑작스레, 별일이 있었나 봤다, 얼굴에 흐린 빛이 돌기 시작하는가 하더니, 저녁 되어 마누라께 돌아가는, 히히, 별로 영광도 없는 삶을 영위하기의 고단함은 그런 것인 것, 자기가 어디에 처해보아도, 하필 자기의 얼굴만 稀釋되어져, 존재 자체가 희미해져 버린다, 石炭鑛夫 꼴을 드러냈는데, 그는 분명히, 어떤 否定的, 그리고 下向性的 느낌의 摩羅의, 복숭아나무 동쪽 가지이고 있었다. ('좀비') 저렇게 生埋葬을 당한 처지에서, 하필 저런 '잠 노래'를 불렀던 자는, 촛불중 자기였었는데, 오늘 촛불중이 알게 되었기로는, 누군가가, 자기로부터, 그 '노래'까지 절취해 갔다는 그것이었다. 그 '누구'도 그런데 이런 '처지에서, 하필 저런 잠 노래를 부르고' 있는데, 이것이 촛불중으로 하여금, 아까부터, (그의 생사 여부도 모르면서,) 자기의 불머슴이었던, 늙은 불화라지를 혐의하게 하는, 그 단서이던 것이다. 그럴 것이, '저런 처지에서, 하필 저런 잠 노래를 부를' 수 있는 심정은, 촛불중 자기의 것과 같거나, 그렇잖으면, 촛불중 자기가 그러고 있었을 때, 어떤 귀가 있어, 듣고, 반복해 듣는 중에, 그 '노래'에, (그 심정이) 짜여져, 일종의 羯磨化를 치러버렸거나 한 것일 것이라고, 여겼기 때문이다. 촛불중께는 그러자 그때, 잊고 지내왔던, 그 화라지와 관계된, 어떤 아프디아픈, 옛일 한 가지가 기억에 되살아났던 모양이었고, 그것이 그를 땅거미를 디뎌 걷는 石炭鑛夫 꼴로, 재빠르게, 地獄에로 稀釋되어가게 했던 듯했다.

저 특정한, 어떤 '아픈 기억'이란, 기억하는 이들은 기억하고 있을 것이지만, 요 얼마 전 옛적, 의 어느 날, 촛불중이, '밥 먹고, 물 마시기라는, 항다반사를 치르다, 느닷없이 地獄으로 떨어져 내려버린 일'이 있었더랬는데, 바로 그 椿事와 관계된 것이었다. 저 늙은 불머슴이, 그날, 차려 주었던 밥은, '모래와 소금으로 버무려놓고 있었던 것'인데, 그것을 알 까닭이 없어, 그 밥을 숟갈질해 입에 넣고, 칵 물어 씹다 촛불중은, 地獄에로 떨어져 내려버렸더랬더니, 아으, 地獄의 胃酸에 담겨 녹여지기의 고통은, 찰나도 겁파던 것을, 똥이 되었으므로 그 창자에서 밀려나, 벗어나게 되었었을 것인데, 오르페우스임세, 그랬음에도 오르페우스임세, '몸'을 입고 있었기의 法恩이 얼마냐, 어떻게 돼서든, 빛 가운데로 되나와져 있었음, —그 地獄이 헌데 새로 오늘, 고스란히 되살아나 버린 것이다. 咄, 咄事이다! 제기랄, 자기에게 주어진 永生이 있으면, 그것을 花代하고서라도, 그 한 번의 性交가 끝나는 대로 죽어도 좋겠다고, 근을 꼴려 올렸던, 그런 계집과의 性交까지라도, 기억에 떠올려진다 해도, 늙은 근 끝에서는 이제 더 이상, 조금의 얼은함도 일으켜내지를 못하는데, 고통스러웠던 일은, 그것이 어떻게나 사소하여, 어렸을 때, 새풀에 손가락을 조금 베인 일까지도, 기억에 떠올려지면, 올려지는 그 순간, 늙은, 기억의, 손가락에다, 고스란히 그대로 고통을 재생해낸다는 일은, 人間이라는 有情의 무엇인가가 잘못되어 있는 것이다. 그들은 혹간 '畜生道'를 벗어난다고 벗어나고 있었을 때, 숭시런 털 난 '獸皮'를, 뒤집어, 털을 안 하여 입은 것이나 아니었는가? 아으, 三惡道를, 그렇다, 三惡道를 안쪽에다 싸안아 버린 것?, 것이었는다! 그리고는 人間이라는 有情은, '畜生道'를, 그리고 '地獄'을 안에다 싸안고 있는, 그 고통에 의해, 그 '짐승 냄새'가 싫어, 그것들로부터 도망치기로, 흐흐흐, '天路'엘 올랐구나. (矛盾語法이러람, 人間은 矛盾語러람! '意味' 찢기고, 주리 틀리기의, 무량겁의 고통에 당하되, '記號'를, 빈 고둥 껍질모양 남기고, 떠나버린 것이 있는가? 아으, 解脫, 다만 解脫이라는 한 수단에 의해서만!) 天國은, 늘 更新해야 되고, 再修理, 再組織, 심지어는 再築해야 하지만, 반대로, 地獄은, 시간속에서 더욱더 새로워진다는 것은, 왜냐하면 프라브리티 우주가, 그것 위에서 개벽하였으므로 해서, 괴롭고, 슬퍼도, 진리이다. 그때 일어나, 촛불중 자기를 몹시도 괴롭혔던, 그 忿怒의 狂犬이, 고스란히 그대로, 새로 잠을 깨고 일어나, 오늘 다시, 촛불중을 물어, 짓찢어대고 있는다. 恐水病의 거품을 물어 짖는 毒狗—, 그것은 그래서는 한 比丘께, (그러면서도 '比丘란, '마구니를 겁내게 하는 자'라고 하잖느냐) 狂犬病을 주사하여, 한 比丘를, 한 눈물 크기의 善意도 없는, 地獄의 毒狗로 만들어, 法을 전수하지도 못하는 저 比丘를 스승으로 모셔, 불머슴살이 했던 자를, 짓찢고 덤벼, 죽이게 한다.

마, 마는, 아으—, 게 서게라, 게 멈추게라, 아으, 아직도 하늘은 푸른가, 붉은 꽃은 붉으며, 그것이 '九相'(Navasamjña)의 덩이라 해도, 오늘 젊은것들은, 오늘은 아름다운가, 그, 그런 것 좀 살펴보아도 좋다,

아—음, 옴, 그렇다, 맑은 날 하늘은 아직도 푸를 터이며, (어떤 미치광이

들의 夢想 속에 移植되어진, 미치광이 꽃이 아닌 이상은,) "붉은 꽃이 푸르겠느냐", 그리고 삶의 行爲는 通時態인 것, 그 아른한 한 겹 피부 아래, 黑心과 똥을 감춰놓고 있다 해도, 헤헤, 젊은 玉門 맛은, (그 맛보는) 숟갈에 칠한 옻 탓이 아니라, 그 즙의 틉틉함 탓에, 전신이 가려워 송신해 죽지 못 살 노릇인 것, 죽지 못 산다, 못 살아살아,

—ㅁ(미음, 無音 字).

……촛불중은 그렇게 어떻게, 地獄의 狂犬을 보위하여 따르는, 파괴적이며, 가학적이던, 검餓鬼의 부리를 뽑고, 날개를 눌렀다. 저 가마귀의 날개, —'숨', 숨이 (활짝 펴 날으기 위해, 먼저) '無音'(미음) 속에 깃 접어들었을 때, 口腔을 닫아버린 것이다. —ㅁ(미음 字). 比丘의, 詛呪의 말은, 그 毒矢는, 쏘여져 나가지 안 했다. [31](羑里의 하늘에선, 아닌 꽃비가 흩어져 내리고 있었다)

그 '毒矢'는, 쏘여져 나가지 안 했음에도, 그리고 촛불중 자신은, 그 사실을 결코 모르고 말지도 모름에도, 일단 시위에 메워져, 뭔가를 한번 과녁 삼아 겨냥했었다는 그 까닭만으로도, 그 '毒矢'가 입힐 傷害는, 이미 입혀놓고 있었던 듯했다. '촛불중 자신도, 모르고 말지도 모를 그 사실'을 이해하기 위해서는, 전에 이 比丘가, 몸을 입고 앉아, '항다반사를 치르다, 地獄에로 떨어져 내린' 그 일을 기억해야 할 것이다. 치기는, 한 손뼉을 쳤는데도, 부딪치기는 두 손뼉이 부딪쳐 나는 소리라는, 그 비밀이 그러면 밝혀질 것이다. 그때도, 이 '毒矢'가 한번 箭筒에서 뽑혀져 나와, 무엇을 해칠 목적으로, 시위에 메워졌었는데, 그러나 (그 경위야 어찌 되었든,) 시위를 벗어나지 못했음으로 하여, 그리고 그 毒(讖)의 中和를 겪지 않고, 다시 箭筒(符命圖)에 꽂혀버리게 되었음으로 하여, 말하자면 그것은, 그 속에 '雷火'를 억눌러 잠재우고 있는 '地雷' 같은 것이 되어 있었더랬더니, —

입고 있는 그 몸이, 자기의 것이라고 해도 有情들은, 어떤 경우 돌연히 일어나는 두통이라거나, 복통, 또는 불안이며 초조 따위의, 출처나 까닭을 알 수가 없는 경우가 대부분인데, 하물며, 무엇이 입고 있는 그 몸이, 본디 자기의 것이 아닌, 남의 것이었다고 할 때에야, 그 몸에서 일어나는, 예측할 수 없는, 돌연한 증상들을 두고서야, 뭘 더 말할 것이 있겠는가—그로부터 시작해, 촛

불중의 몸을 절취해 든 저 어떤 客鬼는, [32]"마음이 선뜻해지며 몸이 떨려서 병이라 해도 증세를 잡을 수가 없고 말로도 형상할 수가 없을" 지경에 처해, 매우 당황하고 초조해진 증상을 드러냈다. (자기 몸은 아니었음에도,) 얼마쯤은 안위롭던 그 몸이, 갑자기 변해, 客鬼에게는, 무슨, 피 빠는 박쥐들의 잠을 거꾸로 매단, 어둡고도 습기 찬 동굴처럼도 여겨지고, 그러자니 으스스 으슬 추운데, 그의 느낌의 눈이 분명하게 보게 되기로는, 그 암흑의 뒤쪽에는, 또는, 그 암흑 자체는, 煞을 쐬어내는 붉은 눈을 가진, 그리고 배고픈 (암흑 속의) 黑穴의 입을 가진, 정체를 알 수 없는, 암흑을 옷 입은, '두려움'이 竹林해 있었다, 늑대 떼하고 있었다. 그러며, 그것들은, 스름스름 그 둘레를 좁히고 들면서, 이 고장에 낯선 자[客鬼]의 뒤꿈치를 핥고, 흠흠거리며, '열린 虛'나, 傷處를 찾고 있었다. 하나의 '바르도' 場이 열려-닫겨 있었다. 客鬼에게는 그러자니, 그 몸은 비어 있었어도, 육덕 좋은 과부나, 숲 가운데 亭子 같은 것이었기보다는, 凶鬼의 출몰 탓에 버려진, 凶家였다는 믿음이 든 것인데, 그리하여 客鬼는, 뒤늦게지만, 자기가 그 '비임' 속으로 들었었기보다는, 뭔지 확연하게는 알 수가 없었으되, 그 凶家 속에서 어떤 부름이, 또는 손이, 일어나, 자기를 불러, 자기가 대답되어졌었다는 생각을 하기 시작했다. 아마도, "쏘아지지 않은 화살이나, 불려지지 않은 노래"는 잃어져도, 한번 '쏘아진 화살'[惡業]은, 그리고 '불려진 노래'[善業]는, 그 당장은 잃어진 듯해도, 잃어지는 것이 아닌지도 모른다. 그것들 쪽에서 그러면, 어느 훗날, '부름'의 줄을 늘여낸다.

—이런 얘기는, 옛 戰爭譚에 흔히 나오는 것이지만, 병사들이, 어떤 특정한 자리를 들게 되면, 그 근방 일대엔, 적병이란 다리 잘린 것 하나도 없는데도, 그곳의 나무들이 움직이고, 바위들이 함성하며, 공중에서는 창과 화살의 소나기가, 하늘을 가리고 쏟겨 내리기뿐만 아니라, 이제껏 견고했던 땅이 수렁이 되어, 군화를 벗기려 든다고 한다. 그리고는, 人皮를 벗기려 든다고 한다. 적병이란 다리 잘린 것 하나도 없어, 비인 듯했던, 그 수상한 한 장소는, 비임이, 虛한 休止라거나, 그런 것이 아니라, 반대로, 어기찬 運動이었던 모양이었다. (欲情에 쑤물거리는 요니에나 비교될, 이런 '體'에 대해서, 촛불중이 일찍이, '符命圖'라는, 어떤 한 暗號에 대한 상념을 일으키고 있었는데, 이 자리는,

그것은 물론, 그것과 관계된, '識'이 상기되어진다면 좋을 것이다) 이런 수상한 자리에 들게 된 병사들은 그러면, 닷샌지 이렌지를 굶은 창자에, 차라리 흙을 채우더라도, 다 지어진 밥솥까지도 버리고, 동으로 서에로, 생똥을 갈기며, 남으로 북으로, 생똥 나게 生門을 찾아 내닫는다. 꽁무니야, 제 뒷발에 밟혀 떨어질라믄 떨어질 일이라도, 대가리만은, 生門 바깥쪽 어디에다 굴려 던질 수 있으면, 던져야 되는 것이다. 어떻게 일어나서든, 한번 일어나게 된, 저 이상스러운 風聞에 불리는, 저 메뚜기 떼를 보아라, 戰地에, 바르도가, 한 뙈기 넓이 구름 그늘모양, 옮겨져 [33]섬[島]에 있다는 것은, 경이이며, 신비이다. 쫓기는 자여, 두려움을 깨달은 자여, 바르도에서는, 生門에 들기가, 死地에로 나아가기인 것을, 그런즉슨 억제할지어다, 生門이 하는 유혹에 못 이겨, 죽고 싶음으로까지 거기 들고 싶음을, 억제할지어다, 억제할지어다.

촛불중이, 느끼고, 본 것에 의해, 스스로 진단했기로는, 어떤 客鬼에 의해 운영되어지고 있는 저 몸은, 그 客鬼의 煩熱에 의해, 때에는, 숯불만큼이나 열에 차, 붉은빛을 쐬어 낼 지경에 이르러 있는데도, 오한에 당하느라, 극한 고통을 드러내고 있었다. 그랬으니 그제부터는, 매 순간 매 찰나가, 저 客鬼에게는 위기고, 위험인데, 반해, 촛불중께는, 그 몸의 收復을 위한 절호의 기회가 될 것이었다. 그 병인이 뭣이든, 그 몸 때문에 일어난 고통을 못 참겠으면, 客鬼는, 자기가 절취한 그 몸으로 自殺을 하든지, 아니면, 미련 없이 떠나는 수뿐이다. 이미 한번, 죽음의 고통을 겪어보았던 자의, 두 번 죽음을 위해 하는 自殺은, 분명히, 일어나기가 쉽지 않은 일 중의 하나일 것이며, 그 몸은 몸대로, 무슨 급성 惡疫에 걸려 통증을 드러내고 있다거나, 그런 것도 아니니, 그렇게 쉽게 죽을 리도 없을 것이었다. 불원간에, 촛불중 자기는, 자기의 옛집에 回收되어질 것이라는, 그 가능성만으로도, 촛불중은, 감격스러움을 느꼈는데, 그것은 분명히, 멀고도 먼 항해 끝에, 드디어 고향 항구에 돌아와, (배의) 닻을 내리고 있는, 水夫들이 느끼는 것에 비교될 그런 것이었을 것이다. (아으 오디세우스 임세, 그럼에도, 道流의 발이, 그 흙을 딛게 되기까지는, 아직도 모른다, 그 닻이 그 바닥에 닿기 전에, 道流를 시기하는 광풍이, 노도가, 道流의 배를 밀어붙여, 애먼 데로 밀어붙여, 이 세계의, 바다 저쪽 끝 어디에다 내동댕이쳐버릴지도, 아직은 모른다, 인간은 모른다, 神들밖에는 모른다, 모를 것이, 알고서였든, 또는 모르고서였든, 항해 중, 道流가 맺었던 어떤 매듭들이, 다 풀리지 못했다면, 그 풀리지 않은 매듭에 [道流의 운명이] 훌맺혀 있어, 그 맺힘이 불러 끌어들이는 자리에로, 되돌아져 버리게 될지, 그것은 모른다. 그렇다면 그것은 풀려야 되는 것인데, 道流가 맺은 매듭은, 그, 글쎄 말임세만, 그 매듭에 걸맞을 代贖羊이라도 구해진다면 몰라도, 몰라도 말임세, 그러나 道流 자신 말고는 그보다 더 적합한 代贖羊이 있을 수 있겠는가 말임세, 흐흐, 道流가 훌쳐 맨 매듭을 풀기 위해서는, 道流 자신이 그 값에 희생되는 것이 그중 바랄 만하겠음세, 회피되어지기는 어려울 일, 그리고, 매듭은, 어떤 것이라도, 맺혀졌으면 풀려져야 되는 것, 그것이 達磨거든. 그리고 그것 풀기에는, 대략 세 가지 방법이 있다고 일러지느니. 그렇다 해도, 그중에서도 畜生道에 속한 것[방법]은, 왜냐하면, 거기 속한 것들의 삶의 행위, 즉슨 '먹고[阿耆尼]/먹히기[蘇摩]'라는, 바로 그것 자체가, '祭祀行爲'여서, '맺기'가, '풀기'와 다름이 없으므로, 거기에서 벗어난 有情들께는 적용될 수가 없다면, 결국엔 두 가지 방법밖에는, 더 있지도 않을 것인데, 그 하나는, 말해온 바와 같이, 그 매듭을 지은 자는, 그 매듭에 걸맞는 '犧牲'을 바쳐, 贖良하는 일이며, 다른 하나는, 解脫, 또는 虛無主義의 이름 아래, '맺고/풀기'가 達磨가 되어 있는 곳으로부터, 자신을 깡그리 지워 없애버리는 일이라고 이름세. 虛無主義者에 관해서는, 할 말이 있을 까닭이 있지도 않지만, 解脫을 성취한 자에 대해서는, 그래도 일어나는 의문이 없잖아 있기는 있겠음세) 라는즉슨, 그 '解脫을 성취한 자'와의 인연에 의해, 맺혀진 매듭들, 나쁜 매듭들이 있다면, 그것들은 어떤 결과를 불러오게 되느냐, 하는 것일 것이지. 이 물음은 그런데, '百丈和尙과 野狐'라는, 公案이 품은 難題를 떠올림세나. '不落'이라고 누가 대답하려 하면, 그 당장 그는 野狐의 대가리를 해 갖게 되며, '不昧'라고 대답하려 하면, 蓮坐 밑에서, 野狐의 꼬리가 쑥 비어져 나온다. '落/昧'는 難題구나. 말 되어진 일이 있었거니와, 한쪽에서는 音聲學的(또는 修辭學的)으로는 옳았으되, 語義論的으로는 옳지가 못했는데, 다른 쪽은 그 반대던 것이다. (百丈은, 백장[白丁]이로고, 백장임에도, 그때까지도, '禪卵' 톡 깨뜨려, 노른자위 빼먹는 방법을 터득하지 못

했었더냐? 瞎. "喝!" "서 근의 삼!" ……다, 다, 打! 이 자리야말로 그리고, 저 禪彈을 몇이고 터뜨릴 자리인 듯하다. 煙幕을 두터이 친 뒤, 비어져 나간 狐尾부터 사려 들이고, 몸을 빼쳐 나갈 때인 듯하다. 野狐들 野壇法席하는 골에, 趙州네 狗子야 가지 마라, 셩낸 野狐들 無佛性을 새오나니—) 눈물을 괴이고 그 눈으로, 그래서 촛불중은, 자기의 한 짝 신발 속, 거울 벽 안에 가둬놓은, 한 運命이 생각나, 그 有情을 내려다보았다. 그 불쌍한 有情은, 촛불중 자기의 손에 殺害되기를 바라서, 그 약속 하나만 믿고, 前生이 人間이었던 자가, '벌레의 죽음'을 입은 것이었는데, (그리고 아는 이들은, 이것이 무엇에 연유하여, 되어진 얘기인지를 알겠지만,) 이 매듭 하나만은, 몇 百生을 되돌아오는 한이 있더라도, 촛불중이 풀어야 하는, 그 매듭이기도 하던 것이다. 눈물 괸 눈으로 사물을 보려 하면, 성에 낀 유리창을 통해 밖을 내어다보기처럼 그렇지만, 어쨌든 벌레는, 그 한 짝 '신발' 속 우주를 즐겨 하고 있다고, 촛불중은 보고, 그러자부터 그 벌레에 대한 슬픔이 일어, 주체할 수가 없겠었는지, 거의 흐득이고, 있었다. 자기인들 어찌, 어떤 이의(그의 이름은 '비슈누'라고 하는갑더라) 한 짝 '신발' 속, '거울' 안에 갇힌, 번뇌의 벌레, 벌레가 아닐 수 있겠는가? ([34]羑里의 六祖는, 그런 어떤 날, 저 '신발' 속 걸려진 '거울'을 깨뜨리고, 어디론가 후루룽 날아올랐었더랬다. 깨인[孵化] 한 禪卵, —재[灰]를 남겼었다) 한 벌레에 대해 촛불중이 일으켜낸 그 슬픔이, 이번에는 그리하여, 촛불중 자신에게로 되어울져 왔더랬는데, 그것은 그리고도 거기에 머물지만은 안 했다. 그것은 곧장, 남의 몸속에다 넋을 의탁하고는, 그 몸의 궁핍에 당하고 있는, 저 어떤 모를 손[客]에게로도 여울져 가, 그 무덤 방 안을 흥그렁하게 했다. 안 될 일이었다, 차마 못 할 일이었다, 몸이 줄 수 있는 恩寵을 자기 것으로 만들기 위해서, 그 恩寵의 鳥籠 속에 뚫고 들앉은, 다른 有情을, 저주 속으로 쫓아내려는 짓은, 안 될 일이던 것이다, 차마 못 할 일이던 것이다, 그 恩寵이 요 얼마 전까지 자기의 것이었었다는, 그 하나의 기억에 의해, 한번 잃고 나니 이제는 자기의 것도 아닌 것을, 그것을 차지하고 든 자가 자기가 아니라는, 그 하나의 이유 때문에, 그를 天路에서 끌어내려, 消滅 가운데다 처넣을 수는 없던 것이다, 안 될 일이던 것이다, 저 한 짝 신발 속 벌레를 볼 일이다, 그 벌레의 傳記를 되새겨볼 일이다, 그리고도 촛불중 자기가 오늘, 다른 넋에다 해를 입히려 한다면, 그 짓도 또한, 자기가 使嗾 慫慂하여, 자기의 마누라 잠자리에 자기의 친구를 들여보내고, 그 친구를 살해하기에 이르렀던, 그 행악을 되풀이하려 하고 있는 것 말고, 무엇이겠는가? (물론, 그때는, 자기의 使嗾가 있었던 데 반해, 이번엔, 노략질을 당하고 있다는, 약간의 다름이 없는 것은 아니다. 아니라도, 그것이 촛불중을 변명해주는 것은 못 되는 듯하다) 그리고도 자기가, 중이라고, 出家를 단행했다고, 스스로에게라도 일러온 것이었는가? 원래, 아무것도 가진 것이 없었던 자기가, 무엇을 두고 '出家'했다고 일렀던가? 가진 것이 있었다면, 열 개의 손가락, 열 개의 발가락, 머리통 하나, 끊임없이 빌어[乞], 섬겨야 하되, 결코 만족을 모르는 창자 한 벌—정작 出家했어야 할 것이 있었다면, 그것을 두고서 했어야 했던 것이 아니었겠는가? (그러나 아마도 이것은, 修辭學的 誇張法이 이끌어낸, 다분히 被虐性을 드러낸, 誤文이라고, 촛불중은 반성하고도 있었다. 저런 의견은, 자칫 잘못 발전하면, 有情의 肉身 입혀졌음의 은총이 깡그리 잊혀지고, 詛呪의 측면만이 확대되어, 自殺이 예찬되어지게 될지도 모를 위험성이 있다) 그런다 해도, (라는 말은, 그렇게, 뒤늦은 出家를 단행하여 촛불중이, 저 어떤 客鬼를, 詛呪 가운데로 축출하려 하지 않으려 한다 해도, 라는 말인데,) 촛불중이 처한 難境이 모면되거나, 최소한 촛불중 하나에게로만 범위가 좁혀지거나 할 것도 아닌 데에, 維谷이 있었다. 그런다는 경우(라는 말은, 그렇게 뒤늦은 出家를 단행하는 경우, 라는 말인데,) 그러면, 저 '벌뢰'의, 向後의 운명은 어떻게 되는 것인가, —촛불중의 느낌은 그러자니, 兩端에, 毒을 묻힌 물미가 있는, 긴 槍에 꿎혀 맞창이나, 그 槍을 못 뽑아내고 있는 그것이었는데, 그 자신도 그러나, 그 槍이, 자기의 어디로 (앞에서→뒤에로? 옆에서→옆에로?) 맞창을 내어 있는지, 그것도 모를 뿐이기는 하다. 어쨌든, 앞으로든, 뒤로든, 어느 쪽 옆으로든, 나아가려거나, 물러서려거나, 쓰러지려거나, 어쩌려거나 하면, 거기에 있는 자의 가슴이나 배때기를 꿎아, 상처를 입히게 되어 있다는 것만은 확실했다. 깨우침으로 먼저 자기를 구제하고, 그런 뒤, 할 수 있으면 남도 돕겠다고 했던, 한 중의 佛心이, 어찌하여 毒槍이 되어버렸느냐?

촛불중은 괴로워하고 있었다. 슬픔 속에 함량되어 있는 괴로움이, 깨어난[孵化] 말벌의 새끼모양, 슬픔을 먹어 치우고, 촛불중을 쏘고 들었다. 슬픔이란 무엇보다도 좋은 宿主여서, 그것을 파먹어 자란 것은, 한마디로 말하면, 그 純度가 더 높다. 나쁜 것[毒]은 더 나쁘고, 좋은 것[藥]은 더 좋다.

촛불중은, 하다못해 바깥바람이라도 조금 쐬어보았으면 하고, 바람[願]을 일으켰는데, 괴로움 속에서 질식할 것 같아 그런 것이고, 그 바람은 그러자니 그것을 일으킨 자를, 밖에로 불어내 왔다. 촛불중 자신만, 얼핏 잊은 듯했지만, 그는 念態 자체던 것이다, 바람[願]이 바람[風]이다.

푸르스름하고 으슴푸레하게, 밝은 때에 밤중이어서, 달빛 천지였다. 햇빛이든, 달빛이든, 어둑스레함이든, 夜行性 有情께 밤빛이나, 더듬어서 보는 더듬이 有情들께 낮빛모양, 念態인 것에게도, 明暗度가, 그렇게까지나 큰 영향력을 갖고 있는 것은 아니었으나, 상관이 있다면 視覺에보다는, 心情에 있었을 것이었다. 추운 듯이, 그리고 진저리치듯이, 푸르르 한번 떨고 촛불중은, 달빛만 먹어 사는 코킬라 새[鳥]모양, 달빛에다 심정을 열어, (수분 속에 담기는 마른 海綿모양) 달빛을 호흡해 들여, 달빛에다 자기를 온통 적셔댔다. 퉁퉁 불어, 누가 그것을 쥐어들기라도 한다면, 달빛 속에서 달빛을 燐光처럼 뚜둑 뚜둑 흘리게 되도록 코킬라 새는, 달빛 덩이가 되었는데, 그리하여 羑里의 달빛 속에, 둥지를 떠난, 엄지손가락 크기의 촛불꽃, 나비도 같은 새[鳥], 兩極을 갖는 卵圓 꼴의 불꽃새[鳥]가 한 마리, 선연하게 드러나져 있었다. 가늘은 바람에 닿이면 불꽃이 그러듯, 또는 미끼에 어떤 迷惑이 있으면 낚시찌가 그러듯, 새는, 어쩌면 그 괴로움 탓이거나, 아니면 얼핏 그것을 벗어버린 홀가분함 탓일 것으로, 팔랑팔랑하기도, 홀홀 뛰기도 하는, 불꽃 낢[飛]으로, 그렇게나 쓸쓸하고, 식은 재 같은 세상의, 녹슨 고적이며, 침묵이며, 황폐, 속을, 휘집어 들고 나며, 거기로 떠들어 와, 한때 성시를 이뤘던, 수도자들과 수도부들이, 무슨 道의 개짐이나, 한숨, 어떤 法의 流泄(오난이즘)이나, 떼인 童貞 같은 것이라도 이삭하지 안 했는가, 그런 것이라도 찾아내려는 듯, 들쥐[鼠] 하였다. 그 시절, 수도자들이, 자기네 宗門에 쳐 둘렀던, 거적문들은, 반 치씩 한 치씩, 무량겁 불어온 바람이며, 쌓이는 햇별이며, 안개비에, 삭아져 내려, 달빛 아래 뻥뻥 뚫려 있는, 어두운 토굴들은, 갸, 갸, 검[黑]餓鬼들께 눈과 살과 창자를 쪼이고, 時間이라는 뱀의 허물을 얹고 있는 骸骨—骸骨의 골짜기, 갸, 갸, 이 野壇에서는 한때, 道와 法과 살[肉]이, 싸게도, 비싸게도, 공으로도 與受되느라, 三世의 가납사니들로 아크흐크할라 法席이었더니, 咄, 瘡病이 휩쓸었더냐, 휩쓸었더랬더냐, 咄, 咄事이다.

취해 달빛에 촛불중은, 한때 法席이었던 데를 흐느적이다, 아직껏도 거적문을 매달고 있는, 한 토굴 앞에 닿아서는, 바람이 부는 방향을 좇아 펄럭이는 데도 날지는 못하는, 禁索에 발 묶인 서낭당 주변의 붉은 헝겊 조각모양, 뜻 가는 데로 흐느적이게만 되고, 진행하지를 못하겠어서, 촛불중은, 그 안으로 스며들어보지 않을 수가 없었다. 그 한 토굴만이 아직껏도, 거적문을 매달고 있다는 그 까닭만으로도, 羑里에 아직도, 修道者가, 하나라도 남아 있다면, 그 토굴을 거처 삼고 있을 것이라는 것 짐작하기는 어렵지 안 했겠지만, 그러나, 반드시 그 까닭만으로 촛불중이, 앞으로 더 나아가지를 못하고 있는 것은 아니었다. 한 有情은, '앞/뒤로 鬼神을 세워, 세 鬼神의 一體'라고도 이르거니와, 그렇다면, 앞선 촛불중의 鬼神이, 뭔지 심상찮은 것을, 먼저 보아버린 것이 분명했다. 그랬기에, 촛불중의 '가운데 鬼神'은, 그것 자신 까닭도 모르며, 한기를 느끼고, 소름을 돋궈내고 있는 것일 것이다.

그러는 어느 순간, 촛불중은, 항거할 수 없었는 듯, 그 안에로 들어가져 있었으며, 그런 뒤, '가운데 鬼神'이 느낀 건 구역질이었는데, '뒷鬼神'이 본 바에 의하면, 누가 써왔든, 안은 온통 凶夢이며, 惡意의, 거위[蛔]로 뒤엉겼다, 亂麻였다. (전에 촛불중 자기가 썼던 때) 찐득거렸던, 禪의 냄새는, 가셔 없었다. 촛불중은, (세 鬼神의 合) 격한 구역질에 보태, 못 버텨낼 현기증 때문에, 그 바닥의 모래 위에로, 끌박혀 내북쳐졌는데, 그때 촛불중은, 저 凶夢의 전갈이며, 惡意의 살무사 같은 것들이, 자기의 머릿속에서 서로 휘감아 틀어, 서로를 먹으려 광분하고 있다고, 본 것이었다.

누구인가가, 이 토굴에다 거처를 정해, 어쨌든, 요 며칠 전까지도 살며, 화로에는 숯불을 피우고, 볕 좇아 된장 동이는 열어두며, 소주도 홀짝임시롱, 나름으로는 한몫의 '日常'을 꾸며왔었던 듯했는데, 咄, 凶, 惡, 咄事다, 凶事다,

안 될 일이다, 어떤 매우 검센, 검붉은 손이, 도끼를 거머쥐어 내달아, 난장을 부리고, 개판을 쳐, 저 '日常'의 척추를 찍어 부러뜨리고, 그 배통에서, 凶夢의 거위를 쏟아내게 한 것이었다. 咄, 凶, 惡—,

말한 바의 저 '日常'이란 헌데 무엇이겠는가, 쌀은 쌀독에, 숯은 숯 가마니에, 화로는 화로 놓일 자리에, 그리고 頭蓋骨은 頭蓋骨 놓일 자리에, 놓여져 있어, 그런 나름으로는 질서를 좇아, 배치되어, 그런 질서를 좇아, '삶'이 운영되어지는 것을 이른 것인데, "日常의 척추가 부러지고, 배통이 터졌다"는 것은, 그런 나름대로의 질서에 혼란이 야기되어 있다는 얘긴 것이다. 예를 들면, 쌀독은 박살이 나고, 소금 항아리도 깨어져, 모래 위에 쏟겼는데, 어떤 어깨를 받침 삼아, 그 목 위에 견고히 올려져 있어야 할, 어떤 이의 頭蓋骨이, 그 목에서 끊겨, 소금과 모래의 범벅 위에 얹혀져 있다는, 그런 것이다. 惡, 凶, 咄, —촛불중은, 그런 瓦解를 목도했으며, 그것을 읽어버렸기에 의해, 그 惡意, 凶夢 속으로 빠져들어 버린 것이다. 그리고서 촛불중이 할 수 있었던 다만 한 가지 일은, '옴바즈라파니훔!' —저 거위들 위에다 오물을, 토해져 나오는 凶念을, 덮어씌우기, 그것뿐이었다. 쒜, 쒜, 퉤—

그런 결과로 촛불중은, 다시, 밖의 달빛 가운데로 나와져 있게는 되었다. 그랬으나, 구역질과 현기증은 여전했는데, 그리고서부터 촛불중은, '뒷鬼神'을 엄습하는 공포에 당했다. 惡, 凶, 咄, 제기랄, 촛불중은, 보지 안 했으면 좋았을, 咄事를, 惡幻을, 凶夢을 보아버린 것이다. 글쎄, 거기서, 요 얼마 전에, 끔찍한, 한 건의 殺害가 있었는데, 그 자리엔 헌데, 殺害당한 자의, 얼굴만 있고, 몸이 不在였다. 이상도 하여람, 그 몸이 자기를 殺害하고, 그리고 저만 걸어 나가, 없는가? 얼굴도 허기는, 거기 있기는 있었지만, 그 자리에 있는 것이 아니었다. 그럼에도 그 자리에, 무엇이 남아 있었다면, 네 치보다도 더 길게 빼물고도, 아무것도 발설하지 못하는 혀, 失語症—소금에 절여진 말[言語]. 아흐, 흐, [35]俱胝는, 머리통을, 어디에다 떼어놓고 다니던 자였었구나, 말을 하려 하면 그래서 그는, '凸'(족거치!) —'손가락을 하나, 뻗쳐 올려 보인다.' 失語症에 당하는 혀, 凸.

달은희둑스레하고새벽은으슴푸레하고사막은쓸쓰레하고으슴푸레하고 희둑스레하고그랬다 어 디 서 무 슨 야 호 짖 는 소 리 라 도 밤 새 우 는 소 리 라 도 귀 뚜 라 미 찌 루 룩 이 는 소 리 라 도 아 니 면 모 래 들 이 고 적 의 무 게 에 눌 려 헐 리 고 있 는 소 리 라 도 무 슨 소 리 라 도 소 리 가 한 가 닥 흐 르 고 있 었 는 다 면 사 막 이 이 렇 게 나 쓸 쓰 레 하고 으 슴 푸 레 하 고 희 둑 스 레 하 지 만은 안 했 을 것 인 가—촛 불 중 은, 비 속 을, 해 적 여 나 가 는, 누 가 든 등 불 모 양, 젖 은, 무 거 움 으 로, 흐 리 게, 적 막 한 고 장 을, 흐 르 적 여, 나 아 가 고, 있 었 다. 제 무 덤 으 로, 되 돌 아 오 고 있 었 다, 되 돌 아 와 있 었 다, 울 고 있 었 다, 울 음 울 울 이 울 울 어 울 고 있 었 다, 어 떤 운 명 하 나 목 도 한 것 이 불 쌍 해 울 음 울 어 울 고 있 었 다, 울 음 에 사 막 이 젖 고 있 었 다 온 통 젖 고 사 막 이 있 었 다. 그, 그럼에도, 이 세상 아무것 하나도, 울 것이 있는 것이 아니던 것을, 우는 촛불중은 보리사트바, 한몫의 보리사트바—. 촛불중은 그러고는, 그러나, 가령 무슨 거울이 박살이 났다거나 하면, 그 거울 조각들은, 어디 구석진 데 그늘에 가려 있어도, 그것 자신의 소재를 밝히지 않고는 못 배기는 것, 주워들려 했으면, 저 어떤 얼굴만 남겨놓고 어디론가 걸어 나가버린, 그 몸의 행방을 추적해볼 단서들, 예를 들면, 마른 늪 가운데 있는, 한 무더기의 수상한 재며, 그 재에 반쯤 묻혀 푸륵푸륵 도깨비불을 일으키는 도끼며 하는 따위, 그런 것들은 몇 더 있었을 터인데도, 차라리 외면을 하고, 바위 무덤 속에로 돌아와 버렸다. 그리고도 촛불중은, 보아버리게 되었었기에, 보지 말았었기를 바랐던, 보아버린 그 광경들을 두고, 그렇게 되어진, 무슨 사건이라거나, 얘기를 조립해내 보려 하기는커녕, 흉몽을 꾸다 깨인 자가 그러듯, 몹시 앙구찮은 체머리를 흔들어대고 있었다. 깨었어도, 그 흉몽 속에 빠져들었던 눈이, 그 참혹함에 얼고[凍], 이쪽 편 깨임 속으로 얼른 돌아오지를 못하고 있는 것이다. 촛불중은, 자기가 목도해버린 저 참혹한 광경에, 얼어붙어 버린 그 눈을 통해, 차라리 무엇을 보고 있었는가 하면, 그 '凶手'가 아니라, '凶意'였었다. 그 '凶手'와 '凶意'에 닿아서, 무엇이 파괴되었든, 촛불중께는 그러자, 그 兩者의 '對象'이 달라지는 것이 관찰되어지고 있었다. 이런 것을 두고, 막연한, 그리고 불확실한 확실함이라고 일러야 할 것 같지만, 촛불중께 이해되어진 확실한 것 한 가지는, 그 '凶手'의 대상은 무엇이었든, 또는 누구였든, 그것과 상관없이, 그 '凶意'의 대상은 다름 아닌, 촛불중 자기였었을 것이라는 것이다. 그러니까, 자기가 목도한 저 무참한 광경은, 자기가 간접적으로 당한, 살해였다는 것이다. 그리고 촛불중은, 그렇게 믿어버렸는데, 그것은 그를 슬프고, 아프게 했다. 촛불중은, 그리고는, 그에 좇아서 당연하게 일어났어야 될 의문도 일으켜내려고 하지 안 했으려니와, 일어났다 해도 대답하려 하지도 안 했으니, 그러니, 그 사건의 내막이라든가, 또는 촛불중 자신의 이해가 얼마나 사실에 근접해 있었는가, 그런 것이 중요한 것은 아니었다. 이렇게 되면, 누구에게든, '凶手의 대상'과, '凶意의 대상' 간에 있었던 차질이 중요하게 여겨질 듯함에도, 촛불중께는 그것까지도 중요하다거나 한 것 같지는 안 했다. 어떤 한목숨이, 다른 한목숨의 代身이 되었다거나 하면, 거기 필시 '代贖'의 문제라도 대두되어질 듯함에도, 촛불중은 그러나, 그런 의념까지도 일으키고 있는 듯하지 안 했다. 허긴 畜生道에는, 그 형태는 '代贖'的인 모든 것을 다 갖춰 있는데도, '代贖'이 못 되는 것들로 가득 차 있다. 일례를 들면, (물론 이것은, 이 현재의 촛불중의 경우에다 적용하려는 것은 아니다) 한 배고픈 호랑이가, 저만쯤 들에서 꼴을 뜯고 있는, 노루를 사냥할까 하여, 포복하여 거리를 좁혀 가고 있는 중인데, 그보다 가까운 데에서, 들돼지의 암놈 한 마리가 땅을 뒤지기에 여념이 없는 것을 보고, 내달아 그 목덜미를 물고 덤벼, 혀를 빼먹고, 창자를 터뜨려 먹어 배를 채웠다는 경우, 헤헤, 아지 못케라, 저런 犧牲도 '代贖'일 것인가? 두 목숨 사이에는 그리고, 무슨 연관이 있기는 있었던 것인가? 촛불중의 경우는 그리고, 한목숨이 죽었음으로 해서, 다른 한목숨(촛불중의 목숨)이 새 삶을 받은 것도, 또는, 자기도 모르는 무슨 負債를 덜게 된 것도, 아무것도 아니고 있다. 그렇다면, 저 '암돼지'의 목숨은, 그리고 그 죽음은, 無意味할 뿐인가? 그리고 '뜻'과 '表現' 사이에서 일어난 誤差는, [36]偶發이거나 椿事일 뿐인가? —서 근의 삼.

手淫派네에다 젖줄을 이었었던 그 까닭이었겠었지, 깜냥껏 촛불중은, 자기가 잠겨 들게 된 그 슬픔으로부터 벗어난다고 했는데, '……心如明鏡臺/時時勤拂拭……' 咄, 차라리 그는, 그 안쪽 어디에 걸린, '거울' 속으로 들어가 버리고 말았다. 喝, 촛불중은, 그러면 어디서 길을 잘못 들었기에, 나온다고 하며,

들어가 버렸는가? '……勿使惹塵埃.' (그 까닭이야 물론, 너무도 분명하다. 六祖의 法鋸歌를 들먹이기에는, 새로 갖다가시나 너무도 새삼스러운 느낌이 있으니, 접어둔다 해도, '마음'과 '느낌'을 觀하되, 'signifier'와 'signified'의 관계인 것도 그 자신 너무도 잘 알아왔으면서도, 하필 '鏡臺'와 '塵埃'라는 譬喩法을 도입한 데에, 그의, 샛길에로 들어서기가 있었던 것이 아니겠는가. —이것은, '言語'와, 그것의 '超力'이라는 문제를 고려해보기에 좋은 재료가 될 것인데, 말한 바의 저 '譬喩'가 도입되어지자마자, 한 우주까지 휩싸버리기도, 또 蹴球하기도 하고 하던, '用'으로서의 '마음'이, 일시에 솔[凍]아, 자그마한 '거울'이 되어버린 것을, 觀해볼 일이다, '用'의 '體'化에도 아무런 무리가 따르지 않는, '言語'의 이 힘은, 과연 우주적이지 않는가) 에익, 안되게도 道流는, 그리하여 '거울'이라는 우릿간 속에 갇혀버렸는다. 소 같은 자로고, 돼지로고, 道流는 소임세. 뭘 해 먹고살기에, 위장은 하나라도 너무 많은데, 道流는, 그것도 넷씩이나 처넣고, 雜念만큼도 영양이 없는, (그런 無意味를 마른풀이래야겠지,) 마른풀까지라도 되씹는다, 時時勤拂拭, 그, 그렇더라도, 그, 그러다가도, 그, 글쎄 말이지만, 무—무우—, 獅子吼도 해보고 그러게람, 사자 울음 울으람 송아지, 무—無—無—(후후훗, 사자 울음 우는 송아지, 얼러개 껄러개, 처사네 송아지 목구멍에 뿔났네, 제 뿔에 찔려 뿡, 처사네 송아지 똥배통 게운다, 무—無—無—얼러리로 껄러리, 獅子가 소 울음 우는다? 치사하다, 쨍그렁! 무—無—, 소가[獅子가] 사자 울음[소 울음] 하다가, 쨍그렁, 무엇이 깨어지는 소리를 들었다, 목구멍이 깨어질 때도 소리는 쨍그렁 하던가? 쨍그렁— 가맜자, 들은[聽] 그 순간, 저 소[사자]는, 어디 '안쪽'에서, '바깥'이라는 意念을 불러일으켜 내는, 그쪽에로 나와져 있음을 알았다. 분명히, 말했던 바의 저 '譬喩'가, 그 矛盾語法[즉슨, '獅子吼하는 소', '소 울음 우는 獅子']이 갖는, 自己破壞力에 의해, 박살 나버린 것이었다. 그 안쪽에, 잠시 숨죽여져 들었던 '用'이, '사흘하고 한나절'의 昏睡로부터 깨어나, 팽창해지기에 좇아, 못 견디고, '體'가 바싹 깨뜨려져 버린 것인 게다) 울으람, 우르람, 우르르람, 우르르—

울다소는獅子가됐다.

즈음에는, (불의 혀에 핥인 바 있어 눌다 만, 그 한 짝 [37]신발을 거처로 삼은,) 그 '벌뢰'가, 서낭당 마을의, 어떤 병자를 宿主 삼아, 제 한 몸을 분리해 나왔을 때, 제 것이라고 챙겼던, 그 약간의 분깃, (그러니, 제 나름으로 목숨을 꾸려나갈 꾀와 힘이 생기게 될 때까지는) 그 목숨을 부지해줄 얼마쯤의 기름을, (겨울잠에 든 곰이 그렇잖느냐,) 거의 다 탕진해버리고 있었는 듯했는데, 그즈음에는 또, 촛불중의 몸을 신어 들어, 제 것인 듯이 지내며, 그 경위야 어찌 되었든지 간에, 피둥거리도록이나 먹어놓은 음식물로, 그제까지는 별다른 부족함을 느끼지 않고 살아온 듯했으나, 그 몸을 신어 든 당자의 욕구와도 달리, 그 몸이, '마실 것과 먹을 것'에의 필요를 느끼고 있는 듯한, 그런 증후를 드러내고 있었다. 그것을 느껴, 촛불중은 환하게 알고 있었던 것이다. 밖에서 돌아온 대로 촛불중은, 이번에도 물론, (바로 요 얼마 전까지도 자기의 것이었던,) 그 몸의, '꿈과 말[言語]'이 일어나는 자리, 목덜미의 침샘 부위를 정해, 항마좌꾸며 앉아 있었는데, 두 다른 '體'(벌레/他人의 몸)에 담긴, 두 다른, '用'(煩惱/客鬼)들이, 시간의 경과에 좇아, 충족되어지지 않는 결핍 탓에 드러내는 괴로움이, 괴로워, 촛불중도 괴로워하기 시작하고 있었다. 하나(벌뢰)는, '몸'과 '欲求' 사이에 괴리가 없고 있으니, 그 '欲求'가 충족되지 못하면, (결핍 탓에) 죽고 말 것인데, 하나의 '靈知'가, '벌레의 죽음'을 죽기 위해, '벌레의 몸'에 제휴한 것은 아니었던 것이 아닌가, 이것은, 촛불중께 괴로움이 아닐 수 없었으며, 다른 하나[客鬼]는, 오른짝 신발에다 왼쪽 발을 신어 넣은 것모양, (본디 他人의 것이었던) 그 '몸'과, (자기의) '欲求' 사이에 화합을 성취하지 못해, 서로 자꾸 벗어나지려 하는 듯한바, 오른짝 나막신 속에서 당하는, 왼쪽 발의 불편함, 그것도 촛불중께는, 괴로움으로 觀해지지 않을 것이 아니었다. 아닐 것이, 촛불중은, 저 '벌레의 몸'을 입은, 그 한 '靈知'를 통해서, '몸 입기와, 몸 벗기', 즉슨 '나고[生] 죽기'라는, 프라브리티의 고리[環]로부터, '곁길'로 벗어나 버리게 되어진 자의 終末이 어떤 것인지를, 그 절망에 관해 들어[聽], 알고 있었던 때문이다. 무엇보다도 먼저, 촛불중 자신의 처지를 고려하고, 포함해서 말이지만, 저런 괴로움들은, 촛불중께는 감내키 어려운 것들이었는데, 그 어느 괴로움이든, 사연은 슬퍼서, 그래서 더하다. '벌뢰'는 원래, '엄지손가락' 굵기였었는데, 새끼손가락 굵기로 홀쭉해져, 그것 자신은 아직도, 눈을 못 떠 모르되,

엄존해 있는 고통(이라는 즉슨, '食物'의 必要에 따르는 本能的 고통이라는 것일 것이지만, 벌뢰는 그럼에도 아직 한 번도 뭘 '먹어본 경험'을 갖고 있지 안해, 고통만 느끼고 있지, 그것이 무엇에 대한 고통인지, 그것을 분명하게 알고 있는 듯하지는 안 했다) 탓에, 거울 벽에다 주둥이를 부벼싸며 몹시 떨고 있고, 客鬼는, 자기 신어 든 그 몸의 여기에다 저기에다, 地震이랄 것을 일으키고 있거니와, (촛불중이 느낀 대로만 좇아 말한다면,) 그 몸을 지키고 있기에는, 그 몸이 필요로 하는 것의 결핍에 따르는, 고통을 감당하기가 너무도 벅찬 듯하다. 그럼으로 하여, 그 몸을 벗어버리려 하면, 그 몸을 빽 둘러, 한 우주 넓이로 으르렁거리고 있는, '절망'이라는 이리 떼의 찢고 덤빔을 또한, 감당할 수 있을 것 같지가 않은 듯하여, 그렇게 그 넋은, 自虐하고 있는 듯했다. 客鬼는 분명히, 뭣보다도, 그 몸이 처해진 환경이라는 그 조건 때문에도, 틀린 '몸'을 신어 든 것이었다. 그렇다면, 이것쯤이야 누구나의 추측일 수 있겠지만, 종내 저 客鬼는, 글쎄, 그런다잖더냐, 라는즉슨, 離婚의 경험이 많으면 많은 계집일수록, 離婚 따위를, 개 새끼만큼도 여기지 않는다잖더냐, 그 몸을 벗어 떠나게 될 것이었다. 사실로 이 客鬼에게도, 處容宅 후려쳐 먹었기의 경험이 많은지 어떤지, 그것은 잘 모르긴 모르지만, 분명한 것 한 가지는, 저 客鬼는, 아직은, 결코 죽고 싶어 하고 있는 것은 아니라는 것이다. 촛불중께 傳感되는, 그 客鬼의 고통의 몸부림은, 죽기가 싫다는, 그 완강한 저항이었다. 촛불중으로서는 그러나, 저 客鬼의 일을 두고는, 아무것도 할 수가 없는 처지에 있으니, 이제껏도 그렇게 해온 것처럼, 두고, 기다려보는 수밖에, 다른 도리란 없었다.

客鬼는 그렇다 하더라도, '거울의 幻網' 속에 억류되어, 굶주려 죽어가고 있는, 저 '벌뢰'를 두고는, 촛불중은, 어떻게든 뭘 먹이든, 아니면, 쳐 죽이든 어쩌든, 해야 했다. (가만히 놔둬도, 죽어갈 것이라면, 촛불중은, 어째서, 저 벌뢰를 殺害할 것을 생각하고 있는가? —그런 의문은, 禪卵의 굳은 껍질들을, 몇 씩이고 깨뜨려 냄에 분명하다) '고자'에게 무슨 방도가 있겠는가, '마음'뿐—. 제기랄, '幻'은, 幻밖에, 더 가능하게 해낼 것도 없는 것이구나? —촛불중은 결국, 그 짓이라도 해보는 수밖에, 다른 도리는 있지도 않다고 체념하고, (秘法을 전수하기 위해서는, 스승은, 제자의 귀에 속삭이는 방법을 쓴다는, 그) '속삭임'의 방법을 이용해, 저 '벌뢰'의 눈앞에다, 한 풍요로운 고장의, 광경을 펼쳐 보였다. '젖과 꿀이 흐르는 땅', 그리하여, 저 '벌뢰'가, 그 '풍요' 속에서, 결핍의 충족을 성취하기를 바란 것이다. 촛불중이 드러내 보인, 그 '젖과 꿀이 흐르는 땅'은, 그 現住所를 밝힌다면, 지금은 어떤 胡鬼의 깃발을 펄럭이고 있으되, 본디는, 촛불중의 治理圈이었던 것, 그 '몸'이었다. 그 몸 중에서도 특히, 자기가 그 길목을 지켜 앉아 있는, '꿈과 말'이 드나들이 하는 일점, 목덜미, ―그렇게 촛불중은, 벌뢰에게, 사람의 침과, 더운 피를 먹여보려 한 것이다. 그리고 그 한 꾀는, 일단은 성공적인 듯도 싶었다. 벌뢰는, 그렇게 펼쳐져 보인 데를 좇아, '거울의 幻網'을 벗어나, 조금 꿈틀거리기도, 날으려 하기도, 기기도 하여, 그 약속되어진 땅에 닿은 것이다. 그리고 벌뢰는, 그 뾰족한 빨대로, 저 '사람'의 목덜미의 대정맥을 뚫어 든 것이다. 그리고는 혼절을 했는데, 처음 마시게 된, 그 더운 피는, 천 통쯤의 마늘을 짓이겨, 그 한 방울을 짜낸 마늘즙도 같았을 것이며, 침은 또 침대로, 그 한 방울 한 방울이, 천년 고행난행을 치른 결과로, 그 쌓인 毒이 거의 珍珠가 되어가도록 純毒해진, 그것에나 비교될 만큼, '푸라나'가, 人毒이 농후했을 것이니, 그랬을 일이었다. 昏絶은 물론 오래가진 안 했다, 깨어나자마자, 벌뢰는 그런데, 吸血鬼的 狂慾이랄 것을 드러내고, 미쳐서, 달쳐서, 탐해서, 그 목덜미를 파고들었는데, 한번 맛보았을 뿐이었으나 이 벌뢰는, 깨어난 때부터는, 저 특정한 한 有情(사람)의 더운 피와, 침이라는, 神들과 魔들이 탐내는, 그 음식이 없이는 못 살게 된 듯했다. 그제는 벌뢰는, 그 맛이 좋아서, 다시 그 혼절 상태에까지 까무러치도록이나, 탐혹하기 시작했다. 어려서, 맨 처음 마셔본 듯한 소주 맛이 저러지 않았겠는가, 그리고 먼 밭에 김매러 갔기 탓에, 굶주려 몇 번씩이나 까무러쳐 자던 아이의 입술에 물려 든, 어미의 불은 젖퉁이에서 흘러든 情의 맛이 저러지 안 했겠는가, ……(촛불중은, 어떤 만족감으로, 저것에 맞됨[對] 직할 만한 것들을 들춰내 보느라고 하고 있었다. 그리고 또 생각했기는,) 그 벌뢰는 그랬음으로 하여, 이제는 죽어야 될 때에 왔던 것이다(라고 했다). 그것은, 삶의 悅豫를 알기 시작하고, 속속들이 알기 시작하고 있던 것이다. 그러면 그것은, 죽기가 어렵게 된다.

저 맹독한 벌레의, 그런 맹독한 빨대가, 그 목덜미 깊이 박히고 든 그 일순, 물론 (그 빨대가 박히고 든) 그 몸에서도, 혼절이라도 할 만큼의, 격한 진동이 한번 일어나지 않을 수는 없었을 것이었다. 그러자니 본능적으로, 그 몸에서 손이 일어나, 그 몸의 목덜미를 치고 덮어 내리려 하지 않을 수가 없었을 것이며, 거기 딱 들어붙은 異物을 쥐어 뜯어내려 하지 않을 수가 없었을 것이었다. 그러다, 그 몸 빌려 든, 어떤 知覺者는, 그런 노력도 포기해버리지 않을 수가 없다고 아는 듯했다. 했을 것이, 손바닥을 펴 내리쳤을 때, 그 몸, 그 손에 느껴진 것은, 그 손바닥 밑에, 익어가는 밤송이가 놓여져 있는 듯한 그 느낌이었던 것이며, 그래서 그것을 쥐어 뜯어내려 하여, 했을 때는, 자기의 손톱을, 자기가 자기의 목덜미에 찔러 넣어, 자기의 핏줄을, 자기 손으로 찢어내려 하고 있는, 바로 그 느낌이 들었기 때문이었다. 그 몸속의 어떤 感知者는, 그누무 異物이, 혹독하기까지 앙구찮기는 하더라도, 그렇다고 이 당장엔 무슨 도리도 있는 것도 아니고 하니, 사실 말이지, 선한 마음 먹고, 잘 자다가도, 惡夢도 꾸고 하던 것이 아니냐, 깨어 있을 때라고 하여서, 어찌 흉스런 잡사가 끼어들지 말라는 법이 있겠느냐, 일진이 나빴던 고로, 불쑥 불거진 그런 무슨 혹 같은 것으로라도 치부해, 둬두고, 돼가는 형편을 좇아, 무슨 방도를 강구해보는 수밖에 없다고, 깜냥으로는, 앙구찮음을 달래보려, 애를 쓰고 있는 듯했다. 문제는 그럼에도, 저 앙구찮음은, 대개 그런 어느 정도에서 멈춘다거나, 숙어준다거나, 어쩌나 해서는, 저 앙구찮아 하고 있는 넋에게, 간헐적으로라도, 잠시 잠시 쉴 수도 있는 여유를 주려고도 않는 데 있는 듯했다. 저 벌레의, 녹슨 침 같은 빨대가, 그 핏줄 속으로 깊이깊이 박혀 들며, 길어져, 고동이 비롯되는 자리에까지 침노해 들고 있던 모양이어서, 저 넋이 당하는 앙구찮음은, 피부의 곪곳이나, 이 앓이, 또는, 팔이나 다리가 하나 잘려 나가 당하는, 바깥 앓이에 비교될 그런 것과는 달랐던 모양이었다. 허기야 남의 몸을 빌려 입어 그럴지도 모를 일이긴 하지만, 저 몸속의 어떤 客鬼는, 어디가 아프기는 아프며, 가렵기는 가려운데, 어딘지를 잘 모르겠는 듯, 처음엔 발바닥을 긁었다, 겨드랑 밑을 긁었다, 똥구녁을 후벼팠다, 해쌌다. 그러더니 결국엔, 못 이기고, 번열에 광증을 내어, 벌떡 일어나 앉기도, 머리칼을 쥐어뜯기도, 모랫바닥에 뒹굴기도 하며, 생 末魔가 끊기는 고통에, 고통하며, 客鬼는, 종내, 자기 아비의 하초 끝에 뭉쳤던 쾌감을, 그 쾌감을 육신으로 빚어낸 子宮을, 자기 낳은 날을, 자기를 먹인 젖퉁이를, 먹는 입을, 살겠다고 버둥질쳐 온 欲望을, (넋살은, 제 꼬리를 제 입으로 물어 뒤집히는 뱀이렴, 종내 그 혼 하나를 보얗게 삼킨 뒤, 시뻘겋게 되뱉어내, 되삼키고 하느니) 어미비(젖+좆)를, 어미들께 부여된 産痛이 훨씬 더 크지 못했음을, 원망하고 저주했다. 좆같은세상!

촛불중의 가슴에 느껴져 든 것과 머리에 받아들여진 것은, 그럼에도 같은 것은 아니었는데, 촛불중의 머리에 받아들여진, 저 어떤 客鬼가 드러내는 고통은, 어째선지, 과장적이었거나, 아니면, 촛불중 자기가 모르는, 어떤 地獄이, 저 몸속의 어디에 藏置되어 있었거나 하여, 닫겨 있다가, 저 벌레의 밖으로부터의 침공에 좇아, 그 無底坑이 열렸거나, 어쨌거나 했을 것이라는 것이었다. 그랬을 것이, 저 벌레가 아무리 독하여, 地獄에 떨어진 有情들을 괴롭히는, 地獄의 전갈이나 황충, 거머리나 살무사만큼이나 독하다 해도, 그리고도 더 독하여, 천지간에는, 그것보다 더 독한 것은 없다는, '人蠱'보다도 더 독하다 해도, 그렇다 해도 보아람, 잊지도 말아람, 이 벌레의 毒針이 찔러든 그 몸도, 그런데 말이람, 천지간에는 그것보다 더 순한 것도 없다는, 시집간 누님네 암소도 아니던 것인데, 말이람, 그리고도 이 특정한 몸은, 아직도 그 속에, 法의 찌꺼기랄 것을, 禪力이랄 것을, 남겨놓고 있는지 어쩐지는 모른다 해도, 어쨌든, 요 얼마 전까지는, 法을, 空을, 꾹꾹 눌러 담고 있었던 그릇, '怖魔'라는 이름의 그릇, 空器였더랬는데, (이 '空器'는, '色' 쪽에서 보면, '無'—道家네 '無'를 담은 그릇과 같이, '그릇'이 'signifier'며, '空'이 'signified'인 데 반하여, '空' 쪽에서 보면, '空'이 'signifier'에서, '그릇'이 'signified' 役에 처한다는 것을 관찰하게 된다. 前者는 그러니까, '空化色'의 과정을 보이고, 後者는, '色化空'의 과정을 보인다. 前者는, '땅에다 쓰고[記]', 後者는, [씌어진 것을] 지운다[擦]) 흐흐, 空器에 담긴 空(銀器에 담긴 흰 눈) —그것 자체로는 善도 아니지만, 惡도 아닌, 쬐꾸만 벌레 한 마리가, 그 '空器'에다 구멍[空]을 내어, 빨대를 박아, '空'을 좀 빨아들이려 했다 하여, 그 속에 들어 있는 것이, 저렇게나 불편해한다면, 어떻게나 작은 것이라 하더라도, '惡'의 이름에 붙여진 것은, 무엇 하나도, 저 벌레의 '毒針'보다 작은 것은 없는 것인데……, 아마도, 그리고, 아마도,

그리고 촛불중은, 저 '空器'의 바닥에 앙금되어져 있다가, 그 속에 '雷火'를 장치해버린, 전에 어떤 때, 어떤 특정한 대상에 대하여, '일으켜 내게 되었던, 맹렬한 忿怒'에 관해서는 결코 알지 못하고 말지도 모른다.

—하나의 의문은, '그 속에, 雷火를 장치해버린, 어떤 특정한 대상에 대하여 일으켜 내게 되었던, 맹렬한 忿怒'는, 어떤 경로에 의해서든, 그 導火線에 불만 얻기만 한다면, 반드시 저 '어떤 특정한 대상'이 아니라도, 터뜨러져 올라, 그 '忿怒'의 기능을 다할 수 있는가, 하는 것이다.

—저 '의문'에 대한 대답은, 어쩌면 이미 다 되어 있을지도 모른다. '어떤 경로에 의해서든, 그 導火線에 불만 얻기만 한다면', 그것은, '반드시 저 어떤 특정한 대상이 아니라도, 터뜨러져' 오를 수 있음에 분명하다. 문제는 그럼에도, 저 '雷線'에 點火하기라는데 있을 것이라는 것 짐작하기는 어렵지 않는데, '문두룸을 웃겨, 불을 훔쳐낸 새'는, 어떤 특정한 '새'였던 것이지, 까마귀나, 종달이나, 뻐꾸기는 아니었던 것을, 고려해보는 것이 필요할 듯하다. '옛사랑'에의 추억을 갖고 있는 紅桃가, 그 사랑 탓에 정신 장애를 일으키고 있지 않다면, —옛사랑의, 琉璃(幻有이러람)城 속에 스스로 유폐되어, 百年(기약 없음을) 잠에 든 公主—, 매일 밤, 새로 만나는 님께 드리는, 성숙해진 紅桃의 情은, '새情'인 것이지, '옛님'께 바쳤던, 紅桃야, 그 '옛情'이 되살아난, 그 '옛情'은 아닌 것이다. 記憶 속의 어디에 앙금해버린 '옛情'은 그러니, 그 '옛님'의 '불의 입맞춤'에라도 접해보지 않는다면, 紅桃야, 그것은 이미, 저승에 내려가, 거기 어디 사려져 있는 것이지, 오늘 이 한낮에, 그것이 출몰하는 것은 아니다. 아직도 그 情에의 아쉬움이 남아 있는다면, 紅桃야, 어느 때든, 다시 그 님을 만나기에 의해서만, 그 情이 저승으로부터 풀려나, 이승 이부자리를 훈훈하게 하거나, 베갯잇을 적시게나 할 것이다. (누가 말해설람, '情'도, 모래시계 속의 時間의 量모양 그러해서, 옛情이 뒤집히기에 의해서만, 새 情이 솟는다고 이르며, 한 엔네가, 또는 남정이, 둘, 또는 스물의 情人을 信仰할 수 없다고 이르는가? 한 有情의 情의 샘은, 천하 없는 '칠년대한'에도 고갈될 줄을 모르는 그런 샘인데, 샘의 물은 언제나 새 물이며, 여럿의 情人들의 갈증을 해갈해도 여전히 샘솟고 있다. 情이란 그래서, 퍼 쓰면 퍼 쓸수록 더 고이는 것이며, 한 엔네께, 또

는 남정께, 다섯의, 열의 情人이 있다고 해서, '하나의 情'을, 다섯으로, 열로 나누는 것이 아니다. 그런 까닭으로, 情人이 많으면 많을수록, 情의 量도 줄어지는 것은, 글쎄람, 제기랄 아니다. 그런즉, 아으, 紅桃야, 情男임세, 道流들은, 情 퍼 쓰기를 인색해하지 말지어람, 情 퍼 쓰기를, 三世의 가납사니처럼, 그리고 억만장자네 蕩子처럼 할지어람, 아으, 情 주기를, 情 준 이를 信仰하기를, 수줍어 말어람, 쓰면 쓸수록 더 고이는 것이 그것이거늘, 아끼려 할 까닭이 무엇이겠는가? 퍼 쓰지 않는다고 하여설람, 깊은 우물물이 넘쳐흐르는 것 보았더랬남? 퍼 쓰람, 퍼 쓰람, 날으는 까마귀에게도, 무덤에 핀 할미장꽃에도, 자기 곁을 스치는 모든 것들을 향해, 情에 겨워 음탕해진 눈으로, 情을 퍼 쓰람! 아끼려 할 것이 그리고도 있는다면, 그것은 받은 情이나 아니겠는가? 글쎄 情은, 아무리 받아도, 받으면 더 받을수록 더 모자라던 것, 그러니 그것은 아낄 것인 것이다. 얼핏 스쳐 지나며, 얼핏 던지는, 어떤 모르는 계집의, 情겨운 눈초리 하나가, 그 눈초리에 접한, 어떤 모르는 사내의, 그날 치의 自殺을 연기하게 한다면, 제기랄, 情의 까닭으로 음탕해진 세상은, 한번 아니 빠져 뒈지고 싶지 않겠구나. 한 情겨운 눈초리가 머문 끝에서는 마다, 하나씩의 冥途가, 햇빛쪽으로 개벽해 오른다. 解脫은 도모한다고 성취되는 것이 아니다, 그렇다는즉슨, 중까지라도, 情을 두고 하는 出家는, 서둘려 할 일은 아니다)

—이제는, 그러면 알게 된다, 저 '특정한 雷線에 點火'를 가능하게 하는 것은, 그 '특정한 雷心'을 이루게 했던, 그 어떤 '특정한 장본인'에 의해서라는 것을, 그것을 알게 된다. 그 '특정한 불'을 얻지 못하는 한, 그 '雷'는, 그 心情의, 저승 되는데, 어디에, 그 그늘 아래 가려져 있어, 백 년 잠이나 자고 있음에 분명하다.

—(촛불중은 글쎄, 결코 모르고 말지도 모르지만,) 이제는 그리하여 알겠는 것이다, 촛불중이 '몸'을 비워두고, 魔衣 입어 三世 주류에 오른 사이, 누가 그 '몸'을 신어 들었는지, 그 客鬼가 누구인지, 글쎄 그것을 분명하게 알겠는 것이다. '客鬼'라는, 한 推定名詞를, '客鬼'라는 固有名詞로 바꿔도 되겠는 것을 알겠는 것이다. (그런 후, 서로 얼굴도 모르게 될 만큼이나 세월이 흐른 어느 저녁, 紅桃가 안겨 든, 어느 텁수룩한 사내의 품에서, 그의 어루만짐이라거

나 하는, 그런 어떤 모서리를 통해, 紅桃 속의 옛情이 눈을 떴다면, 비록 말해 그 옛님은 죽어, 무덤 위에, 할미장꽃을 여러 여러 번씩이나 피워 올리고 있다 해도, 아으, 이 밤 더디 새오시이다, 紅桃는, 그 옛님의 품속에 안겨, 그 님 위해 사려둔 세월을, 귀비 귀비 펴고 있다. 사랑은 슬픈가? 할미장꽃의 까닭을 그래서 알겠구나, 저승에서 흐르는 사랑의 눈물을 받으려고, 그래서 그것은 숙어서 핀다네, 이승에서 저승으로 피는 꽃, 아으, 사랑은 그래서, 참으로 슬픈가?)

그러는 어느 한순간이었을 것인데, 맑은 여름밤 하늘로 스쳐 지나는 번갯불이 그러한데, 그것은 그리고, 지나가고 난 뒤에사, 지나갔다고 알게 되는 그런 것인데, 촛불중은, 저 단말마의 고통을 해대고 있는, 그 '몸'으로부터, 뭔지, 흐리꾸리한 빛의 線이라면 그럴듯할라는가, 할 그런 것이, '神의 影像'으로, 그렇다, 神의 影像으로 한번 일어난 것을 보았댔다. 그러나, 그것을 보았다고 촛불중이 인식해내고 있었을 그때엔, 그것은 이미, '아담'(사람)을 회복해내고 있어, '묵'이라고 發音되어졌던, 그 '소리'가 끝나버리고 난 뒤의, '默' 字態를 꾸며 있었다. '마음'은 '눈'과 같이 빠르다고 하고, 그것보다도 더 빠르다고 하기도 하되, 이럴 때로 보면, '눈'은 '토끼' 같은 데 비해, '마음'은 '남생이'만도 못한 듯하기도 하다. '눈'은, 여름 밤하늘의 번개를, 이미 보아놓고 있음에도, '마음'이 바로 좇지를 못해, 뒤늦게야 '認識'의 '우레'가 울리는데, '보기'(란, 五官중의 한 대표로 들어진 것이지만,)와, '認識'하기 사이에는, 몇 想年(이 '想年'은, 누가 달을 생각했다면, 그 순간 달에 가서 있으며, 해를 생각했으면, 해에 가서 있는, 그 생각의 거리와 시간을 이르는데, 예를 들면, '光年'과도 같되, 반드시 같은 건 그리고도 아니기는 아니다. '想年'에는, 실제에 있어선, '거리'가 개입되어져 있지 않기 탓이다. 제기랄, 그런들 어떠며, 저런들 어떠랴)의 차이가 있겠느냐. (그럼에도, '눈'과 '認識'이라는, 양자의 속력 간에는, 말하자면, 근본적이라고도 일러도 좋을, 그런 다름이 없는 건 아닐 것이다. '눈의 속력'은, '光線'의 그것과 마찬가지로, 어째도 通時的인 듯한데, 반하여, '마음의 속력'은, 共時性을 띠어 있는 듯하다는, 그 다름일 것이다. 이런 말은, 한 번 더 뒤집으면, '마음'은 '부처의 손바닥' 같은데, '눈'은, '悟空'이라던 猻公 같다는 말이 될 것이다) 끌끌끌, 촛불중은, 그 좋은 기회를 놓쳤던 것이지만, 그렇게 애타게 생각하고 있지도 않고 있는 듯했다. 저 '사람'으로부터 한번 鬼神이 일어나 보인 것은, 이제 막 시작된 춤[舞]이며, 막음하는 것이 아니던 것인데, (鍵盤과 音曲 사이의, 저런 乖離를 알 수 있겠느냐,) 촛불중은 오히려 무엇을 걱정하기 시작하고 있는가 하면, 글쎄, 이르잖느냐, "모르는 이들끼리 옷깃 한번 스치기에도 겁의 인연이 있는 것"이라고, 이르잖느냐, 헌데 누군가가, 그것도, 자기의 몸을 빌어 살아오고, 살고 있다면, 그 인연이 얼마겠느냐, 그래서 그렇다면, 촛불중 자기가, 그런 인연을 두고 무엇을 어떻게 할 수 있을 것인가, — 그 궁리가 나지 않고 있는 중에, 그가 그 몸을 떠나버리면 어쩔 것인가, 하는 것, 그런 걱정. 그러니까 이 현재, 촛불중이 느끼는 불안은, 자기가 그 몸을 收復하지 못하면 어쩔까 하는 대신, 어떤 남이, 그 자기의 몸을 떠나면 어쩔까 하는, 그런 것으로 바뀌어 있는 모양인데, 그러는 동안에, 저 벌뢰는 배가 불러졌던지, 시글시글 잠에 들고 있었다. 빨대는 꽂은 자리에 꽂아두어, 거기로 오는, 그 몸의 고동을 듣고, 느끼고 있는 모양이었는데, 어미의 품에 안긴 아이의 잠이 깊고도 평안하여 거의 子宮에까지 이어져 있어 보이는 것은, 어미의 가슴의, 그 계속적인 고동이, 아이의 몸으로, 비밀스레 스며들기 탓인 것이다, 어미가 아이를 내려 눕히려 하면, 아이는 깨이기가 쉬운데, 그렇다면 이 벌뢰도, 타의에 의해 떼어내지려 하면, 어떤 저항을 보일 것은 분명할 것이다. 한번 포만했기로써 벌뢰는, 본디의 굵기며, 크기, 그리고 그 섬뜩지근한 아름다움을 회복해놓고 있었는데, 벌뢰의 몸의 번열이 잠들기에 좇아, 벌뢰의 빨대가 파고든 그 몸에서도 번열은 잠들고 있어, 경직이 풀리고 있는 모양으로, (客鬼는) 비그르 무너져 누워버렸다. 핏발 선 눈을 번히 뜨고 客鬼는, 안도의 한숨을 한번 쉬더니, 잠귀신에라도 덮어씌운 듯, 잠에 떨어져 들었다.

그 자리에, '죽음의 젖꼭지'는 두 개뿐인데, 세 개의 목숨이 갈증 난 입을 열어, 서로 차지하려 하기, 에, 마음이 타고 머리가 뜨거웠더랬으므로, 촛불중은, 잠시 먼지가 가라앉은 틈을 타, 밖의 푸른 달빛을 염두하여 밖에로 나왔다. 달은 희둑스레하고 새벽은 으슴푸레하고 사막은 쓸쓰레하고 으슴푸레하고 희둑스레하고 그랬다. 어디서 무슨 야호 짖는 소리라도 밤새 우는 소리라도 귀뚜라미 찌룩이는 소리라도 아니면 모래들이 고적의 무게에 눌려 헐리고 있는 소리라도 무슨 소리라도 한 가닥 흐르고 있었는다면 사막이 이렇게나 쓸쓰레하고 으슴푸레하고 희둑스레하지만은 안 했을 것인가—촛불중은, 빗속을, 헤적여 나가는, 누가, 든 등불모양, 젖은, 무거움으로, 흐리게, 적막한 고장을, 흐르적여, 나아가고, 있었다. 그러며, 언제든 한번은, 그 끝에 닿아보았으면 해오는, 沙漠의 끝 되는 데를 내어다보고 있었다.

그러다 촛불중은, 어디쯤에서 回路를 잡아 올랐던지, 되돌아오고 있었다, 沙漠의 끝은 다시 끝으로 남겨둔 채, 되돌아오고 있었는데, 어쩌면 서늘한 새벽이며 달빛이, 그 머릿속에다 심어 넣어줬을지도 모르지만, 가외의 '젖꼭지'도 같은, 한 생각이 떠오른 것이고, 그것은 그래서는, 그를, 저 권태스러운 風流 속에서 뽑아내 와버린 것이다. 한 개가 모자라, 두 개밖에 안 되는 죽음의 젖꼭지도, 세 개의 마른 입술을 적시지 못할 것은 아니라는 것을, 말하자면 그 젖 빨기의 방법이랄 것을, 촛불중은 생각해낸 것인데, 실제에 있어 그것은, 저 '벌뢰'에의 回憶에서 얻어낸 것이니, 이왕에 있었음으로 하여, 경험하게 되었던 일의, 어느 한 부분을 되살려낸 것이라고 하면, 틀리지 않을 것이었다. 벌뢰가, 새로 굶주림을 느끼고, 잠을 깨게 될 때, 이 방법을 시험해보려는 것이, 촛불중의 계획인 것이다. 이 특정한 現場에 처하게 된, 저 셋의 갈증에 허덕이는 입술들은, 잃을 것들을, 말하자면 이미 잃어버린 것들이어서, 저 계획이 실패한다 하더라도, 더 잃을 것들은 없던 것이니, 실패를 두려워할 필요도 없던 것이다. 촛불중이 느끼는, 꽤는 난한 문제는, (촛불중은 그러니, 아직도, 저 '客鬼'를, '推定名詞'로 이해하고 있는 것이다) 자기의 몸을 절취해 든 저 客鬼가, 자기모양, 어디에다 몸을 벗어두고, 주류에 올랐다 길을 잃었다면, 그가 틀린 住所에 들어 있다는 것을 가르쳐주는 일, 그것인 듯하며, 더욱더 나쁘게는, 저 客鬼가 만약, 무슨 事故에 의해 非命橫死를 했다고 하면, 그가 '죽었다'는 그 사실을 인식하게 하는 일, 그것인 듯했다.

그래서 (밖으로부터) 되돌아와 버리게 된 比丘는, 이번에는, 빼앗긴 자기 몸의, 심장의 鼓動이 들리는 부위에, 가부좌 꾸며 앉았으며, 그리고 그 어기찬 鼓動을 듣고, 振動을 느꼈다. 그럼에도, 자기와, 자기의 몸 사이에는, 어떤 차단, 어떤 죄면, 어떤 절연이 있어, 서로가 通해지지가 안 해, 안타까웠다. 그런 안타까움은 그래서 촛불중께, 근년에사 美里에 알려지기 시작한, 새인지, 물고기인지, 그 소속이 불분명한, (그런 '運命의 記號'는, '개구리'가 아니더냐) 어떤 한 有情의 運命을 생각하게 했는다. 이 특정한 한 有情은, 달이 흘리는 月候를 둥지 삼아, 그 개짐 속에서 孵化했더랬는데, 그 罪가 무엇이어서 누가 그렇게 定罪했든, 하필이면 沙漠에 流刑되어, 때로 때로, (그럴 때로, 그것의 전신으로 海潮가 밀어가고 할 때일지도 모르지,) 제 스스로, 제 몸에서 일궈낸 불에, 제 몸을 태워, 자기도 모르는 罪(그런즉, 바로 그 肉身이 罪였던 것은 아니었느냐?)를 스스로 贖良하는 祭祀를 지내야 하고 하는, 글쎄, 그것은 그 運命이었다. 그런 뒤, 그 재 속에 동그맣게 담겨, 새인지, 물고기인지 모를 有情이, 그 가슴 밑으로 흐르고 있는, 바닷소리를, 그 일럭임을, 듣고, 느끼기의, 그 고통은, 그리고 황홀감은, 어떤 것이나 되었겠느냐. 고통만은 분명히 확실했을 것이지만, 황홀은, 그랬을 일이었다, 고자가 치른 性交,

거북님입지 거북님입지

그 鼓動과, 振動을 듣고 느끼며 촛불중은, 자기도 이제 조금, 염려를 덜어내고, 평안한 마음으로, 졸아볼까 하다가, 저 鼓動의, 求心力的 '中心의 끝' 되는 데에, 그리고 저 振動의 遠心力的 '邊의 中心'에, 어떤 종류의 변화, 예를 들면, 動動動, 찔꺽, 動動, 찔꺽, ! ! ! ? ! ? ? ? ! ?……이라는 투의 無秩序가 야기되고 있음을 感知하게 되어, 새로 염려를 보탰다. '念慮'야말로 사실은, 그중 좋은 '지키기 개' '아흔아홉 뜬 눈'이던 것이다. 그럼에도 아직은, 그 변화가 미세하여, 무슨 風雲의 싹이 트고 있는지, 그것은 알 길이 없었는데, 그런 까닭으로 촛불중은, '龜頭 꼴려 세우기' 노래를 시작한 모양이었다. 열엿새 달, 활짝 벗고, 송장을 디뎌 춤추는 처자,

대가리를 내어놓읍습지

노래하며 촛불중은, 물론, 모든 주의력을 다 기울여서는, 그 몸의 안이나 밖에서 일어나는, 그 몸과 관계된 어떠한 변화라도 놓치지 않으려, 듣고, 맡고, 느끼고, 그랬다.

만약에 내어놓지 않으면입지
(!, ?, ↓, ←, →, ↑, !, ?,)
구워살라 먹겠습지
(△, □, ○, ○□,)

촛불중은 그리하여, 그런 변화를 통해, (그 몸과 관계된) 두 가지 病症을 진맥해내게 되었는데, 하나는, 안쪽에서 드러난 것으로서, (그러니 客鬼가 당하고 있는 것으로서,) 심한 '失語症'이었으며, 다른 하나는, 밖에서 드러난 것으로서, (그러니 벌뢰가 떨어져 든 것으로서,) '癡呆症'이라는 것이었다.

(失語症은, 그것에 걸린 혀가, 말하고 싶음의 욕망에 의해, 그리고 '안쪽'에 있었음으로 인해, 外爆[向]性을 갖고 있었으며,)

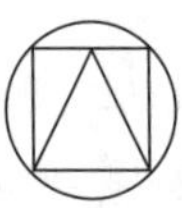

(癡呆症은, 그 반대의 성격을 드러내고 있던바, 왜냐하면 '밖'에 드러나져 있었음으로 해서, 癡呆症에 걸린 자는, 말하자면 內爆[向]性이랄 것을 갖고 있었다)

촛불중은, 그리하여, 그런 '변화'를 통해, 한 '몸'을 가운데 둔, 두 有情이 새로 對峙하기 시작하고 있음을 感知했는데, 그렇다면 이것은, 아까, '벌뢰에의 回憶'에서 얻어내게 된 그 '생각, 또는 방법' 하나를, 실제에 적용해볼 때인 것이라고, 그리고 어쩌면 時間도 잘 익었음에 분명하다고, 그렇게 알고 촛불중은, 조심스레, '實踐'에, '干涉'에, 나섰다. 그러기 위해 촛불중은, 빼앗긴 자기 몸의 聽覺에 호소하여, (라는 말은, 그 귀에 대고,) "오오, 고매하게 태임받았던 자여", 하고, 어떤 '귀'를 불러냈으니, 그 몸속에 든 客鬼를 김命하려 하고 있었다. "그러나, 말을 많이 하려 하지는 않고 있습지만, 本者語佛, 美里의 七祖村長 되는 자가, 道流를 對面하여, 道流께 은혜가 될 法을 說하려 하고 있으니입지, 주의를 기울여서입습지, 흐트러짐 없이 듣고입지, 따라 행하십습지!" 그리고 촛불중은, 그 몸의 안쪽에서, 무슨 반응이라거나, 변화랄 것이 있는가 하여, 주의 깊게, 들으려 하고, 느끼려 했다. 했는데, 그때는, 촛불중이 기대하는, 아무런 증조도 나타나 보이지를 안 해, 촛불중은, 매우 의아해하고, 조금 실망했으며, 그리고 약간은 당황하기도 했다. 그러다 촛불중은, 저런 반응 없음이, '거북 목' 사려 들이기 투의 경계하기가, 차라리, 밖에서 울려 들기 시작하는, 낯선 소리를 듣고 있다는, 그 증거로 이해하려 하여, 하려는 말을 계속했다. "道流는 죽었으니, 道流는 그 죽음을 직시하십고, 그 죽음에 자신을 投降할 일일놔답, 아으 아도니스(Adonis)님",

(?………?)

"삶과 죽음은, '한번 일어나진 목숨'의, 우주적 進化/逆進化의 고리[環]라고 이르는 것인 것, ……그리고 '죽음'이야말로, 그 '고리'를 깨뜨리는 궁극적 은총이라고 이르는 것",

(!……?)

"아으 아도니스님, 지금 道流가 깨우쳐야 할 것이 있다면 그것은, 최소한, '죽음'이 저주가 아니라는 것, '解脫'을 성취하지 못하는 한, 그것이 終末은 아니라는 것",

(↓, ←, ↑, →)

"道流는 의혹하고 있놔답, 아으, 고매하게 태임받았던 자여, 그런즉슨 흐트러짐 없는 마음으로 듣고, 판단하여, 행할시랍, ……무슨 이유에 의해서든, 道流는, 실제로 죽었는지, 어쨌는지, 그것을 잘 모르고 있는 상태에 처해 있는 듯한뎁지,……"

(! !……?)

"아으, 아도니스님, 道流는 글쎕습, 죽어서 죽지를 못했습지, 안, 안됐지만, 그것이 지금, 道流의 비극이 되어 있는 것인뎁지, 무슨 까닭에 의해서든, '몸을 벗어야 했을 때', 道流도, 그 '몸과 함께 죽었어야 했던 것'이었던 것읇, '죽음' 속에—. 아도니스님의 우주(몸의 우주)에서 이르는, '새로 젊어지는 샘', 또는 '*處女*의 샘'에, 잠겨 앉아 들었어야 되었던 것읇, '죽음'은 아으 아도니스님, 님께는 '再生의 *母胎*',(마음의 우주에서) '바르도'라고 이르는 것, 아도니스님은, 그곳에로 들었어야 되었던 것읇, ……무슨 이유에 의해서든, 道流의 마음은 착란되어, '바르도'에 들기를 거부하고, 아니면, 그 길을 못 찾고, ……틀린 고장을 헤매고 있는뎁지, 哀哉, 道流는 그리하여, 안에 있으면서도, 영겁의 밖으로 벗어나 버린 것인뎁지, 道流가 처한 거기는, '進化/逆進化'의 테[帶]가 닿지 못하는 곳이어서, 안됐지만 道流는, ……, ……, 세월이 흘러, 世紀가 가고, 世紀가 와도, 아무 곳으로도 돌아가지도, 오지도 못해, ……'고리'[環]의 밖으로 떠 흐르다가, 흐린 물거품모양 떠 흐르다가, 스, 스, 스러질 뿐이겠습지. …… 그럼에도, 만약 道流에게 용기가 있다면, 그렇습, '죽음'을 수행할 용기가 있다면, 아직도 道流의 처지는, 그렇게까지나 절망적은 아닙습지. 아닌 것은, 현재 道流가 들어 있는 그 몸은, 道流처럼 운영한다면, 몇 식경도 채우지 못하고 殞命하고 말 터인뎁, 그 몸의 죽음을 좇아, 道流도 죽음을 수락하면 되는 것, …… 것, ……문제는 그럼에도, ……그럼에도 문제는, ……道流는, '죽음'이 무엇인지를 모르게 된 그것에 있으며, 그리고 현재로서는, '終末'을 내어다볼 수 없는 그것에 있는 듯한뎁, 뎁, ……道流는 벌써, '喪服' 벗고, '魔衣' 입기의, 그 解脫스러움, 그 무장애, 무구속의 자유의 맛을 알아버린 듯하여, ……道流가 입어든, 그 몸이 평안하여, 三昧도 같은 잠에 들어 있을 때만, 그 몸을 참되, 평안함이 없으면, 그 몸을 참지 못하는 병증을 드러내고 있는 것, 것을 보면",

(!?, ?!)

"아으, 아도니스님입습, 죽을 수 있는 용기는, 한 體系의 우주를, 자기의 治理圈으로 만드는, 정복자의 용기입습지. 아직도 만약, 道流가 원하기만 한다면, 그 한끝은, '새 옷' 입어, '새 삶의 園遊會'에 나서는, 그 輪廻의 고리 속에로 끼어들기를 원한다면, 글쎄 말이라 말입지, 그런 위대한 기회가 없는 것은 아닙습지. 그것도 그리고, 자기의 것이 아닌, 남의 '죽음'을 절취하였음으로 하여, 道流 자신에게도, 그리고 위해를 끼친 그 남에게도, 천추만대, 무량겁 원한을 남기게 될, 그런 詛呪의 죽음이 아니라, 자기도, 남도 구원하는, 그런 恩寵의 죽음—그런 '죽음'의 기회가 없는 것은 아닙습지."

(!, !, !)

"그런 기회는 그리고, 이 현재, 이 자리에 있습지. 글쎕지, 이것을 명심하여, 결단해야 되는뎁지, 이런 기회란, 언제나 취하기만 하면 되도록, 어디에나 준비되어 있는 것은 아니며, 입습지, 道流가 입어든, 村僧의 그 '몸'에 맥이 남아, '죽음'을 배태하고 있는, 그동안까지만, 그렇습지, 그러는 동안까지만, 道

流에게도, 이 村僧에게도, 恩寵이 되는, 그 '죽음'은 가능합습지."

(……?)

"이 위대한, 한 기회의 恩寵을 놓치면, 詛呪, 무량겁의 詛呪, 詛呪만 남겠습지. '죽음'은 그럼에도, 수락하기 어려운 것, 것이지만, 그것이 만약, '回春의 샘' '傷處를 아물리는 샘'이라고 믿는다면, 삶에 대해서는, 죽음보다 더 큰 恩寵도 없는 것, 아으 어머니, 어머니 품에 안겨 아도니스님은, 잠시 쉬었다가, 새로 들놀이에 나셔야겠습",

(○,)

"道流야 결정을 했거나 말거나, 왜냐하면, 시간이 많이 쥐 있지 않으므로, 本者語佛, 道流께, 행할 일을 지시하려 하는뎁, 아으 고매하게 태임받았던 자엽습, 아도니스님, 그런즉슨 道流는, 닫혔거나, 홀맺혀져 있으면 그 마음을, 열거나, 풀어야 될 것이러랍. 그렇게 하기로서만 道流는, 지시해주는 자의, 지시를 의혹 없이 좇게 될 것이기 때문이러랍."

(▽,)

"그리고도 그것으로도 충분치는 않는뎁, 村僧이, 道流가 행할 일을 지시하려 하는 이상, 道流는, 村僧을, 道流의 스승으로 뫼시는 法儀가 남았은즉, 듣고 행하려 하면, 本者語佛, 語佛께 스승에 대한 예를 갖춰얍 것이러랍."

(□,)

"語佛者의 蓮足에 입 맞춰 三拜를 하되, '몸·말·마음'을 바쳐야 할 것이러랍. 그렇게 하기로서 道流는, 남의 '몸'을 부당하게 쳐든, 그 盜罪도 赦함 받게 될 것입습."

(○, ▽, □. [ㅏ, ㅜ, ㅁ—제자가, 스승 삼은 자에게, 禮한 '曼荼羅'가 저러하다. '○·▽·□'의 배치는, 어떻게 한다 해도, 상관은 없을 것이다])

"그러면 本者語佛, 道流의 '몸·말·마음'의 세 가지를 거두기로 합지. 명하노니 그러면, 道流는, 그 몸을 일으켜, 가부좌 꾸며 앉고, '스승'의 얼굴을 알거나 모르거나, 그에의 공경심을 다하여, 귀를 기울일작시랍. 本者語佛, 道流의 스승은, 道流의 양미간 되는 자리에 정좌해 있음일라, 道流의 공경심을 기름 삼은, 한 불꽃임이라. ……잘 알려진 禪談이 이것이지만, 어떤 神(알라)이, 創

造에의 욕망에 의해 創造에 욕망을 투입했을 때, (‘人間은 神 자신을 위해 創造하고, 宇宙는, 人間을 위해 創造했다’고 하니, 그것도 염두하고 있어야, 다음에 나올 얘기에의 이해가 쉬워질 터인데,) ‘宇宙는, 밖을 크게 하고, 안은 좁게 하였으나, 人間은, 그 밖을 적게 한 대신, 안을 크게 했다’고 하는즉, 시작으로서 道流는, 그것을 기억해 둘지람. 그래서 들여다보면, 한 人間은 그 속에, 한 宇宙를 송두리째 접어 넣고도, 그 꼬리라도 내물지 않을, 충분히 넓은 자리를 해 갖고 있음을 알고, 경악할 일, ……그러면 道流는 이제, 道流 자신을, 한 宇宙만큼 확대하여, 그 속에 해도 달도, 별 무리도, 그리고 땅과 바다와, 거기 사는 모든 有情들도 휩싸 안아야 하는뎁지, 왜냐하면, 이제부터 道流가, 일정한 한 과정을 밟아서라야만 ‘죽음’을 성취할 수 있게 되기 때문에, 그것은, 道流의 ‘人間’ 宣言으로서 필요한 과정인 것, 즉슨, 긂기로 하여, 道流가 ‘죽음’을 성취할 수 있게 될 때, 그 죽음이, 그냥 아무런 有情의 죽음이 아니라, 한 ‘人間의 죽음’이었다는 것을 밝히기 위해서인 것, 그렇습지, ‘人間’이라는 有情만이, 그렇게 三世之道를 싸안을 수 있다는 것이 아니었댔납? 그러기 위해 道流는, 念想하기라는, 마음의 기능에 의존해야 되는데, 道流가, 몸을 잃은 그 순간부터 새로 입은, 質量을 잃은, ‘몸이 아닌 몸’은, 바로 이 ‘念想하기’를 위해서는, 최선의 것이랄 수 있겠습지. 道流의, ‘몸 아닌 몸’은, 바르도의 方言으로는 ‘念態’라고 이르는 것으로서, 일종의 全能的 ‘用’이랄 것인뎁지, 道流는 이제, 그 ‘用’을 能하게 사역해야겠습지. 그리하여 道流가, 道流 자신을 확대하기에 성공하여, 해 걸어둘 데 해 걸고, 숲 기어갈 자리에 듬성듬성 숲을 기어가게 했으며, 물고기 풀어놓을 자리에 물고기 풀어 넣어두었다면, 이제는, 그 모두를 고스란히 그대로 싼 채, 念想하여, 道流가, 道流 몫의 몸 입어 살았다고 했을 때의, 道流의 모든 것을 되살려내는 일을 해야 되는뎁, 道流의 키는 어쨌으며, 무게는, 그리고 손은 육손이어서 하나가 더 많았었다든 어쨌다든, 생생하게 기억해내야겠습지. 그것이 성공하였으면, 그제부터는, 그 道流 자신의 影像을 고수하여, 時間을 소급 역류해야 되는뎁지, 그리하여 道流는, 장년에서, 청년에로, 소년에로, 유아에로 돌아가서는, 어미의 子宮에까지 담겼다가, 아비 되었던 자의 睾丸에까지 소급해야 되는데, 바로 그 일점(빈두)이, 道流가, 더 나아가기를 멈춰야 되는 일점입지. 이 일점은 괘념해둬야 되는뎁지, 거기서 더 벗어나려 하면 道流는, 우회하고 곡절을 겪어, 道流가 현재 처해 있는, 그 꼭같은 자리에로 되돌아와 있게 되는 결과이기 탓입지. 그 일점은, 미끄러져 나가기가 매우 쉬운 자리인뎁지, 그러나 비록 한두 번 지나쳤다 한다 해도, 낙담치는 마십습지. 그랬음에도 道流는, 잃을 것을 갖고 있잖으니 말입지. 그저 되시작하면 됩습지. 道流가 해 갖고 있는 그 '用'의 몸은, 通時態로서의 時體로부터 벗어나 있어, (그래서 그 時體 속으로 삽입해 들라는 것이, 이 說法의 골자이지만입지,) 육신을 입고 있다면, 한 시간이라는 둥, 하루, 열흘, 한 달이라는 투로, 시간을 걸려서야 이룩해내야 될 일도, (道流라면,) 그 과정이 얼마나 중첩적이든 어쩌든, 한번 염두해보기로써, 다 겪어버리게 되는즉, 그것을 명심해두십지. 道流께 필요한 것은, '죽고 싶음'입지, 時體 속에로의 귀환, —오오고매하게 태임받았던 자였습, 이제 '죽음'에의 그리움이 익었거들랑은, 道流가 빌려 든, 그 육신의 睾丸을 찾아, 그 속으로 스며들기를, 염두하여, 좇으십습! 人世의 '죽음'은, 본디 '睾丸' 속에서 일어났던 것, 바르도의 場이 거기 섰음일랍."

(○ △ □) —옴

흰 空間, 沈默, 무량겁의 沈默,

비어 있음, 희게 비어 있음,

채워졌음, 빼꼭 채워졌음,

그러는 어느 일순 촛불중은, 당연하게 그렇게 되었어야 되었듯이, 자기의 몸속에로 收復되어져 있었는데, 아으, 프라브리티 우주의 젖 암소다움, 오오, 주여 아도니스님,

홍수가 밀리듯, 밀리고 드는 살[肉], 무릉 삼월 도화, 살의 물결, 悅豫, 프라브리티 우주의 아름다움, 오오 주여 아도니스님,

무릉 강물 같은, 잠 같은, 그 悅豫에 휩쓸려, 촛불중의 정신은, 일순 가물거렸다, 일순 밝아 올랐다 했는데, 그러나 촛불중은, 아직은 그 悅豫 속에 침닉할 수가 없다고, 흐트러진 자세를 고쳐 앉고 '자기의 코'로, '세상의 숨'을 쉬어들여, (自我는, 그렇게 굳어지기도 하는 것?) 폐 속 깊이, 꾹꾹 눌러 채우며, 이

제 자기가 해치워야 될 일들을 정리해보려 했다. 때에는 물론 촛불중은, 會陰부위에, 쿤다리니의, 한번 똬리 풀어 다시 똬리 치기 같은, 어떤 간질거림, 그런 열을 느꼈는데, 그것은 촛불중께는 썩 좋은 느낌이었다. 그래서 오랜만에, 촛불중은, 손바닥에 불알을 담아, 한 줌 그득 넘치게 훑어보았다.

그러나 촛불중께, 그 좋은 느낌은 별로 오래가지는 못했는데, 허기야 한쪽이 꺼져 들면 다른 쪽이 솟고, 한쪽이 잠잠해지면 다른 쪽이 떠들썩해지는 것이, 하늘과 땅의, 風雲의 隆潛, 즉슨 易道의 普遍性인 것이겠지만, 때에 촛불중의 목덜미에서는, 뭔지 뾰족하고도 가늘며, 길다란, 무슨 빨대 같은 것이, 혈관을 터뜨리고 들어, 오드락스럽게도 자기를 빨아내고 있는, 견디기 어렵도록이나 불편하고도, 불쾌한 통증이 일어나고 있었다. 그랬으니 중은, 거의 본능적으로, 자기의 목덜미를 치고 덤볐는데, 그러다 비명을 하고 나둥그러졌다. 그리고 촛불중은, 알았다, 그렇다, 이것은, 자기가 그 벌뢰에게 진 負債를 정리해얄 때인 것이며, 그 기회가 바로 거기, 자기의 수중에 있었다, 그것을 촛불중은 알았다. 그래서 촛불중은, 그 벌뢰 위에다 손바닥을 덮어 누르고, 떼려하지 안 했는데, 그렇게 하기로, 벌뢰의 마음과 눈을 덮은, 그 醉世의 풍경, 그 幻網이 찢기는 경우가 있다 하더라도, 그 자리를 못 떠나게 하려 한 것이었다.

"오오 고매하게 태임받았던 자여, 泣, 옛 친구임세, 아으 그리하여 우리, 서로 能한 몸으로, 얼굴과 얼굴을 맞대어 만나게 되었는뎁지, 우리에게 주어진 시간이 그렇게 많지도 않으니, 그리고 사실 더 풀 회포도 남은 듯하지도 않고 하니, 道流의 옛 친구, 羑里의 七祖, 本者語佛은, 말을 많이 하려 하지 않으니, 친구임세, 이제는임세, 道流가 말임세, 알고서든 모르고서든, 억세게 억류해온, 그 [38]'죽음'을 해방하시게람! 그렇게, 道流가 '죽음'을 풀어주기에 의해서만, 道流도, 그리고 本者語佛도, '죽음'을, 그 '새로운 시작'을, 그 다만 하나의 위대한 自由, 우주적 自由를 성취할 수가 있거든입지. —이것은, 說해둘 필요가 있는 法이므로, 道流가, 이 당장, 그것을 이해하든 어쩌든, 說해둬, 道流의 心田에 法種을 삼으려 하는 바입지만—그 상태에서는, '色이 空과 다르지 않으며, 空이 즉 色인 것', 그러나, 목숨이 그 '프라브리티性'을 잃으려 하지 않으면, 죽었어도 돌아와 있어, 죽기가 새 옷 입어 돌아오기이거나, 늙은 바위나, 여러 백 년 묵은 고목과 마찬가지로, 살고 싶어도 살지도 못할 뿐입지. '죽기'를, 또는 '새로 살기'를 위해, 친구임세, 우리는 '죽음'을 필요로 하느닙, 오오 고매하게 태어났었던 자임세, 그런즉 이제, 道流의 세상[俗] 벗[友]이었었던 자, 美里의 七祖,道流를 염두하여, 道流의 影像을 마주하여, 道流를 殺害키 위해 부르느닙, 道流의 몸에, 죽음에 이를 고통, 갑작스런 고통이 가해진다 하더라도, 무슨 일이 어떻게 일어났는가, 그런 것을 의문하여설랑엔, 그 몸에서 벗어나려 하지 말고, '죽음'을 수락하십습지. 그런 뒤에는, 道流의 葬禮는, 本語佛者에게 맡겨 두십습지." 그리고 촛불중은, 한 번 더, 앞서 說했던 그 法을 說하고, 마음에 殺慾도 일으키려 하지 안 했지만, 情도 일으키려 하지 안 해, 無性態를 지키려 하며, 打撲하여, 벌뢰를 卽死케 했다. 그러니까, 왼손으로는, (자기의 목덜미에 붙은 벌뢰를 그 자리에 그대로 둬둔 채) 요령 있게 쥐어, 그 자리에서 못 도망가게 하고, 오른손으로는, 가운뎃손가락을 화살하고, 엄지손가락을 활시위 하여, 그 화살을 그 활에 메워서는, 팽팽하게 했다가, 벌뢰의 머리 부분을 겨냥해, 살을 세게 쏘아 내버린 것이다. 그리고 촛불중은, 『바르도 퇴돌』을 읽어 이랬다. "오오 고매하게 태임받았었던 자여, 이제 道流는 죽었으니, 直視하고, 認知할지랍! 죽음이란 삶의 逆行임을, 그런즉 道流는 이제, 道流가 입술을 이어 목숨을 빨아들였던, 그 살기의 행위를 거꾸로 행해야 되는 뎁지, 그러니 그 젖줄을 통해, 마지막 숨을 내어 쉬고, 그 숨을 좇아 따라야겠습지. 그러다 보면 道流는, 本者語佛의 가슴에 들어와 있게 되었음을 알게 될 터입지." 그리하여 촛불중은, 한 손은 하늘을 가리키고, 한 손은 땅을 가리키는 좌세로, [39]"잠시 默想에 잠겼는데, 그러자 그의 가슴으로부터, 죽은 벌뢰의 넋이 드러났는개[出現] 볐다, 흰[白] '아ㅡ' 語身을 입어, 밝은 빛을 띠어 내기 시작했다. 그러며 그것은, 天空에로 오르고 올랐다." 그때 촛불중의 눈에서는, 뜨거운, 진한, '色'이 녹아 흐르는, 눈물이 흐르고 있었는데, "그리하여 이 촛불중은, 出家하였구나. 이제도 變節 改宗을 일삼게 될 것인가? 喪服을 벗었음!" —독백하고 있었다. 그리고 촛불중이 보니, 그 바위 무덤 속, 암흑 속에, 삼천대천세계가 열려, 빛에 가득 찬 하늘에서는, 꽃이 音樂으로, 音樂이 꽃으로, 꽃이 비로, 비가 내리고 있었는데, 그 꽃비를 흩트려 내리고 있는 天女는, 九祖

(아으 八祖의 어미!)의 얼굴을 해 갖고 있었다. 그 얼굴은, 淨土에 대해서처럼, 잡스러움 없는 그리움인 것이지, 執着은 아니다. (이것은, 고의적 誤文 꼴을 취해 있은즉, 그 의미를 거론하려 할지언정, 형태를 두고 험담을 하려 할 일은 아니다)

그곳에는, 정착된 時體가 없어, 그러는 중에도 時間은 흐르고 있었는지, 흘렀으면 얼마나 흘렀는지, 그런 것은 도무지 종잡을 수가 없으되, 촛불중이, 나름으로 감격스럽게 치른, 그 한 法葬에서 돌아와, 그리고 자기가 다음으로 무엇을 해야 되는가, 그것을 기억해내려 하다, 중은, 소스라 경악하고, 그리고 슬퍼졌다. 자기의 목덜미에 붙어 있었어야 할, 그 벌레가, 그 자리에 있지 않은 것이다, 행방불명이 되어버린 것이다, 실종한 것이다. 촛불중의 속셈이 이것이었지만, 촛불중은 그것을, 아직도 하나 더 남아 있는, '죽음을 잃어, 우주적 고아'가 돼버린, 그 넋의 棺槨으로, '죽음'을 태어나게 하는 子宮으로, 삼으려 했었는데, 그것이 없어져 버린 것이다. 무엇보다도 문제는 그런데, 해가 지고도 얼마쯤은, 하늘은 밝고 붉은 것이 아니냐, 한 '죽음'을 태어내 놓고 비었으나, 아직도 다른 '죽음'을 受胎할 수 있는 조건을 잃지 않고 있을, 그 몸과 時間의 관계랄 것인데, 글쎄, 햇볕에 달궈진 조약돌이, 밀려드는 저녁 조수에 덮여 식기에도, 얼마쯤의 시간은 걸리는 것이 아니냐, 어느 일정한 시간을 넘기고 난다면, 그 몸은 그때는 그저 비어 있기만 한, 껍질일 뿐이게 되어, 바닷가엘 가보아람, 거기 즐비해 있는 것이 그런 껍질이거늘, 찾아낸다 해도 그 몸은 無用이다. 이 '失踪'은, 촛불중을 급하고 초조하게 했으며, 그러자니, '눈'이, 몸을 들락날락했다. (자기 몸을 회복하기 전까지는, '촛불중의 마음'이라고 일러져 왔던 그것이, 이 자리에선 '눈'으로 代名되어진 것인데, '肉身的 눈'은, 이런 경우, 저런 어둠 속에서, 별로 그 기능을 다하지 못한다는 것을 고려한다면, 촛불중의 '눈이, 몸을 들락날락'하는 까닭은, 저절로 짐작되어질 만할 것이다) 글쎄, 해가 지고 난 뒤의 밝음에도 시간은 있는 것이고, 찬물에 덮이고도 조약돌이, 그 미지근함을 지키기에도 시간은 있는 것이다.

그러나, 그 벌레는, 실종하고, 그 바위 무덤 안에는 없었다. 그것만 확인된 바였다. 그렇다면 그것은, 저 바위벽 구멍을 통해, 날아 나가버렸거나, 그렇지 않는다면, 속이 비어버리게 된 그 당장, 그것은, 물은 물로, 흙은 흙으로 돌아가기라는, 그 解體, 그 歸依를 서둘러버린 것이었거나 했을 것이었는데, 촛불중으로서는 그러나, 그 어느 쪽에 대고도 얼른 수긍할 수가 없겠는 것이다. 아무리 날개를 갖고 있다 한다 해도, 송장이 하늘을 하늘하늘 날으는 일이란 있는 것이 아니며, 그리고 四大의 分解에도 時間은 있어, 그 탓에 '色'이, 좀체로 '幻'으로 여겨질 수가 없는 것이던 것이다. 그런 '分解의 時間'만 捨象해버린다면, '色'은 '幻'이어서, '알맹이'가 없다는 것, 그러니 '실다움'이 아니라는 것, 그것쯤 이해하기 위해, 人頭骨까지 차려 얹을 필요는 없는 것일 것이다. 문제는 그럼에도, 저 '分解'의 과정에서, '時間'은 '捨象'되어지기보다, 계속 時間 위에 時間이 얹히기로, 계속 쌓인다는 데 있음에 분명하다. (이 자리에서는, 왜냐하면 그렇게 시작되었음으로 해서, 色化空의 국면만이 거론되어지고 있지만, 무엇이 分解하기 위해서는 그러나, 그러기 전에 '凝結'이라는, 空化色의 과정은 있었을 것이고, 그것에도 '時間'은 있어야 되는 것) 이런 '繼續性', 그리고 그런 '蓄積'이, 人世에서는, '삶'이라고, 또는 '歷史'라고 불려지는 것이던 것.

촛불중은 몹시 낙담하고, 그래서는, 무엇을—어째야—좋을지를— 모르겠는, 그런 일종의 癡呆 속으로 가라앉으며, 자기의 지시에 좇아, 자기의 睾丸 속에, 하나의 잠정적 무덤, 또는 바르도를 정해 든, 한 불우한 '運命'을 생각했다. 쁴, 이렇게 되면, 性慾이야 있거나 말거나, 암캐를 만나면 암캐에게, 왜년을 만나면 왜년께, 비구니를 만나면 비구니께라도, 대들어, 찐득거리는 희둑스레한 죽음 속에다, 저 번뇌의 벌레를 싸아, 싸도 좋을 것인데...... 탄식했다.

하다가 촛불중은, 그러나 그 넋은 아직도 자기 속에 억류되어 있으며, 세상도 또, 이 당장 끝나고 있는 것도 아니니, 너무 상심할 일만 아니라고, 어찌되었든 무슨 방법이 없지는 않을 것이라고, 스스로를 위로하며, 새로 蓮坐 꾸며 앉고, 호흡법에다, 마음과 몸을 安定케 했다. 그리고 이제, 그래서는 뭘 어떻게 할지, 그것은 여전히 알 수가 없음에도, 그것의 안부라도 확인하기 위해, 자기의 '睾丸' 속에다, 부름[召命]을 울려 들여보냈다. "□ ▽ ○" —흥

□—산에 대고, 소리를 외쳐도, 산에서는 메아리가 없고,

▽—달밤인데도, 샘에는, 늪에는, 강에는, 달그림자가 없으며,

○—꽃에는, 그리고 흰 꽃에도, 꽃만 남고, 색깔이 없다.

흰 空間, 沈默, 무량겁의 沈默,

비어 있음, 희게 비어 있음.

고치는 구멍이 나고, 나비는 날아 나가버린 것이었다.

허[虛], 허퉁해져 촛불중이, 조금 눈물을 괴어놓고, 그 눈으로 내어다본 그때 세상은, 譬喩와 原典 사이에, 聖과 俗의 구분은 물론, 되[胡]와 왜[倭]의 구별도 없어, ('聖/俗'은, '안회/도척' '君子/小人'이라는 투의 對置說法임에도, 느닷없이 '되/왜'라고, 對置가 되잖는 것이 동원되어진 그것도, 癡呆나, '눈물 고인 눈으로 보기症'의 발로로 이해해야 할 것이다) 촛불중께 구역질이 일어나고 그랬다. (일례만 들어보이겠다: 대구잡이에 나섰다 풍파에 놀란 어부가, 물고기 잡아 연명하기보다는, 구렁이나 土龍을 잡아, 하는 것이 쉬울 것이라고 하여, 魚網으로 뱀 자루를 만들어, 잡은 것을 담으려 했다면, 生蛇湯 집 문전에 당도해서는, 땅꾼 노릇이 어부 노릇보다 더 어렵다고 하잖겠느냐. —도무지 이게 원, 헤헤, 히런 노릇히다, 글쎄, 저 譬喩의 골갱이가 되어 있는 것은, 아마도, '대구잡이에 썼던 魚網으로 만든 뱀 자루'인 듯하지만, 허, 허허지만, 누구라도, 멀쩡한 정신을 갖고 세 치 앞만큼이라도 내어다보고 지내는 자라면 다 알고 있게 되었다시피, 앞에서는, 말하자면, 대구잡이에 썼던 그물에 대구를 잡아두고 있었던 것이지, 무슨 무자치나 土龍을 담아놓고 있었던 것은, 어라이 순, 아니잖느냐. 개 눈구녁에 는 개눈깔을, 쇠불알엔 송아지 씨앗을 넣어 늘여뒀더란 얘긴 것이다. 헤, 헨데, 藝術도 때로, 그것에 접하는 자에게, 이리 재고[再考], 저리 쑤시고[數十考], 앞 재고, 뒤 쑤시고 하는, 이성적 판단보다도, 종교적이랄 맹목적적 신앙을 강요하는 수가 있는데, 文學도 藝術에 속한다면, 文學이 때로, 그 권리를 조금 행사하려 한다 해서, 콩콩 짖고 나설 개 상놈이 있느냐? 있는다면, 趙州네 부엌칼을 빌려 佛알을 뽑아, 개에게나 던져줘 버릴 일일놀랄)

그리하여 촛불중은, 알겠는 것이다, 그렇다, 제기랄, 이런 것도 '夢精'이라고나 일러야지, 달리 뭐래야겠느냐, '드룩' 년이 불알을 쥐 훑고 갔댔구나, 글쎄, 촛불중 자기도 모른 새 失泄한 '煩惱'가, 자기의 목덜미에 붙어 있었던, 그 벌레의 몸을 탈취하여, 그 몸으로, 무덤 벽 구멍을 빠져나가 버린 것을, 그리하여 알겠는 것이다. 그렇게 그 바위 무덤을 거부해버린 저 넋도, 본디 그 '벌레의 몸'을 입어 있었던 어떤 넋이, 그 '몸'을 벗어버리자, 흰 '아' 語身에로 轉身하여, 하나의 빛으로, 天空을 높이 올라간 것을 보았음에 분명했다. 그럼으로하여, '사람'의 前身을 가졌던 것이, 아무 주저함 없이, 그것이 비인 것을 알자마자, '벌레의 몸'이라도 취해 들어버린 것이었을 것이다. 애초에, 촛불중이 도모하려 했던 것이 그것이었음에도, 그래서 (촛불중의 믿음에는) 그런 결과임에도, 이 '나비'가, 촛불중 자기의 수중을 벗어나 버렸다는 그 이유로, 촛불중의 가슴은, 천둥지둥에, 갈라지고 무너지고 조각났다. 이 '천둥지둥'은 그런데, 아직도 아무것도, 事實로서 확인되어진 적이 없는, 추측의 陰電이 일으킨 것이지만, 촛불중은 그리고, 그것을 모르고 있는 것은 아니지만, 촛불중은 그리고, 이것은, '중참 때 집에 달려가, 젖 먹여 애를 재우고, 하던 들일 자리로 돌아온 어미가, 일을 추려 나가다 말고, 훌쩍훌쩍 울기'와 같은 경우도 아니라는 것을 모르고 있는 것도 아니지만, 아무튼, 무슨 도끼든, 지붕이든, 무엇이 자기의 정수리를 겨냥해, 떨어져 내린, 그 느낌만은 글쎄 역연했다. 큼, 듣자니, 예의 저 '어미 아낙네'의 울음의 까닭인즉슨, 이러했더라: '철없이 잠만 자는 그 어린것의, 머리맡 위쪽에, 만약 도끼라도 꽂혀 있었는다면, 그래서 그것이 떨어지기라도 했을 양이면, 떨어졌으되 어린것의 정수리를 겨냥해 떨어졌는다면, 애고 대고, 애고 대고,……" 그 까닭으로, 헌데, 종내, 온 들이, 퍼 내지르고 앉아, 울기를 시작했더라고 이른다. 촛불중은 그러나, 저들 一洞의, 울음 퍼 내지르고 있는 아낙네들과는, 조금이라도, 다르긴 달랐다. 어떻게쯤 달랐는가, 하면, 중은 그래서, '다리 뻗고, 퍼드러져 앉아, 아직 애를 삼키지도 않은, 무고한 땅을 원망하여 치고, 긁어 헤치고, 울고, 부짖고, 애태우는' 대신, 그 진상을 규명해보기 위해, 나서보려 하고 있는 것이다, ―그렇게쯤이 달랐다. 그러자니 촛불중은, 오랜 죄면 끝에 화해하게 된 '몸'과의 회포 풀기는 물론, '죽기'도, 일단은 미뤄두지 않을 수가 없다고 했다. 무덤을 벗어나되, 꽃으로, 할미장꽃으로 벗어나는 대신, 나비로 벗어나 버린, 저 '나비'를, 찾아보려는 것이다. 촛불중이 두려워하는 것은, 두려워하기 시작하는 것은, 저 '나비'는, '사람'이었던 것이, '몸'을 잃고도 저승엘 들지 않고, 이승 남아 떠도는, 그 한 까닭만을 두고 미뤄본대도, 그 배 속에, 惡心과, 怨恨, 詛呪의 爆藥 빼꼭 채우고 있는 것이 아닌가, 하는, 그것인데, 그렇다면 그것은, 위험하기 이를 데 없는 노릇이었다. 그 '나비'를, 참새가 찍어 먹는다면, 그 참새를, 솔개가 찍어 먹는다면, 그 솔개를 뱀이 휘감아 먹는다면, 그 뱀을 땅꾼이 잡아먹는다면, 뿡, 콰앙, 딱쿵, 퍄웅...... (허기야 물론, 어떤 불우한 넋은, 죽고도 죽은 줄을 몰라, 어릿두군하여 이쪽 머물러 있는 수도 없잖아 있다고도 이르며, 또 어떤 넋은, 무엇에 대한 어쩌지 못할 執着 탓에, 결코 떠날 수가 없어 남아 있는 수도 있다고도 이르되, 그런 경우가 아니라면, 怨恨이 또한, '남기'의 까닭이라고 이르니,) 저것은, 詛呪며, 急煞이 '나비'가 되어, 바깥바람 속을 흐르고 있는 것인 것이다, 아으, 莊子임세, 처사는, 처사의 '잠'의 고치에 구멍을 내고, 들로 날아 나간, 저 '夢다리-나비'를 불러들이지 않고, 어떻게 '잠'을 깨일 수 있겠을 일있가? 그리고도 깨인다면, 흐흐흐, 그 '잠'에는 구멍이 뚫려 있어, 깨어서도 처사는, '잠' 고장 일들을 엿듣게 되겠지만, 불행한 일은 그런데, 처사가 말임세, 그 '구멍'을 메꾸지 않고, 죽게 되는 그것일 터이지. 죽어서도 처사는, 글쎄 말임세, 이쪽 동네서 흉보는 소리에 귀가 살아나, 소리를 담으려, 할미장꽃 피운다. 그러려거든, 죽기는 뭣하려 죽겠네?

다시 또 촟불중, '喪服' 벗은, 삘그런 몸 위에, '魔衣' 입으려 한다.

이번만큼은, 이 不學의 돌중도, '마음-몸-떠나기(퐈-와) 禪法'을 두고, 꽤는 우멍거지를 벗기운 대목이 있는 듯이, 차비하고 있었다. (기억을 환기하기 위하여 말이지만, 이 돌중은, 不學인 탓에, 우물이 무엇인지를 모르기 때문에, 아이가, 그것을 향해 뿔뿔 기어가다, 무참히 빠져들 듯, 그렇게 일을, 위험한 일을 저지르게 되고, 結果하는, 크기도 작기도 한 災殃, 그 마귀할멈의 치마폭에서, 그 할미의 毒의 때가 낀 손가락을 빨아 자랐었다고 하잖았더냐) 밝혀 말하면, (羑里 溫肉派의 秘儀) '蛇圓會陰法'의 자세를 꾸민 것이고, 필요한 경것줄[警戒索?] 둘러 걸기를 시작하고 있었다는 얘기다. 수상한 것은 그런데도, 그 마무리를 지으려 하지 않고, 머뭇거림을 보이고 있다는 그것이다. 뒨전거리고, 모퉁이 돌며 애먼 짓 하고 있는 것이다.

사실은, 헌데 이번만은, 촟불중은, 참말이제, 자기의 몸을 떠나기가 싫어, 그러고 있던 것이다. 그 몸을 떠나지 않는대도, 자기가 이제 그 몸으로, 한나절만큼을 더 살게 될지, 이틀을 더 살게 될지, 주어진 시간은 거의 없다고 알면서도, 촟불중은, 사실로는 그렇기 탓에, 그 몸을 버려두기가 싫다고, 그 몸의 괴로움을 같이 괴로워하다, 죽고 싶다고, 그래서 참말이제, 애먼 짓 하고 있던 것이다. 出家한다고, 무덤에까지 묻히고는, 바깥일로, 자기가 너무 바쁘다고, 촟불중은, 슬픈 짜증을 냈다. 그리고, 자기의, '몸'에 대한, 그 執着이 슬프고, 짜증 났다. 한 대의 마지막 담배를 만끽하는 사형수까지야 들먹일 필요는 없겠지만, 가깝게든 멀게든, 어쨌든 죽음을 앞에 두고 운영되어지고 있는 삶은 모두, 결국 그런 것이 아니냐. 그리고 그런 것이다. ([40]'결국 그런 것'이란, 이 경우 '어느 쪽인지가 분명치는 않지만', 그렇다고 해서, 그 '의미가 애매한 것은 아니다.' 修辭學이 거느리는 病痛과 法悅은, 이런 데에도 있다)

촟불중은, 그 가망 없는, 그리고 求道者답지 않은, 그 執着 탓에 시작된 괴로움이, 그 자신으로서는 감히 어찌할 수도 없이 크게 불어나, 자기를 삼키고 들었기 때문에, 종내는 그래서, 帝釋天 다스리는 자까지, 불러 내리기에까지 이르렀는데, 요 얼마 전, 尸毗王 苦行 때, 그[帝釋天王]가, '解肉枰軀'에 썼던 그 '저울'을 좀 빌려, 자기 몸의 무게며, 가치를 달아보았으면 싶어 그런 것이다. 아는 이들은 알다시피, 저 尸毗王의 몸이란 건, 한 마리 '솔개'의, 한번 배고픔도 면해주지 못할 지경으로, 그렇게나 쓸모없는 뼈 자루[負袋] 였던 것인데, 그때 尸毗는, 배고파하는, 저 어떤 솔개 때문에, 속이 얼마나 짜안했었겠느냐. 결국 그 뼈 자루는, 삼천대천세계에서, 尸毗 자신에게 말고는, 아무 데도 써먹을 데가 없던 것이 아니었겠는가. 솔개임세, 아무리 배가 고프다 하더라도, 반 입가심의 살 조각도 뜯어낼 수가 없어, 하품이나 하게 생겼는, 그 뼈 자루일랑은, 그렇걸랑, 尸毗에게나 되布施할 일이겠느니라, 얻음이 없이 빚만 질 일은 아닐 것을. 부는 바람 磨石 삼아, 그러면 尸毗일랑은, 뼈를 갈아[磨] 自我를 갈아, 삼천대천세계에다, 살았었다는 그 누린내나 한번 풍기고 스러지려면 스러지고, 프라브리티에다 구멍을 내려면 내어, 빠져나가 버리려면 버릴 일이지만, 아섬세 솔개임세, 公은 글쎔세, 남의 헌 독 깨는 자리에 잘못 그림자라도 깔고 지나가느라고 하다가, 새 독 값 물으려고는 말게람. 尸毗의 全身으로도, 한 비둘기의 무게에도 당하지 못했었는데, 장차 사정이 뒤집혀, 솔개임세, 公의 몸으로서, 尸毗의 무게에 당하려 한다면, 몇 萬世에 걸치는 公의 목숨을 얹어서야 되겠느냐. 그, 흐, 흐흐, 흐래서 과연, 촛불중이라는 이 돌팔이중이, '解肉枰軀'에 쓰였던 그 저울을 빌려서는, 흐흐흐, 한편 쪽 접시에는 尸毗를 앉히고, 다른 편 쪽에는 자기를 앉혀, 누구의 무게가 무거운지, 또는 가벼운지, 흐흐흐, 흐것을 알아보겠다는 것인가?

그러자니 이제, 촛불중 속에서는, 구역질이 들끓어 올랐는데, 焉敢生心, 어찌 자기가 尸毗의 무게에 자기의 무게를 견주어보자고 했겠는가, (焉敢生心, [41]尸毗는 어쩐다고, 자기의 무게를 비둘기의 무게에다 견주어보자고 했던고?) 마는, 촛불중은, 다만 자기 분깃의 그 뼈 자루의 가치를 한번 저울질해보았으면 했던 것이고, 그러려다 보니, 그 목적을 위해서라면, 이 삼천대천지간에는, 尸毗王 苦行 때 썼던, 그 저울밖에 달리 있지도 않던 것인데, 촛불중의 속에서 끓어오르는 구역질은, 바로 여기 어디에 근거하고 있었던 것이다. "비록 해나 달의 눈으로부터는 피해 숨을 수는 있어도, 아무도, 자기의 마음의 눈으로부터는 도망치지 못한다"고 하잖느냐, 그러니 촛불중의 눈이 마음을 휘저어, 눈이 구역질을 해대고 있었는 것이었던 게다. 저 比丘의 눈이, 자신의 안을 살펴보고 알아낸, 하나의 숨겨졌던 생각은, 이제는 참말이지, 자기의 몸을 벗어나기가 싫다는 그것이었는데, 이제도 處容歌의 의미를 되새겨볼 필요는 없으니, 덮어둔다 해도, 그 자신도 그런데, 자기 몸의 삶의 실꾸리에, 실어 몇 바름이나 남아 있는지도 모르겠는 데다, 자기가 해보려는 그 '探索'은 또, 얼마나 세월이 걸리게 될지, 기약이 없다 보니 그런 것이다. '自然'에 소속되어 있는 것은, 有情의 有情이라는 條件, 즉슨 '몸'이지, '마음'은 아니던 것이다 보니, 그것 속에 담겨 있어야 할 '마음'이 없다고 해서, 古木을 보아라, 비록 바위라도 보아라, '自然'이, 자기 취해야 할 자기의 것을 취하지 않고, 그 '마음'이 돌아올 때까지 기다려주는 것은 아니지 않지 않느냐. ……그, 런……데, 말한 바의 저 '저울'의 눈금에 나타난 尸毗王의 그 몸의 가치는, 그가 입고, 한 우주를 얻기 위해 갈아[磨] 붙이고 있었을 때, 그중 高價여서, 神들이, 저 한 우주를 보따리에 싸 갖고 가, 尸毗께 조공 바치지 않으면 안 될 지경에 이르러 있었으나, 그가 그것을, 부분적으로든, 전체든, 벗어 비둘기에게 주려 하자, 그 당장 그것은, 한 마리 비둘기 값에도 못 당할 쓰레기가 되어버리지 안 했던가, ……그랬으니 尸毗는, 身布施로써 세상을 보다 수월하게 하려 했으면, 그 몸을 벗으려 말고, 입고 있었어야 했다, 그것이야말로 法心으로 행하는, 身布施가 아니었겠는가, ……촟불중의 觀法에는, 별로 잘못된 데가 없어 보임에도, 그 '눈'[觀] 탓에 시작하게 된 토역질을 못 참아, 왝왝거리며 애를 쓰고 있다. 咄, 한 마리 솔개가 배고파한다고, 그 탓에도 자기의 살점을 저며 먹이려 하고, 철없는 애새끼가 뿔뿔 기어 우물을 향해 가고 있다고, 그 탓에도 손을 내밀어 저지하려 하면, 公은, 그 어기찬 곳에 머물러, 그런 어기찬 일로 바쁠 일이었거늘, 出家는, 무엇을 위해 하였었는다? 그, 그럼에도, 한 俗人이 出家를 단행했었을 때는, 誓願을 하여, 첫째는 자기 눈을 뜨고, 그리고 난 뒤에는, 無明에 헤매는 중생을 구제하려 했으니, 거기 무슨 잘못이 있다고 하렸는다? 아흐, 道流의 誓願이, 숭고한 정신의 발로라는 것을, 과연 누가 의심할 수 있었겠는가, 마는, 道流는, 한 눈을 뜬다고 하며, 다른 눈을 멀게 하고 말았는도다. 道流와 같이, 숭고한 정신으로 誓願을 하여, 道流처럼 出家했던 이들이, 大悟徹底하고 下山하여설람, 俗食 俗酒에 뿔룩해진 배를, 夏至 때 해만큼이나 내놓고, 북북 긁어대며, 하는 소리도 들어본 적이 없다는다? [42]"부끄럽도다, 전에 나는, 온 세상을 구하고자 했었는데, 구함받을 세상이 있었던 것도 아니었던 것을!"

무덤에 묻힌 屍身이 分解되어, 종내 아무것도 남기는 것이 없는 것을 보면, 심지어 무덤 속에도, 흐르는 시간은 있는 것일 것이다. [43]그렇기에 거기서도, 衰함의 盛이 盛한다. 촟불중께도 그러니 어찌, '弓/乙'의 가라듦이 없었겠는가—구역질이 가라앉을 만해졌을 때쯤엔, 촟불중은 몹시 의기소침해져, 팩세모가 져 있었다. 몸에서는 그때, 갈증이 일어나, 갈급하게 수분을 요구하기 시작하고 있었다. 그리하여, 촟불중은, 본능적으로, 그리고 미친 듯이, 늘 물그릇이 놓여 있던 자리, 바위 벽 구멍 속을 더듬다가, 이를 부드득부드득 갈아대며 忿怒하기 시작했다. 이 忿怒는 그러나, 밖의 어떤 다른 대상에 대해서가 아니라, 바로 촟불중 자신에 대해, '몸'을 입고 있음으로 해서, 못 당할 고통을 당해야 하는, 그 存在하기에 대해, 보다 더 범위를 좁혀 말하면, '몸'에 대해 일으킨 것이었다. 이 忿怒는 일어나자마자, 얼마나 거세게 회오리쳤던지, 그 忿怒가 膨壓하고 있는, 그 어느 일점만을 제외한다면, 촛불중의 전신이, 말하자면, 갓 태어난 영아와도 같이, 깨끗해질 정도였다. 라는 말은, 그 몸속에 가득 채워져 있었던, 모든 毒素며, 否定的 感情들이, 그 忿怒의 회오리에 따라 붙여지고, 흡입되어져, 그 '忿怒'를, 천년 毒만 구워온 毒蛇의 毒보다도 더 독하게 했지만, 그 외의 부분들에선, 모든 불순물이 씻겨 나가버렸더라는, 그런 말인 것이다. 그랬으니, 이 比丘가, 요 얼마 전에, 매일매일의 茶飯事를 치르다, 일으켰던, 그녀러 '말 대가리' 같은 누무 忿怒도, 시위를 벗어나지 안 했다면, 결국 이 忿怒에 合勢해버렸을 것이었다.

촛불중은, 아까, 다시 한번 더 '몸'을 떠나려 하여, '세워져서 도는— 물레바퀴 모양'의 禪坐를 취했었다고 했었는데, 그 坐相을 지킨 채, 수레바퀴—모양의—한—세상 '盛/衰'를 겪었던 모양이었다. 이제 촛불중의 마음은, 어쨌든 밖엘 나가, 저 '夢다리'를 찾아내어, 무슨 수로든, '사람의 죽음' 가운데로 날려 보내지 않으면 안 된다고, 단단히 굳어지고 있었다. 그리하여 촛불중은, 떠나기 위한 문단속을 다시 하기 시작했는데, 뭣보다도 중요한 일은, '꿈과 말'이 드나드는 부위를 봉쇄하는 일이라고 하여, 그리고 '꿈과 말'이 드나드는 부위란 '聲帶'를 가리킨 모양이었는데, 會陰에 똬리 치고 있는 '禪毒蛇'(이것이, '花陰會陰坐'와의 관계에서는, '禪木'이라는 이름을 입었던, 그것이다)를 일으켜, 그 毒頭를 입에 물어, 목구멍 깊숙이에로 묻어[埋] 들였다[入]. 흐흐흣, 白鳥巫地 뻘에 날아내리다. 그믐 속으로 해지기. ('니그레도'에로 날개 접어 내리는 金鳥. 에잇, 상스럽둡다)

떠오르기 위해서는 그래도, 해도, 달도, 어쨌든 무슨 귀[耳] 같은 것, 또는 그리움 같은 것을 하나쯤, 黃道邊 어디, 金枝 끝에든, 銀枝 끝에든, 열매 맺혀 둬두는지도 모르긴 모른다. 그렇지 않고서야, 저 깊은 無音 속에서, 속에 잠겨 든 것이, 무슨 수로 잠을 깨이겠는가. 그러면, 새벽바람이, 또는 저녁 바람이, 산들거리고 스쳐서는, 그 가지들을 흔들게 될 것이고, 그러면 거기 열렸던 귀가, 아침을, 또는 저녁을, 들어낼[聽] 것이다. 無音, 미음, 뮈음, 먐, 마음……

그런 뒤, 촛불중은, 아니 차라리 하나의 '귀'[耳]가 돼서, ('저 귀는 어떤 가야금의 共鳴管/가야금 소리의 바다를 듣고 있는다,) 제 몸에서 빛을 쐬어내는 듯한, 그런 한 마리의 거위[蛔]의 모양으로 길숨하게, 촛불중 자기의 肛門을 열어 비어져 나왔는데, 몸 밖 공기에 닿자마자 그것은, 늘여졌던 고무줄이 줄어들 듯, 줄어들었으며, 줄어지기에 좇아 그것은, 여럿의 고리를 두르고, 굵어져 번데기 꼴을 꾸미고 있었다.

그런 잠시 후엔 그것은, 날개도 없이 붕 떠올랐는데, 그것은 그때는, 영락없이, 촛대를 떠난 촛불꽃, '양극을 갖는 타원형'의, 불꽃이었다. 그것은, 분명히 한 '語片'이나, '夢片'이었을 것이라도, '목구멍'을 통과하지 않고, '똥구멍'을 통과했으니, '語片'도, '夢片'도 아니다. 그렇다고 해서, (글쎄, 모든 否定的感情은, '丹田의 아래쪽과 관계가 있다'고 하잖더냐, 마는,) 그것은 결코 '憎惡'의 化身도 아니다. (허기야 縱立해 걷는 有情의 새끼들의 거개가, 에미들의 아랫도리를 열어 나왔다 해도, 그것들 전부가, '憎惡' 덩이만은 아니기는 아니잖느냐) ―鳶 날리기 禪, 의, 鳶, '몸의 우주'로 타고내린 意志, 鳶.

떠오르자마자, 저 '불꽃'은, 엄지손가락 크기의 새(는 벌새), '讖새'는, 대번에 벽 구멍을 빠져 날아나갔다. 그러나 웬일로, 곧바로 되돌아 들어오고 말았는데, 잊었던 것이 있었던 모양이었다. 새는 그러나, 빠져나왔던 데를, 되들려는 뜻은 없었던 듯했던바, 그 열림[肛門] 속에다 부리를 넣고, 뭘 빠는 것이 아니라, 토해내는 듯이 하고 있었다. 새는, 뭔지, '뜻'을 울려 들여보내고 있었다. 귀[耳]가 肛門에 열려 있었음? 아니나 다를까, 그러고 오래잖아 저 '수레바퀴'[狗空]로부터, 손 모양의 살[輻]이 하나 비어져 나왔는데, 그 살[輻]은, 엄지손가락 모양의, '屄蝪'을 하나 일으켜 세워놓고 있었댔다. 후후, 후스꼬 후끄러워라, 일어선 엄지손가락은, 그리고는, 후, 후끄러라, 저 無防備인 데를, 사정도 두잖고, 찌르고 들었다. 그리고는, 새가 둥지에 깃 접어들 때, 몇 번 몸을 틀어, 편안한 자세를 꾸미듯, 저것도, 몇 번 몸을 틀어, 자리를 편하게 하고, 머물러버렸다. 그러고 보니, 저 그믐의 한 왕국은, 後門 단속을 해놓지 않은 것이었던 것이다. 그러나 이렇게 되어, 이 잠의 한 왕국은, 그 밀실에, '말 대가리 얼굴'의 공주(히히히, 이 공주가 한번 웃기만 했다 하여도, 온 세상의 여름에 갑자기 서리가 내릴 터, 열여섯 살 먹은 처자)를 누이고, 저렇게, 밀폐의 덩굴과 가시나무로 빽빽하게 덮여버렸다.

이 '잠'[睡眠]의, '눈'[眼]은, 그것의 몸으로부터 빠져나와 없으니, 닫겨버렸으며, '목구멍'[聲帶]은, 禪家네 쐐기 'ㅁ(미음 字) 音'에 봉쇄되어, 無音化를 치렀고, 하나 더 있었던 열림, '肛門'은 저렇게, (촛불중이, 본디는, '氣의 遺漏'를 방지하기 위해 써왔던,) '屄蝪'에 꽂혀 닫겨, 저 '잠'은 이제는, 그 문을 열고 나간, 그 왕자가 돌아오기까지는, 또 아니면 모르지, 그 속에 잠들어 있는 공주가 일어나, 안쪽에서 문을 열고, 紅燈을 내걸지 어떨지는 모르되, 완벽하게 닫혀, 이 한 폐쇄는, 한 방울의 水銀이나, 또는 無精卵에 비유한다 해도, 남아 불거져 나올 발가락 하나 있을 듯하지 않게 되었다. 圝! 虛圝히 완벽한 圝! 닫힌(□) 비임[虛] —眞虛.

그리하여서사, 저 한 '불꽃'은, 자기의 잠[睡眠] 속에다, 그것 크기의 한 헤설픔을 남겨놓고, 바깥 뜰로 빠져나간, 예의 '夢다리', 또는 멍충[夢蟲]이를 찾아내어, 殺害하려는 그 일념, 그 목적으로, 무덤을 빠져나왔다. '體'를 벗어난 '用'은, 무엇이나 '멍충'[夢蟲]이다. 얼러리 멍충이는 껄러리 빨가벗었네

[44]개구나 개구나 장개가구나
(바지가 없어 못 가겄다)
(헹의 바지 입구 가제)
(쭈쭈쭈쭈 쭈쭈쭈)

却說 *이때—

* 이렇게 '進化論'(*Prauritti*)이 끝나고, 그리하여 '逆進化論'(*Nioritti*)이 시작될 것이다. 누구라도 훤하게 내어다보는 것이 이것이겠지만, '逆進化論'에 관해서야, 무슨 그리 짜들아지게 할 얘기가 많을 수 있겠는가. '니브리티 宇宙'에로 移民하면서도, 아으 道流는, 넝마 속에다, '혀'[舌]며, '귀'[耳] 따위도 보쌈해 가려 하는가?

間場

美里邑에서는 근래, 美里의 野史꾼들을 흥분케 할, 그렇게나 맹랑한 일이 한 건 일어나 있었는데, 그것에 이어 이번에는, 正史學者들로 하여금도, 예를 들면 '革命'에 관해서처럼, 열띤 음성을 꾸미게 하기에 족할 일이 일어나 있었다.

前者는, 다름이 아니라, 初老, 中老를 겪고, 立秋 秋分을 지나, 기우는 黃道에 올라 있는 자들이 드러내는, 여러 썰렁한 증세 중의 하나가 저런 것이기도 하겠지만, 어떤 초췌함을 드러내고는 있었으나, 그의 先任들과는 달리, 그의 先任들이 하나같이 걸려들어, 목숨들로 해웃값을 삼아버린, 그런 무슨 몹쓸 병, 性病 같은 것에라도 걸려 애쓰고 있다거나 하는 소문도 없었던, 판관 겸직 읍장의 急逝와 관계된 것으로서, 누구에게나, 그 '死因'이, 아무래도 납득이 잘 되지 않는다는 것이었다. 그 짧은 목 위에다, 官帽를, 그것도 둘씩이나 무겁게 덮어쓰고 있던, 판관 겸직 읍장은 '腹上死'를 했다고 했는데, 어쩌면 '배'[腹]가 하나쯤 너무 많았겠는가, 두 배로 불어난 배[腹] 속에 빠져, 개죽음을 한 것이다. 그 저녁에도, 판관 겸직 읍장이 든, 수도청의 안방에서는, 處容舞가 행해졌던 모양이었는데, '각시'를 안고, '處容'의 꿈에서 자던 '鬼神' 役의 사내가, 참 안됐게도 쯧츳, (이만큼의 동정이면, 한 주검을 거적에 싸, 내어다 묻기에 충분치 않는가) 急煞을 맞았던 모양으로, 뻗어버린 것이다. 굽도 잦도 못 해버린 것이다. 뒈진 것이다. (그것을 안 순간, 그의 男妾이었던 사내는,

머리칼을 쥐어뜯고 대성통곡을 하더니, 차마 못 견디겠다는 투로, 수도청 대문을 박차고, 어디론가 휭 달려 나가버렸는데, 장로네 청지기 늙은네의 주선으로, 당일, 판관 겸직 읍장이었던 자의 火葬을 치르려 하여, 반 홉[合]쯤의 邑이, [앙상한 '德'骨 위에, '官帽'는 둘씩이나 썼으니, 무거웠겠다] 火葬터에 올랐을 때, 자기 아비 살았던 그 움막 아랫목에서 송장으로 발견되어져, 놈 정들였던 님과 함께, 火葬되었다. 두 송장에서 발원한 情의 두 구렁이가 서로 엉겨 타올랐더니, 두 몸 하나 되어, 한 재 무더기 남기다. 그가 어떻게 죽었는지는, 아무도 모르지만, '自殺'이었을 것이라는 것만은 아무도 의심치 안 했다) 그랬으니 그 현장에로, 어찌 의원이 불려가지 안 했겠는가. 그래서 그에 의해, 머리가 한번 갸웃거려진 것이, 전염되어, 野史꾼들의 머리까지 갸웃거려지게 한 것인데, 그랬을 것이, 판관 겸직 읍장의 송장은, 의원이 당도했기 전에, 벌써, 입으로, 肛門으로, 썩은 핏물을 흘려내기 시작하고 있었기 때문이다. 그러니 송장이, 소리 못 내는 聲帶로 하는, 發說에 귀를 기울인다면, '四大를 속히 分解하는' 저 죽음은, 그 송장의 上半身(腦, 心臟 등) 쪽에서 일어난 것은 아닌 듯했으며, 下半身(창자, 肛門 등) 쪽에로 쳐든 것이었던 듯했다. '腹上死'가 만약, 보다 더 '上半身'과 관계되어 초래되는 결과, 라는 것이, 꼭히 誤診만은 아니라고 한다면, '下半身'을 노략질해 든 '갑작스런 죽음'은, 거기 무슨 曲折이 있는 것이 아닌가, 누구나의 머리를 갸웃거리게 함에 분명하다. 그러자니 의원은, 의원의 본능이랄 것으로, 그 분비물을 손가락 끝에 찍어, 맡아도 보고, 맛보기도 했는데, 그러고 난 뒤에는, 의원 본디의, '의원스런 얼굴'(은 그러면 대체 어떤 얼굴이냐?)을 되찾아내더니, 번데기가 다 되었기까지나 늙은 수도청 주모를, 멀거니 건너다보고는, '腹上死'라는 語彙를 發音해내고, 서둘러 돌아가 버렸다. 주위에 있던 자들은, (이란, 그 주검을 배 위에 실었던 수도부를 위시한, 다른 수도부들이며, 그 수도청에 머물렀거나, 불려온 官卒들 몇, 그리고 몇 더 되는 사람들을 두고 이른 말인데,) 의원이 그 말을 '死亡診斷'이라고 듣고, 사태 수습에 나섰는데, 野史꾼들의 변론에 좇으면, '의원의 그 말'은, 그 한 '주검을 묘사한, 文學的 가치'를 제외한다면, 다른 아무 의미도 함유하고 있지를 않고 있었다. 단적으로 말하면, 의원은, 말하기로서, 아무 말도 안 해버린 것이었다.

근래, 수도청에는, 서넛의 늙은 수도부들이 뒤채로 물러나 앉고, 서넛의 새 수도부들이 앞채를 차지해 드는, 약간의 인사이동이 있었더랬다. 새 수도부들 중의 하나는 비리데기, 어디서 떠들어온 비구니였으며, 하나는, 다리 밑 사는 아이들 속에서, 첫 월경 비치도 록이나 제멋대로 버려져 자라다, 불려 들여진 거지 아이였으며, 둘은, 과도한 欲情 탓에, 집 뛰쳐나오지 않을 수가 없어 뛰쳐나온, 인근 촌락의 새댁들이었는데, 판관 겸직 읍장이 헌데, 그 새 수도부들 중에서도, 그 첫 월경을 어떻게 처리할지를 몰라 우는 아이의 가냘픈 손에, 늙어가는 더러운 하초를 잡힌 것이고, 여간해선 빼 내오려 하지를 않기에 이르자, 이제껏 그의 총애를 독차지해왔던 그의 男妾은 그러자니, 울며, 울 하나 넘어가지 않으면 안 되게 되었던 모양이었댔다. 그렇다 해도, 판관 겸직 읍장은, 저 어린 비린내뿐만 아니라, (이제껏 그렇게 해온 바와 같이) 황소의 오줌도 빨아야 살지, 못 살게 되어 있던 사내여서, 이제껏은, '안겨' 자던 일을, '덮고' 자는 식으로, 그 잠자기의 방법을 조금 바꿨을 뿐이지, 새로 젊은 계집이 생겼다고 해서, 총애해온 사나妾을 버리려거나, 그러려 하지는 안 했다. 안 했다 해도, 秋分 지난 黃道를 내려 딛고 있는 사내의, 갑작스레 눈뜬, 어린 여자에의 새 정은, 누구에게라도 쉽게 짐작되어지겠다시피, 당연하고도 자연적이게, 깊어지고, 무거워질 일이었다. 그러니, 이 情의 天平秤은, 왜냐하면, 한쪽편 접시는, 이미 올려진 그 一定量에 '더/덜'이 없었음에도, 다른 편 쪽에만 (情이) 자꾸 더 더해져 쌓였으니, 한쪽으로 기울 수밖에 없었다. 이 의미는, 저 '一定量'은 一定量이라도, 자꾸 축소하는 一定量이라는 것일 것이다. 이것은, 저 '一定量의 情' 쪽에 있는 자의, 목숨까지 줄여대게, 가슴을 끓여대고, 情을 쫄여대게 했음에 분명했다. 그러자니, 예의 저 '一定量의 情'으로 삶을 꾸려가야 되는 편에 있는 자는, 즉슨, 판관 겸직 읍장의 '護衛兵'이라는 官職의 男妾은, 이제껏 독한 냄새를 풍기고 설치던, 그 거드럭거림을, 하나씩 하나씩, 제 스스로 벗더니, 나중엔 개가 되어버려 버렸다. 츠쯧, 안됐지러, 요 얼마 전까지도, 갈기를 세우고 달리는 들말 같았던 자가, 情에 기가 죽어, 개가 되다니. 그래서는, 주인의 床에서, 무슨 부스러기가 던져지는가, 그것만 기다려, 굶주린 눈으로, 주인의 床을 올려다보며, 하루씩을 살았다. 이런 '하루씩'을 재는 척도는, 아침에 떴다 저녁에 지는, 하루 치 해는 분명 아니다. 그러던 어떤 날은, 갈기를 뽑혀 개가 되어버린 이 '사나계집'이, 제 속 괴인 짜가운 정을 좀 꺼내, 먹여줬으면 하는 일념으로, 읍청에서 돌아온 '영감님'의 발을 씻겨드린다고, 제 혀로 씻기려다, '영감님'의 발길에 된통 한번 채이고, 나둥그러지기도 했더랬는데, 그런 뒤부터는, '영감님'이 새로 총애하기 시작한, 그 어린 수도부를 등에 업고, 바깥바람 쐬어주려 다니기도, 또 어디 그뿐만이었겠는가, 개짐까지도 빨아, 다리미질하여, 채워주는 일로도, '하루씩'을 보냈다.

그것이 얼마나 긴, 또는 짧은, 時間의 단위인지는, 저 '사나계집'질하는 자나 알겠으되, 그런 '하루씩'이 제법 여러 개가 쌓이게 된 어느 하루는 헌데, 어느 골목에서 시작되었던 둥, 읍내에, 썩 희한하다 싶은 소문이 하나 구르기 시작했더랬는데, 그 하루가 다 가기도 전에 그 소문은 그리고, 읍을 휩쓸어버리기에 이르렀다. 와글와글 와하하하글,

"읍장 영감님의 男妾사니가, 하글, 하글, 와하하, 애를 뱄다누먼",

"읍청의 면色鬼(새끼)가, 애를 뱄다는 겨, 와하하하글, 하글",

"둘이서 결혼식을 올린 일이 없었으니, 원, 거, 츠쯧, 불쌍도 하지, 죄도 없이 애는, 私生兒 꼴을 못 면하겠다는 거라더군."

와하 하하 와하 하하

와하하글 하글 하글,

그날 저녁엔, 판관 겸직 읍장이 (수도청에로) 귀가를 한 대신, 그가 보낸, 다른 卒首들 넷[靑白赤黑]이서 와서, 官職이 '黃首'로 되어 있는, 저 '면色鬼'를 가운데 세우고, 읍청에로 갔다. (이즈음은 읍청이 법청을 겸해 있었다) 그를, 오랏줄로 묶거나 하지는 안 했으니, 읍 사람들께는, 늘 있던 일의 되풀이였으되, 그러나 오늘 '黃首'는, '벼슬' 단 누런 장닭으로서가 아니라, 원님을 몰라보고 바짓가랑이를 찢으려 덤비기라도 한, 똥개 새끼 같은 것으로서, 이를테면, 개장국집 가고 있었다.

읍청에서 되돌아 나오고 있었을 땐, 白·靑 두 首卒들의 얼굴이 빠져 없었지만, 黃·赤·黑首들은, 모두 말께 타고 있었는데, 달이 밝아 있었고, 그들은 어

디만큼의 夜行을 계획하고 있었는 듯했다. 실제로 그들은, 어디로 떠나고 있었는데, 다른 저녁들 같았으면, 온 읍의 잠을 설치게, 떠들썩하게 지났을 곳을, 되도록 조용히 해서, 변두리 길을 잡아 읍을 벗어났으며, 거기서는 그리고, 서쪽으로 향하면 '큰 형장'에 가 닿고, 남녘을 향하면 '美里'에 닿게 되는, 그 갈림길에 닿아서는, 말머리들을 모두 남쪽으로 향하게 하고, 그리고 말의 옆구리들을 차, 날개들을 솟궈내게 했다.

남녘을 향하고, 날개를 돋궈냈었던 그 말들이, 북녘을 향해서, 그러니 그 어느 일점에서(란, 美里 말고, 또 무엇이었겠는가) 우회하여 되돌아 나오고 있었을 땐, 黃首의 얼굴이 빠져 보이지 안 했지만, 그래도 그때도 말은 세 필 그대로였는데, 赤·黑 두 卒首들은, 말[馬, 舌]을 잘 어거하지 못할 만큼 취해들 있었고, 아침이 밝고 있었다. 그 달밤에 저들은 저 沙漠에서, 신기루 속 어디 홍루에라도 들렀다 나온 것이 아니었겠는가. 실제로 그런데 그들은, 그 沙漠에서, 소주의 늪을 발견했던 것이며, 그들 중의 하나는 그래서, 그 속에 빠져, 헤어나오지를 못하고 남아 있는 중이다.

그런 며칠 후에사 그런데, 거기 남았던 그 黃首도, 어떻게 어떻게 뼈를 추려, 美里를 벗어나 邑으로 되돌아 왔더랬는데, 그가 잠꼬대처럼 되뇌여쌌는 소리를 들은, 수도청 주모 노파며, 수도부들이 이해한 바에 의하면, 그[黃手]가, 美里를 벗어나자마자, 그의 등 뒤에서, 한세상이 폭삭 무너져 내렸거나, 쾅 터뜨려져, 버섯 피어져 오른, 굉음이 있었던 모양이고, 그래서 그가 뒤돌아보았을 때는, 美里는, 온통, 소금, 이었으며, 沙漠, 이었더라고, 했다.

黃首는 그런데, 그 한 길은 '큰 형장'에로 이어지고, 그 다른 한 길은 '美里'로 이어지는, 그 두 길이 만나는 자리에 쓰러져 있었던 모양이었는데, 邑 사는 누가, 우연히 그를 발견하게 되어, 수도청에 알렸던 모양이었고, (판관 겸직 읍장은 때에 읍청에서 邑事 처리를 하고 있던 중이어서,) 주모 노파가 나서, 짐수레를 내보내, 실어 오게 한 모양이었으며, 그래서는, 그를 뒤채 방에다 누이게 했던 모양이었다. 한 머리에, 官帽를 둘씩이나 쓰고 있는 사내의 마음까지도 현혹케 하기에 족했던, 이 사내의, 육신적 매력에 돋은 곰팡이, 우북이 돋은 털이며, 여러 겹의 기름땀, 냄새, 아으 그러나, 산 몸을 두고, '九相'을 觀하려 하지는 말아으람! 모레나 글피쯤, 또는 그보다 며칠 더 걸릴지도 모르지만, 그러는 중에, 향 섞은 더운물에 몇 번씩이고 씻기고, 좋은 기름에 발려지며, 기름에 먹여지면, 새로 또, 그 몸의 아름다움 탓에, 한 머리에 官帽를 둘씩이나 쓰고 있는 사내의 눈이 새로 밝아지게 될 것인데, (‘씻을 수 있는 몸’이란 그래서 좋은 것이다, 제기랄, 누가 일러, 神들이며, 天使들이, 물질적 몸을 가졌다 하더냐, 그럼에도 女神들은, 그렇다면 天使들도, ‘씻기’를 좋아하여, ‘자고’ 나면 씻는다, 處女의 샘에서 씻는다, 없는 물질적 몸을 씻어, 찐득거리는 더러움을 씻어낸다. 벗을 수도 있는 몸은 그래서, 神들께는 선망의 的이다. 늘 새로 입을 수가 있으려면, 有情들임세, 먼저 벗어야 하던 것읊) 아서람, 말아람, 미리 그렇게 서둘러서람, 기름방울에서는 기름만 뽑아 수분만 한 방울 남기려 할 일도, 소금에선 소금만 뽑고 모래만 남기려 할 일도, 아닐레람, 아닐레람.

그리고 그렇게, ‘한 머리에 官帽를 둘씩이나 쓰고 있는 사내’의 눈이, 전에 정들였던 젊은 사내를 두고, 새로 새록 밝아졌던 것이라니람.

저 ‘한 머리에 官帽를 둘씩이나 쓰고 있던 사내’가 腹上屍로 발견되어, 火葬을 치러버리고 난 뒤, 아직 그 屍灰가 채 식기도 전에, 그 저녁, ‘黃赤黑 세 卒首’들이, 하필 야음을 타, 말을 타고, 沙漠(美里)엘 갔었어야 되었던 까닭이, 남은 首卒들의 입술들을 통해, 밝혀지고 있었다. 그런 내막이 밝혀지기 위해서는, 탐정꾼들만큼이나, 남의, 그리고 바깥세상 일에, 호기심이 많은, 野史꾼들의, 시퍼런 손톱으로 파헤치기, 의 노력이 크지 않을 수가 없었을 것이라는 것은, 쉽게 짐작되어질 것이다.

黃首는 그날, 판관 겸직 읍장으로부터, 두 가지의 이유로, 준열한 질책을 받고, 그리고는, 왜냐하면 그 마지막 것 하나만은, 귓속말로 이른 것이어서, (白靑赤黑) 자기네들도 모르되, 그것까지 합쳐 네 가지의 선택에 주어져 있었다고 했다. 그 ‘두 가지의 이유’란 뭣인가 하면, 하나는, ‘사내치고서 姙娠을 했다’고 퍼뜨린 그 소문이었으며, (그러나 그 일로는, 다른 이유에 비한다면, 백분의 일만큼도 노하고 있지는 안 했다고 하며,) 다른 한 이유는, ‘美里邑이 法문둥병이나 온역으로 쳐, 마지막 중 하나를 沙漠에 갖다 묻어버렸음에도, 근래 확인된 사실은, 아직도 그 더러움이 피둥피둥 살아, 美里한 천지를 오염하고 있는데, 그럴 수 있는 까닭은 다름 아닌, 하필 黃首의 아비 되는 늙은이가, 수종을 들고 있기 탓'이라는 그것이었다. "'그 일로는, 판관 겸직 읍장도, 꽤 여러 날, 속으로 고통을 겪었던 듯했다'는, 첨언이 있었다." (이 구절엔, 둘의 '진술자'들이 참가해 있음이, 주목되어져야 할 것이다) 그리고 '네 가지의 선택'은, 어떤 것들이나 되었는가 하면, '모르는 한 가지'를 제외하면, 그 하나는, '美里에 가서 아비와 살되, 결코 邑에는 얼씬도 해서는 안 된다'는, 無期限流刑이었으며, 다른 하나는, '美里에서 떠나되, 결코 되돌아와서는 안 된다'는, 無期限 追放刑이었고, 또 하나는, 有期刑으로서, '큰 형장살이', 즉슨 重勞動이었다. 그리고, 그 現場에 있었던 자들도 모르는, 마지막의 한 '선택'은, 그 現場에 있어본 적도 없는, 野史꾼들이 그 括弧를 채웠는데, 당시 美里邑에서 시행되어지던 '贖律'과 관계되었을 것이라는 것이었다. 그러니까, 어떤 가족의 일원이, 밖에 대해 빚을 졌다거나, 훼손을 입혔다는 경우, 그 장본인이 그것을 갚거나, 보상할 능력이 없다고 할 때는, 그와 가장 가까운 혈연관계를 갖고 있는 자가, 그 책임을 져야 한다, 는 것 같은 것이다. 野史꾼들이 추측하는 것은 그러니까, 저 판관 겸직 읍장은, 속에서 毒을 길어 올리는 혀로, 자기의 男妾의 고막을 달콤하게 핥아, 그 現場에 있었던 자들도 모르는, 이 '括弧'를 선택하게 했었을 것이라는 것이었다. 허기야 누구든, '빚진 것'은 갚고, '훼손한 것'은 보상하기는 해야 하니, 저 면님은, '括弧'를 선택했던 모양이었다. 뭣보다도 그의 난제는, 父系社會에서, 女性들이 경험해온, 그 꼭같은, 無能無力함이라는 것이었는데, 그 나이가 되도록 남의 妾살이만 해오는 중에, 그는 이제, 누구의 그늘 아래에서가 아니면, 저 혼자서는, 서지를 못하게 되어버린 것이다. 뭣보다도 그는, 일찍이, 고생의 맛을 너무 많이 알아버려, 어떤 대가를 치르고서라도, 회피할 수 있으면 회피하여, 이제는 더 이상, 고생의 맛은 보지 말았으면 싶었을 뿐이었을 것이다. 판관 겸직 읍장은 그리고, 그것을 잘 알고 있었을 것인데, 동시에 그는, 그만큼이나 정이 깊어진, 친구를, 결코 잃고 싶지도 안 했던 것도 분명했다. (그러고 보면, 자기의 男妾인 사내의 아비가, 美里에 나가, 美里의 마지막 중의, 뒷바라지를 하고 있다는 소리를, 요 근래에사 전해 들은 듯도 싶었다. 그렇지 않고서야, 그에 대해 중이라면, 어떤 독사가 어미를 물어 죽인 탓에, 가뜩이나 유복자였던 신세에 고아까지 되어, 천신만고를 겪고 자라다, 그 복수하기로 시작한 生蛇湯, 집, 주인에 대해 독사나 같았는데, 이토록이나 내버려 두었었겠는가. 마는, 또 한편으로 생각하면, 벌써부터 온 읍이 알고 있었으니, 어찌 그가 몰랐다고 할 수가 있었겠는가, 헌데도 어쩌면, '하늘'이 자기를 도우려 하지 않는다고 하여, 그럴 만한 기회를 엿보아왔던지도 모르긴 모른다. 이것이 촛불중 얘기였던가, '天機를 볼 때, 백성은 위를 보고, 군주는 아래를 본다'던가, 어쩐다던가 말입지, 입지)

그러던 후, 별로 며칠도 지나지 안 해, 판관 겸직 읍장의 男妾은 글쎄, 저 沙漠으로부터 돌아왔다. 판관 겸직 읍장은 그리고, 자기의 뒤를 끌럭이는 그 손에는, 제 아비의 피가 시뻘겋게 묻혀 있을 것이라고 알고 있었으며, 자기의 창자 속으로 쏟겨 드는 그 精水는, 붉다 못해 살모사처럼 검을 것이라고도 알고 있었다. 이 황홀엔, 독기가 서려 더욱더 황홀한데, 男妾을 보건대, 아직도 그는, (판관 겸직 읍장) 자기의 가슴을 호꼰하게 해주고 있으며, '天機'를 보건대, 별로 解凍의 기미가 없어, 저 젊은 몸을 묻기에는, 아직도 땅이 너무 좀 굳어 있는 듯하다. 그런다 해도, 글피나, 그글피쯤, 읍의 모두가, 그를 손가락질해, 그 '손에 아비의 피를 묻힌 자'라고, 눈들을 흘길 때는 오게 될 것이고, 그러면, 그때, 일은, 그때, 가서, 볼, 일이겠지만, 어쨌든 지금은, 흐흐, 발톱을 감추고, 그리고시나, 분명히, 속에서 증오의 싹을 틔워, 증오의 물주개로 증오를 물주고, 증오의 갈퀴로 증오를 북돋으며, 증오의 細絲로 짠 증오의 수건으로, 예를 들면, 어쩌다 덮어 들게도 되는 寬容이라거나, 善念 같은 먼지를 닦아내고, 증오가 꽃피우기를 기다리고 있는, 그 짐승의 증오를 격정으로 바꿔, 거기서 일어나는 電流를 축적해둘 수 있으면 좋을 것이다, ……

판관 겸직 읍장의 男妾 쪽에서는 그런데, 沙漠에서 돌아온 뒤부터 어쨌는가 하면, '영감님'이 공무에 붙매인 낮 동안엔, (수도청) 뒤채에 가, 늙은 주모의 說法에 시간을 보내고 했더랬댔다. 野史꾼들이, 눈을 음흉하게 떠서, 그리고도 돋보기까지 걸치고 보는 대목이 그런데, 이 한 대목이다. 수도청 주모 노파는, '毒學'에 조예가 깊어, 의원이, 종종 노파의 고견을 청해 듣는 것으로 알려져 오는데, 판관 겸직 읍장이 腹上死한 그 저녁의 '處容舞'와, 저 주모 노파의 '毒學' 간에, 혹간 무슨 연관이 있었던 것이 아니었는가, 하는 것이 그것이다. 詩三百一言以蔽之하면 그러니까, 그 저녁, 그 處容舞에 씌어진, 한 祭器品으로서의 [1]'屄蜴'은, 늘 써왔던 그것이 아니라, 그것과 유사하게 빚어져, 밀초에 입혀졌던, '砒霜 덩이'나 아니었는가, 하는 것이다. 늘 그렇게 祭 지내온 바대로, 그러니까 詩三百一言以蔽之하면, 그 저녁에도 '屄蜴'을 쓴다며, 저 면니미는, '영감님'의 後門에다, 그 '砒霜 덩이'를 밀어 넣고, 그리고는, 그것이 비어져 나오지 못하게 하려 하여, 제 놈의 하초로서 쐐기를 하여 봉쇄하고, 論介했던 모양이었다. 그러니 論介도, 죽음을 각오했었더라는 말이 아니겠는가.

(헌데, 저런 투의 얘기를 들을 때마다, 聽者 편에는, 석연치 않음이 남는데, 저 배고픈 小說客의 창자 때문에, 푼전과, 고막과, 시간을 부당하게 낭비하지 안 했는가, 심한 경우는, 절취당하지 안 했는가, 하는, 썩 개운치 않은 느낌이 들게 되기 때문이다. 그러니까, 이게, 무슨 얘기인가 하면, 저 '면'쟁이가, 그렇게 우회곡절을 겪고 돌아와, 종내, 자기 모시는 상전의 똥꾸녁에다, 죽음을 쐐기해 넣으려 했으면, 다른 일들을 저지르기 전에, 진작 그랬었었을 일이지, 묻힐 피를 다 묻히고 그리고 돌아와, 그 짓을 하려 한 까닭이 뭣이겠느냐는, 그 얘긴 것이다. 그 손에 묻혀진 피는 그래서, 無意味할 뿐인가? 그러나 누구라도, 어미의 배 속에서 비어져 나오고 있을 때, 앞으로 운영하게 될, 그 한 삶을, 그 결과 쪽에서 조감한 뒤, 그로부터 시작할 수 있다면, 허, 허긴, 얼마나 좋겠는가, 마는……, 어쨌도 세상은, 運命[羯磨] 의 고장이다 보니, '小說的 伏線'이랄 것을 갖고, 그 위에서 '歷史'라는 얘기를 꾸며가게 되어 있던 것이다. '突然變異'를 일으키지 않는 한, 小說的 규칙을 갖고 진행하는 것이 '歷史'다)

저 '腹上死'와 관계된 '處容舞'에 대한, 野史꾼들의 野測은, 틀린 것이 아니라는 것은, 읍내에선, 최소한 두 사람, 그 분비물을 찍어 맡아보고, 맛보았던 그 의원과, 수도청 주모 노파만은 알고 있었다. 하초 팔아 살던, 그 하수인 당자도, 그 하초부터 썩기 시작하여 죽 어, (野史꾼들의 추측은, 그 면님도, 아비 살던 오막살이에 돌아가, 남겨뒀던, '砒霜 덩이'를 삼켰을 것이라고 했다) 이미 재까지 식었으니, 그것이 밝혀진다 해도 이[利] 될 일이란 없었는즉, 의원까지도, 뭘 아는 듯이, 입을 놀리거나 하여, 아물어 들고 있는, 상처의 추악함을, 열어 보이거나 하지는, 않을 것이었다. 송장만 먹는 火天이, 한꺼번에 송장을 둘씩이나 먹고 식곤증이나, 舍利 속으로 잠써 들고 있었을 때, 그 불氣처럼 그 비밀도 그렇게, 망각 속으로, 또는 다른 쪽 세상에로 옮겨 갔던 것이다. 野史꾼들의 읍은 그리고, 그 일을 두고는 잠잠해져 갔다. 邑은, 그 舞鞋를 벗어, 그 무대의 뒤쪽, 쓰레기통 속에다, 구겨 쑤셔 넣어, 버려버린 것이었다. 그러면 이제, 무대가 회전하여, 正史 쪽 邑을 드러내게 할 차례이지만, 그래도 아직은, 너무 성급해할 일은 아닌데, 끝낸 편지에도 '追伸'이라는 것은 있는 것이며, 조랑조랑 다 퍼버린 얘기에도, '後日譚'이라는 것도 있으니, 野史에도, '附錄'은 있을 수 있는 것이 아니겠는가. 그럴 것이, 벗겨져 버려진, 그 '無鞋'는, 시지큰한 땀의, 그리고 춤[舞]의 냄새를 담고, 뭔지, 그 무대에서 잃어진 拍子에 대해서, 發說하고 있기 탓이다. 그럴 것이, 저 邑의, 마지막 판관 겸직 읍장의, 마지막 處容舞가 拍子를 신고 있었던 저녁, 그 現場에는, 그 어린 수도부 말고도, 목격자가 하나 더 있었더랬는데, 아직도 그의 얘기는 들려진 바가 없기 때문이다. 그 어린 수도부는 헌데, 그 춤[舞]의 序幕이 내리고, 다음 幕이 오르려는 즈음, 이미, 두 흘레돋 같은 사내들의, 무섭게 용써 젓히는 무게에 깔려, 납작하게 잠 써버려, 있기는 분명히 그 자리에 있었으되, 없었다. 흐, 이런 경우를 두고 봐도, 그래서, 二次元的 세상 사는 有情들이, 三次元的 世事를 알 수가 없어 한다는 것도 짐작할 만하다. 한즉, 프라브리티 우주에서, 니브리티 우주를 開明하기도 어려울 일이겠니라. 그래서 그러니 '三次元的 세상'도 있는 것은 아니며, '니브리티 우주'도 마, 마찬, 마찬가지가 아니겠는가?

그리하여 이제는, (이 '附錄'에 담긴 얘기가 무엇인지,) 누구나의 귀라도 솔깃해져 있게 되었을 일인데, 이제는 그리하여, 솔깃하게 열린 귀를 가진 자들은, 그 귀속의沙漠의바위무덤구멍을빠져나온夢蟲이, 촛대를—떠난—촛불꽃—같은—한—마리—참[讖]새를—상기하게—되었음에—분명하다. 독나방과, 가슴팍이 푸른 벌[蜂]새.

,지는었되 게있 에장현 그 ,가새 그 게떻어 면러그(,지는었되 게있 에장
현 그 ,가새 그 게떻어 면러그) 그것이 의문스러워지지 않을 수가 없는데, (그러자니, 이미 종결된 시간을, 약간 逆流 遡及하게 된다) 누구라도 그러나, 조

금만 추리력을 갖고 있다면, 그까짓 정도 짚어 들기에, 무슨 그리 제길헐 '거웃까지 딱 얼어붙어 못 일어날 지경'으로, 시간이 걸리거나 하지는 않을 것이다. 만약 이 불꽃 새가, 자기 앞서 그 무덤을 빠져나간, 그 멍청[夢蟲]이, 독나방 된 것을 찍어 돌아오려, 또한 무덤을 빠져나갔을 것이라면, 이미 前提되어 있는 조건들을 짝 맞춰본다는즉, (이란 말은 그러니까, 이 나비의 前身은 다름 아닌, 판관 겸직 읍장의 男妾살이를 하고 있는 그 자식 놈의 아비랄 때, 라는 식인데,) 저 새는, 추호의 주저함도 없이, 邑을 향해 머리를 둘렀을 것이라는 것은, 쉽고도 당연하게 추측되어지는 것. ('전제되어 있는 조건'들의 도움이 없다 하더라도, 어디서든, 시작은 해야 할 것이다)

꼬리에 불점박이를 하고 있는, 저 푸릉새는 먼저, 역대 판관들이 살아온, 판관의 저택으로 갔었다가, 다음으로, 수도청 담을 넘었을 것이고, 그리고는 여기로 저기로 폴락폴락 날며, 열리기도, 비시거니 닫기기도, 닫히기도 한 방안들을 들락여보았을 것이었다. (날개도 없이, 눈[眼]처럼 빠르게 날으는 이 새는, 닫긴 방 앞에서는, '안을 한번 염두하기'만으로, 그 안에 들어가져 있곤 했던 모양이었다. 이런 경우엔, '날개'가, '몸'을 의미하고 있다는 것이, 관찰되어진다면 좋을 것이다. 그러면 '날개'가 障碍이다) 그러다 새는, 그 댁 그중 깊은 데 있는, 닫긴 방 안에서, 野史꾼들이 '處容舞'라고 이르는, '蘇摩汁 짜기'의 祝祭를 목도했다. '祭祀하기와 사랑하기'—. 비를 머금은 시꺼먼 구름, 한 마리의 검은 수말과, 그역 비 머금은 개구리, 그리고 그 汁에 갈증 난 한 마리 암구렁이가, 한자리에 어울려, 汁을 짜고, 짜이고, 짜이는 대로 마시고 있었는데, 그것들 자신들이 '祭祀' 자체였으며, '蘇摩汁'이었으며, '그 汁을 마시는 자'들이었다. 수말니미는, 蘇摩汁 짜는 틀의 윗녘 돌이었으며, 암개구리는 아랫돌, 祭床, 배가 뿔룩한 개구리가 그 가운데 끼어, 汁을 짜이고, 마시고 있다. —저 새에게 보이는, 이 '蘇摩汁' 祭祝은, 地獄의 수렁에 핀, 蓮꽃의 아름다움을, 그대로 고스란히 간직하고 있었다. 그리고 새는 보았다, 그리고 놀랐으나, 자기가 기대했던 것이 어긋나지 안 했다고 알게 되었는데, (새 자신도 허긴, 處容이 아닌 것은 아니라도, 자기 외에도,) 다른 處容이 하나 더 있어, 자기보다 먼저, 그 방에 들어, 어디엔가 숨어 있다가, 그 방 안에 蘇摩汁氣가 넘쳐흐르기 시작하자, 그때를 틈타, 몸을 드러내, 그 舞祭에 가담한 것을, 새는 보았다, 경악했으며, 그리고 자기의 기대에 어긋나지 안 했다고, 안심했다. 바로 그 새가 찾아 나섰던 그 夢蟲이, 독나비, 히히, 그것히, 헌데 넘새스럽게시리, 저 수말님의 불알 주머니에 딱 들러붙더니, 빨대를 시뻘겋게 박아 넣고 있던 것이다. (野史꾼들이 보아내지 못한 것이 있다면 그것은, 이것이지만, 이것이 그리고 '野史附錄'의 까닭이지만, 이것은 그러나, 그 '推測의 視力'이 아무리 금강석 같다 해도, 뚫거나, 깨고 들어가, 만져 보아낼 수도 있다거나, 할 수도 있는 범주의 품목이 못 되었던 것이니, 그들의 추측이 모자랐다는 식으로, 공박할 수 있는 것은 아니다. 문제는 그런데도, 누가, 가령, "[영예를 지키기 위해 행해지는 것 같은, 社會的 自殺 같은 것, 이런 것 저런 것은 제외를 하고, 말해야겠지만,] 自殺은, 은밀한 곳에서 비밀리 행해지는 어떤 個人的 自殺은, 偶發的으로 이뤄지는 일이란 매우 희귀할 터인데, 그렇다면, 그 自殺꾼은, 다른 허구한 날을 다, 自殺이라도 해야지 못 살게코롬이나 슬프게 놔두고, 어찌 하필 그 어떤 한 날을 택해, 드디어 自殺을 감행하기에 이르렀는가?", 또는, "어찌하여 神은, 그 어떤 한 시대, 한 고장을 택하여, 그것도 정혼만 했을 뿐, 아직 결합한 적이 없는 남자/여자를 어버이로 삼아, 당시 흔했던, 아무개라는 이름을 입어, 자기를 顯現하기에 이르렀는가?"라는 투로 묻고 나서면, 그때 난한 문제가 생기게 될 것이다. 제기랄, 결과는 확실하게 있음에도, 원인을 알 수가 없게 된다. 모든 것이, 오리무중 속에로 떨어져 든다. 허, 헌데, 어떤 것들은, 그 뿌리를, 奧竄道[occult]에 묻어두고 있어, 오르페우스모양, 실제로, 그 길에 들어서 보지 않으면, 알 수가 없는 것들이 있다) 이 毒나비는 그러나, 그 불알을 빨아내어, 제 속을 채우고, 빈 주머니만 남기려 하여 그러고 있는 것이 아니라, 반대로, 제 속의 毒汁이랄 것을 몽땅 토해내, 注射하여, 불알을 뿡뿡이 채우려 하여, 그러고 있는 듯했다. 했을 것이, 불알의, 빨대가 박힌 자리는, 벌겋게 부어오르고 있음에 반하여, 독나방의 불룩했던 배통은 홀쭉하게 줄어지고 있었기 때문이다. 그때쯤은, 저 독나비가 注射한 毒汁이, 저 수말님의 염통에 닿았던 듯하여, 그러자부터 수말님은, 이를테면, 어떤 대상이 확연치 않은, 분노라거나, 증오 같은 감정에 당하기모양, 어디가 몹시 가려운데도, 발바닥인지, 마음인지, 어디라 꼭히 짚어낼 수가 없는 듯, 전신의 근육을 초조하게 푸들거리며, 자기도 모른 새, 앓는 소리를 내기도 하는 그런 걸로 보아, 수말님은, 조그만 간질을 일으키고 있었는데, 그런 간질이 그런데, 개구리님께는, 묘하게도 황홀감을 더하게 하고 있는 듯했다. 아크흐크할라—蘇摩汁 속에서, '蘇摩'가, 시퍼런 낫을 쥐고 일어나, 무자비하게, 저들의 '매일 살이의 대가리'들을 자르곤, 그 골들을 핥기 시작한 것이다.

아크흐크할라!

그리고는, 野史꾼들의 '論介譚'이 시작되었으니, 되풀을 필요는 없겠으나, 野史道에서는, 그 祭祀가 끝나고 있었을 때, 奧窟道에서는 새로 시작된 祭祀가 한 가지 있었으므로, 그것이나 附錄해 둠은, 다리까지 달게 된 뱀 그림에다, 아예, 오색구름까지 그려, 흩트려 넣기나 같음에 분명하다.

"蘇摩汁 속에서, 시퍼런 낫을 쥐고 일어난 蘇摩가, 저들의 매일 살이의 대가리들을 자르곤, 그 골들을 핥기 시작했을" 때, 가슴팍이 푸른 저 불꽃 새가 목격한 것은 이랬다: 바로 그때, 저 독나비로부터, 그것의 精蟲을 싸안은, 마지막 방울의 毒이, 저 수말님의 고환 속으로 스며들고 있었는데, 그 流轉이 이뤄졌을 땐, 독나방은 죽어, 톡 떨어져 내렸으며, 그 독나방의 마지막 毒의 注射가 있었기가 무섭게, 수말님—비 묻은 구름에서는, 한세상을 침수케 할 소나기가 퍼부어 내렸더니, 아크흐크할라, 개구리님이 그 소나기에 젖고 있었을 때는, [2]다(다야드흐밤)! 번개가 치고 뇌성이 따랐으며, 다(다타)! 개구리님의 불알이 터졌다, 다(담야타)! 뻥 터졌다, 그 우레와 홍수는 그리하여, 그 밑에 똬리 치고 누워 있는, 아직 生産해본 적이 없는, 그러니 메말랐던, 그 子宮을 적시며, 휘몰아쳐 들어서는, 잠잠해졌다. 그 우레, 그 홍수 속에는 그런데, 어떤 멍청[夢蟲]이의, 전 목숨을 건[賭], 그리고 죽은, 한 마리의 精蟲이 꿈틀대고 있었더랬는데, 그리하여 卵子에 휩싸임을 받고 있었다. 비구름으로 닫겼던 하늘은 그리고 열렸으며, 精水에의 갈증으로 열렸던 子宮은 그리고 닫겼다.

솬티 솬티 솬티

그것은 그랬으려니와, 正史記述者들로 하여금, 열띤 음성을 꾸미게 한 것은, 저 野史의, 열띤 한 章이 끝난 자리에서부터였는데, 그것은 다름이 아니라, 美里에, '女子邑長'이 登職한 그 일이 하나며, 그리고, 남의 집 從僕살이를 해왔던 자가, '判官職'에 취임한 것이, 다른 하나이다. 헌데, 새로 '邑長'이 된 '女子'가 누구며, '判官'이 된 '從僕'이 누구인가를 안다면, 美里의 근간의 사정이 어떻게 되어왔던지, 듣지 않는대도, 누구든, 넉넉히 짐작하고도 남을 일일 것이다. 새로 '邑長職'에 오른 '女子'는, 血緣으로는, '장로'라고 불리기를 좋아했던, 美里의 初代邑長의 獨子, 初代判官의 無男獨女, 그리고 法緣으로는, 美里의 七祖를 通(媒介)하여, 六祖의 씨를 임신하여, 八祖의 法母가 되었으나, 바로 그 아들[八神]을 師父로 하여 法代를 이은, 九祖村長인 女子, 그 女子 말고 누구겠으며, '判官職'에 오른 '從僕'은, 바로 그 댁에서, '청지기'로 늙어온, 덕성스럽기가, 그의 상전이었던 장로에 비교되던, 그 늙은네 말고, 또 누구겠는가? 읍의 유지들이 나서, "최소한, 過渡期間만이라도, 邑政을 보살펴달라"고 간청한 데다, 온 읍이 또한 그렇게 원했음으로 해서, 저들은 세 번씩이나 사양해보고, 다른 도리가 없다고 알아, 수락하여 奉職한 것이다.

그런 후, 읍은, 본디의 질서를 재빨리 회복했을 뿐만 아니라, (어떻게 그런 일이 이룩될 수 있었던지, 그것도 正史꾼들의 몫이니, 그들의 記述을 통해 읽어야 할 것이겠거니와,) 일익 번영만을 거듭하고 있게 되었으므로, 읍민 중의 아무도, 저 '過渡 邑長이나 判官'의 下野, 또는 退任을 원치 않게 되어, 『邑史記』에 '過渡期間'이라는 어휘가 씌어져 있었다가, 지워져 버리고 말기에 이르렀다.

그리고는, 이제부터의 邑事를 운위하려면, '未來史'나, '正史附錄', 또는, 혹간 '野史'의 형태를 띠게 될지도 모르지만, 그것이야 무엇이 되었든, 덧붙여두고, 이 章의 美里史를 끝맺음해둘 것이 있다면, 새 '判官' 자리를 지켜 있던 그 늙은네가, 노쇠로 인해 몸져누웠다 서거하고 난 뒤, 그 자리는 꽤 오랫동안 비어 있었는데, 어느 날, 읍민들이 문득 발견하게 되기는, '女子邑長'이 그 직을 겸해 있어, 그제는, 아무도 그 권위에 도전할 수가 없도록, 그 갑옷이 그렇게나, 그 邑長의 몸에 잘 들어맞아 있었다는 것, 그런 얼마 후에 그리고, 美里에, '祭政一致制度'가 실시되었다는 것, 그리하여 이 '女子邑長' 登職 후, 美里에, 이른바, '黃金時代'가 이룩되게 되었다는 것들이다.

묻지 않고, 대답하지 않는다 해도, 누구라도, 『六祖說法』과, 『七祖語論』이, 이 女子邑長의, '祭事'의 法經이 되어 있음을 알고 있으되, '政事'를 위해서는 그러나, 이 邑長이 어떤 法典을 갖고 있었는지, 그것을 아는 자가 없었으니, 그것에 대한 의문이 없을 수 없을 것이었다. 美里邑을 벗어나기 전에, 돌아봄으로 인해 소금 기둥이 된다 하더라도, 그러니, 이것 하나는 돌아다보지 않을 수가 없겠는다. 그 『法典』이란 헌데, 다름이 아니라, 이 女子邑長의 先任, '腹上屍'로 발견되어졌던, 그 판관 겸직 읍장이 남긴, 별로 두텁지 않은, 『日誌』 한 권이었는데, 그것이 다 통독되어지고 나서라야만, 그것이 어떻게, 새 邑長의 世治를 위한 哲學的 배경이 될 수 있었던지가 밝혀지겠지만, 이것은 그러나, 그 『日誌』를 소개할 자리도 아니고 하니, 그런 대신, 새 邑長이, 즐겨서, 되풀이 되풀이 읽는, '斷想'이랄 것이나 하나, 발췌 인용해두기로 할 일이다.

"남의 땅을 갈아[耕] 먹는 데는, 男手가 더 좋을 듯하지만, 그것까지도 그러나 시험해보고서야 알 일일 것이되, 제 땅을 갈아먹기에는, 男手만이 반드시 最善이거나, 最能은 아니라는 것을, 시험을 통해 발견하게 된다. 男手는, 그 손등에, 아직도 다 못 벗어, 얹고 있는 짐승 털 탓에, 때로 때로, 남의 땅의 소출을 거둬 먹어야 되는, 그런 野獸性이 충족되지 못하면, 과녁을 얻지 못하면 되돌아와, 弓手 당자의 가슴을 꿰도록 고안된 화살모양, 제 땅에다 禍를 초래한다. '아버지 하늘, 어머니 땅'이라고 하잖느냐, 땅은 어쨰도 女性들께 속한 것인데, 너무 거칠은 손들이, 거칠게 다루면, 상처를 입어, 종내 몸져눕게 될 것이다. 그럼에도, 女性이 득세하게 되면, 男性은, 손등에 털을 얹은 채, 中性化를 치르게 될 것도, 내어다보이지 않는 것은 아니다. 그러나, 이미 일궈질 만큼 대개 일궈져, 땅이, '일궈지기'보다, '가꿔지기'를 필요로 할 땐, 억세고, 검세다고 이르는, 손등에 얹고 있는 짐승 털은, 별로 쓸모가 없게 되기는 할 것이다. 이때쯤엔, 코끼리나 고래는, 모두 제 크기를 갖게 한다 해도, 특히 '사람'이라는 有情만은, 品種改良을 도모해야 할 것인데, 위장은 줄어져야 되고, 뼈는 가늘며, 발은 작을수록 우량할 터이다. 덜 먹어야 되고, 땅이 그 무게를 버티기에 무리하지 말아야 하며, 발 하나가 디딜 자리에 여러 개가 디딜 수 있어야 한다. 그럼에도 물론, '競技場'에 내보내거나, '舞臺'에 내세워, 여흥을 돕게 하기 위해서는, 얼마쯤, 現品種 중에서, 그 목적을 위해, 양호한 것들을 골라, 보존해두는 일은, 권장할 만하다 할 것이다. 그 목적 말고는, 이제껏 '일구기'에 적당했던 그 品種들은, '가꾸기'를 위해선, 조금이라도 적당하기는커녕, 거추장스럽기만 하다는 것을, 그 스스로들 발견하게 될 날은, 곧 오게 될 것이다. [3]솬티 솬티 솬티"

제3부 逆進化論(Nivritti)

*煙〔黑〕色

* 『박상륭 전집』, 4389~4390쪽, 주석 '綠色' 「배꼽 만지기 1」 참조.

曰爾子姪 아이들아, 敬受此書하였어라.

(東學經典, 『龍潭遺詞』 중 「교훈가」)

제1장 屄蜴品

죽기 위해서 그리하여, 이제는 스스로 몸의 모든 맥을 다 풀어버리기 위해서 그리하여, 촛불중은, 이제껏 고수해온, 그 살기의 禪定法(요가)을, 죽기의 禪定法으로 바꿨다. 촛불중은, 이제껏 그것을 신고, 삶의 고장을 헤맸던, 그 '같은 신발 한 켤레를 새로 신고', 죽음의 고장으로 길 떠나려 한 것이다. 저 '두 禪定法'을, '한 켤레의 신발'로 신고, 이 比丘 하나가 주류해보았으며, 보려는 세상은, *苦/海였다.

*[本註] 이 '苦/海'는, 그 두 記號間에 단절 '/'이 표시되어 있음에도, 얼핏 보기엔 '상사라'[苦海]를 나타내고 있는 듯해도, 그 실은, 羑里邑에서, 그의 친구 판관 겸직 읍장이, 官卒들을 시켜, 그의 발바닥에 찍어준, 그 '火印'을 의미하고 있는바, 그의 왼쪽 발바닥엔 '苦' 字가, 그리고 오른쪽 발바닥엔 '海' 字가, 인각되어 있다.

저 比丘가, 두 발에 신은, 한 켤레의 '신발'은, '反恐水病'에 당했던 '六祖'에 의해서는, 그 왼짝/오른짝 상관없이, '生命의 象徵'으로서, '양극을 갖는 타원 꼴'을 취해 있었는데, (그렇다면, 누가 그 反極的 '불複合症'을 드러내는 자가 있다고 한다면, 저것은 분명히, '죽음의 象徵'으로, 모습을 바꿔버릴 수도 있겠는 것이겠는다) '존자 스님'에 의해서는, '苦'足에 신게 된 '신발'은, '蓮陰

會陰', 그리고 '海'足의 것은, '蛇圓會陰'이라고 불리었다.

[本註] '삶과 죽음'과 관계된 禪定法을 운위하기로 한다면, '蓮陰會陰法'은 '縱禪法'이며, '蛇圓會陰法'은 '横禪法'인즉, '縱禪法'은 '죽음의 禪法'이며, '横禪法'은, '삶의 禪法'이라고 분류하는 게, 가능할 듯하다. '横的 宇宙'에서는, 有情들은, 다만 輪廻할 뿐이며, 죽지를 못한다고 하기 때문이다. "이쪽에서 죽었다고 애통해하고 있으면, 저쪽에서는 태어났다고, 기뻐하고 있다." 그러니 촛불중은, '蛇圓會陰法'을, '蓮陰會陰法'으로 바꾼 것인 게다. *'海鞋'는 벗고, *'苦鞋'는 신는 것이 그것인 게다. (*'이승'과 '저승'은, 모든 것이 거꾸로 간다고 이르는즉, '이승에서 신기는, 저승에서는 벗기'가 된다고, 이해할 수 없는 것은 아니지만, 이 특정한 자리에 도입된 '海鞋/苦鞋'는, 촛불중이 曼荼羅化한 '禪'을 뜻하는 것이며, 실제로 그의 '발[足], 海 字/苦 字가 火印에 인각되어 있는 발'을 가리키고 있는 것은 아니다. 투박하게 밝히면, '海鞋'는 '이승'이며, '苦鞋'는 '저승'이랄 것. '象徵'에도, '홑겹'과 '중첩적'인 것이 있다는 것이 관찰되어진다) '海鞋—右足圖'의 '黑'(Nigredo)은, '餓鬼道'와 '畜生道', '白'(Albedo)은 '人世', 그리고 '赤'(Rubedo)은, '阿修羅道'와 '提婆界'이다. 이 '横圖'에서, '地獄道'가 제외되어

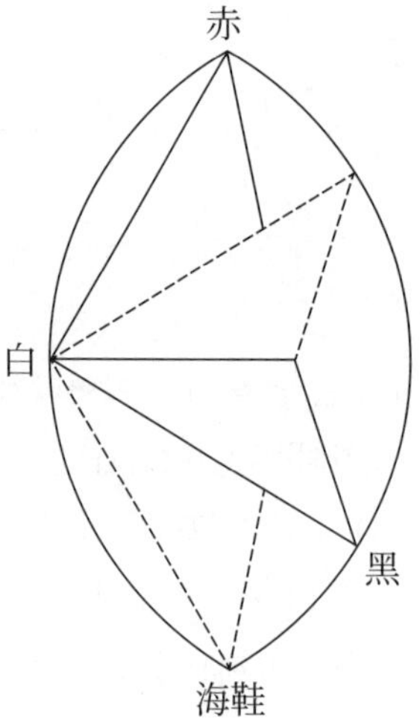

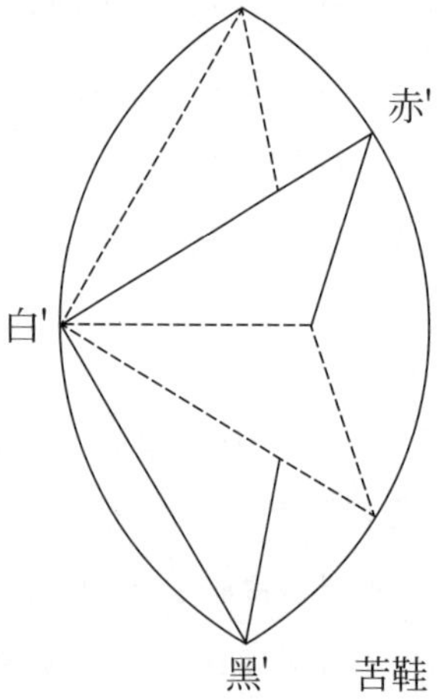

있다는 것은, 주목을 요한다 할 것이다. (이 '右足圖'는, '물의 元素'를 상징하는, '한 角이 下向한 三角'으로서, '橫帶'인데, 그렇다면, '左足圖'는 對逆하여, '불'을 상징하는 三角으로서, '縱軸'을 담당할 것)

헌데, 저 '右足圖'가 가르치는 바를 좇는다면, 약간의 積善의 결과로, 어느 有情이, 비록 '提婆界'까지 들 수 있게 되었다 해도, 자제하여, 들지 않는 것이, 그 有情을 위해 좋을 듯해 보인다. 다시 人世로 돌아오는 것이, 좋을 듯해 보인다. 왜냐하면, '白'(人世)의 일점은, 모든 곳으로 통하는 갈림길이지만, '赤'은 막다른 길이어서, 거기에서는 언제든, '黑'에로 추락, 침몰할 위험성이 전부여서 그렇다. 아으 그런즉, 되돌아올지어다, 人世로 돌아올지어다. (흐흐흐; 神들 무렴한 얼굴들을 꾸미고 있는가!)

'右足圖'에 포함되어진 것으로, 通念化된 '地獄界'는 그러면, 幻想이었는가, 아니면, 중년에 갑자기, 그 밑에서 일어난 화산이거나, 지진 탓에, 파묻혀버리고 말기라도 했는가, 그런 의문이 들지 않을 수가 없게 되는 것은 당연하다. 헌데, 그것이 촛불중께는, 언제부터도, '左足圖'에 속해진 영지였다는 것이, 이 자리에서 한 번 더 밝혀질 필요가 있는 듯하다. 그러니까 그것[地獄]은, 通念化한 대로, 輪廻의 橫帶에 묶인, 第六道가 아니라, 촛불중께는, '縱圖'(또는, '촛불꽃圖')의 '黑'點을 담당하고 있는 것이다. '縱圖'의 軸에서는, 저 '地獄道'는, '아도니스道, 또는 自然途' 다시 말하면, '몸[肉身]의 영지'인 것이다. 촛불중에 의하면 그러니까, 有情이 입은 '몸'이 '地獄'이다. 그렇다, 그들은 달팽이처럼, 각자의 '地獄'에 運命되어져, 그것쯤 벗으려 하여, 프라브리티 宇宙에로 온 것이다. '白'點은 그렇다면, '말씀道'며, '縱/橫軸'이 거기서 교차하는즉, 橫帶의 '人世'와 겹쳐, 하나가 되는 것을 보게 된다. '赤'이 잉태하고 있는 의미는 그러자, 그것 스스로, 胎褓를 찢어 나오는 것을 보게 된다. 눈 뚫렸을 자리 뚫렸으며, 하초 달 자리 달았다. 요니 맛보는 중, 홍시를 주워 먹으려 일어나는 자들(이만큼이나 法에 들어[聽]졌으면, 누구나 그만은 돼야잖겠는가!)을 향해, 뭘 더 風月할 것이 있겠는가.

헌데, 이 '左足圖'가 가르치는 바를 좇는다면, '니르바나'(赤')란, '善德'과 별로 무슨 관계도 없다는 것이다. 그러니까, '善德'의 쌓이기의 높이가, '니르바나'에로 오르는 사닥다리가 되는 것은 아니라는 것인데, 그도 그럴 것이 허긴, 그것[善德]은, 橫帶와 관계된 負債기 때문이다. 世俗에서 의미하는 '善德' 쌓기를 두고라면, '가진 것이 없는 중'들처럼 가난한 자들도 또 없을 터이다.

배고픈 입을 열어 일어나는 恐龍 같은 난문제는 그러자, 만약 그렇다면, "니르바나와 같은 軸에서 이해되어지는 나라카 로카는, 罪惡과는 무관한가?" 하는 그것이다. '縱圖'가 밝히고 있는, 우주적 실다움은, 분명히 그러하다! '地獄'은, '형벌과 고통의 장소'라는 것이, 宗教와 藝術에 의해 洗腦된 通念이되, 그러나, 그런 '고통을 실감할 수 있는 몸'을 벗어놓은 뒤, 아직 입지 못한 넋(에게도 그러면, '場所'가 필요하겠는가?)들이 들어[入], '고통에 당하기로 부채를 갚는다'는 것은, 이해키에, 實답잖은 대목이 없잖아, 있다. 촟불중이 허긴, 이 문제를 들춰내, 그 반대편에서, 그러니 '몸'을 입고 있는 편에서, 그 반대편의 고통, 예를 들면, '불안'이라거나, '공포' '절망' 같은, (저것들은 그러고 보니, '몸이 없는 것' 위에, 퍼부어내린다는, 地獄의 '도리깨'나, '써는 톱' '찧는 방앗고' 따위와 다름이 없는 것이 아닌가) 것들을 들어, 그것들은, 그 형체가 있는 것도, 육신적 五官으로써 感知할 수 있는 것들도 아님에도, 먼저 어떤 심정을 갉고, 다음으론 두통이나, 위궤양, 심지어 암종 같은, 육신적 병증을 일으키는 것에 관해 주목하고, 의혹의 눈초리를 던진 일이 있기는 있었다. 그러고 본다면, 궁극적이랄 수도 있는 고통은, 꼭히 '五官을 구비한, 육신'으로 실감되어지는 것만은 아닐지도 모른다는, 논지가 성립되지 않는 것도 아니기는 아닌 듯하다. 그렇다 해도, 앞서 말 되어진 바대로, '육신'이 입혀져 있다고 해서, 그것이 '불안' '공포' '절망'의 방패가 되어주지를 못했다면, '地獄'은, 그것을 벗고 난 뒤에라야만 체험된다는 것도, 반드시 동의할 만한 것은 아니다. 그렇다면 '地獄'이 보다 더 완벽한 것이 되기 위해서는, 몸으로

든, 넋으로든, 어떻게도 회피되어질 수가 없어야 할 것이다. 묶을수록 더 빛이 나는 진리여, '니르바나라는 것이, 어디 따로 있는 것이 아니라, 이 순간, 바로 여기 이 자리에 있다'는 것이 있다. '니르바나' 자리에다, '나라카'를 환치한다 해도, 헌데 그 문장에는, 아무 무리가 없는 것은 분명하다. (또 아니면, '두 개의 地獄'을 상정해야 할지도 모르긴 모른다)

그리하여 각설이 촛불중은, 이 場, 저 場 닫긴 場들을 뒤에 두고, 떠나려 하여, 마지막으로 한 번 더 감발을 매고, 신발을 신기 시작하여, '海' 字 발을 먼저 신었다. 場들은, 그 場바닥을 떠돌던 물총새—품바꾼 하나가 떠났다 해도, 이번만은 그리고 어디서 죽었는지 또 오지 않는다 해도, 날[日] 당하면 또 열릴 것이다. 그리고는 각설이는, 뭘 생각하고서인지, 왼쪽 신발은, 손에 들고만 있으며, 신으려 하지는 않더니, 흐흐흐, 오히려, 자기의 [1]머리 위에다 올려놓고, 그리고 '입에다 人情 쓸 엽전 물 듯', 왼쪽 엄지손가락을 뻗쳐 올려, '屄蜴' 삼았다. (그러나 比丘의 숨이 멈췄을 때 그것도, 더 이상 아무 구실도 할 것이 없게 되었으니, 저절로 흘러 빠져버린 듯했다)

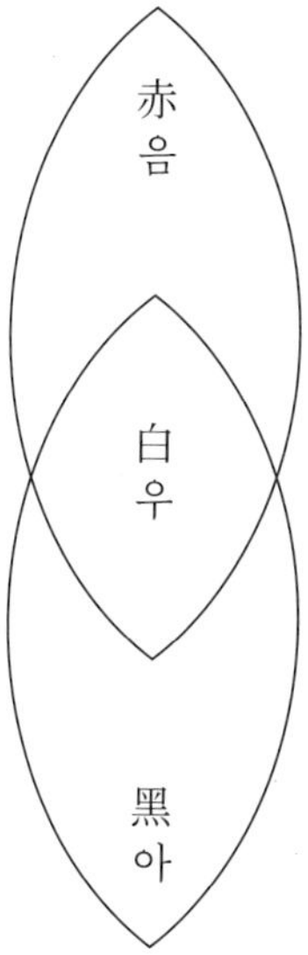

屄蜴

[本註] 恒河가, 三世를 흐르는 江인 것은, 누구나 알고 있다. 헌데도 恒河는 하늘에다 水根을, 두어, 나라카에까지 흐르는 江인데, (여기, '우주적 말씀의 成肉身'의 과정, 또는 '神들의 役事하기'가 있다. 『박상륭 전집』, 4340쪽, 주석 6 참조) 七祖가, 자기의 뒤터에 심은 '屄蜴'은, 반대로, 그 나라카에 뿌리를 두어, 니르바나에로 자라 오르는, (또는 逆流하는) 禪木이다. (여기, '成肉身한 우주적 말씀'의 귀환의 과정이 엿보인다.

七祖師가, 그래서 羑里에 오기는 왔었는가? 왔었으면 그는, 무엇을 어쩌려는 목적을 갖고 있었는가? 그리하여 그가, 떠나기는 어디로 떠났는가? 세상은 헌데, 예나 지금이나, 조금도 다름이 없을 뿐이다. 푸르던 하늘이, 갑자기 닫겼다거나 하지도 안 해, 어둡지도 안 했으며, 천둥이나 지진이 일어나야 할 까닭도 별로 없는 듯하여, 第三時와 第九時 사이의 第六時도, 매일매일의 그 늙은-어린-얼굴의 第六時였다. 각설이 길 떠난, 저쪽에, 場이라도 서는 날인지, 거기서는 꽃비라도 내리고 있는지, 이제 이쪽에서는 알 수가 없다, 그런 아무것도 모를 뿐이다. 이제까지는, 三世六道의 場 서는 데마다 헤매던, 한 각설이의 눈을 통해, 三世六道 場事 돼오고, 가는 것을 보았었는데, 이제 그 특정한 한 窓은 닫긴 것이다.

[2]옴 와기 소리 뭉!

제2장 흰 거북品

美里邑엔, 근래, 새로 邑長과 判官이 登職했음에도, 그 일로 하여 축제가 벌어졌다거나 했기는커녕, 오히려 그들[邑長과 判官]이 喪主 役이 되어, 읍이 통째로, 逝去한 판관 겸직 읍장의 명복을 비는 追悼會場으로, 또는 초상집으로 변했다. 새 판관의 이름으로, 法廳에서 榜을 내붙여, 읍민들께 권고했기를, 최소한 한 節候間만이라도, 逝去한 이를 애도하는 뜻에서, 읍민은 부디, 무색옷을 입어, 逝去한 이께 욕이 되는 행동은, 삼가기를 바라고 있었다. 그 외에는, 노름이나, 공공장소나 영업소에서의 飮酒 歌舞를 금지한다거나 하는 것 같은 附則은 없었다. 그랬으니, 읍민 중의 아무도, 그 일로 인해, 官에다 대고, 그늘진 데서 눈을 흘겨 보내거나 하지 안 했는데, 색깔 있는 입성은, 어째도 다수의 읍민의 품목은 아니던 것이다. 그런 물색 옷을 입는 소수의 읍민은 그러면 어떤 이들인가 하면, 官屬 나부랭이, 유지네 일가들, 경도 중이 아닌 수도청 식구, 그리고 술집 작부 등이다. 그러는 동안에 邑廳에서는, 물론 읍내 장로들로 구성된 評議會의 결정을 통해서였지만, 官穀을 풀어, 가난한 이들께 무료로 배급하기도, 低利로 빌려주기도 하고 했으며, 法廳에서는, 評議會員들보다는 약간 젊은, 읍내 유지들로 조직된 審議會를 거쳐, 많은 죄수들을, 정상을 참작하여, 석방하기도, 형기를 단축해주기도 하고 했다.

'무색옷만 입어, 逝去한 판관 겸직 읍장의 명복을 빌기'로 한, 그 한 절기가, 반에서 반도 갔기 전에 그런데, 그 榜 위에, 그와 비슷한 새 榜이 나붙었는데, 이번 榜을 초한 이는, '邑長'의 명의로 되어 있었다. 이번 榜은, '美里의 第七祖村長의 涅槃'을 고하고, 읍민은, 成年인 자로서는, 무색옷을 입되, 喪章을 달아야 하며, 도박, 음주, 가무 등, 일체의 오락 행위를 삼가기 바라고 있었다. 그 애도의 기간은, 이번엔 한철이었다.

이러는 동안의 읍은, 송두리째 革命 자체였으니, 革命은 그리고, 절정으로 치닫고 있는 性交에 비교, 비유되는 것이니, 그 한 읍이 얼마나 들끓고 뒤집혔겠는가, (라는, 美里邑의 이런 革命은, '火山'보다는, 그만큼 크기의 '地震'에 비유되는 것이 옳을지도 모르는데, 이때의 이 '地震'은, 어떤 운집한 힘의, 求心力的 폭발과 달리, 遠心力的으로, 아래를 향해, 넓게 울려 번져 내린 것이기 때문이다. 그리고 그 아래쪽에는 民衆이 있다. '火山'이 만약, '性交'와 관계된, 남성 쪽의 放出에 비유될 수 있다면, '地震'은, 여성 쪽의 쾌감의 절정에 비유될 수 있을 터—그렇다면, 진정으로 바랄 만한 '革命'이 있다면, 그것은, '地震的 革命'인 것이 분명하다. [1]民衆은 그리고, 女性[的] 이다) 마는, 바로 그 격변의 한가운데 처해서도, 새 판관이 된 늙은네는, 자기가 그 직에 취임한 그 이튿날, 사람을 구해, 沙漠에 보내, 七祖의 시중을 들게 했으며, (근래, 수도청 앞채에서, 뒤채로 물러난 수도부들이, 이 일을 자원하고 나섰는데, 沙漠에는 그리하여 다시, 작은 수도청이 서고, 노란 깃발이 오른다. 美里는 다시, 열려, 修道者들을 영접한다) 그리고, 자기의 평생의 상전인, 여자 읍장께도 권유하여, 아직도 七祖師가 涅槃하지 안 했을지도 모르니, 촌각을 다퉈, 인부들을 보내, 바위 무덤을 열라고 했으나, 어쩐 일인지, 그럴 때마다 여자 읍장은, 몹시 질리고 슬픈 얼굴로, 입술을 짓물고, 고개만 저어 왔던 것이다. 저 충직한 늙은네는, 자기 상전 숙녀의 뜻을, 알 만하겠음에도 모르겠다고, 모르겠음에도 알 만하다고 하다가, 종내는, 자기 상전의 허락 없이, 자기가, 인부들을 보내, 그 바위 무덤을 헐게 하기에 이르렀댔더랬다. 그리고, 그 무덤을 헐어낸 자들은, 그 안쪽에서, 바위벽 구멍을 뒤로 하고 面壁하여, 고요히 피어 있는, 한 蓮을 보았더랬는데, 그 蓮 속에는, '空'이 담겨 있었다고 했다. '空'이 蓮坐를 꾸며, 面壁하고 있었다. (그 한 자리만을 지켜 앉아 밍기적거리는 중에 그렇게 되었겠지만, '蓮'은 모래의 水面으로부터, 허리께까지나 가라앉아 들어 있었는데, 모래에 파묻혀 있는 것은 아니었다) 읍에서는, 그 무덤 일을 하고 돌아온 인부들이, 소주 마시며 씹는, 마늘 냄새가 퍼지는 대로, 그 냄새에 접한 자들마다 새하얗게 숯이 되어버리곤 했더랬다. 터져 오르려는 웃음을 삼키려다, 잘못 삼켜, 疑惑이 된, 사례에 들려 그런 것이다.

열린 무덤은 骸骨이었으며, 마른 늪—

무덤 일에서 돌아왔던 그 인부들은, 판관의 명에 좇아, 읍의 궂은일 잘하는 늙은네와, 서넛의 끌끌한 官卒들과 함께, 약간의 飮食物을 준비해 갖고, 그날 저녁으로, 다시 沙漠에로 보내어졌는데, 七祖의 葬禮를 위한 준비로서, 沙漠을 깨끗하게 치우기 위해서였던 것이다. 飮食物은, 七祖 生時의 불머슴이었던, 그 늙은네의 葬禮를 치러주기 위한 祭物이었는데, 火葬이었다.

그 사흗날로, 沙漠의, 그 마른 늪 바닥에서, 저 '空'의 茶毘式이 거행되었다. 새 판관 늙은네의 지휘 아래, 관졸들과, 수도부들이, 그 준비를 하는 데에 이틀이 걸린 것인데, 茶毘에 쓸 香木이며, 꽃喪輿, 紫檀木棺槨, 그리고 음식물 등이었다. '茶毘'에, '꽃喪輿와 棺槨'은 무엇의 소용이겠느냐 싶으되, 七祖는 鰱魚, '불의 물의 鰱魚'던 것을 상기하면 좋을 것이다. '흙의 불'에서 孵化했던 저 梵魚는, '불의 바다'를 헤쳐 다니며, 그 속에 숨겨진 '꿀과 意味'를 모으다가, '흙물' 소리를 들은 것이다. 자기를 부르는 '흙의 물소리'를 들은 것이다. 그러면 이제 鰱魚는, 모은 '꿀과 意味'를 누어버리고 싶은, 性慾 같은 욕망에 의해, 자기 孵化했던 그 자리로 돌아가야 하는 것이다. '두 개의 子宮' 속을 헤엄치기가, 이 鰱魚의 '살기'였으니, '두 개의 子宮'을 벗어나기가, 이 鰱魚의 '죽기'일 것이다. 그리하여 이 '불의 물고기'는, 이 葬禮式의 喪主, 또는 祭祀長役을 맡은, 그의 後祖, 九祖(現女子邑長)에 의해, 처음 '불의 물'에 씻겨질 것이며, 그리하여 입었던 모든 것을 벗길 것인데, 그리고 남기게 될 '意味'가 있으면, 收集되어져, 棺槨에 담겨, 喪輿에 실려서는, 그의 先祖 六祖의 뼈가 묻힌, '큰 숲'에 옮겨와, 先祖 곁에 묻히게 될 것이다. '흙의 물' 속으로 돌아감일러람, 그리하여 벗어남일러람.

喪主는 (글쎄) 물론, 女子邑長이었는데, 그 여자는 머리를 풀어 首絰을 얹고, 喪服 입어, 가야금을 안고, 마차에 올라, 수도부들을 哭婢로 대동하여,

(그 여자들은, 다른 두 마차에 타, 따랐다) 밤중에 읍을 떠나, 荼毘式이 거행될, 그 아침에, 美里의 洞口에 닿았다. (美里가, 그 여자에게도 결코 낯설지 안했지만, 그러나 이 아침, 美里에 대해, 그 여자가 무엇을 생각했으며, 느꼈는지, 이것은, 그것을 말할 자리는 아닌 듯하다. 여자는, 창백한 얼굴로, 입술을 짓물고, 계속적으로 떨고만 있어, 그 마지막의 어둠의 문까지도 닫기는 것을 모르고, 밤에만 피는 꽃을 따 모으다, 빛 가운데 남게 된, 여자 귀신만 같았다) 거기서부터는, 喪主나, 哭婢들이나, 마차에서 내려, 무덤까지는, 蘭 같은, 맨발로들 걸었다. 蘭들이 피는 소리는, 포속 포속거렸는데, 져도 蘭들은, 진 잎속으로 괴이고 드는, 아침 빛으로 붉었다. 따끈하고, 밝아도, 가을볕이 슬픈 것은 이상하지 않던가, 포속 포속, 피는 대로 지는, 저 蘭들의 붉음은, 가을볕이었다.

헐려진 바위 무덤 앞에는, (그 읍에서 찾아낼 수 있는, 제일 큰) 天幕이 쳐져 있었으며, 天幕은, 喪主 들 자리와, 哭婢들 들 자리, 喪客들 들 자리라는 식으로, 칸이 나누어져 있었는데, 그 안은, 여러 香爐에서 오르는 香煙으로, 자욱해 푸르렀다.

喪主의 자리는, 곧바로 (헐린) 무덤에로 이어지게 (또는 통하게) 배치되어 있었던바, 무덤 안에도 물론 香爐가 배치되어 香煙이 오르고 있었지만, 수십 자루의 香燭이 타고 있어, 거의 바깥처럼이나 밝고 있었다.

그 바위 무덤을 헐어냈던, 그 인부들이 돌아온 그날로, 그의 주검의 모습이 읍에 전해져, 한 읍으로 하여금 웃다, 소롯이 흰 숯이 되게 했던, 그 소문대로, 七祖는, 入寂하고도 꼿꼿하게 正坐해 있었는데, (그의 後祖—九祖로 하여금도 몹시 의혹하게 하여, 의혹 탓에 흰 숯을 만들게 한 것은, 역시) 한쪽 蓮足에는 신발을 신기고, 다른 짝 신발은, 千葉蓮(사하스라라—頭上)의 한가운데에다 安置해놓고 있는, 그 '죽음의 禪法'을 취하고 있었던 까닭이었다. 그러자니 九祖는, 깊이 생각해보지 않을 수가 없었는데, 그 숨겨진 法은, 깨우쳐질 때까지는, 話頭로 삼을 일이지만, 저 '千葉蓮' 가운데 놓여진, 그 '한 짝 신발'은, 그의 蓮足에 신길 것이기보다는, '舍利'로 취할 것이나 아닌가 했다. 그리고 九祖는, 그 '신발'을, 六祖가 물림한 바리때[骸骨]와 함께, '큰 숲' 가운데 있는

'靈室'에다 뫼셔야 된다는 생각을 했다. '骸骨(주검이 피운 千葉蓮!) 속에 놓인 신발 한 짝' —九祖는 그래서, 그[七祖] 앞에 세 번 경배하고, 그리고 그 '空'을 우러러보기로, 오랜 오랜 시간을 보낸 뒤, 從婢다운 공손함으로, 저 '舍利'를 취했다. 전에 언제, 불에 타 눌다 남은, 가죽 신발 한 짝—여자는 그리고, 그것을, 먼저, 자기 머리 위에 얹었으며, 다음으로, 가슴에 받쳐, 고개 숙여 입맞춤하고, 자기의 젖퉁이가 으깨어져 터지도록이나 푹 눌렀다. 눈을 내리감고, 그리고 그와 관계된 일들을 떠올려보는 모양이었는데, 소리는 없이, 어깨만 몹시 괴롭게 들먹이며, 비처럼 여자는, 울음 울고 있었다. 그 시간도 오래 걸렸는데, 그러다 여자는, 가슴에 받치고 있던 것을, 자기의 아랫배 쪽으로 밀어 내렸으며, 그 흙 묻은 뒤꿈치 아래서, 그 고통으로, 저승이, 슬프고, 아픈 황홀로 열려 보이도록이나, 자기의 恥骨을 눌렀다. 그때는 여자는, 울고 있지 안 했는데, 그렇게 여자는, 전에 이미, 그에게도 바쳐버렸던, 자기의 그 '마음·말·몸'을, 한 번 더 바쳐 올린 것이다, 祭祀한 것이다. 여자는 巫였다. 흰 암캐였다.

그런 뒤, 哭婢들의 도움을 얻어, 여자는, 七祖의 屍身을 香湯으로 씻고, 壽衣를 입혔다. 그리고 여자는, 가야금 앞에 앉았다.

당신 한 분 白鳥시요,
苦海를 헤엄치던 梵魚시요,
[2]당신 함께 이 계집 아홉 큰물[九江] 밑으로 헤맸니다
거센 회오리바람과 노도가 우리들 나아갈 길을 막았었습지요
독수리 머리의 白鳥로 船便을 밀게 하여
두 마리 龍으로 끌게 했던
蓮葉天障의 물수레에
님과 계집은 타고 있었습지요
이 계집의 가슴은 벌럭 벌럭 뛰고, 산란하여, 잠잠할 수가 없으오니다
땅거미가 지는데요, 돌아갈 일을 생각하니 너무도 슬프오니다
마음은 彼岸 헤매는뎁지요, 잠 깨어 누운 채 계집은 님만을 그리오니다

哭婢들이, 香과 香燭들을 새로 갈고, 불을 옮겨 붙여준 뒤, 나갔다. 밖에서는 哭婢들과, 官卒들과, 喪客들이, 먹고 마시며, (읍에서 준비해 갖고 온 재료들로) 꽃喪輿 꾸미기에 바쁘고 있었다. 그 茶毘를 위한 火木이야, 벌써 잘 쌓여져 있고 있는 중이었댔다.

[3]님[梵魚]의 비늘로 지은 궁전, 용의 비늘로 만든 正殿
자색 조개로 치장한 님의 붉은 궁전
님은 그 水深에서 무엇을 하시오니까
흰 거북 등에 오르소서, 줄무늬 진 고기들을 따릅소서

둥 두ᅘᅮᆼ둥 ᄃ후우훙 둥 ᄃ훙 두후
두흥 ᄃ훙훙등 드으흐등ᄃ흥 ᄃ흥흥 드흥
둥둥 ᄃ훙훙 둥 ᄃ흐으흐훙드흐흐흑
뜨ᅘᅳ 흐윽 ᄃ흐드드드흐 드흑 ᄃ흐득
ᄒ드득 흐ᄃ흑 흐득 흑
ᄃ흐ᄒ드ᄒ드ᄃ흐흐 드흐 흐드 흐득 흐득
울음 울은다
울은다 울음
울음 울음
울음 우음
우음 울음
우음 우음
움 움
ㅇ(아) ㅜ(우) ㅁ(음) ㅇㅜㅁ
*아움 아ᅀᅮᆷ
옴

소리의 지옥의 불의 타오르는 불의 지옥의 소리의 소용돌이 속에 던지어

진 앞구렁이 틀어 오른다. 짖어 오른다. [4]송장을 디뎌 춤추는 흰 암캐,

ㅁ(미음[無音] 字) —춤이 빠져나간 자리 남은 髑髏 하나.

짖으며 틀어 올라 빠져나가는 춤은 불[火] 두려움[恐]病 걸린 흰 암캐, 지옥의 [5]검은 암구렁이,

울음 울은다 아음 아솜

[6]누군가가 등성이 진 저쪽 언덕에서
이 계집을 지켜보고 있니다 그 님은
덩굴 옷을 입고, 누른 잎 띠를 띠었니다 그 님은
이 계집을 바라보며 미소하고 있니다
"님이여, 이 계집께 반하셨습니까?
계집의 추파가 기꺼우니까?"
님이 타신 수레는 木蓮, 桂皮나무 깃발,
石蘭으로 장식하고, 들생강 띠[帶],
줄무늬의 麝香고양이를 앞세우고
붉은 표범들이 끄는뎁지요,
계집이 연모하는 님께 바치기 위해 계집은,
달콤한 약초를 모으오니다
계집은, 근심의 대숲, 거기서는 하늘도 볼 수 없는 곳
에서 살고 있으오니다
길은 위험하고 고단한뎁지요
그 탓에 님과의 밀회에 늦었사오니다
님이 이 계집을 사랑하셨음을 아오니다
무엇으로도 님과 이 계집 사이를 떼어놓지는 못하리다

* '아음' '아솜'은 古語로서, 이희승, 『국어대사전』에 의하면 '親戚' '骨肉'의 뜻을 갖고 있다고 이른다. 필자께는, '我'의 擴大化로 이해된다. '我'의 '無限者'에로의 擴大가 '음' '옴'이다.

聖스러운 님, 님 기다리기에 어물쩡거리느라

계집은 돌아가기를 잊고만 있소니다

둥 두흥 둥둥 ᄃ으ᄒ으 ᄒ드득 ᄃ흐ᄒ드 흐듥 울ᄒ으 르흠 울을흔 드아둥 드아둥 드아다

그믐을 디뎌

벗고 춤추는

환한 달

지옥의 검은 수구렁이가

짖어 오른다 흥

ᄀ틱(니르바나에로의 통로)

레(동등함의 은총)

라스(변화무쌍의 행위)

키(은총과 空의 合歡)

쵝(이것과 저것 붙들기)

갸(니르바나와 상사라 부둥켜안기)

사마야 자 자 자!

제3장 검은 거북品

沙漠에 살던 修道婦들, 의 月候와, 修道者들, 이(그네들 속에다) 흘리고 간, 썩은 精液 속에서 태어나, 그 어미들로부터 '촛불중'이라는 法名을 傳受했던, 한 比丘의 시체는, 물론, 신어 있는 그 한 짝 신발은 신은 채, 그 어미들의 哀哭에 싸여, 오늘도 아니고, 來日도 아닌, 어제와 오늘의, 또는 오늘과 來日의 중간, 子正 녘에, 香木 더미 위에 모셔 올려졌다. 그의 어머니[師母] 며, 동시에 아내이고, 또한 딸[後祖] 인, 美里의 九祖가, 그 火木에다 불을 붙였기에, 불은 '來日' 쪽에서 일어나, '오늘'을 태우기 시작하여, '어제'[灰] 쪽으로 헤엄쳐 갔다.

[1]火天님은, 그 님을 깡그리 태우지 마옵소서
당신의 불길에 삼켜 넣지 마옵소서
그 님의 살갗이나 살을 消盡하지 마옵소서
火天님께서는, 그 님이 알맞게 익었거들랑, 存在의 비밀을 아시는 이여,
그 님을 그 님의 先祖들 전에 祭祀하시옵소서

당신님의 눈은 해에로 가시옵고
당신님의 숨은 바람에로 가시옵고
(女祭長은, 축수하고 있었다)

....

....

[2]오 시원한 자여, 시원함을 불러오는 자여
오 신선한 양반, 신선함을 불러오는 님
암개구리와 合하솝사

四更에서 五更에 걸치는 중에, 三世의 어둠을 살라 오르던, 그 葬火는 사그라져 내렸다. 재가 식기를 기다려, 女祭長은, 舍利를 줍기 시작하고 있었다. 주운 것은 그리고, 棺槨 속에다 모으고 있었다. 五夜였는데, 여자는 울고 있는 듯해 보였으나, 울고 있지는 안 했다. 세상은 갑자기 더 쓸쓸해진 듯했으나, 세상은 쓸쓸한 곳만은 그래도 아니다.

시꺼먼, 수거북님은, 흰, 암개구리와, 合하십다.

色相品

아직 날이 채 밝기 전인데, 그 (羑里의) 마른 늪 바닥, 천막 안이나, 밖의, 꺼진 화톳불가에 뒹굴어 자고 있는, 哭婢들과 상두꾼들의 설핀 잠의 언저리를 딛고, 헌데 누가, 지나가고 있었다. 그 女喪主는 물론, 哭婢들과 상두꾼들은, 그 잠 속에서, 눈을 뜨고, 자기네들 언저리를 지나는 자를 역력히 보았는데, 누구나 없이, 그의 얼굴을 알 듯싶으다고 했으면서도, 아무도 그러나, 그 '알 듯한 얼굴'이 누구라고는 말하지 못하고 있었다. '지나갔던 자'는, 자기들로 하여금, 실소와 의혹을 금하지 못하게 했던, 타다 만, 그 한 짝 가죽 신발을, 그쪽 발에만 신고, 다른 쪽 발에는 신고 있었지를 안 했었는데, 그로 보면, 그는 분명히 '七祖'였음에도, 얼굴은, '七祖'가 아니었다. '七祖'가 아닌 것은 아니었는데, 아니었으며, 아닌 것이 또한 아니었다. 그는 '七祖'가 아니었다. 그런데 그는 '七祖' 말고, 다른 누구도 아니었다. (그리고 이것은, 女喪主만이 아는 사실이지만, 왜냐하면 그것은, 女喪主 당자의 것이었기 때문인데, 그는 헌데, 목에다, '비취 목걸이' 하나를 걸고 있었던바, 그로 보면, 그는 '六祖'라고 해야 했었다. 헌데 그는 '六祖'가 아니었다. 그리고도 '六祖'였는데, 아니었으며, 아닌 것이 아니었으며, 아닌 것이 아닌 것이 아니었다) 어쩌면 그 새벽빛이 너무 으슴푸레했거나, 그 얼굴이 그냥 새벽빛이어서, 그 얼굴을 모두 보았으되, 본 사람이 없었던 것이었을 것이다. '默'이라는 記號는, '묵'이라는 '소리'를 천둥처럼 거느리고 있어도 '소리'가 아니듯이, '空'도, 修辭學的 '이름'(signifier)과 '얼굴'(signified)을, 夏至의 해가 해 갖고 있듯 해 갖고 있으되, 알 수 없는 것이 그 '얼굴'이 아니던가. 그럴 것이, 그 '얼굴'[色]은, '이름'[幻]에 의해 돋아[顯現] 났던 것이라 그렇다. 그는, 南녘으로 머리 둘러, 무변의 沙漠을 걸어가 버렸다.

그러는 중에 날은 밝았으되, 아직 아무도 그러나, 먼저 입을 떼어, 자기들이 본 일에 관해서 말하려 하지 않고 있었다. 그랬을 수밖에 없었을 것이, 왜냐하면, 그들은 모두가 하나같이, 어제 오후부터 대취하여, 정신을 잃고 쓰러졌다가 깨어난 데다, 숙취와 한기에 당하고 있는 중이라, 각자 생각에, 자기가 본 것이, 헛것이 아니었다는 장담을, 할 수가 없다고 하고 있던 까닭이다. 헌데도 조금은 이상하다고 해야 할 것은, 해는 동에서 떠오르고 있는데도, 눈들은 모두, 남녘 끝 간 데를 바라보고 있다는 것일 것이다. 그리고 그들은, 그 모래펄 위에 남겨진 것들을, 글쎄, 그 어떤 '지나간 자'가, 딛고 간 자리에마다 남은, 발자국들을 보았다. 그들이 본 것은 그리고, 그 '지나간 자'가, 두 발로 딛고 걸어간 자리에는, 한 발자국엔, 아무것도 담겨 있지 안 했는데, 다른 발자국엔, 글자 비슷한 것이, 글자가, 하나 담겨 있다는 것이었는데, 그것은 '苦' 字의 형태를 드러내고 있었다. '苦'—

그러니 이제, 누가, 그 [1]足跡을 읽어 따라 붙이기로 한다면, 어디까지나 가야, 닿아, 멈추게 될지는 몰라도, (그야 뭐 어디겠는가, 이 教本이 내용으로 하는 것을 좇는다면, 그 첫 줄이, 그 마지막 줄이나 아니겠는가?) 그것은, 이렇게 읽혀질 것이었다: 無 字—'苦' 字—無—苦—無—苦—無苦……苦—無—苦無—

無苦

空相品

그리고 이제, 상두꾼들이, 天蓋를 덮고, 隱釘을 박으려 하며, 그 棺 속을 들여다보다가, 들여다본 자들은, 모두가 하나같이, 돌等神들이 되어버렸다. 말[言語]을 되새김질하기로 세상을 이해하는 짐승들은, 말[言語]을 잃으면 그 당장, 소금 기둥이나 바위가 되어버리는데, 말하자면, 外界와 그 개인들 사이에 있어 왔던, [1]'臭氣層'이랄 것에 구멍이 나버린 것이다. 그 棺槨 속엔, 저 '지나갔던 자'가, 신지는 않고, 머리 위에다 올려놓았던, 그 한 짝 신발이 댕그맣게 놓여 있었던 것인데, 그들은 그것을 본 것이고, 그 순간 갑자기 그들은, 語訥함을 느껴버린 것이다. 혀에서는 돌[石] 맛이 나고, 소금기가 돋았다. 그것(신발)은, 한 무거운 體溫을, 사랑이며 미움을, 꿈을, 運命을, 말[言語]을, 한 벌의 프라브리티를, 담고 있었는데, 오늘은 그러나, 그런 것들 대신 그것은, 그것이 신기고 다녔던 것의, [2]불에 타다 만, 누린 뼛조각이나 몇 신기고 있어, '情'을 잃고, 비어[空] 있었다. 骸骨이었으며, 마른 늪—'비임'[空]으로 꽉 채워져[滿] 있었다.

니브리티—

[3]"Nunc Scripsi Totum Pro Christo Da Mihi Potum."

박상륭 전집
박상륭 전집: 칠조어론

초판 발행일
2021년 6월 30일

지은이
박상륭

기획
박상륭상 운영회의

편집
윤병무

디자인
박연주

인쇄
㈜아르텍

펴낸곳
국수

등록번호
제2018-000158호

주소
경기도 고양시 일산동구
진밭로 36-124

전화
031-908-9293

팩스
031-8056-9294

전자우편
songwriter@kuksu.kr

ISBN 979-11-90499-33-0 04810
ISBN 979-11-90499-30-9 (세트)